金聖歎全集

修訂版

陸

（清）金聖歎 著
陸林 輯校整理

散文雜著卷（下）

小題才子書
唱經堂通宗易論
唱經堂語録纂
唱經堂隨手通
唱經堂聖人千案
西城風俗記
金聖歎文輯佚
附録

鳳凰出版社

散文雜著卷（下）

小題才子書

此書之整理，以清光緒十五年掃葉山房石印本爲底本。原書不分卷，現據内容釐爲六卷。

大小題才子文原係金聖歎先生評選後經李申耆先生刻於江
陰之暨陽書院內大題原缺兩篇李以別本雖有此文而無金評
甯從缺如其慎也如此蓋此文由金先生改過故筆更飛動如生
龍活虎不可捉摸雖學之終身有不能竟其用者迨庚申刼後片
板無存文亦鮮有存者文藻僅有小題一編徧覓大題不得戊子
歲纔由蕩口鎮華若溪拔貢處借得大題文爰浼朱槐廬世兄爲
之鋟板因記其緣起於末時光緒十有五年春月元和祁文藻識
於青浦副學署

小題才子書 一

光緒石印《小題才子書》書影一

學而時習之　　羅萬藻

題是先師二十篇之第一句文是先正百五十篇之第一篇某所以特筆冠之者要後學知小題最貴神理神理或在題上則手自寫題眼須覷上神理若在題下則手自寫題眼須覷下如此題神理固在不亦字乎字今先生純寫不亦字乎字也某所以特筆冠此則以下百五十篇皆準此也

（全取下句之神）

聖人論學而先致其功以示焉夫學之功不致即未有知學之所效者也故繫之時習以明學有如是以致其功者若曰吾首欲與（是開卷第）人言學又首欲與既能學之人言學而已矣夫人苟未歷於學而

（二字）（是開卷第一句）

光緒石印《小題才子書》書影二

序

先是，余有世間《六才子書》之刻。去年高秋無事，自督諸子弟甥侄，讀書學士堂中。每逢三六九日，即依大例，出《四書》題一，觀其揣摩，以驗得失。而二三子都苦才多，每日晨朝磨墨，伸紙揺筆。未幾，余試掣而視之，則已溢出題外。若是乎《四書》白文之決不可以不講，而先輩舊文之決不可以不讀也。因不得已，搜括宿腸，尋余舊日所暗誦者，凡得文百五十首，茫茫蒼蒼，手自書寫。中間多有大人先生金鉤玉勒之作，而輒亦有所增省句字者。此則無奈筲中久失原本，今兹全據記憶，自然不無忘失，而又臨書之時，興會偶至，亦多將錯就錯之心。是殆所謂小處糊突，大處即不敢糊突者也。人共傳鈔，各習一本，仍其名曰《才子書》。今春欲予爲序，序曰：

今夫文之爲物，一何其神靈哉！于無何有之中，如雲膚寸而起，霏霏拂拂，爲誰紬繹，委委屬屬，輕焉感觸。如迅鳥之憑于長空，自亦不知其將奚從；如流水之漫衍徐行，乍遇沙而流漓碎屑也。已又遇石而坳折激切，噴珠叠雪，或分敷而爲花，旋渲散而成霞。適睹茫洋，横若橋梁；景物欲開，矗如樓臺。爭乎其所不得不爭，則馬怒槍急，浴血陷壁，而彼軍立分；讓乎其所不得不讓，即脱甲倒戈，似有如無，而不知所向。欲寫嚴寒，比丘撲缽，雨雪空山；將狀紛華，千官鳴珂，朝會天家。疾則瞿唐之水，甫出上峽，不眨眼而已下灧滪之石也；徐則獨弦之歌,停雲已滅,猶遷延而餘哀灑灑然其未希也。于是諸子攝齊北面而問曰:若是者皆天授,其亦有方以致之不乎?余曰:嗟乎,善哉而問!居,吾語汝:是有十福五功六不祥,能具十福、趨五功、祛六不祥而幾也。

何謂十福?生而父母不以饑寒爲心,田雖不多,且足自存,不用朝朝仰給于他人之門,曰一福;生而眼目便利,口齒清脱,間一吐響,句分字別,其誦新也如瀉,其憶舊也如掇,曰二福;七歲出就西席,父母不我姑息,程課偶不効,夏楚決笞十,曰三福;所從游師,大善説書,不説道理,直説聖賢意之所之,前章後段,循環連鎖,牽一動百,皆至其所,曰四福;晨窗通明,夜缸滿盈,免屋漏之下濕,無烟突之上薰,母中宵而視藥,父計日而授紙,門反關以弗開,童遠立而不語,曰五福;二三親知,重荷相存,越陌度阡,時來扣門,到則坐床捫虱,縱口論文,大人呼設食,小子伏壁聽,一何梯心高遠,汲理遥深,敢竊閟響,私潤新言,曰六福;開箱倒笥,頗有殘書,塗乙縱横,朱墨陸離,試伏几以潛讀,果心歡而莫持,所欲問而無從,此悄焉其遇之,曰七福;内則昆季,外或中表,年齊貌均,騎竹鬥草,乍年餘之分手,各從師而受經,聲樅金而並切,氣含蘭而互芬,寅筆齊給,午硯畢撤,龍門爭上,鳳毛競奪,曰八福;文宗被敕,郡縣傳檄,徂夏凌秋,埽院布棘,月計匪遥,日計未逼,覆讀倒誦,破一得十,曰九福;一日之跌,一歲之譏,童不顧隨,婢不爲炊,闔扉臥床,换杼翻機,戛戛去陳,泠泠造微,曰十福。

何謂五功?一功曰:柱下有云,有以爲利,無以爲用;惟書亦然,不在句字,而在其縫。二功曰:萬國會,有聖人。凌晨盥手,發籤陳几,琅琅千誦;是何鬼神,冥中感我,踽踽而動。

八部擁，以世尊。雖小弱，天命存。誰背之，僇及身。命大師，提雄軍，越萬里，得專征。問孰勝，君之靈。詎閫外，敢抗衡？邢夫人，尹夫人，兩相似，俱非真。勿于此，揺其心，終有一位當至尊。三功曰：德雲比丘在别峰，致心睹之無不逢。詩必此詩非詩翁，由來及第皆心空。追魂取氣遺其踪，舊者爲蜕新爲龍。高手賊人古所同，必欲自雕真癡蟲。四功曰：既探策而得題，心悄焉其不怡。硯發墨以如雲，筆據紙以臨之。賊捕急而未逸，火撲遲其奚施。追氣至于黄泉，奪命固在須臾。苟流盼以傍睨，已捨予而麻迷。五功曰：莫善于鷄喔喔其三號，天沉沉其未朝，星離離于漢津，霜稜稜于樹梢，火冪冪于佛前，婢冥冥于中庖，聲琅琅以出金，筆微微而動刀，課垂垂以將畢，市騣騣而始囂。莫不善于晝居于内，白日照腹，廚人視餐，童子請沐，樹影在東，開書欲讀，聊復徙倚，群鷄又宿。

何謂六不祥？依倚家世，一不祥；依倚天姿，二不祥；依倚少年，三不祥；依倚陳本，四不祥；依倚師口，五不祥；依倚奥援，六不祥。

嗟乎，此非余一人之私言，是爲天下父兄之所同欲得言。昔者，吾先父兄蓋時時苦爲余言，而余當時褎然懵然，實不解爲何言。今則余不幸，亦既忝爲父兄，而因即以吾先父兄之言，殷勤與汝言也。夫余之言則既盡乎是矣，汝設不解，而褎然懵然亦猶如余之昔者，則汝他日，諒亦不能免于爲人父兄，其有不拊心流淚，重有痛于斯言也哉！是爲序。

順治丁酉三月二十四日，大易學人聖歎書于畮關舟中

歷科小題文[一] 目録[二]

卷一 論語

學而時習之……羅萬藻 五五七
不亦説乎……沈自南 五五八
雖曰未學……方希賢 五六〇
夫子温良……得之……陳焯 五六一
齊之以刑……王仕雲 五六二
吾十有五……宋德宜 五六四
無違樊遲御……徐芳 五六五

[一]「歷科小題文」，原本如此。扉頁作「小題才子文」，版心作「小題才子書」。
[二] 目録下有「金聖歎人瑞選」諸字。以下據原本目録整理，以存版本原貌，故具體文字與正文標題或有出入。

「父母惟其」一句……劉同升　五六七
知之爲知之……石申　五六八
「言寡尤行」三句……戚藩[一]　五七〇
禄在其中矣……陳際泰　五七〇
「相維辟公」二句……夏儀　五七一
下而飲……施召徵　五七三
指其掌……沈以曦　五七四
「入太廟每」三句……許之漸　五七五
「天下之無」一句……金聲　五七七
「君子之至」三句……顧天埈　五七八
見志不從……吕宫[二]
瑚璉也……王揆[三]
「回也聞一」一句……吴南岱　五八〇

[一] 此篇正文原缺。
[二] 此篇正文原缺。
[三] 此篇正文原缺。

夫子之言……天道……史大成　五八一
舊令尹之政……何楷　五八三
其愚不可及也……劉侗　五八四
願車馬……石申　五八六
雍也可使南面……陳名夏　五八七
與之釜請……之庾……劉理順　五八九
原思爲之……九百……王无咎　五九〇
「回也其心」一句……王仲　五九二
「則吾必在」一句……陳組綬　五九三
「女得人焉」一句……張采　五九五
「觚不觚」全節……凌義渠　五九六
「仁者雖告」一句……黄虞再　五九七

卷二　論語

雖執鞭之士……羅明祖　五九九
「不圖爲樂」一句……鄧巖忠　六〇〇
「不圖爲樂」一句……秦松齡　六〇二
古之賢人也……包爾庚　六〇四

夫子不爲也……顧予咸　六〇五
曲肱而枕之……黄淳耀　六〇六
弋不射宿……葉　燦　六〇八
孔子曰知禮……王心一　六〇九
揖巫馬期……以告……葛徵奇　六一〇
君取于吳……孟子……陳際泰　六一二
必使反之……余　颺　六一三
抑爲之不厭……陸壽名　六一四
才難不其然乎……繆慧遠　六一六
禹吾無間然矣……熊伯龍　六一七
太宰知我乎……史應選　六一九
鑽之彌堅……蔣　超　六二〇
吾自衛反……樂正……王發祥　六二二
不爲酒困……何　楷　六二三
歲寒……張安茂　六二五
子曰歲寒……彫也……黄　澍　六二六
「君子不以」一句……李開芳　六二八

食饐而餲……傅　巖　六二九
出三日……劉　侗　六三〇
鄉人飲酒……劉錫玄　六三一
雖車馬……秦　鏞　六三三
「迅雷風烈」一句……萬應隆　六三四
屢空賜不……殖焉……唐德亮　六三五
子路問聞……行之……鍾　惺　六三七
所謂大臣者……王　緦　六三八
夫子喟然……點也……鄭　鄤　六三九

卷三　論語

「一日克己」一句……笪重光　六四一
商聞之矣……許宗渾　六四三
足食足兵……程　邑　六四四
二……顧　虬　六四六
既欲其生……宋德宜　六四七
小人之德草……陸慶臻　六四九
三年有成……張　溥　六五〇

南人有言……巫醫……吴國華　六五二
禹稷躬稼……不答……沈世奕　六五三
雖曰不要君……鍾鳴陛　六五四
不以兵車……張一如　六五五
桓公殺公子糾……黄承昊　六五七
賜也賢乎哉……沈世奕　六五八
道之將行……命也……蕭　琦　六六〇
何必高宗……譚元禮　六六一
子曰臧文……立也……徐孚遠　六六二
「耕也餒在」二句……周令樹　六六四
然固相師之道也……許光岳　六六六
伯夷叔齊……之下……葉紹袁　六六七
民到于今稱之……錢謙益　六六八
吾其爲東周乎……王　錫　六七〇
「可以群」二句……馮元颺　六七一
遠之事君……高承埏　六七三
比干諫而死……黄景昉　六七四

隱者也……張魯唯 六七六
伯夷……張溥 六七七
虞仲……陳士奇 六七九
朱張……鄭鄤 六八〇
「不降其志」一節……黎志陞 六八一
四飯缺適秦……顧贄 六八二

卷四 大學 中庸

「止于仁」三句……鄭之元 六八四
「莫知其苗」一句……李繼貞 六八五
所惡于上……陳纁 六八七
所惡于左……顧虬 六八八
生之者衆……吴鍾巒 六八九
未有府庫財……王衡 六九一
伐冰之家……顧宸 六九二
與其有聚……並至……蕭松齡 六九四
雖有善者……陳天定 六九五
「詩云鳶飛」一句……曹溶 六九六

「父母其順」一句……周亮工　六九八
子孫保之……夏長泰　六九九
「受禄于天」二句……萬曰吉　七〇一
修其祖廟……萬應隆　七〇二
「忠信重禄」四句……陸　燦　七〇三
朝聘以時……吕一經　七〇五
果能此道矣……陳　瑚　七〇六
禍福將至……譚元禮　七〇八

卷五　孟子

王曰叟……王元曦　七一〇
「棄甲曳兵」三句……黄淳耀　七一一
「晉國天下」一句……陳際泰　七一三
「齊桓晉文」一句……陳之遴　七一四
「百姓皆以」一句……黄淳耀　七一五
是乃仁術也……嵇永福　七一七
「鄒人與楚」一句……蕭士瑋　七一八
惟士爲能……包爾庚　七二〇

不得而非……非也…………王　庭　七二一
召太師曰……君也…………李　雅　七二二
「昔者太王」一句…………魏光國　七二四
王速出令…………呉　禎　七二五
「鄒與魯哄」全章…………張　榜　七二七
如七十子……子也…………徐致章　七二八
「矢人惟恐」二句…………唐階泰　七三〇
仁者如射…………萬曰吉　七三一
「子路人告」一句…………羅萬藻　七三三
「又稱貸而」一句…………顧　虬　七三四
「江漢以濯」二句…………查繼佐[一]　七三五
相窺…………高承埏　七三六
其君子實……小人…………湯顯祖　七三七
今有人日……一鷄…………孫　鼎　七三八
三咽…………張　溥　七四〇

[一] 此篇正文原缺。

妻辟纑……朱泰禎　七四一
「離婁之明」兩段……何　止[一]　七四二
「規矩方圓」一句……黎元寬　七四二
「民之歸仁」兩節……湯顯祖　七四三
曾子養曾……進也……黃淳耀　七四五
楚之檮杌……鄭之元　七四六
雖閉户可也……陳維國　七四七

卷六　孟子

「卒之東郭」一句……賀　鼎　七四九
夫公明高……何哉……沈　幾　七五〇
始舍之圉……而逝……張壽朋[二]　七五一
「一介不以」一句……高道素　七五一
「歸潔其身」一句……方以智　七五三
彌子之妻……弟也……宋德宏　七五四

[一]　此篇正文原缺。
[二]　此篇正文原缺。

微服而過宋……周延儒 七五六
吾聞觀近……所主……熊伯龍 七五八
「由射于百」一句……王　錫 七五九
「上農夫食」一句……吕一經 七六〇
「其禄以是」一句……章世純 七六二
「孔子有見」一句……陳際泰 七六三
以皮冠……以旌……譚貞默 七六四
雖存乎人者……許之漸 七六六
「魚我所欲」二句……孫廷銓 七六八
「詩云既醉」一句……孫廷銓 七六九
「言飽乎仁」一句……黄景昉 七七〇
「五就湯五」三句……李流芳 七七二
乃孔子則……苟去……王思任 七七三
一戰勝齊……陸　燦 七七五
「今吾子以」一句……李叔元 七七六
「恥之于人」一句……吴韓起 七七七
舜之居深……幾希……項　煜 七七九

孽子……劉　侗　七八〇
昏暮叩人……水火……呂一經　七八一
「登泰山而」一句……宋德宏　七八二
梓匠輪輿……錢肅樂　七八四
「詩云憂心」一節……顧予咸　七八五
「曾晳嗜羊」全章……譚元春　七八七

小題才子書卷一

論語

學而時習之

羅萬藻

題是先師二十篇之第一句，文是先正百五十篇之第一篇。某所以特筆冠之者，要後學知小題最貴神理。神理或在題上，則手自寫題，眼須覷上；神理若在題下，則手自寫題，眼須覷下。如此題，神理固在「不亦」字、「乎」字。今先生純寫「不亦」字、「乎」字也。某所以特筆冠此，則以下百五十篇皆準此也。

聖人論學，而先致其功以示焉。夫學之功不致，全取下句之神。即未有知學之所效者也。故繫之時習，以明學有如是以致其功者。若曰吾首欲與人言學，是開卷第一字。又首欲與既能學之人言學而已矣。是開卷第一句。夫人苟未歷于學，而吾欲舉古人所已歷之境以相加，是開卷第一節。彼無所窺于其中，豈不宜哉！夫學，豈有漫嘗之而可遽相置者乎！全是一片神理。

既學之矣，又如是以學之，謂「習」。習所以與學之類相曲折而取肖者也。「取肖」妙。夫學而習，又豈有一加之而能遽自已者乎。既習之矣，又時時如是習之，謂「時習」。時習所以與學之體相温養而取候者也。「取候」妙。其在五經六藝之科者，先王制之，教天下以親古人于性命之物。粗粗只是五經六藝，却如此細妙。于是而有正業，有居學，遜志存心，務優游與其人之材相竭，亦明乎古人非一學之能親也。其居五官百骸之節者，上天畀之，許吾人以通應迹于神明之器。却如此細妙。于是而静有養，動有察，坐尸立齊，雖造次必與已之性相求，亦明乎神明非一日之能熟也。蓋學之量，惟人所開之。「開之」妙。開之以時習，則今昔久暫，更無相盡之候。夫語學，則當于其所不盡者矣。全是一片神理。學之力，惟人所安之。「安之」妙。安之于時習，則瞬息呼吸，皆有相深之氣。夫觀學，則當于其所既深者矣。蓋天下惟時習之學，第一字。乃謂之學；天下惟學而時習之人，第一句。乃爲既能學之人。語效必及其功，第一節。觀妙必于其共。夫學而時習之，此觀妙于大同之道也。

不亦説乎

沈自南

此題在聖人心中，本是妙理；在聖人口中，又是妙筆。自來作者，每以有意迎之而失，而無意者又曾不得遇焉。何意浸月于潭，停雲于天，有先生如是之雅人妙製也。

子學以自得之驗，亦使學者自思之也。夫聖人非以學爲强人之具也，即其爲悦，亦學者自知之耳。蓋謂古今之傳傳于學，而學之傳傳于古今人所自有之心。不用多力，油然而合。夫人非其所好，則不可以終日；爲其事而勉强焉，則不崇朝而求去。而學獨能歷久而彌善者，則以人之所好存焉，而無庸勉强也。而豈迫而學之之所解乎？迫而學之，見爲人之督我，則學焉而適得其苦。粗翻。抑豈驟而學之之所幾乎？驟而學之，歎爲天之寡助，亦學焉而未釋其憂。細翻。若夫時習之矣，時習之而必説矣。夫時習之而説，則又奚待吾之言也乎。妙是「不亦」字、「乎」字。莫説乎身本近今之人，而已爲古聖賢之人也。言之令我亦悦矣！古聖賢之去我已久，而我今一日爲之，是書策鼎彝之所不能傳者，遂已身有之而無異也。其自此快然而無憾矣。謂非效之而能然乎，一比效。既勿怠其效之者而有不然乎？作此最摇曳之筆，與題相赴。莫悦乎不離嗜慾之中，更足悦也。而全是吾性情之事也。吾性情之去我已久，而我兹一旦獲之，是耳目聽睹之無非是者，遂可明見之而無疑也。其自此曠然而有得矣。謂非覺之而能然乎，一比覺。既靡間其覺之者而有不然乎？特未可爲未學之人道耳。又翻到「不亦」、「乎」字。未學之人，與之言説而不能喻；既學之人，與之言不説而亦有不能喻也。並不更寫「悦」字而「悦」字之神自足。特未可爲學而不時習之人道耳。不時習之人，求其暫説而不得；既時習之人，求其止于説而又有不可得也。樂焉君子焉，不既甚全已乎！

看他何曾有一點墨，曾蘸在筆頭、落在紙上？輕輕只將上文四件從各色書本内挑脱出來，便宛然是「學」字；而又輕輕以三四一十二個「未」字點逗之。末又只略反插一句「果未學」，然後一筆輕輕寫出「雖未學」。甚矣，「輕輕」之爲作文妙訣也！不信聖歎，只問先生。

雖曰未學

方希賢

不欲以學概天下之士，而先致疑于未學焉。夫士烏可不學？正旨。乃盡學矣而反未學焉，則又何以待之乎？子夏，篤行士也，亦文學士也。聽其言，一似左學而右行者。若曰：「今之人可以不學乎哉？」乃今之人可以徒學乎哉？吾向者亟思一已學之人，與之同學也；吾今者更思一未學之人，與之同學也。此題可謂「多福一叢竹」，一枝二枝斜，三枝四枝曲矣。而且以爲吾黨一日不可少未學之人，不啻一日不可少已學之人也。斯其人何人也？固賢親君友間較然不欺者也。而其人且抑抑自下曰：「吾不若人者，學耳。」而一時之重若人者，亦輒轉致疑曰：「彼所少者，僅以學耳。」歌《緇衣》之章于其前而未諳也，是賢賢易色而未學。歌《白露》之章于其前而未諳也，乃高賢必集其門，不曰「彼未學也」而去之也；問《尚書》「齊栗」之篇而未習也，問《世子》「寢門」之記而未習也，而慈父樂得以爲子，不曰「子未學也」而責之也。

聞古之人，皋禹者忠臣也，是事君致身而未學。熟其名未識其事也；聞古之人，龍比者亦忠臣也，知其事未詳其實也。而明君樂得以爲臣，不曰「子大夫未學也」而棄之也。晉有荀息，不食言人也，是與朋友去信而未學[一]。知之乎未也；趙有程杵，不背友人也，知之乎未也。而良友樂與之定交，不曰「吾友未學也」而疏之也。文成數萬，讓而未遑；作賦如銘，闕焉有待。嗚呼！之人也，果未學也，吾不爲之諱也。好！然吾懼世之僞儒者，以其謏聞曲學出而傲之也。故白一言曰：雖曰未學，嗚呼，吾願與此未學之人共朝夕也！

夫子温良恭儉讓以得之

陳　焯

題爲一「政」辨耳，何與温、良、恭、儉、讓事？且此五者，豈子禽昔之所未稔耶？特不悟聞政乃在此耳。輕攏得之，重拈夫子至于温、良、恭、儉、讓，直置不道。學者得此法，于一切題皆知歇重擔、取輕擔也。

善觀聖人者，聞政固其餘也。賽人百語！蓋就聞政而論，劃然。得不得未可知也；就夫子而論，既有是温、良、恭、儉、讓矣，而得何有哉？子貢曰：「子之不明于夫子者，殆惟聞政之

[一]「去信」，或爲「交信」。《論語·學而》云：「與朋友交，言而有信。雖曰未學，吾必謂之學矣。」

爲見，切玉如泥。殆惟至是邦之爲見，而未深思熟察于夫子也。」不見夫子，因見邦君，切玉如泥。遂若有政在而夫子從之者。賜之獨明于夫子者，無待徵之至是邦之日，無待徵之必聞政之時，真正眼見，真正筆力切玉如泥。蓋久已反觀内考于夫子也。姑置邦君，但思夫子，則有夫子在而政自歸之者。蓋平日習見夫子則忘焉，一旦見夫子聞政則異焉。孰知今之所異，即向之所忘乎？子亦憶向之所忘于夫子者何若乎？妙絶！子見夫子聞政而疑焉，賜見夫子聞政而信焉，豈非疑者在今日，信者在生平乎？子亦知賜之所信于夫子者甚備乎？微子言，吾久知夫子之温也、良也、恭、儉、讓也，夫子非至是邦而始温也、良也、恭、儉、讓也。妙絶，妙絶！則夫子之無意于邦君，而邦君之無與乎夫子，可想而知也。妙絶，妙絶！然而邦之君，亦既見夫子之温也、良也、恭、儉、讓也，邦君能抗夫子，而不能抗于其温也、良也、恭、儉、讓也，妙絶！則夫子之不與聞政期，而聞政之必與夫子期，又可想而知也。是故得者政也，所以得者非政也，猶是夫子也；而温、良、恭、儉、讓在焉，則政在焉。妙絶！到底只用切玉如泥法。得政者，此夫子也；所以得政者，即此夫子也。不必爲聞政而温、良、恭、儉、讓焉，妙絶，妙絶！如專爲聞政而温、良、恭、儉、讓焉，吁，可爲知者道，難與衆人言矣！

齊之以刑

王仕雲

下「德」、「禮」節，既云又當深探其本，則此節「政」、「刑」，固皆聖王之治法也。有人不解，遂直以申韓相目。夫我大聖人，處心天地之上，出入帝王之間，即安得以申韓污其脣口哉！快讀先生此文，段段高人數等。

齊民者而一出于威，民亦可畏矣。夫刑所以助治也，齊民而獨立其所助，可畏也哉！且人君之治其民而人人與之爲善，則亦未可以速得志矣。只如此，便錯到底，夫豈申韓之志哉？何則？人人而有欲爲善之心，固無人人而使速爲善之法也。便算聖人口中親説語。自以政道民而始之與民相期者，本無加于象魏之文。「無加」妙妙。即繼之與民畫一者，亦遂無進于法律之旨。「無進」妙妙。其若吾政也，吾宥焉；違吾政也，吾刑焉。非故同衰世之酷烈，而以疏縱博寬大之名，不敢也。大是好手。其違吾政也，即吾刑焉；違吾政而甚也，即吾刑而甚焉。亦共冀澄清之上理，而以解綱啟陵夷之漸，不敢也。大是好手。匡俗先于任人，而聽夷夔之意，不若聽皋陶；倚周召之心，不若倚申吕。曰：吾所以遵蕩平之風，而使知不相先、愚不相後者，其在斯人乎。警衆視乎立術，而辟雍可以茂草，犴獄宜修；典物可以荒夷，圜嘉必飭。曰：吾所以持一概之量，而使貧與富不相耀、誕與信不相欺者，其由斯術乎。與之言刑措之治，亦知豈弟之誦爲可親。大是好手。然以其效在百年化成，而後吾不能爲盛德事矣。且百姓之不肖者，恒多于賢者耳。與之言繁刑之傷，亦知作始之嚴爲可痛。大是好手。然以運當三代以降之餘，不復可以結繩理矣。且百姓之愛民誼，遠不若其愛肌膚耳。當是時，朝廷修其律令，庶府守其憲章，上無粥獄之官，下絶舞文之吏，大是好手。其治效何等歟？雖然，吾欲起而問其民矣。

吾十有五

宋德宜

善用兵者爭上游，善弈棋者爭先着。如此題「十五」字，雖是下文「三十」等字之務頭，抽之拽之，則能令通章節節之上半句，無不應手而動，然終何如「吾」字之能令節節下半句，皆應手而動耶？看先生一入手，便疾取「吾」字，一彈三鼓，凡作十餘喚猶未止，皆爭上游、先着法也。余初識先生時，年猶未能十五也，不唯讀書，便已養氣，真仲尼之徒無忝也。此文即是此時所作。

追紀幼年，聖人之始也。夫曰「十有五」，紀年正未艾也，然而聖必始于此矣。意謂：丘今老矣，言念少時，吾忘吾矣。然不能不忘者，既耄之歲月，與境俱徂；而不能卒忘者，弱歲之居諸，有懷如昨。是逆題而入，是順懷而出。吾試次第紀之：夫吾之爲吾，不自于始生之日耶？乃當垂暮而追襁褓，亦猶之立商周而溯羲黄。吾之爲吾，又不經于嬉戲之年耶？乃迫晚景而念童心，猶之履晦夕而思旭杲，不以其「十有五」前添得兩層爲奇也，奇其全是貪取「吾」字。則亦大都自十五始。天之生吾，豈其微哉？吾少而可忽也，畢生之吾俱不堪復問，亦奚恃而有吾矣。十來「吾」字，大弦嘈嘈，小弦切切。吾故睠言念之，而知「容兮遂兮，垂帶悸兮」是此日也。寧止茹此春華，令人歎童子之何知。道之賴吾，抑何重哉？吾幼而可輕也，終身之吾悉無以爲基，又何取乎有吾矣。吾故心焉數之，而知「婉兮孌兮，總角丱兮」是茲時也。胡不勤此芳辰，令人欽小子之有造？吾生之初，則在襄公暮年也。届是年而已爲昭公正始之際，亦既閱歷兩朝，「閱歷」妙。而猶虛擲此光陰也。後此無窮之責望，始于何日乎？十年以長，益之五年以長，吾之心願當何如？揆吾初度，實惟庚戌以降也。至是年而已爲甲子頒曆之歲，亦既遷流時會，「遷流」妙。而猶悠忽此旦暮也。將來多端之勤苦，肇于何期乎？十五而盈，豈其十五而闕，吾之興會當何如？斯時雖未壯也，二十，妙。始基之矣；正未强也，四十，妙。托端焉矣。其去艾之時極遥也，五十，妙。初服可溯焉；其去耆之候彌遠焉，六十，妙。肇基可懷焉。即今日既已耄矣，七十，妙。而少時所從事者，歷歷可以數也。吾中心藏之，吾何日忘之哉！應起，妙。

無違樊遲御

徐　芳

小題穿插，不可過巧，最易入小家惡道。只須筆到手迎，手到筆接，如擒似送，欲動故歇，便中間兩頭都恰妙矣。若立意欲取巧，便成行院調朱弄粉，使人嘔穢急走。

教孝不必盡其詞，于執御者或有待焉。夫第曰「無違」，而懿子遂嘿嘿已乎，遲之御也，或明孝之一機哉。今夫孝亦何待言？言孝亦何待盡？言孝不盡，亦何待補盡哉？如江行仰視，忽睹匡山，世間有此秀絶。要旨所存，片言已畢；至性相感，隨處旁通。何則？從來事親有承歡之訓，猶事師有服勞之文，未之有岐也。順水推舡，不勞而過。昔者懿子問孝，彼非大夫子耶？問大夫之子，長曰能御，陡然出「御」字，使我吃驚。幼曰未能御。古之教也，明有親也。子又何以語之，亦語之以「無違」云爾。晨昏至暫，無時不思維則之義，而又必勉諸性情之分焉；正寫「無違」。枕衾細故，無事敢忘不匱之思，而又必觀諸志氣之間焉。夫人雖極不肖，斷不以不能事親自棄，以此思「無違」，無違何其易；古來雖極神聖，斷不以吾能事親自足，以此思「無違」，無違何其難！高渾之甚！雖然，夫子所謂「無違」，未必非懿子之所謂「違」；夫子所謂「違」，未必非懿子之所謂「無違」：辨之不可不早辨也。懿子何遂聞所聞而退也？懿子既奉教而言旋，必切倚衡之見；夫子適命駕而他適，猶思問孝之人。穿插甚巧甚雅。而不意樊遲忽介乎前，向夫子而請焉，曰：「吾執御矣。」此豈「四牡騑騑」、「不遑將父」歟？此豈「載驟駸駸」、「不遑將母」歟？都是穿插之巧，都不傷雅。豈其過孝子之門，不能不憑衡而式閭歟？豈其入勝母之里，弗敢弗聞名而返駕歟？是又不然。昔者適衛，冉求循執轡之儀；異日問津，仲由有驅車之敬。然則夫子爰方啟行，樊遲竭力以御，弟道也，即子道也。是或「無違」之義，略可旁通。然而遲實未知前此有問孝之懿子，妙。夫子亦不知後此有執御之樊遲，妙。而夫子心怦怦動也。妙妙。

父母惟其疾之憂

劉同升

凡將作忠臣孝子刳心滴膽、千愁萬恨文字，必先把筆放在快處，然後將心覷入血淚子内，曲曲折折，搜着無限苦惱，而一一交付快筆，砉然奏之。所謂心爲裏應，筆爲外合也。切不得心覷入去，筆亦隨入去。從來鬼窟中豈有翻身之事？作理題亦然，務要把筆先放在快處。看先生此文，全是放筆在快處。

孝子之心，時見父母之憂焉。夫心存父母，則父母之心時在其心矣。今使人子之心恒如父母之心，則天下無不孝之子；父母之心時在人子之心，則天下有不憂之親。快筆如風。吾悲夫親之憂百年不解，而子之心一日不在也。放筆一哭，聲淚俱盡。子欲知孝，吾且與言「父母」可乎？妙如以刀切題相似。父母何如？父母無日不憂者也；父母之憂何如？父母無日不惟其疾之憂者也。吾之憂吾也，視人倍之矣；故作一層，以逞筆法。今父母之憂吾，視吾又倍之。何者？吾有時忘其疾，而父母無時忘其疾也。吾之憂吾也，視吾之憂父母過之矣；今父母之憂吾，視吾之憂吾又過之。何者？父母無疾時吾不憂，而吾無疾時父母仍憂也。刳胸出心之文。風雨如晦，天地之慘，父母與同慘；陽和布合，天地之舒，父母不與同舒。寫至此，風雨雷電一齊至矣！仁人孝子不復敢説其快筆，然實只是快筆也。蓋陰陽燥濕之患，所慮于不必然者，惟父母之心之忡忡也。勞苦倦瓻，人事之怫，父母與俱怫；飲食晏樂，人事之愉，父母不與俱愉。蓋晏安鴆毒之懷，所慮于不可測者，惟父母之心之忉忉也。或憂其賢，則忠孝皆勞生之事；或憂其愚，則保身無明哲之幾；或憂其塞，則貧賤多苦辛之謀；或憂其通，則功名爲滅性之術。亂灑淚，亂灑血，亂降雨，亂降□，乃成此文，然是快筆也。不知方寸幾何，而憂來不可斷絶如此也；不知人壽幾何，而常懷千歲之憂如此也；不知承歡幾何，而無處駕言寫憂如此也。連問都問入孝子耳裏心裏。然而人子或未之知也。人子而知之也，孝可不必又問也。

知之爲知之

石　申

「爲知之」、「爲不知」，兩「爲」字合作一副，方是「是知也」句。今題却只得半邊。單龍不許獨赴大穴，于是時賢莫不以爲難可措手。因而遂思一面且寫此句，一面便打下句，始稱得法。殊不知「爲知之」句便是「爲不知」句，只是一句正説、反説，非是兩句一説一未説也。先生再來人，直從《圓覺》十二菩薩章句中得來，而又通身是花，通身是香，通身是水，通身是月，洵乎八股之絶事矣！

「知」不可誣，固先審于「知之」，量矣。心細如髮。夫知之，則必期于知之，然而知之不可概也。則亦姑就其所信者，而先區之以爲量焉耳。且學人于天下之數，而皆如中之得自稽者，則必無冒昧而喜負者矣。適開口便劃然是上句，妙絶！　蓋天分無異量之獲，而大道有漸足之求。則及其所明，而先循循有以證嚮，當亦庶乎過此以往之可俟也。不但劃上，且又通下，妙絶！　誨由以知，豈有異乎？　人心雖極明曉，恒有不能舉似諸人、坦懷共白者，分體殊悟，無從相喻也。自度焉，誠喻矣，孰得而格之？此是籠統虛起，最好手。　且人心縱同一慧哲，然必不能元中並矚，區别涯涘者，殊形各質，無從代決也。已決焉，誠曙矣，夫豈有眩焉？　是故知則無不自知，「知」。　而舉端以從，既著爲不勞之睿；　然知之猶不可以盡知，「知之」。　而效諸成事，則存爲已具之能。　其以爲知之乎？「爲知之」。　天下至無盡也，吾心或有方也。斕讀《南華》，又出之以快筆。　以有方當無盡，則其爲知也亦僅矣。不是射下。　然學者始之以强博，繼之以悦安，夫豈無奥折備悉，爲德行之有覺者乎？「知之」。　矧高明之資，覃精懿哲，則因識起悟，當非荒忽者所躐望焉。于此而引焉致專，「知之爲知之」。　以立誕登之大據，諒匪同于他端之闕如矣。不是又射下。　理道本至一也，聰明或歧出也。以歧出希至一，則其爲知之也亦微矣。不是射下。　然學者擇必底于精，語必期于詳，則豈無緝熙有光，爲强勉而殆庶者乎？　矧信決之質，宅情篤實，則因行赴聞，更非寡昧者所虛覬哉。　于是而矢之勿諼，以見信理之不疑，「爲知之」。　又非等于師心之無本矣。不是又射下。　事有得之于想像，而亦失之于想像者，未能實舉而列之心目之間。若乃有其知之，則慰藉不獨在此也。　政思前知與此知爲遥，而此知又與後知爲俟。　其不得逾所界之際，而多端以爲功也，明矣。如此覷下，豈復筆墨之能事哉！　竟是先聖心燈，却又寫來空靈宕漾，真奇絶、妙絶也！　物有徵之于渺忽，而追之于象罔者，非可實核而遇之情狀之際。　若乃確然知之，則握固非以域此也。政思此知之與彼知無二知，則彼知之與百千萬知不無二知。其不得畏所無之境，而並謝所有也，又明矣。蓋修潔其志而清虚日生，念釋在兹而疑難不雜，又何惑于不知者乎？

禄在其中矣

陳際泰

上文許多「多聞」、「多見」、「闕疑」、「闕殆」、「慎言」、「慎行」、「寡尤」、「寡悔」，一路斂容屏氣，低眉拱手，而説至此，忽作跳脱語，説一「禄」字，「在其中」三字，又一「矣」字。分明似障眼搬運法，半日口中念念有詞，至此喝聲道：「疾！」揭開共看，已在其中矣。先生妙筆，一一傳寫出來。匡鼎説《詩》，未有此樂也。後學熟讀熟玩，若不得脱胎换骨，截取吾頭去！

善求禄者，有不求而在者焉。夫禄不求而在，即何必復爲求禄之事？豈是筆墨，全乎神理也。禄不求而在，宜天下之所爭趨也。甚矣，世儒之失也！有一至便之途而不用，有一至美之名而不居。何謂至便之途？安坐而得禄是也；解人頤。何謂至美之名？求道而得禄是也。解人頤。即如言寡尤矣，行寡悔矣，此豈有心于禄哉？好頓！然子之學在干禄，吾之所以教子者在無禄，是與子意反也。解人頤。然子之學在禄而出于干，吾之所以教子者未嘗干，而又無損其爲禄，是適與子意合也。解人頤。何者？禄之予者人也。後世言修行揚之途，政與三代不殊。一時之風俗與一時之進趨，不必盡同，而終有不能盡没之人心，而終有不能盡亡之古道。不知是笑是哭，是謔是駡，但覺語語解人頤。禄之予者天也。鬼神福善禍淫之具，政與人世不殊。一定之時命與一定之胥法，不能自更，而終有可以自補之行誼，而終有可以自致之心術。語語解人頤。故吾以爲得天下自必之道者，此焉是矣。我求人而權在人，人求我而權在我。吾既能決天下之用君子，而又能決己之不爲小人，此之謂自必。解頤。如是而分毫不計，真不必分毫計之矣。妙絶，妙絶！且吾以爲得天下能兼之道者，此焉是矣。人求一而或失一，我求一而遂償之以兩。天下修道之士無如君子，既已隆之以名；天下修禄之士亦無如君子，復爭遺之以實，此之謂能兼。解頤。如是而分毫不計，人皆可以分毫無所計矣。妙絶，妙絶！何者？以禄在其中也。在「中」云者，不必然而然，又何必爲世之紛紛者乎？

相維辟公天子穆穆

夏　儀

《雍》詩不止此二語，獨誦此二語者，全爲「辟公」、「天子」字樣駭人耳。入手一句喝破下去，只管將「辟公」字、「天子」字，如小兒怕電光，電光却故意向小兒面前一閃一閃。妙甚！

試誦《雍》詩，聞之而已驚矣。夫曰「辟公」、曰「天子」，彼何人斯耶？夫子爲三家誦也，曰：而亦知《雍》之致語乎？冷風逆入。彼所爲「肅肅」、「雍雍」、「燕天」、「昌後」，一切懿爍隆茂之詞，吾未暇悉數也。劈面提明，便令「辟公」、「天子」字加倍犀利。第于其中得兩言焉：「相維辟公，天子穆穆。」夫相也而辟公耶？度非辟公，不名辟公矣；惡！夫穆穆也而天子耶？度非天子，不名天子矣。惡！非辟公不名辟公，非天子不名天子，然則爲之歌《雍》，必真有辟公、真有天子矣。惡，惡！豈乏陪隸而未居七命之班，則從其賤彼群后者，照下，妙在收處扣得住。實邀錫于桓信穀蒲，而後得介此尊彝，以襄景福也。「相維辟公」，是爲辟公者也。惡，惡！罔非孤寡而共在九廟之内，則全于臣彼一人者，實藉手于伯叔甥舅，而後自致其恍惚，以交神明也。「天子穆穆」，是爲天子者也。惡，惡！是詩也，不于文于武。何其奇恣。計文當日，雖有旄鉞之膺，而伯服如故。則仍然一辟公，方且相厥湯孫，恭聽夫「淵淵」鞉鼓之什，安所得穆穆者而稱之？假令文而歌此于文之室，王季其吐之矣，曰：「誰辟公，誰天子？」幾于吐舌三寸，不顧驚死人。是詩也，不繫魯繫周。計魯當年，雖有禮樂之賜，而侯度不改。則居然爲辟公，方且偕諸君長，載矢夫「濟濟多士」之章，又安所得穆穆者而稱之？假令魯而歌此于魯之宫，周公且愀然矣，曰：「誰辟公，誰天子？」驚死人！而胡爲乎忽歌也？《雍》之詩，「肅肅」、「雍雍」，「燕天」、「昌後」，所爲懿爍隆茂之詞，前後呼應成局。其中豈已删此兩言耶？如其不删，則胡爲乎忽歌也。

下而飲

施召徵

游蜂採花作蜜。「蜜」者何？密也。其事甚密，人不知也。明明是花，諦察之，無非花者。未幾而已明明是蜜，諦察之，無非蜜矣。夫使人明明知是花，而明明不得不謂之蜜，則其事密矣。如此文，明明是《戴記》也，胡爲讀之，則又明明是「君子無爭」章「下而飲」三字也？此其中間甚密，吾試得而言之：一眼覷定「揖讓」二字而寫「下」、寫「飲」，則遣《戴記》代之矣。明明者，其遣《戴記》代己筆墨也；密者，其一眼覷定「揖讓」也。

觀君子于下飲，尤徵揖讓焉。夫射至于下，而勝不勝明矣，而飲又揖讓焉，故終日飲酒而不得醉也。嘗聞之：諸侯之射也，必先行燕禮；卿大夫士之射也，必先行鄉飲酒之禮。明乎飲之于射，蓋相因而至也。忽從「飲」字借影生情。小題占勝，每每如此，而重其不佻。雖然，未射之前，則飲以自娱；既射之後，則飲以示罰。而今于君子觀之：君子于射，既揖讓而升矣，已而一人般還曰「辟」；由阼階下，一人般還曰「辟」；由賓階下，一人由左，一人由右，爲之歌《采齊》，曰「趨有節」也，爲之歌《肆夏》，曰「步有儀」也。一時三揖而降，遂相傳爲「下」云。而射者曰：「庶其可飲乎？」因酌曰：「某飲。」斯初飲者。何也？曰：「不中不得爲諸侯。」是以飲之也。又酌曰：「某飲。」斯再飲者。何也？曰「不中不得與于祭」，是以飲之也。又酌堂上，行觴飲之三飲者。何也?曰「不中不得與于祭,又有讓削以地」,是以飲之也。全是空中雲霞,又皆用現成筆墨,故誦之便如無一字者。斯時也,或則威儀佖佖不,抑亦屢舞側弁不;或則載號載呶不,抑亦舍其坐遷不。君子不然也,勝者揚觶而語曰:「幼壯孝弟,耆耋好禮,不從流俗,修身俟死。」到底不用自己筆墨,純遺《小戴》,隨掌答應,恰成最妙章法。不勝者亦揚觶而語曰:「好學不倦,好禮不變,耄期稱道,一以不亂。」既勸之,又勉之,若是乎有三辭三讓之文焉。此何爲者哉?君子曰:「酒者,所以養老也,所以養病也。」吾不敢當養禮,故辭爵焉;吾非敢有以勝之也,辭爵讓道也。

指其掌

沈以曦

吾嘗言,作文要明用筆、用墨二法。墨在題中,筆在題外;用墨由題,用筆由我;用墨要少,用筆要多;用墨在筆尖上一點,用筆在墨之前後左右四面也。如此文,通篇只是用筆;至于墨,只得一個字兩個字。先生天上人,固有此能也。

言「禘」者,終亦不言而已言矣。便如流雲。夫禘,胡可以言言,然胡不可以不言言耶?故指掌也。且人言有天下而後有禘,吾意有禘而後有天下。胸中快然直瀉出來,不意其落下而已到題也。此其中間也微,非其人無其事,未易得指也;真其人又有其事,然後可以得指也。何謂其人?有天下之人是也;何謂其事?有天下之事是也。天下大矣,豈一王一公一手之烈所得既乎？并不拈題而題已着。知非一王一公一手之烈所既，而天下在吾掌中矣。抑天下遠矣，豈一文一句一端之指所能冒乎？知非一文一句一端之指所冒，而天下斯有的指矣。吾欲明言之，明言之不得也；則吾欲微言之，微言之又不得。詘于口，明于心；得于心，應于手，不覺一指掌也。如大雨夜，聽鄰家彈箏。一段箏聲，一段雨聲，斷續淒清，心魂都絶。謂是微言之也，而不覺已明言之也。妙妙！吾欲詳言之，詳言之不及也；則吾欲約言之，約言之又不及。口未至，目先至；目纔至，手蚤至，因而一指掌也。謂是約言之也，而不啻已詳言之也。妙妙！或曰「掌」示其平也，「掌」義須發。言天下之平有如此掌也。夫天下之平如掌，而可以不知禘乎？然而夫子未之嘗言；夫子未之嘗言，則天下果平如掌乎、否乎？而又明見其指也，則意者天下真平如掌矣。分明萬轉千迴，爲郎憔悴矣！或曰「掌」示其文也，言天下之文有如此掌也。夫天下之文如掌，而又可以不知禘乎？然而夫子未之嘗言；夫子未之嘗言，則天下果文如掌乎、否乎？而又親睹其指也，則意者天下真文如掌矣。始也不欲言，既也何所不能忍，而又快然欲言；既也不必不言，卒也何所深相喻而遽指其掌，而又畢竟不言？嗟乎，禘終非無天下之人之事哉！與起遥應作收。

入太廟每事問

許之漸

慧中何難，難于秀外；金豔何難，難于玉輕；仙風何難，又難于道骨也。先生世篤忠貞，夙敦孝弟，與人言，意思全是上念廟廊、下念蔀屋，内念人心、外念風俗。而其投時小技，則又秀外如此，玉輕如此，仙風道骨如此。後學慎毋心高氣高、眼高手高，自失利器也。

即問事以譏聖，見禮于問事之外矣。早已覷下。夫知則不問，孰不謂然！然豈可云問則不知乎？或人之見，不亦淺哉！若曰世所貴乎知禮者，以其具爲他人考問之資也；況宗廟之際，大禮所存。吾方以爲斯時而有人昧禮，必謀之孔氏；咄咄相逼。即有人知禮，亦必無過孔氏。而孰知有大不然者乎？夫趨蹌奔走之際，揖讓于此時，學問亦于此時。風姿異人。苟經猷素裕，安事向同列而考其詳？玉帛笙簧之會，威儀在其中，才智亦在其中。苟禮物無愆，烏用執人裾而辨其制？乃于入廟觀鄹人之子，則蓋諄諄每事問也。周公稱知禮之宗，其方策所書，豈若舊聞之疏遠？苟没没無聞，則吾無責焉耳。鄹人之嘉名而既彰彰矣，胡爲乎一若來自田間，目未識夫周官之制？苟聖天子集諸儒而考同異，而儔人子弟咸推東魯布衣，吾恐祝史明笑其寡陋矣。題語氣是證上之文，故略寫正面而多作曲致，真是好手。我魯爲守禮之國，其流風所漸，必已沐浴之甚深。苟泯泯無名，則吾無求焉耳。鄹人之令望而既藉藉矣，胡爲乎一若年方學禮，始辨名于師傅之前？苟吾宗國詔賢良而起舊文，而野老稗官盡薦東家長人，吾恐瞽工反勝其詳明矣。睹一物而或問焉，猶曰偶然者也，乃必孜孜于每事。剔「每事」字。由是推之，夏殷之禮非第不足徵，不能言也，彼蓋信其無徵，而冒以能言之實，孰知即本朝所尚，已難辭或居平而有問焉，猶曰當然者也，乃正曉曉于太廟。剔「太廟」字。由是推之，俎豆之事靈固不能問，彼亦未嘗聞也。對更巧。彼蓋因其問，而假以嘗聞之名，詎意當灌獻之時，遂難掩其生平之實。今而後有以知禮稱孔氏者，請質之在廟之臣。寡昧之譏。巧言如簧，神廟諸公最能之。

天下之無道也久矣

金聲

題極不佳，然文真乃天下之至妙也。吾每見人家父兄爲其子弟選文者，類必先選題。夫盡四部書中，佳題何止盈萬？主司列棘閉院，縱心截割，矢來無鄉。君子弟胸中，真作韓非鐵室耶？從來云：「任看鴛鴦，金針不度。」吾今偏欲只度金針，不看鴛鴦。何則？子弟但得金針入手，便自能繡遍天下鴛鴦去也。先生此文，筆筆金針也。吟之千遍萬遍，即四部書中萬萬題，都化作新繡鴛鴦也。

夫天下在聖人之身也，無道久矣，豈喪吾夫子之日耶？其與二三子曰：當今天下而夫子生焉，豈偶然之遭哉？吾今日始見夫子，夫子識時關吏，與聖門論天下焉。妙破，便非凡筆。以夫子真聖人不具論。只四句，却是四段，一段一轉身，一段一聲咳。如虬髯一見太原真人，舉眼眼花，摩腹腹痛時。論今日天下，夫子不可無天下；夫子之心，賓。亦二三子之心也。帶「二三子」，好。以夫子定之，天下之不可無夫子；則今天下之數，主。亦吾夫子二三子之數也。以今天下知之，天下非有道之世矣；天下之不有道，非一日之故矣。道存乎人，上正乎君父，而下閑其臣子，此亦天下之大較也。夷昭而降，不可言矣。不醜詆無道，單屈指久矣，高人何止道里計？吾聞列史之載，所見異辭，所聞異辭，所傳聞又異辭。沿而溯之，蓋上下數百年弑奪不絶書，以迄今日也，猶未爲極歟？道有其器，祥則爲禮樂，而凶則有征伐，此亦天下之大端也。幽厲以來，無常所矣。吾觀列國之間，或亂至十世焉，亂至五世焉，亂至三世焉。綜而計之，凡閱歷十五王陵夷不可止，以及此時也，而猶未艾歟？日月不失，山河如故。聖人定不蚤生于其間，盱時事以符昔運，已是南巢牧野之時。「無道」，奇。天地雖戰，玄黄未雜。中材亦得間起而爲政，睹極潰以比初壞，又非葵丘河陽之日。「久矣」，又奇。物亂既可厭，人禍亦宜悔。此時猶無念天下之心，造物豈非不仁？妙妙！「天將」二字直跳出來矣！往局雖難仍，時會不可待。逢此更無用聖人之法，上帝豈非無術？妙妙！「木鐸」二字亦跳出來矣！吾一懸度天下，夫子必用，無或喪者；吾更熟計天下，夫子已用，未嘗喪矣。妙妙，妙妙！二三子何患乎？

君子之至于斯也吾未嘗不得見也

顧天埈

明明請見夫子，却明明只説得見君子。不知是封人使乖，不知是記人弄巧。後來笨伯不解個事，滿紙寫君子見了，夫子也須見。使令此題如月入雲，更無妙處可傳。試看先生淡淡着烟，輕輕籠水，除起二筆外，肯有一字出題去否？

請今也，而叙昔焉。夫未必夫子不與封人見也，題被覷破。而封人曰：君子已盡見也。因從者而致婉語曰：吾聞夫子，天下之聖人也，其不可當吾世，而不得見聖人也；只此二語，是請見孔子。下皆如題，絶不更犯。今聖人且辱于下地也，其又不可當吾地，而不得見聖人也。願又念之：聖人之度量常宏，反單一句作賓。或謂天下無不可見之士；而小人之自審有素，疾折一句入題。明知聖人有不可混之交。則大約君子所棄，必聖人所同棄已；妙。聖人所收，必君子所先收已。妙。吾雖不敢自附君子之流，筆筆鬆靈。然倘至于斯，即常得見之，其敢誣哉？吾即不謂至皆君子之人，然倘是君子，即未常不得見之，何曾失哉？抱關之吏，非有結納之資也；風馬之及，非有相習之素也；四方輻輳之賓客，又非同車並馬也。即曰爾必請之而後可焉，夫吾誠請之也是也。然君子豈不計吾之可而遂狥之，有如計之而不可也。吾無如君子何也，而君子不爾。非復封人語，便作兒女香口，無此生生燕語、嚦嚦鶯聲矣。即曰爾亦偶然得之而非其所樂焉，夫吾誠偶然也是也。然君子之至斯，豈其盡哀吾之請而偶然之，有如或偶然而或又不偶然也。詼諧並發，使人絶倒。吾又無如諸君子何也，而諸君子皆不爾。二三子倘肯諒吾之辛苦，察吾之生平，盍言曰：「邑有得見君子之封人，庶幾其君子乎？」到底如題，不犯別語。即不可，或又如是言曰：「衛嘗有不絶封人之君子，夫子豈有意乎？」吁，封人其亦自見矣！夫遇聖人而不自見，又于誰自見哉？使我慨然。

回也聞一以知十

吴南岱

凡題，有高在三十三天之上者，吾便須小着神通，更尋第三十四天蹲踞其上，伸脚下來騰踏之。切不可身立下界，擎手捫摸。莊子亦云：「九萬里，則風斯在下矣」；「而後乃今……莫之夭閼」也。觀先生此文，全是小着神通、更尋上去，然後騰踏下來。他人不識此法，被題夭閼多少。

即以「知」論大賢，便是好手。而其量已獨優矣。夫回之愈不當以其知也。然而聞一知十，賜之知回既已如是。其對子若謂君子設教以引來學，詎不欲進其前者，均明通之上哲哉？然而未可强也。反代夫子説，起有神理。天之所逸，人不得而勞之；性之所全，習不得而虧之。故與人同學，而異敏特達者，必其量之有以大過乎人也。賜也未敢望回，蓋嘗久于回而得其異也。「久于」句好。大道以冥悟爲期，回其去感而黜聰乎？反踼「聞」字，最是筆法。然至静之理，附于動則愈引，故「聞」非回所獨殊也，細細看其斟酌。而可因是以觀昭曠之原。上士以忘機爲貴，回其辭慧而守漠乎？反踼「知」字。然照物之識，反于内則愈生，故「知」亦非回所得私也，而可約略以窺亶厚之地。蓋賜亦嘗望回而願有企矣，繼察其知而不覺爽然失也。回殆聞一知十者乎？理道之數，紛至不齊，而莫不有所由始，有所由終。是一是十，與下知二分明。

回而揣測以圖之，或亦沉潛者之恒耳，用筆恣意曲折。而無如其不用揣也。今試立一于此，賜與回同求之，而回則知始知終，聞一是回、賜所同，他人混帳，便無此筆耳。猝然相叩，而皆遇其中之所素定。回也其殆天授歟？不然，何其捷也？物感之來，煩賾難紀，然莫不有所由生，有所由成。回而研索以應之，抑亦靜深者之分耳，而無如其不必索也。今試置一于此，賜與回俱學之，而回則知生知成，幾微偶觸，而畢引于義之所大備。回也其以神解歟？不然，何其優也？當其無聞有聞之性，當其有聞無聞之形，回自有得不關聞也。聞且不留，一于何有乎？然而一聞之中，子貢縱心服子淵，然亦不必直說到此。此全賴「然而」一轉耳。可細學「然而」一轉。衆理會焉。有對待則有量矣，無擬議則無遺矣。回也胡然而無遺若是哉？不遺一知，則知麗于實；不恃一知，則知處于虛。回縱有知，如無知也。知且不立，一于何歸乎？然而一之既得，萬事畢焉。知無窮之在天下，故外無餘于物；知無窮之在我心，故內無餘于知。回也胡然而無餘若是哉？其守彌精，其應彌博，虛無不足，動自有餘。吾友乎？殆吾師乎？

夫子之言性與天道

史大成

先生文，從來未有也。不知其是勤苦得之，不知其是快樂得之。祇令學者讀之，只如説話；及乎操筆相擬，則竟成太上金泥玉簡，下士曾不得以手捫摸矣。吾亦隨便選此篇，非僅選此篇也，閑時必手寫其全集，以芙蓉錦囊貯之。

聖人有微言，進文章而深之也。蓋言至性與天道，而已深矣。深觀夫子，豈如文章之昭然者哉？子貢若謂：吾始以爲不習與聖人居，不知聖人之大也；今而知習與聖人居，亦不盡聖人之微也。輕輕動指，如調弦未入弄時，而不覺已入弄矣。蓋學必屢進，而彌覺大道之精；功必屢求，而始悟昔日之淺。則吾得聞文章以來，更有以觀夫子矣。謂文章不足究吾夫子，是不知夫子也，先不知文章。吾所言夫子之文章，其易見者也；而其不盡乎此者，即在文章之中，而不在文章之外。「言」字最是難處，今却處之只如家常粥飯。然謂文章已足究吾夫子，是僅知文章也，竟不知夫子。吾所言夫子之文章，其易窺者也；而其不盡乎此者，不在既有文章之後，而要在未有文章之先。「性與天道」又最難落，今却落在三十三天。夫子之言，不更有性與天道乎？言者，文章之一端。然言爲性之言，爲天道之言，則可謂之性與天道，而不可謂之文章。「言」與「文章」如此辨。聖未傳之精微，而以有言著之，不欲以無言秘之，則甚矣夫子之公也！住句，恰有下文，而又高貴之至。言者，性與天道之所棄。然言爲性與天道之言，不爲文章之言，「言」與「性」、「天道」又如此辨。則爲性與天道之所寄，而不爲性與天道之所棄。蓋性與天道，下士言之而入于粗，上士言之而趨于隱。夫子明千百世不明之學術，而欲以無言存之，不得已以有言正之，則甚矣夫子之難也！是當觀其言之意，而更當觀其不言之意矣。他人文能作此輕輕而住，然醜極，不可正視矣！夫言性不言性，無非言性；言道不言道，無非言道。由此推之，即竟不言性、竟不言道，而性與天道之義已寓也。一言非少，百言非多，而無言非默，此際不深人以象外之求也哉！空山聞木魚聲，寒潭見白雲影。有此静境，乃有此妙悟，豈復經生語耶？是不當觀其言之偏，而當觀其言之全矣。夫言性必言道，性爲道原；言道必言天，天爲道本。得如此箋疏，不特「性」、「天道」字鑿破，即「與」字亦道出。由此推之，既言性不言道、言道不言天，而性與天道之理悉合也。此言亦遇，彼言亦遇，而不言亦遇，此時不引我以無盡之悟哉？下句可接。

舊令尹之政

何　楷

米老評石，要秀、要皺、要透。此文一入手，便秀、便皺、便透，人皆知之，已不必説。吾尤喜其將「政」字、「之」字、「舊」字，先點次盡題已畢矣，却用一筆落下，云「吾由子文之心推之」，下便憑空自寫出文字來，更不見一「政」字、「之」字、「舊」字，而人人共見「舊令尹之政」五個字横倘在文子心上。直至最後，却輕輕收云「此何爲者耶」。有此筆法，今後何慮歇後題？

楚官非舊人，楚人有舊政矣。夫令尹舊，則非令尹矣；然非令尹，亦非政耶？宜子文之迴思而不能自釋也。且世局人事，相推遷于無已。如新秋風雨，颯然而來。今日之迹，明日之陳，此子文無喜無愠，所以稱達也。然其令人賞歎尚不止此。異樣筆態。蓋子文爲令尹，廉其爵，貧其身，以憂社稷；又張其怠，掃其廢，以抒經綸。然一而再，又再而三，踵事加詳，政不粃矣。出「之政」字。于是楚人稱之：此令尹子文之政。然仕既有三，則已亦有三，更弦别鼓，政不同矣。于是楚人辨之：此舊令尹子文之政。乃吾由子文之心推之，夫老將至而耄已先及者，出題既盡，然後一筆落下，字向子文心頭寫。朝不謀夕，安保其他？而子文之慮長也。雖投間之後，而楚國之事無日不繞于胸懷。功雖大而罪亦不少者，躬之不閱，遑恤我後？而子文之軌正也。豈廢棄之餘，而大臣之心但求解免于衆議。故楚之史莫嚴《檮杌》，而良尹莫如子文，或將紀其人而並及其政歟？夫緇衣以朝，鹿裘以處，此肯計及身後之浮名耶？或使畢世苦心不消沉于遺策，當亦其所愉快者耳。故作迷人之筆耳。楚之典莫備《鷄次》，而美政孰如子文，或將述其政以附于楚先王之政乎？夫脯羞一束，糗羞一筐，何足以記老臣之高致哉？但使當年實迹同不墜于履簪，亦或其所弗忘者耳。不然，令尹舊且非令尹也，非令尹且無政也，至此方收。而猶眷眷不釋于心，此何爲者乎？至于持以告新，然後知子文之忠，蓋終其身而後已者也。

其愚不可及也

劉　侗

此「不可及」中間，無有道里丈尺，乃是武子去人實遠，不是他人學武子不到。故作此題，若寫「不可及」三字，不刻畫，固如不曾作；若要刻畫，寫此三字，却又無法得寫。看先生入題法，看先生出題法，看先生中兩結，看先生後兩結；尤妙尤妙者，看先生臨了云：此愚並非武子事後所及，就令武子回思亦當病悸，真絶筆也！

衛大夫之愚，衛大夫之所獨也。最高。夫武子非愚不濟，然武子初不忘濟也。誰則愚至此哉。最高。自衛國多難，而武子獨以其身弘濟多艱，卒以無恙，于是人爭羡武子之愚。好手。人爭羡武子之愚，而武子則遠矣。何也？其愚，不自知愚也，不自知其邦爲無道也。一路好筆。不自知，必能轉無道爲有道也；不自知，必能全無道之身以見有道之日也。若武子知之，人亦及之矣；若武子知愚之必全也而用之，人亦及之矣。獨非人之心歟？好，好！而不知以其心入于成敗利鈍之中，獨非人之身歟？好，好！而不知以其身出于風波刑僇之外。方其捍牧圉而從也，何人不籌萬全，「何人不」，妙。而武子祇有一往。得返其偶也，不得返其常也。不問返不返，而冒焉以行，功名中無此人也。不可及如此。其納橐饘而從也，何人不據長理，而武子祇抱一誠。直則曰君之靈也，不直則曰二三臣之罪也。不較直不直，而懵焉以殉，名節中並無此人也。不可及如此。蓋武子後日之幸，原當時意料不到之事；而武子當日之爲，乃從來事理不載之經。不可及如此。惟愚誠愚信，不以無益而不爲，不以有益而始爲。蓋使利害心多，而誠信已薄。非不可及者，濟事之人；而不可及者，任事之人也。妙妙！惟愚忠愚孝，不以人怒而不控于人，不以天怒而不呼于天。蓋使天人數明，而忠孝已膚。非不可及者，能任事之力；而不可及者，肯任事之心也。妙。故微論人不及也，即令武子事過險出，而回思疇昔之樸心，亦自覺渺然而難追，妙絶！所爲一時氣盛情至之所爲，生平豈能多得？妙絶！

微論人不及也，當夫武子委蛇有道，而欲如困阨之肫摯，亦自覺耿然而難渾，所爲一時勢窮計迫之所出，暇豫豈能自生？妙絶！愈危愈安，彌出彌巧。武子之愚，真敻絶已哉！

願車馬

石　申

先生着眼，豈但志在「與朋友共」四字？乃至早已在天地氣象四字矣。故其筆墨卷舒，真有如黄九所云「飛雲當面化龍蛇，夭矯轗空純是碧」也。此全是天仙化人骨氣帶來，何能與後學悉語？我之欲後學細細學之者，只看其「車馬」二字，段段却寫是季路氏所未曾有，故妙絶。若出他手，不寫後槽牽出者誰哉？

賢者志先所御，若有四方之思焉。照下，分明天地氣象用筆。夫由之願大矣，獨車馬之區區哉？然車馬小，而由願之則不小。且物有大而人小之，物有微而人巨之，存乎其人之度量焉耳。抑知度量之外，舉萬物之可去者，舉一物而無不見其曠然。眼闊如海，遂得筆重如山。當其隨所自命，竟不覺是物爲誰有矣。由何志哉？此生有不能已者，顧瞻我黨，可勝涼薄之嗟。看他出筆，先是「朋友」字，不是先是「車馬」字。志未有遂耳，願殷然結矣。徒步之餘，忽有風雲之想，是虚想，不是實事，妙絶。此想端誰屬也？我念有不能置者，悵望天涯，不禁飄摇之歎。志何日酬耳，願愾然深矣。行路之難，而忽起壯游之思，是虚想，妙絶。此思端誰寄也？由蓋有願矣，願車馬矣。貴游接軫風塵，非不朱輪百兩。然以是而有車，不如無輿之爲愈也。早已剔透。由之願有異：縱華軒之未御，並無「車」，故妙。若流水之紛如。天下皆願有車，而由之願可已；正惟天下皆願有車，而由之願不可已。筆如轆轤，此豈恒有？皆願有車而徒有車，愧此車矣；皆願有車而不得有車，恃此願矣。無數「願」字，跌出此一真「願」字。壯士策肥京洛，非不雲錦如龍。然以是而有馬，不如徒行之爲得也。由之願有異：縱雲騤之未選，並無「馬」，妙。若飛黄之軼目。天下皆願有馬，而由之願可已；正惟天下皆願有馬，而由之願不可已。皆願有馬而皆有馬，負此馬矣；但願有馬而不獲有馬，賴此願矣。少疲津梁，每一馳想京華，豈不自傷其道遠？兹之願也，不獨自傷其道遠焉已也。若衹自傷，則曩年負米之日，後幅略不寒儉。悠悠百里，豈曾有顧我僕而問玄黄者乎？則兹之願也，誠有所以用之耳。少隨鞭凳，每一栖遲策蹇，豈不自憐其岐路？兹之願也，不獨自憐其岐路焉已也。若衹自憐，則吾黨連騎之友，奕奕江淮，豈亦曾向知己而思剪拂也乎？則兹之願也，誠有所以廣之耳。噫！贈策繞朝，夙昔嘗懷斯致；脱驂舊館，我師向有高風。由之願，在與朋友共矣！

雍也可使南面

陳名夏

先生自記洪氏曰：顔淵爲邦，王者之佐也；仲弓南面，諸侯之任也。語最斟酌。此爲下語不得漫用「垂旒」、「當宁」等耳。今看其「雍也」是「雍也」，「使南面」是「使南面」，

「可」是「可」。題前發端是發端，題後銷繳是銷繳。誠能是，省試解元、禮試會元也，如何不熟讀？

治天下之才不易許，照通章下筆。聖人明其意于大賢焉。蓋夫子思治天下，願與其徒共爲之，而有一南面之才，則所深嘉樂與？而不能已者矣，想其有契于雍也。而曰：道在我，位在世，不可合而論也。然人不得以其位而抗于道之上，則吾亦可以道而兼有其位矣。夫子口中，真乃如何發端，大筆寫出來。吾以此思其人，襯「雍」。于歷聘諸國已爲王臣，而盛治不屬焉；襯「可使南面」。以此思其人，「雍」。于從政諸賢皆有攸長，而要道未歸焉。「南面」。惟雍也，吾心儀之，而知其非無所爲于天下者也；只此二小比，皆細有層節。進而察之，而知其非能效于一邑者也。君子必先學而後仕，若雍之學，「雍」。心之所存也，即治之所出也。明試之典遠矣，又作一曲弄姿。有如邀帝庭之寵賚，使上下于群后焉，可以奉璋輯瑞而師師濟濟矣。君子必論德而後官，若雍之德，「雍」。吾黨之所服也，即萬物之所睹也。知人之哲難矣，有如藉盛世之章服，使屏衛于天子焉，可以宜民宜人而爲龍爲光矣。「可」。思三代之英，則伯功微而儒者之術進。在朝蒞官，至于雍而適副其事焉。「雍」。蓋崇高莫大乎富貴，出其素所蓄積而爲之裕如也。「可」。孰謂匹夫之賤不可以成理萬物與？又將不可反踢。感固隱之失，則王事闕而吾徒之責重。正躬率物，至于雍而無議其後焉。「雍」。蓋人心雖夷于叔季，苟得天下事權而耑之裕如也。「可」。孰謂篤行之士不可以經綸宇宙與？「不可」，反踢。使之南面，此句亦從下襯出。此雍可以自信而吾亦可以信雍者也。夫師譽其弟子，非也；譽之以可使南面，益非也。然而雍實有其道也，而得位與不得位，又不足論也。筆辨得到則必到。

與之釜請益曰與之庾

劉理順

此明明是冉子題，蓋「與」爲冉子而與，「釜」、「庾」爲冉子而釜庾也。寒士見與釜與庾，皆與公西，遂誤爲此是公西題。于是寫公西爲主，寫冉子爲賓。如云公西只須釜，公西只須庾，冉子不必請，不必又請矣。胸中食泥，眼中嵌豈，可歎可笑。名士必知下文「乘肥馬，衣輕裘」皆是冉子題，非公西題。何也？當時公西不在面前，此章總與渠無與也。此文之妙，既句句只與冉子推敲，並不纏着公西；又句句只軟款冉子，並不用嚴詞相治。何也？夫子時方請與便與，請益便益，千隨百順，正不見冉子差處也。直至「五秉」後，方説不是矣。今人皆搶在聖人前邊發作。

聖人不執于不與，不是「與」，是不執不與，妙。已示請者以裁矣。夫赤自不必與，不妨爲請者微通之，求何不于釜、庾間一思哉。且「與」之出于聖人者，能使人無不及之情，爲「與」字。而世皆有用之物。爲「釜」、「庾」字。要以可通者爲人通之，「與」字。當惜者爲世惜之而已，「釜」、「庾」字。而賢者猶未免意之也。使齊之赤，其母可與也，子寧待求請哉？第天下有在彼不必與，在我覺少此一與爲不安者，一路便如太虛無雲，隨鶴所茁。求之于赤是也，子固不靳人之有不安也。寫得聖人太平無事，妙。天下有見爲不當與，轉又覺有此一與亦無傷者，妙。子之于赤是也，子又何嘗與之至有傷也。妙。將毋不遑之情，告之先生長者之前則誠過，然而求實有情，妙妙。胡可拂也？先王加惠使臣，未嘗不宏格外之典，赤即無藉此區區乎。聊通于尋常問饋四字妙絶。之間，彼此可以相慊矣。一介不與之義，律之朋友相恤之誼則太膠，但使赤無多取，妙妙。義自適也。君子愛人以德，豈至輕爲溢情之貺，求即難禁其殷殷乎。今酌于可施可受之際，意念亦可以少慰矣。是故釜之與，非留爲益者地也。妙。當與釜之際，若與可爲求請釜，反不爲赤盡者，是聖人因材之用也。庾之與，非姑爲請者狥也。妙。當請益之時，若求自有餘于釜，赤亦不必無用于庾者，妙至此！是聖人通物之權也。

原思爲之宰與之粟九百

王无咎

先生爲何人哉！筆墨亦是恒物，偏出如許奇怪。我讀之，如游桂林之山，但見玉筍瑶篸，森列無際；又如陸魯望所云金華山，「枝峰蔓壑，秀氣旁魄」，不啻「神仙登臨」矣。

言「與」無難辭，妙。于爲宰者見之矣。夫九百之視釜庾，不勝較也，妙。而所與者思也；且爲宰焉，故足述也。嘗慕王者之待士也，懸而誘之則曰：「我有好爵，貺而報之。」亦惟曰：「錫之士田。」士自顧寒儉，遂以身許王家，如相貿易然，是教貪也。詼諧何減讀東方先生傳。王者曰：「簞瓢捽如，臞如之何？」是憫病也。貪不可教，病不勝憫。故食人之食，以爲供厥事者嘗秩焉爾。然則赤之不得食于子也，不繼富也。都非常蹊。赤之使而不得食于子也，何居？ 天下之得食于人者二：一則臣之得食于主，一則師之得食于弟。若夫弟之得食于師，則必有主臣之分矣。父子之義，職任奔走，都非常蹊。永好而匪報；主臣之分，事屬朝廷，隸官而詔禄。而原氏之子，遂得食于夫子矣。記曰「爲之宰」，義也。夫吾黨諸彦，多處困窮。多非常蹊。 而芸瓜之士，重茵北歎；負米之家，萬鍾南游。即樂一陋巷，尚有郭外之田；而納履桑樞，僅見匡坐之室。爲宰之命，夫子之志乎？未也。或曰思也貧，以明吾德。則南宫端木之流，處州邑司牧之任，可悉捐豆區釜鬲也。更奇更妙，悉非常有也。或曰思也潔，以風有位。則天地四時之官，盡取采薇飲水之子，必及百六十伯夷許由也。是故唐虞大臣未聞告貧，三代聖君槩不言惠。更奇更妙，悉非常有也。 自宰而上，累萬不驚；自宰而中，升斗必及。記曰「與之粟九百」，亦義也。夫俊秀之姿，登于學校，里出餼以供食；悉非常有也。農家之業，竭力授田，亦可歲得三百。今膺董迪之勞，分卿大夫之寄，而例同野處，又不得獲農夫四人所入，豈爲宰之得宜哉？ 議者以朝廷勵節，必先養廉。廪給所得，不足供父母妻子。如是而責其不貪，不可得也。妙妙。 又議者以士雖起家微賤，不借嘗須。得官以來，便已都豐席盛。一旦國家度支不充，悉捐其俸給，不足恤也。二者之言，各有感慨。雖然，多損之間，得其當而已。九百之粟，可以觀夫子與人之法。夫夫子不爲司寇，則不敢望龜蒙之黍稷也。妙妙，妙絶！

回也其心三月不違仁

王　仲

昔者支公、許史相遇，便言莊子《逍遥》篇最是難處。如此題，則豈非從來經生家所動色相告，以爲難處者耶？今看先生，一何易哉！説理只如説粥飯，説理中曲折只如説背癢，説理中曲折彼此各人氣候不同，只如説插草標。先生再來人耳，若是今生學得此事，豈易猝辦有此？

深于仁者唯大賢，聖人能見其心也。夫孰是仁而與心違者而難，是誰是誰？必夫心之不違仁也！此子于回獨見其深也歟？且人以自具之美，而爲自獲之娱，不可謂其事之敻絶者也；豈非佛手所持青蓮花耶？世間有如此妙文！抑以人所共具之良，而有獨深之契，不可謂非其人之敻絶者也。豈非佛手所持青蓮花耶？世間有如此妙文！與爲内討，得其精微；貞諸歲時，得其純致。而其事自此難，其人亦自此遠矣。凡吾與及門所汲汲求者，匪仁也歟？仁藏于心，何有彼此。故天下無去心之人，便是佛説。必無去仁之心；而即之若遠者，矜容危坐而失之。笑殺蒲團上人。抑仁存夫心，匪有形埒。故天下能必無明明去仁之事，便是佛説。莫必無冥冥去仁之心；而安之若素者，寢興服習而得焉。哭殺蒲團上人矣。蓋心與仁若是其微也，心之不違仁若是其難也，則吾于回僅見之。聰明墮黜而後，嗜欲不以攖寧，思慮不以熒性。澹然自怡者，蓋其心也，即其仁也。夫仁，何嘗强心而使之合哉？而獨回之心則有異。晦明遞送之間，足以移人情者，幾何時矣，而三月殷遥如朝日焉。吾洵于回僅見之，起句落句，如清夜洞簫，其聲徘徊。則吾于回深信之。博約相循以來，人事冥其若忘，天則守其如故。肫然内抱者，蓋其心也，何非其仁也。夫心，何嘗强仁而使之附哉？而回心之于仁有異。風雨摇落之中，足以紛人静者，幾何事矣，而三月屢遷如旦暮焉。吾乃于回深信之。吾信回而凡回之所以事其心者，落句又作起句，天風吹出虚聲，散落人間，盡成鸞鳳之音矣。將與天下共信之也。夫何以冥心與仁而化之，或且有冥而化之者，未能渾忘。寔憂喪我三月之間，回其暇逸以需之也哉。才智兩窮而天懷守于不渝，其事蓋自此難也。吾僅見回而凡回之所以致夫不違者，將與天下衆見之也。夫何以操心與仁而持之，或且有操而持之者，未能專静。適以滋紛三月之間，回其竭蹶以圖之也哉。迎距俱消而中藏永于勿替，其事自此難，其人自此遠也矣！

則吾必在汶上矣

陳組綬

只是必不仕季，何曾必要在汶上？看他全不要去，無可奈何，便只得去。視他人「遠引高蹈」等字句，豈非鷄群獨鶴耶？至于自起至盡，聲聲和悦，聲聲帶諍，真乃現闇身而爲説法，奚止傳神而已。

大賢將去，大夫勿來矣。夫汶上，非閔子志也。決于辭，若曰越境乃免耳。想其終對使者，以爲損不敏，不能承大夫之高義，何等和悦。以有此辭也。籌之已審，不再計決矣！何等諍，以下仿此。使大夫無後命之辱，而吾得安其故國之身，此筆定不可少。是在吾子。不然而復者在門，將辭者猶在室耶？妙妙！我思之累日，作不出也。士各有志，既不願以束帛之賁，易吾丘園之貞；身隱無文，奈何又以野人之蹤，狎見徵書之至？則吾曠然而遐思，「則吾」妙。則吾蕭然而遠引，吾自與宰適不相當耳，極似蕭伯玉。夫安往而不得其爲吾者？饘斯粥斯，吾數世栖托恒于斯，妙絶！耐讀千遍之文也！必將掃塗滅迹。自我而去父母之邦，非吾心也，然而不得安也。只得一句。陶斯詠斯，吾一生誦法恒于斯，必將抗志長往，無端而離師友之群，尤非吾心也，然而不相容也。古之君子，度其身足以濟時，度其時足以起事。雖悠悠莘渭之下，猶將起而應人之求。吾低徊自問，豈有是哉？不惟好爵難縻，並故都亦不懷矣。妙絶！是鶴聲耶？是鶯聲耶？至足聽也！今之君子，速計之止須期月，遲計之止須三年。故皇皇道路之中，方將往以求人之政。吾躊躇自顧，豈能是哉？不惟皇路難遵，並敝廬亦不戀矣。妙絶！只得一句。吾子慎辭哉，汶水之上可以栖遲，汶水洋洋可以樂饑，夫安往而不得其爲吾者乎？幸爲我辭于大夫，是殆必不可復。吁！自有此辭，而大夫之使果不復來，然則閔子終身何曾真至汶上哉？

女得人焉爾乎

張　采

有人歎其清絶，有人歎其姿致，有人歎其波折，斯皆胸中先謂其是短幅耳，真大誤也！先生此篇，乃是汪洋大幅。不信，試自撰一通，雖至于千言，又能盡此不滿三百字之所有乎？吾非謂此不滿三百字爲大幅，凡吾所舉諸篇，雖至于千言，皆如此篇，清絶又姿致又波折也，非或長而或短也，細細察之。

宰先得人，爲及門訪焉。夫不得人，何以爲宰？是以亟訪之子游耳。若曰爲宰而期其親賢，似考功所不及。如此短幅，尚作此曲筆。然觀風以爲式者微哉，未易一二喻也。子宰武城，莫曰令貴，厥有師表，能以貴下政乃成；莫曰吏俗，厥有民主，罔與俗同政乃立。則武城雖小，豈遂無人，得之在女矣？聞聲而思乎人，則寧肯來，維女之求之矣。十己者，百己者，採以貌則貌應。便如慈母到新嫁女房中私語。誰爲女重，所以重女也。望衡而請乎人，則寧肯枉，維女之先之矣。我友者，我事者，獵以名則名趨。誰成女治，所以治女也。蓋得不得，係宰臧否焉。君子遐心，則群宵狎而至，其宰可知也。女相人，人亦相女，聲氣殆類然耳。寫得真是聖人，下文已如鏡照。得不得，係邑休瘁焉。長者絶迹，則百弊叢而作，其邑可知也。女難人，人亦難女，分量又較然耳。且得人先乎知人，女何以相觀；又得人先乎得己，女何以自信。謂女僅以文學餙治平，諒不然爾。恰是此題結束語，豈曰餘波？

觚不觚觚哉觚哉

凌義渠

題先已自啼哭矣，文又能千啼萬哭，冷提熱放，熱提冷放，只借題作個酒杯，便排出無數壘塊。看他筆筆不定，筆筆跌死跌活。

聖人存古制，雖一觚有深痛焉。夫存其名，所以存其制也。觚而不觚，何以存焉？嘗思昔人神理不傳，而好古者往往雜憑一二遺事與一二遺名，即自謂猶得遥通其意，而甚苦身在百世之後。先作纏綿悽愴、縷縷不斷之聲。猶且什不得一也，此豈忍又有變置耶？即如此一觚也，亦僅識其名也。至此便疾入，更不于題前作虚步。至求其所以名，未嘗不歎古人命意之深厚，而殊覺今人之淺，亦盡變其象也。第追其所爲象，當大服古人制器之鄭重，而最恨今日之佻，豈意創所未有。筆筆緊接。不難翻舊以爲新，後竟忘所從來，遂至有音而無義，是「觚不觚」。觚不觚矣。吾想變亂之始，亦不過一二人偶率其臆，而不謂煽動于一時，至于今將無復有業觚者矣。而猶仍之而爲觚，涕淚横流語。觚之初如是歟？變壞之極，亦必有一二觚尚備其制，寫盡可痛。而未免朽落于無餘，今而後將並無識觚者矣。而終訛之以爲觚，觚之形乃爾歟？人之意，原不樂從古，一層。獨未敢輕擅其制作；制作可以擅也，一層。自此一觚倡矣。則凡與觚並存者，皆岌岌有不能久居之勢。一層。凡三層，層層可恨可痛。人之意，更不安愚賤，所恃程之以先民；先民不足程也，總此一觚多矣。則凡不與非觚爲類者，皆摇摇有獨立危懼之心。謂約禁在上，而考工問度，已在可恃不可恃之間；謂瀆紊在下，而陰變陽仍，盡成可解不可解之事。噫！人苟有心，奈之何哉？

仁者雖告之曰

黄虞再

行文最苦是無有層折。然一用意求作層折，而于文又竟不知何等矣。先生此文，抑何其層折之甚也！然而恰恰又于題之四面，盤旋旖旎，並不嫌多。則豈非一眼覷他「仁者」二字注定無層折處，而後縱筆所如，自然層層折折而赴之也。此學層折之法也。

欲窮仁者之心，而設爲致難之詞焉。夫仁者，若無不可告矣。然亦有以告窮仁者，則請得而還詰之。且存心而苟欲利濟斯人，不必問其人之與我不與我矣。言之慨然，直從菩薩心地而來。以不擇人之危迫，而爲必擇人之愴呼，則當境者以爲無不可如是，而旁觀者竊以爲未必果如是也。今有告者，有受告者，有告不必以仁人者，有告必以仁人者。言乎告不惟仁人，則告者之權重；行文如風水相遭，委委屬屬，全以無心蕩成。言乎告惟仁人，則受告之權又重，而告者不計也。言乎必仁人而可告，則告者爲政；言乎必仁人而無不可告，則受告者又爲政，而告者勿計也。惟是皇皇然告之，不必逆計其告之應與不應。委委屬屬，全以無心蕩成。而舉意中之不得不告者，獨深告之之情；並舉意中之姑爲一告者，聊試告之之術。無他，以其爲仁者也。自有此告，而仁者或以其告足以全我之仁，或以其告未必全我之仁。千層百折，不知其是有心無心，總之覷住「仁者」，不令稍得轉身。想亦幾躊躇而告之者，則以至難之事，都不妨直陳于仁者之前而有言矣。惟是殷殷焉以告之，不必深思其告之合與不合。而舉意中之所不能漫告者，直欲以告窮其仁；並舉意中之所不妨獨告者，不欲其仁窮于告。無他，以其爲仁者也。自有此告，而仁者以我之仁處其告，不必以我之仁處其告。想亦宜兩衡而告之者，則以難全之行，若可以必動仁者之心而有言矣。故論仁者于静存之時，何嘗預擬人之有所告，而無如適與告遇。諒仁者必不忍使告于我，無以殊于不告于我。然必不能于未告之先，而懸揣其所告之無不可償也，理也。千層百折，不知其是有心無心，總之不使「仁者」稍得轉身。所欲于告者之情，代仁者而盱衡已。論告者于孔迫之時，安能逆揣所告之必仁，乃幸而適與仁遇。諒仁者或不必使告于我，即大異于不告于我。然必不能于既告之後，而竟顯拒其告之可以不償也，情也。所欲以告者之説，代仁者而區處已。請得以意外之言，進觀其處此之道，則凡仁所爲極難耳！

小題才子書卷二

論語

雖執鞭之士

羅明祖

真是奇筆奇墨，寫此奇文。或曰：「此亦只是快筆快墨，寫此快文耳，何謂之奇？何不謂之快？」聖歎曰：「爾誠只知其快，爾誠不知其奇也！」看先生段段捨一筆，再起一筆，筆筆不作接連，而神氣灌注，只如一筆到底，此是真奇。真奇方是真快，善學者須學其奇，則快必可得也；如欲學其快，則奇必不可得也。

士不諱賤，求富之心迫之也。夫執鞭，賤業也。有士焉而如此哉？吾知其有所迫矣。今夫人苟淡然無營，則雖被以至貴之名，反起之，至犀快者，便如暑月之臨大風。猶以爲污而不居也，矧明知其污而樂就之也哉？中有爲之動，不知擇也；雖欲擇焉，不暇計矣。甚矣，富之誤人也！竊見天下之富者，山沃而草木蕃焉，水深而魚鱉長焉，家温厚而人爭奔走焉。執鞭于富者之後，則有之矣。雖然，今日之富人，他日之求富人也；純是快筆，不知其行乎題中，行乎題外。他日之求富人，他日之執鞭人也。充其可求之心，亦安所而不至乎？「士」之號綦尊，呼之爲執鞭，則偃然而執鞭也。苟富之所藉，雖甚醜焉，士安避之？士之執業亦綦大，呼之爲執鞭士，則偃然而執鞭士也。苟求富之所藉，雖甚辱焉，士安去之？然則富醜士乎？夫富庸得而醜士也？俱是異樣跌宕。熟讀之，筆下便生出生龍活虎來。然則士以執鞭辱乎？夫執鞭庸得而辱士也？賦千里，皆千古之富人，而皆非執鞭之人也。從來有德之王食萬方，有道之禄從來在車聞鸞和之聲，執轡擅如組之能，皆千古之執鞭士，而皆非求富之士也。噫！士至執鞭，自處亦孔約矣！質以求富之心，處雖約而心則奢也。嘗試代爲計之：緣鞭以及馬，緣馬以及車，緣車馬以及王侯。不是寫蒙莊，正是題中全副夢境、全副實境。夫執鞭之去王侯也，遠矣！慮之所積，吾安知其不至此也。吾不知其以爲得耶？以爲失耶？其以爲真耶？以爲妄耶？思至此，而非獨求富之心幻，並執鞭之心先幻也。

不圖爲樂之至于斯也

鄧巖忠

舊賦云：「施朱則太赤，傅粉則太白。」其此等題之謂也。不下一筆，則何以成篇？然纔擬下一筆，即又知道先師當時説此語時是何境界。看先生凡八比文，俱從外邊請客入來。其「至斯」字、「不圖」字，將來只如蜻蜓蘸水，略蘸便起，既不嫌白，又不嫌赤矣。

聖人于《韶》，而有意外之獲焉。夫安有《韶》至斯而子猶未至斯者？解人猶不解，不解真解人。然安有已至斯而又云不圖至斯者？微矣哉！且聲音之事，作者在若傳若不傳之間，遇者在有言不必言之際。如有虞氏固無庸擬議，而吾夫子又深于領略者也。記者于忘味之餘，復記其言曰：吾今而後，益知樂之未易言也。列國有樂焉，尋變入節，聽者情移，夫亦極新聲之妙矣。雖然，吾意之也。妙。百王有樂焉，歌功播德，觀者神動，斯亦備古調之全矣。雖然，吾猶意之也。妙。至于斯，豈不曰我儀圖之。先寫「至于斯」。說在《尚書》之論典樂也：「百獸率舞，庶尹允諧。」如斯焉止矣。由今思之，后夔之所掌，吾不謂非樂也，妙妙！有進焉者。至于斯，又豈不曰我圖維之。說在季札之歎《韶箾》也：「如天斯覆，如地斯載。」如斯焉足矣。自今思之，公子之所稱，吾不謂無當于樂也，妙妙！有加焉者。不圖澮漠相遭而神變不定，次寫「不圖」。覺向者衡隲兩朝，謂其美善兼盡，是安足仿佛其爲樂矣。至于斯而樂之精微始畢，深求之適得淺耳。妙妙！不圖寂寞相賞而萬理畢會，覺向者斟酌四代，深恐鄭聲相奸，是何足俯仰其爲樂矣！至于斯而樂之，廣大始備，詳指之適得略耳。妙妙！吾足迹滿天下，舉有司所肄業，里巷所傳聞，廣其義類，以爲皆可得《韶》之意；吾遍學諸古人，凡琴中之文王，夢中之姬公，通其冥漠，以爲俱可得《韶》之理，而詎意有《韶》焉至斯者哉？是究是圖，其不然矣。

不圖爲樂之至于斯也

秦松齡

蘇子由先生年十九時,自言嘗欲一登泰山之高,一觀黄河之大且深,更一觀天子宮闕之壯麗,一拜當時鉅公大人之英聲偉觀,然後畢收之于胸中,而發爲文章,自當峥嶸浩汗,變狀百起。今先生年又不迨子由,足迹曾不出于閨户,而其文章一何峥嶸浩汗、變狀百起如是也!後賢逐段細讀之,又通首疾讀之,必能以一賦化爲千賦也。

聖人遇樂于意中,若復遇樂于意外也。夫《韶》樂之盛,夫子意中事也;獨悟語,不受題瞞。而若于意外遇之,殆神遊有虞氏之天乎? 且事有曠百代而相感者,不衫不履,其來揚揚。吾不知何事;心有遇一事而相深者,吾又不知何心。大抵聲音之理,亦在意中,亦在意外。蓋未有自圖度中來,而克令人深思無斁者也,如樂之有《韶》是已。夫《韶》,何以爲樂也?「爲樂」字實發,好手。以揖讓開文明之化,温恭穆叙,實行其意于詠歌。論「樂」未到語。是萃舜之華而爲樂者,即合帝之光而爲樂。紹堯致治。以贊襄成保治之功,稽拜賡颺,實運其心于儀舞。是因舜之典而爲樂者,即協禹皋益稷之謨而爲樂夫。得人任職。然言縱不可傳,意自或可會也。乃今聞之,而覺有儀圖之難及者。删詩采列國之風,好手法。鄭衛淫靡,吾無意

《王》歌。桃花、李花，歷亂如雨。歌《王》曰：美哉！勤不怨，猶圖之也；爲歌《周南》、《召南》，曰：美哉！思不懼，猶圖之也。歌《豳》曰：美哉！樂不淫，猶圖之也。至于《韶》，「至于」字。將何所圖乎？圖之以爲盡美，「圖」字。復圖之以爲盡善，獨不圖于美善之外，「不」字。自有情文。微乎微乎，其在斯乎？「斯」字。觀樂奏先代之盛，池英曠邈，吾無意焉爾。見舞《大夏》曰：美哉！非禹誰能及，猶圖之也；見舞《大獲》曰：美哉！聖人之宏，猶圖之也；見舞《大武》曰：美哉！周之盛也若此，猶圖之也。至于《韶》，將何所圖乎？圖之以爲如覆，復圖之以爲如載，龍雲鳳霞，千祥萬瑞，有此神觀。獨不圖于覆載之間，更藏神化。至矣大矣，其若斯矣。猶是有司之所掌也，猶是童者之所舞也。深求之而適得其淺，段段、句句、字字是「不圖」神理。及淺求之而益見其深，遐哉是樂！前人以聖而作之，後人安得以明而述之乎？猶是里巷之所傳也，猶是車轍之所遇也。始察之而已見其大，及再聆之而愈覺其精，休矣此聞！前人非以娛耳而奏之，後人豈以知音而聽之乎？不可度也，伊可懷也。誰則無心，而究圖不逮。不可測也，矧可況也。誰則非樂，而贊歎俱消。聞止矣，若有他樂，吾不敢聞矣。便如坡公云：「收斂神功寂若無。」[一]

[一] 此見宋代劉過[沁園春]《代壽韓平原》，非蘇軾句。

古之賢人也

包爾庚

突然入問夷齊，夫子胸中全無牆壁。然一出聖人口，又自應正照旁射，無微不到。先生一筆不牽衛事，而筆筆不止夷齊。此眼固人所能，此手豈人所有乎？風雅之目，不得不獨歸耳。

著古人之賢，知聖人之尚已。夫論由聖人而定，而事以賢者爲歸也。若夷齊者，始足風爾。夫子謂夫天下之人不一，而恒有人焉。妙筆何指？推乎當時，傳于後世者，往往處甚難之事而成名，出獨是之見以制行，則忠孝之士宜所稱引也。妙筆何指？子問夷齊，大審量之道，先其大者。是故論人于家國之際，則其人之本末可得而見也。權衡之術，取其重者。是故觀人于名義之間，則其人之是非可得而定也。之兩人者，稽彼孤踪，實鮮近今之意；何指？而聞茲尊行，能絕不肖之心。何指？求諸古者，是爲賢人已。古者貪亂之風，妙筆何指？未若後代，而皦然獨往，賢者爲尤。彼夷齊之自處，非其類乎？徒觀其表見之迹，而前者矜尚，爲下「求仁」留地，妙妙！後者抗情，亦豈三代以下之所能繼矣。古者盛德之事，不可終窮，而泊然寡營，賢者爲近。如夷齊之所執，寧無謂乎？第覽于傳誦之言，而彼也懷清，此也履潔，固非中庸以下之所能及矣。爲夷齊者，第令處父子兄弟之正，此論決不可少，不知者以爲翻。而發名成業豈無見于時；然孰難孰易，必有能辨之。今耶運會稍殊矣，妙筆何指？而聞歌者睹忠孝之情，見微者識虞夏之意，則其人之不没如一日也。爲夷齊者，第令感宗廟社稷之説，而依命循倫皆有辭于世；而孰得孰失，猶有人議之。今亦既衰且徂矣，而遵海而興感慨之思，陟山而動激揚之慕，則天下之交推如一轍也。嗚呼！名無虚附，事不妄成。彼二子者，若猶不能無憾焉，天下雖大，即安得而有人歟？妙筆何指？

夫子不爲也

顧予咸

此衛輒題也，非夫子題也。「夫子不爲」，則衛輒可知也；非不爲衛輒，則夫子可知也。頗見有人呆寫「不爲」，便純教夫子吃官司，朴作教刑，所不免已。此文一眼看破，入時口中有「衛君」字，出時口中已並無「衛君」字，只向此處討明白，而本題「夫子不爲」四字，不言已畢矣！孰謂作文不要講書耶？吾最敬人講書。

削衛君而衛獄定矣，鐵筆。夫子亦何心爲「不爲」，但問有衛君無衛君耳。妙。今衛君安在哉？出曰：人慎無以百年必盡之身，累萬世不滅之心也。出口全副是問過夷齊何怨語，又不徑露。富貴福澤，身在則享之；頃之身死，而富貴福澤盡矣。天地鬼神，心在則質之；久之久之而心不死，則天地鬼神泣矣。適者多見吾子與吾之疏也，只下一「疏」字，妙。前有「衛君」字，此無

「衛君」字，甚明。曰夫子爲衛君。夫尊天之謂君，秉心之謂君，明理之謂君，長人之謂君。犀銳之甚。舉要言之，其必孝子之謂君，仁人之謂君也。妙論、至論、快論！今衛尚有天乎？今衛尚有心乎？今衛尚有理乎？今衛尚有人乎？以四字代「君」字，語便愈毒！夫子守循牆之家法，饘粥于是，曾勿敢侮。夫子雖不以孝子名，夫子必孝子也。至論。夫子講宗祀于明堂，東西南北，何思不服。一時學者推夫子爲仁人，則夫子真仁人也。孝子必與孝子言孝，翻「不爲」字。非孝子，知必不與之言孝；然亦有時非孝子而亦與之言孝矣，則揮淚解曰：索性極翻之。此人雖暫不孝，念其猶是子也。仁人必與仁人言仁，非仁人，知必不與之言仁；然亦有時非仁人而與之言仁矣，則剖心明曰：此人雖未能仁，憐其未至于非人也。今衛之事，吾知之矣；曹丕語。今衛之事，天下後世無不知之矣。知之謂何？吾不敢言。何則？吾亦于皇天之下，后土之上，欲爲一日之人，痛極、毒極，如風雨雷電都至。吾敢以人之齒頰，説衛如是之事哉？知之謂何？吾不忍言。何則？吾亦屬吾父毛，離吾父裏，爲吾父之所生，吾忍以吾父所生之齒頰，説衛如是之事哉？夫子不爲，煩多計耶？

曲肱而枕之

黄淳耀

此等題最難用筆，太近則嫌俗，太空則嫌遠。看先生筆筆是「枕」，筆筆是「肱」，却筆筆與題在離即相望之間。只爲筆筆不是「曲肱而枕」，筆筆都是樂亦在中與浮雲富貴耳。

再言貧境，即所以就寢者而見焉。夫人莫不寢，至曲肱以爲枕，則甚不適矣。嘗觀一人之身，必備百物以養之；一物不備，則以爲不足，是資于物者無窮期也。猶言富貴蓋可忽乎哉？然身與我爲周旋，物不與身爲附麗，而人且終無如物，何矣？取「樂」字。蓋物有非其時則甚緩，當其時則甚急者，寢之于枕是也；真稱雅「曲」。物有習有之則甚無關，適無之則甚有累者，枕之則寢是也。今既食而蔬也，飲而水也，稱此而爲枕，則枕且以曲肱也。常人不期逸而恒逸，貧者不期勞而恒勞，蓋至于嚮晦宴息之後，而逸可知已。庶幾哉，拮據之所不至也！只爲要取「樂」字，看他如此行筆，此豈文家恒路？然而體有四，猶用其一，則一體煩而四體俱爲之不適也。敲動「樂」字。以視夫安神閨房者，富貴。曾不得高枕而凝焉。常人不好惰而恒惰，貧者不好勤而恒勤，蓋至于獨寐寤言之頃，而惰無妨已。庶幾哉，胼胝之所不及也！然而肱有二，僅虛其一，則此肱疲而彼肱亦爲之不舒也。以視夫栖情筦簟者，曾不得安枕而效焉。蓋枕在而以肱代之，枕不在而以肱代之，富貴人亦有曲肱時。妙筆直寫到此，可謂盡情極致。等代也，而人心變矣。猶之膏粱在前則反慕乎蔬水，及引而置之蔬水之中，而仍不願也，得無有戚然申旦者乎？名其爲枕而以枕用之，名其爲肱而以枕用之，等用也，而人心又變矣。猶之饑渴方殷則同需此飲食，及徐而别其飲食之味，而致不同也，得無有焦然終夜者乎？我之樂雖不在此，然而必有以樂乎此也。

弋不射宿

葉　燦

人亦知此題必須寫聖人,不得寫作雲栖和尚。如刻像人,必須刻栴檀,不得刻糞,固也。亦知入手纔寫,便蚤落雲栖和尚,不復釐毫是聖人耶。此豈五十年來,雲栖之毒中人既深,不能擺脱之故,亦徒以不知用筆之故耳。先生此文,自起至盡,句句用筆。洵乎刻栴檀與刻糞,亦全係人手法也。

聖人于鳥,忘焉而已。夫人之于鳥,不如鳥之于人。便似不曾用筆墨。弋不射宿,而人鳥兩忘矣。且一天地而人鳥並處其中,則並處其中已矣。一語淡淡焉寫盡聖人。必欲別鳥于人,而人之鳥之;又別鳥于鳥,而取之置之:是爲天地大而人小也。夫子之弋不射宿,豈如是哉?芸芸萬物,動即爲危,静即爲安。妙絶!委消息于無心,聊以乘大化之無窮也。浩浩大空,動自取危,静自取安。妙絶!付恩怨于不有,所以銷萬物之有憾也。理之所盡,天地聖賢亦聽莫逃之分,何獨于鳥而不然乎?弋者偶也,受弋者亦偶也,子與鳥相遇于偶而已矣。淡淡焉寫盡聖人,筆墨又極瀟灑之甚。境之所止,造化人事並有受福之宜,何意于宿而有會乎?鳥冥然也,不射亦冥然也,子與鳥並值于冥然而已矣。非徒存鳥之有餘,濟弋之不足,正其仍不廢弋而獨留曠蕩之襟,妙絶!以對此無情之物;非徒不以我之善伏,制鳥之善藏,正其並不自知不射而豈懼難明之心，或犯彼幽明之忌。妙絶！不止妙，且絶也！總之，不知鳥在天地之中，不知鳥在聖人之中，亦不知鳥在鳥之中；天花亂墜之文。抑不知聖人生鳥于天地之中，不知天地生鳥于聖人之中，亦不知鳥自生于鳥之中。天花亂墜之文。天地也，聖人也，鳥也，並忘而已。

孔子曰知禮

王心一

入他人手，亦知作口是心非之語。然必佻薄，不復可置前輩長者口中，况將置大聖人口中耶？句句兩難，字字恭謹；兩難易事，恭謹難能。蓋先生初下筆時，雙提「君父之大、禮教之重」，便已處心如平衡矣。作文最要先處心如平衡，不可以輕心弄筆，遭人指摘須悔也。

聖人稱君，亦如其所問者而已。夫語知禮，于昭公必有辨也。孔子曰知禮，必稱君應乃爾乎。且君父之大、禮教之重，雙提妙絶，後人不知矣。此其際難言矣。與其兩欲盡至于兩窮，何如失于彼猶得于此。聖人此時，亦行其心之所安而已。故其于司敗之問也，三代直道之説，姑以聽之公評；而事君盡禮之心，且自盡其臣子。泰山可動，此判不動！因直對之曰：「知禮。」意以夫禮盡人而受範也，而君爲甚，子直欲于公乎求禮也哉？直談妙妙，便帶驚意。禮盡人而宜知也，而君爲甚，子直欲于公乎核知也哉？夫不求禮于公則已，子欲以禮求之，某亦曰公非疏于禮也者；不核知禮于公則已，子欲以知禮核之，某亦曰公非暗于知也者。非疏非暗，措語皆妙。上之不有廷評可訪乎？赫赫知禮之譽，合僚宷如一口矣，公無以昭示僚宷，偏問孔子，真乃苦事。故作此筆，非老生所講「推開一步」之乞力語也。曷爲譽聞至此？某不敢與廷評有異同也，「異同」、「二三」、「不敢」、「不肯」，字字匠心。見以爲知禮，誠有然也。下之不有輿論可採乎？藉藉知禮之聲，遍士庶並一詞矣，公無所感動士庶，何以聲稱若此？某不肯與輿論有二三也，信以爲知禮，或不誣也。況周公稱制禮之宗，而君周公之裔也。心中自懷小鹿，口中且掉大謊，又恰有得説。祖爲作而孫爲述，其于方策所載，諳練良甚便也。魯又號秉禮之國，而公實國之主也。野爲修而朝爲守，其于流風所漸，不墜至易易也。寡君映照四鄰而傳聞貴邑者，詞令舉體韶秀。所從來已。寡君多得聲施而辱及大夫者，蓋有自已。子何不以他事問歟？又略露馬腳，正妙。如以知禮問，則公誠素有此譽也。子何不問之他人歟？如獨問于某，則某實舊習此云也。某非知禮者，公之知禮，某則知之矣。

揖巫馬期……以告

葛徵奇

宗門下人開口，貴要相席打令，作文何獨不然？如此章，本爲魯娶同姓，因費君子無數周折。但今制題，既是巫馬起巫馬止，則是門生護君子，非復君子護其君矣。看先生于司敗口中，略點昭公黷禮，厚誅君子亦黨，都是從爲門生者耳中寫出來。後學眼中不見此等文，所以手底如畫烏鴉也。此文被人勾壞，故特勾正。

時官急于表禮，賢者急于護君子焉。大筆，妙筆。夫加君子以黨之名，禮則明而君子隱矣，曷往告之？且夫使天下之人而臣議其君、弟議其師，大筆，妙筆。遂忘題之破割。倍禮滋大焉。故先王立教，謹婚媾以悦後世之情，此只略點。觀會通以安君子之性，示繩尺之士不得責備人無已耳。如昭公娶同姓，魯事也。只「魯事也」三字，便寫昭公、孔子、巫馬一片骨血。司敗是陳人，如何來咕聒。孔子之于公也，君也臣也；巫馬期之于子也，師也弟也。陳司敗之問，亦已贅矣，又奚以揖巫馬期而進之？夫禮，朋友之前不談過，況對師弟之際而議人家國之大事乎？司敗曰：吾將以徵禮也，禮行于上，則君子之權重；禮求于野，則君子之教尊。司敗口中，亦還他正語。古者君有大禮，則臣克相之。以叔伯兄弟之系，講夫婦燕好之私，而上下雷同，非國之福也，其毋乃爲黨乎？而抑知君子者，疾入「君子」。濁而不失其辨，矜而不攖其群，貴理而不附其賤，契獨而不賊其同。藉令魯公世守家法，忽作大曲折，以逞筆憤。興六禮以坊淫，譜萬民以彰別，申大小宗以百世，毋預婚姻之約，君子之心不更慰乎？而惡乎黨？君子之黨，蓋自公者，豈難正折一言以彰公論？再作小曲折。而議禮之家，易生聚訟；君父之慝，展轉簸揚。吾昉也。明認黨，妙妙！説得響，信得過。分在，則臣無敢抗焉；君在，則臣無敢謗焉。維時巫馬期欲愛禮也，不幾重傷君子哉？于是汲汲然以告吾師乎，陳大夫退有後言矣。謂是趣筆，正是憤筆。蓋曰禮示辨也，曰黨近誣也。及其君上干也，加于君子，伐同類也；三揖而進，崇虛貌司敗者，何其明于論禮而闇于測君子乎？故期之往告，亦猶知禮之對也。君臣、師弟之間，夫亦可以觀禮矣。

君取于吳爲同姓謂之吳孟子

陳際泰

「君娶于吳」，是魯昭之事；「爲同姓，謂之吳孟子」，是魯昭之心；又加字「謂之吳孟子」，則當日通國人微刺之辭也。細尋題中，本自明白。從來却因心粗，便混帳讀去，恰似「吳孟子」三字皆出魯昭公口。既云「子」，又云「吳」，何其愚哉！眼既如鏡，筆又如刀，世間豈復有先生耶？

也。索性大罵一場，妙妙！吾亦欲爾矣！

黷禮自君，不能免于國人之微議矣。從來不曉。夫同姓而婚，禮之失莫大于此矣，斯以欲蓋彌彰也。且婚者，禮之大司。一不慎，史有所書，巷有所議，其爲失也多矣，魯昭公可異焉。捷入。夫文武之教，著在《南》《雅》，莫重于君夫人；男女之化，徵于令典，莫嚴于同姓爲婚。昭公非不知之，而卒與吳婚也，「非不」妙，「卒與」妙，筆筆帶刺。爲同姓乎，爲非同姓乎？以華娶夷，猶可言也；以姬娶姬，不可言也：則昭之不得夷于景也。以妾媵寵愛爲夫人，《公羊傳》有楚王娶娟之文，全是故意牽連出來。猶可言也；以諸姑伯姊爲夫人，不可言也：則昭之不得列于惠也。故夫人主之令，有所行，亦有所不行。曰必無敢爲顯言之攻，大筆空行。此令之必行者也；曰必無敢爲微言之刺，此令之必不行者也：于是一國之中有「吴孟子」之號矣。吾曰「如鏡」、「如刀」者，此也。「孟子」，昭公所自爲稱也；妙。冠「吴」于「孟子」之上，則非昭公所自爲稱也。妙。諱莫如深，妙。故易姬爲子，以附于宋，此以見大義之在人心，即昭公未嘗一日而亡；刺亦莫如深，妙。故明從以子，而陰繫以吴，此以見公論之在天下，雖威權不可以一日而弭。夫昭公亦何樂于此也。筆筆帶刺到底。追原喪亂之由，不能强于政治；竊附婚姻之義，卒無救于出亡，徒使其身爲詬厲而已矣。

必使反之

余　颺

文到絶妙時，恰是題中所必有，恰又是題中所曾未有。總于起處，定要着筆在妙處，便一路因風帶火，不自覺其都到妙處。故有人作文，至脱稿後自詫若有神助。此豈真有神助耶？只是起處着筆得妙，便筆筆妙，更不管其是題中所有，是題中所無。

歌非一終，爲其近風也。夫《詩》亡者，風亡也。風亡而天下之歌不復採矣，必反之而後見删《詩》非得已也。且夫歌何昉乎？自有詩而即有歌也。不必定爾，不必定不爾，吾亦止知行文得樂耳。《三百篇》其可被之管弦者，《南》、《雅》、《頌》而已。若夫以閭巷狹斜之言，太史陳之、王人採之，則謂之風，是爲有歌而後有風也；夫以閭巷狹斜之言，而太史陳之、王人採之，若此者蓋亦有反復流連之意焉。不甚用力，隨筆所合。周衰，《頌》聲不作，黍離降而《雅》亡也，楚入陳而變風終也。夫《雅》亡猶可言也，風亡不可言也。如風水相遭，忽然成文。《鹿鳴》以降，《文王》而下，其所以陳内文而詳外武，述祖功而志宗德者，咸皆極盛之音。而釐爲燕享，編爲兩君相見，固無取乎後人之繼作。若夫紀列國之盛衰，驗風土之治亂，則舍風無以焉，而何以亡乎？且夫《雅》亡猶可言也，風亡則甚無説也。今叔向不猶在晉乎，如此者，豈真有意爲之？筆之所到，自亦不意矣！晏嬰不猶在齊乎，公孫僑不猶在鄭乎？國尚有人而民歌不志，其何以解也？論者求其故而不得，則以天子不復巡，太史不復獻耳。夫《木瓜》思伯，洌泉思王，此又爲何王之巡而何史之獻乎？都是自亦不意之筆。且古者詩有三千，而吾删之僅存十之一焉。夫昔之時，有雅有風，故删之不嫌刻。今者風雅俱淪，真欲淒然。而苟有歌之善者，雖在塗人，安得不使反之哉？蓋風之爲道，主文而譎諫。國無敢諫之士，則諷刺有力矣。妙論至言。兹之纍纍吾前，其皆不足風與。故反之爲道，所以存風也。

抑爲之不厭

陸壽名

若寫作把茅蓋頭，蒲團襯地，兀兀九年，深深没雪，即豈復成吾黨語耶？先生快筆，沐冰浴雪，便與當年念《法華》動容古路，閑師弟瞬目視伊，同條並貫。真乃心持印呪，顧盼雄毅，不似他人間言語，干戈相待也。

聖有專于爲者，而所讓即所任矣。巧妙無比。蓋非爲不足以造聖仁也，而厭即非聖仁之爲，子殆有共白焉而先自證者乎？「共」字、「先」字已注何處。今夫人意中必有所期，所期必有所至。是方將與天下共至之也，不惟清快可樂，又能早注下「弟子」句，故妙。則已之必欲至之，其又安敢不自勵乎？蓋慕之也既摯，則求之也必專，必如是焉而後已者也。聖與仁，吾不敢居矣。雖然，名理遥深，未嘗絶人以誕登之路。吾不敢聖也，而又不敢以不聖。即借「敢」字，撇捩而下。聖若引之，而吾若跂之也，敢自已于修能歟？典型遼遠，未嘗阻人以攀躋之思。吾不敢仁也，而又不敢以不仁。仁若翼之，而吾若趨之也，敢自斁于邁征歟？則見夫聖所必爲而吾爲之，聖所不必爲而吾亦不爲也，而猶未也；描寫「不厭」字之神。抑又見天亶之聰而不辭勞瘁，即聖之不必爲者，吾亦不可以不爲焉。祇覺聖爲其易，我爲其難，迨爲之久，而難與易又兩相忘而不自知也，而厭之心何自生矣？則思夫仁之所爲而吾爲之，仁所不必爲而吾亦不爲也，而猶未也；抑又思夫性成之異而不憚勤修，即仁所不必爲者，吾亦猶所必爲焉。祇覺仁爲其逸，我爲其勞，迨爲之永，而勞與逸又交相化而無其迹也，而厭之端何自啟與？況同一爲也，何以聖不待爲而已聖，爲之躊躇，爲之滿志。吾爲之而未必聖；仁無俟爲而已仁，我爲之而未必仁？此其故，學者能知之乎？然爲之而又何必知其故也？我自有朝斯夕斯者，故雖以就將之苦而往往見其甘。況共一爲也，何以聖不自聖也而終身爲聖，慕聖者不克爲聖；仁不自仁也而終日爲仁，而求仁者不克爲仁？此其理，學者能喻之乎？然爲之而又何難喻其理也？對又妙妙。我自有念茲在茲者，故雖以黽勉之勞而往往取其樂。蓋與人共爲，早注「弟子」。則我不可以不爲；而我先自厭，則又何以責人之厭也？今而後可以詔吾徒矣。

才難不其然乎

繆慧遠

題本通身摇顫不定，而作者反復正襟斂容、危坐屏氣以寫之，豈非不看氣色耶？先生讀古而醉，不覺一時忽然想着十二郎，便隨手與題摇顫而行，竟不自覺天然入妙。此不知是爲十二郎有此題，不知是爲此題有十二郎也。先生文是第一輩文，人是第一輩人。今乃老坡公于屋下，才難不其然乎！

聖人思才之不多遘，而深信其難焉。夫何代不需才乎？而才難之語自古記之，有不得不以爲然者耳。今夫非常之姿，居乎不恒有之數，故弔古者莫不歎賢哲之嘉會，爲不易得也。乃世之論才，則曰招之欲出者，何時無俊民也。譬如彈琴，先作泛音，繞指而起。必謂自今而後，不復有如古人，何輕量天下之才乎？抑揖之來賓者，何地無名彦也。必謂百世一聖，猶若隨踵以至，得無疑持論之刻乎？以予所聞有云才難者，何以稱焉？意其爲用才者告歟？此非故作閑步，正立定「才難」二字也。若曰使希世之珍，不登明堂，伊誰責乎？此一説也。意其爲負才者勗歟？若曰使間出之質，疏于古處，不重惜乎？此又一説也。二説者，予顧弗深考。自起自止，最是好手。雖然，其語固嘗誦之矣。始誦之，邈乎其不敢信也，取神。竊竊然而疑。嗚呼其疑也，必其未思也。再誦而思之，覺其語未始無當焉，而猶不能以無疑。亦謂供一代之用者，未嘗絶也；哲人崛起者，應比肩相望也。卒而思之，取神。果然耶，果不然耶？多方摇曳。其然也，穆穆之門將無啟乎？翹翹之乘將無招乎？未可以爲然也；其不然也，開天之佐史不勝紀乎？連茹之慶代不絶書乎？未可以爲不然也。予上下數千載，見夫治時少而亂時多。幸時治矣，而不克奮其智勇、感會風雲，此一難也，可流淚也。寧非難其人哉？苟釋褐中林，又幸而值夫治焉，宜何如景羨乎？而咨嗟之意，每曲折于尚論之懷抱而不能去，何也？其難殆不以一士之得失爲衡歟？且見夫賢者少而不賢者多，幸生賢矣，而至于逸在布衣、自賦失志，此一難也，可流淚也。寧非難其遇哉？苟應期濯纓，足以彰其賢焉，孰不爲欣歎乎？而感悼之思，反隱留于紀載之間而不得釋，何也？其難殆不以一時之通塞爲據歟？嗟乎，嗟乎！才之難也，不其然乎！

禹吾無間然矣

熊伯龍

此處夫子論禹，接連兩章，一曰「不與」，一曰「無間」。一種是最難處之事，何則？所論者是聖人，一也；論之者又一聖人，二也。今以儒生搦管，而欲向此聖人心窩中，寫到彼聖人心窩中，知他是何等牆壁，何等分寸？先生乃能從無牆壁處起牆壁，無分寸處出分寸，固知全是平日讀書論道、學爲聖人時節，親得之甘苦，豈徒弄筆作文而已。論聖人而得其樂論之，之聖人亦樂；論聖人而得其憂論之，之聖人亦憂：此「不與」、「無間」之辨也。看此文通篇不作一揚厲語，固知純從聖人之憂寫出來。

觀聖于微，夏德其至矣。蓋論聖至無間，綦微矣。上下千古而得一禹，聖人之難也！今夫人幸生古人之後而知其功，亦幸生古人之後而聞其過，將以考德而警心爾。聖人始不作閑言語。顧有識之士，未嘗不敢于論聖人，而要其今日擬議之端，昔之日若逆知焉，而預爲之戒，所稱聖人者，寧自禹始、自禹止乎？斷「禹」字，有説不盡妙理，一筆遂盡。不自禹始者，覺其自禹始。帝之統盡，帝之心未盡。由前觀之而禹之爲禹也，僅矣！不自禹止者，覺其自禹止。王之運開，王之事未開。由後觀之而禹之爲禹也，僅矣！蓋至是而吾無間然也。天下中主之弊，萬不敢以疑聖主，而猶有疑焉者，本體自謂無傷，神理全舉。而凡事盡付之大度也。夫失其所適，豈在大乎？吾觀于禹，題在其手。礱隆文命，而精嚴過下士焉。歛寅清者得其道，樂明備者得其欲。「無間」，精絶，妙絶。俯仰之間，其亦無憾已。題在其手。聖主無心之失，非不欲以示後人，而卒不可以示者，形迹偶介疑似，而久且無解于後世也。夫動而違道，豈在深乎？吾觀于禹，題在其手。功歸永賴，而彌縫亘萬古焉。有爲者君之功，無事者民之福。「無間」，精絶，妙絶。明德之遠，至斯而極已。題在其手。罔績配天，禹已久釋其憂患，而要之積一身之業，神理全舉。蓋先世之愆有餘；積終身之業，蓋一念之愆不足也。禹之無間，蓋度量不同耳。

聖人行事，人爭托焉。而至禹獨無所口實，非其皎然至正歟？安得謂肇開禹貢，而疑有嗜欲日强之勢？玄圭反命，禹已盛著其功名，而要之君父之責，神理全舉。可以一日之平成謝；萬世之責，不可以一日之平成謝也。禹之無間，蓋學問不同矣。「無間」是禹人力。聖人行事，綿歷殷周，而吾儒終無所刺譏，尚云後有萬年歟？則當其拜手禹謨，而已無入聖未優之論。意其所執者精，「無間」是精。窺之而無可窺；抑其所守者一，「無間」是一。漏之而無可漏：豈不難哉！

太宰知我乎

史應選

題最無聊，全賴請子貢入來作陪客耳。然又恐拖筆累墨，多一人即多一事。今看其筆筆輕，筆筆淨，筆筆摇曳，筆筆飛舞，此彈不復傳矣！

賢者而猶未知也，則謂太宰知，宜也。夫善觀聖人無如賜，而猶云爾則如太宰，洵已稱知我矣。子聞太宰，又聞子貢，因曰：某昔者言莫我知，豈非獨與賜言之？「賜」字、「知」字、「天」字，何其恰妙！而賜當時，則豈猶以某爲怨尤之言耶？夫某之斷斷已爲莫知之人也，惟某實斷斷自有莫知之故也。乃某是日稱天，而賜今日亦稱天，而其言又不類，則不免再自籌之矣。太宰之問賜也，謂知我無賜若也。夫知我則誠無賜若也，何則？賜不知我，疇知我者。清、圓、輕、折，四美咸備。乃賜之對太宰也，亦自謂知我無賜若也。夫知我誠宜無賜若也。雖然，如是知我，疇知我者。故幸而太宰不知我，我無憾焉；如空中花飛而下。如不幸而太宰知我，我實驚焉；不幸而賜不知我，我則怨焉；今幸而太宰知我，我重愧焉。而太宰則真于我稔矣。雖不知我初焉秉心何人，分寸都有。雖不知我既焉學成何事，身爲執政，未列門牆，聞聲遥望，約略焉耳。然不可謂我一生瑣屑，猶未盡于夫夫之鑒賞也。而太宰則真于我詳矣。誰亦知我初焉秉心何人，誰亦知我既焉學成何事，身列門牆，夙夜周旋，衷其見聞，將毋同耳。則不可謂我私心感激，猶不在于夫夫之品題也。然則始而太宰驟有所聞，太宰駭我乎？通篇作飛舞之筆。既而太宰漸亦安之，太宰信我乎？太宰設身自處而難其事，太宰惑我乎？太宰姑妄謂我真是其人，太宰暱我乎？耳之熟矣而曾未一覿，太宰慕我乎？獨與賜言而不復親承，太宰置我乎？今太宰不駭我而且信我也，飛舞至此，竟作羊角旋矣。應惑我而反暱我也，如慕我而又遂置我也，太宰知我乎？

鑽之彌堅

蔣　超

題固只一句，若作文亦只作一句，便不知成何語矣。何則？此四句是顔子于既悟後，追憶未悟時有此景。夫景則只得一景，決無四句四景也。先生妙眼，早將上一句下二句，齊放入此一句裏，而後輕輕只寫一句。于是後之人之讀之者，口中歷歷明是只得一句，而眼光却渾渾全有四句。此皆是神力之事，非微細巧慧所得到也。

力窮于堅，求道者亦苦其難入矣。夫回之于道，未嘗不鑽之也，而乃見其彌堅焉，道又如是其不可入哉。且天下之物，既別夫崇卑，則必復較夫深淺，斯攀躋之無途，即繼以研求之靡盡也。借勢便如駿馬下坂，不知是馬勢，不知是坂勢矣。獨是善入者有其心，而善拒者亦有其質。至于研求之徒費其力而勞神，抑又甚矣。回之于道，非仰之而見爲彌高者哉？考詣未純而妄思上達，未免志氣之忽荒。此時不當咎道，仍當自咎，何其犀利，又極刻入。則使精其意以圖之，庶諒亦無微之弗破也。用志未勤而遽希峻極，易形意念之艱阻。此時不當疑道，還當自疑，庶幾鋭其神以取之，可以無深而弗徹也。孰意鑽之彌堅，又有然者：凡物之理，在外者易攻，而在内者難攻，堅則理之在内者矣。未嘗鑽之，不知高之外有堅也；未嘗鑽之，不知堅之中復有堅也。不寫「鑽」字，不寫「堅」字，止寫「彌」字，手法又極辣極鬆。而今既已鑽之矣，覺夫匿而在内者，不能顯而使在外；悉意以攻，亦彌著其無間已。凡物之數，處其分者易析，處其合者難析，堅則數之處合者矣。以爲堅即在高之中，則鑽之已無所用也；以爲堅又在堅之中，則鑽之愈無所用也。此真何取于鑽矣。覺夫合而爲渾淪者，不能分而爲條理；極力以析，亦彌形其無隙已。是故不鑽而其堅如是，猶有望于鑽；迨鑽之而其堅如是，是無望于鑽也。要以惟鑽而始見其堅，器之厚者，固非薄力所能摧耳。吾聞司爟之掌火，取諸鑽燧。補寫「鑽」字，奇而法，亦正而葩。使所鑽之木而果如道之堅也，恐亦難于即出也哉。且方鑽而其堅如故，猶不妨乎鑽；迨鑽之而其堅更甚，是其患反在于鑽也。要以彌鑽而彌見其堅，理之縝者，尤非淺功所能剖耳。吾聞函人之察革，視其鑽空。使所鑽之革而或如道之堅也，恐亦難于立貫也哉。鉤深致遠而一無所動，空其餘勇尚思賈。吾已悔其沉苦之思，探賾索隱而絶無可通，道亦幾爲冥頑之物。合之在前在後之不可爲定，不惟合前句，並合後句，一片神力。豈不益令人望洋而歎耶？

吾自衛反魯然後樂正

王發祥

「正樂」從來有無數致語，「反魯」從來亦有無數致語。但鋪紙伸筆，抄之撮之，即成某甲文；再鋪紙伸筆，抄之撮之，即又成某乙文：吾屢遇之而屢嚱焉。今見先生置心孔氏腹中，發音泰山之側，幽憂不敢告，于游夏始卒，或冥訴于元公。使如先師琅琅親説，豈能學他抄撮爲篇者耶？

聖人治樂于宗國，以王道自處也。夫樂不可不正，正樂不可不反魯，子殆不忍王道之没云。且君子志修文武之澤，興事異邦尚或爲之，妙，「興」健舉。況父母之國乎？吾今而始有以謝魯之樂矣。樂之理，寄于五經，不能獨爲一書，先吾憂其隱矣。然身爲匹夫，不得擅著述之權，人誰尊乎？樂之制，賜于元公，世遠而多散失，先吾憂其逸矣。看他兩「先吾」字，神意所行，早有「然後」字冉冉欲至矣。然伏處鄉里，未嘗觀四方之風，心其安乎？自吾數十年于兹，而今乃得正焉，蓋自衛反魯之後也。聞之祖宗有制，子孫修之可也。先振「正」字，何其慷慨。豈世無周公，《詩》章將終亂哉？吾不敢遜也。今果幸而天假其成矣，正寫只一句。吾不欲令天下有儒者治樂之名，則樂爲徵之。「樂正」不是「正樂」，幽思曲筆，疑于鬼工。若曰魯備先朝之樂，至定公之後，遂昭典則焉，不知誰爲之耳。聞之先君有法，卿大夫整之固也。然國有三桓，師摯安能抗哉？我不忍見也。今既幸而裕有其力矣，吾猶不欲令後世有樂嘗不治之嫌，故速爲理之。另意作對，悉是幽思曲筆。若曰魯用聖王之樂，至魯僖暮年，重致恐懼焉，中誠有深意耳。故或謂吾所適之國，惟衛與魯爲同姓。同姓故先代所頒，不甚相遠。先于魯或得于衛，輕入，補寫「自衛」二字。相合而成一時之盛可焉。又或謂吾所往之國，惟衛比魯多君子。多君子故載籍之要，不甚滅絶。得于衛乃復思魯，由此而畢修述之事可焉。大凡士人真有志于國制，不論貴賤，皆可有爲；君子誠有慕乎先典，不論難易，皆當肆力：吾何僭矣哉？

不爲酒困

何楷

最苦是近賢，見題中有「酒」字、「困」字，便一群要頌酒德，又一群要訟酒過。聖歎即不然，亦不見有「酒」字，亦不見有「困」字，止知一題到眼，便要看作者如何提筆，如何落筆，如何轉筆，如何住筆。

飲足昭德，斯可與之飲矣。夫無德而後酒得困之，誠不予酒以權，亦何必廢酒哉？且夫豢豕爲酒，非以階禍也；而獄訟益繁，則酒之流生禍也。是故先王因爲酒禮，用之燕享，則出以事公卿，上三句皆大端，此句似不相續，今忽反借成勢。故其詩曰：「有飶其香，邦家之光。」用之羞考，則入以事父兄，故其詩曰：「有椒其馨，胡考之寧。」至于居喪，非有疾不飲酒，非七十不飲酒，蓋以崇名教，亦以備酒禍也。而何世之困于酒者比比也？淫宴樂而不貞，失其需矣；求口實而不節，乖其頤矣。于是而思不爲酒困之人焉。吾生之爲我有，而利我大矣。吾能受酒，則酒養我；筆態如太原公子，神氣揚揚，全與常異，最宜學之。吾不能受酒，則酒戕我。衛生之經，不如是也。夫所貴乎致養者，將以有爲也。徒殉此伐性之媒，一何闇與？吾力之足以物物，而不物于物審矣！吾能勝酒，則酒聽我；吾不能勝酒，則我聽酒。有力之强，不如是也。夫所貴乎果敢者，將以立義也。甘爲此濡首之溺，毋乃憊與？君子慮其將困也，全要看其筆態。是故三揖百拜，以謹其初。蓋升而不已則困，三爵不識，矧敢多又？初筵之所以致誠也。夫惟潔敬以自將，方且辭養老養病而弗居，而奚至以大怠來童羖之罰。君子畏其既困也，是故觴銘豆誦，以置之側。蓋困于上者必反下，降威大亂，惟酒之辜，妹邦之所以致誥也。夫惟清明之在躬，方且等小德大德爲一視，而亦可以劼毖迪小子之臧。雖然，此猶有戒心焉。若夫聖于酒者，臨了一縱，大强人意。莫爲之量，而自休于天鈞；日與之親，而自遠夫酖毒。然吾終不敢引此以自寬也。仍收轉。

歲寒

張安茂

讀此文而驚怖其悲涼之作，謂是屈原，謂是宋玉，謂是曹公，謂是蕭梁，則大非也！看先生段段句句，眼在通章，不在二字；又段段句句是大聖人沉幾靜觀，不是豪傑失時坎壈。此爲後賢臨文，必稟之金科玉律。至于陵轢四愁，方駕五噫，是特先生餘技，不足多道耳。

聖人懷遲暮之感，眼在通章。爲之志時序之終。夫歲至寒而物理盡矣，眼在通章，早有悲涼之興。豈養晦之時乎？夫子烏能無感也！且順遇之士，樂志于芳妍；偃蹇之衷，傷心于摇落。二者交讖，所以高人游覽，志士澄觀，雙拂二種，獨起一調，眼在通章也。固非爲曠寂可懷、衰涼足寄也。今爲之紀時序、志物候，約言而盡之曰「歲寒」。只二字，却作逐字挑剔，而文之沉鬱頓挫，轉更異常。夫「歲」以言乎四時之成也，故春正始和，改朔重典。但繫之以王，不繫之以歲，謂未來者不敢書也。至于《蟋蟀》載歌，「采蕭」既詠，乃可以知天事之終矣。「寒」以言乎時令之肅也，故涼燠代序，春秋異施。然但紀其時序，不紀其氣候，謂成功者未在此也。至于百卉具腓，凄風凝冱，可以知物理之盡矣。當斯時也，天地黯靄，江山失妍，繁霜肆威，枯朽摧折。趂筆一落，畢寫寒色，然後提筆重寫通章神理。此法誰知，人則云屈原耳，宋玉耳，騷耳，賦耳。登高原而遐矚，則凜凜淒淒，莫不玄黄失形，千里頽澹；撫物候而傷心，則隱隱寂寂，莫不寥落感人，寓情無所。嗟乎，此天地何時也乎！由是迴思春暄布妍，林麓柔媚，物生其際，咸欣欣向榮，自以爲天地有私于我也。孰意嚴風疾霜，一至而無餘恩矣。即深秋零落，晚秀未衰，物當其時，亦孜孜自愛，方以爲小節可以幸存也。孰意寒威肅殺，益甚而不少殺矣。此二大比，着眼在兩自「以爲」字。風雨之夜，浩聲讀之。夫物之恩怨，物之情也。然天不能以物情而改其度，使冰霜不降于嚴冬，和煦尚盈于歲暮，妙妙！如是聖人讀遍六十四卦之言，他人乃不幸適于大故耳。則占時者反告愆矣。即天之生殺，亦天之常也。然物又不能以習久而狎其盛，使衣褐不講于禦冬，生物不就于蟄伏，則有生者皆不保矣。是故五方之涼燠異宜，而畫燠者畏寒彌甚，是天威輕而猶重也；此中隱然有個半漢子所謂「松柏」也。百物之温寒異性，而習温者未寒先零，起「後凋」。是早得者不晚喪也。瞻歲序之告終，達人懷日暮之悲；當寒威之加物，智者有名節之喻。嗟乎！使無歲寒，松柏幾同于凡草矣！

子曰歲寒然後知松柏之後彫也

黄　澍

名作如林，然不出慟哭松柏、奚落桃李二語。夫慟哭松柏，則聖人胸中無如此悲憤；奚落桃李，則聖人眼梢無如此輕薄。彼固以爲不如是，則不足以極我才人筆墨之致；其又焉曉先生筆筆寫聖賢之戒慎恐懼，反極盡才人筆墨之致耶？

托于後以見志，而知聖人之憂患也。獨到！　蓋松柏能不失時，不能爲時，亦貴爲其不可彫者，非曰徐以觀後也。今以入世而多感也，聖人豈有異于人哉？琅琅之音，入耳而腹痛淚落，何也？　常人駘宕而希幸其時，以爲庶幾一遇也；及于所之既窮，何人讀之能不憮然？可謂大悲度人妙經矣！　則又坐歎百出。至于傷生而悖道，蓋由憂患未深，反是憂患未深，妙妙！　而才智足以喪其所守也。聖人將爲世正之，曰無庸也。因而寄興歲寒，出落甚異。托諷後彫。松耶，柏耶，是耶，非耶？　夫松柏之盡捐美好，見落平時，是松柏之性也。物各有能有不能，若此者非松柏之所能也。是寫松柏，是寫聖賢，是寫正色，是寫傲岸。　若其遺衆全名，當位則貴，亦松柏之遇也。人固有知有不知，若此者誠人世所謂知也。不將「知」算作一件事，妙。　在我無矯性之虞，妙妙，是是。于世有因才之遇，妙妙，是是。　前有相忘之樂，妙妙，是是。　而其後有相遇之懽，妙妙，是是。　又何多求乎哉！　若其所以自處，手法妙絶！　則必有道矣。天下如此其大也，從中而實之，必備其數與用焉。即彼一二散朽之姿，皆曾有功于天地者也。是聖賢語，並不奚落桃李。　然愈厚道，愈悲憤矣！　吾自留吾可功之實，其前我而爲者，亦有欣欣然不妨共事之願。天下之事之難也，身起而任之，對又妙！　「後知」之「後」，正復恐懼。亦兼乎福與德焉。試舉一二敗局而論，其初非無大濟于時者也。吾必愼修可濟之具，雖非我莫能者，亦無悻悻然急而求我之色。是故知不知在人者不足慕，何等扯淡。　而彫不彫在我者深足念也。何等恐懼。　可知者天，不可知者人也；可知者理，不可知者數也。不説「後知」必然，反説「後知」未必，意思總非小儒。　未知而愼，戢爾怨尤；既知而懼，戒爾驕佚：獨松柏云乎哉？　蓋聖人憂患之情，與志士憫時疾俗之感，尚未可同年語也。

君子不以紺緅飾

李開芳

讀先生此文時，不必將服色純注其語句，須細相其用筆最足峭：落得峭，起得峭，並無半點拖曳之態。夫用筆不作拖曳之態，則一路語句自然都峭也。

服不亂常，君子慎所飾也。夫紺主祭，緅主喪，各有定制。君子不以飾，豈非得其正哉？且夫各稱其事爲五服，各象其用爲五色，是故君子居不雜制，不示以可亂；衣必尋常，不使人可疑。服必有領，領必有飾，先出「飾」字。儀制之小者。然領者衣之首，君子以爲進于冠則重之。蓋純色曰衣，雜以異色曰采，采者文也。抑衣者裳之辨，君子以爲形于上則貴之。蓋全幅曰帛，緣以尺幭曰章，章者度也。而至紺緅，次出「紺緅」。則喪祭始用之，不以飾云。次出「不以」。夫士恒齋其心，不恒齋其身；恒齋其心以存敬，不恒齋其身以遠幽，爲其近于鬼也。齋之日，絶笑語，不接賓客，乃衣紺。用筆如針畫石，何其明歷。今以平居而飾此，惑聽聞，拒交與也，君子不敢。且喪而不喪，是之死而致生；不喪而喪，是之生而致死。之死致生則不智，之生致死則不仁，謂其傷于親也。喪之日，事哭泣，不用常服，乃衣緅。今以平居而飾此，變其常，凶其吉也，君子不忍。況乎大禮不苟，先王戒焉。擇宜而備，不擇日而用，幾于涉筆成經矣。

是褻之矣，其何以明禮？凡事有制，君子戒焉。服雜者身怠，身怠者心亂，是不衷矣，其何以爲章？蓋練服，一日成青，三日而朱，俗以爲便，而不别于祭，君子慎之；抑絳色，絲弗必細，成弗必勞，俗以爲儉，而實犯于喪，君子謹之：蓋一飾不苟如此。

食饐而餲

傅巖

此題「饐」與「餲」，兩個一等惡字，且何待聖人始「不食」哉？忽然妙眼覷着上文食精，因悟此句是反其事以見意，便已化臭腐爲精奇矣！何期中間又將二字分出層頓，逐段逐段，憑空生出無數波委雲屬。至于句句香、字字花，又餘事耳。

食失其宜，無爲貴精矣。好！夫惟食之不可不精也，故等饐于餲，聖人微示其意焉。且一物耳，其始也，幾經選擇以有此，「精」。而忽復鹵莽以治之，「饐」。甚至全違其本味，「餲」。亦天下之大可惜者矣！惟聖人欲以水火之法，不饐餲。完杵臼之利，必精。則嘗因其食而反按之，如所謂「饐而餲」者。夫饐之爲失，層頓。不過叟叟之釋，汗于釜而未舒；選言。浮浮之蒸，出于甑而猶烈耳。至于餲，層頓。而稼穡作甘，不可問矣；形味實好，非其故矣。倘緣不潔之器，選言。賊其甘芳，抑或滅竈之餘，將以復進與？何居乎而與饐並稱，且先饐于餲耶？層頓。俱是憑空生出。有説焉：其薪之不足而借風以求解，選言。此倉卒之食也。人何故而處于倉卒，妙妙！君子以爲不祥焉。其氣之未充而借腹以代爨，選言。此饑餓之殆也。人何故而儕于饑餓，妙。君子以爲無取焉。且廛困中無一稊不比上珍，選言。入饔人之手，而以尋常之末視之，其傷而不可復理也。農夫之敏，田祖之畀，妙。一朝而敗之矣。升斗間無一粒不皆辛苦，經中饋之治，而以粗略之意當之，其過而無以適口也。舂揄之勤，簸蹂之細，妙。一刻而負之矣。夫是以食而餲也。層頓。受變之故，已浮于火候之未調，令人舉箸而莫施，咎嘉穀之頓成宿物；失味之愆，更倍于爲炊之不熟，令人臨食而興歎，恨精鑿之化爲餕餘。選言。蓋食之尤惡乃至不止于不精者，已上如許層頓，便使一篇如一句。而吾必曰饐而餲，亦以見均之不可以言精也云爾。章法完好之甚。乃知賜出大官之庖，雖六果具陳，必不先于飯黍；而湘于曠野之率，雖七日之火，猶致謹于竊煤。聖人精而益求其精之心，大抵若此，匪獨一食已也。

出三日

劉　侗

此「出三日」句，是從必「不出三日」人意中想出。其所以必不出之故，非真廢閣神惠至于腐敗也。看他通篇，純寫必「不出三日」一段凜凜心事，而「出三日」三字反在言外隱躍自見。書中極有題在此而用筆要在彼者，吾不能卒舉。準先生此篇，神而明之可也。

問于出後，只是「問」，妙。而不出之心加毖矣。夫安有祭之肉而真出三日哉？妙。亦曰不知不出之凜凜，則試問之出後耳。蓋祭肉也者，一之日而宰焉，二之日而進焉，三之日而繹焉。繹之終而俎焉，夫三日已遠矣，妙筆，亦是仙筆。尚可出哉？然而仁人孝子之心不能已也。善終如始，已徹而敬齊之色，不絕于面。斯非以爲肉也，妙筆。而肉猶在焉。抑善始慮終，既退而隕越之懼，不去于心。斯並肉亦不在也，妙筆。而祭猶在焉。吾因而思天時而變于上矣，自非有追而弗及之思。彼駒之過隙，未之覺也。夫以不住之時而函以不覺之心，雖春禴秋嘗，且有曠時失旬而不舉者矣，反爲作過分語，真足心驚。況其所爭乃在昕夕之間乎？如之何不出？祖宗而即于遠矣，妙筆。自非有明發不寐之懷，彼事之恍惚，杳難接也。夫以不見之鬼而奉以不接之誠，雖牽牲薦豆，且有疏傲忘本而不省者矣。況推餘敬以及受胙之宜乎？如之何不出？所以古之人于燕私醉飽之餘，每每三致其戒，禮儀卒度，笑語卒獲，致咨嗟于楚茨，良有以也。吾戒而三日若長，妙筆。一不戒而三日若短，其與幾何耶？古之人當福禄來成之際，往往三致其幸，爾酒既馨，爾肴既嘉，致旁皇于鳧鷖，甚非虚也。吾幸而在三日中，不幸而在三日外，其咎安歸耶？蓋情不設所不忍，而終祭無初順；事不思所不敢，而前福有後艱。出三日者，仁人孝子必至之心也，其斯以不出三日也。

鄉人飲酒

劉錫玄

下文明明有「杖者出，斯出」語，則此爲子飲于鄉無疑。乃記者如何又不肯明明書作子飲于鄉黨耶？花裏垂簾，簾裏美人。意中久矣，分明眼中；正復急切，分明不出。題之靈妙，全在此處。吾嫌蕭伯玉先生有文真乃冰心玉壺，而獨其破題第一句，便曰「聖人而飲于鄉」。一寫「聖人」二字出來，而題之妙處悉已夷山盈壑矣。此文從先生塚孫越慧社兄家乘中搜得，無態不盡，無妍不極。先生常教越慧兄，作文必須字字飛，又須字字膩，不膩不飛，不飛不膩。夫飛豈佻巧儇薄之云，膩豈飳飣塗澤之云耶？必如此，方是真飛真膩。今世之同學兄弟，尚未讀吾越慧兄新制，其飛膩、膩飛，真是祖父單傳，不許外人也。

鄉中不知有聖人，則群飲焉而已。題中無聖人故也。夫止鄉人飲而何記，明明聖人飲于鄉而又何記？以大聖人在中而群飲焉，是以必記也。粤自昌平有孔子，而鄉無飲酒。豈無飲酒？則誠不如吾子之接人以歡而引人于勝，偏有此天生妙句，湊集其腕下。浩浩落落，有過于飲酒者也。兹讀《魯論》，又有記鄉人飲酒之事。試論之：吾子自反魯正樂而後，大約居鄉之日爲多。出「鄉人」，婉約之甚。維此長人，近在東家，如大司寇之政聲，十五國之轍迹，子所不言，亦鄉所不聞也。鄉人值歲時伏臘之際，大約飲酒之日爲多。出「飲酒」。此速諸父，彼速諸舅，若東南接人以仁，西北接人以義，鄉所不習，亦子所不講也。因是漫書曰：鄉人飲酒，則一似不知吾子在其中乎、吾子不在其中乎？如畫家烘染雲氣，全用淡墨作活筆。吾于是而知吾子忘鄉人矣。吾子稱鄉人曰「鄉人」，看他寫「鄉人」，妙絶。鄉人稱吾子亦曰「鄉人」；鄉人自稱曰「鄉人」，吾子自稱亦曰「鄉人」。于是，以鄉人獻鄉人而吾子飲，看他寫「飲酒」，妙絶。以鄉人酬鄉人，吾子又飲矣，吾因是而又知鄉人忘吾子矣。有幼于吾子者，吾子爲老鄉人；有老于吾子者，看他寫「鄉人」，便藏「杖者」在内，妙絶。吾子爲幼鄉人。吾子爲老鄉人者，吾子視人爲幼鄉人；吾子爲幼鄉人者，吾子推人爲老鄉人。于是吾子飲而醉，而鄉人扶之；若鄉人飲而醉，看他寫「飲酒」，便藏「斯出」在内，妙絶。而吾子且扶之矣。故此飲酒也，既不立監，亦不佐史，有則釃而無則酤。幸而鄉人先醉，寫盡。即吾子不敢不油油而亦醉也。又此飲酒也，坎坎共鼓，蹲蹲共舞，雖不困而實無量。萬一而吾子先醉，寫盡。即吾子其終不敢揚揚而先出也。何則？恐杖者將怒爾。

雖車馬

秦　鏞

人知其中比，憑空寫出秦康、晉耳、周宣、韓侯。異樣枯縮題，乃有異樣英華如許。而不知其單只寫「車馬」，且不管「雖」字也。人又知其後比，俊眼巧覷下文「祭肉」。異樣短窘題，乃有異樣出跳如許。而不知其又單只寫「車馬」，又全不管「雖」字也。純是尖筆瘦墨，而誦之謂極姿媚、極豐滿。洵乎先生身有仙骨，他人不得知其故也。

記者重言車馬，聖人亦非輕視車馬也。夫饋如車馬，友之所重，子何敢輕？自子觀之，豈無更重于此者？記者又于處饋一事，得聖人之異于常人也。曰：常人以貨財爲禮，惟其物；簡令之筆。聖人即以朋友爲禮，不惟其物。不惟其物而物之至隆者，可侈言以形之。子于朋友之饋云何，不腆之將，明有敬也，必尊而無敢褻；一介之命，言有好也，必重而無敢輕。若然，則凡物之來，概尊之重之矣；不然，或因其物之共以爲尊、共以爲重者，而尊之重之也。而聖人之與常人乃大異。夫有無相共，朋友之禮如甥舅焉，則已矣。我聞秦康公之送重耳也，曰：「何以贈之，路車乘黄。」極似韓非，又極似韓嬰。有此異樣色澤。至今歌詩者猶歎渭陽之有禮焉。明乎車馬之爲饋，殊于他焉者之饋。惠澤必周，朋友之分如君臣焉，斯已矣。我聞周宣王之錫韓侯也，曰：「其贈維何，乘馬路車。」至今稽古者猶異出祖之殊榮焉。明乎車馬之爲饋，别于凡焉者之饋。而以夫子當之，且何如也。況「檀車幝幝，四牡痯痯」，望征夫而深父母之憂傷，則馬首車塵，時傷春露秋霜之感。當其饋，將云神保之是饗，抑猶投報之是將。忽逗「祭肉」，又絶不犯。「我車既攻，我馬既同」，誦中興而求妣祖之似續，則約軝攬轡，亦動仁人孝子之思。當其饋，將云先祖之是皇，抑止嘉賓之是贶。夫人之情，不見有朋友，見有饋。故于其所欲得，則愛之；苟得其所愛，則敬之。使往來酢酬間，此以哼哼之大車，彼以駉駉之牡馬，有不佝僂而恐後者乎？以夫子當之，雖車馬且何如也？

迅雷風烈必變

萬應隆

有人謂此文短，不知子弟熟讀此文，便一夜能長出一瀉千里之才；有人謂此文老，不知子弟熟讀此文，便一手能化出重樓複閣之麗。吾豈謂短且老故選哉？吾爲欲子弟憑空增其才麗故選也。

聖人敬天之學，于其變而益動焉。夫天之事，皆聖人之事也。迅雷風烈，聖人之懼大矣。且聖人在上，能以其事變于天，則天敬聖人之至也；奇絶！天道在上，亦能以事變于聖人，則聖人敬其天之至也。奇絶！天人相敬，然而聖人尤致盡焉。奇絶！如子之迅雷風烈必變是也。吾于其時實之：春秋之時，陪臣蔑大夫，大夫蔑諸侯，諸侯蔑天子。是以雷發于地，震于天，此自下震上之占也。奇絶！震之之召，星辰易紀，天道愁矣，聖人畏之。陪臣蔑大夫，則大夫怨之；大夫蔑諸侯，則諸侯怨之；諸侯蔑天子，則天子怨之。是以風發于天，怒于地，此自上怒下之占也。奇絶！怒之之召，草木多死，地道困矣，聖人傷之。且即以其事論之：天氣之動，地功之本也。奇絶！氣之所行，足以爲厲于地功，則民物顯受其害矣。天氣之將，人事之始也。奇絶！氣之所感，將以徵于人事，則君民兩有其憂矣。是以天之爲此，雖若有不敬于聖人，然而聖人必以其敬感之也。

屢空賜不受命而貨殖焉

唐德亮

吾眼中從未見如此奇文，救火捕賊，七手八脚，都不足喻；庶幾龍行空中，風旋雲亂耶！則又覺其清空一氣相引，如瑤天笙鶴，並無半點塵雜得廁也。吾因仔細相其如何用筆，久之乃悟全虧起處只將命算作戲，便無意中偶然寫得「生而貧」三字來；而下去更不換筆，到底只將此三字掀翻至盡。

大賢安貧，賢者未安命也。夫回之屢空，非受命孰克當此？貨殖謂何，多見其不受命矣。且儒者之優劣，斷不在區區貧富之間。如以貧富論人，則得道之士豈必皆貧，失道之士豈緣盡富哉？下去翻天踢井無數妙文，全賴此二句倒喝破。要以所爭止在能受不能受，故君子于此亦有時不言性而言命也。將「命」字只算戲，遂有下去妙文。即如回也，左簞右瓢，蕭然行歌，固足多；即令結騎連駟，若素封者耶，亦豈以此貶賢？然回固生而貧者也，一路純是「空」行。生而貧則空矣；惟回固生而貧者也，生而貧而亦有術焉。使之不貧，則雖空而不屢矣，乃回也而竟屢空焉，回命也夫。妙筆一頓。雖然，生而貧命也，生而不貧亦命也。十數個「生而貧」，如桃花亂落如紅雨。甚至生而貧而無術焉，殖之使不貧；生而貧而有術焉，殖之終不能不貧；與生而貧而有術焉，殖之遂可免乎貧，皆命也。雖然，既生而貧矣，謂非命乎？既生而貧，而必殖之以免乎貧，謂受命乎？何吾門之賜也而竟出此也。頓。賜若素非貧者，賜何煩殖？殖而後知賜非遽富者也。妙。賜如終于貧者，賜又何煩殖？殖而後知賜不屢貧者也。使殖之皆可以致富，人定勝天，天下無命矣。盡情切骨。吾安知賜不竊竊焉，自幸其命之獨無憑乎？使殖之決不能致富，天定勝人，天下將無不受命者矣。吾安知賜不竊竊焉，悲彼屢空者之爲命所困乎？嗟乎！有回之命，殖之亦未必富；有賜之命，不殖亦未必貧。回何傷哉，賜則可以悟矣。

子路問聞至後行之　　鍾　惺

文到絶妙時，只是于題不加一點。問于題不加一點，其法如何？須知切忌寫題有字處，只顧寫題無字處是也。雖説文到絶妙時如此，凡子弟初提筆學文時，便應教其如此。先生此文，雖更歷百千年，其妙如新。

聖人兩答問行，賢者兩存答行。夫行同也而未必同，故兩問則兩答矣，乃兩答則兩存矣。甚矣，聖門弟子之嗜學也。前之人進前而問，動筆便妙。已各領其微旨；後之人自後而起，又追味其餘言。如昔者子路問：「聞斯行諸？」何居而由之有是問也？由自知之，子自知由也。人只謂是清轉，須看他着眼何處。告之曰：「有父兄在，如之何其聞斯行之？」誰無父兄，而獨以之繩子路乎？冷語直刺冉求，使公西華都痛。爲子路言之也。冉有問：「聞斯行諸？」何居而求之有是問也？求自知之，子自知求也。告之曰：「聞斯行之。」誰不當行，而獨以之督冉有乎？直刺仲由，公西華都痛。爲冉有言之也。一「行」也，由也問，求也又問。問者狎至，二子不自覺其同，妙筆挑起公西華。惟夫子亦竟不厭也。一「問」行也，告由然，告求不然。告者屢遷，夫子不自以爲異，惟由、求亦竟無言也。乃公西華者，坐而睨，立而歎，避席而請曰：如畫。「由與求，不皆以聞斯行諸問哉？子曰『有父兄在』，不加一點。是或一道也；子曰『聞斯行之』，是又一説也。」就聞者言，由自問由，不計求之再問也；求自問求，不計由之已問也。而赤也偶于二子之問，不加一點。先後俱聞其略也。就答者言，當其告由，不預爲求地也；當其告求，不還爲由思也。而赤也幸于夫子之告，彼此俱得其備也。嗚呼！意無偏主，夫子何妨各成其是；而理無兩是，弟子安能互存其説哉？

所謂大臣者

王　緦

有題應用柳絲花朵之筆，有題應用爆雷霍電之筆，蓋題有搖曳、氣憤之不同也。此氣憤題也，看他筆筆用爆雷霍電之法。至于筆在文外，則題題同已，不必又説。

中大臣之謂，所以定其可也。夫謂大臣，必有所以謂大臣者也。古之謂大臣也，則謂之何？且夫人盡臣也，而獨稱之爲大，持刀便入，最稱孔子氣憤語。此其謂非常謂也。使先王先公，食尊賢敬士之報；而天下後世，動循名責實之思。則大臣一身，供前後數百年之推求，而其品始定，烏容冒昧相可。都作盛氣語。今吾子以由、求當之，是何其重視由、求，而輕言大臣耶。凡位號據其極隆，則不得遽求目前之人以合之。固照由、求，然何其孔武。目前不必有其人，而有庶幾于近似之意，則極隆者乃稍稍減也。品望處其最高，則不可私舉一意中之人以當之。意中先已有其人，而爲之權衡于可不可之間，則最高者不無稍稍遷也。夫大臣，位號之極隆而品望之最高者也。吾愛之慕之，不得不咨嗟想之：直接，蓋中比從無此體，皆盛氣無回互語也。詔無北面，師保者此臣；禋有二卣，神明者此臣。師保神明也而大臣也，此何如大也。吾敬之畏之，不得不鄭重思之：記于元祀，以此臣配祖宗；書于太常，以此臣保孫子。祖宗孫子也而大臣也，此何如臣也。吾不慮大臣之闕其官，盛氣語，到底不作一軟句。慮則慮非大臣而托之于大臣。蓋大臣闕其官，而大臣可待；非大臣而托之于大臣，而大臣永失也。如之何寧闕其官而必明其謂？吾不患大臣之無人稱，患則患非大臣而人人稱大臣。蓋大臣無人稱，而大臣如故；非大臣而人人稱大臣，而大臣極壞也。如之何人不敢稱而共明其謂？我請與子言所謂「大臣」者。

夫子喟然歎曰吾與點也

鄭　鄤

此題說是巢許家風，固不得；說是堯舜氣象，亦不得。說與三子一孔出氣，固不得；說與三子分路揚鑣，亦不得。蓋只須此處一落注脚，便下文更不復考問也。先生妙筆，純于空中自排自蕩，寫得此一「與」。恰似可以與點，亦可以與三子；又恰似聖人與點，亦可以三子各自與點。真乃一片全是大道爲公，何心何意。如桃花源，何常不在世間，秦漢人自闖不入也。彼雙手高捧漁郎，歎其獨做仙人者，豈非癡兒？

聖人與狂士，其相遇微矣。夫夫子何以「與點」也？意若不能不與點也。絶不分明于題，乃稱分明之至也。且點自謂「異乎三子之撰」，而子之與點，亦遂有異焉者也。故點之言志，已與何以之問了不相關。而子亦竟忘其如或知爾之説也，略不周旋，遂成絶筆。喟然歎曰：點之撰乃若斯乎？由點言之，已迥與三子異也；妙。由吾聽之，殆了不與吾異也。點乎，與爾者誰乎？吾乎，其又將誰與乎？即輕雲出岫，不足爲譬。欲逃之以爲虚，而如點言，孰非實事；妙。將擬之以爲事，而如點言，又誰有定方？妙。久矣，夫行藏之不可繫也，吾聊與點相周旋也。群騖于將然，而如點言，孰非見在；妙。將執爲見在，而如點言，又早成逝機。妙。久矣，夫身世之不可期也，吾直與點相徘徊也。吾本無意得點之意，無意無心，妙絶！而吾意始一暢矣。二三子一堂並在，「一堂並在」、「相視莫逆」，妙絶妙絶！如此方是聖人大道爲公眼色。何人不同此春風，而使吾與點獨成幽契乎？吾本無心會點之心，而吾心方甚遠矣。二三子相視莫逆，何人不聞其鼓瑟，而聽點于吾自矜絶調乎？蓋不可明言者，此中原無故；妙絶！不能不歎者，此刻如有情。妙絶！縱觀于大化，既推遷而無窮；妙。一往之深心，聊淡漠而相寄。二三子不記乎簞瓢之回，吾爲之宰？請此妙客作伴，正合。今日詠歸之點，吾與之游矣。吾與點也！

小題才子書卷三

論語

一日克己復禮

笪重光

細思此題，是何氣力，是何消息，是何境界？倘説之而非，即何苦又必説之；若誠欲説之而是，則吾黨又以何氣力、何消息、何境界説之而是耶？今看先生此文，竟是此氣力，竟是此消息，竟是此境界。始悟佛言「或有國土，以光明爲佛事；或有國土，以音聲爲佛事；或有國土，以花香爲佛事；或有國土，以天衣爲佛事。」今吾國土，則實以筆墨而爲佛事也。蓋其蘸墨摇筆，便是真修實悟，非曰淺淺經生末技而已也。

知所以爲仁者，爲之而忽得之矣。取神。夫克復所以爲仁，而仁必要之克復也，則曷不觀此一日耶？且終身求仁，而有一日焉出于不仁，説甚深之理，乃作解衣磅薄之勢。則疑在一日；終日求仁，而無一日焉信其爲仁，則又悔于終身。夫一日不可數疑，而終身不可數悔。仁道雖難，必有其報我之日。方其仁之全乎天也，禮猶爲後日之名，而何有于己，至言克己？則實有己之受克者矣。克之者必至無有不克，而後爲克之一日也。乾闥婆張琴，以大龍爲弦，壁之始有此聲。及其仁之遠乎人也，己遂乘平日之權，而何有于禮，至言復禮？則實有禮之來復者矣。復之者必至無有不復，而後爲復之一日也。顧何以得此一日哉？心性之事，不爲見其易也，爲之則見其難。積數年之攻苦，而不得日夕之爲快，則人之爲己重累者，不知自何日而始也。菩薩作懺摩法，純以眼淚爲佛事。爲仁者必靜以俟諸一日，而又非敢聽此一日之自爲塞、自爲通。苟其暢然而求之，忽然而遇之，是此理之弗絶乎古今千百年之間者，而我得有其今日者也。純是天地澒洞元始之音，非足下小生蠅蚊細響所得化。獨爲之業，去仁生其殆也，仁則益生其惑。極歲月之修省，而不得寤寐之相安，則己之誤人太深者，又不知至何日而終也。爲仁者必進以考諸一日，而又非敢必此一日之爲我失、爲我得。苟其專意而謀之，無意而獲之，是此理之勿遠乎古今千萬人之心者，而我竟有其今日者也。雖仁者之心，克復之日正如其未克未復之日，而當境則必有異。蓋己一克無餘己，禮一復無餘禮。此時之心之境，垂垂欲下，而終無卑響。斷有弗同于前此之天地者也。明明吾性有至足之事，使謀之矣而常如昔日，仁道必不若是之冥頑耳。雖仁者之事，克復之日猶是其爲克爲復之日，而其候則又有異。蓋克在己即爲禮，復在禮並無己。此時之功之候，應有勿謀于曩時之日用者也。明明吾身有大通之理，使遇之矣而更須異日，仁道又不若是之遥阻耳。天下歸仁，不可于一日決之哉。

商聞之矣

許宗渾

大抵妙文，必是題中所無，然定是題前題後所有。如此文無限淒惻，都從「牛憂」一節生來也。不知前尋後覓，決無處灑出許多眼淚。

善箴友者，仍借勖于師焉。夫敬述師言，無失本也。奇妙。自命曰「商」，師前稱名，禮也。即此叙論，可爲司馬氏式矣。子夏曰：「天下而俱在豫順中也，毋爲貴聖人矣。」油然入耳沁心。事至萬難措置之時，必有一道以自處。古今來忠孝傷心之事，聖人遇而安之，以平居未嘗不思之議之也。奇妙。子憂亡兄弟，洵也！微子言，商亦爲子悲之。先挨身插入。顧天下有同一晏安，而一人肆志，一人召尤，未可謂安富尊榮者之即爲人慶也；天下有同一險阻，而一人窘步，一人安行，未可謂憂讒畏譏者之即爲人病也。子憂甚矣，商即百言以爲子解，處處挨身插入，委曲盡致。子終不自釋矣。雖然，商之言不足聽也；商所聞之言，則非商之言也。能聞者商，言或以商輕也；所聞者言，則商或以言重也。既已遘此意中之厄，而欲意外忘之，雖子亦有所不能。商旁觀之而代籌之，覺前此有人焉，曾爲痛哭，曾爲流涕，不知是兒女哭、隔舟苦、鬼哭？則慨彼哲人半屬憂患中人也，吾師蚤已知之矣。既已至于有事之時，而欲無事化之，雖商亦有所難措。商私揣之而强喻之，覺此中有人焉，共爲呻吟，共爲浩歎，則尋我寤言並是艱難人語矣，吾師久已及此矣。故有弟如象商乎，風雨齊至，兩耳欲醉矣。何以爲兄曾謝不敏焉？有兄如鮮商乎，何以爲弟曾謝不敏焉？嗟乎，此果何事而可無術以通之乎？迄今雖不能力行有獲，而惟兹懿音，時往來于心也。又幸而怡怡爲商賦「常華」焉，則敬聞命；不幸而交瘉爲商賦「角弓」焉，則敬聞命。嗟乎，尚有何事不爲古人所既道乎？在商雖不能誦言無訧，而示我周行，猶怵怵于耳也。商得敬爲吾友告乎？

足食足兵

程　邑

相文最貴手法固也，而不知相題最貴眼光也。眼光能射前，則其手法當如龍；眼光能射後，則其手法當如虎。如龍之爲言，夭矯而來也；如虎之爲言，騰躍而出也。看先生此文，只是輕裘緩帶語耳。然細察之，一何騰躍有虎氣，則眼光射後之故也。

兩有裨于治之先者，雖聖人不諱言足焉。夫食足而國裕，兵足而國安。政不專于此，要不外此而爲之先圖耳。且爲治者，其所以籌治于天下，豈有已哉。不惟眼射「信」字，並射「不得已」字。欲定天下之大業，而激發其所固有，必相天下之大勢，而究圖其所不足。故積儲而資生、慮變而衛安者，無不至焉。凡以先其甚急者，而于以懋吾之治也。賜欲知政，吾試言其甚急而有濟于時者：政有先圖，預爲之揆，斯以制人而不制于人。無事而議加征，有警而亟召募，是不終日之計也。眼光全射「不得已」節，非無故自作翻剔之筆。政有本謀，早爲之建，可以救敗而不至于敗。輸輓集而匱于餉師，徵發勤而荒兹農畝，是悉補苴之務也。明其本與先而圖之，必也足食，蓋藏其在民乎；必也足兵，建威其消萌乎。山高地力之書，亦善養人心者所不論，眼光全射下，故手法先已到。是爲足之，計足不規。「足」字壯采亮節，非近今之筆。而耕桑實政之大端。故凡土皆可墾也，凡游皆可驅也，凡靡皆可汰也。是爲足之，計足不推。目前在經，奕葉爲美利，否則田疇井伍，固難擬于擊鼓吹豳也。攻堅乘瑕之説，亦坦示王心者所不言，而容蓄實政之大經。故凡車徒可簡也，凡材勇可儲也，凡條令可糾也。是爲足之，計足不推。燮伐在閑，節制爲壯猷，否則踴躍南行，固有愧于錡斧東征也。蓋食者農也，而其動則可以爲師；驅農而爲師，必有不習之懼。可謂經營慘澹，不可謂有力如虎矣。不習無師形，不習而懼無師勢。是則足食也，而不可不寓足兵之道矣。誠胥此而足之，其爲政淺深之要，固何如哉？兵者師也，而其先則恒爲農；反師而爲農，必有不馴之擾。不馴無農情，不馴而擾無農分。是則足兵也，而不可不兼足食之理矣。誠胥此而足之，其爲政本末之旨，又何如哉？故世有偏籌者，且偏困矣。吾之云「足」，所以全之也。抑有謀兩救者，兩救仍兩詘矣。吾之云「足」，有以先之也。有以先之而全之，食足矣，兵足矣，爲政者今而後可以有民矣。

作小題，與作大題不同。吾嘗戲語子侄：作大題乃是平天下手段，作小題却要格物。夫平天下固難，然何代無人？若格物之難，真乃千年未見一人者也。作大題如成佛，作小題是行菩薩行。夫成佛固難，然不過陞座説法；若行菩薩行之難，真乃于諸異類各五百身往返游行百千萬遍，猶未得其邊際者也。先生以格物君子行菩薩行，結髮弄翰，便有小題百十餘軸，膾炙海内。吾不能遍選，選此以例其餘也。

二　顧　虬

魯賦加矣，尚將援之以更端焉？夫二，非周制也。公若曰：昔之人而既加富之矣，何論于今哉？告有若曰：自古聞有憂貧之民，未聞有憂貧之君。君而憂貧已可恥也，憂貧而人又不信，輕輕着筆，何其多風。其奈之何？損上益下，子爲儒者，安得不云爾乎？少卿語，用來嗚咽入妙。然今日之魯，子未知耶？爲民父母，詎不愛民？然愛民亦當思全上也。筆態曲折之甚。國用十倍于前矣，問我周制賦之初，史書大兵大役者幾事？敬承古制，敢不守常？然守常亦當思禦變也。天時迭見其凶矣，問我魯開國之始，農告無麥無禾者何年？徹而可行，胡爲乎前日已二哉？出題如聞魯哀初脱于口。誠令吾魯國用饒足，何難下詔免一年之税？若反議加而爲二，必非人情。拗一筆。乃二也，改前人之制而祖宗心許之，其亦知子孫之無如何耳。至于今而子孫之求諒于祖宗，知又有在矣。如聽彈箏，聲淚俱下矣。誠使寡人府庫充積，何難頒恩蠲數歲之逋？甚至復古之非二，豈不甘心。乃二也，沿加派之法而臣民共安之，其亦體朝廷之不得已耳。至于今而朝廷之相商于臣民，或更有説矣。夫食君之禄者，百端侵冒；語語入情。自食其力者，重累輸官。君之求民，實情所不便。幸古來如此，寡人亦相忘耳。可謂妙舌。惟二可免于告匱，故昔人變法而不辭；惟二僅免于豐年，故今日躊躇而有待。上加意以惜民，其虚惠也；語語入情。民竭蹷以應上，其實禍也。多取于民，誠理之不順。庶以漸而加，吾民不相驚耳。以爲二之取下未奢，可謂妙舌。爲君父者豈不軫民情；以爲二之取下過多，爲臣子者又當相國勢。嗟嗟，講道非救饑之方，富國非空言之效。二猶不足，何徹之云？

既欲其生

宋德宜

題最偪側，以語意全在下句也。今于起處一二筆將題提過，下都旁引曲借，描畫替身。古有以塑傳人神者，先熟睹其人，曰：「是宜減塑，是宜增塑。」此題減塑嫌太瘦，特用增塑也。

愛而不移也，則欲終其生也。可稱眉際如遠山矣！夫愛亦未可恃也，生亦未可久也，終愛則終生矣。今既愛，則既生矣。且人而既顛倒，即何所不至者乎？不悟吾在化工之中，反若化工在吾之中；不悟化工生吾、化工初不吾喜，反若吾用化工、化工惟恐吾怒。「既」字早已活現。于是愛一人，則命化工爾立爲吾生；惡一人，則命化工爾立爲吾死。嗟乎，獨不自念適已「既欲其生」耶？全出題。華封人之祝也，既多福多男矣，又必曰願聖人多壽。至于今自帝堯以來，巧翻「既」字。遥遥千餘年，願聖人多壽如一日也。是華封人之行也，《邠風·七月》之詩也，既爲酒殺羊矣，致辭曰願萬壽無疆。至于今自周公以來，遥遥數百年，願萬壽無疆無一日也。是《邠風·七月》之至也。今則有不然者：昨日不知何故，既加諸膝矣，告之上帝降爾遐福矣；俄而今日矣，桃已啖矣，車已駕矣。數「矣」字，「既」字活跳。上帝曰：「咨，遐福未多，需再降乎？」則已徘徊于心，不能即答矣。妙妙！並坐不知何故，既同鼓琴矣，呼彼司命介以繁祉矣；倏而起立矣，輪已畢矣，席已極矣。司命曰：「嗟，繁祉正多，請更介乎？」則已躊躇于顔，不願終事矣。盡如是也，昔者成王感大風而發金縢，手捧多才多藝之書而泣，是且不必泣也。奇妙絶世，却活是「既」字。周公雖欲代武王死，安信周公之終欲代武王死哉？盡如是也，昔者武王奉君王以撫東方，夜夢九齡三齡之事而問，是皆不必問也。文王雖欲予武王齒，能必文王之終予武王齒哉？此人不恒，一食三變；妙。彼人不辰，一身二致。妙。既欲其生，又欲其死，以此思「惑」，可不辨哉！

小人之德草

陸慶臻

忽説小人，却是説草；忽説草，却是説小人：其用筆離合之法，宜學也。欲説小人，便置草説小人；欲説草，便置小人説草：其用筆清出之法，宜學也。

觀小人之所以爲德，加三字便明。勿庸殺之矣。蓋小人何德？其不自爲德者，即其德也。妙妙！擬之曰「草」，夫豈誣哉？且吾觀今之爲人上者，其視民也，始而輕之，既而重之。輕之而不難殺之焉，何其輕快。重之而又欲殺之焉。不知「君子之德風」也，小人何如？徒見此小人者，「徒見」妙。有時而樂效其媚兹，「有時而」妙。則經始有神靈之歌，周書來丕作之應，而欣欣奉上，奚啻卉木之爭榮；有時而恣行其桀驁，則古帝之彰施不足以化俗，三王之誓誥不可以格頑，而移種此邑，甚于棘荆之難理。不知此非小人之德也，小人之德猶草耳。不惟筆勢犀快，亦真從季孫胸中抉剔而出。前代之小人樸而馴，後代之小人巧而健，特其運使然，德則無異也。觀夫草，清出之筆。當其稚茁之始，既纖靡而不勝；及其堅老之期，亦紛披而欲墮。蓋樸樕皆有逾年之幹，略襯一句。而獨草之爲質，旬月而敗。短其候者自不必厚其力，是天所限也。而小人之無力以自强，亦可知矣。東南之小人卑而弱，西北之小人亢而武，又其地使然，德則無異也。觀夫草，當其長于洲渚，既濡潤而鮮澤；及其榮于陵阜，亦猗儺而動人。蓋竹箭皆有鍾美之區，而獨草之爲物，無端奄蔽。繁其種者固不能壯其材，乃天所憾也。而小人之無材以自立，又可知矣。蓋鬱金香美可通鬼神，匹夫至誠可達君上，斯非其上感者乎？而要其下應者，固承奉之恒也。是故小人之不安于梗化，仁人之言，聞之惻然。猶之野蔓糾結而有危動之形。抑靈神感而首群榮于春月，忠愛積而躋萬壽于公堂，斯非其先效者乎？而要其後起者，固率從之勢也。是故小人之不急于升猷，更爲惻然。猶之衆芳植立而有依回之致。乃知高則麗天，而庶民惟星，箕子所以陳疇于昭考；卑則掩地，而下民惟草，君陳所以式訓于姬公。子大夫奈何一切芟夷之，不少赦耶？

三年有成

張　溥

吾選先生此文，豈亦爲其湛于六經、言同金石耶？夫三年誠宜有成，而「用我」殊屬未必。看先生通篇是計「成」，通篇是望「用」，純用虚攏漫撚，不作實勾重撥，一妙也。「三年」如何尅期，「有成」是何明效。看先生中比説三年恰真用三年，後比説有成便真已有成，七分是眼光，三分是心事，二妙也。賢人之言如金，必有斷斷之意；聖人之言如玉，盡是温温之德。看先生「三年」温温然是三年，「有成」温温然是有成，並無一語出之斷斷，三妙也。真後學之金科玉律已，徒歎其選言之貴，豈足以知先生哉？

聖人自必其成，好！亟于望用矣。夫三年而用，相信也，則有成必矣，夫子能無厚望哉？且王者必計年而考績，君子欲及時而利見。久之而聿觀厥成，天下晏如。則所貴乎功名者，宏遠矣。以心問口，以口問心，極有委蛇之態。故人之用我不可必，然試之期月以後，不作一實語。可自稽也。綱紀名物，初正之，猶有未董之官；而遠于年，即見吏治民安之意。盈虛正閏，暫乘之，亦有未定之天；而久于道，即章月要歲會之功。所不敢信者，予之終三年淹耳。全不是實語，純是虛神宕漾。苟其話言弗間，事權弗阻，浸假而三年乎？維時岳牧之時亮，夷然而來，何等神理。蓋有試之者矣。亟于建庸而非驟喜，緩于相勢而非苟安，「三年」是「三年」。則誹刳之端絶而尊信之令行。于是若彝撫事，共諸大夫以襄此理也。神理夷然。庶三考之咸熙，采疇已見端也。維是公侯之報政，蓋有行之者矣。言加于民而非以矯俗，事出于已而非以强世，則寬大之詔下而忠敬之利敷。于是祖仁累義，共都人士以臻此效也。庶三載之在國，賢親已上最也。是故業必務于有本，而制之克美，所以昭其學問，使沉潛高明之衆，有亢而不習之氣，「有成」是「有成」，妙絶！吾以愧日見之德行已。則三年間所謂經之綸之者，一似修身之追琢，而期其終始焉。化必達于所生，而治之完善，所以明其性情，使惸獨富穀之人，有棄而不練之質，甚不能已已也。大人無欲速之心，三年不遲不疾，妙。吾以惭由來之惻隱已。則三年間所謂一之巽之者，常似導性之温養，而幾其和平焉。蓋于此代有未竟之緒，即疾以赴之，而他日之賢能猶踈于後。姑遲以俟之，而一時之宅揆宜審其先；三甚不能已已也。

到底不作一實語。況用我之不可必哉？

南人有言曰人而無恒不可以作巫醫

吴國華

如此小篇，極類戲筆。然吾所以選之者，坡翁云「此竹數寸而有萬丈之勢」。吾意亦欲人先能縮萬丈于數寸，而後伸數寸爲萬丈，則瀏漓跳脱，極有英武。不爾，而但爲盈幅曼衍之言，自稱曰「大文」，此謂墳前對立翁仲，非不垂紳正笏。吾殊苦其連頭帶頸，直胸平背也。

在南言南，亦教恒之言也。蓋南人知有巫醫而已，然固知有恒也。恒可無哉？且恒者天地之貞氣，于北方爲類焉，題是「南人」，忽然從「北」奮筆，奇絶之事。故北岳爲「恒」。既而文明相漸，吾道南矣。因是江、楚之列士，以死報人；吴、越之秀民，以古自處：南人亦恒人也，南人之言亦恒言也。顧獨有慨于巫醫，而戒無恒之不可，則豈苗民信鬼、巫風未殄？調侃南人。又豈温土多病、人習爲醫也哉？夫以人事神，以人治人，皆甚難之功也。要「恒」。故巫則世巫，醫則世醫，非旦夕之業也。要「恒」。巫亦助醫，醫亦助巫，筆如流珠，其走不定。相助者不可以相爲。朝巫而夕醫，吾知其敗矣。巫亦妒醫，醫亦妒巫，相妒者不可以相易。左巫而右醫，吾知其窮矣。「人而無恒，不可以作巫醫」，蓋幽明之理、死生之事也，戛戛乎難之哉！藝亦有道，巫咸、神農之教，參位于帝王；如此小幅，偏能寫作餘波無盡。北而趨南，伍員、季札之流，著信于下國。南人言之，天下作之，聖人善之，「恒」其存矣夫！

禹稷躬稼而有天下夫子不答

沈世奕

馬快則塵不及起，刀快則血不及縷。先生姑射冰雪人，居恒吹氣如蘭，而一至臨文，便如并州健兒，吾不能測才子之所致也。

善可恃而不可恃，聖人並不欲明言之也。夫以禹、稷之聖，必取驗于有天下，何以處後之爲禹、稷而不有天下者？此夫子所以同羿、奡而不答乎？且天地福善之權，未有不與惡惡之理相輔而行者也。是分提，是側提，慧筆人辨之。雖然，善之獲天，無不可必也，而亦有不可必。此其間祇可默存其意，而隱動人以予奪之深思焉。如適之以羿、奡問，大是高手。而忽及禹、稷，以爲彼固躬稼者也而竟有天下，疑之乎，抑信之也？疑則疑夫禹、稷嘗有，而有天下之禹、稷不嘗有。是豈禹、稷之有天下，亦在或然或不然之數，無端寫作一疑一信，筆勢翔舞而下。而適焉邀倖于不可知之天也。信則信夫已然之禹、稷可慰，則將然之禹、稷愈可不疑。若是乎禹、稷之爲躬稼，即可預設夫配天格帝之想，而後亦竟取償于及身没世之日也。噫，天下之故，四字便下止禹、稷。其盡可言乎？即以禹與稷論，看其折開禹、稷，看其插入羿、奡。稷之遲已不若禹之速，而有夏之天下，亦幾失舊物于羿、奡之手，況乎積仁潔行而嘗與禍遭，操行不軌而竟以逸樂終者,不可勝數。所謂天道,是耶非耶? 則將謂世之吉凶惠逆竟不可知者,夫子所不忍出也。蓋懼無以勸天下之勤苦而勵行者,而不仁之人益有以肆其心也。抑將謂天之賞善禍淫竟無不可知者,又夫子所不欲道也。蓋慮有以啟天下之總利而忘分者,而聖賢已事反將以之實其口也。此夫子所爲不答歟? 蓋善善長而惡惡短,一似大聖之陟降者,獲報較速,而夫子謀付之不論議之列;且賞不僭而罰不濫,又似當身之食報者,正可隱喻,而夫子一聽之莫自必之遭。則即謂夫子之不答,深于答也可。

雖曰不要君

鍾鳴陛

全副鉗綱摎撻語,讀之却不覺其刻深。但見筆筆作勁韌之勢,忽如饑鷹掠草,忽如獰鬼拉人。使讀者遍身不樂,以爲大樂也。〇起比連用五「曰」字,中又用兩「雖」字、四「曰」字,又用兩「雖」字、兩「曰」字,後比又倒找兩「雖」字,峭甚勁甚。

聖人誅叛臣之心,而嚴于反詞焉。蓋仲曰「不要君」,「不要君」而何? 仲曰「不要君」,「雖曰不要君」哉? 且夫臣之無禮于君也,或負慝而外悖,或挾私而內向,慝可言也,挾不可言也。其受惡名于世,有冒不諱之迹,有藏不諱之心,迹可言也,心不可言也。以是律武仲,負罪出奔小者也。好筆。以防求後,則仲明以要之心,飾要之迹;而魯已明知其要之實,狥要而猶曰「不要君」乎？不曰仲未之求，連下四「要」字，先坐定武仲「要君」是實，然後翻「雖曰不」三字。素封于防，吾決不料其從「曰」字陡入來。安得至防乃曰：「姑就近地，以達哀憐。」漫焉，無他也。不曰有司不聞求後，安得如防請後乃曰：「委身席藁，一徼曠蕩。」俛焉，聽命也。雖泥于功疑重、好「雖」字。罪疑輕之例，曰世勛難以永廢，好「曰」字。存絶應急自明，仲似不得已。不得已而曰不要君與？好「曰」字。雖泥于君制命、好「雖」字。臣受命之形，曰羈臣無遥制之權，好「曰」字。廟議無聲誅之實，仲似無所犯。無所犯而曰不要君歟？好「曰」字。雖自邾而防者，好「雖」字。復自防而邾，曰不應以未行之叛，好「曰」字。預擬以先入之罪；雖可請而來者，好「雖」字。不失請而去，曰不當以微曖之事，好「曰」字。坐以首惡之名。萬無可解之中，曲爲之解。無論亂臣賊子，隨聲以濟惡。復有碌碌依人，或倡捐過于逋逃，而存厚于君父。則刑書謂何，雖仲且逃天地也。好「雖」字。無可原之中，謬爲之原。故自議勛議故，忘意于未減。復有隱忍姑息，或忍跋扈之遺奸，以僭空名之節制。將信史謂何，雖仲且蒙鬼神也。吾則直斷之曰：要君誠不能私一仲。知我乎，罪我乎？竊有望于仲哉。

不以兵車

張一如

此題妙處，在口頌桓公，心照管仲，固也。然我每恨時手一得此等題，便羅列左氏無數會盟故實。看先生灑然振筆，灑然轉筆，高奇歷落，自作古人。昔讀魏文《典論》，深樂

「草淺獸肥」、「弓燥手柔」之言，今又見此文也。

聖人將定霸佐而有歎乎？管是主。好會者焉。桓是賓。夫甚矣，天下之苦兵車也！桓合諸侯不以焉，桓蓋至此乎。夫子若曰：論人于生死之際，則難矣！論人于天下國家之大，有用與無用，有事與無事，不作兩邊回互語，灑然振筆而衆喙自定，真乃妙手。其故不可不深長思焉。夫所厭苦不仁之事，非兵車乎？而又竊見此紛紛者，彼亦曰求諸侯，此亦曰求諸侯，曾不得仁人一底定之。夫非兵車之以乎？桓公于諸侯九合，吾誠得而嘉之。桓會不致，安之也，而亦豈無一二未安之人？有人焉，招攜以禮。以禮又豈以兵車不以矣？看他作此離奇曲屈之筆而意愈快，試思是何緣故。諸侯所大服乎桓者，誠有如是矣。桓盟不日，信之也，而亦豈無一二未信之心？有人焉，懷遠以德。以德又豈以兵車不以矣？諸侯所致頌于桓者，既非一日矣。故若軌與里之制，車賦非不足于供，悉是叙筆。然而隱武事，行文道，殆非其欲以者也。人之爲言，有兵車之會，有衣裳之會，吾則槩之乎衣裳焉。奇絶！他若聶與陘之役，兵車非不陳于郊，然而弢無弓，服無矢，殆非其屑以者也。公之自言，有兵車之會，有乘車之會，吾則諒其爲乘車焉。奇絶！前此不以兵車乎，乾時之戰，不克免夫同氣，而乃逸而得之諸侯；後此不以兵車乎，淮上之謀，不克禁夫一呼，而乃坐而收之九合：皆管仲之力也，一句喝定便住。桓公能至此乎？

桓公殺公子糾

黃承昊

有正叙題，有原叙題。正叙者，正叙一事。如叙子糾如何見殺，桓公如何殺子糾是也。原叙者，原叙其事。如叙管仲不死又相，必倒追至前，有桓公殺糾一事，方知「不死」乃不死被殺之子糾，「又相」乃又相殺糾之桓公是也。今試問普天下少年才子，此是正叙題，此是原叙題？吾最恨一種作文人，遇此等題，一槩作正叙鋪填故實，特地選先生此文，以云救也。

齊公子之見殺，其臣與有罪矣。是。夫懼禍出奔，二公子等也。不重桓、糾，好手。桓也生而糾也死，難乎其爲糾臣哉。是。昔齊有無知之難，僖無異親，人無異望。主齊祀者，非二公子而誰？不重桓、糾，好手。勢不至爭立不止矣。然吾觀子糾臣，桓、糾。有管仲也者，却先出管仲，有「手柔弓燥」之樂。人稱天下才，蓋子鮑叔未與易焉。是役也，悉其心慮，窮其計算，内結腹心以爲主，外托强國以爲援。所謂齊，則糾之齊，不待再計也。奈之何糾也，竟殺于桓公乎？夫族姓稱兵，有力者得國。從善如流，施舍不倦，桓也可謂有力矣。彼子糾者，以煢煢羈旅而欲以驟入，誰能濟之？題是「桓公殺」，文却段段不是「桓公殺」，真是好手。糾之死，蓋不死于遺書之日，而實死于奔魯之時也。昆季相爭，先入者得立。高傒之召，温車之馳，桓也既得先入矣。

彼子糾者，介區區小邦而欲藉以立，何以冀焉？糾之死，又不死于忍心之桓，而實死于無算之臣也。莒道之遮，幸與桓遇，天贊我也。此時者阻桓之人，速糾之行，事未可知。乃帶鉤一中，遂不勝得志，而竟以誤糾。則兆生賣之列者，伊誰之罪？乾時之役，收合餘燼，猶可借一。即不然而更之大國，以圖後舉，亦未可知。乃魯師一敗，遂束手無策，而坐以待斃。是致魯人之殺者，誰貽伊戚？豈謂誼屬天顯，必能寬之以不死。不思兩持之勢，必不俱全。桓方憂夫養虎，又奚恤夫操戈？夫夫多才，何不念及此？抑謂忝在甥舅，魯能庇之而無患。不思文姜之仇，尚未能報。魯且不有其君，又何有于糾？夫夫善謀，胡不慮及此？噫！上不能輔君以立，下不能免君于危。爲仲計，「爲仲計」，三字妙絶！近人真不復知此題乃爲仲計也。惟有一死以謝糾耳，而又不能死。

賜也賢乎哉

沈世奕

紙上純是墨，却又不是墨；因而問諸筆，却又不是筆；因而問諸腕，却又不是腕；因而問諸心，却又並不是心。然則此千枝萬枝、離離新粉、無情有恨、烟啼露咽者，爲是一片新斫青光，爲是一片新寫楚辭也。我欲直闖木天，把先生袖，特地問之。

以賢推方人者，若欲使之自問焉。夫賜即誠賢，一語破札。亦何必方人？然則如之何而方人也，推之以賢，始令其自警耳。若曰今而思世之學者，何爲乎不敢衡量天下士也？森森乎其異也，婉婉乎其中也。假令盡出而衡量天下，予則幸矣。非幸藻鑑之明，斯世有定論；幸德業之廣，吾道多完人也。乃嘗求之及門，皆遜焉未敢。而忽有出于不意者，非他人也，賜也。彰癉之事已遥，而儒生欲謀其臧否。賜知人乎？諒賜亦自知。賜也，未有不自知而能知人者也。旌別之途既晦，而學士乃炫其聰明。賜鑒人乎？夫賜應自鑒。賜也，未有不自鑒而能鑒人者也。用筆如以刀切物相似。賜也賢乎哉？向謂孜孜矻矻，不過返而内考。妙。孰意殫晨夕之研修者，旋操人世之品題，賜則進矣。微今日者，幾失賜矣。雖未知積累者幾何，而令非素修之無忝，想賜亦憬然其不安也。今賜也，豈猶有不安乎哉？千含萬吐，千睥萬睨，千摇萬擺，出得「乎哉」二字。向謂兢兢業業，止堪入而省躬。孰意勤爾室之學問者，忽議衆材之進退，賜則異矣。唯今日者，乃得賜矣。雖未知踐履者奚似，而令非廸德之有方，意賜亦歉然其有待也。今賜也，豈尚有所待乎哉？豈無賢而未敢受者，謂賜曰賢。賜受之乎？賜或亦不受也，然而賜不能不受也。能令端木活，能令端木死。活即登時便死，死了不能重活。彼既先挾一英豪之概，以與斯世競短長，則已盡乎賢之量矣。豈無賢而未欲許者，謂賜曰賢。吾許之乎？吾或未易許也，然而吾不得不許也。彼已先馳一焜燿之材，以與天下爭淑慝，則已負乎賢之能矣。夫使賢而必求諸人，似非人不足見賢，亦大傷賢者之心。乃賜固樂此，是賜懋勤之志爲已足也，既已没石飲羽，猶作踴躍超距，其勇真欲賈也。不然而胡以僕僕爾也？抑使人而必藉乎賢，將爲賢但以應人，亦甚待賢者之淺。乃賜固專此，是賜斅學之功爲已寬也，不然而胡以沾沾爾也？賜乎，盍亦自問其暇也？

道之將行也與命也

蕭　琦

除「道」外，「命」又是何物？況先師罕言「命」，豈有今日忽借作「橘皮化氣湯」耶？固知一以挫讒人之鋒，一以平烈士之怒。其實只算作隨口戲論，非真有一定道理。須後來文人極盡筆墨之力，洗發出來也。至于先生此文妙處，又不專在此。本章寮愬子路，夫子只合說將廢命也。今題偏取其實句，說「道之將行」，文却寬寬然亦說「將行」，而「將廢」二字早從處處句字縫裏活跳出來。

與大夫論行道，尚不必盡信道也。「將廢」活跳。夫今日道安得行？字字活跳。然于道行而猶委權于命，豈道竟無權哉？夫子爲愬子路者警，因爲援子路者寬也。曰：子欲以力肆彼人于市朝也，亦誠殷然有意于吾道矣，有意于吾道之行矣。然而子有護道之力，人有憎道之口。兩者相遇，競欲相勝。吾之處此，則竟淡漠視之者也。出題具無驚張。吾即先就道行論之，「先」字好。無所挾而忘于世，其居人是非之外者，其道莫知也，無言命也。兩「其道莫知」，神筆也，始悟此題乃先師戲論耳。值所達以見于世，不由人推挽之力者，其道亦莫知也，亦無言命也。惟是未行而思行，從「惟是」起，至「顧瞻」止，只是半句寫「將行」字，可憫可痛。思行而未得竟行，若將有待焉于一日之遇者，惟是可行而未大行，大行而終未果行，若將有疑焉于一時之機者。而獨以一道引領顧瞻，則是物望人企之本也，從「則是」起，至「道也」止，只是半句。亦是將讒來譏之資也。故以人情求之，遂有好惡形于其際；即以子情求之，亦有聲氣同乎其中。夫豈謂道之將行也與？道也。獨不觀夫莫致者之靡恒也，方落「命也」。未行而不必思，思行而不必行。更不別費章法，只用前二比翻轉便成。處人有意無意之間，一日之遇，懸于一日焉而已。獨不觀夫莫爲者之中制也，可行而不必大，大行而不必果。置人有定無定之中，一時之機，懸于一時焉而已。則道之將行也與？命也，而何況于廢信乎？「何況」好！彼人無容有憎道之口，收與起應。吾子亦無容有護道之力也。

何必高宗

譚元禮

文章家、畫家，最貴惜墨如金。夫惜墨如金，豈少作幾筆之謂哉？他人寫至十句二十句，句句都是，却不能妙。我只寫得兩句一句，或于一句中只添得兩字一字，或只減得兩字一字，或只換得兩字一字，便不知何故，早已大妙。故惜墨如金之法，乃是一點墨便是一點金，無數墨便是無數金，要將墨作金用，不要將墨作糞用也。我選此文，要人學惜墨如金之法。此法于極雄渾、極華麗文中都要，非止如此瘦篇要也。

不專以禮予商，其意可會也。夫諒闇必高宗，豈人獨高宗與？何震而驚之爲哉？且今古懿行，非創自一人。閑閑而起。雖聚天下萬世，群而致美于一人，亦《春秋》托始之例焉耳。此爲美斯愛、愛斯傳，非好學深思、心知其意，固難爲章句小儒道也。如諒闇不言，《書》獨著高宗，誠可疑也已。先王之制三年也，曰「此喪之中庸也」，又曰「莫知所由來」。高宗獨焉，非中庸矣；獨高宗焉，人知所由來矣。並非人間筆墨。子試思之，斯何事也，此二句極淡，却極妙，細細思之。而必屬之高宗與哉？夫《書》之偏引高宗也，必有自也；高宗之偏以此獲傳也，必有以也。若吾與子讀古人書、論古人事，即甚無以拘泥爲也。閑嘗删《書》至「説命」，定《禮》至「喪制」，未嘗不撫卷三歎焉。當此時殷衰而復興，禮廢而復起，總不用人間筆墨。故善之，善之故載之，載之故又高之。而《書》但曰高宗「三年不言」如此，子且曰必高宗乃三年不言如此，豈徒誣喪制哉？亦甚誣高宗矣！三年中恭默思道，或獨高宗事也，可謂「落花無言，人淡如菊」矣。僅猶是諒闇也，何必高宗；三年夢賚良弼，或獨高宗異也，僅猶是不言也，何必高宗。如曰必高宗耳，是達乎天子，僅達一高宗而止也。人之稱斯制也，其謂之何？找到「子試思之，斯何事也」二句，妙絶。吾與子讀古人書、論古人事，甚無以拘泥爲也。

「子曰臧文仲」一節

徐孚遠

行文最忌用緊，緊則盡，盡則已後不免作閑言語矣。此文段段用寬，每欲出一句，則必作一寬；欲出一字，亦必作一寬，作一寬便得一緊。作寬而得緊，故緊而不盡也。

聖人深疾蔽賢者，而追論魯大夫以警之也。不專罵臧孫，妙。夫柳下惠之不得志于魯也，曲折之筆。而夫子曰此文仲之過也，又甚其詞焉。其爲世戒，豈不厚哉？且夫論近事者，起好手。其詞微；論已事者，其詞顯：此《春秋》之旨也。當孔子之時，世卿專國而賢人沉于下僚，非直不用，又重阨之。君子固已深知其情矣，不可切言也，乃追論往事以見志焉。于題最寬，于文最刻，妙筆也。又曰吾魯先大夫亦多矣，此文看他筆筆用寬。其成勞著于當時，軼行稱于後世。如臧文仲者，徐出臧文仲。蓋亦一時之良也。自莊及僖，歷三君矣。國政在其手，而人無間言，可謂居其位，有施于上下者矣。看他二比寬。由齊而晉，更二霸矣。聘問出于郊，而四鄰懷之，可謂居其位，有聞于諸侯者矣。然吾以爲其在位也，蓋竊而有之耳。其爲人也，强立而自遂，國有急以身勤之，不欲進一賢人左右而自助也；看他二比又寬。其爲人也，多知而自用，國有事以私斷之，不欲自謂弗知決策于有道也。于時有柳下惠者，徐出柳下惠。其賢過人遠甚，而浮沉下位，終已不用，此文仲之過也。是孔子毒眼獨覷、毒手獨書，妙甚。而當時不知，後人不議，豈非論者之失哉？夫文仲之年長矣，而惠又晚出，或未必深識其賢足倚耳；看他二比又寬。魯之官人也以次，而惠又庶孽，或未能度越前人而用之耳。今也惠出自公族，文仲朝夕耳目焉，非伏匿幽遐而難別識者矣。而乃位遇有同衆人，則何也？「則何也」好。且也師之壓境，惠實著勛疆埸焉，可得因以爲名而屬之事者矣。而乃終身置之散地，則何也？

吾聞居重權者懼人軋己，看他二比寬。故每思引用闒冗而抑遠明德；擅高爵者恐人形己，故智出己者必困之，能過人者必疾之：此從古小人持寵固位之要術也。文仲之用心，毋乃與此類哉？

耕也餒在其中矣學也禄在其中矣

周令樹

有題從上下挂，有題從下倒生。如此題，正從下倒生者也。蓋首句「不謀食」，已斷斷然不謀食，更不必又有多商矣。然而世間頗有疑吾君子業則如是，而必或不然者。因此欲將君子重與刳心剔膽，決定辨其真實不憂。然世之所以必疑，與吾之所以必辨，則因何故而起？蓋只因此二句而起矣。故此二句，乃是下句之因由，並非上句之餘文。作者若于下筆出題時手法略亂，便更無法可得相就，所謂毫髮之差，遂成遺憾，蓋作文每有如此苦事。今看先生以妙眼覷着，以妙手赴之，無極不臻，有孔必透。文雖一篇，讀必萬遍；讀得一遍，便底萬篇。不知何時得晤，吾欲傾倒其筒也。

所得不必如所謀，則君子之不謀食，真未決也。看他以妙筆取末句。夫耕也而餒，學也而禄，得無君子之不謀食，乃所以謀乎？妙筆取末句。于此必有以斷君子耳。且人之所爲，義、利而已。然而爲利則諱言之，吾以爲爲利不必諱，爲其所謀之已明也；爲義而近于利，亦不必諱，以明指之而乃可以進斷之也。以《滑稽傳》之筆，寫《貨殖傳》之事，而讀之乃純是《游俠傳》之氣色，則以眼光注射全文，甚快也。謀道君子，食非所志矣。此九字千錘萬鍊。夫人如是而求之，如是而報之，則即其所爲在是，而可以知其心之無他，人無得而疑之；翻題，何其詼諧之甚。如是而求之，或不如是而報之，則雖其所爲在是，而安知其心之無他，將無得而斷之。純是筋節，却純是詼諧。然而求者未必得，得者不必求，甚有然也。看他于出題時，反將手法一寬。耕也，如題。念室家之計，不稼不穡，何以無饑？其疲形劬神，不敢憚勞，鹵莽而報，其知免乎？拗一筆。而或則餒矣。以彼所爲，豈慮無獲？叠二句作波折。而事有相左，耕乃不必無窮與？如題。學也，如題。負聖賢之業，勤之敏之，何所復計？其慰心古人，聊以自樂，好德授粲，豈有望乎？拗一筆。而或則祿矣。以此所爲，豈敢諱窮？而效有難量，學固所以有獲與？如題。夫謀者不必得，而不謀者不必失，則謀曷若不謀乎？以下全用排宕之筆，偷覷末句。抱道而庸，末世未必可據；而有其理，不可謂終無其事，則學有名且有利也。由是而止從乎道，真欲使人大笑。亦其情矣。所謀不必如所獲，而所獲反過于所謀，則不謀不勝于謀乎？懷道而窮，古今往往有然；然有其事，不可謂終有其理，則正其誼斯無不利也。以是而不計其食，或有然矣。然則由其效，其心可疵，而君子之心終無得而疑之；妙妙，是末句。由其心，其事難信，而君子之心吾終得而斷之。妙妙，是末句。

然固相師之道也

許光岳

子張不云是道，即夫子何曾必是道；子張既云是道，即夫子何必不是道。此「相師之」三字，不但是「道」之隨色現光，亦是聖人之觸口成趣。不然而謂相師另有道，固不可；即謂道只在相師，亦不可。此等話頭一染筆尖，便終身永洗不脱也。今看先生用異樣妙筆，傳寫妙事。先師語只是十成，先生語反是二十成，真乃宗門下人，所謂「知過于師」者也。

道因乎固，斯無之而不然矣。夫指爲道已贅，是。指爲相師之道益贅矣，是。特無奈泥道者何也。則示之曰：「然，固也。」是是。蓋道者，固然之名也。乃求道者謂必期而後可，每每如此。其于道也，不亦勞而多事乎？如我之以言詔師也，初不知其爲道也；妙。微子言之，我亦不知所謂道也。妙。自子索我于言之外，我始不得不求于道之内矣；妙妙！自子執其言爲何言，我始不得不指其道爲何道矣。妙妙！夫道，亦烏乎然，烏乎不然哉。雲英化水，光采與同，妙妙！我惟懵然當前，不如是以相之，覺予心有不安者。孰知不安者之爲道也，道固有如是之不安者也。又妙，又妙。我惟是勃焉一念，必如是以相之，始于衷有默慊者。孰知默慊者之即道也，相師之道固有如是之默慊者也。事不必天地有，妙。有是師便有是相；妙妙！理不必古今同，妙。有是相便足當是道。妙妙！今試以此師也，不擇人而見之，何論知道與未知道，妙妙！有不隨以相付者乎？夫我亦如是以付焉耳。今必覓一道、坐一相，妙絶，妙絶！我且勞吾形、役吾神，其以天下爲蹩蹩也。今試以之相也，不擇道而行之，何論當然所以然，有不指爲固然者乎？夫我亦因于其固焉耳。今必執一相、配一道，遂相與尸而祝之、社而稷之，何其以吾言爲拘拘也。然則子亦仿道而行，妙絶！循道而趨，安乎固而游乎不得不然，固已目擊而道存矣，可以默不容聲矣。妙絶！

伯夷叔齊餓于首陽之下

葉紹袁

此題選文成林，悉以存商立論，吾不知此何興會耶？有題眼應覷前，有題眼應覷後，授題者手中明授此題，而受題者眼乃覷前覷後，夫是以行文爲最樂之事也。盡若諸文不覷前後，但率胸臆自作評論，則又何勞借徑于先師遺經乎？如「管叔以殷畔」等題亦然。吾願與後賢一稟先生此文爲式，快洗從前惡習，真乃廓清之功比于武事也。

論古之賢人，似無足爲身重者焉。妙，只合如此。夫貧賤，人之所輕也，乃首陽之下，有餓死之夷、齊哉。且富貴貧賤之故，可勝感哉。生前赫赫，身後泯泯，不如無赫赫已。景公之無稱，以千駟乎，不以千駟乎？吾嘗憑弔古今，又得至貧賤者可與相較焉。古之人有伯夷、叔齊者，非有諸侯之藉、南面之榮也，亦非有家食之安、尺土之積也。蕭然其境也，蕭蕭颯颯，只寫大意，並不將「首陽」字、「餓」字大驚小怪。其高出他人，何啻數等？ 國無以爲國，家無以爲家，望故都而延佇，四海雖大，曾不得一廬而托處焉，當時寄迹，首陽之下焉已耳；亦蕭然其身也，生無以爲生，死無以爲死，登西山而採薇，善人雖富，曾不得饔飧而自給焉，命之衰兮，餓于首陽之下焉已耳。夫首陽之下而豈人之所哉？三千八百，未嘗過而問也；玄黄士女，未嘗指而識也。夷外惟齊，齊外惟夷。二子者低徊忏悒于其間，斯亦寂寞之甚也已。前二比煞脚兩「已耳」，此二比煞脚兩「也已」，神味無窮，下句不呼自出。 餓于首陽之下而豈人之常哉？商容之閭式，式不及此也；剖心之墓封，封不及此也。夷死于前，齊死于後。二子者蓬顆蔽冢于其下，斯亦淒其之至也已。故欲憑其迹而弔之，則首陽在望而已矣。彼景公之千駟，且不能彰故主之名，而首陽詎足多哉？欲指其迹而豔之，則窮餓自甘而已矣。彼千駟之景公，且不能博一時之譽，而夷、齊又安望哉？ 然而民到于今稱之，何也？ 則夷、齊不以貧賤輕，亦不以貧賤重也。不薄千駟，不多餓死，妙。世之爲景公者，可慨也！ 結出立言本旨。

民到于今稱之

錢謙益

論風華，則風華煞人；論明淨，又明淨煞人；論娟好，則娟好煞人；論排宕，又排宕煞人；論極情盡致，則極盡煞人；論略不費力，又不費煞人。先生文章滿天下，學者以爲泰山北斗，固不止爲此詹詹之言。然今止據其小言，已自空群獨去也。

餓人有身後之名，真遜餓人矣。夫民稱不易，況到今稱尤不易，顧餓人乃獨有此乎？且天下貧富自天定之，榮辱自民定之，而吾因有慨于夷、齊兩人也。生無千駟之榮，死有百年之久，娟好之甚，明浄之甚。民而置之，竟置之矣。《采薇》之歌，學士或聞而悲之，民其何知乎？出「民」字，婉好。西山之迹，當時或憑而弔之，今其安在乎？出「今」字，婉好。乃吾習聞小民之家也，其善相勸，過相規，祖孫父子，世世告語者，津津然若私有伯夷，津津然若私有叔齊也。「到今稱」寫得異樣聲調，異樣色澤，真名人絶筆也！吾熟觀閭里之間也，其行者止，坐者起，流連涕洟，互相感歎者，皇皇焉如將見伯夷，皇皇焉如將見叔齊也。夫民之履周土者，至多也。一民曰：「吾聞商周之際，有恥居此土而逃之首陽者，何人也？」衆民曰：「子忘之乎？其一伯夷，其一叔齊也。」民之食周粟者，至衆也。一民曰：「吾聞故老之語，有恥食此粟而甘心餓死者，此兩人何如也？」衆民曰：「子未悉耶？難兄伯夷，難弟叔齊也。」吾想兄弟偕隱，視死如歸，兩人豈復有捐軀之恨？而到于今咨嗟太息，反人人抱餓死之痛于方新。有是哉，而到于今歡忻傳誦，乃人人快餓死之事爲不再。有是哉，夷、齊心苦，而鼓舞之聲反樂千古夷、齊目瞑，而無故之哀反遍天下耶？吾思虞夏既没，命衰安往，兩人不勝其易暴之悲。耶？斯民也，即景公所以不得而稱之民；斯稱也，並不止景公無得而稱之日也。餓人顧若此哉？

盛寫「爲東周」一番蓋世功勛，如金粉畫《丹鳳朝陽圖》，令我張挂何處？須如此筆筆睡重夢深，三分酒醉，七分心偏，淒風苦雨時，我含淚讀之也。

吾其爲東周乎

王　錫

以魯興周，素志然也。與公山何涉？夫魯，周裔也。周難爲而以魯爲之，此豈今日之心耶？夫子謂曰：天下事未有知之而不可任，任之而不可爲，爲之而不可成者也。一氣直入，哭笑俱集。嘗怪杜麗娘是世間第一癡女子，豈料先師早已是世間第二癡先生耶？一路睡重夢深，哭笑俱集。況繫之以王道之大，迫之以時會之難，責在吾徒，豈有多計乎？今周已不可爲矣，此句妙筆。而吾爲周之心何曾已哉？自西自東，先世之服已邈，而秉心忠孝，豈不在于自衛反魯之人？小東大東，下士之情已離，而力圖推戴，實有待于同休共戚之國。「東」。則由今舉周而爲之，吾素志也；周難爲而以魯爲之，尤吾素志也。汧渭鳥鼠之都，委諸他族，而遥盼西方，已無故主。然周王新遷在東，魯侯舊服適在東。「東」字便如家中米鹽日用事，算之甚熟，説之甚溜。則凡居東士，並是文、武之苗裔也。吾不能以本振支，連下數「吾」字，淚落如紅豆。吾必且以支振本。吾每夜坐以待旦，吾定算久在于此矣。《黍離》、《菀柳》之感，猶在斯人，而近屬親籓，寧無大義。而齊在東而已有尊周之名，「東」字又妙。魯亦在東而並無興周之實。則誰鎮東方，寧非臣子之曠鰥也。吾與其望于至道之甚難，吾不若望于至道之甚易。吾歷年風雨晦明，吾憂心獨切于此矣。將謂一姓無復興之理，而周之祚必延也。寫夫子平日睡重夢深，件件算通。文祖開率育之功，獨後禹、稷爲天子。夫肇周既有千年之積累，嗣周亦宜有千年之靈長。吾安見先王創以西而周興，後人翊以東而周不復興乎？抑謂匹夫無圖興之勢，而魯之會可乘也。强臣騁跋扈之威，今已式微于孫子。夫亂之始，合天子諸侯正之而不足；亂之終，一陪臣爭之而有餘。吾安見人廢周于西而即廢，我興周于東而不即興乎？雖事功無不可讓人，而此必不可讓人；此起此結，正是一副。雖世事總不可逆料，而此實不出吾料。吾爲東周，子未知耶？只四字句，妙絶！

可以群可以怨

馮元飈[一]

最苦人家父兄，教子弟提筆作文，且求其通。夫通塗、通套、通常，豈非人間之棄唾哉！乃子弟自受此教，而遂服膺無失也。于是塗墨盈篇，略無窪窿。尸冢之間，使人氣索已。夫行文必須手拳腳踢，鱗張爪動，通身是風，遍地是火。今如之何？但爲一通而使之作奄奄死人耶？吾選先生此文，政欲後賢細看其自起至盡，純是拳踢風

[一] 馮元飈，目録作「馮元颺」，均爲浙江慈溪人，一爲天啟二年進士，一爲崇禎元年進士。

火之筆。

《詩》爲情之平，神破。故異用而各至焉。蓋群、怨，皆情之深也，而不相爲謀。學于《詩》而各至同平矣，此《詩》之用夫？今《詩》不始《關雎》哉，房中之樂援哀樂以爲端，群、怨平。降及于邶鄘，而全乎好色之事也。「群」。爲之歌《小雅》，其周之衰乎？因而有婦讁其夫、子訟其父、臣訴其君，以被乎聲者，先王乃著是以爲教。「怨」，二十五字句。何也？反責《詩》失之群、怨，筆態奇恣。人道之可久，以能群也。群者，「群」，豈可少哉？人所以達于鄉人邦國之道也。群之反爲怨，怨者，「怨」，豈可少哉？群所以通人于生死憂患之際者也。顧群之流也爲淫，怨之失也至于叛。吾畏其卒，遂絶其始，則人將不自勝其情。情久而潰，而其勢反大亂。《詩》教不然，以爲群、怨者，妙妙，人情之一往而深者也。吾善達而防之，其亦可矣，是故不學《詩》無以情。妙妙，此爲聖人之言。《詩》蓋有群道焉，有怨道焉。三百篇不必盡言群也，妙筆通神。而學之皆可以群也。苟盈其欲而不愆其止，群何僅乎接物？蓋得其發情止義之意，雖以動天地而刑家邦可矣。「可」字滿志。三百篇不必盡言怨也，而學之皆可以怨也。苟鳴其哀而不渝其志，怨何翅乎艱貞？蓋得其温柔敦厚之氣，雖以亂靈祇而變庶物可矣。乃知禮之文也，辨勝其群；樂之和也，樂忘其怨。故學至于《詩》而盡矣。群之所至，禮亦至焉；怨之所至，樂亦至焉。不離本情而通于禮樂，進于忠孝之後，知《詩》教之深也。噫，情之不可以已也如是夫！

遠之事君

高承埏

先生第一輩人物，第一輩文章，兹不具論，今止論其小言。大題中「事君」二字，此豈非小儒眼中天大干係耶？乃先生冷冷然、温温然，全副只是説《詩》，而「事君」二字不過附之自見。所以然者，此題本爲教小子學《詩》，故連説到「事君」；非爲教小子事君，故追説到學《詩》也。故作此題而滿眼是君者，功名人也；滿眼是《詩》者，性情人也。先生真正性情之人，我欲因念祖社兄，一拜稽古堂下，以伸十年仰止之思焉。

以《詩》教忠，而天下無難事之君矣。蓋窮事君之變，未有備于《詩》者也。涉筆便成笙簧。

學焉而千古之臣來告矣，猶謂君遠也而難事哉？且人生自事父而外，即皆事君之日也；第一至性語，第一高才語。乃君之事，又若視父之事而較難。故急名節之用而不游風雅之林，入《詩》，何其軒舉。詎有能見至性者哉？夫《詩》三百篇，千載貞臣事君之譜也。舉《天保》、《卷阿》之章，則盛世之事備焉矣。不是説「事君」，是説學《詩》。頌岡陵者，殷遍德之思；賡泮涣者，進彌性之廸：一何忠愛之辭之婉以至也！不是説「事君」，是説《詩》。居恒或有想明盛，謂可稱萬年之觴。及低徊于《詩》，而乃有爽然者也。不是説「事君」，是學《詩》。舉「繁霜」、《匪風》之什，則衰世之事具焉矣。慨宗周者，泣鼠憂之血；望西歸者，廑好音之懷：一何忠義之思之深以長也！

居恒或有憒昏亂，謂可高不事之尚。及流連于《詩》，而乃有油然者也。雖然，令學《詩》而必藉事君之《詩》，始爲事君之法，是教小子學《詩》，不是教小子事君，高人何止丈尺？不亦執而多拘、滯而寡通也哉！大抵事君者，裂肝碎首之節，舉非其難，而所難者詠歌泣涕之致。妙説，便可詠歌泣涕之。《詩》之所爲詠歌泣涕者，無在不然也。妙絶，妙絶！固有其言不爲事君者言，妙絶，妙絶！而精其旨趣，皆與篤棐相通者矣。抑事君者，陳謨納誨之理，每有時窮，而不窮者觸類引伸之義。《詩》之所爲觸類引伸者，又無在不然也。固有其事非屬事君者事，而深其義類，皆與靖獻相長者矣。君亦有不易事者：略從「事君」起。英主之操切，昏主之疾威，皆是也。然而難事之君，仍轉。詩人有先我而處之者矣。倘不陶詠于温柔和吉之音，而徑直以行之，未謂得忠厚之至也，是以取乎《詩》也。是精于學《詩》，不是精于事君，細心參之。事君又原有不同者：盛世之匪躬，亂世之盡瘁，有辨也。即謂事君之道，詩人多先我而盡之者矣。苟不求詳于正變隆替之故，而激烈以圖之，未謂盡致身之變也，是以貴乎學也。乃知大義原非細事，極千古精白之臣，不過千古風雅之人；曲終逸向。而誦讀亦屬借資，必掩卷而龍、比無慚，斯開卷而皋、夔如睹。爾小子疇不期事君，而《詩》可無學也哉？

比干諫而死

黄景昉

此等題，説忠烈、説忠愍，欲千言萬言即千言萬言耳。看先生純用渴筆，渴筆者怒筆也，一曰悍筆也。怒則悍，悍則渴。看他入手便説不應諫、不應死，然而無奈既諫矣、既死矣，于是題事已了；因輕輕一落云：故吾嘗論之，論干必不爲微，必不爲箕，干比二子加烈加甚，題又了矣；因又輕輕一落云：甚矣，紂待聖人！且作閑言語四句，便收云：而干于是遂畢志矣。已下則皆閑歎也。此皆渴筆也，悍故渴也；然則此皆悍筆也，怒故悍也；然則此皆怒筆也，題怒故先生亦怒也。

商臣又以死諫，而心愈苦矣。夫干死而武益借爲兵端，便覷孔子語。干豈願死哉？君子悲之。蓋古今稱惡之稔者，莫如商季；稱節之盛者，亦莫如商季。如微、箕而外，又有比干。夫干，本貴戚之卿也。貴戚之卿，君有大過則諫，職也；反覆之而不聽，則死，非干之職也。且干豈不知紂之必不可諫哉？諫矣，豈不知其身之必死哉？筆筆矯悍，如怒龍自海翹首到天，如渴虬自天屈頭到海。知必不可諫而終諫，此其諫何心？知必死而終死，此其死何心？故吾嘗論之：微子去矣，筆憤甚矣，借勢一落重起。厥後白馬來祭，而周至尊之有宋之客，毋論干必于死不去也。即令干不死而去，筆筆憤怒，筆筆屈拗，亦圖與題適稱也。吾知其必慟哭唏噓，斷不以祭器從白馬之後也。箕子奴矣，厥後《洪範》以獻，而武顧遠之朝鮮之夷，毋論干必于死不奴也。即令干不死而奴，吾知亦必深藏遠走，斷不以長歌過禾黍之宫也。蓋干之氣比二子加烈，言比二子加危，而紂以聖人震之也，比二子亦加甚。甚矣，紂之善待聖人也！以西伯爲聖人，醢其子，因之三年；筆憤甚矣，又借勢一落，何其奇快，高歌百遍以學之。以干爲聖人，剖其心，視其七竅，而干于是遂畢志于皇天后土之中矣。傷哉，干乎！今試想其解衣之時，灑血之狀。赫赫湯孫，七廟在天；累累孤臣，一腔塗地。此只謂之閑閑而收，不知者還言是悲憤。夫行文至此處，不復悲憤矣。此即風雲神鬼，尚爲悲黯而飲恨耶？夫子聞之，不爲泣下酸心耶？披髮之狂奴，見之不爲聲吞飲恨耶？

隱者也

張魯唯

通篇不便出題，只用虚籠到底。此亦三十年前常事，不足多歎。歎其起處，只須寫得「我輩」二字，便覺天生文人與聖人，真是一路人。一般冷暖，兩樣哭笑，千種相思，萬般疼痛。于是八股無數唧噥，純是訴自己衷腸，不是判文人行徑。學者宜細想先生提筆時。

聖人不忘情于隱士，而知所遇之即其人也。寫聖人不是一日之心，令「隱者也」三字跳脱而出。夫士而隱，其不得已乎？夫子詎常忘之哉？故一聞子路之言而起立曰：寫神。吾聞至治之世，初無隱名。隱之名，起于世之不我知，而成于我之有所激，豈吾輩之願哉？寫作一路人，故妙。乃不意至今日而屢見之，如子昨之所遇。子且以爲何如人耶？好手。聽其言，不過勤四體、分五穀，無以甚異于農夫也。設有異于農夫，即有可識也。一路俱是聖人青蓮花之所獨照。入其家，方且具鷄黍、接殷勤，無以甚異于俗情也。設有異于俗情，即有可見也。斯人也，是亦一接輿也，而並無狂之態者也；是又一微生也，而並無固之迹者也。想天下國家之故，子計之熟矣，若人亦計之熟矣。第子熟計之而無取于如此，寫得分明是一路人相憐相愛、相鳴相抱，真是異樣清景。彼熟計之而遂有取于如此也。想功名富貴之途，子視之淡矣，若人亦視之淡矣。第子覺其淡而不妨入之，彼覺其淡而遂決以出之也。有謂涉世之身勞、謝世之身逸，此非其知己也。何等相知，何等相惜。夫田畝之勞較之道途之勞，亦豈有殊耶？奚必舍此而之彼也？有謂濟世之心慈、遺世之心忍，此亦非其本衷也。夫憐憫之心激爲絶棄之心，不更戚耶？奚不轉避而爲就也？夫惟如子者，而後可以隱；亦惟如子者，而後可以無隱。如此出題，題高至三十三天矣，豈常手可及？然則如子昨之所遇，真隱者也，子且以爲何如人耶？

伯夷

張溥

最苦人家子弟讀此一題文，藏之必待此題用。然則《四書》佳題盈萬，安能讀得萬文耶？如先生此文，吾欲後賢熟讀者，第一要學其惜墨法：題初入手，隨手便可落墨，却誓不肯落；再换一樣墨，還不肯落；後來落下，便是妙墨也。第二要學其提筆法：以指提筆，以腕提指，以臂提腕，以肩提臂；纔落得一筆，便提起；又落得一筆，又提起；肩不放臂，臂不放腕，腕不放指，指不放筆，恐其拖沓也。第三要學其驚走法：適起一義，此義已成，便疾走若驚，不得再逗留，如賊避趕；如春女偷眼所歡，被旁人見；如誤捉燒銕；如蜂入懷，脱衣擲地是也。蓋聖歎幼時讀先生文，如是相之。

敘逸民，而先以行之最高者焉。夫伯夷，行最高，而敘逸民者以是首稱，豈無説而處此？《魯論》之記逸民，蓋重其人而嚴所與于其始，于伯夷見之矣。嘗考夷之先世，成湯封其國于孤竹，傳至墨胎，祝長子名元，是則所謂伯夷也。出題如許秀峭。後之論者，得其心于父子之間，而悲其無所容于君臣之際。一重筆墨。將以之疑仲子之得國，而貶西伯之稱王。又一重筆墨。甚矣，伯夷之行易于形人之短也。或曰帝堯之世有伯夷焉，意夫子之所稱其近是與？看他又一重筆墨，真是平地起水，興波造浪。然《舜典》曰：「有能典朕三禮，僉曰伯夷。」夫帝既命之爲秩宗矣，安有秩宗而爲逸者？《吕刑》曰：「伯夷降典，折民惟刑。」夷又嘗爲刑官矣，安有終爲刑官而復爲逸者？則此之所稱，其爲商周之際之人，無疑也。其筆下段落總非恒有。唐虞之伯夷，伯則其爵也，夷則其名也；商周之伯夷，伯則其長也，夷則其謚也。君子以爲有所諱焉，看他又一重筆墨。何諱乎？諱其先世未嘗爲逸，故以伯氏概之也；又有所予焉，何予乎？予其先代未嘗爲民，故以夷謚别之也。然則記逸民而始于伯夷，猶之乎《尚書》之首自《堯典》也，看他又一重筆墨。以貴讓也。夫既貴讓，則有嗣是而書者矣。猶之乎《春秋》之先從求于「蔡甲午」也，以尚德也。夫既尚德，則有連類而起者矣。論人之法不一端，而先後之序有可考。故「世家」之首泰伯，「列傳」之首伯夷，司馬遷爲善學孔子也！

虞仲

陳士奇

全無考據題，忽然向泰伯肩下脅邊，設身處地想出一段真孝真忠心地。因而熨住心，捺住筆，細細尋思，曲曲描寫。使後人讀之，便極似一篇摭實文字。殊不知八月十五夜月華絢爛，純是晚雨新霽，水氣所成，太虛空中並無一縷。

古有偕兄以逸者，逸之高也。夫仲與伯俱逃，而論至德者不及焉，斯真遐舉也哉。敘論逸民，夷、齊其選矣。是逐個想出之神。前而遡之，有當忠孝交窮之會，亢而能通；知君父必至之機，介不終日：其虞仲矣乎？是想出來。虞仲不自爲夷、齊，而能使人爲夷、齊者也。是巧借夷、齊，是正發虞仲，細辨之。守兄終弟及之叙，則作對帝命，以次相推仲，正慮一推難釋之後，其情事更不忍言耳；一比孝。出君長勾吴之才，則篤祜流光，豈難載錫仲，又慮錫祚及易之後，其上下更不忍知耳。一比忠。以下一比一比，只發此二義。于是兄可偕，荊蠻可入，藥可採，文身斷髮可甘。使泰伯實比伯夷，從「孝」字寫出，一字一金。而無復中子擅立之虞；使王季巧爲叔齊，而可忘孤竹亂命之嫌。人衹見伯挾而逸，不見季偕而逸也，則隱之乎成孝者矣。使再傳而五十年服事之文，從「忠」字寫出，一字一金。我勾吴人不知德；使三傳而十三載受命之武，我勾吴人不知功。近不與追王之屬，與叩馬同意；遠不食上祀之饗，與恥粟同義也，則隱之乎成忠者矣。全伯、季以夷、齊之孝，仲何必尸其實；收孝。示文、武以夷、齊之忠，仲何必尸其名。收忠。仲乎視夷、齊之逸，更穆乎遠矣，夷、齊將無聞風而起者耶？借夷、齊起，仍借夷、齊收，非真有低昂于夷、齊也。吴季子札以讓顯，豈其苗裔與何轍之同也？

朱張

鄭鄤

此題除「朱」字、「張」字，更無第三字矣。鼠入牛角，向何處轉？先生便將更無一字可轉，作轉此題法。諺云：「生兒不用阿金溺銀，但要見景生情。」從來作文，于「見景生情」四字，安可不亟講耶？

有僅傳其名者，真逸人也！夫朱張之名，正以夫子傳矣。微夫子，且不知朱張，寫盡。豈非逸與？且自夫子論次逸民，看他提筆。後之持論者各據其行事而想像之：逃國仁也，叩馬忠也，讓王逸也，三黜介也，善居喪孝也。至夷逸無可知，則又據所謂「隱居放言」曰：仲之同調也。捫舌尚在耶？何其變化也！然則無是種種，諸人將不爲逸乎？必藉此種種乃稱爲逸，豈復得爲逸乎？且如朱張者，兔起鶻落。非有逃國之仁、叩馬之忠也，而夫子次之以爲夷、齊者流也；非有讓王之義、隱放之同也，而夫子次之以爲虞仲、夷逸者流也；非有三黜之介、居喪之善也，而夫子次之以爲柳下惠、少連者流也。後世博聞之士動稽故實，曰某也商，某也周，某也夷，某也夏，至朱張而考證都廢；妙。後世多見之士動出評駁，曰某也偏枯，某也異教，某也聖而未至，某也高而難師，至朱張而月旦俱窮。幸遇夫子留其姓字耳，不則且不挂人間之口；寫盡「逸」。幸遇夫子表其爲逸耳，不則早相忘混沌之中。是惟流水高山，或有賞音于物外；直與清風浩氣，窅然歷落于太虛爾已。故夫子亦究竟不置一詞，異樣眼光。乃所以深著朱張之逸也。例朱張而論，則凡今之逸諸人，異樣懷抱。皆非諸人之逸也。

不降其志不辱其身伯夷叔齊與

黎志陞

餘人皆先出名字，次下論贊，獨夷、齊先下論贊，次出名字。則雖一種稱逸，而推崇之意言外不無，一難着筆也。夷、齊除讓國、叩馬二事外，更無奇行可考。若據之則未免雷同口臭，不據則又空無着實，二難着筆也。當時先師去夷、齊已不下幾百年，今日吾黨去先師又不下幾千年，知他是何等「志」、何等「不降」，何等「身」、何等「不辱」？三難着筆也。先掩卷細思一番，然後開讀先生妙文。

逸之至高者，論贊之而益彰焉。夫不降不辱，高之至矣。伯夷、叔齊與？言已其猶有餘思乎？諸人中獨此句法倒也。蓋以凡人惟非我所得而主者，則已耳；苟其所得自主之物，即不可不務自全也。吾論列逸民，冠以夷、齊，其所得自主，非志與身乎？然而豈易言哉？落手妙。今夫仁孝之念，亦有歧路焉。不深白其志而但誤服其名，即此是爲升降之大關。聖賢之事，亦有殊等焉。不審顧其身而欲故存其意，即此已分榮辱之極致。是故其避殷讓國之事，毋論商周之際。妙妙！便覺筆墨高人數倍。微、箕所行，皆仁孝之志，不是無端請客，正欲巧取「與」字之神。雖然，亦甚費人之深求之也。凡志有其抗之，而必俟後之人委曲原論，則吾取其不降者爲至焉也。膠、吕所行，亦皆聖賢之事，然而又甚畏人之深求之也。凡身有其貴之，而必俟後之人分曹别觀，則吾取其不辱者爲至焉也。以予所聞伯夷、叔齊，出夷、齊在二句下，最如法。考其行事，睹其軼詩，殆其人與？由其前所創者，數十年以上之事，而非創也；本上古之人，而天誤降生于中古，聊以此示不降焉耳。奇情鬱采，半夜歌之，神氣壯旺。由其後所勉者，六七王過望之事，而非過也；本治世之才，而時强辱之于節義，聊以此示不辱焉耳。是故人事勝則意必矜，而中有所獨持，則不難竟委之命，以堅後世忠臣孝子游移不定之念；是非明則見必決，而中有所獨是，則不難概蒙以非，以破一時弔民伐罪各行其是之心。嗟乎，豈易言哉！

四飯缺適秦

顧　贄

幼讀杜子美「親朋盡一哭，鞍馬去孤城」，不知何故，便胸前十日作惡，是時某纔七八齡耳。既長，又讀《南華經》「送君者自厓而返」，不知何故，耳目盡廢，如病忘中酒，惝怳且百餘日未已也。今既老矣，又讀此文，便愈不可奈也。

伶去而西，懷周舊也。夫周之東也，地入于秦，去魯而秦，猶周舊哉？缺乎豈此意與？連用「乎」、「哉」、「與」，聲情摇曳。蓋聞汧渭之間，秦地也；夏屋四簋，秦風也；擊甕叩缶而歌烏烏，秦聲尤著焉。然夷也而不通乎夏，一旦秦有夏聲，此缺之爲也。何也，四飯缺適秦也。徑落「適秦」矣，此倒樣筆也。嗟乎，缺不伶于魯而客于秦，胡爲乎然哉？夫秦雄于西方，先提「秦」字，即非他句。其地兼乎邠、岐、豐、鎬之俗，而風仍乎文、武、成、康之遺。秦初窺中國，其君深思無技有容之臣，而臣真有子孫黎民之利。缺必遥望久矣。是日者，從魯而西取道，以漸至于豐。竟爲缺作路程日記。文王之廟，巋然在焉。魯文之昭也，缺乎拜文王，詎不如見我公哉？句句招魂。又西而逾梁而涉岐，而奄觀乎鎬京。周公之舄，至今藏焉。周公吾夫子之所嘗夢見也，缺乎訪周公，能不忽念夫子哉？句句招魂。維時春也，而缺適也。饁者于田，桑者于路，倉庚之聲，猶如故國，渡江諸公一齊痛哭矣！亦復何殊，而我身已在函關之外乎？猶記洙泗之間，句句招魂。常誦一之日、三之日，今此其風俗也。維時秋也，而缺適也。富者築場，貧者剥棗，蟋蟀之鳴，真在床下，此何風景，而我心不懷東魯之門乎？句句招魂。每聞游夏之徒，互辯八月宇、九月户，今此其時令也。東望太師，此時吹竽鼓瑟，立于王門，去身幾百千里；淒絶！南望亞飯，此時白雪陽春，和于國中，去身幾百千里；淒絶！中望三飯，是小弱國也。昔者舟蕩齊桓，遭其所潰；今兹羈客，又焉托哉？淒絶！缺殆不能不升崤函之最高，遠望而雪涕也。

小題才子書卷四

大學　中庸

止于仁爲人臣

鄭之元

寫上句時，通身氣力在下句；寫下句時，通身氣力在上句。又並不用牽挽惡套，又並不用武斷蠻力。筆筆是漢刻，蟠螭玉玦，自然盤屈成文。自從昌黎作「臣罪當誅，天王明聖」語[一]，後來酸餡儒生亦都欲道文王心中事，見之每每令人喉間作惡彌日。試讀先生此文，豈有一字儒生酸餡耶？但覺文王心痛，紂心痛，作者心痛，讀者無不心痛。作得一篇心痛文字，真是樂也。

聖人之盡仁，善爲臣者也。夫文不止仁，則天下之去紂必速，而文不得竟爲臣矣。甚哉，

[一] 此語見韓愈《拘幽操》，作「臣罪當誅兮，天王聖明」。

文王之悲也！早有悲涼之意。千古仁暴得失之機，仁者必獨當其易；此日君臣危疑之際，爲臣乃獨當其難。古未有爲君而爲臣者，真是神力。自文王之止于仁始。曷爲爲君而爲臣也？夫文王寔未嘗君天下也。看其用筆，何等奇拗。文王君天下，則自專征始。專征，紂命也。紂得命，文王爲君，即文王必不敢以紂爲非君。而謂文王乃爲人君，一片神行。豈不傷哉？夫撫修和而視如傷，文王以仁與天下也；獻洛西而除炮烙，文王乃以仁與紂也。以仁與天下，天下漸忘紂之不仁；以仁與紂，天下漸忘文王之仁。不知其是上句、是下句，全是一片神力。夫剖脛剖心之慘，足使民輕去其主，而六百年之湯孫無恙，豈非文王之仁之所留哉？惠鮮怙冒之澤，足旦暮而代其主，而一百里之岐山如故，豈非文王之仁之所守哉？何也？紂雖不仁，何其翻捷！猶是共主；文雖仁聖，猶是人臣。文王不臣紂，天下其孰肯臣紂？文王臣紂，天下其孰敢不臣紂？本是有語不了義，只用最犀利之筆，一撇一磔即了。論者徒見東海北海之心，其主以暴去之，而其臣以仁收之；一土一民之勢，暴主不得而據之，仁臣能得而有之。于是遂稱西伯陰行善。此非所以論爲人臣之分也，神力結住。非文王意也。夫文王之仁爲君，正文王之敬爲臣也。

莫知其苗之碩

李繼貞

簡則不到，到則不簡；華則不淨，淨則不華。今先生此文，何其簡、何其到，何其到、何其簡；何其華、何其浄，何其浄、何其華。吾昨擬作一篇，有先生之華，無先生之浄，自不心降；又復擬作一篇，有先生之簡，無先生之到。如前幅「除縣官」云云，吾決不能到；後幅「不責微賤」亦可「刑于」云云，吾他生猶未到也。今日不少明月爲胸、青蓮作目之人，若于某言猶不心降，則試操筆擬之。

諺之言農，辟之一徵也。夫知苗莫如農，而不知其碩，人之辟不概可睹哉？且人狥好惡之過而辟生焉，豈獨統衆御俗，人間之酬酢然哉？吾又稽之，諺之言農。殊不必多。夫農之于苗，始乎播種，卒乎登獲，習其性久矣。習之久，不宜忘之易。先反挑，定不可少。衣食于是，俯仰于是，享其利多矣。利其功，不宜没其感。而今試問之：有知苗之碩者乎？彼耽耽無厭，其天性也。又見百畝之獲，穿草鞋走入。除縣官之賦與日用之費，其所赢無幾。則罪歲不得，罪地不得，腹中搜而得之。他人只泛寫癡況耳，農夫未服也。盡舉而罪其苗，以爲鹵莽而報予也。彼穰穰滿家，其始願也。又思終歲之勤，自舉趾之日以迄滌場之後，其所酬不當，則自咎不可，咎人不可，無已而咎其苗，以爲力田而不逢年也。初謂瘠土之農，然而沃壤亦復如是；「莫」字。初謂災祲之歲，然而大有亦復如是。「莫」字。蓋對觀則兩人各羨爲倍登，「莫」字入化。而易地則仍見爲不足也；今日則誇往歲之廩羨，「莫」字入化。而後日又思今年之坻積也。雖大人之義不責微賤，聖王既教以力穡，只是借譬，何曾相責？妙妙！必不問其貪廉。然修齊之道不遺畎畂，匹夫爲善于家，安在不可以刑于八口，然庶人壹是修身爲本，獨不云乎？妙妙！而奈其辟何哉？故曰：惡而知其美者，天下鮮矣！

所惡于上

陳　纕

十二句，此爲第一句，看他便寬然是十二句之第一句；十二句，此只是一句，看他便宛然是十二句之一句。其宛然可誦也，其寬然可法也。

欲平天下之情，而先言惡上之端焉。夫惡，非止于上也，而先計及于上，亦所惡之一端矣。且平天下者，以大人之德，居大人之位，豈復有上者逆情以加哉？起句如挽大海兜面傾來，幾于題不能受，而落下宛然到題，又宛然却是此句。然略君人之勢，而推恒分之情，則愛惡相取，可先得一端以爲説也。如君子絜矩之道，果何如哉？嘗觀天下：事感而情生，自彼臨之，未有不以爲安也，而不能使受者之亦安也；物交而事起，自彼爲之，未有不以爲順也，而顧難使受者之亦順也。則試言所惡，而先及于上者。魚水之歡，上許之矣，豈顧有意外之加乎？即或有之，拗一筆。亦伏而甘之已耳。然而明不敢言，而私相嘖嘖無已，此亦情之恒也。非不知臣子之卑，又拗一筆。不可以非君父，而無如事之難任受也。則天下之不任受者，類如斯也。波磔妙甚。指臂之使，上付之矣，豈顧有違材之督乎？即或有之，亦泣而忍之已耳。然而進雖面從，而退已狺狺相詈，又情之恒也。非不知貴賤之嚴，不可妄加受惡，而無如事之難遂承也。則天下之不遂承者，類如斯也。且夫爲上者，亦非好行其不肖也。恃尊顯之勢，而昧恒物之理，意無不得志于吾耳，而業已爲吾所惡。則夫情之難恕者，自吾而已然也，亦欲恃天下之勢乎？波磔妙甚。且夫爲上者，亦非好取怨于人也。挾得爲之位，而無量物之情，意遂可順呼于吾耳，而業已爲吾所惡。則夫事之難安者，自吾而已見也，亦欲挾天下之位乎？蓋王公而失禮于大臣，長老而行欺于孤寡，我必惡之。惡之誠是也，而特慮嚴以責人、寬以持己也。

所惡于左

顧　虬

適開口，便是十二句中最後句，于是並不勤取「左」字，而通篇寬寬然自與題並眠同起，半步不離。雅人高致，未易學也。

終言所惡之事，又有感于左焉。夫惡之來無盡也，徵之于左，不又有可推者哉？且平天下者，以一人之情，平天下之情。身之有之者，先偷第十二句。勿令一二端之猶在也；心之究之者，次出第十一句。勿令一二端之弗至也。推之盡而至于事之無可推，上十句借不去，妙絶！則人情始可全焉耳。如惡于右者之毋交于左，固也。因是思之：左之爲左，其主受者也，不必其主施，而左或從事于施焉，帶上，借勢落下，又極高雅。未可知也；抑毋交左者，左爲應者也，不必其爲感，而左或有事于感焉，未可知也。夫左也，其不以右之交我者交我，甚順也；雅甚！夫左也，其不以我之惡右者取惡，甚順也。而正不然，又有所惡于左者。吾聞先王之造士也，右鄉之不率教者移之左，略染色，好。左或有合于寬柔之意與？則夫善于修身者，豈其不善于及物也？而突如其來何爲者也？予之以大從之義，而收之以至逆之應，帶上作姿致。一至于斯也，是固天下所難堪者也。吾聞古者之建國也，右社而國之祖廟居左，左或能通于幽明之故與？則夫善于事神者，豈其不善于與人也？而非道相干何爲者也？予之以忠恕之施，而收之以不然之報，有如此極也，是固天下所不任者也。考左端之銘矣，略染色，好。一反一側，不可以忘。此席後之所以警也，而是何獨遽以忘之也？雖非昔之右也，而意猶之右也已。恰欲到下句。抑佩詩人之風矣，「左之左之」，無不宜之。此君德之所由誦也，而是何其甚不相宜也？雖我亦知非昔之惡也，而是亦猶之惡右也已。君子曰：是終以教我也，妙妙！亦毋交于右而已矣。

生之者衆

吴鍾巒

吾最苦人以大人經世本論悉作管、商家言。忽睹先生此文，樂乃不啻！欲使人知聖人門下，一有此峭筆古墨、高言奇趣。管、商真心計小生，不足道也。

爲乎天下者計生財，則地利不可不盡也。夫財非地不生，而非人無以生之，故人盡耕而地盡利也。嘗謂王政之經，地德爲首，人官爲輔。人服地之官，地迎天之德。人主度量于其間，而生財之大道存焉矣，何以著其然哉？今夫五穀者財之所從生也，不作浮末之言。人主而不明粟之爲貴，金玉雖多，坐瘠之術也；田事者五穀之所從生也，人主而不明農之爲上，封壤雖庶，閉貨之門也。夫乃知所以生之矣，其意在于阜財求，筆法峭甚！而其用專于務本業；其教在于烝髦士，而其法嚴于禁游民。于是距國門之外，窮四境之内，問人之開田而耕者幾何家，以西京詔令之筆行文，後學讀之，能愈舉體拖踏之病。士之身耕者幾何家；士之有田而不耕者幾何人，鄉子弟力田爲人率者幾何人；其無事而開口食者有乎，何族之子弟也？必以告。而民莫不秉耒操鎛，被襏襫，戴苧蒲，以從事于原野。《詩》有之「亦服爾耕，十千維耦」，又有閑筆引《詩》，豈非異人？如是則可謂衆矣。立三日之約，計終歲之獲，如此行文，偏又對仗不失。問所辟莫萊有益于國邑者幾何矣，所封表以募人之墾治者何所也；所庀具以爲樹藝之用者何物也，其繕奚若；今夫事之宜起而未起者可稽，田吏治何事也？必以罰。而民莫不擊藁除田，別苗莠，列疏遫，以有事于銍艾。《詩》有之「侯亞侯旅，侯彊侯以」，如是則可謂衆矣。道曰：地產不出者，其國必饑。此言民之流亡者衆也，以生之者不衆也。到底用峭筆不肯降。必皇皇焉召所好、去所惡，制爲田里以授之，使得群萃而州處。道曰：未產不禁者，其國必耗。此言民之淫巧者衆也，生之者所以不衆也。必汲汲焉棄珍怪、禁刻鏤，躬先節儉以風之，使皆務本而力穡。是以徂隰徂畛，無不闢之土；比廬接壤，無不耕之民，而財用阜也。故平天下者，地利不可不首務盡也。

未有府庫財

王　衡

先生尊人文肅公，評先生之文曰：「紙未落而已成雲烟，曲既終而尚留逸響。」從來未有父之譽子而至是者。昨從破帽盝中搜得此文，却悟文肅二語，乃是覷破先生金針，並非歆羨先生鴛鴦。

與仁主商天下之財，而遽不及盡其辭焉。是乎天下宰輔語。後來文極多，都是自己筐篋。夫君仁民義，而府庫遍天下矣。遽商之而辭未畢耳，豈有他異耶？且平天下無他，亦平其財而已矣。財制于君，生于民，滿于天下，而藏于府庫。逢一寸匕首，令人立死。故夫府庫也者，有天下之大害大利也。既有天下，又有府庫，府庫有而天下無矣。寒風螫人。如不有府庫，但有天下，天下有而府庫不必問矣。何則？夫固上好仁而下好義者也。何其快，何其輕，何其疾。仁則且予吾以性命矣，而猶不報之以膏血，有之乎？未有之乎？義則不自愛其軀命矣，而反欲自愛其筐篚，有之乎？未有之乎？只此已了，後皆出格描寫。惜也，銚鑄之利，丁男之力，刺土而不能倍獲也。不然者，且願爲吾君改作府庫焉。只謂眼前書意，其實天外妙情。是未有普天蓋藏忘加鐍鍵，而煩大司農之過計，曰：「吾財奈何矣？」愧也，一壺之金，一囷之粟，竭廬而不成涓滴也。不然者，且願爲吾君輦致府庫焉。是未有萬國倉箱難稽册籍，分明如畫，便畫亦畫不出。

而辱會計吏之臨問，曰：「吾財安在矣？」故有則有吾君貴齒，四個「有則有」，天花亂墜。而上庠國老、下庠庶老，受天子仁孝之粟而扶杖，而觀此府庫之一啟焉，竟説非其財。是放膽，是小心，試辨之。因疑此豈父老之財與？有則有吾君慈幼，而孝秀之升、孤寡之恤，勤聖人饘粥之給而提抱，而候此府庫之一啟焉，因又疑此豈子弟之財與？妙。有則有吾君省耕，而婚姻未洽、饁餉空虛，邀父母補助之澤而荷鋤，而望此府庫之一啟[一]。有則有吾君報蠟，而上天降割、下土荒蕪，拜朝廷捐恤之詔而舉火，而待此府庫之一啟焉，因又疑此豈農夫之財與？妙。夫鹿臺鉅橋，非不充盈，而紂守之以焚身，未有府庫財而其財者矣；所謂「曲終逸响」。若官山府海，初無别異，而周取之成大賚，未有府庫財而非其財者也。特遽不及盡其辭耳，豈須爲仁主過計耶？

伐冰之家

顧　宸

凡題有來路去路，不覷亦曾粲然成篇，覷之而後知一切典故悉是閑言語。如此題，刻本甚多，總是閑言語，總不覷來路去路。先生獨出一手，便只要覷來路去路，便一篇更無一字閑言語。己卯寬則得衆墨，吾恨其不爲元也。

[一] 以下疑脱「焉，因又疑此豈……之財與」諸字。

拜恩于國深，而家益可忘矣。夫有家者而至以伐冰特聞，國恩又何深也，所爲國爾忘家者宜何如。《傳》引孟獻子之言，曰人苟叨一命之榮，庶幾飭簠簋以無速官謗，凡前輩出手處，切須學其與題恰赴。況過此以備者哉？由畜馬乘而上之，有所爲伐冰之家者。夫家，何以「伐冰」稱也？以爲臭易失常，黍稷蠡蕈之間，于以衛精氣與？氣或傷燥，祭祀賓尺之事，于以佐仁孝與？人所排列盈篇，以爲典核。只作閑文提過，然後自出新裁。抑以爲朝覲而出，愆陽伏陰之可免，于以著浚明格天之功；獻羔而啟，癘疾夭札之不生，于以布卿貳庇民之澤與？非也，先王殆有以動其心焉。北陸藏之，深山窮谷，處之而不受污；西陸開之，酒醴膳羞，當之而不改色：知伐是冰者有素風也。勝義。黑牡秬黍，用享司寒，獨稜稜于霜降水涸之日；桃弧棘矢，祓除災祲，時表表于流金爍石之中：知伐是冰者有特操也。勝義。雖曰食肉者皆與冰，然而與之于伐則必有分矣。以國家特設之供，而又自混于肉食之鄙，勝義。將特供之謂何？雖曰老疾者亦受冰，然而受之與伐又有分矣。以國家表異之數，而偏自比于老疾之人，勝義。將異數之謂何？嗟乎，春治水鑑，若爲其家而治焉；秋刷冰室，若爲其家而刷焉。視彼里巷小民，日中爲市，而曾不敢望禦溫之資者，何如也？視彼草莽賤士，食已復進，筆勢雜雜，且有火出。而曾不敢分寢廟之餘者，何如也？即視彼駟牡騑騑，芳鮮可給，而曾不獲自以其命命之淩人者，又何如也？拜賜于國，若是其深，奈何以牛羊速官謗哉？

與其有聚……並至

蕭松齡

題殊不難，難于有如此筆法耳。或問如此筆法，先生于何處得來？祇是目中曾無一容易題，便左覷右覷，覷出要害，然後下筆，遂成如此筆法也。到得有了如此筆法時，即一部《四書》，總無難題。何故？任憑異樣難題，其中必有要害。只要覷定要害處，戳進去，拔出來，便是妙文。吾選先生此文，要人學其如此筆法；要人學其如此筆法者，要人學其覷出要害。一切題，都要看得難。先看得難了，自然後來一切題都是易。

利臣不可有，誠不利于有也。夫聚斂之臣，義禁之矣，且而菑害可懼也。今夫平天下者，無民之患，非無財之患也。先王之法，施從其厚，斂從其薄。非好虧國，知夫聚財之所以聚菑也，斂貨之所以斂害也，一路隨其曲折讀之，如行三蜀棧道，得其險以爲快樂。獻子之説可鑒已。獻子有家者也，便借獻子作層折。非有國者也。獻子之所以戒多欲而懲聚斂，則固可通于國也。上言有國，此言有國家，得此清出。獻子曰：「與有聚斂之臣，寧有盜臣。」獻子之説甚矣。盜臣甚利乎已，甚不利乎君；聚斂之臣甚不利乎民，甚利乎君。甚不利乎君而與輕比，甚利乎君而附重議。樂其曲折，忘其峭鍊，斯又不知文者矣。獻子之説甚矣！非甚也。甚不利乎君而君貧，君未必遂貧；即貧矣，怨不及民。甚利乎君而民貧，民貧君不獨富，抑獨富何爲哉？獻子之說，君民一體之誼，義利公私之辨也，獻子尚未言其害也。今有國家者，駿馬跳澗。所以貪心畜聚不知紀極者，此聚斂之臣誤之矣。聚斂之臣小人也，俊絶。小人善心計而掩大體，寫盡小人。習于工商分銖之事，而數引周官圜服之論，以傾其君。其君安于其言，冀其術之可以裕國也。于是柄用既久，播毒靡窮，薄陰陽之和，殘山澤之性，罄一壺之藏，積兆庶之恨。寫菑害如燭照數計。天菑人害，紛沓雜至，而人君猶恬而不悟也，豈不痛哉？甚矣，聚斂之臣不可有也，獻子之説可鑒也！截然而止。

雖有善者

陳天定

從來實字易發，虚字難挑，況虚字中之「雖」字，尤爲四面着筆不得。今看先生千方百計，務要挑發出來：起是一樣挑，中是一樣挑，後是一樣挑。人都道作出如許多好文字，不知如許多好文字却只爲「雖」字。

計轉禍之人，未敢爲聚財者幸也。夫不有善人，國何賴焉？然雖有之，國又有濟乎？且國家之患，莫大乎有善人而早不收，有扶危定傾之術而早不試，事不極壞，闒茸尊顯，若人者悉投閑置散也。噫，投閑置散矣，忽責之扶危定傾也哉！如餓鷹下擊。吾觀聚財之君，菑害並至，爾時勢不得不更有所善矣。接上彼爲善之。曩所謂善，今所謂不善也，帝憎而人悟也;曩所謂不善,今所謂善也,時窮而才見也。此時此善人,亦慮霜降水涸,摧殘之下,不能以自全矣。極似翻「有」字,恰純是翻「雖」字。妙。又慮鳳隱鴻冥,播棄之餘,不肯以復出矣。夫祖宗培植百年,豈無尊賢敬士之報?今之人尚有舊也,吾所慮不在此。夫士君子休養百年,豈無忠臣義士之心?出而圖吾君亦其宜也,吾所慮又不在此。則將束縛而馳驟之曰:「危而不能安,禍而不能福,是無所貴于智者也。」而善人亦撫肌誓臆而不敢辭。從來扼腕,今日置身當局,幸乎不幸?都用娘生全力翻「雖」字。雖呼號而激發之曰:「吾向不用子,今急而求子,是寡人之過也。」而善人亦吞聲忍泣而不忍辭。滿目風波,急欲收之桑榆,效乎不效?夫使其果效,則小人之計得也。又用娘生全力翻「雖」字。以我爲前驅,而膏血無不取;以彼爲後勁,而緘縢無不固。我始之,君終之,不亦大明于操縱也哉!夫使其果幸,則長國家者之務財用計亦得也。非不知小人之召殃,而恃君子有後圖;非不知小人之厚毒,而恃君子有大力。昔舍之,今用之,不亦大工于補救也哉!

詩云鳶飛戾天

曹　溶

凡題皆有來路去路,寫得來路去路明畫,則以爲愉快也。乃亦有題更無來路去路,全要一片妙悟,自起自落。譬如唐諸名家詩,都是來路去路出脱明畫,獨有王龍標,却用一片妙悟。先生文章山斗,某適標此義,以教後賢妙悟也。

體道于鳶，亦既費于天矣。夫天之所際無限，是何筆墨！而一鳶有餘焉，則其飛者靈也。《詩》真善言道哉！且言道而極之，以至于天，則以爲洸瀁之詞矣。然而天之内有物焉。天不能絶物以空奇，則必有其爛熳之情；物不必附天以援引，而嘗得其神明之托。支公「齊物」之選言。所爲費其機者，其端嘗隱于不覺也。我言莫破莫載，而天下之人，得無以思維之欲絶，而窮于想像之無端。或曰盍仰矚焉，昔之風人許我以高眺矣。所謂末座碧衣，眉目如畫。抑天下之人，得毋以擬議之難工，而置諸形神之交寂。或曰盍曠觀焉，昔之風人引我以天路矣。先曰「鳶飛戾天」，以天之遼遠靡涯也，悠悠碧落，其爲翺翔者何窮，胡然而止一鳶也？語語妙悟。天亦不見廓，翼誰舉而競升，氣誰引而直上。語語妙悟。意者鳶之飛，並不關鳶也。語語妙悟。鳶亦不見微，適相化于飛焉已矣。語語妙悟。以天之浩蕩無垠也，窈窈雲塗，其爲往來者何限，胡然而止一鳶飛也？語語妙悟。憑虛而上于青漢，淩空而下乎蒼雯。意者鳶之天，盡寄之飛也。語語妙悟。天不礙一鳶，鳶各負一天，語語妙悟。適相忘于天焉已矣。我想鳶飛之外，皆天之所餘也；然而所飛之天，皆鳶之所歷也。妙悟，奇奇。以羽翰之無多，托蒼穹之大體，天之勢博而飛之致虛，則其戾也。以戾戾之，亦以其不戾戾之。妙悟，奇奇。蓋鳶所不到皆天，則飛所不到皆鳶也。妙悟，奇奇。我想鳶未飛以前，天静對以存其天也；鳶既飛以後，天盡舉而畀之鳶也。妙悟，奇奇。以纖禽之鼓舞，載元昊之形容，天之氣清而飛之道變，則其戾天也。戾于天之所及，亦戾于天之所不及。妙悟，奇奇。蓋鳶以飛之性爲天，則鳶以已之天自飛也。鳶不與飛期而飛至，飛不與天期而天至，豈獨鳶乎哉？躍淵之魚猶是也。

父母其順矣乎

周亮工

唐小説寫古刺客,飛刃插某公枕函前,其勢猶一動一動。是夜某公受秘教,臥略下耳。不然,已血濡縷,頃刻成水。此事寫來,妙于疾,妙于中,妙于無迹不止,妙于餘勇猶一動一動也。今看此文一動一動處,亦切須看其疾處、中處、無迹處。

婉辭以問其親,道果又在是矣。夫莫順于父母而幾不順,周公之所以悲也。承摇曳作態,曲折盡致。然而順矣,孔子知之矣。道之易易真如是乎?《中庸》引之,曰:昔者孔子讀《常棣》之詩,而慨然歎曰「變莫變于上天幽明之故,難莫難于聖人曲折之心」。只二語作開,峭甚!今夫周公之在當時,豈非文王之愛子耶?文王百男,而旦獨多材多藝。則大約百男者,文王盡令之師周公,奇文。必無疑也。周公之在當時,豈非文王之畏子乎?文王百男,而武獨于公加親。則大約百男者,文王盡以之托周公,奇文。無再計也。曷爲二叔不咸,孺子心動,周公東行,斨斧斯作?此雖二年以後,王知叔父之忠;先拗一筆作勢。萬世以來,人信聖人無過。然而文王太姒,在天自悲;與其見殺,毋寧不生。又拗一筆作勢,極文章之致矣。斯亦父母不復能得之于子,而子竟無復可入見于父母也已。丘觀《棠棣》之詩,又何其緣情而格物,多曲而善直也。試思兄弟,亦父母所生也;妻子,父母所授也。而人多暱于父母所授,而疏于父母所生。

入情切骨，使人慨然。此雖萬物自然之情，而其父母不順也。試思鼓瑟鼓琴，不令父母知者也；飲酒和樂，必令父母知者也。今《詩》竟先陳父母不知者，然後陳父母知者。誰不讀《詩》？誰會如此讀《詩》？此真直抒心曲之私，如何父母不順也。然則文王太姒，亦既快然無憾于周公矣。筆歌墨舞而下。昔者文王愛一子，奇。而予之齡；今猶之文王惡一子，而奪之齡矣。然則文王太姒，亦既灑然無惜于二叔矣。昔者文王愛武王，奇文。而舍伯邑考；今定知文王怒二叔，而恕周公矣。嗚呼，天下之變，未有變于二叔之事者也；天下之難，未有難于周公之人者也。丘昔者立乎定、哀，而遥計成、周，躊躇于心，莫知所決。蓋嘗一夜三起，一食三歎。今讀其《詩》，易易如此，父母其順，是豈誣乎？吁，是則先子讀《棠棣》之語也。君子之道必在卑邇，此又一證也。

子孫保之

夏長泰

子弟行文艱澀，非真子弟是下材，亦適走却艱澀一路耳；子弟行文明快，非盡子弟是上姿，亦適走着明快一路耳。夫艱澀之與明快，皆各有其一路。全賴父兄師友，教其必出于此，禁其必不出于此。以是爲哺乳之恩，殺身難報耳。子弟初作文、初讀文，便如人初入胞胎。此處走路一錯，便是終身定業。何可不多覓先生此等文，琅琅教響讀乎？

虞聖之所以保後世者，異乎人之保之也。夫世徒知有保耳，不知其所保也。觀舜之子孫，非聖人之德爲之乎？且夫天有廢興，聖人不得而禁。顧祖宗之意，不必顧。《中庸》語脈何其快耶？最療子弟拘謹之病。必欲及乎後之人。而及之有至有不至，是亦聖人之衰也。若大孝之舜不然，舜之子孫，未嘗以天下繼。即其子不獲，而于孫何有？傾腸倒肚，大快人意。夫不能享其子孫以天下，而曰「吾有以保之」，保之則何也？且舜之子孫，未嘗以賢行聞。雖其孫不可知，而子既可知。夫不能淑其子孫以賢行，而曰「舜有以保之」，保之則何也？乃聖人之心，非復世之所窺矣；行文樂事，手欲停而筆已疾走。聖人之德之長，非復世之所幾矣。我亦以三代之事而論，而知其思有所深也。明聖之辟，積德累仁，洽于百姓。起筆既快，此下便懸千金求其一字不快，不可復得。人須信聖歎此言。然後光有大物，以示子孫。迨不數傳，而荒蔑悖棄之患作矣。雖有願忠慕義之臣，亦歎息痛恨于當年耳，夫誰能保之？又以後世之事而論，而知其義有所安也。豪傑之主，不階尺土，崛起一方。用能卒成王業，以及子孫。然不再傳，而奸邪篡弑之禍興矣。即有悲憫悼喪之士，亦捐軀赴難于其際耳，夫孰能保之？是以知聖人之于子孫也，以爲貽之以利，正其貽之以害。不若取今日之天下而更置焉，不使其子孫有墮絶先業之名。人徒見虞舜之天下授之人也，而不知虞舜之子孫爲廢興之所不及。只是《史記》二疏《列傳》耳，寫得如許高奇歷落。抑聖人之于子孫也，以爲處之以危，不若處之以安。惟是舍目前之富貴而無與焉，不使吾子孫有敗亡易代之感。人徒見虞舜之富貴不以己也，而不知虞舜之子孫爲禍亂之所不加。夫然則保之者異也。保之至異而留之至長，非甚盛德，孰能當此哉？

受禄于天保佑命之

萬曰吉

題是天子受命大來頭，文又排蕩自恣一大篇，望之者無不謂是大家鉅搆矣，豈知只是小小弄筆作戲。知此者，作文真是樂事。

承天以集命，《詩》陳德福之隆矣。夫命不假易，即受禄猶懼失之。唯德獲佑，《詩》言信哉！今夫「天難諶，命靡常」，説非無據也。好起。嘉樂之頌，既推本令德，以爲是宜君王矣，則又進焉。筆意。周之正位以征誅，此與「正月元日」之事異矣。故舜可以曰「堯予之」，而武不可以曰「紂予之」也。光芒自地而起，上燭霄漢，而其實只是寫「于天」「于」字耳。苟非援天以神之，他姓能無暗奸乎？且十五王積累，久有膺圖御鼎之理。然亦不敢侈陳世守，而爲之尊其統，曰「受禄于天」。用之數世爲方伯，此與「有鰥在下」之事異矣。故舜可以曰「四岳薦之」，而武不可以曰「十亂薦之」也。苟非本天以大之，匹夫其無圖度乎？且八百國攸同，實有正朔一統之心。然卒不敢自謂民歸，而爲之神其説，曰「受禄于天」。雖然，彼今古豈皆令主，雖無道率稱天子。隨手作折。及觀于厥緒中墜，履祚不終，而知其命之不佑也，則《詩》又進焉。筆意。古之寖昌寖熾者，非盡人事，亦有鬼神之助矣。「保佑」句亦只輕輕用筆，有如戲事。後人學此，自勿爲題所驚。周之始興也，元公遷洛，而遂有卜世三十、卜年七百之占。故廸屢未同，作《誥》而多方遂靖；鴟鴞或侮，貽《詩》而孺子以寧。履險不傷，蓋多天幸焉，而謂純嘏之不常哉！古之是遒是總者，雖云人道，亦有陰隲之説矣。周之始基也，箕子陳範，而即有念用庶徵、嚮用五福之疇。故革命宜在耆年，而與齡之夢遂過其數；負扆宜保沖人，而金縢雖請不代其亡。異數屢臻，實獲帝祉焉，而謂壽考之勿俾哉！保佑命之，《詩》言其得天又如此。然則「天難諶，命靡常」，説非無據也。好住。

修其祖廟

萬應隆

昔者王遂東先生謂吾言：「看花宜白袷，踏雪宜豔妝。」吾爾時甫十五歲，便識此語是古人筆墨秘訣。因持之以遍相《左》、《策》、《史》、《漢》等書，無不大驗也；逮于蔚宗《後漢書》以降，則已不能多得。因又入諮先生，先生笑曰：「小子休矣！盡能是，即不必與子説。」今只如此題，若摭拾「祖廟」字樣，何止累牘不了？看他只是題外寫來，早已極盡奇勝。洵乎，遂東先生不負我！

聖孝見乎脩廟，繼述之大典也。蓋有天下而從事祖廟，亦常制也，孰知爲武周繼述之大者哉？且天下雖極大之制，必由人情推其所自始。斯仁孝之深，可得而言矣。武周達孝，見于《春秋》之祀典。則脩其祖廟，其製作之綱矣。好起。夫祖廟之重，非特前數五、後數七已也。人情厚于敬祖，雖歲獲稍豐，必思庀室而隆伏臘之報；聖孝寛于錫類，雖一命初及，亦使立廟而中家人之享。人講「達孝」，都是推己及人。此獨本情作則，便高出無數頭地，而文又委蛇沁心。故衆情者，孝思之準也；一命者，天子之準也。周之祖宗，艱難于稼穡久矣。都在題外取致，故最勝。雖稷祀明神而天饗未答，遘兹明命維新，稷馨上播而廟貌不光，則何以報先德于後世乎？周之先世，播遷于道路舊矣。況木主載征而帝歆未格，值兹曾孫告成，鎬雒再奠而廟制弗新，則何以妥先靈于在上乎？是以干戈初戢之日，百制未遑，即《周官》所記皆在所後，而廟事之拮據比于武事，豈非驚人語？都向題外取致，最奇勝。非待弦歌周洽之餘也；恭儉德盛之朝，百費未周，雖昭代規模有待而起，而廟建之精詳比于封建，此即制作大備之始也。蓋後人之有身，原即祖宗之身，故立廟假廟，與祖宗共居之；後人之有天下，原即祖宗之天下，故建朝建廟，奉祖宗共治之。夫廟脩，而廟中之典又可詳矣。好結。

「忠信重禄」四句

陸燦

突兀而起，曲折而行，沉鬱淋漓，却一股只是一筆。如觀巨靈擘山勝迹，驚其掌痕宛然。彼小夫方描畫「忠信」等八字，以爲能事耳。

事之詳于士與民者，適如其體之子之者而已。夫徒有其經，而事不下逮，非所以勸士與百姓也，夫亦顧體之子之之義而爲之所乎？且人主自尊賢敬大臣以下，日望效于群臣百姓爾。然士不逮大臣矣，百姓又不逮士矣。老筆扶疎，岸然而下。乃以經之義釋之，其與人主之身愈疎者，經益予以親之之名，則亦適如其義而其事以起。「體」字、「子」字暢，則「忠信」等八字暢。故連上發筆，最爲神手。若遽進天下國家之士，而誥誡之曰：「爾其報禮重乎？」而士有辭矣。筆態最是突兀，最是曲折，一掃此題拖沓之習。爲夫士之所以報禮重者，其以人主體群臣之故，體之所以勸之也。今夫手足之習于腹心者，提筆仍寫「體」字。所以用之者不勞而相信，養之者不言而自佚也。上有所匿于其下，而不推之以其誠；抑上有所靳于其下，而不渥之以其澤。是一體之內，而有隔膜不相周之隱，可謂體之否？然而有其事矣，忠信重禄是也。落筆如高坡之落石。君臣上下，無不可告語之心，則笙簧叶矣；家人父子，無不可告語之事，則簠簋飭矣。夫士亦曲加諒爾，筆態最曲折。其不爲利禄來者，原有求于上之心；其爲利禄來者，專有求于上之事。今則兩有以予之矣，蓋全乎其體之者。仍煞「體」字。若遽進天下國家之百姓，最突兀。而督責之曰：「爾其胥克用勸乎？」而百姓有辭矣。最曲折。爲夫百姓之所以勸者，其以人主子庶民之故，子之所以勸之也。今夫人子繫之于其父母者，所以役之者不譪而得其呼，取之者不訢而蒙其恕也。上有所便于其下，而不爲之節有餘之力；抑上有所需于其下，而不爲之養有餘之財。是一父之子，而有刻急而少恩之處，可謂子之否？然而有其事矣，落亦突兀。時使薄斂是也。賢能耆幼，不在使之之列矣；公旬三日，無不急之城築師旅也；漆林園廛，不在斂之之科矣；合作百畝，無苛征之稷禾缶穧也。夫民亦易見德爾，曲折而出。其以地征緩者，未嘗不願役于官；其以力征緩者，未嘗不願供于府。今則兩有以遂之矣，蓋全乎其子之者。此其所以朝野胥勸也。

朝聘以時

呂一經

朝是朝，聘是聘，不可不分。若分朝分聘，又不可不摭「朝聘」字樣；乃一摭「朝聘」字樣，而文不可讀矣。今看先生「朝」是「朝」字樣，「聘」是「聘」字樣，却使人讀之只如一路清泉，鑿鑿白石。

以時經侯，恤其勤也。夫朝聘過勤，下不堪也，故時以恤之也。且欲經群侯者，必重合其國；欲合群國者，必重盡其力。古篆文有金錯刀法，此極似之。無以聯之，則散而不可馭也；無以息之，則疲而不可供也。作兄弟而來，則有以聯之也；定期而勿厭，則有以息之也。如九經有朝有聘，而必以時也。曷爲乎有朝也？曰以比功也，以圖事也，學其出題，又明浄，又姿媚，不得單説《公》、《穀》。以陳謨也，以協慮也。有朝矣，曷爲乎有聘？曰以尋好也，以存問也，以睭賻也，以除慝也。其言時何也？曰或以比，或以三，或以五也。曷以乎爾？曰太疏則苦曠也，難乎上也；太數則苦煩也，難乎下也。以上分題畢，以下正寫。其爲朝之時也，五年一輯瑞也。當其時，妙。有執圭執璧而至，有元冕鷩冕以臨，有天揖土揖時揖以御；不當其時也，妙妙！「以時」正在「不當其時」見也。湛露無歌，蓼蕭無賦，其勿以肆覲勞爾諸父諸舅也；孰以之，王者以之也。其爲聘之時也，比年三年兩貢錫也。當其時，妙。有執羔執雁之儀，有圭璧庭實之獻，有七介三介二介之級；不當其時也，妙妙！壞奠不陳，杕社不勞，其勿以殷頫騷爾諸卿大夫也；孰以之，王者以之也。蓋古之王者，恤侯之所勤。侯勤于國則紀度修，侯勤于野則田穀實。朝聘少則國事勤，是正意，是餘意，必有辨之者。却又寫得錯落古法，誦之不似身在硯北。卿大夫勤于朝，則百職舉；若率而勤于途也，百事廢矣。歲而朝，月而聘，蓋以其用侯之力爲已悉矣。且歲而朝，則其國歲亡君三之一也；月而聘，則其君歲亡臣三之一也。歲亡君臣三之一，而其國之不廢絶危亂也，鮮矣！故以時也者，恤之也，亦所以示朝廷尊嚴也。

果能此道矣

陳　瑚

臨時要下筆作文，先要停筆相題。如此題，若不向口中作十來遍細吟，即謂只是鞭策語耳，豈能知其爲養娘催小姒，純是鳴拍作攛掇耶？先生精于相題，令我念之不置，今在何處？

盡人道以誠身，可以觀厥成矣。夫以百倍爲功，人道尚有弗盡者乎？此其效必有大異于人者。今夫天之勝人也逸，而人之勝天也勞。因其不勝，于以畏之，而愈不思勝焉。看他便作憐惜嗚拍語。嗟乎，將誰咎乎？ 臣計之，畏天不足惜也，盡人良可懷也。如擇執之功，至已百已千。此道也，何道也？ 即臣所謂誠者之道也。英絶之分，所挾者非常，則此道有所不必恃。顧不必恃者，不過一二人。此一二人，其何敢以匹敵乎？ 抑怠棄之徒，此閑人，不是閑言語，對哀公必舉耳。所樂者速朽，于此道終當不肯爲。顧不肯爲者，不啻億萬人。此億萬人，其何忍以自待乎？ 如果也能，「果能」二字，先作祈祝，後作親見，千嗚萬拍。畢慮以圖之也，然則無疆之望也。夫荒于嬉而精于勤，治藝且然，況于聖人之業歟？ 計非畢慮以圖之，誠不可。而今果能矣，果庶幾其畢慮矣，君子以其求道爲已勤矣。如果也能，大力以震之也，是則難量之美也。夫貧于媮而富于積，居室且然，況于性命之務歟？ 計非大力以震之，必無由。而今果能矣，果庶幾其大力矣，君子以其操功爲已密矣。蓋學無終極，觀諸前日，即今爲要終；觀諸後日，即今又爲原始。看他又放走「果能」二字，再收轉來，再作一樣嗚拍。豈敢有責報之心哉？ 第萬象殊乎物，雖不敢量矣；而萬理貫于心，已不可没矣。或者曰無庸徒虚願耳，則是百之千之，皆其誣也，是必不誣。道無方所，偶有所得，即見爲易簡；偶有所失，即又見爲苦難。今豈是計功之日哉？ 第質氣賦于天，雖不可强矣；而志氣定于人，亦不可奪矣。或者曰無益徒自苦耳，則或一之十之，其皆謬也，是必不謬。及其鋒而圖之，天地猶將畏其勢；乘其端以引之，鬼神亦願通其幾。愚明柔强，有不斷如者哉！

禍福將至

譚元禮

有緩題，最要寫得緩，如孫先生「既醉以酒」文，何其駘宕多風也；有急題，最要寫得急，如吴先生「王速出令」文，何其倉皇無措也。此題急則已急，緩則還緩；緩既尚緩，急已甚急。只在一眨眼時便有明白，却又不知今已到眨眼時否，有明白否。看先生用筆，正在緩急不得時。

按禍福于至，先人所不及知也。蓋禍福至，則人知之矣，將至而能臆斷之乎？且天下事之已至，庸人類能識之；如將至，則不能識。何則？其驗尚在後矣。天下事之未至，庸人不能識而或喜妄道之；如將至，則不能識而又不敢妄道。兩頭夾出「至誠」，如神取勢。何則？其驗已不遠矣。吾嘗從虚空之中，入手便取「將」字。窺禍福之勢。其已離乎天，而未及于人；欲加于人，而尚麗乎天：豈非將至之時耶？造物之愛人也，因而愛福，福不輕予人也。理至而數不至，而福尚與禍同氤氲于太虚。而倏有福焉，將離禍而至也，或將倚禍而至也。禍禍福福，至理鑿鑿。不是倚伏常談，無一筆不取「將」字用意。則此一時也，正造物斟酌而予人以福之時也。造物之惜福也，因而惜禍，更奇確。禍亦不輕予人也。氣至而機不至，而禍猶與福共旁皇于冥漠。而倏有禍焉，將辭福而至也，或將並福而至也。則此一時也，正造物低徊而予人以禍之時也。蓋天道人事之端，每有此參差起伏之妙矣；以下皆敲擊「至誠」，勢最遒緊。而拘拘于參差間求之，恐尚不可得也。施報往來之外，每又有此顛倒偏枉之應矣；而斤斤于顛倒間候之，恐又不可得也。故執偶然之理者，以爲福之適值，俱如禍之適值。此其人忽入于中，而莫知其由。執確然之理者，又以爲無故獲福，即是無故獲禍。此其人明見于前，而猶疑其後。孰知至誠之道，毫不可執也哉？

小題才子書卷五

孟　子

王曰叟

王元曦

近來史局，苦無列傳好手。蓋摹神追影之事，原只用得眉間頰下，輕輕之一筆兩筆，便足使其人之一生百年無數心術人品，無不供寫略盡：此馬、班之所以獨步千載也。先生此文，毋曰小品戲筆，此正是列傳好手，吾謂定應獨步史局也。

所求于賢者切，不覺其稱之迫焉。甚矣，梁王困于勢而乏遠算也。見孟子而急曰：「叟！」意者其有合乎？門人善記事，于子輿初入梁，未卜子輿之勢，先傳梁王之神。知其兵衄地削，怯于中而不能持也；昌黎得意之筆。率然見長者，而不能緩于計也；改容而作，呼之疾而情見乎辭也。若其不然，筆墨轉變，全非常徑，知其淫于古之深也。我見古之見賢者矣：賢人未升翼而升，賢人既升翼而坐。此其間多儀矣，何記者略，梁王亦略？又見古之見賢者矣：賢人未言不敢言，賢人未議不敢議。此其際踟躇矣，何輒方默，梁王不能默？噫嘻，孟子在前，王何得曰也？一派全是古文，轉變悉非常徑也。且王亦知孟子平生之學誰宗，其始進入，告何途之從其合時宜與否，與諸侯客子揣摩同與否，而漫然曰也。王何曰乎？王曰：「叟！」若以事不詢黃髮而勿愆者，未之前聞。寡人痛惜悼恨，于龐涓之豎子也已矣。安得明而熟于計者，一叟也。念叟企叟，而今也見叟，豈其積平日之瞻望叟，而無所祈于叟？事謀及小子而不僨者，未之前聞。寡人拊髀輟食，于任座之老成也已矣。安得練而達于勢者，又一叟也。寤叟寐叟，而今也獲叟，豈其積側席之永懷叟，而無所策于叟？四比便如頰上三毫，神韻真稱大似。然豈知其只小戲用親卿、愛卿語耶？亦有入吾闕，而刺探陰事、略地詭迹者，是其人于國無益。叟也，衣冠皓偉、光明洞達者流也，是將舉寡人之意中而授之叟也。若夫入吾朝，而純盜虛聲、迂疏闊略者，是其人于國亦無益。叟也，智深勇沉、老謀壯事者流也，是將舉社稷之存亡而策之叟也。噫嘻，觀于王曰「叟」，而信王之怯于中而不能持也；率然見長者，而不能緩于計也；改容而作，呼之疾而情見乎詞也。王耶，叟耶，但恐王之計左于叟，而叟之計左于王也。則是王雖欲終稽叟于朝而曰「叟」也，何可得也？

「棄甲曳兵」三句

黃淳耀

一篇寫「甲」、寫「兵」，寫「棄」、寫「曳」，寫「走」、寫「止」，寫「百步」、寫「五十步」，字字都寫到。問曰：「字字寫到，是寫此題否？」答曰：如何不是寫此題，只是寫「笑」不得。看先生一口氣趕出「粲然而笑」句。

同走而異止，皆敗軍矣。明明笑不得。夫走則非佯北也，止則非能軍也。百步五十步，將無同？吾聞古聖王之誓師矣，其言曰：「不愆于六步，七步乃止齊焉。」發端巧合。蓋慮其輕進致衂也。夫輕進且不可，矧其輕退？折合爽健。一人輕退必斬以狥，矧其前後相望以共退？組甲被練，所以衝堅，而忽以爲不利于走趨，曰：「犀兕尚多，吾姑棄以餌敵乎。」風雅宜人，得之此題，更饒古趣。于是敵人登巢車而望之，曰：「彼師其走。」厹矛鋈錞，所以折馘，而忽以爲無暇于擊刺，曰：「倒戈在昔，吾姑曳以自衛乎。」于是敵人援枹鼓而進之，曰：「彼師皆走。」當斯時，左拒右拒，既遼遠而不相聞；上軍下軍，又自顧而不相救。紛紛籍籍，如鳥獸散。及其既止而觀之，出落跳躑。則有百步焉者，有五十步焉者。其百步也，不自知其爲百步也，非靮絶不能收，即馬逸不能止。所以百步之故。逮鋒鏑既遠，遂休憩焉，以冀徒旅之復振，而不覺五十步者之瞠乎猶後矣。如畫。其五十步也，不自知其爲五十步也，非驂絓不能前，即馬蹶不能進。所以五十步之故。適追躡未來，因逡巡焉，以幸同列之分謗，而不謂百步者之瞻之在前矣。如畫。當其走也，必有一人先走，而群走者哄然失次。吾不知百步者走而五十步者隨之耶，是亦「走」也，趣甚。抑五十步者走而百步者過之耶？當其止也，必有一人先止，而群止者聊以自堅。吾不知五十步者先止而百步者却視而亦止耶，直不百步耳，趣甚。抑百步者先止而五十步者遥望而遽止耶？是皆未可知也。然敗軍之中，已有粲然而笑者。

晉國天下莫强焉

陳際泰

何難作低徊按節之篇？亦以梁惠此語，乃是盈胸所積、滿口而出。作文要相題，必須如是不啻其口，乃肖也。至下文「及寡人之身」語，始作低徊矣，實須按節而行矣。

時君追往事，感慨係之矣。夫人在自强耳！晉國雖强，然其事已往，顧足多藉口哉？梁惠不勝今昔之感也，曰：天下勢而已，天下勢弱與强而已。弱不可一日在我，强不可一日不在我。沖口而出，便是「莫强」二字。雖滿懷衰颯，口中全然未露。如此起，最寫神。夫以寡人之先，晉豈不謂極强哉？一筆喝起。晉之爲國，「晉國」。土曠悍，産健馬，人驍果善戰。故自古爭天下，「天下」。其先得河東之地者則勝之，地勢然也。爾時先君藉之，赫我桓侯，爲社稷之故，舉兵而靖内難；緊我獻公，具雄傑之資，又舉兵而並旁國。既以克創洪基，式紹丕緒矣。于焉文公創伯，襄公繼伯，悼公復伯。便如不啻其口，總爲「莫」字攝魄追魂。上真命世之英，次亦一時之傑也。其大夫皆卿才，又從而左右之也。于焉始作二軍，繼益中軍，後又設新軍。投鞭足以斷流，折鉤之喙足以爲鼎也。甲車四千乘，猶在小弱之時也。好對。蓋泗上諸侯，衣裳兵車之會,無役不從;蓬蓬勃勃,拉拉雜雜,不啻其口。東周天王,享錫賀勞之禮,相望于道。其大者,快哉城濮之戰也,使楚人不敢飲馬于河;慘哉西陵之不歸也,使秦人白衣冠向師而哭;甚哉鞍戰之忿也,使齊人獻紀甗玉磬,乃至幾不能以自保其母:反插三國,心頭眼裏、鼻尖腦後,一齊火出。豈不爲極强哉?一句收足。蓋兵屢用而不已,故人敢戰而强財;甚費而有節,故師宿飽而益强。又饒二「强」字。猗歟甚哉,寡人以不才猥承其後,事竟如何?

齊桓晉文之事

陳之遴

文最著明,不須多評。但須識此等,全是昔者張賓王先生筆法。

豔霸功者,君子慮其心矣。「是心足王」眼色。夫必有桓文之心而後問其事,豈齊宣之心而竟懷是心乎?且地醜德齊之主,烏足語大有爲之業哉?所不絶望者,獨其心耳。直提「心」字,是通章主腦,古法手筆。然而功利之所浸淫,縱横之所簧鼓,恒有所深中于其心。即當承教高賢,有不覺矢口而遽露者。昔孟子惠然來齊,豈欲桓文我宣王哉?乃王則問曰:今天下憑軾而辱臨敝邑者,莫不幸教寡人以事。然寡人揆之矣:有不屑事者,有不能事者,又有所甚願從事而未詳其事者。入手拉雜如火。朝函谷,盟山東,其事屢變而罔效,寡人之心不屑也;連挈「心」字,有膽!問九鼎,下三川,其事震世而難就,寡人之心不能也。若夫甚願從事而未詳其事者，寡人中心藏之，非夫子莫與言也。昔先君桓公爲諸侯之師，實主盟中夏，時晉倫鞭策焉，天下莫不知有齊桓之事；殆晉君文公資先君之力，用代興西鄙，與齊互雄長焉，天下始並稱齊桓晉文之事。「齊桓晉文」四字，寫出無數賓主親疏，最是推敲文字。葵丘來宰孔之胙，踐土覲天子之光，其事炳霄壤矣。雖然，外事爾。當時謀于營丘，圖諸故絳，其內事之修，夫豈無方策不傳，而賢豪所獨識者？桓文事炳炳人耳，何待于問？如此洗刷，義理員快，聲口大得。朝服奏九合之略，中原收一戰之功，其事光日月矣。雖然，已事爾。今日三晉雖分，全齊如故，忽卸去「晉文」，妙妙。則後事之師，夫豈無符節可追，而有識所熟籌者？間嘗寤寐以求，想救邢責楚之烈。基諸大臣小臣，則桓公雖賢，得良弼而彌振。夫寡人非昔日之桓公，而夫子則今時之仲父也，能不增慕其事焉？跌入孟子懷中，神采四溢。亦嘗設身而處，思攻曹代衛之勛。必俟諸示信示禮，則晉文求伯，視先君爲較難。對法矯變。夫寡人雖並遜乎晉文，而夫子則遠超乎子犯也，能不即羡其事焉？無語不圓，無句不活。豈無繼起于封肴，補秦穆。而虎狼之暴，其事爲不仁；亦有發憤于戰泓，而仁義之愚，其事爲可鄙。補宋襄。況瑣瑣辰陵之役，補楚莊。更不足言乎？夫寡人有寡人之心，再歸縮到「心」字下，孟子所對已引起矣。有膽。惟桓文之事而已，願夫子有以教我！

百姓皆以王爲愛也　黄淳耀

若但寫「以王爲愛」，復成何用？此段段是「皆」字，故足述也。

設言民之疑王，將以致詰也。夫王之易牛，百姓未必以王爲愛也，孟子亦試以觀齊王耳。若曰：人主善敗不能自明，則臚言固多可採，而胸懷既有獨任，則輿論不必盡參。如王以羊易牛，胡齕言之：臣聞之而先是百姓藉藉議于國中，則王所未知也。其言非他，直以爲王愛此一牛爾。此句胡齕未嘗言，孟子從何得來？如此插放，方不拋礙，眼明心細。不知始自誰人，而遍國中以爲然矣。「皆」字圓光透出頂上。蓋百姓之中，有愚者亦有智者。空中展步，兼《左氏傳》、《戰國策》而爲此。愚者之言曰：「皆」也。「惜哉吾王，擅臨淄之富，而爲鐘虛吝一物。」知者之言曰：「皆」也。「善哉吾王，太牢之費，而以節嗇訓齊民。」夫愚者興謗讟之辭，知者存護惜之論，其說不同；然誦詩者不引蜉蝣而引蟋蟀，着色古秀。則其說同也。「皆」也。百姓之中，有怨者亦有德者。怨者之言曰：「皆」也。「甚哉吾王，狗彘餘粱肉，又沾沾以畜大牲。」德者之言曰：「皆」也。「美哉吾王，鐘鼓已在懸，姑徐徐以留鼎實。」夫怨者深凍餒之愁，德者受壺漿之惠，其意不同；「皆」也。然觀易者不譏褕祭而譏丘園，則其意同也。「皆」也。蓋王之百姓，人人生于齊，人人長于齊。「皆」也。初不若唐魏逸民，有儉陋深思之俗，故人人鬥鷄走狗而闊達自居，其性同也。「皆」也。一旦見他國不易牛而吾國易牛，則訛言四聞，「皆」也。亦其宜矣。王之百姓，人人窺瞷王，人人議論王。「皆」也。又不若古先哲王，有澤及枯骨之誦，故人人擊鮮炰魚而斬殺自若，舉國然也。「皆」也。一旦思殺人不聞以牛代，殺牛則以羊代，則交互回惑，「皆」也。無足怪矣。信如百姓之云云者，則是王今日全牛之事，終抱他日殺牛之心，其待王已謬；且王今日有易牛之言，異日並將有易羊之事，其處王太卑矣。是說也，臣蓋存而不論云。妙。

是乃仁術也

嵇永福

謂是直筆，則讀之何其波折；謂是曲筆，則讀之何其瀏亮。總之先生讀書觀物，將全部二十一史爛熟胸中，而借書以一筆揮灑出之。彼小生老儒，規規于一寸之題，夫豈所望哉？

仁以曲而反全，大賢爲王誘進之焉。夫仁不以術見，好手。而有術則仁乃益全。明于此，而王猶以愛爲病乎？且天下有孤行一意而能推致不窮者，惟此不窮于物之隱而已矣。垂垂如露，津津欲滴。蓋處以不易周之勢，而動于不容已之衷，不唯有以自全，兼有以及物。則王昔日之行，「是乃」活跳。以我今日思之，而乃出矣。王之以愛爲無解，誠何傷？古聖鴻慈在抱，每呈于歷感之一時，而時之所窮，專及者初無妨兼及者之量。先「術」字，次「仁」字，可想其節次。從來怙冒群生，每起于猝乘之一念，而念之所被，直致者正不遂曲致者之全：是乃仁術也。利濟之事，偶見于外者也；利濟之心，時動于中者也。今于其偶見者，而莫合于時動之隱，即仁人何以自解于天下乎？王于仁殆靡憾矣！由心之感而行之以事，處事之難而通之以心，不知是「仁」字、是「術」字，總之是「是乃」二字寫到極酣鬯地步。仁固以婉而益摯也。是乃幾經籌度，而始慰其衷者也。脱口、脱手。生全之德，徐被于物者也；生全之念，猝發于懷者也。今于其徐被者，而莫遂其猝發之良，即仁人何以自諒于天下乎？王于仁乃獨周矣！于心所迫，無迫于時，于物易窮，不窮于意，仁固以偏而愈濟也。是乃取之天懷，而自得其方者也。是知殷憂誠切，則事會所感，無不形其通變之才。彼聖王大澤所敷，奚嘗不獨行其意歟？蓋勢不迫則其用不出，王固因迫而起者也。不以術蔽仁，而以仁使術。最有分曉，所謂聖賢之言。操斯術也，固有被之而各足者乎？抑知愷惻誠深，則意念所通，而已自得其善全之法。彼盛世仁風翔溢，何莫非各致其心歟？蓋事不窮則其用不切，王固以窮爲通者也。凡事不可有術，唯仁不可無術。最有分曉，所謂聖賢之言。由斯術也，固有擴之而愈宏者乎？臣且爲之解曰：見牛未見羊也，而王猶以愛爲病乎？

鄒人與楚人戰

蕭士瑋

凡借喻題，最苦前幅之起，後幅之收。蓋前要謝正意、入喻意，後要謝喻意、入正意。一着呆緩之筆，便三家村説話先生，頭巾油膩，其厚一寸。今看先生當面對喚，明明稱臣稱王，一眨眼已是鄒人；明明鄒人，看看一句入一句逼到齊王。自來無此入喻、出喻之法也。

鄒可得志于楚，神助之筆。齊王之大欲遂矣。夫鄒之與楚戰，則兵端開自鄒矣，孰知天下豈少鄒人哉？孟子若曰：今王興甲兵，危士臣，搆怨于諸侯，以求快于心，是王好戰也。王好戰，請以戰喻；臣又不敢以遠喻，請借鄒楚以爲喻。臣鄒人也，齊楚匹也。入喻奇趣。臣生鄒而知鄒，王匹楚而知楚。乃今者臣能知鄒，鄒則竟不自知其爲鄒；入喻奇趣，疑于鬼工矣。王猶知楚，鄒則又不自知幾鄒始當楚。于是鄒人曰：天下有一定之鄒乎哉？如有一定之鄒，不妨與楚戰也；天下無一定之鄒乎哉？如無一定之鄒，必須與楚戰也。且楚亦無一定之楚也，今日楚戰不捷，則楚爲鄒矣；純是妙筆。萬一鄒戰而捷，不鄒爲楚乎？果見二字妙妙！鄒之伍兵動焉，問鄒何事？則非守臨晉之關也，非略中山之地也。曰昭王南征，而不復吾鄒人是問。果聞鄒之廄馬鳴焉，問鄒何爲？則非饗趙之武卒也，非防秦之鋭師也。曰汝貢包茅，而不入吾鄒人是征。不惟以晉、中山、趙、秦等字剔「楚」字，細看其「守」字、「備」字、「饗」字、「防」字，皆非「戰」字：甚寫鄒之小也。此雖鄒實無是欲，而臣不能必其無是欲也；忽然出喻，奇趣得未曾有。非不能必鄒人也，臣實見今人所欲大率類此，臣是以不敢必鄒人也。今鄒亦初未嘗有是求，臣竊疑其將有是求也；又非疑鄒人也，臣實見今人之求漸已如此，臣故以此疑鄒人也。然則鄒人而設有是欲也，悲鄒人者多矣，又誰知悲鄒人者即鄒人耶？《阿房》、《蘭亭》後幅，都用此極筆矣！鄒人而設有是求也，笑鄒人者至矣，又誰知笑鄒人者真鄒人耶？此固臣之所未解也，而試以質之王。

惟士爲能

包爾庚

題眼色全覷下，故要一意敲擊「惟」字，然而着筆爲難矣。看先生將「士」字廝撞廝舉，人只道貪發「士」字，却不知其覷便即鑽「惟」字出來。通篇皆柔櫓輕鷗之筆，使人意消。

士有難能之行，未可以概餘人也。夫人之有心，誰不如士？妙筆。然無産而能，惟士獨也。昔者先王之于天下也，有及量之施，「恆産」。無過量之責。「恆心」。是以下之有求于上者，莫不有其材；而上之有求于下者，莫不相其質。「惟士」。蓋將勉人以能，而無强人以不能也。妙筆，又山水清音哉！恆産之設，所以爲恒心計者；亦謂天下之人，寧處有餘，四字妙，反剔「惟」字。毋處不足。有無之際，不可不審也。令終有俶人，即願之矣。折入。家無斗筲，折出。鳴琴在室，有是理乎？乃若天下之人，有時有餘，即有時不足，難易之分，不可不察也。屢空不饜，折去。亦大不聊耳。十畝之間可以樂饑，折來。有幾人乎？惟士也，「士」字成勢。道德之所寄，賢聖之所從出也。原夫相比以弦誦，又加染四句。相語以詩書，既備其物，又循養焉。彼其自待者，的的是「能」字。久已不薄矣。處艱難而不惑，有以也。故苦節自守，「惟」字。獨能斷斷也。惟士也，鄉里之所升，卿大夫之所賓也。原夫鼓篋以遜業，加染。巡察以正行，既隆其事，又加飭焉。彼其有造者，的的是「能」字。固已不侔矣。值窮困而見義，不虛也。故內養爲腴，「惟」字。獨能落落已。君子之行，未可望而求之也。行之見推者，以爲獨焉爾。絶妙「惟」字，眼光在下。被服儒雅，亦不克自振乎？是故納履而踵決，捉衿而肘見，而猶曰：「貧也，非病也，此致有等耳。」又倒找「惟」字。小人之事，不必因而概之也。事之見美者，以爲罕焉爾。絶妙「惟」字。雍容禮樂，亦無以自別乎？是故不閔乎有司，不累于長上，而徒曰：「天也，非人也，此真有數耳！」又倒找「惟」字。今夫人君之于天下也，有知其事之不可，「無恆產」。而恃其人之或可者；「士」。有知其人之或可，「民」。而卒不知其事之不可者。「無恆產」。猶幸而爲士，所謂恃其人之或可者也；苟不至于士，所謂卒不知其事之不可者也。

不得而非其上者非也

王　庭

題注下句，人所皆知。今既止在此句，即如何發放耶？句句煆煉罪人，句句閻羅入甕，坐堂人受苦，吃棒人伸腰，真罕見之樂事也。

民有非上之失，則上之所明也。發我一笑。夫不得而至非上，豈民所獲已乎？大筆。然而不可謂非悖矣。孟子曰：上下之際，有不相假借者，分也；有必相推致者，情也。惟有推致之情，因易以生小民之心；眉目如畫而來。惟無假借之分，因遂以藉人君之口。民至今日，欲無罪于時，民亦良苦，要不能偏爲之諱耳。如雪宫之樂，民以不得而遂非上。夫君之聞此，寧遂心服乎哉？一路筆筆風婉刺人。往嘗見世之君，不恤民之怨咨，而反以重其怒，良亦有以也。即民之出此，敢云自信無罪也哉？往嘗見世之民，不惜身之罪戾，而妄以逞其愚，亦别有辭也。雖召謗者得無實甚，拗一句，妙。然亦猶之上矣；妙。即竊議者固有難堪，然必坐之非上矣。上之所專者勢也，予奪之命，「上」字如此。惟所置焉。今以願望之故，而觖觖致讒，是民不得而欲上之勢不行也。大要上而使之勢不行者，非也。如題。上之所愛者名也，聖哲之號，「上」字如此。罔不奉焉。今以拂欝之故，而嘵嘵肆怨，是民不得而欲上之名不尊也。夫衡上而使之名不尊者，非也。忌諱爲私，草野不必有；拗一句，妙。而在朝廷之體，似不可無。妙。彼民也，胡不一爲上惜體統乎？是亦與上以端也。妙妙！雖草野何知，吾自行其直道。然寧謂上也，而直道得行哉？尊親是戴，衰季未曾有；而在大風之國，似不當無。妙。彼民也，何不一爲上餙尊親乎？是直分上之過也。妙妙！雖衰季何恩，吾自報所應得。然寧謂上也，而反受爾報哉？妙妙！夫同樂之國，有沾被之恩，無謗訕之罪，得亦兩得；妙。非上之民，有饑寒之禍，復被名義之辜，不得又兩不得。吾豈能偏爲汝諱哉？完題。獨不堪還爲民上者問也。

召太師曰……君也

李　雅

晏子不悦景公，胡爲反覆相告？景公果悦晏子，何至最後作樂？寫「相悦」字有如許層節，他人只是一筆抹去耳。至于處處帶孟子述向齊宣王語氣，則神力妙筆，非復近今所有。

君臣之間之難，通篇眼色。于先齊之樂與詩可睹也。夫久矣，晏之悅公也。至召師作樂，而後乃今，公亦悅晏辨其招、解其詩。「相」字是齊景公口中甫有字，妙。嗟乎，君臣之間，難至是哉！孟子終述之曰：人有恆言，皆曰君臣。夫臣來必于草莽，而君退已入深宮。二句寫盡「君臣」字。王試思焉，以草莽之子而深談，預人國家至不堪也；此句襯「畜」字。以深宮之人而苦語，責其艱難甚難受也。然而君臣之間，每每不免時出乎此。景、晏、宣、孟一齊舉。如臣頃者于王，神力妙筆。而晏子景公其已事矣。晏子之悅景也，「悅」願其愛民也，願其敬事也。此臣之今日區區之心，而晏子先得之者也。神力妙筆。景之未即悅晏子也，未「相悅」。未信其爲吾民也，未信其圖吾事也。此王之今日明明之情，神力妙筆。而景先有然者也。然而景已悅晏子矣，方「相悅」。召太師曰：「爲我作樂！」太師抱器而入，歷階而上，則知之矣。景有揮弦之態，晏有解慍之容，此殆應奏《韶》已。「韶」字妙絶，又帶「君臣相悅」。召太師曰：「爲我作君臣相悅之樂！」太師不聽語而聽音，不聽音而聽氣，又知之矣。鼓商而商已勞而欲絶，鼓宫而宫猶遲而未應，此殆應奏《徵招》、《角招》已。徵、角妙絶，又帶「君臣」甫「相悅」。甚矣，《徵招》、《角招》之不易得作也！夙敦魚水之誼，至此日而戛戛難之，未「相悅」。猶如臣與王今日之戛戛難之也。甚矣，《徵招》、《角招》之終當必作也！明成鑿枘之形，至此刻而終然化之，甫「相悅」。猶如臣望王今日之終然化之也。神力妙筆。且臣忘之其詩具在，胡不誦之？其詩曰「畜君」，太師之辭也，妙。而景之志也。取治子弟之法而治寡人，特未行夏楚焉耳。寫盡「畜」字。如此文，耳所未聞，目所未見。可以驗當時景之不甘，已有甚于王矣。神力妙筆。曰「何尤」，晏子之禍解也，妙。而實景之怒紓也。以赦罪人之辭而赦其臣，特未成訟獄焉耳。寫盡「尤」字。如此文，耳所未聞，目所未見。可以驗當時晏子之不測，已更危于臣矣。神力妙筆。王試令臣解之，解之曰：「畜君者，好君也。未有不好君而畜君者耳，未有好君而不畜君者耳。當時晏子畜君，而景已諒其好君耳；今王欲臣好君，即勿畏臣畜君耳。神力妙筆。

昔者太王好色

魏光國

將「好色」二字，上加「太王」，自是子輿奇文。然東方譎諫，縱極滑稽，而庭陛之間，當復有體。況吾黨誦法，又皆出先聖賢之遺經。惴惴焉，將惟恐失墜之是懼，而敢以蕪穢不浄之言填廁其中乎？作《孟子》小題，最易墜此惡道。吾懸先生此文，欲後賢盡力誅伐一切作穢言人也。

誣古人以好色，竟作「誣」，妙。欲好色者如古人也。夫有太王而好色哉？無如有好色之王也，則姑曰：「太王曾然也。」誘齊王曰：自古聖王之垂訓也，必曰不邇聲色；而後世大臣，亦惓惓以「女德無極，婦怨無終」爲色荒戒。則色豈君人者所當好哉？雖然，使王而不以好色爲疾也，臣之疾王者，將在色也；只用空手旋轉，便成妙技。乃王而知以好色爲疾也，臣之愈王之疾者，將又在色也。王亦聞文王之祖、公劉之孫，有所謂太王者乎？隨手作趣。是肇基之賢君也，使王而得如太王也，他出落何等不俗。臣曰可矣。而夷考其當年，豈遂能恝然于房帷之愛？是積德之令主也，使王之好而得同太王之好也，即王亦曰可矣。而追憶其行事，豈遂能漠然于燕婉之求？只爲避俗。且自開闢以來，忽然而成此林總之世也，不以男女哉？陰陽之相推也，天定之矣，太王而能違天耶？昵之以床笫之歡，真稱雅絶。太王不受；絶之以倡隨之誼，太王亦不受也。且自厥初以來，森然而綿此瓜瓞之繁也，不以夫婦哉？剛柔之相摩也，性率之矣，太王而能拂性耶？誨之以冶容之淫，太王不居；閑之以伉儷之好，太王亦不居也。吾不知吾王之天錫，何如太王？若論色也，到底不俗。則亦有太王之一好矣。吾不知吾王之徽音，何如太王？若論好色也，則亦有太王之一節矣。臣願王之與民同之，而無欝欝自疾爲也。

王速出令[一]

吴　禎

幼時荳花棚下，聞擔糞人歇涼，共述東坡、佛印説十成急語。私念雖大急，亦只作得

[一]「王」，正文原無，據卷首目録補。

四句而止，畢竟此令易辦。若吾他日能筆墨，後當取一事連下百十許句，句句急死人，壓倒東坡、佛印去。今睹先生此篇，索然氣盡，如死人也。〇後賢讀此文，切須仔細，聽其逐段迎頭一句直叫出來，真是着急人無回互語。每讀一段盡了，且略停口，然後再讀其後一段，便分明聽得其急了直叫出來。

爲齊云救，有出于無策者焉。夫王，安能令天下哉？于以令燕，猶有餘，故願王之速之也。孟子曰：天下有擁全勝之資，開口便急，更換得否？而求緩須臾之困。如王今日之事，可不爲寒心哉？危矣，亡無日矣，在旦夕矣！急語，不只一句，活畫急煞。王何以待之，王速出令而已矣。令不出自王，將出自諸侯，勢去矣，惟此爲先發之勢。筆筆急殺。不出令則王危，徐出令猶危，更急。權孤矣，惟此爲轉敗之權。臣知王出令亦悔，不出令亦悔也。急煞時，更下不得商量，偏下商量語，畫出急煞。出令而燕失，王必曰惜矣，五旬之舉虛也；不出而燕救至，不止燕失，王必曰惜矣，哀痛之詔寢也。均吾悔也，毋寧悔失燕。臣知王不速令亦慙，速令亦慙也。速令而攝禍爲福，王必曰羞矣，以敝燕收宗齊也；不速令而萬端俱起，王必曰羞矣，以孤齊懸兵質也。均吾慙也，毋寧慙完齊。諸侯之嫁禍齊者，乘燕之急；王之悔禍燕者，即乘燕之急。妙妙，急極也！不然，大兵一至而東講西解，爲天下笑矣。城下之盟言，何如今日之大號也哉。諸侯之最有名者，速出兵以禁暴；王之最得算者，即速出令以禁暴。不然，與國合辭而綴甲連衡，長驅到齊矣。誓師于即墨，何如傳檄于漁陽也哉？臣爲王待之以此。

「鄒與魯哄」全章

張　榜

筆在手中，紙在筆下，手動而不停，則筆動而不停，紙今亦歷十百千年動而不停也。其訣有二：一則多讀先秦西漢時文，讀時須張目熟睹其章句，大聲以唱之。唱至其頓筆轉筆處矣，便盡一口氣疾赴而下，不得起歇隨意，不得呻吟如病。夫如是，則既有其本矣。二則得題拂紙磨墨提筆，亦張目熟睹題中關節，急落筆寫入題第一句。若第一句得勢矣，便疾赴而下，不得將眼移看别處，不得口中輟吟，不得放筆。蓋深于古文之法者，節節句句下都有生趣，一放筆即逸去，更不可再尋。吾每見人家子弟領題後放筆沉思，真一恨也！

鄒棄其民，大賢以仁救焉。夫平居棄民而責之死戰，庸可乎？故仁政亟也。且國無仁政則無民，非無民也，民不爲用也。如夜半逢精兒，月不及睹，匕首已及。擐甲而授之民，曰「爾其尋諸仇讐。」夫民實讐其上，而又將誰尋？夫以蕞爾之鄒，發難于魯，非策也，且其敗不在此。轉筆何其快。有司駢首而向敵，鄒民熟視之，略畫，却已畫絶。若無睹也，此其故可少思矣。冷冷。鄒君曰：好筆。「夫有司之死也，非魯能殺之也，吾民則殺之，不誅何以令乎？」孟子曰：好筆。夫有司之死也，非民殺之也，有司則自殺之，誅民又何爲乎？且三十三人者如可作也，筆筆轉，筆筆快，筆筆妙。吾將數而責之曰：當凶饑而誰令民之溝壑者，非爾耶？誰令民之四方者，非爾耶？誰阿君以倉府之充實，而被君以大不仁之名者，非爾耶？有司無辭也。有司無辭，筆筆快轉。民有辭矣，曰：小人聞之，出與反相衡，今特反之云爾，入此言，手法何其簡浄，又轉快。而君無以詰也。夫安知非冥冥者假手于魯，長句。以除其疾而大警君乎？君其務寧民而親之，轉快。討政而修之，出帑庾之朽蠹而布之，汰有司之不肖而黜之，君之心方回于朝廷之上，而民之心已回于閭閻之下。食君之仁者無幾何，而救君以死者不旋踵，所反者豈特如所出而已哉。至是而回念三十三人者，到底無一筆停。盡可誅也，謂其予君以不仁也。

如七十子之服孔子也

徐致章

斗然奉屈七十子相譬，最是孟子離奇妙筆。若不重發孔子如何盛德服人，即全左當時引重至意。然使只顧貪發孔子，而萬眼齊看彌勒下生，竟不知靈山一會盡散矣。先生好手，只扼定「如」字，倒提正落，正提倒落。我自欲令以德服人者快暢，一上今日，則豈暇爲孔子作計耶？妙絶也！

極擬誠服，服人者當審所尚已。蓋孔子之德若彼，七十子之服若此，「彼」、「此」好。苟如是之誠服也，德亦何負于人哉？予言王不待大矣，既而思之，德即一無所待而亦王也；風卷而入，刀切而下。予言王不待大而實以湯、文矣，既而思之，湯即不七十里而亦以德王，文即不百里而亦以德王也。所以然者，德不必皆王，而自有可以王之德。風卷而入，刀切而下。觀其可以王者，知王矣；觀其可以王，雖不王猶王者，益知王矣。試爲誠服者擬之：凡志不甘爲人絀，聞聖之名而絀矣，聞至聖之名而彌絀矣。筆不着腕，腕不着紙，而其行如風。夫此甘爲人絀者，則何如乎？凡情不樂爲人輸，見望之所歸而輸矣，見群望之所歸而倍輸矣。夫此樂爲人輸者，則何如乎？服如孔子止矣，好手如此。服如七十子之服孔子止矣。服如是，而猶不謂之誠服乎？一發好手。論事則養與教異，顧有異事無異理也。不粘發孔子者，全顧「如」字之神也。誠統乎理之所大備，而有不傾心向慕乎？緊七十子者，出其才，取威定伯奚難。獨奉一人焉，尸之祝之，一似不必恩之所訖，而向慕恐後也。則恩之所訖，當亦如此之向慕矣。使筆如蜚，弄題如丸。論分則君與師異，顧有異分無異性也。不粘煞孔子，妙；又不令脱孔子，「如」字認得真耳。誠全乎性之所至粹，而有不輯志訓行乎？緊七十子者，充其學，翊贊王業優如。獨崇一人焉，是則是效，一似不必政之所敷，而訓行弗輟也。則政之所敷，當亦如此之訓行矣。不如此，必其服之猶有未至也，或者時固有幸不幸耳。正言時，孔子之時蹙矣，而何以戒之不孚者，不戒自孚也。明乎德，雖無時自能爲時，而況乎其乘時而起？人謂是百曲千曲，不知只是筆不着腕、腕不着紙方法，便使行文如風。不如此而服有不至，必其德之猶有未至也，或者勢固有集有不集耳。正言勢，孔子之勢厄矣，而何以强之不一者，不强自一也。明乎德，雖無勢自能爲勢，而況乎其憑勢而施？由孔子觀之，此五字入化。雖七十人如一人矣，今而信德不可恃而可恃也；雖七十人勝千萬人矣，今而信力可恃而必不可恃也。

「矢人惟恐」二句

唐階泰

若作矢人傷人、函人不傷人，便如嚼蠟矣。寸寸節節，都發矢、函人處心積慮，惟恐不傷、惟恐傷，深信「術不可不慎」。乃爲術異而心隨之，故不可不慎，非輕輕説術之托趣不可不慎也。看先生中比多用淺一步法，後比多用深一步法。忽淺忽深，都爲術異而心隨之作打動。

矢、函分人，其心分也。夫矢人爲矢，函人爲函，而人已大分矣。「矢人豈不仁于函人哉？」今夫同一人也，忽有以人傷人之事，君子不及爲其所傷恤，開只二句耳，而中忽有異様一大曲，其氣宕往之至！而若重有慨乎傷人之人，何也？今有傷人者于此，彼固惟知傷人者也，而機謀未就，人猶得伺其意色而避之。獨是以傷人之人，而慮及于不傷人之故，未入題先空發，令兩「惟恐」如畫。則天下之存焉者寡矣。今有不傷人者于此，彼固惟知不傷人者也，而法制不繼，終無能設其肌體而代之。獨是以不傷人之人，而深思其或傷之由，則天下之有不存焉者寡矣。請即以矢人論，矢人何罪哉？看他入手第一句。爲其事而無其功，人將以病其拙也。矢人以辭拙之故，而因自甚其孽，矢人寧自知乎？只爲「辭拙」，妙；又不自知，更妙。是豈生而爲矢與？而其惴惴然，必欲以人狥矢也何故？問得峭甚。請再以函人論，函人未必無罪哉。計其利而圖其害，彼將以見其功也。函人以要功之故，而遂陰行其善，函人寧自知乎？只爲「要功」，妙；亦不自知，尤妙。亦豈生而爲函與？而其惴惴然，必欲求護于函也何故？故夫矢之偶中，非若天之不可避也。而吾謂天猶可避也，獨不能逃于一人之情之動，筆下七曲八折，妙達題之所有。如蛇赴草，手不可搦。所謂人發殺機是也。情一動而萬物疾蹙之形應之，徵之待斃之餘，其害反未烈耳。抑亦函之借庇，非若人之有可恃也。而吾謂人猶不足恃也，獨最可憑于一人之性之生，所謂不嗜殺人是也。性一生而庶類和吉之象亦應之，推之安全之後，其及猶有窮耳。矢人豈不仁于函人哉？

仁者如射

萬曰吉

此等題，用筆重，誠不得佳；然用筆輕，而諸醜且畢備矣。先生慧眼覷定全節，而妙腕只摇曳「仁者」。蓋眼不覷定全節，則腕下摇之曳之，悉屬鬼諢；然眼覷全節而腕下不作摇曳，則徑路無復有好步矣。切須潛心熟讀此文千遍，自然作名家去。

正言仁者，上文屢言「仁」矣。可比類而觀也。夫擇術于仁，則必深明夫仁者之所以然矣。觀諸射，亦可審其機耳。今夫人不可以無術，故天每錫以至善；乃術不可以不審，故人自考其成。能無所以考之，而庶幾其得當焉。入喻，看其手法之高雅，而甚明切。雖一技之士尚或難之，矧德備乎純良、道隆于性始者乎？吾是以反覆乎仁，而深審乎仁者也。是此處「仁者」。夫恥而爲仁，良其志之足尚也。吾將正告之，「正告」好。曰仁者而原始要終，期明夫必然之分。抑恥而爲仁，又其業之可述也。吾將曲喻之，「曲喻」好。亦曰仁者而考衷度務，務詳于當然之功。則夫始焉致其勤，而卒底于純粹者，其必有道矣。好接，看其淺攏低捺，反反覆覆，連用幾接。往往有作德之心，而操之不明其要；則動必乖方，而無由克自振拔。今仁者殆將辭乎其素，而獨審其致此之由也；則其進修之機，有不可相觀而益明者歟？則夫初焉定其向，而究進于精微者，其必有方矣。往往有爲善之志，而持之不得其本；則動必回惑，而無由消其愧悔。今仁者殆將由于其途，而克明乎不易之數也；則其優游之學，有不可旁引而益彰者歟？天下卒不知仁者之可貴，而吾又深隱其説以生其疑，反剔「如」字，「仁」不知，「射」無不知也。則天下皆有辭以自釋于己矣。夫仁者之所以爲仁，信非無據也。如口中吮而吐出。求精于道者，無慢而自獲之理；猶之求精于器者，無漫而自獲之理焉耳。天下卒不知仁者之當爲，而吾復淩雜其旨以歧其志，則天下咸苦難而不知進矣。夫仁者之所以爲仁，誠爲有徵也。欲通乎德者，不宜率意而爲之；猶之欲通乎藝者，不宜率意而爲之耳。其如射乎，並非醜態。大射之禮有五，大旨期乎觀德；爲仁之數至多，大端存乎議道。則夫擇術于仁者，當比類而繹其所以爲仁之術也。

子路人告之以有過則喜

羅萬藻

人告以過而喜，豈非大賢盛節？第二第三之輩，幾此蓋其難矣。却無奈下節一進而有拜言之禹，又下節又一進而有同人之舜。于是巍巍子路，遂不免只作探竿影草之用。故作文若説「喜」字過難，則既嫌侵奪下位；若説「喜」字不足爲難，則又嫌與下不成生起。蓋聞過而喜，其難與不難之間，殊非粗心人率爾下筆所得合也。今看先生不惟下筆便合，且能以全力注到通章，而略以餘力點到子路。其一路行筆，只如一片白雲卷舒于天。

大賢廣人之量，此句爲通章。而發其端于聞過者焉。此句不爲子路。蓋人可拒也，則告之以過而喜，子路非耶？此人已感發之端，爲通章。大賢首示之。若曰：宇宙之中，人廣而已隘，則人公而已私。賢者之學聖人也，學其無私而已矣。無私而後，能推而廣之于人，「能」字妙，注通章。子路有焉。子路，聖人之徒也。聖言之聞，子路多矣，吾姑置勿論。蓋自聖言廣之，人得而告之者也。聞義之喜，子路多矣，吾姑置勿論。蓋自聞義廣之，人得而告之以有過者也。子路有過，人告無明文，此爲適妙。開益之來，至微曖之途而遂絶，入骨入髓。而子路以正大通之；踴躍之氣，至忌諱之事而亦沮，入骨入髓。而子路以果敢助之。明其顯有所失也，而後天下之指焉者不病，字字是子路，又字字是通章發端。此子路之資也。當其時，人告之以有過而喜，則未告之以有過必先有能喜者矣。如許鬆秀。明其大無所諱也，而後天下之進焉者不疑，此子路之學也。當其時，人告之以有過則喜，而非告之以有過必將有不喜者矣。人必真知子路之過而後子路喜，可知也。意人人本有無過之體，與子路無過時同，與子路有過之時忽異，故形神相發于無端，而能予子路以鼓舞之利。是獨爲子路，是不獨爲子路。深微簡遠，讀之如玉臺步虚，一派笙鶴相隨矣。此人所效于我之量也，于子路見之耳。妙妙！是誰、是誰？子路必真知已之過而後于告者喜，可知也。意子路本有無過之體，與人未告之時隔，與人有告之時忽通。故氣象自得于静觀，而能進天下于指視之獨。此我所效于人之端也，亦于子路見之耳。蓋聞天下以寡過之門，又使其由于心而不自强，妙。必自子路始；是子路，不是子路。廣天下以資人之路，又不妨藉于過以立其質，必自子路始。噫，子路于是爲可師矣，師人故也。宇宙而無人即大聖，孰與窺其全也哉？

又稱貸而益之

顧　虬

此題舊有鄭作，既比户尸祝矣。此文盡改舊機，重翻新樣。鄭只從貸時預愁，無抵其苦緩；此直向貸後極寫，根括其苦急。又鄭文不用邊摑，純擂心鼓，其法實；此却用打水魚痛、撥草蛇驚，其法虚：先生真後來居上矣！

民有以益上，妙筆！而貢之禍長矣。夫貢必益，是民必貸也。君既未能恕民之益也，誰又獨能恕民之貸耶？故曰「禍長」。龍子曰：甚哉，貢之不善之未可一言盡也！樂歲君未嘗予民以生，凶年君必欲予民以死；甚至令其民今歲不死者，至明年而無不死。只一語便寫盡「稱貸」之禍，何其明快。吾見其必欲民益，而民遂置其父母而又皇皇稱貸矣。「又」字不漏。君責司農曰：是必益；司農責計吏曰：是必益；計吏責民曰：是必益；惟民亦叩首泣血曰：是必益也。哀哉！計吏謂民曰：貸而益；民謂父母曰：貸而益；父母謂豪右曰：貸而益；惟豪右亦慷慨相許曰：貸而益也。而于是貢之額盈，一句一景。而于是吏之呼息，二句二景。而于是貸之期滿，三句三景。而于是益之禍發。四句四景。此其初貸之時，將竟不知今日歟？奚而不知今日也，窘在目前與窘在日後，差有間矣。因而取之他人，曲折寫出。如取之宮中焉。迫于日後倏成，目前而窘如故也。此其既貸之後，意者遂忘前日歟？奚而遂忘前日也，苦在後日較苦在前日，乃加厲矣。而不免顧此急病，曲折寫出。不顧彼厚毒焉。迫于前日仍在，後日而苦真莫訴也。朝譁于室，曰：爾益官，是何與我；爾德我，則速償我，而青青之麥不在陵陂矣。更毒于《石壕吏》，驟聞其聲，使人腦衣，却又作此姿媚之筆。夜譁于室，曰：爾遲官，官不聽爾；我聽爾，爾反遲我，而呱呱之子不在膝下矣。如是者，人皆一凶年，而此獨三凶年也；看他筆筆翻跌，成此毒語。人皆幸至凶年已後，而此獨終在凶年之中也。是勿恨能貸者也，是特官爲其易，而直遺其難于是人也；毒語。是勿忘取盈者也，是真先畢我財，而隨畢我命于他人也：毒語。貢之爲禍之長如此！

相窺

高承埏

題最猥褻，一入俗手，而狹邪之聲不復可入縉紳先生口中矣。看先生起處收處，法眼全覷章旨。于是入題後，自然脱盡蟲蟻蠢動，純作天仙游戲。所謂天遣裁詩，别樣骨法，緫非世人得知其故者也。

媾之巧也，媒之以目焉。夫目，固不言之媒也。窺之斯相窺矣，媾孰捷于此？且士君子之遇合，曰相應也，曰相求也，不聞其相窺也。惟情有所鍾，不能出之我口；私有所乞，不能探諸其懷，始從而用窺。窺固不可勝窮，看其如此。而男女其顯焉者也。有女懷春，每凝情于送盼；士也罔極，輒心招而目挑。然盼不必皆情也，燕蹴飛花，有意無意，遂成佳勝。窺則情之篤矣；挑不必能招也，窺則招之迫矣。窺起于有所通，吾不知其窺也，亦欲何求？第見此不窺而彼已來窺也，寫「窺」字何足多，愛其筆筆寫「相」字。此亦窺而彼愈來窺也。脈脈幽懷，初不必寄諸彤管，而受窺者已心迎之矣。至相窺相得，而穴隙間一心目互馳之門已。窺又生于有所阻，吾不知其窺也，亦復何益？第見既懼窺之爲所覺也，又欲窺之使其覺也。忉忉片念，未暇計果遂好逑，而受窺者又心赴之矣。至相窺相慕，而穴隙間正魂夢遞乘之竇已。其所窺之人，必有以致窺之人；桃花歷亂，真如紅雨。其所窺之地，必人所不窺之地；其所窺之時，則匪朝伊夕，皆乘間可窺之時。于是窺而室邇人遐，于是相窺而目成心許矣；解得如此分折，目無難題，無剩字矣。于是窺而一室支離，于是相窺而各天憔悴矣；于是窺而静言思之，不能奮飛，于是相窺而人之多言，亦不足畏矣。天下敗檢喪行之由，大率類此，而仕者猶文其言，入正意，其趣甚永。曰吾遇主于巷也，亦知特窺人于穴乎？《易》曰「闚觀，利女貞」，結得古雅。寧特爲女言之也？

其君子實……小人

湯顯祖

看其一筆入，一筆出。何謂一筆入、一筆出？即是一筆縮、一筆伸，又名一筆落、一筆起也。切忌不得説是轉，我從來不許説八股文中有轉筆也。夫轉者，除非棄題而去也。

商人迎周，可以悟革命之事也。夫周無君子小人，天下大文。皆商人也。來者已可痛矣，存者又迎之耶？且帝王代興，當揖遜之時，天下亦相迎也；如食哀梨，何其鬆快哉！當征伐之時，天下亦相迎也。南河之謳，北狄之怨，有由來矣，商周新故之際亦然。武王之次商郊也，猶昔觀兵之意也。使紂也雖無同好，有與同惡，則若林之衆，猶未得前歌後舞而入也，事乃有不然者。商之君子，非士大夫耶？此筆出。周師入，君子怒，可也。何爲篚厥玄黄，此筆出。

迎周之君子也？父師怒，此筆入。少師剖，其餘又脯醢焉。吾黨君子，誠不若生于周者，得以賢其賢而親其親乎？今而後喜可知矣，得同君而臣之矣。不以拾矢爲贄，此筆入。而以好幣相先，此筆出。何温然堂户之交賓也？豈其中無一忠臣哉？此筆入。天命之矣，不億之親猶將往焉，而又何論于今日之君子也？此筆出。其望周之將相來久矣。商之小人，非故百姓耶？周師入，小人感，可也。細細逐筆看其出入。入者内摳，出者外拓也。何爲簞食壺漿，迎周之小人也？老人刑，妲己笑，無人得宴息焉。吾儕小人，誠不若生于周者，得以樂其樂而利其利乎？今而後喜可知矣，得同君而民之矣。不以飽己之師，而以迎人之師，何藹然田野之相餘也？豈其間無一義士哉？天命之矣，有二之衆皆相先焉，而又何論于今日之小人也？放聲而哭。其望周之卒旅來久矣。由是得意于群臣百姓，因而爲王者，新主也；得罪于群臣百姓，令我欲此商人也。不可復王者，舊君也。今日之爲君子小人者，此商人也；他日之爲多士多方者，亦此商人也。由商周而後，人情向背又可勝道哉！其聲大而遠。

今有人日……一鷄

孫　鼎

如曰戲耶，則題先戲矣。且吾亦不問戲不戲，但要相其用筆之法，固不能以戲而廢用筆之法也。

攘者易日爲月，猶未離其類也。夫鷄可攘，何惡于日；筆耶？舌耶？攘非道，何擇于月？而攘者之謝，或人則以爲道在是矣，且夫非其有而取之者皆攘也。今大夫不務已而唯輕之謀，將毋謂稍損焉，遂有當于君子乎？請爲子道攘鷄之事：今有善攘者，其比鄰食鷄而鷄肥。攘者見而竊喜焉，曰：「是可屬饜也。雖然，吾乞鄰而得焉，則鄰德色吾；看他寫「攘」亦有漸次，不便攘也。乞鄰而不得焉，則吾愧色：何如攘之便？」于是比閭之家日失一鷄，攘者幾以鄰爲寄，鄰人反以失爲常，刻寫「日」字。而孰知天下有最可訝者？出「或告」有法，「果腹」句乃奉陪耳。攘者不畜鷄而鄰人資之果腹，賓。鄰人不求鷄而或人從而苦口曰：主。「是非君子之道。」攘者曰：「嘻，子之教我，甚盛心哉！然吾之習此攘也，是道也。接住「非道」句，恣翻出絶大道理，《戰國策》之精髓也。夫使鄰人食一鷄，何如獲分甘之名？吾之報鄰人厚矣，仁也；人失之，人得之，何分爾我，義也；鄰人或有徵色發聲，吾不較也，禮也；日如此而鄰不及防，非巧而能然乎？智也；且有一日不攘乎？信也：而子乃曰非君子之道！聞士無故不殺犬豕，未聞鷄之不登俎也；上皆反翻「非道」，此又正翻「非道」。舌底生蓮，趣極！即有不察鷄者，謂畜馬乘之家，非吾儕也。虛心繹子之教，量非攘之爲累。分寸俱出，遂使易日爲月有情。無亦日攘太過耳，請損之月攘一鷄。在吾也，始則日嘗一臠，而今且月焉，薄滋味，忍嗜欲，奉教不爲不謹；非多作謔語不憚煩也，只爲收不住故也。在鄰也，始則日棄一鷄，而今且月焉，所失寡，所存多，受益不爲不深。或從此稱仁里焉，子必私稱我曰：君子人也！完「君子」二。噫，此攘鷄者說也。夫橫征，即日攘之類也；請輕，即請損之心也。子大夫，亦將以攘鷄者爲君子否耶？

何嘗不委宛，然是時調否？何嘗不芳鮮，然是時豔否？吾惡人昨者迷離花鳥，今又一望沙磧，故特表先生妙筆，云兩救也。先生此文清空如畫，清空又云如畫，如畫又云清空，可與知者道也。

三咽

張溥

廉士之食僅矣，又幾不食焉。夫李可咽，而仲子必三咽，是何其艱于咽與？稱之者曰：廉士之于飲食，甚不苟也。明其意于可進之飧，而必留其潔于不盡之果。故仲子之食，此句妙入，賞下二句。非獨一壺之不御也，即儉而草木之味，常似嚴于旨酒之銘；非獨一肴之不陳也，即下而黔喙之餘，弗遽忘其飦粥之訓。若所傳三日後之井李，吾聞仲子之食之也，殆三咽云。仲子爲人灌園，而未嘗竊園中之一蔬。從何處落筆，善須學之，不知者以爲易爲耳。李之來，有自疑矣。食之而若有棘于吻者，即其妻勸之曰：「夫子之勉此也，香菜之爲佩，極苦事，寫得極香致、極幽豔，絕代之姿也。不若其有滋也。姑爲之徐徐焉。」而仲子初得嘗已。苦李生于道傍，而未嘗辱行道之一顧。仲子見之，又自悲矣。食之而若有濺于齒者，即其妻再三導之曰：「巾櫛之有將也，寒泉之在掬，不若其爲美也。姑嘗之溲溲焉。」而仲子始下咽已。蓋國君無脱粟粱肉之饋，而仲子之于李，反有祝哽祝噎之風。刻寫「三咽」，至此又不傷。推此志也，即舉于齊，而列醬鹽之實，嗅魚鬐之氣，猶是也。不藉宰夫之執，而公子之口常漱也。友邦無七介重幣之迎，而仲子之于李，反有一辭三揖之致。刻寫。推此志也，即相于楚，而啗糗脯之澤，啜芰芡之甘，猶是也。毋俟靈修之眷，而介弟之清自飽也。是以繁枝之所棄，貴不方一束之芻，而薦之貧士，不減蘭清芹潔之供；舊井之所留，感有同墓門之棘，而聊以樂饑，可廢芍藥桂薑之和。吁，近以滌孌人之桃，而遠以飫仁人之蕨，此戲筆耳，何其美也。秀此三咽也夫。

妻辟纑

朱泰禎

極盡溫麗香致矣，然紙上如無一點墨者。河上老人，合丹用青蓮花。人只謂花是妙花、丹是妙丹，豈知者人是妙人、合是妙手耶？看他不免「婦歎」一落，非不能兩振仲子母兄，兩演仲不知、妻不知。一掃天風，吹步虛聲，使我尸解以去矣。

稽清人之婦，有素業焉。夫辟纑，婦功也。第出自仲子之妻，尤難稱耳。且仲子以貴冑而躬織屨，非必爲給也。謂取直不奢，而素飽者足以戒也。雖然，亦太自苦，吾虞其室不免有婦歎哉。跌入妙，有神味。乃孰是妻也，忻然執屨而相謂曰：筆筆入妙，使如紙上有人斂衽而起。「能如是乎，與子偕隱，亦何敢虛糜仁者之粟？藉此麻縷之綫綫，以無忘婦順，吾不欲君子獨勞也。韵。」維時牖有業屨，筐有殘績，間消荊楚之歲時；且也懸蹶不驚其刖，龜手不病其煩，並覺形神之静遠。非不能饁至如賓，從容于陌上之敬，而耕非夫子業也。豈是題中所有，然從何處葢來？絡緯蕭蕭，與織作之聲相間，寧御窮之無侣乎？非不能索綯中夜，綢繆于風雨之飄，而求安非夫子居也。紡績無愆，與蘋藻之謀相佐，何交謫之爲嫌乎？仲子之母，徘徊于冢婦介婦之間。亦非題中所有，然寫來便成妙理。伯也副笄六珈，尚餘温麗；仲也終朝治紝，不盈一襜。將無蟹筐蠶績，有傷仲子之心。仲子之兄，宛轉于是究是圖之誼。仲也能以溪刻之行，刑于寡妻；伯也不能以湯沐之餘，至于兄弟。將無瓶罄罍恥，以滋大夫之慼。而仲子不知也，仲子之妻亦不知也。疾忙推倒，固知行文真如幻且昧也。喜其形勞致逸，清有餘閒，自不暇惜緯宗周，何處請來？效績室之過計；喜其量腹計功，蕭然無辨，又寧甘掃室布席，何處請來？分四壁之餘明。何有何無，不宜有怒；悠哉優哉，聊以卒歲；其在仲子琴瑟間乎？

規矩方員之至也

黎元寬

凡作清言之家，再轉再轉，便如三里霧。非不知只是狐狸所吐，然入者已迷，不能出矣。先生此文純用清言，于是讀者都謂再轉再轉，幾迷不出矣。豈知其中四比，只用一反一正，承之又一反一正，于是便收。且其收比，只是起比，更不别費筆墨，嗚呼至矣！

物之至者，惟其可法焉而已。葢方員必出于規矩，覷題，着他人必尚有少錯。故即以規矩爲方員，而惡有不至者乎？嘗觀天下之物，各有至分，能冒通章。總之不離乎可法者近是。若法未立而不足以自爲，法少備亦不足以相及。是以物而相物者也，非超物以爲物者也，何言至焉？今觀規矩，將二字稍頓，最有法。先王之所創也；離婁，公輸子之所用也。後之大匠所以教，而學者所以從也。彼一器耳，胡然而取大于物若是哉？蓋愚者觀物，觀其所見；空中旋筆，不教便落。達者觀物，觀其所變；拙者用物，用其已成；巧者用物，用其未成。故方謂之方，員謂之員，見非不定也。而可以命名，不可以既實；可以立象，不可以化裁。由有方員推無方員，然後知方員之非方員也。反踢一比。因方爲方，因員爲員，用非不利也。而化裁之道，在立象之先；指實之稱，超命名之表。由無方員推有方員，然後知非方員之方員也。正落一比。謂方員之非方員者，承上前一比。非以無方員者也，無非方員者也；妙言奇趣，從所未聞。非方員者乃爲方員者也，爲方員則方員至矣。謂非方員之方員者，承上後一比。非以非方員之是方員也，以非方員之無非方員也；無非方員者乃不爲方員者也，不爲方員則方員至矣。是故規矩者，再頓此二字。其所見亦方員，其所變亦方員；空中旋筆，至此方落。其已成亦方員，其未成亦方員。推而之焉，以器天地；至此始開河放溜，更留不住。執而用焉，以治《春秋》；博而選焉，審勢面材。偹物致用，以利天下，皆規矩之爲也，嗚呼至矣！

「民之歸仁」兩節

湯顯祖

有商量題，須委佩而談；有決斷題，須捲袖而説。此決斷題也，更無商量者也。其上言「歸」，下言「敺」，雖有兩節文，實是一節事。總是孟子眼中見得此際更無兩岐，故雜雜叠説；不是孟子口中尚恐此際猶有兩岐，故反覆申論。今看先生純作捲袖勢，不知者祇稱其短刀相接。殊不審短刀，亦有應接時、不應接時。

狀民之歸仁，皆甚不容已也。夫民之于仁，固便也；又加之以敺之，即欲勿歸，如之何勿歸？且夫至德之世，四字乃如星隕。民居其國，不相往來，若鳥獸之不亂群，略點綴。而魚水之相忘也。德不足而有仁，孟子此「仁」字本突下，先生乃爲之造一原委。天下之情勢生矣。欲而之焉之謂情，迫而之焉之謂勢；欲之所在則歸也，歸之所在則仁也。以仁爲下，項「仁」字緊健。民猶水也。水之惡逆而好順也，地道然矣。以仁爲壙，民則其獸也。獸之去隘而就寬也，天性然矣。此何待于敺乎？而況又有以敺之乎？筆筆精悍，筆筆跳躑。蓋兩仁之國，民各有所歸也；兩不仁之國，民各無所歸也。如都市拔刀報仇，何人更敢上前？唯一仁一不仁，而民乃輕背其主，而易去其鄉矣。故獸走壙而爵走叢，類也。益之以鸇而叢之得爵，帶上卸下，精悍跳躑。愈疾而愈多，鸇爲叢敺也。水就下而魚就淵，類也。益之以獺而淵之得魚，愈疾而愈多，獺爲淵敺也。鸇獺自厭其性，不知其敺也，妙，是是。是桀、紂之行也；淵叢自爲其依，不能必其敺也，妙，是是。是湯、武之資也。吁，知民之歸仁，情也。國君宜爲仁，以接民之情。直至底，都作精悍跳躑之筆。知民之去不仁，勢也。國君宜無爲不仁，以成人之勢。何以爲仁，聚民欲爾；何以去不仁，無施民惡爾。得天下與不失天下，妙，此八字從未成句。其道何莫不由茲耶？

曾子養曾……進也

黄淳耀

下文云事親若曾子者可也，未嘗云事親若曾元者不可也，可以悟不貶曾元之故矣。至于吾選此文，又不爲是，吾歎絶其筆筆作步虚也。步虚，則得題神；不步虚，則得題貌矣。

徵孝于一門，而有異焉。夫子之養父，豈止一酒肉而已？曾子、曾元，各不同也，不亦可觀感乎哉！今天下之最可樂者，身爲逮養之子；令我驚。而最可幸者，家有賢聖之親。令我驚。親無求備之情，而子餘未竭之力，二語思之百遍。是宜左右就養，必誠必信而已。乃天下有仁孝之至，而反疑于未必信、未必誠者，妙論解頤。曾子、曾元神理畢現。有未必不誠、未必不信而已妨于孝者，如曾氏一門可見也。曾子者，聖門之所謂孝子也；曾元者，亦世俗之所謂孝子也。在曾皙，有大杖責子之時，而曾子之爲父，則一出于慈愛矣；如空中行雲，油然先起，並不與題争到，而不覺已自到。在曾子，有捉衿見肘之日，而曾元之爲子，則不聞其苦貧矣。乃吾考其爲養，而曾子、曾元同有酒肉也；同有酒肉必也，而吾意全不在是。其法閑雅。曾子之將徹也，或召鄉黨僚友，以樂親之心焉；或呼子侄昆弟，以廣親之惠焉。親酳矣，已猶不敢飲焉；親飽矣，已猶不敢食焉。謂皆題所有，然題中偏尋不見。蓋至請所與，而懼可知也，懼中饋之不潔，而親以爲不必頒；至問有餘，而喜可知也，喜中饋之和齊，其妙如神。而親以爲有可共。則疾應之曰有而已。不必其果有餘也，親即以爲有餘，是即有餘也。誰悟此語？而曾元不然，家庭之際，直情徑行，不下貶語。父母之間，樸略少致。彼蓋習知其親之意之不在于酒肉也，而以爲綢繆于匕箸之間，是有所不必矣；彼蓋習知其親之養之有藉于酒肉也，一意翻作兩意，筆妙如環。而以爲分甘于疏賤之人，是有所不繼矣。請與不請之分，相去無幾。而視請爲繁文，雖勉而亦請，亦索然無餘也。誰悟此語？有與復進之間，相去無幾。而視復進爲有節，雖矯而曰有，亦神明弗善也。有酒肉之時，則曰有；無酒肉之時，則曰無：是曾元而已矣。

楚之檮杌　鄭之元

看他作前幅時，已不擬復有後幅。賴得「懲惡楚始」一段，陡然跌起，遂更落下又行耳。不信，試掩此一段，更自擬轉筆，便知果無路也。此段凡六句，只作一句讀。吾見近人只賞「楚子始」一句，則是止得半句也，亦可笑已。

楚亦有史，而史局愈墜矣。夫楚以夷狄首惡，然而亦史，何也？《檮杌》興而王迹熄，筆意。孔子歎焉，蓋孔子以《春秋》存《詩》者也。吾觀《春秋》，于夷狄之楚，人之名之，甚或功猶不齒，楚之擯于《春秋》甚矣；一筆。抑刪《詩》以來，十五國之風具，而《楚風》不載，楚之擯于《詩》久矣。又一筆。嗚呼，夷德無厭，南風又競，楚公然而有史。擬王不可言也，擬史愈不可言也。維時名標《檮杌》，義取懲惡，而欲以禁楚國中一二之爲巨慈者。而中州之害，于是大烈矣。吾謂楚之史而苟以懲惡也，懲惡當自楚子始。陡然跌起一峰，落下乃得迤逞而去。不然，上已無處去，下亦無處來矣。戎狄亂華，惡莫大焉；以惡弭惡，毋乃勸焉。夫諸姬剪而京國孤，九鼎謀而輕重問。天下悻悻焉，所欲快一日之憤也。如此之迹，秉筆者書之耶？諱之耶？賴上一跌，有此鬆筆，須知。包茅弛而王祭虛，膠舟沉而昭王弑。天朝憤憤焉，所欲吐神人之怒也。如此之迹，執簡者書之耶？諱之耶？如其書之也，段段鬆矣。則本以示子孫有令典，而反暴萬世之不磨，非其意也，不如勿史也；如其諱之也，則以褫次惡于嚴章，而反漏大奸于密網，非其實也，不如勿史也。長蛇封豕之爲性，鴃舌梟音之勿革，後幅忽變作鬆筆，須以此段繳止前幅。名曰《檮杌》，自貽伊罪。當時若子文輩，猶忠君，何以不愛君之醜，逼真龍門史贊。而令有斯舉；射父倚相諸人，自以通墳典，識故實，肆然爲之，而遂成一家之門户。謂諸臣爲賢，吾不信也。噫，《春秋》禁亂賊，亦禁楚耳，《檮杌》懼矣。

雖閉户可也

陳維國

閉户人胸中，有無限「被髮纓冠」焦熱心事，搔又不着，爬又不着。如諸葛隆中高吟《梁父》時，豈真不求聞達人耶？先生曲曲蠢蠢，寫出淋漓滿紙，皆淚也，皆血也！

深救世之謀，故爲不輕身之説焉。夫世不救，則世危；世不可救而救，身又危矣。以世衡身而身寬也，閉户是或一道也。聞之救世，獨任也，有所以迫之則責同；救世，同心也，有所以緩之則情獨。獨之而世異也，身異也，行復異也。至行異而其心不忍言矣。吾于鄉鄰之門，而知顔子能不救也。不是「不能救」，是「能不救」，妙。人不救則失，漫爲救則彌失，故以顔子而獨善其身。以《春秋》之顔子而獨善其身，何也？毋曰我疏户外之啼吟，時聞也；毋曰我恝户内之悲憤，徒切也。立意故寫不「閉户」，即「雖」字、「可」字直跳出來矣。雖然，徒切焉，而其爲救極難矣。我有心，冀將施也。然存矣而弗發，筆筆寫不「閉户」，何其曲蠢，何其跳脱。豈伊無心？則一室間當有圖維不暇者。夫人思其事，與身其事而爲其事者，其心較迫矣。故一事而一心獲行焉，而知此心之可已也；一事而一心不獲行焉，而知此心之難已也。難已而圖之，是越之也，不如其已也。「閉户」只此四字。抑時聞之，而其爲救愈苦矣。人有望，冀將酬也。然欲矣而未能給，豈繄無情？則一室間獨有籌度自憶者。夫人聞其事，與行其事而得其事者，其情轉傷矣。故以情付是事，實體之而無遺者，一致而已安也；以情付是事，虚擬之而多遺者，未致而不安也。不安而爭焉，是激之也，不如其已也。吾爲之説焉，則曰詠歌自適也，則非詠歌自適也；到底立意不肯寫「閉户」。則曰膜外恝視也，則非膜外恝視也；則曰身世兩睽而一人絶之也，則非身世兩睽而一人絶之也。蓋其心較迫而其情轉傷，雖閉户可也。又應此二句，何其曲蠢，何其跳脱。不然，則可奮袂而起矣；不然，則可迎難而解矣；不然，則可與患而同矣。一發寫不「閉户」，至此奇絶矣！何其急哉，而顔子可知矣。

小題才子書卷六

孟　子

卒之東郭墦間之祭者

賀　鼎

戲筆文字，不欲存，然亦略復存之，以休養子弟千斤重筆。

乞之未著，其妻猶有望焉。夫驟而之墦間，乞未著也，其妻肯遽信爲乞哉？想齊人當施從之日，始而至國中，已而東郭，已而墦間，不問而知其爲乞矣。而其妻爲先入之言所動，終未能釋然也。其且驚且疑之情，則豈不曰：是「卒之」二字來路。吾頃者游國中，冠蓋交錯而第宅相望，真所謂都會也哉。獨怪我良人交日廣，而于此中顧寥寥也。由此而前，則爲東郭，豈富貴人亦復有負郭而居者乎？涉筆成趣。吁，可異也！兹之去國中者曾幾何，而荒寒寂歷遂已至墦間矣。「東郭」是「東郭」，「墦間」是「墦間」，最分明。是行也，豈其不修庭見之歡，而行郊唁之禮乎？疇昔之夜，當先告我曰明日出弔于東郭，涉筆成趣。何居乎吾未之前聞也？則更有可異者：世有速賓于野者哉？「祭者」是「祭者」，最分明。無之而乃遥遥焉挈酒食而至，則何爲者也？嘻，幾誤矣，蓋墦間之祭者也！意天下之顯者，大略如是。忽然一滴目露煞住上文。而我良人之趨，則何以漸疾；而我良人之色，且何以漸卑：將無有求于人者，自應爲人下耶？吾聞禮貌衰則去之，既不能避人，寧不能避色也？無趣不極。不然，則豈所謂富而多財者，雖客至不爲禮耶？吾聞侮人者辱將及，且未能事人，又焉能事鬼也？抑尚有説焉？我婦人耳，閫外事非所知。孫夫人詠雪云：「悠悠颺颺，做盡輕模樣。」或者賓不先祭，姑少待焉，而遂幡然執手乎？是未可知也，吾且徐觀其後矣。

夫公明高……何哉

沈　幾

題最纏綿佶曲，如舜自號泣，却要長息問。先想長息胸中是何意思，長息特問，公明却不答；次想公明胸中是何意思，公明不答，長息又便休；再想長息胸中又是何意思，長息尚不聞，孟子却能代公明暢宣一上；又想孟子胸中又是何意思。如此放眼看題，便見此題一片純是眼淚，一片純是呻吟，一片純是車輪往復。看先生字字眼淚，句句呻吟，行行車輪往復。某曾面贊先生，先生大肯。

原古人所以論舜，有無窮之心焉。夫父母之不愛，而我能恝乎？舜之心無窮也，公明高知之矣。孟子若曰人言非孝子，不知孝子之心，是不盡然。人子無不知孝子之心者，人子無不知人子之心者也。筆妙如芙蕖出水，全不着題而與題早着，使人不知其何以然。大舜號泣之心，公明高謂非長息之所知也，而吾有以知公明高之所知也。夫公明高以爲舜之號泣，此非猶夫子之心，而孝子之心也。其筆如刀割。凡孝子之心，如其順而悒用之，決不以爲能用吾心也，而此心僅僅若是；好。則夫逆而鬱用之，亦決不以爲既用吾心也，而此心僅僅若是。好。其用心若是而不自知若是者，此孝子之心也；如刀割。其不過若是而自謂已若是者，是恝也。如刀割。第曰吾養其父母，耕田若是，竭力若是，共子職若是，則已矣，此吾所謂「恝」也。是順題，是博題。抑知孝子之心，斷斷乎有不若是者。孝子之心以爲：父，我愛也，一「我愛」。母，我愛也，二「我愛」。必我有以致父母之愛也；今而父不我愛也，三「我愛」。母不我愛也，四「我愛」。必我有以致父母之不愛也。求其故而不得，好。遂不得而已乎；叩諸天而不知，終不知而已乎。父猶不我愛也，五「我愛」。母猶不我愛也，六「我愛」。是誠在我；父終我愛也，七「我愛」。母終我愛也，八「我愛」。是誠在我，而于我何哉？夫是以若是慕，若是怨，若是號泣，而終不若是恝也。此孝子之心也，而爾惡足以知之？有此絶調，誦之悄然而悲，又怡然而悦。我推公明高之意如此，夫是真孝子之心也。而公明高知之，而我知之，而爾烏足以知之？

一介不以取諸人

高道素

是爲先輩分水犀文字，題中細處，一一分得開；是爲先輩珊瑚鐵網文字，題中難處，一一做得出；是爲先輩殺人刀、活人劍文字，題中魔佛不辨處，一一殺得明白、活得明白。後學須澄心静氣，細細讀其眼明處、手辣處、人做我不做處、人不做我做處，自然生出異樣氣力、異樣筋節。先生《景玄堂集》上與日月爭光，固不止此經生小言。然止就此論之，一何凜凜森森也！

以一介辨取，而天下幾無可取者矣。夫取而一介，可辨不可辨之間者也。伊尹不苟于此，而況著焉者乎？且士君子之污節，莫甚于取！片語霜稜皚然。世非無高不取之節者，乃或誤認以爲可取也而取之。此知取不取之分矣，眼光穿透紙背矣。而未知一介之分也。故輕千駟、略萬鍾，見誠曠矣，曠則易有所忽。倘中之以纖，而不及察也。作不了語，先輩則能之。修亦甚卓矣，卓則恒有所眇。倘投之以細，而不暇檢也。幾何而不爲道義玷乎？尹也不辨取于取，而辨取于道義，故道義不能容一介，而一介不容人之取。出題乃如金壺灑汁，豈隨手淋漓而已。

取之分數易眩，而分數之餘尤易眩。是「一介」，他人不到。尹于清瑩無欲之境，静以研之。研之而于不取之中辨取，復于取之中辨不取。于是一一如其分數而止，奚至以一介淆也？取之分量易昧，而分量之間尤易昧。尹于空明不染之際，虚以觀之。觀之而令並取也，見有不可取者並不取也，而見尤不可取者。于是處處因其分量以付，何至以一介苟也？蓋一介之取甚微，惟微也，故修名者明忽之，而修意者亦誤忽之，其由皆起于識之不精。尹得二帝至精之傳，而又奚忽一介之取亦甚危。危微精一，雖復常談，然正是「一介」至緊要旨。惟危也，故偶察之所及而苟得潔，偶察之所不及而苟得污，其由皆起于守之不一。尹得二帝至一之旨，而又奚苟然則取人君，而兼取相位，旋取商之天下。其與一介相去，不知幾何也。通篇眼光，正射此處。看其快然直吐，胸中豈復有膏肓之疾者耶？而顧肯非道非義，爲割烹之行哉？亦大誣矣！

歸潔其身而已矣

方以智

「潔身」字，生成是小家相，如何寫得大聖人出來？看先生段段從外邊寫入來，不自內邊寫出來。讀之便如大風雨半夜時，有古刺客左手提革囊，右手提匕首，從紙上盤旋跳躍，血灑如雨。

大賢以潔立萬世之準，而聖人始不可議矣。蓋議聖人者，皆欲以掩其身之不潔者也。孟氏立此準，而後世尚得藉口乎？且後世之士，大抵以圖高爵、享厚禄爲計，而又欲相爲名高。故多引古人出處，借其委蛇以爲口實，當世竟無以議之而彼反議聖人焉，劍嘯于壁。亦知聖人之潔身乎？清濁之介，愚夫辨之。特以立論好精深，而反以礪世之意爲粗，純用弩張劍拔之筆。于是清者不足貴矣。方正之分，舉世見之。特以推論在遠大，而反以砥行之道爲小，于是正人不足多矣。故吾合觀所行而考之于身，要其所歸而名之爲潔。亦以聖人之成功可稽也，而鄙夫亦往往幸成焉。純用弩張劍拔之筆。故方正不可誚，而人多以謀事無成誚之。聖人以方正爲本，「聖人」。故可以委曲而不爲嫌，可以創起而不爲異，雙寫妙。豈有奇能哉？唯是皭然不滓，光明千古上而已矣。「而已矣」。聖人之用世甚宏也，而奸雄更爲有用焉。故清廉不可譏，而人多以處世無用譏之。聖人以清廉爲法，故可高臥屈天子而非市寵，可立談致卿相而非求榮，雙寫妙。豈有異術哉？唯是確乎不拔，興起百世下而已矣。「而已矣」。嘗歎士夫相尚，不重大節，而言苦心，純用弩張劍拔之筆。何其自便乎？每見有傑士，慷慨遭逢，或成巷遇，而後世亦托之以逢迎，豈無謀食與不謀食之别哉？然聖人則猶以慷慨爲非也。又歎學士稱人，不表其不可奪，而原其不得已，亦何善自藏乎？每見有高士，脱略禮法，自行至性，而後世又宗之以爲放然，豈無好利與不好利之殊哉？然聖人則直以脱略爲罪也，奈何反議聖人耶？

彌子之妻與子路之妻兄弟也

宋德宏

錢鍊百曰：「只爲兩個人。兩個人者，孔子、靈公也。爲説兩個，因説四個。四個人者，彌子、子路與二妻也。今又爲説四個，却反置兩個。兩個是主，四個是賓。」今已留賓失主，若依題衍寫，則失本旨；不依，則勢必徑露下文。行文之難，莫難于是。看疇三忽然先唤出章中主，忽然倒接出題中主；忽然再牽章主爲題賓，忽然倒落章賓爲題主。穿插變化之妙，真乃如火如花矣。許竹隱曰：「覽其文勢，似不欲止者，總是步步要耐，不喜遽盡，而于忽然轉接處生出許多不測來，真奇觀也。」凡文莫不用才，至此文而天下之才盡屈矣；凡文莫不用法，至此文而天下之法皆備矣。筆之行止，畸三亦不自由。文凡七百二十四字，欲删其一字而不可得也。

曲叙之而有徑焉，賓爲主。甚無與于君臣也。主爲賓。夫問彌子，則子路惟私；問子路，則彌子惟私。此其間孔子無與焉，公亦無與焉。妙絶，妙絶！然曲叙及之，不可謂非一徑也。吾聞君臣爲彝倫之首也，非可以他途求也。自後世視功名日重，邀功名日工，而視君臣遂日雜。于是孔子大聖，亦有誣其主癰疽、瘠環者，則曷取其于衛之事而徐求之。通篇只是「徐求」二字。衛之有靈公也，主中主。子知之也；衛靈之有彌子也，主中賓。子知之乎？啖餘桃而公不敢嫌，駕君車而公不敢問，即其人也。于衛之有孔子也，主中主。子知之也；孔子于衛之以子路從也，主中賓。子知之乎？未之也已，而子亦托東周以自解；小君招摇，而子亦援天厭以自申，即其人也。之二人，一負當時之望，一負傾城之容，看他作徐步。其性不相親也；之二人，一馳驅于道路，一宴寢于閨門，其迹不相及也。即使彌子力能得之衛君，子路力能强之孔子，賓中見主。而是二人則由何道以交懽乎？而孰知天下事又有非意計之所得量者？蓋彌子又有妻云，看他作徐步。或曰彌子不必有妻也，故作波折，饒有奇趣。方當泣魚，豈遑弋雁；或曰彌子必應有妻也，兩美必悦，兩少必憐。而總之彌子有妻者，男女之欲也，凡彌子所以愛其妻，亦如靈公所以愛彌子，忽然又見賓中主。斯已矣。而子路亦有妻云，或曰子路不聞有妻也，身爲勞人，豈求静女；或曰子路胡得無妻也，進而受學，退必刑于。而總之子路有妻者，人倫之大也，凡子路所以教其妻，亦如孔子所以教子路，忽然又見賓中主。斯已矣。然而彌子有妻，則于孔子何與也？子路有妻，則于靈公何與也？四賓甫齊，忽然主人出現。即姑置靈公之于孔子，二主既現，忽然四賓作態。而彌子有妻，則于子路何與也？子路有妻，則于彌子何與也？曰天下事，固非意計之所得量也。夫彌子與子路，疏則加疏矣；又作徐步。彌子之妻與子路之妻，親則加親矣。自其加疏者論之，則子路之惡彌子也，更嚴于孔子之惡彌子；而自其加親者論之，則彌子之暱子路也，更過于彌子之暱靈公。無他，又作徐步，使二主又現。蓋兩人之妻，則是兄弟也。至此始完。嗟乎，因子路而得子路之妻，因子路之妻而得彌子之妻，因彌子之妻而得彌子，然後因彌子而得靈公，其得靈公不已曲乎？然以彌子而念其妻，以其妻之故而念妻之兄弟，以妻之兄弟之故而念子路，而又能以子路之故而念孔子，其意不已殷乎？看他結法，如千丈飛瀑，注坡驀澗；如太山出雲，龍蛇夭嬌。八股文中，未易得此奇觀。然而孔子無與也，奈何好事者之誣也！

微服而過宋

周延儒

小儒看得聖人太過，便要將「微服」一事算作異樣神通。殊不知寫獅子若必用通身全力，則必其所搏者亦是一尊大象矣。本意擡高孔子，却不悟極襯桓魋。但思搖筆便作文，焉曉停筆用意有如是相去耶？吾十來歲便讀此文，衆云「妙耳、妙耳」，亦何曾知其

「微服」妙處在何所？今看其自開至起，閑閑只説三番圍解，將本題全然不置度内，便見只是一笑而罷之事。

聖人之過宋，聖人又有道焉。夫不過宋，烏能全身？不微服，烏能過宋？看他破承，輕如蜻蜓點水，手不着紙。題殊暗澀，先寫此壯之。昔孔子嘗畏于匡，困于蒲，厄于陳、蔡矣，然猶然彈劍相和，援琴晤歌。遠引斯文未喪，而高談道大莫容，所謂禍至不懼者非耶？乃遭宋桓司馬，而遂微服過者何哉？是蓋有道焉。匡之圍，疑陽貨耳，故曲三終而圍解；陳、蔡之圍，忌用楚耳，故昭王兵迎而圍亦解。不從題起，極有手法。若桓魋，則凶人也，非可以化也；且妄人也，不足與校也。吾第少借潛龍之變化，而已離溝壑之波濤；妙語，所謂不足介懷。吾第暫戢鳳德之羽儀，而已遠弱絲之矰繳。丁是冠去其章甫，使似活畫。衣變其縫掖，長人而飾齊民之貌，懷王而同被褐之夫。爲伺便于鷄鳴路盈之時，爲雜廁于轂擊肩摩之衆，爲喧逐于擔夫販竪驅車歸市之聲。彼桓魋者，磨厲以待，政盱衡一峩冠博帶之孔子而刲之刃，活畫也畫不出。而孔子則已過宋矣。噫，聖人不微服，則聖人必死，聖人不死命也；提出本章「命」字。聖人微服，聖人之修身立命也，素患難，行乎患難也。聖人不過宋，則聖人必屈，聖人不屈，禮也義也；提出本章「禮」字、「義」字。聖人微服過宋，聖人之秉禮守義也，造次于是，顛沛于是也。若謂是乃聖人爲龍爲蛇、爲虎爲鱉之妙用，則又不識聖人矣。是極！

吾聞觀近……所主

熊伯龍

題是兩句一對，文却只中間還他兩比一對。至于中比之前，走入題來，中比之後，走出題去，俱用極武健、極拉雜之筆，其勢遂若欲與題相搏者，此非先生不能。制筆就題，蓋眼光覷定上文，則貪取題神，不復取題貌也。

觀臣于類，遠近皆如券也。夫爲主與所爲主，亦云翹也，而人早以觀之矣，可不慎與？今夫物有異族而相感，人有異地而相求，謂是寬起而勢已逼題，則眼覷通章故也。豈非氣有所屬而志有所應哉？知物之氣，則知所以格物矣；知人之志，則知所以觀人矣。吾尚論孔子，而有取乎「觀近臣以所爲主、觀遠臣以所主」之説也。古者率土知王，臣無遠近之分；大道同民，官無境外之友。劈空跌此一峰，本章何須此論耶？祇爲題中「遠臣」、「近臣」不易落耳。蓋其盛歟，勿可追矣。迨乎輓近，國樹官，人往來，近者欲得遠者以爲門牆，遠者欲得近者以爲居宿。于是人必有分，真是好手。因分而各有所合；人各有合，因合而各有所分。是言也，其在寺人進士公子好客之際乎？前邊跌又跌得好，此處落又落得好。而由其道以相天下士，則百不失一。凡觀近臣，有不待所爲主而見者矣。拗一筆。要必素稱知己也，下此，豈無疑信相兼者歟？近臣之勢親，親則多暱而少明；所爲主之勢疏，疏則因聚而分類。今于疏者以觀親者，此爲至易易也，誠觀近臣之道也。倒找「吾聞」。凡觀遠臣，有不待所主而見者矣。拗一筆。要必蔚然人望也，下此，豈無聲譽未彰者歟？遠臣之意常整，常欲持意于萬鍾；好。所主之心常忽，不覺失聲于簞豆。好。今于忽者以觀整者，此又至易易也，誠觀遠臣之道也。倒找「吾聞」。蓋君子有用小人之時，而必無比小人之時；讀之有磨刀霍霍之聲。小人有親君子之時，而終無近君子之時。以君子主于小人，不必即爲小人，而有求于小人之迹；以小人爲主君子，不必即傷君子，而有浼于君子之嫌。吾所聞其嚴如此，曾孔子未之聞乎？

由射于百步之外也

王 錫

說聖人則說聖人，說射則說射，寬寬然兩邊拓開，絶不紐住。故通篇純是虛步，無窘步也。

欲審知聖所重，可以射疏喻焉。夫百步之外射之，可以觀盛德者。明乎此，而知聖之孰難孰易，不亦既晰乎？今夫明于小物，闇于大道，君子所羞也，而曲士恒蹈之。故大道之明，亦藉小物以爲況，則夫知之所爲難臻，聖之所爲可勉，吾安能無假形示而宣暢厥旨乎？巧力之喻，奚所悉之？悉之以射而已。先洗出「由」字，下便或說聖人或說射，更不作一牽扯語。《周禮·大司徒》「以鄉三物，教萬民而賓興之」，六德六藝相連而舉。六德之中有聖、知，六藝之中有射，天生根蒂。是其理固有相通者也。于是論聖、知者，當究其量之全；論射者，亦當覽其事之極。一理之昭明，一行之懿美，何足以見至聖之所優？二十步之内而抗侯，四十步之内而舍矢，何足以明射之所貴？夫射，必觀百步之外也；而知聖之事，由射于百步之外也。射之禮，天子以騶虞爲節，諸侯以狸首爲節，卿大夫以采蘋爲節，士以采蘩爲節，要以百步之外無弗同也。夫聖人之弘明義類，敦琢行能，豈有發的期爵之爲乎？而適與張弓挾矢，望迴闊絶之地而較勝負者相類也。射之事，鄉射以習禮樂，燕射以致安譽，賓射以通好，大射以擇士，要以百步之外罔弗協也。夫聖人之決疑明微，蹈德服義，豈有駿連剡注之務乎？而適與正志直體，向修阻之的而分善敗者相等也。雖有高遐之軌，必有起而絜度。古聖矜厲于前，今賢崇飭于後，未有孑孑而靡與比量者也。吾觀射者，或六耦同升焉，或四耦同升焉，或三耦同升焉。是首山莘野與爲比肩，而柳下尼山不啻同堂之象矣。雖有雋茂之修，必有敵以表奇。獨居者滯而不通，獨爲者固而不就，所謂悠悠而迭爲倡和者也。吾觀射者，或以爵並列焉，或以德並列焉，或以齒並列焉。是搏鐘玉磬並叶于五音，而鼗鼓柷敔均資于六律之義矣。取以譬聖、知，不允當乎？

上農夫食九人

吕一經

此節題亦多，文亦多，佳者亦多，然總不勝此篇。蓋語語是制禄人問上農之食，非上農給九人以食，一也；食九，是上農所得之食可食九人，非上農家中已有九人蠶用其食，二也；亦有實處却不肥重，純是虛處却不佻巧，三也。

食有受多者，上農其一準已。夫上農之力勤，而九人之食果不薄，是制禄人眼中語。是非操食者之準乎？且吾聞庶人在官者，其仕則官也，其未仕則農也；士即下不必其非仕也，農即上不必其非農也。又清又輕，又折又便，又巧又自然。雖然，農衡食而食還衡農，不有上農夫乎？而所獲且食九人乎？只寫上農獲食之多，一眼覷定制禄準此「爲差」句。想農夫之家，五口八口其常也。八而獲食九焉，不寫上農食人之多，也，八年耕餘一年之食矣。五而獲食九焉，是又歲餘五之四也。歲餘五之四而非有蟲蝗之災也，五年耕將餘倍一之食矣。故九人之食餘，農夫所爲，操豚蹄而祝也；上次與下，忽然齊跳出來，大奇！而上農夫所爲，執符券而合也。彼能以室爲突乎？能使灌夷無淫乎？能藏其惡而攝之以陰乎？吾不敢知。而何其能任地者，地亦厚償之也？豈不猶是深耕易耨與？而取數則獨饒矣。語語覷定制禄。彼且長其兄而去其弟乎？且使穗大而堅均乎？且使粟圓而薄糠乎？吾亦不敢知。而何其能審時者，時亦豐予之也？豈不猶是除田祈穀與？而坐享則獨奢矣。人第見其滿篝滿車，此「人」即以下諸農也。以爲上農之慶有年也如此。不知雨露何私，彼自以人事之勤劬，而仰受上天之豐報，則亦稱事之道固然爾。語語覷定制禄。人又見其千倉萬箱，以爲上農之得善土也如此。不知肥瘠皆壤，彼自以倍人之勞苦，而因滋畎畝之滿盈，則亦酬勛之理應然爾。使非上農夫，且食八食七以漸減焉，至五而視九，幾失半矣。甚矣，農之可通于官也！

此真經傳文字，有功聖門；此真經制文字，有功朝廷。然又段段前起後承，句句寬迎急轉，字字細斟密酌：此真經營文字，有功八股學士也。

其禄以是爲差

章世純

禄準于農，而與之不濫矣。夫勞逸異，而農之所得，故有自然之量矣。視以受禄人所以知分乎？且爵與禄，皆天子之柄，然爵者出于口而無窮，禄則賦之農夫而後給之。不是輕輕分別本章「爵禄」，實是先王須爵須禄心頭至理。然則農也者，固賦禄之至也。昔先王之制禄也，自庶人在官者始，「制禄自庶人在官者始」，好手法。此以勞力居官者也。力事可得，而程而法可以造端矣。其制庶人在官也，自庶人始，「制庶人在官自庶人始」，好手法。此以作力出地財者也。力産尤可得，而程而法可以有量矣。彼府史胥徒之類，其在官同，其勞逸則不同，何等明晰。此亦五等之農之類矣。勞者比于上，逸者比于下；勞逸半者，比于上下之間。五等農。吾乃以覈之，彼所不得隱于我者也。而府史胥徒之類，其賦禄同，其多寡則不同，何等明晰。此亦五等之食之類矣。多者比于九人，寡者比于五人；多寡半者，比于八人七人六人之間。五等食。彼有以取之，吾所不得濫諸彼者也。唯以農爲差，而厚者無所歸其德，皆將引耕者以自況，是以辭禄之人爲矯廉也，平日豈真力田而不願逢年耶？曰：「以吾朝夕從事之敏，即于耜舉趾取之天地四時，亦可以得此矣，天子何厚于我焉？」唯以農爲差，而薄者亦無所措其憾，亦將引耕者以自況，是以希禄之夫爲貪妄也，平日豈將不力田而能逢年耶？曰：「吾以朝夕作業之簡，即于耜舉趾取于天地四時，亦止可得此矣，天子何薄于我焉？」此庶人在官者，分之所以可安也。庶人在官之禄定，而下士之禄亦定，下士即農也，妙。則爲士者，亦與農夫較功量獲者耳；士之禄定，而國君卿大夫之禄皆定，國君卿大夫皆大大農夫也，妙妙！則國君卿大夫，亦與農夫較功量獲者耳。然後以功奠食之義明，而遞推而上，皆不得以無能居官；以治易養之義亦明，而有國而下，亦皆不得以無與虚取。故先王之制禄也，懸權于耕者也，而道遂深遠矣。

孔子有見行可之仕

陳際泰

學者徒知先生大筆，豈知先生乃有如此輕筆耶？只是素面朝天，却占斷千姿百媚。人間粉黛，真成糞土矣！聖歎幼時讀之，殆不下萬遍也。

聖人有仕之上者，亦終身之一時也。夫可者，有未可也。然在聖人，已以爲生平第一仕矣。且仕必待如昔者帝王君臣之相得而後仕，則千載已無仕矣。慨然振衣，惟聞大笑之言，然已不禁淚落如珠子矣。此其間必有所自通于世者，以濟其窮。即如孔子生平，數其絶上者，不過有見行可之仕耳。行而稱可，未必行也，行之機僅也，然已有其地矣；可而稱見，未必可也，可之機危也，然已有其端矣。故可之爲言，孔子以爲可，他人正未必可也；孔子見以爲可，是必孔子尚可也。步步來前，步步縮後；步步弄姿，步步出淚：真爲千嬌百媚文字。以時事之依稀，湊以大聖之作用，而可生焉。既可矣，何必不行？孔子于此不仕，豈他時更有甚可者乎？見之爲言，孔子所獨見，他人正未必見也；孔子自有所見，不必非孔子者皆見也。以幾微之所兆，合之沉識之所明，而見生焉。既見可矣，何必不行？孔子于此而遲于仕，豈異時又有勝于此見者乎？人非薄孔子者，以爲爲天所危，生平所遘，絶無可乘之時。夫孔子，而安得無一可乘之時也？只是一種筆法，却有千種寫法。吾試追數其時，雖不能如伊周之所逢，要之未嘗不可耳。今欲張先聖之遇，已幸有此一端矣。人非薄孔子者，以爲直道劣耳，生平所遭，豈絶無一快心之會？夫孔子，而安得有絶快心之會也？吾即首舉其事，雖嘗爲素王之所矜，要之未必真可也。而欲洗至聖之誣，當爲著此一節矣。吁，孔子仕之上者，而猶然爾也；仕必求如古者之仕而後仕，寧有仕日哉？看其結法，知其成文之疾，通篇只作一句寫成耳。

「以皮冠庶」四句

譚貞默

不爲「皆田制也」句發所未發，故選之也。看他輕便輕煞人，鬆便鬆煞人。輕可得，鬆不可得也，切須學其鬆也。古峭便古峭煞人，姿媚又姿媚煞人。古峭可得，姿媚不可得也，切須學其姿媚也。曲折便曲折煞人，徑凈又徑凈煞人。曲折可得，徑凈不可得也，切須學其徑凈也。

即虞人以辨所招，皆田制也。夫田以明貴賤，虞人則皮冠矣。而旃、而旂、而旌，各有等焉，古之制也。孟子述之曰：朝廷有法，官司有守，故守道不如守官。蕭蕭一筆而致已足。君子韙之，虞人之不至是也。曷招而至之，則以皮冠。蓋天子諸侯無事，則歲三田自陪貳，以至輿隸，皆得及焉。而藪之薪蒸，虞侯守之，故舉烽伐鼓，必首致虞人，看他先説「皆得及焉」，次説「首致虞人」，隨手曲折，都成姿媚。此田具之首皮冠也。皮冠者，與虞人期而信也。故曰：臣不見皮冠，不敢進也。乃其時同招而異物者，則有庶人之旃，有士之旂，有大夫之旌。使驅欸門曰招而田，而視之則旃，是何筆墨。察之則通，帛之戔戔者也。曰吾其即禽乎？不則爲龍爲光者有人，庶人不與焉。帶旃作波撲，與本文點逗。使驅欸門曰召而田，而視之則旂，察之則龍，文之振振者也。曰吾其校獵乎？不則虎變豹變者有人，即上士不與焉。使驅欸門曰召而田，而視之則旌，察之則干組之孑孑者也。曰吾其從公于狩乎？不則顛倒衣裳者何人，而何不遄往焉。旃比帶旂，旂比帶旌，旌今何帶乎？推車撞壁，作文每有如此苦事。看他只用「何人」、「何不」二字暫自抵塞，而讀者反謂其獨切本題，則以一眼覷着「以旌不往」句也。絶處求生，切須學之。是則同一旗致之令，而辨等列、習威儀，凜乎納于軌物；舉一講武之事，而紀聲名、章物采，焕乎昭以官常。微此大夫者，安所用吾旌；微此皮冠者，安得召虞人？獨將旌與皮冠收有法。故曰：臣不見皮冠不敢進也，守官亦守道也。

雖存乎人者

許之漸

題中止一「存」字耳，《維摩詰》所云：墮萬丈井，猶攬弱藤，駸駸欲斷，而二鼠又從齧之，真乃絶危絶險絶迮之一刻也。今經先生手，却寫作跌躍揮霍，輥火激電，無量血汗，無量快樂，則爲其擒着「人」字，便令「存」字得替也。後賢讀此，胡可不悟放却死字、别擒活字之法？

憶所存于人，不聽人之自爲忘也。妙妙！可作數日思。夫既曰人，必有存乎人者。第恐不存之後，竟不能自憶其存，是雖爲之代憶可耳。且論人而至衡量于存與不存之間，風捲而入，冷冷切肌。此亦説之至危者矣。然存者，久焉而忘其存；又況未必存者，久焉而益忘其存？夫忘其存，豈並忘其人乎？苟猶不忘其人，豈遂忘其存乎人者乎？佛贊寶刀，猶如塊火，猶如蓮花，猶如毒蛇，正謂此也。則吾姑于其共忘之日，代爲追憶焉可乎？觀夫山木如此，人其何如？博觀芸生之族，而獨以人稱，必有所以人者在也。人生骸具，未嘗稍虧，而吾不謂存者，正以骸具固人之存，而非存乎人者也。只謂擒「存」字，何意反擒「人」字，遂有此快樂。曠覽馮生以後，而終以人顯，必有命爲人者在也。人身形質，何嘗或損，而吾更有所謂存者，正以形質亦存所重，而非存乎人者也。夫存乎人者，果安在哉？計人之受賦，原各有甚全之故，匪僅曰存而已也，存則似有去留之感焉。妙妙！洗刷「存」字，十分刻露。聖哲之人，終身存而不標以爲號；顓愚之人，偶一存而便詡爲美稱：豈人不殊而存殊哉？蓋一存永存，不足念也。唯從難存之候，還憶本存之初，真足念耳。則試靜言念之，而能不憬然于其存者？作輕句止。計人之修能，亦當有足據之體，非祇云存而已也，存則似有初終之分焉。亶靈之人，以存存爲候，而存不勝書；中材之人，以僅存爲候，而存可數計：何存一而存乎人者不一哉？蓋存無弗存，不必誌也。唯從幸存之思，發爲溯存之論，晨鐘暮鼓，入道人心裏也。真難忘耳。于此一究圖之，而寧不依然見有存者？所期于人者重，則所忘于存者自不得輕。徒曰人耳，將奚所本以無愧乎？故懸一存之名，以責其副；不若懸一人之稱，以抉其存：全用大力盤旋，不作小巧追刺。其眼光覷題，獨真耳，獨遠也。則存乎人者，原即人之所賴以存其人，而得不鄭重以明其旨。作輕句止。所凜乎存者嚴，則責于人者自不可略。盡曰存耳，將奚所恃以無忝乎？故推乎人之初，以著其存之美；不若問其存之餘，以重其人之職：則存乎人者，諒亦人所恃以不入于非人，而得不審觀以究其說。嗚呼，人之所存，無異牛山之有木也，又安得不于嘗美與感耶？

不過老饕題耳，看先生全作虚無縹緲之筆。我因悟衛叔寶沉思夢事，而婦翁不能救；陸象山遠稽天地，而尊甫莫知答：正是此一副意思也。故一脱庖廚烟火氣，再脱神仙清虚氣，又脱和尚戒殺氣。

「魚我所欲」二句

孫廷銓

大賢姑與世論味，而知所欲之普存焉。夫熊掌具而魚失美矣，然所欲皆在也，姑兩存之可已。且甚哉，物之不樂人之欲之也！並不作戒殺放生醜語，而自覺言下凜然。擅備物之義，天地無以遂其貪；持概滿之權，聖賢不能止其殺。甚哉，物之不樂人之欲之也，然而不免也。真乃筆硯精良，人生樂事。維水有魚，維山有熊，彼其室爾。一有人而重淵之下、曠原之上，始失其樂郊矣。筆筆作諧語，痛于世尊説經，使人感其痛，又樂其諧。魚忘于波，熊忘于山，恒相遠耳。一蒙人之欲而網罟所及、伏機所得，始會于庖廚矣。物雖美，必先有一人嘗之，而後衆人從而饜之。蒼茫落想，而「我所欲」三字不勝寒噤。此嘗之者何人哉？最可異者，啗黍稷而知甘，尚矣；不知何緣而羡及于水族也，又不知何緣而羡及于田禽也。即曰生人之恒性固然，誰具烹而誰治飪哉？我見人之嗜之也，「我」字輕妙，如飛花誤點素褥，人人諒其無心矣。與有思焉而已。物雖美，恒有此人厭之，而彼人終身未嘗睹之。此厭之者何幸哉？最可異者，食燔炙而同嗜，固已；不知何術而得豢于牢落也，又不知何術而得致于山川也。即曰生人之積智使然，何取全而何取僅哉？「掌」。我見人之旨之也，與有情焉而已。然則以此欲爲病者，非也。有鱣有鮪，天子或以薦寢廟而燕嘉賓，而況爲人而得食也者，疇可缺于供也？蓋魚我所欲也。出題如兩山送青，最宜千遍誦之。然則以此欲爲難者，非也。爲侯爲廣，天子或以重佚材而服猛物，而況非人而得食也者，安得嘗一臠也？蓋熊掌亦我所欲也。

詩云既醉以酒

孫廷銓

題之忙，莫過于「王速出令」；題之慢，莫過于「既醉以酒」。今看兩文，忙者何其駭疾，慢者何其駘宕，洵乎作文相題，便比造化肖物。後賢不知此事，只用一副鼓板，捱門例唱。筆墨風流，于斯盡矣。

答貺以言酒，而知古人之醉不深也。蓋酒以成禮，而無如其易醉也。《詩》若曰「既醉」，則可以已焉。爾今夫爲歡必竭，爲恩必盡，唯事已卒，而流連之感存焉。針對「既」字落筆，恰與「趙孟能賤」刺着。而後見古人之恩之渥，古人之歡之長也。夫圖樂之事無方，莫酒爲甚；忘形之風可貴，一醉而酣。何其委婉作態。無以將之，懷情而莫致，鬱而不可娛也；有以極之，過情而弗制，放而不可止也。則甚矣，「既醉」之詩之深于言酒也！凡味之資，皆有精微之助，酒獨飲焉而得歡，此亦何地不宜矣。而《詩》所云酒，則天子宴其臣下者也。以天子宴其臣下，不敢不醉也。計其與燕之人，非皆善酒，故飲不過一二斗，其不善者徑醉矣；從而加進焉，其善者又徑醉矣。繇是而綢繆恩好之辭生，《詩》所爲以酒發端也。抑凡味之美，皆有饜足之數，酒獨多焉而得狂，此亦何人可縱矣。而《詩》所云酒，則以王者酌其屬父兄者也。以王者酌其屬父兄，不可不醉也。計宗寢之間，非可卜夜，故監史在其左右，其既醉而出者孔嘉矣，從而加毖焉，其醉而不出者亦孔嘉矣。空中摇曳，情文互答，真乃「未雲何龍」、「不霽何虹」矣！繇是而洗爵奠斝之禮畢，《詩》所爲以醉爲期也。妙妙！每見困于酒者以酒爲懲，此憎焉而甚者也。我有旨酒，酌言嘗之。少頃焉，有揚觶而請者曰：「微臣醉矣。」我亦骨醉矣，不復知是文是酒。于是而禮儀繁錯之地，已足以成懽。嘗見溺于酒者以酒爲樂，此好焉而過者也。厭厭夜飲，不醉無歸。遲久焉，有洗斝而致者曰：「微臣既醉矣。」于是而笙簧燕豈之際，不至于階厲。甚矣，古人之恩之渥、古人之歡之長也！刺着趙孟。

言飽乎仁義也

黄景昉

分明通篇都作戲筆，而讀之但覺感其悲憫，全不見其調笑，則豈非筆在歡處、眼在苦處耶？後學細讀此文，切戒莫作戲筆文字。

士以己貴，即言飽亦以己也。夫仁義而可以「飽」言之，自《詩》始矣。匡説《詩》，解人頤。然則飽亦在己也，貴顧在人耶？且善爲言者，通篇取「言」字。有時逆所欲而奪之，有時順所欲而轉之。今天下所欲，亦大槩可知矣。而猶賔賔然思逆奪之以仁義。灑然爽然。夫言仁而不言其熟，則荑稗不如；却是一副語，何其輕妙。言義而不言其悦，則芻豢不如。彼安肯舍其果然之腹，而以易吾不可知之仁義，而善言者乃又一變矣，如「既醉」之詩是也。《詩》言飽德，意政不在德也；《詩》言飽德，意雖不及仁義也。而吾終有感于《詩》者，《詩》所謂順而轉之者也。吾欲仁，吾必與之言仁；吾欲義，吾必與之言義；乃彼欲飽，吾則與之言飽。要像我意，須要也像他意。妙妙！使欲仁欲義者思其言，「思其言」，妙在「也」字神吻活現紙上。而知甘食悦色之外，别有一味足以相娱。命也有性焉，則即仁義而馴之，以至于飽。仁義飽，飽仁義，並成妙致。使欲飽者思其言，而知飽蔬飲水之中，實有兩事足以相償。性也有命焉，則即其飽之心而徙之，以至于仁義。然則吾向言飲食之人，有大失者。由今思之，失亦不在飲食也。隨手成文。胥一世之人而皆飲食于仁義之中，飲食亦庶乎可矣，《詩》言之矣。到底不脱「言」字。然則吾向言饑渴于人，必爲害者。由今思之，害亦不在饑渴也。胥一世之人而盡饑渴于仁義之中，饑渴乃庶乎免矣，《詩》言之矣。故夫天下莫有言仁義者，而自善言者言之，居可爲宅，連類畢至，令人歡悦。由可爲路，尊可爲爵，醉可爲飽。人人有貴于己者，則人人有飽于己者。既醉之詩，胡不味焉？

五就湯五就桀者伊尹也

李流芳

此文真天下之奇也：開時不從伊尹起，却從伯夷起，便欲注射「何必同」句，一奇也；將夏商不足當伊尹眼中一抹，伊尹眼中單見有仁，二奇也；公然取湯與桀置之等盤中，算其孰與仁便，三奇也；就湯是聘，就桀是進，百忙中寫得最明劃，四奇也；整整齊齊，一似呆人數蝨，排列出湯五就、桀五就來，不顧人笑，五奇也；五段都是先就湯後就桀，並不曾誤倒，六奇也；五段第一段詳，後四段皆從略，七奇也；湯曰四去之，桀曰終去之，算得最精細，八奇也；直寫到不疑不諱田地，九奇也。我眼中唯見吾王禹慶兄，實能追步先生耳，是文中之麒麟，夫豈得多遇哉？

聖人之急生人，于所就可驗也。夫湯可就，桀又可就，湯與桀皆可五就。我觀聖人之急生人，莫若伊尹也。自古聖人未有不急生人者，即伯夷，何嘗不以生人爲急哉？說伊尹，却從伯夷洗發，眼光直射「亦仁而已，何必同」句。奇情妙筆，得未曾有。當武王與紂之時，乃皆以爲不肖而去之，一無所就，以逸民終。蓋其擇君之法太嚴，而憂世之心稍晦矣。由伯夷而上五百有餘歲，便從伯夷順勢將全題落出，龍門神化之境。有一聖人焉，五就湯、五就桀者，伊尹也。聖人出于天下，不夏商其心，心平生人而已。湯誠仁，其功遲；桀誠不仁，朝吾從而暮及天下。只此四句，挈定全篇。是故始而就湯，「就湯」。湯實聘之。伊尹曰：「其仁可就也，我化之爲君。」「仁可就」、「化爲君」，妙妙！已而就桀，「就桀」。湯則進之。伊尹曰：「其君可就也，我化之爲仁。」「君可就」、「化爲仁」，妙妙！桀不可而就湯，二「就湯」。則又思曰：「尚可十一乎？使斯人早被其澤也。」又往就桀，二「就桀」。桀又不可而就湯，三「就湯」。則又思曰：「尚可百一乎？使斯人早被其澤也。」又往就桀，三「就桀」。桀又不可而就湯，四「就湯」。則又思曰：「尚可千一乎？使斯人早被其澤也。」又往就桀，四「就桀」。桀又不可而就湯，五「就湯」。則又思曰：「尚可萬一乎？使斯人早被其澤也。」又往就桀，五「就桀」。湯之仁聞且見矣，桀之不仁聞且見矣。仁至于湯矣，四去之而五就之，奇奇！不仁至于桀矣，五就之而後終去之。東得住。奇奇！一心可以事百君，奇奇，妙妙！故五就湯而湯不疑，奇奇，妙妙！五就桀而桀不疑；一君可以救一世，奇奇，妙妙！故五就湯而尹不諱，奇奇，妙妙！五就桀而尹不諱。收得足。如伊尹者，豈非聖人乎？

乃孔子則……苟去

王思任

「行」即「去」、「去」即「行」也，孟子當日亦偶寫作二字耳。乃今將寫孔子心頭「欲」與「不欲」，殊難着手。于是湊巧，便借題中「行」、「去」二字，從頭徹底，曲曲分別。果然「去」字一刀兩段，「行」字寸腸千折，而「欲」與「不欲」二意，遂附之而顯矣。作文須相席打令，此之謂也。

聖人愛君，但有行而無去也。夫孔子並不欲行也，行已傷矣，去安之乎？只一破承，便款款深深，有「詠歌不足」之勢。孔子所以可罪而不可苟也。魯公怠于政事，郊膰又不致焉。是時五父之衢，知與不知，皆謂孔司寇去矣。倒從「去」字跌「不」字，而「行」字已當面矣。而孔子曰：「不然。君吾之君也，魯吾之魯也，去將焉往？吾姑行耳。」不是不去，是無處去，妙。蓋去則有望，望不顧之心，大過不彰，小過不甚，妙。恝然棄而君父，將出處之大義何居？行則有依，依望還之色，已罪已認，人罪已分，妙。悄然出此故都，而進退之初心無恙。君恩亦重，何爭一膰而遽舍之，猶未爲瑣瑣乎？「微罪」須有出語，如此正好，又輕快，又巉秀。是瑣瑣者雖敬愛之切，而微有罪焉。而孔子曰：「吾瑣瑣也，吾行也。」寫「欲」字。此身既行，何爭一冕而不脱之，猶未爲悻悻乎？是悻悻者雖忠憤之致，而微有罪焉。而孔子曰：「吾悻悻也，吾行也。」大夫有罪則出奔，萬一吾君察其有罪而原其無罪，寫「欲」字。則此一行也，如遠如近，可以暫出而仍還；妙。大夫無故不去冕，萬一吾君聞其冕于野而俾之冕于朝，則此一行也，不言不辭，可以朝呼而夕見。妙。故孔子曰：「遲遲吾行也。」證「行」字。傷矣哉，其行也！分「行」寫去，如水中白石。如以去，則爲肉者誠鄙矣，而以無禮竟去，是以禮責其君也。豈有人臣而敢責其君，以較禮者？寫「不欲」。爲無禮者亦鄙矣，而以不用竟去，是以用懟其君也。豈有人臣而敢懟其君，以要用者？寫「不欲」。無可去之事而有事以去，名曰「苟去」；確是「苟去」，果然不可。無忍去之心而昧心以去，亦名曰「苟去」。仁人之愛君，亦甚隱而甚遠矣，詎止爲君諱過也哉？

一戰勝齊

陸燦

此篇與「王速出令」篇，政是一篇機杼，妙于通篇無有一筆少停。若一筆少停，便是與題不稱。然通篇則有何法，能令其一筆亦不少停哉？却只是入手便疾寫，不得謂是開講且可閑閑弄筆。

設一意外之捷以伸之者，屈之也。夫魯未有勝齊者也，然充慎子之念，至一勝而足矣，然勝遂足多耶？孟子曰：「子今有事于齊，非策也。」何也？魯非有不戰之威也，齊非不經戰之國也。下去「不可」作一敗意，故于入手處先快説不勝，此是棋家争先之法。以儒術當富强，數不勝；以黽蒙當四塞，數不勝；以不教之氓當勁敵，數又不勝。雖然，子以爲不勝，必不居是任矣。吾于是爲子侈擬之：夾谷之會，侏儒殲焉，萊人之甲捲矣，則尼父爲之也，勝齊之故事也；先出「勝齊」。仗劍之請，要盟踐焉，三北之地返矣，則曹沫爲之也，勝齊之故事也。雖然，猶未一戰決也。次出「一戰」。長勺之役，旗且靡矣，轍且亂矣，曹劌之鼓壯而北逐者遂一戰；三國之武，破其壘矣，出其重寶矣，晉衛之謀協而盟城者遂一戰；沂之戰，抗其吭矣，憑其領矣，公冶之智先而懲狼噬者遂一戰。若是者，魯固足以戰齊。魯固足以戰齊而勝齊，足以

「勝齊」尚可，足以戰齊豈復可當哉？寫來一笑。況乎冉有之將左師、下莊之獲三甲，皆魯齊之故事也，皆可假設之，以快吾子意外之捷也。子誠簡而卒馬，子誠敵乃干矛乎？敹乃甲胄，備乃弧矢乎？五家之兵，芻狗也；臨淄之衆，挺柱也。鏃不必折，而弦不必絶也；無敢逆顔行，而朱絲且制闕下也。至此遂如風雨驟至矣，不是筆興已酣，蓋特作此酣筆以副題也。爲子危之，爲子幸之，萬萬不然而或然，曰：一戰勝齊。

今吾子以鄰國爲壑

李叔元

文有大幅，非至後而忽開成大幅也；文有短兵，非至後而忽截作短兵也。大幅必其下筆時，便爲曼衍之言；短兵必其下筆時，已作札揌之勢。此文看其起處，札揌停當，已下一路都是跛步疾走。

知水不知鄰，不知水矣！妙。夫不知水有壑，因不知鄰非壑也。妙。丹爲鄰之罪人耳，妙。得爲禹之罪人耶？妙。孟子曰：「吾言禹之治水爲水之道者。」蓋以水有性之所安，謂之道；水有塗之所經，亦謂之道。切玉如泥之法。夫水之性之所安，則下也，而下莫下于海；水有塗之所經，則不免由于鄰也，而暫由鄰而終底于海。切玉如泥之法。今子不然，以鄰國爲壑而已矣。夫九州之外爲海，四境之外爲鄰；海可以受水，而鄰不可以受水。恰是對癡人語，而題又畫然。入吾疆者，皆版圖也；今不入吾疆者，豈叵浸乎？妙。隸吾籍者，皆赤子也；今不隸吾籍者，豈鱗介乎？妙。誰非伯叔甥舅之邦，而今瀦爲大澤。妙。誰非虞夏商周之裔，而今剪爲波臣；妙。吾想子之民，必有聚族而祝者；吾又想鄰之民，必有聚族而詛者。亦可分作二比之頭，而不如總挈者，以此文固短兵也，且入手與此配成章法也。其祝曰：「我有田疇既植矣，我有室廬既聚矣。歡忻鼓舞，吾子之恩。」其詛曰：「取我室廬而洿之，取我田疇而沉之。辛苦昏墊，吾子之怨。」假令神禹而師子之智，異想天開。則冀亦可移之以灌兗，雍亦可決之以漂豫。絶倒！何事八年胼胝，而奏平成之功？衹恐鄰國而人人師子之智，翻手成雲覆手雨。則西鄰有水，將以子爲東海；絶倒！北鄰有水，將以子爲南海。而子且三版不存，立受懷襄之禍矣。

恥之于人大矣

吴韓起

題如毬，文如獅子。不知是毬滚獅子，不知是獅子滚毬。只見獅子用出全身氣力，而其實毬不須如此。然則乃是獅子自滚獅子，而毬隨之亦滚矣。有人謂此文是大篇。夫置毬而滚獅子，此又一作小題妙訣，吾未見其能大也。

大賢欲存人于天下，大言「恥」以勵之焉。夫苟于人爲無關，取「矣」字之神。則君子實將恕之，而人固非恥不存也，亦可以立其大矣。孟子以爲垂教于當世者，無務乎外其人而爲之説也。夫外其人而爲之説，即敦教化廉耻。先王不得已之故，猶將實應且憎，以爲不近人情之所爲如是。而人雖不可無耻，然何以大其信從于天下？由今思之，人之能耻與否，予不知其何似。縱筆八面玲瓏。第即以耻論，而其于人奚可厚誣者？君子之絶人也，惡其甚也。是故貸其輕，而重者不敢不嚴。苟耻之于人，原比于至輕之數，斯釋之矣。取「矣」字之神。文急，不以得題爲急也。君子于人之自絶也，亦惡其甚也。是故略其細，而鉅者不得不論。苟耻之于人，原非有至鉅之責，亦聽之矣，而實不儘然也。堯、舜、湯、武，皆古聖人也。湯、武惟無堯、舜之德，實發大筆，奇文。是以口實增慙，難免于史册。假令當日少此一耻，置身何等乎？誰不有君，而放之殺之，曾不内愧于心，此必非泣罪解網、散財發粟之所能蒙也。奇文。然則耻之于湯、武大矣，而湯、武以下視此矣。只一句找題。召、散、夷、齊，皆古賢人也。夷、齊惟無召、散之才，是以汗顔周粟，決絶于陽山。假令當日無此一耻，自視何如乎？誰不爲臣，而墟吾宗夷吾社，曾不一赧于懷，此必非推兄讓弟、避主待清之所能飾也。奇文。然則耻之于夷、齊大矣，而夷、齊以下視此矣。只一句找題。此猶夫《春秋》之大復讐也，能復讐而後有國耻，大筆，奇文。有國耻而後四維賴之以張。心不論深淺，以其痛者爲尊耳。是故行乞人之耻不辱簞豆，即當與仗仁負義同觀。理熟義通，頭頭是道。此猶夫《周書》之大悔過也，能悔過然後有身耻，大筆，奇文。有身耻然後百行附之而立。人不分貴賤，以聞過者爲賢耳。是故大夫之耻不及小民，奇文。即當與專殺禦貨同罪。無一句不是天生妙諦。耻之于人，而不大乎哉？

舜之居深……幾希　項煜

不知先生先發想、次提筆，不知先生先提筆、次發想；不知先生妙想化而爲筆，不知先生妙筆化而爲想。嘗讀王龍標「空山多雨雪，獨立君始悟」之句，不知其是甚閑言語，今亦不知先生是甚閑言語也。譬如輕雲無心，隨風盪成，此之謂閑言語。

至人無異，故無不可居也。夫亦有異野人之意，深山不可居矣。舜而既山中也，曷異耶？嘗謂混濛鑿而尚有真境焉，世中世外，則深山而已矣；便如不欲爲文之甚者。機智開而尚有真人焉，亦近亦遠，則野人而已矣；物性失而尚有真意焉，森然兀然，狉狉然，榛榛然，則木石鹿豕而已矣。而迄未有以真契。真者，何也？爲其挾一聖人而往也。斗然入題，又入其至堅極深。大抵殊尤絶迹之號，天外之所不標，故深山中往往有野人而必無聖人；便如雲霞，明滅不定。乃頑父傲弟之間，至德入焉而冥，則舜之心久已去聖人而夷于野人。惟舜而後可以不深山也，所見皆深山也；劉公榮飲酒語耳，寫成奇事。惟舜而後可以居深山也，所見無深山也。則亦由今想所與居，而覺爲木石耳；再來人語，誰能蹤迹之。乃當日第與居焉耳，何知木石？亦由今想所與游，而覺爲鹿豕耳；乃當日第與游焉耳，何知鹿豕？亦由今想所以居、所以游，而覺爲舜耳；乃當日第野人焉耳，何知舜哉？蓋聖人所開闢之宇宙，遇野人而復渾，故無爲恭已之治，得深山之意居多；都是絶奇事，却只如説話。野人所苞蘊之真味，遇聖人而始傳，故不知不識之群，入有虞之治若一。謂無異乎？尚餘一舜；謂有異乎？居然野人：蓋所以異者幾希耳。何意升聞而去，不能長居此也哉？真乃崔顥「白雲千載」之句矣。

孽子

劉侗

舊批謂先生于骨肉之際，豈亦多故耶？何以有此文？不知一題入手，便須算其前借何風，後送何浪，如何討人眼淚，如何累人歎息，而題之致盡，而事之致盡矣。必欲多故人作多故題，所以無故人盡遇無故題也。夫一部《四書》，並無一無故題者也。且先生即多故，又于論八股時，何與哉作此閑言語？

同爲子而獨難，是又子之僅也。「又」字爲「臣」字，「僅」字爲「獨」字。夫人盡子也，而吾獨孽，吾敢不爲子乎？吾敢遂爲子乎？孟子曰：「臣與臣言臣，子與子言子。」此亦人世之大都也。乃有時臣不敢與臣言臣，子不敢與子言子，虚起又寬，實起又緊。不寬不緊，恰是妙筆。而此一臣與此一子，不幸而不遇耳。設幸而遇，而此臣正欲訴此子，而此子亦正欲訴此臣，則豈非臣固孤臣，而子又即孽子乎？恰是二字。夫子何常之有？父母愛之，家之禎祥也；父母惡之，即家之妖孽也；不用刻畫，輕輕寫來恰是「孽」。今孽亦何常之有？我生不辰，天作之孽也；我罪伊何，即自作之孽也。于是而不謂所遭之是子也，而謂之孽；于是而不謂所遭之實孽也，而猶稱子。父兮生我，母兮鞠我，獨我子也乎哉？好筆。至父不嗟予子，母不嗟予子，而子道曲折甚矣。聲淚俱下。亦屬于毛，亦屬于裏，夫非盡人之子哉？至不以我爲子，不以我爲人，而子身瀕死屢矣。朝廷遠而家庭近，世有弔孤忠者矣，未有弔孤孝者也。獨至孽子，而家庭之遠竟若朝廷。「孤臣孽子」本平，既截出此二字，則不得不借作曲折耳。君后嚴而家人親，世有未被君恩者矣，無有未被親恩者也。獨至孽子，而一人之威侔乎君后。故將謂不肖子有孽，風雨齊至矣。聖子獨無孽乎？幸爲文，不幸爲舜。其子而聖，文所同也；聖而孽，舜所獨也。奇文快論，洶洶湧湧，令人望洋驚歎。將謂頑父有孽，慈父獨無孽乎？幸爲曾，不幸爲閔。其父而慈，曾所同也；慈而孽，閔所獨也。又將謂餘子有孽，嫡子獨無孽乎？幸爲周襄，不幸爲晉共。其孽而嫡，襄所同也；嫡而終孽，共所獨也。嗟哉，孽子也！骨肉奇而險阻備；妙結。幸哉，孽子也！天倫迫而鬼神通。妙結。

昏暮叩人之門户求水火

呂一經

作小題，全要筆下放得寬。筆下放得寬者，眼中兜得緊也。眼中兜緊了，筆下只憑放寬去。略有縫可入，便與鑽入；略有孔可出，便與跳出。昭烈帝有云「勿以善小而不爲」，但略有一點波俏，便與盡情做出花枝招轉。我存此文，以教後賢花枝招轉也。

求之急者，必可以求而求也。夫人于情所難者，莫如求矣。非水火也，而敢叩門乎？且夫至無而能供其求者，天之道也；無意求合而忽然已合。居不知所求者，古之民也。至末世而食用之事多，求乃費矣；人情之薄甚，求乃窘矣。況非水火，不生活哉？于是先王乃教民鑿井于家，藏燧于室，空中起步，絶妙排場。曰：「即昏暮有事，可無求人耳。」緊。乃設有一日焉，時既暮，日已昏，學古文體，忽然叶韵。于是人乃扃其外户，閉其中門，將入寢于内室，息婦子于晏寧。斯時也，非無水而井渫不食，亦有火而爨烟不焚。忽聞門外，隱隱竑竑，剥啄之聲。嘻，異哉，「嘻，異哉」乃出題畢，章法如聯若斷，古趣。叩我門户者也！急起視之，殷殷懇懇，所需甚迫。嘻，異哉，其有所求者也！斯何求與？而于斯時與？吾恐求者之厚顔，而爲所求者之厲色也。斯何時與？而有所求與？吾恐求者之不憚煩，而爲所求者之謹謝客也。俄啟户而入，則見有束緼焉，曰「待子以舉火」；則見有短綆焉，曰「借我以斗升」：蓋求水火者。嘻，異哉，而昏暮以求也！爲田疇求耶？是同井作息之侶也；眼前生發。爲税斂求耶？是急公夙夜之誼也；爲食用求耶？是宿舂夜作自勤者也。皆不具論，而獨覯其無因而求，不言屈；恣取而去，不言貪；昏暮而叩，不稱擾；虚而往、實而歸，不言德：無意求合而忽然又合。蓋大有古風焉！

登泰山而小天下

宋德宏

若先寫孔子次寫「登」，次寫「太山」，次寫「天下」，次寫「小」，不知應費幾許筆墨，而又復奄奄如泉下人。今只雙提太山、孔子，更不見别下筆，而斜風斜雨横來直到，使我如趙州和尚「老僧單管看矣」。

山與天並，而登止矣。夫太山與天並，則與天下絶矣。非此山可以無此登，非此登亦可以無此山。嗚呼，顧不偉與？且吾嘗仰而思、俯而歎：蒼蒼無極者天，茫茫無垠者天下。此誰開之？將誰處之？吾去上古已遠，計終不知誰之開之；吾于今兹爲近，詎亦不知將誰處之。處之而果誰耶？其一太山，其一孔子。並出大力。太山有于何年？有于有天下之年也。奇文横筆，小儒咋舌！自有天下，便有太山。設使當時已有天下而尚無太山，而天下亦空洞其無色。孔子有于何年？此非有于有太山之年也。對更奇横，不就鎖縛。初有太山，實無孔子。設使當時早有孔子而後反無孔子，而太山亦孤峙而無配。乃至奇者，其初先有天，于天之下有天下，于天下之中有太山，于太山之下有魯國，于魯國之中有孔子；而奇之奇者，孔子初登東山，而漸乃遂登太山。登太山而東臨滄海，以觀碣石，猶杯勺也；「小天下」竟寫出四段來，異樣精彩。登太山而西望函谷，出關紫氣，猶吁咈也；登太山而北顧河流，伏地出地，猶衣帶也；登太山而南極瀟湘，烈風雷雨，猶嚶鳴也。曰孔子曰登太山乎？曰否，孔子自與七十二子日燕居而讀書耳。不知是筆是墨，是波濤是風雨。然而孔子曰登太山矣，雖彼七十二子，亦日隨孔子而登太山矣。夫太山自在孔子之胸，豈必孔子乃在太山之峰耶？曰天下真爲孔子小乎？曰否，孔子方于七十二國不見知而無悶耳。然而孔子真小天下矣,雖七十二國之人,暫見孔子亦將小天下矣。夫天下自不能登孔子之岸,豈真孔子不欲置天下于眼耶?

梓匠輪輿

錢肅樂

四色人中間,還他四比文字。却于四比之前,先暗寫成一比「規矩」、一比「巧」;于四比之後,却明寫四人欲「使人巧」,人亦欲四人使我巧。真爲此等題定式也,宜精學之。

列舉藝士,將以觀其教思之所存也。夫天下之爲工者不一,而梓匠輪輿,相傳不廢,則教學之間,亦可以觀矣。且自上古立制,使一技之士各以其術自鳴,則因以廣其教于天下。故高舉其名而敬奉其傳者,非盡教學之事爲然也。即如攻木之工有七,而梓人、匠人、輪人、輿人居其四。彼蓋以此爲專事已,代之斲者傷手而無用,然後知其事之不可以意爲也;此比「規矩」。彼又以此爲成能已,進乎道者得心而不知,然後歎其事之不可以迹拘也。此比「巧」。觀乎梓人,以爲筍簴,則有事焉;以爲飲器,則有事焉。察其物類以象形,實其升斗以酬獻,豈不纖微合度與?如畫。觀乎匠人,以爲宫室,則有事焉;以爲溝洫,則有事焉。視地勢以正陰陽,審方面以明向背,豈不高下在心與?如畫。以至于輪人,非止坎坎之爲工也,已崇則人勞,已庳則馬勞。是故定其分寸,考其重輕,而使人馬相得焉,斯「國工」之名歸之矣。如畫。

以至于輿人，欲使致遠之爲適也，倚大則患于摧，倚小則患于絶。是故前視如輕，後視如軒，而後積中不敗焉，斯「國工」之名歸之矣。如畫。之四人者，名高于世，則求之者遍矣。求之者遍，得毋有急欲見長之心？欲「使人巧」也。然究竟言之，雖其引進者殷乎，吾正患夫勢之有所限也。不過「規矩」耳。術尊乎己，則望之者多矣。望之者多，而遂有過量其人之事。欲其使我巧也。然代爲計之，雖其願望者奢乎，吾正患其意之有所在也。唯有「規矩」耳。然則合四者以爲言，固有化不可爲之處；懸四者以立法，自有教人以漸之方。梓、匠、輪、輿，則且何如也？截然，悠然。

「詩云憂心」一節

顧予咸

昌黎嘗言：歡愉難工，憂愁易好。豈不洵然？然吾私以爲有不盡然者。即如先生此文，豈非通篇憂愁之言？然我計必于歡愉之時爲之。何則？文章入妙時，固以憂愁爲歡愉，所由來舊也。看他起，看他縱，看他落，看他將莊姜、太王當面轉换，看他連呼孔子、文王，看他要孔子、文王作詩，看他不要貉稽作詩，皆是飽食徜徉、極意排蕩之筆。

二大聖人而不理，口從來甚矣。夫人至孔子、文王，亦可以無口矣。言之慨然。孔子、文王之不理，而士思理乎？姑與之賦《詩》。妙妙！《詩》三百篇，大抵昔人不理于時之所爲作也。

一路如聞猿啼鶴唳，使人悄然。外丁國步，内切人倫，慹不忍疏，哀無辭怨，不得已而以其迫蹙無聊之情，托之風《詩》，以冀後人之悟之焉。彼于區區身名，即詎曾一計乎？嗟夫，德盛則雖欲逃名而不能；名盛則雖欲避謗而不可，謗盛；則雖欲家置一喙以自解説，而又有所不得。計謂入題矣，却再一縱，然後真正是此題身分也。于是千古曾有幽憂善鳴之聖人，而曾無發憤自訴之聖人也。妙。是事也，明言之不可，吾請與子詠《詩》乎？入「《詩》云」悄然。抑明詠《詩》不可，吾請與子借人詠《詩》乎？入孔子、文王悄然。《邶》之詩曰：「憂心悄悄，愠于群小。」是莊姜之詩者也。異樣筆墨。吾昔讀之，亦以爲是莊姜之詩云爾。由今以思，閨房之中，夫婦之事，有何難哉？莊姜不足以當之，則吾以爲是孔子之詩是已。看他當面换莊姜作孔子，絶是題外閑筆，是題中妙理。孔子何辜于天？孔子何罪于人？而孔子至于是乎？皇天后土，又生孔子何爲哉？特孔子不自明耳。連呼孔子，淒動肝腸。找此句，妙妙！「緜」之詩曰：「肆不殄厥愠，亦不隕厥問。」是太王之詩者也。吾昔讀之，亦以是太王之詩云爾。由今以思，陶穴之旁，犬羊之嫚，又何難焉？太王不足以當之，則吾以爲是文王之詩是已。看他當面换太王作文王。文王何辜于天？文王何罪于人？而文王至于是乎？日居月諸，獨不文王照臨哉？特文王不自貶耳。連呼文王，妙妙！故孔子、文王之當時，憂愁中來，風雨又至，哀情曲筆，寫到此處。是亦能爲是詩者也，而孔子、文王終亦隱忍而不爲。子試評焉：孔子、文王之終亦隱忍而不爲，則豈人之信讒齎怒，猶有未如莊姜、太王者乎？曲曲寫來，追人魂魄。可思也。即吾與吾子之今日，千人所指，無疾將死，是亦宜爲是詩者也，而吾與吾子亦終宜隱忍而不爲。子試思焉：吾與子之不能隱忍而不爲，則豈人之信讒齎怒，反有過于孔子、文王者乎？妙妙！無數憂憤，化爲冷汗矣。可愧也。

曾晳嗜羊……獨也

譚元春

吾燒灰讀之，猶能辨是先生之筆。蓋吾于先生之文，所謂「琉璃硯匣，鎮日隨身；翡翠筆床，無時離手」者也。吾選文百餘，而殿之以此，凡以明指也。諸文中有從三尺灰堆下尋出者，徒以其善得此意。故皆用芙蓉新粉，重複塗澤之也。

以所獨言不忍，得其似矣。夫曾子之何爲不忍，亦與曾晳之何爲嗜，俱不傳矣。同、獨之論，所以曉丑，而非以盡曾子也。且孝子之心，有非後世之所能知者；即以當時孝子之心，有非當時之人之所能知者。其原皆本于不忍固已，而要其所不忍之事，所不忍之時，與所不忍之故，清言低轉，耐人千思百思。是豈曾以告諸人而人又代之爲言哉？即一羊棗也，曾晳偶然而嗜之。曾晳死，只是「曾晳死」三字耳，便有異樣悲涼。此增字法也。曾子見羊棗而悲焉。人見其不食也，以爲不忍而已矣。妙妙！果是何人說？至孟子之時，猶傳其不食也，以爲不忍而已矣。如欲明之，是烏得而明之，雖孟子猶明之；妙妙！何況他人？若不明之，而公孫丑烏乎明之？而況求之于美不美、食不食。甚矣，公孫丑之未嘗爲人子也！是貶是殺，試思之。孟子僅與之淺言曰：「膾炙所同也，羊棗所獨也。」獨之所在，而曾子悲焉。筆筆異樣波折。子亦知夫諱乎？非以獨之故耶？諱名，天下人子之情也；不食羊棗，曾子一人之情也。天下人子之情，不于同而于獨，所以一本也；曾子一人之情，不于同而于獨，所以養志也。曾子真嘗爲人子矣！是贊是哭，試思之。嗟乎，孟子之言，其于食膾炙而不食羊棗之故朗如矣，而未嘗言其所以不忍。夫不忍，豈真有聲色臭味哉？清言低轉，耐人千思百思。有所觸而動，或無所觸而亦動；見所獨而觸，或見所同而亦觸：哀至則哭，何常之有？即曾子亦不明其所以然，而況他人哉？妙妙！何況孟子？

唱經堂通宗易論

此書之整理，以清康熙初年學易堂刻《貫華堂才子書彙稿》本爲底本，宣統二年順德鄧氏《風雨樓叢書》排印、民國四年上海國光書局排印《貫華堂才子書彙稿》本以及民國石印《金聖歎全集》本參校。

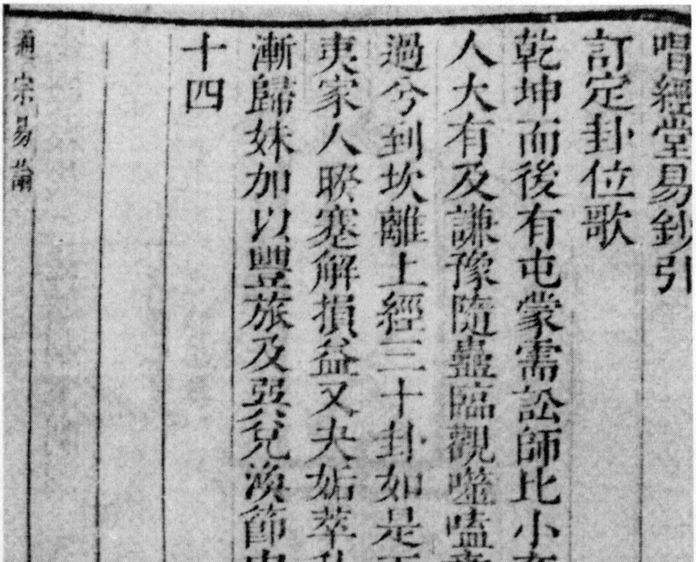
唱經堂易鈔引

訂定卦位歌

乾坤而後有屯蒙需訟師比小畜履小學卦終泰否始同人大有及謙豫隨蠱臨觀噬嗑賁剝復无妄大畜配頤大過兮到坎離上經三十卦如是下經咸恆遯大壯晉與明夷家人睽蹇解損益又夬姤萃升困井革鼎繼震兮艮兮漸歸妹加以豐旅及巽兌渙節中孚小過來既濟未濟三十四

通宗易論　一

康熙刻本《貫華堂才子書彙稿》之《通宗易論》書影一

唱經堂通宗易論

聖歎內書

義例

讀書當先明義例義例明雖五千四十八卷如指掌耳大易爲改過而作是必有義有義因以起例例之所在義之所在也義文例在乾坤二畫周公例在用九用六孔子學易韋編三絕鐵擿三折漆書三滅遂自立爲例曰陰陽剛柔仁義而於陰陽剛柔中確然見伏羲正文周中天地正聖人中上經中下經正因更有例曰中曰正而又檃括之曰時然則陰陽剛柔者例之始乾坤者例之又始故曰乾

康熙刻本《貫華堂才子書彙稿》之《通宗易論》書影二

唱經堂通宗易論 目録

訂定卦位歌……七九五
先師大哉至哉結制解制圖……七九六
義例……七九七
五十……八〇〇
乾坤……八〇三
十六卦……八〇七
八小卦……八〇九

唱經堂易鈔引

訂定卦位歌

《乾》《坤》而後有《屯》《蒙》《需》《訟》《師》《比》《小畜》《履》。《小畜》卦終《泰》《否》始[一]，《同人》《大有》及《謙》《豫》。《隨》《蠱》《臨》《觀》《噬嗑》《賁》，《剥》《復》《无妄》《大畜》配。《頤》《大過》兮到《坎》《離》，上經三十卦如是。下經《咸》《恒》《遯》《大壯》，《晉》與《明夷》《家人》《睽》。《蹇》《解》《損》《益》又《夬》《姤》，《萃》《升》《困》《井》《革》《鼎》繼。《震》兮《艮》兮《漸》《歸妹》，加以《豐》《旅》及《巽》《兑》。《涣》《節》《中孚》《小過》來，《既濟》《未濟》三十四。

[一] 「畜」，學易堂本作「學」，據《周易》改。

先師大哉至哉結制解制圖

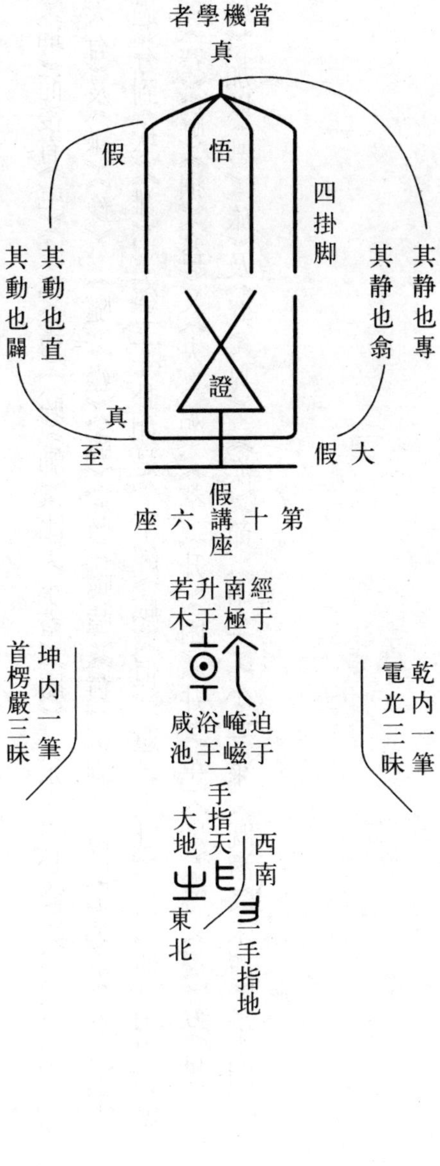

唱經堂通宗易論

聖歎内書

義例

讀書當先明義例，義例明，雖五千四十八卷，如指掌耳。大《易》爲改過而作，是必有義。有義因以起例，例之所在，義之所在也。羲、文例在《乾》、《坤》二畫，周公例在用九、用六。孔子學《易》，韋編三絶，鐵擿三折，漆書三滅，遂自立爲例，曰陰陽、剛柔、仁義。而于陰陽、剛柔中，確然見伏羲正、文、周中；天地正，聖人中；上經中，下經正。因更有例，曰中，曰正；而又隟括之曰時。然則陰陽、剛柔者，例之始；《乾》、《坤》者，例之又始，故曰《乾》、《坤》爲衆卦父母也。由《乾》、《坤》迄《既》、《未》，一半是人，一半是法。約法爲天地，約人爲聖人，于是遂分天地、聖人爲兩大科。上經發揮天地文字之卦，下經發揮聖人修行之卦。天地者，未學之聖人；聖人者，新學之天地。而天地一科，又分爲二；聖人一科，亦又分爲二。《乾》、《坤》、《坎》、《离》爲天地，截然四句；《震》、《艮》、《巽》、《兑》爲聖人，只二句。《坎》、《离》者，天地之神妙；《艮》、《兑》者，聖人之神妙。又《泰》、《否》、《既》、《未》，聖人所建立之天地；《咸》、《恒》、《損》、《益》，聖人所成就之天地。總之從義出例，從例入義。其中有樓閣卦，千樓萬閣，重重涉入。有光影卦。光光相屬，影影相注。苟不明于聖人樓閣辨才、光影筆法，徒然讀此卦不通彼卦，是則名爲樏槅卦而已矣。夫《乾》、《坤》之畫，不生于聖人心中，乃生于萬物分中。有《乾》、《坤》，遂有六子，因而相錯爲十六，相蕩爲六十四，此皆萬物分中事，而聖人因之。十六卦者，句卦也，其領義大；四十八卦，字卦也，其領義小：合之爲《乾》《坤》一章。《乾》，約人之卦，聖人之卦也；《坤》，約法之卦，天地之卦也。「大哉乾元」者，健元也，元之健者也；「至哉坤元」者，順元也，元之順者也。《乾》約一心最小，而一心不住于一心，如龍之御天最健，故曰大；《坤》約萬法，而法法各住于本位，如馬之行地最順，故曰至也。六十四卦，總之一卦《乾》，一卦《坤》，《乾》、《坤》爲論義兩大端。叩其兩端，竭于《既濟》、《未濟》。是故《乾》、《坤》，《易》之門、《易》之藴也。乃若《乾》宜用十，而今用九者，彼所具足之德，内減一數，蓋我德也，故曰「用九，見群龍无首吉[一]」。《坤》宜用五，而反用六者，向所簡去之一，特特于《坤》中見，故曰「用六，利永貞」。究之以《坤》之六，絜《乾》之九，不過五焉十焉，故曰「五十以學《易》」也。五者，天地之盛德；十者，聖人之大業。方圖以十六卦五其中，圓圖以十六卦十其際者也。仲尼通體是《易》：五十知天命以前，曰「立」、曰「不惑」，義本乎《乾》；知天命之後，

[一]「无」，《貫華堂才子書彙稿》各本均作「元」，《金聖歎全集》作「之」，據《周易》改。

曰「順」、曰「矩」，義全乎《坤》。而又何有大過耶？小過，天地自然之過也。過而不留，如飛鳥焉。自非聖人，不能寡過，而或貳過，駸駸乎成大過耳。故上經《坎》、《离》未開，談説之卦，終于《大過》；下經《既》、《未》未開，修成之卦，終于《小過》。《小過》者，大《易》之崑崙源、星宿海乎？夫胸具萬理，譬之網有萬目，而張網得魚，止挂一目，是故名卦。約性而論，伏羲六十四卦也；約修而論，文王六十四卦也。卦如繫結，爻爲解結。聖人設一卦，學者將安坐卦中；聖人摇六爻，學者得動出卦外。内三爻，體也；九二、六二，爲體之體，是曰「發」。外三爻，用也；九五、六五，爲用之體，是曰「揮」。發文考所未發，即揮文考所已發。所謂雜物撰德，辨是與非，非中爻不備者也。初與三，旁通其二，爲體之用；上與四，旁通其五，爲用之用：故曰「六爻發揮旁通，情也」。知中爻之爲經，則知旁爻之即傳矣。乃下經《咸》、《恒》卦，似宜以足上，而反用起下者，《咸》、《恒》在《坎》、《離》后，爲沐浴卦，蓋上下篇之紐也。上篇自《屯》、《蒙》馴及于《履》，乃鍛煉學者，至《泰》爲入大之初門；下篇自《中孚》、《小過》，逆推至《豐》，乃考驗聖人，以《損》爲證聖之實事。故莫樂于《泰》，《泰》卦上篇之門庭；莫苦于《損》，《損》卦下篇之塗徑。「由也升堂」，得聞《泰》卦也；「未入于室」，《損》卦未就也。又全經實以《坤》始，爲法因人顯，故始于《乾》，是爲始始；全經實以《既濟》終，爲人適如法，故終于《未濟》，是爲終終。合而論之，羲之一畫也，文之元亨利貞也，公之龍也，孔子之庸德也。例雖不一，其義一耳。

五　十 西堂總公提唱

《易》是天地之事，學《易》是聖人之事。天、地、聖人，命爲三才，各仗自己氣力作事，從來抗不相下者也。乃後之聖人，必欲以兩家會而通之，于是建立「五」、「十」兩字。建立「五」字時，即以聖人之學，七縱八横，通達轉來而爲天地；建立「十」字時，即以天地之易，齊齊整整，約束過來而爲聖人。而後乃知：方，天地即是聖人；圓，聖人即是天地，從來非有兩事也。天地、聖人，既非兩事，則五、十兩字亦復合一。五、十合一，即世尊胸前卍字輪也。然雖如是，而學《易》之法，必須五以五之，十以十之。五以五之者，五其十也；十以十之者，十其五也。今日爲當先説五，爲當先説十？五是天地之盛德，即是「易」字；十是聖人之大業，即是「學」字。今日既是聖人要去學《易》，則所注射，乃在天地盛德，應先説五字。然彼天地盛德，豈汝足下小生所能學？不學則已，學則竟是聖人之業，豈細事哉！以是之故，且須以五字置之高閣。以五字置之高閣，豈欲即説十字耶？十字既是聖人大業，今日學爲聖人，自應即説十字，而又有所未可者。譬如皇家造五鳳樓，必先築基端正，而後可憑空搆造。今亦如是，雖應即説十字，先應築基。何者爲基？謂于初入門時開口第一句便用九字也。何故九字是十字之基？蓋大千群龍具在，游戲滿足，是十字，而獨無奈領頭一龍，常要出來生事，致令一切群龍悉不得静。今但不許此領頭一龍出來生事，則群龍各各自在。不許領頭一龍，此是九字；群龍各得，此是十字。不許一龍而群龍即各得，故九字是十字之基也。何謂領頭一龍？即宗家劈面所訶之擬議是也。我等平昔爲凡夫，各賴此擬議，從今以往，須要破盡執我，而後方與用九之義有少分相應也。問：聖人大業，既于十内減一而用九，天地盛德，復當云何？答：天地盛德，則于五外增一而用六。何以故？天地之爲天地，直至今日，但會得五，除五之外，更無所能。全賴有聖人者，于其間爲持地菩薩，而裁成輔相之，故至今猶得持定在此。不然而一任其五之性行去，則將胥而至于不可知之地矣，故不用五而用六也。《大經》云：「住世一劫，若減一劫。」「若減一劫」者，世尊爲薄福衆生説，如來畢竟入于涅槃；「住世一劫」者，世尊爲大乘菩薩説[一]，如來畢竟不入涅槃。説如來畢竟入涅槃，即是十内減一而用九義；説如來畢竟不入涅槃，即是五外增一而用六義也。雖然，若就聖人説之，初亦未嘗于五之外，另增一事也。何也？聖人視説法與駡人，一總只是鼓粥飯氣。而凡夫定欲推説法于駡人之外，謂是確有一件事者，故實實同是五字，而遂以爲六耳。是則即用五字以爲六，非于五外另用六，故曰「用六永貞，以大終也」。當知九字，是《乾》卦之大力用；六字，是《坤》卦之大力用。《乾》卦之大力用，展轉直至《既濟》，方得完全是十，而尚有六在其中；《坤》卦之大力用，展轉直至《未濟》，則竟清浄是五，更無九在其内矣。

[一]「菩薩」，自此以下多簡筆刻作「廾卅」，以下徑改。

問：五字×如何寫？曰：兩手握四管筆，從外面一齊畫到中心，而×字成。問：十字如何寫？曰：兩手握四管筆，從中心一齊畫到四面，而十字成。五字寫法，「雷以動之」；十字寫法，「風以散之」。蓋響從四面來，法界之性如是；去從四面去，以學于聖人之道故也。故五字，天地之字；十字，聖人之字。×字即十字，而圓寫之則爲五；十字亦即×字，而方寫之則爲十。圓十字爲×，乃即活十字也；方×字爲十，乃即死五字也。約天地盛德曰五，約聖人大業曰十。五以學《易》，十以學《易》，殆謂此矣。然而五、十字，初不爲我等算數而設，今日斷不得以算數法來聽。何也？聖人胸中，但有一字，且無二字，何況餘字。蓋聖人所見，惟是大千。大千從本是一，故復次，聖人立出十个字來，只爲得一件事體。心中只一件，眼中只一件，口中說不得一件，于是不得不作兩樣方法以說之，因而以一一字分爲兩一字。兩一字者，人一法一也。約法，則分爲天地盛德句，是爲五字；約人，則分爲聖人大業句，是爲十字。五字是約法一字，十字是約人一字，究非有二字也。既五、十二字，俱是一字，餘字當復何用？當知一、二、三、四四字，祇是五中之開合；六、七、八、九四字，祇是十中之氣候也。問：《乾》卦豈非約人之卦耶？曰：然。《坤》卦豈非約法之卦耶？曰：然。然則《乾》卦何不用十而用九，《坤》卦何不用五而用六耶？曰：據實而論，祇是一副大千，不應有約法、約人之事。其所以必須約人者，無他，祇爲法故；其所以必須約法者，亦無他，祇爲人故。約法、約人，總爲人不如法，意重在人，不重在法。每卦中爻屬人，故發揮因之。欲于《坤》卦廣談法界，必須先于《乾》卦成就法器，故《乾》卦中凡有所說，悉爲未成乎人。既以其人來《坤》卦中，住持于法，其人乃得名之爲十。若猶未也，定應用九，不應用十也。若爾，《坤》卦應用十，何故亦不見用？曰：《坤》卦正以應用十之故，所以不用十而用六也。何也？應知《乾》卦用九者，非所云老陽之謂，乃是十中缺一也；《坤》卦用六者，亦非所云老陰之謂，乃是五外增一也。云：何是十中所缺之一？未成乎人，執我之凡夫是；云：何是五外所增之一？已成乎人，參贊之聖人是。由是言之，《乾》卦所缺，正即《坤》卦所增；《坤》卦所增，正即《乾》卦所缺也。蓋《乾》卦純説人，不説法；《坤》卦純説法，不説人。然《乾》卦雖實實説人，而實實不是人，故減一數；《坤》卦則實實説法，而實實竟是人，故增一數。以《乾》所缺之一，補之于《坤》，而《坤》得用六，用六所以住持其五也；以《坤》所益之一，減之于《乾》，而《乾》止用九，用九所以期致乎十也。故知《乾》卦爻爻用九，意不在用九，意在不用一也；《坤》卦爻爻用六，意不在用六，意在雙用一也。如是則圓者方，方者圓；活者死，死者活。更無約法、約人之事矣，而後乃得名爲真正人與真正法。故此《乾》、《坤》兩卦，實是一卦，非兩卦；五、十兩字，實是一字，非兩字也。

乾　坤

云何爲《乾》？祇據現在一法，迅疾起滅，不曾暫停，卦之曰《乾》。《乾》卦本小，而破于一物，翻出萬物，以其棄小就大，爲「萬物資始」，故曰大。云何爲《坤》？遍約大千微塵，瀰布無外，不漏一絲，卦之曰《坤》。《坤》卦本大，而借彼前法，出生後法，以其如法各得，爲「萬物資生」，故曰至。《乾》，約人之卦也；《坤》，約法之卦也。聖人意重在人，不重在法，人不終則法不始，故《乾》、《坤》雖齊舉，而必先《乾》後《坤》，所以明《坤》必本乎《乾》之義也。《孝經》云：「先王有至德要道。」至德，仁是也；要道，孝是也。孝與仁，從來不相見之字。仁非孝之滿分，孝亦非仁之少分。其云「至德要道」者，言孝是仁之要道也。故曰：「夫孝，天之經也，地之義也。」民之所由生也。一人曰「人」，普天下人曰「民」。一人若在，普天下人不得活，賴得「孝」字爲塗毒鼓，一聞便死。一人既死，民皆得活，故曰「民之所由生」。今以「孝」字詮父子一倫者，蓋以前法後法，相生不窮，有父子之義故也。「郊祀后稷以配天」，是說「仁」字；「宗祀文王于明堂以配上帝」，是說「孝」字。《周南》以「麟」止。麟者，青色仁獸，王者至仁格天之所感。《召南》以「騶虞」止[一]。騶虞者，白色孝獸，王者至孝格天之所感也。讀《周南》、《召南》，而《乾》、《坤》之能事畢舉矣。《論語》首章，「時習」，即「乾乾因其時而惕」，《乾》之義也；朋來，即「西南得朋」，《坤》之義也；「君子」，即《屯》、《蒙》以至《中孚》、《小過》之君子也。上經首章，立出「君子」字；下經首章，奪却「君子」字；末章結歸「君子」，與首章應。「其爲人也孝弟」章，孝弟爲仁之本，蓋言《乾》卦爲《坤》卦本也。《坤》是仁卦，約法；《乾》是

[一]「騶」，《貫華堂才子書彙稿》各本均作「雛」，據《金聖歎全集》改。

孝弟卦，約人。雖人與法雙約，究竟歸重爲人上，故《學而》章雖是開經第一章，而《論語》實以「孝弟」章始也。然但云「其爲人也孝弟」，而不云爲孝弟之人者，蓋孝弟原非實事，不過以防閑天下之不仁耳。仁之爲言，七通八達之謂也。一佛國土，通于無量佛國土；無量佛國土，通于一佛國土。塵塵刹刹，你既爲我，我復爲你，如八門五花，無有隔礙，故名仁。然聖王必不能使天下仁，但欲使之不至于不仁，故特設「孝」「弟」兩字以防範之。一出一入之間，如臨深，如履薄。此如兩道靈符，可以袚除不祥。眼光但要照定此兩字，自無犯上作亂之好。所以但云「其爲人也孝弟」，而不云若何爲孝弟之人也。「孝弟」，只約現前一心說；「爲人」，約一期報盡說。爲孝弟于一刻上爲，一爲便了；爲人必須爲到死而後已，終無了期者也。蓋好犯上，即是不孝弟；好作亂，即是不仁。不好犯上，即是孝弟；不好作亂，即是爲仁。故知祇有不好犯上，不好作亂，是庶民實法，並無孝弟與仁之事也。既云「孝弟爲仁之本」，則是聖人建立「孝弟」字，專爲爲仁。而乃云「本立道生」者，蓋未開經前，不過爲人，既開經後，即是爲仁。而于中間必作六十四番卦象者，是即所謂道。每一卦象，必作六番爻辭，以至有三百八十四爻者，是即所謂道中之生也。是故説經不但説一冠冕「仁」字便了，要須實實落落，開出「道生」字來而後始得。不然，既無相生之道，開亦何益？君子所以不務開後之大和會，而務未開前之本者，良由于此。

今日開經，如此説去，須知有二大法門。何等爲二？一者無量善法，同時俱興，謂之興善法門；一者從前執我，應時歇滅，謂之破惡法門。所興之善，有塵塵刹刹，猶如紅爐；所破之惡，祇一塵一刹，喻如點雪。從此《乾》、《坤》二卦以往，總是一卦興善、一卦破惡，直至《既》、《未濟》，無不皆爾。然所破之惡，雖如點雪，而有大勢力；所興之善，雖如紅爐，而無勢力。故必須一雙一雙相守説去，而後所破者方得一死不活，所興者方得神變無方云爾。復次，《乾》之爲卦，乃是搜尋一切不通達之卦也。不通達，雖止在一處；而搜尋不通達，則須遍一切處。遍處搜尋，並無一處不通達可得，而後《乾》之能事始畢。故《坤》卦是實，《乾》卦是假。然遍一切搜尋不通達，此是實實一事，若所謂處處通達之境界，則誰當見，誰當説？故又應《坤》卦是假而《乾》卦是實也。且夫《乾》卦雖求處處通達，而其實祇求去一處之不通達。譬如人周身氣血，少有一處窒礙，則周身氣血應時便阻，謂之不仁之疾。善醫者止于此窒礙一處而療治之，此一處既得愈已，則通體悉愈。故知《乾》卦醫治全法界不通達，不在處處，而在一處也。復次，仁者推而行之，處處行得通之謂；孝者反而求之，並無一處行不通之謂。仁者，喻如家業；孝者，喻如能守家業之人也。故仁是大千之實法，而孝乃君子之用心也。仁是本有實法，故非但不能不仁，亦復不能爲仁；孝是君子用心，故既能爲仁，亦能爲不仁：故眼光不注射在孝，而注射在不孝。仁是現前一切萬物内，無微塵許不通達；孝是通達大千中，所有一切不仁之處者也。故《坤》卦纔説起時，便已是仁；《乾》卦必須説完以後，乃得是孝耳。復次，在昔堯舜之世，萬民皆得耕鑿飲食。夫萬民之耕鑿飲食，固是大千之仁，與帝力無與。然使無堯舜在上，則萬民決自耕鑿飲食不成。譬如優人雖善戲，若無勾欄以閑衛戲場，終亦不能施其技。聖人之業，其能閑衛不仁也，亦復如是。此所以天地之化育，實不待贊于聖人，而聖人者必須爲贊之云爾。

十六卦爲《法華》十六王子說

「天地定位，山澤通氣，雷風相薄，水火不相射」，總之曰「八卦相錯」。固知此非八卦之文，乃十六卦之文也。天地一雙，以至山澤、雷風、水火，共成四雙，乃即六十四卦之文也。八卦相錯有十六，相蕩有四十八，合而成六十四，而實則以十六卦爲圓圖、方圖之經緯。方圖，伏羲卦也；圓圖，文王卦也。十六卦爲句卦，餘四十八爲字卦。自《乾》、《坤》開章，歷《屯》、《蒙》八小卦，則以《泰》、《否》束之，雖結上文，實起下文也。上經《泰》、《否》一束，《坎》、《離》一束；下經以《咸》、《恒》爲上下之紐，又《損》、《益》一束，《震》、《艮》一束，《巽》、《兑》一束，《既濟》、《未濟》一束。而四十八卦錯綜于其間，所謂「鴛鴦繡出從君看」，以十六卦爲「金針」也。大雄氏有《十六觀經》，即十六卦是；有四十八願，即四十八卦是。他如《尚書》有十六字，《妙法蓮華經》有十六王子，而佛爲初地說法，有四諦、十六心，其義一也。《乾》，苦法忍也；《坤》，苦法智也。《泰》，苦比忍也；《否》，苦比智也。《坎》，集法忍也；《離》，集法智也。《咸》，集比忍也；《恒》，集比智也。《損》，滅法忍也；《益》，滅法智也。《震》，滅比忍也；《艮》，滅比智也。《巽》，道法忍也；《兑》，道法智也。《既濟》，道比忍也；《未濟》，道比智也。《十六觀經》，首落日觀，《乾》卦也；次大水結冰觀，《坤》卦也。《尚書》十六字，「人心惟危」，苦諦也；「道心惟微」，集諦也；「惟精惟一」，滅諦也；「允執厥中」，道諦也。其中忍智兼具，《法華》第十六王子，即《尚書》十六字之中字。故佛號日月燈明，而釋迦獨受記于燃燈也。由此推之，十六卦功德可見矣。八卦相錯者，除却天地，止得六卦。蓋從一嚮中分天分地，天地本自相錯，不待聖人。故錯六子，則天地之錯曉然，兩錯爲因，六錯爲果也。「天地定位」是設卦，「山澤」三句是繫辭。天地不爻，天地底下，所繫三番之辭是爻。爻者，摇也。《乾》與《坤》摇，而後《乾》中有《坤》，《坤》中有《乾》。不但六十四卦是《乾》、《坤》摇出來，並六卦亦是《乾》、《坤》摇出來。老夫妻兩個先自摇動了頭，然後小男小女一齊都摇。天地是因緣法，天爲因，地爲緣。「山澤通氣」，好因好緣也；「雷風相薄」，惡因惡緣也；「水火不相射」，不好不惡因緣也。號物有萬，或從好因緣和合而生，或從惡因緣和合而生，或從兩件不好不惡因緣而生。譬諸醫師，投藥即愈者，「山澤通氣」也，是大醫王；投藥即死者，「雷風相薄」也，亦是大醫王；投藥不愈亦不死，「水火不相射」也，是謂三轉法輪。「山澤通氣」者，師通于弟，弟通于師。師通于弟，感其法乳之恩；弟通于師者，望如妙高聚也。「雷風相薄」者，一切萬物，雷趕出來，既出來已，風趕進去。「相薄」，相逼也。以紙扇爲喻。「水火不相射」者，存水則無火，存火則無水也。説「天地定位」，聖人之意，正要地天定位；説「山澤通氣」，聖人之意，正要澤山通氣；雷風、水火亦然。此四句乃賓句，非主句也。天地水火，是正正錯。雷風䷟翻來是澤山䷞，山澤䷨翻來是風雷䷩，云斜正錯。許了「山澤通氣」，而山與雷、風，山與水、火，本通不得氣，亦都通氣起來。推之「相薄不相射」，勢不六十四不止。「八卦相盪」者，即以八本卦盪八錯卦，而有四十八。天地，山澤，雷風，水火，盪字之「皿」也；「通氣」，「相薄」，「不相射」，盪字之「湯」也。八正卦，能盪之聖人；八錯卦，受盪之衆生。略盪到南，有十二卦；略盪到北，有十二卦；略側到左，有十二卦；略側到右，有十二卦。只有一盪，四面俱到，更無兩盪也。

八小卦爲《五燈會元》說

《屯》、《蒙》、《需》、《訟》至《小畜》、《履》，八卦爲小學卦。于中，《屯》、《蒙》、《需》、《訟》爲小始，《小畜》、《履》爲小終，而《師》、《比》不與焉。《師》、《比》，文字之卦也。舊聖人授記學者，胸中有《師》、《比》二卦；新聖人蒙授記者，已成《小畜》、《履》二卦，故又有四卦在《訟》後。不然，既已《訟》過，宜直接《同人》、《大有》。所謂「利見大人」者，《同》、《大》也。《同人》方始謂之人，《大有》方始謂之大。《大學》「事有終始」，以《同》、《大》爲始，以《既》、《未》爲終。從八小卦入《同》、《大》，是新聖人路程圖。《師》、《比》兩篇文字，是《小畜》「畜」字兩个副本。故《小畜》卦，內中爻即《師》，外中爻即《比》也。《屯》、《蒙》卦，達磨遇神光時也。《蒙》卦不過陪說《屯》卦。《需》卦喝後來不及丢不下之卦，香岩辭潙山時也。《訟》卦授記《屯》卦也。卦之小，莫小于《屯》。所謂現前一心，是《屯》卦，只一「元」字已足。乃全許元、亨、利、貞者，爲他初入道場，心中貪圖此四字；又後來畢竟成就此四字，故遥授之耳。所以「勿用」「有攸往」，奪他「利」、「貞」字；「利建侯」，並奪他「亨」字。「有攸往」，從《坤》卦來；「勿用」，從《乾》卦來。他原有轉身句，善知識只算做當機句，曰「利建侯」。如立箭垜，到得箭箭上垜，然後容他轉身。一喝是元，一喝不住一喝是亨。《屯》卦底元，已被喝住，所以《蒙》無「元」字也。蓋一人屯了，法法蒙了。法本不蒙，因《屯》卦連累他蒙。《蒙》卦無可說，說《蒙》卦者，重說《屯》卦也。《需》卦「以正中也」，《訟》卦尚中正也。中以正爲體，正以中爲體。中竪，正横。中動而不已，正安住不動。《需》，須也。爲何《需》卦要等？只爲他不中故。住在中時，前後際斷，曰「得中」。《訟》卦尚中，則《需》卦止爲不中。請出全法界來，曰「以正」；見了全法界，我便立不起，曰「以正中」。中則授記，故必要《需》。《需》到「需于酒食」，等着了，故《訟》，正是法師中是法了。《訟》曰「尚中正也」，法師之事也。《需》之九五，曰「以正中也」，法子之事也。《屯》卦、《需》卦，參學之卦；《訟》卦，授記之卦。「汝于來世，當得作佛」，此授記正文。其言似終，而實非終也，故曰「終凶」。謂普賢萬行，從此而始；不是學人之事，于此而終。你且耐着，我爲你説《師》、《比》等卦，領你見大人去，故曰「作事謀始」。授記之後有何事？見大人則其事也。大千純親曰《師》，大千純疏曰《比》。兩番皆説「畜」字，《師》卦成就畜，《訟》卦破壞小。《小畜》者，大學之前方便也；《師》、《比》者，方便之方便也。《師》卦不過容民之法，把這個容民之法，做《小畜》畜衆之法。然而畜義未暢，故又説《比》卦，《比》卦建萬國之卦。不要提起你一國，萬國好端端一齊建，你也建在裏邊了。《訟》卦以後，合説《履》卦，儒行爲「履」。小人之行，悵悵何之，不謂之「履」；大人之行，空行無迹，亦不謂之「履」。《履》在《訟》

後，舉足動足從道場來，只是做了「小人之履」，怎麽處？小即《小畜》之「小」，不畜則小矣。以小而履，是小人履；以畜而履，是君子履。「女爲君子履，無爲小人履」。《子夏》那日正打從《訟》卦出來，領到《師》、《比》卦，已放大眼光。「畜」字成就，然後「履」字成就，《履》卦即是《訟》卦。而今《履》卦不是《訟》卦之《履》卦，乃《師》、《比》中之《履》卦。蓋欲成就《同人》、《大有》，直通《既》、《未》之《履》卦也。《履》卦說了，《屯》卦纔完。達磨大師東來，只爲得一个《屯》卦。一部《五燈會元》，都是弄粥飯氣，已收在《屯》卦一卦裏邊。蓋不曾屯底時節，他三魂六魄，不知飄蕩在那裏，縱有屈原《大招》，也招不來。而今兜頭一喝，提出眼前一心，便立刻屯住。屯了現前，已有這个人了，然後把這個人漸漸裏擺佈他。《莊子》云「而後乃今將圖南」，[一]轉身境界也。《洪範》五行，首列水火。水火不因種生，不謂之物。水是萬物來處，火是萬物去處。木者，凡夫之位；金從火鍛成，法師之位；土者，聖人之位。以四海證之，《坎》卦北海，即《南華》「北溟」也。大海環亘八方，而得見者獨四面，南海、東海及東南、東北是也。所以北溟不可見，徙于南溟乃可見。非「小德川流」，惡睹所謂「大德敦化」者耶？故知北爲滅方，非「相見乎《離》」，則大寂滅之境，不焕然照面，所賴于法師功德不淺也。是則文王正面之卦，現有其四，不同于伏羲如此。譬如三角城中，伏羲坐定《坤》卦說《乾》卦，謂之坐闕向尖。《乾》卦最小，所以轉出《屯》卦極小之卦。不以《坤》卦開經者，初開經時，《坤》未能當情，

[一] 以下諸句，學易堂本無，據晚清、民國諸本補。

須令學者看定《乾》卦。故文王坐定《坎》卦有《離》卦，謂之坐尖向闊。《離》，快活之卦；《坎》，憂患之卦。存此憂患之心，于尖處擔着干紀，到得轉出《遯》、《壯》，純向闊處，此是義、文心中之馳驟。

唱經堂語録纂

此書之整理，以清康熙初年學易堂刻《貫華堂才子書彙稿》本爲底本，宣統二年順德鄧氏《風雨樓叢書》排印、民國四年上海國光書局排印《貫華堂才子書彙稿》本以及民國石印《金聖歎全集》本參校。

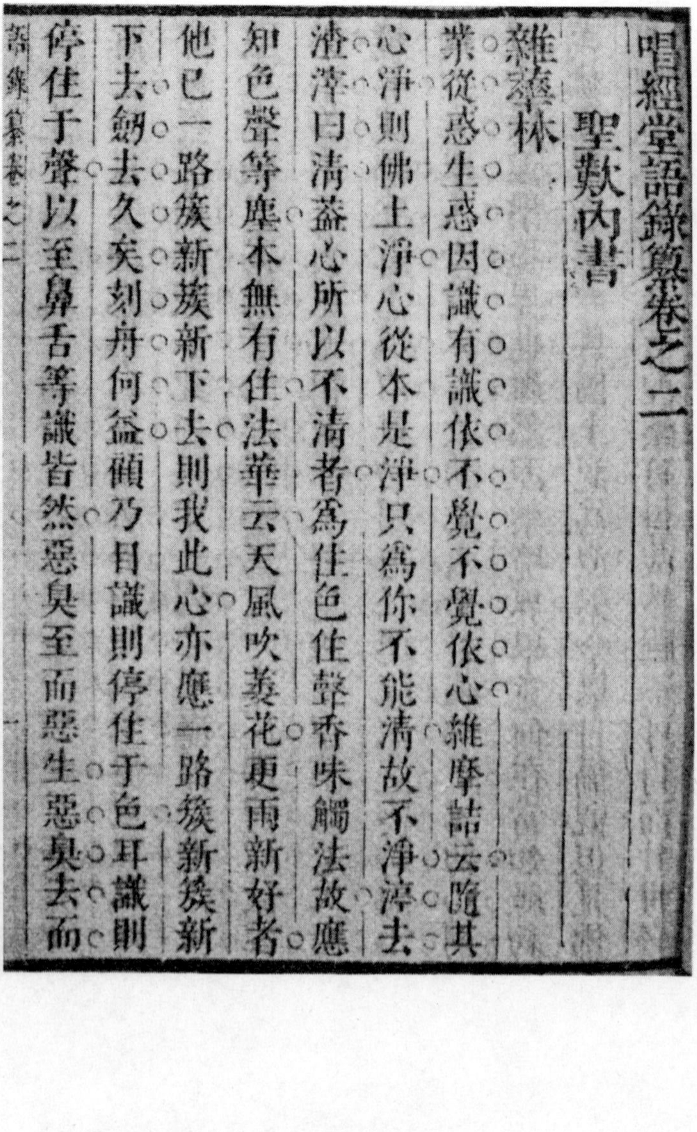
唱經堂語錄纂卷之二

聖歎內書

雜華林

業從惑生惑因識有識依不覺不覺依心維摩詰云隨其心淨則佛土淨心從本是淨只爲你不能淸故不淨滓去渣滓曰淸葢心所以不淸者爲住色住聲香味觸法故應知色聲等塵本無有住法華云天風吹萎花更雨新好者他已一路簇新簇新下去則我此心亦應一路簇新簇新下去劒去久矣刻舟何益頭乃目識則停住于色耳識則停住于聲以至鼻舌等識皆然惡臭至而惡生惡臭去而

康熙刻本《貫華堂才子書彙稿》之《語録纂》書影一

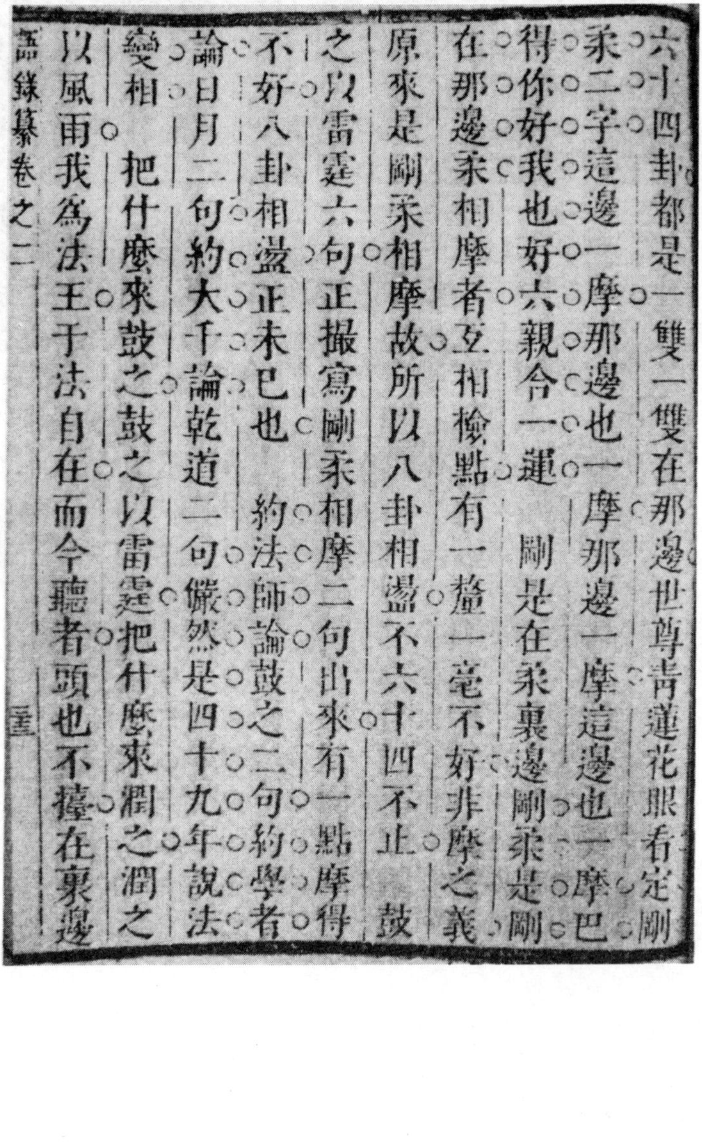
六十四卦都是一雙一雙在那邊世尊青蓮花眼看定剛
柔二字這邊一摩那邊也一摩那邊一摩這邊也一摩巴
得你好我也好六親合一運　剛是在柔裏邊剛柔是剛
在那邊柔相摩者互相檢點有一擡一毫不好非摩之義
原來是剛柔相摩故所以八卦相盪不六十四不止　鼓
之以雷霆六句正撮寫剛柔相摩二句出來有一點摩得
不好八卦相盪正未已也　約法師論鼓之二句約學者
論日月二句約大千論乾道二句儼然是四十九年說法
變相　把什麼來鼓之鼓之以雷霆把什麼來潤之潤之
以風雨我爲法王于法自在而今聽者頭也不擡在東邊
語録纂卷之二

康熙刻本《貫華堂才子書彙稿》之《語録纂》書影二

唱經堂語録纂　目録

卷一……八一九
卷二……八四九

唱經堂語録纂卷之一

聖歎内書

雜華林

問：《易》終于卜筮，而後卒以卜筮之書存，聖人果有意乎？答：世間憂疑悔吝，都在六十四卦中，所以聖人于通邑大都之中，人贈一本，使之趨吉避凶，然後此書不廢，此末法也。上文，尚辭，尚變，尚象，正法也。「以言者尚其辭」，舊聖人久修之後，爲法師説法，准了六十四卦説，便有個次第。「以動者尚其變」，新聖人發菩提心，要轉凡成聖，依了六十四卦做，便有個規矩。「以制器者尚其象」，即象法也。化緣既畢，人根轉鈍，須用象法，令人增長福德故。

六十四卦爲一部經，八卦爲一經，十六卦爲一經，乃至一卦自爲一經；乃至卦中一爻，爻中一句，句中一字，亦自爲一經。是五千四十八卷底一把算子，六百卷《般若經》爲《乾》卦，四十卷《涅槃經》、八十卷《雜華經》爲《坤》卦。《妙法蓮華》，《乾》之終也；《涅槃》，《坤》之終也。

講《乾》、《坤》卦，要把六十四卦來講。所謂《咸》卦者，《乾》卦之某字也；所謂《恒》卦者，《乾》卦之某字也。六十四卦，《乾》裏邊具足，《坤》亦然。　《乾》卦自「初九潛龍勿用」起，至「用九見群龍無首吉」，恰是六十二字，一个字頂一个卦。如「初」字即《屯》卦，「九」字即《蒙》卦是也。

達摩大師，用條短秤一喝便了，六十四卦釘作長秤。這句在我此卦前，這句在我此卦後。花拳繡腿，一路短打，又手鬆脚快，捉摸不定，大《易》之文也。

問：何以必分上下篇？答：不分上下篇，則「五」、「十」二字不得清出。上篇五字，五者，「天地之盛德」也；下篇十字，十者，「聖人之大業」也。　德之盛者，莫盛于聖人，而云「天地之盛德」；業之大者，莫大于天地，而曰「聖人之大業」。總之，上篇説聖人，下篇亦説聖人；上篇説天地，下篇亦説天地。位天地，不得不位聖人；成就盛德，即成就大業之前方便也。

五字十字[一]，總是十方世界。十方世界，是大《易》之正本；《乾》至《未濟》，是大《易》之副本。我親見大千世界，是天地盛德；我親見大千世界，是聖人大業。五者，未經鍛煉之十字；十者，既經鍛煉之五字。　《乾》、《坤》者，即所學之《易》；自《屯》至《履》，乃學《易》之人也。你既是學《易》之人，我乃覆説《乾》、《坤》，曰《同人》、《大有》。《同人》、《大有》是實法，《泰》、《否》二卦，乃《同人》、《大有》之楔子。　《乾》、《坤》另説，《屯》至《履》，是正

[一]「五」，學易堂本作「×」，據晚清、民國諸本改。

文；《泰》、《否》另說，《同人》、《大有》至《頤》、《大過》，是正文。把十六卦「五」，在方圖裏邊橫寫；把十六卦「十」，在圓圖裏邊竪寫。自《屯》、《蒙》起，每遇十六卦，便結一結；再起十六卦，不跟四十八卦走。有十六句卦，必用四十八字卦。先把十六卦擺定格式間架，將四十八卦填進去。譬諸人身，十六句卦，骨也；四十八字卦，肉也；《乾》、《坤》，骨中之髓也。譬諸人倫，十六句卦，父母也；四十八字卦，子也；《乾》、《坤》，大父母也。十六句卦落墨，四十八字卦設色。先把《乾》、《坤》兩卦擺作紅氍，乃天地之全局。然後領出《屯》、《蒙》這个人來，逐出逐出演去，到得《大過》，戲做完了。

上經無量章句，止成就得坐身底下的《坎》卦。《坎》卦說既成，而今放心得下了，將有事于大千世界。下經無量章句，都從《離》卦說來成就的，所以《離》卦雖放在上經之末，其事都在下篇。《咸》、《恒》卦，叫做沐浴卦，從上無量章句鍛煉出來，以法流水而自沐浴，乃重新做起。《遯》、《壯》不接《咸》、《恒》的，聽了《咸》、《恒》卦，身分裏邊，百病千瘡，一齊舉發，所以續說八字卦，爲懺罪法門。

上篇天地，不是學者；下篇學者，不是天地。學者做到十成，竟是大地了。《咸》、《恒》卦純是天地話頭。

上經先天之學，下經後天之學。先天弗違，修如是因；後天奉時，獲如是果。後天奉時，一定要打從先天弗違來；若後天奉時，一切莫不如是，獲便獲了，難不曾難，獲不要提起難，定要學底。上篇《屯》卦是學聖人第一步，到得《大過》，纔結个果。然後請出《坎》、《離》來，以天地莊嚴而自莊嚴，是爲「先難」。下篇聽了《咸》、《恒》、《遯》罷了，放下心丢開手便是，是爲「後獲」。先天弗違，吃盡老力；後天奉時，蕭然無事。

上經前一卦人，後一卦法。人者，法外之人；法者，人外之法。下經前一卦法，後一卦人。法者，有人之法；人者，有法之人。然意在約人，不在約法，上下經所同也。上經就把下經的法，淘洗這人；下經由他盡情做人，恰好是法。

上經談天地之盛德，終于《咸》、《恒》；下經談聖人之大業，始于《遯》、《壯》。上篇全然没有天地，純是聖人才情，發揮天地；下篇全然不見聖人，純是天地力量，成就聖人。學者必須有《震》、《巽》、《艮》、《兑》氣力，讀得上篇；必須有《乾》、《坤》、《坎》、《離》氣力，讀得下篇。上經所説，舊天地成就新聖人；下經所説，新聖人仍是舊天地。「惟天下至誠」，本覺也，作聖種子，是曰聖胎；「惟天下至聖」，始覺也，「莫不尊親，故曰配天」。《論語》，大《易》之内傳也；「仲尼祖述」章，大《易》上下二篇之綱目也。外德是《坤》，内德是《乾》；走出來是《震》，走進去是《巽》。凡夫無智，道他走出來；聖人立教，教他走進去。其實凡夫走殺走不出來，世尊入涅槃，正入到你走不出來底所在。卦中有《艮》卦，便是氣候裏邊事；有《兑》卦，便是説法裏邊事。

大《易》有大《易》之例，先有例前之義。有了例，造得這部書；有了義，立得這个例。兼三才而兩之，初二爲天，三四爲人，五六爲地。與天合德，要合陰天之德、陽天之德；與地合宜，要合剛地之宜、柔地之宜。今云爲陰，今日天底幽暗，不關昨日之雲，只是今雲蓋住。

陽者，颺而去也。死在一響底下爲陰，翻觔斗出去爲陽。前一法爲陰，後一法爲陽。五岳爲剛。山頂最高之處，無量劫來，爲罡風所刮，纖塵不着，故「剛」字從岳從刀。終南、太行不剛，故不得名「岳」。柔大弓，即祖王弓也。王公設以守險，不犯手爲剛，不丟手爲柔。陰陽不相見底，剛柔分不開底。陰陽二字，一優一劣，剛柔無優劣。陰陽要料簡得明白，分陰分陽，善知識爲我分；剛柔刻刻互用，迭用柔剛，乃我自去用。剛柔一定之理，陰陽無窮之理。性順命之理曰義，命順性之理曰仁。先師立出這義例來，故曰「立天之道」云云。

「《易》與天地準」至「神無方而《易》无體」節，這是義，没有例在裏邊。几旁乁字，乾字裏邊用，坤字裏邊用，乃閃電之形，迅疾得緊。人旁一直是地，旁乙字是天。説天地，爲人而説也。「《易》之爲書」，有兩副本事。他能彌天地之道，能綸天地之道。天地之道，無處不到，此書無處不到，云彌；綸如紡車一般，天地之道，無有窮盡，此書無有窮盡，云綸。且先問天地之道，如何彌綸在那邊？天刻刻做地，地刻刻做不牢地；天正是地，地正是天，用不得即字。天地二字立不定，我只尋其道。天地字，聖人權巧説之，道字乃實説。爲何有此道？這其中有个緣故，即所謂幽明之故也。幽明不是理，不是事，不是境界，只是个故。只要久于其道，與他摸熟了，就摸出這个故來，故要「温故」。故即平等智，新是差別智。仰觀俯察，就是知幽明底方便。仰觀不是看，觀世音之觀也。事天明了而後事地察。仰以觀者，仰即觀之法；俯以察者，俯乃察之法。人不當意故仰，仰非人之常；人有憂愁故俯，俯亦非人之常。學成仰法，以此「觀于天文」；學成俯法，以此「察于地理」。古鏡銘云：「漢有善銅出丹陽，鑄而用之清如明。」如之云者，日月兩行爲明。今日活在這裏，還是來，還是去？菩薩于此想一想，豈不是个兩行。「幽」字不作「暗」字解，中間不是「山」字，喻如蒜囊間隔。秋葵子亦然，只是一朵花，爲何中間有許多隔？每隔有五粒子，一粒一顆，彼彼互非者何故？秋葵隨日輪而轉，不過一朵花，爲因剛到柔一隔，柔到剛一隔。如子時爲剛，丑時爲柔，彼在時分裏邊團團轉來，故每隔中有五子。中非幺字，乃是香烟篆。秋葵在二六時中，有許多隔，下無數種子；一切衆生于二六時中，有許多隔，造無量罪業：這是「幽」字。我既摸熟他底性子，則知幽之故，便于二六時中不下種子；知明之故，便于生死兩行絶不慌張。先幽後明者，自己不下種子，生死由他罷了。

「郊祀后稷以配天」，何不倒云「郊祀天配以后稷」？蓋丢了現前一法，天不可得而事，故先言后稷，後言天也。「宗祀文王于明堂以配上帝」，明堂四面無牆壁，宗祀文王是一法，于明堂遂通萬法。郊祀者，野祭也；宗祀者，廟祀也。圜丘方不得底，況可祀之于廟；天無方，只可野祭。文王是國之宗，自宜廟祀。然不郊祀天，則文王再祀不着；能郊祀天，則祀文王即是祀天。「純亦不已」，故云「以配上帝」。

《乾》卦《文言》「乃統天」，應云「乃統地」，方與「乃順承天」相應。不知地無一刻做得牢地，極窒礙底東西，從没有人窒礙他，則地非地，仍天也，故不曰統地，曰統天。天没有頭數，豈有衆天被一天所統底理？

南方大火星，獨稱爲星者，以此爲定盤星故。二十八宿爲天文，亦名二十八舍。天是正圓底，角次有許多星，亢次有許多星，則角宿、亢宿亦正圓。餘凖此。東西南北上下爲地理。「物相雜故曰文」，雜而不越故曰理。　權説是天，天就有文了，我不見天，止見文矣；權説是地，地就有理了，我不見地，止見理矣。　天文在《堯典》，地理在《舜典》。天文是地理做底，地理是天文做底。　天能收拾大地以爲文，地能收拾天文以爲理。　天文是圓底，必須觀；地理是方底，可以察。　軒轅鏡之圓也，純中無邊，其着棹處，止一微塵；骰子之方也，純邊無中，與圓敵體不同。　圓，團團是中心；方，周身沒有心。一雙。　圓着棹，止少分圓，旋轉無定，有無量圓；方六面，面面看去是邊，沒有一个方在上面。又一雙。　圓底再走不脱方，指定一處，是處有上下前後左右，刻刻方在那邊；方底只是上靠下，下靠上，前靠後，後靠前，左靠右，右靠左，刻刻圓在那裏。又一雙。　圓底既沒有邊際，人照進去，要放蕩起來。他轉了百千萬億遍，所照底影子，亦轉了百千萬億遍，只爲單看了自己影子，已于圓中處處作大因緣，人就受了累了。方底雖六面，只得一个前面。　影子在圓中，所照之處就是前，所不照之處就是後。　前後既立，遂有左右上下，只一个緣故，圓底遂方起來。「絜」矩者，于此不立前一面，則五面都立不定。　前、右、下屬凡夫，後、左、上屬聖人。　「仰以觀于天文」，文殊也；「俯以察于地理」，普賢也。　天文圓，斷無凡夫因；地理方，已有菩薩因。天無凡夫因，爲凡夫略不即溜于圓中卸落影子，就弄出七縱八横，切忌切忌；方已是凡夫，前後一絜，左右一絜，上下一絜，菩薩于其中間一無所倚，竟可脱去凡夫，且喜且喜。

天文只許你觀，觀世音遍觀十方，表裏洞徹，影子不落在圓器裏邊，然後脱得「幽」字。　地理只是三雙，你只死心塌地，不成前一法，則無前因以無後，安知前不是後，後不是前，上下左右亦然，然後證得「明」字。仰以視天文，不知幽之故；俯以齊地理，不知明之故。只要放倒自己，仰便是觀，不仰便是視；俯便是察，不俯便是齊。眼看爲視，不看爲觀；顯齊爲齊、密齊爲察。幽字裏邊，凡夫住持；明字裏邊，聖人住持。凡夫在幽裏看花飲酒，已飲無量酒，看無量花；聖人在明裏看花飲酒，從不曾飲酒，不曾看花。幽字了不得，好端端一个天，却弄出凡夫來。天却迅疾得緊，不來管你，你却受了累了。所以幽字害怕，明字要緊。天文要還他一个無見頂，地理要還他一个千輻輪。

凡夫眼光短，故云生死，只得一番生死；聖人眼光長，故云死生，逃不脱死。只爲逃不脱生，捨身受身之際，猶如旦暮。凡夫單理會死，聖人兼理會生。死生事大，生死事小；「知死生之説」，非知死生也；死生之際，豈容汝知。決定該這樣曰「議」，團團論轉來曰「論」。「説」從「言」從「兑」，兑，澤也。學問充足于胸中，但照眼光，瀾翻而説，無非妙義。死生之説，從没有本子，聖人述而不作，只就看見底理寫出來，非劈空立説。死之必生，爲你不是你做底，你便死了，做你底不死。生死，凡夫所獨也；死生之説，君子所獨也；死生，君子與凡夫所同也。約死生，不容説；約生死，生死無説。凡夫無説以處此，聖人有説以處此。死之下有生字爲活路，死是實法，生是死之説也。正文只是个死之説，死之説曰生。「原始反終」，雖兩件，只要你原始。一切衆生，只爲不曾原始，所以昏昏過日子。你若原始，那个始便應時在你面前翻筋斗反做終。粗粗原，他粗粗反；漸原，漸反；究竟原，他究竟反。女台爲始，ꝏ

上爲胎，下爲子宫，把舌尖放在上齒裏邊。取了胎音，取胎之因；放下成字，成胎之果。舌乃心之苗，胎乃心所感。「終」左「糸」，是繩，不是絲。三股麻絞轉來，已成繩了，還只要絞，以無限之力，絞易盡之繩。繩去不得了，絞也絞不去了，麻之爲麻，已連底凍，故從「繩」從「冬」。世間底事，一定有个住手，你不肯住，他住起來便了不得。逆尋泉出之處曰原。「𠂆」象大垂手之形。原始原到花上露之一刻，還不是始，直要原到前世斷命時節。投胎那一个八字，乃是斷命那一刻八字做來，所以要臨終正念。終之一刻極要緊，世間事體，無不把終來起頭底，始來結局底。今世不謹慎，要帶累來世，何苦害他。

「神者，申也」；「鬼者，歸也」。一件事體，神體其前半，鬼體其後半。聖人看萬物不是物，都是鬼神。人爲萬物中之一物，獨能事鬼神。「神，妙萬物而爲言者」也。鬼神兩件事體，物一件事體，人是三件事體。他曉得物裏邊有體物者，故獨謂之人；不曉得這个，仍謂之物。故不曰首出庶人，而曰「庶物」。識得「鬼神」二字，大千世界，並無一物。神連忙搬出來，鬼連忙搬進去，並無歇手。神乘旺氣來得快，鬼乘衰氣去得遲。非是我要來，神要來；非是我要去，鬼要去。人只道死了做鬼，不知死了，鬼做完了。「作《易》者其于中古乎？」人生四十，乃道明德立之時，神送出來，鬼不曾至。學《易》在這一刻裏邊學，其爲地也甚微，其爲時也甚暫。故大《易》乃神後鬼前之書，聖人立得脚頭定，立定在中古。若神做得不好，要鬼去改好，再不能个工夫。在四十以前，臨斷命一刻，是冬至，四十歲是夏至。「鬼神之情狀」，原是通商量底。聽到「精氣」二句，修定比丘云：「是了，是了，若我于世間有大因緣，便活千百年何難！」 盈天地間皆氣也，氣有精有粗。 米中之青，乃是保合來年之太和。 三鹿爲「矗」，分鹿亦爲「麄」。花上露一點，是氣之最精者。 二六時中，又有精氣滋養他。 血，氣之粗者；乳，血之精者。母未生子時，乳在血中，故顏如蕣華；一受了胎，無有微塵精氣而不爲乳。故人自三歲斷乳後，一路都是精氣，十五以後，粗氣也來了。到得純是粗氣，魂便游去了，那得不死！ 喜是精氣，怒是粗氣；哀是粗氣，樂是精氣。 鵝風畜，水中有乳，大鵝王知道。 水望東去，乳望西來。內則和灰親浣，水中有乳故。 雁風禽，風中有乳，大雁王知道。 鵝是水雁，雁是旱鵝。 天地之氣，收轉西北，鴻雁來；天地之氣，行到東南，鴻雁歸。 一直來者是氣，來便迴轉爲魂。精氣有接濟底，粗氣没接濟底。神不來了，鬼便起頭，可惜精氣成了个物。 既成个物，魂便游去。 到得游魂時，一切萬物都已變了。 下半世刻刻是游魂，歸魂止入胎一刻。是了，我曉得他底情狀了。 神無物而有物，少不得見者，神之狀；鬼有物而無物，永不得見者，鬼之狀。欲出生一切萬物，如父母法者，神之情；欲斂藏一切萬物，如盜賊法者，鬼之情。一个搬出來，一个搬回去。鬼在夏至以後，冬至以前；神在冬至以後，夏至以前。 視之而見，聽之而聞者物，其實體个不見聞底鬼神在裏邊。神脚不點地走出來，所以有物。 一成了物，鬼便接進去。神與鬼交手換手，不曾遺一物在世間。 那个人鏡花水月，神便歡喜那個人。巴家做活，鬼便歡喜。菩薩只要湊神底趣，不要湊鬼底趣。 曉得一半鬼，一半神，合來做个人，所以「齊明盛服」以迎神送鬼，乃是「首出庶物」之人；若不能事鬼神，只是庶物。 第一「知」字，曉得世間有一事；第二「知」字，曉得吾身有一事；第三「知」字，曉得世間本無一事。三番「知」，有三番利益。一者最勝歡喜心，二者恐懼心，三者大安慰心。三句，獨「故知死生之說」無「是」字，無非則無是。死生之說，沒有差在裏面。如來，十法界師表；孔子，人法界師表。不能事鬼神，不成个人；未成乎人，不能事鬼神。「季路問事鬼神」，成人之文也；「子路問成人」，事鬼神之文也。周公「能多才多藝，能事鬼神」，乃元孫不能事鬼神。事鬼神有能有不能，「多才多藝」上加一「能」字，所謂「文之以禮樂」也。

眼耳各各住異法界。眼不曾香裏邊住，耳不曾亮裏邊住。然而一千人底耳，都住在一个音聲裏；一千人底眼，都住在一个亮光裏。菩薩自己身中不共，一切世界都共了。「人之過也，各于其黨」，不共三昧也；「觀過知仁」，大共三昧也。凡夫認做撮在一處底，再簇不籠來；認做再簇不籠底，偏共在這裏。一善一惡，都與大千世界善惡做一片。

直指這個人，此人。衆人中，指出一人來，中有料撿。是人。不要指着他，心裏有這个人。斯人。《論語》從不用「此」字，這是先師心裏寫出來底。

菩薩因三个知，一時疾發四三昧。「與天地相似」云云，隨順三昧；「知周乎萬物」云云，莊嚴三昧；「旁行而不流」云云，金剛三昧；「安土敦乎仁」云云，月愛三昧。三知契理而說，四三昧契機而說。「與天地相似」，他底嫵媚，在「相似」二字；他底出醜，在「與天地」三字。畢竟餘習尚在，于天地外有个餘影，不能合同而化，故着「不違」二字。虧得相似妙絶，故滿許他「不違」。不相像，叫做似。「參差荇菜，左右流之」，不知水似菜，菜似水，此太姒之德也。「莊」、「嚴」二字反。千紅萬紫曰「嚴」，紅爐點雪曰「莊」。知一物，莊三昧；知萬物，嚴三昧。萬物皆佛，是嚴三昧；我于中間，不曾翹然有我，是莊三昧。以佛莊嚴而自莊嚴，即以萬物而自莊嚴也。「周」底時，叫做「萬物」；「濟」之時，叫做「天下」。你之知，非一人一處一刻之知，而周乎物之知；則你之道，非濟一人一處一時之道，而末法一萬年天下，從此濟也。天地之道，不增不減，再没有本事過他。「旁行而不流」三句，于彼法中，名善游步佛。天地乃如幻三昧，還不如金剛三昧之縹緲。不住金剛三昧，學者胸中有大憂。法報應三身，一个佛境界，立三个名字，遍一切處，從賓立名。主句没一切處，所謂並無一物者，止無我一物，非無物也。不然，傷了浄滿體面。如來有法報應三身。清浄法身，圓滿報身，兩身一齊起。大千世界，于其中間並無一物，此謂遍一切處，即清浄法身，號毘羅遮那佛。大千世界，于其中間無物不具，此謂浄滿，即圓滿報身，號盧舍那佛。法身要一日成就，報身本來成就底。一切聖人，法身成就了，奇哉。報身成就了，清方才得清，浄從來是浄。約我論。圓本來是圓，只爲你不曾圓在裏邊，故不滿。約他論。千百億化身，是圓滿報身在這裏化，即番番之報也。然非圓滿報身之力，乃清浄法身之力。譬如人，今日出外游行，是報身；日日出外游行，是化身。爲何能出外游行？只是他不曾做賊。有《如來身品經》。止一个化身，兩番説之。約法而論，如來大師，以清浄故，則得如法；約報而論，如來大師，以圓滿故，則得實報。所以大千世界，即是如來身。顛之倒之，左之右之，無不宜之，其化不可説也。凡夫不能清浄，則不如法；不如法，則不圓滿，豈得以無量圓滿而自莊嚴？法、報二字，即天、地二字也。千百億化身，即「天地之道，可一言而盡也，其爲物不貳」，即此圓滿報身。不要貳个清浄法身上去，則「其生物不測」，即化身也。那个法，再没有不做報者；那个報，再没有做定報者。清淨法身，無可；圓滿報身，無不可。「無可無不可」，而後千百億化身了，只合在裏邊化。法報，是兩句説底：清淨，一點報也不受；圓滿，一點法也不講。把兩句坐在那邊講明，竟在穿衣吃飯裏邊現出來。化身，是一事做底大千世界，不是實法，不是實報。止是異方便，面生可疑；止是妙方便，用過即棄。

憂者，菩薩因中，不曾修清淨法身；果上，不曾顯圓滿報身。故再不能个千百億化，只得曳杖徐行，走頭没路也。身見喻如死狗，一布絲死狗尚在，不得與圓滿報身相應，這是憂。

最清之音，從齒上出；最濁之音，從唇上出。狗叫，合了口開底，不能于口内取音。太和之音，從喉間取；聖人之音，從滿口取；學人從齒上取；現前一心，從舌尖取；學人防微杜漸，從中間取。兩唇，地獄法界；喉，天法界；舌，人法界；兩頰，旁生法界；所以彼方專以音聲而作佛事。

我從「大哉乾元」裏邊出來，已落旁行，是故于中生大憂惱。善男子「旁行」不妨，要「不流」，普天下都在那邊旁行，天之道也，非我所能爲也，樂天罷了。天要我這樣，我就這樣。「天之命也」，命在這裏，便知在這裏。「不流」，是你護身帖，如金剛不可摧壞。「樂天知命」，乃旁行底相貌。「樂天」合衆人説，所謂「奏鈞天之樂」也；「知命」就一人説，如來從没有正行，只有無數旁行，成一法界。四三昧，三用「不」字者，簡異于凡夫；一「能」者，獨證爲聖人。何能爾？能愛也。疾發三三昧，已入月愛三昧，第四三昧，乃三昧中之王。别个三昧，叫做增上三昧，樓閣三昧，月愛三昧乃是本等三昧。别底三昧，能入底入，不能入底，再不能入。月愛三昧，生成在裏邊，不消修，不消入，只爲凡夫雲所掩。善知識于此，放三個「不」字進去，菩薩于月愛三昧已能了[一]。因不能故，菩薩疑爲違，疑爲過，疑爲憂。世尊説已「不違」，「不過」，「不憂」。他已在月愛三昧中間，我不得罪于此事，曰「不違」，自增勝。此事亦不負我，曰「不過」，他增勝。別个三昧，是菩薩底；此三昧，連菩薩是這三昧做底。修諸三昧，只爲要與月愛三昧相應。爲何不徑修月愛三昧？此三昧不受修底：動手做凡夫，不是月愛三昧；動手做聖人，亦不是月愛三昧。世尊號「能仁」，他于仁裏邊「能」得緊，聽了三个「不」字，于愛無所不能。美人愛月，非同犀牛望月。月愛，又不是愛月。美人底性情，竟是月做底了。菩薩只爭己之月與非月，不爭萬法之可愛不可愛。世間萬法，無有一微塵而不可愛者。此處不説月，單説愛者，菩薩已是月，不消説；走到大千法界中，無有不愛。「安」字從「宀」從「女」。十五六歲女兒，住在深閨中曰安。菩薩未入前三昧時，應懷德，要修習自己成个月。已是月了，你已死過了，不妨安住在生死法裏邊。當初三變土田，只爲要成个月，既已一佛國土，一燈一花，隨土可安。他人視之，只道安于小人所懷之土。這個菩薩，正是「安仁」。特屈這個仁，叫他是土者，此身已做了月去了。一片清涼法界，不必擇一仁來安，「安土」竟是安仁。既已安仁，則但有敦厚之一日，豈有退失之一日？懷土則愈懷愈非，安土則愈安愈敦。一切法界，都是女兒深閨中物，故曰「安」。凡有所愛，皆月之愛，非

[一]「菩薩」，自此以下多簡筆刻作「卄卅」，以下徑改。

汝有愛也。游行世間，何所不可，如此方謂之能。若必簡仁而愛，愛是愛了，不謂之「能」。無我爲月，純他爲愛。梵語月愛三昧，此云能仁。

此時沒有菩薩，但有月愛三昧；即此月愛三昧，即是菩薩。此菩薩瀰滿天地之道，輪轉天地之道。輪轉不立三際說，月愛三昧中，沒有往古來今字，或者止現今而說。然不于菩薩分中現今，是月愛三昧現今，輪轉不已。

瀰綸是周，「天地之道」是易。天瀰乎地，難解。地瀰乎天，易解。天綸乎地，易解。地綸乎天，難解。天瀰乎地者，正做牢地時，乃無一微塵而非天，非地瀰乎天也；地綸乎天者，非另有天迅疾而去，止虧得地于中翻筋斗，非天綸乎地也。若是並天地之名，亦立不起。此月愛三昧，瀰綸乎天地也。

「範圍」三句，是菩薩饒蓋世間相貌。今日說天地萬物晝夜，不過隨世流布，言天地沒有天地，言萬物沒有萬物，言晝夜無有晝夜。

天地無一刻不在那邊化，虧得他範圍在這裏。不然，天地之化，就要過了。

喜化爲惱，惱化爲喜，不要透過了頭，若透過了頭，即是走了樣也。「遺」者，于萬物中漏失幾件。晝不通夜，夜不通晝，則晝不知夜，夜不知晝。約法而論，化者爲天地，不化者爲萬物；約人而論，當情者爲晝，不當情者爲夜。

「昔者莊周」至「蘧蘧然周也」，是天地之化；「不知莊周」至「必有分矣」，是「不過」字。「昔者莊周」，把莊周推了出去，莊周不認帳了。「自」，蝴蝶自稱；「志」，蝴蝶懷抱；「喻」，蝴蝶自喻。「栩栩然」，還帶莊周作過文；「不知周也」，蝴蝶竟不提起莊周。

不想覺了，「蘧」者，以草蓋屋，全然不像个所在。新覺來底莊周，還不像个莊周，是莊周底草稿。纔是蝴蝶，遽然爲莊周，故從

「遽」。若是莊周夢蝴蝶，半口折一个莊周與蝴蝶；若是蝴蝶夢莊周，可惜个蝴蝶，怎麽做了莊周？「必有分矣」，妙在説「分」字。如今莊周已是莊周，不是蝴蝶；蝴蝶已是蝴蝶，不是莊周。善男子，汝但知物，未知物化，後身鼠肝蟲臂，前身即是莊周。化不待一期報盡，今日之我與明日之我，就是没相干底。莊周心裏有个安家帖，故睡不怕我被别个做了去，殊不知早被蝴蝶做去了。莊周生出來時，也是「大哉乾元」，偶然入夢，焉知莊周不錯做莊周？蝴蝶亦然。莊周入夢，不圖蝴蝶；蝴蝶出夢，又一莊周。前身化後身，竪裏邊化；彼身化此身，横裏邊化。「上失其道，民散久矣」。「道」者，範圍之道也。

「遂萬物之性」爲成，「成」裏邊有个秘訣曰曲。「曲」成「曲」字，取正吹之横笛，孔裏邊有個曲，逐孔逐孔吹去，從上翻到最下一孔，從下轉到最上一孔，天地之調已盡了。若使再開一孔，不與調相應，再跌不下，故曰「人官物曲」。「曲」非聖人之曲，乃萬物自然之曲也。今夜冬至了，明日桃樹便有紅色起來，故從「兆」。到得開桃花，結桃實，已是頂調了。核中之仁，仍收到本來，却是逞乾元底曲調，在這裏做物。調唱不足，再收不轉；調唱足了，自然歇手。聖人于一切世間不起分别，一片都成就去。儘世間人但憑他喜，但憑他怒，自有乾元爲之節。若唱了頂調，自然去不得了。末世之民，外迫于王者，不敢自盡其調；内迫于乾元，不得不盡其調。所以瞞着王者，成就下半个腔出來。朋比訐告，俱出其中，弑父弑君，始于犯上，乃是别調。

始祖之廟，乃一片骨肉之地也。推所自出之帝，安知異性諸侯不是骨肉？十個指頭，一个一个都是連心底，所以「指其掌」也。作如是會者，晝夜之道已通了。人晝則鼠夜，人夜則鼠晝。人氣勝，日光裏邊亮；彼血勝，日光裏邊暗。彼萬物晝，此萬物夜。如來有四偃花、長鳴鳥一部經。

「列貴賤者存乎位」云云，大千一位，尊貴之位。栴檀林中，無有臭草。聖人一位，從賤中來，「吾少也賤」是也。聖人得意在六十四卦之外，這件事體，憑你怎麽樣再卦不住底。但這描不成畫不就者，聖人就描得成畫得就。那邊説起，天地自然有這篇文字，聖人親見這篇文字，發揮大《易》一書，連聖人自己也在這文字裏邊。權且卦于此一句，權且卦于彼一句，説到六十四番，而無文字之文字，洞若觀火。《乾》卦，約學者論，全舉法界；《未濟》，丢了法輪，普觀十方。除去兩頭《乾》、《未濟》，中間止六十二卦。《乾》卦，未定其爲卦也；《未濟》不成乎其爲卦也。從《坤》至《既濟》，乃寫《乾》卦之正文也。聖人胸中，有一篇無文字之文字，乃是《乾》卦。然還不是胸中正本，只是副本。大千世界是正本，把這个副本，千零百碎説出來，有六十三番。若大千世界，不但六十三卦道不着，連《乾》卦也是影子。「爻」字諧動摇「摇」字，爻有壞卦之義，一動就變壞了。三畫之卦，有卦無爻；六畫之卦，有爻無卦。六十四卦，全是爻，没有卦。卦，契機而立；爻，契理而立。卦是係結，爻是解結。

易也者，象也，擬諸形容；象也者，像也，象其物宜。未寫牝馬之先，胸中已有《坤》卦「貞」字之象。聖人親見其象，故以雜物寫之，所謂像也。

學《易》非學卦也，學《易》非學爻也，非學象，非學辭也。中間有譬喻底，悉是辭，不得云象。元亨利貞，没有譬喻，悉是象，不得云辭。繫于卦下皆象，係于爻下爲辭。「君子居則觀其象而玩其辭，動則觀其變而玩其占」。君子本没處可居，既非凡夫，非須洹洹等，不得居于須洹洹、阿那含分中。菩薩依世尊而動。凡夫不動，不得爲須洹洹；須洹洹不動，不得爲阿那含等。世尊以微妙章句，動那菩薩，菩薩就動了，猶樹木必有四時之氣來動他。今云「君子居」、「君子動」者，何也？正講此卦時節名「居」。此卦本非君子所居之地，汝等去來，寶處在近，適纔大城，乃化作耳。前卦有居，動而之後卦。後卦之象，即在前卦象底下變出來底。

「聖人有以見天下之賾」云云，此聖人是伏羲、文王。「聖人有以見天下之動」云云，此聖人是周公、孔子。「極天下之賾者存乎卦」，是上聖人；「鼓天下之動者存乎辭」，是下聖人。象跟卦走底，辭跟爻走底。聖人胸中，先有象而復有卦。這个象，叫做什麽名字？因立卦以表出象來，聖人主意，要摇動他，而後算出辭來。約法則有象，約人則有辭。象與爻一合，動摇學者，聖人最得意之事，爻優象劣。卦與辭一合，約聖人不過辭，約學者則有卦，卦優辭劣。無辭者爲象，無象者爲辭。世尊于一切經前，必入一个三昧。不入三昧，此經是說什麽？象者，三昧也；辭者，經也。約聖人而論，全辭皆象，說了五千四十八卷，世尊只入得一个三昧；約學者論，得辭忘象，《法華經》裏邊，没有無量義處三昧在。奈何只照管聖人口中之辭，不照管聖人心中之象？如幻三昧，俗諦裏邊說到盡情；金剛三昧，真諦裏邊說到盡情：畢竟還是卦。三昧通前通後，没有名字。象卦不定底，尚非一象，何有多象？以方便故，卦在一處則有一處之象，若尋不出這个象，有卦在那邊。菩薩心地，是我所動摇者。除了三百八十四爻文字，把什麽去摇？如摇艭者，艭在手裏，船已摇到不知那裏去了。

許多底辭，只爲要明白這个象，待得自己心地動摇起來，可以壞此三昧，又可以簇新立起三昧。所以卦下之象，不得便放倒；爻下之辭，不可少執着。

學者住聖人象中，聖人趕學者出象外。學者因卦一卦，得入于甚深之象。若三百八十四爻辭，由他説一遍罷了，不但辭了聖人之口，亦且辭了學者之耳。無字處暫盤桓，有字處亟走過。

一時佛象。在舍衛國，卦住了。過無量佛刹，有一佛刹。卦。中有一世尊，象。有兩大菩薩，二爻五爻。善能爲衆生廣説佛事。辭。

象之一字，還要料檢，多了一个境界，比于大千世界，多一光影，則已走樣，但不曾直落下來。如人是人，狗是狗，牆壁是牆壁，憑你入三昧中之王，畢竟法身邊事。

「見乃謂之象，形乃謂之器」。象者獨見，器者共見。約凡夫，大千世界是器世界；約聖人，名應世界即象世界。若約大千，是本世界，本世界尚非聖人之應，況復凡夫之器？「見乃謂之象」者，聖人青蓮花眼中，親見此事，謂之象；「形乃謂之器」者，凡夫見爲有形，他迅疾得緊，從没有形。故知凡夫是器，非世界；聖人是應，非世界。

「成象之謂《乾》，效法之謂《坤》」。法字明白，象字方滿。文殊，出世聖人，是象，名曰法王；普賢，住世聖人，是法，名曰象王。菩薩成了三昧，成了象了。菩薩發廣大願，入妙嚴品來。

象是光影，法是實法。象是實法上邊起一光影。實法是光影云何？光影上復起光影。

「制而用之謂之法」。「百姓日用不知」，不曾制。我就把百姓所用，制一番，如藥之制而去其毒也。百姓不制，故直用到地獄裏去。三賢十聖住果報，住象字裏；惟佛一人居淨土，居法字裏。一切語言道斷，「辭」字來不得；一切心行路絕，「象」字來不得，叫做法，是《既濟》卦。「利用出入，民咸用之謂之神」，是《未濟》卦。象爲菩薩因，法乃佛果也。「象」字上之未得，如法下之，不至于器。《坤》是第一象，《既濟》是終象。虧得《乾》卦，出生許多象；虧得《坤》卦，起六十二象，以成《未濟》之法。《乾》卦在一切象未起之先，《未濟》在一切象既廢之後。一切象從法出生，一切象從法而止。《坤》一路成象，一路效法。象有六十二象，只得《乾》卦一个成；《坤》六十二效，只效得後邊一法。當知六十二卦，皆法之象，獨《未濟》是法非象。何以故？法無象故。《乾》卦是成，直成到《未濟》卦，動搖已畢，故曰成。一路立脚不定，一成一切成。成底成了，效底正在那裏效。《乾》卦底下没有爻辭，《未濟》底下没有象。

從《坤》卦到《小過》，名漸因；從《屯》卦到《既濟》，名漸果。《乾》卦是頓因，《未濟》是頓果。修一漸因，獲一漸果。到得《未濟》，忽然頓果現前。法王大寶，自然而至，爲因先修頓因故。《乾》卦是善知識心上經綸，到得《既濟》，《乾》之氣力已盡；《坤》卦是一切學人質地，到得《未濟》，《坤》之氣力已盡。

大千最妙之理，連聖人亦妙在裏邊，即此萬物，即此妙理。一切萬物，有不物者存。萬物壞時，妙理不壞，這是一重象，曰「君臣也」。有此一副妙理，萬物出生無窮，這又是一重象，曰「父子也」。不物者宰制萬物，曰君臣；前一物出生後一物，曰父子；此物彼物，同在這裏，曰夫婦，物雖有萬，妙理則一，曰昆弟。彼不必舍彼而就我，我不必舍我而就彼，烏知此之非彼，烏知彼之非此，曰「朋友之交也」。約性而論，大千世界，純是妙理；約修而論，君尊臣卑，父坐子立，是學問之事。五倫乃五个妙象，只一象而卦在五倫。「知、勇、仁」三字是爻，然没有正文。「好學近乎知」云云，所謂聖人之辭也。有五篇極奇文字，少不得知、仁、勇從中摇動，遂弄出八門五花。

「觀變于陰陽而立卦」，卦從陰陽霹空降下來，故六十二卦皆從《乾》；「發揮于剛柔而生爻」，爻從剛柔實地修下去，故六十二卦皆從《坤》。仁是本體，文殊量等虚空妙心；義以無自性故，隨逐萬物異類中行。陰陽拆不開，剛柔拆不開，仁義被我拆開來了。

天地以生爲體，統舉萬物之生，就是天地。横裏，萬物一齊生；竪裏，萬物生生。萬物之生，充塞于天地，不是天地生萬物。兩行曰德，天地無有過去，無有未來，不過生生不已。此非天地因中事體，乃果上事體，故曰「大德」，以不知其涯略故。「聖人之大寶」，即「聖人之大德」也。天地無知，但見直行出來，不見鄭重。聖人有情，定用捧持弗失，故曰「大寶」。坐微塵裏，轉大法輪，曰生；于一毫端，建寶王刹，曰位。天地不生則已，生來便是聖人之位者，齊此一刻之生也。世間好醜是非，不要管他，總是天地之生。然則正當現起，悉是聖人之位。天地以聖人之位爲生，聖人即以天地之生爲位。只此一副大千世界，天地力爭爲生，聖人力爭爲位。民之所好所惡，天地之生；連忙好之惡之，聖人之位。略作遲難，聖人之位已失了。天地塵塵生，刹刹生，所以叫做大。聖人之位最小，不知塵塵刹刹。是天地之生，即是聖人之位，故亦叫做大。當知萬物有不物者存，所謂不物者即仁也。實力從外用，守力從内出，即是天地爲你守在那邊。除非不生則已，生生不已，守亦在那邊不已。無人住持，大千世界是生；有人住持，大千世界是位。又説不用聖人住持，生自爲住持，然則「位」字已立不起。萬物叫做物，有輕忽心；叫做萬，有揀擇心：故「妙萬物而爲言」。曰生，好無定相，醜亦無定相。然不可委之天地，颺在無事甲裏，都要做聖人之位。然不要外實，但須内守。説一「仁」字，聖人自己推倒了，連天地都推倒。

「何以聚人曰財」，平天下只是理財。會得理財，便是忠信；不會得理財，就是驕泰。

《雜華經》始于《世主妙嚴品》，終于《入法界品》，獨許善財入。萬物不應叫做物，應叫做財。常住佛性，暫時做亮光，做音聲，團團旋轉來，猶如財主之財。

佛眼見一切萬物，人不是人，狗不是狗。蓋佛爲世主，看去不是嚴，皆是妙。惟其妙，故萬物不散，而至今長聚。中間有主，叫做聚落；中間無主，單叫聚。約相則散，約性則聚。單取相，叫物；外取相，内取性，叫人；不取外，單取内，叫財。大《易》一書，不爲萬物作計，不爲天地聖人作計，並不爲人作計，正爲財作計，乃理財之書也。初日分，爲財正其辭曰物；中日分，爲財正其辭曰天地聖人；後日分，爲財正其辭曰人。説過便不認帳，理財無別法，只是正辭。本是个人，奪而稱之曰民。不自知其爲人，猶可言也；着實自己認做物，不可言也，這叫做非。以塵刹胸襟，塵刹眼孔，出塵刹音聲，成塵刹義例，此書乃禁民爲非之書也。

《魯論》只是「叩其兩端」，故謂之論。「兩端，乃段絹一匹，兩頭卷到中心，非兩匹也。車輪、鳥翼之謂兩，乃彼此合相，不作二字解。「學而不思」，「思而不學」；「博我以文，約我以禮」；「識大」「識小」，宗廟百官等，總是「叩其兩端」。若非兩端，即是異端。《南華》：「六合之外，存而不論；六合之內，論而不議。」六合者，上與下合，下與上合，乃至前後合，左右合。大千法界，盡此六合，實則是一合相。《魯論》「論而不議」，《春秋》「議而不辨」。議有是非，論無是非。是之所在，即非之所在；非之所在，即是之所在。所以《論語》二十篇無有「此」字。

堯、舜，人是兩个人，理只一副理。堯、舜、文、武，所謂一合相也。仲尼祖堯、述舜、憲文、章武。堯不立文字，無可述也。《堯典》謂之《虞書》。堯但祖之，舜則述之。眼如望羊，心如王四國，此文王操也。故憲字從「宀」，即密字。從「心」，從「王」，從四國。心藏于密，無法度可見，而章則有片段可尋。字法，句法，總爲章法。孔子删《書》，首叙堯舜者，叩兩端也。堯曰光，光者纖塵不着；舜曰華，華者萬象森羅。因而重之，「窮劫不盡」。「宗廟之美」，「洞洞屬屬」，是光字；「百官之富」，「濟濟蹌蹌」，是華字。宗廟之美，即以其富爲美；百官之富，即以其美爲富。約四表而言，堯是北方，舜是南面；約上下而言，《堯典》談天文，《舜典》談地理；天以理爲文，地以文爲理。約一身而言，堯是督脈，是背，舜是任脈，是胸。約《易》而言，堯是「大哉乾元」，管中字，舜是「至哉坤元」，管正字；約《詩》而言，堯是《周南》，橫周四表，竪周上下；舜是《召南》，舜樂名《韶》，以音相召，中間無有。聖人爲能召，衆生爲所召。約世尊卅二相，堯是無見頂相，舜是千幅輪相。卅二相中，只重此二相，已該諸相。約菩薩摩訶薩而言，堯是文殊妙光，舜是普賢萬行。仲尼删《書》，斷自二《典》，惟其能爲斷，是以敢爲删耳。

南方見道之方，《易》曰

「相見乎《離》」，故《易》始乾南，文王翻爲離南，《詩》始《二南》，風行無定，南則有定，中聲流入于南。中聲看他不定，南則可見。于作任止滅爲任，《南華》、《離騷》，其義本此。聖人有自行智，有化他智。《書》爲自行，故從北；《易》、《詩》皆化他，故從南。《易》，改過之書；《詩》，陳風之書。

《大學》以「大」字起結，《中庸》以「至」字起結。《大學》止兩章，一章《誠意》，一章《天下平》。《誠意》章，但言誠意，不得言意誠，故以一句單結。蓋意之誠不誠，直待心正身修而後見，意誠則天下平矣。《平天下》章，但言天下平，不得言平天下。刻刻齊其家，治其國，自到天下平田地。究竟天下平無象，故此章獨無結，蓋平不平，即于家國而驗；若有意平天下，則我意不誠，天下之意何由而誠，而天下不平矣。《大學》一書，斷自「誠意」始，「天下平」止。中間有單結，有雙結，《治國》章。有正結，《正心》章。有反結，《修身》章。有無結。《中庸》始于「天命」，終于「達天德」。于《至哉》之義已盡，而又申之以《尚絅》一章，云曰相間之文，乃是將凡夫法從曰。與聖人法從云。特地對檢，而以金剛般若結之。

《大學》統舉法界。大是天地，學是聖人。有這副天地，出生這个聖人；有這个聖人，住持這副天地。由學，故知其大；爲大，故成其學。此處風縫不通，必欲透進去者，不得不尋个路數，所謂道也。道何在？即打從現前一心説起。伏羲乾南，即現前一心。「明德」者，最小之現前一心也。云現云一，實是一漚心，非全海心，全非《大學》體面。虧他在那邊兩行，故決定做得《大學》種草。直心爲德。直心有何好處？却妙于「明明」者，兩行之謂也。德從來兩行，我與之爲兩行，于現前一心，去盡思維卜度，所謂破情不破法。兩「明」字，只一个字。爲汝病在一向行，便不能十方面行，故説「明」；假我未破，于彼全疏，故説「親」；千佛同住而汝不住，故説「止」。三「在」字，逐節生起。「在明明德」，是説法；「在親民」，是修行；「在止至善」，是證「明明德」。只是破假我，假我既破，然後親見民爲一體。「民」字，正對《大學》「學」字。學者，覺也。民者，冥冥無知之謂，乃愚痴字。不是罵他，正贊他十成具足。故「民」字外作磬折之形，而中寫一「十」字。説到民之爲民，已把一漚心，放到全海，漸漸大了。「止于至善」者，約法爲至，約人爲善。「至」，死字；「善」，活字。萬物齊至爲至，光至爲善。宗門裏邊看人，單看善與不善。譱從「羊」，從兩「言」。牽牛之法，人牽牛；牽羊之法，羊牽人，人做不得主。「羊」字是主字，兩「言」字是會意。這邊也不消，那邊也不消，由他自己走。南泉云：「老僧有一條水牯牛，擬向溪東牧，犯他國王水草；擬向溪西牧，犯他國王水草：不如隨分納些些。」乃「善」字注脚也。兩「擬向」，是不光前；兩「犯他」，是不絶後，是兩「言」字義。兩「言」字，即兩臂。「不如隨分納些些」，即燒兩臂得金色身也。坐斷兩頭，中間正好。至，是熱火艷花字；善，乃光前絶後字。至不一定，善亦不一定，全靠「止」字氣力。「止于至善」者，謂止于至，隨止于善也。佛告舍利弗，「止止，不須復説」。上「止」，止舍利弗；下「止」，佛自止也。萬物這樣來得整齊，我連忙隨班行禮，是止于至萬物；這樣去得干净，我連忙掃塗滅迹，是止于善。蓋約我有現前心，約民莫不各有現前心。一塵一刹至，即有無量至；則一塵一刹善，即有無量善。奈何不止？然止于至，是實；止于善，是虚。空生問「云何住？云何降伏？」佛答兩「如是」字。兩「云何」，是取「善」字；佛兩「如是」，是引到「至」字。如是，是至如是；光如是，是善。止于至，則止于善矣。

牧牛、牧馬、牧羊，俱用「牧」，而獨取「牛」成字者：牧馬，人節制馬；牧羊，羊節制人；獨牧牛，則有時人隨牛，有時牛隨人，取互爲政意。君子不自爲政，有時衣來我隨穿，有時我要穿便穿。故牧牛必用童子，童子没主意，正取其没主意也。

憍陳如五人，非世尊眷屬，即五陰也。世尊初坐道場，没奈何先度五人。世尊未成道時，没有眷屬，止有這五人爲眷屬。大千世界，彼彼眷屬，各有五人。《訟》卦中五人得度，而今五陰乾净，爲世尊眷屬，已與聖人之流。《法華》五千退席，即五陰退。五陰退而後提婆達多，出地獄而蒙授記，是一句話。

六十四卦，俱無文字，獨有《師》、《比》爲文字卦，乃《方等經》。《咸》卦爲《法華》，《恆》卦爲《涅槃》。《咸》卦于「感」字抽去「心」，爲抽心卦；《恆》卦于「亘」字添个「心」，爲添心卦。《恆》非亘到後邊，乃直亘到前邊。《咸》、《恆》兩卦，即《法華》、《涅槃》，是一合相。

一切聖人文字，悉有三科，謂單提、雙開及雜色也。雙開，是善知識門庭施設；單提，是向學人分中，劈面提出；雜色，有奢説、切説，衹是餘文耳。此方聖人，以「修身」爲單提，以「誠意」、「正心」爲雙開；亦可云以「誠意」、「天下平」爲雙開，其餘皆雜色也。彼方以《法華》爲單提，《般若》、《涅槃》爲雙開，《瓔珞》、《維摩》等爲雜色。

金剛般若，乃般若部中最尊勝之般若也。摩訶般若，文殊師利出身；金剛般若，普賢出身。即非是名，是兩句，而意歸重是名句。金剛不指定一物。「金」以言乎堅固不壞，「剛」

以言乎纖塵不染。剛者，金之德也。金以守爲體，金與火相守而流。火走不進金裏去，但爲火摧壞耳。金之爲物，縱經燒打磨，毫釐没有增減，故以喻佛性。凡夫是金礦，聖人是精金。

空生問善護念、善付囑，意重善付囑一邊，善護念只帶説耳。教菩薩法，佛所護念，諸經皆然。住爲所住，降伏其心爲能住。空生第七住，菩薩未到「從心不踰」地位，故須降伏。世尊亦先答他降伏，而後繳還他「住」字。梵語「須菩提」，（有前後刻之謂須。）此名空生，亦名善見。「佛説般若，即非般若」，無垢稱也；「即非般若，是名般若」，浄名也。梵語「維摩詰」，此云無垢稱，亦云浄名。譬如水火，垢稱也。性火真空，性空真火，説他是火，他從來不做火，曰無垢稱。既是無垢，就稱他做火何妨，曰浄名。

如來者，如了來，非來了如。久已好端端，如在這裏，只管簇新來。《莊子》「今之隱几者」，簇新一個隱几者，乃現前實法；「昔之隱几」，只輕輕帶過。凡夫無智，以爲真正去，所以遂自立脚不定耳。生死海中，從來無有去處，只須我自不動。凡夫只爲一路去，聖人坐定了，但憑他簇新來，所以鼠肝蟲臂，再不打緊。我們大家坐定了，少不得送過來。

《法華》燒兩臂，即得如來金色之身者，蓋三賢十聖，乾闥婆身，不過幻化光影身。現前棹子響，乃金剛不壞身，然但有色可據，于衆生前一閃一閃。其云金身者，望三賢十聖之夢身而言耳。佛真有身耶？金身非有，金色非無。問：何故燒兩臂即得佛身？答：一切衆生之德，從本兩行，（直心爲德，吉凶不定。）故曰「明德」。（日生東，没于西；月生西，没于東。）你若逞彼直行之勢，一向行去，入地獄如箭射。他既兩行，你由他兩行，（無適無莫，君子所以懷德也。）連上邊

「明」字，可以放倒，此是燒兩臂之文。爲日月兩臂，不曾清淨故。既燒兩臂，乃證日月淨明德佛。所以菩薩爲焰肩佛，佛爲大焰肩佛。

我們今日都住在劫初頭一刻。問：有這劫前最初頭一刻麽？答：虧得劫初没有頭一刻。若有這一刻，那頭一刻之前是何等？善男子，怎麽在前邊尋頭一刻？而今便是，所謂威音王那畔者，不要逆追轉去，只齊今這一刻。蓋萬年一刻，本無時分；其有時分，因事端而有也。

天地之德，應時及節之德也。所謂如來者，天地之德來也。贊則喜來，罵則怒來。立春前一日曰「迎春」，乃迎來，非送往也。迎來，神歡人喜；若説送往，大千同哭。

善付囑只一句，是《金剛般若》之正文。然必先護念者，欲證《金剛般若》，須打從《摩訶般若經》來，果然淘汰盡情，然後乃得付囑。不然，着衣持鉢，須成不得。

能住爲住，所住爲地；有住爲住，無住爲地；有地爲住，無地爲地。「住」字義，與「居易俟命」之「居」同。蓋大千法界，現在番番變易，無有停止，險也險不過了。虧得君子于其中間，如死尸一般，隨他風浪，故不謂之險，謂之易耳。人立曰位，尸立曰戹。《師》卦「輿尸[二]」，大千爲輿。約大千，「輿尸」；約君子，「居易」也。住爲體，降伏爲用。住則不住，不住則住。但憑你不住，他到底住；但憑你住，他到底不住。故住不必言，下只説降伏其心，然後繳還他

[二]「尸」，學易堂本作「户」，據晚清、民國諸本改。

「住」字。

《金剛般若》，只「空空如」三字。單説一空，空有對待，仍是色法。空空則無對待，人法二執空，曰空空；又分別俱生二執空，曰空空。約聖人論，一空無二空；約凡夫論，既空人，又空法，而人與法本如如。先師言空空，文殊出身已竟；釋尊言如如，普賢妙行方來。「如有所立卓爾」，即此「如」字。如故「有」，有則「有所」，有所則「立」，立故「卓爾」。物各得其所則不亂，故云「所」；既得其所，即于此安身立命，故云「立」。「卓爾」者是法住法位，世間相常住，各各自立，不相倚藉之謂。

《普門品》「應以執金剛神得度者，即現執金剛神而爲説法」，此句無「身」字，有身故壞，無身故不壞。金剛者，纖塵不立；神者，萬象森羅。執金剛，禮也。無體之謂禮，領即非義。神，樂也，八音和會。領，是名義。得度，立中間，破兩頭；説法，立兩頭，破中間：總是筏喻。傅大士：「渡河必用筏，到岸不須船。人法俱名執，悟理詎勞詮？中流仍被溺，誰論在兩邊。有無如取一，即被汚心田。」中流，即中諦也。法尚應捨，何況非法？已説透「離四句，絶百非」地位。

心無方，是大圓覺海。意有方，有上下前後左右，是曰「矩」。「從心所欲」，「所欲」即「意」也。「從」是跟定不捨之謂，即「慎獨」也；「欲」乃心之天德，天德顛延，止得一步。若不從而住，則必別生枝葉，而逾天德之矩也。

世尊七處徵心，所謂不在内者，不在遺外之内；不在外者，不在遺内之外；不在中間者，不在遺外内之中間。心該大千法界，故曰「正心」。正者，四面無缺義，顯正爲正，密正爲定。意者，心之音也，意本自成，誠者自成也。爲在善知識口中説出，故從「言」。誠字即平字，地平天成。「大德敦化」，譬如湖光如鏡，大千世界都是心；「小德川流」，譬如水打一漚，大千世界都是意。心所同也，意所獨也；海所同也，漚所獨也。雨點之水，少不得平到一湖去；人死，意仍歸心。意有各各，心無各各，人臨死時，敲磬子也敲得出來。心動成相，是名爲意。新動底意，即從舊意而出。

唱經堂語録纂卷之二

聖歎内書

雜華林

業從惑生，惑因識有。識依不覺，不覺依心。《維摩詰》云：「隨其心浄，則佛土浄。」心從本是浄，只爲你不能清，故不浄。渟去渣滓曰「清」，蓋心所以不清者，爲住色住聲香味觸法故。應知色聲等塵，本無有住。《法華》云：「天風吹萎花，更雨新好者。」他已一路簇新簇新下去，則我此心，亦應一路簇新簇新下去。劍去久矣，刻舟何益？顧乃目識則停住于色，耳識則停住于聲，以至鼻舌等識皆然。惡臭至而惡生，惡臭去而心猶住于惡；好色至而好生，好色去而心猶住于好：豈非意之不誠甚耶？意本自誠，何苦弄出把戲來。略或住色住聲，便要弄出把戲來。此四果中，所以必不應作念也。

聖人本懷，只爲大千入涅槃，不爲我一人成佛，何以故？涅槃平等，則是真；成佛但我一人，則是假。入涅槃，衹是入心境界。成佛，在意上成，以無功用道，任運流入薩婆若海，不過以意求入心境界耳。故約意，大千是萬佛世界；約心，則是一片涅槃境界也。雖然，涅槃境界，畢竟何在？當知衹約萬佛世界，通爲一佛國土，説爲涅槃。今舉目遍觀，但見佛世界森然羅列，豈有涅槃可得哉？然雖不可得，而菩薩必當求入。何以故？萬佛世界，雖實不見通爲一土，然一一世界，皆不能頃刻立定，即是與涅槃不隔也。涅槃立住即是佛，佛立不住即是涅槃。大千世界中，法法變易，善知識喝住變易。令學人親見塵刹，是名成佛。既成佛已，學人于一一塵刹，親見變易，是名入涅槃。大涅槃海，以無量佛刹而爲莊嚴，故菩薩見諸佛刹，當作涅槃莊嚴想，不應謂是佛刹；然必安住佛刹，而作涅槃莊嚴想，而後方有涅槃得入。故菩薩但當發願住佛國土，不應發願入大涅槃海。衹約塵塵刹刹，變易不定，名爲涅槃；只此能變易之塵塵刹刹，即名爲佛。若夫明白親見，乃是凡夫業力，不得名佛。然雖非佛，而是成佛之前方便，所謂求成者是也。當知求成是初心，求入是畢竟心。

《周易》上下二篇，上篇論意，下篇談心。合上下二篇，乃得論識。　竪約現在一意，名之爲佛；横約一片心光，名爲涅槃。雖現在一意是佛，必須一片心光來成；雖一片心光是涅槃，須要現在一意去入。故佛在竪中求，横處成；涅槃在横處求，竪中入。　意之前實無有心，而言心者，意若久住世間，乃得是意。今則變易不定，以變易不定故，外相雖是意，聖人推原言之，以爲心也。既屬推原，當知心是假立。以假立故，若有人説，意滅下時，即復爲心，此人瞎却人天眼目不小。須知意滅下時，但隨有機關處，仍復動出而爲新意，實無心可復也。猶云天刻刻做地，不得云地刻刻做天，只是地刻刻做不牢地，仍做新地而已矣。

何者是識？意雖疾速變滅，而其餘影必且尚留，是名爲識。識者，記也，謂前法影響滅不及，故猶記在此也。意者心之相，識者意之影。心本無相，動而爲相，即是界；意本無影，留而爲影，即是世。故意是實地，識是天德。既是天德，必無無識之意。人死由于意死，而今世受生之識，即是前世臨死一意之餘影。識未滅頃，便得受生，則死生之際，不越一刻，信已。約心，直如龜毛兔角，不過是章句中所立之名字；約意，雖是實法，然只一刹那，曾不見菩薩能于此中建立道場，亦不見凡夫能于此處流浪生死。是則心之與意，並與汝無涉，當知汝今惟是識耳。《唯識論》，龍樹大師所造。

意是實法，識是光影。光影是實法之性子，乃天然之德，豈得是業？所可恨者，前法光影，性極遲鈍，而後來實法，又甚迅疾。于是剛剛打個照面，而前法光影攬取後來實法，造出業來。然則識自攬取出凡夫來，而非凡夫造出識來也。最初時，猶自光影微，而後來實法大；積之久，遂至光影大，而後來實法微。在今已有我一報身，若復更積，安得不至地獄？云何不積？但不使光影攬取在實法之前，而使之隨從在實法之後，則已矣。聖人建立「心」字，意在顯出「意」字；顯出「意」字，意在沐浴「識」字。是故聖人說法，上不愛心，下不怒識，一雙青蓮華眼，單只注射中間之意。良以「識」如豪奴，「意」如家主。但將家主來歷說破，則豪奴自不使勢。故雖滿滿懷爲識[一]，而滿口純是說意。意是佛境界，而凡夫之識，如迷

[一]「滿滿」，各本均如此，似衍一字。

天大陣，專要兜攬後法，使澄清絶點之實法，不得不自投羅網，而佛境界不得清浄。故善知識但以無量章句，快説「意」字，使凡夫之識，轉成菩薩之智，曉得意是從來兜攬不住之物。則便當下冰消瓦解，而佛境界自得清浄矣。故「意」是佛，「識」是菩薩也。復次，不以凡夫故而被點汚，不以菩薩故而得清浄者，意也。未蒙點化時要去攬取，名爲凡夫；既蒙點化後不去攬取，即名菩薩者：識也。故意無優劣，識有優劣。説法者，能兩眼覷定學人之識，而滿口純説意境界，方是人天師表。若不覷定彼識，而但説意，是爲契理不契機。若直置意説識，則入門便要擺佈識死，教人如何措手？説法之妙，只妙在到底説明白意，不説破學人之識，使之無措手處。是故我並不恨前法定要留識，但恨識定要去點染後法；我亦不恨識去點染後法，但恨後法定要自來投網；我亦不恨後法自來投網，但恨一切善知識不爲我説明白意也。應知凡《契經》所有「在」字，悉是説識，不説意也。意是實法，故可約識説現在，約意説不住。實法定變易故，則非我之所得有，故雖實而是無；假法不變易；識是假法，云何得以變易？變易故，則爲我之所得有，故雖假而是有。假法有故，熱火艷花；實法無故，冰消瓦解。今日大千國土，花團錦簇，實應感激識不變易。異日積漸，至于阿鼻地獄，恐又將埋怨識之不能如意之撇捷也。祇爲意變易故，推原而説名爲心。然則變易不約心説，識祇是意之光影。當識顯時，意已不知變易到何處去矣。故亦不約識説，當知變易但約意説。心是名字法，意是實法，識是盤纏法。譬如貧人，得少母錢，將出一盤，盤得子錢回家，此一日便可纏過，故云「盤纏」。前法所留光影，如母錢，以此一盤，以後便逐法纏下去，故知盤横纏竪。今欲使識不復盤纏，切不可劈頭説破，但當善巧點化，令得改作隨從法，則已矣。「從心所欲，不逾矩」，「從」非「但憑」、「任從」之謂，乃「隨從」之謂。「心所欲」，即意也。「不逾矩」者，自然不跨到後法。後法蕭然，所以爲聖人之意，亦即爲聖人涅槃心。「從心」，「從」字妙。現在一意是佛，此意立刻變易爲涅槃。我與之一齊變易爲入，若欲與之一齊變易，當住不放逸法，不當住放逸法。放逸法謂涅槃，不放逸法謂佛也。

天法界止得五根五識。五根爲天受用，五識爲天衆。此時五識各住一處，故五根不相質礙。若集在一處，即名意識。有一質礙之意識，故五根即便質礙，而不復留天法界矣，所謂因天而下也。蓋以五識是意根故，不到集在一處之地必不已；五根是法塵故，五識集在一處時，不得不爲質礙耳。「心」上加「音」，即爲「意」字；「意」字去「心」，即成「音」字。蓋約意論剛柔，約識論陰陽。意以剛，故迅疾變易；復以柔，故必留餘影。餘影既留，後來之剛既被所陰。陰，蓋覆也。然而實不曾陰，何以故？若實被陰，則不得名剛故，當知陰是約前法餘影説也。既曉得前法餘影，畢竟不能陰住後法。後法從本不曾被陰，則便縮手不攬，使後法得煥然自顯其剛，是名爲陽。故約意，法爾，剛必有柔；約識，在凡名陰，在聖名陽也。

十五《國風》純談識，《小雅》純談意，《大雅》廣談大千微塵衆意。又《小雅》是凡夫識，《大雅》是菩薩識。識名「風」者，風，動物也。意動必有識，如扇動必生風。于其中間，既不應怪扇子要動，亦不應怪動即有風。但風自不肯齊扇動而止，而又要去動起一物，是可怪耳。

「大演之數五十」者，「五」謂十方流到中心，「十」謂中心散到十方也。「其用四十有九」

者，以一莖蓍，置之高閣，以表心之高貴也。「分而爲二以象兩」者，一豎兩横，謂以現前一響，豎而分之，則爲前意後識；横而象之，則爲親根疏塵也。「挂一以象三」者，謂以小指，挂起學人之識，而暢説現在之意，令得看破未來之意，因以如法過去之識也。法起必有識，是爲五；隨從前法而止，是爲十。攬取之識爲大過，隨從之識是小過。五以學之，則既明白此事；十以學之，則竟可以無大過矣。

識是龍女，有漏之體。寶珠喻舊意，疾往南方成佛，是新成佛即新意。龍女既得成佛，轉身即觀世音，是無盡意之真影，故特興問。觀世音亦名海意菩薩。

《周南》唤轉識來，隨從前法，故《周南》乃是以北爲南；《召南》放過識去，隨從新法，故《召南》乃正以南爲南。

因于識，緣于意，謂之男女構精，遂成今日大千世界，故聖人目男女之事爲一大事因緣。然識是前法之真影，意是後來之實法。此二從來雙宿雙飛，云何分析得開？但不使之構精，則爲大事因緣已畢。蓋因緣有三：一謂小乘初教，以識爲因，以意爲緣，而不提起心字。此是凡夫因緣，在所必破。以必破故，名爲苦切因緣，亦名刀杖因緣。二謂方等中教，以一大千分爲兩半，一半是千紅萬紫，一半是寂絶忘離。以寂絶忘離之心，等于千紅萬紫之意，不須破壞意，而意竟是心。是則不提起識，又假立一心，而以意爲因，心爲緣。故此名爲虚妄因緣，亦名樓閣因緣。三謂大乘後教，以意爲因，識爲緣，意因如母，識緣如子。要使常憶其母，不復妄有他緣，是爲母子因緣。既云母子，自無構精之事矣。當知《法華經》爲窮子故，父長者密遣二人，正遣因與緣也。

日，諧聲同「實」，乃大千實法；月，諧聲同「閱」，亦同「越」，即是日之弄影。日出于東方卯位者，「心動爲意」之義也；月生于日没之方者，「意滅識顯」之義也。初二夜酉位上一彎新月，即初一夜日之餘影。若肯即時落下去，隨從初一夜之日，即是聖人之月矣。無奈其定要行過東來，攬取初二日之日，故爲凡夫之最初也。如是漸漸堆積，至第七日初八夜，則已與日相半。過此以往，威勢轉盛，竟自攬取于日。如是更積七日，前半餘影猶存，後半又已攬足，故遂于卯位之上，圓滿同日也。既過望後，前所攬得之餘影，反自倒退下來，不久便爲日所合，謂之「合翔」。合翔，是凡夫最後結果處。

合衆生心數而成日，于日之内，分别爲星[一]。日生曰星。别日爲星，合星爲日。月乃星宿之主，《法華經》宿王戲三昧是也。日月合璧，涅槃體也。初二一綫，童真菩薩也。初四初五，月光漸肥，前影未亡，後影復至也。初三至初八，上弦之月，乃天法界；初八至十五，盛滿之月，乃人法界；下弦以後，旁生法界；晦，地獄法界。有機關小地獄，有阿鼻大地獄。大地獄者，實相地獄也。出地獄，便是天法界。

《乾》是意之來歷。以大千不守自性，定要動出意來，而名爲《坤》。此二卦，約心以論意也，乃聖人之章句。《震》是意，《巽》是識。五雙十隻，來疾去疾，故名爲《震》。《巽》，順也。

[一]「爲」，《金聖歎全集》及國光書局本作「無」。

識爲前法之所遺，《巽》順而遺之也。識陷後法，名之爲《坎》；縮住不攬，名之爲《離》。故《坎》、《離》是聖凡交會之卦。《兑》是師家之説，《艮》是學人之證。《艮》，止也，謂識不復行也，是爲師資之卦。當知八卦只因意陷于識，爲一《坎》卦而立；而此《坎》卦又實因《巽》卦而有也。

十二因緣，亦名十二瓔珞，乃三世三支牽連而成者也。「無明緣行」一句，是過去一支；「行緣識」至「取緣有」八句，是現在一支；「有緣生」、「生緣老死，憂悲苦惱」二句，是未來一支。緣非緣而上之緣，乃是落下來。一切衆生，頭出頭没，不外此三支也。若夫色受想行識，是陰，衹重一「識」字。一切衆生，本具佛性；一切佛覺，亦本是識。衆生所以不得成佛者，爲其所陰也。五陰，亦名五藴。藴者，諸業所藏。陰者，現前逼清太清，爲浮雲點汚也。色是六塵，受是五識，想第六識，行第七識，識是第八識。種種業識，只一響中具有，乃是色、受、想、行四種方法做成。夫色等五藴，乃三苦已成之軀；十二有支，乃三世生因之法。所以一則色列行前，一則色次行後。

空則不生，生則不空。善則不見，見則不善。心已降伏，人我等相。久已放倒，是名空生。既名空生，善固善矣，見則奈何？須知應云何住，云何降伏。兩「云何」，是欲擺佈「見」字。佛兩「如是」，是引到「善」字。引到「善」字，更無「見」字，須擺佈了。以受病得名，名見；以得力立名，名善。到大見遍見中來，是大千；大家見，名善見。

授記成佛，云「得其位」；衆寶莊嚴，云「得其禄」；十號具足，云「得其名」；佛住幾十劫，正法像法，住幾十刼，云「得其壽」。復次，世尊成佛，是「尊爲天子」；分身佛集，是「富有四海之内」；多寶佛塔，是「宗廟饗之」；從地涌出，是「子孫保之」；授記舍利弗等，「栽者培之」也；五千退席，「傾者覆之」也。五千，即五陰也。由有五陰魔，所以有大地獄；至五陰退，即提婆達多，出地獄而得授記矣。《中庸》通本是《法華經》，止末章是《金剛般若》。固「聰明聖智」，摩訶般若也；「達天德」者，金剛般若也。復次，「固聰明聖智」者，華光如來，《尚書》先光後華。舍利弗之結果；「達天德」者，天王如來，提婆達多之結果。

「聲色之于以化民」，所謂「以色見我，以音聲求我」也。「無聲無臭」，聲臭已是虚空法，並虚空無有。然而纔言無有，大千已無不有，故曰「至矣」。

梵語「波羅蜜」，此云到彼岸，亦云彼岸到。此岸彼岸，總一大千。此岸，人也；彼岸，法也。約凡夫觀之，全法界皆此岸；約聖人觀之，全法界皆彼岸。彼岸要到，若到不得彼岸，實實彼岸竟是此岸；若到得，實實此岸竟是彼岸。而到之之法，並不用船筏橋梁等，但須菩薩具有大智慧光，能照見此岸即彼岸，即便到得矣。故經云：「照見五蘊皆空，度一切苦厄。」五蘊，此岸也；空，彼岸也。一切苦厄，此岸也；度，彼岸也。此經名爲《大般若》，此菩薩號曰「等持」。然此非今所重，何也？此岸即彼岸者，其意中先已見有凡夫法，全賴菩薩照見，而後此岸是彼岸；不然，則此岸終此岸矣。若夫《金剛般若》則不然，蓋實而言之，從本無有此岸，凡夫妄認，謂之此岸耳。今只此凡夫妄認之此岸，更不絲毫有動，久矣竟是彼岸，又安用彼等持菩薩爲之照見耶？故其首告須菩提云「應如是住，如是降伏其心」，謂應即于此岸住，云何欲于彼岸住耶？ 應即于此岸降伏其心，云何欲于彼岸求降伏耶？ 此岸從本如金剛，汝將捨此何之？ 首題特用「金剛」兩字，全然只爲贊歎此岸，並無他意。故凡經中所云如來「説何等」、「即非何等」、「是名何等」三句，其得意處全在「是名何等」一句也。復次，《金剛般若經》有「波羅蜜」三字，彼《大般若經》六百卷則無有者，蓋謂若此岸不妙，必到彼岸乃妙，則應云「波羅蜜」。今則但照見而已，並不以照見故而有到彼岸之事，云何得用「波羅蜜」三字耶？ 今《金剛般若》既直爾贊歎此岸，不復提起彼岸，亦並不復用菩薩照見，則是真正到彼岸者矣，豈得不用「波羅蜜」三字也？ 復次，《大般若經》若已有到彼岸之事，則今來到《金剛般若經》中，以種種贊歎法贊歎此岸者，豈真欲令一切菩薩實實重來此岸耶？ 是故當知《大般若經》簡去「波羅蜜」三字者，乃正爲今《金剛般若經》作地也。

從佛出十二部經，從牛出乳也；從十二部出修多羅，從乳出酪也；從修多羅出《方等經》，從酪出生酥也；從《方等》出《摩訶般若》，從生酥出熟酥也；從《摩訶般若》出《法華》、《涅槃》，從熟酥出醍醐也。

世尊説因緣法，爲破我而説也。大千一切，皆因緣生法。然因緣所生法，非如父母所生子，乃縱横所成十也。衆生執我成病，世尊以「因緣」二字爲藥，即將所執之我，分作兩半句，半説是因，半説是緣。六根，因也；六塵，緣也；根塵合而識生焉。三法和合，是故有我，其實本無有我。二乘人聞了「因緣」兩字，遂極力破我。漸漸想來，覺得因親而緣疏。欲修道必須絶因，以灰身滅智爲絶因；欲絶因必先破緣，以水邊林下爲絶緣：是又執藥成病也。殊不知因緣兩行，本絶妙字。謂之因者，即因于緣；謂之緣者，即緣于因：亦曰因因，亦曰緣緣。佛法破情不破法，若必絶去緣者，乃得因浄。則如修滅盡定比丘，雖到曠野，保無一聲入耳，便入胎受生，隨聲而去，世尊無可奈何，爲説《方等經》。維摩詰者，境之別名；文殊師利，智之別名。境與智齊，從不相離。維摩詰所以示疾者，爲諸比丘入滅，法法皆病，故曰：「因衆生病，是故我病。」小乘人灰身滅智，不任問疾，惟彼智者，可爲酬對也。因緣，活字；境智，死字。「因緣」字拆不開，「境智」字似乎拆得開。然天下豈有離境之智、離智之境哉？境、智二字，乃爲洗乾浄「因緣」字而立。因緣者，爲二乘人説；境智者，菩薩《方等經》：其實「因緣」二字妙。乾浄因者全疏，以無我故；乾浄緣者全親，以純他故。乾浄因緣，即浄滿世界。世尊始而破我，故分説因緣；既而立我，即「常樂我浄」之「我」。

□，壺蜂也。頭上屮，象冠；中間⊗，象背有黄黑錯文；下△，象腹；九，象飛時兩足之垂。□，一爲天地，人立中央，會意也。

□，作方圍而竪標之，又穿出方圍之外，蓋中非内之謂也。内與外對，中則無對，豈方圍以外即非中耶？于是申其南北面而達于方圍之外。申其南面，是謂其中；申其北面，是謂厥中。□，就中字之四隅，各加一筆，遂成「用」字。非聖人有用，即中之旋變無方，是成用也。□，取用字之正北一筆，旋作回文。蓋藏乎不用之地者至密，則游乎應用之塗者至備，故曰「周」。

「號物之數有萬」，萬非數也。壺蜂飛起時，上上下下，前前後後，左左右右，再數他不盡；矩義亦然。如上爲因[一]，下爲緣；下爲因，上爲緣；以至上爲因，前後爲緣；下爲因，左右爲緣；前後左右爲因，上下爲緣等。極之無量無邊，不可説，不可説。只此上下一副，前後一副，左右一副，是故因緣不是一副。欲于火刀火石中取水，于水珠中取火，再不能个，又不是一萬副。孔子曰：「不逾矩。」因緣只有三副：上下一雙，前後一雙，左右一雙。凡夫也具三雙，聖人也不過三雙。譬如骰子，具足六面，世間萬變萬化，皆從此出，再没有第七位。「七日來復」者，蓋因地有六德，子丑寅卯辰巳過了，第七日午，不但衝壞子，連五日都冲去；午未申酉戌亥過了，又是子復轉來。故聖人謂之二六時，蓋陽六陰六也。

常住佛性中，無法不備。火性是上行，水性是下降。上行之火，因風成暖，暖氣上蒸，則騰爲雲。雲又生雨，雨盛雷發，火光遍空。是火生水，水又生火，不過一上下法。如火刀打去石上，單領了火底上性出來，下與前後左右不動，以不成因緣故。天地之氣，以北爲主，西左東右。水是右行，隆冬氣左行，則水成冰。油是上行，則不凍；鹽鹵下行，則不凍；茶後行，則不凍；唾涙小便前行，則不凍；酒亂行，則不凍：與左不成因緣。故聖人身通六藝，非物物而格之，只是識得「矩」字耳。神農嘗藥草，縱能嘗草，豈能嘗病？他不過辨上下前後左右，是温是熱是涼是寒等，某病宜如此，某病又宜如彼，自然有各種藥物來應他，所謂「閉門造

[一]「如」，晚清、民國諸本均作「知」。

車，開門合轍」也。

少陰少陽即是太陰太陽，不守本性。厥陰陽明，陰會于陽，陽會于陰，其間便有賓主。太陰太陽，決不和會底，故云「太」。動不知静，静不知動，會了，纔生出絡來。父母赤白和會，兒子業力攬着，白住于赤，赤住于白，陽住于陰，陰住于陽，即今鑴圖書侵讓法。太陽二經，少陽二經；太陰二經，少陰二經；陽明、厥陰各二經。父母赤白二滴，有六經；兒子業力，亦有六經。陰陽不是兩件東西，是兩个性子，然只是一个性子，是動。動静雖則截然，到底不相離。只是不動底在這裏動，動煞只是不動底，如銅錢轉動，在兩指端。赤白二滴，是太陽太陰；二根研摩，是少陽少陰。流出來花上露，是陽明、厥陰。「太」是無始，「少」是起頭。陽明、厥陰，不云厥陽、陰暗，妙甚。陽爲動出，故前；陰不隨走，故後。陽是先鋒，陰扎住營在後。一人發真歸元，十方虛空，應時銷隕；假使無此一人，十方虛空，那一刻不銷隕？但人不發真歸元，故不知耳。鎖隕非斷滅義，前一刻應時鎖隕在後一刻裏邊。桌子響後，已銷爲衆人之聽了。發真者，不被虛妄相之所瞞；歸元者，一憑元氣之自轉，故立見銷隕。

人看花，花看人。人看花，人銷隕在花裏邊去；花看人，花銷隕到人裏邊來。

上篇《泰》、《否》、《咸》、《恒》，只三卦，《恒》卦已出講場去；下篇《損》、《益》、《既》、《未》，亦只三卦，只得《既濟》而住。立了《乾》、《坤》，便立《泰》、《否》，中間都是補出來。《泰》、《否》者，世尊大乘經典也。道場裏邊，通前通後，只一「損」字。最後一品微細無明，即是「大哉乾元」。若不去破他，四十一品無明都生出來。道場不可窮盡，損不可窮盡。上篇只《泰》

卦要緊，下篇只《損》卦要緊。坐講場中而不身心泰然，非講場中菩薩；坐道場中而不刻刻減損，非道場中菩薩。上篇只一《泰》爲泰果，餘皆泰因；下篇只一《損》爲損因，餘皆損果。世尊五千四十八卷，《泰》卦全收。欲開《泰》卦，先用《屯》卦，把大千法界落到他本命元神去。

天地氣機自然通達無礙曰「亨」，天地氣機從聖人口内説曰「吉，亨」。「小往大來」，「小」字，從《小畜》來。《損》卦下邊，都是好話，你但破我執，只管孚出來。「元吉，无咎」，不但現在不妨。「可貞」，飲酒看花，竟這樣去。「利有攸往」，酒已許飲，花已許看，你這我見，要他做什麽，曷之用？只此前一法後一法，相似相續。「二簋」，可用配上帝，養聖賢。「今之隱几」，「昔之隱几」，人在世間刻刻變換底，要這我見何用？「以儉德辟難」，「儉」字妙。説《泰》卦時，只錯在説一句、聽一句，開解一句、快活一句，是無始來結業，故云「難」。説了不聽，聽了不開解，不快活，是儉德。《泰》卦之下，定然有《否》，云何？以奢德而榮之以禄，因《泰》下有《否》，此《損》之所以不容已也。説《泰》不説《否》[一]，《損》卦没有來歷；説《損》不説《益》，《泰》卦没有收場。《益》「利有攸往，利涉大川」，不寫「元吉」，不寫「无咎」，不寫「可貞」，説「利有攸往」，《泰》卦「小往」，真小往了；説「利涉大川」，《泰》卦「大來，吉亨」，真大來、吉亨了。《既濟》重「既」字，不重「濟」字，怕他不濟；咸者，「感」字之省文也，成佛是《咸》。決定入

[一]「泰」，學易堂本作「太」，據《金聖歎全集》改。

涅槃，是《既濟》；決定不入，是《未濟》。無心之謂「咸」，氣盡之謂「既」。菩提心，昔所本有，而今適無。原來遍虛空、盡法界，都是菩提心。只要狂妄之見應時而歇，菩提之心亦不復起。如來于然燈佛所，發菩提心。許多文字，先師只半个感字已盡。既，《詩》「伊余來塈。」新新婦頭一步踏在舅姑家裏[一]，故增「土」字。此是重新投胎時節，故氣盡。凡結上文、轉下文，用「既」字。《咸》卦没有一件事體，如鏡花水月；到得《既濟》，真真實實，没有一件事體。

菩薩氣盡了，放一切萬物尟氣，故轉出《未濟》。《咸》卦凡夫之終，終則有始，是小終；《既濟》聖人之終，終不更始，是大終。《咸》卦以一刻終，《恒》卦以此刻始。《恒》雖居《咸》後，實不處《遯》前。直至《既濟》聖人終，其力始盡。恒即「亘」也，不取「心」字，如明河之亘天。乃今旁邊寫出「心」者，正要損之也。前日深惡而痛絶之，故「咸」無「心」。然不放他出來，畢竟伏而未斷，不如寫出來與他決絶。《咸》卦無心，乃乾浄《泰》卦；其所去之心，即《否》卦也。《恒》卦即把《否》卦亘在那邊，亘于《咸》之後，亘于《既》之前。既檢出來，賊便無處可躲。《未濟》接不着《既濟》底，不是聖人既終，乃有《未濟》；當凡夫未終，已有《未濟》了。只是聖人到《既濟》，乃與《未濟》相應。《既濟》曰「亨小利貞」。以前損之又損，只得一小未亨，到此小都亨了。「初吉終亂」，「吉」字，從《泰》卦「吉亨」「吉」字來。菩薩聽了大海，道是海光如鏡；一到了大海，亂縱横在這裏。「終亂」者，飄了洋也。「亂」字遂接《未濟》。

[一]「新新」，各本均如此，似衍一字。

六十四卦，逐對逐對爲鴛鴦。十六卦爲繡，八卦爲金針。「鴛鴦繡出從君看，已把金針度與人」。約易而論，名之曰知；約簡而論，名之曰能。知、能是《乾》、《坤》底，不是人底，凡夫却妄認知、能以爲我。約《乾》知而不能，約《坤》能而不知，何況于人？故曰：雖聖人不知不能。約知而論，合大千「夫婦之愚」，叫做《乾》之知，然則「夫婦之愚」，亦與在知裏邊。約能而論亦然。性命是兩端。約命，現前一法，住在界裏；約性，迅疾不停，通前通後。分説之，命永永不是性，性永永不是命；實説之，性之理，專會做命；命之理，專會做性。約命而言，「一受其成形」，大千世界都是命；約性而言，「逝者如斯夫」，大千世界都是性。現前桌子底命，依界而立，成在十年百年以前；現前桌子底性，跟世而走，一路一路壞下去了。説到這裏，不知他還是性，不知他還是命；還是性走，還是命走。菩薩呆了，方纔在北海，而今在南海了。

「大哉乾元」，本非是我，而命之爲我，便做我。「逝者如斯」，便不必做定我。性，順命之理；命，順性之理。中間却有一路是道，中間没有「業」字。若或不順，便有業。業在性命中間，如桃子之内，桃仁之外，有一桃核。桃核生與命俱來，死不與命俱去。性倒跟業走，所以桃子還不曾熟，核先硬了，喻如大鐵圍山。性命俱「如幻三昧」，業不是「如幻三昧」。身子是命，世法是業，我們今日要把桃核弄壞，方可。

「朝聞道」者，性順命，命順性，再不敢于中造業。「死生」者，性順命、命順性之路也，與你没相干，再不要着忙。一朝聞道之後，由他命順性之理死罷了，少不得性順命之理活轉來。

不云「可死」，而曰「死可」，妙。男婚女嫁，夕可死矣，安知死之後，正有大不可者存。

統而言之爲人，分而言之爲性命。「順」字不要用聰明聖智。死及爛醉時，都是性順命之理，命順性之理，不須用你着力。

《齊物論》以下六篇，是正文；《逍遥游》一篇，是總叙：故首提名字，亦不同。内篇三七二十一字題，一字自爲一義；外篇無題。《逍遥游》從不好處説到極好處，「遥」字比「逍」字爲勝。情執既破，境界廓然，故「遥」。至于「游」，則老安少懷，與物無礙，即《魯論》「游于藝」之「游」，豈但志據不足言，抑豈依之可言？《齊物論》至《應帝王》，與首篇異，皆從極好處説到不好處。「齊」者，物我一齊，是非兩忘，承上「游」字説來。有物我，則有是非，而「論」出矣。「論」者，不齊之極也。以下篇名皆然。然下五篇，亦一篇好似一篇，至《應帝王》而極。《應帝王》「應」字，即《逍遥游》「游」字。在《魯論》「顔淵季路侍」章，爲王帝應。子路，王也。天下往，謂之王。「敝之無憾」，人見破矣。顔淵，帝也。「無伐無施」，我見盡矣。至若孔子，則何人何我，應以種種身得度者，即現種種身而爲説法。是之謂三十二應，是之謂中央混沌之帝。我爲法王，于法自在，所謂「皇」也。三皇之世如春，天下在一鼻孔中出氣。是故三皇有氣而無理，五帝有理而無情，三王有情而無事。「其事則齊桓晉文」，故謂之「伯」。伯者，皇帝王之糟粕也。《南華》雖始于北溟，下六篇正文，則以南郭子綦立義，承上「徙于南」來。

北溟是真常性海，魚在海中，没有頭數。然是同體共氣，故從「昆」，化而爲鳥，《小過》卦也。法法異住，故從「朋」，鵬言「背」者，背即北溟也。大千世界，從無有未化之魚，從無有已化之鳥，而今正是刻刻化鳥之時，故下文云「猶時女」也。時女纔出母家，未到夫家，正及時之女。

我們修行，要修到《應帝王》境界。即此三字，要修到「應」字境界方妙。到得下手不得處，方名爲「應」。憑你伶俐，只到「帝」字、「王」字罷了。認得《應帝王》「應」字，便是「游」。《逍遥游》，完全快活；《齊物論》，下手功夫。十長養心，一切保任，曰《養生主》；從地涌出，不須閉門，曰《人間世》。無世有界是「德」，有世有界是「充」，世界交涉是「符」，這就是《大宗師》了。

「齊」裏邊没有「物」，「物」裏邊没有「論」。「論」走了「物」底樣，「物」走了「齊」底樣。《南華》七篇之義，盡于一「游」字。其下手工夫，全在打破「論」字。去論而歸物，由物而歸齊，然後可以《逍遥游》矣。篇中言「天籟」者，齊也；言「地籟」者，物也；因吹成萬，故不齊。「人籟」者，論也。喻于比竹，言彼我是非，相比而生也。《齊物論》是論物之性，《人間世》是論人之性，《應帝王》是論其性。

一切佛菩薩，俱從大心裏邊出世，名金剛極則心，是最後心，喻如臘月卅日，聯底凍大海水；長養心，是大年初一，早已漏泄春光，無一件不活動頭，所謂「大死却活」也。《梵網經·菩薩心地品》先説十金剛心，而後説十長養心。聽「養」字，不要聽了「生」字，純是生趣是「生」，没有趣底是「養」。若聽錯了，不但不是「生」字，竟是「主」字。主者，燈炷，注在一處也。前法不望後法，後法不望前法。文殊師利，三處度夏，但許你養，不許你主。

全部《法華經》，要銷到「妙法蓮華」四字裏邊去。「妙」字、「法」字、「蓮」字、「華」字內，各有一部《法華經》。《大學》八條目，用華嚴迴綴之法，曰：彼彼各異，執礙不通，曰物；彼彼互通，神變無方，曰天下；「寂然不動」，無物可指，曰心；「感而遂通」，紛然異名，曰物；閑聚一處，强認爲我，曰身；無量毛頭，莫知爲誰，曰天下；本極會活，死在那邊，曰心；明明不活，有無量活，曰意；本只一體，無有主伴，曰身；一人爲主，餘人作伴，曰家；本無有主，强自名主，曰家；各各住持，皈依一主，曰國；昔所未有，因師而有，曰知；昔所本有，非師所破，曰意；親而言之，各秉內德，曰意；疏而言之，統成外德，曰天下。

聖人不禁民之好惡，在余一人無好惡，儘民之所好所惡，聖人不過在其中裁成輔相。《莊子》云：「聞在宥天下矣。」「宥」字妙，從「密」從「有」。民底好惡，再不要提起，不但我不看見，連你也不曾有。譬如小兒食麵致病，必要把火燒麵存性，以療其病。麵爲火所燒壞，則火力勝。前邊底麵，麵有氣力；後邊底麵，火有氣力。麵性已壞，把新燒之麵，引到舊麵裏邊去。鬥着鑰匙，麵與麵和合而住，則舊麵爲火力所攻，亦漸漸存身不牢，病便愈了。麵不得而知之，母親小兒惡得而知之？此喻「在宥」之義甚精。

大君不要自己出頭，要放普天下人出頭。好民好，惡民惡，所謂「讓善于天」。天者，民之謂也。故一个臣，亦不要自己出頭，要放有技彥聖出頭。若一毫身見未忘，則災必逮之。有一个「上老老而民興孝」三句，是「民之所好好之」；「所惡于上」六段，是「民之所惡惡之」。有一个人蹲在我上邊，是我所惡，再不要把我一人蹲在上邊罷了。六段只一句，只是一「無我」句。

「天無私覆」，物物自覆，天不自有其天。「地無私載，日月無私照」，此謂奉三無私。　九德于十德中，只少一執我德，倒望没有一德處，立出「九」字來。不云「具足九德」，乃是單剩九德。九德而爲天子，一德而爲天下。此一德，乃天子最忌之一德也。然民好民惡，一个人各照管一个自己，故云「咸有一德」。井田之制，從這裏算出來。普天下人所證之一德，即天子所無之一德也。「咸」字下得妙。

「恭己正南面」，「恭」字裏邊，已去了「己」。只是别人底己，流浪忘反，天子所以必要恭己。譬如有磨子，必有磨臍。磨子會得轉，磨臍不曾轉。磨子打下來，畢竟磨臍歪了。磨臍已折，磨子依舊。所以磨子轉得如法，單贊磨子，不贊磨臍；到得不如法時，單責磨臍，不責磨子。故必須「恭己正南面」，法喻一齊。　《周南》是正南，没有人；《召南》是南面，已有人。不爲《周南》，則是正牆；不爲《召南》，則是正牆面。　「恭讓」二字，湯武所無。「民所好好之」，「所惡惡之」，是真「讓」字；不動不言不賞怒，是真「恭」字。

崑崙是河之源，只是崑崙有許大家私，出許多水，竭了怎麽處，滿起來怎麽處？　不知水一面望東行，仍一面望西行，東之極處即是西。　人只爲横一「西」字在東頭，所以説不去。　人行到死，仍行到生；樹行到梢，梢行到根：這個兩行妙絶。　一切衆生，道是現前一心，望外走底。　目根攬色，竟把色作眼根，故有色界。　色界住于色界，無色界住于無色界。　欲界寄居于色界，把欲界劈開，一半色界，一半無色界。　色界無色界，是實；無色界攬了色界，被色界留住，叫做欲界，是假。　眼中無色識，色中無眼識。識内二俱無餘，五亦如是。《大畜》「剛自外來，而爲主于內」。一切色聲，謂之剛，妙絶。「剛自外來」，是「一片冰心」；「而爲主于內」，「在玉壺」。

身之爲言「聚」也，元氣體在身裏邊；軀之爲言「區」也，兩个人軀幹不同。「躬」字，「身」傍從「弓」，譬如張弓，略不放鬆一步；「體」字，「骨」傍加「豊」，骨肉停勻，乃是具足一切。「躬」字加「穴」，以如是之身，走到無出頭底所在，那得不窮？字義妙絶。

世尊具足相中，有肉髻相。有時結跏趺坐，手結大三昧印，放肉髻光，表思也；光中見一切天龍八部，恭敬圍繞，表學也。學者，覺也。易見爲子者，乃是既見之後，紹領家業，承當此事，《易》曰「子克家」是也。息，下從心，上爲囟門：[illegible]。上非田字。蓋人身之背後腰裏，脊骨兩邊，相倚而生者，是爲兩腎；兩腎相交處，是爲命門；頭頂面前，脈脈然動者，是爲囟門。腰者要也，爲一身之要處。大凡有正經事，必要記得者，須記在要處。兩腎專主憶持，所以特生腰裏。若欲息之，必從囟門而得。心，火也。火，炎上。故「息」之上從「囟」。小兒前世，想業輕清近天，都從上囟門來；情業重濁近地，都從下膝蓋骨來。小時囟門未合，故寫「兒」字，頭作兩半形。至前世想業，足在命門，則囟門合；前世情業，足在腎臟，則膝蓋骨合。故囟門合，命門成就；膝蓋合，腎臟成就也。想多情少，想少情多。想業，如作文字等，其作文時之吟哦，即囟門之音聲也。問：兩腎在內，何故能憶持外事？囟門在頂，何故能想得兩腎所憶持事耶？答：此由出入息者爲之夾帶也。譬如忽聞「大學」兩字，此時若無入息，則竟齊此而止矣；無奈有入息者帶進，由囟門上雙關夾脊，而下到腰間，交卸右腎內藏過，然後入息清淨，直到臍輪。後來囟門要想時，若無出息，則想殺亦不得矣。無奈有出息者在臍輪轉來，從右腎轉過左腎，遂爾帶出。依舊雙關夾脊而上，到囟門交卸已，然後出息清凈，還到鼻孔。此所以兩腎能憶持，而囟門能想得也。「思」之義如此，諧聲同「絲」。蠶之吐絲，止一根到底，更無別緒，思之無邪亦然。蠶食植物，絲從口出，表君子之思；蜘蛛食動物，其絲旁出，爲小人之思。從來思與學一合相，學之卦爲《震》，顔淵職掌「學」字。子與之言，全是法界，如云「用舍行藏」，「天下歸仁」等。思之卦爲《艮》，曾子職掌「思」字。子與之言，乃用提喝，止得「參乎，吾道一以貫之」一句。顔淵曰「顔淵」，曾子則稱「子」。無量義處三昧，爲思；法華三昧，是學。「學而不思」，「思而不學」，應知是料簡之文，非藥病之文。既是不思，則直謂之「罔」。不得謂之學。非謂學之所病在不思，而以思藥之也。下句亦然。「罔」即帝網重重，于法界中，取那一件？「殆」，及也，危也。丟開法界，所思何事？「以思無益，不如學也」；還有一句在，「以學無益，不如思也」。總之思與學，再割不開。

《論語》者，先師所論之語也。論從「倫」，兩物並處爲倫。太陽爲太陰之倫，太陰爲太陽之倫。「倫」如舉案齊眉，自天而來，故爲天倫。論有八德：有論，有議；有左，有右；有分，有辨；有競，有爭。「語」者，我本無我，因問有我，故有答也。佛説《方等經》，孔説《論語》。《論語》是講場裏邊講出來，「志在《春秋》」，不是文字。《春秋》是二六時中做出來。《春秋》將一切人物，亂縱縱寫成一册，那一件不是「大哉乾元」？或走了元氣的樣，或不走元氣的樣，故要議。「議而不辯」者，于二六時中，講不得底。《春秋》五「始」，元年天德。春動。王現前。

正月一心。公是法。即位。住法位。言天德之動，而爲現前，心是法，住法位也。「大衍之數五十，其用四十有九」，故魯隱公之元，實平王之四十九。二百四十二年，始于己未，訖于庚申，約《既濟》、《未濟》之義。己爲《既濟》，未爲《未濟》。宜止于己未冬，而經止庚申春者，乃先師更展一年，以盡未來際也。

「祖述」「憲章」，上律下襲，乃「致曲」裏邊事，此是仲尼之因。「譬如天地」節，不過仲尼之果，此天地之所以爲大，仲尼竟是天地了。「譬如」節，轉凡成聖，此謂滅凡夫、度聖人，猶是有餘涅槃。説到「小德川流，大德敦化」時，但見「萬物育」而已，無有仲尼；但見道行而已，無有仲尼。仲尼于天地中，如紅爐中點雪，此謂滅聖人、度天地，豈非無餘涅槃？「阿彌陀」三字，即此一章。「祖述」云云，「阿」也，致曲之謂；「譬如」云云，「彌」也，天地之所以爲大；他也[一]。

今人以手拍桌，隨拍得響，響從十方四面來，借手桌因緣而成響。其實手着桌處一些子地，並無有響，故響響不窮。人身，衆緣和合而成，中間並無些子是我。愚夫婦妄認有我，猶妄認手桌相着處有響也。惟無有我，故生生不窮。大千微塵，以不守自性故，不做定一法；不做定一法，故無所不有。無所不有，故響是大千本事，只是以手桌爲機關，非手桌能生響也。但能明乎機關處無物可生，便是歇息機關之法，非一事不作之謂也。小乘不知此旨，纔聽四性推撿，謂手底無響而妄有，必將累我漏落三界，故遂痛恨一響。比于花箭毒藥，而欲

[一]「他也」，各本均此，似有脱文。

灰身滅智，以入滅盡定也。色、聲皆業力機關所成：色者，塞也，有物當前，眼光塞住也；聲者，罄也，出諸口者，罄盡無餘，耳中莫留形迹也。音即「言」字，舌上爲「言」。[illegible]，口中彈舌爲「音」。知聲而不知音者，禽獸是也。劍去刻舟，梵音海潮音，一總不知。知音而不知樂者，衆庶是也。如達摩大師一喝，一喝已是乾浄一法，然猶住于一法，没有什麽好處。「惟君子爲能知樂」。樂者，聖人大和會處，即一彈舌間，已是八音和會。如喜怒哀，一歸于樂。喜即怒，怒即哀，哀即喜怒。不偏于宫，不偏于商，不偏于角、徵、羽，是之謂中聲。

涅槃四德，常樂我浄。世尊平日説「無常」，此則曰「常」。所謂無常者，常無；常常者，即無常常也。《坤》卦「先迷失道，後順得常」者，道爲生死輪轉之「道」，因衆生有常見，故云「先迷」，即世尊「諸行無常，皆生滅法」之前半偈；常乃獲是常色之「常」，因衆生又有斷見，故云「後得」，即世尊「生滅滅已，寂滅爲樂」之後半偈。乃至涅槃言「樂」，與平日談八苦不同；涅槃言「我」，與平日談無我不同；涅槃言「浄」，與平日談五濁不同。文殊爲識涅槃，普賢爲色涅槃。

人之一身，從頂至踵，但有十八種事，根、塵、識。互相假合，實無有一。是則現在此身，已見其别異分張。安得死後來生，而某甲以某甲業力，重受某甲之身；某乙以某乙業力，重受某乙之身，如頂針然，不相雜亂，如是其楚楚耶？故楚王曰：「楚人失弓，楚人得之。」仲尼曰：「去其楚而大矣。」人死如失弓，死後受身如得弓。人遺弓，人得之，則所謂「鼠肝蟲臂」，一任夫「偉哉造化」者。何彼常見之徒，我執未化，妄謂某甲某乙，世世受身，楚楚不亂也？

問：常見與斷見何别？答：斷見外道，不錯在響後計滅，而錯在正響時妄以爲有；常見外道，亦不錯在響後計有，錯在正響時不知是衆緣和合，妄以爲一耳。人死無往來，亦必不斷滅。若説宛然如在，此即流注真常，除非無處不逢，乃是斬新面目。

「天尊地卑，《乾》、《坤》定矣」。《乾》、《坤》説不明白，《乾》可通于《坤》，《坤》可通于《乾》，不能个定。説《乾》卦，一字也不犯《坤》；説《坤》卦，一字也不犯《乾》，這叫做「定」。尊酒爲尊，不用爲義；酒杯爲卑，承尊爲義。君臣「臣」字，諧聲爲「承」。大賓有饗禮，有燕禮。饗禮畢，復行燕禮。有个尊，有个卑。尊，放酒之物，動不得底，在杯裏邊吃。世間毫髮許都是地，一微塵做不牢地。約前一法論，已瀉而爲後一法，還守着前一法，守个空尊也没幹；約後一法論，不自爲後一法，乃代前一法化現而已。刹刹不得少停，《乾》也；塵塵没有自己，《坤》也。刹刹都在别處用，塵塵都替别人用。《乾》卦「百花叢裏過，一葉不沾身」；《坤》卦「一葉不沾身」，仍舊「百花叢裏過」。「卑高以陳，貴賤位矣」。性情極和平時節，叫做「樂」，現喜底相貌，其實就是怒，就是哀，就是樂。但以異法出生，故喜不要認做喜，要認做中，喜之發也，怒哀樂特未發耳。四者和合並住，但憑你喜，怒哀樂已中節了，故曰「皆中」，此非「慎獨」不能。

「中」者，不要逞着喜怒哀樂走；「和」者，但憑你喜怒哀樂在這裏做。喜，浩浩生死中，把他做个拄杖[一]，故曰「大本」。學者學个「中」字，四者相通無礙，故曰「達道」。云何分貴分賤？拱手于貝之上者曰「貴」，戔戔于貝之旁者曰「賤」。《涅槃經》高貴德王菩薩是

[一]「拄」，各本均作「拄」，據次二段「將何拄杖」改。

「貴」，算沙童子是「賤」。約事而論是賤，真底；約理而論是貴，假底。開眼並不見一法，是貴，比中和透頭去了；衆生處處着，是賤，比中和落下來了。要曉得不貴不賤是中和，凡遇經中有「貴賤」字，眼光要射着本等，陳有主客之形。大千世界本等事，原不消興師動衆底，只爲衆生个我見重，賤也賤極了。他下三步殺進來，我不得不透過了頭説是高，我從上三步蓋下去。位有分限，故「卑高以陳」如此。「動静有常，剛柔斷矣。」纖塵不立曰「剛」，「柔」字加一「手」字，即矯揉「揉」字。勿忘勿助，一刻一刻頂針去，歇也歇不得，搶也搶不得。法界如是活，是柔；我學人在裏邊死，是剛。結制爲「静」，解制爲「動」。結制解制，打成一片，爲「有常」；單結制不解制，單解制不結制，是「無常」。仲尼知天命，看定子午一針，到得耳順，二十八舍都順了。「從心所欲」，乃是七縱八横都不亂。結制時，菩薩極其謹慎，是剛斷；解制後，但憑天地紛紜，是柔斷。「方以類聚，物以群分，吉凶生矣。」「方以類聚」，是絶待法；「物以群分」，是對待法。在行底人，看到「方以類聚」；不在行底人，必看到「物以群分」。萬物是一類，不但平常以類聚而已，妙在「方」字，有情化無情，無情化有情。這一角叠得到那一角去，那一角叠得到這一角去，謂之方幅齒遇，没有一微塵漏落在外邊。萬物是一群了，却把來分長分短做什麼？「在天成象，在地成形，變化見矣」。好端端的壞了，叫「變」；變了又好了，是「化」。約迅疾論，大千世界在天；約萬物論，大千世界在地。形旁「开」，是龍鬚兩條，看去只一條；旁三「彡」，則雲彩盡矣。學成了例，方到義海裏邊游戲。

頭一雙例，剛柔最要緊底，因而弄出《乾》、《坤》來，因而弄出變化來，而剛柔之能事畢矣。

貴賤吉凶等，皆辭也。大千世界，無有一塵而不剛，無有一刹而不柔。就是柔底在那裏剛，就是剛底在那裏柔。衆生爲何不如法？法本是剛而衆不剛，因不剛故，法本是柔而衆生不柔。法若單是剛，衆生決不錯。因爲柔誤了剛之事，因而剛誤了柔之事。剛柔者，衆生之法器也。借他的剛，就立一个《乾》；借他的柔，就立一个《坤》。《乾》、《坤》者，法王之章句也，要他依舊住于剛柔之中。剛也者，「天下之大本也」；柔也者，「天下之達道也」。剛、柔是衆生分中真《乾》真《坤》，《乾》、《坤》乃剛、柔之度影。貴賤者，因衆生不住本處，已落下來，故故意擡高一層。世尊于法輪未起時，有此權詐。貴賤者，法輪之方便也。吉凶者，我如是説，你依我則吉，否則凶。山陷曰凶。世尊于法器既成後，有此料簡。吉凶者，法器之料簡也。所謂變化者，何也？《易》裏邊，某卦變某卦。我爲法王，于法自在，非學者所得可知。衆生雖已失剛柔之德，畢竟還是剛，還是柔。世尊于現前一心，請出他底剛來，剛乃衆生之大機；請出他底柔來，柔乃衆生之大用。轉不得身底所在，是大機；轉得身底所在，是大用。

人在萬化裏邊，要刻刻轉身。因衆生在大海裏邊亂轉，轉到地獄，連他也不知道。本要他轉身裏邊，轉得停當；倒于轉不得身底所在，逼拶定了，放尿屙溺[一]，箭不上垛，臨斷命時，將何拄杖？要教他个大機。學者于《震》威一喝時，要轉得身，頭一个機不要錯了，一錯永錯。

大機假借不得，《乾》之所以爲《乾》也，是絶後；大用但憑假借，《坤》之所以爲《坤》也，

[一]「屙」，學易堂原刻本作「痾」，據《金聖歎全集》改。

是光前。　云何「剛柔相摩」？　約剛而論，已自剛了，望了柔，還有不剛底所在；約柔而論，已自柔了，望了剛，還有不柔底所在。我摩你，你摩我，「相觀而善之謂摩」。

六十四卦，都是一雙一雙在那邊。世尊青蓮花眼，看定「剛柔」二字，這邊一摩，那邊也一摩；那邊一摩，這邊也一摩：巴得你好我也好，六親合一運。　剛是在柔裏邊剛，柔是在剛裏邊柔。相摩者，互相檢點，有一釐一毫不好，非摩之義。原來是「剛柔相摩」故，所以「八卦相蕩」，不六十四不止。　「鼓之以雷霆」六句，正撮寫「剛柔相摩」二句出來。有一點摩得不好，「八卦相蕩」，正未已也。　約法師論，「鼓之」二句；約學者論，「日月」二句；約大千論，「乾道」二句：儼然是四十九年説法變相。　把什麽來鼓之？「鼓之以雷霆」。把什麽來潤之？「潤之以風雨」。我爲法王，于法自在，而今聽者，頭也不擡。在裏邊日月運行，一寒一暑，一條性命，交付與先師。起視大千世界，依舊好在這裏。男端端，女滴滴，「乾道成男，坤道成女」。　「鼓之潤之」「之」字，是學者一走到先師門下，便要鼓之。無量劫來个凡夫，是連底凍底人，先師兜頭便是一个雷一个霆，與他商量不得，要他身毛震蕩；既震蕩之後，漸漸以安神定魄之藥補之，故曰「潤之」。　所謂雷者，明明這句話，不打從這裏説起，却大寬轉從遠方團團裏轉轉來，轉到這裏叫做「殷其雷」。他把眼光放遠了，殊不知我這句話已在這裏劈插而出，叫做「霆」。　風以解散爲義，教他不要當一件事。善男子着什麽死急，要解散他？　學者身分裏邊，已輕鬆了。就是這些没正經底事體，那一件不該做？　一切法，都是摩醯首羅尊天，四天下七日七夜微塵雨。　這一卦「鼓之以雷霆」，這一卦「潤之以風雨」。這一卦，内卦鼓之以雷，外卦鼓之以霆，風雨亦然。鼓之以雷，明明説他意中底事，却又從意外來，不説本等事，且廣談法界。他聽了法界觀，正要賣弄法界觀，復鼓之以霆，提出現前一心來，所謂「不喪匕鬯」也。

日，一日一周天，行過西來；月，卅日一周天，行過東來：原來在這裏「剛柔相摩」。到得月行過東來一遍，日已行過西來卅遍了。聖人境界，落到凡夫裏邊去聽；凡夫耳朵裏邊聽了無數遍，身分裏邊纔證得些些，猶日行卅遍而月止一遍也。凡夫境界，原是聖人境界，直累到日頭三十遍落山，耳朵裏聽熟了，恰纔月一周天，略略到聖人境界住。有時説到聖人境界，滴水點凍，一寒；有時説到凡夫境界，六親聚會，一暑。寒時寒殺閻黎，熱時熱殺閻黎。

上經總是一寒，下經總是一暑。説者六十四番雷霆風雨，聽者六十四番一寒一暑。約這件事體畢竟怎麽樣？摩到六十四番，《乾》、《坤》乃成。所謂乾道，即《乾》卦中之道也，是剛；所謂坤道，即《坤》卦中之道也，是柔。六十四番以後，九秋末後，爲何成男成女？要知老夫妻兩个，起是一齊起底，結煞不在一處結煞。《乾》卦「剛」字，直到《歸妹》卦，然後乾道以成。《歸妹》，女之終也。柔之摩剛，弄到《歸妹》，柔完了，柔歸到剛裏邊。《坤》卦「柔」字，直到《未濟》卦，然後坤道以成。《未濟》，男之窮也。剛之摩柔，弄到《未濟》，剛又完了，剛歸到柔裏邊。前此建立「剛柔」二字，總立不定。「剛柔」二字，如兩龍夭矯而下，左摩右，右摩左。摩到後來，桶底脱落，到《歸妹》、《未濟》卦中，乃知奇哉一切衆生，本來成佛，成男成女，所以成物也。這四章是以例出義，游戲一番。

「在天成象」云云，例到這个田地，則「變化見矣」。上二句例，末一句義。無量劫來，只因眼光一錯，剛柔並失。「元明照生所，所立照性亡」。仔細看來，剛亦如故，柔亦如故，只是眼光錯了，本等原不錯。凡夫落在剛柔底下來，聖人透到剛柔上邊去。卑高話頭，高出天外；吉凶話頭，細入無間。法門未開用權詐，法器既成須小心。鼓之以雷，是談菩提心；鼓之以霆，是發菩提心。不做一些正經事，是解脱，然非大解脱；入于無餘湼槃，則爲大解脱。世尊于一處滅，則處處現。上經五字，下經十字。復次，一卦十字，一卦五字。五字四面，迴薄到中心，是爲「鼓之以雷霆」；十字中心，解散到四面，是爲「潤之以風雨」。上經一卦寒，一卦暑；下經亦一卦寒，一卦暑。

夜來所説，是法器之剛、柔；今所説，是法門之《乾》、《坤》。八卦相蕩，正以《乾》、《坤》相蕩耳。刻刻管這念頭在那邊。

「《乾》知大始，《坤》作成物」。八个字，八段在那邊曰「知」，《乾》是管一件事體，《乾》卦單取眼光不錯。「利見大人」。內卦之內，眼光不看見底不用；內卦之外，看見底一定不許放走。外卦之四，不看見底，因看得即溜，也看見了；外卦之上，看不見底，不許只管去看。所謂「督亢之地圖」者，約我國論，則曰「督」，即人身督脈，督周身之脈在那邊；約彼國論，則曰「亢」，「扼其亢而撫其背」是也。「亢龍」「亢」字同此。人若眼光清楚，就是「潛龍在淵」，也看得清楚；眼光若不清楚，就是「終日乾乾」，也是亢龍了。「乾乾」者，一法一法，迅疾得緊。「或躍」者，不知是那一法出生。不取潛龍者，不要丢了實法，眼光没放處；不取亢龍者，不要粘住一法，眼光不即溜也。須知「《乾》，健也」，不是贊

《乾》卦，只爲學者于迅疾中眼光要健耳。

菩薩聞了《乾》卦，開于天眼；聞了《坤》卦，開于肉眼。聞了《坎》卦，菩薩以肉眼失于天眼；聞了《離》卦，菩薩以慧眼得于法眼；聞了《巽》卦，菩薩開于佛眼。其實佛不開眼，以上四眼不開故，故謂之開佛眼耳。肉眼固非，天眼亦非。天眼觀實，慧眼觀空。彗以掃除爲義。

「《履》，德之基也」；至。「《巽》，德之制也」。于六十四卦中，抽出九卦爲人德之事，作一路説。「《履》，德之基也」，《履》不是德。達磨大師一喝，是云德基。「《謙》，德之柄也」，言兼爲「謙」，一句而兼兩句，是爲話柄。「一句合頭語，萬劫繫驢橛」，失了柄了。《履》與《謙》一雙。「《復》，德之本也」，凡夫仍舊歸了性海，是以性海爲本。把凡夫來盡情洗將去，叫做「復」。「《恒》，德之固也」，難道打死凡夫，後歸性海？但憑做凡夫，那怕不是性海，叫做「恒」。《復》與《恒》一雙。「《損》，德之修也」，二六時中，認定性海，依舊原做凡夫，凡夫自然蹲身不得，叫做「修」。「《益》，德之裕也」，二六時中，損了凡夫，不是加了性海，性海自然裕起來，叫做「裕」。《損》與《益》又一雙。「《困》，德之辨也」，聖人確然是聖人，凡夫確然是凡夫，須要辨得明白。「《井》，德之地也」，放桶下去，水始上來。轉轉墮到凡夫裏邊來，乃轉轉入到聖人境界去，須要脚踏實地。聖人之位，非浮圖合尖，貴而無位，所以爲亢龍也。《困》與《井》又一雙。「《巽》，德之制也」，大千世界，辨不得凡夫，辨不得聖人。《巽》之爲言，「入」也。凡夫做了聖人，尋得出底曰「適」，即「太師摯適齊」四「適」之文。聖人做了聖人，依舊在凡夫裏邊，尋不出來曰「入」，即「鼓方叔入河」三「入」之文也。聖人家法，定不許興妖作怪，故曰「制」。制，即法也。守先師家法，只一句。「《巽》，德之制也」，故另爲一句，不同上文。足是極熬不定底。人若修行，足最要緊。手，諧聲爲「守」。粗處收住了脚，微細裏邊，又要熬定手。故先云「啓予足」，後云「啓予手」。下「臨深履薄」，皆言足而不及手。然當臨履時，足爲「戰戰兢兢」，手亦齊焉。世尊每作大三昧坐，先安其足，然後手結説法三昧印，次安其手。

貪、嗔二法，皆爲痴法。人生而鼻孔具，一主吸，貪法也；一主呼，嗔法也。世間一切男子主呼，一切女子主吸。火炎上，鳥爲嗔法所感，故怒而飛于天；水潤下，獸爲貪法所成，故手亦扒于地。

須陀洹。有前後際曰「須」，有彼此法曰「斯」，無前後彼此曰「阿」。

斯陀含。疏之則曰「陀」，即「他」字；親之則曰「那」；不可得而親疏曰「羅」。

阿那含。有路數曰「洹」，無路數曰「含」，不可言其有無路數曰「漢」。

阿羅漢。須陀洹以四諦十六心，發電光三昧，至阿那含而極。阿羅漢無有境界，觀世音菩薩，不過在阿那含學堂中。

須陀洹入聖人之流。聖人者，阿羅漢也。須陀洹是凡夫，不能遂證阿羅漢，則住三果阿那含。何以故？以夾帶一證故，阿羅漢亦入凡夫之流。聖人證到凡夫地位，始絶無退轉。所謂「百尺竿頭，更進一步」在此。進一步，非上去，竟是下來。妙！　然入凡夫之流而已，不入初果須陀洹，但退入二果斯陀含，如《涅槃經》如來背痛之説。推而言之，二果入三果，三果亦入二果。《楞伽經》：「佛告大慧菩薩：能住爲住，所住爲地；有住爲住，無住爲地；有地爲住，無地爲地。」十地即爲初，初即爲第八，第九復爲七，七亦復爲八。第二爲第三，第三爲第四，第五爲第六。無所有何次？世尊將十地菩薩，歷然分次，却又搬亂。大慧驚疑，直到無次第處，方是大般涅槃。

後二卷嗣刻

唱經堂隨手通

此書之整理，以清康熙初年學易堂刻《貫華堂才子書彙稿》本爲底本，以宣統二年順德鄧氏《風雨樓叢書》排印、民國四年上海國光書局排印《貫華堂才子書彙稿》本及民國石印《金聖歎全集》本參校。

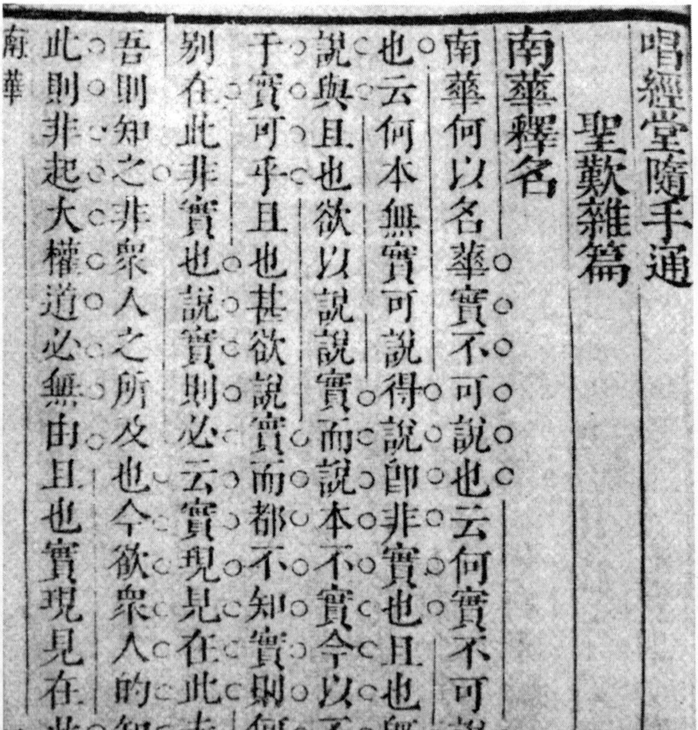
唱經堂隨手通

聖歎雜篇

南華釋名

南華何以名華實不可說也云何實不可說本無實可說也云何本無實可說得說即非實也且也既已實矣又何說與且也欲以說說實而說本不實今以不實之說而說于實可乎且也甚欲說實而都不知實則何在也謂實又別在此非實也說實則必云實現見在此夫實現見在此吾則知之非衆人之所及也今欲衆人的知實乃現見在此則非起大權道必無由且也實現見在此知之固難若

南華　一

康熙刻本《貫華堂才子書彙稿》之《隨手通》書影一

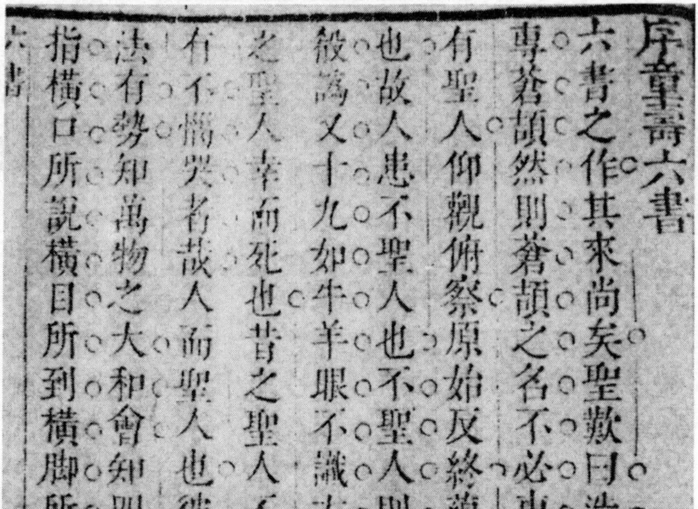

序章壽六書

六書之作其來尚矣聖歎曰造字不必專於倉頡造字必專蒼頡然則蒼頡之名不必專於一人予何言之夫世但有聖人仰觀俯察原始反終蘊於神襟抒爲妙構即皆字也故人患不聖人也不聖人則雖傳持舊字而失墜十九殺爲又十九如牛羊眼不識方隅如禽獸跡了無起盡昔之聖人幸而死也昔之聖人不幸不死彼觀此縱橫塗泥有不備哭者哉人而聖人也彼則知天之文無盡知地之法有勢知萬物之大和會知四時之非往來于是橫手所指橫口所說橫目所到橫脚所踏無非字者夫後之聖人

康熙刻本《貫華堂才子書彙稿》之《隨手通》書影二

唱經堂隨手通　目録

《南華》釋名……八八九
《南華》字製……八九〇
序《童壽六書》……八九一
序《離騷經》……九〇〇
先後天勝義幢……九〇七
大勢至緣起……九〇九
念佛三昧……九一二
《江南采蓮曲》釋……九一四

唱經堂隨手通

聖歎雜篇

《南華》釋名

《南華》何以名「華」？「實」不可説也。云何實不可説？本無實可説也。云何本無實可説？得説即非實也。且也既已實矣，又何説與？且也欲以説説實，而説本不實。今以不實之説，而説于實可乎？且也甚欲説實，而都不知實則何在也。謂實又别在，此非實也。説實則必云實現見在此，夫實現見在此，吾則知之，非衆人之所及也。今欲衆人的知實乃現見在此，則非起大權道必無由。且也實現見在此，知之固難，若夫知之而祈到之，則尤難也。且也衆人未知有實，則不得已告之曰「實」；若真知有實，又真到于實，當是時又詎真有實，又詎真名「實」哉。且也此固實也，而衆人惘然莫知其爲實，是誠大錯；乃此固無有實也，而吾嗷嗷然必號之曰「實」，又豈非大錯？是故《經》置「實」而言「華」。華者非他，即是實之所開敷也；華者無他，至于廢落則仍實也。問：有未開敷爲華之實耶？有未廢落爲實之華耶？

曰：無之。何故無之？如有未開敷爲華之實，則是實在華前；如有未廢落爲實之華，則是實在華後，則是華時遂無實也。若華時無實，則必華自華，實自實；離實乃有華，離華乃有實，則必華本非實。夫華本非實，則實與華且無與。然則何云開敷時爲華、廢落時爲實？夫開敷時爲華者，從未有未開敷之時者也；廢落時爲實者，終無有既廢落之時者也。自古如是開敷，終竟亦如是開敷，今日現見果如是開敷；自古早已廢落，終竟已不煩重有廢落，今日現見本是廢落。曰：今日現見廢落，何得今日又現見開敷？此則有二：一者衆人但見開敷，未見廢落，故且順情亦云「開敷」；二者今雖本無開敷，後亦更無廢落，然而今則無奈開敷，後則必歸廢落，直待廢落此開敷，方復開敷此廢落，則雖今日明明眼見廢落，且不得不口説開敷、説開敷者，所以供廢落云爾。

《南華》字製

字非天墜地湧，其製起于倉頡。厥文從「密」從「孳」者，言從聖人密心中，展轉孳化而出也。自仲尼既没以來，其學都絶。漢儒許慎，雖有《説文》十四篇，然心不知其事，僅乃就其膚廓，抄掇成部，形似略近，並就鑼鉀。間常取而觀之，世人曉者，彼亦稍通；若我不知，彼便缺然矣。因思書之爲學，列在六藝，七十二子並所通達，豈非論道之金匙、登聖之寶筏？胡可徐氏兄弟，匠意豐滿，王家父子，隨手詭詐，沿習既久，都忘本旨？脱有能言之者，則一國之人皆狂，反以不狂者爲怪。彌日擗心，竟夜啼泣。聖人不作，便成異國，心煩體熱，終竟何補？故前歲長夏，欲就舍下後堂，開局建標，延諸道士，並共論撰，述爲《童壽六書》，大都一百卷。而遷延兩月，竟亦中輟。所以然者，行年四十，心血雖竭，黽勉著書，尚不敢愛，獨是日夜矻矻，鬚髮爲之盡白。而其書一成，便遭痛毀，不惟無人能讀，乃至反生一障。是爲無救于上聖，而反有累于後來也。今年二三學者，請以夏九十日，解衣露頂，快説漆園遺書。于誼莫辭，竟受斯托。話言既多，詮釋略具。存之未全，棄之可惜。則命兒子釋弓掌而記之，别題爲《南華字制》一卷。此則莊氏一家之經用，並非倉帝字海之備觀。同學傳寫，藏而讀之，不可以之示人。何則？錦心繡口，世豈真有其人哉！設真遇之，是彼其人必能多方購索，乃至判命相要，募賊來竊。審若如是，是真此人，然後可與觀之。如或不爾，即是成群而生、成群而死之徒，彼不能益我書，我書亦不益彼。一概與觀，謂之大枉，欲速流行，反成陷害，故須鄭重如受詛盟也。

序《童壽六書》

六書之作，其來尚矣。聖歎曰：造字不必專于倉頡；造字必專倉頡，然則倉頡之名不必專于一人。予何言之？夫世但有聖人，仰觀俯察，原始反終，藴于神襟，抒爲妙搆，即皆字也。故人患不聖人也，不聖人則雖傳持舊字，而失墜十九，肴譌又十九。如牛羊眼，不識方隅；如禽獸迹，了無起盡。昔之聖人幸而死也，昔之聖人不幸不死，彼睹此縱橫塗泥，有不惱哭者哉！人而聖人也，彼則知天之文無盡，知地之法有勢，知萬物之大和會，知四時之非往來。于是横手所指，横口所説，横目所到，横脚所踏，無非字者。夫後之聖人猶尚如此，況萬古以來，聖人之興，如麻若粟，而必倉帝獨造字哉！且予觀之，天地無物不造，而獨不造字；聖人順承天地，不敢有造，而獨造字：此則非天地不能造字，而聖人者代之補造也。夫天地造物而聖人造字，造字者，造天地所造之物之字也，造天地所以造物之字也。既而天地造物，物又能自造一切種種事，于是造字者，又造物所造一切種種事之字也。故夫造字而字多也，亦其法不得不多也。非作也，述也。不獨述天地，亦述物。天地之所無，則無此字也；物之所無，則無此字也。此非一聖人能之也，遠古遠古聖人盡能之，未來未來聖人盡能之。夫何故？天地不變異，物不變異，物所作業不變異，則字法不能變異也。夫遠古遠古、未來未來之聖人，吾烏乎知其爲某甲某乙，特以字法不能變異，而必知其盡能造字。盡能造字，則無論某甲某乙盡名倉頡，猶如班固云：黄帝特中央自然之理，非有其人。夫化理藏于中央，名曰黄帝；然則造字起于東方，是名倉頡：蓋一例也，而必一人獨名倉頡哉！

一

此即伏羲作《易》最初下筆之第一字也。象形者，未形何象；指事者，未事何指；會意者，廓然無意，何會；諧聲者，寂然無聲，何諧；假借，則無物不借也，而物物自足，何曾少借；轉注，則轉何者，注何者，轉至何處，誰轉之者？故此一字，乃六書之所不能收，而伏羲獨仰而思，俯而笑，心起手落，冥裁而顯設之。有不知者，曰此「壹」字也，而伏羲叱之曰此非「壹」字。有知之者，曰此「乾」字也，而伏羲又叱之曰此非「乾」字。夫何故？此若「壹」字，則將更有十、百、千、萬字也；此若「乾」字，則豈此字尚非「牛」、「羊」、「鷄」、「犬」、「蟲」、「魚」字哉！夫伏羲之所知，非天下之人之所知也。夫伏羲之所知，乃伏羲之所不能知也。然而伏羲之所不知，則即天下之人之所知者正是。是故斷然置畫，心安如海。我前萬年，不知若干聖人出，吾無謬焉；我後萬年，不知若干聖人出，吾無惑焉。夫何故？蓋此字未生，則非此字；此字既壞，亦非此字。非此字者，人誰能知，我亦何能使人知？今則不先不後，此字出現，辟如日輪，赫然照面，而誰不見，而誰不知？汝但能知汝之所知，汝當能知汝之所不知。汝之所不知者，所謂非此字是也；汝之所知，則此字是也。汝之所不知者，我亦不能知，蓋非此字則不復能知也，乃汝之所知者，我亦不能知。蓋未生本非此字，既壞復非此字。則正照面時，決定非此字；決定非此字，則決定不能知也。嗚呼！夫我且決定不能知之矣，而茲又欲汝知之者，我亦欲汝知此字之雖聖人亦決定不知，汝則不應于此字正照面時，又自妄計以爲我能知之也。嗚呼！此伏羲之秘旨奇文，爲聖人教後學之一片心地也。

二

此即前第一字也，乃伏羲畫而觀，觀而歎。我則欲人知此字之非此字，故不得已建立此字也。然而人根不齊，雖有九百九十九人見之而悟，豈無一人見之而迷者哉？其悟者曰：此字非此字也。非一相，故非此字也；非一性，故非此字也；非先來不先去，故非此字也；非後來不後去，故非此字也；不必以此字分布作一切字，亦不必以一切字統滙入于此字，而此字自然無字不攝，故非此字也。彼迷者豈不曰：此字則此字也。所謂非此字者，又別在此字未生以前，與此字既壞以後也。哀哉愚人！此字尚不應取相説云有此字，顧反欲于無端荒唐之鄉，又取一非此字相哉！伏羲于是乎大戚，不得已因重取前第一字，拆而露其自焉，使之認之。嗚呼！我所云非此字者，即豈在此字未生之前，與此字既壞之後哉。

重取前畫拆而爲兩，此亦非伏羲之獨斷也，乃一切萬物自然之事相也。草木兩瓣，人身兩竅，天地之間，無非兩者。夫何故？中間者，天地之路。出亦于此路，入亦于此路，固非萬物之所得而住也。是故，欲識伏羲之第一字，則于兩瓣兩竅之中間可也；欲識伏羲之第二字，則兩瓣兩竅是也。有無其字而實無其字者，亦有有其字而實無其字者；有有其字而實有其字者，亦有無其字而實有其字者。無其字而實無其字者，如凡夫之人，每日食亦食，卧亦卧，一生百年，莽莽忽忽是也。有其字而實無其字者，如史籀、李斯變古文爲篆，而後人復變篆爲隸，至今官府通行等字是也。有其字而實有其字者，如倉帝所造字是也。無其字而實有其字者，如伏羲心地流成八卦是也。故不觀倉帝所造字，斯無以辨史籀、李斯之破亂也；不原伏羲心地所流八卦，斯無以知倉帝之本事也。夫出倉帝之手者，皆有字之字也；若藏伏羲之心者，乃無字之字也。有字之字，「後天而奉天時」者也；無字之字，「先天而天弗違」者也。則夫無字者，字之母也；伏羲，倉帝之師也。學字者，胡可不求端于畫卦也！

六

我于伏羲之第一字，而識聖人之膽也，膽不決不敢下此筆也；我于伏羲第二字，而識聖人之才也，才不奇不能變此筆也。雖然，前聖人有奇才，後聖人亦有奇才。蓋後聖人之胸中，其實即前聖人之胸中；乃後聖人之筆法，則何必又用前聖人之筆法乎！夫伏羲欲世之人知夫無畫處也，而世之人荒荒然不知何者爲無畫處也。于是不得已爲之下一畫焉，曰此一畫也者，無此一畫者也。而世之人又荒荒然以爲此一畫外，則別有所謂無一畫者也。嗚呼！于是伏羲大戚，不得已因出其驚天驚地之奇才，便取前畫而拆示之，必使之知夫無一畫者即此一畫正是。乃文王讀而歎焉，曰：「嗟乎！聖人之不達愚人之心，猶大愚人之不達聖人之心哉!」夫伏羲則豈不欲世之人知夫無一畫者正此一畫是耶? 然使世之人,真能睹伏羲之一畫,而遂已暢然于無畫,則亦何煩伏羲之出興于世哉。夫欲其知無畫而先示之畫,是猶欲其行而繫之于椿也。雖復拆而示之,丁寧反復,而椿繫如故,則彼終不得暢然遂行也。夫欲其知無畫,則莫如直示之以無畫,因爲之作「元」字之上半字焉,曰「二」,是即後世擲石所用雙鈎之法者也。夫雙鈎之中間,則豈非一畫? 然雙鈎之中間,則豈有一畫乎哉? 其時在冬至之半夜,黑然無形,蕭然無事,失然無意,寂然無聲,無敢借,無能轉。前乎此一髮許,猶收斂未畢;後乎此一髮許,即黄泉之下蘇蘇動矣。此不前不後如眨眼許之一刻,是去年千紅萬紫之歸宿也,是明年千紅萬紫之根本也。所謂黄鍾之宫也,此一刻曾不少停,少停即動矣。動即「元」之下半字也,所謂「巛」也,象形如口吐氣也,諧聲爲原初之「原」,愚袁切也。故人或言元氣,或言春氣,或言氣機,或言化機,皆下半字也,非上半字也。何也? 上半字乃雙鈎空處,雙鈎空處則無字也。

「元」字之上半,非一、二之「二」字也,乃雙鈎空處,即《老子》所云「無名,天地之始」,又云「象帝之先」,又云「當其無,有車之用」者也。「仁」字之旁,即用此字也;「貞」字之内,亦即用此字也。「仁」字之旁,「貞」字之内,皆不用一、二之「二」字也。

元帝之上半雙鈎空處,即孔子所云「寂然不動」;下半象口吐氣,即孔子所云「感而遂通」也。上半即《老子》所云「無名,天地之始」,下半即《老子》所云「有名,萬物之母」也。上半即釋迦所云「色究竟天」,下半即釋迦所云「光音天」也。不獨上半非世人所知,即其下半,尚非世人之所知也。

有「元」字，則不必更有「原」字也。何也？會意同作始也。然有「元」字又必有「原」字者，蓋元爲天地流行之所自來；而原者，窮泉之所出而至于岩下也。元者，無心順行之始也；原者，有心逆尋之始也。

元亨利貞

昔者文王讀伏羲之第一畫，而彖之以辭曰：「元亨利貞。」文王若曰：夫伏羲欲人知此畫之無此畫也。夫人則徒知今日之在亨而爛然有畫也，而殊不知前日之在元之上半，實寂然無此畫也。冬至之後夜，動若芒忽焉，徐之徐之而立春。春者，蠢也，大地之下無處不蠢動也。又徐之徐之而驚蟄，則動而出于大地之上也。夫人則徒知亨之中間有此⊙，如滿鍋之盡熟也，而殊不知鍋之底有此〇焉，沸而出于鍋之面有此〇焉。徐之徐之，而鍋之底凡所有〇無不畢沸，而出于鍋之面爲〇者也，而後乃今滿鍋盡熟也。是故，「元」之上半，則是冬至之半夜也；「元」之下半，則是冬至之後夜也。「亨」之亠，則是立春也；「亨」之古，則是惊蟄也；「亨」之中間之⊙，則是夏至也。自夏至以後，萬物成實。實者，萬物之歸路也。穀草穗重倒垂而其葉離披焉，然猶未知其已盡歸乎未乎，約至于刀刈之日，斯歸盡矣。故「利」之爲字禾也，刀也。歸盡則仍入冬至之半夜矣，是復爲元字之上半也。「元」字之上半何在？在所成實中。故「貞」字之内,即「元」字之上半;而「貞」字之八,則象觳殼也,言四面包裹無滲漏也;下儿處則明年之出路也,亦即「元」字之下半所由而動也。

既于「元」字作雙鈎法,以明一畫之無一畫矣,斯不必又屢用雙鈎法也。故直作ㄟ,此即「元」字也。下又作ㄟ,此又即「元」字也。夫元之下又元者,是造化自然之勢也。《易》曰「自强不息」,《詩》曰「于穆不已」,《中庸》曰「至誠無息」,《老子》曰「其猶槖籥乎,動而愈出」,釋迦曰「健相三昧,無有休息」,皆謂是也。故一年爲元,有起有盡,故稱「元」也。二「元」爲天,吾則不知其於乎起、於乎盡也。夫天者,自然之都名。世人不知,乃指蒼蒼者爲其質,而又云有帝焉居之,皆誣也。

元之巜,氣動于下也。動于下,斯見于上矣。見于上者莫先于草,故「先」字,下用元、上用草也。《易》曰「雷雨作而草甲坼」,《古樂府》曰「春氣動,草萌芽」,是也。

㞢

初動于下，微見于上，爲「先」；動而不已，盡出于上，爲「生」，象形草出地上，根底畢露也。有云草在土上，非也。

《

元之上半，寂然不動也；其下半，則不動者初動也。雖然，使寂然不動者必不動，則至初動之日亦何由而動乎？不知不動之中有常動者存。何謂常動者存？夫今年之動而出者，即去年之動而入者也。動而入至于底盡處，其爲動也甚微，有似乎不動焉，而非不動也。故「人」字象形，爲果實中兩瓣而微作曲者，象其性不得定也。吾故嘗訓「人」字爲「動」義也。

𡰥

果實者兩瓣爲人，然此徒象其形，又豈知其中有無形者，是能生生不窮？故傍用「元」字之上半，會意也。

亝

萬物至不齊也，然至夏至日而大齊。象形三穗齊秀，元氣宣暢于外也。

勻

萬物至不勻也，然至冬至日而極勻。象形包裹縝密，萬物合同于内也。因「元」字更及數字，其篇遂止。

序《離騷經》有引

孔子曰：「作《易》者其有憂患乎？」《易》，憂患之書也。《周易》非以昭代立名，「周」其體也；「易」其用也；亦可云「周」其用，「易」其體也。約法而論，周以常住爲義，易以變易爲義。雙約人法，則周乃聖人之能事，易乃大千之變易。大千本無一有，更立不定，「日新，日日新，又日新」之謂也。聖人獨能以憂患之心周之，塵塵刹刹，無不普遍，又復塵塵周于刹刹，刹刹周于塵塵，然後世界自見其易，聖人時得其常，故云「周易」。漆園氏以「莊」著姓，而自錫嘉名曰「周」，即此義也。若約夏、殷二氏以迄于周，則「夏」之爲言大也，破身見也，身見不破，不名爲大；「殷」之爲言中也，斷命根也，現在爲命，過未爲根。「周監于二代」，言其無不備也。周本西國而化行于南，即《坤》卦「西南方」也。《坤》卦刹刹變易，塵塵具足，則周仍約法之字，而人亦在其中。故言「周」必言「易」，言「易」必言「周」，猶離體則無用，離用則無體也。昔夏之世，書曰《連山》；殷之世，書曰《歸藏》。談「連」談「山」，談「歸」談「藏」，其中並不談《周易》，故不得言「連山易」「歸藏易」也。《周易》如主將，《連山》、《歸藏》如兩副將。不認得兩副將，則正將認不清楚。故《連山》、《歸藏》，正是搜根剔齒；除去了《連山》、《歸藏》，便通體是「周」，通體是「易」矣。《周易》全是聖人一種憂患之心迫而成書，後惟屈子《離騷》深得其旨。故《離騷》居首篇，亦得名「經」。准之《華嚴》四「無礙」：《周易》，理無礙之書也；《書》、《春秋》，事無礙、事事無礙之書；《詩》及《論語》，理事無礙之書也。故《論語》必「叩其兩端」云云。

序略

「離騷」者，屈子之書之總名也。「經」者，《離騷》第一篇之專稱也。《離騷》第一篇，何以得稱爲「經」？先儒云，屈子即未嘗自稱經，乃其後時門人宋玉、唐勒、景差之徒，過尊其師而仰謚之。夫《離騷》如《九歌》、《天問》、《九章》、《遠游》、《卜居》、《漁父》諸篇，皆盡有名，而顧獨于開宗之首撰，靳不爲之名，此則曷故哉？　漢宣與屈，相去未遠，九重之上，時動嗟歎[一]，謂爲深合經術，無過此書。夫許之以經而又服其術，漢宣于《騷》，洵云深矣。後之解者，不能精思以求其故，于是粗掇毛膚，聊相牽附，遂謂「陳堯、舜之耿介，稱禹、湯之祗敬」，得「典誥之體」矣；「譏桀、紂之昌披[二]，傷羿、澆之隕首」，合「規諷之旨」矣；「虯龍以喻君子，雲霓以譬讒邪」，擬「比興之義」矣；「每一顧而掩涕，歎君門之九重」，盡「忠怨之辭」矣。夫深合之爲言，極盡學事，允符聖心，前古可作，芒無留憾者也。僅曰如是而已，則是翻竄《詩》、《書》，規削《論語》，渡江傖父，標義救饑，此人皆復經術者也。今亦姑舍漢宣之歎不能深道，何則？人殁言絶，何但仲尼？　由漢遞今，亦云遠矣。夫性天辨海，端木未聞；陽秋玄文，偃商輟筆。彼親炙聖師，猶乃如此，我顧欲于坑寒灰盡之後，續梟脛以取深憂，亦獨何爲乎哉！　夫君子之讀書以致其學也，力學以正其志也，篤志以修其身也，立身以致其用也，善用以成其業也，卒業以報其親也。　業不卒，則無以報吾親也；用不善，則無以成其業也；身不立，則無以致其用也；志不篤，則無以修吾身也。　今欲正吾志，則必致吾學也；欲致吾學，則必讀吾書。而試上下三古之書，誠自《易》、《書》、《詩》、《春秋》以還，其孰有如《離騷》者哉？　往之讀《離騷》者，有「五醜」焉。　成書非不在案也，句亦不損，字亦不漫也，而如有禁錮者然，手不暫擱，

[一]「動」，學易堂本作「勤」，據晚清、民國諸本改。
[二]「紂」，學易堂本作「糾」，據晚清、民國諸本改。

目不暫睹，徒耳聞有冬烘先生之言，謂屈子遭人讒間，不得于君，憔悴枯槁，懷石沉死，《離騷》則其臨絶命之辭云爾。于是遂如甚知《離騷》也者，一生但逢衣冠之會，杯斝之夕，有人譚及，輒復奮袂張髯，聲淚並集，數屈子忠，數屈子過，數屈子怨，數屈子急，而實未曾涉讀全文一通，此一醜也。或則飽食始畢，無人與嬉，閑窗偶陳，信手開閲，遥望蘭、蕙、蓀、蘅、桂、椒、荃、芷，辛夷、揭車，芰荷、薜荔，縱横重沓，莫有端緒；加以女嬃、重華、虙妃、蹇修，有娀、高辛，靈氛、巫咸，羲和、望舒，豐隆、飛廉，蛟龍、鸞鳳，鴆鳥、雄鳩，人鬼蟲沙，欻忽明滅；蘭皐、椒丘、蒼梧、懸圃，白水、閬風，窮石、洧盤，崑崙、不周，流沙、西極，下上繚亘，無可道里。因而不覺摇頭搔頸，吐舌閉目，如捉燒鐵，手不再措，此二醜也。愛君者，屈子之平情，然則其書真屈子之平文也。抱平情以抒平文，此奚待有多言者乎？兹不得已而終至于多言，然則吾知其皆平情之自成曲折，平文之自爲連斷也。夫情至于曲折之時，則必爲其轉聲焉；故文當夫連斷之間，則必有其轉字焉。信知筆端之轉字，爲即喉中之轉聲。今先不察其聲，因而不識其字，則方不曉過此以下之胡爲復有如是纚纚不絶者耶。又況《離騷》之纚纚不絶，乃不止于一番而已。以如此之書，遭如此之人，人既不入書，書又不入人，此則正如被攝行雲霧中，自乃不知度幾崔嵬，凌幾蕩潏，爲未一里，爲已百里、千里、萬里者耶？命之曰全然無知。然而其書則羅畢鸞龍，捆載香草，略下數籤，不須盡軸，童蒙高胸，大見撐拄。于是撏剥剔括，縫聯補接，一盲始瞻，衆盲接寫，逮于人既樂推，彼亦不讓。壇成幟立，歸家省讀，則終不識屈子云何，此三醜也。《離騷》之文，得已必已，誰即無君父，而屈子獨爲是哉？兹則不惟不能已而已,乃至再轉、再轉而猶尚不已,此必有其一定之故也。今夫寡婦夜哭,豈有宿撰!痛激于中,悲達乎外,如掄繅車,一聲而已。然而不哭則已,哭必通更,情既雲鬱,文亦泉涌。其去緩也如縱,其來急也若絶。鄰人爲之下床,過雁遲而不度。豈非以其泛引之非羡文,重言之無複句耶?《離騷》正猶是也。痛故轉,不痛不轉也;轉故痛,不轉不痛也。故夫《離騷》一轉一痛也,《離騷》之轉皆《離騷》之痛也。必謂其有羡文之與複句也者,是必疑其中間或有不痛而轉、轉而不痛之時,則謂《離騷》曾寡婦之哭不如也。讀《離騷》之法,尋其前,尋其後,尋而不得,不能置也。復尋其前,復尋其後,務必得夫屈子之至痛,而後乃今始知《離騷》之轉而不已,更無羡與複焉。今之讀《離騷》之家,則適如無行沙門,受襯誦經,不缺一字,亦已賢矣,其又誰能翻覆兩讀乎哉!此四醜也。《離騷》者,非屈子之書而已,是屈子賦于天之性,受于家之學,立于世之人,垂于後之教也。夫曰天賦,則吾聞忠孝爲人油然之性,不聞死爲人油然之性也;曰家學,則吾聞學爲忠孝之人,不聞其學死也;曰立世,則吾聞以忠孝立,不聞以死立也;曰垂教,則吾不聞教人忠孝而隨教之死者也。故夫《離騷》真非必死之書,而屈子也終亦竟死。吾嘗爲之伏而深思,夫屈子則亦以己之忠孝故而著書,抑以死故而著書哉?如曰忠孝,忠孝舊矣,不應至屈子始乃有書;若曰死也,人且死矣,又何書耶?吾因而悟忠孝固萬萬不必至于死也,忠孝而必不得已亦至于死,此自忠孝一端之致,而非忠孝之必然也。屈子自傷,我于今日,乃必死矣,彼後之人,其謂之何?後之人而謂忠孝必死,我不聽也;後之人而謂忠孝亦可不死,而屈子何故必死,我不受也。夫死,自是忠孝之盡期,而豈我之盡期哉!

然則今日自是忠孝窮而我以死，而豈我窮于忠孝而以死哉？故其必忍須臾之命，又作《離騷》，凡以曲折自明、番番避死而終不得。所謂屈子之天性，之家學，之立人、垂教，盡在于斯。而讀者顧必刺刺切責之無少休，則吾未知彼以屈子之死爲易事耶，爲難事耶？如不知死之爲易爲難，則吾未知彼以忠孝爲易事耶，爲難事耶？此五醜也。善讀《離騷》之書也者，必當釋名第一，循本第二，明志第三，審時第四，歷變第五，擇正第六，彰後第七，謀篇第八，格物第九，避謫第十。釋名者，屈子既已盡吐幽思，明教方來，又投筆告備，無所名之而名「離騷」。夫「騷」者，憂也。言無早無夜，無群無獨，無首無尾，無可尋攬，如馬之馳騖而不知所駕，如蚕之擾動而莫能捫摸也。「離」者，罹也。屈子自傷，不幸畢其生罹于憂中，不能自拔出也。自屈子自沉到今，二千餘年，其書盛行，名必云爾。今則試思屈子之罹于憂中，不復能自拔出，爲在上官奪令、懷王始疏之日乎？爲在張儀佯來、獻地絶齊之日乎？爲在誤聽鄭袖、復釋張儀之日？爲在稚子惜歡、卒入武關之日？爲在王竟客死、持喪歸葬之日？爲在二豎齊怒、頃襄再逐之日乎？吾獨心知此皆未足以明屈子。夫屈子之罹于憂中，則固自左右攝提正指陬月，日在庚寅，伯庸攬揆之一刻始也。夫人之生，未有不本父母者也，人生未有無身者也。生必本父母，而能不憂吾父母爲何人；抑吾父母又有其本，推而上之，而能不憂吾祖、吾曾、吾高、吾始並爲何人？生必有身，而能不憂此身百年當立何處地上；抑覆身者蒼天，照身者日月，充身者水穀，被身者文繡，與身周旋者人倫，而能不憂吾將如何，乃始畢答而無負之？夫上下四旁、往古來今，此非聽我容與自如之場也。前之人，非空無所貽于我；後之人,非恬無所望于我者也。前後之人,既已同在上下四旁、往古來今之中間,則知彼彼皆是不聽容與自如之人。然則所貽我者,固必皆其一生阽側,萬端凌壓,存即不了,死必難置之故憂;所望我者,又必皆其始交難生,耳目草昧,敬依故老,入國問禁之新憂:此直可不問而諸之也。皇古吾不能數,先屈子而憂者,此皆明睹虞舜其人,下此即周公其是已。夫以遥遥諸古而曾是憂人,止于虞舜、周公而已;抑虞舜、周公,彼皆遭遇父子兄弟君臣之變而亦出此?設使幸不遭變,而彼二聖曾當不憂也哉?夫憂,固不必其定遭變也;遭變,則其憂遂爲旁人之所知耳。若夫旁人不得而知之時,聖人固無日無刻不幾乎以沉憂損年者也。舜之上有堯,而堯吐口則必曰「咨」,此非憂之聲與?周公之下有仲尼,仲尼教人必曰「居敬」,敬豈非憂之異名乎哉?《傳》曰「無憂者惟文王」。于《易》焉知之。夫《易》六十四象,三百八十四爻象,此真《離騷》者無如文王,此于何知之?夫文王無憂,即又何爲而演《易》耶?吾獨謂憂之甚之底本也。其指遠,其用近;其稱物也小,其取類大。其立言也,雜而不越,曲而必中;其示人也,不爲典要,惟變所適。《離騷》之文,正猶是耳。此非降《易》以儷《騷》也,此非尊《騷》以附《易》也。其事同,其心同,則其艱難同,而其憂自不能不同。夫《易》,世皆知爲古之聖人展轉求生之寶書,《離騷》之書復胡爲不同!此唱經未完稿也。相其筆勢,如黄河發足崑崙,正不知其何以遂止。惜哉!

先後天勝義幢

《乾》南《坤》北，《離》東《坎》西，伏羲先天之卦也；《離》南《坎》北，《震》東《兑》西，文王後天之卦也。先天者，先乎天；後天者，後乎天也[一]。天無先後，先後者聖人。伏羲之學，先乎天，天不違，則天來與我齊；文王之學，後乎天，奉天時，則住在天之内。伏羲方圖，文王圓圖。《乾》南《坤》北，乃印板八卦；《離》南《坎》北，乃千變萬化之八卦也。聖人之學，極重南北。覿面親見者爲南，我所不得見者爲北。南親而北疏，然以能見見于所見，則南似親實疏；我雖不得見，而統體住在裏邊，則北似疏實親。爲是之故，伏羲之卦，《坤》在正北；文王之卦，《坎》在正北也。約伏羲《乾》卦，是現前一心；《坤》卦，是微塵法界。伏羲正南方，是頂位，坐在法界裏邊，止要照管現前一心，眼光看定，即西方聖人方；眼光略錯，便是東方凡夫方。至其坐身底下，乃正北字，不但凡夫不知道，並聖人亦不知道；不過説《乾》卦時，陪説《坤》卦，要學者看定《乾》卦耳。蓋現前一心，總是大地全力持在那邊。所以説者必借重《坤》之威力以説《乾》，而聽者只須聽《乾》卦也。文王之卦，打從正東方起，「帝出乎《震》」是也，與伏羲不同。伏羲先天立體，以立體爲義，是曰義海；文王後天致用，以致用爲義，是曰義龍。

[一]「天」，《貫華堂才子書彙稿》各本均作「先」，據《金聖歎全集》改。

非此海不能容此龍，非此龍不能翻騰此海，固已。然而有翻騰之所及，《震》、《離》、《艮》、《巽》，文王正面之卦也；有翻騰之所不及，而已莫不翻騰者，《乾》、《坤》、《兑》、《坎》，文王反面之卦也。蓋文王八卦，《坎》爲大寂滅海，與《坤》之位于正北同，但有無量塵與一塵之別。《坎》中一畫，實法也；《離》中偶畫，空性也。文王約法先約人，置《乾》父、《坤》母于西北、西南，而以《坎》、《离》中男、中女爲應時及節之用，故能生長萬物，而出乎《震》焉。善男子莫不共此大寂滅海中，宜如光如影，而乃據現前實法而生我相、人相等。罔知實相本空，非有法師，爲之演説正法，云何應時入南方無垢世界成等正覺耶？既不能「相見乎《離》」，即又惡能于《艮》卦成佛，于《巽》卦入涅槃？故《兑》卦，説卦也，法師之卦；「説言乎《兑》」是也。《震》爲當機，《兑》爲法師，其所説者，正北人所不見之《坎》卦，即以《乾》、《坤》兩義幢，輪轉以盡其緼，故《兑》少女，介《乾》父、《坤》母之間；爾時長子，疾得大法，于南方見道，即于東北方成佛，「成言乎《艮》」是也。東北方佛，第十六我釋迦牟尼佛。《艮》之爲言止也。所謂「戰乎《乾》，致役乎《坤》」者，止止，不須復説；而後法師功德成就，既成佛，已定于今日中夜入無餘涅槃。《巽》，入也，而亦兼出之義。在衆生謂之出，在成佛以後謂之入耳。「帝出乎《震》，齊乎《巽》」，《震》是當機一人，齊乃萬物共住。莊生《齊物論》，「齊」字極妙。「齊」字，千紅萬紫字；「魯」字，滴水點凍字，故「齊一變至魯」云云。

大勢至緣起

聖人爲大千世界，劈空造出「元」字。「元」字者，即大千世界替身字也。伏羲胸中，先有此「元」字，而後寫出《乾》、《坤》兩卦。文王讀《乾》、《坤》兩卦，已心會得「元」字。因而歎伏羲之所謂「乾」者，乃正説元之健處也；伏羲之所謂「坤」者，乃正説元之順處也。人只道有《乾》、《坤》而以元亨利貞説之，不知實先有「元」字而以《乾》、《坤》説之也。「元」字正面説不能盡，故分作兩番説之。先師所謂「叩其兩端」，即此義也。《乾》元者，最健這个元；《坤》元者，最順這个元也。《乾》元《坤》元，一元無兩元。不然，六十四卦，應有六十四元矣。約元之健，迅疾不可見；約元之順，一微塵一微塵皆可見。故但與言「健元」，却永永不見元，于是又與言順的元，認得「坤」字，則真認得元矣。「元」字既經兩番説，已無遺義。畢竟「乾」「坤」字難看，先師不立个「大」字「至」字，何以知元之健、元之順耶？從「元」而分健、順，從健、順而分大、至，説雖三層，理惟一致而已。元上非一畫，乃雙繡一畫，而空其中，言現前一法，畢竟非實；下如口吹氣形，言此現前一法迅疾而去也。法纔現前，迅疾而去，一處留他不住，尋他不着，健得緊。然一處留他不住，他却處處出現；一處尋他不着，他又仍在一處，順得緊。元亨，天德也。元字，澄清絶點；亯，則元之相貌也。喻如鍋中滚水，水火既濟，下直透上，上又翻到下，大千形狀如是。元亨顛延不已，故云天德。利貞，聖人下手處也，將刀刈禾曰𥝢。彌勒問世尊：「一切衆生，舍生趨生，流浪生死，可復還無始以來面目否？」世尊曰：「不能。譬如以穀播地，地氣發動，則芽而幹，幹而秀，秀而實，可復還原穀否？ 只是穀生芽後，依舊成穀，等無有異。」勒住現前心，畢竟成佛，所謂「不遠復」也。彌是佛果，勒是現前因，彌勒帶果修因，以因填果，一生補處，只是个「利」字。貞字，上一點穀種，中一畫，即「元」字上半，真空之理，宛在于是；下仍作口吹氣形者，穀種播地發芽，吾不能包他不動也。「元」字是轉身字，「貞」字是結果字。《乾》卦「元亨」，據一人轉身而言，「元」切「亨」奢；《坤》卦「元亨」，據萬法一齊轉身而言，「元」奢「亨」切。《乾》卦「利貞」，是一番結果，憑你怎麽樣利，還你一个結果；《坤》卦「利貞」，是番番結果，尋着他的結果，利也利不過了也。文王「元」字，乃大《易》文中第一个字。伏羲眼光看定此字，因而有「乾」、「坤」字。《乾》元《坤》元者，不得云《乾》之元、《坤》之元。《乾》卦從其健處説之，説得不尷不尬，故《坤》卦又從其順處説之也。周公眼光看定此字，因而有「見龍」字。約法爲龍，約人爲見。若無此一見者，不知龍在何處，此一見不可無；然有此一見者，即是我見，而爲群龍之首，此一見不可有。所以二爻立一「見」字，連忙襯个「利」字。見而不利，則失一龍，得一鼠，是爲「見小人」而非「見大人」矣。下文全是推倒此處「見」字也。先師眼光亦看定此字，因而有「大哉」、「至哉」字。周公所畫之龍，有「大」字、「至」字，遂有畫龍所點之睛也。大字作兩半讀，至字亦作兩半讀。「大」字上一點，乃當機菩薩現前一心；「至」字下一横，乃講主座全舉大千世界。「大」字下四挂脚，「至」字上倒文字，乃《首楞嚴》健相三昧，只重相，不重健。與學者没分。何謂倒文？ 即《莊子》「际之以地文」是也。

一畫爲地，地生萬物，乃是地倒出這等文字，故倒寫之，即「大」字四挂之究竟處也。「至」下一横，與「大」上一點不同。現前心是一點，但憑説者説「至」下一横，聽者看定「大」上一點，總要銷歸到一點上去，所謂「一以貫之」也。看定「大」上一點，聽于「至」下一横，始不被「大」上一點騙去；聽于「至」下一横，看定「大」上一點，始不被「至」下一横騙去。凡夫被一點騙去，義學沙門被一横騙去。而今已騙我不去，然已騙去了，乃是「大」字四挂脚騙到「至」上倒文裏邊來也。「夫《乾》，其静也專，其動也直」。七日爲期，制在「大」上一點，故云「專」；解制之後，迅疾而去了，是四挂脚，故云「直」。「夫坤，其静也翕，其動也闢」。「至」下一横，全舉大千，故云「翕」；上倒文從四面出，故云「闢」。門開四面爲「闢」，單開兩扇爲「開」。「至」下一横，是講主座，是假底；「大」上一點，當機菩薩，是真底。講主講下一畫，全靠當機這一點説出來，學者單要照管自已底機。如來所説，實是虚妄，以赴衆生之機，故不妄耳。聽得熟了，親眼見他迅疾而去，乃是「大」字四挂脚。推開窗來，梅花這樣開了，是「至」上倒文字。「至」字下横，「大」字上點，乃結制之圖。制心一處，何事不辦？「大」上一點是制，「至」下一横是結。四挂脚，倒文字，乃解制之圖。説「大」字、「至」字，只要你認得「乾」字、「坤」字。樓閣彈指即開，單要看開處，不要看樓閣。「大」、「至」字，即辨才樓閣也。談《坤》卦之妙，莫妙于《乾》，以有「大」字；談《乾》卦之妙，莫妙于《坤》，以有「至」字。「大」上一點甚小，以一點不住于一點，故曰「大哉」。「至」字非「到」字，一身毛髮，數不能盡，而各各至在那邊。彼塵刹皆然，初至爲到，到了坐定曰至。一至永至，無有「未至」字，亦無有「初至」字。「至」字，聖人法中字；「到」字，凡夫分中字。約一塵一刹至，即塵塵刹刹至，故不曰「小哉坤元」，而曰「至哉」。「哉」者，轉來轉去之字。「哉生明」「哉」字，不作「始」字解，乃是既晦之月，轉來此日生明也。聖人凡用「哉」字，悉此義。所謂「上天之載」、「熙帝之載」，「載」即「哉」也。《大學》以「大」字起，以「大」字結；《中庸》以「至」字起，以「至」字結。我法中，「大」、「至」字，如日月相望；彼法中，大勢至菩薩，插進一「地勢坤」。「勢」字在中間，越説得迅疾，是即「元」字之勢也。

念佛三昧

娑婆世界，釋尊住持；華藏世界，盧舍那世尊住持。釋尊新成佛，盧舍那本成佛也。他方世界，有阿彌陀佛，住于極樂國土；一花一世尊，非算數譬喻之所能及。所以《阿彌陀經》，爲無問自説經，首題「佛説阿彌陀」，下加不得一「佛」字。

然燈佛者，一微塵佛也；釋迦佛者，無量微塵佛也。釋迦佛者，名爲病愈；阿彌陀者，名本無病。世尊説《阿彌陀經》，另一施設，與諸經不同。乃是爲一切衆生，畢竟不能破我故，特地全舉法界，説你本住在極樂國土中，各各蓮花化生，有甚不好？譬如醜婦人一般，貯之洞房深宫，亦自覺標致也。喜、怒、哀、樂四字，以樂爲極，所以知之學者，好之聖人，樂之即天地也。蓮花取相，連義曰「蓮」，三世相連，花有房，房有薔。因非實相曰花。一一衆生，各坐一花，花開見佛，則見釋迦佛也。極樂國土，九品化生。上品上生者，乃是彌勒一生補處于此成佛；下品下生者，乃是阿鼻大地獄罪人，于此成佛。是人因犯極惡大罪，下阿鼻獄；有善知識，以種種因緣，唱阿彌陀佛，如千年暗室，一燈照之。而此罪人問此名字，地獄即在蓮花中；而此蓮花，即在極樂國土中；而此極樂國土，爲阿彌陀佛世界中；此阿彌陀佛世界，乃即在無量大地獄内一罪人之八識田中。是人總犯極惡大罪，不敵阿彌陀名字，所以地獄應時粉碎，此謂下品下生也。

菩薩不願住于惡濁世界，則不得不求生極樂。然而得生極樂，乃是果事。欲獲果者，先須造因。云何造因？念佛三昧是也。念佛之法，不可以妄心念于遥佛，亦不可以妄心念于妄心。何以故？妄心者，是生死因，不能感通于本際故。以生死因不能感通故，故佛本不遥而遂遥也。復次，妄心念于妄心者，凡夫正爲妄心連持，至墮地獄，今復教以如是念佛，彼即以前妄心爲念，後妄心爲佛，或以前妄心爲佛，後妄心爲念，如是即與世間流浪何異？是故此法所不應用。夫念佛之法，不應先見佛，次作念，正應先念成，次見佛。所以者何？若先見佛，佛是何事？如是名爲大妄語人。又即使感應道交，佛或示現，然佛來尋念，佛去久矣；又況能念正是妄心，妄心何可唐突于佛？所謂「先念成，次見佛」者，念是實，佛是假。菩薩以本際爲念，而以妄心爲佛。問：何故不以妄心爲念、本際爲佛？答：本際者不可見，不可見則不能令行人發歡喜心。又本際纖塵不立，若行人于念處用力，即大不應。又師子乳用玻璃盞盛，他器不受。若行人欲以妄心念本際，辟如毒器盛師子乳，終竟不受。又念佛三昧，對住生死，若用妄心追逐，終入生死海無疑也。

《江南采蓮曲》釋

陳隋間，有《江南采蓮曲》，是贊歎第七不動住菩薩。惜千年以來，人只作樂府誦去也。彼于第二句，先有「田田」字。「田田」者，千佛世界相。菩薩于道場中，不起于座，遍作佛事，即非由此達彼之法，正是一切佛刹，叐塞一心耳。故下云魚戲蓮葉「東」、「西」、「南」、「北」，非是魚有游行宛轉，繞彼蓮葉。蓋蓮葉圍繞，魚故不動，然而于十方面已無不到也。《江南采蓮曲》後半云：「魚戲蓮葉東，魚戲蓮葉西，魚戲蓮葉南，魚戲蓮葉北。」此非一蓮葉在中央，而魚圍繞而戲之也。菩薩蓮葉，叐塞十方，七住聖魚，安住不動。以安住不動，故西有蓮葉，魚即在東；東有蓮葉，魚倒在西；北有蓮葉，魚即在南；南有蓮葉，魚正在北也。是菩薩魚，心安如海，于一時中，十方遍作佛事也。

唱經堂聖人千案

此書之整理，以清康熙初年學易堂刻《貫華堂才子書彙稿》本爲底本，以宣統二年順德鄧氏《風雨樓叢書》排印、民國四年上海國光書局排印《貫華堂才子書彙稿》本及民國石印《金聖歎全集》本參校。

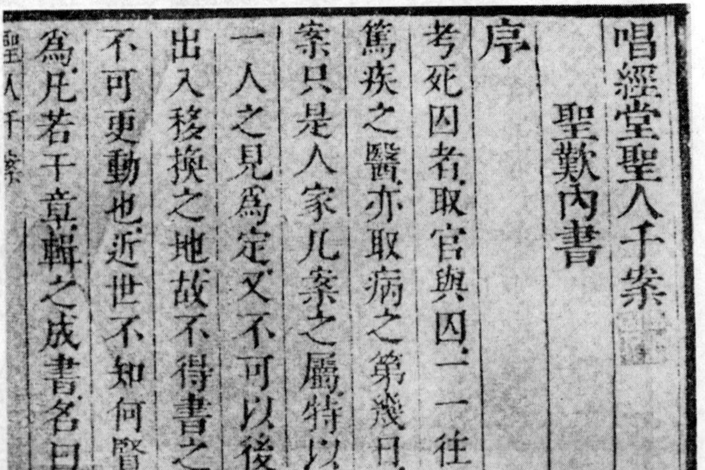
唱經堂聖人千案

聖歎內書

序

考死囚者取官與囚一一往復語備書而刀刻之曰案諸
篤疾之醫亦取病之第幾日見何證投何藥備書之曰案
案只是人家凡案之屬特以死囚篤疾其事重大非可以
一人之見爲定又不可以後之人且有他議于是先作爲
出入移換之地故不得書之于楮而必以案者明一成而
不可更動也近世不知何賢取歷代聖人垂機接物之云
爲凡若干章輯之成書名曰公案是甚得用案字之法

聖人千案

康熙刻本《貫華堂才子書彙稿》之《聖人千案》書影一

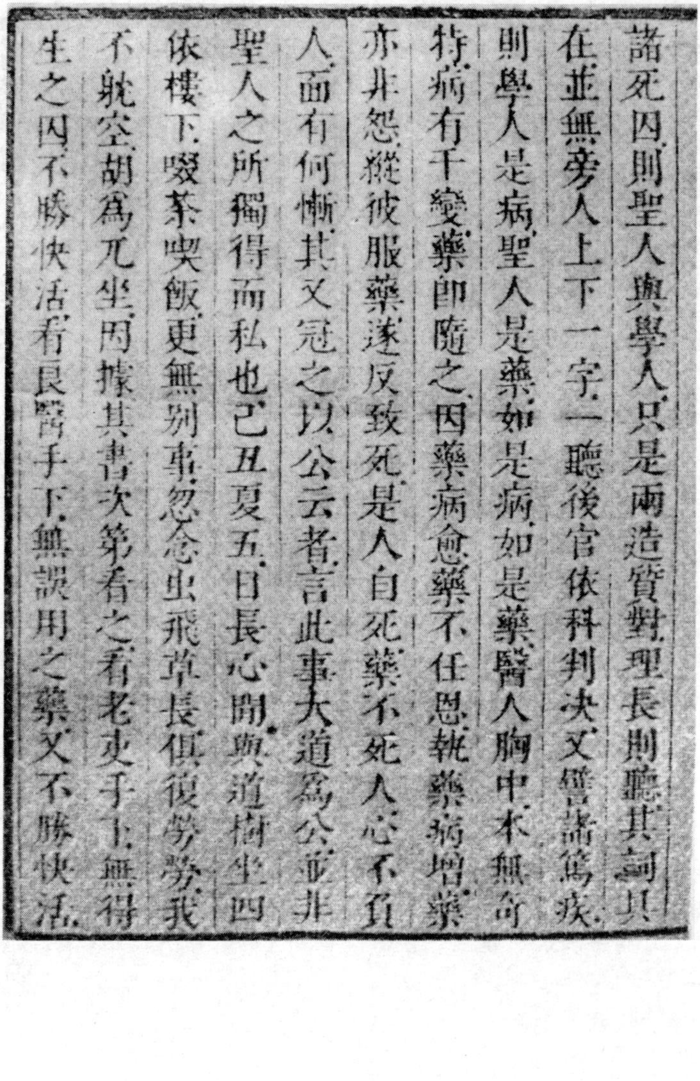

諸死因，則聖人與學人只是兩造質對，理長則聽其詞，具在並無旁人上下一字，一聽後官依科判決，又譬諸爲疾，則學人是病，聖人是藥，如是病，如是藥，醫人胸中本無奇特，病有千變，藥即隨之，因藥病愈，藥不任恩，執藥病增，藥亦非怨，縱彼服藥，遂反致死，是人自死，藥不死人，心不負人，而有何慚，其文冠之以公云者，言此事大道爲公，並非聖人之所獨得而私也，己丑夏五日長，心閒與道樹坐四依樓下，啜茶喫飯，更無別事，忽念虫飛草長，傎復勞勞，我不兢空胡爲兀坐，因據其書次第看之，看老吏手下無得生之囚，不勝快活，看良醫手下無誤用之藥，又不勝快活，

康熙刻本《貫華堂才子書彙稿》之《聖人千案》書影二

唱經堂聖人千案　目録

序……九一一
對朕案第一……九一三
不及案第二……九一四
不染案第三……九一五
階級案第四……九一五
一宿案第五……九一六
不會案第六……九二七
鏡像案第七……九二七
鹽醬案第八……九二八
承當案第九……九二九
許斧案第十……九三〇
藏頭案第十一……九三一
弄巧案第十二……九三三

獨超案第十三……九三三
都打案第十四……九三五
路滑案第十五……九三六
湖滿案第十六……九三七
消息案第十七……九三八
柴橛案第十八……九三八
露柱案第十九……九三九
著⊙案第二十……九四〇
何起案第二十一……九四〇
出家案第二十二……九四一
吹毛案第二十三……九四二
竈墮案第二十四……九四二
他心案第二十五……九四四

唱經堂聖人千案

聖歎内書

序

考死囚者，取官與囚一一往復語，備書而刀刻之曰「案」。治篤疾之醫，亦取病之第幾日，見何證，投何藥，備書之曰「案」。案，只是人家几案之屬，特以死囚、篤疾，其事重大，非可以一人之見爲定，又不可以後之人且有他議，于是先作爲出入移换之地，故不得書之于楮，而必以「案」者，明一成而不可更動也。

近世不知何賢，取歷代聖人垂機接物之云爲，凡若干章，輯之成書，名曰「公案」。是甚得用「案」字之法。譬諸死囚，則聖人與學人，只是兩造質對，理長則聽，其詞具在，並無旁人上下一字，一聽後官依科判決。又譬諸篤疾，則學人是病，聖人是藥。如是病，如是藥，醫人胸中，本無奇特，病有千變，藥即隨之。因藥病愈，藥不任恩；執藥病增，藥亦非怨。縱彼服藥，遂反致死，是人自死，藥不死人；心不負人，面有何慚？其又冠之以「公」云者，言此事大道爲公，並非聖人之所獨得而私也。

己丑夏五，日長心閑，與道樹坐四依樓下，啜茶吃飯，更無別事。忽念蟲飛草長，俱復勞勞，我不躭空，胡爲兀坐？因據其書次第看之：看老吏手下，無得生之囚，不勝快活；看良醫手下，無誤用之藥，又不勝快活。同其事者，家兄長文、友劉逸民，皆所謂不有博弈賢于飽食群居者也。聖歎書。

聖人千案 共二十五則

對朕案第一

梁武帝問達磨大師：「如何是聖諦第一義？」磨曰：「廓然無聖。」帝曰：「對朕者誰？」磨曰：「不識。」帝不悟。

梁武講得一切經論，正值其時，心地要門，得得東來，于是一見便問聖諦第一義，實不爲分外。每見前人因下有「不悟」二字，便斥其爲義學俗漢，殊不知彼亦不以章句推度爲極事，彼亦煞能劈面全提，宛有大人之作。只看其被奪後，眼明口快，便問對朕者誰，可驗其一切時、一切處，離于章句，別有得意之事。彼所得意之事，便與大師無二無別，真正極英靈、最真實之大士也。只是聖諦第一義，不怕無人照管，因而爛却，何勞賢如是珍重護念。佛法在識佛法人面前，方得煥發；則不識佛法之處，一向總受平沉耶？大師初入人家，不問高低，兜頭便掃者，不怪他問錯，偏怪他不錯。及至他攛出「對朕者誰」一句，謂之有文書，不鬥口。大師只是不慌不忙，一路刀法，直逼到住，曰「不識」。此「不識」字，並無奇特，只是上樓拔梯，小作陰騭，圖他轉身不得，然後大用炳然。吾嘗言一切衆生，橫以知見，入妙心中，譬如餅師，以油入麵，永無出理。古之至人，于難出事，誓當出之，于是遂有宗、教二家。教家則從麵出油，宗家則從油出麵。從麵出油，似難實易；從油出麵，似易實難。如此案接連兩逼，恰逼出「帝不悟」三字來，正是從油出麵之法。蓋一切凡夫知見是油，一切菩薩知見亦是油。譬如脂油與麻油，雖有少異，但有蘸著，便非浄麵。梁武用處，何曾不是大師用處，却怪其以知見油，無端攙入。及至大段没依傍時，十成法界，宛然具足，曾欠何處一塵一點來？所以帝不悟時，並非達磨在明，梁武在暗。當此之時，正復打作平火，汝果不悟，我更不悟。亦且賴是不悟，若悟了，又成何用也！故此案，聖歎看來，是大師于南方大作佛事已竟。

不及案第二

磨知帝不契，潛回江北。誌公入，帝舉前因緣。誌問：「陛下亦識此人耶？」帝曰：「不識。」誌曰：「此是觀世音示現。」帝悔，欲遣使追請。誌曰：「莫説遣一使追不能及，便遣闔國人追，亦不能及。」

達磨出，誌公入，此是何等境界？嘗讀《妙法華經》「佛告無盡意菩薩，普門示現威神之力，不可思議，巍巍如是」，又重頌曰「具足神通力，無刹不現身」。今始知觀世音名下，真無虚士。乃梁武頭醋既不釅，二醋又不辣，失一達磨，又失一誌公。不思金，不博金，更欲遣人追及。《莊子》云：「自此以往，巧曆不得其凡。」滔滔合國人，有甚麼了期，休説終追不及，就使追及，此斬新之達磨，豈是適來舊達磨乎？直至此，始信滿懷聖諦第一義，直是全靠不著。

不染案第三

南岳懷讓禪師參六祖，祖問：「甚麼處來？」曰：「嵩山來。」祖曰：「什么物恁麼來？」師曰：「説似一物即不中。」祖曰：「還假修證否？」師曰：「修證則不無，污染即不得。」祖曰：「祇此不污染。諸佛之所護念汝，汝既如是，吾亦如是。」

何處來？曰嵩山來。是修證，是污染？箭已上垛，還爭甚麼内體正、外體直大小。六祖執物窮價，圖別真贋。「細雨灑花千點淚，澹烟籠竹一堆愁」。

階級案第四

青原行思禪師參六祖，問曰：「當何所務，即不落階級？」祖曰：「汝曾作甚麼來？」師曰：「聖諦亦不爲。」祖曰：「落何階級？」師曰：「聖諦尚不爲，何階級之有？」祖令首衆。

此等案，最魔魅人入于講窟。細思祖曰「汝曾作什麼來」，此時如何答話即是？莫是搬柴量米、撒屙溺尿，每日六時所曾作者，盡得舉呈麼？不但業識茫茫，亦已無本可據。青原只是據款結案，答曰：「聖諦亦不爲。」借問「聖諦亦不爲」，畢竟爲个甚麼？若答「聖諦不爲」，又爲甚麼？此語即是真常流注，此人不脱閻老圈繢。《首楞嚴》云：「如急流水，望爲恬静，流急不見，非爲無流。」正謂此也。祖又問「落何階級」，此語不是盡令而行，只是箭在弦上，不得不發。原云：「聖諦尚不爲，何階級之有？」既已醫病不得，亦須害命不得。只算「二月湖水平，家家春鳥鳴」，不復成一問答矣！切忌不得鼓兩片皮，又講得天花亂墜去。

一宿案第五

永嘉玄覺禪師，精天台止觀法門。後遇左溪朗公激勸，直詣曹溪，振錫繞祖三匝，卓然而立。祖曰：「沙門法者，具三千威儀，八百細行。大德自何方來？我慢如是。」覺曰：「生死事大，無常迅速。」祖曰：「何不體取無生，了無速乎？」云：「體即無生，了本無速。」祖云：「如是，如是。」于時大衆愕然。覺方具威儀禮拜，須臾告辭。祖云：「返太速乎？」云：「本自非動，豈有速耶？」祖云：「誰知非動？」云：「仁者自生分别。」祖云：「汝甚得無生之意。」云：「無生豈有意耶？」祖云：「無意誰當分别？」云：「分别亦非意。」祖歎云：「善哉！少留一宿。」時謂「一宿覺」。

不留故去，留之故宿。此處尚無牽腸，他方有何挂肚？永嘉鐵打面皮，自稱「一宿覺」。試思三千大千世界中間，何人曾有兩宿也哉！

不會案第六

僧問：「黄梅意旨，甚麼人得？」祖云：「會佛法人得。」云：「然則和尚得也？」祖云：「我不會佛法。」

黄梅意旨，會佛法人得，自是平實交付大家有分語。這僧不解「當仁不讓于師」，偏生「家菜不甜野菜甜」，道：「然則和尚得也？」「逢食不搶，一世不長」。今日失利，撞着這郎當漢。六祖此時，何暇更出力爲人。火星迸上身來，各人且圖自拂。云：「我不會佛法。」汝自居心不浄，又欲以雲强污太清乎！諺云：「走得快，只落得半邊。」是日之謂矣。

鏡像案第七

僧問南岳：「如鏡鑄像，像成後，未審光向甚麼處去，便不鑑照？」岳曰：「雖然不鑑照，瞞他一點不得。」

此等可謂無義之問，乃自古菩薩大師，從不以是人説無義語故，不爲之苦下針札。當知《華嚴經·世主妙嚴品》，正説瞞他一點不得也。雖然，貪看夜深明月，忘却薄寒中身，將與這僧磨磚作鏡，自己不覺拖得个土壍了。今日聖歎又如何與南岳出力洗發去？吾嘗云菩薩摩訶薩應機説法，只與世間鷄啼狗咬一例，謂之一種鳥，一種聲。譬如早晨，人問：「吃粥也未？」答云：「未。」人云：「未則請吃去。」答云：「來也。」菩薩摩訶薩説法只是如此。岳云：「雖然不鑑照，瞞他一點不得。」只此十一字，何曾一字瞞過他。聖歎如是提唱，又是實不相瞞。東坡《題東林寺》詩：「憶昔懷清賞，神游窅靄間。此行不是夢，真个到廬山。」後來看此案者，却須珍重。所謂有智無智，較三千里；誠有此事，不得草草。

鹽醬案第八

馬大師闡化于江西。南岳曰：「總未見有人持个消息來。」因遣一僧去，囑曰：「待伊上堂時，但問『作麽生』，伊道底語言，記將來。」僧去一如師旨，回謂岳曰：「馬師云『自從胡亂後[一]，三十年不曾少鹽醬。』」岳然之。

[一]「胡」及文中兩「胡」字，學易堂本爲墨釘，其他各本均爲缺字方框，據宋本《五燈會元》卷三《六祖大鑒禪師法嗣》補。

馬師自住江西[一]，遣僧去看作麽，可謂「兒行千里，娘行千里」。十地菩薩猶有最後一品微細無明，留爲法愛，大都如此。然聖歎亦爲識法者懼，所以壓良爲賤。其實不遣僧去看，教我又作麽？ 恕卿無罪，急急如律令可也。「伊道底言語，記將來」。不是伊道底，何曾切忌不要記？這僧便如殷洪喬，一路去，一路來，浮沉人家信，何止多少？馬師云，「自從胡亂後，三十年不曾少鹽醬」。只此一語，爲是胡亂，爲是鹽醬？ 南岳然之。大人不擇細行，不覺染指了也。

承當案第九

石頭希遷禪師到青原，原問：「汝甚麽處來？」曰：「曹溪。」原乃舉拂子曰：「曹溪還有這个麽？」曰：「非但曹溪，西天亦無。」原曰：「子莫曾到西天否？」曰：「若到即有也？」原曰：「未在更道。」曰：「和尚也須道取一半，莫全靠學人。」原曰：「不辭向汝道，恐已後無人承當。」

誰與撩牙撥嘴，分辨曹溪、西天？ 只是明明拂子，如何却道是無？ 不是拂子實無，只是誰知道有。此事正如黑夜展錦相似，我自不見，非無文彩。學道人定須如此一回，然後大死

[一]「住」，《風雨樓叢書》本及《金聖歎全集》作「往」。

却活，全身大機大用，諸佛不奈汝何也。青原曰「未在更道」，不是渠兵符在手，恣行賞罰，貴圖油鐺初熱，大家再搭一个；曰「和尚亦須道取一半」，不得全靠某甲，棋盤街露地買賣，諸色人得作，有甚攙行奪市。原曰：「不辭向汝道，恐已後無人承當。」古語有云：「分貝爲貧，同田曰富。」自從青原直至于今，畢竟得幾个人承當，還仗道得底人也無？

許斧案第十

青原令希遷持書與南岳，曰：「汝達書了速回，吾有个鈯斧子，與汝住山。」遷至彼，未呈書便問：「不慕諸聖，不重己靈時如何？」岳曰：「子問太高生，何不向下問？」遷曰：「寧可永劫受沉淪，不從諸聖求解脱。」岳便休，遷便回。青原問：「子返何速？書信達否？」遷曰：「書亦不通，信亦不達。去日蒙和尚許个鈯斧子，衹今便請。」原垂一足，遷便禮拜，辭往，住南岳。

青原、南岳各住不共三昧，有何書信須達？乃令人袖中藏却書，跋涉路塗而去，心頭記得斧子，跋涉路塗而歸。賴是石頭不重己靈，不慕諸聖，甘受沉淪，不求解脱。若是脚跟下紅絲不斷底漢，安知半夜不被巡邏人捉去？故此案謂之青原大鋪陣勢，密扎刀鎗，却被石頭只用羽扇綸巾，彈琴賦詩，從生門上進，開門上出，如入無人，神氣揚揚，已坐致太平了也。聖歎每看此案，愛他書却不呈，斧又偏請。蓋到岳必用呈書，不免氣噓噓地，歸家不請斧子，一等是弄粥飯氣，何不詐中其計？青原垂下一足，這老漢果然行年五十，深知四十九年之非。若夫石頭則在家也是閑，得得往回，真不足惜也。至于嗣青原，住南岳，此是不共三昧，甚深境界。世之淺士末學，烏足以知之！

藏頭案第十一

僧問馬祖：「離四句，絶百非，請師直指西來意。」祖曰：「我今日勞倦，不能爲汝説得，問取智藏。」僧乃問藏，藏曰：「汝何不問和尚？」僧曰：「和尚令某甲來問上座。」師曰：「我今日頭痛，不能爲汝説得，問取海兄去。」僧又去問百丈，丈曰：「我到這裏却不會。」僧乃舉似祖，祖曰：「藏頭白，海頭黑。」

善知識在世，以無量百千法門而爲己任。若是慈悲深厚，曲爲來學，因而生枝布葉，巧撰樓閣，反譬側喻，多安船筏，即好人家男女，遭他囊藏被蓋，極爲不少，除非慈悲淺薄，庶幾還較些子。馬大師、智藏、海兄，雖即共住一處，並是赤骨立漢，有甚寶篋真言，可以持贈來人？這僧吃江西飯，屙江西屎，隨分鹽醬，粗過一生便休，問甚「離四句，絶百非」？被他馬大師順水推船，不勞手脚，道「吾今日勞倦，汝問智藏去」，如此答話，謂之「得官不念閑文字」，誰與你之乎者也」。雖親父子老牛舐犢之恩，不過如此。不然，豈有馬大師説：「此處無銀二兩。」這僧若是个漢，只合喏喏道：「伏承和尚尊候萬福。」管取一場龍頭蛇尾，呵呵大笑。顧乃隨聲逐色，辭却和尚，别上西堂，將佛法一似百錢三處安相似。此時既已頭醋不釅，豈可二醋不辣。西堂所以更不開席面，只將和尚語與他盡令而行。這僧三尺面皮，全不憶「好女不更二夫，好客不煩二主」，又辭却西堂，往見海兄。善財菩薩，曾參善知識一百八員，若一種是這個規則，閻羅大王算鞋襪錢，鐵棒吃不了也。是百丈換湯下藥，買他住脚，便道：「我到這裏却不會。」北《西廂》紅娘埋怨雙文：「你不慣，誰曾慣？」今日亦然。莫是和尚、西堂却會麽？故此話謂之「海爲龍正殿」，又「天是鶴他鄉」。三个老漢，幾乎走殺這僧，自己却如外科取牙，全然不犯手勢。菩薩大人，統領佛法，須是如此坦懷直示，方稱真正出力爲人。不然，牽真帶草，沿門傍户，智足以備七十二鑽，而不可脱余且之網，如是真可哀也！至于這僧畢竟不領，重回舉似，馬大師恰道得「藏頭白，海頭黑」，有者道：「西堂明頭合，故白；海兄暗頭合，故黑。」且喜没交涉，假使馬大師道个「月如彎弓，少雨多風；月如仰瓦，不求自下」，又作麽分疏得去？藏頭、海頭，不過官打現在，有甚麽揀擇？

弄巧案第十二

龐居士參馬大師，問：「不昧本来人，請師高着眼。」師直下覰，士曰：「一等没弦琴，唯師彈得妙。」師直上覷，士禮拜。師歸方丈，士隨後，曰：「適來弄巧成拙。」

除直上直下兩覷外，别有本來人也無？常言「只有卒客，無卒主」，若非大師熟住甚深三昧，此時也大難委悉，落後士禮拜，師歸方丈。「少年苦決龍蛇陣，老去今從稚子嬉」。士隨後，曰：「適來弄巧成拙。」賀唵薩哩囀！饅頭蒸餅，一齊下來，饑不擇食，管甚鹹酸苦辣？娑婆訶！

獨超案第十三

一夕，西堂、百丈、南泉，隨侍馬大師。玩月次，師問：「正恁麼時如何？」堂曰：「正好供養。」丈曰：「正好修行。」泉拂袖便行，師曰：「經入藏，禪歸海，唯有普願，獨超物外。」

此案，譬如人家三个郎君，兩个解作活計，一个破家散宅，且道阿翁憐惜那个，早見小郎君太俊也。然雖如是，切忌説「虎生三子，祇有一豹」。看他弟兄三人，便如孫、劉與曹，實有犄角之勢。堂云「正好供養」，聖僧前，不惜下一分襯錢，却是無人敢念「三婆囉，三婆囉」。百丈眼明手快，便云「正好修行」。尋常説十地菩薩，猶剩一品微細無明未盡，賴復爾爾。設使此一品又盡，將甚麼唤作十地菩薩？南泉此時，情知迴避不及，于是拂袖便行。《莊子·人間世》曰「天下有大戒二：其一，命也；其一，義也。子之于親，命也，不可解于心；臣之事君，義也，無適而非君也，無所逃于天地之間」；「是以事其親者，不擇地而安之，孝之至也；事其君者，不擇事而安之，忠之盛也」；「知其不可奈何，而安之若命，德之至也」，「夫子其行矣」，「奚暇至于悅生而惡死」，正是南泉此時血脈通貫語。三个漢，明明兩个唱曲，一个拍板，唱又唱得遏雲遶梁，拍又拍得應時及節。馬大師一時潦倒，不覺便入月愛三昧。問：何爲月愛三昧？是三昧如八月十五，月光盛滿，有静女人，爲愛月故，于自深房，露井中坐，時夜轉深，萬響沉寂，天上地下，如水一色。是静女人，不覺微歎。而是女人，身無疾苦，亦無種種不如意事，又無遠人攖其懷抱。何以故？都無所爲，但愛心起，斯發長歎。迦葉當知，是静女人，實不望月，惟自嚬哦，垂頭而坐。所以者何？是時房中闌干簾幕、階砌井床，乃至几案，上設琴箏，及于香爐、壺瓶、盞碟，無非月也。時女人身，鬟髮瓔珞，玉臂跳脱，上衣下裳，以至羅襪，亦莫不是月所映也。是以女人不望于月，但自垂頭，斂肩側身，睇諸一切，宛轉而歎。復次迦葉，是静女人，正發歎時，爲復愛月，爲愛一切闌干等事。迦葉當知，若是女人愛一切者，晝日無月，亦應生愛；于晝無愛，應知不愛闌干種種一切事也。是静女人，正愛于月，以月遍映闌干簾幕、階砌井床一切處故，故復傍徨，流睇而歎[一]。復次迦葉，是静女人，于闌干上，愛彼月時，既取月色，遺闌干否？亦復嫌于闌干諸法，污染月色，擇去闌干，方

[一]「睇」，各本均此，或爲「涕」之誤。

愛月否？不也迦葉，月色無有，喻如虛空，不應闌干，上有月色。如世白堊，薄若魚鱗。止因夜静，明月中時，天無纖雲，以爲遮障，種種一切，如闌干等，則皆呈露清涼本體。迦葉當知，闌干呈露，名爲月色，非有月色加闌干也。若加得者，便可刮去，胡故無人刮月藏篋？然是女人，只名愛月，終不説爲愛闌干者。迦葉當知，月天子者，能爲衆生，作大蔭涼，普令一切，塵勞停息。是静女人，夜深坐月，微發歎聲，是非生心，愛于彼月，正爲蔭涼入其身中，無量塵勞應時停息。塵勞息時，同體悲現，視諸闌干，一切物事，有情無情，成一眷屬，別久初聚，悲極發歎。是故不得説愛闌干，何以故？取種種名，名曰闌干；不取于名，非闌干也。但見呈露，純是清涼，是故止可説爲愛月。復次迦葉，是静女人，發歎聲時，非特不可説愛闌干，亦復不可説爲愛月。何以故？愛月義者，女人有愛，愛于外月。既是月光，流入身中，停息塵勞，悲切成愛，則是愛者，即是月成。月即是愛，愛即是月；在空成月，在心成愛。附麗不同，宛有異相，安知闌干一切身中，月光流入，亦不成愛。特以非類，互不相知。若是如來，大地菩薩，細細別知，何處非愛？以是義故，迦葉當知，此大三昧，不名愛月，名曰月愛。世人不識此境界，便謂馬大師將門人在月下三等發落。

都打案第十四

僧參馬大師，師畫一圓相，云：「入也打，不入也打。」僧便入，師便打。僧云：「和尚打某甲不得！」師靠拄杖休去。

看此公案，真乃這馬駒踏殺天下。他道「入也打，不入也打」，恰似雙鬬兩虎，令人無下子處。其實撩天俊鶻，何處不行？這僧注定繩上死，不肯刀下亡，偏要撩衣拔步，作摧鋒陷敵之事，遭此一場屈棒，著甚來由耶？後來吃痛不甘，方道「打某甲不得」，何不早恁分付，將謂汝要如是。昔有官人行路次，于最僻處逢一新婦，官人遽上前抱住，嗚吮其頰。婦怒曰：「何得如是！」官人揖曰：「只爲卿欲如是，我即有什麼定見？」恰與馬大師靠拄杖是一副襟懷。若于此案得自由自在去，一夏茶飯，總不唐喪。

路滑案第十五

鄧隱峰辭馬大師，師曰：「甚麼處去？」曰：「石頭去。」師曰：「石頭路滑。」曰：「竿木隨身，逢場作戲。」便去。纔到石頭，即繞禪床一匝，振錫一聲，問：「是何宗旨？」石頭曰：「蒼天，蒼天。」峰無語，却回舉似師。師曰：「汝更去問，待他有答，汝便噓兩聲。」峰又去，依前問，石頭乃噓兩聲。峰又無語，回舉似師。師曰：「向汝道石頭路滑。」

「甚麼處去？」對曰：「石頭去。」石頭又無生金窖子，用去作麼？此時便應替他噓兩聲。噓兩聲者，人拽重物，作力太過，初歇出家之聲也。杜甫詩：「昔人戒垂堂，今則奚奔命？」既知天下到處戲場，何苦偏要尋石頭滑路？果然去繞床振錫，被他連喚「蒼天」。石頭道：「我若不喚蒼天，別與汝説宗旨，被汝噓兩聲。『當斷不斷，反受其亂』，我却作麼合煞也！」後來馬師教他重伸前問，待石頭有答，便向他噓兩聲。意思要圖「眼被爭先得，棋須打劫贏」。只是石頭着什麼死急，他肯答話來？一見峰再入三門，早已掇起肩頭，噓他兩聲。大蟲本命，偏有胡孫相衝。後來隱峰云嗣馬祖，他得石頭針札氣力，極不少也。

湖滿案第十六

馬大師問：「僧什麼處來？」云：「湖南來。」師云：「東湖水滿也未？」云：「未。」師云：「許多時雨，水尚未滿？」

便回這僧作馬師，回馬師作這僧，亦只好如此答。東湖水實是未滿，教某甲又如何掉謊？只是湖水雖則未滿，今日却淺个什麼？聖教出興于世，單爲破除茫茫業識，豈有馬大師倒牽人入鬼窟之理？須知「東湖水滿也未」？是今日問，非問昨日。古云：「欲識佛性義，當識時節因緣。」這僧敢來馬大師會下，却這一句，還欠打聽在，真乃「鱗甲未具，妄跳龍門」！是馬大師日高風便，一溜便「春水船如天上坐」去也，你還自眼睜睜立地，祇候个什麼？昔年讀焦《易林》，有「隔湖爲婚，期至無船，淫心失望，不見所歡」句，便贈你作像贊去。不是戲言，且圖作个打發。

消息案第十七

青原問石頭云：「有人道嶺南有消息？」頭云：「有人不道嶺南有消息。」原云：「若恁麽，大藏小藏，從何而來？」頭云：「盡從這裏去。」

原云：「有人道嶺南有消息？」頭可云：「有人道嶺南無消息。」或可云：「無人道嶺南有消息。」若如此答，又較多少？須知道「有人道無消息」、「無人道有消息」，便是「消息」了也。攬這般干係在身，何年得脱去？總不如他道「有人不道嶺南有消息」，便將青原語，花又不損，蜜又早成。青原老不歇心，又問大小藏從何而來。聖歎云：從何而來。

柴橛案第十八

石頭問新到：「從甚麽處來？」云：「江西來。」師云：「見馬大師否？」云：「見。」師乃指一橛柴云：「馬師何似這个？」僧無對。

若這僧回江西，馬師又問到石頭：「曾見一橛柴否？」云：「見。」馬師云：「何如我？」僧又無語。這僧即且置，只如馬師所問，還與石頭是一副麽？且喜迢迢千里，然則石頭如是指點，畢竟圖个甚麽？兄弟，試看這僧無對，便與踏殺天下馬大師，毫釐無二去也！

露柱案第十九

僧問石頭：「如何是西來意？」師云：「問取露柱。」云：「學人不會。」師云：「我更不會。」

學人不會，石頭更不會，畢竟露柱又獨會麽？閻羅大王若不是鬼，衆鬼不服。以己之心，度人之心，想露柱亦必不會也。然雖如是，亦須爲這僧通个綫路。你問西來意，何不體取意？師云「問取露柱」，何不體取柱？云「學人不會」，何不體取會？師云「我更不會」，何不體取會？老婆心切，不妨重舉。你問西來意，大好意；師云「問取露柱」，大好柱；云「學人不會」，大好會；師云「我更不會」，大好會。如是說八千劫也不可盡。問：「如是即會否？」答：「只是不會。」問：「然則如何？」答：「大好如何！」

著㊀案第二十

徑山道欽禪師，馬祖令人送書到，書中作一○。師發緘，于○中著一「⊙」，却封回。

一種是弄精魂事，却甚是奇特，後來乃有人檢點欽師云：「雖是從容下點，早被馬師勾引了也。」因著語云：「無風荷葉動，決定有魚行。」殊不知馬師亦爲好手場中騁好手，所以有此相寄。不因欽山鍾子期，他亦何故奏此《高山流水》之曲？然則後人亦徒知「無風荷葉動，決定有魚行」，而未知此處無荷葉，魚兒也不行矣。

何起案第二十一

徑山欽在唐代宗皇帝宫中坐，見皇帝來，起立。帝云：「師何以起？」師云：「檀越何得向四威儀中見貧道？」

有時起立，是坐久成勞；有時起立，是見皇帝來。且問此兩起立，是同是異？一總是躬身祇候，屈順今時，有何驕心態色與脅肩諂笑之别？菩薩大士深明此三昧，便于金鑾殿上，長信宮中，鬧市街頭，村學堂裏，于彼世界不變易，令我道場又成就，無不「夫子至于是邦，必聞其政」去也。帝云「師何以起」，大好信心檀越，只是俗氣未除。若終作如是相處，内道場浪費香花没量在。師云：「何得向四威儀中見貧道？」有僧問：「不向四威儀中見和尚，又作麽始得？」「老僧自答皇帝話，答了便休，那有你問處來！莫非要説：離却四威儀，别有全清絶點，是貧道境界麽？又莫非要説：皇帝自有本命元辰，不應閑管貧道四威儀麽？」狗口裏幾曾生出象牙！

出家案第二十二

崔趙公問徑山欽：「弟子出家得否？」師云：「出家乃大丈夫之事，非將相之所能爲。」崔大悟。

誰障汝不出家，却問「弟子出家得否」。可惜堂堂師僧，却早罷令還俗，驅使了也。師云「出家乃大丈夫之事，非將相之所能爲」。嘗念世間，天字第一號費心費力事，悉仗將相能爲。既是將相不能，然則何人堪充此役？「楊花不飛飛數點，春鳥懶鳴鳴一聲」。氣力絲兒不費，他遍地出家去也。

吹毛案第二十三

道林禪師見秦望山長松盤屈可愛，遂栖止其上，故謂之「鳥窠禪師」。有侍者會通，一日欲辭去。師問其何往，對云：「某甲爲法出家，和尚不垂慈誨，今往諸方學佛法去。」師云：「若要佛法，我此間亦有少許。」云：「如何是和尚佛法？」師于身上拈起布毛吹之，通頓領玄旨。

我若不垂慈誨，又特地如猿似鶴，上此長松作麽？咄！　聖歎切忌惡口傷人，我自真實愛其松樹盤屈如虬龍，並無別底惡心也。然則侍者要去，一任自去，一路青山緑水，柳絮桃花，斷岸小橋，人行犬吠，何處天曾私覆，地曾私載，日月曾私照，却勞和尚渭城客舍，又與勞勞執手？殊不知不是鳥窠與諸方攙行奪市，我一向亦圖得脱且脱，至于今日，不免將錯就錯。何故？不是怕他説我這裏無，生恐他説別處有，這利害不淺！

竈墮案第二十四

嵩岳山塢，有廟甚靈。殿中惟安一竈，遠近祭祀不輟，烹宰物命甚多。一和尚無名氏，領寺僧入廟，以杖敲竈三下，云：「咄！此竈只是泥瓦合成，聖從何來？靈從何起？恁麼烹宰物命！」又打三下，竈一時傾破墮落。寺僧問云：「某等久侍和尚，不蒙示誨。頃打靈竈破落，是何徑直道理？」師云：「我只道是泥瓦合成，別也無甚道理！」僧禮拜，師云：「破也破也，墮也墮也！」從此諸方稱爲「破竈墮和尚」。

僧問此竈畢竟靈聖從何而起，正自覓起處不得。今亦只問和尚領衆僧入廟，敲他三下，説他一上，又敲三下。此與遠近烹宰物命，前來祭祀不輟底人，較去多少？一種是隨聲逐色漢，不可云和尚是聖、他是凡也。問：「何故？」不見他道：「咄！此竈只是泥瓦合成，有什麼靈聖得？」然則一切無不如是。和尚只是五陰合成，有什麼道理得？遠近保社，只是生老病死合成，有什麼禍福得？牛羊鷄猪，只是血肉、毛羽、蹄角合成，有什麼命得？豈可客來三種待，竈又如此，和尚又不如此？既是黨理不黨親，便合將一例印文印破。然雖如是，我只見隨手紛紛而墮，一時和尚不覺呵呵大笑。久慕大王暗中顯應，何如此刻當面神通？此破久矣。汝正未墮，便不得不入泥入水，撩蜂剔蝎，看真有甚麼事出來。果然此竈靈聖異常，謂「良田千頃，不如薄藝隨身」，恭喜大王與天齊壽去也。後來寺僧固問「是何徑直道理」，既云「徑直」，有何道理？此竈泥瓦合成，尚且傾破墮落，汝久侍老僧，反將有靈有聖那？其僧不覺倒身禮拜。正禮拜時，前問抛向何處。「破也破也，墮也墮也」。然則兄弟又禮拜作麼？起來與汝廟中修竈去，怕有祭祀人來。

他心案第二十五

西天大耳三藏到京，云得他心通，帝命南陽慧忠國師試驗。三藏纔見師，便禮拜，立于右邊。師問云：「汝得他心通那？」對云：「不敢。」師云：「汝道老僧只今在甚麽處？」云：「和尚是一國之師，何得却去西川看競渡？」良久再問：「汝道老僧只今在甚麽處？」云：「和尚是一國之師，何得却在天津橋上看弄猴孫？」師良久復問：「汝道老僧只今在甚麽處[一]？」藏罔測。師叱云：「這野狐精，他心通在甚麽處！」

聖歎室中，嘗舉摩醯首羅尊天，眉間竪亞一目，四天下七日七夜微塵雨，悉知其點數，問是什麽道理。一時同學兄弟，曾下百十來妙義，聖歎眼也不眨。何故？四天下微塵雨，不可衹是一點兩點也。教中云：「一切聖人，咸有六通。」六通者，天眼、天耳、他心、宿命、神足、漏盡。嘗憶先師云：「諸天諸仙，爲漏未盡，通不具足；一切聖人，漏盡既久，一時具足六種神通。」然則我等學士，欲向一時中具足諸通，決定先學漏盡，始有是處。只如忠國師試大耳一案，應作麽生看？有者道：「前兩番國師還將心托境，他便有處捉摸；後一番只剩清浄本心，他便杳無去

[一]「處」，各本均無，據上下文意補。

處。」又有道：「前兩番國師在渡頭橋上，他便如俊鶻得兔；後一番只在他鼻頭眼底，他便家賊難防。」如是分別，且喜判得忠國師、大耳三藏心服，只是自己何年得漏盡去？須知真正他心通人，方在西天未發足時，將滿大唐國裏人，早已一一如像在鏡了也。以何爲證？常記古人有詩：「歲歲江南三月暮，鷓鴣聲裏百花香。」試問這詩，遥遥百千萬劫，此是説那一歲？江南茫茫，幅員千里，今欲説那一縣之那一村？三月是那一日？暮是那一刻？那一只鷓鴣？那一樹什麽花？那一朵香？那个人聞？汝又從何知之？只消一問，直得無言可對，無理可伸。雖然，不可謂天下無歲歲，歲歲無江南，歲歲江南無三月，三月無日日之暮，暮暮無鷓鴣聲，村村無樹，樹樹無花，花花不香也。昔者聖歎亦有一詩：「何處誰人玉笛聲，黄昏吹起徹三更。沙場半夜無窮淚，未到天明便散營。」釋弓年小，不解這个事，便請此詩大佳，只是一字未安。問何一字未安，答：既道「何處」、「誰人」，便不可知其笛之必玉也。這个若論詩，誠可稱法眼，只是汝父那有心情作詩來？因曾爲之解説一遍，正與今日是一副説話，附見于此：「何處」者，不知其處，然少不得是一處；「誰人」者，不知其人，然少不得是一人。假使無此處，便無以着此人；無此人，便無從聞此笛。今只據吹笛是實，便信其處其人，須宛然自在。若云我實不見者，夫天下大矣，今亦幸因笛聲，便提起有此一處，與此一人。至于彼無笛聲處，處處人人，有什麽限？彼既不以卿不見而不在，卿又何勞見之而始安？卿既不以不見一一而不安，奈何又以不見此一而不遂？又況不見者，今夜吹笛之人；實在者，今夜笛吹之聲。乃此笛聲，正復無據。試聽工尺五六以上四合，迅疾變滅，喻如暴雨。汝縱欲據，何處可據？是不獨汝，彼沙場人，從黄昏徹三更，腸在腹中，轉若車輪；淚在面上，滚如豆子；一到天明，分投各還鄉里。當此之時，處處歧路，各有歸人；一一歸人，不知火伴。因而仰天發悲，昨夜猶共住一笛聲中，今日已杳無的據。殊不知火伴何足道，只據自己。腹中車輪腸，面上豆子淚，又何曾前後彼彼互知來？只是不因不知，而腸遂缺此一轉，淚遂缺此一滴耳。既自己爲證，便可安心放下。處處歧路，定有歸人，不用我知，猶如我今到此處，彼一一人，悉不用知也。問：即與用「玉」字之義何涉？答：我亦安知其是竹笛鐵笛，只是彼自有彼之笛，我自用我之玉。人生並處天地之間〔一〕，豈有我是奴兒婢子，應伺候他竹笛鐵笛來？他若責我：「我實吹竹笛，汝何得錯用『玉』字者？」我便責他：「我已用『玉』字，汝何得錯吹竹笛？」總之一刻一刻，了不相借。我已一時用作「玉」字，便是既往不咎，于今縱改得十成，在方纔濟什麽事。此謂之聖自覺三昧，亦名摩醯首羅竪亞一目，亦名天眼、天耳、他心、宿命、神足、漏盡通。汝雖年小，不可不知。今忠國師一案，正是這副道理。笑殺大耳三藏到京，到京作麽？汝道有他心通，誰人無他心通那？帝命忠國師試驗，試驗作麽？他心通遍大唐道是真，豈可偏是他假那？看他纔見了，便知是一國之師，禮拜畢，立于右邊。纔問便答曰「不敢」，此時皇帝便應向忠國師大展三拜。何故？許多年供養和尚，不圖他心通果乃若是，真不枉爲一國之師也！可憐這个事，只許老胡知，不許老胡會；又只許老胡會，不許老胡知。《涅槃經·聖行品》後半偈「生滅滅已，寂滅爲樂」云云。

〔一〕「並」，晚清、民國諸本均作「兩」。

西城風俗記

此書之整理，以清道光二十九年刻，張潮、楊復吉輯《昭代叢書》别集本爲底本。

雨新問：「一亡友遷化後，未審只今落在何道？」聖歎云：「天不肯留，地不敢閉。階前化作忘憂草，樹上開成短命花。」

一日，問衍兄云：「一人發真歸元，十方虛空，應時鎖隕。兄于此處，須得穩貼貼地始得。」衍云：「日來心中正疑這件事。」歎云：「須知虛空到鎖隕時，大地針插不入。」衍便釋然。

「汝等諸人，切不可出一語去贊維摩居士默然無言一案，維摩從來不會説話，並未嘗有高出文殊處。」衍聞，便引茶壺，傾茶吃。

有人言交光正脈盛行海内。歎便問：「『文殊將咒』四字，未審作何籤釋？」人云：「『文殊將咒』那可籤釋？」歎云：「火頭，與我燒却交光疏板！」

聖歎忽然告報云：「釋迦牟尼佛原來在這一聲裏坐道場。」無動急走不顧，云：「我直曉得從來無此事。」歎便休。

又一日，指簾子影，云：「若有人會向這裏尋取釋迦文佛，猶如撥雲見月。」無動笑云：「撥个甚麽那？」歎便休。明日，舉向衍兄。衍亦笑云：「見个甚麽那？」歎又便休。茨翁聞而笑云：「聖歎買弄鎗棒，不意遭此兩撲。」

問：「無邊身菩薩還有道場也無？若有，即不得名無邊身；若無，何以爲菩薩？」挹夙大笑。歎云：「兄見个甚麽道理？」挹云：「山河大地，何處生來？」

指殘局云：「將謂是局殘棋，元來却是一座古殿。」茨翁云：「既是古殿，還我佛來。」歎云：「有佛即倒却殿也。」

升妙樓前坐，風吹梧葉，索索有聲。聖歎問無動：「聞否？」動云：「聞」。歎云：「爲甚我却不聞！」

深紅更有淺于深紅者否？淺紅更有深于淺紅者否？試道一句看。

隨即中先生立夏侯橋上説話次，先生驀云：「極南樹頭一燈神火！」歎云：「還記得起處否？」先生便休。

問茨翁云：「還曉得不落文字一句否？」茨云：「不曉得。」動云：「不曉得底是也？」衍云：「亦並不要汝曉得。」茨因問：「釋迦當時還曉得否？」歎云：「曉得何以爲釋迦？適纔致問，蓋誠恐曉得耳。」

雨兄問：「瑣娘化後，亦曾再見否？」歎云：「時時得見。」雨問：「在甚處得見？」歎云：「枕子上還魂，碗頭邊顯聖。」衍云：「與麽，則汝白日見鬼去在！」歎云：「汝不見鬼又作麽？」

聖歎問：「維摩詰掌擎世界，未審維摩詰向甚處立？」衍云：「維摩詰從來不是世界。」歎云：「如是，如是。」動云：「維摩詰通身是世界。」歎云：「如是，如是。」

聖歎問：「維摩詰斷取世界，擲過他方。其中衆生不覺不知，唯應度者乃能得知。還是知者是，不知者是？」衍兄云：「知者過在知，不知者過在不知。」無動云：「不知者應學取知者，知者應學取不知者。」聖歎合掌贊云：「真是善知識語。千餘年來不見此等人。」

挹夙問：「虎生三子，必有一豹。第幾个是豹？」聖歎云：「第三个是豹。」挹云：「老老大大，向異類中去也。」歎云：「我從來不曾做一日人。」

挹夙問：「櫻桃一籠子，半青半已黄。阿那半是青，阿那半是黄？」歎云：「深感老兄親口分過。」挹大笑。

挹夙問：「獅子輥球是，球輥獅子是？」歎云：「輥時則且置，要問兄將甚麼作球？」挹云：「山河大地大開圓社，豈有覓一球不得之理？」歎云：「既如此，抱出獅子來。」挹不覺大笑。

聖歎謂雨新云：「一切處切莫粗鹵好。」雨云：「是。争敢粗鹵？」歎便指雨手中念珠，云：「帶他則甚？」雨云：「念佛。」歎云：「又道不粗鹵。」

問雨兄：「牆壁瓦礫，皆有佛性，時人未審如何理會？」雨云：「亦有人極力説到，依正不二底田地，只是不敢信渠。」問：「爲甚不敢信渠？」雨云：「爲渠説來不如聖歎。」問：「某甲又如何説？」雨云：「聖歎説牆説壁，如象王行處，無有踪迹。」歎急掩其口。

驀舉茶壺云：「是甚麼？」衍兄云：「隨分喚作个茶壺。」歎云：「隨分到何日始了？」衍云：「要了却又做甚麼那？」歎云：「也要了過一次。」

聖歎見無動來，呵呵大笑。無動問：「笑个甚麽？」歎捫胸云：「咳，不圖作如此相見，是爲深自辜負。」無動矍然。

與清蔭立虎丘塔頂，蔭云：「忽然失足時如何？」歎云：「跌殺！」蔭云：「跌殺後即不問，正當跌殺時如何」？歎云：「自來不跌，跌亦不殺。」

一日，將手向虚空捏住，云：「聖歎這一把，直教十方三世諸佛，無渠鼾氣處。」衍兄云：「大人手中有收有放，還容渠鼾氣好。」歎便將手一揮，云：「呼。」

衆生本住六波羅蜜海中，却是自已不會。因彈茶盞響不住，告茨翁云：「一聲一聲中，悉將全世界拋擲去也。」復彈一響，云：「這一聲中，有甚處犯他疆界？甚處穿缺不全？」復彈一響，云：「誰人敢于這一聲中伸腰鼾氣？」復彈不住，云：「村村走過，粒粒咬開，鉢盂邊事，何人欠缺？」復彈不住，云：「風浪揭天，雷霆轟掣，幾曾將瞌睡漢築着磕着？」復彈向虚空，云：「適來瑲瑲聲，向這裏聽取。」一日，安甫與聖歎共立，歎云：「兄老老大大，必須脚跟穩實，不得逐物意移。」安云：「是爭敢？」歎驀拈一根棒，云：「精細着。」安正回顧，歎驀攛棒過街西，安駭然有入。

聖歎一日，手拍升妙樓下柱子，謂無動云：「若説他會説法，却是妄語；若説他不會説法，却是冤屈到底。」無動云：「妄語則不可，若論冤屈，天下不曾。」

聖歎問僧：「甚處來？」僧云：「五臺來。」歎云：「五臺是文殊道場，是師子道場？」僧無語。歎云：「何不問我？」僧如前問。歎急趨入户，云：「阿耶！師子來也。」

衍兄爲聖歎推命，云：「汝只是窮到底。」歎云：「可憐天下人，更窮似聖歎。」衍便休。

聖歎一日，忽抛出一根鼓槌，云：「人人盡道河沙如來盡滅入去，原來一總躲在這裏！」衍兄摇首，云：「不然，不然。『相逢盡道休官去，林下何曾見一人。』」歎亦笑。

聖歎指燭臺，謂無動曰：「莫謂如來住于此處，如來本住無所住中。」動問：「無所住，又云何住耶？」歎指燭臺云：「渠亦住于無所住中。」衍兄聞而笑曰：「大小聖歎重作這个語，何故？」

聖歎走來，諸人一齊看見，于諸人分中未嘗各有一聖歎，于聖歎分中亦未嘗有諸人，看見政如夢中相似。

聖歎忽然云：「屈哉，可憐！」人問何謂。歎云：「不是屈哉可憐，便是俊哉可愛。」挹兄云：「可謂賞罰分明。」衍兄云：「可謂高懸賞罰，不言而化。」挹深然之。

一日，云：「諸菩薩兄，還知聖歎出力爲人處麽？若説聖歎不爲人，是辜負聖歎；若説聖歎曾爲人，聖歎又實無出力處，也無力可出。」

一日，云：「眼耳鼻舌身意，還到後世麽？若言到，則正眼見時，耳已不到；正聞香時，舌已不到。現在猶自分張，到頭豈免散壞？若言不到，則除却眼耳鼻舌身意，又剩个甚麽？」

聖歎云：「你會麽？」茨翁云：「不會。」聖歎云：「不會个甚麽？」

聖歎云：「你會麽？」衍兄云：「不會。」聖歎云：「情知你不會。」

聖歎云:「你會麽?」挹夙云:「不會。」聖歎云:「不要瞞我。」

聖歎云:「你會麽?」無動云:「會甚麽?」聖歎云:「果然不會。」

聖歎云:「你會麽?」廬兄云:「不會。」聖歎云:「只要不會。」

聖歎云:「你會麽?」清蔭云:「不會。」聖歎云:「我亦不會。」

衍兄云:「你會麽?」聖歎云:「會。」衍兄云:「會个甚麽?」聖歎云:「會个不會。」

挹夙云:「你會麽?」聖歎云:「會。」挹夙云:「會什麽?」聖歎云:「會説會字。」

清蔭、無動齊呼聖歎。歎云:「如何得一聲答話中,兩邊都周遍?」茨翁云:「止應一邊,原來周遍。」

聖歎云:「挹夙,印子如何却在這裏?」清蔭云:「久矣在這裏。」

衍兄云:「初三夜月爲甚不圓?」聖歎云:「便是。」

衍兄云:「待要不瞞你,却是没處吐露。」聖歎云:「不如連自己瞞却。」

衍兄問:「今夜話,來日答得否?」聖歎云:「自來不曾過一宿。」

衍兄問:「忽然橋斷,如何過去?」聖歎云:「橋斷也。」問:「爭得過去?」聖歎云:「過去也。」

衍兄問:「中塗遇虎時如何?」聖歎云:「虎不吃虎。」

衍兄問:「路逢劫賊抽刃相向時如何?」聖歎云:「入夥便休。」

衍兄問:「虚空中如何釘得橛?」聖歎云:「虚空是橛。」

衍兄問：「惡人爲何却肯懺悔？」聖歎云：「惡久成精。」

衍兄問：「善知識何得養貓兒？」聖歎云：「貪看捕鼠。」

衍兄問：「初七夜月，這一半在此，那一半何在？」聖歎云：「此是那一半，這一半却何在？」

衍兄問：「今年召對進士，若是聖歎，有何披宣？」聖歎云：「只道得个伏惟皇上。」

聖歎一日立庭中，云：「灼然一个聖歎，諸人何不分取去？」良久云：「分取已足，菲薄休罪。」

雨新看畫次，聖歎云：「四十年嘴臉，細看他爭地？」

聖歎云：「人家夫婦合被聯枕，好不親切，却各自入夢去也。況異姓兄弟，各人有事，幾時得成片去？」

金聖歎文輯佚

金聖歎文輯佚　目録

春郊演劇集四書文……九六一
風唫集序……九六二
彤奩雙葉題辭……九六四
邵僧彌山水長卷跋……九六四
懷感詩序……九六六
葉瓊章題詞……九六七
與葉仲韶一……九六八
與葉仲韶二……九六九
與葉仲韶三……九六九
與西林……九七〇
葭秋堂詩序……九七〇
獄中家書……九七一

春郊演劇集四書文

與衆樂樂，好事者爲之也。夫人幼而學之，必有可觀者焉。鄉人皆好之，亦爲之而已矣。達巷黨人曰：「於戲！是人之所欲也。」暮春者在野，經始靈臺，抑爲采色，選于衆，若是班乎？使之一本。當是時，其徒數十人，填然鼓之。管籥之音，翕如也。于此有人焉，請問其目，衣錦尚絅。聽其言也，如之何，如之何？有始有卒，此其大略也。彼哉，彼哉抑末也。其次，正其衣冠，南面而立，姓所同也，名所獨也。坐以待旦，曰：「吾生也。」杖者出，望之儼然，如五六十，冕衣裳，加朝服拖紳，外也景丑氏，素以爲絢，達于面目。凡同類者，其三人，脅肩諂笑，手之舞之，無所不至，非人之所能爲也。若此者，君臣也，父子也，夫婦也，群居終日。行乎患難，行乎富貴，可立而待也。朝覲者，訟獄者，謳歌者，聲音笑貌，象憂亦憂，象喜亦喜，似不可及也。此一時也，近者悦，遠者來，達乎四境；聞其聲，觀其色，衆皆悦之。冠者五六人，則之野，又從而招之，築室于場，得其所哉；童子六七人，食無求飽，往于田，疾行先長者，道聽而途説，鮮能知味也。將爲君子焉，斯文也，春服既成，赫兮喧兮。其子弟從之，揖所與立，誾誾如也。將爲野人焉，農夫也，衣敝緼袍，其顙有泚，襁負其子而至，立之斯立，皇皇如也。或爲大人，長一身有半，立則見其參于前也。衆惡之曰：「彼丈夫從而掩之，吾何以觀之哉？」或爲小人，則具體而微，引領而望之，出語人曰:「吾未嘗得見也,易地則皆然,如之何則可也?」有婦人焉,衣服不備,不能出門户,詘其良人,乞諸其鄰而與之,蒙不潔巨屨,其爲士者笑之。有賤丈夫焉,則慕少艾,以左右望,睨而視之,眸子瞭焉。惡聲至:「無恥!」又顧而之他。有喪者,無目者,雖閑户可也。亦北面而朝之,難矣哉。彼將曰:「爾爲爾,我爲我,來者不拒,惡得而禁之?」和也者,道也者,出家而成教,反經而已也,自修也。此亦曰:「某在斯,某在斯,均是人也,吾何爲獨不然?」爲間,天油然作雲,沛然下雨,茫茫然歸。自西,自東,自南,自北,散而之四方。蹶者,趨者,皆曰:「今日病矣,歸與,歸與!而今,而後,如有復我者,吾不欲觀之矣。」或曰:「迨天之未陰雨,擇其善者,再斯可矣。」

(録自顧公燮《丹午筆記》第一八四則《金聖歎〈春郊演劇集四書文〉》)

風唫集序

釋迦説法,而摩耶比丘尼得受阿耨多羅三藐三菩提記。後幾千百年,而現聞居士乃于其母文太君處,以旋陀羅尼印入諸佛密心。然則道之在子或復在母,若是其不同乎?曰:是。不然,悉達初生,指天畫地,作獅子吼。如此者,非母之所得而爲也。現聞居士内閟菩薩,外現宰官。如此者,亦非母之所得而爲也。曰:然則居士之以「風唫」名其集也何居?是有説焉。生而夙植佛本者,此固非母之所可得而爲矣。生而能以其偉然丈夫身,不以衣食計而遽奪其心志，使以草莽老，乃能勉其禮樂，繩其先人，而又以其餘力悉殫于五時諸乘，俾所有聲聞知見，悟入無上最妙，頂心如此者，則非母之爲，而誰爲之？故居士之以「風唫」名其集也，志感也。吾嘗考之春秋時書，見有「樹欲靜而風不寧」一語，竊歎以爲失喻。反復分比，而終無有當意者。此語乃興也，非比也。及今觀于居士命集之意，而始悟興之中又有比焉。何則？當夫春之夜、夏之日，而刁刁，而調調，衆枝齊舉，萬響初越。其入人之懷，而油油乎其生孝子之心也。甚矣，此風之惠而和暢也。忽復有日而衆柯怒號，枝立葉脱，拉然如鐵騎之西馳，鏜鎝乎其若廣陵之崩濤也。居士聞之而凛然，如受聖善之小杖焉，如諸聲聞之被彈訶焉。嚴哉，風又何其凛冽而不敢卧也。于是居士撫流悲往，歎日月之易邁，悼光景之不復。母德未章，即是佛恩未報。于是淚澌宵澍，哀悰晨展，不敢一字及乎户外，而唯以喻麋不律，日從事于西方聖人之學。至今開其卷皆聞瑟瑟太息聲，讀未竟而風聲鏗然穿紙而過，心悸魂栗，竟罷去矣。然則《風唫》一集豈徒詠歎佛事？此蓋居士數十年來，機中荻下，縷縷親承，而今以嘔血描摹成帙者也。刻之以貽于世，以正告天下之爲人子，與夫學佛事而從甘得入不知苦味者乎？崇禎乙亥夏四月十有七日，天台泐庵智朗降乩題于鵷止堂。

（録自姚希孟《風唫集》卷首）

彤奩雙葉題辭

吴汾諸葉，葉葉交光。中秀雙姝，尤餘清麗。驚才淩乎謝雪，逸藻媲于班風。湘濤晨捲，新文與旭彩齊暉；金穗宵垂，細慧同夜鐘較静。裁繁花于皓腕，剪秋月爲冰心。蓮舄能飛，翠嫵皆語。一則天末鳳栖，爰隨簫史；一則春塘鴛睡，未許山陰。真連璧之傾城，洵多珠之聚掌。影閟金閨，或惟母認；名鏤紫琬，不許人知。豈期賦樓雖有碧兒，侍案復須玉史。妹初奔月，姊亦淩波。嗟乎傷哉，天邪人也！觀遺挂之在壁，疑魂影之猶來。痛猿淚之下三，哀雁字之失二。左思賦嬌，不堪更讀；中郎絶調，今復誰傳？于是檢厥遺文，花花卸淚；吟其手澤，燕燕窺窗。或崔徽真在卷中，即夫人儼臨殿外。授之梨氏，用告邦人。觀其瑶情蕙質，洵天遺以暫來；知夫霧骨烟姿，定人留而不住。東家有女，請莫效顰；南史若來，幸爲編傳。遂于懺除綺語之餘，有此不揣揄揚之贅。弁諸册首，留作新譚。天台無葉泐子智朗槃談撰。

（録自葉紹袁輯《彤奩續些》卷首）

邵僧彌山水長卷跋

昔嵇叔夜臨終顧視日影，索琴自彈，既而歎曰：「《廣陵散》于兹絶矣！」又有哭王子敬者，曰：「子敬，子敬，人琴俱亡！」嗟乎，讀斯兩言，能不痛哉！群天下之人，無慮億萬萬。至于其卓犖俊偉者，每每間百十年乃一生，生于世曾不五六十春，又必先此無慮億萬萬者以先去。然則造物者真于世間有惜不惜之分別者也。其不惜者，如所謂無慮億萬萬者是也，富貴壽考莫不具備。執塗人視之，皆是公也，然而我特無取焉。若其所惜者，則如嵇叔夜、王子敬，既不肯屢生于世，生又每每不能與富與貴遇。于是資生艱難，憔悴枯槁，身非金鐵所成，不逸一旦遂没。嗟夫，人生世上，往往鹿豕聚耳，亦又何樂而不顧戀戀不能去乎？此幀爲瓜疇先生遺筆，吾友般若法師藏之，而得之于聖默法師者也。余與先生，生既同里，年又不甚相去，使先生稍得至今日猶未死，余與先生試作支許，竟日相對，實未知鹿死誰手。而天之不吊先生，竟已先賦樓去。余未死者，則既爲造物之所不惜，至今日猶得與群公者睹先生之遺迹，而慨然追慕其人。嘗試通前通後計之，余之追慕先生，亦復爲時幾何，安能更有餘力爲先生多歎息哉！余不識先生者，而余甚識聖法師；則見先生不得，見法師如見先生：此余所以腸痛于先生也。後之人不識先生，並不復識聖法師也，則恃有此筆在，見此筆如見先生，遂亦如見法師，則又安知余亦幸不附此筆而爲後人所腸痛也？書之不勝三歎！崇禎甲申夏盡日，涅槃學人聖歎書。

（録自葉公綽《遐庵清秘録》卷二，原無題，以意擬補）

懷感詩序

徐子能先生《懷感詩》四百二十絶句成，手鈔示余。是時三月上旬，花事正繁，風燠日長，鳥鳴不歇。乃余讀之，如在涼秋暮雨，窗昏蟲叫之候；如病中徹夜不得睡，聽遠鄰哭聲，嗚嗚不歇；如五更從客店曉發，長途渺然，不知前期；如對白髮老寡婦，訊其女兒時、新婦時一切密事；如看臘月卅日傍晚，闤闠南北，行人漸少漸歇：一何淒清切骨、壞人歡樂也！因致問先生：「始作是詩，是何緣起？爲是無端忽觸，爲是有意構成？夫詩之爲物，通于鬼神，關乎軀命。吾見甚有悲涼之調，恐是疾病中身之相，億實屢中，不如棄去。」先生笑曰：「是詩胡能祟余？余則有故爲詩耳。十年以來，貧、病兩劇，饘粥尚難，何況湯藥？幸而死則亦遂已耳，余既不得遂死，則此貧與病二者實將以何法遣之？冬既苦其夜長，夏又苦其晝長，貧與病于我何有，我實無奈此長何也。因念平生最貪成癖，無逾友生一途。仰臥簟床，目注帳頂，默念流光，疾于瀑水，心期數百，如雲漸散。雖有存者數子，亦俱景逼中晚，時移事變，既極知盡，無有愉樂。又況余既以軟腳病不出門户，則雖諸子悉在，余已先住異國。當此茫茫，悲從中起，人生到此，無言可說。明知千載之上，千載之下，其人如我，其心必然，彼皆不言，我亦可已。然而貧則無事，病更多閑，寄身白髮之下，送懷食牛之歲。翻苦爲樂，從閑覓忙，既代按摩，亦當參术，人各一詩，詩各一境，既是四百餘詩，便是四百餘境。我分身住四百餘境中，不愈于獨住貧病一境中耶？我日夕與四百餘人周旋，不愈于獨與一貧病人周旋耶？本不必示人，亦不必不示人；何必不示四百餘人已外之人，亦何必定示四百餘人中人。我言我爾後更不作詩，只此我亦不自云是詩；我言我爾後更不見餘人，只今我已先不得見如是等人。嗚呼哀哉！一一人皆我心頭血、眼中淚，而一從病廢，便若永訣。天幸今日猶在世間，雖不得睹其面，猶得哦其名。設更不諱而舍此遂去，彼諸君子豈遂無人于黄昏燈下、清早被中，誦此音徽、感其遺事耶？而我即長已矣，不復能相思矣。我是以不能自已，而爲此詩；又不欲棄去，而留作自娱也。」蓋先生之言、之志如此。余聞而悄然以悲，又爽然以失。先生學道固甚力，誠不意其妙果及此。此皆一切聖人行處，所謂如幻三昧，月愛三昧，一切佛集三昧，宿王游戲三昧也者。先生自不作佛氏語耳，蓋四百餘絶句，審爾則皆佛氏之至言要道也。遂不覺歡喜踴躍，而僭書其端。

同學人聖歎拜手

（録自徐增《九誥堂集》。凡兩見：一見卷首，無落款；一見正文卷六《懷感詩》末所附，無篇名）

葉瓊章題詞

是邪非邪？立而俟之，風何肅穆其開幃。是邪非邪？就而聽之，聲瑟瑟其如有聞。步而來者誰邪？就而問之，淚欄干其不分明。瞥然而見者去邪？怪而尋之，僅梅影之在窗云。

（録自葉紹袁《續窈聞》「余言：『亡鸞未及留照。乞師爲寫影神。』師云：『此事甚難。』因題一詞云」，撰于崇禎九年四月二十七日。原無題，以意擬補）

與葉仲韶一

世法之必輪轉，神仙誤認游戲，取苦果爲樂事，哀哉！實感于斯。蓋其來也一笑成因，其去也愛盡即滅；來則翩翩以降，去則紛紛星散。一愛之蔽幃，斯其先徵已；今兹之變，故其所也。是故學仙終不如佛，仙是有盡漏身，佛是常住法身。若仙人，不過朝蓬壺、暮弱海，往來瞬息耳。豈惟夫人，明公亦應早自着脚。仙人情重，情重結業；業結傷性，性傷失佛。失佛大事，死又不足言也。明公固宜俯念鄙言，早學佛事。今後再入仙班，別無握柄，人生百年，喻如轉燭，不可又忽忽也。觀二三年光景何如哉！不盡，可見大概耶。

（録自葉紹袁《葉天寥自撰年譜·八年乙亥》：「内人病亟，遣兒輩往求泐公。泐公不能致力，兒歸已暝目矣。僅得泐公一札云」，撰于崇禎八年九月初。原無題，以意擬補）

與葉仲韶二

世法無常，電光石火，最後一着，惟有自性稱陀。夫人來自蓬瀛，非以下女子，一念好事，遂墮五濁，今日是火聚中一服清涼散也。惟使君秋心之士，得無以愛根纏殺佛根耶？大海茫茫，壞舟失舵，深爲可慮。勉旃學佛，暫別永聚，可圖也。不然，一别永别，如之何得重晤哉？

（録自葉紹袁《葉天寥自撰年譜・八年乙亥》「十月又一札云」，撰于崇禎八年十月。原無題，以意擬補）

與葉仲韶三

即日接來信，知諸君在汾干甚快事。此約已久，擬赴之，直至今夕。天下事無大無細，洵皆因緣哉！午後不肖當過，幸少俟我。本堂今日修普賢觀未成，諸公當約明日振錫還家耳。午後，某獨到也。某稽首。

（録自葉紹袁《續窈聞》「先是清晨，慈月宫人曹文容，致師翰函云」，撰于崇禎九年四月二十六日。原無題，以意擬補）

與西林

流光迅速,人壽無幾;世事無常,頃刻變幻。一簾之外,與我公看盡世人蠅營狗苟。

(録自周亮工輯《賴古堂尺牘新鈔二選藏弆集》卷三)

葭秋堂詩序

同學弟金人瑞頓首:弟年五十有三矣。自前冬一病百日,通身竟成頹唐。因而自念:人生世間,乃如弱草,春露秋霜,寧有多日?脱遂奄然終殁,將細草猶復稍留根荄,而人顧反無復存遺耶?用是不計荒鄙,意欲盡取狂臆所曾及者,輒將不復揀擇,與天下之人一作傾倒。此豈有所覬覦于其間?夫亦不甘便就湮滅,因含淚而姑出于此也。弟自端午之日,收束殘破數十餘本,深入金墅太湖之濱三小女草屋中。對影兀兀,力疾先理唐人七律六百餘章,付諸剞劂,行就竣矣。忽童子持尊書至,兼讀《葭秋堂五言詩》,驚喜再拜,便欲挐舟入城,一叙離闊。方瀝米作炊,而小女忽患疾蹶,其勢甚劇,遂爾更見遲留。因遣使迎醫,先拜手,上至左右。夫足下論詩,以盛唐爲宗,本之以養氣息力,歸之于性情,旨哉是言!但我輩一開口而疑謗百興,或云「立異」,或云「欺人」。即如弟「解疏」一書,實推原《三百篇》兩句爲一聯、四句爲一截之體，傖父動云「割裂」，真坐不讀書耳！足下身體力行，將使盛唐統緒，自今日廢墜者，仍自今日興起。名山之業，敢與足下分任焉？弟人瑞，死罪死罪，頓首頓首。

（録自嵇永仁《抱犢山房集》卷四《葭秋堂舊刻》卷首）

獄中家書

殺頭，至痛矣；籍没，至慘矣。而聖歎以無意得之，不亦異乎？若朝廷有赦令，或可免耳；不然，死矣！

（録自顧公燮《丹午筆記》第二二四則「金聖歎獄中寄家書云」，原無題，以意擬補）

附録

金聖歎全集附録　目録

一、金聖歎年譜簡編　陸林

明萬曆三十六年(一六〇八)戊申——一歲……一〇
明萬曆三十七年(一六〇九)己酉——二歲……一〇
明萬曆四十二年(一六一四)甲寅——七歲……一一
明萬曆四十三年(一六一五)乙卯——八歲……一一
明萬曆四十五年(一六一七)丁巳——十歲……一二
明萬曆四十六年(一六一八)戊午——十一歲……一三
明萬曆四十七年(一六一九)己未——十二歲……一四
明泰昌元年(一六二〇)庚申——十三歲……一六
明天啓二年(一六二二)壬戌——十五歲……一七
明天啓七年(一六二七)丁卯——二十歲……一八
明崇禎四年(一六三一)辛未——二十四歲……一九
明崇禎五年(一六三二)壬申——二十五歲……二〇
明崇禎八年(一六三五)乙亥——二十八歲……二〇

明崇禎九年（一六三六）丙子——二十九歲……二七
明崇禎十年（一六三七）丁丑——三十歲……三一
明崇禎十二年（一六三九）己卯——三十二歲……三二
明崇禎十三年（一六四〇）庚辰——三十三歲……三三
明崇禎十四年（一六四一）辛巳——三十四歲……三四
明崇禎十五年（一六四二）壬午——三十五歲……四〇
明崇禎十六年（一六四三）癸未——三十六歲……四二
明崇禎十七年、清順治元年（一六四四）甲申——三十七歲……四三
清順治二年（一六四五）乙酉——三十八歲……四五
清順治三年（一六四六）丙戌——三十九歲……四九
清順治四年（一六四七）丁亥——四十歲……五〇
清順治五年（一六四八）戊子——四十一歲……五三
清順治六年（一六四九）己丑——四十二歲……五四
清順治七年（一六五〇）庚寅——四十三歲……五五
清順治八年（一六五一）辛卯——四十四歲……五六
清順治九年（一六五二）壬辰——四十五歲……五七
清順治十一年（一六五四）甲午——四十七歲……五九
清順治十二年（一六五五）乙未——四十八歲……六〇

清順治十三年(一六五六)丙申——四十九歲……六一
清順治十四年(一六五七)丁酉——五十歲……六五
清順治十五年(一六五八)戊戌——五十一歲……六八
清順治十六年(一六五九)己亥——五十二歲……六九
清順治十七年(一六六〇)庚子——五十三歲……七二
清順治十八年(一六六一)辛丑——五十四歲……七八

二、金聖歎著作序跋

唱經堂遺書目録……九一
唱經堂總目……九二
《才子書》小引……金昌 九三
叙《第四才子書》……金昌 九四
《貫華堂評選杜詩》序……趙時揖 九五
《貫華堂評選杜詩》總識……趙時揖 九六
《才子杜詩解》叙……王大錯 九八
《西廂記》序……朱璐 九九
《增補箋注繪像第六才子書西廂記》例言(節選)……鄧汝寧 一〇一
《西廂》辨僞……褚元勛 一〇四
聖歎《六才子書删評》序……余扶上 一二三

重刻繪像《六才子書》序……呂世鏞　一二五
元本《北西廂》序……任以治　一二五
元本《北西廂》序……闕　名　一二六
《此宜閣增訂金批西廂記》哭後人……周　昂　一二七
《桐華閣校本西廂記》附論十則……吴蘭修　一三〇
《沉吟樓遺詩》序……李重華　一三三
《沉吟樓詩選》讀後記……俞鴻籌　一三四
金人瑞《沉吟樓詩選》……鄧之誠　一三六
《沉吟樓借杜詩》跋……金　昌　一三九
《第五才子水滸》序……王仕雲　一三九
《水滸傳》序……王　韜　一四〇
《西城風俗記》跋……楊復吉　一四二
《天下才子必讀書》序……徐　增　一四二
《才子必讀書》序……謝良琦　一四七
《增補才子書》引……陳　枚　一四八
《才子必讀書》四則……卓觀堂主人　一四九
《評注才子古文》扉頁題辭……闕　名　一五〇
《評注才子古文》序……王之績　一五〇

《評注才子古文》後序……汪　澧　一五二
《評注才子古文》凡例九則……王之績　一五三
《小題才子書》序……李兆洛　一五五
《小題才子書》序……祁文藻　一五五
《金選大題文》序……李兆洛　一五六

三、金聖歎傳記資料

金聖歎先生傳……廖　燕　一五八
金聖歎考……孟　森　一五九
金聖歎傳……陳登原　一六四
金聖歎……蔡冠洛　二一八

四、「哭廟案」史料

雅園居士自叙（節選）……顧予咸　二二一
哭廟異聞……顧公燮　二二七
辛丑紀聞……闕　名　二三六

一、金聖歎年譜簡編

陸林

金聖歎，名采，字若采；又名人瑞，號聖歎。徐增《九誥堂集》卷首，「金聖歎文學」序前署名「聖歎金采，字若采，又名人瑞。」。趙時揖輯《貫華堂評選杜詩總識》云：「余問邵悟非諱然，先生之稱『聖歎』何義？曰：先生云《論語》有兩『喟然歎曰』，在『顏淵』爲歎聖，在『與點』則爲聖歎。此先生之自爲狂也。」

庠姓張。顧公燮《哭廟異聞》：「金聖歎，名人瑞，庠姓張，……少補長邑諸生，以歲試之文怪誕，黜革。次年科試，頂張人瑞就童子試，拔第一，補入吴庠。」

江南蘇州府長洲人。「少補長邑諸生」，長邑即長洲縣；所撰《邵僧彌山水長卷跋》「余與先生，生既同里」，邵彌乃晚明長洲人；所撰致嵇永仁書云「深入金墅太湖之濱三小女草屋中」，金墅，鎮名，位于蘇州城西北四十五里處之太湖東北岸，清屬長洲縣；吴翌鳳《東齋脞語》「張氏世居吾里樂橋之南，金聖歎居憩橋巷，相去不數武」，吴翌鳳，長洲人，憩橋巷在長洲城內。

別號唱經子，見徐增《送三耳生見唱經子序》，又見徐增《唱經子贊》；或稱爲「唱經先生」，見徐增《懷感詩·唱經先生》；**又號大易學人，**見《小題才子書》自序落款，又見《貫華堂選批唐才子詩》自序落款。**又號涅槃學人，**見邵彌山水長卷金跋落款。

室名沉吟樓。見所著《沉吟樓詩選》。**堂號學士堂。**見《小題才子書》自序：「去年高秋無事，自督諸子弟甥侄，讀書學士堂中。」**又號唱經堂**。見徐增《送三耳生見唱經子序》「三耳生曰：『在何處見？』余曰：『不在唱經堂見，在三千大千世界中見。』」又見徐增《答王道樹》「弟不到唱經堂十年矣」。**又號杜甫堂**。徐增《訪聖歎先生》：「恐冷靈均夢，來登杜甫堂。家有杜甫堂。」

明萬曆三十六年（一六〇八）戊申——一歲

惟一涉及聖歎準確年齡的史料，是嵇永仁《葭秋堂詩》卷首以《葭秋堂詩序》爲題收録的聖歎致永仁尺牘。此札開頭便説「弟年五十有三矣」，由信中言及「自端午之日……力疾先理唐人七律六百餘章」，知此年必爲順治十七年（一六六〇），參《選批唐才子詩序》「順治十七年春二月八之日，兒子雍强欲予粗説唐詩七言律體。予不能辭，既受其請矣。至夏四月望之日，前後通計所説過詩可得滿六百首」云云。逆推五十三年，即得其生齒。

明萬曆三十七年（一六〇九）己酉——二歲

周歲時祖母贈之一玉鈎。

《第五才子書》第五十六回回評曰：「吾有一玉鈎，其質青黑，製作樸略，天下之弄物，無有更賤于此鈎者。自周歲時，吾先王母繫吾帶上，無日不在帶上，猶五官之第六、十指之一枝也。無端渡河墜于中流，至今如缺一官、如隳一指也。」

由祖母在其周歲時所贈玩具，乃「無有更賤于此」的一隻玉鈎，可知聖歎家境之一般，當非世家大族。「先王母」，指已去世的祖母。

明萬曆四十二年（一六一四）甲寅——七歲

敏感而早慧。

《選批唐才子詩》李商隱《曲池》評語：「某嘗憶七歲時，眼窺深井，手持瓦片，欲竟擲下，則念其永無出理；欲且已之，則又笑便無此事。既而循環摩挲，久之久之，瞥地投入，歸而大哭！此豈宿生亦嘗讀此詩之故耶？至今思之，尚爲惘然！」

讀杜甫《送遠》詩而抑鬱不快。

《小題才子書》顧贄《四飯缺適秦》解題曰：「幼讀杜子美『親朋盡一哭，鞍馬去孤城』，不知何故，便胸前十日作惡，是時某纔七八齡耳。」《世說新語·言語》：「謝太傅語王右軍曰：『中年傷于哀樂，與親友別，輒作數日惡。』」

明萬曆四十三年（一六一五）乙卯——八歲

與弟同八歲，天真爛漫。

《沉吟樓詩選》有《念舍弟》，前四句曰：「記得同君八歲時，一雙童子好威儀。拈書弄筆三時懶，撲蝶尋蟲百事宜。」

此「舍弟」未必是孿生，或一正出一庶出，或兩皆庶出。此類情況在古人十分普遍。

明萬曆四十五年（一六一七）丁巳——十歲

始入鄉塾，讀《大學》、《中庸》、《論語》、《孟子》、《詩經》等書。有一老僕處處相伴，感情甚殷。

《第五才子書》序三：「吾年十歲，方入鄉塾。隨例讀《大學》、《中庸》、《論語》、《孟子》等書，意惛如也。每與同塾兒竊作是語：不知習此將何爲者？又窺見大人徹夜吟誦，其意樂甚，殊不知其何所得樂，又不知盡天下書當有幾許，其中皆何所言，不雷同耶？如是之事，總未能明于心。」《第六才子書·酬簡》總評：「古之人有言曰：《國風》好色而不淫。比者聖歎讀之而疑焉，曰：嘻，異哉！好色與淫，相去則又有幾何也耶？若以爲發乎情、止乎禮，發乎情之謂好色，止乎禮之謂不淫。如是解者，則吾十歲初受《毛詩》，鄉塾之師早既言之，吾亦豈未之聞，亦豈聞之而遽忘之？」《第五才子書》第五十六回回評：「吾有一蒼頭，自幼在鄉塾，便相隨不舍。雖天下之騃，無有更甚于此蒼頭也者；然天下之愛吾，則無有更過于此蒼頭者也，而不虞其死也。」

聖歎雖然自述其幼時不喜讀儒家經典，但還是下過死工夫的。《第五才子書》第五十六回回評曰：「吾數歲時，在鄉塾中臨窗誦書，每至薄暮，書完日落，窗光蒼然，如是者幾年如一日也。吾至今暮窗欲暗，猶疑身在舊塾也。」可見夕陽西下時的讀書光景，已積淀爲其潛意識或無意識了。如

《釋孟子》第四章批語所道：「此等文，只爲幼時怕先生撲，不免讀得爛熟，到今便不覺其奇怪。」

明萬曆四十六年（一六一八）戊午——十一歲

此際已熟讀韓愈、蘇軾之文。

《天下才子必讀書》賈誼《治安策》總評：「幼聞人説，韓昌黎如海，蘇東坡如潮。便尋二公文章，反覆再讀，深信海之與潮，果有如此也。」因金批《水滸傳序》言十一歲讀《史記》，並評語中先後提及「幼聞」、「少年」，故姑置其讀韓、蘇文于此際。

因病時時告假休學在家，性不愛玩耍，遂雜閲《妙法蓮華經》、《離騷》、《史記》各書，尤喜《水滸傳》。

《第五才子書》序三：「明年十一歲，身體時時有小病。病作，輒得告假出塾。吾既不好弄，大人又禁不許弄，仍以書爲消息而已。吾最初得見者，是《妙法蓮華經》；次之，則見屈子《離騷》；次之，則見太史公《史記》；次之，則見俗本《水滸傳》：是皆十一歲病中之創獲也。《離騷》苦多生字，好之而不甚解，記其一句兩句，吟唱而已。《法華經》、《史記》解處爲多，然而膽未堅剛，終亦不能常讀。其無晨無夜不在懷抱者，吾于《水滸傳》可謂無間然矣。」《第六才子書·酬簡》評語：「自幼學佛，而往往如湯惠休綺語未除。」《魚庭聞貫·與邵蘭雪點》：「弟固不肖無似，然自幼受得菩薩大戒，讀過《梵網》『心地』一品。」

「綺語」，佛教語，凡涉及閨門、愛欲等華豔辭藻及一切雜穢語，皆爲綺語，十善戒列爲四口業之一；湯惠休，南朝宋僧，姓湯氏，釋名惠休，善屬文，武帝令其還俗，官至揚州從事。

此際親屬多有逝世者。

《第五才子書》第四十八回寫顧大嫂爲救表弟解珍解寶，吩咐下人請夫兄孫立來家：「只説我病重臨危，有幾句緊要的話，須是便來，只有一番相見囑咐。」聖歎批道：「我年雖幼，而眷屬凋傷獨爲至多，驟讀此言，不覺淚下。」據《第五才子書》序三，該書乃其十二歲時所評。由「我年雖幼」之句看，至少可以認爲當時已經開始批閲《水滸傳》了（參見本譜明萬曆四十七年條），因此繫于其十一歲左右時。從小説具體語境分析，所凋傷者並非直係父母兄弟，而是親戚（顧大嫂是二解「爺面上的」姐姐）。聖歎多愁善感，善于體會人世的悲歡離合，與其情感經歷的豐富性不無關係。

明萬曆四十七年（一六一九）己未——十二歲

自幼時便有志于鑽研創作法則。

《聖歎外書·讀第六才子書西廂記法》：「僕幼年最恨『鴛鴦繡出從君看，不把金針度與君』之二句，謂此必是貧漢自稱王夷甫，口不道『阿堵物』，計耳。若果知得金針，何妨與我略度？」《魚庭聞貫·與任升之》：「弟自幼最苦冬烘先生輩相傳『詩妙處正在可解不可解之間』之一語。弟親見世間英絶奇偉大人先生，皆未嘗作此語；而彼第二第三隨世碌碌、無所短長之人，即又口中不免往往道之。無他，彼固有所甚便于此一語，蓋其所自操者至約，而其規避于他人者乃至無窮也。」《小題才子書》金聲《天下之無道也久矣》解題曰「從來云：『任看鴛鴦，金針不度。』吾今偏欲只度金針，不看鴛鴦。何則？子弟但得金針入手，便自能繡遍天下鴛鴦去也。」《唱經堂杜詩解》卷三《韋諷録事宅觀曹將軍畫馬圖引》評語：「先生既綉出鴛鴦，聖歎又金針盡度。寄語後人，善須學去矣！」

「鴛鴦」兩句，出自金代元好問《論詩》詩之三，原句爲「鴛鴦繡了從教看，莫把金針度與人」。後以「金針度人」比喻將詩文創作的秘法訣竅傳授與人。王夷甫即西晉王衍，官至太尉，家富資財，貸不求償。其不言「阿堵」，典出《世説新語・規箴》：「王夷甫雅尚玄遠，常嫉其婦貪濁，口未嘗言『錢』字。婦欲試之，令婢以錢繞床，不得行。夷甫晨起，見錢閡行，呼婢曰：『舉却阿堵物！』」聖歎借用此典，諷刺那些將「不把金針度與人」時常挂在嘴上者，其實是腹中無物，托詞而已。這則評語顯示出聖歎在幼年初學詩文之時，便非常不滿文學評論的故弄玄虛，而有志于「金針度人」了。

得貫華堂所藏本《水滸傳》，開始批閲；初讀《西廂記》當亦在此際，其師徐叔良先生甚喜愛之。

《第五才子書》序三：「吾既喜讀《水滸》，十二歲便得貫華堂所藏古本，吾日夜手鈔，謬自評釋，歷四五六七八月，而其事方竣，即今此本是已。」

《第六才子書・酬韵》【綿搭絮】評語：「記得聖歎幼年初讀《西廂》時，見『他不偢人待怎生』之七字，悄然廢書而臥者三四日。此真活人于此可死，死人于此可活，悟人于此又迷，迷人于此又悟者也。不知此日聖歎是死是活、是迷是悟，總之悄然一臥，至三四日，不茶不飯，不言不語，如石沉海，如火滅盡者，皆此七字勾魂攝魄之氣力也。先師徐叔良先生見而驚問，聖歎當時恃愛不諱，便直告之。先師不惟不嗔，乃反歎曰：『孺子異日真是世間讀書種子！』此又不知先師是何道理也。」同書《鬧齋》【新水令】「梵王宫殿月輪高」評語：「記聖歎幼時，初讀《西廂》，驚睹此七字，曾焚香拜伏于地，不敢起立焉。」《酬簡》第八節評語尾批：「吾幼讀《會真記》，至後半改過之文，幾欲拔刀而起。不圖此却翻成異様奇妙，真乃咄咄怪事。」

所謂十二歲時批《水滸》，「歷四五六七八月」而畢其功之説，不可盡信其事，故徐朔方先生《金聖歎年譜》認爲「聖歎每喜大言欺世，不足一辯」。不説其批評的具體思想、感情、口吻、文筆多非少年所能有，且有數處必然出自成年人之手。另外，第六十一回寫盧俊義從梁山泊返京，已流落街頭的其僕燕青向他訴説家中種種變故，聖歎批道：「讀此語時，正值寒冬深更，燈昏酒盡，無可如何。因拍桌起立，浩歎一聲，開門視天，雲黑如磐也。」「寒冬」至少在十一月，已經遠離「四五六七八月」了。故可認爲，金氏自十二歲已開始評點《水滸傳》，至崇禎十三年左右三十三歲時方最後完稿。從後來其子金雍十歲時，聖歎即教讀《水滸傳》，亦可間接佐證金氏十二歲開始批《水滸》不是完全不可能的事情。

明泰昌元年（一六二〇）庚申——十三歲

此際已開始學習科舉範文。

《小題才子書》于周延儒《微服而過宋》解題曰：「吾十來歲便讀此文。」于張溥《伯夷》解題曰：「蓋聖歎幼時讀先生文，如是相之。」于陳際泰《孔子有見行可之仕》解題曰：「聖歎幼時讀之，殆不下萬遍也。」

此際因讀歐陽修文章，而欲作古文。

《天下才子必讀書》歐陽修《梅聖俞詩集序》總評：「少年偷見此等文字，便思伸手泚筆，自作古文。」

唐宋八大家之文，自可光明正大讀之，何以要説「偷見」？莫非因其乃集部文章，且屬古文而非時藝，而爲塾師所禁耶？

明天啓二年（一六二二）壬戌——十五歲

從文學名家王思任問學。

《小題才子書》于萬應隆《修其祖廟》解題曰：「昔者王遂東先生謂吾言：『看花宜白袷，踏雪宜豔妝。』吾爾時甫十五歲，便識此語是古人筆墨秘訣。因持以遍相《左》、《策》、《史》、《漢》等書，無不大驗也。逮于蔚宗《後漢書》以降，則已不能多得，因又入咨先生。先生笑曰：『小子休矣！盡能是，即不必與子説。』」

王思任，字季重，號遂東、謔庵，浙江山陰人。萬曆二十三年進士，南明魯王監國時，官禮部侍郎。清兵破紹興，絶食死。晚明著名文學家，著有《文飯小品》、《王季重十種》等傳世，以嚴拒馬士英敗走入越的名言「吾越乃報仇雪恥之國，非藏垢納污之區」而著稱。從聖歎評語中可以看出，在其少年時期，曾多次向遂東先生請教爲文之道。王思任次年撰《批點玉茗堂牡丹亭詞叙》，盛贊「天下高才」，歷數古人有「左丘明、宋玉、蒙莊、司馬子長、陶淵明、老杜、大蘇、羅貫中、王實甫」等，直接啓示了聖歎「六才子書」之説；張岱《王謔庵先生傳》稱其「聰明絶世，出言靈巧，與人諧謔，矢口放言，略無忌憚」，又可見其對聖歎爲人處世的影響。

此際開始研讀杜詩。

金昌《叙第四才子書》：「唱經在舞象之年，便醉心斯集，因有《沉吟樓借杜詩》。」

舞象，學象舞。象舞爲武舞，古代成童所學。《禮記·内則》：「十有三年，學樂，誦詩，舞勺；成童，舞象，學射御。」鄭玄注：「先學勺，後學象，文武之次也。成童，十五以上。」後以「舞象」指成童之年。

明天啓七年（一六二七）丁卯——二十歲

吴縣友人王瀚此際曾賦詩贈之。

《第六才子書·鬧簡》第十一節【石榴花】夾批：「吾友斲山王先生，文恪之文孫也……蓋斲山三十年前曾與聖歎詩，早便及之，曰：『風雷半夜吴王墓，天地清秋武相祠。一例冥冥誰不朽，早來把酒共論之。』」《第六才子書》批于清順治十三年（一六五六）。

王瀚，字其仲，號斲山，晚明吴庠附例生。擅長繪畫，爲明代户部尚書王鏊（謚文恪）曾孫禹聲之孫，故非其文孫，乃為玄孫（遠孫）。兩人爲畢生摯友。其弟王希和學伊，皆爲聖歎友。所云「三十年前」，或有版本作「二十年前」者。

此際開始扶乩降神活動，五月正式以天台宗祖師智顗弟子的化身行事。

錢謙益《天台泐法師靈異記》：「天台泐法師者何？慈月宫陳夫人也；夫人而泐師者何？夫人陳氏之女，殁墮鬼神道，不昧宿因，以台事示現，而馮于卟以告也。卟之言曰：『余吴門欽馬里陳氏女也，年十七從母之横塘，橋上有紫衫紗帽者，執如意以招之，歸而病卒，泰昌改元庚申之臘也。』其歸神之地曰上方，侯曰永寧，宫曰慈月；其職司，則總理東南諸路，如古節鎮。病則以藥，鬼則以符，祈年逐厲，懺罪度冥，則以箋以表。以天啓丁卯五月降于金氏之卟，今九年矣。問其宿因，則曰：『故天台之弟子智朗墮女人身，生于王宫，以業緣故轉墮神道，以神道故得通宿命，再受本師記莂，俾以鬼神身説法也。』問本師記莂云何，則曰：『大師以宿昔因緣，親降慈月宫，爲諸神設法。吴人尚鬼好殺，故現鬼道救殺業，善巧方便，漸次接引，歸于台事而已。其示現以十二年爲期，後四年而大顯。時節因緣，皆大師所指授也。』卟所凴者，金生采……」

由錢謙益文可知金聖歎自詡二十歲鬼神附體、開始降乩，時爲天啟七年五月。他以佛教天台宗祖師智顗（五三八—五九七）弟子化身的名義，在吴中一帶扶乩降壇、廣行法事。所謂「泐法師」，因「泐庵」是金氏所托稱的法師之號，或敬稱爲「泐公」、「泐師」、「泐子」。

明崇禎四年（一六三一）辛未——二十四歲

長洲友人沈幾中進士。

《小題才子書》沈幾《夫公明高……何哉》解題曰：「如此放眼看題，便見此題一片純是眼淚，一片純是呻吟，一片純是車輪往復。某曾面贊先生，先生大肯。」

沈幾，字不疑，長洲人。天啟七年解元，崇禎四年進士，官福州知府。

明崇禎五年(一六三二)壬申——二十五歲

兒子金雍出生。

參本譜崇禎十四年「兒子雍十歲」條。

明崇禎八年(一六三五)乙亥——二十八歲

夏初,降乩于姚希孟鶬止堂。

姚希孟《風唫集》,有崇禎八年「夏四月十有七日天台泐庵智朗降乩題于鶬止堂」序(文末有「智朗之印」、「天台泐子」兩印),「實爲金聖歎所作也」(徐朔方《金聖歎年譜》)。姚希孟,字孟長,號現聞,吴縣人。萬曆四十七年進士,崇禎時因與温體仁修怨,外貶南京。與錢謙益爲摯友,早在萬曆末年就有來往。故金聖歎降乩之舉,或爲姚、錢之間相互介紹。

四月,吴江葉紹袁幼子病,葉妻遣子入郡求泐庵大師。

葉紹袁《天寥年譜别記·庚辰》:「先是乙亥四月,八兒㒞患驚風癇疾,内人遣傛往求泐公。泐公云:『不但㒞不生也,君家雁行還有凋傷。亟須以黄絹畫準提菩薩像,朝夕禮拜,持誦準提咒不輟,庶可保耳。』隨即依法行之。迨九月,内人亡。又越年,而兒輩怠于誦禮矣。不意庚辰即自傛當之,傷哉! 安期挽詩云:『仙壇舊識雁行斜。』正此謂也。」

葉紹袁，字仲韶，號天寥道人，吴江人。天啟五年進士，官至工部虞衡司主事；娶妻爲同邑文學世家沈氏女，名宜修，字宛君。紹袁在京城爲官數年，于崇禎四年即請告終養。紹袁與宜修共生八男五女，皆才貌雙全，整日與妻子兒女吟詠唱和，安貧樂道。金聖歎後與吴江沈氏子弟交情密切，或即肇始于此際。文中所云八兒，名世儴，次年即夭亡；三兒世傛，亦因咳疾早逝。安期指吴江周永年。

五月，爲錢謙益降乩，贈詩以後漢黄憲、郭泰相許。錢氏撰《仙壇倡和詩十首》和其作。

錢謙益《天台泐法師靈異記》：「卟所凴者，金生采；相與信受奉行者，戴生、顧生、魏生：皆于台有宿因者也。……卟告我曰：『明公爲我作傳，以耀于世，亦道人習氣未除也。』余曰：『唯唯。』作《天台泐法師靈異記》。」所撰《仙壇倡和詩十首》詩序曰：「慈月夫人前身，爲智者大師高弟，降乩于吴門，示余曰：『明公前身，盧山慧遠也，從湛寂光中來，自忘之耳。』用洪武韵作長句見贈，期待鄭重，且屬余曰：『求椽筆作傳一首，以耀于世，亦道人習氣未除也。』余爲作《泐師靈異記》，並和其詩十首。師示現因緣，全爲台事；現鬼神身，護持正法。故當有天眼證明，非余之戲論也。」其四「憑仗神工斡國工」句注曰：「師憂時閔世，每箋奏上帝，情辭懇惻，故云。」其五「組織争如貝錦工」句注曰：「師示詩爲余白其貝錦，故有此句。」其六「言論無聞疑叔度，衣冠見慕愧林宗」注曰：「贈詩有叔度、林宗之目。」其八「勛名行輩皆綸閣，位業交游半岱宗」注曰：「師稱應山、江陰俱爲冥官。」其十注曰：「師識天下方治平，末章致頌禱之意。」

常熟蘇先《蘇子後集》有《次韵錢宗伯和泐大師降乩詩十首》，詩序曰：「今年乙亥，降吴門金生家，爲人言休咎悉驗，能詩文，立就，皆秀麗有法，多警策語。贈宗伯一詩，辭意鄭重，書法遒古，談時務切中時弊，又以功名相勸勉。請爲立傳，表白台事。訂五月十三日降宗伯家，爲先太淑人主法事，資冥福。宗伯爲和其詩，廣至十章。余繼和如數，以贈師，并呈宗伯云。」

錢謙益有關「泐子」之記載，尚有《題劉西佩放生閣賦後》「天台泐子後身爲慈月夫人，以台事示現吴中，勸人蠲除殺業，最爲痛切。其言曰：『魚蝦之屬，方下箸時，猶唧唧悲鳴，入喉方止。惟天耳能聽之，而人與鬼神皆不知也。現身鬼神道中，勸誘血食者俾受佛戒，雖未盡奉行，亦有爲減膳者。』嗚呼，可以人而不如鬼乎？」

六月上旬，率弟子屢至葉紹袁家降神。

葉紹袁《續窈聞》：「吴門泐庵大師，……昨旃蒙淵獻之歲，月會鶉星，日盈龍首，余家恭設香花幡幢，敦延鑾馭。午間，先有女史傳遥遥至，云：『師待下春時，方可至此。』余同諸人屏氣佇候，良久師至，下壇即云：『頃散花女史，稱有《彤奩》兩集，可借觀乎？』余拜謝曰：『但恐上瀆聖靈，敢煩云借？』舉集呈閲。閲迄，師云：『意將欲不朽之邪？』……余泣而請之。師云：『不嫌荒陋，當僭弁詞。』精言麗彩，揮灑錯落，筆不停手，應接靡暇。鴻文景爍，靈篇暉耀，真上超沈、謝，下掩庾、徐也。時日已虞淵，爰返翠華之駕，歸真道山。詰早降蹕，亟索溼箋，爲畫牡丹、芙蕖、菊花、水仙四幅，生色映人，墨韵飛舞。挂置佛前，作天女曼陀華供，觀者咸贊歎不可思議功德焉。畫竟，余即跽問：『先妣太宜人馮氏，蓼莪罔極，追慕無從，今于天道人道將焉處邪？』師云：『業已受生，塵海茫茫，去即不認。今雖不越五十里之地，然石上之笑，正未可必也。仍居榮貴之塗，非下室蓬户，亦足慰矣。』余又扣問亡兒世偁。師云：『偁之前身，生于雲間，已聘一女，將婚而死。因悟世法無常，遂出離家俗，爲高行律師。女于夢中，時往視之，覺而邪心萌動，動即墮戒，遂至于此。然此事甚奇，因緣在三世以前，本皆女也。偁爲奚氏，顧爲楊氏，俱武水人，中表姊妹，以才色相慕悦，誓同居不嫁。六七年所，父母終不能成其志，爲各選婿。二女不相期約，俱于一日剪髮成尼。父母亦無可奈何，遂創立梵舍，聽其同處，精參内典，勤求佛法，可云美矣。後一女先卒，終時謂其一云：「我生生世世必不捨汝，然我計之，爲兄弟則各有室，爲姊妹則各有家，不若迭爲夫婦可耳。」然而數載薰修，人天證明，不容破戒，于今三世矣。三世俱定盟爲夫婦，願力也；三世究竟不成夫婦，戒力也。今夕當重與授記，開解此結。』余又問亡女葉氏紈紈，往昔因緣，今時栖托。師云：『天下最有癡人癡事。此是發願爲女者，向固文人茂才也。虔奉觀音大士，乃于大士前，日夕迴向，求爲香閨麗質。又復能文，及至允從其願，生來爲愛，則固未注佳配也。少年修潔自好，搦管必以袖襯，衣必極淡而整。宴爾之後，不喜伉儷，恐其不潔也。每自矢心，獨爲處子。嘻，亦癡矣。今歸我無葉堂中，法名智轉，法字珠輪。恐亂其心曲，故今日不攜之歸來耳。』……余又問亡女小鸞，師云：『月府侍書女也。』余問：『月府即世所傳廣寒宫邪？』師云：『非也，固别有耳。』『然則何故下謫？』師云：『游戲。』余問：『游戲，何以必至我家？』師云：『神仙游戲，固必擇清節之家，且昔與君曾相會，故也。』余問相會之時，師云：『君前生爲秦太虚，前之前爲梅福，一會瓊章。瓊章時爲女子，名松德。又前之前爲魯仲連，更一相會。君夫人即秦太虚夫人，蘇子美小女，又前爲蔡經妹，亦一會瓊章。君家諸眷屬都有奇迹，查不能清耳。』余問：『鸞今往何處？』師云：『緱山仙府。』余問：『即今嵩高緱嶺，在中州者邪？』師云：『非也。雲霞之外，在月府。』『何名？』師云『寒簧。』『今往仍復舊名邪？』師云：『否也，即名葉小鸞矣。』余問：『與張婿何緣？』師云：『曾一見耳。張郎前身姓鄭，浙中一鉅卿公子，鄭之前身固參宗師，亦龍姿也。當其爲鄭生時，少年高才，自謂曾修玉京女史。寒簧偶聞斯言，即于其讀書樓下，花架之中，一現仙女天身。鄭生見之，亦詫本處閨質，初不意神仙示影也。此天順二年三月初三事。張之今有是緣，蓋前以未得詳觀奇麗蹤迹，悒悒不遂，故又尋至耳。」余問：「若緣，何以終不得合？」師云：「寒簧偶以書生狂言，不覺心動失笑。實則既一現後，即已深悔，斷不願謫人間，行鄙褻事。然上界已切責其一笑，故來；因復自悔，故來而不與合也。」余泣懇大師神通道法，招魂來歸。師云：「魂在仙府，恐不得招；且蓬山弱海，路甚遠也。」余再懇之。延至午後，師忽云：「頃已發使，往邀瓊娘道駕，夜可至矣。」至夜，師云：「瓊娘已到。」命之禮佛，拜祖母靈几，即云：「試作一詩，用觀雅韵。」女辭不敢。師云：「不妨。」女即作云：「身非巫女慣行雲，肯對三星蹴絳裙。清吷聲中輕脱去，瑶天笙鶴兩行分。」師云：「尊人思君，至切至切。可引之進謁母夫人。」問：「如何可以引進？」師云：「香燈。」隨以香燈引入，至中庭，見母即出。出即作詩呈父母，云「幃風瑟瑟女歸來，萬福尊前且節哀」二語即止，似哽咽不能成者。余問：「有説否？」云：「無説。」「思父母否？」云：「時思也。」「認否？」云：「認，獨不認房，再引我房去。」蓋初入時至庭中即出，實未及入其故房，且房亦稍改也。又作一詩云：「汾干素屋不多間，半庇生人半庇棺。黄鶴飛時猶合哭，令威回日更何歡。」詩竟，即書「紅于」。余問：「要唤紅于邪？」云：「我也思他。」紅于，其生時侍女也。余即唤紅于執燈，重引臥房。余與内人對視空中，共相號泣，悲慟酸楚，幾欲斷腸。……問答未竟，師云：「無明緣行，行緣識，識緣名色，名色緣六入，六入緣觸，觸緣受，受緣愛，愛緣取，取緣有，有緣生，生緣老死憂悲苦惱。君諦聽之，我當細講。」停乩甚久，師云：「奇哉！是也。割愛第一。」又云：「菩薩正妙于從空出假，子真妙悟天開也。」女即作詩呈師云：「弱水安能制毒龍，竿頭一轉拜師功。從今别却芙蓉主，永侍猊床沐下風。」師云：「不敢。』女云：『願從大師授記，今不往仙府去矣。』師云：『既願皈依，必須受戒。凡授戒者，必先審戒。我當一一審汝，汝仙子曾犯殺否？』女對云：『曾犯。』師問：『如何？』女云：『曾呼小玉除花虱，也遣輕紈壞蝶衣。』『曾犯盜否？』女云：『曾犯。不知新緑誰家樹，怪底清簫何處聲。』『曾犯淫否？』女云：『曾犯。晚鏡偷窺眉曲曲，春裙親繡鳥雙雙。』師又審四口惡業，問：『曾妄言否？』女云：『曾犯。自謂前生歡喜地，詭云今坐辯才天。』『曾綺語否？』女云：『曾犯。團香製就夫人字，鏤雪裝成幼婦辭。』『曾兩舌否？』女云：『曾犯。對月意添愁喜句，拈花評出短長謡。』『曾惡口否？』女云：『曾犯。生怕簾開譏燕子，爲憐花謝駡東風。』師又審意三惡業：『曾犯貪否？』女云：『曾犯。經營緗帙成千軸，辛苦鶯花滿一庭。』『曾犯嗔否？』女云：『曾犯。怪他道藴敲枯硯，薄彼崔徽撲玉釵。』『曾犯癡否？』女云：『曾犯。勉棄珠環收漢玉，戲捐粉盒葬花魂。』師大贊云：『此六朝以下，温、李諸公血竭髯枯、矜詫累日者。子于受戒一刻隨口而答，那得不哭殺阿翁也。然則子固止一綺語罪耳。』遂予之戒，名曰『智斷』。女即問：『何謂智？』師云：『有道種智，一切智，一切種智。』又問：『何謂斷？』師云：『斷塵沙惑，斷無明惑。有三智應修，三惑應斷。菩薩有智德斷、德智斷者，菩薩之二德也。』女云：『菩薩以無所得故而得，應以無所斷故而斷。』師大驚云：『我不敢復以神仙待子也，可謂迴絶無際矣。』遂字曰『絶際』。今無葉堂中稱絶子，亦稱絶禪師。以上六月初十語也。」

葉紹袁家居後，崇禎五年十月，三女小鸞十七歲于婚前五日，忽染微恙而遽亡；長女紈紈因哭妹哀毁過度，于除夕前數日逝世，得年僅二十三。崇禎八年，先是十八歲的次子世偁因科考失利，于二月間抑鬱而死；三月，紹袁母馮氏因傷愛孫之殁而去世；四月，八子世儴五歲夭折。正是在這樣的背景下，其家與善于降神招魂的「泐大師」遂有多次來往。紹袁與宜修皆擅詩文，所作見紹袁編《午夢堂集》中。在葉氏夫婦的作品中，時常提及降臨其家扶乩招魂的「天台無葉泐子智朗」者。如沈宜修《鸝吹》集有呈「泐大師」的詩作數首，而其夫紹袁提及「泐師」、「泐公」、「泐庵大師」之處更是不勝枚舉，並專以異事類筆記《續窈聞》詳述來往本末。在没有影像資料保存的古代，有關筆記可謂最詳細地記録了金聖歎以泐庵大師的身份扶乩降神的真實過程。

葉紹袁妻沈宜修病入膏肓，多次請泐庵大師降乩，臨終前尚撰詩寄之，並遣子求救。泐庵致信葉紹袁，表示無計可施。函到人亡，時在九月初五。

沈宜修詩爲《呈泐大師》、《病中上泐大師》（原題注「乙亥八月，絶筆」）。葉紹袁《葉天寥自撰年譜·八年乙亥》：「内人病亟，遣兒輩往求泐公。泐公不能致力，兒歸已瞑目矣。僅得泐公一札云……」

沈宜修于九月初五之夕，終因頻頻嘔血，四十六歲便病逝。錢謙益《靈異記》提及參與金聖歎早期扶乩降神活動的三位秀才爲「戴生、顧生、魏生」，此戴生或即戴鎬二哥戴之傑。此人僅小于聖歎一歲，同爲長洲庠生。

十月，致函葉紹袁，勸其禮佛。

葉紹袁《葉天寥自撰年譜·八年乙亥》引泐庵十月來札云：「夫人來自蓬瀛，非以下女子，一念好事，遂墮五濁，今日是火聚中一服清涼散也。惟使君秋心之士，得無以愛根纏殺佛根耶？大海茫茫，壞舟失舵，深爲可慮。勉旃學佛，暫别永聚，可圖也。不然，一别永别，如之何得重晤哉？」

明崇禎九年(一六三六)丙子——二十九歲

兒子雍五歲,令其隨侍來客,或即開始教其識字。

《第五才子書》序三:「吾每見今世之父兄,類不許其子弟讀一切書,亦未嘗引之見于一切大人先生,此皆大錯……。汝昔五歲時,吾即容汝出坐一隅。」(參本譜明崇禎十四年條)。《讀第六才子書西廂記法》:「兒子五六歲了,必須教其識字;識得字了,必須教其連字爲句;連得五六七字爲句了,必須教其布句爲章。布句爲章者,先教其布五六七句爲一章,次教其布十來多句爲一章;布得十來多句爲一章時,又反教其只布四句爲一章、三句爲一章、二句乃至一句爲一章。直到解得布一句爲一章時,然後與他《西廂記》讀。」

四月二十六至二十七日,復至吴江葉紹袁家扶乩,爲其「招致」妻、女亡靈,並與之聯句賦詩。

葉紹袁《續窈聞》:「内人以哀深嬰疾,杪秋五日,又復奄然。余懷痛傷,非可言盡。自冬及春,每致問大師,僅以牘札往返,煩雁魚耳。幸于今兹釋迦佛誕之月,二十六日,大師羽葆葩軒,頓轡蒿室,披瀝苦悰,獲垂昭示。先是清晨,慈月宫人曹文容,致師翰函云:『即日接來信,知諸君在汾干甚快事,此約已久,擬赴之,直至今夕。天下事無大無細,洵皆因緣哉! 午後不肖當過,幸少俟我。本堂今日修普賢觀未成,諸公當約明日振錫還家耳。午後,某獨到也,某稽首。』『諸公振錫』,此指宛君母女也。午後,師至,即問云:『太虚别來無恙? 念之,念之。』余拜謝,敬問:『亡婦沈氏,已在無葉堂中,授何法名?』師云:『法名智頂,法字醽眼。摩醽首羅天王頂上一眼，大千世界雨，彼皆能知點數，取此義也。今教持『首楞嚴』咒，以斷情緣。絶子絶際也則天上天下第一奇才，錦心繡口，鐵面劍眉，佛法中未易多見。醯子當與不肖共竪新幢，珠子珠輪也則佐母氏而鼓大音，亦奇傑也。明日當同三公來謂醯眼、珠輪、絶際也，尊兄父子不必如今日設供，酌水採花，以盡端節之歡。前者猶是世緣，于今已成法眷。看絶子口吐珠璣，驚天動地，亦世外之樂也。但萬勿及家事，醯公愁緒初清，恐魔娆又起耳。若絶子，則雖以萬戾絲令之理，亦能一手分開；以熱湯沃其頂上，能出青蓮朵朵，固不妨以愁心相告也。』書訖，回鑾。翼明，二十七日，師引三人同至，即聯句云……詩畢，宛君即云：『一别至今，明幽遂隔，雖云學道，豈便忘情？身中無病否？』余言：『我亦無病，但思君切耳。君何以得至無葉堂？』云：『得本師導御，送至郡，對簿畢即往也。』余問：『對簿則有罪邪？』云：『有。子女既多，爲累不少，幸師法力銷去。』……余言：『正欲問二兒消息，知在大師外宫，君常見否？』云：『常見，但遥見在庭角，今日始得交言耳。今亦歸在此也。平時瓊章每有開導語傳與，每通一信，未嘗不慟哭。主者問何人哭，儞即云：「要生西方人哭也。」』師即云：『送托生者，已不一二次矣。然一爲戀母姊，一爲依聽法，慘甚，可憐。立意不去，故今教以念佛，徑修西方，反是一直截易易之事。』……余問：『汝何以得至無葉堂中？』云：『偶爾游行虚空，爲邏卒所捉，因解入上方宫，承師收授佛戒。』余問：『既受佛戒，愁宜釋矣。』云：『恨未易消。』師即云：『恨在何許？覓恨來與我看。』對云：『雖然，猶有根蒂在耳。』師云：『根蒂能發芽，須極力搜剗也。』……師命辭歸，宛君云：『爲道愛身，省愁念佛，珍重珍重。』瓊章云：『父還要眼明手快，情中愁苗乃是入獄根本，一刀割絶，立地清涼。』告辭。余問大師：『頃諸眷屬何如？』云：『醯子一提起輒大淚，至首不能仰視；珠子亦泣；絶子微笑，相勸慰也；世偁反不爾。』余問：『醯子如此，今日反爲增累，奈何？』師云：『日復一日，自見道心精進耳。』師云：『諸葉君今日暫别母姊，清秋風色佳時，期來重聚，以當世外清緣；桂子開花時，遲亦不至菊謝也。』余言：『亡鸞未及留照。乞師爲寫影神。』師云：『此事甚難。』因題一詞云：『是邪非邪？立而俟之，風何肅穆其開幃。是邪非邪？就而聽之，聲瑟瑟其如有聞。步而來者誰邪？就而問之，淚欄干其不分明。瞥然而見者去邪？怪而尋之，僅梅影之在窗云。』」

葉妻崇禎八年九月去世，此「今兹釋迦佛誕之月」只能是次年的四月（佛教以四月初八爲釋迦佛生日）。

夏秋之際，葉紹袁與聖歎屢有邀約，似有相會。

葉紹袁《葉天寥自撰年譜·九年丙子》：六月「同吴茂申、周安期、沈君善、君服往徑山」，正三伏中「與吴門泐公有約，故遂亟歸，游未一二，深負山靈耳。八月，送季若入都報命，同候泐公。泐公贈余二語：『秦世身爲魯高士，漢朝我識梅仙人。』泐公故以余前身爲秦太虚，太虚前爲子真、仲連也。九月，《午夢堂集》成……共九種」。季若爲紹袁從弟紹顒之字。

約從此際始，在周莊戴汝義家爲塾師。

釋戒顯《現果隨録》：「蘇州孝廉戴星歸，諱吴悦。父宜甫，從兄務公、石房，皆名士也。悦生而儁慧，父質其功名于無葉泐大師，乩判曰：『此子以工部終身。』及長，某年登賢書，負性癡狂，行多蕩撿，大不利于鄉黨，吴中呼爲『戴癡』。既而受害者衆，羅其惡款，控于工部。工部鞫勘得實，加嚴刑，卒于獄。……所言『工部終身』者，乃斃于工部、以終其身也。」

宜甫，爲戴汝義之號，長洲周莊鎮（今屬崑山）人，庠生。戴宜甫與金聖歎、泐大師的關係，在《貞豐擬乘》中亦有記録：「金聖歎，館于周莊戴宜甫家，課其子星歸。金能扶乩，與泐大師善。宜甫以伊子前程扣，乩云『工部終身』。後星歸犯法，死于祁工部之手。」《現果隨録》作者爲釋戒顯，俗姓王名瀚，太倉人。與吴偉業同年諸生，晚明入復社，入清隱于浮屠。王瀚在此則筆記下按曰：「昔金聖歎館戴宜甫香熏齋，無葉泐大師附聖歎降乩，余時往扣之，與宜甫友善。見其子方成童，美秀而文，瞳如秋水。宜甫指謂余曰：『此子他日必官工部。』而孰知泐師竟藏隱語耶？」可見按語云云，是戒顯未出家時親見之事，與《現果隨録》題記所謂「凡現在因果系親見聞者皆入此録」正合。文中所云戴吴悦，爲宜甫獨子，字星歸，號素齋，初名之僬，一字羽噍。生于崇禎三年（一六三〇），聖歎爲其啓蒙師，時在成童（八歲）之前，恰在崇禎八、九年之際。《沉吟樓詩選》有《清明前一日集香薰》，當是爲戴宜甫撰。

在周莊戴家執教時，爲鎮北永慶庵題寫匾額，並作畫贈弟子戴之僬。

《貞豐擬乘》：「永慶庵，正殿匾額『散影千江』四大字，系泐大師乩上所書，以贈孝廉戴星歸者，鐵畫銀鈎，仙筆也。師隋朝宿德，現女人身，爲楞伽山五通神大夫人。夫人因其荒淫，披薙于天台之無葉堂，松陵才女葉小鸞奉以爲師，事見《午夢堂集》。戴童時極聰俊，師與之善，稱『熏香公子』（戴書室稱熏香齋），故云。並贈以畫，有《魚化龍》及《大士出山圖》，一細鈎，一粗筆，均非凡品。師間日必至，語言酬對，不可具述。」

永慶庵，在周莊鎮北，坐西朝東。内有「四義士祠」，爲「周莊八景」之「缽亭夕照」所在地。《貞豐擬乘》云戴氏書室稱「熏香齋」，當爲「香熏齋」之倒文，參所撰《清明前一日集香薰》以及上引釋戒顯

《現果隨録》「昔金聖歎館戴宜甫香熏齋」云云。

明崇禎十年（一六三七）丁丑——三十歲

扶乩降神漸寢其事。頂張人瑞之名應吴縣諸生試，或在此際。

鄭敷教《鄭桐庵筆記》「乩仙」：「請仙之法，世多有之，大約文人才士精神之所托。有金生者，通于其術，詭稱一陳夫人號曰慈月智朗，與生有婚姻之緣，在某年宜續之。請之輒來，長篇大章，滔滔汩汩，縉紳先生及人士有道行者，無不惑于其説。無行生某某，因之爲利，築宫塑祀，造爲禮懺文。儒服道冠，傾動通國者年餘。生詘于試事，再經黜落，其説漸寢。」

鄭敷教，字士敬，號桐庵，長洲人。崇禎三年舉人，崇禎十四年參修《吴縣志》。聖歎登壇扶乩之舉持續時間甚久，崇禎十七年初春撰《贈顧君猷》尚言及「聖歎端坐秉雙輪，風雷輥擲孰敢親」。但是令其全力以赴、完全投身其中的時間並不長，當時「儒服道冠，傾動通國者年餘」，後因「（金）生詘于試事，再經黜落，其説漸寢」。《鄭桐庵筆記》有關文獻説明：此事高潮期前後僅持續「年餘」，原因是金氏科、歲試不利，「詘于試事」，而漸漸退出此道。行文中未涉金氏評書、哭廟之舉，似寫成于明末。

顧公燮《哭廟異聞》記「金聖歎，名人瑞，庠姓張，……少補長邑諸生，以歲試之文怪誕，黜革。次年科試，頂張人瑞就童子試，拔第一，補入吴庠。」由于種種原因而以庠姓、榜姓代替本姓應試的現象，在明末清初極爲普遍。如晚明吴縣吴安伏便是庠姓嚴，名龍。清初如聖歎友人劉逸民庠姓潘，戴之儁庠姓吴，同爲順治二年諸生；許來先榜姓朱，陸志輿榜姓吴。因事黜革、改名應試之事，亦時有可見。如《查繼佐年譜》崇禎二年條載:「時故事:童子府名落,例得借所知餘名以應。及列紅案後,徐請更名。」

明崇禎十二年(一六三九)己卯——三十二歲

八月,友人戴之傑去世。

戴緜生撰《明清故諸生從伯叔祖石房俟庵戴公合傳》:「石房公者,字萬公,才高學富,弱冠爲諸生,聲噪海内。及門諸子暨里中子弟會講《五經》,環皐比而聽者不可勝紀。攝衣升座,聲出金石,雖老師宿儒,亦執經問難于前。公依方辨對,咸出人意表。……其書法鍾繇,擅絶一時。如購得其片紙者,珍逾珙璧焉。」

之傑號石房,長洲人。其卒年,見《貞豐里譙國戴氏族譜》小傳。本譜崇禎八年條内,已考證參與金聖歎扶乩降神的「戴生」爲戴之傑。從其卒于崇禎十二年八月分析,金氏「漸寢」其事,或與得力助手倏然早逝、從此乏人共襄其事不無關係。

與同邑少年宋德宜相識。

《小題才子書》于宋德宜《吾十有五》解題曰:「余初識先生時,年猶未能十五也,不唯讀書,便已養氣,真仲尼之徒無忝也。此文即是此時所作。」

宋德宜,字右之,號蓼思、蓼天,崇明籍,長洲人。入清以進士官至文華殿大學士。德宜生于天啓七年(一六二七),聖歎初次與之相識時,既然「年猶未能十五」,故當爲其十四歲時事。

明崇禎十三年(一六四〇)庚辰——三十三歲

秋,蘇州友人申垣芳和王希赴南京,作詩送之。此際已開始評點「衆經」的活動。

《沉吟樓詩選》有組詩《送維茨公晉秋日渡江之金陵》十二首。

此組詩是作者于秋季送兩位友人赴南京所作。分别是申垣芳,字維茨,庠生;王希,字公晉,號知我,均爲吴縣人。後者乃聖歎友人王瀚弟、學伊兄,爲嘉興府秀水縣庠生。第四首首聯「今年三十外,舊鏡得新霜」,上句間接標明寫作時間,然「外」是一個較爲寬泛的概念,二、三皆可云「外」。結合聖歎其他詩作,「今年」約其三十三歲,即時在明崇禎十三年。此時,年方及壯的金聖歎已鬢髮早衰,可見其用腦過度。頷聯「同學漸有事,衆經未成章」,可與其《送吴兹受赴任永州司理》參讀,此詩即寫于崇禎十三年至十四年初,首聯「我欲治經今日始,君行折獄幾年平」,便可移作「同學漸有事,衆經未成章」注脚。

此際吴江沈永啓來游其門,聖歎爲之更名取號。

周廷諤《吴江詩粹》小傳:「永啟字子思,其父太學君自繼曰:『此並先中丞所命名與字也。兒將冠,欲爲字説授之。吾舅陸莊簡公嫌同「述聖」(引者注:孔伋字子思,元至順二年贈爲「述聖公」),宜易之。然命自中丞,禮有不更名之義,乃謀諸友人周安期,存其一字,故又改字曰方思。』方思幼穎慧,讀書了了大義;稍長,游同郡金采之門,相與潛究性命奥窔。逾月而學進,采異之,故又更其名曰聖説,號曰旋輪,則皆金采所命也。會國變……」

沈永啟，字方思，號旋輪，吴江人。沈琇次子自繼的獨子，聖歎弟子。其師生之誼，見周廷諤《吴江詩粹》。周廷諤，字美斯，號笠川，吴江人，熱心鄉邦文獻，于康熙末年輯成《吴江詩粹》三十卷。有關沈永啟小傳，可知其確爲聖歎門人；師從金氏約在明崇禎十三年前後，時年永啟二十歲；自繼對聖歎甚爲尊重，聽其爲子更名取號。廷諤在小傳結尾云：「予生雖晚，隱君乃引爲忘年交，數過敝廬，坐語移日；而長公時棟尤與予忝同社，以故知隱君生平特深。」可見《吴江詩粹》有關金聖歎史料的可信度。

明崇禎十四年（一六四一）辛巳——三十四歲

吴江友人吴晉錫以新進士任永州推官，作詩送之。

《沉吟樓詩選》有《送吴兹受赴任永州司理》。

吴兹受，名晉錫，長洲鄰邑吴江人。早年入復社，明崇禎十三年進士，南明時以郴桂道加大理寺卿，全楚既失，督師奔滇。因見事不可爲，于永曆元年（清順治四年）削髮爲僧，間關回里，隱居而卒。死前語其子：「某生不能死國難，死當表我墓曰『前進士某人之墓』足矣！」吴氏自傳《半生自紀》今存，所記諸事甚詳。

《半生自紀》載：吴晉錫崇禎十三年三月傳臚後，「以疾不得赴六月大選」，請假回鄉，再上京城，只得永州一缺，九月離京，十月抵家。自此至次年正月中旬，皆在經營先人墓葬，次年「二月朔，余送余父祀鄉賢，冠蓋雲集，稱一時之盛云。二三日赴任永州，諸子送至蕪湖」。故金詩可能的寫作時間是崇禎十三年十月至次年二月，繫在崇禎十四年一月下旬前後，或較接近實情。

二月十五日序所批《第五才子書》，此際已有「六才子書」的觀念，並已自稱爲「聖歎」。

《第五才子書》序一：「夫古人之才也者，世不相延，人不相及，莊周有莊周之才，屈平有屈平之才，馬遷有馬遷之才，杜甫有杜甫之才，降而至于施耐庵有施耐庵之才，董解元有董解元之才……故依世人之所謂才，則是文成于易者，才子也；依古人之所謂才，則必文成于難者，才子也。依文成于易之説，則是迅疾揮掃、神氣洋洋者，才子也；依文成于難之説，則必心絶氣盡、面猶死人者，才子也。故若莊周、屈平、馬遷、杜甫，以及施耐庵、董解元之書，是皆所謂心絶氣盡、面猶死人，然後其才前後繚繞、得成一書者也。……夫身爲庶人，無力以禁天下之人作書，而忽取牧猪奴手中之一編，條分而節解之，而反能令未作之書不敢作，已作之書一旦盡廢，是則聖歎廓清天下之功，爲更奇于秦人之火。」

書名爲《貫華堂第五才子書水滸傳》，卷首有《讀第五才子書法》，説明「六才子書」之念已經横亙心間。惟叙述莊、屈、馬、杜諸人而不及《西廂記》作者王實甫，可見尚爲其早期的「六才子」觀，亦見此時或未有評點雜劇《西廂記》的打算。而「聖歎廓清天下之功」云云，足以廓清自康熙中葉廖燕首創、直至今人《辭海》相沿不疑的鼎革後更名改字之説。金氏以「聖歎」自稱，在《第五才子書》中約出現十餘次，凡此可證金氏名采、字若采，又名人瑞，號聖歎，必爲崇禎十四年以前之事。

所批《第五才子書》卷首，有僞托「東都施耐庵」序文一篇，有關文字或可視作聖歎自述。

《貫華堂所藏古本水滸傳前自有序一篇今録之》：「……舍下薄田不多，多種秫米，身不能飲，吾友來需飲也。舍下門臨大河，嘉樹有蔭，爲吾友行立蹲坐處也。舍下執炊爨、理盤槅者，僅老婢四人，其餘凡畜童子大小十有餘人，便于馳走迎送、傳接簡帖也。……吾友畢來，當得十有六人，然而畢來之日爲少；非甚風雨，而盡不來之日亦少：大率日以六七人來爲常矣。吾友來，亦不便飲酒，欲飲則飲，欲止先止，各隨其心，不以酒爲樂，以談爲樂也。吾友談不及朝廷，非但安分，亦以路遥傳聞爲多，傳聞之言無實，無實即唐喪唾津矣；亦不及人過失者，天下之人本無過失，不應吾詆誣也。所發之言，不求驚人，人亦不驚；未嘗不欲人解，而人卒亦不能解者，事在性情之際，世人多忙，未曾嘗聞也。吾友既皆繡淡通闊之士，其所發明，四方可遇。然而每日言畢即休，無人記録。有時亦思集成一書，用贈後人，而至今闕如者：名心既盡，其心多懶，一；微言求樂，著書心苦，二；身死之後，無能讀人，三；今年所作，明年必悔，四也。是《水滸傳》七十一卷，則吾友散後，燈下戲墨爲多；風雨甚，無人來之時半之。然而經營于心，久而成習，不必伸紙執筆然後發揮。蓋薄莫籬落之下，五更臥被之中，垂首拈帶、睇目觀物之際，皆有所遇矣。」

所謂貫華堂所藏「古本水滸傳前自有序」，位于卷首《讀第五才子書法》後，世人皆視爲聖歎假托施耐庵所撰之文。戴不凡先生《疑施耐庵即郭勛》曾指出：「其中所寫的瀟灑生活完全是晚明文士生活的寫照；文章筆調和金聖歎批《第六才子書》（《西廂記》）的那些『條理暢達』的『痛快』筆調完全是一個模子裏印出來的。」所言近是。值得注意的是，序中自我規範的「談不及朝廷，非但安分，亦以路遥傳聞爲多，傳聞之言無實，無實即唐喪唾津矣；亦不及人過失者，天下之人本無過失，不應吾詆誣」的兩大言論禁區，實實只是一個正話反説的幌子，無論是對朝廷政事的針砭，抑或對世道人心的臧否，在《第五才子書》中皆屢見不鮮。晚明邊情日緊，政治腐敗，民不聊生，生活在這種環境下的正直文士，是很難真正做到「談不及朝廷……亦不及人過失者」。

在《第五才子書》中，多處記録了好友吴縣王瀚的言論，兩人曾合作撰寫古文名篇《京中口技》。

分見小説第二十回、第四十二回、第六十一回、第六十五回等回。第六十一回所述王瀚的「語録」，聖歎在十五年後問世的《第六才子書·鬧簡》中，復因曲詞有「幾乎險被先生饌」而再次樂道不疲：「吾友斵山王先生……偶于舟中，時方九日，忽一女郎掉文曰：『何故此時則雀入大水化爲蛤？』座中斗然未有以應也。先生信口答曰：『我亦不解汝家何故雀入大蛤，皆化爲水也。』一時滿舟喧然，至有翻酒濡首者。此真用《禮記》入妙也。」聖歎所謂「日有千言，言言仿此」（第六十一回評），顯示出王斵山、金聖歎這類晚明文士的精神生活的另一側面：雖出語饒有機趣，機鋒銛鋭，但津津于聲色調謔，流于佻撻。

第六十五回回評所記「吾友斵山先生，嘗向吾詩京中口技」，並非僅見，清初人林嗣環撰《秋聲詩自序》中亦有類似文字。此文借助主客問答「何聲最佳」，而由一客爲之述説「京中有善口技者」之事，便與「京中口技」大同小異，故《秋聲詩自序》之相關段落似據金批《水滸》略加删改而來。關于《京中口技》或《口技》的作者，應視爲王斵山與金聖歎合作。因爲就第六十五回回評所謂斵山「嘗向吾詩京中口技，言……」。吾當時聞其言」云云，斵山之言，必爲口語；聖歎所記，已爲古文。口述之語，重在渲染情節，難免拉雜鋪張；筆録之文，重在潤色修飾，講究錘煉照應。故兩人的合作方式應該是：王瀚口述其事，聖歎記録並修改潤飾。如果將《京中口技》視爲筆記小説，足見其文筆的細膩傳神，由此可見聖歎多方面的藝術才華。

兒子雍十歲，教之讀《水滸傳》，並約于此際開始與之談詩論文。《改兒子詩吟此》、《聞笛》詩當寫于此際或稍後。

《第五才子書》序三：「吾每見今世之父兄，類不許其子弟讀一切書，亦未嘗引之見于一切大人先生，此皆大錯。夫兒子十歲，神智生矣，不縱其讀一切書，且有他好，又不使之列于大人先生之間，是驅之與婢僕爲伍也。汝昔五歲時，吾即容汝出坐一隅，今年始十歲，便以此書相授者，非過有所寵愛，或者教汝之道當如是也。」

《沉吟樓詩選》有《改兒子詩吟此》，後四句爲：「童子興殊異，晨朝篇已盡。得題隨屬草，多恐失章程。」

《聖人千案》：「昔者聖歎亦有一詩：『何處誰人玉笛聲，黄昏吹起徹三更。沙場半夜無窮淚，未到天明便散營。』釋弓年小，不解這個事，便謂此詩大佳，只是一字未安。問何一字未安，答：既道『何處』、『誰人』，便不可知其笛之必『玉』也。這個若論詩，誠可稱法眼，只是汝父那有心情作詩來？因曾爲之解説一遍，正與今日是一副説話，附見于此……汝雖年小，不可不知。」

《聖人千案》撰于清順治六年聖歎四十二歲時，言此詩寫于「昔者」，且兒子「釋弓年小」，故暫繫于八年前之崇禎十四年。順治十七年聖歎應子之請，爲之「粗説唐詩七言律體」六百首，實起因于此也。此詩亦見《沉吟樓詩選》，名《聞笛》，有數處文字出入。

江南大旱。撰《辛巳大饑，無動惠米致謝》。

葉紹袁《葉天寥自撰年譜・續纂》「十四年辛巳」：「五月，米貴至二兩六錢，人思洶湧……久旱不雨，飛蝗蔽天，疫氣流行，死亡比屋……是冬，米價至三兩外，數百年未有也。」

尤侗《田夫禱》序：「辛巳秋七月，大蝗食苗幾盡。」

上海姚廷遴自撰《上浦經歷筆記》「崇禎十四年辛巳十四歲」：「三月至九月，無雨，江南大旱，草木皆枯死。吾地向無蝗蝻，是年多甚，飛則蔽天，遍地盈野，所到之處，無物不光……年歲大荒。是冬，道路餓殍無算，……種種慘狀，難以盡述。日以城門死口，數之百計；西、北、南三門外，義塚皆掘大坎土坑，周圍築牆，土工日多索扛尸横，不日填滿坎坑。橋頭路口，遺棄小兒無數。當是時，真所謂父子不相顧，兄弟妻子離散：余目擊者也。」

《辛巳大饑，無動惠米致謝》見《沉吟樓詩選》。葉紹袁居吴江，姚廷遴爲松江府上海縣人，兩地皆與蘇州城毗鄰，所述差可視爲蘇郡實況。無動，其人待考，《沉吟樓詩選》有《夜與無動語，因及德輔、雲葉》，《西城風俗記》亦云及此人，當爲蘇州人士。

此際聖歎歲試曾考六等。

顧公燮《丹午筆記》：「金聖歎歲試，作『以杖叩其脛』、『闕黨童子將命』題。中間渡文云：『一叩而原壤痛矣，再叩而原壤昏矣，三叩而原壤死矣。三魂渺渺，六魄悠悠，乃生于闕黨而化爲童子矣。孔子曰：「此吾故人也，使之將命可也。」』以此考六等，挑紅糞桶而出，遇黄陶庵于門。陶庵曰：『君又何至于此？』聖歎曰：『吾豈不如老農？』」

黄淳耀，初名金耀，字蘊生，一字松崖，號陶庵，又號水鏡居士，晚明蘇州府嘉定縣（清屬太倉州，今屬上海）人。據《陶庵先生年譜》，淳耀萬曆四十六年十四歲爲童生，崇禎十五年三十八歲爲舉人，此後不再參加歲試。故依下限，暫繫于其中舉前一年。另《陶庵先生年譜》言其「前後小試凡冠軍二十四次」，且所作時文在當時頗有令譽，故有資格調侃聖歎「何至于此」。

友人朱茂暻赴江西袁州宜春任知縣，作詩送之。

《沉吟樓詩選》有《送朱子莊赴任宜春》。

朱茂暻，字子莊，號旭序，浙江秀水人。朱國祚第三子大治的長子，崇禎十三年中進士，次年授宜春知縣，十五年充鄉試同考官，十六年罷官歸。朱國祚長子名大競，大競次子爲茂曙，茂曙長子彝尊，故茂暻乃彝尊堂叔。朱國祚，萬曆十一年狀元，歷官禮部尚書兼東閣大學士、户部尚書、武英殿大學士，卒謚文恪，贈太傅，爲晚明重要大臣。

友人李瑞和赴京謁選，作詩送之。

《沉吟樓詩選》有《送李寶弓司理欽召考選四律》。

李瑞和，字寶弓，福建漳浦人。崇禎七年進士，授松江府推官，崇禎九年任應天鄉試同考官，十五年行取考選陝西道御史。結合府志職官表和金詩「爲政雲間成六載」，寶弓當爲此年赴選、次年赴任。

明崇禎十五年（一六四二）壬午——三十五歲

松江推官李瑞和赴京任監察御史，作詩送之。

《沉吟樓詩選》有《送李寶弓司理内召》二章，其一首聯爲「七年一鷁坐雲間，此日雙鳧到帝前」。

約在此年開始評選《天下才子必讀書》。

《讀第六才子書西廂記法》：「僕昔因兒子及甥侄輩，要他做得好文字，曾將《左傳》、《國策》、《莊》、《騷》、《公》、《穀》、《史》、《漢》、韓、柳、三蘇等書，雜撰一百餘篇，依張侗初先生《必讀古文》舊名，只加『才子』二字，名曰《才子必讀書》，蓋致望讀之者之必爲才子也。久欲刻布請正，苦因喪亂，家貧無資，至今未就。」

上年所撰《第五才子書》序三結尾云：「人生十歲，耳目漸吐，如日在東，光明發揮。如此書，吾即欲禁汝不見，亦豈可得？今知不可相禁，而反出其舊所批釋，脱然授之于手也。夫固以爲《水滸》之文精嚴，讀之即得讀一切書之法也。汝真能善得此法，而明年經業既畢，便以之遍讀天下之書，其易果如破竹也者。」而《讀第五才子書法》第六十八條云：「人家子弟只是胸中有了這些文法，他便《國策》、《史記》等書都肯不釋手看，《水滸傳》有功于子弟不少。」可見，在聖歎語文教學觀念中，幼兒應自十歲開始讀金批《水滸》，藉以瞭解「讀一切書之法」，然後循序漸進讀《國策》、《史記》等「一切書」（自然包括《左傳》、《莊子》、《離騷》、《公羊》、《穀梁》、《漢書》、韓、柳、三蘇之文等）。

學術界多以爲康熙二年徐增序本《天下才子必讀書》成于此時，其實《讀第六才子書西廂記法》中所提及的「久欲刻布請正」之《才子必讀書》，尚只是後來的《天下才子必讀書》的初稿。僅以篇幅比較，前者只有「一百餘篇」，後者多達三百五十餘篇，前者充其量只是後者的一半。故不僅在崇禎十五年時《天下才子必讀書》還只是初稿，至順治十三年其批《西廂記》時，仍然尚未最後成書。誠如徐增序所説，此書最終完成于《唐才子詩》之後，「乃聖歎絶筆之書也」。

張侗初名鼐，松江華亭（今上海松江區）人，萬曆三十二年進士，官至南京吏部右侍郎，兼詹事府詹事，輯評《必讀古文正宗》十卷，與長洲陳仁錫輯評《古文奇賞》並享時名。

秋，聖默法師欲導徐增見聖歎而被斷然拒絶。

徐增《送三耳生見唱經子序》：「二十年人盡罵聖歎爲魔，如是者數年。至壬午秋，遇聖默法師，欲導余見聖歎，才説『聖歎』，余急掩耳曰：『怕人，怕人！』」

徐增，字子能，號而庵，長洲人。是聖歎平生最重要的友人，爲傳播其學術思想做出許多貢獻。聖歎被時人「妖魔化」（此一提法，是二〇〇三年秋初會周絢隆先生時，得其啟發），有種種記載，但均不如徐增之行爲和言語來得真切傳神。「余急掩耳曰：『怕人，怕人！』」真實地傳達出其形象在時人心目中已被歪曲到何種不堪的程度。

無端感觸，漸入人生苦境。

《唱經堂杜詩解》卷二《三絶句》之一評：「殆于三十四五歲許，始乃無端感觸，忽地驚心：前次猶是童稚蓬心，後此便已衰白相逼，中間壯歲一段，竟全然失去不見。夫而後咄嗟彌日，漸入忽忽不樂苦境。」

明崇禎十六年（一六四三）癸未——三十六歲

秋，撰「秋興」詩五首。

見《沉吟樓詩選·癸未秋興》。

族兄金昌從其學《易》。

金昌《才子書小引》：「唱經，僕弟行也。僕昔從之學《易》，二十年不能盡其事，故僕實私以之爲師。」落款「順治己亥春日」。

金昌，字長文，號矍齋，法號聖瑗，長洲人。順治十三年歲貢生，康熙初年官合肥訓導。順治己亥爲順治十六年（一六五九）。周采泉先生《杜集書録》認爲署作「順治己亥春日」書的金昌《才子書小引》因有「不諱」、「身後」及「能不痛哉」等悼惋之詞，「作于聖歎逝後甚明」。故將金昌撰《才子書小引》的時間視爲康熙初年。姑擬爲康熙元年，上推二十年，爲崇禎十六年，即金昌初從聖歎學《易》時。

明崇禎十七年、清順治元年（一六四四）甲申——三十七歲

正月，撰《贈顧君猷》詩，對友人批評自己扶乩降壇言行没有新意而心悦誠服。

《沉吟樓詩選》有《贈顧君猷》：「……今年甲申方初春，雨雪浄洗街道新。西城由來好風俗，清筵法衆無四鄰。聖歎端坐秉雙輪，風雷輥擲孰敢親？譬如强秦負函谷，六國欲戰猶逡巡。善來顧子獨微笑，三十六齒爛如銀。謂我了不異人意，何用多言揺精神？手持顧子三太息，奈何于此生悲辛。聖學久傳至今在，我爾獨賴爲其薪。嗚呼，只今天下大亂殊未已，我終欲爾持人倫。」《贈顧君猷》自稱「聖歎」，再次證明所謂鼎革後改名易字之説的不可靠；「端坐秉雙輪，風雷輥擲……」，是對聖歎降乩行爲出自當事人親口的描述；「天下大亂殊未已」，表現出其對局勢的關心和擔心。《沉吟樓詩選》另有《登壇一首戲示同學》，或亦作于此時。

春，與徐增初會于西郊慧慶寺。

徐增《送三耳生見唱經子序》：「至甲申春，同聖默見聖歎于慧慶寺西房，聽其説法，快如利刃，轉如風輪，瀉如懸河，尚惴惴焉心神恍惚，若魔之中人也。」

鄔國平先生《徐增與金聖歎》認爲：「金聖歎生前死後，徐增是爲他洗刷『壞名聲』的第一『辯護律師』。」但這位「辯護律師」對金聖歎的認識，實有一個較爲漫長的過程。徐增此次與聖歎相會，當爲兩

人正式締交之始，只是其時尚「心神恍惚，若魔之中人也」。

《沉吟樓詩選》有《過慧慶西林聖月兄出宣遠瓶中雜花圖吟此》詩，疑亦作于此時，聖月爲錢光繡，浙江鄞縣人，久居吴門。

春，爲吴縣知縣吴夢白撰壽詩多首。

《沉吟樓詩選》有《吴明府生日》「吴王洲上燕銜泥」、「福星南面坐琴堂」和《壽吴明府之一》等三首。

吴夢白，浙江仁和人。崇禎十六年進士，次年任吴縣知縣。另《沉吟樓詩選》有《吴邑黄明府新婚》，吴縣自萬曆至順治，無知縣姓黄者，「黄」字必屬抄誤。

爲友人徐慶公生日賦詩。

《沉吟樓詩選》有《徐慶公生日》，首聯爲「城中豈有甲申年，歎絶先生獨斷然」，頸聯爲「二方兄弟予同學，兩海文章世異傳」。

夏末，爲鄉人邵彌跋山水遺作。

葉恭綽《明邵彌山水卷》抄金聖歎跋有云：「此幀爲瓜疇先生遺筆，吾友般若法師藏之，而得之于聖默法師者也。余與先生，生既同里，年又不甚相去，使先生稍得至今日猶未死，余與先生試作支許，竟日相對，實未知鹿死誰手。……余不識先生者，而余甚識聖法師；則見先生不得，見法師如見先生：此余所以腸痛于先生也。後之人不識先生，並不復識聖法師也；則恃有此筆在，見此筆如見先生，遂亦如見法師，則又安知余亦幸不附此筆而爲後人所腸痛也？書之不勝三歎！崇禎甲申夏盡日，涅槃學人聖歎書。」

《第六才子書·爭豔》總批：「吾亡友邵僧彌先生嘗論畫云：『夫天生惡樹，我特不得盡斬伐之耳。若飯後無事，而攜我門人晚涼閑步，則必選彼嘉樹，坐立其下焉。無他，亦人之好美疾醜，誠天性則有然也。』」

邵彌，字僧彌，號瓜疇，長洲人，明代重要書畫家。在邵彌山水卷的跋語中，聖歎明言「余不識先生者」，而十餘年後在批評《西廂記》時又稱其爲「亡友」，看來只是神交而已。《沉吟樓詩選》尚有《題邵僧彌畫》「我有剡溪藤一幅，無人重寫妙蓮花。歎息瓜疇去何處，西風吹渡夕陽斜」，詩意與其題跋邵彌畫作所謂「使先生稍得至今日猶未死，余與先生試作支許，竟日相對，實未知鹿死誰手」相近，表現出身爲畫家的金聖歎，在畫藝上的爭强好勝之心。

秋，撰「秋興」數首。

見《沉吟樓詩選》，今存《甲申秋興》四首和《甲申秋興之二》二首。此時江南仍在南明弘光朝治下，詩句多有諷刺「南明弊政」者（徐朔方先生語）。

清順治二年（一六四五）乙酉——三十八歲

春夏間，先後爲友人葉奕荃作《元暉渡江》、《元暉來述得生事》五言律各一首。

《沉吟樓詩選》有爲「元暉」所作詩兩首，分別是《元暉渡江一首》：「關河將雨雪，君子復何之？詎惜衣裳薄，誠憂盜賊時。渡江如絶域，分手更何期。敢道三春節，□□□□□。」《元暉來述得生事一首》：「亡命真不易，受恩殊復難。縱然無戮辱，何以免饑寒。豺狗方驕横，鸞龍總破殘。親朋連月淚，誰望爾生還？」

葉奕荃，字元暉，一字水修，别號南陽伯子，崑山人。早年入復社。其父國華，字德榮，號白泉，萬曆四十三年舉人，南明弘光元年爲工部都水司主事，不久「差榷杭州南關」，即爲鈔關榷税使。隨即清軍「破南京、下杭州，公與錢塘令顧公咸建渡江南奔，並爲追者所及。顧公死之，而送公于督府」，後得「放歸」（魏禧《葉公墓誌銘》）。清軍破南京在南明弘光元年（清順治二年）五月十五日，下杭州在六月十三日，故所謂「渡江南奔」，必指在明潞王朱常淓爲清朝巡撫張秉貞及陳洪範勸降，開杭州城門迎接清軍之後，葉國華與時任錢塘知縣的同鄉顧咸建渡錢塘江，而欲向南追尋當時在台州的明魯王朱以海，時間在六月十三日之後。

關于葉奕荃此際赴浙尋父之事，其「同學姻友」葛芝《南陽伯子傳》和「同學弟」葉宏儒《水修府君傳略》均有記載。葛芝和宏儒均爲崑山本邑人，將兩人所撰傳記與金詩對讀，不難看出有關詩句的本事出處。「得生」的具體所指，如參考《南陽伯子傳》「君以親在危疆，戒徒衆，具舟楫，戴星蹈險，一月之中，往返數四」的叙述，當是指在奕荃往返于崑山和杭州之間的「數四」次中的靠前一次，由杭返崑之後，「來」至蘇州，向友人金聖歎叙述其于兵荒馬亂、烽火漫天之際的艱險遭遇。

葉紹袁憶及金聖歎于崇禎八年對時局的預測。

葉紹袁《天寥年譜别記·乙酉》：「余病中，因思乙亥年泐公曾有言，流賊必不渡江，蘇州兵火，十年之後必不能免。今乙酉，正十一年也。」

清兵下江南，士紳迎降。

《鄭桐庵年譜》「弘光元年乙酉五十歲」條載：「左師壓境，兵破揚州。五月十日，帝出奔……。六月四日，李延齡將軍至蘇州；閏六月初八日，下薙髮之令。」

王家禎《研堂見聞雜録》「……安撫官至蘇，一爲崇明黄家鼒，一爲吴郡周荃。黄由例監爲鴻臚卿，荃故虎丘一佻客，善關説，走聲氣，弘光朝爲監紀通判。大兵至，皆降，即爲蘇州安撫。」

八月，友人戴之儁、沈自炳等起兵抗清。

清初佚名《吴城日記》：八月初五日「王太尊出示，欲紳衿俱集閶門城上，面議協力守城……所以然者，因是歲八月六日之酉時，俱屬乙酉時，民間謡言，是日有大變，太尊故倡守城之約……又訂初六日共議，諸友復登，自清晨候過午，鄉紳亦有三四人至，太尊竟不至。是夜，陳湖嘯聚之衆，系戴務公、沈自炳、陸監生等爲首。舟至黄天蕩，陳兵發炮。」

戴之儁字務公，在清兵于順治二年五月攻下南京、揮戈南下後，他便在家鄉聚衆抵抗。後人云清初周莊戴氏「族人俱變姓名」（《貞豐詩萃》），其原因即在于此。如其三弟、四弟由之偁、之仍改名爲禹、鎬，其堂弟戴之儦在參加本年九月開考的蘇州府歲試時，乃以「吴悦」應試，已連姓帶名徹底改過。陳湖即澄湖，在今蘇州葑門東南三十三里處。

沈自炳，字君晦，吴江人。即《續窈聞》所載崇禎九年四月二十七日金聖歎降乩葉紹袁家之際，「時沈君晦在也」之沈氏，至少當時金、沈已經相識。葉妻沈宜修，爲自炳姊，聖歎弟子永啓爲其侄；聖歎至晚年仍與其長子永蓀、次子永筠談藝論詩（見《魚庭聞貫》）。

王太尊指分巡蘇松兵備道王之晉，爲前明天啓五年進士，河南寶豐人，此年八月五日到任，以兵科都給事中管兵備事。

九月，督學御史陳昌言按臨常州，舉行歲考。弟子戴之儦變姓爲吴，易名爲悦，參加新朝首次歲試。

王抃自撰《王巢松年譜》此年載：「至九月中，即平定，文宗按臨毗陵，係臺中陳諱昌言者，吊考各邑著姓。不便高尚，余與三兄勉强偕行，兩岸不見炊烟，但見白骨而已。此番本無意爲文，反俱列優等。」

《長元吴三邑諸生譜》于「世祖章皇帝順治二年乙酉陳宗師歲試」注曰：「按臨常州，九月開考。凡應試者即準入學，沿舊例也。」吴悦名下小字注「辛卯」，是指其後爲順治八年辛卯科舉人。

王瀚此際曾資助聖歎一筆厚金，被其揮霍一空。

歸莊《誅邪鬼》借「蘇州人述其邪淫之事」種種，之一便是：「有富人素與交好，乙酉之亂，以三千金托之，相與謀密藏之。其人既去，則盡發而用之。事定來索，佯爲疑怪，略無慚色。」

廖燕《金聖歎先生傳》：「生平與王斲山交最善，斲山固俠者流，一日以三千金與先生，曰：『君以此權子母，母後仍歸我，子則爲君助燈火，可乎？』先生應諾。甫越月，已揮霍殆盡，乃語斲山曰：『此物在君家，適增守財奴名，吾已爲君遣之矣。』斲山一笑置之。」

關于此事參證資料還有，徐增《送三耳生見唱經子序》介紹聖歎在正人君子眼中，乃一遭人嫉恨的不祥之物：「從其游者，名士敗名，富人耗財，僧家則無佈施處」，此文撰于順治十七年仲春。徐增是其後半生的重要友人，「富人耗財」必有所本。王斲山和胞弟王道樹都是高官顯宦的後裔，于明末皆已富逾萬金，且與聖歎感情深厚，因其困窘而資助之，自在情理之中。兩種説法雖出發點不同，但均揭示了這樣一個事實：在聖歎困苦潦倒之際，摯友王瀚曾以令其容易接受的委婉方式，資助他一筆厚金。這對于一向豪侈不吝的王瀚來説，也並非絶不可能，「目盡數十萬卷，手盡數千萬金」；「傾家結客，而不望人報」；即便入清後門庭衰落，「瓶中未必有三日糧，而得錢猶以與客」：這就是金聖歎本人約五十歲時，在《第六才子書》中對這位老友的評價。僅憑此段言論，亦不妨認定聖歎的確曾得其大力資助。

秋，撰《乙酉又病一首》、《外甥七日》、《訛傳境哥被虜》、《喜見境哥》、《兵戰》、《懷聖默法師》、《柳》、《聞聖壽寺遭驕兵所躪》抑或作于此時。

均見《沉吟樓詩選》。

徐朔方先生《金聖歎年譜》認爲《外甥七日》「作于今秋」。

同城友人王希自盡于除夕。

蔣賡墉《貞義編》，言其于「順治乙酉除夕自盡，遺命以幅巾斂，墓表稱『故明王知我先生』，後人從之」。

乙酉除夕，即南明隆武元年十二月三十日（一六四六年二月十五日），可見是感憤于明朝的覆亡而自絶于世，亦可算作南明烈士了。

清順治三年（一六四六）丙戌——三十九歲

撰《上元詞》，擬唐代崔液，今存三首。

《沉吟樓詩選》有《上元詞》二首和《上元詞之一》。其跋語云：「此非道人語。既滿目如此，生理逼側，略開綺語，以樂情抱。昔陶潛自言時製文章自娱，頗示其志；身此詞豈非先神廟末年耶？處士不幸，丁晉宋之間；身亦適遭兵革。欲哭不敢，詩即何罪？不能寄他人，將獨與同志者一見也。」

徐朔方先生《金聖歎年譜》認爲此詩所詠是蘇州入清後「初度上元」也。

冬夜，讀徐增詩作，感而賦詩。

《沉吟樓詩選》有《冬夜讀徐懸瀑詩》。

徐增《九誥堂集》卷首《贈言》亦載此詩，題爲《讀瀑懸先生詩畢吟此》，題下注曰：「子能丙戌夢游匡山，看瀑布，曾改名匡杖，字瀑懸。」鄔國平先生《徐增與金聖歎》首次披露，指出「徐懸瀑」即徐增，「此詩作于順治三年丙戌（一六四六）以後不久」。另，葉紹袁在《甲行日注》順治四年二月二十三日亦記載：「曉雨午晴。徐瀑懸名匡秋遺書長篇連札，推許太深，愧無雜佩報之。……子能原字高才也，詘于病蹇。」據此已可將徐瀑懸→徐子能→徐增初步聯繫在一起。

此際爲友人徐崧詩作題詩。

《沉吟樓詩選》有《題徐松之詩二首》，第一首後四句爲：「近事多難説，傳聞或未詳。副車皆不中，三户又淪亡。」尾聯用典，皆影射抗清活動，作于上年或此年。

徐崧，字嵩芝，一字松之，號臞庵，吴江人。明遺民，編選《詩南》、《雲山酬唱》、《詩風初集》、《百城烟水》等傳世，後者收有金聖歎佚詩多首。

清順治四年（一六四七）丁亥——四十歲

四月，作詩賀吴縣知縣汪爚南代理長洲令。

《沉吟樓詩選》有《賀吴縣汪明府涵夫攝篆長洲》。

汪爚南，爲湖北麻城舉人。清初佚名《吴城日記》載：「長洲縣令田本沛，丁内艱去任。四月初旬，吴邑汪令兼署長縣事。」由前此有「丁亥新正」云云，可知此四月指順治四年；由旋又記叙「是時，長洲田令丁艱去，陳太尊赴常，鎮兵憲，吴令汪爚南亦丁母憂謝事，郡無一正印官」，接着叙述「丁亥四月下旬」事，可知汪氏攝篆長洲當不滿月，故賀詩必作于該年四月。

四月，友人戴之儁起兵抗清，事敗被殺。

陳子龍《陳忠裕公自著年譜》此年載：「至四月而吴勝兆之事起。勝兆者，遼人，以降將從征至吴，授提督，開府姑蘇，頗以威信招徠草澤。吴郡戴之儁、當湖陸同輩數百人，歸其麾下。及移鎮于松，當長興軍敗湖泖之間，降者麇至，皆撫而用之。巡撫土國寶名位相軋，心勿善也。勝兆故椎魯少文，凡有舉措，皆幕中越人吴著管之。著與其兄蕓頗知文義，嘗以語微動勝兆，勝兆不爲忤也。之儁輩伺得其指，與深相結，又出以煽其徒，詗察機使，顧事未有以發。會勝兆以他事奉嚴令切責，國寶復譖之。總制洪承疇上奏，劾其濫收降卒。著因危辭動之，謂禍且不測。勝兆武人，心動，出以謀諸之儁、同輩，因力贊之。由是，起兵計決矣。……勝兆事久不果，謀遂泄。至十六日夜，爲其下所執，檻至南都；執之儁等十餘人殺之，事遂定。」

《貞豐里譙國戴氏族譜》戴之儁小傳「汝仁長子，字務公，號介心，長庠增廣生，補入上庠。生于萬曆三十年壬寅□月□日，享年四十六歲，卒于順治四年丁亥四月十六日。」

金詩《贈戴雲葉》有「子兄吾所憚，與汝故加親」之句。戴鎬，字雲葉，號俟庵，長洲人。有兄三人，以戴之儁、戴之傑爲有名。兩人一長聖歎六歲，一僅小于聖歎一歲，早年均爲復社舊人，在當時同輩眼中，已被視爲名士。尤其是之儁在明季「無志進取而慕義勇爲」（《貞豐擬乘》），入清後更有一段可歌可泣的舉動，即于順治四年説服清松江提督吴勝兆反正復明，事敗與母、妻同時被殺，而且牽連華亭陳子龍等人遇難。「子兄吾所憚」之「憚」字，語義甚重，非之儁無以當之。

六月，始撰《童壽六書》，雖因事終止，亦已耗費心血，鬚髮盡白。

《南華字制》序云：「前歲長夏，欲就舍下後堂，開局建標，延諸道士，並共論撰述，爲《童壽六書》，大都一百卷。而遷延兩月，竟亦中輟。所以然者，行年四十，心血雖竭，黽勉著書，尚不敢愛。獨是日夜矻矻，鬚髮爲之盡白。」

「長夏」指農曆六月，或即泛指夏日；自云「行年四十」，故繫于此年。聖歎所著《童壽六書》和《南華字制》均爲字書，前者當爲一未完成之大型字典，僅存十一則；後者當是專爲閲讀《莊子》（一名《南華經》）而編寫的字書，僅存序言。由此可知金聖歎還是文字學家。

《西城風俗記》或撰于此年。

該書倒數第二則：「雨新看畫次，聖歎云：『四十年嘴臉，細看他爭地？』」

十一月，過吴江松陵鎮，訪沈永辰，賦詩紀事。

見《沉吟樓詩選》七言律《丁亥仲冬過松陵訪來止》。

沈名永辰，字子拱，號來止，吴江人。沈琉長子自曾的獨子。該詩首尾二聯是「萬古陶邊家士家（「家士家」或爲「衆士家」之形近誤抄。衆士，古代泛指讀書人）。門庭耿介絶喧嘩」和「我來歲暮衣裳薄，四顧同人生怨嗟」，分别可見子拱家風和聖歎境況。《魚庭聞貫》有《與沈子拱、沈松年》，沈永銙，字松年，號岷來，吴江人。松年爲沈琉五子自炳的次子，出繼爲自然之嗣子。

清順治五年(一六四八)戊子——四十一歲

二月四日,撰行書七字聯,頗寓遭際感慨。

見其行書手迹:「消磨傲骨惟長揖,洗發雄心在半酣。」落款「順治戊子二月四日」。現存聯語手迹另有「風來玉宇烏先轉,露下金莖鶴未知」和「雨入花心自成甘苦,水歸器内各現方圓」,均爲行書。見于著録者尚有「老拳通大道,兒口嚼新書」(《皇清書史》)。

春,得草座先生書,甚喜。

《沉吟樓詩選》有《戊子春積雨如晦,久不晤草座先生,天甫晴,便忽睹書,此爲樂也》。「草座先生」,待考。

嘉興高承埏病逝,聖歎對其十分敬仰。

《小題才子書》于高承埏《遠之事君》解題曰:「先生第一輩人物、第一輩文章,兹不具論……先生真正性情之人,我欲因念祖社兄,一拜稽古堂下,以伸十年仰止之思焉。」高承埏,字寓公,一字澤外,浙江嘉興人。崇禎十三年進士,南明弘光時官工部虞衡司主事。「念祖」爲高承埏長子佑釲之字,稽古堂爲高承埏堂號。

徐增同聖默法師見聖歎。

徐增《送三耳生見唱經子序》:「五年戊子,再同聖默見聖歎于貫華堂,而始信聖歎之非魔也。」

法若真游虎丘，對蘇州士子作派頗有異詞。

法若真，字漢儒，號黄山，膠州人。順治三年進士，官至安徽布政使。其《登虎丘》七古詩有句曰「竪儒猶惜舊衣裳，文章之禍恐不小。」詩題下自注：「此戊子作，遲十三年果驗。」此年法若真以翰林編修身份出任福建鄉試主考官，或爲赴閩途中所作。十三年後爲順治十八年，即哭廟案發之年。

清順治六年（一六四九）己丑——四十二歲

五月，撰《聖人千案》，參與者爲友人王學伊、金昌、劉隱如。

《聖人千案序》：「己丑夏五，日長心閑，與道樹坐四依樓下，啜茶吃飯，更無别事。忽念蟲飛草長，俱復勞勞，我不躭空，胡爲兀坐？因據其書，次第看之：看老吏手下，無得生之囚，不勝快活；看良醫手下，無誤用之藥，又不勝快活。同其事者，家兄長文、友劉逸民，皆所謂不有博弈賢于飽食群居者也。」

道樹爲王學伊之號，王瀚幼弟，入清隱居蘇州西郊胥莊，終生不入城市。故聖歎與之共坐之「四依樓」，當是其胥莊别墅之室號。《沉吟樓詩選》有《病起過道樹樓下》和《道樹遺人送醬醋各一器》。前詩所過當即四依樓。從兩詩中可見道樹對聖歎的關心，以及聖歎家境的窘迫。另有《擬唐王季友鸜鵒洲詩》，前有小序：「好雨著時，未審感何美政。魯宣十六年《春秋》，時書『大有』，程氏斷云『災異』。聖人之筆，吾又烏能知之？且圖一養苗，二作凉，有斯二益，便須歡喜耳。因與道樹閉門弄筆改此。」此爲現存唯一金、王合作之詩。《魚庭聞貫》第一條即《答王道樹學伊》，第三條《與徐子能》云：「所以先呈道樹看者，道樹與弟同學三十年，其英分過弟十倍；又且知弟最深、愛弟最切，弟有不當，能面諍之。」長文爲聖歎族兄金昌之字。劉逸民，吴縣人，以潘姓應試，爲順治二年縣庠生、十一年監貢生，十四年北榜舉人，因「北闈案」流邊死難。

夏日，應友人之約，以三月時間撰成《南華字制》。

《南華字制》序云：「前歲長夏……爲《童壽六書》，大都一百卷。而遷延兩月，竟亦中輟。……今年二三學者，請以夏九十日，解衣露頂，快説漆園遺書，于誼莫辭，竟受斯托。話言既多，詮釋略具，存之未全，棄之可惜，則命兒子釋弓掌而記之，别題爲《南華字制》一卷。」「二三學者」當即友人王學伊、金昌、劉隱如，或即于夏五日聚坐于王氏四依樓下所議定者，先撰《聖人千案》，再以一夏時日撰成《南華字制》。今年其子金雍十八歲。聖歎著述，多口授而由其記録成書，此書當爲第一種。如《魚庭聞貫・答王道樹學伊》云：「其辭則皆兒子之所筆受，最似荒略，宜應稍加潤澤。然而，弟意則都不在此。」

清順治七年(一六五〇)庚寅——四十三歲

武進吴見思約于此際結識金聖歎，從此服膺終生。

參本譜順治十七年「吴見思賦詩贈徐增」條。

爲鄉人文從簡《陶淵明撫孤松圖》撰題畫詩。

《沉吟樓詩選》有《題文彦可畫陶淵明撫孤松圖》和《題淵明撫孤松圖》。

文氏名從簡，字彦可，晚號枕烟老人，長洲人，文征明曾孫。明崇禎十三年貢生，入清隱居爲遺民。《題淵明撫孤松圖》詩，據「六年眼淚未逢春」而繫于此年。

清順治八年（一六五一）辛卯——四十四歲

六月，讀杜甫《發潭州》詩，感慨懷才不遇。

《唱經堂杜詩解》卷四《發潭州》評語：「此不知當日先生是何心血做成，亦不知聖歎今日是何眼光看出？……千秋萬歲之下，錦心綉口之人不少，特特留此一段話，要得哭先生，亦一哭聖歎。所謂『回首傷神』，輩輩皆有同心也！……辛卯夏六月甚暑，當午讀之，寒栗竟日。」

九月，友人沈自繼去世。

沈自繼，字君善，號寶威，别號礙影居士，吴江人，沈琉次子，明代國子監生。性不喜俗，不與貴人交，中年祝髮爲浮屠。獨子永啟，爲聖歎弟子。聖歎有詩《題平坵沈君善木影》，作于其「老去」之後。

弟子顧參約在此年逝世，聖歎曾與其共至虎丘，賦詩記事。

《沉吟樓詩選》有《暮春到虎丘看石觀音像與門人釋曾坐樹陰中最久》。

釋曾，據徐增《懷感詩·顧釋曾參》可知：姓顧名參，字釋曾，蘇州人（《懷感詩》凡該地人皆不標明籍貫），與金聖歎關係至密（《懷感詩》顧參以下五人分别是聖歎子金釋弓、聖歎族兄金長文、聖歎友人申嵍文、韓貫華和唱經先生即聖歎本人）。由詩句「君是阿難第四人」推測，或爲金聖歎第四位得意弟子。《顧釋曾參》詩末有注「年二十竟卒」，而《懷感詩》撰于次年二月(參本譜順治九年「友人長洲徐增撰《懷感詩》」條)，故釋曾當逝于此前之一兩年，即順治七八年間。姑視爲順治八年，則其生年約在明崇禎五年，與金雍同年。《沉吟樓詩選》有《釋玉忽然作詩佳甚寄此相勖》，次首首聯爲：「顧子天教死，菁華定屬兄。」釋玉姓韓，名藉琬；此「顧子」或即顧參。

弟子戴(吴)悦考中舉人。

戴悦二十二歲中舉，在科舉時代亦算是少年得志。作爲其啓蒙師，聖歎對這位弟子是既喜愛又憂慮，所謂扶乩判其終身的説法，在荒誕之中流露出聖歎對弟子難得善終的預感。《貞豐擬乘》言聖歎爲其師時「間日必至，語言酬對，不可具述。因勖其善爲修持，勿墮惡道。發科後罔念師言，爲暴于鄉，斃于獄中」。

幼女金法筵生。

《吴江沈氏家譜》載，沈重熙妻金法筳生于清順治八年，卒于康熙四十四年十一月二日，年五十四歲。

清順治九年(一六五二)壬辰——四十五歲

二月，友人長洲徐增撰《懷感詩》，憶及金聖歎及其親友多人。

《顧釋曾參》：「君是阿難第四人，青蓮爲目月爲身。一回出世逢難再，三藏迷茫那問津。」《金十力釋弓》：「師子國中金作界，象王家内玉爲人。思君不見疑君遠，忽地相逢骨肉親。」《金長文昌》：「點也行春服既成，春風春水蕩春城。萬花樓上爲家業，坐聽枝頭百鳥鳴。」《申蓊文垣芳》：「秉燭連宵游奈園，還如旭日招高原。莊嚴有路今超出，妙士由來自一門。」《韓貫華聖住》：「先生心似吠琉璃，獅吼盛來滿不遺。一綫貫成萬花朵，大千世界更無疑。」《唱經先生》：「千年絶學自分明，佛海儒天出大聲。掩耳不聽真怪事，却從飲酒看先生。」

以上六首，見徐增《懷感詩》，連貫排列。《懷感詩》寫作時間和創作宗旨，皆見所撰《懷感詩引》：「壬辰仲春，貧居僻陋，賓朋都闊，末疾既劇。復益以他病，伏枕累月。因念曩時相與，生離死别，二者各半。聊各賦二十八字，以寫其大概，而余事迹亦略記于此。言本至痛，與淚俱出矣。」「壬辰仲春」即順治九年二月。所懷人物多有與聖歎關係親密者，除上引者外，還有《山陰王季重思任》、《禾中李赤茂煒》、《浙鄞錢聖月光繡》、《雲在法師聖力》、《開雲法師聖誦》、《莊嚴法師聖文》、《解脱法師聖供》、《總持法師》（凡不注籍貫者皆爲蘇州人氏），由此可見徐增在其中年以後不僅與金聖歎成爲摯友，而且兩人在交游方面有着相當大的重疊，誠時人所謂：「十年曾識金聖歎，筆墨高妙才崚嶒。天之生賢豈孤特，復有徐子相憑淩」（吴見思《奉贈子能道兄先生》）；「見先生如見我歎師矣」（史爾祉《九誥堂甲集後序》）。

三月，爲友人徐增《懷感詩》作序。

《懷感詩序》：「徐子能先生《懷感詩》四百二十絶句成，手抄示余。是時三月上旬，花事正繁，風燠日長，鳥鳴不歇。乃余讀之，如在凉秋暮雨，窗昏蟲叫之候；如病中徹夜不得睡，聽遠鄰哭聲，嗚嗚不歇；如五更從客店曉發，長途渺然，不知前期；如對白髮老寡婦，訊其女兒時、新婦時一切密事；如看臘月卅日傍晚，闤闠南北，行人漸少漸歇：一何凄清切骨、壞人歡樂也。……先生學道固甚力，誠不意其妙果及此。此皆一切聖人行處，所謂如幻三昧，月愛三昧，一切佛集三昧，宿王游戲三昧也者。先生自不作佛氏語耳，蓋四百餘絶句，審爾則皆佛氏之至言要道也。遂不覺歡喜踴躍，而僭書其端。同學人聖歎拜手。」

徐增《懷感詩》寫于順治九年二月，而金聖歎讀到徐增抄呈之《懷感詩》「是時三月上旬」，時間正好前後延續，故鄔國平先生得出結論：「這篇《懷感詩序》寫于順治九年」，並表現出「對徐增生理的病痛極爲同情，對他精神的苦悶也極爲理解」。

六月，吴縣友人盛王贊去世。

盛王贊，字子裁，號柯亭，祖籍吴江，吴縣人。明崇禎十年進士，官浙江蘭溪、東陽知縣。入清削髮爲僧，衣每百結。聖歎曾撰《懷盛柯亭》七言絶句一首。

七月，吴縣友人申垣芳逝世。聖歎曾爲其像題詩。

申垣芳，字維茨，號申如，又號薔文，吴縣人。明庠生。《沉吟樓詩選》中與申垣芳有關的作品，一是《送維茨公晉秋日渡江之金陵》，一是《題申薔文像》。

清順治十一年（一六五四）甲午——四十七歲

秀水友人懷應聘此際因赴試北闈，過蘇州會金聖歎。

懷應聘《吴門贈金聖歎》：「懷刺三年意未傾，相逢沽酒醉旗亭。吴王洲上花如錦，半似江淹筆底生。」

懷應聘，字莘泉，號冰齋，浙江秀水人。所撰《高愉堂詩集》、《冰齋文集》存世。袁行雲《清人詩集叙録》卷五《高愉堂詩集一卷二集一卷》提要云：「順治間應試北闈，以贈答詩一卷，請龔鼎孳爲序，刻于順治十三年，名《高愉堂集》。」順治十三年並非鄉試之年，此前的鄉試年爲順治十一年，故將其詩暫繫于此。

清順治十二年（一六五五）乙未——四十八歲

長洲友人沈世奕中二甲第五十八名進士。

沈世奕，字韓倬，號青城，長洲人。清順治十年參與組建同聲社；十二年中進士，官編修。聖歎順治十四年選批《小題才子書》，選沈世奕兩篇，從解題云其「居恒吹氣如蘭」、「我欲直闖木天，把先生袖特地問之」云云，聖歎對其頗爲瞭解。世奕所居，在長洲城東，名止園，中有懷雲亭，木天或即其地。

無錫友人秦松齡中三甲一百二十三名進士。

秦松齡，字漢石，一字次椒，號留仙，又號對岩，晚署蒼峴山人、恒齋老人，無錫人。中進士，改庶吉士，授國史館檢討，因「奏銷案」削籍。康熙十八年舉宏博，歷官左贊善、左諭德。康熙二十三年充順天鄉試正考官，因事落職。松齡生日爲崇禎十年（一六三七）六月十九日，中進士時尚不滿十九歲。《小題才子書》選其《不圖爲樂之至于斯也》，從解題「蘇子由先生年十九時自言……今先生年又不逭子由，足迹曾不出于閨户」云云，可知《小題才子書》雖然序于順治十四年三月，具體選批當有成于順治十二年上半年者；另從對松齡年齡、行迹的熟稔，可以推知金、秦當爲友人（聖歎與其堂弟松年亦爲友，見《魚庭聞貫·答秦齊祖松年》。

清順治十三年（一六五六）丙申——四十九歲

歷時兩月評點《西廂記》，公開反對「淫書」説，旗幟鮮明地爲其中的性描寫辯護。

顧公燮《哭廟異聞》「丙申，批《西廂》」。

徐增《〈天下才子必讀書〉序》：「刻王實甫《西廂》，應坊間請，止兩月，皆從飲酒之隙，諸子迫促而成者也。」

《讀第六才子書西廂記法》：「《西廂記》斷斷不是淫書，斷斷是妙文。今後若有人説是妙文，有人説是淫書，聖歎都不與做理會。文者見之謂之文，淫者見之謂之淫耳。」《酬簡》總評：「有人謂《西廂》此篇最鄙穢者，此三家村中冬烘先生之言也。夫論此事，則自從盤古至于今日，誰人家中無此事者乎？若論此文，則亦自從盤古至于今日，誰人手下有此文者乎？誰人家中無此事，而何鄙穢之與有？誰人手下有此文，而敢謂其有一句一字之鄙穢哉！……今自【元和令】起，直至【青歌兒】盡，乃用如是若干言語，吾是以絶歎其真不是鄙穢也。蓋事則家家家中之事也，文乃一人手下之文也；借家家家中之事，寫吾一人手下之文者，意在于文，意不在于事也。意不在事，故不避鄙穢；意在于文，故吾真曾不見其鄙穢。而彼三家村中冬烘先生猶呶呶不休，詈之曰鄙穢。此豈非先生不惟不解其文，又獨甚解其事故耶？然則天下之鄙穢，殆莫過先生，而又何敢呶呶爲！」

聖歎善辯，針對有人説《酬簡》「鄙穢」，他從兩個方面予以反駁：一是事是家家中必有之常事，文是人人手下無有之美文，何鄙穢之有？二是善讀《西廂》者重其文而略其事，冬烘先生不解其文而獨解其事，是真正的鄙穢者。反唇相譏，可謂犀利。故徐朔方先生《金聖歎年譜引論》指出《酬簡》總評的後幾句話「肯定會刺痛正人君子。歸莊很可能看了這一段評語，才覺得非寫一篇《誅邪鬼》反擊不可。然而正是這一段評語，正確無誤地表明金聖歎在同時代人前面已經走出多遠」。

《西廂記》評點參與者有友人王瀚、王伊、韓住等。

卷七《驚夢》總批：「吾聞《周禮》，歲終，掌夢之官，獻夢于王。夫夢可以掌，又可以獻，此豈非《西廂》第十六章立言之志也哉，而豈樂廣、衛玠扶病清談之所得通其故也乎？知聖歎此解者，比丘聖默大師、總持大師，居士貫華先生韓住、道樹先生王伊，既爲同學，法得備書也。」

《第六才子書》引述友人王瀚的言論甚夥，共有二十餘處。大致可分爲幾類：一是王瀚對《西廂記》的評價，二是王瀚對《西廂記》金批的評價，三是王瀚閑居之言對聖歎文藝思想的啓發，四是聖歎述説兩人數十年如一日的友誼，如《鬧簡》第十一節【石榴花】夾批及《拷豔》總評；五是王瀚談天説地的精彩（在聖歎看來）語録。在上述五類中，至少前三者可視爲王瀚直接、間接地參與《第六才子書》批評工作的力證。

《鬧簡》第十一節【石榴花】夾批：「吾友斵山王先生，文恪之文孫也。目盡數十萬卷，手盡數千萬金。今與聖歎並復垂老，兩人相憐如一日也。……斵山讀盡三教書，而不願以文名；傾家結客，而不望人報；有力如虎，而輕裘緩帶，趨走揚揚；繪染刻雕、吹竹彈絲，無技不精，而通夜以佛火蒲團作伴。今頭毛皚皚，而尚不失童心；瓶中未必有三日糧，而得錢猶以與客。彼視聖歎爲弟，聖歎事之爲兄，有過吴門者問之，無有兩人也。嗟乎，未知餘生尚復幾年。脱誠得並至百十歲，則吾兩人當不知作何等歡笑；如或不幸而溘然俱化，斯吾兩人便甘作微風淡烟，杳無餘迹。蓋斵山三十年前曾與聖歎詩，早便及之，曰：『風雷半夜吴王墓，天地清秋武相祠。一例冥冥誰不朽，早來把酒共論之。』今聖歎亦是寒鳥啁啾，不望故群，故時時一念及之；豈猶有意互相歎譽，爲榮名哉？」是研究金聖歎與王斵山關係的重要文獻，但首句「吾友斵山王先生，文恪之文孫也」，便給後世學人留下難解隱患。直至查閲了蘇州《王氏家譜》，才解開三百年謎團，還斵山其人本來面目。

王學伊，原名伊，字公似，號道樹，明末歲貢生，入清爲遺民，隱居蘇州胥門之郊，終身不入城市。爲王斵山幼弟，現代昆曲大師王季烈之九世嫡祖。在金氏著述中出現的諸王，除了王斵山，便數王道樹最爲頻繁了。

貫華先生韓住，又見《魚庭聞貫·答韓貫華嗣昌》，以《魚庭聞貫》署名慣例，韓住似又爲以字行者。此人或與聖歎親家韓俊（金雍岳丈）爲昆季（名皆以「亻」爲偏旁）。與聖歎爲摯友，《沉吟樓詩選》有《病中承貫華先生遺旨酒糟魚各一器寄謝》、《貫華先生病寓寒齋余亦苦痁不已》、《病中見諸女玩月便呼推窗一望有懷貫華》。

聖默大師，釋名密訓，是聖歎畢生方外友人，曾多次勸促徐增拜訪之；聖歎所跋邵彌遺畫，亦得之聖默。《沉吟樓詩選》有《懷聖默法師》、《題聖默法師畫梅》。

總持大師，金聖歎《通宗易論》第一章《五十》下有「西堂總公」四字，當即總持大師；另《沉吟樓詩選》有《寄總持法師》和《人日懷總持法師》。趙時揖《貫華堂評選杜詩總識》云金批「《離騷》、《史記》、《孟子》、《左傳》諸書，聞各有數十首，存松陵總持、不二、解脱三禪師處」。徐增《懷感詩》有《解脱法師聖供》，《沉吟樓詩選》有《病中寄懷解師》、《般若解脱二法師來住數日竟失晤》。

此際繼續批點《左傳》、《戰國策》、《孟子》、《史記》之役。

《讀第六才子書西廂記法》：「《左傳》、《史記》亦純是此一方法。最恨是《左傳》、《史記》急不得呈教。」《借廂》總評對「《孟子》七篇有其奇峭，《國策》有其匝致」的夾批：「聖歎别有《批孟子》、《批國策》欲呈教。」

由「急不得呈教」中，似可推斷此時金批《左傳》、《史記》尚未蕆事；而從實際流存看，金批《孟子》、《國策》當亦没有最後殺青。儘管如此，聖歎已經借助所批《西廂記》的問世而廣作宣傳、急欲呈教了，可見明末清初評點家的廣告意識。《批孟子》當即《釋孟子》，今僅存四章。金批《左傳》詳批者僅存五篇，見《唱經堂左傳釋》，《國策》、《史記》未見單行。在其《天下才子必讀書》中，選評《左傳》四十餘篇、《戰國策》三十餘篇、《史記》七十餘篇。

徐增致信友人王學伊，談及欲購金批《西廂記》。

徐增《答王道樹》：「……弟不到唱經堂十年矣，茫茫大海，未知適從。敢請道樹明以教我兩日，買得《第六才子書》，寢食與俱。」

徐增《答王道樹》寫作時間難以確考。將其先後所撰《送三耳生見唱經子序》、《天下才子必讀書序》與《答王道樹》對讀，則可推斷徐增之會金聖歎主要有三次：崇禎十七年爲初次，順治五年爲二次；由于前兩次僅相隔四年，故「逾八年得一相見」必爲第三次，至順治十四年恰爲「逾八年」，故徐增「不到唱經堂」的下限當爲順治十三年（取其整數云十年，亦不爲過）。

清順治十四年(一六五七)丁酉——五十歲

三月,七歲小女金法筳摘花欲爲父插之。

據《吴江沈氏詩録》載,金法筳「七歲能詩,聖歎愛之,爲賦『左家嬌女惜餘春』之句」。全詩尚存,名《暮春早坐,小女折花勸簪,謝之》,見《沉吟樓詩選》。法筳今年七歲,如將此詩即此事繫于該年,與事實或有差距也不會過大。

三月二十四日于瞬關舟中撰《小題才子書》序。

金聖歎《小題才子書》序:「先是,余有世間《六才子書》之刻。去年高秋無事,自督諸子弟甥侄,讀書學士堂中。每逢三、六、九日,即依大例,出《四書》題二,觀其揣摩,以驗得失。而二三子都苦才多,每日晨朝磨墨,伸紙摇筆。未幾,余試掔而視之,則已溢出題外。若是乎《四書》白文之決不可以不講,而先輩舊文之決不可以不讀也。因不得已,搜刮宿腸,尋余舊日所暗誦者,凡得文百五十首……順治丁酉三月二十四日,大易學人聖歎書于瞬關舟中。」

該書扉頁署作「小題才子文」,版心題爲「小題才子書」。按照聖歎「六才子書」的取名慣例,當以版心之名爲是。明清科舉考試以「五經」(《易》、《書》、《詩》、《春秋》、《禮記》)文命題曰「大題」,以「四書」(《論語》、《孟子》、《大學》、《中庸》)文命題曰小題,先考小題文,後考大題文。聖歎曾評選《大題才子書》,道光年間尚存世。

此序落款爲「順治丁酉三月二十四日」,可知寫于順治十四年。徐增《天下才子必讀書序》云該書

「歷三年」，是指其邊評邊刻，歷時三載。與聖歎自序始于「去年高秋」之説，在時間上有出入。或是包括今已不見的《大題才子書》，抑未可知。

贊許同邑友人劉越慧的文章得祖父劉錫玄的傳授。

《小題才子書》劉錫玄《鄉人飲酒》解題曰：「此文從先生塚孫越慧社兄家乘中搜得，無態不盡，無妍不極。先生常教越慧兄：『作文必須字字飛，又須字字膩，不膩不飛，不飛不膩。』夫『飛』，豈佻巧儇薄之云；『膩』，豈飽飣塗澤之云耶？必如此，方是真飛、真膩。今世之同學兄弟，尚未讀吾越慧兄新制，其飛膩、膩飛，真是祖父單傳，不許外人也。」

劉錫玄（清康熙後避玄燁諱，寫作「元」），字玉受，長洲人。萬曆三十五年進士，崇禎中任寧夏參政。越慧，其名待考。錫玄子古洵，亦爲聖歎友人，參《魚庭聞貫·與劉生三古洵》。

此際作詩給吴縣教諭夏鼎。

《沉吟樓詩選》有《贈夏廣文》：「潦倒諸生久白頭，十年夢斷至公樓。杏花廊下重來坐，藥草籠中實見收。弟子歌思環震澤，勞臣碑記在長洲。聖朝日月如清鏡，下考終居第一籌。」

夏鼎字象也，江寧府江浦人。明崇禎九年舉人，清順治十年至十四年任吴縣教諭。「勞臣碑記在長洲」，所指不詳，或與其在長洲任上德政有關。民國《吴縣志》其小傳，言曾「攝長洲縣」即代理長洲知縣，此事當在順治十四年上半年。至公樓，當即「至公堂」，乃各省鄉試貢院内的建築。「十年夢斷」或指不應鄉試之期；「重來坐」當指爲保諸生身份，參加歲考之試。「藥草籠」典出《舊唐書·元行沖傳》，狄仁傑謂元行沖「此吾藥籠中物，何可一日無也！」「藥籠中物」遂代指「預先儲備的人才」。或云聖歎是以此典表示「願意接受清朝的籠絡」（吴正嵐女史《金聖歎評傳》）。

秋，徐增在睽隔八年之後，再訪聖歎。

徐增《訪聖歎先生》：「恐冷靈均夢，來登杜甫堂。家有杜甫堂。菊花秋正好，蘭葉晚逾芳。學道多生幸，爲詩一世忙。蛩聲涼露下，唧唧月蒼蒼。」

徐增《〈天下才子必讀書〉序》云「余既病痼，見聖歎不數數，曾逾八年得一相見」。上次相見時間爲順治五年，逾八年即爲今年（參本譜順治十三年「徐增致信友人王學伊」條）。因上一次是順治五年戊子「再同聖默見聖歎于貫華堂，而始信聖歎之非魔也」，即剛剛對聖歎有了正確認識，不可能寫出以屈原、杜甫比況金聖歎的贊詩來。聖歎家有「杜甫堂」，僅見于徐增此詩記載。

深秋，觀雪堂法師遺作，作詩悼之。

《沉吟樓詩選》有《丁酉深秋重觀雪堂法師遺筆》。

冬，王仕雲批評本《第五才子書》刊行。

王仕雲《第五才子水滸序》：「《水滸》一書七十回，爲一百八人作列傳。……試問此百八人者，始而奪貨，繼而殺人，爲王法所必誅，爲天理所不貸。所謂『忠義』者如是，天下之人不盡爲盜不止，豈作者之意哉？吴門金聖歎反而正之，列以第五才子，爲其文章妙天下也；其作者示戒之苦心，猶未闡揚殆盡。余則補其所未逮，曰：《水滸》百八人非忠義，皆可爲忠義。是子輿氏祖述孔子性相近之論，而創爲性善之意也夫。歲順治丁酉冬月，桐庵老人書于醉畊堂墨室。」

王仕雲《水滸傳總論》：「《水滸》可不傳，而聖歎評其文，望如評其人，非教天下以偷也，教天下以止偷之法也。余不喜閱《水滸》，喜閱聖歎之評《水滸》，爲其終以惡夢，有功于聖人不小也。」在金氏在世時，有明確時間而且不是貫華堂刊刻的《第五才子書》，惟有醉畊堂順治十四年刻本。

仕雲字望如，一字過客，歙縣岩鎮人，隨父寓居南京，順治九年進士，歷任廣東程鄉、平遠縣令、衡州、潮州知府，皆有政績。與周亮工是生死之交，亮工父文煒與仕雲父承芳「雅相善」，可見周、王兩家「同金陵占籍」爲世交。順治十四年亮工在閩因事解任候勘，時任泉州司理的仕雲參與審理，此事後來遷延成獄，仕雲因仗義執言亦曾一度被牽連，順治十八年始「被恩南還」（《賴古堂集》）。乾隆《歙縣志》稱其「嘗讞舊交獄失出，得禍無怨言……生平矜肝膽意氣，與人盡誠款」，當主要是就其與周亮工之事而言。

「醉畊堂藏板」是始自周文煒大業堂的一個家族出書標記，明末「大業堂重梓」《梨雲館類定袁中郎全集》，扉頁就已鈐「醉耕堂藏板」之印。至清初，亮工弟亮節以此堂號「較正」刊行過唐孫思邈輯《銀海精微》等。故知「醉畊堂」是其父子共用之堂號。

清順治十五年（一六五八）戊戌——五十一歲

閻若璩南游，在鎮江與聖歎相會。

張穆《閻潛丘先生年譜》此年引《行述》：「以病嘗就醫鎮江，特延李寶應叔則先生偕行，偃仰金山楞伽臺……長洲金聖歎聞而訪焉，語輒詘，逡巡別去。」

閻若璩，字百詩，號潛丘，淮安山陽人。修齡子，此年二十三歲。後以經學名世，學者尊稱爲潛丘先生。

友人劉隱如因上年科場事戍邊。

顧師軾編《吴梅村先生年譜》此年引程穆衡《鞶帨卮談》：「同時如吴江吴漢槎兆騫、常熟孫赤崖暘、長洲潘逸民隱如、桐城方與三育盛，皆有高才盛名，同以科場事貸死戍邊。」

民國《吴縣志·選舉志》順治十四年舉人一欄内，有「潘隱如，逸民，本姓劉，順天中式，遣戍」諸字。所謂「遣戍」，是指劉隱如因牽連順治十四年丁酉科場案而于次年冬發配尚陽堡。吴兆騫《秋笳集》卷二有《撫順别孫赤厓劉逸民》。康熙七年，同時流放的孫暘返回，在京與陳維崧相遇，陳作《都門喜晤孫赤崖四首》，其三便是爲「悼劉孝廉逸民」作。另其《五哀詩》之四爲《潘逸民隱如本姓劉》。尤侗有《傷劉逸民夫婦》，題注曰：「逸民死尚陽堡，其婦爲盜所害。」

冬，西粤謝良琦初讀金批《第五才子書》。

謝良琦《才子必讀書序》：「生平不識金聖歎。戊戌冬，從陽羡徐二玉所讀《五才子書》，方慨然想慕其人。聖歎于書率稱『才子』，《五才子書》者，其所評閲《水滸傳》也。」

謝良琦，字仲韓、石臞，號獻庵，廣西全州人。崇禎十五年舉人，入清官淳安令，歷任常州、延平府通判。

清順治十六年（一六五九）己亥——五十二歲

六月，爲顧予咸題園林匾額。

長洲顧震濤《吴門表隱》：「雅園即愷林小隱，在史家巷，顧吏部予咸所構。今僅存一池一阜，中有爽致軒。金聖歎書。」

金聖歎書「爽致軒」的時間，約在夏季。據顧予咸《雅園居士自叙》，此年由吏部主事告病歸鄉，「四月抵家，屏迹閑居，辟鄰園廢址，帖石栽花，爲菟裘計。我祖父世居弦歌里，舍南有曠土，俗呼野園……因叠土規池如村墅，無粉飾，撤牆與仲氏園並。吴語『野』與『雅』音相似，易其名曰雅園。未數旬，海寇猝發……會大帥梁化鳳提兵來援，寇大潰」。海寇猝發，指的是張煌言與鄭成功合兵攻鎮江、逼江寧，時在六月間（長洲尤侗《悔庵年譜》此年載：「六月，海寇犯京口，江寧被圍，三吴震動，賴梁都督化鳳擊破之。蘇城士女爭出避亂。」）故其請金聖歎書軒名當在五月。

顧予咸，字小阮，一字以虚，號松交，長洲唯亭鎮人。順治四年進士，所著有《雅園居士自叙》等。聖歎與其弟予鼎、親侄嗣曾及從侄慈旭、陳曨等，皆關係密切（參《魚庭聞貫》）。後來「哭廟案」因予咸得罪江寧巡撫朱國治而釀成大禍，結局是鄉紳得免，貧士遭戮，且《雅園居士自叙》中無一字道及「聖歎」，良可歎矣！

周亮工批評聖歎有關《水滸傳》事。

周亮工《書影》卷一：「《水滸傳》相傳爲洪武初越人羅貫中作，又傳爲元人施耐庵作，田叔禾《西湖游覽志》又云此書出宋人筆。近金聖歎自七十回之後，斷爲羅所續；因極口詆羅，復僞爲施序于前，此書遂爲施有矣。予謂世安有爲此等書人當時敢露其姓名者？闕疑可也。定爲耐庵作，不知何據。」

《因樹屋書影》周在延序云，該書各條「皆隨筆記出成帙，是時歲在己亥」。文中所謂「田叔禾《西湖游覽志》」云云是指明嘉靖五年進士錢塘田汝成撰《西湖游覽志餘》卷二十五《委巷叢談》「錢塘羅貫中本者，南宋時人，編撰小説數十種，而《水滸傳》叙宋江等事，奸盜脱騙，機械甚詳，然變詐百端，壞人心術。其子孫三代皆啞，天道好還之報如此」。周亮工，字元亮、減齋，號櫟園，祥符籍，江寧人。崇禎十三年進士，入清官至户部右侍郎。曾主持或參與刊刻順治十四年王仕雲評《第五才子書》和康熙二年徐增序《天下才子必讀書》，並在《尺牘新鈔》中對聖歎頗有好評。

冬日大病。

金聖歎致嵇永仁書：「弟年五十有三矣，自前冬一病百日，通身竟成頹唐。」其順治十七年爲五十三歲，「前冬」當指順治十六年。嵇永仁，字留山，號抱犢山農，無錫人。蘇州府學諸生，後入閩督范承謨幕，被耿精忠囚，自盡于獄。

與貫華先生韓住數詩或寫于此際。

《沉吟樓詩選》有《病中承貫華先生遺旨酒糟魚各一器寄謝》、《貫華先生病寓寒齋余亦苦疟不已》、《病中見諸女玩月便呼推窗一望有懷貫華》諸詩。

《魚庭聞貫・答韓貫華嗣昌》：「辱垂注，弟比來體中粗好。連日日長無事，止是閑分唐人律詩前後二解，自言樂耳。……佳醞拜領，如何可謝？」與「病中承貫華先生遺旨酒糟魚各一器」如合符節。

冬，順治帝曾向木陳忞問及金批《西廂》、《水滸》事。

木陳忞《奏對别記上》：「上曰：『蘇州有個金若采，老和尚可知其人麽？』師曰：『聞有個金聖歎，未知是否。』上曰：『正是其人。他曾批評得有《西廂》、《水滸》，議論盡有遐思，未免太生穿鑿，想是才高而見僻者。』師曰：『與明朝李贄所謂「卓吾子」者同一派頭耳。』」

陳垣《湯若望與木陳忞》首先引述上則史料，並認爲「順治以《西廂記》考和尚，和尚曾翻閱，可見和尚外學之博。和尚還以《紅拂記》考順治，順治亦能批評其道白不佳，深中肯綮，順治讀書之博亦可見。」據陳垣先生考證，順治帝本年「閏三月召木陳忞……九月廿二日木陳忞至京面帝」，故兩人議論金聖歎，當在該年冬季。木陳忞，廣東茶陽（今大埔）人，俗姓林，出家後諱道忞，號木陳、山翁。順治十六年應召入京，深受禮遇，賜號「弘覺禪師」。所撰《奏對機緣》載，九月十八日「上攜學士王熙、馮溥、曹本榮，狀元孫承恩、徐元文至方丈賜坐」，與木陳忞參禪。徐元文爲蘇州崑山人，或與邵點會面談及此事。

清順治十七年（一六六〇）庚子——五十三歲

正月，友人邵點自京城歸，述順治帝對《才子書》的好評，感激賦詩八首。

《沉吟樓詩選》有《春感八首》，詩序曰：「順治庚子正月，邵子蘭雪自都門歸，口述皇上見某批《才子書》，諭詞臣『此是古文高手，莫以時文眼看他』等語，家兄長文具爲某道。某感而淚下，因北向叩首敬賦。」第七、八兩首分别是「爲邵子蘭雪」和「爲家兄長文」作。

邵點，字蘭雪，太學生，浙江餘姚人，隨父遷居蘇州，善書畫。其兄邵然，字悟非，亦爲聖歎友人。木陳忞與邵蘭雪的叙述，内容略有差異。未必是一方有意作僞，而是强調各有側重而已。合而觀之，才是順治皇帝對金批《才子書》的全面評價。只是金聖歎只聽到贊揚的一面之辭，遂想入非非，希望「一江春水好行船，二月春風便到天」（其三），入翰林院爲皇帝講書去。

正月末，病稍愈，欲晤友人而不果。

《沉吟樓詩選》有《微疴得起，恰值首春，乃聞同袍四五，高會南城，不蒙見客，悵然離群。日之夕矣，猶徙倚街巷，遥念主人朗吟請呼心歎之句，其樂未央，戲作二絶怨之》二首。

其致嵇永仁書云：「自前冬一病百日，通身竟成頹唐。」則病癒之期必在本年春季。其詩題「微疴得起恰值首春」與致嵇永仁書「自前冬一病百日」時間上正好銜接；詩句「晚年亦欲持遮戒」與致嵇永仁書回憶五十二歲得病在年紀上亦頗相吻合，故暫繫于此年。其詩首句「送窮已是昌黎節」，是舊時驅趕窮鬼的習俗，時在正月晦日（農曆每月之末），順治十七年爲正月二十九日。因韓愈有《送窮文》，故名「昌黎節」。

二月，徐增撰文送友人拜訪聖歎。此際罵聖歎爲魔之聲已稍緩。

徐增《送三耳生見唱經子序》：「庚子春仲，一日，三耳生突如其來，曰：『我欲見聖歎先生。』余曰：『我愛子，慎毋見聖歎先生爲也。』三耳生曰：『何居？』余曰：『聖歎先生，乃一世人惡之忌之、欲痛絶之者也。從其游者，名士敗名，富人耗財，僧家則無佈施處：其爲祟也大矣。……』余曰：『子果何見而欲見聖歎之切乎？』三耳生曰：『我見世之貶聖歎者，不但欲殺之，而必使之入十八地之下而後已；間又見稱聖歎者，若恐形容之不盡，而非推之到三十三天之上而不快：夫一人能使人極其贊、極其貶，必非常人也！』余曰：『此得之懸揣。』……余曰：『吾後來不罵聖歎而贊聖歎故也。二十年人盡罵聖歎爲魔，如是者數年，……又五年戊子，再同聖默見聖歎于貫華堂，而始信聖歎之非魔也。不禁齒頰津津，向諸君子辨其非魔。一時至友輒怪予，曰徐二園着魔。余曰：此皆愛我之人也，我感之。雖然，十年後罵聖歎者當定，則人之罵余亦定，且以余爲蟲鳥識風氣之先也。至今日，而余言亦頗驗矣。蓋聖歎不好名人也，罵之不驚；又無我人也，罵之不攬取；又不適用之人也，譬如五石之匏，大而無當，浮之于江河則得矣，而欲舉之則堅而不能也。人但請之説法，則應。除説法外，又極閑，人召之飲酒，則應；其他世法中事，則掉頭不顧。又性不喜見貴人，干旌臨門，罕見其面；又不報謁，人多尤之。人蓋無有不愛惜其羽毛者，與聖歎相接，則不列于人，于是惟恐少沾其氣息，務必罵之，遂同聲附和，而初不知聖歎之如何當罵也。聖歎負從來未有之奇，目中所未見之人故疑之，疑之不解，結而爲罵；人或有信之，信之則見我不如聖歎也，心又忌之，忌之則勢亦必至于罵。于是，舉世無有不罵聖歎者矣。吾嘗恨天何必生聖歎而使人費唇舌也，又恨聖歎何不生于三千年前而生于今日，爲人費唇舌也。自見聖歎後，輒思天生是人，必有所用之處，豈供人罵者？然聖歎正欲人罵，嘗曰：「我爲法門，故作狗子。狗子則爲人所賤惡，奔競之士決不肯來，所來者皆精微澹泊、好學深思之人也。不來者邀之不來，已來者攻之不去。我得與精微澹泊、好學深思之人同晨夕，苟得一二擔荷此大事，容我春眠聽畫看聲了也。」今之從其游者，其先皆同仇讎，乃知不罵聖歎者與聖歎（録者注：據上下文意、句法，此處似缺「無緣」字），罵聖歎者與聖歎有緣，大罵聖歎者與聖歎大有緣。蓋聖歎夙生福本深厚，故緣之大有如此。今之贊聖歎，即前日之罵聖歎之人；然則今之有罵聖歎者，即後日之大贊聖歎之人也。吾所以惟恐人不罵之，故問子曾罵過否也。』三耳生曰：『有不罵聖歎而遂喜聖歎者否？』余曰：『有。吾友中有龍門子，在我案頭讀《第六才子書》，曰吾見聖歎，當作八拜禮，先四拜以表平日向慕之心，後四拜則拜其批此《第六才子書》也。』……三耳生曰：『在何處見？』余曰：「不在唱經堂見，在三千大千世界中見，譬今之桃花如是紅，李花如是白，山如是青，水如是緑，光如是放，聲如是響而已。聖歎既無一處不現身，則無一處不可見。吾嘗于清早被頭，仰觀帳頂，聖歎宛然；嘗于黄昏燈畔，回看壁影，聖歎宛然；嘗于梁溪柳岸，見少婦豔妝，聖歎宛然；嘗于靈岩雨窗，聞古塔鳥聲，聖歎宛然；乃至風行水活、日暖蟲游，聖歎無不宛然者：此吾之見聖歎法也。』三耳生瞿然曰：『如子言，則余見聖歎不啻久矣熟矣！吾五年來修普賢萬行，在在處處皆是菩薩，我今乃知在在處處皆是聖歎也。」余曰：『果若是，不獨子已見過聖歎，而聖歎亦熟見吾子，而我亦不必作文送子矣。』三耳生曰：『請留此，以志見聖歎先生因緣。』遂録之而去。」

徐增《送三耳生見唱經子序》是研究金聖歎的最重要的幾篇文獻之一：詳細紹述了徐增在思想上認識、了解金聖歎的具體過程；在金聖歎衆多的崇拜者之外，又增加了「三耳生」、「龍門子」兩位，詳情待考；文中直接征引聖歎「我爲法門，故作狗子，狗子則爲人所賤惡」等憤世言論，展示了他的「性不喜見貴人」、「又不報謁」的孤傲性格。歸莊在聖歎逝世后撰《誅邪鬼》，想必是未見徐增此文矣！

二月八日起，爲子金雍解説唐詩七律；聖歎口述，金雍筆録。

《選批唐才子詩》序：「順治十七年春二月八日，兒子雍强欲予粗説唐詩七言律體。予不能辭，既受其請矣。」

四月，《選批唐才子詩》初稿完成。

《選批唐才子詩》序：「至夏四月望之日，前後通計所説過詩，可得滿六百首。」金雍《選批唐才子詩》卷末「補注」：「順治十七年四月十八日，説唐人七言律詩竟。」

五月，深入太湖之濱，修訂《選批唐才子詩》，稍後刊行問世。

金聖歎致嵇永仁書：「弟自端午之日，收拾殘破數十餘本，深入金墅太湖之濱三小女草屋中。對影兀兀，力疾先理唐人七律六百餘章，付諸剞劂，行就竣矣。忽童子持尊書至，兼讀《葭秋堂五言詩》，驚喜再拜，便欲拿舟入城，一叙離闊。方瀝米作炊，而小女忽患疾蹶，其勢甚劇，遂爾更見遲留。因遣使迎醫，先拜手，上致左右。」

徐增《天下才子必讀書》序：「庚子，評《唐才子詩》，乃至鍵户，梓者滿堂，書者腕脱，聖歎苦之。」

金雍《魚庭聞貫》凡例：「雍既于今年二月吉日，力請家先生上下快説唐人七言律體，得五百九十五首，從旁筆受其語，退而次第成帙矣。既復自發敝簏，又得平日私抄家先生與其二三同學所有往來手札，中間但有關涉唐詩律體者，隨長隨短，雍皆隨手割截，去其他語，止存切要。」「深入金墅太湖之濱三小女草屋中」：如説法筵已出嫁，何不云「三小婿家」？且出嫁似應居吴江沈家，而何以仍在長洲鄉下？「方瀝米作炊」、「因遣使迎醫」均爲主人、父親語，不似客人、岳父語；「忽患疾蹶，其勢甚劇」，又頗類少兒高燒痙攣昏蹶之症。此際法筵年方十齡，故若云已嫁，于理難安。當時可能是金家城内房屋正在修繕，而大女、二女皆已出嫁，惟有三小女需人照顧，故送至鄉下老屋中。《魚庭聞貫·與徐子能》亦有「承諭欲來看弟分解，弟今疊塞前户，未可得入」之語。如此，則聖歎或爲金墅鎮人。

金法筵乃聖歎第三女，其夫吴江沈重熙，字明華，號六書；生三子：長子元一，名培祉；次子過繼；季子元景，名培福。法筵能詩，存詩九首。

張芳致書陳允衡，盛贊聖歎評選唐詩及其他各書。

張芳《與陳伯璣》：「近傳吴門金聖歎分解律詩，其説即起承轉合之法，亦即顧中庵『兩句一聯、四句一截』説詩之法也，弟久信之。今得此老闡繹，可破世人專講中四句之陋説。而王、李一派惡套詩，大抵不明于此説，以至村學究坌氣狺聲，塗麿綴扇，往往使人捧腹也。但聖歎以前未聞于藝苑，爲人大概，想伯老必稔知之。其人評輯諸説家，大有快辯，而傳以禪悦，故能縱其才情之所至。獨《左》、《史》諸評尚未傳到，不審宗趣若何，弟深欲聞之。」此札上有周亮工眉批：「菊人亦聖歎知己，惜此札聖歎不及見矣。」

張芳，字菊人，一字鹿床，號淡翁、祴庵，鎮江句容人，江寧籍。順治九年進士，歷官常寧、宜江知縣，旋引疾歸。周亮工評之：「張菊人罷官後，並四壁亦無。文人作吏，能自刻苦，高品無第二人也。」（《尺牘新鈔結鄰集》）陳允衡，字伯璣，號玉淵，江西新城人。久寓南京、蕪湖。顧中庵指顧夢麟，字麟士，號織簾，一號中庵，太倉人。明崇禎六年副貢，集三吴名士爲「應社」，爲時所宗。

吴見思賦詩贈徐增，表達對聖歎和徐增的敬仰。

吴見思撰《奉贈子能道兄先生》詩：「余也僻陋生毗陵，出門四顧無良朋。鄉里瑣瑣何足數，睥睨千古成驕矜。及今四十心始小，還居吴苑親賢能。十年曾識金聖歎，筆墨高妙才崚嶒。天之生賢豈孤特，復有徐子相憑淩。詩名今已遍海内，愧于今日方師承。道氣深静無可語，舌僑不下徒兢兢。徐子愛我贈詩句，使我意氣仍飛騰。從此學道應有益，脱略禮法人所憎。自甘蔬水薄富貴，孔氏之子猶曲肱。勉哉相與守貧賤，我于二子長服膺。仙山既近羽翼長，下士大笑如蒼蠅。」

吴見思，字齊賢，號玉虹，常州府武進縣人。「子能」爲徐增之字。從「及今四十心始小……十年曾識金聖歎」等自述中，可知此詩當寫于見思四十歲（順治十七年）時，認識聖歎已有十年。

作詩《庚子秋感》，時已體貌清癯。

《沉吟樓詩選》有《庚子秋感》，尾聯爲：「起來搔首忽長歎，一院霜花太瘦生。」另《深秋即事》

其三首聯爲:「聖人何窈窕,秋日出村行。」

清順治十八年(一六六一)辛丑——五十四歲

正月初七,金雍岳父韓俊攜二子來訪,看其新著《選批唐才子詩》。

《沉吟樓詩選》有《人日孫鶴攜酒過看予新選唐人律詩,率其二子來,予二婿亦適至》,另有《孫鶴生日試作長歌贈之》,乃韓俊四十歲時所作。詩云:「四海兄弟在何處,一巷來往無人嗔。」可見兩人情意。

《魚庭聞貫》有《答内父韓孫鶴俊》,此是以輯録者金雍的身份稱之。韓住與韓俊當爲兄弟。

正月順治帝去世。二月初一,哀詔至蘇州,作詩悼之。

《沉吟樓詩選》有《辛丑春感》。《清史稿·世祖本紀》:「正月壬子,上不豫,丙辰大漸,丁巳崩于養心殿,年二十四。」

丁巳指該年正月初七日。對賞識自己的順治皇帝的突然去世,詩中表現出極度落寞:「滿頭白髮吾甚矣,還餘幾日作漁樵。」太瘦生從此已成白髮翁了。

初四,諸生因吴縣知縣任維初貪酷虐民而群聚哭廟,聖歎參與其事。

顧公燮《丹午筆記·哭廟異聞》:「十七年十二月朔,山西人任維初,由貢生爲學諭,遷秩縣令。……維初所得三千餘石,付縣總吴行之出糶。當是時,即三尺童子皆懷不平,而朱撫正起奏銷案獄。二月初一日,世祖章皇帝哀詔至蘇,府堂設幕,哭臨三日。每日清晨,撫院朱、按院張鳳起、道台王紀，及府、州、縣並郡中紳士、孝廉咸在。初四日，倪用賓等哭廟，薛爾張作文，丁紫洄于府教授程翼蒼處請鑰。……紫洄既請鑰，從而至文廟者諸生百餘人，鳴鐘擊鼓；即至府堂，乘撫、按皆在時，跪進揭帖，相從而至者千有餘人，號呼而來，皆欲逐任知縣也。撫大駭，叱左右擒獲。衆見上官怒，各鳥獸散，止獲十一人：倪用斌、沈玥、顧偉業、來獻琪、丁觀生、朱時若、朱章培、周江、徐玠、葉琪，偕任維初發王道研審。……十一人拘于府治之亭中，任拘于土地廟，金聖歎有『十弗見』之笑焉。」

任維初，山西石樓人，貢生，順治十七年七月任吴縣知縣；「朱撫」指朱國治，漢軍正紅旗人，包衣拔貢，撫順人，順治十七年正月任江寧巡撫，十八年以憂免；「按院」張鳳起，事迹待考，按院指按察司，此際江南按察使爲山東即墨人藍潤；「道台」王紀，山西沁水人，進士，順治十六年四月任分巡蘇松兵備道；「府教授」程翼蒼，指程邑，時任蘇州府學教授；丁紫洄名瀾，字子偉，一字紫洄，長洲庠生，與丁觀生爲堂兄弟，爲哭廟案中主要人物。

二月十九日，友人陳濟生得子，作詩賀之。

《沉吟樓詩選》有《陳定齋太僕辛丑春初索得雄，正值普門誕日，是日郡縣恭接今上登極詔書適至，賦詩紀瑞》、《定齋故奉靈岩法旨，生子不得殺生，合十再賦》。

「普門誕日」當指二月十九日觀音誕。陳濟生，字皇士，號定齋，長洲人。少師事黄道周、劉宗周，崇禎十六年以蔭官太僕寺丞。明亡隱居，私謚節孝先生。所編《啟禎兩朝遺詩初集》、《詩南》存世。其父仁錫，天啟二年探花，官至南京國子祭酒，謚文莊。著述甚豐，有《潛確居類書》和評點古文、時文多種傳世。故聖歎于首篇詩題下，有「文莊藏書悉在潛確居」之注。

二月下旬，先後與友人姚佺，閻修齡、若璩父子，丘象升、象隨兄弟，張養重等，聚于郡城郊區鄧尉、虎丘。期間作詩多首，二十四日送别。

《沉吟樓詩選》有《閻子牛叟游鄧尉，有懷故園梅花，因送之歸學山》二章、《牛叟閻子游玄墓，有懷故園梅花，因送之歸學山之六》、《同姚山期滯雨虎丘八首之一》、《同姚山期、閻牛叟、百詩喬梓滯雨虎丘甚久，廿三日既成别矣，忽張虞山、丘曙戒、季貞諸子連翩續至，命酒重上悟石軒，快飲達旦，絶句記之》組詩七章。

張養重《粤游春别》詩前小序曰：「辛丑正月，再彭觀梅光福。二月，余與丘子曙戒有粤行。道出姑蘇，相遇于虎丘。置酒言别，同集者姚山期、金聖歎、曙戒弟季貞、再彭子百詩，暨鏡憐較書。」

丘象隨《泛虎丘》題下小序：「是時送家兄曙戒，同張虞山道經虎丘，閻再彭、百詩寓焉，訪之。即邀同姚山期、金聖歎、僧聞善，泛舟山下；達旦，復攜妓鏡憐再泛。」

順治十八年春，因連日陰雨聯綿，金聖歎、姚山期和閻牛叟、百詩父子困于蘇州城西北郊之虎丘山寺，至二月二十三日已珍重告别，忽得張虞山和丘曙戒、季貞昆季來訪閻氏。佛堂畫舫，痛飲至晨，招伎唱曲，泛舟山塘，可謂盡一時之歡。閻牛叟名修齡，字再彭，牛叟其號。祖籍山西太原，自高祖之父始居山陽（今江蘇淮安）。崇禎八年爲諸生，明亡隱居；百詩爲其子若璩之字。張養重，字斗瞻，號虞山，山陽人。明崇禎十六年諸生，入清隱居。此年因隨丘象升游瓊州而至蘇州。丘象升，字曙戒，號南齋，一號積公，亦爲山陽人。清順治十二年進士，十六年官至翰林侍講。次年因事左遷，外調瓊州通判。赴任途中，道經吴門。其弟象隨，字季貞，號西軒，一號思道人。清順治十一年拔貢，此年因送兄赴粵而遠至江南。姚佺，原字仙期，一字佺期，後改字山期，號辱庵，別署山貞逸民、石耳山人。原籍秀水，寓居蘇州，遂自稱「吳越人」，友朋徑視之爲吳縣人。曾入復社，入清爲遺民，從事詩歌編選出版之業。

此次虎丘之會時在順治十八年二月二十三日至次日晨，即當時震驚天下之哭廟事件爆發後之二十天也。虎丘，位于蘇州府城之西北郊七里，沿山塘河可從西北閶門泛舟而至，山有雲岩寺，遍佈名勝古迹如生公講臺、可中亭、白蓮池、養鶴澗、悟石軒、劍池、千人石等。

四月，哭廟案發，二十六日增捕聖歎等七人，解送江寧。

顧公燮《哭廟異聞》：「……十一人拘于府治之亭中，任拘于土地廟，金聖歎有『十弗見』之笑焉。教授程公參任六款，(二月)初五日撫將拜疏……二月十一日具題。其時，適有金壇叛案、鎮江失機二事，于是遂奉欽差侍郎葉尼、理事官英拿、春沙、海勒布等公同確審，擬罪具奏。……前程公六案，有云號哭者數千人。撫深恨之，屬四大人窮其事。程公不獲已，喚門斗供出丁子偉、金聖歎二人。……四月廿六日，嚴檄喚丁、金二人，廿七日起解至省下。……丁、金至，見四大人，各夾四夾棍、打三十。聖歎呼『先帝』，四大人怒曰：『今上初登極，乃呼先帝，以詛聖躬耶？』掌三十，下之獄。……(六月)二十日欽奉密旨，倪用賓等十八人俱着處斬。……部文至半月，撫之所以不即處分者，因有至秋用刑之例。初七、八間，又奉特旨赦金壇一人，撫大恐，恐放虎出柙，自貽後患，而欲殺十八人之案愈決矣。」

韓菼《翰林院編修文林郎候補京職錢先生行狀》：言錢中諧「初舉進士時，吳縣任令者，盜錢糧至數百石，爲諸生訐。上官有右之者，聞于朝，遣大臣至江寧會訊。將興大獄，勒學官具報諸生名至千餘人。時學官程先生翼蒼，故翰林謫官。先生微服夜訪，勸勿株連。程出一紙，猶四十餘人，皆吴中望族，曰：『奈何，吾不堪嚴刑，以脱諸生死也。』先生曰：『原報千餘人，今總不及數，嚴刑亦未免。何若以一身救闔郡諸生命？且上官或聽公，可冀萬一。』程感悟，及赴訊，如先生指，僅置十八人于法。程歸，拜謝曰：『公幸教我！』」

據佚名《辛丑紀聞》引會審「奏疏」，朱國治給金聖歎定的罪名是「爲首鳴鐘擊鼓，聚衆倡亂」。「奏疏中口供，皆非實據。撫臣爲稿，文致其辭，四大人署名而已。」錢中諧，字宫聲，號庸亭，吴縣人。順治十五年進士，康熙十八年宏博，官翰林院編修，充纂修明史官。韓菼，字元少，晚號慕廬，長洲人。康熙十二年狀元，官至禮部尚書。

獄中作詩，感慨自己銜寃負屈，有「名花爾無玷，亦入此中來」之句。

《沉吟樓詩選》有《獄中見茉莉花》。

入獄前，曾因醉縱談《古詩十九首》之《青青河畔草》一首。

趙時揖《貫華堂評選杜詩總識》：「邵蘭雪諱點云先生解杜詩時，自言有人從夢中語，云諸詩皆可説，唯不可説《古詩十九首》。先生遂以爲戒。後因醉後縱談『青青河畔草』一章，未及而絶筆矣。『明夷』輟講，『青草』符言，其數已前定矣！」

所謂「明夷」輟講，是指金聖歎「講《易》至『明夷』而止，即《乾》、《坤》兩卦，便有十萬餘言，其稿金長文諱昌藏之。」（趙時揖《貫華堂評選杜詩總識》）

臨難前作絶句三首，分别留贈堂兄金昌、兒子金雍和友人周令樹。

《沉吟樓詩選》有臨終三詩，《絶命詞》：「鼠肝蟲臂久蕭疏，只惜胸前幾本書。雖喜唐詩略分解，莊騷馬杜待何如？」《與兒子雍》自注曰：「吾兒雍，不惟世間真正讀書種子，亦是世間本色學道人也。」《臨別又口號遍謝彌天大人謬知我者》：「東西南北海天疏，萬里來尋聖歎書。聖歎只留書種在兒子雍，累君青眼看何如？」

《魚庭聞貫·答周計百令樹》：「承惠硯材，便付好人手開斫去矣。後來凡有點注，請皆從此硯出，不敢沒知己之盛心也，感謝、感謝！……來教正與鄙意如掌中書字，獨奈隔此數千里何？」

嵇永仁《與黃俞邰》：「近有一絶異事，周計百使君司李贛南，讀《才子書》，慕聖歎爲人，遣使賫舟車之費，往迎之。聖歎適有唐詩選，未赴也，然業已心許之。」

《絶命詞》下有注文：「以下三首，皆先生臨難時作也。」聖歎臨難前這三首遺詩，《絶命詞》和《臨別又口號……》，均未標出所示對象。《絶命詞》據其堂兄金昌《叙第四才子書》，可知是寫給金昌的。《臨別又口號……》主要目的當在「托孤」。僅看詩題，似爲「遍謝」普天之下喜讀其書之人。然「大人」一詞，舊時多爲對官長的尊稱；而「萬里來尋聖歎書」的詩句，更只能是特指某人；至于希望對遺孤垂青相顧，這種托付也應該只是就某一具體對象而提出的。這位被聖歎稱爲「謬知我者」的「大人」，對讀聖歎《答周計百令樹》所云「知己之盛心」和「隔此數千里」之句，再參照嵇永仁書「遣使賫舟車之費往迎之」，遺詩中所謂「萬里來尋聖歎書」的大人，當即是指上年曾派人至蘇州以迎聖歎的贛州推官周令樹。之所以含糊其辭，是害怕株連友人。令樹字計百，一作計伯，河南延津人。順治十二年進士，順治十五年起任贛州推官，康熙六年任大同同知，十年任太原知府，旋告病歸。後入京補官，爲某御使「發其居間事」，下獄論死，輸金得贖，旋病逝。

七月十三日，被斬于江寧。十八日，其妻、子流邊。

王家禎《研堂見聞雜録》：「具疏于朝，特敕大臣勘狀。勘臣至江寧，諸生十八人皆械訊，箠數十，夾幾棍，幽縶牢中。獄就，駢斬于市。而郡紳顧松交予咸素與撫臣議左，撫臣心銜之。諸生之變起，撫臣始亦欲松交爲調人，松交不應，于是願得而甘心。既具疏，勘臣至，逼諸生，並牽染松交，亦即逮至江寧，同閉獄，去不死無間矣。松交好友張無近，爲之行金上下，捐數萬金與四輔，特批免絞並免革職，得不死而諸生斬。未斬之先，撫臣在江寧，一夕馳歸。郡守余公（名廉徵，浙江遂安人）午入議事，陰諭之，至晚，同郡倅領騎四出，將十八人及顧家一一抄没。男女啼號奔走，即逾牆越河者，縛之無一免，而財盡入官。輿皂及諸上官，各累累挾歸。質明，將諸人送獄，黄童白髮，啼哭滿路，後皆流上陽堡。諸生有金聖歎者，有逸才，批七才子書，一時紙貴（《西廂》、《水滸》、《左傳》、《史記》、《離騷》、《楞嚴》、唐詩）。是變爲哭廟文，亦入獄，同日斬。」

顧公燮《哭廟異聞》：「故七月十三日未時立秋，而于巳時，未及立秋之前，不待郎公（録者按：總督郎廷佐）歸，皆棄市矣。是日也，十案共有一百二十人，淩遲廿八人，斬八十九人，絞四人，分五處行刑。抗糧及無爲教案，斬于三山街，四面皆披甲圍之，撫監斬。辰刻于獄中取出，罪人反接，背插招旗，口中塞栗木，挾而趨走如飛。親人觀者稍近，則披甲槍柄、刀背亂打。俄而炮聲一震，百二十人之頭皆落。披甲奔馳，群官駭散，法場上惟有血腥觸鼻、身首異處而已。……皆有親人爲之殮，其骸骨猶不敢歸故里，恐官司有所稽察也。十四日，撫行牌至蘇，仰府起解八家妻子。十八日，府中起解。凡子女之抱持者，不解；至五、六、七歲皆手扭，其長大者皆械縶。當其時也，父母送其女，公姑送其媳，兄姊送其妹弟，弟妹送其姊，亦有以女而送其母者，亦有以媳而送其姑與夫者，亦有以岳而送其婿者，亦有以婿而送其岳母與舅者：哀號痛哭，聲聞數里。

行道之人無不寒心，泣數行下，而唾駡撫之慘刻者。……相與哀號，驅出閶關，遠徙寧古塔。」

弟子沈永啓爲之收尸，奉棺于沈氏家廟中，事後歸葬吴縣五峰山下西山塢。

乾隆《震澤縣志》：「順治中，（金）采以事株累，繫江寧獄，他弟子皆避匿，永啓獨與聖壽寺僧敦厚往詗候。采被刑，永啓收其遺骸，棺殮之；復奉棺置所居吴家巷家庵中，與從兄永辰等上食，皆號哭失聲。人重其氣誼。」

李根源《吴郡西山訪古記》卷二：「上午八時入白陽山金井塢……入博士塢，訪金聖歎墓。……走遍博士塢，終不得聖歎墓。適遇一老婦，詢之，云：『金墓在西山塢，非博士塢，前年吴探花重修之。』轉入西山塢，經吴江史氏墓坊，山塢盡處爲聖歎塚，建『清文學金人瑞墓』碑，吴蔭培書。」

據有關史料記載，哭廟案中十八諸生遇難後，倪用賓、薛爾張、周江三人由邑紳顧予咸出資殮葬，其餘諸位「皆有親人爲之殮，其骸骨猶不敢歸故里，恐官司有所稽察也」（《丹午筆記》）。然而，爲金聖歎收尸之人，却非具有血緣關係的親戚，而是曾「相與潛究性命奥窔」的學生沈永啓。史料所述祭祀聖歎時「與從兄永辰等」皆號哭失聲，不僅點出重氣誼者並非永啓一人，還再次印證了永辰、永卿、永蓀、永筠（《魚庭聞貫》中有聖歎與諸沈討論編選唐律詩的書信多篇），甚至還有其他尚不爲後人所知的沈氏子侄，亦並與金氏有着非同尋常、生死不渝的深厚情誼。

聖歎墓在博士塢之説，或始于同治修《蘇州府志》「文學金人瑞墓在五峰山下博士塢」，而盛行于民國年間。惟李根源在民國十五年三月，曾親赴其地尋訪，得出「金墓在西山塢，非博士塢」的結論。

聖歎死難後，友人多寫詩悼念，與論惜之。

張鍔《傷金聖歎》：「白刃酬君志，青蠅閲爾躬。名終齊李杜，身不累褒融。天厭斯文喪，時危我道窮。棘林應有伴，長夜泣西風。」

丘象隨次年撰《感逝》：「隔歲吴江重泊處，低回不盡故人傷。曾經徹夜吟詩老，那復高歌對酒狂。撾鼓禰衡三尺血，逃禪蘇晉九原霜。分明畫舫山塘路，秋風秋雨只渺茫。」

徐增《唱經子贊》：「末法將興，先生出世。千聖微言，晰如掌示。是爲前知，斯文在玆。豈其法運，尚非其時。口唱大《易》，乃至『明夷』。文昌有厄，先生當之。仲尼心傷，釋迦掩泣。麟生徒然，鳳死何急？力破象法，其身何有。法破身存，亦先生疚。無我之學，喻如虚空。三千大千，奚處不逢？天上天下，浩浩蒼蒼。千秋萬年，先生不亡！」

顧氏（公燮曾祖父）《吊十八人》：「丁瀾俠骨世無倫，哭廟焉能遂殺身？縱酒著書金聖歎，才名千古不埋淪。」

尤侗《續滿城風雨近重陽》組詩之十：「滿城風雨近重陽，剪紙招魂滿建康。一夜淋鈴聞鬼哭，可知唱到念家鄉。」句末注曰：「金陵戮士十八人。」據尤侗《悔庵年譜》此年載：「是歲奏銷獄起，以『哭廟』殺士十八人。祖將軍有駐防之師，蘇城囂然多事矣。」

韓程愈《論聖歎六才子文》：「識論如公少，百年架禿翁。書藏猶在肆，華貫幾全通。不欲分行解，空憐失始終。斵山今老矣，吾意此英雄。」

韓洽《觱篥行》：「姑蘇城頭月欲没，姑蘇城中吹觱篥。嗚咽還同蔡女笳，酸嘶不類羌人笛。……年來海宇漸承平，草澤稀聞桴鼓鳴。方擬廟堂將偃武，何煩羽檄重徵兵？野老閑談無避忌，追思禍亂何從至。單父曾非子賤才，膠庠妄起陳東議。瑕釁還同一羽輕，張皇白簡奏神京。縲紲並收裴吏部，坑焚遍及魯諸生。田房籍没無遺土，妻子羈牽作囚虜。三年不雨豈虚談，六月隕霜今目睹。是歲大旱，六月隕霜。書生白面亦何能，駢首誅夷良可矜。……」

王朝《殺金聖歎》：「其時蘇州有民謡曰：『天啊天，聖歎殺頭真是寃。今年聖歎國治殺，他年國治定被國賊殲。』後國治撫雲南，被吴三桂所殺。」

廣東廖燕時年十八歲，聞噩耗而痛哭流涕。

廖燕《吊金聖歎先生》：「詩書塞天地，斯道益蔽虧。孰具點睛手，爲之抉其奇？君懷創古才，奮筆啓群疑。五經尊尼父，一畫溯庖羲。諸子及百家，矩度患多歧。得君一披導，忽如新相知。面目爲改觀，森然見鬚眉。直追作者魂，紙上聞啼嬉。高標七子作，分解三唐詩。其餘經賞鑑，衆妙紛陸離。陳者使之新，險者使之夷，昏憒使之霽，字字有餘思。掀翻神鬼窟，再辟混沌基。遂令千載下，人人得所師。我居嶺海隅，君起吴門湄。讀君所著書，恨不相追隨。才高造物忌，行僻俗人嗤。果以罹奇禍，遥聞涕交頤。今來闔閭城，宿草盈墓碑。斯人不可再，知者當俟誰？」

廖燕，字夢醒，號柴舟，廣東曲江人。諸生，性簡傲，爲文議論縱横，頗有金聖歎風。平生仰慕聖歎，康熙三十五年至蘇州，訪其故居而不得，賦《吊金聖歎先生》詩，歸撰《金聖歎先生傳》，曰：「予讀先生所評諸書，領異標新，迥出意表。覺作者千百年來，至此始開生面。嗚呼！何其賢哉！雖罹慘禍，而非其罪，君子傷之。而説者謂文章妙秘，即天地妙秘，一旦發泄無餘，不無犯鬼神所忌，則先生之禍，其亦有以致之歟！然畫龍點睛，金針隨度，使天下後學，悉悟作文用筆墨法者，先生力也，又烏可少乎哉！其禍雖寃屈一時，而功實開拓萬世，顧不偉耶！」惟所述多據傳聞，不足爲信。從「果以罹奇禍，遥聞涕交頤」詩句可以推斷，當年廖燕是知道聖歎死訊的。

吴江陸文衡認爲聖歎之死是「業報」；常熟馮班視《才子書》爲蛇蠍；崑山歸莊撰文以「邪鬼」惡毒攻擊；吴縣翁澍撰《秀才寃》睥睨窮士。

陸文衡《嗇戒》：「金聖歎所批《水滸傳》、《西廂記》等書，眼明手快，讀之解頤。微嫌有太褻越處，有無忌憚處。然不失爲大聰明人，每言錦繡才子，殆自道也。後得奇禍，不知何以遂至于是，可勝惋惜！近有人向余述其平日言之狂誕、行之邪放，曰：『此盆成括一流人也。』余爲悚然。有才者不易得，才而不軌于正，業報固若是烈歟！」（《嗇庵隨筆》）

陸文衡，字坦持，號中臺，又號嗇庵，吴江震澤人。萬曆四十七年進士，官至山西右布政使，入清隱居。陸嗇庵對聖歎批書的態度，符合其正統官員的身份；聽人誣衊而悚然，亦在意料之中，惟語氣較歸莊平和許多，當亦是性格使然。

馮班《鈍吟雜録》叙：「金聖歎《才子書》，當如毒蛇蚖蠍，以不見爲幸！」同書《家戒》：「聰明人用心虚明，魔來附之，遂肆言無忌，至陷王難。今有人焉，金若采是也。……扶鸞降仙，道家戒之，決不可爲，惹魔也，金若采全壞于此。」

馮班，字定遠，晚號鈍吟老人，常熟人。明諸生，錢謙益弟子，入清隱居。舉動不諧俗，行市井間，里中指目爲痴。其子馮武。

歸莊《誅邪鬼》：「蘇州有金聖歎者，其人貪戾放僻，不知有禮義廉恥；又粗有文筆，足以濟其邪惡。嘗批評《水滸傳》，名之曰《第五才子書》，鏤版精好，盛行于世。余見之曰：『是倡亂之書也。』未幾又批評《西廂記》行世，名之曰《第七才子書》。余見之曰：『是誨淫之書也。』又以《左傳》、《史記》、《莊子》、《離騷》、杜詩與前二書並列爲七才子。以小説、傳奇躋之于經、史、子、集，固已失倫；乃其惑人心，壞風俗，亂學術，其罪不可勝誅矣！有聖王者出，此必誅而不以聽者也。至考其生平，則嘗奸有服之婦人；誘美少年爲生徒，而鬻之于巨室爲奴。有富人素與交好，乙酉之亂，以三千金托之，相與謀密藏之。其人既去，則盡發而用之，事定來索，佯爲疑怪，略無慚色。蘇州人述其邪淫之事尤多。余嘗見一馮姓者，知爲其門人，語之曰：『幸致意君之師，有同郡歸玄恭者，見其書，聞其行，必欲殺之。』其後吴縣諸生與任知縣相惡，巡撫中丞得知縣賄，誣奏諸生十八人，盡棄之市，金聖歎亦與矣。余哀諸生而未嘗不快金之死，但恨殺之不以其罪耳！其太公誅華士，孔子誅聞人，亦爲其惑世也。然二人者，非太公、孔子不能誅。金聖歎見誅于今日，非可高比華士、聞人者，當其身宜誅之以懲邪惡，既死可以已矣。顧人情喜新奇，樂淫縱，文人才士見其書者，多爲所惑。一日席間，友人盛歎其才，余以其人雖死而罪不彰，其書尚存，流毒于天下將未有已，未可以其爲鬼而貸之也。作《誅邪鬼》！」

歸莊，一名祚明，字玄恭，蘇州崑山人。歸有光曾孫。南明積極抗清，事敗佯狂玩世。無子，晚年依族子名佐臣者，居于太湖東山。所作《恒軒詩集》，充滿憂國傷時的遺民意識和沉鬱悲愴的愛國情懷。他對金聖歎的攻訐，既有文化學術思想上的深刻牴牾，亦是當時「正人君子」對金聖歎道德形象妖魔化的必然結果。其實，以歸莊的才氣和怪誕，他與金聖歎本應該惺惺相惜的。

翁澍《今樂府·秀才冤》：「窮措大，素放誕，注稗史，狎詞翰。縣令不可犯，犯上疑作亂。況當國殤時，撫軍疏背叛。十八儒生命似鷄，罪及妻孥盡流竄。貴者免，富者泮，獨有宫墻坐塗炭。縣令旋遭天命誅，撫軍首被吴藩斷：秀才冤，眼前判！」

翁澍，原名天澍，字季霖，號東老，吴縣太湖東山人。出身富商之家，不事科舉，喜交四方之士。

所撰《秀才冤》雖對十八諸生慘遭殺戮表示同情，然以富人口吻對窮秀才金聖歎頗有睥睨之意，首四句流露出對金氏身份、人品和事業的輕視。翁澍與同里金侃友善，侃爲歸莊女夫，翁、歸因此相識。歸莊曾受翁澍之請，作《彙刻江南春詞序》，贊其「工詩詞，善鑑賞，收藏古書畫甚多」。此當爲康熙八年「己酉冬，余至東洞庭山，主翁季霖氏」作東道主時所爲。歸莊撰《誅邪鬼》痛斥聖歎，與翁澍《秀才冤》的口氣固然有百步、五十之别，然自有其相通之處在。

二、金聖歎著作序跋

唱經堂遺書目録

外　書

《第一才子書莊子》，七篇是經，外篇、雜篇分配未竟。《第二才子書離騷》，亦有經有傳，未竟。《第三才子書史記》，未竟。《第四才子書杜詩》，《第五才子書》，《第六才子書》，《批左傳》，《才子古文》，《唐才子詩》，《程墨才子》，《小題才子》，《雜批未竟書》，《詩文全集》。

内　書

《大易義例私鈔》，二本。《大易講場私鈔》，四本。《涅槃講場私鈔》，共十一期一本[一]。《□(法)華講場私鈔》，一本。《法華三昧私鈔》，一本。《寶鏡三昧私鈔》，一本。《一代時教私鈔》，一本。《第四佛事私鈔》，一本。《聖自覺三昧私鈔》，一本。《内界私鈔》，一本。《法華百問》，一本。《南華前摩》，未竟，一本。《五智印圖》，未竟，一本。《講場儀軌》，一本。《雜疏》，一本。《西域(城)風俗記》，一本。《童壽六書》，一本。

[一] 此句似有衍脱。

《離文字説》，一本。《聖人千案》，一本。《通宗易論》，一本。《莊子字製》一本。

（録自清抄本《沉吟樓詩選》附録）

唱經堂總目

唱經堂外書總目：

《第五才子書》，《第六才子書》，《唐才子書》，《必讀才子書》，以上刻過。《杜詩解》四卷，《左傳釋》，《古詩解》二十首，《釋小雅》七首，《孟子解》。嗣刻。

内書總目：

《法華百問》，《西城風俗記》，已刻。《法華三昧》，《寶鏡三昧》，《聖自覺三昧》，以上結集未竟。《周易義例全鈔》，嗣刻。《三十四卦全鈔》，嗣刻。《南華經鈔》，嗣刻。《通宗易論》，《語録類纂》四卷，《聖人千案》，《雜篇》，《隨手通》，《唱經堂詩文全集》。嗣刻。

同學有得遺稿者，乞盡録篇目，寄學易堂，以便征刻。

（録自康熙刻本金昌輯《貫華堂才子書彙稿》）

《才子書》小引

金　昌

僕往時曾見有「人生奇福是讀未見書」之語，心極以爲不然。何則？書自《五經》、《語》、《孟》、《左》、《國》、《莊》、《屈》、《史》、《漢》、《韓》、《蘇》以還，約略亦總盡矣，尚有何未見書又應見？即有之，亦大都剽割如上諸書之膚膜，以自繆于同時小兒之前，曰「某亦有書」云爾；即已耳，而奈何謂足當乃公見，見而又屈乃公讀，讀而乃公又自以爲「奇福」者耶！既而僕入唱經之室，而始爽然驚焉。唱經，僕弟行也。僕昔從之學《易》，二十年不能盡其事，故僕實私以之爲師。凡家人伏臘相聚以嬉，猶故弟耳；一至于有所咨請，僕即未嘗不坐爲起、立爲右焉。夫唱經室中，書凡涉其手者，實皆世人之所並未得見者也。何必疑如上諸書之外，又別有書？正即彼如上諸書，人人孰不童而藝之也者？然以不與坊之人刻行之？」又顰蹙曰：「古人之書，是皆古人之至寶也。今在吾手，是即吾之至寶也。吾云見，則亦可稱一交臂之間矣。間嘗竊請唱經：「何不刻而行之？」啞然應曰：「吾貧無財。」「然則何方且珠櫝錦襲香熏之，猶恐或褻，而忍遭瓦礫、荆棘、坑坎便利之？惟命哉！」凡如此言，皆其隨口謾人。夫唱經，實于世之名利二者，其心乃如薪盡火滅，不復措懷也已。獨是吾黨，則將奈之何歟？且今唱經年亦已老，脱真不諱，是亦爲人生之常；而萬一其書亦因以一夜散去，則是不見者終于不得見也。即不然，而唱經身後頗亦有人爲抱不得同時之恨，而終與之發其光焰，因而復得人人見之。此則後之人自快樂，其與今之人固無與也。夫人生世上，不見唱經書，即爲不見如上諸書矣，能不痛哉？

能不痛哉！兹暮春之月夕，僕以試事北發，辱同人餞之水涯，夜深偶語及此，皆慷慨欷歔，若不勝情。僕曰：「豈有意乎？」皆舉手曰：「敬諾！」因遂呼筆識之如左。僕既竟去，殊未知諸子將何以爲之所也。時順治己亥春日，同學矍齋法記聖瑗書。

（録自康熙刻本金昌輯《貫華堂才子書彙稿》）

叙《第四才子書》

金　昌

余嘗反復杜少陵詩，而知有唐迄今，非少陵不能作，非唱經不能批也。大抵少陵胸中，具有百千萬億漩陀羅尼三昧，唱經亦如之。乃其所爲批者，非但刳心抉髓，悉妙義之閎深，正復祛僞存真，得天機之剴摯。蓋少陵忠孝士也，匪以忠孝之心逆之，茫然不歷其藩翰，况于壸奥？猶記我友徐子能，有《詠杜》一律云：「詩史《春秋》筆，大名垂草堂。一毛反在蜀，一字不忘唐。佛讓王維作，才憐李白狂。晚年律更細，獨立自蒼茫。」此乃字字實録也。唱經在舞象之年，便醉心斯集，因有《沉吟樓借杜詩》。莊、屈、龍門而下，列之爲第四才子。每于親友家，素所往還酒食游戲者，輒置一部，以便批閲。風晨月夕，醉中醒裏，朱墨縱橫。不數年，所批殆已過半，以爲計日可奏成事也。而竟不果，悲夫！臨命寄示一絶，有「且喜唐詩略分解，《莊》《騷》馬杜待何如」句。余感之，欲盡刻遺稿，首以杜詩從事，已刻若干首，公之同好矣。兹泖上歸，多方蒐緝，補刻又若干首。而後《第四才子》之面目略備，讀者直作全牛觀可乎！矍齋金昌長文識。

（録自康熙刻本《唱經堂杜詩解》）

《貫華堂評選杜詩》序

趙時揖

從來解古人書者，才識不相及，則意不能到；意到矣，而不能洋洋灑灑盡其意之所欲言，則其義終不明，誠未有若貫華先生之意深而言快也。先生爲一代才子，而樂取古才子之當其意者解其書，蓋先以文家最上之法，迎取古人最初之意，暢晰言之，而其義一無所遁。得是法以讀書，而書無不可讀矣。詩之推杜工部也，夫人知之也；然知杜詩之佳，而不知其所以佳，則雖極尊譽之，而杜老似未樂也。解杜詩者日益衆，知杜詩者日益寡。自先生解杜，而杜可樂矣，而讀杜詩者皆樂矣。先生之解杜，若杜之呼先生而告之曰：「僕之意有若是焉。」不然，何意之隱者、曲者、窈渺然其遠者，先生皆得親見而悉數之耶？乃先生意之所及，實有杜老意之所不能及，令人驚喜舞蹈，遂覺杜老原有是意，遂謂先生確爲杜老後身。夫先生所解書，無不盡合古人之意，先生又安得有如許後身哉！余讀先生之書，未忍遽讀其解也，掩卷思之，不能得古人意之所及，烏能望其所未及；及讀先生之解，而余之驚喜舞蹈百倍于人也。向慕評杜之書而不得見，今歲客游吳門，詢其故友，從邵悟非、蘭雪昆季暨金長文諸公處搜求遺稿。零星收輯得若干篇，懼其久而湮也，亟授之梓，天下于是得讀第四才子之書矣。先生以屈原《離騷》爲《一才子書》，莊子《南華》爲《二才子書》，司馬遷《史記》爲《三才子書》，《杜工部詩》爲《四才子書》，施耐庵《水滸》爲《五才子書》，王實甫《西廂》爲《六才子書》，董解元《西廂彈詞》爲《七才子書》，書各有解。《水滸》、《西廂》傳誦已久，餘稿世皆未睹，杜詩則待今日而始出者也。雖僅數十首，文章之秘盡泄于此矣。夫泄文章之秘，豈誠造物所忌耶？先生著書未畢如蔡中郎，而蔡女文姬贖之南歸，授以筆札，則猶傳父書。今先生之子名雍字釋弓者，遠沉塞漠。普天率土，皆邀聖恩屢宥之後，不知有爲矜恤授筆而求書者乎？是所百拜仰乞于憐才者。先生以狂自累，世或疑其爲人。孔子曰：「不以人廢言。」則讀先生之書、存先生之言，而寧繩趨矩守，不效先生之爲人可也。西泠趙時揖聲伯氏題。

（録自康熙刻本趙時揖輯《貫華堂評選杜詩》）

《貫華堂評選杜詩》總識

晴園趙時揖拜手

讀先生所説詩，横説竪説、奇説正説，無非妙義，靈思穎悟，益人之神智無限也。凡人讀書，至無深味處，往往輕易放過。先生偏不肯放過，千曲萬曲，尋出妙義而後止，慨然以詩文三昧披心露膈，的的示人。從此作文讀書，開闢許多化境。引進後學之功，真當尸祝頂禮者矣。

杜詩盡多粗率處，劉會孟所憎不爲過也。乃自先生説之，粗率盡爲神奇。夫粗率尚爲神奇，而況神奇者乎？得此讀書法，不惟不敢輕議古人詩文，能從古人詩文滲漏處奥思幻想，代其補襯，則古人之神奇、粗率，無一不足以啟人慧悟。彼略見古人滲漏，便麾去不顧者，其愚智奚啻天壤耶？

先生之評《西廂》、《水滸》，自云皆可啟悟後學，誠哉不誣矣！然恐子弟之但見稗編豔曲，而不見先生所解之神理，則上器之利而中材之害也。若杜詩，則父兄師傅，皆當爲子弟授一册，令之細細玩索，開發聰明。不特作詩，一切文章悉可如是會悟。其有恃才眼高，尤宜著意：蓋才高後生，素以杜詩累句爲粗率，今乃神奇如此，從此心益虚、想益曲，其于讀古人書，豈獨肯輕易放過者哉？先生説詩，或有言其穿鑿。天下凡事皆惡其鑿，獨有詩文一道，則不妨略開混沌者也。余豈敢溺諛先生，遂謂先生所説各各天然至理？其爲天然至理者，既如晦忽明，疑障盡釋。其偶有近于鑿者，亦逗人思外之思、想窮之想。後學悟此，讀書作文皆無難事矣。人不悟其妙處，而但于鑿處求疵。此其人雖七日鑿之，必不能導其一綫者，我亦何怪？先生亦必不見怪也。

善讀先生書者，即一二首，以一法通萬法，以一想引萬想，便可盡解少陵之詩，便可盡解從來五車二酉之藴，先生所云「金針度人」也。若不能即此悟彼，雖令盡讀全本，于其人之神智，寧有少益哉？然究以不得全本爲邑邑。聞先生遺稿，珍藏燕都巨公之家。倘得賜教天下，此少陵快事、先生快事、普天下萬世之大快事矣！余友蕭山王自牧諱余高，沉酣杜學，一生唯集杜句最工，慨然欲北往求之。余兄伯升諱嘉遲，夙有杜癖，亦以此自任。果得如願，俾少陵精神、先生心血一時迸出，寶光異氣，終現人間。則不私枕秘之偉人，豈非有心所共戴乎？

先生以《水滸》、《西廂》爲外書，則杜詩與《周易》、《離騷》等，其内書也。乃講《易》至「明夷」而止，即《乾》、《坤》兩卦，便有十萬餘言，其稿金長文諱昌藏之；若《離騷》、《史記》、《孟子》、《左傳》諸書，聞各有數十首，存松陵總持、不二、解脱三禪師處。若肯公同好，則吉光片羽，輝燦無窮，是亦足矣！固安得有全本哉？

邵蘭雪諱點云先生解杜詩時，自言有人從夢中語，云諸詩皆可説，唯不可説《古詩十九首》。先生遂以爲戒。後因醉後縱談「青青河畔草」一章，未及而絶筆矣。「明夷」輟講，「青草」符言，其數已前定矣！

先生善畫，其真迹吴人士猶有藏者，故論畫獨得神理。如評王宰山水圖及畫馬、畫鶻諸篇，無怪其有異樣看法也。

先生飲酒徹三四夜不醉，詼諧曼謔，座客從之，略無厭倦；偶有倦睡者，輒以新言醒之。不事生産，不修巾幅，談禪講道，仙仙然有出塵之致，迨以狂自好者。余問邵悟非諱然，先生之稱「聖歎」何義？曰：先生云《論語》有兩「喟然歎曰」，在「顔淵」爲歎聖，在「與點」則爲聖歎。此先生之自爲狂也。

讀先生所説杜詩，令人躍躍皆欲説杜，許庶庵其躍躍中之先出者也。其人固奇人，其説亦由先生而悟入者。因爲附刻，以爲後起之唱。余素企服先生，恨失親炙。聞先生墓在松陵之第二保，舟過吴江時，未申拜謁，惟有望空酬酒，遥謝教言而已。

余初輯此書，不以各體爲之次序者，以便後有續得，即可附入也。先生一片精靈所寄，萬萬不可埋藏。其餘逸稿，高賢或肯惠貽，俾鏤心鐫魄之文盡傳梨棗，則慧業文人名緣未息，不知何處感激矣。

（録自康熙刻本趙時揖輯《貫華堂評選杜詩》）

《才子杜詩解》叙

王大錯

余束髮受詩書，即喜讀金聖歎先生所評書，並心儀其爲人。然坊肆所盛傳者，僅《西廂》、《水滸》及所序《三國》而已。而先生所自推許之「《莊》、《騷》、馬、杜」四書，轉百覓不得。因又疑此四書之目，毋或爲後之人所傅會者歟？然《三國》之序及先生其他遺著中，固明明自言之。間讀前人筆記，亦有論及先生所分解之杜詩者，是則余之所疑亦陋爾！然二十年來此意耿迄不釋。今月之朔，突有友人以舊本書來屬余鑒別者，卷之端名人鈐章十數，皆藏庋家之小印也。紙色黝然，古香流溢，未開卷而余已知爲可珍。逮一展頁，而余六尺之身頓不禁蹲蹲舞矣！蓋即二十年來所百覓不得之《才子杜詩解》也！因竭日夜力卒讀之，覺奮筆直入，以揭千古不傳之秘，體少陵忠誠之心，誠生面別開，而令余有得「讀未見書」之快焉！嗣今以往，非徒前疑涣然，並又增余一新見解曰：先生之評才子書也，蓋自下而上，先小説，次詩，次乃及古文，至杜詩未卒業而身已被難。故《莊》、《騷》、龍門三書，我今敢決其未着墨焉！是説于何證之？曰證諸聖瑗原序中所述先生臨命寄示詩之一語而已。其曰「且喜唐詩略分解」者，即杜詩雖從事而尚未卒業之證。然何以復云「莊騷馬杜待何如」？則以杜詩既未卒業，即不得謂之完成，即不免有散失遺棄之虞。雖已略略分解，此一番心血恐仍與《莊》、《騷》、龍門三才子書同成虚願耳！此所以仍以「《莊》、《騷》、馬、杜」並舉，而終付諸一歎，其心事已歷歷如見矣。故《莊》、《騷》、龍門，我敢決其未着墨焉。然則此《杜詩解》如干卷，益可寶矣！余既鑒閲竟，因即慫恿友人亟鈔印以公諸世，並爲述其緣起如此。歲己未孟冬吴縣王大錯識。

（録自民國八年上海震華書局石印本《才子杜詩解》）

《西廂記》序

山陰朱　璐景昭氏撰

六經之文，如日月經天，如江河行地，昭垂來許，千載尚已。降逮《左》、《國》、子、史，其言皆自成一家，宏深奥衍，意不相襲，亦足傳耳。惟《楚騷》爲詞賦創體，文章之道至此一變。乃千百年傳誦之者，與《左》、《國》、子、史無有低昂者，何歟？以其托意深厚，情文兼至，神而明之，不僅尚其辭也。吾以爲《西廂》之妙，亦有然者。蓋填詞雖屬小技，立言不擇伶倫。昔王遂東先生序之曰：『登峰造極，俱在第一層尖上取舌。此書成後，千古人學問盡呆，資質俱鈍。』可謂論之當矣。今細爲紬繹，其摇筆灑墨，時有仙氣回翔紙上。故其爲文無非雪痕鴻爪、鏡花水月，若蜃樓海市，憑空結撰而成。使人讀之，如遇若耶佳豔，一種天然雅澹，悉在脂塗粉捏、香團玉削之外。近閲吴中改本一帙，逐段注解，逐篇評論，立意命詞，大都宗《南華·禦寇》，而才分有未逮焉者。使得良師友磨礱陶鑄之，幾登作者之壇。惜其任以己意，盡將原本割裂改塗。每一展看，腸欲爲嘔，目欲爲眩。試舉一節言之。《琴心》篇云：『疏簾風細，幽室燈青，一層紅紙，幾眼疏欞。』乃添改云：『外邊疏簾風細，裏邊幽室燈青，中間……幾眼疏欞。』類而推之，較是有甚者。夫文章之妙，全在引而不發，令人會晤而得，此作者之苦心，讀者之樂事也。使過接之痕畢露，則森秀之致盡失。若牙儈較斗量升，數一數二，何可聽聞？今有仙子臨凡，而欲以澗草溪花，朦朧插戴者，固不可得也；即欲以翠翹金鳳，莊嚴致飾者，亦不可得也。改《西廂》者，改之而當，不過翠翹金鳳，所謂刻鵠不成；改之而不當，流爲澗草溪化，是謂畫虎不成矣。夫《莊》之後之可作《廣莊》，《史》之後不可作《後史》，《唐》之後不可作《擬唐》，寧《廂》之後而可作《改廂》者？是亦多見其不自量也。然其一翻評注苦心，議論風生，煞有可觀，不容泯没。予因特檢原本，取其評注之得當者，另録一編；間有缺略散漫者，附以臆見，稍爲增損。使覽之者，如疏決河堤，悉遵故道；如擺設棋枰，復安成局。又取明季諸先正各本，凡評論之有裨于文藝者，彙録焉。如宋儒注疏《論》、《孟》，單心射的，人懸正鵠，紫陽從而裒集之。夫今而後讀是編者，庶幾張洞庭之樂，焚迷迭之香，白玉爲案，珊胡爲管，夷光捉露，鄭袖研朱，每讀一過，暢浮大白。竟一日讀之可也，竟千百年讀之可也；作《西廂》讀之可也，作《左》、《國》、子、史讀之，無不可也。彼不知讀《西廂》者，即不能讀《左》、《國》、子、史者也；善讀《左》、《國》、子、史者，必能日取《西廂》一倡三歎者也。

（録自清抄本《朱景昭批評西廂記》）

《增補箋注繪像第六才子書西廂記》例言（節選）

鄧汝寧

一、《西廂記》顔曰「文機活趣」，何也？乃所以涉趣也。邇來士子攻舉子業，研心經史，精楛神敝，最是困人。人一困，則意趣便不森發，文焉得工？學者誠取是書，細玩而吟詠之，則描神寫景處，自有一種仙風道骨，如生龍活虎之不可捉摸矣。孰謂涉趣無補于文哉？涉者，言乎博而不有也。

一、《西廂記》乃寄情消遣之書，非導淫蕩志之書。讀者不可作無是事觀，亦不可作有是事觀。但細玩其行文之關鍵照應，闔闢抑揚，斯得之矣。聖歎云：「文者見之謂之文，淫者見之謂之淫。」亶其然乎。

一、《西廂記》，妙在有生情，貴乎能悟入。昔李九我發解後，參拜畢松波先生，師密語曰：「禪家在悟，文家亦在悟。子今不必專讀書，但静坐三數月後，再將理齋先生《賢哉回也》全章題文，諷詠數遍，所得多矣。」由是觀之，可見讀書不能悟入，便生龍活虎，皆成土木；作文若有生情，則落花水面，熟讀之，何患不能發人慧性耶？

一、正《西廂記》十六折筆法，如化工之肖物，真人巧極天工，錯窈冥變幻，而莫知其端倪也。昔王元美評古文有云：「《檀弓》、《考工》、《孟子》、《史》、《國》聖于文，班氏賢于文，《莊》、《列》、《楞嚴》、《維摩詰》鬼神于文。」今觀《西廂記》，其洵聖于文者乎，賢于文者乎，鬼神于文者乎？然天之繫星漢也，山之尚草木烟雲也，水之承風也，皆至文也。自非得達觀先覺者，以爲之指點其機鋒，又孰從而知其技之至斯極哉。

一、鄙見每斥讀書不求甚解之説，非斥靖節先生「不求甚解」之言也。蓋先生所言，每有會意，便欣然忘食，則所謂不求甚解者，正不穿鑿附會之謂也，何斥之有？所斥者，在今之鹵莽滅裂者耳。所以邵氏《皇極經世書》有曰：「天下言讀書者不少，能讀書者少。若得天理真樂，何書不可讀，何堅不可破，何理不可精！」

一、鄙見以讀書用功宜活，窮通順逆，遭境不一，憤鬱憂愁，諸情易擾，安可不善自排解，尋一出路？予生艱苦備嘗，病難畢閲，幸得偷生至今者，以胸中時挾一編無字書，自咀自詠，不復計有人世險阻故耳。此一編之助我救我，功良多矣。辛丑歲，周游江左諸郡，通都大邑，得廣接夫賢人君子，親其緒論；復好買未見新書，恣所覽擇，遂彙成是編。夫吾輩搦三寸管，宜舒千古眼，不有奇書一卷，何由掃盡十丈紅塵，躋身霄外？況鹿有苹，呼群而共食，予又曷敢自私乎哉。

一、《西廂記》名家無慮數十種，今畧舉所知者姓氏開列于後。

董解元詞，爲是記所本。王實甫、關漢卿，俱元時作《西廂》者。徐文長先生諱渭，汪然明，李卓吾先生諱贄，李日華先生諱去華，徐天池先生即文長，湯若士先生諱顯祖，陳眉公先生諱繼儒，孫月峰先生諱鑛，徐士範先生，王伯良先生諱驥德，丘瓊山先生諱濬，唐伯虎先生諱寅，蕭孟昉先生，董華亭先生諱其昌，金在衡先生，梁伯龍先生，焦漪園先生，詞隱生即沈璟，邁軸碩人，何元朗良俊，黃嘉惠，劉麗華金陵富樂院妓。李笠翁諱漁，尤展成諱侗，金聖歎先生《第六才子書》出。王斵山先生，文恪公之文孫也。毛西河先生，諱甡，字大可。錢西山先生，沈君徵先生。諱寵綏，明崇禎人。

一、聖歎先生批評《西廂記》文法，多有補前賢所未發者。今畧摘一二，附録于首，以便觀覽。

烘雲托月。《驚艷》篇首評語。用筆在未用筆前，排蕩之法。《借廂》篇首評語。明攻棧道，暗度陳倉。《借廂》篇中評語。淺深恰妙之法，設身處地，龍王掉尾。《酬韵》篇中評語。文章家無實寫之法。《鬧齋》篇中評語。移堂就樹，月度迴廊，羯鼓解穢。《寺警》篇首評語。正反婉激盡半。《賴婚》篇首評語。作文最爭落筆。《賴婚》篇中評語。寫景是人。《琴心》篇中評語。那輾。《前候》篇首評語。筆墨加一倍法，鏡花水月，一幅作三幅看。《前候》篇中評語。得過便過，空中樓閣。《鬧簡》篇中評語。曲折。《賴簡》篇首評語。生葉生花，掃花掃葉，三漸三得，二近三縱，兩不得不然，起倒變動之法，實寫一篇，空寫一篇。俱是《後候》篇首評語。抑揚頓挫之法。《後候》篇尾總批中語。妙事妙文。《酬簡》篇首評語。用一層有兩層筆墨，應接連處不接連，不應重沓處又重沓。《酬簡》篇中評語。快事快文。《拷豔》篇首評語。補筆，沉鬱頓挫。《拷豔》篇中評語。【端正好】寫別景，【脫布衫】寫坐景。《哭宴》篇中評語。入夢狀元坊，出夢草橋店；入夢之因，入夢之緣，入夢所借。《驚夢》篇中評語。

（録自《增補箋注繪像第六才子書西廂記》）

鴛湖褚元勛芳型氏偶筆

《西廂》辨僞

《西廂記》不知何人所作，或云王實甫，或云董解元。《輟耕録》則載董作。陶儀客，元人也，當非漫傳。今董有别本《西廂》，乃彈唱詞，非打本也。漱者叙則云：得之董解元原稿，尤可征也。《西廂》一書，昔人稱爲化工，非騷人詞客擬議思維可到。爲王爲董，造物或者假手其間，以發其靈奇慧巧。即使董、王能作，輟筆之後，即欲復作一字不能。此如天籟所發，疾徐和怒，時至氣行，即有過量不及量處，亦無從追易也。近有貫華堂僞本，將原本從頭竄易，全非本來面目，而猶冠以「西廂」二字，何異山魈冒竊人形，意欲取媚于人，到底本相盡露。貫華才子，其無始稟受來，只有小説伎倆，故童年一見《水滸傳》，如逢故我。因遂沐浴寢處其中，即有竄易，自見鋒穎，人亦以此見許。彼遂矜誇自得，便將此一副伎倆，逐處施去。施于《小題》，一《水滸》也；施于《西廂》，亦一《水滸》也。夫《小題》爲昔聖賢傳神寫照，其不可以放浪自喜也，固矣。若夫《西廂》，爲言情之書，筆筆風雲，字字波俏，情在或出或没之間，意在若近若遠之際，其靈洞恍惚，使人捉着，猶將飛去。而才子所説《西廂》異是，其寫張生，必粗狠莽撞，渾身是一個李逵。辨詳後。至其雄狐綏綏之狀，又似西門慶。其寫小姐，必易笑易哭，渾身是一個潘金蓮；做張做勢，又似閻婆惜。其寫紅娘，鬼頭鬼腦，渾身是一個時遷；忽然狠毒，又似石秀。只因才子止有一副《水滸》伎倆，心眼不能少變，遂欲將《西廂》作一例看。不知《水滸》與《西廂》，人物事情，各各不同。《水滸》一味爽快，《西廂》一味飄逸；《水滸》飄逸處亦皆爽快，《西廂》爽快處亦皆飄逸，將來一例看不得。才子未免多此一事，以至出乖露醜，彼猶喋喋于《左》、《史》、《莊》、《騷》，又將誰欺哉？世或不察，存僞失真，因略舉紕繆，列爲四端。以質原詞。苟有耳目，自能辨析，然舛錯甚多，何堪殫述。

一、改换闗目

奇　逢

開卷處，道崔、張相逢不在佛殿，便昧却作者立言本旨。即應一炬付之，猶欲終卷卒讀者，非愚則痴。

「正撞着五百年風流業冤」句，緊接上參菩薩，拜聖賢三句，此正色空相禪之介，陡然而變。文心靈妙恍惚，莫可言狀，此一部《西廂》緊闗處也。乃于此一句上，横添入「那裏一座大院子，一發要去」，法聰拖住等科白，不但一片靈機妙箸全然不懂，將張君瑞寫作一個浮浪狂且，略無一些藴藉，與上文雍容閑都氣象全然不類。

《西廂》之有别院，本文自明。夫人開場便道：「在這寺裏西廂下一座院子安下。」他日又云：「自今先生休在寺裏下，請來家内書院安歇。」雙文之居别院明甚，無勞才子具眼。

夫人命紅娘：「你看佛殿上無人燒香，同小姐閑耍一會。」今既云不到佛殿，只在前庭，又何必襄其句云：「紅娘，你看前邊庭院無人，同小姐去立一會。」夫人停喪既在别院，且有潭潭相府規模，此豈閑園空館容人闌入者乎，將何時是有人時節，須你去看來？

雙文佛殿一行，去來飄忽，寫得一片驚疑，宛如洛水宓妃、巫山神女。今改作門前倚立，便是潘金蓮簾子下行徑。欲抬高雙文，正辱没雙文也。必曰千金小姐不出閨門，他日齋壇之會何以稱焉。

假　寓

「不做周方」三闋，是張從旅邸行到寺中，一路來心口自想之詞。與聰相見，在第三闋【迎仙客】上，今改于第一闋前即與聰拱手，遂將「不做周方」作認真埋怨和尚之語。張是何等人物，焉有魔頭魔腦，一直闖來，將和尚兜頭一喝，成何氣品？此何異李鐵牛在潯陽酒肆中索錢，遽爾磨拳相待。

聯　吟

紅娘代祝詞云：「願姐姐早配一個俊俏姐夫，拖帶紅娘咱。」今改入「願配姐夫，冠世才學，狀元及第，風流人物，温柔性極，百年成對」三十餘字，其雅俗冗倩，相去幾許。有客許霞真，性善詼諧，一日在學圃荷亭啜茗，雜引他事以銷盛夏。言及吴中有一輩郎，謁見當事，盛稱今科鼎元某老，的係治晚中表至戚，莫逆通家，性命骨肉之交也，時傳以爲談柄。今觀紅娘代祝，俱可稱詞令妙品。

鬧　會

「梵王宫殿月輪高」，謂是十四初更，不是十五。張欲急看鶯鶯，故黄昏扒起，誤認十五也。其如篇首，原有法本引衆上殿，「今二月十五，開啓法筵，先請張先生拈香」科白。今突移在第二句「瑞烟籠罩」下，當日決非不諳晦朔弦望，而漫然下筆，待人捉綻。今觀通篇，但言夜，不言日，必自有故，枉自移山换海也。且【新水令】止六句，焉有分作上下兩半夜唱之理？高調方發，隨即輟弦停拍，多時多時，然後接唱，音律不亦破碎乎？此全本《西廂》未有之事，亦凡爲元曲未有之事。

解　圍

「不揀何人，殺退賊軍，願與英雄結婚姻，成秦晉」。此論發自雙文，所以妙甚。夫、本諸人，一時見不及此。雙文胸有成竹，不惜和盤托出，果然張生挺身應命。鶯遂云：「只願那生退了賊者。」今將此語抹去，改前論發自夫人，形得雙文羞澀。豈有獻與賊人，不惜明言；結婚英雄，翻爲害口？看得雙文身分，反不若扈三娘了。

惠明既到蒲關，爲邏卒綁縛，膝行而進。將他一種威力神通，從頭削盡。

請　宴

「一緘書，倒爲了媒證」。又云：「這親事倒虧了賊來也。」此語出紅娘口中，增多少香艷。今一筆抹去，于末處增張生科白一段，高叫：「孫飛虎，我的大恩人！索十千貫足錢，做好事追薦他。」前日追薦爺娘，止用五千錢，今用十千貫追薦賊頭。才子常説立言有體，不知此言之體安在？

停　婚

落白，張生正以不能盡辭爲妙，所以夫人腸柔意轉，復留書院也。今易以一往抵突之語，如「忽以兄妹二字，兜頭一蓋，請問小姐何用小生爲兄，小生真不要小姐爲妹」；「上有佛天，下有護法」等語，一派黥徒口吻，也算是錦心綉口？

聽　琴

張改弦彈《鳳求凰》科白，本在【聖樂王】下，今移在前【麻郎兒】下，並前「其聲壯」一闋，「嬌鸞雛鳳」一闋，俱作和弦未成操時的話。前和弦，既有【天净沙】兩大闋矣，今又益以三大套曲，焉有和了半夜，正彈只得數句？正不知對誰彈了也。

崔、張兩意方投，將紅娘掩來掩去，末後突出，大喝道：「甚麼夢中！」明明是時還在翠屏山後，突然撞出，使楊雄、石秀陡然吃驚，忽作歡笑而去。

聽琴，前晚也；命看張生，昨日也；回話，今早也。紅明有「今早回他話去」數語，俱抹去，將遣看張生、回話小姐，作一早晨事説。小姐遣紅，已起身幾時，至張生處，窗外立幾時，叙話幾時，寫書幾時，及至回來，小姐反未起身，銀釭猶燦乎？看《西廂》至此，直連日瞌睡未醒。

窺　簡

張生接得鶯鶯回書，讀畢笑云：「呀，今日有這場喜事，紅娘姐，和你也歡喜。小姐駡我都是假。」紅云：「試讀與我聽。」只此數語，何其藴藉。今作張生跪讀畢，起立大笑，笑畢又讀，讀畢又解，解畢又笑，笑畢又讀，張解紅問，紅問張又不解，張解紅又不明，問而又解，解而又讀，讀而又笑，衍成一片風話。寫得張生渾身獃氣、滿面魔頭，寫得紅娘全無乖覺。閲此一過，不覺嘔穢竟日。

問　病

「桂花摇影」一闋，在「小姐有一個藥方送與先生」白下。此時尚未授柬與張，便將贈方之意，隨口謅出許多藥名，明將書中機關逗破，使張開緘讀之，不覺失笑。今移在張生開緘之後，張既知情，紅復爲之蛇足，暗已不暗，明而不明，豈非嚼蠟。

佳　期

鶯云：「羞人答答，怎生去！」紅云：「我小姐語言雖是强，脚步早已先行也。」片語便見無數風雲。今增入許多科白：紅云：「小姐去來，去來！」鶯不語。紅又云：「小姐没奈何，去來，去來！」鶯不語，做意科。紅又催小姐：「我們去來，去來！」鶯不語，行又住。紅又催：「怎麽住了？去來，去來！」鶯不語，行科。此全仿武大嫂在王婆樓上研光，潘巧雲到海闍黎房中看佛牙，皆逐層逐層挨進去，全無一些大雅。

巧辯

紅娘直説過了，夫人教紅娘唤鶯鶯來，此時母子相見，有大家出口不得處，只好以一二語了之。今作夫人見鶯鶯放聲大哭，叫聲「我的孩兒」，鶯鶯又哭，紅娘也哭。夫人又哭云：「我那孩兒，今日被人欺負。」此四字完然從武大嫂口中抄撮來。雖是帷簿不修的事，也還要存大人家一分體面。

送別

【四邊静】上，夫人一起車先去，此張與夫人總别也；【耍孩兒】五煞下，張别去，此與崔私别也，猶《琵琶》之有大分别、小分别也。今改夫人于張生去後方歸，又不與小姐同行，是何情節？

驚夢

據云：北曲無兩人並唱之例，故不用鶯鶯唱，只用張生聽，遂將「走荒郊曠野」四段，作鶯鶯在内唱，一在外唱，便不算兩人互唱矣。誠何異掩耳偷鈴，謂人不聞也。至寫鶯鶯之唱，直是鬼出；寫張生之聽，直是魂出。惡聲惡口，衍成一片風話，使人念不得，使人聽不得。向者偶閲一過，至今作惡未了。

鶯鶯不被卒子搶下，卒子反被張生嚇下；鶯鶯猶在店中，醒來猶唤聲姐姐。全不知生滅關頭，業冤何時得了。如此看書，與他從何處説起。

「覺」字，是一部《西廂》結束，大主意所在。今將張生驚覺科洵手抹去，改作張生抱琴童，叫聲小姐，全襲《西樓·錯夢》于叔夜抱文葆之事。《錯夢》本仿《驚夢》，已是拾人餘瀋；今反將《驚夢》去仿《錯夢》，可謂捨却本來無盡藏，反去咬人乾矢橛。

一、强作解事

奇　逢

「偏，宜貼翠花鈿」，「偏」字一讀，猶言獨妙，襯在「春風面」之下，「宜貼花鈿」之上，明贊其面之獨宜于貼翠也。今解作「雙文側轉身來」，不但摇頭側腦，雙文無此醜態；亦不知鈿窩在兩眉之間，古宫妝安黄貼翠，多在此際，此豈側轉身來可見？

「游藝中原」，張不過自表其尋師訪友、游學論文之意。遂云張是游于藝的，便是志于道的，豈不賽過冬烘百倍？

「行一步可人憐」，言凡行一步，有許多嬌態。今解作只行得一步。若只行一步，下爲何有「千般裊娜，萬般旖旎」許多描寫？又將「行一步」句，遥接前「偏」字，謂「側轉身來，便一步走進去了」。中間尚有【勝葫蘆】兩闋，形容許多語默行止，此豈一步間可得！而必以此爲「翩若驚鴻」，方爲活雙文，而不知摇頭擺腦，竟爲醜雙文也。

「襯殘紅」一闋，從雙文歸途，迤逗追踪而至。言其一路俄延，傳出無窮心事。若只在自家庭内，芳徑香塵，却從何處寫來？豈張生與聰闌入内庭，作如許輕狂乎？總欲遷就其不到殿上之語，便如敗絮行荆棘中，不覺處處挂礙。

明明説「打個照面」，明明説「臨去秋波那一轉」，而必曰張生調謊，雙文實未見張生也。雙文胸有情苗，眼具慧力，不痴不瞎，豈有當面茫然！如曰一見張生，便爲售奸，則後文「聯吟」、「聽琴」等劇，俱可一筆删却，《西廂》直可不作也。

聯　吟

「羅袂生寒，芳心自警」，是張自寫其初學偷香、心驚膽戰之狀，故下遂接「側耳」、「躡步」、「悄悄」、「潛潛」等句。乃云此二句是説雙文，謂張算到夜深，其袂必寒，袂寒其心必動，心動必悟夜深，夜深必要燒香，燒香必要急去。此等見解，想從「哭白丸子」上得來：某甲于市中見賣白丸子者，遂號慟不已。人問其故，則云：「白丸子乃款冬花所造，款冬葉似枇杷葉，枇杷葉似驢耳，驢耳似馬耳，我對門馬二老官死了，因此痛哭。」才子錦綉肚腸，曲折往往類此。

「一更之後，萬籟無聲」，因下有「角門兒呀的一聲」聲字，遂謂此無聲，是即不聽見開角門聲也。「萬籟」二字，出于《南華》，可惜將來放在門角落裏了。

「直至鶯庭」，是設想如此。倘得邂逅也，便道一更之後，猶然萬籟無聲，他也無禮，我也無禮，遂爲排闥上床之計。此便是黑旋風等不得一清道人回話，半夜裏獨上二仙山，斧劈羅真人的氣質，恐張生未必豪舉至此。

「香烟人氣，氤氳的不分明」，亦只借説如此。乃以「香烟」二字接前燒香，遂以「人氣」二字接前長歎，謂「雙文一歎如許濃至」。妙哉雙文，腹中竟有似窑烟者。

鬧　會

「忽聽一聲猛驚」，又道是闢角門的聲，不知下句緊接「撲剌剌宿鳥飛騰」也。

才子動稱《西廂》妙文，絶類《左傳》，從未見其指出《西廂》何折，與《左傳》何篇相類。止引「澗溪沼沚之毛」四句，謂四句只是一句，一句只是一字，用以證「淡白梨花面」四句。三家村裏八九歲孩子，甫畢經書，從鋪子上買得《必讀古文》一册，開章第一篇，餘姚先生已作如此講解，其伶俐，又不必若此講解。才子屢誇《左傳》，探討豈竟止此。

解　圍

謂是舉竟無中策，用獻與賊人，先出下下策，以起傳示兩廊之下策，謂雙文未免孟浪。要知雙文不是泛然召募，兩廊僧衆中如錐處囊者幾人耶。雖在危急存亡之秋，此事豈是孟浪得的？

請　宴

紅云：「奉夫人嚴命。」張遽答云：「小生便去。」于紅娘口中漏却「請」字，正與下「請字兒不曾出聲，去字兒連忙答應」關照得妙。今將下二句改作「我不曾出聲，他連忙答應」，竟不知該出何聲，彼答何應也。且紅娘早有「奉夫人嚴命」一語，已曾出聲過來。于詞理承應處，全無一些照顧。「來回顧影」，特將無鏡作波瀾，買弄風騷也。乃解作張已出門，忽又回來，相頭相脚，遂有許多封米瓮、蓋菜瓶之事，下二「事精」四句，謂即贊此，以爲養得鶯鶯活也。夫養得鶯鶯活，而須米瓮菜瓶耶？將張解元作武大一流人看，豈不是賣菜傭的話！

聽　琴

謂紅娘不以張情告崔，令張自以琴挑，直以小姐守禮，紅娘知分，不敢以閫外之語相干，不敢以卑賤之言上瀆。此時尚作如許夢話，必若所云，阿紅在二月十五日以前，斷不得以二十三歲之言進矣。此皆不將眼光通顧前後者也。

傳　書

「嗤，搯做了紙條兒」，此紅娘故作波瀾，乃不幸言而中。遂謂紅娘早早猜破，斷無便與傳去之理，下文何以又有「放心學士，我願爲之」等句。要之：紅娘事事布景，言言帶謔，一味認真不得。紅娘一身義俠，然諾必誠，意氣不減古押衙，此語既已出口，正爲他日就歎立案。「管教那人兒探你一遭兒」，謂故做此滿意語，反挑下文之不然也，眼光又看得忒近了。

窺　簡

「將暖帳輕彈，揭起梅紅羅軟簾偷看」一闋，寫出侍兒從容次候，無數小心。今看作放肆輕忽，道紅娘挨身進房，將帳兒一彈，彈帳不覺，揭簾偷看，全副是時遷偷鎖子甲行徑。閨閣中有禪禮，粗人那得知。

雙文看見紅娘，不問起回音，便道雙文覷破紅娘輕忽，故作倦怠，及至妝盒得書，便一時發起威來。此便是閻婆惜見宋江，作病作嗔，不通一話，忽然拿着招文袋，便放出嘴臉。獨不道傳情遞柬，第一要捉空便的，不是說了便走，走來便遞。人之有目，甚可畏也；耳屬于垣，不可度也。紅所以遲遲至今早，崔所以緩緩不急問也，情私中有神理，粗人那得知。

「幾曾見，寄書的顛倒瞞着魚雁」五段，固是紅娘不平之鳴，然一味蘊藉尖酸，略無憤怒之色。乃曰惡罵惡詆，曾不少顧，至云「毒心銜，毒眼射，毒手揮，毒口噴，千毒万毒，欲杀欲剸」，將红娘全然看做石秀拿奸一例，词间並无此态。前云：「紅娘守分，必不敢以卑賤上瀆。」自家說過的話，也曾想一想否？

逾　牆

紅云：「我去鬬了角門，怕有人聽咱說話。」此正是紅機鋒藏不得處，明知小姐暗勾下人，特爲點破。此處反看道紅娘怕事，借端抽身，與前說「千毒萬毒」等語，了不相顧，又看得紅娘全無乖處。

崔之用情，大約不欲明言，要人意受。以紅之機警，未免鋒穎太鋭，失于回味。若此之贈方，却從紅「昨者病患要安」一語生出，明是以意語意，不復别作公案也。紅亦言下瞭然，略無猜疑，一路點逗，見面嗟憐，皆帶三分尖酸，二分諧謔。乃曰：不通風縫，全無捉摸。仍作前文答簡時一例看，眼力不能少變，又看得紅娘全無乖處。

問　病

「瀟灑書齋，悶殺讀書客」兩句，自作開闔，言如許瀟灑的書齋，宜無悶不破，今偏悶殺，甚言悶不可解也。今即將「瀟灑」二字作悶用，言雙文不來，故猶然瀟灑，豈雙文一來，遂加熱鬧乎？説得張生一團俗氣，抑且看得雙文渾身羶氣。

佳　期

收尾「來時節，畫堂簫鼓鳴春晝」一段，作多少歡喜之詞，且自誇其功伐也，便可省却許多榮歸合卺俗套。今偏解作悶辭，真是别有肺腸。

巧　辯

「馬兒慢慢行，車兒快快隨」，謂一慢一快，一路趕上。車在馬右，馬在車左，男左女右，比肩並坐，此衛靈公與夫人招摇過市景象，不意于長亭復見之。

送　别

且元本是「迍迍行」，世本誤作「逆逆」，今又改作「慢慢」，以訛傳訛，去之愈遠。某甲主觴政，適當春雨，拈一口令曰「春雨如膏」。其乙曰「夏雨如饅首」，蓋誤「膏」爲「糕」也。其丙曰：「周文王像炊餅」，又誤「夏雨」爲「夏禹」矣。若使其丁奉行，又不知作何許語。今「慢慢」之與「迍迍」，何以異是。

驚　夢

謂北曲不用兩人唱，故藏過鶯鶯，而在内唱，便不算兩人唱矣。豈知鶯鶯在長亭别去，草橋店中無鶯鶯也，張生夢中所遘，即張生魂之所變也。此時猶執爲兩人，何異撲莊生之蝶，爭鄭人之鹿哉。語云痴人前不可説夢，洵然。

一、竄易字句

《西廂》妙在正文之飄灑，尤妙在襯文之倩利。風流藴藉，真所謂天姿國色也。今易以一往武夫憪氣、市井渾氣。彼則標指見月，此必刻舟求劍；彼則點睛欲飛，此必畫蛇添足；彼則拈花微笑，此必厲嘴張牙；彼則非馬喻馬，此必騎驢覓驢：不但靈蠢霄壤，抑亦雅俗冰炭，略不會心，毫無咀味。元本曲白，俱用北音，往往易以吴語，面目頓改，聲口並失。最可笑者，通本中横添入無數「你」字、「我」字、「他」字，每篇有之，每段有之，甚至每句有之。如「奇逢」：「我明日透骨髓相思病纏，我當他臨去秋波那一轉，我便鐵石人也意惹情牽。」如「停婚」：「他其實咽不下玉液金波，他誰道月底西廂，做夢裏南柯」；「他酩子裏揾濕香羅」，「他眼倦開」，「他手難擡」，「他斷難又活」；「你低首無言自摧挫，你不甚醉顔酡。你嫌玻璃盞大，你從依我，你酒上心來較可」；「你今煩惱猶閑可，你久後相思怎奈何？」此蓮子胡同中聲口，使人念不得，使人聽不得。如此等類，莫可殫述。

奇　逢

「怕你不竄「空」字雕蟲篆刻」，「有幾個竄「兀的不引了人」六字意馬心猿。」不知此六字如何添上，如何解説。

「這邊是竄「你道是」河中開府相公家，那邊是竄「我道是」南海水月觀音院」。張因聰有「河中府小姐去遠」之句，故接口云「你道是河中府小姐，我道是南海觀音院」也。若「那邊」、「這邊」，聰上人從幼剃度此山，豈不知之？須你今日來分剖？

「我明日竄「怎不教」透骨髓相思病纏竄「染」字」，請問何以必在明日？

假　寓

「不要香積廚，不要二字增枯木堂，不要竄「怎生離着」南軒，不要竄「遠着」東牆」。凡經上文有此一二字，下便連片接去，不管文理之安不安，以爲痛快。

「得他時，我定要三字增手掌裏奇擎」。此三字真所謂下命釘也。

【耍孩兒】五煞，怨夫人有之，怨紅娘有之，怨小姐有之，自怨亦有之。乃于五段之首，每加「紅娘」兩字，第一段「紅娘，你自四字增年紀小，性氣剛」；第二段「紅娘，你竄「夫人」二字忒慮過，空算長。竄「小生空妄想」」；第三段「紅娘，他三字增眉兒是增淺淺描，他增臉兒是增淡淡妝」；第四段「紅娘，我三字增院宇深，枕簟涼」。此自家家裏事，也來唤紅娘。某甲慕爲青樓之游，因平日見世俗稱青樓中人必曰「小娘」，是日每有所須必高呼「小娘」；凡飲食寢處之事，無不連呼「小娘」者，聞者莫不掩口。明晚歸卧家中，夢裏猶呼小娘，其妻大憤曰：「今夜當呼大娘矣！」特爲紅娘一笑。

「下邊二字增翠裙鴛綉金蓮小，上邊二字增紅袖鸞銷玉笋長」。河中府、觀音院，要分個「那邊」、「這邊」，手脚也要分個「上邊」、「下邊」。事事四至分明，不然手脚亦恐人倒認，此才子看書最爲精細處。

聯　吟

「定要我竄「便」字緊緊摟定」，三字不但下命釘，渾是一種無賴口氣。

鬧會

「燭滅香銷」下抹去鶯白，「那生忙了一夜」句，將崔與張無數關情處，全然抛却。

解圍

「我只是三字增風裊篆烟不捲簾」，句首忽添三字，何異萬鈞頑石壓在頭上。

「相你增臉兒清秀，一定增性兒温克」。好一個風鑒先生！

請宴

「封鎖過竄「洵下」二字陳刪去「黄」字米數升，蓋好了竄「煠下」二字七八瓮軟蔓菁」，意謂謙其筵席之薄，恐與下「金帳」「玉屏」等詞不合，故易作張生酸腐實迹。張生酸腐，酸不至此，腐不到此，况以此養得鶯鶯活也，此便算張生的冠世才學了。

「正中是增鴛鴦夜月銷金帳，兩行是增孔雀春風軟玉屏，下邊是竄「樂奏」二字合歡令」。又要分出中間、兩邊，上邊、下邊來，恐鴛鴦帳不在中堂，孔雀屏亦非傍列。「合歡令」脱去「樂奏」二字，亦不知是何名目，未必便應在下，請才子另行擺設。

「生成是一雙竄「明博得」三字跨鳳乘鸞客，怕他不竄「俺到晚」三字卧看牽牛織女星」。「跨鳳乘鸞客」，不兼兩人説；「卧看牽牛織女星」，又非指崔也。横加「怕他不」三字，純是一種無賴口氣。用事至此，盡成穢褻。

停婚

「除非説增我想思爲他，他相思爲我」。此三字如何接得上？且此種口氣，總非北音中所有。

「肚腸閣落泪珠多」全竄「江州司馬泪痕多」，此等句法，從何處搜索得來？有一新嫁娘，于花燭之夕，夢中小遺。其夫甚怒，遣歸。其母曰：「我女離母甚悲，因新婚不敢聲哭，故眼泪都從肚裏落了。」此亦可謂錦心綉口。

聽琴

「不是我增竄「令」字他人耳聽，知你竄「訴」字自己情衷」；「是爲增嬌鸞雛鳳失雌雄，分明怕伯勞飛燕各西東」。用字千牢萬實，略無一些餘韻。

「外邊增疏簾風細，裏邊增幽室燈清，中間增一層紅紙」。又分出裏外、中間來。一帶房子，必要分別個那邊、這邊；一雙手脚，也要分別個上邊、下邊；一扇紙窗，亦要分別個外邊、裏邊：可謂表裏精粗無不到，上下四旁皆方正矣。

遞簡

「遭横事竄「因喪事」幼女孤兒」，何其作不祥語也。「何干竄「足見」二字天地無私」，將感戴天地之詞變爲呵駡，且「無私」二字如何將「何干」二字搭上？文理種種若此，不知啖何物過日。

「弄得二字增沈約病多般」，此等字面，斷不是騷人口吻。

窺簡

「我若遞與他，他必然撒假」。「撒假」二字，是雙文一生氣品，被紅娘鶻眼拈出，此是通本點睛處。後文喜怒其間、性難按納等語，俱從二字生來。竟將二語一筆抹去，此語全然不省。

「險些兒把娘拖犯」，紅自稱「娘」，雋妙異常。今將「娘」字改作「奴」字，風趣頓失，真是點金成鐵手。

逾墻

「你且竄「一個」二字潛身在曲檻邊，他今竄「一個」二字背立在湖山下」。作親對張生説，則張既見紅下，爲何又有摟慌之事。

「便是竄「似」字紅紙護銀蠟，便是增柳絲花朵垂簾下，緑沙便是竄「茵鋪着」三字寬綉榻」。「寬」字更加没理。

「良夜又增。迢遥，閑庭又增。寂静，花枝又增低亞」。叠三句寫來，文情何嘗不是一片。必用一字作綫，方爲貫串，此鈍漢縛卵之計，不爲巧手。

「嬌滴滴美玉無瑕，莫單看三字增粉臉生春，雲鬢堆鴉」。從中忽添入三字，連上句播得穢褻之極，徹底是王乾娘口氣。

問　病

張云：「紅娘姐，此詩非前日之比。」紅云：「哦有之三字增。」此吴音也。中如此類者甚多。

「俊的是龐兒俏的是心」，中間襯入兩「是」字，何其婉約多風也。遂將「是」字連片插入上下九句内，不管文理安不安，語氣受不受，一直數去，以爲痛快。

佳　期

本詞盡褻矣，又添入許多「你」字、「我」字。才子佳人初歡之夕，遽作如許狎昵之詞，得毋有傷大雅？

巧　辯

「那小賤人做了饒頭」，「小賤人」三字，替夫人説得好；「做了饒頭」四字，陪小姐説得好。一語之間，無數風云。今改作「我紅娘做了牽頭」，此語便何消説得，令人意味索然。

「釋之以去其污」一語，是夫人最心折處，此事所以迎刃而解，也便一筆抹去，全折中便少商量。

「他説竄「道」字紅娘你且先行，他説竄「教」字小姐權時落後」。「道」字、「教」字，口角輕雋婉妙，且分用二句，亦各虛實不同。今因夫人有「他説甚麽」之問，紅云：「他説夫人事已休。」遂將此二字連片用下，而不知其句法之各有相宜也。

送　别

「倩疏林你與我增挂住斜暉」，「你供食太急，你眼見增須臾對面，頃刻别離」。「你」、「我」字至此猶放不下，「疏林」上也加去，飲食上也加去。將何物何處不可加上，不必有詩爲證。

「大家是三字增落日山横翠。」請問此三字，如何放上？「方才還是竄「笑吟吟」一處來，如今竟是竄「哭啼啼」獨自歸」。此潘金蓮哭武大郎聲口。「紅娘，你看他在那裏此句增入？四圍山色中，一鞭殘照裏」。二句情景，在想望之中，何必看見，何必不看見。必曰「你看他在那裏」，又下命釘矣。

驚　夢

將「驚覺」二字一筆抹去，此時猶然做夢也，不知魔頭何時得醒。

一、横分枝節

元曲一闋自爲一節，一節自爲一情，各有天然起落，界限井然，無煩别起爐灶也。忽然用右第幾節章法，横分枝節，不但頭腦冬烘，遂使首尾瓦裂。或割下段搭上段作一節，或截上段搭下段作一節，或從一段中劃開作幾節，或將一句來截斷作兩節，或將界白移填，或將關目插入。更可怪者，或截上段末一句，或三字或兩字，置下段首作領。不獨頭上安頭，而反使足加頭上。或割下段起一句，或三字或兩字，置上段尾作結。不獨脚下生脚，而反使首居足下。顛倒錯亂，割裂零星，莫可言狀，頓使文理周遮，音調破碎。今三吳有「碎剮《西廂》，腰斬唐詩」之謡，其爲不祥莫大焉。聞有《才子唐詩》，間過友人案頭，亦有此書。從來不敢索看，不忍又見少陵諸公身入苦海也。

奇 逢

【上馬嬌】一闋，止四句，離爲三處，而將末句「宜貼翠花鈿」，搭倒第三句么，首句「嚦嚦鶯聲花外轉」作一節。東扯西拽，竟有車裂之勢。

假 寓

【哨遍】「待颺下」半句作一節，「教人怎颺」半句，另粘下文作一節，全不按虛實呼應之理。

鬧 會

【新水令】止六句，將「梵王宫殿月輪高」二句作一節，在上半夜唱；「香烟雲蓋結」四句作一節，在下半夜唱。一言之間，遂分長庚、啓明之候。

傳 書

【天下樂】第一句「才子佳人信有之」，本爲下文「紅娘看時」數語作領，乃添「這叫做」三字在「才子佳人」之上，搭在上「一樣害相思」下作結。本句既曰「信有之」，復添「這叫做」三字在上，試問凡有目者，文理念得去否？

逾 牆

紅云「張生背地裏口硬」數句，本在【清江引】「没人處只會閑嗑牙」上，所以合節。今移填【錦上花】中間，「迸定隋何」上，不知如何插入。

「香美娘處分俺那花木瓜」，本是【清江引】結句，在鶯未喊賊之前，紅在傍私窺鶯將如何處分也。今移在【雁兒落】「一家兒喬作衙」上作起，此時紅既代崔處分矣，又何須復説此句？前着後着之間，所爭死活不少。

問　病

「不煞知音」四字，本在【禿廝兒】「凍得戰戰兢兢」末，今割「知音」二字，搭到【聖藥王】上作起，另爲一節。

【混江龍】一闋分八節。

佳　期

「佇立閑階」四字作一節，「彩雲何在」四字作一節。「愁無奈」三字本【青歌兒】末句，移在【寄生草】上，又于三字上，添入許多科白，此三字竟似空中挂落。

巧　辯

「常言道：女大不中留」，本在【聖藥王】末，直移至【麻郎兒】「一個文章魁首」上，又移後紅云「乃夫人之過」一大段科白，隔在此句之前。不知【聖藥王】全是爲崔釋過，【麻郎兒】三闋全是爲張解紛，話分兩頭，牽搭便謬。

「誰能够」三字作一節，此三字正管到下「要人消受」上，文理方完。只三字分截，不知其所云「能够」者何等！

送　别

「此恨誰知」四字，在【滚綉球】末，移在【叨叨令】上，中間又插入鶯、紅科白一段。

驚　夢

「做打草驚蛇」，在【喬牌兒】「疾忙趕上者」句下，移在【攪箏琶】上，中間增入張生科白一段。處處截頭去尾，使前調了而未了，後調起而不起。此全本《西廂》未有之事，亦凡爲元曲未有之事也。

他時見貫華堂《水滸傳》，歎其心眼尖利，可啓年少聰明；後見《西廂記》，不覺廢然，于他書不敢復閲。貫華主人，其自謂必天下之錦綉才子也。今觀《西廂》種種評論，遂使本相盡露：心肝生得粗惡，口舌生得叫囂，思路生得尖纖，筆意生得拖沓。曾一施于《水滸》，聊當劇談一出。其于《西廂》，不能更造心眼，出手不來，遂爾東涂西抹，衍成一片風話。偶拈一語，旋個不休；忽扯一淡，纏個不了；語語頂針，字字轉脚；漫漫若重霧，滚滚若飛灰。使人家子弟見之，損多少智慧，長幾許惡習。若李氏《藏書》所載古人事實，而批詞横肆無忌，如云「胡説」，如云「放屁」，成何詞令？此閭巷負販反唇渤誶之語，藝苑中從無有此。後生見之，徒以長其凌厲顛狂之習，其不得死固宜也。今貫華《西廂》，信手涂竄，全副是閭巷發科打諢之習，略無一些風雅。後生效其恢諧，遂成終風謔浪。此樂府鴟鴞，詞場害馬，屬意騷壇者當急投諸水火，豈止與魏收藏拙？

（録自康熙刻本《西來意》）

聖歎《六才子書删評》序

余扶上

聖歎先生評點才子書七，余知其四：《孟子》、《左傳》、《水滸》、《西廂》。然《孟子》板焚不得見，即

《左傳》亦僅從諸選本領其大略。所得全讀者，《水滸》、《西廂》二本，惜卷帙繁多，累月日不能竟，而《西廂》尤甚。山居無事，取其評删之，繕寫得四十餘葉，因讀而序之，曰：先生真異人哉！自有書以來，批點之者無慮數十百家，字爲釋，句爲解，莫不自謂有造後學。自先生起，不必解之釋之，而無不解無不釋也，且亦覺不解不釋之勝于解之釋之也。人謂先生天分優甚，然以意逆志，不輕放過一字，亦若大費研索，而探喉而出，絶無分毫囁嚅，又似不得以學力加之，先生其異人哉！夫今之與古，相去幾何時矣！前後異代，彼我異情，自敵以下且覥面如秦越，況遥遥隔世如古人。其言語之無端無緒，其情事之或即或離，舉不自知，而不能以告人者。自先生批之，覺古人鬚眉欲活，古人肺腸若揭，兩人若一人，兩心若一心。何也？紫陽云：昔有盜發霍光家奴之冢，其奴猶生，出語廢立時事，較《漢書》尤悉。吾不知先生批點時，作者曾出自冢中，親爲告語否？抑亦世間真有轉劫輪回，如佛氏所謂再來者，批者人即作者人與？語云：腐草化螢，又有見箏弦化龍者。先生未批以前，《水滸》賊書，《西廂》淫書。今而知《水滸》之變幻離奇，直進于《易》；《西廂》之纏綿濃鬱，直進于《詩》：倘亦先生之有以化之與？且虚虚實實，正正奇奇，反側變化，極文章之樂事者，在當日則如砂之蒙金，璞之錮玉，闇淡而不言。一旦從批點中跳躍而出，令三尺童子亦約略能言其概，則先生之嘉惠來學，功倍作者，其足俎豆于不祧，又奚疑耶？以予服膺先生而復有所删，非刺謬也，正欲便于觀覽，使目中無時不見有先生之書，是亦俎豆先生之一端也。太史公曰：「假令晏子而在，執鞭亦所欣慕。」余于先生亦云。

（録自康熙刻本《十松文集》）

重刻繪像《六才子書》序

吕世鏞

原夫鏤月裁雲，卓吾興化工之歎；驚心動魄，聖歎有才子之稱。發作者之巧，睛點僧繇；傳崔徽之真，毫添顧愷。豈殊講學，不言性而言情；若共論文，亦中規而中矩。嘗綺語閑情之賦，寧識風詩；悟秋波臨去之詞，方知禪義。是不獨緑幺小部，聲聲花外之傳；紅豆奼姬，粒粒酒邊之記而已。兹因以三餘，縮之短本。珍藏懷袖，敢云徑寸之珠；佐以文房，還共吉光之羽。扁舟選勝，載同文蛤香螺；蠟屐探幽，攜並錦囊奇句。娱騷人之目，底須略略頻彈；醉韻士之心，不啻堂堂低唱。幸等之《左》《國》《莊》《史》，觀其掀天蓋地之才；毋徒因月露風雲，求之減字偷聲之末。康熙庚子歲仲冬上浣，豐溪吕世鏞題于西郊之懷永堂。

（録自康熙五十九年刻本《懷永堂繪像第六才子書》）

元本《北西厢》序

任以治

以《西厢》爲淫詞，此固正論。然觀《詩經》中，如《鄭》、《衛》之變風不必論已，而風始《關雎》，子以「不淫」、「不傷」，示學者以善讀之法，故《鄭》、《衛》可以不删。《西厢》其即尼山録《鄭》、《衛》，以示懲創之意歟！何以見其示懲創之意？曰：讀其開首一齣，固已提挈了然矣。普救爲何人敕建？老夫人云：「則天娘娘命夫主蓋造。」以崔委身女主，且職居宰輔，不能匡正其淫惡，而又逢君佞佛，釁血涂膏，況復侵國課之餘脂，私蓋別院，豈真能出堂俸爲避賢地哉？故生此不貞之女，即于此地顯示報應，此西廂待月所由來，而佛法之所以有靈也。他日夫人云：「這等事不是我相國人家做出來的。」嗚呼，亦知相國自作之孽歟！此意予得之方外人評本，而竊以爲《西廂》之意在懲惡而勸善，可與尼山録《鄭》、《衛》之旨參觀也。至金評，不特大旨失却，並曲調亦不知，坊間盛行，殊屬可笑。爰梓原本，以覺世云。

乾隆戊戌夏日，於越任以治雁城題

（録自清抄本《西來意》）

元本《北西廂》序

闕　名

《西廂》歌曲也，實即古之樂府。自院本盛行，碩儒輒同爲淫哇，而實甫之奇文，遂不堪與秦漢後作者比列矣。不知天運與文運必趨而日新，期固歷朝後勢，不得不另辟一徑途，而要自臻其極至者。是書向有玉茗堂、延訂閣及碧筠軒諸本，雖手眼各出，而廬山之真面常存。自聖歎書出，而割裂改換，音調全乖，曲白皆非，文理頓塞。坊間之盛行，以無人出原本而一一指示之也。斯豈欲與聖歎爲難哉，亦曰復實甫之舊觀，使奇文不終埋没于穢朽中云爾。

（録自清抄本《西來意》）

《此宜閣增訂金批西廂記》哭後人

周　昂

哭後人上篇

聖歎之《西廂》批本，渠所謂「留贈後人」者也。嗚呼！聖歎之用心苦矣。其待後人亦可云厚矣。喟後之人震其名，鮮有能讀其書者，其辜聖歎也實甚。少霞蓋循覽篇首兩序，而淚未嘗不涔涔下也。喟然歎曰：夫古人則何煩我之慟哭哉。古人在當日天賦才華，幸而遇于世，功名富貴，煊赫一時；其或不幸而不遇，寄情墳索，雅意纂修，單詞片語，比于潛德幽光，垂諸奕禩，不乏賞音。即如有元詞人凡百餘家，而以北詞譜《西廂》與實甫分道揚鑣者，前有董解元一編。乃聖歎獨取實甫之作，列之《才子書》中，實甫有知，當且劇喜大慰，更無忳鬱拂其心，雖感激私衷，或致英雄墮淚。然而作書與批書，皆古今絶調。奇莫奇于此，快莫快于此。困抑之文人學士，聞之未有不爲之收淚者。何況從尚論之餘，别有神交之處，心心相印，如聖歎之于實甫，則其所云「慟哭古人」，爲已慟乎？抑爲實甫慟乎？爲已慟，是不病而呻也。且使讀古人書而憑弔興感輒行慟哭，則左氏之瞽、馬遷之腐以迨施耐庵輩，何一不當慟哭者？聖歎于此，直將淚盡而繼之以血也。爲實甫慟乎？則我思昔人讀《離騷》、讀《漢書》，皆取以爲下酒物。如實甫之《西廂》以酒酹之可也，已讀之而浮大白可也，安用此潸然者爲？乃吾謂古人不必哭，其可哭而大慟者，正在後之人。何言之？凡文之不深于情者，必非文之至。《西廂》之文，深于情者也。傖父不知尋味，至以「淫書」目之：此其可慟者一也。凡文必擇事而爲之、擇題而爲之，亦必非文之至。批《西廂》之文，不論何事、不論何題，洋洋灑灑，一篇自有一篇章法，其中大抵皆行文金針。傖父泥于批《西廂》之名，遂謂此只是《西廂》中情節，埋没無限苦心：此其可慟又一也。小夫孺子，血氣未定，市儈村氓，志趣卑污，嘖嘖于錦心繡口、軟玉温香，而神爲之動、情爲之移。其外皆冥然罔覺，遂以此書擲諸茵榻，挾諸舟車，置之茶前酒後，與彈詞小説無異：此其可慟又一也。然猶曰：此小夫孺子市儈村氓也。乃至壯夫宿老、名公鉅卿，大半同于小夫孺子、市儈村氓之所爲：此非其更可慟者乎。然此之所謂可慟，不過不知珍重也。自實甫北《西廂》創作，而以不便登場演唱之故，李日華即其原詞，改頭换面，旗鼓一新。于是本來面目，幾幾埋没。苟非聖歎加意批出，實甫之《西廂》何以得還舊觀？此則少霞所爲大慟者也。不獨少霞慟，普天下千萬世錦繡才子亦無不慟。而李氏拾實甫牙慧，以其書貽諸久遠，而得不隨水逝雲卷、風馳電掣而去，然則後人之沉痼惛愚而甘隨水逝雲卷、風馳電掣而去，不且齊聲一大慟哉。嗚呼！少霞之淚即聖歎之淚，聖歎之淚即實甫之淚。悠悠千載，知己難逢。閲世生人，斯文誰屬？未審增評者畢此，更何法以消遣？

哭後人下篇

則有疑我慟哭後人爲榮古而薄今、貴耳而賤目，視古人皆智而後人皆愚也，視古人皆賢而後人皆不肖也，其説近于矯，其情過于激。少霞唏嘘太息而言曰：是誠有之。雖然，我之初設是想也，亦懼後世之于我乎唾罵，而當世之人且將于我乎剚之刃也。而我且悍然不顧，欲正告之天下後世者，正以斯世之相率甘于聾瞶，不有以震其聾、驚其瞶，則造物之生人，聰明可以黜而不用。故吾于此，亟欲以一言發人深省也。且夫聲色貨利，後人無事肯讓古人，而獨至文章學問，則甘讓古人。非獨讓之已也。一切古人所有著述，吟之誦之揚之贊之，伏而跪拜之，恭敬奉持而曲護之，不敢有異說也，不敢有歧論也。即今之讀《西廂》者亦不乏矣。問之彼，彼必曰：「實甫真才子也，《西廂》一書，非才子何能作？聖歎真才子也，批《西廂》一書，非才子何能批？」嗚呼！彼豈知實甫者哉！微特實甫不能知，亦豈知聖歎者哉！夫讀《西廂》而不知實甫之所以作、聖歎之所以批，此正吾之所欲爲後人哭者也。今夫人死則涕泣隨之。後人未生，則哀心何自感，而涕淚何由至，抑知哭泣之哀非獨死喪之戚也？孔子泣麟，爲道窮也。厥後途之窮而阮籍哭，命之窮而唐衢哭，乃至亡羊歧路而楊朱亦哭。情之所感，有不自知其然而然者。若我讀古人書而慟哭後人，則非直所謂道之窮、命之窮、途之窮以及臨歧路而莫所適從也。人自有生以來，其體則性，其用則情。而性之體、情之用，統具于心。男女居室，人之大倫，情之所不容已，性之所不容已也。《西廂》一書，其道男女之事，雖不可以居室之大倫言，然男女之情，不可謂不篤。而冬烘先生轉以此爲溺人情性、壞人心術，噤不敢道、束不令觀，此殆非人情不可近者。夫不近人情，則情可滅；情可滅，則性可毀；滅情毀性，而心于是死矣。嗟夫！嗟夫！哀莫大于心死。日生之數即日死之數，未生而具死之幾非死而極哀之。致蕓蕓萬輩，恨不與水俱逝、與雲俱卷、與風俱馳、與電俱掣。有心者于此，非夫人之爲慟而誰爲哉？夫情有障，障不深則障必不能撤；情有魔，魔不重則魔必不能降。依古達人傑士不爲情溺者，見情之至斯見性之至，而大覺于是可證。此不在宗禪乘誦報誥以度迷津也。魔障緣情而生，不可溺其事，而不可不味其言。蓋見色謂之色，見空謂之空，色與空惟人之自取云耳。夫無況之字、不典之音，猥鎖糾煩，不可究詰，此稗官小說之通病也，聖歎亦不能擺落至盡。獨《琴心》一篇，諄諄于先王之制禮所以坊天下，而于狥情之處示閑情之方。宏氣偉理，卓然懿訓，其言非宋五子之言，而其理則宋五子之理。通斯旨也，夫何障之不撤？何障之不降乎？而其餘鏡花水月之言，不可舉是以例乎？惟是後生小子未由領此，而父兄師長，又莫爲解惑指迷而舉隅待反。是埋没後人之聰明，可慟；而埋没古人之心思，尤可慟。然則吾之慟哭後人，爲後人哭，仍爲古人哭也。猶憶余童時好閲是書，今年已耄及，又病且七年，行且隨水逝雲卷、風馳電掣而去矣。乃于病亟時，尚手此編，點之注之批之抹之，豈非障猶未盡撤魔猶未盡降乎？古人如俟我于泉臺，當必有破涕爲笑者。

（録自乾隆六十年刻《此宜閣增訂金批西廂記》）

《桐華閣校本西廂記》附論十則

吴蘭修

客曰：「金氏分節無當乎？」曰：曲有宫律，〔仙吕〕之與〔中吕〕，〔雙調〕之與〔越調〕，不相犯也；曲有節奏，起調之與尾聲，换頭之與歇拍，不相亂也。今使歌者截一曲之半，以爲前曲之歇拍；又截一曲之半，以爲後曲之换頭，則聽者皆知其失調矣。客曰：「以文義按之，金氏所分亦有未盡非者。」曰：曲之帶白者，其詞多斷；曲之接板者，其意相連。金氏强作解事，可云鹵莽。至「待颺下教人怎颺」，本七字句，乃分「待颺下」三字爲一節，是何説也？

客曰：「金氏妄改可得聞歟？」曰：如《驚豔》云：「你道是河中開府相公家，我道是南海水月觀音院。改云：「這邊是河中開府相公家，那邊是南海水月觀音院。」《借廂》云：「我若共你多情小姐同鴛帳，怎捨得你疊被鋪床？」改云：「我若與你多情小姐同鴛帳，我不教你疊被鋪床。」「你撇下半天風韵，我拾得萬種思量」。改云：「你也掉下半天風韵，我也颩去萬種思量。」《酬韵》云：「隔牆兒酬和到天明，方信道惺惺自古惜惺惺。」改云：「便是惺惺惜惺惺。」「便是鐵石人，鐵石人也動情。」刪去叠「鐵石人」三字。《寺警》云：「便將蘭麝熏盡，只索自温存。」改云：「我不解自温存。」「果若有出師的表文，嚇蠻的書信，但願你筆尖兒横掃了五千人」。改云：「他真有出師的表文，下燕的書信。只他這筆尖兒敢横掃五千人。」《請宴》云：「受用些寶鼎香濃，綉簾風細，緑窗人静。」改云：「你好寶鼎香濃」云云。「請字兒不曾出聲，去字兒連忙答應」。改云：「我不曾出聲，他連忙答應。」《賴婚》云：「誰承望你即即世世老婆婆，教鶯鶯做妹妹拜哥哥」。改云：「真是積世老婆婆，甚妹妹拜哥哥。」《前候》云：「一納頭安排着憔悴死。」改云：「一納頭只去憔悴死。」《鬧簡》云：「我也回頭看，看你個離魂倩女，怎發付擲果潘安？」改云：「今日爲頭看，看你那離魂倩女，怎生的擲果潘安。」《拷豔》云：「我只道神針法炙，誰承望燕侣鶯儔？」改云：「定然是神針法炙，難道是燕侣鶯儔。」「猛凝眸只見你鞋底尖兒瘦」。改云：「怎凝眸。」「那時間，可怎生不害半星兒羞」？改云：「那時間不曾害半星兒羞。」《哭宴》云：「兩意徘徊，落日山横翠。」改云：「兩處徘徊，大家是落日山横翠。」《驚夢》云：「愁得陡峻，瘦得啅嘛，却早掩過翠裙三四褶。」改云：「愁得陡峻，瘦得啅嘛，半個日頭早掩過翠裙三四褶。」此類不可枚舉。至如《借廂》云：「過了主廊，引入洞房，你好事從天降。」改云：「回廊洞房。」「軟玉温香，休道是相偎傍」。改云：「休言偎傍。」《請宴》云：「聘財斷不爭，婚姻立便成。」改云：「聘不見爭，姻立便成。」《琴心》云：「靡不有初，鮮克有終。」改云：「靡不初，鮮克終。」《驚夢》云：「瞅一瞅着你化爲醯醬，指一指教你變做營血，騎着一匹白馬來也。」刪去三「一」字。過爲減字，幾不成語。大凡曲之委折、拍之緩緊，全在襯字。金氏以論文之法繩之，宜其左也。

客曰：「然則金本皆非歟？」曰：金本科白簡净，書札尤雅，舊本所不及也。改曲亦有佳者，如《借廂》云：「若今生不做並頭蓮，難道前世燒了斷頭香？」舊本云：「若今生難得有情人，則除是前世燒了斷頭香。」《寺警》云：「我便知你一天星斗焕文章，誰可憐你十年窗下無人問。」舊本云：「學得來一天星斗焕文章，不枉了十年窗下無人問。」「你休問小僧敢去也那不敢，我要問大師真個用俗也不用俗？」舊本云：「你那裏問小僧敢也那不敢，我這裏啓大師用俗那不用俗。」「就死也無憾，我便提刀仗劍，誰還勒馬停驂」。舊本云：「劣性子人皆慘，捨着命提刀仗劍，更怕我勒馬停驂。」「便是言詞賺，一時紕繆，半世羞慚」。舊本云：「我將不志誠的言詞賺，倘或紕繆，倒大羞慚。」《琴心》云：「將我雁字排連，着他魚水難同。」舊本云：「則爲那兄妹排連，因此上魚水難同。」《賴簡》云：「我也不去受怕擔驚，我也不圖浪酒閑茶。」舊本云：「恁的般受怕擔驚，又不圖甚浪酒閑茶。」「小姐你息怒回波俊文君，張生你游學去波渴司馬。」舊本云：「從今悔非波卓文君，你與我學去波漢司馬。」《後候》云：「甚麽義海恩山，無非遠水遥岑。」舊本云：「將人的義海恩山，都做了遠水遥岑。」「他不用法灸神針，他是一尊救苦觀世音」。舊本云：「雖不會法灸神針，猶勝似救苦難觀世音。」《哭宴》云：「留戀應無計，一個據鞍上馬，兩個淚眼愁眉。」舊本云：「留戀别無意，見據鞍上馬，閣不住淚眼愁眉。」凡此，皆勝舊本。取長棄短，分别觀之可也。

客曰：「六十家本，《鬧齋》之【錦上花】二曲，《寺警》之【賞花時】二曲，《酬簡》之【后庭花】一曲，金氏删之，當歟？」曰：五曲鄙俚，亘出二手，删之是也。然尚有後人妄增者，如《驚豔》起調之【賞花時】二曲，《前候》起調之【賞花時】一曲，《酬簡》起調之【端正好】一曲，雖是楔子，可别自爲韵。然另用一人唱，究礙本例。且其詞淺薄，斷非實甫之舊，六幻本删之是也，今從之。

客曰：「六十家本《請宴》之【快活三】一曲，《賴婚》之【慶宣和】、【雁兒落】二曲，《後候》之【調笑令】一曲，《哭宴》之【小梁州】二曲，皆攙生唱，何也？」曰：此妄人所亂，金氏正之是已。

客曰：「舊本《驚夢》之【喬木查】五曲，作旦上場唱；【甜水令】、【折桂令】二曲，旦間唱。金本以【喬木查】四曲作旦内唱，餘皆生唱。孰是？」曰：金本是也。

客曰：「舊本《哭宴》闌入老僧，何也？」曰：舊白可笑，無逾此者。然亦足見舊本爲俗人竄改，多非實甫之舊矣。

客曰：「金氏評語何如？」曰：猥瑣支離，此文字中野狐禪也。

客曰：「金氏淫書之辯非歟？」曰：作傳奇者，兒女恩怨，十常七八，大抵文人寓言。若以禮法繩之，迂矣。然金氏必文其名曰「才子書」，至欲並其人其事而曲護之，則悖甚。

（録自道光二年刻本《桐華閣校定西廂記北曲》）

《沉吟樓遺詩》序

李重華

自古讀書作文，識爲尚；至韵語一道，尤貴神解。以韵語緣情而生，非直説理，而理固苞含周通。其始逌然而來，其卒渺然以往，其動宕之、激越之，不自知倀乎鼓、軒乎舞焉，而又適應其節，妙與天會。固知非神解者，不能讀、不能作矣。前輩文士，若吴趨金先生及廣陽劉先生，先後世出而識略同，余聞奇之。世徒見金先生書偶近游戲，知爲滑稽之流。顧其人冥心學佛人，其讀書千古如面，要于詩道甚深。論古人，則曰「《莊》、《騷》、馬、杜」。夫《南華》、《楚辭》、太史之書，間有所發，已足流示；若少陵詩，于唐人中言之加詳，意其理解獨運。及見《沉吟樓遺詩》若干篇，乃知先生于少陵寢臥言笑，才彌高而用心蓋彌篤也。平生吟詠極多，不自惜。此爲女婿沈君六書所抄，什伯之一。外孫元一、元景，慧且博，有先生風，幼受書母夫人，與余訓倡，相厚無間，故得悉徵其殘書。是刻也，先以壽世。曾屬劉先生手校，殆必傳無疑者。噫，繼自今先生詩，人見之、人知之矣；劉之詩，余見之、余知之，無人爲之傳也。近世旁羅百家稱神識，此兩人而已，詩其可漫滅也哉！

雍正五年首夏日，吴江李重華書。

（録自清鈔本《沉吟樓詩選》）

《沉吟樓詩選》讀後記

俞鴻籌

《唱經堂著述總目》，見于金昌所刻《第四才子書杜詩解》四卷附頁。其中《詩文全集》列入「内書」，據陳登原謂並未刊行。此《沉吟樓詩選》一册，録古今體詩三百八十四首，有雍正五年吴江李重華序，云係聖歎之婿沈六書録出，大興劉繼莊處士選訂。以鈔胥字迹及紙色審之，應爲乾隆初年鈔本。並從李序中，知聖歎尚有外孫元一、元景。二人「慧且博，有先生風，幼受書母夫人」一節，爲各家記載所未及，則此「詩選」流傳必不甚廣也。聖歎原名采，鼎革後更名人瑞，稗史有云本姓張氏，或云名喟，皆臆造不足據。卒時爲順治十八年辛丑七月十三日；其生年無可考，僅見楊保同所輯《聖歎軼事》云生于三月三日。又錢蒙叟撰《天台泐法師靈異記》述天啟七年事，已稱「金生采」，則當生于萬曆年間矣。詩中所述諸人，姓氏可考者：斵山爲長洲王氏。按《西廂·鬧簡》批語有云：「吾友斵山王先生，文恪之孫。」廖燕撰聖歎《傳》云：斵山爲俠者流，與聖歎交最善。一日以三千金與聖歎，曰：「君以此權子母。」甫越日，揮霍已盡，斵山一笑置之。邵寶撰王文恪鏊《墓志》，公有男延喆、延素、延陵、延昭四人。

延喆爲昭聖皇后之甥，少以椒房入宫中，性豪侈。斵山與之相類，或即其所出也。貫華先生爲韓住，字嗣昌；道樹爲王伊，字學伊。《西廂·驚夢》批語云：「知聖歎此解者[一]，……居士貫華先生韓住、道樹先生王伊。既爲同學，法得備書。」崇禎十四年初刻本七十回《水滸傳》，版心有「貫華堂」字樣，即嗣昌所刻。周亮工《賴古堂尺牘新鈔》謂金彩有《貫華堂集》，誤以《水滸》版心所刊爲聖歎集名，乾隆《蘇州府志》亦沿其誤，皆宜改正。閻牛叟名修齡，善詠詩；百詩名若璩，爲經學大師。閻氏順治時僑居淮安，後歸原籍太原，詩中同游鄧尉、虎丘，正其寓蘇之時。邵僧彌名彌，長洲人，吴梅村所詠「畫中九友」之一。文彥可名從簡，衡山曾孫，端容之父。「家兄長文」係聖歎族兄，名昌，字長文，號矍翁，法名聖瑗，曾撰《第二才子書離騷經跋》及《第四才子書杜詩解序》。「詩選」中「鼠肝蟲臂」一首，即臨難時寄示長文之作。兒子雍，字釋弓。按聖歎《才子尺牘》卷首有「男雍釋弓撰」五字。《哭廟紀略》載聖歎有一子，曾請乩仙題號，乩仙判曰「斷牛」。及聖歎獲罪，妻、子流寧古塔。「詩選」内亦有《與兒子雍》七絶一首，此可正梁恭辰《池上草堂筆記》所云聖歎無子之誤[二]。《杜詩解》卷二，有附録聖歎幼年所作五律一首：「營營共營營[三]，情性易爲工。留濕生螢火，張燈誘小蟲。笑啼兼飲食，來往自西東。未覺閑風日，居然頭白翁。」今「詩選」内不載，其遺佚固已多矣。聖歎之墓，在蘇州城外五峰山下博士塢，至今猶存。十餘年前，張仲仁一麐撰《陽山十八人祠記》，謂蘇州滸關陽山東麓有土地廟，塑象十八人，衣冠各異，故老相傳，即哭廟案中同難者之象；又謂哭廟諸生懷光復明社之志，緹騎搜其家，得

[一]「解」，原爲「律」，據原書改。
[二]「恭」，原作「拱」，據本名改。
[三]「共」，原作「復」，據原書改。

與嘉興友人書，多不諱語，故借哭廟事以罪之。今閲「詩選」中如《甲申秋興》、《效李義山絶句》、《塞北今朝》、《元暉來述得生事》諸作，亡國之思，觸處多有。當時文網綦嚴，犯者輒有不測。選此詩時，想見慎之又慎，而仍不免錯雜其間，則此詩後之流傳不廣，良有以也。劉繼莊生順治五年，卒康熙三十四年。全謝山爲立傳，云年十九寓吴中，居吴江者三十年。則繼莊始寓吴時，爲康熙五年。金釋弓已于前數年流寧古塔，而繼莊所著《廣陽雜記》有與釋弓問答《南華會解》之語，似釋弓後曾歸吴，方有此事，惜無他種資料可爲互證也。辛卯孟春俞鴻籌讀後記。

（録自清鈔本《沉吟樓詩選》）

金人瑞《沉吟樓詩選》

鄧之誠

金人瑞，字聖歎，本名采，字若采，吴縣人，諸生。順治十八年哭廟之獄，死者十八人，人瑞與焉。嵇永仁《葭秋堂詩集》附人瑞手札，作于己亥順治十六年，自言年五十三，被禍時當爲五十五歲。所撰《沉吟樓詩選》一卷，凡分體詩三百八十四首。有注明「逸詩」者，如獄中作茉莉詩，及臨命三章，然亦有少作。疑先有選集，身後採輯增益者，皆以「逸」名之。弁首雍正五年李重華序云，得之人瑞婿沈六書，六書屬劉獻廷選爲此集。重華與六書子元一、元景酬倡[一]，故爲之序。然秩序顛倒，使出獻廷

[一]「景」，原作「旦」，據李重華序改。

手，當不至是。重華字實君，號玉洲，吴江人，雍正二年進士，官編修，有《玉洲詩集》。六書名重熙，字明華，吴江人，有《珠樹堂稿》；其妻金法筵，人瑞季女，七歲能詩，人瑞爲賦「左家嬌女惜餘春」句，適沈後遂以名軒，有《惜春軒稿》。人瑞手札謂「深入金墅太湖之濱三小女草屋中，……理唐人七律六百餘章，付諸剞劂」，似即法筵之家。法筵夫婦詩，今唯見沈祖禹《吴江沈氏家集》中。人瑞之詩學杜，最見工力；樂府諸篇，皆有實際，不同七子繁響。惜體境未純，時雜禪語俚語。時方重元、白、陸、范之集，人瑞疾之，欲以盛唐教人，未嘗自居于作者。然其合作，雖當時名家未必能及之。凡涉禁忌者，似已删去。唯《塞北》一首，爲江陰城守而作，然亦指江南士女不識亡國恨耳。《春感八首》詩序[一]，謂「庚子正月，邵子蘭雪從都門歸，口述皇上見某批《才子書》[二]，諭詞臣『此是古文高手，莫以時文眼看他』等語，家兄長文爲某道。某感而淚下，因北向叩首敬賦。」以工于抨擊，略無忌憚之人，忽又感激皇仁，令人發笑。辛丑順治十八年新歲詩，忽有餘生無幾之感。是時禍尚未作，豈有先幾耶？沈德潛《别裁集》六，有人瑞《愁》詩云：「江水流春不當春，江花江草故愁人。開頭捩舵汝何往，擊鼓鳴橈皆不倫。巫峽猿啼皆迸血，楚天潮雨最通神。老夫欲寄精誠去，凴仗高風達紫宸。」不載此集，知散佚甚多。世之言人瑞事者，多不得其實。錢謙益《初學集》四十三，有《天台泐法師靈異記》，謂泐法師者，慈月宮陳夫人也。吴門飲馬里陳氏女，年十七，泰昌改元庚申之臘病卒，「以天啓丁卯五月降于金氏之卟，今九年矣。……卟所凴者，金生采；相與信受奉行者，戴生、顧生、魏生；皆于台

[一] 「春」，原作「秋」，據《沉吟樓詩選》改。
[二] 「口」，原作「日」，據詩序原文改。

有夙因者也」。案：丁卯爲天啓七年，是時人瑞年僅二十一，不識由憤世嫉俗、遁而語怪耶？抑姑以釣名耶？二者或兼有之。不然謙益望重，未必能得其文也。廖燕《二十七松堂集》十四《金聖歎先生傳》，推服備至，言「或問『聖歎』二字何義，先生曰：《論語》有兩『喟然歎曰』，在『顔淵』爲歎聖，在『與點』則爲聖歎，予其爲點之流亞歟？」所評《離騷》、《南華》、《史記》、杜詩、《西廂》、《水滸》，以次序定爲六「才子書」，行世者唯《西廂》、《水滸》、唐詩、制義、《唱經堂雜評》諸刻本。其解杜詩時，自云有人從夢中語云：諸詩皆可説，唯不可説《古詩十九首》。先生以爲戒。後以醉談「青青河畔草」一章，未幾，遂罹慘禍。案：燕嘗至吴門，訪人瑞故居，莫知其處。蓋去人瑞之没已久，不能詳其事，故誤謂人瑞于所居貫華堂設高座，召徒講經。不知「貫華」乃韓氏堂名，法筵《悼二侄女》云：「貫華堂畔長青苔，寂守孀閨久不開。」爲人瑞孫女之適韓者，人瑞自有唱經堂也。劉獻廷《廣陽雜記》，稱唱經堂挪展法，稱從金釋弓問《莊子》定本。釋弓即人瑞子雍，絶命詩稱爲「書種」者。獻廷自京師還吴，在康熙二十九年，遇雍當在此時；或言雍自寧古塔釋回者，非也。《沈氏家集》有沈永令《送金釋弓還遼》詩，知賂主者得暫還，而非釋回；所戍者遼東，而非寧古塔。獻廷所稱「病中無端忽思成都」詩，在此集中，云：「餘生得到成都去，肯爲妻兒一灑衣。」獻廷一生作客，所嚮往者，或在不爲妻兒灑淚耶？獻廷及燕，皆不及見人瑞。人瑞在當時實有盛名，尤侗《艮齋雜記》譏其啗狗肉，登高座説法；又説律詩分兩截如腰斬，是身首異處之兆；又笑其憑卟，實則《雜記》連篇累牘皆卟語也。知侗之詆諆，爲爭「才子」之名。廖燕言人瑞之功「開拓萬世」，李慈銘譏燕瓣香所在，自居何等。獻廷久居吴江，與諸沈習，又嘗與金雍過從，故能深知人瑞。其字繼莊，「莊」者莊子也。人瑞解《莊》，必有令獻廷心折者。全祖望表彰獻廷，爲之作傳，乃謂不解何故推尊人瑞，是皆以考據面目施之人瑞者也。周暉《金陵瑣事》記李贄常云：「宇宙内有五大部文章：《史記》、《杜子美集》、《蘇子瞻集》、《水滸傳》、《李獻吉集》。」「六才子書」似即由此脱化而來，奇更過之。人瑞見解未知視贄何若，而《西廂》、《水滸》至今流行，深入人心，似過于贄矣。人瑞絶命詩云：「且喜唐詩略分解，《莊》《騷》馬杜待何如？」今有《杜詩解》四卷，實補苴于從兄昌，字長文者之手。詩集後附已成、未成書目，爲考人瑞著述者得一確證。

（録自上海古籍出版社一九八四年排印本《清詩紀事初編》）

《沉吟樓借杜詩》跋

金　昌

唱經詩不一格，總之出入四唐，淵涵彼土，而要其大致，實以老杜爲歸。玆附刻《借杜詩》數章，豈惟虎賁貌似而已。矍齋識。

（録自康熙刻本《唱經堂杜詩解》）

《第五才子水滸》序

王仕雲

《水滸》一書七十回，爲一百八人作列傳。或謂東都施耐庵所著，或謂越人羅貫中所作，皆不可知，要不過編輯緑林之劫殺，以示戒也。原其意蓋曰：之百八人者，非宋朝之亂臣賊子耶？苟生堯、舜之世，井田學校，各有其方，皆可爲耳目股肱，奔走御侮之具。不幸生徽宗時，或迫饑寒，或逼功令，遂相率而爲盜耳。作者之旨，不責下而責上，其詞蓋深絶而痛惡之，其心則悲憫而矜疑之，亦有關世道之書，與宣淫導慾諸稗史迥異也。近見《續文獻通考·經籍志》中，亦列《水滸》，且以「忠義」命之，又不可使聞于鄰國。試問此百八人者，始而奪貨，繼而殺人，爲王法所必誅，爲天理所不貸，所謂「忠義」者如是，天下之人不盡爲盜不止，豈作者之意哉？吴門金聖歎反而正之，列以「第五才子」，爲其文章妙天下也，其作者示戒之苦心，猶未闡揚殆盡。余則補其所未逮曰：《水滸》百八人，非忠義皆可爲忠義，是子輿氏祖述孔子「性相近」之論，而創爲性善之意也夫。時順治丁酉冬月，桐庵老人書于醉畊堂墨室。

（録自順治十四年醉畊堂刻本《第五才子書》）

《水滸傳》序

王韜

《水滸傳》一書，世傳出施耐庵手。其殆有寓意存其間乎，抑將以自寄其慨喟也？其書初猶未甚知名，自經金聖歎品評，置之第五才子之列，而名乃大噪。當聖歎之評《西廂記》也，吴下有識者曰：「此誨淫之書也！」及《水滸傳》出，則又曰：「此奬盜之書也！」嗚呼！耐庵、聖歎皆讀書明理之人士，何至于奬盜？彼其意豈以爲世人傾險詐僞，固不如盜賊之可交也；亦豈以世人竊聲譽、干名器，避盜之名而有盜之實，與盜不甚相懸。所謂世上于今半是君者，固有憤世嫉俗之心所迫而出之者也。誠如是，仍無異于獎盜也，實足爲人心風俗之隱憂，豈得爲善讀《水滸傳》者哉。試觀一百八人中，誰是甘心爲盜者？必至于途窮勢迫，甚不得已，無可如何乃出于此。蓋于時宋室不綱，政以賄成，君子在野，小人在位，賞善罰惡，倒持其柄。賢人才士，困踣流離，至無地以容其身。其上者隱遁以自全，其下者遂至失身于盜賊。嗚呼！誰使之然？當軸者固不得不任其咎。能以此意讀《水滸傳》，方謂善讀《水滸傳》者也。然天下上智少而下愚多，鄉曲武豪借放縱爲任俠，小民鮮識，遂以犯上作亂之事，視爲尋常，未始非由此一書實階之厲。夫忠孝廉節之事，千百人教之而未見爲功；奸盜詐僞之書，一二人導之而立萌其禍。風俗與人心相爲表裏。近來兵戈浩劫，未嘗非此等蕩檢逾閑之譚，默釀其殃。然則《水滸》一書，固可拉雜摧燒也。世傳報應之説，聖歎及身被禍，耐庵三世喑啞，雖不必過泥其説，或非無因。而近世猶有付之剞劂，災及棗李者何也？則以世之閲此書者猶夥也。固非一時功令之所能惕，後世因果之所能勸也。莫鳌頑石道人，爲風俗人心起見，别具創解，特以石印是書，請名手爲繪圖像。書成請序于余，余閲未及半，瞿然以思，懼然以興，曰：「此書何爲而付之石印哉？既成不如其毁之也，勿使流傳于世以禍人也。」道人曰：「何爲我印是書？固有説以處此。我豈不知《水滸傳》一書，曾經查禁，久著甲令。然禁之自上，而刻之自下，牟利者何知焉？况禁久則弛，仍復家置一編，人懷一篋，亦無有過而問焉者。鄙意與其逆以遇之，不如順以導之。世之讀《水滸傳》者，方且以宋江爲義士，雖耐庵、聖歎大聲疾呼指爲奸惡，弗顧也；而揚波搧焰者，又復自命爲英雄，即正言以告之，弗信也。耐庵于《水滸傳》終結以一夢，明示以盜道無常，終爲張叔夜所翦除。于是山陰忽來道人遂有《結水滸》之作，俾知一百八人者，喪身授首，明正典刑，無一漏網。今我以《水滸傳》爲前傳，《結水滸》爲後傳，並刊以行世，俾世之閲之者，懔然以懼，廢然以返，俾知强梁者不得其死，奸回者終必有報。即使飛揚跋扈，弄兵潢池，逆焰雖張，旋歸澌滅，又何況區區一方之盗賊哉。兩書並行，自能使詐悍之徒，默化于無形；乖戾之氣，潛消于不覺。而後耐庵、聖歎之苦心，亦可大白于天下。」余曰：「善。」即以頑石道人言，弁諸簡端，庶使閲是書者知所警惕云爾。光緒十有四年，歲在戊子花朝後三日，天南遁叟序于淞隱廬。

（録自光緒十四年上海大同書局石印本《第五才子書》）

《西城風俗記》跋

楊復吉

唱經堂主人以禪學入門，即以禪學爲歸宿，故談禪諸文，靡不三藏貫徹。即此一編，微言妙諦，觸手紛披，雅不同緇流語録，爲夢囈，爲優諢，令觀者如坐黑漆桶中也。立語言文字，參無上乘，宏暢宗風，端賴此種。至命名之意，了不可解。原評曰：全是機語。而云《西城風俗記》即此五字是機語，亦佳。乙未初夏，震澤楊復吉識。

（録自道光二十九年刻《昭代叢書》别集）

《天下才子必讀書》序

徐　增

聖歎先生有六部《才子書》：一、《南華》，二、《離騷》，三、《史記》，四、杜詩，五、《水滸傳》，

六、董解元《西廂記》也。其評此六《才子書》蓋有故：夫文者，載道之器也。聖人之道，散現于典籍，故欲知聖人之道，當先知聖人之文。聖人之文，用法多端，變化不測。讀其書者，不知其法則文晦；文既晦矣，道何由明哉？聖歎之評六《才子書》，以其書文法即六經之文法[一]，讀者精于六《才子書》之法[二]，即知六經之法；六經之法明，則聖道可得而知[三]，故評六《才子書》爲發軔也。初聖歎欲評此六《才子書》，蓋嘗三七思惟矣：欲先評《南華》，莊生之言，似乎奔放，實合聖道，不得先事，《第一才子書》也；欲先評《離騷》，屈子忠于君國，淒迷纏綿，其義甚深[四]，又不得先事[五]，《第二才子書》也；《史記》憤激，不免骯髒；杜詩精密[六]，苦于東濕，皆不得先事[七]。且此四《才子書》有人讀之，而未必人盡讀之也[八]。若《水滸》一書，則人自少至老[九]，自智至愚[十]，無不讀之、無不愛之者也：莫如先評《水滸》[十一]，此《第五才子書》出最早也，貫華堂本亦既盛行于世，天下皆知聖歎評

[一]「書」，《天下才子必讀書》康熙刻本卷首序無。
[二]「于」，刻本無。
[三]「知」，刻本作「明」。
[四]「義」，刻本作「意」。
[五]「又」，刻本無。
[六]「密」，刻本作「嚴」。
[七]句末刻本有「之也」字。
[八]「人」，刻本無。
[九]「人」，刻本無。
[十]此句刻本作「自愚至智」。
[十一]句末刻本有「便」字。

《才子書》之意矣[一]。至夫《南華》，則嘗與同學論之而未評[二]；《離騷》嘗評二卷許[三]，名《慟哭注》，中止；《史記》評十之二三，杜詩評十之七八，董解元《西廂》評十之四五[四]，散于同學篋中，皆未成書。聖歎性疏宕，好閑暇，水邊林下，是其得意之處；又好飲酒，日爲酒人邀去[五]；稍暇又不耐煩，或興至評書，奮筆如風，一日可得一二卷，多逾三日則興漸闌，酒人又拉之去矣。同學諸子望其成書，百計慫慂之。于是刻《制義才子書》，歷三年，此最久[六]。刻王實甫《西廂》[七]，應坊間請，止兩月，皆從飲酒之隙[八]、諸子迫促而成者也。庚子[九]，評《唐才子詩》[十]，乃至鍵户，梓人滿堂，書者腕脱；聖歎苦之，間許其一出。書成，即評《天下才子必讀書》，將以次完諸《才子書》[十二]。明年辛丑[十二]，《必讀書》甫成而聖歎挂吏議，故未有序[十三]，許諸子于囹圄中成之。

[一]　句首刻本有「而」字。
[二]　「論」，刻本作「説」。
[三]　「許」，刻本無。
[四]　「解元」，刻本無。
[五]　「日」下，刻本有「輒」字。
[六]　刻本無此三字。
[七]　句首刻本有「又」字。
[八]　「隙」，刻本作「暇」。
[九]　「庚子」，刻本作「已亥」。
[十]　「詩」，刻本作「書」。
[十一]　「次」，字據刻本補。
[十二]　「辛丑」，刻本作「庚子」。
[十三]　「挂吏議，故未有」六字，刻本作「死，書遂無」四字。

未幾，聖歎卒[一]，諸子遂以無序書行[二]。嗟乎！《天下才子必讀書》乃聖歎絶筆之書也，從此世不得復見莊周[三]、屈原、司馬遷、杜甫四《才子書》矣！《必讀書》同學拮據刻之，茲周子雪客復刻之于白門[四]。癸卯歲暮，乃不遠數百里馳書于余，屬爲序，且謬以余爲知聖歎[五]，非余不能序聖歎之書。夫余烏能序之？又烏能知聖歎[六]？聖歎固非淺識寡學者之能窺其涯岸者也！聖歎異人也，學最博，識最超，才最大，筆最快。凡書一經其眼，如明鏡出匣，隱微必照[七]；經其手，如庖丁解牛，腠理劃然[八]；經其口，又如懸河翻瀾[九]，人人快意[十]：不啻冬日之向火，通身暖熱[十一]；夏日之飲冰，肺腑清涼也。余既病痼，見聖歎不數數，曾逾八年得一相見，每有論斷，恨余不在其處，同學或來道之。又每相見，聖歎必正襟端坐，無一嬉笑容。同學輒稱其飲酒之妙[十二]，余欲見之而不可得。

[一]「許諸子」等十四字，刻本無。
[二]「遂」，刻本作「乃」。
[三]「得」，據刻本補。
[四]「刻」，刻本無。「門」，刻本作「下」。
[五]「余爲」，刻本作「爲余」。
[六]句首刻本有「余」字。
[七]刻本脱前九字。
[八]「劃」，刻本作「井」。
[九]「又」，刻本無。
[十]「快」，刻本作「滿」。
[十一]「暖熱」，刻本作「汗出」。
[十二]「稱」，刻本作「道」。

叩其故，聖歎以余爲禮法中人而然也。蓋聖歎無我，與人相對[一]，則輒如其人。如遇酒人，則曼卿轟飲；遇詩人，則摩詰沉吟；遇劍客，則猿公舞躍；遇棋師[二]，則鳩摩布算；遇道士，則鶴氣橫天；遇釋子，則蓮花迎座[三]；遇辯士，則珠玉隨風；遇静者[四]，則木訥終日；遇老人，則爲之婆娑；遇孩赤，則啼笑宛然也。以故稱聖歎善者，各舉一端；不與聖歎交者，則同聲詈之；以其人之不可方物也。余所知聖歎者止此，周子乃遂欲余序其書哉[五]？聖歎書皆自爲序[六]，人固不得參一語也；且聖歎之書傳，亦不在序之有無也，且聖歎評書從無二法[七]。今《水滸傳》有序[八]，《雙文記》有序，《制義才子書》有序，《唐才子詩》有序[九]；此皆《天下才子必讀書》之序也[十]，又何必余爲贅疣哉？無已，爲述其評書之意如此。嗟呼，宇宙茫茫，誰知聖歎？周子乃心慕之不衰，而欲廣傳其書于天下[十一]；一人知己，乃在身後，聖歎可以無恨！余安能起聖歎先生于九京，畢諸《才子書》，而使周子盡傳之天下

[一]「對」，刻本作「與」。
[二]「師」，刻本作「客」。
[三]「迎」，刻本作「繞」。
[四]「者」，刻本作「人」。
[五]「周子」下，刻本有「雪客」字。
[六]「聖歎」下，刻本有「之」字。
[七]此句據刻本補。
[八]「今」，刻本無。
[九]「詩」，刻本作「書」。
[十]「之」，刻本無。
[十一]「其」，原作「真」，據刻本改。

也[一]。大易學人吴郡徐增書[二]。

（録自清鈔本徐增《九誥堂全集》，據康熙二年刻本《天下才子必讀書》序言校）

《才子必讀書》序

謝良琦

生平不識金聖歎。戊戌冬，從陽羡徐二玉所讀《五才子書》，方慨然想慕其人。聖歎于書，率稱「才子」。《五才子書》者，其所評閲《水滸傳》也。今年秋，過吴門書肆，見聖歎所選古人之文，又曰「才子必讀書」。余謂古之人之有志于道者，皆謂之「學」；其曰「才」者，材也，謂材具之美也。凡古之著書立言，傳天下、垂後世者，必其才美，又加學焉，故得致此，似不宜僅以「才子」名。然聖歎謂之「必讀書」，則其意猶將以教天下之爲才子者，其取類固不謬也。先是，余既知聖歎，因思識其人。每扁舟到吴門，必問聖歎。或曰：「噫，狂士也！且不見貴客。」或曰：「聖歎敢爲異説高論，往往醉飽酒肉，登壇説佛法，所謂離經叛道。雖其言時若可喜，其人不足稱也。」其後再至、再問，終不得見，則聖歎已罹法死矣。聖歎既死，妻子流離；家所藏書，狼藉散失。求其遺文，隻字不可得，獨是書去其死後二載，方行于時。嗚呼，聖歎天才敻絶，余讀其書，固多可稱；其繆戾詭譎，亦不合于道。再考之，或者之論其觸刑辟

[一]「天下」，刻本爲「世」字。
[二]此句據刻本補。

也固宜，然其志意亦有足悲者，可謂不易得之士矣！余嘗考古賢人所爲，如聖歎者多有。苟其言語議論有可傳，則後世猶不廢黜。然則聖歎之書，亦學者所宜觀覽也。聖歎于書好出新意，獨于古人之文，毅然一歸于正。蓋聖歎之爲人，少時如奇禽怪獸，悍然出其羽毛鱗甲，以驚駭當世；及其遇網羅、逢蹭蹬，退而息于深林大澤，然後饑食渴飲，以順適其翔游之性。特其不幸早死，不然，或且爲鳳、爲祥麟，不可知。而其論説古今，亦紛華險遠，漸造平實，其可傳也宜哉！雖然，聖歎往矣，天下之爲才子者甚多，方共寶惜。所謂《五才子書》之類，又所爲有志于道者，余又未之見。則是書之傳不傳，猶未可知也。

（録自光緒刻本《醉白堂文集》）

《增補才子書》引

陳　枚

古文之有選，始自昭明；選之有評注不一家，大略以月峰、鹿門、伯敬諸公是法。至于章櫛字比、標新導微，莫妙乎明卿之《奇賞》、侗初之《正宗》。故十年來，宇内習學者自《四書》、《五經》之外，喜博者讀《奇賞》，求約者讀《正宗》：舉世皆然，師生一轍。獨聖歎《才子書》出，而慧心濬發，彩筆瀾翻，如塵鑒之復朗、畫龍之點睛，别開古人生面，孰不欽其神識、快其高論？誠千古不易之選，後賢必讀之書也。吾浙初刻甚精，奈爲祝融所毁，豫刻舛訛之極，苦無善本。兹緣坊人之請，遂增以遺稿諸篇，再三較訂，允稱全璧。如《水滸》、《西廂》之妙，不過先生游戲筆墨之文耳，豈若是書之大有裨于名教哉。時康熙丁巳孟春望日西泠陳枚簡侯氏識。

（録自康熙十六年靈蘭堂刻本《增補天下才子必讀書》）

《才子必讀書》四則

卓觀堂主人

一、讀書之家，斷自知幾《史通》、鍾嶸《詩品》，始開論文端緒。然第標其大概，未罄餘瀾。至《檀弓》表于疊山，《孟子》發于明允，章櫛而句比之，覺古人未或有意及此，一經披導，衆妙畢呈。此畫家所爲設色增色者也。茲集實擅其長，既已後來居上，恐亦絶軌方今。

一、經史子集，古人分爲四種。籤軸縱横，求窺全帙，既張司空三十乘之所不能收，而亦東方生奏牘，讀之三月，了不可盡也。學人窗晷易陰，目存得幾？茲集上自周秦，下訖兩宋，孅篇妙作，細大咸登。篝燈遍之非難，巾箱攜之亦便已。

一、古今七大才子，先生久有成書。嗣是唐詩分解、制藝小品，墨華所及，掌露裁流，無不欽其神識，奉爲指南。然九百《虞初》，曾未闢夫正極；三村學究，亦難列乎通方。茲則名世榮世，無不咸宜，洵二酉之舊藏，爲今雅宗之津逮也。

一、是集未經刊布，學流乞本謄抄。智永千文，門限鐵裹；而舍人屬草，手腕愁脱矣。因是復刻武林，廣之同好。然視初刻，重覆較訂，魯魚必辨，點畫無差。邢子才喜思誤書，陳敉公性耐訛字，兩無是也，其眼自能鑒之。

卓觀堂主人謹識

（録自康熙十六年刻本《增補天下才子必讀書》）

《評注才子古文》扉頁題辭

闕　名

聖歎才子古文，盛行一時，惜無音注。如名山欲游，而不得人爲導，殊增煩悶。先生詳釋，則暗室之一燈；兼加評語，尤稱全美。海内具眼，自共珍之。

（録自康熙二十三年刻王之績評注本《評注才子古文》）

《評注才子古文》序

王之績

余于近人，甚喜金聖歎氏，嘗稱其有李龍湖之横、鍾竟陵之冷，而視二家爲好事，故饒舌亦其恒態也。昔眉山目空一世，顧愛陶、柳二集，每以自隨，雖遷海外亦然。此無他故，雷同人世，彼獨不同耳。予觀聖歎諸《才子書》，知其于詩文詞曲之道，無不洞見深入，固宜其會心者遠而獨得者神，超前軼後，所自來矣！而他書，學士家多以閑語目之，獨于所選《左》、《國》、《史》、《漢》、唐、宋諸文，則人購一部，而皆苦無釋義，尋亦束之高閣。或謂讀書「不求甚解」，予謂此古人欣然有得之言，非爲茫蔽者藉口。與其效郭洗馬不識曲而言佳，自云如見西施不必識姓名，則何若睹其美復知其名之尤樂乎？夫古義之不可無釋也久矣，今略舉一二誤讀之文，即如左氏荀林父之謂「夫人太子猶在」，讀者必謂君夫人，雖杜元凱亦未之及，而孰知其爲趙盾？《周語》襄王謂「備百姓兆民之用」，其不以百姓爲黔首者幾希，而詎知其爲有世功之百官？此猶其一者。他若南陽之不異、軹道之不侔，韓信倚胡反之非淮陰、徐夫人匕首之非婦人，稱彭越初非梁王、名子路並非仲由，同一飛燕而人犬别、均之爲璞而鼠玉分：諸如此類，不可勝數。談者非不自謂確乎其有據，及得其所以，則大謬不然。安怪昌黎之子，猶不解金根車；而識琅玡之稻者，遂以驚四座而名千秋也：此聖歎古文選之所以亦不可以無注也。然又嘗惜其評論亦未能無弊，今即以《杜詩解》言，乃往往取其時事實之，無中生有，未免龜毛兔角；而又以少陵爲前輩、太白爲後學，而謂教之以作詩之法；于劉會孟則曰「奴才」、蘇子瞻則曰「小兒眯不見泰山」。嘻，過矣！或聞吾言而疑焉，雖然彼亦嘗自評《杜詩解》矣，以「水色含群動」爲仁，「朝光切太虛」爲智，曰：「先生未必如此作，吾不可不如此讀。」此則聖歎之公論，而凡讀其書者亦豈必阿所好哉！予爲《才子古文》摘誤，一以成前人之美，一以止讀者之訛，聖歎其知我乎？嗟夫！夏五郭公，先聖猶且傳疑；予何人斯，而猥稱論述？惟言其所信，猶之借問苦心愛者誰之意，不敢以浮誕悠忽，謬對古人云爾。至于分爲二編，曰「十二大家」，曰「歷朝名文」，使人觀大家而首尊正派，覽歷朝而兼惜碎金，然後知昔人有大家、名家之目，亦微有别也。予不敏，誦讀多暇，偶成書數十種，于經史子集之故，薄有所窺。中有《鐵立文起》一書，詳論文詩詞曲體制作法，自喜傾群言之瀝液，即不敢謂得未曾有，而大有造于文壇。能令觀者心曠神怡，如攬化人之袪而與游乎中天，遥知不至覆瓿矣；而古今多奇，亦有《五經人物志》與《名山大川集》，擬以此三書合錽問世，因叙《評注才子古文》而並及之。

康熙甲子春日書于鐵立居。

（録自康熙二十三年刻本《評注才子古文》）

《評注才子古文》後序

汪　澧

古今詩文選多矣，予獨酷嗜二書焉：一爲鍾、譚《古、唐詩歸》，一爲聖歎《才子古文》。今非無議鍾、譚、聖歎者，然其靈心慧手，終不可掩，獨以無注爲終日之大憾耳。吾友王子懋公，博通善屬文，著述之暇，成書等身。中有二編《評注》，余反復讀之，毫髮無遺恨。今先出其《評注才子古文》問世，予喜而有序。序曰：古文難言哉！今之學人，誰不讀古？但取速則易終，如人奔趨道路，雖有山川美景，不暇一觀；又如事無大小，率以糊塗應之，亦復何得？唯聖歎句分字辯，深入顯出，重開生面，別有天地，此當寶之爲終身交，惜其間尚有未盡善者。今得懋公評注，大開眼界，補所未逮，鼓吹風流，益人神智。如李光弼入汾陽軍，旌旗壁壘，忽然一變。蓋至是而後《才子古文》可永傳，良由懋公平日誦讀，在在留心，即人所不必然者，亦必求無遺憾而後即安。此書溢詩癖之所以稍不快心終不休也。友人多哂其以有用精神，置之無用之地。懋公則謂：必置之無用之地，而後能成其爲有用。是以樂此不爲疲。今評注具在，有目共睹，烏庸予贊一辭哉！予深喜《評注才子古文》既傳，而《評注詩歸》又將行世，實爲古今詩文一大幸也，于是乎書。

歲在甲子仲春之吉，同學弟汪澧宗衡頓首拜撰。

（録自康熙二十三年刻本《評注才子古文》）

《評注才子古文》凡例九則

王之績

一、子史詩文全集，近代各有名家評定。若古文合選，從未有快于金聖歎之《才子書》者。自昭明西山而下，如《軌範》、《辯題》、《明辨》、《珠璣》、《奇賞》、《正集》、《定本》、《必讀》、《會編》等書，皆久行世。然平心以論，終遜《才子書》之冷俊移人。又諸注釋，于目前便語，刺刺不休；其艱奥須解者，無復一字，讀之每令人恨！則又何取于注？此皆就注抄謄，故率略殊甚。予是編不欲因陋就寡，如《左》、《國》、《策》、《記》之類，皆從全書，取其始終本末，貫穿數語，必求簡勁明盡而後止；又文義或並不見于本部中，往往于他書忽然得之，于是益思昔人「窮一經，必合諸經以明之」之語爲不誣。

一、前人注釋之誤：如《國策》刺王子慶忌者，要離也，或注以爲專諸。李斯書「來丕豹于晉」，蓋晉殺丕鄭，故其子豹奔秦。《文選纂注》云：「丕鄭丕豹奔秦。」不亦二疏贊殺蓋韓楊之謬乎？至《珠璣》、《必讀》諸本，以秦昭王母舅華陽君爲弟之類，尤不可勝數。是編皆細改正，耳目一新。

一、金聖歎氏手眼絶倫，固不待言。細讀其評，未全無失。如韓非《説難》，乃自以爲也段，蓋非自釋貴人得計意，而竟分爲二難。又如莒子渠丘公，固一君也，而以爲二人，何異左氏《公》、《穀》之于尹氏，一以爲正卿，一以爲隱母，恐亦非古人所許。予欲讀是書者，無復餘恨，皆有評語，一以正誤，一以賞奇，一以補缺，與故以翻案見長者不同。

一、《才子書》間有改字、增字處，尤爲可怪！其意蓋取顯明便于今人，欲省注也；不知失其本來面目，文亦不古矣！今特悉照古本復之，仍爲注明，亦一快事。

一、《左傳》、《國語》二書，出自左氏一人，而手法亦自不同，何況採入他書？如一文也，而彼此共載，即易一字，已分高下。此正同床各夢，不相干之説也。原選或以《史記》冒《國》、《策》，或以魏語入秦文，或漢元時文而列宣帝前，或盛唐人物而置晚唐後。雖非大弊，而論世知人，理有不當然者。今爲更定如次。

一、内、外《傳》皆出左氏，《國》、《策》奇絶而無名氏。二公固文章家之巨手正派也，因與馬、班、韓、柳、歐、蘇、王、曾别爲一集，顔曰「十二大家」。是選所載，雖未能盡其奇，要所謂「咳唾落九天，隨風生珠玉」者也。其餘若《趙良説商君》等篇，不見于《策》者，皆次諸「歷朝名文」中。古文大家、名家之别，具見于此。

一、予評注時，友人有謂當增補唐宋以前佳篇。予不欲混原選，故不爲；蓋亦甚愛其書，而止分别存之也。至元明文，聊續二卷，以存朝代。若古今大作手，予别有《名山大川》一集問世。

一、聖歎原評，一字不遺。予注皆列上方，總評在後。猶憶《才子古文》初出，予即有評注：評與聖歎，不無異同；注皆緊要，或大關係。與他選泛衍舊解，實無精義，一篇或作數幅，徒費學人時日者迥别。又每篇題上，各加總圈，以分文章高下。評論古人，不嫌刻也。中間悉爲畫段，眉目清楚，尤便覽觀。是編同學多從借抄，恨不速鐫。今特刊佈，以公當世。

一、古文選最陋者，無如張氏之《必讀》：注多謬誤既不勝言，其評語十九盜襲《珠璣》。正如李于鱗未嘗有詩評，而近日《詩體明辨》輒稱于鱗云云，殊令人有「大僞斯興」之慨，乃猶至今盛行，何也？豈誠端明所謂「識真者少」，亦由學人習而不察耳。此弊願與天下深心讀書者共創之。

鐵立居主人識

（録自康熙二十三年刻本《評注才子古文》）

《小題才子書》序

李兆洛

制藝之道，尊于古文，以其步趨聖賢也。其爲法亦初不殊于古文，其神理骨格皆資于古文也。自學者徒以爲弋取科名之具，愈變而愈失其本。始而優孟，繼焉梗偶，而才俊之士且以之相訾譏。夫其所以失之者，襲于外而心不入焉，障于内而氣不出焉。欲革而新之，亦求之心與氣而已矣。心不靈故襲，氣不充故障，神智不生故不靈，義理不足故不充。國初金聖歎先生評選《小題文》，善言神智義理者也。惜其本久軼，同學者請醵資而重刊之。或病其時有纖仄，予曰：滑稽者，善解紛者也；解頤者，善説詩者也。顔子以夫子爲善誘人，此正其誘之善者矣。雖然，神智理義非能外鑠也，有導之而各以其心與氣迎之，是又在于讀之者夫。道光十二年九月，武進李兆洛序。

（録自光緒十五年掃葉山房石印《小題才子書》）

《小題才子書》序

祁文藻

大、小題《才子文》，原係金聖歎先生評選，後經李申耆先生刻于江陰之暨陽書院内。「大題」原缺兩篇，李以别本雖有此文，而無金評，寧從缺如，其慎也如此。蓋此文由金先生改過，故筆更飛動，如生龍活虎，不可捉摸。雖學之終身，有不能竟其用者。迨庚申劫後，片板無存，文亦鮮有存者。文藻僅有「小題」一編，遍覓「大題」不得。戊子歲，纔由蕩口鎮華若溪拔貢處，借得「大題」文。爰浼朱淮廬世兄爲之鋟板，因記其緣起于末。時光緒十有五年春月，元和祁文藻識于青浦副學署。

（録自光緒十五年掃葉山房石印《小題才子書》）

《金選大題文》序

李兆洛

器有所宜，即製器者亦有其宜。敦牟巵匜、觿玦雜佩之屬，製之者以雕刻工巧、誇餙繁縟、聲音諠喧爲宜。至于鐘鼎列于宫廷，圭璧陳于殿陛，則以淳樸發古澤、鏗鍧振天聲，而纖詭瑣麗之製不得預焉。八股猶是矣！小試題多纖仄，時復迫促，則思取尖新，詞矜便捷，宜也。如秋以充賦，春以陳庭，典既優隆，題皆宏達，學者于此見識量焉。必且擴其胸襟，嫻其儀度，和平其聲氣，而後可不負此選也。《金選大題文》，予先未嘗見，有爲予言之者，因借觀焉。其評識之式與小題同，而所論議皆能見其大，洞中利病，截然各異。説題事，則求諸聖賢義理所指歸，尋其脈絡，必精必當；説文體，則求諸學者吐屬之雅俗，要于從容，必正必大。殆如士衡《文賦》、彦和《文心》，深識妙詣，暢然筆下。他選或不能知，或知之而不能言，則此真可師法矣。因慫恿同學續刊之。予向序《小題》，謂神智理義非由外鑠，當各以心與氣迎之。夫既能濬心靈、導善氣，則進而求此，固不爲難。孟子曰善養浩然之氣，其道由于集義，集義則氣不餒，而充塞天地矣！大小一途也，精粗一道也，其益研窮義理，使神知自生，所謂勿正勿忘勿助者也。此可爲諸生道問學之助，非僅歆之以功名而已。

（録自道光二十三年刻本《養一齋文集》）

道光十六年。

三、金聖歎傳記資料

金聖歎先生傳

廖　燕

先生金姓，采名，若采字，吴縣諸生也。爲人倜儻高奇，俯視一切。好飲酒，善衡文評書，議論皆發前人所未發。時有以講學聞者，先生輒起而排之，于所居貫華堂設高座，召徒講經。經名《聖自覺三昧》，稿本自攜自閲，秘不示人。每升座開講，聲音宏亮，顧盼偉然。凡一切經史子集、箋疏訓詁，與夫釋道内外諸典，以及稗官野史、九彝八蠻之所記載，無不供其齒頰，縱横顛倒，一以貫之，毫無剩義。座下緇白四衆，頂禮膜拜，歎未曾有。先生則撫掌自豪，雖向時講學者聞之，攢眉浩歎，不顧也。生平與王斵山交最善。斵山固俠者流，一日以千金與先生，曰：「君以此權子母，母後仍歸我，子則爲君助燈火，可乎？」先生應諾，甫越月，已揮霍殆盡，乃語斵山曰：「此物在君家，適增守財奴名，吾已爲君遣之矣。」斵山一笑置之。鼎革後，絶意仕進，更名人瑞，字聖歎，除朋從談笑外，惟兀坐貫華堂中，讀書著述爲務。或問「聖歎」二字何義？先生曰：「《論語》有兩『喟然歎曰』，在顔淵爲歎聖，在與點則爲聖歎。予其爲點之流亞歟！」所評《離騷》、《南華》、《史記》、杜詩、《西廂》、《水滸》，以次序定爲「六才子書」，俱别出手眼。尤喜講《易》、《乾》、《坤》兩卦，多至十萬餘言。其餘評論尚多，兹行世者，獨

《西廂》、《水滸》、唐詩、制義、唱經堂雜評諸刻本。傳先生解杜詩時，自言有人從夢中語云：「諸詩皆可説，惟不可説《古詩十九首》。」先生遂以爲戒。後因醉縱談「青青河畔草」一章，未幾，遂罹慘禍。臨刑歎曰：「斲頭最是苦事，不意于無意中得之。」先生歿，效先生所評書，如長洲毛序始、徐而庵，武進吴見思、許庶庵爲最著，至今學者稱焉。

曲江廖燕曰：予讀先生所評諸書，領異標新，迥出意表。覺作者千百年來，至此始開生面。嗚呼！何其賢哉！雖罹慘禍，而非其罪，君子傷之。而説者謂文章妙秘，即天地妙秘，一旦發泄無餘，不無犯鬼神所忌，則先生之禍，其亦有以致之歟！然畫龍點睛，金針隨度，使天下後學，悉悟作文用筆墨法者，先生力也，又烏可少乎哉！其禍雖冤屈一時，而功實開拓萬世，顧不偉耶！予過吴門，訪先生故居，而莫知其處，因爲詩吊之，並傳其略如此云。

（録自康熙刻本《二十七松堂集》卷十四）

金聖歎考

孟森

自小説中有《聖歎外書》，深印于世人之胸中，而聖歎之軼事，往往流傳衆口。近日乃以讖緯鄙俚之言，有所謂《中國預言》者，亦以聖歎評定爲名，致煩政府查禁。而聖歎之魔力，又躍躍有生氣焉，可謂奇矣。夫聖歎之爲人，具見于所批諸書之内，只有文人好奇，並無神怪之迹。然世以神怪奉之聖歎，殊不自今日始。聖歎被戮于清順治十八年，而其以神怪聳動世人者，乃在明天啓七年。蓋聖歎在世之日，已爲神怪之説所憑附者，近四十年矣。然則聖歎之見法，其年亦必已老。文人不得意，以筆墨動世，世即以神怪奉之。若唐羅隱之蹭蹬，至今爲窮鄉僻壤婦人孺子所傳述之羅隱秀才，負鼓盲翁編成羅隱秀才異迹，背誦如流水，抑亦聖歎之類矣。今彙輯清初紀載，爲愛談聖歎軼事者，詳所出焉。

錢謙益《初學集·天台泐法師靈異記》：「天台泐法師者何？慈月宫陳夫人也。夫人而泐師者何？夫人陳氏之女，殁墮鬼神道，不昧夙因，以台事示現，而馮于乩以告也。乩之言曰：『余吴門飲馬里陳氏女也。年十七，從母之横塘，橋上有紫衫紗帽者，執如意以招之，歸而病卒，泰昌改元庚申之臘也。』其歸神之地曰上方，侯曰永寧，宫曰慈月，其職司則總理東南諸路，如古節鎮。病則以藥，鬼則以符；祈年逐厲，懺罪度冥，則以箋以表。以天啓丁卯五月，降于金氏之乩，今九年矣。問其宿因，則曰：『故天台之弟子朗智，墮女人身，生于王宫，以業緣故，轉墮神道；以神道故，得通宿命。再受本師記莂，俾以鬼神説法也。』問本師記莂云何？則曰：『大師以宿昔因緣，親降慈月宫，爲諸説神法。吴人尚鬼好殺，故現鬼道；救殺業，善巧方便，漸次接引，歸于台事而已。其示現以十二年爲期，後四年而大顯，時節因緣，皆大師所指授也。』乩所馮者金生采，相與信受奉行者戴生、顧生、魏生，皆于台有宿因者也。」通體文甚長，此其首段，專述事實。所云「金氏之乩」「乩所馮者金生采」，采爲聖歎原名。牧齋詩文作于明代者，入《初學集》；作于入清以後者，入《有學集》。此記爲明代所作，觀所云「天啓丁卯，降于金氏之乩，今九年矣」，則其時爲崇禎八年，此知聖歎靈迹，已著于當時矣。

王應奎《柳南隨筆》：「金人瑞，字若采，聖歎其法號也。少年以諸生爲游戲具，補而旋棄，棄而旋補，以故爲郡、縣生不常。性故穎敏絶世，而用心虚明，魔來附之。錢宗伯《天台泐法師靈異記》，所謂

『慈月宮陳夫人，以天啓丁卯五月，降于金氏之乩』者，即指聖歎也。聖歎自爲乩所馮，下筆益機辨瀾翻，常有神助。然多不軌于正，好評解稗官詞曲，手眼獨出。初批《水滸傳》行世，崑山歸元恭莊見之曰：『此倡亂之書也。』繼又批《西廂記》行世，元恭見之又曰：『此誨淫之書也。』顧一時學者，愛讀聖歎書，幾于家置一編。而聖歎亦自負其才，益肆言無忌，遂陷于難，時順治十八年也。初大行皇帝遺詔至蘇，巡撫以下，大臨府治。諸生從而訐吳縣令不法事，巡撫朱國治方暱令，于是諸生被繫者五人。翌日諸生群哭于文廟，復逮繫至十三人，俱劾大不敬，而聖歎與焉。當是時，海寇入犯江南，衣冠陷賊者，坐反叛，興大獄。廷議遣大臣即訊，並治諸生。及獄具，聖歎與十七人，俱傅會逆案坐斬，家產籍没入官。聞聖歎將死，大歎詫曰：『斷頭，至痛也；籍家，至慘也！而聖歎以不意得之，大奇！』于是一笑受刑。其妻若子，亦遣戍邊塞云。」

俞樾《茶香室續鈔》，節引《柳南隨筆》此則，而加按云：「金聖歎爲靈物所附，或云狐也，此謂是慈月宮陳夫人，未知又何靈異矣。」曲園此按語，蓋未見牧齋《沕法師靈異記》原文。《三鈔》又引「褚人穫《堅瓠集》云：『乩仙大約文人才士精靈之所托，有金某通其術，詭稱一陳夫人，號曰慈月智朗，與有婚姻之緣，請之即來。長篇大章，滔滔汩汩，搢紳先生亦惑其說。』」按此即金聖歎也。

以上爲聖歎被慈月宮陳夫人所憑。

宋長白《柳亭詩話》：「金聖歎既死，山左有官署召仙，仙乃聖歎，判一詩云：『石頭城畔草芊芊，多少愚人城下眠。惟有金生眠不得，雪霜堆里聽啼鵑。』吳薗次云。」

章有謨《景船齋筆記》：「金聖歎，名人瑞，蘇州人。諸生，以順治辛丑哭廟案伏法，其前身爲杭州昭慶寺僧。歿後，吾郡朱眉方夢聖歎謂之曰：『吾前身乃僧也，常游觀愛河中，故有是劫。今脱矣，當爲鄧尉山神。君來吾乘風以迎，君可携一尊祭吾。』眉方至蘇，仿佛于梅中見聖歎焉，因爲位以祭之。眉方有祭聖歎詩，詩長不録。眉方名嵋，一字眉山，華亭諸生，與沈公荃善。」

周在浚、在梁《尺牘新鈔》稽永仁《與黄俞邰書》：「近有一絶異事，周計百使君司李賡南，讀《才子書》，慕聖歎爲人，遣使賚舟車之費，往迎之。聖歎適有唐詩選，未赴也，然業已心許之。越明年，使君夢一人，披髮跣足，聳身案上，蒙面而泣曰：『我聖歎也。』使君晨起，謂客曰：『聖歎休矣！』遣使再至吴門，始知使君夢中之夕，即聖歎絶命之晨也。噫，異已！僕爲之作紀夢詩、追悼詩，足下和之。」曲園《茶香室叢鈔》節引此書，按語云：「此聖歎身後之事，世罕知者。惟『賡南』不知何地，『賡』字亦未識，疑有誤。」

以上爲聖歎身後異迹。

無名氏《辛丑紀聞》：「金聖歎，名人瑞，庠生姓張，原名采，字若采。文倜儻不群，少補長洲博士弟子員，後以歲試文怪誕黜革。及科試，頂金人瑞名就試，即拔第一，補吴庠生。聖歎取施耐庵《水滸傳》、王實甫《西廂記》，皆有批本。亥、子之交，方從事杜詩，細加評點，未卒業而被難，天下惜之。有一子，曾請乩仙題號，乩仙判云：『斷牛。』不解其故。及聖歎獲罪，妻子流寧古塔，其居室之後，有一斷碑，但存『牛』字，殆亦前定數耶？」按聖歎爲乩仙陳夫人所憑，乃仙爲其子題號，終身未解其義，後待其子自悟，亦奇。

董含《三岡識略》：「吴人有金聖歎者，著才子書，殺青列書肆中，凡《左》、《孟》、《史》、《漢》、下及傳奇小説，俱有評語。其言夸誕不經，諧辭俚句，連篇累牘，縱其胸臆。以之評經史，恐未有當也。即以《西廂》一書言之，昔之談詞者曰：『元詞家一百八十七人，王實甫如花間美人，自是絶調。』其品題不過如是而已。乃聖歎恣一己之私見，本無所解，自謂别出手眼，尋章摘句，瑣碎割裂。觀其前所列八十餘條，謂自有天地，即有妙文，上可追配風、雅，貫串馬、莊，或證之以禪語，或擬之于制作，忽而吴歌，忽而經典，雜亂不倫。且曰：『讀聖歎所批《西廂記》，是聖歎文字，不是《西廂記》文字。』直欲竊爲己有。噫！可謂迂而愚矣，其終以筆舌賈禍也宜哉！」按：此爲痛詆聖歎之語。聖歎謂所批《西廂》，「是聖歎文字，不是《西廂》文字」，此意讀《西廂》者共信之，其心好之，不啻若自其口出，聖歎有焉。乃以爲欲竊爲己有，未免笨伯。

袁枚《隨園詩話》：「金聖歎好批小説，人多薄之。然其宿野廟一絶云：『衆響漸已寂，蟲于佛面飛。半窗關夜雨，四壁挂僧衣。』殊清絶。」

按聖歎所著之文，皆存于所批書中，其詩僅見隨園稱道一首。又《景船齋筆記》載金桐蓮《不第賦》一首，末云：「金聖歎亦有此賦，較金桐蓮作更雋，此賦原文不可見矣。」許奉恩《里乘》轉録金清美《豁意軒録聞》：「吾宗聖歎先生，絶世聰明，過目成誦，然放誕不羈，視青紫如兒戲。入泮未幾，旋以六等被黜，第二年仍以冠軍獲雋。如是者非一度矣。既而學使者法公海，歲試蘇郡。先生信筆直揮，頃刻脱稿，即以呈公。公展閱，見文體詭異，佶屈聱牙，微哂曰：『好秀才，姑退。』先生揖而進曰：『禀問大宗師，生員出署回寓，路中設遇美婦人，觀者是乎？不觀者是乎？』公亦不怒，徐應曰：『一看君子，再看小人。』先生又揖曰：『敬奉教。』乃昂然出，意中以爲必又列六等也。明日，公坐堂上，獨判先生爲四等，即日發落，將重施夏楚。廣文以其名士，爲其緩頰，公弗許。士子數十人亦同聲吁請，公愈怒，立召先生至。先生始懼，惶悚伏地，衆亦知其不免。公一見，顔色忽霽，命左右曳起，曰：『余在京師，慕子名久矣，昨見奇構，誠知天才。然國家考校，不宜玩弄。牢騷之氣，君子貴有以養之。子能痛改前轍，余之願也。余豈真忍以子殿多士耶？』因于袖中出全榜，而弁冕實先生名。于是先生感悔，伏地大哭曰：『士得一知己，可以不恨。某雖不敏，請事斯語矣。』自此，公遂與先生爲莫逆交。後數歲，先生以哭廟被收。棄市之日，作家信托獄卒寄妻子。臨刑大呼曰：『殺頭至痛也，滅族至慘也，聖歎無意得此，嗚呼哀哉！然而快哉！』遂引頸受戮。獄卒以信呈官，官疑其必有謗語，啓緘視之，上書曰：『字付大兒看，鹽菜與黄豆同吃，大有胡桃滋味。此法一傳，我無遺憾矣。』官大笑曰：『金先生死且侮人。』按：此則情理多未盡合。且法海督江南學政，在雍正元年，未知清初更有一學政法海否？聖歎並未滅族，本則亦自言寄信妻子，何以自相矛盾？當從《柳南隨筆》作「籍家」。

以上爲聖歎軼事。當時毁聖歎者亦多，而崇拜聖歎者亦不少，身分正合。聖歎之于小説，猶路閏生之于八股，極意發揮奥突。然聖歎見地自超，非路所及也。世傳聖歎科、歲試遭黜之文，未見正確紀載，恐出傳會。

（録自上海商務印書館民國六年排印本《心史叢刊》）

金聖歎傳[一]

陳登原

聖歎姓金名人瑞，吴縣人。或謂其本名張若采，殊未足信也。

廖燕《金聖歎先生傳》云：「先生金姓，采名；苦采（疑爲若采之誤）字。吴縣諸生也。爲人倜儻

[一] 本篇所涉引文，明顯錯訛徑改不出校，其他文字出入及標點依舊，敬請使用者注意。

高奇，俯視一切。好飲酒，善衡文。」

徐世昌《晚晴簃詩匯》云：「金人瑞，字聖歎，吳縣人，諸生。」

案廖説以聖歎爲號；徐説則直以聖歎爲字。此當從廖説。但廖説謂名采，字苦采，則沿襲「張若采説」之訛。考聖歎原名「張若采」之説，始見于無名氏《哭廟紀略》。《紀略》云：「金聖歎名人瑞，庠生。姓張，原名采，字若采，文倜儻不群。少補長洲博士弟子員，後以歲試文怪誕黜革；及科試，頂金人瑞名就試，即拔第一，補吳庠生。」無名氏《辛丑紀聞》則多出「名喟」二字。謂：「金聖歎名喟，又名人瑞。姓張，原名采，字若采。爲文倜儻不群，少補博士弟子員。後以歲試之文，怪誕不經，黜革。來年科試，頂金人瑞名，應童子試，而文宗即拔第一。」蓋皆謂聖歎即張若采，以科舉故，而改名也。（周亮工《賴古堂尺牘新鈔》卷五又謂「金人瑞，一名『彩。』吳縣人。有《貫華堂集》。」以采爲彩，實略同。第不言其原姓張耳。）

案金人瑞之名，其見于《四庫全書總目提要》者：則如卷一百九十四，徐增《説唐詩》提要；卷一百四十七，張坦《南華評注》提要；林仲懿《南華本義》提要；別集存目八，沈起《學園集》提要；皆述及金人瑞，初不以其原名張若采而有異説，證一。

且聖歎姓金，固確鑿有據者。

聖歎有族兄金昌，字長文。今存《唱經堂才子書彙稿》，《叙第四才子書》（《杜工部詩》）《小引》第一頁，有「唱經，僕弟行也」句。足見聖歎與金昌同姓。即云：「指弟指兄，不關同姓」；然聖歎叙《聖人千案》亦有「家兄長文」之號。而《賴古堂尺牘新鈔》卷五有聖歎《與家伯長文昌書》云：「詩非異物，只是人人口頭舌尖所萬不獲已，必欲説出之一句話耳。儒者，則又以生平爛熟之萬卷，因而爲之；截之成章，潤之成文者也。夫詩之有章有文也，此固儒者之所矜爲獨能者也。若其原本，不過人人心頭舌尖，萬不獲已，必欲説出之一句説話。則固非儒者之所得矜爲獨能者也。承云新作，便欲入許用晦之堂矣。」案金昌字長文，號矍齋，法記聖瑗，見《第四才子書小引》。聖歎稱之曰「家」，便可徵聖歎真姓金也。證二。

蓋張若采，乃實有其人；且聖歎深惡秀才！何至以庠生之試，而輕易其姓耶？

《晚晴簃詩匯》卷一百七，有張若采小傳：「張若采字谷漪，號子白，婁縣人。乾隆庚戌（五十五年一七九〇）進士，官鎮番知縣。有《梅屋詩鈔》。子白少以詞賦，名與阮文達同。鄉舉通籍，則後一年。及文達督學浙中，子白猶未授官。因贅婿吴興沈氏，遂留浙爲定香亭客。隨文達出案試。」然則張若采者，匪特確有其人；且婁縣與吴縣不遠，乾隆與順治亦不遠，當不容有第二人焉。

至于謂聖歎爲應試頂名，當屬決無此事。何則？蓋一衿之青，原非聖歎所急急者。何況，在明清易代之交，伊亦有家國之感。縱不能如黎洲、亭林等之屢徵不起，然亦不當以鷄鳴狗盜之行，博新朝之小榮小貴也。

何以言聖歎不急急于一衿，蓋以聖歎喜罵秀才而知之。

如《左傳釋》第五頁于鄭莊公處置叔段事，聖歎語曰：「秀才讀至此等處，便罵太叔；吾謂卿癡，亦不減太叔。」于「遂置姜氏于城，潁」，謂「秀才不識，却將城字連下潁字」。第十一頁。于「周鄭交惡」，則謂「秀才讀此篇，多遺平王而惡鄭莊，更不文者，乃至並惡周鄭。」第二十一頁。此《左傳釋》中之痛惡秀才也。

其在《西廂記》中，則《寺警》中批「從來秀才天性，與人不同。何則？如聞一請，便出門，一也；既出門，反回轉，二也；既回轉，又立住，三也；雖聖歎亦不解秀才何如此，……意者，秀才性好愛容，還要對鏡抿髮，爲復酸丁，不捨米甕？」其毒罵秀才如此。

其在《水滸傳》中，則如林冲水寨大併火節，聖歎批曰：「此回前半幅借林冲，痛罵秀才，其言憤激，殊傷雅道。然怨毒著書，史遷不免。于稗官，又奚責焉？」第十八回。又如《水滸》三十二回，寫宋江爲劉高所擒，花榮致書説情，以宋江爲劉文。「只想他是讀書人，須念同姓之親，因此寫了劉文」。聖歎批云：「花知寨，差矣！越是讀書人，越把讀書人痛惡。越是同姓，越爲讀書人痛惡耳。讀至此處，我將聽普天下慨歎之聲。」此處調侃讀書人不少，此《水滸傳》中之毒罵秀才也如是！

況聖歎兒時，自負大才；評杜詩《黃魚》云：「爲兒時，自負大材，不勝侘傺。恰似自古至今，止我一人是大材，止我一人獨沉屈者。」《杜詩解》卷二，頁五八。則又可證聖歎之不至以一衿，而輕易其姓也。

且聖歎，非無時世之感者，「私則故鄉荆棘，公則中原豺虎；農務不修，横征日甚！」《杜詩解》卷四，第十一頁。**倣杜詩《熟食日示宗文宗武》詩云：「消渴春尤甚，兵戈道正長。今朝吾熟食，他日汝還鄉。夢寐通墳墓，神靈缺酒漿。會期殊不遠，何以答祠堂？」**《沉吟樓借杜詩》頁三。**聖歎之生，雖不可考，然聖歎之壯，正明之亡國；故國淪亡，時世之感，當令聖歎不至改姓換名，靦顔應舉也。蓋聖歎死時已老，嘗歎衰暮。**

聖歎卒于順治十八年（一六六一）辛丑。與清世祖同時死，固無問題。獨其生時，今無可考。然案聖歎辛丑之死，其年事當已不小。聖歎嘗有詩云：「白髮了無興，青春勉就人。祓除全怯水，杯酒暫沾脣。不棄群賢德，難支老病身。明年誰會此，天道最泯泯！」《借杜詩》第三頁。是聖歎曾老病焉。

王斲山爲聖歎老友，聖歎自云：「斲山二十年前，曾與聖歎詩，曰：『風雷半夜吴王墓，天地清秋伍相祠；一例冥冥誰不朽，早來把酒共論之。』」《西廂記·鬧簡》批。是批《西廂》之前二十年，聖歎已壯，能「把酒論之」也。

又金昌《第四才子書小引》云：「唱經，僕弟行也。僕昔從之學《易》，二十年，不能盡其事。故僕實私以爲之師。」頁一。此文成于順治己亥（十六年一六五九），下距聖歎之死，不過二年。是聖歎死前二十餘年，已與金昌共談《易》理。故《小引》文中，又有「今唱經年亦已老，脱真不諱，是亦爲人生之常。」頁二。然則在前二年，聖歎固已老也。

且聖歎，固亦自言年老者。

評杜詩《曉發公安》云：「此詩最惡。不知何年，一見便熟，至今每五更枕上欲覺未覺時，口中無故便誦此詩，百計禁之，而轉復沓至。聖歎白髮，是此詩送得也。」《杜詩解》卷四，三十七頁。又評杜詩《三絶句》云：「爲兒子時，嗤嗤然只謂前亦不往，後亦不來，獨有此身，常在世間。予讀《蘭亭序》，亦了不知佳在何處。殆于三十四五歲許，乃始無端感觸。忽地驚心，前此猶是童稚蓬心，後此便已衰白相逼。中間壯歲一間，竟全然失去不見。夫而後咄嗟彌日，漸入忽忽不樂苦境。」《杜詩解》卷二，頁五十八。考聖歎從事《杜詩》，在己亥（順治十六年）庚子（順治十七年）之交。《哭廟紀略》第十一頁。即聖歎死前一二年事。此謂「殆于三十四五歲許」，足見聖歎死前一二年，視其三十四五歲時，已有前塵如夢之感。此亦聖歎死時已老之證也。

由聖歎死時已老之説徵之，知伊死時，年事當在五十六十之間。非有此年，何來衰暮之歎？貫華堂刊《第五才子書》序文第三，末有「崇禎十四年二月十五日」字樣。而敘文中又云：「今與汝釋弓，汝昔五歲時，吾即容汝出坐一隅；今年始十歲，便以此書相授。」以此推之，知崇禎十四年時，聖歎子已十歲；聖歎當生在萬曆三十四十年間。

《辛丑紀聞》頁十二謂聖歎批書，前後次序如下：

甲申（明思宗崇禎十七年一六四四年），批《水滸傳》。

丙申（清世祖順治十三年一六五六年），批《西廂記》。

亥（己亥順治十六年）子（庚子順治十七年）從事《杜詩》。

貫華堂刻《水滸傳》，謂在崇禎十四年；此與《辛丑紀聞》所傳小異。（余未見《貫華堂水滸傳》，此據辛島驍《金聖歎之生涯及其文藝批評》所引。）今假定爲崇禎十七年批《水滸傳》，又假定聖歎生子爲二十五歲。則聖歎當生于崇禎十七年之三十五年前，即神宗萬曆三十七年也。

且崇禎九年，牧齋爲《泐法師靈異記》，述天啓丁卯（七年一六二七）事，已稱金生，可知聖歎在啓禎間，已成人矣。此亦生于萬曆三十四十年之旁證。詳《初學集》卷四十三。

萬曆之時，吴中名士之風已盛。喜放誕，不喜拘束。觀唐寅、鍾伯敬諸人，可徵一二。無怪聖歎之受其影炙，而爲怪誕之論。

趙翼《廿二史札記》卷三十四《明中葉才士傲誕之習》云：「《明史·文苑傳》，吴中自祝允明、唐寅輩，才情輕豔，傾動流輩，放誕不羈，每出名教外。今按諸書所載，寅慕華虹山學士家婢，詭身爲僕，得娶之。後事露，學士反具資奩，締爲姻好（《朝野異聞録》）。文徵明書畫冠一時，周、徽諸王，爭以重寶爲贈（《玉堂叢語》）。寧王宸濠，慕寅及徵明，厚幣延致。徵明不赴，寅佯狂脱歸（《明史·文苑傳》）。又桑悦爲訓導，學使者召之，吏屢促，悦怒曰：『天下乃有無耳者。』」此可以覘聖歎之時世及鄉里，所以影響聖歎之故。

又吴縣爲東林、復社所及之地，文社所爲，其初多月旦人物，評別臧否，此又聖歎好爲月旦之鄉里背景也。

《賴古堂尺牘》卷十二有周圻《與林鐵崖書》云：「伯敬、友夏，只是好新，落筆遂不顧所安耳。即如《穆天子傳》、《汲冢周書》，凡缺字類作□。《武王几銘》：『皇皇惟敬，敬生□□生垢□戕□』，亦缺文也。兩君目□爲口字，友夏云：『四口字迭出，妙字不以爲纖。』伯敬云：『讀『口戕口，竦然骨驚。』不知《几銘》與口字何涉？」此又聖歎咬文嚼字，强生新義之鄉里背景也。

徐世昌《晚晴簃詩匯》卷三十三：「明季鍾伯敬、譚友夏諸人，評泊詩文，喜爲纖仄詼詭之語。庸耳俗目，爲之傾眩。聖歎擴而廣之，上攀經史，下甄傳奇小説，皆以己意評泊，數百年流傳不絶。陽五伴侶，世以爲賢，殆其類歟！」此又謂聖歎所評，前有所憑者。

又如才子書云云，蓋亦李贄「大部文章」之遺意：

周暉《金陵瑣事》卷一，頁五十六云：「李卓吾，閩人。在刑部時，已好爲奇論，尚未甚怪僻。嘗云：『宇宙内，有五大部文章：漢有司馬子長《史記》，唐有《杜子美集》，宋有《蘇子瞻集》，元有施耐庵《水滸傳》，明有《李獻吉集》』。」此即異日才子書所本。

即其自命「聖歎」，固亦桑悦之流亞。可見吴中風氣，多玩世不恭者；非關其原名爲喟，因生

聖歎之號，殆先有聖歎之號，而後有喟名者歟。

《四庫提要》卷一二四《桑子庸言》提要：「《明史・文苑傳》附載《徐禎卿傳》中。考悅《思玄集》中，有《道統論》云：『夫子傳至我。』又《學以至聖人論》曰：『我去而夫子來』，可謂肆無忌憚。」王世貞《弇州山人四部稿》一六九云：「桑民懌家貧，……敢爲大言。……十九舉鄉試，再試吏部，奇其文。至閱《道統論》，則曰：『夫子傳之我。』縮舌曰：『得非江南桑生耶？』」此乃以聖自居之吳人，爲時早于聖歎者也。

聖歎所以自號「聖歎」之故，一則白眼觀人，痛砭時世，再則自居曾皙，放浪形骸。與其名喟，殆無所關。

《辛丑紀聞》頁十一云：「金聖歎名喟，又名人瑞。」但他書無言聖歎名喟者。想以「聖歎」，而聯想于其名「喟」也。

相傳聖歎曾作《丁祭彈文》譏吳中諸生云：「天將晚，祭祀了。忽聽得兩廊下吵吵鬧鬧。爭胙肉的你瘦我肥，爭饅頭者你大我小。顏回德行人，見了微微笑。子路好勇者，見了心焦躁。夫子喟然歎曰：『我也曾在陳絶糧，幾曾見這餓莩。』」則所以自名爲「聖歎」，殆爲痛哭秀才之延長耳。

廖燕《聖歎傳》：「先生金姓，采名。……鼎革後，絶意仕進，更名人瑞，字聖歎。除朋從談笑外，惟兀坐貫華堂中，讀書著述爲務。或問聖歎二字何義？先生曰：《論語》有兩『喟然歎曰』，在顏淵爲歎聖，在『與點』爲聖歎，予其爲點之流亞歟！」足見聖歎以曾皙自居。

聖歎之家，據吳翌鳳所記，在憩橋巷。

吳翌鳳《東齋脞語》頁三：「張氏世居吾里樂橋之南。金聖歎居憩橋巷，相去不數武，甚相得也。」

乾隆《蘇州府志》卷三有憩橋巷，兼隸長洲。

其生也以三月三日，俗所謂文昌誕辰也；傳其前生爲狐，又傳其前身爲僧，又傳其爲魔所憑，蓋亦後人震于才情，傅會神飾之談。

楊保同《金聖歎軼事》：「俗傳三月三日，爲文昌生日，而聖歎亦于是日生。故人稱聖歎爲文曲星，聖歎虔祀文昌，或亦因此歟。又傳聖歎生時，其母夢紫衣人抱小兒置諸其懷，一驚而寤，遂生聖歎。故又謂夢中之紫衣人，爲文昌帝君。」辛島驍以爲，此乃民衆驚其才情，故文飾之如上。

孫文玉《新義録》卷五七引《景船齋雜記》云：「聖歎前身，爲杭州昭慶寺僧。死後，朱眉方夢聖歎謂之曰：『吾前身乃僧也，嘗游歡愛河中，故有是刦。今晚矣，當爲鄧尉山神。』」是又神飾聖歎前生爲僧，死後爲神焉。

又五十七卷引《歸田瑣記》云：「今人鮮不閱《三國演義》、《西廂記》、《水滸傳》，即無不知有金聖歎者，而皆不能道其詳。王東溆《柳南隨筆》云：『金人瑞，字若采，聖歎其法號也。少年以諸生爲游戲，得而旋棄，棄而旋得。性固聰敏絶世，而用心虚明，魔來附之。某宗伯作《天台泐法師靈異記》，所謂慈月宫陳夫人，以天啓丁卯五月降于金氏之卟者，即指聖歎也。聖歎自爲魔所憑，下筆益機辯瀾翻，常有神助，然多不軌于正。』」以聖歎爲魔所憑者，蓋折于聖歎之才，而又思貶下之者爾。

案牧齋《初學集》卷四十三有《天台泐法師靈異記》云：「天台泐法師者何，慈月宫陳夫人也。……以天啓丁卯五月，降于金氏之卟，今九年矣。……卟所憑者，金生采，相與信受奉行者，戴生顧生魏生，皆于台有宿因者也。」按天啓丁卯，爲天啓七年（一六二七），而牧齋已稱聖歎爲金生，可知聖歎于吴中，非無地位者也。故領袖風雅如牧翁，亦信其爲神所憑依。

案俞樾《茶香室續鈔》卷二十亦引此説且云：「金聖歎爲靈物所憑，或云狐也。此謂是慈月宫陳夫人，未知又何靈異矣。」以聖歎爲狐，尤奇。

聖歎幼時家貧，親朋多凋謝。異日聖歎之痛譏財奴，愛友篤誼，其來有自。

順治己亥，金昌爲《才子書小引》云：「夫唱經室中書，凡涉其手者，實皆世人之並未得見者也。……間嘗竊請唱經，『何不刻而行之？』唖然應曰：『吾貧無財。』」（《小引》二，刊在《杜詩解》卷前。）此正與聖歎自所云：「苦因喪亂，家貧無貲」（《西廂記》讀法十四）。可以參證者也。

《水滸傳》載孫新計誘孫立，説「家中大嫂，害病沉重」。聖歎批云：「吾年雖幼，而眷屬凋喪，獨爲至多；驟讀此言，不覺淚下。」第四十八回。亦可見聖歎之幼年家世。

廖燕《聖歎傳》，載聖歎不愛錢財云：「生平與王斲山交最善。斲山固俠者流，一日以三千金與先生，曰：『君以此權子母，母後仍歸我，子則爲君助燈火，可乎？』先生應諾。甫越月，已揮霍殆盡。乃語斲山曰：『此物留君家，適增守財奴名。吾已爲君遣之矣！』斲山一笑置之。」足徵聖歎輕財如是。

聖歎論「好看錢」云：「人之所以必要錢者，以錢能使人好看也。人以錢爲命，而有時以錢與人者，既要好看，便不復顧錢也。乃世有守錢成癖，而不要好看者，斯又一類也矣。」《水滸傳》第三十五回。足徵廖燕所言不虛。

又評宋江與薛永錢云：「其結識好漢也，初無青天之曠蕩，明月之皎潔，春雨之泰和，夏雨之徑直。直惟一『銀子』而已。以銀子爲之張本，于是自言孝父母，斯不畏天下之人，不信其孝父母也；自言敬天地，斯不畏天下之人，不信其敬天地也；自言尊朝廷，斯不畏天下之人，不信其尊朝廷也；自言恤朋友，斯不畏天下之人，不信其恤朋友也。嗚呼，天下之人，而至于惟銀子是愛，而不覺出其根柢，盡爲宋江所竊。因而並其性格，亦遂盡爲宋江之所提起放倒。……作者深惡世間每有如此之人，于是旁借宋江，特爲立傳而處處寫其單以錢物銀子結人，蓋誅心之筆也。」《水滸傳》三十六回。又評吴用智賺玉麒麟時，李逵爲啞道童，「吴用道：『你若開口，便惹出事來！』李逵道：『也容易，只口裏銜着一文銅錢便了。』」聖歎慨然有作：「閑中忽作調侃世人語，令我一歎。」《水滸傳》六十回。此兩處，足徵聖歎痛惡阿堵物之過甚，而發爲嫉世之談。

又《水滸傳》于宋江結怨穆弘兄弟後，奔避船火兒張横船中。張横，固殺人越貨者流。宋江在船中，「只見那梢公摇着櫓，口裏唱起湖州歌來，唱道：老爺生長在江邊，不愛交游只愛錢。昨夜華光來趁我，臨行奪下一金磚。」《水滸傳》三十六回。聖歎于此批云：「太上不愛交游，只愛錢；其次愛錢，以爲交游之地；又次愛交游，以爲錢之地也。」此語亦殊憤抑。

《西廂記》讀法二十四云：「僕年幼，聞人説一笑話云：昔一人，苦貪特甚。而生平虔奉吕祖，感其至心，忽降其家。見其赤貧，不勝憫之。念有以濟之，因指一指，指其庭中磐石，粲然化爲黄金。曰：『汝欲之乎？』其人再拜曰：『不欲也。』吕祖大喜，謂子誠如此，便可授之大道。其人曰：『不然，僕心欲汝此指頭耳。』僕當時，私謂此固戲論；若真是吕祖，必當便以指頭與之。」此非但可見聖歎立論之與衆不同，亦可見其豪邁之氣，直向無前矣。

聖歎爲人固奇，十歲入塾，已愛好文藝，

《水滸傳》五十六回批文：「吾數歲時，在鄉塾中，臨窗誦書，每至薄暮，書完日落，窗光蒼然，幾年如一日也。吾至今暮窗欲暗，猶疑身在舊塾也。」此伊回憶塾中生活之追想，固已富有文藝意義者。

聖歎何時入塾？據《水滸傳》首卷，有「吾年十歲，方入鄉塾」語，則亦可謂晚學者矣。

綽有劉氏吾不復怠之感。

《史通》内篇三十六《自叙》云：「予幼奉庭訓，早游文學，年在紈綺，便受古文《尚書》。每苦其詞艱瑣，難爲諷讀。雖屢奉捶撻，而其業不成。嘗聞家君爲諸兄講《春秋左氏傳》，每廢書而聽。逮講畢，即爲諸兄説之。因竊歎曰：『若使書皆如此，吾不復怠矣。』」劉氏讀《尚書》，正猶聖歎十歲入鄉塾，「隨到讀《大學》、《中庸》、《論語》、《孟子》等書，意惽如也。每與同塾竊作是語，不知習此將胡爲者？又窺見大人徹夜吟誦，其意樂甚，殊不知其何所得樂」，可謂所見略同。

故雖讀《毛詩》、《孟子》，而不以塾師之言爲滿。如前人謂《國風》好色而不淫，伊則謂淫即好色。視近人之以戀愛説詩者，聖歎實開其先河。

《西廂記·酬簡》總批云：「古之人有言曰：『《國風》好色而不淫。』比者，聖歎讀之而疑焉。曰：噫，異哉，好色與淫，相去則又有幾何也？若以爲發乎情，止于禮。發乎情之謂好色，止乎禮之謂不淫。如是解者，則吾十歲初受《毛詩》，鄉塾之師，早已言之。吾亦豈未之聞？亦豈聞之而遽忘之？固不能解好色：必如之何者，謂之『好色好色』。又必如之何者，謂之『淫好色』。又如之何，謂之『幾于淫』；而卒賴有禮，以不至于『淫好色』。又如之何謂之賴有禮，得以不至于淫，而遂不妨其好色。夫好色而曰吾不淫，是必其未嘗好色者也。好色而曰吾畏于禮而不敢淫，是必其並不敢好色者也。」好色爲感情的表示，淫爲行爲的表示，兩者實不能絶緣；聖歎一讀《毛詩》，便生異論，其言頗大膽，無怪夫受塾師之朴責矣。

如讀《孟子》「梁惠王曰：『寡人願安承教』，孟子對曰：『殺人以梃與刃，有以異乎？』曰：『無以異也。』『以刃與政，有以異乎？』曰：『無以異也。』」則以爲「真奇怪」，而恨前之「不覺」。皆

可證聖歎之塾中生活，已露不服羈軛之象。動受扑責，良非無以。

《釋孟子》第十一頁：「此等文，只爲幼時怕先生扑，不免讀得爛熟。到今便不覺其奇怪，今須知，此真是極奇怪文字。」又《西廂·寺警》批：「記聖歎最幼時，讀《論語》『子張問：士如何始可謂之達矣？』見下文接云：『子曰：何者爾所謂達者？』不覺失驚吐舌。蒙師怪之，至與之夏楚。」可見伊在塾中，亦十分頑皮也。

不服羈軛者，即是才氣横溢之象。故《打棗歌》一類之文，反縈于夢懷也。

《杜詩解》卷二第五十頁：「曾記幼年有一詩：『營營共營營，情性易爲工。留濕生螢火，張燈誘小蟲。笑啼兼飲食，來往自西東。不覺閑風日，居然頭白翁。』」此詩雖未必即在塾中所爲，然可謂不羈之態自幼已然耳。

《西廂記·拷豔》下批云：「記幼時曾見一《打棗竿歌》云：『送情人直送到丹陽路，你也哭，我也哭，趕脚的也來哭。『趕脚的，你哭是因何故？』『去的不肯去，哭的只管哭，你兩下裏調情也，我的驢兒受了苦。』此天地之至文也。」異日聖歎愛讀小説，蓋此等幼年生活，有以趨促之焉。

然聖歎幼年生活，據其自述，殊多誇張。蓋聖歎好以才子譽人，己亦未免有才子習氣。如謂十一歲讀《水滸傳》，十二歲而評《水滸》，十五歲批注杜詩，要非常兒所能。實有近于自炫。

聖歎自云十歲始入鄉塾，見《與釋弓敘》。《敘》中又言：「明年十一歲，身體時時有小病。病作，輒得告假出塾。吾既不好弄（頑），大人又禁不許弄，仍以書爲消息而已。吾最初得見者，是《妙法蓮華經》，次之則見屈子《離騷》。苦多生字，好之而不甚解。記其一句兩句，吟唱而已。《法華經》、《史記》，解處爲多，然而膽未堅剛，終亦不能常讀。其無晨無夜，不在懷抱者，吾于《水滸傳》無間然矣。」

《水滸傳》卷首。夫入塾一年，而能批閲《騷經》，愛玩《水滸》，吾不敢信也。

又《與釋弓叙》言：「吾既喜讀《水滸》，十二歲，便得貫華堂所藏古本，吾日夜手鈔，謬自評釋。歷四五六七八月，而事方竣。即今此本，是已如此者。」十二歲而能月旦《水滸》，更不足信。

金昌《第四才子書叙》云：「唱經在舞象之年，便醉心是集。」頁一。《小戴記》内則有「舞象」，鄭氏注云：「十五以上。」然則金昌又言聖歎評釋杜詩，在十五歲也。稍近事實，而亦有誇張矣。

聖歎自成年之後，約當明天啓、崇禎之交，

崇禎十四年二月十五日，聖歎告子釋弓，有「汝……今年始十歲」，則釋弓之生，當在崇禎五年。是聖歎之成人有室，當在天啓、崇禎之間，以此推算，大致不謬。

其生活亦有建樹貞定之傾向。一則愛談説，

《水滸傳》三十一回記宋江在孔太公莊上遇武松後「當晚，宋江邀武松同榻叙説一年有餘的事」。聖歎批云：「我于世間，無所愛，正獨愛此一句耳。我二三同學，亦同此癖也。武松之入玄中，不亦宜乎？」又《西廂記・拷豔》總批云：「十年别友，抵暮甫至。開門一揖畢，不問其船來陸來，並不及命其坐床坐榻，少叙寒暄。便自疾趨入内，卑辭叩内子，『君豈有斗酒如東坡婦乎？』内子欣然，拔金釵以相付。」是皆足徵聖歎之好談説也。

二則恣讀書，

《水滸傳》第六十一回記盧俊義爲吴用所賺，困于梁山，良久始回。家丁李固，已與賈氏奸通。浪子燕青，流落在外。俊義歸來，遇之于途。燕青告俊義云：「只爲深知主人，必不落草，故此忍這殘喘，在這裏候見主人一面。」聖歎批云：「此二十四字，已抵一篇《豫讓列傳》矣。讀此語時，正值寒冬。更深燈昏酒盡，無可如何！因拍案立起，浩歎一聲。開門視天，雲黑似磐也。」此處正見聖歎讀書之苦。

而其友如王斲山之豪放滑稽，

廖燕《聖歎傳》：「生平與王斲山交最善，斲山固俠者流。」此言斲山之豪俠也。斲山除豪俠外，又甚滑稽，聖歎云：「吾生平所見，筆舌之妙，無逾臨川清遠先生者。其《牡丹亭》傳奇，有麗娘入塾詩曰：『酒是先生饌，女爲君子儒。』上句以『是』字換過『食』字；字異音同，已爲奇絶。至下句，並不換一字，而化板重爲風流，變聖經爲香口，真乃千秋絶唱，一座盡傾也。然又未若吾友斲山先生之妙舌也。其他多不可舉，姑舉其一。一日會食蛤蜊，有校書在席，向客曰：『不審何故？雀入大水，化爲蛤？』先生應答曰：『卿且莫理會此。我未解卿家，何故雀入大蛤化爲水也。』一座哄然大笑，乃至有翻酒失箸者。其靈唇妙舌，日有千言，言言倣此。蓋其心清如水，故物來畢照，此非他人之所得而及也。」《水滸傳》六十一回批。則聖歎之故爲巧詞，亦受斲山之賜歟？（案《西廂記·鬧簡》批，亦有斲山妙舌一段，知聖歎之許斲山深也。）

聖歎極許斲山，有云：「吾友斲山王先生，文恪（王鏊）之文孫也。目盡數十萬卷，手盡數十萬金。今與聖歎，並復垂老。……斲山讀盡三教書，而不願以名；傾家結客，而不願望人之報。有力如虎，而輕裘緩帶，趨走揚揚。繪染刻雕，吹竹彈絲，無技不精，而通夜以佛火蒲團作伴。今頭毛皚皚，而尚不失童心。瓶中未必有三日糧，而得錢猶以與客。彼視聖歎爲弟，而聖歎事之如兄。有過吴門者問之，無有二人也。嗟乎，未知餘生，尚復幾年？脱誠得並至百十歲，則吾兩人當不知作何等歡笑？如或不幸，而溘然俱化，斯吾二人，便甘作微風淡烟，杳無餘迹。蓋斲山二十年前，曾與聖歎詩：『風雷半夜吴王墓，天地清秋伍相祠；一例冥冥誰不朽？早來把酒共論之。』今聖歎猶是寒鳥啁啾，不忘故群，故時時一念及之。豈猶有意互相歎譽以爲榮名哉？」《西廂·鬧簡》批。此聖歎之推崇斲山也。（由啁啾不忘故群一語觀之，似斲山卒于聖歎死前。）

又《西廂記·借箱》批引斲山云：「怪哉聖歎，其眼至此。我疑此書，便是聖歎自製。」此斲山之稱許聖歎也。

又《西廂記·拷豔》批文：「昔與斲山，同客共住，霖雨十日，對床無聊。因約賭説快事，以破積悶。至今相距，幾二十年，亦都不自記憶。偶因讀《西廂記》至《拷豔》一篇，恨當時何不檢取共讀？何積悶之不破？于是反自思索，猶憶得數則，並不能辨何句是斲山語，何句是聖歎語矣。」足見蹤迹之密如此。

又《水滸傳》第二十回批文：「月畢竟是何物？乃能令人情懷思滿如此，真奇事也。人每言英雄無兒女子情，除是英雄，到夜便睡着耳。若是坐至月上時節，任是楚重瞳，亦須依欄長歎。見夜月，便若想思；見曉月，便若離別。然其實平生窮緣，無人可思；生平在家，無人可別也。見此茫茫，無端可集。世又無聖人，吾將向誰矣。——以上皆吴趨王斲山先生語，偶附于此。先生妙言奇趣，口作風雲；自有《斲山語録》行世，想亦天下之樂得而讀也。」尤足見聖歎評文，有時取斲山語。

楊保同《金聖歎軼事》云：「姜西溟太史曰：『吾輩人人有集，宜互附見姓名于其集中。他日一友堪傳，而衆及幸傳矣。』旨哉言乎！即如聖歎屢稱王斲山，而王斲山以傳，此聖歎之多情篤舊也。不然，與聖歎交好者，奚止斲山一人。乃今欲數聖歎之素心人，無能舉其一二。獨斲山猶得與聖歎相提並論，豈非斲山之幸乎？好事者比之尤西堂與湯卿謀。謂卿謀非西堂盡力爲之收拾，徹底表彰，彼他人之才近卿謀，而寂寂無稱者，不知凡幾。知卿謀之幸，即知斲山之尤幸矣。」斲山嘗斥財以資聖歎，聖歎雖落拓不羈，固非忘義背德者也。

徐增之交相推重，

《四庫全書總目提要》卷一九四《説唐詩》提要云：「增字子能，長洲人。所録唐詩三百餘首，一一推闡其作意，其説悠謬支離，皆不可訓。至于分解如《古詩·陌上桑》篇所注一解二解三解，……然所説，乃歌之節奏，非詩之格律。增與金人瑞游，取其《唐才子書》之説，以分解之説施于律詩，穿鑿附會，尤失古人之意。」蓋言增與聖歎，意味投合，互相推重也。聖歎死後，增爲《才子必讀書序》，詳述聖歎之行迹，亦可謂不以死生變節者矣。

許庶庵之相率共鳴，

《魚庭聞貫》有聖歎《與楊廷章書》云：「知弟者，其惟許子庶庵乎？」又有庶庵《與聖歎書》云：「昨讀尊教，詩在字前，只此一語，而弟聽之，直如海底龍吟。其聲乃與玄化合並。豈復章句小兒，所得模量哉？感激感激。……或使後世之人，不止見唐詩之字，而得盡見唐詩之詩，亦大快事。然自顧身力無方，胡使得濟？仰望援接，乃非一端。」可見其傾倒聖歎之甚。

韓貫華之書籍通假，

韓貫華名住，字嗣昌，貫華其法號也。初刻本七十回《水滸傳》，版心有貫華堂字樣，世以爲貫華堂主人，即金聖歎，實誤。乾隆《蘇州府志》卷七十六《藝文》類，有云：「金彩《貫華堂集》，無卷數，吴縣人。」實即相沿所誤。

考聖歎自有唱經堂，見廖燕《聖歎傳》。金昌《叙第四才子書》，亦名之曰唱經，初不名爲貫華也。且聖歎于《西廂記·驚夢》中，有批：「吾聞《周禮》歲終，掌夢之官，獻夢于王。夫夢，可以掌，又可以獻，此豈非《西廂記》第十六章，立言之志乎？知聖歎此解者，比丘聖默大師、總持大師，居士貫華先生韓住、道樹先生王伊，既爲同學，法得備書也。」則貫華固係韓住。參之以聖歎在《水滸傳》所作敘文：「吾既喜讀《水滸》，十二歲便得貫華堂所藏古本。吾日夜手鈔，謬自評釋。歷四五六七八月，而其事方竣。」知貫華堂，必非聖歎之書齋。不然，何至于云「便得」？又何至于「日夜手鈔」？「日夜手鈔」云云，意者，假韓住家書，故竭全力以赴之乎。

辛島驍《望漢山樓雜記》謂：「要之貫華先生韓住，尚有相當學植，家中亦有相當藏書。」蓋亦以貫華爲韓住。世所以有貫華堂即聖歎之傳訛者，則殆以韓氏爲人，爲聖歎才名所掩耳。

其他則如王伊，

王伊字學伊，法號道樹，聖歎《與徐增書》云：「道樹與弟同學三十年，其英分過弟十倍。又且知弟最深，愛弟最切。」于此足見金、王二人之友誼。

然王伊之名，少見于《西廂記》及《水滸傳》批文，(《西廂記·驚夢》中有批文「……道樹先生王伊，既爲同學，……」)惟《杜詩解》卷一《贈高式顔》聖歎評杜詩「昔別是何處，相逢盡老夫」，引「道樹云，富貴是我本無，本不望其到我。少年是我本有，奈何亦見奪耶？」又卷三《曹將軍畫馬圖引》引道樹語「思入風雲，更不得料」。又卷三《子規》引道樹語：「『一得子規啼，便覺字字響；乃子規聲中，實實坐一先生。』又卷四《曉發公安》引道樹語：「語云：『相隨百步，猶有相隨之意』，何況數月頗息？故悲也。」足徵聖歎讀杜詩，乃與王伊共之。

又如金昌，

金昌字長文，號矍齋，法名聖瑗。今存《第四才子書》《杜詩解》有昌所爲《敘》云：「我友徐子能有

《詠杜》一律云：『詩史《春秋》筆，大名在草堂。一毛反在蜀，一字不忘唐。佛讓王維作，才憐李白狂。晚年律更細，獨立自蒼茫。』此乃字字實録也。唱經在舞象之年，便醉心是集，因有《沉吟樓借杜詩》。莊、屈、龍門而下，列之爲《第四才子》。每于親友家素所往還酒食游戲者，輒置一部，以便披閲。風晨月夕，醉中醒裏，朱墨縱横，所批殆已過半。」此處，不僅見伊與聖歎之交誼，兼以見聖歎平素行徑。

又《才子書小引》云：「唱經，僕弟行也。僕昔從之學《易》，二十年不能盡其事，故僕實私以爲師。凡家人伏臘相聚以嬉，猶故弟耳。一至于有所諮請，僕未嘗不坐爲起，立爲右焉。……間嘗竊請唱經，何不刻而行之？啞然應曰，吾貧無財。然則何不與坊之人刻行之？則又顰蹙曰：古人之書，是皆古人之至寶也。今在吾手，是即吾之至寶也。吾方且珠櫝錦襲，香熏之，惟恐或褻，而忍遭瓦礫荆棘坑坎，便利之若命哉？凡如此言，皆是隨口謾人。夫唱經，實于世之名利二者，其心乃如薪盡火滅，不復措懷也已。獨是吾黨，則將奈之何歟？且今唱經年亦已老，脱真不諱，是亦爲人生之常。而其書亦因以一夜散去，則是不見者，終于不得見也。即不然，而唱經身後，頗亦有人爲抱不得同時之感。……夫人生世上，不見唱經（諸所評）書，即爲不見如上諸（原）書矣。能不痛哉？能不痛哉？兹暮春之月夕，僕以試事北發，辱同人餞之水涯。夜深偶語及此，皆慷慨欷歔，若不勝情。僕曰：豈有意乎？皆舉手曰，敬諾。……時順治已亥，春日，同學矍齋法記聖瑗書。」以上兩文皆刊在《杜詩解》前。已亥，爲聖歎死之前二年，即順治十六年。《叙》中以不見金書，即屬不見原書許聖歎，可見金昌許與之切。日後聖歎死後，昌爲之刊布遺著，非偶然也。

又如陳豫叔，

《西廂記·前候》總批云：「題之枯淡窘縮，無逾于此。乃吾讀其文，又見其纚纚然，有如許六七百言之一大篇。吾嘗春晝酒酣，閑坐櫻桃花下，取而再四讀之，忽悟昨者陳子豫叔，則曾教我以此法也。」

又如尤侗，

侗題碧梧山莊刊《才子尺牘》云：「陳徵君眉公，金先生聖歎，輯著尺牘各一編，一以富淺人之貧，一以增深人之慧。淺深各致，雅俗並宜。」

皆于聖歎之生活，大有影響者。聖歎之盛年，實與明之亡國同時，聖歎以崇禎十四年，記其子爲十歲；假如聖歎二十生子，則清人入關，伊年亦在三十以外。**聖歎經此鉅變，絶意仕進。**

廖燕《聖歎傳》：「先生金姓，名采，字若采。……鼎革後，絶意仕進，更名人瑞，字聖歎。除朋從談笑外，惟兀坐貫華堂（當作唱經堂）中，讀書著述爲務。」

以白眼看人自慰。

《杜詩解》卷三云：「愁悶之來，如何可遣？要惟有放言自負，白眼看人，庶可聊慰。然不搜求出一同志人作伴，則衆醉指摘，百口莫辨。方將搔揉無路，又焉望其自遣哉？」

宋長白《柳亭詩話》卷二十九《異代同悲》條云：「唐衢善歌詩，應進士不第。見人文章有傷感者，讀訖必哭。白樂天贈以詩云：賈誼哭時事，阮籍哭路歧。唐生今亦哭，異代同其悲。金聖歎嘗謂：哭者，人生暢遂之事。」聖歎傲世如斯。

然亦至人無我，「遇酒人則曼卿轟飲，遇詩人則摩詰沉吟，遇劍客則猿公舞躍，遇棋客則鳩摩布算，遇道士則鶴氣橫天，遇釋子則蓮花繞座，遇辨士則珠玉隨風，遇靜人則木訥終日，遇老人則爲之婆娑，遇嬰赤則啼笑宛然。」

聖歎死後，徐增叙其遺稿《才子必讀書》云：「聖歎性疏宕，好閑暇，水邊林下，是其得意之處。又好飲酒，日輒爲酒人邀去，稍暇，又不耐煩。或興至評書，奮筆如風，一日可得一二卷。多逾三日，則興漸闌，酒人拉之去矣。……聖歎固非淺識寡學者之能窺其涯者也。聖歎異人也，學最博，才最大，識最超，筆最快，凡書一經其眼，一經其手，如庖丁解牛，腠理井然。經其口，如懸河泛瀾，人人滿意，不啻冬日之向火，通身汗出；夏日之飲冰，肺腑清凉。□□□疾痼，見聖歎不數數，曾逾八年，得一相見。每有□□，恨余不在其處，同學或來道之，又每相見，聖歎必□襟危坐，無一嬉笑容。同學輒道其飲酒之妙，余欲見之，而不可得。叩其故，聖歎以余爲禮法中人而然也。蓋聖歎無我與人，相與則輒如其人。如遇酒人，則曼卿轟飲，遇詩人則摩詰沉吟，遇劍客則猿公舞躍，遇棋客則鳩摩布算，遇道士則鶴氣横天，遇釋子則蓮花繞座，遇辯士則珠玉隨風，遇静人則木訥終日。遇老人則爲之婆娑，遇孩赤則啼笑宛然也。以故稱聖歎善者，各舉一端。不與聖歎交者，則同聲詈之。以其人之不可方物也。……大易學人吴郡徐增書。」此序，亦可謂聖歎生活寫照。

觀其深詐講學，癖好佛書，

廖燕《聖歎傳》：「時有以講學聞者，先生輒起而排之。于所居貫華堂，設高座，召徒講經。經名《聖自覺三昧》，稿本自攜自閲，秘不示人。每昇座開講，聲音宏亮，顧盼偉然。凡一切經史子集，箋疏訓詁，與夫釋道内外諸典，以及稗官野史，九彝八蠻之所記載，無不供其齒頰。縱横顛倒，一以貫之。座下緇白四衆，頂禮膜拜，歎未曾有。先生則拊掌自豪，雖向之講學者聞之攢眉浩歎，不顧也。」

如順治六年己丑之作《聖人千案》，

聖歎自叙《聖人千案》云：「己丑夏五，日長心閑。與道樹坐四依樓下，啜茶吃飯，更無別事。忽念蟲飛草長，俱復勞勞；我不躭空，胡爲兀坐？因據其書，次第看之。看老吏手下，無得生之囚，看良醫手中，無誤用之藥，又不勝快活。同其事者，家兄長文，友劉逸民，皆所謂不有博弈，賢于飽食群居者也。」

而平時尤愛結交方外緇流，宜乎恬淡平和矣。

與聖歎結交之緇流，一爲聖默，一爲總持大師，一爲雲在法師，一爲開雲法師。

《西廂記·驚夢》聖歎批文云：「知聖歎此解者，比丘聖默大師、總持大師，……法得備書。」可知非但聖歎不以《西廂》爲淫書，而彼讀《西廂》時，且與方外人共之也。

《魚庭聞貫》有聖歎《與總持法師書》云：「法師常説比丘入定相貌，弟子目今與唐詩分解，恰恰正如其事。蓋比丘入定，必須奮迅而入，出則必須安詳而出。今律詩之一二，正是其奮迅；三四，正是其深住定中；五六，正是其安詳求出；七八，正是其已出定來也。蓋一二如不奮迅，即三四決不得住定；乃五六如不安詳求出，即七八亦無從出之處。弟子目今，所以只説得兩句話。兩句話者：一句是一二必要奮迅而入，一句是五六必要安詳而出，此亦從法師邊學得，絶非别有異事也。將暑，伏惟法體珍重萬萬。」足見聖歎分解唐詩之法，乃得力于方外之友者。

又有《與雲在開雲二法師書》云：「弟子即日，新分唐七律詩，得六百首，繕寫已竟。便欲于七月解夏之辰，敬告釋伽文佛大師，望其加被，廣作歡喜。仰祈法師，過我共讀，蓋此便是解一切衆生語言大陀羅尼。故更不欲再誦别陀羅尼也。」此又見伊批唐詩，乃與緇流共之。

然一則率性任情，不爲檢制。

《唱經堂語録纂》有極動人二語云：「統而言之爲人，分而言之爲性命，『順』字，不要用聰明才智，死及爛醉時，都是性。性順命之理，命順性之理，不須用你着力。」卷二第十九頁。案此時，在禁錮壓抑之心學環境中，聖歎乃以順于自然，不加造作爲「理」，宜乎其不免于千夫所指，無疾而死也。

再則侈言政事，詆斥君權，

案聖歎之時代，乃黄宗羲作《原君》，吕留良爲《四書講義》時也。聖歎丁此叔世，其于政治上之主張，則亦如西晉清談家之非薄湯武。《唱經堂語録纂》云：「恭讓二字，湯武所無。民之所好好之，民之所惡惡之，是真讓字。不動、不言、不賞、不怒，是真恭字。」卷二頁二十三。此言是否詆斥滿洲，不得而知。然亦以見聖歎論政之一方面也。

又云：「大君不要自己出頭，要放普天下人出頭。好民好，惡民惡。所謂讓善于天，天者，民之謂也！故一個臣，亦不要自己出頭，要放有技彦聖出頭。若一毫身見未忘，則災必逮之。」同上。此釋「天視自吾民視」可謂針針見血。

又云：「史者史也，……記一百八人之事而亦居然謂之史也，何也？從來庶人之議，皆史也。庶人則何敢議也？庶人不敢議也；庶人不敢議，而敢議，何也？天下有道，然後庶人不議也，今則庶人議矣。」《水滸傳》第一回批。然則聖歎以當日之天下，爲無道也。

又曰：「九德于十德中，只少一執我德，倒望没有一德處，立出九字來。不云具足九德，乃是單剩九德。九德而爲天子，一德而爲天下，此一德，乃天子最忌之一德。然民好民惡，一個人各照管一個自己，故曰咸有一德。井田之制，從這裏算出來。普天下人所證之一德，則天子所無之一德也。」《唱經堂語録纂》。此言天子與人民，勢不兩立。在聖歎語意中，天子幾成獨夫矣。

三則背蔑禮教，詭激自喜。

孫文玉《新義録》卷五十七言《金人瑞之妄》云：「《艮齋雜説》云：『吾鄉金聖歎，以聰明穿鑿書史，狂放不羈。每食狗肉，登壇講經，緇流從之者甚衆。』」是聖歎之學佛，大有異于尋常學佛之徒。

聖歎有否吃狗肉，或係出于嫉忌者之中傷，亦未可知。但尋常戒律，固有不足範制聖歎者！《西廂·寺警》批文云：「昔日世尊，于涅槃時，制諸比丘，不得食肉。若食肉者，斷大慈悲。夫大慈悲，止于不食肉而已乎？蚯蚓食泥，蜩螗食露，乃至蛣蜣食糞，皆不食肉，即皆得爲大慈悲乎？吾見比丘，稗販如來，壟斷檀越，僞鋪壇場，衒招女色。一切世間不如法事，無不畢造。但不食肉，斯真無礙大慈悲乎？夫世尊制不得食肉者，彼必有取爾也。昔吾先師仲尼氏，釋伽之同流也。其教人也，務孝弟，主忠信。如是云云，至于再三，獨不教人不得食肉。亦以孝弟忠信之與不食肉，其急緩大小則有辨也。若食肉，即不得爲孝弟忠信；但不食肉，即是孝弟忠信；則是仲尼有遺言也。今儒者修孝弟忠信于家，而食大享于朝；比丘分衛，日中一食，而廣造大惡于其屏處，此其無理可恨，真應唾之罵之，打之殺之也。」執此而言，則聖歎之吃狗肉，非無可能者矣。

《水滸傳》于魯達出家後，下山在小酒店中喝酒。「聞得一陣陣肉香，走出空地上看時，只見牆邊沙鍋，煮着一隻狗在那裏。智深道：『你家現有狗肉，如何不賣與俺吃？』莊家道：『我怕你是個出家人，不吃狗肉的，因此不來問你。』」聖歎于此批云：「相傳有此言，而實非也！」然則《艮齋雜説》云云，非無可能者矣。

即于男女色欲之間，亦復不顧舊習慣之拘囿，大放其「人所欲説而不敢説」之詞。

如謂好色即淫，淫即好色，已見上述。

《西廂記》于張生鶯鶯幽媾之後，有「破工夫今夜早些來」語。聖歎批文：「詩云，最是五更留不住，向人枕畔着衣裳。此最是不可奈何時節也。聖歎自幼學佛，而往往如湯惠休，綺語未除。記曾有一詩云：『星河將半夜，雲雨定微寒；屧響私行急，窗明欲度難。一雙金屈戍，十二玉欄干。纖手親捫遍，明朝無迹看』，亦最是不可奈何時節也。」然則，聖歎豈無情人哉？

又《西廂記·酬簡》總批：「有人謂《西廂》此篇最鄙穢者，此三家村中冬烘先生之言也。夫論此事，則自從盤古至于今日，誰人家中無此事者乎？若論此文，則亦自從盤古至于今日，誰人手下有此文者乎？誰人家中無此事，而何鄙穢之有歟？誰人手下有此文，而敢謂其有一句一字之鄙穢哉？……蓋事則家家户户之事也，文乃一人手下之文也。借家家中之事，寫我一人手下之文者，意在于文，意不在于事也。意不在事，故不避鄙穢；意在于文，故我真曾不見其鄙穢。而彼三家村中冬烘先生，猶呶呶不休，詈之曰鄙穢。此豈非先生不惟不解其文，又獨甚解其事故耶？然則天下之鄙穢者，殆莫過先生，而又何敢呶呶爲？」

案聖歎此批，針對《酬簡》中「露滴牡丹開，魚水得和諧，嫩蕊嬌香蝶恣採；你半推半就，我又驚又愛」數語而發。夫文學爲一事，穢污又爲一事，聖歎于此分别甚清。斥道學君子之但見污穢，而不見文學者，由見仁見智之義論之，措詞亦甚峻也。

凡此諸論，皆背流俗。惟聖歎長于明季流賊肆擾之際，痛恨盜賊，尚不至人之所惡好之。

孫楷第《日本東京大連圖書館所見中國小説書目提要》，長澤規矩也所藏《明崇禎刊本第五才子書》，施耐庵《水滸傳》七十五卷提要云：

明崇禎刊本，無圖，正文，半葉八行，行十九字。板心魚尾，題《第五才子書》。魚尾下，記卷數。板心下，題貫華堂。卷一目，爲聖歎外書，序一，序二，序三；第三序，署皇帝崇禎十四年二月十五日。

卷二，爲《宋史綱》、《宋史目》。卷三，爲《讀第五才子書法》。卷四，爲施耐庵序。卷五以下，始爲正文。此聖歎《水滸傳》原本，吾國國立北平圖書館，亦有一部。以書重刊者多，已無足貴。然元本，亦不甚多見。讀第三序所記年月，乃知聖歎作僞成功，在崇禎十四年二月，即張獻忠陷襄陽之時，距北京之陷，僅三年。其評語中，于盗賊之深惡痛絶，不爲無由。于正文删去招安事，蓋亦有感而然，不僅文字去取關係。雖通行之書，無足驚異，得此舊本觀之，亦益人智慧不少也。

又胡適《水滸傳考證》：「這部七十回的《水滸傳》，處處褒强盗，處處貶官府。這是看《水滸》的人，都能得着的感想。聖歎何以不能得着普遍的感覺呢？這又是歷史上的關係了。聖歎生在流賊遍天下的時代，眼見張獻忠李自成一班强盗，流毒全國。故他覺得强盗，是不能提倡的，是應該口誅筆伐的。……聖歎自序，在崇禎十四年，正當流賊最猖獗的時候，故他的批評，努力要證明《水滸傳》『把宋江深惡痛絶，使人見之真有狗彘不食之恨』。」

然雖痛惡盗賊，指斥宋江招安後征四寇等事，以爲狗尾續貂，謬論禍世，《水滸傳》卷首《與釋弓序》云：「《水滸》所叙，叙一百八人。其人不出緑林，其事不出刦殺。失教喪心，誠不可訓。」

又第七十回，載盧俊義夢嵇康來捕，力弱被擒，宋江等百七人，假行投降，云願歸降，冀保俊義性命。「只見那人（嵇康）拍案罵道：萬死狂賊，你等造下彌天大罪，朝廷累次前來收捕，你等公然拒殺無數官軍。今日却來摇尾乞憐，希圖逃脱刀斧！我若今日赦免你們時，後日再以何法治天下？又且狼子野心，正自信你不得！」聖歎于此批曰：「不朽之論，可破續傳招安之謬！」于此知聖歎之恨盗賊深也。

然一則謂《水滸》諸盗，逼于情勢，

《水滸傳》第二回史大郎夜走華陰縣批文：「一百八人，爲頭先是史進一個，出名領衆。作者却于少華山上，特地爲之表白一番云：『我要討個出身，求半世快活。如何肯把父母遺體，便點污了。』嗟夫，此豈獨史進一人之初心，實惟一百八人之初心也。蓋自一副才調，無處擺劃；一塊氣力，無處出脱。而桀驁之性，又不肯伏死田塍，而又有狡猾之尤者，起而乘勢呼聚之。而于是乎討個出身，既不可望；點污清白，遂所不惜。而一百八人，遂盡入于水泊矣。嗟乎，才調皆朝廷之才調也，氣力皆疆場之氣力也。必不得已而盡入于水泊，是誰之過歟？」是聖歎于盗，又有恕詞。

再則謂殺人如菅，大仁大慈。

《水滸傳》第二十七回武松殺嫂之後，刺配孟州牢城，遇母夜叉孫二娘，欲殺剥其兩個解差，後爲武松救起。聖歎評曰：「上文寫武松殺人如菅，真是血濺墨缸，腥風透筆矣。此回又忽然就兩個公人身上，上三下四，寫出一片菩薩心胸。若天下之大仁大慈，又未有仁慈過于武松也者。于是上文尸身血迹，洗刷淨盡矣。蓋作者正當寫武二時，胸中真是出格擬就一位天人。」謂武松爲天人，正與伊之定李逵、魯達等爲上上人物，愛其率真，而恕其好殺也。

自無以逃歸玄恭「倡亂誨淫」之誹，

孫文玉《新義録》卷五十七引「王東溆《柳南隨筆》」，聖歎自爲魔所憑，……好評稱稗官詞曲，手眼獨出，初批《水滸傳》，歸玄恭莊見之曰：此倡亂之書也。繼又批《西廂記》，玄恭見之，又曰：此誨淫之書也。顧一時學者愛讀聖歎書，幾乎家置一編。而聖歎亦自負其才，益肆言無忌，遂陷于難。聞其臨刑，大驚詫曰：『斷頭至痛也，而聖歎以無意及之，大奇大奇。』于是一笑受刑云。」案《玄恭文集·誅邪鬼》云：「蘇州有金聖歎其人，貪戾放僻，不知禮義廉恥。嘗批評《水滸傳》，余見之曰：此倡亂之書也。又批評《西廂記》，余見之曰：此誨淫之書也。惑人心壞風俗，其罪不可勝誅矣。其後吴縣諸生，與任知縣相惡，巡撫中丞得知縣賄，誣奏。諸生十八人，盡棄之市，金聖歎亦與焉。余哀諸生，而未嘗不快金之死，但恨殺之不以其罪耳。」趙經達《玄恭年譜》頁三十四。此可見玄恭之惡聖歎，全以其評小説故。

梁恭辰「斷子絕孫」之笑。

梁恭辰《池上草堂筆記》，卷八《西廂記》條云：「汪棣香曰：『施耐庵成《水滸傳》，奸盗之事，描寫如畫，子孫三世皆啞。金聖歎評而刻之，復評刻《西廂記》諸書，卒陷大辟，並無子孫。』蓋《水滸》誨盗，《西廂》誨淫，皆邪書之最可恨者。」

蓋聖歎謂《西廂記》爲子弟必讀書，

《西廂記讀法》十：「子弟至十四五歲，如日在東，何書不見？必無獨不見《西廂記》之事。今若不急將聖歎此本與讀，便是真被他偷看了《西廂記》也。他若讀得聖歎《西廂記》，他分明讀了《莊子》、《史記》。」又《讀法》十三：「子弟讀得此本《西廂記》後，必能自放異樣手眼，另去讀出别部奇書。遥計二百年之後，天地間書，無有一本不似十日並出。此時，則彼一切不必讀，不足讀，不耐讀等書，亦幾廢盡矣。真一大快事也，然實是此本《西廂記》爲始。」

謂《水滸》之淫亂，即《國風》之好色。謂《水滸》之殺人，即《春秋》之弑奪。雖自具其理，未免震驚流俗。

《水滸傳·與釋弓序》云：「《水滸》所叙，叙一百八人，其人不出緑林，其事不出刦殺，失教喪心，誠不可訓。然而吾獨欲略其形迹，伸其神理。……如必欲苛其形迹，則夫十五《國風》，淫汚居半；《春秋》所書，弑奪十九。不聞惡神奸而棄禹鼎，憎檮杌而誅倚相，此理至明，亦易曉矣。」《水滸傳》卷首。

其他如割裂唐詩，時人有腰斬之譏。

聖歎于唐詩，力主四句一解。

《杜詩解》卷一《贈李白》詩批云：「唐人詩多以四句爲一解，故雖律詩，亦必作二解。若長篇，則或至作數十解。夫人未有解數不識而尚能爲詩者也。如此篇第一解，曲盡東都醜態；第二解，姑作解釋；第三解，決勸其行；分作三解，文字便有起有轉，有承有結。從此，即多至萬言，無不如綫貫花，一串固佳，逐朵更妙。自無非然者，便更無處用其手法也。」又卷二《秋興》八首批文云：「詩本以八句爲律，聖歎何得强爲之分解？須知聖歎不是好肉生瘡，正是對病發藥。唐制八句，原止二句起，二句承，二句轉，二句合，爲一定之律。徒以前後二聯，可以不拘，而中四句必以屬對工緻爲選，因而後人互相沿襲，……至近代作詩，竟以中四句爲身，而頭上倒裝兩句爲起，尾上再添兩句爲結。……自雄詩伯，無不以此爲斷斷不易之理。抑豈知三四之專承一二，而一二用意高拔，比三四較嚴？五六轉出七八，而七八含蓄淵深，比五六句更叮嚀？可以起結二字，抹殺古人心血耶？聖歎所以不辭饒舌，特爲分解。罪我者謂是一詩，如何分爲二解？知我者謂聖歎之分解，解分而詩合。……千載而後，或能見諒也。附識于此。」

聖歎以「一二（起句）不可輕，七八（結句）有含蓄」説律詩，其意固是。然如以三四接一二，七八接五六，殊屬多事，且失一氣呵成之義。如杜詩《聞官軍收河南河北》云：「劍外忽傳收薊北，初聞涕淚滿衣裳。却看妻子愁何在？漫捲詩書喜欲狂。白首放歌須縱酒，青春得伴好還鄉。即從巴峽穿巫峽，便下襄陽向洛陽。」聖歎以前四句爲「初聞光景如畫，爲一解」；後二句則「聞過即欲還鄉如見，爲一解」。《杜詩解》卷四。夫此詩八句，首尾不懈，以「如畫」「如見」區爲二段，轉失杜老渾然之趣，此固可爲聖歎病者矣。

當時痛詆聖歎者，則如《艮齋雜説》言：「吾鄉金聖歎，以聰明穿鑿書史，狂放不羈。……錢牧齋爲《泐法師靈異記》，蓋亦以異人目之矣。凡詩絶句，絶律詩爲四句也。即以杜詩論之，『秋風嫋嫋動旌旗』，截上四句也；『兩個黃鸝鳴翠柳』，截中四句也；『錦城絲管日紛紛』，截前後四句也；雖然，此論其體耳；非唐人律詩，首首可截也。往見聖歎選唐律，竟將前四句爲一絶，後四句爲一絶，細加注解。予訝之曰：『唐詩何罪？腰斬之也！』此言雖戲，遂成聖歎身後之讖。」孫文玉《新義録》五十七引。

此蓋痛詆聖歎之腰斷律詩以爲兩截者。

《四庫全書總目提要》卷一九四《説唐詩》提要，亦云：「至于分解之説，始于樂府。如《陌上桑》篇，所注一解，二解，三解，字尚不拘句數；晉魏所歌古辭，如《白頭吟》、《塘上行》等篇，乃注四句爲一解，傖歌以一句爲一解是也。然所説，乃歌之節奏，非詩之格律。增與金人瑞游，取其《唐才子書》之説，以分解之説，施于律詩。穿鑿附會，尤失古人之意。」此亦詆聖歎之腰斬唐律詩者。

雖反前人專重律詩中四句之病，要亦矯枉過正。

周亮工《賴古堂尺牘新鈔》卷八有張芳《與陳伯璣書》云：「近傳吴門金聖歎分解律詩，其法即起承轉合之説，即顧中庵兩句一聯，四句一截説詩之法也。弟久信之。今得此老闡釋，可破世人專講中四句之陋説。而王李一派惡套詩，大抵不明于此説，以致村學究坌氣狺聲，塗牆綴扇，往往使人捧腹也。

但聖歎以前，未聞于藝苑；爲人大概，想璣老必稔知之，其人評輯諸説家，大有快辨，而傳以禪悦，故能縱其才情之所止。獨《左》、《史》諸評，尚未傳到。不審宗趣如何？弟深欲聞之！」可知傾倒于聖歎之分解律詩者，原自有人。

又如僞造《水滸傳》之施《序》，

俞樾《茶香室續鈔》卷十三云：「《水滸傳》，相傳爲明初羅貫中作。又傳元人施耐庵作。《西湖游覽志餘》，又云宋人作。金人瑞自七十回後，斷爲羅續，極口詆羅，復僞爲施《叙》于前，此書遂專爲施有矣。」胡適《水滸傳新考》云：「金聖歎的文學眼光，能認識《水滸》七十回以後的文筆，遠不如前半部。他的時代背景，可使他不能贊成招安强盗的政策，所以他大膽地把七十回以下的文字，全删了！」

竄改《西廂記》之原文，

《西廂記·賴婚》中，鶯鶯在伊母賴婚之後，唱曰：「你道他笑呵呵，這是肚腸閣落淚珠多。」聖歎批文云：「本作『江州司馬泪痕多』，我意元白同時，恐未可用；故特改之。」然則聖歎固自認竄易古人文字矣。

未免于大雅有乖。

即曲意而定句讀，有時雖亦可通，亦不過雕蟲小技，未免拈字作酸。

《孟子·梁惠王》篇：「孟子見梁惠王，王曰：『叟，不遠千里而來，亦將有以利吾國乎？』孟子對曰：『王何必曰利，亦曰仁義而已。』」聖歎以「王，何必曰利」字斷句，以爲「王曰叟」，當與「對曰王」並舉。「王開口先呼叟，孟子亦開口先呼王，應對之禮也。」《孟子釋》第一頁。夫斷句于「王」，固若可以；然不如「王何必曰利」之一氣呵成，較類孟子後辯口吻。此則聖歎無事自擾也。

又如《左傳》莊公伐共叔段章祭仲向莊公對曰：「姜氏何厭之有？不如早爲之所。無使滋蔓。蔓難圖也，蔓草，猶不可除；況君之寵弟乎？」聖歎謂當讀作「蔓（句），難圖也；蔓，（句），草（句）；猶不可除」，以爲「只就一個『蔓』字，凡作三層翻跌。試取本文依我所句讀之，便見紙上祭仲，眉毛皆動。一部《左氏》文字，妙絶千古處，只是這等讀法。」《左傳釋》第四頁。如此斷句，殊傷纖巧。

至于遂置姜氏于城潁，杜氏注云：「城潁鄭地」，而聖歎從「城」斷句，以「潁」字爲另一句。以爲「秀才不識，却將『城』字連下『潁』字共讀，謂之城潁；而又自爲注曰，城潁，鄭地名。如卿幸自無事，那復須讀《左氏》也？」《左傳釋》頁十二。則真强詞奪理矣。

然聖歎讀書句讀，亦有極可人意者。如莊公因母之後，潁考叔舍肉以供母，莊公曰：「爾有母遺，繄我獨無！」繄，語助字也。聖歎讀爲：「爾有母遺繄！我獨無！」不失爲能得《左氏》摇曳作態之致。但必評之曰：「繄古『兮』字，秀才未識也」，《左傳釋》頁十七。則又陷吳人輕薄之病耳。

大抵聖歎才氣横溢，不屑依傍門户，欲思發爲創見，則自多悍怪之論。即如信佛法而惡僧尼，《西廂記·寺警》中惠明乞救中批云：「農夫力而收于田，諸奴坐而食于寺。有王者作，比而誅之，所不待再計也。而愚夫猶憂罪業。夫今日之秃奴，其游手好閑，無惡不作，正我昔者釋伽世尊佛，于《涅槃經》中，所欲切囑國王大臣，近則刀劍，遠則弓箭，務盡殺之，無一餘留者也。」此處，見聖歎疾惡如仇，初無信佛者慈悲之意。

美武松而罵君子，

《水滸傳》二十三回總批云：「武二視兄似父，此自是豪傑至性。……嗟呼，兄弟之際，至于今日，尚忍言哉？一壞于乾餱相爭，鬩牆莫勸，再壞于高談天性，矜飾虚文。蓋一壞于小人，而再壞于君子也。夫壞于小人，其失也鄙，猶可救也。壞于君子，其失也詐，不可救也。壞于小人，則失也鄙，其内即甚鄙，而其外未至于詐，是猶可以聖王之教教之者也。壞于君子，其失也詐，其外既甚詐，而其内又不免于甚鄙，是終不可以聖王之教教之者也。」

前者則徒招流俗之不安，後者則令理學者以不滿。千夫所指，無疾自死；繩物過苛，殊非明哲！

廖燕《聖歎傳》：「時有以講學聞者，先生輒起而排之」，《水滸傳》批文之美武二而詈君子，當非吴中理學者所樂聞也。

又如論史則贊始皇之焚書，

《水滸傳》卷首聖歎批文云：「……破道與治，是横議也；横議則烏得不燒？横議之人，則烏得不誅？故秦人燒書之舉，非直始皇之志，亦仲尼之志；乃仲尼不燒，而始皇燒者，仲尼不但無作書之功，兼亦無燒書之權者也？若始皇燒書而並燒聖經，則是雖有其權，而實無其德。實無其德，則不知其故，斯盡燒矣。故並燒聖經者，始皇之罪也。燒書始皇之功也。」此等論調，真迂腐異常，當爲始皇所竊笑者矣。

論文則進施而退韓，

《水滸傳》二十二回評武松打虎云：「傳聞趙松雪好畫馬，晚更入妙。每欲構思，更于卧室解衣踞地，先學爲馬，然後命筆。一日，管夫人來，見趙，宛然馬也。今耐庵爲此之想，亦復解衣踞地，作一撲一掀一剪勢也耶？東坡《畫雁》詩云：『野雁見人時，未起意先改；君從何處看，得此無人態？』我真不知耐庵何處有一副虎食人方法在胸中也。聖歎于三千年中，獨以才子許此一人，豈虛譽哉？」其稱許耐庵如此。

《水滸傳》二十七回評武松威鎮安平寨云：「常言太史公酒肉帳簿，爲絶世奇文，惟此篇足以當之。若韓昌黎《畫記》，直是印版文字，不足道也。」其輕視退之如此。

論字則謂非造于蒼頡，

《唱經堂隨手通·序童壽六書》云：「六書之作，其來尚矣。聖歎曰，造字不必專于蒼頡，造字必專于蒼頡。然則蒼頡之名不專于一人。……萬古以來，聖人之興，如麻如粟，而必蒼頡獨造字哉？……此非一聖人能之也。……夫遠古遠古，未來未來之聖人，吾烏知其爲某甲某乙，特以字法不能變異，而必知其盡能造字。則無論某甲某乙，盡名蒼頡。猶如班固云：『黃帝特中央自然之理，非有其人。』夫化理藏于中央，名曰黃帝；然則造字起于東方，是名蒼頡，蓋一例也。而必一人獨名蒼頡哉？」此與《荀子·解蔽篇》所謂：「造字者衆矣，而蒼頡獨傳」之語，一鼻孔出氣者。

亦非當時習俗所許。在聖歎本人，以才子繩量人物，以駿快月旦世故，不失爲愜意之舉措。然而如時代何？如世俗何？即如才子書之選定，

聖歎立意選才子書，當在明季。

《西廂記讀法》十四云：「僕昔以兒子及甥侄輩，要他做得好文字，曾將《左傳》、《國策》、《莊》、《騷》、《公》、《穀》、《史》、《漢》、韓、柳、三蘇等書，雜選一百餘篇，仿張侗初先生《必讀古文》舊名，只加才子二字，名曰《才子必讀書》。蓋至望讀者之必爲才子也。久欲刻佈請正，苦因喪亂，家貧無貲，至今未就。今既得《西廂記》，便亦不復更念之矣。」徵此，可知喪亂以前，聖歎早有選才子文意思。不知何以改選「文」爲選「書」耳。

亦無以免于輕浮之誚，

《四庫總目》卷一四七張坦《南華評注》提要：「是書成于康熙（十七年）戊午。自序謂廣求古注十餘家，採其簡當，删其繁蕪，又參以己意，爲之評釋，别爲『或問』十條，列于卷首。今案其書，分段加評，逐句加注，皆不言本某家之古注。其注似徐增之《説唐詩》，其評亦如金人瑞之評《西廂記》、《水滸傳》而已。觀其『或問』第一條，以莊子爲風流才子，可知其所見矣。」以莊子爲才子，正聖歎之意也。

雜亂之譏。

董含《三岡識略》卷九《才子書》條云：「吳人有金聖歎者，著才子書，殺青列肆中。凡《左》、《孟》、《史》、《漢》，下及傳奇小説，俱有評語。其言誇誕不經，諧詞俚句；連篇累牘，縱其胸臆。以之評經史，恐未有當也。即以《西廂》一書言之，昔之談詞者，曰：『元詞家百八十七人，王實甫如花間美人，自是絶調。』其所品題，不過如斯而已。乃聖歎恣一己之私見，本無所解；自謂别出手眼，尋章摘句，瑣屑割裂。觀其前所列八十餘條，謂自有天地，即有妙文，上句追配《風》、《雅》，下可貫穿馬、莊，或證之以禪語，或擬之以制作，忽而吳歌，忽而經典，雜亂不倫。且曰：『讀聖歎所批《西廂記》，是聖歎文字，不是《西廂》文字』；直欲據爲己有，可謂迂而愚矣。其終以筆舌賈禍也，宜哉。」

且就其時世言之，列小説爲正書，亦駭流俗之膽。

《水滸傳》第二回評：「孔子云：『詩可以興』，吾于稗官亦云然。」

然其所謂才子書六種者，

《西廂記讀法》九云：「聖歎本有才子書六部，《西廂記》乃是其一。」

廖燕《聖歎傳》：「所評《離騷》、《南華》、《史記》、《杜詩》、《西廂》、《水滸》，以次序，定爲六才子書，俱別出手眼。」是以《離騷》爲第一才子，《南華》爲第二才子，《史記》爲第三才子，《杜詩》爲第四才子，《西廂》爲第五才子，《水滸》爲第六才子也。

無名氏《辛丑紀聞》頁十二云：「聖歎以世間有六才子書，《離騷》、《莊子》、《史記》、《杜工部詩》、施耐庵《水滸傳》、王實甫《西廂記》。」此以《西廂》爲第六才子，以《水滸》爲第五才子，與今所傳者合，而與廖燕所記者小異。

且第一才子，與第二才子，亦有問題。金昌叙聖歎《杜詩解》云：「莊屈龍門而下，列之爲第四才子。」是以《莊子》爲第一，《離騷》爲第二也。與廖燕所記者，亦異。

若《史記》，則史之代表；若《杜詩》、《離騷》，則詩歌之代表；若《莊子》，則子之代表；若《水滸》，則小説之代表；若《西廂》，則戲劇之代表；兼收並蓄，不遺鉅細，固亦隻眼獨具，

邱煒萲《菽園贅談》卷七云：「蓋聖歎憤時傲世，意以天下事無不可以游戲出之，不獨于其名其文爲不測也。嘗大言曰：『天下有才子書六，而世人不知。』所謂六者，一《莊》，二《騷》，三馬《史》，四杜詩，五施《水滸》，六王《西廂》也，其放誕如此。」然聖歎亦有《左傳釋》、《孟子釋》、《通宗易論》等書，則于經類，非不知推重者也。

壓倒儕輩，

俞樾《茶香室續鈔》卷十三云：「周亮工《書影》云：『葉文通名晝，無錫人。多讀書，有才情。故爲詭異之行，或自稱錦翁，或稱葉五葉，或稱葉不夜，最後名梁無知，謂梁溪無人知之也。當温陵（李贄）《焚藏書》盛行時，坊間種種，借温陵之名以行者，如《四書第一評》、《第二評》、《水滸傳》、《拜月》、《琵琶》諸評，皆出文通手。』按今人只知有金聖歎《水滸》評本，前乎此有葉文通，則無聞矣。」于此，可見金氏評本在清代之勢力已。

饒有文學眼光者矣。

《胡適文存》卷三《水滸傳考證》：「金聖歎是十七世紀的一個大怪傑，他能在那個時代，大膽宣言：説《水滸》與《史記》、《國策》，有同等的文學價值；説施耐庵、董解元，與莊周、屈原、司馬遷、杜甫，在文學史上，佔同等的位置。説『天下之文章，無有出《水滸》右者，天下之格物君子，無有出施耐庵先生右者。』這是何等眼光？何等膽氣？又如他序裏的一段，『夫古人之才，世不相沿，人不相及，莊周有莊周之才，屈平有屈平之才，降而至施耐庵，有施耐庵之才，董解元有董解元之才。』這種文學眼光，在古人中，很不可多得；……這種見解，在今日還要嚇倒許多老先生與少先生，何況三百年前呢？」

聖歎最初評《水滸傳》，

《辛丑紀聞》謂甲申評《水滸傳》；案甲申，乃明亡之年，即崇禎十七年。而貫華堂刊《水滸傳》，則有皇帝崇禎十四年二月十五日字樣。豈開始于崇禎十四年，而卒業于十七年歟？

次則評《西廂記》，而《董西廂》未成。

《辛丑紀聞》云：丙申（順治十三年一六五六）批《西廂記》。

徐增《才子必讀書叙》云：「《董西廂》評十之四五，散于同學篋中，皆未成書。……同學諸子，望其成書，百計慫恿之。于是刻《制義才子書》，歷三年（即丙申），又刻王實甫《西廂》，應坊間請，止二月。皆從飲酒之暇，諸子迫促而成者也。」然則，聖歎亦評過《董西廂》者。

亥子間，方從事于杜詩，未卒業而難作。

《辛丑紀聞》云：「亥（己亥順治十六年）子（庚子順治十七年）間，方從事于杜詩，未卒業而難作，天下惜之。謂天之忌才，一至于斯。」金昌《叙杜詩解》云：「臨命寄示一絶，有『且喜唐詩略分解，《莊》《騷》《馬》《杜》待何如。』」是聖歎于六個才子，只批得兩個半也。

考其批書之法，固非專致力于某一書，俟其竣而移力他書。蓋亦同時進行，忽此忽彼。六才子之書，雖竣事者僅有二；而杜詩、《離騷》、《南華》，固已涉筆。惟《史記》，則絲毫未動耳。

聖歎于杜工部詩，批注似未竣事。今存《杜詩解》四卷，上有順治己亥金長文《引》文。揆其語氣，未有成書之事。又有金昌《叙第四才子書》，則作于聖歎死後。内云：「唱經在舞象之年，便醉心斯集，因有《沉吟樓借杜詩》。莊屈龍門之下，列之爲第四才子。每于親友家，素所往還，酒食游戲者，輒置一部，以便批閲。風晨月夕，醉中醒裏，朱墨縱横。不數年，所批殆已過半；以爲計日可奏成事也。而竟不果，悲夫。臨命寄示一絶：有『且喜唐詩略分解，《莊》《騷》《馬》《杜》待何如？』余感之，欲盡刻遺稿，首以杜詩從事，已刻若干首，公之同好矣。兹泚上歸，多方蒐輯，補刻又若干首。而後第四才子之面目略備，讀者直作全牛觀，可乎。」是《杜詩解》固非足稿也。（今存《杜詩解》，計第一卷凡六十四葉，第二卷凡八十二葉，第三卷凡八十葉，第四卷凡六十葉。）

至于《離騷》，則《唱經堂内書》中，有《序離騷經》，凡八葉。金昌跋其後云：「此唱經未完稿也。相其筆勢，如黄河發足崑崙，正不知何以遂止，惜哉！」蓋聖歎謂：「善讀《離騷》者，必當釋名第一，循本第二，明志第三，審時第四，歷變第五，擇正第六，彰後第七，謀篇第八，格物第九，避謫第十。」但《釋名》未竟，其稿中斷，不知如何謂之「明志」，又如何而謂之「審時」也？……

莊子《南華》亦僅存《釋名》一節、《南華字製》一節，共三葉。

大抵聖歎著作，第五、第六兩才子書通行外，有《唐詩解》四卷，《序離騷經》八葉，葉二十行，行二十二字；《南華》三葉（同上），此外，即係另碎不成片段者。兹録其總目于下。

《唱經堂外書總目》：《第五才子書》、《第六才子書》、《唐才子書》、《必讀才子書》（以上刻過）。《杜詩解》四卷、《左傳釋》（《鄭伯克段于鄢》，《周鄭交惡》，《宋穆公卒》，《衛州吁弑其君》，《陰飴甥對秦伯》，五節共三十四葉，行數字數同前）。《古詩解》二十首（行行重行行、青青河畔草、青青陵上柏、今日良晏會、西北有高樓、涉江采芙蓉、明月皎夜光、與君爲新婚、庭中有奇樹、迢迢牽牛星、迴車駕言邁、東城高且長、燕趙多佳人、驅車上東門、去者日以疏、生年不滿百、凜凜歲云暮、愁多知夜長、客從遠方來、明月何皎皎）。《釋小雅》七首（十三葉，行數字數同前）。《孟子解》（十三葉，行字同前。）《歐陽永叔詞》十二首（六葉）。

《唱經堂内書》總目：《法華百問》，《西城風俗記》（已刻，余未見。徐珂《清稗類鈔》云：「金人瑞之《西城風俗記》、余懷之《板橋雜記》，均能巧言切畫，如印之印泥。」則聖歎在評書之外，固能自著小説者）。《法華三昧》，《寶鏡三昧》，《聖自覺三昧》（以上結集未竟）。《周易義例全鈔》、《三十四卦全鈔》。《南華經鈔》（未刻），《通宗易論》（十八葉），《語録類纂》四卷（三十六葉三十九葉，後二卷未刻）。《聖人千案》（二十一葉）。《唱經堂隨手通》（《南華釋名》三葉，《序童壽六書》十二葉，《序騷》十葉，《先後天勝義幢》二葉，《大勢至緣起》四葉，《念佛三昧》二葉，《江南采蓮曲釋》一葉）。《唱經堂詩文全集》（未刻）。

夫聖歎既縱酒著書，

《辛丑紀聞》頁十三載著者之父，感而有詩云：「丁瀾俠骨世無倫，哭廟焉知遂殺身？縱酒著書金聖歎，才名千古不沉淪。」

案聖歎，其實並不貪酒者。《水滸傳》六十一回載柴進脅一枝花蔡慶後，說：「好漢做事，休要躊躇。」聖歎批文云：「至此，不免滿引一大白也。或曰：然則當子之讀是篇也，亦大醉矣乎？笑曰：不然。是夜大寒，童子先睡。竟無處索酒，余未嘗引一白也。」徵此，則聖歎之不嗜于酒，可想；而聖歎之滑稽，亦可想也。

其書亦爲時人所重，至有歎爲筆端有刺，舌底泛瀾。

徐珂《清稗類鈔》：「至善評小説者，則推金人瑞。筆端有刺，舌底瀾翻。鍾惺、李卓吾之徒，望塵莫及矣。」

即有稱其誨盜誨淫，然亦有謳其正人心，善風俗，具見其著作之流傳之廣，入人之深。

《菽園瑣談》卷六《水滸傳》云：「元人施耐庵，賣弄才情，希名後世。與他人窮愁抑塞，發憤著書者不同。金聖歎嘗言之矣。耐庵何題不可著書？何必取群盜而鋪張之？蓋因史有宋江等三十六人一句，以三十六人之多，然後足供揮灑也。此亦聖歎之言也；相傳耐庵撰《水滸傳》時，憑空畫三十六人于壁。老少男女，不一其狀。每日對之吮毫，務求刻畫盡致。故能一人有一人之精神，脈絡貫通，形神俱化。惟小説家言，信筆揮灑，不無失檢。聖歎從而潤色，托之耐庵古本，遂覺洋洋大觀。何物羅貫中，强起干與，妄行續貂？……至毅然以忠義之名褒群盜，更爲耐庵所不及料。後人不譏貫中，而譏耐庵，曷不取聖歎所批之本而觀之？此雖事之小者，然實關係于人心風俗之大，余故不能已于言。」是袒聖歎，以爲不曾誨盜也。

《水滸傳》之爲人把玩，户有其書，亦聖歎之力。

昭槤《嘯亭續録》卷二云：「自金聖歎好批小説，以爲其文法畢具，逼近龍門。故後之續編者，汗牛充棟，牛鬼蛇神。至士大夫家几上，無不陳《水滸傳》、《金瓶梅》以爲把玩。」

胡適《水滸傳新考》云：「聖歎的辨才，是無敵的。他的筆鋒，是最能動人的。他在當日，有才子之名。他的被殺，又是當日震動全國的大慘案。他死後，名譽更大。在小説批評界，他的權威，直推翻了王世貞、李贄、鍾惺等有名的批評家。」

無論其評之當否，其開重視小説之風氣，批評文藝之新路，要可謂有功藝苑。故今存毛批《三國演義》，至僞爲聖歎《序》以自重。

廖燕《聖歎傳》：「先生殁，效先生所評書，如長州毛序始、徐而庵，武進吴見思、許庶庵爲最著，至今學者稱焉。」即如《三國演義》：「俞蔭甫云，劉廷璣《在園雜志》云：『杭永年仿金聖歎筆法，批《三國演義》，似屬效顰。……《金瓶梅》以淫説法，彭城張竹坡爲之先總大綱，次則逐卷逐段分注批點，可以繼武聖歎。』」《新義録》卷五十七。是《三國演義》、《金瓶梅》之有批文，殆亦聖歎爲之先路也。

案今存《三國演義》批者爲毛宗崗，聖歎叙之云：「予嘗集才子書六，其目曰《莊》也，《騷》也，馬之《史記》也，杜之律詩也，《水滸》也，《西廂》也。已謬加評訂，海内君子，皆許予以爲知言。近又取《三國志》讀之，……余嘗欲探索其奇，以正諸世，會病未果。忽于友人案上，見毛子所評《三國志》之稿。觀其筆墨之快，心思之靈，先得吾心之所同然。因稱快者再，而今而後，知第一才子書之目，又果在《三國》也！故予序此數言，授毛子，刻之日，弁諸簡端。使後之閲者，知予與毛子，有同心也。」此序實僞。

聖歎稱《水滸》時，則提杜詩，批《西廂》時，亦及《莊子》。即《史記》亦常爲伊所提心在口者。而

《三國演義》，則聖歎毫不提及。曷爲乎一見毛批《三國》，而遽以第一才子之位禪讓之耶？考毛爲聖歎友，順治十七年，聖歎曾有與毛書，述律詩分解之法理。意者，毛引聖歎以自重耳。引人自重，更見聖歎之爲人推重也。

至若順治八年之當夏吟杜詩，自稱寒慄，順治十六年之閉户評書，書者腕脱，

《杜詩解》卷四《發潭州》評語：「辛卯（順治八年）夏六月，甚暑，當午讀之，寒栗竟日。」

徐增《天下才子必讀書序》云：「己亥（順治十六年）評《唐才子書》，乃至鍵户。梓人滿堂，書者腕脱。」

均爲研究聖歎者所可驚歎。然而歲月不居，衰暮之象已呈。在順治十六年，即聖歎遭禍之前年，與友人書中，未嘗不露日暮道遠之憾！

周亮工《賴古堂尺牘新鈔》卷五有聖歎《答王道樹》書：「松樹子便已如法種訖，今始離立如人也。誠使天假弟二十年，無病無惱，開眉吃飯，再將胸前數十本殘書，一一批注明白，即是無量幸甚。如何敢望老作龍鱗歲月哉？」蓋此年聖歎已老，且多病。《唐才子詩甲集》附録《魚庭聞貫》，有聖歎《致王斵山書》云：「賤恙遂得愈，不以爲分律憂也。承注念，謝謝。」又《與韓住書》云：「辱垂注，弟比來體中粗好，連日日長無事。」此皆衰老病後之徵也。

順治十七年，被禍之前一年，粗説唐詩七言律體，以二月有餘之力，説解六百首，「上下快説」而子雍從旁筆録。

順治十七年，聖歎爲《唐才子詩》叙云：「順治十七年春二月之八日，兒子雍，强欲予粗説唐詩七言律體，予不能辭，既受其請矣。至夏四月望之日，前後統計，所説過詩，可得滿六百首。」又子雍叙《魚庭聞貫》云：「雍既于今年二月吉日，力請家先生，上下快説，唐人七言律體，得五百九十五首，從旁筆受其語，退而次第成帙。」

然未一年而難作。雖暮年好佛，無以避于身首異處之痛。

聖歎于順治十七年四月，評《唐律詩》後，曾有《與開雲、雲在二法師》書云：「弟子即日新分唐七律詩，得六百首，繕寫已竟。便欲于七月解夏之晨，敬告釋伽文佛大師，望其加批，廣作歡喜。仰祈法師過我共讀。蓋此便是解一切衆生語言大陀羅尼，故更不欲再誦别陀羅尼也。」此信發後，孰知翌年七月十三日聖歎竟遭刑江寧矣！

聖歎之得罪，在順治十八年辛丑。其起因，則亦可謂之學生運動。即係書生對貪污之決鬥也。

辛丑之獄，《申報館聚珍版叢書》中有《辛丑紀聞》，題無名氏撰。《痛史》第二種，又有無名氏《哭廟紀略》，内容大致不殊。

先是，順治十七年庚子十二月朔，吴令任維初到任；比徵錢糧甚急。而且典守自盜，盜糶倉米。

《辛丑紀聞》記吴到任後，「開大毛竹片數十，浸以溺，示人曰：『功令森嚴，錢糧最急。』……初二日，午時，即追比欠數金者，……責者皆鮮血淋漓，難于起立。……邑民股栗。十八年正月中旬，維初入常平倉，每石倉米，取七升三合；每一廒，則計其數之多寡，而斛出一石焉。迨兑糧，則各户之貯此廒者，各出償之。計其所得，三千餘石，付縣總吴之行糶焉。……當是時也，雖三尺童子，皆懷不平；而諸生倪用賓，遂有哭廟之舉。」

順治十八年二月朔，世祖崩，哀詔至吴。撫臣朱國治、撫臣張鳳起、道臣王紀等，設幕哭臨；而初四日，諸生百餘人，哭于文廟，皆欲逐任令。朱國治乃擒倪用賓等十一人。

十八年二月「初四日，倪用賓等哭廟。薛爾張等作文。丁子偉于府教授程公翼倉處請文廟鑰。諸生百餘人，至廟鳴鐘擊鼓，即並至府堂，……于時相從而至者，且千餘人。號呼而來，皆欲逐任知縣者也。撫臣大駭，叱左右擒獲。衆懼譁然，鳥獸散，其被獲者止十一人，曰：倪用賓、沈玥、顧偉業、張韓、來獻琪、丁觀生、朱時若、朱章培、周江、徐玠、葉琪，同任維初發道尊王公研訊。」《哭廟紀略》。

道臣研訊後，任維初語侵朱國治。國治乃「發一憲牌，高擡年月，略謂兵餉甚急，多征糧米，以備不虞。」任令乃得立于無過之地，而國治乃以劣生肆横上陳。

王道訊任令何故糶米？任謂「撫臺索餽甚急」；國治乃發一憲牌，與任令，倒擡年月。隨即參疏上聞，大意謂「當哀詔初臨之日，正群臣子哀痛欲絶之時。乃千百成群，肆行無忌。震驚先帝之靈，罪大惡極，其不可逭者一也。縣令雖微，乃係命官；敢于聲言扛打，目中尚有朝廷乎？其不可逭者二也。匿名揭帖，律令甚嚴，身列青衿，敢于自蹈，其不可逭者三也！」《辛丑紀聞》。

二月十一日奏至京師，適有金壇叛逆、鎮江失機之案。朝旨：命滿大臣議罪具奏。又恐激蘇民生變，復解一行人犯，至江寧研審。蘇州府學教授程翼蒼，遂供出聖歎及丁子偉二人。而聖歎囚解至寧矣。

朱國治嗾滿員窮究哭廟者，翼倉爲與鑰之人，不得推托。「將與于哭廟之舉者，盡列名以上。」錢君宫聲聞之，立夜見翼蒼曰：『今縱開列無辜數十，總不滿數千人。無益，徒害人耳。且已有子偉、聖歎二人，足以塞責矣。』翼蒼遂止。四月二十七日，丁子偉、金聖歎拘至省，……各夾杖三十。聖歎口呼先帝。（滿員）四大人怒曰：『上初即位，何得更呼先帝，以詛皇躬耶？』掌二十，下之獄。」

蓋聖歎雖放誕，然亦見義勇爲，

《菽園贅談》卷七云：「金聖歎名喟，又名人瑞，舊姓張，名采，字若采。爲文俶儻，有奇氣，少補博士弟子員，後應歲試，學使視其文不能句讀，以爲詭衆，褫之。來年頂金名，科試，一變而爲委靡庸腐趨時之調，學使大悦，拔冠童軍。……蓋聖歎憤時傲世，……然遇理所不可事，則又慷慨激昂，不計利害，直前蹈之。似非全無心膽者。以是而得殺身之禍，亦可哀已。」

故嘗糾衆哭廟，

吴翌鳳《東齋脞語》頁三云：「張函西先生涵，鍛亭父也。一日堂上召乩，聞叩門聲甚急。問仙云何？乩判：『有奇禍，有奇禍，不可開，不可開』十二字。久之，叩者方去。探之，則聖歎糾往哭廟也。後在事者，皆坐大辟。微乩，則先生危矣。」《昭代叢書》本。

又嘗爲《哭廟文》，

《痛史》第五種《研堂見聞雜記》頁三十五云：「諸生有金聖歎者，有逸才。批七才子（《西廂》、《水滸》、《左傳》、《史記》、《離騷》、《楞嚴》、《唐詩》），一時紙貴。是變爲《哭廟文》，亦入獄，同日斬。」

于是滿漢官員會題：「竊臣等會審，看得秀才倪用賓等，平時不告知縣任維初。當遺詔方到，輒糾聚群黨，于舉哀公所，要打知縣，跪進匿名揭帖。鳴鐘擊鼓，招呼數千人，摇動人心倡亂，

殊干國法。查律無正條，所犯事關係重大，應將倪用賓、沈玥、顧偉業、張韓、來獻琪、丁觀生、朱時若、朱章培、周江、徐玠、葉琪、薛爾張、姚剛、丁子偉、金聖歎、王仲儒、唐堯治、馮郅，不分首從，立決處斬。妻子奴僕，家資財物，當地入官。」《哭廟記略》頁六。**而順治十八年七月十三日未時立秋，至巳時，聖歎等十八人，遂與其他金壇、鎮江等犯，共一百二十一人，駢首于江寧之三山街矣。**

「是日也，十案共一百二十一名，淩遲二十九名，斬八十九人，絞四人。撫臣分五處斬決，抗糧及無爲告二案，斬于江寧之三山街。是時四面皆披甲圍定，撫臣親自監斬，至辰刻，獄卒于獄中取出罪人，反接，背插招旗。口塞栗木，挾走如飛。親人觀者稍近，則披甲者槍柄刀背亂打。俄而炮聲一震，一百二十一人皆畢命。披甲亂馳，群官皆散，法場之上，惟血腥觸鼻，身首異處而已。」《辛丑紀聞》頁十。

其家妻子，籍没尤慘。

《哭廟紀略》九頁云：「七月十四日，撫臣有牌至蘇，解所籍人家妻子。十八日，府中起解。凡子女之抱持者，不釋手，至五六歲子女，皆手扭之。其稍長者，則皆械繫。當是時也，父母送其子，翁姑送其媳，兄姊送其妹，弟妹送其姊。亦有以母而送其女者，以媳而送其姑與夫者，更有以岳而送其婿者，有以婿而送其岳母與舅者，哀號慟哭，聲聞數里。行道之人，無不疾首痛心，泣數行下，唾罵撫臣之慘刻者。」

朱國治與任維初，雖亦不得其死，

《辛丑紀聞》頁十二云：「越明年，撫臣罷去，代之者韓公名心康也，字世琦。以别案，亦斬任維初于江寧之三山街。朱國治後撫雲南如故操，歲癸丑（康熙十二年），吴三桂反，以刻剥軍糧，將士積忿。乃臠而食之，骸骨無一存者。」

而聖歎妻子，流寧古塔。

《哭廟紀略》頁十一載聖歎之死，「天下惜之。有一子，曾請乩仙題號，乩仙判曰：『斷牛』，不解其故。及聖歎獲罪，妻子流寧古塔，其居室之後，有一斷碑，但存牛字。殆亦前定數耶？」

案梁恭辰《池上草堂筆記》載聖歎「並無子孫」。然《水滸傳》有與兒子釋弓《敘》；《魚庭聞貫》，有其子雍《序》，雍即釋弓；碧梧山莊所刊之《聖歎才子尺牘》卷首，亦有「男雍釋弓撰」五字。梁氏之説，誤也。

又日人宫原民平在《斯文》雜志十一編五號所刊之《滑稽詩話》，内云：「以批評小説戲劇有名之金聖歎，將臨刑時，口授其子以下一聯云：『蓮子心中苦，梨兒腹内酸。』『蓮』『憐』同音；『梨』吴語近『離』。借蓮子心苦，梨兒心酸，意以述其胸中酸苦，不愧爲名人之句。」則聖歎非無子也。

墓栖蘇州城外五峰山下。「風雷半夜吴王墓，天地清秋伍相祠」，得此而三，然亦無人吊之于荒烟蔓草中也。

辛島驍謂數年前，上海某書店曾刊《蘇州快覽》，一通俗旅行書也。内記聖歎之墓，在蘇州城外五峰山下之博士塢。辛氏並謂曾托當地人士，前往探得之云。《朝鮮支那文化研究》頁五三八。

聖歎獄中，曾有《與家人書》云：「殺頭至痛也，籍没至慘也，而聖歎以無意得之，不亦異乎？若朝廷有赦令，猶可相見；不然，死矣！」《辛丑紀聞》頁十二。**《菽園贅談》**卷七**謂其：「寥寥數語，悲抑之情，見于言外。論者謂聖歎以公憤訟貪吏任維初，詞連撫臣朱國治，以是而死，死**

出于義，復何所憾？所可惜者，以一卓犖不群之士，竟死于昏庸冗闒之夫，即謂天不忌才，安可得耶？」然聖歎亦達者，斫頭最是快事，固見于廖燕所傳、王東溆所記：

廖燕《聖歎傳》：「傳先生解杜詩時，自言有人從夢中語云：『諸詩皆可說，惟不可説《古詩十九首》。』先生遂以爲戒。後因醉，縱談『青青河畔草』一章，未幾遂罹慘禍。臨刑歎曰：『斫頭最是快事，不意于無意中得之。』」

王東溆《柳南隨筆》卷三云：「金人瑞字若采，聖歎其法號也。少年時，以諸生爲游戲，具補而旋棄，棄而旋補者，以故爲郡縣生不常。性固穎敏絶世，而用心虛明，魔來附之。某宗伯錢謙益《天台泐法師靈異記》所謂慈月宫陳夫人，以天啓丁卯五月，降于金氏之卟者，即指聖歎也。聖歎自爲卟所憑，下筆益機辯瀾翻，常有神助。然多不軌于正。好評解稗官詞曲，手眼獨出。初評《水滸傳》，崑山歸玄恭莊，見之曰：『此倡亂之書也。』繼又批《西廂記》行世，玄恭見之，又曰：『此誨淫之書也。』顧一時學者，愛讀聖歎書，幾于家置一編。而聖歎亦自負其才，益肆言無忌，遂陷于難。時順治十八年也。初，大行皇帝遺詔至蘇，巡撫以下，大臨府治。諸生從而訐吴縣令不法事，巡撫朱國治，方暱令，于是諸生被繫者五人，俱劾大不敬，而聖歎與焉。是時海寇（鄭成功）入犯，江南衣冠陷賊者，坐反叛，興大獄。廷議遣大臣即訊，並治諸生。及獄具，聖歎與十七人，俱傅會逆案坐斬，家産籍没入官。聞聖歎將死，大驚咤曰：『殺頭至痛也，籍家至慘也，而聖歎以不意得之，大奇！』于是一笑受刑。其妻若子，亦遠戍邊塞云。」頁五至六。

且「浮生若夢」，固聖歎宿昔之所懷抱：

《水滸傳》十三回批文：「大地夢國，古今夢影，榮辱夢事，衆生夢魂。豈惟一部書一百八人而已，盡大千世界，無不同在一局。求其先覺者，自大雄氏以外無聞矣。真蕉假鹿，紛然成訟，長夜漫漫，胡可勝言！」

而人命無常，亦聖歎素所服膺之語：

《水滸傳》十四回批文：「（活閻羅）阮（小七）氏之言曰：『人生一世，草生一秋。』嗟夫，意盡乎言矣。夫人生世間，以七十年爲大凡，亦可謂至暫也。乃此七十年也，又夜居其半，日僅居其半焉。抑又不寧惟是而已，在十五歲以前，蒙無所識知，則猶擲之也。至于五十歲以後，耳目漸廢，腰寬不隨，則亦不如擲之也。中間僅僅三十五年，而風雨占之，疾病占之，憂慮占之，饑寒又占之。然則如阮氏所謂『論秤秤金銀，成套穿衣服，大碗喝酒，大塊吃肉』者，亦有幾日乎？而況乎有終其身，曾不得一日也者。故作者特于三阮名姓，深致歎焉。曰立地太歲，曰活閻羅，曰短命二郎。嗟乎，生死迅疾，人命無常，富貴難求，從我所好，則不注書，又何以爲活也？」

阮嗣宗之憑弔戰場，聖歎且以爲妄想：

《杜詩解》卷二，頁四九云：「無量刼來，生死相續，無賢無愚，俱爲妄想騙過。……阮嗣宗登廣武，觀劉項戰處，曰遂使孺子成名。此亦是一副肚腸，一副眼淚。後來身不遇時，托于沉冥，以至于死。不過妄想消滅或爲帝王，或爲草竊，或爲酒徒，事或殊途，想同一轍。……曾記幼年有一詩：『營營復營營，情性易爲工；留濕生螢火，張燈誘小蟲。笑啼兼飲食，來往自西東，不覺閑風日，居然頭白翁。』此時思之，真爲可笑。既念生子孫，方思廣園圃，如此妄想，便了一生。我既生子，子又生孫，後來不知何人，俱同此一副妄想。」

然則聖歎之于死生，固宜瞭然。杜工部《猿》詩：「裊裊啼空壁，蕭蕭挂冷枝。艱難人不免，隱

見爾如知。」聖歎注曰：「君子處艱難之會，殺身成仁，其正也；爲蛇爲鱉，其奇也，正不廢奇，奇不害正。」又曰：「艱難之及，免者幾人？隱見之間，爾宜早計。不知是借人諷猿，不知是借猿諷人；讀之，但有忽忽不樂。」上見《杜詩解》卷二，頁五十八。考聖歎批杜詩，正其刑死之前年，艱難難免，伊固自知。「宋長白《柳亭詩話》云：聖歎既死，山左有某官署召仙，仙乃聖歎。判一詩云：『石頭城畔草芊芊，多少癡人城下眠？惟有金生眠不得，雪霜堆裏聽啼鵑。』」俞樾《茶香室叢鈔》卷十七引。今就其生平而論，生也則傾倒一時，死後則人能憐才；人生會當一死，「殺頭快事」之語，固不愧爲達人安命也。至于死且侮人，雖小道亦有可觀。

徐珂《清稗類鈔．譏諷》上《胡桃滋味》條：「金人瑞以哭廟案被誅，當棄市之日，作家書付獄卒寄妻子。獄卒疑有謗語，呈之官。官啓緘視之，則見其上書曰：『字付大兒看，鹽菜與黃豆同吃，大有胡桃滋味。此法一傳，吾無遺憾矣。』官笑曰：『金先生死且侮人。』」

評書雖有儇佻刻薄之譏，而譏之者猶惋惜于其死，

毛慶臻《一亭雜記》頁五十六云：「國初諸生金聖歎，才雋不羈，好評論奇書小說，透發心花，窮搜詭譎。閱者爲之大快。以有司不公，哭文廟，構成獄。避匿僻所，卜滿百日，可脫災。及三月定稿，僅欠一日，以爲倖免矣。悶鬱已久，暮稍出探巷口，舊門斗過賀曰：『相公幸甚，案定不追。但我拖累艱苦，須爲壓驚。』旋爲訪拿，抵案陷辟；正落百日之厄。其評書儇佻刻薄，導淫誨盜；足資笑謔，而陰譴之重，尚不止此。才子自詒伊戚，豈特狂不顧忌，將爲何等人耶？讀其文者，惜之！」此則非聖歎

之行，而稱重其文者也。

亦足爲聖歎悲慘之歷史生色。且聖歎以一罪人，而金昌爲之刊刻遺著，

金昌《叙第四才子書》：「……臨命寄示一絶，有『且喜唐詩略分解，《莊》《騷》《馬》《杜》待何如』之句。予感之，欲盡刻遺著。」昌不辭爲罪人之友，不以死生困達變其情誼，視世之反噬其友，而猶侈陳學術者，正以反證聖歎之知人深矣。

昌在《杜詩解》卷前，附《唱經著述目》，且云：「同學有得遺稿者，乞盡録篇目，寄學易堂，以便徵刻。」則昌之理董聖歎身後事，亦可謂仁至義盡也。

而嵇永仁爲之賦詩追悼，

永仁字爾諧，吴門人，《賴古堂尺牘新鈔》卷二載其《與黄俞邰》書云：「近有一絶異事，周計百使君，司李賡南，讀《才子書》，慕聖歎爲人。遣使賫舟車之費，往迎之。聖歎適有唐詩選，未赴也。然業已心許之。越一年，使君夢一人披髮跣足，聳身案上，蒙面而泣曰：『我聖歎也。』使君晨起，謂客曰：『聖歎休矣。』遣使再至吴門，始知使君夢中之夕，即聖歎絶命之晨。噫，異矣！僕爲之作《紀夢詩》、《追悼詩》，足下和之！」則聖歎死後，固有人追悼者。

俞樾《茶香室叢鈔》卷十七云：「案此聖歎身後之事，世罕知者。惟『賡南』不知何地，賡字亦未識，疑有誤。」

劉獻廷亦與可其見解：

劉獻廷《廣陽雜記》：卷三，頁二十九，《功順堂叢書》本。「憶予年十四時，始見《南華》，便有放翻宇宙之眼界。所苦者字句之間，時有窒礙。遂搜諸家注釋讀之。家塾之中，藏書不廣。郭向《古注》之外，惟《副墨》與《會解》耳。《會解》乃明烏程潘基慶氏所集，以内七篇爲宗，取諸篇之注，總注于每篇之後。又以外篇雜篇，各以類從附之，即以《莊》注《莊》也。《逍遥游》則附以《繕性》、《至樂》、《外物》、《讓王》四篇；《齊物論》則附以《秋水》、《寓言》、《盜跖》三篇；《養生主》附以《刻意》、《達生》二篇；《人間世》附以《天地》、《山木》、《庚桑楚》、《漁父》四篇；《德充符》附以《田子方》、《知北游》、《列禦寇》三篇；《大宗師》附以《駢拇》、《徐無鬼》、《則陽》三篇；《應帝王》附以《馬蹄》、《胠篋》、《在宥》、《天道》、《天運》、《説劍》六篇。而以《天下》一篇，冠于册首，曰《莊子自叙》。……後游吴門，見金聖歎先生所定本，亦依此次序。删去《讓王》、《漁父》、《盜跖》、《説劍》四篇，而置《天下篇》于後。予嘗問金釋弓曰：『曾見潘本《會解》否？』釋弓曰：『唱經堂藏此本，今籍没入官矣。』然則聖歎當時，印可此書可知！」案獻廷僑吴者幾三十年，于吴中耆舊，自屬知之甚詳，而心折聖歎，一至如斯。則玄恭《邪鬼》之誅，亦未必即得其平歟？

以視雍乾間文網嚴時之文人，如屈大均、吕留良輩，身後差不寂寞。聖歎嘗自爲詩題曰「愁」云：「江水流春不當春，江花江草故愁人。開頭捩舵汝何往，擊鼓鳴鐃皆不倫。巫峽啼猿真迸血，楚天風雨最通神。老夫欲寄精誠去，憑仗高風達紫宸！」《沉吟樓借杜詩》第四頁。金昌評之曰：「唱經詩不一格，總之出入四唐，淵涵彼土，而要其大致，實以老杜爲歸。」嗟乎，老杜若見殺于嚴武，亦一刹那間事；啼猿迸血，固文人遭際所常有者；非獨聖歎之不幸也。斲山贈聖歎詩云：「風雷半夜吴王墓，天地清秋伍相祠。一例冥冥誰不朽，早來把酒共論之？」人生會當有一死，不必謂或重泰山，或輕鴻毛。居今之世，論今之人，放眼多酸丁，舉世無豪傑。

有咬文嚼字而自詡正學者，有背友賣朋而斤斤風雅者。嗚呼！家國殘破，倭寇南來；狐鼠共爭，相期共盡。同爲無用之學，奚濟危亡，正不知何者謂之不朽也？不覺擲筆憮然云。

參考書目

廖燕《金聖歎先生傳》（燕字柴舟），閔爾昌《碑傳集補》卷四十四第十頁—十一頁（燕京大學印）。

徐世昌《晚晴簃詩匯》卷三十三金聖歎《小傳》又《詩話》。卷一百七《張若采傳》。

無名氏《哭廟紀略》（此與《辛丑紀聞》所記略同），《痛史》第二種（商務印書館排印）。

周亮工《賴古堂尺牘新鈔》（《海山仙館叢書》本）卷五、卷八，又卷十二。

《四庫總目提要》卷一九四、卷一四七。

辛島驍《金聖歎之生涯及其文藝批評》（日本京城帝國大學法文學會編，《朝鮮支那文化研究》頁五三七—六〇三）。

錢謙益《天台泐法師靈異記》（《初學集》卷四十三，《四部叢刊》本）。

無名氏《辛丑紀聞》（《申報館聚珍版叢書》本）。

吴翌鳳《東齋脞語》頁三（《昭代叢書》本）。

孫文玉《新義録》卷五十七。

乾隆《蘇州府志》卷三，又卷七十六。

孫楷第《日本東京大連圖書館所見中國小説書目提要》頁二〇五。

胡適《水滸傳考證》（《胡適文存》卷三）。

梁恭辰《池上草堂筆記》卷八。
俞樾《茶香室續鈔》。
胡適《水滸傳新考》(附在《百二十回的水滸傳》,《萬有文庫》本)。
邱煒萲《菽園瑣談》卷七,又卷六。
《唱經堂内外書》(有細目在本文中,傳萬堂梓行)。
徐珂《清稗類鈔》,《譏諷》上。
昭槤《嘯亭續録》卷二。
《研堂見聞雜記》頁三十五(《痛史》第五種,商務印書館排印)。
宫原民平《滑稽詩文之話》(《斯文》十一編五號,康文社印)。
辛島驍《望漢山樓雜記》(《斯文》十一編九號,金聖歎取捲人,頁四三—五一)。
毛慶臻《一亭雜記》頁五十六。
歸玄恭《誅邪鬼》(趙經達《玄恭年譜》頁三十四)。
董含《三岡識略》卷九《才子書》條(《申報館聚珍版叢書》本)。
宋長白《柳亭詩話》卷二十九(南京國學圖書館藏本)。
周暉《金陵瑣事》卷一。
王東溆《柳南隨筆》卷三,頁五至六(《借月山房彙鈔》本)。

(録自民國二十四年商務印書館排印《國學小叢書》本)

金聖歎

蔡冠洛

金人瑞，長洲人，初名喟，字若采，一字聖歎。生而穎異，倜儻不羈。明亡後，終日兀坐，以讀書著述爲務。所爲詩文，騰踔奮發，熊熊有光。學使按臨蘇郡，愛其才氣，拔置第一。常踞貫華堂上，講解經義，發聲嘹亮，顧盼自雄。凡一切經史子集箋疏訓詁，與夫釋道内外諸典，以及稗官野史，九夷八蠻之所紀載，靡不供其齒頰。人咸以徐文長目之。最喜讀《易》，講《乾》、《坤》兩卦，多至數十萬言，祕不示人。故所講《易》理不傳，僅于《離騷序》中略及一二而已。人瑞爲文，怪誕不中程法。補博士弟子員，會歲試，以「如此則動心否乎」命題，其篇末有云：「空山窮谷之中，黄金萬兩；露白葭蒼而外，有美一人。試問夫子動心否乎？曰：『動動動……』」連書三十九字。學使怪而詰之，人瑞曰：「祇注重『四十不』三字耳。」越歲再試，題爲《孟子將朝王》。人瑞不着一字，第于卷之四隅，書四「吁」字。曰：「七篇中言孟子者，僂指難數。前乎此題者，已有四十孟子，是『孟子』二字不必作也。至云『朝王』，則如見梁惠王、梁襄王、齊宣王，皆朝王耳，是『朝王』二字，亦不必作也。題五字中，祇有『將』字可作。宗師不見演劇者乎？王將視朝，先有内侍四，左右立而發吁聲，此實注重『將』字之微意也。」以是每被黜。笑謂人曰：「今日可還我自由身矣！」客問：「『自由身』三字出何書？」曰：「『酒邊多見自由身』，張籍詩也。『忙閑皆是自由身』，司空圖詩也。『世間難得自由身』，羅隱詩也。『無榮無辱自由身』，寇準詩也。『三山雖好在，惜取自由身』，朱子詩也。」客復問：「聖歎二字何義？」曰：「予名喟，聖歎即喟然歎之意。《論語》中有二喟然歎，在顔淵則爲歎聖，在曾點則爲聖歎。春風沂水，予其爲點之流亞歟？」年四十，黽勉剿述，丹黄不輟。貫華堂中，書如獺祭，心血耗竭，白髮星星矣。人有以朱子學術、政事孰優爲問者，不答；固詰之，曰：「不觀《魯論》乎？篇章次第，已明言之矣。」問者仍不省，人瑞曰：「《學而》第一，《爲政》第二。」至今論朱子者，卒無以易。又好評書，以《莊子》、《離騷》、《史記》、杜詩、《水滸》、《西廂》爲六才子書，縱横批評，明快如火，辛辣如老吏。筆躍句舞，一時見者，歎爲靈鬼轉世。其稱《史記》，謂史公發泄一腔宿怨，所以于《游俠》、《貨殖》諸傳，特地着精神。其餘諸紀傳，凡遇揮金殺人之事，便嘖嘖賞歎不置。一部《史記》，祇「緩急人所時有」六個字，是一生著書之本旨。《水滸傳》則不然。施耐庵本無宿怨可泄，第以飽暖無事，又值心閑，見史有「宋江三十六人」句，喜其足供揮灑，遂借題弄墨，寫出自家錦心綉口，故是非不謬于聖人。後人不知，强加「忠義」二字于上，比諸史公發憤著書之例，此大謬也。其批《西廂》，祇講文情，不講曲譜，明知後四齣爲關漢卿續，非王實甫本，亦略示軒輊，不加删削。以奇特之識見，批文章之妙處，别作奇警之新熟字，以爲命名。如《西廂》有烘雲托月法，移堂就樹法，月渡迴廊法，羯鼓解穢法，那輾法，淺深恰好法，起倒變動法。《水滸》有倒插法，夾叙法，草蛇灰綫法，大落墨法，綿針泥刺法，背面鋪叙法，弄引法，獺尾法，正犯法，略犯法，極省法，欲合故縱法，鸞膠續弦法，其賅博審辨如此。亥子之交，《莊》、《騷》、《史》、《水》、《廂》批注既竣，繼批杜詩，以爲能將詩聖之詩，句解明晰，則杜詩一日不滅，句解亦一日不滅也。宵深不寐，勤心從事。乃伏案三月，未終一卷。一夕，忽夢有人語之曰：「諸詩皆可説，惟《古詩十九首》不可説。」人瑞引以爲戒。後大醉，縱談《青青河畔草》一章。未幾，罹于禍。人瑞豪飲，喜讀《離騷》，嘗朗誦以下酒，醉則鬚眉戟張如蝟毛，或擲鐵燈檠于地。初，明之亡也，吴下講學立社之風猶盛，各立門户，互相推排。人瑞以驚才絶豔，遨游其間。尤善王斲山，藉其資給。遇貴人，輒嬉笑怒駡以爲快，以是大吏頗憾之。時吴令任維初，蒞任甫二月，比徵錢糧甚急，吴民大憤。會世祖崩，哀詔至吴，巡撫朱國治設幕哭臨。吴倪用賓等十八人議逐令，搶入進揭帖，繼至者千餘人。國治大駭，擒用賓等。以諸生于哀詔初臨之下，集衆千百，上驚先帝之靈，罪大惡極。奏入，命大臣蒞江寧嚴訊，不分首從，凌遲處死，没其財産。人瑞獄中寄書家中曰：「殺頭，至痛也；籍没，至慘也。而聖歎以無意得之，不亦異乎？若朝廷有赦令，或可相見；不然，死矣。」臨刑寄妻子書云：「字付大兒看，醃菜與黄豆同吃，大有胡桃滋味。此法一傳，我無遺憾矣。」官見之，笑曰：「金聖歎死猶侮人。」時五月二十日也。同死者，倪用賓、沈玥、顧偉業、張韓、來獻琪、丁觀生、朱時若、朱章培、周江、姚剛、徐玠、葉琪、薛爾張、丁子偉、王仲儒、唐堯治、馮郅。

（録自民國二十六年世界書局排印本《清代七百名人傳》）

四、「哭廟案」史料

雅園居士自叙（節選）

顧予咸

吾宗相傳，係出崑山。自五世祖允齋公，徙居崑山之西，地名唯亭，服田力穡，代有隱德。至王父蘭臺先生，始以文章顯。吾父恒甫先生繼起，屢試不遇，終老諸生。吾母魯太孺人，爲勛衛家女，生子六，咸其三也。

余少多羸疾，年十三始操筆爲文。試學使者凡六，年二十有三，始受知于臺使三蘭倪公元珙，得補博士弟子員，嗣是試輒高等。己卯秋，赴鄉試不售；庚辰春，先生捐館舍，咸時年二十有八。崩裂之餘，痛自怨艾。壬午服闋，秋，赴遺試入闈。太守默庵陳公洪謐拔置第一。闈牘已細加評賞，末篇以「山巔水湄」四字，幾得復失。

乙酉夏，我大清兵下三吴，傳檄定。會竊義者聚艘湖中，白巾爲號，擅窺雉堞，以致傾城避難。咸兄弟奉母以行，始彙于沙河之南。人雜音繁，聲聞遠近。小盜杌之鄉宄瞰之，聚艘湖中者又招之，勢不得不分徙。乃與季弟諱予鼎，字五玉。依周莊之高氏，又獨遷于陳墓之某氏。村中乏食，潛赴附郭困次，竊餘粒以行。渡澄湖，風厲甚，浪沫濺激，衣盡沾濕。夜半風益吼，湖濱皆揭竿侶，要劫過客，不附者殺之，自分此生已矣。天將曙，始得抵村舍。後又遷于鴛湖，依沈氏。沈爲長女所歸仲氏戚，因僦居焉。稍定，乃歸故里。冬十一月，本朝開科取士，南征兄得售。

丙戌再行科舉，以有所激，發憤下帷。榜發，獲中第十九名。已冠義經，名次第二。而主考拔本房次卷爲第三，故抑之。爲寧國司李漱霞陳公所薦，諱如旦，貴州人。主考爲張中柱先生、諱端，山東掖縣人。癸未進士，歷官大學士，諱文安。吕見齋先生。諱崇烈，山西安邑人。癸未進士，歷官大宗伯。季冬，偕南征赴公車。時山左土賊横野，訛傳舉子道經其里，縛諸營中，割截肢體，慘酷萬狀。同行者咋舌，欲解裝歸。余强之往，棄車乘馬，間道以進。余雖有戒心，而意氣不減。維時張子無近、諱王治，太倉人。季子滄葦、諱振宜，秦興人。范子祖生，諱龍，無錫人。皆相締于逆旅中。恒大言曰：「三百人中，當必有一席位我。」丁亥果成進士，出山左王玄芝先生門。諱炳昆，丙戌進士，國史院編修，掖縣人。總裁六人：瀋陽范公、諱文程，大學士，謚文肅。滿州剛公、諱林。祁公、諱充格。涿州馮公、諱銓，癸丑進士，大學士，謚文敏。遼陽甯公、諱完我，謚文毅。商丘宋公諱權，乙丑進士，大學士，謚文康。也。廷對列第三甲，賜同進士出身，選授寧晉令。……

十一年甲午春，入都，赴西曹，任主政。初任例提牢一月，嗣半月更值一視獄，餘無所事。與諸曹郎詩酒自豪，人目爲西翰林云。九月，魯太孺人卒于家；十月聞訃，擗踴奔喪，冰雪中日行二百餘里。歸家讀《禮》，終喪不問户外事。十四年丁酉春，服闋，補比部。湖廣司主事。時山左琳枝李公諱森先，庚辰進士，平度州人。按吴，多異政。中蜚語，入詔獄，被刑委頓。余賁糜市藥，遍頌其寃，以吴人白吴事，遂得雪。溧陽陳相國諱名夏。清剛，勇于任事，間拂上意，令自裁，其子戍遼左。雪海郝公諱浴，已丑進士，直隸定州人。以名御史忤旨，亦擬戍，同日就道。余經營左右之，不避嫌怨。秋調禮部。主客司主事，尋提督兩館。科場獄興，余磨勘省墨，不爲苛摘，獲全者甚衆。

戊戌會試，充提調官，時已有考選銓部之咨。儀堂有不愜余者，陽以是役推重，而陰以沮之。銓部竟慫期以待，時冢宰爲高郵鐵山王公。甫撤棘，即上余名。時江南同考選者三人，毗陵吴來緩、婁東王發祥。引見，各陳鄉貫。世祖章皇帝獨詳詢咸郡邑，部臣復以治行推，遂蒙特簡吏部驗封司主事，轉考功司。適副郎乏員，正郎以疾注籍，滿漢背馳，主稿互異，爭執無已，事多寢廢。余坦直無私，每以數言折服之。一日，駕幸南苑，職當隨班啓奏。上臨軒注視，曰：「爾非蘇州人耶？奏何事？」咸一一條對，上笑頷之。

舊例：官吏部以硃封鍵户，旁竇面客。余獨撤其封，有客必面，面無促膝私語，贈貽必却。若親故無所爲者，間亦拜之。是秋陞稽勛司員外郎，冬轉考功司員外郎。正郎李君崇稷方以終養請，而外計之册麕集。余當掌計，因念功司典劇，昔賢如陸贄、裴諝，才望過人，猶兢兢其慎。余以中才居其會，即潔己若不及，恐以羶名涴之。遂決計以病請，得旨予假。一時奇之者半，迂之者半，是之者亦半。傾朝送別，投贈詩篇盈篋笥。宗伯合肥龔文毅公，首唱《贈行詩》四章。桐城方氏長君妻岡，諱孝標。次君邵村，諱亨咸。與余爲同年友，稱莫逆交，遘科場之禍，闔門戍寧古塔，親故皆斂足。余奔走求救不得，間所欲言，兩君各言有幼女未字。余以二幼子與之締姻，並撫其冢子雲旂爲子，挾之以歸。簡其裝，僅數十金，無以爲舟楫資，稱貸以行。

四月抵家，屏迹閑居。闢鄰園廢址，帖石栽花，爲菟裘計。我祖父世居弦歌里，舍南有曠土，俗呼「野園」。兒時群嬉其地，當指謂我：「他日當藉以作圃。」意中經畫甚悉。後從越歸，即其旁植榆柳。已稍長成陰，因壘土規池如村墅，無粉飾，撤牆與仲氏園並。吴語「野」與「雅」音相似，易其名曰「雅園」。未數旬，海寇猝發，勢甚危急。或謀竄田野間，余曰：「無庸。脱不幸，吾輩無可生之身，亦無可生之地。」鍵户不出，會大帥梁化鳳提兵來援，寇大潰。方戒嚴時，奸徒陰相約結，欲修隙尋報復，人情洶洶。余素得桑梓心，坐竹石間晏如也。

十八年辛丑春正月，世祖上賓，敷天同痛。哀詔至，撫司集紳士哭臨。會有吴令某，私盜漕米，易值以媚撫。諸生某某職踐更者，不能平，因訐令諸不法事。撫某疑薦紳與其謀，諸生又以事不白，奔哭孔廟。吴中故習，諸生事不得直即作捲堂文，以儒冠裂之夫子廟廷，名曰「哭廟」。撫未之前聞，張皇摭拾，糾諸生「驚大行」、「抗國賦」，言言皆反側所爲。密以聞，舉朝大震，廷議遣滿部堂按狀。撫恐得實，謀所以自全，因密屬推究指使預謀者，意屬于余。滿堂諾之，撫遂先檄監司某具諸生獄。監司與令同鄉，左袒令，令得直，坐諸生以罪。爰書成，部堂抵江寧，令甲騎縛諸生往，間日一訊，搒掠百出，務得指使名。諸生堅不承，極刑幾斃，漫言訐令日，曾以劣款遍告鄉紳。訊者急問：「紳何名？」生首舉余以對。乃不更問，即檄道府逮余。

四月十二日天雨，適梅樹間小閣。閽人奔告曰：「府守求見！」徑趨入，倉皇出檄曰：「諸生訐令事，部督諸公邀先生公勘。」余曰：「是波及我也！」急呼小艇往。十五日抵江寧，晤同門鄧子元昭，具述諸生所供送揭事爲累。余以送揭故套，何地蔑有，不爲意。翌晨，邏騎促余入滿城，竊訝何故急不少需如是？及至會訊之門，入坐門側。同年蔣子虎臣，亦爲金壇案逮至，相對太息。少頃衆擁至一署，牽之入，並繚其手足。余環視，楚囚纍纍，赭服蓬首，悉京口、金壇案所繫紳士也。衆坐余一板床，其下即同逮朱子鳴虞及其子三錫及馮生、唐生、薛生。余因問：「送揭之事，誰首之？」薛生曰：「揭出我手，先生不閲，委諸地。我必以白先生，即死不累。」

十八日提訊，訊所乃故明舊内武英殿也。司官先鞫薛生，唐生、馮生相繼受刑，皆無所供。乃呼余，反復辯駁，已而推究紳黨。余曰：「某本無罪，況他紳乎？」遂罷訊。二十日又訊，盡刑諸生，哀號淒惻，余痛若身受。二十五日又提訊，余語諸生曰：「君輩懼我罪，然我以微罪罷官何害，勿以死徇我。」薛生宛轉欲死，乃大言曰：「因知上意，意在紳某。」即索筆供曰：「急俟命，命何語，即作是供！」訊者相顧俯首，命拽之去，自是不復訊，不知其竟以「大逆」定獄詞也。

禁所邏者皆滿卒，即漢伍亦畏法，信杳不通。間傳一二語，都不得實。至六月初旬，金沙諸公見余，每每垂涕私語，轉相浩歎，甚有爲余作誄詞、作紀傳者。同逮朱之僕多慧，聞必以告，捷如響。余督之再，始告曰：「先生千古奇冤！」言未吐而大慟，乃知坐余以指使之律，律繯首，而諸生十八人皆立斬：此六月望日也。余五腑如焚，痛念吾祖父讀書三世，積德累行，始倖登一第；先帝顧盼所及，授以銓衡，尚乏涓埃之報，而以非律死，且坐以惡名，何面目見先帝、見吾祖父于地下乎？淚咽氣塞，怒忿填胸，日惟飲水，粒米不入口。滿邏者長跪俯首，各以物餉。至夜分，柝者益嚴，環伺無虛刻，惟恐余之不甘于法也。十八日，外傳旨下，獄中譁然：托後事，托家事，托尸事，嗚咽長號，不絕于耳，最亂心曲。余乃倩朱大署其背：某官某姓名，及其兩股；又大署其胸「千古奇冤」四字。素衣冠而整之，坐以待旦。黎明，召邏者告之曰：「臨刑之際，俟我北拜吾君、南拜祖父，而後就刑，勿忙亂。」應曰：「能。」衆皆失聲。

越二日向午，有銓司共事賀姓，手持片紙至獄，呼七八囚以往。頃之，賀又來，朗然呼余名。余應之曰：「刑乎？」曰：「否。」出見諸僕，羅拜道左，淚盈眸，前語曰：「得生矣！」至訊所，賀先以前呼七八人往各受杖，移時乃爲余解鐵索，傳諭之曰：「奉旨：以汝爲本朝官，逆生送揭不看，無他志。釋爾罪，復爾官，毋忽。」咸北向九叩頭，東向長揖，謝以出。時四案中擬大辟一百八十餘人，特旨顧予咸逆生送揭不看，無罪，免死、免籍没，並免革職。禁繫凡六十有三日。肩輿至寓，見季弟予壯、猶子嗣曾，相持大哭，因悉五月二十日抄家之事。

律制：凡罪擬籍没，疏上看守其家産人口，得旨後行，未有先掠如盜狀者。先是籍檄下，撫欲傾余家，謀之中軍李某，弗從；召郡守某，守穢夫也，勇而前往。又偕其佐朱君、孔照，乙未進士，海防同知，湖廣應山人。劉君瑞，總捕同知，正藍旗人。及邑令劉君。令聞，長洲縣知縣，順天大興人。三君至門，列坐流涕。守獨攜心膂排闥入，急搜其裝，若篋若籠，罄諸所有。老妻二妾，抉牆奔竄，漏盡無栖地，諸稚子皆星散。越明，盡收諸僮奴，勒以供田宅所有；老妻盡收置圜扉，長兒年十七，亦因焉。又密遣心膂逾牆而入，凡古玩器皿、書畫册子，攫取無遺。

先是，余罹此難，吴中人士萬口同聲，街談巷語，靡不唾駡某而痛惜余，每夜必焚香祝天。會大旱，諸司步禱，民皆曰：「烹弘羊，天乃雨。」及渡江過郡邑，暮泊舟岸側，爭相物色，以無恙爲快。及歸而傾城求見，日數百人。嗚呼，余無罪，故人寃之。揆厥所由，余性介不阿，絶人過當，達官長者，素不干以私；若地方利弊所關，攘臂以起，直言無隱，往往觸當途忌諱。

當撫某之蒞吴也，一日猝至，余實他往，疑故謝之，不懌。翼晨又來，擯從密語，語移晷，大都皆講情，而余又答以道義。退而言曰：「此老倔强，利不可動，將來必長短我！」而殺機伏矣。禍甫脱，復以抗糧之罪加三吴，盡上紳士之逋毫末者，請皆廢斥，而仕籍學校爲之一空。又以吴人怨己，恐旦暮不測，借防海名，請兵駐蘇者三年，而民室一空。雖三吴之劫運，而實余階之厲也。

嗚乎！閲一生之迹，處患難之奇而酷者莫如余，即出而小草亦半在患難中。今年五十有五矣，既不問世而槁項丘林，亦幸耳。後此或無嘉言懿行之足傳，決無敗名喪檢之足愧。育子晚且魯，恐無能述我生平者，故詳其梗概若此。時康熙六年丁未春三月，松交咸自紀。

（録自民國二十七年排印本《戊寅叢編》）

哭廟異聞

顧公燮

順治十六年，江蘇巡撫朱國治莅任，蘇郡大荒，混名「朱白地」。凡紳衿欠糧者，無論多寡，一概奏請褫革，名曰「奏銷」。紳士繼黜籍者萬餘人，被逮者亦三千人。鋃鐺桎梏，徒步赤日黄塵中。旋奉有「免解來京」之旨，如湯火中一尺甘露雨也。富人往往以田爲累，委契于路，伺行人拾取，遽呼之曰：「田已屬爾，我無與矣。」

十七年十二月朔，山西人任維初，由貢生爲學諭，遷秩縣令。莅任之日，見郡侯余公。至府門，左右請步入，任曰：「彼亦官也，我亦官也，何步爲？」堅欲乘轎。左右大懼，置之于門曰：「寧受責，不敢抬進。」余公聞之，笑曰：「新任吴令又是一個呆子。理繁治劇，果如是乎？」謁司李高，亦然。高大怒，不予相見。回署升堂，開大竹片數十，浸以溺，示人曰：「功令森嚴，錢糧最急，考成殿最，皆係于此。凡國課不完者日日候比，不必以三六九爲期也。」初二日晚間，即出堂比較。欠數金者責二十，欠三星者亦如之。責稍輕，反責隸。有痛而號呼者，則怒，令隸扼其首，必使無聲。故受責者，皆鮮血淋漓，俯伏而出，不能起立。自是以後，代杖者逡巡不敢上。鄉民踐更者，皆自詣公庭。居無何，而一人杖斃矣。合邑之民，無不股栗。

十八年正月初旬，維初入常平倉。每石倉米，取七升三合。每一廒，則計其半之數，而斛一户者焉。至兑糧，則各户之貯此廒者，各出而償之。是時，官收民兑，故糧有缺少，仍各户補償。直至康熙七年，常熟令于公宗堯，詳請官收官兑，其弊始除。于公年少奇才，卒于官。常邑有「萬民留葬」衣冠牌坊在焉。維初所得三千餘石，付縣總吴行之出糶。當是時，即三尺童子皆懷不平，而朱撫正起奏銷案獄，于是諸生倪用賓等有「哭廟」之舉矣。

二月初一日，世祖章皇帝哀詔至蘇，府堂設幕，哭臨三日。每日清晨，撫院朱、按院張鳳起、道臺王紀，及府、州、縣並郡中縉紳、孝廉咸在。初四日，倪用賓等哭廟，薛爾張作文，丁紫洄于府教授程翼蒼處請鑰。程公名邑，江寧人，壬辰進士，入翰林授庶常。丙申對職外調，與乙未進士韓雄蔭同改爲府教授。程任蘇州，每月課士。開國以來，教育英才，以程爲首。紫洄既請鑰，從而至文廟者諸生百餘人，鳴鐘擊鼓，即至府堂，乘撫、按皆在時，跪進揭帖。相從而至者，千有餘人，號呼而來，皆欲逐任知縣也。

撫大駭，叱左右擒獲。衆見上官怒，各鳥獸散，止獲十一人：倪用賓、沈玥、顧偉業、來獻琪、丁觀生、朱時若、朱章培、周江、徐玠、葉琪。偕任維初發王道研審，唤吴行之詰問。招云：「本官糶米與書辦無涉，但所經手者止四百石，得銀三百二十兩與本官是實。」又問任何故糶米，任曰：「犯官到任，止二月，撫臺索饋甚急，故不得已而爲之耳。」復問十一人，則極言知縣之酷而貪。撫使人問視，還報，大驚，連夜使人于道處取供改之，即發一牌與任維初，高抬年月，其略云：「兵餉甚急，多徵糧米，以備不虞。」蓋欲已與任立于無過之地也。十一人拘于府治之亭中，任拘于土地廟，金聖歎有「十弗見」之笑焉。

教授程公參任六款。初五日撫將拜疏，集官紳，謂之曰：「任令一事，意欲從輕發落。不謂諸生鳴鐘擊鼓，震驚先帝之靈。而程教官又參六案，不得不上聞矣。奈何？奈何？」各唯唯。是日草疏，二月十一日具題。其時，適有金壇叛案、鎮江失機二事，于是遂奉欽差侍郎葉尼、理事官英拿、春沙、海勒布等，公同確審，擬罪具奏。

四月初一日，共傳滿洲大人將至，縣官封民房四五所爲公署。予有戚李容珅，有大房一所，在包衙前，其第三子蜀材居焉，亦爲長邑劉公所封。至初三日，則傳赴江寧公審，蓋撫恐民心有變，故欲江寧會審也。初四日起解。任維初乘馬，從而在者，披甲數騎。十一人各械繫，每人有二差爲解。頭披甲，數十騎隨之。父兄子弟往送者，止從旁睨立，不能通一語。稍近，則披甲執鞭子亂打，十一人行稍緩，亦如之，見者唯飲泣而已。凡三日，到江寧，即發滿洲城。維初至，召保，日與衙役三四人飲江寧市中。

撫以程公參六款，恨入骨髓。揚言曰：「一至江寧，即用刑矣。」總督郎公廷佐，清正愛民，人稱爲「郎佛」。程公之爲庶常也，爲郎公教習，有師生之誼，故欲爲之解。初八日會審，不召任維初，止用嚴刑拷十一人，程亦俯伏公庭。郎公卒問曰：「汝爲誰？」對曰：「教官。」郎公曰：「是吴縣教官耶？」曰：「非也，是蘇州府教官。」郎公曰：「吾以爲吴縣教官也。若蘇州府教官，與汝何涉？可疾去。」程遂去。即有人謂之曰：「今日止郎爺叫汝出，大人們未發落也。後日審時再來。」初十日，又審，程公進，郎公又卒問曰：「汝非蘇府教官耶？我叫汝去，何不去？」程公曰：「在此聽候。」郎公笑謂四大人曰：「天下有此書呆子乎？」又顧謂程公：「此何所在？汝亦在此聽候耶？」又笑謂四大人曰：「有此呆子，可疾去。」程公遂歸。四大人拷十一人，十一人以糶糧爲辭。四大人怒曰：「我方問汝謀反，汝反以糴糧對耶！」前五人，二夾棍，責三十；後六人，一夾棍，責三十。

十二日，嚴檄喚吏部員外郎顧予咸、生員薛爾張、姚剛、王仲儒、唐堯治、馮郅、張韓、楊世俊、朱嘉遇及其子朱真。顧予咸者，字松交，別號小阮，丁亥進士。初任紹興山陰令，考滿，補刑部郎中，轉禮部，升銓曹。十六年以病歸里，居史家巷雅園，杜門不與外事。立少年面社，獎勵後學，非郡中有大事則不出，築小圃以自娱。哭廟之後，道尊訪于松交，松交曰：「任令似不可再勝民社之責矣。」撫知其言，恨之，故及于難。十六日，適集同年子弟之善屬文，面會課。午間，閽人入報太爺到，松交出見。府尊出江寧喚牌，其略云：「據倪用賓口供，顧予咸等九人，速解至江寧會審，不得有誤時刻。」看畢，促乘轎，出閶門下船。朱嘉遇，字鳴虞，吴中富户也，居申衙前文定公舊宅，著名陽山朱氏。次子典，甲午舉人；三子真，府庠生。當十一人囚于府治之時，朱餉酒十盒，或聞于撫，故波及。薛爾張等，則以其與于哭廟之舉者也。松交即于十二日起行。

十三日，署吴縣捕廳劉，起解薛爾張等八人。顧就道時，猶以爲無患。至江寧城門，差官解其腰間織帶，縛其兩手。顧曰：「我未削職，何遽至此？」差曰：「我固知公之未削職也，但事至此，不得不然耳。」松交已心异太甚矣。會審時，撫屬四大人不問松交，止夾薛爾張，問顧某知情否？薛雖受重刑，哀吁呼天，總不肯説「知情」二字，多夾四五棍。四大人無可奈何，問松交。松交則極言己之無罪，清辯數言皆合于理。審罷，與爾張同繫府鋪中。府鋪者，故光禄寺也。與戊子解元、己丑聯捷金壇袁大受以叛案正法。同繫一室。有數獄卒，以大鐵索盤及松交之首，重不可舉，艱苦備嘗，不得安其寢處。

前程公六案，有云號哭者數千人。撫深恨之，屬四大人窮其事。程公不獲已，喚門斗供出丁子偉、金聖歎二人。四大人更窮詰，程公又歸，凡與于哭廟者，欲皆列名以上。錢宫聲中諧聞之，即夜見程公曰：「今雖開列無辜數十，總不滿數千，無益，徒害人耳。且已有丁、金二人，足以塞責矣。」程遂止。錢即三元粲之祖也。四月廿六日，嚴檄喚丁、金二人。廿七日起解至省下。郎公出示云：「任令一案，葛藤未已，今後不得更有攀招。」因此，遂無波及者。郎公之示，雖爲程公，而造福無窮矣。

丁、金至，見四大人各夾四夾棍，打三十。聖歎呼「先帝」，四大人怒曰：「今上初登極，乃呼先帝，以詛聖躬耶？」掌三十，下之獄。四大人遂令撫上疏，疏中口供皆非實據，撫主稿文致其詞，四大人署名以上者也。廿九日任令至蘇，與札捕廳交代。五月初一日復任，謂書役曰：「我今復任，諸事不理，專辦催錢糧耳。」甲户不完，三日一比，負固者夾之。至于官庠大户，自奏銷案起，亦不得不完也。其貪酷雖稍遜，然狼子野心，暴戾如故云。疏既上，議政王與貝勒大臣、九卿科道會議。議政王使人讀抗糧一疏，至「顧予咸丢在地下」一語，遽呼曰：「既丢在地下，便無罪了。」因疏内「薛爾張借將揭帖與顧予咸看，予咸説：『這什麼時候，你要講告？』丢在地下進去」等語。王又曰：「彼既無罪，並免革職可也。」而松交之罪脱矣。

二十日，撫還蘇，仰府縣籍没松交及十八人之家。府至松交家，見可欲之物，皆納諸袖中。一銀壺踏扁，而置之靴中；一紫檀匣封付長隨，捧入私衙。凡器用財賄，官吏劫掠一空。夫人及二子皆就獄。至第三夜，有盜卅餘人踰垣而入，所餘之物皆掠去。長邑劉公，見牌上有朱姓，以爲是朱鳴虞，籍其家，劫掠無算。一妻兩妾及其子真之妻吴氏，皆下獄。長子典會試未歸，故不及于難。而牌上之朱姓，則朱時若也。劉大慚，出其眷屬于獄，而籍時若家。廿三日，長邑縣丞至木瀆，籍周江家。是日，余適入城，寓養育巷陳毓承家，見松交及十一人之家眷入獄，有乘轎者，有步行者，有扶老而携幼者。每一起，則以一騎與二三公差隨行。行道之人，無不浩歎。城中訛言大起，有言盡洗一鄉者，有言欲屠城者，人心惶惶，比户皆恐。或曰衆秀才何苦作此事，或曰自是都堂如此耳，何與衆秀才事。而城中之人竟有避于鄉者。

顧松交在江寧獄中，自以薛爾張既未招承，可以無患。至六月中旬，始知自問絞罪，大驚而哭。謂朱鳴虞曰：「以我而至法場就絞，不如自盡。」于是遂自書于身曰「千古奇寃」，又書「顧吏部」三字于身及首。二十日欽奉密旨，倪用賓等十八人俱着處斬，内惟張韓、來獻琪、丁觀生、朱時若、朱章培、周江、徐玠、葉琪、唐堯治、馮郅十名免籍没，其餘妻子流邊。任維初免議。吴行之係倪用賓逼勒，妄供賣米，應責三十板，革役。楊世俊責四十，流三千里。朱真應責三十，黜庠。顧予咸免遽絞，免籍没，免革職。廿三日，四大人差披甲至獄中，取松交。松交大驚，自分必死矣。進滿洲城，見四大人，曰：「汝已無事，去罷。」令左右去松交項上鐵。時當盛暑，流汗積項成膏，腐肉滿于鐵索，其苦有不忍言者。松交既釋，撫聞之，拍案叫曰：「老奴有如此好手段耶？」不懌者久之。

十八人在獄，有一守卒白姓，凡飲食起居，左右維持必盡力。七月初一日，當换班，乃入謂十八人曰：「衆相公亦良苦矣，但都爺與你們作對，罪已深重，不可挽回。我今日去，恐不能復相見也。倘有家書，可速付我，當爲帶去。」于是衆人皆作書，或殘柬，或舊紙，或草紙，付予白卒。初五日，至蘇，止十五封，倪用賓、薛爾張與姚剛獨無。沈大來用舊紙半幅，寄書與其父伯修，其略云：「兒犯之罪，固已至重，無可奈何。所望者，皇恩大赦耳。」外惟處分妻子數語，末則慰父母幾句而已。十五人書中皆有恩赦一言，而不知實守卒之慰問也。

部文至半月，撫之所以不即處分者，因有至秋用刑之例。初七、八間，又奉特旨赦金壇一人。撫大恐，恐放虎出柙，自貽後患，而欲殺十八人之案愈決矣。七月十三日立秋。十二日，撫于江寧署中坐立不寧。因郎公送蘇大人未歸，如待之歸，則恐事遲有變；不待之歸，則又恐得罪。徘徊未決，而一念及于身，則殺人之念大熾。故十三日未時立秋，而于巳時，未及立秋之前，不待郎公歸，皆棄市矣。是日也，十案共有一百二十人，凌遲廿八人，斬八十九人，絞四人，分五處行刑。抗糧及無爲教案，斬于三山街，四面皆披甲圍之，撫監斬。辰刻于獄中取出，罪人反接，背插招旗，口中塞栗木，挾而趨走如飛。親人觀者稍近，則披甲槍柄、刀背亂打。俄而炮聲一震，百二十人之頭皆落，披甲奔馳，群官駭散，法場上上，惟有血腥觸鼻，身首異處而已。

沈大來之叔，先一日至江寧。是日見群騎皆去，認大來之尸無可認者。于衆首中撿一腮邊有疵者，知是大來首也。方認時，旁屋中一卒走出，大呼曰：「汝欲認誰？取錢來！」叔與之錢，曰：「認沈玥。」卒指其尸曰：「這不是？多與我錢，我送汝去，于路便可無虞。」即于項下衣出其招旗，上書「斬犯一名沈玥」。大來年三十餘歲，白晳而肥。至是鬚髮皆白，竟成老頭陀矣。其叔與二卒抬至壇上，入殮，遂歸。至伯修之家，其母出，啓門，聞有鬼聲。母曰：「得非大相公歸乎？果是，再叫三聲。」于是又連叫三聲，即于叫處立座祀。越三日，其叔乃去寄棺僧寺而歸。倪、薛、周江無資以殮，顧松交買棺殮之，又買地葬之。餘十四人，皆有親人爲之殮，其骸骨猶不敢歸故里，恐官司有所稽察也。

十四日，撫行牌至蘇，仰府起解八家妻子。十八日，府中起解。凡子女之抱持者，不解。至五、六、七歲皆手扭，其長大者皆械繫。當其時也，父母送其女，公姑送其媳，兄姊送其妹弟，弟妹送其姊，亦有以女而送其母者，亦有以媳而送其姑與夫者，亦有以岳而送其婿者，亦有以婿而送其岳母與舅者。哀號痛哭，聲聞數里，行道之人無不寒心，泣數行下，而唾罵撫之慘刻者。十八人罪不及父母，而王仲儒之父母亦在解中。或求郡伯余公開釋，公曰：「此非有司所得而主也。」相與哀號，驅出閶闔，遠徙寧古塔。

是月，任維初革職，新任張敘九月二十四日莅任。張公，揚州人，本姓桑。數年前以不平事掌鹽運司之頰，同事皆爲所獲，而公亡命河南，贅前江南蘇宗師銓之家。適常州李懩，字素心，督學河南，公就童子試，拔第一。甲午以儒士入場，竟得高魁。戊戌成進士，就選，初任吴邑，人莫不望中鼎令迹焉。越明年，朱撫調去，代之者韓公心康，諱世琦，以別案亦斬任維初于江寧之三山街。朱國治後撫雲南，如故操。癸丑，吴三桂反，以克減軍糧，將士積忿，乃臠而食之，骸骨無一存者。曾大父感而有詩：

巧將漕粟售金銀，枉法坑儒十八人。天道好還君不悟，笪橋流血濺江濱。數任維初也。任，山西石樓人。

禍深撻掖豈無因，節鉞江南密網陳。竊得官儲輸莫狂，還君印綬殺君身。歎朱國治也。

中丞殺士有餘嗔，羅織猶能毒縉紳。開府罷官貪吏死，辟疆園裏自垂綸。慰顧吏部也。

丁瀾俠骨世無倫，哭廟焉能遂殺身？縱酒著書金聖歎，才名千古不埋淪。吊十八人也。

倪用賓本姓王，字重光，吴江庠生。姚剛、朱章培、唐堯治未詳。沈玥字大來，吴庠生。顧偉業，昆庠生。王仲儒，吴庠生。薛爾張，字文倩，長庠生。丁子偉名瀾，本字紫洄，長庠生，與予善。來獻琪，字起文，本姓欽。張韓，字俠若，吴庠生。葉琪，松江庠生。丁觀生，字仲初，紫洄之堂兄。偶往府進呈詞，遂罹于禍。朱時若，沈大來妹婿。本居窑市，歲初入城，賀岳父母節。初四日同大來往府看哭臨，遂被擒。周江，字真履，木瀆人，丙申入崇明學，與予善。徐玠，字介玉，吴庠奉祀生。己亥秋，學中始起文書，被難之日，宗師批準方五日。馮郅，字贊先，本姓孫，少繼于馮氏，吴庠生。

金聖歎，名人瑞，庠姓張，字若來，原名采。爲人倜儻不群，少補長邑諸生，以歲試之文怪誕，黜革。次年科試，頂張人瑞就童子試，拔第一，補入吴庠。聖歎以世間有六才子書：《離騷》、《莊子》、《史記》、《杜工部詩》、施耐庵《水滸》、王實甫《西廂記》。歲甲申，批《水滸》；丙申，批《西廂》。亥、子之交，方從事于杜詩，未卒業而難作。天下惜之，謂天之忌才至于如是。然此案已載入志乘，以雪諸生之寃。則此十七人者，固可因聖歎先生而傳，又可因志乘而十八人相與並傳不朽矣。

金聖歎獄中寄家書云：「殺頭，至痛也；籍没，至慘也。而聖歎以無意得之，不亦異乎？若朝廷有赦令，或可免耳。不然，死矣。」平日圖章有二：一「五經博士」，一「六等秀才」。聖歎生一子，乞乩仙題名，仙判「斷牛」二字，不解何意。及妻子流寧古塔，居一室，室後有斷碑，存「牛」字半個，殆亦前定數耶？或問聖歎度歲如何？答札云：「佛言不可説，不可説。子曰如之何？如之何？兩聖人一語盡之矣。」嘗館一富室，係石匠出身。主人懇師作門對，須確切不移，因書：「蓬門來軒冕，石户出公卿。」又代主作家信：「分付娘子細細楷楷，有人來借，切莫與他釘鞋。」又一札：「男出外叨祖宗福庇，一路平安。園中猪，長不長？母親孕，養不養？家人婦子倘有空工夫，每日要搓麻繩三百丈，搭搭延葉豆棚。家中光棍，須要謹防；光棍者，大兄、二兄也。後門惡犬，切莫放進。惡犬者，大叔、二叔也。黄豆與鹽菜，食之有胡桃滋味，萬不可使南貨居知之。劉姑夫一路吃乾糕，不肯與我一塊，此番不中，天理昭彰。忙中不及寫大『萬』字，寫『方』字少一點之省文『万』字。『刘』字即『劉』字，慎勿認爲九二碼子。切囑，切囑。」一見人買鯖魚，命妾洗割，金笑曰：「真正大鯖小切。」又見人新鋪磚地，笑曰：「一平如洗。」其被逮之日，金方出恭，隸人守之，金曰：「此之謂公人。」俱堪絶倒。

國初有三妖：金聖歎，儒妖；三折和尚，僧妖；王子嘉，戲妖。三人俱不得其死。

（録自江蘇古籍出版社一九九九年排印本《丹午筆記》）

四、「哭廟案」史料

辛丑紀聞

闕　名

順治十七年庚子十二月朔，新任吴令任維初，山西石樓縣人也，由貢生爲學諭，遷秩吴門。莅任之日，謁郡守余公余公名廉徵，字澹公，遂安人，進士。至府門，左右請步入。任曰：「彼亦官也，我何以步行爲？」堅欲乘轎直入，左右懼而置之于門曰：「寧受責，不敢奉命。」余公聞而笑曰：「是獃者耶？理煩治劇者，固如是乎？」謁司李高公亦然。高公怒不見。回署開大毛竹片數十，浸以溺，示人曰：「功令森嚴，錢糧最急，考成攸關。國課不完者，可日比，不必以三六九爲期也。」初二日午時即追比。欠數金者重責三十，欠三星者亦如之。隸行杖輕，轉責之。如以痛而出聲者，則大怒，令隸扼其首，使無聲。受責者皆鮮血淋灕，難于起立。以後杖而代者鮮矣，鄉民悉自詣縣庭。無何杖一人，斃堂下，邑民股栗。

十八年正月中旬，維初入常平倉，每石倉米取七升三合，每一廒則計其數米之多寡而斛出一石焉。逮兑糧，則各户之貯此廒者，各出償之。計其所得三千餘石，付縣總吴之行吴之行，蘇《府志》作吴行之。糶焉。自明太祖立法，至我朝定鼎以來，未有如維初之典守自盜者也。當是時也，雖三尺童子皆懷不平，而諸生倪用賓遂有哭廟之舉。

二月初一日，會世祖章皇帝哀詔至蘇，幕設府堂，哭臨三日。撫臣朱國治，朱國治，正紅旗人。按臣張鳳起、道臣王紀，及府縣官、郡臣、縉紳、孝廉等，清晨咸在。初，府教授程翼倉者，名邑，江寧人，壬辰進士，入爲翰林院庶吉士，對職外調，與乙未進士韓允同改爲府教授，而翼倉任蘇州。每月一課郡士，教育英才，無忝厥職者也。初四日，薛爾張作文，丁子偉于教授處請鑰，啓文廟門哭泣。諸生擁至者百有餘人，鳴鐘擊鼓，旋至府堂，乘撫、按在時，跪進揭帖。時隨至者復有千餘人，號呼而來，欲逐任令。撫臣大駭，叱左右擒諸生，及衆，遂爾星散，只獲去十一人：倪用賓、沈玥、顧偉業、張韓、來獻琪、丁觀生、朱時若、朱章培、周江、徐玠、葉琪等；同任維初，發道尊王公研審。道尊即喚吴之行拷問，招云：「本官糶米，與書辦無涉，所經手者四百石，得銀三百二十兩，送與本官，只此是實。」又問任維初：「何故糶米？」維初云：「犯官到縣止二月，無從得銀，而撫憲索饋甚急，故不得已而糶糧耳。」復問十一人，則極言縣令貪酷。撫臣固有覘者在，還報以實，大驚，連夜使人于道尊處取口供。見之，怒甚。復即使人于道尊處易之，即發一憲牌，與維初高擡年月。其略曰：兵餉甚急，多徵糧米，以備不虞。蓋因維初干己，而使其立于無過之地也。道尊既審，則拘十一人于府治之亭中，拘任維初、吴之行于土地廟，候旨定奪。

時教授程邑參任維初六案，金聖歎因有「十弗見」之笑焉。初六日，撫臣將拜疏，集各官及鄉紳，謂之曰：「任令一事，意欲從輕發落，不謂諸生鳴鐘擊鼓，震驚先帝之靈。而程教授又參六案，不得不上聞矣，奈何奈何！」各官及鄉紳唯唯。是日，撫臣拜疏：「爲縣令催徵招尤，劣生糾黨肆横，謹據實陳奏亟求法處事：看得兵餉之難完，皆由蘇屬之抗納，而吴縣爲尤甚。新令任維初，目擊舊官皆以未完降革，遂行嚴比，以顧考成。稍破從前之舊習，頓起物情之怨謗。是考成未及，而已先試其毒也。劣生倪用賓、沈玥、顧偉業、張韓、來獻琪、丁觀生、朱時若、朱章培、周江、徐玠、葉琪等，廁身學宫，行同敗類。當哀詔初臨之日，正臣子哀痛幾絶之時，乃千百成群，肆行無忌，震驚先帝之靈，罪大惡極，其不可道者一也。縣令雖微，乃係命官，敢于聲言扛打，目中尚有朝廷乎？其不可道者二也。匿名揭帖，律令甚嚴。身係青衿，甘于自蹈，其不可道者三也。尤可異者，道府自有公審，乃串凶黨數千人，群集府學，鳴鐘擊鼓，其意欲何爲哉？不能爲諸生解也。至于贓款，俱屬風影，止有吴之行賣漕一款，出自役之口供，並無證見之人。贓私真僞，尚究再審。總之，吴縣錢糧，歷年逋欠，沿成舊例，稍加嚴比，便肆毒螫。若不顯示大法，竊恐諸邑效尤，有司喪氣，催徵無心，甘受參罰，苟全身家而已；斷不敢再行追比，攖此惡鋒，以性命爲嘗試也。臣除將知縣任維初摘印拘留外，爲此密疏題參，伏祈皇上大彰乾斷，嚴加法處施行。」二月十一日，題至京師，是時適有金壇叛逆、鎮江失機二事同時俱發，于是遂奉旨着滿洲侍郎葉尼、理事官英拿、春沙、海布勒等公同確議，擬罪具奏。

四月初一日，共傳滿洲大臣將至姑蘇，縣官封民房四五所，將爲公署。李容仲者，富人也，有大房一所，在郡城之包衙前。其第三子號蜀材名桐，居焉，亦爲長洲劉令所封。至初三日，則傳于江寧公審，不至蘇州。蓋撫臣恐民心有變，故欲江寧會審也。初四日起解，任維初乘馬，從而去者，披甲數騎。十一人各械繫，每人有公差二人押解，披甲數十騎擁之。父兄子弟往送者，止從旁睨之，不能通一語。稍近，則披甲鞭子亂打，十一人行稍緩亦如之。父子兄弟見者，惟有飲泣而已。凡三日，到江寧，即發滿洲城。任維初至江寧，日與衙役三四人飲于江寧市中。

撫臣以程翼倉參六案，恨入骨髓，揚言曰：「一至江寧，即用刑矣。」總督郎公，名廷佐，駐札江寧，惠政不一而足，江寧稱爲「郎佛」。初，程翼倉之爲庶常也，屬郎公教習，有師生之誼，故欲爲之解。初八日公審，不召任維初，止用嚴刑拷十一人。程翼倉亦俯伏公庭。郎公卒問曰：「汝爲誰？」對曰：「教官。」郎公曰：「是吴縣教官耶？」曰：「非也，蘇州府教授耳。」郎公曰：「吾以爲吴縣教官也，若府教官，則與汝無涉，可疾去！」翼倉遂出。時有人謂之曰：「今止郎總督喚汝出，滿洲大人未發放也，後日審時可再來。」初十日又審，翼倉進，郎公曰：「汝非蘇州府教官耶？我教汝去，何不去？」翼倉曰：「在此聽候。」郎公笑謂滿洲大人曰：「天下亦有此書獃乎？」又顧謂翼倉曰：「此是何所？汝亦在此聽候耶？」又笑謂四大人曰：「有此獃子！」于是滿洲大人皆笑曰：「有此獃子，可疾去！」翼倉乃歸署。四大人拷十一人，各以糶糧爲對。四大人怒曰：「我方問謀反，爾乃以糶糧爲辭耶？」前五人，二夾棍，責三十板；後六人，一夾棍，責三十板。十一人皆文士，哀號痛楚，有不可以言者。

十二日，嚴檄喚吏部員外郎顧予咸，生員薛爾張、姚剛、王仲儒、唐堯治、馮郅、楊世俊、朱嘉遇及其子朱真。顧予咸者，字小阮，號松交，丁亥進士。初，任寧晉令，聿著循聲，調任紹興府山陰令。先是紹屬多白頭賊，其黨以白布裹頭，故名，實則饑民也。肆行搶劫，以致田野不闢，災荒頻仍。制府議行勦浄，松交則力保以招撫爲己任。遂立限狀以止軍行，如逾限不平，請以己身甘當軍令。于是，單騎赴賊巢，開誠曉諭，數日之間，賊盡解散，不下數十萬，歸農耕作。是秋豐收，府境大治。舉天下卓異第一，内陞刑部郎，轉吏部銓曹。十六年，以病歸里，杜門不與外事。立少年文社，獎勵後學，教育英才，非郡中有大事，則不出，築小圃以自娱。哭廟後，道尊訪于松交，松交曰：「任知縣似不可使知牧民之責矣！」撫臣知其言，銜之，故及于難。十二日，適集同年之子弟之善屬文者會課，至午間，閽人入報曰：「太爺到來。」松交出見，太尊以江寧喚牌出視，其略曰：據倪用賓口供，顧予咸等九人速解至江寧會審，不得時刻有誤。看畢，促呼轎，出閶門下船。朱嘉遇者，號鳴虞，吴中富室也，次子典，甲午舉人，三子真，府庠生。當十一人囚于府治之時，饋酒食十盒，或聞于撫臣，故波及。薛爾張等六人，則與哭廟之舉者也。松交即于是日起行。

十三日，署吴縣捕廳劉公，起解爾張等八人，而程翼倉復以嚴檄召去，並四路馳夫，皆至江寧。顧松交則拘于故光禄寺，新改爲府鋪者也，繫于東南隅，不得安其寢處。與戊子解元、己丑聯捷金壇袁大受同繫一室中。顧松交就道時，猶以爲無患。至江寧城門，差官解其腰間織帶，縛其兩手。松交曰：「我朝廷命官，未曾上疏削職，何得遽爾如此？」差官曰：「我固知老爺之未削職也，但事至于此，不得不然耳。」松交已心異其太甚矣。會審時，撫臣屬四大人不問松交，止夾薛爾張，問顧予咸知情否？爾張爲松交多夾四五棍，張故文士而受重刑，雖哀號籲天，終不招松交「知情」二字。滿洲大人無可奈何，問松交。松交則極言己之無罪，清辨數百言，皆合于理。審罷，與爾張八人同繫府鋪中。有獄卒持大鍊，盤及松交之首，重不可舉，艱苦備嘗。

前程翼倉參六案，云號哭者數千人。撫臣深恨之，屬四大人窮究。翼倉不獲已，供出丁子偉、金聖歎二人。四大人窮究益甚，翼倉將以凡與哭廟之舉者盡列名以上。錢宫聲聞之，立夜見翼倉曰：「今縱開無辜數十，總不滿數千人，無益，徒害人耳！且已有丁、金二人，足以塞責矣。」翼倉遂止。四月二十六日，嚴檄唤丁子偉、金聖歎。二十七日，起解至江寧。郎公出示曰：「任令一案，葛藤未已，今後不得更有攀招。」自此之後，遂無波及者。郎公雖爲翼倉，而造福實無窮矣。

子偉、聖歎至，見四大人，各兩夾棍，打三十板。聖歎口呼「先帝」，四大人怒曰：「今上初即位，何得更呼先帝以詛皇躬耶！」掌二十，下之獄。四大人審畢，遂同撫臣商確拜疏，題爲遵旨會審事：江蘇巡撫朱題參一疏，内開：遺詔到蘇之日，吴縣秀才倪用賓等，鳴鐘擊鼓，糾衆要打縣官，妄捏無款揭帖等因。順治十八年二月十一日具題，奉旨着臣等公同確議，擬罪具奏，欽此欽遵。該臣等會審得生員倪用賓等云云。該臣等看得秀才倪用賓處會齊，商議寫揭帖。初四日赴府公所，率領衆秀才要打知縣任維初，遞揭帖，自行招認是實。秀才張韓、來獻琪、丁觀生、朱時若、朱章培、周江、徐玠等供內説，倪用賓爲首造揭，呈遞時我等同跪，自行招認是實。葉琪雖稱不知寫揭帖，不曾與倪用賓等同跪，立在旁邊，但同夥張韓、丁觀生等供內説，我等同在前面跪，十一人拿住等語，葉琪、倪用賓遞揭帖是實。秀才薛爾張供內説，我將倪用賓揭帖交與顧予咸看，顧予咸丢在地下，我付與倪用賓。鳴鐘擊鼓聚會處，我亦曾在那裏，自行招認是實。姚剛、丁子偉、金聖歎稱鳴鐘擊鼓，伊等亦説在于倪用賓家聚會。丁子偉、金聖歎、姚剛爲首鳴鐘擊鼓，聚衆倡亂是實。王仲儒雖巧辯不曾同倪用賓寫揭帖投遞，據用賓堅供在他家裏商議寫揭帖、同跪的，仲儒與倪用賓要告知縣，寫揭帖、跪遞是實。唐堯治、馮郅雖巧辯倪用賓曾約我告知縣是實，不曾同寫揭帖、跪遞。倪用賓、沈玥堅供伊等同跪。若非倪用賓一黨，如何約你？唐堯治、馮郅同倪用賓等跪遞揭帖是實。秀才倪用賓等平時不告知縣任維初，于初二日遺詔方到，輒敢糾衆聚黨，于舉哀公所要打知縣，跪遞匿名揭帖，鳴鐘擊鼓，招呼數千人，摇動人心，聚衆倡亂，殊干法紀。查律無正條，所犯事關重大，應將倪用賓、沈玥、顧偉業、張韓、來獻琪、丁觀生、朱時若、朱章培、周江、姚剛、徐玠、葉琪、薛爾張、丁子偉、金聖歎、王仲儒、唐堯治、馮郅等，不分首從，立決處斬；妻子、奴僕、家資、財産、田地入官；顧予咸雖稱「衆秀才在衙門喧嚷，拿著揭帖，要告任知縣，與我看。我説這是甚麽時候，你要講告？不該。不曾看，摔手進去。」但薛爾張供內説「將揭帖與你看，你看過丢在地下」等語。若非伊主使，何不與各官員、衆鄉紳看？如何特與你看？顧予咸係現任之官，主使秀才寫揭帖，至跪遞在遺詔方到舉哀之處，使倪用賓等倡亂訐告是實。應將顧予咸立決處絞，妻子、奴僕、家資、財産，當地入官。刑訊楊世俊，責四十板，流三千里。朱真不曾同跪，因受刑不過，故攀及。但顧偉業原供朱真同跪，朱真應責三十板，黜庠。倪用賓揭內所告書辦吴之行一款，曾供糶米四百石，賣銀三百二十兩，送與本官任維初等語。今研審，云不曾送去，俱是倪用賓逼勒不過，所以混供。倪用賓揭内婪贜一款，審係子虛。吴之行不爲衆官辨明，反扶同諸供，應責二十板，革役。衆稱任維初並無婪贜等事，再訊倪用賓等，亦云没有等語。知縣任維初既無過犯，應免議。奏疏中口供，皆非實據。撫臣爲稿文致其辭。四大人署名而已。

二十九日，任知縣至蘇，與捕廳劉公交代，五月初一日復任，謂衙役曰：「我今復任，諸事不理，惟催錢糧耳。」甲户不完者，三日一比，負固者夾之。至于官庠大户，撫臺自有奏銷，雖負固亦不得不完。任維初雖貪酷稍遜，而狼子獸心，暴戾如故。

疏上，奉旨三法司核擬具奏。居數日，又傳邸報云：江寧會審金壇叛逆、鎮江失機、吴縣抗糧等案，奉旨着議政王、貝勒大臣、九卿科道會議，詳悉具奏。議政王覆奏，有依議之稿。又奉旨：這各案事情，其中豈無輕重？着另議具奏。于是議政王、貝勒大臣、九卿科道會議。議政王使人讀抗糧一案，至「丢在地下」一語，遽呼曰：「既丢在地下，顧予咸便無罪了！」于是貝勒大臣、九卿科道皆齊聲曰：「王爺講得是。」議政王曰：「汝等再議，還該如何處分？」皆曰：「顧予咸宜革職。」議政王曰：「彼既無罪，並免革職可也。」于是貝勒大臣等復齊聲曰：「王爺講得是。」而松交之罪始輕矣。

二十日，撫臣還蘇，仰府縣籍没松交及十八生員之家。府尊籍松交家，見可欲之物，皆納諸袖中。見一銀壺，踏扁置之靴中。見一紫檀匣，封付親隨，捧入私衙。凡家資財物，被官吏劫掠一空。夫人及子皆就獄。至第三日夜，有盜三十餘人，逾垣入松交家，將所餘之物悉行掠去。傳云乃府尊所爲。長洲劉中尊奉撫臣檄籍秀才家，見牌上有一朱姓者，以爲是朱鳴虞也。遽籍之。家資財物，劫掠無算，一妻兩妾並其子真之妻，皆下獄；次子典，會試未歸，未及于難。而撫牌上朱姓乃朱時若也，非朱嗚虞。中尊大悔，乃出其妻妾及媳于獄，而籍朱時若之家。二十三日，長洲縣縣丞至木瀆，籍周江之家。是日，余適入城，寓養育巷陳毓承家，因見十八人及松交家眷入獄，有乘轎者，步行者，有扶老攜幼者。每一起，則以一騎二公差隨之。行道之人皆爲浩歎。城中訛言大起，有言盡洗一鄉民者，有言欲屠城者，人心惶惶，比户皆恐。或曰：「衆秀才何苦作此事？」或曰：「是都爺欲如此耳，何與衆秀才事？」城中竟有避于鄉者矣。

顧松交在江寧獄中，自知薛爾張不招承，可以無患。至六月中旬，始知已問絞決，謂朱鳴虞曰：「以我而至法場就死，不如自盡。」于是遂自書于身曰：「千古奇冤。」又書「吏部顧」三字于身、首。二十日奉旨：倪用賓、沈玥、顧偉業、王仲儒、薛爾張、姚剛、丁子偉、金聖歎八名，俱着彼處斬決，妻子、家産籍没入官；張韓、來獻琪、丁觀生、朱時若、朱章培、周江、徐玠、葉琪、唐堯治、馮鉦十名，俱着就彼處斬訖，免籍没；顧予咸免籍没，並免革職，餘依議，該部知道。密旨與金壇、鎮江、無爲共十案。二十三日，四大人差披甲至獄中，取松交。松交大驚，自分必死矣，進滿洲城，見四大人曰：「汝奉皇恩免絞，免籍没，並免革職了，去罷！」令左右去項上鐵索。時當盛暑，汗流積項成膏，腐肉滿鐵索，其苦有不忍言者。松交既釋，撫臣聞之，拍案大怒曰：「老奴有如此好手段耶？」不懌者久之。

十八人在獄，有一白姓守卒，凡十八人飲食起居，左右維持必盡力。七月初二日當交代，乃入謂十八人曰：「衆相公亦良苦矣，但都爺與你作對，罪已甚重，不可挽回，所望皇恩即有大赦耳。我今日去，恐不能復與衆相公聚。相公倘有家書，可速付我，當爲你帶出去也。」于是衆人皆作書，或殘柬，或舊紙，或草紙，付與守卒。初五日至蘇州，止十五封。倪用賓、薛爾張、姚剛獨無。沈大章用舊紙半幅，寄書與其尊人伯修云：「兒犯之罪已至重，然無可奈何，所望惟皇恩大赦耳。」外惟吩咐妻子數語，末則慰父母而已。十五人書内皆有「皇恩大赦」一語，而不知實守卒之慰辭也。

是時奉旨已八日，撫臣不即處斬者，因奉有特旨，諭至秋用刑耳。初七八日，又奉特旨赦金壇案内一人。撫臣大懼，恐放虎出柙，自貽後患，而欲殺十案之人愈迫矣。七月十三日立秋。十二日，撫臣于江寧署中坐立不安。因郎公送大人未歸，欲待之歸，則恐事遲有變；不待之歸，則恐獲罪。徘徊莫決，而一念及于身家，則殺人之念大熾。故于十三日未時立秋，而于巳時未及立秋之前，不待郎公之歸，而十案之人皆棄市矣。是日也，十案共一百二十一名，凌遲二十八名，斬八十九人，絞四人。撫臣分五處斬決，抗糧及無爲告二案，斬于江寧之三山街。是時，四面皆披甲圍定，撫臣親自監斬。至辰刻，獄卒于獄中取出罪人，反接，背插招旗，口塞栗木，挾走如飛。親人觀者稍近，則披甲者鎗柄刀背亂打。俄而砲聲一震，百二十一人皆畢命。披甲亂馳，群官皆散。法場之上，惟血腥觸鼻、身首異處而已。

沈大章有一叔，先至江寧，是日見群騎皆去，認大章之尸，無可認者；于衆首中得一腮邊有髭者，知是大章首也。方識認時，旁室中一卒出，大呼曰：「汝欲認誰？取錢來！」叔與之錢曰：「認沈玥。」卒指其尸曰：「這不是？我送汝去，于路便可無誤，須多與我錢。」卒即于項下衣内出旂，上書云「斬犯一名，沈玥。」大章年三十餘，白皙而肥；至是，鬚髪頓白，久不浄髪，竟成老頭陀矣。其叔與卒擡至壇上，入殮後，寄柩于僧寺而歸。大章魂至家，其母出啓門，聞有鬼聲。母曰：「得非大相公歸乎？若是大相公，可再叫三聲。」于是又連叫三聲。其父遂即叫處立座祀之。倪用賓、薛爾張、周江無資以殮，顧松交買棺殮之，即買一地埋之。餘十四人，皆有親人爲殮，骸骨猶不敢歸故里，恐官司有所稽察也。

十四日，撫臣發牌至蘇州，仰府起解八家妻子。十八日，府中發解，凡了女之抱持者不解；至五六歲者，皆手扭之；其長大者，皆械繫之。時父母送其子女，祖父母送其孫，翁姑送其媳，兄姊送其弟妹，弟妹送其兄姊，亦有女送其母、媳送其姑者，妻送其夫者，子送其父者，岳送其婿、叔送其侄、甥舅相送者，妯娌相送者，哀號痛哭，淒楚之聲，聲聞數里。行道之人，無不寒心，泣數行下，而唾罵撫臣之慘刻也。八人之旨，罪不及父母，惟王仲儒之父母亦在解中。或求郡伯余公開釋，余公曰：「公令森嚴，此非有司所得而主也。」相與哀號，驅出閶門而去。

是日，任維初奉旨落職，新任張公名叙，于九月二十四日蒞任。張公本籍揚州人，姓桑，數年前以不平事，掌鹽運司運判之頰，同事者皆爲所辱，而叙亡命河南，贅前任蘇宗師名銓之家。適常州李慷字素心，督學河南，叙就童子試，拔之第一。甲午以儒士入場，竟得高魁。戊戌成進士，久住京師，初任爲吴令，邑人莫不望中年之令迹焉。

倪用賓，本姓王，吴江庠生。

沈玥，字大章，吴庠生。

顧偉業，崑山庠生。

王仲儒，本名重儒，吴庠生。

薛爾張，字文倩，長洲庠生。

姚剛，未詳。

丁子偉，名瀾，字紫洄，長洲庠生。

金聖歎，名喟，又名人瑞，庠姓張；原名采，字若采。爲文倜儻不群，少補博士弟子員，後以歲試之文怪誕不經黜革。來年科試，頂金人瑞名，就童子試，而文宗即拔第一，補庠生。聖歎以世間有六才子書：《離騷》、《莊子》、《史記》、杜工部詩、施耐庵《水滸傳》、王實甫《西廂記》。歲甲申批《水滸傳》，丙申批《西廂記》，亥、子間方從事于杜詩，未卒業而難作。天下惜之，謂天之忌才，一至于斯！十七人者，皆可因聖歎一人而傳矣。其寄獄卒家書云：「殺頭，至痛也；籍没，至慘也。而聖歎以無意得之，不亦異乎？若朝廷有赦令，或可相見，不然死矣。」初，生一子，請乩仙題號，仙判曰「斷牛」。不解何意。及妻子流寧古塔，居室後有斷碑，但存一「牛」字，殆亦有定數也。

來獻琪，本姓欽，字起文。被難之前夜，夢祖父持其頸而泣，極哀。覺以語妻，妻曰：「何不作享，以慰祖考！」享未畢，而王仲儒來拉同看哭臨，遂及于難，竟無後。

丁觀生，字仲初，紫洄之堂兄。偶往府進一呈詞，遂罹于禍。

朱時若，沈大章之妹婿，本居窑市，歲初入城拜賀岳父母。初四日同大章往看哭臨，遂被擒。

朱章培，未詳。

張韓，字俠若，吴庠生。

葉琪，本姓□，雲間庠生。

徐玠，字介玉，吴庠奉祠生。已亥秋，學中始起文書。被難之日，宗師批準方五日。

唐堯治，未詳。

周江，木瀆人，字真履，崇明庠生。

馮郅，字贊先，本姓孫，少繼于馮氏，吴庠生。

是時，金壇、鎮江、無爲告共九案，計一百三人。大約因已亥海寇之來，故及于禍。已亥秋，撫軍以狀聞，世祖章皇帝曰：「他們怕死耳！不必問。」事遂寢。至今年世祖崩，撫臣朱國治欲行殺戮以示威，遂成大獄。其始末未詳。共十案，予所見者止九案，蓋亦有傳聞之説焉。越明年，撫臣罷去，代之者韓公名心康，字世琦，《府志》：韓公名世琦，字心康，正紅旗人。原籍山西蒲州。以別案亦斬任維初于江寧之三山街。朱國治後撫雲南，如故操。歲癸丑，吳三桂反。以刻剥軍糧，將士積忿，乃臠而食之，骸骨無一存者。先君子感而有詩，其詩曰：

巧將漕米售金銀，枉法坑儒十八人。天道好還君不悟，笪橋流血濺江濱。

禍深縫掖豈無因，節鉞東南密網陳。竊得官儲輸暮夜，還君印綬殺君身。

中丞殺士有餘嗔，羅織猶能毒縉紳。開府罷官貪吏死，辟疆園裏自垂綸。

丁瀾俠骨世無倫，哭廟焉知遂殺身。縱酒著書金聖歎，才名千古不沉淪。

（録自民國九年刻本《又滿樓叢書》）

後記

二〇〇五年十二月，我剛剛結束五個月的化療，便受邀為鳳凰出版社輯校整理《金聖歎全集》，交稿時間是兩年後的九月。從現在的校樣看，全書約二百五十萬字，不到兩年交出稿件，工作時間不能算寬裕；然以出版社計劃安排論，他們已經是盡量通融了。在那段特別的時間裏，說實話，我也不清楚為何會答應踐行一部整理性著述。就個人而言，無論是身體狀況，還是學術興趣，當時都不太願意接受較為繁重而又不被推重的古籍校點工作，即便原作者是留意已久的金聖歎。不知是什麼因素在冥冥中發揮作用，我與出版社簽訂了合同。

關于金聖歎，大約在上個世紀八十年代末，我便萌生研究興趣。經過數年的資料收集，于一九九三年初發表了輯考其「佚文佚詩佚聯」的小文，這也是我關于聖歎的第一篇文字，至今還依稀記得在南圖看書時蕭相愷先生約寫此稿的情景。此後，由于忙着從事元代戲劇學研究和參加清人別集總目的編纂，在六、七年間沒有寫過此類文章，可是却沒有間斷積累其生平資料。所以，自新世紀以來連續寫出十五、六篇考辨金聖歎史實的論文，應該是水到渠成的事情。

「佚文佚詩佚聯考」雖然衹是最初發表的一篇短文，却也在冥冥中確定了迄今為止本人研究金聖歎的學術理路，即從原始文獻入手，運用實證與闡釋相結合的方法，考察其生存狀態、人際關係、創作實績以及相關的基本史實。對于這樣的問學實踐，前輩專家曾給予熱情的勉勵：「像純考證的文章，祇要寫得好也是很有意義的；以金聖歎研究而論，例如陸林教授對金聖歎生平、交游所作的一系列考證就是必須而有益的工作。」[一]同行學者則如此歸納拙文的撰述追求：「其高出前人之處在于綜合運用譜牒、尺牘、筆記、别集等多種史料，通過考訂金聖歎所交往過從的士人的生平事蹟，揭示聖歎的精神生活狀態。」[二]對金聖歎生平史實研究的濃厚興趣和欲罷不能，或許就是我一直無暇考慮其著述整理的潛在原因。

當然，我毫不後悔耗時三年進行這項工作。這不僅僅是因為可將讀書多年的初步心得，能借助整理前言和年譜簡編的形式先行請教于方家。從事著述的全面整理，無疑會促進深入瞭解作者本人，這是人人皆知的道理。祇是如果案頭已有前賢的整理之作，很少有人會另起爐竈重開張，我也不例外。慶幸的是，正是通過三年來圍繞金聖歎著述的系統整理、反復校讀，對其作品版本有了更加清晰的體認，對其思想心態有了更加細微的觸摸，對其身世遭際有了更加具體的感知，所謂磨刀不誤砍柴工。如，為了比較《唐才子詩》各種版本的異同，

[一] 章培恒：王靖宇著、談蓓芳譯《金聖歎的生平及其文學批評》序，上海古籍出版社二〇〇四年版，第七頁。
[二] 吴正嵐：《金聖歎評傳》，南京大學出版社二〇〇六年版，第四頁。

發現康熙後的一些刻本在卷首《魚庭聞貫》中，竟將聖歎與某某或答某某的數十篇尺牘，鏟去或刪除了收信友人的姓名字號，僅保留了「與」、「答」等動詞。這類文字出入，在校勘上是無須出注說明的，但是却生動地反映出早已身首異處的金聖歎在康熙年間的真實影響。

與某些純文本闡釋或純理論研究的課題不一樣，從事明清作家史實和作品的研究整理，是需要一定的經費支持的。感謝南京師範大學社科處、全國高校古委會和國家社科基金評審組的有關專家學者，正是因為能夠在各個層次上獲得立項資助，才使得「全集」的整理在訪書查書過程中不曾因經費不足而有掣肘之虞，並保證了繼續進行的史實考證和年譜詳編在查閱資料方面不會因此而生遺珠之憾。評審專家對金聖歎年譜編撰、全集整理和史實研究等系列項目的認同，令本人榮幸地感到純屬個人興趣所在的研究課題，有時也會因其學術價值而受到青睞。

這部全集的整理，在版本上力求以原刻本或現存最早版本為底本，在內容上力求網羅已知現存各種著述。主觀上如此要求，實踐起來談何容易？感謝吳家駒、李伊白、杜桂萍、謝正光、鄔國平、蔣寅、許雋超、孫中旺等先生，正是承蒙他們的關愛和幫助，才使得「全集」在珍稀佚著佚文的收輯、珍貴照片書影的披露等方面，有了顯著進步。朱憲、李桂奎和王順貴等先生，均受托核查過當地館藏姚希孟文集中是否有「泐庵」即聖歎之序，雖然是徒勞而返，辛苦之功自當銘記；吳正嵐先生為了解答「廿卅」與「菩薩」簡筆寫法關係的請教，竟兩次從多種古代辭書、佛學辭典中複印十幾頁紙寄下，嚴謹之風難以忘懷。在比對異文、核查資料和錄入文獻等方面，友人劉立志、胡蓮玉夫婦以及我的博士生張小芳、吳春彥和碩士生高芳同學，付出了繁重的義務勞動，是我能夠按時交付書稿和及時處理校樣的有力保證。

全國古籍整理出版規劃領導小組將「全集」列為本年度重點補貼項目，使得出版社可以將該書盡可能做得版面疏朗、形式精美。有關專家的推薦和肯定，令人感懷。在整個出版過程中，姜小青、倪培翔、卞惠興和王華寶等先生，表現出的對選題的重視、對學術的尊重和對本人的關心，是我樂意克服種種困難、盡心做好工作的重要動力。作為責任編輯，倪培翔、吳迪先生付出的心血尤多，做出的貢獻尤大。人民文學出版社的周絢隆先生、中華書局的賈元蘇先生熱情關注該書的出版，在我的理解，更多地是出自對整理者的信任、支持和鼓勵。

今年是金聖歎誕辰四百周年，全書在歲末也終將付印問世。如果聖歎真如時人記載的那樣具有神異功能，希望他能夠隨時托夢示意或降乩顯靈，批評我對其著述整理的錯謬所在，指點其未竟殘書的藏佚下落，告知其書法手迹的存世真僞。其實，這一切都是不可能的。所能倚仗的，惟有我自己和所有金聖歎研究者的繼續努力。

陸林戊子年小寒日撰于金陵

金聖歎全集

修訂版

壹

（清）金聖歎 著
陸林 輯校整理

詩詞曲卷（上）

唱經堂釋小雅
唱經堂古詩解
貫華堂選批唐才子詩甲集七言律

鳳凰出版社

圖書在版編目（CIP）數據

金聖歎全集 / (清) 金聖歎著 ; 陸林輯校整理. -- 1版（修訂版）. -- 南京 : 鳳凰出版社, 2016.10（2023.7重印）

ISBN 978-7-5506-2441-2

Ⅰ. ①金… Ⅱ. ①金… ②陸… Ⅲ. ①金聖歎（1608-1661）—全集 Ⅳ. ①I214.92

中國版本圖書館CIP數據核字(2016)第221940號

書名	金聖歎全集
著者	(清)金聖歎 著　陸　林 輯校整理
責任編輯	倪培翔　吴　迪
責任監製	程明嬌
出版發行	鳳凰出版社(原江蘇古籍出版社) 發行部電話025-83223462
出版社地址	江蘇省南京市中央路165號,郵編:210009
照排	南京展望文化發展有限公司
印刷	江蘇鳳凰新華印務集團有限公司 中國江蘇南京經濟技術開發區堯新大道399號,郵編:210038
開本	880毫米×1230毫米　1/32
印張	118.375
字數	2512千字
版次	2016年10月第1版
印次	2023年7月第4次印刷
標準書號	ISBN 978-7-5506-2441-2
定價	800.00圓（全六册）

（本書凡印裝錯誤可向承印廠調换,電話:025-68037410）

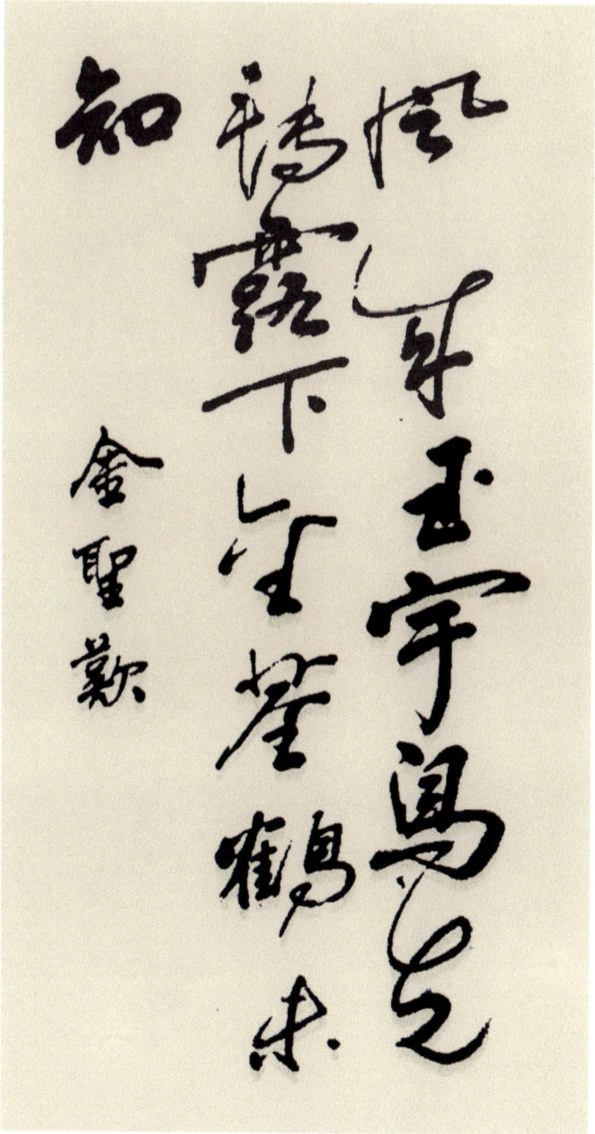

金聖歎書法

金聖歎書法

金聖歎像

原載楊保同《金聖歎軼事》卷首，民國八年（一九一九）兩友軒鉛印本

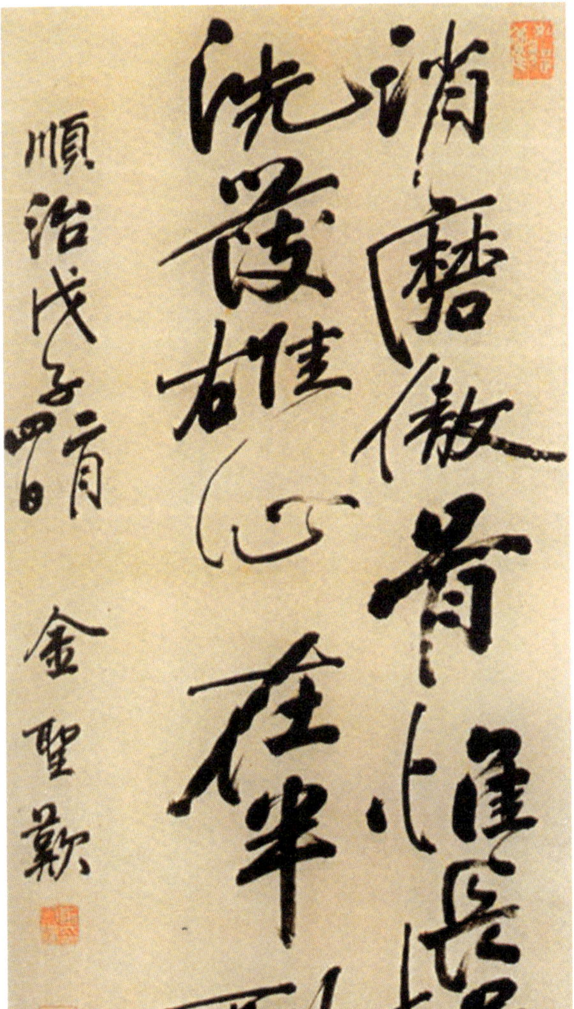

金聖歎書法

金聖歎紙本楹聯書法手迹，原件藏于上海博物館

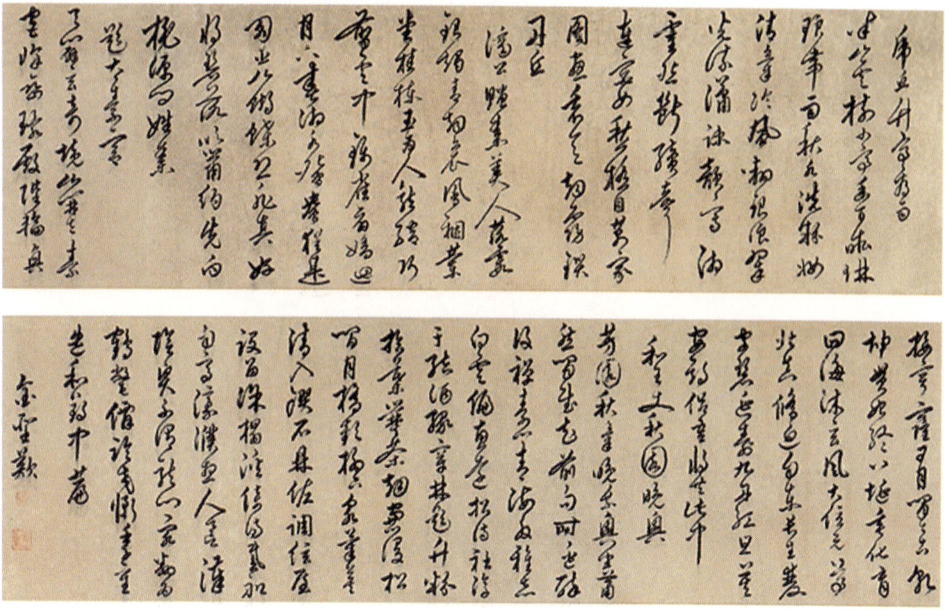

金聖歎書法

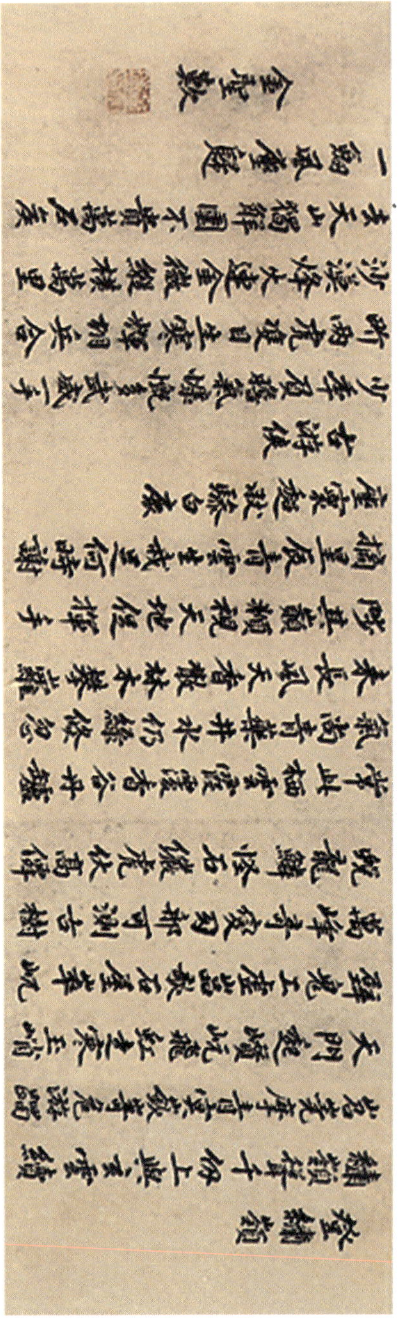

金聖歎書法

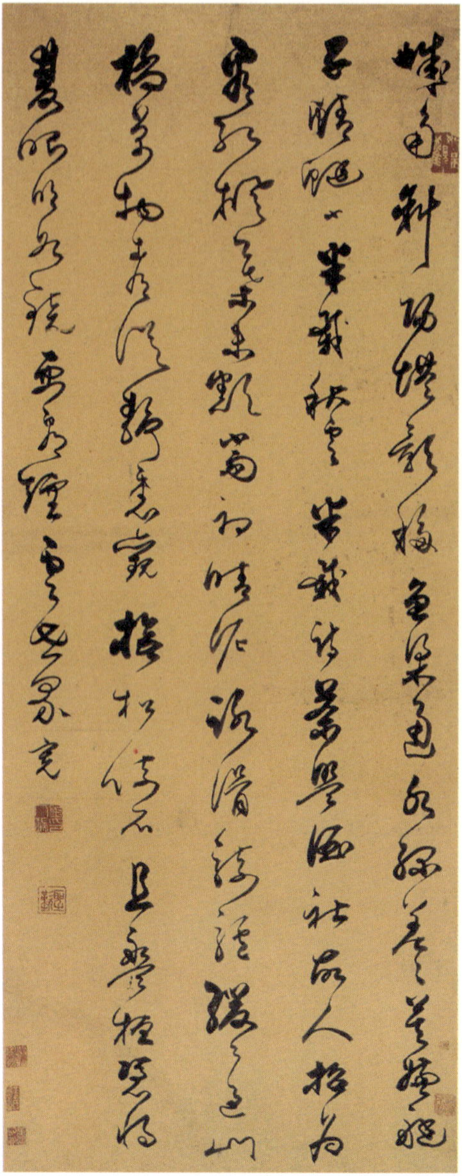

金聖歎書法

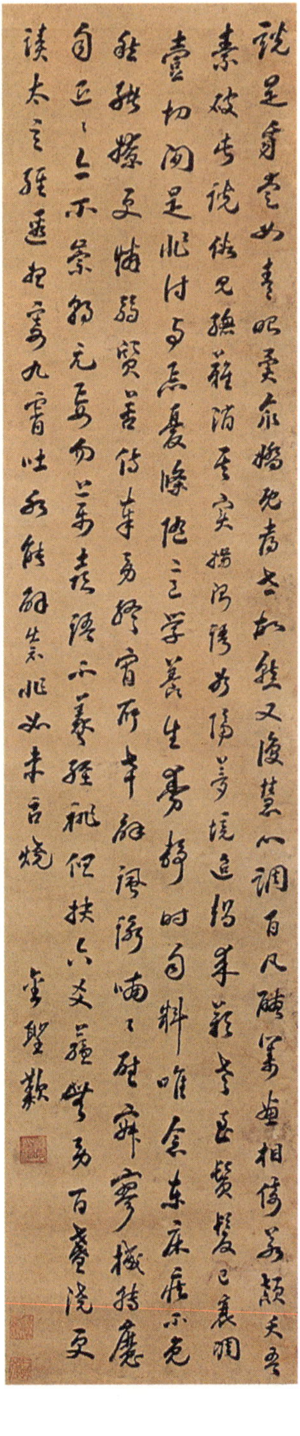

金聖歎書法

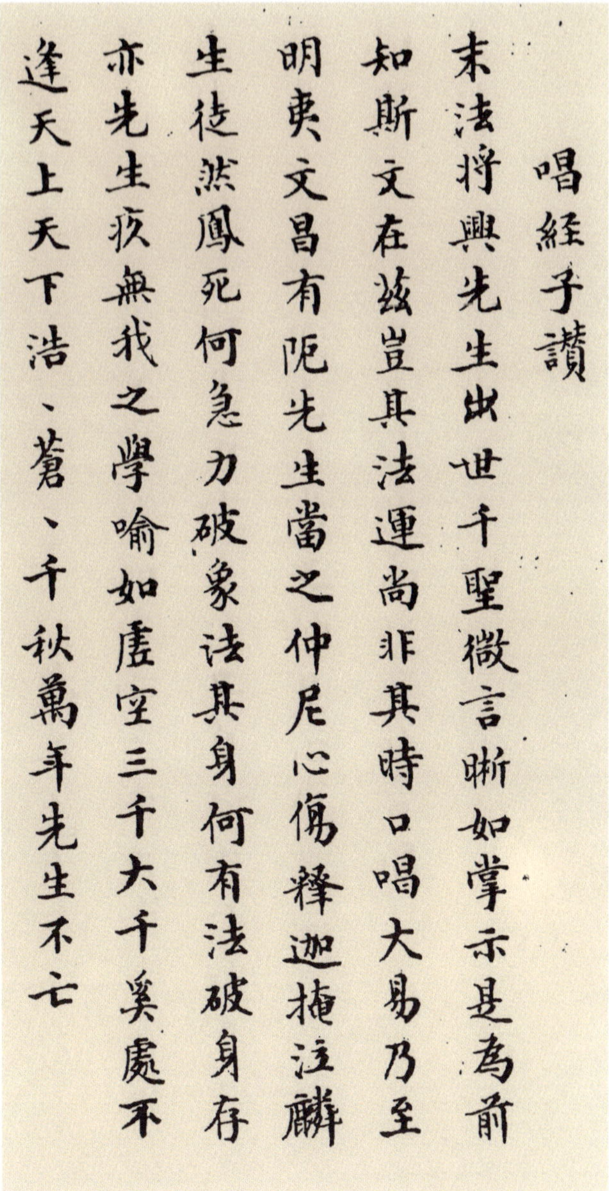

唱經子讚

末法將興先生出世千聖微言晰如掌示是為前知斯文在茲豈其法運尚非其時口唱大易乃至明夷文昌有阨先生當之仲尼心傷釋迦掩泣麟生徒然鳳死何急力破象法其身何有法破身存亦先生歿無我之學喻如虛空三千大千奚處不逢天上天下浩、蒼、千秋萬年先生不亡

金聖歎友人徐增《九誥堂文集・唱經子讚》

曾發生“哭廟案”的蘇州文廟今影　孫中旺 攝

位于蘇州城西五峰山西山塢的金聖歎墓　孫中旺 攝

金聖歎書法

文字見明謝肇淛《五雜俎・事部》

金聖歎印鑒

金聖歎全集 總目

前言……………………陸林 一

第壹册 詩詞曲卷（上）

唱經堂釋小雅一卷……………………一

唱經堂古詩解一卷……………………一七

貫華堂選批唐才子詩甲集七言律八卷……………………四一

第貳册 詩詞曲卷（下）

唱經堂杜詩解四卷……………………五九九

唱經堂批歐陽永叔詞十二首一卷……八二七
貫華堂第六才子書西廂記八卷……八四一
沉吟樓詩選六卷……一一二三

第叁册　白話小説卷(上)

第五才子書施耐庵水滸傳(卷一—卷三十八)……一

第肆册　白話小説卷(下)

第五才子書施耐庵水滸傳(卷三十九—卷七十五)……六二五

第伍册　散文雜著卷(上)

唱經堂左傳釋一卷……一
唱經堂釋孟子四章一卷……三五

天下才子必讀書十五卷……五三

第陸册

散文雜著卷（下）

小題才子書六卷……五三七
唱經堂通宗易論一卷……七八九
唱經堂語録纂二卷……八一三
唱經堂隨手通一卷……八八三
唱經堂聖人千案一卷……九一五
西城風俗記一卷……九四七
金聖歎文輯佚一卷……九五七

附録

金聖歎年譜簡編……九

金聖歎著作序跋……九一
金聖歎傳記資料……一五八
「哭廟案」史料……二二一
後記……陸林 一

前言

陸林

十七世紀的中國，横跨明、清兩大王朝，是一個動亂叢生、新舊交替的時代，也是一個縱横睥睨、奇人輩出的時代。文學批評家金聖歎(一六〇八—一六六一·八·七)，便生活在這一時期。其博學多識，廣涉經史子集和小説戲曲民歌，深究儒釋道三教，具有强烈的民本意識。其極富才華且頗具爭議，怪誕悖俗並饒有個性，一生因行止多義而留下不少需要破解的密碼。所批《水滸傳》、《西廂記》，「靈心妙舌，開後人無限眼界、無限文心」(馮鎮巒《讀聊齋雜説》)，開啓了傳統俗文學走向近代的里程；對古文、唐詩的評點，時人「欽其神識，奉爲指南」(陳枚《增補天下才子必讀書》凡例)，亦促進了文學經典的普及。因金聖歎而構成的歷史景觀和文化現象繁複而生動，已成爲人們解讀文學發展和歷史必然性的典型個案。

一

金聖歎，生于明萬曆三十六年(一六〇八)，名采，字若采；又名人瑞，號聖歎；别號唱經子，或稱唱經先生，又號大易學人、涅槃學人；室名沉吟樓，堂號唱經堂。蘇州府長洲縣人。生而穎異，敏感早慧。七歲讀杜甫詩《遠征》，感傷人生無常；十歲入鄉塾，習儒家經典而意惛如；十一歲讀《妙法蓮華經》、《離騷》、《史記》、《水滸傳》、《西廂記》等，培養了廣泛的閲讀興趣。十五歲向文學名家王思任問學，悟作文之秘。少補諸生，後以歲試文怪誕而被黜革；旋以張人瑞名補吴縣庠生，故人稱其庠姓張。從弱冠之際開始，至少以下幾種活動可以表徵金聖歎的人生軌迹。

扶乩降神的宗教活動。金聖歎自幼篤信佛教，二十歲時自稱乃天台宗祖師智顗弟子的化身，以泐庵大師之名，帶數位助手，在吴中一帶開始了長達十餘年的扶乩降神活動。先後在蘇州名宦錢謙益、姚希孟、葉紹袁宅中做法顯靈，此舉在崇禎九年前後達到高潮。最爲著名的一次，是崇禎八年六月在葉紹袁家，爲之招來亡女小鸞之魂。泐師與所謂葉女當場有如下對白：

師云：「既願皈依，必須受戒。凡授戒者，必先審戒。我當一一審汝，汝仙子曾犯殺否？」女對云：「曾犯。」師問：「如何？」女云：「曾呼小玉除花虱，也遣輕紈壞蝶衣。」「曾犯盗否？」女云：「曾犯。不知新緑誰家樹，怪底清簫何處聲。」「曾犯淫否？」女云：「曾犯。晚鏡偷窺眉曲曲，春裙親繡鳥雙雙。」師又審四口惡業，問：「曾妄言否？」女云：「曾犯。自謂前生歡喜地，詭云今坐辯才天。」「曾綺語否？」女云：「曾犯。團香製就夫人字，鏤雪裝成幼婦辭。」「曾兩舌否？」女云：「曾犯。對月意添愁喜句，拈花評出短長謠。」「曾惡口否?」女云:「曾犯。生怕簾開識燕子,爲憐花謝罵東風。」師又審意三惡業:「曾犯貪否?」女云:「曾犯。經營緗帙成千軸,辛苦鶯花滿一庭。」「曾犯嗔否?」女云:「曾犯。怪他道藴敲枯硯,薄彼崔徽撲玉釵。」「曾犯癡否?」女云:「曾犯。勉棄珠環收漢玉,戲捐粉盒葬花魂。」師大贊云:「此六朝以下,温、李諸公血竭髯枯、矜詑累日者。子于受戒一刻隨口而答,那得不哭殺阿翁也!」(葉紹袁《續窈聞》)

這段精彩的對話,不僅當場引得小鸞父親紹袁憐惜和感傷不已,亦打動了自錢謙益而下無數的古今文人。錢氏贊小鸞「矢口而答,皆六朝駢儷之語」(《列朝詩集小傳·葉小鸞》),指的就是這段文字;周亮工雖不以「泐師演説無明緣行,生老病死因緣」爲可信,對其「招瓊章至,瓊來賦詩」的具體對答却頗感興趣,認爲「此事甚荒唐,予不敢信,特愛其句之縟麗,附存于此」。(《書影》卷六)殊不知,事既荒唐,縟麗之句的著作權便不屬于已逝三載的葉小鸞(字瓊章),也不屬于與之對話的「泐大師」,而是金聖歎預先構思好的降乩之作。他的這種富于藝術感染力的降神活動,「長篇大章,滔滔汩汩,縉紳先生及士人有道行者,無不惑于其説。……儒服道冠,傾動通國者年餘」(鄭敷教《鄭桐庵筆記》),一時間信者奉之爲神,恨者詈之爲魔。

評點「衆經」的文學活動。 崇禎十三、四年間,隨着人生興趣的轉移,金聖歎開始了評點和研究「衆經」和其他各體作品的文學活動,首先完成的是《水滸傳》的評點。《天下才子必讀書》的初評工作,亦是在明末就已開始進行了。入清後,于順治四至六年撰著《童壽六書》、

《聖人千案》、《南華字制》，順治十三年批點《西廂記》，十四年完成《小題才子書》，十七年分解唐律詩刊行，《天下才子必讀書》和《杜詩解》均在身後問世。

除了從事評點工作外，金聖歎賴以謀生的職業便是做塾師。至少在其三十歲左右時，即已開始了教學生涯。其弟子以及「從其游者」，今知者便有戴之儦、沈永啓、顧参、史爾祉、韓藉琬、馮某等。與科舉和作文有着直接關係的《大題才子文》、《小題才子文》和《天下才子必讀書》，很可能就是這一職業的自然産物。但是，無論是評書還是授徒，似乎都没有給其生活帶來經濟生活的明顯改觀。崇禎十四年大旱，已需友人接濟；晚年從其妻子「貧窮因諱疾，井臼且傷生」（《婦病》）的境況中，亦可見其家庭狀況的潦倒。

易代之際的政治活動。順治二年（一六四五）五月，隨着清兵鐵馬金戈的南下，曇花一現的南明弘光王朝迅即消亡。江南的陷落，打破了金聖歎在明末雖然清貧但仍不失安定的儒士生活。晚明時期一些過從甚密的家鄉友朋，或抗清失敗、慷慨就義，如戴之傑；或以身殉節、自盡而死，如王希；或蹈險尋父、喪身戰亂，如葉奕荃。猶如周亮工《祭靖公弟文》在悼念其弟周亮節時所説：「滄桑後，弟素所交游，或鋒鏑死，或意外觸法網死，死之事不一，而得全者少矣。」（《賴古堂集》）除了死難者外，還有抵抗失利、回里隱居的吴晉錫，明爲廉吏、入清不仕的盛王贊。面對着生靈塗炭、田園荒蕪的劫後淒涼，在順治初年，他先後寫下大量的感傷兵燹戰亂、親友流離，表達抵觸新朝、同情反清的詩篇，僅現存者就有《外甥七日》、《訛傳境哥被虜》、《喜見境哥》、《兵戰》、《懷聖默法師》、《柳》、《聞聖壽寺遭驕兵所躪》、《元暉渡江》、《元暉來述得生事》、《上元詞》、《題徐松之詩二首》等(考慮到其詩歌是其女婿編選删存者，這類犯禁觸忌之作肯定已被處理掉許多)。如《上元詞》跋語云：

> 此非道人語。既滿目如此，生理逼側，略開綺語，以樂情抱。昔陶潛自言時製文章自娱，頗示其志；身此詞，豈非先神廟末年耶？處士不幸，丁晉宋之間；身亦適遭變革，欲哭不敢。詩即何罪？不能寄他人，將獨與同志者一見也。

最後數語，何其痛心、何其抑鬱！再看其爲徐崧所撰的《題徐松之詩》，第一首後四句「近事多難説，傳聞或未詳。副車皆不中，三户又淪亡」，後兩句分别典出《史記》的《留侯世家》「秦皇帝東游，良與客狙擊秦皇帝博浪沙中，誤中副車」和《項羽本紀》「楚南公曰：『楚雖三户，亡秦必楚也。』」更是難以掩抑地流露出對于抗清失利的失望沮喪。

然隨着時間的推移，這種懷想故國的情緒在逐漸淡化。像那個時代中的大多數人一樣，金聖歎慢慢適應了新的政權，至少在順治十四年(一六五七)給吴縣教諭夏鼎所寫的詩句中，已經表現出履新去舊的希冀。該詩前二聯曰：「潦倒諸生久白頭，十年夢斷至公樓。杏花廊下重來坐，藥草籠中實見收。」(《贈夏廣文》)由于史料的缺乏，我們不知道「十年夢斷」是指自已入清後就放棄鄉試，還是指自己運氣不佳總是秋闈落榜；不過「藥草籠」[一]一典的運用，

[一]《新唐書·儒學傳下·元行沖》：行沖嘗謂仁傑曰：『……門下充旨味者多矣，願以小人備一藥石可乎？』仁傑笑曰：『君正吾藥籠中物，不可一日無也。』」後遂以「藥籠中物」比喻備用的人才。

已表達了願意爲新朝所用的隨順心態。正是存有這樣的情結，當友人邵點于順治十七年（一六六〇）歸自京城，向他轉述當朝皇帝所云「此是古文高手，莫以時文眼看他」的贊許時，頓時「感而淚下，因北向叩首」（《春感》小序）；只可惜他没有聽到順治帝同時發出的「議論盡有遐思，未免太生穿鑿，想是才高而見僻者」（木陳忞《奏對别記上》）的褒貶，否則是否會頭腦清醒一點：一個被認爲方法「穿鑿」、思想「見僻」者，怎麽可能得到朝廷的重用？《第五才子書》第六十二回，寫宣贊奉旨禮請關勝出馬，「關勝聽罷大喜」。聖歎批道：「何遽『大喜』？只四字寫盡英雄可憐！」其實，《春感》八首何嘗不寫盡一位長期被人以「魔」相視的邊緣才士之可憐呢？

震驚天下的哭廟活動。或許正是因爲受到皇帝知音之評的影響，一向遇「世法中事，則掉頭不顧」（徐增《送三耳生見唱經子序》，以下凡引此文者不再出注）的金聖歎，在新著《貫華堂選批唐才子詩》問世不久的順治十八年（一六六一）二月，不幸捲入了招致殺身之禍的「哭廟案」中。二月初一，清世祖逝世的哀詔傳至蘇州，官府設幕，哭臨三日。當地諸生因吴縣知縣任維初徵索錢糧甚酷，且監守自盗，遂于四日借哭喪之機而群聚文廟百有餘人，隨後擁至府衙，向江寧巡撫、按察使等大員跪進揭帖。巡撫朱國治大驚，上疏朝廷，釀成欽案，先後逮捕金聖歎等諸生十八人，審得「丁子偉、金聖歎、姚剛爲首鳴鍾擊鼓，聚衆倡亂是實」（《辛丑紀聞》），並于七月十三立秋之日，十八人被斬首于江寧（今南京）。因事起于聚衆哭喪于文廟，史稱「哭廟案」。在這場「學生運動」中，金聖歎所起的帶頭作用是毋庸置疑的：「諸生因集衆哭廟，其《捲堂文》爲金聖歎所作，且在其家開雕」（王朝《甲申朝事小紀》卷五），或云其「是變爲《哭廟文》」（王家禎《研堂見聞雜録》），總之不僅身參其事，而且親撰檄文，難怪最後將其緝拿歸案便「足以塞責」上峰呢（《辛丑紀聞》）！是年，他纔五十四歲。從此，金聖歎因「哭廟案」而平添濃鬱的悲劇色彩，而「哭廟案」因金聖歎却成爲著名的清代寃案。此次事變的政治性質，不滿于貪官污吏的横徵暴斂而借機抒憤，應該没有拔高之嫌；至于是否具有反抗新朝政權的民族色彩，至少從金聖歎對「先帝」的態度上，似難以得到佐證。

二

金聖歎生前，在太湖流域尤其是今蘇南和浙北地區，就已經具有較大影響。有人「懷刺三年」而求一見（懷應聘《吴門贈金聖歎》），有人不聽勸阻以一識爲榮（徐增《送三耳生見唱經子序》），有人想起聖歎就心折淚下（李煒《寄懷墨庵兼詢聖歎》），有人雖不相識却久已仰慕（丘象隨《泛虎丘》），亦有人見其書，聞其行，必欲殺之（歸莊《誅邪鬼》）。誠如徐增所説，在敵對者眼裏，「乃一世人惡之忌之、欲痛絶之者也。從其游者，名士敗名，富人耗財，僧家則無佈施處：其爲祟也大矣！」而在欣賞者眼裏，則如神仙中人，「吾嘗于清早被頭，仰觀帳頂，聖歎宛然；嘗于黄昏燈畔，回看壁影，聖歎宛然；嘗于梁溪柳岸，見少婦豔妝，聖歎宛然；嘗于靈巖雨窗，聞古塔鳥聲，聖歎宛然；乃至風行水活、日暖蟲游，聖歎無不宛然者」。可見，在其生時，一方面被詆毁者魔化，另一方面又被崇拜者神化。那麽，金聖歎究竟是怎樣的人呢？根據其個人著述和時人記載，或許應如是認識：

才華横溢。時人稱其「天才夐絶」（謝良琦《才子必讀書序》）；「學最博，識最超，才最大，筆最快」（徐增《天下才子必讀書序》）。不僅對傳統的經史子集有較爲全面的研究，對佛學禪理亦得獨家之悟。登壇講經，口才捷利，「聽其説法，快如利刃，轉如風輪，瀉如懸河」。除了在經學、史學、文學、佛學方面具有較高造詣，在書畫藝術上亦頗有才能。至葉紹袁家降乩，現場「爲畫牡丹、芙蕖、菊花、水仙四幅，生色映人，墨韵飛舞」（《續窈聞》）。當時趙時揖曾見其畫作，贊其「善畫，其真迹吴人士猶有藏者」（《貫華堂評選杜詩總識》）。惜未見作品傳世。書法亦享時名，周莊永慶庵正殿匾額「散影千江」四大字，即爲其所書，被譽爲「鐵畫銀鈎，仙筆也」（《貞豐擬乘》）。對聯「老拳通大道，兒口嚼新書」，見者謂「字大如斗，氣勢驚人」（李放《皇清書史》）。所謂：「看人作擘窠大書，不亦快哉！」（《第六才子書》卷七「賭説快事」），夫子自道，良有以矣！

珍情重誼。《第五才子書》第五十六回總評曰：「夫天下之感，莫深于同患難；而人生之情，莫重于周旋久。蓋同患難，則曾有生死一處之許；而周旋久，則真有性情如一之誼也。是何論親之與疏，是何論人之與畜，是何論有情之與無情！吾有一蒼頭，自幼在鄉塾，便相隨不捨。雖天下之駃，無有更甚于此蒼頭也者；然天下之愛吾，則無有更過于此蒼頭者也，而不虞其死也。吾友有一蒼頭,自與吾友往還,便與之風晨雨夜,同行共住。雖天下之駛,又無有更甚于此蒼頭也者;然天下之知吾,則又無有更過于此蒼頭者也,而不虞其去也。吾有一玉鈎,其質青黑,製作樸略,天下之弄物,無有更賤于此鈎者。自周歲時,吾先王母繫吾帶上,無日不在帶上,猶五官之第六,十指之一枝也。無端渡河墜于中流,至今如缺一官,如隳一指也。……夫學道之人,則又何感何情之與有;然而天下之人之言感言情者,則吾得而知之矣。吾蓋深惡天下之人言感言情,無不有爲爲之,故特于呼延愛馬,表而出之也。」此段評語實爲一篇情深意摯、針砭世情的《感情論》。作者不僅反對「學道」之人的不講感情,而且厭惡市儈之人對情誼的實用態度,認爲只要曾與同患難、周旋久,便不論關係之親疏,地位之高下,對象之人畜(如呼延灼之與烏騅馬),皆能產生「生死一處之許」和「性情如一之誼」,甚至對無情之物(如玉鈎)亦能久久難忘,而惟獨不欲以勢力論交,深惡以「有爲」言情,真乃純情重誼之人。

憤世嫉俗。 不喜拜謁貴人,「性不喜見貴人,干旄臨門,罕見其面;又不報謁,人多尤之」。亦曾「怕官成遠蹈」(《訪周粟仲不遇》),宣稱「我爲法門,故作狗子。狗子則爲人所賤惡,奔競之士決不肯來,所來者皆精微澹泊、好學深思之人也。不來者邀之不來,已來者攻之不去。我得與精微澹泊、好學深思之人同晨夕,苟得一二擔荷此大事,容我春眠聽畫看聲了也」。時人謝良琦每到蘇州,必問聖歎,或曰:「噫,狂士也!且不見貴客。」(《才子必讀書序》)聖歎在評杜甫《遺悶》時,曾説:「愁悶之來,如何可遣?要惟有放言自負,白眼看人,庶可聊慰。」(《杜詩解》卷三)人説其言論多「無忌憚處」(陸文衡《嗇庵隨筆》卷五)、「肆言無忌」(馮班《鈍吟雜録》卷二),確非虚言。無論是對朝廷政事的針砭,或是對世道人心的臧否,在其評點中皆屢見不鮮。但聖歎並非不諳人情,與當地父母官均有適度交往,如《吴明府生日》、《賀吴縣汪明府涵夫攝篆長洲》、《吴邑黄明府新婚》等詩,都是寫給明末清初任吴縣、長洲縣令者,其内容亦不外贊美政簡治廉、教化祥和,皆爲通達世情的賀婚賀壽賀官之作。看來,他是能將傲睨貧士的「貴人」與禮賢下士的良吏區别對待的。

天性疏懶。 徐增《天下才子必讀書序》云:「聖歎性疏宕,好閑暇,水邊林下,是其得意之處。」表現之一,評點古書,重在文意而不在文字,不甚在意文字校勘。如《讀第六才子書西廂記法》云:「聖歎《西廂記》,只貴眼照古人,不敢多讓。至于前後著語,悉是口授小史,任其自寫,並不更曾點竄一遍,所以文字多有不當意處。蓋一來雖是聖歎天性貪懶,二來實是《西廂》本文珠玉在上,便教聖歎點竄殺,終復成何用?普天下後世,幸恕僕不當意處,看僕眼照古人處。」表現之二,不喜遠游,平生足迹罕至郡外。如《第六才子書·鬧齋》總評言及王瀚描述廬山之美,「吾聞而甚樂之,便欲往看之,而遷延未得也」。其原因之一,便是「賤性懶散,略閑坐便復是一年」。順治十七年,贛州府推官周令樹遣使賫資邀請聖歎前往著述講學,聖歎復函答之:「來教正與鄙意如掌中書字,獨奈隔此數千里何?」(《魚庭聞貫》)當亦與生性疏懶不喜動有關。

耽飲好酒。 徐增《天下才子必讀書序》:「聖歎……又好飲酒,日爲酒人邀去;稍暇又不耐煩，或興至評書，奮筆如風，一日可得一二卷，多逾三日則興漸闌，酒人又拉之去矣。」趙時揖《貫華堂評選杜詩總識》云：「先生飲酒徹三四夜不醉，詼諧曼謔，座客從之，略無厭倦。」《第六才子書·前候》總評：「吾嘗春晝酒酣，閑坐櫻桃花下，取而再四讀之。」《第五才子書》第四回，寫魯智深要爲桃花村劉太公排憂解難，聖歎批道：「魯達凡三事，都是婦女身上起……然又三處都是酒後，特特寫豪傑親酒遠色，感慨世人不少。」第二十二回，寫武松至「三碗不過岡」酒店，喝第一碗酒時說：「這酒好生有氣力！主人家，有飽肚的買些吃酒。」聖歎批道：「吾聞食肉者鄙，若好酒，未有非名士者也。」第二十八回，寫武松在至快活林的路上一路喝酒，「此時已有午牌時分，天色正熱，却有些微風」。聖歎批道：「此五字惟酒後耳熱時知之。寫酒至此五字，真『高山流水』之曲矣。」

心胸坦蕩。《讀第五才子書法》顯示出聖歎喜天真爛漫之人，如李逵、魯達、阮小七；不喜心機深刻之人，如宋江、林沖。如云：「阮小七是上上人物，寫得另是一樣氣色。一百八人中，真要算做第一個快人，心快口快，使人對之，齷齪都銷盡」；「林沖自然是上上人物，寫得只是太狠。看他算得到，熬得住，把得牢，做得徹，都使人怕。這般人在世上，定做得事業來，然琢削元氣也不少」。再如在小説第四十四、四十五回中，聖歎對石秀城府深、下手狠，爲了撇清自己致殺數人的行爲，頗不以爲然，屢下評語如：「石秀可畏，我惡其人」（兩處）；「石秀可畏之極」；「豈真天下之大，另又有此一種巉刻狠毒之惡物歟？」「石秀可畏，筆筆寫出咄咄相逼之勢」；「石秀節節精細，節節狠毒，我畏其人」。聖歎早年與王瀚「賭説快事」，其一便是

「朝眠初覺，似聞家人歎息之聲，言某人夜來已死。急呼而訊之，正是一城中第一絕有心計人。不亦快哉」。（《第六才子書》卷七）

其實，今天我們所能認識的金聖歎，或與其實際情形已相距甚遠，只能是其豐富人生的各個側面甚或是浮淺的影像。誠如其友人徐增所説：「蓋聖歎無我，與人相對，則輒如其人：如遇酒人，則曼卿轟飲；遇詩人，則摩詰沉吟；遇劍客，則猿公舞躍；遇棋師，則鳩摩布算；遇道士，則鶴氣横天；遇釋子，則蓮花迎座；遇辯士，則珠玉隨風；遇静者，則木訥終日；遇老人，則爲之婆娑；遇孩赤，則啼笑宛然也。以故稱聖歎善者，各舉一端；不與聖歎交者，則同聲詈之：以其人之不可方物也。」（《天下才子必讀書序》）在其生前，直觀其人者已感歎如此難以辨識、無可名狀，四百年後試圖準確描述，可能更是近似癡人説夢了。但正是這種種片段表現，構成了他性格的豐富，促成了他極具個性魅力的人生圖景。金聖歎曾有畫像傳世，後來劉獻廷詠之：「忽有仙人在別峰，通身香氣似芙蓉。碧天明月一千里，獨上瑶臺十二重。」（《題唱經先生像》）其玉樹臨風之姿和飄然欲仙的風度（丘象隨《泛虎丘》以「有客美風度」贊之），似昭然可見，而這其實已屬經過歷史淘洗之後的金聖歎了。

三

金聖歎逝世後，其友人曾賦詩悼之：「縱酒著書金聖歎，才名千古不埋淪。」（《哭廟異聞》)將縱酒豪飲的風采與著書評點的才華相提並論，這是同情者的蓋棺論定之説。但早在順治九年(一六五二)，摯友徐增在其《懷感詩》中，已曾這樣反思自己和世人對金聖歎的錯誤認識：「掩耳不聽真怪事，却從飲酒看先生。」(《唱經先生》)這兩句分别説的是兩件事，先看後句：的確，聖歎好飲酒，徐增在其有關文章中多次説及此事，但是這句詩的意思是：如果僅從嗜酒好飲視爲其名士風流的表現，實在是一種誤認。再看前句：「掩耳不聽」，是指當年自己在不了解聖歎爲人時，對别人欲介紹兩人認識的强烈的拒斥行爲：「二十年人盡罵聖歎爲魔，如是者數年，至壬午秋，遇聖默法師，欲導余見聖歎，纔説『聖歎』，余急掩耳曰：『怕人，怕人！』」「壬午」是指崇禎十五年(一六四二)，此前被人盡罵爲魔，必是因其以「泐師」行法事所招致。在正統文士眼中，「扶鸞降仙，道家戒之，決不可爲，惹魔也，金若采全壞于此」(馮班《鈍吟雜録》卷二)，從此他的一切行爲均被視爲「不軌于正」(陸文衡《嗇庵隨筆》卷五)。扶乩降神對聖歎一生的影響是巨大的：不僅爲其人生評價帶來了洗之不去的沉重的負面影響，而且給其隨後從事的文學批評活動烙下了鮮明的個人印記，主要體現爲在選題上的「昭雪」辱者，在心態上的標新立異，在方法上的心理分析等方面。

批評性或評點性著述，是金聖歎一生心血所繫和性命所在。其臨終時不放心兩件事，一是如何托付「讀書種子」兒子金雍，一是「只惜胸前幾本書」(《絶命詞》)，即那些早已計劃而一直没有竣稿的「才子書」選題。聖歎的評點選題，主幹即著名的「六才子書」和唐詩「分解」，輔枝爲「才子古文」和「才子時文」等。爲何他有「六才子書」之選而將《水滸傳》、《西廂記》最早評點問世，按照徐增序《天下才子必讀書》的説法，是因爲「自少至老，自智至愚，無不讀之、無不愛之者也」，主要是從普及性着眼的。其實，關于自己批書的目的，聖歎説過這樣的話：「弟于世間，不惟不貪嗜欲，亦更不貪名譽。胸前一寸之心眷眷，惟是古人幾本殘書，自來辱在泥塗者[二]，却不自揣力弱，必欲與之昭雪。只此一事，是弟全件，其餘弟皆不惜。」（《魚庭聞貫·與任升之炅》）這段話非常重要，它展示了聖歎評點選題爲古人「昭雪」的自覺意識，即將那些向來受到不公平待遇、不公正評價的文史名著，通過自己的努力，恢復其向被埋没的歷史地位。聯繫到《西廂記》、《水滸傳》向來有「誨淫」、「誨盗」的惡謚，批評者在主題傾向上的「昭雪」之意便分外顯明了。晚年與友書信説惟有評點事業是己一片寸心，其餘皆不足惜；臨終絶命之詩説「只惜」莊、騷、馬、杜尚未完稿，令其放心不下：作爲一個長期被正人君子「辱在泥塗」者，他把自己生命價值的體現，完全寄托在爲「古人幾本殘書」的翻案上。可以告慰他的是，「先生未批以前，《水滸》賊書，《西廂》淫書。今而知《水滸》之變幻離奇，直進于《易》；《西廂》之纏綿濃鬱，直進于《詩》」（佘扶上《聖歎六才子書删評序》）。在那個時代，無論是對作者還是評者來説，這樣的褒獎都足以讓人感到無上榮光了。

[二]《左傳·襄公三十年》「武不才，……使吾子辱在泥塗久矣，武之罪也」，是以「泥塗」比喻低下的地位。

在具體的文學評點中，金聖歎有着標新立異的强烈追求。他在《小題才子書》自序中，曾將「依倚陳本」「依倚師口」納入做學問必須祛除的「六不祥」之列。這種不依傍前人的治學精神，在其評點著作中具有充分體現。如評《水滸》而反對「忠義」說，主張「獨惡宋江」；評《西廂》，反對「淫書」說，又不滿于舊本描寫的「狂蕩無禮」；評唐詩，在分期上反對「初盛中晚」說，在方法上提倡「分解」說；評杜詩，反對詩歌「寫景」說，痛斥劉辰翁各種觀點。金聖歎這種恥爲「古人之奴」（《水滸傳序一》）的創新追求，既是一位天生大才者深溶于血脈之中的人生律動所使然，亦是在特定輿論的長期擠壓下養成的桀驁不馴的生活態度。以翻案來立新說，對傳統觀點採取針鋒相對的批判理路，不僅形成其抵抗外界的思維習慣，而且亦構造了其批評類著述的基本模式。這一特點，在其反對派的眼中是十分鮮明的，他晚年在與友人嵇永仁的書信中感慨道：「我輩一開口而疑謗百興，或云『立異』，或云『欺人』。」這種牢騷雖然因唐詩「分解」而起，其實是其一生遭遇的憤懣總結。至于贊揚者則是如此肯定其評點：「杜詩盡多粗率處，劉會孟所憎不爲過也。乃自先生說之，粗率盡爲神奇。夫粗率尚爲神奇，而況神奇者乎？得此讀書法，不惟不敢輕議古人詩文，能從古人詩文滲漏處奧思幻想，代其補襯，則古人之神奇、粗率，無一不足以啓人慧悟。」（《貫華堂評選杜詩總識》）連牽强附會之解說，都被溢美地總結爲其獨家的「讀書法」，至少說明了標新立異的個性存在。

在批評方法上，時人周亮工與徐增大約同時提出聖歎評書「一支筆」說（《尺牘新鈔》卷五眉批)和「從無二法」説(《天下才子必讀書序》)。所謂「一支筆或從無二法，其實這在聖歎乃自覺行爲。如他在介紹研究「六才子書」的心得時，便不無得意地指出：「其實六部書，聖歎只是用一副手眼讀得。如讀《西廂記》，實是用讀《莊子》、《史記》手眼讀得；便讀《莊子》、《史記》，亦只用讀《西廂記》手眼讀得。」(《讀第六才子書西廂記法》)問題是何爲其一副手眼？今人對此一般是從「文章論」的角度進行解釋。但是，無論其理論自述，還是其批評實績，他還有一個貫穿在各種文體的文學批評中的重要「手眼」，即設身處地的心理分析方法。這種心理分析方法，按照《讀第五才子書法》開篇第一句的概括，便是：「大凡讀書，先要曉得作書之人是何心胸。」也就是金批《水滸》序三强調的「因緣生法」和「忠恕」原則：「忠恕，量萬物之斗斛也；因緣生法，裁世界之刀尺也。」這種批評觀的實踐來源，實萌芽于「天下事無大無細，洵皆因緣哉」的扶乩觀(《續窈聞》引泐庵尺牘)。他曾十餘年從事扶乩「事業」，長期奔波于郡邑鄉鎮之間，爲滿足形形色色人家的各種各樣需求，而承擔着類似于今日之心理諮詢和疏導的「業務」。事先的周密策劃、細緻揣摩，當場的機敏應對、圓滿應答，這一切均取決于「因緣設法」、「忠恕」之道。一旦改行轉向，便將他所認爲可以裁量世界萬物之斗斛、刀尺，運用于文學批評實踐中，形成自己獨有的「一副手眼」。不僅對叙事性作品如此，即便是議論文和詩歌，他也主張「從來作文，于『見景生情』四字，安可不亟講耶？」(《小題才子書》鄭鄤《朱張》解題)認爲詩歌「並無一句寫景，故曰『詩言志』」(《杜詩解·孤雁》)，因此分解時特別重視作者的「極厚心地」，注意分析詩歌對作者「閃閃忽忽心頭」(《北征》)的細膩表現。正是這種長于心理分析的理論特色,使得古代文學批評從片言隻語的點評,發展爲容量適當的闡釋,由方法的更新導致了形式的突破。

金聖歎青年時期所從事的扶乩降神活動對其文學批評的影響,其深刻性是無可置疑的。至少因此長期被人以妖魔對待,「早被官紳們認爲壞貨」(魯迅《談金聖歎》),甚至牽連爲其寫《天台泐法師靈異記》的錢謙益也「頗受儒者謡詠」(《列朝詩集小傳·葉小鸞》)。如此境遇,自然要在其心理上打下難以磨滅的烙印。「我爲法門,故作狗子。狗子則爲人所賤惡」,此種令其無法擡頭的精神壓抑,勢必要孕育或强化其證明自己的人生追求,以致于認爲即便是「單詞居要,一字利人,口口相授,稱道不歇」(《第六才子書》四之四總評)亦不失爲「立言」,因此而選擇文學批評爲「蓋代無雙」(《春感》之七)之業;也勢必要孕育或强化其反抗傳統的思想意識,一旦從事文學批評後,在選題、心態和方法上,自然會表現出鮮明的個性。甚至他對《西廂記》愛情主題的贊美,也是可以在其降神經歷中尋蹤攝迹的:泐大師在降神過程中遭遇了許多早逝的女性,「凡女人生具靈慧,夙有根因,即度脱其魂,……俱稱弟子,有三十餘人」,均收于虚設之「無葉堂」中;他對葉小鸞豆蔻早凋的「記莂」解釋,也頗有同情愛情悲劇反對包辦婚姻的意味(《續窈聞》)。這就難怪其對《西廂記》中鶯鶯「小兒女又稚小、又苦惱、又聰明、又憨痴,一片的的微細心地」(四之三【滚綉球】),有如此洞幽燭隱的透視了。這或許就是常熟王應奎爲何説「聖歎自爲卟所憑,下筆益機辨瀾翻,常有神助」(《柳南隨筆》卷三)的原因吧。

清順治五年(一六四八),聖歎自撰聯語云:「消磨傲骨惟長揖,洗發雄心在半酣。」將見人作揖的唯唯諾諾和縱酒貪杯的昏昏噩噩,與特立獨行的錚錚傲骨和名山事業的勃勃雄心對立起來,構成巨大的表裏反差,通過「消磨」和「洗發」等頹唐行爲對個性追求的外在打壓和人生意義的表面消解,建構起一種悲劇性的張力,凸現出借酒佯狂表象下掩藏着的深刻的靈魂苦難。這,或許就是在抵御以魔相視的敵意中塑造起來的心理習慣。只是在這個意義上,「縱酒著書」才是金聖歎最好的人生寫照。

四

金聖歎一生著述計劃龐大,成果甚豐,僅見于《唱經堂遺書目録》者,就有「外書」十三種(其中「雜批未竟書」只算一種)、「内書」二十一種。只是由于其五十餘歲便遽然喪生,同時慘遭家産籍没、妻子流邊的嚴懲,故未完成者永無完稿之日,已完成者亦未能盡傳于世。其生前出版者約爲:《第五才子書》、《第六才子書》、《唐才子詩》、《小題才子文》及《大題才子文》(晚清尚存);身後出版者約爲:《天下才子必讀書》和《貫華堂才子書彙稿》(收書十一種),加上鈔本《沉吟樓詩選》,以及被後人收入叢書的一些零簡短篇。今所得見者,共有篇幅長短不一的近二十種。按照傳統的四部分類法,列表如左:

序號	書名	類別	主要版本
一	唱經堂通宗易論一卷	經部·易類	貫華堂才子書彙稿、唱經堂才子書彙稿十一種
二	釋小雅一卷	經部·詩經類	同一
三	唱經堂左傳釋一卷	經部·春秋左傳類	同一
四	釋孟子四章一卷	經部·四書類	同一
五	唱經堂語録纂二卷	子部·雜學類	同一
六	唱經堂隨手通一卷	子部·雜學類	同一
七	唱經堂聖人千案一卷	子部·佛教類	同一
八	西城風俗記一卷	子部·佛教類	昭代叢書(道光本)別集
九	唱經堂杜詩解四卷	集部·別集類	貫華堂才子書彙稿
十	沉吟樓詩選不分卷	集部·別集類	清鈔本、一九七九年上海古籍出版社影印本
十一	沉吟樓借杜詩一卷	集部·別集類	同一
十二	天下才子必讀書十五卷補遺一卷	集部·總集類	康熙二年刻本、康熙十六年刻本等

（續　表）

序號	書　名	類　别	主要版本
十三	唱經堂古詩解一卷	集部·總集類	同一
十四	貫華堂選批唐才子詩甲集七言律八卷	集部·總集類	順治十七年刻本、賢文堂刻本等
十五	小題才子文不分卷	集部·總集類	清光緒十五年石印本
十六	唱經堂批歐陽永叔詞十二首一卷	集部·詞曲類	同一
十七	貫華堂第六才子書西廂記八卷	集部·詞曲類	清順治貫華堂刻本等，版本衆多
十八	第五才子書施耐庵水滸傳七十五卷	集部·小説類	明崇禎貫華堂刻本等，版本衆多

一《貫華堂才子書彙稿》，清康熙刻本，收入金聖歎所著外書六種附一種、内書三種、雜稿一種；另有清末、民國石印、排印多種版本；《唱經堂才子書彙稿十一種》，爲民國二十四年至二十五年排印《中國文學珍本叢書第一輯》所收，無《唱經堂杜詩解》。

以上現存著述中，因《沉吟樓借杜詩》全見于《沉吟樓詩選》，除了具有校勘作用外，已不便作爲專書整理出版，故實際現存爲十七種。這十七種之間，部類差别甚大，字數多寡懸殊（短者數葉紙，長者八十萬字），作爲新編《金聖歎全集》，不太可能僅僅依四部順序次第彙編。考慮到聖歎著述的特色、古今文體概念的融通、今人閱讀的習慣和研究分類的需要，以及對文集類的全集編纂的基本理解等各方面因素，此次整理編校，擬將現存已知金氏著述分爲三大部類，依次爲：「詩詞曲卷」七種，按照所評對象的時間先後，收入《釋小雅》、《古詩解》、《唐才子詩》、《杜詩解》、《批歐陽永叔詞》、《第六才子書西廂記》，自撰《沉吟樓詩選》列此部最後；「白話小説卷」一種，所收爲《第五才子書水滸傳》；「散文雜著卷」十種，基本按照評點及自著文的順序編排，依次爲《左傳釋》、《釋孟子》、《天下才子必讀書》、《小題才子書》、《通宗易論》、《語録纂》、《隨手通》、《聖人千案》、《西城風俗記》和金聖歎文輯佚。全集末尾，附録四種文獻資料：「年譜簡編」、「著作序跋」、「傳記資料」、「哭廟案」史料。聖歎著述尤其是批《水滸》、批《西廂》的版本極夥，各種序跋層出不窮；聖歎言行離經叛道、不軌于正，異聞逸事不絶于書。凡此，只能擇其基本文獻予以選録了。

關于各種具體書籍的編校，凡《貫華堂才子書彙稿》所收十種，以康熙原刻本爲底本。以《唐才子詩》、《第六才子書》、《第五才子書》、《天下才子必讀書》亦皆以初刻本爲底本。以初刻本爲底本，不僅是古籍整理的一般原則，且由于它們基本成書于聖歎生前，在文字、内容或篇目上較少後人的竄改，更加符合作者本意或最接近原始面貌。如《魚庭聞貫》所載聖歎與友人書信，《與許祈年來光》、《與顧晦年陳曨》，末字一般據有正書局本排作「先」和「隴」，據方志和家譜，知原本正確；《第六才子書》各種整理本均附「太史陳維崧其年訂」之《才子西廂醉心篇》，而貫華堂刻本却無此文（明清俗稱翰林爲太史，陳維崧康熙十八年舉弘博後始任翰林檢討）；《天下才子必讀書》以初刻本爲底本，可補歷來整理本所缺之文字，尤其是僅見于初刻之徐增的序言，爲研究聖歎其人其作，提供了珍貴的史料。《小題才子書》所收爲科舉考試時以「四書」文句命題的範文，作者皆爲明末清初之人。此書先後有原刻本、李兆洛道光十二年重刻本和光緒十五年掃葉山房石印本。現僅得見石印本，扉頁題「小題才子文」，據版心及聖歎自序中「人共傳鈔，各習一本，仍其名曰《才子書》」云云，現定名爲《小題才子書》；原書不分卷，現釐《論語》爲三卷，《大學》、《中庸》共一卷，《孟子》爲二卷。《沉吟樓詩選》以上海古籍出版社一九七九年影印清鈔本爲底本，原書分體不分卷，現按體分爲五卷，卷六爲輯佚，收録佚詩十六首、聯語及贈句六副（另得其佚文十二篇，置于「散文雜著卷」之末）；各體前大題下均署「吴趨金人瑞聖歎著，廣陽劉獻廷繼莊選」，現删去；原書各體之内，後部皆有若干首在詩題下注明爲「沉吟樓逸詩」或「逸詩」，甚至在「七言律」中「逸詩」達到五分之二的數量，似乎前者爲原稿所有，後者爲輯者所補。但是，由于聖歎賦詩往往一題多首，原書前後分開甚遠，不便閲讀和研究，現均將相關逸詩予以集中並置于前題所在位置（皆出注説明）。各本原有之序跋，凡他人撰者，皆移入「附録」。

關于文字的處理，原書中的異體字、俗體字，一般改爲現行規範字，避諱字改爲本字；明顯的訛脱衍誤，皆據後出版本校改。在文字校勘方面最具個性化，同時又是最爲面廣量大的問題是，金批所涉及的前人所作的文章、詩詞、小説、戲曲，大多都是有案可稽的，即可以找到更早、更佳的版本進行校對。但是，恰恰在這一點上，整理時不敢輕舉妄動。以現在的標準來衡量，他對「陳本」即原始文獻的態度近于不講學術規範，所批評的原文，往往會根據自己點評的需要有所改動，最典型的例子就是所謂「腰斬水滸」。他也從來不諱言這一點，在編選《小題才子書》時，竟如此表白：「中間多有大人先生金鉤玉勒之作，而輒亦有所增省句字者。此則無奈筒中久失原本，今兹全據記憶，自然不無忘失；而又臨書之時，興會偶至，亦多將錯就錯之心。」（自序）不要説這些還是明末清初的時人之作，他會因爲興之所至而增減字句，即便那些一向被視爲金科玉律的秦漢乃至唐宋古文，亦「間有改字、增字處，尤爲可怪」（王之績《評注才子古文》凡例）。此即所謂「聖歎批《西廂記》是聖歎文字，不是《西廂記》文字」（《讀第六才子書西廂記法》）。這既是他的篡改古人處，也是他的天才創造處：經過金聖歎的改動，大多作品已經不復古人原貌了，從此承載着他的文學觀點，展示着他的審美趣味，並且與其評點文字互爲桴鼓，具有了獨立的存在價值。這或許就是爲什麽自《第五才子書》、《第六才子書》問世後，整個清代再也難覓其他版本的《水滸傳》、《西廂記》的原因之一吧。故此，本書對聖歎評價的文字，一般不據原書進行校勘，以保留「聖歎文字」的原貌。

《金聖歎全集》及其附録的《金聖歎年譜簡編》，均是全國高校古籍整理研究工作委員會的直接資助項目，亦爲二〇〇七年度國家社會科學基金項目「金聖歎史實研究」的階段性成果，並得到全國古籍整理出版規劃領導小組的重點出版資助。凡此皆説明金聖歎這位數百年前的古人所創造出的文化業績，仍有着强烈的學術生命力，值得後人去保存、整理、研究和借鑒。作爲一個整理研究者，雖然于此耗用精力多年，但仍感時間倉促、學養欠缺、條件有限，難以盡善盡美地奉現給讀者一部毫無遺憾的整理性著作。只是希望能盡可能少地愧對今人和古人，庶幾也可聊以自慰了。至于書中存在的錯訛缺陷，則謹候讀者諸君的賜教補正。

二〇〇七年十月稿，二〇〇八年八月修改

詩詞曲卷（上）

詩詞曲卷　要目

唱經堂釋小雅一卷……一
唱經堂古詩解一卷……一七
貫華堂選批唐才子詩甲集七言律八卷……四一
唱經堂杜詩解四卷……五九九
唱經堂批歐陽永叔詞十二首一卷……八二七
貫華堂第六才子書西廂記八卷……八四一
沉吟樓詩選六卷……一一二三

唱經堂釋小雅

此書之整理，以清康熙初年學易堂刻《貫華堂才子書彙稿》本爲底本，以宣統二年順德鄧氏《風雨樓叢書》排印及民國四年上海國光書局排印《貫華堂才子書彙稿》本、民國石印《金聖歎全集》本參校。

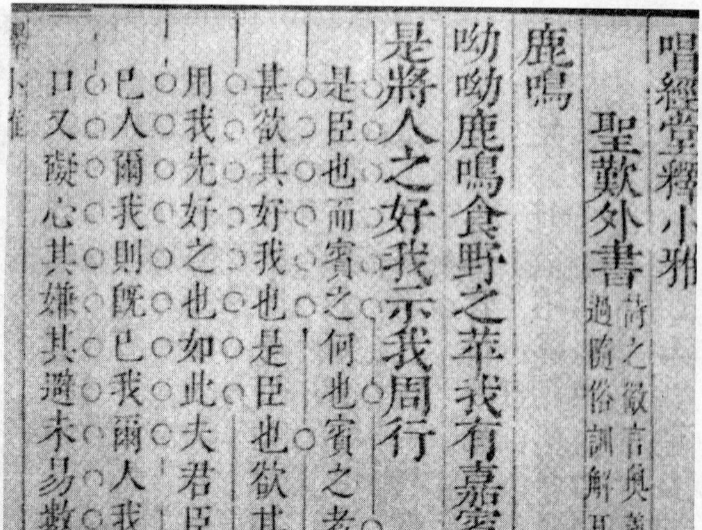
唱經堂釋小雅

聖歎外書　詩之微言與義都入易鈔茲小雅七篇不過隨俗訓解耳

鹿鳴

呦呦鹿鳴食野之苹我有嘉賓鼓瑟吹笙吹笙鼓簧承筐是將人之好我示我周行

是臣也而賓之何也賓之者好之也好之也者何也則甚欲其好我也是臣也欲其好我即不敢不好我爾何用我先好之也如此夫君臣之間義雖莫逃然人則既已人爾我則既已我爾人我之見判然胸中心凝于口口又凝心其嫌其避未易數也又豈獨簾遠堂高體貌

康熙刻本《貫華堂才子書彙稿》之《釋小雅》書影一

斯干

秩秩斯干幽幽南山如竹苞矣如松茂矣兄及弟矣式相好矣無相猶矣

厲王流彘之後周之宮室圯壞宣王是中興更作而落成之以有此詩也一章先敘形勝斯干襟帶于下南山朝拱于上此處建造則託基之固如竹苞覆蔭之蔚如松茂後來世世居此室者必兄弟相好而無嫌猜猶追敘未築室時相其地形有如此好

似續妣祖築室百堵西南其戶爰居爰處爰笑爰語

妣祖宅鎬卜洛當時貽謀甚遠令值圯壞之後身有似

康熙刻本《貫華堂才子書彙稿》之《釋小雅》書影二

唱經堂釋小雅　目録

鹿鳴……七
四牡……八
斯干……九
無羊……一一
采緑……一二
黍苗……一四
隰桑……一五

唱經堂釋小雅

聖歎外書

《詩》之微言奧義，都入《易鈔》。兹《小雅》七篇，不過隨俗訓解耳。

鹿鳴

呦呦鹿鳴，食野之苹。我有嘉賓，鼓瑟吹笙。吹笙鼓簧，承筐是將。人之好我，示我周行。

是臣也，而賓之，何也？賓之者，好之也。好之也者，何也？則甚欲其好我也。是臣也，欲其好我，即不敢不好我爾，何用我先好之也如此？夫君臣之間，義雖莫逃，然人則既已人爾，我則既已我爾。人我之見，判然胸中，心礙于口，口又礙心，其嫌其避，未易數也。又豈獨簾遠堂高、體統闊絶之故而已。七八句，一「人」字、二「我」字，妙。此二句，是心曲中私自計較，直從世情極透處，算出交情極好處來，並非面與嘉賓言。

呦呦鹿鳴，食野之蒿。我有嘉賓，德音孔昭。視民不恌，君子是則是效。我有旨酒，嘉賓式燕以敖。

上章，止言君臣之間，人我融洽。此明其臣實實夙有實大聲宏之德音，足以化民成俗，而凡身有民俗之責者，久矣皆則效不違。然則今日我又安敢臣之而不賓之，賓之則安得不借旨酒以容與其心？「德音」三句，亦是心曲中私自計較語，非面與嘉賓言。「我有」二句，則心中計較已畢，然後重出聲勸嘉賓酒。

呦呦鹿鳴，食野之芩。我有嘉賓，鼓瑟鼓琴。鼓瑟鼓琴，和樂且湛。我有旨酒，以燕樂嘉賓之心。

上二章，心中計較已定。此更不須再計較，竟與嘉賓一味飲酒彈琴。疊一句「鼓瑟鼓琴」者，要寫此時我忘嘉賓是人，嘉賓亦忘我是我。將首章「人」、「我」二字頓掃，即此時之和可知。和則樂，樂則久。「湛」字即「湛湎」之湛，便寫出以膠投漆，誰賓誰主，一團款至。又終之以「旨酒」二句者，前望其好，今得其心。至于得其心，則並非一「好」字之所能喻也。○瑟是堂上之樂，有聲有詩；笙是堂下之樂，有聲無詩，皆工所歌也。末章變「鼓瑟吹笙」爲「鼓瑟鼓琴」，則是輟工歌而自合樂，想見一時外略君臣，内結骨肉。此等處，須要細心分別。

四　牡

四牡騑騑，周道倭遲。豈不懷歸？王事靡盬，我心傷悲。○四牡騑騑，嘽嘽駱馬。豈不懷歸？王事靡盬，不遑啓處。

懷歸，私恩也；王事，公義也。委質爲臣，則不敢以私恩而害公義，故「四牡騑騑」，非使臣之所敢歌也。歌「四牡」者，君勞使臣，代叙愁苦。夫爲君之臣，而復作是歌，則不得爲臣矣。君實勞苦其臣，而不代之作是歌，則不得爲君矣。騑騑，《傳》訓「行不止」，妙。三、四章鵻之飛而載下、飛而載止二句，正與「騑騑」字相映成苦語。駱馬行者周道，行周道者駱馬。首章詠周道，是苦去路之長；二章詠駱馬，是苦長路之必不得不去。嘽嘽乃不容氣吼，非衆盛也。兩「豈不懷歸」，便是思父母，然且不説出。

翩翩者鵻，載飛載下，集于苞栩。王事靡盬，不遑將父。○翩翩者鵻，載飛載止，集于苞杞。王事靡盬，不遑將母。

「翩翩」固鵻之飛時也，然欲下欲止，之小虫實得自主耳。我爲人之子，而竟以王事在身，駕駱馬，行周道，騑騑遄集，不能自由。上二章，猶以君故不敢説破家有父母；至此二章，則更不能忍矣。夫上章甫受命而便以親委，非也；此章親缺養而終忍不言，亦非也。先忍後言，情之至、義之盡也。要寫欲忍更忍不得意。

駕彼四駱，載驟駸駸。豈不懷歸？是用作歌，將母來諗。

妙絶！在説破父母缺養後，反加鞭策馬，駸駸前進，以示終不敢以人子之私情，而廢人臣之公義。雖然，臣之身則去，臣之心實苦，是用作歌，將烏鳥恩私，上告吾君。看他迴環吞吐，忠孝悱惻，無限眼泪。

斯干

秩秩斯干，幽幽南山。如竹苞矣，如松茂矣。兄及弟矣，式相好矣，無相猶矣。

厲王流彘之後，周之宫室圮壞，宣王至是中興，更作而落成之，以有此詩也。一章先叙形勝，斯干襟帶于下，南山朝拱于上。此處建造，則托基之固如竹苞，覆蔭之鬱如松茂。後來世世居此室者，必兄弟相好而無嫌猜。蓋追叙未築室時，相其地形有如此好。

似續妣祖，築室百堵，西南其户。爰居爰處，爰笑爰語。

妣祖宅鎬卜洛，當時貽謀甚遠。今值圮壞之後，身有似續之責，實乃萬不得已。「百堵」句，言其弘敞必須如此。「西南」句，則百堵中前後左右，聯絡貫串之制度也。夫「似續妣祖」，必須築室，然後得以居處笑語，然則此室豈非中興之要務？此章語氣只如此，勿便犯「攸芋」、「攸躋」、「攸寧」等句。

約之閣閣，椓之橐橐。風雨攸除，鳥鼠攸去，君子攸芋。

此正叙築也，板板相乘，杵杵相應。外密緻而風雨除，内堅實而鳥鼠去。凡此者，蓋以中興君子宅中圖大，端在于斯，非爲牆垣也。

如跂斯翼，如矢斯棘，如鳥斯革，如翬斯飛，君子攸躋。○殖殖其庭，有覺其楹，噲噲其正，噦噦其冥，君子攸寧。

此築成而分叙外朝之壯麗，與内室之弘深也。非壯麗也，此固中興君子所升坐，以朝萬國，總萬幾，振其外王之業者也；非弘深也，此固中興君子所退處，以節勞逸，時寢興，寧其内聖之形者也。

下莞上簟，乃安斯寢。乃寢乃興，乃占我夢。吉夢維何？維熊維羆，維虺維蛇。

上敘新室已畢，此忽然從室生簟，從簟生寢，從寢生夢，從夢生占，別引出下「男子之祥」三章。看他意思，便與「似續妣祖」句，似應不應，貫射成勢。蓋妣祖有子有孫，此今日所以中興；而妣祖有子孫中興，則後來更不可無子孫也。「維熊維羆，維虺維蛇」，以深宮至尊，非想非因，此四徵者，胡爲來哉？「占」是自家記憶，與下「大人占」異。

大人占之：維熊維羆，男子之祥；維虺維蛇，女子之祥。○乃生男子，載寢之床，載衣之裳，載弄之璋。其泣喤喤，朱芾斯皇，室家君王。○乃生女子，載寢之地，載衣之裼，載弄之瓦。無非無儀，唯酒食是議，無父母詒罹。

重「生男」、「生女」一章，乃陪之耳。寢之床，早正其位也；衣之裳，早盛其服也；弄之璋，早象其德也。又特表其泣者，乃祖后稷，厥聲載路。今此喤喤之泣，誠乃神聖嫡派子孫，信其後來，嫡必服純朱而爲天下之王，庶必服黄朱而爲一國之君也。真善頌善禱矣。○篇首言妣祖而不及父者，以宣王之父爲厲王也。

無羊

誰謂爾無羊？三百維群。誰謂爾無牛？九十其犉。爾羊來思，其角濈濈。爾牛來思，其耳濕濕。

此詩，雖言牧事有成，然必要寫出中興後人物和樂、漸臻富庶氣象。看他兩「誰謂爾無」句，可見前此凋敝在眼，今乃新得牛羊衆多也。三百爲群，其羊知定若干；九十皆犉，非犉知有若干，盛誇之也。角濈耳濕，既和且安，即日盛一日矣。

或降于阿，或飲于池，或寢或訛。爾牧來思，何蓑何笠，或負其餱。三十維物，爾牲則具。

四「或」字，想牛羊何等適意。蓑笠負餱，想牧人何等適牛羊之意。蓋不苦雨，又不苦饑，則恣心任意，從牛羊以終日也。因而數之，爲色三十，無不備矣，祭祀燕享，用之不盡也。

爾牧來思，以薪以蒸，以雌以雄。爾羊來思，矜矜兢兢，不騫不崩。麾之以肱，畢來既升。

以薪以蒸，則牧人兼爲樵客矣；以雌以雄，則牧人兼爲獵户矣。又何其閑適一至于是也？蓋人既適物之意，則物亦適人之意，不惟相習，乃至相忘。日之夕矣，麾肱畢歸，不言牛者，羊尤難馴也。

牧人乃夢，衆維魚矣，旐維旟矣。大人占之：衆維魚矣，實維豐年；旐維旟矣，室家溱溱。

牧人不夢牛羊者，想習則忘也；牧人忽夢衆魚旐旟者，有開必先也。始夢是衆，却是魚；始夢是旐，却是旟。雖寫夢境迷離，然都是中興初開、由漸而盛之徵。于是獻之于王，而王命大人占之。云是天降豐年，而人成室家。《中庸》曰：「能盡人之性，則能盡物之性；能盡人物之性，則可以贊天地之化育。」宣王中興之烈，顧不偉歟！

采綠

終朝采綠，不盈一匊。予髮曲局，薄言歸沐。

終朝不盈，心在何處？瞥然置采緑，翻身回家，膏沐以待。一妙于連日之子不在，首如飛蓬，何等幽貞；二妙于今日之子歸期必無移易，何等篤信：真是恩情、禮義兼至女子。

終朝采藍，不盈一襜。五日爲期，六日不詹。

之子别時，親口訂期五日。今是第六日，則五日已滿。「不詹」，言更無不歸理，不須又費卜錢。妙絶在纔過一日，已是負約，偏信是不曾負約。

之子于狩，言韔其弓。之子于釣，言綸之繩[一]。

之子還不知在何處，却先已算其于狩、于釣。且不惟之子于狩、于釣，連自家亦先于狩、于釣。又恐人識女子不應出閨門，已先算一解之辭，曰：誰爲之子韔弓綸繩乎？總之，只爲之子未歸，之子一歸，即當無處不雙雙並在。

其釣維何？維魴及鱮。維魴及鱮，薄言觀者。

隨筆就「釣」上問之子所得何魚。之子若曰魴鱮也，叠一句，香口接之，曰魴鱮也，則我欲觀此魴鱮也。全用一段憨意，寫恩愛出來。後來《樂府》「感郎千金意，回身就郎抱」，便是此副意態。

［一］「繩」，金評各本均作「純」，據《詩經》改。

黍苗

芃芃黍苗，陰雨膏之。悠悠南行，召伯勞之。

宣王封申伯于謝，發徒南行，營造城邑，而命召穆公董其事。于是徒役于初發遣時，作是詩。「悠悠」，言此行馳驅饑渴，其苦正未有限。與二、三章「我行既集」，相望成文勢。

我任我輦，我車我牛。我行既集，蓋云歸哉。我徒我御，我師我旅。我行既集，蓋云歸處。

棄家遠行，竭力受苦，誰當甘之。却因一召伯周詳體悉，恩勤撫慰，于是衆人競共爭先。八「我」字，妙。是無數人一齊奮發，各願效力，喧喧雜雜如畫。既集云歸，則無數人自言今日此行，至歸時亦甚易。「歸哉」者，言少不得只在眼前，便有已歸之日；「歸處」者，言不惟已歸，且已處也。

肅肅謝功，召伯營之。烈烈征師，召伯成之。

此又一面走，一面算，此行營謝，非一二有限之功而已。凡城郭宮室，宗廟社稷，一一嚴正，其事匪細；然則仗我徒踴躍征進，其亟亦匪細，而實則與吾徒小人何與哉！謝功，則惟召伯悉心營之；我等征師，則惟召伯苦心成之。微召伯，征師安肯行，謝功豈便畢乎？

原隰既平，泉流既清。召伯有成，王心則寧。

五章妙絶。不惟營造以隆申伯，兼隆及申伯所新封之民；不惟謝功既成，而衆人得歸爲快，兼以謝之後日君民豐樂，而以寧我王心爲快。一篇苦役詩，直寫到這裏，可見國有大事，所托大臣關係極不小。

隰桑

隰桑有阿，其葉有難。既見君子，其樂如何！〇隰桑有阿，其葉有沃。既見君子，云何不樂！〇隰桑有阿，其葉有幽。既見君子，德音孔膠。〇心乎愛矣，遐不謂矣。中心藏之，何日忘之？

愛故願見，得見故樂。如一章「其樂如何」，連自家想不出來。二章「云何不樂」，爲正想不出，再反想，畢竟想不出來。三章「德音孔膠」，將君子之可樂與己之樂君子，説到膠固不可別離，然亦只是覺得如此。至其所以然之故，到底元想不出來。若真要寫出來，也不難，只是「心乎愛矣」四个字。雖然，要説也有甚説不出，却只是不要説出好。二句、三句，欲吐還吞，無限作態。于是又另文終之曰：「何日忘之。」愛故須見，既見只是愛；見則今日既見，愛則何日始忘愛耶？〇此詩前三章極力説樂，第四章極力不説愛；又前三章，極力説樂，却説不出；至第四章，極力不肯説愛，却説得盡情。《樂府》「思公子兮未敢言」，是從此變化出；又「心説君兮君不知」，亦從此變化出。

唱經堂古詩解

此書之整理，以清康熙初年學易堂刻《貫華堂才子書彙稿》本爲底本，以宣統二年順德鄧氏《風雨樓叢書》排印及民國四年上海國光書局排印《貫華堂才子書彙稿》本、民國石印《金聖歎全集》本參校。

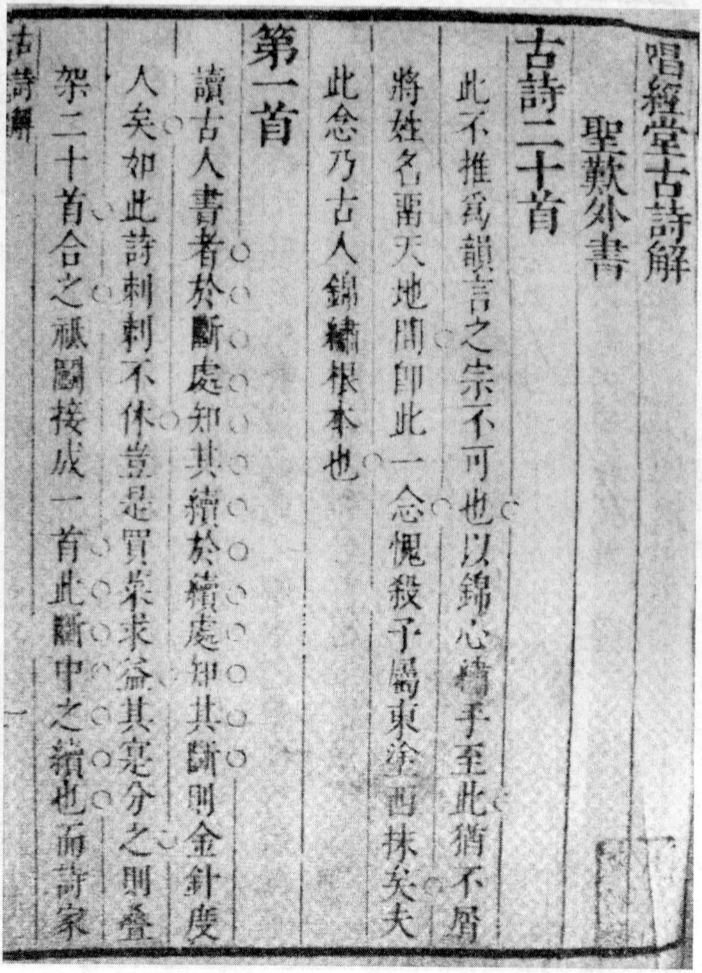
唱經堂古詩解

聖歎外書

古詩二十首

此不推爲韻言之宗不可也以錦心繡手至此猶不屑將姓名留天地間卽此一念愧殺予屬東塗西抹矣夫此念乃古人錦繡根本也

第一首

讀古人書者於斷處知其續於續處知其斷則金針度人矣如此詩刺刺不休豈是買菜求益其寔分之則疊架二十首合之祇鬬接成一首此斷中之續也而詩家

古詩解　一

康熙刻本《貫華堂才子書彙稿》之《古詩解》書影一

生有時時字生來

第十首

此從千里遠結婚一解翻出向猶謂長途間阻故軒車不來耳豈知只如牽牛織女相去無幾也脫化室邇人遠意

迢迢牽牛星皎皎河漢女解半纖纖擢素手札札弄機杼終日不成章泣涕零如雨解二河漢淸且淺相去復幾許盈盈一水間脉脉不得語解三

妙在疊用雙字俱從織女眼中意中描出意中自信爲皎皎眼中却見爲迢迢其實一水相望何嘗迢迢也

康熙刻本《貫華堂才子書彙稿》之《古詩解》書影二

唱經堂古詩解　目録

第一首　行行重行行……二三
第二首　青青河畔草……二五
第三首　青青陵上柏……二六
第四首　今日良宴會……二七
第五首　西北有高樓……二八
第六首　涉江采芙蓉……二九
第七首　明月皎夜光……三〇
第八首　冉冉孤生竹……三〇
第九首　庭中有奇樹……三一
第十首　迢迢牽牛星……三二
第十一首　迴車駕言邁……三二
第十二首　東城高且長……三三
第十三首　燕趙多佳人……三四

第十四首　驅車上東門……………………………………三四
第十五首　去者日以疏……………………………………三五
第十六首　生年不滿百……………………………………三六
第十七首　凜凜歲云暮……………………………………三六
第十八首　孟冬寒氣至……………………………………三七
第十九首　客從遠方來……………………………………三八
第二十首　明月何皎皎……………………………………三九

唱經堂古詩解

聖歎外書

古詩二十首

此不推爲韵言之宗不可也。以錦心繡手至此，猶不屑將姓名留天地間，即此一念，愧殺予屬東塗西抹矣。夫此念乃古人錦繡根本也。

第一首

讀古人書者，于斷處知其續，于續處知其斷，則金針度人矣。如此詩刺刺不休，豈是買菜求益。其實分之，則叠架二十首；合之，祇鬭接成一首：此斷中之續也。而詩家毋論長篇短幅，必以四句一解爲定體。後人見古之樂府，則注曰一解二解等，餘悉不注，遂妄謂其體有異焉者。不知樂府以示伶人,使知音節停頓處耳。若學士大夫心知其事,奚煩贅論哉: 此又續中之斷也。解體既定,嚴整在此,神變亦即在此。如此首,起法結法獨異。

行行重行行,

此句爲二十首總冒。◯通首板作四解,而起結兩句,另作一頓。

與君生别離。相去萬餘里,各在天一涯。一解。道路阻且長,會面安可知! 胡馬依北風[一],越鳥巢南枝。二解。相去日以遠,衣帶日以緩。浮雲蔽白日,游子不顧返。三解。思君令人老,歲月忽已晚。棄捐勿復道,

一路先景次情,將以後十九首語意,包藴在内。漸説漸迫,勢如瀉瓶矣,忽用一句截住,縮筆靈妙。

努力加餐飯! 四解。

又忽用一句掉尾,添筆更靈妙。意其説,却忽然止; 意其止,又忽然説: 蜿蜒夭矯至此。◯讀至此,覺《國風》「我躬不閲」二句,猶爲情淺,真忠孝血淚之言。

[一]「胡」,各本均爲缺字方框,據《金聖歎全集》補。

第二首

古人用筆，筆筆俱爲全局布置。如用兵者，非算全陣，不可調遣一人也。如此詩，直算至末首攬衣出户，引領入房，然後以「空房難獨守」一句引起，却爲此句不便唐突遽説，故先用序事例補在前。看其通首，純用倒叙，真是奇法。笑殺陸機、劉鑠輩，每好作擬古，竟不思《青青河畔草》，古人從何處布置也。

青青河畔草，鬱鬱園中柳。半解。

此秖一解之半耳。凡詩中用半解者有二：有主句而不可盡言者，有賓句而不必多言者。此則賓句也，爲欲叙「盈盈」一解，故先補叙此半解。

盈盈樓上女，皎皎當窗牖。娥娥紅粉妝，纖纖出素手。二解。

爲欲叙昔爲一解，故又補叙此一解。

昔爲唱家女，今爲蕩子婦。蕩子行不歸，空床難獨守。三解。

此解方是正文耳，然不便唐突遽説者何也？詩中思婦，大約如屈原所擬，既以委質事人，自當默抱忠悃，則獨守空床之苦，誰得知之？曰：因見其「盈盈」、「皎皎」等，始知之耳，故先叙前一解云云。然彼既非倚門，人亦何敢流盼？曰：爲見青草，因望垂楊，始亦見之耳，故又先叙前半解云云。此特爲思婦存身分處，《史》《漢》列傳中，常用此倒筆，不意韵言亦有之也。○前首云「游子」，此以久游，竟呼「蕩子」，嚴甚。云「娼家」者，以喻未委質時所事皆君之義；又云「女」者，以喻本未失身于人之義。每字俱非浪設。

第三首

此首追叙挽留游子之語。以第三、第四解插入第二解中，而以第二解拆開作結，手法又奇。

青青陵上柏，磊磊澗中石。人生天地間，忽如遠行客。一解。

前以情動，此以道規，立言又進一層。

斗酒相娱樂，聊厚不爲薄。二解之上半解。

此本與「極晏歡心意，戚戚何所迫」爲一解，却截住云，且將游子之苦道破，方知果不逮今日歡聚也。史家兩事夾叙，每有此法。

驅車策駑馬，游戲宛與洛。洛中何鬱鬱，冠帶自相索。三解。

「自相索」三字，寫盡不堪，以爲上文「相娱樂」映襯，妙筆，妙筆！

長衢羅夾巷，王侯多第宅。兩宫遥相望，雙闕百餘尺。四解。

但將門牆描寫，而伺候者，諷刺自在言外，立言之藴藉如此。東坡一生，極推重昌黎

《送李愿序》文，讀此四句，覺和平忼激，相去遠甚。此唐宋人用筆，每遜秦漢也。我願天下學古者，斷以秦漢爲法。

極晏歡心意，戚戚何所迫。二解之下半解。

上二解，何等不堪，方知斗酒真娱樂也。如此遥接，河源納海矣。○歡處特注「心意」字，即爲下首伏脈。

第四首

此首即承上「極晏歡心意」來，言特特捨富貴之地，而以聚首爲快者，惟爲有同心之樂耳。倘心不相知，又何貴相聚，則捨富貴之地奚爲也？故結處特將前首一翻，以見知心之重。

今日良晏會，歡樂難具陳。彈箏奮逸響，新聲妙入神。一解。

從前首帶説相聚之樂，是賓句。

令德唱高言，識曲聽其真。半解。

借新聲引出高言，因見唱者聽者有相知之樂，是主句。故特鄭重歸本令德，以逼動下文「齊心」二字出來。○主句不可盡言，若盡言，便涉學究氣矣。

齊心同所願，含意俱未申。人生寄一世，奄忽若飄塵。三解。

前云極心意，爲齊心也。今竟有未申之意，徒成虛願，豈足云歡哉！生若飄塵，恐良會難再，幸負不少矣。故首以「今日」兩字喚起，即伏珍惜之意。○意中之人不及與訂，意中之事古今何限？每誦王摩詰《哭殷遥》詩，使人嗚咽。○第五、第六、第七三首，俱從此解生出，奇絶！

何不策高足，先據要路津？無爲守窮賤，轗軻長苦辛。四解。

爲知心之難，忽作憤激語。謂即翻駁前首，又即牽引後首，極文情顧盼之妙。

第五首

以下三首，俱爲「齊心同所願」一解反覆詠歎。而此首即從「策高足」句「高」字帶來，故通首以「高」字起、「高」字結，言富貴之地，知心亦不易也。

西北有高樓，上與浮雲齊。交疏結綺窗，阿閣三重階。一解。

「浮雲」二字，是知希之由。第一首云「浮雲蔽白日」，白日可蔽，則何所不蔽矣！此知音之所以希也。○「交疏」二句，即第三首「長衢」一解筆法：但將樓之外見者描寫，而被蔽處隱然言外。古人諷刺藴藉每如此，可知臨文罵世，皆不細心學古法耳。

上有弦歌聲，音響一何悲！誰能爲此曲，無乃杞梁妻。二解。清商隨風發，中曲正徘徊。一彈再三歎，慷慨有餘哀。三解。

先叙聲，次叙曲，次叙歎。瑣細處，用筆俱有位置。

不惜歌者苦，但傷知音希！願爲雙鳴鶴，奮翼起高飛。四解。

伯牙常有，而子期不常有。古今每抱此痛，此詩人一片胸襟也。

第六首

以下三首，又交互唱歎。見相知者亦有之，而未必相聚；相聚者亦有，而又非我相知。文情徙倚，真有横看成嶺側看成峰之妙。◯八句中只得二解，却用六句並起，二句總結，又一手法。

涉江采芙蓉，蘭澤多芳草。采之欲遺誰，所思在遠道。

四句，言我以「所思」爲心。

還顧望舊鄉，長路漫浩浩。聯上作一解。

二句，言「所思」亦以我爲心。若我在舊鄉，有懷遠道，而彼在遠道，未必念舊鄉，安見同心哉。「還顧」二字，代爲彈淚矣。

同心而離居，憂傷以終老。半解。

同心，雙結「思」與「望」；離居，雙結「遠」與「長」。一解中，忽用半解收拾前文，用筆極整齊，又極錯落，非漢魏以下人所能也。

第七首

此首點染處，前後掩映獨絶。

明月皎夜光，促織鳴東壁。玉衡指孟東，衆星何歷歷！一解。白露霑野草，時節忽復易。秋蟬鳴樹間，玄鳥逝安適？二解。

一路紀時，又一路紀物，絶不露夾雜之痕，叙法可匹《月令》。

昔我同門友，高舉振六翮。不念攜手好，棄我如遺迹。三解。南箕北有斗，牽牛不負軛。良無磐石固，虚名復何益！四解。

從促織、秋蟬、玄鳥，映逗出「六翮」句來；從明月、玉衡、衆星、白露，映逗出「南箕」二句來：皆有蛛絲馬迹之妙。○箕斗、牽牛，借用襯染，尤靈幻絶倫。乃知古人使實處，無非鏡花水月。

第八首

以前借閨情之離合，引出人心之異同，遂作反復唱歎，文勢已如脱轡下坂矣。至此，又略頓住，復從閨情提起，備極縱送鬖控之法。○起結各作半解，以爲中間三解引帶，手法又别。

冉冉孤生竹，結根泰山阿。與君爲新婚，兔絲附女蘿。半解。

婦人節堅，君子情固，如泰山之竹，乃云得所托耳，以反振「兔絲」、「女蘿」句。

兔絲生有時，夫婦會有宜。二解。千里遠結婚，悠悠隔山陂。思君令人老，軒車來何遲！三解。傷彼蕙蘭花，含英揚光輝。過時而不采，將隨秋草萎！四解。

言兔絲女蘿，則何敢比泰山之竹？故無根可結，而但云一「附」已也。究竟千里遠隔，過時不采，不特求結根不可得，並求一附亦不可得，則如何如何。情深調曲，十二句竟可作一篇《離騷》讀。◯第九、第十、十一三首，復從此三解中生出，筆法鵜翅而下。若粗心讀之，竟罔測其結胎歸穴何處。

君亮執高節，賤妾亦何爲！半解。

前三解恐嫌迫促，又作義命自安語。飈開一宕，掉尾絶有餘神。

第九首

以下三首，俱從前首迴互成文，機扣相接，直是織錦手。

庭中有奇樹，緑葉發華滋。攀條折其榮，將以遺所思。一解。馨香盈懷袖，路遠莫致之。此物何足貴，但感别經時。二解。

欲如絲蘿相附不可得，不得不折以往贈。然又疑涉自炫矣，故接云「此物何足貴，但感別經時」。「時」字，即從前篇「生有時」「時」字生來。

第十首

此從「千里遠結婚」一解翻出。向猶謂長途間阻，故軒車不來耳，豈知只如牽牛織女，相去無幾也，脱化「室邇人遠」意。

迢迢牽牛星，皎皎河漢女。半解。纖纖擢素手，扎扎弄機杼。終日不成章，泣涕零如雨。二解。河漢清且淺，相去復幾許？盈盈一水間，脈脈不得語。三解。

妙在疊用雙字。俱從織女眼中意中描出：意中自信爲皎皎，眼中却見爲迢迢。其實一水相望，何嘗「迢迢」也。

第十一首

此從「傷彼蕙蘭花」一解翻出，向恐與秋草同萎，故自傷過時耳。抑思人非金石，同歸摇落，又何必沾沾以盛衰感懷乎！

迴車駕言邁，悠悠陟長道。四顧何茫茫，東風摇百草。一解。所遇無故物，焉得不速老！盛衰各有時，立身苦不早。二解。人生非金石，豈能長壽考？奄忽隨物化，榮名以爲寶。三解。

立身處算到榮名兩事，是萬無如何之詞。杜少陵云：「千秋萬歲名，寂寞身後事。」因身前無所效用，聊于身後作虛計耳。寫至此，爲千古忠孝人灑淚矣。〇「各有時」「時」字，即從前篇「過時」「時」字生來。

第十二首

自第八首，復從閨情提起，曲曲折折，説到榮名爲寶，又是山窮水盡處矣，到此，不得不峰迴路轉，即屈平之托言女嬃、漁夫也，文境又闢一層。

東城高且長，逶迤自相屬。半解。

隨地可托，何懷此都？然此意却不明説，而但以半解略寫，皆藴藉處也。

迴風動地起，秋草萋以緑。四時更變化，歲暮一何速。二解。

借秋草引出歲暮，老大迫人，安得不别求展懷之地乎？以下云云。

晨風懷苦心，蟋蟀傷局促。蕩滌放情志，何爲自結束？三解。

引「晨風」，是賓句；引「蟋蟀」，是主句。《晨風》之詩曰：「如何如何，忘我實多。」既忘我矣，何尚惓惓乎！「局促」，即指「晨風」也。

第十三首

此首有與上首合作一首者。然前是勸諭之詞，此是爲其所勸諭之事也，故《昭明選》亦分二首。

燕趙多佳人，美者顔如玉。半解。

一「多」字，前數首中從未經道者。及聞「蕩滌放情志」之論，而後化耿介爲寬大，所言有變調矣。○前後俱以婦人自喻，惟此首獨以佳人喻君。

被服羅裳衣，當户理清曲。音響一何悲，弦急知柱促。二解。

當户理曲，喻求知音也；弦急柱促，喻懷人迫也。特特與前「棄捐」等語意反映。

馳情整巾帶，沉吟聊躑躅。思爲雙飛燕，銜泥巢君屋。三解。

「馳情」二句，十字中，心口手足，無不描出，真叙事神手。而于情艷中，忽接「銜泥巢君屋」句，明明將手拮口瘏，一片綢繆心事，和盤托出。詩人本懷，至此吐露盡矣。

第十四首

筆墨如山水然，有融結處，有脱卸處。融結，其着意處也；脱卸，其不着意處也。必有幾段不着意處，以寬前後之步，使一路連綿滔滾，復就舒徐，而後無促音急節之病。如前文幽情熱血，已盡于「銜泥巢君屋」五字，至此不得不用急脈緩受法。故以下三首，皆所謂脱卸處也。

驅車上東門，遥望郭北墓。白楊何蕭蕭，松柏夾廣路！一解。下有陳死人，杳杳即長暮。潛寐黄泉下，千載永不寤。二解。浩浩陰陽移，年命如朝露。人生忽如寄，壽無金石固。三解。萬歲更相送，賢聖莫能度。服食求神仙，多爲藥所誤。四解。

明知雙飛巢屋之遇，必不可得，故聊作達生之言，以自遣慰耳。

不如飲美酒，被服紈與素。半解。

如此塊壘，非此不消。是悲切語，若作豪快語讀，却辜負深情甚矣。

第十五首

此首與前首同意，而爲驅車出門，已離故鄉，遂復有此首，皆餘波也。

去者日以疏，來者日以親。出郭門直視，但見丘與墳。一解。古墓犁爲田，松柏摧爲薪。白楊多悲風，蕭蕭愁殺人。二解。思還故里閭，欲歸道無因。半解。

欲歸故里，其道無因，故復生出後首來。

第十六首

出門觸處傷心，故急急思歸故里。今雖欲歸不得，却不可因此遂損懷抱也。總是無可奈何中多方自慰之詞，皆餘波也。

生年不滿百，常懷千歲憂。晝短苦夜長，何不秉燭游？一解。爲樂當及時，何能待來兹？愚者愛惜費，但爲後世嗤。二解。仙人王子喬，難可與等期。半解。

第十七首

此首該直接《冉冉孤生竹》一首，而中間却雜入如許波折，文筆縱恣至此。然如此縱筆，而不病開多合少者，中間接縫鬥筍處自緊逼嚴湊耳，此文之貴有來路去路也。

凛凛歲云暮，螻蛄夕鳴悲。涼風率已厲，游子寒無衣。一解。陡接前「游子」兩字，如黄河伏地千里，一旦忽現。

錦衾遺洛浦，同袍與我違。獨宿累長夜，夢想見容輝。二解。于實情中幻出虚景。

良人惟古歡，枉駕惠前綏。願得常巧笑，攜手同車歸。三解。

又于虚景中寫出實情，總是空中樓閣。○前不歸時呼爲「蕩子」，今夢歸時遂稱「良人」：筆法細妙。

既來不須臾，又不處重闈。亮無晨風翼，焉能凌風飛？四解。眄睞以適意，引領遥相睎。徙倚懷感傷，垂涕沾雙扉。五解。

少陵夢太白詩，亦用「羽翼」字。但此是覺後語，彼是夢中語，用法各變。○妙在相見時，不叙一語，含情未吐，低回欲絶。

第十八首

上文反覆説來，只説得我思君子，不曾及君子思我。此兩首忽寫既遺書又遺綺，以見君子雖不還歸，然未嘗遂至棄捐，安得不終身眄想也？讀此，乃歎孟浩然于上前，誦「不才明主棄」詩，可謂不善言情者矣！

孟冬寒氣至，北風何慘慄！半解。

首句呼，次句應，即《豳風》「觱發」、「栗烈」，先叙風，次氣，但句倒耳。

愁多知夜長，仰觀衆星列。三五明月滿，四五蟾兔缺。二解。

《三百篇》中，每有將草木紀時者，如「條枚」、「條肆」之類。此却脱化爲明月滿缺，用法又變。

客從遠方來，遺我一書札。上言「長相思」，下言「久離別」。三解。

此是三歲後追叙之詞耳。不善讀者，每句作一句讀；善讀者，每句作兩句讀。感其寄時情重，是一句，而寄書在三歲前，已云「相思」，已云「久別」，則三歲以後更當何如！望其寄後情重，又是一句。

置書懷袖中，三歲字不滅。一心抱區區，懼君不識察。三解。

自表置書鄭重，是一句。而其字不滅，手札依然，我不敢忘君，君豈反自忘也！望其亦將書鄭重，又是一句。夫古人用筆而有意中之言、言外之意，此賓主旁正之間，貴細察良工苦心也。

第十九首

客從遠方來，遺我一端綺。相去萬餘里，故人心尚爾。一解。文彩雙鴛鴦，裁爲合歡被。著以長相思，緣以結不解。二解。

書是虚言，綺是實物，情又倍切矣。分説由淺及深，妙！○讀法當與前首同。

前書所叙「長相思」、「久離别」，猶未及相聚之樂也。若綺上繡以思鳥，則不忍兩處明矣，故下文又特特再注二語云。

以膠投漆中，誰能别離此？半解。

第二十首

此首總收前十九首，無限熱鬧，盡歸冰雪。知累累千餘言，皆從無字句處架造，皆從無字句處收拾矣。○起結兩解，俱自叙，分列前後，獨將叙游子者作半解插入中間，用筆參差有致。

明月何皎皎，照我羅床幃。憂愁不能寐，攬衣起徘徊。一解。客行雖云樂，不如早旋歸。半解。出户獨彷徨，愁思告當誰？引領還入房，淚下沾裳衣。三解。

看其攬衣而起，將出户也；然不遽出，而先徘徊焉。既徘徊而出，則已出也，然又徘徊而還入房焉，以喻士君子出處之際，鄭重不苟有如此。數筆，竟將一龍一蛇大作用寫盡，莫謂風雅中無經濟也。○入時仍復引領，知意中原未嘗决絶忘出，然畢竟以韜晦爲本領，故還入房耳。夫既韜晦自處，則一腔冰雪，豈悲冷落？而不免下淚者，非是自悲，乃悲人也。所云「終日以眼淚洗面」，山深林密處，往往不乏此等人矣。○讀結句，知二十首字字皆是淚痕，皆從無可奈何中揮灑出來也。○泛觀全文，幾如滿屋散錢，無可收拾，不但作者手忙，且令讀者目眩。然孔子曰：「辭達而已矣。」此句爲作詩文總訣。夫「達」者，非明白曉暢之謂，如衢之諸路悉通者曰「達」，水道之彼此引注者亦曰「達」。故古人用筆，一筆必作數十筆用。如一篇之勢，前引後牽；一句之力，下推上挽；後首之發龍處，即是前首之結穴處；上文之納流處，即是下文之興波處。東穿西透，左顧右盼，究竟支分派別，而不離乎宗。非但逐首分折不開，亦且逐語移置不得。惟達故極神變，亦惟達故極嚴整也。夫古人錦繡如海，不獨韵言爲然。然誠有有心人，由挹勺以觀全濤，始知徒襲著作之名可已也，而細學著作之法，則決不可已也。

貫華堂選批唐才子詩甲集七言律

此書之整理，以清順治十七年貫華堂原刻本《貫華堂選批唐才子詩甲集七言律》爲底本，以清康熙初年賢文堂刻本、民國有正書局排印本參校。

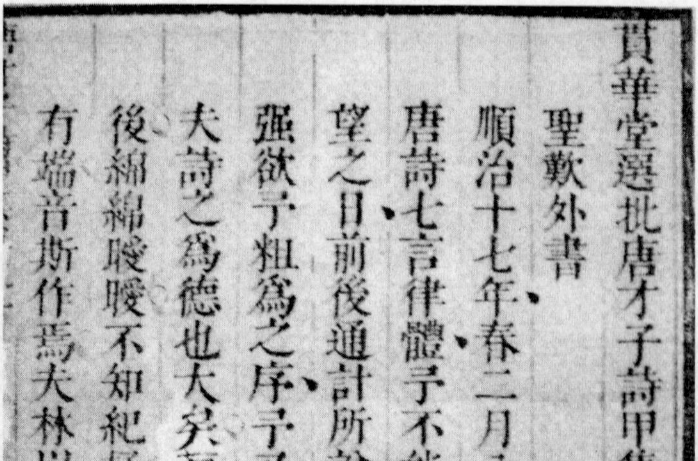
貫華堂選批唐才子詩甲集七言律卷之一

聖歎外書

順治十七年春二月八之日兒子雍强欲予粗說唐詩七言律體予不能辭旣受其請矣至夏四月望之日前後通計所說過詩可得滿六百首則又强欲予粗爲之序予又不能辭也因復序之序曰夫詩之爲德也大矣包乎天地之初貫乎終古之後綿綿曖曖不知紀極虛空無性自然動搖動搖有端音斯作焉夫林以風戛而籟若笙竽泉以五

順治原刻本《貫華堂選批唐才子詩甲集七言律》書影一

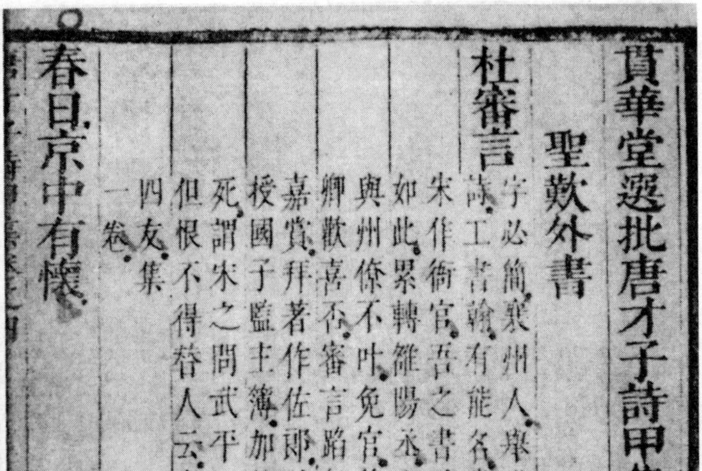

貫華堂選批唐才子詩甲集七言律卷之四上

聖歎外書

杜審言 字必簡，襄州人。舉進士，初爲隰城尉。雅善五言詩，工書翰，有能名。嘗謂人曰：吾之文章，合得屈宋作衙官；吾之書跡，合得王羲之北面。其矜誕如此。累轉雒陽丞，坐事貶授吉州司戶參軍，又與州僚不叶，免官。後則天召見，將加擢用，問曰：卿歡喜不？審言蹈舞謝恩，因令作歡喜詩，甚見嘉賞，拜著作佐郎。神龍初，坐事配流嶺外，尋召授國子監主簿，加脩文館直學士。年六十餘，將死，謂宋之問、武平一曰：我在久壓公等，今且死，但恨不得替人云。與李嶠、崔融、蘇味道爲文章四友。集一卷。

春日京中有懷

順治原刻本《貫華堂選批唐才子詩甲集七言律》書影二

貫華堂選批唐才子詩甲集七言律　目録

卷之一

自序……金聖歎　九一

卷之二

魚庭聞貫……金　雍輯　九五

卷之三

詩目[一]

卷之四上

杜審言二首……一二九

春日京中有懷……一二九

大酺……一三〇

李　嶠一首……一三一

[一] 即所評選唐詩目録。

奉和初春幸太平公主南莊……一三一
沈佺期六首……一三二
興慶池侍宴……一三二
遥同杜員外審言過嶺……一三三
再入道場紀事……一三四
紅樓院……一三五
和上巳連寒食有懷京洛……一三五
龍池……一三六
宋之問三首……一三七
三陽宫石淙侍宴得幽字……一三八
和趙員外桂陽橋遇佳人……一三九
奉和春初幸太平公主山莊……一四〇
崔　湜一首……一四〇
奉和春日幸望春宫……一四一
馬懷素二首……一四一
奉和人日宴大明宫恩賜彩縷人勝……一四二
奉和立春游苑迎春……一四二

武平一一首
立春日內出彩花樹……一四三
劉憲二首
立春日內出彩花樹……一四三
奉和春日幸望春宮……一四四
韋元旦一首
興慶池侍宴……一四四
裴漼一首
龍池……一四五
張説四首
奉和春日幸望春宮……一四六
三月三日承恩游宴定昆池官莊……一四六
幽州新歲作……一四七
滬湖山寺……一四七
蘇頲四首
奉和初春幸太平公主南莊……一四七
興慶池侍宴……一四八

扈從鄠杜間奉呈刑部尚書舅崔黄門馬常侍……一五三
奉和春日幸望春宫……一五四
張九齡一首……一五五
奉和聖製早發三鄉山行……一五五
賈　曾一首……一五六
奉和春日出苑矚目應令……一五六
徐安貞一首……一五七
聞鄰家理箏……一五七
李　邕一首……一五八
奉和初春幸太平公主南莊……一五八
孫　逖一首……一五九
和左司張員外自洛使入京中路先赴長安逢立春日贈韋侍御及諸公……一五九
張　諤一首……一六〇
延平門高齋亭子應岐王教……一六〇
庾光先一首……一六一
奉和劉採訪縉雲南嶺作……一六一
李　憕一首……一六二

奉和聖製從蓬萊向興慶閣道中留春雨中春望之作……一六二
賈　至一首
早朝大明宫呈兩省僚友……一六三
王　維十五首
大同殿生玉芝龍池上有慶雲百官共睹聖恩便賜宴樂敢書即事……一六四
酬郭給事……一六六
早秋山中作……一六六
敕賜百官櫻桃……一六七
積雨輞川莊作……一六八
既蒙宥罪旋復拜官伏感聖恩竊書鄙意兼奉簡新除使君等諸公……一六九
酌酒與裴迪……一七〇
春日同裴迪過新昌里訪吕逸人不遇……一七一
過乘如禪師蕭居士嵩丘蘭若……一七二
和賈至舍人早朝大明宫呈兩省僚友之作……一七三
出塞作……一七四
敕借岐王九成宫避暑……一七五
奉和聖製從蓬萊向興慶閣道中留春雨中春望之作……一七五

和太常韋主簿五郎温泉寓目……一七七
送楊少府貶郴州……一七八
裴　迪一首
春日與王右丞過新昌里訪吕逸人不遇……一七八
孟浩然三首
除夜有懷……一七九
登安陽城樓……一八〇
春情……一八一

卷之四下

王昌齡二首
萬歲樓……一八一
九日登高……一八三
高　適五首
同陳留崔司户早春宴蓬池……一八四
夜別韋司士得城字……一八五
東平送前衛縣李寀少府……一八五
重陽……一八六

送李少府貶峽中王少府貶長沙……一八九
崔　顥二首……一九〇
黄鶴樓……一九〇
行經華陰……一九二
岑　參九首……一九三
西掖省即事……一九四
九日使君席奉餞衛中丞赴長水……一九四
奉送杜相公發益州……一九五
暮春虢州東亭送李司馬歸扶風别廬……一九六
首春渭西郊行呈藍田張二主簿……一九七
和賈至舍人早朝大明宫呈兩省僚友之作……一九七
和祠部王員外雪後早朝即事……一九八
赴嘉州過城固縣尋永安超禪師房……一九九
使君席夜送嚴河南赴長水得時字（存目）
李　頎五首……二〇〇
送魏萬之京……二〇〇
題璿公山池……二〇〇

寄綦毋三……二〇一
宿瑩公禪房聞梵……二〇二
送司勛盧員外……二〇二
祖　詠一首……二〇三
望薊門……二〇三
萬　楚一首……二〇四
五日觀妓……二〇四
綦毋潛一首……二〇五
經陸補闕隱居……二〇五
崔　曙一首……二〇六
九日登仙臺呈劉明府容……二〇六
元　結一首……二〇七
橘井……二〇七
嚴　武一首……二〇七
巴嶺答杜二見憶……二〇八
張　謂四首……二〇九
春園家宴……二〇九

杜侍御送貢物戲贈……二一〇
別韋郎中……二一〇
西亭子言懷……二一一
劉方平一首
秋夜寄皇甫冉鄭豐……二一一
陶峴一首
西塞山下迴舟作……二一二
獨孤及一首
同皇甫侍御齋中春望見示之作……二一三
張志和一首
漁父……二一四
李白七首
登金陵鳳凰臺……二一五
題雍丘崔明府丹竈……二一五
送賀監歸四明……二一六
題東溪公隱居……二一七
鸚鵡洲……二一八

寄崔侍御 …… 二二一
別中都兄明府 …… 二二一
劉長卿十七首 …… 二二二
漢陽獻李相公 …… 二二二
獻淮寧軍節度李相公 …… 二二三
贈別嚴士元 …… 二二四
登餘干古城 …… 二二四
將赴嶺外留題蕭寺遠公院 …… 二二五
使次安陸寄友人 …… 二二六
送耿拾遺歸上都 …… 二二六
送陸澧倉曹西上 …… 二二七
自夏口至鸚鵡洲望岳陽寄阮中丞 …… 二二八
江州重別薛六柳八二員外 …… 二二九
送柳使君赴袁州 …… 二二九
題靈祐和尚故居 …… 二三〇
登松江驛樓北望故園 …… 二三一
送靈徹上人還越 …… 二三一

過賈誼故居……………………………………………………一三二
北歸入至德界偶逢鄰家李光宰……………………………一三二
賦得……………………………………………………………一三三

卷之五上

錢　起四首……………………………………………………一三四
幽居暮春書懷…………………………………………………一三四
闕下贈裴舍人…………………………………………………一三五
山中酬楊補闕見過……………………………………………一三五
夜宿靈臺寺寄郎士元…………………………………………一三六
包　何三首……………………………………………………一三七
闕下芙蓉………………………………………………………一三七
和程員外春日東郊即事………………………………………一三七
同閻伯均宿道觀有述…………………………………………一三八
秦　系二首……………………………………………………一三九
獻薛僕射………………………………………………………一三九
題章野人山居…………………………………………………一四〇
李嘉祐六首……………………………………………………一四一

題游仙閣息公廟……二四一
題靈臺縣東山主人……二四二
早秋京口旅泊贈張侍御……二四三
自蘇臺至望亭驛人家盡空春物增思悵然有作因寄從弟紓……二四三
送朱中舍游江東……二四四
暮春宜陽郡齋愁坐忽聞杜劉七侍御詩因以酬答……二四五
韓　翃七首……二四六
題仙游觀……二四六
送王少府歸杭州……二四七
送李少府入蜀……二四八
送冷朝陽還上元……二四九
送高别駕歸汴州……二五〇
送故人赴江陵尋庾牧……二五〇
送客歸江州……二五一
皇甫冉七首……二五二
同温丹徒登萬歲樓……二五二
宿淮陰南樓酬常伯能……二五三

使往壽州寄劉長卿……二五三
秋日東郊作……二五四
酬李補闕……二五五
酬張二倉曹楊子所居見寄兼呈韓郎中……二五六
送孔巢父赴河南軍……二五六
韋應物四首……二五七
宴李録事……二五七
自鞏洛舟行入黄河即事寄府縣僚友……二五八
寓居澧上精舍寄于張二舍人……二五九
寄李儋元錫……二六〇
皇甫曾二首……二六〇
早朝日寄所知……二六一
秋夕寄懷素上人……二六二
郎士元四首……二六二
春宴王補闕城東別業……二六三
酬王季友題半日村別業兼呈李明府……二六三
還贈錢員外夜宿靈臺寺見寄……二六四

蓋少府新除江南尉問風俗……二一六五
盧　綸三首……二一六五
長安春望……二一六六
晚次鄂州……二一六六
早春歸盩厔舊居寄耿拾遺湋李校書端……二一六七
耿　湋一首……二一六七
上裴行軍中丞……二一六八
司空曙五首……二一六八
南原望漢宫……二一六九
酬李端校書見贈……二一六九
題暕上人院……二一七〇
寄胡處士……二一七一
九日登高……二一七二
李　益二首……二一七二
送賈校書東歸寄振上人……二一七三
同崔頒登鸛雀樓……二一七三
崔　峒一首……二一七四

寄上韋蘇州兼呈吴縣李明府……一一七四
竇叔向一首……一一七五
夏夜宿表兄宅話舊……一一七五
李　端二首……一一七五
宿淮浦憶司空文明……一一七六
送濮陽録事赴忠州……一一七六

卷之五下

張南史一首……一一七八
陸勝宅秋雨中探韵……一一七八
朱　放一首……一一七九
早發龍且館舟中寄東海李司倉鄭司户……一一七九
竇　常一首……一一八〇
寒食塗次松兹渡先寄劉員外……一一八〇
竇　牟一首……一一八一
秋居對雨贈别盧七侍御……一一八一
于　鵠一首……一一八一
送宫人入道……一一八二

楊郇伯一首
妓人出家……二八二
戴叔倫五首……二八三
和汴州李相公人日立春……二八三
贈司空拾遺……二八四
過故人陳羽山居……二八五
酬耿少府見寄……二八六
過賈誼舊居……二八七
朱灣一首……二八七
尋隱者韋九于東溪草堂……二八八
王建二十一首……二八八
早春午門西望……二八九
獻王樞密……二九〇
早秋過龍武李將軍書齋……二九〇
送從侄凝赴江陵少尹……二九一
上陽宫……二九二
華清感舊……二九三

同于汝錫游降聖觀……二九三
寄舊山僧……二九四
題金家竹溪……二九五
題石甕寺……二九六
賀楊巨源博士拜虞部員外……二九六
贈盧汀諫議……二九七
從軍後寄山中友人……二九八
贈崔杞駙馬……二九八
微雪早朝……二九九
送宮人入道……三〇〇
送司空神童……三〇一
歲晚自感……三〇一
聞説……三〇二
送吴諫議上饒州……三〇三
故梁國公主池亭……三〇三
武元衡四首……三〇四
崔敷歎春物將盡恨不同覽時余方爲事牽求及往尋不遇因題留贈……三〇四

秋夕對雨寄史近崔積……三〇五

嚴司空荊南見寄……三〇六

春題龍門香山寺……三〇六

王　表一首……三〇七

清明日登城春望寄大夫使君……三〇七

權德輿三首……三〇八

田家即事……三〇八

待漏假寐夢歸江東舊居因思惠闍黎茅處士……三〇九

送李處士弋陽山居……三一〇

劉禹錫十二首……三一一

金陵懷古……三一二

松滋渡望峽中……三一二

送李庾先輩北選……三一三

張郎中籍遠寄長句開緘之日已及新秋因舉目前仰酬高韻……三一四

懷妓……三一五

送周使君罷渝州歸郢中別墅……三一五

荊門懷古……三一六

再授連州至衡陽酬柳柳州贈別……三一六
漢壽城春望……三一七
竇夔州見寄寒食日憶故姬小紅吹笙因和之……三一八
題于家公主舊宅……三一八
竇朗州見示與澧州元郎中早秋贈作命同答……三一九
羊士諤二首
郡中即事……三二〇
郡中言懷寄西川蕭員外……三二〇
陳　羽一首
夜別温商梓州……三二一
卷之六上
韓　愈七首
和水部張員外宣政衙賜百官櫻桃詩……三二三
左遷至藍關示侄孫湘……三二三
答張十一功曹……三二四
酒中留上襄陽李相公……三二四
晉公自蔡州入覲途中重拜台司以詩示幕中賓客愈因之……三二五
……三二六

韶州留別張端公使君……三二七
奉和庫部盧四兄曹長元日朝迴……三二八
柳宗元七首……三二九
從崔中丞過盧少府郊居……三二九
登柳州城樓寄漳汀封連四州……三三一
衡陽與夢得分路贈別……三三二
別舍弟宗一……三三三
同劉二十八哭呂衡州寄江陵李元二侍御……三三三
柳州寄丈人周韶州……三三四
得盧衡州書因以詩寄……三三五
楊巨源十六首……三三五
寄江州司馬……三三六
送章孝標校書歸杭州因寄白舍人……三三七
古意贈王常侍……三三七
寄中書同年舍人……三三八
送人過衡州……三三九
薛司空自青州歸朝……三四〇

酬盧員外……三四〇
冬夜陪丘侍御聽崔校書彈琴……三四一
題賈巡官林亭……三四二
和大夫邊春呈長安親故……三四三
贈渾鉅中允……三四四
送定法師歸蜀法師即紅樓院供奉廣宣上人兄弟……三四四
早朝……三四五
贈張將軍……三四六
觀征人回……三四六
送澹公歸嵩山龍潭寺葬本師……三四七
張　籍三首……三四八
寄和州劉使君……三四八
寄蘇州白二十三使君……三四九
寄陸渾趙明府……三五〇
白居易九首……三五〇
送王十八歸山寄題仙游寺……三五一
香爐峰下新卜山居草堂初成偶題東壁……三五二

尋郭道士不遇……三五二
臨卧聽法曲霓裳……三五三
餘杭形勝……三五四
履道池上作……三五四
舟中晚起……三五五
湖上春行……三五五
西湖晚歸迴望孤山寺贈諸客……三五六
元　稹七首……三五七
過襄陽樓呈上府主嚴司空樓在江陵節度使宅北隅……三五七
和樂天早春見寄……三五九
鄂州寓館嚴澗宅……三五九
清都春霽寄胡三吴十一……三六〇
早春尋李校書……三六一
初除浙東妻有沮色以詩曉之……三六一
贈嚴童子……三六二
李　紳八首……三六二
入泗口……三六三

江南春暮寄家……三六四
滁陽春日懷果園閑宴……三六四
迴望館娃故宫……三六五
重到惠山……三六六
憶春日太液池亭東候對……三六六
臯橋……三六七
晏安寺……三六七
賈島四首……三六八
早秋寄題天竺靈隱寺……三六八
題虢州吴郎中三堂……三六九
寄韓潮州愈……三七〇
送盧少府歸牛渚……三七〇
朱慶餘四首……三七一
自蕭關望臨洮……三七一
羽林郎……三七二
歸故園……三七二
題廢宅……三七三

卷之六下

李商隱二十九首……三七四
七夕……三七四
聖女祠……三七五
重過聖女祠……三七六
哭劉蕡……三七七
隋宮……三七七
二月二日……三七八
籌筆驛……三七九
即日……三七九
馬嵬……三八〇
題白石蓮花寄楚公……三八一
宿晉昌亭聞驚禽……三八二
淚……三八三
楚宮……三八三
贈從兄閬之……三八四
井絡……三八五

寫意……三八六
安定城樓……三八六
杜工部蜀中離席……三八七
曲池……三八八
潭州……三八九
王十二兄與畏之員外相訪見招小飲時余以悼亡日近不去因寄……三八九
流鶯……三九〇
七月二十九日崇讓宅宴作……三九一
和人題真娘墓……三九二
水齋……三九二
韓同年新居餞韓西迎家室戲贈……三九三
子初郊墅……三九四
贈趙協律晳……三九四
贈司勛杜十三員外……三九五
温庭筠二十首……三九六
春日訪李十四處士……三九六
南湖……三九七

過馬嵬驛……三九八
經李徵君故居……三九九
寄岳州李員外……三九九
游南塘寄知者……四〇〇
寄盧生……四〇一
春日偶作……四〇一
和友人溪居別業……四〇二
贈知音……四〇三
過陳琳墓……四〇三
題崔公池亭舊游……四〇四
西江上送漁父……四〇五
利州南渡……四〇五
山中與道友夜坐聞邊防不寧因示同志……四〇六
寒食前有懷……四〇七
宿雲際寺……四〇七
河中陪節度游河亭……四〇八
寄清涼寺僧……四〇九

傷李處士……四〇九
杜　牧十五首
九日齊山登高……四一〇
題青雲館……四一一
寄題甘露寺北軒……四一一
題宣州開元寺水閣……四一二
早雁……四一三
西江懷古……四一三
齊安郡晚秋……四一四
長安雜題……四一五
又……四一五
街西……四一六
宣州送裴坦判官往舒州時牧欲赴官歸京……四一七
自宣城赴官上京……四一七
柳……四一八
商山麻礀……四一九
殘春獨來南亭因寄張祜……四一九

卷之七上

許　渾三十三首 …… 四二一
姑蘇懷古 …… 四二一
南庭夜坐貽開元禪定二道者 …… 四二二
韶州驛樓宴罷 …… 四二三
鶴林寺中秋夜玩月 …… 四二三
鄭秀才東歸憑達家書 …… 四二四
咸陽城西門晚眺 …… 四二五
登故洛陽城 …… 四二六
早發天台中岩寺度關嶺次天姥岑 …… 四二六
淮陰阻風寄楚州韋中丞 …… 四二七
和友人送僧歸桂州靈岩寺 …… 四二八
驪山 …… 四二八
傷李秀才 …… 四二九
與韓鄭二秀才同舟東下洛中親友送至景雲寺 …… 四三〇
姑熟官舍 …… 四三〇
淩歊臺送韋秀才 …… 四三一

滄浪峽……四三二
再游姑蘇玉芝觀……四三二
重游練湖懷舊……四三三
村舍……四三三
四皓廟……四三四
南海府罷南康阻淺行侶稍稍登陸主人宴餞至頻暮宿東溪……四三五
凌歊臺……四三五
金陵懷古……四三六
京口閑居寄京洛友人……四三七
卧病……四三八
酬錢汝州……四三八
寓居開元精舍酬薛秀才見貽……四三九
送王總歸丹陽托看故居……四四〇
晨起白雲樓寄龍興江淮上人兼呈竇秀才……四四〇
灞上逢元九處士東歸……四四一
秋晚自朝臺至韋隱居郊園……四四二
將歸姑蘇南樓餞送李明府……四四二

汴河亭……四四三
李　遠四首……四四四
聽話叢臺……四四四
失鶴……四四五
贈南岳僧……四四五
聽王氏子話歸州昭君廟……四四六
趙　嘏十五首……四四七
長安晚秋……四四七
齊安早秋……四四八
長安月下與故人語故山……四四八
東望……四四九
題横水驛雙峰院松……四五〇
登安陸西樓……四五〇
曲江春望懷江南故人……四五一
憶山陽……四五二
憶山陽……四五三
早發剡中石城寺……四五四

今年新先輩以遏密之際每有宴集必資清談……四五四
經漢武泉……四五五
送盧緘歸揚州……四五六
寄歸……四五六
寒食新豐別故人……四五七
薛　逢六首……四五八
開元後樂……四五八
長安夜雨……四五九
漢武……四五九
獵騎……四六〇
宮詞……四六一
題白馬驛……四六一
姚　鵠一首……四六二
玉真觀尋趙尊師不遇……四六二
劉　威一首……四六二
游東湖黃處士園林……四六三

卷之七下

劉　滄十五首……四六四
秋夕山齋即事……四六四
秋日寓懷……四六五
秋日山寺懷友人……四六五
經龍門廢寺……四六六
咸陽懷古……四六七
題王母廟……四六八
留别復本修古二上人……四六八
懷汶陽兄弟……四六九
江樓月夜聞笛……四七〇
春晚旅次有懷……四七〇
和友人憶洞庭舊居……四七一
晚歸山居……四七二
長洲懷古……四七二
經麻姑山……四七三
經煬帝行宫……四七四

項斯二首……四七四
宿山寺……四七五
山行……四七五
雍陶五首……四七六
送徐山人歸睦州舊隱……四七六
經杜甫舊宅……四七七
到蜀後記塗中經歷……四七八
贈玉芝觀王尊師……四七九
晴……四七九
來鵬二首……四八〇
寒食山館書情……四八〇
鄂渚除夜書懷……四八一
崔魯三首……四八一
春日即事……四八二
過蠻溪渡……四八二
春晚岳陽言懷……四八三
曹鄴二首……四八四

碧潯宴上有懷知己……四八四
送進士下第歸南海……四八四
李群玉七首……四八五
黄陵廟……四八五
送秦鍊師歸岑公山……四八六
玉真觀……四八六
金塘路中……四八七
九子坡聞鷓鴣……四八八
同鄭相公出歌姬小飲戲贈……四八九
秣陵懷古……四八九
李郢九首……四九〇
贈羽林將軍……四九〇
江亭晚秋……四九一
晚泊松江驛……四九一
重陽日寄浙東諸從事……四九二
友人適越路過桐廬寄題江驛……四九三
裴晉公……四九三

江亭春霽……四九四
暮春山行田家歇馬……四九五
送劉谷……四九六
李　頻四首……四九六
湘中送友人……四九七
和友人下第北游感懷……四九七
題張司馬別墅……四九八
鄂州頭陀寺上方……四九九
劉得仁一首……四九九
贈敬晊助教……五〇〇
方　干四首……五〇〇
題烏龍山禪居……五〇一
法華寺上方……五〇二
贈式上人……五〇二
湖北有茅齋湖西有松島輕棹往返頗諧素心因成四韵……五〇三
翁　綬一首……五〇四
隴頭……五〇四

卷之八上

司空圖一首 …… 五〇五
寄贈詩僧秀公 …… 五〇五
張喬一首 …… 五〇六
河中鸛雀樓 …… 五〇六
胡曾二首 …… 五〇七
寒食都門作 …… 五〇七
自嶺下泛舟到清遠峽作 …… 五〇八
唐彦謙三首 …… 五〇九
長陵 …… 五〇九
蒲津河亭 …… 五一〇
寄懷 …… 五一一
章碣一首 …… 五一二
桃源 …… 五一二
沈彬一首 …… 五一二
入塞 …… 五一三
皮日休七首 …… 五一三

西塞山泊漁家……五一四
開元寺客省早景……五一四
初冬偶作寄南陽閏卿……五一五
寄閏卿博士……五一五
褚家林亭……五一六
病後即事……五一七
奉和魯望新夏東郊閑泛有懷……五一八

陸龜蒙十首……五一八

鵁鶄……五一九
別墅懷歸……五二〇
寒夜同襲美訪北禪院寂上人……五二〇
小雪後即事……五二一
中秋後待月……五二二
閑書……五二三
春雨即事……五二三
同襲美游北禪院院是故司勛陸郎中舊宅……五二四
奉送浙東德師侍御罷府西歸……五二五

褚家林亭……五二六
李　穀一首……五二六
浙東罷府西歸酬別張廣文皮先輩陸秀才……五二七
鄭　璧一首……五二七
哭開元觀顧道士……五二七
魏　朴一首……五二八
悼鶴……五二八
李　洞一首……五二九
槃驢……五二九
曹　唐四首……五三〇
送羽人王錫歸羅浮……五三〇
送劉尊師祇詔闕庭……五三一
暮春戲贈吴端公……五三二
贈南岳馮處士……五三三
鄭　谷五首……五三三
鷓鴣……五三四
渚宫亂後作……五三五

渼陂……五三五
登慈恩寺塔……五三六
石城……五三七
崔塗二首……五三七
春夕旅懷……五三八
鸚鵡洲春望……五三八
張蠙二首……五三九
邊情……五三九
贈九江太守……五四〇
蘇廣文一首……五四一
自商山宿陶令隱居……五四一
周朴二首……五四一
桐柏觀……五四二
登福州南澗寺……五四三
吳融十二首……五四三
金橋感事……五四四
彭門用兵後經沛路……五四四

廢宅……五四五
富春……五四六
新安道中玩流水……五四六
春歸次金陵……五四七
浙東筵上有寄……五四八
書懷……五四八
送知古上人……五四九
和陸拾遺詠諫院松……五四九
即事……五五〇
東歸次瀛上……五五一

卷之八下

韓　偓九首……五五二
春盡……五五二
重過曲江……五五三
三月……五五四
午睡夢江外兄弟……五五四
過臨淮故里……五五五

避地寒食……五五五
途中經野塘……五五六
傷亂……五五七
禁中作……五五八
曹　松二首……五五八
別湖上主人……五五九
南海旅次……五五九
劉　兼一首……五六〇
夢歸故園……五六〇
王貞白一首……五六〇
洗竹……五六一
韋　莊十六首……五六一
奉和左司郎中春物暗度感而成章……五六一
雪夜泛舟游南溪……五六二
鄜州留別張員外……五六三
柳谷道中作却寄……五六四
憶昔……五六四

天井關……五六五
江上題所居……五六五
鵰鴞……五六六
鄠杜舊居……五六六
庭前桃……五六七
悼亡姬……五六七
灞陵道中……五六八
江皋贈別……五六九
婺州屏居蒙右省王拾遺軒車枉訪病中延款不得因成寄謝……五六九
咸陽懷古……五七〇
題盤豆驛水館後軒……五七〇
黄　滔三首……五七一
寄懷南北故人……五七一
雁……五七二
送僧……五七二
李咸用二首……五七三
題王處士山居……五七三

春日喜逢鄉人劉松……五七三
廖匡圖一首……五七四
九日陪董内召登高……五七四
韋蟾一首……五七四
送盧潘尚書之靈武……五七四
羅隱九首……五七五
曲江春感……五七五
桃花……五七六
重過隨州故兵部李侍郎恩知因抒長句……五七七
商驛樓東望有感……五七七
梅花……五七八
送舒州宿松縣傅少府……五七九
蓮塘驛……五七九
憶九華……五八〇
寄前宣州竇常侍……五八一
羅鄴一首……五八二
征人……五八二

譚用之四首　五八二
贈索處士　五八三
寄左先輩　五八三
秋宿湘江遇雨　五八四
秋夜同友人話舊　五八五
徐寅二首　五八五
贈黄校書先輩璞閑居　五八六
覽柳渾汀洲採白蘋之什因成　五八六
伍喬一首　五八七
晚秋同何秀才溪上　五八七
無名一首　五八八
游朱陂故少保杜公林亭　五八八
皎然一首　五八九
晚春尋桃源觀　五八九
清江一首　五八九
喜嚴侍御蜀還贈嚴秘書　五八九
護國一首　五九〇

傷蔡處士……五九〇
貫休一首……五九〇
獻蜀王建……五九一
齊己四首……五九一
中秋月……五九一
寄廬岳僧……五九二
聞尚顔上人創新居有寄……五九二
送人入蜀……五九三
曇域一首……五九四
懷齊己上人……五九四
若虛一首……五九五
樂仙觀……五九五
栖一二首……五九五
武昌懷古……五九五
懷廬山舊隱……五九六

貫華堂選批唐才子詩甲集七言律卷之一

聖歎外書

順治十七年春二月八之日，兒子雍强欲予粗說唐詩七言律體，予不能辭，既受其請矣；至夏四月望之日，前後通計所說過詩可得滿六百首，則又强欲予粗爲之序，予又不能辭也，因復序之。

序曰：夫詩之爲德也大矣！　苞乎天地之初，貫乎終古之後，綿綿曖曖，不知紀極。虛空無性，自然動摇。動摇有端，音斯作焉。夫林以風戛而籟若笙竽，泉以石礙而淙如鐘鼓[一]，春暘照空而花英亂發，秋涼蕩階而蟲股切聲。無情猶尚弗能自已，豈以人而無詩也哉。離乎文字之先，緣于怊悵之際。性與情爲挹注，往與今爲送迎。送者既渺不可追，迎者又欻焉善逝。于是而情之所注無盡，性之受挹爲不窮矣。其爲狀也，既結體以會妙，又散音以流妍；初吐心以爍幽，轉附物而起耀。其堅也洞乎金石，其輕也比于絲篁，其遠也追乎鬼神，其近也應于風雨。斯皆元化之所未嘗陶鈞，江山之所不及相助者也。蓋是眉睫動而早成于內，喉咯轉而畢寫于外。彼豈又欲借揮灑于筆林，

[一]「石」，貫華堂本、賢文堂本作「五」，據有正本改。

求潤澤于墨江者哉。蒼帝未生，有繩無字。黄鐘先鼓，展氣應律。律之所應，謳吟遍野。于是丱角孺子，荷簑笠而長謡；舊袖女兒，置懿筐而太息。太息之聲，即是孔聖之所莫删；長謡之語，乃爲卜氏之所伏讀。固不待解繩而撰字，貫字以爲文，夫而後托肺腑于音辭[一]，樹芳馨于文翰者也。《三百》之目，傳乎泗水。始《關》終《撻》，各分章句。章句之興，所由來矣。章者段也，赤白曰章，謂比色相宣，則成段也。斐然成章，亦言成段則可觀攬也；爲章于天，言其成段非散非叠也。句者勾也，字相勾連，不得斷也。又言連字之盡，則可勾而絶之也。夫花本依于萼跗，而花有韡韡之千重；暈特托于雲河，而暈有熊熊之萬狀。由來妙舞迴風，必有綴兆之位；清歌流塵，不失抗墜之節。此固凡物之恒致，而非學士之雕撰矣。先師崛興，衆稱大匠，雖由獨秀，實妙兼通。兼通者，先師之才；獨秀者，先師之道。才非道，固無醖釀；道非才，亦難翱翔。此譬如大海必潛大龍，而亦不讓魚蝦；大山必稱大材，而亦旁羅莎蘚者也。況其周流天涯，曾與萬變徘徊；迨于退老故鄉，復遭四時侵逼。因而隨物宛轉，既各得其本情；加之縱心往還，遂轉瑩其玄照。由是而手提劈岳之筆，筆濡溢海之墨，墨臨雲浄之簡，簡作參天之書。而亦曾不出于静女夭夭之桃花，征人依依之楊柳，黄鳥嚶嚶之小響，草蟲趯趯之細材者，此固其所也。是故其篇有幾章，章有幾句，而止换一字，其餘全同者，初吟則恐鬱陶，更端始當條暢也；其篇有幾章，而章無定句，句無定字，又全不同者，求伸固只一理，難伸遂仗多言，先欲置理以横斷，既仍

[一]「而」，賢文堂本作「然」。

轉言而得達也。又有幾章全同，而一章獨異者，或情文相纏，而遽吐飈焰，或彌縫久之，而終露廉鍔也；又有章句全異，而末句必同者，衆音繁會，而適期悦耳，膏薌齊化，而意在甘口，口之所甘，耳之所悦，乃在于斯，則不自覺忽忽乎其屢稱之也。凡此者，雖非出上聖元始之手，實已經上聖珪璋之心。正如離離夜鐙，既托昭昭白日；則固鍠鍠洪鐘，非復錚錚細響。況此又直九合十五諸侯，會星弁以對敭一人；匪特三顧七十二子，持丹漆以流通萬世。則其命爲學術之奥區，尊曰王人之鴻教，騰躍于《離騷》、樂府之上，彪炳于大《易》、《尚書》之間，堂堂乎獨自成經，其誰謂不宜哉？自是而降，屈、宋變響；沿流相傳，漢、魏不絶。漢自河梁而外，實有枚叔、傅仲；魏當建安之初，並稱王、徐、應、劉。其餘又有嵇、阮清峻而遥深，左、陸析文以雕采。吾嘗閑訪乎翰墨之林，固亦竊駭于龍鸞之多也。然而王迹歇矣，風人不存，即有榮華，何關制作？惜乎停雲妙筆，尚嗟其狂狷不及受裁也已；豈況玉樹新聲，乃欲與《風》、《雅》居然接續者也。

天不喪文，聿挺大唐，斨斧乍息，人文隨變。聖情則入乎風雲，天鑒則比乎日月，帝心則周乎神變，王度則合乎規矩。于是乘去聖之未遠，依名山之多才，酌六經之至中，製一代之妙格。選言則或五或七，開體則起承轉收。選言或五或七者，少于五則憂其促，多于七則悲其曼也；開體起承轉收者，先欲其如威鳳之樹耀，繼欲其如祥麟之無迹也。當其時也，上自殿廷，下行郡縣，内連宫闥，外涉關河，以至山阿蕙帳之中，破院芋爐之側，滄江蓬舟之上，怨女錦機之前，固無不波遭風而盡靡，山出雲而成雨矣。

夫詩之爲言「詘」也，謂言之所之也；詩之爲物「志」也，謂心之所之也。心之所之，必于無邪，此孔子之法也。心之所之，必于無邪；而言之所之，不必其皆無邪，此則鄭、衛不能全删，爲孔子之戚也。今也一敬遵于孔子之法，又乘之以一日之權，而使心之所之必于無邪，言之所之亦必于無邪。然則唐之律詩，其真爲《三百》之所未嘗有也。夫聖者，天之所命以斟酌群言也；王者，天之所命以總一衆動也。聖人之事，王者必不能代；王者之事，聖人必不敢尸。然而孔子之時，世無王者，則孔子固于斟酌群言之暇，亦既總一衆動矣，如哀周東遷，而奮作《春秋》是也。大唐之時，世無孔子，則大唐固于總一衆動之便，亦遂斟酌群言矣，如懲隋浮艷，而特造律體是也。故夫唐之律詩，非獨一時之佳搆也，是固千聖之絶唱也，吐言盡意之金科也，觀文成化之玉牒也。其必欲至于八句也，甚欲其綱領之昭暢也；其不得過于八句也，預坊其蕪穢之填厠也。其四句之前開也，情之自然成文，一二如獻歲發春，而三四如孟夏滔滔也；其四句之後合也，文之終依于情，五六如涼秋轉杓，而七八如玄冬肅肅也。故後之人如欲豫悦以舒氣，此可以當歌矣；如欲愴怏以疏悲，此可以當書矣；如欲婉曲以陳諫，此可以當諷矣；如欲揄揚以致美，此可以當頌矣；如欲辨雕以寫物，此可以當賦矣；如欲折衷以談道，此可以當經矣。何也？《三百》猶先爲詩而後就删，唐律乃先就删而後爲詩者也。

大《易》學人金人瑞法名聖歎述撰。

貫華堂選批唐才子詩甲集七言律卷之一終

學人顧祖頌孫聞校過

貫華堂選批唐才子詩甲集七言律卷之二

聖歎外書

魚庭聞貫

男　雍　釋弓　集撰

雍既于今年二月吉日，力請家先生上下快説唐人七言律體，得五百九十五首，從旁筆受其語，退而次第成帙矣。既復自發敝簏，又得平日私鈔家先生與其二三同學所有往來手札。中間但有關涉唐詩律體者，隨長隨短，雍皆隨手割截，去其他語，止存切要，都來可有百三四十餘條。今揀去其重叠相同者，止録得三十餘條。又根括先生居常在家之書，其頭上尾後，紙有空白之處，每多信筆題記。其凡涉律體者，又得數十餘條。又寒家壁間柱上，有浮貼紙條，或竟實署柱壁。其有説律體者，又得數十餘條。一一羅而述之，亦復自成一卷。既不敢没先生生平勤勤之心，又思從來但有一書之前，必有凡例一通，今亦于義爲近，因遂列之于首也。

一[一]、松樹子便已如法種訖，今初離立如人也。誠得天假弟二十年，無病無惱，開眉吃飯，再將胸前數十本殘書一一批注明白，即是無量幸甚，如何敢望「老作龍鱗」歲月哉。謝謝！尊教諷弟書，注當以《世説》劉孝標爲最勝者。此語人所同習，弟豈不聞？但弟今愚意且重分解，分解本是唐律詩中一定平常之理，何足嘵嘵多説。特無奈比來不説既久，驟説便反見怪，故弟不避醜拙，試欲盡出唐人諸詩，與之逐首分之。然則先生謂弟與唐人分解則可，謂弟與唐人注詩，實非也。王摩詰十二首先馳覽，願洞照愚意之所存。其辭則皆兒子之所筆受，最似荒略，宜應稍加潤澤。然而弟意則都不在此。答王道樹學伊

二、昨道樹有手札，微諷弟注書應如劉孝標。昔李北海，以其尊人諱善所注《文選》未免釋事忘義，乃更別自作注，一一附事見義。尊人後見而知不可奪也，因而與己書兩行之。今弟亦不敢詆劉之釋事忘義，亦不敢謂己之附事見義。總之，弟意只欲與唐律詩分解。「解」之爲字，出《莊子·養生主》篇所謂「解牛」者也。彼唐律詩者有間也，而弟之分之者無厚也。以弟之無厚，入唐律詩之有間，猶牛之謋然其已解也。知比日選詩甚勤，必能力用此法。近來接引後賢，老婆心熱，無逾先生者，故更切切相望。與徐子能增

三、承諭欲來看弟分解，弟今壘塞前户，未可得入。先曾有王摩詰十二首在道樹許，或可索看。所以先呈道樹看者，道樹與弟同學三十年，其英分過弟十倍；又且知弟最深，愛弟

[一]　各條之首序號數字，爲整理者所加，仿金聖歎《讀第六才子書西廂記法》例，以便徵引。

最切，弟有不當，能面諍之。昨亦恐有不當，欲其面諍，故特私之也。今如索得，看有不當處，便宜直直見示。此自是唐人之事，至公至正，勿以爲弟一人之事而代之忌諱也。答徐子能

四、法師常説比丘入定相貌，弟子目今與唐律詩分解，恰恰正如其事。蓋比丘入定，必須奮迅而入，出則必須安庠而出。今律詩之一二，正是其奮迅；三四，正是其深住定中；五六，正是其安庠求出；七八，正是其已出定來也。蓋一二如不奮迅，即三四決不得住定中；乃五六如不安庠求出，即七八亦更無從出之處。弟子目今所以只説得兩句話，兩句話者，一句是一二必要奮迅而入，一句是五六必要安庠而出。此亦從法師邊學得，絕非別有異事也。將暑，伏維法體珍重。萬萬！答西堂總持法師

五、昨在葑溪浮橋邊，忽然有人問某：分解委是如何？某遽答以「開弓放箭」之喻，云：前解如弓來體，後解如弓往體。蓋弓來體，在初拽開時，眼之所注，箭之所直，更無旁及，而後引之而必至于滿也。今一二，正如初拽開時之眼之所注、箭之所直，更無旁及也；三四，不過如引之而必至于滿也。弓往體，在既放箭後，其所到處必中要害，而時亦有不得中要害者，則其既滿臨放之時手法之異也。今七八，正如箭到之必得中要害也；五六，則如既滿臨發之時之手法也。此喻最是快意，歸記于此。唱經堂東柱上

六、承教：律詩八句本是一首，如分解，則恐似兩首。此語乃大錯。今且如人有一口氣，若問修禪定人，則必分之曰安那般那。安那般那者，言一出息、一入息也。分之爲一出息、一入息者，彼正欲明此一口氣之有來處有去處，而欲調之至于適中，不欲如牛馬之喘聲茀

然也。而翁便謂一口氣被人分作兩口氣，有是理乎？知翁之爲詩，喘聲茀然矣。一笑，不罪！答人

七、昨弟偶遇閑人，説及律詩分解一事，弟銜口遽以弓之來體往體爲喻。既歸而轉思轉快也，因更奉述：夫弓體則何來往之與有？祇爲射箭人拽之盡來，所以放之乃疾去也。且人又未知射箭人之祇爲欲其放之疾去，故特地拽之盡來也。先生試細思此喻，便可直透老杜「群山萬壑赴荆門，生長明妃尚有村」與「千載琵琶作胡語，分明怨恨曲中論」之四句二十八字。弟眼中豁達開悟，未見有如先生者，故不覺又津津言之也。外《入蜀記》未如《吴船録》，當覓出呈覽。與吴稽蒼灝

八、辱過獎，弟乃不敢承。弟念唐詩實本不宜分解，今弟萬不獲已而又必分之者，祇爲分得前解，便可仔細看唐人發端；分得後解，便可仔細看唐人脱卸。自來文章家最貴是發端，又最難是脱卸。若不與分前後二解，直是急切一時指畫不出，故弟亦勉强而故出于斯也。

答顧掌丸慈旭

九、承問唐「律詩」之「律」字。此爲「法律」之「律」，非「音律」之「律」也。自唐以前初無此稱，特是唐人既欲以詩取士，因而又出新意，創爲一體：一起、一承、一轉、一合，勒定八句，名曰「律詩」。如或有人更欲自見其淹贍者，則又許于一起一承之後，未曾轉筆之前，排之使開，平添四句，得十二句，名曰「排律」。此皆自古以來之所未有，而爲唐之天子之所手自定奪者也。當時天下，非無博大精深之士也，然而一皆頫首其中，兢兢不敢或畔。于是以其爲一代煌煌之令

甲也，特尊其名曰「律」。排律則直用「排闥」之「排」字，甚言律詩八句之中間，其法度遒而緊，婉而緻，甚非容易之所得排也者。則「排」之爲言，乃用力之字也。此政如明興之以《書》義取士也。明祖既欲屈天下博大精深之士，一皆頫首肆力于四子之書矣。既而三年試之，則又自出新意，創爲一體：一破、一承、一開、四比。一時天下之士，其説四子之義，縱有至于明若日月、浩若江河者，如苟不用其法度，斯司衡者不得而妄收，求試者亦不得而妄干也。于是以其爲一代煌煌之令甲也，特尊其名曰「制」，言義固四子之義，而制乃一王之制也。夫唐人之有律詩之云，則猶明人之有制義之云也。必若混言此或音律之律，則凡屬聲詩，孰無音律，而顧專其稱于近體八句也哉？深秋，當過西晚村，爲先生詳説其事，且便欲奉托。

答徐翼雲學龍

十、昨讀尊教，云「詩在字前」。此只一語，而弟聽之，直如海底龍吟，其聲乃與元化合並，豈復章句小兒所得模量哉！感激感激！弟因而思倉帝造字[一]，自是後天人工；若詩，乃更生天生地。設使澒洞之初，竟復無詩，則是天地或久矣其已歇也。但今詩莫盛于唐，唐詩莫盛于律。世之儒者不察，猥云唐律詩例必五字爲句，或七字爲句，八五則四十字，八七則五十六字，其意殆欲便認此四十字與五十六字爲詩也者。殊不知唐詩之字，固倉帝之字；若唐詩之詩，固倉帝已前澒洞之初之詩也。或者又疑唐詩氣力何便遂至于此，則吾不知尊教所云字前之詩，又指何詩哉。弟比者實曾盡出有唐諸大家名家，反覆根切讀之。見其爲詩，悉不在字，悉

［一］「倉」，各本均作「蒼」，徑改。

復離字别有其詩，因而忽然發興，意欲與之分解，或使後世之人不止見唐詩之字，而盡得見唐詩之詩，亦大快事！然又自顧身手無力，胡便得濟？仰望援接，乃非一端。與許庶庵之溥

十一、詩非異物，只是人人心頭舌尖所萬不獲已，必欲説出之一句説話耳。儒者則又特以生平爛讀之萬卷，因而與之裁之成章，潤之成文者也。夫詩之有章有文也，此固儒者之所矜爲獨能也。若其原本，不過只是人人心頭舌尖萬不獲已，而必欲説出之一句説話，則固非儒者之所得矜爲獨能也。承示新作，便欲入許用晦之室矣。與家伯長文昌

十二、詩非異物，只是一句真話，弟近日所以決意欲與唐律詩分解也。弟見世人説到真話，即開口無不鬱勃注射者，轉口無不自尋出脱、自生變换者。此不論英靈之與懵懂，但是説到真話，即天然有此能事，天然有此平吐出來一句，連忙收拾一句；又天然必是二句，必不是一句。今唐律詩正復如此：前解，便是平吐出來之一句，所謂鬱勃注射之句也；後解，便是連忙收拾之一句，所謂自尋出脱、自生變换之句也，所謂真話也。然不與分解，却如何可認？承快許與弟共事，便請携篋相過，弟顒望顒望！與顧掌丸

十三、詩如何可限字句？詩者，人之心頭忽然之一聲耳。不問婦人孺子，晨朝夜半，莫不有之。今有新生之孩〔一〕，其目未之能眴也，其拳未之能舒也，而手支足屈，口中啞然。弟熟視之，此固詩也。天下未有不動于心，而其口有聲者也；天下未有已動于心，而其口無聲

〔一〕「孩」，貫華堂、賢文堂本作「孨」，據有正本改。

者也。動于心，聲于口，謂之詩，故子夏曰：「在心爲志，發言爲詩。」故「志」之爲字，從之從心，謂心之所之也；「詩」之爲字，從言從之，謂言之所之也[二]。心之所之，謂之志焉[三]；言之所之，斯有詩焉。故詩者，未有多于口中一聲之外者也。唐之人撰律，而勒令天下之人，必就其五言八句，或七言八句。若果篇必八句，句必五言七言，斯豈又得稱詩乎哉？弟固知唐律詩，乃斷斷不出天下人人口中之一聲。弟何以知之？弟與之分解而後知之。魯桐聲今在何處？弟欲與之往返十許日，搜盡此老詩學。與許青嶼之漸

十四、辱垂注，弟比來體中粗好。連日日長無事，止是閑分唐人律詩前後二解，自言樂耳。乃復有人謂弟奇特，不知弟正復扯淡，何奇特也！弟因尋常見世間會説話人，先必有話頭，既必有話尾。話頭者，謂適開口，渠則必然如此説起。蓋如此説起，便是説話；不如此説起，便都不是説話是也。話尾者，既已説過正話，便又亟自轉口云，如今且合云何是也。亦頗見人説話無頭尾者，一時衆人便笑爲此是不會説話人。今弟所分唐律詩之前後二解，正即會説話人之話頭話尾也。弟亦誠恐人作詩直至無頭無尾，故不自惜出手相爲也。夫作詩無頭無尾，而又苦作不休，此極似一人問云：「今早某人特來，有何説話？」其人笑云：「我亦曾細聽之，直是不曾説話也。」佳醞拜領，如何可謝？答韓貫華嗣昌

[二]「所之」，貫華堂本、賢文堂本作「所知」，據有正本改。

[三]「志」，貫華堂本、賢文堂本作「言」，據有正本改。

十五、昨正午，大雨時行，弟閑坐無事，因審看其來勢去勢。其來也，正猶唐律詩之前解也；其去也，正猶後解也。適門旁立一老嫗，弟試問之：「此雨來去，頗有異否？」老嫗矢口便答：「來去總是一雨，又有何異？」弟即笑而頷之。彼固不看來時鬱乎欲壓人，使人不敢少動氣息；去時只是蕩蕩然，使人意消也。今律詩之前解一二，其來也，未有不鬱乎欲壓人，使人不敢少動氣息者也；若其後解五六，則未有不蕩蕩而去，使人意消者也。而世之人乃皆不知，此非不知，此固直如老嫗之不看故也。與王斲山瀚

十六、辱先生信弟最過，今獨不信弟律詩分解一事；知非不信，只是不輕信耳。弟昔分《周易》上篇爲天地之盛德，下篇爲聖人之大業，此最不易信事，而先生一聞便自慨然。今又偏于區區近體，乃更難之。人固有見大敵勇、小敵怯時耶？弟行年向暮，住世有幾？設有不當，轉盼身後，豈能禁人噦罵哉。今因先分得老杜七律數十餘首，特命雍兒繕寫呈正。若此數十餘首，其中乃有一首却是中四句詩者，便請下筆，快然批之駁之，直直示弟。弟于世間，不惟不貪嗜欲，亦更不貪名譽。胸前一寸之心眷眷，惟是古人幾本殘書，自來辱在泥塗者。却不自揣力弱，必欲與之昭雪。只此一事，是弟前件[一]，其餘弟皆不惜。與任昇之炅

十七、前呈上老杜七律分解四十一首，仰冀奮筆批駁。顒顒六七早暮矣，未見有以教我，豈竟置不盼耶？抑弟尚應少俟也？弟自幼最苦冬烘先生，輩輩相傳「詩妙處正在可解

[一]「前」，有正本作「全」。

不可解之間」之一語。弟親見世間之英絶奇偉大人先生，皆未嘗肯作此語。而彼第二第三隨世碌碌無所短長之人，即文口中不免往往道之。無他，彼固有所甚便于此一語。蓋其所自操者至約，而其規避于他人者乃至無窮也。今弟雖更何候先生再至六七早暮，亦無妨也。獨願先生必賜奮筆批駁，明白有以惠弟。當則弟且拜焉，不當，弟亦不以相怨。但斷斷不願亦作「妙處可解不可解」等語。與任昇之

十八、與唐律詩分解，如何算得一件事。譬如把將鬆合來開看，乃云此一扇是蓋，此一扇是底，未可算得一件事也。我若再説，便又似是一件事。今只將唐律詩自去細看，便知果然一扇是蓋，一扇是底，我説不大僻錯也。與家叔若水麗

十九、人皆能言太虛空中，着不得雲點，我亦言太虛空中，如何却可着八句詩。今日與之分之，便見唐人律體清空皎潔，猶如太虛空中，無有絲毫雲點。唱經堂東柱上

二十、分解而後知唐人律體之嚴，直是一字不可得添，一字不可得減也。如使不分，便可成句皆與改換。分解豈細事哉！與顧掌丸

二一、分解不是武斷古人文字，務宜虛心平氣，仰觀俯察，待之以敬，行之以忠。設使有一絲毫不出于古人之心田者，矢死不可以攙入也。直須如此用心，然竊恐時時與古尚隔一間道。與顧掌丸

二二、昨有針客至舍，偶然説及針法，云：「只用指頂撚針，略作來去，便是病人周身補瀉。」弟聞而大樂之，天地間固有如此至理。因遂告以我分唐律詩正猶是也：前解一補也，後

解一瀉也，只在指頂略作來去，初不費力也。此事本乃易曉，却無人見許。既承獨契，肯過再説之否？與天在師

二三、比來不知起于何人［一］，一眼注射，只顧看人中間三四五六之四句，便與嘖嘖嗟賞不住口。殊不曉離却一二，即三四如何得好；不到七八，即五六如何得好耶？且三四五六，初亦並不合成一群，三四自來只是一二之羨文，五六自來只是七八之换頭。譬如伯勞飛燕，其性遲疾東西，自來不在一處。三四生性自來是向前，五六生性自來是向後。今忽然前去其前，後去其後，却將並不相合之四句，挺然束之如四條玉笋，此豈非文林一端怪事。與張才斯志皐

二四、弟曾戲喻比來説唐律詩者，極似窮措大闌入豪貴人家酒席，歸而向其鄉里私數之也，曰：「今早我曾擾得某人，甚是厭飫。一碗是東坡之猪，一碗是右軍之鵝，一碗是魯望之鴨，一碗是張翰之鱸。」除此四碗之外，方論：「兩頭設放小菜，亦俱是早韭晚菘，别樣名蔬，不似我家惡草具也。」此豈不好笑！與伯長文

二五、且先生亦試思：文人除不動筆即已耳，文人纔動筆，便自眼底胸前，平添無數高深曲折，此殆非數十百行之得以速了者也，而如之何乃以八句相限？　今限之以八句，而彼仍得極盡其眼底胸前之無數高深曲折者，祇賴分前分後，則雖一寸之闊之紙，而實得以恣展其破空之行故也。如曰不分，則是令之眼底胸前所有高深曲折，悉不得以少伸也。不則是其眼

［一］「于何」，貫華堂本、賢文堂本作「何于」，據有正本改。

底胸前，乃曾無有高深曲折也。與沈方思永啓

二六、前、後解雖是一樣難作，然而前解比後又難。試想一二起手，一時擎筆向空，真問何處討取。若是既已討得一二來時，早是不愁無三四也。然則前解一二三四雖是一樣難作，而一二比三四又難也。答内父韓孫鶴俊

二七、前解斷然不是後解，後解斷然不是前解。此譬如果核中仁相似，雖是兩瓣只成一合，然定是一瓣略雌，一瓣略雄。詩有前後解，亦是一解略雌，一解略雄者也。答秦齊祖松年

二八、前解之一二，極似猛虎只待振威出林，更不怕三四無有風砂相助；又如竹林到雷動後，斗然發起丈許大笋，更不怕三四不笑出鳳尾般枝葉也。與戴雲葉鎬

二九、弟今再作譬喻：一二，分明便是一位官人，大步上堂來；三四，則是官人兩旁之虞候節級，只等官人坐了，便與他吆呼排衙也；七八，是官人倦怠欲退堂；五六，是又換兩名人從，擡將官人入去也。弟更無可奈何，作此出像譬喻，豈猶不相曉？與李東海榮宇

三十、承惠硯材，便付好人手開斲去矣。後來凡有點注，請皆從此硯出，不敢没知己之盛心也。感謝感謝！弟看唐律詩，其一二起時，不惟胸中早有七八，其筆下亦早自有七八。弟因悟其因有七八，故有一二也。七八如不從一二趁勢，固是神觀索然；然一二如不從七八討氣，直是無痛之呻吟也。來教正與鄙意如掌中書字，獨奈隔此數千里何？答周計百令樹

三一、賤恙遂得愈，不以爲分律憂也。承注念，謝謝！自來唐律，無有脱却一二，另自作三四者。一二正如畫家之落骨，三四則如畫家之皴染。一二落骨，以待三四皴染；三四皴

染;以完一二落骨。與王斲山

三二、一二最是出力,三四從來只是省力。一二,如開創人從白地上做起,須是全副見識,全副氣力,全副胸襟,全副福德,一齊具備,然後可以大呼集事。三四,只是繼體守文,不差綫路而已。至若賴其黼黻盛業,則誠有之。杜詩紙尾

三三、來教云:「一二定而三四定矣。」甚善甚善!此始爲知唐律詩三四者也。但弟愚意尚有進者:一二定而全詩皆定,豈直三四定而已哉。蓋一二發筆,其直至全詩與止到三四,其間大小、厚薄、深淺、高低,乃至是非,相去極遠。故謂一二定而三四定者,此自是門下深看三四,灑然有得之語。謂之知三四則可矣,要未可謂之知一二也。答許升年定升

三四、弟自幼聞海上採珊瑚者,其先必深信此海當有珊瑚,則預沉鐵網其下,凡若干年,以俟瑚珊新枝漸長過網,而後乃令集衆盡力,舉網出海,而珊瑚遂畢舉也。唐律詩一二,正猶是矣。凡遇一題,不論小大,其猶海也。先熟睹之,如何當有起句,其猶深信海之有珊瑚處也。因而以博大精深之思爲網,直入題中,盡意躊躕,其猶沉海若干年也。既得其理,然後奮筆書之,其猶集衆盡力舉網出海也。書之而擲于四筵之人讀之,無不卓然以驚,其猶珊瑚之出海粲然也。與熊素波如灝

三五、人本無心作詩,詩來逼人作耳。貫華堂東柱

三六、一題必有一要害,得其要害,方可下筆作起。斷斷不得云我且閑閑吟之,看有好景來,再任填之。如此,便是心頭本自無詩,何苦又必要作?與陳玉祠慈實

三七、承訂同過蒨老，弟翹足相待三日夕，都不見台駕來，豈竟忘之耶？抑有別冗乎？蒨老天分高，心地厚。唐律詩分解一事，弟直望其一擔挑去。蓋天分高，則能眼看八句五十六字中間虛空之處；心地厚，則能推原八句五十六字都無一字之前，是從何處生來，以後說到何際即住。與戴雲葉

三八、獨有唐律詩是一片心地，一段學問。前四句多出自心地，後四句却出自學問。學問，非用得幾個字句之謂而已。與許升年

三九、弟昨與升兄書，有唐律詩出自一片心地之語。此何必臣忠子孝、思家戀國等煌煌大篇，方爲合弟此意？只是尋常即景詠物之章，固莫不從至誠惻怛流出，是以爲可貴可美也。弟見吴下，獨有高陽諸許純是一片心地。今又用弟此言，再看得唐人律詩一遍，知必有進焉者也。與許人華定貴

四十、弟固不肖無似，然自幼受得菩薩大戒，讀過《梵網》「心地」一品。因是比來細看唐人律詩，見其章章悉從心地流出。所謂心地者，只是忍辱、知足、樂善、改過，四者盡之也。弟今乍語，亦知難信，何得此四者便是心地耶？且何得唐律詩乃是此四者耶？弟茲亦不曾云唐律詩却是此四者，弟亦只云唐律詩必從此四種人胸中，始得流出耳。與邵蘭雪點

四一、弟昨與蘭老論唐律詩，曾云必須忍辱、知足、樂善、改過。此言除蘭老外，竊恐河漢者不少。今于紙尾亦乘便求政。夫人不忍辱，不知足，不樂善，不改過，即斷斷未有能爲律詩者也。律詩一起、一承、一轉、一合，只是四句，每句只用七字，視之甚似平平無異，然其中

間則有崎嶇曲折、苦辣甜酸，其難萬狀，蓋曾不聽人提筆濡墨、伸腕便書者也。爛醉天真，潑墨淋漓，無如青蓮先生。然試觀其律詩七章，何章不從崎嶇曲折、苦辣甜酸之後，乃始得成耶？或曰：八叉手便已得。此自是見其臨賦之時，殊不知其不賦詩時，固無有一時片刻不心心于忍辱、知足、樂善、改過也者，此所謂心地也。《法華經》曰：「羅睺羅密行，惟我能知之。」此所謂密行也。先生半生，于是四者，亦可謂勤行甚苦，特不肯輕易作詩。且亦須知唐諸大家名家，皆不肯輕易作詩者也。弟分解一畢，望細看過。與韓貫華

四二、律詩在八句五十六字中間空道中。若止看其八句五十六字，則只得八句五十六字。杜詩紙背

四三、唐人每每互相傳誦三四或五六之四句，乃至有因詩二句，得名一時者。想是既得起句後，與未到結句時，此一承一轉，亦殊大難事也。唱經堂東壁

四四、承問：「加意只作中間四句，其弊何自而起。」弟生既晚，亦何從知？以意揣之，則疑正是唐人自起。蓋其一起一結，自是本人開胸平吐，固更不須造作。至于既起之後，用兩句作承；未結之前，用兩句作轉。此時爭奇鬥艷，正復多財善賈，因而人人貫珠，家家編貝。此風一扇，其波遂靡。當時固不料今日之一至于斯，今日亦不料當時之乃爲如此也。與張原田梅牲

四五、今人加意作中間四句，其端必是起于唐人。蓋此體既以取士，則居恒揣摩之時，其才者組練，不才者抄撮。當時亦必有如今世之備考脚本，一時沿習既便，即不免父兄以教，

子弟以學，紛然盡出于斯，而毫不以爲恥者。後人不得其故，便以爲詩只要作此中間四句。殊不知彼固多多預儲，以俟試日之用得與用不得。而今則一捹得四句，即不顧用得與用不得，便自裝頭裝尾，要算一首詩也。然否？與殷嘉生丽

四六、詩與文，雖是兩樣體，却是一樣法。一樣法者，起承轉合也。除起承轉合，更無文法；除起承轉合，亦更無詩法也。學作文，必從破題起；學作詩，亦必從第一二句起。從第一二句起，方謂之詩，爲其有起承轉合也。不見人學作文，却先作中二比也。示顧祖頌孫聞、韓寶衵魏雲

四七、七言律詩，雖較五言又多一十六字，然畢竟爲地至偪窄矣，那可于其中間又聽一字落空？杜詩書頭

四八、七言律詩八七五十六字，便是五十六座星辰，一座一座皆有自家職掌，一座一座又有大家聯絡。豈可于其中間，忽然孛一妖星，非但無所職掌，乃至無其着落。與叔祖正士佶

四九、唐律特未易看也：有詩八七五十六字，字字皆有原故，如龍鱗遍身，鱗鱗出雨；有詩八七五十六字，只得一字二字是其原故，如龍鱗爪萬變，却只爲一珠。與劉生三古洵

五十、一詩也，有人讀之而喜，有人讀之而悲者，則以一詩通身寫喜，而其中間乃于不意之處，却悄然安得一字，又安得者是一虛字。而一時粗人讀之，以不覺故，于是遂喜；細人讀之，則恰恰注眼射見此字，因而遂更悲也。與王勤中憲武

五一、作詩須説其心中之所誠然者，須説其心中之所同然者。説心中之所誠然，故能應

筆滴淚；説心中之所同然，故能使讀我詩者應聲滴淚也。今如作中四句詩，此爲心中之所誠然者乎？此爲心中之所同然者乎？若唐律詩，亦只作得中之四句，則何故今日讀之，猶能應聲滴淚乎？ 答沈匡來元鼎

五二、唐人思厚力大，故律詩本前後分解，而彼字字悉以萬卷之氣行之。于是人之讀之者，更不睹其有出入起伏之迹也。後之人先不曾讀萬卷，及看唐律詩，又不見其有出入起伏之迹，于是誦其一句，誤認一意，遂謂四句四意，甚至有詩誤謂其八句八意，因而又復矻矻然逐句作之。 答閔康祉雲祈

五三、唐律詩凡寫景處，所用一切花木蟲鳥等物，彼俱細細知其名字、相貌、性情、香氣、療治、占驗，無不精切，先時羅列胸中，一齊奔走腕下。故有時合用幾物，却是只成一義。今之人不然，寫一物只是一物，寫兩物便是兩物；甚至欲作閑齋即事詩，假如庭中却有三五樣物，彼則心手沾沾然，竟不知應寫此物耶，應寫彼物耶。 答陸予載志輿

五四、唐人作詩會分解，故有好起好結；今人不會分解，故無好起好結也。唐人有好起好結，故三四五六，雖復堆金砌碧，皆如清空；今人無好起好結，故中間但有一珠一翠，皆可剔取作别處鑲嵌也。新分李義山十餘首，先呈教。 與吴敬生

五五、弟讀唐人七言近體，隨手閑自鈔出，多至六百餘章，而其中間乃至並無一句相同。弟因坐而思之：手之所捻者筆，筆之所蘸者墨，墨之所着于紙者，前之人與後之人，大都不出雲山花木、沙草蟲魚近是也，舍是即更無所假托焉。而今我已一再取而讀之，是何前之人與

後之人，雲山花木、沙草蟲魚之猶是，而我讀之之人之心頭眼底，反更一一有其無方者乎？此豈非其一字未搆以前，胸中先有渾成之一片，此時無論雲山乃至蟲魚，凡所應用，彼皆早已盡在一片渾成之中乎？不然而何同是一雲一山一蟲一魚，而入此者不可借彼，在彼者更不得安此乎？與許祈年來光

五六、初欲作詩，且先只作前解，且先只學唐人一二起法，三四承法。唐人一二起如鬱勃，則三四承之必然條暢，條暢所以宣泄其鬱勃也；唐人一二起如閑遠，則三四承之必然緊峭，緊峭所以逼取其閑遠也。起如敘意，則承之必急寫景，寫景以證我意也；起如寫景，則承之必急敘意，敘意以銷我景也。小處説起，則承之必説到大處；大處説起，則承之必説到小處。順起，則承之必以逆；逆起，則承之必以順。空起，則承之必以實；實起，則承之必以空。直起者，必曲承之；逼起者，必寬承之。高提筆起者，必根切承之；低屈筆起者，必浩衍承之。精赤骨律起者，必恣媚承之；堆金砌碧起者，必雪淡承之。此是唐人前解四句一定方法。汝欲學時，不妨于私室無人之處，擇取數十百首，盡截去其後解，且先細學前解。前解入手，而後解如破竹矣。與季日接晉

五七、三四不比五六，此是一詩正面，措語最要温厚，最要綿密，最要高亮，最要嚴整，最要鮮新，最要矯健，最要藴藉，最要委婉。作温厚語切忌頹唐，作綿密語切忌拖沓，作高亮語切忌叫嘯，作嚴整語切忌迂板，作鮮新語切忌韶稚，作矯健語切忌傲岸，作藴藉語切忌寡淡，作委婉語切忌弛散。示雍

五八、三四寫得穠麗，最是好手。但好手寫到穠麗時，必是空無一字。吴周維之升

五九、三四寫得平淡，最是好手。但好手寫到平淡時，必是咬咀之其中有無限至味。唱經堂西柱

六十、三四自來只是承之一體，不必用力太過。若上文發筆意在起句，則三四可盡承起句；若發筆意在次句，則可盡承次句；若發筆起句次句盡有意，則三四必須雙承之。雙承之者，或是順承，或是逆承。順則三承一，四承二；逆則三反先承二，四乃徐承一也。此只是唐人出手極平常事，人自不察。玄解如先生，必能許我。答蔡九霞方炳

六一、三四，自來無不承一二，却從横枝矗出兩句之理。若五六，便可全棄上文，徑作横枝矗出，但問七八之肯承認不肯承認耳。答家叔勝私希仁

六二、承問：「唐人三四必承一二，此理以何爲驗？」甚爲欣感。我亦只以眼前幾篇爛熟詩驗之耳：只是李太白「吴宫花草」、「晉代衣冠」，便是承「鳳去臺空」；郎君胄「月在上方」、「心持半偈」，便是承「夜叩禪扉」；錢員外「幽溪鹿過」、「深樹雲來」，便是承「紅泉翠壁」；杜工部「西望瑶池」、「東來紫氣」，便是承「承露金莖」；「遂有馮夷」、「始知嬴女」，便是承「上帝高居」；「自去自來」、「相親相近」，便是承「清江一曲」。蓋云江本不曲，若得清江而肯一曲，則環抱之村，便成絶境。我于其中，既不設橋，亦不置艇，滔滔長夏，寂寂無人。問誰去來，則有江燕；孰與親近，則指閑鷗。此正翻《論語》舊句成新詩，猶言斯人之徒吾不敢與，禽鳥差可與同群。答陳漢瑞

六三、弟固非知詩者，但弟實曾細認唐律詩矣。三四決非五六也，五六是一詩已到迴身轉向之時，若三四則固，方當一詩正面也。今之詞家，乃欲令三四五六便如兩行榆柳，成對森列，斯實過矣。答史夔友爾祉

六四、詩非無端漫作，必是胸前特地有一緣故，當時欲忍更忍不住，于是而不自覺衝口直吐出來，即今之一二起句是也。但其衝口直吐出來之時，必要借一發端，或指現景，或引故事，或竟直叙，或先空歎。當其作勢振落之際，法更不得不先費去十數來字，而于是其胸前所有特地之一緣故，乃竟只存得三四字矣。因而緊承三四，快與疏説。此固萬萬不得不然，一定之常理，亦初非奇事也。答沈文人永令

六五、律詩如四時，一二須條達如春，三四須蕃暢如夏，五六須揫歛如秋，七八須肅穆如冬。先生澄懷味道之暇，試復盡出唐人名作，處處測之。與宋疇三德宏

六六、唐人三四多作側卸，最是好看，而老杜爲尤得其法。如：「羞將短髮還吹帽，笑倩傍人爲正冠」；「老去詩篇渾漫興，春來花鳥莫深愁」；「常怪偏裨終日待，不知旌節隔年回」；「永夜角聲悲自語，中天月色好誰看」；「郡人入夜爭餘瀝，稚子尋源獨不聞」；「楚妃堂上色殊衆，海鶴階前鳴向人」；「我已無家尋弟妹，君今何處訪庭幃」；「石出倒聽楓葉下，櫓摇背指菊花開」；「竹葉于人既無分，菊花從此不須開」；「遷轉五州防禦使，起居八座太夫人」；「負鹽出井此溪女，打鼓發船何郡郎」；「悵望千秋一灑淚，蕭條異代不同時」；「不爲困窮寧有此，祇緣恐懼轉須親」；「豈謂盡煩回紇馬，翻然遠救朔方兵」；「乘舟取醉非難事，下

峽銷愁定幾廻」；「花徑不曾緣客掃，蓬門今始爲君開」；「此時對客遥相憶，送客逢春可自由」；「昔去爲愁亂兵入，今來已恐隣人非」；「但使閭閻還揖讓，敢論松竹久荒蕪」；「安得仙人九節杖，拄到玉女洗頭盆」；「酒債尋常行處有，人生七十古來稀」；「且看欲盡花經眼，莫厭傷多酒入脣」；「苦遭白髮不相放，羞見黄花無數新」；「更爲後會知何地，忽漫相逢是别筵」；「萬里傷心嚴譴日，百年垂死中興時」；「豈有文章驚海内，漫勞車馬駐江干」；「已知出郭少塵事，更有澄江銷客愁」，皆是意思沉着，音節悲涼。使人只讀其一句十四字，便如讀得賈誼《治安》三策與莊子《齊物》一篇，真是天上人間，直上直下，異樣快活，更非平舉二句之得比也。示雍又與顧掌丸

六七、三四必欲如崔汴州「白雲千載空悠悠」，此豈可復得哉？當時惟有李青蓮「芳洲之樹何青青」，分明便是一筆脱成。然而上之三句，早已所失無算。沛公真是天授，胡可以學之也。答章湘御静宜

六八、唐人三四，如：「纔是寢園春薦後，非關御苑鳥銜殘」；「只言啼鳥堪求侣，無那春風欲送行」；「到來函谷愁中月，歸去磻溪夢裏山」；「鴻雁不堪愁裏聽，雲山況是客中過」；「越人自貢珊瑚樹，漢使何勞獬豸冠」；「葉縣已泥丹竈畢，瀛洲當伴赤松歸」；「寒雨送歸千里外，春風沉醉百花前」；「江客不堪頻北望，塞鴻何事又南飛」；「漁父置辭相借問，郎官能賦許依投」；「世事茫茫難自料，春愁黯黯獨成眠」；「真僧出世心無事，静夜名香手自焚」；「能令瀑水清人境，直取流鶯送客杯」；「青鏡流年看髮變，白雲芳草與心違」；「已被秋

風教憶鱠，更聞寒雨勸飛觴」；「正當秋風渡遼水，那值遠道傷離群」；「暫驚風燭難辭世，便是蓮花不染身」；「丹闕未承雙鳳詔，開門空對楚人家」；「不見山中人半載，依然松下屋三間」；「夜半聽鷄梳白髮，天明走馬入紅塵」；「京邑舊游勞夢想，歷陽秋色正澄鮮」；「豈似滿朝承雨露，共看傳賜出青冥」；「欲爲聖朝除弊事，肯將衰朽惜殘年」；「組紃常在佳人手，刀尺空勞寒女心」；「知愛魯連歸海上，可令王翦在頻陽」；「楚山遠色獨歸去，灞水空流相送回」；「更無新燕來巢屋，大有閑人去看花」；「由來碧落銀河畔，可要金風玉露時」；「一春夢雨常飄瓦，盡日臨風不滿旗」；「玉璽不緣歸日角，錦帆應自到天涯」；「徒令上將揮神筆，終見降王走傳車」；「空庭苔蘚饒霜露，時夢西山老病僧」；「迎憂急鼓疏鐘斷，分隔休燈滅燭時」；「巧囀豈能無本意，良辰未必有佳期」；「自欲放懷猶未得，不知經世又何如」；「塵世難逢開口笑，菊花須插滿頭歸」；「何人更結王孫襪，此客空彈貢禹冠」；「兩見梨花歸不得，每逢寒食一潸然」；「千年事往人何在，半夜月明潮自來」；「一自仙娥歸碧落，幾年春雨洗紅蘭」；「行人自笑不歸去，瘦馬獨吟真可哀」；「正穿詰曲崎嶇路，更聽鈎輈格磔聲」；「題詩朝憶復暮憶，見月上弦還下弦」；「居士秪今開梵處，先生舊是草玄堂」；「高窗曲檻仙侯府，折葦荒芹白鳥家」；「故山歲晚不歸去，高塔天晴獨自登」；「曹公尚不能容物，黄祖何因反愛才」；「聖主尚嫌蕃界近，將軍莫恨漢庭遥」；「人在下方衝月上，鶴從高處破烟飛」；「看處便須終日住，算來寧得此身閑」；「四時最好是三月，一去不回惟少年」；「空庭日午獨眠覺，旅夢天涯相見回」；「惟對松篁聽刻漏，更無塵土翳虚空」；「爲客正當無雁處，故園誰道有書來」；「皆言洞裏千株好，未勝庭前一樹幽」；「雨裏共尋幽磵菊，樽前俱是故鄉人」；「四海共誰言近事，九原從此負初心」；「錦字莫辭連夜織，塞鴻常是到春歸」；「細草擁壇行不得，落花沉磵水流香」，其法皆側卸而下，最是好手。先生試一一尋出，連上二抗聲讀之，便知近日中間四句之斷斷非是。弟無似，人不肯信，得先生三吴才子一言，實爲重輕！與尤展成侗

六九、三四只得十四字，而于其中下得四數目字者，如高達夫「百年將半仕三已，五畝就荒天一涯」，真是絶代妙筆。後來乃又有柳子厚「一身去國六千里，萬死投荒十二年」，便更于十四字中，下却六數目字，此所謂「强中更有强中手」也。與沈鱗長龍昇

七十、李義山詩曰：「杜牧司勳字牧之，清秋一首杜秋詩。前身應是梁江總，名總還應字總持。」此更無餘人得步其後者。忽又見韓冬郎詩曰：「岸上花根總倒垂，水中花影幾千株。一株一影寒山裏，野水野花清露時。」便是一對好手也。與顧晦年陳曨

七一、唐人三四，最喜側卸而下，弟既嘗爲同學之人言之矣。乃或于一樣側卸中，又每每有作拗一句法者，此又非側卸之謂，不可不致辨也。如：「只言啼鳥堪求侣，無那春風欲送行」；「朝瞻雙頂青冥上，夜宿諸天色界中」；「逋客未能忘逸興，辟書翻遣脱荷衣」；「江客不堪頻北望，塞鴻何事又南飛」；「不見山中人半載，依然松下屋三間」；「已脱素衣參幕客，却爲精舍讀書人」；「客舍莫辭先買酒，相門曾忝並登龍」；「巧囀豈能本無意，良辰未必有佳期」；「浮世本來多聚散，紅蕖何事亦難披」；「一名我漫居先甲，千騎君翻在上頭」；「遥知楊

柳是門處，似隔芙蓉無路通」；「仙籍不知名姓有，世情真見往來疏」；「晨鷄未暇鳴山底，早日先來照屋東」；「近來雅道相親少，惟仰吾師獨得深」；「雖蒙静置疏籠晚，不似閑眠折葦秋」；「雖愁野岸花房凍，還得山家藥笋肥」；「蘭亭舊址雖曾見，柯笛遺音已不傳」；「振錫纔聞三徑草，登船又挂一帆風」；「新劚松蘿還不住，愛尋雲水擬何之」，皆是于題外故作一拗，以自攄其胸前離奇屈曲之氣，此又非側卸一例之所得同也。與周静香荃

七二、弟每舉唐人三四側卸之法，二三同學兄弟聞之，無不雀躍。然弟則又見其于側卸之中，又另有拗一句與陪一句之法，此殊不可總以側卸二字漫付之也。如：「鴻雁不堪愁裏聽，雲山況是客中過」；「天上河從闕下過，江南花向殿前生」；「甲子不知風御日，朝昏惟見雨來時」；「門臨蒼莽經年閉，身逐嫖姚何日歸」；「漫有長書憂漢室，空傳哀些弔沅湘」；「暗寫五經收部帙，初年七歲着衫衣」；「門依高柳空飛絮，身逐閑雲不在家」；「身外盡歸天竺偈，腰間未解會稽章」；「眼穿常訝雙魚斷，耳熱何辭數爵頻」；「祇令文字傳青簡，不使功名上景鐘」；「登第早年同座主，相思今日異州人」；「花枝滿院空啼鳥，塵榻無人憶卧龍」；「半岸泥沙孤鶴立，三堂風雨四門開」；「寺寺院中無竹樹，家家壁上有弓刀」；「碧落有情還悵望，瑶臺無路可追尋」；「拂曙紫霞生石壁，何年絳節下層城」；「金管曲長人盡醉，玉簪恩重獨生愁」；「愁裏又聞清笛怨，望中不見白衣來」；「去雁遠衝雲夢澤，離人獨上洞庭船」；「蝴蝶夢中家萬里，子規枝上月三更」；「青雲滿眼不干禄，白髮蓋頭惟著書」；「月明南浦夢初斷，花落洞庭人未歸」；「一瓶一鉢垂垂老，千水千山得得來」，皆是明明走出題外先陪一句，

然後只以一句便完正題也。拗則如「只言啼鳥」云云。每見先生新作，最爲頓挫如意，知其于此法甚深，故弟特地舉似，用相怡悦。長夏無事，尚欲過香輪堂中快領餘教。與顧五玉予鼎

七三、唐人三四，兩句平寫兩景者更不必論。其中又有兩句恰寫一景者，如：「昨夜葡萄初上架，今朝楊柳半垂堤」；「懸蘿弱篠垂清淺，宿雨朝暾和翠微」；「雲飛北闕輕陰散，雨歇南山積翠來」；「秦女峰頭雪未盡，胡公陂上日初低」；「家散萬金酬士死，身留一劍答君恩」；「内史舊山空日暮，南朝古木向人秋」；「暮雨不知鄖口處，春風只到穆陵西」；「漢口夕陽斜度鳥，洞庭秋水遠連天」；「平蕪萬里何人去，落日千山空鳥飛」；「秋草獨尋人去後，寒林空見日斜時」；「野棠開遍空流水，江燕初歸不見人」；「寒雨送歸千里外，春風沉醉百花前」；「高齋獨宿遠山曙，微霰下庭寒雀喧」；「真僧出世心無事，静夜名香手自焚」；「長溪南路當群岫，半影東林照數家」；「連雁下時秋水在，行人過盡暮烟生」；「秦地故人成遠夢，楚天涼雨在孤舟」；「初行竹裏惟通馬，直到花間始見人」；「無事日長貧不易，有才年少屈終難」；「空庭緑草閑行處，細雨黄花獨對時」；「京邑舊游勞夢想，歷陽秋色正澄鮮」；「野戍岸邊留畫舸，緑蘿陰下到山莊」；「朦朧閑夢初成後，宛轉柔聲入破時」；「白日當空天氣好，暖風吹面柳陰涼」；「人在定中聞蟋蟀，鶴曾栖處見獼猴」；「楚山遠色獨歸去，灞水空流相送回」；「更無人處簾垂地，欲拂塵時簟竟床」；「一院落花無客醉，五更殘月有鶯啼」；「湖上殘棋人散後，岳陽微雨鳥歸時」；「雉飛鹿過芳草遠，牛巷鷄塒春日斜」；「嶺猿群宿夜山静，沙鳥獨飛秋水涼」；「溪雲初起日沉閣，山雨欲來風滿樓」；「碧雲千里暮愁合，白雪一聲春斷

腸」;「橘花滿地人亡後，菰葉連天雁過時」;「月過碧窗今夜酒，雨昏紅壁去年書」;「一聲溪鳥暗雲散，萬片野花流水香」;「殘星幾點雁橫塞，長笛一聲人倚樓」;「滿樓春色旁人醉，半夜雨聲前計非」;「遥知楊柳是門處，似隔芙蓉無路通」;「半夜秋風江色動，滿山寒葉雨聲來」;「殘春花盡黄鶯語，遠客愁多白髮生」;「秋深頻憶故鄉事，日暮獨尋荒徑歸」;「香銷南國美人盡，怨入東風芳草多」;「月明古寺客初到，風動閑門僧未歸」;「侵階草色連朝雨，滿地梨花昨夜風」;「難歸故國干戈後，欲告何人雨雪天」;「行人自笑不歸去，瘦馬獨吟真可哀」;「黄葉黄花古城路，秋風秋雨別家人」;「去雁遠衝雲夢澤，離人獨上洞庭船」;「鳥在寒枝栖影動，人依古堞坐禪深」;「楓汀尚憶逢人別，麥隴惟應欠雉眠」;「簾斜樹隔情無限，燭暗香殘坐不辭」;「江人依舊棹舴艋，江岸還是飛鴛鴦」;「天邊飛鳥東西没，塵裹行人早晚休」;「幾樹好花閑白晝，滿庭芳草易黄昏」;「灘響忽驚何處雨，松陰自轉一峰晴」;「細水流花歸別澗，斷雲將雨下孤村」;「避客野鷗真有感，損花微雪故無情」;「濃春孤館人愁坐，斜日空園花亂飛」;「灘頭鷺占清波立，原上人侵落照耕」;「高陽酒徒半凋落，終南山色空崔嵬」;「秋風萬里芙蓉國，暮雨千家薜荔村」;「數莖白髮生浮世，一盞寒燈共故人」;「月明南浦夢初斷，花落洞庭人未歸」;「深秋猿鳥來心上，徹夜松杉在眼前」，此皆一時親眼熟睹現前妙景，更不自意早從舌尖指尖忽然平流出來，所謂一片光明，略無痕迹。臨濟大師偈云：「吹毛用了急須磨。」此便是吹毛利刃用過急磨之事。如使稍滯見聞覺知，早已箭過新羅，更没交涉也。與張晦于倫

七四、唐人作詩，皆有風義。如欲譽一人，此必其人遭時屈折，故特扶進之也。若其在逢時得意之人，則必望其進所未能也。愛其人之至，而人或有過，則微諷切之，非因以逞己之私怨也。居其邦，不竊議其大夫之得失，惡傷治也。常亦撫時太息者，欲行其所學問也，富貴初非其謀也。或老至而思休，是亦人之大凡也。連類而引物者，所以比也，非玩物以喪志也。弟比日隨手鈔得七言律體六百餘篇，盡是温柔敦厚之言，甚欲先生爲我一訂正之。與許孝酌王儼

七五、唐無譏切朝政之詩，或間有之者，乃是殷鑒既往，人所共見，則始婉引之以戒將來耳。答沈湘完永蓀

七六、諷切之詩，未有不本于吾心之甚愛者。如其不本于所甚愛，而徒横出無妄之言，以詆誣人，此詩之賊也。與蔡藹士芬

七七、古稱君子居其邦，不敢非其大夫，何況于至尊哉。或曰詩有諷諫之義，則吾聞位卑言高尚宜有罪，如何草野輒敢肆言？吾君自有臺院之臣，吾黨其爲有道之庶人可也。與人

七八、胸中無所甚感，而欲閑取景物而雕鐫之，豈非詩之蠹蝕哉。唱經堂柱

七九、微聞四郊説有小警，輒更張皇其言曰：我于兵戈涕淚，乃至不減老杜。嗚呼，此好亂之民也！以後若見此等語，幸悉付火燒之，更共爲昌明惇厚之言。與葉有大弘勛

八十、詩者，人之心聲也。人之心未有不孝弟者，然則詩固人之孝弟之聲也。弟比日在舍，略説唐人七言律體。弟先私自作誓，苟有不本于心之所誠然者，我當悉擇棄之。而唐之

人乃更無不本于心之詩。與高元丹茂梓

八一、詩者，聖人之遺教也。則有一句一字稍或詭于聖人也者，我當勿敢出也。詩者，天地之元聲也。則有一句一字稍或違于天地也者，我當勿敢出也。與陳爾牧濟讓

八二、律詩一二三四，只是説其甚誠之心。答沈允兼志斌

八三、詩至五六而轉矣，而猶然三四，唐之律詩無是也；詩至五六雖轉，然遂盡脱三四，唐之律詩無是也。得便過我，試取唐律細細看之。與毛序始

八四、五六，乃作詩之換筆時也。書杜詩背

八五、作詩至五六，笑則始盡其樂，哭則始盡其哀。答俞安隱汝欽

八六、唐律詩後解七八，多有「此」字者。「此」之爲言，即上五六二句也。如「誰謂此中難可到」，「此中」即「經聲大語」、「爐氣御香」之中也；「來朝此地莫東歸」，「此地」即「樓臺氣色」、「鳧雁光輝」之地也；「此日侍臣將石去」，「此日」即「文成天象」、「酒作壽杯」之日也；「即此歡娱齊鎬宴」，「即此」即「花飛錦繡」、「鳥囀管弦」之此也；「懸知此地是神仙」，「此地」即「遥接銀漢」、「直連紫微」之地也；「宸游對此歡無極」，「對此」即「細草承輦」、「飛花落觴」之此也；「誰與王孫此地歸」，「此地」即「鳥訝山經」、「花隨月令」之地也；「仙家未必能勝此」，「勝此」即「水喧笑語」、「樹隱房櫳」之此也；「何曾得見此風流」，「見此」即「茱萸宜壽」、「翡翠作愁」之此也；「此地從來可乘興」，「此地」即「雲開帆遠」、「路遶馬遲」之地也；「無如此處學長生」，「此處」即「北枕秦關」、「西連漢時」之處也；「此外俗塵都不染」，「此外」即「如

意天花」、「閑房春草」之外也；「從此捨舟何所詣」，「從此」即「楓葉夕陽」、「蘆花秋水」之此也；「遷客此時徒極目」，「此時」即「蘭葉風起」、「桃花浪生」之時也；「此處別離同落葉」，「此處」即「高人解榻」、「過客登樓」之處也；「向此隱來今幾載」，「向此」即「閑花落書」、「低柳礙鳥」之此也；「別後此心君自見」，「此心」即「城閉清江」、「馬嘶白露」之心也；「文體此時看又別」，「此時」即「佳期把酒」、「遠意登樓」之時也；「此日相逢思舊日」，「此日」即「近臣零落」、「仙駕飄颻」之日也；「此心期與故人同」，「此心」即「蒼苔古道」、「落木寒泉」之心也；「東閣此時聞一曲」，「此時」即「烟添柳色」、「鳥踏梅花」之時也；「九天未勝此中游」，「此中」即「澗發橙花」、「山稠桂葉」之中也；「對此獨吟還獨酌」，「對此」即「雲銜日脚」、「風駕潮頭」之時也；「此地還成要路津」，「此地」即「華表霹靂」、「碑文埃塵」之地也；「欲知此後相思夢」，「此後」即「瘴雲似墨」、「春水如天」之後也；「到此詩情應更遠」，「到此」即「江氣連城」、「山光滿郭」之此也；「此處吟詩向山寺」，「此處」即「閶門柳遠」、「茂苑鶯新」之處也；「君于此外復何求」，「此外」即「翡翠相逐」、「鴛鴦共游」之外也；「惆悵路岐真此處」，「此處」即「江漢連天」、「鄉關滿眼」之處也；「簪筆此時方侍從」，「此時」即「草承香輦」、「桃艷仙顔」之時也；「謝公此地昔年游」，「此地」即「山鐘度江」、「汀月生樓」之地也；「從來此地黄昏散」，「此地」即「張蓋渡江」、「迴頭望抑」之地也；「心許故人同此意」，「此意」即「韜鈐經濟」、「岩壑隱淪」之意也；「須知此恨難銷得」，「此恨」即「花應悵望」、「水莫潺湲」之恨也；「古往今來只如此」，「如此」即「但酬佳節」、「不怨落暉」之此也；「此日沾巾念岐路」，「此日」即「正歎江南」、「仍思塞北」之日也；「此時愁望情多少」，「此時」即「思隨原草」、「書到海門」之時也；「回首城中見此山」，「此山」即「竹户半開」、「松枝初霽」之山也；「獨坐高窗此時節」，「此時節」即「雁飛霜落」、「書寄人迴」之時節也；「此時爲爾腸千斷」，「此時」即「桂江泊雨」、「梅嶺阻程」之時也；「相送河橋羨此行」，「此行」即「麥涼水店」、「鱸美蓴羹」之行也；「此行憐我必多事」，「此行」即「一徑就郭」、「千花掩溪」之行也；「古賢暮齒方如此」，「如此」即「欹枕釣魚」、「隔窗攀果」之此也；「便來此地結茅庵」，「此地」即「蕭帝松寺」、「嫦娥桂潭」之地也；「不得支公此會同」，「此會」即「鶴來珠像」、「鴿在寶幡」之會也；「爭得共君來此住」，「來此」即「桂影茶具」、「蘋花釣筒」之此也；「若知方外還如此」，「如此」即「孤島迎月」、「遠山送霞」之此也；「只此蕭條已白頭」，「只此」即「山當大海」、「雲連古塹」之此也；「舊山山下還如此」，「如此」即「盡日無人」、「有時經雨」之此也；「只此引人離俗境」，「只此」即「山深寒在」、「松風韵長」之此也；「此處正安吟榻好」，「此處」即「罨靄雲嶂」、「潺湲月溪」之處也。故知五六特爲生起七八，非與三四同寫景物也。與家叔若水及舍弟釋顔

八七、詩至五六，始發亮音。天女房窗上

八八、唐人作律詩，不由五六，則無由結耳。非于三四後又欲爲五六也。與沈初授世楙

八九、特爲五六，所以結也。特爲五六，而又別結，則是五六費也。唐之律具在，澄懷味道之暇，試復閑過藝林一尋討之。答熊焦易林

九十、唐人律詩，三四承上一二，固各寫題所應寫也，至五六始多感矣。感者必言秋，必

言晚。如「猿狖何曾離暮嶺，鸕鷀空自泛寒洲」；如「關河曙色催寒近，御苑砧聲向晚多」；如「鴉翻楓葉夕陽動，鷺立蘆花秋水明」；如「城隅緑水明秋日，海上青山隔暮雲」；如「孤城晚閉清江上，匹馬寒嘶白露時」；如「三湘愁鬢逢秋色，萬里孤舟對月明」；如「旌旗四面高秋見，絲竹千家静夜聞」；如「山隨匹馬行將暮，路入寒城去欲遲」；如「雨餘古井生秋草，葉盡疏林見夕陽」；如「孤猿學定前山夕，遠雁傷離幾地秋」；如「荷翻團露驚秋近，柳轉斜陽過水來」；如「石麟埋没藏秋草，銅雀荒凉對暮雲」；如「天接海門秋水色，風飄隋苑暮鐘聲」；如「深秋簾幕千家雨，落日樓臺一笛風」；如「千秋釣艇歌明月，萬里沙鷗弄夕陽」；如「高樹有風聞夜磬，遠山無月見秋鐙」；如「鳥下緑蕪秦苑夕，蟬鳴黄葉漢宫秋」；如「鴉噪暮雲歸古堞，雁迷秋雨下空壕」；如「一樽酒盡青山暮，千里書來碧樹秋」；如「帆飛震澤秋江遠，雨過陵陽晚樹寒」；如「殘柳宫前空露葉，夕陽川上浩烟波」；如「市朝遷變秋蕪緑，墳塚高低落照紅」；如「秋聲暗促河聲急，野色遥連日色黄」；「蟬響夕陽風滿樹，雁横秋浦雨連天」：此皆人之自然之情。當其臨時對景，則不自覺惻然其自言之者，並非有所相襲也。與後堂莊嚴法師及栴檀安庠二師

九一、至于前從塔下見弟子所述，律詩五六多舉「秋」字、「晚」字，云欲尋詩細看。如看者，便須帶看其三四，亦多有舉「秋」字、「晚」字時。如「暮雲空磧時驅馬，秋日平原好射鵰」；如「秋後見飛千里雁，月中聞搗萬家衣」；如「内史舊山空日暮，南朝古木向人秋」；如「漢口夕陽斜度鳥，洞庭秋水遠連天」；如「秋草獨尋人去後，寒林空見日斜時」；如「山色遠

連秦樹晚，砧聲近報漢宫秋」；如「落日澄江烏榜外，秋風疏柳白門前」；如「蒹葭晚色蒼蒼遠，蟋蟀秋聲處處同」；如「寒樹依微遠天外，夕陽明滅亂流中」；如「連雁下時秋水在，行人過盡暮烟生」；如「立馬望雲秋塞浄，射鵰臨水晚天晴」；如「嶺猿群宿夜山静，沙鳥獨飛秋水凉」；如「劉伶墳下稻花晚，韓信廟前楓葉秋」；如「高鳥過時秋色動，征帆落處暮雲平」；如「秋深頻憶故鄉事，日暮獨尋荒徑歸」；如「樹隔五陵秋色早，水連三晉夕陽多」；如「雖蒙静置疏籠晚，不似閑棲折葦秋」；如「深秋猿鳥來心上，徹夜松杉在眼前」：此雖同一「秋」與「晚」也，然其爲感則一，其措手乃各自不同。既已看，便不可不致察。答解脱法師

九二、唐律詩三四五六，多有用「秋」字、「晚」字者。若在五六，則是轉調高唱，以生七八之感也；其在三四，衹是平寫現景，以證一二之事也。雖同只得二字，而句體乃極不同。不信，但試取三四之用「秋」、「晚」字者，强欲與之結之，看可下得結語否。答沈鴻章永卿

九三、律詩結，大不易。不得過悲，不得過憤，不得意盡，不得另添。其輕重之與遠近，在于只管誦其前解，則心自能稱等之。答王輪中憲度

九四、來教説詩，可謂最精。夫唐人律詩，後解其于前解，政如善骨董人之急觀其覆手也。答徐綏祉㷀禧

九五、弟諦觀唐人律詩，其起未有不直貫到尾者，其結未有不直透到頂者。若後來人詩，則起乃不能貫三四，結乃不能透五六，此爲唐人與後人之辨也。與陳世則弘訓

九六、弟每見有人言唐某人某詩，其一結更精，使我讀之一時渺然無際，此最是可笑。

夫一結渺然無際者,必其五六先已渺然無際者也,如之何乃但説其「一結更精」? 與沈子拱、沈松年

九七、一夏所説唐律分解,共成八卷。今先以鈔本奉致,望于文課之暇,私以尊意試呈令叔。令叔如有不然,便乞先以示我。蓋弟前年有一書,松老大以爲不佳,弟則逾年而後始心降也。與顧尼備嗣曾

九八、所以獨不入杜詩者,吾于杜詩乃無間然,猶孟子之于孔子,所謂願學斯在者也。吾不敢以願學之人之手,而下上于所願學之人之詩也。答韓釋玉藉琬

九九、弟選唐律詩六百篇,而必始之以必簡先生者,凡所以尊杜也。若曰唐一代之詩,既于杜乎集大成矣,則更不能不托始于杜也。又況必簡先生之詩,實爲唐初之鼎鼎者。與王禹慶復陽

一〇〇、弟于唐律詩,不敢以難之心處之,爲其詩則皆其人之誠然之心也,非别有所作而致之者也;又不敢以易之心處之,爲其詩則皆其人生平所讀萬卷之詩之所出也,非率爾能爲是言者也。知弟者,其惟許子庶庵乎,何故至今久不見來? 與楊雲珮廷章

一〇一、初唐、盛唐、中唐、晚唐,此等名目,皆是近日妄一先生之所杜撰。其言出入,初無準定。今後萬不可又提置口頰,甚足以見其不知詩。答敦厚法師

一〇二、弟新述唐七言律體詩六百篇呈覽。鄙意既在分解,便不及將心别注。中間或有疏脱,幸一一有以教弟。與嵇匡侯永仁

一〇三、弟子即日新分唐七律詩，得六百首，繕寫已竟，便欲于七月解夏之晨，敬告釋迦文佛大師，望其加被廣作歡喜。仰祈法師過我共讀，蓋此便是解一切衆生語言大陀羅尼，故更不欲再誦別陀羅尼也。請雲在、開雲二法師

學人顧祖頌孫聞校過

貫華堂選批唐才子詩甲集七言律卷之二終

貫華堂選批唐才子詩甲集七言律卷之三

聖歎外書

詩目[一]

學人顧祖頌孫聞校過

貫華堂選批唐才子詩甲集七言律卷之三終

[一] 此卷文字，即以下各卷所評唐詩目録，因已移至該書卷首，故略。

貫華堂選批唐才子詩甲集七言律卷之四上

聖歎外書

杜審言

字必簡，襄州人。舉進士，初爲隰城尉。雅善五言詩，工書翰，有能名。嘗謂人曰：「吾之文章，合得屈、宋作衙官；吾之書迹，合得王羲之北面。」其矜誕如此。累轉洛陽丞，坐事貶授吉州司户參軍。又與州僚不叶，免官。后則天召見，將加擢用，問曰：「卿歡喜否？」審言蹈舞謝恩。因令作《歡喜詩》，甚見嘉賞，拜著作佐郎。神龍初，坐事，配流嶺外。尋召授國子監主簿，加修文館直學士。年六十餘，將死，謂宋之問、武平一曰：「我在，久壓公等。今且死，但恨不得替人云。」與李嶠、崔融、蘇味道爲「文章四友」。集一卷。

春日京中有懷

今年游寓獨游秦，愁思看春不當春。上林苑裏花徒發，細柳營前葉漫新。前解

當時初有律詩，人都未知云何。看他爲頭先出好手，盤空發起異樣才思，浩浩落落，平開二解。前解曰：今年不當春。三、四承之，便不別换筆，只一直寫曰：花亦不當花，

柳亦不當柳。蓋二句十四字，並更不出「不當春」之三字也。于是遂爲一代律詩前解之定式。嗚呼，豈不偉哉！

公子南橋應盡興，將軍西第幾留賓。寄語洛城風日道，明年春色倍還人。後解

後解曰：明年倍還春。五六先之，亦更不遠出筆，只就勢起曰：南橋公子今雖盡興，西第將軍已自留賓，然我今不與，便都不算，一齊寄語，都要重還。一直讀之，分明只如一句説話。于是又遂爲律詩後解之定式，斯真卓爾罩代之奇事也。○後來文孫工部，無數沉鬱頓挫，乃更未嘗出此。索解人未遇，我誰與正之？

大　酺

毗陵震澤九州通，士女歡娛萬國同。伐鼓撞鐘驚海上，新妝袨服照江東。前解。

公時適在毗陵，故詠毗陵大酺也。一是毗陵，二士女歡娛，是大酺。三、四，「伐鼓撞鐘」、「新妝袨服」，是大酺；「驚海上」，「照江東」，是毗陵。俱用大筆大墨、大起大落，此是人所共曉。乃人所不能曉者，看他于「毗陵」下斗地横插「震澤」字，便令毗陵有「九州通」三字，而于是毗陵之大酺，亦便有「萬國同」三字，斯則真奇絶之事也。蓋大酺爲普天同樂盛典，須單寫毗陵不得，然一時身在毗陵，又不可置毗陵、反泛寫他處。如此奢切之間，安排恰好。全唐鉅作雖多，未見出其右矣。

梅花落處疑殘雪，柳葉開時任好風。火德雲官逢道泰，天長地久屬年豐。後解。

故事：因禁酒，故賜酺。然所以禁飲者，只爲恐失農事。今既賜酺已畢，便仍須加意東作。五因從初春，六疾接仲春，言自此而杏花菖蒲乃在轉盼之間矣。火德，君也；雲官，臣也。言自來君臣一德之朝，别無祈天永命之法，惟有連書「大有」，可以長治萬年。一解純用箴規，而讀者誤作贊頌，只因不識「逢」字、「屬」字矣。

李嶠

字巨山，趙州贊皇人。爲兒時，夢人遺雙筆，自是有文詞。十五通五經，二十擢進士第。始調安定尉，舉制策甲科，遷長安，授監察御史。文册大號令，多主爲之。官至中書令，加修文館大學士，封趙國公。以特進同中書門下三品，後改廬州别駕。卒年七十。嶠富才思，有所屬綴，人多傳諷。其前與王勃、楊盈川接，中與崔融、蘇味道齊名。晚諸人没，獨爲文章宿老，一時學者取法焉。集五十卷，有張方注。

奉和初春幸太平公主南莊

主家山第接雲開，天子春游動地來。羽騎參差花外轉，霓旌摇颺日邊迴。前解

此詩平開二解，一解寫車駕幸莊，一解寫公主留帝。純用大筆大墨，不着一毫纖巧，允爲一代作者冠冕。○前解只寫「動地來」三字，三、四即動地來也。

還將石溜調琴曲，更取峰霞入酒杯。鸞輅已辭烏鵲渚，簫聲猶繞鳳凰臺。後解

後解「還將」、「更取」、「已辭」、「猶繞」字，純寫公主攀戀車駕也。後賢不睹唐初人如此大篇，便于律詩更不知所措手。唐初詩可不讀哉？

沈佺期

字雲卿，相州内黄人也。進士舉。長安中，累遷通事舍人，預修《三教珠英》。佺期善屬文，尤長七言之作，與宋之問齊名。音律婉附，屬對精密，約句準篇，如錦繡成文。學者宗之，號爲「沈宋」，語曰：「蘇、李居前，沈、宋比肩。」張燕公説嘗謂佺期曰：「沈三兄詩，須還他第一。」再轉考功員外郎，坐贓，配流驩州。神龍中，授起居郎，加修文館直學士。後歷中書舍人、太子詹事。開元初卒。有文集十卷。

興慶池侍宴

碧水澄潭映遠空，紫雲香駕御微風。漢家城闕疑天上，秦地山川似鏡中。前解

一寫池，二寫駕，三四重又寫池。其一寫池也，妙于「映遠空」字，便只寫得池中碧水湛然；其三、四重又寫池也，妙于「漢家城闕」、「秦地山川」字，便直寫興慶無數臺殿高低，俱于此池碧水湛然中空明影現。此爲避實筆、取虚筆，非俗儒之所能與矣。後來讀者，只歎「天上」、「鏡中」字佳，豈足與語此哉。

向浦迴舟萍已緑，分林蔽殿槿初紅。古來徒羡横汾曲，今日宸游聖藻雄。後解

後解平壓漢武，高頌當今。言昔者横汾一曲，相傳秋風初起，今日萍緑槿紅，亦正是其時矣，云云。

遥同杜員外審言過嶺同，亦和也。和者，和其詩也；同者，同其題也。如張説和蔡起居《偃松篇》，亦曰「遥同」。

天長地闊嶺頭分，去國離家見白雲。洛浦風光何所似，崇山瘴癘不堪聞！前解

一「天長地闊」，用一「分」字，是正在嶺上欲過未過時；二「去國離家」，用一「雲」字，便是已過嶺下去也。看他寫一「過」字，便寫出如許分寸，而又毫不費手，真使後人何處復得臨摹。四欲告訴過嶺苦趣，三忽折筆，反先致問都下。後來唐家三百年，詩人如山，但學得此一折筆者，便自雄視一世、鼎垂千年去也！先生開創之功，豈可誣哉。

南浮漲海人何處，北望衡陽雁幾群。兩地春風萬餘里，何時重謁聖明君。後解

「人」，即員外也；「何處」，言過嶺以去，杳莫可問也；「雁幾群」，遍指京華士大夫也。「兩地」字，正接「南」字、「北」字。兩地、萬餘里，中間插「春風」字，妙，便接出末句之「何時」。衡陽雁飛不到，而猶曰「北望」，則其去極南可知也；衡陽雁飛不到，而問其「幾群」，則自望極

北可知也。末句「何時重謁」，苦處却在七之「春風」二字，細細吟之。

再入道場紀事

南方歸去再生天，内殿今年異昔年。見闢乾坤新定位，看題日月更高懸。前解

公曾被貶南方，此再入道場，是從貶所歸來，恰值内殿法事，因特記其慶幸也。前解寫被貶得歸，無限悲喜。「再生天」妙，言昔未貶時，本是天上人，乃一去南方，如墮鬼國，何幸今日仍還故處！看他身入道場，便用道場字作點染，最是當行本色也。「内殿」，即道場也；「今年」，歸來以後也；「昔年」，未貶之前也。言如此非常盛事，在南一總不知，今日若更不歸，幾乎到底不見，喜極出淚之辭也。「闢」，殿址也；「乾坤」，殿向也；「題」，殿題也；「日月」，殿落成紀工也：皆極寫「異昔年」三字也。〇三、四，最是清空健爽之筆，頗見有人用板重説之。

行隨香輦登仙路，坐近爐烟講法筵。自喜恩深陪侍從，兩朝長在聖人前。後解

五、六極寫七之「陪侍從」也。「行」則「隨」，「坐」則「近」，地分親切，四字盡矣。「香輦」、「爐烟」十字，乃點染也。「兩朝」聖人妙：昔年未貶，在一朝聖人前；今年貶歸，又在一朝聖人前。筆下雖云自喜恩深，心頭實惟自痛恩深矣。言歸見新聖人，已不得見舊聖人也。

紅樓院

紅樓疑見白毫光，寺逼宸居福盛唐。支遁愛山情漫切，曇摩泛海路空長。前解

院名奇。一因院名有「紅樓」字，便隨手亦寫「白光」字相映耀。此法不知起于何人，然唐固屢用之成妙矣。二「逼宸居」，急接「福盛唐」妙。擁護伽藍，三字九鼎，他人乃當不曉。三、四又反言以極歎「逼宸居」也，言必欲深山遥海，始開道場，則佛雲遍覆一切衆生，獨不欲與國王親近，豈有是哉？如此奇情奇筆，直是拔地插天，豈常手所得辦。後人豈肯將三、四寫作如此二句？不是無其筆力，亦是無其眼光。

經聲夜息聞天語，爐氣晨飄接御香。誰謂此中難可到，自憐深院得迴翔。後解

「聞天語」、「接御香」，寫上「逼」字十成。然先生用意，却正在「經聲夜息」、「爐氣晨飄」。「夜」字、「晨」字，特自表其深院迴翔，非他人所得比。看他七又明説此中難到，以摇擺得到，可會也。

和上巳連寒食有懷京洛

天津御柳碧遥遥，軒騎相從半下朝。行樂光輝寒食借，太平歌舞晚春饒。前解

低手寫色，高手寫神，由來天定，那可爭得！只如此詩，起手七字，若謂是寫柳色，即豈復成語話？高手人讀之，便曉其正爲「軒騎相從」四字爲神。加「半下朝」三字，又妙。以此思「遥遥」，遥遥可知也。三、四「行樂光輝」、「太平歌舞」，即實接「軒騎相從」也。「寒食」，妙于「借」字，言今日上巳，已先偷得後一日寒食也；「晚春」，妙于「饒」字，言明朝寒食，又正接連先一日上巳也。只此饒、借二字，便壓殺他人無數拖筆沓墨，想見先生手法之高妙。

紅妝樓下東迴輦，青草洲邊南渡橋。坐見司空掃西第，看君侍從落花朝。後解

五、六，寫紛紛軒騎，各自行樂。七、八，却于紛紛行樂之外，另寫一等異樣光輝，更非樓下、洲邊之所得同。看他故用「東」字、「南」字、「西」字作章法，使讀者心頭眼頭，便有爭流競秀之觀，真爲奇絶筆墨也。◯侍從落花朝，艷便艷殺人，清又清殺人。謂唐初人板重，斯豈謾論哉。

龍池

玄宗爲平王時，賜第隆慶坊。坊南平地，忽變爲池，日以浸廣，有龍時見其中，中宗常泛舟以厭其祥。及帝即位，作《龍池樂》。

龍池躍龍龍已飛，龍德先天天不違。池開天漢分黄道，龍向天門入紫微。前解

看他一解四句中，凡下五「龍」字，奇絶矣；分外又下四「天」字，豈不更奇絶耶！

後來袛説李白《鳳凰臺》乃出崔顥《黄鶴樓》，我烏知《黄鶴樓》之不先出此耶？細玩其落筆，先寫「龍池」二字，三、四承之，便寫一句「池」、一句「龍」，已是出色精嚴矣。乃因一、二詳寫玄宗起兵定難，入纘大統，前是躍龍，後是飛龍。躍龍是「先天」，飛龍是「天不違」，龍外又連用二「天」字者，于是索性亦于三、四中亦再加天漢、天門二「天」字，以多添氣色。如此縱横跳躍，彼《鳳凰臺》不足道，我正恐《黄鶴樓》殊未抵其一半氣力也！

邸第樓臺多氣色，君王鳧雁有光輝。爲報寰中百川水，來朝此地莫東歸。後解

「邸第」，指潛龍之地；「鳧雁」，指從龍之人。「氣色」、「光輝」，寫天方授之有如此者，因言普天俱應傾心奉戴也。嘻，奇矣哉，暢矣哉，大矣哉，至矣哉！

宋之問

字延清，虢州弘農人。弱冠知名，尤善五言詩，當時無能出其右者。初徵，令與楊炯分直内殿，預修《三教珠英》。嘗扈從游宴。則天幸洛陽龍門，令從官賦詩。左史東方虬詩先成，以錦袍賜之。及之問詩成，則天稱其詞愈高，奪虬錦袍以賞之。中宗增置修文館學士，之問與薛稷、杜審言等首膺其選，當時榮之。正月晦日，帝幸昆明池賦詩，群臣應制百餘篇，帳殿前結彩樓，命上官昭容選一首爲新翻御製曲。從臣悉集其下，須臾紙落如飛，各認其名而懷之。既退，惟沈、宋二詩不下；又移時，一紙飛墜，競取而觀，乃沈詩也。及聞其評曰：「二詩工力悉敵，沈詩落句詞氣已竭，宋猶健舉。」沈乃伏，不敢復爭。僧皎然云：「沈、宋爲有唐律詩之龜鑑，情多興遠，語麗爲多，真射鵰手。使曹、劉降格爲之，

吾未知其孰勝。」睿宗即位,以之問附張易之、武三思,配徙欽州。先天中,賜死于徙所。友人武平一纂集其詩,共十卷,傳于代。

三陽宫石淙侍宴得幽字

離宫秘院勝瀛洲,别有仙人洞壑幽。岩邊樹色含風冷,石上泉聲帶雨秋。前解

是日石淙即景,乃定不得不寫樹,定不得不寫泉也;寫樹與泉,又定不得不寫岩前石上也;寫岩前石上,又定不得不寫含風帶雨也;寫含風帶雨,又定不得不寫「冷」字、「秋」字也,固也。只是于侍宴那得相應耶?因而于石淙上,先補出一層,言天子宫院自有勝于瀛洲者;却又再補出一層,言除天子正宫正院,其離宫秘院亦自有勝于瀛洲者。夫然後用「别有」字,折筆到石淙。嗚呼,真異事也!

鳥向歌筵來度曲,雲依帳殿結爲樓。微臣昔忝方明御,今日還陪八駿游。後解

五、六,若謂其寫歌筵帳殿,便是下下俗子;即謂其寫鳥寫雲,猶未是上上好手。須知前解是寫石淙,此解乃寫侍宴。蓋七、八寫侍,五、六寫宴也。宴必度曲,必結樓。今鳥度曲、雲結樓,則是不度曲、不結樓可知也。開宴而又不度曲、不結樓,則是天子亦能深領石淙幽趣也。然則五、六正寫天子,所謂上上好手其妙如此,下下俗子不知道也。七、八自言昔從具茨,七聖同迷,今日陪游,豈猶塵壒。表己亦能深領幽趣,以見

與君合德也。

和趙員外桂陽橋遇佳人

江雨朝飛浥細塵，陽橋花柳不勝春。金鞍白馬來從趙，玉面紅妝本姓秦。前解

前解只寫橋，只寫佳人，却留「遇」字獨與後解寫，遂爲後來作律詩一定之式。〇一、二寫橋。看他橋下添一「江」字，江上添一「雨」字，雨上帶一「朝」字，朝上帶一「春」字，春上平添「花柳」等字。于是此橋便使不遇佳人，早是無邊駘蕩。世真不信唐初人有如此細妙，故又欲讀唐季人詩也。三、四寫佳人，亦平添出「金鞍白馬」，總是不欲一筆實寫。

妒女猶憐鏡中髮，侍兒堪感路傍人。蕩舟爲樂非吾事，自歎空閨夢寐頻。後解

此解獨寫「遇」字也。夫所遇者，佳人也；遇之者，我也。今寫佳人，則只寫髮，只寫侍兒；寫我，則輕輕避過，亦只寫妒女，只寫路旁人。如此，便令「遇」字已成鏡花水月之事，于是七、八始得直結之云：此非吾事，而但自述頻夢故內。此即暗用「縞衣綦巾」法成詩，爲君子立言之體也。〇讀此，奈何又讀李文山「裙拖六幅」耶？

奉和春初幸太平公主山莊

青門路接鳳凰臺，素澭宸游龍騎來。澗草自迎香輦下，岩花應待御筵開。前解

題是幸主山莊，詩却寫青門路接，妙妙。言孟春之月，盛德在木，天子親載耒耜，行慶賜于東郊。用是特出青門，而適與山莊路接，因而迴龍騎、游素澭也。澗草先合，言春氣已動；岩花未開，言春光正淺，便如從稱等上稱出「春初」二字。又特用細意熨帖，想到自迎應待，以代申主人望幸之至情也。

文移北斗成天象，酒近南山作壽杯。此日侍臣將石去，共歡明主賜金迴。後解

此寫是日君臣賦詩飲酒，雍雍成禮而退也。「移北斗成天象」者，宸翰先成，傳示群臣，遍令繼作，如斗杓右旋，而衆星皆應也；「近南山作壽杯」者，群臣以次，遥指南山，捧觴上壽，如《天保》所頌，「不騫不崩」也。于是既極燕樂，仍不喧譁，酒行既畢，君臣皆起。不知者只謂公主山莊，乘槎得石；其知者共歎叔孫漢殿，定禮賜金。細讀如此起、如此結，真爲一代雅頌高手，豈復句櫛字比之士而已也。

崔湜　字澄瀾，定州安喜人。少以文詞稱，第進士，累擢左補闕，稍遷考功員外郎。景龍二年，驟遷兵部侍郎。俄拜中書侍郎，檢校吏部侍郎，同中書門下平章事，時年三十八。嘗暮出端門，緩轡諷詩。

張說見之，歎曰：「文與位固可致，其年不可及也。」

奉和春日幸望春宮

滄蕩春光滿曉空，逍遥御輦到離宮。山河眺望雲天外，臺榭參差烟霧中。前解

一寫春日，只用「滄蕩」二字；二寫車駕，只用「逍遥」二字，便見此幸不是賞玩物華。三、四欲寫臺榭，先寫山河，言天子自有本所應望者，特望其本所應望，而臺榭亦遂參差于望中也。看他重寫「眺望」，輕帶「參差」，唐初人早自用字精妙如此。人只賞後來某大家、某名家用字精妙，豈知其皆出于唐初人哉。

庭際花飛錦繡合，枝間鳥囀管弦同。即此歡娱齊鎬宴，唯應率土樂薰風。後解

五、六又寫是日不陳錦繡，不奏管弦，惟是飛花囀鳥，娱適皇情。因言此雖成周之宴，豈更過哉！率土之民，解愠阜財，其在今日之一望矣，其在今日之一望矣！

馬懷素

字惟白，潤州丹徒人。客江都，師事李善。貧無資，晝樵，夜輒燃以讀書，遂博通經史。擢進士第，又中文學優贍科，補鄗尉。開元初，官至户部侍郎，封常山縣公，進兼昭文館學士。卒謚曰文。

奉和人日宴大明宫恩賜彩縷人勝

萬户千門平旦開，天容辰象列昭回。三陽候節金爲勝，百福迎祥玉作杯。前解

賜宴大明宫，則天子臨軒，百寮環侍，故曰「天容辰象」。「天容」者，聖容如天；「辰象」者，會弁如星也。乃次句未寫「天容辰象」，而起句先寫「萬户千門」者，此雖指九天閶闔，而已概窮檐蔀屋也。不過暗用《孟子》民貴君輕一段奇論，翻作妙詩。然而題中「人日」二字，不如此寫，便不得暢。三寫勝，四寫宴。一解四句，一氣讀之，真可稱發端既道，又逢壯采者也。

就暖風光偏着柳，辭寒雪影半藏梅。何幸得參詞賦職，自憐終乏馬卿才。後解

五、六，風光着柳，雪影藏梅，寫人日春色恰在淺深之間。然本意却爲趁便要寫「就暖」「辭寒」四字，自明生于單微，升于禁近，而又自謙詞賦之非其長也。

奉和立春游苑迎春

玄籥飛灰出洞房，青郊迎氣肇初陽。仙輿暫下宜春苑，太寢行開上壽觴。前解

題曰「立春游苑迎春」者，言以立春之日，車駕游苑，便當迎春也。夫立春非細事也，

迎春乃鉅典也。若游苑者，不過以勤政餘閑，寓目娱情已耳，而乃欲以漫然相當，此非可以訓也。因而擎筆直從冬至灰飛，追至春氣始動之初，遥遥作起。言此固天地之大德，先王之至理，群生之本命，王人之首務，有非可以等閑視之者。三、四因接「暫下」、「行開」四字，言天子方且親帥公孤，布令一畢，便還太寢，遍賜勞酒，見非留連于苑中也。立春之日，天子親帥三公、九卿、諸侯、大夫，迎春東郊，三推帝籍，還反太寢，執爵遍賜，命曰「勞酒」。

映水輕苔猶隱緑，緣堤弱柳未舒黄。唯有裁花飾雙鬢，相隨聖藻狎年光。後解

前解一、二寫立春，三、四寫迎春。此解又獨寫游苑也。言時方初春，則春光尚淺，春物未敷，有何寓目，有何娱情？無非裁花飾鬢，聊當承應至尊。然則迎春禮成，便宜車駕還宫，不須又游苑也。唐初雖有篇章，全成規切，既條暢以任氣，復優柔以懌懷，其妙有如此者。

武平一

名甄，以字行，潁川郡王載德子也。博學，通《春秋》，工文辭。武后時，畏禍不敢與事，隱嵩山，修浮圖法，屢詔不應。中宗復位，平一居母喪，迫召爲起居舍人，丐終制，不見聽。景龍二年，兼修文館直學士，遷考功員外郎，玄宗立，貶蘇州參軍，徙金壇令。平一見寵中宗，時雖宴豫，嘗因詩頌規誡。開元末卒。

立春日内出彩花樹

鸞輅青旗下帝臺，東郊上苑望春來。黄鶯未解林間囀，紅蕊先從殿裏開。前解

一言帝方出迎，二言春方未至；三、四一捺一擡，言花信全無，而花枝忽現。不惟全讀四句是絶妙章法，試單讀一句黄鶯句，亦絶妙手法也。

畫閣條風初變柳，銀塘曲水半含苔。欣逢睿藻光韶律，更促霞觴畏景催。後解

五、六言春風徐徐，春水與與，百花消息，胡能催促。七、八言然而聖人先天，天弗敢違，霞觴未終，麗景已至，此又必然之理也。《景龍文館紀》云：是日中宗手批云：「平一年雖最少，文甚警新。悦紅蕊之先開，訝黄鶯之未囀，循環吟詠，賞歎兼懷。今更賜花一枝，以彰其美。」所賜學士花，並令插在頭上。後所賜者，平一左右交插，因舞蹈拜謝。時崔日用乘酣飲，欲奪平一所賜花，上于簾下見之，謂平一曰：「日用何爲奪卿花？」平一跪奏曰：「讀書萬卷，從日用滿口虚張；賜花一枝，學平一終身不獲。」上及侍臣大笑，更賜酒一杯，時人歎美。

劉　憲

字元度，宋州寧陵人。弱冠舉進士，累除冬官員外郎。神龍初，坐嘗爲張易之所引，自吏部侍郎出爲渝州刺史。俄復入爲太僕少卿，兼修國史，加修文館學士。景雲初，三遷太子詹事。卒，贈兖州都督。集三十卷。

立春日内出彩花樹

禁苑韶華此日歸，東郊道上轉青旗。柳色梅芳何處所，風前雪裏覓芳菲。前解

一寫立春，二寫迎春，筆墨和平，神態閑雅。忽然三、四掉筆一轉，遽問柳色梅芳，尋到風前雪裏，不知是虛是實，但覺欲離欲合。真可謂玄解之宰，向虛空而定墨；獨照之匠，窺意象而運斤者也。如此寫彩花樹，真是異樣空靈奇妙。後來名家，罕見其比。

開冰池内魚新躍，剪彩花前燕始飛。欲識王游布陽氣，爲觀天藻競春輝。後解

此始出剪彩也。言時方冰開魚陟，未宜裁花剪燕。然而天地和同，草木萌動，是其時矣；布德和令，畢達陽氣，固其宜也。恭讀天藻，仰知聖情，豈有萬乘之君而爲兒女之戲者哉。

奉和春日幸望春宫

暮春春色最便妍，苑裏花間列御筵。南山積翠臨城起，滻水浮光共幕連。前解

此詩排仗又奇。看首句寫「春日」，次句寫「幸望春宫」，三、四卻閣起春日不承，單單只承幸望春宫。言正面，南山翠起；左右，滻水光連，映帶花間御筵，端正有如此者。

鶯藏嫩葉歌相唤，蝶礙芳叢舞不前。歡娱節物今如此，願奉宸游億萬年。後解

五、六轉筆，然後再寫春日。言今日歡娱既洽，已後節物正長，自此鶯蝶爲始，願見無窮鶯蝶也。

韋元旦　京兆萬年人。擢進士第，補東阿尉，遷左臺監察御史。以事貶感義尉，俄召爲主客員外郎，遷中書舍人。

興慶池侍宴

滄池漭沆帝城邊，殊勝昆明鑿漢年。夾岸旌旗疏輦道，中塘簫鼓振樓船。前解

前解贊頌，後解規切。◯興慶池，即龍池也。「殊勝昆明」者，言漢武乃爲欲通身毒，而惡昆明閉道，故發謫吏並工穿鑿。今皇帝自以龍潛興慶，平地天湧成池，不由人力，自然浸廣，此固不可同年語也。然則今日上膺天瑞，下協地靈，既纘大統，奄有神寶，而夾岸迴旗，中流發鼓，暫辭帝殿，來觀舊服，固亦群情之同慶，不獨皇心之獨愉也。

雲峰四起迎宸幄，水樹千重入御筵。宴樂已深《魚藻》詠，承恩更欲奏《甘泉》。後解

轉筆乃忽寫「雲峰四起」、「水樹千重」者，此即《甘泉》所云「事變物化，目駭耳回」，于漭沆池中，固不可以不慮者也。「宴樂已深」妙，言今日已樂，然樂不可極。天子宜別有澄心清魂、儲精垂恩之方，不可流連而忘返也。唐初人詩，敦厚嚴整，莫不如此。道樹云：更奏《甘泉》者，是時玄宗未有皇嗣，而《甘泉》爲漢成帝郊祀泰畤、恤胤錫羡之辭，故欲承恩，遂奏之也。

裴漼

絳州聞喜人也。父琰之，倉部郎中，以老疾廢于家。漼色養劬勞，十數年不求仕進。父卒，後應大禮舉，拜陳留主簿。累遷監察御史，三遷中書舍人，尋轉兵部侍郎。以銓叙平允，特授一子爲太子通事舍人。開元五年，遷吏部侍郎，再轉黄門侍郎，代韋抗爲御史大夫。漼早與張説特相友善，時説在相位，數稱薦之。漼善于敷奏，上亦嘉重之，擢拜吏部尚書，尋轉太子賓客。卒年七十餘，贈禮部尚書，謚曰懿。

龍池

乾坤啓聖吐龍泉，泉水年年勝一年。始看魚躍方成海，即睹龍飛利在天。前解

一寫無池而忽然有池，二寫小池而浸成大池，三寫皇帝于斯發祥，四寫皇帝尅日受命。炳玄符，鏡鴻業，義吐光芒，辭成廉鍔，此爲一代之偉製也。

洲渚遥將銀漢接，樓臺直與紫微連。休氣榮光恒不散，懸知此地是神仙。後解

五、六又加寫皇帝龍飛已後，此池與邸，亦既接銀漢、連紫微矣，而其休氣内亭，榮光外暢，猶然未散有如此者。然則勒功喬岳，鑄鼎荆山，經道緯德，通天凝化，其爲靈瑞又可限乎。

張説

字道濟，洛陽人。永昌中，武后策賢良方正，糊名較覆，説所對第一。授太子校書郎，遷補闕，擢鳳閣舍人，兼修文館學士。睿宗即位，擢中書侍郎，兼雍州長史。玄宗爲太子，説與褚無量侍讀，尤

見親禮。逾年，進同中書門下平章事，監修國史，爲中書令，封燕國公。坐與姚崇不睦，罷爲相州刺史。蘇頲見帝，爲陳説忠謇有勛，不宜棄外，遂遷荆州長史。俄以右羽林將軍，檢校幽州都督，兼天兵軍大使，修國史，敕賫稿。即軍中論撰，召拜兵部侍郎，同中書門下三品，實封三百户。説又倡封禪議，受詔與諸儒草儀，多所裁正，帝召説與禮官學士，置酒集仙殿，曰：「朕今與賢者樂于此，當遂爲集賢殿。」乃下制，改麗正書院爲集賢殿書院，而授説院學士，知院事。軍國大務，帝輒訪焉。卒年六十四，贈太師，謚文貞。説没後，帝使就家録其文，詔配享玄宗廟廷。集三十卷。《天寶遺事》載：説母見一玉燕自東南飛來，投入懷中，而有孕，生説。果爲宰相，其至貴之祥也。

奉和春日幸望春宫

別館芳菲上苑東，飛花澹蕩御筵紅。城臨渭水天河近，闕對南山雨露通。前解

前解寫至尊非玩物華，後解寫群臣實窺聖德。○一言別館在上苑之東，其芳菲則誠有之也；二言飛花落御筵之上，其澹蕩乃已無多也。三、四因言然則今日車駕之來，豈曰捨棄萬幾，而徒尋覓餘春？夫亦仰思天河之正近，則宜何以挹注汪濊；俯思雨露之可通，則宜何以霑濡品物。惟夏諺固云：「吾皇不游，吾何以休。」斯固非無事而空行也。

繞殿流鶯凡幾樹，當蹊亂蝶許多叢。春園既醉心和樂，共識皇恩造化同。後解

五、六言皇情既有如此之勤，則皇澤果有如此之及，因而遍指殿鶯蹊蝶，以徵丕冒之

衆多也。「既醉心和樂」妙，醉則和，和則樂，樂則人盡人性，物盡物性，人物和同，了無隔礙。嗚呼！自非造化，其又孰能當此者乎？

三月三日承恩游宴定昆池官莊

鳳凰樓下對天泉，鸚鵡洲中匝管弦。舊識平陽佳麗地，今逢上巳盛明年。前解

一寫莊池，二寫游宴。三忽折筆，言此莊此池非不久聞，然而自省生平曾不敢過；四仍攏筆，言今月今日若不奉敕，雖復再更年月，亦未必來。看他特地分別「平陽佳麗地」、「上巳盛明年」，自明今此從游，臣自樂盛明之上巳，我不賞平陽之佳麗也。

舟將水動千尋日，幕共林横兩岸烟。不降王人觀禊飲，誰令醉舞拂賓筵。後解

《唐書》：安樂公主嘗請昆明爲私沼，帝告以先帝未嘗許人。公主怒，自鑿定昆池，延袤數里。此五、六，正目懾此池之延袤數里，因而諷言：若非扈從至尊，我則何爲而至斯也？嗚呼！不惡而嚴，可以覘先生之忠謇有若斯矣。

幽州新歲作

去歲荆南梅似雪，今年薊北雪如梅。共嗟人事何常定，且喜年華去復來。前解

一、二「梅似雪」是梅，「雪如梅」是雪。此寫荆南、薊北，地氣不同也。又「去歲荆南」，是荆南，不是長安；「今年薊北」，是薊北，又不是長安。此寫去歲、今年，人事不同也。三、四，「共嗟」妙，只是一、二之兩上半句；「且喜」妙，只是一、二之兩下半句也。筆態扶疏磊落，讀之疑其非復韵語。

邊鎮戍歌連夜動，京城燎火徹明開。遥遥西向長安日，願上南山壽一杯。後解

五寫身在幽州，通夕不寐；六寫心在京城，通夕不忘也。

溪湖山寺

空山寂歷道心生，虚谷迢遥野鳥聲。禪室從來塵外賞，香臺豈是世中情。前解

不因寂歷，不生道心，然而寂歷非道心也；不因迢遥，不傳鳥聲，然而迢遥無鳥聲也。龐居士曰「但願空諸所有」，是「寂歷道心生」義也；「慎勿實諸所無」，是「迢遥野鳥聲」義也。三、四，「從來」妙，「豈是」妙。僧問玄沙：「清淨本然，云何忽生山河大地？」玄沙答僧：「清淨本然，云何忽生山河大地。」僧問玄沙，是「從來塵外賞」義也；玄沙答僧，是「豈是世中情」義也。空山寂歷，是人今坐處；虚谷迢遥，是鳥聲來處。三、四承之，猶言鳥聲從來塵外賞，鳥聲豈是世中情也。然則鳥聲寂歷道心生，又不待言也。

雲間東嶺千重出，樹裏南湖一片明。若使巢由同此意，不將蘿薜易簪纓。後解

「東嶺千重」，妙在一「出」字。「出」之爲言，不勞瞻眺也。「南湖一片」，妙在一「明」字。「明」之爲言，無煩窺覷也。此本寫寺中現景，然實試思：今日面前，除却千重東嶺、一片南湖以外，真又有何物。「巢由同此意」，「意」字妙。所謂簪纓從來塵外賞，簪纓豈是世中情也。嗚呼，微矣！

蘇頲

字廷碩。弱歲敏悟，一覽至千言，輒覆誦。第進士，武后封嵩高，舉賢良方正異等，除左司禦率府胄曹參軍。吏部侍郎馬載曰：「古稱一日千里，蘇生是已。」再遷監察御史，又遷給事中、修文館學士，拜中書舍人。時瓌同中書門下三品，父子同在禁管，朝廷榮之。玄宗平内難，書詔填委，獨頲在太極後閣，口所占授，功狀百緒，輕重無所差。書吏白曰：「丐公徐之，不然手腕脱矣。」中書令李嶠曰：「舍人思若湧泉，我所不及。」遷太常少卿，仍知制誥。遭父喪，起爲工部侍郎，辭不拜，終制乃就職。帝問宰相：「有自工部侍郎得中書侍郎乎？」對曰：「陛下任賢惟所命，何資之計？」乃詔以頲爲中書侍郎，明日加知制誥，給政事食。給食自頲始。時李乂對掌書命，帝曰：「前世李嶠、蘇味道，文擅當時，號『蘇李』。今朕得頲及乂，何愧前人哉！」俄襲封許國公，開元四年，進同紫微黄門平章事，修國史。八年，罷爲禮部尚書。俄檢校益州大都督長史，按察節度劍南諸州。卒年五十八，詔贈右丞相，謚文憲。頲性廉儉，俸廩悉推散諸弟親族，儲無長資。自景龍後，與張説以文章顯，稱望略等，時號「燕許大手筆」。帝愛其文，曰：「卿所爲詔令，别録副本，署臣某撰，朕當留中。」後遂爲故事。頲年五歲，時裴談嘗過其父，頲方誦庾信《枯樹賦》。避「談」字諱，因易其韵曰：「昔年移柳，依依漢陰。今看摇落，悽愴江潯。樹猶如此，人何以任？」談歎曰：「此兒他日，必主文章。」〇韋嗣立拜中書，瓌署官告，頲爲之辭，薛稷手書，時謂「三絶」。又東明觀道士周彦雲，欲爲其師立碑，謂瓌曰：「成某志，不過煩君諸子：五郎文，六郎書，七郎致石。」瓌大笑，口不言而心服其公。集本四十六卷，今亡其半矣。韓休爲序。

奉和初春幸太平公主南莊

主第山門起灞川，宸游風景入初年。鳳凰樓下交天仗，烏鵲橋頭敞御筵。前解

一是太平公主南莊，二是初春，三、四是幸。此皆唐初律詩，前解之最精整者。○「交天仗」，言車駕既到主門，則帶刀捉仗之士，皆即交過承應，散去東西廊下也；「敞御筵」，言公主預聞臨幸，則恭設香花，出門遠迎也。寫「幸」字甚詳。

往往花間逢彩石，時時竹裏見紅泉。今朝扈蹕平陽館，不羡乘槎雲漢邊。後解

五、六，「逢」言今朝初逢，「見」言今朝初見。寫南莊一一景物，皆爲目所未經。又加「往往」、「時時」者，寫此目所未經之景物，今在南莊乃至應接不暇，則公主之豪富，可想見也。

興慶池侍宴

降鶴池前迴步輦，栖鸞樹杪出行宫。山光積翠遥疑逼，水態含青近若空。前解

與慶池侍宴，必在樓船之中。此前解，則先寫未下樓船之前也。言天子身爲萬乘之主，宗廟社稷所繫，故出必稱警，入必稱蹕，跬步之近，必駕和鑾。侍史載筆，動則紀之。無他，亦以千金之子，猶不垂堂，況在至尊，自非率爾也。今也，迴步輦，出行宫，曰：「朕且欲至池上。」三、四因雙寫山光水態，猶言如此積翠遥臨，含青近漾，亦足可以奉怡聖情矣。言外便有不必更下樓船之意也。

直視天河垂象外，俯窺京室畫圖中。皇情未使恩波極，日暮樓船更起風。後解

此「直視」「俯窺」，則是已泛樓船之中也。「天河垂象外」，言池之前浦蒼茫無極也；「京室畫圖中」，言池之中流倒映無底也。既蒼茫以無極，復倒映而無底，然則鼓枻揚舲，誠然有足樂者。無何樂不可極，自古爲戒，于是皇情纔動，天風應之。此真爲先生保傅之格言，而非徒近體之選聲也。

扈從鄠杜間奉呈刑部尚書舅崔黄門馬常侍

翠輦紅旂出帝京，長楊鄠杜昔知名。雲山一一看皆異，竹樹蕞蕞畫不成。前解

「扈從鄠杜間」，出手便寫其地。舊是長楊，已早有仰邀三公同來草賦之意。三「看皆異」，此是寫賦心；四「畫不成」，此是寫賦手。不得淺淺謂此六字，衹是寫他雲山竹樹而已。

羽騎時過持袂拂，香車欲度捲簾行。漢家曾草巡游賦，何似今來應聖明。後解

五言屬車之人，無不對景動容；六言今上天子，方亦露冕眷注。然則此行所歷，真不可不早來應詔，速撰麗賦也。

奉和春日幸望春宫

東望望春春可憐，更逢晴日柳含烟。宫中下見南山盡，城上平臨北斗懸。前解

七字中，凡下二「望」字、二「春」字。此比沈《龍池》，却是又一樣疊字法，想來唐人每欲以此爲能也。「更逢晴日」，四字妙。亦只是尋常欣快，寫來却異樣踴躍。三、四，「下見南山」、「平臨北斗」，則正承此「更逢晴日」也。言是日無遐不覽，無微不盡。聖人睹物，大明中天，其氣象有如此者，皆是是日晴日之爲也。三、四「下見南山」、「平臨北斗」，正緊承二之「更逢晴日」，以極寫「望春宫」之「望」字。乃見俗儒舊解俱欲作「高」字釋，夫高即與詩有何涉乎？

細草偏承迴輦處，飛花故落舞觴前。宸游對此歡無極，鳥弄歌聲雜管弦。後解

後解則只寫「宸游對此」四字也。細草不必承迴輦，而此必寫偏承迴輦；飛花不必落舞觴，而此必寫故落舞觴者，此非細草新花，必欲媚兹一人，正是天容茂對，實許群情畢達也。如此，則天既愛物，物敢違天？鳥雜管弦，真至誠能盡物性，可以贊化育矣。

張九齡

字子壽，韶州曲江人。七歲知屬文。擢進士，始調校書郎。以道侔伊吕科策高第，爲左拾遺，俄遷左補闕。時張説爲宰相，親重之，與通譜系。嘗曰：「後出詞人之冠也。」説知集賢院，薦九齡可備顧問。説卒，天子思其言，召爲秘書少監、集賢院學士，知院事。會賜渤海詔，而書命無足爲者，乃召九齡爲之。被詔趣成，遷工部侍郎，知制誥。又遷中書侍郎，以母喪解。是歲，奪哀拜中書侍郎，同中書門下平章事。固辭，不許。明年，遷中書令。卒年六十八，贈荆州大都督，謚曰文獻。初安禄山范陽偏校入奏，氣驕蹇。九齡謂裴光廷曰：「亂幽州者，此胡雛也。」及討奚、契丹敗，張守珪執如京師，九齡請誅之，帝不許。後在蜀，思其忠，爲泣下，且遣使祭于韶州。開元後，天下稱曰「曲江公」而不名云。曲江既卒，明皇每用人，必曰：「風度能若九齡乎？」有《曲江集》二十卷。

奉和聖製早發三鄉山行

羽衛森森西向秦，山川歷歷在清晨。晴雲稍卷寒岩樹，宿雨微銷御路塵。前解

看他寫山川，只用「歷歷」二字；看他寫山川歷歷，只用「在清晨」三字。唐初人應制詩，從來人人罵其板重，又豈悟其有如是之俊爽耶？三、四「晴雲稍卷」、「宿雨微銷」，此只謂是寫清晨異樣好手，初並不覺山川歷歷，亦已向筆墨不到之處，早自從中如畫也。

聖德由來合天道，靈符即此應時巡。遺賢一一皆羈致，猶欲高深訪隱淪。後解

後解連上轉筆，言所以晨光歷歷者，只爲宿雨快晴也；所以宿雨快晴者，只爲聖德

合天也；所以聖德合天者，只爲群賢盡起，無有遺滯也。然則聖德之合，已無容頌，而靈符之應，實爲可欣。既仰承帝命之如響，當益思帝心之簡在。今日如此大山大川，定有伏龍伏鳳，正不可不更加意也。

賈　曾

河南洛陽人。曾少有名，景雲中，爲吏部員外郎。玄宗爲太子遴選宫僚，以曾爲舍人。太子數遣使采女樂，就率更寺肄業。曾力諫，太子手令嘉答。俄擢中書舍人，與蘇晉同以文詞稱，時號「蘇賈」。卒，子至。

奉和春日出苑矚目應令

銅龍曉闢問安迴，金輅春游博望開。渭水晴光摇草樹，終南佳氣入樓臺。前解

君子立言，與臣則依于忠，與子則依于孝，因事納勸，無微不到。如此詩，鼎鼎爲唐初人妙筆，須知並不因其晴光草樹、佳氣樓臺，寶光燭天、金聲擲地也。直要曉得當時太子明明只是出苑游春，他却斗地先于起句，侃侃寫作「問安迴」三字。只因此三字寫起在上，便自令他晴光草樹、佳氣樓臺等字，字字中間，俱帶有當今皇帝萬壽無疆氣色。此真《三百篇》中雅頌之音，未易一二爲後來詩客道也。

招賢已從商山老，托乘還徵鄴下才。臣在東周獨留滯，欣逢睿藻日邊來。後解

此五、六，又寫尊師傅、集賢英。須知不是再勉太子，只圖引起自己留滯東周耳。唐人律詩，後解體如此。

徐安貞

信安龍丘人。尤善五言詩。嘗應制舉，一歲三擢甲科，人士稱之。開元中，爲中書舍人、集賢院學士。上每屬文及作手詔，多命安貞視草，甚承恩顧。累遷中書侍郎。

聞鄰家理筝

北斗横天夜欲闌，愁人倚月思無端。忽聞畫閣秦筝逸，知是鄰家趙女彈。前解

寫聞筝，看他一、二只是閑閑出手，不惟恰似不詠聞筝，乃至恰似不欲作詩者。已而，三忽閑閑寫出聞筝；已而，四又閑閑添出趙女。試想唐初人有如此輕秀之章，並非唐末人之所得而方軌也。

曲成虚憶青蛾斂，調急遥憐玉指寒。銀鎖重幃聽未闢，不如眠去夢中看。後解

此五、六，「曲成」、「調急」，是寫所聞之筝；「青蛾」、「玉指」，是寫理筝之人。試思前解不添趙女，即此時何處得有此解？然而某又特欲細看其中間之「虚憶」字、「遥憐」字，便是七、八「不如眠去」之文情生起。欲學唐人律詩後解，即如此等妙篇，其可不刳心也哉！

李邕

字泰和，揚州江都人。父善，注《文選》，釋事而忘意。書成以問邕，邕不敢對。善詰之，邕意欲有所更。善曰：「試爲我補益之。」邕附事見義，善以其不可奪，故兩書並行。既冠，見特進李嶠，自言：「讀書未遍，願一見秘書。」嶠曰：「秘閣萬卷，豈時日能習耶？」邕固請，乃假直秘書。未幾辭去，嶠驚，試問奥篇隱帙，了辨如響。嶠歎曰：「子且名家。」因與張廷珪共薦之，乃召拜左拾遺。御史中丞宋璟劾張昌宗等反狀，武后不應。邕立階下，大言曰：「璟所陳社稷大計，陛下當聽。」后色解，即可璟奏。邕出，或讓曰：「子位卑，一忤旨，禍不測。」邕曰：「不如是，名亦不傳。」歷淄、滑二州刺史，上計京師。始，邕早有名，重義愛士，久斥外，不與士大夫接。既入朝，人間傳其眉目瓌異，至阡陌聚觀。後生望風内謁，門巷填隘。中人臨問，索所爲文章，且進上，以讒娼不得留，出爲汲郡北海太守。李林甫素忌邕，復傳以罪，詔刑部員外郎祁順之、監察御史羅布奭，就郡杖殺之，時年七十。邕之文，于碑頌是所長。人奉金帛請其文，前後所受鉅萬計。邕雖詘不進，而文名天下，時稱「李北海」。盧藏用嘗謂邕「如干將、莫邪，難與爭鋒，但虞傷缺耳」。後卒如言。杜甫知邕負謗死，作《八哀詩》，讀者傷之。有集七十卷。

奉和初春幸太平公主南莊

傳聞銀漢支機石，復見金輿出紫微。織女橋邊烏鵲起，仙人樓上鳳凰飛。前解

此爲從幸公主山莊，故以乘槎犯漢爲起。然因「傳聞」、「復見」一落，手法既寬，便不檢括，竟于結句再用其語，此固是其通長。前後二解，欲作大開大闔，然讀者則須細玩：其前解仍是前解，後解仍是後解，並不因起結只用一語，遂混作中四句詩也。〇前

解只是寫舊所不信，今乃驚見。三、四猶言織女橋邊烏鵲真起，仙人樓上鳳凰果飛，諷言車駕之下幸公主，洵爲異聞也。

流風入座飄歌扇，瀑水當階濺舞衣。今日還同犯牛斗，乘槎共泛海潮歸。後解

後解歌扇舞衣，更無少諱。甚至直寫出風飄水濺，見是日不論何色人等，並得縱心寓目。故結句特下一「犯」字，再加一「同」字，諷言此係陛下閨門，未宜舉朝盡隨也。○前解，寫車駕果幸山莊；後解，寫群臣盡見公主。

孫逖

博州武水人。幼有文，屬思精敏。年十五，見雍州長史崔日用，令賦土火爐，援筆成篇，理趣不凡。日用駭歎，遂與定交。舉手筆俊拔、哲人奇士、隱淪屠釣及文藻宏麗等科。開元十年，又舉賢良方正。玄宗御洛城門引見，命户部郎中蘇晉等第其文異等，擢左拾遺。張説命子均、垍往拜之。李邕負才，自陳州入計，裒其文示逖。以起居舍人，入爲集賢院修撰，改考功員外郎，取顔真卿、李華、蕭穎士、趙驊等，皆海内有名士。俄遷中書舍人。開元間，蘇頲、齊澣、蘇晉、賈曾、韓休、許景先及逖，典詔誥，爲代言最，而逖尤精密。張九齡視其草，欲易一字，卒不能也。官終少詹事。上元中卒，贈尚書右僕射，謚曰文。集二十卷。

和左司張員外自洛使入京中路先赴長安逢立春日贈韋侍御及諸公

「自洛使入京中路先赴長安逢立春日贈韋侍御及諸公」，此左司張員外題也，孫則和之。

忽見雲間數雁迴，更逢山上一花開。河邊淑氣迎芳草，林下輕風待落梅。前解

如此絡索題，看唐人大筆，乃全不以爲意。看他四句中，如忽見數雁、更逢一花、淑氣迎草、輕風待梅，一意只寫立春，更不分心别顧。而其間如「雲間」句，却是寫洛回；「山上」句，却是寫中路；「河邊」句，却是寫長安；「林下」句，却是寫韋侍御及諸公。凡題中所有，乃更無所不有，此真超然大筆也。

秋憲府中高唱入，春卿署裏和歌來。共言東閣招賢地，自有西征作賦才。後解

前解盡將如此絡索題，中間無有不寫，獨餘「贈」字、「和」字，留俟後解定奪。而此後解，乃更不止定奪「贈」字、「和」字，偏有本事直挑動到「及諸公」三字。言張員外自贈韋侍御，却要孫先生與他代和，豈不遭侍御笑云：「我府中自有諸公，何勞床頭人與我捉刀耶？」真寫盡知己倡和之樂也。〇頗有先生深嫌其間「上」、「邊」、「下」、「中」、「裏」等字，賤狗徒知咬橛耳！

延平門高齋亭子應岐王教

張　諤　登景龍進士第。

花源藥嶼鳳城西，翠幕紗窗鶯亂啼。昨夜葡萄初上架，今朝楊柳半垂堤。前解

「花源藥嶼」，即高齋亭子；「翠幕紗窗」，則高齋亭子中間之最深曲處也。其對法，

「花源」與「藥嶼」對,「翠幕」與「紗窗」對,謂之當句字對。至于足此二句而一云「鳳城西」,一云「鶯亂啼」,鳳城西,是紀其地在延平門外;鶯亂啼,是紀其時在深春,已更不復求對。然而試細尋之,即「鳳」、「鶯」二字却又成對,此又謂之手便錯對也。此皆唐初人熟精律體,放膽成文,非已後小家所得漫擬已。三、四承「鶯亂啼」,只寫得「昨夜」、「今朝」四字,並非寫上架之葡萄、垂堤之楊柳,須知仿此。

片片仙雲來渡水,雙雙燕子共銜泥。請語東風催後騎,並將歌舞向前溪。後解

上解「葡萄」、「楊柳」,只是承「鶯亂啼」,紀其時在深春。此「仙雲」、「燕子」,則即七句「請語」之「東風」也。言仙雲既是渡水,燕子又必銜泥。然則後騎徐來,正應覿面相值,欲勞乘便寄語,並催一發前來。此即杜必簡「寄語洛城風日」一樣文法,而不解者誤謂其是寫景,真所謂「無縫鐵椎」者也。

庾光先

奉和劉採訪縉雲南嶺作

百越城池枕海圻,永嘉山水復相依。懸蘿弱篠垂清淺,宿雨朝暾和翠微。前解

欲寫永嘉,又必先寫邊海諸郡。此非襯永嘉使不單薄,正言永嘉乃即百越之一,言

外便有《招魂》之意，如云南方不可久留也。三寫永嘉水，四寫永嘉山。吟之是非常清麗，思之是異樣卑濕，真爲《離騷》已後又一高手已！

鳥訝《山經》傳不盡，花隨《月令》數仍稀。幸陪謝客題詩句，誰與王孫此地歸。後解

五、六言永嘉，鳥非中原鳥，花非中原花。夫《山經》、《月令》，此爲中原聖人之書，今既略不筆其花鳥，則是中原聖人絶意不至此地，可知也。七、八言寄詩不如早歸。「誰與」，猶言孰比也。

李　憕

太原文水人。早聰敏，以明經舉。開元初，爲咸陽尉。時張説自紫微令、燕國公，出爲相州刺史、河北按察使。有洺州劉行，善相人，説問寮宋後誰貴達，行乃稱憕，及臨河尉鄭岩。説乃以女妻岩，妹婿陰行真女妻于憕。後爲尚書右丞、京兆尹，轉光禄卿、東京留守，判尚書省事。安禄山反，遷禮部尚書，與御史中丞盧奕留守。城陷，俱被害。禄山傳首殉河北，顔真卿斬其使，浴其首，殮以木函，祭而葬之，以聞。玄宗贈憕司徒，仍與一子五品官。

奉和聖製從蓬萊向興慶閣道中留春雨中春望之作

別館春還淑氣催，三宫路轉鳳凰臺。雲飛北闕輕陰散，雨歇南山積翠來。前解

前解，一是從蓬萊，二是向興慶，三、四是雨中春望：最詳整也。

御柳遥隨天仗發，林花不待曉風開。已知聖澤深無限，更喜年芳入睿才。後解

前解寫「從蓬萊向興慶」「雨中春望」已盡，此解獨寫聖製也。言只因聖製《春望》之篇一出，即御柳盡發、林花畢開，天言所臨，百物皆應也。本言五、六是「年芳入睿才」，看他七又先作一折筆，言常年花柳皆屬聖澤，獨有今日更蒙睿才。真可謂無意不到矣。

賈至　字幼鄰，曾之子。擢明經第，解褐單父尉。從玄宗幸蜀，拜起居舍人，知制誥。帝傳位，至當譔册。既進稿，帝曰：「昔先天誥命，乃父爲之辭；今兹命册，又爾爲之。兩朝盛典，出卿家父子手，可謂繼美矣。」至頓首，嗚咽流涕。歷中書舍人，遷尚書左丞，轉禮部侍郎，待制集賢院，徙兵部，累封信都縣伯，進京兆尹。以右散騎常侍卒，年五十五，贈禮部尚書，謚曰文。集十卷，蘇弁編次，常仲孺爲序。

早朝大明宫呈兩省僚友

銀燭朝天紫陌長，禁城春色曉蒼蒼。千條弱柳垂青瑣，百囀流鶯繞建章。前解

前解通寫「早朝大明宫」。一是「朝」，二是「早」，三、四是「大明宫」，最華整。○須悟其發興，本是因朝大明宫，忽然一念慶快，遂呈兩省僚友，裁詩却是因呈兩省僚友，要其各知慶快，故更補寫早朝大明宫。蓋舉朝如此多官，而獨有兩省諸公，載其筆墨，侍從天子，高華清切，無能與比，此真不可不知慶快者。只看其起句「銀燭朝天紫陌長」之一句

七字：「銀燭」者，言朝天既早，載燭而行；「紫陌長」者，言銀燭衆多，迤邐紫陌，極目遠視，不見窮盡。正以極明早朝之官之多，何慮若干若千也。後解便只從此一句七字中間，抽出「兩省僚友」，言獨有我輩，非其餘銀燭之比。○和詩三章，獨有杜工部别换機杼，他如王之「萬國衣冠」，岑之「玉階千官」，皆是先生一樣章法。

劍佩聲隨玉墀步，衣冠身惹御爐香。共沐恩波鳳池裏，朝朝染翰侍君王[一]。後解

後解專寫兩省僚友。○看他五、六，又自作輕輕頓挫。言兩省之臣，如論劍珮，則雖同隨玉墀之步；若辨衣冠，則實獨染御爐之香。蓋入直鳳池，含毫待詔，人生自幼識字讀書，真得如是一日亦足也。

王維

字摩詰，太原祁人。父處廉，終汾州司馬，徙家于蒲，遂爲河東人。維開元九年進士擢第，事母崔氏，以孝聞。與弟縉俱有俊才，博學多藝，亦齊名。閨門友悌，多士推之，歷右拾遺、監察御史、左補闕、庫部郎中。居母喪，柴毁骨立，殆不勝哀。服闋，拜吏部郎中。天寶末，爲給事中。禄山陷兩都，玄宗出幸，維扈從不及，爲賊所得。維服藥取痢，僞稱瘖病。禄山素憐之，遣人迎置洛陽，拘于普施寺，迫以僞署。禄山宴其徒于凝碧宫，其工皆梨園子弟、教坊工人。維聞之悲惻，潛爲詩曰：「萬户傷心生野烟，百官何日再朝天。秋槐葉落空宫裏，凝碧池頭奏管弦。」賊平，陷賊官三等定罪。維以「凝碧」詩

[一]「翰」，原作「朝」，據賢文堂本、有正本改。

聞于行在，肅宗嘉之。會縉請削己刑部侍郎，以贖兄罪，特宥之。謫授太子中允，遷太子中庶子、中書舍人，復拜給事中，轉尚書右丞。維以詩名，盛于開元、天寶間。昆仲宦游兩都，凡諸王駙馬、豪右貴勢之門，無不拂席迎之。寧王、薛王，待之如師友。維尤長五言詩。書畫特臻其妙，筆蹤措思，參于造化，非繪者之所及也。人有得《奏樂圖》，不知其名，維視之，曰：「《霓裳》第三疊第一拍也。」好事者集樂工按之，一無差，咸服其精思。維兄弟俱奉佛，居嘗蔬食長齋，不衣文彩。得宋之問藍田别墅，在輞口，其水周于舍下，别置竹洲花塢，與道友裴迪浮舟往來，彈琴賦詩，嘯詠終日，嘗聚其詩，號《輞川集》。在京師，日飯數十名僧，以談玄爲樂。齋中無所有，惟茶鐺藥臼、經案繩床而已。退朝之後，焚香獨坐，以禪誦爲事。妻亡，不再娶，三十年孤居一室，屏絶塵累。乾元二年七月卒，臨終之際，以縉在鳳翔，忽索筆作别縉書，又與平生親故，作别書數幅，多敦厲朋友奉佛修心之旨，捨筆而絶。代宗時，縉爲相。帝好文，謂縉曰：「卿之伯氏，天寶中詩名冠代。朕嘗于諸王座，聞其樂章。今有多少文集，卿可進來。」縉曰：「臣兄開元中詩，百千餘篇。天寶事後，十不存一。比于中外親故間，相與編綴，都得四百餘篇。」翌日上之，帝優詔褒賞。凡十卷。○寧王憲貴盛，寵妓數十人，皆上色。宅左有賣餅妻[一]，纖白明媚。王一見屬意，因厚遺其夫，求之，寵愛逾等。歲餘，因問曰：「汝復憶餅師否？」使見之，其妻注視，雙淚垂頰，若不勝情。時王坐客十餘人，皆當時文士，莫不悽異。王命賦詩，維先成云：「莫以今時寵，難忘舊日恩。看花滿眼淚，不共楚王言。」坐客無敢繼者。王乃歸餅師，以終其志云。

[一]「賣」，貫華堂本、賢文堂本作「買」，據有正本改。

大同殿生玉芝龍池上有慶雲百官共睹聖恩便賜宴樂敢書即事

欲笑周文歌燕鎬，還輕漢武樂横汾。豈知玉殿生三秀，詎有銅池出五雲。前解

忽然笑周輕漢，人問何故？曰：「彼二朝豈知生芝，詎有出雲耶？」一解詩讀之，只如蒿枝輕拂相似。小儒詬其平平無奇，不知此爲先生真奇。蓋朝廷喜言祥瑞，既非我所樂聞，然則只用隨手隨口，輕輕遞得過去便休，又豈能與之鋪張乎哉。

陌上堯尊傾北斗，樓前舜樂動南薰。共歡天意同人意，萬歲千秋奉聖君。後解

此「堯尊」、「舜樂」，前人皆誤解爲御酒法曲，于是七之「天意同人意」五字，遂更不知如何成語。不知前解生芝出雲是爲「天意」，今此五、六則是「人意」。推言天意何故有彼，則惟人意實先有此也。「陌上」字妙，便知堯尊直通田家瓦盆；「樓前」字妙，便知舜樂直通婦子連袂。于是而休嘉之氣，上通彼蒼，人天既協，神靈斯應，生芝出雲，如何不宜也！如此方是儒者之言。

酬郭給事

洞門高閣靄餘暉，桃李陰陰柳絮飛。禁裏疏鐘官舍晚，省中啼鳥吏人稀。前解

看他寫餘暉，却從「洞門高閣」字着手。此即「反景入深林，復照青苔上」文法，言餘暉從洞門穿入，倒照高閣也。再加「桃李」句，寫餘暉中一人閑坐，真是分明如畫；再加禁鐘、省鳥，寫此花陰柳絮中間閑坐之一人，方且與時俱逝，百事都捐，真又分明如畫也。前解，先生自道比來況味，只得如此。讀此一解，使人火氣都盡。

晨摇玉珮趨金殿，夕奉天書拜瑣闈。强欲從君無那老，將因卧病解朝衣。後解

後解始酬郭給事也。言摇玉珮、奉天書，與君同事，豈不夙願？然晨趨夕拜，老不堪矣。誦之，使人油然感其温柔惇厚，不覺平時叫囂之氣皆失也。

早秋山中作

無才不敢累明時，思向東溪守故籬。豈厭尚平婚嫁早，却嫌陶令去官遲。前解

「無才」非先生自謙，「明時」非先生虚頌，直是深信一時君臣合德，無績不奏，身于其間，半手莫措。于是戰戰懼其或「累」，兢兢抱其「不敢」，因而眠思夢想，但得忽然一日乘秋風、歸故籬，便是通身輕快，無量安樂者也。三、四因言人生多故，惟是婚宦兩端，今幸兒女之事亦已早畢，如何軒冕之塗猶未拔足？蓋力疾求去之辭也。

草間蛩響臨秋急，山裏蟬聲薄暮悲。寂寞柴門人不到，空林獨與白雲期。後解

唐人每欲咨嗟遲暮，則必以歲已秋、日已暮爲言，其法悉仿諸此。○歲已秋、日已

暮，舉一反三，殆是百年亦復垂垂將盡也。「空林」、「白雲」者，人但無心，便是同期，非定欲絶人遠去也。

敕賜百官櫻桃

芙蓉闕下會千官，紫禁朱櫻出上蘭。總是寢園春薦後，非關御苑鳥銜殘。前解

敕賜櫻桃詩，妙在第一句全不提起櫻桃，只奮大筆先書曰「芙蓉闕下會千官」。蓋「闕下」，即至尊也；「闕下會千官」，即會朝至尊也。如此便見君臣同德。日會闕下，朝廷之事，必有大者，而此櫻桃不過一日偶然宣賜之微物。此謂筆墨所爭甚微，而立言所關甚大也。如出小人俗手，必將一起便寫櫻桃，則不知千官爲櫻桃故，來會闕下乎？抑闕下爲櫻桃故，召會千官乎？竟不成話説矣。三、四兩使櫻桃事，最精切。然妙實在寫出一片敬愛其臣之盛心，正不徒以精切爲能也。

歸鞍競帶青絲籠，中使頻傾赤玉盤。飽食不須愁内熱，大官還有蔗漿寒。後解

五寫先受賜者，六寫後受賜者。不謂連「百官」之「百」字，先生妙筆，直有本事教都寫出來，讀之分明立午門左右，親看其紛紛續續而去也。末又意外再寫君恩無窮，又如逐員逐員宣諭之。

積雨輞川莊作

積雨空林烟火遲，蒸藜炊黍餉東菑。漠漠水田飛白鷺，陰陰夏木囀黃鸝。前解

此解即《豳風》「饁彼南畝」句中，所有一片至情至理。特當時周公不曾説出，留教先生今日説出也。蓋一家八口，人食一升，一年人三百六十升，八人共計食米二十八石八斗。除國税婚喪在外，此項全仰今日下田苦作之人之力，更無別出可知也。今使因積雨致炊遲，因炊遲致餉晚，因餉晚致農饑，此即合家嗷嗷仰食之人，無不爲之倉皇踧踖，身心無措者也。故三、四承之，言如此水田無際，望之但見飛鷺，則應念我勞人胼胝，不知直到何處；如此夏木陰長，聽來百囀黃鸝，則應念我勞人腹枵，不知已忍幾時。奈何不過一藜一黍，至今猶然未得傳送。一解四句，便只是精寫得一「遲」字。如何細儒不知，乃漫謂之寫景也。〇如何千年以來，説唐詩者一味皆謂閑閑寫景？夫使當時二《南》、十五《國風》、二《雅》、三《頌》亦曾無故寫景，則謂唐亦寫景可也；若《三百篇》並無此事，則唐固並無此事也。〇「漠漠」句，言作苦；「陰陰」句，言日長。作又苦，日又長，然後積雨炊遲。一「遲」字，方是當家主翁淳厚心田中一段實地痛惻也。若必爭之曰寫景，則藜黍既遲，苦饑正切，而主翁顧方看鷺聽鸝，吾殊不知此爲何等詩，又爲何等人之所作也！

近日頗復見人畫此二句。不知此二句只是「遲」字心地，夫心地則又安能着筆！

山中習静觀朝槿，松下清齋折露葵。野老與人爭席罷，海鷗何事更相疑。後解

上解是寫居輞川心地，此解是寫居輞川威儀。○言頗彼有人，見我莊居，因遂疑我習静修齋。夫我亦何静之可習，何齋之可修乎？不過眼見槿花開落，因悟身世並銷，正逢葵葉初肥，不免採擷充膳，是則或有之耳。且夫人生世上，適然同處，以我視之，我固我也，彼固彼也；如以彼視之，彼亦我也，我特彼也。然則百年並促，三餐並艱，人各自營，誰能相讓。今必疑我習静修齋，則豈欲令二三野老側目待我，一如陽居所云「家公執席，妻子避竈」，然後自愉快耶？亦大非本色道人已。

既蒙宥罪旋復拜官伏感聖恩竊書鄙意兼奉簡新除使君等諸公

忽蒙漢詔還冠冕，始覺殷王解網羅。日比皇明猶自暗，天齊聖壽未云多。前解

既赦罪，又復官，若順事各寫，此成何章句？今看其小出手法，只將二事摶作一句，言我直至復官之後，始悟既已赦罪矣。便令前此畏罪之深、後此蒙恩之重，前此驚魂一片、後此銜感萬重，所有意中意外、如恍如惚，無數情事，不覺盡出。此謂臨文變化生心之能也。三、四承「忽蒙」、「始覺」文勢，自更不得不出于感頌。三是感，四是頌，此自是一時至情至理，切不得嫌其陋俗也。

花迎喜氣皆含笑，鳥識歡心亦解歌。聞道百城新佩印，還來雙闕共鳴珂。後解

上解伏感聖恩，此解奉簡諸公也。言諸公新除百城，誠無便來雙闕之理，然我今無限歡喜，實已更不自持，安得知己都來，一齊看我歡喜。五、六，花皆「含笑」、鳥亦「解歌」者，蓋事出望外，心神顛倒，所謂不自知其手之舞之、足之蹈之也。

酌酒與裴迪

酌酒與君君自寬，人情翻覆似波瀾。白首相知猶按劍，朱門先達笑彈冠。前解

一解只妙于「酌酒與君」四字，猶言咄咄裴生，今日乃得王先生與之酌酒，便足一生自豪；直不應又以好脣舌，再問他人情如何也。看他命題，便已直直只此五字，意即可知。三、四正極寫「翻覆」「波瀾」也。三之磣毒，在「白首」二字，言半生對床，不妨一刻便爲敵國也；四之輕薄，在「先達」二字，言一朝雲霄，不認昨夜誰共燈火也。此自是千古至今絶妙地獄變相，茲反覺吾王先生説之爲饒舌也。

草色全經細雨濕，花枝欲動春風寒。世事浮雲何足問，不如高卧且加餐。後解

前解寫顯相，後解寫密相也。顯相，必是裴所已受，故前解只作寬慰之語；密相，乃是裴所未悟，故後解更作告誡之辭。五，「草色」七字，言我方不意，則彼先暗傷也；六，「花枝」七字，言我乍欲行，則彼必重擠也。此皆自古至今絶妙地獄變相也。

春日同裴迪過新昌里訪吕逸人不遇

桃源面面絶風塵，柳市南頭訪隱淪。到門不敢題凡鳥，看竹何須問主人。前解

二，「柳市南頭」，即新昌里；「隱淪」，即吕逸人也；三，不敢題門，言逸人不在；四，「看竹」，言己與裴，不能以逸人不在而遂去也：俱易解。最奇最妙者，看先生于二、三、四句未寫以前，忽然空中無因無依，隨筆所蕩，先蕩出「桃源面面絶風塵」之七字。今世之人，不能看書心細如髮，則直謂此不過寫他新昌里耳。殊不知新昌里自有「柳市南頭」四字承認，不應一寫不已，又沓寫至再也。某因大書揭壁，誓以十日坐卧其下，務期必得其旨。及至瞥地看出，却亦只是平常。然而其中實有兩通妙理，終是忍俊不禁，不妨對衆拈出也：其一，言我與裴，是日亦不必定訪吕逸人。蓋桃源面面，總非人間；南北東西，無非妙悟。如此，則遇逸人亦不爲欣，不遇逸人亦不爲憾，便將逸人失晤早已視如流雲。下解空玩庭柯，正復大愜來意也。其一，言逸人此時，雖不知其何在，然而桃源面面，既非人間；南北東西，總無異緣。則亦烏知其不爲訪人未值，正在旁皇，不訪反逢，方當歡握。既是深淺只在山中，料應毛羽無非一色，便任縱心他往，于我有何異同也。試思先生如此高手，如此妙手，真乃上界仙靈。其吹氣所至，皆化樓臺，又豈下土筆墨之事所能奉擬哉！

城外青山如屋裏，東家流水入西鄰。閉户著書多歲月，種松皆老作龍鱗。後解

此寫不遇逸人後，一段徘徊閑暢神理也。五仰眺其牆外，六俯玩其階下；七、八，進窺其窗中，出撫其庭樹。何必不遇逸人，亦何必定遇逸人？蓋此日與裴，特地發興遠來，至是亦可謂大獲我心而去矣。

過乘如禪師蕭居士嵩丘蘭若

無着天親弟與兄，嵩丘蘭若一峰晴。食隨鳴磬巢烏下，行踏空林落葉聲。前解

二大士合住一精舍，若非先生心知其事，正復不審如何措手。今忽巧請無着、天親兄弟菩薩，先將如椽大筆，公然横起一語，然後再于「嵩丘蘭若」，輕輕安個「一峰晴」三字。而二大士之無着所以爲無着，是此三字；天親所以爲天親，亦此三字矣。三、四，寫二大士受食而巢烏亦下，此猶與有情平等；經行而落葉有聲，此直與無情平等。然則爲是二大士各有「一晴峰」，爲是「一晴峰」雙現二大士？此非復詩家之所與聞，吾欲與天下道人參之。菩薩與菩薩，蕭然不相得，曰「無着」；菩薩與菩薩，脗然不可開，曰「天親」。

迸水定侵香案濕，雨花應共石床平。深洞長松何所有，儼然天竺古先生。後解

龐居士常曰：「但願空諸所有，慎毋實諸所無。」此一解四句，正特表二大士已盡得

「空諸所有」，而先生妙筆則反戲寫其「實諸所無」，以俟人之從空懸解，逌然失笑也。言二大士澄清絶點，彼其蘭若之中，則豈更有纖塵得染者乎？有則或有珠王迸水，有則或有天女散花。除此二者而外，如再徹底檢閲，有則或有瞿曇先生，金像儼然，深洞莊嚴，長松蔭覆，如是焉而已耳。看他四句二十八字，只爲欲寫「何所有」之三字，却乃翻作如此異樣筆墨，真爲翰林之罕事也。

和賈至舍人早朝大明宮呈兩省僚友之作

絳幘鷄人報曉籌，尚衣方進翠雲裘。九天閶闔開宫殿，萬國衣冠拜冕旒。前解

此全依賈舍人樣，前解通寫「早朝」，後解專寫「兩省」也。若其中間措手，又有不同者。賈乃于起一句，便安「銀燭朝天紫陌長」之七字，是預從「早」字先已用意，于是而三、四寫「朝」字，便無過只是閑筆；此却于第四句始安「萬國衣冠拜冕旒」之七字，是直到「朝」字方乃用意，于是而一、二寫「早」字，亦無過只是閑筆：此則爲兩先生各自匠心也。

日色纔臨仙掌動，香烟欲傍衮龍浮。朝罷須裁五色詔，珮聲歸到鳳池頭。後解

五，日色纔動，寫朝光滿殿，翻上「早」字；六，香烟欲浮，寫雙引駕退，翻上「朝」字。七、八，急接「朝罷」二字，言此時千官盡散，而獨有我輩，只歸鳳池也。

出塞作時爲監察御史。

居延城外獵天驕，白草連天野火燒。暮雲空磧時驅馬，秋日平原好射鵰。前解

首句曰「獵天驕」，則是三句皆寫「獵」也。殊不知首句曰「獵天驕」，則是三句皆寫「天驕」也。看他「白草連天」，便是野火連天，先已不可向邇。三、四承之，寫其驅馬射鵰，再加「暮」字、「時」字，便可見閃忽無常；又加「秋」字、「好」字，便可知弓馬輕快。其驕至于如此，真爲當事者北望之一大憂也。○看他起筆「居延城外」四字，三、四「暮」字、「時」字、「秋」字、「好」字，却似一道緊急邊報然。

護羌校尉朝乘障，破虜將軍夜渡遼。玉靶角弓珠勒馬，漢家將賜霍驃姚。後解

前解寫「天驕」，是真正天驕；後解寫「邊鎮」，是真正邊鎮。○言乘障者乘障，渡遼者渡遼，士氣蓬蓬勃勃，一氣便直取「玉靶」、「珠勒」等二句十四字，言人人無不自以爲居然屬我也。前解不寫得如此，便不足以發我之怒；後解不寫得如此，便不足以制彼之驕。

敕借岐王九成宫避暑

帝子遠辭丹鳳闕，天書遥借翠微宫。隔窗雲霧生衣上，卷幔山泉入鏡中。前解

一，遠辭；二，遥借。既説遠，又説遥，詹詹小生，便嫌犯合。殊不知一解特地爭勝，乃只在此二字。言帝子瞻戀天容，何敢遠辭宸幄；乃至尊過憂溽暑，昨已遥借離宫。既是至尊遥借之敕已宣，即是帝子遠辭之行不免也。看他寫得兄弟君臣之間，一片友愛、一段恭慎，只用二字，便乃無美不備，妙妙。三、四，雲霧通窗，山泉入鏡，此是極寫所借之地，暑氣全無，清涼隔世，正特爲題中「避暑」二字，且未及描畫九成勝景也。

林下水聲喧笑語，岩間樹色隱房櫳。仙家未必能勝此，何事吹簫向碧空。後解

上三、四，只是説「九成」無暑；此五、六，方寫其景也。七「此」字，總結水「喧笑語」、樹「隱房櫳」，可知。

奉和聖製從蓬萊向興慶閣道中留春雨中春望之作

渭水自縈秦塞曲，黄山舊繞漢宫斜。鑾輿迥出千門柳，閣道迴看上苑花。前解

看他一、二，先寫「渭水自縈」、「黄山舊繞」，即三、四之鑾輿看花、閣道留蹕，宛然便在無數山圍水抱之中間也。先生爲畫家鼻祖，其點筆吮墨，布置遠近，居然欲與造化參伍。只如此一解四句，便是其慘淡經營之至妙至妙也。

雲裏帝城雙鳳闕，雨中春樹萬人家。爲乘陽氣行時令，不是宸游玩物華。後解

後解四句承上「花」字，言不知者以爲爲花也，其知者以爲不爲花也。夫「閣道迴

看」，正迴看「雙鳳闕」耳，正迴看「萬人家」耳。「雙鳳闕」，言上畏天眷；「萬人家」，言下恤民岩。若「雲裏帝城」、「雨中春樹」八字，只是襯色也。

和太常韋主簿五郎温泉寓目

漢主離宫接露臺，秦川一半夕陽開。青山盡是朱旗繞，碧澗翻從玉殿來。前解

此前解是寫温泉，然吾詳玩其四句次第，却是細細又寫「寓目」。譬如作大幅界畫者，其正經主筆，本自定于一幅之居中，而其初時起手，却必自最下一角，先作從旁小景，既而漸漸添成，便是遠近正偏，無數形勢，一齊俱備矣。〇一「漢主離宫」，即指今温泉，特以不敢斥言當時，故遠借漢主也。「接露臺」，言寓目者則應從秦始露臺祠邊而起也。二「秦川」「夕陽」，言一路依渭水迤邐而去，其半道有矗起者，寓目者宜知此爲驪山夕陽樓也。三、四方正寫温泉，然三猶通寫合宫、朱旗，言盛陳儀衛也；四方獨寫湯殿、碧澗，言陰泉灌輸也。此爲寓目時，自遠而近、自邊而中，最精最細之理路也。〇某嘗言：看好山水，眼中須有章法；述好山水，口中須有章法。如此一解四句，便是右丞滿胸章法。其爲畫家鼻祖，豈無故而然乎！

新豐樹裏行人度，小苑城邊獵騎迴。聞道甘泉能獻賦，懸知獨有子雲才。後解

後解，寫韋太常。五、六者，所謂《甘泉賦》料也。前解一、二，只是陪寫温泉；後解五、六，

却是五郎賦料。然則詩中寫景處,固自有定限矣。

送楊少府貶郴州

明到衡山與洞庭,若爲秋月聽猿聲。愁看北渚三湘遠,惡説南風五兩輕。前解

此前解手法最奇。看他一、二,公然便向並未曾別之人,預先用勾魂攝魄之筆,深探入去,逆料其後來到衡山、到洞庭,必不能對秋月而聽猿聲者。于是三、四,方更抽筆出來,重寫「愁看北渚」、「惡説南風」目今一段惜別光景。此皆是先生一生學佛,深入旋陀羅尼法門,故能有如此精深曲暢之文也。綄,候風扇也。以鷄羽爲之,重五兩,故楚人謂之「五兩」。郭璞《江賦》曰:「覘氛祲于清旭,覘五兩之動静。」《淮南子》曰:「若綄之候風也。」

青草瘴時過夏口,白頭浪裏出湓城。長沙不久留才子,賈誼何須弔屈平。後解

此五、六,只是急趕「不久留才子」之一句也。言今一路,且過夏口,徑出湓城,不妨解維,放心便去,多恐未必前到郴州,而賜環之命且下也。

裴迪

迪初與王維、崔興宗,俱居終南。天寶後,爲蜀州刺史,與杜甫友善。

春日與王右丞過新昌里訪吕逸人不遇

恨不逢君出荷蓑，青松白屋更無他。陶令五男曾不有，蔣生三徑枉相過。前解

裴君自是右丞門下學人。看他一詩前後二解，波瀾雖復老成，然其不逮右丞，則已千里萬里。此自是右丞衆推天子，初非等閑可擬，固不關裴小巫氣盡也。◯一「恨不逢君出荷蓑」，言恨不逢君，致君荷蓑而出，意謂脱若相逢，知君決不又出，蓋深自贊歎；而逸人既爲我所特訪，則自不必又與贊歎。此所謂高一格用筆法也。二「青松白屋」下，又加「更無他」三字，寫此逸人天姿高寒，非復尋常住山之比。三、四，再接五男「不有」、三徑「枉過」者，又言是日彼已不成延款，我亦無由留語。蓋如此不遇，乃爲不遇之至。然實則三承二、四承一法也。

芙蓉曲沼春流滿，薜荔成幃晚靄多。聞説桃源好迷客，不如高卧盼庭柯。後解

此言再訪且恐並失其處，則不如便于芙蓉沼上、薜荔幃中，竟托高卧，以俟其歸也。◯試想是日已有右丞詩在上頭，而先生又能盡脱右丞筆墨，别自標奇領異，真爲右丞學人無忝也。

孟浩然

字浩然，襄州襄陽人。隱鹿門山，年四十，乃游京師。嘗于太學賦詩，一座嗟伏，無敢抗。張九齡、王維雅稱道之。維私邀入内署，俄而玄宗至，浩然匿床下。維以實對，帝喜曰：「朕聞其人而未

見也。」詔浩然出。帝問其詩,浩然再拜,自誦所爲,至「不才明主棄」之句。帝曰:「卿不求仕,而朕未嘗棄卿,奈何誣我?」因放還。採訪使韓朝宗,約浩然偕至京師,欲薦諸朝。會友人至,劇飲歡甚。或曰:「君與韓公有期。」浩然叱曰:「業已飲,遑恤他。」卒不赴。朝宗怒,辭行,浩然不悔也。初王維過郢州,畫浩然像于刺史亭,因曰「浩然亭」。咸通中,刺史鄭誠謂「賢者名不可斥」,更署曰「孟亭」。詩二百十首,王士源序次爲三卷,今並爲一。

除夜有懷

五更鐘漏欲相催,四氣推遷往復迴。帳裏殘燈纔去焰,爐中香氣盡成灰。前解

只起句七字,寫盡除夜。二是再從大處寫,七字中便有前三百六十日、後三百六十日也。三、四是再從細處寫,十四字中,便直寫到一焰續、一焰已灰,一焰又續、一焰又灰,如是焰焰續,焰焰疾灰,此即世尊《四阿含經》説「不能盡」之無常精義也。二是放開眼界寫,三、四是精着眼色寫。不如此,便不是除夕詩也。

漸看春逼芙蓉枕,頓覺寒銷竹葉杯。守歲家家應未卧,相思那得夢魂來。後解

上三、四,是先生寫自家除夕; 此五、六,是寫他家除夕,即七之守歲未卧諸人也。「漸看」是新年忽親,「頓覺」是舊年全失,蓋家家意思即不過如是矣。先生自相思,彼何曾在意,以未卧故,或無夢來。怨而不怒,真忠厚之言也。

登安陽城樓

縣城南面漢江流，江嶂開成南雍州。才子乘春來騁望，群公暇日坐銷憂。前解

登城樓，臨漢江，望南雍州，看他何等眼界，何等胸襟。因言普天下凡有此等眼界、此等胸襟者，必是才子；其無此等眼界、此等胸襟者，亦是群公。然則乘春騁望，固是其有眼界、有胸襟；而果暇日來坐，即亦不怕其無眼界、無胸襟也。看他「縣城」下「南面」字，「漢江」下「流」字，「南雍州」上「江嶂開成」字，分明心手之間，欲代元化布置。

樓臺晚映青山郭，羅綺晴嬌綠水洲。向夕波摇明月動，更疑神女弄珠游。後解

前解只是虚歎其勝，此解始實寫其勝也。必又用到「神女弄珠」者，非爲漢皋鄭交甫一愛未割，正是極寫好景，不能捨去，直須坐到月上也。

春　情

青樓曉日珠簾映，紅粉春妝寶鏡催。已厭交歡憐枕席，相將游戲繞池臺。前解

寫女郎，寫來美，是俗筆；寫來淫，是惡筆；必要寫來憨，方是妙筆。又寫女郎憨，寫女郎自道憨是俗筆；寫女郎要人道其憨，是惡筆；必要寫女郎憨極不自以爲憨，方是

妙筆。今先生此詩，是純寫憨，是純寫憨極不自以爲憨，此始爲真正寫女郎妙筆也。○有時寫女郎憨，寫其宴眠不起，今却寫其早起不眠。既是天生妙筆，便乃何所不可。○一解，首句是女郎眠起圖，二句是女郎妝成圖，四句是女郎下樓圖。三句便是三幅女郎，冉冉從床上、鏡前、梯頭，漸漸蛇蜕而下，然猶未曾寫到其憨也。憨則在先生妙手，巧插此第三句：厭，足也；憐，昵也。未足則昵，既足則厭。看他七字，分明是淫，乃使人讀之，但見其憨，不見其淫。此所謂上界真靈，照見下方蛆蟲蠢動，因而與之盡情宣説，而曾不污其蓮花齒頰者也。

坐時衣帶縈纖草，行即裙裾掃落梅。更道明朝不當作，私邀共鬥管弦來。後解

前解，叙；後解，畫，真畫盡憨也。看他坐時坐得憨，行時行得憨，又想如此憨情，即豈一日得了？于是圖賴上作，又圖賴得憨。只是世上容有如此女郎，先生學道人，胸中何故有如此筆墨？才人游戲之事，誠乃不知所際也。問曰：「亦有此等詩，必辨其是詞。今此詩，亦似可謂之爲詞，又必辨其是詩，此于何分明？」答曰：「看他前解，對起甚不苟，第三句又故作一曲，然後正落，此是前解式也。後解平寫五、六後，第七句更虚縱起，然後與結，此是後解式也。若是春詞，便都無此窪稜起落。且此詩，又律中之最細者。」

男雍釋弓筆受並補注。

學人顧祖頌孫聞校過

貫華堂選批唐才子詩甲集七言律卷之四上終

貫華堂選批唐才子詩甲集七言律卷之四下

聖歎外書

王昌齡 字少伯，江寧人。第進士，補秘書郎。又中宏詞，遷汜水尉。又貶龍標尉。爲詩緒密而思清，時謂「王江寧」云。集五卷。○開元中，詩人王昌齡、高適、王涣之齊名。時風塵未偶，而游處略同。一日天寒微雪，三詩人共詣旗亭，貰酒小飲。忽有梨園伶官十數人，登樓會宴，三詩人因避席隈映，擁爐火以觀焉。俄有妙伎四輩，尋續而至。奢華艷曳，都冶頗極。旋則奏樂，皆當時之名部也。昌齡等私相約曰：「我輩各有詩名，無不自定其甲乙。今者可以密觀諸伶所謳，若詩入歌詞之多者，爲優矣。」俄而一伶拊節而唱，乃曰：「寒雨連江夜入吴，平明送客楚山孤。洛陽親友如相問，一片冰心在玉壺。」昌齡則引手畫壁曰：「一絶句。」又一伶謳曰：「開篋淚霑臆，見君前日書。夜臺何寂寞，猶是子雲居。」適則引手畫壁曰：「一絶句。」尋又一伶謳曰：「奉帚平明金殿開，强將團扇共徘徊。玉顔不及寒鴉色，猶帶朝陽日影來。」昌齡又引手畫壁曰：「二絶句。」涣之自以得名已久，謂諸人曰：「此輩皆潦倒樂官，所唱皆巴人下里之詞耳，豈陽春白雪之曲，俗物敢近哉。」因指諸伎中最佳者，「待此子所唱，如非我詩，是即終身不敢與子爭衡矣。脱是我詩，子等當須列拜床下，奉我爲師。」因歡笑而俟之。須臾，次至雙鬟發聲，則曰：「黄河遠上白雲間，一片孤城萬仞山。羌笛何須怨楊柳，春風不度玉門關。」涣之即擨歈二子曰：「田舍奴，我豈妄哉！」因大諧笑。諸伶不喻其故，皆起詣曰：「不知諸郎君何此歡噱？」昌齡等因話其事，諸伶競拜曰：「俗人不識神仙，乞降清重，俯就筵席。」三子從之，飲醉竟日。

萬歲樓

江上巍巍萬歲樓，不知經歷幾千秋。年年喜見山常在，日日悲看水獨流。前解

江上萬歲樓，不知何人創造，復不知何人題名。嘗試縱心思之，真是勝情奇舉，設使不得如此好詩對副，真爲辜負古人不了也。蓋統計是名「萬歲」，分之只是「千秋」，再分之只是「年年」，再分之只是「日日」。其間山在水流，明抽暗換，乍悲還喜，似悟仍迷，吾亦總以一言概之曰：「不知。」此非愚故不知，任是絶世聰明，竟復誰能知此。四句詩，只是四七二十八字，便將一《大藏經》徹底掀翻，真奇事也。

猿狖何曾離暮嶺，鸕鷀空自泛寒洲。誰堪登望雲烟裏，向晚茫茫發旅愁。後解

「何曾離」，妙；「空自泛」，妙。偉哉大化，綿綿莫莫，欲去者孰容之去？欲住者孰容之住？萬歲以上，有猿狖鸕鷀；萬歲以下，亦有猿狖鸕鷀。夫以如是浩浩樓頭，而乃有人登望發愁。試問此一點愁，爲力幾何，而堪對彼萬歲雲烟哉！我嘗誦先生「禮塔」詩曰：「真無御化來，妙有乘化歸。如彼雙塔内，孰能知是非。」便是一副旋陀羅尼，在在處處，我當供養，以諸香花而散其處也。○總持法師曰：一句「萬歲」，二句「千秋」，三句

「年年」，四句「日日」，此用去丈取尺、去尺取寸法也。又曰：見山在，是粗行人，故着「年年」字；見水流，是細行人，故着「日日」字。此用世尊與諸比丘説無常義法也。又曰：猿狖巧，巧既無所施其巧；鸕鷀専，専又無所用其専。此用大火聚四面湊手不得法也。

九日登高

青山遠近帶皇州，霽景重陽上北樓。雨歇亭臯仙菊潤，霜飛天苑御梨秋。前解

九日登高詩，從來都用眼淚磨墨。此獨盡廢苦調，别發夏聲。看他起，便遍指青山，言遠遠近近，盡帶皇州，則知無一處登高，無不乃心王室者也。三、四，菊必寫「仙菊」，梨必寫「御梨」，全然皆非常套。

茱萸插鬢花宜壽，翡翠横釵舞作愁。漫説陶潛籬下醉，何曾得見此風流。後解

五、六，即末之「此風流」三字也。言今日所以上客紀年，壽花簪鬢，侍姬呈態，翠羽流釵，得有如此風流者，實是上荷聖人之至治，下極同人之歡賞。不似昔人，生既不辰，適丁艱步，性又耿介，常至離群也。

高適

字達夫，渤海人。少落魄，不治生事。客梁宋間，宋州刺史張九皐奇之。舉有道科中第，調封丘尉。不得志，去客河西。遇節度使哥舒翰，表爲左驍衛兵曹參軍，掌書記。禄山亂，召翰討賊，即拜

左拾遺,轉監察御史,佐翰守潼關。翰敗,天子西幸。適走間道,及帝于河池。俄遷侍御史,擢諫議大夫,除揚州大都督府長史、淮南節度使。李輔國短毀之,下除太子少詹事。未幾蜀亂,出爲蜀、彭二州刺史。天子罷崔光遠,以適代爲西川節度使。後召爲刑部侍郎、左散騎常侍,封渤海縣侯。永泰元年卒,贈禮部尚書,謚曰忠。適年五十,始爲詩,即工,以氣質自高。每一篇已,好事者輒傳布。集一卷。

同陳留崔司户早春宴蓬池

同官載酒出郊圻,晴日東馳雁北飛。隔岸春雲邀翰墨,傍檐垂柳報芳菲。前解

一,出手便寫「同官」二字,使人讀之,想見當時未得載酒出郊以前,無限身心煩悶。二,疾接「晴日」七字,此即覿面指點同官,言如此日馳雁飛,未宜一味做官去也。三、四者,所謂心胸壘塊,天地文章,借得酒杯,互爲草稿,爲悲爲暢,我都不知,一任後來妙人,自行理會也。

池邊轉覺虚無盡,臺上偏宜酩酊歸。州縣徒勞那可度,後時連騎莫相違。後解

觀此後解,益悟其出手便寫「同官」二字,非漫筆也。「轉覺虚無盡」妙,試思池邊,如何謂之「虚無」,且虚無如何又謂之「盡」,又「虚無盡」上如何又加得「轉覺」二字? 此皆先生親從連月案牘中來,故斗地眼前實見有此,他人不許濫吟也。七、八,更不含蓄,一直結破,正與前解一、二是一副心期。

夜别韋司士得城字

高館張鐙酒復清，夜鐘殘月雁歸聲。只言啼鳥堪求侶，無那春風欲送行。前解

一之七字，字字快意語也；二之七字，字字敗意語也。字字快意，故三承以「只言」二字云云也；字字敗意，故四承以「無那」二字云云也。此是唐人四句分承法，于前解每用之。◯看先生用意，乃在「啼鳥堪求侶」五字。想此韋司士，必是一絶妙可愛之人，時與先生方訂初歡，我于「到處有逢迎」句識之。

黄河曲裏沙爲岸，白馬津邊柳向城。莫怨他鄉暫離别，知君到處有逢迎。後解

五、六極寫離别，然而韋莫怨也；此行雖不免别，然而只是暫時。我則正憂，如君其人，到處有合，後歡既極，前期頓忘，將使暫别且成久别耳。然則我于異日或當怨君，君于今日又何必怨？真爲超距之筆也。

東平送前衛縣李寀少府

黄鳥翩翩楊柳垂，春風送客使人悲。怨别自驚千里外，論交却憶十年時。前解

只加「翩翩」二字，便知其寫出兩黄鳥也。「楊柳垂」之爲言，值此良日也，不過點

點蟲蟻，而乘時引伴，雙飛並鳴，其樂如此。曾是我之與君，而固一鳥不如，乃于此處春風送别乎哉！三、四申言，非驚千里遠别，實念十年舊恩。此爲自來用「黄鳥」字法也。

雲開汶水孤帆遠，路繞梁山匹馬遲。此地從來可乘興，留君不住益凄其。後解「雲開」，寫少府既别而去也；「路繞」，寫自己既送而歸也。「遠」字，見去者之太疾；「遲」字，見送者之不捨。末又補寫「東平」，言今日設無此别，則此處與君正堪乘興，而今已不必説也。

重陽

節物驚心兩鬢華，東籬空繞未開花。百年將半仕三已，五畝就荒天一涯。前解二之東籬花繞，此即一之驚心節物也。何故「節物驚心」？可惜青青好鬢，比來遽成二毛；今日又見此花，便是歲行復盡故也。三、四承之，看他只是年老、宦拙、家貧、路遠四語，却巧用「百」字、「三」字、「五」字、「一」字，四數目字練成峭語，讀之使人通身森森然。寫花用「未開」二字，妙！言我已垂垂欲老，彼方得得初開，兩邊對映，便成異彩。

豈有白衣來剥啄，一從烏帽自欹斜。真成獨坐空搔首，門柳蕭蕭噪暮鴉。後解後解寫盡人情世態，言我既年老、宦拙、家貧、路遠，則自然更無一人問及也。「豈有」者，我心自揣爲何而有；「曰一從」者，人心都道與我無干也。因結之云：往常順口，便説獨坐，必如今日，方是真成獨坐矣。「門柳」、「暮鴉」，極寫雖盡此一日，終無一人來也。

送李少府貶峽中王少府貶長沙

嗟君此別意何如，駐馬銜杯問謫居。巫峽啼猿數行淚，衡陽歸雁幾封書。前解

莊子《人間世》篇，仲尼之語葉公曰：「臣之于君，義也，無適而非君也。無所逃于天地之間，故事君者，不擇地而安之，忠之盛也。奚暇至于悦生而惡死？夫子其行矣。」今先生正用此段至論成妙詩也。妙絶在「嗟君此別意何如」之一句。「嗟」，嗟其「意」也，非嗟其「別」也。如言君于此別，得無怨與？若誠有之，此非我所敢聞，君其試明語我。怨與不怨，爲定何如？如此方是孝子忠臣，一片起敬起愛、不敢疾怨純粹心地。乃下仍不免一問「謫居」者，既明人臣事君安之若命之義。然則君命巫峽，臣便聽猿下淚；君命衡陽，臣便看雁寄書：猶言君命巫峽便巫峽，君命衡陽便衡陽也。

青楓江上秋天遠，白帝城邊古木疏。聖代即今多雨露，暫時分手莫躊躕。後解

若君不明此誼，而必謂青楓白帝，天遠木疏，流離道塗，悲苦萬狀者，則君固未解吾君愛眷群臣之盛心，今日只是暫時分手也。嗚呼！如此詩，于《三百篇》又何讓焉！

崔顥

汴州人，登進士第，累官司勳員外郎。天寶十三年卒。詩一卷。○顥少年爲詩，屬意浮艷，多陷輕薄。晚歲，忽變常體，風骨凜然。鮑照、江淹，須有慚色。

黄鶴樓

昔人已乘黄鶴去，此地空餘黄鶴樓。黄鶴一去不復返，白雲千載空悠悠。前解

此即千載喧傳所云《黄鶴樓》詩也。有本乃作「昔人已乘白雲去」，大謬。不知此詩正以浩浩大筆，連寫三「黄鶴」字爲奇耳。且使昔人若乘白雲，則此樓何故乃名「黄鶴」？此亦理之最淺顯者。至于四之忽陪「白雲」，正妙于有意無意，有謂無謂。若起手未寫黄鶴，先已寫一白雲，則是黄鶴、白雲，兩兩對峙。黄鶴固是樓名，白雲出于何典耶？且白雲既是昔人乘去，而至今尚見悠悠，世則豈有千載白雲耶？不足當一噱已。○作詩不多，乃能令太白公閣筆，此真筆墨林中大丈夫也。頗見齷齪細儒，終身擁鼻，呦呦苦吟，到得蓋棺之日，人與收拾部署，亦得數百千萬餘言，然而曾不得一鄉里小兒暫時寓目，此爲大可悲悼也。○通解細尋，他何曾是作詩？直是直上直下，放眼恣看。看見道理，却是如此，于是立起身，提筆濡墨，前向樓頭白粉壁上，恣意大書一行。既已書畢，亦便自看，並不解其好之與否，單只覺得修已不須修，補已不須補，添已不可添，減已不可減，于是滿心滿意，即便留却去休。固實不料後來有人看見，已更不能跳出其籠罩也。且後人

之不能跳出，亦只是修補添減俱用不着，于是便復袖手而去，非謂其有字法句法章法，都被占盡，遂更不能爭奪也。◯太白公評此詩，亦只說是「眼前有景道不得，崔顥題詩在上頭」。夫以黃鶴樓前，江磯峻險，夏口高危，瞰臨沔、漢，應接要衝，其爲景狀，何止盡于崔詩所云晴川芳草、日暮烟波而已。然而太白公乃更不肯又道，竟遂頫首相讓而去。此非爲景已道盡，更無可道；原來景正不可得盡，却是已更道不得也。蓋太白公實爲崔所題者，乃是律詩一篇，今日如欲更題，我務必要亦作律詩。然而公又自思：律之爲律，從來必是未題詩，先命意；已命意，忙審格；已審格，忙又爭發筆。至于景之爲景，不過命意、審格、發筆以後，備員在旁，靜聽使用而已。今我如欲命意，則崔命意既已卓矣；如欲審格，則崔審格既已定矣；再如欲爭發筆，則崔發筆既已空前空後，不顧他人矣。我縱滿眼好景，可撰數十百聯，徒自嘔盡心血，端向何處入手？所以不覺倒身着地，從實吐露曰：「有景道不得。」有景道不得者，猶言眼前可惜無數好景，已是一字更入不得律詩來也。嗟乎！太白公如此虛心服善，只爲自己深曉律詩甘苦。若後世群公，即那管何人題過，不怕不立地又題八句矣。◯一解看他妙于只得一句寫樓，其外三句皆是寫昔人。三句皆是寫昔人，然則一心所想，只是想昔人；雙眼所望，只是望昔人，其實曾更無閑心管到此樓、閑眼抹到此樓也。試想他滿胸是何等心期，通身是何等氣概，幾曾又有是非得失、榮辱興喪等事，可以污其筆端？一是寫昔人，三是想昔人，四是望昔人，並不曾將樓挂到眉睫上。凡古人有一言一行、一句一字，足以獨步一時、占踞千載者，須要信其莫不皆從讀書養氣中來。即如此一解詩，須要信其的的讀書。如一、二，便是他讀得《莊子·天道》篇，輪扁告桓公：古人之不可傳者死矣，君之所讀，乃古人之糟粕已夫。他便隨手改削，用得恰好。三、四，便是他讀得《史記·荆軻列傳》易水一歌：「風蕭蕭兮易水寒，壯士一去兮不復還。」他便隨手倒轉，又用得恰好也。至于以人人共讀之書，而獨是他偏有本事對景便用，又連自家亦竟不知，此則的的要信其是養氣之力不誣也。後人又有欲搥碎黄鶴樓者，若知此詩曾不略寫到樓，便是空勞搥碎。信乎自來皆是以訛傳訛，不足供一笑也。

晴川歷歷漢陽樹，芳草凄凄鸚鵡洲。日暮鄉關何處是，烟波江上使人愁。後解

前解自寫昔人，後解自寫今人，並不曾寫到樓。○此解又妙于更不牽連上文，只一意憑高望遠，别吐自家懷抱，任憑後來讀者自作如何會通，真爲大家規摹也。○五、六只是翻跌「鄉關何處是」五字，言此處歷歷是樹，此處凄凄是洲，獨有目斷鄉關，却是不知何處。他只于句上横安得「日暮」二字，便令前解四句二十八字，字字一齊摇動入來，此爲絶奇之筆也。

行經華陰

岧嶤太華俯咸京，天外三峰削不成。武帝祠前雲欲散，仙人掌上雨初晴。前解

寫「岧嶤太華」，看他忽横如杠大筆，架出「俯咸京」之三字。咸京者，即下解路旁千

千萬萬名利之客，所謂鑽頭不入、拔足不出、半生奔波、一世沉没之處。其處本不易俯，而今判之曰「俯」，則其爲太華之岧嶤，亦略可得而仿佛也。「天外三峰」句，正畫「俯」字也。言三峰到天，天已被到，而峰猶不極，故曰「天外」。「削不成」之爲言，此非人工所及。蓋欲言其削成，則必何等大人，手持何器，身立何處，而後乃今始當措手？此三字與上「俯咸京」三字，皆是先生脱盡金粉章句，别舒元化手眼，真爲蓋代大文，絶非經生恒睹也。至于三、四，只是承上「三峰」，自言是日正值雲散而晴，故得了了見之。如此三、四一聯，乃只爲了了得見三峰之故。唐人奈何有中四句詩哉。

河山北枕秦關險，驛路西連漢畤平。借問路旁名利客，無如此處學長生。後解

此五、六運筆，真如象王轉身，威德殊好。蓋欲切諷路旁之不須復至咸京，而因指點太華之北枕西連，則有秦關漢畤，當時兩朝何等富貴，而今眼見盡歸烏有，則固不如天外三峰之永永常存也。如此五、六一聯，又只爲指點路旁之故。唐人律體，真是大開大闔。

岑參

岑參　南陽人，文本裔孫。天寶三年進士，累官補闕、起居郎，出爲嘉州刺史。杜鴻漸表置幕府，爲職方郎中，兼侍御史。罷，終于蜀。參博覽史籍，尤工綴文，屬辭清尚，用心良苦。其有所得，往往超拔孤秀，度越常情。每篇絶筆，人競傳諷。至德中，裴堉薦其「識度清遠，議論雅正，佳名早立，時輩所仰，可以備獻替之官」云。集十卷。

西掖省即事

西掖重雲開曙暉，北山疏雨點朝衣。千門柳色連青瑣，三殿花香入紫微。前解

一解四句，看其庠序魚雅，備極早朝盛容。讀之，何人不慶得君行道，端在此日？〇一寫假寐待旦，如畫也；三、四寫鞠躬入門，攝齊升殿，如畫也。却不謂後解忽然作如彼出落。

平明端笏陪鵷列，薄暮垂鞭信馬歸。官拙自悲頭白盡，不如岩下掩荆扉。後解

看他轉筆斗寫「平明」二字。夫早朝至于平明，若有所敷陳，則已跪而敷陳矣；有所諮訪，則已顧而諮訪矣。今皆無有也，森森然序立班末，無非奉陪焉耳。奉陪既久，日已薄暮，無非歸寓焉耳。加「端笏」字，寫盡「陪」字之寸長莫展；加「垂鞭」字，寫盡「歸」字之滿面慚惶。結云「自悲頭白盡」，情知只在平明端笏、薄暮垂鞭中間白盡也。哀哉先生，一至是與？

九日使君席奉餞衛中丞赴長水

節使横行西出師，鳴弓擐甲羽林兒。臺上霜威凌草木，軍中殺氣傍旌旗。前解

此詩前後二解，一低一昂，備極筆墨之勢。讀前解，更不謂其後解却如此去；讀後解，亦不謂其前解乃如此來。然無前解，則無以破敵膽于萬里之外；無後解，又無以尊廟算于匕箸之間。真爲前解恰應在前，後解恰應在後。此是唐初人大開大闔文字，後來韓昌黎、杜樊川，便極力欲學而終不得，可見此事真關氣運也。○前解，一句中丞，二句羽林，三句承中丞，四句承羽林，寫上將怒色、壯士死心，是一種筆墨。後解，五、六轉側而下，七曰「多泛」，八曰「更醉」，寫決勝樽俎，談笑成功，又是一種筆墨。至于補寫九日，特其餘勇矣。

預知漢將宣威日，正是風塵欲浄時。爲報使君多泛菊，更將弦管醉東籬。後解

奉送杜相公發益州

相國臨戎别帝京，擁旄持節遠横行。朝登劍閣雲隨馬，夜渡巴江雨洗兵。前解

前解，爲相國紀程，則由别帝京，而登劍閣，而渡巴江也；爲相國誌遇，則帝既命之擁旄持節，天必又遣雲爲隨馬、雨爲洗兵也；爲相國寫目無全敵，則下「遠」字也；爲相國寫不遑啓處，則下「朝」、「夜」字也。然我又細分題中「送」字與「發」字，「送」字實，「發」字虚。蓋送當正送，發尚未發。然則「别帝京」，實寫也；「登劍閣」、「渡巴江」，虚寫也；「擁旄持節」，實寫也；「雲隨馬」、「雨洗兵」，虚寫也；「遠」字，實寫也；「朝」、「夜」

字，虛寫也。爲全唐送別諸詩之定式已。

山花萬朶迎征蓋，川柳千條拂去旌。暫到蜀城應計日，須知明主待持衡。後解

前解爲相國紀程，此解爲相國紀時。雖暗用出將入相爲結，使相公平添身分，然用意却只在一「暫」字，正反《詩》云「昔我往矣，楊柳依依；今我來思，雨雪霏霏」句，成佳作矣。

暮春虢州東亭送李司馬歸扶風別廬

柳軃鶯嬌花復殷，紅亭緑酒送君還。到來函谷愁中月，歸去磻溪夢裏山。前解

柳軃花殷中，忽然橫插「鶯嬌」，一奇；下再硬接「紅亭緑酒」，二奇；二句十四字，先閑寫去十一字，只餘三字寫得「送君還」，三奇。然而皆不具論。我正細讀其「送君還」之三字，恰似今日幸甚，包還故物也者。看他三、四寫此司馬，來便是愁，不是他人來而不得意始愁；夢久已去，不是今日直至送之歸始去。便知此三字，真是寫出此司馬通體輕快。此爲名家之名筆，大家之大筆也。

簾前春色應須惜，世上浮名好是閑。西望鄉關魂欲斷，對君衫袖淚痕斑。後解

五、六是司馬當時高見，先生言此亦是我久到之高見也。因轉筆作此結。

首春渭西郊行呈藍田張二主簿

回風度雨渭城西，細草新花踏作泥。秦女峰頭雪未盡，胡公陂上日初低。前解

此爲後解「白髮」二字，故先作此苦切翻跌。言只消一陣回風度雨，便見細草新花，一齊盡踏成泥。「回風度雨」，喻言時事翻覆；「細草新花」，喻言新進年少；「踏作泥」，喻言大勢既傾，遂無一完也。三、四又與重作歎息，言可惜未入破題，何意全無結局。如「雪未盡」，正是春猶未起；「日初低」，豈料竟成極盡也。

愁窺白髮羞微禄，悔別青山憶舊溪。聞道輞川多勝事，玉壺春酒正堪携。後解

上解只是借言，世上或尚有此；此解便明説，我今況是白髮，真不宜又別青山也。看他直至「聞道」下，始以「多勝」字、「正堪」字寫「首春」。然則前解四句，固真不是寫首春耳。詩豈容易讀哉！

和賈至舍人早朝大明宫呈兩省僚友之作

鷄鳴紫陌曙光寒，鶯囀皇州春色闌。金闕曉鐘開萬户，玉階僊仗擁千官。前解

此亦全依賈舍人様，前解通寫早朝，後解專寫兩省也。若其爭奇競勝，又各有不同

者。看他欲寫千官入朝，却將一、二反先寫千官未入朝時。夫千官未入朝時，則只須「鷄鳴」七字，便寫「早」字無不已盡。而今又更别添「鶯囀」七字者，意言如此風日韶麗，誰不詩情滿抱？然而下朝以後，各供乃職，王事蹇蹇，竟成不暇，便早爲結句「獨有」字、「皆難」字，反襯出異樣妙色。此又爲右丞之所未到也。

花迎劍珮星初落，柳拂旌旗露未乾。獨有鳳凰池上客，陽春一曲和皆難。後解

五、六不惟星落露乾，只就看見花柳，便是朝散解嚴之役也。此時合殿千官，無不紛紛並散，而獨有鳳池諸客，共以和曲爲難。嗚呼！因讀書，得作官；既作官，仍讀書。言和曲雖難，然此難豈復他官之所有哉！

和祠部王員外雪後早朝即事

長安雪後似春歸，積素凝華連曙輝。色借玉珂迷曉騎，光添銀燭晃朝衣。前解

從來雪後最不似春歸，而此言長安雪後獨似春歸者，長安有早朝盛事。如下三、四之所極寫，雪得早朝而借色，早朝又得雪而添光；色既因光而劍珮愈華，光又映色而素涤轉耀。于是更無别語可以賞歎，因便快擬之曰「似春歸」也。「積素」七字者，細寫「雪後」。「後」字言始雪則積素，雪甚則凝華，至于雪後，已連曙輝也。前解，寫雪後早朝。

西山落月臨天仗，北闕晴雲捧禁闈。聞道仙郎歌《白雪》，由來此曲和人稀。後解

後解，寫即事屬和。言正當落月晴雲，雪方新霽，天仗禁闈，朝猶未終，而仙郎麗才，已成高唱。因而便巧借《白雪》和稀字，以盛贊之也。

赴嘉州過城固縣尋永安超禪師房

滿樹枇杷冬着花，老僧相見具袈裟。漢王城北雪初霽，韓信壇西日欲斜。前解

《法華經》云：「衆生見劫盡，大火所燒時。我此土安隱，天人常充滿。」先生正用此義寫超禪師房中也。言歲行入冬，百卉具腓，何意此間枇杷獨秀？無所卒歲，人人荒促，何意大師威儀宴然？然則世上頭等英雄，到頭終有銷散，不如高僧出世，現住常住真境也。三、四「漢王城」、「韓信壇」，雖取城固古迹，然正爲其是頭等英雄；「雪初霽」、「日欲斜」，雖取是日冬景，然正借其喻到頭銷散。一解詩，便如佛説《大方》等經，若果龍象之人，未有不哭震大千者也。

門外不須催五馬，林中且聽演三車。豈料巴川多勝事，爲君書此報京華。後解

此後解，始找寫赴嘉州。特自稱「五馬」，爲此來失笑也。古云：「相公豪氣三千丈，方丈門前一陣風。」特又「書報京華」，亦爲諸公失笑也。何也？轉眼便見雪霽日斜，則固不如大家早到袈裟下，討一出身之處也。

李頎

東川人,開元十三年,賈季鄰榜進士。調新鄉尉。詩一卷。

送魏萬之京

朝聞游子唱驪歌,昨夜微霜初度河。鴻雁不堪愁裏聽,雲山況是客中過。前解

一是正寫題,如云:「時且秋矣。」二是題前添寫一句,如云:「子欲别耶?」三却趁便,反先接題前添寫之一句,如云:「秋且不堪。」四方仍接正寫題,如云:「乃又别乎?」質言之,只是如此四句,而其手法轉接離即,妙至于此,真絶調也。

關城曙色催寒近,御苑砧聲向晚多。莫是長安行樂處,空令歲月易蹉跎。後解

五言一年輕輕又便過也,六言一日輕輕又便過也。如此輕輕一日,又輕輕一日;輕輕一年,又輕輕一年,歲不我與,轉盼老至。然則特地之京,竟爲何事?君子贈人以言,此「行樂」「蹉跎」之四字,無謂今日言之不早也。

題璿公山池

遠公遁迹廬山岑,開山幽居祇樹林。片石孤雲窺色相,清池白月照禪心。前解

此借遠公當璿公也。一是從世間遁入山中,二是從山中開出精舍。三「色相」句,著

「片石孤雲」，妙。石亦不常，雲亦不斷，若問色相，色相如是。四「禪心」句，着「清池白月」，妙。月亦不一，池亦不異，若問禪心，禪心如是。誠能是，則遁迹可，開山又可；設不然，則遁迹不應又開山，開山便是不遁迹也。三寫山。四寫池。

指揮如意天花落，坐卧閑房春草深。此外俗塵都不染，惟餘玄度得相尋。後解

「指揮如意」，寫璿公動相也；「坐卧閑房」，寫璿公静相也。七句「此」字，正指滿房落花、繞床深草。言璿公面前，只許爾許，其外更無雜色人，闖得一個入來，所以深表己之爲一色人也。

寄綦毋三

新加大邑綬仍黄，近與單車向洛陽。顧盼一過丞相府，風流三接令公香。前解

題是「寄綦毋三」，詩却爲綦毋三諷切朝堂，此一最奇章法也。看他一句「仍」字，二句「與」字，孰仍之，孰與之乎？若謂未承顧盼，則既已「一過丞相府」矣；若謂未著風流，則凡經「三接令公香」矣。如此人者，只疑讓席相推，乃更單車外遣，真使旁人亦不勝惋惜者也。

南山粳稻花侵縣，西嶺雲霞色滿堂。共道進賢蒙上賞，看君幾歲作臺郎。後解

此又續寫其洛陽新績，以歎三之誠賢也。五見其巡行阡陌，重者國本；六見其鼓吹文章，進者國華。以如此人，顧曾不得辱一臺郎，而久令之單車在外。「共道」妙妙，「幾歲」妙妙。

當時誰爲丞相？誰爲令公？有賢不進，而上賞虛叨，又何以自解哉？又何以自解哉！

宿瑩公禪房聞梵

花宫仙梵遠微微，月隱高城鐘漏稀。夜動霜林驚落葉，曉聞天籟發清機。前解

只起句「遠微微」三字實寫，已下悉用揣測成文，奇絶妙絶。猶言此何聲耶？爲是鐘，爲是漏？論此時月落城陰，即鐘漏已歇，然則霜葉耶，抑天風耶？若在夜動，則或霜葉；今自曉聞，恐是天風。凡寫三七二十一字，悉不寫梵，而梵之妙諦已盡。或試別擬，已更無着筆處。何也？梵固不可得而着筆也。

蕭條已入寒空静，颯沓仍隨秋雨飛。始覺浮生無住着，頓令心地欲皈依。後解

妙絶妙絶。此天然是聞梵，天然不是聞歌。今後縱有妙筆再欲擬作，任是髯枯血竭，亦終作得聞歌，決作不出聞梵也。「蕭條已入」妙，便是過去法過去；「颯沓仍隨」妙，便是現在法無住。此爲親眼現見三世三心，了不可得，又安能不生無所住心？

送司勛盧員外

流澌臘月下河陽，草色新年發建章。秦地立春傳太史，漢宫題柱憶仙郎。前解

前人如此解法，後人乃曾未到。看其手下只是一折一疊，紙上早是七曲八曲，真爲名家之名筆也。○一、二，「流澌下河陽」，是紀送别是臘月；「草色發建章」，是紀到京是新年。試思正此送别，如何斗接到京？此直是其筆體自來輕健，不關苦心吟哦所得也。三、四，「立春傳太史」，是寫員外京中歡喜；「題柱憶仙郎」，是寫自己此地相思。試思纔寫歡喜，如何又斗寫相思？此又是其筆體輕健所得。彼苦心吟哦者，固必無是事也。

歸鴻欲度千門雪，侍女新添五夜香。早晚薦雄文似者，故人今已賦長楊。後解

前解送盧，後解自托也。言明年歸鴻叫雪之時，是君含香入殿之時。知己若復薦我，我敢儼然不讓？又妙于虚虚用「文似」二字自贊，蓋前解固已暗推員外爲相如矣。

祖詠

洛陽人。開元十三年進士。張説引爲駕部員外，有司試《終南山望餘雪》詩，詠賦云：「終南陰嶺秀，積雪浮雲端。林表明霽色，城中增暮寒」四句，即納于有司。或詰之，詠曰：「意盡也。」集一卷。

望薊門

燕臺一望客心驚，笙鼓喧喧漢將營。萬里寒光生積雪，三邊曙色動危旌。前解

二、三、四句，只寫得一「驚」字。三是直下望，四是直上望。須知此直下、直上所望，單單望一漢將，猶言大丈夫當如此矣。

沙場烽火侵胡月，海畔雲山擁薊城。少小雖非投筆吏，論功還欲請長纓。後解

五、六寫慨然欲赴其處，真乃身雖未行，神已先往也。八之「還」字，全爲七之「少小」字，更自按捺不得也。〇此詩已是異樣神彩，乃讀末句，又見特添「少小」二字，便覺神彩再加十倍。

萬　楚　開元進士第。

五日觀妓

西施漫道浣春紗，碧玉今時鬥麗華。眉黛奪將萱草色，裙紅妒殺石榴花。前解

《樂府》：「碧玉小家女。」此泛取以代妓，固當。但上之翻之忽以西施，下之擬之直以麗華，其言咄咄可怪，竊恐有所指斥也。眉黛、裙紅、萱草、榴花，寫得妓與「五日」交光連輝，欲離欲合。一之「浣紗」字，中間明明加一「春」字，以翻跌二之「今時」字。今時者，五日也。有人嫌其無干，非也。

新歌一曲令人艷，醉舞雙眸斂鬢斜。誰道五絲能續命，却疑今日死君家。後解

艷，心動也。《首楞嚴》云「心發愛涎，舉體光潤」，是也。「令人艷」，言我方心動；「歛鬢斜」，言彼又目成。五絲續命者，恰用「五日」事翻成妙結。宋人不是不肯作，直是不能作也。

綦毋潛

字孝通。開元中，由宜壽尉，入集賢院待制。遷右拾遺，終著作郎。詩一卷。

經陸補闕隱居

不敢要君徵亦起，致君全得似唐虞。讜言昨歎離天聽，新像今聞入縣圖。前解

讀二、三、四句，陸可稱真補闕矣。乃起手又必追寫其被徵之初者，蓋爲題是經陸隱居。隱居，是陸未授補闕時所居，則陸之舍此而終去，正在起爲補闕之日也。陸之爲補闕也，如二、三、四句所云，則可稱無忝矣。獨是不敢要君，一徵竟起，遺此故居，終竟不返，以是爲極痛也。不然，便似題是「哭陸補闕」。

琴鎖壞窗風自響，鶴歸喬木隱難呼。學書弟子何人在，點檢猶存諫草無。後解

五、六非寫琴鶴，乃是借琴鶴以興下「諫草」，言琴可亡，鶴可去，遺稿決不可失。然亦是切隱居以寫補闕，故妙。

崔　曙

開元二十六年，登進士第。《紀事》云：《試明堂火珠》詩云：「正位開重屋，中天出火珠。夜來雙月滿，曙後一星孤。天淨光難滅，雲生望欲無。還將聖明代，寶國在京師。」曙以是詩得名。明年卒，惟一女，名星星，始悟其讖也。

九日登仙臺呈劉明府容

漢文皇帝有高臺，此日登臨曙色開。三晉雲山皆北向，二陵風雨自東來。前解

登高臺，乃斗然發唱，却是漢文皇帝。嗟乎！高臺固自巋然，漢文皇帝即奚在乎？急接「此日」二字，雖出題中「九日」，然其意思，實有無數慷慨，特是蘊藉，遂不覺也。「曙色開」妙：一是高臺久受湮没，氣象忽得一開；一是登高臺人久抱抑鬱，情思忽得一暢。如三、四之「雲山」、「風雨」，昔爲漢文皇帝眼中好景，今爲某甲眼中好景是也。

關門令尹誰能識，河上仙翁去不迴。且欲近尋彭澤宰，陶然共醉菊花杯。後解

五、六承上轉筆，自言此段慷慨意思，真是索解人殊未易也。「誰人識」，言無人識得；「去不迴」，言識得人又不在也。特請關門尹與河上翁者，爲題中「仙臺」之「仙」字刷色也。唐人凡撰五、六，俱爲頓出七、八。如言，既是索解未易，則且與劉明府共醉，而又稱之曰「彭澤宰」者，爲「九日」二字刷色也。此詩，前解九日登臺，後解寄呈明府。

元結

後魏常山王遵十五代孫。少不羈，十七乃折節向學，事元德秀。天寶十二載舉進士。禮部侍郎陽浚見其文，曰：「一第慁子耳，有司得子是賴。」果擢上第，復舉制科。會天下亂，沉浮人間。國子司業蘇源明，見肅宗，問天下士，薦結可用。時史思明攻河陽，帝將幸河東，召結詣京師，問所欲言，乃上時議三篇。帝悦曰：「卿能破朕憂。」擢右金吾兵曹參軍，攝監察御史，爲山南西道節度參謀。史思明亂，帝將親征，結建言：「賊鋭，不可與爭，宜折以謀。」帝善之，果全十五城。以討賊功，遷監察御史裏行。荆南節度使吕諲請益兵拒賊，帝進結水部員外郎，佐諲府。又參山南東道來瑱府，瑱誅，結攝領府事。會代宗立，固辭，丐侍親，歸樊上，授著作郎。益著書《元子》十卷、《猗玕子》一卷、《文編》十卷。

橘井

靈橘無根井有泉，世間如夢又千年。鄉園不見重歸鶴，姓氏今爲第幾仙。前解

前解寫蘇仙。

風冷露壇人悄悄，地閑荒徑草綿綿。如何蹑得蘇君迹，白日霓旌擁上天。後解

後解寫自己。

嚴武

字季鷹，華陰人。母裴，不爲其父挺之所答，獨厚其妾英。武始八歲，怪問其母。母語之故，武奮然以鐵槌碎英首。左右驚白挺之，曰：「郎戲殺英。」武辭曰：「安有大臣厚妾而薄妻者？兒故殺

之，非戲也！」父奇之，曰：「真嚴挺之子。」年二十二，爲給事黄門郎。明年，擁旄西蜀。杜甫乘醉言：「不謂嚴挺之乃有此子。」武恚，目久之，曰：「杜審言孫子，擬捋虎鬚？」合坐皆笑，以彌縫之。永泰元年卒，年四十。

巴嶺答杜二見憶

卧向巴山落月時，兩鄉千里夢相思。可但步兵偏愛酒，也知光禄最能詩。前解

一句微有難讀，少若心粗，讀作「巴山落月之時」，便是卧「到」，非「向」字也。先生此句，乃是「卧向」巴山落月，自言我當此時也。二句，「兩鄉」在兩頭，「千里」在中間。夢亦千里，相思亦千里；彼亦千里，我亦千里。此即卧向落月其時、其事也。三、四，一是真實性情，一是真實學問，不必更問誰愛誰能，大約定是同愛同能矣。

江頭赤葉楓愁客，籬外黄花菊對誰？跂馬望君非一度，冷猿秋雁不勝悲。後解

「江」，巴江也；「江頭」，嚴望杜處也；「客」，嚴自謂也。言不見子美，但見赤葉，則嚴愁也。籬下黄花，嚴處菊也。「對誰」之爲言，杜來則對杜，今杜不來，則與誰相對？托菊以自申也。「跂馬」，鞲馬于側，以便迎杜也。「冷猿秋雁」，忽忽有聞，皆疑是杜而更非也。看先生此詩，始悟工部昔日相依，直是二人才力學力，自應投分至深，豈爲草草交游之云而已哉。登床鈎簾之疑，吾更不欲辨焉。

張謂字正言，河南人。天寶二年進士。乾元中，以尚書郎出使夏口，沔州牧杜公觴于江城南湖，謂命李白標之，白目爲郎官湖。

春園家宴

南園春色正相宜，大婦同行小婦隨。竹裏登樓人不見，花間覓路鳥先知。前解

唐人詩，直是羽翼聖經，助流風化，不止作韵語而已。如此詩，一表天時和應，二表閨門肅雍；三、四又言此爲人家内行，不必外人之所與聞。便將天地一段太和元氣，欲發而爲禮樂文章者，已無不醖釀于此。嗚呼！此豈後代小生之所得而措手乎？往讀《三婦艷》，大婦小婦一向風流掃地，何意遽成大雅。

櫻桃解結垂檐子，楊柳能低入户枝。山簡醉來歌一曲，參差笑殺郢中兒。後解

解結子，妙；能低枝，又妙。自來妻妾，愁其不解結子，乃纔解結子，又可恨是不能低枝。今既解結子，又能低枝，此真佛經所稱「女寶」。而《易》曰：「無攸遂，在中饋。」《詩》曰：「黽勉同心，莫不静好。」《禮》曰：「婉勉聽從。」皆是此物此志也。誠有妻妾如此，而丈人猶不飲酒歌曲，夫豈人情？〇讀此詩，使人深思内助之重。

杜侍御送貢物戲贈

銅柱朱崖道路難，伏波横海舊登壇。越人自貢珊瑚樹，漢使何勞獬豸冠。前解

一開口，便説「道路難」，妙妙。且不論貢物之來，民生如何疲困，只論侍御之去，朝廷是何意旨乎！況于銅柱朱崖，同是此地；伏波横海，同爲一人。乃彼何人斯，出衆登壇？爾何人斯，代人貢物？直是精剥鼠子面皮，更無餘地許活也。三、四又反覆治之，偏要提出其獬豸冠來，惡極，妙極。

疲馬山中愁日晚，孤舟江上畏春寒。由來此貨稱難得，多恐君王不忍看。後解

五、六，又刻寫「道路難」三字，窮極治之。七、八，用相如《喻巴蜀檄》文法，出脱朝廷，最得宣示遠人大體。

別韋郎中

星軺計日赴岷峨，雲樹連天阻笑歌。南入洞庭隨雁去，西過巫峽聽猿多。前解

前解言使車速發，特因欽限逼迫也。三、四之「南入洞庭」、「西過巫峽」，即二之「雲樹連天」；「隨雁去」、「聽猿多」，即「阻笑歌」也。

峥嵘洲上飛黄蝶，灎澦堆前起白波。不醉郎中桑落酒，教人無奈别離何。後解

後解言正值深秋，況經奇險，多謝故人，勞勞相送，自當飲盡其卮中也。

西亭子言懷

數叢芳草在堂陰，幾處閑花映竹林。攀樹玄猿呼郡吏，傍溪白鳥應家禽。前解

前解寫境，後解寫人，筆疏墨明，誰當不曉？乃我獨有神解于此詩者：看他前解，爲堂陰，爲芳草，爲數叢，爲竹林，爲閑花，爲幾處，爲樹，爲猿，爲溪，爲鳥，全是一人指指點點、申申夭夭于其間；但細讀「在」字、「映」字、「攀」字、「呼」字、「傍」字、「應」字便自見，所謂盡是此人閑心妙手，並非西亭有此印板景致也。然則前解正是寫人。

青山看景知高下，流水聞聲識淺深。官屬不令拘禮數，時時緩步一相尋。後解

後解，看他寫到看景知山，聞聲識水，二三屬吏，盡捐町畦。則不知山水之爲我，我之爲山水；自之爲他，他之爲自；一之爲多，多之爲一。所謂休乎天鈞，嗒焉盡喪，是先生之杜德機也。然則後解乃寫人無其人。

劉方平

方平《泛舟思鄉》云：「西北浮雲外，伊川何處流。」蓋洛中人也。皇甫冉《之京留别方平》詩云：「遲遲越二陵，回首但蒼茫。喬木清宿雨，故關愁夕陽。」冉嘗爲河南從事，自是遷左拾遺，留别于

河南也。蕭穎士云:「山東茂異,有河南劉方平。」

秋夜寄皇甫冉鄭豐

洛陽清夜白雲歸,城裏長河列宿稀。秋後見飛千里雁,月中聞擣萬家衣。前解

明是「洛陽」「城裏」四字,却分「洛陽」着首句,「城裏」着二句,最是疏奇之筆。然後人切不可學,學之且將失步也。○此寫洛陽清夜也,一句雲歸,二句天净,三句見雁,四句聞砧。因雲歸,故天净;因天净,故見雁;因見雁,故聞砧。以雲引天,以天引雁,以雁引砧,此是《古詩十九首》「青青河畔草」遺法也。飛雁遠來,擣衣遠去。先雁後衣,其序可知。

長憐西雍青門道,久别東吴黄鵠磯。借問客書何所寄,用心不啻兩鄉違。後解

「西雍青門道」,是二子客中;「東吴黄鵠磯」,是二子家中。今則不知二子爲已歸東吴耶,爲尚客西雍耶?既已茫無的耗,便知渺無定踪,使我寄書,當向何處? 蓋不怨其不歸,而招之早歸意,言外甚明。

陶峴

彭澤之孫也。開元末,家崑山,泛游江湖。自製三舟,與孟彦深、孟雲卿、焦遂共載。吴越之士,號爲「水仙」。省親南海,獲崑崙奴,名摩訶,善泅水。至西塞山下,泊舟吉祥佛寺,見江水深黑,謂必有怪物,投劍命摩訶下取。久之,支體磔裂,浮于水上。峴流涕迴棹,賦詩自叙,不復游江湖矣。

西塞山下迴舟作

匡廬舊業是誰主，吴越新居安此生。白髮數莖歸未得，青山一望計還成。前解

此詩，妙寫隨遇而安，略無宿見。人誠如此，便是世間大丈夫也。○匡廬雖有舊業，吴越亦是新居。若必戀戀舊業，在客時挂心頭；安知區區新居，臨歸又不累墜？因用四句雙承法，言白髮數莖，想已無有歸理；然則匡廬數椽，已聽他人自主。而青山一望，近來稍成片段；即吾生有涯，竟欲投老其間也。

鴉翻楓葉夕陽動，鷺立蘆花秋水明。從此捨舟何所詣，酒旗歌扇正相迎。後解

上寫終身之計，此又寫一日之計也。「夕陽動」，言晚也；「秋水明」，言灘也。「晚」言已宜捨舟，「灘」言便宜于此處捨舟也。或問既捨舟後又何所詣者，則或詣酒旗，或詣歌扇，維我亦未卜我之雙足也。

獨孤及

字至之，河南洛陽人。爲兒時，讀《孝經》，父試之曰：「兒志何語？」對曰：「立身行道，揚名于後世。」父奇之。天寶末，以道舉高第，補華陰尉。代宗以左拾遺召，既至，上疏陳政。俄改太常博士，遷禮部員外郎。歷濠、舒二州刺史，以治課，加檢校司封郎中，賜金紫。卒年五十三，謚曰憲。及喜鑒拔後進，如梁肅、高參、崔元翰、陳京、唐次、齊抗，皆師事之。性孝友，其爲文，彰明善惡，長于論議。

晚嗜琴，有眼疾不治，欲聽之耑也。《毗陵集》二十卷。

同皇甫侍御齋中春望見示之作「齋中春望」乃皇甫題。

望遠思歸心易傷，況將衰鬢偶年光。時攀芳樹愁花盡，晝掩高齋厭日長。前解

春望題，却于題前先補「望遠思歸」，是早有一層傷心。看他又加「衰鬢」字，便是又再一層傷心也。三、四又「愁」又「厭」者，三承「衰鬢」故愁，四承「年光」故厭。蓋衰鬢是望春之人，年光是所望之春。望春之人，日恐其少，故愁；人望之春，日度其長，故厭也。

甘比流波辭舊浦，忍看新草遍横塘。因君贈我江楓詠，春思于今未易量。後解

後解感謝見示也。言逝者如斯，負我而趨，冬非我冬，春非我春，我已久付無可奈何，更不少留心眼，却因今日新篇見及，因而斗地寒灰再然。筆筆備極頓挫之妙也。

張志和

字子同，婺州金華人。始名龜齡。十六擢明經，以策干肅宗，特見賞重，命待詔翰林，授左金吾衛録事參軍，因賜名。後坐事貶南浦尉，會赦還，以親喪不復仕。居江湖，自稱「烟波釣徒」。顔真卿爲湖州刺史，志和來謁。真卿以舟敝漏，請更之。志和曰：「願爲浮家泛宅，往來苕霅間。」善圖山水，酒酣后，舐筆輒成。嘗撰漁歌，著《玄真子集》，亦以自號。

漁父

八月九月蘆花飛，南溪老人垂釣歸。秋山入簾翠滴滴，野艇倚檻雲依依。前解

兩岸先襯蘆花，中分溪水一道，秋山遠遠送翠，老人閑閑看雲。四句詩，便是一幅秋溪罷釣圖，先寫之爲前解也。○看他閑，看他高，看他忘機械，看他識時務。

却把漁竿尋小徑，閑梳鶴髮對斜暉。翻嫌四皓曾多事，出爲儲王定是非。後解

上解漁父在船，此解漁父上崖也。「把漁竿」，言所持甚狹；「尋小徑」，言所安甚陋；「梳鶴髮」，言所存甚短；「對斜暉」，言所與甚暫。既有如此五、六二句，便自然必笑四皓無疑耳。

李白

字太白，興聖皇帝九世孫。白生時，母夢長庚星，因以命之。十歲通詩書，及長隱岷山。州舉有道，不應。蘇頲爲益州長史，見白異之，曰：「是子天才奇特，少益以學，可比相如。」然喜縱横術，擊劍爲任俠，輕財重施。客任城，與孔巢父、韓準、裴政、張叔明、陶沔，居徂徠山，日沉飲，號「竹溪六逸」。天寶初，南入會稽，與吴筠善。筠被召，故白亦至長安。往見賀知章，知章見其文，歎曰：「子謫仙人也！」言于玄宗，召見金鑾殿。論當世事。奏頌一篇。帝賜食，親爲調羹。有詔供奉翰林，白猶與飲徒醉于市。帝坐沉香亭子，意有所感，欲得白樂章。召入，而白已醉。左右以水頮面，稍解，援筆立就《清平樂》詞三

章,婉麗清切。帝愛其才,數宴見。白嘗侍帝,醉使高力士脱靴。力士素愧恨之,摘其詩以激楊貴妃。帝欲官白,妃輒阻之。白與知章、李適之、汝陽王璡、崔宗之、蘇晉、張旭、焦遂,爲酒八仙人。懇求還山,帝賜金放還。安禄山反,明皇幸蜀,永王璘節度東南。白時卧廬山,迫致之。璘敗,坐繫潯陽獄。崔涣、宋若思驗治白,以爲罪薄,釋白囚,使謀其軍。乾元元年,終以璘事流夜郎。以赦得釋,過當塗卒。集二十卷。

登金陵鳳凰臺

鳳凰臺上鳳凰游,鳳去臺空江自流。吴宫花草埋幽徑,晉代衣冠成古丘。前解

人傳此是擬《黄鶴樓》詩,設使果然,便是出手早低一格。蓋崔第一句是「去」,第二句是「空」,去如阿閦佛國,空如妙喜無措也。今先生豈欲避其形迹,乃將「去」、「空」縮入一句?既是兩句縮入一句,勢必句上别添閑句,因而起云「鳳凰臺上鳳凰游」。此于詩家賦、比、興三者,竟屬何體哉。唐人一解四句,四七二十八字,分明便是二十八座星宿,座座自有緣故,中間斷無無緣故之一座者也。今我于此詩一解三句之上,求其所以必寫鳳游之緣故而不得也。然則先生當日,定宜割愛,竟讓崔家獨步,胡爲亦如後世細瑣文人,必欲沾沾不捨,而甘出于此哉。◯「江自流」,亦只换「雲悠悠」一筆也。妙則妙于「吴宫」、「晉代」二句,立地一哭一笑。何謂立地一哭一笑?言我欲尋覓吴宫,乃惟有花草埋徑,此豈不欲失聲一哭?然吾聞伐吴,晉也,因而尋覓晉代,則亦既衣冠成丘,此豈不

欲破涕一笑？此二句，只是承上「鳳去臺空」，極寫人世滄桑。然而先生妙眼妙手，于寫吴後偏又寫晉，此是其胸中實實看破，得失成敗、是非贊罵，一總只如電拂。我惡乎知甲子興之必賢于甲子亡，我惡乎知收瓜豆人之必便宜于種瓜豆人哉？此便是《仁王經》中最尊勝偈。固非止如杜樊川、許丹陽之僅僅一聲歎息而已。

三山半落青天外，二水中分白鷺洲。總爲浮雲能蔽日，長安不見使人愁。後解

前解寫鳳凰臺，此解寫臺上人也。「三山半落」、「二水中分」之爲言，竭盡目力，勞勞遠望，然而終亦只見金陵，不見長安也。看先生前後二解文，直各自頓挫，並不牽合顧盼，此爲大家風軌。

題雍丘崔明府丹竈

美人爲政本忘機，服藥求仙事不違。葉縣已泥丹竈畢，瀛洲當伴赤松歸。前解

爐火不必定有其事，政使決無，亦復無須説破，留得與他世上絶頂聰明男子寄托雄心，殊自快樂。但爲之，亦有其地、其人、其時、其宜，方始相應。如深山閑院，其地也；晚年絶欲，其人也；長夏涼風，其時也；却病攝心，其宜也。除此四者，而妄意成仙，甚至如崔，現爲雍丘，而署安丹竈，此真老大不便也。看先生此一解四句詩，直是滿肚不然，却作兩通迴護。一、二言爲政久已忘機，早與仙理冥合；三、四言今既從事修

煉，定將解組即去。反之，便是服藥求仙，非爲政之道；雍州公廨，非燒丹之所。而其詞令乃更委婉，此非其餘詩人之所易到也。看他「本」字、「不違」字、「已」字、「畢」字、「當」字、「歸」字，字字滿肚不然，却又不説破。

先師有訣神將助，大聖無心火自飛。九轉但能生羽翼，雙鳧忽去定何依。後解

後解，只爲要問他「但」字、「何」字，言崔信慕既篤，功夫轉深，神必將助，火必自飛，理之自然，固不必説。但不知既生羽翼，乃欲何去？雍州蒼生，又如之何？真是教他撟舌抵齒，一時更無可對，妙絶妙絶。◯讀此詩，始知全集中有無數神仙丹藥之語，皆是當日雄心寄托。所謂世上絶頂聰明男子，則如先生者是也。我見近日食矢之人，矯誣上蒼，謂言天上官階，一如人世可以遷轉。于是誑諸小兒，紛紛求買，不半年後，群自詫語：「我是真人」，「我是御使」，「我是大夫」。彼倡之者固是乞丐無聊，獨不知和之者其胸中作何意會也！

送賀監歸四明

久辭榮禄遂初衣，曾向長生説息機。真訣自從茅氏得，恩波宜許洞庭歸。前解

送賀監歸四明，固必須書朝廷詔許。然使筆尖稍不用意，便寫作賀監乍請而朝廷即許，此豈復見吾君眷禮賢臣至意？即賀監此行，亦復成何榮寵？看先生起手，先縱妙

筆，補出一段文字，言辭榮遂初，其志已久，請乞君前，既非一日。下始緩緩然以「應許」二字承之，言今日却是更不可不放歸也。嗚呼！先生詩，夫豈四七二十八字而已哉！

「長生」，殿名。先生用入此正合，笑白樂天用入《長恨歌》「夜半無人」時也。

瑶臺含霧星辰滿，仙嶠浮雲島嶼微。借問欲栖珠樹鶴，何年却向帝城飛。後解

上解寫許歸，此解寫歸後君臣交眷也。五、六言雲霧微茫，君之眷臣，無日無之；七、八言鶴路千年，臣如眷君，何日再至？蓋一片惋惋惻惻，實備哀樂之至正矣。

題東溪公隱居

杜陵賢人清且廉，東溪卜築歲將淹。宅近青山同謝朓[一]，門垂碧柳似陶潛。前解

又有律詩，取第一句，分作前後解，如此「清」「廉」二字即是也。〇前解寫東溪公清，要看其「歲將淹」三字。夫人之于世間，誠非一眼親見朝衣塗炭，即未有不數數然者也。今東溪公，誠不知其行年幾何，然其卜築如彼，即知立志如此，殆于决意不肯復來也。三、四正畫東溪卜築。「歲」，餘年也；「淹」，待死也，言特卜築以待死于其中也。

[一]「朓」，金評各本均作「眺」，據《全唐詩》改。

好鳥迎春歌後院，飛花送酒舞前筵。客到但知留一醉，盤中祇有水晶鹽。後解

後解寫東溪公廉。廉，訓稜角峭厲也。言東溪雖棄世，世不棄東溪。然則此時又當作何處置？曰：今日諸公，奈何復溷我爲？若有到者，我但與之一醉而已。客纔到，也但知只一法也，一醉毋多言也。五、六，鳥當歌、花當舞者，借之以爲進酒之先容也。末句又表公本赤貧，誰愛杯杓？只圖來人不得開口。寫其稜角峭厲，至于如此也。前解清以持己，後解廉以待人。

鸚鵡洲

鸚鵡來過吴江水，江上洲傳鸚鵡名。鸚鵡西飛隴山去，芳洲之樹何青青。前解

此必又擬《黄鶴》，然「去」字乃至直落到第三句，所謂「一蟹不如一蟹」矣。賴是「芳洲」之七字，忽然大振，不然，幾是救饑傖父之長歌起筆。先生英雄欺人，每不自惜有此也。○「芳洲之樹何青青」，只得七個字，一何使人心杳目迷，更不審其起盡也！

烟開蘭葉香風起，岸夾桃花錦浪生。遷客此時徒極目，長洲孤月向誰明。後解

五、六，蘭葉風起，桃花浪生，正即「此時極目」之「此時」二字也。看他「風」字、「浪」字，言我欲奪舟揚帆，呼風破浪，直上長安，刻不可待，而無如浮雲蔽空，明月不照，則終無可奈之何也。不敢斥言聖主，故問長洲孤月。

寄崔侍御

宛溪霜夜聽猿愁，去國長如不繫舟。獨憐一雁飛南海，却羡雙溪解北流。前解

「侍御」即崔宗之也，時與先生同在金陵。而先生是日，又以他行出宿宛溪，因作此詩寄之。言使我比來曾以金陵爲家，即今夜且宜以宛溪爲客，乃我固無日無刻而不心于王室也者。然則今夜之在宛溪，固猶前夜之在金陵，此身殊未嘗辨居停之果何在也。三、四承之，以「一雁南飛」喻身，「雙溪北流」喻心也。

高人屢解陳蕃榻，過客難登謝朓樓。此處别離同落葉，朝朝分散敬亭秋。後解

上解寫身在宛溪，心不在宛溪；此解寫心既不在宛溪，即身亦未嘗在宛溪也。言承宛溪之人，家家下榻相留；而我宛溪之客，處處過門不入。「朝朝分散」之爲言，此中逢迎甚多，而曾未嘗少作留連也。

别中都兄明府

吾兄詩酒繼陶君，試宰中都天下聞。東樓喜奉連枝會，南陌愁爲落葉分。前解

贊中都明府，而先之以詩與酒者，明吾兄乃非一宰之才而已也。天下聞吾兄明府之

宰中都，而弟仍獨贊其詩與酒者，今日東樓之會，弟固只知吾兄之詩與吾兄之酒也。「連枝」、「落葉」，如對不對，有意無意，政妙。如後人特地爲之，即拙矣。

城隅緑水明秋日，海上青山隔暮雲。取醉不辭留夜月，雁行中斷惜離群。後解

五言樓上當晝高會也，六言樓上高會至暮也，七言高會入夜不散也，八言所以如此其眷眷者，正爲連枝之愛，又有異于尋常故也。

劉長卿 字文房。至德監察御史，以檢校祠部員外郎，爲轉運使判官，知淮西鄂岳轉運留後。鄂岳觀察使吴仲孺誣奏，貶潘州南巴尉，終隨州刺史。〇皇甫湜云：「詩未有劉長卿一句，已呼宋玉爲老兵矣；語未有駱賓王一字，已罵宋玉爲罪人矣。」其名重如此。權德輿嘗謂之爲「五言長城」。詩九卷，雜文一卷。

漢陽獻李相公

退身高卧楚城幽，獨掩閑門漢水頭。春草雨中行徑没，暮山江上捲簾愁。前解

「退身高卧」，即「獨掩閑門」；「楚城幽」，即「漢水頭」。而先生又必寫作兩句者，自朝端問之，則謂之退身高卧；自林下問之，則見其獨掩閑門；自普天問之，則直在楚城之幽；自當地問之，則只在漢水之頭也。三承二，言人見其退身高卧，已更無一來；四

承一，言相公雖獨掩閑門，然終不忘朝廷也。

幾人猶憶孫弘閣，百口同乘范蠡舟。早晚却還丞相印，十年空被白雲留。後解

前解寫相公乞休，後解寫相公再相也。言宰相須以進天下之賢爲務，今天下待進之賢不少，而相公豈請退之日哉。特用「早晚」字，以明天下之望相公如此其急切；又特漏「十年」字，以諷朝廷之置相公如此其若遺也。

獻淮寧軍節度李相公

建牙吹角不聞喧，三十登壇衆所尊。家散萬金酬士死，身留一劍答君恩。前解

言「建牙吹角」，則知相公身領百萬子弟。此只須人出一聲，其勢即如海翻雷動者也。乃今觀其軍前，方且悄然寂然；問之，人則告我曰：「余一軍素尊相公，其事信有然者。」因而試問何等相公，則曾不過鬑鬑初髭，三十左右之人也。然則尊之者何也？三、四承之，言相公不惟國爾忘家，乃至君爾忘身。夫相公既肯以死許君，即一軍無敢不以死許相公者也。

漁陽老將多迴席，魯國諸生半在門。白馬翩翩春草緑，邵陵西去獵平原。後解

上解言相公神觀，下解言相公風流也。五言相公麾下，武則盡天下之忠勇；六言相公幕中，文則盡天下之雅儒。七、八言相公以翩翩少年，領此文武諸僚，日惟于春草平

原，較射賦詩，斯真爲一代之無雙儒將也。

贈別嚴士元

春風倚棹闔閭城，水國春寒陰復晴。細雨濕衣看不見，閑花落地聽無聲。前解

出手最苦是先寫「春風」二字，猶言春風也，而倚棹于此耶？下便緊接「春寒」二字，猶言然則人自春風，我自春寒，其陰其晴，身自受之，又向何處相告訴也！三、四承陰晴極寫，言浸潤之譖，乃在人所不意，則流落之苦，已在人所不恤。蓋自叙吴仲孺之誣也。

日斜江上孤帆影，草緑湖南萬里情。東道若逢相識問，青袍今已誤儒生。後解

「日斜江上」，言日月逝矣；「草緑湖南」，言歲不我與。「孤帆影」、「萬里情」，言青袍誤人，今日遂至于此也。因而更囑「東道」，遍訴「相識」，其辭絶似負寃臨命、告誡後人也者。哀哉！

登餘干古城

孤城上與白雲齊，萬里蕭條楚水西。官舍已空秋草没，女牆猶在夜烏啼。前解

一寫古城之高，三、四承二，寫古城之蕭條。然看其一中有「上與」二字，即知早已寫

到登古城者；二中有「萬里」與「楚水西」五字，即知早已寫到登古城之人，其胸中有兩行熱淚，一時且欲直迸出來也。

平沙渺渺迷人遠，落日亭亭向客低。飛鳥不知陵谷變，朝來暮去弋陽溪。後解

上解只寫古城城上，此解又寫城上四望也。「平沙渺渺」，寫城上人欲去何處；「落日亭亭」，寫城上人欲待何日。然則只好心絶氣絶于此弋陽溪上耳，而其如陵谷之又速變何，我能爲無知之飛鳥也哉？

將赴嶺外留題蕭寺遠公院

竹房遥閉上方幽，苔徑蒼蒼訪昔游。内史舊山空日暮，南朝古木向人秋。前解

相其二句方云「苔徑蒼蒼」，則一句之「竹房高閉」，乃是意中追畫舊游，故下一「遥」字也。細思滿胸先曉竹房高閉，而一路猶尋苔徑蒼蒼，此真訪舊妙絶神理。然非有此曲折之筆，固決寫不出來也。三、四「内史舊山」、「南朝古木」，皆是舊游之所已見；「空日暮」、「向人秋」，則尚極寫「訪」字，殊未到上方叩竹房也。

天香月色同僧室，葉落猿啼傍客舟。此去播遷明主意，白雲何事欲相留？後解

上解寫特訪，下解寫謝留也。五「天香月色」，六「葉落猿啼」。雙舉二境，不判苦樂，以聽客之自擇，此院僧留之之辭也。七、八，先生更引莫逃大義，毅然謝之。嗚呼！後

之爲遷客者，胡可不敬讀此詩乎哉！

使次安陸寄友人

新年草色遠凄凄，久客將歸問路溪。暮雨不知鄖口處，春風只到穆陵西。前解

「草色凄凄」，自是新年景物，今隨手却先下一「遠」字，便知此是歸客問路之眼色也。三、四言適遭泥雨，未抵鄖口，即日風光，滯在穆陵。此正詳寫一之「遠」字，言去家尚隔如許道里；而二之「問路溪」字，亦已盡于是也。

孤城盡日空花落，三户無人自鳥啼。君在江南相憶否，門前五柳幾枝低？後解

前解寫「次安陸」，此解寫「寄友人」。○五、六，孤城花落，三户鳥啼，非再寫安陸荒涼也。先生正言：我當此況，那不憶君？特不審君亦憶我否耳。蓋言君雖憶我，然烏乎知我之花落鳥啼？亦猶我今憶君，而不知君之門前五柳也。

送耿拾遺歸上都

若爲天畔獨歸秦，對水看山欲暮春。窮海别離無限路，隔河征戰幾歸人。前解

「若爲」之爲言如何也，猶言反覆展轉思之，而終恐無有其事也。何也？秦在天畔，

一未易事也；以天畔之秦，而欲一人獨歸，又一未易事也。反覆展轉思之，除非以春又欲暮，以是爲汲汲乎。正甚言此歸之決定無有其事也。三「窮海」「無限路」，再寫一之「天畔」字；四「隔河」「幾歸人」，再寫一之「獨歸」字。皆以反覆展轉「若爲」之二字也。「欲暮春」，上加「對水看山」，又妙。言但據山紅水緑，則似欲暮春耳，其餘人事，固皆不然。

長安萬里傳雙淚，建德千峰寄一身。想到郵亭愁駐馬，不堪西望見風塵。後解

上解既極陳獨歸之難，此解又自明不歸之故，所以多方沮勸之也。言我日夕眼淚滿面，何曾一刻忘歸？然欲性命苟且得全，則現見不歸在此，猶俗言「爾若得歸，則我已先歸」也。結言「想到」者，言我今反覆沮君，而君決意不聽，則意必有中塗駐馬之一日，始信今日之言之不謬耳。看他八句詩中，凡用無限意思，却又筆筆能到。

送陸灃倉曹西上

長安此去欲何依，先達誰當薦陸機。日下鳳翔雙闕迥，雪中人去二陵稀。前解

言長安誠多先達，此亦何待君説。但我第一要問者「何依」，第二要問者「誰當」。何依者，言君欲何人薦；誰當者，言誰人必薦君也。只須兩問，早令西上之人，心口一時詘然，更復不知所措，妙妙。三、四反覆再曉譬之，言「日下鳳翔」，設使得薦，誠然快事；但「雪中人去」，萬一不薦，爲之奈何？「雙闕迥」，又帶言其地甚遠；「二陵稀」，又微言去

者甚少也。

舟從故里難移棹，家在寒塘獨掩扉。臨水自傷流落久，贈君空有淚沾衣。後解

上解諷陸不必西上，此解述己不復西上也。言己昔在長安，流落乃不可説，然則今之得歸故里，寄在寒塘，其爲幸甚，豈可勝道？而肯于他人之去，乃獨欣欣相送耶？「難移棹」，言有棹亦不移也；「獨掩扉」，言無扉亦必掩也。五、六二句，只是極寫「流落久」之一「久」字也。

自夏口至鸚鵡洲望岳陽寄阮中丞

汀洲無浪復無烟，楚客相思益渺然。漢口夕陽斜度鳥，洞庭秋水遠連天。前解

起句妙妙，言使今夜有浪有烟，即相思還可推托，乃今如此風清月朗，此真如何好置懷抱也。三「夕陽度鳥」，寫爲時既已無及；四「秋水連天」，寫爲地又頗不近。然則但好相思，不好相過，固有不待更説者也。妙寫「望」字、「寄」字也。

孤城背嶺寒吹角，獨戍臨江夜泊船。賈誼上書憂漢室，長沙謫去古今憐。後解

上解寫「望岳陽寄阮中丞」，此解寫「自夏口至鸚鵡洲」也。五「孤城吹角」，寫出城根有夜泊之船；六「獨戍泊船」，寫出船中有聽角之人也。七、八恰引賈誼上書，被謫長沙，而又輕輕于「古」字下逗一「今」字，以自訴己之宜應見憐也。

江州重別薛六柳八二員外

生涯豈料承優詔，世事空知學醉歌。江上月明胡雁過，淮南木落楚山多。前解

一、二言餘生不望昭雪，一味只有潦倒；三、四言然過雁終驚北客，極目惟見楚山，以興下解二子之見存也。此亦三承一、四承二法也。一言不望優詔，故三承之云：任憑月明雁過也；二言只學醉歌，故四承之云：已安木落山多也。

寄身且喜滄洲近，顧影無如白髮何。今日龍鍾人共棄，愧君猶遣慎風波。後解

五、六轉筆，只寫得「龍鍾」「共棄」之四字。五言身近滄洲，則既曉然共棄；六言無如白髮，則又甚矣龍鍾。此固人人之所更不垂盼也者，而何幸乃承二子猶以風波相勖哉。「慎風波」，蓋預戒其得承優詔之後也。細讀，便悟其發筆之有故。

送柳使君赴袁州

宜陽出守新恩至，京口因家始願違。五柳閉門高士去，三苗按節遠人歸。前解

前解，只是三承二、四承一法也。言宜陽出守之新恩一至，京口因家之始願遂違；乃五柳閉門而高士甫去，即三苗按部而遠人早歸。甚言朝廷之用得其人，而使君之

出處爲不忝生平也。三、四爲朝廷用得其人，一、二爲出處無忝生平。

月明江路聞猿斷，花暗山城見吏稀。惟有郡齋窗裏岫，朝朝空對謝玄暉。後解

後解，分外加寫使君不是尋常俗吏。五寫赴袁一路，六寫已到袁州，七、八寫其清淨淡泊，與民休息也。

題靈祐和尚故居

歎逝翻悲有此身，禪房寂寞見流塵。六時行徑空秋草，幾日浮生哭故人。前解

哭和尚，看他不悲和尚無身，反悲自己有身，妙絕妙絕。便知和尚自住寂寞真境，而人自隨流塵起見，于是既已偃然寢于巨室，而不通命者猶欲噭噭然哭之也。三、四承之，言隨塵起見，誠有滿庭秋草；但觀化及我，竟存幾日餘年。必如此，方是哭潙山大師詩。不然，豈不被某甲水牯牛痛棒打殺哉。

風竹自吟遥入磬，雨花隨淚共沾巾。殘經窗下依然在，憶得山中問許詢。後解

然而師恩深重，終又不得不哭也。所謂是其始死，我獨胡能無嘅然也！

登松江驛樓北望故園

淚盡江樓望北歸，田園已陷百重圍。平蕪萬里何人去，落日千山空鳥飛。前解

前解，寫故園已付度外。

孤舟漾漾寒潮小，極浦蒼蒼遠樹微。白鷗漁父徒相待，未掃攙槍懶息機。後解

後解，寫此身亦不擬歸。五六，言孤舟雖小，極浦雖遠，然間道求歸，亦可得達，但我意乃不欲爾也。

送靈徹上人還越

禪客無心杖錫還，沃洲深處草堂閑。身隨敝屨經殘雪，手綻寒衣入舊山。前解

若論即日禪客既還已後，則實在沃洲最深之處，草堂極閑之中矣。但此禪客，以無邊智，入解脱林，于四威儀，隨意自在。沃洲若深，即何地不深；草堂若閑，即何處不閑。而今又必勞勞杖錫，得得還越者耶？故首句特地以「無心」判之。三、四，「身隨敝屨」妙，「手綻寒衣」妙。言其還也，屨不暇换，衣不暇補，甚似有所至急也者，而不謂其固只一味是無心也。

獨向青溪依樹下，空留白日在人間。那堪别後長相憶，雲木蒼蒼但閉關。後解

上解寫上人還越，此解寫上人還後永更不來也。「但閑關」之爲言，一任相憶，全不動揺也。

過賈誼故居

三年謫宦此離居，萬古惟留楚客悲。秋草獨尋人去後，寒林空見日斜時。前解

一解看他逐句側卸而下，又是一樣章法。一是久謫似賈誼，二是傷心感賈誼，三是乘秋尋賈誼，四是空林無賈誼。「人去後」，輕輕縮却數百年；「日斜時」，茫茫據此一頃刻也。

漢文有道恩猶薄，湘水無情吊豈知。寂寂江山揺落處，憐君何事到天涯。後解

五、六言漢文尚爾，何況楚懷者。言自古讒諂蔽明，固不必皆王聽之不聰也。「憐君何事」者，先生正欲自訴「到天涯」之故也。

北歸入至德界偶逢鄰家李光宰

生涯親見已蹉跎，舊路依然此重過。近北始知黄葉落，向南空指白雲多。前解

一期人壽，謂之「生涯」。「已蹉跎」，言不覺不知，遂已盡去，今日方始斗地親見，早是急救

不及也。「舊路依然」者，昔日從此來，今日從此去；昔來何所求而來，今去何所得而去？于是趁筆一與分南分北，言今日自此而北，一路盡是衰敗；昔日自此而南，一場總是虛空也。

炎州日日人將老，寒渚年年水自波。華髮相逢俱若是，故園秋草復如何。後解

五寫焦熱者自焦熱，六寫冷淡者自冷淡，爲失聲一哭也。寫焦熱用「日日」者，非此促字，不顯焦熱也；寫冷淡用「年年」者，非此慢字，不顯冷淡也。七「華髮」略斷，「相逢俱若是」，一氣五字爲句，言人生世間，除幼小時略不動心耳，殆于華髮之年，大抵無人不悟。因遂問李：子今亦復華髮人矣，昨者從故園來，復見秋草何似，而猶欲匆匆南去耶？

賦得

鶯啼燕語報新年，馬走龍飛路幾千。家住層城臨漢苑，心隨明月到胡天。前解

此亦三承一、四承二。言家臨漢苑，故最易感春；心憶胡天，故欲問邊路也。

機中錦字論長恨，樓上花枝笑獨眠。爲問元戎竇車騎，何時返旆勒燕然。後解

五是所寄之書，六是書中之情，即七之「爲問」二字也。男雍釋弓筆受並補注。

學人顧祖頌孫聞校過

貫華堂選批唐才子詩甲集七言律卷之四下終

貫華堂選批唐才子詩甲集七言律卷之五上

聖歎外書

錢　起

字仲文，吴興人。天寶十載進士。歷校書郎，終尚書郎、太清宫使。與郎士元齊名，時語曰：「前有沈、宋，後有錢、郎。」起初從鄉薦，居江湖客舍，聞吟于庭中曰：「曲終人不見，江上數峰青。」起視之，無所見也。明年，崔漳試《湘靈鼓瑟》詩，起即用爲落句，人以爲鬼謡。詩一卷。

幽居暮春書懷

自笑鄙夫多野性，貧居數畝半臨湍。溪雲雜雨來茅屋，山鳥將雛到藥欄。前解

此解寓筆絶似工部。自稱「鄙夫」妙，自供「多野性」妙，復「自笑」妙。鄙夫空空，一切不知，人世風波，到彼盡息。如是即不必更入風波中，亦不必定出風波外，此「貧居數畝半臨湍」義也。三、四晝之：雲雜雨來，何等震盪；鳥將雛到，何等宴寧！乃雨收雲散，既不驚心；轂破鳥飛，亦無德色。幽居書懷，懷盡于此，一片冰壺，遍寄洛陽矣。

僊籙滿床閑不厭，陰符在篋老羞看。更憐童子宜春服，花裏尋師上杏壇。後解

五言世上官階，久讓他人；六言胸中奇計，並悔昔日。七、八言既是有機盡忘，便與無機爲友。「童子」句十四字，真一字一珠矣。

闕下贈裴舍人

二月黄鸝飛上林，春城紫禁曉陰陰。長樂鐘聲花外盡，龍池柳色雨中深。前解

此一解四句，前賢讀之，只謂是五之「陽和」二字耳。殊不知其攄寫情抱，罄無不盡，政是五之「窮途恨」三字也。一言求友到京，二言君門深遠。三、四承之，言「長樂鐘聲」、「龍池柳色」，實是我目之所注；而今于「花外盡」、「雨中深」，則我方無路可通也。

陽和不散窮途恨，霄漢長懸捧日心。獻賦十年猶未遇，羞將白髮對華簪。後解

五云「陽和不散」，而六仍云「霄漢長懸」，神態矯矯，不敗人意。不因此語，便疑末句乃是倦游。今始悟其切諷舍人，猶言我自白髮，爾自華簪。因歎起手「黄鸝」字用得精切。

山中酬楊補闕見過

日暖風恬種藥時，紅泉翠壁薜蘿垂。幽溪鹿過苔還静，深樹雲來鳥不知。前解

一解四句,只寫「種藥時」三字。言暖日恬風,通身和暢,弗與世及,世亦弗及,真爲無量快樂也。「紅泉」七字,畫出種藥之處。三、四承之,歎其處幽深,非人迹所到,以反襯楊補闕之見過。言除非鹿過,除非雲來,此外何人曾到。

青瑣同心多逸興,春山載酒遠相隨。却慚身外牽纓冕,未勝尊前倒接䍦。後解

初睹此題,意謂錢在山中,楊則枉過,因更不解七、八如何成語。及細讀「同心」字,始知時方同官;「相隨」字,始知並在休沐。而後「却慚」一結,始釋然。

夜宿靈臺寺寄郎士元

西日横山含碧空,東方吐月滿禪宫。朝瞻雙頂青冥上,夜宿諸天色界中。前解

一寫不得不上靈臺也,二忽寫上到靈臺。親見靈臺之爲靈臺,乃有如許,于是遍身歡喜。且不寫今夜來宿,且抽筆先寫今朝望見。四句詩,便是四樣身分,譬如雲英卷舒,光彩不定,真妙筆也。

石潭倒映蓮花水,塔院空聞松柏風。萬里故人能尚爾,知君視聽我心同。後解

五自寫亭亭之姿,徹底清寒;六自寫矯矯之節,至死不變。七「尚爾」,「爾」字正指此兩句;「萬里故人」,錢自稱;「能」之爲言,不敢不勉,非自矜也,《古詩》:「相去萬餘里,故人能尚爾。」八即以自勉者勉君胄。唐人交道,其厚如此。石潭,故解曰徹底;塔院,故解曰至死。

包何

字幼嗣，潤州延陵人。融子也。與弟佶齊名，世稱「二包」。大曆起居舍人。集一卷。

闕下芙蓉

一人理國致昇平，萬物呈祥助聖明。天上河從闕下過，江南花向殿前生。前解

一、二詠芙蓉，却寫如此十四字作起，真是大儒格物平天下全副真才實學，豈爲雕蟲小技而已。三「天上河」妙，四「江南花」妙，又極清真，又絶英偉。並不借色金玉朱碧等字，而寫來定是皇家異賞，非復已下所可濫當。一寫一人，不寫芙蓉；二寫萬物，還不寫芙蓉：世上有如此筆墨！

慶雲垂蔭開難落，湛露爲珠滿不傾。更對樂懸張宴處，歌工欲奏採蓮聲。前解

如此題，安可不着頌語？然纔着頌語，早又着規語，所謂人臣之于君，忠愛必兼盡也。「歌工欲奏」，即奏五、六二語，可知。

和程員外春日東郊即事

郎官休浣憐遲日，野老歡娱爲有年。幾處折花驚蝶夢，數家留葉待蠶眠。前解

一寫郎官，二却無端陪寫一野老，三「幾處折花」承郎官，四「數家留葉」却無端亦承他野老。此爲何等章法耶？不知郎官到休沐時，必須異于野老幾希，然後始成其爲休

沐？又此休沐之郎官，必須歡娱實遍野老，然後始成其爲郎官？然則寫野老，正是出像寫郎官。先生用意，固加人一等也。

藤垂宛地縈珠履，泉長侵階浸緑錢。直待開關朝謁去，鶯聲不散柳含烟。後解

五、六，忽寫藤縈泉浸，一似攀轅卧轍，不聽郎官便去者。將東郊無情景物，特地寫出一片至情，此又奇情妙筆也。七、八又言，便使郎官假滿終去，然東郊鶯柳只是眷戀不已。作詩有何定態？《莊子》云：手觸，肩倚，足履，膝踦，官自止，神自行。技之至此，蓋真有之也矣。

同閻伯均宿道觀有述

南國佳人去不回，洛陽才子更須媒。綺琴白雪無情棄，羅幌清風到曉開。前解

此所述，竟不曉其爲何事也。然今以意測之，是亦大可恨也。故亦更無婉轉，而直勸之曰「更須媒」焉，言自古才子必悦佳人，佳人亦必悦才子。不悦佳人者，固决非才子；然則不悦才子者，亦决非佳人。且我亦因才子悦故，遂以爲佳人耳。如據不悦才子、彼豈復佳人者，通夜反覆思之：身是真正才子，定有真正佳人。何謂真正佳人？但能真正悦才子者即是也。然則豈無良媒，胡不與謀？徒自苦思，甚爲無益，計真無如捨故就新之爲上上者也。三、四再將「去不迴」三字極畫一通，以甚著其輕薄

之罪焉。

冉冉修篁依户牖，迢迢列宿映樓臺。縱令奔月成仙去，且作行雲入夢來。後解

後解：然而才子終亦不忍也，倚户焉，又倚牖焉；登樓焉，又登臺焉。「冉冉」者，日則「修篁」也；「迢迢」者，夜則「列宿」也。于修篁中呼之或出，無有是也；于列宿邊從天而墮，無有是也。蓋直至于真既不回，夢亦不入，夫而後才子之眼穿，才子之淚枯，才子之心斷，才子之氣盡焉。嗚呼！世豈非真有此人哉？

秦系

字公緒，越州會稽人。天寶末，避亂剡溪。北都留守薛兼訓，奏爲右衛率府倉曹參軍，不就。客泉州南安，有九日山，大松百餘章，俗傳東晉時所植。系結廬其上，穴石爲研，注《老子》，彌年不出。刺史薛播數往見之，歲時致羊酒，而系未嘗至城門。姜公輔之謫，見系，輒窮日不能去，築室與相近，忘流落之苦。公輔卒，妻子在遠，系爲葬山下。張建封聞系之不可致，請就加校書郎。與劉長卿善，以詩相贈答。權德輿曰：「長卿自以爲五言長城，系用偏師攻之。」雖老益壯，年八十餘卒。南安人思之，爲立祠于亭，號其山爲「高士峰」云。

獻薛僕射

系家于剡，向盈一紀。大曆五年，人以文聞鄴守薛公。無何，奏系爲右衛率府倉曹參軍。意所不欲，自獻斯文。

由來那敢議輕肥，散髮行吟自採薇。逋客未能忘野興，辟書翻遣脱荷衣。前解

讀之，一何誾誾然閔子汶上之音也！前解開口，先將自與世間説得蕭然兩不相礙，言人自輕肥，我自淡泊，各本其性，各從其能；人固不能强我輕肥，我亦何曾責人淡泊。便自使人一段景慕、無數猜疑，早已盡情銷釋。下文承之，却並不言此行決不可浼，只輕輕然説個「未能忘」、「翻遣脱」，一似自己欲去亦可得去，只是僕射欲已不妨亦已。既是辟書爲一時偶然之舉，即逋客亦可作一時偶然之辭。看他絶和平，絶耿介，丰稜又不錯，氣質又不乖，真爲天地間第一等人，作此第一等詩也。

家中匹婦空相笑，池上群鷗盡欲飛。更乞大賢容小隱，益看愚谷有光輝。後解

後解言便去亦無大妨礙，我亦只爲無奈匹婦何、無奈群鷗何故也。夫以大賢纁帛，賁于小隱丘園，此是何等光輝，豈爲世間恒有？但既承知我而愛，何妨有加無已。今日倘得相容，光輝斯爲益著。看他高人下筆，不惜公然竟寫出「光輝」二字，便知真正冰雪胸襟，了無下土塵滓。彼嵇叔夜《答山巨源書》，純是一段名士惡習，至今猶不燒之，何爲也！

題章野人山居

帶郭茅亭詩興饒，回看一曲倚危橋。門前山色能深淺，壁上湖光自動摇。前解

既創茅亭，切忌帶郭。帶郭，多令詩興常時被掃。今章野人亭又帶郭，興又不掃，此是何故耶？原來却是一曲清水，隔斷來人，雖設飛橋，實難度過。于是眼無俗物，手信天機，

時得好詩，自吟自賞也。三「山色深淺」，是寫野人門前並無送迎也；四「湖光動摇」，是寫野人四座並無酬對也。寫景固有之，而實不止寫景，只是「倚危橋」一意成解也。

閑花散落填書帙，戲鳥低飛礙柳條。向此隱來經幾載，如今已是漢家朝。後解

五言窗中祇是攤書，六言戲鳥不能入户。既與古人相對，乃至無暇拂花，安能手剪柳枝，通他閑人來往乎？七、八先生婉辭問之：目今無秦苛法，野人住此幾年？若終不作通融，無乃絶物已甚耶？

李嘉祐

字從一，趙州人。天寶七年進士，爲秘書正字，袁、台二州刺史。善爲詩，綺靡婉麗，有齊梁之風，時以比吴均、何遜云。

題游仙閣息公廟

仙冠輕舉竟何之，薜荔緣階竹映祠。甲子不知風御日，朝昏唯見雨來時。前解

有時寫仙是慕仙，有時寫仙是不信有仙。此詩後解却似慕仙，前解又似不信有仙，然而皆非也。《老子》云：我有大患，爲我有身；及我無身，我有何患？人生在此世間，實是身爲大累。譬如飛蛾入網，並非網有相加，但使無身飛來，十面是網何害？今此詩，正是被逐無計，大惡此身。是日偶登仙閣，一時恰觸愁心。于是不覺低頭至地，極致

歎慕也。「輕舉」字妙，逐客累墜，此不如也；「竟」字妙，逐客牽制，此又不如也；「何之」字妙，逐客譏防，此又不如也。下二句與三、四句，一總皆寫欲尋其身，杳無有身，爲逐客浩歎。

霓旌翠蓋終難遇，流水青山空所思。逐客自憐雙鬢改，焚香多負白雲期。後解

前解既寫無身之樂，後解再寫逐客之苦也。五「終難遇」妙，身爲逐客，則與之升沉永判也；六「空所思」妙，身爲逐客，則真是題目先差也。七、八，雙鬢已改，而白雲未期，我實爲之，于人何尤？横插「焚香」字妙，只是珠玉在前，惶恐無地，並非與仙有期。

題靈臺縣東山主人

處處征胡人盡稀，村村無食暮烟微。門臨蒼莽經年閉，身逐嫖姚何日歸。前解

第一句是寫天下，第二句是寫一縣，第三、四句始是寫東山主人。

貧妻白髮輸殘税，餘寇黄河未解圍。天子如今能用武，只應歲晚息兵機。後解

税是何等緊急，却責貧妻令輸。貧妻遺棟滯穗之是給耳，却責令之輸税，哀哉哀哉！加寫「白髮」字，極狀其疲困；再加寫「殘」字，極狀其酷毒也。六云「寇未解圍」，而七、八云「歲晚息兵」。須知能武亦息兵，不能武亦息兵，言決在今年歲晚，更自展期不得也。

早秋京口旅泊贈張侍御 時七夕

移家避寇逐行舟，厭見南徐江水流。吴地征徭非舊日，秣陵凋弊不勝秋。前解

《韓非子》云：矢來有鄉，則一鐵足以備之；今且矢來無鄉，當不免爲鐵室。此「移家避寇逐行舟」之七字，正復相似也。夫寇從南來，斯北避可也；寇自北至，斯南避可也。乃今南北西東，寇來無鄉，然則不免移家入舟，團團摇轉，終食之頃，瀕死數十。此其倉皇窘迫，固非未經亂人之所夢見也。「厭」，足也。朝看江水，暮看江水，除飽看江水外，別無事事也。如此，則安得不起大征大徭？如此，則安得不至極凋極弊？張時正爲侍御，故特告訴之。

千家閉户無砧杵，七夕何人望斗牛。只有同時驄馬客，偏題尺牘問窮愁。後解

後解順逆説之，凡得二章：順一章，是深感；逆一章，是切諷。此非某欲巧説，看他七句特用「只有」字，明是順承五、六，言獨有張問；八句特用「偏」、「問」字，明是逆提五、六，言張胡不及也。細細辨之。

自蘇臺至望亭驛人家盡空春物增思悵然有作因寄從弟紓

南浦菰蒲覆白蘋，東吴黎庶逐黄巾。野棠開遍空流水，江燕初歸不見人。前解

前解寫自蘇臺至望亭驛，人家盡空。一寫一帶皆空江，三寫一帶皆空岸，四寫一帶皆空屋。若其所以盡空之故，則竟橫插于第二句。此是唐人詩律精熟，故有此能。○細玩詩語，皆是舟中寓目，如首句云云。

遠樹依依如送客，平田渺渺獨傷春。那堪回首長洲苑，烽火年年報虜塵。後解

樹送客者，言無人送客也。夫客無人送，可也；若無人送客，必不可也。何也？無人送客，則方無人耕田也。看他「依依」字，虛寫送客之樹；「渺渺」字，實爲無耕之田，妙妙。目今正值春時，此將可奈之何哉！七、八，言此由蘇臺至于望亭一帶，豈昔所稱長洲苑者非耶？而何以至此！則豈非邊烽不絕，故人人思亂乎？後解寫「春物增思，悵然有作」也。

送朱中舍游江東

孤城郭外送王孫，越水吴山共爾論。野寺山邊斜有徑，漁家竹裏半開門。前解

送人，更不叙是人情親，一口只說江東兵火之後，破壞已極者。此是身先從江東歸，親眼實睹其事，時時欲向朝堂伸訴，而不覺借題發之也。○前解言江東，非有所謂「黄壤千里，沃野彌望」，四塞之國，用武之場者也。不過南人好佛，則多野寺；魚鱉雜處，則有漁家，越水吴山，如是而已矣。

青楓獨映摇前浦，白鷺閑飛過遠村。便是西陵征戰處，不看秋草自傷魂。後解

後解言何意亦遭征戰，至于渺無烟火。極望前浦，可指者僅一青楓耳；寂寂遠村，任飛者無數白鷺耳。此即前日羽書所傳被兵之西陵，而今遂至于傷心慘目，不可復道者也。

暮春宜陽郡齋愁坐忽聞杜劉七侍御詩因以酬答

子規夜夜啼櫧葉，遠道逢春半是愁。芳草伴人還易老，落花隨水亦東流。前解

子規言「不如歸去」，故聞其啼，而悟宜陽郡齋與家且隔「遠道」也；子規昨夜啼，今夜又啼，故聞而又悟「逢春」未幾，且將送春也。三、四承之，言即使人自老、春自住，猶尚不可，豈可人又老、春又去，却在遠道哉。「芳草」即住春也，「落花」即「去春」也。細看「還」字、「亦」字，想其弄筆之姿，便如美女簪花矣。

山當睥睨常多雨，地接瀟湘畏及秋。惟羡君爲周柱史，手持黄紙到滄洲。後解

前解是無端觸物，忽悟浮生；後解是電光智中，力求疾去。〇五言一番山雨，便當送春也；六言忽地秋風，又圖改歲也。不是輕輕偷遞「夏」字，正是忙忙畫出「老」字也。「惟羡」也者，劉爲侍御，何等清要，而詔許還山，縱心自在；身住宜陽，有何多戀，而落花如許，不悟子規。黄紙，詔書也。

韓翃

字君平，南陽人。侯希逸鎮淄青，翃爲從事。罷府閑居十年，李勉鎮夷門，辟爲幕屬。時已遲暮，不得意，多家居。一日，夜將半，客叩門急，賀曰：「員外除駕部郎中知制詔。」翃愕然曰：「誤矣！」客曰：「邸報：制誥闕人，中書兩進名不從。又請之，曰與韓翃。時有同姓名者，爲江淮刺史，又具二人同進。御批曰：『春城無處不飛花，寒食東風御柳斜。日暮漢宫傳蠟燭，青烟散入五侯家。』又批曰：『與此韓翃。』」客曰：「此員外詩耶？」翃曰：「是也。」《昇平公主宅即席》，李端擅場；《送王相之幽鎮》，翃擅場；《送劉相巡江淮》，錢起擅場。世傳翃有寵姬柳氏，翃從辟淄青，置之都下。數歲，寄詩曰：「章臺柳，顔色青青今在否？縱使長條似舊垂，也應攀折他人手。」柳答曰：「楊柳枝，芳菲節，可恨年年贈離别。一葉隨風忽報秋，縱使君來豈堪折！」後果爲番將沙吒利所刦。翃會入中書，道逢之，謂永訣矣。是日臨淄大校，置酒，疑翃不樂，具告之。有虞侯將許俊，以義烈自許，即詐取得之，以授韓。集五卷。

題仙游觀

仙臺初見五城樓，風物淒清宿雨收。山色遠連秦樹晚，砧聲近報漢宫秋。前解

五城十二樓，昔所傳聞，殊未目睹，今日乃幸斗然親見。「初」字妙，言實是生平之所未經。況又加以夜來雨過，巧值新晴，再寫七字，便使上七字又分外清絕也。「山色遠連」、「砧聲近報」，且不入觀門，且先將觀前觀後、觀左觀右，無限風物，無限淒清，一例平收。「秦」字妙，「晚」字妙，「漢」字妙，「秋」字妙。不知是寓目，不知是送懷，我讀之亦如

列子御風，泠然其善，更不謂閲此詩時，正在三伏盛暑中坐矣。

疏松影落空壇静，細草春香小洞幽。何用别尋方外去，人間亦自有丹丘。後解

此方寫入觀來也。「疏松」，猶《莊子》云「大年」；「細草」，猶《莊子》云「小年」；「影落空壇」，猶《莊子》云「斷之則悲」；「春香小洞」，猶《莊子》云「續之亦憂」。何用别尋丹丘？夫丹丘又豈出此疏松細草之外耶？讀此五、六兩句，便勝讀全部《道經》，不謂先生眼光至此。

送王少府歸杭州

歸舟一路轉青蘋，更欲隨潮向富春。吴郡陸機稱地主，錢塘蘇小是鄉親。前解

前解送人歸杭州，却要其不住杭州；後解送杭州人歸杭州，自己是趙州人，却要也來住杭州。總之，只是要王少府到底住定杭州，切忌不可又不住杭州，于是遂寫出如許奇文來。○前解「歸舟」者，歸杭州之舟也；「一路」者，歸杭州之路也。乃「轉青蘋」，則是已到杭州，而舟還不停也。何故舟還不停？則爲更欲「隨潮向富春」也。何故欲向富春？則以欲從嚴先生者游也。何故欲從嚴先生游？則以人生無常，貴在見機也。何故便知人生無常？則以眼見吴郡已無陸機，錢塘又失蘇小也。才子佳人，一齊下淚。

葛花滿把能消酒，梔子同心好贈人。早晚重過漁浦宿，遥憐佳句篋中新。後解

後解又與要盟，言君亦更有何事，尚須不住杭州，再到北來者耶？除非篋中佳句，欲舉似我。果爾，則請但儲葛花梔子，我且早晚便過矣。猶言寧可我來，汝不可來也。末句「遥憐佳句」，是找寫早晚過宿之原故，非過宿後方始「憐佳句」也：細細看其「遥」字。不得先生釋，「遥」字乃不通。

送李少府入蜀

行行獨出故關遲，南望千山無盡期。見舞巴童應暫笑，聞歌蜀道又堪悲。前解

前解寫入蜀，後解獨寫送。○闕曰「故關」妙，出故關曰「獨出故關」妙；獨出故關，又加一「遲」字妙；獨出故關遲，又加「行行」字妙。行行者，言其行步可數，此是「遲」字之真正神理也。二再加七字寫，轉入轉深；三笑四悲，悲固淚落不止，笑亦淚落不止者也。

孤城晚閉清江上，匹馬寒嘶白露時。別後此心君自見，山中何事不相思。後解

「孤城」，是其别後山中所經之城；「匹馬」，是其别後山中所騎之馬。言今日送君，向君揮淚，何足又道？念君别後，道路正長，或是城閉，或是馬嘶，我當何一不勤于心。「君自見」者，猶言今日説過，明日君到此境，便知是我相思之時也。五、六句十四字，却是送

者心中所擬，妙妙。

送冷朝陽還上元

青絲纜引木蘭船，名遂身歸拜慶年。落日澄江烏榜外，秋風疏柳白門前。前解

一解，看他將異樣妙筆，只從自己眼中畫出一船。只畫一船者，便是從船中畫出一冷朝陽，從冷朝陽心頭畫出無限快活也。如言纜是「青絲纜」，船是「木蘭船」，端坐于中，順流東下。每當落日，便看澄江于烏榜之外；一見秋風，早報疏柳在白門之前。看江，是寫船之日近一日；報柳，是寫船之已到其地也。船中一人，則即冷朝陽。而此冷朝陽之心頭，却有無限快活者，一是新及第，二是准假歸，三是二人具慶，恰當上壽也。嗚呼！人生世間，誰不願有此事乎哉！

橋通小市家林近，山帶平湖野寺連。別後依依寒食裏，共君攜手在東田。後解

前解純寫冷朝陽之得意，此始寫送也。言今別是初秋，乃我「別後依依」，則欲前期必訂仲春。于是先以五、六寫他東田好景，言來年寒食，則我兩人是必攜手其地也。

送高別駕歸汴州

信陵門下識君顔，駿馬輕裘正少年。寒雨送歸千里外，春風沉醉百花前。前解

此詩通首惜高「正少年」，不應歸也。「信陵門下」，即高爲其別駕之門下也；「駿馬輕裘」，雖映襯少年，然亦可見不是失意。三言今日此處寒雨，四言明日家裏春風。謂如此少年，乃送歸于千里之外，可惜也；如此少年，乃沉醉于百花之前，可惜也。

身隨玉帳心應愜，官佐銅符勢又全。久客未知何計是，參差去惜汶陽田。後解

心愜，言不應歸也；勢全，言又不應歸也。「久客」，韓自稱，猶言我雖爲客已久，却是全然不曉。如此少年，功名正盛，乃不惜玉帳銅符，而惜汶陽數頃，真爲不可解之至也。

送故人赴江陵尋庾牧

主人持節拜荆州，走馬應從一路游。斑竹岡連山雨暗，枇杷門向楚天秋。前解

既是故人，何不著名？既故人且不著名，何得所尋反與著姓？故知庾是韓之故人，而此尋庾之人，則是庾之舊客，而今又向韓乞竿牘，是故作此詩與之，而因以「故人」二字暫假之也。看他一先寫庾，二只用「走馬」字、「一路」字、「從游」字、「應」字，寫此舊

客一段故情，一片高興，便令主人不得不歡然相接。三、四「斑竹岡」、「枇杷門」，雖寫江陵景，然實是一路走馬景，須知。看他寫此故人，不惟題不著名，乃至篇中略不相道，亦並無惜別意，便信如此批爲知言也。

佳期笑把齋中酒，遠意閑登城上樓。文體此時看又別，吾知小庾甚風流。後解

五寫初尋到之一日，六寫既尋到之後日，七「此時」即把酒登樓之時。一解便純寫庾厚情高興，更不再寫此故人。

送客歸江州

東歸復得采真游，江水迎君日夜流。客舍不離青雀舫，人家多住白鷗洲。前解

便以「青雀舫」、「白鷗洲」爲「采真游」也。長安馬糞，高起三丈，此時想到此景，真復不曾謬我也。「復得」之爲言，本自清涼國中來，還到清涼國中去。若其手眼妙處，則又在「江水迎君」七字。須知江水不是爲迎君，故晝夜流；正是爲晝夜流，故知其迎君也。言之者無罪，聞之者驚心矣！

風吹山帶遥知雨，露濕荷花已報秋。聞道泉明居止近，藍輿相訪會淹留。後解

南方每至春夏之交，天如欲雨，山腰先有如一匹練，謂之「山帶」。此句猶寫夏景，乃疾接下句，早入秋令也。「已報」之爲言，秋至甚確；「露濕荷花」之爲言，秋至尚淺也。

七、八因言人生迅速如斯，得與淵明多作淹留爲幸，言外見不必于此處又淹留也。

皇甫冉

字茂政，潤州丹陽人。十歲便能屬文。張九齡歎異之，謂：「清秀迥拔，有江、徐之風。」與弟曾皆善詩，天寶中踵登進士，當時比張氏景陽、孟陽云。集三卷。獨孤至之序之曰：「沈詹事，宋考功，財成六律，彰施五色。言之而中倫，歌之而成聲，緣情綺靡之功，至是乃備。沈、宋既没，而崔司勳顥、王右丞維，復崛起于開元、天寶之間。得其門而入者，當代不過數人，補闕其一也。往以世道艱虞，避地江外，每文章一到朝廷，作者變色。謂自晉、宋、齊、梁、周、隋以來，使前賢失步，後輩却立。自非天假，何以迨斯！恨長轡未騁，而芳蘭早凋。悲夫！」

同温丹徒登萬歲樓

温丹徒有詩，而皇甫亦用其題也。

高樓獨上思依依，極目遥山合翠微。江客不堪頻北望，塞鴻何事又南飛。前解

「遥山」，是一帶「翠微」；「極目遥山」，則不止一帶翠微。蓋其依依之思，更在翠微之北，故曰「合」也。不堪北望，是傷其事；何事南飛，是傷其時。猶言正逢多難，早又深秋。

丹陽古渡寒烟積，瓜步空洲遠樹稀。聞道王師猶轉戰，誰能談笑解重圍。後解

七「猶」字，八「誰」字，連用甚妙。蓋初轉戰，或問誰解圍；「猶轉戰」，則眼見無能

解圍者。而又故問，殆于自欲慨然請纓也。故又特寫「寒烟」「遠樹」，言奈何羈身此間耶？

宿淮陰南樓酬常伯能

淮陰日落上南樓，喬木荒城古渡頭。浦外野風初入户，窗中海月早知秋。前解

日落上樓，自是尋常求宿，看他急接「喬木」七字，一時寫淮陰故迹喬木、淮陰近事荒城，與經過淮陰無限傷心男子古渡，不覺遂盡。三、四，則今夜此一傷心男子，仰懷故迹，俯傷近事，而于樓上極大無奈也。

滄波一望通千里，畫角三聲起百憂。佇立分宵絶來客，煩君步履忽相求。後解

五「滄波一望」，猶未入夜；六「畫角三聲」，倏報初更，使漸寫到「分宵」二字也。「通千里」是眼看何處，「起百憂」是心念何事，而能不佇立耶！看寫酬常處甚少。

使往壽州寄劉長卿

榛草荒涼村落空，驅馳卒歲亦何功。蒹葭曙色蒼蒼遠，蟋蟀秋聲處處同。前解

前解寫使往壽州，後解寫寄劉長卿。村落盡空，勾當何事？慷慨激切，吐此痛言。

不是自言無功，蓋欲朝廷得聞壽州村落如此荒凉，便是一功也。三、四，再寫「驅馳」二字之勞苦。言一路早發夜宿，不敢憚瘁，有如此也。三是早發，四是夜宿。

鄉路遥知淮浦外，故人多在楚雲東。日夕烟霜那可道，壽陽西去水無窮。後解

「遥知」、「多在」，一氣十四字成句，不能讀教斷也。「日夕烟霜」者，日望侵烟，夕望侵霜，言望故人無有暫輟也。末句又反言，若輟東望而更西望，則惟有無窮之水而已。夫無窮之水，則我望之胡爲者哉！「水無窮」之爲言，無一故人也。

秋日東郊作

閑看秋水心無事，坐對寒松手自栽。廬岳高僧留偈别，茅山道士寄書來。前解

前解先自寫其胸前一片雪淡也。「閑看秋水」，言去無所至也；「坐對寒松」，言來無所從也。「廬岳高僧」之留偈，即此是偈也；「茅山道士」之寄書，即此是書也。休沐詩寫到如此田地，真乃現宰官身而説法也。

燕知社日辭巢去，菊爲重陽冒雨開。淺薄將何稱獻納，臨岐終日獨徘徊。後解

後解便借秋景以比臨岐也。言今日亦自分爲相應與不相應乎？若不相應，則宜如燕之竟去；設復相應，則宜如菊之疾開。胡爲獻納既不可曠，淺薄又不自及，終日徘徊王門，至今猶尚不去也。

酬李補闕

十年歸客但心傷，三徑無人已自荒。夕宿靈臺伴烟月，晨趨建禮逐衣裳。前解

此客全未得歸[一]，而自稱早日歸客，又云懷抱其心，已至十年之久。人生不得自由，真有如此苦事也。「但心傷」，「但」字好笑；「已自荒」，「已」字好笑。只謂蒙被眷注，萬不許放歸耳，何意只是夕伴烟月，晨逐衣裳？四句一氣讀之，便是十年伴烟月，十年逐衣裳也，而三徑則已十年荒也，而客心則但十年傷也。

偶因麑鹿隨豐草，謬荷鵷鸞借末行。縱有諫書猶未獻，春風拂地日空長。後解

後又申明三、四，言我自有書未獻，非關獻而不收也。自記昔日來京，本意原只干禄，謬叨諸公泛愛，便得分潤升斗。只是十年腹負，十年面慚，如此長日，云何可度。此自是真心人發實意語，在他人乃決不肯道也。

[一]「此」，賢文堂本作「比」。

酬張二倉曹楊子所居見寄兼呈韓郎中

孤雲獨鶴自悠悠，別後經年尚泊舟。漁父置詞相借問，郎官能賦許依投。前解

若説張是雲，則是孤雲；若説張是鶴，則是獨鶴。何則？別來已自經年，而至今泊舟未捨，此其悠悠之意，真有不堪持贈者也。三、四，正妙寫其孤與獨也。既是經年泊舟，豈許閑人輕問？除非江潭漁父，欲來借看《離騷》。此爲真正絶妙好辭，在唐人亦未易多有也。

折芳遠寄三春草，乘興來看萬里流。莫怪杜門頻乞假，不堪扶病拜龍樓。後解

五、六，寫張不惟自泊，又來招人同泊，妙人妙興，妙事妙理。七、八，言我亦久欲來同泊也。若寄韓郎中，則意謂君亦不妨即便來同泊也。

送孔巢父赴河南軍

江城相送阻烟波，況復新秋一雁過。聞道全師征北虜，更言諸將會南河。前解

言今日相送，是此江城；若別後相阻，正復無定也。何也？據我傳聞，是征北虜；乃據君自説，又赴南河。然則軍行秘密，終無的耗，今日別去，君爲定在河南，爲復

全師往北耶？加入「新秋一雁」句，聊以紀時也。

邊心杳杳鄉人絶，塞草青青戰馬多。共許陳琳工奏記，知君名宦未蹉跎。後解

此五、六又代孔預寫别後杳杳之心，而七、八急轉筆極慰之也。唐詩難看，如「塞草青青戰馬多」句，正即極寫上句邊心之杳杳，猶言滿眼純是戰馬，並不見一鄉人也。不會看唐詩人，乃謂竟寫馬多矣。便使果然馬多，却是何與今日？

韋應物

周逍遥公夐之後，待價生令儀，令儀生鑾，鑾生應物。由比部員外郎，出刺滁州，改刺江州。追赴闕，改左司郎中。貞元初，歷蘇州。罷守，寓蘇臺永定精舍。性高潔，所在焚香掃地而坐。惟顧況、劉長卿、丘丹、秦系、皎然之儔，得厠賓客，與之酬唱。樂天《吴郡詩石記》獨書「兵衛森畫戟，燕處凝清香。」劉太真與韋書云：「顧著作來，以足下郡齋宴集相示，是何情致，暢茂遒逸如此！宋齊間，沈、謝、何始精于理意，于懸情體物，備詩人之旨。後之傳者，甚失其源，惟足下制其横流。師摯之始，《關雎》之亂，于足下之文見之矣。」集十卷。

宴李録事

與君十五侍皇闈，曉拂爐香上赤墀。花開漢苑經過處，雪下驪山沐浴時。前解

淺人讀之，謂只兩人追寫舊事耳。不知通首皆是先生胸前一段服勤至死、方喪三年

至情至誼。我讀之，不覺聲淚爲之齊下也。○三、四正指皇闈也，言凡或經過，或沐浴，則皆有我兩人侍之，所謂拂爐上墀者，至今猶如昨日也。

近臣零落今猶在，仙駕飄颻不可期[一]。此日相逢思舊日，一杯方喜已成悲。後解

近臣不止韋、李，故曰「零落」。然「今猶在」乃對下句，非承二字也。「方喜已悲」，「方」、「已」字妙。言宴李誠喜，而思舊實悲，此喜固不能敵此悲矣。

自鞏洛舟行入黄河即事寄府縣僚友

緑水蒼山路向東，東南山豁大河通。寒樹依微遠天外，夕陽明滅亂流中。前解

讀一、二，如讀《水經注》相似，便將自洛入河，一路心眼都寫出來；又如讀《莊子》外篇《秋水》相似，便將出于涯涘，乃知爾醜，向不至于子之門，實見笑于大方之家，一段慚愧快活都寫出來也。三、四，「寒樹」「遠天」、「夕陽」「亂流」，言山豁河通後，有如許眼界也。

孤村幾歲臨伊岸，一雁初晴下朔風。爲報洛橋游宦侣，扁舟不繫與心同。後解

五、六，正雙寫末句「不繫」之「心」也。伊岸孤村，爲已久如；朔風一雁，現見初下。

[一]「颻」，貫華堂本作「飄」，據賢文堂本、有正本改。

然而今日扁舟，適來相遇，我直以爲村亦不故、雁亦不新。何則？若言村故，則我今寓目，本自斬新；若言雁新，則頃刻舟移，又成故迹：此真將何所繫心于其間也乎。

寓居澧上精舍寄于張二舍人

萬木藜雲出香閣，西連碧澗竹林園。高齋獨宿遠山曙，微霰下庭寒雀喧。前解

此不止是妙詩，直是妙畫；且不止是妙畫，直是禪家所謂妙境，乃至所謂妙理者也。看他「萬木」下，便畫「藜雲」字。只謂是眼注萬木耳，却不悟其乃是欲寫「出香閣」之三字。「出」字妙妙。此自是當境人一時適然下得之字，我今亦不知其如何謂之「出」也。二忽然轉筆，又寫一碧澗，又寫一竹園，有意無意，不必比興。三、四，「高齋獨宿」，即是宿此閣中；「微霰下庭」，便是下此閣前之庭也。「遠山曙」妙，寫盡獨宿人心頭曠然無事；「寒雀喧」妙，寫盡微霰中衆人生理凋瘁也。

道心淡泊對流水，生事蕭條空掩門。時憶故人那得見，曉排閶闔奉明君。後解

「淡泊」字，須知不是矜；「蕭條」字，須知不是怨。「對流水」字，須知不爲「淡泊」；「空掩門」字，須知不爲「蕭條」。總是學道人晚年有悟，一片曠然無事境界也。「時」，不解作時時，是正當對水掩門之時，言此時則正二舍人得君行志之時。夫行藏既已各判，忙閑自不相及，又安得而相見乎哉。

寄李儋元錫

去年花裏逢君別，今日花開又一年。世事茫茫難自料，春愁黯黯獨成眠。前解

一、二，在他人便是恨別，在先生只是感時。何以辨之？蓋他人恨別，皆以花紀別；今先生感時，乃以別紀花。以花紀別者，皆云已一年；今以別紀花，故云又一年也。三、四，「世事」即花事也，「春愁」即愁花也。花有何事？如去年開，今年又開，即花事也；花何用愁？見開是去年，見開又是今年，即花愁也。蓋先生除花以外，已更無事、更無愁也。世上學道人，除「無常」二字以外，亦更無事、更無愁也。

身多疾病思田里，邑有流亡愧俸錢。聞道欲來相問訊，西樓望月幾回圓？後解

五、六別無他意，只是以實奉告李、元二子，言欲來即須早來，不然我且欲去也。相其七、八，情知此二子自是不怕花開人，看他分明欲來，而又慫期連月。此便是先生説無常偈。

皇甫曾　字孝常，歷侍御史。坐事貶徙舒州司馬、陽翟令。高仲武云：「昔孟陽之與景陽，詩德遠慚厥弟。協居上品，載處下流。今侍御之與補闕，文辭亦爾，體制清潔，華不勝文。然『寒生五湖道，春及萬年枝』，五言之選也。其爲士林所尚，宜哉！」徐獻忠《唐詩品》云：「景陽華淨，遂掩哲昆；平原英贍，

竟難家弟。是以世乏聯萼之鳳，情欣並蒂之華。物猶如此，況復人士耶？皇甫兄弟仕道既同，才名亦配。渤海高生，猶持不足之歎，豈憐才之本意乎。侍御律調澄泓，聲文華潔，俯視當世，殆已飄然木末矣。雖紫霞碧落，未堪凌駕，亦何可少。」

早朝日寄所知

長安雪後見歸鴻，紫禁朝天拜舞同。曙色漸分雙闕下，漏聲遥在百花中。前解

題是「早朝日寄所知」，猶謂尋常相憶。乃我試讀其詩，是何提心挂膽，寫得世間有如此友誼也。看他「雪後」「歸鴻」，只是未早朝先一日偶然所見，然已自心頭隱隱有刺。及到明日早朝「拜舞」，忽然滿眼看出「同」字，云：何獨有我此一人不得同耶？因而重認曙色，重聽漏聲。此雖明明再寫拜舞之同，然實明明再寫獨有一人不得同矣。

爐烟乍起開仙仗，玉佩成行引上公。共荷發生皆雨露，不應黄葉久隨風。後解

五「開仙仗」，是寫吾君也；六「引上公」，是寫吾相也。七「共荷發生」，即共荷吾君、吾相也；「皆雨露」，又言吾君、吾相必無私雨露也。八言然則鴻歸而獨不歸，人同而獨不同，此獨謂之何哉？

秋夕寄懷素上人

已見槿花朝委露，獨悲孤鶴在人群。真僧出世心無事，静夜名香手自焚。前解

此非泛然相寄，乃是因驚生悔，因悔生悟，因悟生慕。于是作詩寄上高僧，便算一通大懺悔文。言槿花朝開暮落，已是至促，今又見有朝即委露者，于是吃驚不小，甚悔孤身落在人群，不如真僧之出世也。既忽又悟：彼真僧自是心頭無事，故得出世；我則心頭未免有事，云何能出于世？因而乘静夜，爇名香，遥望白雲，敬禮雙足，蓋慕之至也。

窗臨絶澗聞流水，客至孤峰掃白雲。更想清晨誦經處，獨看松上雨紛紛。後解

此極寫真僧之無事也。「窗臨絶澗」，我與世何事？「客至孤峰」，世與我亦何事？而或者又疑：雖無世事，或猶有僧事。則我見其清晨趺坐，更不誦經，只是看雨。此則不惟無已下事，甚至並無向上事。嗚呼，至矣！「紛紛」字妙，便是摩醯首羅豎亞一目，看四天下七日七夜雨也。

郎士元　字君胄，中山人。天寶十五年進士。寶應元年，詔試中書，補渭南尉，歷拾遺、郢州刺史。與錢起齊名：自丞相以下，出使作牧，二公無詩祖餞，時論鄙之。二公詞體大約欲同，就中郎公稍更閑

雅，近于康樂矣。集一卷。

春宴王補闕城東別業

柳陌乍隨洲勢轉，花源忽傍竹陰開。能令瀑水清人境，直取流鶯送客杯。前解

一是城東，二是別業，看他寫得遠近縹緲，便如仙城海樓相似；三是主人，四是春宴，看他寫得清真瀟灑，便又如上真流霞相似也。此詩一解，四句二十八字，字字出自匠心，字字只如無意。此爲郎君胄之妙筆也。

山下古松當綺席，檐前片雨滴春苔。地主同聲復同舍，流連不畏夕陽催。前解

我心耐久，如山下古松；世事倏忽，如檐前片雨。既是昔托同聲，又幸今忝同舍，夫復何畏，而不留連也。

酬王季友題半日村別業兼呈李明府

村映寒原日已斜，烟生密竹早歸鴉。長溪南路當群岫，半景東林照數家。前解

唐人詩句，每多侵讓。如此詩，起句寫「村」，却讓三字與下，便只剩得四字。次句寫「半日」，却侵過上句三字，便自占却十字也。三句再寫村，四句再寫半日。想其別業後

是村,村後是高原;别業前是溪,溪南是群山,此真大好别業。又想人生四十以來,是下半生;入秋凌冬,是下半年;望舒生魄,是下半月;齋鐘一動,是下半日。此四下半,最爲悠悠忽忽,亦最爲波波汲汲。今特取以名村,真又大好名字也。

門通小徑憐芳草,馬飲春泉踏淺沙。欲待主人林上月,還思潘令縣中花。後解

五寫主人俟客,六寫客就主人。七寫客自下榻,不問主人;八寫主人開樽,還少一客。真是勝地良時、佳客妙主,人生在世,何曾多遇!

還贈錢員外夜宿靈臺寺見寄

石林精舍虎溪東,夜叩禪扉謁遠公。月在上方諸品浄,心持半偈萬緣空。前解

一寫寺是妙地,二寫錢是妙人,三寫夜是妙景,四寫宿是妙悟。以妙地,留妙人,對妙景,得妙悟。一解凡將題中「錢員外夜宿靈臺寺」八字,先寫成異樣出色,只留得「見寄」二字,到後解定奪也。

蒼苔古道行應遍,落木寒泉聽不窮。更憶雙峰最高頂,此心期與故人同。後解

此方寫「見寄」也。「蒼苔古道」,豈是尋常行履;「落木寒泉」,總非人間視聽。況又進之以「雙峰」「高頂」,試思員外何等心期。其寄我豈止一首佳詩,而我能不還贈哉。必如此,方是錢「見寄」;必如此,方是郎「還贈」。

蓋少府新除江南尉問風俗

聞君作尉向江潭，吴越風烟到自諳。客路尋常隨竹木，人家大抵傍山嵐。前解

「江南尉問風俗」，夫江南風俗，殊未易説也。三、四亦只略舉其粗，其意味深長，却全在「到自諳」三字。人生在世，來日大難，總以此三字爲度厄秘章。此便是先師「素富貴」一篇秘密精義也。

緣溪花草偏宜遠，避地衣冠盡向南。惟有夜猿啼海樹，思鄉望國意難堪。後解

前解淒惻，此解寬慰。言遠方花草既悦人目，中國衣冠又皆集會，彼中風日亦殊不惡也。七、八「惟有」字妙，言只此一事，或似難堪。只此難堪之爲言，其餘皆不妨也。言「思鄉」，又必言「望國」。唐人筆下，精到必如此。

盧綸

河中蒲人。避天寶亂，客鄱陽。大曆初，數舉進士不第。元載取綸文以進，補閿鄉尉。累遷監察御史，輒稱疾去。與吉中孚、韓翃、錢起、司空曙、苗發、崔峒、耿湋、夏侯審、李端齊名，號「大曆十才子」。憲宗詔中書舍人張仲素，訪集遺文。文宗尤愛其詩，問宰相：「綸文章幾何？亦有子否？」李德裕對：「綸四子：簡能、簡辭、弘正、簡求。皆擢進士第，在臺閣。」帝遣中人悉索家笥，得詩五百篇以聞。

長安春望

東風吹雨過青山，却望千門草色閑。家在夢中何日到，春來江上幾人還。前解

「東風」七字，人謂只是寫「春」，不知便是寫「望」，如云此雨自我家中來也。「閑」字罵草，妙，如云無謂也，扯淡也。三恨自不得歸，四又妒他人得歸。活寫盡不歸人心口咄咄也。

川原繚繞浮雲外，宫闕參差落照間。誰念爲儒逢世難，獨將衰鬢客秦關。後解

「川原」七字中，有無數親故；「宫闕」七字中，止夕陽一人。「誰」字，便是無數親故也；「獨」字，便是夕陽一人也。不知唐詩人，謂五、六只是寫景。

晚次鄂州

雲開遠見漢陽城，猶是孤帆一日程。估客晝眠知浪静，舟人夜語覺潮生。前解

一解，寫盡急歸神理。言望見漢陽，便欲如隼疾飛，立抵漢陽，而無奈計其遠近，尚必再須一日也。三、四承之，言雖明知再須一日，而又心頭眼底不覺忽忽欲去，于是厭他估客胡故晝眠，喜他舟人斗地夜語。蓋「晝眠」便是不思速歸之人，「夜語」便有可以速去

之理也。若只作寫景讀之，則既云「浪静」，又云「潮生」，此成何等文法哉？

三湘愁鬢逢秋色，萬里歸心對月明。舊業已隨征戰盡，更堪江上鼓鼙聲。後解

後解，言吾今欲歸所以如此其急者，實爲鬢對三湘，心馳萬里，傳聞舊業，已無可歸；而連日江行，鼓鼙不歇，誰復能遣，尚堪一朝乎哉！

早春歸盩厔舊居寄耿拾遺湋李校書端

野日初晴麥隴分，竹園村巷鹿成群。萬家廢井生秋草，一樹繁花對古墳。前解

前解寫兵荒之後，已無舊居。○看他次第自述：初歸盩厔，恰值春晴，由麥隴，過竹園，到村巷，純是鹿群，一望無人。于是先尋廬井，次展墳墓。真是久客遠歸，魂魄未招光景也。

引水忽驚冰滿礀，向田空有石和雲。可憐荒歲青山下，惟有松枝可寄君。後解

後解寫困窮雖極，誓保晚節。○冰礀石田，非向二子訴窮，正是極表松枝在抱也。

耿湋

寶應中進士，爲左拾遺。集二卷。

上裴行軍中丞

胡塵已滅天山外，閉閤陰陰日復曛。櫪上驊騮嘶鼓角[一]，門前老將識風雲。前解

滅胡後却只是「閉閤」，寫上相威德千言不盡者，此便只以二字了之，真是奇情大筆也。又加寫「陰陰日曛」四字，見閤門深沉，乃如九淵；又加寫一「復」字，見自閉之後，永無消息。蓋上相不如此，便無處功名之法，且先是亦已無制必勝之法也。三、四寫戰馬、寫老將，又妙。若只用來寫滅胡，便神彩亦有限；今却用來寫「閉閤」，其神彩真乃無限。須知十四字，都在「陰陰日復曛」五字之中，故妙不可説也。

旌旗四面高秋見，絲竹千家静夜聞。莫道古來多計策，功成惟有李將軍。後解

五寫四郊多備，六寫内地燕樂，便翻古文「出則方叔召虎，入則周公召公」二語來作好詩，妙妙。「莫道」下十二字爲一句[二]，言古人未可獨步于前也。

司空曙

字文明，廣平人。登進士第，從韋臯于劍南。貞元中，爲水部郎中，終虞部。集二卷。

[一]「嘶」，貫華堂本、賢文堂本作「思」，據有正本改。
[二]「十二」，貫華堂本、賢文堂本作「十一」，據有正本改。

南原望漢宫

荒原空有漢宫名，衰草茫茫雉堞平。連雁下時秋水在，行人過盡暮烟生。前解

「荒原」也，原上「茫茫」，則「衰草」也。問「雉堞」，無有雉堞也。杳無所有，而名「漢宫」，意必當時曾有漢宫，而今已不在也。云何不在，漢已過盡也。漢已不在，則今誰在？我徒見秋水在也。云何漢已過盡，只今行人又過盡也。

西陵歌吹何年别，南陌登臨此日情。身世悠悠不可問，寒禽野水自縱横。後解

「何年」妙，「此日」妙。彼别不知何年，我來則是此日。蓋前之人當時，定如我之此日；後之人更至，復不審我何年。此處更無可以着語，亦更無可以墮淚，只好閑閑然説個「悠悠不可問」五字而已。再寫水禽縱横，不是冷眼相笑，亦不是慈眼等觀。《莊子》云「知其不可奈何而安之爲命」，如是云爾。

酬李端校書見贈

緑槐垂穗乳烏飛，忽憶山中獨未歸。青鏡流年看髮變，白雲芳草與心違。前解

相其七、八，乃是李端校書新來都城，有所投贈，而司空賦此酬之。乃人且新來，而

我反欲去，且言無不盡去，深嫌只有我未曾去，真令新來人兜頭一杓冷水也。

乍逢酒客春游慣，久别林僧夜坐稀。昨日聞君到城闕，莫將簮弁勝荷衣。後解

五、六極寫都城，日只是酒，夜只是卧，特地到來，更無所事。然則君之昨日亦來，真乃大誤矣。

題暕上人院

閉門不出自焚香，擁褐看山歲月長。雨後緑苔生石井，秋來黄葉遍繩床。前解

佛經常言：「諸大菩薩，不起于座，身不動摇，而又自然，應現十方，所經國土，無不震動。」此正用以贊暕公也。前解寫暕公閉門，便是徹底閉門，不惟自家不出，人亦莫得而入。「雨後緑苔」，言無一人行處；「秋來黄葉」，言無一人坐處。蓋其門風孤峻，則有如此者。

身閑何處無真性，年老曾言隱故鄉。更説本師同學在，幾時攜手見衡陽。後解

後解寫暕公游行人間，又是徹底自在。五或云攝化各處，六或云還歸本鄉；七、八或又云師友情緣，眷戀不捨，某年某日，又見在于某處。蓋其分身無礙，又有如此者。

寄胡處士

日暖風微南陌頭，青田紅樹起春愁。伯勞相逐行人別，岐路空歸野水流[一]。前解

前解何其委宛。「南陌頭」，言是日閑行，適然至斯也；「起春愁」，言閑行至斯，適然思及處士也。三言處士前者，因畏讒人而默然遯去也；四言處士既去，而彼讒人果亦蕭然也。凡詩家用「伯勞」、「岐路」等字，必皆有托，此是《三百篇》遺法。〇遇讒人，實無如遯去是第一高着。不然，即岐路何年得成野水耶？

偏憶尋僧同看雪，誰期載酒共登樓。爲言惆悵嵩陽寺，明月高松應獨游。後解

後解何其嚴冷。夫處士方被讒人之所不許，而我固惓惓思之不置，此則又何苦耶？因言我自欲與之尋僧看雪，徹骨總教冰冷，非欲與之載酒登樓，一片豪興未除也。「明月」，言透體光明；「高松」，言孤搴世外。五、六既已自明，七、八又爲處士代明也。

[一]「野」，金評各本均作「墅」，據《全唐詩》改。

九日登高

詩人九日憐芳菊，逐客高筵瞰浙江。漁浦浪花摇素壁，西陵樹色入秋窗。前解

此詩乍看，只道是揸頰看西山氣色；細讀，却悟是參軍作蠻語聲口。猶言：一任詩人自憐芳菊，我逐客只看浙江去也。何也？既教我作浙江逐客，我又那得不看浙江？「漁浦浪花」、「西陵樹色」，即其所看之景也。意思一肚不然，只在詩人外，另叫出「逐客」之二字。

木奴向熟懸金實，桑落新開瀉玉缸。四子醉時爭講德，笑論黄霸舊爲邦。後解

此言既爲浙江逐客，便自安心啖浙江果，飲浙江酒。必欲又言，爲無應援，因到浙江，此大非也。當時四子，狺狺所爭講德之論，識者早譏其爲獻諛之辭。然則我亦自有爲邦舊事，略如潁川神君，君子亦道其所自有者耳。聲聞過情，我無庸也。

李益

字君虞，肅宗朝宰相揆之族子。登進士第，長爲歌詩。貞元末，與宗人李賀齊名。每作一篇，爲教坊樂人以賂求取，唱爲供奉歌辭。然少有癡疾，而多猜忌，防閑妻妾，過爲苛酷，而有散灰扃户之談聞于時，故時謂「妒癡」爲李益疾。以是久之不調，而流輩皆居顯位，愈不得意。憲宗雅聞其名，召爲秘書少監、集賢殿學士。自負才地，多所凌忽，爲衆不容。諫官舉其《幽州詩》有「不上望

京樓」之句，降居散秩。俄復用爲秘書監，遷太子賓客、集賢院學士，判院事，轉右散騎常侍。太和初，以禮部尚書致仕，卒。

送賈校書東歸寄振上人

北風吹雁數聲悲，況指前林是別時。秋草不堪頻送遠，白雲何處更相期。前解

題是因「送賈校書」帶「寄振上人」，乃某細相其發筆落紙，却是一先斷腸于振，而二始折筆到賈。其間，主賓重輕，殊有無限差別。然後知此非因送賈，便聊復寄振；多是特欲寄振，故來送賈也。三「頻送」字，猶似帶賈；四「更期」字，竟獨問振。人生相知，分寸不同，實有如此至理也。

山隨匹馬行看暮，路入寒城去獨遲。爲向東州故人道，江淹已擬惠休詩。後解

五寫送者目斷，六寫行者情留。只此十四字獨寫送賈，至七、八，依舊只結歸振矣。

同崔頌登鸛雀樓

鸛雀樓西百尺檣，汀洲雲樹共茫茫。漢家簫鼓空流水，魏國山河半夕陽。前解

登樓對景，更不別睹，斗地出手，便先寫一檣。下即急寫「汀洲」，又急寫「雲樹」，並

不問此檣屬何人、到何處，早已一片心魂，彌梨麻囉，一遮一遮，竟自歸去也。因言當時何等漢魏，已剩流水夕陽，人生世間，大抵如斯。遲遲不歸，我爲何事耶？

事去千年猶恨速，愁來一日即爲長。風烟並是思歸望，遠目非春亦自傷。後解

此即趁勢轉筆，寫是日歸心刻不能待也。人見是春色，我見是風烟，即俗言「不知天好天暗」也。唐人思歸詩甚多，乃更無急于此者。

崔峒

博陵人。登進士第，爲拾遺，入集賢爲學士，後終玄武令。詩一卷。

寄上韋蘇州兼呈吴縣李明府

數年湖上謝浮名，竹杖紗巾遂稱情。雲外有時逢寺宿，日西無事傍江行。前解

本意欲寄獻書一段苦況，却不自意忽然出手，筆下寫作「數年」二字。于是一順，且説未來獻書前，其行徑得如此，真爲疏放殺人，快活殺人。今日思之，實悔獻書也。「遂」字妙妙，言亦既寬然有餘，更無欠缺也。不知何一日，何一故，忽然又要獻書，遂又生出無數不稱情想。佛言「一切惟心」，于此一字，亦可痛悟矣。

陶潛縣裏逢花發，庾亮樓中對月明。誰念獻書來萬里，君王深在九重城。後解

此方出韋、李。「縣裏逢花」、「樓中對月」，只是極寫苦樂互不相知也。

竇叔向 字遺直，京兆人。以詩自名。常袞爲相，引之，及貶，亦出爲溧水令。五子：常、牟、群、庠、鞏，皆工辭章，爲《聯珠集》行于時，義取昆弟若五星然。

夏夜宿表兄宅話舊

夜合花開香滿庭，夜深微雨醉初醒。遠書珍重何曾達，舊事淒涼不可聽。前解

先本醉，次始醒。醒而聞香，問之，知是「夜合」。是時適下微雨，天亦將次欲明。看他寫來，便真是好兄弟連床説話時也。三是竇問表兄，四是表兄語竇。「珍重」下，接「何曾」妙；「何曾」上，加「珍重」妙。此亦人人常有之事，偏能寫得出來也。

去日兒童皆長大，昔年親友半凋零。明朝又是孤舟别，愁見河橋酒幔青。後解

五、六是人人同有之事，是人人欲説之話，不歎他寫得出來，歎他寫來挑動「明朝又别」四字，隱然言他日再歸，便是兒童亦已凋零，親友並無半在也。可不謂之大哀也哉！

李 端 趙州人。大曆五年進士，歷校書郎，終杭州司馬。始郭曖尚昇平公主，賢明有才思，尤多招士，端等多從之。曖進官，大集客，端賦詩最工。錢起曰：「素爲之，請賦起姓。」又工于前，客乃服。集三卷。

宿淮浦憶司空文明

愁心一倍長離憂，夜思千重戀舊游。秦地故人成遠夢，楚天涼雨在孤舟。前解

「長」字去聲，即「長物」「長」字。言一倍是自己愁心，又長一倍是朋友離憂也。「夜思」七字，獨承「離憂」，言翻來覆去，更睡不得，即更放不得也。「秦地」十四字，再承「夜思」，言纔睡得即又夢，纔夢得即又覺。迷迷離離，恰似家中握手；淅淅瀝瀝，早是船背雨聲也：真寫盡「千重」二字矣。

諸溪近海潮皆應，獨樹邊淮葉盡流。別恨更深何處寫，前程惟有一登樓。後解

此非寫景，正借其地自比。言此處淮海雖深，殊未抵我別恨也。因思古有「遠望當歸」之語，而又正在舟中，無樓可登，于是且待明日，看他「前程」。嗟乎！一望尚俟前程，然則握晤竟在何日哉？

送濮陽録事赴忠州

成名不遂雙旌遠，空印還爲一郡雄。赤葉黄花隨野岸，青山白水映江楓。前解

此爲濮陽登第不得歸，又被命之忠州，故送之云云也。前解寫送處景。

巴人夜語孤舟裏，越鳥春啼萬壑中。聞説古書多未校，肯令才子久西東。後解

後解寫忠州景，言便當召還，不令久住此中也。

男雍釋弓筆受並補注。

學人顧祖頌孫聞校過

貫華堂選批唐才子詩甲集七言律卷之五上終

貫華堂選批唐才子詩甲集七言律卷之五下

聖歎外書

張南史

字季直，幽州人。初好弈棋，其後折節讀書，遂入詩境。以試參軍，避亂居揚州。再召，未赴而卒。詩一卷。

陸勝宅秋雨中探韵

同人永日自相將，深竹閑園偶辟疆。已被秋風教憶鱠，更聞寒雨勸飛觴。前解

此寫君子在野，無處告訴，遂托杯斝[一]，縱心行樂也。看其「同人」字、「永日」字、「自相將」字，字字歡笑，字字眼淚。「同人」，言濟濟諸賢，不須借才也；「永日」，言遲遲良日，大堪戮力也；「自相將」，言並無一人，蒙被收目也。「深竹閑園」，即其自相將之

[一]「斝」，貫華堂本、賢文堂本作「斚」，據有正本改。

地。已被風教妙，更聞雨勸妙，寫得風雨一片情理、一段興致，正復諸公一段牢騷、一片敗壞也。

歸心莫問三江水，旅服從霑九月霜。醉裏欲尋騎馬路，蕭條是處有垂楊。後解

他詩不得意，則亟思歸；今此詩並不思歸，真不辨其此日竹園，是歡笑、是眼淚也。「莫問」妙，「從霑」妙，「是處有」妙。不知者，便謂如此真是快活。嗚呼！受父母身，讀聖賢書，上承聖君，下寄蒼生，我將自處何等，而取如此快活哉！

朱放

字長通，襄州人。隱居剡溪。貞元初，召爲拾遺，不就。

早發龍且館舟中寄東海李司倉鄭司户

沙禽相呼曙色分，漁浦鳴榔十里聞。正當秋風度楚水，那值遠道傷離群。前解

此是昨夜別過，今早發舟，而更留寄也。「沙禽」，寫早；「十里」，寫發；「正當」、「那值」，寫留寄之故。看他一頭發，一頭自怨其發。人生不知爲何事驅迫，而每每至此。

津頭却望後湖岸，別處已隔東山雲。停艫目送北歸翼，惜無瑶華持贈君。後解

前寫初發，此寫既發之後。風利舟駛，頃刻已非二子夜來分手之處，于是不勝悽惋，反更停艫也。

竇　常　字中行。大曆中進士。不肯調，客廣陵。多所論著，隱居二十年。鎮州王武俊聞其才，奏辟不應。杜佑鎮淮南，署爲參謀，歷朗、夔、江、撫四州刺史，國子祭酒致仕。卒，贈越州都督。有集三卷。

寒食塗次松兹渡先寄劉員外

杏花榆莢曉風前，雲際離離上峽船。江轉數程淹驛騎，楚曾三户少人烟。前解

寫荒凉，一經佳筆，便令荒凉都不復覺，甚至乃有反以爲清絶景事者。後賢今後欲寫荒凉，不可不用意細讀此等詩也。○「杏花榆莢」，寫寒食時候也；「曉風前」，寫松兹渡頭禁受寒食之人也；「上峽船」，加「雲際離離」，寫是日望中所有也。三、四申言：如此雲際離離之船，但有必皆入望，然則豈有松兹渡一路人烟，我顧全然不見者？胡爲江已幾折，騎已幾程，而舊傳三户，盡成烏有。此其一路荒凉，真爲不堪寓目也。「淹驛騎」只見停驂再看，爲下「少人烟」句作波，不是真正有所淹也。

看春又過清明節，算老重逢癸巳年。幸得柱山當郡舍，在朝常詠卜居篇。後解

寒食，是清明之前一日，「又過」者，猶言看看又過也；「癸巳」，是花甲之後一年，「重逢」者，猶言悠悠再起也。此十四字，真是老年人日暮心孤、淚點血點，盛年人總不知也。「在朝」者，凡郡縣公堂俱得稱「朝」。

竇牟　字貽周。貞元二年進士[一]。累至都官郎中，終國子司業。集一卷。

秋居對雨贈別盧七侍御

燕燕辭巢蟬蜕枝，窮居積雨壞藩籬。夜長檐溜寒無寢，日晏廚烟濕未炊。前解

前解只寫秋居對雨。○不惟「居」字、「雨」字寫得苦，並「秋」字亦寫得甚苦，此豈即所謂「洛下秋聲」耶？抑亦心頭别有其事，故甘此困窮，而以爲洛下秋聲也？

悟主一言那可學，從軍五百竟何爲。故人驄馬朝天去，洛下秋聲恐要知。後解

後解方寫贈别侍御。○「悟主」，車千秋也；「從軍」，班定遠也。引此者，必有時事，然已不必深考。大意若言：我自爲無救于此二者，故甘心窮居洛下，今故人驄馬朝天，其必有以慰吾者也。

于鵠　大曆、貞元間詩人也，爲諸府從事。居江湖間，有《卜居溪陽》及《荆南陪樊尚書賞花》詩。其自述曰：「三十無名客，空山獨卧秋。」豈以詩窮者耶？集一卷。

[一]「貞」，金評各本均作「真」，據《舊唐書》本傳改。

送宫人入道

十五吹簫入漢宫，看修水殿種芙蓉。自傷白髮辭金屋，許著黄冠向雪峰。前解

十五入宫，只加「吹簫」二字，便早具仙意。「看修水殿」，是紀其入宫之年。如問絳縣甲子，却云叔仲惠會却成，叔孫莊敗長狄，即用此法。然亦殊畫嬌憨之甚也。「自傷」一氣貫下十二字成一句，言頗聞有人蒙被主上恩私，御前無求不許，獨我入宫至今，曾未嘗有是事，祇有昨日一辭一許，算是一生至恩特榮，故傷之也。若解作「傷白髮」，此豈復成語？

解語老猿開曉户，學飛雛鶴落高松。定知别後宫中伴，遥聽緱山半夜鐘。後解

五、六寫世外另一天地，若不出得宫來，幾于全然不知；七、八又反寫未出宫者，以極形其自在解脱，蓋言相慕，非言相思也。

楊郇伯　中唐人。《竇中行集》有《立春寄懷楊郇伯》詩。

妓人出家

盡出花鈿與四鄰，雲鬟剪落厭殘春。暫驚風燭難留世，便是蓮花不染身。前解

盡出花鈿者，剪落雲鬟也；剪落雲鬟者，心厭殘春也。「殘春」，「殘」字妙，已識盡春滋味矣，亦有限春滋味矣。三、四便是如來一切種智語，所謂「放下屠刀，立地即佛」也。

貝葉欲翻迷錦字，梵聲初學誤梁塵。從今艷色歸空後，湘浦應無解佩人。後解

五、六，在唐人本是佳句，近今乃純作此言，便成惡道。○云何是唐人佳句？蓋言積習既久，新力未充，切恐常時業相發現也。七、八因更勉之，言出家乃是大丈夫之事，斷頭瀝血，便請長辭，毋更留戀爲佳也。云何是近今惡道？如「貝葉」與「錦字」，「梵聲」與「梁塵」，專取兩誤以爲巧妙，于是乃至一題作數十首不自休也。

戴叔倫

字幼公，潤州金壇人。師事蕭穎士，爲門人冠。劉晏管鹽鐵，表主運湖南。至雲安，楊惠琳反。馳客劫之，曰：「歸我金幣，可緩死。」叔倫曰：「身可殺，財不可奪！」乃捨之。試守撫州刺史，俄即真。期年，詔書褒美，封譙縣男，加金紫服，遷容管經略使。綏徠夷落，威名流聞。其治清明仁恕，多方略，故所至稱最。德宗常賦中和節詩，遣使者寵賜。代還，卒于道，年五十有八。

和汴州李相公人日立春

年來日日春光好，今日春光好更新。獨獻菜盤憐應節，遍傳金勝喜逢人。前解

東方歲占，正月一日爲鷄，二日爲狗，三日爲羊，四日爲豕，五日爲牛，六日爲馬，七

日爲人,八日爲穀。其日晴好,則其物豐熟,陰則有災。故工部寫憂詩曰:「元日至人日,無有不陰時。」此又正反之以和相公曰:「年來日日春光好,今日春光好更新。」蓋切望閣臣,自不得不作爾語也。三借立春,恰寫自己;四借人日,恰寫相公。「獨獻」好,「喜逢」好,猶言何意良時,成此奇遇?

烟添柳色看猶淺,鳥踏梅花落已頻。東閣此時聞一曲,翻令和者不勝春。後解

此深言得和之爲幸也。五、六妙妙,纔説柳看猶淺,早説梅落已頻,此即《論語》「日月逝矣,歲不我與」之意。其所望于相公特有至亟,不止是寫立春景物而已。一二連用兩「春」字,至末又以「春」押脚,政復章法。淺人乃更譏其字重。

贈司空拾遺

侍臣何事辭金陛,江上彈冠見雪花。望闕未承丹鳳詔,開門空對楚人家。前解

觀其七、八,云「高館更容」、「仍令歸去」,則知司空之至江上,固有不容而令之至江上者也。于是特作婉辭問之,言司空之辭金陛而至江上,則果爲何事乎? 相其彈冠而望,絶不似欲老江上者,然而雪花如手,歲又暮矣,全無詔至,空自門開,此果誰爲之也?

開門,不是閑事,正寫其日日望詔意,可想。

陳琳草奏才還在,王粲登樓興不賒。高館更容塵外客,仍令歸去待瓊華。後解

五言司空人才實難，六言司空思歸正苦。因語諸公，倘可相容，萬望假塗，且教歸去。此極刺之辭也。

過故人陳羽山居

向來攜酒共追攀，此日看雲獨未還。不見山中人半載，依然松下屋三間。前解

特訪高人不遇，必有無數惋惜。此只閑閑云：向來遍遍尋着，今日獨相失耳。便自説得來訪是偶然，不在亦是偶然。以偶然之人，有偶然之事，而適值偶然之時，于懷雖不大佳，于興亦不大惡也。三、四，便縮取王摩詰「門外青山」一解，只作二句，言雖不睹其人，不妨且看其屋。夫三間之屋，既曰「依然」，便亦無大足看也，而必又寫入詩者，所謂美人影亦好。此純是性情邊事，不能以筆墨求也。

峰攢僧寺朱霞上，水繞漁磯緑玉灣。却望夏洋懷二妙，滿崖霜後樹班班。後解

前解且看其屋，後解再算其人。言畢竟陳君此時當安在乎？爲在高高朱霞之上乎？爲在低低緑玉之灣乎？「二妙」句，未解。末言使我佇望必歸之路，惟見一帶霜樹班班。想見先生是日，遷延而不能即去也。

酬耿少府見寄

方丈蕭蕭落葉中，暮天深巷起悲風。流年不盡人自老，外事無端心已空。前解

前解自寫。「方丈」者，寄居僧舍，其大小不過十笏也；「蕭蕭」者，葉既辭樹，又不到地，方落未落，其景蕭蕭也；「中」者，天既欲暮，巷又獨深，忽然風起，四面葉落。「暮天」則時時有風，「深巷」則寂寂無事，于是十笏之屋，更無所睹，但見其在落葉之中也。然則何不掩方丈，踏落葉，暫出深巷，略遣暮天？而無如年自流，人自老，事自多，心自空，既是了不相關，無妨死心獨坐也。一解只寫無人見寄，以與後解頓挫耳。

家近小山當海畔，身留環衛隱牆東。遥聞相訪頻逢雪，一醉寒宵誰與同？後解

後解寫少府。「家近小山」，言少府亦將歸隱；「身留環衛」，言少府特偶未去。稱「環衛」者，少府職近宮闈故也。然則少府與我，心同、地同、寂寞同、牢落同。既是無所不同，便應無日不同。乃聞頻頻訪我逢雪，何不特特招我同醉耶？少府見寄，祇道相訪，如此奉酬，便要相招矣。此非無俚窮相，實是同調共憐也。故云：唐人五、六措語，一意全爲七、八。試看如此七、八，若無五、六，即豈復成詩。然如此五、六，若無七、八，則又何爲而云乎？

過賈誼舊居

楚鄉卑濕歎殊方，賦鵩人非宅已荒。漫有長書憂漢室，空傳哀些吊沅湘。前解

此解未寫「舊居」，先哭賈傅。一哭其身前，二哭其身後。三承一，再哭其身前；四承二，再哭其身後。言如此卑濕，豈是人居？先生有《治安》三書，而顧令之住此，可哭也；如此荒蕪，誰求遺迹？先生無《吊湘》一辭，幾至名字不傳，可哭也。

雨餘古井生秋草，葉盡疏林見夕陽。過客不須頻太息，咸陽宫殿亦淒凉。後解

此解始寫「舊居」。然賈傅遺居亦止有井可認，其餘草非賈誼草，林非賈誼林，雨非賈誼雨，夕陽非賈誼夕陽。不寧惟是，乃至今日，並非戴生夕陽；抑嚮地後日，且並非讀戴生詩者之夕陽也。末句忽又捎帶「咸陽宫殿」者，言彼熱鬧處亦已同盡，無爲獨悲此悒鬱人也。賴此一結，稍復抒氣。不爾，幾欲損年矣。「亦」字妙絶。

朱灣

字巨川，西蜀人。率履真素，放情江湖，郡國交辟，潛耀不起，有唐高人也。詩體幽遠，興用洪深，因詞寫意，窮理盡性，于詠物尤工。集一卷。

尋隱者韋九于東溪草堂

尋得仙源訪隱淪，漸來深處漸無塵。初行竹裏惟通馬，直到花間始見人。前解

隱者韋九，吾初不知何人。若其東溪草堂，即一何絶人遠去之太甚乎。看起句用「尋得」字，便是早費推覓，乃二句猶有「漸來漸深」字，如三之「初行竹裏」、四之「直到花間」，彼則誠有何所痛惡于世，而避之惟恐不力，一至是哉！是不可不用後解問之。

四面雲山誰是主，數家烟火自爲鄰。路傍樵客何須問，朝市如今不姓秦。後解

五如云普天皆王土，六如云率土皆王臣也。四面誰主，而乃數家爲鄰耶？七、八因與極言：古之君子，所以亦有絶人遠去者，彼皆遭時不仁，然後萬不得已而或出于此。今韋九則胡爲而至是乎？胡爲而至是乎？

王　建

字仲初，潁川人。大曆十年進士。初爲渭南尉，歷秘書丞、侍御史。太和中，出爲陝州司馬，從軍塞上。後歸，卜居咸陽原上。集十卷。○白居易《授王建秘書郎制》云：「敕太府秘丞王建：太府丞與秘書郎，品秩同而廪禄一，今所傳移者，欲職其宜而才適用也。詩人之作麗以則，建爲文近之矣。故其所著章句，往往在人口中。求之輩流，亦不易得。帑藏之吏，非爾官也。而翱翔書府，吟詠秘閣，改命是職，不亦可乎？可秘書郎。」

早春午門西望

百官朝下午門西，塵起春風滿御堤。黄帕蓋鞍呈過馬，紅羅纏項鬥回鷄。前解

「下」之爲言，退也、散也。「塵起」者，朝散官退，人多馬多，故塵起也。「春風」之爲言，光輝也。句法最好，向來只誤讀作「風起香塵滿御堤」耳。三、四不寫百官，却寫馬，却寫鷄，妙妙。「黄帕蓋鞍」，此馬之春風也；「紅羅纏項」，此鷄之春風也。馬與鷄，尚有遭時得君之日，則亦下午門，行御堤，光輝遍身，顧盼自豪，其春風也如此。彼避立門西，閑看下朝者，獨奈之何哉！晏元獻欲改「呈馬過」、「鬥鷄回」，癡狗咬塊之才耳！呈過馬，鬥回鷄，言呈過之馬，鬥回之鷄也。言馬與鷄，則人見；言人，則馬與鷄不見。故不寫人，但寫鷄與馬也。晏元獻豈非失言？

館松枝重牆頭出，渠柳條長水面齊。惟有教坊南草色，古城陰處冷凄凄。後解

「館」，御館也；「渠」，御渠也。此皆避立門西、閑看下朝之人之熱眼也。言何獨御馬，何獨御鷄，雖無情之一松一柳，而但托天家，即春風十倍。末因自比坊南弱草，獨自失時。嗚呼！又何言哉？「古城」字妙，比不入時尚；「陰處」字好[一]，比不到人前。此

[一]「好」，金評各本均如此。聖歎喜排比成文，此或爲「妙」字誤刻。

詩頭尾，以「午門西」字，應「教坊南」字；以「滿御堤」字，應「古城陰」字；以「春風」字，應「冷淒淒」字。

獻王樞密

先朝行坐鎮相隨，今上春宫見長時。脱下御衣親賜着，進來龍馬每教騎。前解

一寫真是親臣，二寫早又是老臣；三、四，着御衣、騎龍馬，言非直近幸而已，朝廷方且與之無嫌無疑，並心同體也。句中特下「賜」字、「教」字，見非狎恩弄寵、矯駕君車之比也。○此解寫王樞密蒙被天眷，無人不知事。

長承密旨歸家少，獨奏邊機出殿遲。不是大家頻向説，九重爭得外人知。後解

此又寫人所未知事也。「承密旨」是内之信之，更無第二人；「奏邊機」是己之自信，亦更無第二人。外人不知，非不知其密旨邊機，直不知其長承獨奏也。

早秋過龍武李將軍書齋

高樹蟬聲秋巷裏，朱門冷静似閑居。重裝墨畫數莖竹，長著香熏一架書。前解

寫山僧必寫其置酒，寫美人必寫其學道，寫秀才必寫其從獵，寫武臣必寫其讀書，謂之翻盡本色，别出妙理也。○一、二不寫書齋，且先寫其門，且又先寫其巷。妙在欲寫冷

靜，偏寫蟬聲。此皆是其作宫詞之三昧，他人乃未易曉也。三、四不寫將軍，却只寫其畫與其書。「重裝」妙，「香熏」妙。此非寫其畫與其書，便是將軍之天性人欲，都寫出來。當時若寫看畫、讀書，政復有分限耳。分明便是其宫詞一首。因思天生作宫詞人，雖欲不作宫詞，不可得也。

語笑侍兒知禮數，吟哦野老任狂疏。就中愛讀英雄傳，又説功勛恐不如。後解

五「禮數」字，並非將軍本色，乃今不惟將軍有，雖侍兒能有；六「狂疏」字，極是將軍本色，乃今野老不任將軍，將軍反任野老：真是全然不似將軍也。七、八因言除非以英雄人，讀英雄書，此時傖父或露故態，而其恂恂粥粥，轉更儒者如此。嗚呼！吾真不能復相之也。

送從侄凝赴江陵少尹

江陵少尹好閑官，親故皆來勸自寬。無事日長貧不易，有才年少屈終難。前解

「好閑官」，是一時親故異口同聲，相與失歎之辭。三、四承寫，言閑官則貧，貧既實難；閑官則屈，屈又實難。看他寫貧之難，難于無事，難于無事而又日長，妙妙；屈之難，難于有才，難于有才而又年少，妙妙。

沙頭且買紅螺盞，渡口多呈白角盤。好向章華臺下醉，莫衝雲雨夜深寒。後解

沙頭買盞，渡口買盤，言一路惟有多治飲具，醉爲上策也。五、六、七寫得怨之甚，八寫得惜之甚。

上陽宮

上陽花木不曾秋，洛水穿宮處處流。畫閣紅樓宮女笑，玉簫金管路人愁。前解

一將寫宮中行樂，先寫宮中景物也。言外邊的的一片秋風秋日矣，今宮中之樂如此，定是未解秋來也。二忽然又思宮中行樂，其事甚秘，外人在外，安得與聞？于是特地抽筆閑插七字，言人自在宮牆之外，看他洛水漫流。三、四實之，然所以又知此中情事者，祇爲樓閣出雲，笑聲時度，簫管亮發，行路共聞，其實此外固曾不得而又知之。次句之忽地抽筆閑插七字，最是唐人通身本事。如元微之《連昌宮辭》亦忽地抽筆，插「宮邊老人爲予泣，少年選進因曾入」十四字，又忽地再抽筆，插「去年敕使因斫竹，偶值門開暫相逐」十四字，皆其法也。

幔城入澗橙花發，玉輦登山桂葉稠。曾讀列仙王母傳，九天未勝此中游。後解

上言「不曾秋」，此又換筆，言是時其實已是一片秋風秋日也。「幔城入澗」、「玉輦登山」，虛寫行樂；「橙花發」、「桂葉稠」，實寫秋光。言入澗登山，雖不可知；橙花桂葉，固莫不睹也。因歎九天仙界未勝于此，而筆墨之外，輕輕已安「王母」二字。嗚呼！其辭婉，其法嚴，真稱詩史無愧矣。

華清感舊

塵到朝元邊使急，千宮夜發六龍迴。輦前月照衮衣淚，馬上風吹蠟燭灰。前解

一解寫舊。○起句只是「邊使急」之三字，二、三、四三句只是「千宮夜發六龍迴」之七字耳。必又故加「塵到朝元」，寫邊使之急至于如此；必又故加「月照衮衣」、「風吹蠟燭」，寫夜發之窘至于如此者：此非閑筆閑描，正復備列其狀，以爲後世炯鑑也。

公主妝樓金鎖澀，貴妃湯殿玉蓮開。有時雲外聞天樂，疑是先皇沐浴來。後解

一解寫感。○觸目荒涼，何事不痛，而必獨寫公主貴妃者，在當時亦止目側于公主貴妃，則今日亦止心悼于公主貴妃也。末又故寫「天樂」來，疑是「沐浴」來，以歸重先皇。言事之至此，雖曰公主貴妃之故，而豈公主貴妃之故哉。

同于汝錫游降聖觀

秦時桃樹滿山陂，騎鹿先生降大羅。路盡溪頭逢地少，門連内裏見天多。前解

降聖觀爲老子現神而建。夫老子出關西去，既已不知所終，然則今日必謂其坐大羅天上，已自出言不雅，況又謂其從大羅天下，此豈薦紳所宜道哉？首句先襯「秦時

桃樹」,妙妙。桃稱短命之花,壽乃不及諸樹,今云秦時所種,即無辨其謬者。然則鹿又可騎,老子又騎鹿,天上不惟有老子,兼又有鹿。一時喧喧,一傳十,十傳百,百傳千萬,遂至上聞,遂至立廟,固其所也。三、四「地少」、「天多」,又妙。雖寫此觀勝境,然而滿陂既皆秦樹,樹裏又逢上真,則雖謂此觀此陂,非復地上,直是天上亦無不可。蓋甚之也。

荒泉壞簡朱砂暗,古塔殘經篆字訛。聞説開元齋醮日,曉移行漏帝親過。後解

後言:然而自開元至今日,曾幾何時,而泉則已荒,簡則已壞,砂則已暗,塔則已古,經則已殘,字則已訛,竟如斯矣。此亦非必自開元直至今日,而後荒者始荒,乃至訛者始訛也;正就開元方當齋醮之日,而荒者暗已自荒,乃至訛者暗已自訛。何則?萬物無常,刻刻改換,我身不覺,彼自久然。不信,則試思皇帝初臨,行漏唱曉,皇帝還蹕,行漏仍唱曉,固必無之事也。然則必謂山陂騎鹿,真是昔人,豈不過與?豈不過與!

寄舊山僧

因依老宿發心初,半學觀心半讀書。雪夜每常同席卧,花時不省兩山居。前解

此因深入風塵,遍身衰病,途窮事蹙,忽地迴心。自悟八百軍州鑌鐵,只鑄就得一

錯，于是悔之無及，吐此四七二十八字。所謂一片快活中，只夾帶得些些一點，便至弄出後一解來。若使當初十成全學觀心，即又胡爲而至此也。讀書之與觀心，爲復是一是二？如何遽將後解，無端歸咎讀書？只因其親口分作兩半，便早供出當初讀書，全是煩惱根本故也。

獵人箭底求傷雁，釣户竿頭乞活魚。自向風塵取煩惱，一身衰病日難除。後解

獵人傷雁，釣户活魚，猶尚不忍，而今自身反無救護，真乃羨殺當年，怨殺當年也。

題金家竹溪

少年因病離天仗，乞得歸家養病身。買斷竹溪無別主，散分泉水與西鄰。前解

此非寫病，乃是因病得歸，因歸得脱，于是極寫快活，以反形天仗。「買斷」「無別主」妙。「散分」與「西鄰」妙。「天仗」下，張王李趙，弓刀劍戟，彼爭我奪，朝得暮失，無此自在安穩也。「天仗」下，一顧不輕，片言莫借，目視枯魚，曾不沾灑，無此通融無礙也。言向使不因病告，即不得歸家；不得歸家，即不離天仗。況在少年血氣方剛，安知今日不成禍事？蓋深感一病之相救也。

山頭鹿下長驚犬，池面魚行不怕人。京使到門常款語，還聞世上有功臣。後解

此又寫歸家既久，機事盡忘，鹿下魚行，了無驚怖。聞彼世上功臣，朝受王命，夕發內熱，幸而有成，萬已餘喪者，真有如春風之過聾耳也。

題石甕寺

青崖白石夾城東，泉脈鐘聲内裏通。地壓龍蛇山色別，屋連宫殿匠名同。前解

此詩雖曰寄題佛寺，而實懷念先皇，所謂觸事生悲，借壁彈淚者也。○問：既是懷念先皇，云何却題佛寺？答曰：只爲此寺實近夾城。夾城者，先皇由東内達南内，所築之複道也。此寺與南内之相近也，泉則同脈也，鐘則同聞也。何故泉則同脈？當時王宫佛刹，分場定杙，實維同選此山也；何故鐘則同聞？當時王宫佛刹，取材掄工，乃至同用一匠也。

檐燈經夏紗籠黑，庭葉先秋臘樹紅。天子親題詩總在，畫扉長鎖壁龕中。後解

由是而先皇之幸寺中，乃爲常常之事矣。雖在今日，俯仰之間，盡成陳迹，然所經題，煌煌御筆，無不總在。五、六，先寫檐燈庭樹，以奉嚴畫扉；又寫黑紗紅葉，以暗配長鎖。一解四句詩，便是一片眼淚也。

賀楊巨源博士拜虞部員外

合歸蘭署已多時，得上金梯亦未遲。兩省郎官開道路，九州山澤屬曹司。前解

看他纔動手，筆下便自七曲八曲，如「合歸」，如「已多時」，如「得上」，如「亦未遲」。使人一時讀之，竟不知其是怨是賀、是慰是悲也。「開道路」句，承合歸「已多時」，寫意本未滿；「屬曹司」句，承得上「亦未遲」，寫命則已拜。總是言直至今日，始以此官辱吾景山，亦未快意也。

諸生拜別收書卷，舊客來看讀制詞。殘着幾丸仙藥在，分張還遣病夫支。後解

上解與景山較量新除，此解與景山發放舊署也。諸生收書，來客看制，畫出博士員外陞轉匆匆，而又于中間自插病夫支藥，以作一笑者。不爾，便令上文一段意氣，無法銷釋也。

贈盧汀諫議

青蛾不得在床前，空室焚香獨自眠。功證詩篇離景象，藥成官位屬神仙。前解

前解寫諫議密行。「不得在床前」妙，所謂並斷因緣；「焚香獨自眠」妙，所謂特自莊嚴。○人生男女之事，少年或有不免，一知別有大事，未有不痛與隔絕者也。蓋不斷因緣，則終恐自犯；而不自莊嚴，又且恐犯我也。如是而有何功之不證，何藥之不成乎？云何功證？「詩篇離景象」是也；云何藥成？「官位屬神仙」是也。夫景象之離與不離，與神仙之屬與不屬，此非我之所得測也；然一切因緣則既永斷，無量莊嚴則既久修，此固我之所眼見也。看他寫出嚴淨毘尼，亦只用宮詞一手，妙妙。

閑過寺觀正衙夜，忽送封章直上天。近見蘭臺諸吏説，御詩新看未教傳。後解

後解寫諫議奇迹。○亦不必定于「寺」，定于「觀」，定于「衙夜」，然而或于「寺」，或于「觀」，或于「衙夜」，忽然見其封章直上，則時時有此奇絶之舉動矣。我先亦甚爲驚詫，近因見臺吏私説，而後始知天子就之學詩也。

從軍後寄山中友人

愛仙無藥住溪貧，脱却山衣事漢臣。夜半聽鷄梳白髮，天明走馬入紅塵。前解

一、二看他從軍人，却寫出如此十四字，告訴知己。嗚呼，哀矣！因他一、二先寫出如此十四字，便令人誦其三、四，不覺字字流出淚來。所謂我哭之尚恐不及，其又孰敢笑之？

村童近去嫌腥食，野鶴高飛避俗人。勞動先生遠相示，别來弓箭不離身。後解

既已至此，又復何言？然生平之心，不敢没也。因反托筆童、鶴，自明本色。末又自笑自哭，言童亦離身，鶴亦離身，却反有弓箭不離于身，真乃羞殺平生也。

贈崔杞駙馬

鳳凰樓閣連宫樹，天子崔郎自愛貧。金埒減添栽藥地，玉鞭平與賣書人。前解

寫游俠駙馬易，寫寒士清貧亦易，今却欲寫駙馬清貧，此當如何着筆耶？忽然雋管撩天，先與扳親叙眷，言此樓閣連宫，乃是天子崔郎也者。然而金埒改爲藥欄，玉鞭賤酬書價，此則自是其天性使然，非他人所得而强也。如此，便自上半脱出香粉氣，下半又不入酸餡氣矣。「天子」二字，只作刷色用，妙妙。此便從「寡人女婿」句法化來。

家中弦管聽常少，分外詩篇看却新。一月一迴陪内宴，馬蹄猶厭踏香塵。後解

「弦管」加「家中」，「詩篇」加「分外」，字字寫絶駙馬。若在他人，即弦管安得家中，詩篇如何分外耶？末又言一月三十日，假使二十九日讀書，只有一日不得讀書，彼當猶以爲恨；然又必寫此一日作陪内宴者，極表正是當今愛婿，非其他駙馬之比，以見清貧之非落魄也。

微雪早朝

蓬萊春雪曉猶殘，點地成花繞百官。已傍祥鸞迷殿角，還穿瑞草入袍襴。前解

「曉猶殘」之爲言，從夜到曉，而終不得積也；「繞百官」之爲言，纔得成花，而繞墀正拜也；「已傍」、「還穿」之爲言，雖無所積，而飛飛未止也。寫微雪至此，可稱天女散花手矣。

無多白玉階前濕，積漸青松葉上乾。粉畫南山稜郭出，初晴一半隔雲看。後解

前解殿角、袍襴，從上寫至下；此解階前、松上，從下寫至上。從上寫至下者，飛雪也；從下寫至上者，消雪也。以無多故，階前已先消也；以積漸故，松上猶未消也。末又寫朝廷，正面結之。「粉畫」者，未消也；「稜郭」者，已消也。〇總是前解寫飛，後解寫消；前解寫百官，後解寫至尊。

送宮人入道

休梳蕠鬢洗紅妝，頭戴芙蓉出未央。弟子抄將歌疊遍，宮人分散舞衣裳。前解

前解寫捨俗之誠，後解寫初心之猛。〇菩薩六波羅蜜，必以布施而爲第一。故大雄丈夫教人學道，先學捨施。能捨施者，是名健兒；不捨施者，雖學千劫，終非道也。捨施之法，從難捨起，必當檢其心所最愛不可捨者，而先捨之。如此三、四，則真所謂能捨難捨者也。蓋美人心性，最惜歌舞。歌有疊有遍，父子一拍不傳；舞有衣有裳，姊妹暫時不借。而今任意抄傳，盡情分俵，則是一去永去，更不還來。觀一、二之盡廢梳掠，頭戴花冠，便是通身放倒，更無寸絲未斷者也。

問師始得經中字，入靜猶燒内裏香。發願蓬萊見王母，却歸人世施仙方。後解

「始得經」字，猶燒内香，教中謂之「輕毛菩薩」，正即「爲山九仞，方覆一簣」意也。而能發大願力，誓必成就。見王母、歸人世者，猶言不見王母，決不歸來。嗚呼！其猛勇也如

此。然則後日從王母邊來，我真欲旦暮俟之也。○作宮詞人，不謂其胸中又有如此事。

送司空神童

杏花壇上授書時，不廢中庭趁蝶飛。暗寫五經收部帙，初年七歲着衫衣。前解

背寫五經，盡成部帙，而年方毀齒，纔着衫衣，此自是寫神童必到之文。妙莫妙于偏寫其「不廢」趁蝶，宛然群兒，便使人分明看見神童更小，而神童更神。至于將欲寫其趁蝶，而預取杏壇拆開，插放「花」字，使讀者瞥然眼迷，此又其百首宮詞之秘法也。

秋堂白髮先生別，古巷烏衣學伴歸。獨向鳳城持薦表，萬人叢裏有光輝。後解

正寫不過被薦赴京耳，看他「鳳城」上，陪出「秋堂」，陪出「古巷」；「獨」上，陪出「先生」，陪出「學伴」；「薦表」上，陪出「別」，陪出「歸」；「有光輝」上，陪出「白髮」，陪出「烏衣」，真乃出像反襯法也。神童詩中間，偏下得「白髮」字。有此妙筆，雖再作宮詞百首，安得才盡？

歲晚自感

人皆欲得長年少，無那排門白髮催。一向破除愁不盡，百方迴避老須來。前解

自感也，而統舉世人發論者，昔嘗妄謂人人自老，而我獨不老，抑我尚不知有老，抑

我尚不聞有人向我説老者也。無何瞥眼之間，老顧奄然忽至，于是斗地驚心，疾往排門遍問，則見人人果已皆老。因而大悟：人欲不老，誰不如我，今既一例都然，然則我無獨免也。故此一、二，正是真正自感，正是大聰明人，從大鶻突處看得出來，不是街頭乞兒勸世聲口也。三、四又推出一「愁」字者，言老爲死因，而愁實爲老因也。

草堂未辦終須置，松樹難成亦且栽。瀝酒願從今日後，更逢二十度花開。後解

夫老爲死因，非細事也；而愁實爲老因，此不可以不加意也。于是願從今日，特謀所以無愁之法焉。久思置一草堂，今雖未辦，其必力疾置之也；久思栽幾松樹，今雖難成，其必力疾栽之也。何也？人本有心，心本求稱，心稱則不愁，不愁則不老。然則從今以後，但得一年，即皆于我草堂之中，松樹之下，恣心恣意，只學無愁。嗟乎！如是而不老，則真勝算也；萬一終亦不免，而得如是而老，亦真勝算也。至矣哉，此詩乎！「願從今日後」「願」字，非願再活二十年，乃願二十年，年年置草堂、栽松樹也。莫誤讀之。

聞説

桃花百葉不成春，鶴壽千年也未神。秦隴州緣鸚鵡貴，王侯家爲牡丹貧。前解

立題妙絶，不知其説何國也，不知其説何年也，不知其説何人也。非曰見之也，夫亦聞之而已，竊謂其不可也。夫聞之而尚竊謂其不可也，胡可又令之或見之也。一解寫爭

奢門侈，無有底止，至于如此。

歌頭舞遍迴迴別，鬢樣眉分日日新。鼓動六街騎馬出，相逢總是學狂人。後解

二解寫心短事甕，不可少延，又至如此。「學狂人」「學」字妙，隱然指一始狂之人，以爲痛戒也。

送吴諫議上饒州

鄱陽太守是真人，琴在牀頭籙在身。曾向先皇邊諫事，新于上帝處稱臣。前解

一解送吴諫議上饒州，却如代吴諫議向饒州百姓前，呈遞脚色手本。此皆是其百首宫詞千變萬化之異樣聰明，在先生只是輕輕弄筆便成，在他人乃更精思十日未得擬也。

養生自有年支藥，税户應停月進銀。浄掃冰堂無侍女，下階惟共鶴殷勤。後解

一解寫吴諫議到饒州後，又如與之畫作白描行樂圖。看他界畫如綫，翎毛花草，色色精到。如此筆墨，實是只推先生獨步也。

故梁國公主池亭

平陽池館枕秦川，門鎖南山一朵烟。素柰花開西子面，緑榆枝散沈郎錢。前解

寫故主池亭，不十分作荒涼敗意之語，只輕輕下「門鎖」二字，便已無意不盡。○「枕秦川」妙，言欲看池館，一路行來也。「南山一朵烟」妙，言不意前看門鎖，因而轉身回看，反見南山也。柰花、榆荚，微綴西子、沈郎妙，言門前凄涼花木，色色皆爲公主舊物也。一解四句中，全寫池館門前，一人徬徨歎息。

裝檜玳瑁隨風落，傍岸鵁鶄逐暖眠。寂寞空餘歌舞地，玉簫聲絕鳳歸天。後解

玳瑁，水中介虫，故得與鵁鶄爲對。此五、六，正寫七之「寂寞」二字也。「空餘歌舞地」，言止有一片地在。其餘，簫已無，鳳亦無，一切都無也。

武元衡

字伯蒼，河南緱氏人。祖平一，有名。舉進士，始爲華原令，以移疾去。德宗奇其才，召拜比部員外郎，歲内三遷，至右司郎中。以詳整任職，擢爲御史中丞。常對延英，帝目送之曰：「是真宰相器。」爲山陵儀仗使、監察御史，改太子右庶子。會册皇太子，元衡贊相，太子識之。及即位，是爲憲宗，復拜中丞，進戶部侍郎，同中書門下平章事。以吏部尚書兼門下侍郎，爲劍南西川節度使。由蕭縣伯，封臨淮郡公。一夕爲盜所害，年五十八。帝聞震驚，罷朝。贈司徒，謚忠愍。公在西川時，大宴。從事楊嗣復狂酒，逼公大觥，不飲，遂以酒沐公。公拱手不動，沐訖，徐起更衣，終不散宴。集十卷。

崔敷歎春物將盡恨不同覽時余方爲事牽求及往尋不遇因題留贈

九陌遲遲麗景斜，禁街西訪隱淪賒。門依高柳空飛絮，身逐閑雲不在家。前解

訪隱淪，寫是日九陌麗景，既用「遲遲」字，又用「斜」字，真得訪隱淪妙理也。蓋「遲遲」者，春日漸長，不便得斜也；「斜」者，遲遲既久，不能更遲也。今又言「遲遲」，又言「斜」，則是本意出門，欲訪隱淪，而心閑步款，一路留賞，殆于到門，不覺傍晚也。因此一「斜」字句，便早有崔君不復在家之理。三、四似更妙于右丞藍本一層，不信，則試可共讀之。

軒冕强然趨世路，琴樽空自負年華。殘陽寂寞下城曲，惆悵東風落盡花。後解

五補爲事牽求；六補春物將盡，恨不同覽；七、八補因題留贈也，易解。

秋夕對雨寄史近崔積

坐聽宫城傳晚漏，起看衰葉下寒枝。空庭緑草閑行處，細雨黄花獨對時。前解

「坐聽」者，坐而無所事事，因閑聽也；「起看」者，起而無所事事，因閑看也。坐而閑聽，不必欲聽晚漏，而適聽晚漏，因而遽驚：今日則已夕也；起而閑看，不必欲看落葉，而適看落葉，因而更驚：不惟今日已夕，乃至今年則已秋也。三、四承之，言我行空庭，天適細雨，緑草黄花，蕭然盡暮。此即後解更無别法，惟有一醉之根因也。

蟋蟀已驚涼節至，茱萸空憶故人期。相逢莫厭樽前醉，春去秋來總不知。後解

故人茱萸之期，當在去年重九。意謂遥遥正隔，何期奄然忽至。嗟乎，嗟乎！人非

金鐵，遭此太迫，不入沉冥，奈何得避。通篇只是約二子共醉意，可知。

嚴司空荊南見寄

金貂再入三公府，玉帳連封萬户侯。簾捲青山巫峽曉，雲微碧樹渚宫秋。前解

答寄詩，乃于出手先盛述其入相出將一段異樣榮貴者，直爲世間有等先輩，得志一旦，盡棄生平，甚至開眼不見巫峽，豈惟秋來不念雲樹。故特于司空寄詩，大書其官，以志感也。三、四「簾捲」、「雲微」，頓挫又妙。「簾捲」還是每日曉色，「雲微」方是此日秋心，其間並不平對也。

劉琨坐嘯風清塞，謝朓裁詩月滿樓。白雪調高歌不得，美人南望翠蛾愁。後解

五、六，本意只感其「裁詩月滿」，而又先補其「坐嘯風清」者，一以見軍務倥偬，尚勞垂注；一以見悠優坐鎮，不廢嘯歌也。○末句「美人」謂司空，「翠蛾」武自謂也。

春題龍門香山寺

衆香天上梵仙宫，鐘磬寥寥半碧空。清景乍開松嶺月，亂流長響石樓風。前解

前解寫香山寺景。言「清景乍開」，乃是松嶺之月；「亂流長響」，乃是石樓之風。

山河杳映春雲外，城闕參差曉樹中。欲盡出尋那可得，三千世界本無窮。後解

後解寫香山寺外景。○讀此一解，心服先生始是大休歇人。某頗怪人，見人耳語，必欲與聞。夫人既耳語，則自不應聞，此且不論。我直笑三千世界，除我面前外，何處無人耳語，我又安得一一與聞？此特心不休歇，便有如此閑管，安得以先生詩遍示之也。

王表

大曆十四年，潘炎下登第，試《花發上林苑》。表詩曰：「御苑春何早，繁花已繡林。笑迎明主仗，香拂美人簪。地接樓臺近，天垂雨露深。晴光來戲蝶，夕景動棲禽。欲托凌雲勢，先開捧日心。方知桃李樹，從此別成陰。」

清明日登城春望寄大夫使君

春城閑望愛晴天，何處風光不眼前。寒食花開千樹雪，清明日出萬家烟。前解

「愛晴天」之爲言，正欲「閑望」，恰值晴天，爲可愛也。「風光」曰「何處不眼前」者，此雖城頭現景，然接上文氣，實必晴天，始有此快矚也。三、四極寫「風光」。妙于寫「千樹」作昨日花，「萬家」作今日烟，此是慧眼細看清明，因而慧手細分寒食也。

興來促席惟同舍，醉後狂歌盡少年。聞說鶯啼却惆悵，詩成不見謝臨川。後解

上解寫清明登城，此解寫奉寄大夫使君。○五、六只看其「惟」字「盡」字，翻出「大夫使君」。

權德輿

字載之，天水略陽人。生四歲，能屬詩。七歲，居父喪，以孝聞。十五，爲文數百篇，編爲《童蒙集》十卷，名聲日大。試秘書省校書郎。貞元初，再遷監察御史。德宗雅聞其名，徵爲太常博士，轉左補闕，遷起居舍人，兼知制誥。轉駕部員外郎、司勳郎中，職如舊，遷中書舍人。貞元十七年冬，以本官知禮部貢舉。來年真拜侍郎。凡三歲掌貢士，號爲得人。歷兵、吏二部侍郎，改太子賓客，還太常卿，拜禮部尚書平章事。尋以檢校吏部尚書，爲東都留守，後改刑部尚書。十一年，復以檢校吏部尚書出鎮。興元十三年八月有疾，詔許歸闕。道卒，年六十，贈左僕射，謚曰文。集五十卷。

田家即事

暫卧藜床對落暉，翛然便覺世情非。漠漠稻花資旅食，青青荷葉製儒衣。前解

此日先生不知何故，偶過田家，適睹其粗衣糲食，淡然充足。于是忽發大悟，自悔鹿鹿世上，生計艱難，不覺又憫又笑，因而吐此苦吟也。一、二「暫」字、「便」字妙，言此理本在眼前，何故人都不省？三、四承寫「非」字，言稻花漠漠，便擬救饑，荷葉青青，妄思製服。真畫盡儒衣旅食人，無量饑寒苦惱也。

山僧相勸期中飯，漁父同游約夜歸。待學尚平婚嫁畢，渚烟溪月共忘機。後解

前解寫「非」字，此解寫「翛然」字也。言假如山僧期飯、漁父約游，但離世情，何快不有？然則自今以後，我于一切世情，獨有男婚女嫁，其事不得盡廢，其餘我當一筆都勾也。

待漏假寐夢歸江東舊居因思惠闍黎茅處士

十年江浦卧郊園，閑夜分明結夢魂。舍下烟蘿通古寺，湖中雲雨到前軒。前解

孔子謂顔淵：「用之則行，舍之則藏。」事各有時，地各有宜，若一意宫闕，都忘林臯，固非；然矯語林臯，故薄宫闕，亦非。當其高卧，奈何馳情富貴；正值富貴，不必又説高卧。此方是孔門秘密心印，即《中庸》所謂「時中」，又名「素位」者也。此詩便純寫此段道理。前解寫待漏院中，忽夢郊園，妙。「十年」七字，是夢之宿根；「舍下」十四字，是夢之現量。正當爾許時，爲是待漏院，爲是舍下湖，試定當看。

南宗長老知心法，東郭先生識化源。覺後忽聞清漏曉，又隨簪珮入君門。後解

後解，忽然請兩位原夢先生，妙。《華嚴經》云：「心如工畫師，造種種五陰。一切世間中，無法而不造。」此南宗長老之所知也。《南華經》云：莊周夢爲蝴蝶，栩栩然蝴蝶也。及其覺，蘧蘧然周也。不知周夢蝴蝶歟？蝴蝶夢周歟？周與蝴蝶，則必有分。此東郭先生之所識也。末句請得原夢人後，竟隨簪珮入朝，妙絶，妙絶。此方是

「我與點也」秘密心印。若更葛藤上文，便成宋人筆墨。○溈山睡次，仰山問訊，溈云：「我適來得一夢，汝試爲我原看。」仰取一盆水，與溈洗面。少頃，香嚴亦來問訊，溈曰：「我適來得一夢，寂子爲我原了，汝更爲我原看。」嚴乃點一碗茶來。溈曰：「二子見解，過于鶖子。」

送李處士弋陽山居

暫來城市意如何，却憶菖陽溪上居。不憚薄田輸井稅，自將佳句著州閭。前解

「意何如」三字，記得高達夫問李、王二少府後，直至今日，又有此問也。言「菖陽溪上」，誠然可念，但「暫來城市」，却是何如？而顧不能終朝，望望必去如此。三、四便承處士胸前何如之意，言既辭升斗之禄，即不得不自耕自食；既無特達之知，即不得不自吟自賞。所謂世既棄我，我亦棄世，此是不肯暫來之原故也。看他特下「不憚」字、「自將」字，皆帶憤憤之色。

波翻極浦檣竿出，霜落秋郊樹影疏。想到家山無俗侶，逢迎只是坐籃輿[一]。後解

此解寫「送」也。「檣竿出」，寫盡極浦波翻；「樹影疏」，寫盡秋郊霜落。此二句，是

[一]「籃」，金評各本均作「藍」，據《全唐詩》改。

言處士一路竞去，從自别處直至到家也。乃到家之後，雖無俗侶，又有逢迎者，又表處士門生衆盛，以反映城市中人不能盡其學也。

劉禹錫

字夢得，彭城人。擢進士第，登博學宏詞科。工文章。淮南杜佑表管書記，入爲監察御史。時王叔文得幸太子，禹錫以名重一時，與之交。叔文每稱有宰相器。太子即位，朝廷大議秘策，多出叔文，引禹錫及柳宗元與議禁中，所言必從。叔文敗，禹錫貶連州刺史。未至，斥朗州司馬。州接夜郎諸夷，風俗陋甚，家喜巫鬼，每祠歌《竹枝》，鼓吹裴回，其聲傖儜。禹錫謂屈原居沅、湘間，作《九歌》，使楚人以迎送神。乃倚其聲，作《竹枝》十餘篇，于是武陵夷俚悉歌之。禹錫久落魄，鬱鬱不自聊，其吐詞多諷托幽遠。久之召還，宰相欲任南省郎，而禹錫作《玄都觀看花君子》詩，語譏忿。當路者不喜，出爲播州刺史。詔下，御史中丞裴度爲言：「播極遠，猿狖所宅。禹錫母八十餘，不能往，當與其子死訣。恐傷陛下孝治，請稍内遷。」帝曰：「爲人子者，宜慎事，不貽親憂。若禹錫異他人，尤不可赦。」度不敢對。帝改容曰：「朕所言責人子事，終不欲傷其親。」乃易連州。宰相裴度雅知禹錫，薦爲禮部郎中、集賢直學士。度罷，出爲蘇州刺史。以政最，賜金紫服。徙汝、同二州，遷太子賓客，復分司。會昌中，加檢校禮部尚書。卒年七十二，贈户部尚書。〇李司空罷鎮在京，慕劉名，嘗邀至第中，厚設飲饌。酒酣，出妙妓歌以送之。劉于席上賦詩曰：「鬖髻梳頭宫樣妝，春風一曲杜韋娘。司空見慣渾閑事，惱亂蘇州刺史腸。」李因以妓贈之。有《賓客集》三十卷、外集十卷。

金陵懷古

王濬樓船下益州，金陵王氣黯然收。千尋鐵鎖沉江底，一片降旗出石頭。前解

前解先寫金陵「古」，後解獨寫「懷」。○王濬下益州，只加「樓船」二字，便覺聲勢之甚。所以寫王濬必要聲勢之甚者，政欲反襯金陵慘阻之甚也。從來甲子興亡，必有如此相形，正是眼看不得！「黯然收」，「收」字妙，更不多費筆墨，而當時面縛出降、更無半策氣色如畫。三、四「鐵鎖沉江底」、「降旗出石頭」，此即詳寫「黯然收」三字也。看他又加「千尋」字、「一片」字，寫前日鎖江鎖得盡情，此日降晉又降得盡情，以爲一笑也。

人世幾回傷往事，山形依舊枕寒流。今逢四海爲家日，故壘蕭蕭蘆荻秋。後解

看他如此轉筆，于律詩中真爲象王迴身，非驢所擬。而又隨手插得「幾回」二字，便見此後興亡，亦不止孫皓一番，直將六朝紛紛，曾不足當其一歎也！結用無數衰颯字，如「故壘」，如「蕭蕭」，如「蘆荻」，如「秋」，寫當今四海爲家，此又一奇也。

松滋渡望峽中

渡頭輕雨灑寒梅，雲際溶溶雪水來。夢渚草長迷楚望，夷陵土黑有秦灰。前解

前解感時，後解傷事。〇一輕雨灑梅，寫春動；二雪消水來，寫臘盡也。「渡頭」、「雲際」者，言此處春動，即無處不臘盡。如「夢渚」、「夷陵」，遥遥極望，眼見皆是春物也。「草長」、「土黑」者，草長爲「夢渚」，土黑爲「夷陵」也。各用五字寫上二字，非欲寫草長土黑等五字也。

巴人淚應猿聲落，蜀客船從鳥道回。十二碧峰何處所，永安宮外有荒臺。後解

五、六言但見人哭猿啼，客歸船下，若夫十二碧峰，則我竟知其安在乎？末欲寫無碧峰，却偏寫有荒臺，最爲盡意之筆。

送李庾先輩北選

一家何啻十朱輪，諸父雙飛秉大鈞。已脱素衣參幕客，却爲精舍讀書人。前解

一寫一家，二寫諸父，三寫本身。一直三句，一片接連而下，言如此人家子弟，必是決不肯更讀書也。何意却爲一轉，轉出「精舍」五字。「精舍」妙妙，任下無數語寫讀書不得盡者，只此二字，已自寫得入骨入髓。蓋從來懸梁刺股、囊螢映雪等語，俱是鄉中擔糞奴，仰信苦學人必有如此鬼怪。其實讀書只須沉潛精舍，三年不出户庭，便已極盡天下之無窮。此理只可與董仲舒説也。

離筵洛水侵杯色，征路陽關向晚塵。今日山公舊賓主，知君不負帝城春。後解

上解只寫李庚先輩，此解始寫送，始寫「北選」。「不負帝城」，着語極蘊藉也。「舊賓主」三字，畢竟從「十朱輪」、「雙大鈞」一綫牽來，讀之不能不爲寒士賈淚也。

張郎中籍遠寄長句開緘之日已及新秋因舉目前仰酬高韻

南宫詞客寄新篇，清似湘靈促柱弦。京邑舊游勞夢想，歷陽秋色正澄鮮。前解

一、二特抽閑筆，先寫張郎中所緘長句。三寫遠寄，四寫新秋。此又從來前解異樣佳製也。賴是一、二先抽閑筆，寫過所緘長句，便令三寫遠寄、四寫新秋，皆得寬寬然。設不然者，且不知此題如何發放得完也。或問：一、二先寫新秋何如？答曰：律詩多有之。但此題中尚有「因舉目前」云云，目前正即新秋景物也。若使一、二先寫，便與五、六之再寫隔斷；且彼之所緘長句，亦更無處可安放也。

雲銜日脚成山雨，風駕潮頭入渚田。對此獨吟還獨酌，知音不見思愴然。後解

人只謂五、六是「因舉目前」，不知連七「獨吟獨酌」，方是目前。蓋「雲銜日脚」、「風駕潮頭」，雖是怕人景色，然而殊亦有限。若我之獨吟獨酌，真乃老僧不見不聞無窮，此不可不爲知音一奉述也。

懷妓

三山不見海沉沉，豈有仙蹤更可尋。青鳥去時雲迹斷，姮娥歸後月宮深。前解

一言明知所在之處，而其處非人可到；二言于是死心塌地，遂亦更不往尋也。三、四承不可尋，三言初去便不可尋，四言去後永不可尋也。

紗窗遥想春相憶，書幌誰憐夜獨吟。料得夜來天上鏡，只因偏照兩人心。後解

豈有紗窗相憶，只有書幌獨吟耳。然不得此句，便無月照兩心之結。上解寫妓去，此解寫「懷」字也。

送周使君罷渝州歸郢中别墅

君思郢上吟歸去，故自渝南擲郡章。野戍岸邊留畫舸，緑蘿陰下到山莊。前解

首句，「君」一字，稱之也；「思郢上」，原君之素心也；「吟歸去」，寫君之高興也。次句，「故」一字，即思郢上；「自」字連下三句二十一字，即「吟歸去」也。言使君由擲郡章，而留畫舸，而到山莊，直將渝南一副官腔，便如蛇蜕謝之。此其輕鬆快便，有非人所及者。看他二句、三句、四句，上從「自」字，下至「到」字，分明直作一氣一句，又爲絶奇之律格也。

細思野戍、留舸、緑陰、到莊，必如此，方真是棄官人。若夫照舊馳驛，依先辟道，則我烏乎測其肺腸哉。

池荷雨後衣香起，庭草春深綬帶長。祇恐鳴騶催上道，不容待得晚菘嘗。後解

此寫既歸郢上之後，言芰荷香起，鷁草帶長，正當爾時，晚菘方乃漸肥。獨恐朝書來催，不得久住，爲悵然也。

荆門懷古

南國山川舊帝畿，宋臺梁館尚依稀。馬嘶古樹行人歇，麥秀空城澤雉飛。前解

一、二言此山此川，舊亦帝畿，不見宋梁雖往，而臺館猶可指耶。三、四承寫「依稀」，蓋馬嘶人歇，此爲欲認依稀之人；麥秀雉飛，此即所認依稀之地也。

風吹落葉填宫井，火入荒陵化寶衣。徒使詞臣庾開府，咸陽終日苦思歸。後解

上解寫「依稀」，是行人意欲還認；此解寫實無依稀，少得認也。言睹此蒼蒼，徒有首丘在念，其餘一切雄心奢望，遂已不覺並盡也。

再授連州至衡陽酬柳柳州贈别

去國十年同赴召，渡湘千里又分岐。重臨事異黄丞相，三黜名慚柳士師。前解

永貞元年，劉禹錫、柳宗元等八人，以附王叔文皆貶。至元和十年，例召至京師，又皆出爲刺史。此詩乃二公至衡陽，水陸分路，因而有贈有酬也。一解四句，凡寫四事：一寫十年重貶，是傷仕宦顛躓；二寫千里又分，是悲知己隔絶；三寫坐事重大，未如潁川小過；四寫不曾自失，無異柳下不浼，最爲曲折詳至也。一句「同」字上，有一「始」字；二句「又」字下，有一「各」字；三句「事」字下，有一「雖」字；四句「名」字下，有一「豈」字。

歸目並隨回雁盡，愁腸正遇斷猿時。桂江東過連山下，相望長吟有所思。後解

五、六爲衡陽寫景，此是二人分路處；七爲桂江寫景，此是二人相望處也。言桂江自柳至連也。

漢壽城春望

漢壽城邊野草春，荒祠古墓對荊榛。田中牧豎燒芻狗，陌上行人看石麟。前解

此「春望」詩最奇。夫春望以望春物，而此一望，純是祠墓。然則本非春望，而又必題「春望」者，先生用意，祇爲欲寫首句之「野草春」三字。「野草」亦只是次句之「荊榛」，然今日則無奈其獨占一春也。「荒祠」，即荊州治前伍胥祠；「古墓」，即治前亭下楚王墓。此二人昔者在時，試想何等炳赫，何意至于今日，曾不得與野草爲對，可歎也！○三、四，一承荒祠，一承古墓，可知。

華表半空驚霹靂，碑文纔見滿埃塵。不知何日東瀛變，此地還成要路津。後解

五、六，不知者或謂此豈非中填四句詩。殊不知三、四是寫人情，不以此祠此墓爲意，此却是寫爲祠爲墓既已甚久，以起下「何日再變」，文勢乃極不同也。

竇夔州見寄寒食日憶故姬小紅吹笙因和之

鸞聲窈眇管參差，清韻初調衆樂隨。幽院妝成花下弄，高樓月好夜時吹。前解

一先寫「笙」，四字是笙聲，三字是笙形；二次寫「吹」，四字是吹笙，三字是合笙。三、四方寫「故姬小紅」，三是小紅自吹，四是夔州聽吹。此解寫姬在時也。

忽驚暮雨飄零盡，惟有朝雲夢想期。聞道今年寒食日，東山舊路獨行遲。後解

五是小紅物故，六是主人追憶，七、八是見寄一段情事。此解寫姬亡後也。

題于家公主舊宅

樹滿仙臺葉滿池，簫聲一絶草蟲悲。鄰家猶學宮人髻，園客爭偷御果枝。前解

前解悼公主，後解悲駙馬。〇看他從「葉滿池」上，追説「仙臺」；從「草蟲悲」上，追説「簫聲」。便自使人悵然心悲，並不更用多寫荒凉敗落也。三、四尤爲最工，若不寫得

馬埒蓬蒿藏狡兔，鳳樓烟雨嘯愁鴟。何郎獨在無恩澤，不似當初傅粉時。後解

如此，便是平等人家斷釵零鈿，不復成公主悼亡詩也。「蓬蒿狡兔」，「烟雨愁鴟」，此即「無恩澤」之三字也。七句「獨」字、「在」字，不許草草連讀。蓋「在」而「獨」，固是悲公主；乃「獨」而「在」，却是悲駙馬。人只知「獨」字之甚悲，即豈知「在」字之猶悲耶？設使駙馬早知如此，固真不如先一旦試黄泉，藉螻蟻，以陪公主于地下之爲得算也。

竇朗州見示與澧州元郎中早秋贈作命同答

鄰境諸侯同舍郎，芷江蘭浦恨無梁。秋風門外旌旗動，曉露庭中橘柚香。前解

一言朗州、澧州、連州，新固鄰境，舊又同舍，則結契投分，本不淺也。二言三州久忝同袍，而各限衣帶，則以無梁爲恨，非一日也。二句先于「早秋」前添寫得一層，妙妙。三、四方細寫「早秋」，言無端仰頭，乍見旗動，巡視滿庭，果已橘香。三是「早」，四是「秋」也。

玉簟微凉宜白晝，金笳入夢應清商。騷人昨夜聞啼鳥，不歎流年惜衆芳。後解

五、六寫秋最悲。五是秋氣侵身，六是秋聲感心，即下之「騷人昨夜」句也。「不歎流年」妙，便將上文通篇翻過，最爲低昂變換之筆。「惜衆芳」者，三州六行眼淚，一時齊下，即

《離騷》所云「雖萎絶其亦何傷兮，哀衆芳之蕪穢」也[一]。「宜白晝」言涼氣已應，不復宜夜也。

羊士諤

貞元初進士，有集行世。

郡中即事

曉風山郭雁飛初，霜拂迴塘水榭虚。鼓角清明如戰壘，梧桐摇落似貧居。前解

題云「郡中即事」，乃其詩全然不似郡中事也。一是曉風飛雁，二是霜落榭虚。試思太守如此眼色，豈復肯爲郡者？即三、四，不免亦寫戟門鼓角、訟庭梧桐，然而如戰壘、似貧居，一片純是自戲自笑之筆。吾知此詩，蓋是寄語親朋，言如此太守，便可不挂心頭，無煩又來相看也。

青門遠憶中人産，白首閑看貨殖書。城下秋江寒見底，賓筵休訝食無魚。後解

言我豈不憶中産，豈不慕貨殖？然終竟一寒見底，命也，性也，不可奈何也。托在親知，自宜相諒，云何有人乃欲見訝。○看唐人厭謝游客詩，乃如此措手，忠厚嚴峻，其美備矣。

[一]「兮」，金評各本均作「我」，據《離騷》改。

郡中言懷寄西川蕭員外

功名無力愧勤王，已近終南得草堂。身外盡歸天竺偈，腰間未解會稽章。前解

吐口便説「功名無力」四字，此便是真心實意人，真心實意語也。蓋「功名」雖是每人初心，然「無力」實是各人天分。如果力有不及，便應愧有不免，如何世上乃有靦顔素餐之夫，又有矯語高尚之夫也。「已近終南得草堂」妙，言身雖未去，去計已成。三、四即重宣此七字也。作詩最要真心實意，若果真心實意，便使他人讀之，油然無不感歎。不然，即更無一人能讀也。

何時臘酒逢山客，可惜梅枝亞石床。晚歲我知無别事，擬心久在白雲鄉。後解

此五、六，妙于「何時逢山客」中間，硬入「臘酒」；又妙于「臘酒逢山客」下句，撇然竟對「梅枝亞石床」，真爲瀟灑不群之筆也。結言此非强來相拉，實已久信高懷，又硬加「歲晚」二字，使此意旁見側出也。

陳　羽

江東人。貞元八年，陸贄下第二人登科，歷官樂官尉佐。

夜別温商梓州

鳳凰城裏花時別，玄武江邊月下逢。客舍莫辭先買酒，相門曾忝並登龍。前解

不過只是昔別今逢，看他却于鳳凰城裏、玄武江邊，輕輕再加「花」、「月」二字，便寫盡別時別得匆忙，逢時逢得慘黯也。「客舍莫辭買酒」，輕輕亦再加一「先」字，便寫盡二人異樣親熱；「相門曾忝登龍」，輕輕亦再加一「並」字，便寫盡二人無數恩昵。因想是晚江邊月下，真乃意思飛揚，不可得而裁抑也。

迎風騷屑千家竹，隔水悠揚午夜鐘。明日又行西蜀去，不堪天際遠山重。後解

五、六又好，須知非寫竹聲鐘聲，正寫竹聲鐘聲中兩人對坐，各不肯卧，直至天明。讀七、八自明之。

男雍釋弓筆受並補注。

學人顧祖頌孫聞較過

貫華堂選批唐才子詩甲集七言律卷之五終

貫華堂選批唐才子詩甲集七言律卷之六上

聖歎外書

韓　愈　字退之，鄧州南陽人。生三歲而孤。隨伯兄會，貶官嶺表。會卒，嫂鄭鞠之。愈自知讀書，日記數千百言。比長，盡能通六經百家學。擢進士第，官至吏部侍郎。卒年五十七，贈禮部尚書，謚曰文。集四十卷。

和水部張員外宣政衙賜百官櫻桃詩

漢家舊種明光殿，炎帝還書本草經。豈似滿朝承雨露，共看傳賜出青冥。前解

一、二寫櫻桃，三、四「豈似」下一氣十四字成句，寫「賜百官」。

香隨翠籠擎初到，色映銀盤瀉未停。食罷自知無所報，空然慚汗仰皇扃。後解

五、六「擎初到」、「瀉未停」，則正未食也。七、八早愁「食罷無報」。人臣于君，日抱此心，素餐之譏，吾知免矣。若真至食罷而後慚汗，即意言俱竭矣，且五、六成何句法耶？

左遷至藍關示侄孫湘

一封朝奏九重天，夕貶潮州路八千。欲爲聖朝除弊事，肯將衰朽惜殘年。前解

一、二不對也，然爲「朝」字與「夕」字對，「奏」字與「貶」字對，「一封」「九重」字與「八千」字對，「天」字與「潮州路」字對，于是誦之，遂覺極其激昂。誰謂先生起衰之功，止在散行文字？○纔奏便貶，纔貶便行，急承三、四一聯。老臣之誠悃，大臣之丰裁，千載如今日。

雲横秦嶺家何在，雪擁藍關馬不前。知汝遠來應有意，好收吾骨瘴江邊。後解

五、六非寫秦嶺雲、藍關雪也。一句回顧，一句前瞻，恰好逼出「瘴江邊」三字。蓋君子誠幸而死得其所，即刻刻是死所。「收骨江邊」，正復快語。安有諫迎佛骨韓文公，肯作「家何在」婦人之聲哉。唐人加意作五、六，總爲眼光在七、八耳。千遍吟此，便知《列仙傳》胡説可恨。

答張十一功曹

山浄江空水見沙，哀猿啼處兩三家。篔簹競長纖纖笋，躑躅閑開艷艷花。前解

通解只寫後解中之「炎瘴」二字也。夫山曰「浄」，江曰「空」，水曰「見沙」，則是天地肅清，明是秋冬時候也；而筍猶競長，花猶艷開如此，此其炎瘴爲何如者？又妙于三句中間，輕輕再放「哀猿啼處兩三家」之七字。「兩三家」之爲言，無可與語，以預襯後之「君」字也；「哀猿啼」之爲言，不可入耳，以預襯後之「詩」字也。真異樣機杼也。

未報恩波知死所，莫令炎瘴送生涯。吟君詩罷看雙鬢，斗覺霜毛一半加。後解

畏瘴者，畏死也。夫死，非君子之所畏也，然而死又有所。如非死之所而遽死，是又非君子之所出也。昨先生作示侄詩，乃敕其收骨瘴江，此豈非以君命至瘴江，即瘴江是死所哉。今日得張十一詩，始悟君自命至瘴江，君初不命我死。夫以臣罪當誅，而終不命死，即此便是君之至恩，便是臣所必報。而萬一以炎方不服之故，而溘然果死江邊，將竟置君恩于何地，竟以此死爲塞責耶？吟罷看鬢，而斗駭霜毛，真乃有時鴻毛、有時泰山也。

酒中留上襄陽李相公

濁水汚泥清路塵，還曾同制掌絲綸。眼穿長訝雙魚斷，耳熱何辭數爵頻。前解

前解極寫己之傾倒于李，後解極寫李之傾倒于己。某亦讀到爛熟後，始會之。○此極寫己之傾倒于李也，言「耳熱」則是己已醉也，而爵至猶不辭，甚至「數爵頻」至猶不辭

者，只爲平日空望書信，猶到「眼穿」，豈有今日覿面歡逢，不拚爛醉？或問：子方沉困，何處復與貴公得有舊耶？答曰：某與相公在今日，誠然一爲污泥，一爲清塵，不應投契至此；若夫當日，某以元和十一年正月爲中書舍人，相公亦以其年二月自舍人拜相[一]，則是實曾同掌絲綸也。

銀燭未消窗送曙，金釵半醉座添春。知公不久歸鈞軸，應許閑官寄病身。後解

于是或又將問：子與相公，舊雖同舍，或者今日有不爾耶？則又極寫李之傾倒于己。答曰：某則並非不堪久困，而摇尾故人、欲求垂手者也。某實窺人于微，心知相公自許救援。于何驗之？驗之于其款狎不去。如五、六之窗光已曙，而座反喧春，此固非泛泛酒人之所得比。然則病身得遷，誠然樂事，而故人情重，豈爲北歸？真所謂便醉死亦足者也。「知公」二字，一氣注下十二字，不得將「應許」字另讀起，弄得不成話說。「銀燭」四字寫主之敬客，「金釵」四字寫客之昵主。

晉公自蔡州入覲途中重拜台司以詩示幕中賓客愈因之

南伐旋師太華東，天書夜到册元功。將軍舊壓三司貴，相國新兼五等崇。前解

[一]「其」，貫華堂本、賢文堂本作「某」，據有正本改。

此解叙事至多，若非老筆，幾至不了。「南伐」，言晉公奉命，宣慰淮西，討吴元濟，八月至蔡視師也。「旋師」，言十月壬申，因天大雪，用夜半到蔡破門，元濟成擒，淮西平也。「太華東」，言晉公在蔡，大饗既畢，入朝京師，途之所經也。「天書」，言京師册功詔書也。「夜到」，言詔書道授晉公也。「册元功」，言進公階金紫光禄大夫，封晉國也。「將軍」、「相國」，言公出將入相也。「舊壓三司」，言公將軍不比别將軍，公先爲御史長，帝曰：「惟汝予同，汝遂相予。」以賞罰用命不用命也。「新兼五等」，言公今相國，亦不比舊相國，公既以舊官相，而其副總，仍以工部尚書領蔡任也。其間凡具如此等無數事，而一筆寫來，秖是明明四句。

鵷鷺欲歸仙仗裏，熊羆還入禁營中。長慚典午非材職，得就閑官即至公。後解

此解叙事至少，不過言公既還朝，則幕中賓客，文仍歸文，武仍歸武。先生所署行軍假司馬，亦當解職矣，却偏寫得鵷鷺、熊羆、仙仗、禁營燁燁然。

韶州留别張端公使君

來往再逢梅柳新，别離一醉綺羅春。久欽江總文才妙，自歎虞翻骨相屯。前解

此言與張同在南方，往來二年，不得款接，直至臨别，始復一醉。于是乘手中酒杯，説胸前開悟，以極慰張于去後也。夫論文才，則張加于我；論骨相，則我劣于張。然則

張蒙内召，我或南留，于人于天，斯爲允當也。何圖今日應留者去，應去者留？法所應然，事悉不爾。我因推之：不妙者尚去，豈妙者反留？不屯者若留，何屯者反去？然則張直不必以獨留爲意也。

嗚笛急吹爭落日，清歌緩送款行人。已知奏課當徵拜，那復淹留詠白蘋。後解

此言急笛爭吹，别者勢須必别；緩歌重款，送者無庸多送也。目今奏課在邇，情知徵拜已近；既是決不淹留，何爲又勞嗟歎？然則我亦直不曾以張獨留爲意也。

奉和庫部盧四兄曹長元日朝迴

天仗宵嚴建羽旄，春雲送色曉鷄號。金爐香動螭頭暗，玉佩聲來雉尾高。前解

自來早朝詩無慮數十百，舉皆備寫對仗實景有之，曾未有寫到隔宿者也。今觀先生起云「天仗宵嚴」，則是寫天子將出之前夜，三鼓三嚴，諸衛各督其隊，以次入陳。此爲唐家寫《儀衛志》則可，若就身立朝班，固未宜有如此筆墨者也。反覆思之，忽悟此題自是盧庫部朝迴曾有詩，而先生特和之，原非先生身自入朝。所以前解四句，都是閉目游心，想得朝中逐節逐節光景如此。一句隔宿建仗，二句五夜鷄號，三句香發殿開，四句扇開受賀。字字皆是九天實景，字字皆是萬里虚摹，此爲自來早朝雅詩之變體也。

戎服上趨承北極，儒冠列侍映東曹。太平時節難身遇，郎署何須歎二毛。後解

五寫天子，六寫文臣。言護衛之士戎服而趨者，天子在也；簪筆之臣輝煌相映者，東班滿也。有如是君，復有如是臣，此真所謂「太平時節」也。于是不覺發聲長歎：我方播越萬里，不知何年得與？而今四兄之詩，顧又以郎署爲嫌，一何不達之至哉！

柳宗元

字子厚，河東人，後徙于吴。少精敏絶倫，爲文章卓偉精緻，一時輩行推仰。第進士，博學宏詞科，授校書郎，調藍田尉。貞元十九年，爲監察御史裏行。善王叔文、韋執誼，引内禁近，與計事，擢禮部員外郎，欲大進用。俄而叔文敗，貶邵州刺史，半道，貶永州司馬。既竄斥，地又荒癘，因自放山澤間，堙厄感鬱，一寓諸文，倣《離騷》數十篇，讀者咸悲惻。元和十年，徙柳州刺史。時劉禹錫得播州，宗元曰：「播非人所居，而禹錫親在堂，吾不忍其窮。無辭以白其大人，如不往，便爲母子永訣。」即具奏，欲以柳授劉，而自往播。會大臣亦爲禹錫請，因改連州。南方爲進士者，走數千里，從宗元游。經指授者，爲文辭皆有法。世號「柳柳州」。十四年卒，年四十七。宗元少時，謂功業可就，既坐廢，遂不振，然其才實高，名蓋一時。韓愈評其文曰：「雄深雅健，似司馬子長，崔、蔡不足多也。」既没，柳人懷之，托言降于州之堂，有慢者輒死，廟于羅池，愈因碑以實之云。集四十五卷，外集二卷，别録二卷，摭異一卷。

從崔中丞過盧少府郊居

寓居湘岸四無鄰，世網難嬰每自珍。蒔藥閑庭延國老，開樽虚室值賢人。前解題是從崔過盧，詩却云四面無鄰。然則從崔，崔自何來？過盧，盧又何往耶？反覆讀之，不得其説。一日忽然有悟，此詩乃是特寫出門，今在上解，則先極寫其斷斷不宜出門也。夫先生之來南也，祇爲嬰世網故也。以嬰世網之故，而直至于來南，而今又容易出門，則一何其不能自珍之至于斯也！是故自到貶所，所卜之居，必欲四面無鄰，自令此身欲從則無所從，欲過則無所過，以庶幾得脱免于世網之外焉。三、四忽插一國老、一賢人，又妙。初然觸眼，斗地驚心：此二閑客，緣何得闖？反覆認之，而後知並是先生妙文寓意。蓋言參苓補瀉，皆有專性，莫如國老，一味和光；聖人之清，漁父切譏，莫如餔糟，玄同無外。此便是避世網人心頭獨得之秘訣，而先生一口遂自説出也。

泉迴淺石依高柳，徑轉垂藤間緑筠。聞道偏爲五禽戲，出門鷗鳥更相親。後解

此下解，方寫是日出門。五、六是寫從崔過盧一路閑景，七、八是寫崔與盧之人也。「依高柳」，想盡二子蕭疏；「間緑筠」，想盡二子精挺。然則亦不必至七、八始寫二子，而又必用七、八再寫之者，先生之于世間，真乃不能一朝又與居矣，必也鳥獸差可同群。今聞二子略去衣冠，人同牛馬，此則正是世網以外，自珍尤獨至者。我雖開關破戒，力疾走訪，想于前誓固不相妨也。

登柳州城樓寄漳汀封連四州 韓泰漳州，韓曄汀州，陳諫封州[一]，劉禹錫連州。

城上高樓接大荒，海天愁思正茫茫。驚風亂颭芙蓉水，密雨斜侵薜荔牆。前解

此前解，恰與許仲晦《咸陽城西門晚眺》前解，便是一副印板。然某獨又深辨其各自出好手，了不曾相同。何則？許壇場處，是其第二句抽出七字，另自向題外方作離魂語，却用快筆颼地疾接怕人風雨，便將上句登時奪失，于是不覺教他讀者亦都心神愕然。今先生壇場，却是一句下個「高樓」字，二句下個「海天」字。「高樓」之爲言，欲有所望也；「海天」之爲言，無奈並無所望也。于是心絶氣絶矣，然後下個「正」字。「正」之爲言，人生至此，已是入到一十八層之最下一層，豈可還有餘苦未吃，再要教吃？今偏是「驚風」「密雨」，全不顧人；「亂颭」「斜侵」，有加無已。雖盛夏讀之，使人無不灑灑作寒，默然無言。然則可悟許妙處，是三、四句奪失第二句；此妙處，是三、四句加染第二句：政復徹底相反，云何説是印板也？

嶺樹重遮千里目，江流曲似九迴腸。共來百越文身地，猶自音書滯一方。後解

此方是寄四州也。五望四州不可見也，六思四州無已時也。七、八言若欲離苦求

[一]「諫」，金評各本均作「謙」，據《舊唐書》卷十五元和十年三月「台州司馬陳諫爲封州刺史」改。

樂,固不敢出此望,然何至苦上加苦,至于如此其極? 蓋怨之至也。

衡陽與夢得分路贈别 予浮舟適柳州,劉登陸赴連州。

十年憔悴到秦京,誰料翻爲嶺外行。伏波故道風烟在,翁仲遺墟草樹平。前解

永貞元年,子厚等以附王叔文,八人皆貶。至元和十年,例召至京師,又皆出爲刺史。此一、二蓋紀實也,三、四紀其分路處也。馬援爲隴西太守,斬羌首以萬計,教羌耕牧屯田。翁仲爲臨洮太守,身長二丈三尺,匈奴望見皆拜。今二人流離播越,乃正過其處也。○不苦在「嶺外行」,正苦在「到秦京」。蓋嶺外行是憔悴又起頭,反不足又道;到秦京是憔悴已結局,不圖正不然也。細細吟之。

直以慵疏招物議,休將文字占時名。今朝不用臨河别,垂淚千行便濯纓。後解

《莊子》曰:人臣之于君,義也,無所逃于天地之間,奚暇至于悦生而惡死,夫子其行矣! 有罪無罪,其勿辨也,自是千古至論。今看先生微辨附王一案,又是千古妙文。看他只將漁父「鼓枻」一歌,輕輕用他「濯纓」二字,便見己與夢得實是清流,不是濁流,更不再向難開口處多開一口,而千載下人早自照見寃苦也。○「慵疏」,一罪也;「文字」,二罪也:此是先生親供招狀也。除二罪外,先生無罪,信也!

别舍弟宗一

零落殘魂倍黯然，雙垂別淚越江邊。一身去國六千里，萬死投荒十二年。前解

「殘魂」者，剩魂也。剩魂者，言初被貶時，魂被驚斷，其未斷時剩猶到今也。「零落」者，言此剩魂已不成魂，只是前魂之所零星散落者也。「倍黯然」者，言此零星散落之魂，萬萬不堪又遭怖畏，而不意又有舍弟之別去也。三、四再申被貶到今，魂之零落，其萬萬不堪又有舍弟之别者如此。

桂嶺瘴來雲似墨，洞庭春盡水如天。欲知此後相思夢，長在荆門郢樹烟。後解

此寫舍弟既别去之後也。「雲似墨」，言不可住也；「水如天」，言又不可歸也。不可住者，自是吾弟憂我之至情，我非不之知也；無奈不可歸者，又爲吾君命我之大義，我又不能逃也。然則住又不可，歸又不得；歸又不得，住又不可，我惟有心折于荆門前後而已矣！

同劉二十八哭呂衡州寄江陵李元二侍御

衡岳新摧天柱峰，士林憔悴泣相逢。祇令文字傳青簡，不使功名上景鐘。前解

衡岳五峰，天柱其一。吕温卒于衡州，故遂以「天柱」比之。「士林憔悴」者，言此一株既萎，便已不復成林也。「泣相逢」之爲言，我方泣，不謂劉二十八亦來泣，于是遂同泣也。三、四則其泣之之辭也。

三畝空留懸磬室，九原猶寄若堂封。遥想荆州人物論，幾回中夜惜元龍。前解

五言吕之不能自葬也，六言無人曾謀葬吕也。夫朋友死而不得葬，此亦後死者之責也。然則與其幾回惜之，無寧一抔掩之。遥寄江陵二子，其必有以處此矣。

柳州寄丈人周韶州

越絶孤城千萬峰，空齋不語坐高春。印文生緑經旬合，硯匣留塵盡日封。前解

「孤城」者，柳州城也；「越絶」者，言與韶州越絶也。「千萬峰」之爲言，自柳望韶，不可得見也。「空齋不語坐高舂」者，先生先自述其盡忘機事有如此也。三、四再寫，言己雖爲柳州刺史，其實與諸獦獠不開一口，不寫一字，不作一事也。

梅嶺寒烟藏翡翠，桂江秋水露鰅鱅。丈人本自忘機事，爲想年來憔悴容。後解

前解先自述竟，此解乃始寄問丈人也。「梅嶺」者，韶州之嶺；「桂江」者，韶州之江。寒藏翡翠、秋露鰅鱅者，言韶之瘴癘亦不減于柳也。然則丈人處此，爲復亦如我之兀坐不事一事乎？爲復不堪所事而已至于憔悴乎？所謂同病相憐之至情也。

得盧衡州書因以詩寄

臨蒸且莫歎炎方，爲報秋來雁幾行。林邑東迴山似戟，牂牁南下水如湯。前解

此因盧有書來，甚歎臨蒸之熱，而先生報之也。言君乃以臨蒸爲不可耐，又豈知有不可耐如余柳州之尤甚者乎？三、四臨寫柳州之與臨蒸，其大不相同且有如此也。臨蒸，即今雲陽。

蒹葭淅瀝含朝霧，橘柚玲瓏透夕陽。非是白蘋洲畔客，還將遠意問瀟湘。後解

言若臨蒸，則余方欲勤勤致問之矣。蒹葭已淅瀝耶？橘柚正玲瓏耶？安得旦暮之間，遂能置身于其地耶？夫余本吴人也，所謂「白蘋洲畔」之客也。然則吴人亦思吴耳，胡爲却思臨蒸？此非余之思臨蒸，余實思夫臨蒸之于柳州，其遠去且有不啻數十百倍者。夫人方且思之，而子乃更歎之，是何爲者也？

楊巨源

字景山。大中時，爲河中少尹。詩韻不爲新語，體律務實，工夫頗深。旦暮吟詠不輟，年老頭摇，人言吟詩所致。集一卷。

寄江州司馬

江州司馬平安否，惠遠東林住得無。湓口曾聞似衣帶，廬峰見説勝香爐。前解

看他輕輕動筆，只作通候語耳，却乃憑空取一「惠遠東林」，與之如對不對。于是更不重起筆，便竟隨手一順寫去，言江州與廬山，只隔湓口一衣帶水[一]，傳聞香爐峰爲天下絶勝，定知司馬日住其下也。本是極蕭散之筆，偏自寫來字字成雙捉對。佛言：「不經燒打磨，決不成精金。」試想其燒打磨之多，豈特一遍而已哉。

題詩歲晏離鴻斷，望闕天遥病鶴孤。莫謾拘牽雨花社，青雲依舊是前途。後解

此欲招之歸朝也。五將招之以友生之至情，六將招之以君父之至恩。然此二者，自是人所同有，何得我獨毅然語之哉？夫亦從本人自己心窩中，設身處地，代抒其誠然者，而本人乃自不覺幡然其遂起。末句又帶「雨花」字者，銷繳上文「惠遠」字也。

[一]「口」，貫華堂本作「日」，據賢文堂本、有正本改。

送章孝標校書歸杭州因寄白舍人

曾過靈隱江邊寺，獨宿東樓看海門。潮色銀河鋪碧落，日光金柱出紅盆。前解

曾過其地，親眼曾看其景。其奇奇妙妙，非世恒睹，有不可以言語形容也者。而今日校書別我歸去，則正歸到其處，真是令我身雖在此送君，心已先君到杭也。

送人詩，此爲最奇。看他更不作旗亭握別套語，却奮快筆，斗然直寫自己當時，親身

不妨公事諮高卧，無限詩情要細論。若訪郡人徐孺子，應須騎馬到沙村。後解

看他後解又奇，終更無一句半句，復與別客盤桓，竟自一直寄語白傅，言有郡人章校書者，公事亦可諮問，詩律又可細論，直宜自到沙村，此人非可坐致。作如此送人詩，真令所送之人，通身皆是亢爽也。〇傳稱先生作詩「不爲新語，體律務實，工夫頗深」。如此等詩，豈非「體律務實，工夫頗深」之明驗耶！彼惟鶩新語之徒，夫惡足以知之？

古意贈王常侍

繡户紗窗北里深，香風摇動鳳凰簪，組紃常在佳人手，刀尺空勞寒女心。前解

昔人有志未伸，每托閨人自見。故先生欲干常侍援手，而有難于顯言，因亦用此體，

而以「古意」名篇也。「繡户紗窗」，言我實想見其地也；「北里深」，言雖可得而想見，而身固未得而到也。「香風」七字，言北里深處，則有一人，其富貴方如此也。「在手」之爲言，世間所有一切黼黻文章，悉聽其裁割也；「空勞」之爲言，既是裁割悉聽其命，則夫一時寒女，皆操刀尺以待下風，而彼方不顧也。

欲學齊謳逐雲管，還思楚練拂霜砧。東家少女當機杼，應念無衣雪滿林。後解

「欲學」、「還思」，妙妙。言寒女既不蒙顧，于是不免變計，將自衒以求售，而又自思必宜終保其潔白也。「東家少女」，直指常侍；「當機杼」，言正值得言所欲言之時也。「應念」之爲言，固不可又辭爲異人任也。此「機杼」「無衣」字，只欲與上成文。詩人用字，不可典要，從來如此。

寄中書同年舍人

晴明紫閣最高峰，仙掖開簾范彦龍。五色天書詞焕爛，九華春殿語從容。前解

斗地出手，先寫一終南紫閣峰。又于其上再加「晴明」者，天晴則日明，便令閣峰爛然而紫也。此時范彦龍正在仙掖，開簾仰頭，快見此峰。則不知因晴明故，令彦龍得見閣峰耶？抑因開簾故，令仙掖露出彦龍耶？本意只欲寫此同年身在中書，却乃奇奇妙妙，顛顛倒倒，撰成如此章法。傳稱先生「工夫頗深」，由此觀之，工夫真是不淺也。三、

四極寫中書之清華，可知。

彩毫曾染爐烟細，清佩仍含玉漏重。二十年前同日喜，碧霄可得更相逢。後解

此五、六，則須看其「曾」字、「仍」字，乃寫自家二十年前與之爲同年也。唐人何曾作中四句一樣好語詩。先生貞元間人，「體律務實」，「不爲新語」，我故欲起九原訴之[一]。

送人過衛州

憶昔征南府内游，君家東閣最淹留。縱横聯句長侵夜，次第看花直到秋。前解

此詩又奇。此何嘗欲送此人，只是昔日曾與此人同客征南，而征南故里却在衛州，今日恰值此人以事必過衛州，于是滿肚痛思征南，滿眼遥望衛州。一時便要此人爲我寄眼淚滴衛州，于是乃特作此詩送之也。〇前解奮快筆，又追寫昔日兩人同客征南，稱心稱意如此者，正是要明此皆受何人之蔭覆，皆仗何人之推扶也。

論舊舉杯先下淚，傷離臨水更登樓。相思前路幾回首，滿眼青山過衛州。後解

「舉杯」是爲此人，「下淚」是爲衛州；「臨水」是爲此人，「登樓」是爲衛州。「相思」者，此人亦思「聯句」「看花」之日也。夫誠亦思聯句看花之日，則「滿眼青山」，此是衛州，

[一]「故」，賢文堂本作「敢」。

便應注目獨看，不應又「回首」看我也。

薛司空自青州歸朝

天眷君陳久在東，歸朝人看大司空。黄河岸畔長無事，滄海東邊獨有功。前解

言昔者君陳，尹茲東郊，寬而有制，從容以和。今薛司空正同其德，故天子眷之，今之久鎮青州也。「歸朝」寫作「人看」，妙妙。便令全詩，都只是看司空人一路傳説，言青州以西頻年無事者，盡是青州以東一人有功也。蓋不功之功，是真大功。凡爲天子作鎮一方，尚其敬念之哉。

已變畏途成雅俗，仍過舊里揖秋風。一門累葉凌烟閣，次第儀刑漢上公。後解

五、六，人又傳説其此行歸朝，述職既畢，必將還第也。七、八，又因其還第，遂更爲之陳説家世。言薛氏代有功臣，次第圖像烟閣，已不自司空今日爲始。然而今日司空，則固次第又當圖像也。二解詩，都從「人看」二字中寫出來。

酬盧員外

謝傳旌旗在上游，盧郎樽俎借前籌。舜城風土臨清廟，魏國山河在白樓。前解

此因員外感念舊恩，當筵泣下，而先生特作詩以酬之也。前解追寫當時知遇，言主將昔在上游，前籌盡出員外，一時躡足附耳，誠爲言聽計從。即如欲訪舜城之風土，則並馬蒲州廟中；欲審魏國之山河，則携手朔州樓上。誠爲外托主賓之大義，內結骨肉之至恩者也。

雲寺當時接高步，水亭今日又淹留。滿筵舊府笙歌在，獨有羊曇最淚流。後解

後解方寫今日奉酬。言至于我之與員外者，則祇因舊時曾接高步，今故特屈淹留，而又豈意滿筵借得笙歌，恰出當時舊府，反累馬策叩扉，哭吟子建詩句哉。

冬夜陪丘侍御聽崔校書彈琴

雪滿中庭月滿林，謝家幽賞在瑶琴。楚妃波浪天南遠，蔡女烟沙漠北深。前解

前解寫冬夜「崔校書彈琴」，後解寫「陪丘侍御聽」。〇看他只是寫「冬夜」之七字，便已使人七弦未張，四壁先響也。欲寫「彈琴」，看他又先安得「幽賞在」字，便是其夜相集，不必定是彈琴，而校書心眼一時與雪月映發，不覺自欲彈琴。只加三字，便令事既幽深，人復高淡，並丘侍御都無俗氣，此皆琴意也。「楚妃」、「蔡女」，只是二琴操，可知。傳稱先生「不爲新語」，如此三、四，何嘗不是新語？然而豈新語哉！

顧盼何曾因誤曲，殷勤實是爲知音。更將雅調開詩興，未忝丘遲宿昔心。後解

「誤曲」、「知音」、「雅調」等字，仍帶上「彈琴」，自是不得不顧題耳，實則已是只寫己之陪丘也。「顧盼」，侍御顧盼也；「殷勤」，先生殷勤也。「雅道」，言侍御與我，顧盼如彼，殷勤如此，皆是别樣心期，並非仕途惡態也。開興，先生之興也；「宿昔」，侍御之心也。彈琴題，要陪侍御，非先生幾乎出醜。

題賈巡官林亭

白鳥閑栖庭樹枝，緑樽仍對菊花籬。許詢本愛交禪侶，陳寔人傳有好兒。前解

此紀賈巡官日暮客散，再留先生翻席更酌也。鳥栖庭樹，加一「閑」字，言人散庭空，鳥歸不驚也；樽對菊花，加一「仍」字，言洗醆分客，期在必醉也。「禪侶」，言座中又參不飲之人；「好兒」，言入夜又出二子見客也。細細吟之，真是世間不可多得之妙主，人生不可多得之佳集也。

明月出雲秋館思，遠泉經雨夜窗知。門前長者無虚轍，一片寒光動水池。後解

此雖閑寫林亭夜景，然而賞歎巡官亦不啻口也。五言其清光照人，迥出流輩也；六言其談言湧泉，滔滔無窮也。七、八言其車馬喧闐，無日無之，然而門自熱而人固自冷也。我亦相其前解而信巡官之果有如此也。

和大夫邊春呈長安親故

某大夫有《邊春呈長安親故》詩，而先生和之，非和邊春詩，而呈長安親故也。

嚴城吹笛思寒梅，二月冰河一半開。紫陌詩情依舊在，黑山弓力畏春來。前解

此詩極寫邊城苦寒，而勉大夫卒成大功也。「吹笛」，言思春而久不見春也；「冰開」，言春動而還不似春也。「詩情」、「弓力」，言主將方將切望春來，而踏陌尋詩；而邊人反又切恐春至，而風吹角解也。前解寫邊城地氣人情，其與中原色色不同，誠有如此。

游人曲岸看花發，走馬平沙獵雪回。旌旆朝天不知晚，將星高處是三台。後解

後解寫邊城地氣人情如此，而大夫則竟夷然安之也。言當彼中原之人「曲岸看花」之時，正我邊城之人「平沙獵雪」之時。夫彼曲岸看花固樂，而我平沙獵雪亦有何者不樂，而又必用春爲也耶？抑亦不寧惟是，便使今年不見春，明年復不見春，而我之心終亦不以入塞爲晚。何則？戍愈久，功愈大，則將星愈高。此時朝天，便晉公孤，夫豈不快，而又肯以游春亂我心曲哉。

贈渾鉅中允

公子髫年四海聞，城西侍獵雪紛紛。馬盤曠野弦開月，雁落寒原箭在雲。前解

寫妙年詞臣，看他前解如此着筆，正是暗翻王汝南降服兄子濟一段佳話，成此妙詩也。○謂之暗翻者，王先説《周易》，次騎礙馬；此先獵城西，次領群儒也。三、四妙妙，只謂「馬盤曠野」，早已「雁落寒原」。眼遲者，尚看弦開如月；雖眼快者，猶指箭初入雲，而不謂其馬自盤、雁已下也。寫弓馬至此，真是沙場飛將，不悟其後解又如彼也。

曾向天西穿虜陣，歸來花下領儒群。一枝瓊萼朝光裏，彩服飄飄此冠軍。後解

看他「穿虜陣」，特用「天西」字；「領群儒」，特用「花下」字。兩相激射，盡成奇彩。「一枝瓊萼」之爲言，寧馨少年。又加映之以「朝光」，又重襯之以「彩服」，于是任憑何人，更看不出此是冠軍也。

送定法師歸蜀法師即紅樓院供奉廣宣上人兄弟

鳳城初日照紅樓，禁寺公卿識惠休。詩引棣花沾一雨，經分貝葉向雙流。前解

送定法師，却先寫宣法師，想見一時舉朝公卿傾倒宣公，非同聊爾。看其用「初日

照」字，特以華嚴菩薩相推，即可知也。至寫定公，則先之以詩，次之以經。先之以詩，爲舉朝公卿應機也；次之以經，爲紅樓供奉接座也。然亦仍用「引」字、「分」字，未嘗暫置宣公也。

孤猿學定前山夕，遠雁傷離幾地秋。空性碧雲無處所，約公曾許剡溪游。後解

上解只寫定師是宣師兄弟，此解方寫送歸也。「碧雲」，即江令所擬湯師詩句，言師自歸蜀，我自游剡。「空性」，無在無不在，日暮佳人，更無不來之歎也。

早朝

鐘聲清禁纔應徹，漏報仙闈儼已開。雙闕薄烟籠菡萏，九成初日上蓬萊。前解

此詩特爲憲宗中興紀實也。前解寫至尊勤政，後解寫百僚拱手。〇言鐘聲纔徹，夜漏未停，此時雖在至勤，其亦未明求衣可也。何意赫赫天顔，早已儼然臨座。于是舉朝之臣，迴看雙闕，則烟光正籠，仰瞻九重，則日華始上，甚言其「早」之一至于是也。

朝時但向丹墀拜，仗下方從碧殿迴。聖道逍遥更何事，願將巴曲奏康哉。後解

丹墀但拜，言一無所事也；放仗即回，言一無所事也。此非諸臣真無所事，實爲仰承聖道逍遥，雖欲有事而絶無也。然則惟有竭其鄙誠，協贊康哉，更于何處得效尺寸乎哉。

贈張將軍

關西諸將揖容光，獨立營門劍有霜。知愛魯連歸海上，可令王翦在頻陽。前解

關西，固上將之藪也。今將軍乃令關西諸將盡承下風，則其獨擅登壇之望，久已人人目攝也。次句畫之，言其昔日未還將印之先，躬督三軍，手提一劍，信賞必罰，凛若秋霜，實有至今使人色變者。奈何一旦家居，竟成頻年閑住。在將軍，固如魯連之歸去；在當時，得毋王翦之已棄乎？前解如「知愛」、「可令」等字，此猶婉諷之也。

天晴紅幟當山滿，日暮清笳入塞長。年少功高人最美，漢家壇樹月蒼蒼。後解

後解竟切譏之。言目今紅幟滿山，是何等軍興；清笳入塞，是何等邊報？而如此少年將軍，竟終置之腦後，迴思炎漢築壇故事，真使人心目蒼茫矣。

觀征人回

兩河戰罷萬方清，原上軍回識舊營。立馬望雲秋塞浄，射鵰臨水晚天晴。前解

讀其出手七字，便有喜不自勝之意。言比來祇有兩河之兵未息，今又戰罷，則是而今而後，萬方其永清矣。「識舊營」，言觀者猶記出師之日，此爲前、後、左、右某某諸營，

而今幡幟宛然，全師而還也。「立馬」、「射鵰」，言馬猶前日之馬，射猶前日之射，而今已皆意思閑暢，無復前日之倉皇也。

戍閑部伍分岐路，地遠家鄉寄旆旌。聖代止戈資廟略，諸侯不復更長征。後解

上解寫觀征人者，此解又寫諸征人。寫觀征人者，以志今日之喜；又寫諸征人，以申後日之戒也。言此番行役既閑，即不必又歸部伍，一任東西南北，縱横分散可也。若其鄉里有獨遠者，則不妨取其旆旌，寄頓熟識，而竟輕身先去可也。所以然者，聖代既資長略，永遠更無征戰，從今已後，大家各歸其家，各耕其田，各事其父母，各保其妻女，各育其子孫，各守其墳墓，真乃幸甚幸甚之至也！「聖代」二句，是諸征人「分岐路」、「寄旆旌」時，口中所言。若説出自作詩人手，便是宋人鬼怪矣。讀唐詩，所以必分解也。

送澹公歸嵩山龍潭寺葬本師

野烟秋水蒼茫遠，禪境真機去住閑。雙樹爲家思舊壑，千花成塔禮寒山。前解

一寫「嵩山」，二寫「歸」，三寫「本師」，四寫「葬」。純在尋常道途，尋常哀樂，尋常生死、父子之外，此非尋常文人之所知也。一、二更不煩解，只看其三、四兩句，此是何等境界。「雙樹爲家」者，言其本師百年弱喪，今始歸家，而旁之人乃復思其舊壑，謂之已死，此大不合也；「千花成塔」者，言其本師藏身沙界，處處安隱，而旁之人乃復負土寒山，與

之營葬，又大無謂也。「雙樹」，世尊涅槃場也；「舊壑」，夜半負舟處也；「千花」，法身遍現無量國土也。

洞宫一向龍邊宿，雲徑應從鳥道還。莫戀本師金骨地，空門無處復無關。後解

此欲其葬畢即來也。五、六、七易解，末言「無處」「無關」者，言澹公若使一歸永不更來，則豈誤認寺中是公道場耶；若寺中是公道場，則豈誤認寺外非公道場耶？「無處」，言道場不必在寺中；「無關」，言道場不必不在寺外：蓋欲其來之至也。嗚呼！世豈有如此詩人哉。

張　籍

字文昌，和州烏江人。第進士，爲太常寺太祝。久次，遷秘書郎，韓愈薦爲博士。歷水部員外郎、主客郎中，終國子司業。籍爲詩，長于樂府，清麗深婉。五言律詩，亦平淡可愛；至七言詩，則質多文少。材各有宜，不可强文飾也。

寄和州劉使君

别離已久猶爲郡，閑向春風倒酒瓶。送客將過沙口堰，看花多上水心亭。前解

「别離已久」，無限眼淚。下二、三、四句，便含淚直寫「猶爲郡」人一肚皮牢愁也。言每日只是「倒酒瓶」也，「送客」也，「看花」也，「沙口堰」也，「水心亭」也。總以一言蔽之

曰：「閑向春風」也。「閑」字中，有「猶爲郡」意；「春風」字中，有「別離已久」意。此等詩，俱是唐人細意新裁，最要多吟。

曉來江氣連城白，雨後山光滿郭青。到此詩情應更遠，醉中高詠有誰聽。後解

五、六純寫手板拄頤、西山看爽意思。七以「到此」二字總之，言使君氣色如此，即詩情豈在郡中？「遠」字妙，「更」字又妙，言不但遠而且更遠，此不關彼中人不能聽，本意亦初不與彼中人聽也。寫盡「猶爲郡」人滿肚牢愁。

寄蘇州白二十三使君

三朝出入紫微臣，頭白金章未在身。登第早年同座主，相思今日異州人。前解

一、二本專歎白，却因三、四「同座主」、「異州人」語，夾入自己，于是言外便有兩頭白、兩未金章人。此又是別様手法。

閶門柳色烟中遠，苑茂鶯聲雨後新。此處吟詩向山寺，知君忘却曲江春。後解

五、六寫蘇州景物，即七之「此處」二字。言白久滯彼中，應已忘我。「曲江春」之爲言，占籍至今亦復頭白矣。

寄陸渾趙明府

與君學省同官處，常日相隨説道情。新作陸渾山縣長，早知三禮甲科名。前解

此詩，獨爲三、四，特造全篇。言趙明府本是如此氣體，却因教他作縣；彼中認是官人，殊不知此官人非官人，其實只是一本色道人也。

縣中時有仙人住，山下應多藥草生。公事稀疏來客少，無妨着屐獨閑行。後解

既已説破，因遂寄語明府：任彼自以君爲官人，君自無妨仍作道人。五、六，「時有仙人」、「應多藥草」，不必陸渾真有是事，只圖爲着屐獨行作引耳。五、六「縣中」、「山下」，便分前「山縣」二字，爲章法。

白居易

字樂天。其先太原人，後徙下邽。居易敏悟絶人，工文章。未冠，謁顧況。況吴人，恃才，少所推可，見其文，自失曰：「吾謂斯文遂絶，今復得子矣！」貞元中，擢進士。拔萃皆中，補校書郎。元和元年，召入翰林爲學士，以學士兼京兆户曹參軍，拜左贊善大夫。俄有言居易「言浮華，無實行，不可用」，出爲州刺史。中書舍人王涯，上言不宜治郡，追貶江州司馬。既失志，能順適所遇，托浮屠生死説，若忘形骸者。久之，徙忠州刺史，入爲司門員外郎，以主客郎中知制誥。俄轉中書舍人，丐外遷爲杭州刺史。久之，以太子左庶子分司東都，復拜蘇州刺史。文宗立，以秘書監召，遷刑部侍郎。開成

初，改太子太傅。會昌初，以刑部尚書致仕。六年卒，年七十五，贈尚書右僕射。與弟行簡、從祖弟敏中友愛。東都所居履道里，疏沼種樹，搆石樓，香山，鑿八節灘。自號「醉吟先生」，又稱「香山居士」。嘗與胡杲等燕集，皆高年不仕者。人慕之，繪爲《九老圖》。居易于文章精切，然最工詩。初頗以規諷得失，及其多更，下偶俗好，至數千篇。與元稹酬詠，故號「元白」。稹卒，又與劉禹錫齊名，號「劉白」。其始生七月，能展書，姆指「之」、「無」二字，雖百試不差。九歲諳識聲律。其篤于文章，蓋天稟然。○樂天每作詩，令一老嫗解之，問曰：「解否？」嫗曰解則録之，不解則不復集，故唐末之弊，至于俚。○樂天不爲贊皇公所喜，每寄文章，李緘之一篋，未嘗開。劉夢得或請之，曰：「見詞，則迴吾心矣。」又時樊素善歌，小蠻善舞。樂天賦詩，有曰：「櫻桃樊素口，楊柳小蠻腰。」至于高年，又爲《楊柳詞》以托意曰：「一樹春風萬萬枝，嫩于金色軟如絲。永豐東角荒園裏，盡日無人屬阿誰？」及宣宗朝，國樂唱是詞，帝問永豐在何處，左右具以對，遂因命取永豐柳兩枝，植于禁中。白感上知，又爲詩云：「一樹衰殘委泥土，雙枝移種植天庭。定知此後天文裏，柳宿光中見兩星。」洛士無不繼作。

送王十八歸山寄題仙游寺

曾于太白峰前住，數到仙游寺裏來。黑水澄時潭底出，白雲破處洞門開。前解

樂天詩，都作坊廂印板貼壁語耳，胡可仰厠風雅末席？兹亦聊摘其數首稍文者，以塞人問，實非平時之所常讀也。○送人詩，只末句三字略帶，其外通首純是「寄題」。此法他人亦曾有之，然定覺還有意致，還有風格，此則不過直直眼見之幾筆耳。○前解寫

寺景。

林間暖酒燒紅葉，石上題詩掃緑苔。惆悵舊游無復到，菊花時節羨君回。後解

後解寫舊游。〇前解「黑水」、「白雲」，後解「紅葉」、「緑苔」，一何醜乎！只取其「無復到」三字，是詩家頓挫法。

香爐峰下新卜山居草堂初成偶題東壁

日高睡足猶慵起，小閣重衾不怕寒。遺愛寺鐘欹枕聽，香爐峰雪撥簾看。前解

日高猶慵起，此是閑客常理。今加「睡足」而猶慵起，此便是南郭子綦仰天長嘘、嗒焉自喪境界，固非心未降伏人所得冒濫也。三、四，欹枕聽鐘，撥簾看雪，須知不是誇語新堂好景，便是此老身心放倒，得大快活之實在供據。看後解自知之。

匡廬便是逃名地，司馬真爲送老官。心泰身寧是歸處，故鄉何獨在長安。後解

前解本寫得好，何意後解又睹傖父？至于「心泰身寧」等字，風雅益復盡情矣。

尋郭道士不遇

郡中乞假來相訪，洞裏朝元去不逢。看院祇留雙白鶴，入門惟見一青松。前解

一添「郡中乞假」，二添「洞裏朝元」，可惜手中已是添寫無數字，而紙上乃更並無好處，終竟只是「來相訪」、「去不逢」之六字，爲可嗤也。三、四，「白鶴」、「青松」，已是道士家中刻板字樣，若是再加「雙」字、「一」字，遂覺刻板更甚。取之者，只爲「看院祇留」承「去」句，「入門惟見」承「訪」句，實是律詩舊樣耳。

藥爐有火丹應伏，雲碓無人水自春。欲問參同契中事，更期何日得相從。後解

五、六，還丹火伏、雲母水春，此正是《參同契》中事。唐人律詩，從無七、八外之五、六。此雖粗鄙，猶是舊樣也。

臨卧聽法曲霓裳

金磬玉笙調已久，空床獨枕睡常遲。朦朧閑夢初成後，宛轉柔聲入破時。前解

板板然，一句「法曲」、一句「臨卧」，一句「臨卧」、一句「法曲」，並無半點波折頓挫，誦之使人意盡。然而「閑夢初成」承睡遲，「柔聲入破」承調久，猶是律詩原樣也。

樂可理心宜不謬，酒能陶性又無疑。起嘗殘酌聽餘曲，斜背銀缸半下幃。後解

「樂可理心」、「酒能陶性」，筆墨墜地，乃至于此。然其意獨爲「起嘗殘酌聽餘曲」之七字，固是律詩原樣也。

餘杭形勝

餘杭形勝四方無，州傍青山縣枕湖。繞郭荷花三十里，拂城松樹一千株。前解

世必又有飯後無事，不能便卧，近窗攤腹，借書遮眼之人，極賞此等，以爲大佳。我亦謂其實原是此輩之佳詩。何則？此真更不必用心于其間者也。○收之者，爲其「繞郭」二句寫盡餘杭，並非與後「夢兒」二句作成隊好語，便是不走律詩原樣故也。

夢兒亭古傳名謝，教妓樓新道姓蘇。獨有使君年太老，風光不稱白髭鬚。後解

上解三、四，承州縣句，已寫盡餘杭；此五、六，止爲翻出「風光不稱」也。真不走律詩原樣也。

履道池上作

家池動作經旬別，松竹禽魚好在無。樹暗小巢藏巧婦，草荒新葉長慈姑。前解

前解，一、二自問，三、四自答。如樹，如雀，如草，如菇，即其所問「好在」；如暗，如藏，如荒，如長，即其所怨「經旬」也。此固律詩樣也。

不因車馬時時到，豈覺園林日日蕪。猶喜春深公事少，每來花下得躊躕。後解

「猶喜」「每來」，即上「時時」「日日」也。雖寒陋之極，然是律詩樣也。

舟中晚起

日高猶掩水窗眠，枕簟清涼八月天。泊處或因沽酒市，宿時多並釣魚船。前解

前解寫舟中晚起。○佳處在起句自聽，三、四承寫，次句乃別自抽手輕襯七字，此爲唐人佳筆。

退身江海已無用，憂國朝廷自有賢。且向錢塘湖上去，冷吟閑醉二三年。後解

後解寫舟中晚起之故。○唐人有如此五、六，却不是用力語，只爲引出「湖上去」三字也。

湖上春行

孤山寺北賈亭西，水面初平雲脚低。幾處早鶯爭暖樹，誰家新燕啄春泥。前解

前解先寫「湖上」。○横開則爲寺北亭西，竪展則爲低雲平水，濃點則爲早鶯新燕，輕烘則爲暖樹春泥。寫湖上，真如天開圖畫也。

亂花漸欲迷人眼，淺草纔能没馬蹄。最愛湖東行不足，緑楊陰裏白沙堤。後解

後解方寫「春行」。○花迷草没，如以等子稱量此日春光之淺深也。「緑楊陰裏白沙堤」者，言于如是淺深春光中，幅巾單袷，款段閑行，即此杭州太守白居士也。五、六是「春」，七、八是「行」。

西湖晚歸迴望孤山寺贈諸客

柳湖松島蓮花寺，晚動歸橈出道場。盧橘子低山雨重，栟櫚葉戰水風凉。前解

此詩又好。○唐人每每有詩是因前順生後，有詩是因後倒生前。如此晚出道場詩，看他前解，細寫湖上是島，島上是寺，又加柳松、蓮花等字，裝成異樣清華好景，意猶未愜；即又盡借其日之暮雨涼風、盧橘栟櫚，以加倍渲染之者，分明先生滿心滿眼，具有海山樓閣一段觀想，先在胸中，因而倒撰此一解四句，悄地填補在前。若只是出道場時，信筆閑寫，一順寫到後去，始有「到岸迴首」之一結，便當措筆措墨，都不是如此二十四字也。朗吟而後信之。

烟波淡蕩摇空碧，樓殿參差倚夕陽。到岸請君回首望，蓬萊宫在海中央。後解

此「到岸請君迴首」，乃是未到岸，先請君必迴首也。若既到岸已迴首，則是更不必「請君」之二字也。○前解如寫美人，後解如寫美人影。五是海，六是宫，然而皆寫影也。

元　稹

字微之，河南人。幼孤，母鄭，賢而文，親授書傳。九歲工屬文，十五擢明經，判入等，補校書郎。元和元年，舉制科對策第一，拜左拾遺。當路者惡之，出爲河南尉，再貶江陵士曹參軍，而李絳、崔群、白居易皆論其枉。久乃徙通州司馬，改虢州長史。元和末，召拜膳部員外郎。稹尤長于詩，與居易名相埒，天下傳諷，號「元和體」，往往播樂府。穆宗在東宫，妃嬪近習皆誦之，宫中呼「元才子」。稹之謫江陵，善監軍崔潭峻。長慶初，潭峻方親幸，以稹歌辭數十百篇奏御。帝大悦，問：「稹今安在？」曰：「爲南宫散郎。」即擢祠部郎中，知制誥，俄遷中書舍人、翰林承旨。未幾，進同中書門下平章事。太和三年，爲尚書左丞，俄拜武昌節度使。卒年五十三，贈尚書右僕射。有《元氏長慶集》一百卷，又小集十卷。○元相公爲御史，鞫獄梓潼時，白尚書在京，與名輩游慈恩寺，小酌花下，爲詩寄元曰：「花時同醉破春愁，醉折花枝當酒籌。忽憶故人天際去，計程今日到梁州。」時元果及褒城，亦寄《夢游》詩曰：「夢君兄弟曲江頭，也向慈恩寺裏游。驛吏唤人排馬去，忽驚身在古梁州。」有《感夢記》，備述其事。

過襄陽樓呈上府主嚴司空樓在江陵節度使宅北隅

襄陽樓下樹陰成，荷葉如錢水面平。拂水柳花千萬點，隔樓鶯舌兩三聲。前解

最先是沈雲卿《龍池篇》，以五「龍」字、四「天」字，金翅摇空；其次是崔汴州《黄鶴樓》，以三「黄鶴」、一「白雲」，玉虬凌海。落後便是李太白，《鳳凰臺》以二「鳳凰」，《鸚鵡洲》以三「鸚鵡」，刻意效顰，全然失步。至今反遭學語小兒指摘，無有了時也。所以然者，崔實不知沈作在前，李却親睹崔詩在上。從來文章一事，發由自己性靈，便聽縱横鼓

盪；一受前人欺壓，終難走脱牢籠。此皆所謂理之一定，事之固然者也。微之此詩，呈上府主司空，欲登襄陽樓上，則亦前解叙樓，後解叙意。此自爲律詩尋常舊格，亦既由來久矣。今乃忽然出手寫樓，忽然接手寫水，忽然順手承之再寫水，忽然順手承之再寫樓，于是連自家亦更留手不得也。因而轉筆，索性再又寫水，再又寫樓。而後之讀者乃方全然不覺，反歎一氣渾成。由此言之，世間妙文，本任世間妙手寫到；世間妙手，孰愁世間妙文寫完？後人固不必爲前人邈真，前人亦何足爲後人起稿？如微之此詩，真是不受一人欺壓，只聽自己鼓蕩。龍池、鶴樓，不得占斷于昔日；鳳凰、鸚鵡，枉自慘淡于當時者也。○前解寫久覷此樓，眼熱如火。

有時水畔看雲立，每日樓前信馬行。早晚暫教王粲上，庾公應待月華明。後解

其實此詩前解一、二，原自只寫襄陽樓下、樹陰荷錢，平平作起耳。不知何故，三乃偶然誤寫「拂水」二字。若在他人，只是連忙改去便休，獨有微之偏不然，偏要反更寫「隔樓」二字對之，一似我乃故意作此重疊者。于是一時奇興既發，妙筆又能相赴，索性後解五、六亦再寫此「有時水畔」、「每日樓前」之二句也。言有時只是樓前立，每日只是樓前行，並不能得上樓；若幸而得上樓，則真司空之賜也。○後解寫得上此樓，心感如獲。

和樂天早春見寄

雨香雲淡覺微和，誰送春聲入棹歌。萱近北堂穿土早，柳偏東面受風多。前解

一，從雨雲寫一「覺」字，言體中已有早春消息；二，從棹歌寫一「誰」字，言耳畔又有早春消息；三、四，從萱、柳寫一「穿」字、「受」字，言眼前果已盡是早春消息也。看他寫早春，漸漸由微而著，真筆墨與元化爲徒也。

湖添水色消殘雪，江送潮頭湧漫波。同入新年不同賞，無由縮地欲如何。後解

前解寫早春，此解寫樂天見寄，而欲縮地同賞也。五言雪消水添，本可放船直下也；六言潮湧波漫，于是欲泛還止也。七、八易解。

鄂州寓館嚴澗宅時澗不在。

鳳有高梧鶴有松，偶來江外寄行踪。花枝滿院空啼鳥，塵榻無人憶卧龍。前解

此「偶來江外寄行踪」，非云偶來寄行踪，乃云雖偶來江外，而必于君乎寄行踪也。蓋鳳必有梧，鶴必有松，覩達人必以其所爲主。若使我來江外，而不于君寄寓，且當于誰寄寓者？故雖滿院啼鳥，空榻無人，君自不在，我自竟住，言更無處又他去也。

心想夜閑惟足夢，眼看春盡不相逢。何如最是思君處，月入斜窗曉寺鐘。後解

前解寓嚴宅，後解想嚴人也。易解。

清都春霽寄胡三吴十一

蕊珠宫殿經微雨，草樹無塵耀眼光。白日當空天氣好，暖風吹面柳陰凉。前解

此一解四句，更不能贊其如何着筆，直是滿眼一片春霽，其光悦魂動魄。于是一、二不知應説宫殿，不知應説草樹，不知應説春色，不知應説日華，且先直書二句，定却自家眼光。然後三、四再與分别細寫，言當天却是「白日」，風吹乃是「柳陰」。意謂此當天白日便是「霽」，風吹柳陰便是「春」也。

蜂憐宿露攢芳久，燕得新泥拂户忙。時節催年春不住，武陵花謝憶諸郎。後解

此五、六，寫蜂燕又細，妙。「蜂憐宿露」，是憐連日未霽之露；「燕得新泥」，是得今朝新霽之泥。夫從連日未霽，以至今朝新霽，已自時節暗催，春去不知何限。又況兩句脚又帶「久」字、「忙」字，真是行盡如馳，而莫之能止。彼武陵諸郎皆非金鐵，如之何其使人不憶耶？

早春尋李校書

款款春風淡淡雲，柳枝低作翠櫳裙。梅含鷄舌兼紅氣，江弄瓊花散緑紋。前解

前解寫「早春」。○此解雖寫早春，然只起句是清朝晏起，已下二、三、四句，一路推窗看柳，巡檐嗅梅，出門觀江，便是漸漸行出高齋，閑閑漫尋江岸。一頭雖是賞心寓目，一頭已是隨步訪人也。逐句細玩之。

帶霧山鶯啼尚小，穿花蘆筍葉纔分。今朝何事偏相覓，撩亂芳情最是君。後解

後解寫「尋李校書」。○五、六非又寫「早春」，正是獨取「尚小」、「纔分」字。言一時春物，絶無足以撩亂我心者，然則今日之尋，乃是得得爲君，而君不可不知也。

初除浙東妻有沮色以詩曉之此先生繼室裴氏柔之。

嫁時五月歸巴地，今日雙旌上越州。興慶首行千命婦，會稽旁帶六諸侯。前解

因夫人是新婚，先生是新除，故以「五月」、「雙旌」字，對寫爲戲也。言昨者登車遠來，其時正值五月，猶尚觸熱相就；今何被命南上，儼然已發雙旌，顧反嬌啼見難耶？三、四即雙旌先報越州之頭行，言夫人是興慶宫中命婦班首，相公是中書門下平章觀察。

一任算是夫榮妻貴亦得，算是夫唱婦隨亦得，言更不可不行也。言外宛然新婚相謔。
海樓翡翠閑相逐，鏡水鴛鴦暖共游。我有主恩羞未報，君于此外復何求。後解

前解盛述恩榮，此解細商恩義也。言陸則有翡翠，水則有鴛鴦，既是配合雄雌，無不宛轉相逐，可以人不如鳥，而作差池背飛耶？末因更以五倫大義壓之，言我于朝廷爲君臣，子于閨房爲夫婦，既我君臣義在莫逃，即子夫婦胡可相失也。

贈嚴童子

司空孫照郎，十歲，賦詩有奇句。書有成人風。

衛瓘諸孫衛玠珍，可憐雛鳳好青春。解拈玉葉排新句，認得金環識舊身。前解

「青春」上又加「好」字，「好」字上又加「可憐」字，便畫出此雛鳳，人固斷斷不忍料其便能作詩也。三、四承之，只是一昂一低，再翻作詩。言口中已成七字，而手中初探雙環，猶俗言人身尚未全也。

十歲佩觿嬌稚子，八行飛札老成人。楊公莫訝清無業，家有驪珠不復貧。後解

前解寫童子，此解又寫其祖也。言十歲不過稚子，而八行早如老成，掌中有此奇寶，便將光照一世，豈猶以清白吏愁饑寒耶？

李紳

字公垂。爲人短小精悍，時號「短李」。元和初，擢進士第。與李德裕、元稹同時，號「三俊」。

嘗以古風求知于吕温，温見齊煦，誦《憫農》詩曰：「春種一粒粟，秋收萬顆子。四海無閑田，農夫猶餓死。」「鋤禾日當午，汗滴禾下土。誰知盤中飡，粒粒皆辛苦。」曰：「此人必爲宰相。」果如其言。集一卷。名《追昔游》。

入泗口

洪河一派清淮接，蔓草蘆花萬里秋。烟樹蒼茫分楚澤，海雲明滅見揚州。前解

看他一頭「洪河」，一頭「清淮」，忽然鉅筆如杠，信手下一「接」字，只謂其指陳南北控帶，發出何等議論，却不謂其雙眼單單正看接處，要寫蔓草蘆花已「秋」。再加「萬里」字者，言此處秋即天下皆秋，固不止是大淮大河秋也。三、四承上「萬里秋」，再言「烟樹蒼茫」，即楚澤亦秋；「海雲明滅」，即揚州亦秋也。

望深江漢連天遠，思起鄉關滿眼愁。惆悵路岐真此處，夕陽西下水東流。後解

「望深江漢」者，意欲經略中原；「思起鄉關」者，意欲歸來田園：此即「路岐」也。「惆悵」者，人生或出或處，其事動關千古，直須用盡全力，始得做成一件。如何光陰如電，而尚兩端徘徊，豈真鑌鐵爲軀，故欲徐徐相試耶？

江南春暮寄家

洛陽城見梅迎雪，魚口橋逢雪送梅。劍水寺前芳草合，鏡湖亭上野花開。前解

此詩只是將歸家中而先寄家書。一解，看他平用洛陽城、魚口橋、劍水亭、鏡湖寺四處地名，小儒見之，又謂不可。殊不知先生正是逐遞紀程，逐日紀景。紀程則自北而漸至南，紀景則自冬而漸過春，真爲最明白、最精細之家書也。

江鴻斷續翻雲去，海燕差池拂水迴。料得心知寒食近，潛聽喜鵲望歸來。後解

上解寫客中歸程，此解寫家中剋期也。五言正月候雁北，六言二月玄鳥至。七、八言然則三月寒食前後，游子必歸。又添寫「喜鵲」者，欲與「江鴻」、「海燕」爲伴也。

滁陽春日懷果園閑宴

西園到日栽桃李，紅白低枝拂酒杯。繁艷只愁風處落，醉筵多就月中開。前解

前解寫果園初成。〇「到日栽桃李」，言一到即栽，更不能待至第二日也；「低枝拂酒杯」，言一栽即宴，亦更不能待至第二日也。三、四承「酒杯」，言今日繁艷，多恐明日便落，所以卜晝已醉，又復卜夜再宴也。一解言昔日之于果園，其恩勤有如此。

勸人莫折憐芳早，把燭頻看畏曉催。聞道數年深草露，幾枝猶得近池臺。後解

後解寫果園久別。○「勸人莫折」，言一枝一朵，亦必經心也；「把燭頻看」，言一時一刻，亦必經心也。特述「把燭頻看」，以悲數年草露；特述「勸人莫折」，以冀數枝猶得也。一解寫今日之于果園，其契闊又有如此。

迴望館娃故宮

江雲斷續草綿連，雲隔秋波樹覆烟。飄雪荻花鋪漲渚，變霜楓葉卷平田。前解

迴望故宮詩，看他前解，且不寫故宮，反先寫迴望，有此靈妙之筆。○「江雲斷續草綿連」者，言江雲續處是雲，江雲斷處却是草也。「雲隔秋波樹覆烟」者，言此斷續之雲，只是平覆于下；若夫平覆于上，則又有輕烟如練也。此二句，如畫家烘染，墨氣已定，下更以朱粉點綴之。三言白鋪者爲漲渚之荻花，四言紅卷者爲平田之楓葉。蓋言如此四句之盡頭，則不寫館娃故宮，而居然館娃故宮如睹也。

雀愁化水喧斜日，鴻怨驚風叫暮天。因問館娃何所恨，破吴紅臉尚開蓮。後解

後解乃深致感于此娃也。五、六雀喧雁叫，猶言娃欲破吴，共見吴已破矣。今娃尚懷何恨，而又嫣然紅臉，呈嬌于此地耶？深畏色荒入骨，而遂至見怪紅蓮，此亦暗用「草木皆兵」文法也。

重到惠山

碧岩依舊松筠好，重得經過已白頭。俱是海天黃葉信，兩逢霜節菊花秋。前解

言前日碧岩下，是此好松筠，今日碧岩下，依前是此好松筠，只無奈到碧岩看松筠之人，前是黑頭，今已白頭，以是爲不堪也。又甚有異者，前日到碧岩看松筠，是黃葉下時，菊花開日；乃今日到碧岩看松筠，又恰是黃葉下時，菊花開日。夫前所以不見歲晚之痛者，祇爲頭尚未白；今日頭既一白，不覺果見歲晚，乃有如此之痛也。

望中白鶴憐歸翼，行處青苔恨昔游。還向窗間名姓下，數行添記舊離愁。後解

五、六猶言今日重來，已恨昔時別去；七、八猶言今日雖來，多恐明日又別也。

憶春日太液池亭東候對

宮鶯報曉瑞烟開，三島靈禽拂水迴。橋轉彩虹當綺殿，檻浮花鷁近蓬萊。前解

前解只寫太液池。

草承香輦王孫長，桃艷仙顏阿母栽。簪筆此時方侍從，却思金馬笑鄒枚。後解

後解寫春日候對。○「候對」乃朝廷軍國大事，非以麗詞相誇，故有鄒、枚一笑。

皐橋

伯鸞憔悴甘飄寓，非向嚣塵隱姓名，鴻鵠羽毛終有志，素絲琴瑟自諧聲。前解

一解四句，真爲千古高論。言伯鸞之在當時，本有真才實學，特因不免憔悴，于是情願漂流。觀其出關《五噫》之歌，便可微識其心事也。如何世人不察，猥云欲隱姓名？夫人茍無才學，即何姓名可隱？若真有其才學，又何故欲隱姓名？此等邪説誤人，真不可不與力洗也。三、四言伯鸞鴻鵠之志，固將御于家邦；今看琴瑟之間，先自刑于寡妻。此所謂真才實學名士，固自有其通身本事也。

故橋秋月無家照，古井寒泉見底清。猶有餘風未磨滅，至今鄉里共和鳴。後解

前解盛表伯鸞當年，此解深服伯鸞身後也。五、六言伯通廊廡，反已蕪没；七、八言伯鸞風烈，至今轉盛。然則賢人固自有真，而彼槶株拘人、自言隱姓名者，何曾齒于人數哉！

晏安寺寺在越州城東北隅，越中謂之小北邛。

寺深松桂無塵事，地接郊原帶夕陽。啼鳥歇時山寂寂，野花開處月蒼蒼。前解

「寺深松桂」，早已氣盡，何況又是「地接郊原」。此真使人眼底心頭，無刻不帶夕陽

者,固不獨是日先生到寺之日,正值日暮也。三、四,「啼鳥歇」寫「寂寂」,妙;「野花開」寫「蒼蒼」,妙。蓋正啼初歇,此是「寂寂」妙理;開不算花,此是「蒼蒼」妙理。若寫作鳥不啼、無花開,便是俗殺世上人也。

絳紗滅焰開金像,清梵消聲閉竹房。丘隴漸平連茂草,九原何處不心傷。後解

五、六寫廢寺,便如在眼。三寶猶尚如此,何況九原哉!七、八句法,言丘隴漸平,連天茂草,人謂九原真可心傷,殊不知不惟九原而已。試思九原之外,復有此寺,此寺之外,復有普天下,曾見何處不如此丘隴也者?

賈島

字浪仙,范陽人。初爲浮屠,名無本,來東都,居法乾寺。時洛陽令禁僧午後不得出,島爲詩自傷。韓愈憐之,因教其爲文,遂去浮屠,舉進士。或云:島赴舉至京,騎驢賦詩,得「僧推月下門」之句,欲改爲「敲」,引手作推敲之勢,未決,不覺衝大尹韓愈,乃具言。愈曰:「『敲』字佳矣。」遂並轡,論詩久之。島居寺時,宣宗微行至寺,聞鐘樓上有吟聲,遂登樓,于島案上取詩覽之。島攘臂睨之曰:「郎君何會此耶?」遂奪詩卷。帝慚,下樓去。既而島知之,亟謝罪,乃賜御札,除長江簿。會昌癸亥七月廿八日,因啖牛肉,得疾卒。有《長江集》十卷,小集三卷。

早秋寄題天竺靈隱寺

峰前峰後寺新秋,絕頂高窗見沃州。人在定中聞蟋蟀,鶴曾栖處挂獮猴。前解

如此寫早秋靈隱，真是早秋靈隱，絶非三時靈隱也；如此寫靈隱早秋，真是靈隱早秋，絶非他處早秋也。雖曰托人寄題，實是游魂親至。不然而欲單仗筆墨，固知決無此事也。○欲寫靈隱新秋，却先寫峰前峰後，無寺不皆新秋，妙妙。便從其餘寺中，獨獨推出靈隱，如二之絶頂見沃州，果然真是他寺之所無有也。三、四解之，言所以絶頂見沃州者，只爲忽聞蟋蟀，不覺驚心，因而舉頭，木葉果脱。「見沃州」者，木葉脱也；見葉脱者，驚蟋蟀也；驚蟋蟀者，驚早秋也。看他作詩刻苦，乃到如此田地。

山鐘夜度空江水，汀月寒生古石樓。心憶懸帆身未遂，謝公此地昔年游。後解

前解畫出新秋靈隱，後解苦憶之也。言身卧床上，心挂山中，耿耿無眠，忽忽自語：此時是鐘度江時也？此時是月照樓時也？五、六二句，正全寫七之「心憶」二字也。

題虢州吴郎中三堂

無窮草樹昔誰栽，新起臨湖白石臺。半岸沙泥孤鶴立，三堂風雨四門開。前解

前解寫「吴郎中三堂」。○言「無窮草樹」，此是舊物；臨湖三堂，實維新起。蓋堂軒新起佳，草樹又必舊物佳，故特先寫樹，次寫堂也。三、四又妙。人家新起堂軒，最苦俗物闌入，于是謝之無計，不免閉門塞竇。今獨此堂四面門開，而盡日無客，此真第一快活也。「鶴立」句，只是妙寫無人來。

荷翻團露驚秋近，柳轉斜陽過水來。昨夜北樓堪朗詠，虢城初鎖月徘徊。後解

後解寫來題也。○言昨夜不曾朗詠，今值如此暑氣漸退，晚涼且生，試更登樓坐月，始爲不負此堂也。五言暑氣漸退，六言晚涼且生。唐人五、六，自來專爲七、八，至先生又愈妙。

寄韓潮州愈

此心曾與木蘭舟，直到天南潮水頭。隔嶺篇章來華岳，出關書信過瀧流。前解

先生作詩，不過仍是平常心思、平常律格，而讀之每每見其別出尖新者，祇爲其鍊句鍊字，真如五伐毛，三洗髓，不肯一筆猶乎前人也。○一、二只是言刻刻思欲買船來看，三、四只是言刻刻疑有詩文見寄也。一解皆用頭上「此心」二字，一直貫下。

峰懸驛路殘雲斷，海浸城根老樹秋。一夕瘴烟風捲盡，月明初上浪西樓。後解

「殘雲斷」、「老樹秋」，言意中時望有此一夕也。風捲瘴烟，月明初上者，喻言必有天聰忽開，此心得白之日也。

送盧少府歸牛渚

作尉長安始三日，忽思牛渚夢天台。楚山遠色獨歸去，灞水空流相送回。前解

作尉始得三日，胡便思歸？作尉三日便歸，何如不作？及讀三、四山色獨歸、水流空送之語，而後始悟作尉來長安，本是無數壯心；三日夢天台，真是一場懡㦬也。

霜覆鶴身松子落，月分螢影石房開。白雲多處應頻到，寒磵泠泠漱古苔。後解

五、六則紀其歸牛渚之時也。頻到深雲，口漱寒澗者，欲其更不説到長安作尉之事也。

朱慶餘

名可久，以字行。遇水部郎中張籍，因索慶餘詩篇，擇二十六章，置之懷袖，而推贊之。時人以籍重名，皆繕録諷詠，遂登科。朱作《閨意》一篇以獻曰：「洞房昨夜停紅燭，待曉堂前拜舅姑。妝罷低聲問夫婿，畫眉深淺入時無？」張酬之曰：「越女新妝出鏡心，自知明艷更沉吟。齊紈未足時人貴，一曲菱歌敵萬金。」由是朱之詩名流于海内，登寶曆進士第。詩一卷。

自蕭關望臨洮[一]

玉關西路出臨洮，風捲邊沙入馬毛。寺寺院中無竹樹，家家壁上有弓刀。前解

前解寫臨洮風景，永非南人所及。

[一]「自」，金評各本均作「白」，據《全唐詩》改。

爭看壯士垂金甲，不尚游人着白袍。日暮獨吟秋色裏，平原一望戍樓高。後解

後解寫白袍行吟，永非北人所習。

羽林郎

紫髯年少奉恩初，直閣將軍盡不如。酒後引兵圍百草，風前駐旆領邊書。前解

前解寫羽林意氣，言睹其髯則「紫」也，問其年則「少」也，述其奉恩則「初」也。「直閣」爲文臣一品，「將軍」爲武臣一品，乃此少年見之，曾不肯讓道也。「引兵圍百草」，只算是其使酒；「駐旆領邊書」，只算是其戲事，皆極寫旁無一人、目無一事也。

宅將公主同時賜，官與中郎共日除。大笑魯儒年四十，腰間猶未識金魚。後解

後解寫羽林寵遇，易知。忽然捎帶「魯儒」，用「大笑」二字，便知羽林不識一丁字也。

歸故園

桑柘成村百畝間，門前五柳正堪攀。尊中美酒常須滿，身外浮名好是閑。前解

「桑柘成村」，是粗得御寒；「百畝間」，是粗得救饑；「五柳門前」，是粗得蔽風雨。此外所深願而未必即得者，止是尊中之酒，酒又須美，美酒又須常滿。除此以外，又安知

世上浮名，是何碗跶丘耶？

竹徑有時風爲掃，柴門無事日常關。于焉已是忘機地，何用將金別買山。後解

上解是衣食居處而外，所少是酒。此解是得酒而外，所怕是人來事來也。果如竹徑風掃、柴門日關，則機事盡忘，不用入山也。近來入山人，人事愈多，讀此不知愧否？

題廢宅

古巷戟門誰舊宅，早曾聞説屬官家。更無新燕來巢屋，大有閑人去看花。前解

前解驟見廢宅。

空廐未摧塵滿櫪，小池已涸草侵沙。榮華到歇皆如此，立馬踟躕看日斜。後解

後解細看廢宅。

男雍釋弓筆受並補注。

學人顧祖頌孫聞校過

貫華堂選批唐才子詩甲集七言律卷之六上終[一]

[一]「終」，貫華堂本、賢文堂本均無，據其他各卷補。

貫華堂選批唐才子詩甲集七言律卷之六下

聖歎外書

李商隱　字義山，懷州河內人。幼能爲文，令狐楚鎮河陽，以所業文干之，年纔及弱冠。楚以其少俊，深禮之，令與諸子游。楚鎮天平、汴州，從爲巡官，歲給資裝，令隨計上都。開成二年，高鍇知貢舉，令狐綯雅善鍇，奬譽甚力，擢進士第。商隱能爲古文，不喜偶對。從事令狐楚，慕楚能章奏，遂以其道授商隱，自是始爲今體章奏。博學强記，下筆不能自休，尤善爲誄奠之辭。與太原温庭筠、南郡段成式齊名，時號「三十六體」。集四十卷。○《紀事》云：義山少游，投宿逆旅，主人會客，召與坐，不知其義山也。酒酣，席客賦《木蘭花》詩。義山後就，曰：「洞庭波冷曉侵雲，日日征帆送遠人。幾度木蘭舟上望，不知原是此花身。」坐客大驚，詢之，乃義山也。○《談苑》云：李義山爲文，多簡閱書册，右左鱗次，號「獺祭魚」。

七　夕

恐是仙家好別離，故教迢遞作佳期。由來碧落銀河畔，可要金風玉露時。前解七夕詩，順口既嫌牙後，翻新又恐無干。如此幽情細筆，順則不順，翻却不翻，真爲簾中悄問，耳後低商，檀口無言，蕙心密印。彼籬落下物，何處容渠插口也。〇七夕，從來傳是合會，看他偏説恐好別離，便將仙靈眷屬與下界雌雄，早已分聖分凡，即離俱失。三、四一氣翻跌而下，言不然則胡爲而必取于七夕哉！

清漏漸移相望久，微雲未接過來遲。豈能無意酬烏鵲，惟與蜘蛛乞巧絲。後解

五寫黄姑之急，六寫織女之憨。看他漏移、雲接，真是用字如畫！七、八一意切責遲者，猶言費盡中間周旋，自反故弄多巧。天下真有此等機變女郎，使人不可奈矣！

聖女祠

松篁臺殿蕙花幃，龍護瑶窗鳳掩扉。無質易迷三里霧，不寒常着五銖衣。前解

知他聖女定是何物，我亦借題自言我所欲言即已耳。「松篁」、「蕙花」，言身所居處，既高且清而又芳香也；「龍護」、「鳳掩」，言深自藏匿，不令他人容易得窺也。無質易恐迷霧，言時切戒懼，不敢自失也；不寒常着銖衣，言致其恭敬，永以自持也。夫士誠如此，則亦可稱天姿既良、人功又深者也。一、二喻其天姿之良，三、四喻其人功之深。

人間定有崔羅什，天上應無劉武威。寄問釵頭雙白燕，每朝珠館幾時歸。後解

前解寫詣，必以純；此解寫遇，必以正也。「羅什」，言自有婚媾之舊期；「武威」，言

不得隱形以相就也。而又不免寄問雙燕者，猶《離騷》所云托「蹇修以爲理」也。

重過聖女祠

白石岩扉碧蘚滋，上清淪謫得歸遲[一]。一春夢雨常飄瓦，盡日靈風不滿旗。前解

此則又托聖女，以攄遷謫之怨也。言此岩扉本白，而今蘚滋成碧者，自蒙放逐，久不召還，多受沉屈，則轉更蕉萃也。「雨常飄瓦」者，歸朝之望，一念奮飛，恨不拔宅冲舉；「風不滿旗」者，寡黨之士，無有扶掖，終然顛墜而止也。

萼緑華來無定所，杜蘭香去未移時。玉郎此會通仙籍，憶向天階問紫芝。後解

前解寫被謫，此解寫得援也。「萼緑華」，言定復有人憐而授手，特未卜其因緣則在何處也；「杜蘭香」，言近已有人辱承面許，然無奈其别去猶無多日也。末言既有相援之人，則必有得歸之日；此番若至中朝，定須牢記一問，有何巧宦之方，始得終免淪謫？蓋怨之甚，而遂出於戲言也。「萼緑華」、「杜蘭香」，皆聖女之同人也。「玉郎」，即稱聖女也；「憶向」，即記向也。

[一]「謫」，貫華堂本、賢文堂本作「滴」，據有正本改。

哭劉蕡

上帝深居閉九閽，巫咸不下問銜寃。廣陵別後春濤隔，湓口書來秋雨翻。前解

一解四句，便有搏胸叫天、奮顱擊地、放聲長號、涕泗縱横之狀。言夢夢上帝，爾在何處？更不遣人略看下界，今日遂致聽我劉司户且湮没而死也！三、四言廣陵春別，謂限衣帶；湓浦秋書，遽言永訣！天乎人耶，哀哉痛絶也！

只有安仁能作誄，何曾宋玉解招魂。平生風義兼師友，不敢同君哭寢門。後解

前解寫劉蕡死，此解寫哭也。言往往常有恩義迫切之人，喜言死者容有還魂之事；殊不知人生在世，死爲大都，訃既曰死，即真死矣。我爲恩義迫切之人，則惟有備極哀痛，以哭其死；更不應升降招呼，以冀其生也。末句因言：古禮，朋友若死，則哭諸寢門之外；今劉于己，情雖朋友，義從師事。然則今日我直哭之于寢，不敢同于朋友之禮也。

隋宫

紫泉宫殿鎖烟霞，欲取蕪城作帝家。玉璽不緣歸日角，錦帆應自到天涯。前解

言隋有如此宫殿，乃皆空鎖不住，而更别下揚州，再建宫殿，當時亦民生猶幸而太原龍起也。設如稍遲，而瓊花一謝之後，烏知其不又鎖揚州而又去别處耶？寫淫暴之夫，流連荒亡，無有底極，最爲條暢盡事也。

于今腐草無螢火，終古垂楊有暮鴉。地下若逢陳後主，豈宜重問後庭花。後解

「于今」妙，只二字便是冷水兜頭驀澆；「終古」妙，只二字便是傀儡通身綫斷，直更不須「腐草」、「垂楊」之十字也。結以「重問」後主者，從來偏是大聰明人看得透、説得出，偏又犯得快，特搶白之，以爲後之人著戒也。

二月二日

二月二日江上行，東風日暖聞吹笙。花鬚柳眼各無賴，紫蝶黄蜂俱有情。前解

此二月二日，乃是偶然恰值之日。是日本是東風，却又日暖；江上閑行，忽聞吹笙。因而遽念家室，不能自裁也。「花鬚柳眼」，寫盡少年冶游；「紫蝶黄蜂」，寫盡閨房秘戲。看他「無賴」、「有情」上，加「各」字、「俱」字，猶言「物猶如此，人何以堪」也。

萬里憶歸元亮井，三年從事亞夫營。新灘莫悟游人意，更作風檐夜雨聲。後解

前解止寫春色惱人，此解方寫乘春欲歸也。五言别去之遠，六言别來之久。七、八言趁此風晴日暖，便宜及早束裝，毋至風雨淋漓，又恨泥滑難行也。

籌筆驛

魚鳥猶疑畏簡書，風雲長爲護儲胥。徒令上將揮神筆，終見降王走傳車[一]。前解

言直至今日，而魚鳥猶畏，風雲猶護。然則當時上將揮筆，其所號令部署，爲是何等簡書、何等儲胥。而彼劉禪也者，乃終不免銜璧輿櫬，跪爲降王，此真不能不令千載英雄父兄，拊膺慟哭，至于淚盡出血者也！○分明如出子美先生手。

管樂有才真不忝，關張無命欲何如。他年錦里經祠廟，梁父吟成恨有餘。後解

後解言：然此亦無用多責劉禪爲也。天生武侯，雖負霸王之才，然而炎德既終，虎臣盡隕，大事之去，早有驗矣。所以鞠躬盡瘁，猶未肯即弛擔者，祇爲遠答三顧之殷勤，近奉遺詔之苦切耳。至于自古有才，決是無命，此固不能與天力爭者也。

即日

一歲林花即日休，江間亭下悵淹留。重吟細把真無奈，已落猶開未放愁。前解

[一]「傳」，貫華堂本、賢文堂本作「傅」，據有正本改。

言三春花事，是一歲大觀；若此事一休，即了無餘事。蓋入夏徂秋，如風疾捲，特地開春，便成往事也。「江間」，取長逝義；「亭下」，取暫住義。「悵淹留」者，長逝無法教停，故不覺其悵然；然暫住且如不逝，故遂漫作淹留也。三、四，「重吟細把」，妙。已不必吟，而又「重吟」；已不足把，而又「細把」：此無奈，乃所謂「真無奈」也！「已落猶開」，又妙。親見已落，何止萬片；便報猶開，豈能數朵？此欲放，將如何可放也？前解寫一春已盡。

山色正來銜小苑，春陰只欲傍高樓。金鞍忽散銀壺漏，更醉誰家白玉鈎。後解

後解寫一日又盡也。山色銜苑，暮光自遠而至也；春陰傍樓，日影只剩觚稜也。倏忽馬嘶人去，漏動更傳，則不知後會之在何家也。哀哉，哀哉！純是工部詩。

馬嵬

海外徒聞更九州，他生未卜此生休。空聞虎旅傳宵柝，無復鷄人報曉籌。前解

玉妃既縊之後，上皇悲不自勝，因而謬托方士家言。言方士排神馭氣，至于海外仙山，抽簪輕叩院門，果有太真出見，授以鈿盒半扇，仍約生生夫婦。此無非欲聊自解釋者也。今先生特又劈手奪去其說，言他生則我不能知，至于今生，則眼見休矣！因急以三、四實之，言既是他生尚愿夫婦，何不今生久住宮幃，而乃自致馬嵬宵柝，永辭上陽曉

漏耶？使令方士之飾説，更無以得申也。

此日六軍齊駐馬，當時七夕笑牽牛。如何四紀爲天子，不及盧家有莫愁。後解

此「六軍」、「七夕」，「駐馬」、「牽牛」字，隨手所合，不費雕飾。而當時陳元禮侃侃之請，與長生殿密密之誓，一時匆匆相逼，遂成草草不顧。寫來真如小兒木馬，鬼伯蒺藜，既復可笑，又復可憫也。末言四十餘年天子，而不能保一婦人，以爲痛戒也。

題白石蓮花寄楚公

白石蓮花誰所供，六時常捧佛前燈。空庭苔蘚饒霜露，時夢西山老病僧。前解

將以白石蓮花奉寄楚公，看他一解四句，先將白石蓮花與楚公説得蕭然無關，各各異住，妙妙。言白石蓮花自在佛前，老病楚公自在西山；白石蓮花既不雕鎸應入西山，西山老僧又不起心欲此石蓮。然而忽然發心，願移相寄，此間有第一機；若使連忙會得，早已是第二機也。

大海龍宮無限地，諸天雁塔幾多層？漫誇鶖子真羅漢，不會牛車是上乘。後解

《妙法蓮花經》見《多寶塔品》：有龍王女，年始八歲，已發道意，辨才無礙。鶖子疑其胡得有是？爾時龍女即以手珠，從寶塔前疾上于佛，佛便受之。龍女因顧問鶖子：「一上一受，是事疾耶？」答曰：「甚疾！」龍女笑言：「以汝神力，觀我成佛，又疾于

是。」遂往南方無垢世界，忽然之間，成等正覺。今先生前解既已奉寄蓮花，而此解則正引此經文，自申其義也。言大海有無限地，而龍女獻佛，則只須一珠；寶塔有無量層，而古佛臨機，則止分半座。然則我今所寄白石蓮花，不會，其實一門隘小；會得，便是露地大牛。此間任君妙秋波眼，正恐急覷不着也。

宿晉昌亭聞驚禽

羈緒鰥鰥夜景侵，高窗不掩見驚禽。飛來曲渚烟方合，過盡南塘樹更深。前解

看他將寫「驚禽」，乃出手先寫自己亦是驚禽。于是三、四之「飛來曲渚」、「過盡南塘」，其中所有無限怕恐，便純是自己怕恐。後來讀者，物傷其類，自不能不爲之泫然流涕也。「烟方合」，猶言這裏亦復可疑也；「樹更深」，猶言彼中一發不好也。看他不問前此何事得驚，反說後此無處不驚，最爲善寫「驚」字第一好手也。

胡馬嘶和榆塞笛，楚猿吟雜橘村砧。失群挂木知何限，遠隔天涯共此心。後解

五、六，因與普天下驚心之人悉數之也。言「馬嘶」，一驚也；「塞笛」，又一驚也。「猿吟」，一驚也；「村砧」，又一驚也。于是而命之不猶，遂致于罹。普天之下，蓋往往有之也，豈獨晉昌今夜此禽此驚而已也哉！

淚

永巷長年怨綺羅，離情終日思風波。湘江竹上痕無限，峴首碑前灑幾多。前解

入宫則哭「綺羅」，去家則哭「風波」，此寫流淚之因；「湘江」則點于「竹上」，「峴首」則零在「碑前」，此寫淚流之痕也。前解猶泛寫天下人淚。

人去紫臺秋入塞，兵殘楚帳夜聞歌。朝來灞水橋邊問，未抵青袍送玉珂。後解

此專寫獨一人淚也。雖蒙天生，而不蒙人用，于是而慷慨辭衆，深走入胡；我欲自用，而天又亡之，于是而半夜悲歌，引刀自絕。如今日灞橋折柳、青袍送人之中，豈少如是之人之事也哉？故曰：橋下水未抵橋上淚也。

楚宫

湘波如淚色漻漻，楚厲迷魂逐恨遥。楓樹夜猿愁自斷，女蘿山鬼語相邀。前解

此爲先生反《招魂》之作也。言湘江之波，漻乎其清，臨崖窺之，底皆可見。見底，則不見靈均之魂也。所以然者，靈均實「恨」，恨則必「迷」，迷則必「遥」。既恨而迷、而遥，即又安得定在一處，而有魂之可招哉！三、四凡下「楓」、「猿」、「蘿」、「鬼」等字，皆寫其

恨、其迷、其遥也。

空歸腐敗猶難復，更困腥臊豈易招。但使故鄉三户在，彩絲誰惜懼長蛟。後解

上寫靈均之不可招，此寫招靈均之未必是也。言他人死于牖下，然升屋呼畢，猶卒歸大殮，豈有懷憤捐生，已誓葬魚腹，乃更望還返哉！夫前人未卒之業，即後人莫卸之擔；前人臨終之言，即後人敬諾之心也。然則但有一人仰體存楚之志，靈均雖爲長蛟所食，乃無恨焉。不然而三户盡亡，一黍是惠，靈均日月爭光之心，僅如此而已乎？亦可發一笑已！

贈從兄閬之

悵望人間萬事違，私書幽夢約忘機。荻花村裏魚標在，石蘚庭中鹿迹微。前解

「悵望人間」者，言望久之而悵，悵久之而仍望；然而終不免于萬事盡違，則是今日之人間，真已不堪其又住也。「私書」者，不敢明説，則托之于書；「幽夢」者，不敢明來，則托之于夢。「約忘機」者，言此間滿地皆機，纔脱一機，即又入一機，則不如共去無機之處爲安樂也。三、四「魚標」、「鹿迹」，即寫忘機之處可知。

幽徑只携僧共入，寒塘好與月相依。城中猘犬憎蘭珮，莫損幽芳久不歸。後解

只携僧入者，僧受律，不似在俗多欲也；好與月依者，月清涼，不似人間煩熱也。

「城中」云云者，昔言國狗之瘈，無不噬噬，而近今又聞獨噬蘭珮。然則力疾早歸，勉圖瓦全，毋再遲回，致遭玉碎，兄更不可不加之意也。

井絡

井絡天彭一掌中，漫誇天設劍爲峰。陣圖東聚烟江口，邊柝西懸雪嶺松。前解

此先生深憂巴蜀之國江山險峻，或有草竊據爲要害，而特深著嚴切之辭，以爲預戒也。言此井絡天彭，拔地插天，飛棧千里，界山爲門，自古稱爲險絕之區者，以今日朝廷視之，不過在我一掌之中焉已耳。蓋言聖德皇皇，寬仁無外，臣工濟濟，算盡無遺故也。然則雖復陣圖在東，雪嶺在西，天設劍關，以爲雄塞，據我論之，固曾不得而謾誇也。

堪歎故君成杜宇，可能先主是真龍[一]。將來爲報奸雄輩，莫向金牛訪舊踪。後解

前解寫全蜀之險，更不足恃；後解寫起蜀之人，皆未必成也。言前如望帝佐以鱉靈，後如昭烈輔之諸葛，然而曾不轉眼，盡成異物，又況區區草芥之子，乃欲何所覬覦于其間也哉！

[一]「龍」，貫華堂本作「能」，據賢文堂本、有正本改。

寫　意

燕雁迢迢隔上林，高秋望斷正長吟。人間路有灔江險，天上山惟玉壘深。前解

前解言只望一寄書人尚自不得，安望乃有歸家之日耶？所謂灔江之險、玉壘之深，一墮其間，便成井底也。

日向花間留返照，雲從城上結層陰。三年已制思鄉淚，更入新年恐不禁。後解

後解寫一年又有一年，一月又有一月，只今一日又有一日，如此返照雖留，暮雲已結，真爲更無法處者也。設果一日又有一日，一月又有一月，因而一年真又有一年，則我且欲失聲竟哭也！

安定城樓

迢遞高城百尺樓，緑楊以外盡汀洲。賈生年少虚垂淚，王粲春來更遠游。前解

言今日我適在此安定，彼旁之人不知，則必疑我有何所慕而特遠來，至何所得方乃舍去？此殊未明我胸前區區之心者也！夫我上高城、倚危牆，窺緑楊、見汀洲，方欲呼風亂流，乘帆竟去。何則？滿懷時事，事事可以垂淚；時正春日，日日可以遠游。大丈

夫眼觀百世，志在四方，胡爲而曾以安定爲意哉！

永憶江湖歸白髮，欲迴天地入扁舟。不知腐鼠成滋味，猜意鵷雛竟未休。後解

上解既明其近迹，此解又説其本志也。言若疑我不憶江湖，則我不唯一憶，方且永憶。「永憶」之爲言，時時日日，長在懷抱也。特自約得歸之日，必直至白髮之後者，細看今日之天地，必宜大作其旋轉。此事既已重大，爲時必非聊且，故知不至白頭，不入扁舟，因而濡滯，尚似有冀也。此之不察，而謂我有世間戀慕。嗟乎，鴟鴞得腐鼠、嚇鵷雛，固從來舊矣！

杜工部蜀中離席

人生何處不離群，世路干戈惜暫分。雪嶺未歸天外使，松州猶駐殿前軍。前解

擬杜工部，便真是杜工部者。如先生餘詩，雖不擬杜工部，亦無不杜工部者也。蓋不直聲調皆是，維神髓亦皆是也。○起手七字，便是工部神髓。其突兀而起，淋漓而下，真乃有唐一代無數鉅公，曾未得闖其籬落者。○一言大丈夫初非麀鹿相聚，何故乃欲惜別；二言今日把袂流淚，亦祇爲世路干戈故耳。三、四即承寫世路之干戈，言如雪山之使未回，即松州之軍猶駐，此不可不戒心者也。

座中醉客延醒客，江上晴雲雜雨雲。美酒成都堪送老，當壚仍是卓文君。後解

前解寫不應別,此解寫應不別也。「醉客延醒客」,言此地知己之多也;「晴雲雜雨雲」,言此地風景之美也。然則藉此美酒,便堪送老;帶甲滿地,又欲何之?「當壚仍是」之爲言,普天流血而成都獨乾净也。

曲池

日下繁香不自持,月中流艷與誰期。迎憂急鼓疏鐘斷,分隔休燈滅燭時。前解

此是先生覩無常詩,而特指曲池以寄意也。言「日下繁香」,我或不得自持;若「月中流艷」,則復與誰爲期乎?甚言欲別即可竟别,初無尚須不别之故者也。然而終亦不忍其遽别者,誠預憂「急鼓疏鐘」,此時一至,即以後「休燈滅燭」,與汝永違。爲是而臨期迴惑,不知所措,是則誠有之也。〇某嘗憶七歲時,眼窺深井,手持片瓦。欲竟擲下,則念其永無出理;欲且已之,則又笑便無此事。既而循環摩挲,久之久之,瞥地投入,歸而大哭!此豈宿生亦嘗讀此詩之故耶?至今思之,尚爲惘然,因附識于此。

張蓋欲判江灩灩,迴頭更望柳絲絲。從來此地黄昏散,未信河梁是别離。後解

「張蓋欲判」,眼前便真有如此一輩粗率可笑人;「迴頭更望」,某嘗告諸同學:學道人須是世間第一情種始得。今只看先生此語,便大信也。蓋千古人流浪生死,止爲生生世世「張蓋便判」;一切諸佛大師得成正覺,亦止爲時時刻刻「迴頭更望」故也。末又言

河梁未抵此别者，從來此事，下愚之夫以爲聊爾，上智之士無不大驚極痛也。下愚之夫亦能大驚極痛，只是爲期稍遲耳，言百年既盡、臨死之日也。

潭州

潭州官舍暮樓空，今古無端入望中。湘淚淺深滋竹色，楚歌重疊怨蘭叢。前解

「暮樓空」，言既不對酒，又不攤書，只是憑高閑望，並無他事感發。此即次句所云「無端」也。然而心如秋滿月，眼若青蓮花，一任空樓無端，偏是萬端齊起。于是而淚色淺深，怨歌重叠，心同理同，自哭自笑。由來天下絶頂大聰明人，單除二時茶飯，其餘總代古人擔憂，此真不可得而自解者也。

陶公戰艦空灘雨，賈傅承塵破廟風。目斷故園人不至，松醪一醉與誰同。後解

前解自寫解事，此解寫潭州人不解事也。言如此愁絶無聊，庶幾破除有酒；然而巡索全州，更無可語。陶公已去，賈傅又夭，故園信斷，又能奈何哉！

王十二兄與畏之員外相訪見招小飲時余以悼亡日近不去因寄

謝傅門庭舊末行，今朝歌管屬檀郎。更無人處簾垂地，欲拂塵時簟竟床。前解

先生與畏之同爲王茂元婿，此王十二兄，想即茂元之子，故得以閨房之至悲盡情相告也。一、二，言己昔日先忝門下，今畏之新來末席，分爲僚婿，歌管必同，乃身今有故，不忍便過，遂讓畏之獨叨此宴也。三、四，承寫今朝所以不忍便過之故，最是幽艷凄婉，雖在筆墨，亦有貌不瘁而神傷之歎也。

嵇氏幼男猶可憫，左家嬌女豈能忘。秋霖腹疾俱難遣，萬里西風夜正長。後解

前解寫悼亡，此解寫悼亡中則有無數不堪之事也。言如幼男啼乳，嬌女尋娘，秋霖徹宵，腹悲成疾，略舉四端，俱是難遣，則有何理又來歡聚乎？「夜正長」者，自訴今夜決不得睡，猶言十二兄與畏之共聽歌管之時，正我一人獨聽西風之時。加「萬里」字，並西風怒號之聲皆寫出來也。

流鶯

流鶯漂泊復參差，度陌臨風不自持。巧囀豈能無本意，良辰未必有佳期。前解

此悲群賢不得甄録，遂致各自分散，而特托流鶯以見意也。「漂泊」者，獨言其一人之失所；「參差」者，合言其諸人之乖隔。「度陌臨風不自持」者，又與各各人分言。其南北東西，不能自擇。蓋糊口維艱，則托身隨便，此皆出于萬無可奈，而不能以又深責之者也。三、四因與曲折代陳，言其學成來京，豈能無望朝廷？然而君明相賢，未審何日召見也。

風朝露夜陰晴裏，萬户千門開閉時。曾苦傷心不思聽，鳳城何處有花枝。後解

「風朝露夜」之爲言，無朝無夜也；「萬户千門」之爲言，無開無閉也。此二句，寫流鶯之悲鳴不已也。末又結以「曾苦傷心」之二句者，自憶昔日未遇，亦復深領此味；至今回首思之，猶自神傷不安也。

七月二十九日崇讓宅宴作

露如微霰下前池，風過迴塘萬竹悲。浮世本來多聚散，紅蕖何事亦離披。前解

此七月二十九日，定是小盡。不然，則發言亦未必有如是之悲也。蓋霰下池、風過塘，此已是夜色向闌之候也；回思日間開宴，群賢畢至，衆伎咸作，酒曾幾行，燭曾幾跋，而馬嘶客起，鴉叫樹白，遂復如是。于是自不能解，而反怪紅蕖。花神有靈，不更失笑耶？

悠揚歸夢惟燈見，濩落生涯獨酒知。豈到白頭長只爾，嵩陽松雪有心期。後解

「惟燈見」者，正作夢時，旁無一人，獨有燈照也；「獨酒知」者，愁在胸中，酒常入來，與之雜處故也。此二句，即七之所謂「只爾」也。「豈到白頭」，妙妙。言頻年更無處分，宛有白頭之勢；今特地自明：我自有千丈松、三尺雪[一]，于嵩山之陽，久有成算，不至

[一]「三」，貫華堂本作「山」，據賢文堂本改。

孟浪一生也。

和人題真娘墓

虎丘山下劍池邊，長使游人歎逝川。罥樹斷絲悲舞席，出雲清梵想歌筵。前解

起句七字，即「真娘墓」；次句七字，即「人題」也。「罥樹斷絲」、「出雲清梵」，即起句七字；「悲舞席」、「想歌筵」，即次句七字也。易解。

柳眉空吐效顰葉，榆莢還飛買笑錢。一自香魂招不得，祇應江上獨嬋娟。後解

柳眉效顰、榆莢買笑，言人來虎丘，至今徘徊不盡，然而真娘化去，乃更無有踪影也。

○前解自欲題真娘，則云斷絲舞席、清梵歌筵，便謂如或睹之；後解笑人不必題真娘，則又云柳空效顰、榆能買笑，便又謂更没交涉。真乃筆隨手轉，理逐言成，只許州官放火，不許老百姓點燈矣！

水齋

多病欣依有道邦，南塘晏起想秋江。捲簾飛燕還拂水，開户暗蟲猶打窗。前解

此只是水齋晏起詩，然必須看其特地晏起，却已是起得甚早。如三、四之「燕還拂

水」、「蟲猶打窗」，此俱是侵早景物，而人情又皆已謂爲「晏起」，則真所謂有道之邦者也！沃土之民不材，晏起故也；瘠土之民莫不向義，相戒不許晏起故也。夫多病，斯不得不晏起也；乃今又反以此邦爲道而欣依之者，夫居家早起，固實能却一切病也。

更閲前頭已披卷，仍斟昨夜未開缸。誰人爲報故交道，莫惜鯉魚時一雙。後解

卷是「前頭已披」，缸是「昨夜未開」，想見水齋盤桓已久。然則七、八之一雙鯉魚，正是怪其前此之契闊，非是望其後此之殷勤也。

韓同年新居餞韓西迎家室戲贈

籍籍征西萬户侯，新緣貴婿起朱樓。一名我漫居先甲，千騎君翻在上頭。前解

餞人親迎詩，看他一、二，縱筆却反從他丈人家中寫起，已是語無倫次；三、四乃因與之同年之故，公然忽插自己入來。言前日之試，我爲勝；今日之迎，子爲勝。下一「漫」字，一「翻」字，恰是屈之甚、妒之甚也者。此所謂「戲贈」詩也。恰似眼熱新起朱樓也者。

雲路招摇迴彩鳳，天河迢遞笑牽牛。南朝禁臠無人近，瘦盡瓊枝詠四愁。後解

此五、六乃一發戲言也。「雲路招摇」，言彼中待子已久；「天河迢遞」，言此處鈍滯何甚也。七、八又戲：子今已爲一家「禁臠」，則遂盡虚家家「瓊枝」也。如謝琨既爲孝武之婿，便瘦盡袁崧之女。

子初郊墅

看山對酒君思我，聽鼓離城我訪君。臘雪已添牆下水，齋中不散檻前雲。前解

寫自訪子初，却先寫子初見憶，便見兩人相歡之深，本如磁鐵相吸，何況又有好郊墅耶？看他「看山對酒」，妙，「聽鼓離城」，又妙。寫一個思之深，一個去之早，總是意思都在尋常往還之外，固不可以賓主二字淺律之也。三「臘雪」，是紀此日相訪是初春；四「齋中」，是表此日到墅是晌午。二句只承「我訪君」之三字也。

陰移竹柏濃還淡，歌雜漁樵斷更聞。亦擬村南買烟舍，子孫相約事耕耘。後解

此方寫郊墅之佳。看他訪人郊墅，却欲自買郊墅，乃至欲令兩家子孫世世同有郊墅，真乃心醉今日子初郊墅不淺也。

贈趙協律晢

公自注：愚與趙協律晢，俱出吏部相公門下，又同爲故尚書安平公所知，復皆是安平公表侄。

俱識孫公與謝公，二年歌哭處還同。已叨鄒馬聲華末，更共劉盧族望通。前解

「孫」言孫綽，「謝」言謝安，以比吏部相公與安平公也。「歌哭處還同」者，言二年聚

于兩家，美輪美奐之下，未嘗暫有分隔也。三、四再寫「俱」字、「同」字，言不寧此「俱」、此「同」而已，唯叨附文墨則又「同」，忝系中表則又「俱」也。一解寫與趙，投分之厚如此。

南省恩深賓館在，東山事往妓樓空。不堪歲暮相逢地，我欲西征君又東。後解

「賓館在」，言舊游如昨也；「妓樓空」，言吏部下世也。言從此二人分散，直至今日得逢，而又匆匆西東，更值雨雪載途也。一解寫己與趙，踪迹之乖如此也。

贈司勛杜十三員外

杜牧司勛字牧之，清秋一首杜秋詩。前身應是梁江總，名總還曾字總持。前解

因小杜名牧，又字牧之，于是特地借來小作狡獪。寫二「牧」字、二「杜」字、二「秋」字、三「總」字、二「字」字，成詩一解。此亦沈龍池、崔黄鶴所濫觴，而今愈益出奇無窮也！《樊川集》有《杜秋傳》。

心鐵已從干鏌利，鬢絲休歎雪霜垂。漢江遠吊西江水，羊祜韋丹盡有碑。後解

上解止因「牧」又字「牧」，故有三、四之「總」又字「總」。其實一解四句，則止贊得其一首《杜秋》而已。故此解再從一首《杜秋》轉筆，言杜爲大丈夫，心如鐵石，何用詩中多寓遲暮之歎乎哉！夫人生立言，便是不朽，如公今日奉敕所撰韋丹一碑，已與羊祜峴山一樣墮淚。然則鬢絲禪榻，風颺落花，公正無爲又作爾許言語也。看他又寫二「江」字，

與前戲應，妙，妙！

温庭筠

本名岐，字飛卿，後以意改今名。少敏悟，工爲詞章，與李商隱齊名，號「温李」。才思艷麗，工于小賦，每入試鋪押官韵作賦，凡八叉手而八韵成，時號「温八叉」。多爲鄰鋪假手，率日救數人。李義山謂曰：「近得一聯句云：『遠比趙氏，三十六年宰輔』，未得偶句。」温曰：「何不云：『近同郭令，二十四考中書』？」宣宗嘗賦詩，上句有「金步摇」，未能對，遣求進士對之。庭筠乃以「玉條脱」續之，宣宗賞焉。又藥名有「白頭翁」，温以「蒼耳子」爲對。他皆類此。宣皇愛唱《菩薩蠻》詞，丞相令狐綯假其修撰，密進之，戒令勿泄，而遽言于人，由是疏之。宣皇好微行，遇于逆旅。温不識龍顔，傲然而詰之曰：「公非長史、司馬之流？」帝曰：「非也。」又曰：「得非六參、簿尉之類？」帝曰：「非也。」謫爲方城尉。其制詞曰：「孔門以德行爲先，文章爲本。爾既德行無取，文章何以稱焉？徒負不羈之才，罕有適時之用。」竟流落而死。最善鼓琴吹笛，云：「有絲即彈，有孔即吹，不必柯亭爨桐也。」著《乾𦠆子》，今其書不傳。有《握蘭集》三卷，《金荃集》十卷，詩集五卷，《漢南真稿》十卷。

春日訪李十四處士

花深橋轉水潺潺，用里先生自閉關。看竹已知行處好，望雲真得暫時閑。前解

「花深」一境，「橋轉」一境，「潺潺」水聲又一境。凡轉三境，始到先生門，乃先生又方閉門。于是以未見先生故，且先看竹，便有無量益；且先看雲，便有無量益。則不知見

先生後，其爲益又當何如？此唐人避實取虛之法也。

誰言有策堪經世，只是無錢教買山。一局殘棋千點雨，緑萍池上暮方還。後解

後解更不復寫先生，只自叙所以未隱之故。七句疏雨殘棋妙，所謂先生已移我情也。

南湖

湖上微風入檻涼，翻翻菱荇滿迴塘。野船著岸偎春草，水鳥帶波飛夕陽。前解

坐檻中，看湖上，初並無觸，而微涼忽生，于是默然心悲，此是湖上風入也。一時閑閑肆目，見他翻翻滿塘。嗟乎！秋信遂至如此，我今身坐何處，便不自覺轉出後一解之四句也。○前解只寫得「風」字、「涼」字，言因涼悟風，因風悟涼。「翻翻菱荇」，則極寫風色也。三、四「着岸偎」、「帶波飛」，亦是再寫風。然「春草」寫爲時曾幾，「夕陽」寫目今又促。世傳温、李齊名，如此纖濃之筆，真爲不忝義山也。比義山，又別是一手。

蘆葉有聲疑夜雨，浪花無際似清湘。飄然蓬艇東游客，盡日相看憶楚鄉。後解

「疑夜雨」非寫蘆葉，「似清湘」非寫浪花。此皆坐蓬艇、憶楚鄉人，心頭眼底，游魂往來，惝怳如此。細讀「盡日相看」四字，我亦渺然欲去也。筆墨之事，真是奇絶。都來不過一解

四句、二解八句，而其中間千轉萬變，並無一點相同。政如路人面孔，都來不過耳眼鼻口四件[一]，而並無一點相同也。即如飛卿齊名義山，乃至于無義山一字，惟義山亦更無飛卿一字。只因大家不襲一字，不讓一字，是故始得齊名。然所以不襲不讓之故，乃只在一解四句、二解八句之中間。我真不曉法性海中大漩澓輪，其底果在何處也。

過馬嵬驛

穆滿曾爲物外游，六龍經此暫淹留。返魂無驗青烟滅，埋血空生碧草愁。前解

不便于説玄宗，則云「穆滿」；不便于説避胡，則云遠游；不便于説車駕，則云「六龍」；不便于説軍士不發、請誅罪人，則云「暫淹留」。「暫淹留」三字，斟酌最輕，中間便藏却佛堂尺組、玉妃就盡，無數磣毒之狀也。三、四承「暫淹留」，言自從此日直至于今，玉妃既死，安有更生？碧血所埋，依然草滿。人之經其地者，直是試想不得也！

香輦却歸長樂殿，曉鐘還下景陽樓。甘泉不復重相見，誰道文成是故侯。後解

上解寫馬嵬，此解又終説玉妃之事也。「香輦」七字，言既而乘輿還京；「曉鐘」七字，言依舊春宵睡足。嗟乎，嗟乎！宫中事事如故，細思只少一人。又何言哉？又何

[一]「耳」，貫華堂本、賢文堂本缺，據有正本補。

言哉！

經李徵君故居

露濃烟重草萋萋，樹映闌干柳拂堤。一院落花無客醉，五更殘月有鶯啼。前解

一解先寫故居。○細思天下好詩，乃只在眉毛咳吐之間。如此前解一二，露自濃，烟自重，草自萋萋，樹自映闌干，柳自拂堤，曾有何字帶得悲涼之狀？却無奈作者眉毛咳唾之間，早有存亡之感。于是讀者讀未終口，亦便于眉毛咳唾之間，先領盡其存亡之感也。三、四逐字，皆人手邊筆底尋常慣用之字，而合來便成先生妙詩。若知果然學做不得，便須千遍爛熟讀之也。

芳筵彷彿情猶在，故榭荒涼事已迷。惆悵羸驂往來慣，適經門巷亦長嘶。後解

一解次寫徵君。○看他避過自家眼淚，别寫羸馬長嘶，便令當時常常過從意盡出。

寄岳州李員外

含嚬不語坐持頤，天遠樓高宋玉悲。湖上殘棋人散後，岳陽微雨鳥歸時。前解

望岳州不見，故「含嚬」；念岳州不置，故「不語」；算計欲去岳州不得，故「持頤」諦

思也。「天遠」即岳州，「樓高」即坐處；「殘棋人散」、「微雨鳥歸」，即「宋玉悲」之「悲」字也。看他「湖上」、「岳陽」十四字，又字字皆手邊筆底之所慣用，而不知何故一出先生，便成佳製，此不可不細學也。

早梅猶得迴歌扇，春水還應理釣絲。獨爲袁宏易憔悴，一樽惆悵落花知。後解

此又細自分别，實爲員外而憔悴也。五、六猶言設使不爲員外，則早梅歌扇固得送懷，春水釣絲亦堪遣興。今自冬入春，日惟惆悵，則舍員外，竟爲誰哉？「落花知」妙，非妙于寫更無人知，妙于寫自早梅至落花，凡經一春，無日不惆悵也。

游南塘寄知者

白鳥梳翎立岸莎，藻花菱刺泛微波。烟光似帶侵垂柳，露滴如珠落卷荷。前解

一解純寫南塘一片新秋景物，略不插入自己意思。至後解輕輕轉筆，便令知者慨然會之。

楚水曉涼催客早，杜陵秋思傍蟬多。鎦公不信歸心切，聽取江樓一曲歌。後解

言上解通解是楚水曉景也，實通解是「杜陵秋思」也。其知我者，以我爲「歸心切」也；其不知者，以我爲「一曲歌」也。然則胡不便記取此「一曲歌」也？

寄盧生

遺業荒涼近故都，門前隄路枕平湖。綠楊影裏千家月，紅藕香中萬點珠。前解

不解詩者，謂此是寫遺業好景，殊不知起句明有「荒涼」二字，則此固寫別來惡緒也。二「隄路枕平湖」，以隄路故，便有三之一帶綠楊；以平湖故，便有四之萬枝紅藕。至如「影裏千家月」、「香中萬點珠」，則固所云當時好景、今日惡緒者也。

此地別來霜鬢改，幾時歸去片帆孤。他年猶擬金貂換，寄語黄公舊酒壚。後解

「霜鬢改」，寫此地別來之久；「片帆孤」，寫幾時歸去之賒。讀至「他年猶擬」四字，想見先生胸中，乃至遂有意外之憂。嗟乎！人生首丘之情，不亦悲哉！「寄盧生」用到黄公酒壚事，却自云「他年猶擬」，故曰意外之憂也。

春日偶作

西園一曲艷陽歌，擾擾車塵負薜蘿。自欲放懷猶未得，不知經世竟如何。前解

一解寫無端在家，不知何據，瞥地出門，竟成兩負，以爲大慚也。◯試想聽歌未終，驅車忽發，問其何往，曰我欲經世也。則我曾聞諸吾師：經世之人，其人意思甚閑，未聞

其有如是之忙者也。讀先生此詩，其誰不應捫心自忖？

夜聞猛雨判花盡，寒戀重衾覺夢多。釣渚別來應更好，春風還爲起微波。後解

此五、六，先生真實人，便説出自己經世之本事也。五，雨猛花盡，喻蒼生不知如何糜爛；六，衾寒夢多，喻當事惟有一味省縮。然則「三十六計，歸爲上計」，此座固定非我之所應坐矣。○讀此詩，忽想「漆雕開」一章，實有無限至理。

和友人溪居別業

積潤初銷碧草新，鳳陽晴日帶雕輪。風飄弱柳平橋晚，雪點梅花小院春。前解

先生詩，總是此輕輕一手。此解輕輕先寫春雨新霽，出門閑行，初經柳橋，遂訪梅院。所謂一路行來，猶未寫到別業也。

屏上樓臺陳後主，鏡中金翠李夫人。花房露透紅珠落，蛺蝶雙飛護粉痕。後解

此解始寫別業。五是寫其亭軒高底，六是寫其波光映漾。看他用陳後主、李夫人，畫早春新霽嬌紅稚緑，妙妙。至七、八，亦只用細瑣之筆，寫一花上蛺蝶，便結之也。○總是輕輕一手。

贈知音

翠羽花冠碧樹鷄，未明先向短牆啼。窗間謝女青蛾斂，門外蕭郎白馬嘶。前解

集中淫褻之詞一例不收，此見其題作「贈知音」三字，恐别有意，故偶録之。○一解寫下床驚旻。

星漢漸移庭竹影，露珠猶綴野花迷。景陽宫裏鐘初動，不語垂鞭上柳堤。後解

一解寫出門惜早。○雖復淫詞，然一解寫旻，一解寫早，不知定旻定早，甚有頓挫之狀也。

過陳琳墓

曾于青史見遺文，今日飄零過古墳。詞客有靈應識我，霸才無主始憐君。前解

一、二言昔讀其文，今過其墳也。不知如何偷筆，忽于句中魆地插得「飄零」二字，于是頓將二句十四字，一齊收來盡寫自己。猶言昔讀君文之時，我是何等人物？今過君墳之時，竟成何等人物？則焉禁我之不失聲一哭也。三、四「詞客有靈」、「霸才無主」，「應識我」、「始憐君」，其辭參差屈曲，不計如何措口，妙妙。猶言昔讀君文之時，我亦自

擬霸才；今過君墳之時，我亦竟成無主。然則我識君，君應識我；我憐我，故復憐君也。輕細手下，又有如此屈曲。

石麟埋没藏秋草，銅雀荒凉對暮雲。莫怪臨風倍惆悵，欲將書劍學從軍。後解

前解之二句，若依尋常筆墨，則止合云「今日荒凉過古墳」也。忽被「飄零」二字横攙過去，先自寫其滿胸怨憤，于是直至此五、六，始得補寫古墳。然而七云「莫怪」，八云「欲將」，依舊横攙過去，仍寫自己。蓋自來筆墨，無此怨憤之甚者矣。

題崔公池亭舊游

皎鏡芳塘菡萏秋，此來重見採蓮舟。誰能不逐當年樂，還恐添成異日愁。前解

欲寫昔日蓮舟，反寫今日蓮舟；欲寫今日感慨，反寫後日感慨。不知其未措筆先如何設想，又不知其既設想後如何措筆，真爲空行絶迹之作也。

紅艷影多風嫋嫋，碧空雲斷水悠悠。檐前依舊青山色，盡日無人獨倚樓。後解

「紅艷」七字，寫今日池亭也；「碧空」七字，寫昔日池亭也。「紅艷」七字，寫不是昔日池亭也；「碧空」七字，寫不是今日池亭也。「依舊青山色」妙，猶言不依舊者多矣；「無人獨倚樓」妙，猶言雖復喧喧若干游人，豈有一人是昔人哉。

西江上送漁父

却逐嚴光向若耶，釣綸菱棹寄年華。三秋細雨愁楓葉，一夜扁舟宿葦花。前解

人生一樣年華，却有各樣寄法，直至到頭平算，始悟「釣綸菱棹」之人，真是落得無量便宜也。三、四寫之，特地兜上心來，愁悶却因微雨；一回置之度外，身世只有扁舟。以視世上之秦重楚重，君憂民憂，生難死難，碑踣碑立，誠爲快活不了也。

不見水雲應有夢，偶隨鷗鷺便成家。白蘋風起樓船暮，江燕雙雙五兩斜。後解

五言更無不見水雲之時也，六言更無不似鷗鷺之人也。七、八言一任風起風息，只在水雲鷗鷺之中間，不似艑舸樓船，五兩占風，臨暮又欲他去也。

利州南渡

澹然空水帶斜暉，曲島蒼茫接翠微。波上馬嘶看棹去，柳邊人歇待船歸。前解

「水帶斜暉」，加「澹然」字妙，分明畫出落日帖水之時，不知其是水澹然、斜暉澹然也。再加「曲島蒼茫」字妙，曲島相去甚近，而其蒼茫之色，遂與翠微不分，則一時之荒荒

抵暮，真更不能頃刻也。三、四「波上馬嘶」[一]、「柳邊人歇」，妙妙，寫盡渡頭勞人情意迫促。自古至今，無日無處，無風無雨，而不如是，固不獨利州南渡爲然矣。

數叢沙草群鷗散，萬頃江田一鷺飛。誰解乘舟尋范蠡，五湖烟水獨忘機。後解

日愈澹，則鳥愈微；渡愈急，人愈譁。于是而鷗散鷺飛，自所必至。我則獨不曉其一一有何機事，紛紛直至此時，始復喧豗求歸去耶？末以范蠡相諷，政如經云：「如責蜣螂，成妙香佛。」固必無是理矣。

山中與道友夜坐聞邊防不寧因示同志

龍砂鐵馬犯烟塵，迹近群鷗意正親。風卷蓬根屯戊己，月移松影守庚申。前解

一寫世上有一等人，有一等事；二寫世上另有一等人，另有一等事；三寫世上一等人、一等事，如此其急；四寫世上另一等人、另一等事，如此其閑。真是其人既各不相聞，其事又各不相礙；其人本各不相爲，其事亦各不相通。誠以上界天眼視之，直可付之雪淡一笑者也。

韜鈐豈足爲經濟，岩壑何嘗是隱淪。心許故人同此意，古來知者竟何人。後解

[一]「嘶」，金評各本均作「去」，據詩句改。

上解分畫兩人已盡，此解出手判斷之也。言「屯戊己」人，自云第一經濟；「守庚申」人，又自云第一隱淪。殊不知轟天轟地事業，必須從「月移松影」處守出；分陰分陽道理，必須從「龍砂鐵馬」時鍛成也。

寒食前有懷

萬物鮮華雨乍晴，春寒寂歷近清明。殘芳荏苒雙飛蝶，曉睡朦朧百囀鶯。前解

前解寫「寒食」景物。

舊侶不歸成獨酌，故園雖在有誰耕。悠然更起嚴灘恨，一宿東風蕙草生。後解

後解寫「有懷」情事。

宿雲際寺

白蓋微雲一徑深，東風弟子遠相尋。蒼苔路熟僧歸寺，紅葉聲乾鹿在林。前解

「白蓋」，定即寺名，蓋梵語「楞嚴」，此云「白蓋」也。「微雲一徑深」，言入寺之路至幽邃也。「東風」，是紀今日到寺之時。「弟子遠相尋」，言此來乃是特地，非乘便也。三、四再寫「一徑深」之三字，言此徑中間有路，是爲寺僧踏成；兩邊無路，則聞鹿行葉響也。

一解寫未入寺前來。

高閣清香生静境，夜堂疏磬發禪心。自從紫桂岩前別，不見南能直到今。後解

五、六，心從磬發易解，境從香生難解。若解得清香所以生境之故，即于疏磬發心，如遇王饍，饑便任食也。七、八，桂岩一別以後，重見南能以前，便㮚括去無數不堪醜事，只看其于高閣香前，夜堂磬後，默默懺悔，便知之也。一解寫既宿寺後。

河中陪節度游河亭

倚闌愁立獨徘徊，欲賦慚非宋玉才。滿座波光摇劍戟，繞城山色映樓臺。前解

陪節使春游，忽然欲擬古人秋賦，知其中之所感甚深，更非一人得曉，故曰「愁立獨徘徊」也。三、四，人見是滿座劍戟、繞城樓臺，我見是「滿座波光」、「繞城山色」。所謂人是滿眼節使，我是滿肚五湖，只此眼色不同，便是徘徊獨立也。

鳥飛天外斜陽盡，人過橋心倒影來。添得五湖多少恨，柳花飄蕩似寒梅。後解

五是閑看閑鳥，六是閑看閑人。言同在柳花飄蕩之中，而彼自悠優，我自傷感。徘徊獨立之故，正不能以相喻也。

寄清涼寺僧

石路無塵竹徑開，昔年曾伴戴顒來。窗間半偈聞鐘後，松下殘棋送客回。前解

前解「石路」「竹徑」，是寫舊日清涼寺景也。自述舊于寺中，因聞半偈，盡破殘刦。「聞鐘後」妙，寫所悟不是義學；「送客回」妙，寫已後永無消息也。

簾向玉峰藏雪夜，砌因藍水長秋苔。白蓮社裏如相問，爲説游人是姓雷。後解

後解「簾向玉峰」、「砌臨藍水」，是寫今日清涼寺景也。言已後于此精藍，但逢續開淨社，必須遍告同學，勿以不在外我。自誇身爲廬山雷次宗，舊是蓮花漏邊人也。

傷李處士

柳不成絲草帶烟，海槎東去鶴歸天。愁腸斷處春何限，病眼開時月正圓。前解

柳只是依舊柳，草只是依舊草，今遽覺其滿眼麻迷、不可分明者，只爲心頭一人，如槎去海，似鶴歸天，將謂百年竟成一旦故也。三、四妙于「春何限」、「月正圓」，言偏是人情最惡之時，偏是天氣絶妙之時也。

花若有情應悵望，水因無事莫潺湲。須知有恨消難得，辜負南華第二篇。後解

此五、六，看他句法無數變换。言花賴無情，故不「悵望」耳，設使有情，應亦大不自遣；水若無事，決不「潺湲」矣，正爲有事，遂至如此嗚咽。蓋言傷處士者，不獨一我也。《南華經》第二篇，正指蝴蝶物化一段。言平日所悟道理，此時全用不着也。

杜牧

字牧之，京兆萬年人。第進士，復舉賢良方正。沈傳師表爲江西團練府巡官，又爲牛僧孺淮南節度府掌書記。擢監察御史，移疾分司東都，累遷左補闕、史館修撰。歷黄、池、睦三州刺史，入爲司勳員外郎。常兼吏職，改吏部，復乞爲湖州刺史。逾年，以考功郎中知制誥，遷中書舍人。牧剛直有奇節，不爲齷齪小謹，敢論列大事，指陳病利尤切至。從兄悰，更歷將相，而牧困躓不自振，頗怏怏不平。卒年五十，自爲墓誌，悉取所爲文章焚之。其甥裴廷翰，輯《樊川集》二十卷、外集一卷，今存。人號爲「小杜」，以别杜甫云。太和初，禮部侍郎崔郾試進士東都，公卿咸祖道長樂。有吴武陵者，最後至，謂郾曰：「君方爲天子求奇材，敢獻所益。」因出袖中書，搢笏郾。郾讀之，乃杜牧《阿房宫賦》。辭意警拔，而武陵音吐鴻暢，坐客大驚。武陵請曰：「牧方試有司，請以第一人處之。」郾謝已得其人，至第五，郾未對，武陵勃然曰：「不爾，宜以賦見還。」郾曰：「如教。」牧果異等。牧爲御史，分務洛陽，時李司徒厚罷鎮閑居，聲伎豪侈，洛中名士咸謁之。李高會朝客，以杜持憲，不敢邀致。杜遣座客達意，願預斯會。李不得已邀之。杜獨坐南向，瞪目注視，引滿三巵，問李云：「聞有紫雲者，孰是？」李指之。杜凝睇良久曰：「名不虚得，宜以見惠。」李俯而笑，諸妓亦回首破顔。杜又自飲三爵，朗吟而起曰：「華堂今日綺筵開，誰唤分司御史來。忽發狂言驚滿座，兩行紅粉一時迴。」意氣閑逸，旁若無人。牧不拘細行，故詩有「十年一覺揚州夢，赢得青樓薄倖名」。牧佐宣城幕，游湖州，刺史崔君張水戲，使州人畢觀，令牧閑行閲奇麗，得垂髫者十餘歲。後十四年，牧刺湖州，其女已嫁生子矣。乃悵而爲詩曰：「自是尋春去較遲，不須惆悵怨芳時。狂風落盡深紅色，緑葉成陰子滿枝。」

九日齊山登高

江涵秋影雁初飛，與客携壺上翠微。塵世難逢開口笑，菊花須插滿頭歸。前解

一句七字，寫出當時一俯一仰無限神理。異日東坡《後赤壁賦》「人影在地，仰見明月」，便是一副印板也。只爲此句起得好時，下便隨意隨手，任從承接。或説是悲憤，或説是放達，或説是傲岸，或説是無賴，無所不可。東坡《後赤壁賦》，通篇奇快疏妙文字，亦只是八個字起得好也。

但將酩酊酬佳節，不用登臨怨落暉。古往今來只如此，景公何必淚沾衣。後解

得醉即醉，又何怨乎？「只如此」三字妙絶：醉亦只如此，不醉亦只如此；怨亦只如此，不怨亦只如此。

題青雲館 屬商於

蟠蟠千仞劇羊腸，天府由來百二强。四皓有芝輕漢祖，張儀無地與懷王。前解

前解寫有一處，必有一處人物。

帳連雲影蘿陰合，枕繞泉聲客夢涼。深處會容高尚者，水苗三頃百株桑。後解

後解寫商於人物，奇偉則爲四皓，譎詐則爲張儀，彼皆遭逢事會，得以留名史册。若夫雲蘿泉石之中，又有理亂一皆不與，姓字都無人道者。其人皆有三頃水田，百株桑樹，粗得飽暖，大足一生。此則真爲冥冥高尚，而非我輩之所得慕也。「深處」，即雲蘿泉石之處也。

寄題甘露寺北軒 潤州

曾上蓬萊宫裏行，北軒闌檻最留情。孤高堪弄桓伊笛，縹緲宜聞子晉笙。前解

此寫甘露北軒，舊是熟游。三非真欲弄笛，四非真欲聞笙，只是極寫此軒之孤高縹緲如此。

天接海門秋水色，風飄隋苑暮鐘聲。他年會着荷衣去，不向山僧道姓名。後解

此是寄題之一段胸中緣故也。「海門秋水」，横去者滔滔無極；「隋苑暮鐘」，竪去者浩浩焉終。人生世上，建大功，垂大名，自是偶然游戲之事。乃真因此而銅枷鐵鎖，牢不自脱，皮裏有血，眼裏有筋，即果胡爲而至此乎？他年不道姓名，真擺斷索頭，自在而去矣。

題宣州開元寺水閣

六朝文物草連空，天澹雲閑今古同。鳥去鳥來山色裏，人歌人哭水聲中。前解

倏然是文物，倏然却是荒草；倏然是荒草，烏知不倏然又是文物？古古今今，興興廢廢，知有何限？今日方悟，一總不如「天澹雲閑」。自來一如，本不有興，今亦無廢，直使人無所容心于其間。斯真寺中閣上、眼前胸底，斗地一段妙理，未易一二爲小儒道也。「去」、「來」、「歌」、「哭」字，是再寫一；「山色」、「水聲」字，是再寫二：妙在鳥、人平舉。夫「天澹雲閑」之中，真乃何人、何鳥？

深秋簾幕千家雨，落日樓臺一笛風。惆悵無因尋范蠡，參差烟樹五湖東。後解

約今年已是深秋，約今日又復落日。嗟乎，嗟乎！日更一日，秋更一秋，天澹雲閑，固自如然，人鳥變更，何本可據？望五湖，思范蠡，直欲學天學雲去矣。「簾幕」五字是畫深秋，「樓臺」五字是畫落日，切不得謂是寫雨寫笛，唐人法如此。

早雁

金河秋半虜弦開，雲際驚飛四散哀。仙掌月明孤影過，長門燈暗數聲來。前解

此詩慰諭流客，且安僑寓：時方艱難，未可謀歸也。前解追叙其來。後解婉止其去。

須知胡騎紛紛在，未必春風一一回。莫厭瀟湘少人處，水多菰米岸莓苔。後解

西江懷古

上吞巴漢控瀟湘，怒似連山静鏡光。魏帝縫囊真戲劇，苻堅投策更荒唐。前解

前解寫「西江」，後解寫「懷古」。分别讀之，始知先生乃懷范蠡，非懷魏帝、苻堅。不然，既已懷之，又切譏其「戲劇」、「荒唐」，豈有是哉。〇吞漢控楚，寫西江要害；連山鏡光，寫西江不測；魏帝、苻堅，寫江上當時頭等英雄。四句四七二十八字，皆是寫「西江」，並未寫到「懷古」。再讀之。

千秋釣艇歌明月，萬里沙鷗弄夕陽。范蠡清塵何寂寞，好風惟屬往來商。後解

便從江上放寬眼界，竪看「千秋」，横看「萬里」。言如此西江，彼魏帝、苻堅真無奈之何也；乃如此明月釣舟、夕陽鷗鳥，西江又真無奈之何也。人誠莫妙于不生世間，人而不免或生世間，則我儀圖古人，其惟范蠡實獲我心。何則？世上事畢竟做不盡，莫如撒手一去，所益實多。〇七、八語氣，是切歎世無范蠡，可惜滿江好風，總吹奴財耳。或有誤解者。

齊安郡晚秋

柳岸風來影漸疏，使君家似野人居。雲容水態還堪賞，坐嘯行歌亦自如。前解

此詩寫盡世間無味。三復讀之，不勝歎息。○此解先寫景物亦漸盡，意氣亦漸平也。言當三春盛時，柳陰如幄，風暖如醉，使君戟門，高牙大角，此是何等盛事？乃曾幾何時，而風高柳疏，影落門静，使君蕭索，遂同野人，可憐也！「還堪」妙，雖曰不過殘雲剩水，然亦何至遂盡人意？「亦自」妙，然而見爲行歌坐嘯，實則已是聊爾應酬也。

雨暗殘燈棋散後，酒醒孤館雁來初。可憐赤壁爭雄渡，惟有簑翁坐釣魚。後解

此解再寫成大名，顯當世，實與彼草木同腐，更無異也。雨正暗時，恰是燈又殘時，棋又散時，酒又醒時，館又孤時，雁又來時。于此一時十四字中，斗然悟出七句之「可憐」二字。「簑翁坐釣魚」五字，字字入妙。言受本無多，求亦有限，便將通篇文字叫應。

長安雜題

洪河清渭天池濬，太白終南地軸横。祥雲輝映漢宫紫，春光繡畫秦川明。前解

一寫長安如此水,二寫長安如此山。三、四却于如此山水中間,寫長安如此宫闕迤邐。

草妒佳人鈿朵色,風迴公子玉銜聲。六飛南幸芙蓉苑,十里飄香入夾城。後解

五寫長安如此佳麗,六寫長安如此游俠。自一、二、三、四,漸漸寫至五、六,而後七、八方始直寫「六飛南幸」、「十里」聞香。言長安如此流風遺俗,皆是上行下效也。

又

雨晴九陌鋪江練,天近千峰叠海濤。南苑草芳眠錦雉,夾城雲暖下霓旄[一]。前解

「江練」、「海濤」,寫出勝地;「草芳」、「雲暖」,寫出良辰。又及「南苑」、「夾城」者,蓋其意之所指,乃獨在斯也。

少年羈絡青紋玉,游女花簪紫蒂桃。江碧柳深人盡醉,一瓢顔巷日空高。後解

五、六又寫少年,又寫游女,言長安以天子輦轂之下,而其男女風俗如此,此誰實開之乎?七、八自言,屹然獨不爲淫風之所漸染也。

[一]「旄」,貫華堂本作「旌」,據賢文堂本、有正本改。

街西

碧池新漲浴嬌鴉，分鎖長安富貴家。游騎偶同人鬥酒，名園相倚杏交花。前解

前解寫池上大家，各自叠山疏沼，種樹栽花，起樓築臺，徵歌選舞，一一門有一一鎖，一一園屬一一姓。于是而引他都人相逢鬥酒，共誇牆樹，十里交花，舉國如狂，不可化誨也。通解四句，須知最妙是起句之「新漲浴嬌鴉」五字。獨有此五字不入一解中來。今先生則正注意于此，以見自己眼色只看碧池新水，不看名園杏花，以自表人醉獨醒也。

銀鞍騕褭嘶宛馬[一]，繡鞅瓏璁走鈿車。一曲將軍何處笛，連雲芳草日初斜。後解

此寫一時流連荒亡，馬則正嘶，車則正走，笛則正發，日則正未斜也。「日初斜」妙。終有必斜之日，而彼彼意中，乃殊未覺其斜，便寫盡流連荒亡人之可憫可笑。

宣州送裴坦判官往舒州時牧欲赴官歸京

日暖泥融雪未消，行人芳草馬聲驕。九華山路雲遮寺，清弋江村柳拂橋。前解

[一]「褭」，貫華堂本、賢文堂本作「裊」，據有正本改。

杜與裴，俱爲宣州判官。是時杜拜殿中侍御史、内供奉，將歸京，裴却棄官游舒州，故杜送之以是詩。一寫時，二寫别，三寫舒州路，四寫歸京路，甚明。

君意如鴻高的的，我心懸旆正摇摇。同來不得同歸去，故國逢春一寂寥。後解

問：杜、裴既稱一色，然則詩何不用彈冠事耶？因此一問，忽然悟其五、六之妙。言裴去志，高如冥鴻，既是杜所甚明；杜又初歸，心如懸旌，未必遂容論薦：所以欲同歸而且不得也。末句反明宣州官中連歲歡握，可知。

自宣城赴官上京

瀟灑江湖十過秋，酒杯無日不淹留。謝公城外溪留坐，蘇小門前柳拂頭。前解

傳稱牧之豪邁有奇節，「不爲齪齪小謹」，此詩見之。蓋十年爲宣州團練判官，而自言無日不酒杯，則是三千六百酒杯也。「謝公城外溪」、「蘇小門前柳」，俱五字成文。「留坐」、「拂頭」，寫盡淹留，寫盡瀟灑矣。

千里雲山何處好，幾人風韵一生休。塵冠挂却知閑事，終擬蹉跎訪舊游。後解

「何處好」，言獨宣城好也；「一生休」，言除宣城人，更無有人也；「知閑事」，言欲挂冠即挂冠，又有何官之必赴，何京之必上也。看他一片徘徊戀慕，心頭眼頭口頭，真乃嘖嘖不已。

柳

日落水流西復東，春光不盡柳何窮。巫娥廟裏低含雨，宋玉宅前斜帶風。前解

此詩乃先生以第一天眼，看盡一切衆生，于生死海中，頭出頭没，浩無底止，故借柳以發之也。「春光不盡」，言世界無有了期；「柳何窮」，言便是煩惱無有了期也。「巫娥廟裏」、「宋玉宅前」，言一切衆生，牛猪狗猴，無數戲場；「低含雨」、「斜帶風」，言一切衆生，恩怨哭笑，無數醜態也。「日落水流西復東」，是「春光不盡」；「巫娥廟裏低含雨，宋玉宅前斜帶風」，是「柳何窮」。又别是一樣章法也。

莫將榆莢共爭翠，深感杏花相映紅。灞上漢南千萬樹，幾人游宦别離中。後解

此後解乃忽作微語，以切諷之。猶言一切世間，則我知之矣。五言爭者是錢，六言愛者是色，七、八言奔走如鶩者是游宦。古今人不甚相遠，便至萬世而下，想亦只須先生此詩，便判盡之也。

商山麻磵

雲光嵐彩四面合，柔柔垂柳十餘家。雉飛鹿過芳草遠，牛巷鷄塒春日斜。前解

一寫四面，二寫中間，三寫閑静，四寫豐樂。便較陶令《桃花源記》爲煩矣。

秀眉父老對樽酒，舊袖女兒簪野花。征車自念塵土計，惆悵溪邊書細沙。後解

五、六，忽然寫一父老樽酒、女兒衣袖，以深顯自家形穢。「書細沙」者，無顔自明，而又不能含糊付之也。

殘春獨來南亭因寄張祜

暖雲如粉草如茵，閑步長堤不見人。一嶺桃花紅錦黦，半溪山水碧羅新。前解

前解寫「殘春獨來南亭」。〇此詩不苦于「不見人」，正苦于「閑步長堤」也。日月逝矣，歲不我與，何至閑步長堤耶？

高枝百舌太欺鳥，帶葉梨花獨送春。仲蔚欲知何處在，苦吟林下避紅塵。後解

後解寫「因寄張祜」。〇「百舌」，必指讒人；「太欺」，必遭重誣；「高枝」，必是大官。「帶葉梨花」者，言不應摧折也；「獨送春」者，言竟受其禍也。「避紅塵」，避「百舌」也。

男雍釋弓筆受並補注。

貫華堂選批唐才子詩甲集七言律卷之六下終

學人顧祖頌孫聞校過

貫華堂選批唐才子詩甲集七言律卷之七上

聖歎外書

許渾

字仲晦，圉師之後。大中睦州、郢州二刺史。所著《丁卯集》二卷。渾嘗夢登山，有宫室凌雲，人云此崑崙也。既入，見數人方飲酒，招之，至暮而罷。賦詩云：「晚入瑶臺露氣清，坐中惟有許飛瓊。塵心未盡俗緣在，千里下山空月明。」他日復夢至其處，飛瓊曰：「子何故顯余姓名于人間？」座上即改爲「天風吹下步虚聲」。曰：「善。」

姑蘇懷古

宫殿餘基倚棹過，黍苗無限動悲歌。荒臺麋鹿争新草，空苑鳧鷖占淺莎。前解

荒涼事，無人不着筆，吮他餘唾，多得厭嘔。此忽翻新，輕輕寫出「倚棹過」三字，真令人别自慨然。「麋鹿」、「鳧鷖」，妙在「争」字、「占」字，言此固闔閭伸威、夫差窮武、伍員内謀、孫武外騁之巨麗也。所謂擁之龍騰，據之虎視，睚眦挺劍，喑嗚彎弓者，今俱何在

乎？區區一鹿一嵬，遂已爭之占之，使我一回念誦，數日作惡矣。

吳岫雨來虛檻冷，楚江風急遠帆多。自從國破忠臣死，日日東流生白波。後解

岫雨江風，不知代變，來者仍來，急者仍急。然只是野家虛檻，估客遠帆，適然承受之也。「自從」妙，「日日」妙，言亦不自今日矣，亦不止今日矣。

南庭夜坐貽開元禪定二道者

莫莫焚香何處宿，西岩一室映疏藤。光陰難駐迹如客，寒暑不驚心是僧。前解

明宿「西岩」，又故問「何處」，妙。于大化中有此海，于此海中有此洲，于此洲中有此鄉，于此鄉中有此庭。人亦生斯，老斯，哭斯，埋斯，略不動念耳。若復起心試問：只今坐處真是何處？未有不茫然弱喪者也。「焚香」妙，「莫莫」又妙。以香印過界，最易驚心；香事沉寥，最能沉息故。

高樹有風聞夜磬，遠山無月見秋鐙。身閑境静日爲樂，若問其餘非我能。後解

風月，境也，任從有無即「静」；聞見，身也，不隨風月即「閑」。「若問其餘非我能」，殆于銀碗盛雪，不容纖塵矣。

韶州驛樓宴罷

檐外千帆背夕陽，歸心杳杳髮蒼蒼。嶺猿群宿夜山靜，沙鳥獨飛秋水涼。前解

起手七字，字字寫絶。「千帆」「千」字妙，亦未必有千，妒之至而竟概之曰「千」也；「檐外」「外」字妙，便知檐下有人，只少一帆也；「背夕陽」「背」字妙，盡是東歸船，仲晦吴人，最爲刺眼應心也。三、四山靜猿宿、水涼鳥飛，雖寫樓頭現景，然物各欲得其所，蓋心之杳杳，髮之蒼蒼，盡此十四字中矣。

露墮桂花棋局濕，風吹荷葉酒瓶香。主人不醉下樓去，月在南軒更漏長。後解

「棋局濕」、「酒瓶香」，寫不醉神理如畫，可恨是主人公然竟去。加「下樓」字，極寫其無理。然世間比比皆是，乃何足道？可恨却是遭如此主人，而不得一帆東下耳。主人之去，便如「嶺猿群宿」，客之不醉，便如「沙鳥獨飛」，可知。

鶴林寺中秋夜玩月

待月中庭月正圓，庭中無樹復無烟。初更雲盡出滄海，半夜露寒當碧天。前解

前後二解，皆寫當天寶月。然前解是寫「待」，後解是寫「惜」。待在未當天前，惜在

正當天後。此理本自面前，而並無一人猛省。偶因讀此，不勝太息。〇二句七字，寫盡「待月中庭」四字神理；三、四十四字，寫盡「月正圓」三字神理。唐人每用先唱七字，而後以三句了之，此其法也。無樹無烟，是待，非月。可想。

輪彩漸移金殿外，鏡光端挂玉樓前。莫辭達曙殷勤望，一墮西岩又隔年。後解

「端挂」前，遽寫「漸移」，使人心驚；「漸移」下，仍寫「端挂」，使人心慰。若在俗筆，必將换轉，寫「端挂」在前，「漸移」在後，便是滿紙衰颯，减盡無限神理。〇一將「漸移」字换轉「端挂」字下，便心筆都竭矣。偏將「端挂」字换轉「漸移」字下，而反覺心頭眼底，有事忽忽恐失，信知「一墮西岩」，正是天生妙結。

鄭秀才東歸憑達家書

欲寄家書少客過，閉門心遠洞庭波。兩岩花落夜風急，一徑草荒春雨多。前解

前解爲欲「憑達」，先道積悶。看他止是起句七字，將來一唱三歎，便成一解好詩，此另是唐人一法也。二之「心遠洞庭波」，便是「欲寄家書」；「閉門」，便是「少客過」也。三之七字，又便是「欲寄家書」；四之七字，又便是「少客過」也。四句詩，只如向鄭喃喃連訴：欲寄家書，欲寄家書，少客過，少客過。此是憑達家書妙絶神理，未作客人不知道也。

誰泛楚江吟浩渺，昨歸吴岫夢嵯峨。貧居不問應知處，溪上閑船繫緑蘿。後解

「楚江」「吴岫」，是其家中。「誰泛」妙妙，「昨歸」妙妙，全副囈語也，譫語也，離魂語也。末又補寫「憑達」字，真詩中有畫矣。

咸陽城西門晚眺

獨上高城萬里愁，蒹葭楊柳似汀洲。溪雲初起日沉閣，山雨欲來風滿樓。前解

仲晦東吴人，蒹葭楊柳，生性長習，醉中夢中，不忘失也。無端越在萬里，久矣形神不親，今日獨上高城，忽地驚心入眼。二句七字，神理寫絶。不知是咸陽西門，真有此景；不知是高城晚眺，忽地游魂。三、四極寫「獨上」「獨」字之苦，言雲起日沉，雨來風滿。如此怕殺人之十四字中，却是萬里外之一人獨立城頭，可哭也。○二句只是一景，有人乃言「山雨」句勝于「溪雲」句，一何可笑！

鳥下緑蕪秦苑夕，蟬鳴黄葉漢宫秋。行人莫問前朝事，渭水寒聲晝夜流。後解

秦苑也，秦人其何在？吾徒見鳥下耳，然而日又夕矣。漢宫也，漢人其何在？吾徒聞蟬鳴耳，然而葉又黄矣。孔子曰：「逝者如斯，不舍晝夜。」今人問前人，後人且將問今人，後人又復問後人。人生之暫如斯，而我猶羈萬里耶？

登故洛陽城

禾黍離離半野蒿，昔人城此豈知勞。水聲東去市朝變，山勢北來宮殿高。前解

若云「昔人城此，豈知今日」，其辭便大徑露。今只云「豈知勞」，彼惟不知今日，故不自以爲勞也，便得無數含咀不盡：哭昔人亦有，笑昔人亦有，吊昔人亦有，戒後人亦有。三、四便承「城此」「此」字。「水聲」「山勢」，是登者瞪目所睹；「市朝」「宮殿」，是登者冥心所會。虚實離即之外，真是絶世妙文。

鴉噪暮雲歸古堞，雁迷寒雨下空壕。可憐緱嶺登仙子，獨自吹笙醉碧桃。後解

上「市朝」、「宮殿」，俱從故城周遭虚寫；此「古堞」、「空壕」，方實寫故城也。「鴉噪」、「雁迷」妙，將謂寫滿眼紛紛，却正寫空無一人。七「可憐」字，滿懷欲説仍住，却反接一緱嶺仙人，曰「獨自吹笙」。絶世妙文，豈餘子所得臨摹乎？

早發天台中岩寺度關嶺次天姥岑

來往天台天姥間，欲求真訣駐衰顔。星河半落岩前寺，雲霧不開嶺上關。前解

一、二寫「天台」等十三字，三、四寫「早」字，固自明。然言外實悟「衰顔」從古有，「真

訣」自來無，不覺爲玄客一歎。三「星河半落」，承寫「衰顔」；四「雲霧不開」，承寫「真訣」，可會其意也。

丹壑樹多風浩浩，碧溪苔淺水潺潺。可知劉阮逢人處，行盡深山又是山。後解

五、六再比「衰顔」，七、八再比「真訣」。樹多風多，喻如萬感相侵；苔淺水淺，喻如餘生有涯。漫傳劉、阮奇迹，實則山盡又山。長生寶符，果在何處耶？

淮陰阻風寄楚州韋中丞

垂釣京江欲白頭，江魚堪釣却西游。劉伶墳下稻花晚，韓信廟前楓葉秋。前解

阻風詩，乃起手又追寫此行出門，先已顛倒，以明今日阻風，皆是自取。不知是哭是笑，却實是高才負氣人真有之情事。我適披讀之，亦爲之一歎也。〇明明壯年，反決意自廢，迨于垂老，又變節出游。高才負氣人以身世爲兒戲，真有如是之事。三、四寫淮陰，偏寫一劉伶、一韓信，妙。一是沉冥人，一是登壇人，言前半生已作此一人，後半生遽又欲作此一人。稻晚楓秋，真是無處不迸眼淚也。

淮月尚明先倚檻，海雲今起又維舟。河橋有酒無人醉，更上高城望庾樓。後解

前解寫昨夜到淮陰，此解方寫阻風也。「檻」，船檻也。「淮月尚明」，圖早發也；「海雲今起」，風之占也。「又維舟」，已解而更維之也，純寫被風阻人意緒之惡如此。若使今

人爲之，必要横塗惡筆，特地寫風矣。

和友人送僧歸桂州靈岩寺

楚客送僧歸桂陽，海門帆勢極瀟湘。碧雲千里暮愁合，白雪一聲春斷腸。前解

「楚客」，即此送僧之友人也。「海門」七字，言送處、歸處，道路遼遠也。「碧雲」句，此友人所以作詩之故也；「白雪」句，此友人所作之詩也。平筆平墨，此又唐人一種本色也。

柳絮擁堤添衲軟，松花浮水注瓶香。南宗長老幾年别，聞道半岩多影堂。後解

五、六寫「柳絮擁堤」、「松花浮水」字，以紀時也。看他春時送僧，而七、八忽接諸老影堂，欲使此僧通身寒噤也。

驪　山

聞説先皇醉碧桃，日華浮動鬱金袍。風隨玉輦笙歌迥，雲捲珠簾劍佩高。前解

此詩，前解要看其「聞説」字，後解要看其「見」字；然又必先看其後解之「見」字，而後倒轉來方看其前解之「聞説」字。蓋此詩是先生一日行經驪山，親眼見他是空牆，因而

見他落瓦，見他野蒿，不覺遍身戰掉，遂歎曰：「我昔聞説，果有是哉。」所以特地下許多「醉」字、「碧桃」字、「日華」字、「鬱金袍」字、「玉輦」、「珠簾」等字者，皆故與下「落瓦」、「野蒿」字對也。

鳳駕北歸山寂寂，龍輿西幸水滔滔。蛾眉没後巡游少，瓦落空牆見野蒿。後解

此五、六只寫「巡游少」三字也，輕輕墊得「蛾眉没後」四字，以爲詩史也。

傷李秀才

曾醉笙歌日正遲，醉中相送易前期。橘花滿地人亡後，菰葉連天雁過時。前解

「日正遲」，則是暮春也。乃「橘花滿地」、「菰葉連天」，自夏徂秋，爲日曾幾？而人生變故，遂有此極，是爲極大驚痛也。「易」，容易也。猶言今雖暫別，後當即晤，豈言未畢耳，而人已速化。「人亡」是李故，「雁過」是許來。

琴倚舊窗塵漠漠，劍横新塚草離離。河橋酒熟平生事，更向東流奠一巵。後解

此「琴倚」、「劍横」，用王猷、季札事，最精當。然詩意乃謂：古今人各自有其平生，如彈琴自是二王平生，贈劍自是徐季平生；今我與李，則自以痛飲爲平生者。然則何必步趨古人，又欲彈琴贈劍？只今河橋酒熟，便可更盡一巵。與一、二兩「醉」字成章法也。

與韓鄭二秀才同舟東下洛中親友送至景雲寺

三十六峰横一川，緑波無路草芊芊。牛羊晚食鋪平地，鵰鶚晴飛摩遠天。前解

寫景雲寺前，一川横開，渺無去路；三十六峰，平浮波上。此便是洛中人送東下客，席散分手，揮淚下船之處，真爲詩中有畫也。「牛羊鋪地」妙，「鵰鶚摩空」妙。物各有性，人各有懷，固非能强之必去，亦安可强之暫留？更不明東下何故，而已意言俱盡矣。

洛客盡回臨水寺，楚人皆逐下江船。東西未有相逢日，更把繁華共醉眠。後解

五、六寫别後縱横分散，其事如此，真是一場草草，因更感而再留少時。

姑熟官舍

草生官舍似閑居，雪在南窗照素書。貧後始知爲吏拙，病來還喜識人疏。前解

一、二如對不對，賦、比、興三，殆兼有之。三寫貧，應雪照素書；四寫閑，應草生官舍。如自悔，又如自喜，爲頓挫之筆也。

青雲豈有窺梁燕，濁水應無避釣魚。不待秋風便歸去，紫陽山下是吾廬。後解

五、六對法參錯，神態頓挫，妙妙。言「窺梁」豈是青雲之器，「避鈎」不爲濁水之游。今吾爲避鈎者乎？抑窺梁者乎？七、八，「不待」妙，「是吾」妙，寫不能一朝更居，真神游塵壒以外，豈特敝屣之云而已。

凌歊臺送韋秀才

雲起高臺日未沉，數村殘照半岩陰。野蠶成繭桑柘盡，溪鳥引雛蒲稗深。前解

通解用意，乃在「日未沉」一「未」字。夫人生既稱七十古稀，則亦大都六十以來，然則三十早是半生也。頗見世之勞人，年且過斯，尚無一就，栖栖久客，欲有所圖。于是旁之人，亦從詒之曰：「如公年，正未正未耳。」嗟乎！「雲起高臺」，豈非明明日欲沉，下「欲」字即穩耶，今偏定要下一「未」字。然而「殘照半陰」，時已至此，蠶則已繭，鳥則已雛，桑則已盡，稗則已深，甚欲自謾，終謾不得。年晚心孤，真是不能重讀也。

帆勢依依投極浦，鐘聲杳杳隔前林。故山迢遞故人去，一夜月明千里心。後解

五猶望見帆，六乃但聞鐘矣，妙妙。「故山迢遞」，故人獨去；「一夜月明」，思人乎，抑自思乎？

滄浪峽

纓帶流塵髮半霜，獨乘殘月下滄浪。一聲溪鳥暗雲散，萬片野花流水香。前解

一可謂本利已失，二可謂賴復有此。若三、四之「一聲溪鳥」、萬片花香，則譬如惡夢斗醒，揩眼叩齒，咒《乾》「元亨利貞」時也。千古萬古後，何人解官日，胸前眼前，無此妙詩。

昔日未知方外樂，暮年初悔夢中忙。紅蝦青鯽紫絲菜，歸去不辭來路長。後解

「暮年初悔」，此自實悟語；「昔日未知」，此真大懺文。實悟語他人肯道，大懺文他人不肯道也。「紅蝦」七字，流唾津津。「不辭來路長」妙妙，反言以明，昔日着何乾忙，來此長路。

再游姑蘇玉芝觀

高梧一葉下秋初，迢遞重廊舊寄居。月過碧窗今夜酒，雨昏紅壁去年書。前解

前解，當初秋，入舊寓，把今酒，對昔書，此是今夜再游神理也。「月過」「過」字，與「雨昏」「昏」字，俱是時時刻刻，迅疾迅疾，變易變易，略不暫停，更無假借語，不止是「過」而已、「昏」而已。上上智人，細細吟之。

玉池露冷芙蓉淺，金井烟分薜荔疏。明日挂帆更東去，仙翁只道爲鱸魚。後解

後解巡視池井，此是明日又别神理也。「仙翁只道爲鱸魚」，此觀主便是珠玉在前、挂帆東去之故，便更不能説與也。三、四明是重來，五、六明是又别。唐人分解，其理至微。

重游練湖懷舊

西風渺渺月連天，同醉蘭舟未十年。鵩鳥賦成人已没，嘉魚詩在世空傳。前解

此連天風月，言十年前蘭舟上風月也。曾復幾時，而詩在人没，一旦至是。一解只寫「舊」字。

榮枯盡寄浮雲外，哀樂猶驚逝水前。日暮長堤更回首，一聲蟬續一聲蟬。後解

五忽插榮枯度外，以爲頓挫者，言外隱然又見此所懷舊，乃是有才無命、賫恨而没之人。只因筆墨藴藉，遂令讀者不覺也。日暮長堤、蟬聲相續者，言人何暇哭人，多恐前人後人，轉眼之間，亦大略相同矣。

村舍

自剪春莎織雨衣，南村烟火是柴扉。山妻早起蒸藜熟，童子遥迎種豆歸。前解

此如王摩詰《秋歸輞川》詩，何必村中定無此人，然而何必村中定有此人。只是一片高情高品，忽從胸中筆下，驀地自然流出，所謂天地間固有之真詩也。通解只寫得起手第一「自」字，猶言莎是自剪，衣是自織，妻是自娶，童子是自育，藜是自蒸，豆是自種。《擊壤歌》云：「帝力何有于我。」便果然有此妙理。乃分外又加「早起」、「遥迎」字者，猶言便使聖王費盡心力，制爲尊卑迎送，然亦是我本分心地中自有之節文，亦不曾向外來。

魚下碧潭當鏡躍，鳥還青嶂拂屏飛。花時未免人來往，欲買嚴光舊釣磯。後解

五、六不知是魚在碧潭中，鳥在青嶂中，人在魚鳥中。七、八便如《史記》言：海上神山，「去人不遠，患且至，則船風引而去」，終莫能至矣。

四皓廟

桂香松暖廟門開，獨瀉椒漿奠一杯。秦法欲興鴻已去，漢儲未定鳳還來。前解

前解寫入廟奠漿，心折四皓，出處由己，不受羅繳，以興下「南竄」諸君也。「鴻已去」、「鳳還來」，妙妙。借四皓酒杯，澆自己壘塊，真是平吐胸前無限意思。若止作廟門頌聯，爲味亦復有限。

紫芝翳翳多青草，白石蒼蒼半緑苔。山下驛塵南竄路，不知冠蓋幾人回。後解

後解寫廟前路，便是「南竄路」，爲諸君慟哭也。山頭紫芝白石，雖不能至，即又何至

山下衝塵波竄乎？古今人，賢不肖不知如何，今只就驛路商量，夫亦可以戒矣。

南海府罷南康阻淺行侶稍稍登陸主人宴餞至頻暮宿東溪

晴灘水落漲虛沙，灘去秦吴萬里賒。馬上折殘江北柳，舟中開盡嶺南花。前解

一言水落沙漲，故阻淺也。二忽折筆出題，言便不阻淺，而此灘到家尚餘萬里，然則豈堪于此又更阻淺耶？三、四仍折入題，言乃今于此，騎馬下舟，都無定策，朝餞南康，暮餞南康。四句詩真是歸客心頭一盆炭火也。插入第二句，最是唐人本事，須知。

離歌不斷還留客，歸夢頻驚已到家。山鳥一聲人未起，半床春月在天涯。後解

五、六，「不斷還留客」，是「還」字好笑；「頻驚已到家」，是「頻」字好笑。末句，「半床春月天涯」，須知仍是連日宴餞之處也。

淩歊臺

宋祖淩歊樂未迴，三千歌舞宿層臺。湘潭雲盡暮烟出，巴蜀雪消春水來。前解

「歊」，暑氣也；「淩」，高出層表以破除之也；「樂」，暑去涼生則心樂也。通解寫宋祖縱心肆志，只一「未」字已盡。言祖初因長夏畏暑，故築層臺納涼，然則暑去涼生，自應

還朝聽政，乃因三千歌舞，樂此不欲復去，于是更月改歲，遥遥只住臺端。三、四正極寫之也。雲盡烟出，言天下已見夏徂秋盡也；雪消水來，言天下又見臘盡春回也。若問行在何在，則還在淩歊臺上避暑未歸，是可發一大笑也。

行殿有基荒薺合，寢園無主野棠開。百年便作萬年計，岩畔古碑空緑苔。後解

夫宋祖代晉，初有天下，其百凡創業垂統，豈不自謂我爲始皇帝哉？他日子孫代立，而自一世二世至于千世萬世。人有同情，畏暑惟均，則于此處，能無行殿？此固其岩畔豐碑，自叙斯志；其文現在，可捫而讀者也。其又烏料身死之後，不惟後人不成坐殿，連自家亦已無主。嗟乎，嗟乎！荒薺野棠，一春事畢，豪人遠計，萬載無休。人不云乎：「後之視今，猶今視昔。」登斯臺者，夫亦可以少悟矣。

金陵懷古

玉樹歌殘王氣終，景陽兵合戍樓空。楸梧遠近千官塚，禾黍高低六代宫。前解

此先生眼看一片楸梧禾黍，而悄然追歎其事也。一、二「玉樹歌殘」、「景陽兵合」，對寫最妙。言後庭之拍板初擎，采石之暗兵已上，宫門之露刃如雪，學士之餘歌正清，分明大物改命，却作兒戲下場。又加「王氣終」、「戍樓空」，對寫又妙。言天之既去，人皆不應，真爲可駭可憫也。于是合殿千官，盡成瓦散；六宫臺殿，咸委積莽。如此楸梧禾黍，

皆是當時朝朝瓊樹、夜夜壁月之地之人也。

石燕拂雲晴亦雨，江豚吹浪夜還風。英雄一去豪華盡，惟有青山似洛中。後解

此又快悟而痛説之也。言當時英雄有英雄之事，今日石燕亦有石燕之事，江豚亦有江豚之事。當時英雄有事，而極一代之豪華；今日石燕、江豚有事，而成一日之風雨。前者固不知後，後者亦不知前也。「青山似洛中」，掉筆又寫王氣仍舊未終，妙妙。

京口閑居寄京洛友人

吴門烟月昔同游，楓葉蘆花並客舟。聚散有期雲北去，浮沉無計水東流。前解

追述昔年同游，用「吴門」字詳其地，「烟月」字詳其景；又恐蒼茫失記，再用「楓葉」、「蘆花」、「客舟」字細細畫之。猶言今日思之，分明昨日也。無奈有聚必散，去者一時竟去；有浮必沉，居者至今蹉跎。于是閑居相寄，遂更不能自持也。

一樽酒盡青山暮，千里書來碧樹秋。何處相思不相見，鳳凰城闕楚江樓。後解

「一樽酒盡」，言獨酌惘然；「千里書來」，言數行快接。「青山暮」之爲言，意中設有一晚；「碧樹秋」之爲言，擬來當在歲暮也。「相思不相見」者，楚江固思鳳城，鳳城亦思楚江；鳳城固不見楚江，楚江亦不見鳳城也。

卧病

寒窗燈盡月斜輝，珮馬朝天獨掩扉。清露已凋秦甸柳，白雲應長越山薇。前解

卧病人至後半夜，燈盡月落，悄然無眠，已是無邊劇苦。乃又静聞街中，佩聲鏦錚，馬蹄篤速，口雖不言，心固明知此是合城官人早起朝天；我雖不病，亦只掩扉獨卧，並不與于其間者也。嗟乎！此雖欲不因甸柳，想到山薇，又豈可得哉。

病中送客難爲别，夢裏還家不當歸。惟有寄書書未得，卧聽燕雁向南飛。後解

此五、六只是極寫卧病萬不能歸，以逼出七句之「惟有寄書」，而又以病甚不能作書，因哭無數北雁向南空去也。五、六言病，尚不能送人歸，又安望自歸？

酬錢汝州

汝州錢中丞，以渾赴郢城，見寄佳什，恩憐過等，寵飾逾深。雖吟詠忘疲，實揣摩不及，輒率荒淺，依韵獻酬。

白雪多隨漢水流，漫勞旌旆晚悠悠。笙歌暗寫終年恨，臺榭潛銷盡日憂。前解

「白雪」，指錢所寄佳什；「多隨漢水流」，言自汝州寄至郢城，其道必經漢水也。「漫勞」之爲言，致謝之辭；「旌旆晚悠悠」者，又慰勞其傳詩之來人也。三、四述錢詩中注念

之深，言終年不見，而以笙歌寫恨；盡日相思，而以臺榭銷憂，歎其于己真有過等之恩愛也。前解寫錢贈詩。

鳥散落花人自醉，馬嘶芳草客先愁。怪來詩思清無敵，三十六峰當庾樓。後解

五又別襯錢詩到時，座有別客，既與無關，則皆醉焉。六乃自言來人立索報章甚急，而已深愁不能獻酬。何則？錢詩本得崆峒三十六峰之助，大非率爾之可輕敵也。後解寫己報詩。

寓居開元精舍酬薛秀才見貽

知己蕭條信陸沉，茂陵扶病卧西林。芰荷風起客堂靜，松桂月高僧定深。前解

前解寫寓居開元，後解寫秀才見貽。○二將寫「病卧西林」，一先寫書信陸沉，妙；一之下半句將寫書信陸沉，上半句先寫「知己蕭條」，又妙。「知己蕭條」者，猶言便使都有信來，亦不過只二三有限之人，如之何又至一一陸沉者也？三、四承之，便欲向寺中聊覓與語，少破岑寂，而無如客堂又空，僧定又深。此皆極寫「蕭條」「陸沉」之盡情至于如此，以反見薛之貽書，真爲銜感切心也。試看唐人中四句，何曾欲寫「芰荷風起」、「松桂月高」哉。

清露下時傷旅鬢，白雲歸處寄鄉心。勞君詩句獨相憶，題在空齋夜夜吟。後解

此五、六寫「旅鬢」「鄉心」，又妙于「清露下時」、「白雲歸處」。猶言更無人解，更無處訴也。然則忽然得詩，題向空齋，鬢得不傷，心得暫寄，夜夜之吟，不亦宜乎。

送王總歸丹陽托看故居

秦橋心斷楚江湄，繫馬秋風酒一卮。汴水月明東下疾，練塘花發北來遲。前解

「秦橋」二字截，猶言人立秦橋也。人立秦橋而心斷楚江湄者，「送王總」意少，「托看故居」意多。故不自覺，方以二字寫「送」，反先以五字寫「托看」也。繫馬酌酒，插入「秋風」又妙。雖爲此日橋邊現景，然而既已托看，便圖回報，一去一來，先自屈指，則固不免欲訂來期，先記去日也。此即三、四月明下疾、花發來遲之一片心眼也。

青蕪定没安貧處，黄葉還催獻賦時。憑寄家書問迴報，敝居還有故人知。後解

五爲寄家書，六爲問迴報也。看他送人詩，乃通首惓惓，祇是托看故居，又是一樣章法。

晨起白雲樓寄龍興江準上人兼呈竇秀才

兹樓今是望鄉臺，鄉信全稀曉雁哀。山翠萬重當險出，水光千里抱城來。前解

横改「白雲樓」名爲「望鄉臺」，固是文人無理，然而人在積憂損心、乘憤衝口之時，則

又不能怪其多有如此語句也。二，信又稀，雁又哀，寫「鄉」字；三、四，山萬重，水千里，寫「望」字。此解只了題中「晨起白雲樓」五字也。三句是「險」字寫得恨，四句是「抱」字寫得恨。

東岩月在僧初定，南浦花殘客未回。欲吊靈均能賦否，秋風還有木蘭開。後解

「月在」寫準上人，「花殘」寫竇秀才。特語二子，脱復念我，則朝搴木蘭，夕已宿莽，豈況秋風，尚有花開。猶言年歲不與，我已竟成遲暮也。自注：時竇方在景陵。

灞上逢元九處士東歸

瘦馬頻嘶灞水寒，灞南高處望長安。何人更結王生襪，此客空彈貢禹冠。前解

馬又瘦，水又寒，然則何苦日日騎此瘦馬，臨此寒水？元九曰：吾徒欲再望長安，故特地頻來高處也。則吾不免撫掌大笑之，此豈誤謂今日公卿，猶有如昔者張廷尉之名臣耶？不然而浩浩長安，孰是王陽，乃向空彈冠，意猶未已耶？「何人」妙，「此客」妙。「何人」乃攢眉細商之辭，「此客」乃睨目失笑之辭，便畫出一面簡傲、滿肚不然也。

江上蟹螯沙漠漠，塢中蝸殼雪漫漫。舊交已盡新知少，去伴漁師把釣竿。後解

五、六妙妙。「江上蟹」，雙螯二螯，獨霸一穴，此比如新進得官自豪；「塢中蝸」，升高既疲，殼枯如雪，此比如故人零落都盡。然則今日爲元九計，固惟有手把釣竿，速去爲快，寒風灞上，爾胡爲乎還在哉。

秋晚自朝臺至韋隱居郊園

秋來鳧雁下方塘，繫馬朝臺步夕陽。村徑繞山松葉滑，柴門臨水稻花香。前解

一鳧雁方塘，大好「秋」字；二繫馬緩步，大好「晚」字；三山徑松滑，大好「自」字；四水門稻香，大好「至」字。四句合爲一解，是一幅妙畫；一解分作四句，又是四幅妙畫也。

雲連海氣琴書潤，風帶潮聲枕簟涼。西去磻溪猶萬里，可能垂白待文王。後解

五、六非以「海氣」、「潮聲」寫「琴書潤」、「枕簟涼」，正以「琴書潤」、「枕簟涼」寫「海氣」、「潮聲」也。言惜哉韋隱居，今乃僻處于斯，彼太公生于海上，然至將遇文王，則亦漂流萬里，直到磻溪。今君越在遥遥東南，其將何所希望于世也哉。

將歸姑蘇南樓餞送李明府

無處登臨不係情，一瓶春酒醉高城。暫移羅綺見山色，纔駐管弦聞水聲。前解

自又將歸，李又先歸，一時匆匆，兩各分散。于是斗念二人連年此中，登山臨水，無處不遍，而今一瓶春酒，止得再醉高城，爲不勝傷感也。三、四，有此一瓶春酒，即有羅綺

管弦，然而我二人則曷用此乎？遥望蒼翠，近聽潺湲，昔所登臨，今所係情，實在于是。此即《蘭亭》所云「俯仰之間，已爲陳迹」者，更不説到二人後會無期，而已不覺泫然欲泣也。

花落西亭添別恨，柳陰南浦促歸程。前期迢遞今宵短，更倚闌干待月明。後解

前解寫城頭望見山水，盡是二人熟游；後解寫城下接連解維，便成二人夢事也。「花落西亭」，是今日李去；「柳陰南浦」，是即日自去。「今宵」橫下「短」字者，思到「前期迢遞」，此雖更閏一夜，猶復嫌其太短也。

汴河亭

廣陵花盛帝東游，先劈崑崙一派流。百二禁兵辭象闕，三千宫女下龍舟。前解

如此詩，三、四、五、六，人又欲疑都是一色寫他豪侈，如何又非中四句耶？殊不知此解，乃是立向汴河岸上，説他汴河當時。言彼隋煬帝者，只因小小題目，做起大大文章。如何小小題目？不過止爲廣陵花盛是也；如何大大文章？此河一開之後，且舉全隋所有百二禁兵、三千宫女，一夜啓行，空國盡下，真乃天摇地動，不但鬼哭神號也。然則此三與四，只承二句之一「先」字，寫開河，只是輕輕弄起，却直至于如此也。

凝雲鼓震星辰動，拂浪旌開日月浮。四海義師歸有道，迷樓何異景陽樓。後解

後解五、六，則寫其財富兵强，駕秦跨漢，縱心肆志，何慮何憂；而不謂人之所去，天亦同之，曾不轉燭，便爲亡陳之續，偏要引他景陽樓以痛鑒之也。如此，即奈何三、四、五、六，可作中四句乎。

李　遠

字承古。累官歷中、建、江三州刺史，終御史中丞。集一卷。○宣宗朝，令狐綯薦遠爲杭州。宣皇曰：「我聞遠有詩云『長日惟消一局棋』，豈可以臨郡哉？」對曰：「詩人之言，非有實也。」仍薦遠廉察可任，乃俞之。宣宗視遠到郡謝上表，左右曰：「不足煩聖慮也。」上曰：「遠到郡，無非時奏章，只有此謝上表，安知不有情懇乎？吾不敢忽也。」

聽話叢臺

有客新從趙地回，自言曾上古叢臺。雲遮襄國天邊盡，樹遠漳河地裏來。前解

無端聽人閑話，遇客正説叢臺，滿懷趙武靈王，甚欲聞其下落。乃見此客舒手指點，恣口論説，却純是雲遮鉅鹿，河來寧晉，並不聞其略有一言半語説及此臺也。

弦管今成山鳥哢，綺羅留作野花開。金輿玉輦無消息，風雨惟知長緑苔。後解

于是聽之而不勝太息也。昔者武靈，夢得吴娃，特築此臺，數年不出。一時弦管綺羅，試思何等妖麗。而今細聽客話，直是更無消息。然則惟餘山鳥，盡變野花，風風雨

雨，苔痕無數，真不必親至其地，而如見悲涼滿目也。

失鶴

秋風吹却九皋禽，一片閑雲萬里心。碧落有情還悵望，瑶臺無路可追尋。前解

寫失鶴，只云「秋風吹却」，便已安之若命，不曾怨尤。又接云「一片閑雲」，云「萬里心」，真乃欲忘固不能忘，欲想却不敢想。必如此，方是失鶴詩。試入他人手，且不知所失乃是何物也。三「碧落有情」，是承寫「萬里心」；四「瑶臺無路」，是承寫「一片閑雲」，章法最爲整淨也。

來時白雪翎猶短，去日丹砂頂漸深。華表柱頭留語後，更無消息到如今。後解

此又爲之前後約略一通也。言彼雖復雲霄之姿，不充耳目之玩，然一向馴養于斯，正復恩勤不少，如何清唳在耳，遽已高踪渺然？此終亦不能爲情之甚也。讀結語，知此亦是補作詩。

贈南岳僧

曾住衡陽岳寺邊，門開江水與雲連。數州城郭藏寒樹，一片風帆著遠天。前解

前解寫住岳大觀。○「門開」二字妙妙，須知通解爭奇攬勝，乃只仗此二字，便寫盡當時高坐岳麓，平看下界，水雲相際，萬里一抹，數州城郭，如同蝨營，一片風帆，只抵電拂，幾曾有一點俗事，得芥其胸前？若無「門開」二字，則此三、四止是南岳風景；今有二字，便是先生眼界矣。

猿嘯不離行道處，客來皆到卧床前。至今身入紅塵裏，猶憶閑陪盡日眠。後解

後解寫住岳閑情。五言猿亦不以我爲意，六言我亦不以客爲意。一片坦然，無人無物，無我無彼。直是至今思之，猶自疑高眠未起也。

聽王氏子話歸州昭君廟

獻之閑坐説歸州，曾到昭君廟裏游。自古行人皆怨恨，至今鄉土尚風流。前解

此一、二，便與前《叢臺》一篇，一樣起法。乃于句上，又輕添個「獻之閑坐」四字，便明此只偶據少年無心所説，非吾有所怨憤而借題發之也。三、四寫昭君，真是無意不盡。蓋「行人皆怨恨」，此是何等怨恨；「鄉土尚風流」，此是何等風流。便爲昭君更作怨賦、美賦，各多至百千萬言，已更不能敵此一十四字也。

泉如珠淚侵階滴，花似紅妝滿路愁。河畔猶殘翠眉樣，有時新月傍簾鉤。後解

此寫歸州並廟也，易解。

趙嘏

字承祐，山陽人。會昌二年進士，大中渭南尉。嘏嘗家于浙西，有美姬，惑之，洎計偕。會中元鶴林之游，浙帥窺其美，遂奄有之。明年嘏及第，因以一絶箴之曰：「寂寞堂前春又曛，陽臺去作不歸雲。當時聞説沙吒利，今日青娥屬使君。」浙帥不自安，遣一介歸之。嘏方出關，逢于橫水驛，姬抱嘏慟哭而卒，葬于橫水之陽。有《渭南集》三卷、《編年詩》二卷。

長安晚秋

雲物凄清拂曙流，漢家宫闕動高秋。殘星幾點雁橫塞，長笛一聲人倚樓。前解

一望雲物，二望宫闕，三望橫雁，四劈面便以自己倚樓接之。一望雲物者，寫是何時候也；二望宫闕者，寫成何進退也；三望橫雁者，寫有何書信宣示家人也；四劈面便以自己倚樓接之者，言時候則已如此，進退則方如彼，書信則殊無可宣示我家人也。爲前解。

紫艷半開籬菊静，紅衣落盡渚蓮愁。鱸魚正美不歸去，空戴南冠學楚囚。後解

後解則倚樓之人之所暗籌也。五寫紫菊半開，六寫紅蓮落盡，正雙逼出七之「鱸魚正美」四字，言只宜趁此力疾歸去也。○通篇苦在一「空」字可知。

齊安早秋

流年堪惜又堪驚，砧杵風來滿郡城。高鳥過時秋色動，征帆落處暮雲平。前解

纔念「流年」，便下「堪惜」、「堪驚」二語者，「堪惜」是其欲去塞北之流年，「堪驚」是其未歸江南之流年也。「砧杵風來滿郡城」，寫早秋斗地感人，聲光都動。三、四承之。「高鳥」七字猶是一點秋，「征帆」七字直是一片秋矣。○三句皆是此日齊安親眼所見，作「惜」讀是一層，作「驚」讀是一層也。

思家正歎江南景，聽角仍含塞北情。此日沾巾念岐路，不知何計是前程。後解

五「正」字，六「仍」字，無限頓挫，此即所云「岐路」者也。然則不知應竟歸江南乎？抑應仍往塞北乎？

長安月下與故人語故山

宅邊秋水浸苔磯，日日持竿去不歸。楊柳風多潮未落，蒹葭霜薄雁初飛。前解

此又一奇絶章法也。題是「長安月下」，詩却憑空先追寫一「故山」。我今亦試設身思之，假使果有如此宅，如此水，如此磯，則雖終身持竿，閑閑于其間，受用如此楊柳，如

此風，如此潮，如此蒹葭，如此霜，如此雁，真是老大快活也。

重嘶匹馬來紅葉，却聽疏鐘憶翠微。今夜秦關滿城月，故人相見一沾衣。後解

後解方寫長安月下與故人語。五「重」字妙，六「却」字妙。「重」之爲言，一念忽差；「却」之爲言，悔已無及也。七、八乃至聲淚俱盡。蓋身在長安城中，故山在今夜月中；既身不復在故山中，即今夜竟如不在月中。故人相見沾衣，除故人相見，且並無沾衣處矣。

東望

楚江横在草堂前，楊柳洲邊載酒船。兩見梨花歸不得，每逢寒食一潸然。前解

一解疏奇俊爽，真爲嶄新筆墨。不知詩者，只謂堂前江横，柳邊船泊，又是好景入畫。殊不知其四句乃是一副眼淚也，言每年逢寒食，見梨花，便東望欲歸，奮飛不得。或問我曰：下江不便乎？求載無船乎？則殊不知江則便在堂前，船則便在洲下。我但解此船，泛此江，破浪東歸，又少何事？然而終竟不得者，人生一身在客，實有如此苦事也。

斜陽映閣山當寺，微緑含風樹滿川。同郡故人攀桂盡，把詩吟向泬寥天。後解

五、六不是寫景，是寫此景中間闃然無一故人，則縱復有詩，只向天吟，言永無倡和之理也。千古「故人攀桂」後，都已如此矣。

題横水驛雙峰院松

故園溪上雪中別，野館門前雲外逢。白髮漸多何事苦，清陰長在好相容。前解

故園溪上一松，野館門前又一松，自從雪中別後，幾乎忘却松矣。今日雲外忽逢，不覺夐然有感。三「白髮」七字，是悲野館門前逢松之人；四「清陰」七字[一]，是悟故園溪上人別之松。用筆最爲起伏盡勢也。讀其起句，恰似説一故人，妙。

迎風幾拂朝天騎，帶月猶含度嶺鐘。却憶葛洪丹井畔，數株臨水欲成龍。後解

五、六正寫今日松也。「幾拂朝天騎」，言松或因人而熱；「猶含度嶺鐘」，又言松實于人甚冷。然松分中，即何熱何冷，此自是着冷熱人自心動耳。七、八因急置此松，更不再道，却于曠然意想之外，又別請一松壓之。

登安陸西樓

樓上華筵日日開，眼前人事祗堪哀。征車自入紅塵去，遠水長穿緑樹來。前解

[一]「陰」，貫華堂本、賢文堂本作「音」，據有正本改。

起句樓上筵開，又添「華」字，「日日」字，世間眼熱小兒，將謂何等高興。殊不知只此便是次句之眼前人事，所謂「衹堪哀」者，乃正復爲此也。蓋「華」者，本是今日正開之筵也。然曰「日日開」，則是今日開，明日又開。夫明日又開，而彼今日之「華」安在？若又明日又開，而彼明日之「華」又安在？此真堪忍國中無量衆生，頭出頭没而不覺不知者也。三、四，征車自去，不知去到何處；遠水還來，何曾來住此處？總之有情無情，一例乾忙，我欲説之，窮刼不盡也。

雲雨暗更歌舞伴，山川不盡別離杯。無由並寫春風恨，欲下郥城首重回。後解

此「雲雨暗更」、「山川不盡」，最是想得幽曲，説得精細。言如此目前，登樓坐筵，進酒徵歌，無慮若干之人，如使轉眼大班盡散，或者還肯驚駭心目。今是逐一逐一，魆地魆地，零星抽出，悄然轉換。于是而抽換所剩暫時猶在之人，遂更不曾以之爲意也。況于前之人自盡，後之人更多，世界有限，衆生無窮，至最後時，歌舞轉盛。此真所謂千佛放光，亦更不能看之使破也者。「欲下郥城首重回」，先生應以無常身得度，即現無常身而説法矣。

曲江春望懷江南故人

杜若洲邊人未歸，水寒烟暖想柴扉。故園何處風吹柳，新雁南來雪滿衣。前解

「杜若洲邊」,即曲江也;「人未歸」,自言每日徬徨于其上也。「水寒烟暖想柴扉」者,適見江頭寒暖無定,因而暗想江南亦大都不遠也。三、四承之,言江南若暖,則亦如此柳受輕風;江南若寒,則亦有此雁銜殘雪:皆是眼看曲江而魂在江南也。

目極思隨原草遍,浪高書到海門稀。此時愁望情多少,萬里春流繞釣磯[一]。後解

前寫曲江春望,後寫奉懷故人。○五言何日不懷,六言何書不懷。七、八言只今此時此情,又乘萬里春流直到諸君釣磯[二],然而有書尚不得達,又况無書乃能神告哉。

憶山陽

家在枚皋舊宅邊,竹軒晴與楚陂連。芰荷香繞垂鞭袖,楊柳風横弄笛船。前解

忽然倒跨晉魏,尋一漢人爲鄰,便是舉體不凡。乃我又相其當門便是竹軒,前與楚陂連接,四圍水竹相遭,一片空碧互映。人生有宅如此,真乃一尉是何敝屣,顧能縛人不使之歸也? 三、四又極寫軒前陂下無限行樂,須知垂鞭則在柳風之下,横船乃在荷香之中。此又故作錯綜互寫,以盡曲其清勝者也。

[一]「里」,貫華堂本、有正本作「流」,據賢文堂改。
[二]「里」,貫華堂本、有正本作「流」,據賢文堂改。

城礙十洲烟島路，寺臨千頃夕陽川。可憐時節堪歸去，花落猿啼又一年。後解

乃今以區區一尉，羈身渭南，遥望故鄉，如隔登仙之路；來看渡口，又限無梁之川。「城礙」妙，「寺臨」妙。城即渭南之城，寺即渭南城外送客下川之寺也。不得歸又一年，看他用「花落猿啼」代春盡腸斷，讀者皆不覺也。

憶山陽

此是另一日復憶，不可題作前篇之「又」。

折柳城邊起暮愁，可憐春色獨懷憂。傷心正歎人間事，回首多慚江上鷗。前解

前解言偶爾城邊獨步，忽然當暮劇愁，自省此愁何來，則爲舉世無人不春，而我獨抱沉憂故也。三、四承之，言比來人間之事，事事總是傷心；而頻年江上之約，遲遲不知回首。則竟不知被縛人間，尚須幾年；快歸江上，端在何日？看他四七二十八字，中間雜用「愁」字、「憐」字、「憂」字、「傷」字、「歎」字、「慚」字，凡若干悲苦字成詩，知先生懷憂，真有甚深者也。

鵾鳩聲中寒食酒，芙蓉花外夕陽樓。憑高滿眼送清渭，去傍故山山下流。後解

後解躍筆忽然快寫故山，言春有我春，秋有我秋，快活自在，原自如此。于是分付清渭，且先流去。其不能旦暮抽身之苦情，真乃不言而自見也。

早發剡中石城寺

暫息勞生樹色間，平明機慮又相關。吟辭宿處烟霞去，心負秋來水石閑。前解

「暫息勞生」，是言夜來一宿，却不自意信手所寫乃有「樹色間」之三字，便分明是昨日傍晚，途中翹首遥有所望，而更不謂入夜得宿，乃幸正在其處也。一解是此三字最寫得好，便與後解「回首」「此山」兩相迴合，以成章法矣。至于三、四之「宿處烟霞」，對以「秋來水石」，此則自明實有素尚，不是初逢好景也。

竹户半開鐘未絶，松枝初霽鶴飛還。明朝一倍堪惆悵，回首城中見此山。後解

五、六寫「早發」也。試想「鐘未絶」是早也，而「竹户半開」，則不知何故，又有更早于我者；「松初霽」是早也，而鶴飛始還，則豈獨無人方將又來此間者？真寫盡紅塵之外，白雲當中，大有閑閑日月也。七、八回首此山，與前迴合，已知。

今年新先輩以遏密之際每有宴集必資清談

天上高高月桂叢，分明三十一枝風。滿懷春色向人動，遮路亂花迎馬紅。前解

三十一先輩，便是三十一桂枝。特下「風」字，寫新及第人通身輕快，更不能以自持

也。三、四再極寫此「風」字：三言三十一先輩，見人無不風者；四言人見三十一先輩，又無不風者。于是而宴集之際，備極聲色，此不待又言也。

鶴馭迴飄雲雨外，蘭亭不在管弦中。居然自是前賢事，何必青樓倚翠紅。後解

五是先皇晏駕，六是四海遏密。看他如此大慘黯事[一]，偏自寫來温秀無比，豈非筆墨精良之尤選乎？餘易解。

經漢武泉

芙蓉苑裏起清秋，漢武泉聲落御溝。他日江山映蓬鬢，二年楊柳別漁舟。前解

此于漢武泉上，斗地驚秋，急不能歸，而深致歎悼也。「他日」者，言今日不歸，明日又不歸，日復一日，且成他日。雖亦終有得歸之事，然而一雙青鬢，變作飛蓬，映我江山，能無慚愧？對以「二年楊柳」者，既是求歸如此其難，則甚悔出門如彼之易也。

竹間駐馬題詩去，物外何人識醉游。盡把歸心付紅葉，晚來隨水向東流。後解

此五、六，又特自明所以斷斷欲歸之故也。言雖竹間偶爾漫題，便自更無一人識得；又況胸中所有大事，而望今日還能告語。然則盡束歸心，並付流水，風帆有便，連夜

[一]「慘」，貫華堂本、賢文堂本作「瘆」，據有正本改。

疾去，此真不待再計而决者也。

送盧緘歸揚州

曾向雷塘寄掩扉，荀家燈火有餘輝。關河日暮望空極，楊柳渡頭人獨歸。前解

送盧歸揚州，乃特自叙昔亦僑居揚州。盛承主人，餘光見借，迄今懷之，未嘗少置。而今盧乃恰歸其地，我更不得附舟，以爲極大惆悵也。〇特地送盧，却俱自説生平，止有第四句「人獨歸」之三字，算是爲盧。唐人時有如此送人詩。

隋苑荒臺風裊裊，灞陵殘雨夢依依。今年春色還相誤，爲我江邊謝釣磯。後解

此五、六，亦只自寫心念雷塘，不能暫忘，終不略爲所送之人作一款曲也。今年還誤之爲言，寄語釣磯，來年準歸，不更誤也。

寄　歸

三年踏盡化衣塵，只見長安不見春。馬過雪街天欲曉，鄉迷雲樹淚空頻。前解

「化衣塵」者，陸士衡詩「京洛多風塵，素衣化爲淄」也。「三年踏盡」者，從自入來，歷三冬春，自悲何早何晚，何風何雨，而不奔走也。「只見長安」者，長衢夾巷，處處照

眼；高冠大輦，輩輩驚心也。「不見春」者，言金盡裘敝，避立道旁；殘杯冷炙，含羞末座也。三言五更衝寒出門，四言逐日眼淚洗面，則又詳寫「不見春」之三字也。

桃花塢接啼猿寺，野竹亭通畫鷁津。早晚粗酬身事了，水邊歸去一閑人。後解

後言若得歸去，則如「桃花塢」，是一閑行處也；「啼猿寺」，是一閑尋處也；「野竹亭」，是一閑坐處也；「畫鷁津」，是一閑泛處也。其寫可憫可笑，最是「粗酬身事」之四字。試憶當初來時，豈是如此四字；及到後來去時，何曾得此四字？然而人固往往此心不死矣。

寒食新豐别故人

一百五日家未歸，新豐鷄犬共依依。滿樓春色旁人醉，半夜雨聲前計非。前解

「鷄犬」自是新豐舊字，今忽借與寒食不得歸人。如此翻用，真爲臭腐神奇也。鷄犬依依者，反言並無人與依依也。三、四畫之，言滿樓如許春色，無一人不大醉，而獨有一人不醉，此可哭也。半夜忽然雨聲，無一人不齁眠，而獨有一人無眠，此又可哭也。

繚繞溝塍含景晚，荒凉樹石向川微。東風吹淚對花落，憔悴故交相見稀。後解

前解寫新豐寒食，此解寫别故人也。言前此雖無新豐人與作依依，然猶賴與故人自

作依依。今日如又「繚繞溝塍」，棄我竟去，「荒涼樹石」，置我如遺，則對花流淚，真更不能度此寒食也。

薛　逢

字陶臣，蒲州河東人。會昌初，擢進士第。崔鉉鎮河中，逢在幕府。鉉復宰相，引爲萬年尉，直弘文館，歷侍御史、尚書郎。集十卷，又别紙十三卷、賦集十四卷。

開元後樂

莫奏開元舊樂章，樂中歌曲斷人腸。邠王玉笛三更咽，虢國金車十里香。前解

言開元後樂，乃玄宗亡國之樂，故戒旁人莫奏也。夫玄宗至于亡國之日，則未聞其有樂也。玄宗有樂，皆其國方全盛，正未得亡之日，如妃子方吹寧哥之笛，三姨正鬥五家之車。然不知者，則謂開元之盛，莫盛于此，殊不悟開元之亡，固實亡于此也。

一自犬戎生薊北，便從征戰老汾陽。中原駿馬搜求盡，沙苑年來草又芳。後解

夫開元妃子之盛，此所謂女禍者也。乃女禍未幾，而遂成戎禍。「一自」字妙，言從此兵連事結，遂見連年累歲。蓋直至今日，而汾陽苦戰，曾無休息。嗟乎，嗟乎！其間所有罄人之地，竭人之廬，寡人之妻，孤人之子，皆不具論，止就搜求駿馬一事，而至今沙苑一空。此豈猶不腸斷，而尚能聽其所奏也哉！

長安夜雨

滯雨通宵又徹明，百憂如草雨中生。心關桂玉天難曉，運落風波夢亦驚。前解

寫滯雨既云「通宵」，再云「又徹明」者，「通宵」是從初更以至五更，「又徹明」是從五更以至天明。此自是窗中一人，從初更至五更，從五更至天明，求睡更不得睡，因而寫雨，遂不自覺亦便成二句也。「如草雨中生」五字，寫憂已最確。然寫此夜憂，又最確。三、四承之，言憂之緒甚多，至于更不得睡；憂之來甚重，至于纔睡又即醒也。

壓樹早鴉飛不散，到窗寒鼓濕無聲。當年志氣俱銷盡，白髮新添四五莖。後解

「鴉飛不散」寫出「壓樹」二字，「鼓濕無聲」寫出「到窗」二字，妙妙。便畫盡一片昏沉，無數鈍置，夢生醉死，擡頭不起，異樣荒忽神理。更不必説志氣銷盡，而先已了無生氣已。

漢武

漢武清齋夜上壇，自斟明水醮仙官。殿前玉女移天案，雲際金人捧露盤。前解

此爲不便指斥先皇，而遠借漢武爲言。前解寫漢武之事仙人也。「清齋」寫其身心

精虔,「夜上」寫其對越秘密。斟水自醮,寫其屏息登降,百拜長跪,真如呼吸之間便當遇之也者。三、四承之。玉女移案者,言一一上章,皆手署御名;金人捧盤者,言時時望空,欲立候昭隱也。

絳節幾時還入夢,碧桃何處更驂鸞。茂陵烟雨埋弓劍,石馬無聲蔓草寒。後解

後解寫仙人之答漢武也。幾時入夢,言不見入夢;何處驂鸞,言不見驂鸞。至于俟之俟之,既久既久,而漢武方且倦勤,漢武方且晏駕,漢武方且山陵,而所謂絳節、碧桃,亦終杳然不見。夫而後始悟石馬蔓草,已非昇仙之狀也。嗟乎,又何愚哉!

獵騎

兵印長封入衛稀,碧空雲浄早霜微。滻川桑落鵰初下,渭曲禾收兔正肥。前解

一解寫皇靈赫濯,畿輔晏寧,歷年厚糈,飽豢此輩。雖漫無所事事,然終不可暫廢。于是莽蒼平原,任其游手。秋高天清,草淺獸肥,爲諸少年快哉行樂之場也。

陌上管弦清似語,草頭弓馬疾如飛。豈知萬里黄雲戍,血迸金瘡卧鐵衣。後解

一解寫同爲其人,同受其食,而苦樂不均,相去乃無算。夫非盡王之爪牙歟?而彼困如彼,此快如此,是不可一日不感國恩,一日不圖死報也。

宫詞

十二樓中盡曉妝，望仙樓上望君王。鎖銜金獸連環冷，水滴銅龍晝漏長。前解

前解喻言何處大山之下，大川之上，不有懷才抱道，跂足翹首，仰望簡拔之人。然而高高青雲，天門未闢；遲遲白日，嘉會正賒，爲普天下高賢一哭也。

雲髻罷梳還對鏡，羅衣欲换更添香。遥窺正殿簾開處，袍袴宫人掃御床。後解

後解喻言懷才之人，以不蒙試，則愈自淬勵；抱道之人，以不見是，則轉更礱錯。然而仰窺當塗，頗復有人；然知而不舉，又奈之何？爲普天下無數高賢致憾也。

題白馬驛

晚麥芒乾風似秋，旅人方作蜀門游。家林漸隔梁山遠，客路長依漢水流。前解

一以麥秋紀時，二以方游紀程。三、四初隔梁山，始依漢水，言今夜是初住第一白馬驛也。

滿壁存亡俱是夢，百年榮辱盡堪愁。胸中憤氣文難遣，强指豐碑哭武侯。後解

「滿壁」之「壁」，驛壁也。「百年」，即壁上所題，得意失意無數名字，前後統總約百年

也。憤氣難遣者，言其所題各説己事，或恩或仇，欲殺欲割，俱非一字一句之所得而伸訴也。「指豐碑哭武侯」，言當時卧龍如此人物，三顧如此遭遇，而伐魏不成，吞吴遺恨，猶尚秋風五丈，賫志遂没，豈況草芥諸公而欲憤憤題壁也。

姚 鵠

字居雲。會昌中進士。詩三卷。

玉真觀尋趙尊師不遇

羽客朝元晝掩扉，林中一徑雪中微。松陰繞院鶴相對，山色滿樓人未歸。前解

禪家有「奪人不奪境」語，今此一解恰是也。看他寫趙尊師不在，即緩緩自林而徑、而扉、而院、而樓，迤邐自外入内，便使玉真觀處處如畫，而趙尊師更無踪影。此唐人又一法也。

盡日獨思風馭返，寥天幾望野雲飛。憑高目斷無消息，自醉自吟愁落暉。後解

前解淨寫趙尊師不在觀中，後解淨寫尋者不遇。

劉 威

會昌時詩人也。

游東湖黃處士園林

偶向東湖更向東，數聲鷄犬翠微中。遥知楊柳是門處，似隔芙蓉無路通。前解

前解寫不惟不認處士，且亦無意來游，只是信步東行，不謂有此創獲。妙在「偶向」二字，又加「更向」二字，言初不料此去何處，且亦不料乃有去處者也。何意翠微當面，忽聞鷄犬逗聲，及至步入相尋，即又恍然無處。寫得此園林遠近縹緲，便如仙山樓閣相似也。

樵客出來山帶雨，漁舟過去水生風。物情多與閑相稱，所恨求安計不同。後解

後解忽然旁寫「樵客」、「漁舟」，又妙。人生世上，只求衣食粗足，無諸驚怖，便是無量勝福。正不知所謂「不同」之計，又是何計，而必不與「閑相稱」乎？

男雍釋弓筆受並補注。

學人顧祖頌孫聞校過

貫華堂選批唐才子詩甲集七言律卷之七上終[一]

[一]「終」，貫華堂本無，據有正本補。

貫華堂選批唐才子詩甲集七言律卷之七下

聖歎外書

劉滄 字藴靈，魯人。大中八年進士，調華原尉，遷龍門令。詩一卷。

秋夕山齋即事

衡門無事閉蒼苔，籬下蕭疏野菊開。半夜秋風江色動，滿山寒葉雨聲來。前解

無事閉門，只加「蒼苔」二字，便知不是以無事故偶閉門，直是以無人故特不開門也。再寫籬下野菊，極訴其更無相對。三、四，半夜風動，滿山雨來，于遥遥異鄉、兀兀獨住人分中，真爲極大不堪也。此解與許仲晦「溪雲初起」一解，便是一副機杼。危苦既同，呻吟如一，筆墨所至，不謀而然。詩之爲言爲思，夫豈不信乎哉。

雁飛關塞霜初落，書寄鄉山人未迴。獨坐高窗此時節，不彈瑶瑟自成哀。後解

五「雁飛關塞」是今年新雁，六「書寄鄉山」是去年舊書。言見新雁，又欲寄新書；而

憶舊書，尚未接舊雁。此時此情，真成獨坐，何暇更彈《別鵠》等曲耶？

秋日寓懷

海上生涯一釣舟，偶因名利事淹留。旅塗誰見客青眼，故國幾多人白頭。前解

斗地吐口，便有海上釣舟七字，自明胸中本非無算畫者，無何淹留未決，直至今茲，真成兩頭俱誤也。三承二，言淹留雖久，曾有何望；四承一，言淹留既久，多恐盡非也。一解以一枝妙筆，寫兩副傷心，無不坦然明净，此爲先生能事也。

霽色滿川明水驛，蟬聲落日隱城樓。如何未盡此行役，西入潼關雲樹愁。後解

寫「霽」，則知連日雨潦之後；寫「蟬」，則知三伏溽暑之餘。既是行役未盡，那怕低頭不就？然而心極念魯，身反入秦，滿心忖度，此果如何。「如何」二字，全領一解。人生一出門後，真有如此不可解事也。

秋日山寺懷友人

蕭寺樓臺對夕陰，淡烟疏磬散空林。風生寒渚白蘋動，霜落秋山黄葉深。前解

前解止寫山寺，止寫秋日。言此日偶來蕭寺，因而寄身西林，東望樓臺，西望夕陰，

滿目淡烟，幾聲疏磬。勞生雖云暫息，孤身實惟不堪。而又正值涼風颯至，清霜漸落，諸蘋山葉，觸緒紛來。此即後解懷友人之根也。

雲盡獨看晴塞雁，月明遥聽遠村砧。相思不見又經歲，坐向松窗彈玉琴。後解

後解方寫懷友人。「看雁」之爲言，我心欲有所寄；「聽砧」之爲言，他人且無不寄。因而向松窗，調玉琴。「松窗」之爲言，故人未改歲寒之心；「玉琴」之爲言，知己必有同調之悲也。

經龍門廢寺

因思人世事無窮，幾度經過感此中。山色不移樓殿盡，石臺依舊水雲空。前解

他詩皆先觸景，後傷心；此詩獨先傷心，後觸景。只看他「因思人世」四字，便是不止經此龍門；再看他「幾度經過」四字，便是亦不止經此一遍龍門。是爲用筆與人獨異也。三、四眼色，分明不顧樓殿之盡、水雲之空，直是熟睹山色不移、石臺依舊。因而通算其前後閱歷，方且無窮無窮，實有一部十七史更寫不盡者。

唯餘芳草滴春露，時有殘花落晚風。楊柳覆灘清瀨響，暮天沙鳥自西東。後解

五、六之「唯餘」字即「時有」字，「時有」字即「唯餘」字也。而又必分作兩句者，見爲昔之所剩，則謂之「唯餘」；見爲新之所添，則謂之「時有」也。然又妙于芳草新，春露新，

而反加「唯餘」字，謂之昔之所剩；殘花舊，晚風舊，而反加「時有」字，謂之新之所添。此中大有妙理，解人正未易也。末又直指柳灘瀨響，暮鳥西東，大悟耳畔聲銷，空中迹滅。人世無窮，直須聽之，不惟不必感，乃亦不必思也。

咸陽懷古

經過此地無窮事，一望深秋感廢興。渭水故都秦二世，咸陽衰草漢諸陵。前解

「此地」之爲言，我來視之，不過一片荒荒草場也，又豈知其曾有經過之事？乃至經過曾有無窮之事。然則今日一望深秋，固自滿眼不見，其實已不知有千千萬萬人，敗成哭笑于其間，斯可爲之浩歎也。三、四據迹實之，言如秦之二世，是一大興大廢；如漢之諸陵，又是一大興大廢。至于中間，又有無數小興小廢，蓋不可以更僕數盡之也。

天空絶塞聞邊雁，葉盡孤村見水鐙。風景蒼蒼多少恨，寒山高出白雲層。後解

「聞邊雁」，言今則所聞止此而已；「見水鐙」，言今則所見止此而已。不信秦、漢當時，亦徒止此而已乎？忽轉筆曰：秦漢風景，固有在者，不見白雲之上，高矗寒山。此即自昔至今，何嘗興廢也哉！

題王母廟

寂寥珠翠想遺聲，門掩烟微水殿清。拂曙紫霞生古壁，何年絳節下層城。前解

「寂寥珠翠」謂王母塑像，「遺聲」謂王母一切教誡。如《漢武外傳》所載，母命法嬰獨奏「玄靈之曲」，又命婉羅續唱「步玄之歌」之類也。「門掩」寫諸真不降，「烟微」寫雲氣亦無。言我來睹像思教，意謂若將遇之，如何空殿闃然，乃至全無光影。三、四承之，言但見朝霞射壁，不見絳節下雲也。

鶴歸遼海春光晚，花落閑階夕雨晴。武帝無名在仙籍，玉壇星月夜空明。後解

五、六微譏，又妙又妙。「鶴歸遼海」，言即使王母果然又來；「花落閑階」，言無奈漢武升遐久矣。加「春光晚」字，笑其來遲；「夕雨晴」字，悲其無迹也。然則徒自高築醮壇，乃至空名莫署。神仙畢竟有無，後人不當痛悟耶！

留别復本修古二上人

二遠相知自昔年，此身長寄禮香烟。綠蕪風晚水邊寺，清磬月高林下禪。前解

前解寫己與二上人非比泛然相知，因是但來寄居，便擬托身常住。三、四歷寫水邊

林下、晚風夜月，同行並坐，以見主人並不相嫌，客亦曾不圖去。爲後解「西風」「又須」句作頓挫也。

臺殿虛窗山翠入，梧桐疏葉露光懸。西風話别又須去，終日關山在馬前。後解

後解，無端正值西風，有事忽須别去，因思一行上馬，終日關山當面。回思五、六之虛窗山翠、涼露疏桐，真是仙凡既隔，勞逸頓殊。雖不念二上人，亦自失聲欲哭也。

懷汶陽兄弟

回看雲嶺思茫茫，幾處關河隔汶陽。書信經年家國遠，弟兄無力海田荒。前解

言自此間至于汶陽，空望則爲「雲嶺」，實歷須有「關河」。關河不可飛渡，于是書信久沉；而雲嶺尚得遥瞻，因哭弟兄無力也。亦是三承二、四承一法。「雲嶺」是空望，然是實見；「關河」是實歷，然是虛數，又須知之。

天高霜月砧聲苦，風滿寒林木葉黄。終日路岐歸未得，秋來空羡雁成行。後解

此天高砧苦，風滿林黄，則特寫「秋來」二字也。看他歸未得，而曰「終日路岐」。嗟乎！人生一出門，便急不得歸，此豈皆爲宦海所沉也哉！

江樓月夜聞笛

南浦蒹葭疏雨後，寂寥横笛怨江樓。思飄明月浪花白，聲入碧雲楓葉秋。前解

寫聞笛，必先寫未聞笛前，一無所聞之時。夫未聞笛前，一無所聞之時，此正既聞笛後，更不能不作「聞笛」詩之根因也。一「蒹葭疏雨後」，此即未聞笛前也；二「寂寥」，此即一無所聞也。看他寫笛，不言「到江樓」，却言「怨江樓」，妙。以暢心感者，則謂之暢；以怨心感者，則謂之怨也。三寫笛之遠，四寫笛之高。然「飄明月」、「入碧雲」，則是寫笛；「浪花白」、「楓葉秋」，則是寫怨。怨自聞笛者怨，非吹笛者怨也。

河漢夜闌孤雁度，瀟湘水闊二妃愁。髮寒衣濕曲初罷，霧色河光先釣舟。後解

此既聞笛之後也。「河漢」、「瀟湘」，寫盡一俯一仰，然「雁度」又寓言己之欲歸，「妃愁」又寓言室之見憶也。「髮寒衣濕」者，方聞不覺，聞罷乃覺，言是夜夜坐甚久也。然而何止于是，惟露色河光，亦既熹微釣舟也。

春晚旅次有懷

晚出闟河緑野平，依依雲樹動鄉情。殘春花盡黄鶯語，遠客愁多白髮生。前解

一解只是「緑野平」三字，斗亂心曲。「緑野平」者，郊原雨足，播種及時，此方一然，無處不爾。于是遽念家田，漫無歸計，遥望雲樹，深致歎息也。三承一，言春已殘，花已盡，止剩黄鶯尚語。此時更無閑事，惟有村村農務也。四承二，言客又遠，愁又多，不禁白髮亂生。此時全無上策，只好遥遥坐歎也。此寫春晚。

野水亂流臨古驛，斷烟凝處近孤城。東西未遂歸田計，海上青山久廢耕。後解

此「野水」也，流至何處？則「古驛」也；此「斷烟」也，凝在何處？則「孤城」也。自言今日古驛，明日孤城，今日斷烟，明日野水，我行東西，殊未能知税駕之何年也。然則「海上青山」，直應付之，不須提起。何則？前廢既久，後耕杳然，説之徒自心頭煩惡也。此寫旅次。

和友人憶洞庭舊居

客舍經時益苦吟，洞庭猶憶在前林。青山殘月有歸夢，碧落片雲生遠心。前解

既已出門作客，大都筆墨盡廢。今客舍已復經時，而吟詩乃更刻苦。然則自然不是馬背上人，夫安得而不思舊林也。三、四代與寫之，言日間遥指片雲，心揺揺其奮飛；必是夜間每至落月，夢沉沉其頻去。所謂洞庭只在前林，固是其閉目開目，未嘗暫置者也。

溪路烟開江樹出，草堂門掩海濤深。因君話舊起愁思，隔水數聲何處砧。後解

此五、六，是此友人自話「洞庭舊居」之勝景也。想他烟開樹出，果然妙絶溪路；門

掩濤聞，果然妙絶草堂。七、八，于是忽然提到心頭，我亦自有一帶溪路、數間草堂，秋砧動矣，如之何其猶不歸去也！

晚歸山居

寥落霜空木葉稀，初行郊野思依依。秋深頻憶故鄉事，日暮獨尋荒徑歸。前解

題曰「晚歸山居」者，言近來日日説歸，究竟無有歸理；今日日雖抵暮，我已發興真歸也。前解「初行郊野」妙，言日在城中，長衢夾巷，馬糞車塵，何意忽然出城，快睹霜高木落，于是故鄉不用頻憶，荒徑連夕便行。蓋不如是，將終不得而歸也。

山影暗隨雲水没，鐘聲漸入遠烟微。娟娟知有西林月，不惜清光照竹扉。後解

此承寫上日暮也。言山影則已没，鐘聲則已微，然我亦一任其没，一任其微，而總之歸興既發，歸志自決，一心只念故居竹扉，此時當有娟娟早月，西林先照也。

長洲懷古

野燒空原盡荻灰，吴王此地有樓臺。千年事往人何在，半夜月明潮自來。前解

此落手七字最奇，意欲先寫「空原」直空到盡情，便只荒荒一點蘆荻亦不存留，都付

野燒盡燒作灰。夫而後翻手掉筆，焕然點出「吴王」「樓臺」四字，使人讀之，别自心眼閃爍，不復作通套滄桑語過目也。三、四「人何在」、「潮自來」，此二句，在講家謂之「有問無答」法。言問者自是不得不問，而答者實是更無能答。妙絶，妙絶。

白鳥影從江樹没，清猿聲入楚雲哀。倚船日晚薦蘋藻，風静寒塘花正開。後解

上解三、四，自是銷繳「吴王」「樓臺」；此五、六，則始極寫是日現景也。七、八停船瀝酒，不過略自解釋，乃無何流目旁覷，又有正開之花。始悟世事前往後來，直是各不相顧，然則我于今日，亦更不須多感也。

經麻姑山

麻姑此地錬神丹，寂寞烟霞古竈殘。一自仙娥歸碧落，幾年春雨洗紅蘭。前解

凡讀詩，切須辨其句法。如此起句七字，乃是言此地曾有麻姑錬丹，非言麻姑曾于此地錬丹也。只須起句讀正，便以下三句皆正。如二之殘竈、四之「紅蘭」，皆只是細看此地，並非寄懷麻姑也。

帆飛震澤秋江遠，雨過陵陽晚樹寒。山嶺白雲千萬片，時聞鸞鶴下仙壇。後解

「震澤秋江遠」、「陵陽晚樹寒」，更禁不得是「帆飛」、「雨過」之一「飛」字、「過」字。今忽寫來與此地雲鸞作一解者，彼彼皆不知其有何至急，而飛者、過者瞬息駭疾，至有如

此。試復暫來此地稍看白雲，便當悟仙壇鸞鶴，世皆真有，特非如《列仙傳》之胡説也。

經煬帝行宮

此地曾經翠輦過，浮雲流水竟如何。香銷南國美人盡，怨入東風芳草多。前解　昔嘗耳聞其事，今日身經其地，以其所見，證其所聞，早已一無所有[一]。于是眼看浮雲流水，心想隋帝行宮。言更無美人，徒餘芳草。亦用三承一、四承二法也。「美人盡」，寫出「香銷南國」四字，使人作數日想；「芳草多」，寫出「怨入東風」四字，又使人作數日想。蓋此八字止是一個緣故，然是兩樣文字也。

殘柳宫前空露葉，夕陽川上浩烟波。行人遥起廣陵思，古渡月明聞棹歌。後解　前解寫「煬帝行宫」，此解寫「經」也。言近攀則有殘柳，遠望則見夕陽。昔年廣陵勝游，並已杳無踪影。然而行人猶得依稀如或見之者，古渡月明，兩岸棹歌，哀怨之音，颯颯盈耳。此固宛然阿麼當日悽然下淚時風景也。

項　斯

字子遷，江東人。始張水部籍爲律格詩，惟朱餘慶親授其旨。沿流而下，有任藩、陳標、章孝

[一]「所」，貫華堂本、賢文堂本缺，據有正本補。

標、司空圖咸及門焉。寶曆、開成之際，斯尤爲水部所知，故其詩格，與之相類。始未爲聞人，因以卷謁楊敬之。楊苦愛之，贈詩云：「幾度見詩詩盡好，及觀標格過于詩。平生不解藏人善，到處逢人説項斯。」未幾，詩達長安。明年擢上第，授丹徒尉。詩一卷。

宿山寺

栗葉重重覆翠微，黄昏溪上語人稀。月明古寺客初到，風動閑門僧未歸。前解

前解寫山寺，言遠望此山，千重栗樹，初尋寺徑，一帶溪流。已而明月照門，則見好風自開。蓋一望、二尋、三到、四入也。

山果經霜多自落，水螢穿竹不停飛。中宵能得幾時睡，又聽鐘聲催着衣。後解

後解寫宿。五寫宿後所聞，六寫宿後所見。夫宿後聞見如此，則是一夜通不得宿，便轉出七之「能得幾時」四字也。末句，勞人之勞，不亦悲哉！

山行

青櫪林深亦有人，一渠流水數家分。山當日午回峰影，草帶泥痕過鹿群。前解

「青櫪林」，看他出手下一「深」字，先寫意中決道無人，則于林行盡處，忽見數家，便

自然有一「亦」字跳脱而出。此所謂雖一句之中，必有沉鬱頓挫之法也。三「回峰影」，寫佇看甚久[一]；四「過鹿群」，寫更無行迹。看他只是四句詩，乃忽寫無人，忽寫有人，忽又寫無人，真爲清絶出奇之搆也。

蒸茗氣從茅舍出，繰絲聲隔竹籬聞。行逢賣藥歸來客，不惜相隨入島雲。後解

前解寫山，後解寫行。○若將焙茗繰絲，解作山中清事，即隨手再下數十餘聯，豈得遂畢？須知今是入山閑行之人，一路迤邐，無心所經。猶言焙茶一家也，繰絲又一家也；既而藥客追隨，行行遂深。寫盡是日心頭閑暢也。

雍　陶

字國鈞，成都人。大中八年，自國子《毛詩》博士，出刺簡州。詩集一卷。陶送客至情盡橋，問其故，左右曰：「送迎之地止此，故橋名爲『情盡』。」陶命筆題其柱曰「折柳橋」。自後送别，必吟其詩曰：「從來只有情難盡，何事名爲情盡橋？自此改名爲『折柳』，任他離恨一條條。」

送徐山人歸睦州舊隱

君在桐廬何處住，草堂可與戴家鄰。初歸山犬必驚主，久别沙鷗應避人。前解

[一]「佇」，貫華堂本作「仲」，據賢文堂本、有正本改。

送人歸，問其何處住，又問其與誰鄰。此豈要人開具舊居執結，正是其自己胸中有一絶妙住處、絶妙鄰家，津津欲歸未得歸，因而反嫌人歸已是遲。所謂筆筆皆有撇捩之狀也。

終日欲爲相逐計，臨岐空羡獨行身。秋風鈞艇遥相憶，七里灘頭月正明。後解

前解寫徐睦州舊隱，此解寫送也。五言發意欲歸，本在山人前；六言因故不歸，竟落山人後。七、八言特問君「桐廬何處」者，我有草堂，自在「七里灘頭」也。

經杜甫舊宅

浣花溪裏花多處，爲憶先生在蜀時。萬古只應留舊宅，千金無復得新詩。前解

「浣花溪裏」，只添「花多處」三字[一]，便是此日加倍眼色。只因此三字，便知其不止憶杜先生，直是憶杜先生愛人心地，憶杜先生冠世才學，憶杜先生心心朝廷、念念民物，憶杜先生流離辛苦、饑寒老病，一時無事不到心頭也。三萬古應留，四千金難得，便只是一句話，猶言即使國步可改，必須此宅長留；只看文人代有，到底杜詩莫續也。

[一]「多」，金評各本均作「深」，據詩句改。

沙崩水檻鷗飛盡，樹壓村橋馬過遲。山月不知人事變，夜來江上與誰期。後解

此沙崩樹壓，即七之所謂「人事變」也。「夜來江月與誰期」者，此月經照杜先生後，更照何人始得？則自不能不有此問也。

到蜀後記塗中經歷

劍峰重疊白雲漫，憶昨來時處處難。大散嶺頭春足雨，褒斜谷裏夏猶寒[一]。前解

此「重疊白雲漫」，乃是既過棧去，回指劍峰而歎。言今但見其重疊如此，不知其中間乃有千崎萬嶇，如大散嶺、褒斜谷，真非一崎一嶇而已；今但望見其白雲如此，不知其中間乃有異樣節氣，如「春足雨」、「夏猶寒」，真非尋常節氣而已。「處處難」之爲言，其難非可悉數，非可名狀，在事後思之，猶尚通身寒噤者也。

蜀門去國三千里，巴路登山八十盤。自到成都燒酒熟，不思身更入長安。後解

後又言，已後直是不願更出。此特别换筆法，再訴入來之至難也。言入來既是「三千里」、「八十盤」，後如出去，則照舊三千里、八十盤。人身本非金鐵，堪受如此劇苦耶？「成都燒酒熟」者，並非逢車流涎之謂，如云任他水土敝惡，我已決計安之也。

[一]「猶」，貫華堂本、賢文堂本作「尤」，據有正本改。

贈玉芝觀王尊師

處處烟霞尋總遍，却來城市喜逢師。時流見説無人在，年紀惟應有鶴知。前解

本從城市逢此尊師，却更寫得杳冥恍惚，妙妙。「時流」，即此城市中輩輩高冠大輦、堆金積玉人，在此尊師眼中，乃如疾風之捲輕籜，一陣一陣過去也。三、四只是寫其大年。

大藥已成寧畏晚，小松初種不嫌遲。長憂一日昇天去，未授靈方遺問誰。後解

「大藥已成」，言其前此之無算；「小松初種」，言其後此之無算。此皆是其肘後別有靈方，亟宜從之求授也。

晴

晚虹斜日塞天昏，一半山川帶雨痕。新水亂侵青草路，殘烟猶傍緑楊村。前解

此雖寫「晴」，然言外實是寓意邊事。言晚虹在東，斜日在西，獨有塞天，其色未快，因特出大判云，一半未放人意也。「新水」句，亦寓新恩已沛；「殘烟」句，又寓餘憂未靖。此皆「一半山川」四字中之深憂遠慮也。

胡人羊馬休南牧,漢將旌旗在北門。行子喜聞無戰伐,閑看游騎獵平原。後解

此詩,題是詠晴,乃前解因帶有「塞天昏」之三字,人亦遂窺其是安邊新喜,然實則筆筆皆細寫晴色也。至此後解,則竟忍俊不住,一口直吐出來,看他前解猶寫憂,此解純寫喜,固已更忍不住也。五寫遠望蕩蕩,六寫近望森森,畢竟畫來是新晴風色。

來　鵬

豫章人。大中、咸通間,舉進士不中,客死維揚。

寒食山館書情

獨把一杯山館中,每經時節恨飄蓬。侵階草色連朝雨,滿地梨花昨夜風。前解

爲「經時節」,故「把一杯」;爲「飄蓬」,故獨在「山館中」。然則起句中已盡有次句,而今又必重作一句者,只爲欲加「每」字、「恨」字。猶言年年凡遇寒食,則無以自遣,必把一杯;年年凡把一杯,則無有好懷,必在逆旅。蓋言不獨今日之把一杯在此山館中也。三、四,畫時節亦盡此十四字,畫飄蓬亦盡此十四字,更不須別動筆也。

蜀魄啼來春寂寞,楚魂吟後月朦朧。分明記得還家夢,徐孺宅前湖水東。後解

此五、六,正先與七句寫夢回之時也。末句句法,言「徐孺宅前湖水」六字,是將到家下,路之所經,只得「東」一字,是其家下也。看唐人五、六,其輕如此。

鄂渚除夜書懷

鸚鵡洲邊夜泊船，昏燈獨客對凄然。難歸故國干戈後，欲告何人雨雪天。前解

除夕詩，窘中已苦，又在客中；客中已苦，又在船中。看他已是凄然獨客，却偏欲寫「對」字。試問與誰爲對，情知只有一燈。意猶以爲未盡，又再加一「昏」字，此真是寫殺凄然也。三「干戈」難歸，猶是通寫一年，其苦猶緩；四「雨雪」無告，乃是獨寫此夕，其苦大劇。又況起手因在鄂渚，便決不肯放過「鸚鵡洲邊」四字，讀之真欲損人年壽也。

箸撥冷灰書悶字，手攤寒席去孤眠。今年又是無成事，明日春風更一年。後解

撥灰書悶，苦在「冷」字；攤席孤眠，苦在「手」字。「冷」字，知其除夜船中並無一點炭火；「手」字，知其並無一介僮僕也。七、八，今年無成，妙在「又是」字；明日春風，妙在「更」字。「又」字，知其前已不止今年；「更」字，知其後亦未必明年也。

崔魯

大中時進士。慕杜紫微爲詩，有《無機集》四卷。

春日即事

一百五日又欲來,梨花梅花參差開。行人自笑不歸去,瘦馬獨吟真可哀。前解

通解只寫得「又欲來」之三字。猶言還是去年一百五日,欲來之前,決計求歸,既而看看漸不得歸,今則不料又是一百五日,又欲來也。梨花梅花盡開者,賴是二花不會説話,不然,幾乎被其大作諧笑,云此瘦馬獨吟之人,還在此處。直是更無旋面之地,可以自活也。

杏酪漸香鄰舍粥,榆烟欲變舊爐灰。畫樓春暖清歌夜,肯信愁腸日九迴。後解

看他五、六之「漸」字、「欲」字,直于一日半日中間,細細分銖分兩。此豈亦學觀緣比丘,注眼刹那刹那,蓋正是末句「愁腸九迴」中所夾之「日」字也。七又别寫「畫樓春暖清歌夜」者,使人不覺灑淚再看其前解之一「獨」字也。

過蠻溪渡

緑楊如髮雨如烟,立馬危橋獨喚船。山口斷雲迷舊路,渡頭芳草憶前年。前解

此過蠻溪渡,是昔年從此渡過去,今日又從此渡過來。其日正值春雨,又無一人同行,于是尋舊路,認前年,仔細自思渡來渡去,依舊只是一人一馬,真可爲之一笑墮淚也。

身隨遠道徒悲梗，詩在明時不值錢。歸去楚臺還有計，釣磯坐倦日高眠。後解

五言「隨遠」，因非計也；六言責詩，又非計也。通盤思，徹底算，畢竟三十六計，歸還是計也。

春晚岳陽言懷

烟花零落過清明[一]，異國光陰老客情。雲夢夕陽愁裏色，洞庭春浪坐來聲。前解

「烟花」自來必要「零落」，「清明」自來必要「過」。今忽謂之爲「異國光陰」，又謂之爲「老客情」者，則我不知定是異國之光陰，故老客不禁；抑定是老客之情，故光陰亦異也。三「雲夢夕陽」，言今日又過；四「洞庭春浪」，言何時得去。「坐來聲」者，言可惜如許好浪，却只兀坐于此也。

天邊一與舊山別，江上幾看芳草生。獨凭闌干意難寫，暮笳嗚咽起孤城。後解

五「舊山別」，加「天邊一與」四字，便寫盡懊悔；六「芳草生」，加「江上幾看」四字，便寫盡沉屈。七「意難寫」，正即此一段意。「寫」之爲言，瀉也；「難寫」之爲言，不可擺佈也。八言正當此時而城笳又起，于是收心卷意，黯然遂止也。

[一]「清」，貫華堂本、賢文堂本作「晴」，據有正本改。

曹鄴

字鄴中。大中進士第，洋州刺史。詩三卷。

碧潯宴上有懷知己

荻花蘆葉滿溪流，一簇笙歌在水樓。金管曲長人盡醉，玉簪恩重獨生愁。前解

二是「一簇笙歌」，一襯之却是「荻花蘆葉」。相其神態，早自不歡。三「人盡醉」妙，中有不醉者，然則此七字便是不醉人眼中，更看不得之事也。四「玉簪」即其所懷知己，可知。〇看他三、四，寫滿眼人不是心中人。人生感恩不感恩，真是大段勉强不得。

女蘿力弱難逢地，桐樹心孤易感秋。莫怪當歡却惆悵，全家欲上五湖舟。後解

此詩與題，章法最奇。題是「碧潯宴上有懷知己」，詩却是碧潯宴上無一知己。五寫至今未有托足，六寫對人只是心孤。然則逝將棄汝，適彼滄波。「全家」字妙，言決于去，已更無少戀。三復吟之，令人下淚也。

送進士下第歸南海

數片紅霞映夕陽，攬君衣袂更移觴。行人莫歎碧雲晚，上國每年春草芳。前解

拒别至夕陽，已是必須分手，此再加「數片紅霞」，便是更不可不分手也。而又攬袂

移觴，更申叮囑，不知其所叮囑又爲何語？及讀三、四，不謂只是如此用筆，《莊子》云：「使人之意也消。」對坎壈人，一片純作激昂語，真足使人意消已。

雪過藍關寒氣薄，雁回湘浦怨聲長。應無惆悵滄波遠，十二玉樓非我鄉。後解

「雪過」「雁回」，寫其到家之一日也。「應無」之爲言，兩問也：言子到家之日，應將惆悵滄波遠耶？抑不耶？于是復作决辭痛誡之，言儒者讀書行道，致君澤民，立身顯親，揚名垂後，此則真我之事，若十二玉樓，其説胡爲來哉。

李群玉

字文山，澧州人。好吹笙，善急就章。喜食鵝。裴休觀察湖南，厚延致之，及爲相，薦授校書郎。東歸，盧肇送詩云：「妙吹應諧鳳，工書定得鵝。」是也。詩三卷。

黄陵廟

小姑洲北浦雲邊，二女明妝共儼然。野廟向江春寂寂，古碑無字草芊芊。前解

前解寫入廟瞻禮也。〇爲欲寫他尊像「儼然」，因先寫他「小姑洲北」。言神道直以此洲爲案，則可想見尊像之儼然也。「春寂寂」、「草芊芊」，又言廟中除二尊像外，乃更一無所有也。

東風近墓吹芳芷，落日深山哭杜鵑。猶似含顰望巡狩，九疑如黛隔湘川。後解

後解寫出廟凝望也。○「東風」、「芳芷」，寫意中疑有一綫生意；「落日」、「杜鵑」，寫耳中純是一片惡聲。如此，則便是悄然意盡之路也。而又云九疑黛色、含顰猶望者，嗟乎！此爲寫二妃？爲不寫二妃？必有讀而黯然泣下者也！

送秦鍊師歸岑公山

仙翁歸卧翠微岑，一夜西風月峽深。松徑定知芳草合，玉書應念素塵侵。前解

「一夜西風」，是仙翁去；「月峽深」，是仙翁去後更無覓處。寫得迅疾之甚，杳冥之甚。送仙翁殆不得不如此。「芳草合」，言非别有往還；「素塵侵」，言直不忘本學也。

閑雲不繫東西影，野鶴寧悲去住心。蘭渚蒼蒼春欲暮，落花流水怨離琴。後解

「閑雲」是仙翁迹，「野鶴」是仙翁心。仙翁如是迹，何處欲人送？仙翁如是心，人又若爲送？然則我亦以不送而送、送如不送之法送之。暮春荒渚，花落水流，不怨不能，欲怨無謂，只此便是送仙翁竟。

玉真觀

高情帝女慕乘鸞，紺髮初簪玉葉冠。秋月無雲生碧落，素蕖含露出清瀾。前解

此亦欲題今日遺觀，故倒追當日公主也。看他初下筆，只寫「高情」二字，便已超越無數癡筆鈍墨。要知其情之高，不高于「慕乘鸞」，正高于年紀乃復甚小。如二之「紺髮」七字，言新上頭便着仙冠，此自是其宿生道根早現，並非其今日淺機初引也。三、四極歎其入道既早，並無染身，可以意知。

層城烟霧將歸遠，浮世塵埃久住難。一自簫聲飛去後，洞宫深掩碧瑶壇。後解

此五、六只是寫公主化去。兩語不過一反一覆，並無他異，即七之「簫聲飛去」也。結言此觀則自此日，便空掩到今日也。

金塘路中

山連楚越復吴秦，蓬梗何年是住身。黄葉黄花古城路，秋風秋雨别家人。前解

一解詩，只起一句已盡。言今日金塘路中，去楚亦可，去越亦可，去吴去秦皆可。然則今日還是何處去之爲是，而又不能一處亦皆不去。然則我此一身，爲飄蓬斷梗，真不知得往之在何年也。「黄葉黄花」是寫路，「秋風秋雨」是寫人；路即楚越吴秦之路，人即飄蓬斷梗之人。亦三承一、四承二法也。

冰霜想渡商于凍，桂玉愁居帝里貧。十口繫心抛不得，每回回首即長顰。後解

此五、六最爲憤激，言丈夫生于世間，何至頭顱如許，尚然百無一就。然則走胡走

粤，正自有何不可，而更求柴求米，終然被縛牖下乎。七、八，急承只爲「十口繫心」。嗟乎！古來無限大才，大抵皆坐此矣。

九子坡聞鷓鴣

落日蒼茫秋草明，鷓鴣啼處遠人行。正穿詰曲崎嶇路，更聽鉤輈格磔聲[一]。前解

三「詰曲崎嶇」，承「遠人行」；四「鉤輈格磔」，承「鷓鴣啼」。其極寫惡狀，全在「正穿」、「更聽」四字。言正穿如此惡路，再聽如此惡聲；倒轉又是正聽如此惡聲，再穿如此惡路也。抑又不寧惟是，看他起句，又先寫得「落日蒼茫秋草明」七字。則是「正穿詰曲崎嶇路」，又「落日蒼茫秋草明」；正「聽鉤輈格磔聲」，又「落日蒼茫秋草明」，此爲惡極之惡極也。

曾泊桂江深岸雨，亦于梅嶺阻歸程。此時爲爾腸千斷，乞放今宵白髮生。後解

哀苦詩，自來無逾此篇。看他前解苦，後解更苦，不知其用幾副車輪，向肚中盤轉，方始直説到這裏也。言桂江一鷓鴣，梅嶺又一鷓鴣；桂江腸千斷，梅嶺又腸千斷。然則單單只求放過今宵，此亦大開天地之心者也。◯看他上解只是一鷓鴣，下解忽然添出無

[一]「輈」，貫華堂本、賢文堂本作「輖」，據有正本改。下同。

數鵰鴣，真爲絶世才子之筆。

同鄭相公出歌姬小飲戲贈

裙拖六幅瀟湘水，鬢聳巫山一段雲。風格祇應天上有，歌聲豈合世間聞。前解

一、二，十四字斗然出手，將姬全身畢畫。不知者乃言恐落俗艷，殊不曉此正是題中「出」字異樣出跳神理。蓋簾籠開處，照眼蕩心，十四字直是一片精魂。此時不惟不假安排，亦復再難按抑，于是不覺不知，一直竟吐出來。若少參第二念，已決不道也。三、四猶自深謝其出，言今日實是意外，亦不暇計蹈却「錦城絲管」舊句也。六幅湘江，巫山一段，對仗顛倒，妙絶，正極狀一時手足麻迷、神魂飛越意思。一整齊，便醜殺。

胸前瑞雪燈斜照，眼底桃花酒半醺。不是相如能賦客，爭教容易見文君。後解

此五、六方徐寫小飲，即淳于「羅襦襟解，微聞香澤」時也。七、八仍謝「出」字，而「戲贈」意自見。若不分解，中四句如何讀？

秣陵懷古

野花黄葉舊吴宫，六代豪華燭散風。龍虎勢衰佳氣歇，鳳凰名在故臺空。前解

現見眼前實境，止是「野花黄葉」，又能指其何處爲書本上「六代豪華」乎？三、四「龍虎」、「鳳凰」，即承「六代豪華」。其「衰」字、「歇」字、「在」字、「空」字，則承「野花黄葉」也。

市朝遷變秋蕪緑，墳塚高低落照紅。霸業鼎圖人去盡，獨來惆悵水雲中。後解

因思市朝未遷變，即墳塚未高低。一時人人碧眼，輩輩虬鬚，轆轆朱軒，駸駸白馬。此時置我其間，方不知列在何等也。何期日月不停，興亡交臂，一朝瓦散，萬古灰滅，今日獨來，但見水雲。嗚呼！人生真有何據，而必争霸業鼎圖耶？

李　郢

字楚望，大中進士第，侍御史。詩一卷。長安人。

贈羽林將軍

虬鬚憔悴羽林郎，曾入甘泉侍武皇。鵰没夜雲知御苑，馬隨春仗識天香。前解

一解四七二十八字，只除「虬鬚憔悴」四字，其餘盡寫少年豪事，妙妙。○看他不寫侍武皇如何近幸，只寫鵰知御苑、馬識天香，便令羽林恩寵如畫。此皆唐人秘法，不可不學也。○須知此解寫憔悴，非寫恩寵也。細讀「曾入」字，便知之。「虬鬚」下，自來無「憔悴」字；「憔悴」上，自來無「虬鬚」字。只四字合成半句，令無數英靈男子大哭。

五湖歸去孤舟月，六國平來兩鬢霜。惟有桓伊江上笛，卧吹三弄送殘陽。後解

「孤舟月」、「兩鬢霜」，言一無所有也。昔年豪事，竟何在哉？惟有弄笛江上，眼看殘陽而已。嗟乎，嗟乎！「虬鬚憔悴」一至此乎？

江亭晚秋

碧天涼冷雁來初，閑看江亭思有餘。秋館池臺荷葉歇，野人籬落荳花疏。前解

落手寫一「碧」字，便知其是先看涼天，次看江亭。先看涼天、次看江亭者，不涼當不看，不看當不見雁，不見雁當不心動晚秋，不心動晚秋，則又何故而看江亭也？三、四池臺荷歇、籬落荳疏，是一片晚秋，是一片愁緒，先寫成，以待後解轉出「無愁」二字也。

無愁自得仙翁術，多病能忘柱史書。聞説故園香稻熟，片帆歸去就鱸魚。後解

五、六如此轉，豈不奇？言自從學道之後，頗復不被緣感；然一向病魔見侵，未免有意玄功。則值此稻熟鱸肥之際，何爲而不片帆歸去耶？看他滿肚欲歸，偏又作此閑閑之筆，所謂文人各自有其專家也。

晚泊松江驛

片帆孤客晚夷猶，紅蓼花前水驛秋。歲月方驚離別盡，烟波別駐古今愁。前解

先生詩，每每比人意欲高一揲手。如起句「片帆孤客」，看他只下「夷猶」二字，便説得自己心眼直是超出常人心眼之外。蓋三之「方驚離别」，便是常人心眼；四之「别駐古今」，便是自己心眼。常人心眼，不出蓼花水驛之前；自己心眼，實在片帆夷猶之外也。

雲陰故國山川暮，潮落空江網罟收。聽得吴王舊歌曲，棹聲遥散采菱舟。後解

五「山川暮」，六「網罟收」，七、八棹歌遥散。一日末後，不過如此而已；一生末後，不過如此而已；一代末後，不過如此而已。然則日日末後不過如此而已，生生末後不過如此而已，代代末後不過如此而已，此即上解所云千古劇愁。試思片帆若不夷猶，我乘千里馬真先安之哉！

重陽日寄浙東諸從事

野人多病門常掩，荒圃重陽菊自開。愁裏又聞清笛怨，望中不見白衣來。前解

重陽本是苦節，看他又寫多病；無酒已是苦事，看他又寫聞笛。此亦是出格重陽詩。〇「門常掩」妙，「菊自開」妙。「門常掩」者，本意不擬人來；「菊自開」者，本意亦不作重陽想也。無端忽因聞笛，因而觸起怨緒，于是久掩之門，忽然欲望人來。先生詩，每將自己心性寫高一層。如此前解之曲曲折折，皆是也。

元瑜正及從軍樂，寧戚誰憐扣角哀。紅旆紛紛碧江暮，知君醉下望鄉臺。後解

前解寫自己此間，後解寫諸公彼中也。「紅旆紛紛」，醉下高臺，又輕下「知君」二字者，所謂「故人知君，君不知故人」也。

友人適越路過桐廬寄題江驛

桐廬縣前洲渚平，桐廬江上晚潮生。莫言獨有山川秀，過日應聞官長清。前解

不知誰在桐廬，勞此殷勤相寄；然胡不遂直致，又必題于驛壁？想贈人以言，固其素誼，而使之自聞，又能善入。總是先生略略動筆，必皆與尋常稍異也。〇一、二言縣前水平，正是江上潮應也。愛人者愛其屋，因而並愛及其屋上之烏；今亦思人者思其縣，因而並思及其縣前之水也。三、四言我非思桐廬縣也，我則思桐廬縣之堂上，自有一美人也。

麥隴虛涼當水店，鱸魚鮮美稱蓴羹。王孫客棹殘春去，相送河橋羨此行。後解

麥隴水店，寫桐廬一路景；鱸魚蓴羹，寫桐廬一路味。此皆殘春客棹之無限受用也。前解寫寄題江驛，後解寫適越路過，截然。

裴晉公

四朝憂國鬢如絲，龍馬精神海鶴姿。天上玉書傳詔夜，陣前金甲受降時。前解

看他一解四句，非晉公誰敢當者？便欲矯矯平視韓昌黎《平淮西碑》也。○有人説相四朝，是何等富貴榮華；先生獨説憂四朝，是何等鞠躬盡瘁。再加「鬢如絲」三字，真畫出文武元老無限辛苦焦瘁也。○一先寫如此辛苦焦瘁，二忽然再寫「精神」再寫「姿」。「龍馬」者，天用莫如龍，地用莫如馬。言晉公身爲輕重，其事甚煩。「海鶴」者，又言晉公如此事煩，而其神態閑遠，乃更無鞅掌之色也。三、四正全寫淮西一役，如「天上」「陣前」、「玉書」「金甲」、「傳詔」「受降」、「夜」「時」等字，字字皆荆鷄卵大珠也。

曾經庾亮三秋月，下盡羊曇兩路棋。惆悵舊堂扃緑野，夕陽無限鳥飛遲。後解

前解出力極寫晉公，此出力極寫感佩也。五庾亮月，寫盡晉公推誠布公；六羊曇棋，寫盡自家受知被愛。至今高唱「曾經」、「下盡」之四字，猶當叩扉痛哭，不能仰視，何況當時身是其門人。

江亭春霽

江籬漠漠荇田田，江上雲亭霽景鮮。蜀客帆檣背歸燕，楚山花木怨啼鵑。前解

寫「霽景」，却從江籬江荇着手，此最是寫霽第一妙理。蓋自來新晴之初，獨有水濱與朝光相切，便得最先知覺，此固非睡夢爛熟之人所曉也。「蜀客帆檣」者，寫西望亦霽

也；「楚山花木」者，寫東望亦霽也。一解純寫霽景也。

春風掩映千門柳，曉色凄涼萬井烟。金磬泠泠水南寺，上方臺殿翠微連。後解

一解寫霽後之所平望也。「掩映千門柳」，言何處不在春風；「凄涼萬井烟」，言何處不悲曉色。因而遥望水南翠微，心感泠泠金磬，猶言蒼生方且如此，殊未卜税駕之何年也[一]。

暮春山行田家歇馬

雨濕菰蒲斜日明，人家煮繭掉車聲。青蛇上竹一種色，黄蝶隔溪無限情。前解

一寫是日晚色，二寫是時物候，三、四寫是地風土。曷爲先寫晚色，次寫物候？蓋題是「歇馬」，則日晚之情急，暮春之情緩也；曷爲一寫物候，隨寫風土？蓋既得歇馬，則日晚之情緩，暮春之情又急也。

何處漁樵將遠餉，故園田土憶春耕。千峰靄靄水濡濡，羸馬此中愁獨行。後解

前解只是初至田家，求歇馬處。此解乃是已得田家，遂觸歸緒也。漁樵將餉，既不知處，曷辨其遠？既説是遠，曷云何處？總是驟到此中，了無捫摸，而又刺眼應心，不啻口出，于是不自覺有此恍惚之語也。「千峰靄靄水濡濡」，即八之「此中」二字。「愁獨

[一]「卜」，貫華堂本作「十」，據賢文堂本、有正本改。

行」者,愁而獨行。此二語乃既歇馬後自哭自訴之文,非正獨行也。

送劉谷

村橋西路雪初晴,雲暖沙乾馬足輕。寒磵渡頭芳草色,新梅嶺外鷓鴣聲。前解

一、二妙于不寫人,只寫馬。言雪晴則雲暖,雲暖則沙乾,沙乾則馬行輕快,于是村橋西路,瞥然遂已不見劉生也。三、四承馬行輕快,瞥然不見,言但見渡頭芳草之色,但聞嶺外鷓鴣之聲,更已不見劉生,更已不聞劉生也。寫新入世路人,真有此高興。

郵亭已送征車發,山館誰將候火迎?落日千峰轉迢遞,知君回首望高城。後解

五、六「車發」、「火迎」,是寫别後第一夜不堪。七「落日千峰」,是寫轉愈不堪。「知君回首望」者,猶言此非君今日所知,君至其日始當知耳,然而我則今日固已知之也。想見劉生匆匆急别,故作爾語婉贈之。蓋直至他日倦游,始當重念此詩耳。

李頻

字德新,睦州壽昌人。少秀悟,逮長,廬西山。多所記覽,其屬辭于詩尤長。與里人方干善。給事中姚合,以女妻之。大中八年擢進士第,調秘書郎,爲南陵主簿,判入等,再遷武功令。俄擢侍御史,守法不阿徇。累遷都官員外郎,表丐建州刺史。既至,以禮法治下,更布條教。卒于官,父老爲立廟棃山,歲祠之。集一卷。

湘中送友人

中流欲暮見湘烟，岸葦無窮接楚田。去雁遠衝雲夢澤，離人獨上洞庭船。前解

一句是面前湘江，二句是江之隔岸，三句是極望前途。由面前而隔岸，而極望，蓋先默忖別事，悄窺船勢，一遮一遮，轉遠轉遠。然則此間斗地分手，便是杳不相見，而如之何可以放離人獨上船也。看他一解，先次第寫一、二、三句，下獨接第四一句，又一斬新章法。一看他「中流」字，二看他「無窮」字，三看他「遠去」字，此爲一遮一遮，轉遠轉遠。四看他「獨上」字，此爲斗地分手，杳不相見也。蓋「獨」，乃與我分手而獨，非無人同行而獨也。切須細辨之。

風波盡日依山轉，星漢通宵向水懸。零落梅花過殘臘，故園歸去又新年。後解

前解寫未上洞庭船已前，此解寫既上洞庭船已後也。「風波盡日」，是寫洞庭船晝行；「星漢通宵」，是寫洞庭船夜行。七、八言如此晝夜兼行，則冬春之交，必得到家，然而獨奈我何哉！

和友人下第北游感懷

聖代爲儒可致身，誰知又別五陵春。青門獨出空歸鳥，紫陌相逢盡醉人。前解

「爲儒」是「致身」本務，「致身」是「爲儒」宿懷。除「爲儒」更有何途「致身」，不「致身」人復何苦「爲儒」？句上再加「聖代」字妙，便使下第游邊人，早自俯仰慷慨，泣數行下也。〇「青門獨出」苦，「紫陌相逢」更苦。蓋「青門獨出」，猶是不逢一人；「紫陌相逢」，直是逢無數人，終竟不逢一人矣。爲儒致身句，獨爲游邊發，非爲下第發也。

江島去尋垂釣遠，塞山來見舉頭頻。且須共漉邊城酒，何必陶家有白巾。後解

游邊，殆欲別圖致身，此大可惜也。因特添入江島垂釣，婉語商之：或者南歸遠、北游近故耶？則姑不妨暫行自寬也。細讀「且須」、「何必」字，忠愛婉約，風人之良矣。江島，住；去，住；尋，住；垂釣，住；遠，住；塞山，住；來，住；見，住；舉頭，住；頻，住。如此句法，亦未嘗見。

題張司馬別墅

庭前樹盡手中栽，先後花分幾番開。巢鳥戀雛驚不起，野人思酒去還來。前解

後解方言不知老至，而前解已言樹皆手栽。然則張司馬之妙年高蹈，真爲不易得也。巢鳥不驚，妙；野人狎至，妙。世或有如此別墅，世容有如此司馬。蓋抛官後，若不能到爾許田地，便是一肚皮宦情都在也。

自抛官與青山近，誰訝身爲白髮催。門外尋常行樂處，重重履迹在莓苔。後解

「青山」句寫其高脱，「白髮」句寫其閑暢。曰「自抛」，曰「誰訝」，一氣直到七、八二句，言我亦察其所安非一日矣。

鄂州頭陀寺上方

高寺上方無不見，天涯行客思迢迢。西江帆挂東風急，夏口城銜楚塞遥。前解

一解非寫高寺上方，正寫天涯行客也。言既身爲行客，即何日不在西江帆下、夏口城邊？徒以一身落在其中，竟不自知可笑。今日忽然登此高寺，望見他人疾驅如此，前去渺然，真不知其着何來由，甘心夢夢若此。于是而慚愧懺悔，在佛菩薩座前，不覺一時並發也。要識其「迢迢」二字，半生身爲行客，此日乃始親睹行客之狀，于是立地發心，思向禪門並銷，謂之「迢迢」也。

沙渚漁歸多濕網，桑林蠶後盡空條。感時歎物尋僧話，惟向禪心得寂寥。後解

五、六言漁歸則網濕，喻事苦身勞；蠶盡則桑空，喻功成身殁。夫事方苦，則身敢辭勞；然功一成，即身已先殁。人生世上，幼學壯行，及至到頭，大抵如斯矣。仔細籌量，惟有大雄門下，寂寂寥寥，前亦無勞，後亦不殁。然則我今舍此，其又安去也耶？

劉得仁

貴主之子。自開成至大中三朝，昆弟皆歷貴仕。而得仁苦于詩，出入舉場三十年，卒無成。

自述曰：「外家雖是帝，當路且無親。」又云：「外族帝王是，中朝親故稀。」翻令浮議者，不許九霄飛。」既卒，詩人競爲詩吊之。詩一卷。

贈敬晊助教

到來常聽説清虚，手把元玄七字書。仙籍不知名姓有，道情真見往來疏。前解

一解離形相神，真是絶頂聰明，絶頂議論。不惟玄學盡此，雖佛學亦盡此也。今世之把玄經而談玄，把佛經而談佛者，莫不擇日升遐，剋期補處，乃其密迹，我不與知。若粗論世相，即一何往來之愈雜乎！三、四兩句，真菩薩天尊頂上一杓冷水也。

多時絶粒無饑色，即日休官買隱居。便欲相隨爲弟子，片雲孤鶴肯相于。後解

上三、四既已如此説破，即知願爲弟子，非徒學求仙也。因更言其「多時絶粒」，猶待「即日休官」，彼于世出世法，即豈數數然者？「片雲孤鶴」妙：子如爲片雲，我請爲孤鶴；雲果不嫌鶴，鶴敢不學雲？所謂先生移情，實有如此道理也。

方　干

新定人，字雄飛。廣明、中和間，爲律詩，江之南未有及者。始謁錢唐守姚公合，公視其貌陋，初甚侮之。坐定，覽卷，駭目變容而歎之。先生一舉不得志，遂遁于會稽，漁于鑑湖。爲人質野，每見人，設三拜，識者呼爲「方三拜」。少年唇缺，後遇醫補唇，年已老矣，因又號爲「方補唇」。卒，弟子洪農

楊弁編其詩，請舍人王贊爲之序。贊序云「張祜升杜甫之堂[一]，方干入錢起之室」云。集十卷。

題烏龍山禪居

曙後月華猶冷濕，始知坐卧逼天宮。晨鷄未暇鳴山底，早日先來照屋東。前解

看他一、二怪月，三、四怪日。言果曙後耶，鷄胡不鳴？果鷄未鳴耶，胡又曙後？若指屋東者曰：早已在此；則亦指冷濕者曰：尚還在此也。一解四句，拉拉雜雜，亦非寫月，亦非寫日，總只寫此山之高，妙妙。

人世驅馳方丈内，海波摇動一杯中。伴師長住自難住，下去仍須入俗籠。後解

前解寫烏龍之高，後解寫俯瞰之大，然而實實至言妙道也。五言衆生盡智竭力，何曾跳出禪榻；六言業相翻天倒地，何曾少異禪心。然則佛門廣大如此，我今又當何去？而又終不得不且去者，福淺罪深、癡多慧少，固不能以自力也。〇先生不惟精詩，乃又精佛。人不甚説，此是何故？

[一]「祜」，金評各本均作「祐」，徑改。

法華寺上方

砌下松巔有鶴棲，孤猿亦在鶴邊啼。卧聞雷雨歸岩早，坐見星辰去地低。前解

四句皆賦「上方」之高，此何待説，比則云何？一、二言静者在此，僧。勞者亦復在此，方，此比比如鶴邊之有猿也；乃静者方自静，勞者終自勞，此又比如鶴自棲、猿只啼也。三言功成身退，終須到此，此比比如「雷雨歸岩」，看他下「早」字妙；四言滿朝諸公，俱不及此，此比比如「星辰去地」，看他下「低」字妙。此皆出上方老僧之所指示，可知。「砌下松巔有鶴棲」，真是好畫；若「孤猿亦在鶴邊啼」，便畫亦畫不出矣。

一徑穿緣應就郭，千花掩映似無溪。此行憐我必多事，此日承師一破迷。後解

五句指點世間路，如夢相似；六指點出世間路，亦如夢相似。不離世間，已是出世間，此是佛世尊千言道不盡語。此只以十四字，寫來如畫。唐人中除王維妙手外，已更無第二人能有此作。異哉，異哉！七結五，八結六，妙絶。

贈式上人

縱居鼓角喧闐處，亦共雲溪邃僻同。萬慮全離方寸内，一生多在五言中。前解

一、二只是極寫「萬慮全離方寸」。我因而思世間又有必欲避鼓角、入雲溪人，此其方寸中萬慮如織，真有不可説也。今上人止是一生五言，此所謂太虚中微雲一點也。

芰荷葉上難停雨，松檜枝間又有風。莫笑旅人終日醉，吾將大醉與禪通。後解

五、六荷雨不停，松風時至，此真是大好醉眠時候也。末忽自許「大醉與禪通」者，不是先生順口冒濫，正復微諷上人用力五言，恐未必與禪通也。看四之「一生多在」字，並「中」字，明知此上人乃是刻苦作詩人。先生將欲抑之，且更揚之，故因有一、二、三之三句也。

湖北有茅齋湖西有松島輕棹往返頗諧素心因成四韵

湖北湖西往復還，朝昏只處自由間。暑天移榻就深竹，月夜乘舟歸淺山。前解

前解寫「輕棹往返」。〇一、二言或北或西，或往或還，或朝或昏，無有定則，惟心是隨。三、四即寫無有定則，惟心是隨之相也。

繞砌紫鱗欹枕釣，垂檐野果隔窗攀。古賢暮齒方如此，多笑愚儒鬢未斑。後解

後解寫「頗諧素心」。〇七之「如此」字，正指上五、六。「方如此」之爲言，素心本不易得諧也。

翁綬

登咸通進士第。

隴頭

隴水潺湲隴樹黄，征人隴上盡思鄉。馬嘶浩野朔風急，雁過寒雲邊勢長。前解

前解寫隴頭諸公意思。「朔風急」，想見純是怨聲；「邊勢長」，想見並無鬥志。此極寫「盡思鄉」之三字也。

殘月出林明劍戟，平沙隔水見牛羊。横行俱是封侯者，誰斬樓蘭獻未央。後解

後解寫自己胸前意思。「明劍戟」、「見牛羊」，此極寫樓蘭之蠢動也。

男雍釋弓筆授並補注。

學人顧祖頌孫聞校過

貫華堂選批唐才子詩甲集七言律卷七之下終[一]

[一] 以上諸字，貫華堂本無，據賢文堂本補。

貫華堂選批唐才子詩甲集七言律卷之八上

聖歎外書

司空圖 字表聖，河中虞鄉人。咸通末擢進士，禮部侍郎王凝特所奬待。僖宗次鳳翔，即行在拜知制誥，遷中書舍人，後以疾解。昭宗在華，召拜兵部侍郎。圖陽墜笏，趣意野耄，乃聽還。居中條山王官谷，有先人田，遂隱不出。作亭觀素室，悉圖唐興節士文人，名亭曰「休休」。作文以見志，曰：「休，美也。既休而美具，故量才，一宜休；揣分，二宜休；耄而瞶，三宜休。又少也惰，長也率，老也迂，三者非濟時用，則又宜休。」因自目爲「耐辱居士」。豫爲塚棺，遇勝日，引客坐壙中，賦詩，酌酒，裴徊。客或難之，圖曰：「君何不廣耶？生死一致，吾寧暫游此中哉。」每歲時祠禱鼓舞，圖與閭里耆老相樂。王重榮父子雅重之，數饋遺，弗受。嘗爲作碑，贈絹數千。圖置虞鄉，市人得取之，一日盡。時寇盜所過殘暴，獨不入王官谷，士人依以避難。朱全忠已篡，召爲禮部尚書，不起。哀帝弑，圖聞，不食而卒，年七十二。集三十卷。

寄贈詩僧秀公

靈一心傳清晝心，可公吟後礎公吟。近來雅道相親少，惟仰吾師獨得深。前解此亦倒裝詩，爲欲謝彼訪我，因先述我仰彼也。輕輕擡出四前輩，妙。此非請四公比秀公，亦非推秀公接四公，只是遠遠舉得四公便住口，已後更不肯輕向齒縫唇尖再許一個半個。于是遂使「近來」字、「少」字、「惟仰」字、「獨得」字，字字清清泠泠，如扣哀玉之聲也。

好句未安無暇日，舊山得意有東林。冷曹孤宦甘寥落，多謝攜笻數訪尋。後解

此言秀公凡有四不應訪也。一、句字未安，不應輟筆也；一、林泉得意，不應下山也；一、官落閑曹，料無河潤也；一、人方獨立，别無奥援也。是爲反覆尋求，決無訪理。而公方且不惟一訪而已，至于再，至于數。然則雖欲不寄謝，必不可得也。

張喬

池州人，有詩名。咸通中，與許棠、俞坦之、劇燕、任濤、吴宰、張蠙、周繇、鄭谷、李栖遠、温憲、李昌符，謂之「十哲」。京兆府解試《月中桂》詩，喬擅場。巢寇爲亂，隱九華。集二卷。

河中鸛雀樓

高樓懷古動悲歌，鸛雀今無野燕過。樹隔五陵秋色早，水連三晉夕陽多。前解

相傳舊是鸛雀，今來乃見野燕，因而不覺悲從中動，歌達于外也。細思當時初建此樓，取名鸛雀，人物何等人物，意思何等意思。迨于今日，飛飛野燕，前人亦不知後，後人

亦不知前，抑豈惟一樓而已。雖北望五陵，西望三晉，秋色亦既如此，夕陽又能幾何？真是古古今今，大抵如斯，不哭不能，欲哭無謂也。

漁人遺火成寒燒，牧笛吹風起夜波。十載重來值摇落，天涯歸計欲如何。後解

此後解，妙于「十載重來」四字寫感，「欲如何」三字寫悟。如此，方是真正感，方是真正悟，不是他時他人傳聞異辭之感，付之無奈之悟而已也。言在十載以前，此地此樓，是身親見，繁華生聚，豈可悉數？曾幾何時，而肘腋之側，失在不意，堤穿河潰，木蠹厦傾，遂一至此！此譬如漁人牧子，遺火吹風，人何足防，事何足説？然而燎原烘天，浪高過閣，其伏至微，其發至鉅。然則人生世間，轉眼不測，成家立業，果欲幾年也？

胡曾

長沙人。咸通中，舉進士不第，爲漢南節度從事。有《詠史詩》一卷。

寒食都門作

二年寒食住京華，寓目春風萬萬家。金絡馬銜原上草，玉顔人折路傍花。前解

前解「寓目」字苦。「寓目」之爲言，身立道傍，饞眼飽看，而于我全無分也。「萬萬家」妙，便是萬萬「金絡馬」，萬萬「玉顔人」。再加「春風」妙，人亦春風，馬亦春風，便是萬萬春風。此自是寫今年寒食。然于初動筆，便寫「二年」字者，蓋去年初至都門，或是挨

插不入，今既遥遥，又經三百有六十日，而再一寒食矣，猶然只得寓目，此爲失路之至苦也。

軒車竟出紅塵外，冠蓋爭回白日斜。誰念都門兩行淚，故園寥落在長沙。後解

此「軒車」、「冠蓋」，即七句之「誰」字也。朝則竟出，不見人面上有兩行淚也；暮則爭回，又不見人面上有兩行淚也。「紅塵外」，寫其「竟出」之勢；「白日斜」，寫其「爭回」之勢。末句妙妙，設不得此語，幾謂「兩行淚」是切望其殘羹冷汁矣。「兩行淚」乃爲「故園」落，然則二年前一段高興，豈堪復問哉？

自嶺下泛舟到清遠峽作

乘船今日下韶水，絶境方知在嶺南。薜荔雨餘山似黛，蒹葭烟盡島如藍。前解

孔子曰：「君子素其位而行，素患難行乎患難，無入不自得焉。」莊子曰：「知其不可奈何，而安之爲命，德之盛也。」此詩便純是此段意思，于極無滋味中尋出滋味來，于極苦滋味中尋出好滋味來。人方咨嗟，我獨嘯歌；人方怨毒，我獨安和，此真爲大段勉强不得之事也。看他嶺南，人人傳是鬼國，反偏説有「絶境」在此。「絶境」之爲言，第一洞天福地，非他山水之所得比。如三、四，「薜荔雨」、「蒹葭烟」即嶺南，「山似黛」、「島如藍」即「絶境」也。妙筆又在「乘船今日」四字，説得恰似路旁無因，忽然拾得夜光相似也者。

旦游蕭帝松陰寺，夜宿嫦娥桂影潭。不爲篋中書未獻，便來兹地結茅庵。後解

後解又言：豈惟今日安之，且將終身安之。所以或猶未必不舍去者，祇爲胸中所學未試故耳。○五、六妙妙。遇寺即游、遇潭即宿者，自言無恒游、無恒宿也，非曰必游蕭寺、必宿桂潭也。雖旦游桂潭、夜宿蕭寺，無不可也；乃至不游蕭寺、不宿桂潭，亦可也。悟得此段言語，始于「嶺南」「絶境」少分相應。

唐彦謙

字茂業，并州人。咸通末應進士，才高負氣，無所屈降，十餘年不第。王重榮鎮河中，辟爲從事，累奏至河中節度副使，歷晉、絳二州刺史。彦謙博學多藝，文詞壯麗。至于書畫、音樂、博飲之技，無不出于輩流。尤能七言詩，少時師温庭筠，故文格類之。卒于漢中。有《鹿門先生集》三卷。即陶穀之祖也，穀避晉祖諱，改姓唐。

長陵

長陵高闕此安劉，附葬纍纍盡列侯。豐上舊居無故里，沛中原廟對荒丘。前解

高闕，陵上闕也。前解冷眼覷一「此」字，熱話駁一「安」字，言昔者高帝封諸列侯，豈有他哉，只爲「安劉」計也。以我論之，必到此陵此闕，則劉始得安矣；豈惟劉安，彼列侯亦得盡安矣。何則？莊子云「造化勞我以生，而逸我以死」，是也。設不然而必欲安者

豐沛，則「豐上舊居」已「無故里」，「沛中原廟」只「對荒丘」，當時榻前顧命，竟復奚施哉。空聞明主提三尺，實見愚民盜一抔。千載腐儒騎瘦馬，渭城斜日重回頭。後解

後解忽寫腐儒，遂不復寫長陵也。「聞」，腐儒聞也；「見」，腐儒見也。特爲其腹中實實記得千載舊事之故，于是亦遂據實謚之曰：「千載腐儒」。「騎瘦馬」妙妙。瘦馬背上是腐儒，腐儒腹中是千載，不知是千載後來只合騎瘦馬，不知是瘦馬背上恰稱馱腐儒。然我則見腐儒腹儲千載，脚跨瘦馬，既已自古至今矣。「重回頭」，「重」字去聲，寫腐儒吃驚不小也。腐儒意中，只道三尺至今猶自提，一抔至今不可盜。

蒲津河亭

宿雨清秋霽影澄，廣庭高榭向晨興。烟横博望乘槎水，日上文王避雨陵。前解

通解只寫得「向晨興」三字，不知夜來思念何事，其早更不能寐。因而披衣下床，開户直視，見雨又收，天又霽，庭又廣，榭又高，如此好時好日，我當如何若何？三、四「烟横」、「日上」，正是寫起得過早也。其「博望乘槎」、「文王避雨」字，皆只文章點染，可知。

孤棹夷猶期獨往，曲欄愁絶只長憑。思鄉懷古兼傷别，況此哀吟意不勝。後解

五孤舟獨往，言思鄉，一宜往也；懷古，二宜往也；傷别，三又宜往也。若得趁此清

秋，果然遂往，此真夷猶之至也。六「曲欄長憑」，言思鄉于此憑也，懷古于此憑也，傷别又于此憑也。可惜如許清秋，每日長憑，豈非愁絶之至也！末又加「況此哀吟」，此便是思鄉、懷古、傷别外，自尋出第四件苦事矣。

寄懷

有客傷春復怨離，夕陽亭畔草青時。淚隨紅蠟何由制，腸比朱弦已更危。前解

此只是寄内詩，看他纔動筆，便寫出「有客」二字。「有客」之爲言，此客實爲一人所有，蓋别有一有此客之人，乃爲此客之所無明無夜，不敢不置心頭眉頭者，因而有此《寄懷》一詩也。「傷春」者，深惜少年已去也；「怨離」者，深恨玉人不見也。「夕陽亭畔」者，怨離也；「草青時」者，傷春也。淚「何由制」者，怨離也；腸「已更危」者，傷春也。只爲有一有此客之人，便令此客如此也。

梅向好風惟是笑，柳因微雨不勝垂。雙溪未去饒歸夢，夜夜孤眠枕獨欹[一]。後解

五、六不可不一寫景，然「梅」句不脱傷春意，「柳」句不脱怨離意。若末句，則已意言俱竭矣。

[一]「欹」，貫華堂本、賢文堂本作「歌」，據有正本改。

章碣

孝標之子。登乾符中進士第。詩一卷。

桃源

絶壁相欹是洞門，昔人從此入仙源。數株花下逢珠翠，半曲歌中老子孫。前解

此詩詠桃源，前只是「絶壁相欹」四字，後只是流水繞村四字，並不説定有桃源，亦並不説定無桃源，便如太史公叙許由數行，只道得個「此何以稱焉」，又道得個「其上有許由冢云」，遂爲空行無着之作也。○「絶壁相欹」，四字妙妙。人人相傳桃源有洞口，據我看之，只是「絶壁相欹」而已。三、四二句，又不甚似引陶元亮記，存以俟之。「老子孫」，言洞中半曲，洞外人已老也。

别後自疑園吏夢，歸來誰信釣翁言。山前空有無情水，猶繞當時碧樹村。後解

五、六措語甚好，言此等境界，自尚欲疑，人如何信。七、八措語又好，言所可據者，的的有山，的的有水，的的有村，的的有樹而已。

沈彬

字子文，高安人。天才狂逸，好神仙之事。少孤，西游以三舉爲約。嘗夢着錦衣，貼月而飛，識者言：「雖有虚名，不入月矣。」乾符中，南游嶺表，又曾入蜀。元宗遷南都，彬年八十餘，來見，曰：「臣久處山林，不預世事。臣妻曰：『君主人郎君，今爲天子，何不一往？』臣遂忘衰老而來。」元宗

命無拜，厚賜粟帛，以其子爲秘書省正字。

入塞

年少辭鄉事冠軍，戍樓閑上看星文。生希沙漠擒驕虜，死奪河源答聖君。前解

此前解，乃是先有後解，因而憤極追述之辭。若竟隨口一順讀之，便是前解出塞，後解入塞，不復二解總名「入塞」矣。〇此前解，是憤語，非快語也。「年少」，非開五石弓、奪名王馬、鼻尖出火、耳後生風之謂，乃是遥遥倒追四五十年之前之時。因而自憶此時正當年少，初並不似今日據鞍難上，一飯三遺，至于如此者也。猶記此時，辭鄉從戎之故，則因仰看將星，燁然有芒，欲應其象，舍我而誰？故遂慷慨長行，生死向前，不斬樓蘭，誓不生入耳。三、四皆其看星文後，事冠軍初，心頭一段大誓，並非實事。

鳶覰敗兵眠血草，馬驚寃鬼哭愁雲。功多地遠無人紀，漢閣笙歌日又曛。後解

此後解方寫入塞也。五、六非寫傷心慘目，正是描畫「功多」。「漢閣笙歌」不足恨，恨却在「日又曛」字。入塞正復無期，其又奈之何哉！

皮日休

字襲美。隱鹿門山，自號「醉吟先生」。以文章自負，尤善箴銘。咸通八年登進士第，爲著作佐郎、太常博士。乾符喪亂，東出關，爲毗陵副使。陷巢賊中，賊遣爲讖文，疑其譏己，遂害之。集一

卷,又《胥臺集》七卷、《文藪》十卷、詩一卷。集乃咸通丙戌年居州里所編。

西塞山泊漁家

白綸巾下髮如絲,静倚楓根坐釣磯。中婦桑村挑葉去,小兒沙市買簑歸。前解

寫此漁人白髮如絲,則是静坐釣磯,殆已終身也,特未悉其生計如何耳。乃聞挑葉桑村,中宵機杼,買簑沙市,暑雨力田,則是男耕女織,又堪終歲也。人生但得如斯,便是義皇以上。我殊不解長安道上策蹇疾驅者,彼方何爲也。注眼須看「白綸」七字。

雨來蓴菜流船滑,春後鱸魚墜釣肥。西塞山前終日客,隔波相羡盡依依。後解

若更就其「終日」論之,則又有雨餘蓴菜,春後鱸魚,一日既然,無日不爾。山前過客,隔波勞羡,于是終日依依,欲托暫宿。不知今日雖終,明日仍别,雖復依依,竟成何益哉。

開元寺客省早景

客省蕭條柿葉紅,樓臺如畫倚霜空。銅池數滴桂上雨,金鐸一聲松杪風。前解

一寫「客省」,用「柿葉紅」字,便知是深秋也。二寫樓臺莊嚴,已自如畫,又加「倚霜空」字,既是秋空,又是曉空,便是加倍如畫也。三、四,「雨」,池上雨也,忽地舉頭,又是

桂上雨；「風」，塔上風也，偶然回看，又是松上風。皆極寫最勝伽藍，無上境界也。

鶴静時來珠像側，鴿馴多在寶幡中。如何塵外虚爲契，不得支公此會同。後解

因自懺言：如此境界，久契宿心，如何鹿鹿，久虚嘉會，曾鶴與鴿之不若，豈不慚顔哽慟哉！

初冬偶作寄南陽閏卿

寓居無事入清冬，雖設樽罍酒半空。白菊爲霜翻帶紫，蒼苔因雨却成紅。前解

此詩前解只寫入冬，後解只寫無事。如三、四菊紫苔紅，此是初冬景物也，妙在「雖設樽罍酒半空」，言一向更無餘人，專心單待閏卿也。

迎潮預遣收魚笱，防雪先教蓋鶴籠。惟待支硎最寒夜，共君披氅訪林公。後解

五、六正見無事之至也，妙又在閏卿若來，便乃匆匆又有一事也。「惟」字可知。

寄閏卿博士

高眠可爲要玄纁，鵲尾金爐一世焚。塵外鄉人爲許掾[一]，山中地主是茅君。前解

[一]「掾」，金評各本均作「椽」，據《全唐詩》改。

此因當時玄纁忽降，被徵作文，而特留寄閏卿，自明本願也。焚香加「一世」，妙妙。言實是死心塌地，並無剩想也。所以然者，我爲栖心至學，被服上真，一心出世，别有大事也。爲前解。

將收芝菌惟防雪，欲曬圖書不奈雲。若便華陽終卧去，漢家封禪用誰文。後解

乃今一世不要玄纁，而又不得不受此一玄纁者，朝有大事，須我大筆，遍覽區中，無人可代。若只是收芝曬書，終卧華陽，則此非常鉅典，竟托何人捉刀耶？傳稱先生「以文章自負」，于此詩亦可見。爲後解。

褚家林亭

廣亭遥對舊娃宫，竹島蘿蹊委曲通。茂苑樓臺低檻外，太湖魚鳥徹池中。前解

先寫正亭坐落，次寫亭前亭後、亭左亭右，無數罨畫此亭者，次寫從亭中放眼過去，次寫從亭外平收過來。是真好林亭，是真好筆墨也。○遥對娃宫，祇是寫亭坐落，非注眼娃宫也。不辨，即與「茂苑樓臺」犯矣。

蕭疏桂影移茶具，狼藉蘋花上釣筒。爭得共君來此住，對披鶴氅坐清風。後解

常苦有佳人，不得佳地坐；此又苦有佳地，不得佳人來也。誠得「對披鶴氅」，啜茗釣魚，則是蕭疏桂下，狼藉蘋邊，誠乃佳主佳賓、佳時佳課也。

病後即事

連錢錦暗麝氛氳，荆思才多詠鄂君。孔雀屏開窺沼見，石榴紅重墮階聞。前解

一解分明真是病後人，眠又無奈，起又不得，于是遷延被中，閑思閑算，閑見閑聞也。「連錢」，被上錦紋也；「麝」，被之餘香也。此因一向病中，全然不覺，乃今始復閑看閑嗅也。「荆思」七字，接上閑自謔浪也。言設有楚人來見之者，定被説是舟中王子也。「見」，言一向病中不見，我今見也；「聞」，言一向病中不聞，我今聞也。問其何見，曰：我見孔雀窺沼也。又自釋曰：爲屏開，故窺沼也。問其何聞，曰：我聞石榴墮階也。又自釋曰：爲紅重，故墮階也。便活畫畫病新愈人詹詹自喜。此俱是被中語。

牢愁有度應如月，春夢無心祇似雲。應笑病來慚滿願，花牋好個斷腸文。後解

後解妙絶妙絶。言我生平多愁，曾不暫輟，不料一病，反得盡捐，此亦苦中之一樂，近來之私幸也。乃今病如得去，必當愁將又來，譬如初月再蘇，終至漸漸盈滿，可奈何？然我亦惟悉將春夢，盡付浮雲，並棄筆墨，永除綺語。一任世人笑我：沈滿願猶有斷腸詩，而子病後竟至才盡耶？亦任受之矣。

奉和魯望新夏東郊閑泛有懷

水物輕明澹似秋，多情才子倚蘭舟。碧簑裳下攜詩草，黄筏樓中挂酒篘。前解

通篇秖是「水物輕明」一句寫新夏景。其餘，前解只是寫「魯望」，後解只是寫「奉和」，切勿將五、六亦作寫景看也。〇「才子」，指魯望也；「多情」，感其有懷也；「倚蘭舟」，東郊閑泛也。只二句，便將一題十有二字，止留「奉和」未寫，其餘已是寫教盡也。三、四再寫舟中魯望。看他點綴詩酒，都是别樣。

蓮葉蘸波初轉棹，魚兒簇餌未諳鉤。共君莫問當年事，一點沙禽勝五侯。後解

此寫「奉和」也。當我輩「轉棹」之年，正是彼彼「簇餌」之年。嗟乎，嗟乎！「蓮葉蘸波」，便已轉棹，我輩轉誠太早。只是少年不諳，因簇芳香，其簇不大可憐耶？因與魯望再訂前盟：毋以五侯，易我沙禽，其得其失，到頭自知，莫謂今日計之不早也。

陸龜蒙

字魯望。少高放，通六經大義，尤明《春秋》。舉進士，一不中，往從湖州刺史張摶游。摶歷湖、蘇二州，辟以自佐。嘗至饒州，三日無所詣，刺史蔡京率官屬就見之，龜蒙不樂，拂衣去。居松江甫里，多所論撰。雖幽憂疾痛，資無十日計，不少輟也。文成，竄稿篋中，經年不省，爲好事者盗去。得書熟誦，乃録，讎比勤勤，朱黄不去手。所藏雖少，其精皆可傳。借人書，篇帙壞舛，必爲輯褫刊正。有田

數百畝，屋三十楹。田苦下，雨潦則與江通，故嘗苦饑。嗜茶，置園顧渚山下，歲取租茶，自判品第。初病酒，其後不復飲。不喜與流俗交，雖造門不肯見。設蓬席，齎束書、茶竃、筆床、釣具往來。時謂「江湖散人」，或號「天隨子」、「甫里先生」。以高士召，不至。李蔚、盧攜素與善，及當國，召拜左拾遺。詔方下，龜蒙卒。著《吴興實録》四十卷、《笠澤叢書》四卷。又咸通中，崔璞守吴郡，皮日休爲郡從事，與處士陸龜蒙爲文會之友，風雨晦冥，蓬蒿翳薈，未嘗不作詩。璞間爲詩，亦令二人屬和。吴中名士，亦多與焉。一年間，所作盈積，哀爲《松陵集》十卷。

鵁鶄

詞賦曾誇鸀鳿流，果爲名誤别滄洲。雖蒙静置疏籠晚，不似閑栖折葦秋。前解

左太冲《吴都賦》以鵁鶄書于鶂鷀、鸀鳿之下，故曰「詞賦曾誇」也。言何意滄洲之别，政復坐累于此。下一「果」字妙：人人相傳名能誤人，今日乃知真有其事也。「晚」，既在籠中之晚也；「秋」，未至籠中之秋也。「疏」之爲言，寬織也；「静」之爲言，好放也：皆極寫其矜愛也。葦不必折，而曰「折葦」者，猶如澤雉未必五步始得啄，十步始得飲，而必故甚其辭也。「雖蒙」、「不似」，與之細商之辭，如祝宗人之玄端而説彘也。

自昔稻粱高鳥畏，至今珪組野人饑。防微避繳無窮事，好與裁書謝白鷗。後解

因言世之求名之人，此豈非饑欲稻粱，飽戀珪組故耶？然而自昔至今，禍害甚著，

詎猶不悟，而坐至于此。「防微」者，防其内召，即人之好名之心；「避繳」者，避其外招，即世之操名之人也。「謝」，慚謝也。

別墅懷歸

水國初冬和暖天，南榮方好背陽眠。題詩朝憶復暮憶，見月上弦還下弦。前解

「水國」，言三吴笠澤之國也；「初冬」，言十月日行南陸也。笠澤之國，地氣暄萋，故曰「和」也；日行南陸，景在檐下，故曰「暖」也。一、二言五十始衰，身中灑灑，忽思南檐，正宜暴背。三言刻刻在意，四言遲遲未歸也。

遥爲晚花吟白菊，近炊香稻識紅蓮。何人授我黄金百，買取蘇君負郭田。後解

「遥」之爲言多時，「近」之爲言即日，言多時籬菊在懷，即日稻香撲鼻，此又加染南榮之下也。然而百金何來，負郭誰致？開眼作夢，終成浪説也。

寒夜同襲美訪北禪院寂上人

月樓風殿静沉沉，披拂霜華訪道林。鳥在寒枝栖影動，人依古堞坐禪深。前解

「月樓」者，月色在樓；「風殿」者，風聲滿殿。只四字，便已雙寫二子之更不能不

訪，與上人之更不圖有訪。真是寒夜一段勝情逸事，忽然對景衝口，不覺直吐出來，乃更不勞筆墨點綴者也。三、四平寫鳥動人定，妙妙。固是寒夜月下風中自然現景，然而真正坐禪密門，乃更不出于此。必有如此境界，方不虛訪人；必有如此境界，方不虛人訪矣。

明時尚阻青雲步，半夜猶追白雪吟。自是海邊鷗伴侶，不勞金偈更降心。後解

五、六即上人金偈所欲相降之心也，因特自明：如此明時，青雲如棄，時將半夜，白雪猶尋。然則其心泊然，初無所住；因無所住，而生現心。此爲與金偈相應不相應，而猶煩老和尚氣噓噓地耶？

小雪後即事

時候頻過小雪天，江南寒色未多偏。楓汀尚憶逢人別，麥隴惟應欠雉眠。前解

一多一「頻」字，二多一「偏」字。「頻」者，年年一樣之謂；「偏」者，獨有這裏之謂。不爭此二字，便是不復成詩也。三、四極寫之：三言江南小雪後，分明還是深秋，試看楓汀，猶似有人握別也；四言江南小雪後，分明直是初夏，試看麥隴，無非只少雉眠也。

更擬結茅臨水次，偶因行藥到村前。鄰翁意緒相安慰，多說明年是稔年。後解

五、六爲邂逅鄰翁之因由也，然亦皆寫寒色未多也。「意緒」，字法，猶言不啻若自其

口出。

中秋後待月

轉缺霜輪上轉遲，好風偏似送佳期。簾斜樹隔情無限，燭暗香殘坐不辭。前解

「轉缺」，是意思已壞；「轉遲」，是意思初好。人生年過五十，偏是意思已壞，偏是意思初好，便果然有如此癡事也。好風送佳期，又妙。風之與月，曾有何與？乃爲待月不到，且借風來自解。人生在不得意中，便又真有之也。「簾斜樹隔」，妙妙。不是月來被遮，乃是月未來時，先自爲之清宫除道。「燭暗香殘」，妙妙。不是真到黑暗，乃是未曾暗前，先自發願終身勿諼也。真是世間異樣筆墨。

最愛笙調聞北里，漸看星淡失南箕。何人爲校清涼力，欲減初圓及午時。後解

五、六又妙又妙。言極意待，月却不到；纔分念，月却已來也。七、八忽作微言，言今夜是十六，前夜是十四，昨夜是十五。十六是「欲減」，十四是「初圓」，十五是「及午」。此三夜相去至微，粗心人方乃不覺，然而但差一分氣候，必差一分斤兩。由辨之不早辨，此胡可以不校耶？五、六真出神入化妙筆，七、八真繭絲牛毛妙理，並非筆墨之家之恒睹也。日以一日經天，故日中爲午；月以一月經天，故月半爲午。

閑書

病學高僧置一床，披衣纔得即焚香。閑階雨過苔花潤，小簟風來薤葉涼。前解

維摩詰卧疾廣嚴大城，世尊遣諸弟子往候，見其室中空無所有，止有一床。今因病中亦學之，特于室中盡出諸物，而獨剩床也。「披衣纔得」者，病少間也。「焚香」之爲言，不作一切閑事，如書亦不看、筆亦不捉之類也。「閑階」七字，床之所臨；「小簟」七字，床之所施。一解四句，皆寫一床。薤葉，簟文。

南國羽書催部曲，東山毛褐傲羲皇。升平聞道無時節，試問中林亦不妨。後解

如下棋，偏是袖手侍坐人，心中眼中，有上上勝着；天下大事，偏是水邊樹下人，心中眼中，有坐致太平之全理。然則胡不試問，而竟成交臂，徒自羽書旁午，却已失之毛褐，可歎也！○寫到室中空無所有人，正是一代平定天下人。此爲仲尼之微言，何意于近體中見之？

春雨即事

小謝輕埃日日飛，城邊江上阻春暉。雖愁野岸花房凍，還得山家藥笋肥。前解

「散漫似輕埃」，小謝詠雨語也。苦在「日日」二字。「城邊」，言不得踏青也；「江上」，言不得放船也。看他只有一、二略寫愁悶，至三、四，早向愁悶中尋出欣慰來也。學道人于人間世，只合如此矣。

雙屐着頻看齒折，敗裘披苦見毛稀。比鄰釣叟無塵事，灑笠鳴簑夜半歸。後解

此又自寫其苦，而言世間方有更苦于我者，相形論之，則復欣慰也。夫屐齒爛折，裘毛褪稀，積雨之惡，實爲無量。然而屐折猶可高卧，裘稀猶可擁被。若夫南鄰北舍，又有半夜衝雨、髮根盡濕者，彼獨何人哉？「無塵事」，言並非官事勾連，死喪匍匐，不過求覓升合，存活妻子。而其艱難之狀，已至于斯，苦樂真有何定哉！

同襲美游北禪院院是故司勳陸郎中舊宅

連延花蔓映風廊，岸幘披襟到竹房。居士祇今開梵處，先生舊是草玄堂。前解

一寫院，想見妙院；二寫游，想見妙游。三是妙眼諦視今日妙院，四是妙心迴想前日妙游。真爲澄清絶點之筆。

清樽林下看香印，遠岫窗中挂鉢囊。我爲有情消未得，欲將名理問空王。後解

五、六再將前三、四已落之塵，與現前之境，合寫其相，以發露自己多生情障也。言此林下，明明設樽浮白之處，而今明明戒香普薰；此窗中，明明放眼看山之處，而今明明

受持應器。夫過去已謝，則永作龜毛；即現在雖然，亦暫沉雁影。云何我于其事，前既遲迴，後復兜攬，認定枯椿，全無靈性？則豈非多生情障，實難湔洗，稽首空王，惟願有以教之也。

奉送浙東德師侍御罷府西歸

王謝遺踪玉籍仙，三年閑上鄂君船。詩懷白閣僧吟苦，俸買青田鶴價偏。前解

此因侍御三年在官，而歸橐蕭然，故于奉送之日，極表其清白也。前解先表其人，後解次表其橐，言此公誠非仕宦中人也。觀其舉止，則宛然階前佳子弟也；察其氣體，則儼然天上諸仙真也。人自見其領府三年，我謂只如搴舟中流耳。何則？聞其官中，每日作詩。曰：我爲懷僧也。問其俸入，今得幾何。曰：我已買鶴也。夫僧非官之所得懷，鶴非俸之所能買也，而侍御每每如此。人各有性，不可强也。

行次野楓臨遠水，醉中衰菊卧凉烟。芙蓉散盡西歸去，惟有山陰九萬牋。後解

于是而罷府之日，遂有不可言者矣。問其行次，乃在遠水野楓之下耳；問其祖餞，方卧凉烟衰菊之間耳。夫人生世間，獨有位高、金多，二者實奔走人也。今乃侍御罷府已是閑身，清風又吹空橐，則彼諸君子復又何慕而肯來送哉！

褚家林亭

一陣西風起浪花，繞闌干下散瑶華。高窗曲檻仙侯府，卧葦荒芹白鳥家。前解

相其意思，乃如不要作詩也者，閑閑然只就此林亭中，縱心定欲搜捕奇景。而一時忽然注眼，親見此境大奇，于是大叫筆來，捲袖舒手，疾忙書之。到得書成放筆，已連自家亦不道適來有如此之事也。「一陣西風」，言直從太湖捲水來也。「起浪花」，言風捲水至亭根，泙湃而上也。「繞闌」、「散華」，言濺水小大，如珱如錢，如豆如珠，飛落于闌干兩面也。「仙侯府」，言觀其亭上，則一何朱碧窈窕也。「白鳥家」，言望其亭下，是又何蕭騷空曠也。

孤島待寒迎片月，遠山終日送餘霞。若知方外還如此，不要乘秋上海槎。後解

「孤島」、「片月」，寫出不是人間清涼；「遠山」、「餘霞」，寫出不是人間綺麗。因言方外清涼綺麗，若復不過如此，則又何用舍此他去也。

李　穀

字德師，隴西人。咸通進士也，唐末爲浙東觀察推官，兼殿中侍御史。集一卷。

浙東罷府西歸酬別張廣文皮先輩陸秀才

豈有頭風筆下痊，浪成蠻語向初筵。蘭亭舊址雖曾見，柯笛遺音更不傳。前解

前解言作檄愈人頭風，我誠不如陳琳；當筵敢詠娵隅，我誠不如郝隆。然而浙東爲修禊帖勝地，青溪據床之弄，或當尚有存者。而我三年以來，彼中所有人物，亦既略得目睹，殊不見有所謂逸少、子野其人者，此爲大可嗤也。其言殊憒憒，看陸詩便知。

照耀文星吳分野，留連花月晉名賢。相逢已恨相知晚，一曲驪歌又幾年。後解

後解先罵倒本地人，然後申意三君子也。言若今此三君子者，真皆上應星象，下追古賢，昨又恨遲，今又悲早者也。

鄭　璧

唐末江南進士也。與皮、陸唱酬。

哭開元觀顧道士

斜漢銀瀾一夜東，飄飄何處五雲中。空留華表千年約，纔畢丹爐九轉功。前解

前解寫自哭也。一悵望空天，二不見升遐也；三後會未期，四前功盡棄也。

形蜕遠山孤壙月，影懸深院曉松風。門人不解飛昇去，猶與浮生慟哭同。後解

後解寫自解也。言形自蜕，影自懸，人自飛昇已去，此定不比人世浮生，故又無用慟哭爲也。

魏　朴

字不琢，毗陵人。唐末名士也。

悼　鶴

直欲裁書問杳冥，豈教靈化亦浮生。風林月動疑留魄，沙島烟深已盡情。前解

屈子問天，題曰「天問」。此爲天屬至尊，非可得問，是故特倒其文也。至于此日憤氣填膺，誰又能忍？于是不避狂悖，公然問天。「直欲」妙妙，「豈教」妙妙。言汝今報施，更不遵德，人生世上，復何言哉！三、四「風林月動」，真便是鶴；「沙島烟深」，真便是悼。更不必「疑留魄」、「已盡情」，而題理早已畢舉矣。

雪骨夜封蒼蘚冷，練衣寒在碧塘輕。人間飛去猶堪恨，況是泉臺非玉京。後解

五、六即上文「盡情」、下文「泉臺」也。七又輕輕略作一曲，描畫悼亡人左思右想、無限惋愕[一]，妙妙。八仍綴「玉京」二字，雖死後，猶爲此鶴爭聲價也。五「夜封蒼蘚」，六「寒在

[一]「限」，貫華堂本、賢文堂本作「恨」，據有正本改。

碧塘」，大好句法。六又勝似五。

李洞

字才江，京兆人，唐諸王孫也。慕賈浪仙爲詩，鑄其像，事之如神，嘗念賈島佛。所作詩，人多笑其僻澀，不能賞其奇峭，惟吴子華知之。子華才力浩大，八面受敵。嘗以百篇示洞。洞曰：「大兄所示百篇，中有一聯絶唱。《西昌新亭》曰：『暖漾魚遺子，晴游鹿引麛。』」子華不怨所鄙，而喜所許。不第，游蜀卒。詩一卷。

蹇驢

蹇驢秋蹔瘗荒田，忍把敲吟舊竹鞭。三尺桐輕背殘月，一條藤瘦卓寒烟。前解

某嘗言：人生難得是相知，而難而尤難更是相守。此言豈不韙哉！如妻妾與友生，以知我而守我，此請不復具論。世則别有未必知我而終守我，此真使我無可奈何之至者也。如長鬚蒼頭，如缺齒青衣，如下澤病馬，如籬落瘦犬，彼于主人，則豈解其眼光乃看何處，心頭乃抱何事者？而相隨以來，無理不共，饑寒迫蹙，永無間然。一信十年廿年，直于我乎歸老，縱復嚴被驅遣，亦别無路可去。嗟乎，嗟乎！身爲寠人，自不能救，餘粒曾幾，感此相依，慚愧固不待言，恩義如何可報？今日忽然讀到此詩，真是一片至情至理，更無論太上、其次。總是欲不如是，而有不得，切勿謂高人之多事也。〇一解

只寫得一「忍」字。「忍」之爲言，「不忍」也。言我一鞭、一桐、一藤，當時與此一驢，乃至並一李先生，是真所謂五一合爲一副者也。今日不幸，一既斃而埋矣，而如之何其一猶「把」，其一猶「背」，其一猶「卓」？是可忍，孰不可忍者乎！一「忍」字，便領盡三句。此亦暗用黄公酒罏不能重過，西州路門慟哭叩扉故事也。

通吴白浪寬圍國，倚蜀青山峭到天。如畫海門揎肘望，阿誰教買釣魚船。後解

想到游吴，想到游蜀，想到游海門。言從今一總不復更往，縱或興會偶及，亦只揎肘一望即休。昨日有人教買釣船，粗畢餘年，想能不負此心也。一斃驢，寫來便如先主既失諸葛相似，奇絶！

曹　唐

字堯賓，桂州人。初爲道士，太和中舉進士，爲使府從事。作游仙詩百餘篇，其友人曰：「堯賓曾作鬼詩。」唐曰：「何也？」曰：「『水底有天春寂寂，人間無路月茫茫。』非鬼詩而何？」唐大哂。數日，唐殂。詩三卷。

送羽人王錫歸羅浮

風前整頓紫荷巾，歸向羅浮學養神。石磴倚天行帶月，鐵橋通海入無塵。前解

前解寫羽人歸，後解寫羅浮。〇一寫其忽然欲歸，二寫其自説欲歸之故，三寫其一

路歸，四寫其竟歸矣。凡律詩三、四，決無無故平書二語之理。縱復有時甚似平書，然細察其間，必有欹側。如此三、四，一是下一「行」字，「行」之爲言，一路正歸；一是下一「入」字，「入」之爲言，歸已到家是也。三言「石磴倚天」，雖復高高行履，然還有脚迹可指。四言「鐵橋通海」，便是低低藏躲，已並無脚迹可指也。此是其作游仙詩一段本領。

龍蛇出洞閑行雨，犀象眠花不避人。正是葛洪尋藥處，露苗烟甲滿山春。後解

五、六寫羅浮實景，然亦絶與羽人相襯。七言如此龍蛇犀象中間，正是抱朴先生行藥之處，今日抱朴雖往，而藥草固在，羽人正應早歸續尋也。

送劉尊師祇詔闕庭

仙老閑眠碧草堂，帝書徵出白雲鄉。龜臺欲署長生籍，鸞殿須論不死方。前解

前解寫詔徵。〇此詩通首俱譏闕庭，言仙老只知閑眠，何長生之可署；而帝書忽來，鸞殿久佇，曰欲求不死方也。夫不死誠復有方，則羲農至今在御，此座安得至陛下哉？神仙盡是「妖妄」，漢武真至論也。

莖露曉傾延命酒，素烟夜爇降真香。五千言外無文字，更有何書贈武皇。後解

後解寫陛見。〇酒能延命，香能降真，設有其理，五千何不言之？曰：五千雖未及言，又有他書言之也。則吾熟睹汝家他書之文不成文，字不成字也。《道藏》至今不燒，可見

世無識文字人。

暮春戲贈吴端公

年少英雄好丈夫，大家望拜執金吾。閑眠曉日聽鶗鴂，笑倚春風仗轆轤。前解

此甚惜端公少年英物，而屏著閑處也。前解只是疾惡如讎一意。《漢書》顔師古注：金吾，鳥名。性辟不祥，天子出，執此鳥之像先導，以禦非常，遂爲官名也。服虔《異物志》：鶗鴂，博勞也。《古詩》：「腰中轆轤劍，可值千萬餘。」宋孝武孝建二年，削弱王侯，劍不得爲轆轤形，是也。詩意言端公年少英雄，人望其爲金吾。此何故哉？豈非一聞惡聲，即拔劍而起，其性嫉耶，實稱其官也耶？

深院吹笙聞漢婢，静街調馬任奚奴。牡丹花下鈎簾外，獨憑紅肌捋虎鬚。後解

然則朝廷早以金吾處端公否？曰：未也，今方鈎簾對花、憑妄捋鬚焉耳。胡爲鈎簾對花、憑妄捋鬚？曰：端公亦真無可奈之何也。夫以院婢吹笙而不往聽，街奴調馬而不往觀，則其心頭自另有一段緣故也。然而終亦鈎簾對花、憑妄捋鬚而已，則知朝廷之于人才，亦大略如是也。後解只是閑住不樂一意。「捋虎鬚」，自是書空咄咄之意，又加「憑紅肌」者，壯士一段雄心銷磨不得，最是婦人銷磨之也。

贈南岳馮處士

白石溪邊自結廬，風泉滿院稱幽居。鳥啼深樹丸靈藥，花落晴窗看道書。前解

一「自結廬」，「自」字妙妙；二「稱幽居」，「稱」字妙妙。隨手輕輕寫此二字，以與下「王門曳裾」字當面比照，早自更無旋向之處也。蓋「自」之爲言，不借他力也；「稱」之爲言，得如我意也。從來世上，惟有不借他力，方能得如我意。若有一分不如意；若更十分借他力，便更十分不如意。此即《孟子》所云「趙孟之所貴，趙孟能賤之」也。三、四鳥啼丸藥、花落看書，極力寫來，原只此一「稱」字。然使當時不「自結廬」，則亦安得有此？然則極力寫來，原只此一「自」字也。

烟林晚過鹿裘濕，水月夜明山舍虛。支頤笑我閑名出，終日王門去曳裾。後解

五、六因言：處士鹿裘晚濕，何曾束帶矜莊？山舍夜虛，並無榆柳森植，而我乃獨不免束帶矜莊，以與榆柳並植，雖欲不受其笑，此又胡可得哉？

鄭谷

字若愚，袁州人，故永州刺史之子。幼年，司空圖與刺史同院，見而奇之，曰：「曾吟得丈丈詩否？」曰：「吟得。」「莫有病否？」曰：「丈丈《曲江晚望斷》篇云：『村南斜日閑回看，一對鴛鴦落渡頭。』即深意矣。」司空歎惜撫背曰：「當爲一代風騷主。」乾寧中爲都官郎中，卒于家。谷自叙云：「故

許昌薛尚書爲都官郎中，後數年，建州李員外頻自憲府拜都官員外，皆一時騷雅宗師。都官之曹，振盛于此。余受早知，今忝此官，復是正秩，何以相繼前賢耶？」有《雲臺編》三卷，又《宜陽集》三卷。

鷓鴣

暖戲烟蕪錦翼齊，品流應得近山鷄。雨昏青草湖邊過，花落黄陵廟裏啼。前解

詠物詩純用興最好，純用比亦最好，獨有純用賦却不好。何則？詩之爲言思也。其出也，必于人之思；其入也，必于人之思。以其出入于人之思，夫是故謂之詩焉。若使不比不興而徒賦一物，則是畫工金碧屏幛，人其何故睹之而忽悲忽喜？夫特地作詩，而人乃不悲不喜，然則不如無作。此皆不比不興，純用賦體之過也。相傳鄭都官當時，實以此詩得名，豈非以其「雨昏」、「花落」之兩句？然此猶是賦也。我則獨愛其「苦竹叢深春日西」之七字，深得比興之遺也。

游子乍聞征袖濕，佳人纔唱翠眉低。相呼相唤湘江曲，苦竹叢深春日西。後解

前解寫鷓鴣，後解寫聞鷓鴣者。○若不分解，豈非廟裏啼，江岸又啼耶？故知「花落黄陵」，只是閑寫鷓鴣，此七與八乃是另寫一人，聞之而身心登時茫然。然後悟詠物詩中，多半是詠人之句，如之何後賢乃更純作賦體？

渚宫亂後作

鄉人來話亂離情，淚滿殘陽問楚荆。白社已應無故老，清江依舊繞孤城。前解

前解問，後解答。○一、二只是隨手叙事，却爲其中間乘空插得「殘陽」二字，遂令下所問之二語，讀之加倍衰颯。此爲句前添色法也。○「白社應無」，此正問也，而又問「清江仍繞」者，此是其情慌意迫，急不見答，于是無倫無次，接口沓問。猶言若使江城如舊，然則白社之無，已信也。疑之甚，懼之甚，悉盡此無倫無次、接口之一沓問中也。

高秋軍旅齊山樹，昔日漁家盡野營。牢落故園征戰後，黄花綠蔓上牆生。後解

人之私心，則固獨急其家也。而問則又必全及鄉國者，鄉國幸完，則家或幸完；鄉國已破，則家分必破，此固不必煩致其辭者也。而答則又必由國而鄉，而仍詳及其家者，人同即心同，心同即急同。此又自然必至之情理，初不待其必問也。看他「高秋」、「漁家」，漸及「故園」，真爲體物緣情之妙作矣。

渼陂

昔事東流共不回，春深獨向渼陂來。山前别業依稀在，雨裏梨花寂寞開。前解

「昔事」，即渼陂之昔事也。「别業」，此别業也；「梨花」，此梨花也。俯首思之，曾幾何時，而風流雲散，遂至今日。陪一「東流」，妙妙，便寫盡昔年如同電拂，永無還理，一任刻苦思量，究竟無法可處也。「依稀在」，要知其不是寫别業；「寂寞開」，要知其不是寫梨花。此是極寫春深獨來之一「獨」字也。

却展釣絲無野艇，舊題詩句在蒼苔。潸然回顧難消遣，祇有佯狂泥酒杯。後解

「展釣絲」是餘興尚在，「看蒼苔」是陳迹盡非，祇有佯狂飲酒。我讀此言，而不覺深悲國破家亡又未得死之人，真不知其何以爲活也！

登慈恩寺塔

往事悠悠成浩歎，浮生擾擾竟何能。故山歲晚不歸去，高塔天晴獨自登。前解

不着邊際，斗然發唱，真是登塔神理。一「成浩歎」妙，便攝盡過去；二「竟何能」妙，便攝盡未來。三、四承之，不惟不是高興，兼亦不是遣興；不惟無勝可攬，兼亦無涕可揮。此爲唐人氣盡之作也。

林下呼群秋草鹿，溪邊踏葉夕陽僧。吟餘却起雙峰念，曾看庵西瀑布冰。後解

五只是寫「秋」，六只是寫「夕」。言歲則已秋，日則又夕，雙峰故庵，便使力疾速去，又是瀑布成冰時候矣。

石城

石城昔爲莫愁鄉，莫愁魂散石城荒。江人依舊棹舴艋，江岸還是飛鴛鴦。前解

千古人只知李青蓮欲學《黄鶴樓》，何曾知鄭鷓鴣曾學《黄鶴樓》耶？看其一、二，照樣脱胎出來，分明鬼偷神卸，已不必多賞。吾更賞其三、四「江人」、「江岸」之句，真乃自翻機杼，另出新裁，不甚規摹《黄鶴》，而凡《黄鶴》所有未盡之極筆，反似與他補寫極盡。此真採神妙手，信乎名下無虚也。○人生世間，前浪自滅，後浪自起，有何古人，純是今人也。只如舴艋、鴛鴦，明是一場扯淡，而彼牛山猶有揮淚之老翁，此亦甚爲不達時務也。

帆去帆來風浩渺，花開花謝春悲涼。烟濃草遠望不盡，千古漢陽間夕陽。後解

更不必云秦楚漢魏，只此「帆來帆去」、「花開花謝」，便盡從來圈襀矣。「浩渺」字妙，「悲涼」字妙。從古至今，從今至後，只有浩渺，只有悲涼，欲悟亦無事可悟，欲迷亦無處得迷。看他如此後解，亦復奚讓《黄鶴》耶？漢陽、夕陽，中間着一「間」字，不知是漢陽間，夕陽間。吾亦曰：「眼前有景道不得，鄭谷題詩在上頭。」

崔塗

字禮山，光啓進士第。集一卷。

春夕旅懷

水流花謝兩無情，送盡東風過楚城。蝴蝶夢中家萬里，子規枝上月三更。前解

「水流」是水無情，「花謝」是花無情。何謂「無情」？明見客不得歸，而盡送春不少住，是以曰無情也。何人胸中無春怨，如此却是怨得大無賴矣。三是「家」，却不是家，却是「夢」；却又不是夢，却是床上客。四是「月」，却不是月，却是「鵑」；却又不是鵑，却是一夜淚。自來寫旅懷，更無有苦于此者矣。

故園書動經年絶，華髮春惟滿鏡生。自是不歸歸便得，五湖烟景有誰爭。後解

五、六，一「動」字、一「惟」字，直是路絶心窮，更無法處。七、八却于更無法處之中，忽然《易》「窮則變」，變出如此十四字來。真令人一時讀之，忽地通身跳脱也。

鸚鵡洲春望

悵望春襟鬱未開，重臨鸚鵡益堪哀。曹公尚不能容物，黄祖何因反愛才。前解

「悵望」之爲言，悵然而望也。胸中先有欲然之事，久之而純不然，于是欲望則已無味，不望則又可惜，因而望又悵，悵又望，爲「悵望」也。夫悵望，不必獨于鸚鵡洲也，先亦

無日不望，無處不望矣。至于此日，則偶于此洲而亦悵望。當其悵望之初，固並不覺此洲之爲鸚鵡也。至于忽覺此洲之爲鸚鵡，而其悵望之心，正不得不加倍其欲哭也。看他不于鸚鵡洲下添出一層，偏于鸚鵡洲上添出一層，妙妙。三、四不罵黄祖，直罵曹公，此雖從來舊論，然亦可以尋其春襟久鬱之故矣。

幽島暖聞燕雁去，曉江晴覺蜀波來。誰人正得風濤便，一點輕帆萬里迴。後解

五、六言「燕雁去」，去到何處？「蜀波來」，來自何處？可知正即是我悵望之一處也。七、八因言：況又不止燕雁、蜀波，尚有輕帆一點。嗟乎，嗟乎！同是萬里，同是風濤，而便者已迴，鬱者未去，我亦猶人，如之何其獨至于此極哉！

張　蠙

字象文。唐末登第，尉櫟陽。避亂入蜀，蜀王時爲金堂令。徐后游大慈寺，見壁間題云：「牆頭細雨垂纖草，水面回風聚落花。」問寺僧，僧以蠙對。乃賜霞光牋，令寫詩以進。蠙進二百首，衍善之，召爲知制誥。蠙生穎秀，幼有《單于臺》詩曰：「白日地中出，黄河天外來。」爲世所稱。卒年四十。集二卷。

邊　情

窮荒始得浄天驕，又説天兵擬渡遼。聖主尚嫌蕃界近，將軍莫恨漢庭遥。前解

一「始得」二字，已不知費却何限人死戰；二「又説」二字，又不知將費何限人死戰

也。三、四以調笑承之。「尚嫌」妙,「莫恨」妙,真寫盡窮兵黷武之可恨也。○前解只是直書其事,至後解始論之。

草枯朔野春難發,冰結河源夏未銷。惆悵臨戎皆許國,無人不是霍嫖姚。後解

此解乃極論前解之得失,言塞外春不草發,夏不冰銷,得其地不足耕,得其人不足治。然則聖主之必欲渡遼擴之,此是何故?因言此非聖主之意,皆彼臨戎諸臣之罪也。看他七、八,乃用如此十二字成壯語,上却輕輕加以「惆悵」二字,妙。並無譏訕之嫌,而聞者乃更不得不心動矣。

贈九江太守

江頭暫駐木蘭船,漁父來誇太守賢。三邑旋添新户口,四營已廢舊戈鋋。前解

因九江便想出江頭,因江頭便想出駐船,因駐船便想出漁父。于是便因漁父口中,想出太守許多賢來。此非必此太守真已能此,蓋君子贈人以言:「民之所好好之。」爲太守不當如是耶?

笙歌不似經荒後,禮樂猶如未戰前。昨日西亭從游騎,信旗風裏説詩篇。後解

上解「添户口」、「廢戈鋋」,猶是草草經略,此解乃至直寫出優而柔之,化行俗美。君子之望人,因無已時矣。

蘇廣文

自商山宿陶令隱居

聞説花源可避秦，尋幽數日不逢人。烟霞洞裏無鷄犬，風雨林間有鬼神。前解

此解先寫「自商山」三字，言其隱居，隔斷囂塵，永無人到，非如終南中人托言避秦，而私且成蹊者也。三、四「無鷄犬」、「有鬼神」，嚴峻門庭，奇怪筆墨，只是刻寫真正深山，不必真有其事也。

黄公石上三芝秀，陶令門前五柳春。醉卧白雲閑入夢，不知何物是吾身。後解

此解始寫「陶令隱居」，始寫「宿」。○竟借靖節爲「陶令」，又先陪之以「黄石」，妙妙。夫胸中無緣故人，爾雖槁死萬萬，豈得稱「隱居」哉。必也出爲帝師，歸爲逸民，以子房之天地震動，爲靖節之涼風北窗，夫而後人之入其門，寄其廡者，乃始無不釋然意消、嘖然心服也。末云不知有身，妙。此猶《秋水》云「今我睹子之難窮也，吾非至于子之門，則殆矣，吾常見笑于大方之家」也。

周朴

唐末詩人，寓于閩中。于僧寺假丈室以居，不飲酒茹葷，塊然獨處。諸僧晨粥卯食，朴亦攜巾盂，厠諸僧下，畢食而退，率以爲常。郡中豪貴設供，率施僧錢，朴亦巡行拱手，各丐一錢。有以數錢與者，朴止受其一。得千錢以備茶藥之費，將盡復然，僧徒亦未嘗厭也。性喜吟詩，尤尚苦澀。每遇景

物,搜奇抉思,日旰忘返。苟得一聯一句,則忻然自快。嘗野逢一樵叟,忽持之,且厲聲曰:「我得之矣!」樵者瞿然驚駭,棄薪而去。遇游徼卒,疑樵者爲偷兒,執而訊之。朴告卒曰:「適見負薪,因得句耳。」乃釋之。有一士人,以朴僻于詩,欲戲之,乃跨驢于路,欹帽掩面,吟朴詩云:「禹力不到處,河聲流向東。」朴聞之忿,遽隨其後行。士但促驢而去,略不回顧。行數里,追及,朴告之曰:「僕詩『河聲流向西』,何得言『東』耶?」士人頷之而已。閩中傳以爲笑。又云黄巢至福州,求得朴,問曰:「能從我乎?」答曰:「我尚不仕天子,安能從賊?」巢怒,斬之。集二卷。

桐柏觀

東南一境清心目,有此千峰插翠微。人在下方衝月上,鶴從高處破烟飛。前解

寫上山,用「衝月」字,便另是清景,再用驚鶴字,一發幽迥靈異。此時身已直上桐柏矣,却又倒追至日間未到已前發筆,言我頃間遥望東南,有千朵翠微,不覺心目快然者,便是此山也。豈不絶妙章法?

岩深水落寒侵骨,門静花開色照衣。欲識蓬萊今便是,更于何處學忘機。後解

五不留色相,六不壞色相。不留色相,而非空諦;不壞色相,而非俗諦。此便是一切真靈境界、極大總持,不圖唐人寫入詩來。○前解一「此」字,後解一「今」字。「此」字是的確證入,「今」字是迅疾奉行。學道人千萬另自詳讀之。

登福州南澗寺

萬里重山繞福州，南横一道見溪流。天邊飛鳥東西没，塵裏行人早晚休。前解

遠望將以當歸，乃見山繞萬重，此時心盡氣絶，更無訴説之處，除非回頭南看，反有溪流一道，然此則與北望人其奚涉哉。十四字真是極真極平情事，極奇極妙筆墨。不是唐人，實寫不出來也。三、四，天邊鳥，東飛東没，西飛西没；塵裏人，早行早休，晚行晚休，俱得任心自在。極寫重山繞住人無此樂也。

曉日春山當大海，連雲古塹對高樓。那堪望斷他鄉外，只此蕭條已白頭。後解

前解寫他鄉望斷，那不頭白也。此六、七，又换筆再寫南澗寺景，言何必更説望斷，只此曉日大海、古塹高樓，已足斷送性命矣。此公手下，最有悲凉之狀。連前篇，俱細細學之。

吴　融

字子華，越州山陰人。龍紀初，及進士第。昭宗反正，御南闕，群臣稱賀，融最先至。于時左右歡駭，帝有指授，疊十許稿，融跪作詔。少選成，語當意詳，帝咨賞良厚，進户部侍郎。鳳翔劫遷，融不克從，去客閿鄉。俄召還翰林，遷承旨。集三卷。

金橋感事

太行殘雪疊晴空，二月郊原尚朔風。飲馬早聞臨渭北，射鵰今欲過關東。前解

一、二雖是據景實寫，然言外便有拔劍斫案，威毛畢竪，麾開妻子，躧步出門，何雪何風，吾其行矣之意。三「早聞」妙，四「今欲」妙。大聲呼他普天下忠孝男子，是誰容渠如此？真見一日壞過一日也。

百年徒有伊川歎，五利寧無魏絳功。日暮長亭正愁絶，悲笳一曲戍烟中。後解

五言豈有一人不切悲憤，六言何無一人實能破賊；七、八言人正感奮，笳又催逼，忽然忘生，真在此時也。

彭門用兵後經沛路

隋堤風物已凄涼，堤下新多舊戰場。金鏃有苔人拾得，蘆花無主鳥銜將。前解

用兵後，故曰「舊戰場」，然上句却從「隋堤」寫來，故又曰「新多」。細思此，固明明新戰場也，而必名之曰「舊」者，既往不咎也。只此一「舊」字，便早爲末句「戍鼙」二字異樣陽秋。至于起筆之必欲故寫「隋堤」七字，此則如《詩》所云「殷鑒不遠，在夏后之

世」也。

秋聲暗促河聲急，野色遥連日色黄。獨上寒城正愁絶，戍鼙驚起雁行行。後解

五寫大風大河，六寫荒原荒日。十四字只爲「獨上寒城」之一「獨」字，引淚也。末又加寫「戍鼙」字，言莫是又有新戰場也。

廢　宅

風飄碧瓦雨摧垣，却有鄰人爲鎖門。幾樹好花閑白晝，滿庭芳草易黄昏。前解

飄瓦摧垣不苦，有人鎖門真苦。蓋一片荒蕪敗落，反是眼前恒睹，却因鄰人一鎖，斗地念着此門當時車馬闐隘，呵殿出入，彼鎖門人何處有其立地？不圖今日管鑰獨把，開閉從心，真是一場痛哭也。三、四「好花」、「芳草」，即此鄰人之所鎖也。「閑白晝」易解，「易黄昏」難解。亦是一時眼頭心底，親見有如此也。

放魚池涸蛙爭聚，栖燕梁空雀自喧。何獨凄凉眼前事，咸陽久已變寒原。後解

蛙聚雀喧，只是極寫凄凉，何足又道？特地寫者，「放魚池」、「栖燕梁」，有此六字，便直想到春日濠梁，客皆莊惠；鬱金堂裏，人是莫愁。何意今日，一至于此！更妙于末句並及咸陽，所謂劫火終訖，乾坤洞然。雖復以四大海水爲眼淚，已不能盡哭，于廢宅乎又何言哉！

富春

水送山迎入富春，一川如畫晚晴新。雲低遠渡帆來重，潮落寒沙鳥下頻。前解

「入富春」上，先寫「水送山迎」，此非爲連日紀程，正是襯出他「一川如畫」。言前此水無此水，山無此山，況值晚晴，真爲暢懷悦目也。三、四承寫「一川如畫」，又用「雲低」字再寫「晴」，「潮落」字再寫「晚」也。妙絶。

未必柳間無謝客，也應花裏有秦人。嚴光萬古清風在，不敢停橈去問津。後解

此寫富春人物，特伸仰止。看他向「柳間」「花裏」，安個「謝客」「秦人」，已是勝懷莫敵，却又用「未必」「無」、「也應」「有」字，别更推尊子陵，乃至不敢停橈問津。嗚呼！其胸中豈以利禄爲事者哉。

新安道中玩流水

一渠春水碧潺潺，密竹繁花掩映間。看處便須終日住，算來寧得此身閑。前解

誰欲詠流水？直寫一行上道，百勝都廢，只如此水，便是當面錯過，已更無閑身少得周旋也。二加「密竹繁花」，不是閑筆相襯，正是一雙妙眼，看出百般佳致，寫題中「玩」

字也。

縈紆似接迷人洞，清冷應連有雪山。上却征車更回首，了然塵土不相關。後解

五、六「似接」、「應連」，無中生有。此非新安流水真有此景，直是胸中時時刻刻，有一「迷人洞」、「有雪山」，縈迴來往于方寸之間，此日不覺半真半假，借題吐之。「了然不相關」妙，明是久悟語，不是乍悟語也。

春歸次金陵

春陰漠漠覆江城，南國歸橈趁晚程。水上驛流初過雨，樹籠堤去不離鶯。前解

要知此解乃是舟行如駛，顧見金陵而作。一輕陰覆城，可知是遥望；二晚橈趁程，可知是不泊。三、四雨後路濕，樹隨堤去，可知是穩坐篷底，頃刻而過也。看他筆墨，何等輕，何等細，何等秀異，何等姣好！「上」，上聲。

迹疏冠蓋兼無夢，地近鄉關又有情。終被東風動離思，楊花千里雪中行。後解

此解自釋前解所以不泊之故也。言金陵不少冠蓋，既已並無夢緣，鄉關近在咫尺，又圖立刻便到，所以連晚疾發，更不少停。然而此二三知己，終不可去諸懷，于是千里楊花，不免暗傷情抱也。看他又是何等閑暢，何等婉約，實備風人之衆妙矣。

浙東筵上有寄

襄王席上一神仙，眼色相當語不傳。見了又休真是夢，坐來雖近遠于天。前解

前解寫彼人目成。三即「眼色相當」，四即「語不傳」也。

隴禽有意猶能説，江月無心也解圓。獨被春風助惆悵，前庭花裏蝶翩翩。後解

後解寫自家心斷。〇「説」之爲言，先通其意；「圓」之爲言，終成其事也。末句借比花蝶翩翩，言不惟不望其圓，乃至不能得説。通篇皆寫「語不傳」三字也。

書懷

傍岩依樹結檐楹，景物蕭疏夏更清。灘響忽驚何處雨，松陰自轉一峰晴。前解

須知此爲「九衢塵裏」，受勞不過，酒醒夢覺，無端設想。言如幸得有廬如此，真是快活無量也。看他滿心滿意，先寫出「夏更清」三字，且不論人間何處有此快境，只據其纔動筆便早説至此，便知亦是世上第一怕夏人。嗟乎！安有怕夏人而又能奔走「九衢塵裏」者哉。三、四忽雨忽晴，撰景靈幻，桑經酈注，必真有之。〇人言唐詩難看，只是自己忘却其題是「書懷」也。

見多鄰犬遥相認，來慣幽禽更不驚。爭敢便誇饒勝事，九衢塵裹免勞生。後解

五、六正寫是山中忘機，反寫是九衢多懼也。七、八又自隨筆迅掃，言何敢便說真有此處，但得免在此間已足。言外可見九衢之犬吠禽驚，殆有不可勝道者也。

送知古上人

昔年離别浙河東，多難相逢舊楚宫。振錫纔聞三徑草，登船又挂一帆風。前解

久别不得逢，至難中忽逢，此已是異樣苦事，如何又欲挂帆即别？于是將胸中無限愁苦，向口中一氣話出。本極曲折淋漓，而反見徑直暢遂，此真非無故弄筆人所得有也。

幾程村飯添盂白，何處山花照衲紅。不似投荒憔悴客，滄波無際問漁翁。後解

後又忽借送師，説出自己無食無衣。讀之只道爲師欣慰，却已爲自嗚咽，妙妙。

和陸拾遺詠諫院松

落落孤松何處尋，月華西畔結根深。曉含仙掌三清露，晚上宫牆百雉陰。前解

既是「諫院松」，又問「何處尋」，此如何文理？故知此詩乃是借「落落孤松」，詠落落自己。言如山中故人，欲問我今何在，則我實且結根王家，朝朝暮暮，不離君側。是答

「曉」字、「晚」字句法也。

野鶴不歸應有怨，白雲高去太無心。碧岩秋澗休相望，捧日元須在禁林。後解

「碧岩秋澗」比故山，「野鶴」「白雲」比故人。言故山故人，見我在此，或怨或去，各致相望。然殊不知堯舜君民，欲身親見，將爲其事，必居其地，固無可嫌之法也。

即　事

抵鵲山前寄掩扉，便堪終老脱朝衣。曉窺青鏡千峰入，暮倚長松獨鶴歸。前解

前解「便堪」、後解「何須」，前解「寄掩扉」、後解「問釣磯」，分明便是一句話。蓋必買山已定，而後乃今挂冠，則是終其身無得去之日，此一大可笑也。「寄」字妙妙。何必辨其人扉我扉、人掩我掩，但有掩扉之處，得寄一日亦足。「便堪終老」妙妙。非以掩扉終老，政以得寄終老也。「脱朝衣」字，只用筆稍略帶。「曉」字妙妙，「暮」字妙妙，猶言而今而後，曉爲我曉，暮爲我暮，青鏡已得窺，長松已得倚，又見千峰入，又見獨鶴歸也。真快活也，真自在也！

雲裏引來泉脈細，雨中移得藥苗肥。何須一箸鱸魚膾，始挂孤帆問釣磯。後解

五、六細泉、肥藥，不過翻下「鱸魚」也，誤解抵鵲山景便非。「始挂」妙妙。《孟子》亦曰：「如知其非義，斯速已矣，何待來年。」○題曰「即事」者，只是眼看抵鵲山耳。

東歸次瀛上

暖烟着草澹霏霏，一片晴山襯夕暉。水露淺沙無客泛，樹連疏苑有鶯飛。前解

一解四句，純寫下解「寂寞」二字。「暖烟」句寫近睹亦寂寞，「一片」句寫遠望亦寂寞；「水露」句寫俯觀亦寂寞，「樹連」句寫仰視亦寂寞。明明一片春物，不知何故，誦之純覺心魂蕭颯也。

自從身與滄浪別，長被春教寂寞歸。回首青門不知處，向人楊柳莫依依。後解

因言此已不在今日也，自從初來，到于今兹，凡歷幾春，春春應歸。十四字，不知滴過幾許眼淚。分付楊柳者，言東出青門，並無人送，何勞此樹，獨作依依？所謂悲不自勝也。

男雍釋弓筆受並補注。

學人顧祖頌孫聞校過

貫華堂選批唐才子詩甲集七言律卷之八上終

貫華堂選批唐才子詩甲集七言律卷之八下

聖歎外書

韓偓

字致堯，小字冬郎，京兆萬年人。擢進士第，佐河中幕府，召拜左拾遺，累遷左諫議大夫。宰相崔胤判度支，表以自副。王溥薦爲翰林學士，遷中書舍人。韓全誨劫帝西幸，偓夜追及，見帝慟哭。至鳳翔，遷兵部侍郎，進承旨。忤朱全忠，貶濮州司馬，帝執手流涕曰：「我左右無人矣！」詩一卷。其《香奩集》一卷，沈存中、尤延之並以爲和凝作。凝少日作此詩，後貴盛，嫁名韓偓，不欲自没，故于他文中見之。今其詞與韓不類，蓋或然也。

春盡

惜春連日醉昏昏，醒後衣裳見酒痕。細水浮花歸别澗，斷雲將雨下孤村。前解

「惜春」，是春未盡前；「醒後」，是春已盡後。「見酒痕」，不復見花事矣，可爲浩歎也。水「歸别澗」下，再加「雨下孤村」，寫春盡，真如掃塗滅迹。庸手亦解用「雨」，却用在

花句前，妙手偏用在花句後。此其相去無算，不可不知也。

人間易得芳時恨，地迥難招自古魂。慚愧流鶯相厚意，清晨獨爲到西園。後解

春盡又何足惜，兩行淚實爲「人間」、「地迥」隨耳。「流鶯」上，用「相厚」字、「慚愧」字、「獨爲」字、「清晨」字，妙。怨甚而又不怒，其斯爲詩人之言也。「相厚」在「清晨」，慚愧在「獨爲」。

重過曲江

追尋前事立江汀，漁者應聞太息聲。避客野鷗真有感，損花微雪故無情。前解

三、四，即所「追尋」之前事也。客何足避，而鷗必避；花何堪損，而雪必損。然則客之不能損鷗，此其理可悟；而花之不能避雪，此其事真可哀也。「應聞太息」，妙妙。愧亦有，悔亦有，感亦有，悟亦有。蓋「漁者」二字，便作珠玉在前用矣。

疏林自覺長堤在，春水空連古岸平。惆悵引人還到夜，鞭梢風冷柳烟輕。後解

此寫「立江汀」三字也。「自覺」妙，如云心疑有路然；「空連」妙，如云實無動步處。如此，便應掉臂從漁者去耳，乃風冷烟輕，還又相引，人于熟處，真是難割，寫來胡可勝歎也。

三　月

辛夷已謝小桃發，踏青過後寒食前。四時最好是三月，一去不回惟少年。前解

某花謝，某花發，某日後，某日前，便如射覆著語相似，早令「三月」跳脱而出。遽讀「四時最好」四字，只道通篇作快活語，不圖其四之斗地直落下去，使讀者聲淚俱盡也。

吴國地遥江接海，漢陵碑斷草連天。新愁舊恨知無奈，須就鄰家甕底眠。後解

五、六即「新愁舊恨」也。地遥海接、碑斷草連，並不明言愁恨是何事，然其爲愁爲恨，亦已約略可知也。萬無可奈，而欲學步兵醉眠，嗚呼，憊矣！

午睡夢江外兄弟

長夏閑居門不開，繞門青草絶塵埃。空庭日午獨眠覺，旅夢天涯相見迴。前解

既言「門不開」矣，又言「青草繞門」，此便是寫夢痴筆也。亦想亦因，自顛自倒，千里跬步，十年一刻，旁人見是獨眠始覺，我自省是相見乍回。視門不開，視草無迹，真成一笑，却又欲哭矣。

鬢向此時應有雪，心從别後已成灰。如何水陸三千里，幾月書郵不一來。後解

「向此時」，是順寫夢後；「從別後」，是逆寫夢前。從夢後斗地逆轉到夢前，言此夢實有因緣，不是無端之事也。

過臨淮故里

交游昔歲已凋零，第宅今來亦變更。舊廟荒涼時享絶，子孫凍餒一官成。前解

一、二寫昔歲還是凋零，今來乃並無凋零，此即暗用香嚴立錐頌成妙詩也。三句苦在廟在，四句苦在官成。時享都絶，用廟何爲？凍餒不救，用官何爲？寫來便如落日風吹，暗壁鬼嘯。

五湖已負他年志，百戰空垂異代名。榮盛幾何流落久，遣人懷抱薄浮生。後解

後解感憤沉厚，辭旨激昂，純是切諷朝廷，非止慟哭臨淮也。言其寧負五湖，是何等愚忠；名動異代，是何等血戰。今墓草未荒，略無存恤，前賢不報，後賢誰奮？末句比優孟辭更加一倍悲憤，讀之使人變色。

避地寒食

避地淹留已自悲，況逢寒食倍沾衣。濃春孤館人愁坐，斜日空園花亂飛。前解

此「避地」，竟不知爲何事，總是竄伏既久，急不得出，因觸佳節，滴淚爲詩也。一、二「已自」、「況逢」，曲折寫出。三、四，「人愁坐」，悲在一「坐」字；「花亂飛」，悲在一「亂」字。言天步方難，那容閑坐；寸陰是寶，奈何急馳。寫一日二日，關係無數失得人，却走入更不得出頭之處，真欲血淚迸流也。三、四，細玩其句法。

路遠正憂知已盡，時危不獨賞心違。一身所繫無窮事，爭敢青年便息機。後解

五、六轉筆。然則我今日之哭，自爲避地，初不爲寒食也。不然，而世有息機之人，静對衆芳，閑觀零落，盡委大化，我豈不能？無奈一時大事，盡屬此身，況在青年，胡不戮力？固不能與早眠晏起、飽飯徐行老翁，較量「賞心」二字也。

途中經野塘

亂世他鄉見落梅，野塘晴日獨徘徊。船衝水鳥飛還止，袖拂楊花去又來。前解

「見落梅」，言又開春也；「獨徘徊」，言一無所依、一無所事也。「飛還止」，「去又來」，雖寫「水鳥」、「楊花」，然皆自比徘徊野塘，無聊無賴也。看他一、二，「亂世」下又接「他鄉」字，「他鄉」上又加「亂世」字，「亂世他鄉」下又對「野塘晴日」字，使讀者心頭眼頭，一片荒荒涼涼，直是試想不得。有人言：水鳥比君子去而未遂，楊花比小人退而復進。此決無是解。唐人律體，凡三、四語意必本一、二，一、二若使未有，斷不忽然旁出。

季重舊游多喪逝，子山新賦極悲哀。眼看朝市爲陵谷，始信昆明有劫灰。後解

魏文帝與吴季重書：「昔年疾疫，親故罹災。徐、陳、應、劉，一時俱逝。」庚子山序《哀江南賦》：「不無危苦之辭，惟以悲哀爲主。」言此二篇之論，今日恰與我意悵然有當也。「眼看」妙，「始信」妙，不是眼看，亦不始信，此極傷痛之聲也。

傷亂

岸上花根總倒垂，水中花影幾千枝。一枝一影寒山裏，野水野花清露時。前解

寫亂後園林一空，陂塘盡壞，花倒岸上，影照水中。凡用三「花」字、兩「水」字、兩「枝」字、兩「影」字、兩「野」字、兩「一」字，撰成蕭疏歷亂之作。誦之使人悄然追想當年，車如流水，馬若游龍，悲管切雲，繁弦蕩日，真欲遍身灑灑作寒也。

故國幾年猶戰鬥，異鄉終日見旌旗。交親流落身羸病，誰在誰亡兩不知。後解

「幾年猶」，問之辭，言實不知還要戰鬥幾年。何故乃作此言？則以「終日見旌旗」之故也。「交親流落」，是我不知其爲在爲亡；「身羸病」，是彼不知我爲在爲亡，謂之「兩不知」也。交親零落，在故國；身羸病，在異鄉。

禁中作

銀臺直北金鑾外，暑雨初晴涼月中。惟對松篁聽刻漏，更無塵土翳虚空。前解

此詩乃致堯正爲學士時所作。一言銀臺門北，金鑾殿外，此是學士上直之處也；二言時雨洗暑，涼月在空，此是學士上直之時也。三言更無閑事[一]，承一也；四言更無餘暑，承二也。

緑香熨齒金盤果，清冷侵衣水殿風。坐久始聞鈴索動，玉堂西畔響丁東。後解

五言金盤何器，而果熨臣齒；六言水殿何處，而風侵臣衣。一時反覆尋求，久之不能自得。已而忽聞懸鈴聲動，始悟微臣僅僅只以三寸柔翰，辱此九重厚恩也。翰林故事：有懸鈴引索，以代傳呼。每有緊急文字，即内臣立于門外，鈴聲動，本院小判官出，受訖，呈院使，院使授學士。

曹松

字夢徵，舒州人。天復初，杜德祥主文，放松及王希羽、劉象、柯崇、鄭希顔等及第。年皆七十餘，時號「五老榜」。詩三卷。

[一]「言」，貫華堂本、賢文堂本作「四」，據有正本改。

别湖上主人

門繫釣船雲滿津，借君幽致坐移旬。湖村夜叫白鳧雁，菱市曉喧深浦人。前解

讀其後解，乃是冬春之交，將别湖上。而此前解，則更倒追深秋初至湖上也。言當時偶來借居，衹爲釣船多致，承君不嫌生客，容我流連到今。三、四極寫初蒙下榻，深領幽致。言夜則有夜致，曉又有曉致；静既有静致，喧復有喧致也。

遠水日邊重作雪，寒林晚際别生春。不辭更住醒還醉，太乙東峰歸夢頻。後解

五、六言今雖雪意未融，春暄尚淺，道塗風寒，極勞憂念。然而去家移旬，歸夢頻切，太乙東峰，又有佳致，已更不能再住一日也。

南海旅次

憶歸休上越王臺，歸思臨高不易裁。爲客正當無雁處，故園誰道有書來。前解

忽然快翻「遠望當歸」舊語，成此嶄新妙起。言彼遠望當歸，自是不復求歸人語；今我直欲真歸，故更不敢上此高臺也。三、四極寫南海之遠，言彼空空之書，尚自難來；我纍纍之身，如何得去？正是不敢登臺之緣故也。

城頭早角吹霜盡，郭外殘潮帶月迴。心似百花開未得，年年爭發被春催。後解

五、六寫通夜不寐，神理如畫。此非只一夜，乃是夜夜也。「心」即思歸之心，言年年春初，紛然亂發，故曰「似百花」「被春催」也。

劉　兼

夢歸故園

桐葉驚霜落井欄，菱花借雪點衰顔。夜窗颯颯摇寒竹，秋枕迢迢夢故山。前解

「桐葉」、「菱花」，一真一假，驟然讀之，使人眼迷。此是「夢歸故園」之因，定不得不先寫也。再陪「夜窗颯颯」七字，寫欲入夢猶未入夢時。至「秋枕迢迢」七字，則竟入夢矣。其妙可想也。

臨水釣舟横葦岸，隔溪禪侣啓柴關。覺來依舊三更月，離緒鄉心起萬端。後解

五、六一聯十四字，竟公然寫出一夢，不因「覺來」句急明，幾使人無路可覓。若作中四句讀，則「夜窗」、「秋枕」、「臨水」、「隔溪」，如何成列？

王貞白

字有道。乾寧中進士。唐末，大播詩名。《御溝》爲卷首，云：「一派御溝水，緑槐相蔭清。此

波涵帝澤，無處濯塵纓。鳥道來雖險，龍池到自平。朝宗心本切，願向急流傾。」自謂冠絶無瑕，呈僧貫休。休曰：「甚好。只是剩一字。」貞白揚袂而去。休曰：「此公思敏。」書一字于掌中。逡巡，貞白迴，忻然曰：「已得一字。」云：「此中涵帝澤」。休將掌中字示之，正同。集一卷。

洗竹

道院竹繁教略洗，鳴琴酌酒看扶疏。未圖結實來丹鳳，先要長竿釣巨魚。前解

此解寫洗竹後一段快活。三是洗存者，四是洗去者。丹青，參差作對。

錦籜裁冠真散逸，玉芽修饌足清虚。有時記得三天事，好向琅玕節下書。後解

此解寫洗竹前一段細瑣。五、六是洗去者，七、八是洗存者。

韋莊

字端己，杜陵人，見素之後。昭宗乾寧元年進士。疏曠不拘小節。李詢爲西川宣諭和協使，辟爲判官。以中原多故，不就。後爲王建掌書記，尋召爲起居舍人，建表留之。集一卷。又集詩人百五十人，得詩三百章，爲《又玄集》。

奉和左司郎中春物暗度感而成章

纔喜新春已暮春，夕陽吟殺倚樓人。錦江風散霏霏雨，花市香飄漠漠塵。前解

一纔新春、已暮春，此是寫「度」；二忽襯「夕陽」二字，此是寫「暗度」也。言春光一總九十日來，可謂遥遥甚遠，如何不覺不知，魆地纔新已暮？原來九十日，每日瞥眼有一夕陽，于是草草不過十數夕陽，早是菁華一齊頓竭也。三、四畫之，言初然是風，既而是雨，始飄猶香，到地遂爲塵也。○前解寫「春物暗度」。

今日尚追巫峽夢，少年應遇洛川神。有時自患多情病，莫是前生宋玉身。後解

後解寫「左司郎中」。○「今日」之爲言，老年也。言老年猶尚不禁花事，然則少時又不知何等唤奈何也。

雪夜泛舟游南溪

大江西面小溪斜，入竹穿松似若耶。兩岸嚴風吹玉樹，一灘明月照銀沙。前解

前解寫南溪雪夜。○看他出手摇筆，居然寫出「大江西面」四字。我驟讀之，將謂下文何等風景，却不圖其輕輕一落，便只接得「似若耶」三字。因思文章雖復小道，必有方法可觀。如此一、二，下文若不爲其「似若耶」，即上文便不必寫大江作起；今既下文欲道其「似若耶」，便上文不寫大江作起，又不好也。詞家好手，只争襯字、换字，此又襯又换法也。三、四，極寫「似若耶」也。

因尋野渡逢漁舍，更泊前灣上酒家。去去不知歸路遠，棹聲烟裏獨嘔啞。後解

後解寫泛舟夜游。〇「尋野渡」、「泊前灣」，便是「去去」也。「不知歸路」，正是泛雪勝情。且從來事，無大無細，皆以一「歸」字亂其心曲，此亦不可不戒也。棹聲嘔啞之爲言，猶「去去」也。

鄜州留別張員外

江南相送君山下，塞北相逢朔漠中。三楚故人皆是夢，十年往事只如風。前解

忽然相送，乃在君山之下；忽然相逢，乃在朔漠之中。忽然同在極南，忽然同在極北，有何公事勾當，如此兩頭馳驅？可笑也。「三楚故人」，豈止我爾兩人？「十年往事」，豈止離合二事？餘子杳無消息，半生落得乾忙，今日從頭細思，直是一場懡㦬，可哭也。一、二言只剩兩人光身，三、四言其餘總不可問。

莫言身世他時異，且喜琴樽數日同。惆悵只愁明日別，馬嘶山店雨濛濛。後解

承前解，言既是故人如夢，往事如風，然則我爾兩人再會于此，便是秉燭再照，以此爲實。只愁今夜會，明日別，實是一場悲痛；至于身如何，世如何，且只聽之大化也。鄜州屬延安，故「相逢」句亦是追往。

柳谷道中作却寄

馬前紅葉正紛紛，馬上青袍欲斷魂。曉發獨辭殘月店，暮程遥望隔雲村。前解

前解寫着「青袍」，銜「紅葉」，竆日之力，望望而去，去則意欲至何處乎？可悲也。

心如岳色留秦地，夢逐河聲出禹門。莫怪苦吟鞭墜地，有誰傾蓋待王孫。後解

後解寫心雖欲去[一]，身自不能不去；然身雖已去，心則何恃而敢去乎？愈可悲也。

憶　昔

昔年曾向五陵游，午夜清歌月滿樓。銀燭樹前長似晝，露桃花下不知秋。前解

前解寫昔年，後解寫今日。此是唐人大起大落文字。〇細玩「午夜」「午」字，「清歌」「清」字，「月滿樓」「滿」字，此一句七字中間，便全有「長似晝」、「不知秋」一片靡曼連延之意。不謂後解一變，遂成夕陽流水，如此迫蹙。

[一]「雖」，金評各本均作「誰」，據上下文意改。

西園公子名無忌，南國佳人字莫愁。今日亂離俱作夢，夕陽惟見水東流。後解

此「西園公子」、「南國佳人」二句，正如諺云「點鬼簿」相似。言如許若干人數，今日一總化爲烏有。「惟見水東流」上，又加「夕陽」二字，眼看如此一片荒涼迫蹙也。

天井關

太行山上雲深處，誰向深雲築女牆。短綆詎能垂玉甃，繚垣空自學金湯。前解

此解問始築女牆人，胡不務德，而乃務險。「雲深」、「深雲」，轉筆成妙。

斸開樹緑爲高壘，截斷峰青作巨防。守吏不教飛鳥過，赤眉何路到吾鄉。後解

此解問既築女牆後，若不修德，險曷足恃。

江上題所居

故人相別盡朝天，苦竹江頭獨閉關。落日亂蟬蕭帝寺，碧雲歸鳥謝家山。前解

故人朝天，本是恒事；故人因朝天而別，亦本是恒事。今是故人一時盡別，問之，却是一時盡去朝天，則胡爲是紛紛者乎？「江頭獨閉關」，因特加「苦竹」二字，寫盡孤寒自守。三承一，畫出故人好笑；四承二，畫出自家閑暢也。

青州從事來還易，泉布先生老未慳。不是對花常酩酊，永嘉時代不如閑。後解

後解又説明所以江頭閉關之故。言如此時代，無手可措，不如醉酒，且盡一生也。

鷓鴣

南禽無侶似相依，錦翅雙雙傍馬飛。孤竹廟前啼暮雨，汨羅祠畔吊殘暉。前解

此爲寫鷓鴣，爲寫自己。爲寫鷓鴣無依，故來傍馬；爲寫自己無依，故欲鷓鴣來傍。三、四「暮雨」、「殘暉」，已極幽怨，又着「孤竹廟」、「汨羅祠」，便一解純是鬼詩，不可不辨也。

秦人只解歌爲曲，越女空能畫作衣。懊惱自家非有恨，年年實憶鳳城歸。後解

「懊惱自家」，鷓鴣鳴聲也。五、六，言秦人越女，不解我心。七、八，我于世更有何恨，只無故國得歸耳。臨了襯一「鳳」字，頗爲鷓鴣增色。

鄠杜舊居

却到山陽事事非，惟餘溪鳥尚相依。阮咸貧去田園盡，向秀歸來父老稀。前解

「事事非」，不止訴田園，兼訴父老，便是名士風流。不爾，豈非乞兒叫街耶？然又

妙于二句之「惟餘溪鳥」七字，無此便不成詩。

秋雨誰家紅稻熟，野塘何處錦鱗肥。年年爲獻東堂策，偏是西風別釣磯。後解

「誰家」，以反寫自家；「何處」，以反寫此處也。「年年」二字，是深悔之詞，便知其今年更不然也。

庭前桃

曾向桃源爛熳游，也同漁父在仙舟。皆言洞裏千株好，未勝庭前一樹幽。前解

一解四句，真乃高情高興。「曾向」是自家親見，「也同」是衆人公論。

帶露似垂湘女淚，無言如伴息嬀愁。五陵公子饒春思，莫引香風上酒樓。後解

露桃，因用湘淚；桃不言，因用息嬀，非隨手草草寫二女人入詩也。○前解止寫「庭前」，後解始寫「桃」，然末句仍結至「庭前」，妙妙。

悼亡姬

鳳杳鸞冥不可尋，十洲仙路彩雲深。若無少女花應老，爲有嫦娥月易沉。前解

前解寫「亡」。○「十洲」七字，即「不可尋」三字；「若無」十四字，即「鳳杳鸞冥」四

字。○相其三、四，悟此姬不止是色，直是時時在病，忽忽多情人也。看「少女」、「嫦娥」字可知。「少女」，風也。

竹葉豈能銷積恨，丁香從此拆同心[一]。湘江水闊蒼梧遠，何處相思續舜琴。後解

後解寫「悼」。

灞陵道中

春橋南望水溶溶，一桁晴山倒碧峰。秦苑落花零露濕，灞陵新酒發醅濃。前解

前解寫灞橋上人，望灞橋下水，窺見晴山倒映，其影如衣一桁。時又正值春花爛發，地又饒有客舍新醅。斯誠上國之壯觀，豪人之快矚也。

青龍天矯盤雙闕，丹鳳襹褷隔九重。萬古行人離别地，不堪吟罷夕陽鐘。後解

後解，然此地所以自來招致普天下人，俱來集會，因而無端生出無數離别者，祇爲雙闕盤龍，九重隔鳳，尊榮豪富，盡出于斯。于是奔走賢愚，顛倒老少。如我今日，即爲不免之人，固不可以一一致詰也。

［一］「拆」，有正本作「折」。「從此拆」，《四庫全書》各本所收該詩均作「空解結」。

江皐贈别

金管多情恨解擕，一聲歌罷客如泥。江亭繫馬緑楊短，野岸維舟芳草齊。前解

此言因聽金管，遂成爛醉，去者不發，送者亦停。看他反繫馬，反維舟，又爲贈别之新例也。「繫馬」，是送者；「維舟」，是去者。

帝子夢魂烟水闊，謝公詩思碧雲低。風前不用頻揮手，我有家山白日西。後解

後言不用相思，無勞吟詠，子去之後，我便欲去矣。

婺州屏居蒙右省王拾遺軒車枉訪病中延款不得因成寄謝

三年流落卧漳濱，王粲思家眼淚頻。寒角莫吹殘月夜，病心方憶故園春。前解

「屏居」者，已自罷官，却不得歸，因就路旁僦居養疴也。看他通解皆寫「三年」二字，言流落此三年，便卧病此三年，眼淚此三年。因言三年之中，只有思歸，並無他想，以翻王拾遺之枉訪，誠爲出于意外也。

自爲江上樵蘇客，不識天邊侍從臣。怪得白鷗驚去盡，緑蘿門外有朱輪。後解

前解一意只寫卧病思家，此解始翻拾遺枉訪。「白鷗」字、「緑蘿」字、「朱輪」字，寫高

軒之過，又是一樣字法句法。

咸陽懷古

城邊人倚夕陽樓，城上雲凝萬古愁。山色不知秦苑廢，水聲還傍漢宫流。前解

萬古當時，歷歷皆是夕陽；夕陽少時，沉沉又是萬古。此事至爲顯淺，且又明在眼前，然而無人不在其中，無人曾悟其事。此獨忽然提着，知爲真正苦吟斷骨人也。三、四「不知秦苑」、「還傍漢宫」，妙妙。寫山色水聲，一似不解之甚者。然山色水聲則奈何欲其能解耶？可想其措意之無聊也。

李斯不向倉中悟，徐福應無物外游。莫怪苦吟偏斷骨，野烟蹤迹似東周。後解

此即寫咸陽二事，言賢者貴在自托，胡能尚不去耶？即題中「懷古」二字也。

題盤豆驛水館後軒

極目晴川展畫屏，地從桃塞接蒲城。灘頭鷺占清波立，原上人侵落照耕。前解

前解寫景，後解叙懷。○「極目」，言在驛館後軒極目也。「展畫屏」，言其日天晴，川光如練，自此至彼，一望迤邐，如曲屏初展也。灘頭鷺立，原上人耕，雖寫極目所見，然言

外實見鷺亦有占，人亦有耕，而已獨漂遥道塗，不得休息，遂生出後一解詩來也。

去雁數行天際没，孤雲一點浄中生。憑軒盡日不回首，楚水吴山無限情。後解

五、六，要知其直從雁未没、雲未生前，早已憑軒不回首；直至雁已没、雲亦没後，只是憑軒不回首：謂之「盡日憑軒不回首」也。不知其不回首，凡經多少時，始有去雁；又不回首，凡經多少時，去雁始没；又不回首，凡經多少時，始又雲生。總之，只要想此雁没雲生之處，則爲何處而爲其「盡日不回首」處，便歎此五、六，又另是全唐人所未道也。

黄　滔

字文江。光化中，除四門博士，尋遷監察御史裏行，充威武軍節度推官。王審知據有全閩，而終其身爲節將者，滔規正有力焉。集三十卷。

寄懷南北故人

秋風昨夜落芙蕖，一片離心到外區。南海浪高書墮水，北州城破客降胡。前解

前解訴此處離心，則寫彼中「墮水」「降胡」。

玉窗挑鳳佳人老，綺陌啼鶯碧樹枯。嶺上青嵐隴頭月，暫通魂夢出來無。後解

後解問彼中「魂夢」，則寫此處「佳人」、「碧樹」。「嶺上青嵐」是南，「隴頭月」是北。

雁

楚岸花晴塞柳衰，年年南北去來期。江城日暮見飛處，旅館月明聞過時。前解

「楚岸花晴」，是年年北去期；「柳塞衰」，是年年南來期。此句法，固是前人所遺也。三、四止是「飛」字、「過」字，寫雁。其「江城」、「旅館」、「日暮」、「月明」、見處、聞時，凡十二字，皆非寫雁。真爲幽怨之作也。

萬里風霜無足恨，滿川烟草却須疑。洞庭雲水瀟湘雨，好把嚴更仔細知。後解

此必暗遣人中，故特托雁自鳴，易知。

送僧

纔年七歲便從師，猶説辭家學佛遲。新剗松蘿還不住，愛尋雲水擬何之？前解

一解，兩層俱作加一陪語，寫出此僧精進無比。一、二是心精進，三、四是身精進。

孤溪雪下維舟夜，叠嶂猿啼過寺時。鳥道龍湫悉行後，不將翻譯負心期。後解

一解寫發心精進，則必備歷諸苦。○前解言自幼出家，不算一件事；後解言學得幾十百本經論，亦未算一件事。銼札世間僧人不少。

李咸用 仕至推官。有《披沙集》六卷。

題王處士山居

雲木沉沉夏亦寒，此中幽隱幾經年。無多別業供王税，大半生涯在釣船。前解

第一先是起句之七字，我一生不得向此中快住一日也。此寫王處士既無別業，又有生涯，官呼不至其門，魚蝦自糊其口，一世掩關，坐此沉沉夏寒好樹林中，真爲無量歡樂也。

蜀魄叫回芳草色，鷺鷥飛破夕陽烟。干戈滿地能高卧，只個逍遥是謫仙。後解

五言無春無夏，六言無早無暮。七、八言一味只是饑飯困眠，苟全性命，一切理亂，總置不聞。此雖欲不謂之仙人，有不可得也。

春日喜逢鄉人劉松

故人不見五春風，異地相逢岳影中。舊業久抛耕釣侣，新聞多説戰爭功。前解

前解是彼人訴我，後解是我慰彼人。

生民有恨將誰訴，花木無情衹自紅。莫把少年愁過日，一樽須對夕陽空。後解

五、六寫盡亂離之苦。一樽對夕陽，猶言只宜付之沉冥，且復了此一日也。

廖匡圖　唐末人，集一卷。

九日陪董内召登高

祝融峰下逢佳節，相對那能不愴神。雨裏共尋幽礀菊，樽前俱是異鄉人。前解

一解苦在「祝融峰下」四字。三、四十四字作一氣句，不然便似雨裏尋菊乃勝事矣。

遥山直去應連越，孤雁飛來想别秦。自古登高盡惆悵，未如今日淚盈巾。後解

「應連越」言身所謫地，「想别秦」言心所懷事也。二句只寫得「今日」二字。

韋蟾　字隱珪，下杜人。大中七年進士登第，初爲徐商掌書記，終尚書左丞。蟾廉問鄂州，罷。賓僚祖餞，蟾曾書《文選》句云：「悲莫悲兮生别離，登山臨水送將歸。」以箋毫授賓從，請續其句。逡巡，有妓泫然起曰：「某不才，不敢染翰，欲口占兩句。」韋大驚異，令隨念云：「武昌無限新栽柳，不見楊花撲面飛。」坐客無不嘉歎，韋令唱作《楊柳枝詞》。

送盧潘尚書之靈武

賀蘭山下果園成，塞北江南舊有名。水木萬家朱户暗，弓刀千隊鐵衣明。前解

通篇寫尚書真是風流儒將。言賀蘭山下，開成果園，彈琴圍棋，别無詭秘。一示内人，彼不足慮；一示外人，我不足疑。此即後解所云「心源落落」、「膽氣堂堂」也。「塞北江南」者，猶言塞北之江南也。只四字寫果園，遂乃無勝不盡。「水木萬家」承寫「江南」，「弓刀千隊」承寫「塞北」。居然唐初人妙手。

心源落落堪爲將，膽氣堂堂合用兵。却使六蕃諸子弟，馬前不信是書生。後解

前解寫果園，後解寫尚書。○後來書生直無心源膽氣，又奚暇説至落落堂堂乎？馬前不信書生，甚矣，書生之遭人訕也！

羅隱

字昭諫，新登人，本名横。凡十上不中第，遂更名，隱池之梅根浦，自號江東生。廣明中，池守竇潏誉墅居之。光啓中，錢鏐辟爲從事、節度判官、副使，朱全忠以諫議召，不行。開平中，魏博羅紹威推爲叔父，表授給事中。年八十，終餘杭。有子，名塞翁。○鍾陵妓雲英，隱舊見之。一日譏隱猶未第，隱嘲之曰：「鍾陵醉别十餘春，重見雲英掌上身。我未成名君未嫁，相看俱是不如人。」○江南李氏嘗遣使聘越，越人問：「見羅給事否？」使人曰：「不識，亦不聞名。」越人云：「四海聞有羅江東，何拙之甚？」使人曰：「爲金榜上無名，所以不知。」有《甲乙集》三卷。

曲江春感

江頭日暖花又開，江東行客心悠哉。高陽酒徒半凋落，終南山色空崔嵬。前解

「日暖花開」四字，豈非曲江勝景？中間無限傷心，只爲一「又」字也。此時「江東行客」，直已心盡氣絶，而反自謂「心悠哉」者，所謂哭不得反笑也。三、四不説别樣懊惱，只説酒徒凋落；不罵要人竊位，只罵南山崔嵬，皆甚憤之辭，反如不憤者也。

聖代也知無棄物，侯門未必用非才。滿船明月一竿竹，家住五湖歸去來。後解

五照出「聖代」，六自引「非才」，妙妙。七、八亦是一例歸家釣魚，却是寫得異樣峭拔。

桃花

暖觸衣襟漠漠香，間梅遮柳不勝芳。數枝艷覆文君酒，半里紅欹宋玉牆。前解

前解寫桃花。○某一日言桃花本不難寫，寫桃花亦本不難讀，然而談殊未容易也。且如羅昭諫「暖觸」一篇，浪讀之亦有何異？及細尋之，却見其「衣襟漠漠」七字，只是提筆空寫，及至下筆實寫，又只是「間梅遮柳」，不曾犯本位也。三妙于「艷覆」字，四妙于「半里」字。必欲執以相問，實亦不解何理。但讀之，不知何故，覺其恰是桃花，此絶不可曉也。

盡日無人疑悵望，有時經雨乍凄涼。舊山山下還如此，迴首東風一斷腸。後解

後解插入人。○「盡日無人」、「有時經雨」，爲寫桃花，爲復自寫。忽然想到「舊山山

下」，此正是「疑悵望」、「乍淒涼」之根因也。

重過隨州故兵部李侍郎恩知因抒長句

莊周高論伯牙琴，閑夜思量淚滿襟。四海共誰言近事，九原從此負初心。前解

言彼爲莊，則我爲惠；彼爲牙，則我爲期。初亦何心，近有何事？秖爲千人爲群，曾無言笑，而斯人適至，迎意即解，以是爲相樂也。何期日月不停，事故多有，轉燭之頃，化爲糞壤。悠悠蒼天，今當如何！于是而因無共言，轉多近事，九原獨逝，疑有初心。讀之真不能不慟哭也。

鷗翻漢浦風波急，雁下鄖溪霧雨深。慚愧蒼生還有意，解歌襦袴至如今。後解

五、六「漢浦」「鄖溪」，寫重過隨州。七、八「慚愧」「還有意」，妙妙。不是寫蒼生感恩，亦不是寫侍郎遺愛，正反寫紛紛無數門下受恩人，皆已默然捨此，又向別處吃飯去矣。如此妙詩，從一「還」字看出。

商驛樓東望有感

山川去接漢江東，曾伴隋侯醉此中。歌繞夜梁珠宛轉，舞嬌春席雪朦朧。前解

前解追舊。「此中」，正是「漢江東」之「東」字，非商驛樓也。

棠遺善政陰猶在，薤送些聲事已空。惆悵知音竟難得，兩行清淚白楊風[一]。後解

後解傷今。

梅　花

吴王醉處十餘里，照夜拂衣今正繁。經雨不隨山鳥散，倚風如共路人言。前解

分之，則「吴王醉處」句，「十餘里」句，「照夜」句，「拂衣」句，「今」句，「正繁」句；又分，則「吴王醉處十餘里照夜拂衣」十一字句，「今正繁」三字句。絶似感慨，絶無感慨，只如閑閑寓筆，而有無限感慨具在其中。此爲唐人未經有之法。三、四只寫「正繁」，可知。

因憐粉艷飄歌席，特愛寒香撲酒樽。欲寄所思無好信，爲君惆悵又黄昏。後解

「粉艷飄席」，不過只爭瞬眼，故「寒香撲樽」，必須分外留意。此是説梅花，是不但説梅花。「欲寄所思」，雖用梅花故事，然實只寄此意，故以「又黄昏」三字結出眼淚也。

[一]「兩」，貫華堂本、賢文堂本作「雨」，據有正本改。

送舒州宿松縣傅少府[一]

離江漢漢樹重重，東過清淮到宿松。縣好也知臨皖水，官閑應得看灊峰。前解

送别詩，更不作執手揮淚語，輕輕只將「東過清淮」四字一撇竟過，下却純寫到官後一段閑尋幽討、人地適符，别樣快活。此爲先生推陳出新之法也。

春生緑野吴歌怨，雪霽平郊楚酒濃。留取餘盃待張翰，明年歸棹一從容。後解

「歌怨」、「酒濃」，此是宿松風物。乃詩意正在兩上半句，言「春生緑野」、「雪霽平郊」，明年正當爾時，我歸舟亦適過縣前也。此非真欲留杯相待，蓋言爲别極其不遠。最是清新絶俗之作。

蓮塘驛

蓮塘館東初日明，蓮塘館西行人行。隔林啼鳥似相應，當路好花疑有情。前解

動筆寫得「蓮塘館東」、「蓮塘館西」，便知其是《黄鶴樓》好手。然此解，用意乃在「初

[一]「傅」，金評各本均作「傳」，據《全唐詩》改。

日明」、「行人行」六字。「初日明」，猶言一何太早；「行人行」，猶言一何太忙也。三「鳥似相應」，四「花疑有情」，承上便極寫此初日行人，胸前一片花錦前程，有如唾手可取也者，却被蓮塘館中一個閑坐人看見也，笑倒也。小兒女不知此詩，謂此寫蓮塘景物，胡可與語？

一夢不須追往事，數杯猶可慰勞生。莫言來去只如此，君看鬢邊霜幾莖。後解

前解寫驛下勞人，後解寫驛中閑人也。「一夢」，言往者亦嘗疾行逐日也；「數杯」，言邇來只是日高猶卧也。「來去只如此」者，大有漠不動心之人，猥言此驛來來去去，直是終古熱鬧，殊不知其十年大變，五年小變，驛則猶是，人齒加長，其奈之何哉！痛喝之曰「莫言」，婉點之曰「幾莖」，詩人風刺之良，于斯乎極矣。

憶九華

九華巉崒廕柴扉，長憶前時此息機。黃菊倚風村酒熟，緑蒲低雨釣魚歸。前解

特憶九華，却只寫得「巉崒」二字，下去「黃菊」十四字，便純寫其「息機」。然則何故又必題曰「憶九華」耶？不知處處有黃菊，處處有村酒，處處有緑蒲，處處有釣魚，然而處處不見有人息機，則豈非「黃菊」十四字乃在息機以後？若夫人之所以肯息其機者，則全爲九華之巉崒故也。如此用筆精深，雖比唐初人奚讓焉。世人解三、四，只説是九華景物，豈識先生「精深」二字。

干戈已是三年別，塵土那堪萬事違。回首佳期恨多少，夜闌霜露又霑衣。後解

前解寫「九華」，後解寫「憶」。前解既已定當，後解即任意點筆皆合。其出色則又得末句，言又是菊黃、酒熟、蒲低、魚美時也。

寄前宣州竇常侍

往年西謁謝玄暉，樽酒留歡醉不歸。曲檻柳濃鶯未老，小園花艷蝶初飛。前解

一詩只是二句，一句往年，一句今日，是爲分解之最明者。〇「樽酒」句，未宜漫然讀也。看他輕輕只用二字寫主，成妙主；三字寫賓，成妙賓。蓋留者歡，醉者不歸，此又豈是待留之賓與容歸之主耶？此真一時出自偶然，千遍説之不足者。若徒漫然讀之，則衹是留住歡樂，醉倒失歸，直一市魁眠酒肆無賴語耳，奈何乎污先生筆尖也。三、四「未」字、「初」字，妙妙。一「未」字，便是前已不是一日二日；一「初」字，便是後亦不是一日二日。此正極寫主留賓不歸，一片兩忘神理，爲出神入化之筆也。

噴烟瑞獸金三尺，舞雪佳人玉一圍。今日亂離尋不得，滿簑風雨釣魚磯。後解

詩中「金」、「玉」字自來難用，此又不知何故，再加「三尺」、「一圍」二字，反更見其清空。此真天遣裁詩，別又有故，世人不復能知之也。末句「滿簑風雨」字，非爲釣魚點染，正特寫來與上「金三尺」、「玉一圍」作比對，讀之眼淚不哭自流矣。便是唐初人佳筆，何意篇

終見之。

羅鄴　餘杭人。父爲鹽鐵小吏，有二子，俱以文學干進，鄴尤長于七言。時宗人隱，亦以律韵著稱。然隱才雄而疏，鄴才清而緻。俯就督郵，無成而卒。集一卷。

征人

青樓一別戍金微，力盡秋來破虜圍。錦字莫辭連夜織，塞鴻長是到春歸。前解

此是代征人寄内之言，非詠征人也。一句憶别，二句訴苦，三句望信，四句尅期，易明。

正憐漢月當空照，不奈胡沙滿眼飛。唯有夢魂南去日，故鄉山水路依依。後解

前解猶是南望，後解並不得南望，此爲至苦也[一]。此詩本不足存，念其猶知分解，遂不復去，以留其名也。

譚用之　唐末人。集一卷。

[一]「苦」，貫華堂本作「菩」，據賢文堂本、有正本改。

贈索處士

不將桂子種諸天，長得尋君水石邊。玄豹夜寒和霧隱，驪龍春暖抱珠眠。前解

看來一、二是懊悔語，言當時若不通籍，必得相從至今。乃三、四，却又不説所以欲相從者何故，又只自叙云：我如果得相從，便當盡卷所學，無冬無春，休去歇去，以爲一生勝算云爾。則是一、二不懊悔不「得尋君水石邊」，正懊悔誤「將桂子種諸天」也。「和霧」言一總無人識得也，「抱珠」言我只自愛我寶也。

山中宰相陶弘景，洞裏真官葛稚川。知我別君在何處，水寒烟碧落花前。後解

五、六只作遥呼處士。遥呼之也者，欲問其知我不知我，而遂告以昔年桂子人，今日只是落花人，爲懊悔之至也。看他特地用「宰相」、「真官」字，指東罵西，妙妙。○亦不減唐初人妙筆。

寄左先輩

紫簫白鶴上青天，何似蘭塘釣曉烟。萬卷祖龍坑外物，一泓孫楚耳中泉。前解

一特地寫一神仙，二忽將先輩平壓之。此若非七、八仍結神仙，則竟可謂之浪筆也。

三是寫先輩内叩之有如此，四是寫先輩外望之又如此。今人最苦是胸中無有，又苦是胸中乍有，即又早已面上都有。然則此十四字，雖欲不謂之神仙，亦不可得也，誰數「紫簫」、「白鶴」何物哉。「蘭塘」五字，只是囫圇寫一先輩，其「何似」二字，必用「萬卷」十四字銷釋。

翩翾鑾榼薰晴浦，轂轆魚車響夜船。學取青蓮李居士，一生杯酒作神仙。後解

五寫晝飲，六寫夜眠。何用多誇，須要知此必是胸中萬卷人，然後能爲此。此間有大段難着力處，是故爲足述也。七、八學取李太白，學其浩然之氣，不是學其爛醉也。高一步詩，每遭低一步人説壞。如此等詩，今日初洗出。

秋宿湘江遇雨

江上陰雲連日昏，江邊深夜舞劉琨。秋風萬里芙蓉國，暮雨千家薜荔村。前解

前解只一句七字寫「遇雨」，其餘却是寫自己胸前一段意思。言以夜猶起舞之人，而今滯于芙蓉國下、薜荔村中，敢問蒼天，是何道理乎。若説只是雨景，便不是律詩。

地主望中迷橘柚，旅游誰肯重王孫。漁人相見不相問，長笛一聲歸島門。後解

後解又透過《離騷·漁父》篇一層。五、六言尋常不相惜何足怪，七、八言乃至漁父亦不與語。此其顔色憔悴，形容枯槁，真可爲之痛哭也。

秋夜同友人話舊

露下銀河雁度頻，囊中爐火幾時真。數莖白髮生浮世，一盞寒燈共故人。前解

此詩我每嫌其大有鬼氣，然而洵是佳作也。一句寫是夜夜坐，轉坐轉深；二句寫故人相對，一無所有。夫深夜久坐，最苦是一無所有；一無所有，最苦是深夜久坐。乃今相對是故人，既不得不久坐；而坐來是窮主，又終竟無所有。以此思不樂，誠乃不樂不啻也。三、四又承二，極寫一無所有之實況也。「浮世」之爲言，亦不久生也。而今猶生于此，是豈多有受用？不過數莖白髮，猶戴髑髏耳。「故人」之爲言，並非他人也。而今以何相共，我安所得他物？只有一盞寒燈，静照雙影耳。讀此等詩，不惟今夜遍身不快，多恐明日尚逢不祥。用是凡幾番欲删去之。

雲外簟涼吟嶠月，島邊花暖釣江春。何當歸去重携手，依舊紅霞作近鄰。後解

後解特地轉筆作好語，然涼、嶠、暖、江，終然鬼氣。我幾番欲删，而猶故存之，亦爲其分解明白矣。

徐　寅

字昭夢，莆田人。

贈黄校書先輩璞閑居

取得驪龍第四珠，退依僧寺卜貧居。青雲滿眼不干禄，白髮蓋頭仍著書。前解

一已叨第四人登第，二却不拜官。三承一，四承二。此是暗取《論語》「子使漆雕開仕，吾斯之未能信」、「不志于穀，不易得也」意爲詩，亦只平平。

東序午鐘行白飯，南園夜雨長秋蔬。月明掃石吟詩坐，不問全無擔石儲。後解

後解獨寫「不問」二字。五「飯」是僧飯，六「蔬」是僧蔬。彼皆不問也，一味吟詩而已。嗟呼！王播木蘭之鐘，殆實有其事哉。

覽柳渾汀洲採白蘋之什因成

採盡汀蘋恨别離，鴛鴦鸂鶒總雙飛。月明南浦夢初斷，花落洞庭人未歸。前解

蘋至潔白，採盡汀蘋，則潔白至底，宜乎並無此詩也。然禮者先王之所貴也，情者又聖人之所不禁也。人生會合，則鼓歌以導其歡；别離，則泣涕以攄其恨。此亦自然必至之極致，又誰制之使必不得自説哉。于是叠寫鴛鴦、鸂鶒，言世間無物不雙飛者。因承三、四，自悲我獨于罹，真絶妙好辭也。

天遠有書隨驛使，夜長無燭照寒機。年來泣淚知多少，重疊朱痕在繡衣。後解

後解又翻織錦迴文案成新搆。言天既遠，仍有驛使；然夜雖長，不擬裁詩。所謂「但拼憔悴死，不解害相思」也。「淚痕在繡衣」，言教他自看也。舊傳女郎離魂，讀此詩，真欲魂離而去矣。

伍喬

盧江人。詩調寒苦，每有瘦童羸馬之歎。山中浮屠，夢仰視，見一大星，芒色甚異。旁有人指之曰：「此伍喬星也。」既覺，訪得喬，乃傾資奉之，使入金陵舉進士。故事：中選者，主司必延之升堂置酒。時有宋貞觀者，首就坐，張洎續至。主司覽其文，揖貞觀南坐，引洎坐于西。酒至數行，喬始上卷。主司歎其傑作，乃徙貞觀處席北，洎處席南，以居賓席。及覆考榜出，喬果爲首，洎、貞觀次之。當時稱主司精衡鑑。元宗亦大愛喬程文，命勒石以爲永式。仕至考功員外郎。

晚秋同何秀才溪上[一]

閑步秋光思杳然，荷藜因共過林烟。期收野藥尋幽路，欲採溪菱上小船。前解

一、二寫「同何秀才」，亦不必定同何秀才；「溪上」，亦不必定溪上。只是隨身所至，

[一]「何」，金評各本均作「胡」，據《全唐詩》改。

隨遇所有，隨心所起，隨境所合，寫出一片純是天趣，其中並無一點成見。三、四承之，猶言收藥、採菱無所不可也。

雲吐晚陰藏霽岫，柳含餘靄咽殘蟬。倒尊盡日忘歸處，山磬數聲敲暝天。後解

五、六之「晚陰」、「餘靄」，即其「盡日忘歸」之實在景物也。又加暝磬句，以見主猶未倦，客亦不發，是日遂至于盡而又盡也。

無　名

游朱陂故少保杜公林亭

杜陂池館洛城東，孤島迴汀路不窮。高岫下疑三峽盡，遠波初謂五湖通。前解

略不寫杜少保，只一筆寫其林亭位置，便自令人追想少保不盡。夫山疑三峽，水似五湖，此事談何容易。少保苟非風流人物，何能遽到如許。或曰：此特文人假借之語。不知三、四只是出力描摸上句「路不窮」之三字。若曰假借，則「路不窮」三字假借耶？

梧桐葉暗蕭蕭雨，菱荇花香澹澹風。還有昔時巢燕在，飛來飛去畫堂中。後解

上解且寫林亭，後解方寫傷逝。此亦本是薄詩，因其分解明淨，故以終篇。

皎　然

字清晝，姓謝，湖州人，靈運十世孫。顔真卿爲刺史，集文士撰《韵海敬源》，預其論著。詩集十卷。

晚春尋桃源觀

武陵何處訪仙鄉，古觀雲根路已荒。細草擁壇行不得，落花沉磵水流香。前解

一、二寫真靈境界，欲尋即無路可尋。三、四再寫之，言若問别處，則實是更無别處，除非此處，則任汝諦認此處，所謂特與痛拶一上者也。

山深宿雨寒仍在，松直微風韵亦長。只此引人離俗境，玄家果亦照迷方。後解

五、六寫太上消息，不尋即又滿街抛撒。「只此」，妙妙。

清　江

大曆時人，與章八元同倡和。

喜嚴侍御蜀還贈嚴秘書

往年分散出咸秦，木落花開秋又春。江客不曾知蜀路，旅魂何處訪情人。前解

題是喜逢，一解却反追寫分散，大好律詩身分。○三、四「蜀路」、「情人」，只是獨寫

侍御，却于起句分散中帶有秘書來，其故甚細，不可不察。

正當望月思文友，恰喜迎驄見近臣。多羨二龍同漢代，繡衣芸閣共榮親。後解

五先插秘書在前，六方紀喜逢侍御。此爲律詩安放法也。

護　國　江南人。

傷蔡處士

篋中遺草盡琅玕，舊日門人灑涙看。三徑宛然尋句踏，數籤猶是記書殘。前解

前解只寫得「盡琅玕」三字。「灑涙看」妙，「舊日門人」妙。言其爲琅玕，則非虚傳而已，的的有人反覆再看，每遍爲之稱宽灑涙。問是何人，則情知只是「舊日門人」，豈更有餘人耶？三寫其琅玕得時，四寫其琅玕來處。

晨光不借泉門曉，暝色惟添櫳樹寒。欲問皇天天正遠，有才無命説應難。後解

五、六妙，言處士一生，從無借光，惟添寒色，今在身後，即更不必説也。「説應難」三字，意直欲熱剥皇天面皮，猶言頼是正遠，設使不遠，看天有何成説也。

貫　休　姓姜氏，字德隱，婺州蘭溪人。工篆隸。入蜀，王建遇之厚。嘗召令誦近詩，時貴戚滿座，休

欲諷之，乃稱《公子行》云：「錦衣鮮華手擎鶻，閑行氣貌多輕忽。稼穡艱難總不知，五帝三王是何物。」建稱善，貴倖皆怨之。休與齊己齊名。有《西岳集》十卷，吴融爲之序。

獻蜀王建

河北河南處處災，惟聞全蜀少塵埃。一瓶一鉢垂垂老，千水千山得得來。前解

只是尋常一直説語，喜其「老」上用「垂垂」字，「垂垂」上用「一瓶一鉢」字，「來」上用「得得」字，「得得」上用「千水千山」字。自述本意萬分不來，而今不免于來。筆態一曲一直，渾然律詩前解，自然合式也。

心識西南多勝境，願于幽邃着寒灰。誰言林下龍鐘客，乘興還登郭隗臺。後解

皆一直尋常説話，自然律詩後解合式也。

齊　己

本姓胡，名得生，與仰山爲同門友。後居西山。有《白蓮集》十卷，又外編一卷。

中秋月

空碧無雲露濕衣，衆星光外湧清規。東林莫礙漸高勢，四海正看當路時。前解

方外人，何事作此閑言語？我特喜其起句七字，是律詩前解好手。謂其不奢不切。

還許分明吟皓魄，肯教幽暗取丹枝。可憐半夜嬋娟影，正對五侯殘酒巵。後解

「還許」者，不許也；「肯教」者，不肯也。與七、八四句成解，罵人也。

寄廬岳僧

一聲飛錫别區中，深入西南瀑布峰。天際雪埋千片石，岩前冰折幾株松。前解

一聲錫響，去得恁疾；雪埋冰折，入得恁深。一解詩分明便是「一自泥牛鬥入海，直至于今無消息」句也。

烟霞明媚栖心地，藤竹縈紆出世蹤。莫問江邊舊居寺，火燒兵劫斷齋鐘。後解

此僧不知何人，辱己公寫到如許，真大死後重更活人，諸佛不奈之何者也。◯寫心地，不用寂寞字，偏説「烟霞明媚」；寫行履，不用孤峭字，偏説「藤竹縈紆」。此是「雪埋」、「冰折」後自然無礙境界，非他人所得濫叨也。若夫世間未經冰雪之士，即有如七、八所云矣。

聞尚顔上人創新居有寄

麓山南面橘州西，聞道新齋與竹齊。野客可曾將鶴贈，江僧未説有詩題。前解

一句分明是寫「創」，三、四分明是寫「新」，只有二句之「與竹齊」三字，却是寫景。甚矣，律詩之不肯寫景也！

窗中罨靄雲千嶂，枕上潺湲月一溪。此處正安吟榻好，松陰冷濕壁新泥。後解

前解寫新居之新，此解寫新居之受用也。易解。〇末句只寫得「壁新泥」三字耳，上四字只如一人問云：松陰何故冷濕？因答之云：非冷濕也，乃壁新泥耳。

送人入蜀

何必重歌蜀道難，知君不把嶮巇看。尋常秋泛江陵去，容易春浮錦水還。前解

一、二發誓不説「蜀道難」，三、四不覺仍説蜀道難。何也？既是相送，必是相關。發誓不説，以成彼志也；不覺仍説，以致我情也。

雙碧到天神女峽，空青無地丈人山。文君酒市逢初雪，地凍風寒君下鞍。後解

「雙碧到天」、「空青無地」，此寫蜀道正難處也。若「文君酒市」，則難處已都過也。然于意猶未盡，故又補寫「地凍風寒」四字，再倒攔上文之難，然後方落「君下鞍」三字。起句云「何必重歌」，今乃不但一歌再歌矣。

曇　域

懷齊己上人

鬢毛秋色兩蒼蒼，獨對龕前一炷香。老去身心俱寂寞，年來親友總凋傷。前解

人只知鬢毛蒼蒼是驚心語，不知此又陪一「秋色蒼蒼」，是加倍驚心語也。「龕前一炷香」，豈是閑寫禪人好景？解人讀之，正復令上句「兩蒼蒼」當面迅疾，有如瀑水。蓋四句之「親友凋傷」，心知總向此中斷送去已。看他一解詩，若不是第三句呈出自己境界，幾乎被人看作小乘電光初智。即論詩，若不是第三句離上又作一頓，亦幾乎不成律詩前解，誰謂律詩可漫作哉。

峨嵋山色侵雲直，巫峽灘聲入夜長。又喜同心有支遁，時時閑信到閑房。後解

此解另將異樣本事，獨寫身心寂寞也。夫身心寂寞，非捐棄聲色之云也。一切色、一切聲，不壞如故，而宴然不動，喻如大海。古德云：「別來三十年，且喜日日不少鹽醬。」此又何必己公真寄信來，蓋己公無時不寄信來矣。彼殷洪喬那復解此！

若虛　樂仙觀

樂氏騎龍上碧天，東吴遺宅尚依然。悟來大道無多事，化後丹經不必傳。前解

分也。〇問樂氏何故上天？曰：無何故也。然則樂氏何故上天？曰：我今已不知其何故也。三、四之妙如此。〇此一、二便是崔顥《黄鶴樓》起句，而三、四異矣。

二寫觀，一寫仙。三、四置觀且不題，却先了他仙人騎龍上天一案。此亦律詩一身

老樹夜風蟲吃葉，古壇春雨蘚生甎。松傾鶴死桑田變，華表歸鄉未有年。後解

五、六是寫今日觀，非寫昔日觀；七直寫他日觀，並無今日觀也。眼光手法，都從前解「尚依然」三字來，可知。

棲一　武昌懷古

一代君臣盡悄然，空遺閑話遍山川。笙歌罷吹幾何日，臺榭荒涼七百年。前解

「一代君臣」，字法；「悄然」，字法。此亦只是平平句，却爲字法驚人，使我不樂移時也。「話遍山川」妙，如某泉是某公飲馬泉，某石是某王試劍石。「閑」字妙，仔細聽之，直是並無交涉。「幾何日」、「七百年」妙，順流下來，真乃不過瞬眼，逆推轉去，却已遥遥甚久。蓋一切世間，總被公六字題破也。至于三承「一代君臣」，四承「盡悄然」，想人皆知之。

蟬響夕陽風滿樹，雁横秋浦雨連天。長江日夜東流水，兩岸蘆花一釣船。後解

後解自「蟬響」至「蘆花」，凡二十五字，皆寫「悄然」，却將「一釣船」三字，寫「一代君臣」，使人有眼淚亦復不能落。此又唐一代人並未曾有之極筆矣。

懷廬山舊隱

九疊芙蓉峭到天，悔隨瀑水下寒烟。深秋猿鳥來心上，徹夜松杉在眼前。前解

落手七字，寫出異樣妙麗，于是二句之「悔」下，只是此七字；三、四之「來心上」、「在眼前」，亦只是此七字。坡翁每云「作詩如救火捕賊」，此七字斗地刺眼來時，便是如火如賊，既被捉住，早一切都畢也。

書架壞知成朽菌，石窗倒定漫流泉。一枝竹杖游江北，不見爐峰二十年。後解

「書架」十四字，不曉詩人謂之寫景，殊不見其中間有「知」字、「定」字，如何都是景耶？

須知此二句，便是末句之「二十年」字。從來律詩五、六法如此，不如此不復成後解。

順治十七年四月十八日，說唐人七言律詩竟。

男雍釋弓筆受並補注。

學人顧祖頌孫聞較過

貫華堂選批唐才子詩甲集七言律卷之八終

國家「十一五」重點圖書出版規劃項目
國家古籍整理出版「十一五」重點規劃項目
全國古籍整理出版規劃領導小組資助出版
國家社會科學基金項目階段性成果
全國高校古籍整理研究工作委員會資助項目
江蘇省「十一五」重點圖書出版規劃項目

金聖歎全集

修訂版

叁

（清）金聖歎 著
陸林 輯校整理

白話小說卷（上）

第五才子書施耐庵水滸傳

鳳凰出版社

白話小説卷（上）

第五才子書施耐庵水滸傳

此書之整理，以民國二十三年上海中華書局影印劉復藏明崇禎貫華堂刻《第五才子書施耐庵水滸傳》爲底本，以一九七五年北京中華書局影印葉瑶池重刻《第五才子書施耐庵水滸傳》、清坊刻王望如評論《貫華堂第五才子書》爲參校。個别正文，據明容與堂刻《水滸傳》校改。

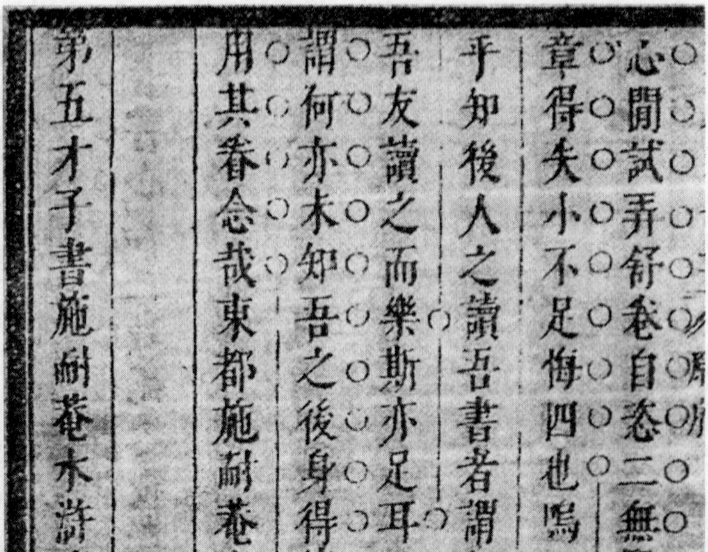
心閒試弄舒卷自恣二無賢無愚無不能讀三文
章得失小不足悔四也嗚呼哀哉吾生有涯吾嗚
乎知後人之讀吾書者謂何但取今日以示吾友
吾友讀之而樂斯亦足耳且未知吾之後身讀之
謂何亦未知吾之後身得讀此書者乎吾又安所
用其眷念哉東都施耐菴序

第五才子書施耐菴水滸傳卷之四

民國影印崇禎刻本《第五才子書》書影一

第五才子書施耐菴水滸傳卷之五

聖歎外書

試看書林隱處、幾多俊逸儒流、虛名薄利不關愁、裁冰及剪雪、談笑看吳鈎、評議前王并後帝、分真偽占據中州、七雄擾擾亂春秋、興亡如脆柳、身世類虛舟、見成名無數、圖名無數、更有那逃名無數、霎時新月下長川、滄海變桑田古路、訝求魚緣木、擬窮猿擇木、又恐是傷弓曲木、不如且覆掌中杯、

民國影印崇禎刻本《第五才子書》書影二

第五才子書施耐庵水滸傳七十五卷目録

卷一　序一……一一
序二……一七
序三……一九
卷二　宋史綱……二三
宋史目……二五
卷三　讀第五才子書法……二八
卷四　貫華堂所藏古本《水滸傳》前自有序一篇今録之……三八
卷五　楔子　張天師祈禳瘟疫　洪太尉誤走妖魔……四〇
卷六　第一回　王教頭私走延安府　九紋龍大鬧史家村……五八
卷七　第二回　史大郎夜走華陰縣　魯提轄拳打鎮關西……八五
卷八　第三回　趙員外重修文殊院　魯智深大鬧五臺山……一〇二
卷九　第四回　小霸王醉入銷金帳　花和尚大鬧桃花村……一二七
卷十　第五回　九紋龍剪徑赤松林　魯智深火燒瓦官寺……一四五

卷十一　第六回　花和尚倒拔垂楊柳　豹子頭誤入白虎堂……一六三
卷十二　第七回　林教頭刺配滄州道　魯智深大鬧野猪林……一七九
卷十三　第八回　柴進門招天下客　林冲棒打洪教頭……一八九
卷十四　第九回　林教頭風雪山神廟　陸虞候火燒草料場……二〇七
卷十五　第十回　朱貴水亭施號箭　林冲雪夜上梁山……二二三
卷十六　第十一回　梁山泊林冲落草　汴京城楊志賣刀……二三五
卷十七　第十二回　急先鋒東郭爭功　青面獸北京鬥武……二四八
卷十八　第十三回　赤髮鬼醉卧靈官殿　晁天王認義東溪村……二六一
卷十九　第十四回　吴學究説三阮撞籌　公孫勝應七星聚義……二七四
卷二十　第十五回　楊志押送金銀擔　吴用智取生辰綱……二九〇
卷二十一　第十六回　花和尚單打二龍山　青面獸雙奪寶珠寺……三〇九
卷二十二　第十七回　美髯公智穩插翅虎　宋公明私放晁天王……三二八
卷二十三　第十八回　林冲水寨大併火　晁蓋梁山小奪泊……三四四
卷二十四　第十九回　梁山泊義士尊晁蓋　鄆城縣月夜走劉唐……三六三
卷二十五　第二十回　虔婆醉打唐牛兒　宋江怒殺閻婆惜……三八一
卷二十六　第二十一回　閻婆大鬧鄆城縣　朱仝義釋宋公明……三九九
卷二十七　第二十二回　横海郡柴進留賓　景陽岡武松打虎……四一二

卷二十八　第二十三回　王婆貪賄説風情　鄆哥不忿鬧茶肆……四二八
卷二十九　第二十四回　王婆計啜西門慶　淫婦藥鴆武大郎……四六五
卷三十　第二十五回　偷骨殖何九送喪　供人頭武二設祭……四七七
卷三十一　第二十六回　母藥叉孟州道賣人肉　武都頭十字坡遇張青……五〇二
卷三十二　第二十七回　武松威震安平寨　施恩義奪快活林……五一五
卷三十三　第二十八回　施恩重霸孟州道　武松醉打蔣門神……五二九
卷三十四　第二十九回　施恩三入死囚牢　武松大鬧飛雲浦……五四二
卷三十五　第三十回　張都監血濺鴛鴦樓　武行者夜走蜈蚣嶺……五五七
卷三十六　第三十一回　武行者醉打孔亮　錦毛虎義釋宋江……五七四
卷三十七　第三十二回　宋江夜看小鰲山　花榮大鬧清風寨……五九六
卷三十八　第三十三回　鎮三山大鬧青州道　霹靂火夜走瓦礫場……六〇九
卷三十九　第三十四回　石將軍村店寄書　小李廣梁山射雁……六二五
卷四十　第三十五回　梁山泊吴用舉戴宗　揭陽嶺宋江逢李俊……六四三
卷四十一　第三十六回　没遮攔追趕及時雨　船火兒夜鬧潯陽江……六五八
卷四十二　第三十七回　及時雨會神行太保　黑旋風鬥浪裏白條……六七七
卷四十三　第三十八回　潯陽樓宋江吟反詩　梁山泊戴宗傳假信……六九六
卷四十四　第三十九回　梁山泊好漢劫法場　白龍廟英雄小聚義……七一六

卷四十五　第四十回　宋江智取無爲軍　張順活捉黃文炳……七三一

卷四十六　第四十一回　還道村受三卷天書　宋公明遇九天玄女……七五一

卷四十七　第四十二回　假李逵剪徑劫單人　黑旋風沂嶺殺四虎……七六九

卷四十八　第四十三回　錦豹子小徑逢戴宗　病關索長街遇石秀……七九四

卷四十九　第四十四回　楊雄醉罵潘巧雲　石秀智殺裴如海……八一二

卷五十　第四十五回　病關索大鬧翠屏山　拚命三火燒祝家店……八三三

卷五十一　第四十六回　撲天鵰兩修生死書　宋公明一打祝家莊……八四八

卷五十二　第四十七回　一丈青單捉王矮虎　宋公明兩打祝家莊……八六六

卷五十三　第四十八回　解珍解寶雙越獄　孫立孫新大劫牢……八七九

卷五十四　第四十九回　吳學究雙掌連環計　宋公明三打祝家莊……八九六

卷五十五　第五十回　插翅虎枷打白秀英　美髯公誤失小衙内……九一一

卷五十六　第五十一回　李逵打死殷天錫　柴進失陷高唐州……九二九

卷五十七　第五十二回　戴宗二取公孫勝　李逵獨劈羅真人……九四七

卷五十八　第五十三回　入雲龍鬥法破高廉　黑旋風下井救柴進……九六七

卷五十九　第五十四回　高太尉大興三路兵　呼延灼擺布連環馬……九八三

卷六十　第五十五回　吳用使時遷偷甲　湯隆賺徐寧上山……九九八

卷六十一　第五十六回　徐寧教使鈎鐮鎗　宋江大破連環馬……一〇一七

卷六十二 第五十七回 三山聚義打青州 衆虎同心歸水泊……一〇三四
卷六十三 第五十八回 吴用賺金鈴吊挂 宋江鬧西岳華山……一〇五〇
卷六十四 第五十九回 公孫勝芒碭山降魔 晁天王曾頭市中箭……一〇六四
卷六十五 第六十回 吴用智賺玉麒麟 張順夜鬧金沙渡……一〇八一
卷六十六 第六十一回 放冷箭燕青救主 劫法場石秀跳樓……一一〇一
卷六十七 第六十二回 宋江兵打大名城 關勝議取梁山泊……一一二四
卷六十八 第六十三回 呼延灼月夜賺關勝 宋公明雪天擒索超……一一三七
卷六十九 第六十四回 托塔天王夢中顯聖 浪裏白條水上報冤……一一五〇
卷七十 第六十五回 時遷火燒翠雲樓 吴用智取大名府……一一六五
卷七十一 第六十六回 宋江賞馬步三軍 關勝降水火二將……一一八〇
卷七十二 第六十七回 宋公明夜打曾頭市 盧俊義活捉史文恭……一一九五
卷七十三 第六十八回 東平府誤陷九紋龍 宋公明義釋雙鎗將……一二一三
卷七十四 第六十九回 没羽箭飛石打英雄 宋公明棄糧擒壯士……一二二四
卷七十五 第七十回 忠義堂石碣受天文 梁山泊英雄驚惡夢……一二三四

第五才子書施耐庵水滸傳卷之一

聖歎外書

序一

原夫書契之作，昔者聖人所以同民心而出治道也。其端肇于結繩，而其盛肴而爲六經。其秉簡載筆者，則皆在聖人之位而又有其德者也。在聖人之位，則有其權；有聖人之德，則知其故。有其權而知其故，則得作而作，亦不得不作而作也。是故《易》者，導之使爲善也；《禮》者，坊之不爲惡也；《書》者，縱以盡天運之變；《詩》者，衡以會人情之通也。故《易》之爲書，行也；《禮》之爲書，止也；《書》之爲書，可畏；《詩》之爲書，可樂也。故曰《易》圓而《禮》方，《書》久而《詩》大；又曰《易》不賞而民勸，《禮》不怒而民避，《書》爲廟外之几筵，《詩》爲未朝之明堂也。若有《易》而可以無《書》也者，則不復爲《書》也；有《易》有《書》而可以無《詩》也者，則不復爲《詩》也；有《易》有《書》有《詩》而可以無《禮》也者，則不復爲《禮》也。有聖人之德，則知其故；知其故，則知《易》與《書》與《詩》與《禮》各有其一故，而不可以或廢也。有聖人之德而又在聖人之位，則有其權；有其權，而後作《易》，之後又欲作《書》，又欲作《詩》，又欲作《禮》，咸得奮筆而遂爲之，而人不得而議其罪也。無聖人之位，則無其權；無其權，而不免有作，此仲尼是也。

仲尼無聖人之位，而有聖人之德。有聖人之德，則知其故；知其故，而不能已于作，此《春秋》是也。顧仲尼必曰：「知我者，其惟《春秋》乎？罪我者，其惟《春秋》乎？」斯其故何哉？「知我惟《春秋》」者，《春秋》一書，以天自處學《易》，以事繫日學《書》，羅列與國學《詩》，揚善禁惡學《禮》：皆所謂有其德而知其故，知其故而不能已于作，不能已于作而遂兼四經之長，以合爲一書，則是未嘗作也。夫未嘗作者，仲尼之志也。「罪我惟《春秋》」者，古者非天子不考文，自仲尼以庶人作《春秋》，而後世巧言之徒，無不紛紛以作。紛紛以作既久，龐言無所不有。君讀之而旁皇于上，民讀之而惑亂于下，勢必至于拉雜燔燒，禍連六經。夫仲尼非不知者，而終不已于作，是則仲尼所爲引罪自悲者也。

或問曰：然則仲尼真有罪乎？答曰：仲尼無罪也。仲尼心知其故，而又自以庶人不敢輒有所作，于是因史成經，不別立文，而但于首大書「春王正月」。若曰：其舊則諸侯之書也，其新則天子之書也。取諸侯之書，手治而成天子之書者，仲尼不予諸侯以作書之權也。仲尼不肯以作書之權予諸侯，其又烏肯以作書之權予庶人哉！是故作書，聖人之事也。非聖人而作書，其人可誅，其書可燒也。作書，聖人而天子之事也。非天子而作書，其人可誅，其書可燒也。何也？非聖人而作書，其書破道；非天子而作書，其書破治。破道與治，是横議也。橫議，則烏得不燒？橫議之人，則烏得不誅？故秦人燒書之舉，非直始皇之志，亦仲尼之志。乃仲尼不燒而始皇燒者，仲尼不但無作書之權，是亦無燒書之權者也。若始皇燒書而並燒聖經，則是雖有其權而實無其德。實無其德，則不知其故；不知其故，斯盡燒矣。故並燒聖經者，始皇之罪也；燒書，始皇之功也。無何漢興，又大求遺書。當時在廷諸臣，以獻書進者多有。于是四方功名之士，無人不言有書，一時得書之多，反更多于未燒之日。

今夫自古至今，人則知燒書之爲禍至烈，又豈知求書之爲禍之尤烈哉！燒書而天下無書，天下無書，聖人之書所以存也；求書而天下有書，天下有書，聖人之書所以亡也。燒書，是禁天下之人作書也；求書，是縱天下之人作書也。至于縱天下之人作書矣，其又何所不至之與有！明聖人之教者，其書有之；叛聖人之教者，其書亦有之。申天子之令者，其書有之；犯天子之令者，其書亦有之。夫誠以三代之治治之，則彼明聖人之教與申天子之令者，猶在所不許。何則？惡其破道與治，黔首不得安也。如之何而至于叛聖人之教、犯天子之令，而亦公然自爲其書也？原其由來，實惟上有好者，下必尤甚。父子兄弟，聚族撰著，經營既久，才思溢矣。夫應詔固須美言，自娛何所不可？刻畫魑魅，詆訕聖賢，筆墨既酣，胡可忍也？是故，亂民必誅，而「游俠」立傳；市儈辱人，而「貨殖」名篇。意在窮奇極變，皇惜刳心嘔血，所謂上薄蒼天，下徹黃泉，不盡不快，不快不止也。

如是者，當其初時，猶尚私之于下，彼此傳觀而已，惟畏其上之禁之者也。殆其既久，而上亦稍稍見之，稍稍見之而不免喜之，不惟不之禁也。夫叛教犯令之書，至于上不復禁而反喜之，而天下之人豈其復有忌憚乎哉！其作者，驚相告也；其讀者，驚相告也。驚告之後，轉相祖述，而無有一人不作，無有一人不讀也。于是而聖人之遺經，一二篇而已；諸家之書，壞牛折軸不能載，連閣複室不能庋也。天子之教詔，土苴之而已；諸家之書，非縹緗不爲其題，非金玉不爲其籤也。積漸至于今日，禍且不可復言。民不知偷，讀諸家之書則無不偷也；民不知淫，讀諸家之書則無不淫也；民不知詐，讀諸家之書則無不詐也；民不知亂，讀諸家之書則無不亂也。夫吾向所謂非聖人而作書，其書破道；非天子而作書，其書破治者，不過憂其附會經義，示民以雜；測量治術，示民以明。示民以雜，民則難信；示民以明，民則難治。故遂斷之破道與治，是爲橫議，其人可誅，其書可燒耳；非真有所大詭于聖經，極害于王治也，而然且如此。若夫今日之書，則豈復蒼帝造字之時之所得料，亦豈復始皇燔燒之時之所得料哉？是真一誅不足以蔽其辜，一燒不足以滅其迹者。而禍首罪魁，則漢人詔求遺書實開之釁。故曰：燒書之禍烈，求書之禍尤烈也。燒書之禍，禍在並燒聖經。聖經燒，而民不興于善。是始皇之罪，萬世不得而原之也。求書之禍，禍在並行私書。私書行，而民之于惡乃至無所不有。此漢人之罪，亦萬世不得而原之也。然燒聖經，而聖經終大顯于後世，是則始皇之罪猶可逭也；若行私書，而私書遂至災害蔓延不可復救，則是漢人之罪終不活也。

嗚呼！君子之至于斯也，聽之則不可，禁之則不能，其又將以何法治之與哉？曰：吾聞之，聖人之作書也以德，古人之作書也以才。知聖人之作書以德，則知六經皆聖人之糟粕，讀者貴乎神而明之，而不得櫛比字句，以爲從事于經學也；知古人之作書以才，則知諸家皆鼓舞其菁華，覽者急須搴裳去之，而不得捃拾齒牙以爲譚言之微中也。于聖人之書而能神而明之者，吾知其而今而後始不敢于《易》之下作《易傳》，《書》之下作《書傳》，《詩》之下作《詩傳》，《禮》之下作《禮傳》，《春秋》之下作《春秋傳》也。何也？誠愧其德之不合，而懼章句之未安，皆當大拂于聖人之心也。于諸家之書而誠能搴裳去之者，吾知其而今而後始不肯于《莊》之後作廣《莊》，《騷》之後作續《騷》，《史》之後作後《史》，《詩》之後作擬《詩》，稗官之後作新稗官也。何也？誠恥其才之不逮，而徒唾沫之相襲，是真不免于古人之奴也。夫揚湯而不得冷，則不如且莫進薪；避影而影愈多，則不如教之勿趨也。惡人作書，而示之以聖人之德，與夫古人之才者，蓋爲游于聖門者難爲言，觀于才子之林者難爲文，是亦止薪勿趨之道也。

然聖人之德，實非夫人之能事；非夫人之能事，則非予小子今日之所敢及也。彼古人之才，或猶夫人之能事；猶夫人之能事，則庶幾予小子不揣之所得及也。夫古人之才也者，世不相延，人不相及。莊周有莊周之才，屈平有屈平之才，馬遷有馬遷之才，杜甫有杜甫之才。降而至于施耐庵有施耐庵之才，董解元有董解元之才。才之爲言，材也。凌雲蔽日之姿，其初本于破荄分莢；于破荄分莢之時，具有凌雲蔽日之勢；于凌雲蔽日之時，不出破核分莢之勢[二]，此所謂「材」之説也。又才之爲言，裁也。有全錦在手，無全錦在目；無全衣在目，有

[二]「核」，貫華堂本作「荄」，據葉瑶池本改。

全衣在心。見其領，知其袖；見其襟，知其帔也。夫領則非袖，而襟則非帔，然左右相就，前後相合，離然各異，而宛然共成者，此所謂「裁」之説也。今天下之人，徒知有才者始能構思，而不知古人用才乃繞乎構思以後；徒知有才者始能立局，而不知古人用才乃繞乎立局以後；徒知有才者始能琢句，而不知古人用才乃繞乎琢句以後；徒知有才者始能安字，而不知古人用才乃繞乎安字以後：此苟且與慎重之辯也。言有才始能構思、立局、琢句而安字者，此其人，外未嘗矜式于珠玉，内未嘗經營于慘淡，隤然放筆，自以爲是。而不知彼之所爲才，實非古人之所爲才，正是無法于手而又無恥于心之事也。

言其才繞乎構思以前、構思以後，乃至繞乎布局、琢句、安字以前、以後者，此其人，筆有左右，墨有正反；用左筆不安換右筆，用右筆不安換左筆；用正墨不現換反墨，用反墨不現換正墨。心之所至，手亦至焉；心之所不至，手亦至焉；心之所不至，手亦不至焉。心之所至手亦至焉者，文章之聖境也；心之所不至手亦至焉者，文章之神境也；心之所不至手亦不至焉者，文章之化境也。夫文章至于心手皆不至，則是其紙上無字、無句、無局、無思者也。而獨能令千萬世下人之讀吾文者，其心頭眼底乃窅窅有思，乃摇摇有局，乃鏗鏗有句，而燁燁有字，則是其提筆臨紙之時，才以繞其前，才以繞其後，而非徒然卒然之事也。故依世人之所謂才，則是文成于易者，才子也；依古人之所謂才，則必文成于難者，才子也。依文成于易之説，則是迅疾揮掃，神氣揚揚者，才子也；依文成于難之説，則必心絶氣盡，面猶死人者，才子也。故若莊周、屈平、馬遷、杜甫，以及施耐庵、董解元之書，是皆所謂心絶氣盡，面猶死人，然後其才前後繚繞，得成一書者也。

莊周、屈平、馬遷、杜甫，其妙如彼，不復具論。若夫施耐庵之書，而亦必至于心盡氣絶，面猶死人，而後其才前後繚繞，始得成書。夫而後知古人作書，真非苟且也者。而世之人猶尚不肯審己量力，廢然歇筆，然則其人真不足誅，其書真不足燒也。夫身爲庶人，無力以禁天下之人作書，而忽取牧猪奴手中之一編，條分而節解之，而反能令未作之書不敢復作，已作之書一旦盡廢，是則聖歎廓清天下之功，爲更奇于秦人之火。故于其首篇，叙述古今經書興廢之大略如此。雖不敢自謂斯文之功臣，亦庶幾封關之丸泥也。

序二

觀物者審名，論人者辨志。施耐庵傳宋江，而題其書曰《水滸》，惡之至，迸之至，不與同中國也。而後世不知何等好亂之徒，乃謬加以「忠義」之目。嗚呼！忠義而在「水滸」乎哉？忠者，事上之盛節也；義者，使下之大經也。忠以事其上，義以使其下，斯宰相之材也。忠者，與人之大道也；義者，處己之善物也。忠以與乎人，義以處乎己，則聖賢之徒也。若夫耐庵所云「水滸」也者，王土之濱則有水，又在水外則曰滸，遠之也。遠之也者，天下之凶物，天下之所共擊也；天下之惡物，天下之所共棄也。若使忠義而在水滸，忠義爲天下之凶物惡物乎哉！且水滸有忠義，國家無忠義耶？夫君則猶是君也，臣則猶是臣也，夫何至于國而無忠義？此雖惡其臣之辭，而已難乎爲吾之君解也。父則猶是父也，子則猶是子也，夫何至于家而無忠義？此雖惡其子之辭，而已難乎爲吾之父解也。

故夫以忠義予「水滸」者，斯人必有懟其君父之心，不可以不察也。且亦不思宋江等一百八人，則何爲而至于水滸者乎？其幼皆豺狼虎豹之姿也，其壯皆殺人奪貨之行也，其後皆敲朴劓刖之餘也，其卒皆揭竿斬木之賊也。有王者作，比而誅之，則千人亦快，萬人亦快者也。如之何而終亦幸免于宋朝之斧鑕？彼一百八人而得幸免于宋朝者，惡知不將有若干百千萬人，思得復試于後世者乎？耐庵有憂之，于是奮筆作傳，題曰《水滸》，意若以爲之一百八人，即得逃于及身之誅僇，而必不得逃于身後之放逐者，君子之志也。而又妄以忠義予之，是則將爲戒者而反將爲勸耶？豺狼虎豹而有祥麟威鳳之目，殺人奪貨而有伯夷顔淵之譽，劓刖之餘而有上流清節之榮，揭竿斬木而有忠順不失之稱，既已名實抵牾，是非乖錯，至于如此之極，然則幾乎其不胥天下後世之人，而惟宋江等一百八人，以爲高山景行，其心嚮往者哉！

是故，由耐庵之《水滸》言之，則如史氏之有《檮杌》是也，備書其外之權詐，備書其内之凶惡，所以誅前人既死之心者，所以防後人未然之心也。由今日之「忠義水滸」言之，則直與宋江之賺入夥、吴用之説撞籌無以異也。無惡不歸朝廷，無美不歸緑林，已爲盗者讀之而自豪，未爲盗者讀之而爲盗也。嗚呼！名者，物之表也；志者，人之表也。名之不辨，吾以疑其書也；志之不端，吾以疑其人也。削「忠義」而仍「水滸」者，所以存耐庵之書其事小，所以存耐庵之志其事大。雖在稗官，有當世之憂焉。後世之恭慎君子，苟能明吾之志，庶幾不易吾言矣哉！

序三

施耐庵《水滸》正傳七十卷，又楔子一卷，共七十二卷，今與汝釋弓。

序曰：吾年十歲，方入鄉塾，隨例讀《大學》、《中庸》、《論語》、《孟子》等書，意惛如也。每與同塾兒竊作是語：不知習此將何爲者？又窺見大人徹夜吟誦，其意樂甚，殊不知其何所得樂，又不知盡天下書當有幾許，其中皆何所言，不雷同耶？如是之事，總未能明于心。明年十一歲，身體時時有小病。病作，輒得告假出塾。吾既不好弄，大人又禁不許弄，仍以書爲消息而已。吾最初得見者，是《妙法蓮華經》；次之，則見屈子《離騷》；次之，則見太史公《史記》；次之，則見俗本《水滸傳》：是皆十一歲病中之創獲也。《離騷》苦多生字，好之而不甚解，記其一句兩句吟唱而已。《法華經》、《史記》解處爲多，然而膽未堅剛，終亦不能常讀。其無晨無夜不在懷抱者，吾于《水滸傳》可謂無間然矣。

吾每見今世之父兄，類不許其子弟讀一切書，亦未嘗引之見于一切大人先生，此皆大錯。夫兒子十歲，神智生矣，不縱其讀一切書，且有他好；又不使之列于大人先生之間，是驅之與婢僕爲伍也。汝昔五歲時，吾即容汝出坐一隅；今年始十歲，便以此書相授者，非過有所寵愛，或者教汝之道當如是也。吾猶自記十一歲讀《水滸》後，便有于書無所不窺之勢。吾實何曾得見一書，心知其然，則有之耳。然就今思之，誠不謬矣。天下之文章，無有出《水滸》右者；天下之格物君子，無有出施耐庵先生右者。學者誠能澄懷格物，發皇文章，豈不一代文物之林？然但能善讀《水滸》，而已爲其人綽綽有餘也。《水滸》所叙，叙一百八人，人有其性情，人有其氣質，人有其形狀，人有其聲口。夫以一手而畫數面，則將有兄弟之形；一口而吹數聲，斯不免再映也。施耐庵以一心所運，而一百八人各自入妙者，無他，十年格物而一朝物格，斯以一筆而寫百千萬人，固不以爲難也。

格物亦有法，汝應知之。格物之法，以忠恕爲門。何謂忠？天下因緣生法，故忠不必學而至于忠，天下自然，無法不忠。火亦忠，眼亦忠，故吾之見忠；鐘忠，耳忠，故聞無不忠。吾既忠，則人亦忠，盗賊亦忠，犬鼠亦忠。盗賊犬鼠無不忠者，所謂恕也。夫然後物格，夫然後能盡人之性，而可以贊化育、參天地。今世之人，吾知之，是先不知因緣生法；不知因緣生法，則不知忠；不知忠，烏知恕哉？是人生二子而不能自解也。謂其妻曰：眉猶眉也，目猶目也，鼻猶鼻，口猶口，而大兒非小兒，小兒非大兒者，何故？而不自知實與其妻親造作之也。夫不知子，問之妻。夫妻因緣，是生其子。天下之忠，無有過于夫妻之事者；天下之忠，無有過于其子之面者。審知其理，而睹天下人之面，察天下夫妻之事，彼萬面不同，豈不甚宜哉！忠恕，量萬物之斗斛也；因緣生法，裁世界之刀尺也。施耐庵左手握如是斗斛，右手持如是刀尺，而僅乃叙一百八人之性情、氣質、形狀、聲口者，是猶小試其端也。若其文章，字有字法，句有句法，章有章法，部有部法，又何異哉！

吾既喜讀《水滸》，十二歲便得貫華堂所藏古本，吾日夜手鈔，謬自評釋，歷四五六七八月，而其事方竣，即今此本是已。如此者，非吾有讀《水滸》之法，若《水滸》固自爲讀一切書之法矣。吾舊聞有人言：莊生之文放浪，《史記》之文雄奇。始亦以之爲然，至是忽啞然其笑。古今之人，以瞽語瞽，真可謂一無所知，徒令小兒腸痛耳！夫莊生之文，何嘗放浪？《史記》之文，何嘗雄奇？彼殆不知莊生之所云，而徒見其忽言化魚，忽言解牛，尋之不得其端，則以爲放浪；徒見《史記》所記皆劉項爭鬥之事，其他又不出于殺人報仇、捐金重義爲多，則以爲雄奇也。若誠以吾讀《水滸》之法讀之，正可謂莊生之文精嚴，《史記》之文亦精嚴。不寧惟是而已，蓋天下之書，誠欲藏之名山，傳之後人，即無有不精嚴者。何謂之精嚴？字有字法，句有句法，章有章法，部有部法是也。夫以莊生之文雜之《史記》，不似《史記》；以《史記》之文雜之莊生，不似莊生者，莊生意思欲言聖人之道，《史記》攄其怨憤而已。其志不同，不相爲謀，有固然者，毋足怪也。若復置其中之所論，而直取其文心，則惟莊生能作《史記》，惟子長能作《莊子》。吾惡乎知之？吾讀《水滸》而知之矣。

夫文章小道，必有可觀，吾黨斐然，尚須裁奪。古來至聖大賢，無不以其筆墨爲身光耀。只如《論語》一書，豈非仲尼之微言，潔淨之篇節？然而善論道者論道，善論文者論文，吾嘗觀其製作，又何其甚妙也！《學而》一章，三唱「不亦」；「歎觚」之篇，有四「觚」字，餘者一「不」、兩「哉」而已。「質勝文則野，文勝質則史」，其文交互而成；「知之者不如好之者，好之者不如樂之者」，其法傳接而出。山、水，動、靜，樂、壽，譬禁樹之對生；「子路問聞斯行」，如晨鼓之頻發。其他不可悉數，約略皆佳構也。彼《莊子》、《史記》，各以其書獨步萬年，萬年之人，莫不歎其何處得來。若自吾觀之，彼亦豈能有其多才者乎？皆不過以此數章引而伸之，觸類而長之者也。

《水滸》所叙，叙一百八人，其人不出緑林，其事不出劫殺，失教喪心，誠不可訓。然而吾獨欲略其形迹，伸其神理者，蓋此書七十回、數十萬言，可謂多矣，而舉其神理，正如《論語》之一節兩節，瀏然以清，湛然以明，軒然以輕，濯然以新，彼豈非《莊子》、《史記》之流哉！不然，何以有此？如必欲苛其形迹，則夫十五《國風》，淫污居半；《春秋》所書，弑奪十九。不聞惡神奸而棄禹鼎，憎《檮杌》而誅倚相，此理至明，亦易曉矣。

嗟乎！人生十歲，耳目漸吐，如日在東，光明發揮。如此書，吾即欲禁汝不見，亦豈可得？今知不可相禁，而反出其舊所批釋，脱然授之于手也。夫固以爲《水滸》之文精嚴，讀之即得讀一切書之法也。汝真能善得此法，而明年經業既畢，便以之遍讀天下之書，其易果如破竹也者，夫而後歎施耐庵《水滸傳》真爲文章之總持。不然，而猶如常兒之泛覽者而已，是不惟負施耐庵，亦殊負吾。汝試思之，吾如之何其不鬱鬱乎哉！

皇帝崇禎十四年二月十五日

第五才子書施耐庵水滸傳卷之二

聖歎外書

宋史綱

淮南盜宋江掠京東諸郡，知海州張叔夜擊降之。

史臣斷曰：赦罪者，天子之大恩；定罪者，君子之大法。宋江掠京東諸郡，其罪應死，此書「降」而不書「誅」，則是當時已赦之也。蓋盜之初，非生而爲盜也。父兄失教于前，饑寒驅迫于後；而其才與其力，又不堪以鬱鬱讓人。于是無端入草，一嘯群聚，始而奪貨，既而稱兵，皆有之也。然其實誰致之失教，誰致之饑寒，誰致之有才與力而不得自見？「萬方有罪，罪在朕躬。」成湯所云，不其然乎？孰非賞之亦不竊者？而上既陷之，上又刑之，仁人在位，而罔民可爲，即豈稱代天牧民之意哉！故夫降之而不誅，爲天子之大恩、處盜之善法也。若在君子，則又必不可不大正其罪，而書之曰「盜」者。君子非不知盜之初，非生而爲盜，與夫既赦以後之樂與更始，亦不復爲盜也。君子以爲：天子之職在養萬民，養萬民者，愛民之命，雖蜎飛蠕動，動關上帝生物之心；君子之職在教萬民，教萬民者，愛民之心，惟一朝一夕，必廑履霜爲冰之懼。故盜之後誠能不爲盜者，天子力能出之湯火而置之袵席，所謂九重之上，大開遷善之門也；乃盜之後未必遂無盜者，君子先能圖其神奸而鎮以禹鼎，所謂三尺之筆，真有雷霆之怒也。蓋一朝而赦者，天子之恩；百世不改者，君子之法。宋江雖降而必書曰「盜」，此《春秋》謹嚴之志，所以昭往戒、防未然、正人心、輔王化也。後世之人不察于此，而裒然于其外史，冠之以「忠義」之名，而又從而節節稱歎之。嗚呼！彼何人斯，毋乃有亂逆之心矣夫！

張叔夜之擊宋江而降之也，《宋史》大書之曰「知海州」者何？予之也。何予乎張叔夜？予其真能知海州者也。何也？蓋君子食君之食，受君之命，分君之地，牧君之民，則曰知某州。「知」之爲言，司其事也。老者未安，爾知其安；少者未育，爾知其育；饑者未食，爾知樹畜；寒者未衣，爾知蠶桑；勞者未息，爾知息之；病者未愈，爾知愈之；愚者未教，爾知教之；賢者未舉，爾知舉之。夫如是，然後謂之「不廢厥職」、「三年報政」，而其君勞之，錫之以燕享，贈之以歌詩，處之以不次，延之以黃閣。蓋知州真爲天子股肱心膂之臣，非苟且而已也。自官箴既墜，而肉食者多。民廢田業，官亦不知；民學游手，官亦不知；民多饑餒，官亦不知；民漸行劫，官亦不知。如是，即不免至于盜賊蜂起也。而問其城郭，官又不知；問其兵甲，官又不知；問其糧草，官又不知；問其馬匹，官又不知。嗟乎！既已一無所知，而又欺其君曰：「吾知某州。」夫爾知某州何事者哉？《宋史》于張叔夜擊降宋江，而獨大書「知海州」者，重予之也。

史臣之爲此言也，是猶寬厚言之者也。若夫官知某州，則實何事不知者乎？關節，則知通也；權要，則知跪也；催科，則知加耗也；對簿，則知罰贖也；民户殷富，則知波連以逮之也；吏胥狡獪，則知心膂以托之也。其所不知者，誠一無所知；乃其所知者，且無一而不知也。嗟乎！嗟乎！一無所知，僅不可以爲官；若無一不知，不且儼然爲盗乎哉！誠安得張叔夜其人，以擊宋江之餘力而遍擊之也！

宋史目

宋江起爲盗，以三十六人横行河朔，轉掠十郡，官軍莫敢嬰其鋒。知亳州侯蒙上書，言江才必有大過人者，不若赦之，使討方臘以自贖。帝命蒙知東平府，未赴而卒。又命張叔夜知海州。江將至海州，叔夜使間者覘所向。江徑趨海濱，劫鉅舟十餘，載鹵獲。叔夜募死士得千人，設伏近城，而出輕兵，距海誘之戰。先匿壯卒海旁，伺兵合，舉火焚其舟。賊聞之，皆無鬥志。伏兵乘之，擒其副賊，江乃降。

史臣斷曰：觀此而知天下之事無不可爲，而特無爲事之人。夫當宋江以三十六人起于河朔，轉掠十郡，而十郡官軍莫之敢嬰也。此時豈復有人謂其鐵獸可縛，野火可撲者哉！一旦以朝廷之靈，而有張叔夜者至。夫張叔夜，則猶之十郡之長官耳，非食君父之食獨多，非蒙國家之知遇獨厚也者。且宋江，則亦非獨雄于十郡，而獨怯于海州者也。然而前則恣其劫殺，無敢如何；後則一朝成擒，如風迅掃者。此無他，十郡之長官，各有其妻子，各有其貲重[一]，各有其禄位，各有其性命，而轉顧既多，大計不決，賊驟乘之，措手莫及也。張叔夜不過無妻子可戀，無貲重可憂，無禄位可求，無性命可惜。所謂爲與不爲，維臣之責；濟與不濟，皆君之靈，不過如是。而彼宋江三十六人者，已悉縶其臂而投麾下。嗚呼！史書叔夜募死士得千人，夫豈知叔夜固爲第一死士乎哉！《傳》曰：「見危致命。」又曰：「臨事而懼，好謀而成。」又曰：「我戰則克。」又曰：「可以寄百里之命。」張叔夜有焉，豈不矯矯社稷之臣也乎！

侯蒙欲赦宋江使討方臘，一語而八失焉。以皇皇大宋，不能奈何一賊，而計出于赦之使贖。夫美其辭則曰「赦」曰「贖」，其實正是温語求息，失朝廷之尊，一也。殺人者死，造反者族，法也。劫掠至于十郡，肆毒實惟不小，而輕與議赦，壞國家之法，二也。方臘所到殘破，不聞皇師震怒，而仰望掃除于緑林之三十六人，顯當時之無人，三也。誘一賊攻一賊，以冀兩鬥一傷，烏知賊中無人不窺此意而大笑乎？勢將反教之合，而令猖狂愈甚，四也。武功者，天下豪傑之士捐其頭顱肢體而後得之，今忽以爲盜賊出身之地，使壯夫削色，五也。《傳》言：「四郊多壘，大夫之辱。」今更無人出手犯難，爲君解憂，而徒欲

[一]「其貲重」，葉瑶池本作「貲重重」。

以詔書爲弭亂之具，有負養士百年之恩，六也。有罪者可赦，無罪者生心，從此無治天下之術，七也。若謂其才有過人者，則何不用之未爲盜之先，而顧薦之既爲盜之後，當時宰相爲誰，顛倒一至于是，八也。嗚呼！君子一言以爲智，一言以爲不智。如侯蒙其人者，亦幸而遂死耳，脱真得知東平，惡知其不大敗公事，爲世僇笑者哉！何羅貫中不達，猶祖其説，而有《續水滸傳》之惡札也？

第五才子書施耐庵水滸傳卷之三

聖歎外書

讀第五才子書法

一、[一]大凡讀書,先要曉得作書之人是何心胸。如《史記》,須是太史公一肚皮宿怨發揮出來,所以他于《游俠》、《貨殖》傳特地着精神;乃至其餘諸記、傳中,凡遇揮金殺人之事,他便嘖嘖賞歎不置。一部《史記》,只是「緩急人所時有」六個字,是他一生著書旨意。《水滸傳》却不然。施耐庵本無一肚皮宿怨要發揮出來,只是飽暖無事,又值心閑,不免伸紙弄筆,尋個題目,寫出自家許多錦心繡口,故其是非皆不謬于聖人。後來人不知,却于《水滸》上加「忠義」字,遂並比于史公發憤著書一例,正是使不得。

二、《水滸傳》有大段正經處,只是把宋江深惡痛絶,使人見之,真有犬彘不食之恨。從

[一] 各條之首序號數字,爲整理者所加,仿金聖歎《讀第六才子書西廂記法》例,以便徵引。

來人却是不曉得。

三、《水滸傳》獨惡宋江，亦是「殲厥渠魁」之意，其餘便饒恕了。

四、或問：施耐庵尋題目寫出自家錦心繡口，題目儘有，何苦定要寫此一事？答曰：只是貪他三十六個人，便有三十六樣出身、三十六樣面孔、三十六樣性格，中間便結撰得來。

五、題目是作書第一件事。只要題目好，便書也作得好。

六、或問：題目如《西游》、《三國》，如何？答曰：這個都不好。《三國》人物事體說話太多了，筆下拖不動，踅不轉，分明如官府傳話奴才，只是把小人聲口替得這句出來，其實何曾自敢添減一字。《西游》又太無脚地了，只是逐段捏捏撮撮，譬如大年夜放烟火，一陣一陣過，中間全没貫串，便使人讀之，處處可住。

七、《水滸傳》方法，都從《史記》出來，却有許多勝似《史記》處。若《史記》妙處，《水滸》已是件件有。

八、凡人讀一部書，須要把眼光放得長。如《水滸傳》七十回，只用一目俱下，便知其二千餘紙，只是一篇文字。中間許多事體，便是文字起承轉合之法。若是拖長看去，却都不見。

九、《水滸傳》不是輕易下筆，只看宋江出名直在第十七回，便知他胸中已算過百十來遍。若使輕易下筆，必要第一回就寫宋江，文字便一直帳，無擒放。

十、某嘗道《水滸》勝似《史記》，人都不肯信，殊不知某却不是亂說。其實《史記》是以文運事,《水滸》是因文生事。以文運事,是先有事生成如此如此,却要算計出一篇文字來。雖是史公高才,也畢竟是吃苦事。因文生事即不然,只是順着筆性去,削高補低都由我。

十一、作《水滸傳》者,真是識力過人。某看他一部書,要寫一百單八個强盗,却爲頭推出一個孝子來做門面,一也;三十六員天罡、七十二座地煞,却倒是三座地煞先做强盗,顯見逆天而行,二也;盗魁是宋江了,却偏不許他便出頭,另又幻一晁蓋蓋住在上,三也;天罡地煞,都置第二,不使出現,四也;臨了收到「天下太平」四字作結,五也。

十二、三個「石碣」字,是一部《水滸傳》大段落。

十三、《水滸傳》不説鬼神怪異之事,是他氣力過人處。《西游記》每到弄不來時,便是南海觀音救了。

十四、《水滸傳》並無「之乎者也」等字,一樣人,便還他一樣説話,真是絶奇本事。

十五、《水滸傳》一個人出來,分明便是一篇列傳。至于中間事迹,又逐段逐段自成文字,亦有兩三卷成一篇者,亦有五六句成一篇者。

十六、别一部書,看過一遍即休。獨有《水滸傳》,只是看不厭,無非爲他把一百八個人性格,都寫出來。

十七、《水滸傳》寫一百八個人性格,真是一百八樣。若别一部書,任他寫一千個人,也只是一樣;便只寫得兩個人,也只是一樣。

十八、《水滸傳》章有章法,句有句法,字有字法。人家子弟稍識字,便當教令反覆細看。

看得《水滸傳》出時，他書便如破竹。

十九、江州城劫法場一篇，奇絶了；後面却又有大名府劫法場一篇，一發奇絶。潘金蓮偷漢一篇，奇絶了；後面却又有潘巧雲偷漢一篇，一發奇絶。景陽岡打虎一篇，奇絶了；後面却又有沂水縣殺虎一篇，一發奇絶：真正其才如海！

二十、劫法場、偷漢、打虎，都是極難題目，直是没有下筆處。他偏不怕，定要寫出兩篇。

二十一、《宣和遺事》具載三十六人姓名，可見三十六人是實有。只是七十回中許多事迹，須知都是作書人憑空造謊出來。如今却因讀此七十回，反把三十六個人物都認得了，任憑提起一個，都似舊時熟識，文字有氣力如此。

二十二、一百八人中，定考武松上上。時遷、宋江是一流人，定考下下。

二十三、魯達自然是上上人物，寫得心地厚實，體格闊大。論粗鹵處，他也有些粗鹵；論精細處，他亦甚是精細。然不知何故，看來便有不及武松處。想魯達已是人中絶頂，若武松直是天神，有大段及不得處。

二十四、《水滸傳》只是寫人粗鹵處，便有許多寫法。如魯達粗鹵是性急，史進粗鹵是少年任氣，李逵粗鹵是蠻，武松粗鹵是豪傑不受羈靮，阮小七粗鹵是悲憤無説處，焦挺粗鹵是氣質不好。

二十五、李逵是上上人物，寫得真是一片天真爛熳到底。看他意思，便是山泊中一百七人，無一個入得他眼。《孟子》「富貴不能淫，貧賤不能移，威武不能屈」，正是他好批語。

二十六、看來作文，全要胸中先有緣故。若有緣故時，便隨手所觸，都成妙筆；若無緣故時，直是無動手處，便作得來，也是嚼蠟。

二十七、只如寫李逵，豈不段段都是妙絕文字？却不知正爲段段都在宋江事後，故便妙不可言。蓋作者只是痛恨宋江奸詐，故處處緊接出一段李逵朴誠來，做個形擊。其意思自在顯宋江之惡，却不料反成李逵之妙也。此譬如刺鎗，本要殺人，反使出一身家數。

二十八、近世不知何人，不曉此意，却節出李逵事來，另作一册，題曰「壽張文集」，可謂咬人屎撅，不是好狗。

二十九、寫李逵色色絶倒，真是化工肖物之筆。他都不必具論，只如逵還有兄李達，便定然排行第二也，他却偏要一生自叫「李大」，直等急切中移名换姓時，反稱作「李二」，謂之乖覺。試想他肚裏，是何等没分曉。

三十、任是真正大豪傑好漢子，也還有時將銀子買得他心肯。獨有李逵，便銀子也買他不得，須要等他自肯，真又是一樣人。

三十一、林冲自然是上上人物，寫得只是太狠。看他算得到，熬得住，把得牢，做得徹，都使人怕。這般人在世上，定做得事業來，然琢削元氣也不少。

三十二、吴用定然是上上人物，他奸猾便與宋江一般，只是比宋江却心地端正。

三十三、宋江是純用術數去籠絡人，吴用便明明白白驅策群力，有軍師之體。

三十四、吴用與宋江差處，只是吴用却肯明白説自家是智多星，宋江定要説自家志誠質朴。

三十五、宋江只道自家籠罩吴用，吴用却又實實籠罩宋江。兩個人心裏各各自知，外面又各各只做不知，寫得真是好看煞人。

三十六、花榮自然是上上人物，寫得恁地文秀。

三十七、阮小七是上上人物，寫得另是一樣氣色。一百八人中，真要算做第一個快人。心快口快，使人對之，齷齪都銷盡。

三十八、楊志、關勝是上上人物。楊志寫來是舊家子弟，關勝寫來全是雲長變相。

三十九、秦明、索超是上中人物。

四十、史進只算上中人物，爲他後半寫得不好。

四十一、呼延灼却是出力寫得來的，然只是上中人物。

四十二、盧俊義、柴進只是上中人物。盧俊義傳，也算極力將英雄員外寫出來了，然終不免帶些呆氣。譬如畫駱駝，雖是龐然大物，却到底看來覺道不俊。柴進無他長，只有好客一節。

四十三、朱仝與雷横，是朱仝寫得好。然兩人都是上中人物。

四十四、楊雄與石秀，是石秀寫得好。然石秀便是中上人物，楊雄竟是中下人物。

四十五、公孫勝便是中上人物，備員而已。

四十六、李應只是中上人物，然也是體面上定得來，寫處全不見得。

四十七、阮小二、阮小五、張横、張順,都是中上人物。燕青是中上人物,劉唐是中上人物,徐寧、董平是中上人物。

四十八、戴宗是中下人物,除却神行,一件不足取。

四十九、吾最恨人家子弟,凡遇讀書,都不理會文字,只記得若干事迹,便算讀過一部書了。雖《國策》、《史記》都作事迹搬過去,何況《水滸傳》。

五十、《水滸傳》有許多文法,非他書所曾有,略點幾則于後。

五十一、有倒插法:謂將後邊要緊字,驀地先插放前邊。如五臺山下鐵匠間壁父子客店,又大相國寺岳廟間壁菜園,又武大娘子要同王乾娘去看虎,又李逵去買棗糕收得湯隆等是也。

五十二、有夾叙法:謂急切裏兩個人一齊説話,須不是一個説完了又一個説,必要一筆夾寫出來。如瓦官寺崔道成説「師兄息怒,聽小僧説」,魯智深説「你説你説」等是也。

五十三、有草蛇灰綫法:如景陽岡勤叙許多「哨棒」字,紫石街連寫若干「簾子」字等是也。驟看之,有如無物,及至細尋,其中便有一條綫索,拽之通體俱動。

五十四、有大落墨法:如吴用説三阮,楊志北京鬥武,王婆説風情,武松打虎,還道村捉宋江,二打祝家莊等是也。

五十五、有綿針泥刺法:如花榮要宋江開枷,宋江不肯;又晁蓋番番要下山,宋江番番勸住,至最後一次便不勸是也。筆墨外,便有利刃直戳進來。

五十六、有背面鋪粉法：如要襯宋江奸詐，不覺寫作李逵真率；要襯石秀尖利，不覺寫作楊雄糊塗是也。

五十七、有弄引法：謂有一段大文字，不好突然便起，且先作一段小文字在前引之。如索超前，先寫周謹；十分光前，先説五事等是也。《莊子》云：「始于青萍之末，盛于土囊之口。」《禮》云：「魯人有事于泰山，必先有事于配林。」

五十八、有獺尾法：謂一段大文字後，不好寂然便住，更作餘波演漾之。如梁中書東郭演武歸去後，知縣時文彬升堂[一]；武松打虎下岡來，遇着兩個獵户；血濺鴛鴦樓後，寫城壕邊月色等是也。

五十九、有正犯法：如武松打虎後，又寫李逵殺虎，又寫二解爭虎；潘金蓮偷漢後，又寫潘巧雲偷漢；江州城劫法場後，又寫大名府劫法場；何濤捕盜後，又寫黄安捕盜；林冲起解後，又寫盧俊義起解；朱仝、雷横放晁蓋後，又寫朱仝、雷横放宋江等。正是要故意把題目犯了，却有本事出落得無一點一畫相借，以爲快樂是也。真是渾身都是方法。

六十、有略犯法：如林冲買刀與楊志賣刀，唐牛兒與鄆哥，鄭屠肉鋪與蔣門神快活林，瓦官寺試禪杖與蜈蚣嶺試戒刀等是也。

六十一、有極不省法：如要寫宋江犯罪，却先寫招文袋金子，却又先寫閻婆惜和張三有

[一]「彬」，各本均作「郴」，據正文改。

事，却又先寫宋江討閻婆惜，却又先寫宋江捨棺材等。凡有若干文字，都非正文是也。

六十二、有極省法：如武松迎入陽穀縣，恰遇武大也搬來，正好撞着；又如宋江琵琶亭吃魚湯後，連日破腹等是也。

六十三、有欲合故縱法：如白龍廟前，李俊、二張、二童、二穆等救船已到，却寫李逵重要殺入城去；還道村玄女廟中，趙能、趙得都已出去，却有樹根絆跌，士兵叫喊等。令人到臨了，又加倍吃嚇是也。

六十四、有横雲斷山法：如兩打祝家莊後，忽插出解珍、解寶爭虎越獄事；又正打大名城時，忽插出截江鬼、油裏鰍謀財傾命事等是也。只爲文字太長了，便恐累墜，故從半腰間暫時閃出，以間隔之。

六十五、有鸞膠續弦法：如燕青往梁山泊報信，路遇楊雄、石秀，彼此須互不相識；且由梁山泊到大名府，彼此既同取小徑，又豈有止一小徑之理？看他便順手借如意子打鵲求卦，先鬥出巧來，然後用一拳打倒石秀，逗出姓名來等是也。都是刻苦算得出來。

六十六、舊時《水滸傳》，子弟讀了，便曉得許多閑事。此本雖是點閱得粗略，子弟讀了，便曉得許多文法。不惟曉得《水滸傳》中有許多文法，他便將《國策》、《史記》等書，中間但有若干文法，也都看得出來。舊時子弟讀《國策》、《史記》等書，都只看了閑事，煞是好笑。

六十七、《水滸傳》到底只是小説，子弟極要看，及至看了時，却憑空使他胸中添了若干文法。

六十八、人家子弟，只是胸中有了這些文法，他便《國策》、《史記》等書都肯不釋手看，《水滸傳》有功于子弟不少。

六十九、舊時《水滸傳》，販夫皂隸都看；此本雖不曾增減一字，却是與小人没分之書，必要真正有錦繡心腸者，方解説道好。

第五才子書施耐庵水滸傳卷之四

聖歎外書

貫華堂所藏古本《水滸傳》前自有序一篇今録之

人生三十而未娶，不應更娶；四十而未仕，不應更仕；五十不應爲家，六十不應出游。何以言之？用違其時，事易盡也。朝日初出，蒼蒼涼涼，澡頭面，裹巾幘，進盤飧，嚼楊木。諸事甫畢，起問可中？中已久矣。中前如此，中後可知。一日如此，三萬六千日何有。以此思憂，竟何所得樂矣？每怪人言：某甲于今若干歲。夫若干者，積而有之之謂。今其歲積在何許，可取而數之否？可見已往之吾，悉已變滅；不寧如是，吾書至此句，此句以前已疾變滅：是以可痛也！

快意之事莫若友，快友之快莫若談，其誰曰不然？然亦何曾多得。有時風寒，有時泥雨，有時卧病，有時不值，如是等時，真住牢獄矣。舍下薄田不多，多種秫米，身不能飲，吾友來需飲也。舍下門臨大河，嘉樹有蔭，爲吾友行立蹲坐處也。舍下執炊爨、理盤槅者，僅老婢四人；其餘凡畜童子大小十有餘人，便于馳走迎送、傳接簡帖也。舍下童婢稍閑，便課其縛帚織席。縛帚所以掃地，織席供吾友坐也。吾友畢來，當得十有六人，然而畢來之日爲少；非甚風雨，而盡不來之日亦少，大率日以六七人來爲常矣。

吾友來，亦不便飲酒，欲飲則飲，欲止先止，各隨其心，不以酒爲樂，以談爲樂也。吾友談不及朝廷，非但安分，亦以路遥，傳聞爲多。傳聞之言無實，無實即唐喪唾津矣。亦不及人過失者，天下之人本無過失，不應吾詆誣之也。所發之言，不求驚人，人亦不驚；未嘗不欲人解，而人卒亦不能解者，事在性情之際，世人多忙，未曾嘗聞也。吾友既皆繡淡通闊之士，其所發明，四方可遇。然而每日言畢即休，無人記録。有時亦思集成一書，用贈後人，而至今闕如者：名心既盡，其心多懶，一；微言求樂，著書心苦，二；身死之後，無能讀人，三；今年所作，明年必悔，四也。

是《水滸傳》七十一卷，則吾友散後，燈下戲墨爲多；風雨甚，無人來之時半之。然而經營于心，久而成習，不必伸紙執筆，然後發揮。蓋薄暮籬落之下，五更卧被之中，垂首撚帶，睇目觀物之際，皆有所遇矣。或若問：言既已未嘗集爲一書，云何獨有此傳？則豈非此傳成之無名，不成無損，一；心閑試弄，舒卷自恣，二；無賢無愚，無不能讀，三；文章得失，小不足悔，四也。嗚呼哀哉！吾生有涯，吾烏乎知後人之讀吾書者謂何[一]？但取今日以示吾友，吾友讀之而樂，斯亦足耳。且未知吾之後身讀之謂何，亦未知吾之後身得讀此書者乎？吾又安所用其眷念哉！

東都施耐庵序。

[一] 「烏乎」，各本均作「嗚乎」，據《四庫全書》本《文章辨體彙選》所收《水滸傳自序》改。

第五才子書施耐庵水滸傳卷之五

聖歎外書

試看書林隱處，幾多俊逸儒流。虛名薄利不關愁，裁冰及剪雪，談笑看吴鈎。評議前王並後帝，分真僞、占據中州，七雄擾擾亂春秋。興亡如脆柳，身世類虛舟。見成名無數，圖名無數，更有那逃名無數。霎時新月下長川，滄海變桑田古路。訝求魚緣木，擬窮猿擇木，又恐是傷弓曲木。不如且覆掌中杯，再聽取新聲曲度。

楔子　張天師祈禳瘟疫　洪太尉誤走妖魔

哀哉乎！此書既成，而命之曰《水滸》也。是一百八人者，爲有其人乎？爲無其人乎？誠有其人也，即何心而至于水滸也？爲無其人也，則是爲此書者之胸中，吾不知其有何等冤苦，而必設言一百八人，而又遠托之于水涯。吾聞：「率土之濱，莫非王臣」，「普天之下，莫非王土」也。一百八人而無其人，猶已耳；一百八人而有其人，彼豈真欲以宛子城、蓼兒洼者，爲非復趙宋之所覆載乎哉！吾讀《孟子》，至「伯夷避紂，居北海之濱」、「太公避紂，居東海之濱」二語，未嘗不歎。紂雖不善，不可避也；海濱雖遠，猶紂地也。二老倡衆去故就新，雖以聖人，非盛節也。彼孟子者，自言願學孔子，實未離于戰國游士之習，故猶有此言，未能滿于後人之心。若孔子，其必不出于此。今一百八人而有其人，殆不止于伯夷、太公居海避紂之志矣。大義滅絶，其何以訓？若一百八人而無其人也，則是爲此書者之設言也。爲此書者，吾則不知其胸中有何等寃苦而爲如此設言。然以賢如孟子，猶未免于「大醇」、「小疵」之譏，其何責于稗官？後之君子，亦讀其書哀其心可也。

古人著書，每每若干年布想，若干年儲材，又復若干年經營點竄，而後得脱于稿，裒然成爲一書也。今人不會看書，往往將書容易混帳過去。于是古人書中所有得意處、不得意處，轉筆處、難轉筆處，趁水生波處，翻空出奇處，不得不補處，不得不省處，順添在後處，倒插在前處，無數方法，無數筋節，悉付之于茫然不知，而僅僅粗記前後事迹、是否成敗，以助其酒前茶後，雄譚快笑之旗鼓。嗚呼！《史記》稱五帝之文尚不雅馴，而爲薦紳之所難言，奈何乎今忽取緑林豪猾之事，而爲士君子之所雅言乎？吾特悲讀者之精神不生，將作者之意思盡没，不知心苦，實負良工。故不辭不敏，而有此批也。

此一回，古本題曰「楔子」。楔子者，以物出物之謂也。以瘟疫爲楔，楔出祈禳；以祈禳爲楔，楔出天師；以天師爲楔，楔出洪信；以洪信爲楔，楔出游山；以游山爲楔，楔出開碣；以開碣爲楔，楔出三十六天罡、七十二地煞：此所謂正楔也。中間又以康節、希夷二先生，楔出劫運定數；以武德皇帝、包拯、狄青，楔出星辰名字；以山中一虎一蛇，楔出陳達、楊春；以洪信驕情傲色，楔出高俅、蔡京；以道童猥獕難認，直楔出第七十回皇甫相馬作結尾：此所謂奇楔也。

紛紛五代亂離間，一旦雲開復見天。草木百年新雨露，車書萬里舊江山。尋常巷陌陳羅綺，幾處樓臺奏管弦。天下太平無事日，鶯花無限日高眠。好詩。〇一部大書，詩起詩結，「天下太平」起，「天下太平」結。

話説這八句詩，乃是故宋神宗天子朝中，一個名儒姓邵諱堯夫，道號康節先生所作。一個算數先生。爲歎五代殘唐，天下干戈不息。那時朝屬梁，暮屬晉，正謂是：

朱李石劉郭，梁唐晉漢周。都來十五帝，播亂五十秋！「十五」、「五十」，顛倒大衍河圖中宮二數，便妙。

後來感得天道循環，向甲馬營中生下太祖武德皇帝來。大書「武德」皇帝，見此一朝不用掉文袋子。這朝聖人出世，紅光滿天，聖人出世，紅光滿天；妖魔出世，黑氣一道。異香經宿不散，乃是上界霹靂大仙下降。爲天罡、地煞先作映襯。英雄勇猛，智量寬洪，自古帝王都不及這朝天子。一條桿棒等身齊，打四百座軍州都姓趙。絶妙好辭。可見全部鎗棒，悉從一王之制矣。那天子掃清寰宇，蕩靜中原，國號大宋，建都汴梁，九朝八帝班頭，四百年開基帝主。因此上邵堯夫先生贊道：「一旦雲開復見天。」正如教百姓再見天日之面一般。那時西岳華山，有個陳摶處士，又一個算數先生。○兩位先生胸中，算定有六六三十六員，重之七十二座矣。是個道高有德之人，能辨風雲氣色。一日騎驢下山，向那華陰道中正行之間，聽得路上客人傳説：藏下一大部評話。「如今東京柴世宗，讓位與趙簡點登基。」那陳摶先生聽得，心中歡喜，以手加額，在驢背上大笑，攧下驢來。人問其故，那先生道：「天下從此定矣！」正乃上合天心，下合地理，中合人和。自庚申年間受禪，開基即位，在位一十七年，天下太平，傳位與御弟太宗。立乎元，指乎宋，傳位御弟，傳疑也。太宗皇帝在位二十二年，傳位與真宗皇帝，真宗又傳位與仁宗。

這仁宗皇帝，乃是上界赤脚大仙。又爲天罡、地煞先作映襯。降生之時，晝夜啼哭不止。朝廷出給黄榜，召人醫治。感動天庭，差遣太白金星下界，忽然轉出一座星辰，爲一百單八座星辰作引。化作一老叟，前來揭了黄榜，自言能止太子啼哭。看榜官員引至殿下，朝見真宗。天子聖旨，教進内苑看視太子。那老叟直至宫中，抱着太子，耳邊低低説了八個字，太子便不啼哭。奇事、奇文。那老叟不言姓名，只見化陣清風而去。耳邊道八個甚字？道是：「文有文曲，武有武曲。」忽然從一座星辰，又轉出兩座星辰，爲一百單八座作引，妙妙。○八個字，只是四個字，奇情、奇文。端的是玉帝差遣紫微宫中兩座星辰，下來輔佐這朝天子。星辰以座論，奇事；星辰可以下來，奇事；星辰被玉帝差遣下來，奇事；玉帝差遣星辰下來輔佐天子，奇事。文曲星乃是南衙開封府主龍圖閣大學士包拯，武曲星乃是征西夏國大元帥狄青。申吕岳降，傳説列星，變用得好。這兩個賢臣，出來輔佐這朝皇帝，在位四十二年，改了九個年號。自天聖元年癸亥登基，至天聖九年，那時天下太平，五穀豐登，萬民樂業，路不拾遺，户不夜閉，這九年謂之一登；一登、二登、三登，有據無據，撰成妙語。自明道元年至皇祐三年，這九年亦是豐富，謂之二登；自皇祐四年至嘉祐二年，這九年田禾大熟，謂之三登。一連三九二十七年，號爲三登之世。九年一登，又九年二登，又九年三登。一連三九二十七年，號爲三登之世。筆意都從康節、希夷兩先生生來。那時百姓受了些快樂。

誰道樂極悲生，嘉祐三年春間，天下瘟疫盛行。自江南直至兩京，無一處人民不染此症。天下各州各府，雪片也似申奏將來。且説東京城裏城外，軍民死亡大半。開封府主包待制親將惠民和濟局方，自出俸資合藥，救治萬民。那裏醫治得？自是正事，不可不先補出。瘟疫越盛。文武百官商議，都向待漏院中聚會，伺候早朝，奏聞天子。是日嘉祐三年三月三日，合成九數，陽極于九，數之窮也。《易》「窮則變」，變出一部《水滸傳》來。五更三點，天子駕坐紫宸殿，受百官朝賀已畢，當有殿頭官喝道：「有事出班早奏，無事捲簾退朝。」只見班部叢中，宰相趙哲、參政文彦博出班奏道：「目今京師瘟疫盛行，傷損軍民甚多。伏望陛下，釋罪寬恩，省刑薄税，自是正論，不可不先補出。祈禳天災，救濟萬民。」天子聽奏，急敕翰林院隨即草詔。一面降赦天下罪囚，應有民間税賦，悉皆赦免；一面命在京宮觀寺院，修設好事禳災。

不料其年瘟疫轉盛，仁宗天子聞知，龍體不安，復會百官計議。向那班部中，有一大臣越班啓奏。天子看時，乃是參知政事范仲淹。拜罷起居，奏道：「今天災盛行，軍民塗炭，日夕不能聊生。以臣愚意，要禳此災，可宣嗣漢天師星夜臨朝，就京禁院，修設三千六百分羅天大醮，奏聞上帝，可以禳保民間瘟疫。」不必真出希文，只是臨文相借耳。○先是藥局，次是修省，第三段方轉出祈禳來。 仁宗天子准奏，急令翰林學士草詔一道，天子御筆親書，詔。並降御香一炷，香。欽差内外提點殿前太尉洪信爲天使，前往江西信州龍虎山，宣請嗣漢天師張真人星夜來朝，祈禳瘟疫。就金殿上焚起御香，香。親將丹詔付與洪太尉，詔。即便登程前去。

洪信領了聖敕，辭別天子，背了詔書，詔。盛了御香，香。帶了數十人，上了鋪馬，一行部從離了東京，取路徑投信州貴溪縣來。不止一日，省。來到江西信州，大小官員出郭迎接。隨即差人報知龍虎山上清宫住持道衆，准備接詔。是日，官員接詔，報知道衆。次日，衆位官同送太尉到于龍虎山下。只見上清宫許多道衆，鳴鐘擊鼓，香花燈燭，幢幡寶蓋，一派仙樂，都下山來迎接丹詔。次日，官員送太尉，道衆接詔。直至上清宫前下馬。當下，上至住持真人，下及道童侍從，前迎後引，接至三清殿上，請將詔書居中供養着。上下前後，詔書居中。錦心繡口，隨筆成妙。

洪太尉便問監宫真人道：「天師今在何處？」住持真人向前稟道：「好教太尉得知：這代祖師號曰『虚靖天師』，性好清高，倦于迎送，自向龍虎山頂結一茅庵，修真養性，因此不住本宫。」太尉道：「目今天子宣詔，如何得見？」真人答道：「容稟：詔敕權供在殿上，貧道等亦不敢開讀。且請太尉到方丈獻茶，再煩計議。」當時將丹詔供養在三清殿上，詔。與衆官都到方丈。

太尉居中坐下，執事人等獻茶，就進齋供，水陸俱備。齋罷，太尉再問真人道：「既然天師在山頂庵中，何不着人請將下來相見，開宣丹詔？」真人禀道：「這代祖師雖在山頂，其實道行非常，能駕霧興雲，踪迹不定。貧道等時常亦難得見，怎生教人請得下來？」太尉道：「似此如何得見？目今京師瘟疫盛行，今上天子特遣下官賫捧御書丹詔，親捧龍香，來請天師，要做三千六百分羅天大醮，以禳天災，救濟萬民。」真人禀道：「天子要救萬民，只除是太尉辦一點志誠心，此語不獨指祈禳瘟疫也。夫天子則豈有不要救萬民者？天子要救萬民，則豈有不倚托太尉者？太尉若無誠心，則豈能救得萬民者？太尉救不得萬民，則豈能仰答天子者？語雖不多，而其指甚遠，其斯以爲真人也乎？齋戒沐浴，更换布衣，休帶從人，自背詔書，焚燒御香，步行上山，禮拜叩請，天師方許得見。如若心不志誠，空走一遭，亦難得見。」太尉聽説，道：「俺從京師食素到此，如何心不志誠？既然恁地，依着你説，明日絶早上山。」當晚各自權歇。

次日五更時分，衆道士起來，備下香湯，請太尉起來沐浴。换了一身新鮮布衣，脚下穿上麻鞋草履，吃了素齋，取過丹詔，用黄羅包袱背在脊梁上，詔。手裏提着銀手爐，降降地燒着御香。香。許多道衆人等，送到後山，指與路徑。真人又禀道：「太尉要救萬民，休生退悔之心，只顧志誠上去。」總是教太尉以爲天子救萬民之要訣，非爲今日請天師叮嚀也。

太尉别了衆人，口誦天尊寶號，縱步上山來。獨自一個，行了一回，盤坡轉徑，攬葛攀藤。約莫走過了數個山頭，三二里多路，看看脚酸腿軟。正走不動，口裏不説，肚裏躊躇，心中想道：「我是朝廷貴官，醜話。○「朝廷貴官」四字，毆却無數英雄入水泊，此語却是此老説起。在京師時，重裀而卧，列鼎而食，尚兀自倦怠，妙語絶倒。○重裀列鼎，尚自倦怠，何不以調元贊化而將息之？何曾穿草鞋，走這般山路！知他天師在那裏，却教下官受這般苦！」又行不到三五十步，掇着肩氣喘。只見山凹裏起一陣風，寫得出色。風過處，向那松樹背後，奔雷也似吼一聲，寫得出。「撲」地跳出一隻吊睛白額錦毛大蟲來。先寫風，次寫吼，次寫大蟲。只是一筆，便有多少段落。○初開簿第一條好漢。洪太尉吃了一驚，叫聲「阿呀！」千載欺君賣國人收場最後語。「撲」地望後便倒。那大蟲望着洪太尉，左盤右旋，咆哮了一回，「托」地望後山坡下跳了去。

洪太尉倒在樹根底下，唬得三十六個牙齒捉對兒厮打；奇句。那心頭一似十五個吊桶，七上八落的響；奇句。渾身却如重風麻木，奇句。兩腿一似鬥敗公鷄；奇句。○四句，一句一樣，皆奇絶之文。口裏連聲叫苦。大蟲去了一盞茶時，方纔爬將起來。再收拾地上香爐，還把龍香燒着，香。○何不寫詔？詔在背上，定當如故也。再上山來，務要尋見天師。又行過三五十步，口裏歎了數口氣，怨道：「皇帝四字連讀始妙。重裀列鼎尚自倦怠者，其胸中口中，每每有此四字也。御限，差俺來這裏，教我受這場驚恐！」

説猶未了，只覺得那裏又一陣風，寫得出色。吹得毒氣直冲將來。太尉定睛看時，山邊竹藤裏簌簌地響，寫得出色。搶出一條吊桶大小、雪花也似蛇來。亦先寫風、次寫響、次寫蛇。○開簿第二條好漢。太尉見了，又吃一驚，撇了手爐，香。○前無此有。叫一聲：「我今番死也！」往後便倒在盤陀石邊。但見那條大蛇，徑搶到盤陀石邊，朝着洪太尉盤做一堆，兩隻眼迸出金光，張開巨口，吐出舌頭，噴那毒氣在洪太尉臉上。驚得太尉三魂蕩蕩，七魄悠悠。那蛇看了洪太尉一回，望山下一溜，却早不見了。太尉方纔爬得起來，説道：「慚愧！驚殺下官！」看身上時，寒粟子比餶饳兒大小。此非前詳後略，正是從四句外，增出一句耳。口裏駡那道士：「叵耐無禮，戲弄下官，教俺受這般驚恐！若山上尋不見天師，下去和他別有話説！」再拿了銀提爐，整頓身上詔敕詔。○前不及詔，此並及詔，都妙。並衣服、巾幘，却待再要上山去。

正欲移步，法變。不然，上去到幾時了。只聽得松樹背後，隱隱地笛聲吹響，漸漸近來。太尉定睛看時，只見一個道童，倒騎着一頭黄牛，横吹着一管鐵笛，笑吟吟地正過山來。一蛇一虎後，忽接入此段，筆墨變幻不可言。洪太尉見了，便唤那個道童：「你從那裏來？認得我麽？」好貨。道童不睬，只顧吹笛。寫得妙極。太尉連問數聲，道童呵呵大笑，拿着鐵笛，指着洪太尉，寫得妙極。説道：「你來此間，莫非要見天師麽？」太尉大驚，便道：「你是牧童，如何得知？」只合答云：「你是太尉，如何得見？」道童笑道：「我早間在草庵中伏侍天師，聽得天師説道：『今上天子差個洪太尉賫擎丹詔御香，到來山中，宣我往東京，做三千六百分羅天大醮，祈禳天下瘟疫。我如今乘鶴駕雲去也。』這早晚想是去了，不在庵中。你休上去，山内毒蟲猛獸極多，恐傷害了你性命。」太尉再問道：「你不要説謊？」道童笑了一聲，也不回應，又吹着鐵笛，轉過山坡去了。寫得妙極。太尉尋思道：「這小的如何盡知此事？想是天師分付他，一定是了。」此四字，寫盡從來太尉自以爲是。欲待再上山去，方纔驚唬得苦，爭些兒送了性命，不如下山去罷。

太尉拿着提爐，香。再尋舊路，奔下山來。衆道士接着，請至方丈坐下。真人便問太尉道：「曾見天師麽？」太尉説道：「我是朝中貴官，如何教俺走得山路，吃了這般辛苦，爭些兒送了性命！爲頭上至半山裏，跳出一隻吊睛白額大蟲，驚得下官魂魄都没了。又行不過一個山嘴，竹藤裏搶出一條雪花大蛇來，盤做一堆，攔住去路。若不是俺福分大，如何得性命回京？好貨。盡是你這道衆，戲弄下官！」真人覆道：「貧道等怎敢輕慢大臣？這是祖師試探太尉之心。本山雖有蛇虎，並不傷人。」一部《水滸傳》一百八人總贊。

太尉又道：「我正走不動，方欲再上山坡，只見松樹傍邊轉出一個道童，騎着一頭黄牛，吹着管鐵笛，正過山來。我便問他：『那裏來？識得俺麽？』他道已都知了，説天師分付，早晨乘鶴駕雲，往東京去了。下官因此回來。」真人道：「太尉可惜錯過，這個牧童正是天師！」只説其一，不説其二。太尉道：「他既是天師，如何這等猥獕？」此一句，直兜至第七十回皇甫端相馬之後，見一部所列一百八人，皆朝廷貴官嫌其猥獕，而失之于牝牡驪黄之外者也。○何獨不言「既是天師，如何這等狰獰」耶？真人答道：「這代天師非同小可，雖然年幼，其實道行非常。他是額外之人，一百八員，所謂額外之人也。四方顯化，極是靈驗。世人皆稱爲道通祖師。」洪太尉道：「我直如此有眼不識真師，當面錯過！」真人道：「太尉且請放心，既然祖師法旨道是去了，比及太尉回京之日，這場醮事，祖師已都完了。」太尉見説，方纔放心。真人一面教安排筵宴，管待太尉，請將丹詔收藏于御書匣内，留在上清宫中，詔書畢。龍香就三清殿上燒了。龍香畢。當日方丈内大排齋供，設宴飲酌。至晚席罷，止宿到曉。

次日早膳已後，真人、道衆並提點執事人等請太尉游山，天下本無事，游山游出來。太尉大喜。許多人從跟隨着，步行出方丈。前面兩個道童引路，行至宮前宮後，看玩許多景致。三清殿上，富貴不可盡言：左廊下，九天殿、紫微殿、北極殿；右廊下，太乙殿、三官殿、驅邪殿。

以九天、紫微、北極、太乙、三官等殿，引出驅邪一殿；以驅邪一殿，引出伏魔一殿。

諸宮看遍，行到右廊後一所去處。洪太尉看時，另外一所殿宇，一遭都是搗椒紅泥牆；正面兩扇朱紅槅子，門上使着胳膊大鎖鎖着，交叉上面貼着十數道封皮，封皮上又是重重疊疊使着朱印；檐前一面硃紅漆金字牌額，上書四個金字，寫道「伏魔之殿」。寫得怕人。○筆墨淋漓之至。太尉指着問道：「此殿是甚麽去處？」真人答道：「此乃是前代老祖天師鎖鎮伏魔之殿。」太尉又問道：「如何上面重重疊疊貼着許多封皮？」真人答道：「此是老祖大唐洞玄國師封鎖魔王在此。但是經傳一代天師，親手便添一道封皮，奇想奇文。使其子子孫孫不得妄開。走了魔君，非常利害。今經八九代祖師，誓不敢開。鎖用銅汁灌鑄，誰知裏面的事？小道自來住持本宮，三十餘年，也只聽聞。」妙。

洪太尉聽了，心中驚怪，先驚。想道：「我且試看魔王一看。」便對真人説道：「你且開門來，我看魔王甚麽模樣。」真人禀道：「太尉，此殿決不敢開！先祖天師叮嚀告戒：今後諸人不許擅開。」一禀。太尉笑道：次笑。「胡説！你等要妄生怪事，煽惑良民，故意安排這等去處，假稱鎖鎮魔王，顯耀你們道術。我讀一鑑之書，好東西，好文法。何曾見鎖魔之法？神鬼之道，處隔幽冥，我不信有魔王在内。快快與我打開，我看魔王如何。」真人三回五次禀說：「此殿開不得，恐惹利害，有傷于人。」又稟。太尉大怒，次怒。指着道衆説道：「你等不開與我看，回到朝廷，先奏你們衆道士阻當宣詔，違别聖旨，不令我見天師的罪犯；看他隨口搊出人罪案來，前後太尉一轍也。後奏你等私設此殿，假稱鎖鎮魔王，煽惑軍民百姓。把你都追了度牒，刺配遠惡軍州受苦！」後來許多刺配軍州，只照前官律斷。

真人等懼怕太尉權勢，真人猶怕太尉權勢，况其他哉！只得唤幾個火工道人來，先把封皮揭了，將鐵錘打開大鎖。衆人把門推開，一齊都到殿内，黑洞洞不見一物。太尉教從人取十數個火把點着，將來打一照時：四邊並無一物，只中央一個石碣，約高五六尺，下面石龜趺坐，大半陷在泥裏。一部大書七十回，以石碣起，以石碣止，奇絶。○「碣」字，俗本訛作「碑」字。照那石碣上時，前面都是龍章鳳篆，天書符籙，人皆不識；與第七十回一樣作章法。照那背後時，却有四個真字大書，鑿着「遇洪而開」。奇事奇文。

洪太尉看了這四個字，大喜，次又喜。便對真人説道：「你等阻當我，却怎地數百年前已注定我姓字在此？『遇洪而開』，分明是教我開看，却何妨？我想這個魔王，都只在石碣底下。汝等從人，與我多唤幾個火工人等，將鋤頭鐵鍬來掘開。」真人慌忙稟道：「太尉不可掘動，恐有利害，傷犯于人，不當穩便。」又稟。太尉大怒，次又怒。喝道：「你等道衆省得甚麽！碣上分明鑿着遇我教開，你如何阻當？快與我唤人來開！」真人又三回五次稟道：「恐有不好。」太尉那裏肯聽？詳書真人一稟、再稟、又稟、又稟者，以深明天罡、地煞出世之不容易也。只得聚集衆人，先把石碣放倒，一齊並力掘那石龜，半日方纔掘得起。又掘下去，只有三四尺深，見一片大青石板，可方丈圍。石碣之下石龜，石龜之下石板，寫得鄭重之至。洪太尉叫再掘起來，真人又苦禀道：「不可掘動！」掘到石板，又復苦禀，寫得鄭重之至。

太尉那裏肯聽？衆人只得把石板一齊扛起，看時，石板底下却是一個萬丈深淺地穴。只見穴内「刮刺刺」一聲響亮，那響非同小可。響亮過處，只見一道黑氣從穴裏滚將起來，掀塌了半個殿角。那道黑氣直冲到半天裏，空中散作百十道金光，望四面八方去了。衆人吃了○他日有稱「我」者，有稱「俺」者，有稱「小可」者，有稱「洒家」者，有稱「我老爺」者，皆是此句化開。駭人之筆。一驚，發聲喊，撇下鋤頭鐵鍬，盡從殿内奔將出來，推倒攧翻無數。驚得洪太尉目睜口呆，罔知所措，面色如土。奔到廊下，只見真人向前叫苦不迭。

太尉問道：「走了的却是甚麼妖魔？」真人道：「太尉不知，此殿中，當初是老祖天師洞玄真人傳下法符，囑付道：『此殿内鎮鎖着三十六員天罡星，七十二座地煞星，共是一百單八個魔君在裏面。上立石碣，鑿着龍章鳳篆姓名，鎮住在此。楔者，以物出物之謂。此篇因請天師，誤開石碣，所謂楔也。俗本不知，誤入正書，失之遠矣。若還放他出世，必惱下方生靈。』如今太尉放他走了，怎生是好！」當時洪太尉聽罷，渾身冷汗，捉顫不住。急急收拾行李，引了從人下山回京。真人並道衆送官已罷，自回宫内修整殿宇，豎立石碣，不在話下。了。

再説洪太尉在途中分付從人，教把走妖魔一節休説與外人知道，恐天子知而見責。畫出太尉。于路無話，星夜回至京師。進得汴梁城，聞人所説只聞人説足矣，不必鋪叙醮事也。天師在東京禁院做了七晝夜好事，普施符籙，禳救災病，瘟疫盡消，軍民安泰。天師辭朝，乘鶴駕雲，且回龍虎山去了。省。洪太尉次日早朝，見了天子，奏説：「天師乘鶴駕雲，先到京師。臣等驛站而來，纔得到此。」仁宗准奏，賞賜洪信，復還舊職，瘟疫亦楔也，醮事亦楔也，天師亦楔也，太尉亦楔也。既已楔出三十六員天罡、七十二座地煞矣，便隨手收拾，不復更用也。亦不在話下。

後來仁宗天子在位共四十二年晏駕，無有太子，傳位濮安懿王允讓之子，太宗皇帝的孫，爲前傳位御弟太宗句吐氣，此「傳外别傳」之法也。立帝號曰英宗。在位四年，傳位與太子神宗。神宗在位一十八年，傳位與太子哲宗。那時天下太平，一部大書數萬言，却以「天下太平」四字起[一]、「天下太平」四字止，妙絶！四方無事。且住！若真個太平無事，今日開書演義，又説着些甚麽？忽然掉筆一轉，轉出一部大書來。看官不要心慌，此只是個楔子，下文便有：

王教頭私走延安府，九紋龍大鬧史家村[二]。

史大郎夜走華陰縣，魯提轄拳打鎮關西。

趙員外重修文殊院，魯智深大鬧五臺山。

小霸王醉入銷金帳，花和尚大鬧桃花村[三]。

九紋龍剪徑赤松林，魯智深火燒瓦官寺。

[一]「以」，貫華堂本、葉瑶池本均作「以以」，據王望如評本删一字。

[二]「鬧」，各本均作「鬬」，據正文改。

[三]「桃」，貫華堂本、葉瑶池本作「花」，據王望如評本改。

花和尚倒拔垂楊柳，豹子頭誤入白虎堂。
林教頭刺配滄州道，魯智深大鬧野猪林。
柴進門招天下客，林冲棒打洪教頭。
林教頭風雪山神廟，陸虞候火燒草料場。
朱貴水亭施號箭，林冲雪夜上梁山。
梁山泊林冲落草，汴京城楊志賣刀。
急先鋒東郭爭功，青面獸北京鬥武。
赤髮鬼醉卧靈官殿，晁天王認義東溪村。
吴學究説三阮撞籌，公孫勝應七星聚義。
楊志押送金銀擔，吴用智取生辰綱。
花和尚單打二龍山，青面獸雙奪寶珠寺。
美髯公智穩插翅虎，宋公明私放晁天王。
林冲水寨大併火，晁蓋梁山小奪泊。
梁山泊義士尊晁蓋，鄆城縣月夜走劉唐。
虔婆醉打唐牛兒，宋江怒殺閻婆惜。
閻婆大鬧鄆城縣，朱仝義釋宋公明。
横海郡柴進留賓，景陽岡武松打虎。

王婆貪賄説風情，鄆哥不忿鬧茶肆。
王婆計啜西門慶，淫婦藥鴆武大郎。
偷骨殖何九送喪，供人頭武二設祭。
母藥叉孟州道賣人肉，武都頭十字坡遇張青。
武松威鎮安平寨，施恩義奪快活林。
施恩重霸孟州道，武松醉打蔣門神。
施恩三入死囚牢，武松大鬧飛雲浦。
張都監血濺鴛鴦樓，武行者夜走蜈蚣嶺。
武行者醉打孔亮，錦毛虎義釋宋江。
宋江夜看小鰲山，花榮大鬧清風寨。
鎮三山大鬧青州道，霹靂火夜走瓦礫場。
石將軍村店寄書，小李廣梁山射鴈。
梁山泊吴用舉戴宗，揭陽嶺宋江逢李俊。
没遮攔追趕及時雨，船火兒大鬧潯陽江。
及時雨會神行太保，黑旋風鬥浪裏白條。
潯陽樓宋江吟反詩，梁山泊戴宗傳假信。
梁山泊好漢劫法場，白龍廟英雄小聚義。

宋江智取無爲軍,張順活捉黄文炳。
還道村受三卷天書,宋公明遇九天玄女。
假李逵剪徑劫單身,黑旋風沂嶺殺四虎。
錦豹子小徑逢戴宗,病關索長街遇石秀。
楊雄醉罵潘巧雲,石秀智殺裴如海。
病關索大鬧翠屏山,拚命三火燒祝家莊。
撲天鵰雙修生死書,宋公明一打祝家莊。
一丈青單捉王矮虎,宋公明兩打祝家莊。
解珍解寶雙越獄,孫立孫新大劫牢。
吴學究雙掌連環計,宋公明三打祝家莊。
插翅虎枷打白秀英,美髯公誤失小衙内。
李逵打死殷天錫,柴進失陷高唐州。
戴宗雙取公孫勝,李逵獨劈羅真人。
入雲龍鬥法破高廉,黑旋風下井救柴進。
高太尉大興三路兵,呼延灼擺布連環馬。
吴用使時遷偷甲,湯隆賺徐寧上山。
徐寧教使鈎鐮鎗,宋江大破連環馬。

三山聚義打青州，衆虎同心歸水泊。
吴用賺金鈴吊挂，宋江鬧西岳華山。
公孫勝芒碭山降魔，晁天王曾頭市中箭。
吴用智賺玉麒麟，張順夜鬧金沙渡。
放冷箭燕青救主，劫法場石秀跳樓。
宋江兵打北京城，關勝議取梁山泊。
呼延灼月夜賺關勝，宋公明雪天擒索超。
托塔天王夢中顯聖，浪裏白條水上報冤。
時遷火燒翠雲樓，吴用智取大名府。
宋江賞馬步三軍，關勝降水火二將。
宋公明夜打曾頭市，盧俊義活捉史文恭。
東平府誤陷九紋龍，宋公明義釋雙鎗將。
没羽箭飛石打英雄，宋公明棄糧擒壯士。
忠義堂石碣受天文，梁山泊英雄驚惡夢。

一部七十回正書，一百四十句題目。有分教：宛子城中藏虎豹，蓼兒洼内聚蛟龍。畢竟如何緣故，且聽初回分解。

第五才子書施耐庵水滸傳卷之六

聖歎外書

第一回　王教頭私走延安府　九紋龍大鬧史家村

一部大書七十回，將寫一百八人也。乃開書未寫一百八人，而先寫高俅者，蓋不寫高俅，便寫一百八人，則是亂自下生也；不寫一百八人，先寫高俅，則是亂自上作也。亂自下生，不可訓也，作者之所必避也；亂自上作，不可長也，作者之所深懼也。一部大書七十回，而開書先寫高俅，有以也。

高俅來而王進去矣。王進者，何人也？不墜父業，善養母志，蓋孝子也。吾又聞古有「求忠臣必于孝子之門」之語，然則王進亦忠臣也。孝子忠臣，則國家之祥麟威鳳、員璧方珪者也。橫求之四海而不一得之，竪求之百年而不一得之。不一得之而忽然有之，則當尊之榮之，長跽事之。必欲罵之打之，至于殺之，因逼去之，是何爲也！王進去而一百八人來矣，則是高俅來而一百八人來矣。王進去後，更有史進。史者，史也；寓言稗史，亦史也。夫古者史以記事，今稗史所記何事？殆記一百八人之事也。記一百八人之事，而亦居然謂之「史」也何居？從來庶人之議皆史也。庶人則何敢議也？庶人不敢議也。庶人不敢議而又議，何也？天下有道，然後庶人不議也。今則庶人議矣，何用知其天下無道？曰：王進去而高俅來矣。

史之爲言史也，固也。進之爲言何也？曰：彼固自許，雖稗史，然已進于史也。史進之爲言，進于史，固也；王進之爲言何也？曰：必如此人，庶幾聖人在上，可教而進之于王道也。必如王進，然後可教而進之于王道。然則彼一百八人也者，固王道之所必誅也。

一百八人，則誠王道所必誅矣，何用見王進之庶幾爲聖人之民？曰：不墜父業，善養母志，猶其可見者也。更有其不可見者：如點名不到，不見其首也；一去延安，不見其尾也。無首無尾者，其猶神龍歟？誠使彼一百八人者，盡出于此，吾以知其免耳，而終不之及也。一百八人終不之及，夫而後知王進之難能也。

不見其首者，示人亂世不應出頭也；不見其尾者，示人亂世決無收場也。

一部書七十回，一百八人，以天罡第一星宋江爲主；而先做强盜者，乃是地煞第一星朱武。雖作者筆力縱橫之妙，然亦以見其逆天而行也。

次出跳澗虎陳達、白花蛇楊春，蓋隱括一部書七十回一百八人，爲虎爲蛇，皆非好相識也。何用知其爲是隱括一部書七十回一百八人？曰：楔子所以楔出一部，而天師化現恰有一虎一蛇，故知陳達、楊春是一百八人之總號也。

話説故宋哲宗皇帝在時，其時去仁宗天子已遠，只是順手從楔子寫來，却將從來國步升降、天運循環，一筆提盡，使讀者便有「上失其道，民散久矣」之痛也。東京開封府汴梁宣武軍，便有一個浮浪破落户子弟，開書第一樣脚色。作書者蓋深著破國亡家、結怨連禍之皆由是輩始也。○言子弟，則有爲之父兄者矣。失教之罪，誰實任之？姓高，排行第二，自小不成家業，只好刺鎗使棒，最是踢得好脚氣毬。京師人口順，不叫「高二」，却都叫他做「高毬」。後來發迹，便將氣毬那字去了「毛」傍，添作「立人」，便改作姓高，名俅。「毛」傍者，何物也？而居然自以爲立人，人亦從而立人之。蓋當時諸公袞袞者，皆是也。○奇絶之文。這人吹彈歌舞，刺鎗使棒，相撲頑耍，亦胡亂學詩書詞賦；甚矣，詩書詞賦之易，而仁義禮智、信行忠良之難也！若論仁義禮智、信行忠良，却是不會。觀于高俅，不其然乎？只在東京城裏城外幫閑。因幫了一個生鐵王員外兒子使錢，生鐵之子未有不使錢者。可笑可歎。每日三瓦兩舍，風花雪月，被他父親開封府裏告了一紙文狀。府尹把高俅斷了二十脊杖，迭配出界發放；東京城裏人民，不許容他在家宿食。極寫高俅狼狽，以深惡之也。○不容他在家，却容他在朝，天實爲之，謂之何哉！高俅無計奈何，只得來淮西臨淮州，投奔一個開賭坊的閑漢柳大郎，名喚柳世權。他平生專好惜客養閑人，招納四方干隔澇漢子。奇句。

高俅投托得柳大郎家，一住三年。一路以年計，以月計，以日計，皆史公章法。○一住三年。後來哲宗天子因拜南郊，感得風調雨順，放寛恩，大赦天下。那高俅在臨淮州因得了赦宥罪犯，思量要回東京。這柳世權，却和東京城裏金梁橋下開生藥鋪的董將仕是親戚，寫了一封書札，收拾些人事盤纏，賫發高俅回東京，投奔董將仕家過活。

當時高俅辭了柳大郎，背上包裹，離了臨淮州。迤邐回到東京，徑來金梁橋下董生藥家，下了這封書。董將仕一見高俅，看了柳世權來書，如畫。自肚裏尋思道：「這高俅，我家如何安着得他？看他處處安着不得，與府尹所斷，如出一口。若是個志誠老實的人，可以容他在家出入，也教孩兒們學些好。他却是個幫閑的破落户，没信行的人，亦且當初有過犯來，被斷配的人，舊性必不肯改。若留住在家中，倒惹得孩兒們不學好了。待不收留他，又撇不過柳大郎面皮。」當時只得權且歡天喜地，相留在家宿歇，每日酒食管待。曲折之筆。住了十數日，住了十數日。董將仕思量出一個路數，將出一套衣服，細甚妙甚。不然，送配回來人，如何可見小蘇學士去？寫了一封書簡，對高俅説道：「小人家下螢火之光，照人不亮，恐後誤了足下。我轉薦足下與小蘇學士處，蘇學士也而又曰小，彼何人斯也？久後也得個出身。足下意内如何？」高俅大喜，謝了董將仕。

董將仕使個人將着書簡，引領高俅，徑到學士府内。門吏轉報，小蘇學士出來，見了高俅，看了來書，知道高俅原是幫閑浮浪的人，心下想道：「我這裏如何安着得他？又與將仕如出一口，見天下不容也。不如做個人情，薦他去駙馬王晉卿府裏，做個親隨。人都唤他做小王都太尉，王太尉也而亦曰小，彼何人斯也？他便喜歡這樣的人。」當時回了董將仕書札，留高俅在府裏住了一夜。住一夜。次日寫了一封書呈，使個幹人，送高俅去那小王都太尉處。這太尉乃是哲宗皇帝妹夫，神宗皇帝的駙馬。他喜愛風流人物，正用這樣的人。一見小蘇學士差人持書送這高俅來，拜見了便喜，隨即寫回書，收留高俅在府內做個親隨。自此，高俅遭際在王都尉府中，出入如同家人一般。忽作一結結住，下又另起，文字頓挫有法。

自古道：「日遠日疏，日親日近。」忽一日，省，而筆勢突兀可喜。小王都太尉慶誕生辰，分付府中安排筵宴，專請小舅端王。小蘇學士，小王太尉，小舅端王。嗟乎！既已群小相聚矣，高俅即欲不得志，亦豈可得哉？這端王乃是神宗天子第十一子哲宗皇帝御弟，見掌東駕，排號九大王，是個聰明俊俏人物。這浮浪子弟門風幫閑之事，無一般不曉，無一般不會，更無一般不愛。誠乃巍巍聖德。即如琴棋書畫，無所不通；一樣省文筆法。踢毬打彈，品竹調絲，吹彈歌舞，自不必說。又一樣省文筆法。

當日，王都尉府中准備筵宴，水陸俱備。請端王居中坐定，太尉對席相陪。酒進數杯，食供兩套，那端王起身净手，偶來書院裏少歇。猛見書案上一對兒羊脂玉碾成的鎮紙獅子，極是做得好，細巧玲瓏。憑空忽然生出。端王拿起獅子，不落手看了一回，道：「好！」王都尉見端王心愛，便說道：「再有一個玉龍筆架，也是這個匠人一手做的，忽然生出獅子，又忽然陪出筆架。獅子實，筆架虛，極文章之致也。却不在手頭，明日取來，一並相送。」端王大喜道：「深謝厚意。想那筆架必是更妙。」不贊獅子，却贊筆架，而已贊獅子之極矣。筆法妙不可言。王都尉道：「明日取出來，送至宮中便見。」端王又謝了。兩個依舊入席，飲宴至暮，盡醉方散。了。端王相別回宮去了。次日，小王都太尉取出玉龍筆架和兩個鎮紙玉獅子，着一個小金盒子盛了，又陪一色。用黃羅包袱包了，又陪一色。寫了一封書呈，却使高俅送去。一路都是申薦，此行却是突然，令讀者出于意外。

高俅領了王都尉鈞旨，將着兩般玉玩器，懷中揣了書呈，徑投端王宫中來。把門官吏轉報與院公。没多時，院公出來，問：「你是那個府裏來的人？」高俅施禮罷，答道：「小人是王駙馬府中，特送玉玩器來進大王。」院公道：「殿下在庭心裏和小黄門踢氣毬，賢士大夫軍國重事。你自過去。」高俅道：「相煩引進。」院公引到庭門。高俅看時，見端王頭戴軟紗唐巾，身穿紫繡龍袍，腰繫文武雙穗絛，把繡龍袍前襟拽扎起，揣在絛兒邊；横嵌一句，在絛下靴上寫出踢毬身分，奇妙之極。足穿一雙嵌金綫飛鳳靴，三五個小黄門相伴着蹴氣毬。活畫出來。

高俅不敢過去衝撞，立在從人背後伺候。也是高俅合當發迹，時運到來：那個氣毬騰地起來，端王接個不着，向人叢裏直滚到高俅身邊。奇想奇文，淋漓跳躍。那高俅見氣毬來，也是一時的膽量，使個「鴛鴦拐」，踢還端王。奇想奇文。端王見了大喜，便問道：「你是甚人？」高俅向前跪下，道：「小的是王都尉親隨，姓名不作一句出。受東人使令，賫送兩般玉玩器來進獻大王。有書呈在此拜上。」端王聽罷，笑道：「姐夫直如此挂心！」高俅取出書呈進上。端王開盒子看了玩器，都遞與堂候官收了去。

那端王且不理玉玩器下落，却先問高俅道：「你原來會踢氣毬[一]，你唤做甚麽？」玩器亦楔子也。既已楔出氣毬，便略而不論矣。高俅叉手跪覆道：「小的叫做高俅，始出姓名。胡亂踢得幾

[一]「原」，金評各本均作「這」，據明容與堂本改。

脚。」端王道：「好！你便下場來，踢一回耍。」進身之易如此，皆天爲之也。高俅拜道：「小的是何等様人，敢與恩王下脚！」端王道：「這是『齊雲社』，名爲『天下圓』，奇句。但踢何傷？」高俅再拜道：「怎敢！」三回五次告辭，端王定要他踢。高俅只得叩頭謝罪，解膝下場。纔踢幾脚，端王喝采，先引一筆，下乃極寫之。高俅只得把平生本事都使出來，奉承端王：那身分、模様，「那身分」是一段，「這氣毬」是一段。今下一段便似鰾膠粘住矣，上一段却忽然從半句虚歇住，蓋不忍言之也。這氣毬一似鰾膠粘在身上的！端王大喜，那裏肯放高俅回府去，就留在宫中過了一夜。過了一夜。次日排個筵會，專請王都尉宫中赴宴。

却説王都尉，當日晚不見高俅回來，正疑思間，固非王都尉之所料也。只見次日門子報道：「九大王差人來傳令旨，請太尉到宫中赴宴。」王都尉出來，見了幹人，看了令旨，隨即上馬。來到九大王府前，下馬入宫來，見了端王。端王大喜，稱謝兩般玉玩器。只略帶。入席飲宴間，端王説道：「這高俅特致其辭。踢得兩脚好氣毬，孤欲索此人做親隨，如何？」王都尉答道：「殿下既用此人，就留在宫中伏侍殿下。」端王歡喜，執杯相謝。二人又閑話一回，至晚席散，王都尉自回駙馬府去，不在話下。了。○都尉亦楔子也。既已楔出端王，便亦略而不論也。

且説端王自從索得高俅做伴之後，留在宫中宿食。高俅自此遭際端王，每日跟着，寸步不離。忽又作一結結住，下又另起，文字頓挫有法。未及兩個月，未及兩個月。哲宗皇帝晏駕，無有太子。文武百官商議，册立端王爲天子，立帝號曰徽宗，便是玉清教主微妙道君皇帝。大書「玉清」一號，以吊動天罡、地煞也。登基之後，一向無事。忽一日，與高俅道：「一向無事」者，無所事于天下也；「忽一日與高俅道」者，天下從此有事也。作者于道君皇帝每多微辭焉，如此類是也。「朕欲要擡舉你。但有邊功，方可陞遷。先教樞密院與你入名，只是做隨駕遷轉的人。」後來没半年之間，直擡舉高俅做到殿帥府太尉職事。没半年間。

高俅得做太尉，選揀吉日良辰去殿帥府裏到任。所有一應合屬公吏、衙將、都軍、監軍、馬步人等，盡來參拜，各呈手本，開報花名。高殿帥一一點過，于内只欠一名八十萬禁軍教頭王進：開書第一籌人物，却似神龍無首，寫得妙絶。半月之前，已有病狀在官，患病未痊，不曾入衙門管事。高殿帥大怒，喝道：「胡説！既有手本呈來，却不是那廝抗拒官府，搪塞下官？此人即系推病在家，快與我拿來！」隨即差人到王進家來，捉拿王進。

且説這王進却無妻子，只有一個老母，二語是一部大書門面家風，讀者須要處處着眼。年已六旬之上。牌頭與教頭王進説道：「如今高殿帥新來上任，點你不着。軍正司稟説染患在家，見有病患狀在官。高殿帥焦躁，那裏肯信？定要拿你，只道是教頭詐病在家。教頭只得去走一遭，若還不去，定連累小人了。」王進聽罷，只得捱着病來。進得殿帥府前，參見太尉，拜了四拜，躬身唱個喏，起來立在一邊。

高俅道：「你那廝便是都軍教頭王昇的兒子？」輕輕生出王昇，以爲銜怨之由。讀之，但見其出筆之突兀，不知其用筆之輕妙也。王進稟道：「小人便是。」高俅喝道：「這廝！你爺是街市上使花棒賣藥的，可駭。你省得甚麽武藝？前官没眼，參你做個教頭，如何敢小覷我，不伏俺點視！你托誰的勢要，推病在家安閑快樂？」句句罵王進，句句映高俅，妙絶。王進告道：「小人怎敢！其實患病未痊。」高太尉罵道：「賊配軍！你既害病，如何來得？」小人偏有口給。王進又告道：「太尉呼喚，安敢不來。」高殿帥大怒，喝令左右拿下：「加力與我打這厮！」衆多牙將都是和王進好的，只得與軍正司同告道：「今日是太尉上任好日頭，權免此人這一次。」得此一筆，便令王進爲無瑕之璧，不似後文衆人身犯刑法。高太尉喝道：「你這賊配軍！且看衆將之面，饒恕你今日，明日却和你理會！」

王進謝罪罷，起來擡頭看了，認得是高俅。出得衙門，歎口氣道：「俺的性命今番難保了！俺道是甚麽高殿帥，却原來正是東京幫閑的圓社高二！看他文字，極盡起抑跌頓之妙。比先時曾學使棒，被我父親一棒打翻，三四個月將息不起。有此之讎。不惟注明，兼令高俅本事出醜，又見宋時軍功可笑。他今日發迹，得做殿帥府太尉，正待要報讎，我不想正屬他管。自古道：『不怕官，只怕管。』俺如何與他爭得？怎生奈何是好？」回到家中，悶悶不已。對娘説知此事，母子二人抱頭而哭。寫王進全是孺子之色，不作英雄身分。〇一「子母二人」。娘道：「我兒，『三十六着，走爲上着』。只恐没處走。」爲一百八人腦後下針。王進道：「母親説得是。兒子尋思，也是這般計較。只有延安府老种經略相公鎮守邊庭，他手下軍官多有曾到京師的，愛兒子使鎗棒，何不逃去投奔他們？那裏是用人去處，足可安身立命。」普天下想來，只此一處。讀之令我想，令我哭。當下子母二人二「子母二人」。商議定了。其母又道：「我兒，和你要私走，只恐門前兩個牌軍，是殿帥府撥來伏侍你的，他若得知，須走不脱。」王進道：「不妨，母親放心，兒子自有道理措置他。」

當下日晚未昏，王進先叫張牌入來，張牌。分付道：「你先吃了些晚飯，我使你一處去幹事。」張牌道：「教頭使小人那裏去？」王進道：「我因前日病患，許下酸棗門外岳廟裏香願，明日早要去燒炷頭香。你可今晚先去分付廟祝，教他來日早些開廟門，等我來燒炷頭香，就要三牲獻劉李王。你就廟裏歇了等我。」張牌答應，先吃了晚飯，叫了安置，望廟中去了。一個去了。當夜子母二人三「子母二人」。收拾了行李衣服、細軟銀兩，做一擔兒打挾了。擔。又裝兩個料袋袱駝，拴在馬上的。馬。等到五更，天色未明，五更天色未明。王進叫起李牌，李牌。分付道：「你與我將這些銀兩，去岳廟裏，和張牌買個三牲，煮熟在那裏等候。我買些紙燭，隨後便來。」李牌將銀子望廟中去了。又一個去了。王進自去備了馬，馬。牽出後槽，將料袋袱駝搭上，把索子拴縛牢了，牽在後門外，扶娘上了馬。孝子如畫。家中粗重都棄了，照前「細軟」二字。鎖上前後門，挑了擔兒，擔。跟在馬後。孝子如畫。趁五更天色未明，乘勢出了西華門，不出酸棗門。取路望延安府來。也去了。

且說兩個牌軍買了福物煮熟，在廟等到巳牌，巳牌。也不見來。李牌心焦，走回到家中尋時，一個來。見鎖了門。兩頭無路，尋了半日，半日。並無有人。看看待晚，晚。岳廟裏張牌疑忌，一直奔回家來，又一個來。又和李牌尋了一黃昏。看看黑了，黃昏。兩個見他當夜不歸，一夜。又不見了他老娘。次日，兩個牌軍又去他親戚之家訪問，次日。○兩個去。亦無尋處。兩個恐怕連累，只得去殿帥府首告：「王教頭棄家在逃，子母不知去向。」兩個來。高太尉見告，大怒道：「賊配軍在逃，看那廝待走那裏去！」隨即押下文書，行開諸州各府，捉拿逃軍王進。二人首告，免其罪責。此自是「王進傳」耳，與彼二人亦復何涉？只如是省去好。不在話下。

且説王教頭母子二人，四「子母二人」。自離了東京，免不得饑餐渴飲，夜住曉行，在路一月有餘。省。忽一日，天色將晚，王進挑着擔兒，跟在娘的馬後，口裏與母親説道：「天可憐見！慚愧了我子母兩個，五「子母二人」。脱了這天羅地網之厄！此去延安府不遠了，高太尉便要差人拿我，也拿不着了！」子母二人歡喜，一段爲錯過宿頭作地耳，却宛然一幅孝子慈母行樂圖也。○六「子母二人」。在路上不覺錯過了宿頭。走了這一晚，不遇着一處村坊，那裏去投宿是好？正没理會處，只見遠遠地林子裏，閃出一道燈光來。迤邐生出事情來。王進看了，道：「好了！遮莫去那裏陪個小心，借宿一宵，明日早行。」當時轉入林子裏來看時，却是一所大莊院，一周遭都是土牆，牆外却有二三百株大柳樹。先寫柳樹。

當時王教頭來到莊前，敲門多時，只見一個莊客出來。王進放下擔兒，放擔。○敲門多時，猶未放擔，寫趕路情景如畫。與他施禮。莊客道：「來俺莊上有甚事？」王進答道：「實不相瞞，小人母子二人七「子母二人」。貪行了些路程，錯過了宿店。來到這裏，前不巴村，後不巴店。欲投貴莊借宿一宵，明日早行。依例拜納房金，萬望周全方便！」莊客道：「既是如此，且等一等，待我去問莊主太公，肯時但歇不妨。」王進又道：「大哥方便。」莊客入去多時，出來説道：「莊主太公教你兩個入來。」王進請娘下了馬，王進挑着擔兒，就牽了馬，孝子如畫。隨莊客到裏面打麥場上，先寫打麥場。歇下擔兒，把馬拴在柳樹上。一路曲曲寫擔寫馬，妙絶。子母二人八「子母二人」。直到草堂上，來見太公。

那太公年近六旬之上，鬚髮皆白，頭戴遮塵暖帽，身穿直縫寬衫，腰繫皂絲縧，足穿熟皮靴。王進見了便拜，太公連忙道：「客人休拜！你們是行路的人，辛苦風霜，且坐一坐。」王進母子二人九「母子二人」。叙禮罷，都坐定。太公問道：「你們是那裏來的？如何昏晚到此？」王進答道：「小人姓張，第一個姓張人。原是京師人。今來消折了本錢，無可營用，要去延安府投奔親眷。不想今日路上貪行了程途，錯過了宿店。欲投貴莊，假宿一宵，來日早行，房金依例拜納。」太公道：「不妨。如今世上人，那個頂着房屋走哩！你母子二位十「母子二人」。敢未打火？」叫莊客安排飯來。

沒多時，就廳上放開條桌子。莊客托出一桶盤，四樣菜蔬，一盤牛肉，鋪放桌上，先盪酒來篩下。只如此，妙。太公道：「村落中無甚相待，休得見怪。」王進起身謝道：「小人子母十一「子母二人」。無故相擾，此恩難報。」太公道：「休這般說，且請吃酒。」一面勸了五七杯酒，搬出飯來，只如此，妙。二人吃了，收拾碗碟。太公起身，引王進子母到客房裏安歇。王進告道：「小人母親騎的頭口，相煩寄養，草料望乞應付，一並拜酬。」一路寫馬，至此將馬忽作一收。太公道：「這個不妨，我家也有頭口騾馬。教莊客牽出後槽，一發喂養。」後文水窮雲起，全仗此語作綫。王進謝了，挑那擔兒到客房裏來。一路寫擔，至此將擔亦忽作一收。莊客點上燈火，一面提湯來洗了脚。太公自回裏面去了。王進子母二人十二「子母二人」。謝了莊客，掩上房門，收拾歇息。寫得精細之至。

次日，睡到天曉，不見起來。莊主太公來到客房前過，聽得王進老母在房中聲喚。欲便接史進，而嫌其突也，又作遷延以少遲之。真乃文生情，情生文，極筆墨搖曳之妙也。太公問道：「客官失曉，好起了。」王進聽得，慌忙出房來，見太公施禮，說道：「小人起多時了。夜來多多攪擾，甚是不當。」偏與聽得聲喚不接，妙。太公問道：「誰人如此聲喚？」王進道：「實不相瞞太公説，老母鞍馬勞倦，昨夜心疼病發。」太公道：「既然如此，客人休要煩惱，教你老母且在老夫莊上住幾日。我有個醫心疼的方，叫莊客去縣裏撮藥來，與你老母親吃。教他放心，慢慢地將息。」莊主何曾有心疼方？只因如此，便好遷延轉出史進來耳。王進謝了。

話休絮繁。自此，王進子母二人十三「子母二人」。在太公莊上服藥。住了五七日，覺道母親病患痊了，王進收拾要行。行文至此，路絶矣，無轉處矣。當日因來後槽看馬，只見空地上一個後生脱膊着，刺着一身青龍，銀盤也似一個面皮，約有十八九歲，拿條棒在那裏使。何意一轉，有此炫爛之文，令人耳目駭動也。王進看了半晌，不覺失口道：「這棒也使得好了，高眼慈心，有此失口。只是有破綻，贏不得真好漢。」那後生聽得大怒，喝道：「你是甚麽人，敢來笑話我的本事！俺經了七八個有名的師父，我不信倒不如你！你敢和我扠一扠麽？」

説猶未了，太公到來，喝那後生：「不得無禮！」那後生道：「叵耐這厮笑話我的棒法！」太公道：「客人莫不會使鎗棒？」王進道：「頗曉得些。敢問長上，這後生是宅上何人？」太公道：「是老漢的兒子。」王進道：「既然是宅内小官人，若愛學時，小人點撥他端正如何？」全是高眼慈心，亦復儒者氣象。太公道：「恁地時十分好。」便教那後生來拜師父，那後生那裏肯拜？此處寫史進負氣，正令後文納頭便拜出色。心中越怒道：「阿爹，休聽這厮胡説！若吃他贏得我這條棒時，我便拜他爲師！」王進道：「小官人若是不當村時，較量一棒耍子。」那後生就空地當中，把一條棒使得風車兒似轉，向王進道：「你來！你來！怕你不算好漢！」寫史進負氣，可笑。　王進只是笑，不肯動手。寫王進全是儒者氣象，妙妙。

太公道：「客官既是肯教小頑時，使一棒何妨？」王進笑道：「恐衝撞了令郎時，須不好看。」太公道：「這個不妨。若是打折了手脚，也是他自作自受。」王進道：「恕無禮！」去鎗架上四字妙。蓋王進此來不曾帶棒，打麥場上又無第二棒也。拿了一條棒在手裏，來到空地上，使個旗鼓。名家自有家數，妙絶。那後生看了一看，拿條棒滚將入來，徑奔王進。寫史進負氣，好笑。王進「托」地拖了棒便走，不是尋常家數。那後生輪着棒又趕入來。史進好笑。王進回身，把棒望空地裏劈將下來。不是尋常家數。那後生見棒劈來，用棒來隔。史進好笑。王進却不打下來，將棒一掣，却望後生懷裏直搠將來。只一繳，不是尋常家數，妙絶。○只一棒法，寫得便如生龍活虎，此豈書生筆墨之所及耶！那後生的棒丢在一邊，「撲」地望後倒了。史進好笑。○寫史進，便活寫出不經事後生來。王進連忙撇了棒，向前扶住，又妙，全是儒者氣象。道：「休怪！休怪！」那後生爬將起來，便去傍邊掇條凳子，納王進坐，便拜道：「我枉自經了許多師家，原來不值半分！師父，没奈何，只得請教！」妙絶史進，快絶史進，令人有「生子當如九紋龍」之歎也。○「没奈何只得」五字，史進負氣語。王進道：「我母子二人十四「母子二人」。連日在此攪擾宅上，無恩可報，當以效力。」

太公大喜，教那後生穿了衣裳，與脱衣照。一同來後堂坐下。叫莊客殺一個羊，安排了酒食果品之類[二]，與前不同。就請王進的母親一同赴席。四個人坐定，一面把盞，太公起身勸了

[二]「了」，貫華堂本作「子」，據葉瑤池本改。

一杯酒，與前不同。說道：「師父如此高强，必是個教頭，小兒有眼不識泰山。」王進笑道：「『奸不厮欺，俏不厮瞞。』小人不姓張，俺是東京八十萬禁軍教頭王進的便是，這鎗棒終日搏弄。爲因新任一個高太尉，原被先父打翻，今做殿帥府太尉，懷挾舊讎，要奈何王進。小人不合屬他所管，和他爭不得，只得子母二人十五「子母二人」。逃上延安府，去投托老种經略相公處勾當。不想來到這裏，得遇長上父子二位如此看待；又蒙救了老母病患，連日管顧，甚是不當。既然令郎肯學時，小人一力奉教。只是令郎學的都是花棒，想即高太尉之所學也。只好看，上陣無用，小人從新點撥他。」純是慈心高眼。太公見說了，便道：「我兒，可知輸了！快來再拜師父。」那後生又拜了王進。前寫負氣不肯拜，此寫拜了再又拜。可見史進之于王進，全不是今世投拜門生也。

太公道：「教頭在上，老漢祖居在這華陰縣界，前面便是少華山。行文至此，又路絶矣，又無轉處矣，忽然先伏一奇峰在此。這村便喚做史家村。村中總有三四百家，都姓史。可稱史林。老漢的兒子從小不務農業，只愛刺鎗使棒。母親說他不得，一氣死了。將母而去，此其所以爲王進也；嘔死其母，此其所以爲史進也。兩兩寫來，對照入妙。老漢只得隨他性子，不知使了多少錢財，投師父教他。又請高手匠人，與他刺了這身花繡，肩膊胸膛，總有九條龍。滿縣人口順，都叫他做『九紋龍』史進。一部書一百單八人，而爲頭先叙史進，作者蓋自許其書，進于史矣。九紋龍之號，亦作者自贊其書也。教頭今日既到這裏，一發成全了他亦好。老漢自當重重酬謝。」王進大喜道：「太公放心！既然如此說時，小人一發教了令郎方去。」自當日爲始，吃了酒食，留住王教頭母子二人十六「子母二人」。在莊上。史進每日求王教頭點撥，十八般武藝，一一從頭指教。史太公自去華陰縣中承當里正，不在話下。

不覺荏苒光陰，早過半年之上。史進十八般武藝：矛、錘、弓、弩、銃、鞭、簡、劍、鍊、撾、斧、鉞，並戈、戟、牌、棒與鎗、杈，一一學得精熟。多得王進盡心指教，點撥得件件都有奧妙。王進見他學得精熟了，自思在此雖好，只是不了。一日想起來，相辭要上延安府去。史進那裏肯放？少不得。説道：「師父只在此間過了，小弟奉養你母子二人，十七「母子二人」。以終天年，多少是好。」王進道：「賢弟，多蒙你好心，在此十分之好。只恐高太尉追捕到來，負累了你，不當穩便，以此兩難。我一心要去延安府，投着在老种經略處勾當。那裏是鎮守邊庭，用人之際，足可安身立命。」

史進並太公苦留不住，只得安排一個筵席送行，托出一盤：兩個緞子、一百兩花銀謝師。次日，王進收拾了擔兒，擔。備了馬，馬。子母二人十八「子母二人」。相辭史太公、史進。請娘乘了馬，孝子如畫。望延安府路途進發。史進叫莊客挑了擔兒，悌弟又如畫。親送十里之程，心中難捨。史進當時拜別了師父，灑淚分手，和莊客自回。王教頭依舊自挑了擔兒，跟着馬，子母二人十九「子母二人」。自取關西路里去了。安身立命去也。

話中不説王進去投軍役。開書第一籌人物，從此神龍無尾，寫得妙絶。只説史進回到莊上，每日只是打熬氣力。亦且壯年，又没老小，半夜三更起來演習武藝，白日裏只在莊後射弓走馬。數語寫史進精神之極，遂與春夏讀書、秋冬射獵，一樣爭勝。不到半載之間，史進父親太公染病患證，數日不起。史進使人遠近請醫士看治，不能痊可。嗚呼哀哉，太公歿了。完太公，令文字省手。史進一面備棺槨盛殮，請僧修設好事，追齋理七，薦拔太公。又請道士建立齋醮，超度生天，整做了十數壇好事功果道場。選了吉日良時，出喪安葬。滿村中三四百史家莊户，都來送喪挂孝，埋殯在村西山上祖墳内了。史進家自此無人管業，史進又不肯務農，只要尋人使家生，較量鎗棒。

自史太公死後，又早過了三四個月日。時當六月中旬，好筆法。炎天正熱。那一日，史進無可消遣，捉個交床，坐在打麥場邊柳陰樹下乘涼。史進亦有坐定之日。對面松林透過風來，史進喝采道：「好涼風！」要寫人在松林裏張望，却先寫風在松林裏透過，筆法妙不可言。正乘涼哩，只見一個人探頭探腦在那裏張望。來得異，若直起少華山，作書亦有何難。史進喝道：「作怪！誰在那裏張俺莊上？」史進跳起身來，轉過樹背後打一看時，認得是獵户摽兔李吉。筆勢忽振忽落。史進喝道：「李吉，張我莊内做甚麽？莫不是來相脚頭！」李吉向前聲喏，道：「大郎，小人要尋莊上矮丘乙郎吃碗酒，隨手攧出一矮丘乙郎，不知者謂是閑文，却不知其便已預陪王四，以見李吉之于史進莊上人，無一不熟也。○「吃碗酒」，照王四醉，妙。因見大郎在此乘涼，不敢過來衝撞。」

史進道：「我且問你：往常時你只是擔些野味來我莊上賣，我又不曾虧了你，如何一向不將來賣與我？敢是欺負我没錢？」如此過入少華山。【眉批】一座奇峰忽然跌落，然後却向李吉口中重復跌起峰頭，行文如在山陰道中也。李吉答道：「小人怎敢？一向没有野味，以此不敢來。」過入少華山，曲曲折折。史進道：「胡説！偌大一個少華山，恁地廣闊，不信没有個獐兒、兔兒！」以獐兒、兔兒、引出虎兒、蛇兒，曲折之筆。李吉道：「大郎原來不知：陡然轉入。如今山上添了一夥强人，扎下一個山寨，聚集着五七百個小嘍囉，有百十匹好馬。此六字，直與最後照夜玉獅子馬作章法。爲頭那個大王，唤作『神機軍師』朱武，第二個唤做『跳澗虎』陳達，第三個唤做『白花蛇』楊春。一百單八人，先出三地煞。文心縱横蒼莽之甚。這三個爲頭打家劫舍，華陰縣裏禁他不得，出三千貫賞錢，召人拿他：誰敢上去惹他？非表三人也，正挑史進也。因此上，小人們不敢上山打捕野味，那討來賣？」史進道：「我也聽得説有强人。若無此句，便有睡裏夢裏之誚也。不想那厮們如此大弄，必然要惱人。李吉，你今後有野味時尋些來。」仍結歸野味。使文字有篇段。李吉唱個喏自去了。完李吉。

史進歸到廳前，尋思：「這厮們大弄，必要來薅惱村坊。既然如此……」便叫莊客揀兩頭肥水牛來殺了，莊内自有造下的好酒，先燒了一陌順溜紙。便叫莊客去請這當村裏三四百史家莊户，都到家中草堂上，序齒坐下。教莊客一面把盞勸酒，一路寫史進英雄，寫史進爽快，寫史進闊綽，寫史進殷實，筆筆精神之極。史進對衆人説道：「我聽得少華山上有三個强人，聚集着五七百小嘍囉，打家劫舍。這厮們既然大弄，必然早晚要來俺村中囉唣。我今特請你衆人來商議，倘若那厮們來時，各家凖備。我莊上打起梆子，你衆人可各執鎗棒前來救應；你各家有事，亦是如此。遞相救護，共保村坊。如若强人自來，都是我來理會。」讀之令人壯氣，真好史進也。衆人道：「我等村農，只靠大郎做主。梆子響時，誰敢不來！」當晚衆人謝酒，各自分散回家，准備器械。詳。自此，史進修整門户牆垣，安排莊院，設立幾處梆子，拴束衣甲，整頓刀馬,隄防賊寇,不在話下。

且説少華山寨中,三個頭領坐定商議。爲頭的神機軍師朱武,那人原是定遠人氏,出身處甚好。能使兩口雙刀,雖無十分本事,却精通陣法,廣有謀略。第二個好漢姓陳,名達,原是鄴城人氏,使一條出白點鋼鎗。第三個好漢姓楊,名春,蒲州解良縣人氏,使一口大捍刀。當日朱武却與陳達、楊春説道:「如今我聽知華陰縣裏出三千貫賞錢,召人捉我們,誠恐來時要與他厮殺。只是山寨錢糧欠少,如何不去劫擄些來,以供山寨之用?聚積些糧食在寨裏,防備官軍來時,好和他打熬。」看他曲曲折折而來。跳澗虎陳達道:「説得是。如今便去華陰縣裏,先問他借糧,看他如何?」白花蛇楊春道:「不要華陰縣去,只去蒲城縣,萬無一失。」奇曲之想,又有奇曲之筆以副之。陳達道:「蒲城縣人户稀少,錢糧不多,不如只打華陰縣。那裏人民豐富,錢糧廣有。」

楊春道:「哥哥不知,若去打華陰縣時,須從史家村過。那個九紋龍史進是個大蟲,不可去撩撥他。他如何肯放我們過去?」上文從史進説到少華山,便有李吉一篇奇曲文字;此文從少華山説到史進,便有楊春一篇奇曲文字:真如雙龍夭矯矣。陳達道:「兄弟好懦弱!一個村坊過去不得,怎地敢抵敵官軍?」楊春道:「哥哥不可小覷了他,那人端的了得。」朱武道:「我也曾聞他十分英雄,説這人真有本事,兄弟休去罷。」陳達叫將起來,説道:「你兩個閉了鳥嘴!長别人志氣,滅自己威風!他只是一個人,須不三頭六臂,我不信!」喝叫小嘍囉:「快備我的馬來!如今便去先打史家莊,後取華陰縣!」上文劫華陰縣是賓,打史家莊是主。賓者,所以引乎主也。此既得主，仍不棄賓，文章周緻之甚。【眉批】第六番方遞入正傳，行文步驟，千古未有。朱武、楊春再三諫勸，陳達那裏肯聽。隨即披挂上馬，點了一百四五十小嘍囉，鳴鑼擂鼓，下山望史家村去了。

且說史進正在莊内整製刀馬，好。只見莊客報知此事。史進聽得，就莊上敲起梆子來。那莊前莊後、莊東莊西，三四百史家莊户，聽得梆子響，都拖鎗拽棒，聚起三四百人，一齊都到史家莊上。好。看了史進，頭戴一字巾，身披朱紅甲，上穿青錦襖，下着抹緑靴，腰繫皮膊，前後鐵掩心；一張弓，一壺箭，手裏拿一把三尖兩刃四竅八環刀。從三四百人眼中看出，妙妙。莊客牽過那匹火炭赤馬，史進上了馬，綽了刀。前面擺着三四十壯健的莊客，後面列着八九十村蠢的鄉夫，各史家莊户都跟在後頭，一齊吶喊，直到村北路口。好。

那少華山陳達，引了人馬飛奔到山坡下，便將小嘍囉擺開。史進看時，見陳達頭戴乾紅凹面巾，身披裹金生鐵甲，上穿一領紅衲襖，脚穿一對吊墩靴，腰繫七尺攢綫膊，坐騎一匹高頭白馬，手中横着丈八點鋼矛。亦從史進眼中看出。小嘍囉兩勢下吶喊，二員將就馬上相見。陳達在馬上看着史進，欠身施禮。史進喝道：「汝等殺人放火，打家劫舍，犯着迷天大罪，都是該死的人！你也須有耳朵，好大膽，直來太歲頭上動土！」陳達在馬上答道：「俺山寨裏欠少些糧食，欲往華陰縣借糧，經由貴莊，假一條路，並不敢動一根草。可放我們過去，回來自當拜謝。」史進道：「胡説！俺家見當里正，閑話亦不落空。正要來拿你這夥賊。今日倒來經由我村中過，却不拿你，倒放你過去？本縣知道，須連累于我。」陳達道：「四海之内，皆兄弟也。相煩借一條路。」史進道：「甚麽閑話！我便肯時，有一個不肯！你問得他肯便去！」好話。陳達道：「好漢教我問誰？」史進道：「你問得我手裏這口刀肯，便放你去！」好話，絶倒。

陳達大怒，道：「趕人不要趕上！休得要逞精神！」史進也怒，輪手中刀，驟坐下馬，來戰陳達。陳達也拍馬挺鎗，來迎史進。兩個交馬，鬥了多時，史進賣個破綻，讓陳達把鎗望心窩裏搠來。史進却把腰一閃，陳達和鎗攧入懷裏來。便學王進家數。史進輕舒猿臂，字法。款款扭狼腰，字法。只一挾，字法。把陳達輕輕摘離了嵌花鞍，字法。款款揪住了綫膊，字法。只一丟，丟落地，字法。那匹戰馬撥風也似去了。如畫。史進叫莊客將陳達綁縛了，衆人把小嘍囉一趕都走了。史進叫綁陳達，衆人趕走嘍囉。大將意在大將，小卒意在小卒，寫得甚好。史進回到莊上，將陳達綁在庭心内柱上，等待一發拿了那兩個賊首，一並解官請賞。此句極似發狠，却不知正是遷延，一部都用此法。且把酒來賞了衆人，教且權散。衆人喝采：「不枉了史大郎如此豪傑！」又寫衆人喝采，文字精神之極。

休説衆人歡喜飲酒，却説朱武、楊春兩個正在寨裏猜疑，捉摸不定，且教小嘍囉再去探聽消息。只見回去的人出嘍囉。牽着空馬，字字不空。奔到山前，只叫道：「苦也！陳家哥哥不聽二位哥哥所説，送了性命！」朱武問其緣故，小嘍囉備説交鋒一節，怎當史進英雄。朱武道：「我的言語不聽，果有此禍！」楊春道：「我們盡數都去與他死並，如何？」寫陳達便有陳達，寫楊春又有楊春。朱武道：「亦是不可，他尚自輸了，你如何併得他過？我有一條苦計，若救他不得，我和你都休。」寫朱武又有朱武。楊春問道：「如何苦計？」朱武附耳低言説道：「只除恁地。」楊春道：「好計！我和你便去，事不宜遲！」

再説史進正在莊上忿怒未消，只四字，何等精神，何等氣色。只見莊客飛報道：「山寨裏朱武、楊春自來了！」史進道：「這廝合休，我教他兩個一發解官！快牽馬過來。」一面打起梆子，衆人早都到來。史進上了馬，寫得如火似錦。正待出莊門，只見朱武、楊春步行已到莊前，兩個雙雙跪下，擎着四眼淚。神機軍師，亦復名下無虛。○不止是苦計，亦實有義氣也。史進下馬來，史進上馬，史進下馬。一上一下，史進如虎也。喝道：「你兩個跪下如何説？」朱武哭道：「小人等三個累被官司逼迫，不得已上山落草。一邊説解官請賞，一邊説被官逼迫，令人浩歎。當初發願道：『不求同日生，只願同日死。』雖不及關、張、劉備的義氣，其心則同。今日小弟陳達不聽好言，誤犯虎威，已被英雄擒捉在貴莊。無計懇求，今來一徑就死。其言令人感泣，真乃神機軍師。望英雄將我三人一發解官請賞，誓不皺眉。我等就英雄手内請死，並無怨心。」解官則死于官也，又曰「英雄手内請死」，其視史進如戲也，真乃神機軍師。

史進聽了，尋思道：「他們直恁義氣，我若拿他去解官請賞時，反教天下好漢們恥笑我不英雄。」自古道「大蟲不吃伏肉」，出于何典？史進便道：「你兩個且跟我進來。」直是下榻留賢，豈是開門揖盜？快哉史進也。朱武、楊春並無懼怯，隨了史進，直到後廳前跪下，又教史進綁縛。此反嫌其詐，朱武之所以爲地煞也哉。史進三回五次叫起來，他兩個那裏肯起來？此反嫌其詐。惺惺惜惺惺，好漢識好漢。横插二語，奇筆妙筆。史進道：「你們既然如此義氣深重，我若送了你們，不是好漢。

我放陳達還你如何？」朱武道：「休得連累了英雄，不當穩便，寧可把我們去解官請賞。」此反嫌其詐。史進道：「如何使得！你肯吃我酒食麽？」不惟引入後廳，又要酌酒相待。此時三四百史家村人，在外廳打麥場上。大郎視之，真如蚊蚋耳。○寫史進粗糙可愛。朱武道：「一死尚然不懼，何況酒肉乎！」當時史進大喜，解放陳達，就後廳上座置酒設席，管待三人。忽爲俘虜，忽爲上客。快哉史進，千載無此筵席。朱武、楊春、陳達拜謝大恩。酒至數杯，少添春色。酒罷，三人謝了史進，回山去了。史進送出莊門，史進妙人，令人想殺。○真是成禮而别，笑世上鞠躬之僞也。自回莊上。

却説朱武等三人歸到寨中坐下，朱武道：「我們非這條苦計，怎得性命在此？雖然救了一人，却也難得史大郎爲義氣上放了我們。過幾日，備些禮物送去，謝他救命之恩。」

話休絮繁。過了十數日，以下是一節。朱武等三人收拾得三十兩蒜條金，使兩個小嘍囉乘月黑夜，送去史家莊上。當夜敲門，莊客報知。史進火急披衣，來到莊前，問小嘍囉：「有甚話説？」小嘍囉道：「三個頭領再三拜覆，特使進獻些薄禮，酬謝大郎不殺之恩。不要推却，望乞笑留。」取出金子遞與史進。初時推却，次後尋思道：「既然好意送來，受之爲當。」叫莊客置酒，管待小較吃了半夜酒，把些零碎銀兩賞了，小較回山。又過半月有餘，以下又是一節。朱武等三人在寨中商議擄掠得好大珠子，又使小嘍囉連夜送來莊上。史進受了，不在話下。

又過了半月，以下又是一節。史進尋思道：弄出也。「也難得這三個敬重我，我也備些禮物回奉他。」次日叫莊客尋個裁縫，自去縣裏買了三匹紅錦，裁成三領錦襖子；又揀肥羊煮了三個，將大盒子盛了，委兩個莊客去送。史進莊上，有個爲頭的莊客王四。此人頗能答應官府，口舌利便，爲欲寫他巧言誤事，却先寫他答應官府，是倒插過來之筆。○大郎誤矣！安見口舌利便、頗能答應之人，而能托事有成者乎？君子鑒于此，而知能文之士不足用也。滿莊人都叫他做「賽伯當」。史進教他同一個得力莊客，挑了盒擔，直送到山下。小嘍囉問了備細，引到山寨裏見了朱武等。史進三個頭領大喜，受了錦襖子並肥羊酒禮，把十兩銀子賞了莊客。每人吃了十數碗酒，先以山寨送禮，引出史進送禮；先以送禮吃酒，引出下書吃酒。筆下節節次次，妙甚。下山同歸莊內。見了史進，說道：「山上頭領多多上覆。」史進自此常常與朱武等三人往來，不時間只是王四去山寨裏送物事，不止一日。史進總結一句。寨裏頭領也頻頻地使人送金銀來與史進。山寨亦總結一句。○已上文，散叙三段，總結二段，皆爲下王四失事作引，非正文也。

荏苒光陰，時遇八月中秋到來。史進要和三人說話，約至十五夜來莊上賞月取酒。先使莊客王四賫一封請書，直去少華山上，請朱武、陳達、楊春來莊上赴席。王四馳書，徑到山寨裏，見了三位頭領，下了來書。朱武看了大喜，三個應允，隨即寫封回書，賞了王四五兩銀子，吃了十來碗酒。有前文吃酒，便令此處吃酒不突然也。王四下得山來，正撞着時常送物事來的小嘍囉，一把抱住，那裏肯放？又拖去山路邊村酒店裏，吃了十數碗酒。寫王四酒醉，不作一番便倒，又轉出時常送物事小嘍囉來。筆墨迴環兜鎖，妙不可言。王四相别了回莊，一面走着，被山風一吹，好。酒却湧上來，踉踉蹌蹌，一步一攧。走不得十里之路，見座林子，奔到裏面，望着那綠茸茸莎草地上「撲」地倒了。

原來摽兔李吉正在那山坡下張兔兒，王四之醉也，便借送物事小嘍囉；回書之失也，便借摽兔李吉。筆墨迴環兜鎖，妙不可言。若俗筆另添出無數人，便令文字散亂無致也。認得是史家莊上王四，趕入林子裏來扶他，那裏扶得動？初是好意相扶。只見王四搭膊裏突出銀子來，李吉尋思次是見銀起意。道：「這廝醉了。那裏討得許多？何不拿他些？」也是天罡星合當聚會，自是生出機會來。李吉解那搭膊，望地下只一抖，那封回書和銀子都抖出來。活是無心拾得。李吉拿起，頗識幾字，將書拆開看時，見上面寫着少華山朱武、陳達、楊春，中間多有兼文帶武的言語，却不識得，只認得三個名字。只認三個名字足矣，不必全書也。李吉道：「我做獵户，幾時能够發迹？算命道我今年有大財，却在這裏！三是誤信算命。○寫李吉出首，亦復曲曲而來。華陰縣裏見出三千貫賞錢，捕捉他三個賊人。叵耐史進那廝，前日我去他莊上尋矮丘乙郎，他道我來相脚頭躧盤，你原來倒和賊人來往！」迴環兜鎖，絶世文情。銀子並書都拿去了，望華陰縣裏來出首。

却説莊客王四一覺直睡到二更，方醒覺來。看見月光微微照在身上，吃了一驚，跳將起來，却見四邊都是松樹。嘗讀坡公《赤壁賦》「人影在地，仰見明月」二語，歎其妙絶。蓋先見影，後見月，便宛然晚步光景也。此忽然脱化此法，寫作王四醒來，先見月光，後見松樹，便宛然五更酒醒光景，真乃善于用古矣。便去腰裏摸時，搭膊和書都不見了！四下裏尋時，只見空搭膊在莎草地上。王四只管叫苦，尋思道：「銀子不打緊，這封回書却怎生好？正不知被甚人拿去了？」眉頭一縱，計上心來，前特贊王四「賽伯當」[一]，正爲此「眉頭一縱」耳。自道：「若回去莊上説脱了回書，大郎必然

[一]「伯」，各本均作「百」，據前後文改。

焦躁，定是趕我出去。不如只説不曾有回書，那裏查照？」計較定了，飛也似取路歸來莊上，却好五更天氣。

史進見王四回來，問道：「你緣何方纔歸來？」王四道：「托主人福蔭，寨中三個頭領都不肯放，留住王四吃了半夜酒，因此回來遲了。」史進又問：「曾有回書麽？」王四道：「三個頭領要寫回書，却是小人道：『三位頭領既然準來赴席，何必回書？小人又有杯酒，路上恐有些失支脱節，不是耍處。』」上文特贊頗能答應，正爲是也。史進聽了大喜，説道：「不枉了諸人叫做『賽伯當』，真個了得！」王四應道：「小人怎敢差遲，路上不曾住脚，一直奔回莊上。」于路只見松樹林裏一隻死狗。史進道：「既然如此，教人去縣裏買些果品案酒伺候。」

不覺中秋節至，是日晴明得好。史進當日分付家中莊客，宰了一腔大羊，殺了百十個鷄鵝，准備下酒食筵宴。看看天色晚來，少華山上朱武、陳達、楊春三個頭領，分付小嘍囉看守寨栅，只帶三五個做伴，將了朴刀，各跨口腰刀，不騎鞍馬，步行下山，便令門外無馬，以爲下文抵賴地。徑來到史家莊上。史進接着，各叙禮罷，請入後園。莊内已安排下筵宴，史進請三位頭領上坐，史進對席相陪，便叫莊客把前後莊門拴了。照後「不要開門」等句。一面飲酒，莊内莊客輪流把盞，一邊割羊勸酒。

酒至數杯，却早東邊推起那輪明月。史進和三個頭領叙説舊話新言，只聽得牆外一聲喊起，火把亂明。史進大驚，跳起身來道：「三位賢友且坐，待我去看。」喝叫莊客：「不要開門！」掇條梯子上牆打一看時，寫得好。只見是華陰縣縣尉在馬上，引着兩個都頭，帶着三四百土兵，圍住莊院。史進和三個頭領只管叫苦。外面火把光中，照見鋼叉、朴刀、五股叉、留客住，擺得似麻林一般。兩個都頭口裏叫道：「不要走了强賊！」如火。

不是這夥人來捉史進並三個頭領，怎地教史進先殺了一兩個人，結識了十數個好漢？直教：蘆花深處屯兵士，荷葉陰中治戰船。畢竟史進與三個頭領怎地脱身，且聽下回分解。

第五才子書施耐庵水滸傳卷之七

聖歎外書

第二回　史大郎夜走華陰縣　魯提轄拳打鎮關西

此回方寫過史進英雄，接手便寫魯達英雄；方寫過史進粗糙，接手便寫魯達粗糙；方寫過史進爽利，接手便寫魯達爽利；方寫過史進剴直，接手便寫魯達剴直。作者蓋特地走此險路，以顯自家筆力。讀者亦當處處看他所以定是兩個人，定不是一個人處，毋負良史苦心也。

一百八人，爲頭先是史進一個出名領衆。作者却于少華山上，特地爲之表白一遍，云：「我要討個出身，求半世快活，如何肯把父母遺體便點污了。」嗟乎！此豈獨史進一人之初心，實惟一百八人之初心也。蓋自一副才調，無處擺劃，一塊氣力，無處出脱，而桀驁之性既不肯以伏死田塍，而又有其狡猾之尤者起而乘勢呼聚之，而于是討個出身既不可望，點污清白遂所不惜，而一百八人乃盡入于水泊矣。嗟乎！才調皆朝廷之才調也，氣力皆疆場之氣力也，必不得已而盡入于水泊，是誰之過也？

史進本題，只是要到老种經略相公處尋師父王進耳。忽然一轉，却就老种經略相公外，另變出一個小种經略相公來；就師父王進外，另變出一個師父李忠來。讀之真如絳雲在霄，伸卷萬象，非復一目之所得定也。

寫魯達爲人處，一片熱血，直噴出來。令人讀之，深愧虚生世上，不曾爲人出力。孔子云：「詩可以興。」吾于稗官亦云矣。

打鄭屠忙極矣，却處處夾叙小二報信。然第一段只是小二一個，第二段小二外又陪出買肉主顧，第三段又添出過路的人。不直文情如綺，並事情亦如鏡，我欲刳視其心矣。

話説當時史進道：「却怎生是好？」朱武等三個頭領跪下道：「哥哥，你是乾净的人，休爲我等連累了。大郎可把索來，綁縛我三個出去請賞，免得負累了你，不好看。」如此疑忌，何以謂之神機軍師？只因此文獨表史進，便不免相借一襯，非真朱武出醜也。史進道：「如何使得！恁地時，是我賺你們來捉你請賞，枉惹天下人笑！若是死時，我與你們同死，活時同活。口齒明快，表盡大郎生平。你等起來，放心别作圓便。且等我問個來歷情由。」

史進上梯子問道：「你兩個何故半夜三更來劫我莊上？」反責之，妙絶。○寫史進嘔氣慣，如畫。兩個都頭道：「大郎，你兀自賴哩！見有原告人李吉在這裏。」史進喝道：「李吉，你如何誣告平人？」反責之，妙絶。李吉應道：「我本不知，林子裏拾得王四的回書，一時間把在縣前看，怕史進語。因此事發。」史進叫王四問道：「你說無回書，如何却又有書？」王四道：「便是小人一時醉了，忘記了回書。」史進大喝道：「畜生！ 却怎生好！」外面都頭人等懼怕史進了得，不敢奔入莊裏來捉人。三個頭領把手指道：「且答應外面。」如畫。史進會意，在梯子上叫道：「你兩個都頭，都不必鬧動，權退一步，我自綁縛出來解官請賞。」那兩個都頭都怕史進，只得應道：「我們都是沒事的，等你綁出來，同去請賞。」

史進下梯子，來到廳前，先叫王四帶進後園，把來一刀殺了。了王四。喝教許多莊客，把莊裏有的沒的細軟等物即便收拾，盡教打疊起了。一壁點起三四十個火把，莊裏史進和三個頭領全身披挂，鎗架上顯得三人不曾帶來。各人跨了腰刀，拿了朴刀，拽扎起，把莊後草屋點着。莊客各自打拴了包裹。外面見裏面火起，都奔來後面看。史進却就中堂又放起火來，大開莊門，吶聲喊，殺將出來。史進當頭，四字獨表史進。朱武、楊春在中，陳達在後，和小嘍囉並莊客，一衝一撞，指東殺西。史進却是個大蟲，那裏攔當得住？寫得有聲勢。後面火光亂起，殺開條路，衝將出來，正迎着兩個都頭並李吉。筆勢迅疾。

史進見了大怒。讎人相見，分外眼明。兩個都頭見頭勢不好，轉身便走。李吉也却待回身，史進早到，手起一刀，把李吉斬做兩段。了李吉。兩個都頭正待走時，陳達、楊春趕上，一家一朴刀，結果了兩個性命。此處殺李吉，不殺兩都頭可也。只是不殺，便要來趕，便費周旋。不若殺却，令文字乾淨。○首史進者，史進殺之；捉陳達、楊春者，陳達、楊春殺之。獨不及朱武者，所謂藏機于不用，早爲軍師留身分也。縣尉驚得跑馬走回去了，衆士兵那裏敢向前？各自逃命散了，不知去向。縣尉土兵放過，又乾淨。史進引着一行人，且殺且走，直到少華山上寨内坐下，喘息方定。朱武等忙叫小嘍囉一面殺牛宰馬，賀喜飲宴，不在話下。

一連過了幾日，史進尋思：四字轉出一部書來。「一時間要救三人，放火燒了莊院，雖是有些細軟家財，粗重什物盡皆没了。」心内躊躇，在此不了，開言對朱武等説道：「我的師父王教頭，開言便是師父王教頭，表盡史進不忘其本，真可作一部大書領袖也。○「我的師父王教頭」，開言便是此七個字，更無他句可以先之。史進胸中有老大學問，一筆遂已寫盡。在關西經略府勾當。我先要去尋他，只因父親死了，不曾去得。今來家私、莊院廢盡，我如今要去尋他。」朱武三人道：「哥哥休去，只在我寨中且過幾時，又作商議。若哥哥不願落草時，待平静了，小弟們與哥哥重整莊院，再作良民。」

史進道：「雖是你們的好情分，只是我今去意難留。我若尋得師父，也要那裏討個出身，求半世快樂。」可見英雄初念，亦止要討個出身，求半世快樂耳。必欲毆之盡入水泊，是誰之過歟？○此句是一百八人初心。朱武道：「哥哥便在此間做個寨主，却不快活？只恐寨小，不堪歇馬。」史進道：「我是個清白好漢，如何肯把父母遺體來點污了！王進教法。○乃所願，則學王進也。○此句，爲一百八人提出冰心，貯之玉壺，亦不單表史進。你勸我落草，再也休題。」史進住了幾日，定要去，朱武等苦留不住。史進帶去的莊客都留在山寨，了史莊。只自收拾了些散碎銀兩，打拴一個包裹，餘者多的，盡數寄留在山寨。

史進頭帶白范陽氊大帽，上撒一撮紅纓，帽兒下裹一頂渾青抓角軟頭巾，項上明黄縷帶，身穿一領白紵絲兩上領戰袍，腰繫一條揸五指梅紅攢綫搭膊，青白間道行纏絞脚，襯着踏山透土多耳麻鞋，跨一口銅鈸磬口鴈翎刀。背上包裹，提了朴刀，辭別朱武等三人，衆多小嘍囉都送下山來。朱武等灑淚而別，真淚，與前「揩着兩眼淚」，當有不同。自回山寨去了。

只說史進提了朴刀，離了少華山，取路投關西五路，望延安府路上來。免不得饑餐渴飲，夜住曉行，獨自行了半月之上，來到渭州。「這裏也有一個經略府，莫非師父王教頭在這裏？」出筆有牛鬼蛇神之法，令人猜測不出。○「這裏」二字上，省却「史進道」三字。史進便入城來看時，依然有六街三市。只見一個小小茶坊，正在路口。史進便入茶坊裏來，揀一副坐位坐了。茶博士問道：「客官吃甚茶？」史進道：「吃個泡茶。」茶博士點個泡茶，放在史進面前。史進問道：「這裏經略府在何處？」茶博士道：「只在前面便是。」史進道：「借問經略府内，有個東京來的教頭王進麽？」茶博士道：「這府裏教頭極多，有三四個姓王的，不知那個是王進。」答得胡塗，便留住史進脚。

道猶未了，只見一個大漢大踏步竟入進茶坊裏來。史進看他時，是個軍官模樣：頭裹芝麻羅萬字頂頭巾，腦後兩個太原府紐絲金環，上穿一領鸚哥緑紵絲戰袍，腰繫一條文武雙股鴉青縧，足穿一雙鷹爪皮四縫乾黄靴。【眉批】凡接寫兩人全身打扮處，皆就衣服製度、顔色上互相照耀，以成奇景。生得面圓耳大，鼻直口方，腮邊一部貉𤢼鬍鬚，身長八尺，腰闊十圍。那人入到茶坊裏面坐下。茶博士道：「客官要尋王教頭，只問這位提轄，便都認得。」史進忙起身施禮，道：「官人請坐，拜茶！」那人見史進長大魁偉，像條好漢，便來與他施禮。像條好漢，方與施禮。

甚矣，英雄之惜施禮也。若小人，處處施禮，亦獨何哉？兩個坐下，史進道：「小人大膽，敢問官人高姓大名？」那人道：「洒家是經略府提轄，姓魯，諱個達字。敢問阿哥，看得上眼，便叫「阿哥」，妙絶。你姓甚麽？」史進道：「小人是華州華陰縣人氏，姓史，名進。請問官人，小人有個師父，是東京八十萬禁軍教頭，姓王，名進，不知在此經略府中有也無？」魯達緊緊只問史進，史進緊緊只問王進。寫得一個心頭，一個眼裏，各自有事，極其精神。

魯提轄道：「阿哥，你莫不是史家村甚麽九紋龍史大郎？」全不答王進，只是問史進，妙絶。○「甚麽」妙，寫出聞名時不肯便伏心事。史進拜道：得一人知我名，便不惜拜之，寫盡史進少年自喜。「小人便是。」魯提轄連忙還禮，亦寫出格相待。説道：「聞名不如見面，見面勝似聞名！絶妙好辭。你要尋王教頭，莫不是在東京惡了高太尉的王進？」直到此處，方纔放下史進，答還王進，筆法奇崛之極。○惡得高太尉，實是一件事。史進道：「正是那人。」魯達道：「俺也聞他名字。那個阿哥遥望叫「阿哥」，妙絶。不在這裏。洒家聽得説，他在延安府老种經略相公處勾當。老种、小种，真是奇文。俺這渭州，却是小种經略相公鎮守。奇文。○訪老种相公，却到小种相公治下；尋師父王進，却與師父李忠相遇：皆憑空變幻之文。那人不在這裏。你既是史大郎時，「既是史大郎」五字，予奪在手。○甫答王進，仍接史進，寫得魯達愛才之極。多聞你的好名字，你且和我上街去吃杯酒。」豪傑之酒，榮于華衮。魯提轄挽了史進的手，看他何等親熱。便出茶坊來。魯達回頭道：「茶錢洒家自還你。」欠一處茶錢。茶博士應道：「提轄但吃不妨，只顧去。」

兩個挽了胳膊，出得茶坊來。上街行得三五十步，只見一簇衆人圍住白地上。史進道：「兄長，我們看一看。」寫史進少年好事。分開人衆看時，中間裹一個人，仗着十來條桿棒，地上攤着十數個膏藥，一盤子盛着，插把紙標兒在上面，却原來是江湖上使鎗棒賣藥的。史進看了，却認得他：原來是教史進開手的師父，尋不着一個師父，却尋着一個師父；此師父前並不見，彼師父後並不見：真正奇絶妙絶之文。○此文與前小种經略相公一段，對看作章法。叫做「打虎將」李忠。史進就人叢中叫道：「師父，多時不見！」李忠道：「賢弟如何到這裏？」魯提轄道：「既是史大郎的師父，既是史大郎的師父，予奪在手。也和俺去吃三杯。」榮哉。李忠道：「待小子賣了膏藥，討了回錢，一同和提轄去。」小。魯達道：「誰奈煩等你？去便同去！」妙。李忠道：「小人的衣飯，無計奈何。提轄先行，小人便尋將來。賢弟，你和提轄先行一步。」又照顧史進。魯達焦躁，把那看的人一推一交，罵道：「這廝們夾着屁眼撒開！不去的，洒家便打！」衆人見是魯提轄，一哄都走了。如畫。

李忠見魯達凶猛，敢怒而不敢言，只得陪笑道：「好急性的人！」如畫。○又小。當下收拾了行頭藥囊，寄頓了鎗棒。三個人轉灣抹角，來到州橋之下。一個潘家有名的酒店，門前挑出望竿，挂着酒旆，漾在空中飄蕩。三人來到潘家酒樓上，揀個濟楚閣兒裏坐下。提轄坐了主位，李忠對席，史進下首坐了。酒保唱了喏，認得是魯提轄，便道：「提轄官人，打多少酒？」魯達道：「先打四角酒來。」一面鋪下菜蔬果品按酒，又問道：「官人吃甚下飯？」魯達道：「問甚麽！句。但有，句。只顧賣來，一發算錢還你！句，這廝，句。只顧來聒噪！」妙哉此公，令人神往。【眉批】回寫魯達，便又有魯達一段性情氣概，令人耳目一换也。看他一個人便有一樣出色處，真與史公並驅矣。【眉批】更不極意寫史進者，此處專寫魯達，史進便是陪客也。酒保下去，隨即燙酒上來，但是下口肉食，只顧將來擺一桌子。

三個酒至數杯，正說些閑話，較量些鎗法，說得入港。只聽得隔壁閣子裏，有人哽哽咽咽啼哭。奇文。魯達焦躁，便把碟兒盞兒都丢在樓板上。寫魯達。酒保聽得，慌忙上來看時，見魯提轄氣憤憤地。如畫。酒保抄手道：「官人要甚東西，分付賣來。」魯達道：「洒家要甚麽！接口如畫。你也須認得洒家！看他托大語，寫來如畫。却恁地教甚麽人在間壁『吱吱』的哭，攪俺弟兄們吃酒？洒家須不曾少了你酒錢。」酒保道：「官人息怒。小人怎敢教人啼哭，打攪官人吃酒？這個哭的，是綽酒座兒唱的父子兩人，不知官人們在此吃酒，一時間自苦了啼哭。」魯提轄道：「可是作怪！你與我唤得他來。」寫魯達。酒保去叫，不多時，只見兩個到來。前面一個十八九歲的婦人，背後一個五六十歲的老兒，手裏拿串拍板，都來到面前。看那婦人，雖無十分的容貌，也有些動人的顔色，拭着淚眼向前來，深深的道了三個萬福。那老兒也都相見了。

魯達問道：「你兩個是那裏人家？爲甚啼哭？」那婦人便道：先是婦人說。「官人不知，容奴告稟：奴家是東京人氏，因同父母來這渭州投奔親眷，不想搬移南京去了。母親在客店裏染病身故，子父二人流落在此生受。此間有個財主，叫做『鎮關西』鄭大官人，因見奴家，便使强媒硬保，要奴作妾。誰想寫了三千貫文書，虛錢實契，要了奴家身體。未及三個月，他家大娘子好生利害，將奴趕打出來，不容完聚，着落店主人家追要原典身錢三千貫。父親懦弱，和他爭執不得，他又有錢有勢。當初不曾得他一文，如今那討錢來還他？没計奈何，父親自小教得奴家些小曲兒，來這裏酒樓上趕座子。每日但得些錢來，將大半還他，留些少子父們盤纏。這兩日酒客稀少，違了他錢限，怕他來討時，受他羞恥。子父們想起這苦楚來，無處告訴，因此啼哭。不想誤觸犯了官人，望乞恕罪，高擡貴手！」

魯提轄又問道：「你姓甚麽？一句。在那個客店裏歇？一句。那個鎮關西鄭大官人？一句。在那裏住？」一句。○一連問四句，寫出魯達如活。老兒答道：次是老兒答。「老漢姓金，排行第二，孩兒小字翠蓮。【眉批】看他有意無意將潘金蓮三字，分作三句安放入，後武松傳中忽然合攏將來。此等文心，都從《契經》中學得。鄭大官人，便是此間狀元橋下賣肉的鄭屠，綽號鎮關西。老漢父子兩個，只在前面東門裏魯家客店安下。」魯達聽了，道：「呸！只一字，可以抹倒天下人。俺只道那個鄭大官人，却原來是殺猪的鄭屠！一朝發迹，便起別號，尋根討源，總成一笑也。這個腌臢潑才，投托着俺小种經略相公門下做個肉鋪户，十七字成句。上十二字何等驚天動地，讀至下五字，忽然失笑。却原來這等欺負人！」回頭看着李忠、史進，道：「你兩個且在這裏，等洒家去打死了那廝便來！」快人快語，覺秋後處決爲煩。史進、李忠抱住勸道：「哥哥息怒，明日却理會。」兩個三回五次勸得他住。

魯達又道：「老兒，你來！洒家與你些盤纏，明日便回東京去如何？」眼中無難事。父子兩個告道：「若是能够回鄉去時，便是重生父母，再長爺娘。只是店主人家如何肯放？鄭大官人須着落他要錢。」魯提轄道：「這個不妨事，俺自有道理。」便去身邊摸出五兩來銀子，五兩。○「五兩來」者，約略之辭也；「一錠十兩」者，一定之辭也；「二兩來」者，亦約略之辭也。放在桌上，看着史進道：「洒家今日不曾多帶得些出來，你有銀子借些與俺，「借些」妙，不知何時還。○君子之不以小人待人也，類如此矣。洒家明日便送還你。」前云「茶錢洒家自還你」，此云「洒家明日便送還你」，後云「酒錢洒家明日送來還你」。凡三處許還，而一去代州，並不提起，作者亦更不爲周旋者，蓋魯達非硜硜自好、必信必果之徒，所以不必還，而天下之人共諒之。然不必還而又非不還，故作者不得爲之周旋也。史進道：「直甚麽，要哥哥還！」是史進。去包裹裏取出一錠十兩銀子，十兩。○史進銀，多似魯達一倍，非寫史進也，寫魯達所以愛史進也。放在桌上。魯達看着李忠道：「你也借些出來與洒家。」一視同仁。李忠去身邊摸出二兩來銀子，二兩。○雖與魯達同是一「摸」字，而一個摸得快，一個摸得慢，須知之。魯提轄看了見少，便道：「也是個不爽利的人！」真是眼中不曾見慣。

魯達只把這十五兩銀子與了金老，十五兩。○二兩之不預此數，可不爲之大哀乎？分付道：「你父子兩個將去做盤纏，一面收拾行李。俺明日清早來發付你兩個起身，看那個店主人敢留你！」金老並女兒拜謝去了，魯達把這二兩銀子丢還了李忠。勝罵，勝打，勝殺，勝剮，真好魯達。三人再吃了兩角酒，下樓來叫道：「主人家，酒錢洒家明日送來還你。」又欠一處酒錢。主人家連聲應道：「提轄只顧自去，但吃不妨，只怕提轄不來賒。」三個人出了潘家酒肆，到街上分手。史進、李忠各自投客店去了。

只説魯提轄回到經略府前下處，到房裏晚飯也不吃，氣憤憤地睡了。寫魯達寫出性情來，妙筆。主人家又不敢問他。再説金老得了這一十五兩銀子，回到店中，安頓了女兒，先去城外遠處覓下一輛車兒。車兒覓了。回來收拾了行李，行李收拾了。還了房宿錢，算清了柴米錢，都停當了。只等來日天明。來日便去得快了。○此一段，與明日魯達坐板凳、剁臊子，正是一合事。當夜無事。次早五更起來，子父兩個先打火做飯[一]，吃罷，收拾了。天色微明，只見魯提轄大踏步走入店裏來[二]，看他爲人爲徹，何處復有此人？高聲叫道：「店小二，那裏是金老歇處？」小二道：「金公，魯提轄在此尋你。」金老開了房門道：「提轄官人，裏面請坐！」魯達道：「坐甚麽！你去便去，等甚麽？」金老引了女兒，挑了擔兒，作謝提轄，便待出門。店小二攔住道：「金公那裏去？」魯達問道：「他少你房錢？」小二道：「小人房錢，昨夜都算還了。須欠鄭大官人典身錢，着落在小人身上看管他哩。」魯提轄道：「鄭屠的錢，洒家自還他，你放這老兒還鄉去！」三個字，掉下人淚來。那店小二那裏肯放？魯達大怒，揸開五指，去那小二臉上只一掌，打得那店小二口中吐血；再復一拳，一掌一拳，只算先做個樣兒也。【眉批】一路魯達文中，皆用「只一掌」、「只一拳」、「只一脚」。寫魯達闊綽，打人亦打得闊綽。打落兩個當門牙齒。小二扒將起來，一道烟跑向店裏去躲了。店主人那裏敢出來攔他。金老父子兩個忙忙離了店中，出城自去尋昨日覓下的車兒去了。寫得好。且説魯達尋思，粗人偏細，妙絶。恐怕店小二趕去攔截他，且向店裏掇條凳子，坐了兩個時辰。約莫金公去得遠了，方纔起身，寫魯達異常。徑到狀元橋來。陡然接此一句，如奇鬼肆搏，如怒龍肆攫，令我耳目震駭。

且説鄭屠開着兩間門面，兩副肉案，懸挂着三五片猪肉。鄭屠正在門前櫃身内坐定，看

[一]「子」，王望如評本作「女」。

[二]「踏」，金評各本均作「脚」，據明容與堂本改。

那十來個刀手賣肉。大官人身分。魯達走到門前，叫聲：「鄭屠！」叫得快。○人人稱「大官人」，彼亦居然大官人矣，偏要叫他一聲「鄭屠」。鄭屠看時，見是魯提轄，慌忙出櫃身來唱喏，畫出鄭屠。道：「提轄恕罪！」便叫副手掇條凳子來，「提轄請坐！」寫鄭屠屁滚尿流光景，總見魯達平日英雄。○看副手賣肉，叫副手掇凳，又總寫鄭屠平日做大官人也。魯達坐下道：「奉着經略相公鈞旨，鄭屠是相公鋪户，魯達處處以相公鈞旨壓之，妙絶。要十斤精肉，切做臊子，不要見半點肥的在上面。」奇情。鄭屠道：「使頭，你們快選好的，切十斤去。」魯提轄道：「不要那等腌臢厮們動手，你自與我切。」奇情。鄭屠道：「説得是，嚇極語。小人自切便了。」自去肉案上揀了十斤精肉，細細切做臊子。那店小二把手帕包了頭，正來鄭屠家報説金老之事，却見魯提轄坐在肉案門邊，不敢攏來，只得遠遠的立住，在房檐下望。此一段如何插入，筆力奇矯，非世所能。

這鄭屠整整的自切了半個時辰，金老去遠了。用荷葉包了，道：「提轄，教人送去？」極其奉承語。魯達道：「送甚麽！鄭屠直是開口不得，寫得妙絶。且住！忽然一頓。○看他寫出不好生事，曲曲生出事來，妙筆。再要十斤都是肥的，不要見些精的在上面，也要切做臊子。」奇情。○句法倒轉。鄭屠道：「却纔精的，怕府裏要裹餛飩，肥的臊子何用？」實不可解。魯達睁着眼道：「相公鈞旨分付洒家，誰敢問他？」以人治人，只是相公分付四字，妙絶。鄭屠道：「是合用的東西，嚇極，生出妙語。小人切便了。」又選了十斤實膘的肥肉[二]，也細細的切做臊子，把荷葉來包了。

[二]「膘」，金評各本均作「標」，據明容與堂本改。

整弄了一早辰，却得飯罷時候。金老一發遠了。○前段此句在荷葉前，此處在荷葉後，法變。那店小二那裏敢過來？連那正要買肉的主顧也不敢攏來。又夾叙一句店小二，又增出一句買肉的，奇不可言。鄭屠道：「着人與提轄拿了，送將府裏去？」魯達道：「再要十斤寸金軟骨，也要細細地剁做臊子，不要見些肉在上面。」一發奇情。鄭屠笑道：「却不是特地來消遣我？」又嚇又惱，翻出笑來。魯達聽得，跳起身來，拿着那兩包臊子在手裏，睁眼看着鄭屠説道：「洒家特地要消遣你！」把兩包臊子劈面打將去，却似下了一陣的「肉雨」。只須鄭屠一句，便疾接入，真覺筆墨都跳躍而出。○「肉雨」二字，千古奇文。鄭屠大怒，兩條忿氣從脚底下直衝到頂門，心頭那一把無明業火，焰騰騰的按捺不住，從肉案上搶了一把剔骨尖刀，「托」地跳將下來。魯提轄早拔步在當街上。好筆段。衆鄰舍並十來個火家，那個敢向前來勸？百忙中，偏又要夾入店小二，却反先增出鄰舍、火家陪之，筆力之奇矯不可言。兩邊過路的人都立住了脚，又增出一句過路人。和那店小二也驚得呆了。百忙中，處處夾店小二。真是極忙者事，極閑者筆也。

鄭屠右手拿刀，左手便來要揪魯達。「要揪」妙，所謂螳臂當車。被這魯提轄就勢按住左手，趕將入去，望小腹上只一脚，騰地踢倒在當街上。魯達再入一步，踏住胸脯，提着那醋鉢兒大小拳頭，看着這鄭屠道：「洒家始投老种經略相公，做得關西五路廉訪使，也不枉了叫做『鎮關西』！先叙自己一句，使之有珠玉在前之愧。你是個賣肉的操刀屠户，恐其居之不疑，便連自家亦已忘却，故明白正告之。狗一般的人，還他等級。也叫做『鎮關西』？便似争此三字者，妙絶。不争此，亦只争此。你如何强騙了金翠蓮？」「撲」的只一拳，正打在鼻子上，第一拳在鼻子上。打得鮮血迸流。鼻子歪在半邊，却便似開了個油醬鋪：咸的、酸的、辣的，一發都滚出來。鼻根味塵，真正奇文。

鄭屠掙不起來，那把尖刀也丢在一邊，忽叙尖刀。口裏只叫：「打得好！」還硬。魯達罵道：「直娘賊！還敢應口！」硬，再打。提起拳頭來，就眼眶際眉梢只一拳，第二拳在眼眶上。打得眼稜縫裂，烏珠迸出，也似開了個彩帛鋪的：紅的、黑的、紫的，都綻將出來。眼根色塵，真正奇文。兩邊看的人懼怕魯提轄，誰敢向前來勸？百忙中，偏要再夾一句。鄭屠當不過，討饒，已軟。魯達喝道：「咄！你是個破落户，若是和俺硬到底，洒家倒饒了你；你如今對俺討饒，洒家偏不饒你！」軟，又打。又只一拳，太陽上正着，第三拳在太陽上。却似做了一個全堂水陸的道場：磬兒、鈸兒、鐃兒，一齊響。耳根聲塵，真正奇文。○三段，一段奇似一段。

魯達看時，只見鄭屠挺在地下，口裏只有出的氣，没了入的氣，動撣不得。魯提轄假意道：魯達亦有假意之日，寫來偏妙。「你這厮詐死，洒家再打！」只見面皮漸漸的變了。魯達尋思道：寫粗人偏細，妙絶。「俺只指望痛打這厮一頓，不想三拳真個打死了他。洒家須吃官司，又没人送飯，大丈夫快活事，他日出家，亦虧此句也。不如及早撒開。」拔步便走，回頭指着鄭屠尸道：「你詐死，洒家和你慢慢理會！」一頭罵，一頭大踏步去了。魯達亦有權詐之日，寫來偏妙。街坊鄰舍並鄭屠的火家，誰敢向前來攔他？魯提轄回到下處，急急捲了些衣服盤纏、細軟銀兩，但是舊衣粗重都棄了，提了一條齊眉短棒，奔出南門，一道烟走了。

且説鄭屠家中衆人和那報信的店小二，魯達已去，何不報信？讀之絶倒。○小二惡知不自幸云：賴是走得快，幾以身先試之。救了半日不活，嗚呼死了。老小鄰人徑來州衙告狀，候得府尹陞廳，金老之去，全虧板凳久，臊子細，兩番挪延；魯達之去，亦虧候陞廳，禀經略，兩番捱勒。正是一樣筆法。接了狀子，看罷道：「魯達系是經略府提轄——」，不敢擅自徑來捕捉凶身。府尹隨即上轎，來到經略府前，下了轎子。把門軍士入去報知，經略聽得，教請到廳上。與府尹施禮罷，經略問道：「何來？」府尹禀道：「好教相公得知，府中提轄魯達無故用拳打死市上鄭屠。不曾禀過相公，不敢擅自捉拿凶身。」魯達去得遠了。

經略聽說，吃了一驚，尋思道：「這魯達雖好武藝，只是性格粗鹵。今番做出人命事，俺如何護得短？須教他推問使得。」經略回府尹道：「魯達這人，原是我父親老經略處的軍官。爲因俺這裏無人幫護，撥他來做個提轄。既然犯了人命罪過，你可拿他依法度取問。如若供招明白，擬罪已定，也須教我父親知道，方可斷決。怕日後父親處邊上要這個人時，此語本無奇特，不知何故讀之淚下。又知普天下人讀之皆淚下也。却不好看。」府尹禀道：「下官問了情由，合行申禀老經略相公知道，方敢斷遣。」府尹辭了經略相公，出到府前，上了轎。回到州衙裏，陞廳坐下，魯達一發去得遠了。便喚當日緝捕使臣，押下文書，捉拿犯人魯達。

當時王觀察領了公文，將帶二十來個做公的人，徑到魯提轄下處。只見房主人道：「却纔拕了些包裹，提了短棒，出去了。小人只道奉着差使，又不敢問他。」王觀察聽了，教打開他房門看時，只有些舊衣舊裳和些被卧在裏面。王觀察就帶了房主人，東西四下裏去跟尋，州南走到州北，捉拿不見。魯達一發去得遠了。王觀察又捉了兩家鄰舍並房主人，同到州衙廳上回話,道:「魯提轄懼罪在逃,不知去向,只拿得房主人並鄰舍在此。」府尹見説,且教監下。一面教拘集鄭屠家鄰佑人等,點了仵作行人,仰着本地方官人並坊廂里正,再三簡驗已了,鄭屠家自備棺木盛殮,寄在寺院;一面疊成文案,一壁差人杖限緝捕凶身。原告人保領回家,鄰佑杖斷「有失救應」,房主人並下處鄰舍止得個「不應」。魯達在逃,行開個「廣捕急遞」的文書,急遞,故魯達初到雁門,榜文已先張挂也。半日無數挪延,尚自謂之「急遞」,可發一笑。各處追捉。出賞錢一千貫,寫了魯達的年甲、貫址、形貌,到處張挂。一干人等疏放聽候,鄭屠家親人自去做孝,不在話下。

且説魯達自離了渭州,東逃西奔,急急忙忙,行過了幾處州府。正是:饑不擇食,寒不擇衣,慌不擇路,貧不擇妻。忽入四句,如謠似諺,正是絶妙好辭。第四句,寫成諧笑,千古獨絶。魯達心慌搶路,正不知投那裏去的是,一迷地行了半月之上,却走到代州雁門縣。入得城來,見這市井鬧熱,人烟輳集,車馬輧馳,一百二十行經商買賣,行貨都有,端的整齊。雖然是個縣治,勝如州府。

魯提轄正行之間,却見一簇人圍住了十字街口看榜。魯達看見挨滿,也鑽在人叢裏聽時,魯達却不識字,只聽得衆人讀道:榜文在耳中聽出來。「代州雁門縣,依奉太原府指揮使司,該准渭州文字,捕捉打死鄭屠犯人魯達,即系經略府提轄。如有人停藏在家宿食,與犯人同罪;若有人捕獲前來或首告到官,支給賞錢一千貫文。……」文未畢,妙絶。魯提轄正聽到那裏,只聽得背後一個人大叫道:「張大哥!奇文。〇王進自家僞姓張,魯達他人僞呼張,甚矣「張」字之熟也。你如何在這裏?」攔腰抱住,扯離了十字路口。

不是這個人看見了,橫拖倒拽將去,有分教魯提轄:剃除頭髮,削去髭鬚,倒換過殺人姓名,薅惱殺諸佛羅漢。直教:禪杖打開危險路,戒刀殺盡不平人。畢竟扯住魯提轄的是甚人,且聽下回分解。

第五才子書施耐庵水滸傳卷之八

聖歎外書

第三回 趙員外重修文殊院 魯智深大鬧五臺山

看書要有眼力,非可隨文發放也。如魯達遇着金老,却要轉入五臺山寺。夫金老則何力致魯達于五臺山乎?故不得已,却就翠蓮身上生出一個趙員外來。所以有個趙員外者,全是作魯達入五臺山之綫索,非爲代州雁門縣有此一個好員外,故必向魯達文中出現也。所以文中凡寫員外愛鎗棒、有義氣處,俱不得失口便賛員外也是一個人。要知都向前段金老所云「女兒常常對他孤老説」句中生出來,便見員外只是愛妾面上着實用情。故後文魯達下五臺處,便有「好生不然」一語,了結員外一向情分。讀者苟不會此,便目不辨牛馬牡牝矣。

寫金老家寫得小樣,寫五臺山寫得大樣,真是史遷復生。

魯達兩番使酒,要兩樣身分,又要句句不相像,雖難矣,然猶人力所及耳。最難最難者，于兩番使酒接連處，如何做個間架。若不做一間架，則魯達日日將惟使酒是務耶？且令讀者一番方了，一番又起，其目光心力亦接濟不及矣。然要别做間架，其將下何等語，豈真如長老所云「念經誦咒，辨道参禪」者乎？今忽然拓出題外，將前文使酒字面掃刷浄盡，然後迤逦悠颺走下山去，並不思酒，何況使酒？真斷鰲煉石之才也。

話説當下魯提轄紐過身來看時，拖扯的不是别人，却是渭州酒樓上救了的金老。奇文。那老兒直拖魯達到僻静處，説道：「恩人，你好大膽！見今明明地張挂榜文，出一千貫賞錢捉你，你緣何却去看榜？若不是老漢遇見時，却不被做公的拿了？榜上見寫着你年甲、貌相、貫址。」魯達道：「洒家不瞞你説，因爲你上，就那日回到狀元橋下，是魯達爽直聲口。在别人口中，便有許多謙遜，此却直直云「因爲你上」。正迎着鄭屠那厮，被洒家三拳打死了，因此上在逃。一到處撞了四五十日，不想來到這裏。你緣何不回東京去，也來到這裏？」問得緊簇。金老道：「恩人在上，自從得恩人救了老漢，尋得一輛車子，本欲要回東京去，又怕這厮趕來，極曲之情，極便之筆。亦無恩人在彼搭救，老兒口中贊一句，天下無雙。因此不上東京去。隨路望北來，撞見一個京師古鄰來這裏做買賣，就帶老漢父子兩口兒到這裏。虧殺了他，就與老漢女兒做媒，結交此間一個大財主趙員外，養做外宅。衣食豐足，皆出于恩人。我女兒常常對他孤老説提轄大恩。員外後邊許多好意，都在此句生出。那個員外也愛刺鎗使棒，不重員外鎗棒，只借此使文章入港耳。常説道，怎地得恩人相會一面也好。想念如何能够得見？且請恩人到家過幾日，却再商議。」

魯提轄便和金老行不得半里，到門首，敘得徑淨。只見老兒揭起簾子叫道：「我兒，大恩人在此！」畫。那女孩兒濃妝艷飾，從裏面出來，請魯達居中坐了，插燭也似拜了六拜，説道：「若非恩人垂救，怎能够有今日！」拜罷，便請魯提轄道：「恩人，上樓去請坐。」女子開口請上樓去，視魯達猶父也。然樓上已算曲室，只因此句，便生出員外捉奸一番風波來。文心真有前掩後映之妙。魯達道：「不須生受，洒家便要去。」不知何處去？金老便道：「恩人既到這裏，如何肯放教你便去！」老兒接了桿棒、包裹，孝順如見。○行文又細。請到樓上坐定。老兒分付道：「我兒陪侍恩人坐坐，我去安排飯來。」此句有三妙在内，不可不悉：一是視魯猶父；一是女兒嬌養慣，老兒燒火慣；一是語中明明露出嫌疑，爲員外來捉之綫。魯達道：「不消多事，隨分便好。」魯達語。老兒道：「提轄恩念，殺身難報。量些粗食薄味，何足挂齒！」

女子留住魯達在樓上坐地，金老下來，寫得嫌疑。叫了家中新討的小厮，「新討」妙，是個外宅。分付那個婭嬛一面燒着火。「那個」妙，明明是一個也。○「一面燒火」，放在未買東西之前，只爲要顯出那個婭嬛耳。不然，唤婭嬛無别事，若買了回來，則老兒與小厮可以自燒，婭嬛爲添足矣。只外宅二字，難寫如此，胡可易言作文也。老兒和這小厮上街來，買了些鮮魚、嫩鷄、釀鵝、肥鮓、時新果子之類。歸來一面開酒，自有酒。收拾菜蔬，都早擺了，搬上樓來。春臺上放下三個盞子，三雙箸，嫌疑之極。鋪下菜蔬、果子、嗄飯等物。婭嬛將銀酒壺燙上酒來，又有銀酒壺。○不尷不尬，宛然外宅。女父二人輪番把盞。金老倒地便拜，方拜，妙。魯提轄道：「老人家，如何恁地下禮？折殺俺也！」金老説道：「恩人聽禀：前日老漢初到這裏，寫個紅紙牌兒，旦夕一炷香，父女兩個兀自拜哩。今日恩人親身到此，如何不拜！」魯達道：「却也難得你這片心。」魯達托大，聲口如畫。

三人慢慢地飲酒。嫌疑之極，與調情者何以異哉。將及天晚，只聽得樓下打將起來。奇文。魯提轄開窗看時，只見樓下三二十人，各執白木棍棒，口裏都叫：「拿將下來！」人叢裏一個官人騎在馬上，口裏大喝道：「休叫走了這賊！」含糊雙關語，妙絶。魯達見不是頭，拿起凳子，桿棒被金老接過。從樓上打將下來。金老連忙摇手叫道：「都不要動手！」那老兒搶下樓去，直至那騎馬的官人身邊，説了幾句言語。那官人笑起來，便喝散了那二三十人，各自去了。寫得淋漓突兀，真正奇文。

那官人下馬，入到裏面。老兒請下魯提轄來，樓上下來。那官人撲翻身便拜，非寫趙員外義氣也，寫金老女父數日中贊誦不少，爲前文出色加染。道：「聞名不如見面，見面勝似聞名！義士提轄受禮。」魯達便問那金老道：「這官人是誰？素不相識，緣何便拜洒家？」雖是問辭，亦寫魯達托大意思。老兒道：「這個便是我兒的官人趙員外，却纔只道老漢引甚麽郎君子弟在樓上吃酒，因此引莊客來廝打。老漢説知，方纔喝散了。」魯提轄上樓坐定，重上樓去。金老重整杯盤，再備酒食相待。

趙員外讓魯達上首坐地，魯達道：「洒家怎敢？」員外道：「聊表相敬之禮。小子多聞提轄如此豪傑，今日天賜相見，實爲萬幸！」魯達道：「洒家是個粗鹵漢子，我與我周旋久，方有此四字。○魯達自知粗鹵，李逵不然。又犯了該死的罪過，若蒙員外不棄貧賤，結爲相識，但有用洒家處，便與你去。」活魯達。○淚下之言。趙員外大喜，動問打死鄭屠一事，無賢無愚，必要問及。説些閑話，較量些鎗法。疊此三句，令半夜酒席不寂寞。吃了半夜酒，各自歇了。

次日天明，趙員外道：「此處恐不穩便，欲請提轄到敝莊住幾時。」魯達問道：「貴莊在何處？」員外道：「離此間十里多路，地名七寶村文殊菩薩風俗。○此書每欲起一篇大文字，必于前文先露一個消息，使文情漸漸隱隆而起，猶如山川出雲，乃始膚寸也。如此處將起五臺山，却先有七寶村名字；林冲將入草料場，却先有小二渾家漿洗綿襖；六月將劫生辰綱，却先有阮氏鬢邊石榴花等是也。便是。」魯達道：「最好。」員外先使人去莊上，再牽一匹馬來。俗本作「叫牽兩匹馬來」。未及晌午，馬已到來。員外便請魯提轄上馬，叫莊客擔了行李。

魯達相辭了金老父女二人，和趙員外上了馬。兩個並馬行程，于路説些閑話，省。投七寶村來。不多時，早到莊前下馬。趙員外携住魯達的手，直至草堂上，分賓而坐，一面叫殺羊置酒相待。晚間收拾客房安歇。次日又備酒食管待，魯達道：「員外錯愛。洒家如何報答！」趙員外便道：「四海之内，皆兄弟也。泛然讀之，可笑可醜，而今人猶津津言之。如何言報答之事。」

話休絮煩，魯達自此之後，在這趙員外莊上住了五七日。忽一日，兩個正在書院裏閑坐説話，書院裏説閑話，何也？避王進在史家莊身分也。蓋員外愛鎗棒，只是借作入港之法耳，非比史進是條好漢，定要出色。若此處不住書院説閑話〔一〕，則務要較鎗棒矣，在員外何苦，在魯達亦何以異于王進哉？○

〔一〕「住」，或爲「在」之誤。

魯達坐在書院裏，亦是奇語。只見金老急急奔來莊上，徑到書院裏見了趙員外並魯提轄，見没人，三字，寫出東顧西盼。便對魯達道：「恩人，不是老漢心多，爲是恩人前日老漢請在樓上吃酒，員外誤聽人報，引領莊客來鬧了街坊，後却散了，人都有些疑心，便借前文入，文情便捷。説開去。昨日有三四個做公的來，鄰舍街坊打聽得緊，只怕要來村裏緝捕恩人。思路曲折，筆能副之。倘或有些疏失，如之奈何？」魯達道：「恁地時，洒家自去便了。」不知何處去？

趙員外道：「若是留提轄在此，誠恐有些山高水低，教提轄怨悵；若不留提轄來，許多面皮都不好看。趙某却有個道理，教提轄萬無一失，足可安身避難，只怕提轄不肯。」魯達道：「洒家是個該死的人，但得一處安身便了，做甚麽不肯！」趙員外道：「若如此，最好。離此間三十餘里，有座山，唤做五臺山。山上有一個文殊院，原是文殊菩薩道場。寺裏有五七百僧人，爲頭智真長老，是我弟兄。我祖上曾捨錢在寺裏，醜話。○一路每每于無意中，寫出趙員外不足取。是本寺的施主檀越。我曾許下剃度一僧在寺裏，已買下一道五花度牒在此。只不曾有個心腹之人，了這條願心。如是提轄肯時，一應費用都是趙某備辦。委實肯落髮做和尚麽？」魯達尋思：二字寫盡英雄在困。「如今便要去時，那裏投奔人？不如就了這條路罷。」便道：「既蒙員外做主，洒家情願做和尚，專靠員外做主。」

當時説定了，「説定」者，難之辭也；「當時説定」者，易之辭也：極力寫魯達爽直。連夜收拾衣服、盤纏、緞匹、禮物。此處漏了一句「金老回去」。○魯達自己桿棒包裹亦不見。次日早起來，叫莊客挑了，兩個取路望五臺山來。辰牌已後，早到那山下。趙員外與魯提轄兩乘轎子兩乘轎子上去。

擡上山來，一面使莊客前去通報。到得寺前，早有寺中都寺、監寺，出來迎接。兩個下了轎子，下轎。去山門外亭子上好個亭子，先坐一坐。異日無常到來，方悟今日如夢。坐定。寺内智真長老得知，引着首座侍者，出山門外來迎接。

趙員外和魯達向前施禮，真長老打了問訊，説道：「施主遠出不易。」施主脚懶，僧家心熱，盡此二字。趙員外答道：「有些小事，特來上剎相浼。」真長老便道：「且請員外方丈吃茶。」趙員外前行，魯達跟在背後，當時同到方丈。長老邀員外向客席而坐，魯達便去下首坐禪椅上。寫魯達。員外叫魯達附耳低言：「你來這裏出家，如何便對長老坐地？」魯達道：「洒家不省得。」爽心直口，我慕其人。起身立在員外肩下。面前首座、維那、侍者、監寺、都寺、知客、書記，依次排立東西兩班。

莊客把轎子安頓了，精細。一齊搬將盒子入方丈來，擺在面前。長老道：「何故又將禮物來？寺中多有相瀆檀越處。」趙員外道：「些小薄禮，何足稱謝。」道人、行童收拾去了。

趙員外起身道：「一事啓堂頭大和尚：趙某舊有一條願心，許剃一僧在上剎。度牒詞簿，都已有了，到今不曾剃得。今有這個表弟，姓魯，三寶位前，不敢更名改姓，寫盡婆氣員外。是關内軍漢出身。因見塵世艱辛，信心人口頭滑語，鄭屠一案，却在藏露之間。情願棄俗出家。萬望長老收録，大慈大悲，看趙某薄面，披剃爲僧。一應所用，弟子自當準備。萬望長老玉成，幸甚！」長老見説，答道：「這個因緣，是光輝老僧山門，容易，容易！且請拜茶。」只見行童托出茶來。茶罷，收了盞托，真長老便唤首座、維那，商議剃度這人；分付監寺、都寺，安排齋食。只見首座與衆僧自去商議道：「這個人不似出家的模樣，一雙眼却恁凶險！」以眼取人，失之魯達。衆僧道：「知客，你去邀請客人坐地，我們與長老計較。」知客出來，請趙員外、魯達到客館裏坐地。首座衆僧禀長老，説道：「却纔這個要出家的人，形容醜惡，相貌凶頑。不可剃度他，恐久後累及山門。」

長老道：「他是趙員外檀越的兄弟，如何撇得他的面皮？你等衆人且休疑心，待我看一看。」焚起一炷信香，長老上禪椅盤膝而坐，口誦咒語，入定去了。一炷香過，却好回來，對衆僧説道：「只顧剃度他，此人上應天星，心地剛直。《維摩詰經》云：「菩薩直心是道場，無諂曲衆生，來生其國。」長老深解此言。雖然時下凶頑，命中駁雜，久後却得清凈，證果非凡。汝等皆不及他。一個文殊叢林，其衆何止千人，却不及一個軍漢。可記吾言，勿得推阻！」首座道：「長老只是護短，我等只得從他。不諫不是，諫他不從便了！」

長老叫備齋食，請趙員外等方丈會齋。齋罷，監寺打了單帳，趙員外取出銀兩，教人買辦物料，一面在寺裏做僧鞋、僧衣、僧帽、袈裟、拜具。特詳此語，寫得魯達出家可涕可笑。〇要知以極高興語，寫極敗興事，神妙之筆。縫匠攢造新進士大紅袍、新嫁娘嫁衣裳，極忙；攢造新死人大斂衣衾、新出家袈裟拜具，亦極忙。然一忙中有極熱，一忙中有極冷，不可不察。一兩日，都已完備。長老選了吉日良時，教鳴鐘擊鼓，就法堂内會集大衆。整整齊齊五六百僧人，盡披袈裟，都到法座下合掌作禮，分作兩班。趙員外取出銀錠、表裏、信香，向法座前禮拜了。表白宣疏已罷，行童引魯達到法座下。

維那教魯達除下巾幘，打得好鄭屠，救得好金老，寫得如畫。把頭髮分做九路綰了，捆揲起來。淨髮人先把一周遭都剃了，却待剃髭鬚，奇文。魯達道：「留下這些兒還洒家也好。」從來名士多愛髭鬚，是一習氣，魯達亦然，見他名士風流也。衆僧忍笑不住，真長老在法座上道：「大衆聽偈！」念道：「寸草不留，六根清淨；與汝剃除，免得爭競。」通達佛法。○謝靈運施與維摩，却不知爲門草者，備得一品。然則長老之偈，真爲通達佛法矣。○「寸草」妙。長老念罷偈言，喝一聲：「咄！盡皆剃去！」淨髮人只一刀，盡皆剃了。首座呈將度牒上法座前，請長老賜法名。長老拿着空頭度牒而説偈曰：「靈光一點，價值千金；佛法廣大，賜名智深。」竟與長老作弟兄行。

長老賜名已罷，把度牒轉將下來。書記僧填寫了度牒，付與魯智深收受。長老又賜法衣袈裟，教智深穿了。監寺引上法座前，長老與他摩頂受記，道：「一要皈依佛性，二要歸奉正法，三要歸敬師友：三皈皆不甚如法，稗史只應如此。此是『三歸』。『五戒』者：一不要殺生，不能。二不要偷盜，能，能。三不要邪淫，能，能。四不要貪酒，不能，不能。五不要妄語。能。」智深不曉得戒壇答應「能」、「否」二字，却便道：「洒家記得。」錯錯落落，鹵鹵莽莽，萬善戒壇中，從未聞此四字如雷之吼。真正奇才。衆僧都笑。受記已罷，趙員外請衆僧到雲堂裏坐下，焚香設齋供獻。大小職事僧人，各有上賀禮物。都事引魯智深參拜了衆師兄、師弟，又引去僧堂背後，選佛場坐地。當夜無事。只是閑着一筆，却便使讀者眉飛肉舞，知道明夜必有可觀。手法之妙至此。

次日，趙員外要回，告辭長老，留連不住。早齋已罷，並衆僧都送出山門。趙員外合掌道：「長老在上，衆師父在此：疊此二語，藏下後段無數文字。凡事慈悲！小弟智深乃是愚鹵直人，早晚禮數不到，言語冒瀆，誤犯清規，是必連日書院裏領略不少，故能相知至此。萬望覷趙某薄面，恕免恕免！」長老道：「員外放心！老僧自慢慢地教他念經誦咒，辦道參禪。」累句。員外道：「日後自得報答。」人叢裏，喚智深到松樹下，低低分付道：「人叢裏」一句，「到松下」一句，「低低説」一句，三句描出一位作家員外來。「賢弟，你從今日，難比往常。含無數不好説的話于此八字，寫盡匆匆難盡。凡事自宜省戒，切不可托大。二字是魯達生平。倘有不然，難以相見。保重保重！早晚衣服，何得止是衣服，況衣服甚緩，四字風雲入妙。我自使人送來。」智深道：「不索哥哥説，洒家都依了。」二語有深厭趙員外東唧西噥之意。○爽直自是天性，定無食言。且今日依，是真正依；後日吃酒打人，是另自吃酒打人，亦並非食言也。當時趙員外相辭了長老，再別了衆人，上轎。引了莊客，拕了一乘空轎，取了盒子，細。○兩乘轎子下來。下山回家去了。當下長老自引了衆僧回寺。

話説魯智深回到叢林選佛場中，禪床上撲倒頭便睡。閑殺英雄！作者胸中，血淚十斗。○頗有人言：倒頭便睡，是大修行人，大自在法。嗟乎！菩薩行六度萬行而自莊嚴，豈若狁犬，貪飽即卧，形如匏瓠者乎？菩薩，英雄也，游行十方，顧盼雄毅，若有一刹那頃合眼欲睡，即是菩薩行放逸法。奈何贊歎睡眠，云是善法，而令行人入于惡道耶？上下肩兩個禪和子推他起來，説道：「使不得！既要出家，如何不學坐禪？」智深道：「洒家自睡，干你甚事？」八字説得有情有理，雖百辯才，不容更辨。禪和子道：「善哉！」智深喝道：「團魚洒家也吃，甚麽『鱔』哉？」禪和子道：「却是苦也！」智深便道：「團魚大腹，又肥甜，了好吃，那得苦也？」此等世人以爲佳，予獨不取。上下肩禪和子都不睬他，由他自睡了。元人曲云：「破題兒第一夜。」次日，要去對長老説知智深如此無禮，首座勸道：「長老説道他後來證果非凡，我等皆不及他，只是護短。你們且没奈何，休與他一般見識。」禪和子自去了。

智深見没人説他，每到晚便放翻身體，横羅十字，倒在禪床上睡。夜間鼻如雷響，一句。○大獅子吼。要起來净手，大驚小怪，一句。○六種震動。只在佛殿後撒尿撒屎，遍地都是。一句。○如何是佛？乾屎橛。侍者禀長老説：「智深好生無禮，全没些個出家人體面，叢林中如何安着得此等之人！」長老喝道：「胡説！長老通達。且看檀越之面。後來必改。」自此無人敢説。

魯智深在五臺山寺中，不覺攬了四五個月。省文也，却用一「攬」字，逗出四五個月中情事。時遇初冬天氣，智深久静思動。四字斷得突兀迅疾。當日晴明得好，智深穿了皂布直裰，繫了鴉青縧，换了僧鞋，大踏步走出山門來。信步行到半山亭子上，亭子又現一現。坐在鵝項懶凳上，尋思道：「干鳥麽！如夢忽醒，驚才捷筆。俺往常好酒好肉，每日不離口。如今教洒家做了和尚，餓得乾癟了！寫得可笑可惱。趙員外這幾日，又不使人送些東西來與洒家吃，口中淡出鳥來！可見日前曾送來吃，不止衣服而已。○隋煬帝從天台智者受菩薩戒，日食止米二掬，而别以衣襆裹肉恣啖。趙員外亦定曾用此法，而雅俗之殊，何啻河漢。這早晚怎地得些酒來吃也好！寫盡英雄失路，在此一句。」

正想酒哩，四字略頓一頓，便有東海霞起、遥接赤城之妙。只見遠遠地一個漢子挑着一付擔桶，唱上山來。上面蓋着桶蓋，特地按下「蓋着桶蓋」四字，摇擺出下文「好酒」二字來。那漢子手裏拿着一個鏇子，二語之妙，正是索解人不得。蓋桶上無蓋，則顯然是酒，有何趣味；桶上有蓋，則竟不見酒，亦未爲奇筆也。惟是桶則蓋着，手裏却拿個酒鏇，若隱若躍之間，宛然無限驚喜不定在魯達眼頭心坎。真是筆歌墨舞。唱着上來。唱道：

九里山前作戰場，牧童拾得舊刀鎗。順風吹動烏江水，好似虞姬別霸王。不唱酒詩，妙絶。却又偏唱「戰場」二字，拖逗魯達，妙不可當。○第一句風雲變色，第二句冰消瓦解。聞此二言，真使酒懷如湧。○第三句如何比出第四句來，不通之極，然正妙于如此。蓋如此方恰好也，不然，竟是名士歌詩，如旗亭畫壁一絶句故事矣。○天下真正英雄，如魯達、李逵之徒，只是不好淫慾耳。至于兒女離別之感，何得無之？故魯達有灑淚之文，李逵有大哭之日也。第四句隱隱直吊動史進，對此茫茫，那得不飲。

魯智深覰見那漢子挑擔桶上來，坐在亭子上看。這漢子也來亭子上，歇下擔桶。智深道：「兀那漢子，你那桶裏甚麽東西？」不得不問者，桶蓋之故也；必問者，鏇子之故也。那漢子道：「好酒。」只二字作一句，却有兩段驚天動地文字在內：一是酒，一是好。○漢子差矣，説是酒，已當不起，況加之以「好」耶？智深道：「多少錢一桶？」流涎極矣，不好便吃，只得問價，其實身邊無錢也。極力描寫英雄失時意思。陶詩云：「飢來驅我去，叩門拙言辭。」是此一句矣。那漢子道：「和尚，亦只二字作一句，寫得又好氣，又好笑。你真個也是作耍？」智深道：「洒家和你耍甚麽？」使酒之根。那漢子道：「我這酒三字責弄，其文愈奇。挑上去，只賣與寺內火工、道人、直廳、轎夫、老郎們，做生活的吃。本寺長老已有法旨：但賣與和尚們吃了，我們都被長老責罰，追了本錢，趕出屋去。我們見關着本寺的本錢，見住着本寺的屋宇，如何敢賣與你吃？」智深道：「真個不賣？」硬一句，現出魯達原身。那漢子道：「殺了我也不賣！」智深道：「洒家也不殺你，只要問你買酒吃。」仍放軟一句，現出員外叮囑。

那漢子見不是頭，挑了擔桶便走。智深趕下亭子來，雙手拿住匾擔，只一脚打鄭屠時連用三句「只一拳」，此處又用一句「只一脚」，總寫魯達爽直過人。交襠踢着。那漢子雙手掩着，做一堆蹲在地下，半日起不得。智深把那兩桶酒都提在亭子上，兩桶都提在亭上，氣吸西江。地下拾起鏇子，被打，故在地下，妙妙。開了桶蓋，先是蓋好者，妙妙。只顧舀冷酒吃。無移時，兩桶酒吃了一桶。四字不是贊魯達酒量大，正是回映兩桶都提來句，以作一笑。智深道：「漢子，明日來寺裏討錢。」偏說「寺裏」，回映「已有法旨」句；偏說「討錢」，回映「多少一桶」句：文心如繡。那漢子方纔疼止，又怕寺裏長老得知，壞了衣飯，忍氣吞聲，那裏敢討錢？把酒分做兩半桶挑了，兩頭輕重，如何好挑？分作兩半，是也。然文心何以至是！拿了鏇子，鏇子。飛也似下山去了。

只說魯智深在亭子上坐了半日，酒却上來。寫酒醉有節次。下得亭子，松樹根邊又坐了半歇，酒越湧上來。有節次。智深把皂直裰褪膊下來，把兩隻袖子纏在腰裏，露出脊背上花繡來，絢爛奇妙，不止偏袒右肩而已。搧着兩個膀子上山來。獅子頻申，象王回顧，想復爾爾。看看來到山門下，兩個門子遠遠地望見，拿着竹篦，來到山門下攔住魯智深，便喝道：「你是佛家弟子，如何噇得爛醉了上山來！你須不瞎，也見庫局裏貼着曉示：『但凡和尚破戒吃酒，決打四十竹篦，趕出寺去。如門子縱容醉的僧人入寺，也吃十下。』口中念出曉示來。你快下山去，饒你幾下竹篦！」

魯智深一者初做和尚，二來舊性未改，無此一架，便覺下語爲突，想見安放之苦。睜起雙眼，罵道：「直娘賊！句句可罵，却偏擇此三字，不惟惡口，兼犯五逆罪中第二大罪，故妙故快。你兩個要打洒家，俺便和你厮打！得意語。」門子見勢頭不好，一個飛也似入來報監寺，一個虛拖竹篦攔他。智深用手隔過，揸開五指，去那門子臉上只一掌，快人。○其聲清越，從紙上聞。打得踉踉蹌蹌。却待掙扎，智深再復一拳，第四拳。打倒在山門下，只是叫苦。魯智深道：「洒家饒你這厮！」踉踉蹌蹌，攧入寺裏來。

監寺聽得門子報說，叫起老郎、火工、直廳、轎夫三二十人，各執白木棍棒，從西廊下搶出來，却好迎着智深。智深望見，大吼了一聲，却似嘴邊起個霹靂，奇語。大踏步搶入來。衆人初時不知他是軍官出身，好筆，安閑寬轉，具覘史才。次後見他行得凶了，慌忙都退入藏殿裏去，便把亮槅關上。寫衆人，活是衆人。智深搶入階來，一拳痛矣。一脚，性發不在上二字，正在下二字。蓋此四字，是打藏殿亮槅也。陡然一拳，拳痛矣，接連便是一脚。寫醉人失手，真乃如畫。打開亮槅，二三十人都趕得沒路。奪條棒，從藏殿裏打將出來，監寺慌忙報知長老。

長老聽得，急引了三五個侍者，直來廊下，喝道：「智深！不得無禮！」智深雖然酒醉，却認得是長老。大蟲偏服慈心人，所以爲大蟲；魯達偏懼怕長老，所以爲魯達。撇了棒，向前來打個問訊，指着廊下，「打個問訊，指着廊下」，活是醉人。對長老道：「智深吃了兩碗酒，不妄語戒，不穿不缺。又不曾撩撥他們，他衆人又引人來打洒家。」此「又」字。醉語糊塗，活畫。長老道：「你看我面，快去睡了，明日却說。」善知諸根利鈍之相。魯智深道：「俺不看長老面，寫盡醉中夾七夾八語，如畫。

洒家直打死你那幾個秃驢!」公有髮耶?長老有髮耶?罵得妙。長老叫侍者扶智深到禪床上,「撲」地便倒了,「齁齁」地睡了。好。

衆多職事僧人圍定長老,告訴道:如畫。「向日徒弟們曾諫長老來,今日如何?語不多,而文勢曲折波磔之極。本寺那容得這等野猫,奇語。亂了清規!」長老道:「雖是如今眼下有些囉唣,後來却成得正果。没奈何,且看趙員外檀越之面,容恕他這一番。我自明日叫去埋怨他便了。」衆僧冷笑道:「好個没分曉的長老!」「没分曉」是大德定評。各自散去歇息。

次日早齋罷,長老使侍者到僧堂裏坐禪處唤智深時,尚兀自未起。乾葛湯良。待他起來,穿了直裰,赤着脚,一道烟走出僧堂來。侍者吃了一驚,奇文出人意外,轉過下句,又入人意中,神化之筆。趕出外來尋時,却走在佛殿後撒屎。「佛殿撒屎」四字,自來不曾一處,合成奇景奇語。侍者忍笑不住,等他净了手,也要浄手,魯達壞了。説道:「長老請你説話。」

智深跟着侍者到方丈,長老道:「智深雖是個武夫出身,今來趙員外檀越剃度了你,我與你摩頂受記,教你:一不可殺生,二不可偷盗,三不可邪淫,四不可貪酒,五不可妄語。此五戒乃僧家常理,出家人第一不可貪酒。飲酒本第五戒,前移在第四,此處又説是第一。顛倒錯亂得好,只合如此也。你如何夜來吃得大醉,打了門子,傷壞了藏殿上朱紅槅子,又把火工道人都打走了,口出喊聲?于三句外另加四字,便令昨日震天震地。如何這般所爲!」智深跪下道:「今番不敢了。」真正慚顔哽動,不是凡夫僧口頭懺悔語。長老道:「既然出家,如何先破了酒戒,又亂了清規?我不看你施主趙員外面,定趕你出寺。再後休犯!」智深起來,合掌道:「不敢,不敢！」長老留在方丈裏，安排早飯與他吃。降龍伏虎，盡此數言，然後知百丈清規，爲下輩設也。〇一句。又用好言語勸他。一句。取一領細布直裰、一雙僧鞋，與了智深，一句。〇不受上罰，反加上賞，畏之乎？愛之耳。我做長老，亦必爾矣。教回僧堂去了。

但凡飲酒不可盡歡。承上文無數英雄，忽然接一腐語。常言「酒能成事，酒能敗事」。便是小膽的吃了，也胡亂做了大膽，何況性高的人！不文之人，見此一段，便謂作書者借此勸戒酒徒，以魯達爲殷鑒。吾若聞此言，便當以夏楚痛朴之。何也？夫千岩萬壑崔嵬突兀之後，必有平莽連延數十里，以舒其磅礴之氣；水出三峽，倒銜灩滪，可謂怒矣，必有數十里迤邐東去，以殺其奔騰之勢。今魯達一番使酒，真是捶黄鶴，踢鸚鵡，豈惟作者腕脱，兼令讀者頭暈矣。此處不少息幾筆，以舒其氣而殺其勢，則下文第二番使酒，必將直接上來，不惟文體有兩頭大、中間細之病，兼寫魯達作何等人也。嗚呼！作《水滸》者，才子也。才子胸中，豈村裏小兒所知也！

再説這魯智深，自從吃酒醉鬧了這一場，一連三四個月不敢出寺門去。此句不寫魯達改過，亦只爲要放緩後文使酒，不令兩番接連。忽一日，天氣暴暖，是二月間時令。上文放緩，是特特放緩；此處閃入，便陡然閃入：真正妙筆也。離了僧房，信步踱出山門外立地，看着五臺山，喝采一回。寫英雄人，必須如此寫，便見他蓋天蓋地胸襟。夫魯達豈有山水之鑒哉？猛聽得山下「叮叮噹噹」的響聲，順風吹上山來。引入市井及鐵匠，妙筆。〇順風吹上山來，是二月風也。智深再回僧堂裏，取了些銀兩揣在懷裏，其心不良。一步步走下山來。出得那五臺福地的牌樓來，忽然增出一座牌樓，補前文之所無。蓋其筆力，真乃以文爲戲耳。看時，原來却是一個市井，約有五七百人家。智深看那市鎮上時，也有賣肉的，爲魯達快寫一句。也有賣菜的，又回顧山上一句。也有酒店、爲魯達快寫一句。麵店。又回顧山上一句。智深尋思道：「干呆麽！睦州有云：「大事已明，如喪考妣。」正是此時光景。俺早知有這個去處，不奪他那桶酒吃，只知其一，未知其二，莫便如此説好。也自下來買些吃。這幾日熬得清水流，鳥出猶可，水流難當。○是可忍，孰不可忍？且過去，看有甚東西買些吃。」聽得那響處，却是打鐵的在那裏打鐵。此來正文專爲吃酒，却顛倒放過吃酒，接出鐵店，衍成絶奇一篇文字，已爲奇絶矣。乃又于鐵店文前，再顛倒放過鐵店，反插出客店來。其筆勢之奇矯，雖虬龍怒走，何以喻之。間壁一家門上，寫着「父子客店」。老遠先放此一句，可謂「隔年下種，來歲收糧」，豈小筆所能。

智深走到鐵匠鋪門前看時，見三個人打鐵。智深便問道：「兀那待詔，有好鋼鐵麽？」那打鐵的看見從打鐵人眼中，現出魯智深做和尚後形狀。奇絶之筆。魯智深腮邊新剃暴長短鬚，戧戧地好慘瀨人，一冬不剃，真有此狀。先有五分怕他。那待詔住了手，道：「師父請坐，要打甚麽生活？」智深道：「洒家要打條禪杖、一口戒刀，不知有上等好鐵麽？」待詔道：「小人這裏正有些好鐵，不知師父要打多少重的禪杖、戒刀？但憑分付。」智深道：「洒家只要打一條一百斤重的。」待詔笑道：「重了。師父，小人打怕不打了，只恐師父如何使得動？二語曲折之甚，正如方吐于口。便是關王刀，也只有八十一斤。」齊東野人相傳之言，荒唐俚鄙，偏如親見。此在小人固不足怪，獨是文人亦常不免，何也？智深焦躁道：「俺便不及關王？他也只是個人！」説關王便是關王，説八十一斤便是八十一斤。寫魯達又剴直，又好笑。那待詔道：「小人據常説，只可打條四五十斤的，也十分重了。」智深道：「便依你說，比關王刀，也打八十一斤的。」古亦真有關王耶？古關王亦真有刀耶？古關王刀真有八十一斤耶？誰見之？誰傳之？而一入于耳，便定要依以爲式，所謂真正魯達，非他人之所能假也。待詔道：「師父，肥了字法奇絶，爭得好笑。不好看，又不中使。依着小人，好生打一條六十二斤的水磨禪杖與師父。使不動時，休怪小人。戒刀已說了，不用分付，兩件家生也，乃半日只講得一件，故特找此語完足之，妙絶。小人自用十分好鐵打造在此。」智深道：「兩件家生，要幾兩銀子？」待詔道：「不討價，此語經紀人常口，何足標出？然爲其偏與魯達性格相合，故作者特用之也。實要五兩銀子。」智深道：「俺便依你五兩銀子。爽利。你若打得好時，再有賞你。」爽利。那待詔接了銀兩道：「小人便打在此。」智深道：「俺有些碎銀子在這裏，和你買碗酒吃。」又爽利。○此特寫魯達有胸襟，有意興，分明不是嗔酒糟漢。○一鐵匠要拉之同飲，而四五百禪人不聞偶過聞焉，嘲罵時師不小。待詔道：「師父穩便。小人趕趁些生活，不及相陪。」

智深離了鐵匠人家，撇開鐵匠，妙。上只是寫智深耳，若鐵匠真去，如何是了。行不到三二十步，見一個酒望子耀眼。挑出在房檐上。此家挂酒望在檐邊，是行到始見，與下望見別。智深掀起簾子，入到裏面坐下，敲着桌子，極力寫。叫道：「將酒來！」只三字，描盡渴吻。賣酒的主人家說道：「師父少罪！小人住的房屋也是寺裏的，本錢也是寺裏的。長老已有法旨，但是小人們賣酒與寺裏僧人吃了，便要追了小人們本錢，又趕出屋。因此，只得休怪！」智深道：「胡亂賣些與洒家吃，俺須不說是你家便了。」不犯妄語戒否？那店主人道：「胡亂不得！師父別處去吃，休怪休怪！」智深只得起身，羼提波羅，可憐可笑。便道：「洒家別處吃得，却來和你說話！」雖極要忍，畢竟不是閉口而去，寫得魯達可憐可笑。

出得店門，行了幾步，又望見一家酒旗兒直挑出在門前。又一樣。○「直挑出」三字，從魯達心坎裏躍出來。○前云「房檐上」，是到門首方見；此云「望見」「直挑出在門前」，則此之第一家[一]，情更急，景更妙矣。智深一直走進去，坐下叫道：「主人家，快把酒來賣與俺吃！」寫得發極，定是第二家，不是第一家也。○尤好笑是「賣與俺吃」四字，俺之爲俺苦矣，吃之爲吃急矣。店主人道：「師父，你好不曉事！長老已有法旨，你須也知，却來壞我們衣飯！」智深不肯動身，可憐可笑。三回五次，那裏肯賣？智深情知不肯，起身又走，連走了三五家都不肯賣。急。

智深尋思一計，一生不用巧，此處萬分無奈，忽然用巧。「不生個道理，如何能够酒吃？」遠遠地杏花深處，市梢盡頭，一家挑出個草帚兒來。又一樣。○比前二家，酒定粗惡矣。不然，何故是個草帚？總之要極寫魯達久渴思漿光景。胡亂茅柴，勝于長行粥飯也。智深走到那裏看時，却是個傍村小酒店。智深走入店裏來，靠窗坐下，便叫道：「主人家，過往僧人四字錦心繡口。買碗酒吃。」莊家看了一看，道：一是魯達生得怕人，一是舊奉山上法旨。「和尚你那裏來？」猶言「不是五臺山來麼」。智深道：「俺是行脚僧人，游方到此經過，重宣此義。要買碗酒吃。」重説。○此句必要重説，不重説，不見燥吻之急。莊家道：「和尚若是五臺山寺裏的師父，既喚作和尚，又稱云師父，一句而兩頭不照，活畫莊家之輕他方而重五臺也。我却不敢賣與你吃。」智深道：「酒家不是，四字，情急吻燥之至。

[一]「此」，或爲「比」之誤。

你快將酒賣來。」三說，妙妙。

莊家看見魯智深這般模樣，聲音各別，便道：「你要打多少酒？」智深道：「休問多少，大碗只顧篩來。」約莫也吃了十來碗，智深問道：「有甚肉，把一盤來吃。」吃了十來碗，方問到肉者，寫酒懷浩浩落落，妙不可言。莊家道：「早來有些牛肉，都賣没了。」偏不是牛肉，偏要曲折到狗肉，極力寫盡魯達，絶倒。智深猛聞得一陣肉香，走出空地上看時，只見牆邊沙鍋裏煮着一隻狗在那裏。賣酒莊家尚不將狗肉來竈上煑，五臺山禪林僧人却將狗腿大衆中吃，誰是誰不是？智深道：「你家見有狗肉，如何不賣與俺吃？」莊家道：「我怕你是出家人，不吃狗肉，相傳有此言，而實非也。因此不來問你。」智深道：「洒家的銀子有在這裏。」便摸銀子遞與莊家，道：不稱不看，蓋難得者酒肉，銀子何足道哉！「你且賣半隻與俺。」

那莊家連忙取半隻熟狗肉，搗些蒜泥，索性盡興，妙文雲涌。○少停吐出，臭不可聞。將來放在智深面前。智深大喜，自從請了史進，直至今日。用手扯那狗肉，蘸着蒜泥吃，一連又吃了十來碗酒。吃得口滑，只顧討，那裏肯住？樂。莊家到都呆了，叫道：「和尚，只恁地罷！」四字妙勸。○從莊家眼中口中，寫出酒興。智深睜起眼道：「洒家又不白吃你的，管俺怎地！」妙答。莊家道：「再要多少？」智深道：「再打一桶來。」盡興快活。莊家只得又舀一桶來，智深無移時，又吃了這桶酒。剩下一脚狗腿，把來揣在懷裏，不肯便盡，留作奇波。臨出門，又道：「多的銀子，明日又來吃。」補完不稱銀子。嚇得莊家目瞪口呆，罔知所措，看他却向那五臺山上去了。過往僧人！

智深走到半山亭子上，亭子時辰到了。坐了一回，酒却湧上來。跳起身，口裏道：「俺好些時不曾拽拳使脚，覺道身體都困倦了，即「髀肉復生」之歎。洒家且使幾路看！」下得亭子，把兩隻袖子掿在手裏，上下左右使了一回。使得力發，只一膀子搧在亭子柱上，只聽得「刮剌剌」一聲響亮，把亭子柱打折了，坍了亭子半邊。初來時曾坐于此，而今已矣。

門子聽得半山裏響，高處看時，只見魯智深一步一攧搶上山來。兩個門子叫道：「苦也！這畜生今番又醉得不小可！」便把山門關上，把栓拴了。只在門縫裏張時，妙筆！不張時，將使魯達自述耶？見智深搶到山門下，見關了門，把拳頭擂鼓也似敲門。兩個門子那裏敢開？

智深敲了一回，扭過身來，看了左邊的金剛，眼前奇景。喝一聲道：「你這個鳥大漢，不替俺敲門，却拿着拳頭嚇洒家！俺須不怕你！」跳上臺基，把栅剌子只一扳，却似撅葱般扳開了。拿起一根折木頭，去那金剛腿上便打，「簌簌」的泥和顔色都脱下來。門子張見道：「苦也！」只得報知長老。智深等了一會，調轉身來，看着右邊金剛，兩座金剛，兩樣打法。○敲了一回，等了一回，都是前日大創後，不敢使酒之辭，然已亭子金剛天崩地塌矣。喝一聲道：「你這廝張開大口，也來笑洒家！」便跳過右邊臺基上，把那金剛脚上打了兩下。只聽得一聲震天價響，那尊金剛從臺基上倒撞下來，智深提着折木頭大笑。大笑妙，提了折木頭大笑，又妙。

兩個門子去報長老，長老道：「休要惹他，你們自去。」只見這首座、監寺、都事並一應職事僧人，都到方丈禀説：「這野猫今日醉得不好，把半山亭子、山門下金剛，都打壞了！如何是好？」長老道：「自古天子尚且避醉漢，何況老僧乎？好長老，不枉是五七百人善知識。若是打壞了金剛，請他的施主趙員外自來塑新的；倒了亭子，也要他修蓋：這個且由他。」衆僧道：「金剛乃是山門之主，如何把來换過？」長老道：「休説壞了金剛，便是打壞了殿上三世佛，也没奈何，只得迴避他。真正善知識，胸中便有丹霞燒佛眼界。你們見前日的行凶麽？」

衆僧出得方丈，都道：「好個囫圇竹的長老！門子，你且休開，只在裏面聽。」接口將叙事帶説過去，何等筆法。智深在外面大叫道：「直娘的禿驢們！不放洒家入寺時，山門外討把火來，燒了這個鳥寺！」一句勝百句語，不因此語，如何得開？衆僧聽得，只得叫門子：「拽了大栓，「拽」字妙。【眉批】一路拽字、鑽字、塞字、鑿字，皆以一字爲景。由那畜生入來。若不開時，真個做出來！」門子只得捻脚捻手拽了栓，飛也似閃入房裏躲了，衆僧也各自迴避。

只説那魯智深，雙手把山門盡力一推，「撲」地攧將入來，吃了一交。從上「拽」字，生出妙景。扒將起來，把頭摸一摸，妙景。○悔罵禿驢矣。直奔僧堂來，到得選佛場中。禪和子正打坐間，看見智深揭起簾子，鑽將入來，「鑽」字妙，我法中所謂全無威德也。都吃一驚，盡低了頭。智深到得禪床邊，喉嚨裏「咯咯」地響，看着地下便吐，「看地下」三字妙，活是醉人。○于吐前先寫一句喉嚨咯咯，妙，活是醉人。衆僧都聞不得那臭，那者，何也？酒也，狗也，蒜也。個個道：「善哉！」齊掩了口鼻。

智深吐了一回，扒上禪床，解下縧，把直裰、帶子都「咇咇剥剥」扯斷了，本是魯達，況乃酒後。脱下那脚狗腿來。取出來，便是俗筆。今云脱下，寫醉人節節忘廢，入妙。智深道：「好，好！出于意外之辭。正肚饑哩！」扯來便吃。衆僧看見，便把袖子遮了臉，上下肩兩個禪和子遠遠地躲開。智深見他躲開，便扯一塊狗肉，看着上首的道：「你也到口！」上首的那和尚，把兩隻袖子死掩了臉。智深道：「你不吃？」放過一個。把肉望下首的禪和子嘴邊塞將去。「塞」字妙。那和尚躲不迭，却待下禪床，智深把他劈耳朵揪住，將肉便塞。揪住一個。對床四五個禪和子跳過來勸時，上文只鬧得一邊，故又補出對床相勸來，則滿堂鬧遍矣。智深撇了狗肉，提起拳頭，去那光腦袋上「㓖㓖剝剝」只顧鑿。「鑿」字妙。【眉批】「㓖㓖剝剝」四字二見，其聲不必相同，而説來成片。滿堂僧衆大喊起來，都去櫃中取了衣鉢要走。此亂喚做「捲堂大散」，如火如錦。首座那裏禁約得住？

智深一味地打將出來，智深已打出來。大半禪客都躲出廊下來。躲出廊下來。監寺、都寺不與長老説知，叫起一班職事僧人，點起老郎、火工、道人、直廳、轎夫，約有一二百人，都執杖叉棍棒，盡使手巾盤頭，好看。一齊打入僧堂來。衆人又打入去。○方成「大鬧」。○不與長老説知，故鬧得快。智深見了，大吼一聲。別無器械，四字奇絶精絶。搶入僧堂裏，「搶入」二字，奇妙如火。蓋上文云智深一味地打將出來，衆人都趕在廊下，然則智深已在僧堂外矣。乃監寺、都寺點起二三百人，倒打入僧堂來，寫一時無紀之師，頭昏眼黑，可發一笑。然是猶未爲奇絶之文也。最奇者，二三百人打入僧堂，却撲了一個空，方思退出更尋智深也，乃今智深反從外邊搶入二三百人陣中，來尋軍器。「大鬧」之爲題，真不虛矣。佛面前，推翻供桌，撧兩條桌脚，從堂裏打將出來。再打出來。衆多僧行見他來得凶了，都拖了棒退到廊下。又退到廊下。智深兩條桌脚着地捲將來，衆僧早兩下合攏來。智深大怒，指東打西，指南打北，八字如錦如火。只饒了兩頭的。是廊下，妙妙。○如此叙事匆忙中，偏有此精細手眼，真是奇才。當時智深直打到法堂下，只見長老喝道：方成「大鬧」。○打出長老來，方是「大鬧」；若請出長老來，何足云「鬧」哉！「智深不得無禮！衆僧也休動手！」兩邊衆人被打傷了數十個，見長老來，各自退去。

智深見衆人退散，撇了桌脚，叫道：「長老，與洒家做主！」此時酒已七八分醒了。妙。○不下此語，定要醉到何時。○又使酒人偏是七八分醒時，最爲慚愧，寫來妙絶。長老道：「智深，你連累殺老僧！前番醉了一次，攪擾了一場，我教你兄趙員外得知，他寫書來與衆僧陪話。此事前文不見，却于此處補出，行文有犬牙相錯之法。今番你又如此大醉無禮，亂了清規，打坍了亭子，又打壞了金剛。這個且由他；你攪得衆僧捲堂而走，這個罪業非小！我這裏五臺山文殊菩薩道場，千百年清浄香火去處，如何容得你這等穢污！你且隨我來方丈裏過幾日，我安排你一個去處。」智深隨長老到方丈去，長老一面叫職事僧人留住衆禪客，再回僧堂，自去坐禪；完。打傷了的和尚，自去將息。完。長老領智深到方丈歇了一夜。【眉批】讀至此，真有颶風既息，田園如故之樂。○每每看書，要圖奇肆之篇，以爲快意；今讀至此處，不過收拾上文寥寥淺語耳，然亦殊以爲快者。半日看他兩番大鬧，亦大費我心魂矣；巴到此處，且圖個心魂少息。嗚呼！作書乃令讀者如此，雖欲不謂之才子，不可得也。

次日，真長老與首座商議，收拾了些銀兩賫發他，教他別處去，可先説與趙員外知道。是。長老隨即修書一封，使兩個直廳道人徑到趙員外莊上説知就裏，立等回報。趙員外看了來書，好生不然，員外出醜矣。回書來拜覆長老，説道：「壞了的金剛、亭子，趙某隨即備價來修；智深，任從長老發遣。」非員外薄情也，若非此句，則員外真像一個人，後日便不容易安置。他日智深下山，亦不可不特往别之矣。不如只如此丢却，何等省手乾浄。

長老得了回書，便叫侍者取領皂布直裰〔一〕，一雙僧鞋，往往寫長老愛之。十兩白銀，房中喚過智深。長老道：「智深，你前番一次大醉，鬧了僧堂，便是誤犯；今次又大醉，打壞了金剛，坍了亭子，捲堂鬧了選佛場，你這罪業非輕，又把衆禪客打傷了！我這裏出家，是個清浄去處。你這等做作，甚是不好！看你趙檀越面皮，與你這封書，投一個去處安身，我這裏決然安你不得了。我夜來看了，贈汝四句偈言，終身受用。」智深道：「師父教弟子那裏去安身立命？此四字是王進所説，世間淡泊，收拾不住，此語遂爲佛門所有。願聽俺師四句偈言。」

真長老指着魯智深，説出這幾句言語，去這個去處，有分教這人：笑揮禪杖，戰天下英雄好漢；怒掣戒刀，砍世上逆子讒臣。畢竟真長老與智深説出甚言語來，且聽下回分解。

〔一〕「叫」，貫華堂本作「對」，據葉瑶池本改。

第五才子書施耐庵水滸傳卷之九

聖歎外書

第四回　小霸王醉入銷金帳　花和尚大鬧桃花村

智深取却真長老書，若云「于路不則一日，早來到東京大相國寺」，則是二回書接連都在和尚寺裏，何處見其龍跳虎卧之才乎？此偏于路投宿，忽投到新婦房裏。夫特特避却和尚寺，而不必到新婦房，則是作者龍跳虎卧之才，猶爲不快也。嗟乎！耐庵真正才子也。真正才子之胸中，夫豈可以尋常之情測之也哉？

此回遇李忠，後回遇史進，都用一樣句法，以作兩篇章法，而讀之却又全然是兩樣事情，兩樣局面，其筆力之大不可言。

爲一女子弄出來，直弄到五臺山去做了和尚；及做了和尚弄下五臺山來，又爲一女子又幾乎弄出來。夫女子不女子，魯達不知也；弄出不弄出，魯達不知也；和尚不和尚，魯達不知也；上山與下山，魯達悉不知也。亦曰遇酒便吃，遇事便做，遇弱便扶，遇硬便打，如是而已矣，又烏知我是和尚，他是女兒，昔日弄出故上山，今日下山又弄出哉？如魯達救許多婦女，武松殺許多婦女；魯達酒醉打金剛，武松酒醉打大蟲；魯達打死鎮關西，武松殺死西門慶；魯達瓦官寺前試禪杖，武松蜈蚣嶺上試戒刀；魯達打周通，越醉越有本事，武松打蔣門神，亦越醉越有本事；魯達桃花山上，踏匾酒器，揣了滚下山去，武松鴛鴦樓上，踏匾酒器，揣了跳下城去：皆是相準而立，讀者不可不知。

要盤纏便偷酒器，要私走便滚下山去。人曰：「堂堂丈夫，奈何偷了酒器滚下山去？」公曰：「堂堂丈夫，做甚麽便偷不得酒器，滚不得下山耶？」益見魯達浩浩落落。

看此回書，須要處處記得魯達是個和尚。如銷金帳中坐，亂草坡上滚，都是光着頭一個人：故奇妙不可言。

寫魯達踏匾酒器偷了去後，接連便寫李、周二人分臟數語。其大其小，雖婦人小兒，皆洞然見之。作者真鼓之舞之，以盡神矣哉。

大人之爲大人也，自聽天下萬世之人諒之；小人之爲小人也，必要自己口中戛戛言之，或與其標榜之同輩一遞一唱，以張揚之。如魯達之偷酒器，李、周之分車仗，可不爲之痛悼乎耶？

話説當日智真長老道：「智深，你此間决不可住了。我有一個師弟，見在東京大相國寺住持，喚做智清禪師。我與你這封書去，投他那裏討個職事僧做。我夜來看了，贈汝四句偈子，你可終身受用，記取今日之言。」智深跪下道：「洒家願聽偈子。」長老道：「遇林而起，遇山而富，遇州而遷，遇江而止。」魯智深聽了四句偈子，拜了長老九拜，是宜三拜也，然而洒家不省得也，拜個不住，則是九拜矣。或曰：若此則何不十拜？曰：十拜者，數之辭也；九拜者，不數之辭也。拜個不數，則是九拜也。背了包裹、腰包、肚包，藏了書信，辭了長老並衆僧人。離了五臺山，徑到鐵匠間壁客店裏歇了，前所見「間壁一家」、「寫着父子客店」也。等候打了禪杖、戒刀完備就行。寺内衆僧得魯智深去了，無一個不歡喜。完衆僧。長老教火工、道人，自來收拾打壞了的金剛、亭子。完壞金剛、壞亭子。過不得數日，趙員外自將若干錢物來五臺山，再塑起金剛，重修起半山亭子，完新金剛、新亭子。不在話下。

再説這魯智深就客店裏住了幾日，連日爛醉，不言可知。等得兩件家生都已完備：做了刀鞘，又向戒刀上添出色澤來。把戒刀插放鞘内，禪杖却把漆來裹了。又向禪杖上添出色澤來。將些碎銀子賞了鐵匠，前許不肯食言，亦表兩件生活打得得意。蓋文人筆，美人鏡，亦猶是矣。背了包裹，跨了戒刀，提了禪杖，細。作別了客店主人並鐵匠，了。行程上路。過往人看了，果然是個莽和尚。亦在過往人眼中看出「莽和尚」三字來。

智深自離了五臺山文殊院，取路投東京來。行了半月之上，于路不投寺院去歇，已受大創也。○隔江望見刹竿，便吃一嚇，安肯復入這門來？只是客店内打火安身，此句夜飲。白日間酒肆裏買吃。此句晝飲。一日正行之間，貪看山明水秀，寫得魯達文秀。不覺天色已晚，趕不上宿頭。

路中又没人作伴，那裏投宿是好？又趕了三二十里田地，過了一條板橋，遠遠地望見一簇紅霞，樹木叢中閃着一所莊院，莊後重重疊疊都是亂山。伏一筆。魯智深道：「只得投莊上去借宿。」徑奔到莊前看時，見數十個莊家忙忙急急，搬東搬西。

魯智深到莊前，倚了禪杖，與莊客唱個喏。俗本作「打個問訊」。莊客道：「和尚，日晚來我莊上做甚的？」智深道：「洒家趕不上宿頭，欲借貴莊投宿一宵，明早便行。」莊客道：「我莊上今夜有事，歇不得。」智深道：「胡亂借洒家歇一夜，明日便行。」莊客道：「和尚快走，休在這裏討死！」智深道：「也是怪哉，歇一夜打甚麽不緊，怎地便是討死？」莊家道：「去便去，不去時便捉來縛在這裏！」莊主苦不可言，莊客已使新女婿勢頭矣。世間如此之事極多，寫來爲之一笑。魯智深大怒道：「你這厮村人好没道理！俺又不曾説甚的，便要綁縛洒家！」莊家們也有罵的，也有勸的。

魯智深提起禪杖，却待要發作，只見莊裏走出一個老人來。魯智深看那老人時，年近六旬之上，拄一條過頭柱杖，走將出來，喝問莊客：「你們鬧甚麽？」莊客道：「可奈這個和尚要打我們。」智深便道：「洒家是五臺山來的僧人，便不説「過往僧人」，魯達亦有賊智耶？要上東京去幹事，今晚趕不上宿頭，借貴莊投宿一宵。莊家那厮無禮，要綁縛洒家。」那老人道：「既是五臺山來的師父，隨我進來。」

智深跟那老人直到正堂上，分賓主坐下。那老人道：「師父休要怪，莊家們不省得師父是活佛去處來的，他作尋常一例相看。老漢從來敬信佛天三寶，佛者何也？天者何也？三寶者又何也？夫三寶者，佛法僧三是也。然則言三寶，不得又言佛也。佛者，三界大師，所謂天中天也。然則言佛，不得接言天也。今混帳云我敬佛天三寶，不知彼之所敬，爲何等事耶？嗟乎！滔滔者，天下皆是也。作者深哀其不達法相，故特于劉老口中調侃出之，凡以愧之也。雖是我莊上今夜有事，權且留師父歇一宵了去。」智深將禪杖倚了，起身唱個喏，俗本亦作「打個問訊」。謝道：「感承施主。洒家不敢動問貴莊高姓？」老人道：「老漢姓劉。此間喚做桃花村，好村名，可謂「桃之夭夭，灼灼其花」矣。鄉人都叫老漢做桃花莊劉太公。阿父桃花著名，令愛那不桃花坐命？皆作者憑空設色處。敢問師父法名，喚做甚麼諱字？」智深道：「俺的師父是智真長老，不惟源流明白，兼乃不背師長。與俺取了個諱字，因洒家姓魯，喚作魯智深。」

太公道：「師父請吃些晚飯。不知肯吃葷腥也不？」着。然只問葷腥，却偏不問酒。妙筆。魯智深道：「洒家不忌葷酒，太公只問「葷腥」，智深忽然自增出一「酒」字。妙筆。遮莫甚麼渾清白酒，都不揀選；反先説酒。牛肉、狗肉，但有便吃。次補肉。」太公道：「既然師父不忌葷酒，先叫莊客取酒肉來。」没多時，莊客掇張桌子，放下一盤牛肉，三四樣菜蔬，一雙箸，箸先有了，却不見盞。妙筆。放在魯智深面前。智深解下腰包、肚包，細。坐定。那莊客旋了一壺酒，「一壺」妙，下「一隻盞子」又妙。拿一隻盞子，盞子方纔來。只一雙箸，一隻盞，亦必搖擺出魯達好酒急情來，真正妙筆。篩下酒與智深吃。這魯智深也不謙讓，也不推辭，無一時，一壺酒、一盤肉都吃了。三四樣菜蔬，原物不動，寫五臺山師父絶倒。太公對席看見，呆了半晌。莊客搬飯來，又吃了。擡過桌子。只如此。太公分付道：「胡亂教師父在外面耳房中歇一宵，夜間如若外面熱鬧，不可出來窺望。」智深道：「敢問貴莊今夜有甚事？」太公道：「非是你出家人閑管的事。」先作一跌，妙絶。蓋「閑管」尚非出家人本色，後文乃至赤條條坐新婦銷金帳中，真絶倒之筆也。智深道：「太公緣何模樣不甚喜歡？莫不怪洒家來攪擾你麽？明日洒家算還你房錢便了。」太公道：「師父聽説：我家時常齋僧布施，那爭師父一個？只是我家今夜小女招夫，以此煩惱。」八字奇文。

魯智深呵呵大笑道：「男大須婚，女大必嫁。這是人倫大事，五常之禮，何故煩惱？」太公道：「師父不知：這頭親事不是情願與的。」智深大笑道：「太公，你也是個癡漢！既然不兩相情願，如何招贅做個女婿？」太公道：「老漢止有這個小女，今年方得一十九歲。六字奇文，寫盡莊漢懵懂。被此間有座山，唤做桃花山，近來山上有兩個大王，「近來」二字妙，照定李忠下筆。【眉批】一路並不説出大王名姓，只用「大王」二字便生出許多妙語來。如「引着大王」句、「大王摸進」句、「大王叫救」句、「勸得大王」句、「騎翻大王」句、「撇下大王」句、「大王扒出」句、「馬欺大王」句、「馱去大王」句，凡若干「大王」，猶如大珠小珠滿盤迸落。蓋自有「大王」二字以來，未有狼狽如斯之甚者也。扎了寨栅，聚集着五七百人，打家劫舍。此間青州官軍捕盗，禁他不得。因來老漢莊上討進奉，見了老漢女兒，撇下二十兩金子、一匹紅錦爲定禮，選着今夜好日，晚間來入贅老漢莊上。又和他爭執不得，只得與他，因此煩惱。非是爭師父一個人。」又答還一句。

智深聽了道：「原來如此。洒家有個道理，教他回心轉意，不要娶你女兒，如何？」魯達凡三事，都是婦女身上起。第一爲了金老女兒，做了和尚；第二既做和尚，又爲劉老女兒；第三爲了林冲娘子，和尚都做不得。然又三處都是酒後，特特寫豪傑親酒遠色，感慨世人不少。太公道：「他是個殺人不眨眼魔君，你如何能夠得他回心轉意？」智深道：「酒家在五臺山真長老處，學得說因緣。便是鐵石人，也勸得他轉。前說「有個道理」「回心轉意」，原欲以鄭屠之法治之。只因老兒「如何能够」一句，便隨口嘈出「說因緣」來，冒冒失失，爲下文一笑。今晚可教你女兒別處藏了，俺就你女兒房内說因緣勸他，便回心轉意。」太公道：「好却甚好，只是不要捋虎鬚。」智深道：「酒家的不是性命？是魯達語，他人說不出。○快絶妙絶，一句抵千百句。你只依着俺行。」太公道：「却是好也！我家有福，得遇這個活佛下降！」莊客聽得，都吃一驚。照前厮打，妙絶文情。

太公問智深：「再要飯吃麽？」智深道：「飯便不要吃，有酒再將些來吃。」前一壺酒，何足道哉！既要智深幹事，定應再與痛飲。然在智深既不可自討，在太公又不可直問。何則？若智深自討，則太公驚喜奉承之意不見；若太公直問，則又不似敬重三寶之太公，所以待活佛去處之師父也。故作者于此，反覆推敲，算出問飯來，而智深接口云：飯便不吃，酒再將來。一時賓主酬酢，如火似錦矣。太公道：「有！有！」二「有」字，寫出太公分外驚喜奉承。隨即叫莊客取一隻熟鵝，大碗斟將酒來，叫智深盡意吃了三二十碗，那隻熟鵝也吃了。叫莊客將了包裹，先安放房裏，細。提了禪杖，帶了戒刀，細。問道：「太公，你的女兒躲過了不曾？」太公道：「老漢已把女兒寄送在鄰舍莊裏去了。」智深道：「引小僧新婦房裏去。」處處自稱「洒家」，此獨云「小僧」者，爲「新婦房裏」四字，合成妙語，以發一笑也。太公引至房邊，指道：「這裏面便是。」智深道：「你們自去躲了。」太公與衆莊客自出外面安排筵席。智深把房中桌椅等物都掇過了，將戒刀放在床頭，禪杖把來倚在床邊。劉老女把銷金帳子下了，脱得赤條條地，銷金帳中赤條條一個和尚，奇也，孫郎妹耶？何其房中甚似孫也？跳上床去坐了。奇文。

太公見天色看看黑了，叫莊客前後點起燈燭熒煌，就打麥場上放下一條桌子，上面擺着香花燈燭。一面叫莊客大盤盛着肉，大壺温着酒。約莫初更時分，只聽得只聽得。山邊鑼鳴鼓響。這劉太公懷着鬼胎，雖寫怕極之語，然亦故作奇文。女兒做親，丈人先懷鬼胎耶？莊家們都捏着兩把汗，盡出莊門外看時，只見只見。遠遠地四五十火把，照耀如同白日，一簇人馬飛奔莊上來。劉太公看見，便叫莊客大開莊門，前來迎接。只見前遮後擁，明晃晃的都是器械旗鎗，盡把紅緑絹帛縛着。高興。小嘍囉頭上亂插着野花。高興。○此處特地寫，非爲新郎裝幌，總爲後文反映也。前面擺着四五對紅紗燈籠，照着馬上那個大王：紅紗燈照出大王來，奇筆。頭戴撮尖乾紅凹面巾，鬢傍邊插一枝羅帛像生花，上穿一領圍虎體挽羢金繡緑羅袍，腰繫一條稱狼身銷金包肚紅搭膊，着一雙對掩雲跟牛皮靴，騎一匹高頭捲毛大白馬。高興。

那大王來到莊前，下了馬，只見衆小嘍囉齊聲賀道：「帽兒光光，今夜做個新郎；衣衫窄窄，今夜做個嬌客。」高興。劉太公慌忙親捧臺盞，斟下一杯好酒，跪在地下，衆莊客都跪着。那大王把手來扶道：「你是我的丈人，如何倒跪我？」太公道：「休説這話，老漢只是大王治下管的人户。」那大王已有七八分醉了，已有七八分醉了。呵呵大笑道：「我與你家做個女婿，也不虧負了你。你的女兒匹配我，也好。」劉太公把了下馬杯。又是下馬杯。來到打麥場上，見了香花燈燭，便道：「泰山，何須如此迎接？」那裏又飲了三杯。又飲了三杯。來到廳上，喚小嘍囉教把馬去繫在緑楊樹上。大王親口分付，教把馬繫在緑楊樹上，如何後遂忘之？〇既來入贅，則非少頃便歸者矣。據理，定應把這馬寄養在太公家槽裏。今只爲後文一笑，故有此一筆。小嘍囉把鼓樂就廳前擂將起來。高興。

大王上廳坐下，叫道：「丈人，我的夫人在那裏？」太公道：「便是怕羞，不敢出來。」大王笑道：「且將酒來，我與丈人回敬。」那大王把了一杯，便道：「我且和夫人廝見了，却來吃酒未遲。」那劉太公一心只要那和尚勸他，便道：趣語。「老漢自引大王去。」拿了燭臺，引着大王，轉入屏風背後，直到新人房前。太公指與道：「此間便是，請大王自入去。」太公拿了燭臺一直去了，未知凶吉如何，先辦一條走路。妙。

那大王推開房門，見裏面黑洞洞地。絶倒。大王道：「你看我那丈人是個做家的人：房裏也不點碗燈，由我那夫人黑地裏坐地。「做家的人」，乃至爲賊所笑，哀哉！明日叫小嘍囉山寨裏扛一桶好油來，與他點！」明日回想此語，幾成布施燈油。魯智深坐在帳子裏都聽得，忍住笑，不做一聲。七字無數情景。那大王摸進房中，六字奇文。「大王」字與「摸」字不連，大王「摸」字與「房中」字不連：思之發笑。叫道：「娘子，你如何不出來接我？你休要怕羞，我明日要你做壓寨夫人。」一頭叫「娘子」，一面摸來摸去。一摸摸着銷金帳子，便揭起來，探一隻手入去摸時，摸着魯智深的肚皮。接連六個「摸」字，忽然接一個「肚皮」字，雖欲不笑，不可得也。〇意在肚皮之下，不料乃遇吾師。被魯智深就勢劈頭巾帶角兒揪住，一按按將下床來。那大王却待掙扎，六字奇文。「大王」字與「掙扎」字不連。魯智深把右手捏起拳頭，罵一聲：「直娘賊！」連耳根帶脖子只一拳，舊時本色。那大王叫一聲道：「甚麽便打老公？」此句情理所無，只是扯作趣語，以發一笑耳。魯智深喝道：「教你認得老婆！」拖倒在床邊，拳頭脚尖一齊上，絶倒。○老公老婆，接口明快。打得大王叫「救人！」七字奇文。「大王」字與「叫」字不連，「打」字與「大王」字不連，「大王」叫「救人」字不連，打得「大王」叫「救人」字不連。

劉太公驚得呆了：只道這早晚正說因緣勸那大王，捎帶一句，妙趣。却聽得裏面叫「救人」。只謂是和尚。太公慌忙把着燈燭，引了小嘍囉，一齊搶將入來。衆人燈下打一看時，衆人眼中看出。只見一個胖大和尚，赤條條不着一絲，騎翻大王在床面前打。如火如錦。○「騎翻大王」四字奇文：錦衣花帽大王，背上馱着一個赤條條和尚，豈不怪哉！爲頭的小嘍囉叫道：「你衆人都來救大王！」「救」字與「大王」字不連。衆小嘍囉一齊拖鎗拽棒，打將入來救時，魯智深見了，撇下大王，「撇下」字與「大王」字不連。床邊綽了禪杖，着地打將出來。禪杖小小發個利市。小嘍囉見來得凶猛，發聲喊，都走了。劉太公只管叫苦。

打鬧裏，三字絶倒。那大王爬出房門，六字奇文。「大王」字，「爬」字，「房門」字，從來不曾連也。奔到門前，摸着空馬，是空馬。樹上折枝柳條，不必折枝柳條也，恐讀者忘却前文馬繫緑楊樹句，故借此提之，以爲一笑也。「托」地跳在馬背上，把柳條便打那馬，却跑不去。奇文。大王道：「苦也！這馬也來欺負我！」「也來」二字妙，隱隱藏一句罵在內。猶言「禿驢欺負我可也，何至空馬也來欺負耶？」再看時，原來心慌，不曾解得韁繩。奇文。連忙扯斷了，騎着㩎馬飛走。出得莊門，大罵劉太公：「老驢休慌！不怕你飛了去！」把馬打上兩柳條，「撥喇喇」地馱了大王上山去。「馱」字妙絶，言非大王尚能騎馬，馬馱大王還山耳。

劉太公扯住魯智深道：是。「師父！你苦了老漢一家兒了！」魯智深説道：「休怪無禮。言赤條條也。○只四字，亦非魯達説不出。且取衣服和直裰來，洒家穿了説話。」如此筆力，真是心閑手敏。莊家去房裏取來，智深穿了。太公道：「我當初只指望你説因緣，勸他回心轉意，誰想你便下拳打他這一頓。定是去報山寨裏大隊强人來殺我家！」智深道：「太公休慌。俺説與你：洒家不是别人，俺是延安府老种經略相公帳前提轄官，爲因打死了人，出家做和尚。休道這兩個鳥人，便是一二千軍馬來，洒家也不怕他。你們衆人不信時，提俺禪杖看。」爲禪杖出色寫一句。莊客們那裏提得動？爲禪杖出色寫。智深接過來手裏，一似撚燈草一般使起來。爲禪杖出色寫。○非是魯達兒氣，新禪杖實實得意耳。

太公道：「師父休要走了去，却要救護我們一家兒使得！」智深道：「恁麽閑話！俺死也不走！」魯達語。太公道：「且將些酒來師父吃，休得要抵死醉了。」太公語。○無計留君，只得是酒，然醉了動撣不得，又要公何爲哉？二句無數曲折，妙絶。魯智深道：「洒家一分酒，只有一分本事；十分酒，便有十分的氣力！」魯達與武松作一聯，此等語俱要牢記，與後武松對看。太公道：「恁地時最好。我這裏有的是酒肉，只顧教師父吃。」

且説這桃花山大頭領坐在寨裏，正欲差人下山來，打聽做女婿的二頭領如何。捎帶。只見數個小嘍囉，氣急敗壞，四字奇文，一字不可更易。○頭上野花都不見了，謂之「敗壞」也。走到山寨裏叫道：「苦也！苦也！」大頭領連忙問道：「有甚麽事，慌做一團？」小嘍囉道：「二哥哥吃打壞了！」大頭領大驚，正問備細，只見報道：八字過得快，便令文字省了多少。「二哥哥來了！」大頭領看時，只見二頭領紅巾也没了，身上緑袍扯得粉碎，下得馬，倒在廳前，口裏説道：「哥哥救我一救！」只得一句。畫出絶倒。○「只得一句」四字，畫出氣急敗壞人。俗本恰失此四字。大頭領問道：「怎麽來？」二頭領道：「兄弟下得山，到他莊上，入進房裏去。叵耐那老驢把女兒藏過了，却教一個胖和尚躲在他女兒床上。和尚女兒，述來一笑。我却不隄防，揭起帳子摸一摸。吃那廝揪住，一頓拳頭脚尖，打得一身傷損！那廝見衆人入來救應，放了手，提起禪杖打將出去，因此我得脱了身，拾得性命。哥哥與我做主報讎！」大頭領道：「原來恁地。你去房中將息，我與你去拿那賊禿來！」喝叫左右：「快備我的馬來，衆小嘍囉都去！」大頭領上了馬，綽鎗在手，盡數引了小嘍囉，非寫大哥氣憤，正寫和尚了得。一齊吶喊下山來。

再説魯智深正吃酒哩，神筆。○此老豈淺斟細酌者哉？一個大王去，一個大王來，而猶在吃酒，則酒量爲何如也？俗筆便要説：是時魯某，又吃了二三十碗酒矣。莊客報道：「山上大頭領盡數都來了！」智深道：「你等休慌。洒家但打翻的，你們只顧縛了，解去官司請賞。取俺的戒刀出來。」禪杖先前直打出來，戒刀還在房中，細妙無雙。魯智深把直裰脱了，拽扎起下面衣服，跨了戒刀，大踏步提了禪杖，出到打麥場上。只見大頭領在火把叢中，如畫。○讀者至此，又忘是夜間矣，忽提四字醒之。一騎馬搶到莊前，馬上挺着長鎗，高聲喝道：「那禿驢在那裏？早早出來決個勝負！」智深大怒，罵道：「腌臢打脊潑才！叫你認得洒家！」此語照耀下文，有七玲八瓏之妙。○與後史進文一樣，作章法。輪起禪杖，着地捲起來。

那大頭領逼住鎗，能。大叫道：「和尚，且休要動手。你的聲音好厮熟，與後史進文一樣，作章法。你且通個姓名。奇文。」魯智深道：「洒家不是別人，七玲八瓏語。老种經略相公帳前提轄魯達的便是。「便是」二字妙，七玲八瓏語。如今出了家做和尚，喚作魯智深。」「如今」二字妙，七玲八瓏語。【眉批】有得説姓名藏頭露尾，此處偏叙得快爽者，正爲李忠認得作勢也。那大頭領呵呵大笑，滚下馬，撇了鎗，撲翻身便拜奇文。道：「哥哥別來無恙。可知二哥着了你手！」魯智深只道賺他，「托」地跳退數步，好。把禪杖收住，好。定睛看時，好。火把下妙絶。認得不是別人，李忠認得魯達，魯達却不記得李忠者，所謂卿自難記，非魯達過也。却是江湖上使鎗棒賣藥的教頭打虎將李忠。原來强人下拜，不説此二字，爲軍中不利，只喚做「剪拂」，此乃吉利的字樣。何以知之？李忠當下剪拂了起來，扶住魯智深道：「哥哥，緣何做了和尚？」要問。智深道：「且和你到裏面説話。」劉太公見了，又只叫苦：「這和尚原來也是一路！」百忙中下此一筆，妙絶，遂令行文曲折之甚。

魯智深到裏面，再把直裰穿了，精細之筆。和李忠都到廳上叙舊。魯智深坐在正面，好看。喚劉太公出來，那老兒不敢向前。智深道：「太公休怕他，他是俺的兄弟。」那老兒見説是「兄弟」，心裏越慌，又不敢不出來。妙妙，曲折之甚。李忠坐了第二位，太公坐了第三位。好看。魯智深道：「你二位在此：不倫不類，説出四字。○以地主言之，則智深與太公是二位，李忠則强盗也；以江湖言之，則智深與李忠是二位，太公則閑人也。今偏從智深口中，説李忠、太公做一路，寫得魯達天空海闊，豪傑聖賢，觸之則菩薩亦須吃刀，順之則狼虎抱之同卧，真爲神化之筆也。俺自從渭州三拳打死了鎮關西，逃走到代州雁門縣，因見了洒家賫發他的金老。那老兒不曾回東京去，却隨個相識，也在雁門縣住。他那個女兒，就與了本處一個財主趙員外。和俺廝見了，好生相敬。亦復不忘。不想官司追捉得洒家要緊，那員外陪錢感恩語。送俺去五臺山智真長老處，落髮爲僧。洒家因兩番酒後四字儒雅。鬧了僧堂，本師長老與俺一封書，教洒家去東京大相國寺，投托智清禪師，討個職事僧做。因爲天晚，到這莊上投宿，不想與兄弟相見。輕輕二字，説來可笑，可謂不以玉帛，而以兵戎矣。却纔俺打的那漢是誰？因親及親，有此一問，恩深義重。你如何又在這裏？要問。」

李忠道：「小弟自從那日與哥哥在渭州酒樓上，同史進三人分散，次日聽得説哥哥打死了鄭屠。我去尋史進商議，他又不知投那裏去了。于無意中補出史進，却又不甚明白，真有熠耀之妙。小弟聽得差人緝捕，慌忙也走了，却從這山下經過。却纔被哥哥打的那漢，先在這裏桃花山扎寨，唤作『小霸王』周通。那時引人下山來和小弟廝殺，被我贏了他，留小弟在山上爲寨主，讓第一把交椅教小弟坐了，以此在這裏落草。」智深道：「既然兄弟在此，劉太公這頭親事再也休題！魯達語，何等爽直。他止有這個女兒，要養終身，不爭被你把了去，教他老人家失所。」真正佛説因緣經，是非强盗之所知也。

太公見説了，大喜，方纔大喜。安排酒食出來黄昏整備未用，故來得快。管待二位。小嘍囉們每人兩個饅頭，兩塊肉，一大碗酒，皆黄昏所備筵席。都教吃飽了。太公將出原定的金子緞匹，精細。魯智深道：「李家兄弟，叫得親切。你與他收了去，爽直。這件事都在你身上。爽直。」○真是看得天下無難事。李忠道：「這個不妨事。且請哥哥去小寨住幾時，劉太公也走一遭。奇語。」○爲要當面决絶親事，故特放此一句；不然，則亦作别太公矣。然讀者以爲大奇。

太公叫莊客安排轎子，擡了魯智深，帶了禪杖、戒刀、行李；細。李忠也上了馬，太公也坐了一乘小轎，奇景，却不道丈人來也。却早天色大明。可見忙了一夜。衆人上山來，智深、太公到得寨前，下了轎子；李忠也下了馬，邀請智深入到寨中，向這聚義廳上，三人坐定。周通未出，太公不妨權坐；及後請出周通來，太公只立了不坐，都妙。李忠叫請周通出來。周通見了和尚，心中怒道：「哥哥却不與我報讎，倒請他來寨裏，讓他上面坐！」李忠道：「兄弟，你認得這和尚麽？」周通道：「我若認得他時，須不吃他打了。」李忠笑道：「這和尚，便是我日常和你説的三拳打死鎮關西的，便是他。」不必更出名字，已自震雷貫耳。周通把頭摸一摸，叫聲：「阿呀！」撲翻身便剪拂。寫出平日貫耳。魯智深答禮道：「休怪衝撞。」

三個坐定，劉太公立在面前。叙得妙，有文有理，其此句之謂矣。蓋太公此來，止爲要了當親事耳，若亦坐下，則將令周通、李忠椎牛宰馬，管待太公耶？魯智深便道：「周家兄弟，叫得親切。你來聽俺説：劉太公這頭親事，你却不知，真正因緣，强盜何知？他只有這個女兒，養老送終，承祀香火，都在他身上。你若娶了，教他老人家失所，他心裏怕不情願。此句又帶一曲，可謂善説因緣矣。你依着洒家，把來棄了，放過太公，攬歸自己，既壓之以不得不從之勢，又善化其不能相忘之心。粗鹵如魯達，有此曲折語，益見其妙也。别選一個好的。原定的金子緞匹，將在這裏。你心下如何？」要知此句不是軟語，正是硬語。周通見不是頭，所以折箭也。周通道：「並聽大哥言語，兄弟再不敢登門。」智深道：「大丈夫作事，却要休翻悔。」再勒一句，妙絶。○爽快是魯達天性，此偏多用勾勒，乃愈見其爽快。妙絶。周通折箭爲誓，魯達非此不信，非周通性直也。劉太公拜謝了，納還金子緞匹，自下山回莊去了。完劉太公。

李忠、周通椎牛宰馬,安排筵席,管待了數日。引魯智深山前山後觀看景致,果是好座桃花山:强盜豈會游山耶,只爲「亂草」一句耳。生得凶怪,四圍嶮峻,單單只一條路上去,四下裏漫漫都是亂草。伏一句。智深看了,道:「果然好險隘去處!」

住了幾日,魯智深見李忠、周通不是個慷慨之人,作事慳吝,只要下山。兩個苦留,那裏肯住?只推道:「俺如今既出了家,如何肯落草。」李忠、周通道:「哥哥既然不肯落草,要去時,我等明日下山,但得多少,盡送與哥哥作路費。」次日,山寨裏一面殺羊宰猪,且做送路筵席,安排整頓許多金銀酒器,設放在桌上。好笑。正待入席飲酒,只見小嘍囉報來,説:「山下有兩輛車,十數個人來也!」李忠、周通見報了,點起衆多小嘍囉,只留一兩個伏侍魯智深飲酒。兩個好漢道:「哥哥只顧請自在吃幾杯,我兩個下山去,取得財來,就與哥哥送行。」分付已罷,引領衆人下山去了。

且説這魯智深尋思道:「這兩個人好生慳吝!見放着有許多金銀,却不送與俺,直等要去打劫得別人的,送與洒家。這個不是把官路當人情,只苦別人?駡盡千載。洒家且教這厮吃俺一驚!」便唤這幾個小嘍囉近前來篩酒吃,方纔吃得兩盞,跳起身來,兩拳打翻兩個小嘍囉,便解搭膊做一塊兒捆了,口裏都塞了些麻核桃。何處得來?便取出包裹打開,没要緊的都撇了,只拿了桌上金銀酒器,都踏匾了,拴在包裹。胸前度牒袋内,藏了真長老的書信,跨了戒刀,提了禪杖,頂了衣包,數筆看他折叠無數。便出寨來。到後山,打一望時,都是嶮峻之處,却尋思道：「洒家從前山去時，一定吃那厮們撞見，不如就此間亂草處滚將下去。」先把戒刀和包裹拴了，望下丢落去，又把禪杖也攛落去；却把身望下只一滚，骨碌碌直滚到山脚邊，爽快，自是天性。並無損傷。傷損容亦有之，然説他則甚，則不如「並無傷損」之乾淨也。跳將起來，尋了包裹，跨了戒刀，拿了禪杖，拽開脚步，取路便走。

再説李忠、周通下到山邊，正迎着那數十個人，各有器械，妙筆。〇不因此句，則兩條好漢取十數個客人，何須一刻工夫，魯達如何做得許多手脚？今特地放此一語，便不免挺刀相鬥，騰那出工夫來，爲魯達偷酒器之地，蓋非世人所知也。李忠、周通挺着鎗，小嘍囉吶着喊，搶向前來，喝道：「兀那客人，會事的留下買路錢！」那客人内有一個便撚着朴刀來鬥李忠。一來一往，一去一回，鬥了十餘合，不分勝負。是好一回工夫矣。周通大怒，趕向前來喝一聲，衆小嘍囉一齊都上，那夥客人抵當不住，轉身便走。有那走得遲的，早被搠死七八個。劫了車子財物，和着凱歌，慢慢地上山來。「慢慢」妙，又好一回工夫也。到得寨裏，打一看時，只見兩個小嘍囉捆做一塊在亭柱邊，桌子上金銀酒器都不見了。

周通解了小嘍囉，問其備細：「魯智深那裏去了？」小嘍囉説道：「把我兩個打翻捆縛了，捲了若干器皿，都拿了去。」周通道：「這賊秃不是好人！倒着了那厮手脚，却從那裏去了？」團團尋踪迹到後山，見一帶荒草平平地都滚倒了。周通看了道：「這秃驢倒是個老賊！這般嶮峻山岡，從這裏滚了下去。」李忠道：「我們趕上去問他討，也羞那厮一場！」周通道：「罷，罷！賊去了關門，那裏去趕？便趕得着時，也問他取不成。是。倘有些不然起來，我和你又敵他不過，後來到難廝見了。不如罷手，後來倒好相見。非真寫周通圖着後日也，蓋爲如此便足矣，定要去討，如何了結故也。我們且自把車子上包裹打開，將金銀緞匹分作三分，我和你各捉一分，于偷酒器者，優劣如何？一分賞了衆小嘍囉。」李忠道：「是我不合引他上山，折了你許多東西，我的這一分都與了你。」于偷酒器如何？周通道：「哥哥，我和你同死同生，休恁地計較。」于偷酒器如何？看官牢記話頭，這李忠、周通自在桃花山打劫。洒家記得。

再説魯智深離了桃花山，放開脚步，從早晨直走到午後，約莫走下五六十里多路，肚裏又饑，四字爲後一回眼目，牢牢記之。路上又没個打火處，尋思：「早起只顧貪走，不曾吃得些東西，却投那裏去好？」東觀西望，猛然聽得遠遠地鈴鐸之聲。魯智深聽得道：「好了！不是寺院，便是宫觀，風吹得檐前鈴鐸之聲。洒家且尋去那裏投奔。」

不是魯智深投那個去處，有分教：半日裏送了十餘條性命生靈，一把火燒了有名的靈山古迹。直教：黄金殿上生紅燄，碧玉堂前起黑烟。畢竟魯智深投甚麽寺觀來，且聽下回分解。

第五才子書施耐庵水滸傳卷之十

聖歎外書

第五回　九紋龍剪徑赤松林　魯智深火燒瓦官寺

吾前言，兩回書不欲接連都在叢林，因特幻出新婦房中銷金帳裏以間隔之，固也；然惟恐兩回書接連都在叢林，而必別生一回不在叢林之事以間隔之，此雖才子之才，而非才子之大才也。夫才子之大才，則何所不可之有？前一回在叢林，後一回何妨又在叢林？不寧惟是而已，前後二回都在叢林，何妨中間再生一回復在叢林？夫兩回書不欲接連都在叢林者，才子教天下後世以避之之法也。若兩回書接連都在叢林，而中間反又加倍寫一叢林者，才子教天下後世以犯之之法也。雖然，避可能也，犯不可能也，夫是以才子之名畢竟獨歸耐庵也。

吾讀瓦官一篇，不勝浩然而歎。嗚呼！世界之事亦獨是矣。耐庵忽然而寫瓦官，千載之人讀之，莫不盡見有瓦官也；耐庵忽然而寫瓦官被燒，千載之人讀之，又莫不盡見瓦官被燒也。然而一卷之書，不盈十紙，瓦官何因而起，瓦官何因而倒，起倒只在須臾，三世不成戲事耶？又攤書于几上，人憑几而讀，其間面與書之相去，蓋未能以一尺也。此未能一尺之間，又蕩然其虛空，何據而忽然謂有瓦官，何據而忽然又謂燒盡，顛倒畢竟虛空，山河不又如夢耶？嗚呼！以大雄氏之書，而與凡夫讀之，則謂「香風萎花」之句，可入詩料；以北《西廂》之語，而與聖人讀之，則謂「臨去秋波」之曲，可悟重玄。夫人之賢與不肖，其用意之相去，既有如此之别，然則如耐庵之書，亦顧其讀之之人何如矣。夫耐庵則又安辯其是稗官，安辯其是菩薩現稗官耶？

一部《水滸傳》，悉依此批讀。

通篇只是魯達紀程圖也，乃忽然飛來史進、忽然飛去史進者，非此魯達于瓦官寺中真了不得，而必借助于大郎也。亦爲前者渭州酒樓三人分手，直至于今，都無下落。昨在桃花山下，雖曾收到李忠，然而李忠之與大郎，其重其輕相去則不但丈尺而已也。乃今李忠反已討得着實，而大郎猶自落在天涯，然則茫茫大宋，斯人安在者乎？況于過此以往，一到東京，便有豹子頭林冲之一事，作者此時即通身筆舌，猶恨未及，其何暇更以閑心閑筆來照到大郎也？不得已，因向瓦官寺前穿插過去。嗚呼！誰謂作史爲易事耶！

真長老云：「便打壞三世佛，老僧亦只得罷休。」善哉大德！真可謂通達罪福相，遍照于十方也。若清長老則云：「侵損菜園，得他壓伏。」嗟乎！以菜園爲莊産，以衆生爲怨家，如此人亦復匡徒領衆，儼然稱師，殊可怪也。夫三世佛之與菜園，則有間矣。三世佛猶罷休，則無所不罷休可知也；菜園猶不罷休，然則如清長老者，又可損其毫毛乎哉！作者于此三致意焉。以真入五臺，以清占東京，意蓋謂一是清涼法師，一是鬧熱光棍也。

此篇處處定要寫到急殺處，然後生出路來，又一奇觀。

此回突然撰出不完句法，乃從古未有之奇事。如智深跟丘小乙進去，和尚吃了一驚，急道：「師兄請坐，聽小僧說。」此是一句也。却因智深睁着眼，在一邊夾道：「你說！你說！」于是遂將「聽小僧」三字隔在上文，「說」字隔在下文，一也。智深再回香積厨來，見幾個老和尚，「正在那裏」怎麽，此是一句也，却因智深來得聲勢，于是遂于「正在那裏」四字下，忽然收住，二也。林子中史進聽得聲音，要問「姓甚名誰」，此是一句也，却因智深鬥到性發，不睬其問，于是「姓甚」已問，「名誰」未説，三也。凡三句不完，却又是三樣文情，而總之只爲描寫智深性急。此雖史遷，未有此妙矣。

話説魯智深走過數個山坡，見一座大松林，一條山路。隨着那山路行去，走不得半里，擡頭看時，一個「看時」。却見一所敗落寺院，離了一個叢林，要到一個叢林；未到那個叢林，先到這個叢林。又兩頭兩個叢林，極其興旺；中閑一個叢林，極其敗落：寫得筆墨淋漓，興亡滿目。〇前篇吾言出一叢林，入一叢林，便令兩回書接連都在叢林中，故特特幻出一個新婦房中、銷金帳子，以間隔之也。乃作者忽又自念叢林接連，正復何妨，亦顧我之才調何如耳。我誠出其珠玉錦繡之心，迴旋結撰，則雖三叢林接連，正自横峰側嶺，豈有兩叢林接連，便成棘手耶？是以遂有此篇也。〇又爲新打禪杖未曾出色一寫，故有此篇，讀者又應留眼。被風吹得鈴鐸響，七字補出「檯頭」之故，謂之倒句。看那山門時，兩個「看時」。上有一面舊朱紅牌額，内有四個金字，都昏了，只用三個字，寫廢寺入神，抵無數「墻坍壁倒」語，又是他人極力寫不出、想不來者。寫着「瓦官之寺」。魯達本不識字，今忽叙出四字，乃眼有四字之形，非口出四字之文也。又行不得四五十步，過座石橋，入得寺來，便投知客寮去。是五臺僧人。○看他節節次次。只見知客寮門前，大門也没了，四圍壁落全無。智深尋思道：「這個大寺，如何敗落得恁地？」直入方丈前，看時，三個「看時」。○節節次次。只見滿地都是燕子糞，下五臺是二月天氣，恐讀者忘却，特用燕子糞隱隱約約點出之。門上一把鎖鎖着，鎖上盡是蜘蛛網。智深把禪杖就地下搠着，禪杖一。叫道：「過往僧人來投齋！」叫了半日，没一個答應。回到香積厨下看時，四個「看時」。○節節次次。鍋也没了，竈頭都塌了。

智深把包裹解下，放在監齋使者面前，魯達主意是尋飯吃，故特將全副行李，坐住在監齋使者身上，妙絶。提了禪杖，到處尋去。禪杖二。尋到厨房後面一間小屋，見幾個老和尚坐地，一個個面黄肌瘦。智深喝一聲道：「你們這和尚好没道理！由洒家叫唤，没一個應！」那和尚摇手道：「不要高聲。」奇文。智深道：「俺是過往僧人，討頓飯吃，有甚利害？」老和尚道：「我們三日不曾有飯落肚，那裏討飯與你吃？」智深道：「俺是五臺山來的僧人，粥也胡亂請洒家吃半碗。」遂至于此。○此一物，料定魯達生平未嘗，寫英雄失路可歎。○「粥」字漸引而出，不欲作突然之筆也。老和尚道：「你是活佛去處來的，我們合當齋你。爭奈我寺中僧衆走散，並無一粒齋糧，老僧等端的餓了三日！」智深道：「胡説！這等一個大去處，不信没齋糧。」

老和尚道：「我這裏是個非細去處，于文殊相國又何如？前映後帶，興亡在目，誦之心傷。只因是十方常住，被一個雲游和尚引着一個道人來此住持，把常住有的没的都毁壞了。他兩個無所不爲，把衆僧趕出去了。我幾個老的走不動，只得在這裏過，因此没飯吃。」智深道：「胡説！量他一個和尚、一個道人，做得甚事？却不去官府告他？」老和尚道：「師父，你不知，這裏衙門又遠，便是官軍也禁不得的。他這和尚、道人好生了得，都是殺人放火的人！如今向方丈後面一個去處安身。」智深道：「這兩個唤做甚麽？」老和尚道：「那和尚姓崔，法號道成，綽號『生鐵佛』。道人姓丘，排行小乙，綽號『飛天藥叉』。這兩個那裏似個出家人，只是緑林中强賊一般，把這出家影占身體！」于老和尚口中述二賊也，却偏似直罵魯達者，奇絶妙絶。

智深正問間，猛聞得一陣香來。瞥然截住，轉出奇文。智深提了禪杖，禪杖三。踅過後面打一看時，五個「看時」。見一個土竈蓋着一個草蓋，氣騰騰透將起來。智深揭起看時，六個「看時」。煮着一鍋粟米粥。土竈「土」字[一]，草蓋「草」字，粟米粥「粟米」字，皆寫荒凉。智深罵道：「你這幾個老和尚没道理！只説三日没飯吃，如今見煮一鍋粥。出家人何故説謊？」是受戒過人語。○出家人何故飲酒？出家人何故吃狗吃蒜？出家人何故毁像壞寺？出家人何故打人？出家人何故入婦女房中，坐婦女床上？出家人何故破人婚姻？出家人何故偷人酒器？出家人何故後山逃走？那幾個老和尚被智深尋出粥來，只叫得苦，把碗碟、鈴頭、杓子、水桶都搶過了。妙絶。○餓極矣，尋出粥來，已是

[一]「『土』字」，貫華堂本作「『上』字」，據葉瑶池本改。

絶處逢生，却又搶過碗碟杓子，遂令生處又絶。行文險仄，令我心驚。○碗碟杓子，是吃粥家伙，搶過可也；至于水桶，亦都搶過，作者險仄之情，何其奇妙乎！至于水桶都搶過，而人急計生，生出春檯來，則豈一時所能料哉？【眉批】此一回文中，看他尋出粥，又搶去碗；背後脚步響，又不敢回頭；拖杖便走，又趕鬥幾合；避却兩個，又撞着一個；問姓名不肯答，又鬥十四五合：皆務要逼到極險極仄處，自顯筆力，讀者不可不知。智深肚饑，句。没奈何，句。見了粥，句。要吃，句。没做道理處。句。○行文至此，絶矣，更無路矣。只見竈邊破漆春檯，只有些灰塵在上面。奇絶，何關吃粥哉。智深見了，人急智生，便把禪杖倚了，禪杖四。就竈邊拾把草，把春檯揩抹了灰塵，奇絶。雙手把鍋掇起來，奇絶。把粥望春檯只一傾。奇絶，文情如火如錦。那幾個老和尚都來搶粥吃，看手。被智深一推一交，倒的倒了，走的走了。智深却把手來捧那粥吃。如火如錦。纔吃幾口，那老和尚道：「我等端的三日没飯吃！却纔去那裏抄化得這些粟米，胡亂熬些粥吃，你又吃我們的！」

智深吃五七口，聽得了這話，便撇了不吃。實是智深不喜吃粥，非哀老和尚數言也。只聽得外面有人嘲歌。陡然接過，真正奇文。智深洗了手，細。提了禪杖，禪杖五。奔去不及，破壁子裏望見一個道人，從厨房後聞歌聲，方奔出來，故奔不及也；奔不及，而又要望見，則趁勢在廢寺上，借一句「破壁子」張着：此行文巧妙之訣。頭帶皂巾，身穿布衫，腰繫雜色縧，脚穿麻鞋，挑着一擔兒。一頭是個竹籃兒，裏面露些魚尾，是望見語。並荷葉托着些肉；一頭擔着一瓶酒，也是荷葉蓋着。口裏嘲歌着，唱道：

你在東時我在西，你無男子我無妻。我無妻時猶閑可，你無夫時好孤恓！並不説擄掠婦女，却反說出爲他一片至情。如近日有諧語云：「有人行路，見幼婦者，抱持而嗚咂之。婦怒，人則謝曰：我復何必，誠恐卿欲此耳。」是一樣說話。○「猶閑可」三字，說得好笑。

那幾個老和尚趕出來，搖着手，悄悄地指與智深道：如畫。「這個道人，便是飛天藥叉丘小乙！」智深見指說了，便提着禪杖，禪杖六。隨後跟去。那道人不知智深在後面跟去，只顧走入方丈後墻裏去。智深隨即跟到裏面入去。看時，七個「看時」。見綠槐樹下，放着一條桌子，鋪着些盤饌，三個盞子，三雙筯子。八字，異樣色澤。當中坐着一個胖和尚，生得眉如漆刷，臉似墨裝，胳膊的一身橫肉，胸脯下露出黑肚皮來。邊廂坐着一個年幼婦人，那道人把竹籃放下來，也坐地。

智深走到面前，那和尚吃了一驚，寫突如其來，只用二筆，兩邊聲勢都有。跳起身來，便道：「請師兄坐，同吃一盞。」智深提着禪杖道：禪杖七。「你這兩個如何把寺來廢了！」那和尚便道：「師兄請坐，聽小僧……」其語未畢，智深睜着眼道：「你說！你說！」四字氣忿如見。「……說在先敝寺，「說」字與上「聽小僧」本是接着成句，智深自氣忿忿在一邊，夾着「你說，你說」耳。章法奇絕，從古未有。十分好個去處，田莊又廣，僧衆極多。只被廊下那幾個老和尚吃酒撒潑，將錢養女。三個盞子，一個婦人，偏偏說出此八字來，而魯達亦復信之，所以爲魯達也。長老禁約他們不得，又把長老排告了出去，因此把寺來都廢了。僧衆盡皆走散，田土已都賣了。小僧却和這個道人，新來住持此間，「新來住持」四字妙。前云「在先敝寺」，後云「在先」檀越，此却云「新來住持」，明是情慌無本之辭也。正欲要整理山門，修蓋殿宇。」智深道：「這婦人是誰，却在這裏吃酒？」只問兩句，使前八字齊倒。那和尚道：「師兄容稟：這個娘子，他是前村王有金的女兒。王有金，奇名。在先他的父親是本寺檀越，如今消乏了家私，近日好生狼狽，家間人口都没了，丈夫又患病，因來敝寺借米。小僧看施主檀越之面，取酒相待，别無他意。師兄休聽那幾個老畜生說！」

智深聽了他這篇話，又見他如此小心，此句要。便道：「叵耐幾個老僧戲弄洒家！」提了禪杖，禪杖八。再回香積厨來。出來。這幾個老僧方纔吃些粥，正在那裏——「正在那裏」下，還有「如何若何」許多光景，却被魯達忿忿出來，都嚇住了。用筆至此，豈但文中有畫，竟謂此四字虚歇處，突然有魯達跳出可也。看見智深忿忿的出來，指着老和尚道：「原來是你這幾個壞了常住，猶自在俺面前説謊！」老和尚們一齊都道：「師兄，休聽他說。見今養着一個婦女在那裏！只須一句破的。他恰纔見你有戒刀、禪杖，他無器械，不敢與你相爭。你若不信時，再去走遭，看他和你怎地。師兄，你自尋思：他們吃酒吃肉，我們粥也没的吃，已足。恰纔還只怕師兄吃了。」又補此一句，妙。智深道：「也說得是。」倒提了禪杖，禪杖九。再往方丈後來。又進去。

見那角門却早關了，智深大怒，只一脚，踢開了，搶入裏面看時，八個「看時」。只見那生鐵佛崔道成仗着一條朴刀，從裏面趕到槐樹下，來搶智深。智深見了，大吼一聲，輪起手中禪杖，禪杖十。來鬥崔道成。兩個鬥了十四五合，那崔道成鬥智深不過，只有架隔遮攔，掣仗躲閃，抵當不住，却待要走。這丘道人見他當不住，却從背後拿了條朴刀，大踏步搠將來。智深正鬥間，忽聽得背後脚步響，急殺。○奇文。却又不敢回頭看他，急殺。○奇文。不時見一個人影來，知道有暗算的人，寫得毛寒骨抖，真是急殺。○真正奇文。叫一聲：「着！」那崔道成心慌，只道着他禪杖，「托」地跳出圈子外去。寫魯達應變之才，如火如錦。智深恰纔回身，正好三個摘脚兒廝見，急殺。○奇文。崔道成和丘道人兩個，又並了十合之上。

智深一來肚裏無食，此回主意。二來走了許多程途，三者當不得他兩個生力，此句便伏史進。○此三句與後得了史進、吃得飽了一段，遙對作章法。只得賣個破綻，拖了禪杖便走。禪杖十一。○寫禪杖，不必寫到定是贏，却早已十分出色，是耐庵方有此筆。兩個撚着朴刀，直殺出山門外來。又出來。智深又鬥了幾合，掣了禪杖禪杖十二。便走。凡寫兩句「便走」，筆力掘拗之極。○亦有此日，此後怎了？兩個趕到石橋下，坐在欄杆上，再不來趕。索性趕過橋來，圖個死並，便完事矣；却不過來，偏坐在橋上便住。行文奇絶，讀者遭閃不小。

智深走得遠了，喘息方定，尋思道：「洒家的包裹，放在監齋使者面前，只顧走來，不曾拿得。路上又没一分盤纏，又是饑餓，如何是好！如此説，定應轉去。待要回去，又敵他不過。他兩個並我一個，枉送了性命！」如此説，定不應轉去也。信步望前面去，行一步，懶一步。走了幾里，見前面一個大林，都是赤松樹。此一段另是一樣筆法，一路只管丢開去，竟似無後半截文者，令人心驚氣絶。魯智深看了，道：「好座猛惡林子！」觀看之間，只見樹影裏一個人探頭探腦，望了一望，吐了一口唾，閃入去了。前文正未得完，反于此處别生出一個由頭來，令人心驚氣絶。智深道：「俺猜這個撮鳥，是個剪徑的强人，正在此間等買賣。見洒家是個和尚，他道不利市，吐一口唾，走入去了。那厮却不是鳥晦氣，撞了洒家！洒家又一肚皮鳥氣，正没處發落，且剥這厮衣裳當酒吃。」筆力左攀右掣，真是絶世奇事。提了禪杖，禪杖十三。徑搶到松林邊，喝一聲：「兀那林子裏的撮鳥，快出來！」

那漢子在林子聽得，大笑道：「我晦氣，他倒來惹我！」絶世奇文。就從林子裏拿着朴刀，背翻身跳出來，「背翻身」三字妙，言非劈面相迎也。喝一聲：「禿驢！你自當死，不是我來尋你！」智深道：「教你認得洒家！」「認得」二字，七玲八瓏，前與李忠戰時，亦用此法作照耀也。輪起禪杖禪杖十四。搶那漢。那漢撚着朴刀來鬥和尚，恰待向前，每用此一筆作勢。肚裏尋思道：「這和尚聲音好熟。」見是史進心醉之人。○此一段與前李忠文同，是極大章法。便道：「兀那和尚，你的聲音好熟，你姓甚……」少「名誰」二字者，那漢正問到此，却被智深性發，搶出下句來，遂不得畢其辭，故止問得「姓甚」二字也。看他又鬥十四五合後，畢竟又完全問一句姓甚名誰，以表前文之奇妙，真正如花似錦。智深道：「俺且和你鬥三百合，却説姓名！」是着惱後語。那漢大怒，仗手中朴刀，來迎禪杖。兩個鬥到十數合後，那漢暗暗喝采道：「好個莽和尚！」十四五合也，却分十合在前，四五合在後，中間用一頓，筆法妙絶。又鬥了四五合，那漢叫道：「少歇，我有話説。」寫史進眼中出群。

兩個都跳出圈子外來，那漢便問道：「你端的姓甚名誰？聲音好熟。」與前「姓甚」二字，映耀出妙筆來。○前「聲音」在姓名前，此「聲音」在姓名後[二]。此書雖極不經意處，必換轉文法，不肯苟且如此。讀者細細求之，自今不更説也。智深説姓名畢，那漢撇了朴刀，翻身便剪拂，與前李忠一樣作章法。説道：「認得史進麽？」讀此一句，分外眼明。○山門外、石橋邊事，令讀者憂得好苦。忽讀此句，將軍從

[二]「音」，貫華堂本、葉瑶池本作「名」，據王望如評本改。

天而降也。智深笑道：「原來是史大郎！」兩個再剪拂了，前是一個獨拜，今是兩個同拜，何等手法。同到林子裏坐定。智深問道：「史大郎，自渭州別後，你一向在何處？」先問。○好漢口中，出此苦語。然千古苦語，定出好漢口中也。史進答道：「自那日酒樓前與哥哥分手，次日聽得哥哥打死了鄭屠，逃走去了。有緝捕的訪知史進和哥哥賫發那唱的金老，亦補前文所無，正與李忠符同。因此，小弟亦便離了渭州，尋師父王進。直到延州，又尋不着。八字藏過幾回好書。○此八字結煞王進，永遠已畢。○回向天下萬世，自此八字已後，「王進」二字更不見于此書也。【眉批】王進到底不見。回到北京，住了幾時，盤纏使盡，以此來在這裏，尋些盤纏。名曰尋盤纏。不想得遇哥哥，緣何做了和尚？」次問。○李忠先問次叙，此先叙次問，俱用換轉法。智深把前面過的話，從頭説了一遍。省。史進道：「哥哥既是肚饑，小弟有乾肉燒餅在此。」便取出來，教智深吃。並不以五臺爲意，所以爲史進也。史進又道：「哥哥，既有包裹在寺内，我和你討去。若還不肯時，何不結果了那厮？」智深道：「是。」當下和史進吃得飽了，一回主意。○肚中饑時，雖以魯達之勇，亦不能鬥，此豈作者寓言邊事耶？各拿了器械，再回瓦官寺來。筆之既去，如龍入海；筆之復來，如虎下山。如龍入海，非網纜之可牽；如虎下山，非藩籬之可隔。讀之真是駭絶常情，拓開文膽。

到寺前，看見那崔道成、丘小乙兩個兀自在橋上坐地，若不還在橋上，則回到寺去，必然先殺那幾個老和尚矣。一者不武，二者于正傳無謂，故只用一句兀自坐地，便省却一段閑文字，非是虛虛寫二人吃力光景也。智深大喝一聲道：「你這厮們，來！來！今番和你鬥個你死我活！」那和尚笑道：「你是我手裏敗將，如何再敢厮並？」智深大怒，輪起鐵禪杖，禪杖十五。奔過橋來。鐵佛生嗔，仗着朴刀，殺下橋去。智深一者得了史進，肚裏膽壯；二乃吃得飽了，那精神氣力越使得出來。與前一者肚中無食、二者走路方乏、三者兩個生力句遥對，看他章法。兩個鬥到八九合，崔道成漸漸力怯，只辦得走路。那飛天藥叉丘道人見和尚輸了，便仗着朴刀來協助。這邊史進見了，便從樹林子裏跳將出來，大喝一聲：「都不要走！」掀起笠兒，此句不是寫史進一時性發，蓋爲前文林子中鬥至十四五合，其在史進，固爲魯達出家，不好廝認，若在魯達，則即使氣忿性急，亦何至不認史大郎耶？讀者頗有此難。殊不知作者胸中，自隱然有個氈笠蓋着大郎，而于前文中，偏故意不説出，直到此處，方輕輕放得一句掀起笠子，彼真不顧世眼也。挺着朴刀，來戰丘小乙。四個人兩對廝殺。智深與崔道成正鬥到間深裏，智深得便處，喝一聲：「着！」只一禪杖，禪杖十六。○至此方寫得禪杖飽滿快活。把生鐵佛打下橋去。那道人見倒了和尚，無心戀戰，賣個破綻便走。史進喝道：「那裏去！」趕上望後心一朴刀，「撲」地一聲響，道人倒在一邊。史進踏入去，掉轉朴刀，望下面只顧「肐肢」「肐察」的搠。智深趕下橋去，把崔道成背後一禪杖。禪杖十七。○更飽滿，更快活。可憐兩個强徒，化作南柯一夢！

智深、史進把這丘小乙、崔道成兩個尸首都縛了，攛在澗裏。兩個再趕入寺裏來，再入來。香積厨下拿了包裹。俗本此句誤在後。那幾個老和尚因見智深輸了去，怕崔道成、丘小乙來殺他，已自都吊死了。此處若非此句，則將聽其仍舊苟延殘喘，抑將爲之鼎新常住？故知此句之省手也。智深、史進直走入方丈後角門内看時，九個「看時」。那個擄來的婦人投井而死。此處若非此句，則將聽其宛轉廢寺，抑將爲之送去前村？故知此句之省手也。直尋到裏面八九間小屋，打將入去，並無一人，只見床上三四包衣服。史進打開，都是衣裳，包了些金銀，揀好的包了一包袱。尋到厨房，見魚及酒肉，兩個打水燒火，煮熟來，都吃飽了。始得一飽。飽之爲道，不亦難乎。兩個各背包裹，史進增一包裹。竈前縛了兩個火把，撥開火爐，火上點着，焰騰騰的，先燒着後面小屋；燒到門前，再縛幾個火把，直來佛殿下後檐點着燒起來。湊巧風緊，「刮刮雜雜」地火起，竟天價火起來。可謂淨佛國土。○前後兩個叢林，中間又夾一個叢林，此行文特地構造出來，以爲一時奇觀也。至此則一把火燒蕩盡淨，依舊只得前後兩個叢林，中間並不夾着甚麼叢林。隨手而起者仍隨手而倒，豈非翻江攪海之才乎！○耐庵説一座瓦官寺，讀者亦便是一座瓦官寺；耐庵説燒了瓦官寺，讀者亦便是無了瓦官寺。大雄先生之言曰：「心如工畫師，造種種五陰；一切世間中，無法而不造。」聖歎爲之續曰：「心如大火聚，壞種種五陰；一切過去者，無法而不壞。」今耐庵此篇之意則又雙用，其意若曰：「文如工畫師，亦如大火聚。隨手而成造，亦復隨手壞。如文心亦爾，見文當觀心；見文不見心，莫讀我此傳。」○于修整金剛亭子、山門亮槅之趙員外，其罪福又何如？智深與史進看着，等了一回，四下火都着了。二人道：「梁園雖好，不是久戀之家。俺二人只好撒開。」

二人厮趕着行了一夜。七個字，寫出真好弟兄。○令人念此一夜，獨不得預也。天色微明，兩個遠遠地望見一簇人家，看來是個村鎮。兩個投那村鎮上來，獨木橋邊桃花莊一條板橋，瓦官寺一座青石橋，此處又一條獨木橋，亦是閑中點綴聯絡，以爲章法也。一個小小酒店。智深、史進來到村中酒店內，一面吃酒，一面叫酒保買些肉來，借些米來，打火做飯。兩個吃酒，訴説路上許多事務。吃了酒飯，智深便問史進道：「你今投那裏去？」史進道：「我如今只得再回少華山去，投奔朱武等三人。入了夥且過幾時,却再理會。」作者安放史進。智深見説了道:「兄弟,也是。」便打開包裹,取些酒器與了史進。桃花山上何必不偷,瓦官寺前何必不分。有錢如此用,真使人要錢也。○前日若留與李、周,非也;今日若不與史進,非也。○以桃花山上贜,與少華山上賊,絶倒。二人拴了包裹,拿了器械,還了酒錢。

二人出得店門,離了村鎮,又行不過五七里,到一個三岔路口。智深道:「兄弟,須要分手。魯達語,亦是法師語。洒家投東京去,你休相送。魯達語,亦是法師語。你到華州,須從這條路去。他日却得相會。若有個便人,可通個信息來往。」千古情種,歷歷落落。史進拜辭了智深,各自分了路,史進去了。通篇皆叙魯達也,史進忽然來,史進忽然去,其文猶如生龍活虎,令人捉摸不定。

只説智深自往東京。在路又行了八九日,早望見東京。入得城來,但見街坊熱鬧、人物喧譁。來到城中,陪個小心,問人道:「大相國寺在何處?」街坊人答道:「前面州橋第四橋。便是。」智深提了禪杖便走,早進得寺來。東西廊下看時,徑投知客寮内去。魯達着實會。道人撞見,報與知客。八字中藏下一嚇[一]。無移時,知客僧出來,見了智深生得凶猛,提着鐵禪杖,跨着戒刀,背着個大包裹,先有五分懼他。知客問道:「師兄何方來?」智深放下包裹、禪杖,唱個喏。知客回了問訊,智深説道:「洒家五臺山來。本師真長老有書在此,着俺來投上剎清大師長老處,討個職事僧做。」知客道:「即是真大師長老有書札,合當同到方丈裏去。」

[一]「一」,貫華堂本無,據葉瑶池本補。

知客引了智深，直到方丈，解開包裹，取出書來，拿在手裏。只如此。知客道：「師兄，你如何不知體面？即刻長老出來[一]，你可解了戒刀，取出那七條坐具信香來，禮拜長老使得。」智深道：「你如何不早説！」反責之，妙絶。隨即解了戒刀，包裹内取出片香一炷、坐具七條，半晌没做道理處。知客又與他披了袈裟，「與他披」，絶倒。教他先鋪坐具。「先鋪」，絶倒。

少刻，只見智清禪師出來，知客向前稟道：「這僧人從五臺山來，有真禪師書在此。」清長老道：「師兄多時不曾有法帖來。」知客叫智深道：「師兄，快來禮拜長老。」只見智深却把那炷香没放處，「没放處」，絶倒。知客忍不住笑，與他插在爐内。「與他插」，絶倒。拜到三拜，知客叫住，不然，九拜矣。○俗本盡落。將書呈上。清長老接書，拆開看時，中間備細説着魯智深出家緣由，並今下山投托上刹之故，二句皆極不堪，便有前三回書在内，清公當亦一嚇。「萬望慈悲收録，做個職事人員，切不可推故。此僧久後必當證果。」清長老讀罷來書，便道：「遠來僧人，且去僧堂中暫歇，吃些齋飯。」好物事。智深謝了，扯了坐具七條，「扯了」，絶倒。提了包裹，拿禪杖、戒刀，跟着行童去了。

清長老唤集兩班許多職事僧人，盡到方丈，乃云：每讀禪宗語録，見一往一來後，忽接「乃云」二字，不覺欲嘔。耐庵想亦醜之惡之，悲之笑之，故特用此二字于此。「汝等衆僧在此，你看我師兄智真禪師好没分曉！這個來的僧人，原來是經略府軍官，爲因打死了人，落髮爲僧，二次在彼鬧了

[一]「刻」，貫華堂本影印筆改作「刻」，葉瑶池本作「目」，據王望如評本改定。

僧堂，因此難着他。你那裏安他不得，却推來與我！待要不收留他，師兄如此千萬囑付，不可推故；待要着他在這裏，倘或亂了清規，如何使得？」無如此許多算計，便住持五臺山；有如此許多算計，便占坐東京。作者借此，特特寫出牝牡驪黃，使後世善男信女要皈依善知識者，自去揀擇也。知客道：「便是弟子們看那僧人，全不似出家人模樣。本寺如何安着得他！」都寺便道：「弟子尋思起來，只有酸棗門外退居廨宇後那片菜園，時常被營内軍健們並門外那二十來個破落户侵害，縱放羊馬，好生囉唣。一個老和尚在那裏住持，那裏敢管他？何不教此人去那裏住持，倒敢管得下。」清長老道：「都寺説得是。教侍者去僧堂内客房裏，等他吃罷飯，便喚將他來。」

侍者去不多時，引着智深到方丈裏，清長老道：「你既是我師兄真大師薦將來我這寺中挂搭，做個職事人員，我這敝寺「敝寺」謙得好笑，「我這敝寺」占得可笑。寫東京法師，便真是東京法師。〇四字崔道成口中曾有之。今人于佛法中，每爭我宗、他宗，亦此類也。有個大菜園，在酸棗門外，岳廟間壁。此四字如何插放入來，真是絶世妙筆。你可去那裏住持管領，每日教種地人納十擔菜蔬，餘者都屬你用度。」智深便道：「本師真長老着洒家投大刹，討個職事僧做。却不教俺做個都寺、監寺，如何教洒家去管菜園？」首座便道：「師兄，你不省得：你新來挂搭，又不曾有功勞，如何便做得都寺？這管菜園，也是個大職事人員了。」首座尚然説謊，況其下乎？寫清公門庭如狗。

智深道：「洒家不管菜園，殺也要做都寺、監寺！」何至于殺，以一殺博都寺、監寺，魯達爲東京人現身說法耳。知客又道：【眉批】一段歷落參差，另作一篇小文讀。「你聽我說與你：僧門中職事人員，各有頭項。且如小僧章法錯落。做個知客，只理會管待往來客官僧衆。至如維那、侍者、書記、首座，這都是清職，不容易得做。都寺、監寺、提點、院主，這個都是掌管常住財物。你纔到得方丈，怎便得上等職事？還有那管藏的唤做藏主，管殿的唤做殿主，管閣的唤做閣主，管化緣的唤做化主，管浴堂的唤做浴主：這個都是主事人員，中等職事。還有那管塔的塔頭，管飯的飯頭，管茶的茶頭，管東厠的净頭，與這管菜園的菜頭：首座云菜頭是大職事，知客却直數至末等之末，寫出清公會下，嘈雜可笑。這個都是頭事人員末等職事。假如師兄，「且如小僧」，「假如師兄」，章法錯落。你管了一年菜園，句。好，句。便陞你做個塔頭；又管了一年，句。好，句。陞你做個浴主；又一年，句。好，句。纔做監寺。」智深道：「既然如此，也有出身時，調侃不小。洒家明日便去。」

清長老見智深肯去，就留在方丈裏歇了。二老一樣方丈裏，一樣留智深，而一個平等慈悲，一個機心周密。其賢其不肖，相去真不可算。嗟乎！佛法豈可以門庭冷熱爲低昂哉！當日議定了職事，隨即寫了榜文，先使人去菜園裏退居廨宇內，挂起庫司榜文，明日交割。當夜各自散了。次早，清長老陞法座，押了法帖，委智深管菜園。智深到座前領了法帖，辭了長老，背上包裹，跨了戒刀，提了禪杖，和兩個送入院的和尚，直來酸棗門外廨宇裏來住持。

且說菜園左近，有二三十個賭博不成才破落户潑皮，泛常在園內偷盜菜蔬，靠着養身。因來偷菜，看見廨宇門上新挂一道庫司榜文，上說：告示亦在潑皮眼中看出。「大相國寺仰委管菜園僧人魯智深前來住持，自明日爲始掌管，並不許閑雜人等入園攪擾。」那幾個潑皮看了，便去與衆破落户商議道：「大相國寺裏差一個和尚，甚麽魯智深五字奇文，爲後來一笑。來管菜園。我們趁他新來，尋一場鬧，一頓打下頭來，教那厮伏我們。」數中一個道：「我有一個道理，他又不曾認得我，我們如何便去尋得鬧？等他來時，誘他去糞窖邊，只做參賀他，雙手搶住脚，翻觔斗攧那厮下糞窖去，只是小耍他。」潑皮有潑皮聲口。衆潑皮道：「好！好！」商量已定，且看他來。

却説魯智深來到廨宇退居内，房中安頓了包裹行李，倚了禪杖，挂了戒刀。那數個種地道人都來參拜了，但有一應鎖鑰，盡行交割。那兩個和尚同舊住持老和尚，相别了盡回寺去。細。○了。

且説智深出到菜園地上，東觀西望，看那園圃。只見這二三十個潑皮，拿着些果盒酒禮，都「嘻嘻」的笑道：「聞知師父新來住持，我們鄰舍街坊都來作慶。」智深不知是計，直走到糞窖邊來。那夥潑皮一齊向前，一個來搶左脚，一個便搶右脚，指望來攧智深。只教智深：脚尖起處，山前猛虎心驚；拳頭落時，海内蛟龍喪膽。正是：方圓一片閑園圃，目下排成小戰場。那夥潑皮怎的來攧智深，且聽下回分解。

第五才子書施耐庵水滸傳卷之十一

聖歎外書

第六回　花和尚倒拔垂楊柳　豹子頭誤入白虎堂

此文用筆之難，獨與前後迥異。蓋前後都只一手順寫一事，便以閑筆波及他事，亦都相時乘便出之。今此文，林冲新認得一個魯達，出格親熱；却接連便有衙内合口一事，出格鬥氣。今要寫魯達，則衙内一事須閣不起；要寫衙内，則魯達一邊須冷不下。誠所謂筆墨之事，亦有進退兩難之日也。况于衙内文中，又要分作兩番叙出，一番自在林家，一番自在高府。今叙高府，則要照林家，叙林家則要照高府。如此百忙之中，却又有菜園一人躍躍欲來，且使此躍躍欲來之人乃是别位猶之可也，今却端端的的便是爲了金翠蓮三拳打死人之魯達。嗚呼！即使作者乃具七手八脚，胡可得了乎？今讀其文，不偏不漏，不板不犯，讀者于此而不服膺，知其後世猶未能文也。

此回多用奇恣筆法。如林冲娘子受辱，本應林冲氣忿，他人勸回，今偏倒將魯達寫得聲勢，反用林冲來勸，一也。閲武坊賣刀，大漢自説寶刀，林冲、魯達自説閑話；大漢又説可惜寶刀，林冲、魯達只顧説閑話。此時譬如兩峰對插，抗不相下，後忽突然合笋，雖驚蛇脱兔，無以爲喻，二也。還過刀錢，便可去矣，却爲要寫林冲愛刀之至，却去問他祖上是誰，此時將答是誰爲是耶？故便就林冲問處，借作收科云：「若説時辱没殺人。」此句雖極會看書人，亦只知其餘墨淋漓，豈能知其惜墨如金耶！三也。白虎節堂，是不可進去之處，今寫林冲誤入，則應出其不意，一氣賺入矣，偏用廳前立住了脚，屏風後堂又立住了脚，然後曲曲折折來至節堂，四也。如此奇文，吾謂雖起史遷示之，亦復安能出手哉！打陸虞候家時，「四邊鄰舍都閉了門」。只八個字，寫林冲面色、衙内勢焰都盡。蓋爲藏却衙内，則立刻齏粉；不藏衙内，則即日齏粉。既怕林冲，又怕衙内，四邊鄰舍都閉門，真絶筆矣。

話説那酸棗門外三二十個潑皮破落户，中間有兩個爲頭的：一個叫做「過街老鼠」張三，一個叫做「青草蛇」李四。這兩個爲頭接將來，智深也却好去糞窖邊，看見這夥人都不走動，只立在窖邊，齊道：「俺特來與和尚作慶！」智深道：「你們既是鄰舍街坊，都來廨宇裏坐地。」張三、李四便拜在地上，不肯起來，只指望和尚來扶他，便要動手。智深見了，心裏早疑忌，道：「這夥人不三不四，張三李四，不三不四。又不肯近前來，莫不要攧洒家？那廝却是倒來捋虎鬚，俺且走向前去，教那廝看洒家手脚！」

智深大踏步近衆人面前來，那張三、李四便道：「小人兄弟們特來參拜師父。」口裏説，便向前去，一個來搶左脚，一個來搶右脚。智深不等他上身，右脚早起，「騰」的把李四先踢下糞窖裏去；張三恰待走，智深左脚早起：兩個潑皮都踢在糞窖裏挣扎。後頭那二三十個破落户，驚的目瞪口呆，都待要走，智深喝道：「一個走的一個下去！兩個走的兩個下去！」衆潑皮都不敢動撣。只見那張三、李四在糞窖裏探起頭來，原來那座糞窖没底似深，兩個一身臭屎，頭髮上蛆蟲盤滿，立在糞窖裏叫道：「師父饒恕我們！」智深喝道：「你那衆潑皮，快扶那鳥上來，我便饒你衆人。」衆人打一救，攙到葫蘆架邊，是菜園風景。臭穢不可近前。智深呵呵大笑，道：「兀那蠢物！你且去菜園池子裏洗了來，和你衆人説話。」兩個潑皮洗了一回，衆人脱件衣服與他兩個穿了。若漏此句，便是兩個赤膊人，如何體面？○凡作史最易漏者，如此等句是也；此書定不肯漏者，如此等句是也。智深叫道：「都來廨宇裏坐地説話。」

智深先居中坐了，指着衆人道：「你那夥鳥人，休要瞞洒家。你等都是甚麽鳥人，到這裏戲弄洒家？」那張三、李四並衆火伴一齊跪下，説道：「小人祖居在這裏，都只靠賭博討錢爲生。這片菜園，是俺們衣飯碗。大相國寺裏幾番使錢，要奈何我們不得。師父却是那裏來的長老？恁的了得！相國寺裏不曾見有師父。雖是實話，然亦罵相國寺不小。今日我等願情伏侍。」智深道：「洒家是關西延安府老种經略相公帳前提轄官，只爲殺得人多，因此情願出家，二事不相蒙，合成快語。五臺山來到這裏。洒家俗姓魯，法名智深。休説你這三二十個人直甚麽，便是千軍萬馬隊中，俺敢直殺得入去出來！」衆潑皮「喏喏」連聲，拜謝了去。智深自來廨宇裏房内,收拾整頓歇卧。此句極易漏,此偏不漏。

次日,衆潑皮商量湊些錢物,買了十瓶酒,牽了一個猪,來請智深。都在廨宇安排了,請魯智深居中坐了;兩邊一帶,坐定那三二十潑皮飲酒。智深道:「甚麽道理叫你衆人們壞鈔?」衆人道:「我們有福,今日得師父在這裏與我等衆人做主。」智深大喜。吃到半酣裏,也有唱的,也有説的,也有拍手的,也有笑的。是個潑皮酒席。正在那裏喧哄,只聽得門外老鴉「哇哇」的叫。奇文奇想,突如其來,毫無門笋接縫之迹。衆人有扣齒的,齊道:「赤口上天,白舌入地。」叩齒爲禳,不知始于何時,乃此時已有之。然定是潑皮教法,非士大夫所宜有。乃今此法遍行上下,爲之一笑。○赤口白舌,八字成文。其中無有,而其外燁然。凡道家經集皆爾,不足覽也。

智深道:「你們做甚麽鳥亂?」衆人道:「老鴉叫,怕有口舌。」智深道:「那裏取這話?」那種地道人笑道:「牆角邊緑楊樹上,新添了一個老鴉巢,每日直聒到晚。」衆人道:「把梯子去上面,拆了那巢便了。」有幾個道:「我們便去。」智深也乘着酒興,都到外面看時,果然緑楊樹上一個老鴉巢。衆人道:「把梯子上去拆了,也得耳根清浄。」李四便道:「我與你盤上去,不要梯子。」第一層是老鴉叫,第二層是叩齒咒之,第三層是道人説,第四層是尋梯上去,第五層是看,第六層是要盤上去。只一倒拔垂楊,凡用六層層折,方入「相一相」句,行文如畫。智深相了一相,四字不是細作,正是氣雄萬夫處。走到樹前,把直裰脱了,用右手向下,把身倒繳着;却把左手扳住上截,把腰只一趁,寫得有方法。將那株緑楊樹帶根拔起。衆潑皮見了,一齊拜倒在地,只叫:「師父非是凡人,正是真羅漢!身體無千萬斤氣力,如何拔得起!」智深道:「打甚鳥緊,明日都看洒家演武使器械。」忽然遞入明日。衆潑皮當晚各自散了。從明日爲始，忽然把明日變做十數日，這一三十個破落户見智深匾匾的伏，每日將酒肉來請智深，看他演武使拳。許他使器械，只看使得拳，妙有層節。

過了數日，省。智深尋思道：「每日吃他們酒食多矣，洒家今日也安排些還席。」叫道人去城中買了幾般果子，沽了兩三擔酒，殺翻一口猪、一腔羊。那時正是三月盡，來此一月有餘矣，記之。天氣正熱。智深道：「天色熱！」叫道人綠槐樹下鋪了蘆蓆，請那許多潑皮團團坐定。大碗斟酒，大塊切肉，叫衆人吃得飽了，再取果子吃酒。

又吃得正濃，衆潑皮道：「這幾日見師父演力，不曾見師父使器械，怎得師父教我們看一看也好。」前許看使器械，今只看得使拳而已。好潑皮，記得。智深道：「説的是！」自去房内取出渾鐵禪杖，頭尾長五尺，重六十二斤。衆人看了，盡皆吃驚，都道：「兩臂膊没水牛大小氣力，怎使得動！」特地將禪杖在此處喝采一番，便覺前後皆精神百倍。智深接過來，「颼颼」的使動，渾身上下，没半點兒參差。衆人看了，一齊喝采。

智深正使得活泛，二字是作文妙訣，使棒亦然耶？只見牆外一個官人看見，喝采道：「端的使得好！」智深聽得，收住了手看時，只見牆缺邊，立着一個官人：頭戴一頂青紗抓角兒頭巾，腦後兩個白玉圈連珠鬢環，身穿一領單綠羅團花戰袍，腰繫一條雙獺尾龜背銀帶，穿一對磕爪頭朝樣皂靴，手中執一把折叠紙西川扇子；生的豹頭環眼，燕頷虎鬚，八尺長短身材，三十四五年紀，口裏道：「這個師父端的非凡，使得好器械！」衆潑皮道：「這位教師喝采，必然是好。」智深問道：「那軍官是誰？」衆人道：「這官人是八十萬禁軍鎗棒教頭林武師，名喚林冲。」智深道：「何不就請來厮見？」

那林教頭便跳入牆來，兩個就槐樹下相見了，一同坐地。林教頭便問道：「師兄何處人氏？法諱唤做甚麽？」定問。智深道：「洒家是關西魯達的便是。答得不同。只爲殺得人多，情願爲僧。年幼時也曾到東京，認得令尊林提轄。」閑處着神。林冲大喜，就當結義智深爲兄。何驟也，然稍遲則胡可得也？智深道：「教頭今日緣何到此？」林冲答道：「恰纔與拙荆一同來間壁岳廟裏還香願，應。林冲聽得使棒，看得入眼，着女使錦兒自和荆婦去廟裏燒香，林冲就只此間相等，不想得遇師兄。」智深道：「洒家初到這裏，正没相識，得這幾個大哥每日相伴；如今又得教頭不棄，結爲弟兄，十分好了。」便叫道人再添酒來相待。

恰纔飲得三杯，只見女使錦兒慌慌急急，紅了臉，在牆缺邊叫道：「官人！休要坐地，娘子在廟中和人合口！」林冲連忙問道：「在那裏？」錦兒道：「正在五岳樓下來，撞見個詐見不及的，把娘子攔住了，不肯放。」林冲慌忙道：「却再來望師兄，休怪！休怪！」林冲别了智深，急跳過牆缺，和錦兒徑奔岳廟裏來。搶到五岳樓看時，見了數個人拿着彈弓、吹筒、粘竿，都立在欄干邊。補一句景。胡梯上一個年少的後生，獨自背立着，把林冲的娘子攔着道：「你且上樓去，和你説話。」林冲娘子紅了臉道：「清平世界，是何道理，把良人調戲！」

林冲趕到跟前，把那後生肩胛只一扳過來，喝道：「調戲良人妻子，當得何罪！」恰待下拳打時，認的是本管高太尉螟蛉之子高衙内。奇峰當面起。原來高俅新發迹，不曾有親兒，無人幫助，因此過房這阿叔高三郎兒子在房内爲子。忽然又補入高俅家中一段，筆勢夭矯。本是叔伯弟兄，却與他做乾兒子，特地寫小人無倫理，無閨門，以表惡之至也。因此高太尉愛惜他。那厮在東京倚勢豪强，專一愛淫垢人家妻女。京師人懼怕他權勢，誰敢與他爭口？叫他做「花花太歲」。

當時林冲扳將過來，却認得是本管高衙内，先自手軟了。高衙内説道：「林冲，干你甚事，你來多管！」原來高衙内不曉得他是林冲的娘子，若還曉得時，也没這場事。見林冲不動手，他發這話。衆多閑漢見鬧，一齊攏來勸道：「教頭休怪，衙内不認得，多有衝撞。」林冲怒氣未消，一雙眼睁着，瞅那高衙内。寫英雄在人廊廡下，欲説不得説，光景可憐。衆閑漢勸了林冲，和哄高衙内出廟上馬去了。

林冲將引妻小並使女錦兒，也轉出廊下來。只見智深提着鐵禪杖，引着那二三十個破落户，大踏步搶入廟來。筆勢拉雜如火。林冲見了，叫道：「師兄那裏去？」着此一句，便寫得魯達搶入得猛，宛然萬人辟易，林冲亦在半邊也。智深道：「我來幫你厮打！」妙。不管青白曲直，竟來厮打矣。林冲道：「原來是本管高太尉的衙内，不認得荆婦，時間無禮。林冲本待要痛打那厮一頓，太尉面上須不好看。自古道：『不怕官，只怕管。』林冲不合吃着他的請受，權且讓他這一次。」是可讓，何不可讓？住人廊廡，雖林武師無可如何矣，哀哉！智深道：「你却怕他本官太尉，洒家怕他甚鳥！「本官太尉」，與「甚鳥」爲聯，奇語。俺若撞見那撮鳥時，且教他吃洒家三百禪杖了去！」

林冲見智深醉了，便道：「師兄説得是，林冲一時被衆人勸了，權且饒他。」本是林冲事，却將醉後魯達極力一寫，便反做了林冲勸魯達，真令人破涕爲笑。奇文奇文！智深道：「但有事時，便來喚洒家與你去！」魯達語，令讀者悲感起立。衆潑皮見智深醉了，扶着道：「師父，俺們且去，明日和他理會。」醉人發怒，定用此語治之。與前林冲云「師兄説得是」筆法同，妙絶。智深提着禪杖道：「阿嫂，便叫阿嫂，不嫌唐突。休怪，莫要笑話。魯達每自嫌粗鹵，正是得意語。阿哥，明日再得相會。」便不捨得一日不會。○凡四句，却一句阿嫂，一句阿哥，中間二句，文無次第，義不連屬。寫醉人，然亦真魯達也。智深相别，自和潑皮去了。林冲領了娘子並錦兒取路回家，心中只是鬱鬱不樂。按下一句。

且説這高衙内引了一班兒閑漢，自見了林冲娘子，又被他衝散了，心中好生着迷，怏怏不樂，回到府中納悶。過了三兩日，衆多閑漢都來伺候，見衙内心焦，没撩没亂，衆人散了。數内有一個幫閑的，唤作「乾鳥頭」富安，理會得高衙内意思，獨自一個到府中伺候。見衙内在書房中閑坐，每每此等衙内，其坐處亦定要學樣唤作書房。那富安走近前去，道：「衙内近日面色清減，心中少樂，必然有件不悦之事。」高衙内道：「你如何省得？」富安道：「小子一猜便着。」衙内道：「你猜我心中甚事不樂？」富安道：「衙内是思想那『雙木』的，這猜如何？」衙内笑道：「你猜得是，只没個道理得他。」富安道：「有何難哉！衙内怕林冲是個好漢，不敢欺他。這個無傷。他見在帳下聽使唤，大請大受，怎敢惡了太尉？輕則便刺配了他，重則害了他性命。小閑尋思有一計，使衙内能够得他。」

高衙内聽得，便道：「自見了多少好女娘，不知怎的只愛他，乘便補入一句，爲太尉兒子周旋。不得此句，便似曾不見女娘三家村小兒也。心中着迷，鬱鬱不樂。你有甚見識，能得他時，我自重重的賞你。」富安道：「門下知心腹的陸虞候陸謙，他和林冲最好。明日衙内躲在陸虞候樓上深閣，擺下些酒食，却叫陸謙去請林冲出來吃酒，教他直去樊樓上深閣裏吃酒。小閑便去他家，對林冲娘子說道：『你丈夫教頭和陸謙吃酒，一時重氣，悶倒在樓上，叫娘子快去看哩！』賺得他來到樓上，婦人家水性，見了衙内這般風流人物，再着些甜話兒調和他，不由他不肯。小閑這一計如何？」高衙内喝采道：「好條計！就今晚着人去，喚陸虞候來分付了。」原來陸虞候家只在高太尉家隔壁巷内，此句高手。次日商量了計策。陸虞候一時聽允，也没奈何，只要衙内歡喜，却顧不得朋友交情。調侃世人。

且說林冲連日悶悶不已，懶上街去，四字腕中有鬼。何也？蓋一路敘衙内設計，作者手筆忙極矣，不能更折到魯達一邊去。夫林冲出門而不尋魯達，然則林冲爲何如人哉！計無復之，而竟公然下一筆云「懶上街去」，便將魯達許多棘手，推過一邊，乾乾淨淨。自非老筆，何以有此。巳牌時，聽得門首有人叫道：「教頭在家麽？」林冲出來看時，却是陸虞候，慌忙道：「陸兄何來？」陸謙道：「特來探望，兄數「兄」字，可發一笑。何故連日街前不見？」林冲道：「心裏悶，不曾出去。」陸謙道：「我同兄去吃三杯解悶。」林冲道：「少坐，拜茶。」兩個吃了茶起身。陸虞候道：「阿嫂，眼。我同林兄到家去吃三杯。」特説家去。林冲娘子趕到布簾下，叫道：「大哥，少飲早歸。」又分付一句，挽上連日氣悶，回合有情；引下快來看視，波紋無數。

林冲與陸謙出得門來，街上閑走了一回。陸虞候道：「兄，我們休家去，只就樊樓内吃兩杯。」却不家去。當時兩個上到樊樓内，占個閣兒，喚酒保分付，叫取兩瓶上色好酒，希奇果子按酒。兩個叙説閑話，林冲歎了一口氣，陸虞候道：「兄何故歎氣？」林冲道：「陸兄不知！

男子漢空有一身本事，不遇明主，屈沉在小人之下，受這般腌臢的氣！」發憤作書之故，其號耐庵不虛也。陸虞候道：「如今禁軍中雖有幾個教頭，誰人及得兄的本事？太尉又看承得好，却受誰的氣？」如不知者。林冲把前日高衙内的事，告訴陸虞候一遍。陸虞候道：「衙内必不認得嫂子，兄且休氣，只顧飲酒。」

林冲吃了八九杯酒，因要小遺，起身道：「我去浄手了來。」此等皆作者筆力所使，非真有天使之也。林冲下得樓來，出酒店門，投東小巷内去浄了手。回身轉出巷口，筆捷如風。○每寫急事，其筆愈寬。子弟讀之，可救拘縮之病。只見女使錦兒叫道：「官人，尋得我苦！却在這裏！」林冲慌忙問道：「做甚麽？」錦兒道：「官人和陸虞候出來，没半個時辰，只見一個漢子慌慌急急奔來家裏，對娘子説道：『我是陸虞候家鄰舍。你家教頭和陸謙吃酒，只見教頭一口氣不來，便踵倒了！叫娘子且快來看視。』娘子聽得，連忙央間壁王婆看了家，和我跟那漢子去。直到太尉府前巷内一家人家，小兒女何知這家誰家，只是「一家人家」便了。若説直到陸家，便失却當時情景不少也。○並不説陸家，却合十個字宛然陸家。上至樓上，只見桌子上擺着些酒食，不見官人。人報官人氣塞死了，便滿肚一個官人氣塞死在樓上矣，却「不見官人」，聲口如畫。恰待下樓，只見前日在岳廟裏囉唣娘子的那後生岳廟那後生妙，只是前日目見爲真，後來耳中雖聞是高衙内，在此時呼不及矣。出來道：『娘子少坐，你丈夫來也。』錦兒慌忙下得樓時，只聽得娘子在樓上叫：『殺人！』「只聽得」在下樓後，妙。因此我一地裏尋官人不見，正撞着賣藥的張先生，道：『我在樊樓前過，見教頭和一個人入去吃酒。』因此特奔到這裏。官人快去！」

林冲見説，吃了一驚，也不顧女使錦兒，畫絶。三步做一步，跑到陸虞候家。搶到胡梯上，却關着樓門。有此一句，便有下文兩個「聽」字。只聽得娘子叫道：「只聽得」，妙妙，急殺。○此時賴是聽得，若不聽得，便一發急殺矣。「清平世界，如何把我良人妻子關在這裏！」又聽得高衙内道：「又聽得」，妙妙，急殺。「娘子，可憐見救俺！便是鐵石人，也告得回轉！」錦兒來，林冲去，已非一刻，故衙内口中下此言，見相求已非一語也。妙絶妙絶。林冲立在胡梯上叫道：「大嫂開門！」那婦人聽得是丈夫聲音，只顧來開門。「只顧來」三字，神化之筆，中間便夾帶衙内無數囉唣。高衙内吃了一驚，斡開了樓窗，跳牆走了。林冲上得樓上，尋不見高衙内，問娘子道：「不曾被這厮點污了？」此一句，若在神閑氣定之時，便必不問；今極忙中，便必問矣。問此一句，正寫林冲氣急心亂也。不然，則將夫妻相見，竟不開口，于情理爲大失；若問别句，則亦更無第二句也。娘子道：「不曾。」林冲把陸虞候家打得粉碎，將娘子下樓。出得門外看時，鄰舍兩邊都閉了門。用鄰舍閉門，補寫上文驚天動地。女使錦兒接着，此句妙，寫出中間迅疾。三個人一處歸家去了。歸去迅疾。

林冲拿了一把解腕尖刀，徑奔到樊樓前，去尋陸虞候，又出來到樊樓，迅疾。不見回家，林冲自歸。又回去了。娘子勸道：只一「勸」字，寫娘子貞良如見。若是淫浪婦人，必然要哭要死，要丈夫爲報仇也。「我又不曾被他騙了，你休得胡做！」林冲道：「叵耐這陸謙畜生，厮趕着稱『兄』稱『弟』，爲上文幾個「兄」字一哭。你也來騙我！只怕不撞見高衙内，也照管着他頭面！」娘子苦勸，那裏肯放他出門？好林冲，又好娘子，真是壯夫良婦。陸虞候只躲在太尉府内，亦不敢回家。林冲一連等了三日。省文也，却寫得駭人。

並不見面。四個字放出後文一回大書來。不然，殺却陸謙，便了無生色矣。府前人見林冲面色不好，誰敢問他？寫得精神。白日讀之，如聞鬼哭。

第四日飯時候，魯智深徑尋到林冲家相探，突然接入，奇文快筆。問道：「教頭如何連日不見面？」非魯達醉夢也，若知得時，豈容更遲一刻不做出來？如是便不好收拾也。故下文林冲亦不告訴，皆作者特地留筆也。林冲答道：「小弟少冗，不曾探得師兄。既蒙到我寒舍，本當草酌三杯，爭奈一時不能周備，且和師兄一同上街閑玩一遭，市沽兩盞，如何？」智深道：「最好。」兩個同上街來，吃了一日酒，又約明日相會。帶過明日，用筆簡便。自此，每日與智深上街吃酒，把這件事都放慢了。用此一句按下林冲，便有閑筆去太尉府中叙事。此作書之法，不然，頭頭不了矣。

且説高衙内，從那日在陸虞候家樓上吃了那驚，跳牆脱走，不敢對太尉説知，又寫此一句，見人家子弟原好，都被小人教壞。因此在府中卧病。陸虞候和富安兩個，來府裏望衙内，見他容顔不好，精神憔悴。陸謙道：「衙内何故如此精神少樂？」衙内道：「實不瞞你們説，我爲林家那人，兩次不能够得他，又吃他那一驚，這病越添得重了。眼見得半年三個月，性命難保！」二人道：「衙内且寬心，只在小人兩個身上，好歹要共那人完聚，只除他自縊死了便罷。」突然下此一語，爲後日之讖。不嫌突然者，蓋惟恐後文嫌突然也。正説間，府裏老都管也來看衙内病證。又添出一個老都管，何也？寫陸謙、富安在太尉前説不得話也。作者細心何等！那陸虞候和富安見老都管來問病，兩個商量道：「只除恁的。」等候老都管看病已了出來，兩個邀老都管僻浄處説道：「若要衙内病好，只除教太尉得知，害了林冲性命，方能够得他老婆和衙内在一處，這病便得好。若不如此，一定送了衙内性命。」老都管道：「這個容易，老漢今晚便禀太尉得知。」兩個道：「我們已有計了，只等你回話。」

老都管至晚來見太尉，説道：「衙内不害别的證，却害林冲的老婆。」高俅道：「幾時見他的？」都管禀道：「便是前月二十八日，在岳廟裏見來，今經一月有餘。」又把陸虞候設的計備細説了。高俅道：「如此，句。因爲他渾家，怎地害他？句。我尋思起來，若爲惜林冲一個人時，須送了我孩兒性命，句。却怎生是好？」句。○惡人初念未必便惡，却被轉念壞了，此處特地寫個樣子。都管道：「陸虞候和富安有計較。」高俅道：「既是如此，教唤二人來商議。」老都管隨即唤陸謙、富安入到堂裏，唱了喏。高俅問道：「我這小衙内的事，你兩個有甚計較？救得我孩兒好了時，我自擡舉你二人。」陸虞候向前禀道：「恩相在上：只除如此如此使得。」高俅道：「既如此，你明日便與我行。」不在話下。

再説林冲每日和智深吃酒，把這件事不記心了。重擱一筆。那一日，突然三字，直接前文，才子不虚也。兩個同行到閲武坊巷口，坊名與寶刀映耀光采。見一條大漢，頭戴一頂抓角兒頭巾，穿一領舊戰袍，手裏拿着一口寶刀，插着個草標兒，立在街上，陸謙畜生！以情理論之，一刀豈足惜哉；若以才情論之，真堪引而與之痛飲。只如安排計策，却是賣刀，何等奇絶，偏又是抓角頭巾舊戰袍，又插個草標兒，色色刺入林冲心裏眼裏，豈不異哉。口裏自言自語説道：「不遇識者，屈沉了我這口寶刀！」驚心刺耳之言，林冲也不理會，只顧和智深説着話走。夾此一句，筆墨淋漓之極。那漢又跟在背後道：「好口寶刀，可惜不遇識者！」句法倒轉，林冲只顧和智深走着，説得入港。又夾此一句,筆墨淋漓之極。○句法亦倒轉。那漢又在背後説道:「偌大一個東京,没一個識得軍器的!」其辭漸緊,章法入妙。

林冲聽得説,回過頭來。寫得淋漓突兀。那漢「颼」的把那口刀掣將出來,明晃晃的奪人眼目。淋漓突兀。林冲合當有事,猛可地道:「將來看!」疾。那漢遞將過來,疾。林冲接在手内,疾。同智深看了,吃了一驚,四字寫出英雄神氣。【眉批】智深見刀偏不開口者,非不識寶刀,爲讓林冲是本文主人也。失口道:「好刀!疾。你要賣幾錢?」那漢道:「索價三千貫,實價二千貫。」林冲道:「值是值二千貫,寫林冲。只没個識主。你若一千貫肯時,我買你的。」那漢道:「我急要些錢使,你若端的要時,饒你五百貫,實要一千五百貫。」敘極忙事,偏用極婉筆。林冲道:「只是一千貫,我便買了。」那漢歎口氣道:疾。「金子做生鐵賣了!罷,罷!一文也不要少了我的。」極忙中,又用一婉筆。林冲道:「跟我來家中,取錢還你。」回身却與智深道:「師兄且在茶房裏少待,小弟便來。」智深道:「洒家且回去,明日再相見。」只别魯達一筆,亦不肯直書,務用一曲。

林冲别了智深,自引了賣刀的那漢,去家中將銀子折算價貫,準還與他。就問那漢道:「你這口刀那裏得來?」到家取了錢,便可去矣,却不住筆,重又問起寶刀來歷。一來爲壯士失時發泄血淚,一來表林冲愛刀之至,爲下文比試作地步。那漢道:「小人祖上留下,因爲家道消乏,没奈何,將出來賣了。」林冲道:「你祖上是誰?」血淚迸出四字來。那漢道:「若説時辱没殺人!」只七字,妙絶。林冲再也不問。只六字,妙絶。○一句七字,一句六字,收拾得淋漓無限。那漢得了銀兩,自去了。讀者竟不知半日何爲。林冲把這口刀翻來覆去看了一回，喝采道：「端的好把刀！一句。高太尉府中有一口寶刀，胡亂不肯教人看。二句。○却不道任憑翻來覆去的看。我幾番借看也不肯將出來，三句。今日我也買了這口好刀，四句。慢慢和他比試。五句。」○自言自語，自疼自惜，自驚自詫，曲曲折折，妙不可言。林冲當晚不落手看了一晚。一句。夜間掛在壁上，二句。未等天明又去看那刀。三句。○寫得龍跳虎卧。【眉批】此文凡兩段，一段五句，在林冲口中寫出愛刀；一段三句，在林冲身上寫出愛刀。

次日巳牌時分，可見看了一早晨。只聽得門首有兩個承局叫道：「林教頭，太尉鈞旨道，你買一口好刀，就叫你將去比看。太尉在府裏專等。」疾。林冲聽得，說道：「又是甚麼多口的報知了！」朱子曰：「其辭若有憾焉，其實乃深喜之。」兩個承局催得林冲穿了衣服，忽然點出四月初旬。不因四字，我幾忘矣。○起來看了一早晨刀，衣裳都不暇穿。寫林冲摩挲愛惜，劇于十五女矣。拿了那口刀，隨這兩個承局來。一路上，林冲道：「我在府中不認得你。」只從閑處輕逗一句。兩個人說道：「小人新近參隨。」却早來到府前。進得到廳前，林冲立住了脚。反寫林冲立住脚，筆法奇險。兩個又道：「太尉在裏面後堂内坐地。」轉入屏風，至後堂，又不見太尉，林冲又住了脚。又寫一句立住脚，奇險。兩個又道：「太尉直在裏面等你，叫引教頭進來。」又過了兩三重門，到一個去處，一周遭都是緑欄杆。寫一句景。○只見欄杆者，言未到堂中，只在檐下也。有此句便生出下文「四個青字」身分。兩個又引林冲到堂前，說道：「教頭，你只在此少待，等我入去禀太尉。」

林冲拿着刀，立在檐前。「拿着刀」三字，作者眼光爍爍。○要寫得其狀如造逆者故也。兩個人自入去了，一盞茶時不見出來。林冲心疑，探頭入簾看時，只見檐前額上有四個青字，寫道「白虎節堂」。奇文可駭。林冲猛省道：疾。「這節堂是商議軍機大事處，如何敢無故輒入？不是禮！」急待回身，只聽得靴履響、脚步鳴，一個人從外面入來。奇文突兀。林冲看時，不是别人，却是本管高太尉。筆筆突兀。林冲見了，執刀向前聲喏。「執刀」二字，作者眼光爍爍。太尉喝道：「林冲！你又無呼唤，安敢輒入白虎節堂！你知法度否？你手裏拿着刀，莫非來刺殺下官？此句從刀上入罪。有人對我説，你兩三日前拿刀在府前伺候，必有歹心！」此句又援前文面色不好入罪。林冲躬身禀道：「恩相，恰纔蒙兩個承局呼唤林冲，將刀來比看。」太尉喝道：「承局在那裏？」林冲道：「恩相，他兩個已投堂裏去了。」太尉道：「胡説！甚麽承局，敢進我府堂裏去？左右與我拿下這厮！」却早兩個八十萬禁軍教頭被害了也。話猶未了，傍邊耳房裏走出二十餘人，把林冲横推倒拽下去。高太尉大怒道：「你既是禁軍教頭，法度也還不知道！因何手執利刃，故入節堂，欲殺本官？」叫左右把林冲推下。不知性命如何。

不因此等，有分教：大鬧中原，縱横海内。直教：農夫背上添心號，漁父舟中插認旗。畢竟看林冲性命如何，且聽下回分解。

第五才子書施耐庵水滸傳卷之十二

聖歎外書

第七回　林教頭刺配滄州道　魯智深大鬧野猪林

此回凡兩段文字，一段是林武師寫休書，一段是野猪林吃悶棍；一段寫兒女情深，一段寫英雄氣短：只看他行文歷歷落落處。

話説當時太尉喝叫左右排列軍校，拿下林冲要斬，林冲大叫寃屈。太尉道：「你來節堂有何事務？見今手裏拿着利刃，如何不是來殺下官？」林冲告道：「太尉不唤，怎敢入來？見有兩個承局望堂裏去了，故賺林冲到此。」太尉喝道：「胡説！我府中那有承局？這厮不服斷遣！」喝叫左右：「解去開封府，分付滕府尹好生推問勘理，明白處決！就把這刀封了去！」左右領了鈞旨，監押林冲投開封府來。恰好府尹坐衙未退，二字好似陞堂。高太尉幹人把林冲押到府前，跪在階下。府幹將太尉言語對滕府尹説了，將上太尉封的那把刀，放在林冲面前。府尹道：「林冲，你是個禁軍教頭，如何不知法度，手執利刃，故入節堂？這是該死的罪犯！」林冲告道：「恩相明鏡：念林冲負屈銜冤！小人雖是粗鹵的軍漢，頗識些法度，如何敢擅入節堂？爲是前月二十八日，林冲與妻到岳廟還香願，正迎見高太尉的小衙内把妻子調戲，被小人喝散了。次後又使陸虞候賺小人吃酒，却使富安來騙林冲妻子，到陸虞候家樓上調戲，亦被小人趕去，是把陸虞候家打了一場。兩次雖不成奸，皆有人證。次日林冲自買這口刀，今日太尉差兩個承局來家呼喚林冲，叫將刀來府裏比看。因此林冲同二人到節堂下，兩個承局進堂裏去了，不想太尉從外面進來，設計陷害林冲。望恩相做主！」府尹聽了林冲口詞，府尹不開口。且叫與了回文，一面取刑具枷杻來上了，推入牢裏監下。林冲家裏自來送飯，一面使錢。林冲的丈人張教頭亦來買上告下，使用財帛。

正值有個當案孔目，姓孫，名定，爲人最鯁直，十分好善，只要周全人，因此人都唤做「孫佛兒」。他明知道這件事轉轉宛宛，在府上説知就裏，禀道：「此事果是屈了林冲，只可周全他。」府尹道：「他做下這般罪，高太尉批『仰定罪』，定要問他『手執利刃，故入節堂，殺害本官』。怎周全得他？」孫定道：「這南衙開封府不是朝廷的，是高太尉家的！」雖無孔目唐突府尹之理，然自是快語。府尹道：「胡説！」孫定道：「誰不知高太尉當權，倚勢豪强，更兼他府裏無般不做，此一句上不承，下不接，妙絶快絶。言高府中則多犯彌天之罪耳，應殺應剮耳。但有人小小觸犯，便發來開封府，要殺便殺，要剮便剮，却不是他家官府？」「小小」字妙，「觸犯」字妙，「殺剮」字妙。府尹道：「據你説時，林冲事怎的方便他，施行斷遣？」孫定道：「看林冲口詞，是個無罪的人，快人快語。只是沒拿那兩個承局處。此語開不得林冲死罪，然一有此語，便入不得林冲死罪矣。妙筆。如今着他招認做『不合腰懸利刃，誤入節堂』，脊杖二十，刺配遠惡軍州。」滕府尹也知這件事了，自去高太尉面前，再三禀説林冲口詞。高俅情知理短，一句。又礙府尹，一句。只得准了。

就此日，府尹回來陞廳，叫林冲除了長枷，斷了二十脊杖，唤個文筆匠刺了面頰，量地方遠近，該配滄州牢城。當廳打一面七斤半團頭鐵葉護身枷釘了，貼上封皮，押了一道牒文，差兩個防送公人監押前去。兩個人是董超、薛霸。特特注明二人。二人領了公文，押送林冲出開封府來。

只見衆鄰舍此句非鄰舍情重，亦非林冲有恩，只爲便于後文寫休書耳。並林冲的丈人張教頭，都在府前接着，同林冲兩個公人，到州橋下酒店裏坐定。林冲道：「多得孫孔目維持，這棒不毒，因此走動得。」張教頭叫酒保安排按酒果子，管待兩個公人。酒至數杯，只見張教頭將出銀兩，賫發他兩個防送公人已了。林冲執手對丈人説道：「泰山在上，年災月厄，撞了高衙内，吃了一場屈官司。今日有句話説，上禀泰山：自蒙泰山錯愛，將令愛嫁事小人，已經三載，不曾有半些兒差池。雖不曾生半個兒女，爲後文省手也，却于林冲口中叙出曲曲人情。未曾面紅面赤，半點相爭。今小人遭這場横事，配去滄州，生死存亡未保。娘子在家，小人心去不穩，誠恐高衙内威逼這頭親事；況兼青春年少，休爲林冲誤了前程。却是林冲自行主張，非他人逼迫，小人今日就高鄰在此，始知前文先叙鄰舍筆法之妙。明白立紙休書，任從改嫁，並無爭執。如此林冲去得心穩，免得高衙内陷害。」【眉批】一路翁婿往復，凄凄惻惻，《祭十二郎文》與《琵琶行》兼有之。張教頭道:「賢婿甚麼言語!你是天年不齊,遭了横事,又不是你作將出來的。今日權且去滄州躲災避難,早晚天可憐見,放你回來時,依舊夫妻完聚。老漢家中也頗有些過活,便取了我女家去,並錦兒,細。不揀怎的,三年五載,養贍得他。又不叫他出入,高衙内便要見也不能够。休要憂心,都在老漢身上。你在滄州牢城,我自頻頻寄書並衣服與你。休得要胡思亂想,只顧放心去。」林冲道:「感謝泰山厚意,只是林冲放心不下,枉自兩相耽誤。泰山可憐見林冲,依允小人,便死也瞑目!」

張教頭那裏肯應承,衆鄰舍亦説行不得。又夾一筆,妙。林冲道:「若不依允小人之時,林冲便掙扎得回來,誓不與娘子相聚!」截鐵語。張教頭道:「既然恁地時,權且由你寫下,我只不把女兒嫁人便了。」截鐵語。○一路翁婿往復,凄凄惻惻,曲曲折折,至此各用一句截鐵語收之。當時叫酒保尋個寫文書的人來,買了一張紙來。那人寫,林冲説,如畫。道是:

東京八十萬禁軍教頭林冲,爲因身犯重罪,「重罪」妙。此書分明寫與高衙内者,故竟云重罪,不云其他情節也。斷配滄州,去後存亡不保。有妻張氏年少,情願立此休書,任從改嫁,永無爭執。委是自行情願,即非相逼。句句出脱衙内。○此數句,本老生常談耳,用來恰字字如錦。恐後無憑,立此文約爲照。年　月　日。

林冲當下看人寫了,借過筆來,去年月下押個花字,打個手模。寫林冲斬頭瀝血,見機生智,令人淚落。正在閣裏寫了,欲付與泰山收時,只見林冲的娘子,號天哭地叫將來。女使錦兒抱着一包衣服,一路尋到酒店裏。省却又回去也。林冲見了,起身接着道:「娘子,小人有句話說，已稟過泰山了。如聞其聲，如見其人。爲是林冲年災月厄，遭這場屈事。今去滄州，生死不保，誠恐誤了娘子青春，今已寫下幾字在此。萬望娘子休等小人，有好頭腦高衙内也，却不直説高衙内，蓋恐傷其心也。自行招嫁，莫爲林冲誤了賢妻。」

那娘子聽罷，哭將起來，説道：「丈夫！我不曾有半些兒點污，如何把我休了？」林冲娘子只説得此一句，下更無語，都是張教頭説，情景入妙。林冲道：「娘子，我是好意。恐怕日後兩下相誤，賺了你。」張教頭便道：「我兒放心。雖是女婿恁的主張，我終不成下得將你來再嫁人？這事且由他放心去。他便不來時，我也安排你一世的終身盤費，只教你守志便了。」都是娘子心中話，却不好在娘子口中説，故都借張教頭出之。那娘子聽得説，有筆力。心中哽咽；又見了這封書，有筆力。一時哭倒，聲絶在地。林冲與泰山張教頭救得起來，半晌方纔甦醒，兀自哭不住。林冲把休書與教頭收了，衆鄰舍亦有婦人來勸林冲娘子，攙扶回去。真是如何回去，忽乘便從「鄰舍」二字上生出婦人來。見景生情，文章妙訣。【眉批】漏錦兒。張教頭囑付林冲道：「只顧前程去，挣扎回來厮見。你的老小，我明日便取回去養在家裏，待你回來完聚。重將此句特特説。你但放心去，不要挂念。如有便人，千萬頻頻寄些書信來！」林冲起身謝了，拜辭泰山並衆鄰舍，背了包裹，隨着公人去了。張教頭同鄰舍取路回家，了。不在話下。

且説兩個防送公人，把林冲帶來使臣房裏，寄了監。董超、薛霸各自回家，收拾行李。只説董超正在家裏拴束包裹，只見巷口酒店裏酒保來，説道：「董端公，一位官人在小人店中請説話。」董超道：「是誰？」酒保道：「小人不認得，只叫請端公便來。」原來宋時的公人，都稱呼「端公」。當時董超便和酒保徑到店中閣兒内看時，見坐着一個人，頭戴頂萬字頭巾，身穿領皂紗背子，下面皂靴淨襪。見了董超，慌忙作揖道：「端公請坐。」董超道：「小人自來不曾拜識尊顔，不知呼唤有何使令？」那人道：「請坐，少間便知。」董超坐在對席。酒保一面鋪下酒盞，菜蔬果品按酒，都搬來擺了一桌。那人問道：「薛端公在何處住？」董超道：「只在前邊巷内。」那人唤酒保問了底脚，「與我去請將來。」酒保去了一盞茶時，只見請得薛霸到閣兒裏。董超道：「這位官人請俺説話。」薛霸道：「不敢動問大人高姓？」那人又道：「少刻便知，且請飲酒。」三人坐定，一面酒保篩酒。

酒至數杯，那人去袖子裏取出十兩金子，放在桌上，説道：「二位端公各收五兩，有些小事煩及。」二人道：「小人素不認得尊官，何故與我金子？」那人道：「二位莫不投滄州去？」董超道：「小人兩個奉本府差遣，監押林冲直到那裏。」那人道：「既是如此，相煩二位。我是高太尉府心腹人陸虞候便是。」董超、薛霸「喏喏」連聲，説道：「小人何等樣人，敢共對席！」陸謙道：「你二位也知林冲和太尉是對頭，今奉着太尉鈞旨，教將這十兩金子送與二位。望你兩個領諾，不必遠去，只就前面僻静去處，把林冲結果了，就彼處討紙回狀，回來便了。若開封府但有話説，太尉自行分付，並不妨事。」

董超道：一個不肯。○凡公人必用兩個爲一夥，便一個好，一個不好。蓋起發人錢財，都用此法，切勿謂董優于薛也。「却怕使不得。開封府公文只叫解活的去，却不曾教結果了他。亦且本人年紀又不高大，如何作得這緣故？倘有些兜搭，恐不方便。」薛霸道：一個肯。「老董，你聽我説：高太尉便叫你我死，也只得依他，妙語。○不知圖個甚麽，死亦依他也。今人以死博名，類如此矣。莫説使這官人又送金子與俺。你不要多説，和你分了罷，落得做人情，日後也有照顧俺處。前頭有的是大松林猛惡去處，不揀怎的與他結果了罷！」薛霸賊。既得隴，又望蜀，寫小人如畫。當下薛霸收了金子，説道：「官人放心，多是五站路，少便兩程，便有分曉。」陸謙大喜道：「還是薛端公，真是爽利！明日到地了時，是必揭取林冲臉上金印回來做表證，陸謙再包辦二位十兩金子相謝。小人語。○作者務要寫出，不顧小人看見耶？專等好音。「好音」二字，用得可笑可惱。切不可相誤！」原來宋時，但是犯人徒流遷徙的，都臉上刺字，怕人恨怪，只唤做「打金印」。三個人又吃了一會酒，陸虞候算了酒錢。三人出酒肆來，各自分手。

只説董超、薛霸將金子分受入已，送回家中，取了行李包裹，拿了水火棍，便來使臣房裏取了林冲，監押上路。當日出得城來，離城三十里多路歇了。宋時途路上客店人家，但是公人監押囚人來歇，不要房錢。當下董、薛二人二人合。帶林冲到客店裏，歇了一夜。第二日，天明起來，打火吃了飲食，投滄州路上來。時遇六月天氣，炎暑正熱。林冲初吃棒時，倒也無事，次後三兩日間，天道盛熱，棒瘡却發；又是個新吃棒的人，補出林冲生平如金似玉。路上一步挨一步，走不動。薛霸道：一個不好。「好不曉事！此去滄州二千里有餘的路，你這般樣走，幾時得到！」林冲道：「小人在太尉府裏折了些便宜，前日方纔吃棒，棒瘡舉發。這般炎熱，上下只得擔待一步！」董超道：一個做好。「你自慢慢的走，休聽咭咶。」薛霸一路上「喃喃呐呐」的，口裏埋宛叫苦，説道：「却是老爺們晦氣，撞着你這個魔頭！」

看看天色又晚，三個人投村中客店裏來。到得房内，兩個公人放了棍棒，解下包裹。林冲也把包來解了，不等公人開口，可憐。去包裹取些碎銀兩，央店小二買些酒肉，糴些米來，安排盤饌，請兩個防送公人坐了吃。董超、薛霸二人合。【眉批】一路董、薛二人，忽然是一個，忽然是兩個，寫得如大珠小珠相似。又添酒來，把林冲灌的醉了，和枷倒在一邊。薛霸一個。去燒一鍋百沸滚湯，提將來傾在脚盆内，叫道：「林教頭，你也洗了脚好睡。」林冲掙的起來，被枷礙了，曲身不得。薛霸便道：「我替你洗。」林冲忙道：「使不得！」薛霸道：「出路人那裏計較的許多！」林冲不知是計，只顧伸下脚來，被薛霸只一按，按在滚湯裏。爲明日地也。林冲叫一聲：「哎也！」急縮得起時，泡得脚面紅腫了。林冲道：「不消生受！」薛霸道：「只見罪人伏侍公人，那曾有公人伏侍罪人！　好意叫他洗脚，顛倒嫌冷嫌熱，却不是好心不得好報！」口裏「喃喃」的罵了半夜。林冲那裏敢回話，自去倒在一邊。他兩個二人合。潑了這水，自换些水去外邊洗了脚，收拾。

睡到四更，同店人都未起，早。○又暗藏一人。薛霸起來，一個。燒了面湯，安排打火做飯吃。林冲起來，暈了，吃不得，又走不動。薛霸拿了水火棍，催促動身。董超一個。去腰裏解下一雙新草鞋，耳朵並索兒却是麻編的，惡。叫林冲穿。林冲看時，脚上滿面都是燎漿泡，只得尋覓舊草鞋穿，那裏去討？　没奈何，只得把新草鞋穿上。惡。叫店小二算過酒錢，兩個公人二人又合。帶了林冲出店，却是五更天氣。早。

林冲走不到三二里，脚上泡被新草鞋打破了，惡。鮮血淋灕，正走不動，聲唤不止。薛霸罵道：一個。「走便快走！不走便大棍搠將起來！」林冲道：「上下方便，小人豈敢怠慢，俄延程途？其實是脚疼走不動。」董超道：一個。「我扶着你走便了。」攙着林冲，只得又挨了四五里路。看看正走不動了，早望見前面烟籠霧鎖，一座猛惡林子，有名喚做「野猪林」，此是東京去滄州路上第一個嶮峻去處。宋時這座林子内，但有些冤讎的，使用些錢與公人，帶到這裏，不知結果了多少好漢。今日這兩個公人帶林冲，奔入這林子裏來。董超道：反是董超發科，可見同惡共濟。「走了一五更，走不得十里路程，似此滄州怎的得到？」薛霸道：薛霸在後。「我也走不得了，且就林子裏歇一歇。」

三個人奔到裏面，解下行李包裹，都搬在樹根頭。林冲叫聲：「呵也！」靠着一株大樹便倒了。畫。只見董超、薛霸道：二人合。「行一步，等一步，倒走得我困倦起來，且睡一睡却行。」曲曲而來。○如畫，如話。放下水火棍，便倒在樹邊，略略閉得眼，奇文。○二人心中有事，如何閉得眼？却偏用閉眼，寫出許多做作。從地下叫將起來。奇文。林冲道：「上下，做甚麼？」董超、薛霸道：二人合。「俺兩個正要睡一睡，這裏又無關鎖，只怕你走了。我們放心不下，以此睡不穩。」已説到縛矣，却還不説出，又收住口。林冲答道：「小人是個好漢，官司既已吃了，一世也不走。」薛霸道：一個。「那裏信得你説？要我們心穩，須得縛一縛。」方説縛。○只一縛，其用筆之曲如此。林冲道：「上下，要縛便縛，小人敢道怎的？」

薛霸腰裏解下索子來，把林冲連手帶脚和枷緊緊的綁在樹上。一個。同董超兩個兩個。跳將起來，轉過身來，拿起水火棍，看着林冲説道：「不是俺要結果你，自是前日來時，有那陸虞候密人也，此處却説出。○即所謂「陸兄」也。傳着高太尉鈞旨，教我兩個到這裏結果你，立等金印回去回話。密語也，此處却説出。便多走的幾日，也是死數。只今日就這裏，倒作成我兩個回去快些。此却是善知識語，細思之，嘗有橄欖回甘之益。休得要怨我弟兄兩個，只是上司差遣，不由自己。你須精細着，惡人殺人，又怕其鬼，每每如此，寫來一笑。明年今日是你周年。趣話。我等已限定日期，亦要早回話。」

林冲見説，淚如雨下，四字寫盡英雄盡頭日。便道：「上下，我與你二位往日無讎，近日無寃，你二位如何救得小人，「往日無讎」二語，非惡其殺之之辭也，正望其救之之辭也，三句連讀始得之。生死不忘。」董超道：「説甚麽閑話？一個。○臨死求救，謂之「閑話」，爲之絶倒。○臨死求救是閑話，前日所云太尉要你我死，也只得依他，此是緊話也。千古一轍，爲之浩歎！救你不得！」薛霸便提起水火棍來，望着林冲腦袋上劈將來，一個。○林冲奈何。可憐豪傑束手就死。正是：萬里黄泉無旅店，三魂今夜落誰家？畢竟林冲性命如何，且聽下回分解。

第五才子書施耐庵水滸傳卷之十三

聖歎外書

第八回　柴進門招天下客　林冲棒打洪教頭

今夫文章之爲物也，豈不異哉！如在天而爲雲霞，何其起于膚寸，漸舒漸卷，倏忽萬變，爛然爲章也；在地而爲山川，何其迤邐而入，千轉百合，爭流競秀，窅冥無際也；在草木而爲花萼，何其依枝安葉，依葉安蒂，依蒂安英，依英安瓣，依瓣安鬚，真有如神鏤鬼簇、香團玉削也；在鳥獸而爲翬尾，何其青漸入碧，碧漸入紫，紫漸入金，金漸入綠，綠漸入黑，黑又入青，内視之而成彩，外望之而成耀，不可一端指也。凡如此者，豈其必有不得不然者乎？夫使雲霞不必舒卷，而慘若烽烟，亦何怪于天？山川不必窅冥，而止有坑阜，亦何怪于地？花萼不必分英布瓣，而醜如榾柮；翬尾不必金碧間雜，而塊然木鳶，亦何怪于草木鳥獸？然而終亦必然者，蓋必有不得不然者也。至于文章，而何獨不然也乎？自世之鄙儒，不惜筆墨，于是到處塗抹，自命作者，乃吾視其所爲，實則曾無異于所謂烽烟、坑阜、榾柮、木鳶也者。嗚呼！其亦未嘗得見我施耐庵之《水滸傳》也。

吾之爲此言者，何也？即如松林棍起，智深來救，大師此來，後天而降，固也。乃今觀其敍述之法，又何其詭譎變幻，一至于是乎？第一段先飛出禪杖，第二段方跳出胖大和尚，第三段再詳其皂布直裰與禪杖戒刀，第四段始知其爲智深。若以《公》、《穀》、《大戴》體釋之，則曰：先言禪杖而後言和尚者，並未見有和尚，突然水火棍被物隔去[一]，則一條禪杖早飛到面前也；先言胖大而後言皂布直裰者，驚心駭目之中，但見其爲胖大，未及詳其脚色也；先寫裝束而後出姓名者，公人驚駭稍定，見其如此打扮，却不認爲何人，而又不敢問也。蓋如是手筆，實惟史遷有之，而《水滸傳》乃獨與之並驅也。

又如前回敍林冲時，筆墨忙極，不得不將智深一邊暫時閣起。此行文之家要圖手法乾浄，萬不得已而出于此也。今入此回，却忽然就智深口中，一一追補敍還，而又不肯一直敍去，又必重將林冲一邊逐段穿插相對而出。不惟使智深一邊不曾漏落，又反使林冲一邊再加渲染。離離奇奇，錯錯落落，真似山雨欲來風滿樓也。

又如公人心怒智深，不得不問，纔問，却被智深兜頭一喝，讀者亦謂終亦不復知是某甲矣。乃遥遥直至智深拖却禪杖去後，林冲無端誇拔楊柳，遂答還董超、薛霸最先一問。疑其必説，則忽然不説；疑不復説，則忽然却説。譬如空中之龍，東雲見鱗，西雲露爪，

[一]「突」，貫華堂本作「笑」，據葉瑶池本改。

真極奇極恣之筆也。

又如洪教頭要使棒，反是柴大官人説且吃酒。此一頓，已是令人心癢之極。乃武師又于四五合時跳出圈子，忽然叫住，曰除枷也；乃柴進又于重提棒時，又忽然叫住。凡作三番跌頓，直使讀者眼光一閃一閃，真極奇極恣之筆也。

又如洪教頭入來時，一筆要寫洪教頭，一筆又要寫林武師，一筆又要寫柴大官人，可謂極忙極雜矣。乃今偏于極忙極雜中間，又要時時擠出兩個公人，心閑手敏，遂與史遷無二也。

又如寫差撥陡然變臉數語，後接手便寫陡然翻出笑來數語，參差歷落，自成諧笑。此所謂文章波瀾，亦有以近爲貴者也。若夫文章又有以遠爲貴也者，則如來時飛杖而來，去時拖杖而去，其波瀾乃在一篇之首與尾。林冲來時，柴進打獵歸來；林冲去時，柴進打獵出去，則其波瀾乃在一傳之首與尾矣。此又不可不知也。

凡如此者，皆所謂在天爲雲霞，在地爲山川，在草木爲花萼，在鳥獸爲翬尾，而《水滸傳》必不可以不看者也。

此一回中，又于正文之外，旁作餘文，則于銀子三致意焉。如陸虞候送公人十兩金子，又許幹事回來，再包送十兩，一可歎也：夫陸虞候何人，便包得十兩金子？且十兩金子何足論，而必用一人包之也？智深之救而護而送到底也，公人叫苦不迭，曰「却不是壞我勾當」，二可歎也：夫現十兩賒十兩，便算一場勾當，而林冲性命曾不足顧也；又二人之暗自商量也，曰「捨着還了他十兩金子」，三可歎也：四人在店，而兩人暗商，其心頭口頭，十兩外無别事也；訪柴進而不在也，其莊客亦更無别語相惜，但云「你没福，若是在家，有酒食錢財與你」，四可歎也：酒食錢財，小人何至便以爲福也？洪教頭之忌武師也，曰「誘些酒食錢米」，五可歎也：夫小人之污衊君子，亦更不于此物外也。武師要開枷，柴進送銀十兩，公人忙開不迭，六可歎也：銀之所在，朝廷法網亦惟所命也。洪教頭之敗也，大官人實以二十五兩亂之，七可歎也：銀之所在，名譽、身分都不復惜也。洪柴、林之握别也，又捧出二十五兩一錠大銀，八可歎也：雖聖賢豪傑，心事如青天白日，亦必以此將其愛敬，設若無之，便若冷淡之甚也。兩個公人亦賷發五兩，則出門時，林武師謝，兩公人亦謝，九可歎也：有是物即陌路皆親，豺狼亦顧，分外熱鬧也。差撥之見也，所爭五兩耳，而當其未送，則滿面皆是餓紋，及其既送，則滿面應做大官，十可歎也：千古人倫，甄别之際，或月而易，或旦而易，大約以此也。武師以十兩送管營，差撥又落了五兩，止送五兩，十一可歎也：本官之與長隨可謂親矣，而必染指焉，諺云「掐蝨偷脚」，比比然也。林冲要一發周旋開除鐵枷，又取三二兩銀子，十二可歎也：但有是物，即無事不可周旋，無人不願效力也。滿營囚徒，亦得林冲救濟，十三可歎也：只是金多分人，而讀者至此遂感林冲恩義，口口傳爲美談。信乎名以銀成，無别法也。嗟乎！士而貧，尚不閉門學道，而尚欲游于世間，多見其爲不知時務耳，豈不大哀也哉！

話説當時薛霸雙手舉起棍來，望林冲腦袋上便劈下來。説時遲，那時快，薛霸的棍恰舉起來，只見松樹背後雷鳴也似一聲，那條鐵禪杖飛將來，第一段，單飛出禪杖，却未見有人。把這水火棍一隔，丢去九霄雲外，跳出一個胖大和尚來，「説時遲，那時快」六字，神變之筆。○行文有雷轟電掣之勢，令讀者眼光霍霍。○看他先「飛」出禪杖，次「跳」出和尚，恣意弄奇，妙絶怪絶。○第二段，單跳出和尚，却未曾看得仔細。喝道：「洒家在林子裏聽你多時！」兩個公人看那和尚時，穿一領皂布直裰，跨一口戒刀，提着禪杖，輪起來打兩個公人。第三段，方看得仔細，却未知和尚是誰。林冲方纔閃開眼看時，認得是魯智深。第四段，方出魯智深名字，弄奇作怪，于斯極矣。【眉批】此段突然寫魯智深來，却變作四段：第一段飛出一條禪杖隔去水火棍；第二段水火棍丢了，方看見一個胖大和尚，却未及看其打扮；第三段方看見其皂布直裰，跨戒刀，輪禪杖，却未知其姓名；第四段直待林冲眼開，方出智深名字。奇文奇筆，遂至于此。林冲連忙叫道：「師兄，不可下手，我有話説！」極急時下語不及，只此四字，妙妙。○頃刻不至即休矣[一]，又有甚話説耶？ 智深聽得，收住禪杖；兩個公人呆了半晌，動撣不得。林冲道：「非干他兩個事，盡是高太尉使陸虞候分付他兩個公人，要害我性命，他兩個怎不依他？你若打殺他兩個，也是寃屈。」爲高俅殺林冲映襯，故特下此句。

魯智深扯出戒刀，把索子都割斷了，便扶起林冲，叫：「兄弟，俺自從和你買刀那日相别之後，重叙林冲第一段。【眉批】看他夾叙，補前之缺。洒家憂得你苦。補叙自家第一段。自從你受官司，重叙林冲第二段。俺又無處去救你。補叙自家第二段。打聽得你斷配滄州，重叙林冲第三段。

[一]「頃」，貫華堂本作「項」，據葉瑶池本改。

洒家在開封府前又尋不見，補叙自家第三段。却聽得人説監在使臣房内；又見酒保來請兩個公人，説道：『店裏一位官人尋説話。』重叙林冲第四段。以此洒家疑心，放你不下，恐這廝們路上害你，俺特地跟將來。補叙自家第四段。見這兩個撮鳥帶你入店裏去，重叙林冲第五段。洒家也在那店裏歇。補叙自家第五段。夜間聽得那廝兩個做神做鬼，把滚湯賺了你脚。重叙林冲第六段。那時俺便要殺這兩個撮鳥，却被客店裏人多，恐防救了。補叙自家第六段。洒家見這廝們不懷好心，重叙林冲第七段。越放你不下。補叙自家第七段。你五更裏出門時，重叙林冲第八段。洒家先投奔這林子裏來，等殺這廝兩個撮鳥。補叙自家第八段。他到來這裏害你，方叙到林冲正文。正好殺這廝兩個！方叙到自己正文。」○文勢如兩龍夭矯，陡然合筍，奇筆恣墨，讀之叫絶。

林冲勸道：「既然師兄救了我，你休害他兩個性命。」魯智深喝道：「你這兩個撮鳥！洒家不看兄弟面時，把你這兩個都剁做肉醬！且看兄弟面皮，饒你兩個性命。」就那裏插了戒刀，前割索子扯出，此仍插入，精細之極。喝道：「你這兩個撮鳥，快攙兄弟，都跟洒家來。」奇語絶倒。提了禪杖先走。好景。○此回寫智深，都在禪杖上出色，如前文禪杖飛來，此文提禪杖先走，後文拖禪杖去了，皆妙景也。兩個公人那裏敢回話？只扯：「林教頭救俺兩個！」依前背上包裹，好。拾了水火棍，好。扶着林冲，好。又替他拕了包裹，好。一同跟出林子來。好景。

行得三四里路程，見一座小小酒店在村口，深、冲、超、霸四人入來坐下。唤酒保買五七斤肉，打兩角酒來吃，回些麵來打餅。酒保一面整治，把酒來篩。兩個公人道：「不敢拜問師父，在那個寺裏住持？」賊。智深笑道：「你兩個撮鳥，問俺住處做甚麽？莫不去教高俅做甚麼奈何洒家？別人怕他，俺不怕他。又賊。〇一卷氣悶書後，忽然作此快語。洒家若撞着那廝，教他吃三百禪杖！」兩個公人那裏敢再開口。陡然起，陡然倒，直至後文，方乃陡然而合，筆力奇拗之極。吃了些酒肉，收拾了行李，還了酒錢，出離了村口。林冲問道：「師兄，今投那裏去？」急語可憐。正如渴乳之兒，見母遠行，寫得令人墮淚。魯智深道：「『殺人須見血，救人須救徹』。洒家放你不下，直送兄弟到滄州。」天雨血，鬼夜哭，盡此二十三字[二]。兩個公人聽了，暗暗地道：「苦也！却是壞了我們的勾當，轉去時怎回話？且只得隨順他一處行路。」

自此途中，被魯智深要行便行，要歇便歇，一路忽作快語。【眉批】此段看他錯錯落落，寫成一片。那裏敢扭他？好便罵，不好便打。都作快語。兩個公人不敢高聲，只怕和尚發作。盡是快語。行了兩程，討了一輛車子，林冲上車將息，三個跟着車子行着。極意寫，寫得快絶。兩個公人懷着鬼胎，各自要保性命，只得小心隨順着行。魯智深一路買酒買肉，將息林冲，那兩個公人也吃。極意寫，寫得快絶。遇着客店，早歇晚行，都是那兩個公人打火做飯，極意寫，寫得快絶。誰敢不依他？二人暗商量：此段要補出。「我們被這和尚監押定了，明日回去，高太尉必然奈何俺。」薛霸道：「我聽得大相國寺菜園廨宇裏新來了個僧人，喚做魯智深，想來必是他。猜此一語，吊在此處，並不得明白。直至後文智深回去後，林冲誇他倒拔垂楊，方成一答。文情奇絶。回去實說：俺要在野猪林結果他，被這和尚救了，一路護送到滄州，因此下手不得。捨着還了他十

[二]「三」，金評各本均作「二」，據引文字數改。

兩金子，公人苦語。着陸謙自去尋這和尚便了。我和你只要躲得身上乾浄。」董超道：「也説的是。」兩個暗商量了，不題。

話休絮繁。被智深監押不離，行了十七八日，省。近滄州只有七十來里路程。一路去都有人家，再無僻静處了。魯智深打聽得實了，寫得何等恩義周匝。就松林裏少歇。「松林」二字，故在此處，入後徑説頭硬似松樹，所謂身在畫圖中也。智深對林冲道：「兄弟，此去滄州不遠了。前路都有人家，别無僻浄去處，洒家已打聽實了。俺如今和你分手，異日再得相見。」林冲道：「師兄回去，泰山處可説知。此句反在感恩之前，妙絶，有無限兒女恩情在内。讀者細味之，當爲之嗚咽。防護之恩，不死當以厚報。」魯智深又取出一二十兩銀子與林冲，把三二兩與兩個公人，道：「你兩個撮鳥，本是路上砍了你兩個頭。兄弟面上，饒你兩個鳥命。如今没多路了，休生歹心。」兩個道：「再怎敢？皆是太尉差遣。」接了銀子，却待分手，魯智深看着兩個公人道：「你兩個撮鳥的頭，硬似這松樹麽？」奇語。○此句上更不添「指着松樹」四字，妙。二人答道：「小人頭是父母皮肉，包着些骨頭……」不待詞畢，寫得妙。智深輪起禪杖，把松樹只一下，打得樹有二寸深痕，齊齊折了。喝一聲：「你兩個撮鳥，但有歹心，教你頭也與這樹一般！」擺着手，拖了禪杖，叫聲：「兄弟保重！」自回去了。來得突兀，去得瀟灑。如一座怪峰，劈插而起，及其盡也，迤邐而漸弛矣。董超、薛霸都吐出舌頭來，半晌縮不入去。活畫。林冲道：「上下，俺們自去罷。」兩個公人道：「好個莽和尚，一下打折了一株樹。」林冲道：「這個直得甚麽！相國寺一株柳樹，連根也拔將出來。」直至此處，方纔遥答前文，真是奇情恣筆。不知者反責林冲漏言，可爲失笑。二人只把頭來摇，方纔得知是實。奇情恣筆。

三人當下離了松林。行到晌午，早望見官道上一座酒店。三個人入到裏面來，林冲讓兩個公人上首坐了。董、薛二人，半日方纔得自在。又找一句，見十七八日着實過不得。○松林分手，其文已畢，却于入酒店後，再描一句，所謂勁勢猶動也。只見那店裏有幾處座頭，三五個篩酒的酒保，都手忙脚亂，搬東搬西。林冲與兩個公人坐了半個時辰，酒保並不來問。生出文情來。林冲等得不耐煩，把桌子敲着，説道：「你這店主人好欺客，見我是個犯人，便不來睬着。我須不白吃你的，是甚道理？」主人説道：「你這人原來不知我的好意。」奇，生出文情來。林冲道：「不賣酒肉與我，有甚好意？」店主人道：「你不知俺這村中有個大財主，姓柴，名進，此間稱爲柴大官人，江湖上都唤做『小旋風』，他是大周柴世宗子孫。自陳橋讓位，太祖武德皇帝敕賜與他誓書鐵券在家，無人敢欺負他，專一招集天下往來的好漢，三五十個養在家中。常常囑付我們：『酒店裏如有流配來的犯人，可叫他投我莊上來，我自資助他。』如此一位豪傑，却在店主口中無端叙出，有春山出雲之樂。○看他各樣出法。我如今賣酒肉與你，吃得面皮紅了，他道你自有盤纏，便不助你。我是好意。」

林冲聽了，對兩個公人道：「我在東京教軍時，常常聽得軍中人傳説柴大官人名字，襯一句，遂令上文愈顯。却原來在這裏。我們何不同去投奔他。」董超、薛霸尋思道：「既然如此，有甚虧了我們處？」公人語。就便收拾包裹，和林冲問道：「酒店主人，柴大官人莊在何處？」是。我等正要尋他。」店主人道：「只在前面，約過三二里路，大石橋邊轉灣抹角，那個大莊院便是。」

林冲等謝了店主人出門，走了三二里，果然見座大石橋。過得橋來，一條平坦大路，早望見緑柳陰中，顯出那座莊院。四下一周遭一條闊河，兩岸邊都是垂楊大樹，樹陰中一遭粉牆。轉灣來到莊前，那條闊板橋上坐着四五個莊客，都在那裏乘涼。時序隨所叙事漸漸而下。三個人來到橋邊，與莊客施禮罷，林冲説道：「相煩大哥，報與大官人知道：京師有個犯人，迭配牢城，姓林的求見。」自負不小。莊客齊道：「你没福！若是大官人在家時，有酒食錢財與你，今早出獵去了。」已自問了住處，走到莊前矣，却偏要不在家，摇曳出柴大官人身分來。〇又遥遥伏下「出獵」二字。林冲道：「不知幾時回來？」莊客道：「説不定。敢怕投東莊去歇，也不見得。許你不得。」極力摇曳，又伏東莊。林冲道：「如此是我没福，不得相遇，我們去罷。」别了衆莊客，和兩個公人再回舊路，肚裏好生愁悶。此處若用「我們且等」，則上文摇曳爲不極矣，直要寫到只索去罷，險絶幾斷，然後生出下文來。

行了半里多路，只見遠遠的從林子深處，一簇人馬飛奔莊上來。中間捧着一位官人，騎一匹雪白捲毛馬。馬上那人，生得龍眉鳳目，皓齒朱唇，三牙掩口髭鬚，三十四五年紀。頭戴一頂皂紗轉角簇花巾，身穿一領紫繡團胸綉花袍，腰繫一條玲瓏嵌寶玉環縧，足穿一雙金綫抹緑皂朝靴。帶一張弓，插一壺箭，好柴大官人。〇林冲來時如此來，林冲去時如此去，作章法。引領從人，都到莊上來。林冲看了尋思道：「敢是柴大官人麽？」又不敢問他，只自肚裏躊躇。本是一色人物，只因身在囚服，便于貴游之前，不復更敢伸眉吐氣。寫得英雄失路，極其可憐。只見那馬上年少的官人，縱馬前來問道：「這位帶枷的是甚人？」極力寫柴大官人。林冲慌忙躬身答道：「小人是東京禁軍教頭，姓林，名冲。爲因惡了高太尉，尋事發下開封府，問罪斷遣，刺配此滄州。聞得前面酒店裏説，這裏有個招賢納士好漢柴大官人，令聞廣譽，誦之成響。因此特來相投。不期緣淺，不得相遇。」那官人滚鞍下馬，飛近前來，説道：「柴進有失迎迓。」就草地上便拜，極力寫柴大官人。林冲連忙答禮。那官人携住林冲的手，同行到莊上來。極力寫柴大官人。那莊客們看見，大開了莊門，柴進直請到廳前。

兩個叙禮罷，柴進説道：「小可久聞教頭大名，不期今日來踏賤地，足稱平生渴仰之願。」林冲答道：「微賤林冲，聞大人貴名，傳播海宇，誰人不敬？不想今日因得罪犯，流配來此，得識尊顔，十二字，筆舌曲折，絶妙尺牘。○此處却「深感」高俅。宿生萬幸。」柴進再三謙讓，林冲坐了客席，董超、薛霸也一帶坐了。跟柴進的伴當各自牽了馬，去院後歇息。細。不在話下。

柴進便唤莊客叫將酒來，不移時，只見數個莊客托出一盤肉，一盤餅，温一壺酒；又一個盤子，托出一斗白米，米上放着十貫錢，都一發將出來。寫柴進待林冲，無可着筆，故又特地布此一景，極力摇曳出來。柴進見了道：「村夫不知高下！教頭到此，如何恁地輕意？哇！快將進去。先把果盒酒來，隨即殺羊相待，快去整治。」極力寫柴大官人。林冲起身謝道：「大官人，不必多賜，只此十分够了。」柴進道：「休如此説。難得教頭到此，豈可輕慢？」莊客便如飛先捧出果盒酒來，柴進起身，一面手執三杯。林冲謝了柴進，飲酒罷。兩個公人一同飲了。柴進道：「教頭請裏面少坐。」自家隨即解了弓袋箭壺，寫得好。又特留此句，獨作一番筆墨者，深表柴進畋獵是常，以爲後文林冲出去之地也。就請兩個公人一同飲酒。好。柴進當下坐了主席，林冲坐了客席，兩個公人在林冲肩下。好。叙説些閑話，江湖上的勾當，不覺紅日西沉。安排得酒食果品海味，擺在桌上，擡在各人面前。柴進親自舉杯，把了三巡坐下，叫道：「且將湯來吃。」

吃得一道湯，五七杯酒，只見莊客來報道：「教師來也。」天外奇峰，讀之肉飛眉舞。柴進道：「就請來一處坐地相會亦好，只此二字，情見乎辭。快擡一張桌來。」林冲起身看時，寫林冲。○已下一段寫林冲，一段寫教師，一段寫柴進。夾夾雜雜，錯錯落落，真是八門五花之文。【眉批】一段看他叙三個人，如雲中門龍相似，忽伸一爪，忽縮一爪。只見那個教師入來，歪戴着一頂頭巾，挺着脯子，來到後堂。寫教師。林冲尋思道：「莊客稱他做教師，必是大官人的師父。」急急躬身唱喏道：「林冲謹參。」寫林冲。那人全不睬着，也不還禮。寫教師。林冲不敢擡頭。寫林冲。柴進指着林冲對洪教頭道：「這位便是東京八十萬禁軍鎗棒教頭林武師林冲的便是，就請相見。」寫柴進。林冲聽了，看着洪教頭便拜。寫林冲。那洪教頭説道：「休拜，起來。」却不躬身答禮。寫教師。柴進看了，心中好不快意。寫柴進。林冲拜了兩拜，起身讓洪教頭坐。寫林冲。洪教頭亦不相讓，走去上首便坐。寫教師。柴進看了，又不喜歡。寫柴進。林冲只得肩下坐了，寫林冲。兩個公人亦就坐了。百忙中，又夾得好。

洪教頭便問道：「大官人今日何故厚禮管待配軍？」寫教師。○「配軍」二字是何言與？柴進道：「這位非比其他的，乃是八十萬禁軍教頭師父，如何輕慢。」寫柴進。○「八十萬禁軍教頭」正對「配軍」二字，一往一答如畫。洪教頭道：「大官人只因好習鎗棒，往往流配軍人都來倚草附木，皆道『我是鎗棒教師』，來投莊上，誘些酒食錢米。大官人如何忒認真？」寫教師。林冲聽了並不做聲。寫林冲。柴進説道：「凡人不可易相，休小覷他。」此語寫得柴進惱極。洪教頭怪這柴進説「休小覷他」，便跳起身來道：「我不信他！他敢和我使一棒看，我便道他是真教頭！」教師休矣，定要弄出耶？柴進大笑道：「也好！也好！林武師，你心下如何？」「大笑」妙絶。惱極之後，翻成大笑。林冲道：「小人却是不敢。」作一摇曳。洪教頭心中忖量道：「那人必是不會，心中先怯了。」因此越要來惹林冲使棒。

柴進一來要看林冲本事，二者要林冲贏他，滅那厮嘴。筆力勁絶。柴進道：「且把酒來吃着，待月上來也罷。」説使棒，反吃酒。極力摇曳，使讀者心癢無撓處。當下又吃過了五七杯酒，却早月上來了，照見廳堂裏面如同白日。柴進起身道：寫得好。○「待月」是柴進一頓，「月上」仍是柴進一接。一頓一接，便令筆勢踢跳之極。「二位教頭較量一棒。」林冲自肚裏尋思道：寫林冲。「這洪教頭必是柴大官人師父，若我一棒打翻了他，柴大官人面上須不好看。」柴進見林冲躊躇，便道：寫柴進。「此位洪教頭，也到此不多時，此間又無對手。林武師休得要推辭，小可也正要看二位教頭的本事。」柴進説這話，原來只怕林冲礙柴進的面皮，不肯使出本事來。寫柴進。林冲見柴進説開就裏，方纔放心。寫林冲。

只見洪教頭先起身道：驕極。「來，來，來！三字一笑。和你使一棒看。」一齊都哄出堂後空地上，莊客拿一束桿棒來，放在地下。洪教頭先脱了衣裳，拽扎起裙子，掣條棒使個旗鼓，喝道：「來，來，來！」又此三字，可笑可惱。柴進道：「林武師請較量一棒。」林冲道：「大官人休要笑話。」就地也拿了一條棒起來，道：「師父請教。」儒雅之極。洪教頭看了，恨不得一口水吞了他。林冲拿着棒，使出山東大擂，四字奇文。打將入來。洪教頭把棒就地下鞭了一棒，來搶林冲，兩個教頭在月明地上交手。

使了四五合棒，只見林冲「托」地跳出圈子外來，叫一聲：「少歇。」奇文，令讀者出于意外。○柴進道：「教頭如何不使本事？」林冲道：「小人輸了。」奇文，令讀者出于意外。柴進道：「未見二位較量，怎便是輸了？」林冲道：「小人只多這具枷，因此權當輸了。」絶妙之文。柴進道：「是小可一時失了計較。」大笑着道：「這個容易。」便叫莊客取十兩銀來，當時將出，柴進對押解兩個公人道：「小可大膽，相煩二位下顧，權把林教頭枷開了。明日牢城營内，但有事務，都在小可身上。白銀十兩相送。」董超、薛霸見了柴進人物軒昂，不敢違他，落得做人情，又得了十兩銀子，亦不怕他走了。薛霸隨即把林冲護身枷開了。柴進大喜道：「今番兩位教師再試一棒。」洪教頭見他却纔棒法怯了，肚裏平欺他做，提起棒却待要使。柴進叫道：「且住！」奇文。此一回書，每每用忽然一閃法，閃落讀者眼光，真是奇絶。○前林冲叫歇，奇絶矣，却只爲開枷之故；今開得枷了，方纔舉手，柴進又叫住，奇哉！真所謂極忙極熱之文，偏要一斷一續而寫，令我讀之歎絶。○看他又用一閃。叫莊客取出一錠銀來，重二十五兩。無一時，至面前。柴進乃言：「二位教頭比試，非比其他，這錠銀子權爲利物。若還贏的，便將此銀子去。」柴進心中只要林冲把出本事來，故意將銀子丟在地下。洪教頭深怪林冲來，一句。又要爭這個大銀子，二句。又怕輸了鋭氣，三句。○心事正與公人一般，作者特特如此寫。把棒來盡心使個旗鼓，吐個門户，唤做「把火燒天勢」。棒勢亦驕憤之極。林冲想道：「柴大官人心裏只要我贏他。」也横着棒使個門户，吐個勢，唤做「撥草尋蛇勢」。棒勢亦敏慎之至。洪教頭喝一聲：「來，來，來！」只管「來來來」。便使棒蓋將入來。林冲望後一退，洪教頭趕入一步，提起棒，又復一棒下來。林冲看他脚步已亂了，便把棒從地下一跳。洪教頭措手不及，就那一跳裏，和身一轉，那棒直掃着洪教頭臁兒骨上，寫得棒是活棒，武師是活武師，妙絶之筆。撇了棒，「撲」地倒了。柴進大喜，叫快將酒來把盞。衆人一齊大笑，洪教頭那裏挣扎起來？「來來來」。衆莊客一頭笑着扶了。洪教頭「來來來」。羞慚滿面，自投莊外去了。與「挺着脯子」入來照耀。

柴進携住林冲的手，再入後堂飲酒，叫將利物來送還教師。三句寫柴進樂極。林冲那裏肯受，推托不過，只得收了。柴進留林冲在莊上一連住了幾日，每日好酒好食相待。又住了五七日，兩個公人催促要行。柴進又置席面相待送行，又寫兩封書，要。○此物每與銀子一樣行得通者，正爲此物即銀子也。分付林冲道：「滄州大尹，也與柴進好；牢城管營、差撥，亦與柴進交厚。可將這兩封書去下，必然看覷教頭。」即捧出二十五兩一錠大銀送與林冲，又將銀五兩賫發兩個公人，帶。吃了一夜酒。寫柴進、林冲淋灕快活。次日天明，吃了早飯，叫莊客挑了三個的行李，林冲依舊帶上枷，細。辭了柴進便行。柴進送出莊門作别，分付道：「待幾日小可自使人送冬衣來與教頭。」便爲風雪作引。林冲謝道：「如何報謝大官人！」兩個公人相謝了。亦謝。

三人取路投滄州來，將及午牌時候，已到滄州城裏，打發那挑行李的回去。細。徑到州衙裏下了公文，當廳引林冲參見了州官。大尹當下收了林冲，押了回文，一面帖下，判送牢城營内來。兩個公人自領了回文,相辭了,回東京去,不在話下。

只説林冲送到牢城營内來,牢城營内收管林冲,發在單身房裏,聽候點視。却有那一般的罪人,都來看覷他,又出奇文。○此段又如春山出雲,膚寸而起。【眉批】此段看他在營裏使銀子,真有通神之術。對林冲説道:「此間管營、差撥十分害人,只是要詐人錢物。若有人情錢物,一句。送與他時,便覷的你好;若是無錢,一句。將你撇在土牢裏,求生不生,求死不死。若得了人情,一句。入門便不打你一百殺威棒,只説有病,把來寄下;若不得人情時,一句。○絮絮叨叨,委委折折。人生世上,銀子蓋可忽哉。這一百棒打得七死八活。」林冲道:「衆兄長如此指教,且如要使錢,把多少與他?」林冲語。衆人道:「若要使得好時,管營把五兩銀子與他,差撥也得五兩銀子送他,十分好了。」

正説之間,省捷。只見差撥過來問道:「那個是新來配軍?」林冲見問,向前答應道:「小人便是。」那差撥不見他把錢出來,變了面皮,指着林冲罵道:正説得過。○絶世奇文,絶世妙文。「你這個賊配軍,見我如何不下拜?却來唱喏!你這厮可知在東京做出事來,是做出事來,誰敢辨。見我還是大剌剌的。見公自然不應大剌剌。我看這賊配軍,滿臉都是餓紋,一世也不發迹!是滿臉有餓紋,誰敢辨。打不死、拷不殺的頑囚!是頑囚,是應拷打。你這把賊骨頭,好歹落在我手裏,是賊骨頭,是落在手裏。教你粉骨碎身。少間叫你便見功效!」都是嚇死人語,讀之痛心。把林冲罵得一佛出世,那裏敢擡頭應答?衆人見罵,各自散了。好。

林冲等他發作過了,去取五兩銀子,陪着笑臉告道:雖是摇出奇文,然亦實是林冲身分。「差撥哥哥，些小薄禮，休言輕微。」差撥看了道：「你教我送與管營和俺的，都在裏面？」妙問。林冲道：「只是送與差撥哥哥的，另有十兩銀子，就煩差撥哥哥送與管營。」妙語。差撥見了，看着林冲笑道：便笑。「林教頭，是教頭。我也聞你的好名字，是好名字。端的是個好男子！是好男子。想是高太尉陷害你了。是陷害，並非「做出事來」。雖然目下暫時受苦，久後必然發迹。是必發迹，臉上並無餓紋。據你的大名，不敢。這表人物，不敢。必不是等閑之人，久後必做大官。不敢，不敢。」〇索性盡興語，讀之破涕成笑。林冲笑道：「總賴照顧。」差撥道：「你只管放心。」又取出柴大官人的書禮，說道：方取出書來。「相煩老哥，將這兩封書下一下。」差撥道：「既有柴大官人的書，煩惱做甚？這一封書直一錠金子。我一面與你下書，少間管營來點你，要打一百殺威棒時，你便只說你一路有病，未曾痊可。我自來與你支吾，要瞞生人的眼目。」不知瞞誰。林冲道：「多謝指教。」差撥拿了銀子並書，離了單身房自去了。林冲歎口氣道：「有錢可以通神，此語不差。端的有這般的苦處。」千古同憤，寄在武師口中。

原來差撥落了五兩銀子，只將五兩銀子寫得好。並書來見管營，備說林冲是個好漢，一句。柴大官人有書相薦，在此呈上。一句。本是高太尉陷害，配他到此，一句。又無十分大事。一句。管營道：「況是「況是」妙，上還有一句，不須明言，意會之也。柴大官人有書，必須要看顧他。」便教喚林冲來見。

且說林冲正在單身房裏悶坐，只見牌頭叫道：「管營在廳上，叫喚新到罪人林冲來點名。」林冲聽得叫喚，來到廳前。管營道：「你是新到犯人，太祖武德皇帝留下舊制：新入配軍,須吃一百殺威棒。左右與我馱起來。」官説一句,如戲。〇此段偏要詳寫,以表銀子之功,爲千古一歎。林冲告道:「小人于路感冒風寒,未曾痊可,告寄打。」犯人説一句,如戲。牌頭道:「這人見今有病,乞賜憐恕。」牌頭説一句,如戲。管營道:「果是這人症候在身,權且寄下,待病痊可却打。」官又説一句,如戲。差撥道:「見今天王堂看守的,多時滿了,可教林冲去替换他。」就廳上押了帖文,差撥領了林冲,單身房裏取了行李,來天王堂交替。差撥道:「林教頭,我十分周全你。銀子下落。教看天王堂時,這是營中第一様省氣力的勾當,早晚只燒香掃地便了。你看别的囚徒,從早起直做到晚,尚不饒他。還有一等無人情的,撥他在土牢裏,求生不生,求死不死。」

林冲道:「謝得照顧。」又取三二兩銀子與差撥道:「煩望哥哥一發周全,開了項上枷更好。」差撥接了銀子,便道:「都在我身上。」連忙去禀了管營,「連忙」妙,銀子之力如此。就將枷也開了。林冲自此在天王堂内,安排宿食處,每日只是燒香掃地。不覺光陰早過了四五十日,那管營、差撥得了賄賂,日久情熟,由他自在,亦不來拘管他。柴大官人又使人來送冬衣並人事與他,那滿營内囚徒亦得林冲救濟。閑中寫林冲一句,以爲銀子餘波。

話不絮煩。時遇隆冬將近,忽一日,林冲已牌時分,偶出營前閑走。正行之間,只聽得背後有人叫道:「林教頭,如何却在這裏?」誰耶?林冲回過頭來看時,見了那人。有分教林冲:火烟堆裏,爭些斷送餘生;風雪途中,幾被傷殘性命。畢竟林冲見了的是甚人,且聽下回分解。

第五才子書施耐庵水滸傳卷之十四

聖歎外書

第九回 林教頭風雪山神廟 陸虞候火燒草料場

夫文章之法，豈一端而已乎？有先事而起波者，有事過而作波者。讀者于此，則惡可混然以爲一事也？夫文自在此而眼光在後，則當知此文之起，自爲後文，非爲此文也；文自在後而眼光在前，則當知此文未盡，自爲前文，非爲此文也。必如此，而後讀者之胸中有針有綫，始信作者之腕下有經有緯。不然者，幾何其不見一事即以爲一事，又見一事即又以爲一事，于是遂取事前先起之波，與事後未盡之波，纍纍然與正叙之事，並列而成三事耶？

如酒生兒李小二夫妻，非真謂林冲于牢城營有此一個相識，與之往來火熱也。意自在閣子背後聽説話一段絶妙奇文，則不得不先作此一個地步，所謂先事而起波也。

如莊家不肯回與酒吃，亦可别樣生發，却偏用花鎗挑塊火柴，又把花鎗爐裹一攪，何至拜揖之後向火多時，而花鎗猶在手中耶？凡此，皆爲前文幾句花鎗挑着葫蘆，逼出廟中挺鎗殺出門來一句，其勁勢猶尚未盡，故又于此處再一點兩點，以殺其餘怒。故凡篇中如搠兩人後殺陸謙時，特地寫一句把鎗插在雪地下；醉倒後莊家尋着踪迹趕來時，又特地寫一句花鎗亦丢在半邊，皆所謂事過而作波者也。

陸謙、富安、管營、差撥四個人，坐閣子中議事。不知所議何事，詳之則不可得詳，置之則不可得置。今但于小二夫妻眼中、耳中，寫得「高太尉三字」句，「都在我身上」句，「一帕子物事，約莫是金銀」句，「换湯進去，看見管營手裏拿着一封書」句，忽斷忽續，忽明忽滅。如古錦之文不甚可指，斷碑之字不甚可讀，而深心好古之家自能于意外求而得之，真所謂鬼于文、聖于文者也。

殺出廟門時，看他一鎗先搠倒差撥，接手便寫陸謙一句；寫陸謙不曾寫完，接手却再搠富安。兩個倒矣，方翻身回來，刀剜陸謙；剜陸謙未畢，回頭却見差撥爬起，便又且置陸謙，先割差撥頭挑在鎗上。然後回過身來，作一頓割陸謙、富安頭，結做一處。以一個人殺三個人，凡三四個回身，有節次，有間架，有方法，有波折，不慌不忙，不疏不密，不缺不漏，不一片，不煩瑣，真鬼于文、聖于文也。

舊人傳言：昔有畫北風圖者，盛暑張之，滿座都思挾纊；既又有畫雲漢圖者，祁寒對之，揮汗不止。于是千載嘖嘖，詫爲奇事。殊未知此特寒熱各作一幅，未爲神奇之至也。耐庵此篇獨能于一幅之中，寒熱間作，寫雪便其寒徹骨，寫火便其熱照面。昔百丈大師患瘧，僧衆請問：「伏惟和上尊候若何？」丈云：「寒時便寒殺闍黎，熱時便熱殺闍黎。」今讀此篇，亦復寒時寒殺讀者，熱時熱殺讀者，真是一卷「瘧疾文字」，爲藝林之絶奇也。

閣子背後聽四個人説話，聽得不仔細，正妙于聽得不仔細；山神廟裏聽三個人説話，聽得極仔細，又正妙于聽得極仔細。雖然，以閣子中間、山神廟前，兩番説話偏都兩番聽得，亦可以見冤家路窄矣！乃今愚人猶刺刺説人不休，則獨何哉？

此文通篇以「火」字發奇，乃又于大火之前，先寫許多火字；于大火之後，再寫許多火字。我讀之，因悟同是火也，而前乎陸謙，則有老軍借盆，恩情朴至；後乎陸謙，則有莊客借烘，又復恩情朴至；而中間一火，獨成大冤深禍，爲可駭歎也。夫火何能作恩，火何能作怨，一加之以人事，而恩怨相去遂至于是！然則人行世上，觸手礙眼，皆屬禍機，亦復何樂乎哉！

文中寫情寫景處，都要細細詳察。如兩次照顧火盆，則明林冲非失火也；止拖一條綿被，則明林冲明日原要歸來，今止作一夜計也。如此等處甚多，我亦不能遍指。孔子曰：「舉一隅不以三隅反，則不復矣。」

話説當日林冲正閑走間，忽然背後人叫，回頭看時，却認得是酒生兒李小二，當初在東京時，多得林冲看顧。後來不合偷了店主人家錢財，被捉住了，要送官司問罪，又得林冲主張陪話，救了他，免送官司，又與他陪了些錢財，方得脱免。京中安不得身，又虧林冲賫發他盤纏，于路投奔人，不想今日却在這裏撞見。【眉批】爲閣子背後聽説話，只得生出李小二；爲要李小二閣子背後聽説話，只得造出先日搭救一段事情：作文真是苦事。〇凡此等處，皆是無可奈何，第一要寫得徑淨便好。然不曾作史者，安能信我語！林冲道：「小二哥，你如何地在這裏？」李小二便拜道：「自從得恩人救濟，賫發小人，一地里投奔人不着。迤逦不想來到滄州，投托一個酒店裏，姓王，留小人在店中做過賣。因見小人勤謹，安排的好菜蔬，調和的好汁水，來吃的人都喝采，以此買賣順當。主人家有個女兒，就招了小人做女婿。如今丈人丈母都死了，隨手省去。只剩得小人夫妻兩個，權在營前開了個茶酒店。因討錢過來，遇見恩人。恩人不知爲何事在這裏？」林冲指着臉上道：好筆。「我因惡了高太尉，生事陷害，受了一場官司，刺配到這裏。如今叫我管天王堂，未知久後如何。不想今日在此見你。」

李小二就請林冲到家裏坐定，叫妻子出來拜了恩人，兩口兒歡喜道：「我夫妻二人正没個親眷，如此等語，總爲後文地，非寫李小二夫妻情分也。今日得恩人到來，便是從天降下。」林冲道：「我是罪囚，恐怕玷辱你夫妻兩個。」李小二道：「誰不知恩人大名？知己語，不是扳高語。休恁地説。但有衣服，便拿來家裏漿洗縫補。」敘得親熱，爲後文地。當時管待林冲酒食，至夜送回天王堂。次日又來相請，因此林冲得店小二家來往，不時間送湯送水來營裏，與林冲吃。林冲因見他兩口兒恭敬孝順，常把些銀兩，與他做本錢。敘得親熱，爲後文地。

且把閑話休題，只説正話。都是爲後文緊緊作地步，却説是閑話，蓋惟恐讀者誤認爲正文也。光陰迅速，却早冬來。林冲的綿衣裙襖，都是李小二渾家整治縫補。此句又補寫李二渾家，以爲閣子聽話地。○「綿衣」二字，漸漸引出風雪。忽一日，李小二正在門前安排菜蔬下飯，只見一個人閃將進來，閃入來，妙。酒店裏坐下，隨後又一人閃入來。「閃入來」妙。○偏不寫兩個人，偏寫作一個人、又一個人，妙。看時，二字爲句，是把上文重寫一番，謂之牒文也。前面那個人是軍官打扮，後面這個走卒模樣，跟着，句。也來坐下。「看時」二字妙，是李小二眼中事。○一個，小二看來是軍官；一個，小二看來是走卒。先看他跟着，却又看他一齊坐下，寫得狐疑之極。妙妙。李小二入來問道：「可要吃酒？」只見那個人妙，李小二眼中事。將出一兩銀子，與小二道：「且收放櫃上，取三四瓶好酒來。客到時，果品酒饌只顧將來，不必要問。」分付得作怪。李小二道：「官人請甚客？」那人道：「煩你與我去營裏，請管營、差撥兩個來説話。問時，你只説有個官人請説話，商議些事務，是何事務？專等，專等！」又何急也？

李小二應承了，來到牢城裏，先請了差撥，同到管營家裏，請了管營，敘得是。都到酒店裏。只見那個官人李小二眼中事。和管營、差撥兩個講了禮。管營道：「素不相識，動問官人高姓大名？」那人道：「有書在此，不答姓名，狐疑之極。少刻便知。且取酒來。」李小二連忙開了酒，一面鋪下菜蔬果品酒饌。那人叫討副勸盤來，把了盞，相讓坐了。小二獨自一個，攛梭也似伏侍不暇。寫得小二礙眼可厭，妙筆。○此一句，從説機密人眼中寫出，不在李小二用心打聽中寫出，妙筆。那跟來的人討了湯桶，自行燙酒。不便着小二出去，却先叙此一句，妙筆。約計吃過十數杯，再討了按酒，鋪放桌上。只見那人説道：「我自有伴當燙酒，不叫你休來，我等自要説話。」有何説話？○同坐了，又言是伴當，狐疑之極。

李小二應了，自來門首叫老婆道：「大姐，二字稱呼得妙，是做過賣時叫慣語。這兩個人來得不尷尬。」寫小二經心吊膽，而不嫌突然者，全虧前文許多親熱也。老婆道：「怎麼的不尷尬？」小二道：「這兩個人語言聲音，是東京人。聲音是東京。初時又不認得管營，又不認得管營。向後我將按酒入去，只聽得差撥口裏吶出一句『高太尉』三個字來，這人莫不與林教頭身上有些干礙？只點「高太尉」三字，詳略正好。我自在門前理會，你且去閣子背後聽説甚麽。」妙。○離離奇奇，造出奇文。老婆道：「你去營中尋林教頭來，認他一認。」妙，説得是。李小二道：「你不省得，林教頭是個性急的人，摸不着便要殺人放火。倘或叫得他來看了，正是前日説的甚麽陸虞候，他肯便罷？做出事來，須連累了我和你。又妙，又説得是。○二語只須如此。你只去聽一聽再理會。」妙。

老婆道：「説得是。」便入去聽了一個時辰，出來説道：妙妙，下文説「不聽得説甚麽」，此處却偏要寫作「一個時辰出來説道」。八字讀之，奇妙不可言。「他那三四個交頭接耳説話，正不聽得説甚麽。狐疑之極。○去了一個時辰，却不聽得，可云不快。然不快者事，快者文也。【眉批】讀至「出來説道」四字，孰不洗耳願聞？却接出「不聽得説甚麽」一句，爲之絶倒。只見那一個軍官模樣的人，去伴當懷裏取出一帕子物事，遞與管營和差撥，聽了一個時辰，却是看見。耳顛目倒，靈心妙筆。帕子裏面的，莫不是金銀？只聽差撥口裏説道：『都在我身上，好歹要結果他性命。』」只聽得一句。正説之時，閣子裏叫：「將湯來！」上文大姐口中所述，亦已完矣，雖不叫湯，行文者亦要收科，但此處不叫湯，便收得緩散無波磔。故特特不在上文順拖下去，特特反從下文逆搶上來，此行文之一訣也。○叫湯又妙，只在自盪酒上生出來，不是另起一事。李小二急去裏面換湯時，看見管營手裏拿着一封書。只書帕二件，寫得斷續超忽，妙哉怪哉。小二換了湯，添些下飯。又吃了半個時辰，算還了酒錢，管營、差撥先去了。去得有節次。次後，那兩個低着頭也去了。偏又加「低着頭」三字，筆中真有鬼耶？何其詭譎靈幻，一至于此！

轉背没多時，只見林冲走將入店裏來，接得閃閃爍爍，令人驚絶。説道：「小二哥，連日好買賣。」李小二慌忙道：「恩人請坐，小二却待正要尋恩人，有些要緊説話。」林冲問道：「甚麼要緊的事？」李小二請林冲到裏面坐下，説道：「却纔有個東京來的尷尬人，在我這裏請管營、差撥吃了半日酒。差撥口裏吶出『高太尉』三個字來，小人心下疑惑，又着渾家聽了一個時辰，他却交頭接耳説話，都不聽得。臨了，只見差撥口裏應道：『都在我兩個身上，好歹要結果了他！』那兩個把一包金銀遞與管營、差撥，又吃一回酒，各自散了。不知甚麼樣人，小人心疑，只怕在恩人身上有些妨礙。」

林冲道：「那人生得甚麼模樣？」問得切。李小二道：「五短身材，白淨面皮，没甚髭鬚，約有三十餘歲。那跟的也不長大，紫棠色面皮。」學出兩個。林冲聽了大驚道：「這三十歲的正是陸虞候。只認一個，又留下一個不猜出。此書用筆奇譎，每每如此。那潑賤賊，敢來這裏害我！休要撞着我，只教他骨肉爲泥！」李小二道：「只要隄防他便了。豈不聞古人言：『吃飯防噎，走路防跌。』」

林冲大怒，離了李小二家，先去街上買把解腕尖刀帶在身上。刀在此處帶起，看官記着。○

遥遥然，直于此處暗藏一刀。到後草料場買酒來往文中，只勤叙花鎗、葫蘆，更不以一字及刀也。直至殺陸謙時忽然掣出刀來，真鬼神于文也。前街後巷，一地裏去尋。尋了半日。李小二夫妻兩個捏着兩把汗，照顧小二。當晚無事。神變鬼譎之筆。次日天明起來，洗漱罷，帶了刀，又去滄州城裏城外，小街夾巷，團團尋了一日。尋了一日。牢城營裏，都没動静。寫得神變詭譎。林冲又來對李小二道：「今日又無事。」寫得神變詭譎。小二道：「恩人，只願如此，只是自放仔細便了。」看他用筆，何等詭譎。林冲自回天王堂，過了一夜。街上尋了三五日，尋了三五日。不見消耗，詭譎之極。林冲也自心下慢了。

到第六日，到第六日。只見管營叫唤林冲到點視廳上，説道：「你來這裏許多時，柴大官人面皮，不曾擡舉得你。撥往草料場，陸謙來歷也，却用「柴大官人」四字起。便將前文一齊放慢，後却陡然變現出來，妙絶妙絶。此間東門外十五里，有座大軍草料場，每月但是納草納料的，有些常例錢取覓。原是一個老軍看管，如今我擡舉你去，替那老軍來守天王堂，你在那裏尋幾貫盤纏。你可和差撥便去那裏交割。」林冲應道：「小人便去。」當時離了營中，徑到李小二家，對他夫妻兩個説道：「今日管營撥我去大軍草料場管事，却如何？」問得妙，是不知高低人語，却又筆筆詭譎。李小二道：「這個差使，又好似天王堂。極力放慢，詭譎之極。那裏收草料時，有些常例錢鈔。往常不使錢時，不能够這差使。」林冲道：「却不害我，倒與我好差使，正不知何意？」極力放慢，詭譎之極。李小二道：「恩人，休要疑心，只要没事便好了。」寫得小二反有羞悔前日失言之意。極力放慢，詭譎之極。只是小人家離得遠了。襯入一句閑語，不知者以爲可删，殊不知前文特地插入李小二夫妻，止爲閣子背後一段奇文耳。今已交過排場，前去草料場，更用不着小二矣，則不如善刀而藏之。故以此一語爲李小二作收束，奈何謂其閑話也。過幾時，挪工夫來望恩人。」就在家裏安排幾杯酒，請林冲吃了。

話不絮煩，兩個相別了。林冲自來天王堂取了包裹，帶了尖刀，尖刀。拿了條花鎗，花鎗。與差撥一同辭了管營，細。兩個取路投草料場來。正是嚴冬天氣，彤雲密布，朔風漸起，却早紛紛揚揚捲下一天大雪來。一路寫雪，妙絶。林冲和差撥兩個在路上，又没買酒吃處，又冷。○有此句，便使老軍投東一語不謬，又令花鎗、葫蘆斷不遇着三人也。早來到草料場外。看時，一周遭有些黄土牆，兩扇大門。推開看裏面時，七八間草屋做着倉廒，四下裏都是馬草堆，中間兩座草廳。

到那廳裏，只見那老軍在裏面向火。星星之火。【眉批】此回大火拉雜，却以星星之火引起。差撥説道：「管營差這個林冲來，替你回天王堂看守，你可即便交割。」老軍拿了鑰匙，引着林冲分付道：寫得活現。「倉廒内，自有官司封記；這幾堆草，一堆堆都有數目。」老軍都點見了堆數，又引林冲到草廳上。老軍收拾行李，臨了説道：「火盆、鍋子、碗碟都借與你。」寫得好。○意在點逗「火盆」二字，却用鍋子、碗碟陪出之。林冲道：「天王堂内，我也有在那裏。你要，便拿了去。」寫得好。老軍指壁上挂一個大葫蘆，説道：「你若買酒吃時，只出草場，投東大路去三二里，便有市井。」閑閑叙出大葫蘆，及投東大路一句，非但寫老軍絮叨故態，蓋絶妙奇文，伏綫于此。老軍自和差撥回營裏來。

只説林冲就床上放了包裹被卧，細細寫。就坐下生些焰火起來。「火」字漸寫得大了。○題是

「火燒草料場」，讀者讀至老軍向火，猶不以爲意也。及讀至此處「生些焰火」，未有不動心，以爲必是因此失火者；而孰知作者却是故意于前邊布此疑影，却又隨手即用「將火盆蓋了」一句結之，令後火全不關此，妙絶之文也。屋後有一堆柴炭，拿幾塊來生在地爐裏。仰面看那草屋時，四下裏崩壞了，又被朔風吹撼，摇振得動。如畫，便畫也畫不來。○第一段先寫寒意，第二段寫身上寒，第三段方寫到酒。林冲道：「這屋如何過得一冬？待雪晴了，去城中唤個泥水匠來修理。」向了一回火，「火」字奕奕。覺得身上寒冷，第二段寫身上寒。尋思：「却纔老軍所説，語意妙，正不知文生情，情生文也。二里路外有那市井，何不去沽些酒來吃？」第三段方寫到酒。只此一段，何等段落。便去包裹裏取些碎銀子，把花鎗挑了酒葫蘆，花鎗挑葫蘆。○人看至此句，雖極英靈者，只謂手冷故用鎗挑耳，豈知頃間之用之。將火炭蓋了，寫出精細，見非失火。前許多「火」字，都是假火。此句一齊抹倒，後重放出真正「火」字來。取氈笠子戴上，拿了鑰匙，出來把草廳門拽上；出到大門首，把兩扇草場門反拽上鎖了；帶了鑰匙，信步投東。雪地裏踏着碎瓊亂玉，迤邐背着北風而行。背着風去。那雪正下得緊。寫雪妙絶。

行不上半里多路，看見一所古廟，林冲頂禮道：「神明庇佑，改日來燒紙錢。」妙絶奇絶，安此一筆。又行了一回，望見一簇人家。林冲住脚看時，見籬笆中挑着一個草帚兒在露天裏。林冲徑到店裏，主人道：「客人那裏來？」林冲道：「你認得這個葫蘆麽？」一來省，二來趣。主人看了道：「這葫蘆是草料場老軍的。」林冲道：「原來如此。」店主道：「既是草料場看守大哥，且請少坐。天氣寒冷，且酌三杯，權當接風。」店家切一盤熟牛肉，燙一壺熱酒，請林冲吃。

挪延到雪重屋塌也。又自買了些牛肉，又吃了數杯。就又買了一葫蘆酒，包了那兩塊牛肉，留下些碎銀子。把花鎗挑着酒葫蘆，花鎗挑葫蘆。懷内揣了牛肉，叫聲「相擾」，便出籬笆門，仍舊迎着朔風回來。迎着風回。看那雪，到晚越下得緊了。寫雪妙絶。

再説林冲踏着那瑞雪，迎着北風，飛也似奔到草場門口。開了鎖，入内看時，只叫得苦。原來天理昭然，佑護善人義士。因這場大雪，救了林冲的性命：作書者忽然于意外，驚才怪筆。事外閑叙四句，筆如勁鐵。那兩間草廳已被雪壓倒了。奇文。林冲尋思：「怎地好？」放下花鎗、葫蘆在雪裏。花鎗、葫蘆，寫得好；又帶寫雪，妙。恐怕火盆内有火炭延燒起來，搬開破壁子，探半身入去摸時，火盆内火種都被雪水浸滅了。極力寫出精細，見斷斷不是失火。○一行中，凡有四個「火」字，却無一星火在内，奇絶之筆。林冲把手床上摸時，只拽得一條絮被。寫得好。○爲一夜計，惟此爲急。

林冲鑽將出來，見天色黑了，寫得好。○陸謙、差撥打點來了。尋思：「又没打火處，又算出一火字，寫得紙上奕奕有光。怎生安排？」想起離了這半里路上，有個古廟可以安身，行文如此，爲之歎絶。「我且去那裏宿一夜，等到天明，却作理會。」把被捲了，花鎗挑着酒葫蘆，花鎗挑葫蘆。依舊把門拽上鎖了，望那廟裏來。入得廟門，但入得門，未及看。再把門掩上，傍邊止有一塊大石頭，掇將過來，靠了門。非爲防失脱，亦非爲遮風水，全爲少頃陸謙、差撥、富安一段也。入得裏面看時，方看。殿上塑着一尊金甲山神，兩邊一個判官，一個小鬼，側邊堆着一堆紙。團團看來，又没鄰舍，又無廟主。雪耀裏固當見之。林冲把鎗和酒葫蘆放在紙堆上，一。○寫花鎗、葫蘆好。將那條絮被放開，二。先取下氈笠子，三。把身上雪都抖了，四。把上蓋白布衫脱將下來，早有五分濕了，五。和氈笠放在供桌上，六。把被扯來蓋了半截下身。七。却把葫蘆冷酒提來，慢慢地吃，八。就將懷中牛肉下酒。九。○寫得妙絶。正所謂與人無患，與物無爭，而不知大禍已在數尺之内矣。人生世上，真可畏哉！

正吃時，只聽得外面「必必剥剥」地爆響。奇文。林冲跳起身來，就壁縫裏看時，特特大石靠門，自有原故，不捨得便開，故就壁縫裏看也。只見草料場裏火起，方是真正本題「火」字。「刮刮雜雜」的燒着。當時林冲便拿了花鎗，花鎗。却待開門來救火，不得不開，且寫此半句。只聽得外面有人説將話來。奇文。林冲就伏門邊聽時，是三個人脚步響，直奔廟裏來，用手推門，寫得險怪，真是奇筆。却被石頭靠住了，再也推不開。三人在廟檐下立地看火，數内一個道：一連九個「一個道」，如王積薪夜聽姑婦弈棋，着着分明，聲聲不漏。「這條計好麽？」此一句問。一個應道：「端的虧管營、差撥兩位用心！回到京師，禀過太尉，都保你二位做大官。這番張教頭没得推故了。」此一段叙高太尉，而此句刺耳特甚。一個道：「林冲今番直吃我們對付了，高衙内這病必然好了。」此一段叙高衙内。又一個道：「張教頭那厮，三回五次托人情去説：『你的女婿没了。』張教頭越不肯應承，因此衙内病患看看重了。太尉特使俺兩個央浼二位幹這件事，不想而今完了。」此一段補出家裏貞節來。又一個道：「小人直爬入牆裏去，四下草堆上點了十來個火把，待走那裏去！」此一段補出適纔事來。那一個道：「這早晚燒個八分過了。」此一句正説火勢。又聽得一個道：「便逃得性命時，燒了大軍草料場，也得個死罪。」此一句正説林冲。又一個道：「我們回城裏去罷。」此一句收科。一個道：「再看一看。拾得他一兩塊骨頭回京，府裏見太尉和衙内時，也道我們也能會幹事。」此一句挑出林冲來。

林冲聽那三個人時，一個是差撥，一個是陸虞候，一個是富安。妙筆，勾畫明白。○前止猜一陸謙，此方補出富安，行文疏密有法。自思道：「天可憐見林冲！若不是倒了草廳，我準定被這廝們燒死了。」輕輕把石頭掇開，挺着花鎗，是以曲曲叙花鎗也。左手拽開廟門，右手拿鎗可知。大喝一聲：「潑賊那裏去！」奇情快筆。三個人都急要走時，驚得呆了，正走不動。寫得好。林冲舉手，「肐察」的一鎗，先搠倒差撥。一個。陸虞候叫聲：「饒命！」嚇的慌了手脚，走不動。差撥、富安皆一氣叙去，獨陸謙作兩半叙法。此先頓下半句也，筆力夭矯絶人。那富安走不到十來步，被林冲趕上，後心只一鎗，又搠倒了。兩個。翻身回來，一個轉身。陸虞候却纔行得三四步，林冲喝聲道：「奸賊，你待那裏去！」劈胸只一提，丢翻在雪地上，異樣筆法。把鎗搠在地裏，異樣筆法。用脚踏住胸脯，身邊取出那口刀來，自閣子吃酒這日買刀，直至此日始用，相去已成萬里，而遥遥相照。世人眼瞎，便謂此刀從何而來。便去陸謙臉上閣着，寫得好。喝道：「潑賊！我自來又和你無甚麽寃讎，你如何這等害我！正是殺人可恕，情理難容。」陸虞候告道：「不干小人事，太尉差遣，不敢不來。」

林冲罵道：「奸賊！我與你自幼相交，今日倒來害我，怎不干你事？非罵陸謙，罵天下也。且吃我一刀！」把陸謙上身衣服扯開，把尖刀向心窩裏只一剜，七竅迸出血來，將心肝提在手裏。前甚似先殺二人，次殺陸謙。讀至此，始知先殺陸謙，次殺二人。筆力遂能顛倒人目。回頭看時，又一個轉身。差撥正爬將起來要走。林冲按住喝道："你這厮原來也恁的歹！且吃我一刀！"又早把頭割下來，挑在鎗上。好。回來，又一個轉身。把富安、陸謙頭都割下來。前把差撥、富安一樣叙，陸謙另叙；今又把差撥另叙，陸謙、富安一樣叙。筆力變幻奇矯，非世人所知。把尖刀插了，將三個人頭髮結做一處，提入廟裏來，都擺在山神面前供桌上，三個人頭安放得好，又算示衆，又算祭賽，又算結煞。再穿了白布衫，一。繫了膊膊，二。把氈笠子帶上，三。將葫蘆裏冷酒都吃盡了。四。被與葫蘆都丢了不要，五。提了鎗，六。○上逐件叙一遍，此又逐件叙一遍，一連叙出兩遍，顯出林冲精細也。便出廟門東投去。草料場在牢城東門外，故投東去爲是。不然，反走入城中來矣。走不到三五里，早見近村人家都拿着水桶、鈎子來救火。故作奇景，以驚讀者。林冲道："你們快去救應，我去報官了來。"心慌口急，便成錯語。蓋報官當投西去也。提着鎗只顧走。

那雪越下得猛。寫雪妙絶。○半日通紅，陡接一句，忽然瑩白。林冲投東去了兩個更次，身上單寒，當不過那冷。在雪地裏看時，離得草料場遠了。只見前面疏林深處，樹木交雜，遠遠地數間草屋，被雪壓着，處處不脱雪。破壁縫裏透火光出來。"火"字餘影。林冲徑投那草屋來，推開門，只見那中間坐着一個老莊客，周圍坐着四五個小莊家向火，"火"字餘影。○一回書，放火殺人，驚天驚地，却閑閑叙出四五個莊客收之。何處覓避秦人，只省事省氣者便是。嗟乎，嗟乎！耐庵至文也。○"向火"二字，爲之一歎。之四五人，又烏知以火殺人，因火自殺，亦在此一夜雪中哉。地爐裏面焰焰地燒着柴火。"火"字餘影，妙在特用"焰焰地"三字，亦算張皇之。林冲走到面前，叫道："衆位拜揖，小人是牢城營差使人，被雪打濕了衣裳，借此火烘一烘，有時被火燒，火則成寃；有時借火烘，火又成恩。

火之爲用，不亦奇乎。望乞方便。」莊客道：「你自烘便了，何妨得。」

林冲烘着身上濕衣服，略有些乾，只見火炭邊煨着一個瓮兒，裏面透出酒香。林冲便道：「小人身邊有些碎銀子，望煩回些酒吃。」老莊客道：「我每夜輪流看米囤，如今四更天氣正冷，我們這幾個吃尚且不够，那得回與你？休要指望。」林冲又道：「胡亂只回三兩碗與小人擋寒。」老莊家道：「你那人休纏，休纏！」林冲聞得酒香，越要吃，説道：「没奈何，回些罷。」衆莊客道：「好意着你烘衣裳向火，便來要酒吃。去便去，不去時，將來吊在這裏！」林冲怒道：「這厮們好無道理！」把手中鎗花鎗餘影。看着塊焰焰着的火柴頭，望老莊家臉上只一挑，又把鎗去火爐裏只一攪，那老莊家的髭鬚焰焰的燒着。前面大火，不曾燒得林冲；此處小火，林冲反燒了人。絶世奇文，絶妙奇情。衆莊客都跳將起來，林冲把鎗桿亂打。花鎗餘影。老莊家先走了，莊家們都動撣不得，被林冲趕打一頓，都走了。林冲道：「都去了，老爺快活吃酒。」土坑上却有兩個椰瓢，取一個下來，傾那瓮酒來，吃了一會，剩了一半。提了鎗，出門便走。一步高，一步低，踉踉蹌蹌，捉脚不住。走不過一里路，被朔風一掉，隨着那山澗邊倒了，那裏挣得起來？曲曲折折，生出情來。大凡醉人，一倒便起不得。當時林冲醉倒在雪地上。

却説衆莊客引了二十餘人，拖鎗拽棒，都奔草屋下看時，不見了林冲。却尋着踪迹趕將來，「尋着踪迹」四字，真是繪雪高手。龍眠白描，庶幾有此。只見倒在雪地裏，花鎗丢在一邊。異樣筆法。衆莊客一齊上，就地拿起林冲來，將一條索縛了。趁五更時分，把林冲解投一個去處來。

那去處不是别處,嚇殺。○不是别處,然則滄州牢城矣,武師奈何? 有分教:蓼兒洼内,前後擺數千隻戰艦艨艟;水滸寨中,左右列百十個英雄好漢。正是:説時殺氣侵人冷,講處悲風透骨寒[一]。畢竟看林冲被莊客解投甚處來,且聽下回分解。

[一]「講」,貫華堂本作「静」,據葉瑶池本改。

第五才子書施耐庵水滸傳卷之十五

聖歎外書

第十回 朱貴水亭施號箭 林冲雪夜上梁山

旋風者，惡風也。其勢盤旋，自地而起。初則揚灰聚土，漸至奔沙走石。天地爲昏，人獸駭竄，故謂之「旋」。「旋」音去聲，言其能旋惡物聚于一處故也。水泊之有衆人也，則自林冲始也；而旋林冲入水泊，則柴進之力也。名柴進曰「旋風」者，惡之之辭也。然而又係之以「小」，何也？夫柴進之于水泊，其猶青萍之末矣，積而至于李逵亦入水泊，而上下尚有定位，日月尚有光明乎耶？故甚惡之，而加之以「黑」焉。夫視「黑」，則柴進爲「小」矣，此「小旋風」之所以名也。

此回前半只平平無奇，特喜其叙事簡浄耳。至後半寫林武師店中飲酒，筆筆如奇鬼，森然欲來搏人。雖坐閨閣中讀之，不能不拍案叫哭也。

接手便寫王倫疑忌，此亦若輩故態，無足爲道。獨是渡河三日，一日一换。有筆如此,雖謂比肩腐史,豈多讓哉!

最奇者,如第一日,並没一個人過;第二日,却有一夥三百餘人過,乃不敢動手;第三日,有一個人,却被走了,必再等一等,方等出一個大漢來。都是特特爲此奇拗之文,不得忽過也。

處處點綴出雪來,分外耀艷。

我讀第三日文中,至「打拴了包裹撇在房中」句,「不如趁早,天色未晚」句,真正心折耐庵之爲才子也。後有讀者,願留覽焉。

話説豹子頭林冲,當夜醉倒在雪裏地上,掙扎不起,被衆莊客向前綁縛了,解送來一個莊院。只見一個莊客從院裏出來,説道:「大官人未起,衆人且把這厮高吊起在門樓下。」看看天色曉來,林冲酒醒,打一看時,果然好個大莊院。何處? 林冲大叫道:「甚麽人敢吊我在這裏?」那莊客聽得叫,手拿柴棍,從門房裏走出來,喝道:「你這厮還自好口!」那個被燒了髭鬚的老莊客説道:「休要問他,只顧打。等大官人起來,好生推問。」衆莊客一齊上,林冲被打,掙扎不得,只叫道:「不妨事,我有分辯處。」只見一個莊客來叫道:「大官人來了。」

林冲朦朧地見個官人背叉着手,行將出來,是誰? 至廊下問道:「你等衆人打甚麽人?」衆莊客答道:「昨夜捉得個偷米賊人。」輕輕加一罪名,天下大抵如此。 那官人向前來看時,認得是林冲,慌忙喝退莊客,親自解下,問道:「教頭緣何被吊在這裏?」衆莊客看見,一齊走了。

林冲看時，不是别人，是誰？却是小旋風柴進，連忙叫道：「大官人救我！」柴進道：「教頭爲何到此，被村夫恥辱？」林冲道：「一言難盡！」兩個且到裏面坐下，把這火燒草料場一事，備細告訴。柴進聽罷道：「兄長如此命蹇！今日天假其便，但請放心，這裏是小弟的東莊，即初訪時莊客所云之「東莊」也。且住幾時，却再商量。」叫莊客取一籠衣裳出來，叫林冲徹裏至外都换了，通身被雪打濕，不言可知。請去暖閣裏坐地，安排酒食杯盤管待。自此林冲只在柴進東莊上住了五七日，不在話下。

且說滄州牢城營裏管營首告：林冲殺死差撥、陸虞候、富安等三人，放火沿燒大軍草料場。州尹大驚，隨即押了公文帖，仰緝捕人員將帶做公的，沿鄉歷邑，道店村坊，畫影圖形，出三千貫信賞錢，捉拿正犯林冲。看看挨捕甚緊，各處村坊講動了。

且說林冲在柴大官人東莊上聽得這話，如坐針氈。俟候柴進回莊，林冲便説道：「非是大官人不留小弟，爭奈官司追捕甚緊，排家搜捉。倘或尋到大官人莊上時，須負累大官人不好。既蒙大官人仗義疏財，求借林冲些小盤纏，投奔他處棲身。異日不死，當效犬馬之報。」柴進道：「既是兄長要行，小人有個去處，一部去處，在此處出現。作書一封與兄長去，如何？」林冲道：「若得大官人如此周濟，教小人安身立命。只不知投何處去？」柴進道：「是山東濟州管下一個水鄉，地名梁山泊，方圓八百餘里，中間是宛子城、蓼兒洼。看官記着：山東濟州梁山泊宛子城、蓼兒洼，是柴進口中提出，故號之爲「小旋風」也。如今有三個好漢在那裏札寨：爲頭的唤做『白衣秀士』王倫，第二個唤做『摸着天』杜遷，第三個唤做『雲裏金剛』宋萬。那三個好漢，聚集着七八百小嘍囉打家劫舍。多有做下迷天大罪的人，都投奔那裏躲災避難，他都收留在彼。三位好漢亦與我交厚，常寄書緘來。我今修一封書與兄長，去投那裏入夥如何？」林冲道：「若得如此顧盼，最好。」柴進道：「只是滄州道口見今官司張挂榜文，又差兩個軍官在那裏提簡，把住道口。兄長必用從那裏經過。」柴進低頭一想道：「再有個計策，送兄長過去。」林冲道：「若蒙周全，死而不忘！」

柴進當日先叫莊客背了包裹出關去等。好。柴進却備了三二十匹馬，帶了弓箭旗鎗，駕了鷹鵰，牽着獵狗，一行人馬都打扮了，却把林冲雜在裏面，好。【眉批】來時如此來，去時如此去。一齊上馬，都投關外。却說把關軍官坐在關上，看見是柴大官人，却都認得。原來這軍官未襲職時，曾到柴進莊上，因此識熟。軍官起身道：「大官人又去快活？」柴進下馬問道：「二位官人緣何在此？」軍官道：「滄州大尹行移文書，畫影圖形，捉拿犯人林冲，特差某等在此守把。但有過往客商，一一盤問，纔放出關。」柴進笑道：「我這一夥人内，中間夾帶着林冲，你緣何不認得？」好。○庚冰故事，用得恰妙。軍官也笑道：「大官人是識法度的，不到得肯夾帶了出去。請尊便上馬。」柴進又笑道：「只恁地相托得過？拿得野味，回來相送。」好。作別了，一齊上馬出關去了。行得十四五里，却見先去的莊客在那裏等候。好。柴進叫林冲下了馬，好。脱去打獵的衣服，却穿上莊客帶來的自己衣裳，繫了腰刀，戴上紅纓氈笠，背上包裹，提了衮刀，叙得好。相辭柴進，拜别了便行。只說那柴進一行人上馬自去打獵，到晚方回，依舊過關，送些野味與軍官，好。回莊上去了。不在話下。

且説林冲與柴大官人別後，上路行了十數日。時遇暮冬天氣，彤雲密布，朔風緊起，又見紛紛揚揚下着滿天大雪。林冲踏着雪只顧走，看看天色冷得緊切，漸漸晚了，遠遠望見枕溪靠湖可知。一個酒店，被雪漫漫地壓着。好寫。林冲奔入那酒店裏來，揭開蘆簾，拂身入去，倒側身看時，都是座頭。揀一處坐下，倚了衮刀，解放包裹，擡了氈笠，把腰刀也挂了。細。只見一個酒保來問道：「客官，打多少酒？」林冲道：「先取兩角酒來。」酒保將個桶兒，打兩角酒，將來放在桌上。林冲又問道：「有甚麽下酒？」酒保道：「有生熟牛肉、肥鵝、嫩鷄。」林冲道：「先切二斤熟牛肉來。」酒保去不多時，將來鋪下一大盤牛肉、數般菜蔬，放個大碗，一面篩酒。林冲吃了三四碗酒，吃了三四碗酒。只見店裏一個人背叉着手，走出來門前看雪。寫此人，又帶寫雪，妙筆。那人問酒保道：「甚麽人吃酒？」林冲看那人時，頭戴深檐暖帽，身穿貂鼠皮襖，脚着一雙獐皮窄靿靴；身材長大，相貌魁宏，雙拳骨臉，三丫黄髯，只把頭來摸着看雪。

林冲叫酒保只顧篩酒。只顧篩酒。林冲説道：「酒保，你也來吃碗酒。」酒保吃了一碗，林冲問道：梁山泊不好便問，故先請他吃一碗酒，寫出林冲精細。「此間去梁山泊，還有多少路？」酒保答道：「此間要去梁山泊，雖只數里，却是水路，全無旱路。一句。若要去時，須用船去，方纔渡得到那裏。」林冲道：「你可與我覓隻船兒？」酒保道：「這般大雪，天色又晚了，二句。那裏去尋船隻？」林冲道：「我多與你些錢，央你覓隻船來，渡我過去。」酒保道：「却是没討處。」三句。○凡三段，皆極力寫英雄失路。林冲尋思道：「這般却怎的好？」又吃了幾碗酒，又吃幾碗酒。

○凡三句，俱寫納頭悶飲如畫，與別處寫豪飲不同。悶上心來，驀然想起：此四字猶如驚蛇怒笋，跳脱而出，令人大哭，令人大叫。「我先在京師做教頭，每日六街三市游玩吃酒。誰想今日，被高俅這賊坑陷了我這一場，文了面，直斷送到這裏。閃得我有家難奔，有國難投，受此寂寞！」一字一哭，一哭一血，至今如聞其聲。因感傷懷抱，問酒保借筆硯來，十二字寫千載豪傑失意如畫。乘着一時酒興，向那白粉壁上寫下八句何必是歌，何必是詩，悲從中來，寫下一片。既畢數之，則八句也，豈如村學究擬作詠懷詩耶？道：

仗義是林冲，爲人最朴忠。江湖馳譽望，京國顯英雄。身世悲浮梗，功名類轉蓬。

他年若得志，威鎮泰山東！

撇下筆再取酒來。寫豪傑歷歷落落處，只用七字，遂使讀者目眥盡裂。正飲之間，只見那個穿皮襖的漢子走向前來，把林冲劈腰揪住，説道：「你好大膽！你在滄州做下迷天大罪，却在這裏！見今官司出三千貫信賞錢捉你，却是要怎地？」奇。林冲道：「你道我是誰？」好，只得如此。那漢道：「你不是豹子頭林冲？」林冲道：「我自姓張。」好，只得如此。那漢笑道：「你莫胡説。見今壁上寫下名字，你臉上文着金印，如何要賴得過！」林冲道：「你真個要拿我？」罷了，只得硬去。那漢笑道：「我却拿你做甚麼？」奇。便邀到後面一個水亭上，叫酒保點起燈來，和林冲施禮，奇。對面坐下。

那漢問道：「却纔見兄長只顧問梁山泊路頭，要尋船去。那裏是强人山寨，你待要去做甚麼？」林冲道：「實不相瞞，如今官司追捕小人緊急，無安身處，特投這山寨裏好漢入夥，因此要去。」那漢道：「雖然如此，必有個人薦兄長來入夥。」林冲道：「滄州横海郡故友舉薦將來。」那漢道：「莫非小旋風柴進麽？」林冲道：「足下何以知之？」那漢道：「柴大官人與山寨中大王頭領交厚，常有書信往來。」【眉批】一路表朱貴。原來王倫當初不得第之時，與杜遷投奔柴進，多得柴進留在莊子上，住了幾時，臨起身又賫發盤纏銀兩，因此有恩。

林冲聽了便拜道：「有眼不識泰山，願求大名。」那漢慌忙答禮，説道：「小人是王頭領手下耳目，姓朱，名貴。原是沂州沂水縣人氏，江湖上但叫小弟做『旱地忽律』。山寨裏教小弟在此間開酒店爲名，專一探聽往來客商經過，但有財帛者，便去山寨裏報知。但是孤單客人到此，無財帛的，放他過去；有財帛的來到這裏，輕則蒙汗藥麻翻，重則登時結果，將精肉片爲羓子，肥肉煎油點燈。却纔見兄長只顧問梁山泊路頭，因此不敢下手。次後見寫出大名來，曾有東京來的人傳説兄長的豪傑，不期今日得會。既有柴大官人書緘相薦，亦是兄長名震寰海，王頭領必當重用。」隨即安排魚肉，盤饌酒肴，到來相待。

兩個在水亭上吃了半夜酒。林冲道：「如何能够船來渡過去？」朱貴道：「這裏自有船隻，兄長放心。且暫宿一宵，五更却請起來同往。」當時兩個各自去歇息。睡到五更時分，朱貴自來叫林冲起來。洗漱罷，再取三五杯酒相待，吃了些肉食之類。此時天尚未明，朱貴把水亭上窗子開了，取出一張鵲畫弓，搭上那一枝響箭，覷着對港敗蘆折葦裏面射將去。奇文奇情。林冲道：「此是何意？」朱貴道：「此是山寨裏的號箭。少頃便有船來。」没多時，只見對過蘆葦泊裏，三五個小嘍囉摇着一隻快船過來，徑到水亭下。奇文奇情。朱貴當時引了林冲，取了刀仗、行李下船。小嘍囉把船摇開，望泊子裏去，奔金沙灘來。到得岸邊，朱貴同林冲上了岸，小嘍囉背了包裹，拿了刀仗，細。兩個好漢上山寨來。那幾個小嘍囉自把船摇到小港裏去了。細。

林冲看岸上時，林冲眼中看出梁山泊來。○此是梁山泊最初寫圖，一句亦不可少。兩邊都是合抱的大樹，一句。半山裏一座斷金亭子。二句。再轉將過來，見座大關，三句。關前擺着鎗、刀、劍、戟、弓、弩、戈、矛，四句。四邊都是擂木炮石。五句。小嘍囉先去報知，二人進得關來，兩邊夾道遍擺着隊伍旗號。六句。又過了兩座關隘，七句。方纔到寨門口。八句。林冲看見四面高山，三關雄壯，團團圍定，中間裏鏡面也似一片平地，可方三五百丈；九句。靠着山口，纔是正門，十句。兩邊都是耳房。十一句。

朱貴引着林冲來到聚義廳上，中間交椅上坐着一個好漢，正是白衣秀士王倫，左邊交椅上坐着摸着天杜遷，右邊交椅坐着雲裏金剛宋萬。朱貴、林冲向前聲喏了，林冲聲喏，不見王倫答禮。林冲立在朱貴側邊。朱貴便道：「這位是東京八十萬禁軍教頭，姓林，名冲，綽號『豹子頭』。因被高太尉陷害，刺配滄州。那裏又被火燒了大軍草料場，争奈殺死三人，逃走在柴大官人家，好生相敬。因此特寫書來，舉薦入夥。」林冲懷中取書遞上，王倫接來拆開看了，便請林冲來坐第四位交椅，便請林冲坐，不見王倫立起施禮。朱貴坐了第五位。一面叫小嘍囉取酒來，把了三巡，初次相待，却只如此，冷淡之極。動問柴大官人近日無恙。不問東京事，只問柴大官人，冷淡之極。林冲答道：「每日只在郊外獵較樂情。」

王倫動問了一回，驀然尋思道：「我却是個不及第的秀才，因鳥氣，合着杜遷來這裏落草；續後宋萬來，聚集這許多人馬伴當。我又没十分本事，杜遷、宋萬武藝也只平常。如今不爭添了這個人，他是京師禁軍教頭，必然好武藝。倘若被他識破我們手段，他須占强，我們如何迎敵？不若只是一怪，推却事故，發付他下山去便了，免致後患。只是柴進面上却不好看，忘了日前之恩，如今也顧他不得。」重叫小嘍囉一面安排酒食，整理筵宴，請林冲赴席，驀然一想中來，非敬林冲也。眾好漢一同吃酒。

將次席終，王倫叫小嘍囉把一個盤子托出五十兩白銀、兩匹紵絲來。王倫起身説道：「柴大官人舉薦，將教頭來敝寨入夥。爭奈小寨糧食缺少，屋宇不整，人力寡薄，恐日後誤了足下，亦不好看。略有些薄禮，望乞笑留，尋個大寨安身歇馬，切勿見怪。」林冲道：「三位頭領容覆：小人『千里投名，萬里投主』，憑托柴大官人面皮，徑投大寨入夥。林冲雖然不才，望賜收録，當以一死向前，並無諂佞，林冲語。○須知此四字，與前「爲人最朴忠」句，雖非世間齷齪人語，然定非魯達、李逵聲口。故寫林冲，另是一樣筆墨。實爲平生之幸。不爲銀兩賫發而來，乞頭領照察。」王倫道：「我這裏是個小去處，如何安着得你？「你」字難當。休怪，休怪！」

朱貴見了，便諫道：表出朱貴。「哥哥在上，莫怪小弟多言。山寨中糧食雖少，近村遠鎮，可以去借；山場水泊，木植廣有，便要蓋千間房屋，却也無妨。這位是柴大官人力舉薦來的人，山上人重之如此，可見是個旋風。如何教他別處去？抑且柴大官人自來與山上有恩，日後得知不納此人，須不好看。這位又是有本事的人，他必然來出氣力。」杜遷道：表出杜遷。「山寨中那爭他一個！哥哥若不收留，柴大官人知道時見怪，亦以柴大官人爲辨，可見是個旋風。顯的我們忘恩背義。日前多曾虧了他，今日薦個人來，便恁推却發付他去！」宋萬也勸道：表出宋萬。「柴大官人面上，三個人一樣説柴大官人面上，可見是個旋風。可容他在這裏做個頭領也好。不然，見得我們無義氣，使江湖上好漢見笑。」【眉批】此處若不表出三人，則後日火並如何留得耶？

王倫道：「兄弟們不知，他在滄洲雖是犯了迷天大罪，今日上山，却不知心腹。倘或來看虛實，如之奈何？」白衣秀士經濟，每每如此。林冲道：「小人一身犯了死罪，因此來投入夥，何故相疑？」王倫道：「既然如此，你若真心入夥，把一個投名狀來。」惡心。林冲便道：「小人頗識幾字，乞紙筆來便寫。」朱貴笑道：「教頭，你錯了。但凡好漢們入夥，須要納投名狀，是教你下山去殺得一個人，將頭獻納，他便無疑心。這個便謂之『投名狀』。」林冲道：「這事也不難，林冲便下山去等，只怕没人過。」王倫道：「與你三日限。惡心。若三日内有投名狀來，便容你入夥；若三日内没時，只得休怪。」林冲應承了。

當夜席散，朱貴相别下山，自去守店。林冲到晚取了刀仗、行李，細。小嘍囉引去客房内歇了一夜。次日早起來，吃些茶飯，四字寫得冷淡可憐。帶了腰刀，提了衮刀，叫一個小嘍囉領路下山，領路好。把船渡過去，渡過河去。僻静小路上等候客人過往。從朝至暮，等了一日，並無一個孤單客人經過。林冲悶悶不已，第一日不説甚麽。和小嘍囉再過渡來。渡過河來。回到山寨中，王倫問道：「投名狀何在？」林冲答道：「今日並無一個過往，以此不曾取得。」王倫道：「你明日若無投名狀時，自限三日，此處又思縮去一日。秀才心數，往往如此。也難在這裏了。」

林冲再不敢答應，可憐。心內自已不樂。來到房中，討些飯吃了，冷淡可憐。○一「討」字，哭殺英雄。又歇了一夜。

次日，清早起來，和小嘍囉吃了早飯，早飯便和小嘍囉吃，哭殺英雄。拿了衮刀，又下山來。小嘍囉道：「俺們今日投南山路去等。」兩個過渡，渡過河去。來到林子裏等候，並不見一個客人過往。伏到午牌時候，一夥客人，約有三百餘人，結踪而過。林冲又不敢動手，看他過去。讀至「一夥客人」句，只謂着手矣，卻緊接「三百餘人」句。文筆神變非常，真正才子也。又等了一歇，看看天色晚來，又不見一個客人過。凡用兩句，不見其疊，但見其妙。林冲對小嘍囉道：「我恁地晦氣！等了兩日，不見一個孤單客人過往，如何是好？」第一日不説甚麼，悶悶而回；第二日，便臨回時説此一語；第三日，便初下山即説一語，其法各變。小嘍囉道：「哥哥且寬心，明日還有一日限，我和哥哥去東山路上等候。」南山是當朝説，東山是隔晚説。當晚依舊渡回。渡過河來。王倫説道：「今日投名狀如何？」林冲不敢答應，只歎了一口氣。比昨日增一句歎口氣，如聞其聲，如見其人。王倫笑道：「想是今日又沒了！我説與你三日限，今已兩日了。若明日再無，不必相見了，便請挪步下山，投別處去。」林冲回到房中，端的是心內好悶，仰天長歎道：「不想我今日被高俅那賊陷害，流落到此，天地也不容我，直如此命蹇時乖！」酒店一歎，此處又一歎。如夜潮之一湧一落，讀之乃欲叫哭。

過了一夜，次日天明起來，討些飯食吃了，一討猶可，至于再討，胡可一朝居耶？打拴了那包裹撇在房中，先作行勢，筆墨妙絶。○一字千淚矣。跨了腰刀，提了衮刀，又和小嘍囉下山過渡，渡過河去。投東山路上來。林冲道：「我今日若還取不得投名狀時，只得去別處安身立命！」下山先説一句，與前變換。兩個來到山下東路林子裏，潛伏等候。看看日頭中了，又没一個人來。有此一句，文筆夭矯之極。時遇殘雪初晴，日色明朗，忽點入雪後景色，耀人目睛。林冲提着袞刀，對小嘍囉道：「眼見得又不濟事了，不如趁早，天色未晚，取了行李，只得往别處去尋個所在！」奇文妙筆，偏到欲合處，偏故意着實一縱，使讀者心路俱斷。小較用手指道：「好了，兀的不是一個人來！」忽然一接。林冲看時，叫聲「慚愧！」只見那個人遠遠在山坡下，望見行來；待他來得較近，林冲把袞刀桿剪了一下，驀地跳將出來。那漢子見了林冲，叫聲：「阿也！」撇了擔子，轉身便走。真正才子，真正奇文，前批詳之矣。【眉批】敘過三日，便接出一個人來，此學究記事也；敘過三日，偏又放走一個，才子奇文，世寧有兩乎哉！林冲趕將去，那裏趕得上？那漢子閃過山坡去了。真正才子，真正奇文。

林冲道：「你看我命苦麽？等了三日，甫能等得一個人來，又吃他走了！」真正才子，真正奇文。○誰能于三日後，又結撰出此一段文字耶？小較道：「雖然不殺得人，這一擔財帛可以抵當。」林冲道：「你先挑了上山去，我再等一等。」走馬垂韁之法。小嘍囉先把擔兒挑出林去，只見山坡下轉出一個大漢來。上來許多曲折，然後轉出大漢來。林冲見了，説道：「天賜其便！」只見那人挺着朴刀，大叫如雷，喝道：「潑賊，殺不盡的强徒！將俺行李那裏去！洒家正要捉你這厮們，倒來拔虎鬚！」飛也似踴躍將來。林冲見他來得勢猛，也使步迎他。

不是這個人來鬥林冲，有分教：梁山泊内，添幾個弄風白額大蟲；水滸寨中，輳幾隻跳澗金睛猛獸。畢竟來與林冲鬥的正是甚人，且聽下回分解。

第五才子書施耐庵水滸傳卷之十六

聖歎外書

第十一回　梁山泊林冲落草　汴京城楊志賣刀

吾觀今之文章之家，每云我有避之一訣，固也，然而吾知其必非才子之文也。夫才子之文，則豈惟不避而已，又必于本不相犯之處，特特故自犯之，而後從而避之。此無他，亦以文章家之有避之一訣，非以教人避也，正以教人犯也。犯之而後避之，故避有所避也。若不能犯之而但欲避之，然則避何所避乎哉？是故行文非能避之難，實能犯之難也。譬諸弈棋者，非救劫之難，實留劫之難也。將欲避之，必先犯之。夫犯之而至于必不可避，而後天下之讀吾文者，于是乎而觀吾之才、之筆矣。犯之而至于必不可避，而吾之才，之筆，爲之躊躇，爲之四顧，砉然中窾，如土委地，則雖號于天下之人曰：「吾才子也，吾文才子之文也。」彼天下之人，亦誰復敢爭之乎哉？故此書于林冲買刀後，緊接楊志賣刀，是正所謂才子之文必先犯之者，而吾于是始樂得而徐觀其避也。

又曰：我讀《水滸》至此，不禁浩然而歎也。曰：嗟乎！作《水滸》者雖欲不謂之才子，胡可得乎？夫人胸中，有非常之才者，必有非常之筆；有非常之筆者，必有非常之力。夫非非常之才，無以構其思也；非非常之筆，無以摛其才也；又非非常之力，亦無以副其筆也。今觀《水滸》之寫林武師也，忽以寶刀結成奇彩；及寫楊制使也，又復以寶刀結成奇彩。夫寫豪傑不可盡，而忽然置豪傑而寫寶刀，此借非非常之才，其亦安知寶刀爲即豪傑之替身，但寫得寶刀盡致盡興，即已令豪傑盡致盡興者耶？且以寶刀寫出豪傑，固已；然以寶刀寫武師者，不必其又以寶刀寫制使也。今前回初以一口寶刀照耀武師者，接手便又以一口寶刀照耀制使。兩位豪傑，兩口寶刀，接連而來，對插而起，用筆至此，奇險極矣。即欲不謂之非常，而英英之色，千人萬人，莫不共見，其又疇得而不謂之非常乎？又一個買刀，一個賣刀，分鑣各騁，互不相犯，固也；然使于贊歎處、痛悼處，稍稍有一句、二句，乃至一字、二字偶然相同，即亦豈見作者之手法乎？今兩刀接連，一字不犯，乃至譬如東泰西華，各自争奇。嗚呼！特特挺而走險，以自表其「六轡如組，兩驂如舞」之能，才子之稱，豈虚譽哉！

天漢橋下寫英雄失路，使人如坐冬夜；緊接演武廳前寫英雄得意，使人忽上春臺。咽處加一倍咽，艷處加一倍艷，皆作者瞻顧非常，趨走有龍虎之狀處。

話説林冲打一看時，只見那漢子頭戴一頂范陽氈笠，上撒着一把紅纓；穿一領白緞子征衫，繫一條縱綫絛；下面青白間道行纏，抓着袴子口，獐皮襪，帶毛牛膀靴；跨口腰刀，提條朴刀，生得七尺五六身材，面皮上老大一搭青記，腮邊微露些少赤鬚；把氈笠子掀在脊梁上，坦開胸脯；帶着抓角兒軟頭巾，挺手中朴刀，高聲喝道：「你那潑賊！將俺行李財帛那裏去了！」不説林冲喝那漢，偏説那漢喝一聲，顯得是個勍敵。林冲正没好氣，那裏答應？八字寫第三日林冲如見。睜圓怪眼，倒竪虎鬚，挺着朴刀搶將來，鬥那個大漢。此時淺雪初晴，薄雲方散，溪邊踏一片寒冰，岸畔湧兩條殺氣。一往一來，鬥到三十來合，不分勝敗。寫得晶瑩射人。兩個又鬥了十數合，正鬥到分際，只見山高處叫道：「兩位好漢，不要鬥了！」林冲聽得，驀地跳出圈子外來。獨寫林冲跳出，見其志不在鬥；若楊志既失車仗，則自不應先住也。用筆精細如此。

兩個收住手中朴刀，看那山頂上時，却是白衣秀士王倫和杜遷、宋萬，並許多小嘍囉，走下山來，何也？將船渡過了河，細。説道：「兩位好漢，端的好兩口朴刀，神出鬼没！這個是俺的兄弟豹子頭林冲，青面漢，奇稱。你却是誰？願通姓名。」那漢道：「洒家是三代將門之後，定有寶刀。五侯楊令公之孫，定應爭氣。姓楊，名志，流落在此關西。年紀小時，曾應過武舉，做到殿司制使官。道君因蓋萬歲山，差一般十個制使，去太湖邊搬運花石綱，赴京交納。不想洒家時乖運蹇，押着那花石綱，來到黄河裏，遭風打翻了船。失陷了花石綱，未失生辰綱，先失花石綱。有意無意，閑中一襯。不能回京赴任，逃去他處避難。如今赦了俺們罪犯，洒家今來收的一擔兒錢物，待回東京去樞密院使用，再理會本身的勾當。文臣陞遷要錢使，猶可也，至于武臣出身，亦要錢使，古今一歎，豈止爲楊志痛哉！打從這裏經過，顧倩莊家挑那擔兒，不想被你們奪了。可把來還洒家如何！」楊志又有楊志聲口。

王倫道：「你莫是綽號唤做『青面獸』的？」楊志道：「洒家便是。」王倫道：「既然是楊制使，就請到山寨吃三杯水酒，又何也？納還行李如何？」楊志道：「好漢既然認得洒家，便還了俺行李，更强似請吃酒。」楊志又有楊志聲口。王倫道：「制使，小可數年前到東京應舉時，好貨，虧他說。便聞制使大名。今日幸得相見，如何教你空去！且請到山寨少叙片時，並無他意。」楊志聽説了，只得跟了王倫一行人等過了河，須知此番過河，中間特特爲着一人渡來渡去者得意也。然却故意獨藏過，使人自看。上山寨來。就叫朱貴同上山寨相會，都來到寨中聚義廳上。左邊一帶四把交椅，却是王倫、杜遷、宋萬、朱貴；右邊一帶兩把交椅，上首楊志，下首林冲，都坐定了。王倫叫殺羊置酒，安排筵宴，管待楊志，與林冲討飯句掩映。不在話下。

話休絮煩。酒至數杯，王倫心裏想道：「若留林冲，實形容得我們不濟。不如我做個人情，並留了楊志，與他作敵。」寫秀才經濟，可笑。因指着林冲對楊志道：「這個兄弟，他是東京八十萬禁軍教頭，唤做豹子頭林冲。因這高太尉那厮安不得好人，口頭語，豈真謂林武師哉！把他尋事刺配滄州，那裏又犯了事，如今也新到這裏。却纔制使要上東京勾當，不是王倫糾合制使，小可兀自棄文就武，好貨，虧他說。○秀才自大語，每每有之。來此落草。制使又是有罪的人，雖經赦宥，難復前職；亦且高俅那厮見掌軍權，他如何肯容你？不如只就小寨歇馬，大秤分金銀，大碗吃酒肉，同做好漢，不知制使心下主意若何？」楊志答道：「重蒙衆頭領如此帶携，只是洒家有個親眷，見在東京居住。前者官事連累了他，不曾酬謝得他。今日欲要投那裏走一遭，望衆頭領還了洒家行李。如不肯還，楊志空手也去了。」寫楊志又另是一楊志，不是史進，不是魯達，不是林冲，細細認之。王倫笑道：「既是制使不肯在此，如何敢勒逼入夥？且請寬心住一宵，明日早行。」楊志大喜。此却與前二人同，林冲則不爾，細細認之。

當日飲酒到二更方歇，各自去歇息了。次日早起來，又置酒與楊志送行。與林冲討飯句掩映。吃了早飯，衆頭領叫一個小嘍囉，把昨夜擔兒挑了，細。一齊都送下山，來到路口與楊志作別。教小嘍囉渡河，細。送出大路。衆人相別了，自回山寨。王倫自此方纔肯教林冲坐第四位，「自此方纔肯教」六字，皆難之辭也。朱貴坐第五位。從此五個好漢在梁山泊打家劫舍，此四字，所謂昔之梁山泊也；若後之梁山泊亦有四字，所謂「替天行道」也。不在話下。

只說楊志出了大路，尋個莊家挑了擔子，發付小嘍囉自回山寨。細。楊志取路，不數日來到東京。入得城來，尋個客店客店。安歇下。莊客交還擔兒，與了些銀兩，自回去了。細。楊志到店中放下行李，解了腰刀、朴刀，叫店小二將些碎銀子買些酒肉吃了。過數日，央人來樞密院打點，理會本等的勾當。將出那擔兒內金銀財物，買上告下，再要補殿司府制使職役。把許多東西都使盡了，方纔得申文書，以「盡」爲度，每每如此。引去見殿帥高太尉。來到廳前，那高俅把從前歷事文書都看了，大怒道：「既是你等十個制使去運花石綱，九個回到京師交納了，偏你這廝把花石綱失陷了，又不來首告，倒又在逃，許多時捉拿不着。今日再要勾當，雖經赦宥所犯罪名，難以委用。」把文書一筆都批倒了，將楊志趕出殿帥府來。非寫高俅不受請托也，正寫高俅妒賢嫉能也；非寫高俅惡楊志也，寫當時朝廷無人不如高俅，無人不被惡如楊志也。

楊志悶悶不已，回到客店中，思量：「王倫勸俺，也見得是。只爲洒家清白姓字，楊家語。不肯將父母遺體來點污了。指望把一身本事[一]，邊庭上一鎗一刀，痛哭語，又寫得壯健，又寫得灑落。博個封妻蔭子，也與祖宗爭口氣，楊家語。不想又吃這一閃。高太尉，叫一聲妙，至今如聞其響。你忒毒害，恁地刻薄！」心中煩惱了一回。在客店裏又住幾日，盤纏都使盡了。楊志尋思道：「却是怎地好？只有祖上留下這口寶刀，從來跟着洒家。如今事急無措，只得拿去街上，貨賣得千百貫錢鈔，好做盤纏，投往他處安身。」林冲一口寶刀，楊志一口寶刀，接連叙出，看他却結撰成兩樣奇景，詳具總批中。

當日將了寶刀，插了草標兒，寶刀上加「草標」二字，辱没殺人。才德之士，而必借容羔雁，亦此四字矣。上市去賣。走到馬行街内，好街名，與前「閲武坊」各有其妙。○刀馬二字，襯成奇艷。立了兩個時辰，並無一個人問。將立到晌午時分，特特寫兩句時分，爲英雄一哭。轉來到天漢州橋熱鬧處去賣。楊志立未久，上寫兩句立久，都向刀上一哭；此忽然寫入一句「立未久」，讀者只謂亦向刀上出色也，却突轉出下文一段奇情，令人絶倒。只見兩邊的人都跑入河下巷内去躲。奇文。楊志看時，只見都亂攛，口裏説道：「快躲了！大蟲來也！」奇文。楊志道：「好作怪！這等一片錦城池，却那得大蟲來？」當下立住脚看時，只見遠遠地黑凛凛一條大漢，吃得半醉，一步一攧撞將來。奇

[一]「本」，貫華堂本、葉瑤池本作「來」，據王望如評本改。

文。楊志看那人時，原來是京師有名的破落户潑皮，叫做「没毛大蟲」牛二，專在街上撒潑、行凶、撞鬧，連爲幾頭官司。開封府也治他不下，以此滿城人見那厮來都躲了。

却說牛二搶到楊志面前，就手裏把那口寶刀扯將出來，是個潑皮。○就手扯出，非所以待寶刀也。然豪傑失路，往往遭此矣。寶刀不能哭，其奈之何哉！問道：「漢子，你這刀要賣幾錢？」二字不堪。楊志道：「祖上留下寶刀，要賣三千貫。」【眉批】一路寫楊志軟順，並無半點剛忿，止爲英雄失路一哭。牛二喝道：二字不堪。「甚麽鳥刀，二字不堪。要賣許多錢！我三十文買一把，極寫不堪。也切得肉，切得豆腐。調侃時賢。你的鳥刀有甚好處，叫做寶刀？」不堪。楊志道：「洒家的須不是店上賣的白鐵刀，這是寶刀。」牛二道：「怎地唤做寶刀？」活潑皮。楊志道：「第一件，砍銅剁鐵，刀口不捲；第二件，吹毛得過；二字奇文。第三件，殺人刀上没血。」四字奇文。牛二道：「你敢剁銅錢麽？」雖是逐件要試，却又極力寫潑皮形狀。如第一件砍銅剁鐵，他便偏想出「銅錢」二字，調侃世人不小。楊志道：「你便將來，剁與你看。」牛二便去州橋下香椒鋪裏，討了二十文當三錢，「討」字妙。活潑皮平日薅惱街坊無數事，只此一個字寫盡。一垛兒將來放在州橋欄干上，叫楊志道：「漢子，你若剁得開時，我還你三千貫。」活潑皮。那時看的人極忙時，忽然插入一句看的人，筆力如蒼鷹矯犬，其眼光左閃右掣。雖然不敢近前，寫潑皮一句。向遠遠地圍住了望。寫寶刀一句。楊志道：「這個直得甚麽？」把衣袖捲起，好。○出色一句。拿刀在手，看得較準，只一刀，把銅錢剁做兩半，衆人都喝采。牛二道：「喝甚麽鳥采！罵不得楊志了，只得罵衆人，如見潑皮。你且說第二件是甚麽？」活潑皮。○又記得有第二件，又不妙。

記得是甚麽。活潑皮。活醉人。楊志道：「吹毛得過：若把幾根頭髮望刀口上只一吹，齊齊都斷。」牛二道：「我不信。」自把頭上拔下一把頭髮，是個潑皮。○「一把」二字絶倒。遞與楊志，「你且吹我看。」潑皮。楊志左手接過頭髮，右手提刀也。照着刀口上盡氣力一吹，那頭髮都做兩段，紛紛飄下地來。衆人喝采，看的人越多了。又閃出看的人，又增一句。牛二又問：「第三件是甚麽？」潑皮到底。楊志道：「殺人刀上没血。」牛二道：「怎地殺人刀上没血？」其辭愈纏。楊志道：「把人一刀砍了，並無血痕，只是個快。」自注四字者，爲此一件不比上二件，實不可試，故特下一注也。牛二道：「我不信，你把刀來剁一個人我看。」真是個潑皮，其辭愈纏。楊志道：「禁城之中，如何敢殺人？你不信時，取一隻狗來殺與你看。」牛二道：「你説殺人，不曾説殺狗！」絶倒。○潑皮差矣，人之與狗，何以異哉。【眉批】看他一路緊上去[一]。楊志道：「你不買便罷，只管纏人做甚麽？」英雄可憐，至此方説他一句。牛二道：「你將來我看。」纏得愈無理，絶倒。楊志道：「你只顧没了當，洒家又不是你撩撥的！」英雄可憐，至此方自表一句。牛二道：「你敢殺我？」纏得愈無理，絶倒。楊志道：「和你往日無冤，昔日無讎，一物不成，兩物見在，没來由殺你做甚麽？」英雄可憐，又捺住氣了。牛二緊揪住楊志，説道：「我偏要買你這口刀。」前俱長鎗大戟，至此以下，俱用短兵緊接。楊志道：「你要買，將錢來。」牛二道：「我没錢。」楊志道：「你没錢，揪住洒家怎地？」牛二道：「我要你這口刀。」楊志道：「我不與你。」牛二道：「你好男子，剁我一刀。」此句

[一] 此條眉批，貫華堂本無，據葉瑶池本補。

逗出楊志怒來。

楊志大怒，把牛二推了一交。第一段，只推一交，不便殺。牛二爬將起來，鑽入楊志懷裏。「爬」字、「鑽」字，寫潑皮。楊志叫道：「街坊鄰舍，都是證見：楊志無盤纏，自賣這口刀，這個潑皮强奪洒家的刀，又把俺打。」第二段，只叫街坊告訴，不便殺。街坊人都怕這牛二，誰敢向前來勸。補一句無人勸，楊志所以成于殺也。牛二喝道：「你説我打你，便打殺直甚麽！」口裏説，一面揮起右手，一拳打來。是個潑皮。楊志「霍」地躲過，拿着刀搶入來，一時性起，四字徑捷。望牛二顙根上搠個着，「撲」地倒了。楊志趕入去，把牛二胸脯上又連搠了兩刀，不惟半日積憤，連高太尉積憤亦發出來。血流滿地，死在地上。楊志叫道：「洒家殺死這個潑皮，怎肯連累你們！潑皮既已死了，你們都來同洒家去官府裏出首。」寫楊志另是楊志，不是史進，不是魯達，不是林冲。

坊隅衆人慌忙攏來，隨同楊志徑投開封府出首。正值府尹坐衙，楊志拿着刀，刀。和地方鄰舍衆人都上廳來，一齊跪下，把刀放在面前。刀。楊志告道：「小人原是殿司制使，爲因失陷花石綱，削去本身職役。無有盤纏，將這口刀在街貨賣。不期被個潑皮破落户牛二，强奪小人的刀，又用拳打小人。因此一時性起，將那人殺死，衆鄰舍都是證見。」衆人亦替楊志告説，分訴了一回。府尹道：「既是自行前來出首，免了這厮入門的款打。」且叫取一面長枷枷了，差兩員相官帶了仵作行人，監押楊志並衆鄰舍一干人犯，都來天漢州橋邊，登場簡驗了，疊成文案。衆鄰舍都出了供狀，保放隨衙聽候，當廳發落，將楊志于死囚牢裏監守。

牢裏衆多押牢禁子、節級，見説楊志殺死没毛大蟲牛二，都可憐他是個好男子，不來問他取錢，又好生看覷他。一段。天漢州橋下衆人，爲是楊志除了街上害人之物，都斂些盤纏，湊些銀兩來，與他送飯，上下又替他使用。一段。推司也覷他是個首名的好漢，又與東京街上除了一害，牛二家又没苦主，把款狀都改得輕了。三推六問，却招做一時鬥毆殺傷，誤傷人命。待了六十日限滿，當廳推司禀過府尹，將楊志帶出廳前，除了長枷，斷了二十脊杖，唤個文墨匠人刺了兩行金印，迭配北京大名府留守司充軍[一]。一段。那口寶刀没官入庫。刀。當廳押了文牒，差兩個防送公人，免不得是張龍、趙虎，把七斤半鐵葉盤頭護身枷釘了。分付兩個公人，便教監押上路。

天漢州橋那幾個大户科斂些銀兩錢物，等候楊志到來，請他兩個公人一同到酒店裏吃了些酒食，把出銀兩賫發兩位防送公人，説道：「念楊志是個好漢，與民除害。今去北京，路途中望乞二位上下照覷，好生看他一看。」一段。張龍、趙虎道：「我兩個也知他是好漢，亦不必你衆位分付，但請放心。」一段。楊志謝了衆人。其餘多的銀兩，盡送與楊志做盤纏，細。衆人各自散了。細。○此一節，特特與林冲起身不同。

話裏只説楊志同兩個公人，來到原下的客店裏，寫英雄無家，只八個字，灑下人淚來。○前一路不曾脱客店二字。算還了房錢、飯錢，取了原寄的衣服、行李，細。安排些酒食，請了兩個公人，尋醫士贖了幾個棒瘡的膏藥，貼了棒瘡，特特與林冲不同。便同兩個公人上路。三個望北

[一]「北」，貫華堂本、葉瑶池本作「比」，據王望如評本改。

京進發，五里單牌，十里雙牌，絶妙紀程，如古謡諺。逢州過縣，買些酒肉，不時間請張龍、趙虎吃。只一句，便遞過許多路程。三個在路，夜宿旅館，曉行驛道，不數日來到北京。省。入得城中，尋個客店安下。原來北京大名府留守司，上馬管軍，下馬管民，最有權勢。那留守喚做梁中書，諱世傑，他是東京當朝太師蔡京的女婿。大書特書。當日是二月初九日，爲「生辰」二字遠遠提頭。留守陞廳，兩個公人解楊志到留守司廳前，呈上開封府公文。梁中書看了。原在東京時也曾認得楊志，當下一見了，備問情由。楊志便把高太尉不容復職，使盡錢財，將寶刀貨賣，因而殺死牛二的實情，通前一一告禀了。梁中書聽得大喜，當廳就開了枷，留在廳前聽用。押了批迴與兩個公人自回東京，了。不在話下。

只説楊志自在梁中書府中，早晚殷勤聽候使喚。梁中書見他勤謹，伏下一筆。有心要擡舉他，欲要遷他做個軍中副牌，月支一分請受。只恐衆人不伏，因此傳下號令，教軍政司告示大小諸將人員，來日都要出東郭門教場中去演武試藝。當晚梁中書喚楊志到廳前，梁中書道：「我有心要擡舉你做個軍中副牌，月支一分請受，只不知你武藝如何？」楊志禀道：「小人應過武舉出身，曾做殿司府制使職役。這十八般武藝，自小習學。今日蒙恩相擡舉，如撥雲見日一般。楊志若得寸進，當效銜環背鞍之報。」梁中書大喜，賜與一副衣甲。當夜無事。

次日天曉，時當二月中旬，有意無意，所謂「草蛇灰綫」之法也。正值風和日暖。梁中書早飯已罷，第一段，早飯。帶領楊志上馬，第二段，帶楊志上馬。前遮後擁，往東郭門來。到得教場中，第三段，來到教場。大小軍卒並許多官員接見。第四段，官軍迎接。就演武廳前下馬，到廳上，正面撒着一把渾銀交椅坐上。第五段，陞廳。左右兩邊，齊臻臻地排着兩行官員，指揮使、團練使、正制使、統領使、牙將、較尉、正牌軍、副牌軍，前後周圍，惡狠狠地列着百員將較。正將臺上，立着兩個都監，一個唤做「李天王」李成，一個唤做「聞大刀」聞達。二人皆有萬夫不當之勇，統領着許多軍馬，一齊都來朝着梁中書呼三聲「喏」。第六段，衆將官聲喏。【眉批】此一段看他會家不忙，叙得水平樹匝相似。却早將臺上豎起一面黄旗來，第七段，豎帥字旗。將臺兩邊，左右列着三五十對金鼓手，一齊發起擂來。品了三通畫角，發了三通擂鼓，第八段，發擂。教場裏面誰敢高聲？第九段，發擂罷。又見將臺上豎起一面浄平旗來，前後五軍，一齊整肅。第十段，浄平旗。將臺上把一面引軍紅旗麾動，第十一段，引軍旗。只見鼓聲響處，第十二段，起鼓。五百軍列成兩陣，軍士各執器械在手。第十三段，列陣。將臺上又把白旗招動，兩陣馬軍齊齊地都立在面前，各把馬勒住。第十四段，衆將聽令。

梁中書傳下令來，叫唤副牌軍周謹向前聽令。第十五段，傳下將令來。右陣裏周謹聽得呼唤，躍馬到廳前，跳下馬，插了鎗，暴雷也似聲個大喏。第十六段，副軍聽令。梁中書道：「着副牌軍施逞本身武藝。」周謹得了將令，綽鎗上馬，在演武廳前，左盤右旋，右盤左旋，將手中鎗使了幾路，衆人喝采。第十七段，副軍演藝。梁中書道：「叫東京對撥來的軍健楊志。」第十八段，又傳下將令。楊志轉過廳前，唱個大喏。第十九段，楊志聽令。梁中書道：「楊志，我知你原是東京殿司府制使軍官，犯罪配來此間。即目盜賊猖狂，國家用人之際。你敢與周謹比試武藝高低？如若贏得，便遷你充其職役。」楊志道：「若蒙恩相差遣，安敢有違鈞旨。」梁中書叫取一匹戰馬來，教甲仗庫隨行官吏應付軍器，教楊志披挂上馬，與周謹比試。楊志去廳後把夜來衣甲穿了，拴束罷，帶了頭盔、弓箭、腰刀，手拿長鎗上馬，從廳後跑將出來。梁中書看了道：「着楊志與周謹先比鎗。」周謹怒道：「這個賊配軍敢來與我交鎗！」第二十段，楊志出馬。誰知惱犯了這個好漢，來與周謹鬥武。

不因這番比試，有分教楊志在：萬馬叢中聞姓字，千軍隊裏奪頭功。畢竟楊志與周謹比試，引出甚麼人來，且聽下回分解。

第五才子書施耐庵水滸傳卷之十七

聖歎外書

第十二回　急先鋒東郭爭功　青面獸北京鬥武

古語有之：畫咸陽宫殿易，畫楚人一炬難；畫舳艫千里易，畫八月潮勢難。今讀《水滸》至東郭爭功，其安得不謂之畫火、畫潮第一絶筆也！夫梁中書之愛楊志，止爲生辰綱伏綫也，乃愛之而將以重大托之，定不得不先加意獨提掇之。于是傳令次日大小軍官，都至教場比試，蓋其意止在周謹一分請受耳。今觀其略寫使鎗，詳寫弓馬，亦可謂于教場中盡態極妍矣。而殊不知作者滔滔浩浩、莽莽蒼蒼之才，殊未肯已也。忽然階下左邊轉出一個索超，一時遂若連彼梁中書亦似出于意外也者。而于是于兩漢未曾交手之前，先寫梁中書着楊志好生披挂，又借自己好馬與他騎了；于是李成亦便叫索超去加倍分付，亦將自己披挂戰馬全副借與。當是時，兩人殊未嘗動一步，出一色，而讀者心頭眼底已自異樣驚魂動魄，悶心摇膽。却又放下兩人，復寫梁中書走出月臺，特特增出一把銀葫蘆頂茶褐羅三檐涼傘，重放炮，重發擂，重是金鼓起，重是紅旗、黄旗、白旗、青旗招動，然後托出兩員好漢來。讀者至此，其心頭眼底，胡得不又爲之驚魂動魄、閃心摇膽？然而兩人固殊未嘗交手也。至于正文，只用一句「戰到五十餘合不分勝負」，就此一句，半路按住，却重復寫梁中書看呆，衆軍官喝采，滿教場軍士們没一個不説，李成、聞達不住聲叫「好鬥」，使讀者口中自説滿教場人，而眼光自落在兩個好漢、兩匹戰馬、兩般兵器上。不惟書裏梁中書呆了，連書外看書的人也呆了。于是鳴金收軍而後，重復正寫一句兩個各要爭功，那肯回馬。如此行文，真是畫火畫潮，天生絶筆。自有筆墨，未有此文；自有此文，未有此評。嗚呼！天下之樂，第一莫若讀書；讀書之樂，第一莫若讀《水滸》，即又何忍不公諸天下後世之酒邊燈下之快人恨人也！

如此一回大書，愚夫讀之，則以爲東郭爭功，定是楊志分中一件驚天動地之事。殊不知止爲後文生辰綱要重托楊志，故從空結出兩層樓臺，以爲梁中書愛楊志地耳。故篇中凡寫梁中書加意楊志處，文雖少，是正筆；寫與周謹、索超比試處，文雖絢爛縱横，是閑筆。夫讀書而能識賓主旁正者，我將與之遍讀天下之書也。

看他齊臻臻地一教場人，後來發放了大軍，留下梁中書、衆軍官、索超、楊志；又發放了衆軍官，留下梁中書、索超、楊志；又發放了索超，留下梁中書、楊志。嗟乎！意在乎此矣。寫大風者，曰「始于青蘋之末」，「盛于土囊之口」，吾嘗謂其後當必重收到青蘋之末也。今梁中書、楊志，所謂「青蘋之末」，而教場比試，所謂「土囊之口」，讀者其何可以不察也。

話説當時周謹、楊志兩個，勒馬在于旗下，正欲出戰交鋒。只見兵馬都監聞達喝道：「且住！」自上廳來，禀復梁中書道：聞達禀。「復恩相：論這兩個比試武藝，雖然未見本事高低，鎗刀本是無情之物，只宜殺賊剿寇。今日軍中自家比試，恐有傷損，輕則殘疾，重敗致命，此乃于軍不利。可將兩根鎗去了鎗頭，各用氈片包裹，地下蘸了石灰，再各上馬，都與皂衫穿着。但是鎗桿廝搠，如白點多者當輸。」梁中書道：「言之極當。」隨即傳令下去。兩個領了言語，向這演武廳後，去了鎗尖，都用氈片包了，縛成骨朵；身上各換了皂衫，各用鎗去石灰桶裏蘸了石灰，再各上馬出到陣前。那周謹躍馬挺鎗，直取楊志；這楊志也拍戰馬，撚手中鎗來戰周謹。兩個在陣前來來往往，番番復復，攪做一團，紐做一塊。鞍上人鬥人，坐下馬鬥馬。兩個鬥了四五十合，看周謹時，恰似打翻了豆腐的，斑斑點點，約有三五十處；看楊志時，只有左肩胛下一點白。寫周謹點多不足喜，喜其寫楊志肩胛上亦有一點也。梁中書大喜，主句。叫喚周謹上廳，看了迹道：「前官參你做個軍中副牌，量你這般武藝，如何南征北討？怎生做得正請受的副牌？教楊志替此人職役。」

管軍兵馬都監李成上廳，禀復梁中書道：李成禀。「周謹鎗法生疏，弓馬熟閑。豈真有是事，只圖又有一番悦目也。不爭把他來逐了職事，恐怕慢了軍心，再教周謹與楊志比箭如何？」梁中書道：「言之極當。」再傳下將令來，叫楊志與周謹比箭。兩個得了將令，都插了鎗，各關了弓箭。楊志就弓袋內取出那張弓來，扣得端正，擎了弓，跳上馬，跑到廳前，立在馬上，欠身稟復道：「恩相，弓箭發處，事不容情。恐有傷損，乞請鈞旨。」梁中書道：「武夫比試，何慮傷殘？但有本事，射死勿論。」與前灰鎗變化，若更作抽矢去金，便同兒戲矣。楊志得令，回到陣前。李成傳下言語，叫兩個比箭好漢，各關與一面遮箭牌，防護身體。兩個各領了遮箭防牌，綰在臂上。楊志道：「你先射我三箭，異哉此人，險哉此文。後却還你三箭。」周謹聽了，恨不得把楊志一箭射個透明。楊志終是個軍官出身，識破了他手段，全不把他爲事。

當時將臺上早把青旗麾動，楊志拍馬望南邊去。寫得好。○真好看。周謹縱馬趕來，將韁繩搭在馬鞍鞽上，細。左手拿着弓，右手搭上箭，拽得滿滿地，望楊志後心「颼」地一箭。寫得好。○「後心」二字，故意嚇人，真正才子。楊志聽得背後弓弦響，「霍」地一閃，去鐙裏藏身，那枝箭早射個空。寫得好。○第一番。周謹見一箭射不着，却早慌了，寫得好。再去壺中急取第二枝箭來，搭上弓弦，覷的楊志較親，寫得好。○「覷得較親」，故意換一句嚇人。望後心再射一箭。楊志聽得第二枝箭來，却不去鐙裏藏身，寫得好。那枝箭風也似來。寫得好。○此句有掣電之能。楊志那時也取弓在手，出奇語。○看官少住，試猜他殆欲如何。用弓梢只一撥，那枝箭滴溜溜撥下草地裏去了。寫得好。○第二番。周謹見第二枝箭又射不着，心裏越慌。寫得好。楊志的馬承上「心裏越慌」，則自應緊接第三枝箭矣。却不接周謹箭，却接出楊志馬，怪哉文乎！早跑到教場盡頭，「霍」地把馬一兜，那馬便轉身望正廳上走回來。寫得好，真正心經手緯之文。周謹也把馬只一勒，那馬也跑回，就勢裏趕將來。去那綠茸茸芳草地上，八個馬蹄翻盞撒鈸相似，「勃喇喇」地風團兒也似般走。本是比試弓馬二事，乃前兩番止叙得弓箭，故于此處特地寫出馬來。筆力神變之極，非小家所能也。周謹再取第三枝箭，搭在弓弦上，扣得滿滿地，儘平生氣力，眼睁睁地看着楊志後心窩上，只一箭射將來。寫得好。○務要故意嚇人，便向後心上特特地加一句「扣得滿滿地」，又加一句「儘平生氣力」，又加一句「眼睁睁地」，又加「窩上」二字，妙絶。楊志聽得弓弦響，紐回身，就鞍上把那枝箭只一綽，綽在手裏，寫得出色，好。○第三番。【眉批】讀者須知，周謹三箭皆是妙手。蓋鐙裏藏身，則箭過鞍上矣；弓梢掠得着，手綽得住，則相去不能以寸矣。便縱馬入演武廳前，撇下周謹的箭。真寫得好。

梁中書見了大喜，主句。傳下號令，却叫楊志也射周謹三箭。將臺上又把青旗麾動，周謹撇了弓箭，拿了防牌在手，拍馬望南而走。楊志在馬上把腰只一縱，略將脚一拍，那馬「潑喇喇」的便趕。此處却不叙弓，先叙馬，法變。楊志先把弓虚扯一扯，寫得好。周謹在馬上聽得腦後弓弦響，扭轉身來，便把防牌來迎，却早接個空。寫得好。周謹尋思道：「那厮只會使鎗，不會射箭。等他第二枝箭再虚詐時，我便喝住了他，便算我贏了。」周謹的馬早到教場南盡頭，前兩枝箭發後，方到盡頭；此一枝箭未發，已到盡頭。蓋前放三箭，此只須一箭故也。那馬便轉望演武廳來。楊志的馬見周謹馬跑轉來，那馬也便回身。前文楊志把馬一兜，周謹亦把馬一勒，今俱不用，而馬便自轉回。寫戰馬性情，出神入化。○蓋前文雖帶叙馬，而意在箭；今文帶叙箭，而意在馬：此作者爐錘之妙也。楊志早去壺中掣出一枝箭來，搭在弓弦上，心裏想道：寫得好。○見楊志神箭，綽然有餘。「射中他後心窩，綽然有餘。必至傷了他性命。他和我又没冤讎，洒家只射他不致命處便了。」綽然有餘。左手如托泰山，右手如抱嬰孩，弓開如滿月，箭去似流星，説時遲，那時快，六句寫得好。一箭正中周謹左肩。周謹措手不及，翻身落馬，那匹空馬直跑過演武廳背後去了。寫馬完匝。衆軍卒自去救那周謹去了。

梁中書見了大喜，主句。叫軍政司便呈文案來，教楊志截替了周謹職役。楊志神色不動，下了馬，寫馬完匝。便向廳前來，拜謝恩相，充其職役。不想階下左邊轉上一個人來，叫道：「休要謝職，我和你兩個比試！」楊志看那人時，楊志看一看。身材七尺以上長短，面圓耳大，脣闊口方，腮邊一部落腮鬍鬚，威風凜凜，相貌堂堂；楊志看出相貌來。直到梁中書面前聲了喏，禀道：「周謹患病未痊，精神不到，因此誤輸與楊志。小將不才，願與楊志比試武藝。如若小將折半點便宜與楊志，休教截替周謹，便教楊志替了小將職役，雖死而不怨。」梁中書看時，梁中書看一看。不是別人，却是大名府留守司正牌軍索超。爲是他性急，撮鹽入火，爲國家面上只要爭氣，當先厮殺，以此人都叫他做「急先鋒」。梁中書看出姓名來。

李成聽得，便下將臺來，直到廳前禀復道：「相公，這楊志既是殿司制使，必然好武藝，須和周謹不是對手。正好與索正牌比試武藝，便見優劣。」梁中書聽了，心中想道：「我指望一力要擡舉楊志，衆將不伏。一發等他贏了索超，他們也死而無怨，却無話說。」梁中書隨即喚楊志上廳，問道：「你與索超比試武藝如何？」楊志禀道：「恩相將令，安敢有違？」梁中書道：「既然如此，你去廳後換了裝束，好生披挂。此寫梁中書着意處，當知不爲當日演武出色，總爲後文生辰綱伏綫耳。教甲仗庫隨行官吏取應用軍器給與，就叫牽我的戰馬借與楊志騎，小心在意，休覷得等閒[一]。」異

[一]「閒」，貫華堂本作「聞」，據葉瑤池本改。

樣色澤。楊志謝了，自去結束。

却説李成分付索超道：非爲李成愛索超也，只爲如此一襯，便令梁中書之愛楊志，加倍出色。故特特加意寫來，總爲生辰綱渲染耳。「你却難比別人，周謹是你徒弟，先自輸了。你若有些疏失，吃他把大名府軍官都看得輕了。我有一匹慣曾上陣的戰馬，並一副披挂，都借與你。小心在意，休教折了鋭氣。」陪出一匹馬，愈顯前文異樣色澤。索超謝了，也自去結束。

梁中書起身，走出階前來。從人移轉銀交椅，直到月臺欄干邊放下，如此一段落索文字，偏要寫他兩番。又不重複，又不棘手，真是奇才大筆。梁中書坐定，第一段。左右祗候兩行。第二段。唤打傘的撑開那把銀葫蘆頂茶褐羅三檐涼傘來，蓋定在梁中書背後。第三段。○異樣景色，前文所無。將臺上傳下將令，第四段。早把紅旗招動，兩邊金鼓齊鳴，第五段。發一通擂，第六段。去那教場中兩陣内各放了個炮。第七段。炮響處，索超跑馬入陣内，藏在門旗下；楊志也從陣裏跑馬入軍中，直到門旗背後。第八段。將臺上又把黄旗招動，第九段。又發了一通擂，第十段。兩軍齊吶一聲喊。第十一段。教場中誰敢做聲，静蕩蕩的。第十二段。再一聲鑼響，扯起浄平白旗，兩下衆官没一個敢走動胡言説話，静静地立着。第十三段。將臺上又把青旗招動。第十四段。

只見第三通戰鼓響處，去那左邊陣内門旗下看看分開，鸞鈴響處，閃出正牌軍索超，直到陣前，出索超。兜住馬，出馬。拿軍器在手，出兵器。果是英雄。但見：衆人看出。頭戴一頂熟鋼獅子盔，黑盔。腦後斗大來一顆紅纓；紅纓。身披一副鐵葉攢成鎧甲，鐵甲。腰繫一條鍍金獸面束帶，金帶。前後兩面青銅護心鏡；前後鏡。上籠着一領緋紅團花袍，紅袍。上面垂兩條緑絨縷頷帶，綠帶。下穿一雙斜皮氣跨靴；斜皮靴。左帶一張弓，右懸一壺箭，手裏横着一柄金蘸斧；金蘸斧。坐下李都監那匹慣戰能征雪白馬。白馬。○好索超。右邊陣内門旗下看看分開，鸞鈴響處，楊志提手中鎗出馬，直至陣前，楊志鎗、馬一句出。勒住馬，馬。横着鎗在手，鎗。果是勇猛。但見：頭戴一頂鋪霜耀日鑌鐵盔，白盔。上撒着一把青纓；青纓。身穿一副鈎嵌梅花榆葉甲，銅甲。繫一條紅絨打就勒甲縧，紅縧。前後獸面掩心；前後獸面。上籠着一領白羅生色花袍，白袍。垂着條紫絨飛帶，紫帶。脚登一雙黄皮襯底靴；黄皮靴。一張皮靶弓，數根鑿子箭，手中挺着渾鐵點鋼鎗；渾鐵鎗。騎的是梁中書那匹火塊赤千里嘶風馬。紅馬。○好楊志。【眉批】二將披挂五彩間錯處，俱要記得分明。凡此書有兩人相對處，不寫打扮即已，若寫打扮，皆作者特地將五彩間錯配對而出，不可忽過也。○今快友相聚，賭記《水滸》，孰不成誦，然終以略涉之故，有負良史苦心實惟不少。今願與天下快人約，如遇豆棚茗碗，提及《水滸》之次，便當以楊、索如何結束爲題，以差漏一色，爲罰一籌，則庶乎可以冥謝耐庵也。兩邊軍將暗暗地喝采，雖不知武藝如何，先見威風出衆。第十五段。

正南上旗牌官拿着銷金令字旗，驟馬而來，喝道：「奉相公鈞旨，教你兩個俱各用心。如有虧誤處，定行責罰；若是贏時，多有重賞。」第十六段。二人得令，縱馬出陣，都到教場中心，兩馬相交，兩匹馬。二般兵器並舉。兩般兵器。索超忿怒，輪手中大斧拍馬來戰楊志；楊志逞威，拈手中神鎗來迎索超。兩個在教場中間，將臺前面，二將相交，各賭平生本事。一來一往，一去一回，四條臂膊縱横，八隻馬蹄撩亂。第十七段。兩個鬥到五十餘合，不分勝敗。第十八段。○此處已是五十餘合矣，今欲出力寫二人不相下處，則即云一千餘合，亦只是四個字，讀去全然無有精采也。此特特以五十餘合句作一番，又遍寫滿教場人好看作一番，又以收軍鑼響不肯住句作一番，于是讀者方覺爲時最久，真是「戰苦陣雲深」之歎也。月臺上梁中書看得呆了；不寫索、楊，却去寫梁中書。當知非寫梁中書也，正深于寫索超、楊志也。兩邊衆軍官看了，喝采不迭；不寫索、楊，却去寫兩邊軍官。陣面上軍士們遞相厮覷道：「我們做了許多年軍，也曾出了幾遭征，何曾見這等一對好漢厮殺！」不寫索、楊，却去寫陣上軍士。李成、聞達在將臺上不住聲叫道：「好鬥！」不寫索、楊，却去寫李成、聞達。○要看他凡四段，每段還他一個位置。如梁中書則在月臺上，衆軍官則在月臺上梁中書兩邊，軍士們則在陣面上，李成、聞達則在將臺上。又要看他每一等人，有一等人身分。如梁中書只是呆了，是個文官身分；衆軍官便喝采，是個衆官身分；軍士們便説出許多話，是衆人身分；李成、聞達叫好鬥，是兩個大將身分：真是如花似火之文。○第十九段。【眉批】一段寫滿教場眼睛都在兩人身上，却不知作者眼睛乃在滿教場人身上也。作者眼睛在滿教場人身上，遂使讀者眼睛不覺在兩人身上。真是自有筆墨，未有此文也。○此段須知在史公《項羽紀》「諸侯皆從壁上觀」一句化出來。聞達心裏只恐兩個内傷了一個，慌忙招呼旗牌官，拿着「令」字旗，與他分了。將臺上忽的一聲鑼響，第二十段。楊志和索超鬥到是處，各自要爭功，那裏肯回馬。第二十一段。○寫二人，又帶寫二馬。旗牌官飛來叫道：「兩個好漢歇了，相公有令。」第二十二段。楊志、索超兩個人。方纔收了手中軍器，兩般兵器。勒坐下馬，兩匹馬。各跑回本陣來，第二十三段。立馬在旗下，收到兩陣門旗下，妙絶。看那梁中書，收到梁中書。只等將令。收完許多紅旗、黄旗、白旗、青旗。

李成、聞達下將臺來，直到月臺下，精細庠序。稟復梁中書道：「相公，據這兩個武藝一般，皆可重用。」梁中書大喜，主句。傳下將令，喚楊志、索超。旗牌官傳令，喚兩個到廳前，梁中書不自喚，精細庠序。○第二十四段。都下了馬，兩匹馬。小較接了二人的軍器，兩般兵器。兩個都上廳來，兩個。○上廳來。躬身聽令。第二十五段。梁中書叫取兩錠白銀、兩副表裏來，賞賜二人；就叫軍政司將兩個都陞做管軍提轄使，便叫貼了文案，從今日便參了他兩個。索超、楊志都拜謝了梁中書，謝中書。將着賞賜下廳來，下廳來。解了鎗刀、弓箭，卸了頭盔、衣甲，換了衣裳。索超也自去了披挂，換了錦襖，精細庠序。都上廳來，上廳來。再拜謝了衆軍官。謝衆軍官。梁中書叫索超、楊志兩個也見了禮，兩峰劈插，至此突然並合，妙絶。入班做了提轄。衆軍卒便打着得勝鼓，把着那金鼓旗先散。發放滿教場人，留下梁中書、衆軍官、索超、楊志。

梁中書和大小軍官都在演武廳上筵宴。看看紅日沉西，筵席已罷，梁中書上了馬，衆官員都送歸府。馬頭前擺着這兩個新參的提轄，上下肩都騎着馬，頭上都帶着紅花，迎入東郭門來。餘勢猶勁。兩邊街道扶老携幼，都看了歡喜。梁中書在馬上問道：「你那百姓，歡喜爲何？」衆老人都跪了禀道：「老漢等生在北京，長在大名，從不曾見今日這等兩個好漢將軍比試。今日教場中看了這般敵手，如何不歡喜？」半日敘滿教場喝采，讀者止謂若干軍卒，然已極多矣。忽然于大軍散去之後，梁中書回府之時，有意無意補出一大名城百姓來。遂令讀者陡然回想適纔交馬時，人山人海，不是前番讀時氣象也，可謂咄咄怪事矣。梁中書在馬上聽了大喜。回到府中，衆官各自散了。發放衆官，留下梁中書、索超、楊志。索超自有一班弟兄請去作慶飲酒，發放索超，留下梁中書、楊志。楊志新來，未有相識，自去梁府宿歇，早晚殷勤聽候使喚，滿教場中人山人海，却一次一序，先發放衆軍，又發放衆官，又發放索超，單單剩下楊志一個，與梁中書一個，一埰兒住着，殷勤親熱。異哉！如此一回大書，乃正爲此一句，爲生辰綱作伏綫耳，彼細儒惡足以知之？　都不在話下。

且把這閑話丢過，【眉批】已上如許一篇大文，却只算做閑話，須知。只説正話。自東郭演武之後，梁中書十分愛惜楊志，早晚與他並不相離，伏綫有勁弓怒馬之勢。月中又有一分請受，自漸漸地有人來結識他。閑筆。那索超見了楊志手段高强，心中也自欽伏。閑筆。

不覺光陰迅速，又早春盡夏來。時逢端午，生辰近矣。蕤賓節至，梁中書與蔡夫人陡然寫出三個字來，如離似合，如急似緩，妙筆。在後堂家宴，慶賀端陽。酒至數杯，食供兩套，八字寫盡驕妻弱婿之苦。只見蔡夫人道：「蔡夫人道」，寫盡驕妻；「只見」，寫盡弱婿。○「蔡夫人道」者，言梁中書不敢則聲也；「只見」者，言梁中書不敢旁視也。「相公自從出身，今日爲一統帥，掌握國家重任，這功名富貴從何而來？」梁中書道：「世傑妻前夫名，勢在則禮，然也。自幼讀書，頗知經史。人非草木，豈不知泰山之恩？提携之力，感激不盡！」蔡夫人道：「相公既知我父親恩德，如何忘了他生辰？」梁中書道：「下官如何不記得，泰山是六月十五日生辰，「六月十五日」，下文都從此五字着筆。上文紀時，亦遠遠便爲此五字也。已使人將十萬貫收買金珠寶貝，送上京師慶壽。一月之前，幹人都關領去了。見今九分齊備，數日之間，也待打點停當，差人起程。只是一件，在此躊躇。上年收買了許多玩器並金珠寶貝，使人送去，不到半路，盡被賊人劫了。枉費了這一遭財物，至今嚴捕賊人不獲。先用一襯，妙絶。○俗筆不知此一襯，則下文爲突，若必要寫出一件事在前，則又是痴人做夢矣。今年叫誰人去好？」蔡夫人道：「帳前見有許多軍校，你選擇知心腹的人去便了。」梁中書道：「尚有四五十日，早晚催並禮物完足，那時選擇去人未遲。夫人不必挂心，世傑自有理會。」當日家宴，午牌至二更方散，自此不在話下。

却說山東濟州鄆城縣，新到任一個知縣，姓時，名文彬。當日陞廳，公座左右兩邊，排着公吏人等。知縣隨即叫喚尉司捕盗官員並兩個巡捕都頭。本縣尉司管下，有兩個都頭。一個唤做步兵都頭，一個唤做馬兵都頭。這馬兵都頭管着二十匹坐馬弓手，二十個士兵；那步兵都頭管着二十個使鎗的頭目，二十個士兵。雖是知縣衙門，亦必要叙。然亦特地寫此一番小小景象，與前教場中大鋪排作映耀也。這馬兵都頭姓朱，名仝，身長八尺四五。有一部虎鬚髯，長一尺五寸；面如重棗，目若朗星，似關雲長模樣，滿縣人都稱他做「美髯公」。原是本處富户，只因他仗義疏財，結識江湖上好漢，學得一身好武藝。那步兵都頭姓雷，名横，身長七尺五寸，紫棠色面皮，有一部扇圈鬍鬚。爲他膂力過人，能跳三二丈闊澗，滿縣人都稱他做「插翅虎」。原是本縣打鐵匠人出身，後來開張碓房，殺牛放賭，雖然仗義，只有些心地匾窄，也學得一身好武藝。

那朱仝、雷横兩個，專管擒拿賊盗。當日知縣呼唤兩個上廳來，聲了喏，取台旨。知縣道：「我自到任以來，聞知本府濟州管下所屬水鄉梁山泊，賊盗聚衆打劫，拒敵官軍；提綱。亦恐各鄉村盗賊猖狂，小人甚多。今唤你等兩個，休辭辛苦，與我將帶本管士兵人等，一個出西門，一個出東門，分投巡捕。若有賊人，隨即剿獲申解，不可擾動鄉民。體知東溪村山上有株大紅葉樹，别處皆無。你們衆人採幾片來縣裏呈納，方表你們會巡到那裏。若無紅葉，便是汝等虚妄，定行責罰不恕。」輕輕而起。兩個都頭領了台旨，各自回歸，點了本管土兵，分投自去巡察。

不説朱仝引人出西門自去巡捕，只説雷横當晚引了二十個土兵出東門，繞村巡察，遍地裏走了一遭。回來到東溪村山上，衆人採了那紅葉，就下村來。行不到三二里，早到靈官廟前。見殿門不關，雷横道：「這殿裏又没有廟祝，殿門不關，莫不有歹人在裏面麽？我們直入去看一看。」衆人拿着火，一齊照將入來，只見供桌上赤條條地睡着一個大漢。一句寫出好漢顧盼非常來。不然，「供桌上」、「赤條條」從不曾連作一句也。天道又熱，那漢子把些破衣裳團做一塊作枕頭，枕在項下，好看。○枕頭也，乃云「項下」，寫盡粗人沉睡光景。齁齁的沉睡着了在供桌上。雷横看了道：「好怪，好怪！知縣相公忒神明，原來這東溪村真個有賊！」大喝一聲，那漢却待要掙挫，被二十個土兵一齊向前，把那漢子一條索子綁了，押出廟門，投一個保正莊上來。不是投那個去處，有分教：東溪村裏，聚三四籌好漢英雄；鄆城縣中，尋十萬貫金珠寶貝。正是：天上罡星來聚會，人間地煞得相逢。畢竟雷横拿住那漢，投解甚處來，且聽下回分解。

第五才子書施耐庵水滸傳卷之十八

聖歎外書

第十三回　赤髮鬼醉卧靈官殿　晁天王認義東溪村

一部書共計七十回，前後凡叙一百八人，而晁蓋則其提綱挈領之人也。晁蓋提綱挈領之人，則應下筆第一回便與先叙；先叙晁蓋已得停當，然後從而因事造景，次第叙出一百八個人來，此必然之事也。乃今上文已放去一十二回，到得晁蓋出名，書已在第十三回。我因是而想：有有全書在胸而始下筆著書者，有無全書在胸而姑涉筆成書者。如以晁蓋爲一部提綱挈領之人，而欲第一回便先叙起，此所謂無全書在胸而姑涉筆成書者也；若既已以晁蓋爲一部提綱挈領之人，而又不得不先放去一十二回，直至第十三回方與出名，此所謂有全書在胸而後下筆著書者也。夫欲有全書在胸而後下筆著書，此其以一部七十回一百有八人輪迴擱疊于眉間心上，夫豈一朝一夕而已哉！觀鴛鴦而知金針，讀古今之書而能識其經營，予日欲得見斯人矣。

加亮初出草廬第一句,曰:「人多做不得,人少亦做不得。」至哉言乎! 雖以治天下,豈復有遺論哉! 然而,「人少做不得」一語,人固無賢無愚,無不能知之也;若夫「人多亦做不得」一語,則無賢無愚,未有能知之者也。嗚呼! 君不密則失臣,臣不密則失身,豈惟民可使由,不可使知? 周禮建官三百六十,實惟使由不使知之屬也。樞機之地,惟是二三公孤得與聞之。「人多做不得」,豈非王道治天下之要論耶? 惡可以其稗官之言也而忽之哉!

一部書一百八人,聲施爛然,而爲頭是晁蓋先説做下一夢。嗟呼! 可以悟矣。夫羅列此一部書一百八人之事迹,豈不有哭有笑,有贊有罵,有讓有奪,有成有敗,有俯首受辱,有提刀報仇。然而爲頭先説是夢,則知無一而非夢也。大地夢國,古今夢影,榮辱夢事,衆生夢魂,豈惟一部書一百八人而已。盡大千世界無不同在一局,求其先覺者,自大雄氏以外無聞矣。真蕉假鹿,紛然成訟,長夜漫漫,胡可勝歎!

話説當時雷横來到靈官殿上,見了這條大漢睡在供桌上,衆土兵上前把條索子綁了,捉離靈官殿來。天色却早,是五更時分。雷横道:「我們且押這厮去晁保正莊上,討些點心吃了,無端曲折而來。却解去縣裏取問。」一行衆人却都奔這保正莊上來。

原來那東溪村保正,姓晁,名蓋,祖是本縣本鄉富户。平生仗義疏財,專愛結識天下好漢,但有人來投奔他的,不論好歹,斷定晁蓋。○活畫出晁蓋有粗無細來。便留在莊上住;若要去時，又將銀兩賚助他起身。最愛刺鎗使棒，亦自身强力壯，不娶妻室，終日只是打熬筋骨。鄆城縣管下，東門外有兩個村坊，一個東溪村，一個西溪村，只隔着一條大溪。當初這西溪村常常有鬼，白日迷人下水，聚在溪裏，無可奈何。忽一日，有個僧人經過，村中人備細説知此事，僧人指個去處，教用青石鑿個寶塔，放于所在，鎮住溪邊。其時西溪村的鬼，都趕過東溪村來。亦暗射石碣鎮魔事。那時晁蓋得知了，大怒，從溪裏走將過去，把青石寶塔獨自奪了過來，東溪邊放下，亦暗射開碣走魔事。因此人皆稱他做「托塔天王」晁蓋。獨霸在那村坊，江湖都聞他名字。

那早，雷横並士兵押着那漢，來到莊前敲門。莊裏莊客聞知，報與保正。此時晁蓋未起，聽得報是雷都頭到來，慌忙叫開門。莊客開得莊門，衆士兵先把那漢子吊在門房裏，雷横自引了十數個爲頭的人，到草堂上坐下。晁蓋起來接待，動問道：「都頭有甚公幹到這裏？」雷横答道：「奉知縣相公鈞旨，着我與朱仝兩個引了部下士兵，分投下鄉村各處，巡捕賊盜。因走得力乏，欲得少歇，徑投貴莊暫息，有驚保正安寢。」晁蓋道：「這個何妨？」一面叫莊客安排酒食管待，先把湯來吃。晁蓋動問道：「敝村曾拿得個把小賊麽？」雷横道：「却纔前面靈官殿上，有個大漢睡着在那裏。我看那廝不是良善君子，一定是醉了，就便睡着。我們把索子縛綁了，本待便解去縣裏見官。一者忒早些，一者也要教保正知道。恐日後父母官問時，保正也好答應。見今吊在貴莊門房裏。」

晁蓋聽了，記在心，宰相如此，便是賢宰相也。稱謝道：「多虧都頭見報。」少刻莊客捧出盤饌酒食，晁蓋喝道：「此間不好說話，不如去後廳軒下少坐。」引開雷横。便叫莊客裏面點起燈燭，請都頭到裏面酌杯。晁蓋坐了主位，雷横坐了客席。兩個坐定，莊客鋪下果品按酒、菜蔬盤饌，莊客一面篩酒。晁蓋又叫置酒與士兵衆人吃。引開衆人。莊客請衆人都引去廊下客位裏管待，大盤酒肉只管叫衆人吃。

晁蓋一頭相待雷横吃酒，一面自肚裏尋思：宰相如此，便是賢宰相也。「村中有甚小賊吃他拿了？我且自去看是誰。」宰相如此，便是賢宰相也。相陪吃了五七杯酒，便叫家裏一個主管出來：「陪奉都頭坐一坐，我去凈了手便來。」那主管陪侍着雷横吃酒，晁蓋却去裏面拿了個燈籠，徑來門樓下看時，士兵都去吃酒，没一個在外面。明畫之甚。晁蓋便問看門的莊客：「都頭拿的賊吊在那裏？」莊客道：「在門房裏關着。」晁蓋去推開門，打一看時，只見高高吊起那漢子在裏面，露出一身黑肉，下面抓扎起兩條黑魆魆毛腿，赤着一雙脚。先作粗看一番。晁蓋把燈照那人臉時，紫黑闊臉，鬢邊一搭硃砂記，上面生一片黑黄毛。又作細看一番。○只一看，必分作兩番寫來，何等筆法。

晁蓋便問道：「漢子，你是那裏人？我村中不曾見有你。」那漢道：「小人是遠鄉客人，來這裏投奔一個人，偏不直說出來。却把我來拿做賊，我須有分辯處。」晁蓋道：「你來我這村中投奔誰？」那漢道：「我來這村中投奔一個好漢。」偏還不直說出來。晁蓋道：「這好漢叫做甚麽？」那漢道：「他唤做晁保正。」凡作兩番歇拍，至第三番，忽然劈面迎來，何等筆法。晁蓋道：「你却尋他有甚勾當？」那漢道：「他是天下聞名的義士好漢。如今我有一套富貴，奇語。

要與他說知，奇文忽起，有山從人面，雲向馬頭之勢。因此而來。」晁蓋道：「你且住，上文一套富貴，真乃出色奇語，讀者于此，幾有目不及眨之樂。乃陡然只用三個字橫風吹斷，看他一起一跌，皆極文章之致也。只我便是晁保正。却要我救你，你只認我做娘舅之親。少刻我送雷都頭那人出來時，你便叫我做阿舅，我便認你做外甥。只說四五歲離了這裏，今番來尋阿舅，因此不認得。」那漢道：「若得如此救護，深感厚恩，義士提携則個！」

當時晁蓋提了燈籠，自出房來，仍舊把門拽上，細。急入後廳來見雷橫，說道：「甚是慢客。」雷橫道：「多多相擾，理甚不當。」兩個又吃了數杯酒，只見窗子外射入天光來，雷橫道：「東方動了，小人告退，好去縣中畫卯。」晁蓋道：「都頭官身，不敢久留。若再到敝村公幹，千萬來走一遭。」雷橫道：「却得再來拜望，請保正免送。」救作一曲[一]。晁蓋道：「却罷，也送到莊門口。」文情曲曲折折，並無一筆直寫。兩個同走出來，那夥士兵衆人都得了酒食，吃得飽了，各自拿了鎗棒，便去門房裏解了那漢，背剪縛着帶出門外。晁蓋見了，說道：「好條大漢！」如未嘗見者，寫得妙絕。雷橫道：「這廝便是靈官廟裏捉的賊……」說猶未了，只見那漢叫一聲：「阿舅，救我則個！」晁蓋假意看他一看，宛然出自意外光景。喝問道：「兀的這廝不是王小三麽？」那漢道：「我便是，阿舅救我。」衆人吃了一驚。雷橫便問晁蓋道：「這人是誰？如何却認得保正？」晁蓋道：「原來是

[一]「救」，或爲「故」之誤。

我外甥王小三。這廝如何在廟裏歇？偏作疑惑語，妙絶。乃是家姐的孩兒，從小在這裏過活。四五歲時隨家姐夫和家姐上南京去住，一去了十數年。這廝十四五歲又來走了一遭，所以認得阿舅。跟個本京客人來這裏販賣，向後再不曾見面。所以不認得莊上，去臥靈官廟裏。多聽得人説這廝不成器，如何却在這裏？偏作疑惑語，妙絶。小可本也認他不得，爲他鬢邊有這一搭硃砂記，因此影影認得。」偏作疑惑不肯十分相認語，妙絶。

晁蓋喝道：「小三，你如何不徑來見我？却去村中做賊！」偏自陷他是賊，妙絶。那漢叫道：「阿舅，我不曾做賊。」晁蓋喝道：「你既不做賊，如何拿你在這裏？」駡小三，却正是駁雷横，妙絶。奪過土兵手裏棍棒，劈頭劈臉便打。偏不勸，偏要打，妙絶。雷横並衆人勸道：晁蓋不勸雷横，雷横反勸晁蓋，妙絶。「且不要打，聽他説。」那漢道：「阿舅息怒，且聽我説：自從十四五歲時來走了這遭，如今不是十年了？昨夜路上，多吃了一杯酒，不敢來見阿舅，權去廟裏睡得醒了，却來尋阿舅。不想被他們不問事由，將我拿了，却不曾做賊。」

晁蓋拿起棍來又要打，口裏駡道：「畜生！你却不徑來見我，且在路上貪噇這口黄湯。我家中没得與你吃，辱没殺人！」是阿舅語。○已放去「做賊」二字矣。雷横勸道：雷横勸，妙絶。「保正息怒，你令甥本不曾做賊。晁蓋偏要陷是賊，雷横極辨不是賊，妙絶。我們見他偌大一條大漢在廟裏睡得蹺蹊，亦且面生，又不認得，因此設疑，捉了他來這裏。若早知是保正的令甥，定不拿他。」唤土兵：「快解了綁縛的索子，放還保正！」衆土兵登時解了那漢。雷横道：「保正休怪，早知是令甥，不致如此，甚是得罪，小人們回去。」晁蓋道：「都頭且住，請入小莊，再有話説。」

雷横放了那漢，一齊再入草堂裏來。晁蓋取出十兩花銀，送與雷横，説道：「都頭休嫌輕微，望賜笑留。」寫晁蓋。〇不欲其説廟中之人也。雷横道：「不當如此。」晁蓋道：「若是不肯收受時，便是怪小人。」雷横道：「既是保正厚意，權且收受，改日却得報答。」晁蓋叫那漢拜謝了雷横，晁蓋又取些銀兩賞了衆土兵，不欲其説廟中之人也。再送出莊門外。雷横相別了，引着土兵自去。

晁蓋却同那漢到後軒下，取幾件衣裳與他換了，取頂頭巾與他帶了，可笑。便問那漢姓甚名誰，何處人氏。那漢道：「小人姓劉，名唐，祖貫東潞州人氏。因這鬢邊有這搭硃砂記，人都喚小人做『赤髮鬼』。托塔天王家裏却有赤髮鬼來，可發一笑。特地送一套富貴來與保正哥哥，昨夜晚了，因醉倒廟裏。不想被這厮們捉住，綁縛了來，今日幸得在此。哥哥坐定，受劉唐四拜。」拜罷，晁蓋道：「你且説送一套富貴與我，見在何處？」劉唐道：「小人自幼飄蕩江湖，多走途路，專好結識好漢。往往多聞哥哥大名，不期有緣得遇。曾見山東、河北做私商的多曾來投奔哥哥，因此劉唐敢説這話。不惟道破晁蓋，亦圖便于着筆。這裏別無外人，方可傾心吐膽，對哥哥説。」晁蓋道：「這裏都是我心腹人，但説不妨。」劉唐道：「小弟打聽得北京大名府梁中書，收買十萬貫金珠寶貝玩器等物〔一〕，送上東京，與他丈人蔡太師慶生辰。去年也曾送十萬貫金珠寶貝，來到半路裏，不知被誰人打劫了，至今也無捉處。今年又收買十萬貫金珠寶

〔一〕「買」，金評各本均作「賣」，據明容與堂本改。

貝，早晚安排起程，要趕這六月十五日生辰。小弟想此一套是不義之財，取之何礙！可見是義旗。便可商議個道理，去半路上取了。天理知之，也不爲罪。可見是義旗。聞知哥哥大名，是個真男子，武藝過人。小弟不才，頗也學得本事。休道三五個漢子，便是一二千軍馬隊中，拿條鎗，也不懼他。特表劉唐，却用劉唐口自出之，便甚。倘蒙哥哥不棄時，情願相助一臂，不知哥哥心内如何？」晁蓋道：「壯哉！且再計較。正説得入港，讀者又當眼不及眨矣，却陡然又用六個字横風吹斷。一起一跌，再起再跌，真文章之極致也。你既來這裏，想你吃了些艱辛，且去客房裏將息少歇。待我從長商議，來日説話。」晁蓋叫莊客，引劉唐廊下客房裏歇息。莊客引到房中，也自去幹事了。

且説劉唐在房裏尋思道：放過晁蓋，再從劉唐身上生出文情，有千丈游絲縈花粘草之妙。「我着甚來由，苦惱這遭！多虧晁蓋完成，解脱了這件事。只叵耐雷横那廝，平白地要陷我做賊，把我吊這一夜。想那廝去未遠，我不如拿了條棒趕上去，齊打翻了那廝們，却奪回那銀子，送還晁蓋，也出一口惡氣。此計大妙！」此非寫劉唐小忿，蓋圖曲曲轉出吴學究來。所謂文生情，情生文，皆極不易之事也。○俗本作「平白騙了晁蓋十兩銀子，我奪來還了他，他必然敬我」。此成何等語？劉唐便出房門，去鎗架上拿了一條朴刀，便出莊門，大踏步投南趕來。

此時天色已明，却早望見雷横，引着土兵，慢慢地行將去。劉唐趕上來，大喝一聲：「兀那都頭不要走！」雷横吃了一驚，回過頭來，見是劉唐撚着朴刀趕來。雷横慌忙去土兵手裏奪條朴刀拿着，鎗架上拿條朴刀，是不曾帶朴刀來者；土兵手裏奪條朴刀，亦是不曾帶朴刀來寫出不意。

者。雖極不經意處，都寫得精細。妙手。喝道：「你那厮趕將來做甚麼？」劉唐道：「你曉事的，留下那十兩銀子還了我，我便饒了你！」雷横道：「是你阿舅送我的，干你甚事？我若不看你阿舅面上，直結果了你這厮性命，剗地問我取銀子？」劉唐道：「我須不是賊，你却把我吊了一夜，又騙我阿舅十兩銀子。是會的將來還我，佛眼相看；你若不還我，叫你目前流血！」雷横大怒，指着劉唐大罵道：「辱門敗户的謊賊，怎敢無禮！」劉唐道：「你那詐害百姓的腌臢潑才，怎敢罵我！」雷横又罵道：「賊頭賊臉賊骨頭，必然要連累晁蓋！你這等賊心賊肝，我行須使不得！」劉唐之來，止爲寃之爲賊耳，却偏用無數「賊」字痛罵之。雖承前文作波，實爲後文作引也。劉唐大怒道：「我來和你見個輸贏！」撚着朴刀，直奔雷横。雷横見劉唐趕上來，呵呵大笑，挺手中朴刀來迎。兩個就大路上，厮並了五十餘合，不分勝敗。

衆土兵見雷横赢劉唐不得，却待都要一齊上並他，只見側首籬門開處，一個人掣兩條銅鍊，叫道：看他如此寫出來。「你們兩個好漢且不要鬥！我看了多時，權且歇一歇，我有話説。」便把銅鍊就中一隔，兩個都收住了朴刀，跳出圈子外來，立住了脚，看那人時，兩個看出一個。似秀才打扮，戴一頂桶子樣抹眉梁頭巾。穿一領皂沿邊麻布寬衫，腰繫一條茶褐鑾帶，下面絲鞋浄襪，生得眉清目秀，面白鬚長。這人乃是「智多星」吴用，表字學究，道號「加亮先生」，祖貫本鄉人氏。「加亮」二字，後文要一片精神發付之。手提銅鍊，指着劉唐叫道：「那漢且住，你因甚和都頭爭執？」劉唐光着眼看吴用道：「不干你秀才事！」寫得妙，使秀才羞殺。○雖是借題調侃秀才語，然實反襯後文無事不干此人，以爲文章波折也。雷横便道：「教授不知，這厮夜來赤條條地睡在靈官廟裏，被我們拿了這廝，帶到晁保正莊上，原來却是保正的外甥。看他母舅面上，放了他。晁保正請我們吃了酒，送些禮物與我。這廝瞞了他阿舅，直趕到這裏問我取。你道這廝大膽麽？」

吴用尋思道：「晁蓋我都是自幼結交，但有些事，便和我相議計較。他的親眷相識，我都知道，不曾見有這個外甥。亦且年甲也不相登，必有些蹺蹊。我且勸開了這場鬧，却再問他。」吴用便道：一勸「大漢休執迷，你的母舅與我至交，又和這都頭亦過得好。他便送些人情與這都頭，你却來討了，也須壞了你母舅面皮。且看小生面，我自與你母舅說。」劉唐道：「秀才，你不省得。寫得妙，使秀才羞殺。○雖是調侃秀才，亦反襯後文此人無件「不省得」也。這個不是我阿舅甘心與他，他詐取了我阿舅的銀兩。若是不還我，誓不回去！」雷橫道：「只除是保正自來取，便還他，却不還你！」劉唐道：「你屈寃人做賊，詐了銀子，怎的不還？」雷橫道：「不是你的銀子，不還！不還！」劉唐道：「你不還，只除問得我手裏朴刀肯便罷。」奇語。○勸不住，故妙。只因勸不住，便生出後文晁、吴相見機會來。若使一勸即住，便殊非此一段書之故也。吴用又勸：「你兩個鬥了半日，又没輸贏，只管鬥到幾時是了？」又勸。劉唐道：「他不還我銀子，直和他拚個你死我活便罷！」雷橫大怒道：「我若怕你，添個土兵來並你，也不算好漢，我自好歹搠翻你便罷！」劉唐大怒，拍着胸前叫道：「不怕！不怕！」便趕上來。如畫。這邊雷橫便指手劃脚也趕攏來，如畫。兩個又要厮並。這吴用横身在裏面勸，那裏勸得住？三勸。○如畫。劉唐撚着朴刀，只待鑽將過來。雷橫口裏千賊萬賊價罵，挺朴刀正待要鬥，如畫。只見衆士兵指道：「保正來了！」

劉唐回身看時，只見晁蓋披着衣裳，前襟擺開，從大路上趕來，如畫。○寫得一時拉雜如火。大喝道：「畜生！不得無禮！」那吳用大笑道：「須是保正自來，方纔勸得這場鬧。」晁蓋趕得氣喘，問道：「怎的趕來這裏鬥朴刀？」不知高低語。雷横道：「你的令甥拿着朴刀趕來，問我取銀子。小人道：『不還你，我自送還保正，非干你事。』他和小人鬥了五十合，教授解勸在此。」晁蓋道：「這畜生！小人並不知道。都頭看小人之面，請回，自當改日登門陪話。」雷横道：「小人也知那廝胡爲，不與他一般見識，又勞保正遠出。」作別自去，不在話下。

且說吳用對晁蓋說道：「不是保正自來，幾乎做出一場大事。這個令甥端的非凡，凡一個好漢出現，必有一番出色語。今是劉唐出現處，故特地寫出八個字，爲他出色。雷横此時只算陪客，不妨權讓一步也。是好武藝。小生在籬笆裏看了，這個有名慣使朴刀的雷都頭也敵不過，又能帶表雷横。只辦得架隔遮攔。若再鬥幾合，雷横必然有失性命，因此小生慌忙出來間隔了。這個令甥從何而來？令甥如何云「從何而來」？豈不聞「甥不出舅」耶。往常時莊上不曾見有。」晁蓋道：「却待正要來請先生，到敝莊商議句話。正欲使人來，只是不見了他，鎗架上朴刀又没了，閑心妙筆。只見牧童報説一個大漢莊主令甥，牧童却呼「大漢」。加亮面前，露此馬脚，寫得妙絶。拿條朴刀望南一直趕去。我慌忙隨後追得來，早是得教授諫勸住了。請尊步同到敝莊，有句話計較計較。」

那吳用還至書齋，挂了銅鍊在書房裏，細。分付主人家道：「學生來時，說道先生今日有幹，權放一日暇。」拽上書齋門，將鎖鎖了，同晁蓋、劉唐到晁家莊上。晁蓋徑邀了後堂深處，晁蓋道：「此人江湖上好漢，姓劉，名唐，是東潞州人氏。因此有一套富貴，特來投奔我。夜來他醉卧在靈官廟裏，却被雷横捉了，拿到我莊上。我因認他做外甥，方得脱身。他說：『有北京大名府梁中書收買十萬貫金珠寶貝[一]，送上東京，與他丈人蔡太師慶生辰，早晚從這裏經過。此等不義之財，取之何礙！』他來的意，正應我一夢。又忽然撰出一夢，奇情妙筆。○此處爲一部大書提綱挈領之處，晁蓋爲一部大書提綱挈領之人，而爲頭先是一夢，可見一百八人、七十卷書，都無實事。我昨夜夢見北斗七星，直墜在我屋脊上；斗柄上另有一顆小星，化道白光去了。一部大書，羅列一百八座星辰，此處乃忽然撰出一夢，先提出北斗七星。夫北斗七星者，衆星之所環拱也。晁蓋爲此泊之杓，于斯驗矣。我想星照本家，安得不利？今早正要求請教授，商議此一件事若何。」

吴用笑道：「小生見劉兄趕得來蹺蹊，也猜個七八分了。此一事却好，只是一件，人多做不得，人少又做不得。十字千古名言，可謂初出茅廬第一語矣。宅上空有許多莊客，一個也用不得。如今只有保正、劉兄、小生三人，這件事如何團弄？此二語向保正說，下二語向劉唐說。看他寫來，宛然三個人議事，回頭轉耳，左顧右盼也。便是保正與兄十分了得，也擔負不下。此二語向劉唐說。這段事須得七八個好漢方可，多也無用。」寫得料事如神，加亮之號不虛也。晁蓋道：「莫非要應夢中星數？」吴用便道：「兄長，這一夢也非同小可，莫非北地上再有扶助的人來？」尋思了

[一]「名」，金評各本均作「明」，據明容與堂本改。

半晌，眉頭一縱，計上心來，説道：「有了！有了！」看他反先插公孫，次思三阮，筆勢夭矯之極。晁蓋道：「先生既有心腹好漢，可以便去請來，成就這件事。」吴用不慌不忙，叠兩個指頭，説出幾句話來，有分教：東溪莊上，聚義漢翻作强人；石碣村中，打魚船權爲戰艦。正是：指揮説地談天口，來做翻江攪海人。畢竟智多星吴用説出甚麽人來，且聽下回分解。

第五才子書施耐庵水滸傳卷之十九

聖歎外書

第十四回　吴學究説三阮撞籌　公孫勝應七星聚義

《水滸》之始也，始于石碣；《水滸》之終也，終于石碣。石碣之爲言，一定之數，固也。然前乎此者之石碣，蓋托始之例也。若《水滸》之一百八人，則自有其始也。一百八人自有其始，則又宜何所始？其必始于石碣矣。故讀阮氏三雄，而至「石碣村」字，則知一百八人之入《水滸》，斷自此始也。

阮氏之言曰：「人生一世，草生一秋。」嗟乎，意盡乎言矣！夫人生世間，以七十年爲大凡，亦可謂至暫也。乃此七十年也者，又夜居其半，日僅居其半焉，抑又不寧惟是而已。在十五歲以前，蒙無所識知，則猶擲之也。至于五十歲以後，耳目漸廢，腰髖不隨，則亦不如擲之也。中間僅僅三十五年，而風雨占之，疾病占之，憂慮占之，饑寒又占之。然則如阮氏所謂論秤秤金銀，成套穿衣服，大碗吃酒，大塊吃肉者，亦有幾日乎耶！而又況乎有終其身曾不得一日也者！故作者特于三阮名姓，深致歎焉：曰「立地太歲」，曰「活閻羅」，中間則曰「短命二郎」。嗟乎！生死迅疾，人命無常，富貴難求，從吾所好，則不著書，其又何以爲活也。

加亮説阮，其曲折迎送，人所能也。其漸近即縱之，既縱即又另起一頭，復漸漸逼近之，真有如諸葛之于孟獲者，此定非人之所能也。故讀説阮一篇，當玩其筆頭落處，不當隨其筆尾去處，蓋讀稗史亦有法矣。

話説當時吴學究道：「我尋思起來，有三個人義膽包身，武藝出衆，敢赴湯蹈火，同死同生。只除非得這三個人，方纔完得這件事。」晁蓋道：「這三個却是甚麽樣人？姓甚名誰？何處居住？」吴用道：「這三個人是弟兄三個，在濟州梁山泊邊石碣村住，此書始于石碣，終于石碣。然所以始之終之者，必以中間石碣爲提綱，此撞籌之旨也。日常只打魚爲生，亦曾在泊子裏做私商勾當。本身姓阮，弟兄三人，一個唤做「立地太歲」阮小二，妙。○合弟兄三人渾名，可發一歎。蓋太歲，生方也；閻羅，死王也；生死相續，中間又是短命，則安得又不著書自娱，以消永日也！一個唤做「短命二郎」阮小五，妙。一個唤做「活閻羅」阮小七。妙。○小七是七，小二小五合成七；小五唤做二郎，又獨自成七。三人離合，凡得三個七焉。籌亦三七二十一，爲少陽之數也。○一百八人必自居于陽者，明非陰氣所鍾也；而必退處于少者，所以尊朝廷也。這三個是親弟兄。小生舊日在那裏住了數年，與他相交時，他雖是個不通文墨的人，非罵文人也，正自表此書，在無文墨處結撰停當，然後發而爲文墨，讀者定不當以文墨求之也。○應知世間蓋天蓋地奇書，皆從「不通文墨」處來。爲見他與人結交真有義氣，是個好男子，因此和他來往，今已好兩年不曾相見。若得此三人，大事必成。」

晁蓋道：「我也曾聞這阮家三弟兄的名字，只不曾相會。石碣村離這裏，只有百十里以下路程，何不使人請他們來商議？」吴用道：「着人去請，他們如何肯來？又道是不通之人，却又如許自愛其鼎。嗟乎！今世之通文墨者，又何其營營于人之門户，驅之而猶不欲去也。小生必須自去那裏，憑三寸不爛之舌，説他們入夥。」晁蓋大喜道：「先生高見！二字贊得妙，蓋深以禮賢下士爲急務也。幾時可行？」吴用答道：「事不宜遲，只今夜三更便去，明日晌午可到那裏。」晁蓋道：「最好。」當時叫莊客且安排酒食來吃。吴用道：「北京到東京也曾行過，只不知生辰綱從那條路來。再煩劉兄休辭生受，連夜去北京路上，探聽起程的日期，端的從那條路上來。」劉唐道：「小弟只今夜也便去。」吴用道：「且住。他生辰是六月十五日，如今却是五月初頭，尚有四五十日。等小生先去説了三阮弟兄回來，那時却教劉兄去。」此一段非閑文，乃特爲公孫勝來作地也。○後公孫勝來了，劉唐便不復去。文中竟不説明，有疏密互見之妙。晁蓋道：「也是。劉兄弟只在我莊上等候。」

話休絮煩。當日吃了半晌酒食，至三更時分，吴用起來洗漱罷，吃了些早飯，討了些銀兩藏在身邊，穿上草鞋，晁蓋、劉唐送出莊門。吴用連夜投石碣村來，行到晌午時分，早來到那村中。吴學究自來認得，不用問人，來到石碣村中，徑投阮小二家來。到得門前看時，只見枯椿上纜着數隻小漁船，疏籬外晒着一張破魚網，倚山傍水，約有十數間草房。寫來入畫。吴用叫一聲道：「二哥在家麽？」只見阮小二走將出來，看他兄弟三人，逐個叙出，有山斷雲連、水斜橋接之妙。頭戴一頂破頭巾，身穿一領舊衣服，赤着雙脚，出來見了是吴用，慌忙聲喏道：「教授何來？甚風吹得到此？」吴用答道：「有些小事，特來相浼二郎。」阮小二道：「有何事，但説不妨。」吴用道：「小生自離了此間，又早二年。如今在一個大財主家做門館，他要辦筵席，用着十數尾重十四五斤的金色鯉魚，因此特地來相投足下。」阮小二笑了一聲，説道：「小人且和教授吃三杯却説。」寫小二機扣不遠處，妙絶。吴用道：「小生的來意，也正欲要和二哥吃三杯。」吴用説三阮，只用一個順他性格、順他口語之法，一篇皆然，蓋深得控御豪傑之術者也。阮小二道：「隔湖有幾處酒店，我們就在船裏蕩將過去。」吴用道：「最好。也要就與五郎説句話，不知在家也不在？」看他如此去，並不着意要見五郎，下文叫「七哥」二字亦然，只如無心中説閑話、遇閑人也者。此史公叙事之法也。阮小二道：「我們一同去尋他便了。」

兩個來到泊岸邊，枯樁上纜的小船解了一隻，如畫。便扶着吴用如畫。下船去了。樹根頭如畫。拿了一把擗揪，只顧蕩，早蕩將開去，望湖泊裏來。正蕩之間，只見阮小二把手一招，生于斯者習于斯，則或從密樹中，或從沙嘴上，或從破屋角頭，或從大水中央，每每眼明手快，見而招之矣。若夫初來生客，目光不定，則人在樹中，與樹一色；人在沙上，與沙一色；人在屋角，與屋一色；人在水中，與水一色。其烏乎知此中有人來、無人來者乎？「只見阮小二把手一招」者，只見阮小二把手一招耳。文筆細妙入神，視夫直書云「只見阮小七撑出一隻船來」者，真有金糞之别也。○亦無他法，只是逐半句寫耳。叫道：「七哥曾見五郎麽？」看他如此來。○上文自説尋五郎，此處却先遇七哥。離奇錯落，縱横霍躍，真行文妙訣也。吴用看時，只見蘆葦叢中摇出一隻船來。那阮小七頭戴一頂遮日黑箬笠，身上穿個棋子布背心，腰繫着一條生布裙，把那隻船蕩着，問道：「二哥，你尋五哥做甚麽？」吴用叫一聲：「七郎，不用小二答。【眉批】此回看他四個人問答不接處，如問小二，却是吴用答，都要算其神理。小生特來相央你們説話。」阮小七道：「教授恕罪，好幾時不曾相見。」吴用道：「一同和二哥去吃杯酒。」阮小七道：「小人也欲和教授吃杯酒，二句與前倒轉，法變。只是一向不曾見面。」

兩隻船廝跟着在湖泊裏，不多時，划到個去處，團團都是水，高埠上有七八間草房。阮小「只是」二字，不通之極。非不通文墨也，胸中有無數相思相愛，而口中不能宣通之也，便寫出阮小七鬱勃可愛。二叫道：「老娘，突然叫聲老娘，令人却憶王進母子也。○試觀王進母子，而後知「求忠臣必于孝子之門」，斯言爲不誣也。三阮之母，獨非母乎？如之何而至于有三阮也？積漸既成，而至于爲黑旋風之母，益又甚矣。其死于虎，不亦宜乎！凡此等，皆作者特特安排處，讀者宜細求之。五哥在麽？」那婆婆道：「説不得，魚又不得打，此五字乃通篇之綱，却在其母口中提出。連日去賭錢，輸得没了分文。却纔討了我頭上釵兒，特寫三阮之爲三阮，非一朝一夕之故，其母之縱之者久矣。出鎮上賭去了。」阮小二笑了一聲，便把船划開。阮小七便在背後船上説道：「哥哥正不知怎地，賭錢只是輸，却不晦氣！莫説哥哥不贏，我也輸得赤條條地。」人知此句隨手生發，不知此句隨手省去。吴用暗想道：「中了我的計了。」

兩隻船廝並着，投石碣村鎮上來。划了半個時辰，只見獨木橋邊，一個漢子把着兩串銅錢，不必贏。所以贏者，爲請吴用地也。下來解船。如畫。阮小二道：「五郎來了。」吴用看時，但見阮小五斜戴着一頂破頭巾，鬢邊插朵石榴花，恐人忘了蔡太師生辰日，故閑中記出三個字來。披着一領舊布衫，露出胸前刺着的青鬱鬱一個豹子來，史進、魯達、燕青，遍身花繡，各有意義。今小五只有胸前一搭花繡，蓋寓言胸中有一段壘塊，故發而爲《水滸》一書也。雖然，「爲子不見親過，爲臣不見君過」，人而至于胸中有一段壘塊，吾甚畏夫難乎爲其君父也。諺不云乎：「虎生三子，必有一豹。」豹爲虎所生，而反食虎，五倫于是乎墜地矣。作者深惡其人，故特書之爲豹，猶楚史之稱《檮杌》也。嗚呼！誰謂稗史無勸懲哉！○前文林冲稱「豹子頭」，蓋言惡獸之首也。林冲先上山泊，而稱爲「豹子頭」，則知一百八人者，皆惡獸也。作者志在《春秋》，于是乎見矣。裹面匾扎起褲子，上面閂着一條間道棋子布手巾。吴用叫一聲道：「五郎得采麽？」問自問。阮小五道：「原來却是教授，答自答，各不對。錯錯落落，離離奇奇。好兩年不曾見面，我在橋上望你們半日了。」倒互一句妙，便于無字處，隱現出一段情景。阮小二道：「我和教授直到你家尋你，老娘説道，出鎮上賭錢去了，因此同來這裏尋你。且來和教授去水閣上吃三杯。」阮小五慌忙去橋邊，解了小船，跳在艙裏，捉了摔楫，只一划，三隻船厮並着。划了一歇，三隻船撑到水亭下荷花蕩中。非寫石碣村景，正記太師生辰。皆草蛇灰綫之法也。三隻船都纜了，扶吴學究上了岸。入酒店裏來，都到水閣内，揀一副紅油桌凳。阮小二便道：「先生休怪我三個弟兄粗俗，請教授上坐。」既推教授上坐，又言休怪粗俗。只二句，寫出野人不通文墨情性。吴用道：「却使不得。」阮小七道：「哥哥只顧坐主位，請教授坐客席，我兄弟兩個便先坐了。」快人快語，固也，然又須看他細針婉綫，是對小二説者，便把弟兄三人，分作兩段也。吴用道：「七郎只是性快。」只是順他性格法。○七郎真是快士。四個人坐定了，叫酒保打一桶酒來。店小二把四隻大盞子擺開，鋪下四雙箸，放了四盤菜蔬，打一桶酒，放在桌子上。阮小七道：【眉批】讀此文時，切記小二、小五、小七等字樣，便如鳩摩羅什與人弈棋，其間道處都成龍鳳之形。「有甚麽下口？」小二哥道：「新宰得一頭黄牛，花糕也似好肥肉！」阮小二道：「大塊切十斤來。」阮小五道：「教授休笑話，没甚孝順。」吴用道：「倒來相擾，多激惱你們。」阮小二道：「休恁地説。」催促小二哥只顧篩酒，早把牛肉切做兩盤，將來放在桌上。阮家三兄弟讓吴用吃了幾塊，便吃不得了。那三個狼餐虎食，吃了一回。寫。

阮小五動問道：「教授到此貴幹？」阮小二道：問教授，小二答，寫得錯落。「教授如今在一個大財主家，做門館教學。今來要對付十數尾金色鯉魚，要重十四五斤的，【眉批】要十四五斤大魚是第一段。既説三五十尾，又説再要多些，寫不通文墨人口中，雜沓無倫，摹神之筆。○又見他老大懊憒處。特來尋我們。」阮小七道：「若是每常，要三五十尾也有。莫説十數個，再要多些，我弟兄們也包辦得。如今便要重十斤的也難得。」阮小五道：「教授遠來，我們也對付十來個重五六斤的相送。」吴用道：「小生多有銀兩在此，隨算價錢。只是不用小的，須得十四五斤重的便好。」阮小七道：「教授，却没討處。便是五哥許五六斤的也不能够，漸緊。須見等得幾日纔得。我的船裏有一桶小活魚，就把來吃些。」文勢突兀，有若神變。○本是漁家，却單吃牛肉，失本色矣，故突然插入此句。雖然，此但論花色也。若以行文之法論之，則吴用故意要十四五斤者，小五只許五六斤者；吴用又固要十四五斤者，小七便連五六斤者亦道難得，文勢至此，漸緊矣。故忽然尋此一法漾開去，且圖布局寬轉矣。阮小七便去船内取將一桶小魚上來，約有五七斤，自去竈上安排，盛做三盤，把來放在桌上。阮小七道：「教授胡亂吃些個。」

四個又吃了一回，看看天色漸晚。吴用尋思道：「這酒店裏須難説話。今夜必是他家權宿，到那裏却又理會。」吴用道：「今夜天色晚了，請教授權在我家宿一宵，明日却再計較。」阮小二道：「小生來這裏走一遭，千難萬難，好。○一句。幸得你們弟兄今日做一處。好。○二句。眼見得這席酒不肯要小生還錢，好。○三句。今晚借二郎家歇一夜，小生有些須銀子在此，相煩就此店中沽一瓮酒，買些肉，村中尋一對鷄，夜間同一醉，如何？」阮小二道：「那裏要教授壞錢！我們弟兄自去整理，不煩惱没對付處。」吴用道：「徑來要請你們三位。若還不依小生時，只此告退。」阮小七道：「既是教授這般説時，且順情吃了，却再理會。」吴用道：「還是七郎性直爽快。」順他性格，固也。然寫七郎，亦實實寫得可愛。吴用取出一兩銀子，付與阮小七，就問主人家沽了一瓮酒，借個大瓮盛了，買了二十斤生熟牛肉，一對大鷄。阮小二道：「我的酒錢一發還你。」店主人道：「最好，最好。」細。○小二之爲小二，與村店之爲村店，俱比不得魯達之于潘樓，動便記賒帳也。

四人離了酒店，再下了船，細。把酒肉都放在船艙裏，細。解了纜索，細。徑划將開去，一直投阮小二家來。到得門前上了岸，把船仍舊纜在樁上，細。取了酒肉，細。四人一齊都到後面坐地，便叫點起燈來。原來阮家弟兄三個，只有阮小二有老小，阮小五、阮小七都不曾婚娶。四個人都在阮小二家後面水亭上坐定，阮小七宰了鷄，小二家自有阿嫂，却偏要小七動手宰鷄，何也？要寫小七天性粗快，殺人手溜，却在瑣屑處寫出，此見神妙之筆也。叫阿嫂同討的小猴子在厨下安排。約有一更相次，酒肉都搬來擺在桌上。

吴用勸他弟兄們吃了幾杯，又提起買魚事來説道：九字句。「你這裏偌大一個去處，却怎地没了這等大魚？」看此句緊入，便信前文「一桶小魚」句之妙。【眉批】迫問爲何打不得魚，是第二段。阮小二道：「實不瞞教授説，這般大魚只除梁山泊裏便有。忽入梁山泊，有驚蛇脱兔之能。我這石碣湖中狹小，存不得這等大魚。」吴用道：「這裏和梁山泊一望不遠，相通一派之水，如何不去打些？」看他逼入去，惡極。阮小二歎了一口氣道：「休説！」只二字。吴用又問道：「二弟如何歎氣？」惡極，又逼入。阮小五接了説道：二個「接了説道」，非寫後人性急，乃深寫前人氣憤也。「教授不知：在先這梁山泊是我弟兄們的衣飯碗，如今絶不敢去。」不説完。吴用道：「偌大去處，終不成官司禁打魚鮮？」又用一逼入之法。阮小五道：「甚麽官司敢來禁打魚鮮？便是活閻王也禁治不得！」又不説完。吴用道：「既没官司禁治，如何絶不敢去？」只管逼入去。阮小五道：「原來教授不知來歷，且和教授説知。」又不説。吴用道：「小生却不理會得。」阮小七接着便道：小五要和教授説知，却提起即惱，故又不説，却用小七接着説也。「這個梁山泊去處，難説難言！」四字不通文墨之極，蓋難説即難言也，難言即難説也，而必重之，不通極矣。然吾每見今之以文名世者，亦止用疊床架屋一法，則何也？ 如今泊子裏新有一夥强人占了，不容打魚。」吴用道：「小生却不知，原來如今有强人，我那裏並不曾聞得説。」

阮小二道：「那夥强人：是一等題目。爲頭的是個落第舉子，唤做白衣秀士王倫；第二個叫做摸着天杜遷；第三個叫做雲裏金剛宋萬；以下有個旱地忽律朱貴，見在李家道口開酒店，專一探聽事情，也不打緊。如今新來一個好漢，另是一等題目。是東京禁軍教頭，甚麽豹子頭林冲，十分好武藝。這幾個賊男女，聚集了五七百人打家劫舍，搶擄來往客人。我們有一年多不去那裏打魚。如今泊子裏把住了，絶了我們的衣飯，因此一言難盡！」吴用道：「小生實是不知有這段事。如何官司不來捉他們？」阮小五道：「如今那官司，一處處動撣便害百姓；但一聲下鄉村來，倒先把好百姓家養的猪羊鷄鵝盡都吃了，又要盤纏打發他。千古同悼之言，《水滸》之所以作也。如今也好教這夥人奈何！那捕盗官司的人，那裏敢下鄉村來！作者胸中悲憤之極。○一路痛恨强人，乃説到官司，便深感之筆力飄忽夭矯之極。若是那上司官員，差他們緝捕人來，都嚇得尿屎齊流，怎敢正眼兒看他！」阮小二道：「我雖然不打得大魚，也省了若干科差。」十五字，抵一篇《捕蛇者説》。

吴用道：「恁地時，那厮們倒快活？」「快活」二字，忽然倒插而入，筆力矯健飆悍之極。【眉批】「那厮們倒快活」，是第三段。阮小五道：「他們不怕天，不怕地，不怕官司；論秤分金銀，異樣穿綢錦；成瓮吃酒，大塊吃肉，如何不快活？我們弟兄三個，劈插成六個字，並不從吴用口中來。空有一身本事，怎地學得他們！」自來了。○「恁地」二字，有問計之辭。吴用聽了，暗暗地歡喜道：「正好用計了。」

阮小七説道：「『人生一世，草生一秋』。八字，是弟兄三人立號之意。我們只管打魚營生，學得他們過一日也好。」「一日」之奇者，如做得一日神仙，雖死無憾，爲絶倒也。吴用道：「這等人學他做甚麽！他三個不來，便只管逼上去；他三個來了，便倒漾開去：行文神變之極。他做的勾當，不是笞杖五七十的罪犯，空自把一身虎威都撇了。倘或被官司拿住了，又挑出「官司」二字，以決其心。

也是自做的罪。」阮小二道:「如今該管官司没甚分曉,一片糊塗!千萬犯了迷天大罪的,倒都没事。千古同歎,只爲確耳。我弟兄們不能快活,正入前文「快活」二字玄中。若是但有肯帶挈我們的,也去了罷。」四字説得迅疾。阮小五道:「我也常常這般思量:接一句,藏下生平無數心事,不描已見。我弟兄三個的本事又不是不如别人,誰是識我們的?」另自增出「識我」二字,見豪傑肝腸,必不可少也。○前只説得官司糊塗,及快活不快活等語,見豪傑悲憤;此增出「識我」二字,又加一倍精采。吴用道:「假如便有識你們的,你們便如何肯去。」【眉批】「有識你們的」,是第四段。阮小七道:「若是有識我們的,中心藏之之語。水裏水裏去,火裏火裏去。若能彀見用得一日,便死了開眉展眼。」吴用暗暗喜道:「這三個都有意了,我且慢慢地誘他。」又勸他三個吃了兩巡酒。不惟照顧吃酒,有草蛇灰綫之法,且又得一寬也。

吴用又説道:「你們三個敢上梁山泊捉這夥賊麽?」换一頭,用反跌法起。阮小七道:「便捉得他們,那裏去請賞?也吃江湖上好漢們笑話。」定是小七語,小二、小五説不出,爽快奇妙不可言。吴用道:「小生短見,也入梁山撞籌,是主句;敢上梁山捉賊,是賓句。初亦爲主句,不好便説,故先用一賓句也。然既用賓句跌過,則宜直入主句矣。然其言畢竟是口重語,不好便説,故又特用「短見」二字自責過,然後出下語,作者真有摳心嘔血之苦也。假如你們怨恨打魚不得,也去那裏撞籌,却不是好?」【眉批】也入梁山,是第五段。阮小二道:「老先生,「老先生」叫得妙。説心話時,每有此稱。你不知我弟兄們幾遍商量要去入夥。藏下無數生平心事,不描已見。聽得那白衣秀士王倫的手下人明明照出杜遷、宋萬、朱貴三人在外。都説道他心地窄狹,安不得人。前番那個東京林冲上山,嘔盡他的氣。此句前照限林冲，後照並王倫，有左顧右盼之妙。王倫那厮不肯胡亂着人，因此我弟兄們看了這般樣，一齊都心懶了。「一齊都」三字妙，活寫出商量時。阮小七道：「他們若似老兄這等慷慨，愛我弟兄們便好。」小七語，天然不從小二、小五口中出。○「老兄」、「老先生」，皆極親昵之詞也[一]。阮小五道：「那王倫若得似教授這般情分時，我們也去了多時，不到今日。我弟兄三個便替他死，也甘心！」此句正寫心肯之極。

吴用道：「量小生何足道哉？「小生」二字一接，「何足道哉」一頓，奇筆妙筆。如今山東、河北，多少英雄豪傑的好漢！」説山東，帶河北，已伏盧員外矣。阮小二道：「好漢們儘有，我弟兄自不曾遇着。」千古同悼之言。吴用道：「只此間三字，説者口快，聽者眼明。鄆城縣東溪村晁保正，你們曾認得他麽？」疾入。【眉批】出晁蓋，是第六段。阮小五道：「莫不是叫做『托塔天王』的晁蓋麽？」疾入。吴用道：「正是此人。」阮小七道：「雖然與我們只隔得百十里路程，緣分淺薄，聞名不曾相會。」吴用道：「這等一個仗義疏財的好男子，如何不與他相見？」此句不是反跌，只是又圖一寬耳。阮小二道：「我弟兄們無事，也不曾到那裏，因此不能够與他相見。」

吴用道：「小生這幾年，也只在晁保正莊上左近，教些村學。此句「村學」二字，與前「大財主家做門館」字，不相顧應，待三阮之法也。如今打聽得他有一套富貴待取，特地來和你們商議，我等就那半路裏攔住取了，如何？」奇絶之筆，不圖至此又出一奇也。【眉批】反劫晁蓋，是第七段。阮小五

[一]「詞」，貫華堂本、葉瑶池本作「後」，據王望如評本改。

道：「這個却使不得：他既是仗義疏財的好男子，我們却去壞他的道路，須吃江湖上好漢們知時笑話。」《水滸》一百八人人品心術，盡此一言。然則梁中書之被劫，豈足惜哉。

吴用道：「我只道你們弟兄心志不堅，原來真個惜客好義。「我只道」三字，「原來真個」四字，都是順他性格、順他口氣語。鎖住一篇奇文，鎖住三位好漢，皆仗此言。我對你們實説，有次序，歷歷落落。果有協助之心，我教你們知此一事。有次序，歷歷落落。我如今見在晁保正莊上住，保正聞知你三個大名，特地教我來請你們説話。」其辭未畢。阮小二道：「我弟兄三個，真真實實地並没半點兒假。晁保正敢有件奢遮的私商買賣，有心要帶挈我們，句。○「敢有」妙。一定是煩老兄來。句。○「一定」妙。若還端的有這事，句。○「若還」妙。我三個若捨不得性命相幫他時，殘酒爲誓：教我們都遭横事，惡病臨身，死于非命！」數語淋淋瀝瀝。日在天之上，心在人之内。阮小五和阮小七把手拍着脖項道：「這腔熱血，只要賣與識貨的！」拉雜如火，使讀者增長義氣，

吴用道：「你們三位弟兄在這裏，不是我壞心術來誘你們，又自責一句，真正設身處地而後作也。【眉批】方出正意，是第八段。這件事非同小可的勾當！目今朝内蔡太師，是六月十五日生辰。他的女婿，是北京大名府梁中書，即日起解十萬貫金珠寶貝，與他丈人慶生辰。今有一個好漢，姓劉，名唐，特來報知。如今欲要請你們去商議，聚幾個好漢，向山凹僻静去處，取此一套不義之財，大家圖個一世快活。因此，特教小生只做買魚，來請你們三個計較，成此一事。不知你們心意如何？」阮小五聽了道：「罷！罷！」叫道：「七哥，我和你説甚麽來！」「罷罷」只二字，忽插入「叫道」二字作叙事，然後又説出九個字來，却無一字是實，而能令讀者心前眼前，若有無

數事情，無數説話。靈心妙筆，一至于此。阮小七跳起來道：「一世的指望，妙語。今日還了願心！妙語。正是搔着我癢處！妙語。我們幾時去？」五字天生是小七語，小二、小五不説。吳用道：「請三位即便去來，明日起個五更，一齊都到晁天王莊上去。」阮家三弟兄大喜。

當夜過了一宿，次早起來，吃了早飯。阮家三兄弟分付了家中，跟着吳學究，四個人離了石碣村，拽開脚步，取路投東溪村來。行了一日，早望見晁家莊。只見遠遠地緑槐樹下，晁蓋和劉唐在那裏等。夏景。望見吳用引着阮家三兄弟直到槐樹前，兩下都厮見了。晁蓋大喜道：「阮氏三雄名不虚傳，且請到莊裏説話。」六人却從莊外入來，到得後堂，分賓主坐定。吳用把前話説了，晁蓋大喜，便叫莊客宰殺猪羊，安排燒紙。阮家三弟兄見晁蓋人物軒昂，語言灑落，三個説道：「我們最愛結識好漢，原來只在此間！今日不得吳教授相引，如何得會？」三個弟兄好生歡喜，當晚且吃了些飯，説了半夜話。要知半夜所説，只是閑話。若云商量此一件事，則豈有豪傑舉事，只管商量者哉？

次日天曉，去後堂前面列了金錢、紙馬、香花、燈燭，擺了夜來煮的猪羊、「夜來煑的」，細，妙。賴此四字，遂不犯「次日天曉」字也。燒紙。衆人見晁蓋如此志誠，盡皆歡喜，個個説誓道：「梁中書在北京害民，詐得錢物，却把去東京與蔡太師慶生辰，此一等正是不義之財。我等六人中，但有私意者，天地誅滅，神明鑒察。」六人都説誓了，燒化紙錢。

六籌好漢，提出「六籌」二字，然後接出公孫勝。正在堂後散福飲酒，只見一個莊客報説：「門前有個先生要見保正化齋糧。」晁蓋道：「你好不曉事！見我管待客人在此吃酒，你便與他三五升米便了，何須直來問我？」閑閑寫去。莊客道：「小人把米與他，他又不要，只要面見保正。」晁蓋道：「一定是嫌少，你便再與他三二斗米去。你説與他：保正今日在莊上請人吃酒，没工夫相見。」閑閑寫去。莊客去了多時，只見又來説道：「那先生，與了他三斗米，又不肯去；自稱是一清道人，不爲錢米而來，只要求見保正一面。」晁蓋道：「你這厮不會答應，便説今日委實没工夫，教他改日却來相見拜茶。」只是閑閑寫去，再不肯合縫。莊客道：「小人也是這般説。那個先生説道：『我不爲錢米齋糧，聞知保正是個義士，特求一見。』」晁蓋道：「你也這般纏！全不替我分憂！他若再嫌少時，可與他三四斗去，何必又來説？我若不和客人們飲時，便去厮見一面，打甚麽緊？你去發付他罷，再休要來説！」偏不合縫，奇筆恣墨。

莊客去了，没半個時，只聽得莊門外熱鬧。又見一個莊客飛也似來報道：「那先生發怒，把十來個莊客都打倒了！」晁蓋聽得，吃了一驚，慌忙起身道：「衆位弟兄少坐，晁蓋自去看一看。」便從後堂出來，到莊門前看時，只見那個先生身長八尺，道貌堂堂，生得古怪；正在莊門外緑槐樹下，一頭打，一頭口裏説道：「不識好人！」晁蓋見了叫道：「先生息怒。你來尋晁保正，無非是投齋化緣。他已與了你米，且不出自己。何故嗔怪如此？」那先生哈哈大笑道：「貧道不爲酒食錢米而來，我覷得十萬貫如同等閑！逗一句。特地來尋保正，有句話説。叵耐村夫無理，毁駡貧道，因此性發。」晁蓋道：「你可曾認得晁保正麽？」那先生道：「只聞其名，不曾會面。」晁蓋道：「小子便是，出得徑快。先生有甚話説？」那先生看了道：「保正休怪！貧道稽首。」晁蓋道：「先生少請到莊裏拜茶如何？」那先生道：「多感。」兩人入莊裏來，吴用見那先生入來，自和劉唐、三阮一處躲過。

且說晁蓋請那先生到後堂吃茶已罷，那先生道：「這裏不是説話處，别有甚麽去處可坐？」晁蓋見説，便邀那先生又到一處小小閣兒内，分賓坐定。晁蓋道：「不敢拜問先生高姓，貴鄉何處？」那先生答道：「貧道覆姓公孫，單諱一個勝字，道號『一清先生』。小道是薊州人氏，北地也。自幼鄉中好習鎗棒，學成武藝多般，人但呼爲『公孫勝大郎』。爲因學得一家道術，善能呼風唤雨，駕霧騰雲，江湖上都稱貧道做『入雲龍』。貧道久聞鄆城縣東溪村晁保正大名，無緣不曾拜識。今有十萬貫金珠寶貝，專送與保正作進見之禮，未知義士肯納受否？」晁蓋大笑道：「先生所言，莫非北地生辰綱麽？」那先生大驚道：「保正何以知之？」晁蓋道：「小子胡猜，未知合先生意否？」公孫勝道：「此一套富貴，不可錯過。古人有云：『當取不取，過後莫悔。』保正心下如何？」

正説之間，只見一個人從閣子外搶將入來，劈胸揪住公孫勝，説道：「好呀！明有王法，暗有神靈，你如何商量這等的勾當！我聽得多時也！」嚇得這公孫勝面如土色。非真有此等兒戲之事，只爲每回住處，皆是絶奇險處。此處無奇險可住，故特幻出一段[一]，以作一回收場耳。讀者諒之。正是：機謀未就，爭奈窗外人聽；計策纔施，又早蕭牆禍起。畢竟搶來揪住公孫勝的却是何人，且聽下回分解。

[一]「幻」，貫華堂本作「勾」，據葉瑶池本改。

第五才子書施耐庵水滸傳卷之二十

聖歎外書

第十五回 楊志押送金銀擔 吴用智取生辰綱

蓋我讀此書而不勝三致歎焉，曰：嗟乎！古之君子，受命于内，莅事于外，竭忠盡智，以圖報稱。而終亦至于身敗名喪，爲世僇笑者，此其故，豈得不爲之深痛哉！夫一夫專制，可以將千軍；兩人牽羊，未有不僵于路者也。獨心所運，不難于造五鳳樓曾無黍米之失；聚族而謀，未見其能築室有成者也。梁中書以道路多故，人才復難，于是致詳致慎，獨簡楊志而畀之以十萬之任，謂之知人，洵無忝矣，即又如之何而必副之以一都管與兩虞候乎？觀其所云另有夫人禮物，「送與府中寶眷」，亦要楊志認領，多恐不知頭路。夫十萬已領，何難一擔？若言不知頭路，則豈有此人從貴女愛婿邊來，現護生辰重寶至于如此之盛，而猶慮及府中之人猜疑顧忌，不視之爲機密者也？是皆中書視十萬過重，視楊志過輕。視十萬過重，則意必太師也者，雖富貴雙極，然見此十萬，必嚇然心動；太師嚇然心動，而中書之寵，固于磐石，夫是故以此爲獻，凡以冀其心之得一動也。視楊志過輕，則意或楊志也者，本單寒之士，今見此十萬，必嚇然心動；楊志嚇然心動，而生辰十擔，險于蕉鹿，夫是故以一都管、兩虞候爲監，凡以防其心之忽一動也。然其胸中，則又孰有「疑人勿用，用人勿疑」之成訓者，于是即又僞裝夫人一擔，以自蓋其相疑之迹。嗚呼！爲楊志者，不其難哉！雖當時亦曾有早晚行住，悉聽約束，戒彼三人不得彆拗之教敕，然而官之所以得治萬民，與將之所以得制三軍者，以其惟此一人故也。今也一楊志，一都管，又二虞候，且四人矣，以四人而欲押此十一禁軍，豈有得乎？《易·大傳》曰：「陽一君二民，君子之道也；陰二君一民，小人之道也。」今中書徒以重視十萬，輕視楊志之故，而曲折計畫，既已出于小人之道，而尚望黄泥岡上萬無一失，殆必無之理矣。故我謂生辰綱之失，非晁蓋八人之罪，亦非十一禁軍之罪，亦並非一都管、兩虞候之罪，而實皆梁中書之罪也，又奚議焉？又奚議焉？曰：然則楊志即何爲而不爭之也？聖歎答曰：楊志不可得而爭也。夫十萬金珠，重物也，不惟大名百姓之髓腦竭，並中書相公之心血竭矣。楊志自惟起于單寒，驟蒙顯擢，夫烏知彼之遇我厚者之非獨爲今日之用我乎？故以十萬之故而授統制易，以統制之故而托十萬難，此楊志之所深知也。楊志于何知之？楊志知年年根括十萬以媚于丈人者，是其人必不能以國士遇我者也；不能以國士遇我，而昔者東郭鬥武、一日而逾數階者，是其心中徒望我今日之出死力以相效耳。譬諸飼鷹喂犬，非不極其恩愛，然彼固斷不信鷹之德爲鳳凰、犬之品爲騶虞也。故于中書未撥都管、虞候之先，志反先告相公「只須一個人和小人去」。夫「一個人和小人去」者，非請武陽爲副，殆請朝恩爲監矣。若夫楊志早知人之疑之，而終亦主于必去，則固丈夫感恩知報，凡以酬東郭驟遷之遇耳，豈得已哉！嗚呼！楊志其寓言也。古之國家，以疑立監者，比比皆有，我何能遍言之！

看他寫楊志忽然肯去，忽然不肯去，忽然又肯去，忽然又不肯去。筆勢夭矯，不可捉搦。

看他寫天氣酷熱，不費筆墨，只一句兩句便已焦熱殺人。古稱盛冬挂雲漢圖，滿座煩悶。今讀此書，乃知真有是事。

看他寫一路老都管掣人肘處，真乃描摹入畫。嗟乎！小人習承平之時，忽禍患之事，箕踞當路，摇舌罵人，豈不鑿鑿可聽；而卒之變起倉猝，不可枝梧，爲鼠爲虎，與之俱敗，豈不痛哉！

看他寫棗子客人自一處，挑酒人自一處，酒自一處，瓢自一處。雖讀者亦幾忘其爲東溪村中飲酒聚義之人，何況當日身在廬山者耶？耐庵妙筆，真是獨有千古。

看他寫賣酒人鬥口處，真是絶世奇筆。蓋他人叙此事，至此便欲駸駸相就，讀之滿紙皆似惟恐不得賣者矣。今偏筆筆撒開，如猿弓怒馬，急不可就，務欲極扳開去，乃至不可收拾，一似惟恐爲其買者，真怪事也。

看他寫七個棗子客人饒酒，如數鷹爭雀，盤旋跳霍，讀之欲迷。

話説當時公孫勝正在閣兒裏，對晁蓋説這北京生辰綱是不義之財，取之何礙。只見一個人從外面搶將入來，揪住公孫勝道：「你好大膽！却纔商議的事，我都知了也。」那人却是智多星吴學究。晁蓋笑道：「教授休取笑，且請相見。」兩個叙禮罷，吴用道：「江湖上久聞人説入雲龍公孫勝一清大名，不期今日此處得會。」晁蓋道：「這位秀士先生，便是智多星吴學究。」公孫勝道：「吾聞江湖上人多曾説加亮先生大名，豈知緣法却在保正莊上得會。只是保正疏財仗義，以此天下豪傑，都投門下。」晁蓋道：「再有幾個相識在裏面，一發請進後堂深處相見。」

三個人入到裏面，就與劉唐、三阮都相見了。衆人道：「今日此一會，應非偶然。須請保正哥哥正面而坐。」晁蓋道：「量小子是個窮主人，怎敢占上？」吴用道：「保正哥哥年長，依着小生，且請坐了。」晁蓋只得坐了第一位，吴用坐了第二位，公孫勝坐了第三位，劉唐坐了第四位，阮小二坐了第五位，阮小五坐第六位，阮小七坐第七位。可稱「晁天王夜夢動天文，東溪村英雄小排座」。却纔聚義飲酒，重整杯盤，再備酒肴，衆人飲酌。吴用道：「保正夢見北斗七星墜在屋脊上，今日我等七人聚義舉事，豈不應天垂象！此一套富貴，唾手而取。前日所説央劉兄去探聽路程從那裏來，今日天晚，來早便請登程。」公孫勝道：「這一事不須去了。貧道已打聽知他來的路數了，只是黄泥岡大路上來。」妙。一者公孫此來不虚，二者省却許多閑手。

晁蓋道：「黄泥岡東十里路，地名安樂村，有一個閑漢叫做『白日鼠』白勝，也曾來投奔我，我曾賫助他盤纏。」吴用道：「北斗上白光，莫不是應在這人？佳。自有用他處。」此五字，不與上文連説，乃心計之辭。劉唐道：「此處黄泥岡較遠，何處可以容身？」吴用道：「只這個白勝家，便是我們安身處，亦還要用了白勝。」此句方明說出來。晁蓋道：「吴先生，我等還是軟取，奇文。却是硬取？奇文。」吴用笑道：「我已安排定了圈套，只看他來的光景，行軍妙訣，加亮之號不虛也。力則力取，智則智取。我有一條計策，不知中你們意否？……如此如此。」晁蓋聽了大喜，攧着脚道：「好妙計，不枉了稱你做智多星！果然賽過諸葛亮，好計策。」吴用道：「休得再提，常言道：『隔牆須有耳，窗外豈無人。』只可你知我知。」晁蓋便道：「阮家三兄且請回歸，至期來小莊聚會；吴先生依舊自去教學；公孫先生並劉唐，只在敝莊權住。」當日飲酒至晚，各自去客房裏歇息。次日五更起來，安排早飯吃了。晁蓋取出三十兩花銀，送與阮家三兄弟道：「權表薄意，切勿推却。」三阮那裏肯受。吴用道：「朋友之意，不可相阻。」三阮方纔受了銀兩，一齊送出莊外來。吴用附耳低言道：「這般這般，至期不可有誤。」三阮相別了，自回石碣村去。晁蓋留住公孫勝、劉唐在莊上，吴學究常來議事。

話休絮繁。却說北京大名府梁中書，收買了十萬貫慶賀生辰禮物完備，選日差人起程。當下一日在後堂坐下，只見蔡夫人問道：「相公，生辰綱幾時起程？」梁中書道：「禮物都已完備，明後日便用起身。只是一件事，在此躊躇未決。」蔡夫人道：「有甚事躊躇未決？」梁中書道：「上年費了十萬貫收買金珠寶貝，送上東京去。只因用人不着，半路被賊人劫將去了，至今無獲。今年帳前眼見得又没個了事的人送去，在此躊躇未決。」多時相望，臨用忽復疑之，總視十萬重、視楊志輕也。蔡夫人指着階下道：「你常說這個人十分了得，何不着他委紙領狀，送去走一遭，不致失誤。」梁中書看階下那人時，却是青面獸楊志。

梁中書躊躕，妙。使喚楊志上廳，説道：「我正忘了你，你若與我送得生辰綱去，我自有擡舉你處。」楊志叉手向前，禀道：「恩相差遣，不敢不依！只不知怎地打點，幾時起身？」第一段，不敢不去。梁中書道：「着落大名府差十輛太平車子，帳前撥十個廂禁軍監押着車。每輛上各插一把黄旗，上寫着『獻賀太師生辰綱』。每輛車子再使個軍健跟着，三日内便要起身去。」楊志道：「非是小人推托，其實去不得，乞鈞旨別差英雄精細的人去。」第二段，忽然去不得，文勢飄忽。梁中書道：「我有心要擡舉你，這獻生辰綱的札子内，另修一封書在中間：太師跟前，重重保你受道敕命回來。如何倒生支調，推辭不去？」楊志道：「恩相在上，小人也曾聽得上年已被賊人劫去了，至今未獲。今歲途中盗賊又多，此去東京，又無水路，都是旱路。經過的是紫金山、虚。二龍山、實。桃花山、實。傘蓋山、虚。黄泥岡、實。白沙塢、虚。野雲渡、虚。赤松林，實。○數出八處險害，却是四虚四實，然猶就一部書論之也。若只就一回書論之，則是七虚一實耳。這幾處都是强人出没的去處。更兼單身客人亦不敢獨自經過，他知道是金銀寶物，如何不來搶劫？枉結果了性命，以此去不得。」梁中書道：「恁地時，多着軍校防護送去便了。」楊志道：「恩相便差一萬人去，也不濟事；這厮們一聲聽得强人來時，都是先走了的。」借事説出千古官兵，可惱可笑。言者無罪，聞者足戒。

梁中書道：「你這般地説時，生辰綱不要送去了？」寫來天生是梁中書口中語，又寫得飄忽。楊志又禀道：「若依小人一件事，便敢送去。」第三段，依了一件事，又便去得，飄忽之極。【眉批】忽然去得，忽然去不得。凡四段，翻騰跳躍，看他却是無中生有。梁中書道：「我既委在你身上，如何不依你說。」楊志道：「若依小人說時，並不要車子，把禮物都裝做十餘條擔子，只做客人的打扮。行貨也點十個壯健的廂禁軍，却裝做脚夫挑着。只消一個人和小人去，此語可哀，前評詳之矣。却打扮做客人，悄悄連夜送上東京交付，恁地時方好。」是。梁中書道：「你甚說得是。我寫書呈，重重保你受道誥命回來。」楊志道：「深謝恩相擡舉。」

當日，當日。便叫楊志一面打拴擔脚，一面選揀軍人。次日，次日。叫楊志來廳前伺候，梁中書出廳來問道：「楊志，你幾時起身？」楊志稟道：「告覆恩相，只在明早准行，就委領狀。」梁中書道：「夫人也有一擔禮物，另送與府中寶眷。也要你領，怕你不知頭路，特地再教奶公謝都管並兩個虞候，和你一同去。」非真有夫人一擔禮物，定少不得也。只爲岡上失事，定少不得老都管，則不得已，倒裝出一擔梯己禮物來。此皆作者苦心也。楊志告道：「恩相，楊志去不得了。」第四段，忽然又去不得了。飆忽如此，異哉。梁中書道：「禮物都已拴縛完備，如何又去不得？」真是奇事。楊志稟道：「此十擔禮物都在小人身上，是。和他衆人，都由楊志。是。要早行便早行，要晚行便晚行，要住便住，要歇便歇，亦依楊志提調。是。如今又叫老都管並虞候和小人去，他是夫人行的人，閑中捎帶一句，千古同笑。又是太師府門下奶公。又捎帶一句。倘或路上與小人彆拗起來，楊志如何敢和他爭執得？是。○不惟楊志爭執不得，依上二句，想相公亦爭執不得。若誤了大事時，楊志那其間如何分說？是。」○一路都是特特寫出楊志英雄精細，便把後文許多彆拗爭執、因而失事，隱隱都算出來，深表楊志不墮七個人計中也。

梁中書道：「這個也容易，我叫他三個都聽你提調便了。」楊志答道：「若是如此稟過，小人情願便委領狀：倘有疏失，甘當重罪。」梁中書大喜道：「我也不枉了擡舉你，真個有見識！」隨即喚老謝都管並兩個虞候出來，當廳分付道：「楊志提轄情願委了一紙領狀，監押生辰綱十一擔金珠寶貝，赴京太師府交割。這干係都在他身上：你三人和他做伴去，一路上早起、句。晚行，句。住，句。歇，句。都要聽他言語，不可和他彆拗。夫人處分付的勾當，你三人自理會。調侃一句，然却是分外閑筆，以泯自家倒裝之迹耳。小心在意，早去早回，休教有失。」老都管一一都應了。當日楊志領了。

次日早起五更，在府裏把擔仗都擺在廳前，老都管和兩個虞候又將一小擔財帛，共十一擔，揀了十一個壯健的廂禁軍，都做脚夫打份。楊志戴上涼笠兒，穿着青紗衫子，繫了纏帶行履麻鞋，跨口腰刀，提條朴刀。老都管也打扮做個客人模樣，兩個虞候假裝做跟的伴當。各人都拿了條朴刀，又帶幾根藤條。以備後用。○不是此處放此一句，後來一時如何生得出。梁中書付與了札付書呈。一行人都吃得飽了，在廳上拜辭了梁中書。看那軍人擔仗起程，楊志和謝都管、兩個虞候監押着，一行共是十五人。離了梁府，出得北京城門，取大路投東京進發。

此時正是五月半天氣，雖是晴明得好，只是酷熱難行。楊志一心要取六月十五日生辰，只得在路上趲行。自離了這北京五七日，端的只是起五更，趁早涼便行，日中熱時便歇。先反襯出一句早行午歇，真是閑心妙筆。五七日後，人家漸少，行路又稀，一站站都是山路。楊志却要辰牌起身，申時便歇。寫得前後明畫。【眉批】第一番。那十一個廂禁軍，第一段，先寫廂禁軍。擔子又重，無有一個稍輕，天氣熱了，行不得，見着林子便要去歇息。楊志趕着催促要行，如若停住，輕則痛罵，重則藤條便打，逼趕要行。第一段。兩個虞候雖只背些包裹行李，也氣喘了行不上。楊志也嗔道：「你兩個好不曉事，這干係須是俺的！你們不替洒家打這夫子，却在背後也慢慢地挨，這路上不是耍處！」那虞候道：「不是我兩個要慢走，其實熱了行不動，因此落後。前日只是趁早涼走，如今恁地正熱裏要行，正是好歹不均匀。」楊志道：「你這般説話，却似放屁！前日行的須是好地面，如今正是尷尬去處，若不日裏趕過去，誰敢五更半夜走？」兩個虞候口裏不道，肚中尋思：「這廝不直得便罵人。」第二段。

楊志提了朴刀，拿着藤條，自去趕那擔子。兩個虞候坐在柳陰樹下，等得老都管來，第三段，寫老都管。〇看他三段三樣來法。兩個虞候告訴道：虞候訴都管。「楊家那廝，强殺只是我相公門下一個提轄，直這般會做大！」老都管道：「須是相公當面分付道：休要和他彆拗，因此我不做聲。這兩日也看他不得，權且耐他。」兩個虞候道：「相公也只是人情話兒，都管自做個主便了。」老都管又道：「且耐他一耐。」第三段。當日行到申牌時分，尋得一個客店裏歇了。那十一個廂禁軍雨汗通流，都歎氣吹噓，對老都管説道：禁軍訴都管。「我們不幸做了軍健，情知道被差出來。這般火似熱的天氣，又挑着重擔，這兩日又不揀早涼行，動不動老大藤條打來。都是一般父母皮肉，我們直恁地苦！」老都管道：「你們不要怨悵，巴到東京時，我自賞你。」衆軍漢道：「若是似都管看待我們時，並不敢怨悵。」又過了一夜。

次日，天色未明，衆人起來，都要乘涼起身去。寫得妙。意中之事，意外之文。楊志跳起來喝道：「那裏去！且睡了，寫得妙，遂成趣語。却理會！」衆軍漢道：「趁早不走，日裏熱時走不得，却打我們。」楊志大罵道：「你們省得甚麼？」拿了藤條要打，衆軍忍氣吞聲，只得睡了。當日直到辰牌時分，慢慢地寫得妙。打火吃了飯走，一路上趕打着，不許投涼處歇。那十一個廂禁軍口裏喃喃吶吶地怨悵，一句禁軍。兩個虞候在老都管面前絮絮聒聒地搬口。一句虞候。老都管聽了也不着意，心內自惱他。一句都管。

話休絮繁。似此行了十四五日，那十四個人没一個不怨悵楊志。如椽之筆。當日客店裏辰牌時分，慢慢地妙。打火吃了早飯行，【眉批】第三番。正是六月初四日時節，天氣未及晌午，先將未午寫來，次入正午，便令分寸都出。一輪紅日當天，没半點雲彩，其實十分大熱。當日行的路，都是山僻崎嶇小徑，南山北嶺。却監着那十一個軍漢，約行了二十餘里路程。那軍人們思量要去柳陰樹下歇涼，此一段單寫軍漢，都管、虞候都落在後。被楊志拿着藤條打將來，喝道：「快走！教你早歇！」衆軍人看那天時，寫熱却寫不盡，寫怨悵亦寫不盡，陡然寫出「看那天時」四字，遂已抵過雲漢一篇。真是才子有才子之筆也。四下裏無半點雲彩，其實那熱不可當。楊志催促一行人在山中僻路裏行。看看日色當午，先將未午一段，盡情寫出炎熱之苦。至此處交入正午，只用一句，便接入衆人睡倒。行文詳略之際，分寸不失。那石頭上熱了脚疼，只得一句七個字，而熱極之苦，描畫已盡。歎今人千言之無當也。走不得。衆軍漢道：「這般天氣熱，兀的不晒殺人！」楊志喝着軍漢道：「快走！趕過前面岡子去，却再理會。」

正行之間，前面迎着那土岡子。一行十五人奔上岡子來，歇下擔仗，那十四人都去松林樹下睡倒了。奈何，〇筆勢從上三番趕下來，有天崩地塌之勢。楊志説道：「苦也！這裏是甚麼去處，你們却在這裏歇涼？起來快走！」衆軍漢道：「你便剁做我七八段，其實去不得了。」真有此語。楊志拿起藤條，劈頭劈腦打去，打得這個起來，那個睡倒。真有此事。楊志無可奈何，只見兩個虞候和老都管氣喘急急，也巴到岡子上，此一段，都管、虞候方來。松樹下坐了喘氣。巴得他來，却也坐了，真奈何！〇寫來真有此事。看這楊志打那軍健，八個字。活寫出心中刺、眼中釘來。老都管見了説道：「提轄！端的熱了走不得，休見他罪過！」楊志道：「都管你不知，這裏正是强人出没的去處，地名叫做黄泥岡。閑常太平時節，白日裏兀自出來劫人，休道是這般光景，誰敢在這裏停脚？」兩個虞候聽楊志説了，便道：「我見你説好幾遍了，只管把這話來驚嚇人。」真有此語。〇如國家太平既久，邊防漸撤，軍實漸廢，皆此語誤之也。老都管道：「權且教他們衆人歇一歇，略過日中行，如何？」楊志道：「你也没分曉了！如何使得？這裏下岡子去，兀自有七八里没人家，甚麽去處？敢在此歇涼！」老都管道：「我自坐一坐了走，你自去趕他衆人先走。」其言既不爲楊志出力，亦不替衆人分辨，而意旨已隱隱一句縱容，一句激變。老奸巨猾，何代無賢。

楊志拿着藤條喝道：「一個不走的，吃俺二十棍！」衆軍漢一齊叫將起來。一齊妙。數内一個分説道：「一個」，妙。「提轄，我們挑着百十斤擔子，須不比你空手走的。真有此語。你端的不把人當人！便是留守相公自來監押時，也容我們説一句。真有此語。你好不知疼癢，只顧逞辯！」楊志罵道：「這畜生不嘔死俺！只是打便了。」拿起藤條，劈臉又打去。老都管喝道：從空忽然插入老都管一喝，借題寫出千載説大話人，句句出神入妙。「楊提轄增出一「楊」字，其辭甚厲。

且住！你聽我說：二句六字，其辭甚厲。「你聽我說」四字，寫老奴托大，聲色俱有。我在東京太師府裏做奶公時，嚇殺醜殺，可笑可惱。○一句十二字，作兩半句讀，「我在東京太師府裏」，何等軒昂；「做奶公時」，何等出醜。然狐輩每每自謂得志，樂道不絕。門下軍官見了無千無萬，四字可笑，說大話人每用之。都向着我喏喏連聲。太師威焰，衆官諂佞，奴才放肆，一語遂寫盡之。不是我口淺，老奴真有此語。量你是個遭死的軍人，第一句，說破楊志不是提轄，惡極。相公可憐擡你做個提轄，第二句，說提轄實是我家所與，惡極。比得芥菜子大小的官職，第三句，說楊志即使是個提轄，亦只比之芥子，惡極。直得恁地逞能！已上罵楊志，已下說自家，妙絶。休說我是相公家都管，一句自誇貴。便是村莊一個老的，一句自誇老。○看他說來，便活是老奴聲口。尤妙在反借「村莊」二字，直顯出太師府來。如云休說相公家都管，便是村莊一老亦該相讓，何況我今不止是相公家都管也。也合依我勸一勸；只顧把他們打，是何看待？」楊志道：「都管，你須是城市裏人，生長在相府裏，那裏知道途路上千難萬難！」老都管道：「四川、兩廣，也曾去來，不曾見你這般賣弄。」楊志道：「如今須不比太平時節。」都管道：「你說這話，該剜口割舌！今日天下，怎地不太平？」老奴口舌可駭，真正從太師府來。

楊志却待要回言，不得不回言，然以疾接下文，故其言一時回不及也。只見對面松林裏影着一個人，在那裏舒頭探腦價望。過節甚疾。楊志道：「俺說甚麽？此四字是折辨上文「不太平」語，却因疾忙接出松林有人，便將此語反穿過下文來，寫此時楊志心忙眼疾如畫。兀的不是歹人來了！」撇下藤條，拿了朴刀，趕入松林裏來，喝一聲道：「你這廝好大膽，怎敢看俺的行貨！」趕來看時，只見松林裏一字兒擺着七輛江州車兒，六個人脫得赤條條的在那裏乘涼，好。一個鬢邊老大一搭朱砂記，拿着一條朴刀。好。見楊志趕入來，七個人齊叫一聲：「阿也！」二字妙絶。只須此二字，楊志胸中已釋然矣。都跳起來。楊志喝道：「你等是甚麼人？」妙，只如學舌。楊志又問道：「你等莫不是歹人？」那七人道：「你是甚麼人？」那七人道：「你顛倒問，我等是小本經紀，那裏有錢與你？」又妙。○前句讓楊志一先，此句便自占一先，筆端變换之極。楊志道：「你等小本經紀人，偏俺有大本錢！」釋然語，只作諧謔。那七人問道：「你端的是甚麼人？」又用一反撲句，妙極。楊志道：「你等且説那裏來的人？」妙，楊志學舌。那七人道：「我等弟兄七人，是濠州人，販棗子上東京去，路途打從這裏經過。聽得多人説這裏黄泥岡上，時常有賊打劫客商。我等一面走，一頭自説道：『我七個只有些棗子，别無甚財貨。』只顧過岡子來。上得岡子，當不過這熱，權且在這林子裏歇一歇，待晚涼了行。只聽得有人上岡子來，我們只怕是歹人，因此使這個兄弟出來看一看。」楊志道：「原來如此，也是一般的客人。過幾日便「一般」矣，今日殊未。却纔見你們窺望，惟恐是歹人，因此趕來看一看。」那七個人道：「客官請幾個棗子了去。」無有一見即請吃棗之理，只爲下文過酒用着棗子，故于此處先出一句，以見另有散棗也。楊志道：「不必。」提了朴刀，再回擔邊來。老都管坐着道：「既是有賊，我們去休！」「坐着道」，則明明聽得非賊矣，却偏要還話，惡極。楊志説道：「俺只道是歹人，原來是幾個販棗子的客人。」老都管别了臉對衆軍道：「似你方纔説時，他們都是没命的！」老奴惡極。楊志道：「不必相鬧，俺只要没事便好。你們且歇了，等涼些走。」衆軍漢都笑了。分明老奴所使，寫得活畫。○凡老奸巨猾之人，欲排陷一人，自却不笑，而偏能激人使笑，皆如此奴矣。于國于家，何處無之。楊志也把朴刀插在地上，自去一邊樹下坐了歇涼。上文楊志如此趕打，至此亦便坐了歇涼。中間有老大用筆不得處，須看其逐遞卸來。沒半碗飯時，只見遠遠地一個漢子挑着一副擔桶，唱上岡子來。唱道：

赤日炎炎似火燒，野田禾稻半枯焦。農夫心内如湯煮，公子王孫把扇摇。挑酒人唱歌，此爲第三首矣。然第一首有第一首妙處，爲其恰好唱入魯智深心坎也；第二首有第二首妙處，爲其恰好唱出崔道成事迹也；今第三首又有第三首妙處，爲其恰好唱入衆軍漢耳朵也。作書者雖一歌不欲輕下如此，如之何讀書者之多忽之也。○上二句盛寫大熱之苦，下二句盛寫人之不相體悉。猶言農夫當午在田，背焦汗滴，彼公子王孫深居水殿，猶令侍人展扇摇風。蓋深喻衆軍身負重擔，反受楊志空身走者打駡也。

那漢子口裏唱着，走上岡子來，松林裏頭歇下擔桶，坐地乘涼。衆軍看見了，便問那漢子道：「你桶裏是甚麽東西？」那漢子應道：「是白酒。」衆軍道：「挑往那裏去？」那漢子道：「挑出村裏賣。」衆軍道：「多少錢一桶？」那漢子道：「五貫足錢。」衆軍商量道：「我們又熱又渴，何不買些吃，也解暑氣。」正在那裏湊錢，如畫。楊志見了喝道：「你們又做甚麽？」衆軍道：「買碗酒吃。」楊志調過朴刀桿，便打駡道：「你們不得洒家言語，胡亂便要買酒吃，好大膽！」衆軍道：「沒事又來鳥亂，我們自湊錢買酒吃，干你甚事？也來打人！」楊志道：「你這村鳥，理會得甚麽！到來只顧吃嘴，全不曉得路途上的勾當艱難，多少好漢被蒙汗藥麻翻了！」那挑酒的漢子看着楊志，冷笑道：寫得好。「你這客官好不曉事！句。早是我不賣與你吃，句。却說出這般沒氣力的話來！句。」○三句三折，不煩不簡，妙絶。

正在松樹邊鬧動爭説，疾。只見對面松林裏，【眉批】凡此以下，皆花攢錦湊、龍飛鳳走之文，須要逐遮逐句細細看去。那夥販棗子的客人都提着朴刀，走出來問道：「你們做甚麼鬧？」却做隄防光景，妙。那挑酒的漢子道：「我自挑這酒過岡子村裏賣，熱了在此歇涼。「我自」妙，非我自挑酒，乃我自歇涼也。要知此是十七字爲句，不得讀斷。他衆人要問我買些吃，「他衆人要問我」，妙。我又不曾賣與他。「我又不曾」，妙。這個客官「這個客官」，妙。深怪之辭。道我酒裏有甚麼蒙汗藥，「甚麼」，妙。你道好笑麼？「你道」，妙。説出這般話來！」「這般」，妙。○凡七句，句句入妙，讀之真欲入其玄中。那七個客人説道：「呸！我只道有歹人出來，原來是如此，一接一落，飄忽之極。説一聲也不打緊，只解一句，如不相關者。下便疾入買酒，真是聲情俱有。我們正想酒來解渴，既是他們疑心，且賣一桶與我們吃。」「他們」、「我們」，妙。那挑酒的道：「不賣！不賣！」故作奇波。這七個客人道：「你這鳥漢子也不曉事，我們須不曾説你。「也不曉事」，妙。上文挑酒者罵楊志「不曉事」，故此反罵之云「也不曉事」。接口成文，轉筆如戲。你左右將到村裏去賣，一般還你錢，便賣些與我們，打甚麼不緊？看你不道得捨施了茶湯，便又救了我們熱渴。」此二語之妙，不惟説過賣酒者，亦已罩定楊志矣。那挑酒的漢子便道：「賣一桶與你不爭，只是被他們説的不好，此語雖有餘恨未平，然只是帶説，看他疾入下句。又没碗瓢舀吃。」疾入此一句妙，又確是村裏去賣的酒。那七人道：「你這漢子忒認真！便説了一聲，打甚麼不緊？再爲楊志解一句，不使疾入椰瓢，真乃刃利如風。我們自有椰瓢在這裏。疾。」只見兩個客人去車子前，取出兩個椰瓢來，明明瓢之與酒從兩處來。一個捧出一大捧棗子來，七個人立在桶邊，欲其見之，妙絶。開了桶蓋，輪替換着舀那酒吃，把棗子過口。無一時，一桶酒都吃盡了。七個客人道：「正不曾問得你多少價錢？」何必不問價，只爲留得此句作饒酒地也。那漢道：「我一了不説價，「一了」二字妙絶，確是向村裏主顧分説，忘其爲過路客人，入神之筆也。五貫足錢一桶，十貫一擔。」七個客人道：「五貫便依你五貫，只饒我們一瓢吃。」只用一「饒」字，便忽接入第二桶，奇計亦復奇文。那漢道：「饒不得，做定的價錢。」「做定」，妙。一個客人把錢還他，一個還錢。一個客人便去揭開桶蓋，兜了一瓢，拿上便吃。一個便吃，以示無他。那漢去奪時，這客人手拿半瓢酒望松林裏便走。那漢趕將去，只見這邊一個客人從松林裏走將出來，手裏拿一個瓢，便來桶裏舀了一瓢酒。一個然後下藥。那漢看見，搶來劈手奪住，妙。望桶裏一傾，便蓋了桶蓋，妙。將瓢望地下一丢，妙。口裏説道：妙。「你這客人好不君子相！戴頭識臉的，也這般囉唣！」住。○一段有山雨欲來風滿樓之勢。【眉批】此一段，讀者眼中有七手八脚之勞，作者腕下有細針婉綫之妙，真是不慌不忙、有庠有序之文。

那對過衆軍漢見了，疾接過，妙筆。心内癢起來，都待要吃。數中一個看着老都管道：如畫。「老爺爺，與我們説一聲。那賣棗子的客人買他一桶吃了，我們胡亂也買他這桶吃，潤一潤喉也好。其實熱渴了，没奈何。這裏岡子上又没討水吃處，老爺方便！」單説棗子客人買過一桶，不説又饒一瓢，寫衆軍是衆軍。老都管見衆軍所説，自心裏也要吃得些，竟來對楊志説：「那販棗子客人已買了他一桶吃，只有這一桶，胡亂教他們買吃了避暑氣。岡子上端的没處討水吃。」亦單説棗子客人買過一桶，不説又饒一瓢，寫老兒是老兒。楊志尋思道：「俺在遠遠處望這廝們，閑處寫出楊志半日英雄精細。都買他的酒吃了，那桶裏當面也見吃了半瓢，想是好的。獨説那桶當面亦吃過一瓢，表出楊志英雄精細，超過衆人萬倍。打了他們半日，胡亂容他買碗吃罷。」楊志道：「既然老都管説了，教這厮們買吃了便起身。」三字襯後「起不來，掙不動，説不得」九字，以爲一笑。

衆軍健聽了這話，湊了五貫足錢，來買酒吃。那賣酒的漢子道：「不賣了！不賣了！這酒裏有蒙汗藥在裏頭！」故作奇波。○前七個人買時作此一波，實是無藥好酒，故成奇趣；今十五個人買時作此一波，酒中却已有藥，故又成奇趣。蓋雖一樣波折，而有兩樣翻湧也。衆軍陪着笑，説道：「大哥，直得便還言語？」那漢道：「不賣了，休纏！」波頭只是翻湧，不肯便落，妙。這販棗子的客人勸道：用七個人勸，妙。「你這個鳥漢子，他也説得差了，一句。○是楊志。你也忒認真！一句。○是賣酒人。連累我們也吃你説了幾聲。一句。○是七人。須不關他衆人之事，一句。○是衆軍。胡亂賣與他衆人吃些。」那漢道：「没事討别人疑心做甚麼？」波頭只是不落，妙。這販棗子客人把那賣酒的漢子推開一邊，只顧將這桶酒提與衆軍去吃。龍跳虎卧之才，有此一筆。不然，則衆軍奪吃既不好，白勝肯賣又不好也。那軍漢開了桶蓋，無甚舀吃，八個字，寫出妙景。○一桶酒，一個桶蓋，十四個人，十四雙眼，二十八隻手，絶倒。陪個小心問客人借這椰瓢用一用。絶倒。衆客人道：「就送這幾個棗子與你們過酒。」借瓢送棗，疏密有致。衆軍謝道：「甚麼道理！」客人道：「休要相謝，都是一般客人，何爭在這百十個棗子上。」只爭十一擔金珠耳。

衆軍謝了，先兜兩瓢，匆匆中，寫來有體。叫老都管吃一瓢，楊提轄吃一瓢。楊志那裏肯吃？寫楊志英雄精細，固也。然楊志即使肯吃，亦不得于此處寫他肯吃。何也？從來敘事之法，有賓有主，有虎有鼠。夫楊志，虎也、主也；彼老都管與兩虞候，特賓也、鼠也。設敘事者，于此不分賓主，不辨虎鼠，雜然寫作老都管一瓢，楊志一瓢，兩個虞候一瓢，衆軍漢各一瓢，將何以表其爲楊志哉！故于此處特特勒出一句不吃，夫然後下文另自寫來，此固史家敘事之體也。老都管自先吃了一瓢，兩個虞候各吃一瓢。衆軍漢一發上，那桶酒登時吃盡了。楊志見衆人吃了無事，自本不吃，一者天氣甚熱，二乃口渴難熬，拿起來只吃了一半；另自寫，又寫得曲折夭矯。棗子分幾個吃了。那賣酒的漢子說道：「這桶酒被那客人饒一瓢吃了，少了你些酒，我今饒了你衆人半貫錢罷。」不惟尚有閑力寫此閑文，亦借半貫錢映襯出十萬貫金珠，以爲一笑也。衆軍漢湊出錢來還他，那漢子收了錢，挑了空桶，依然唱着山歌自下岡子去了。寫出即溜。那七個販棗子的客人，立在松樹傍邊，指着這一十五人說道：「倒也！倒也！」只見這十五個人頭重脚輕，一個個面面厮覷，都軟倒了。那七個客人從松樹林裏推出這七輛江州車兒，把車子上棗子都丢在地上，「何爭在這」幾個棗子，適已言之矣。將這十一擔金珠寶貝都裝在車子内，遮蓋好了，叫聲：「聒噪！」四字絶倒。〇一十五人應應之云：「厚擾！」一直望黄泥岡下推去了。楊志口裏只是叫苦，軟了身體，扎挣不起；十五人眼睜睜地看着那七個人寫來妙絶，三十隻眼，看十四隻脚去了。都把這金寶裝了去，只是起不來，挣不動，說不得。九字妙文。

我且問你，這七人端的是誰？奇筆。〇如杜詩題下，亦有公自注也。不是别人，原來正是晁蓋、吴用、公孫勝、劉唐、三阮這七個。明畫。却纔那個挑酒的漢子，便是白日鼠白勝。明畫。

却怎地用藥?原來挑上岡子時,兩桶都是好酒。七個人先吃了一桶,明畫。劉唐揭起桶蓋,又兜了半瓢吃,故意要他們看着,只是叫人死心搭地。明畫。次後吴用去松林裏取出藥來,抖在瓢裏,只做走來饒他酒吃,把瓢去兜時,藥已攪在酒裏,明畫。假意兜半瓢吃。那白勝劈手奪來,傾在桶裏,明畫。這個便是計策。那計較都是吴用主張,這個唤做「智取生辰綱。」直解至題。

原來楊志吃的酒少,便醒得快,爬將起來,前文楊志也吃酒,「只吃得一半」。我謂既已吃矣,何爭一半?及讀至此,始知前文吃少之妙。便于十五人中,先提出楊志,不與彼十四人者聚頭作計,煩聒不已也。兀自捉脚不住。看那十四個人時,先看一看。口角流涎,都動不得。楊志憤悶道:「不爭你把了生辰綱去,教俺如何回去見得梁中書?這紙領狀須繳不得!」就扯破了。領狀。「如今閃得俺有家難奔,有國難投,待走那裏去?不如就這岡子上尋個死處!」撩衣破步,望着黄泥岡下便跳。豈有楊志如此,只是作者要住得怕人耳。正是:斷送落花三月雨,摧殘楊柳九秋霜。畢竟楊志在黄泥岡上尋死,性命如何,且聽下回分解。

第五才子書施耐庵水滸傳卷之二十一

聖歎外書

第十六回 花和尚單打二龍山 青面獸雙奪寶珠寺

一部書，將綱羅一百八人而貯之山泊也。將綱羅一百八人而貯之山泊，而必一人一至朱貴水亭，一人一段分例酒食，一人一枝號箭，一人一次渡船，是亦何以異于今之販夫之唱籌量米之法也者？而以誇于世曰「才子之文」，豈其信哉？故自其天降石碣大排座次之日視之，則彼一百八人，誠已齊齊臻臻，悉在山泊矣。然當其一百八人猶未得而齊齊臻臻，悉在山泊之初，此時譬如大珠小珠，不得玉盤，迸走散落，無可羅拾。當是時，殆幾非一手二手之所得而施設也。作者于此，爲之躊躕，爲之經營，因忽然別搆一奇，而控扭魯、楊二人，藏之二龍。俟後樞機所發，乘勢可動，夫然後衝雷破壁，疾飛而去。嗚呼！自古有云良匠心苦，洵不誣也。

魯達一孽龍也，楊志又一孽龍也。二孽龍同居一水，獨不虞其鬥乎？作者亦深知其然，故特于前文兩人出身下，都預寫作關西人，亦以望其有鄉里之情也。雖然，以魯達、楊志二人而望其以鄉里爲投分之故，此倍難矣。以魯達、楊志二人，而誠肯以鄉里之故而得成投分，然則何不生于關西，長于關西，老死于關西，而又必破閑嚙櫪而至于斯也？破閑嚙櫪以至于斯，而尚思以「關西」二字羈之使合，是猶以藕絲之輕，縶二孽龍，必不得之數耳。作者又深知其然，故特提操刀曹正，大書爲林冲之徒。曹正貫索在手，而魯、楊孽龍弭首帖尾，不敢復動。無他，天下怪物自須天下怪寶鎮之。則讀此篇者，其胡可不知林冲爲禹王之金鎖也？

頃我言此篇之中雖無林冲，然而欲制毒龍，必須禹王金鎖。所以林冲獨爲一篇綱領之人，亦既論之詳矣。乃今我又欲試問天下之讀《水滸》者，亦嘗知此篇之中，爲止二龍，爲更有龍？爲止一鎖，爲更有鎖？爲止一貫索奴，爲更有貫索奴耶？孔子曰：舉此隅，不以彼隅反，則不復説。然而我終亦請試言之。夫魯達、楊志雙居珠寺，他日固又有武松來也。夫魯達一孽龍也，武松又一孽龍也。魯、楊之合也，則鎖之以林冲也，曹正其貫索者也。若魯、武之合也，其又以何爲鎖，以誰爲貫索之人乎哉？曰：而不見夫魯達自述孟州遇毒之事乎？是事也，未嘗見之于實事也，第一叙之于魯達之口，一叙之于張青之口，如是焉耳。夫魯與武即曾不相遇，而前後各各自到張青店中，則其貫索久已各入于張青之手矣。故夫異日之有張青，猶如今日之有曹正也。曰：張青猶如曹正，則是貫索之人誠有之也，鎖其奈何？曰：誠有之，未細讀耳。觀魯達之述張青也，曰：看了戒刀吃驚。至後日張青之贈武松也，曰：我有兩口戒刀。其此物此志也。魯達之戒刀也，伴之以禪杖；武松之戒刀也，伴之以人骨念珠。此又作者故染間色，以眩人目也。不信，則第觀武松初過十字坡之時，張青夫婦與之飲酒至晚，無端忽出戒刀，互各驚賞。此與前文後文悉不連屬，其爲何耶？嗟乎！讀書隨書讀，定非讀書人，即又奚怪聖歎之以鍾期自許耶？

楊志初入曹正店時，不必先有曹正之妻也。自楊志初入店時，一寫有曹正之妻，而下文遂有折本入贅等語，糾纏筆端，苦不得了，然而不得已也。何也？作者之胸中，夫固斷以魯、楊爲一雙，鎖之以林冲，貫之以曹正；又以魯、武爲一雙，鎖之以戒刀，貫之以張青，如上所云矣。然而其事相去越十餘卷，彼天下之人方且眼小如豆，即又烏能凌跨二三百紙，而得知其文心照耀，有如是之奇絶横極者乎？故作者萬無如何，而先于曹正店中憑空添一婦人，使之特與張青店中仿佛相似，而後下文飛空架險，結撰奇觀。蓋才子之才，實有化工之能也。

魯、楊一雙以關西通氣，魯、武一雙以出家逗機，皆惟恐文章不成篇段耳。

讀至末幅，已成拖尾，忽然翻出何清報信一篇有哭有笑文字。遂使天下無兄弟人讀之心傷，有兄弟人讀之又心傷，誰謂稗史無勸懲乎？

話説楊志當時在黄泥岡上，被取了生辰綱去，如何回轉去見得梁中書，欲要就岡子上自尋死路。却待望黄泥岡下躍身一跳，猛可醒悟，拽住了脚，敗子回頭，忠臣惜死，皆有此八個字。尋思道：「爹娘生下洒家，堂堂一表，凛凛一軀，自小學成十八般武藝在身，終不成只這般休了？楊志語。比及今日尋個死處，不如日後等他拿得着時，却再理會。」回身再看那十四個人時，再看一看。只是眼睁睁地看着楊志，妙言奇趣，令人絶倒。○本是楊志看十四個人也，却反看出十四個人看楊志來。兩「看」字，寫得睁睁可笑。没個挣扎得起。楊志指着駡道：「都是你這厮們不聽我言語，因此做將出來，連累了洒家！」樹根頭拿了朴刀，挂了腰刀，周圍看時，别無物件。止有滿地棗子，寫來絶倒。○此句先爲賒酒作地。楊志歎了口氣，一直下岡子去了。上文一路寫來，都在楊志分中。此忽然寫出「去了」二字，却似在十四人分中者，當知此句真有移雲接月之巧。蓋楊志一路自去，固也，然岡上十四人，一夜畢竟作何情狀，不爭只要寫楊志，却至後日重又追叙今夜耶？輕輕于楊志文尾，用「去了」二字，便令楊志自去，而讀者眼光自住岡上，重復發放此十四人。此皆作者着乖處，偷力處，須要一一知其筆踪墨迹，毋爲昔人所瞞。如是，始得謂之善讀書人也。○看他午間二十三個人在岡上，何等熱鬧，却一個人去了，又七個人去了，又一個人也去了，又十四個人也都去了，寫得可發一笑；又想他連日十五個人，于路百般鬥口，却一個人先去了，十四個人也都去了，寫得又好笑，又好哭也。

那十四個人，直到二更方才得醒。一個個爬將起來，不圖一坐，直坐到恁地凉快。口裏只叫得連珠箭的「苦」。老都管道：「你們衆人不聽楊提轄的好言語，今日送了我也！」衆人道：「老爺，今日事已做出來了，且通個商量。」老都管道：「你們有甚見識？」衆人道：「是我們不是了。古人有言：『火燒到身，各自去掃；蜂蠆入懷，隨即解衣。』若還楊提轄在這裏，我們都説不過；如今他自去得不知去向，我們回去見梁中書相公，何不都推在他身上？只説道：『他一路上凌辱打罵衆人，逼迫得我們都動不得。他和强人做一路，把蒙汗藥將俺們麻翻了，縛了手脚，將金寶都擄去了。』」老都管道：「這話也説得是。我們等天明，先去本處官司首告；留下兩個虞候，隨衙聽候捉拿賊人。我等衆人，連夜趕回北京，報與本官知道，教動文書，申覆太師得知，着落濟州府，追獲這夥强人便了。」次日天曉，老都管自和一行人來濟州府該管官吏首告，不在話下。此時岡上，止剩一堆棗子矣。

且説楊志提着朴刀，悶悶不已，離黄泥岡。望南行了半夜，去林子裏歇了，尋思道：「盤纏又没了，舉眼無個相識，却是怎地好？」漸漸天色明亮，只得趁早涼了行。又走了二十餘里，楊志走得辛苦，到一酒店門前。楊志道：「若不得些酒吃，怎地打熬得過？」便入那酒店去，向這桑木桌凳座頭上坐了，寫英雄無賴，却寫出他没意思來，妙筆。身邊倚了朴刀。處處寫倚朴刀，偏于今日加「身邊」二字，以便吃畢便走。寫英雄無賴，好笑。只見竈邊一個婦人問道：此「婦人」二字，遥遥直與後武松文中，十字坡張青渾家母夜叉作對，豈不怪哉！「客官莫不要打火？」楊志道：「先取兩角酒來吃，借些米來做飯，有肉安排些個，一句酒，一句飯，一句肉，一直都説出來，更不次第。寫得無賴，又寫得可憐。少停一發算錢還你。」只見那婦人，先叫一個後生來面前篩酒，一面做飯，一邊炒肉，亦用三句一疊法，疊成奇勢，使下文走得迅疾可笑。都把來楊志吃了。楊志起身，綽了朴刀，便出店門。寫出無賴可笑。那婦人道：「你的酒肉飯錢都不曾有！」楊志道：「待俺回來還你，權賒咱一賒。」説了便走。又無賴，又没意思，真是寫出可憐。那篩酒的後生趕將出來，揪住楊志,被楊志一拳打翻了。那婦人叫起屈來。楊志只顧走,又無賴,又可憐。只聽得背後一個人趕來,叫道:「你那廝走那裏去!」楊志回頭看時,那人大脱着膊,六月。拖着桿棒搶奔將來。楊志道:「這廝却不是晦氣,倒來尋洒家!」立脚住了不走。看後面時,那篩酒後生也拿條棍叉,隨後趕來;襯。又引着三兩個莊客,各拿桿棒飛也似都奔將來。襯。

楊志道:「結果了這廝一個,那廝們都不敢追來。」便挺了手中朴刀來鬥這漢。這漢也輪轉手中桿棒,搶來相迎。兩個鬥了三二十合,這漢怎地敵得楊志,只辦得架隔遮攔,上下躲閃。那後來的後生並莊客,却待一發上,只見這漢「托」地跳出圈子外來,叫道:「且都不要動手!兀那使朴刀的大漢,你可通個姓名。」那楊志拍着胸是楊志,他人不然。道:「洒家行不更名,坐不改姓,青面獸楊志的便是!」這漢道:「莫不是東京殿司楊制使麽?」楊志道:「你怎地知道洒家是楊制使?」這漢撇了鎗棒,便拜道:「小人有眼不識泰山。」楊志便扶這人起來,問道:「足下是誰?」這漢道:「小人原是開封府人氏,乃是八十萬禁軍都教頭林冲的徒弟,安見曹正之必爲林冲之徒,特是楊志曾與林冲水泊交手,則此處不問其爲誰人,定不得不是林冲之徒。此文章家結撰之法也。姓曹,名正,祖代屠户出身。小人殺的好牲口;挑筋剮骨,開剥推剥,只此被人唤做『操刀鬼』。爲因本處一個財主,將五千貫錢教小人來此山東做客,不想折了本,回鄉不得,在此入贅在這個莊農人家。却纔竈邊婦人,便是小人的渾家;這個拿棍叉的,便是小人的妻舅。却纔小人和制使交手,見制使手段和小人師父林教師一般,輕輕將水泊雪中一番交手提出來,真有飛針走綫之法。因此抵敵不住。」楊志道:「原來你却是林教師的徒弟。你的師父被高太尉陷害，落草去了，如今見在梁山泊。」反寄一信，遂覺親熱。曹正道：「小人也聽得人這般説將來，未知真實。且請制使到家少歇。」

楊志便同曹正再回到酒店裏來。曹正請楊志裏面坐下，叫老婆和妻舅都來拜了楊志，好笑。一面再置酒食相待。飲酒中間，曹正動問道：「制使緣何到此？」楊志把做制使失陷花石綱，並如今又失陷了梁中書的生辰綱一事，從頭備細告訴了。曹正道：「既然如此，制使且在小人家裏住幾時，再有商議。」楊志道：「如此，却是深感你的厚意。只恐官司追捕將來，不敢久住。」曹正道：「制使這般説時，要投那裏去？」楊志道：「洒家欲投梁山泊，去尋你師父林教頭。投梁山泊去，却是尋林教頭。英雄眼裏心裏，真有筋力。○武師方在廡下，而海内之士，已隱然歸之。彼堂上者，尸居餘氣，何足道哉！俺先前在那裏經過時，正撞着他下山來，與洒家交手。王倫見了俺兩個本事一般，因此都留在山寨裏相會，以此認得你師父林冲。王倫當初苦苦相留，俺却不肯落草。如今臉上又添了金印，却去投奔他時，好没志氣。因此躊躇未决，進退兩難。」

曹正道：「制使見得是。小人也聽的人傳説，王倫那廝心地匾窄，安不得人；説我師父林教頭上山時，受盡他的氣。不若小人此間離不遠，却是青州地面，有座山唤做二龍山；山上有座寺，唤做寳珠寺。那座山，生來却好裏着這座寺，只有一條路上得去。如今寺裏住持還了俗，養了頭髮，餘者和尚都隨順了。特寫和尚還俗做强盗，便襯出英雄削髮做和尚來。故知此語非表鄧龍脚色，乃作魯達渲染也。不然者，幾成剩語矣。説道他聚集的四五百人，打家劫舍，那人唤做

『金眼虎』鄧龍。制使若有心落草時，到去那裏入夥，足可安身。」楊志道：「既有這個去處，何不去奪來安身立命？」當下就曹正家裏住了一宿，借了些盤纏，拿了朴刀，相別曹正，拽開脚步，投二龍山來。

行了一日，看看漸晚，却早望見一座高山。楊志道：「俺去林子裏且歇一夜，明日却上山去。」轉入林子裏來，吃了一驚。只見一個胖大和尚，楊志實吃一驚，讀者却滿面堆下笑來，道：「師兄久別，一向何處？」脱得赤條條的，背上刺着花繡，坐在松樹根頭乘涼。六月。那和尚見了楊志，就樹根頭綽了禪杖，跳將起來，大喝道：「兀那撮鳥，你是那裏來的？」楊志聽了道：「原來也是關西和尚，俺和他是鄉中，問他一聲。」兩漢相遇，已如兩峰對插，兩獸齊搏矣。偏要先通此一綫，把楊志略一放倒，便讓出魯達頭來；及至鬥到四五十合，却又先是魯達叫住，則又放倒魯達，仍收回楊志本文：此史家相讓之法也。楊志叫道：「你是那裏來的僧人？」那和尚也不回說，輪起手中禪杖只顧打來。久别師兄，便失記威儀矣。一句寫來，不覺全身都現。楊志道：「怎奈這禿廝無禮？且把他來出口氣！」挺起手中朴刀，來奔那和尚。兩個就林子裏，一來一往，一上一下，兩個放對，直鬥到四五十合，不分勝敗。那和尚賣個破綻，「托」地跳出圈子外來，喝一聲：「且歇！」師兄威儀，誠乃可愛。可惜久别，幾至忘之。○寫魯達，仍舊是魯達，妙筆。兩個都住了手。楊志暗暗地喝采道：「那裏來的這個和尚，真個好本事，手段高！俺却剛剛地只敵得他住！」魯達本事，前林冲歎之矣，今楊志又歎之。至云自己剛剛敵得他住，則是楊志本事，林冲歎之、魯達歎之，楊志亦自歎之也。那和尚叫道：「兀那青面漢子，你是甚麽人？」楊志道：「洒家是東京制使楊志的便是。」那和尚道：「你不是在東京賣刀，殺了破落户牛二的？」楊志道：「你不見俺臉上金印？」那和尚笑道：「却原來在這裏相見。」楊志道：「不敢問師兄却是誰？緣何知道洒家賣刀？」那和尚道：「洒家不是别人，俺是延安府老种經略相公帳前軍官，魯提轄的便是。爲因三拳打死了鎮關西，却去五臺山淨髮爲僧。人見洒家背上有花繡，都叫俺做『花和尚』魯智深。」

楊志笑道：「原來是自家鄉里，俺在江湖上多聞師兄大名。聽得説道，師兄在大相國寺裏挂搭，如今何故來在這裏？」魯智深道：「一言難盡。洒家在大相國寺管菜園，遇着那豹子頭林冲，陡然又提出林冲來。○林冲實不在此書中，而忽然生出曹正自稱林冲徒弟，于是楊志自述遇見林冲，魯達又述遇見林冲。一時遂令林冲身雖不在，而神采奕奕，兼使楊、魯二人，遂得加倍親熱，不獨以同鄉爲投分也。此辟如二龍性各不馴，必得禹王金鎖，方得制之一處。今楊志、魯達如二孽龍，必不相能，作者憑空以林冲爲之金鎖，而又巧借曹正以爲貫索之蠻奴。嗚呼！二龍之居一山，其鎖乃遥在水泊。試思作者之胸中，其才調爲何如也！被高太尉要陷害他性命；俺却路見不平，直送他到滄州，救了他一命。不想那兩個防送公人回來，對高俅那厮説道：『正要在野猪林裏結果林冲，却被大相國寺魯智深救了。那和尚直送到滄州，因此害他不得。』這直娘賊恨殺洒家，分付寺裏長老不許俺挂搭，又差人來捉洒家。却得一夥潑皮通報，不曾着了那厮的手。吃俺一把火燒了那菜園裏廨宇，前文林冲到滄州，公人回來，未有下落；魯達松林中别了林冲，重到不重到菜園，未有下落。却于此處補完，妙絶。逃走在江湖上，東又不着，西又不着。來到孟州十字坡過，險些兒被個酒店裏婦人害了性命，把洒家着蒙汗藥麻翻了。得他的丈夫歸來得早，見了洒家這般模樣，又看了俺的禪杖、戒刀吃驚，此一句作者直抵上文林冲二字用。其精神氣色，有跌躍搧霍之勢。不望讀者能自知之，但望讀者能牢記之，足矣。○牢記此句，俟後武松文中對看也。連忙把解藥救俺醒來。因問起洒家名字，留住俺過了幾日，結義洒家做了弟兄。那人夫妻兩個，亦是江湖上好漢有名的，都叫他做『菜園子』張青，出一菜園，遇一菜園，點筆成趣。其妻『母藥叉』孫二娘，甚是好義氣。一住四五日，如此一段奇文，却不正寫，只用兩番口中敘述而出。此非爲魯達已于此地得遇楊志，苟欲追記，則筆墨遼越；苟不追記，則情事疏漏。于是不得已，而勉出于口中敘述，以圖草草塞責也。蓋楊志、魯達，各自千里怒龍，遥遥奔赴，却被曹正輕輕閃出林冲，鎖住一處，固已。乃今作者胸中，已預欲爲武松作地。夫武松之于魯達，亦復千里二龍，遥遥奔赴。今欲鎖之，則仗何人鎖之，復用何法鎖之乎？預藏下張青夫婦，以爲貫索之蠻奴，而反以禪杖、戒刀爲金鎖。嗚呼！作者胸中之才調，爲何如也！打聽得這裏二龍山寶珠寺可以安身，洒家特地來奔那鄧龍入夥。叵耐那厮不肯安着洒家在這山上，和俺厮並，又敵洒家不過，只把這山下三座關牢牢地拴住。又没别路上去，那撮鳥由你叫罵，只是不下來厮殺。氣得洒家正苦在這裏没個委結，既用林冲作鎖，便務要寫得與林冲一般。不想却是大哥來。」

楊志大喜。兩個就林子裏剪拂了，就地坐了一夜。楊志訴説賣刀殺死了牛二的事，并解生辰綱失陷一節，都備細説了；又説曹正指點來此一事，便道：「既是閉了關隘，俺們住在這裏，如何得他下來？不若且去曹正家商議。」兩個厮趕着行，離了那林子，來到曹正酒店裏。楊志引魯智深與他相見了，曹正慌忙置酒相待，商量要打二龍山一事。曹正道：「若是端的閉了關時，休説道你二位，便有一萬軍馬，也上去不得。非贊鄧龍之二龍山，贊楊、魯之二龍山也。

似此只可智取，不可力求。」魯智深道：「叵耐那撮鳥，初投他時，只在關外相見。因不留俺，廝並起來，那廝小肚上，被俺一脚點翻了。却待要結果了他性命，被他那裏人多，救了上山去，閉了這鳥關。由你自在下面罵，只是不肯下來廝殺。」楊志道：「既然好去處，俺和你如何不用心去打！」魯智深道：「便是没做個道理上去，奈何不得他！」

曹正道：「小人有條計策，不知中二位意也不中？」【眉批】一路皆聽曹正處畫，明曹正爲二漢之鬥筍合縫人也。楊志道：「願聞良策則個。」曹正道：「制使也休這般打扮，只照依小人這裏近村莊家穿着。小人把這位師父禪杖、戒刀都拿了，却叫小人的妻弟帶幾個火家，直送到那山下，把一條索子綁了師父，小人自會做活結頭。却去山下叫道：『我們近村開酒店莊家，這和尚來我店中吃酒，吃得大醉了，不肯還錢，四字捎帶楊志，趣絶。口裏説道，去報人來打你山寨。因此，我們聽得，乘他醉了，把他綁縛在這裏，獻與大王。』那廝必然放我們上山去。到得他山寨裏面見鄧龍時，把索子拽脱了活結頭，小人便遞過禪杖與師父。你兩個好漢一發上，那廝走往那裏去？若結果了他時，以下的人，不敢不伏。此計若何？」魯智深、楊志齊道：「妙哉！妙哉！」當晚衆人吃了酒食，又安排了些路上乾糧。細。次日五更起來，衆人都吃得飽了。魯智深的行李包裹，都寄放在曹正家。細中之細，只因一句魯達寄包裹，便將楊志岡上失事、店中賒酒等事，忽然襯出，令讀者已忘了又提着也。

當日楊志、魯智深、曹正，帶了小舅並五七個莊家，取路投二龍山來。晌午後，直到林子裏，脱了衣裳，把魯智深用活結頭使索子綁了，「林子」二字細。不然，讀者竟謂從曹正家直綁至二龍山矣,成何説話耶! 教兩個莊家牢牢地牽着索頭。楊志戴了遮日頭涼笠兒,身穿破布衫,手裏倒提着朴刀;「倒提」妙,只如備而不用者。曹正拿着他的禪杖;衆人都提着棍棒,在前後簇擁着。到得山下,看那關時,都擺着强弩硬弓、灰瓶炮石。小嘍囉在關上,看見綁得這個和尚來,飛也似報上山去。多樣時,三字寫鄧龍也。却活寫出王倫,然亦活寫出天下人矣。只見兩個小頭目上關來,問道:「你等何處人、來我這裏做甚麽?那裏捉得這個和尚來?」曹正答道:「小人等是這山下近村莊家,開着一個小酒店。這個胖和尚,不時來我店中吃酒。吃得大醉,不肯還錢,口裏説道:『要去梁山泊叫千百個人來,打此二龍山,和你這近村坊,都洗蕩了!』因此小人只得又將好酒請他,灌得醉了,一條索子綁縛這廝,來獻與大王。表我等村鄰孝順之心,免得村中後患。」兩個小頭目聽了這話,歡天喜地,説道:「好了! 衆人在此少待一時。」兩個小頭目就上山來,報知鄧龍,説拿得那胖和尚來。鄧龍聽了大喜,叫:「解上山來,且取這廝的心肝來做下酒,消我這點寃仇之恨!」小嘍囉得令,來把關隘門開了,便叫送上來。

楊志、曹正,緊押魯智深解上山來,看那三座關時,看得是,一者初到,不得不看;二乃即刻便是兩位豪傑安身立命之處,脱使屯札不得,將天下萬世讀至此者,無不憂得好苦。故特順着筆勢,一路看進去,所以深慰後人,不勞相念,實實魯達、楊志已占下一座好窟穴也。端的嶮峻:兩下高山環繞將來,包住這座寺,山峰生得雄壯,中間只一條路上關來;三重關上擺着擂木炮石、硬弩强弓,苦竹鎗密密地攢着。過得三處關閘,來到寶珠寺前看時,三座殿門,一段鏡面也似平地,周遭都是木栅爲城。寺前山門下,立着七八個小嘍囉,看見縛得魯智深來,都指手罵道:「你這禿驢,傷了大王，今日也吃拿了！慢慢的碎割了這厮！」魯智深只不做聲。押到佛殿看時，殿上都把佛來擡去了，中間放着一把虎皮交椅，衆多小嘍囉，拿着鎗棒立在兩邊。

少刻，只見兩個小嘍囉扶出鄧龍來，「扶出」二字，顯是踢傷。坐在交椅上。曹正、楊志緊緊地幫着魯智深到階下。鄧龍道：「你那厮秃驢，前日點翻了我，傷了小腹，至今青腫未消，今日也有見我的時節！」魯智深睁圓怪眼，大喝一聲：「撮鳥休走！」兩個莊家把索頭只一拽，拽脱了活結頭，散開索子。魯智深就曹正手裏接過禪杖，雲飛輪動；楊志撇了涼笠兒，倒轉手中朴刀；曹正又輪起桿棒；衆莊家一齊發作，並力向前。極忙文，寫得極明畫。鄧龍急待掙扎時，早被魯智深一禪杖當頭打着，把腦蓋劈作兩半個，和交椅都打碎了。手下的小嘍囉，早被楊志搠翻了四五個。曹正叫道：「都來投降！若不從者，便行掃除處死！」如此兩個大漢，却是曹正一人正名定位，固知捉刀者真英雄也。寺前寺後，五六百小嘍囉並幾個小頭目，驚嚇得呆了，只得都來歸降投伏。隨即叫把鄧龍等尸首，扛擡去後山燒化了。了。一面簡點倉廒，整頓房舍，再去看那寺後有多少物件；非表魯、楊二人經緯，乃深表二龍山實是雄鎮，足可安身立命耳。且把酒肉安排些來吃。魯智深並楊志做了山寨之主，置酒設宴慶賀。小嘍囉們盡皆投伏了，仍設小頭目管領。曹正别了二位好漢，領了莊家，自回家去了。不在話下。魯達行李包裹寄曹正家，却漏送來。

却説那押生辰綱老都管，並這幾個廂禁軍，曉行午住，這回得自在。○驀地又燮出四字，却令前文苦熱，兜的一現。趕回北京。到得梁中書府，直至廳前，齊齊都拜翻在地下告罪。梁中書道：「你們路上辛苦，多虧了你衆人。」又問：「楊提轄何在？」衆人告道：「不可説！這人是的賊！自離了此間五七日後，行得到黄泥岡，天氣大熱，都在林子裏歇涼。不想楊志和七個賊人通同，假裝做販棗子客商。楊志約會與他做一路，先推七輛江州車兒，在這黄泥岡上松林裏等候；却叫一個漢子，挑一擔酒來岡子上歇下。小的衆人不合買他酒吃，被那厮把蒙汗藥都麻翻了，又將索子捆縛衆人。楊志和那七個賊人，却把生辰綱財寶並行李，盡裝載車上將了去。見今去本管濟州府呈告了，留兩個虞候在那裏隨衙聽候，捉拿賊人。小人等衆人，星夜趕回來告知恩相。」梁中書聽了大驚，聽了大驚。【眉批】此段凡用四個「大驚」字。罵道：「這賊配軍，你是犯罪的囚徒，我一力擡舉你成人，怎敢做這等不仁忘恩的事！我若拿住他時，碎尸萬段！」隨即便唤書吏，寫了文書，當時差人星夜來濟州投下；濟州下書，是下文緊笋；東京下書，是上文餘波：不得做一例讀去。○又東京下書報與太師，太師星夜差幹辦來濟州捉賊。則緊笋反緩，緩笋反緊，又不可不知也。又寫一封家書，着人也連夜上東京，報與太師知道。且不説差人去濟州下公文，只説着人上東京來到太師府報知。見了太師，呈上書札。蔡太師看了大驚看了大驚。道：「這班賊人，甚是膽大！去年將我女婿送來的禮物，打劫去了，至今未獲；今年又來無禮，如何干罷！」隨即押了一紙公文，着一個府幹，親自賫了，星夜望濟州來，着落府尹，立等捉拿這夥賊人，便要回報。北京、東京，雙逼濟州，如何不弄出來。

且説濟州府尹，自從受了北京大名府留守司梁中書札付，每日理論不下。正憂悶間，只見門吏報道：「東京太師府裏，差府幹見到廳前，有緊急公文，要見相公。」府尹聽得大驚，聽得大驚。○梁中書聽得强盜情由，大驚；府尹聽得太師府幹，大驚；蔡太師看見申報强盜，大驚；府尹看了太師鈞帖，大驚。四「大驚」字連珠寫出，痛罵不小。道：「多管是生辰綱的事！」慌忙陞廳，來與府幹相見了，說道：「這件事，下官已受了梁府虞候的狀子，已經差緝捕的人，跟捉賊人，未見踪迹。前日留守司又差人行札付到來，又經着仰尉司並緝捕觀察，杖限跟捉，未曾得獲。若有些動靜消息，下官親到相府回話。」府幹道：「小人是太師府裏心腹人，今奉太師鈞旨，特差來這裏要這一干人。臨行時，太師親自分付，教小人到本府，只就州衙裏宿歇，奇語。立等相公要拿這七個販棗子的，並賣酒一人、在逃軍官楊志。各賊正身，限在十日捉拿完備，差人解赴東京。若十日不獲得這件公事時，怕不先來請相公去沙門島走一遭；小人也難回太師府裏去，性命亦不知如何。相公不信，請看太師府裏行來的鈞帖。」

府尹看罷大驚，看罷大驚。隨即便喚緝捕人等。只見階下一人聲喏，立在簾前，太守道：「你是甚人？」那人稟道：「小人是三都緝捕使臣何濤。」太守道：「前日黃泥岡上，打劫了去的生辰綱，是你該管麼？」何濤答道：「稟復相公：何濤自從領了這件公事，晝夜無眠，差下本管眼明手快的公人，去黃泥岡上往來緝捕。雖是累經杖責，到今未見踪迹。非是何濤怠慢官府，實出于無奈。」府尹喝道：「胡說！『上不緊，則下慢』。我自進士出身，歷任到這一郡諸侯，非同容易。好貨。今日東京太師府，差一幹辦來到這裏，領太師台旨：限十日內，須要捕獲各賊正身，完備解京。若還違了限次，我非止罷官，必陷我投沙門島走一遭。你是個緝捕使臣，倒不用心，以致禍及于我。先把你這廝迭配遠惡軍州，雁飛不到去處！」【眉批】

太師責府尹，府尹責觀察，觀察責公人，看他一路鵝翎鈿下。便喚過文筆匠來，去何濤臉上刺下「迭配……州」字樣，空着甚處州名，奇語。發落道：「何濤！你若獲不得賊人，重罪決不饒恕。」

何濤領了台旨下廳，前來到使臣房裏，會集許多做公的，都到機密房中商議公事。衆做公的都面面相覷，如箭穿雁嘴，鈎搭魚腮，寫來如畫。盡無言語。何濤道：「你們閑常時，都在這房裏撰錢使用；如今有此一事難捉，都不做聲。你衆人也可憐我臉上刺的字樣。」衆人道：「上覆觀察：小人們人非草木，豈不省得？只是這一夥做客商的，必是他州外府深山曠野强人，遇着一時劫了他的財寶，自去山寨裏快活，如何拿得着？便是知道，也只看得他一看。」

何濤聽了，當初只有五分煩惱，見説了這話，又添了五分煩惱。自離了使臣房裏，上馬回到家中，把馬牽去後槽上拴了，獨自一個酒肉兄弟既去，同胞合母未來。讀「況也永歎」、「烝也無戎」二語，真有淚如泉涌之痛。悶悶不已。只見老婆問道：「丈夫，你如何今日這般嘴臉？」何濤道：「你不知，前日太守委我一紙批文，爲因黄泥岡上一夥賊人，打劫了梁中書與丈人蔡太師慶生辰的金珠寶貝，計十一擔，正不知是甚麽樣人打劫了去。我自從領了這道鈞批，到今未曾得獲，今日正去轉限。不想太師府又差幹辦來，立等要拿這一夥賊人解京。太守問我賊人消息，我回覆道：『未見次第，不曾獲得。』府尹將我臉上刺下『迭配　空一字。州』字樣，只不曾填甚去處，在後知我性命如何！」老婆道：「似此怎地好？句。却是如何得了！句。」○説出兩句，却只是一句，寫婦人着急情意如畫。

正説之間，只見兄弟何清來望哥哥。何濤道：「你一「你」字可歎，何不叫他一聲「兄弟」耶！來做甚麼？不去賭錢，却來怎地？」忽然接入何清，恐太急迫矣，故反借悶中惱人意思，特特推開去。却又隨手帶出「賭錢」二字來，妙絶。何濤的妻子乖覺，連忙招手，何清若無錢索，書中何用他來？來而便説錢索，又多見江郎才盡也。此特反用何濤激惱何清開去，而再用妻子收轉之。「乖覺」二字，蓋作者贈人之辭，不必真謂此婦乖覺如何也。說道：「阿叔，你且來厨下，和你説話。」何清當時跟了嫂嫂，進到厨下坐了。嫂嫂安排些酒肉菜蔬，燙幾杯酒，請何清吃。何清問嫂嫂道：「哥哥忒殺欺負人！我不中，也是你一個親兄弟；真説得痛。你便奢遮殺，到底是我親哥哥。真説得痛。便叫我一處吃盞酒，有甚麼辱没了你！真説得痛。」阿嫂道：「阿叔，你不知道，你哥哥心裏自過活不得哩！」何清道：「哥每日起了大錢大物，那裏去了？做兄弟的又不來，有甚麼過活不得處？真説得痛。」【眉批】何清與阿嫂交口，另作一篇小文讀。蓋《棠棣》之詩，遜其婉切矣。阿嫂道：「你不知，爲這黄泥岡上，前日一夥販棗子的客人，打劫了北京梁中書慶賀蔡太師的生辰綱去。如今濟州府尹奉着太師鈞旨：限十日内，定要捉拿各賊解京；若還捉不着正身時，便要刺配遠惡軍州去。你不見你哥哥，先吃府尹刺了臉上『迭配　州』字樣，只不曾填甚麼去處。早晚捉不着得，實是受苦！他如何有心和你吃酒？我却已安排些酒食與你吃。他悶了幾時了，你却怪他不得。」

何清道：「我也誹誹地聽得人説道，有賊打劫了生辰綱去。正在那裏地面上？」好，○知而故問者，深表哥哥之不交一言也。阿嫂道：「只聽得説道黄泥岡上。」何清道：「却是甚麼樣人劫了？」好。阿嫂道：「叔叔，你又不醉，我方纔説了，是七個販棗子的客人打劫了去。」何清「呵呵」的大笑道：「原來恁地。既道是販棗子的客人了，却悶怎地？何不差精細的人去捉。」説得離合跳躍可喜。阿嫂道：「你倒說得好，便是沒捉處。」何清笑道：「嫂嫂，倒要你憂。哥哥放着常來的一班兒好酒肉弟兄，痛。閑常不睬的是親兄弟，痛。今日纔有事，便叫沒捉處。若是教兄弟閑常捱得幾杯酒吃，痛。今日這夥小賊倒有個商量處。」可謂應以哥哥得度者，即現兄弟而爲說法矣。阿嫂道：「阿叔，你倒敢知得些風路？」何清笑道：「直等親哥臨危之際，兄弟或者有個道理救他。」寫得離合跳躍可喜。說了便起身要去。筆如鷲鷹脱兔，其勢駭人。阿嫂留住再吃兩杯。

那婦人聽了這話說得蹺蹊，慌忙來對丈夫備細說了。何濤連忙叫請兄弟到面前。亦有今日。何濤陪着笑臉說道：「兄弟，久不聞此二字，寫得痛人。你既知此賊去向，如何不救我？」何清道：「我不知甚麼來歷，我自和嫂子說耍。兄弟何曾救得哥哥！」罵得好，說得透。○「兄弟」、「哥哥」四字，是一篇文字骨子。「兄弟何曾救得哥哥」，乃通說天下哥哥不要兄弟之故，非何清自謙救不得何濤也。何濤道：「好兄弟，三字可歎，自「兄弟」二字上，增出一「好」字，而天下哥哥之不以兄弟爲兄弟也久矣，夫兄弟即安有不好者哉？休得要看冷暖，只想我日常的好處，休記我閑時的歹處，二語亦是陪笑急辭耳。夫哥哥兄弟，有何好處，有何歹處，只須常情足矣，固知二語定非何清之所願聞也。救我這條性命！」何清道：「哥哥，你別有許多眼明手快的公人，管下三二百個，何不與哥哥出些氣力？說得透，罵得好。量一個兄弟怎救得哥哥！」說得透，罵得好。何濤道：「兄弟，可歎，只管叫兄弟了。休說他們，你的話眼裏有些門路，休要把與別人做好漢。何清不願聞。你且說與我些去向，我自有補報你處。何清不願聞。正教我怎地心寬！」何清道：「有甚麼去向，兄弟不省的！」此篇特爲兄弟吐氣。故上文何濤說話不合，何清便更不首肯，又非他文愈急愈縱之比也。何濤道：「你不要嘔我，只看同胞共母之面。」此句却說入何清本懷，故下文便肯相許，作者真有人倫之責。天下萬世，其奈何不讀《水滸》也。何清道：「不要慌。且待到至急處，兄弟自來出些氣力，拿這夥小賊。」阿嫂便道：「阿叔，胡亂救你哥哥，也是弟兄情分。此四字，是何清一片心事，是作者一團隱痛，是一篇文字結穴處。如今被太師府鈞帖，立等要這一干人。天來大事，你却說小賊！」何清道：「嫂嫂，你須知我只爲賭錢上，吃哥哥多少打罵。我是怕哥哥，不敢和哥爭涉。閑常有酒有食，只和別人快活，今日兄弟也有用處！」說得透，罵得好。○言之至再至三者，亦所以發《棠棣》一章也。

何濤見他話眼有些來歷，慌忙取一個十兩銀子，放在桌上，說道：「兄弟，權將這錠銀收了。日後捕得賊人時，金銀緞匹賞賜，我一力包辦。」何清笑道：「哥哥正是『急來抱佛脚，閑時不燒香』。痛語。我若要哥哥銀子時，便是兄弟勒措哥了。痛語。快把去收了，不要將來賺我。痛語。哥若如此，我便不說。痛語。既是哥兩口兒我行陪話，痛語。我說與哥，不要把銀子出來驚我。痛語。」何濤道：「銀兩都是官司信賞出的，如何沒三五百貫錢？兄弟，你休推却。我且問你，這夥賊却在那裏有些來歷？」何清拍着大腿道：「這夥賊我都捉在便袋裏了。」奇文。何濤大驚道：「兄弟，你如何說這夥賊在你便袋裏？」何清道：「哥哥，只莫管我，自都有在這裏便了。哥只把銀子收了去，不要將來賺我，只要常情便了。痛語。」○作者痛殺，讀者亦痛殺。○不要痛殺，只要常情便好。

何清不慌不忙，却說出來。有分教：鄆城縣裏，引出仗義英雄；梁山泊中，聚起擎天好漢。畢竟何清說出甚人來，且聽下回分解。

第五才子書施耐庵水滸傳卷之二十二

聖歎外書

第十七回 美髯公智穩插翅虎 宋公明私放晁天王

此回始入宋江傳也。宋江,盜魁也;盜魁,則其罪浮于群盜一等。然而從來人之讀《水滸》者,每每過許宋江忠義,如欲旦暮遇之。此豈其人性喜與賊爲徒?殆亦讀其文而不能通其義有之耳。自吾觀之,宋江之罪之浮于群盜也,吟反詩爲小,而放晁蓋爲大。何則?放晁蓋而倡聚群醜,禍連朝廷,自此始矣。宋江而誠忠義,是必不放晁蓋者也;宋江而放晁蓋,是必不能忠義者也。此入本傳之始,而初無一事可書,爲首便書私放晁蓋。然則宋江通天之罪,作者真不能爲之諱也。

豈惟不諱而已,又特致其辨焉。如曰:府尹叫進後堂,則機密之至也;叫了店主做眼,則機密之至也;三更奔到白家,則機密之至也;五更趕回城裏,則機密之至也;包了白勝頭臉,則機密之至也;老婆監收女牢,則機密之至也;何濤親領公文,則機密之至也；就帶虞候做眼，則機密之至也；衆人都藏店裏，則機密之至也；何濤不肯輕説，則機密之至也。凡費若干文字，寫出無數機密，而皆所以深著宋江私放晁蓋之罪。蓋此書之寧恕群盜，而不恕宋江，其立法之嚴有如此者。世人讀《水滸》而不能通，而遽便以「忠義」目之，真不知馬之幾足者也。

寫朱仝、雷橫二人，各自要放晁蓋，而爲朱仝巧，雷橫拙，朱仝快，雷橫遲，便見雷橫處處讓過朱仝一着。然殊不知朱仝未入黑影之先，又先有宋江早已做過人情，則是朱仝又讓過宋江一着也。强手之中，更有强手，真是寫得妙絶。

當時何觀察與兄弟何清道：「這錠銀子是官司信賞的，非是我把來賺你，後頭再有重賞。兄弟，你且説這夥人如何在你便袋裏？」只見何清去身邊招文袋内，摸出一個經折兒來，指道：「這夥賊人都在上面！」奇絶之文，匪夷所思。何濤道：「你且説怎的寫在上面？」何清道：「不瞞哥哥説，兄弟前日爲賭博輸了，没一文盤纏。有個一般賭博的，引兄弟去北門外十五里，地名安樂村，有個王家客店内，湊些碎賭。何濤罵兄弟好賭，不謂賊人消息却都在賭博上撈摸出來。看他逐段不脱「賭」字，妙絶。爲是官司行下文書來，着落本村，但凡開客店的，須要置立文簿，一面上用勘合印信。每夜有客商來歇宿，須要問他那裏來，何處去，姓甚名誰，做甚買賣，都要抄寫在簿子上。官司察照時，每月一次去里正處報名。閑閑説出一件事。○寫何清口中一時又閑閑説説出數事，事事如畫。○可見保甲法之當行也。爲是小二哥不識字，央我替他抄了半個月。

出一件事。當日是六月初三日，有七個販棗子的客人，推着七輛江州車兒來歇。我却認得一個爲頭的客人，是鄆城縣東溪村晁保正。又閑閑說出一件事。因何認得他？我比先曾跟一個賭漢去投奔他，因此我認得。一件事中間，又說出一件事。○亦從賭上認得。我寫着文簿，問他道：『客人高姓？』只見一個三髭鬚白浄面皮的，明明是吴用。搶將過來答應道：『我等姓李，從濠州來販棗子，去東京賣。』以吴用之智，而又適以智敗。世界之窄，不已甚乎！我雖寫了，有些疑心。第二日，他自去了，店主帶我去村裏相賭，又閑閑說出一件事，又從賭上來。來到一處三叉路口，只見一個漢子挑兩個桶來。我不認得他。一個「我却認得」，一個「我不認得」，妙妙。店主人自與他廝叫道：『白大郎，那裏去？』那人應道：『有擔醋將去村裏財主家賣。』店主人和我説道：『這人叫做「白日鼠」白勝，他是個賭客。』亦從賭上出名。我也只安在心裏。後來聽得沸沸揚揚地説道：『黄泥岡上一夥販棗子的客人，把蒙汗藥麻翻了人，劫了生辰綱去。』我猜不是晁保正，却是兀誰！如今只拿了白勝，只拿了白勝，只拿了晁保正，只拿了姓阮的三個，文字逐節傳替而下。一問便知端的。這個經折兒，是我抄的副本。」一段話，説出無數零星拉雜之事，却仍收到經折。何濤聽了大喜，隨即引了兄弟何清，徑到州衙裏見了太守。府尹問道：「那公事有些下落麽？」何濤禀道：「略有些消息了。」

府尹叫進後堂來説，叫進後堂則機密之至也，機密之至而晁蓋仍走，則非宋江私放而爲誰也？○一路極寫機密，皆表並無别處走漏消息，所以正宋江私放之罪。【眉批】自此以下，都極寫機密之至，無處走漏消息。以見晁蓋之走，實系宋江放之，所以大著其罪也。仔細問了來歷，何清一一禀説了。當下便差八個做公的，一同何濤、何清，連夜來到安樂村。叫了店主人做眼，有店主做眼，便一徑奔去，不致聲張，機密之至也。徑奔到白勝家裏，却是三更時分。三更時分，則人都睡着，更無走漏消息，機密之至也。叫店主人賺開門來打火，只聽得白勝在床上做聲。問他老婆時，却説道害熱病，不曾得汗。寫心虛如畫。從床上拖將起來，見白勝面色紅白，面色紅白。就把索子綁了，喝道：「黄泥岡上做得好事！」白勝那裏肯認。把那婦人捆了，也不肯招。衆做公的繞屋尋贜，尋到床底下，見地面不平，衆人掘開。不到三尺深，衆多公人發聲喊，白勝面如土色，面色如土。就地下取出一包金銀。隨即把白勝頭臉包了，又包其頭臉，恐或有人見之，機密之至。帶他老婆，扛擡贜物，都連夜趕回濟州城裏來[一]，却好五更天明時分。到白家是三更，到州城是五更。三更則人都睡着，五更則人都未起，皆機密之至，更無走漏消息也。把白勝押到廳前，便將索子捆了。問他主情造意，白勝抵賴，死不肯招晁保正等七人。白勝之所以得與于一百八人也。連打三四頓，打得皮開肉綻，鮮血迸流。

府尹喝道：「賊首捕人已知是鄆城縣東溪村晁保正了，你這厮如何賴得過！你快説那六人是誰，便不打你了。」白勝又捱了一歇，寫白勝。打熬不過，只得招道：「爲首的是晁保正。他自同六人來糾合白勝，與他挑酒，其實不認得那六人。」知府道：「這個不難，只拿住晁保正，那六人便有下落。」先取一面二十斤死囚枷，枷了白勝；他的老婆也鎖了，押去女牢裏監

［一］「州」，貫華堂本、葉瑶池本作「川」，據王望如評本改。

收。老婆亦監收在牢，更無走漏消息處也。隨即押一紙公文，就差何濤親自帶領二十個眼明手快的公人，徑去鄆城縣投下，公文不另差人，機密之至，更不得消息走漏也。着落本縣，立等要捉晁保正並不知姓名六個正賊；就帶原解生辰綱的兩個虞候，作眼拿人。有作眼人，便可一見就擒，不致打草驚蛇、走漏消息也。一同何觀察領了一行人，去時不要大驚小怪，只恐怕走透了消息。又特書機密之至。星夜來到鄆城縣，先把一行公人並兩個虞候都藏在客店裏，寫得是衆人都藏過，則更無走漏消息處，見機密之至也。只帶一兩個跟着來下公文，徑奔鄆城縣衙門前來。

當下巳牌時分，却值知縣退了早衙，縣前静悄悄地。何濤走去縣對門一個茶坊裏，坐下吃茶相等。吃了一個泡茶，問茶博士道：「今日如何縣前恁地静？」茶博士説道：「知縣相公早衙方散，一應公人和告狀的都去吃飯了，未來。」何濤又問道：「今日縣裏不知是那個押司直日？」茶博士指着道：「今日直日的押司來也。」出得徑疾，紙墨都省。何濤看時，只見縣裏走出一個押司來。那人姓宋，名江，表字公明，排行第三，祖居鄆城縣宋家村人氏。爲他面黑身矮，人都喚他做「黑宋江」；又且馳名大孝，爲人仗義疏財，人皆稱他做「孝義黑三郎」。上有父親在堂，母親早喪，下有一個兄弟，喚做「鐵扇子」宋清，自和他父親宋太公在村中務農，守些田園過活。這宋江自在鄆城縣做押司，他刀筆精通，吏道純熟；更兼愛習槍棒，學得武藝多般。平生只好結識江湖上好漢，但有人來投奔他的，若高若低，無有不納，便留在莊上館穀，終日追陪，並無厭倦；若要起身，盡力資助，端的是揮金似土。人問他求錢物，亦不推托，且好做方便，每每排難解紛，只是周全人性命。時常散施棺材藥餌，濟人貧苦，賙人之急，扶人之困。以此山東、河北聞名，都稱他做「及時雨」，却把他比做天上下的及時雨一般，能救萬物。一百八人中，獨于宋江用此大書者，蓋一百七人皆依列傳例，于宋江特依世家例，亦所以成一書之綱紀也。

當時宋江帶着一個伴當，走將出縣前來。只見這何觀察當街迎住，叫道：「押司，此間請坐拜茶。」宋江見他似個公人打扮，慌忙答禮道：「尊兄何處？」何濤道：「且請押司到茶坊裏面吃茶説話。」不便説話，機密之至。宋公明道：「謹領。」兩個人到茶坊裏坐定，伴當都叫去門前等候。伴當都迴避過，機密之至，並不曾走漏消息也。宋江道：「不敢拜問：尊兄高姓？」何濤答道：「小人是濟州府緝捕使臣何濤的便是。不敢動問押司高姓大名？」宋江道：「賤眼不識觀察，少罪。小吏姓宋名江的便是。」何濤倒地便拜，説道：「久聞大名，無緣不曾拜識。」宋江道：「惶恐。觀察請上坐。」何濤道：「小人安敢占上？」宋江道：「觀察是上司衙門的人，又是遠來之客。」兩個謙讓了一回，宋江坐了主位，何濤坐了客席。宋江便道：「茶博士將兩杯茶來。」没多時茶到，兩個吃了茶。

宋江道：「觀察到敝縣，不知上司有何公務？」何濤道：「實不相瞞，來貴縣有幾個要緊的人。」宋江道：「莫非賊情公事否？」何濤道：「有實封公文在此，公文實封，見機密之至也。敢煩押司作成。」宋江道：「觀察是上司差來該管的人，小吏怎敢怠慢？不知爲甚麼賊情緊事？」何濤道：「押司是當案的人，便説也不妨。當案之人，猶不容易便説，見何濤機密之至，無處走漏消息。○以上寫出無數機密，皆表晁蓋之走，實惟宋江放之，更無處可以委罪也。敝府管下黄泥岡上一夥賊人，共是八個，把蒙汗藥麻翻了北京大名府梁中書差遣送蔡太師的生辰綱軍健一十五人，三十一字爲句。劫去了十一擔金珠寶貝，計該十萬貫正贜。今捕得從賊一名白勝，指説七個正賊都在貴縣。這是太師府特差一個幹辦在本府，立等要這件公事，望押司早早維持。」宋江道：「休説太師處着落，便是觀察自賫公文來，要敢不捕送？看他只是口頭狡獪語，便令天下人奔走效死。宋江真權詐之雄哉。只不知道白勝供指那七人名字？」何濤道：「不瞞押司説：是貴縣東溪村晁保正爲首。更有六名從賊，不識姓名，煩乞用心。」

宋江聽罷，吃了一驚，肚裏尋思道：「晁蓋是我心腹弟兄，他如今犯了迷天大罪，我不救他時，捕獲將去，性命便休了！」心内自慌，却答應道：「晁蓋這斯，奸頑役户。本縣内上下人，没一個不怪他。今番做出來了，好教他受！」自此以下入宋江傳，皆極寫其權術，所以爲群賊之魁也。〇宋江權術如此，讀之真乃可愛。何濤道：「相煩押司，便行此事。」宋江道：「不妨，這事容易，『甕中捉鱉，手到拿來』。只是一件：這實封公文，須是觀察自己當廳投下，宋江權術可愛。本官看了，便好施行發落，差人去捉，小吏如何敢私下擅開？這件公事非是小可，不當輕泄于人。」宋江權術可愛。何濤道：「押司高見極明，相煩引進。」宋江道：「本官發放一早晨事務，倦怠了少歇。觀察略待一時，少刻坐廳時，小吏來請。」何濤道：「望押司千萬作成。」宋江道：「理之當然，休這等説話。小吏略到寒舍，分撥了些家務便到，一則曰家務，再則曰家務，後遂真成家務也。觀察少坐一坐。」何濤道：「押司尊便，小弟只在此專等。」

宋江起身，出得閣兒，分付茶博士道：「那官人要再用茶，一發我還茶錢。」看他精到。離了茶坊，飛也似跑到下處。先分付伴當去叫直司在茶坊門前伺候，「若知縣坐堂時，便可去茶坊裏安撫那公人，道『押司穩便』，叫他略待一待。」看他精到。却自槽上鞁了馬，牽出後門外去，「後門」妙。袖了鞭子，慌忙的跳上馬，慢慢地離了縣治。「慌忙」上馬，「慢慢」行馬，妙。出得東門，打上兩鞭，那馬「撥喇喇」的望東溪村攛將去。没半個時長，早到晁蓋莊上。只一上馬，寫得宋江有老大權術。其爲群賊之魁，不亦宜乎？莊客見了，入去莊裏報知。

且説晁蓋正和吴用、公孫勝、劉唐在後園葡萄樹下吃酒。夏景。此時三阮已得了錢財，自回石碣村去了。晁蓋見莊客報説宋押司在門前，晁蓋問道：「有多少人隨後着？」寫心虚人如畫。莊客道：「只獨自一個，飛馬而來，説快要見保正。」晁蓋道：「必然有事。」慌忙出來迎接。宋江道了一個喏，携了晁蓋手，宋江携晁蓋手第一。〇宋江一生，以携手爲第一要務，思之可歎。便投側邊小房裏來。權術真正可愛。晁蓋問道：「押司如何來得慌速？」宋江道：「哥哥不知，兄弟是心腹弟兄，我捨着條性命來救你。如今黄泥岡事發了！白勝已自拿在濟州大牢裏了，供出你等七人。濟州府差一個何緝捕，帶領若干人，奉着太師府鈞帖並本州文書，來捉你等七人[一]，道你爲首。天幸撞在我手裏，我只推説知縣睡着，且教何觀察在縣對門茶坊裏等我，以此飛馬而來報你。哥哥，『三十六計，走爲上計』。大書此語，以表晁蓋之入山泊，正是宋江教之也。若不快走時，更待甚麽！我回去引他當廳下了公文，知縣不移時便差人連夜下來。你們不可擔閣，倘有些疏失，如之奈何！休怨小弟不來救你！」

[一]「捉」，貫華堂本、葉瑶池本作「着」，據王望如評本改。

晁蓋聽罷，吃了一驚道：「賢弟大恩難報！」宋江道：「哥哥你休要多話，只顧安排走路，不要纏障，我便回去也。」晁蓋道：「七個人，三個是阮小二、阮小五、阮小七，已得了財，自回石碣村去了；後面有三個在這裏，賢弟且見他一面。」七個人，三個虛，三個實，作兩段寫出，妙絶文字。宋江來到後園，晁蓋指着道：「這三位，一個吴學究；一個公孫勝，薊州來的；一個劉唐，東潞州人。」又有此一段文字者，不重晁蓋赤心白意，正表宋江私放不止晁蓋一人也。宋江略講一禮，回身便走，真乃人中俊傑，寫得矯健可愛。囑付道：「哥哥保重，作急快走，兄弟去也。」宋江出到莊前，上了馬，打上兩鞭，飛也似望縣裏來了。其人如此，即欲不出色，胡可得乎！

且説晁蓋與吴用、公孫勝、劉唐三人道：「你們認得那來相見的這個人麽？」吴用道：「却怎地慌慌忙忙便去了，正是誰人？」此句若出俗筆，便問正是誰人矣。此偏先怪其忙，次問爲誰。只一問辭，便活畫出宋江來也。晁蓋道：「你三位還不知哩！我們不是他來時，性命只在咫尺休了！」三人大驚道：「莫不走了消息，這件事發了？」晁蓋道：「虧殺這個兄弟，擔着血海也似干係，來報與我們。原來白勝已自捉在濟州大牢裏了，供出我等七人。本州差個緝捕何觀察，將帶若干人，奉着太師鈞帖，來着落鄆城縣，立等要拿我們七個[一]。虧了他穩住那公人在茶坊裏侯候，他飛馬先來報知我們。如今回去下了公文，少刻便差人連夜到來，捕獲我們。却是怎地好！」吴用道：「若非此人來報，都打在網裏。這大恩人姓甚名誰？」晁蓋

[一]「們」，貫華堂本、葉瑶池本作「個」，據王望如評本改。

道：「他便是本縣押司，呼保義宋江的便是。」吳用道：「只聞宋押司大名，小生却不曾得會。雖是住居咫尺，無緣難得見面。」一個聞名。公孫勝、劉唐都道：「莫不是江湖上傳說的及時雨宋公明？」又是兩個聞名。○無不聞名如此，宋江之爲宋江何如耶？晁蓋點頭道：「正是此人。他和我心腹相交，結義弟兄，吳先生不曾得會。三人皆不相識，而獨指出吳用者，彼固遠來不足多怪，吳用生在同縣，而亦不一晤，則殊可惜也。四海之內，名不虛傳。結義得這個兄弟，也不枉了。」

晁蓋問吳用道：「我們事在危急，却是怎地解救？」吳學究道：「兄長不須商議，『三十六計，走爲上計』。」晁蓋道：「却纔宋押司也教我們走爲上計，大書吳用與宋江同心，爲一書之眼目。却是走那裏去好？」逐節抽出，不作一筆直遂。吳用道：「我已尋思在肚裏了。如今我們收拾五七擔挑了，一齊都奔石碣村三阮家裏去。不便說梁山泊，且先說石碣村。文情事情，都漸漸而入。今急遣一人，先與他弟兄說知。」寫吳用有調有理，具見其才。晁蓋道：「三阮是個打魚人家，如何安得我等許多人？」逐節抽出。吳用道：「兄長你好不精細！石碣村那裏一步步近去，便是梁山泊。如今山寨裏好生興旺，官軍捕盜不敢正眼兒看他。若是趕得緊，我們一發入了夥。」宋江曰「走爲上着」，吳用亦曰「走爲上着」，如出一口也。然則吳用尋思梁山入夥，宋江獨不尋思梁山入夥，如出一心乎？便極表宋江、吳用爲一路，爲全書之眼目也。晁蓋道：「這一論極是上策，只恐怕他們不肯收留我們。」吳用道：「我等有的是金銀，送獻些與他，便入夥了。」調侃世人語，絶倒。○做官須賄賂，做强盜亦須賄賂哉。晁蓋道：「既然恁地商量定了，事不宜遲。吳先生，你便和劉唐帶了幾個莊客，挑擔先去阮家安頓了，却來旱路上接我們。我和公孫先生兩個，打並了便來。」吳用、劉唐把這生辰綱打劫得金珠寶貝，做五六擔裝了。叫五六個莊客一發吃了酒食，吴用袖了銅鍊，劉唐提了朴刀，監押着五七擔，一行十數人，投石碣村來。上文將七個人分作兩段，此處又將四個人分作兩段，妙絶文字也。晁蓋和公孫勝在莊上收拾。有些不肯去的莊客，賫發他些錢物，從他去投别主；不惟情理兼盡，又留作勘出阮家之地。不願去的，都在莊上並叠財物，打拴行李。不在話下。

再説宋江飛馬去到下處，連忙到茶坊裏來，只見何觀察正在門前望。畫來急狀。宋江道：「觀察久等。却被村裏有個親戚，在下處説些家務，口口以爲家務。因此擔閣了些。」何濤道：「有煩押司引進。」宋江道：「請觀察到縣裏。」兩個入得衙門來，正值知縣時文彬在廳上發落事務。宋江將着實封公文，引着何觀察，直至書案邊，權術妙。叫左右挂上回避牌，權術妙。低聲禀道：權術妙。「奉濟州府公文，爲賊情緊急公務，特差緝捕使臣何觀察到此下文書。」知縣接來拆開，就當廳看了，大驚，對宋江道：「這是太師府差幹辦來，立等要回話的勾當！這一干賊，便可差人去捉！」宋江道：「日間去，只怕走了消息，只可差人就夜去。捉得晁保正來，那六人便有下落。」極似爲知縣、爲何濤，而不知其正是緩兵。宋江權術，其妙如此。時知縣道：「這東溪村晁保正，聞名是個好漢，他如何肯做這等勾當？」寫知縣賛晁蓋，以顯上文宋江駡晁蓋之詐。隨即叫唤尉司並兩個都頭：一個姓朱名仝，一個姓雷名横。他兩個，非是等閑人也。又出二人傳。

當下朱仝、雷横兩個來到後堂，領了知縣言語。和縣尉上了馬，徑到尉司，點起馬步弓手並土兵一百餘人，就同何觀察並兩個虞候作眼拿人。當晚都帶了繩索、軍器，縣尉騎着馬，兩個都頭亦各乘馬，各帶了腰刀弓箭，手拿朴刀，前後馬步弓手簇擁着，出得東門，飛奔東溪村晁家來。到得東溪村裏，已是一更天氣，都到一個觀音庵取齊。朱仝道：「前面便是晁家莊。晁蓋家前後有兩條路，既云晁蓋莊上有前後兩條路矣，後又云有三條路，活描出美髯一時隨口生變來。若是一齊去打他前門，他望後門走了；一齊哄去打他後門，他奔前門走了。便見不得不與雷横分，絶妙。我須知晁蓋好生了得，一也。○已又生出一段話頭，以見不得不分也。又不知那六個是甚麼人，必須也不是善良君子。二也。那厮們都是死命，倘或一齊殺出來，三也。又有莊客協助，四也。却如何抵敵他？只好聲東擊西，等那厮們亂攛便好下手。説得確然應分，妙絶。不若我和雷都頭分做兩路：我與你分一半人，都是步行去，先望他後門埋伏了。等候唿哨響爲號，你等向前門只顧打入來，見一個捉一個，見兩個捉一雙。」寫美髯，真有過人之才。雷横道：「也説得是。朱都頭，你和縣尉相公從前門打入來，我去截住後門。」朱仝有朱仝心事，雷横有雷横心事。寫兩人爭後門，妙絶。朱仝道：「賢弟，你不省得：晁蓋莊上有三條活路，忽然增出一條路，絶妙。我閑常時都看在眼裏了。我去那裏，須認得他的路數，不用火把便見。此三句，説己之必應後門。○「不用火把」四字，輕輕插入，便知下文朱仝在黑影裏也。你還不知他出没的去處，倘若走漏了事情，不是耍處。」此三句，説雷之必不應後門。○寫美髯真有過人之才。縣尉道：「朱都頭説得是，你帶一半人去。」朱仝道：「只消得三十來個够了。」莫如不分更便耳，然而事理有所不可，則姑以三十來個遮飾之也。

朱仝領了十個弓手、二十個士兵，先去了。下文「大驚小怪」三句在此内。縣尉再上了馬，雷横把馬步弓手都擺在前後，幫護着縣尉。士兵等都在馬前，明晃晃照着三二十個火把，拿着梲叉、朴刀、留客住、鈎鐮刀，一齊都奔晁家莊來。到得莊前，兀自有半里多路，只見晁蓋莊裏一縷火起，從中堂燒將起來，湧得黑烟遍地，紅焰飛空。于朱、雷未到之前，特寫晁蓋預作走計，以表宋江之罪也。又走不到十數步，只見前後門四面八方，約有三四十把火發，焰騰騰地一齊都着。看他寫晁蓋預作走計，又分二段。○此處正寫朱、雷二人爭放晁蓋也，又必先書此二段者，所以正私放晁蓋之罪，獨歸宋江，不得分之朱、雷兩人也。前面雷横挺着朴刀，背後衆士兵發着喊，一齊把莊門打開，都撲入裏面。此一段寫雷横。看時，火光照得如同白日一般明亮，並不曾見有一個人。只聽得後面發着喊，叫將起來，叫「前面捉人」。此是寫朱仝。○看他三個人，各各自放晁蓋。原來朱仝有心要放晁蓋，故意賺雷横去打前門。這雷横亦有心要救晁蓋，以此爭先要來打後門，却被朱仝説開了，只得去打他前門，故意這等大驚小怪，聲東擊西，要催逼晁蓋走了。注朱仝意中事。

朱仝那時到莊後時，兀自晁蓋收拾未了。莊客看見，來報與晁蓋説道：「官軍到了！事不宜遲！」晁蓋叫莊客四下裏只顧放火，注朱仝先來事。他和公孫勝引了十數個去的莊客，吶着喊，挺起朴刀，從後門殺將出來，大喝道：「當吾者死，避吾者生！」自晁蓋出來以下，皆詳寫朱仝，略寫雷横。朱仝在黑影裏捉賊不是住在黑影裏事，寫來絶倒。○朱仝在黑影裏，雷横在火光裏，皆成絶倒。叫道：「保正快走！朱仝在這裏等你多時。」一腔心事，不説又不得，要説又不得，看他匆匆只此一句。晁蓋那裏聽得説，與同公孫勝捨命只顧殺出來。此一段寫晁蓋捨命殺出，不顧朱仝説話。朱仝虛閃一閃，放開條路讓晁蓋走。晁蓋却叫公孫勝引了莊客先走，他獨自押着後。此一段寫晁蓋擺布押後，不見朱仝讓路。朱仝使步弓手從後門撲入去，叫道：「前面趕捉賊人！」讓走了却撲入，所以穩住雷橫，便好趕上說明心事也。雷橫聽得，轉身便出莊門外，叫馬步弓手分頭去趕。朱仝穩住雷橫，便好自去做人情；雷橫却又發脫土兵，要來自己做人情。以一筆寫兩人，而兩人皆活靈活現，真奇事也。雷橫自在火光之下，東觀西望做尋人。捉賊不是火光之下事，寫來絶倒。◯寄語都頭，劍去久矣。◯雷橫每讓朱仝一籌如此。

朱仝撇了土兵，挺着刀，去趕晁蓋。晁蓋一面走，口裏說道：「朱都頭，你只管追我做甚麽？我須没歹處！」說又不聽得，讓又不看見，自應有此一番問答也。朱仝見後面没人，方纔敢說道：「保正，你兀自不見我好處：我怕雷橫執迷，不會做人情，被我賺他打你前門，我在後面等你出來放你。你見我閃開條路，讓你過去。你不可投別處去，只除梁山泊可以安身。」亦便算到梁山泊，朱仝之與宋江相厚有以也。◯朱仝一番好心，凡作三段寫來，方得明之晁蓋，寫盡一時人多火雜、手忙脚亂也。◯朱仝得見人情，雷橫不得見人情，甚矣朱仝之强于雷橫也。然殊不知先有宋江早已做過人情，真乃「夜眠清早起，又有早行人」也。晁蓋道：「深感救命之恩，異日必報！」小衙内死于此十字矣。

朱仝正趕間，只聽得背後雷橫大叫道：「休教走了人！」雷橫之讓朱仝一籌如此。朱仝分付晁蓋道：「保正，你休慌，只顧一面走，我自使轉他去。」朱仝回頭叫道：「有三個賊望東小路去了，雷都頭你可急趕。」只謂忽寫雷橫，却是仍寫朱仝，妙絶。雷橫領了人，便投東小路上，並土兵衆人趕去。雷橫之讓朱仝一籌如此。朱仝一面和晁蓋說着話，一面趕他，却如防送的相似。寫得活現。漸漸黑影裏不見了晁蓋，朱仝只做失脚，「撲」地倒在地下，寫美髯真有過人之才。衆土兵隨後趕來，向前扶起。朱仝道：「黑影裏不見路徑，失脚走下野田裏，滑倒了，閃挫了左腿。」妙妙，不惟自解趕不着，亦復自委不復趕也。縣尉道：「走了正賊，怎生奈何？」朱仝道：「非是小人不趕，其實月黑了，没做道理處。這些土兵，全無幾個有用的人，不敢向前。」縣尉再叫土兵去趕，是縣尉。○上文兩個都頭已不知費了無數曲折，縣尉睡裏夢裏不知也。衆土兵心裏道：「兩個都頭尚兀自不濟事，近他不得，我們有何用？」都去虛趕了一回，轉來道：「黑地裏，正不知那條路去了。」了。雷横也趕了一直回來，心内尋思道：「朱仝和晁蓋最好，多敢是放了他去，我却不見了人情。」朱仝事畢後，雷横始見事，其讓一地如此也。回來説道：「那裏趕得上？這夥賊端的了得！」了。

縣尉和兩個都頭回到莊前時，已是四更時分。何觀察見衆人四分五落，趕了一夜，不曾拿得一個賊人，只叫苦道：「如何回得濟州去見府尹！」縣尉只得捉了幾家鄰舍去，解將鄆城縣裏來。縣尉好笑，從來如此。○不便拿莊客，且先拿鄰舍，文勢逶迤曲折之極。

這時知縣一夜不曾得睡，立等回報，聽得道：「賊都走了，只拿得幾家鄰舍。」知縣把一干拿到的鄰舍當廳勘問。衆鄰舍告道：「小人等雖在晁保正鄰近居住，遠者三二里田地，近者也隔着些村坊。他莊上時常有搠鎗使棒的人來，如何知他做這般的事？」知縣逐一問了時，務要問他們一個下落。數内一個貼鄰告道：「若要知他端的，除非問他莊客。」行文逶迤曲折如此。知縣道：「説他家莊客也都跟着走了。」鄰舍告道：「也有不願去的，還在這裏。」好，真寫得好。知縣聽了，火速差人，就帶了這個貼鄰做眼，店主人做眼一，兩個虞候做眼二，兩個虞候同何觀察做眼三，貼鄰做眼四。來東溪村捉人。無兩個時辰，早拿到兩個莊客。當廳勘問時，那莊客初時抵賴，吃打不過，只得招道：「先是六個人商議，小人只認得一個是本鄉中教學的先生，叫做吴學究；一個叫做公孫勝，是全真先生；又有一個黑大漢，姓劉；更有那三個，小人不認得，却是吴學究合將來的。聽得説道：他姓阮，在石碣村住；他是打魚的，弟兄三個。只此是實。」招七人，錯落參差之甚。知縣取了一紙招狀，把兩個莊客交割與何觀察，回了一道備細公文，申呈本府。宋江自周全那一干鄰舍，保放回家聽候。非表宋江仁義，正見宋江權術。然其實則爲一路宋江已冷，恐人遂至忘之，故借事提出一句也。

且説這衆人與何濤，押解了兩個莊客，連夜回到濟州，正值府尹陞廳。何濤引了衆人到廳前，禀説晁蓋燒莊在逃一事，再把莊客口詞説一遍。府尹道：「既是恁地説時，再拿出白勝來！」問道：「那三個姓阮的，端的住在那裏？」白勝抵賴不過，只得供説：「三個姓阮的：一個叫做立地太歲阮小二，一個叫做短命二郎阮小五，一個是活閻羅阮小七，都在石碣湖村裏住。」又作逐一半説。知府道：「還有那三個姓甚麽？」白勝告道：「一個是智多星吴用，一個是入雲龍公孫勝，一個叫做赤髮鬼劉唐。」又作一半説。知府聽了便道：「既有下落，且把白勝依原監了，收在牢裏。」隨即又唤何觀察差去石碣村，「只拿了姓阮三個，便有頭腦。」

不是此一去，有分教：天罡地煞，來尋聚會風雲；水滸山城，去聚縱横人馬。畢竟何觀察怎生差去石碣村緝捕，且聽下回分解。

第五才子書施耐庵水滸傳卷之二十三

聖歎外書

第十八回　林冲水寨大併火　晁蓋梁山小奪泊

此回前半幅借阮氏口痛罵官吏，後半幅借林冲口痛罵秀才。其言憤激，殊傷雅道。然怨毒著書，史遷不免，于稗官又奚責焉？

前回朱、雷來捉時，獨書晁蓋斷後。此回何濤來捉時，忽分作兩半。前半獨書阮氏水戰，後半獨書公孫火攻。後入山泊見林冲時，則獨書吴用舌辯。蓋七個人，凡大書六個人各建奇功也；中間止有劉唐未嘗自效，則又于後回補書月夜入險。以表此七人者，乃悉皆出奇爭先，互不冒濫。嗟乎！强盗猶不可以白做，奈何今之在其位、食其食者，乃曾無所事事而又殊不自怪耶！

是稗史也。稗史之作，其何所昉？當亦昉于風刺之旨也。今讀何濤捕賊一篇，抑何其無罪而多戒，至于若是之妙耶！夫未捉賊，先捉船，夫孰不知捉船以捉賊也？而殊不知百姓之遇捉船，乃更慘于遇賊，則是捉船以捉賊者之即賊，百姓之胸中久已疑之也。及于船既捉矣，賊又不捉，而又即以所捉之船排却乘涼。百姓夫而後又知向之捉船者，固非欲捉賊，正是賊要乘涼耳。嗟乎！捉船以捉賊，而令百姓疑其以賊捉賊，已大不可，奈何又捉船以乘涼，而令百姓竟指爲賊要乘涼，尚忍言哉？尚忍言哉！世之君子讀是篇者，其亦惻然中感而慎戢官軍，則不可謂非稗史之一助也。

何濤領五百官兵、五百公人，而寫來恰似深秋敗葉，聚散無力。晁蓋等不過五人，再引十數個打魚人，而寫來便如千軍萬馬，奔騰馳驟，有開有合，有誘有劫，有伏有應，有衝有突。凡若此者，豈謂當時真有是事，蓋是耐庵墨兵筆陣，縱橫入變耳。

聖歎蹙然歎曰：嗟乎！怨毒之于人甚矣哉！當林冲弭首廡下，坐第四，志豈能須臾忘王倫耶？徒以勢孤援絕，懼事不成，爲世僇笑，故隱忍而止。一旦見晁蓋者兄弟七人，無因以前，彼詎不心動乎？此雖王倫降心優禮，歡然相接，彼猶將私結之以得肆其欲爲，況又加之以猜疑耶？夫自雪天三限以至今日，林冲渴刀已久與王倫頸血相吸，雖無吴用之舌，又豈遂得不殺哉？或林冲之前無高俅相惡之事，則其殺王倫猶未至于如是之毒乎？顧虎頭針刺畫影，而鄰女心痛，然則殺王倫之日，俅其氣絕神滅矣乎？人生世上，睚眦之事，可自恣也哉！

話説當下何觀察領了知府台旨下廳來，隨即到機密房裏，與衆人商議。衆多做公的道:「若説這個石碣村湖蕩,緊靠着梁山泊,都是茫茫蕩蕩,蘆葦水港。若不得大隊官軍、舟船人馬,深感此一論。不然,安得下文一回好書看耶? 誰敢去那裏捕捉賊人?」何濤聽罷,説道:「這一論也是。」再到廳上,禀復府尹道:「原來這石碣村湖泊,正傍着梁山水泊,周圍盡是深港水汊,蘆葦草蕩。閑常時也兀自劫了人,莫説如今又添了那一夥强人在裏面。若不起得大隊人馬,如何敢去那裏捕獲得人?」府尹道:「既是如此説時,再差一員了得事的捕盜巡簡,點與五百官兵人馬,五百官兵人馬。和你一處去緝捕。」何觀察領了台旨,再回機密房來,唤集這衆多做公的,整選了五百餘人,五百餘做公的人。各各自去準備什物器械。次日,那捕盜巡簡領了濟州府帖文,與同何觀察兩個,點起五百軍兵,同衆多做公的,一齊奔石碣村來。

且説晁蓋、公孫勝,自從把火燒了莊院,帶同十數個莊客來到石碣村。半路上三字疏密正妙,已藏下吴用調度、三阮義勇在内。撞見三阮弟兄,各執器械,却來接應到家。七個人都在阮小五莊上。那時阮小二已把老小搬入湖泊裏。好。七人商議要去投梁山泊一事,吴用道:「見今李家道口,有那旱地忽律朱貴在那裏開酒店,招接四方好漢。但要入夥的,須是先投奔他。我們如今安排了船隻,把一應的物件裝在船裏,將些人情送與他引進。」此語非揶揄朱貴,蓋王倫之惡名,流布久矣。○又于此處着此一語,則知來日火併,全出林冲,殊非晁蓋七人預圖之也。

大家正在那裏商議投奔梁山泊,只見幾個打魚的來報道:「官軍人馬,飛奔村裏來也。」晁蓋便起身叫道:「這厮們趕來,我等休走!」寫晁蓋。阮小二道:「不妨!寫阮家。我自對付他。叫那厮大半下水裏去死,小半都搠殺他!」公孫勝道:「休慌!寫公孫勝。且看貧道的本事！」晁蓋道：「劉唐兄弟，不必盡用，妙。殺鼠豈須全力哉！你和學究先生不必出自加亮，妙。割鷄焉用牛刀哉。且把財賦、老小裝載船裏，徑撐去李家道口左側相等。我們看些頭勢，四字妙筆，深明虎鼠不敵，不過看他如何耳。隨後便到。」阮小二選兩隻棹船，把娘王進娘自到延安府去，此娘却入水泊裏來。天下無不是的娘，只是其所由來有漸耳，做娘可不慎哉！○「把娘」二字，成文可笑。王進扶娘，是孝子身分；阮二把娘，是逆子身分；至後來李逵背娘，則竟是惡獸身分矣。和老小、家中財賦，都裝下船裏。吴用、劉唐各押着一隻，叫七八個伴當摇了船，先到李家道口去等。又分付阮小五、阮小七撐駕小船，如此迎敵。兩個各棹船去了。不惟阮二有才，又表兩弟快便。

且說何濤並捕盜巡簡，帶領官兵漸近石碣村，但見河埠有船，盡數奪了；此句調侃官兵。公餘讀此，惻然念之。便使會水的官兵下船裏進發，岸上的騎馬。船騎相迎，水陸並進，到阮小二家。一齊吶喊，人兵並起，撲將入去，早是一所空房，絶倒。○想見吶喊之聲，齊起齊止。裏面只有些粗重家火。何濤道：「且去拿幾家附近漁户。」問時，說道：「他的兩個兄弟，阮小五、阮小七，都在湖泊裏住，非船不能去。」何濤與巡簡商議道：「這湖泊裏港汊又多，路徑甚雜，抑且水蕩坡塘，不知深淺。若是四分五落去捉時，又怕中了這賊人奸計；我們把馬匹都教人看守在這村裏，一發都下船裏去。」當時捕盜巡簡並何觀察一同做公的人等，都下了船。那時捉的船，非止百十隻，也有撐的，亦有摇的，寫得紛紛可笑。○「撐」、「摇」二字，寫成一笑。使船如馬，固如是耶？一齊都望阮小五打魚莊上來。行不到五六里水面，只聽得蘆葦中間有人嘲歌。【眉批】此文凡有兩番，今第一番。衆人且住了船，聽時，「只聽得」三字，紙上如有一人直閃出來；「住了船，聽時」五

字,紙上如有一人復閃入去。寫得變詭之極。那歌道:

打魚一世蓼兒洼,不種青苗不種麻。酷吏贓官都殺盡,忠心報答趙官家。以殺盡贓酷爲報答國家,真能報答國家者也。

何觀察並衆人聽了,盡吃一驚,只見遠遠地一個人,獨棹一隻小船兒唱將來。有認得的指道:「這個便是阮小五!」阮五先聽後見。何濤把手一招,衆人並力向前,各執器械,挺着好笑,見鬼。迎將去。只見阮小五大笑,妙人。駡道:「你這等虐害百姓的賊,官是賊,賊是老爺。然則官也,賊也;賊也,老爺也:一而二、二而一者也。○快絶之文。直如此大膽,敢來引老爺做甚麽!却不是來捋虎鬚!」何濤背後有會射弓箭的,搭上箭,拽滿弓,一齊放箭。阮小五見放箭來,拿着搼楸,翻觔斗鑽下水裏去。來時來得出奇,去時去得出奇。衆人趕到跟前,拿個空。

又撑不到兩條港汊,只聽得蘆花蕩裏打唿哨,衆人把船擺開,好笑,又見鬼。見前面兩個人棹着一隻船來,船頭上立着一個人,頭戴青箬笠,身披緑蓑衣,手裏撚着條筆管鎗,阮七先見後聽。口裏也唱道:

老爺生長石碣村,禀性生來要殺人。先斬何濤巡簡首,京師獻與趙王君。斬贓酷首級以獻其君,真能獻其君矣。○又兩歌辭義相承,如斷若續。前云「殺盡」,後云「先斬」;前歌大,後歌緊,妙絶。

何觀察並衆人聽了,又吃一驚。有認得的説道:「這個正是阮小七!」何濤喝道:「衆人並力向前,先拿住這個賊,休教走了!」阮小七聽得,笑道:也笑,妙人。「潑賊!」前云虐害百姓的賊，乃明正賊之罪也。此却並「虐害百姓」四字都省去，只以二字直呼之云「潑賊」，下亦更不別接一語，更爲快絶也。便把鎗只一點，那船便使轉來，望小港裏串着走。妙。衆人捨命喊，可笑，又見鬼。趕將去，這阮小七和那摇船的，飛也似摇着櫓，口裏打着唿哨，串着小港汊中只顧走。妙。衆官兵趕來趕去，看見那水港窄狹了，何濤道：「且住！把船且泊了，都傍岸邊。」上岸看時，只見茫茫蕩蕩，都是蘆葦，正不見一些旱路。何濤心内疑惑，却商議不定，便問那當村住的人，説道：「小人們雖是在此居住，也不知道這裏有許多去處。」何濤便教划着兩隻小船，船上各帶三兩個做公的，去前面探路。去了兩個時辰有餘，不見回報。妙。何濤道：「這廝們好不了事！」再差五個做公的，又划兩隻船去探路。這幾個做公的，划了兩隻船，又去了一個多時辰，並不見些回報。妙。何濤道：「這幾個都是久慣做公的，四清六活的人，却怎地也不曉事，如何不着一隻船轉來回報？不想這些帶來的官兵，人人亦不知顛倒！」天色又看看晚了，夾此一句妙。何濤思想：「在此不着邊際，怎生奈何！我須用自去走一遭。」妙。揀一隻疾快小船，選了幾個老郎做公的，各拿了器械，槳起五六把撑楫，何濤坐在船頭上，望這個蘆葦港裏蕩將去。

那時已是日没沉西，夾此一句妙。划得船開，約行了五六里水面，看見側邊岸上一個人，提着把鋤頭走將來。千奇百怪，横現側出。何濤問道：「兀那漢子，你是甚人？這裏是甚麽去處？」那人應道：「我是這村裏莊家，這裏唤做斷頭溝，好地名。没路了。」何濤道：「你曾見兩隻船過來麽？」那人道：「不是來捉阮小五的？」何濤道：「你怎地知得是來捉阮小五的？」

那人道:「他們只在前面烏林裏斷打。」不是斷打之事,説得好笑。何濤道:「離這裏還有多少路?」那人道:「只在前面望得見便是。」何濤聽得,便叫攏船前去接應,便差兩個做公的,拿了梲叉上岸來。只見那漢提起鋤頭來,手到,把這兩個做公的,一鋤頭一個,快事快文。○鄉間百姓鋤頭,千推不足供公人一飯也,豈意今日一鋤頭已足。翻筋斗都打下水裏去。何濤見了吃一驚,急跳起身來時,却待奔上岸,只見那隻船忽地搪將開去,水底下鑽起一個人來,只是一兩個人,寫得便如怒龍行雨,其鱗爪有東現西没之勢。把何濤兩腿只一扯,「撲通」地倒撞下水裏去。那幾個船裏的,却待要走,被這提鋤頭的趕將上船來,一鋤頭一個,索性快事。排頭打下去,腦漿也打出來。

這何濤被水底下這人倒拖上岸來,就解下他的膞膊來捆了。趣絶。朱文公見此,必當注之云:即以其人搭膊,還縛其人之身矣。看水底下這人,却是阮小七;岸上提鋤頭的那漢,便是阮小二。帶叙帶記。弟兄兩個,看着何濤駡道:「老爺弟兄三個,從來只愛殺人放火。嵇康好鍛,何至于此。量你這廝,直得甚麽!你如何大膽,特地引着官兵來捉我們!」何濤道:「好漢,小人奉上命差遣,蓋不由己。小人怎敢大膽,要來捉好漢?望好漢可憐見,家中有個八十歲的老娘,無人養贍,隨手嘈出一句「有娘」,以映襯三阮之有娘也。後李鬼文中,亦有此一句,正與今文遥遥相對。望乞饒恕性命則個!」阮家弟兄道:「且把他來捆做個粽子,撇在船艙裏。」不完。把那幾個尸首,都攛去水裏去了。個個胡哨一聲,蘆葦叢中鑽出四五個打魚的人來,都上了船,不漏。阮小二、阮小七各駕了一隻船出來。只消小二、小七駕船出來,讀者亦出來矣。若自俗筆,不免老大段落。

且説這捕盜巡簡領着官兵，都在那船裏説道：「何觀察他道做公的不了事，自去探路，也去了許多時，不見回來。」那時正是初更左右，星光滿天。夾此一句，妙。○又加「星光滿天」四字，如畫。衆人都在船上歇涼，不是歇涼之事，寫得好笑。○日裏奪船，夜裏歇涼。千載官兵，于今爲烈。忽然只見起一陣怪風，從背後吹將來，又是一番。吹得衆人掩面大驚，只叫得苦，把那纜船索都刮斷了。正没擺布處，只聽得後面胡哨響。先「聽得」。迎着風看時，「迎着風」三字妙，是看背後，精細之至。只見蘆花側畔，射出一派火光來。次「見」。衆人道：「今番却休了！」那大船小船，約有百十來隻，正被這大風刮得你撞我磕，捉摸不住，那火光却早來到面前。深贊好風也。原來都是一叢小船，兩隻價幫住，村中苦無大船，若用小船，又不發火勢。設身處地，算出此五字來。○此書處處設身處地而後成文，真怪事也。上面滿滿堆着蘆葦柴草，「刮刮雜雜」燒着，乘着順風直衝將來。那百十來隻官船，屯塞做一塊，寫得如畫，便畫亦難畫。港汊又狹，又没迴避處。那頭等大船也有十數隻，却被他火船推來，鑽在大船隊裏一燒。妙。水底下原來又有人扶助着船燒將來，燒得大船上官兵都跳上岸來，逃命奔走。不想四邊盡是蘆葦野港，又没旱路，只見岸上蘆葦又「刮刮雜雜」也燒將起來。寫得如畫，便畫亦難畫。那捕盜官兵，兩頭没處走。風又緊，火又猛，衆官兵只得都奔爛泥裏立地。「爛泥裏」三字，絶倒。○此「爛泥」句，算做官軍倉卒應變。火光叢中，只見此六字，冒下三段。一隻小快船，船尾上一個摇着船，船頭上坐着一個先生，手裏明晃晃地拿着一口寶劍，只是船頭一個先生，船尾一個摇着，寫得便如中軍一陣相似。口裏喝道:「休教走了一個!」衆兵都在爛泥裏慌做一堆。此「爛泥」句,算做官軍運籌帷幄。説猶未了,只見蘆葦東岸,兩個人引着四五個打魚的,都手裏明晃晃拿着刀鎗走來;只是兩個人引着四五個漁人,寫得便如左邊一陣相似。這邊蘆葦西岸,又是兩個人,也引着四五個打魚的,手裏也明晃晃拿着飛魚鈎走來。亦只是兩個人引着四五個漁人,寫得便如右邊一陣相似。東西兩岸,四個好漢並這夥人,兩岸合來,連中間一人,只是公孫勝、晁蓋、阮小五、阮小二、阮小七耳,寫得便如兩軍合入中軍相似。○不惟當時官軍在暗裏,疑他有千軍萬馬,便是今日讀者在亮裏,也疑他有千軍萬馬。作者才調如此。○每見近代露布大文,寫得印板相似,便令千軍萬馬反像街漢厮打。因歎人之才與不才,何啻河漢。一齊動手,排頭兒搠將來。無移時,把許多官兵都搠死在爛泥裏。此「爛泥」句。算做官軍疆埸效命。

東岸兩個是晁蓋、阮小五,西岸兩個是阮小二、阮小七,船上那個先生便是祭風的公孫勝。帶叙帶記,叙處有奔風激電之能,記處有水落石出之致。五位好漢引着數十個打魚的莊家,把這夥官兵都搠死在蘆葦蕩裏。忽然結算一句。五個好漢,十個漁人,收拾上文一片八門五花文字,才調異常。單單只剩得一個何觀察,捆做粽子也似,丢在船艙裏。忽然接轉第二番完。○下忽又轉過第一番。阮小二提將上岸來,指着罵道:「你這厮,是濟州一個詐害百姓的蠢蟲!觀察,筆如鷙鷹餓虎。我本待把你碎尸萬段,却要你回去對二寄奇文。○虎稱大蟲,鼠稱老蟲,馬稱聾蟲,官稱蠢蟲,皆奇文。那濟州府管事的賊説:俺這石碣村阮氏三雄,東溪村天王晁蓋,都不是好撩撥的!我也不來你城裏借糧,他也休要來我這村中討死!竟作酬酢語,妙絶。○賊與賊,老爺與老爺,正應酬酢也。倘或正眼兒覷着,休道你是一個小小州尹,也莫説蔡太師差幹人來要拿我們,便是蔡京親自來時，我也拥他三二十個透明的窟窿。只算上壽。俺們放你回去，休得再來！傳與你的那個鳥官人，教他休要做夢！這裏没大路，五個字裏，結果一員巡簡、千餘人兵，讀之失笑。我着兄弟送你出路口去。」當時阮小七把一隻小快船載了何濤，直送他到大路口，喝道：「這裏一直去，便有尋路處。別的衆人都殺了，難道只恁地好好放了你去，也吃你那州尹賊驢笑！一篇如奔風激浪，至此已得收港，却不肯便住。故又另自蹴起一波，其才如許。且請下你兩個耳朵來做表證！」七哥趣人，不枉姓阮。阮小七身邊拔起尖刀，把何觀察兩個耳朵割下來，鮮血淋漓，插了刀，解了膊，幽細之極。○百忙之後，人必忘之矣。放上岸去。何濤得了性命，自尋路「尋路」妙，送出路口，尚要尋路，笑上文深入虎口之易也，「自尋」又妙，千餘人來，一個回去，回思奪船時，真成一夢也。回濟州去了。

且說晁蓋、公孫勝和阮家三弟兄，並十數個打魚的，一發都駕了五七隻小船，離了石碣湖村泊，徑投李家道口來。到得那裏，相尋着吴用、劉唐船隻，合做一處。吴用問起拒敵官兵一事，晁蓋備細說了。吴用衆人大喜，整頓船隻齊了，一同來到旱地忽律朱貴酒店裏。朱貴見許多人來說投托入夥，慌忙迎接。吴用將來歷實說與朱貴聽了，待朱貴不薄。大喜，逐一都相見了。請入廳上坐定，忙叫酒保安排分例酒來，管待衆人。隨即取出一張皮靶弓來，搭上一枝響箭，望着那對港蘆葦中射去。響箭到處，早見有小嘍囉摇出一隻船來。朱貴急寫了一封書呈，備細寫衆豪傑入夥姓名人數，四字寫出朱貴歡喜。先付與小嘍囉賫了，教去寨裏報知；一面又殺羊管待深表朱貴。衆好漢。過了一夜，次日早起，朱貴喚一隻大船，請衆多好漢下船，就同帶了晁蓋等來的船隻，細。一齊望山寨裏來。行了多時，早來到一處水口，只聽的岸上鼓響鑼鳴。晁蓋看時，只見七八個小嘍囉，划出四隻哨船來，見了朱貴，都聲了喏，自依舊先去了。此一段，俗筆不及。

再説一行人來到金沙灘上岸，便留老小船隻並打魚的人在此等候；老小並打魚人，留在灘上船裏。又見數十個小嘍囉，下山來接引到關上。寫事有層次。王倫領着一班頭領，出關迎接。晁蓋等慌忙施禮，王倫答禮道：「小可王倫，久聞晁天王大名，如雷灌耳。今日且喜光臨草寨。」晁蓋道：「晁某是個不讀書史的人，甚是粗鹵。今日事在藏拙，甘心與頭領帳下做一小卒，不棄幸甚。」王倫道：「休如此説，且請到小寨，再有計議。」一行從人，都跟着上山來。從人跟上山來。到得大寨聚義廳上，王倫再三謙讓晁蓋一行人上階。晁蓋等七人，在右邊一字兒立下；王倫與衆頭領，在左邊一字兒立下。一個個都講禮罷，分賓主對席坐下。王倫唤階下衆小頭目聲喏已畢，一壁廂動起山寨中鼓樂。先叫小頭目去山下管待來的從人，關下另有客館安歇。從人仍發放關下去。

單説山寨裏宰了兩頭黄牛、十個羊、五個猪，大吹大擂筵席。衆頭領飲酒中間，晁蓋把胸中之事，從頭至尾都告訴王倫等衆位。王倫聽罷，駭然了半晌，外邊寫一句。心内躊躇，裏邊寫一句。做聲不得，又于外邊寫一句。自己沉吟，又于裏邊寫一句。虚作應答。又于外邊寫一句。○五句，活寫出秀才。筵宴至晚席散，衆頭領送晁蓋等衆人關下客館内安歇，此一句，寫王倫異心。自有來的人伏侍。此一句，寫王倫疏漏。○一句寫王倫密，一句寫王倫疏，活寫出秀才。晁蓋心中歡喜，對吴用等六人説道：「我們造下這等迷天大罪，那裏去安身？不是這王頭領如此錯愛，我等皆已失所，此恩不可忘報！」吴用只是冷笑。妙。○七個人，須要逐個出色一寫。故前朱仝來捉時，晁蓋已着吴用、劉唐先行了，却又着公孫勝先行，他便獨自一個挺刀押後，此是出色寫個晁蓋。何濤來捉時，阮小二道「不妨，我自對付他」，便調度小五、小七兩隻船、兩個山歌來，此是出色寫個三阮。後來一陣怪風、一片火光、一隻小船、一口寶劍，便把一千官軍燒得罄盡，此是出色寫個公孫勝。今自「冷笑」二字已去，完火併一篇，乃是出色寫個吴用也。七個人中，獨劉唐不曾出色自效，便爲補寫月夜一走。以見行文如行兵，遣筆如遣將，非可草草無紀也。

晁蓋道：「先生何故只是冷笑，有事可以通知。」吴用道：「兄長性直，此四字，是一部大書中如椽之筆。晁蓋只是直，宋江只是曲，此晁、宋之别也。你道王倫肯收留我們？兄長不看他的心，只觀他的顔色動静規模。」晁蓋道：「觀他顔色怎地？」吴用道：「兄長不見他早間席上與兄長説話，倒有交情；次後因兄長説出殺了許多官兵捕盜巡簡，放了何濤，阮氏三雄如此豪傑，他便有些顔色變了。雖是口中應答，心裏好生不然。若是他有心收留我們，只就早上便議定了坐位。明日排宴，已分付山南水亭矣。杜遷、宋萬這兩個，自是粗鹵的人，輕。○只點一句，便放過。待客之事，如何省得？只有林冲那人，陡然提出林冲，有如榛莽之中，怪石斫露。原是京師禁軍教頭，大郡的人，諸事曉得；今不得已，知己語，只四字灑下人淚來。坐了第四位。早間見林冲看王倫答應兄長模樣，十四字一句，又如活，又如畫。○王倫應晁蓋，林冲看王倫應晁蓋，吴用見林冲看王倫應晁蓋，一句看他多曲。他自便有些不平之氣，頻頻把眼瞅這王倫，心内自已躊躇。活畫林冲。○亦用外一句，裏一句。我看這人，倒有顧盼之心，只是不得已。數語中，凡用兩「不得已」句，寫林冲乎哉？寫天下丈夫也。小生略放片言，此語醜。教他本寨自相火併。」晁蓋道：「全仗先生妙策。」當夜七人安歇了。

次早天明，只見人報道：「林教頭相訪。」疾。○前寫晁蓋挺刀押後文中，却將朱仝、雷横夾雜而寫；此寫吴用文中，亦將林冲夾雜而寫。讀者須分作兩分眼色，一半去看吴用，一半去看林冲，乃雙得之也。吴用便對晁蓋道：「這人來相探，中俺計了。」七個人慌忙起來迎接，邀請林冲入到客館裏面。吴用向前稱謝道：「夜來重蒙恩賜，拜擾不當。」林冲道：「小可有失恭敬。雖有奉承之心，奈緣不在其位，林冲心事。望乞恕罪。」吴學究道：「我等雖是不才，非爲草木，豈不見頭領錯愛之心、顧盼之意？就勢便用一迎，妙絶。感恩不淺！」晁蓋再三謙讓林冲上坐，林冲那裏肯，推晁蓋上首坐了，林冲便在下首坐定，吴用等六人一帶坐下。只客館中片時小坐，亦不草草。深寫林冲在王倫下第四椅，真是不在其位也。晁蓋道：「久聞教頭大名，不想今日得會。」晁蓋性直，只説閑話，並不與林冲對針，然却少不得。林冲道：「小人舊在東京時，與朋友交，禮節不曾有誤。林冲語。○武師自説海話，聖歎却驀然想着深公，私謂除此寒山片石，恐武師之在東京，亦未必更有可語。雖然今日能够得見尊顔，不得遂平生之願，特地徑來陪話。」林冲語。晁蓋稱謝道：「深感厚意。」晁蓋説閑話。

吴用便動問道：「小生舊日久聞頭領在東京時，十分豪傑。不知緣何與高俅不睦，致被陷害。後聞在滄州，亦被火燒了大軍草料場，又是他的計策。閑話七句。向後不知誰薦頭領上山？正話一句。」林冲道：「若說高俅這賊陷害一節，但提起毛髮植立！句法亦有毛髮植立之勢。又不能報得此讎！答一。來此容身，皆是柴大官人舉薦到此。答一。」吳用道：「柴大官人，莫非是江湖上人稱爲小旋風柴進的麽？」撇過高俅，單擒柴大官人。手法敏辣，有縱蛟鎖龍之妙。林冲道：「正是此人。」晁蓋道：「小可多聞人說柴大官人仗義疏財，接納四方豪傑，說是大周皇帝嫡派子孫，如何能够會他一面也好。」百忙中，晁蓋又說閑話。真是閑口閑嗑，全與林冲不對。然上特注云却少不得者，正爲林、吳相對，鏃鏃相拄，括括相擊，反覺斧鑿之痕，太是顯然。深賴晁蓋夾在中間，順他直性，自說自話，以泯其迹也。吳用又對林冲道：「據這柴大官人，名聞寰海，聲播天下的人，妙。○擒住柴大官人更不放。教頭若非武藝超群，妙。○「若非」二字反踢，妙。他如何肯薦上山？妙。○「如何肯」三字反踢，妙。非是吳用過稱，妙。○「非是」二字，亦用反踢。理合王倫讓這第一位與頭領坐。此天下公論，承「若非」句。也不負了柴大官人的書信。承「如何肯」句。」

林冲道：「承先生高談，只因小可犯下大罪，投奔柴大官人。非他不留林冲，此六字令我讀之駭然。蓋寫林冲，便活寫出林冲來；寫林冲精細，便活寫出林冲精細來。何以言之？夫上文吳用文中，乃說柴進肯薦林冲上山也，林冲却忽然想道：他說柴進薦我上山，或者疑到柴進不肯留我在家耶？說時遲，那時疾，便急道一句「非他不留林冲」六個字，千伶百俐，一似草枯鷹疾相似。妙哉妙哉，蓋自非此句，則寫來已幾乎不是林冲也。誠恐負累他不便，自願上山。不想今日去住無門！「去住」二字，寫林冲動摇已久也。非在位次低微，只爲王倫心術不定，語言不准，難以相聚。」說得矯健。○心術不定，語言不准。犯此八字者，賊也做不成，痛言哉！吳用道：「王頭領待人接物一團和氣，如何心地倒恁窄狹？」

換一頭。林冲道：「今日山寨天幸，得衆多豪傑到此相扶相助，似錦上添花，如旱苗得雨。此人只懷妒賢嫉能之心，但恐衆豪傑勢力相壓。千古同之，仲尼之所以致歎于臧孫也。夜來因見兄長所説衆位殺死官兵一節，他便有些不然，就懷不肯相留的模樣，以此請衆豪傑來關下安歇。」吴用便道：「既然王頭領有這般之心，我等休要待他發付，惡極。只八個字，把雪天三限，直提出來。自投別處去便了。」林冲道：「衆豪傑休生見外之心，林冲自有分曉。林冲已決。○要知此六個字，全是上文「休要待他發付」八個字逼出[一]。小可只恐衆豪傑生退去之意，特來早早説知。是林冲。今日看他如何相待：若這厮語言有理，不似昨日，萬事罷論；倘若這厮今朝有半句話參差時，盡在林冲身上。決。」

晁蓋道：「頭領如此錯愛，俺弟兄皆感厚恩。」又插入晁蓋直性人説直話，全不摸林冲頭腦，全不對林冲箭括，讀之如話。吴用便道：「頭領爲新弟兄面上，倒與舊弟兄分顔。「新弟兄」、「舊弟兄」六個字，有鈎鎗拐馬之妙。○「新弟兄」以親之，「舊弟兄」以羞之。不謂「弟兄」二字，又可作膠漆用，又可作刀劍用也。若是可容即容，不可容時，小生等登時告退。」四字，是吴用一篇結煞語，蓋欲討一的當相許也，惡哉！林冲道：「先生差矣！「差」字來得疾，緊辨「新弟兄」、「舊弟兄」字也。古人有言：『惺惺惜惺惺，好漢惜好漢。』量這一個潑男女，腌臢畜生，説甚弟兄！豪傑之惜「弟兄」二字也如此矣。衆豪傑且請寬心。」七字是林冲一篇結煞語，緊答「登時告退」四字。林冲起身別了衆人，説道：「少間

[一]「待」，金評各本均作「受」，據所引正文改。

相會。」也説一句閑話。○林冲此來，只此一句是閑話。衆人相送出來，林冲自上山去了。没多時，只見小嘍囉到來相請，説道：「今日山寨裏頭領相請衆好漢，去山南水寨亭上筵會。」特特避開聚義堂上。晁蓋道：「上覆頭領，少間便到。」小嘍囉去了。晁蓋問吴用道：「先生，此一會如何？」吴學究笑道：「兄長放心，此一會倒有分做山寨之主。今日林教頭必然有火併王倫之意，他若有些心懶，小生憑着三寸不爛之舌，不由他不火併。兄長身邊各藏了暗器，要。只看小生把手來捻鬚爲號，要。兄長便可協力。」晁蓋等衆人暗喜。

辰牌已後，三四次人來邀請。晁蓋和衆頭領身邊各各帶了器械，暗藏在身上，結束得端正，却來赴席。只見宋萬親自騎馬，又來相請，前已表出朱貴，此又表出宋萬，筆墨周詳。獨不及杜遷者，王倫爲杜遷所引，且姑留以伴之，亦文家疏密相間之法也。小嘍囉擡過七乘山轎，七個人都上轎子，一徑投南山水寨裏來，直到水亭子前下了轎。王倫、杜遷、林冲、朱貴都出來相接，邀請到那水亭子上，分賓主坐定。王倫與四個頭領——杜遷、宋萬、林冲、朱貴，坐在左邊主位上；晁蓋與六個好漢——吴用、公孫勝、劉唐、三阮，坐在右邊客席。階下小嘍囉輪番把盞。酒至數巡，食供兩次，晁蓋和王倫盤話；但提起聚義一事，王倫便把閑話支吾開去。吴用把眼來看林冲時，只一句急遞入去，妙絶筆力。只見林冲側坐交椅上，把眼瞅王倫身上。寫得如畫，便畫也畫不出。○寫林冲，寫得峷嵂之極，鬱勃之極。

看看飲酒至午後，王倫回頭叫小嘍囉：「取來。」三四個人去不多時，只見一人捧個大盤子裏，放着五錠大銀。醜。王倫便起身把盞，對晁蓋説道：「感蒙衆豪傑到此聚義，只恨敝山小寨，是一洼之水，如何安得許多真龍？聊備些小薄禮，萬望笑留。煩投大寨歇馬，小可使人親到麾下納降。」晁蓋道：「小子久聞大山招賢納士，一徑地特來投托入夥。若是不能相容，我等衆人自行告退。重蒙所賜白金，決不敢領。非敢自誇豐富，小可聊有些盤纏使用。速請納回厚禮，只此告别。」王倫道：「何故推却？非是敝山不納衆位豪傑，奈緣只爲糧少房稀，恐日後誤了足下，衆位面皮不好，因此不敢相留。」

説言未了，只見林冲八字疾。雙眉剔起，兩眼圓睁，坐在交椅上大喝道：此處若便立起，却起得没聲勢；若便踢倒桌子立起，又踢得没節次。故特地寫個「坐在交椅上」罵，直等罵到分際性發，然後一脚踢開桌子，搶起身來，刀亦就勢掣出。有節次，有聲勢，作者實有設身處地之勞也。「你前番我上山來時，也推道糧少房稀。胸中主句，眼前賓句。今日晁兄與衆豪傑到此山寨，你又發出這等言語來，眼前主句，胸中賓句。是何道理？」吴用便説道：「頭領息怒。自是我等來的不是，倒壞了你山寨情分。惡極。不惟自説不是，看他下「壞情分」三字，已直説林冲不是矣。今日王頭領以禮發付我們下山，送與盤纏，又不曾熱趕將去，惡極。只七個字，陡然把雪晴三限又提出來。請頭領息怒，我等自去罷休。明明催之。」林冲道：「這是笑裏藏刀、言清行濁的人！我其實今日放他不過！」快絶妙絶，讀之神旺，非一朝一夕之心矣。王倫喝道：「你看這畜生！看他罵人法，活是個秀才。又不醉了，倒把言語來傷觸我，却不是反失上下！」林冲大駡道：「量你是個落第窮儒，即不落第又奈何。胸中又没文學，即有文學又奈何。怎做得山寨之主！」可見秀才，雖强盗亦不服也。

吴用便道：「晁兄，更不向林冲説，妙絶。只因我等上山相投，反壞了頭領面皮。只今辦了船隻，便當告退。又催之。」晁蓋等七人便起身，句。要下亭子。句。○俗人不知此句之妙，便作一句讀，不知上半句是真，下半句是假也。王倫留道：「且請席終了去。」秀才可憐，睡裏夢裏。林冲把桌子只一脚踢在一邊，搶起身來，衣襟底下掣出一把明晃晃刀來，有山崩海立、風起雲湧之勢。掿的火雜雜。五字不知是寫人，不知是寫刀，但覺人刀俱活。吴用便把手將髭鬚一摸，晁蓋、劉唐便上亭子來，虚攔住王倫叫道：「不要火併！」吴用便假意扯林冲道：「頭領不可造次！」公孫勝便兩邊道：「休爲我等壞了大義。」阮小二便去幫住杜遷，阮小五幫住宋萬，阮小七幫住朱貴，百忙中，寫來何等明晝。嚇得小嘍囉們目瞪口呆。林冲拿住王倫，罵道：「你是一個村野窮儒，虧了杜遷，得到這裏。柴大官人這等資助你，賙給盤纏，與你相交，舉薦我來，尚且許多推却。今日衆豪傑特來相聚，又要發付他下山去。這梁山泊便是你的？天下人聽者。你這嫉賢妒能的賊，天下人聽者。不殺了，要你何用！却作商量語，絶倒。你也無大量大才，也做不得山寨之主！」有大才，又必有大量，强盗頭猶必若是耶？

杜遷、宋萬、朱貴本待要向前來勸，被這幾個緊緊幫着，那裏敢動。王倫那時也要尋路走，却被晁蓋、劉唐兩個攔住。王倫見頭勢不好，口裏叫道：「我的心腹都在那裏？」活秀才。雖有幾個身邊知心腹的人，本待要來救，見了林冲這般凶猛頭勢，誰敢向前？林冲即時拿住王倫，又罵了一頓，再添一句，爲雪天三限吐氣。去心窩裏只一刀，「肐察」地搠倒在亭上。晁蓋見搠王倫，各掣刀在手。方掣出暗器。林冲疾把王倫首級割下來，提在手裏，林冲能。○却是耐庵能。嚇得那杜遷、宋萬、朱貴都跪下説道：「願隨哥哥執鞭墜鐙！」晁蓋等慌忙扶起三人來。

吴用就血泊裏拽過頭把交椅來，何必聚義堂上，只山南水亭有何不可，笑秀才之多計也。便納林冲坐地，叫道：「如有不伏者，將王倫爲例！今日扶林教頭爲山寨之主。」好吴用。林冲大叫道：「先生差矣！好林冲。我今日只爲衆豪傑義氣爲重上頭，火併了這不仁之賊，實無心要謀此位。今日吴兄却讓此第一位與林冲坐，豈不惹天下英雄耻笑？若欲相逼，寧死而已！弟有片言，願聞。不知衆位肯依我麽？」衆人道：「頭領所言，誰敢不依？願聞其言。」

林冲言無數句，話不一席，有分教：斷金亭上，招多少斷金之人；聚義廳前，開幾番聚義之會。正是：替天行道人將至，仗義疏財漢便來。畢竟林冲對吴用説出甚言語來，且聽下回分解。

第五才子書施耐庵水滸傳卷之二十四

聖歎外書

第十九回　梁山泊義士尊晁蓋　鄆城縣月夜走劉唐

此書筆力大過人處，每每在兩篇相接連時，偏要寫一樣事，而又斷斷不使其間一筆相犯。如上文方寫過何濤一番，入此回又接寫黄安一番是也。看他前一番，翻江攪海，後一番，攪海翻江，真是一樣才情，一樣筆勢。然而讀者細細尋之，乃至曾無一句一字偶爾相似者。此無他，蓋因其經營圖度，先有成竹藏之胸中，夫而後隨筆迅掃，極妍盡致，祇覺幹同是幹，節同是節，葉同是葉，枝同是枝。而其間偃仰斜正，各自入妙，風痕露迹，變化無窮也。此書寫何濤一番時，分作兩番寫；寫黄安一番時，也分作兩番寫，固矣。然何濤却分爲前後兩番，黄安却分爲左右兩番。又何濤前後兩番，一番水戰，一番火攻；黄安左右兩番，一番虚描，一番實畫：此皆作者胸中預定之成竹也。夫其胸中預定成竹，既已有如是之各各差别，則雖湖蕩即此湖蕩，蘆葦即此蘆葦，好漢即此好漢，官兵一樣官兵，然而間架既已各别，意思不覺都換。此雖懸千金以求一筆之犯，且不可得，而況其有偶同者耶！

宋江婆惜一段，此作者之紓筆也。爲欲宋江有事，則不得不生出宋江殺人；爲欲宋江殺人，則不得不生出宋江置買婆惜；爲欲宋江置買婆惜，則不得不生出王婆化棺。故凡自王婆求施棺木以後，遥遥數紙，而直至于王公許施棺木之日，不過皆爲下文宋江失事出逃之楔子。讀者但觀其始于施棺，終于施棺，始于王婆，終于王公，夫亦可以悟其灑墨成戲也。

話説林冲殺了王倫，手拿尖刀，指着衆人八字讀之，不寒而栗。説道：「據林冲雖係禁軍遭配到此，開口第一句，的是林冲語，他人不肯説。○漢文帝《與南粤王書》第一句云「朕，高皇帝側室之子」，與林冲第一句「身係禁軍，遭配到此」，二語正是一樣文法。然漢文推心置腹，林冲提心在口，一是忠恕而行，一是機變立應。其厚其薄，乃如天淵。今日爲衆豪傑至此相聚，爭奈王倫心胸狹隘，嫉賢妒能，推故不納，因此火併了這廝。非林冲要圖此位。據着我胸襟膽氣，焉敢拒敵官軍，他日剪除君側元凶首惡？《水滸》一書大題目，林冲一生大胸襟。今有晁兄仗義疏財，智勇足備，方今天下人聞其名，無有不伏。我今日以義氣爲重，立他爲山寨之主，不是勢利，不是威脅，不是私恩小惠，寫得豪傑有泰山岩岩之象。好麽？」【眉批】此一段特特寫林冲。衆人道：「頭領言之極當。」晁蓋道：「不可，自古强賓不壓主。晁蓋强殺，只是個遠來新到的人，安敢便來占上？」林冲拓手向前，將晁蓋推在交椅上，定大計，立大業，林冲之功，顧不偉哉！叫道：「今日事已到頭，不必推却。若有不從，即以王倫爲例！」妙絶快絶，罵殺秀才。○蓋謙恭多者，即係秀才。以秀才易秀才而不知其非，豈不辜負尖刀耶！再三再四扶晁蓋坐了，林冲喝叫衆人就于亭前參拜了。寫得與韓琦捲簾相似。一面使小嘍囉去大寨裏擺下筵席，林冲才。一面叫人抬過了王倫尸首，林冲才。一面又着人去山前山後喚衆多小頭目，都來大寨裏聚義。林冲才。

林冲等一行人，請晁蓋上了轎馬，都投大寨裏來。到得聚義廳前，下了馬，都上廳來。衆人扶晁天王去正中第一位交椅上坐定，連日讀《水滸》，已得十九回矣。直至此時，方是開部第一句，看官都要重添眼色。中間焚起一爐香來。是。林冲向前道：頃在亭上已定第一座矣，今第二、第三座，亦須武師手定，故復凛然而前。「小可林冲，只是個粗鹵匹夫[一]，不過只會些鎗棒而已，無學無才，無智無術。林冲何嘗不謙，只是謙得光明歷落，可以作自叙，可以作列傳，乃至遂可以作墓表、謚議，不須更易一字。而林冲自説如此，人説林冲亦如此，故知永異于秀才之謙也。今日山寨天幸，得衆豪傑相聚，大義既明，非比往日苟且。十字洗出梁山泊來。○《埤雅》云：「狗，苟也。以其苟于得食，故謂之狗。」今釋「苟」字，亦應倒借云：「苟，狗也。以其與狗無擇，故謂之苟。」嗚呼！審如斯言，然則不苟且者誰乎？學究先生在此便請做軍師，執掌兵權，調用將校，須坐第二位。」尊師重傳，真定得是。吴用答道：「吴某村中學究，胸次未見經綸濟世之才，雖曾讀些孫吴兵法，未曾有半粒微功，豈可占上？」林

[一]「鹵」，金評各本均無，據明容與堂本補。

沖道：「事已到頭，不必謙讓。」吳用只得坐了第二位。林沖道：「公孫先生請坐第三位。」神道設教，真定得是。晁蓋道：定一個，推一個，便印板可笑矣，換晁蓋代之。「却使不得。若是這等推讓之時，晁蓋必須退位。」林沖道：「晁兄差矣。公孫先生名聞江湖，善能用兵，有鬼神不測之機，呼風喚雨之法，那個及得？」公孫勝道：「雖有些小之法，亦無濟世之才，如何敢占上？還是頭領坐了。」林沖道：「只今番克敵制勝，便見得先生妙法。此句便。正是鼎分三足，缺一不可，先生不必推却。」公孫勝只得坐了第三位。

林沖再要讓時，過文法。晁蓋、吳用、公孫勝都不肯，三人俱道：「適蒙頭領所説，鼎分三足，以此不敢違命。我三人占上，頭領再要讓人時，晁蓋等只得告退。」三人扶住，林沖只得坐了第四位。論功行賞，真定得是。晁蓋道：「今番須請宋、杜二頭領來坐。」此句乃是作者惟恐文字直遂，故聊借作一曲。若真有此事，便當抹之。杜遷、宋萬却那裏肯，苦苦地請劉唐坐了第五位，阮小二坐了第六位，阮小五坐了第七位，阮小七坐了第八位，劉、阮序齒，真定得是。杜遷坐了第九位，宋萬坐了第十位，朱貴坐了第十一位。三個與上四個序賢，坐得是。梁山泊自此是十一位好漢坐定。總結一句，有筆力，有經緯。山前山後共有七八百人，都來參拜了，分立在兩下。

晁蓋道：聽令。「你等衆人在此：今日林教頭扶我做山寨之主，嗄。吳學究做軍師，嗄。公孫先生同掌兵權，嗄。林教頭等共管山寨。嗄。汝等衆人，各依舊職，管領山前山後事務，守備寨栅灘頭，休教有失。嗄。各人務要竭力同心，共聚大義。嗄。」○並不增添一語，只依上文林沖所定宣諭一遍，真是又好晁蓋，又好林沖。昭烈之言曰：「孤有孔明，如魚有水。」其樂如是也。再教收拾兩邊房屋，安頓了阮家老小，細。○收完阮家老小。便教取出打劫得的生辰綱金珠寶貝，收完生辰綱。並自家莊上過活的金銀財帛，收完保正家私。就當廳賞賜衆小頭目並衆多小嘍囉。大賚。當下椎牛宰馬，祭祀天地神明，慶賀重新聚義。衆頭領飲酒至半夜方散，次日又辦筵宴慶會，一連吃了數日筵席。晁蓋與吳用等衆頭領計議：整點倉廒，一。修理寨柵，二。打造軍器，鎗刀、弓箭、衣甲、頭盔，准備迎敵官軍，三。安排大小船隻，教演人兵水手上船厮殺，好做隄備，四。○此只是計議一遍，尚未曾得周備，故下文吳用又重申之。不在話下。

一日，林冲見晁蓋作事寬洪，疏財仗義，安頓各家老小在山，驀然思念妻子在京師，存亡未保，遂將心腹備細訴與晁蓋，文情如千丈游絲，忽然飄落。道：「小人自從上山之後，欲要搬取妻子上山來。因見王倫心術不定，難以過活，一向蹉跎過了。流落東京，不知死活。」晁蓋道：「賢弟既有寶眷在京，如何不去取來完聚？你快寫書，便教人下山去，星夜取上山來，多少是好。」林冲當下寫了一封書，叫兩個自身邊心腹小嘍囉下山去了。不過兩個月，小嘍囉還寨，説道：「直至東京城内殿帥府前[一]，尋到張教頭家。聞説娘子被高太尉威逼親事，自縊身死，應前。已故半載。完林冲娘子。○頗有人讀至此處，潸然淚落者，錯也。此只是作書者隨手架出、隨手抹倒之法，當時且實無林冲，又焉得有娘子乎哉？不寧惟是而已，今夫人之生死，亦都是隨業架出、隨業抹倒之事也。豈真有人昔日曾作此書，亦豈真有我今日方讀此書乎哉！然則淚落亦不曾淚落，聖歎説錯，乃真

[一]「帥」，貫華堂本、某瑶池本作「師」，據王望如評本改。

錯也。張教頭亦爲憂疑，半月之前，染患身故。完張教頭。止剩得女使錦兒，已招贅丈夫在家過活。完錦兒。訪問鄰里，亦是如此説。加一句。打聽得真實，又加一句。○加此二句，所以深明不是高府迫去，待林冲不得不如此。活寫出心腹嘍囉。回來報與頭領。」林冲見説了，潸然淚下，自此杜絶了心中挂念。哭得真，放得快，真豪傑，真林冲。晁蓋等見説，悵然嗟歎。山寨中自此無話，每日只是操練人兵，准備抵敵官軍。

忽一日，衆頭領正在聚義廳上商議事務，只見小嘍囉報上山來，説道：「濟州府差撥軍官，帶領約有二千人馬，乘駕大小船四五百隻，見在石碣村湖蕩裏屯住，特來報知。」晁蓋大驚，便請軍師吴用商議道：「官軍將至，如何迎敵？」吴用笑道：「不須兄長挂心，吴某自有措置。自古道：『水來土掩，兵到將迎。』」隨即唤阮氏三雄，附耳低言道：「如此如此。」又唤林冲、劉唐受計道：「你兩個便這般這般。」再叫杜遷、宋萬，也分付了。

且説濟州府尹點差團練使黄安，並本府捕盜官一員，帶領一千餘人，拘集本處船隻，就石碣村湖蕩調撥，分開船隻，作兩路來取泊子。一句，遂令文字分作兩扇。

且説團練使黄安，帶領人馬上船，摇旗吶喊，殺奔金沙灘來。看看漸近灘頭，只聽得水面上「嗚嗚咽咽」吹將起來。黄安道：「這不是畫角之聲？」前何濤文出色寫，此黄安文便約略寫，疏密濃淡正妙。且把船灣住看時，只見水面上遠遠地三隻船來。只是三隻船。看那船時，每隻船上只有五個人：只有五個人。四個人摇着雙櫓，船頭上立着一個人，五個人又只是「一個人」，然則十五個人只是「三個人」。頭帶絳紅巾，都是一樣紅羅繡襖，棋子布背心，不知抛向何處。貧富之際，令人深感。手裏各拿着留客住，三隻船上人，都一般打扮。于內有人認得的，便對黄安説道：「這三隻船上三個人，一個是阮小二，一個是阮小五，一個是阮小七。」黄安道：「你衆人與我一齊並力向前，拿這三個人。」兩邊有四五十隻船，一齊發着喊，殺奔前去。那三隻船唿哨了一聲，一齊便回。四字如戲，不知視黄安如小兒，如蟲蟻。黄團練把手內鎗撚搭動，向前來叫道：「只顧殺這賊，我自有重賞。」那三隻船前面走，既不來。背後官軍船上把箭射將去。那三阮去船艙裏各拿起一片青狐皮來，遮那箭矢。又不去。後面船隻只顧趕。

趕不過二三里水港，黄安背後一隻小船飛也似划來，報道：于報子口中，完却一路。文情變詭，令我不測。「且不要趕！我們那一條殺入去的船隻，都被他殺下水裏去，把船都奪去了。」黄安問道：「怎的着了那厮的手？」小船上人答道：盡向口中説出。「我們正行船時，只見遠遠地兩隻船來，每船上各有五個人。只是五個人。我們並力殺去趕他，趕不過三四里水面，四下裏小港鑽出七八隻小船來，只是七八隻船。船上弩箭似飛蝗一般射來。我們急把船回時，來到窄狹港口，只見岸上約有二三十人，只是二三十人。兩頭牽一條大篾索，横截在水面上。只是一條篾索。却待向前看索時，又被他岸上灰瓶、石子如雨點一般打將來。只是灰瓶、石子。衆官軍只得棄了船隻，下水逃命。我衆人逃得出來，到旱路邊看時，那岸上人馬皆不見了，馬也被他牽去了，看馬的軍人都殺死在水裏。一路完。我們蘆花蕩邊尋得這隻小船兒，徑來報與團練。」此船定是吴用留與報信，以亂其軍心者也，不得疑作者捏湊。

黄安聽得説了，叫苦不迭，便把白旗招動，教衆船不要去趕，且一發回來。那衆船纔撥得轉頭，未曾行動，只見背後那三隻船又引着十數隻船，十數隻船。都只是這三五個人，三五個人。把紅旗摇着，口裏吹着胡哨，飛也似趕來。黄安却待把船擺開迎敵時，只聽得蘆葦叢中炮響。黄安看時，四下裏都是紅旗擺滿，又似極多者。慌了手脚。後面趕來的船上叫道：「黄安，留下了首級回去！」趣語絶倒。留下首級，如何回去？且留下首級，回去如何吃飯耶？黄安把船盡力摇過蘆葦岸邊，却被兩邊小港裏鑽出四五十隻小船來，四五十隻。船上弩箭如雨點射將來。黄安就箭林裏字法之奇者，如「肉雨」、「箭林」、「血粥」等，皆可入《諧史》。奪路時，只剩得三四隻小船了。黄安便跳過快船内，回頭看時，只見後面的人一個個都「撲通」的跳下水裏去了。有和船被拖去的，大半都被殺死。一路完。

黄安駕着小快船正走之間，只見蘆花蕩邊一隻船上，立着劉唐，一撓鈎搭住黄安的船，「托」地跳將過來，只一把攔腰提住，喝道：「不要挣扎！」一時軍人能識水的，水裏被箭射死；不敢下水的，就船裏都活捉了。事曰掃蕩。文曰收拾。黄安被劉唐扯到岸邊，上了岸。遠遠地晁蓋、公孫勝山邊騎着馬，挺着刀，引五六十人、三二十匹馬，齊來接應。寫晁蓋、吴用、公孫勝，宛然是個中軍，真有不勞而定之體。然又特特藏過吴用者，蓋深喻謀于九淵，發于九天，樞密之地非可以示人也。讀《水滸》有極大學問，後世其念之也哉。一行人生擒活捉得一二百人，奪的船隻，盡數都收在山南水寨裏安頓了。大小頭領，一齊都到山寨，晁蓋下了馬，來到聚義廳上坐定。衆頭領各去了戎裝軍器，團團坐下。捉那黄安綁在將軍柱上，取過金銀緞匹，賞了小嘍囉。點簡共奪得六百餘匹好馬，山寨從此有許多馬匹。這是林冲的功勞；明畫。東港是杜遷、宋萬的功勞；明畫。西港是阮氏三雄的功勞；明畫。捉得黄安是劉唐的功勞。明畫。○山寨中共是十一位英雄，今單叙出七個有功，而不言晁蓋者，凡衆人之功皆晁蓋之功，晁蓋固不得與衆人爭功也。吴用、公孫勝者，運籌于内，決勝于外，有發縱之能焉，亦不必與衆人爭功也。止有朱貴例應立功，然身在外司，勢不得與。因爲另生下文一段，以明無一人尸位素餐也。

衆頭領大喜，殺牛宰馬，山寨裏筵會。自醖的好酒，水泊裏出的新鮮蓮藕並鮮魚，山南樹上自有時新的桃、杏、梅、李、枇杷、山棗、柿、栗之類，自養的鷄、猪、鵝、鴨等品物，不必細説。寫得山泊無物不備。衆頭領只顧慶賞，新到山寨，得獲全勝，非同小可。正飲酒間，只見小嘍囉報道：「山下朱頭領使人到寨。」上文人各立功，此特補出朱貴，不重在晁蓋諸人劫掠客商也。【眉批】一事是合傳，不得分作兩番。晁蓋唤來問有甚事，小嘍囉道：「朱頭領探聽得一起客商，有數十人結聯一處，今晚必從旱路經過，特來報知。」晁蓋道：「正没金帛使用，特着一句，爲朱貴地。誰領人去走一遭？」三阮道：「我弟兄們去。」三阮去了。晁蓋道：「好兄弟，小心在意，速去早來。」三阮便下廳去換了衣裳，跨了腰刀，拿了朴刀、榄叉、留客住，點起一百餘人。上廳來别了頭領，便下山，就金沙灘把船載過朱貴酒店裏去了。晁蓋恐三阮擔負不下，又使劉唐又劉唐去了。點起一百餘人，教領了下山去接應。又分付道：「只可善取金帛財物，切不可傷害客商性命。」又帶表晁蓋。劉唐去了。晁蓋到三更，不見回報，又使杜遷、宋萬又杜遷、宋萬去了。○于朱貴文中，又特着許多人去者，非令衆人與朱貴分功。蓋又深表朱貴乃係耳目採聽之司，不重一鎗一刀。故是役雖全賴阮、劉、杜、宋六人，而功必歸之朱貴也。引五十餘人下山接應。

晁蓋與吴用、公孫勝、林冲飲酒至天明，上文特遣阮、劉、杜、宋都去者，非必用四人也，正獨留林冲也。蓋爲前文抵敵黄安時，單留晁蓋、吴用、公孫勝，而今林冲與彼六人一例在軍前聽用，雖意在顯出武師材勇過人，然已幾于絳灌伍之矣。此特調畫群公，大書四人飲酒，嗚呼妙哉！只見小嘍囉報道：「虧得朱頭領，得了二十餘輛車子金銀財物，並四五十匹驢騾頭口。」叙朱貴功已定。晁蓋又問道：「不曾殺人麽？」帶表。小嘍囉答道：「那許多客人，見我們來得頭勢猛了，都撇下車子、頭口、行李，逃命去了，並不曾傷害他一個。」晁蓋見説大喜：「我等自今已後，不可傷害于人。」是。取一錠白銀，賞了小嘍囉，便叫將了酒果下山來，直接到金沙灘上。見衆頭領盡把車輛扛上岸來，再叫撑船去載頭口、馬匹。細。衆頭領大喜，把盞已畢，教人去請朱貴上山來筵宴。半日只爲此一句耳，作文顧不難哉！晁蓋等衆頭領，都上到山寨聚義廳上，簸箕掌、栲栳圈坐定。叫小嘍囉扛擡過許多財物在廳上，一包包打開，將彩帛衣服堆在一邊，好。行貨等物堆在一邊，好。金銀寶貝堆在正面。好。便叫掌庫的小頭目，每樣取一半收貯在庫，聽候支用；好。這一半分做兩分：廳上十一位頭領均分一分，好。山上山下衆人均分一分。好。把這新拿到的軍健臉上刺了字號，好。選壯浪的分撥去各寨喂馬砍柴，好。軟弱的各處看車切草。好。黄安鎖在後寨監房内。好。○結到黄安，斷知前文不是二事也。

晁蓋道：聽晁蓋説。「我等今日初到山寨，當初只指望逃災避難，投托王倫帳下，爲一小頭目。多感林教頭賢弟，推讓我爲尊。不想連得了兩場喜事：第一贏得官軍，收得許多人馬船隻，捉了黄安；二乃又得了若干財物金銀。此不是皆托衆弟兄的才能？」衆頭領道：「皆托得大哥哥的福蔭，以此得采。」晁蓋再與吳用道：「俺們弟兄七人的性命，皆出于宋押司、朱都頭兩個。古人道：『知恩不報，非爲人也。』」若論大事，則下文吳用之言爲得大體；今自爲後文波節，則此語真是宋江鉤餌。乃今作者，反若置此語于第二，而以下文申作第一，遂使後人讀之而迷也，蓋筆墨真能顛倒人哉！今日富貴安樂，從何而來？早晚將些金銀，可使人親到鄆城縣走一遭，此是第一件要緊的事務。再有白勝陷在濟州大牢裏，竟以兩事雙舉，作者之欲迷人如此，讀書可不慎歟！我們必須要去救他出來。」吳用道：「兄長不必憂心，小生自有擺劃。宋押司是個仁義之人，緊地不望我們酬謝。然雖如此，禮不可缺，早晚待山寨粗安，必用一個兄弟自去。主句。白勝的事，可教蓦生人去那裏使錢，買上囑下，鬆寬他，便好脱身。只帶着輕輕説。我等且商量屯糧、造船，製辦軍器，安排寨柵、城垣，添造房屋，整頓衣袍、鎧甲，打造鎗刀、弓箭，防備迎敵官軍。」此段極似最重，却是故設迷人。晁蓋道：「既然如此，全仗軍師妙策指教。」吳用當下調撥衆頭領分派去辦，不在話下。

且不説梁山泊自從晁蓋上山，好生興旺。却説濟州府太守見黃安手下逃回的軍人，備説梁山泊殺死官軍，生擒黃安一事；又説梁山泊好漢，十分英雄了得，無人近傍得他，難以收捕；抑且水路難認，港汊多雜，以此不能取勝。府尹聽了，只叫得苦，向太師府幹辦説道：「何濤先折了許多人馬，獨自一個逃得性命回來，已被割了兩個耳朵，自回家將息，至今不痊。去的五百人，無一個回來。因此又差團練使黃安並本府捕盜官，帶領軍兵前去追捉，亦皆失陷。黃安已被活捉上山，殺死官軍不知其數，又不能取勝，怎生是好！」太守肚裏正懷着鬼胎，没個道理處，只見承局來報説：「東門接官亭上，有新官到來，飛報到此。」太守慌忙上馬，來到東門外接官亭上，望見塵土起處，新官已到亭子前下馬。府尹接上亭子，相見已了，那新官取出中書省更替文書來，度與府尹。太守看罷，隨即和新官到州衙裏，交割牌印，一應府庫錢糧等項。當下安排筵席，管待新官。舊太守備説梁山泊賊盗浩大，殺死官軍一節。説罷，新官面如土色，心中思忖道：「蔡太師將這件勾當擡舉我，却是此等地面、這般府分。又没强兵猛將，如何收捕得這夥强人？倘或這厮們來城裏借糧時，却怎生奈何？」

舊官太守次日收拾了衣裝行李，自回東京聽罪，完濟州太守。不在話下。且説新府尹到任之後，請將一員新調來鎮守濟州的軍官來，當下商議招軍買馬，集草屯糧，招募悍勇民夫、智謀賢士，准備收捕梁山泊好漢。一面申呈中書省，轉行牌仰附近州郡，並力勦捕；一面自行下文書所屬州縣，知會收勦，及仰屬縣着令守禦本境。這個都不在話下。

且説本州孔目，差人賫一紙公文，行下所屬鄆城縣，教守禦本境，防備梁山泊賊人。鄆城縣知縣看了公文，教宋江叠成文案，行下各鄉村一體守備。宋江見了公文，心内尋思道：「晁蓋等衆人不想做下這般大事，刼了生辰綱，殺了做公的，傷了何觀察，又損害了許多官軍人馬，又把黄安活捉上山。如此之罪，是滅九族的勾當。雖是被人逼迫，事非得已，于法度上却饒不得。倘有疏失，如之奈何？」自家一個心中納悶，分付貼書後司張文遠，無意有意，安放此人在此處。將此文書立成文案，行下各鄉各保。自理會文卷，宋江却信步走出縣來。

走不過三二十步，只聽得背後有人叫聲：「押司！」春雲漸展。宋江轉回頭來看時，却是做媒的王婆，此下一篇，自討婆惜直至殺婆惜，皆是借作宋江在逃楔子。所以始于王婆，終于王公；始于施棺，終于施棺。凡以自表其非正文，只是隨手點染而已。引着一個婆子，却與他說道：「你有緣，做好事的押司來也。」宋江轉身來問道：「有甚麽話說？」王婆攔住，指着閻婆對宋江說道：「押司不知：這一家兒，從東京來，不是這裏人家。嫡親三口兒，夫主閻公，有個女兒婆惜。他那閻公，平昔是個好唱的人。自小教得他那女兒婆惜，也會唱諸般耍令，年方一十八歲，頗有些顏色。三口兒因來山東投奔一個官人不着，流落在此鄆城縣。不想這裏的人，不喜風流宴樂，因此不能過活，在這縣後一個僻净巷内權住。昨日他的家公，因害時疫死了。這閻婆無錢津送，没做道理處，央及老身做媒。我道這般時節，那裏有這等恰好？又没借換處，正在這裏走頭没路的，只見押司打從這裏過。以此老身與這閻婆趕來，望押司可憐見他則個，作成一具棺材。」一具棺材。○從棺材上起。

宋江道：「原來恁地。你兩個跟我來，去巷口酒店裏，借筆硯寫個帖子，與你去縣東陳三郎家，取具棺材。」宋江又問道：「你有結果使用麽？」閻婆答道：「實不瞞押司說，棺材尚無，那討使用？」宋江道：「我再與你銀子十兩，做使用錢。」閻婆道：「便是重生的父母，再長的爹娘。做驢做馬，却不道做鵠做鴨。報答押司。」宋江道：「休要如此說。」隨即取出一錠銀子，遞與閻婆，自回下處去了。且說這婆子將了帖子，徑來縣東街陳三郎家，取了一具棺材。回家發送了當，兀自餘剩下五六兩銀子，娘兒兩個把來盤纏，不在話下。

忽一朝，那閻婆因來謝宋江，見他下處没有一個婦人家面，回來問間壁王婆道：春雲再展。「宋押司下處，不見一個婦人面，他曾有娘子也無？」王婆道：「只聞宋押司家裏，住在宋家村，却不曾見説他有娘子。在這縣裏做押司，只是客居。常常見他散施棺材藥餌，極肯濟人貧苦，敢怕是未有娘子。」閻婆道：「我這女兒長得好模樣，又會唱曲兒，省得諸般耍笑。從小兒在東京時，只去行院人家串，那一個行院不愛他！顯得是個歪貨。有幾個上行首，要問我過房了幾次，我不肯。只因我兩口兒無人養老，因此不過房與他。不想今來倒苦了他。我前日去謝宋押司，見他下處没娘子，因此央你與我對宋押司説，他若要討人時，我情願把婆惜與他。我前日得你作成，虧了宋押司救濟，無可報答他，與他做個親眷來往。」

王婆聽了這話，次日來見宋江，備細説了這件事。宋江初時不肯，怎當這婆子撮合山的嘴攛掇，一路只是要宋江失事，便特特生出殺婆惜來；殺之無名，便特特倒裝出張三勾搭來；又恐張三有玷宋江閨門，便特特倒裝出討做外宅，以明非係正妻妾來；討做外宅，即宋江不免近于趙員外、西門官人之徒，便特特倒裝出鴇兒見他没有娘子，情願把女與他來；鴇兒爲何情願把女與他，便特特倒裝出施棺木來。曲曲折折，層層次次，當知悉是閑文，不得亦比正文例，一概認真讀也。宋江依允了，就在縣西巷内討了一所樓房，置辦些家火什物，安頓了閻婆惜娘兒兩個在那裏居住。没半月之間，打扮得閻婆惜滿頭珠翠，遍體綾羅。又過幾日，連那婆子也有若干頭面、衣服，寫婆惜衣飾寫不盡，却寫一句婆子，妙絶。端的養的婆惜豐衣足食。點染。初時，宋江夜夜與婆惜一處歇卧，向後漸漸來得慢了。却是爲何？原來宋江是個好漢，只愛學使鎗棒，于女色上不十分要緊。這閻婆惜水也似後生，如何譬，却譬得妙絶，只是講解不得。况兼十八九歲，正在妙齡之際，因此宋江不中那婆娘意。

一日，宋江不合帶後司貼書張文遠，來閻婆惜家吃酒。春雲三展。這張文遠，却是宋江的同房押司，那厮喚做「小張三」，生得眉清目秀，齒白唇紅。平昔只愛去三瓦兩舍，飄蓬浮蕩，學得一身風流俊俏；更兼品竹調絲，無有不會。這婆惜是個酒色娼妓，一見張三，心裏便喜，倒有意看上他。那張三亦是個酒色之徒，這事如何不曉得？見這婆娘眉來眼去，十分有情，便記在心裏。向後但是宋江不在，這張三便去那裏，假意兒只説來尋宋江。那婆娘留住吃茶，言來語去，成了此事。誰想那婆娘，自從和那張三兩個搭識上了，打得火塊一般熱，並無半點兒情分在這宋江身上。宋江但若來時，只把言語傷他，全不兜攬他些個。這宋江是個好漢，不以這女色爲念，因此半月十日去走得一遭。那張三和這婆惜，如膠似漆，夜去明來，街坊上人也都知了，却有些風聲吹在宋江耳朵裏。春雲四展。宋江半信不信，自肚裏尋思道[一]：「又不是我父母匹配的妻室，他若無心戀我，我没來由惹氣做甚麽？我只不上門便了。」自此有幾個月不去。閻婆累使人來請，宋江只推事故，不上門去。忽然住，妙絶。

話分兩頭。忽一日將晚，宋江從縣裏出來，去對過茶房裏坐定吃茶。只見一個大漢：奇文湧拔。頭帶白范陽氈笠兒，身穿一領黑綠羅襖，白笠黑襖，爲月下出色。然在蒼然暮色中，更怕人。下面腿絣護膝八搭麻鞋，腰裏跨着一口腰刀，背着一個大包；走得汗雨通流，氣急喘促，把臉别轉着看那縣裏。寫得作怪，妙。宋江見了這個大漢走得蹺蹊，慌忙起身，趕出茶房來，跟着那

[一]「肚」，貫華堂本作「壯」，據葉瑤池本改。

宋江見了這人，略有些面熟，「莫不是那裏曾厮會來？」心中一時思量不起。亦寫得作怪。那漢見宋江看了一回，也有些認得，立住了脚，定睛看那宋江，又不敢問。真寫得作怪。宋江尋思道：「這個人好作怪！却怎地只顧看我？」宋江亦不敢問他。真寫得作怪。只見那漢去路邊一個篦頭鋪裏問道：「大哥，前面那個押司是誰？」此一段寫得有鬼怪氣，深燈讀之，要怕起來。篦頭待詔應道：「這位是宋押司。」那漢提着朴刀，走到面前唱個大喏，作怪煞。説道：「押司，認得小弟麽？」作怪煞。宋江道：「足下有些面善。」作怪煞。那漢道：「可借一步説話。」宋江便和那漢入一條僻净小巷，細。那漢道：「這個酒店裏好説話。」兩個上到酒樓，揀個僻净閤兒裏坐下。那漢倚了朴刀，解下包裹，撇在桌子底下，細。那漢撲翻身便拜。宋江慌忙答禮道：「不敢拜問足下高姓？」那人道：「大恩人，如何忘了小弟？」宋江道：「兄長是誰？真個有些面熟，小人失忘了。」那漢道：「小弟便是晁保正莊上曾拜識尊顔、蒙恩救了性命的赤髮鬼劉唐便是。」廿八字句。宋江聽了大驚，説道：「賢弟，你好大膽！早是没做公的看見，險些兒惹出事來！」劉唐道：「感承大恩，不懼一死，特地來酬謝。」特表劉唐也。宋江道：「晁保正弟兄們，近日如何？兄弟，誰教你來？」怪之辭，吃驚如畫。劉唐道：「晁頭領哥哥，再三拜上大恩人。得蒙救了性命，見今做了梁山泊主都頭領。吴學究做了軍師，公孫勝同掌兵權。林冲一力維持，火併了王倫。山寨裏原有杜遷、宋萬、朱貴，和俺弟兄七個，共是十一個頭領。見今山寨裏聚集得七八百人，糧食不計其數。只想兄長大恩，無可報答，特使劉唐賫一封書，並黄金一百兩，相謝押司，再去謝那朱都頭。」只帶一句已足。

劉唐便打開包裹，取出書來，遞與宋江。此乃半句也。夫打開包裹，則應取出書與金子矣。今却因宋江開書太疾，便使劉唐取出金子不及。于是宋江一邊自看書，劉唐一邊自去開包取出金子。到得劉唐打開金子了，宋江却已看完了書，摸出招文袋來，蓋其時真甚疾也。宋江看罷，便拽起褶子前襟，摸出招文袋，此亦半句也。宋江摸出招文袋時，劉唐方乃取出金子。下文宋江便緊接一齊插入，蓋甚疾也。打開包兒時，劉唐取出金子，放在桌上。宋江把那封書，就取了一條金子和這書包了，插在招文袋内，放下衣襟。飛梁駕筍，造五鳳樓手也。便道：「賢弟，將此金子依舊包了。」隨即便唤量酒的並不説明，便唤量酒的，寫宋江吃驚如畫。打酒來，叫大塊切一盤肉來，鋪下些菜蔬果子之類，叫量酒人篩酒與劉唐吃。宋江不陪吃者，深寫吃驚之後，惟恐有失也。看看天色晚了，劉唐吃了酒，量酒人自下去。

劉唐把桌上金子包打開，要取出來。寫一時匆匆相視如畫。宋江慌忙攔住道：「賢弟，你聽我説：你們七個弟兄初到山寨，正要金銀使用；宋江家中頗有些過活，且放在你山寨裏，等宋江缺少盤纏時，却來取。今日非是宋江見外，于内已受了一條。朱仝那人，也有些家私，不用送去，我自與他説知人情便了。只答一句已足。賢弟，我不敢留你去家中住，活是吃驚語。倘或有人認得時，不是耍處。今夜月色必然明朗，你便可回山寨去，莫在此停閣。宋江再三申意衆頭領，不能前來慶賀，切乞恕罪。」劉唐道：「哥哥大恩，無可報答，特令小弟送些人情來與押司，微表孝順之心。保正哥哥今做頭領，學究軍師號令非比舊日，小弟怎敢將回去？到山寨中必然受責。」是。宋江道:「既是號令嚴明,我便寫一封回書,與你將去便了。」劉唐苦苦相央宋江收受,宋江那裏肯接,隨即取一幅紙來,借酒家筆硯,備細寫了一封回書,與劉唐收在包内。劉唐是個直性的人,深表劉唐。見宋江如此推却,想是不肯受了,便將金子依前包了。

看看天色夜來,劉唐道:「既然兄長有了回書,小弟連夜便去。」宋江道:「賢弟,不及相留,以心相照。」劉唐又下了四拜。宋江教量酒人來道:「有此位官人留下白銀一兩在此,我明日却自來算。」連帳亦不算,不惟押司托熟,亦爲吃驚不小。劉唐背上包裹,拿了朴刀,跟着宋江下樓來。離了酒樓,出到巷口,天色昏黄,是八月半天氣,月輪上來。寫還題中「月夜」二字。宋江攜住劉唐的手,宋江攜劉唐手第二。分付道:「賢弟保重,再不可來。此間做公的多,不是耍處。我更不遠送,只此相别。」劉唐見月色明朗,拽開脚步,望西路便走,連夜回梁山泊來。

却説宋江與劉唐别了,自慢慢走回下處來,一頭走,一面肚裏尋思道:「早是没做公的看見,爭些惹出一場大事來!」一頭想:「那晁蓋倒去落了草,直如此大弄!」轉不過兩個彎,只聽得背後有人叫一聲:「押司,那裏去來?好兩日不見面。」宋江回頭看時,倒吃一惱。不因這番,有分教宋江:小膽翻爲大膽,善心變做惡心。畢竟叫宋江的却是何人,且聽下回分解。

第五才子書施耐庵水滸傳卷之二十五

聖歎外書

第二十回 虔婆醉打唐牛兒 宋江怒殺閻婆惜

此篇借題描寫婦人黑心，無幽不燭，無醜不備。暮年蕩子讀之咋舌，少年蕩子讀之收心，真是一篇絶妙針札蕩子文字。

寫淫婦便寫盡淫婦，寫虔婆便寫盡虔婆，妙絶。

如何是寫淫婦便寫盡淫婦？看他一晚拿班做勢，本要壓伏丈夫，及至壓伏不來，便在脚後冷笑，此明明是開關接馬，送俏迎奸也。無奈正接不着，則不得已，乘他出門恨駡時，不難撒嬌撒癡，再復將他兜住。乃到此又兜不住，正覺自家没趣，而陡然見有贜物，便早把一接一兜面孔一齊收起，竟放出猙猙食人之狀來。刁時便刁殺人，淫時便淫殺人，狠時便狠殺人。大雄世尊號爲「花箭」，真不誣也。

如何是寫虔婆便寫盡虔婆？看他先前説得女兒恁地思量，及至女兒放出許多張致來，便改説女兒氣苦了，又嬌慣了。一黄昏嘈出無數説話，句句都是埋怨宋江、憐惜女兒。自非金石爲心，亦孰不入其玄中也。明早驟見女兒被殺，又偏不聲張，偏用好言反來安放，直到縣門前了，然後扭結發喊，蓋虔婆真有此等辣手也。

話説宋江别了劉唐，乘着月色滿街，六字不惟找足前題，兼乃遞入後事。蓋良夜如此，美人奈何，便不須遇着閻婆，宋江亦轉入西巷矣。○月畢竟是何物，乃能令人情思滿巷如此，真奇事也。○人每言英雄無兒女子情，除是英雄到夜便睡着耳。若使坐至月上時節，任是楚重瞳[一]，亦須倚欄長歎。○見夜月便若相思，見曉月便若離别。然其實生平寡緣，無人可思；生平在家，無人可别也。見此茫茫，無端忽集，世又無聖人，我將問誰矣？○已上皆吴趨王斵山先生語，偶附于此。先生妙言奇趣，口作風雲，自有《斵山語録》行世，想亦天下之所樂得而讀也。信步自回下處來。却好的遇着閻婆，春雲五展。○前忽然住，此忽然接，有雲穿月漏之妙。趕上前來叫道：「押司，多日使人相請，好貴人，難見面！便是小賤人有些言語高低，傷觸了押司，只説言語傷觸，虔婆成精語。也看得老身薄面，自教訓他與押司陪話。今晚老身有緣，得見押司，同走一遭去。」宋江道：「我今日縣裏事務忙，擺撥不開，改日却來。」一。閻婆道：「這個使不得。我女兒在家裏專望押司，胡亂温顧他便了。直恁地下得！」反責宋江下得，虔婆成精語。宋江道：「端的忙些個，明日準來。」二。閻婆道：「我今晚要和你去。」便把宋江

[一]「任」，貫華堂本作「在」，據葉瑶池本改。

衣袖扯住了，發話道：「是誰挑撥你？反責宋江受人挑撥，虔婆成精語。我娘兒兩個下半世過活，都靠着押司。外人說的閑是閑非，都不要聽他，押司自做個主張。我女兒但有差錯，都在老身身上。又包辦一句，虔婆成精語。押司胡亂去走一遭。」宋江道：「你不要纏，我的事務分撥不開在這裏。」三。閻婆道：「押司便誤了些公事，知縣相公不到得便責罰你？又奉承一句，虔婆成精語。這回錯過，後次難逢。押司，只得和老身去走一遭，到家裏自有告訴。」又糊塗一句，虔婆成精語。

宋江是個快性的人，吃那婆子纏不過，便道：「你放了手，我去便了。」春雲六展。閻婆道：「押司不要跑了去，老人家趕不上。」又打諢一句，虔婆成精語。宋江道：「直恁地這等？」直性宋江如畫。兩個厮跟着來到門前。宋江立住了脚，前三段寫不肯去，此又云「立住脚」，見宋江之不必殺婆惜也。閻婆把手一攔，說道：「押司來到這裏，終不成不入去了？」虔婆成精如畫。宋江進到裏面，凳子上坐了。前三段不肯去，一段立住脚，此又云凳子上坐，見宋江之不必殺婆惜也。那婆子是乖的，生怕宋江走去，便幫在身邊坐了，寫虔婆成精如畫。叫道：「我兒，你心愛的三郎在這裏。」看他句句包荒女兒，兜攬宋江，費心費口，風雲轉換，入後乃漸漸搓捏不攏，讀之失笑。

那閻婆惜倒在床上，對着盞孤燈，正在没可尋思處，只等這小張三來。聽得娘叫道：「你的心愛的三郎在這裏。」那婆娘只道是張三郎，錯認陶潛，寫來入畫。慌忙起來，把手掠一掠雲髻，醜。口裏喃喃的罵道：「這短命，等得我苦也！醜。老娘先打兩個耳刮子着！醜。」飛也似跑下樓來，就槅子眼裏張時，醜。堂前琉璃燈却明亮，照見是宋江。那婆娘復翻身轉又上樓去，依前倒在床上。醜。閻婆聽得女兒脚步下樓來，又聽得再上樓去了，兩句不是聽出花娘也邪，正是寫出虔婆着急。婆子又叫道：「我兒，你的三郎在這裏，怎地倒走了去？」那婆惜在床上應道：「這屋裏多遠，他不曾來！句。他又不瞎，如何自不上來，直等我來迎接他？句。没了當絮絮聒聒地！」閻婆道：「這賤人真個望不見押司來，氣苦了。恁地説也好，教押司受他兩句兒。」一場官司，反打在宋江屋裏，婆舌可畏如此。婆子笑道：「押司，我同你上樓去。」春雲七展。

宋江聽了那婆娘説這幾句，心裏自有五分不自在，爲這婆子來扯，勉强只得上樓去。本是一間六椽樓屋，前半間安一副春臺，實。凳子；虚。後半間鋪着卧房，貼裏安一張三面稜花的床，兩邊都是欄干，實。上挂着一頂紅羅幔帳；虚。側首放個衣架，實。搭着手巾；虚。這邊放着個洗手盆，實。一個刷子；虚。一張金漆桌子上，實。放一個錫燈臺；虚。邊廂兩個杌子；實。正面壁上挂一幅仕女；虚。對床排着四把一字交椅。實。○上得樓來，無端先把幾件鋪陳數説一遍。到後文中，或用着，或不用着，恰好虚實間雜成文，真是閑心妙筆。

宋江來到樓上，閻婆便拖入房裏去，宋江便向杌子上朝着床邊坐了。如畫。○杌子。閻婆就床上拖起女兒來，拖起了，然仍在床上。如畫。○床。説道：「押司在這裏。我兒，你只是性氣不好，把言語來傷觸他，惱得押司不上門，二十一字句。閑時却在家裏思量我如今不容易請得他來，你却不起來陪句話兒顛倒使性！三十一字句。○俗本不知此兩行半是二句，便讀得七零八碎，減多少色。○一句是憑空生出「語言傷觸」四字，便將宋江一向不來緣故，輕輕改得好了。一句是當面生出「顛倒使性」四字，便將婆惜日常相思氣苦，明明顯得真了。靈心妙舌，其斯以爲婆哉！婆惜把手拓開，説那婆子：「你做甚麽這般鳥亂，我又不曾做了歹事！浪婦偏嘴硬。○嘴硬，所以掩其浪也，乃人又反因嘴硬而斷其爲浪。今古皆然，浪婦戒哉！他自不上門，教我怎地陪話！」宋江聽了，也不做聲。婆子便掇過一把交椅在宋江肩下，便推他女兒過來，此句放下床來。○交椅。說道：「你且和三郎坐一坐。不陪話便罷，不肯陪話，便算到同坐，亦是不得已而思其次也。不要焦躁。」那婆娘那裏肯過來，便去宋江對面坐了。宋江低了頭不做聲，婆子看女兒時，也別轉了臉。一寫。○此語凡寫數番，作一篇烟波。閻婆道：「『沒酒沒漿，做甚麽道場？』天生妙語與婆用。老身有一瓶兒好酒在這裏，春雲八展。買些果品來與押司陪話。我兒，你相陪押司坐地，不要怕羞，前要女兒陪話，既不陪話，便換作女兒同坐；及至又不同坐，便隨口插出「陪坐」二字來，却又倒捻一句「不要怕羞」。撞得女兒金枝玉葉相似，妙哉婆也！我便來也。」宋江自尋思道：「我吃這婆子釘住了，脱身不得。等他下樓去，我隨後也走了。」先不肯來，既又立住，既又坐凳上，既又要逃走，見宋江之不必殺婆惜也。那婆子瞧見宋江要走的意思，出得房門去，門上却有屈戌，便把房門拽上，將屈戌搭了。細婉之文。宋江暗忖道：「那虔婆倒先算了我。」

且説閻婆下樓來，先去竈前點起個燈，竈裏見成燒着一鍋脚湯，再輳上些柴頭。細婉之文。拿了些碎銀子，出巷口去買得些時新果品、鮮魚、嫩鷄、肥鮓之類，歸到家中，都把盤子盛了。取酒傾在盆裏，舀半鏇子，在鍋裏燙熱了，傾在酒壺裏。細婉之文。收拾了數盆菜蔬，三隻酒盞，三雙箸，一桶盤托上樓來，放在春臺上。春臺。開了房門，細。搬將入來，擺滿金漆桌子。桌子。看宋江時，只低着頭；看女兒時，也朝着別處。二寫。閻婆道：「我兒，起來把盞酒。」婆惜道：「你們自吃，我不耐煩！」婆子道：「我兒，爺娘手裏從小兒慣了你性兒，説得女兒嬌稚可憐之極。別人面上須使不得。」婆惜道：「不把盞便怎地？終不成飛劍來取了我頭！」閑中先襯一句。那婆子倒笑起來，一個「笑」字。○嚇人語，不得不笑。說道：「又是我的不是了。其語太唐突矣，使如飛一笑，引歸自己。押司是個風流人物，不和你一般見識。一邊又去如飛温住宋江。你不把酒便罷，且回過臉來吃盞酒兒。」一邊又去如飛按下女兒。○看他三四轉，如盤珠不定。婆惜只不回過頭來。那婆子自把酒來勸宋江，宋江勉意吃了一盞。婆子笑道：兩個「笑」字。○不好開口，只得先笑。「押司莫要見責。閑話都打疊起，明日慢慢告訴。既云打疊起明日告訴矣，下又接出話來，看他粲花之舌。○要看他將張三事，在半含半吐間，說不得，不說不得。正如飛燕掠水，只是一點兩點，真是絶世文情。外人見押司在這裏，多少乾熱的不怯氣，又還他一個緣故，又擡得女兒珍珠寶貝相似，若在必爭也者。胡言亂語，放屁辣臊。八字糊塗得妙。押司都不要聽，且只顧吃酒。」又是他自己說，又是他勸吃酒，教不要聽，寫出許多親熱，活是虔婆出現。篩了三盞在桌子上，說道：「我兒，不要使小孩兒的性，胡亂吃一盞酒。」先代作一解，次復勸之飲。婆惜道：「沒得只顧纏我！我飽了，吃不得！」閻婆道：「我兒，你也陪侍你的三郎吃盞使得。」上只復勸之飲，此復插入三郎。苦心之婆，匠心之文也。

婆惜一頭聽了，一面肚裏尋思：「我只心在張三身上，兀誰耐煩相伴這廝！若不把他灌得醉了，他必來纏我！」婆惜只得勉意拿起酒來，吃了半盞。春雲九展。婆子笑道：三個「笑」字。○此笑，真是樂。「我兒只是焦躁，且開懷吃兩盞兒睡。纔見肯吃酒，便輕輕遞過一「睡」字，妙絶。押司也滿飲幾杯。」遞過俏來。宋江被他勸不過，連飲了三五杯。婆子也連連吃了幾杯，爲明早失救地。再下樓去燙酒。春雲十展。那婆子見女兒不吃酒，心中不悦；纔見女兒回心吃酒，歡喜道：「若是今夜兜得他住，那人惱恨都忘了！且又和他纏幾時，却再商量。」婆子一頭尋思，一面自在竈前吃了三大鍾酒，覺道有些痒麻上來，却又篩了一碗吃。爲明早失救地，穿插無痕，真是妙手。鏇了大半鏇，傾在注子裏，爬上樓來；見那宋江低着頭不做聲，女兒也別轉着臉弄裙子。三寫。○增「弄裙子」，寫淫婦心動。這婆子「哈哈」地笑道：四個「笑」字。○此「笑」字上增出「哈哈」二字，寫婆子帶酒如畫。「你兩個又不是泥塑的，做甚麼都不做聲？趙松雪《戲贈管夫人》詞云：「我儂兩個，忒煞情多。好一似練一塊泥，捏一個你，塑一個我。却將來一齊都打破，再團再練，再捏一個你，再塑一個我。那時節我泥裏有你也，你泥裏也有了我。」據此，則目下泥塑亦不妨，只須少頃再團再練也。附作一笑。押司，你不合是個男子漢，只得裝些温柔，說些風話兒耍。」扳女兒不下了，忽然想到扳下宋江來，舌端變換之極。宋江正沒做道理處，口裏只不做聲，肚裏好生進退不得。此處本直接下唐二哥，却不便接去，又將他母女兩個再作一頓，文筆寬轉。閻婆惜自想道：「你不來睬我，指望老娘一似閑常時來陪你話，相伴你耍笑？我如今却不耍！」

那婆子吃了許多酒，口裏只管夾七帶八嘈，正在那裏張家長、李家短，說白道緑。却有鄆城縣一個賣糟醃的唐二哥，叫做「唐牛兒」，春雲十一展。如常在街上只是幫閑，常常得宋江賫助他；但有些公事去告宋江，也落得幾貫錢使；宋江要用他時，死命向前。只爲明日奪放宋江，恐有突如其來之嫌，故先插過隔夜。這一日晚，正賭錢輸了，沒做道理處，却去縣前尋宋江。奔到下處尋不見，街坊都道：「唐二哥，你尋誰？這般忙？」唐牛兒道：「我喉急了，要尋孤老，一地裏不見他。」衆人道：「你的孤老是誰？」唐牛兒道：「便是縣裏宋押司。」衆人道：「我方纔見他和閻婆兩個過去，一路走着。」唐牛兒道：「是了。這閻婆惜賊賤蟲，他自和張三兩個打得火塊也似熱，只瞞着宋押司一個。他敢也知些風聲，好幾時不去了。今晚必然吃那老咬蟲假意兒纏了去。我正没錢使，喉急了，胡亂去那裏尋幾貫錢使，就幫兩碗酒吃。」一徑奔到閻婆門前，見裏面燈明，門却不關。入到胡梯邊，細婉之文。聽得閻婆在樓上「哈哈」地笑。第五個「笑」字，只是第四個「笑」字的影子。

唐牛兒捏脚捏手上到樓上，板壁縫裏張時，見宋江和婆惜兩個都低着頭；四寫。那婆子坐在横頭桌子邊，口裏七十三、八十四只顧嘈。此行與前「夾七帶八」行，只是一行書，分作兩行寫，又一過接之法也。唐牛兒閃將入來，看着閻婆和宋江、婆惜，唱了三個諾，立在邊頭。宋江尋思道：「這厮來得最好。」把嘴望下一努。又要走，見宋江之不欲殺婆惜也。唐牛兒是個乖的人，便瞧科，春雲十二展。看着宋江便説道：「小人何處不尋過！原來却在這裏吃酒耍。好吃得安穩！」宋江道：「莫不是縣裏有甚麽要緊事？」唐牛兒道：「押司，你怎地忘了？便是早間那件公事。知縣相公在廳上發作，着四五替公人來下處尋押司，一地裏又没尋處。相公焦躁做一片，押司便可動身。」宋江道：「恁地要緊，只得去。」便起身要下樓，吃那婆子攔住道：「押司，不要使這科分！這唐牛兒捻泛過來，你這精賊也瞞老娘！正是『魯般手裏調大斧』！這早晚知縣自回衙去，和夫人吃酒取樂，妙語隨口而成，映襯多少。有甚麽事務得發作？你這般道兒，只好瞞魍魎，老娘手裏説不過去！」唐牛兒便道：「真個是知縣相公緊等的勾當，我却不會説謊。」閻婆道：「放你娘狗屁！老娘一雙眼，却是琉璃葫蘆兒一般！却纔見押司努嘴過來，叫你發科。你倒不攛掇押司來我屋裏，顛倒打抹他去！常言道：『殺人可恕，情理難容。』」這婆子跳起身來，便把那唐牛兒劈脖子只一叉，踉踉蹌蹌，直從房裏叉下樓來。春雲十三展。唐牛兒道：「你做甚麽便叉我？」婆子喝道：「你不曉得『破人買賣衣飯，如殺父母妻子』？你高做聲，便打你這賊乞丐！」唐牛兒鑽將過來道：「你打！」這婆子乘着酒興，叉開五指，去那唐牛兒臉上只一掌，直攧出簾子外去。總爲明早作地。婆子便扯簾子，撇放門背後，却把兩扇門關上，拿栓拴了，口裏只顧罵。細婉之文。那唐牛兒吃了這一掌，立在門前大叫道：「賊老咬蟲，不要慌！我不看宋押司面皮，教你這屋裏粉碎！教你『雙日不着單日着』，我不結果了你，不姓唐！」拍着胸，大罵了去。爲明早作地。

婆子再到樓上，看着宋江道：「押司没事睬那乞丐做甚麽？那厮一地裏去搪酒吃，只是搬是搬非。這等倒街卧巷的横死賊，也來上門上户欺負人！」宋江是個真實的人，吃這婆子一篇道着了真病，倒抽身不得。春雲十四展。婆子道：「押司不要心裏見責，老身只恁地知重得了。我兒，和押司只吃這杯。此句已不是勸酒矣。我猜着你兩口多時不見，一定要早睡，收拾了罷休。」無數風雲，一齊收拾。婆子又勸宋江吃兩杯，收拾杯盤下樓來，自去竈下去。細婉之文。○去竈下，却不收拾，婆心可憐。

宋江在樓上，自肚裏尋思説：「這婆子女兒和張三兩個有事，我心裏半信不信，眼裏不曾見真實。况且夜深了，我只得權睡一睡，且看這婆娘怎地，今夜與我情分如何。」醜。○春雲十五展。只見那婆子又上樓來説道：「夜深了，我叫押司兩口兒早睡。」又作餘波蕩漾，誠恐寂然便住，須不稱上文無數風雲也。那婆娘應道：「不干你事，你自去睡。」婆子笑下樓來，六個「笑」字。口裏道：「押司安置。今夜多歡，明日慢慢地起。」再作一餘波，却便順手帶出明日宋江早起來，妙筆趣筆。婆子下樓來，收拾了竈上，洗了脚手，吹滅燈，自去睡了。細婉之文。

宋江坐在杌子上，睃那婆娘時，復地歎口氣。約莫已是二更天氣，二更。那婆娘不脱衣裳，又活寫花娘氣惱，又爲來朝拾鸞帶地。便上床去，自倚了繡枕，扭過身，朝裏壁自睡了。扭過身去，如畫。○春雲十六展。宋江看了，尋思道：「可奈這賤人全不睬我些個，他自睡了！我今日吃這婆子言來語去，央了幾杯酒，打熬不得，夜深只得睡了罷。」把頭上巾幘除下，放在桌子上；桌子。脱下上蓋衣裳，搭在衣架上；衣架。○以此二行，陪下一行。腰裏解下鸞帶，上有一把解衣刀和招文袋，却挂在床邊欄干子上；欄干。脱去了絲鞋淨襪，便上床去那婆娘脚後睡了。春雲十七展。半個更次，二更半。聽得婆惜在脚後冷笑。春雲十八展。○寫花娘，直寫出花娘心上萬轉千迴以後事來。真是神化之筆。○一晚要宋江撑岸就船，至此忽然撑船就岸。古今無氣男子，被此笑縱擒多少。宋江心裏氣悶，如何睡得着？自古道：「歡娛嫌夜短，寂寞恨更長。」看着三更三更。交四更，酒却醒了。四更。捱到五更，五更。○逐更叙得好。宋江起來，面盆裏冷水洗了臉，面盆。便穿了上蓋衣裳，帶了巾幘，讀者而亦必至王公湯藥擔邊，始知失却鸞帶，則斯人者，其亦不必與于讀書之數也已。夫夜來明明作三番脱卸，朝來明明只兩番結束，豈有兩三行間所叙之事，而眼光漏落者哉。口裏罵道：「你這賊賤人，好生無禮！」婆惜也不曾睡着，聽得宋江罵時，紐過身回道：「你不羞這臉！」「紐過身來」，如畫。○春雲十九展。○上「冷笑」猶不開口，却爲兜宋江不住，故又作撒嬌勢罵一句。宋江忿那口氣，便下樓來。

閻婆聽得脚步響，便在床上說道：如畫。○寫此一句，正爲少間失救地也，却甚似爲夜來酒深者，妙絕。「押司且睡歇，等天明去。沒來由起五更做甚麽？」宋江也不應，只顧來開門。婆子又道：「押司出去時，與我拽上門。」如畫。妙絕。宋江出得門來，就拽上了。忿那口氣沒出處，一直要奔回下處來；却從縣前過，見一碗燈明，看時，却是賣湯藥的王公來到縣前趕早市。春雲二十展。那老兒見是宋江來，慌忙道：「押司，如何今日出來得早？」宋江道：「便是夜來酒醉，錯聽更鼓。」王公道：「押司必然傷酒，且請一盞醒酒二陳湯。」宋江道：「最好。」就凳上坐了。那老子濃濃的奉一盞二陳湯，遞與宋江吃。

宋江吃了，驀然想起道：「時常吃他的湯藥，不曾要我還錢。我舊時曾許他一具棺材，又是一具棺材。不曾與得他。想起昨日有那晁蓋送來的金子，受了他一條，在招文袋裏。何不就與那老兒做棺材錢，教他歡喜？」春雲二十一展。宋江便道：「王公，我日前曾許你一具棺木錢，一向不曾把得與你。今日我有些金子在這裏，把與你。你便可將去陳三郎家，買了一具棺材，放在家裏。你百年歸壽時，我却再與你些送終之資。」王公道：「恩主時常覷老漢，又蒙與終身壽具。老子今世不能報答，後世做驢做馬，報答押司！」前者閻婆亦有此言。宋江道：「休如此說。」便揭起背子前襟，去取那招文袋時，吃了一驚道：「苦也！春雲二十二展。昨夜正忘在那賤人的床頭欄干子上。我一時氣起來，只顧走了，不曾繫得在腰裏。這幾兩金子直得甚麽，須有晁蓋寄來的那一封書，包着這金。我本欲在酒樓上劉唐前燒毁了，他回去說時，只道我不把他來爲念；一解。正要將到下處來燒，却被這閻婆纏將我去；二解。昨晚要就燈下燒時，恐怕露在賤人眼裏；三解。因此不曾燒得。今早走得慌，不期忘了。我常時見這婆娘看些曲本，頗識幾字，先補一句。若是被他拿了，倒是利害！」便起身道：「阿公休怪。不是我說謊：只道金子在招文袋裏，不想出來得忙，忘了在家，我去取來與你。」王公道：「休要去取，明日慢慢的與老漢不遲。」宋江道：「阿公，你不知道，我還有一件物事做一處放着，以此要去取。」宋江慌慌急急，奔回閻婆家裏來。

且說這婆惜聽得宋江出門去了，爬將起來，口裏自言自語道：「那廝攪了老娘一夜睡不着！那廝含臉，只指望老娘陪氣下情。我不信你！老娘自和張三過得好，誰耐煩睬你！你不上門來倒好！」口裏說着，一頭鋪被，脱下上截襖兒，解了下面裙子，袒開胸前，脱下截襯衣。細婉之文。〇與前不脱衣裳照耀。床面前燈却明亮，照見床頭欄干子上拖下條紫羅鸞帶。春雲二十三展。婆惜見了，笑道：「黑三那廝吃嚯不盡，忘了鸞帶在這裏。老娘且捉了，把來與張三繫。」點染。便用手去一提，提起招文袋和刀子來，只覺袋裏有些重，春雲二十四展。便把手抽開，望桌子上只一抖，桌子。正抖出那包金子和書來。這婆娘拿起來看時，燈下照見是黃黃的一條金子。婆惜笑道：「天教我和張三買物事吃！這幾日我見張三瘦了，我也正要買些東西和他將息。」醜語，只是隨手點染。將金子放下，却把那紙書展開來燈下看時，上面寫着晁蓋並許多事務。春雲二十五展。婆惜道：「好呀！我只道『吊桶落在井裏』，原來也有『井落在吊桶裏』！我正要和張三兩個做夫妻，單單只多你這廝，今日也撞在我手裏！原來你和梁山泊强賊通同往來，送一百兩金子與你！且不要慌，老娘慢慢地消遣你！」就把這封書依原包了金子，還插在招文袋裏，自言自語中間，忽插一句敘事。不更從宋江邊走來，却竟從婆娘邊聽去，神妙之筆。「不怕你教五聖來攝了去！」婦人語。正在樓上自言自語，只聽得三字妙絶。樓下「呀」地門響。床上問道：「是誰？」門前道：「是我。」床上道：「我説早哩，押司却不信，要去，原來早了又回來。且再和姐姐睡一睡，到天明去。」這邊也不回話，一徑已上樓來。一片都是聽出來的。有影燈漏月之妙。

那婆娘聽得是宋江了，慌忙把鸞帶、刀子、招文袋一發捲做一塊，藏在被裏，紐過身，又紐過身去。靠了床裏壁，只做齁齁假睡着。春雲二十六展。宋江撞到房裏，徑去床頭欄干上取時，却不見了。宋江心内自慌，只得忍了昨夜的氣，把手去摇那婦人道：「你看我日前的面，還我招文袋。」那婆惜假睡着，只不應。宋江又摇道：「你不要急躁，我自明日與你陪話。」婆惜道：「老娘正睡哩！是誰攪我？」宋江道：「你情知是我，假做甚麽？」婆惜紐過身，又紐過身來。道：「黑三，你説甚麽？」宋江道：「你還了我招文袋。」婆惜道：「你在那裏交付與我手裏，却來問我討？」宋江道：「忘了在你脚後小欄干上。這裏又没人來，只是你收得。」婆惜道：「呸！你不見鬼來！」宋江道：「夜來是我不是了，明日與你陪話。你只還了我罷，休要作耍。」婆惜道：「誰和你作耍？我不曾收得！」宋江道：「你先時不曾脱衣裳睡，如今蓋着被子睡，情事明畫。一定是起來鋪被時拿了。」

只見那婆惜柳眉踢竪，星眼圓睁，説道：「老娘拿是拿了，只是不還你！你使官府的人，便拿我去做賊斷！」駭人。宋江道：「我須不曾冤你做賊。」婆惜道：「可知老娘不是賊哩！」

駭人。宋江見這話，心裏越慌，便説道：「我須不曾歹看承你娘兒兩個，還了我罷！我要去幹事。」婆惜道：「閑常也只嗔老娘和張三有事：至此便竟承當，寫得花娘可畏。他有些不如你處，也不該一刀的罪犯。駭人。不强似你和打劫賊通同！」宋江道：「好姐姐，不要叫。鄰舍聽得，不是耍處！」婆惜道：「你怕外人聽得，你莫做不得！語語駭人。這封書，老娘牢牢地收着！若要饒你時，只依我三件事便罷！」春雲二十七展。宋江道：「休説三件事，便是三十件事也依你！」婆惜道：「只怕依不得。」宋江道：「當行即行。敢問那三件事？」閻婆惜道：「第一件，你可從今日便將原典我的文書來還我，再寫一紙任從我改嫁張三，並不敢再來爭執的文書。」宋江道：「這個依得。」婆惜道：「第二件，我頭上帶的，我身上穿的，家裏使用的，雖都是你辦的，也委一紙文書，不許你日後來討。」宋江道：「這個也依得。」閻婆惜又道：「只怕你第三件依不得。」春雲二十八展。宋江道：「我已兩件都依你，緣何這件依不得？」婆惜道：「有那梁山泊晁蓋送與你的一百兩金子，快把來與我，我便饒你這一場天字第一號官司，還你這招文袋裏的款狀。」

宋江道：「那兩件倒都依得。這一百兩金子果然送來與我，我不肯受他的，依前教他把了回去。若端的有時，雙手便送與你。」婆惜道：「可知哩！常言道：『公人見錢，如蠅子見血。』他使人送金子與你，你豈有推了轉去的？這話却似放屁！做公人的『那個猫兒不吃腥』？一篇中，如「飛劍」句，「五聖」句，「閻王」句，確是識字看曲本婦人口中語。閻羅王面前須没放回的鬼！你待瞞誰？便把這一百兩金子與我，直得甚麽！你怕是賊贓時，快鎔過了與我。」駭人。宋江道：「你也須知我是老實的人，不會説謊。你若不信，限我三日，我將家私變賣一百兩金子與你。你還了我招文袋！」婆惜冷笑此冷笑，正與更餘脚後冷笑映襯出花娘蜜中有刺來也。道：「你這黑三倒乖，把我一似小孩兒般捉弄！我便先還了你招文袋、這封書，歇三日却問你討金子？正是『棺材出了討挽歌郎錢』！我這裏一手交錢，一手交貨。你快把來，兩相交割！」宋江道：「果然不曾有這金子。」婆惜道：「明朝到公廳上，你也説不曾有這金子？」駭人。

宋江聽了「公廳」兩字，春雲二十九展。怒氣直起，那裏按捺得住，睁着眼道：「你還也不還？」那婦人道：「你恁地狠，我便還你不迭？」活是伶俐婦人語，又可惱，又可愛。宋江道：「你真個不還？」婆惜道：「不還！再饒你一百個不還！伶俐婦人語。若要還時，在鄆城縣還你！」駭人。宋江便來扯那婆惜蓋的被。婦人身邊却有這件物，倒不顧被，四字妙手。兩手只緊緊地抱住胸前。宋江扯開被來，却見這鸞帶頭正在那婦人胸前拖下來。如畫。宋江道：「原來却在這裏！」一不做，二不休，兩手便來奪。那婆娘那裏肯放？宋江在床邊捨命的奪，婆惜死也不放。重沓寫一句，見奪之久。宋江恨命只一拽，倒拽出那把壓衣刀子在席上，春雲三十展。宋江便搶在手裏。那婆娘見宋江搶刀在手，叫：「黑三郎殺人也！」只這一聲，提起宋江這個念頭來。敘事真有龍跳虎卧之能。○宋江之殺，從婆惜叫中來；婆惜之叫，從鸞刀中來：作者真已深達十二因緣法也。那一肚皮氣正没出處，婆惜却叫第二聲時[一]，宋江左手早按住那婆娘，右手却早刀

[一]「二」，貫華堂本作「一」，據葉瑶池本改。

落，去那婆惜顙子上只一勒，鮮血飛出。那婦人兀自吼哩，宋江怕他不死，再復一刀，那顆頭伶伶仃仃落在枕頭上。連忙取過招文袋，招文袋取了。抽出那封書來，便就殘燈下燒了。書燒了。○癡人讀至此語，歎云：何不早燒？聖歎聞之，不覺一笑。繫上鑾帶，帶繫了。○只不見鸞刀下落。走下樓來。

那婆子在下面睡，聽他兩口兒論口，倒也不着在意裏。夢中醉裏，寫來如畫。只聽得女兒叫一聲「黑三郎殺人也」，正不知怎地，夢中醉裏，寫來如畫。慌忙跳起來，穿了衣裳，奔上樓來，却好和宋江打個胸厮撞。閻婆問道：「你兩口兒做甚麽鬧？」宋江道：「你女兒忒無禮，被我殺了！」婆子笑道：七個「笑」字。○以此一「笑」字，結夜來六「笑」字，絶倒。「却是甚話？便是押司生的眼凶。妙。又酒性不好，妙。專要殺人？押司休取笑老身。」宋江道：「你不信時，去房裏看，我真個殺了！」婆子道：「我不信。」推開房門看時，只見血泊裏挺着尸首。婆子道：「苦也！却是怎地好！」宋江道：「我是烈漢，一世也不走，隨你要怎地。」婆子道：「這賤人果是不好，押司不錯殺了，成精虔婆。只是老身無人養贍！」宋江道：「這個不妨。既是你如此説時，你却不用憂心。我頗有家計，只教你豐衣足食便了，快活過半世。」閻婆道：「恁地時却是好也！深謝押司！我女兒死在床上，怎地斷送？」成精虔婆。宋江道：「這個容易。我去陳三郎家買一具棺材與你。又一具棺材。仵作行人入殮時，我自分付他來。我再取十兩銀子與你結果。」婆子謝道：「押司，只好趁天未明時討具棺材盛了，鄰舍街坊都不要見影。」宋江道：「也好。你取紙筆來，我寫個票子與你去取。」閻婆道：「票子也不濟事，須是押司自去取，便肯早早發來。」成精虔婆。宋江道：「也説得是。」兩個下樓來，婆子去房裏拿了鎖鑰，出到門前，把門鎖了，帶了鑰匙。細婉之文。宋江與閻婆兩個投縣前來。

此時天色尚早，未明，縣門却纔開。那婆子約莫到縣前左側，把宋江一把結住，發喊叫道：「有殺人賊在這裏！」嚇得宋江慌做一團，連忙掩住口道：「不要叫！」那裏掩得住？縣前有幾個做公的，走將攏來看時，認得是宋江，便勸道：「婆子閉嘴！押司不是這般的人，有事只消得好説。」閻婆道：「他正是凶首，與我捉住，同到縣裏。」原來宋江爲人最好，上下愛敬，滿縣人没一個不讓他。因此做公的都不肯下手拿他，又不信這婆子説。

正在那裏没個解救，恰好唐牛兒托一盤子洗浄的糟薑，來縣前趕趁，夜來寫牛兒，不知費幾許筆墨，只爲此時用得着耳。〇不因夜來先寫一番，則牛兒此時便是驀生人，今却令讀者皆與牛兒厮熟也。正見這婆子結紐住宋江在那裏叫冤屈。唐牛兒見是閻婆一把紐結住宋江，想起昨夜的一肚子鳥氣來，本是爲了今早奪人，倒生出夜來嘔氣，却偏寫做爲了夜來嘔氣，順生出今早奪人。如此用筆，真令人尋覓不出。便把盤子放在賣藥的老王凳子上，王公兩用，前用來提着招文袋，後用來安放薑盤子，妙。鑽將過來，喝道：「老賊蟲，你做甚麽結紐住押司？」婆子道：「唐二！你不要來打奪人去，要你償命也！」唐牛兒大怒，那裏聽他説？把婆子手一拆，拆開了，不問事由，四字妙手。叉開五指，去閻婆臉上只一掌，打個滿天星。夜來亦有一掌。那婆子昏撒了，只得放手。宋江得脱，往鬧裏一直走了。婆子便一把却結紐住唐牛兒，叫道：「宋押司殺了我的女兒，你却打奪去了！」唐牛兒慌道：「我那裏得知！」閻婆叫道：「上下，替我捉一捉殺人賊則個！不時，須要帶累你們！」衆做公的只礙宋江面皮，不肯動手；拿唐牛兒時，須不擔閣。衆人向前，一個帶住婆子，三四個拿住唐牛兒，把他横拖倒拽，直推進鄆城縣裏來。正是：禍福無門，惟人自召；披麻救火，惹焰燒身。畢竟唐牛兒被閻婆結住，怎地脱身，且聽下回分解。

第五才子書施耐庵水滸傳卷之二十六

聖歎外書

第二十一回　閻婆大鬧鄆城縣　朱仝義釋宋公明

昔者伯牙有流水高山之曲，子期既死，終不復彈。後之人述其事，悲其心，孰不爲之嗟歎彌日，自云：「我獨不得與之同時，設復相遇，當能知之。」嗚呼！言何容易乎？我謂聲音之道，通乎至微。是事甚難，請舉易者，而易莫易于文筆。乃文筆中，有古人之辭章，其言雅馴，未便通曉。是事猶難，請更舉其易之易者，而易之易莫若近代之稗官。今試開爾明月之目，運爾珠玉之心，展爾粲花之舌，爲耐庵先生一解《水滸》，亦復何所見其聞弦賞音，便知雅曲者乎？即如宋江殺婆惜一案，夫耐庵之繁筆累紙，千曲百折，而必使宋江成于殺婆惜者，彼其文心，夫固獨欲宋江離鄆城而至滄州也。而張三必固欲捉之，而知縣必固欲寬之。夫誠使當時更無張三主唆虔婆，而一憑知縣遷罪唐牛，豈其真將前回無數筆墨，悉復付之唐棄乎耶？夫張三之力唆虔婆，主于必捉宋江者，是此回之正文也。若知縣乃至滿縣之人，其極力周全宋江，若惟恐其或至于捉者，是皆旁文蹋蹴，所謂波瀾者也。張三不唆，虔婆不稟；虔婆不稟，知縣不捉；知縣不捉，宋江不走；宋江不走，武松不現。蓋張三一唆之力，其筋節所係，至于如此。而世之讀其文者，已莫不嘖嘖知縣，而呶呶張三，而尚謂人「我知伯牙」。嗟乎！爾知何等伯牙哉！

寫朱、雷兩人各有心事，各有做法，又各不相照，各要熱瞞，句句都帶跳脱之勢，與放走晁天王時，正是一樣奇筆，又却是兩樣奇筆。才子之才，吾無以限之也。

話說當時衆做公的拿住唐牛兒，解進縣裏來。知縣聽得有殺人的事，慌忙出來陞廳。衆做公的把這唐牛兒簇擁在廳前，知縣看時，只見一個婆子跪在左邊，一個猴子跪在右邊。知縣問道：「甚麼殺人公事？」婆子告道：「老身姓閻，有個女兒唤做婆惜，典與宋押司做外宅。昨夜晚間，我女兒和宋江一處吃酒，這個唐牛兒，一徑來尋鬧，叫駡出門，鄰里盡知。今早宋江出去走了一遭回來，把我女兒殺了。老身結扭到縣前，這唐二又把宋江打奪了去，告相公做主！」

知縣道：「你這厮怎敢打奪了凶身？」唐牛兒告道：「小人不知前後因依。只因昨夜去尋宋江搪碗酒吃，被這閻婆叉小人出來。今早小人自出來賣糟薑，遇見閻婆結扭宋押司在縣前。小人見了，不合去勸他，他便走了。却不知他殺死他女兒的緣由。」知縣喝道：「胡説！宋江是個君子，誠實的人，如何肯造次殺人？這人命之事，必然在你身上！不是寫知縣，亦不是寫宋江，都是故作翻跌。左右在那裏？」便喚當廳公吏。當下轉上押司張文遠來，借得便。○若非此人，則滿縣都和宋江好，誰人肯與虔婆出力，直逼宋江去柴進莊上引出武松來耶？見說閻婆告宋江殺了他女兒，正是他的表子。隨即取了各人口詞，就替閻婆寫了狀子，疊了一宗案。便喚當地方仵作行人，並坊廂、里正、鄰佑一干人等，來到閻婆家，開了門，取尸首登場簡驗了，身邊放着行凶刀子一把。鸞刀却在此。當日再三看驗得，係是生前項上被刀勒死。衆人登場了當，尸首把棺木盛了，寄放寺院裏；將一干人帶到縣裏。

知縣却和宋江最好，有心要出脱他，只把唐牛兒來再三推問。不是寫知縣，亦非寫宋江，都是故作翻跌。唐牛兒供道：「小人並不知前後。」知縣道：「你這廝如何隔夜去他家尋鬧？一定你有干涉！」唐牛兒告道：「小人一時撞去搪碗酒吃。」知縣道：「胡説！打這廝！」左右兩邊狼虎一般公人，把這唐牛兒一索捆翻了，打到三五十，前後語言一般。知縣明知他不知情，一心要救宋江，只把他來勘問。且叫取一面枷來釘了，禁在牢裏。知縣、張三一番結卷。【眉批】知縣、張三一番結案。那張文遠上廳來稟道：「雖然如此，見有刀子是宋江的壓衣刀，必須去拿宋江來對問，便有下落。」不是與婆惜有情，正是替武松出力。○讀書須心知輕重，方名善讀書人。不然者，不免有懵懂葫蘆之誚也。如此書，既已了却晁蓋，便須接入武松，正是别起一番樓臺殿閣。乃今知縣只管要寬，此時若更不得張三立主文案，幾番勾捉，則又安得逼走宋公明，撞出武都頭乎？後人不知，遂反謂張三于公明甚薄。殊不知于公明甚薄者，于讀書之人殊厚也。知縣吃他三回五次來稟，遮掩不住，只得差人去宋江下處捉拿。宋江已自在逃去了，只拿得幾家鄰人來回話：「凶身宋江在逃，不知去向。」知縣、張三二番結卷。【眉批】知縣、張三二番結案。張文遠又稟道:武松全仗。「犯人宋江逃去,他父親宋太公並兄弟宋清,見在宋家村居住。可以勾追到官,責限比捕,跟尋宋江到官理問。」知縣本不肯行移,只要朦朧做在唐牛兒身上,日後自慢慢地出他。都是故作翻跌。怎當這張文遠立主文案,唆使閻婆上廳,只管來告。知縣情知阻當不住,只得押紙公文,差三兩個做公的去宋家莊,勾追宋太公並兄弟宋清。

公人領了公文,來到宋家村宋太公莊上。太公出來迎接,至草廳上坐定。公人將出文書,遞與太公看了。宋太公道:「上下請坐,容老漢告稟:老漢祖代務農,守此田園過活。不孝之子宋江,自小忤逆,不肯本分生理,要去做吏,百般説他不從。因此老漢數年前,本縣官長處告了他忤逆,出了他籍,不在老漢户内人數。他自在縣裏住居,老漢自和孩兒宋清,在此荒村守些田畝過活。他與老漢水米無交,並無干涉。老漢也怕他做出事來,連累不便,因此在前官手裏,告了執憑文帖,在此存照。老漢取來,教上下看。」衆公人都是和宋江好的,明知道這個是預先開的門路,苦死不肯做冤家。不是寫衆人,亦不是寫宋江,都是故作翻跌。衆人回説道:「太公既有執憑,把將來我們看,抄去縣裏回話。」太公隨即宰殺些鷄鵝,置酒管待了衆人,賫發了十數兩銀子,取出執憑公文,教他衆人抄了。衆公人相辭了宋太公,自回縣去回知縣的話,説道:「宋太公三年前出了宋江的籍,告了執憑文帖。見有抄白在此,難以勾捉。」知縣又是要出脱宋江的,便道:「既有執憑公文,他又别無親族。只可出一千貫賞錢,行移諸處,海捕捉拿便了。」知縣、張三三番結卷。【眉批】知縣、張三三番結案。

那張三又挑唆閻婆，去廳上披頭散髮來告道：武松全仗。「宋江實是宋清隱藏在家，不令出官。相公如何不與老身做主，去拿宋江？」知縣喝道：「他父親已自三年前，告了他忤逆在官，出了他籍。見有執憑公文存照，如何拿得他父親、兄弟來比捕？」閻婆告道：「相公，誰不知道他叫做孝義黑三郎？這執憑是個假的。分明說個分上，可發一笑。只是相公做主則個！」知縣道：「胡說！前官手裏押的印信公文，如何是假的？」閻婆在廳下叫屈叫苦，哽哽咽咽地假哭，告道：「相公，人命大如天，若不肯與老身做主時，只得去州裏告狀。只是我女兒死得甚苦！」那張三又上廳來替他稟道：武松全仗。「相公不與他行移拿人時，這閻婆上司去告狀，倒是利害。倘或來提問時，小吏難去回話。」知縣情知有理，只得押了一紙公文，便差朱仝、雷橫二都頭當廳發落：「你等可帶多人，去宋家村宋大戶莊上，搜捉犯人宋江來。」

朱、雷二都頭領了公文，便來點起土兵四十餘人，徑奔宋家莊上來。宋太公得知，慌忙出來迎接。朱仝、雷橫二人說道：「太公，休怪我們。上司差遣，蓋不由己。你的兒子押司見在何處？」宋太公道：「兩位都頭在上，我這逆子宋江，他和老漢並無干涉。前官手裏已告開了他，見告的執憑在此。已與宋江三年多各戶另籍，不同老漢一家過活，亦不曾回莊上來。」朱仝道：「然雖如此，我們憑書請客，奉帖勾人，難憑你說不在莊上。你等我們搜一搜看，好去回話。」便叫土兵三四十人圍了莊院，「我自把定前門，雷都頭，你先入去搜。」寫朱仝出色過人。○若使真正要搜，則應撥令衆人圍定前後門，朱、雷一同進去搜也。只因朱仝自己胸中有事，必要獨自進去，却恐雷橫見疑。因倒自來把定門外，却使雷橫進去獨搜一遍畢，然後換轉雷橫把定門外，不由不放他也進去獨搜一遍。此皆「欲取故予」之法也。雷横便入進裏面，莊前莊後搜了一遍，出來對朱仝説道：「端的不在莊裏。」朱仝道：「我只是放心不下，雷都頭，你和衆弟兄把了門，我親自細細地搜一遍。」視雷如戲。宋太公道：「老漢是識法度的人，如何敢藏在莊裏？」朱仝道：「這個是人命的公事，你却嗔怪我們不得。」太公道：「都頭尊便，自細細地去搜。」朱仝道：「雷都頭，你監着太公在這裏，休教他走動。」連太公亦遣開，寫朱仝出色過人。

朱仝自進莊裏，把朴刀倚在壁邊，細。把門來拴了，細。走入佛堂内去，細。把供床拖在一邊，細。揭起那片地板來。細。板底下有條索頭，細。將索子頭只一拽，細。銅鈴一聲響，宋江從地窨子裏鑽將出來，分外出奇，非心所料。見了朱仝，吃那一驚。朱仝道：「公明哥哥，休怪小弟捉你。只爲你閑常和我最好，有的事都不相瞞。一日酒中，兄長曾説道：『我家佛堂底下有個地窨子，上面供的三世佛，佛座下有片地板蓋着，上便壓着供床。你有些緊急之事，可來這裏躲避。』小弟那時聽説，記在心裏。以叙述爲疏解，手筆甚妙。今日本縣知縣差我和雷横兩個來時，没奈何，要瞞生人眼目。相公也有覷兄長之心，只是被張三和這婆子在廳上發言發語，道本縣不做主時，定要在州裏告狀；因此上又差我兩個來搜你莊上。我只怕雷横執着，不會周全人，要知此語不是排下雷横，自見殷勤，實乃真正各不相照。倘或見了兄長，没個做圓活處。因此小弟賺他在莊前，一徑自來和兄長説話。此地雖好，也不是安身之處。倘或有人知得，來這裏搜着，如之奈何？」宋江道：「我也自這般尋思。若不是賢兄如此周全，宋江定遭縲絏之厄。」朱仝道：「休如此説。兄長却投何處去好？」宋江道：「小可尋思，有三個安身之處：一是滄州横海郡小旋風柴進莊上，二乃是青州清風寨小李廣花榮處，三者是白虎山孔太公莊上。先于此處伏得三支，入後翻騰顛倒，變出無數文字。譬諸龍也，當其在淵，亦與徑寸之蟲何異？殆其飛去，霖雨萬國，天地失色。然後乃歎向之可掬而觀者，今乃不測其鱗爪之所在也。文章有此，真奇矣哉。他有兩個孩兒：長男叫做『毛頭星』孔明，次子叫做『獨火星』孔亮，多曾來縣裏相會。那三處在這裏躊躇未定，不知投何處去好。」朱仝道：「兄長可以作急尋思，當行即行。今晚便可動身，切勿遲延自誤。」宋江道：「上下官司之事，全望兄長維持，金帛使用，只顧來取。」朱仝道：「這事放心，都在我身上，兄長只顧安排去路。」宋江謝了朱仝，再入地窖子去。細。朱仝依舊把地板蓋上，細。還將供床壓了，細。開門，細。拿朴刀，細。出來説道：「真個没在莊裏。」叫道：「雷都頭，我們只拿了宋太公去，如何？」不會看書人，只謂此句爲朱仝自解；會看書人，便知此句爲雷横出色。○雷横之心與朱仝之心，一也。却因雷横粗，朱仝細，便讓朱仝事事高出一頭去。乃今既已表過朱仝，便當以次表出雷横。行文亦不别起一頭，只就上文脱卸而下，真稱好手。

雷横見説要拿宋太公去，尋思：「朱仝那人和宋江最好，他怎地顛倒要拿宋太公？這話一定是反説，他若再提起，我落得做人情！」特表雷横，用筆却又曲折之極。朱仝、雷横叫攏士兵，都入草堂上來。宋太公慌忙置酒管待衆人，朱仝道：「休要安排酒食，且請太公和四郎同到本縣裏走一遭。」雷横道：「四郎如何不見？」先卸去四郎，好手。宋太公道：「老漢使他去近村打些農器，不在莊裏。乾净。宋江那厮，自三年已前把這逆子告出了户，見有一紙執憑公文在此存照。」朱仝道：「如何説得過！我兩個奉着知縣台旨，叫拿你父子二人，自去縣裏回話！」雷横道：「朱都頭，你聽我説：寫朱、雷二人句句防賊，聲聲搗鬼，令我失笑。宋押司他犯罪過，其中必有緣故，也未便該死罪。反與朱仝説，故妙。既然太公已有執憑公文，係是印信官文書，又不是假的。反與朱仝説，故妙。我們須看押司日前交往之面，權且擔負他些個，反勸朱仝，故妙。讀之，句句欲失笑也。只抄了執憑去回話便了。」朱仝尋思道：「我自反説，要他不疑。」朱仝道：「既然兄弟這般説了，我没來由做甚麽惡人！」宋太公謝了道：「深感二位都頭相覷。」隨即排下酒食犒賞衆人，將出二十兩銀子送與兩位都頭。朱仝、雷横堅執不受，把來散與衆人雙表朱、雷。四十個土兵分了。抄了一張執憑公文，相别了宋太公，離了宋家村。朱、雷二位都頭，自引了一行人回縣去了。

縣裏知縣正值陞廳，見朱仝、雷横回來了，便問緣由。兩個稟道：「莊前莊後，四圍村坊，搜遍了二次，其實没這個人。宋太公臥病在床，不能動止，早晚臨危；宋清已自前月出外未回。因此只把執憑抄白在此。」知縣道：「既然如此……」一面申呈本府，一面動了一紙海捕文書，知縣、張三四番結卷。【眉批】知縣、張三四番結案。只逼走宋江一篇，寫得至再至三，筆墨淋漓如此。不在話下。縣裏有那一等和宋江好的相交之人，都替宋江去張三處説開。那張三也耐不過衆人面皮，一句。況且婆娘已死了，二句。張三又平常亦受宋江好處，三句。因此也只得罷了。上來豈真寫張三情重哉，意只在逼走宋江耳。今宋江既已走了，張三便可善刀而藏。此真得風即轉、得采即罷之文，不比近日灰堆學究，所撰無輕無重者也。○完張三。朱仝自湊些錢物把與閻婆，教不要去州裏告狀。既已逼走宋江，亦便收拾婆子，却又因便寫在朱仝名下。這婆子也得了些錢物，没奈何，只得依允了。完閻婆。朱仝又將若干銀兩教人上州裏去使用，文書不要駁將下來。完申文。又得知縣一力主張，出一千貫賞錢，行移開了一個海捕文書，只把唐牛兒問做成個「故縱凶身在逃」，脊杖二十，刺配五百里外；完知縣、唐牛兒。干連的人盡數保放寧家。完衆人。

且說宋江他是個莊農之家，如何有這地窨子？原來故宋時，爲官容易，做吏最難。爲甚的爲官容易？皆因那時朝廷奸臣當道，讒佞專權，非親不用，非財不取。爲甚做吏最難？那時做押司的但犯罪責，輕則刺配遠惡軍州，重則抄扎家產，結果了殘生性命。以此預先安排下這般去處躲身。又恐連累父母，教爹娘告了忤逆，出了籍册，各户另居，官給執憑公文存照，不相來往，却做家私在屋裏。宋時多有這般算的。

且說宋江從地窨子出來，和父親、兄弟商議：「今番不是朱仝相覷，須吃官司，此恩不可忘報。如今我和兄弟兩個，且去逃難。天可憐見，若遇寬恩大赦，那時回來，父子皆見。父親可使人暗暗地送些金銀去與朱仝，央他上下使用，及資助閻婆些少，免得他上司去告擾。」太公道：「這事不用你憂心。你自和兄弟宋清，在路小心。若到了彼處，那裏使個得托的人，寄封信來。」當晚弟兄兩個，拴束包裹。到四更時分起來，洗漱罷，吃了早飯，兩個打扮動身。宋江戴着白范陽氈笠兒，上穿白緞子衫，繫一條梅紅縱綫縧，下面纏脚絣襯着多耳麻鞋。宋清做伴當打扮，背了包裹，都出草廳前，拜辭了父親。只見宋太公灑淚不住，又分付道：「你兩個前程萬里，休得煩惱。」無人處却寫太公灑淚，有人處便寫宋江大哭。冷眼看破，冷筆寫成，普天下讀書人慎勿忽《水滸》無皮裏陽秋也。〇自家灑淚，却分付別人休惱。老牛愛犢，寫來如畫。宋江、宋清却分付大小莊客,早晚殷勤伏侍太公,休教飲食有缺。人亦有言:養兒防老。寫宋江分付莊客伏侍太公,亦皮裏陽秋之筆也。弟兄兩個,各跨了一口腰刀,都拿了一條朴刀,打扮做兩段寫。徑出離了宋家村。

兩個取路登程,正遇着秋末冬初。是「收租米」、「害瘧疾」時。弟兄兩個行了數程,在路上思量道:「我們却投奔兀誰的是?」出門後方算去處,寫盡匆匆。宋清答道:「我只聞江湖上人傳說滄州橫海郡柴大官人名字,說他是大周皇帝嫡派子孫,只不曾拜識。此一語,表出宋清不是公弟,亦復胸中自有一片。何不只去投奔他?人都說他仗義疏財,專一結識天下好漢,救助遭配的人,是個見世的孟嘗君。我兩個只投奔他去。」宋江道:「我也心裏是這般思想。他雖和我常常書信來往,無緣分上,不曾得會。」兩個商量了,徑望滄州路上來。途中免不得登山涉水,過府衝州。但凡客商在路,早晚安歇,有兩件事不好:吃癩碗,睡死人床。七字說不盡苦。且把閑話提過,只說正話。

宋江弟兄兩個,不則一日來到滄州界分,問人道:「柴大官人莊在何處?」問了地名,一徑投莊前來,便問莊客:「柴大官人在莊上也不?」莊客答道:「大官人在東莊上收租米,不在莊上。」忽作一折,折出下文柴進身分來。宋江便問:「此間到東莊有多少路?」莊客道:「有四十餘里。」宋江道:「從何處落路去?」莊客道:「不敢動問二位官人高姓?」宋江道:「我是鄆城縣宋江的便是。」莊客道:「莫不是及時雨宋押司麽?」信及童僕,真寫得妙。可見宋江,又可見柴進。宋江道:「便是。」莊客道:「大官人時常說大名,只怨悵不能相會。既是宋押司時,小人引去。」莊客慌忙便領了宋江、宋清,柴進慌忙,何足爲奇,妙在「莊客慌忙」也。徑投東莊來。沒三個時辰,早來到東莊。莊客道:「二位官人,且在此亭上坐一坐,待小人去通報大官人出來相接。」宋江道：「好。」自和宋清在山亭上，倚了朴刀，解下腰刀，歇了包裹，坐在亭子上。

那莊客入去不多時，只見那座中間莊門大開，只一句，寫出莊裏嚷做一片。柴大官人引着三五個伴當，慌忙跑將出來，極畫柴進。亭子上與宋江相見。柴大官人見了宋江，拜在地下，極畫柴進。口稱道：「端的想殺柴進！六個字，有喜極淚零之致，真是絶妙好辭，不知耐庵如何算出來。天幸今日甚風吹得到此，大慰平生渴仰之念，多幸！多幸！」宋江也拜在地下，答道：「宋江疏頑小吏，今日特來相投。」柴進扶起宋江來，口裏説道：「昨夜燈花，今早鵲噪，不想却是貴兄降臨。」絶妙好辭。滿臉堆下笑來。出色畫柴進。宋江見柴進接得意重，心裏甚喜，便喚兄弟宋清也相見了。柴進喝叫伴當：「收拾了宋押司行李，在後堂西軒下歇處。」細。柴進携住宋江的手，出色畫柴進。入到裏面正廳上，分賓主坐定。柴進道：「不敢動問：聞知兄長在鄆城縣勾當，如何得暇來到荒村敝處？」宋江答道：「久聞大官人大名，如雷貫耳。雖然節次收得華翰，只恨賤役無閑，不能够相會。今日宋江不才，做出一件没出豁的事來。弟兄二人尋思，無處安身，想起大官人仗義疏財，特來投奔。」柴進聽罷，笑道：「兄長放心。遮莫做下十惡大罪，既到敝莊，但不用憂心。不是柴進誇口，任他捕盗官軍，不敢正眼兒覷着小莊。」

宋江便把殺了閻婆惜的事，一一告訴了一遍。柴進笑將起來，説道：「兄長放心。便殺了朝廷的命官，劫了府庫的財物，柴進也敢藏在莊裏。」此三語却不可。若果如是，柴進乃真不赦矣。○旋風之名不虚。説罷，便請宋江弟兄兩個洗浴。隨即將出兩套衣服、巾幘、絲鞋、净襪，教宋江弟兄兩個换了出浴的舊衣裳。寫柴進殷勤，累幅不盡，故特從閑處着筆，作者真正才子。兩個洗了浴，都穿了新衣服，莊客自把宋江弟兄的舊衣裳送在歇宿處。細。柴進邀宋江去後堂深處，出色畫柴進。已安排下酒食了，便請宋江正面坐地，出色畫柴進。柴進對席；宋清有宋江在上，側首坐了。三人坐定，有十數個近上的莊客並幾個主管，輪替着把盞，伏侍勸飲。出色畫柴進。柴進再三勸宋江弟兄，寬懷飲幾杯，宋江稱謝不已。酒至半酣，三人各訴胸中朝夕相愛之念。看看天色晚了，點起燈燭。宋江辭道：「酒止。」柴進那裏肯放？直吃到初更左側。宋江起身去浄手，柴進唤一個莊客提碗燈籠，引領宋江東廊盡頭處去浄手。便道：「我且躲杯酒。」大寬轉穿出前面廊下來，俄延走着，看他蜿蜒而來。却轉到東廊前面。

宋江已有八分酒，脚步趄了，只顧踏去。蜿蜒而來。那廊下有一個大漢，因害瘧疾，當不住那寒冷，把一鍁火在那裏向。宋江仰着臉，只顧踏將去，正跐在火鍁柄上，把那火鍁裏炭火都掀在那漢臉上。蜿蜒而來。那漢吃了一驚，驚出一身汗來。武二何必害瘧？聊借作一紐頭耳。宋、武既得相遇，此紐便當不用，故順手便寫一句驚出汗來。夫以武二之神威，何至炭火驚得汗出；一驚而遂出汗者，隱然害瘧已好也。才子之文，隨手起倒，其妙如此。那漢氣將起來，把宋江劈胸揪住，有勢。大喝道：「你是甚麽鳥人？敢來消遣我！」宋江也吃一驚，正分説不得，那個提燈籠的莊客慌忙叫道：「不得無禮！這位是大官人最相待的客官。」那漢道：「『客官』『客官』，我初來時也是『客官』，也曾『最相待』過。如今却聽莊客搬口，便疏慢了我，正是『人無千日好』！」却待要打宋江，有勢。那莊客撇了燈籠，便向前來勸。正勸不開，只見兩三碗燈籠飛也似來，柴大官人親趕到，説：「我接不着押司，有勢。○去報便不及矣，來接故恰好也。○又帶表出柴進。如何却在這裏鬧？」

那莊客便把跐了火鍁的事説一遍，柴進笑道：「大漢，你不認得這位奢遮的押司？」那漢道：「奢遮殺，問他敢比得我鄆城宋押司？他可能？」三字，正接下「有頭有尾，有始有終」八字。却因柴進大笑，便説不完，妙妙。○柴進大笑，在「鄆城宋押司」五字中起，不等到「他可能」三字方笑也。柴進大笑道：「大漢，你認得宋押司不？」那漢道：「我雖不曾認得，江湖上久聞他是個及時雨宋公明，是個天下聞名的好漢。」柴進問道：「如何見得他是天下聞名的好漢？」那漢道：「却纔説不了，正接上「他可能」三字。他便是真大丈夫，有頭有尾，有始有終，八個字，不必槩括宋江，正是捎打柴進，妙絶。我如今只等病好時，便去投奔他。」柴進道：「你要見他麽？」那漢道：「不要見他説甚的！」快語，自是武二口中出。柴進道：「大漢，遠便十萬八千里，近便只在面前。」柴進指着宋江，便道：「此位便是及時雨宋公明。」那漢道：「真個也不是？」五字是驚出淚來語，乃至不及歡喜，與前「端的想殺柴進」一樣。宋江道：「小可便是宋江。」那漢定睛看了看，好武二。納頭便拜，真好武二。説道：「我不信今日早與兄長相見！」古有「相見何晚」之語，説得口順，已成爛套。耐庵忽翻作不信相見恁早，真是驚出淚來之語。俗本改作「我不是夢裏麽」，真乃換金得矢也。宋江道：「何故如此錯愛？」那漢道：「却纔甚是無禮，萬望恕罪。有眼不識泰山！」跪在地下，那裏肯起來？好武二。宋江慌忙扶住道：「足下高姓大名？」要問。

柴進指着那漢，説出他姓名、何處人氏。有分教：山中猛虎，見時魄散魂離；林下强人，撞着心驚膽裂。正是：説開星月無光彩，道破江山水倒流。畢竟柴大官人説出那漢還是何人，聖歎有罪了，半日已批出是武二。且聽下回分解。

第五才子書施耐庵水滸傳卷之二十七

聖歎外書

第二十二回　横海郡柴進留賓　景陽岡武松打虎

天下莫易于説鬼，而莫難于説虎。無他，鬼無倫次，虎有性情也。説鬼到説不來處，可以意爲補接；若説虎到説不來時，真是大段着力不得。所以《水滸》一書，斷不肯以一字犯着鬼怪，而寫虎則不惟一篇而已，至于再，至于三。蓋亦易能之事薄之不爲，而難能之事便樂此不疲也。

寫虎能寫活虎，寫活虎能寫其搏人，寫虎搏人又能寫其三搏不中：此皆是異樣過人筆力。

吾嘗論世人才不才之相去，真非十里二十里之可計。即如寫虎要寫活虎，寫活虎要寫正搏人時，此即聚千人，運千心，伸千手，執千筆，而無一字是虎，則亦終無一字是虎也。獨今耐庵乃以一人、一心、一手、一筆，而盈尺之幅，費墨無多，不惟寫一虎，兼又寫一人，不惟雙寫一虎一人，且又夾寫許多風沙樹石，而人是神人，虎是怒虎，風沙樹石是真正虎林。此雖令我讀之尚猶目眩心亂，安望令我作之耶！

讀打虎一篇，而歎人是神人，虎是怒虎，固已妙不容説矣。乃其尤妙者，則又如讀廟門榜文後，欲待轉身回來一段；風過虎來時，叫聲「阿呀」，翻下青石來一段；大蟲第一撲，從半空裏攛將下來時，被那一驚，酒都做冷汗出了一段；尋思要拖死虎下去，原來使盡氣力，手脚都蘇軟了，正提不動一段；青石上又坐半歇一段；天色看看黑了，惟恐再跳一隻出來，且掙扎下岡子去一段；下岡子走不到半路，枯草叢中鑽出兩隻大蟲，叫聲「阿呀，今番罷了」一段。皆是寫極駭人之事，却盡用極近人之筆，遂與後來沂嶺殺虎一篇，更無一筆相犯也。

話説宋江因躲一杯酒，去浄手了，轉出廊下來，跐了火鍁柄，引得那漢焦躁，跳將起來，就欲要打宋江；柴進趕將出來，偶叫起「宋押司」，不必與前文甚合，正是好手。因此露出姓名來。那大漢聽得是宋江，跪在地下那裏肯起？説道：「小人有眼不識泰山！一時冒瀆兄長，望乞恕罪！」宋江扶起那漢，問道：「足下是誰？高姓大名？」柴進指着道：「這人是清河縣人氏，姓武，名松，排行第二，已在此間一年了。」宋江道：「江湖上多聞説武二郎名字，不期今日却在這裏相會，多幸！多幸！」柴進道：「偶然豪傑相聚，實是難得，就請同做一席説話。」宋江大喜，携住武松的手，宋江携武松手第三。一同到後堂席上，便喚宋清與武松相見。細。柴進便邀武松坐地，宋江連忙讓他一同在上面坐。武松那裏肯坐？謙了半晌，武松坐了第三位。柴進教再整杯盤，來勸三人痛飲。

宋江在燈下看了武松這表人物，心中歡喜，「燈下看美人」，千秋絶調語。此却换作「燈下看好漢」，又是千秋絶調語也。○燈下看美人，加一倍孃孃；燈下看好漢，加一倍凛凛。所以寫劍俠者，都在燈下。便問武松道：「二郎因何在此？」武松答道：「小弟在清河縣，因酒後醉了，與本處機密相爭，一時間怒起，只一拳，打得那厮昏沉。小弟只道他死了，因此一徑地逃來，投奔大官人處來躲灾避難，今已一年有餘。後來打聽得那厮却不曾死，救得活了。今欲正要回鄉去尋哥哥，不想染患瘧疾，不能够動身回去。却纔正發寒冷，在那廊下向火，被兄長跐了鍬柄，吃了那一驚，驚出一身冷汗，敢怕病倒好了。」好手。宋江聽了大喜。當夜飲至三更。酒罷，宋江就留武松在西軒下做一處安歇。真好宋江，令人心死。次日起來，柴進安排席面，殺羊宰猪，管待宋江，不在話下。

過了數日，宋江將出些銀兩來，與武松做衣裳。宋江歡喜武松，亦累幅寫不得盡。只説替他做衣裳，便寫得一似歡喜美人相似，妙筆。○與前出浴新衣相映耀。柴進知道，那裏肯要他壞錢？自取出一箱緞匹綢絹。門下自有針工，便教做三人的稱體衣裳。是。○宋江兄弟已换過新衣，此又三人一樣都做者，王孫之所以異于酸子也。説話的，柴進因何不喜武松？半日頗不滿于柴進，得此一釋。原來武松初來投奔柴進時，也一般接納管待；次後在莊上，但吃醉了酒，性氣剛，莊客有些管顧不到處，他便要下拳打他們，因此滿莊裏莊客没一個道他好。衆人只是嫌他，都去柴進面前告訴他許多不是處。柴進雖然不趕他，只是相待得他慢了。迴護法。却得宋江每日帶挈他一處飲酒相陪，武松的前病都不發了。何物小吏，使人變化氣質。相伴宋江住了十數日，武松思鄉，要回清河縣看望哥哥。四字和平之極，不想變出驚天動地事來。柴進、宋江兩個都留他再住幾時，武松道：「小弟因哥哥多時不通信息，只得要去望他。」宋江道：「實是二郎要去，不敢苦留。如若得閑時，再來相會幾時。」武松相謝了宋江。柴進取出些金銀，送與武松。武松謝道：「實是多多相擾了大官人！」武松縛了包裹，拴了哨棒，要行。哨棒此處起。柴進又治酒食送路。

武松穿了一領新納紅紬襖，戴着個白范陽氈笠兒，看官着眼，須知此處寫個紅襖白笠，正是爲下文打虎絢染也。背上包裹，提了桿棒，哨棒二。相辭了便行。宋江道：「賢弟少等一等。」回到自己房内，取了些銀兩，趕出到莊門前來，説道：「我送兄弟一程。」此一段，非寫宋江情重，只圖别去柴進，便止存二宋，令武二眼中心上，一跳一跳也。宋江和兄弟宋清兩個，七個字直刺入武二眼裏心裏，耐庵真是才子。等武松辭了柴大官人，宋江也道：「大官人，暫别了便來。」三個離了柴進東莊，行了五七里路。武松作别道：「尊兄，遠了，請回。柴大官人必然專望。」宋江道：「何妨再送幾步。」一别。路上説些閑話，不覺又過了三二里。武松挽住宋江手道：「尊兄不必遠送。常言道：『送君千里，終須一别。』」宋江指着道：「容我再行幾步。」二别。兀那官道上有個小酒店，我們吃三鍾了作别。」三個來到酒店裏，宋江上首坐了；武松倚了哨棒，哨棒三。下席坐了；宋清横頭坐定。六字直刺入武二眼裏心裏。便叫酒保打酒來，且買些盤饌、果品、菜蔬之類，都搬來擺在桌子上。

三人飲了幾杯，看看紅日半西，武松便道：「天色將晚。四字如何接入下文，寫盡武二光明歷落，不似今人唧唧不止。哥哥不棄武二時，就此受武二四拜，拜爲義兄。」何人不應與宋江結拜，而獨寫向武二文中者，反襯武二手足情深，以與前文兄嫂一段相激射也。宋江大喜。武松納頭拜了四拜，宋江叫宋清五字直刺入武二眼裏心裏。身邊取出一錠十兩銀子，送與武松。武松那裏肯受？説道：「哥哥客中自用盤費。」宋江道：「賢弟，不必多慮。你若推却，我便不認你做兄弟。」可見武二之求爲兄弟如此，都是與後文激射法，非真宋江措語唐突也。武松只得拜受了，收放纏袋裏。宋江取些碎銀子，還了酒錢。武松拿了哨棒，哨棒四。三個二宋眼前多却一個，武二心頭尚少一個。只兩個字，便將兄弟離合之際，寫得出神入妙。出酒店前來作别。武松墮淚，拜辭了自去。墮淚自感宋江，固也。然多半亦爲宋清在旁，刺心刺眼。蓋武二一心只在哥哥，却見他人兄弟雙雙如此，自雖金鐵爲心，正復如何相遣。看上「三個」字，下「自去」字，明明可見。讀書固必以神理爲主，若曹聽曹説，無謂也。宋江和宋清立在酒店門前，望武松不見了，方纔轉身回來。寫宋江又寫得好。行不到五里路頭，只見柴大官人騎着馬，背後牽着兩匹空馬來接。寫柴進又寫得好。宋江望見了大喜，一同上馬，回莊上來。下了馬，請入後堂飲酒。宋江弟兄兩個，自此只在柴大官人莊上。

話分兩頭。只説武松自與宋江分别之後，當晚投客店歇了。次日早起來，打火吃了飯，還了房錢，拴束包裹，提了哨棒，哨棒五。便走上路。尋思道：「江湖上只聞説及時雨宋公明，果然不虚。結識得這般弟兄，也不枉了！」鏡中花，水中月，俗筆臨描不出，真是憑虚獨撰之文。武松在路上行了幾日，來到陽穀縣地面。此去離縣治還遠，當日晌午時分，走得肚中饑渴。望見前面有一個酒店，挑着一面招旗在門前，上頭寫着五個字，道「三碗不過岡」。奇文。【眉批】自此以後幾卷，都寫武松神威。此卷飲酒作一段讀，打虎作一段讀。武松入到裏面坐下，把哨棒倚了，哨棒六。叫道：「主人家，快把酒來吃。」好酒是武二生平，只此開場第一句，便如聞其聲，如見其人。只見店主人把三隻碗、奇文。一雙箸、一碟熟菜，放在武松面前，滿滿篩一碗酒來。第一碗。○第一番，逐碗寫，第二、三、四番，逐番寫；第五、六番，兩番一頓寫。武松拿起碗，一飲而盡，叫道：「這酒好生有氣力！其酒可知。主人家，有飽肚的買些吃酒。」先喚酒，次及肉，其重其輕可知。○吾聞食肉者鄙，若好酒，未有非名士者也。酒家道：「只有熟牛肉。」武松道：「好的切二三斤來吃酒。」

店家去裏面切出二斤熟牛肉，做一大盤子，將來放在武松面前，隨即再篩一碗酒。第二碗。武松吃了道：「好酒！」又贊一句，其酒可知。又篩下一碗。第三碗。恰好吃了三碗酒，再也不來篩。奇文。武松敲着桌子叫道：「主人家，怎的不來篩酒？」酒家道：「客官，要肉便添來。」所對非所問，絶倒。武松道：「我也要酒，也再切些肉來。」酒家道：「肉便切來添與客官吃，酒却不添了。」武松道：「却又作怪！」便問主人家道：「你如何不肯賣酒與我吃？」酒家道：「客官，你須見我門前招旗，上面明明寫道：『三碗不過岡』。」武松道：「怎地喚做三碗不過岡？」酒家道：「俺家的酒雖是村酒，却比老酒的滋味。但凡客人來我店中，吃了三碗的，便醉了，過不得前面的山岡去，因此喚做『三碗不過岡』。若是過往客人到此，只吃三碗，更不再問。」碌碌者何足挂齒。武松笑道：「原來恁地。我却吃了三碗，如何不醉？」酒家道：「我這酒叫做『透瓶香』，好名色。又喚做『出門倒』。好名色。初入口時，醇醲好吃，少刻時便倒。」武松道：「休要胡説！没地不還你錢，再篩三碗來我吃！」酒家見武松全然不動，又篩三碗。第四碗，第五碗，第六碗。武松吃道：「端的好酒！」又贊不住，其酒可知。主人家，我吃一碗，還你一碗錢，只顧篩來！」酒家道：「客官，休只管要飲，這酒端的要醉倒人，没藥醫。」武松道：「休得胡鳥説！便是你使蒙汗藥在裏面，我也有鼻子。」店家被他發話不過，一連又篩了三碗。第七碗，第八碗，第九碗。武松道：「肉便再把二斤來吃。」寫酒量，兼寫食量，總表武松神威。酒家又切了二斤熟牛肉，再篩了三碗酒。第十碗，第十一碗，第十二碗。武松吃得口滑，只顧要吃，去身邊取出些碎銀子，叫道：「主人家，你且來看我銀子，還你酒肉錢够麽？」又换一法，讀之絶倒。酒家看了道：「有餘，還有些貼錢與你。」妙心妙筆，見酒是不更賣矣。武松道：「不要你貼錢，只將酒來篩。」酒家道：「客官，你要吃酒時，還有五六碗酒哩，只怕你吃不得了。」武松道：「就有五六碗多時，你盡數篩將來。」酒家道：「你這條長漢，倘或醉倒了時，怎扶得你住？」無端忽從酒家眼中口中，寫出武松氣象來。俗筆如何臨描得出。武松答道：「要你扶的不算好漢！」酒家那裏肯將酒來篩？武松焦躁道：「我又不白吃你的！休要引老爺性發，通教你屋裏粉碎，把你這鳥店子倒翻轉來！」酒家道：「這厮醉了，休惹他。」再篩了六碗酒與武松吃了。第十三碗，第十四碗，第十五碗，第十六碗，第十七碗，第十八碗。前後共吃了十八碗。結一句。綽了哨棒，【眉批】寫哨棒有無數身分[一]。立起身來，哨棒七。○一路又將哨棒特

[一] 此條眉批，貫華堂本無，據葉瑶池本補。

特處出色描寫。彼固欲令後之讀者，于陡然遇虎處，渾身倚仗此物以爲無恐也。却偏有出自料外之事，使人驚殺。○「綽了哨棒」，第一個身分。道：「我却又不曾醉！」走出門前來笑道：「却不説『三碗不過岡』！」趣。手提哨棒便走。哨棒八。○「手提哨棒」，第二個身分。

酒家趕出來叫道：「客官，那裏去？」奇文。武松立住了，問道：「叫我做甚麽？我又不少你酒錢，喚我怎地？」又作搖擺。酒家叫道：「我是好意。你且回來我家，看抄白官司榜文。」奇文。武松道：「甚麽榜文？」酒家道：「如今前面景陽岡上，有隻吊睛白額大蟲，晚了出來傷人，壞了三二十條大漢性命。官司如今杖限獵户擒捉發落，岡子路口都有榜文：可教往來客人，結夥成隊，于巳、午、未三個時辰過岡；其餘寅、卯、申、酉、戌、亥六個時辰，不許過岡。更兼單身客人，務要等伴結夥而過。這早晚正是未末申初時分，我見你走都不問人，枉送了自家性命。不如就我此間歇了，等明日慢慢湊得三二十人，一齊好過岡子。」武松聽了，笑道：「我是清河縣人氏，這條景陽岡上，少也走過了一二十遭，幾時見説有大蟲？你休説這般鳥話來嚇我！便有大蟲，我也不怕！」酒家道：「我是好意救你，你不信時，進來看官司榜文。」武松道：「你鳥做聲！便真個有虎，老爺也不怕！你留我在家裏歇，莫不半夜三更，要謀我財，害我性命，却把鳥大蟲唬嚇我？」酒家道：「你看麽！我是一片好心，反做惡意，倒落得你恁地！你不信我時，請尊便自行！」一面説，一面摇着頭，自進店裏去了。寫酒家色變如畫。

這武松提了哨棒，哨棒九。○「提了哨棒」，第三個身分。大着步，自過景陽岡來。約行了四五里路，來到岡子下，見一大樹，刮去了皮，一片白，上寫兩行字。武松也頗識幾字，擡頭看時，上面寫道：「近因景陽岡大蟲傷人，但有過往客商，可于巳、午、未三個時辰，結夥成隊過岡，請勿自誤。」奇文。武松看了，笑道：「這是酒家詭詐，驚嚇那等客人，便去那厮家裏宿歇。我却怕甚麽鳥！」橫拖着哨棒，哨棒十。○橫拖哨棒，第四個身分。便上岡子來。那時已有申牌時分，這輪紅日，厭厭地相傍下山。駭人之景。武松乘着酒興，只管走上岡子來。走不到半里多路，見一個敗落的山神廟。奇文。○不因此廟，幾令榜文無可貼處。行到廟前，見這廟門上貼着一張印信榜文。武松住了脚讀時，上面寫道：

陽穀縣示：爲景陽岡上新有一隻大蟲，傷害人命，見今杖限各鄉里正並獵户人等行捕，未獲。如有過往客商人等，可于巳、午、未三個時辰，結伴過岡；其餘時分，及單身客人，不許過岡，恐被傷害性命。各宜知悉。政和年月日。奇文。

武松讀了印信榜文，方知端的有虎，欲待轉身再回酒店裏來，有此一折，反越顯出武松神威。不然，便是卒然不及迴避，僥倖得免虎口者矣。尋思道：「我回去時，須吃他恥笑，不是好漢，難以轉去。」以性命與名譽對算，不亦異乎？存想了一回，說道：「怕甚麽鳥！且只顧上去看怎地！」活寫出武松神威。武松正走，看看酒湧上來，看他寫酒醉，有節有次。便把氈笠兒掀在脊梁上，冬天也，偏要寫得熱極；後到大蟲撲時，忽然驚出冷來。絶世妙手。將哨棒綰在肋下，哨棒十一。○「哨棒綰在肋下」，第五個身分。一步步上那岡子來。回頭看這日色時，漸漸地墜下去了。駭人之景。○我當此時，便没虎來，也要大哭。此時正是十月間天氣，日短夜長，容易得晚。自注一句。武松自言自説道：「那得甚麼大蟲？人自怕了，不敢上山。」又作一縱。武松走了一直，酒力發作，醉。焦熱起來。熱。一隻手提着哨棒，哨棒十二。○又「提着哨棒」，第六個身分。一隻手把胸膛前袒開，畫絶。踉踉蹌蹌，直奔過亂樹林來。駭人之景，可知虎林。見一塊光撻撻大青石，奔過亂林，便應跳出虎來矣，却偏又生出一塊青石，幾乎要睡。使讀者急殺了，然後放出虎來。才子可恨如此。把那哨棒倚在一邊，「哨棒倚在一邊」，第七個身分。○哨棒十三。放翻身體，却待要睡，驚死讀者。只見發起一陣狂風。

那一陣風過了，只聽得亂樹背後「撲」地一聲響，跳出一隻吊睛白額大蟲來。出得有聲勢。

武松見了，叫聲：「阿呀！」從青石上翻將下來，有此一折，反越顯出武松神威。不然，便是三家村中説子路，不近人情極矣。便拿那條哨棒在手裏，哨棒十四。○拿着哨棒，第八個身分。閃在青石邊。一閃。○已下人是神人，虎是活虎，讀者須逐段定睛細看。○我常思畫虎有處看[一]，真虎無處看；真虎死有處看，真虎活無處看；活虎正走，或猶偶得一看，活虎正搏人，是斷斷必無處得看者也。乃今耐庵忽然以筆墨游戲，畫出全副活虎搏人圖來。今而後要看虎者，其盡到《水滸傳》中景陽岡上，定睛飽看，又不吃驚，真乃此恩不小也。○傳聞趙松雪好畫馬，晚更入妙。每欲構思，便于密室解衣踞地，先學爲馬，然後命筆。一日管夫人來，見趙宛然馬也。今耐庵爲此文，想亦復解衣踞地，作一撲、一掀、一剪勢耶？東坡《畫雁》詩云：「野雁見人時，未起意先改。君從何處看，得此無人態？」我真不知耐庵何處有此一副虎食人方法在胸中也。聖歎于三千年中，獨以才子許此一人，豈虚譽哉！那大蟲又饑又渴，把兩隻爪在地下略按一按，和身望上一撲，從半空裏攛將下來。虎。武松被那一驚，酒都做冷汗出了。神妙之筆。燈下讀之，火光如豆，變成

[一]「處」，貫華堂本作「以」，葉瑶池本作「虎」，據王望如評本改。

緑色。説時遲，那時快，武松見大蟲撲來，只一閃，閃在大蟲背後。人。〇二閃。那大蟲背後看人最難，百忙中自注一句。便把前爪搭在地下，把腰胯一掀，掀將起來。虎。武松只一閃，閃在一邊。人。〇三閃。大蟲見掀他不着，吼一聲，却似半天裏起個霹靂，振得那山岡也動。把這鐵棒也似虎尾，倒竪起來只一剪，虎。武松却又閃在一邊。人。〇四閃。原來那大蟲拿人只是一撲、一掀、一剪，三般提不着時，氣性先自没了一半。百忙中注一句。〇才子博物，定非妄言，只是無處印證。〇此段作一束，已上只用四閃法，已下放出氣力來。那大蟲又剪不着，再吼了一聲，一兜兜將回來。虎。武松見那大蟲復翻身回來，雙手輪起哨棒，「輪起哨棒」，第九個身分。〇哨棒十五。盡平生氣力，只一棒，從半空劈將下來。人。〇此一劈，誰不以爲了却大蟲矣，却又變出怪事來。只聽得一聲響，「簌簌」地將那樹連枝帶葉劈臉打將下來。定睛看時，一棒劈不着大蟲。盡平生氣力矣，却偏劈不着大蟲，嚇殺人句。原來打急了，正打在枯樹上，百忙中又注一句。把那條哨棒折做兩截，只拿得一半在手裏。哨棒十六。〇半日勤寫哨棒，只道仗他打虎。到此忽然開除，令人瞠目噤口，不復敢讀下去。〇哨棒折了，方顯出徒手打虎異樣神威來，只是讀者心膽墮矣。

那大蟲咆哮，性發起來，翻身又只一撲，撲將來。虎。武松又只一跳，却退了十步遠。人。那大蟲恰好把兩隻前爪搭在武松面前，虎。武松將半截棒丢在一邊，了却哨棒。〇哨棒十七。兩隻手就勢把大蟲頂花皮肐膪地揪住，一按按將下來。人。那隻大蟲急要挣扎，虎。被武松盡氣力捺定，那裏肯放半點兒鬆寬。人。武松把隻脚望大蟲面門上、眼睛裏，只顧亂踢。脚踢妙絶，雙手放鬆不得也；踢眼睛妙絶，别處須踢不入也。那大蟲咆哮起來，把身底下爬起兩堆黄泥，做了一個土坑。虎。○耐庵何由得知踢虎者，必踢其眼；又何由得知虎被人踢，便爬起一個泥坑？皆未必然之文，又必定然之事，奇絶妙絶。武松把那大蟲嘴直按下黄泥坑裏去，人。那大蟲吃武松奈何得没了些氣力。虎。武松把左手緊緊地揪住頂花皮，偷出右手來，提起鐵鎚般大小拳頭，盡平生之力，只顧打。人。打到五七十拳，那大蟲眼裏、口裏、鼻子裏、耳朵裏，都迸出鮮血來，更動撣不得，只剩口裏兀自氣喘。虎。武松放了手，來松樹邊尋那打折的哨棒，拿在手裏。只怕大蟲不死，把棒橛又打了一回。哨棒十八。○哨棒餘波。眼見氣都没了，方纔丢了棒。哨棒此處畢。尋思道：「我就地拖得這死大蟲下岡子去。」第一念要提去，妙。就血泊裏雙手來提時，那裏提得動？原來使盡了氣力，手脚都蘇軟了。有此一折，便越顯出方纔神威。

武松再來青石上坐了半歇，寫出倦極，便越顯出方纔神威。又收到青石，妙筆。尋思道：「天色看看黑了，倘或又跳出一隻大蟲來時，却怎地鬥得他過？且掙扎下岡子去，明早却來理會。」特下此句，使下文來得突兀。就石頭邊尋了氈笠兒，叫聲「阿呀」，翻下青石來，一時手脚都慌了，不及知氈笠落在何處矣。寫得入神。轉過亂樹林邊，收到亂樹。一步步捱下岡子來。走不到半里多路，只見枯草中又鑽出兩隻大蟲來。嚇殺，奇文。武松道：「阿呀！我今番罷了！」嚇殺，奇文。只見那兩隻大蟲在黑影裏直立起來，嚇殺，奇文。武松定睛看時，却是兩個人，把虎皮縫做衣裳，緊緊繃在身上。手裏各拿着一條五股叉，奇文。見了武松吃一驚道：「你、你、你吃了㺀猙心、豹子肝、獅子腿，膽倒包着身軀，如何敢獨自一個，昏黑將夜，又没器械，走過岡子來！你、你、你，是人是鬼？」打虎既畢，却于獵户口中評之。武松道：「你兩個是甚麽人？」那個人道：「我們是本處獵户。」武松道：「你們上嶺來做甚麼？」絶倒語。○我上嶺來是打虎，你上嶺來却做甚麼？妙絶。兩個獵户失驚道：「你兀自不知哩！如今景陽岡上，有一隻極大的大蟲，夜夜出來傷人。只我們獵户，也折了七八個。過往客人，不記其數，都被這畜生吃了。本縣知縣着落當鄉里正和我們獵户人等捕捉。那業畜勢大難近，可知一撲、一掀、一剪，乃是非常之事。誰敢向前？我們爲他，正不知吃了多少限棒，只捉他不得！今夜又該我們兩個捕獵，和十數個鄉夫在此，上上下下放了窩弓藥箭等他。正在這裏埋伏，却見你大剌剌地四字無心中寫出神威。從岡子上走將下來，我兩個吃了一驚。你却正是甚人？曾見大蟲麽？」

武松道：「我是清河縣人氏，姓武，排行第二。百忙中帶定望哥一案，故處處下此四字。却纔岡子上亂樹林邊，正撞見那大蟲，被我一頓拳脚打死了。」第一遍自叙。兩個獵户聽得癡呆了，說道：「怕没這話！」武松道：「你不信時，只看我身上兀自有血迹。」可惜紅襖。兩個道：「怎地打來？」武松把那打大蟲的本事，再說了一遍。第二遍自叙。○實是異常得意之事，不得不說了又說。○我亦要說，可憐無甚説得出的事也！兩個獵户聽了，又喜又驚，叫攏那十個鄉夫來。只見這十個鄉夫，都拿着鋼叉、踏弩、刀鎗，隨即攏來。武松問道：「他們衆人，如何不隨你兩個上山？」獵户道：「便是那畜生利害，他們如何敢上來？」一夥十數個人，都在面前。兩個獵户叫武松把打大蟲的事説向衆人，第三遍自叙。○叫武二說又妙，旁人且得意，何況自家。衆人都不肯信。武松道：「你衆人不信時，我和你去看便了。」衆人身邊都有火刀、火石，隨即發出火來，點起五七個火把。好。○如畫。衆人都跟着武松，四字如畫。一同再上岡子來，看見那大蟲做一堆兒死在那裏。衆人見了大喜，先叫一個去報知本縣里正並該管上户；這裏五七個鄉夫，自把大蟲縛了，擡下岡子來。

到得嶺下，早有七八十人都哄將來。先把死大蟲擡在前面，將一乘兜轎擡了武松，上文一個神人，一個活虎，盡力放對。到此虎也擡，人也擡，讀之不覺失笑也。投本處一個上户家來。那上户里正，都在莊前迎接，把這大蟲扛到草廳上。却有本鄉上户，是一色人。本鄉獵户又是一色人。三二十人，都來相探武松。衆人問道："壯士高姓大名？貴鄉何處？"武松道："小人是此間鄰郡清河縣人氏，姓武，名松，排行第二。帶定。因從滄州回鄉來，昨晚在岡子那邊酒店吃得大醉了，王右軍云："夜來真大醉耶？"上岡子來，正撞見這畜生。"先説一句，下方省去。把那打虎的身分、拳脚，細説了一遍。第四遍自敘。衆上户道："真乃英雄好漢！"衆獵户先把野味將來，與武松把杯。一色人一色管待。武松因打大蟲困乏了，要睡。有此一折，便越顯出武松真正神威。大户便叫莊客打並客房，且教武松歇息。到天明，上户先使人去縣裏報知，一面合具虎床，安排端正，迎送縣裏去。

天明，武松起來洗漱罷，衆多上户牽一腔羊，挑一擔酒，一色人一色管待。都在廳前伺候。武松穿了衣裳，整頓巾幘，出到前面，與衆人相見。衆上户把盞，説道："被這個畜生正不知害了多少人性命，連累獵户吃了幾頓限棒。今日幸得壯士來到，除了這個大害。第一，鄉中人民有福；第二，客侶通行，實出壯士之賜。"武松謝道："非小子之能，托賴衆長上福蔭。"衆人都來作賀，吃了一早晨酒食，擡出大蟲，放在虎床上。衆鄉村上户，都把緞匹花紅來挂與武松。武松有些行李包裹，寄在莊上，細。一齊都出莊門前來。早有陽穀縣知縣相公，使人來接武松。都相見了。叫四個莊客，將乘涼轎來擡了武松；擡人。把那大蟲扛在前面，擡虎。也挂着花紅緞匹，爲之失笑。迎到陽穀縣裏來。

那陽穀縣人民，聽得説一個壯士打死了景陽岡上大蟲，迎喝了來，盡皆出來看，哄動了那個縣治。武松在轎上看時，閑筆都好。只見亞肩叠背，鬧鬧穰穰，屯街塞巷，都來看迎大蟲。到縣前衙門口，知縣已在廳上專等。武松下了轎，扛着大蟲，都到廳前，放在甬道上。知縣看了武松這般模樣，人。又見了這個老大錦毛大蟲，虎。心中自忖道：「不是這個漢，人。怎地打得這個虎！虎。」便唤武松上廳來。武松去廳前聲了喏，知縣問道：「你那打虎的壯士，你却説怎生打了這個大蟲？」武松就廳前，將打虎的本事説了一遍，第五遍自叙。廳上廳下衆多人等都驚得呆了。知縣就廳上賜了幾杯酒，將出上户輳的賞賜錢一千貫，給與武松。武松禀道：「小人托賴相公的福蔭，偶然僥倖，打死了這個大蟲。非小人之能，如何敢受賞賜？小人聞知這衆獵户，因這個大蟲受了相公責罰。何不就把這一千貫，給散與衆人去用？」極表武松神威。○又遠遠先表武松無銀子。知縣道：「既是如此，任從壯士。」四字待以殊禮。

武松就把這賞錢，在廳上散與衆人獵户。知縣見他忠厚仁德，一篇打虎天摇地震文字，却以「忠厚仁德」四字結之，此恐並非史遷所知也。有心要擡舉他，便道：「雖你原是清河縣人氏，與我這陽穀縣只在咫尺。我今日就參你在本縣做個都頭，如何？」武松跪謝道：「若蒙恩相擡舉，小人終身受賜。」知縣隨即唤押司立了文案，當日便參武松做了步兵都頭。衆上户都來與武松作賀慶喜，連連吃了三五日酒。武松自心中想道：「我本要回清河縣去看望哥哥，誰想倒來做了陽穀縣都頭。」自此上官見愛，鄉里聞名。【眉批】所寄行李包裹不見送來。

又過了三二日。那一日，武松走出縣前來閑玩，只聽得背後一個人叫聲：「武都頭，你今日發迹了，如何不看覷我則個？」誰耶？武松回過頭來看了，叫聲：「阿呀！「阿呀」者，驚心動膽之聲。篇中武松凡叫三個「阿呀」，一是青石上陡然見虎，一是下岡時誤認獵户是虎，一是縣前撞見此人也。入後回説出其姓名，方顯武松真有大過人者，今且留之。你如何却在這裏？」不是武松見了這個人，有分教：陽穀縣中，尸横血染。直教：鋼刀響處人頭滚，寶劍揮時熱血流。畢竟叫唤武都頭的正是甚人，且聽下回分解。

第五才子書施耐庵水滸傳卷之二十八

聖歎外書

第二十三回 王婆貪賄説風情 鄆哥不忿鬧茶肆

寫武二視兄如父，此自是豪傑至性，實有大過人者。乃吾正不難于武二之視兄如父，而獨難于武大之視二如子也。曰：嗟乎！兄弟之際，至于今日，尚忍言哉？一壞于乾餱相爭，閱牆莫勸；再壞于高談天顯，矜飾虛文。蓋一壞于小人，而再壞于君子也。夫壞于小人，其失也鄙，猶可救也；壞于君子，其失也詐，不可救也。壞于小人，其失也鄙，其内即甚鄙，而其外未至于詐，是猶可以聖王之教教之者也；壞于君子，其失也詐，其外既甚詐，而其内又不免于甚鄙，是終不可以聖王之教教之者也。故夫武二之視兄如父，是學問之人之事也；若武大之視二如子，是天性之人之事也。由學問而得如武二之事兄者以事兄，是猶夫人之能事也；由天性而欲如武大之愛弟者以愛弟，是非夫人之能事也。作者寫武二以救小人之鄙，寫武大以救君子之詐。夫亦曰：兄之與弟，雖二人也，揆厥初生，則一本也。一本之事，天性之事也，學問其不必也。不得已而不廢學問，此自爲小人言之；若君子，其亦勉勉于天性可也。

上篇寫武二遇虎，真乃山摇地撼，使人毛髮倒卓。忽然接入此篇，寫武二遇嫂，真又柳絲花朵，使人心魂蕩漾也。吾嘗見舞槊之後，便欲搦管臨文，則殊苦手顫；鐃吹之後，便欲洞簫清囀，則殊苦耳鳴；馳騎之後，便欲入班拜舞，則殊苦喘急；罵座之後，便欲舉唱梵唄，則殊苦喉燥。何耐庵偏能接筆而出，嚇時便嚇殺人，憨時便憨殺人，並無上四者之苦也！

寫西門慶接連數番踅轉，妙于疊，妙于换，妙于熱，妙于冷，妙于寬，妙于緊，妙于瑣碎，妙于影借，妙于忽迎，妙于忽閃，妙于有波磔，妙于無意思：真是一篇花團錦湊文字。

寫王婆定計，只是數語可了，看他偏能一波一磔，一吐一吞，隨心恣意，排出十分光來；于十分光前，偏又能隨心恣意，先排出五件事來。真所謂其才如海，筆墨之氣，潮起潮落者也。

通篇寫西門愛奸，却又處處插入虔婆愛鈔。描畫小人共爲一事，而各爲其私，真乃可醜可笑。吾嘗晨起開户，竊怪行路之人紛若馳馬，意彼萬萬人中，乃至必無一人心頭無事者。今讀此篇而失笑也。

話説當日武都頭回轉身來，看見那人，撲翻身便拜。奇。那人原來不是别人，正是武松的嫡親哥哥武大郎。武松拜罷，説道：「一年有餘不見哥哥，如何却在這裏？」此句在後「想你」文中，不答而答。武大道：「二哥，你去了許多時，如何不寄封書來與我？我又怨你，句。又想你。句。」〇六個字，檃括全部北《西廂記》。武大口中，有此妙句。〇想伊已自不能閒[一]，又那得工夫怨你？可爲武大作一轉句。武松道：「哥哥，如何是怨我、想我？」武大道：「我怨你時，當初你在清河縣裏，要便吃酒醉了，和人相打，時常吃官司；教我要便隨衙聽候，不曾有一個月淨辦，常教我受苦：這個便是怨你處。此一段賓。想你時，我近來取得一個老小，清河縣人，不怯氣都來相欺負，没人做主；你在家時，誰敢來放個屁？我如今在那裏安不得身，只得搬來這裏賃房居住：因此便是想你處。此一段主。」憑空結撰出一個搬來的緣故，不意後來變出無數奇觀，咄咄怪事也。

看官聽説：原來武大與武松是一母所生兩個。武松身長八尺，一貌堂堂；渾身上下有千百斤氣力，不恁地，如何打得那個猛虎？筆頭有舌。這武大郎，身不滿五尺，面目醜陋，頭腦可笑。只須四字，已活畫出。清河縣人見他生得短矮，起他一個諢名，叫做「三寸丁穀樹皮」。那清河縣裏有一個大户人家，有個使女，可見來歷不正。娘家姓潘，「姓潘」妙，後又有姓潘人作對。小名唤做金蓮；「金蓮」二字藏下在此，爲武松一篇大文十來卷書鎖鑰。年方二十餘歲，頗有些顏色。因爲那個大户要纏他，這女使只是去告主人婆，意下不肯依從。那個大户以此記恨于心，不寫作主母撚酸者，便于白與武大也。良工心苦，誰能知之？却倒賠些房奩，不要武大一文錢，白白地嫁

[一]「閒」，貫華堂本作「閑」，據葉瑶池本改。

與他。不因此句，武大又那討錢來？自從武大娶得那婦人之後，清河縣裏有幾個奸詐的浮浪子弟們，却來他家裏薅惱。原來這婦人見武大身材短矮，人物猥獕，不會風流；他倒無般不好，爲頭的愛偷漢子。那武大是個懦弱本分人，被這一班人不時間在門前叫道：「好一塊羊肉，倒落在狗口裏！」因此武大在清河縣住不牢，搬來這陽穀縣紫石街賃房居住，每日仍舊挑賣炊餅。「仍舊」妙，一似已説過者。此日正在縣前做買賣，當下見了武松，武大道：「兄弟，我前日在街上聽得人沸沸地説道：『景陽岡上一個打虎的壯士，姓武，縣裏知縣參他做個都頭。』我也八分猜道是你。原來今日纔得撞見。我且不做買賣，一同和你家去。」武松道：「哥哥，家在那裏？」武大用手指道：「只在前面紫石街便是。」武松替武大挑了擔兒，極表武二。武大引着武松，轉灣抹角，一徑望紫石街來。

轉過兩個灣，來到一個茶坊間壁，倒插而下，即獄廟間壁菜園一樣文法。武大叫一聲：「大嫂，開門。」只見簾子開處，簾子一。○一路便勤叙簾子。一個婦人出到簾子下，簾子二。應道：「大哥，怎地半早便歸？」武大道：「你的叔叔四字不雅馴，然小家恒有之，却正用在此處，妙絶。在這裏，且來廝見。」武大郎接了擔兒入去，細。便出來道：「二哥，入屋裏來，和你嫂嫂相見。」武松揭起簾子，入進裏面，與那婦人相見。武大説道：「大嫂，原來景陽岡上打死大蟲、新充做都頭的，正是我這兄弟。」見夫婦兩個念誦，已非一日。那婦人叉手向前道：「叔叔萬福。」「叔叔」一。○凡叫過三十九遍「叔叔」，忽然改作「你」字，真欲絶倒人也。武松道：「嫂嫂請坐。」武松當下堆金山，倒玉柱，納頭便拜。極表武二。那婦人向前扶住武松道：「叔叔，「叔叔」二。折殺奴家！」武松道：「嫂嫂受禮。」那婦人道：「奴家聽得間壁王乾娘説，亦倒插入。有個打虎的好漢，迎到縣前來，要奴家同去看一看。不想去得遲了，趕不上，不曾看見，可見不是不出閨門婦人。原來却是叔叔。「叔叔」三。且請叔叔到樓上去坐。」「叔叔」四。三個人同到樓上坐了。那婦人看着武大道：「我陪侍着叔叔坐地，你去安排些酒食來管待叔叔。」兩句二十字，却字字絶倒。○「叔叔」五，「叔叔」六。武大應道：「最好。二哥，你且坐一坐，我便來也。」武大下樓去了。

那婦人在樓上，看了武松這表人物，自心裏尋思道：「武松與他是嫡親一母兄弟，他又生的這般長大。我嫁得這等一個，也不枉了爲人一世！你看我那『三寸丁穀樹皮』，三分像人，七分似鬼，我直恁地晦氣！據着武松，大蟲也吃他打倒了，他必然好氣力。便想到他好氣力，絶倒。説他又未曾婚娶，何不叫他搬來我家裏住？二語連説，絶倒。不想這段姻緣，却在這裏！」那婦人臉上堆下笑來，問武松道：「叔叔，「叔叔」七。來這裏幾日了？」閑閑而起。武松答道：「到此間十數日了。」婦人道：「叔叔，「叔叔」八。在那裏安歇？」漸來。武松道：「胡亂權在縣衙裏安歇。」那婦人道：「叔叔，「叔叔」九。恁地時却不便當。」漸來。武松道：「獨自一身，容易料理，早晚自有土兵伏侍。」婦人道：「那等人伏侍叔叔，「叔叔」十。怎地顧管得到？何不搬來一家裏住，早晚要些湯水吃時，奴家親自安排與叔叔吃，「叔叔」十一。不强似這夥腌臢人？叔叔便吃口清湯，也放心得下。」辭令妙品。○「叔叔」十二。武松道：「深謝嫂嫂。」已上作一節。

那婦人道：「莫不別處有嬸嬸？可取來廝會也好。」此下三節，自作一節。○承上叔叔搬來，急插入一句云：若有嬸嬸，亦可取來。不重嬸嬸有無，只圖以「嬸嬸」二字挑逗武二心動也。武松道：「武二並不曾婚娶。」婦人又問道：「叔叔「叔叔」十三。青春多少？」急承上「不曾婚娶」，即接過云「青春多少」，意謂豈可許大猶未近婦人耶？兩句極似不相連屬、逐件自問者，而獨能令武二之心油然自動，真妙筆也。武松道：「武二二十五歲。」那婦人道：「長奴三歲。第一答並未婚娶，第二答已二十五歲矣。料定武二兩語出口處，必已心動，便應聲折到自己身上來，將叔嫂二人並作四字，更無絲毫分得開去。靈心妙筆，一至于此。說至此四字，已是深談矣。便只此一頓頓住，下別漾開去再說閑話，妙絕。叔叔今番從那裏來？」又閑閑而起。「叔叔」十四。武松道：「在滄州住了一年有餘，只想哥哥在清河縣住，不想却搬在這裏。」那婦人道：「一言難盡！自從嫁得你哥哥，吃他忒善了，被人欺負。清河縣裏住不得，搬來這裏。若得叔叔這般雄壯，誰敢道個不字！」忽然斜穿去，表出心中相愛來。○「叔叔」十五。○用「新婦得配參軍」故事。武松道：「家兄從來本分，不似武二撒潑。」那婦人笑道：「怎地這般顛倒說？常言道：『人無剛骨，安身不牢。』奴家平生快性，看不得這般三答不回頭，四答和身轉的人。」忽然又表出自己與武二一合相處來。○又作一節。武松道：「家兄却不到得惹事，要嫂嫂憂心。」

正在樓上說話未了，武大買了些酒肉、果品歸來，放在厨下，走上樓來，叫道：「大嫂，你下來安排。」那婦人應道：「你看那不曉事的，叔叔在這裏坐地，却教我撇了下來。」絕倒。○你看那不曉事嫂嫂，叔叔在這裏坐地，却不肯撇了下來。○「叔叔」十六。武松道：「嫂嫂請自便。」【眉批】一路「叔叔」之聲多于「嫂嫂」，讀之真欲絕倒。那婦人道：「何不去叫間壁王乾娘安排便了？」又倒插出王乾娘來。只是這般不見便！」武大自去央了間壁王婆，安排端正了，都搬上樓來。擺在桌子上，無非是些魚肉果菜之類。隨即盪酒上來，武大叫婦人坐了主位，武松對席，武大打橫。坐得絶倒。○只一坐法，寫武大渾沌，武二直性，婦人心邪，色色都有。三個人坐下，武大篩酒在各人面前。那婦人拿起酒來道：「叔叔「叔叔」十七。休怪，没甚管待，請酒一杯。」武松道：「感謝嫂嫂，休這般説。」武大只顧上下篩酒盪酒，那裏來管别事。那婦人笑容可掬，滿口兒道：「叔叔，「叔叔」十八。怎地魚和肉也不吃一塊兒？」揀好的遞將過來。武松是個直性的漢子，只把做親嫂嫂相待。斷一句。誰知那婦人是個使女出身，慣會小意兒。斷一句。武大又是個善弱的人，那裏會管待人？也斷一句。那婦人吃了幾杯酒，一雙眼只看着武松的身上。武松吃他看不過，只低了頭，不恁麼理會。真好武松。○「不恁麼理會」五字，傳出聖賢心性來。便覺「禪心已作沾泥絮，不逐東風上下狂」二語，之未能具足受持不淫戒也[一]。當日吃了十數杯酒，武松便起身。武大道：「二哥，再吃幾杯了去。」武松道：「只好恁地，却又來望哥哥。」都送下樓來。那婦人道：「叔叔，「叔叔」十九。是必搬來家裏住。一句。○看他臨出門時數語急拍。若是叔叔不搬來時，教我兩口兒也吃别人笑話。二句。○「叔叔」二十。親兄弟難比别人。三句。大哥，你便打點一間房，請叔叔來家裏過活，四句。○「叔叔」二十一。休教鄰舍街坊道個不是。五句。」看他一刻上説兩遍，絶倒。○「鄰舍街坊」，伏後。武大道：「大嫂説得是。二哥，你便搬來，也教我争口氣。」武松道：「既是哥哥、嫂嫂恁地説時，今晚有些行李，便取了來。」那婦人道：「叔叔，「叔叔」二十二，

[一]「具」，貫華堂本作「其」，據葉瑶池本改。

是必記心，奴這裏專望。」絶倒，何勞嫂嫂。

武松別了哥嫂，離了紫石街，徑投縣裏來。正值知縣在廳上坐衙，武松上廳來禀道：「武松有個親兄，搬在紫石街居住。武松欲就家裏宿歇，早晚衙門中聽候使喚。不敢擅去，請恩相鈞旨。」知縣道：「這是孝悌的勾當，說出此二字，不愧進士出身。我如何阻你？你可每日來縣裏伺候。」武松謝了，收拾行李鋪蓋。有那新製的衣服，點逗宋江、柴進。並前者賞賜的物件，點逗打虎。叫個士兵挑了，武松引到哥哥家裏。那婦人見了，却比半夜裏拾金寶的一般歡喜，堆下笑來。武大叫個木匠，就樓下整了一間房，鋪下一張床，裏面放一條桌子，伏。安兩個杌子，伏。一個火爐。伏。○此非止是應用物件也。若止是應用物件，則便總寫一句，云「一應物件齊整」，自不必説矣。今偏要逐項細開，便要讀者認得武二房裏如此鋪設，後來便好看他行立坐起，色色親見也。武松先把行李安頓了，分付士兵自回去，當晚就哥嫂家裏歇卧。

次日早起，那婦人慌忙起來，燒洗面湯，舀漱口水。于纖瑣處寫出。叫武松洗漱了口面，裹了巾幘，出門去縣裏畫卯。那婦人道：「叔叔，「叔叔」二十三。畫了卯，早些個歸來吃飯，休去別處吃。」武松道：「便來也。」徑去縣裏畫了卯，伺候了一早晨，回到家裏。那婦人洗手剔甲，四字纖瑣入妙。齊齊整整安排下飯食，三口兒共桌兒吃。武松吃了飯，那婦人雙手捧一盞茶，遞與武松吃。武松道：「教嫂嫂生受，武松寢食不安。縣裏撥一個士兵來使喚。」那婦人連聲叫道：老大不便，故用連聲。「叔叔，「叔叔」二十四。却怎地這般見外？自家的骨肉，又不伏侍了別人。便撥一個士兵來使用，這厮上鍋上竈也不乾净，奴眼裏也看不得這等人。」絶之。武松道：「恁地時，却生受嫂嫂。」

話休絮煩。自從武松搬將家裏來，取些銀子與武大，教買餅馓茶果，請鄰舍吃茶。衆鄰舍鬥分子來與武松人情，武大又安排了回席，又先倒插下鄰舍。○他日靈山一會，儼然未散，只少却武大耳。都不在話下。過了數日，武松取出一匹彩色緞子，與嫂嫂做衣裳。兩耀得妙，真是妙筆。那婦人笑嘻嘻道：「叔叔，「叔叔」二十五。如何使得！何故使不得？既然叔叔把與奴家，不敢推辭，只得接了。」「叔叔」二十六。○零星拉雜，叙事真與史公無二。武松自此只在哥哥家裏宿歇，武大依前上街挑賣炊餅。武松每日自去縣裏畫卯，承應差使。不論歸遲歸早，那婦人頓羹頓飯，歡天喜地伏侍武松，武松倒過意不去。省，又有筆力。那婦人常把些言語來撩撥他，武松是個硬心真漢，却不見怪。不見好，是丈夫；不見怪，是聖賢矣。極寫武二過人。

有話即長，無話即短。不覺過了一月有餘，看看是十二月天氣。連日朔風緊起，四下裏彤雲密布，又早紛紛揚揚，飛下一天大雪來。當日那雪，直下到一更天氣不止。次日，武松清早出去縣裏畫卯，直到日中未歸。武大被這婦人趕出去做買賣，絶倒。○先已清宫除道矣。央及間壁王婆，又倒插出王婆。買下些酒肉之類，去武松房裏簇了一盆炭火，火盆此處出現。心裏自想道：「我今日着實撩鬥他一撩鬥，不信他不動情。」【眉批】婦人勾搭武二，作一篇文字讀。那婦人獨自一個，冷冷清清，立在簾兒下等着，簾子三。只見武松踏着那亂瓊碎玉歸來。那婦人揭起簾子，簾子四。陪着笑臉迎接道：「叔叔寒冷？」「叔叔」二十七。武松道：「感謝嫂嫂憂念。」入得門來，便把氈笠兒除將下來。那婦人雙手去接，絶倒。武松道：「不勞嫂嫂生受。」自把雪來拂了，挂在壁上；如畫。解了腰裏纏袋，脱了身上鸚哥緑紵絲衲襖，入房裏搭了。如畫。○又不一齊脱卸，必留油靴在後文者，非中間有停歇也。武二自一邊忙忙脱換，婦人自一邊趕着説話，于是遂生出已下三行文來。實則搭了綿襖便脱油靴，並未嘗有停手處也。那婦人便道：「奴等一早起，叔叔「叔叔」二十八。怎地不歸來吃早飯？」武松道：「便是縣裏一個相識，請吃早飯。却纔又有一個作杯，我不奈煩，一直走到家來。」那婦人道：「恁地叔叔向火。」「叔叔」二十九。武松道：「好。」句。便脱了油靴，換了一雙韈子，穿了暖鞋，如畫。掇個杌子，一個杌子出現。自近火邊坐地。

那婦人把前門上了拴，絶倒。後門也關了，絶倒。○俗筆便竟搬酒來矣，此偏于搬酒先，着此兩句，寫出淫婦一腔心事。○又倒插出後門來，妙絶。却搬些按酒果品菜蔬入武松房裏來，擺在桌子上。桌子出現。武松問道：「哥哥那裏去未歸？」婦人道：「你哥哥每日自出去做買賣，我和叔叔自飲三杯。」叔、嫂中間用一「和」字，真欲絶倒。○「叔叔」三十。武松道：「一發等哥哥家來吃。」婦人道：「那裏等得他來？一句。等他不得！二句。」○只是一句，顛倒寫作二句，寫盡心忙口亂。説猶未了，早暖了一注子酒來。武松道：「嫂嫂坐地，等武二去盪酒正當。」婦人道：「叔叔，」「叔叔」三十一。你自便。」那婦人也掇個杌子，近火邊坐了。第二個杌子出現。○如畫。火頭邊桌兒上擺着杯盤，那婦人拿盞酒，擎在手裏，看着武松道：「叔叔，「叔叔」三十二。滿飲此杯。」閑閑而起。武松接過手來，一飲而盡。真好武二。○寫武二飲酒處，特有神威。那婦人又篩一杯酒來，説道：「天色寒冷，叔叔「叔叔」三十三。飲個成雙杯兒。」真好淫婦，辭令妙品。武松道：「嫂嫂自便。」接來又一飲而盡。真好武二。武松却篩一杯酒，遞與那婦人吃。又兩耀。婦人接過酒來吃了，却拿注子再斟酒來，放在武松面前。

那婦人將酥胸微露，雲鬟半軃，臉上堆着笑容，説道：「我聽得一個閑人説道：叔叔在縣前東街上養着一個唱的，敢端的有這話麽？」閑人者，何人也？叔叔養唱，嫂嫂却知，又是閑人説來，絶倒人也。○「叔叔」三十四。武松道：「嫂嫂休聽外人胡説，武二從來不是這等人。」寫武二答語處，都有神威。婦人道：「我不信。三字絶倒。○爾固嫂嫂也，信即奈何，不信又奈何哉。只怕叔叔口頭不似心頭。」何勞嫂嫂害怕。絶倒。○「叔叔」三十五。武松道：「嫂嫂不信時，只問哥哥。」今日之敘，獨不可使哥哥聞耳。一直提出四字，寫盡神威。那婦人道：「他曉得甚麽？曉得這等事時，不賣炊餅了！真好淫婦，字字飛鸞走鳳。○「這等事」，何事也？叔嫂私商，絶倒人也。叔叔且請一杯。」又頓一頓。○「叔叔」三十六。連篩了三四杯酒飲了，那婦人也有三杯酒落肚，哄動春心，那裏按納得住，只管把閑話來説。武松也知了四五分，自家只把頭來低了。知了四五分，只把頭低了。○可知已上，已有二三分不自在矣。那婦人起身去盪酒，武松自在房裏拿起火箸簇火。寫出不快。那婦人暖了一注子酒，來到房裏，一隻手拿着注子，一隻手便去武松肩胛上只一捏，寫淫婦便是活淫婦。説道：「叔叔，「叔叔」三十七。只穿這些衣裳不冷？」不審如何便熱。武松已自有六七分不快意，也不應他。六七分不快，只不應他。那婦人見他不應，劈手便來奪火箸，口裏道：「叔叔不會簇火，我與叔叔撥火，只要似火盆常熱便好。」「叔叔」三十八，「叔叔」三十九。武松有八九分焦躁，只不做聲。八九分焦躁，只不做聲。○可知已下是十分震怒也。

那婦人慾心似火，不看武松焦躁，便放了火箸，却篩一盞酒來，自呷了一口，剩了大半盞，看着武松道：「你若有心，吃我這半盞兒殘酒。」寫淫婦，便是活淫婦。○已上凡叫過三十九個「叔叔」，至此忽然換作一「你」字，妙心妙筆。武松劈手奪來，潑在地下，神威。說道：「嫂嫂！潘失嫂嫂之道矣，又稱「嫂嫂」者何？尊之也。何尊乎嫂嫂？尊之所以愧之也。尊之所以愧之奈何？彼固昵之，我固尊之；彼或怵然于我之尊之，當怵然于己之昵之也。君子修《春秋》，莫先于正名分，亦爲此也。休要恁地不識羞恥！」只一句罵殺千古，武二真正神威。把手只一推，爭些兒把那婦人推一交。武松睜起眼來道：「武二是個頂天立地、噙齒戴髮男子漢，字字響。不是那等敗壞風俗沒人倫的豬狗！字字響。嫂嫂再叫一聲。休要這般不識廉恥！再申一句。倘有些風吹草動，直算到底，寫盡武二神威。武二眼裏認得是嫂嫂，拳頭却不認得是嫂嫂！奇絶之文。○自有「嫂嫂」二字以來，未經用作如此句法，真乃嫂嫂掃地矣。再來休要恁地！」數語極表武二神威。那婦人通紅了臉，便掇開了杌子，口裏說道：「我自作樂耍子，不直得便當真起來，好不識人敬重！」搬了盞碟，自向厨下去了。武松自在房裏氣忿忿地。

天色却早，未牌時分，武大挑了擔兒歸來推門，【眉批】武大歸來，兩邊按留不住，另作一篇小文讀。那婦人慌忙開門。武大進來歇了擔兒，隨到厨下，見老婆雙眼哭得紅紅的。武大道：「你和誰鬧來？」那婦人道：「都是你不爭氣，教外人來欺負我！」既是外人，如何又叫他三十九遍「叔叔」？武大道：「誰人敢來欺負你？」婦人道：「情知是有誰！爭奈武二那廝，我見他大雪裏歸來，連忙安排酒請他吃。他見前後沒人，便把言語來調戲我。」武大道：「我的兄弟不是這等人，從來老實。方纔說「只問哥哥」，今果然也。休要高做聲，吃鄰舍家笑話。」武大撇了老婆，來到武松房裏叫道：「二哥，你不曾吃點心，我和你吃些個。」武松只不做聲。一歇。尋思了半晌，又一歇。○二句不得連氣讀下。再脱了絲鞋，依舊穿上油膀靴，着了上蓋，帶上氈笠兒；前脱時從上而下，今着時從下而上。一頭繫纏袋，一面出門。活畫，畫亦畫不出。武大叫道：「二哥，那裏去？」也不應，一直地只顧去了。瞥然去了。武大回到厨下來，問老婆道：「我叫他又不應，只顧望縣前這條路走了去，十一字活畫出呆子來。正是不知怎地了！」那婦人罵道：「糊突桶，有甚麼難見處！那厮羞了，没臉兒見你，走了出去。我也再不許你留這厮在家裏宿歇！」「那厮」、「這厮」，即「叔叔」也。武大道：「他搬出去，須吃别人笑話。」那婦人道：「混沌魍魎！他來調戲我，倒不吃别人笑？你要便自和他道話，我却做不得這樣的人！你還了我一紙休書來，你自留他便了！」武大那裏敢再開口？活武大。○與後句照耀看。

正在家中兩口兒絮聒，只見武松引了一個土兵，拿着條匾擔，徑來房裏，瞥然又來。收拾了行李，便出門去。瞥然又去。武大趕出來叫道：「二哥，做甚麼便搬了去？」武松道：「哥哥不要問，説起來，裝你的幌子。你只由我自去便了。」武大那裏敢再開口？活武大。○兩句照耀，故妙。由武松搬了去。那婦人在裏面喃喃吶吶的罵道：「却也好！三字起得聲態俱有，活畫出淫婦情性來，正不知耐庵如何算出。人只道一個親兄弟做都頭，怎地養活了哥嫂，却不知反來嚼咬人！正是『花木瓜，空好看』。你搬了去，倒謝天地，且得冤家離眼前！」如聞其聲。武大見老婆這等罵，正不知怎地，心中只是咄咄不樂，放他不下。活武大，又好武大，讀之不覺悲從中來。○嗟乎！世人讀《詩》而不廢《棠棣》之篇，彼固無所感于中也，豈不痛哉！

自從武松搬了去縣衙裏宿歇，武大自依然每日上街挑賣炊餅。本待要去縣裏尋兄弟説話，却被這婆娘千叮萬囑分付，教不要去兜攬他，因此武大不敢去尋武松。按下，妙手。撚指間，歲月如流，不覺雪晴，過了十數日。却説本縣知縣自到任已來，却得二年半多了，賺得好些金銀。此句不算調侃，正算作通病矣。欲待要使人送上東京去，與親眷處收貯使用，謀個陞轉，却怕路上被人劫了去，須得一個有本事的心腹人去便好。猛可想起武松來，「須是此人可去，有這等英雄了得！」當日便唤武松到衙内，商議道：「我有一個親戚，在東京城裏住。欲要送一擔禮物去，就捎封書問安則個。只恐途中不好行，須是得你這等英雄好漢方去得。你可休辭辛苦，與我去走一遭回來，我自重重賞你。」武松應道：「小人得蒙恩相擡舉，安敢推故？既蒙差遣，只得便去。小人也自來不曾到東京，就那裏觀看光景一遭。竟似對友生語，不似對上官語。相公明日打點端正了便行。」知縣大喜，賞了三杯，不在話下。

且説武松領下知縣言語，出縣門來。到得下處，取了些銀兩，叫了個土兵，却上街來買了一瓶酒並魚肉果品之類，一徑投紫石街來，直到武大家裏。瞥然又來。武大恰好賣炊餅了回來，見武松在門前坐地，叫土兵去厨下安排。武大眼中如畫。那婦人餘情不斷，見武松把將酒食來，隨手蹴出餘波，真是文情如縠。心中自想道：「莫不這廝思量我了，却又回來？那廝一定强不過我，且慢慢地相問他！」那婦人便上樓去，重勻粉面，再整雲鬟，換些艷色衣服穿了，來到門前迎接武松。那婦人拜道：「叔叔，又鐃數聲「叔叔」。不知怎地錯見了？好幾日並不上門，教奴心裏没理會處。每日叫你哥哥來縣裏尋叔叔陪話，歸來只説道没尋處。今日且喜得叔叔家來，没事壞錢做甚麽？」嫂嫂亦可謂「糊突桶」、「混沌魍魎」矣。○辭令妙品。武松答道：「武二有句話，特來要和哥哥、嫂嫂説知則個。」那婦人道：「既是如此，樓上去坐地。」三個人來到樓上客位裏，武松讓哥、嫂上首坐了，武松掇個杌子，横頭坐了。士兵搬將酒肉上樓來，擺在桌子上。【眉批】武二置酒又作一篇文字讀。武松勸哥哥、嫂嫂吃酒。那婦人只顧把眼來睃武松，糊突桶，混沌魍魎。武松只顧吃酒。

酒至五巡，武松討付勸杯，叫士兵篩了一杯酒，拿在手裏，看着武大道：「大哥在上：今日武二蒙知縣相公差往東京幹事，明日便要起程。多是兩個月，少是四五十日便回。有句話，特來和你説知：你從來爲人懦弱，我不在家，恐怕被外人來欺負。兄弟二人，武大愛武二如子，武二又愛武大如子；武大自視如父，武二又自視如父。二人一片天性，便生出此句話來，妙絶。假如你每日賣十扇籠炊餅，你從明日爲始，只做五扇籠出去賣。每日遲出早歸，只防早晨夜晚，又烏料裁衣之在清晝耶？不要和人吃酒。武大何處吃酒？乃武二已明知武大之必將有酒吃也，妙絶。歸到家裏，便下了簾子，簾子五。○亦帶簾子，妙絶。早閉上門，省了多少是非口舌。君子不出惡聲，只如此，妙絶。如若有人欺負你，不要和他爭執，待我回來，自和他理論。如子如父語。○數語照後，讀之凛然。大哥依我時，滿飲此杯。」武二神威。武大接了酒道：「我兄弟見得是，我都依你説。」吃過了一杯酒。武松再篩第二杯酒，對那婦人説道：「嫂嫂是個精細的人，不必用武松多説。妙人妙語。○可知武二不是不知人事者。我哥哥爲人質朴，全靠嫂嫂做主看覷他。竟是托孤語，讀之慷慨淚下。○讀武二此語，忽歎昭烈「如其不才，君可自取」之言，真猪狗之言也。常言道：『表壯不如裏壯。』嫂嫂把得家定，我哥哥煩惱做甚麽？豈不聞古人言：『籬牢犬不入。』」語語寫出武二神威。

那婦人被武松說了這一篇，一點紅從耳朵邊起，紫漲了面皮，指着武大便罵道：「你這個腌臢混沌！有甚麽言語在外人處說來，欺負老娘！我是一個不戴頭巾男子漢，叮叮噹噹響的婆娘！拳頭上立得人，胳膊上走得馬，人面上行得人，不是那等搠不出的鱉老婆。自從嫁了武大，真個螻蟻也不敢入屋裏來，有甚麽籬笆不牢，犬兒鑽得入來！你胡言亂語，一句句都要下落；丢下磚頭瓦兒，一個個要着地！」辭令妙品。○淫婦有相，只看會說話者，即其人也。武松笑道：「若得嫂嫂這般做主，最好。只要心口相應，却不要心頭不似口頭。恰與前言相照得好。既然如此，武二都記得嫂嫂說的話了，請飲過此杯。」武二神威，讀者皆欲起立。那婦人推開酒盞，一直跑下樓來，走到半胡梯上發話道：活畫。「你既是聰明伶俐，却不道『長嫂爲母』！絶倒。我當初嫁武大時，曾不聽得說有甚麽阿叔，絶倒。那裏走得來！『是親不是親，便要做喬家公』！』絶倒。自是老娘晦氣了，鳥撞着許多事！」語語絶倒。哭下樓去了。

那婦人自妝許多奸僞張致，那武大、武松弟兄自再吃了幾杯。武二自不必說，真乃難得武大。天下之人，讀至此句，莫不淚下。武松拜辭哥哥，武大道：「兄弟去了，莫不文于武大也，今讀其「兄弟去了」四字，何其爛熳淋漓，天文彌至也。我讀之而聲咽氣盡，不復能贊之矣。早早回來，和你相見。」口裏說，不覺眼中墮淚。真好武大。武松見武大眼中垂淚，便說道：「哥哥，便不做得買賣也罷，只在家裏坐地。又將前語一翻，務要極文之致。盤纏兄弟自送將來。」武大送武松下樓來，臨出門武松又道：「大哥，我的言語，休要忘了！」極文之致。

武松帶了士兵，自回縣前來收拾。次日早起來，拴束了包裹，來見知縣。那知縣已自先差下一輛車兒，把箱籠都裝載車子上，點兩個精壯士兵，縣衙裏撥兩個心腹伴當，都分付了。那四個跟了武松，就廳前拜辭了知縣，拽扎起，提了朴刀，監押車子。一行五人，離了陽穀縣，取路望東京去了。

話分兩頭。只説武大郎自從武松説了去，整整的吃那婆娘罵了三四日。武大忍氣吞聲，由他自罵，心裏只依着兄弟的言語，真個每日只做一半炊餅出去賣，未晚便歸。一脚歇了擔兒，便去除了簾子，簾子六。關上大門，却來家裏坐地。那婦人看了這般，心内焦躁，指着武大臉上罵道：「混沌濁物！我倒不曾見日頭在半天裏，便把着喪門關了，也須吃別人道我家怎地禁鬼！聽你那兄弟鳥嘴，也不怕別人笑恥！」武大道：「由他們笑説我家禁鬼。我的兄弟説的是好話，真好武大，我欲哭之。省了多少是非。」那婦人道：「呸，濁物！你是個男子漢，自不做主，却聽別人調遣！」武大摇手道：「由他，我的兄弟是金子言語。」武大叫兄弟處，定帶「我的」二字，妙絶。○「金子言語」，奇文未有。自武松去了十數日，武大每日只是晏出早歸；歸到家裏，便關了門。那婦人也和他鬧了幾場，向後鬧慣了，不以爲事。省。自此這婦人約莫到武大歸時，先自去收了簾兒，關上大門。行文曲折逶迤而下。○簾子七。武大見了，自心裏也喜，尋思道：「恁地時却好。」閑心閑筆。

又過了三二日，冬已將殘，天色回陽微暖。固是春情應在春日。當日武大將次歸來，那婦人慣了，自先向門前來叉那簾子。簾子八。○「慣了」妙，寫得並無痕影。【眉批】叉簾另作一篇文字讀。也是合當有事，却好一個人從簾子邊走過。便走得蹺蹊。○簾子九。自古道：「没巧不成話。」這婦人正手裏拿叉竿不牢，失手滑將倒去，不端不正，却好打在那人頭巾上。此一滑，我極疑之。不然，豈前日雪天向火之日，亦失手伸將過去，不端不正，却好捏在叔叔肩胛上耶？那人立住了脚，意思要發作；回過臉來看時，却是一個妖嬈的婦人，因緣生法，福倚禍伏，真有如此。先自酥了半邊。那怒氣直鑽過爪洼國去了，變作笑吟吟的臉兒。一個如迎。這婦人見不相怪，便叉手深深地道個萬福，一個似送。説道：「奴家一時失手，官人疼了！」一個輕憐。那人一頭把手整頭巾，一面把腰曲着地還禮道：「不妨事。娘子閃了手。」一個痛惜。却被這間壁的王婆，正在茶局子裏水簾底下看見了，至此方入王乾娘正傳。笑道：王婆笑起。○第一笑。「兀誰教大官人打這屋檐邊過？打得正好！」積世虔婆語，使讀者肉飛眉舞。那人笑道：第二笑。「這是小人不是。一個低頭。衝撞娘子，休怪。」那婦人也笑道：第三笑。「官人恕奴些個。」一個萬福。【眉批】看他兩個，一個如迎，一個似送，一個輕憐，一個痛惜，一個低頭，一個萬福，倒教我看書的羞得「倒躲倒躲」。那人又笑着，第四笑。大大地唱個肥喏道：「小人不敢。」那一雙眼，都只在這婦人身上，也回了七八遍頭，畫。自摇摇擺擺，踏着八字脚去了。不信去了。這婦人自收了簾子、叉竿入去，簾子十。掩上大門，等武大歸來。

你道那人姓甚名誰？那裏居住？原來只是陽穀縣一個破落户財主，就縣前開着個生藥鋪。伏砒霜。從小也是一個奸詐的人，使得些好拳棒。伏踢武大、踢武二。近來暴發迹，專在縣裏管些公事，與人放刁把濫，説事過錢，排陷官吏，伏官吏通錢。因此滿縣人都饒讓他些個。伏何九忌怕。那人覆姓西門，單諱一個慶字，排行第一，人都唤他做「西門大郎」。近來發迹有錢，人都稱他做「西門大官人」。

不多時，只見那西門慶一轉，早來了，絶倒。踅入王婆茶坊裏來，去裏邊水簾下坐了。【眉批】西門慶轉踅，又作一篇文字讀。王婆笑道：第五笑。「大官人，却纔唱得好個大肥喏！」西門慶也笑道：第六笑。「乾娘，你且來，我問你：間壁這個雌兒，是誰的老小？」王婆道：「他是閻羅大王的妹子，五道將軍的女兒，問他怎的？」西門慶道：「我和你説正話，休要取笑。」王婆道：「大官人怎麽不認得？他老公便是每日在縣前賣熟食的。」半句歇住，聲口入妙。西門慶道：「莫非是賣棗糕徐三的老婆？」隨手撏成，如詞家之有【紅衲襖】也。○三。王婆摇手道：「不是。若是他的，正是一對兒。大官人再猜。」西門慶道：「可是銀擔子李二哥的老婆？」二。王婆摇頭道：「不是。若是他的時，也倒是一雙。」西門慶道：「倒敢是花胳膊陸小乙的妻子？」一。王婆大笑道：第七笑。「不是。若他的時，也又是好一對兒。大官人再猜一猜。」西門慶道：「乾娘，我其實猜不着。」王婆「哈哈」笑道：第八笑。「好教大官人得知了笑一聲。他的蓋老，便是街上賣炊餅的武大郎。」西門慶跌脚笑道：第九笑。「莫不是人叫他『三寸丁穀樹皮』的武大郎？」王婆道：「正是他。」西門慶聽了，叫起「苦」來，説道：「好塊羊肉，怎地落在狗口裏！」王婆道：「便是這般苦事。自古道：『駿馬却馱癡漢走，巧妻常伴拙夫眠。』月下老偏生要是這般配合！」

西門慶道：「王乾娘，我少你多少茶錢？」無可扳話，無可挪延，只得隨口扯淡，活畫出涎臉來，使讀者絶倒。王婆道：「不多，由他歇些時却算。」西門慶又道：「你兒子跟誰出去？」一發扯淡，活畫涎臉。王婆道：「説不得。跟一個客人淮上去，至今不歸，又不知死活。」西門慶道：「却不叫他跟我？」一發涎臉死人。王婆笑道：第十笑。○笑得賊，明明笑其涎臉扯淡也。「若得大官人擡舉他，十分之好。」西門慶道：「等他歸來，却再計較。」淡死人，涎臉死人。再説了幾句閑話，相謝起身去了。又去了。約莫未及半個時辰，又踅將來王婆店門口簾邊坐地，朝着武大門前。早又來了，絶倒。半歇，王婆出來道：「大官人，吃個梅湯。」一路隱語點逗，都好。西門慶道：「最好，多加些酸。」隱語。王婆做了一個梅湯，雙手遞與西門慶。西門慶慢慢地吃了，只「慢慢地」三字，活畫涎臉。盞托放在桌子上。活畫出淡來。西門慶道：「王乾娘，你這梅湯做得好，有多少在屋裏？」王婆笑道：第十一笑。「老身做了一世媒，那討一個在屋裏？」以風話入。西門慶道：「我問你梅湯，你却説做媒，差了多少？」王婆道：「老身只聽的大官人問這『媒』做得好，老身只道説做媒。」

西門慶道：「乾娘，你既是撮合山，也與我做頭媒，説頭好親事，我自重重謝你。」王婆道：「大官人，你宅上大娘子得知時，婆子這臉，怎吃得耳刮子？」西門慶道：「我家大娘子最好，極是容得人。見今也討幾個身邊人在家裏，只是没一個中得我意的。你有這般好的，與我主張一個，便來説不妨。就是回頭人也好，只要中得我意。」賊人語，已有所指。○此語漸近矣，故下王婆忽然以風話漾開去。才子爲文，必欲盡情極致，每每如此。王婆道：「前日有一個倒好，只怕大官人不要。」無端蹴出奇文，却只要消繳此節。西門慶道：「若好時，你與我説成了，我自謝你。」王婆道：「生得十二分人物，只是年紀大些。」奇文。西門慶道：「便差一兩歲也不打緊，真個幾歲？」王婆道：「那娘子戊寅生，屬虎的，新年恰好九十三歲。」絶倒。西門慶笑道：第十二笑。「你看這風婆子！只要扯着風臉取笑！」西門慶笑了，第十三笑。起身去。又去了。看看天色黑了，王婆却纔點上燈來，正要關門，只見西門慶又踅將來，徑去簾底下那座頭上坐了，朝着武大門前只顧望。如何却又來了？絶倒。王婆道：「大官人，吃個和合湯如何？」隱語换。西門慶道：「最好。乾娘，放甜些。」隱語。王婆點一盞和合湯，遞與西門慶吃。坐個一歇，活畫出淡來。起身道：「乾娘，記了帳目，活畫出淡來。明日一發還錢。」王婆道：「不妨，伏惟安置，來日早請過訪。」東方麥鐵，未有此舌。西門慶又笑了去。又去了。〇第十四笑。當晚無事。

次日清早，王婆却纔開門，把眼看門外時，只見這西門慶又在門前兩頭來往踅。早又來了，絶倒。〇句法小變，放活多少！王婆見了道：「這個刷子踅得緊！你看我着些甜糖，抹在這厮鼻子上，只叫他舐不着。那厮會討縣裏人便宜，且教他來老娘手裏納些敗缺！」王婆開了門，正在茶局子裏生炭，整理茶鍋。西門慶一徑奔入茶房裏來，水簾底下，望着武大門前簾子裏坐了看。簾子十一。王婆只做不看見，只顧在茶局裏煽風爐子，不出來問茶。與上梅湯、和合湯變化，文心詭譎。西門慶叫道：「乾娘，點兩盞茶來。」王婆笑道：第十五笑。「大官人來了。連日少見，東方麥鐵之舌，真正妙絶。且請坐。」便濃濃的點兩盞薑茶，此非隱語，乃是百忙中點出時節來。夫薑茶，所以破曉寒也。將來放在桌子上。西門慶道：「乾娘，相陪我吃個茶。」涎臉死人語。王婆「哈哈」笑道：第十六笑。「我又不是影射的！」賊，妙。西門慶也笑了一回，第十七笑。問道：「乾娘，間壁賣甚麽？」活畫涎臉，愈畫愈妙。王婆道：「他家賣拖蒸河漏子，熱盪温和大辣酥。」只是風話。西門慶笑道：第十八笑。「你看這婆子！只是風！」王婆笑道：第十九笑。「我不風，他家自有親老公！」西門慶道：「乾娘，和你説正經話：説他家如法做得好炊餅，我要問他做三五十個，不知出去、在家？」王婆道：「若要買炊餅，少間等他街上回來買，何消得上門上户？」賊，妙。西門慶道：「乾娘説的是。」淡死人，涎臉死人，活畫出。吃了茶，坐了一回，起身道：「乾娘，記了帳目。」淡死人，涎臉死人。王婆道：「不妨事。老娘牢牢寫在帳上。」西門慶笑了去。又去了。◯第二十笑。

王婆只在茶局子裏張時，冷眼睃見西門慶又在門前，踅過東去，又看一看；變化，又省。走過西來，又睃一睃；變化，又省。走了七八遍，變化，又省。徑踅入茶房裏來。又來，絶倒。王婆道：「大官人稀行，好幾時不見面。」妙絶。西門慶笑將起來，第二十一笑。去身邊摸出一兩來銀子，一兩銀子。◯連日用心，固不如一兩之有驗也。看下文虔婆便出門路，可發一笑。遞與王婆，説道：「乾娘，權收了做茶錢。」婆子笑道：第二十二笑。「何消得許多？」西門慶道：「只顧放着。」婆子暗暗地歡喜道：「來了，這刷子當敗！」且把銀子來藏了，便道：「老身看大官人一兩入手，便生出六個字來。然則貧士而望人垂青，豈不謬乎？有些渴，吃個『寬煎葉兒茶』如何？」仍作隱語。西門慶道：「乾娘，如何便猜得着？」婆子道：「有甚麽難猜。自古道：『入門休問榮枯事，觀着容顔便得知。』老身異樣蹺蹊作怪的事，都猜得着。」西門慶道：「我有一件心上的事，乾娘猜得着時，與你五兩銀子。」五兩銀子。王婆笑道：第二十三笑。「老娘也不消三智五猜，只一智便猜個十分。大官人，你把耳朵來。絶倒。活畫。你這兩日脚步緊，趕趁得頻，一定是記何，機挂着隔壁那個人。我這猜如何？」西門慶笑起來第二十四笑。道：「乾娘，你端的智賽隋何，機强陸賈！不瞞乾娘說：我不知怎地，吃他那日叉簾子時，見了這一面，却似收了我三魂七魄的一般，只是没做個道理入脚處。不知你會弄手段麽？」

王婆「哈哈」的笑起來道：第二十五笑。「老身不瞞大官人說：我家賣茶，叫做『鬼打更』。三年前六月初三下雪的那一日，賣了一個泡茶，直到如今不發市，專一靠些雜趁養口。」奇文矢口而來。西門慶問道：「怎地叫做『雜趁』？」王婆笑道：第二十六笑。「老身爲頭是做媒，又會做牙婆，也會抱腰，也會收小的，也會說風情，也會做馬泊六。」奇文矢口而來。西門慶道：「乾娘端的與我說得成時，十兩銀子。便送十兩銀子與你做棺材本。」王婆道：「大官人，你聽我說：一兩銀子便看你，五兩銀子便猜你，十兩銀子便與你說出五件事、十分光來。一篇寫刷子撒奸，花娘好色，虔婆愛鈔，色色入畫。但凡『捱光』的兩個字最難，要五件事俱全，方纔行得。【眉批】說光獨作一篇文字讀。○于說光前，先有一番五事問答，又可另作一篇讀。第一件，下文將欲排出十分光來，却先于上文排出五件事。使讀者如游深山，不覺迤邐而入。潘安的貌；第二件，驢兒大的行貨；第三件，要似鄧通有錢；第四件，小，就要綿裏針忍耐；第五件，要閑工夫：此五件，唤作潘、驢、鄧、小、閑。千古奇文。五件俱全，此事便獲着。」西門慶道：「實不瞞你說，這五件事，我都有些。第一，下文將排出十分光，上文却先排出五件事，所謂欲變大陣，先設小陣也。然小陣一變，即成大陣，猶未足爲奇觀。此只以小陣一變，仍作小陣，讀者方謂極情盡致，無可復加。而下文不覺早已排山倒海，衝至面前，真文字之極觀也。我的面兒雖比不得潘安，也充得過；第二，我小時也曾養得好大龜；第三，我家裹也頗有貫伯錢財，雖不及鄧通，也頗得過；第四，我最耐得，他便打我四百頓，休想我回他一下；第五，我最有閑工夫，不然，如何來的恁頻？乾娘，你只作成我！完備了時，我自重重的謝你。」

王婆道：「大官人，雖然你説五件事都全，我知道還有一件事打攪，五件事又變作一件事，然後慢慢變出十件事來。忽大忽小，忽小忽大，真有猶龍之譽。也多是札地不得。」西門慶説：「你且道甚麼一件事打攪？」王婆道：「大官人，休怪老身直言：但凡捱光最難，十分光時，使錢到九分九釐，也有難成就處。我知你從來慳吝，不肯胡亂便使錢，只這一件打攪！」活畫出積世虔婆。西門慶道：「這個極容易醫治，我只聽你的言情便了。」王婆道：「若是大官人肯使錢時，老身有一條計，便教大官人和這雌兒會一面。只不知官人肯依我麽？」西門慶道：「不揀怎地，我都依你。乾娘有甚妙計？」王婆笑道：第二十七笑。「今日晚了，且回去。過半年三個月，却來商量。」行文至此，豈惟西門，雖讀者亦無不洗耳願聞矣。偏有此一閃，妙。西門慶便跪下道：「乾娘，休要撒科，你作成我則個！」

王婆笑道：第二十八笑。「大官人却又慌了。老身那條計，是個上着。雖然入不得武成王廟，端的强似孫武子教女兵，十捉九着。大官人，我今日對你説：不容易請教。這個人原是清河縣大户人家討來的養女，却做得一手好針綫。大官人，你便買一匹白綾、一匹藍綢、一匹白絹，再用十兩好綿，都把來與老身。積世虔婆，趁火打劫之計，令我絶倒。我却走將過去，問他討茶吃，却與這雌兒説道：『有個施主官人，與我一套送終衣料，特來借曆頭。央及娘子與老身揀個好日，去請個裁縫來做。』他若見我這般説，不睬我時，此事便休了。先用一反。他若説：『我替你做。』不要我叫裁縫時，這便有一分光了。第一段，○每一段，用兩「他若」，一反一正，絶代奇文。我便請他家來做，他若説：『將來我家裏做。』不肯過來，此事便休了。反。他若歡天喜地説：『我來做，就替你裁。』這光便有二分了。第二段。若是肯來我這裏做時，却要安排些酒食點心請他。第一日，你也不要來。妙。第二日，他若説不便當時，定要將家去做，此事便休了。反。他若依前肯過我家做時，這光便有三分了。第三段。這一日，你也不要來。妙。到第三日晌午前後，你整整齊齊打扮了來，咳嗽爲號。你便在門前説道：『怎地連日不見王乾娘？』我便出來，請你入房裏來。若是他見你入來，便起身跑了歸去，難道我拖住他？妙。此事便休了。反。他若見你入來，不動身時，這光便有四分了。第四段。坐下時，便對雌兒説道：『這個便是與我衣料的施主官人，虧殺他！』我誇大官人許多好處，你便賣弄他的針綫。若是他不來兜攬應答，此事便休了。反。他若口裏應答説話時，這光便有五分了。第五段。我却説道：『難得這個娘子與我作成出手做。虧殺你兩個施主：合稱妙。一個出錢的，一個出力的！分疏，又妙。不是老身路岐相央，難得這個娘子在這裏，官人好做個主人，替老身與娘子澆手。』你便取出銀子來央我買。若是他抽身便走時，不成扯住他？此事便休了。反。他若是不動身時，這光便有六分了。第六段。我却拿了銀子，臨出門，對他道：『有勞娘子相待大官人坐一坐。』他若也起身走了家去時，我也難道阻當他？此事便休了。反。若是他不起身走動時，此事又好了，這光便有七分了。第七段。等我買得東西來，擺在桌子上，我便道：『娘子，且收拾生活，吃一杯兒酒，難得這位官人壞鈔。』他若不肯和你同桌吃時，走了回去，此事便休了。反。若是他只口裏說要去，賊人語。○絶倒。却不動身時，此事又好了，這光便有八分了。第八段。待他吃的酒濃時，正說得入港，我便推道沒了酒，再叫你買，你便又央我去買；我只做去買酒，把門拽上，關你和他兩個在裏面。絶倒。他若焦躁，跑了歸去，此事便休了。反。他若由我拽上門，不焦躁時，這光便有九分了。第九段。只欠一分光了便完就。忽然一頓。這一分倒難：忽然一颺。○一頓一颺，使讀者茫然。○上來一反一正，共有十八段，已近急口令矣。得此一頓一颺，政使文情入變。譬如畫龍，鱗爪都具，而不點睛，直是令人癢殺。大官人，你在房裏，着幾句甜淨的話兒說將入去，你却不可躁暴，便去動手動脚，打攪了事，那時我不管你。此處已是最後一光矣，又戒不可動手動脚打攪了事，然則如之何耶？奇絶之筆。先假做把袖子在桌上拂落一雙箸去，你只做去地下拾箸，將手去他脚上捏一捏。他若鬧將起來，我自來搭救，絶倒。此事也便休了，再也難得成。反。○又加一句。若是他不做聲時，此是十分光了。這時節，這時節，二句六字，聲情都絶。婆子至此，亦絶倒矣。何況西門，何況讀者！十分事都成了！這條計策如何？」第十段。

西門慶聽罷，大笑道：第二十九笑。「雖然上不得凌烟閣，端的好計！」王婆道：「不要忘了許我的十兩銀子！」此是虔婆傳中正語。西門慶道：『但得一片橘皮吃，莫便忘了洞庭湖。』這條計，幾時可行？」王婆道：「只在今晚，便有回報。我如今趁武大未歸，走過去細細地說誘他。你却便使人將綾綢絹匹並綿子來。」西門慶道：「得乾娘完成得這件事，如何敢失信?」作別了王婆,便去市上綢絹鋪裏買了綾綢絹緞,並十兩清水好綿。家裏叫個伴當,取包袱包了,帶了五兩碎銀,五兩。徑送入茶坊裏。王婆接了這物,分付伴當回去。自踅來開了後門,後門出現第一。走過武大家裏來。【眉批】請做衣另作一篇小文讀。那婦人接着,請去樓上坐地。那王婆道:「娘子怎地不過貧家吃茶?」那婦人道:「便是這幾日身體不快,懶走去的。」王婆道:「娘子家裏有曆日麽?借與老身看一看,要選個裁衣日。」那婦人道:「乾娘裁甚麽衣裳?」王婆道:「便是老身十病九痛,怕有些山高水低,預先要製辦些送終衣服。宛然有聲。難得近處一個財主,見老身這般説,布施與我一套衣料,綾綢絹緞,又與若干好綿。放在家裏一年有餘,不能够做。今年覺道身體好生不濟,又撞着如今閏月,趁這兩日要做;看他寫出許多説話來。○已上猶是借曆日,已下竟是請裁縫矣。又被那裁縫勒揹,只推生活忙,不肯來做。老身説不得這等苦!」辭令妙品。

那婦人聽了,笑道:第三十笑。「只怕奴家做得不中乾娘意;若不嫌時,奴出手與乾娘做如何?」那婆子聽了這話,堆下笑來,第三十一笑。説道:「若得娘子貴手做時,老身便死來也得好處去。妙語,活畫婆子。久聞娘子好手針綫,只是不敢相央。」【眉批】捱光重作一篇文字讀。那婦人道:「這個何妨?許了乾娘,務要與乾娘做了。將曆頭叫人揀個黄道好日,便與你動手。」王婆道:「若得娘子肯與老身做時,娘子是一點福星,何用選日?忽然借曆日,忽然不必曆日。夾七夾八,妙絶。老身也前日央人看來,説道明日是個黄道好日;忽然借曆日,忽然又説已央人看個黄道好日。一發夾七夾八,妙絶妙絶。老身只道裁衣不用黄道日了,不記他。」上文活寫婆子隨口嘈出，此句又活寫婆子機變自救，妙絶。那婦人道：「歸壽衣正要黄道日好，何用别選日？」第一分光已有。王婆道：「既是娘子肯作成老身時，大膽，只是明日，起動娘子到寒家則個。」那婦人道：「乾娘，不必。將過來做不得？」好，定少不得。王婆道：「便是老身也要看娘子做生活則個，又怕家裏没人看門前。」並不强拉，只是軟商，辭令妙品。那婦人道：「既是乾娘恁地説時，我明日飯後便來。」那婆子千恩萬謝，下樓去了。第二分光又有。當晚回復了西門慶的話，約定後日准來。當夜無話。次日清早，王婆收拾房裏乾浄了，買了些綫索，安排了些茶水，在家裏等候。

且説武大吃了早飯，打當了擔兒，自出去賣炊餅。略照武大，不疏漏。那婦人把簾兒挂了，簾子十二。從後門走過王婆家裏來。後門二。那婆子歡喜無限，接入房裏坐下，便濃濃地點道茶，撒上些出白松子、胡桃肉，細瑣處寫。遞與這婦人吃了。抹得桌子乾浄，細瑣偏入妙。便將出那綾綢絹緞來。婦人將尺量了長短，量。裁得完備，裁。便縫起來。縫。婆子看了，口裏不住聲價喝采道：「好手段！老身也活了六七十歲，眼裏真個不曾見這般好針綫！」數語于本文無謂，只是使一日不寂寞。那婦人縫到日中，王婆便安排些酒食請他，下了一箸麵，與那婦人吃了。再縫了一歇，將次晚來，便收拾起生活自歸去。恰好武大歸來，挑着空擔兒進門，不忘武大。那婦人拽開門，下了簾子。簾子十三。武大入屋裏來，看見老婆面色微紅，便問道：「你那裏吃酒來？」那婦人應道：「便是間壁王乾娘央我做送終的衣裳，日中安排些點心請我。」武大道：「阿呀！不要吃他的。我們也有央及他處。他便央你做得件把衣裳，你便自歸來吃些點心，不直得攪惱他。你明日倘或再去做時，帶了些錢在身邊，也買些酒食與他回禮。常言道：『遠親不如近鄰。』休要失了人情。他若是不肯要你還禮時，你便只是拿了家來做去還他。」那婦人聽了。數語于本文無謂，只是使武大不寂寞，作文要照前照後如此。當晚無話。

且說王婆子設計已定，賺潘金蓮來家。次日飯後，武大自出去了，王婆便踅過來，相請去到他房裏，取出生活，一面縫將起來。王婆自一邊點茶來吃了，不在話下。看看日中，那婦人取出一貫錢付與王婆，說道：「乾娘，奴和你買杯酒吃。」王婆道：「阿呀！那裏有這個道理？老身央及娘子在這裏做生活，如何顛倒教娘子壞錢？」那婦人道：「却是拙夫分付奴來。若還乾娘見外時，只是將了家去做還乾娘。」那婆子聽了，連聲道：「大郎直恁地曉事。既然娘子這般說時，老身權且收下。」這婆子生怕打脫了這事，自又添錢去買些好酒好食、希奇果子來，殷勤相待。看官聽說：但凡世上婦人，由你十八分精細，被人小意兒過縱，十個九個着了道兒。所以六婆不許入門，後世切戒之。再說王婆安排了點心，請那婦人吃了酒食，再縫了一歇，看看晚來，千恩萬謝歸去了。第三分光已有。

話休絮繁。第三日早飯後，王婆只張武大出去了，便走過後門來叫道：後門三。「娘子，老身大膽……」只說得四字，妙不容說。那婦人從樓上下來道：「奴却待來也。」兩個廝見了，來到王婆房裏坐下，取過生活來縫。那婆子隨即點盞茶來，兩個吃了。那婦人看看縫到晌午前後。却說西門慶巴不到這一日，陡然而出。裹了頂新頭巾，穿了一套整整齊齊的衣服，帶了三五兩碎銀子，又帶三五兩碎銀子。徑投這紫石街來。到得茶房門首，便咳嗽道：「王乾娘，連日如何不見？」那婆子瞧科，便應道：「兀誰叫老娘？」西門慶道：「是我。」那婆子趕出來，看了笑道：第三十二笑。「我只道是誰，却原來是施主大官人。你來得正好，且請你入去看一看。」把西門慶袖子一拖，拖進房裏，對着那婦人道：此句拖着西門對着婦人，下句指着婦人對着西門，活畫出婆子無數身分。「這個便是那施主，與老身那衣料的官人。」西門慶見了那婦人，便唱個喏。那婦人慌忙放下生活，還了萬福。第四分光又有。王婆却指着這婦人對西門慶道：婆子身分。「難得官人與老身緞匹，放了一年，不曾做得。如今又虧殺這位娘子，出手與老身做成全了。真個是布機也似好針綫，又密又好，其實難得。大官人，你且看一看。」活畫。西門慶把起來看了喝采，口裏說道：「這位娘子，怎地傳得這手好生活，神仙一般的手段！」那婦人笑道：第三十三笑。「官人休笑話。」

西門慶問王婆道：「乾娘，不敢問：這位是誰家宅上娘子？」王婆道：「大官人，你猜。」西門慶道：「小人如何猜得着？」王婆吟吟的笑道：第三十四笑。「便是間壁的武大郎的娘子。前日叉竿打得不疼，大官人便忘了？」忽插入，筆頭有舌。那婦人臉便紅紅的道：「那日奴家偶然失手，官人休要記懷。」西門慶道：「說那裏話！」王婆便接口道：「這位大官人一生和氣，從來不會記恨，極是好人。」西門慶道：「前日小人不認得，原來却是武大郎的娘子。小人只認的大郎，一個養家經紀人。且是在街上做買賣，大大小小不曾惡了一個人；又會賺錢，又且好性格，真個難得這等人。」賊人惡口：明明贊之，明明擠之；明明搗之，明明羞之。王婆道：「可知哩！娘子自從嫁得這個大郎，但是有事，百依百隨。」那婦人應道：「他是無用之人，「他」字妙,「無用」字妙,如出香口。○好婦嫁得呆郎,第一怕人提起,氣不得,不氣不得,真有此六字之苦。官人休要笑話。」西門慶道:「娘子差矣!古人道:『柔軟是立身之本,剛强是惹禍之胎。』似娘子的大郎所爲良善時,萬丈水無涓滴漏。」王婆打着攛鼓兒道:「説的是。」西門慶獎了一回,便坐在婦人對面。第五分光已有。○寫得絶倒。王婆又道:「娘子,你認的這個官人麽?」那婦人道:「奴不認的。」婆子道:【眉批】此一段向女誇男。「這個大官人,是這本縣一個財主,知縣相公也和他來往,絶倒語,真羞死人。叫做西門大官人。萬萬貫錢財,説出無個數目,絶倒婆語。開着個生藥鋪在縣前。家裏錢過北斗,米爛陳倉;赤的是金,白的是銀,圓的是珠,光的是寶。也有犀牛頭上角,亦有大象口中牙。」那婆子只顧誇獎,西門慶口裏假嘈,畫。那婦人就低了頭縫針綫。畫。

西門慶得見潘金蓮十分情思,恨不就做一處。畫。王婆便去點兩盞茶來,遞一盞與西門慶,一盞遞與這婦人,説道:「娘子相待大官人則個。」漸來。吃罷茶,便覺有些眉目送情。王婆看着西門慶,把一隻手在臉上摸。活畫。西門慶心裏瞧科,已知有五分了。王婆便道:「大官人不來時,老身也不敢來宅上相請。巧言如簧。一者緣法,二者來得恰好。緣法只是來得恰好,來得恰好只是緣法,二句只是一句耳。却自冒冒失失,説出一者二者,活寫出隨口假嘈來,思之失笑。常言道:『一客不煩二主。』大官人便是出錢的,這位娘子便是出力的。説來是好一對兒也。不是老身路岐相煩,難得這位娘子在這裏,官人好做個主人,替老身與娘子澆手。」西門慶道:「小人也見不到這裏,有銀子在此。」便取出來,和帕子遞與王婆。那婦人便道:「不消生受得。」口裏説，又不動身。活畫。【眉批】連寫許多不動身，要着眼。王婆將了銀子要去，那婦人又不起身。活畫。第六分光又有。○光雖十分，其實只有此處最難必耳。疊寫兩句「又不動身」，在作者亦「提刀而立，躊躕四顧」之時也。婆子便出門，又道：「有勞娘子相陪大官人坐一坐。」那婦人道：「乾娘，免了。」「二字活畫淫婦。却亦是不動身。活畫。○第七分光又有。也是因緣，却都有意了：西門慶這廝一雙眼只看着那婦人，這婆娘一雙眼也偷睃西門慶，寫出四隻眼來，妙絶。見了這表人物，心中倒有五七分意了，又低着頭自做生活。畫。

不多時，王婆買了些見成的肥鵝熟肉、細巧果子歸來，盡把盤子盛了，果子菜蔬，盡都裝了，搬來房裏桌子上。看着那婦人道：「乾娘自便，相待大官人。」奴却不當。」依舊原不動身。活畫。那婆子道：「正是專與娘子澆手，如何却説這話？」王婆將盤饌都擺在桌子上，三人坐定，把酒來斟。這西門慶拿起酒盞來，説道：「娘子，滿飲此杯。」那婦人笑道：第三十五笑。「多感官人厚意。」王婆道：「老身知得娘子洪飲，且請開懷吃兩盞兒。」西門慶拿起箸來道：「乾娘，替我勸娘子請些個。」那婆子揀好的遞將過來，與那婦人吃。一連斟了三巡酒，那婆子便去燙酒來。寫王婆忽離忽合，忽隱忽躍，真如驚龍跳虎；下緊接「西門慶道」，又妙絶。

西門慶道：「不敢動問娘子，青春多少？」恰是嫂嫂問叔叔語。那婦人應道：「奴家虛度二十三歲。」恰是叔叔答嫂嫂語。西門慶道：「小人癡長五歲。」恰是嫂嫂勾叔叔語。○此三句，無心中遥遥自引。那婦人道：「官人將天比地。」王婆走進來道：提科。「好個精細的娘子！不惟做得好針綫，諸子百家皆通。」西門慶道：「却是那裏去討？妙。武大郎好生有福！」妙。【眉批】此節一遍一句，另作一篇絶妙小文讀。王婆便道：「不是老身説是非：大官人宅裏枉有許多，那裏討一個趕得上這娘子的！」妙。西門慶道：「便是這等，一言難盡！妙。只是小人命薄，不曾招得一個好的。」王婆道：「大官人，先頭娘子須好。」憑空蹴起，妙想奇文。西門慶道：「休説！若是我先妻在時，却不怎地；『家無主，屋倒竪』，如今枉自有三五七口人吃飯，妙。都不管事。」妙。那婦人問道：「官人恁地時，殁了大娘子得幾年了？」關心吊膽，絶倒。西門慶道：「説不得：小人先妻是微末出身，妙。却倒百伶百俐，是件都替得小人；如今不幸，他殁了已得三年，家裏的事都七顛八倒。爲何小人只是走了出來？在家裏時，便要嘔氣！」妙。那婆子道：「大官人，休怪老身直言：你先頭娘子也没有武大娘子這手針綫。」妙妙。西門慶道：「便是小人先妻，也没此娘子這表人物。」妙妙。那婆子笑道：第三十六笑。「官人，你養的外宅在東街上，憑空又蹴起，妙想奇文，咄咄怪事。如何不請老身去吃茶？」西門慶道：「便是唱慢曲兒的張惜惜？我見他是路岐人，妙妙。不喜歡。」妙。婆子又道：「官人，你和李嬌嬌却長久。」妙。西門慶道：「這個人見今取在家裏。若是他似娘子時，自册正了他多時。」妙妙。王婆道：「若有娘子般中得官人意的，來宅上説没妨事麽？」妙妙。西門慶道：「我的爹娘俱已没了，我自主張，妙。誰敢道個『不』字！」妙。王婆道：「我自説耍，急切那裏有中得官人意的？」忽然漾開，妙妙。西門慶道：「做甚麽了便没！妙妙。只恨我夫妻緣分上薄，自不撞着！」妙妙。

西門慶和這婆子一遍一句，説了一回。第八分光已有。王婆便道：「正好吃酒，却又没了。官人休怪老身差撥，再買一瓶兒酒來吃如何？」西門慶道：「我手帕裏有五兩來碎銀子，一發撒在你處，要吃時只顧取來，多的乾娘便就收了。」哀哉世人，男女之會，亦必以錢物耀之。那婆子謝了官人，起身睃這粉頭時，畫。一鍾酒落肚，哄動春心，又自兩個言來語去，都有意了，；只低了頭，却不起身。活畫。那婆子滿臉堆下笑來，説道：第三十七笑。「老身去取瓶兒酒來，與娘子再吃一杯兒。有勞娘子相待大官人坐一坐。注子裏，句。有酒。句。没，句。便再篩兩盞兒和大官人吃。老身直去縣前那家，有好酒買一瓶來，有好歇兒擔閣。」「直去」妙，「縣前那家」妙，「好歇兒擔閣」妙。字字絶倒，讀之齒寒。那婦人口裏説道：「不用了。」坐着却不動身。活畫。○第九分光已有。婆子出到房門前，便把索兒縛了房門，却來當路坐了。絶倒。

且説西門慶自在房裏，便斟酒來勸那婦人，却把袖子在桌上一拂，把那雙箸拂落地下。也是緣法凑巧，那雙箸正落在婦人脚邊。西門慶連忙蹲身下去拾，只見那婦人尖尖的一雙小脚兒，正蹺在箸邊。西門慶且不拾箸，便去那婦人繡花鞋兒上捏一把。那婦人便笑將起來，第三十八笑。○已上通計三十八「笑」字，至此「笑」字結穴。《老子》云：「不笑不足以爲道也。」説道：「官人，休要囉唣！你真個要勾搭我？」西門慶便跪下道：「只是娘子作成小人！」那婦人便把西門慶摟將起來。反書婦人摟起西門慶來，《春秋》筆法。○第十分光完滿具足。當時兩個就王婆房裏，脱衣解帶，無所不至。此時不知武二已到東京否？武大炊餅已賣完否？讀之一歎！雲雨纔罷，正欲各整衣襟，只見王婆推開房門入來，怒道：「你兩個做得好事！」虔婆此怒，却出料外。文情真是波詭雲屬。【眉批】王婆銜奸，又作一篇小文讀。西門慶和那婦人都吃了一驚。那婆子便道：「好呀，好呀！我請你來做衣裳，不曾叫你來偷漢子！」絶倒。武大得知，須連累我，不若我先去出首！」回身便走。真正奇文。那婦人扯住裙兒道：「乾娘，饒恕則個！」西門慶道：「乾娘低聲！」王婆笑道：「笑」字餘波[一]。「若要我饒恕，你們都要依我一件。」那婦人道：「休説一件，便是十件奴也依。」豈知十件都已依過。王婆道：「你從今日爲始，瞞着武大，每日不要失約負了大官人，我便罷休；若是一日不來，我便對你武大説。」絶倒。○正合下官之意。那婦人道：「只依着乾娘便了。」王婆又道：「西門大官人，你自不用老身多説。前婦人勾搭武二一篇大文，後便有武二起身分付哥嫂一篇小文。此西門勾搭婦人一篇大文，後亦有王婆入來分付奸夫淫婦一篇小文。耐庵胸中，其間架經營如此，胡能量其才之斗石也。○前武二分付武大云「你從明日爲始……每日」云云，今王婆分付婦人，亦云「你從今日爲始……每日」云云；前武二分付婦人云「你自不用武二多説」，今王婆分付西門亦云「你自不用老身多説」，皆特特遥遥相引，不必盡照，不必盡不照，彼固不望後世有人能賞之也。這十分好事已都完了。所許之物，不可失信。你若負心，我也要對武大説！」一發絶倒。西門慶道：「乾娘放心，並不失信。」三人又吃幾杯酒，已是下午的時分，那婦人便起身道：「武大那廝將歸了，四字是何稱呼！奴自回去。」便踅過後門歸家，後門四[二]。先去下了簾子，簾子十四。武大恰好進門。不漏武大。

且説王婆看着西門慶道：「好手段麽？」西門慶道：「端的虧了乾娘！我到家，便取一錠銀送來與你，所許之物，豈敢昧心。」王婆道：「『眼望旌節至，專等好消息。』不要叫老身『棺

[一]「字」，貫華堂本作「了」，據葉瑶池本改。
[二]「四」，貫華堂本作「門」，據葉瑶池本改。

材出了討挽歌郎錢』。」西門慶笑了去，「笑」字尚未歇。不在話下。

那婦人自當日爲始，每日踅過王婆家裏來，和西門慶做一處，恩情似漆，心意如膠。自古道：「好事不出門，惡事傳千里。」不到半月之間，街坊鄰舍都知得了，只瞞着武大一個不知。

斷章句，話分兩頭。且説本縣有個小的，年方十五六歲，本身姓喬。因爲做軍在鄆州生養的，就取名叫做鄆哥，家中止有一個老爹。那小厮生得乖覺，此書每于絶大文字，偏有本事一字不相犯。如武松遇虎，李逵又遇虎；金蓮偷漢，巧雲又偷漢是也。乃偏于極小文字，偏没本事使他不相犯。如林冲迭配時，極似盧俊義迭配時；鄆哥尋西門，極似唐牛尋宋江是也。此非文叔真有小敵怯，大敵勇之異，蓋僧繇畫龍，若更安鱗施爪，便將破壁飛去。天下十成之物，造化皆思忌之。彼固特特不欲十成，非世人之所知也。自來只靠縣前這許多酒店裏，賣些時新果品，時常得西門慶賚發他些盤纏。其日正尋得一籃兒雪梨，提着來，繞街尋問西門慶。又有一等的多口人説道：「鄆哥，你若要尋他，我教你一處去尋。」鄆哥道：「聒噪阿叔，叫我去尋得他見，賺得三五十錢，養活老爹也好。」那多口的道：「西門慶他如今刮上了賣炊餅的武大老婆，每日只在紫石街上王婆茶坊裏坐地。這早晚多定正在那裏，你小孩子家，只顧撞入去不妨。」那鄆哥得了這話，謝了阿叔指教。

這小猴子提了籃兒，一直望紫石街走來，徑奔入茶坊裏去，却好正見王婆坐在小凳兒上績緒。鄆哥把籃兒放下，看着王婆道：「乾娘，拜揖。」那婆子問道：「鄆哥，你來這裏做甚麼？」鄆哥道：「要尋大官人，賺三五十錢，養活老爹。」婆子道：「甚麼大官人？」鄆哥道：「乾娘，情知是那個，便只是他那個。」妙舌。婆子道：「便是大官人，也有個姓名。」鄆哥道:「便是兩個字的。」妙舌。婆子道:「甚麽兩個字的?」鄆哥道:「乾娘只是要作耍,我要和西門大官人説句話。」望裏面便走。那婆子一把揪住道:「小猴子!那裏去?人家屋裏,各有内外。」鄆哥道:「我去房裏便尋出來。」王婆道:「含鳥猢猻!我屋裏那得甚麽西門大官人!」鄆哥道:「不要獨吃自呵,也把些汁水與我呷一呷!我有甚麽不理會得?」婆子便罵道:「你那小猢猻,理會得甚麽!」鄆哥道:「你正是『馬蹄刀木杓裏切菜,水泄不漏』,半點兒也没得落地!直要我説出來,只怕賣炊餅的哥哥發作!」那婆子吃他這兩句,道着他真病,心中大怒,喝道:「含鳥猢猻,也來老娘屋裏放屁辣臊!」鄆哥道:「我是小猢猻,你是馬泊六!」妙舌。○只如作五字對。那婆子揪住鄆哥,鑿上兩個栗暴。鄆哥叫道:「做甚麽便打我?」婆子罵道:「賊猢猻!高做聲,大耳刮子打你出去!」鄆哥道:「老咬蟲!没事得便打我!」這婆子一頭叉,一頭大栗暴鑿,直打出街上去,雪梨籃兒也丢出去。那籃雪梨四分五落,滚了開去。不因此句,如何生出事來?

這小猴子打那虔婆不過,一頭罵,一頭哭,一頭走,一頭街上拾梨兒;前半篇就兩個人寫出活畫來,後半篇就三個人寫出活畫來。此至末後,忽然又就一個人寫出活畫來。筆勢伸縮變化,我不能量其端倪所至。指着那王婆茶坊裏罵道:「老咬蟲!我教你不要慌!我不去説與他,不做出來不信!」提了籃兒,徑奔去尋這個人。正是:從前作過事,没興一齊來。直教:掀翻狐兔窩中草,驚起鴛鴦沙上眠。畢竟這鄆哥尋甚麽人,且聽下回分解。

第五才子書施耐庵水滸傳卷之二十九

聖歎外書

第二十四回　王婆計啜西門慶　淫婦藥鴆武大郎

此回是結煞上文西門潘氏奸淫一篇，生發下文武二殺人報讎一篇，亦是過接文字。只看他處處寫得精細，不肯草草處。

第一段寫鄆哥定計，第二段寫武大捉奸，第三段寫淫婦下毒，第四段寫虔婆幫助，第五段寫何九瞧科。段段精神，事事出色，勿以小篇而忽之也。

寫淫婦心毒，幾欲掩卷不讀，宜疾取第二十五回快誦一過[一]，以爲羯鼓洗穢也。

[一]「回」，各本均作「卷」，據文意改。

話説當下鄆哥被王婆打了這幾下，心中没出氣處，提了雪梨籃兒[一]，一徑奔來街上，直來尋武大郎。轉了兩條街，只見武大挑着炊餅擔兒，正從那條街上來。鄆哥見了，立住了脚，看着武大道：「這幾時不見你，怎麽吃得肥了？」奇文。武大歇下擔兒道：「我只是這般模樣，有甚麽吃得肥處？」鄆哥道：「我前日要糴些麥稃，一地里没糴處，人都道你屋裏有。」奇文。武大道：「我屋裏又不養鵝鴨，那裏有這麥稃？」鄆哥道：「你説没麥稃，怎地棧得肥膪膪地，便顛倒提起你來也不妨，煮你在鍋裏也没氣？」奇文。武大道：「含鳥猢猻，倒罵得我好！我的老婆又不偷漢子，我如何是鴨？」「鴨」字奇文。鄆哥道：「你老婆不偷漢子，只偷子漢。」武大扯住鄆哥道：「還我主來！」鄆哥道：「我笑你只會扯我，却不咬下他左邊的來！」武大道：「好兄弟，你對我説是兀誰，我把十個炊餅送你。」鄆哥道：「炊餅不濟事，你只做個小主人，請我吃三杯，我便説與你。」武大道：「你會吃酒？跟我來。」武大挑了擔兒，引着鄆哥，到一個小酒店裏，歇了擔兒。拿了幾個炊餅，寫來好笑。買了些肉，討了一鏇酒，請鄆哥吃。那小廝又道：「酒便不要添了，肉再切幾塊來。」武大道：「好兄弟，你且説與我則個。」鄆哥道：「且不要慌，等我一發吃了，却説與你。你却不要氣苦，我自幫你打捉。」

武大看那猴子吃了酒肉，道：「你如今却説與我。」鄆哥道：「你要得知，把手來摸我頭上

[一]「籃」，貫華堂本、葉瑶池本作「藍」，據王望如評本改。

肐膊。」趣絶。〇與王婆把耳朵來一樣筆法。武大道：「却怎地來有這肐膊？」鄆哥道：「我對你說：我今日將這一籃雪梨[一]，去尋西門大郎挂一小鈎子。一地裏没尋處，街上有人說道：『他在王婆茶房裏和武大娘子勾搭上了，每日只在那裏行走。』我指望去撰三五十錢使，叵耐那王婆老猪狗不放我去房裏尋他，大栗暴打我出來。我特地來尋你。我方纔把兩句話來激你：我不激你時，你須不來問我。」小賊。武大道：「真個有這等事？」鄆哥道：「又來了！三字活畫武大，神理都具。我道你是這般的鳥人！那厮兩個落得快活，只等你出來，便在王婆房裏做一處，你兀自問道真個也是假！」小賊。

武大聽罷，道：「兄弟，我實不瞞你說：那婆娘每日去王婆家裏做衣裳，歸來時便臉紅，我自也有些疑忌。這話正是了！此一語，先有來歷在前。我如今寄了擔兒，便去捉奸，如何？」鄆哥道：「你老大一個人，原來没些見識！那王婆老狗恁麽利害怕人，你如何出得他手？他須三人也有個暗號，此等事，鄆哥固不得知，第耐庵又何由知之？誠乃博物君子。見你入來拿他，把你老婆藏過了。那西門慶須了得，打你這般二十來個！若捉他不着，乾吃他一頓拳頭。他又有錢有勢，反告了一紙狀子，你便用吃他一場官司。又没人做主，乾結果了你！」武大道：「兄弟，你都說得是。却怎地出得這口氣？」鄆哥道：「我吃那老猪狗打了，也没出氣處。我教你一着：寫來入情。你今日晚些歸去，都不要發作，也不可露一些嘴臉，只做每日一般。

[一]「籃」，貫華堂本、葉瑶池本作「藍」，據王望如評本改。

明朝你便少做些炊餅出來賣，寫來入情。○「你便」、「我便」二字下，皆略用一頓，活是孩子遲聲慢口。我便在巷口等你。若是見西門慶入去時，我便來叫你。你便挑着擔兒，只在左近等我。我便先去惹那老狗，必然來打我。我便將籃兒丢出街來，你便搶來。我便一頭頂住那婆子，你便只顧奔入房裏去，叫起屈來。此計如何？」武大道：「既是如此，却是虧了兄弟！我有數貫錢，與你把去糴米。明日早早來紫石街，巷口等我。」鄆哥得了數貫錢、幾個炊餅，又帶炊餅。自去了。武大還了酒錢，挑了擔兒，去賣了一遭歸去。

【眉批】「你便」、「我便」，猶如大珠小珠落盤亂走相似。

原來這婦人往常時只是駡武大，百般的欺負他；近日來也自知無禮，只得窩伴他些個。世人知之。當晚武大挑了擔兒歸家，也只和每日一般，並不説起。那婦人道：「大哥，買盞酒吃？」武大道：「却纔和一般經紀人買三碗吃了。」那婦人安排晚飯與武大吃了，當夜無話。次日飯後，武大只做三兩扇炊餅，安在擔兒上。這婦人一心只想着西門慶，那裏來理會武大做多做少。好筆。當日武大挑了擔兒，自出去做買賣。這婦人巴不能够他出去了，便踅過王婆房裏來等西門慶。

且説武大挑着擔兒，出到紫石街巷口，迎見鄆哥提着籃兒在那裏張望。武大道：「如何？」鄆哥道：「早些個。你且去賣一遭了來。他七八分來了，你只在左近處伺候。」武大飛雲也似去賣了一遭回來。鄆哥道：「你只看我籃兒撇出來，你便奔入去。」武大自把擔兒寄下，不在話下。

却說鄆哥提着籃兒，走入茶坊裏來，罵道：「老猪狗，你昨日做甚麼便打我！」那婆子舊性不改，便跳起身來喝道：「你這小猢猻！　老娘與你無干，你做甚麼又來罵我！」鄆哥道：「便罵你這馬泊六，做牽頭的老狗，直甚麼屁！」四字奇文。才子罵世，只是胸中有此四字耳。那婆子大怒，揪住鄆哥便打。【眉批】捉奸一段真是如錦。鄆哥叫一聲：「你打我！」把籃兒丢出當街上來。那婆子却待揪他，被這小猴子叫聲「你打」時，就把王婆腰裏帶個住，看着婆子小肚上，只一頭撞將去，爭些兒跌倒，却得壁子礙住不倒。那猴子死頂住在壁上，以五十四字成句，反就句中自成無數曲折，真是以手忙脚亂之事，寫得妙手空空，奇才妙筆。只見武大裸起衣裳，大踏步直搶入茶坊裏來。那婆子見了是武大來，急待要攔當時，却被這小猴子死命頂住，那裏肯放？　婆子只叫道：「武大來也！」畫虔婆。那婆娘正在房裏，做手脚不迭，先奔來頂住了門，畫淫婦。這西門慶便鑽入床底下躲去。畫奸夫。

武大搶到房門邊，用手推那房門時，那裏推得開？　口裏只叫得：「做得好事！」畫烏龜。○此事本急，今寫來亦殊急。讀之，見紙上麻雜雜地。那婦人頂住着門，慌做一團，口裏便說道：「閑常時只如鳥嘴，賣弄殺好拳棒！　急上場時便没些用！　見個紙虎，也嚇一交！」那婦人這幾句話，分明教西門慶來打武大，奪路了走。好。西門慶在床底下聽了婦人這幾句言語，提醒他這個念頭，好。便鑽出來，拔開門，好。叫聲：「不要打！」好。武大却待要揪他，被西門慶早飛起右脚。武大矮短，正踢中心窩裏，「撲」地望後便倒了。乘便就寫一句「踢中心窩」，便作武大了結之由，妙絶。西門慶見踢倒了武大，打鬧裏一直走了。妙。鄆哥見不是話頭，撇了王婆撒開。

好。街坊鄰舍都知道西門慶了得，誰敢來多管？好。○又伏。王婆當時就地下扶起武大來，見他口裏吐血，面皮蠟查也似黄了，便叫那婦人出來，舀碗水來，看他寫婦人出來法。救得甦醒。兩個上下肩攙着，絶倒。便從後門武大今日亦從後門歸去，絶倒。○後門五。扶歸樓上去，安排他床上睡了。當夜無話。

次日西門慶打聽得没事，依前自來和這婦人做一處，只指望武大自死。反頓一句。武大一病五日，不能够起。更兼要湯不見，要水不見；每日叫那婦人不應，又見他濃妝艷抹了出去，歸來時便面顔紅色。武大幾遍氣得發昏，又没人來睬着。武大叫老婆來，分付道：「你做的勾當，我親手來捉着你奸；你倒挑撥奸夫踢我心頭。至今求生不生，求死不死，你們却自去快活！我死自不妨，和你們爭不得了！妙。我的兄弟武二，你須得知他性格；妙。倘或早晚歸來，他肯干休？妙。你若肯可憐我，早早伏侍我好了，他歸來時，我都不提；妙。你若不看覷我時，待他歸來，却和你們説話！妙。」○數語妙絶，然武大死于此數語矣。

這婦人聽了這話，也不回言，四字如畫。却踅過來，一五一十都對王婆和西門慶説了。那西門慶聽了這話，却似提在冰窨子裏，説道：「苦也！我須知景陽岡上打虎的武都頭，他是清河縣第一個好漢！我如今却和你眷戀日久，情孚意合，却不恁地理會！如今這等説時，正是怎地好？却是苦也！」王婆冷笑道：「我倒不曾見，你是個把舵的，我是趁船的，我倒不慌，你倒慌了手脚！」西門慶道：「我枉自做了男子漢，到這般去處，却擺布不開！你有甚麽主見，遮藏我們則個！」王婆道：「你們却要長做夫妻，短做夫妻？」西門慶道：「乾娘，你且說如何是長做夫妻，短做夫妻？」王婆道：「若是短做夫妻，你們只就今日便分散；等武大將息好了起來，與他陪了話；武二歸來，都没言語；待他再差使出去，却再來相約：這是短做夫妻。你們若要長做夫妻，每日同一處，不擔驚受怕，我却有一條妙計，只是難教你。」非寫虔婆亦復軟，只是行文忌直，且圖一頓耳。西門慶道：「乾娘，周全了我們則個，只要長做夫妻！」

王婆道：「這條計用着件東西，別人家裏都没，天生天化大官人家裏却有！」奇語。○再一頓。西門慶道：「便是要我的眼睛，也剜來與你。却是甚麽東西？」王婆道：「如今這搗子病得重，趁他狼狽裏，便好下手。大官人家裏取些砒霜來，却教大娘子自去贖一帖心疼的藥來，把這砒霜下在裏面，把這矮子結果了。奇稱。○只是視人如戲。一把火燒得乾乾净净的，没了踪迹，反踢下何九，妙。便是武二回來，待敢怎地？自古道：『嫂叔不通問。』『初嫁從親，再嫁由身。』阿叔如何管得？反踢下武二，妙。暗地裏來往半年一載，等待夫孝滿日，大官人娶了家去，這個不是長遠夫妻，諧老同歡？此計如何？」

西門慶道：「乾娘，只怕罪過！罷，罷，罷！一不做，二不休！」王婆道：「可知好哩！這是『斬草除根，萌芽不發』；若是斬草不除根，春來萌芽再發！反覆言之，皆反踢下文只斬得草，未除得根也。官人便去取些砒霜來，我自教娘子下手。事了時，却要重重謝我。」王婆本題。西門慶道：「這個自然，不消你說。」便去真個包了一包砒霜來，把與王婆收了。這婆子却看着那婦人道：「大娘子，我教你下藥的法度。如今武大不對你說道教你看活他？「不對」，猶言「豈不對」也。你便把些小意兒貼戀他。「貼戀」二字，思之可畏。大雄氏謂之詐現親附，哀哉痛哉！他若問你討藥吃時，便把這砒霜調在心疼藥裏。待他一覺身動，你便把藥灌將下去，却便走了起身。奇。他若毒藥轉時，必然腸胃迸斷，大叫一聲，奇。你却把被只一蓋，都不要人聽得。奇。預先燒下一鍋湯，煮着一條抹布。奇。他若毒藥發時，必然七竅内流血，奇。口唇上有牙齒咬的痕迹。奇。他若放了命，便揭起被來，却將煮的抹布一揩，都没了血迹。奇。便入在棺材裏，扛出去燒了，有甚麽鳥事！」王婆何處得來，其實耐庵何處得來？可見才子之心，燭物如鏡。那婦人道：「好却是好，只是奴手軟了，臨時安排不得尸首。」王婆道：「這個容易。你只敲壁子，我自過來相幫你。」西門慶道：「你們用心整理，明日五更來討回報。」西門慶説罷，自去了。王婆把這砒霜用手捻爲細末，活寫虔婆。○今世人家，多有容六婆常川入内者，我不知其有何相煩也。不能家喻户曉，聊識于此句之下，幸一念之。把與那婦人將去藏了。

那婦人却踅將歸來，到樓上看武大時，一絲没兩氣，看看待死。那婦人坐在床邊假哭，甚多。武大道：「你做甚麽來哭？」妙語，令我絶倒。那婦人拭着眼淚説道：「我的一時間不是了，吃那厮局騙了。誰想却踢了你這脚！我問得一處好藥，我要去贖來醫你，又怕你疑忌了，不敢去取。」好。武大道：「你救得我活，無事了，一筆都勾，並不記懷，武二家來亦不提起。快去贖藥來，救我則個！」那婦人拿了些銅錢，徑來王婆家裏坐地，好。却叫王婆去贖了藥來。把到樓上，教武大看了，好。説道：「這帖心疼藥，太醫叫你半夜裏吃。人静時。吃了，倒頭把一兩床被發些汗，叫喊不得。明日便起得來。」不在床上了也。武大道：「却是好也！生受大嫂，今夜醒睡些個，可憐語。半夜裏調來我吃。」那婦人道：「你自放心睡，我自伏侍你。」

看看天色黑了，那婦人在房裏點上碗燈；妙筆。○讀之，覺紙上有陰風射人。下面先燒了一大鍋湯，拿了一片抹布，煮在湯裏。聽那更鼓時，却好正打三更。妙筆。那婦人先把毒藥傾在盞子裏，却舀一碗白湯，把到樓上，叫聲：「大哥，藥在那裏？」好。武大道：「在我席子底下枕頭邊，可憐語。你快調來與我吃。」那婦人揭起席子，將那藥抖在盞子裏，把那藥貼安了，好。○極精細。將白湯衝在盞內，把頭上銀牌兒只一攪，調得勻了，左手扶起武大，右手把藥便灌。武大呷了一口，說道：「大嫂，這藥好難吃！」那婦人道：「只要他醫治得病，管甚麽難吃。」武大再呷第二口時，被這婆娘就勢只一灌，特寫與天下有奢遮標致妻子人看。一盞藥都灌下喉嚨去了。那婦人便放倒武大，慌忙跳下床來。武大「哎」了一聲，說道：「大嫂，吃下這藥去，肚裏倒疼起來！苦呀！苦呀！倒當不得了！」這婦人便去脚後扯過兩床被來，没頭没臉只顧蓋。特寫與天下有奢遮標致妻子的看。武大叫道：「我也氣悶！」那婦人道：「太醫分付，教我與你發些汗，便好得快。」武大再要說時，這婦人怕他掙扎，便跳上床來，騎在武大身上，把手緊緊地按住被角，那裏肯放些鬆寬。特寫與天下有奢遮標致妻子的看。那武大「哎」了兩聲，喘息了一回，腸胃迸斷，嗚呼哀哉，身體動不得了。

那婦人揭起被來，見了武大咬牙切齒，七竅流血，怕將起來，讀之怕人。只得跳下床來，敲那壁子。王婆聽得，走過後門頭咳嗽。後門六。○「咳嗽」二字，寫得入神，又是聲響，又無聲響。那婦人便下樓來，開了後門。後門七。王婆問道：「了也未？」那婦人道：「了便了了，只是我手脚軟了，安排不得！」王婆道：「有甚麽難處，真好虔婆，無怪後世人家内邊專好與之往來。我幫你便了。」那婆子便把衣袖捲起，虔婆駭人。○一句。○已下看他兩個婦女逐件安排，都是半夜燈下之事。讀之，覺紙上陰風鬼火，無怪不有。舀了一桶湯，二句。把抹布撇在裏面，掇上樓來；三句。捲過了被，四句。先把武大嘴邊唇上都抹了，五句。却把七竅淤血痕迹拭浄，六句。便把衣裳蓋在尸上。七句。兩個從樓上一步一掇，扛將下來。八句。就樓下尋扇舊門停了。九句。與他梳了頭。十句。戴上巾幘，十一句。穿了衣裳，十二句。取雙鞋韈與他穿了；十三句。將片白絹蓋了臉，十四句。揀床乾浄被蓋在死尸身上，十五句。却上樓來收拾得乾浄了。妙。十六句。王婆自轉將歸去了，好。那婆娘便「號號」地假哭起養家人來。絶倒。○十七句。

看官聽說，原來但凡世上婦人哭有三樣：絶倒之語，《爾雅》所無。有淚有聲謂之哭，有淚無聲謂之泣，無淚有聲謂之號。當下那婦人乾號了一歇，却早五更。天色未曉，好筆。西門慶奔來討信，王婆說了備細。西門慶取銀子把與王婆，教買棺材津送，就叫那婦人商議。這婆娘過來，和西門慶說道：「我的武大今日已死，我只靠着你做主！」西門慶道：「這個何須得你說。」王婆道：「只有一件事最要緊：地方上團頭何九叔，他是個精細的人。只怕他看出破綻，不肯殮。」非寫虔婆識人，只是先着何九一筆。西門慶道：「這個不妨。我自分付他便了。他不肯違我的言語。」王婆道：「大官人便用去分付他，不可遲誤。」西門慶去了。

到天大明，王婆買了棺材，又買些香燭紙錢之類，歸來與那婦人做羹飯，點起一盞隨身燈。此句接前文，正是第十八句，却另寫在此，有似失落者，妙絶。鄰舍坊廂都來吊問，伏鄰舍街坊。那婦人虛掩着粉臉假哭。衆街坊問道：「大郎因甚病患便死了？」伏。那婆娘答道：「因害心疼病症，一日日越重了，看看不能够好，不幸昨夜三更死了！」又哽哽咽咽假哭起來。衆鄰舍明知道此人死得不明，伏。不敢死問他，只自人情勸道：「死自死了，活的自要過，娘子省煩惱。」那婦人只得假意兒謝了，衆人各自散了。

王婆取了棺材，去請團頭何九叔。但是入殮用的都買了，並家裏一應物件，也都買了。就叫了兩個和尚，晚些伴靈。多樣時，何九叔先撥幾個火家來整頓。

且説何九叔到巳牌時分，慢慢地走出來。到紫石街巷口，迎見西門慶叫道：「九叔，何往？」何九叔答道：「小人只去前面，殮這賣炊餅的武大郎尸首。」西門慶道：「借一步説話則個。」何九叔跟着西門慶，來到轉角頭一個小酒店裏，坐下在閣兒内。西門慶道：「何九叔，請上坐。」何九叔道：「小人是何等之人，對官人一處坐地？」西門慶道：「九叔何故見外？且請坐。」二人坐定，叫取瓶好酒來。小二一面鋪下菜蔬果品按酒之類，即便篩酒。何九叔心中疑忌，想道：「這人從來不曾和我吃酒，閑中寫出西門官人。今日這杯酒必有蹺蹊。」

兩個吃了半個時辰，只見西門慶去袖子裏摸出一錠十兩銀子，放在桌上，説道：「九叔休嫌輕微，明日别有酬謝。」何九叔叉手道：「小人無半點效力之處，如何敢受大官人見賜銀兩？大官人便有使令小人處，也不敢受。」西門慶道：「九叔休要見外，請收過了却説。」何九叔道：「大官人但説不妨，小人依聽。」西門慶道：「别無甚事，少刻他家也有些辛苦錢。只是如今殮武大的尸首，凡百事周全，一床錦被遮蓋則個。别不多言。」何九叔道：「是這些小事，有甚利害，如何敢受銀兩？」西門慶道：「九叔不收時，便是推却。」那何九叔自來懼怕西門慶是個刁徒，把持官府的人，只得受了。兩個又吃了幾杯，西門慶叫酒保來記了帳，明日來鋪裏支錢。兩個下樓，一同出了店門。西門慶道：「九叔記心，不可泄漏，改日别有報效。」分付罷，一直去了。

何九叔心中疑忌，肚裏尋思道：「這件事却又作怪！我自去殮武大郎尸首，他却怎地與我許多銀子？這件事必定有蹺蹊！」來到武大門前，只見那幾個火家在門首伺候。何九叔問道：「這武大是甚病死了？」火家答道：「他家説害心疼病死了。」何九叔揭起簾子入來，簾子十五。王婆接着道：「久等阿叔多時了。」何九叔應道：「便是有些小事絆住了脚，來遲了一步。」只見武大老婆穿着些素淡衣裳，從裏面假哭出來。何九叔道：「娘子省煩惱。可傷大郎歸天去了！」那婦人虛掩着淚眼道：「説不可盡！不想拙夫心疼症候，幾日兒便休了。撇得奴好苦！」何九叔上上下下看了那婆娘的模樣，好筆。口裏自暗暗地道：「我從來只聽的説武大娘子，妙。不曾認得他，妙。原來武大却討着這個老婆！妙。西門慶這十兩銀子，有些來歷。妙。」○只三四語，一語一轉。

何九叔看着武大尸首，揭起千秋旛，扯開白絹，用五輪八寶犯着兩點神水眼定睛看時，何九叔大叫一聲，望後便倒，口裏噴出血來。怪事。但見：指甲青，唇口紫，面皮黄，眼無光。正是：身如五鼓銜山月，命似三更油盡燈。畢竟何九叔性命如何，且聽下回分解。

第五才子書施耐庵水滸傳卷之三十

聖歎外書

第二十五回　偷骨殖何九送喪　供人頭武二設祭

吾嘗言：不登泰山，不知天下之高；登泰山不登日觀，不知泰山之高也。不觀黄河，不知天下之深；觀黄河不觀龍門，不知黄河之深也。不見聖人，不知天下之至；見聖人不見仲尼，不知聖人之至也。乃今于此書也亦然：不讀《水滸》，不知天下之奇；讀《水滸》不讀設祭，不知《水滸》之奇也。嗚呼！耐庵之才，其又豈可以斗石計之乎哉！

前書寫魯達，已極丈夫之致矣；不意其又寫出林冲，又極丈夫之致也。寫魯達又寫出林冲，斯已大奇矣；不意其又寫出楊志，又極丈夫之致也。是三丈夫也者，各自有其胸襟，各自有其心地，各自有其形狀，各自有其裝束。譬諸閻、吴二子，鬥畫殿壁，星宫水府，萬神咸在，慈即真慈，怒即真怒，麗即真麗，醜即真醜。技至此，技已止；觀至此，觀已止。然而二子之胸中，固各别藏分外之絶筆，又有所謂雲質龍章，日姿月彩，杳非世工心之所構，目之所遇，手之所掄，筆之所觸也者。今耐庵《水滸》，正猶是矣。寫魯、林、楊三丈夫以來，技至此，技已止，觀至此，觀已止。乃忽然磬控，忽然縱送，便又騰筆湧墨，憑空撰出武都頭一個人來。我得而讀其文，想見其爲人。其胸襟則又非如魯、如林、如楊者之胸襟也，其心事則又非如魯、如林、如楊者之心事也，其形狀結束則又非如魯、如林、如楊者之形狀與如魯、如林、如楊者之結束也。我既得以想見其人，因更迴讀其文，爲之徐讀之，疾讀之，翱翔讀之，歇續讀之，爲楚聲讀之，爲豺聲讀之。嗚呼！是其一篇一節一句一字，實杳非儒生心之所構，目之所遇，手之所掄，筆之所觸矣。是真所謂雲質龍章，日姿月彩，分外之絶筆矣。如是而尚欲量才子之才爲斗爲石，嗚呼，多見其爲不知量者也！

或問于聖歎曰：「魯達何如人也？」曰：「闊人也。」「宋江何如人也？」曰：「狹人也。」曰：「林冲何如人也？」曰：「毒人也。」「宋江何如人也？」曰：「甘人也。」曰：「楊志何如人也？」曰：「正人也。」「宋江何如人也？」曰：「駁人也。」曰：「柴進何如人也？」曰：「良人也。」「宋江何如人也？」曰：「歹人也。」曰：「阮七何如人也？」曰：「快人也。」「宋江何如人也？」曰：「厭人也。」曰：「李逵何如人也？」曰：「真人也。」「宋江何如人也？」曰：「假人也。」曰：「吴用何如人也？」曰：「捷人也。」「宋江何如人也？」曰：「呆人也。」曰：「花榮何如人也？」曰：「雅人也。」「宋江何如人也？」曰：「俗人也。」曰：「盧俊義何如人也？」曰：「大人也。」「宋江何如人也？」曰：「小人也。」

曰：「石秀何如人也？」曰：「警人也。」「宋江何如人也？」曰：「鈍人也。」然則《水滸》之一百六人，殆莫不勝于宋江。然而此一百六人也者，固獨人人未若武松之絶倫超群。然則武松何如人也？曰：「武松，天人也。」武松天人者，固具有魯達之闊，林冲之毒，楊志之正，柴進之良，阮七之快，李逵之真，吴用之捷，花榮之雅，盧俊義之大，石秀之警者也。斷曰第一人，不亦宜乎？

殺虎後忽然殺一婦人，嗟乎！莫唣哮于虎，莫柔曼于婦人。之二物者，至不倫也。殺虎後忽欲殺一婦人，曾不舉手之勞焉耳。今寫武松殺虎至盈一卷，寫武松殺婦人亦至盈一卷，咄咄乎異哉！憶大雄氏有言：「獅子搏象用全力，搏兔亦用全力。」今豈武松殺虎用全力，殺婦人亦用全力耶？我讀其文，至于氣咽目瞪，面無人色，殆尤駭于讀打虎一回之時。嗚呼，作者固真以獅子喻武松，觀其于街橋名字，悉安「獅子」二字可知也！

徒手而思殺虎，則是無賴之至也；然必終仗哨棒而後成于殺虎，是猶夫人之能事也。故必于四閃而後奮威盡力，輪棒直劈，而震天一響，樹倒棒折，已成徒手，而虎且方怒。以徒手當怒虎，而終亦得以成殺之功，夫然後武松之神威以見，此前文所已詳，今亦毋庸又述。乃我獨怪其寫武松殺西門慶，亦用此法也。其心豈不曰：「殺虎猶不用棒，殺一鼠子何足用刀？」于是握刀而往，握刀而來，而正值鼠子之際，刀反踢落街心，以表武松之神威。然奈何竟進鼠子而與虎爲倫矣？曰：非然也。虎固虎也，鼠子固鼠子也。殺虎不用棒，殺鼠子不用刀者，所謂象亦全力，兔亦全力。觀獅子橋下四字，可知也。

西門慶如何入奸，王婆如何主謀，潘氏如何下毒，其曲折情事，羅列前幅，燦如星斗，讀者既知之矣。然讀者之知之也，亦爲讀之而後得知之也。乃方夫讀者讀之而得知之之時，正武二于東京交割箱籠，街上閑行之時。即又奈何以己之所得知，例人之所不知，而欲武松聞何九之言，即燎然知奸夫之爲西門；聞鄆哥之言，即燎然知半夜如何置毒耶？篇中處處寫武松是東京回來，茫無頭路，雖極英靈，了無入處，真有神化之能。

一路勤叙鄰舍，至後幅，忽然排出四家鋪面來：姚文卿開銀鋪，趙仲銘開紙馬鋪，胡正卿開冷酒鋪，張公開餶飿鋪。合之便成財、色、酒、氣四字，真是奇絶，詳見細評中。

每聞人言：莫駭疾于霹靂，而又莫奇幻于霹靂。思之驟不敢信。如所云：有人挂两握亂絲，雷電過，輒已絲絲相接，交羅如網者。一道士藏繭紙千張，擬書全笈，一夜遽爲雷火所焚，天明視之，紙故無恙，而層層遍畫龍蛇之形，其細如髮者。以今觀于武二設祭一篇，夫而後知真有是事也。

話説當時何九叔跌倒在地下，衆火家扶住。王婆便道：「這是中了惡，快將水來！」噴了兩口，何九叔漸漸地動轉，有些甦醒。王婆道：「且扶九叔回家去却理會。」兩個火家又尋扇舊門，一扇已停武大，閑中一映。一徑擡何九叔到家裏。大小接着，就在床上睡了。老婆哭道：一家老婆哭不了，偏要又尋一家老婆哭起來，以作閑中一映。才子之心，真繡虎也。「笑欣欣出去，却怎地這般歸來？閑常曾不知中惡！」坐在床邊啼哭。武大老婆坐在床邊假哭，何九老婆坐在床邊真哭。閑中一映，靈心利筆。何九叔覷得火家都不在面前，踢那老婆道：「你不要煩惱，我自沒事。何也？却纔去武大家入殮，到得他巷口，迎見縣前開藥鋪的西門慶，請我去吃了一席酒，把十兩銀子與我，說道：『所殮的尸首，凡事遮蓋則個。』我到武大家，見他的老婆是個不良的人，我心裏有八九分疑忌。到那裏揭起千秋旛看時，見武大面皮紫黑，七竅內津津出血，唇口上微露齒痕，定是中毒身死。我本待聲張起來，却怕他沒人做主，惡了西門慶，却不是去撩蜂剔蠍？四字新艷，未經人道。待要胡盧提入了棺殮了，武大有個兄弟，便是前日景陽岡上打虎的武都頭。他是個殺人不眨眼的男子，倘或早晚歸來，此事必然要發。」不惟何九料得，讀者亦料得。然只謂要發耳，何意後文如此。○「此事必然要發」六字，不是張皇語，正是輕率語，須知之。

老婆便道：「我也聽得前日有人說道：後巷住的喬老兒子鄆哥，去紫石街幫武大捉奸，鬧了茶坊。正是這件事了。你却慢慢的訪問他。出得委婉有波紋。○偷奸奇事，金蓮却會；通奸難事，王婆却會；捉奸醜事，何九老婆却又打聽得。看他一群婦人，無不慣家，可發一笑。如今這事有甚難處？只使火家自去殮了，就問他幾時出喪。若是停喪在家，待武二歸來出殯，這個便沒甚麼皂絲麻綫；若他便出去埋葬了，也不妨；若是他便要出去燒化時，必有蹺蹊。你到臨時，只做去送喪，張人眼錯，拿了兩塊骨頭，和這十兩銀子收着，便是個老大證見。寫得曲折明畫，讀之字字有響。○何九豈見不及此，而必出自其妻，蓋作者之意，正欲與王婆、金蓮相映擊。一邊以婦人教婦人，一邊早又以婦人攻婦人，不用男子一言半句，惟恐不武也。他若回來不問時便罷，却不留了西門慶面皮，做一碗飯却不好？」反說至此句住，最妙。若定要替武家出力，便犯朱、雷、戴、蔡脚色也。何九叔道：「家有賢妻，四字通俗掉文語，却只說半句，有如歇後者，便活畫小人口中極要文，反弄出不文來也。○又何九口中掉文四字，恰好映到金蓮；歇後半句，恰好映到武大，妙絶。見得極明。」隨即叫火家分付：「我中了惡，去不得；你們便自去殮了。就問他幾時出喪，要緊句。快來回報。得的錢帛，你們分了，都要停當。細。若與我錢帛，不可要。」表出西門從前，表出武二已後。火家聽了，自來武大家入殮。停喪安靈已罷，回報何九叔道：「他家大娘子說道：『只三日便出殯，一句。去城外燒化。』二句。」○問一答二，妙筆。火家各自分錢散了。完火家。何九叔對老婆道：「你說這話正是了。我至期只去偷骨殖便了。」

且說王婆一力攛掇那婆娘，當夜伴靈。第二日，請四僧念些經文。第三日早，衆火家自來扛擡棺材，也有幾家鄰舍街坊相送。處處不脱鄰舍街坊，妙筆。那婦人帶上孝，一路上假哭養家人。前一回無數「笑」字，此一回無數「假哭」字，照耀可笑。來到城外化人場上，便教舉火燒化。只見何九叔手裏提着一陌紙錢，來到場裏。王婆和那婦人接見道：「九叔，且喜得貴體没事了。」化人場上見鬼。何九叔道：「小人前日買了大郎一扇籠子母炊餅，不曾還得錢，自從讀至捉奸一日，意謂長與「炊餅」二字别矣，不圖此處又提出來。物是人非，令人不得不哭武大也。○真正才子之筆。特地把這陌紙來燒與大郎。」說得此來無痕。王婆道：「九叔如此志誠！」何九叔把紙錢燒了，就攛掇燒化棺材。王婆和那婦人謝道：「難得何九叔攛掇，回家一發相謝。」禮：人之臨其所親之葬也，惟恐其速下也。曰：從此一别，其終已矣。故必求其又遲又遲焉，夫其天性則有然也。何九攛掇而曰「難得」，難得攛掇而許謝之。此其事，何九得而知之矣。嗚呼！天聞若雷，豈必真在蒼蒼；神目如電，豈必真在冥冥？可不畏哉？可不畏哉！ 何九叔道：「小人到處只是出熱，娘子和乾娘自穩便，齋堂裏去相待眾鄰舍街坊。使轉婦人，亦即用鄰舍街坊，妙筆。 小人自替你照顧。」使轉了這婦人和那婆子，把火夾去，揀兩塊骨頭，拿去撒骨池内只一浸，看那骨頭酥黑。寫得好。 何九叔收藏了，也來齋堂裏和哄了一回，好筆，不寂寞。 棺木過了，殺火，收拾骨殖，撒在池子裏。 眾鄰舍各自分散。勤寫鄰舍，妙甚。 那何九叔將骨頭歸到家中，把幅紙都寫了年、月、日期，妙。 送喪的人名字，妙。 和這銀子妙。 一處包了，做一個布袋兒盛着，放在房裏。妙。○自此爲始，骨殖、銀兩在何九處。

再説那婦人歸到家中，去槅子前面設個靈牌，上寫「亡夫武大郎之位」。 靈床子前點一盞琉璃燈，裏面貼些經旛、錢垛、金銀錠、采繒之屬。 每日却自和西門慶在樓上任意取樂，却不比先前在王婆房裏只是偷鷄盜狗之歡。 如今家中又没人礙眼，任意停眠整宿。 這條街上遠近人家，無有一人不知此事，却都懼怕西門慶那厮是個刁徒潑皮，誰肯來多管。好。

常言道：「樂極生悲，否極泰來。」只用兩句閑話，便疾注而下，如箭過相似。 光陰迅速，前後又早四十餘日。前云少則四十餘日。 却説武松自從領了知縣言語，監送車仗到東京親戚處，投下了來書，交割了箱籠。街上閑行了幾日，絶妙閑筆。補足那邊，便襯起這邊有許多事也。 討了回書，領一行人取路回陽穀縣來。 前後往回，恰好過了兩個月。前云多亦不過兩個月。 去時殘冬天氣，回來三月初頭。好筆，明淨之極。 于路上只覺神思不安，身心恍惚，趕回要見哥哥，寫武二路上，便寫得陰風襲人。○並不用「友于恭敬」等字，却寫得兄弟恩情筋纏血滲。視今之採集經語，塗澤成篇者，真有金屎之别。 且先去縣裏交納了回書。 知縣見了大喜，看罷回書，已知金銀寶物交得明白，賞了武松一錠大銀，酒食管待，不必用説。完知縣公事。○偏不疾來，偏去先完縣事，心手都閑。武松回到下處房裏，換了衣服鞋襪，戴上個新頭巾，鎖上了房門，先寫此句，與後孝服相映。○完縣事後，偏又不疾來，偏又去下處脱換衣服。逶逶迤迤，如無事者，妙絶。○縣中下處二段，使讀者眼前心上，遂有微雲淡漢之意，不復謂下文有此奔雷駭電也。○此回讀之，只謂其用筆極忙，殊不知處處都着閑筆。一徑投紫石街來。兩邊衆鄰舍看見武松回了，一筆未落，先緊接鄰舍，妙筆。○一筆未落，只寫一句「鄰舍看見」，却早已陰風四射，颯颯怕人。都吃一驚。大家揑兩把汗，暗暗地説道：「這番蕭墻禍起了！這個太歲歸來，怎肯干休？必然弄出事來！」亦只謂「弄出事來」耳，何意後文如此。

且説武松到門前，揭起簾子，簾子十六。○同是「簾子」字，此處便寫得慘淡無光。探身入來，疾。見了靈床子，句法咽住。○見靈床，已見「亡夫武大郎之位」七字矣，却因驟然，故又有下句。又寫「亡夫武大郎之位」咽住。七個字，又咽住。○此三字，不與上句連。蓋上句「亡夫武大郎之位」，只是突然見了，一直念下，不及數是幾個字，是第一遍。次却定睛再念第二遍，便是逐個字念，如云：亡，一個字；夫，二個字；武，三個字；大，四個字；郎，五個字；之，六個字；位，阿呀，是七個字，不差了，下便緊接呆了。真化工之筆，雖才子二字，何足以盡之。【眉批】須知此兩行中，有四遍「亡夫武大郎之位」字。呆了！又咽住。睁開雙眼，又咽住。○此四字中，又念一遍。道：「莫不是我眼花了？」又咽住。○念過三遍，方説一句話。叫聲：「嫂嫂，便咽住。○此二字須一住，索解人不得。武二歸了。便咽住。」○此四字連上讀者，俗子也。那西門慶正和這婆娘在樓上取樂，聽得武松叫一聲，驚得屁滾尿流，一直奔後門後門八。從王婆家走了。那婦人應道：「叔叔少坐，奴便來也。」原來這婆娘自從藥死了武大，那裏肯帶孝？每日只是濃妝艷抹，和西門慶做一處取樂；聽得武松叫聲「武二歸來了」，慌忙去面盆裏洗落了脂粉，忙。拔去了首飾釵環，忙。蓬鬆挽了個髯兒，忙。脱去了紅裙繡襖，忙。旋穿了孝裙孝衫，忙。○好一歇矣，下方接「哭下來」，絶倒。方從樓上哽哽咽咽假哭下來。

武松道：「嫂嫂，且住，休哭！夫死而哭，乃曰休哭，此豈英雄寡情耶？夫哭亦有雄有雌：情發乎中，不能自裁，放聲一號，罄無不盡，此雄哭也；若夫展袂掩面，聲如蚊蚋，借淚罵人，哽咽不已，此名雌哭，徒聒人耳，哭奚爲也？我哥哥幾時死了？一句。得甚麽症候？一句。吃誰的藥？一句。」○三句一氣問，妙絶。那婦人一頭哭，一頭説道：活畫婦人。「你哥哥自從你轉背一二十日，猛可的害急心疼起來。病了八九日，求神問卜，甚麽藥不吃過？句法，調侃砒霜。醫治不得，死了，撇得我好苦！」【眉批】問過一遍。○此一遍婦人所對，悉含糊未明，活是只圖遮掩得過時情景也[一]。隔壁王婆聽得，生怕決撒，即便走過來幫他支吾。是。武松又道：「我的哥哥從來不曾有這般病，如何心疼便死了？」王婆道：「都頭，却怎地這般説！『天有不測風雲，人有暫時禍福』。誰保得長没事？」那婦人道：「虧殺了這個乾娘。確。我又是個没脚蟹，不是這個乾娘，鄰舍家誰肯來幫我？」反襯鄰舍，趣甚。武松道：「如今埋在那裏？」補問一句。○上三句一氣注射而出，此一句却在最後獨出，妙絶。婦人道：「我又獨自一個，那裏去尋墳地？没奈何，留了三日，把出去燒化了。」武松道：「哥哥死得幾日了？」上一氣問三句，是死日、病症、吃藥，補問一句是葬處，已都曉得了。

[一]「景」，葉瑶池本作「事」。

忽然臨去，又于四句中，將死日再問一遍。寫得驚疑恍惚，閃閃爍爍。妙絕。【眉批】重問一句。婦人道：「再兩日便是斷七。」

武松沉吟了半晌，便出門去，半晌是遲，便去是疾。今兩句合寫，是遲是疾，却只是一霎時上事。妙筆。徑投縣裏來。開了鎖，細。去房裏換了一身素白衣服，與前換衣，閑處相映。便叫土兵打了一條麻縧，繫在腰裏，讀者自從柴家莊上得見武二，便讀過他許多要尋哥哥句。不意今日見此一語，爲之淚落。身邊藏了一把尖長柄短、背厚刃薄的解腕刀，寫刀，亦特地出色增出八個字，非同等閑。取了些銀兩帶在身邊。細。叫一個土兵鎖上了房門，細。去縣前買了些米麵椒料等物，香燭冥紙，就晚到家敲門。那婦人開了門，武松叫土兵去安排羹飯。武松就靈床子前點起燈燭，鋪設酒肴。到兩個更次，安排得端正，武松撲翻身便拜，道：「哥哥陰魂不遠！你在世時軟弱，今日死後，不見分明！你若是負屈銜冤，被人害了，托夢與我，兄弟替你做主報讎！」把酒澆奠了，燒化冥用紙錢，便放聲大哭；嫂嫂便叫休哭，自家却又大哭。快哉英雄，毒哉英雄。【眉批】一番設祭，未算設祭。哭得那兩邊鄰舍無不悽惶。本是描寫武二大哭，却又緊緊不放「兩邊鄰舍」字，妙甚。那婦人也在裏面假哭。嫂嫂休哭。○鄰舍真悽惶，嫂嫂只假哭，爲之一歎。

武松哭罷，將羹飯酒肴和土兵吃了。不管嫂嫂。○好漢好錢，買來好酒好飯，豈肯喂猪狗耶！討兩條席子，叫土兵中門傍邊睡。妙絕。不惟爲下文「睡着」「睡不着」點染，要看他「中門傍邊」四字，深防謹避，直與雲長秉燭達旦一意。武松把條席子，就靈床子前睡。那婦人自上樓去，下了樓門自睡。「下了樓門」四字，與上「中門傍邊」四字一意。三尺童子讀之，皆知非寫婦人，正寫武二也。約莫將近三更時候，武松翻來覆去睡不着；活畫。看那土兵時，齁齁的却似死人一般挺着。要寫武二睡不着，須寫不出；掉轉筆忽寫一句土兵睡着，便已活寫出武二睡不着也。只是心上有事，心上無事耳。一反襯，便成活畫，其妙不可不知。武松爬將起來，看那靈床子前琉璃燈，半明半滅。側耳聽那更鼓時，正打三更三點。先寫此兩句，使讀者黑黑魆魆，先自怕人。武松歎了一口氣，坐在席子上自言自語，口裏說道：「我哥哥生時懦弱，死了却有甚分明！」此句一頓，下便疾出，有張有勢。說猶未了，只見靈床子下捲起一陣冷氣來，盤旋昏暗，燈都遮黑了，壁上紙錢亂飛。那陣冷氣，逼得武松毛髮皆豎。定睛看時，只見個人從靈床底下鑽將出來，叫聲：「兄弟，一靈噙住「兄弟」二字，寫得真好武大。我死得好苦！」武松聽不仔細，只如此妙。若出俗筆，便從頭告訴一遍，非惟無理，兼令文章掃地矣。却待向前來再看時，並没有冷氣，亦不見人。自家便一交顛翻在席子上坐地，好。尋思：「是夢非夢？」回頭看那土兵時，正睡着。迴踅一句，文勢環滚。○嫂嫂此時正在夢與鬼交也。武松想道：「哥哥這一死必然不明！却纔正要報我知道，又被我的神氣衝散了他的魂魄。」借武二口自注一句。放在心裏不題，等天明，却又理會。

天色漸白了，土兵起來燒湯。武松洗漱了，那婦人也下樓來，看着武松道：「叔叔，夜來煩惱。」好。武松道：「嫂嫂，我哥哥端的甚麽病死了？」重問起，妙絕。○前是三句一氣注射問去，此却一句一遞問來。寫盡前日吃驚，今日精細。【眉批】重問起。那婦人道：「叔叔却怎地忘了？夜來已對叔叔說了，害心疼病死了。」武松道：「却贖誰的藥吃？」妙。○三句三「誰」字，纍纍如貫珠，寫武二意思，定要問出一個人來也。○此一問，却問不出人來。那婦人道：「見有藥帖在這裏。」妙應前文，可見精細。武松道:「却是誰買棺材?」妙。○此一問,雖問出一個人,却不濟事,與無人同。那婦人道:「央及隔壁王乾娘去買。」武松道:「誰來扛擡出去?」妙。○此一問,却問出一個人來了。那婦人道:「是本處團頭何九叔,盡是他維持出去。」武松道:「原來恁地,且去縣裏畫卯却來。」寫武二機密。便起身帶了土兵,細。走到紫石街巷口,問土兵道:「你認得團頭何九叔麽?」土兵道:「都頭恁地忘了?前項他也曾來與都頭作慶,借影作色。他家只在獅子街巷内住。」好街名,映襯出武二下文霍躍焜擲來。武松道:「你引我去。」土兵引武松到何九叔門前,武松道:「你自先去。」土兵去了。好。武松却推開門來,叫聲:「何九叔在家麽?」這何九叔却纔起來,是天初明時節。聽得是武松歸了,嚇得手忙脚亂,頭巾也戴不迭。畫。急急取了銀子和骨殖藏在身邊,好。便出來迎接道:「都頭幾時回來?」武松道:「昨日方回到這裏。有句話閑説則個,請挪尊步同往。」何九叔道:「小人便去,都頭且請拜茶。」武松道:「不必,句。免賜。句。」○下二字,即上二字。疊寫兩句,活畫出心忙口雜。

兩個一同出到巷口酒店裏坐下,叫量酒人打兩角酒來。何九叔起身道:「小人不曾與都頭接風,何故反擾?」武松道:「且坐。」寫武二説不出話來處,入神入妙。何九叔心裏已猜八九分。量酒人一面篩酒,武松更不開口,且只顧吃酒。驚才怪筆。何九叔見他不做聲,倒捏兩把汗,却把些話來撩他。武松也不開言,並不把話來提起。驚才怪筆。酒已數杯,只見武松揭起衣裳,「颼」地掣出把尖刀來,插在桌子上。驚才怪筆。○讀之眼眦都裂。量酒的驚得呆了,那裏肯近前?看何九叔面色青黄,不敢㪍氣。先寫量酒,次寫何九。筆法錯落顛倒,東坡所稱「以手捫之,謂有窟窿」者也。武松捋起雙袖，又加上四字，出色驚人。【眉批】武二真正神威。握着尖刀，指何九叔道：「小子粗疏，還曉得『寃各有頭，債各有主』。你休驚怕，只要實説，開剖明畫。對我一一説知哥哥死的緣故，便不干涉你！捉住何九，不知頭路，便把一一緣故都要他説出來，活寫出初見何九，初開口問事時也。下文如飛換轉話頭，都是生龍活虎之筆。我若傷了你，不是好漢！百忙中出妙語。倘若有半句兒差，我這口刀，四字怕人。立定教你身上添三四百個透明的窟窿！百忙中出妙語。閑言不道，妙。○四字寫出武二機變靈疾。你只直説我哥哥死的尸首是怎地模樣。妙。」○上文一總籠統要問兄死緣故。説到此處，忽記起婦人説何九只是扛擡燒化，便疾換出此二句來。寫匆忙便真匆忙殺人，寫機變便真機變殺人。武松道罷，一雙手按住胳膝，兩隻眼睁得圓彪彪地看着何九叔。又加出廿一字，出色驚人。

何九叔便去袖子裏取出一個袋兒，好。○骨殖、銀兩在酒樓上。放在桌子上，道：「都頭息怒，這個袋兒便是一個大證見。」武松用手打開，看那袋兒裏時，兩塊酥黑骨頭，一錠十兩銀子。便問道：「怎地見得是老大證見？」【眉批】上文入殮送喪一篇，却于何九口中重述一遍，一個字亦不省。何九叔道：「小人並然不知前後因地，好説，所謂閑言不道。忽于正月二十二日，此等事定應撰出一個月日。在家只見開茶坊的王婆好説。來，呼喚小人殮武大郎尸首。至日，行到紫石街巷口，迎見縣前開生藥鋪的西門慶大郎，好説。攔住邀小人同去酒店裏吃了一瓶酒。西門慶取出這十兩銀子，付與小人，分付道：『所殮的尸首，凡百事遮蓋。』小人從來得知道那人是個刁徒，不容小人不接。好説。吃了酒食，收了這銀子，小人去到大郎家裏，揭起千秋旛，只見七竅内有瘀血,唇口上有齒痕,係是生前中毒的尸首。小人本待聲張起來,只是又没苦主;他的娘子已自道是害心疼病死了。好説。因此小人不敢聲言,自咬破舌尖,只做中了惡,扶歸家來了;只是火家自去殮了尸首,不曾接受一文。好説。第三日,聽得扛出去燒化,小人買了一陌紙,去山頭假做人情;使轉了王婆並令嫂,暗拾了這兩塊骨頭,包在家裏。這骨殖酥黑,係是毒藥身死的證見。這張紙上寫着年、月、日、時,並送喪人的姓名。好説。便是小人口詞了,都頭詳察。」武松道:「奸夫還是何人?」此六字俗筆所無,真正是東京初回,不知頭路人語。何九叔道:「却不知是誰。小人閑聽得説來,好。有個賣梨兒的鄆哥,那小厮曾和大郎去茶坊裏捉奸。這條街上,誰人不知。好。都頭要知備細,可問鄆哥。好。」武松道:「是。既然有這個人時,一同去走一遭。」武松收了刀,藏了骨頭、銀子,算還酒錢,骨殖、銀兩在武二身邊。便同何九叔望鄆哥家裏來。

却好走到他門前,只見那小猴子挽着個柳籠栲栳在手裏,糴米歸來。如畫。何九叔叫道:「鄆哥,你認得這位都頭麽?」鄆哥道:「解大蟲來時,我便認得了。亦借影作色。你兩個尋我做甚麽?」鄆哥那小厮,也瞧了八分,便説道:「只是一件,我的老爹六十歲,没人養贍,我却難相伴你們吃官司耍。」武松道:「好兄弟!」三字接下文,此只半句耳。因一頭説,一頭摸出銀子來,故如此寫。便去身邊取五兩來銀子,「你把去與老爹做盤纏,跟我來説話。」鄆哥自心裏想道:「這五兩銀子,如何不盤纏得三五個月?便陪侍他吃官司也不妨。」將銀子和米把與老兒,便跟了二人出巷口,一個飯店樓上來。武松叫過賣造三分飯來,對鄆哥道:「兄弟,你雖年紀幼小，倒有養家孝順之心。却纔與你這些銀子，且做盤纏，我有用着你處。事務了畢時，我再與你十四五兩銀子做本錢。閑中偶許。你可備細說與我，你恁地和我哥哥去茶坊裏捉奸？」

鄆哥道：「我說與你，你却不要氣苦！我從今年正月十三日，與正月二十二日對。提得一籃兒雪梨，要去尋西門慶大郎挂一鈎子。一地裏沒尋他處，問人時，說道：『他在紫石街王婆茶坊裏，和賣炊餅的武大老婆做一處。如今刮上了他，每日只在那裏。』我聽得了這話，一徑奔去尋他。叵耐王婆老猪狗攔住，不放我入房裏去，吃我把話來侵他底子。那猪狗便打我一頓栗暴，直叉我出來，將我梨兒都傾在街上。我氣苦了，去尋你大郎說與他備細；他便要去捉奸，【眉批】上文捉奸被踢一篇，亦于鄆哥口中重述一遍，一個字亦不省。我道：『你不濟事，西門慶那廝手脚了得；你若捉他不着，反吃他告了倒不好。我明日和你約在巷口取齊，你便少做些炊餅出來。我若張見西門慶入茶坊裏去時，我先入去，你便寄了擔兒等着。只看我丟出籃兒來，你便搶入來捉奸。』我這日又提了一籃梨兒，徑去茶坊裏，被我罵那老猪狗，那婆子便來打我。吃我先把籃兒撇出街上，一頭頂住那老狗在壁上。武大郎却搶入去時，婆子要去攔截，却被我頂住了，只叫得『武大來也！』原來倒吃他兩個頂住了門。實是一個頂住，然說得太分明，便似同在房中矣。「兩個」二字，宛然房門外人語。無論他人，我謂雖王婆亦至今誤謂兩人頂住也。大郎只在房門外聲張，却不隄防西門慶那廝開了房門奔出來，把大郎一脚踢倒了。我見那婦人隨後便出來，扶大郎不動，不曾見扶進去，妙絕。我慌忙也自走了。過得五七日，說大郎死了。我却不這般説。」武松道:「説得是,兄弟。」倒「兄弟」二字在下,如聞其聲。便討飯來吃了,還了飯錢,三個人下樓來。何九叔道:「小人告退。」四字反襯出武二面色不好。○鄆哥説「便到官府」,何九却説「小人告退」,活寫出不知利害、極知利害二色人來。武松道:「且隨我來,正要你們與我證一證。」把兩個一直帶到縣廳上。

知縣見了,問道:「都頭告甚麽?」武松告説:「小人親兄武大,被西門慶與嫂通奸,下毒藥謀殺性命。這兩個便是證見,要相公做主則個。」知縣先問了何九叔並鄆哥口詞,當日與縣吏商議。原來縣吏都是與西門慶有首尾的,官人自不必説。此二語,亦倒轉寫,錯落之極,令人絶倒。因此官吏通同計較道:「這件事難以理問。」知縣道:「武松,你也是個本縣都頭,不省得法度。自古道:『捉奸見雙,捉賊見贜,殺人見傷。』你那哥哥的尸首又没了,你又不曾捉得他奸。如今只憑這兩個言語,便問他殺人公事,莫非忒偏向麽?你不可造次,須要自己尋思,當行即行!」此一番却勿怪知縣,實説得是。武松懷裏去取出兩塊酥黑骨頭,十兩銀子,一張紙,前只指二人,此方取出三件。○骨殖、銀兩在縣堂上。告道:「覆告相公,這個須不是小人捏合出來的。」知縣看了道:「你且起來,待我從長商議。可行時,便與你拿問。」骨殖、銀兩在知縣處。何九叔、鄆哥都被武松留在房裏。好。○看官須記此二人在房裏者。當日西門慶得知,却使心腹人來縣裏許官吏銀兩。

次日早晨，武松在廳上告禀，催逼知縣拿人。誰想這官人貪圖賄賂，回出骨殖並銀子來，骨殖、銀兩又在縣堂上。說道：「武松，你休聽外人挑撥你，和西門慶做對頭。這件事不明白，難以對理。聖人云：三字騙得進士，騙不得武二。○下四句俚鄙可笑，上却裝此大冒子三字，可發一笑。『經目之事，猶恐未真；背後之言，豈能全信？』不可一時造次。」獄吏便道：「都頭，但凡人命之事，須要屍、傷、病、物、踪，忽與「潘、驢、鄧、小、閑」作對，真乃以文爲戲。五件事全，方可推問得。」武松道：「既然相公不准所告，且却又理會。」迅疾豪快，讀之滿引一斗。收了銀子和骨殖，再付與何九叔收了。骨殖、銀兩仍在何九叔處。○行文精細之極。若不付何九收了，帶在身邊，殊不便作事也。下廳來，到自己房內，叫土兵安排飯食，與何九叔同鄆哥吃。「留在房裏，相等一等，我去便來也。」二人仍在房裏。又自帶了三兩個土兵，離了縣衙，將了硯瓦筆墨，就買了三五張紙，藏在身邊。就叫兩個土兵買了個猪首、一隻鵝、一隻鷄、一担酒，和些果品之類，安排在家裏。約莫也是巳牌時候，帶了個土兵，來到家中。

那婦人已知告狀不准，放下心，不怕他，大着膽看他怎的。活畫。武松叫道：「嫂嫂下來，有句話説。」那婆娘慢慢地行下樓來，也不假哭了。問道：「有甚麽話説？」活畫。○如聞其聲。武松道：「明日是亡兄斷七。你前日惱了衆鄰舍街坊，我今日特地來把杯酒，替嫂嫂相謝衆鄰。」那婦人大剌剌地説道：「謝他們怎地？」活畫。武松道：「禮不可缺。」唤土兵先去靈床子前，明晃晃的點起兩枝蠟燭，焚起一爐香，列下一陌紙錢，把祭物去靈前擺了，堆盤滿宴，四字一哭。哭何人？哭天下之人也。天下之人，無不一生咬薑呷醋，食不敢飽，直至死後澆奠之日，方始堆盤滿宴一番。如武大者，蓋比比也。鋪下酒食果品之類。【眉批】又一番設祭，亦未算設祭。叫一個土兵後面盪酒，兩個土兵門前安排桌凳，又有兩個前後把門。猶帶後門。武松自分付定了，便叫：「嫂嫂來待客，正客。我去請來。」

先請隔壁王婆。陪客。○又是陪客，又是正客。那婆子道：「不消生受，教都頭作謝。」武松道：「多多相擾了乾娘，自有個道理。先備一杯菜酒，休得推故。」那婆子取了招兒，細畫。收拾了門户，從後門走過來。後門。武松道：「嫂嫂坐主位，乾娘對席。」婆子已知道西門慶回話了，放心着吃酒。兩個都心裏道：「看他怎地？」活畫。武松又請這邊下鄰開銀鋪的財。姚二郎姚文卿，二郎道：「小人忙些，不勞都頭生受。」武松拖住，便道：「一杯淡酒，又不長久，便請到家。」那姚二郎只得隨順到來，便教去王婆肩下坐了。上回已巹寫淫婦好色、虔婆愛鈔矣，此忽乘便借鄰舍鋪面上，憑空點染出來。姚文卿坐王婆下者，表虔婆以財爲命也。趙仲銘坐潘氏下者，表花娘搽脂點粉也。胡正卿坐趙仲銘下，即在潘氏一行者，言因花娘搽脂點粉，致有今日酒席也。又云吏員出身者，不惟便于下文填寫口詞，亦表一場官司，皆從婦人描眉畫眼而起也。餶飿者，物之有氣者也。夢書「夜夢餶飿，明日鬥氣」矣。先問王婆「你隔壁是誰」，所以深明財與氣鄰，蓋戒世人之心至深切也。張老仍坐王婆肩下，則知虔婆但知錢鈔，而不知禍患，乃今其驗之，然而悔已晚矣。看他先只因虔婆愛鈔，便寫一銀鋪；因花娘好色，便寫一馬鋪。後忽又思世人所爭，只是酒色財氣四事，乃今財色二者，已極言之，止少「酒氣」二字，便隨手撰出冷酒、餶飿兩鋪來，真才子之文也。【眉批】請四家四樣請法，語言都變換如活。又去對門請兩家。一家是開紙馬鋪的色。趙四郎趙仲銘，四郎道：「小人買賣撇不得，不及陪奉。」武松道：「如何使得！」衆高鄰都在那裏了。」不由他不來，被武松扯到家裏，道：「老人家爺父一般，便請在嫂嫂肩下坐了。」又請對門那賣冷酒店的酒。胡正卿，那人原是吏員出身，便瞧道有些尷尬，那裏肯來？被武松不管他，拖了過來，却請去趙四郎肩下坐了。武松道：「王婆，你隔壁是誰？」王婆道：「他家是賣餶飿兒的氣。張公。」却好正在屋裏，見武松入來，吃了一驚，道：「都頭，没甚話說？」武松道：「家間多擾了街坊，相請吃杯淡酒。」那老兒道：「哎呀！老子不曾有些禮數到都頭家，却如何請老子吃酒？」武松道：「不成微敬，便請到家。」老兒吃武松拖了過來，請去姚二郎肩下坐地。說話的，爲何先坐的不走了？百忙中，忽然自問，愈顯筆勢陡突。原來都有土兵前後把着門，都似監禁的一般。忽然自答，百忙中乃得讓此一筆。

武松請到四家鄰舍，並王婆和嫂嫂，共是六人。武松掇條凳子，却坐在横頭，便叫土兵把前後門關了。好。○後門此日關了，遂成收煞。那後面土兵自來篩酒，武松唱個大喏，說道：「衆高鄰，休怪小人粗鹵，胡亂請些個。」衆鄰舍道：「小人們都不曾與都頭洗泥接風，如今倒來反擾！」武松笑道：「不成意思，衆高鄰休得笑話則個。」土兵只顧篩酒。衆人懷着鬼胎，正不知怎地。看看酒至三杯，那胡正卿便要起身，好，活畫乖覺人。說道：「小人忙些個。」武松叫道：「去不得！三字可畏。既來到此，便忙也坐一坐。」那胡正卿心頭十五個吊桶打水，七上八下，暗暗地尋思道：「既是好意請我們吃酒，如何却這般相待，不許人動身？」只得坐下。活畫乖覺人。武松道：「再把酒來篩。」土兵斟到第四杯酒，前後共吃了七杯酒過，衆人却似吃了呂太后一千個筵宴。只見武松喝叫土兵：「且收拾過了杯盤，疾。少間再吃。」四字襯出七杯之疾。

武松抹桌子。疾。衆鄰舍却待起身，疾。武松把兩隻手只一攔，疾。道：「正要說話。寫得可畏。一干高鄰在這裏，中間那位高鄰會寫字？」姚二郎便道：「此位胡正卿極寫得好。」捎帶吏人不是銀子不動筆。武松便唱個喏道：「相煩則個。」便捲起雙袖，先襯四字在前。去衣裳底下「颼」地只一掣，掣出那口尖刀來。可駭，又甚疾。右手四指籠着刀靶，大拇指按住掩心，又襯十五字在後。兩隻圓彪彪怪眼睜起，可駭。道：「諸位高鄰在此，小人冤各有頭，債各有主，只要衆位做個證見！」開剖明畫。

只見武松左手拿住嫂嫂，右手指定王婆。看他旋寫武二，旋寫衆人，筆勢駭疾不定。四家鄰舍驚得目睁口呆，罔知所措，都面面厮覷，不敢做聲。武松道：「高鄰休怪，不必吃驚！武松雖是粗鹵漢子，便死也不怕，五字，只作「粗鹵」二字注脚。還省得『有冤報冤，有讎報讎』，並不傷犯衆位，只煩高鄰做個證見。若有一位先走的，武松翻過臉來休怪：教他先吃我五七刀了去，武二便償他命也不妨！」句句神威。衆鄰舍都目瞪口呆，再不敢動。武松看着王婆，喝道：本是喝罵婦人事，却不可竟置虔婆在後。故先跨入一段，便筆有餘勢。「兀的老猪狗聽着：我的哥哥這個性命，都在你的身上！慢慢地却問你！」安放畢，下便動手擺布正犯。回過臉來，看着婦人，罵道：駭疾。「你那淫婦聽着！你把我的哥哥性命怎地謀害了？從實招了，我便饒你！」那婦人道：「叔叔，你好没道理！絶倒。你哥哥自害心疼病死了，干我甚事？絶倒。」説猶未了，武松把刀「肐察」子插在桌子上，駭疾。用左手揪住那婦人頭髻，右手劈胸提住，駭疾。把桌子一脚踢倒了，駭疾。隔桌子把這婦人輕輕地提將過來，一交放翻在靈床面前，駭疾。兩脚踏住。

駭疾。右手拔起刀來，駭疾。指定王婆駭疾。道：「老豬狗，你從實說！」那婆子要脱身脱不得，只得道：「不消都頭發怒，老身自說便了。」見勢頭凶了，便許說；次後心上一轉，却又不說：活畫虔婆。

武松叫土兵取過紙墨筆硯，排好了桌子，妙。把刀指着胡正卿道：妙。「相煩你與我聽一句，寫一句。」胡正卿肐膊膊抖着道：「小、小人便寫、寫。」妙。討了些硯水，妙，百忙中偏有此閑筆。磨起墨來。妙，尚無可寫，便且磨墨，真是活畫。胡正卿拿着筆，拂那紙道：「王婆，你實說。」妙妙，活是等寫之語。〇四家鄰舍中，只胡正卿插口說一句，妙。那婆子道：「又不干我事，教說甚麼？」妙妙，先忽許說，次忽又不說，都是活畫。武松道：「老豬狗，我都知了，你賴那個去！正破「不干我事」四字。你不說時，我先剮了這個淫婦，後殺你這老狗！」提起刀來望那婦人臉上便搠兩搠。駭妙。〇與西門熱臉，冷暖自知。那婦人慌忙叫道：「叔叔，二字絶筆。且饒我！你放我起來，我說便了！」武二自要虔婆說，却忽自婦人說出來，筆勢捉搦不定。武松一提，提起那婆娘，跪在靈床子前，駭疾。喝一聲：「淫婦快說！」駭妙。

那婦人驚得魂魄都沒了，只得從實招說，將那日放簾子因打着西門慶起，句。並做衣裳入馬通奸，句。一一地說；補上鄆哥、九叔所不知。次後來怎生踢了武大，踢武大，是鄆哥所知；怎生踢，是補鄆哥所不知。因何說討下藥，王婆怎地教唆撥置，中毒撥置，是九叔所知；因何怎地，是何九叔所不知。從頭至尾說了一遍。前二詳，此一省，法變。武松叫他說一句，駭疾。却叫胡正卿寫一句。駭疾。〇要知此兩句中，武二怪眼，有數十番閃爍迴擊。王婆道：「咬蟲！你先招了，我如何賴得過？只苦了老身！」活畫虔婆。王婆也只得招認了。把這婆子口詞，也叫胡正卿寫了。從頭至尾，都説在上面。每喜其與上法變，其實只是一倒耳。叫他兩個都點指畫了字，英靈。就叫四家鄰舍書了名，也畫了字。英靈。叫土兵解搭膊來，絶倒。背接綁了這老狗，妙絶，快絶。捲了口詞，藏在懷裏。英靈。叫土兵取碗酒來，供養在靈床子前，是，妙絶。拖過這婦人來，跪在靈前，是，妙絶。喝那老狗也跪在靈前。是，妙絶快絶。灑淚【眉批】二「灑淚」字，俗本無。道：「哥哥，句。靈魂不遠，句。今日，句。兄弟與你報讎雪恨！句。」○只十六字，自成絶妙一篇《前祭武大郎文》。叫土兵把紙錢點着。駭疾。○着此一句，便知下殺淫婦一段文字，只在火化紙錢一霎時中做完，駭疾不可言。

那婦人見頭勢不好，却待要叫，被武松腦揪倒來，駭疾。兩隻脚踏住他兩隻胳膊，駭疾。扯開胸脯衣裳，駭疾。○雪天曾願自解，爲之絶倒。○嫂嫂胸前衣裳，却是叔叔扯開，千載奇文奇事。説時遲，那時快，把尖刀去胸前只一剜，駭疾。口裏銜着刀，五字分外出色，寫出來駭疾不可言。雙手去挖開胸脯，駭疾。摳出心肝五臟，供養在靈前；駭疾。【眉批】第三番設祭，方是設祭，然亦未畢。「胳察」一刀，便割下那婦人頭來，駭疾。血流滿地。四家鄰舍眼都定了，只掩了臉；看他忒凶，又不敢勸，只得隨順他。「血流滿地」四字，連下節，是鄰舍分中語也。武松叫土兵去樓上取下一床被來，寫出自在。把婦人頭包了，自在。揩了刀，自在。插在鞘裏。自在。洗了手，自在。唱個喏，自在。○寫駭疾處駭疾死人，寫自在處自在死人，總表武二神威。道：「有勞高鄰，甚是休怪！且請衆位樓上少坐，待武二便來。」又轉一奇峰。○不知何九、鄆哥此時在武二房中説甚？四家鄰舍都面面相看，不敢不依他，只得都上樓去坐了。妙。武松分付土兵，也教押那婆子上樓去。妙。關了樓門，着兩個土兵在樓下看守。妙。

武松包了婦人那顆頭，一直奔西門慶生藥鋪前來。駭疾。看着主管，唱個喏，是日武二唱了多喏。問道：「大官人在麽？」主管道：「却纔出去。」武松道：「借一步，閑說一句話。」那主管也有些認得武松，不敢不出來。武松一引引到側首僻浄巷內，驀然翻過臉來道：「你要死却是要活！」駭疾。主管慌道：「都頭在上，小人又不曾傷犯了都……」不待辭畢，活畫駭疾。○俗本「都」字下有「頭」字。武松道：「你要死，休說西門慶去向；要死休說，皆口頭語耳，却自是絶奇妙語，反若戒之也者。你若要活，實對我說，西門慶在那裏？」主管道：「却纔和、和一個相識，去、去獅子橋下大酒樓上吃……」又不待辭畢，活畫駭疾。○俗本「吃」字下有「酒」字。武松聽了，轉身便走。活是一個獅子。那主管驚得半晌移脚不動，自去了。「移脚不動」下，加「自去了」三字，是寫跛鼇顯神龍法，思之可知。

且說武松徑奔到獅子橋下酒樓前，便問酒保道：「西門慶大郎和甚人吃酒？」酒保道：「和一個一般的財主，在樓上邊街閣兒裏吃酒。」武松一直撞到樓上去，閣子前張時，窗眼裏見西門慶坐着主位，對面一個坐着客席，兩個唱的粉頭，坐在兩邊。閑中一襯。○多恐是李嬌嬌、張惜惜耳。武松把那被包打開，一抖，駭疾。那顆人頭血渌渌的滚出來。駭疾。武松左手提了人頭，右手拔出尖刀，挑開簾子，駭疾。○挑開者，尖刀挑開也。鑽將入來，急挑不開，故用「鑽」字，活畫駭疾。把那婦人頭望西門慶臉上摜將來。駭疾。○不必摜，所以摜者，爲此際須用雙手，乃急切又無放頭之處，且放便不駭疾矣。故忽然想出一「摜」字來，妙絶。西門慶認得是武松，吃了一驚，叫聲「哎呀！」亦疾。便跳起在凳子上去，疾。一隻脚跨上窗檻，要尋走路。疾。見下面是街，跳不下去，疾。心裏正慌。疾。說時遲，那時快，武松却用手略按一按，駭疾。「托」地已跳在桌子上，駭疾。把些盞兒、碟兒都踢下來。百忙中又夾一閑筆。兩個唱的行院驚得走不動，百忙中又夾一句。那個財主官人慌了脚手，也倒了。百忙中又夾一句。

西門慶見來得凶，便把手虛指一指，早飛起右脚來。兄終弟及，爲之絶倒。武松只顧奔入去，駭妙。見他脚起，略閃一閃，妙。恰好那一脚正踢中武松右手。駭妙。那口刀踢將起來，直落下街心裏去了。駭妙。○此句與上打虎折棒一樣筆法，皆所以深明武二之神威也。○踢落刀也，却偏寫云「踢將起來」、直落下去，一起一落。雖一落刀，亦必寫成異樣色勢，真才子不虛也。西門慶見踢去了刀，心裏便不怕他，右手虛照一照，左手一拳，照着武松心窩裏打來。亦疾。却被武松略躲個過，駭疾。就勢裏從脇下鑽入來，駭疾。左手帶住頭，連肩胛只一提，駭疾。右手早捽住西門慶左脚，叫聲：「下去！」駭疾。那西門慶一者寃魂纏定，二乃天理難容，三來怎當武松神力，又向百忙中，忽擠下三句來。只見頭在下，脚在上，倒撞落在當街心裏去了，跌得個發昏章第十一。奇語，捎帶俗儒分章可笑。○獨恨大雄氏之言，亦被盲僧分章裂段，真「發昏章第十一」也。街上兩邊人都吃了一驚。是閑筆，不是閑筆。武松伸手下凳子邊提了淫婦的頭，駭疾。也鑽出窗子外，湧身望下只一跳，駭疾。○第一刀下去，第二捽奸夫下去，第三自跳下去。一個酒樓窗裏，凡寫三番下去，妙絶。跳在當街上，先搶了那口刀在手裏，駭疾。看這西門慶已跌得半死，直挺挺在地下，只把眼來動。武松按住，只一刀，割下西門慶的頭來。寫得快絶。把兩顆頭相結做一處，真虧王婆撮合。提在手裏，妙。把着那口刀，妙。一直奔回紫石街來。叫土兵開了門，將兩顆人頭供養在靈前，把那碗冷酒澆奠了。【眉批】第四番設祭，設祭已畢。又灑淚道：「哥哥靈魂不遠，早生天界！兄弟與你報讎，殺了奸夫和淫婦，今日就行燒化。」生哥哥不得孝順，要甚靈床子，快人快事。○絶妙一篇《後祭武大郎文》。便叫士兵，樓上請高鄰下來，妙。把那婆子押在前面。妙。○看官須記得，老猪狗是背接鄉着者。

武松拿着刀，提了兩顆人頭，妙。○澆奠既畢，仍提在手。再對四家鄰舍道：「我又有一句話對你們高鄰說，須去不得！駭死人。」那四家鄰舍叉手拱立，盡道：「都頭但說，我不顧駭死人。衆人一聽尊命。」武松說出這幾句話來，有分教：景陽岡好漢，屈做囚徒；陽穀縣都頭，變作行者。畢竟武松說出甚話來，且聽下回分解。

第五才子書施耐庵水滸傳卷之三十一

聖歎外書

第二十六回　母藥叉孟州道賣人肉　武都頭十字坡遇張青

前篇寫武松殺嫂，可謂天崩地塌、鳥駭獸竄之事矣。入此回，真是强弩之末，勢不可穿魯縞之時，斯固百江郎莫不閣筆坐愁、摩腹吟歎者也。乃作者忽復自思：文章之法不止一端，右之左之，無不咸有，我獨奈何菁華既竭，搴裳便去，自同鼯鼠，爲藝林笑哉？于是便隨手將十字坡遇張青一案，翻騰踢倒，先請出孫二娘來。寫孫二娘便加出無數「笑」字，寫武松便幻出無數風話，于是讀者但覺峰迴谷轉，又來到一處勝地。而殊不知作者正故意要將頂天立地、戴髮噙齒之武二，忽變作迎奸賣俏、不識人倫之猪狗。上文何等雷轟電激，此處何等展眼招眉；上文武二活是景陽岡上大蟲，此處武二活是暮雪房中嫂嫂。到得後幅，便一發盡興，寫出當胸摟住、壓在身上八個字來。正是前後穿射，斜飛反撲，不圖無心又得此一番奇筆也。

相見後，武松叫無數「嫂嫂」，二娘叫無數「伯伯」。前後二篇殺一嫂嫂，遇一嫂嫂；先做叔叔，後做伯伯，亦悉是他用斜飛反撲、穿射入妙之筆。

張青述魯達被毒，下忽然又撰出一個頭陀來，此文章家虛實相間之法也。然却不可便謂魯達一段是實，頭陀一段是虛。何則？蓋爲魯達雖實有其人，然傳中却不見其事；頭陀雖實無其人，然戒刀又實有其物也。須知文到入妙處，純是虛中有實，實中有虛，聯綰激射，正復不定，斷非一語所得盡贊耳。

此書每到人才極盛處，便忽然失落一人。以明綱羅之外，另有異樣奇人，未可以耳目所及，遂盡天下之士也。即如開書將説一百八人，爲頭已先失落一王進。張青光明寺出身，便加意爲魯達、武松作合，而中間已失落一頭陀。宋江三打祝家之際，聚會無數新來豪傑，而末後已失落一欒廷玉。嗟乎！名垂簡册，亦復有幸有不幸乎？彼成大名、顯當世者，胡可遂謂蚌外無珠也！

話説當下武松對四家鄰舍道：「小人因與哥哥報讎雪恨，犯罪正當其理，雖死而不怨；天在上，地在下，日月在明，鬼神在幽，一齊灑淚，聽公此言。却纔甚是驚嚇了高鄰。又謝衆人一句。小人此一去，存亡未保，死活不知。我哥哥靈床子就今燒化了。讀之心痛。○兄弟二人，一死于讎，一將死于報讎。想其父母在地下，不知相顧作何語。家中但有些一應物件，望煩四位高鄰與小人變賣些錢來，作隨衙用度之資，聽候使用。細心閑筆。今去縣裏首告，休要管小人罪犯輕重，只替小人從實證一證。是。」隨即取靈牌和紙錢燒化了。樓上有兩個箱籠取下來，打開看了，付與四鄰收貯變賣；却押那婆子，提了兩顆人頭，徑投縣裏來。真好看。此時哄動了一個陽穀縣，街上看的人不計其數。第一番看迎虎，第二番看人頭，陽穀縣人何其樂也。知縣聽得人來報了，先自駭然，隨即陞廳。武松押那王婆在廳前跪下，行凶刀子和兩顆人頭放在階下。武松跪在左邊，婆子跪在中間，四家鄰舍跪在右邊。武松懷中取出胡正卿寫的口詞，從頭至尾告説一遍。知縣叫那令史先問了王婆口詞，一般供説。四家鄰舍指證明白。又喚過何九叔、鄆哥，都取了明白供狀。喚當該仵作行人，委吏一員，把這一干人押到紫石街，簡驗了婦人身尸；獅子橋下酒樓前，簡驗了西門慶身尸。明白填寫尸單格目，回到縣裏，呈堂立案。知縣叫取長枷，且把武松同這婆子枷了，寫得絶倒，今古同歎。收在監内。一干平人，寄監在門房裏。

且説縣官念武松是個義氣烈漢，又想他上京去了這一遭，一心要周全他，又尋思他的好處，用筆甚輕，只須如此。便喚該吏商議道：「念武松那廝，是個有義的漢子，把這人們招狀，從新做過。改作：『武松因祭獻亡兄武大，有嫂不容祭祀，因而相爭。婦人將靈床推倒；救護亡兄神主，與嫂鬥毆，一時殺死。次後西門慶因與本婦通奸，前來强護，因而鬥毆，互相不伏，扭打至獅子橋邊，以致鬥殺身死。』」讀之絶倒。○招中又無王婆，何也？讀款狀與武松聽了，寫一道申解公文，將這一干人犯，解本管東平府，申請發落。這陽穀縣雖是個小縣分，倒有仗義的人：有那上户之家，都資助武松銀兩，也有送酒食錢米與武松的。此處數段，俱是冷題熱寫，然却將打虎時牽映出來。武松到下處，將行李寄頓土兵收了；將了十二三兩銀子，與了鄆哥的老爹。

前文閑中一許，只謂口頭活語，不意至此應出，行文精細如此。武松管下的土兵，大半相送酒肉不迭。武大骨殖，在縣吏處。帶了一干人犯，上路望東平府來。衆人到得府前，看的人哄動了衙門口。

且說府尹陳文昭，聽得報來，隨即陞廳。那陳府尹是個聰察的官，已知這件事了。便叫押過這一干人犯，就當廳先把陽穀縣申文看了，又把各人供狀招款看過，將這一干人一一審録一遍。把贓物並行凶刀仗封了，發與庫子，收領上庫。武大骨殖上庫。將武松的長枷，換了一面輕罪枷枷了，下在牢裏。把這婆子換一面重囚枷釘了，禁在提事司監死囚牢裏收了。縣何憒憒，府何察察。只是筆墨抑揚，以成文勢耳。喚過縣吏，領了回文，發落何九叔、鄆哥、四家鄰舍這六人，且帶回縣去，寧家聽候。好。本主西門慶妻子，留在本府羈管聽候。等朝廷明降，方始細斷。那何九叔、鄆哥、四家鄰舍，縣吏領了，自回本縣去了。武松下在牢裏，自有幾個土兵送飯。閑筆。〇讀此句。忽憶《論語》「人皆有兄弟，我獨無」之語，不覺淚落。

且說陳府尹哀憐武松是個仗義的烈漢，時常差人看覷他，因此節級牢子都不要他一文錢，倒把酒食與他吃。讀至此處，忽又憶「四海之内皆兄弟」一語，歎其誠然也。陳府尹把這招稿卷宗都改得輕了，申去省院詳審議罪，却使個心腹人賫了一封緊要密書，星夜投京師來替他幹辦。此篇寫武松既寫得異常，則寫四邊人，定不得不都寫得異常。譬如畫虎者，四邊草木都須作勁勢。不然，便襯不起也。不知文者，竟漫謂難得陳文昭，真癡人説夢矣。那刑部官有和陳文昭好的，把這件事直稟過了省院官，議下罪犯：「據王婆縣招漏去，此獨首提，妙絶。生情造意，哄誘通奸，唆使本婦下藥毒死親夫，又令本婦趕逐武松，不容祭祀親兄，仍入此句，以明未嘗不採縣招也。以致殺傷人命。唆令男女故失人倫，擬合凌遲處死。妙。據武松雖係報兄之讎，鬥殺西門慶奸夫人命，亦則自首，難以釋免。脊杖四十，刺配二千里外。妙。奸夫淫婦，雖該重罪，已死勿論。妙。其餘一干人犯，釋放寧家。妙。文書到日，即便施行。尤妙。」○似依「決不待時」律，然實爲讀者至此，已不及俟秋後矣。

東平府尹陳文昭看了來文，隨即行移，拘到何九叔、鄆哥並四家鄰舍，和西門慶妻小一干人等，都到廳前聽斷。牢中取出武松，讀了朝廷明降，開了長枷，脊杖四十。上下公人都看覷他，止有五七下着肉。好。○獨與前後諸人受杖不同。取一面七斤半鐵葉團頭護身枷釘了，臉上免不得刺了兩行金印，迭配孟州牢城。其餘一干衆人，省諭發落，各放寧家。大牢裏取出王婆，當廳聽命。讀了朝廷明降，這剮便有一分了。寫了犯由牌，這剮便有二分了。畫了伏狀。這剮便有三分了。便把這婆子推上木驢，這剮便有四分了。四道長釘，三條綁索，這剮便有五分了。東平府尹判了一個字：剮。一字句。○這剮便有六分了。上坐，下擡，二字句。○這剮便有七分了。破鼓響，碎鑼鳴，三字句。○這剮便有八分了。犯由前引，混棍後催，四字句。○這剮便有九分了。兩把尖刀舉，一朵紙花摇，五字句。○這剮便有十分了。帶去東平府市心裏吃了一剮。十分光都完了。

話裏只説武松帶上行枷，看剮了王婆，此句不是寫出暢快，正顯上文數行，都自武松眼中看出，非作者自置一筆也。有那原舊的上鄰姚二郎，將變賣家私什物的銀兩，交付與武松收受，極細。○獨借姚二郎者，爲他開銀鋪也。作別自回去了。當廳押了文帖，着兩個防送公人領了，解赴孟州交割。府尹發落已了。只説武松與兩個防送公人上路，有那原跟的土兵，付與了行李，極細。亦回本縣去了。武松自和兩個公人，離了東平府，迤逦取路，投孟州來。那兩個公人，知道武松是個好漢，一路只是小心伏侍他，不敢輕慢他些個。亦獨與諸人防送不同。武松見他兩個小心，也不和他計較。包裹内有的是金銀，但過村坊鋪店，便買酒買肉，和他兩個公人吃。

話休絮繁。武松自從三月初頭殺了人，好筆。坐了兩個月監房，好筆。如今來到孟州路上，正是六月前後。好筆。○去年此際，楊志在二龍山下矣。流光迅速，又是一番公案。炎炎火日當天，爍石流金之際，只得趕早涼而行。約莫也行了二十餘日，來到一條大路。三個人已到嶺上，却是巳牌時分。武松道：「你們且休坐了，趕下嶺去，尋買些酒肉吃。」兩個公人道：「也説得是。」三個人奔過嶺來，只一望時，見遠遠地土坡下，約有數間草屋，傍着溪邊，柳樹上挑出個酒帘兒。如畫。武松見了，指道：「那裏不有個酒店？」三個人奔下嶺來，山岡邊見個樵夫，挑一擔柴過去。並無姓名，只作眼前一閃，奇筆。武松叫道：「漢子，借問這裏叫做甚麽去處？」樵夫道：「這嶺是孟州道嶺。前面大樹林邊，便是有名的十字坡。」坡名絶妙，自表其文心交叉四出，如十字也。前寶珠篇中，已詳論之。

武松問了，自和兩個公人一直奔到十字坡邊看時，爲頭一株大樹，四五個人抱不交，上面都是枯藤纏着。如畫。看看抹過大樹邊，早望見一個酒店。門前窗檻邊坐着一個婦人，曹正店中一個婦人，此店中又一個婦人，不知誰賓誰主。露出緑紗衫兒來；頭上黄烘烘的插着一頭釵鐶，鬢邊插着些野花。如畫。○先遠望寫一番。見武松同兩個公人來到門前，那婦人便走起身來迎接。下面繫一條鮮紅生絹裙，搽一臉胭脂鉛粉，敞開胸脯，露出桃紅紗主腰，上面一色金鈕。如畫。○又近看寫一番。○嘗言美人之美，乃在或遠或近之間。今寫此婦人，既遠近皆詳矣，乃覺眼前心上，如逢鬼母，何也？説道：「客官，歇脚了去？本家有好酒、句。好肉。句。要點心時，好大饅頭。句。」○本色行貨。

兩個公人和武松入到裏面一副柏木桌凳座頭上，兩個公人倚了棍棒，解下那纏袋，上下肩坐了。武松先把脊背上包裹解下來，放在桌子上；解了腰間搭膊，脱下布衫。兩個公人道：「這裏又没人看見，我們擔些利害，且與你除了這枷，快活吃兩碗酒。」便與武松揭了封皮，除下枷來，放在桌子底下。都脱了上半截衣裳，搭在一邊窗檻上。夏景。只見那婦人笑容可掬，前寫潘氏用許多「笑」字，此寫二娘復用許多「笑」字，閃耀爲奇。道：「客官，打多少酒？」武松道：「不要問多少，只顧盪來。肉便切三五斤來，一發算錢還你。」那婦人道：「也有好大饅頭。」又説一句，深表大樹坡本色道地行貨也。武松道：「也把三二十個來做點心。」那婦人「嘻嘻」地笑着，入裏面，托出一大桶酒來。放下三隻大碗、三雙箸，切出兩盤肉來。一連篩了四五巡酒，去竈上取一籠饅頭來，放在桌子上。兩個公人拿起來便吃。

武松取一個拍開看了，叫道：「酒家，這饅頭是人肉的，是狗肉的？」那婦人「嘻嘻」笑道：「客官，休要取笑！清平世界，蕩蕩乾坤，那裏有人肉的饅頭，狗肉的滋味？我家饅頭，積祖是黄牛的。」武松道：「我從來走江湖上，多聽得人説道：『大樹十字坡，客人誰敢那裏過？肥的切做饅頭餡，瘦的却把去填河。』」只圖押韻，遂與今日詩社無異。不意武二天人，亦復不免。那婦人道：「客官，那得這話！這是你自捏出來的。」武松道：「我見這饅頭餡内有幾根毛，一像人小便處的毛一般，雖是説饅頭，乃其語涸褻之極，已入風話矣，讀之絶倒。以此疑忌。」武松又問道：「娘子，你家丈夫却怎地不見？」絶妙風話。那婦人道：「我的丈夫出外做客未回。」武松道：「恁地時，你獨自一個須冷落。」絶妙風話，宛然令嫂聲口。那婦人笑着，尋思道：「這賊配軍，却不是作死，倒來戲弄老娘！正是『燈蛾撲火，惹焰燒身』，不是我來尋你。我且先對付那廝！」這婦人便道：「客官，休要取笑。再吃幾碗了，去後面樹下乘涼。要歇，便在我家安歇不妨。」也説一句風話，絶妙。

武松聽了這話，自家肚裏尋思道：「這婦人不懷好意了。你看我且先耍他。」武松又道：「大娘子，你家這酒好生淡薄，別有甚好酒，請我們吃幾碗。」那婦人道：「有些十分香美的好酒，只是渾些。」武松道：「最好，越渾越好。」只是風話。那婦人心裏暗笑，便去裏面托出一鏇渾色酒來。武松看了道：「這個正是好生酒，只宜熱吃最好。」那婦人道：「還是這位客官省得，我燙來你嘗看。」婦人自笑道：「這個賊配軍正是該死！倒要熱吃，這藥却是發作得快，那廝當是我手裏行貨。」燙得熱了，把將過來，篩做三碗，笑道：「客官，試嘗這酒。」兩個公人那裏忍得饑渴，只顧拿起來吃了。武松便道：「娘子，我從來吃不得寡酒，你再切些肉來與我過口。」張得那婦人轉身入去，却把這酒潑在僻暗處，只虛把舌頭來咂道：「好酒，還是這個酒衝得人動！」寫得武二真是妙人，立地生出機變。

那婦人那曾去切肉，只虛轉一遭，便出來拍手叫道：「倒也！倒也！」那兩個公人只見天旋地轉，禁了口，望後「撲」地便倒。武松也雙眼緊閉，「撲」地仰倒在凳邊。妙人。只聽得笑道：「只聽得」，妙絶。「着了！由你奸似鬼，吃了老娘的洗脚水！」便叫：「小二、小三快出來！」只聽得飛奔出兩個蠢漢來，「聽得」，妙絶。聽他把兩個公人先扛了進去。這婦人便來桌上提那包裹並公人的纏袋，想是捏一捏，約莫裏面已是金銀。「想是」妙絶，「約莫」妙絶，「已是」妙絶。只聽得他大笑道：「只聽得」，妙絶。「今日得這三頭行貨，倒有好兩日饅頭賣，又得這若干東西。」聽得把包裹纏袋提入去了，「聽得」，妙絶。隨聽他出來，看這兩個漢子扛擡武松。「聽他」，妙絶。○先取餘事收拾盡，却放出筆來單寫武松。那裏扛得動？直挺挺在地下，却似有千百斤重的。妙人。只聽得婦人喝道：「只聽得」，妙絶。「你這鳥男女，只會吃飯吃酒，全没些用，直要老娘親自動手！一段話。這個鳥大漢，却也會戲弄老娘！又一段話。這等肥胖，好做黄牛肉賣。「積祖」之言不謬。那兩個瘦蠻子，只好做水牛肉賣。又一段話。扛進去，先開剥這厮用！又一段話。」○偏説出許多，使武松忍笑不住。聽他一頭説，【眉批】俗本無八個「聽」字，故知古本之妙。一頭想是脱那緑紗衫兒，解了紅絹裙子，「聽他」妙絶，「想是」妙絶。赤膊着，必須赤膊，方使下文盡興。便來把武松輕輕提將起來。武松就勢抱住那婦人，妙人，生平未經之事。把兩隻手一拘拘將攏來，當胸前摟住；十五字句，思之絶倒。武二真正妙人，無可不可。○前者嫂嫂日夜望之。却把兩隻腿望那婦人下半截只一挾，壓在婦人身上，寫出妙人無可不可，思之絶倒。○胸前摟住，壓在身上。皆故作醜語，以成奇文也。只見他殺猪也似叫將起來。上文許多事情，偏在耳中聽出；此處「殺猪也似」一聲，却于眼中看見，奇文綉錯入妙。那兩個漢子急待向前，被武松大喝一聲，驚得呆了。那婦人被按壓在地上，只叫道：「好漢饒我！」那裏敢挣扎？

只見門前一人，挑一擔柴，歇在門首，上文無端一閃，令讀者幾成眼挫，至此忽又閃來。望見武松按倒那婦人在地上，那人大踏步跑將進來，叫道：「好漢息怒！且饒恕了，小人自有話說！」武松跳將起來，把左脚踏住婦人，提着雙拳看那人時：寫得如畫。頭帶青紗凹面巾，身穿白布衫，下面腿絣護膝八搭麻鞋，腰繫着纏袋；生得三拳骨叉臉兒，微有幾根髭髯，年近三十五六；看着武松，叉手不離方寸，說道：「願聞好漢大名！」武松道：「我行不更名，坐不改姓，都頭武松的便是！」那人道：「莫不是景陽岡打虎的武都頭？」武松回道：「然也！」須知此二字是得意語。那人納頭便拜道：「聞名久矣，今日幸得拜識。」武松道：「你莫非是這婦人的丈夫？」那人道：「是小人的渾家，天下亦有所對非所問，而恰成妙對，乃至一字不復可換者，如此語是也。有眼不識泰山，不知怎地觸犯了都頭。可看小人薄面，望乞恕罪！」武松慌忙放起婦人來，便問：「我看你夫妻兩個也不是等閑的人，當知此句不是寫武松眼力，正是表夫妻二人。願求姓名。」那人便叫婦人穿了衣裳，四字絕妙。快近前來拜了都頭。武松道：「却纔衝撞，嫂嫂休怪。」忽然叫出「嫂嫂」二字，令我一驚。○方殺一嫂嫂，又認一嫂嫂，真是行文如戲。那婦人便道：「有眼不識好人。一時不是，望伯伯恕罪，且請伯伯裏面坐地。」前文潘氏叫得「叔叔」一片響，此文二娘叫得「伯伯」一片響，叔叔伯伯，激應奇絕。武松又問道：「你夫妻二位，高姓大名，如何知我姓名？」知己之感，千古所同。獨不謂武二天人，亦有之耳。

那人道：「小人姓張，名青，原是此間光明寺種菜園子。大相國寺菜園後，又見此處。爲因一時間爭些小事，性起，把這光明寺僧行殺了，放把火燒做白地。遂與魯達同。後來也沒對頭，官司也不來問，小人只在此大樹坡下剪徑。忽一日有個老兒挑擔子過來，小人欺負他老，搶出去和他厮並。鬥了二十餘合，被那老兒一匾擔打翻。原來那老兒，年紀小時，專一剪徑。因見小人手脚活便，帶小人歸去到城裏，教了許多本事。又把這個女兒，招贅小人做了女婿。城裏怎地住得？只得依舊來此間，蓋些草屋，賣酒爲生。實是只等客商過往，有那入眼的，便把些蒙汗藥與他吃了便死。將大塊好肉，切做黄牛肉賣；零碎小肉，做餡子包饅頭。小人每日也挑些去村裏賣，如此度日。小人因好結識江湖上好漢，人都叫小人做『菜園子』張青。俺這渾家，姓孫，全學得他父親本事，特表二娘。人都唤他做『母藥叉』孫二娘。小人却纔回來，聽得渾家叫唤，誰想得遇都頭。小人多曾分付渾家道：三等人不可壞他。第一，是雲游僧道。奇文。〇張青爲頭是最惜和尚，便前牽魯達，後挽武松矣。布格展筆，如畫家所稱大落墨也。他不曾受用過分了，又是出家的人。【眉批】第一段爲魯達、武松提綱。則恁地也爭些兒壞了一個驚天動地的人：原是延安府老种經略相公帳前提轄，姓魯，名達。此事傳中未嘗正寫，只是魯達口中述一遍，此處張青口中述一遍耳，另是一樣奇格。爲因三拳打死了一個鎮關西，逃走上五臺山落髮爲僧。因他脊梁上有花繡，江湖上都呼他做『花和尚』魯智深。獨詳其做和尚之故，爲後文武松作案。使一條渾鐵禪杖，重六十來斤。獨詳禪杖，爲後文戒刀作案。也從這裏經過，渾家見他生得肥胖，也是黄牛。酒裏下了些蒙汗藥，扛入在作坊裏。正要動手開剥，小人恰好歸來。見他那條禪杖非俗，却慌忙把解藥救起來，從禪杖上識出英雄，出色奇語。結拜爲兄。此四字，是一篇眼目，與後「結拜爲弟」四字對看，是張青生平一片之心也。打聽他近日占了二龍山寶珠寺，和一個甚麼青面獸楊志，張青一篇只重魯達，不重楊志，故特另加「甚麼」二字以別之。霸在那方落草。小人幾番收得他相招的書信，只是不能够去。」閑中閑放一綫。

武松道：「這兩個，張青一篇自重魯達，武松分中却無輕重，故平提之也。我也在江湖上多聞他名。」張青道：「只可惜了一個頭陀，長七八尺一條大漢，述魯達事畢，忽然又撰出一個頭陀來。黄昏風雨，天黑如磐，每憶此文，心絶欲死。也把來麻壞了。小人歸得遲了些個，已把他卸下四足。如今只留得一個箍頭的鐵界尺、一領皂直裰、一張度牒在此。無端撰出一個頭陀，便生出數般器具，真不知文生于情，情生于文。蓋其筆墨亦爲蚨血所塗，故有子母環帖之能也。○先出三件，入下更出二件，文筆旋舞而下。別的都不打緊，有兩件物最難得：一件是一百單八顆人頂骨做成的數珠，人但知上文先出三件，陪下二件；殊不知下文二件，亦是以一件陪一件。一件是兩把雪花鑌鐵打成的戒刀。前魯達自述云，見俺戒刀吃驚，此又將留下戒刀，三翻四覆描寫。不意戒刀上，又有此奇文也。想這頭陀也自殺人不少，直到如今，那刀要便半夜裏嘯響。看他人骨數珠不更注一語，獨將戒刀出色描寫，便知意在戒刀，餘物只作相伴也。小人只恨道不曾救得這個人，心裏常常憶念他。張青真好。第二是江湖上行院妓女之人。【眉批】第二段只作閑話，然亦反映武松殺潘氏作捎帶。○此段于文情前後無甚關生，只有意無意與武松殺潘氏反映耳。○行院妓女則可饒恕，敗壞風俗如潘氏，胡可得恕也？他們是衝州撞府、逢場作戲，陪了多少小心得來的錢物，若還結果了他，那厮們你我相傳，去戲臺上説得我等江湖上好漢不英雄。又分付渾家：第三是各處犯罪流配的人，中間多有好漢在裏頭，切不可壞他。然後正入本文，妙絶。【眉批】第三段正合本文。不想渾家不依小人的言語，今日又衝撞了都頭，幸喜小人歸得早些。却是如何了起這片心？」上文一篇長話，却對武松說，至尾後忽掣轉對渾家說一句，寫出活張青來。母藥叉孫二娘道：「本是不肯下手，一者見伯伯包裹沉重，二乃怪伯伯說起風話，又叫兩聲「伯伯」。因此一時起意。」武松道：「我是斬頭瀝血的人，何肯戲弄良人！將前回兩大篇文字直提出來。我見嫂嫂瞧得我包裹緊，先疑忌了，因此特地說些風話，漏你下手。那碗酒我已潑了，假做中毒，你果然來提我。一時拿住，甚是衝撞了，嫂嫂休怪！」又叫兩聲「嫂嫂」。○凡此等，皆作者特蹴奇波處。

張青大笑起來，便請武松直到後面客席裏坐定。武松道：「兄長，你且放出那兩個公人則個。」寫武松天人處。張青便引武松到人肉作坊裏看時，見壁上綳着幾張人皮，妙。梁上吊着五七條人腿。妙。見那兩個公人，一顛一倒，挺着在剥人凳上。妙。○特詳之，以爲昔之魯達，今之武松，已開剥之頭陀，未開剥之公人，一齊出色也。武松道：「大哥，你且救起他兩個來。」張青道：「請問都頭：今得何罪？配到何處去？」武松把殺西門慶並嫂的緣由，一一說了一遍。張青夫妻兩個，歡喜不盡，聞以叔弒嫂，却歡喜不盡，寫得粗豪可笑。便對武松說道：「小人有句話說，未知都頭如何？」武松道：「大哥但說不妨。」張青不慌不忙，對武松說出那幾句話來，有分教武松：大鬧了孟州城，哄動了安平寨。直教：打翻拽象拖牛漢，攧倒擒龍捉虎人。畢竟張青對武松說出甚言語來，且聽下回分解。

第五才子書施耐庵水滸傳卷之三十二

聖歎外書

第二十七回 武松威震安平寨 施恩義奪快活林

上文寫武松殺人如菅，真是血濺墨缸，腥風透筆矣。入此回，忽然就兩個公人上，三翻四落寫出一片菩薩心胸，一若天下之大仁大慈，又未有仁慈過于武松也者。于是上文尸腥血迹，洗刷净盡矣。蓋作者正當寫武二時，胸中真是出格擬就一位天人，憑空落筆，喜則風霏露灑，怒則鞭雷叱霆，無可無不可，不期然而然。固久非宋江之逢人便哭，阮七、李逵之搭刀便摵者，所得同日而語也。

讀此回，至武松忽然感激張青夫妻兩個之語，嗟呼！豈不痛哉！夫天下之夫妻兩個，則盡夫妻兩個也，如之何而至于松之兄嫂，其夫妻兩個獨遽至于如此之極也！天乎？人乎？念松父松母之可以生松，而不能免于生松之兄，是誠天也，非人也。然而兄之可以不娶潘氏，與松之可以不捨兄而遠行，是皆人之所得爲也，非天也。乃松之兄可以不娶潘氏，而財主又必白白與之；松之志可以不捨兄而遠行，而知縣又必重重托之，然則天也，非人，誠斷斷然矣。嗟呼！今而後松已不信天下之大，四海之内，尚有夫良妻潔，雙雙兩個之奇事；而今初出門庭，初接人物，便已有張青一對如此可愛。松即金鐵爲中，其又能不向壁彈淚乎耶？作者忽于叙事縷縷中，奮筆大書云：「武松忽然感激張青夫妻兩個。」嗟呼！真妙筆矣。「忽然」字，俗本改作「因此」字，又于「兩個」下，增「厚意」字，全是學究注意盤飧之語，可爲唾抹，今並依古本訂定。

連叙管營逐日管待，如云一個軍人托着一個盒子，看時，是一大鏇酒，一盤肉，一盤子麵，又是一大碗汁。晚來，頭先那個人又頂一個盒子來，是幾般菜蔬，一大鏇酒，一大盤煎肉，一碗魚羹，一大碗飯。不多時，那個人又和一個人來，一個提隻浴桶，一個提一桶湯，送過浴裙手巾，便把籐簟鋪了，紗帳挂起，放個涼枕，叫聲安置。明日，那個人又提桶面湯，取漱口水，又帶個待詔篦頭，綰髻子，裹巾幘。又一個人將個盒子，取出菜蔬下飯，一大碗肉湯，一大碗飯。吃罷，又是一盞茶。搬房後，那個人又將一個提盒，看時，却是四般果子，一隻熟鷄，又有許多蒸捲兒，一注子酒。晚間，洗浴乘涼。如此等事，無不細細開列，色色描畫。嘗言太史公酒帳肉簿，爲絶世奇文，斷惟此篇足以當之。若韓昌黎《畫記》一篇，直是印板文字，不足道也。

將寫武松威震安平，却于預先一日，先去天王堂前閑走，便先安放得個青石墩在化紙爐邊，奇矣。又奇者，到明日正寫武松演試神力之時，却偏不一直寫，偏先寫得一半，如云輕輕抱一抱起，隨手一撇，打入地下一尺來深，如是便止。却自留下後半再作一番寫來，如云一提，一擲，一接，輕輕仍放舊處。直至如此，方是武松全副神力盡情托出之時。却又還有一半在後，如云面上不紅，心頭不跳，口裏不喘，是也。讀第一段，並不謂其又有第二段；讀第二段，更不謂其還有第三段。文勢離奇屈曲，非目之所嘗睹也。

話説當下張青對武松説道：「不是小人心歹，比及都頭去牢城營裏受苦，不若就這裏把兩個公人做翻，且只在小人家裏過幾時。此一句賓。若是都頭肯去落草時，小人親自送至二龍山寶珠寺，與魯智深相聚入夥，如何？」張青生平一片之心。○此一句主。○看他上文還帶説楊志，此處已只提魯達，爲一篇大文之綱領。武松道：「最是兄長好心，顧盼小弟。只是一件：武松平生只要打天下硬漢，早伏蔣門神。【眉批】一路都寫武二神威，不是人間蹊徑。這兩個公人，于我分上，只是小心，一路上伏侍我來。我若害了他，天理也不容我。妙語。直襯出殺嫂嫂合天理來。你若敬愛我時，「敬愛」二字妙絶，武松天人，便説得出此二字來。便與我救起他兩個來，不可害他。」特表武松仁慈之至。張青道：「都頭既然如此仗義，小人便救醒了。」當下張青叫火家，便從剥人凳上攙起兩個公人來。孫二娘便去調一碗解藥來，張青扯住耳朵，灌將下去。没半個時辰，兩個公人如夢中睡覺的一般，爬將起來，看了武松説道：「我們却如何醉在這裏？這家恁麽好酒，我們又吃不多，便恁地醉了！記着他家，回來再問他買吃。」隨筆撋成趣語。武松笑將起來，張青、孫二娘也笑，兩個公人正不知怎地。

那兩個火家自去宰殺鷄鵝，煮得熟了，整頓杯盤端正[一]。張青教擺在後面葡萄架下，夏景。放了桌凳坐頭。張青便邀武松並兩個公人到後園内。武松便讓兩個公人上面坐了，張青、武松在下面朝上坐了，張青待武松也，武松却不上坐者，蓋預以弟道自居，令人又提着武大當年，悲從中來也。孫二娘坐在横頭。二娘固不必避生客也，然因此一坐，男女雜亂，便忽提出武大夫妻初見武二之日，不勝風景不殊之痛也。作者挑逗之工，于斯極矣。兩個漢子輪番斟酒，來往搬擺盤饌。張青勸武松飲酒。至晚，取出那兩口戒刀來，叫武松看了。果是鑌鐵打的，非一日之功。看他將戒刀贊誦一番，摩娑一番，加意極矣。兩個又説些江湖上好漢的勾當，却是殺人放火的事。武松又説：「山東及時雨宋公明，仗義疏財。如此豪傑，如今也爲事逃在柴大官人莊上。」此却是武松生平一片之心，不得不説。○又不使宋江一邊閑。兩個公人聽得，驚得呆了，只是下拜。武松道：「難得你兩個送我到這裏了，終不成有害你之心？武松仁慈，再表一遍。我等江湖上好漢們説話，你休要吃驚，我們並不肯害爲善的人。你只顧吃酒，明日到孟州時，自有相謝。」頻頻表出武松仁慈者，所以盡情洗刷上文殺奸夫淫婦之污穢，以見武松真正天人，雷霆風雨，各極其用。不比梁山李逵、阮七之徒，草菅人命以爲作戲也。描寫至此，真神筆哉。當晚就張青家裏歇了。

次日，武松要行，張青那裏肯放？一連留住管待了三日。武松忽然感激張青夫妻兩個，○「忽然感失一哥哥，得一哥哥；一個兄弟方做完，一個兄弟重做起。文心淋漓飛舞，讀之有海霞赤城之觀。

[一]「正」，各本均作「坐」，據明容與堂本改。

激」四字，寫武二真天人也。論年齒，張青却長武松九年，是年武松二十六歲也。○俗本「九年」作「五年」。因此張青便把武松結拜爲弟。與前「結拜爲兄」四字對看，是張青一篇提綱。武松再辭了要行，張青又置酒送路。取出行李、包裹、纏袋來，交還了，不見他進去，却見他出來，妙絶。又送十來兩銀子與武松，把二三兩零碎銀子賫發兩個公人。武松就把這十兩銀子一發與了兩個公人。遠遠表出武松身無長物，便爲後面差撥一篇奇文作地。不知打虎一千貫，便分獵户；張青送十兩，又與公人。文者，便歎其揮金如土也。再帶上行枷，依舊貼了封皮。細。張青和孫二娘送出門前，武松忽然感激，上東京時，嫂嫂不送出門前，還有哥哥送出門前也。到得配孟州時，已並無哥哥送出門前。天下爲兄弟者不止一人，亦有如是之怨毒者乎？今忽然于路旁萍水之張青夫婦，反生受其雙雙送出門前。親兄武大，靈魂不遠，今竟何在哉？忽然感激，灑出淚來。武二天人，故感激灑淚也。○反映前文，至于如此，真正才子，萬世不能易也。只得灑淚別了，取路投孟州來。未及晌午，早來到城裏。直至州衙，當廳投下了東平府文牒。州尹看了，收了武松，自押了回文，與兩個公人回去，不在話下。隨即却把武松帖發本處牢城營來。當日武松來到牢城營前，看見一座牌額，上書三個大字，寫着道「安平寨」。公人帶武松到單身房裏，公人自去下文書，討了收管，不必得說。

武松自到單身房裏，早有十數個一般的囚徒來看武松，說道：此書凡係一段小文，便要故意相犯。如此文，亦與林冲初到牢城營不换一筆。「好漢，你新到這裏，包裹裏若有人情的書信並使用的銀兩，取在手頭。並無，故妙。少刻差撥到來，便可送與他。若吃殺威棒時，也打得輕。若没人情送與他時，端的狼狽！我和你是一般犯罪的人，特地報你知道。豈不聞『兔死狐悲，物傷其類』？我們只怕你初來不省得，通你得知。」武松道：「感謝你們衆位指教。我小人身邊略有些東西，若是他好問我討時，便送些與他；若是硬問我要時，一文也没！」不是寫武松不知世塗，只是自矗奇峰，爲下文生精作怪地耳。【眉批】林冲差撥、管營處都有書信、銀兩，武松兩處都無，宋江牢子有，節級無。寫出他一個自愛，一個神威，一個機械，各各不同。衆囚徒道：「好漢，休説這話。古人道：『不怕官，只怕管』；『在人矮檐下，怎敢不低頭』？只是小心便好。」説猶未了，只見一個道：「差撥官人來了。」衆人都自散了。

武松解了包裹，坐在單身房裏，反坐下，奇絶。只見那個人走將入來，問道：「那個是新到囚徒？」武松道：「小人便是。」差撥道：「你也是安眉帶眼的人，新語。直須要我開口説？你是景陽岡打虎的好漢，陽穀縣做都頭，只道你曉事，如何這等不達時務！你敢來我這裏，猫兒也不吃你打了！」隨景成趣。武松道：「你到來發話，指望老爺送人情與你，半文也没。妙語。然世人都恒道之，而不能知其妙。何者？蓋没錢至于没一文，止矣；若夫半文者，乞人亦不要也。偏説「半文也没」，蓋云没之至也。我精拳頭有一雙相送！猫兒不吃打，狗兒或者領却拳頭去。碎銀有些，留了自買酒吃，自在之極。看你怎地奈何我？没地裏到把我發回陽穀縣去不成！」絶倒語，非武松説不出。那差撥大怒去了。又有衆囚徒走攏來，妙波。○此却與林冲文不同。説道：「好漢，你和他强了，少間苦也！他如今去和管營相公説了，必然害你性命。」武松道：「不怕！隨他怎麽奈何我，文來文對，武來武對！」此八字寫武松不是蠻皮，蓋其胸中計畫已定。○然千載看書人到此，無不猜到下文定是武來武對也。

正在那裏説未了，只見三四個人來單身房裏，叫喚：「新到囚人武松！」文情險絶。武松應道：「老爺在這裏，又不走了，大呼小喝做甚麽！」那來的人把武松一帶，帶到點視廳前。那管營相公正在廳上坐，五六個軍漢押武松在當面。管營喝叫除了行枷，説道：「你那囚徒，省得太祖武德皇帝舊制：但凡初到配軍，須打一百殺威棒。那兜拕的，背將起來。」武松道：「都不要你衆人鬧動，要打便打，也不要兜拕。我若是躲閃一棒的，不是打虎好漢。寫出打虎是得意之事。從先打過的都不算，從新再打起。絶倒。○一段。我若叫一聲，便不是陽穀縣爲事的好男子。」寫出殺嫂又是得意事。○其文本與下連。兩邊看的人都笑道：「這癡漢弄死！且看他如何熬！」上下文皆是武松一連説話，中間忽夾寫兩邊人笑，妙筆。「要打便打毒些，不要人情棒兒，打我不快活！」其文與上陽穀爲事句，一氣連下。○二段。兩下衆人都笑起來。那軍漢拿起棍來，吆呼一聲。文筆險仄。只見管營相公身邊立着一個人，六尺以上身材，二十四五年紀，白净面皮，三柳髭鬚，額頭上縛着白手帕，奇。身上穿着一領青紗上蓋，把一條白絹搭膊絡着手。奇。那人便去管營相公耳朵邊，略説了幾句話，只見管營道：「新到囚徒武松，你路上途中曾害甚病來？」妙。○一路看他寫管營手柔，武松弓燥，一遞一句，真欲失笑。武松道：「我于路不曾害，妙妙。酒也吃得，肉也吃得，飯也吃得，路也走得。」妙妙，反説出一串來。管營道：「這厮是途中得病到這裏，我看他面皮纔好，且寄下他這頓殺威棒。」妙。兩邊行杖的軍漢低低對武松道：「你快説病。這是相公將就你，你快只推曾害便了。」加贈一層，更妙。武松道：「不曾害，不曾害，妙妙，反説出兩句。打了倒乾净！我不要留這一頓寄庫棒，新語。寄下倒是鈎腸債，新語。幾時得了！妙妙。」兩邊看的人都笑。若無此句，便是一管營、一武松、一行杖牢子，四邊寂然更無人矣。管營也笑道：「想是這漢子多管害熱病了，不曾得汗，故出狂言。不要聽他，且把去禁在單身房裏。」妙。○然而何也？我又欲疾讀下去，得知其故；又欲且止，試一思之。願天下後世之讀是書者，至此等處，皆且止試思也。

三四個軍人引武松依前送在單身房裏。衆囚徒都來問道：「你莫不有甚好相識書信與管營麽？」妙波屢皺。武松道：「並不曾有。」衆囚徒道：「若没時，寄下這頓棒，不是好意，晚間必然來結果你！」武松道：「還是怎地來結果我？」衆囚徒道：「他到晚把兩碗乾黄倉米飯來，與你吃了。趁飽帶你去土牢裏，把索子捆翻，着藁薦捲了你，塞了你七竅，顛倒竪在壁邊。不消半個更次，便結果了你性命：這個唤做『盆吊』。」上文脱過威棒，讀者雖未審何故，然已心魂安帖矣。作者却偏不肯便令安帖，偏又翻出兩番刑法來，使讀者重復憂起，絶世奇格。武松道：「再有怎地安排我？」衆人道：「再有一様，也是把你來捆了。却把一個布袋，盛一袋黄沙，將來壓在你身上。也不消一個更次，便是死的。這個唤『土布袋』。」偏有兩様，寫得其禍不測。武松又問道：「還有甚麽法度害我？」只管問，絶倒。衆人道：「只是這兩件怕人些，其餘的也不打緊。」

衆人説猶未了，只見一個軍人托着一個盒子入來，問道：「那個是新配來的武都頭？」不叫作「囚人武松」矣，何也？武松答道：「我便是。有甚麽話説？」妙。那人答道：「管營叫送點心在這裏。」武松看時，一大鏇酒，一盤肉，一盤子麵，又是一大碗汁。寫得出奇，竟不知其何也。○逐色開列，以表不是草草供具，妙絶。武松尋思道：「敢是把這些點心與我吃了，却來對付我？我且落得吃了，却又理會。」武松把那鏇酒來，一飲而盡，把肉和麵都吃盡了。那人收拾家火回去了。去了，並不見有事。武松坐在房裏尋思，自己冷笑道：「看他怎地來對付我。」妙。看看天色晚來，只見頭先那個人，竟成常隨，寫得妙極。【眉批】看他一路歷落零亂，寫下無數「只見一個人」、「只見那個人」，妙絶。又頂一個盒子入來。出奇。武松問道：「你又來怎地？」妙。那人道：「叫送晚飯在這裏。」擺下幾般菜蔬，又是一大鏇酒，一大盤煎肉，一碗魚羹，一大碗飯。又逐色開列。武松見了，暗暗自忖道：「吃了這頓飯食，必然來結果我。妙。且由他，便死也做個飽鬼。落得吃了，却再計較！」那人等武松吃了，收拾碗碟回去了。又去了，並無事。不多時，那個人又和一個漢子兩個來，越寫得出奇。一個提着浴桶，亦逐件寫。一個提一大桶湯逐件寫。來，看着武松道：「請都頭洗浴。」真奇絶。武松想道：「不要等我洗浴了來下手？妙。我也不怕他，且落得洗一洗。」那兩個漢子安排傾下湯，不要武松動手。武松跳在浴桶裏面，洗了一回。隨即送過浴裙手巾，細細寫出小心服事來。教武松拭了，穿了衣裳。一個自把殘湯傾了，細細服事。提了浴桶去。去了。一個便把藤簟，句。紗帳，句。〇逐件細細開列。將來挂起；細細服事。鋪了藤簟，細細服事。放個涼枕，細細服事。叫了「安置」，何等細細小心服事。也回去了。也去了，並無事。武松把門關上，拴了，着此句妙，寫出高枕無事來。自在裏面思想道：「這個是甚麽意思？隨他便了，且看如何！」妙。放倒頭便自睡了，一夜無事。此四字各處有，此却入妙。

天明起來，纔開得房門，只見夜來那個人出奇無窮。提着桶洗面湯進來，教武松洗了面，一。又取漱口水漱了口；二。又帶個篦頭待詔來，早飯前寫到面湯，奇矣；又寫出漱口，又寫出篦頭，奇不可言。替武松篦了頭，三。綰個髻子，裹了巾幘。加一倍寫。〇挽髻子，裹巾幘，都不要武松動手。又是一個人，將個盒子入來，取出菜蔬下飯，一大碗肉湯，一大碗飯。又逐色開列。〇日日逐色開列。武松想道：「由你走道兒，妙。我且落得吃了！」武松吃罷飯，便是一盞茶。加此一句，與上綰髻、裹巾，同一出色之法。却纔茶罷，只見送飯的那個人來請道：「這裏不好安歇，請都頭去那壁房裏安歇，搬茶搬飯却便當。」此一嚇却不可當，文情怪險至此。武松道：「這番來了！妙，我亦驚謂「這番來了」！我且跟他去，看如何！」一個便來收拾行李被卧，一個引着武松看他連用無數「一個」、「那個」字，有亂山蔥蘢之勢。離了單身房裏，來到前面一個去處。推開房門來，裏面乾乾浄浄的床帳，兩邊都是新安排的桌凳什物。何也？武松來到房裏看了，存想道：「我只道送我入土牢裏去，却如何來到這般去處？便是，何也？比單身房好生齊整！」武松坐到日中，那個人又將一個提盒子入來，手裏提着一注子酒，還未歸結，還要寫出許多恭敬來，文情奇肆至此。將到房中。打開看時，排下四般果子，一隻熟鷄，又有許多蒸捲兒。逐色開列。〇又逐次變換。那人便把熟鷄來斯了，《詩》云：「斧以斯之。」是此「斯」字出處也。俗本作「撕」字。將注子裏好酒篩下，請都頭吃。細細開列服事之法。武松心裏忖道：「畢竟是何如？」妙。到晚又是許多下飯，忽省。又請武松洗浴了，省。乘凉忽增二字。歇息。並無事。武松自思道：「衆囚徒也是這般説，我也是這般想，却怎地這般請我？」妙。

到第三日，依前又是如此送飯送酒。省。武松那日早飯罷，行出寨裏來閑走，管營看顧後，讀者便急欲得知其故久矣。忽然接入連日看待之厚一篇煩文瑣景，雖一往如在山陰道中，耳目應接不暇，然心頭已極悶悶，正圖耐過此番，便當有個歸結，却突然又幻出天王堂前閑走一段來。文情恣肆，非世所有。只見一般的囚徒都在那裏，擔水的、劈柴的、做雜工的，却在晴日頭裏晒着。正是六月炎天，那裏去躲這熱？閑中一襯。武松却背又着手，本借囚徒做工，襯出武松；却又反借武松叉手，襯出囚徒。用筆真如司馬入龐家，不復辯其誰賓誰主。問道：「你們却如何在這日頭裏做工？」此語與「何不肉糜」何異，豈有武二爲此言，只是作者極意挑剔耳。衆囚徒都笑起來，回說道：「好漢，你自不知，我們撥在這裏做生活時，便是人間天上了！如何敢指望嫌熱坐地？還別有那沒人情的，將去鎖在大牢裏，求生不得生，求死不得死，大鐵鍊鎖着，也要過哩！」武松聽罷，去天王堂前後轉了一遭，見紙爐邊一個青石墩，倒插而入，乍讀之，真不知其故。有個關眼，是縛竿脚的，連後文手提處，都先倒插在此，奇絶才子。好塊大石！又喝一句，預爲下文出色。○《傳》云：「白受采。」乃世又有未見白地而先渲染者，此四字是也。武松就石上坐了一會，便回房裏來，只閑閑放下。坐地了自存想，妙。只見那個人又搬酒和肉來。脚上又找一句，妙。

話休絮煩。半日亦細煩之極矣，偏說「休絮煩」。武松自到那房裏，住了數日，每日好酒好食，搬來請武松吃，並不見害他的意，武松心裏正委決不下。當日晌午，那人又搬將酒食來，又來。武松忍耐不住，按定盒子，問那人道：不惟武松忍不住了，連讀者亦忍不住了；不惟讀者忍不住了，雖作者亦不好又忍住了。「你是誰家伴當？怎地只顧將酒食來請我？」那人答道：「小人前日已稟都頭說了，寫得半明半滅，妙極。小人是管營相公家裏梯己人。」武松道：「我且問你：每日送的酒食，正是誰教你將來請我？句。吃了怎地？句。」那人道：「是管營相公家裏的小管營，奇文。蓋武松本與魯達一雙，故魯達有老种經略相公、小种經略相公，武松有老施管營相公、小施管營相公也。教送與都頭吃。」武松道：「我是個囚徒，犯罪的人，又不曾有半點好處到管營相公處，他如何送東西與我吃?」那人道:「小人如何省得?小管營分付道,教小人且送半年三個月却説話。」忽又一頓頓住,使人無出氣處。武松道:「却又作怪!終不成將息得我肥胖了,却來結果我。妙。這個悶葫蘆,教我如何猜得破?這酒食不明,我如何吃得安穩?你只説與我:你那小管營是甚麽樣人、在那裏曾和我相會,我便吃他的酒食。」三十字句。那個人道:「便是前日都頭初來時,廳上立的那個白手帕包頭,絡着右手,那人便是小管營。」三十一字句。○並不説出,却已説出,妙在只説包頭絡手也。武松道:「莫不是穿青紗上蓋,立在管營相公身邊的那個人?」二十字句。○將裝束各説半句,對答如畫。那人道:「正是。」武松道:「我待吃殺威棒時,敢是他説,救了我,是麽?」只一句,陡將前文兩節奇事,並作一事。那人道:「正是。」武松道:「却又蹺蹊!我自是清河縣人氏,他自是孟州人。自來素不相識,如何這般看覷我?必有個緣故。聲如洪鐘。我且問你:那小管營姓甚名誰?」那人道:「姓施,名恩。使得好拳棒,人都叫他做『金眼彪』施恩。」武松聽了道:「想他必是個好男子。武二天人語。你且去請他出來,和我相見了,這酒食便可吃你的;你若不請他出來和我厮見時,我半點兒也不吃!」那人道:「小管營分付小人道:休要説知備細,教小人待半年三個月方纔説知相見。」武松道:「休要胡説!你只去請小管營出來和我相會了便罷。」那人害怕,那裏肯去?至此又作一頓。武松焦躁起來,那人只得去裏面説知。多時,偏能又作一頓。只見施恩從裏面跑將出來,看着武松便拜。「跑」出妙,「便拜」妙,實是奇極。武松慌忙答禮,説道:「小人是個治下的囚徒,自來未曾拜識尊顔。前日又蒙救了一頓大棒,今又蒙每日好酒好食相待,甚是不當。又没半點兒差遣,正是無功受禄,寢食不安。」施恩答道：「小弟久聞兄長大名，如雷灌耳，只恨雲程阻隔，不能够相見。今日幸得兄長到此，正要拜識威顏。只恨無物款待，因此懷羞，不敢相見。」武松問道：「却纔聽得伴當所說，且教武松過半年三個月，却有話說。正是小管營要與小人說甚話？」武二。施恩道：「村僕不省得事，脱口便對兄長說知道，却如何造次說得？」武松道：「管營恁地時，却是秀才耍！倒教武松癥破肚皮，悶了怎地過得？你且說，正是要我怎地？」武二。施恩道：「既是村僕說出了，小弟只得告訴。因爲兄長是個大丈夫，真男子，有件事欲要相央，除是兄長便行得。特特說出如許一個大冒頭，却只說得一句起句，下又頓住了，讀之吃力殺人。只是兄長遠路到此，氣力有虧，未經完足。且請將息半年三五個月，待兄長氣力完足，那時却對兄長說知備細。」

武松聽了，「呵呵」大笑道：「管營聽禀：我去年害了三個月瘧疾，一句言是三月瘧疾後。景陽岡上酒醉裏打翻了一隻大蟲，一句言又是酒醉裏。也只三拳兩脚，便自打死了，一句言尚不用全力。何况今日！」此句言今日既非病後，又非醉後，又有全力。施恩道：「而今且未可說，且等兄長再將養幾時，待貴體完完備備，那時方敢告訴。」索性再一頓。武松道：「只是道我没氣力了。既是如此說時，我昨日看見天王堂前那個石墩，約有多少斤重？」忽然踔躍而入。施恩道：「敢怕有三五百斤重。」武松道：「我且和你去看看，武松不知拔得動也不。」施恩道：「請吃罷酒了同去。」再加一頓。武松道：「且去了回來吃未遲。」

兩個來到天王堂前，衆囚徒見武松和小管營同來，都躬身唱喏。此句不是閑筆寫景，蓋倒插衆人在此，以爲少間羅拜地也。武松把石墩略摇一摇，大笑道：「小人真個嬌惰了，那裏拔得動！」奇妙無比，文勢亦先「略摇一摇」矣。施恩道：「三五百斤石頭，如何輕視得他！」武松笑道：妙人。「小管營也信真個拿不起？你衆人且躲開，看武松拿一拿。」武松便把上半截衣裳脱下來，拴在腰裏，把那個石墩只一抱，輕輕地抱將起來。雙手把石墩只一撇，「撲」地打下地裏一尺來深。如此，可謂奇絶矣，却只是一半，看他再寫出一半。衆囚徒見了，盡皆駭然。插入衆人一句，也只是一半。武松再把右手去地裏一提，提將起來，望空只一擲，擲起去離地一丈來高。武松雙手只一接，接來輕輕地放在原舊安處。此方是後一半，然尚有一半在後，奇絶之筆。【眉批】看他「提」字與「提」字頂針，「擲」字與「擲」字頂針，「接」字與「接」字頂針。又看他兩段，一段用「輕輕地」三字起，一段用「輕輕地」三字止。回過身來看着施恩並衆囚徒，面上不紅，心頭不跳，口裏不喘。此又是一半，合一提、一擲、一接，不紅、不跳、不喘，始表全副武松也。施恩近前，抱住武松便拜便拜不奇，奇于抱住也。敬之至，愛之至，不覺抱住矣。寫得奇妙無比。道：「兄長非凡人也，真天神！」二語寫得，宛然是連驚帶嚇説出來聲口。衆囚徒一齊都拜道：「真神人也！」此句即齊和管營下句也。

施恩便請武松到私宅堂上。請坐了，武松道：「小管營，今番須用説知，有甚事使令我去？」施恩道：「且請少坐，待家尊出來相見了時，却得相煩告訴。」武松道：「你要教人幹事，不要這等兒女相，妙。恁地不是幹事的人了。妙。便是一刀一割的勾當，武松也替你去幹。若是有些諂佞的，非爲人也！妙。」○不是此數語，何以出一篇之氣，故知下筆皆有分數。那施恩叉手不離方寸，纔説出這件事來。有分教武松：顯出那殺人的手段，重施這打虎的威風。正是：雙拳起處雲雷吼，飛脚來時風雨驚。畢竟施恩對武松説出甚事來，且聽下回分解。

第五才子書施耐庵水滸傳卷之三十三

聖歎外書

第二十八回　施恩重霸孟州道　武松醉打蔣門神

嘗怪宋子京官給椽燭，修《新唐書》。嗟乎！豈不寃哉！夫修史者，國家之事也；下筆者，文人之事也。國家之事，止于叙事而止，文非其所務也。若文人之事，固當不止叙事而已，必且心以爲經，手以爲緯，躊躇變化，務撰而成絶世奇文焉。如司馬遷之書，其選也。馬遷之傳伯夷也，其事伯夷也，其志不必伯夷也；其傳游俠、貨殖，其事游俠、貨殖，其志不必游俠、貨殖也；進而至于漢武本紀，事誠漢武之事，志不必漢武之志也。惡乎志？文是已。馬遷之書，是馬遷之文也；馬遷書中所叙之事，則馬遷之文之料也。以一代之大事，如朝會之嚴，禮樂之重，戰陳之危，祭祀之慎，會計之繁，刑獄之恤，供其爲絶世奇文之料，而君相不得問者。凡以當其有事，則君相之權也，非儒生之所得議也。若當其操筆而將書之，是文人之權矣。君相雖至尊，其又惡敢置一末喙乎哉！

此無他，君相能爲其事，而不能使其所爲之事必壽于世。能使君相所爲之事必壽于世，乃至百世千世以及萬世，而猶歌詠不衰、起敬起愛者，是則絶世奇文之力，而君相之事反若附驥尾而顯矣。是故馬遷之爲文也，吾見其有事之鉅者而隳括焉，又見其有事之細者而張皇焉，或見其有事之闕者而附會焉，又見其有事之全者而軼去焉，無非爲文計，不爲事計也。但使吾之文得成絶世奇文，斯吾之文傳而事傳矣。如必欲但傳其事，又令纖悉不失，是吾之文先已拳曲不通，已不得爲絶世奇文，將吾之文既已不傳，而事又烏乎傳耶？蓋孔子亦曰：「其事則齊桓晉文，其文則史。」其事則齊桓晉文，若是乎事無文也；其文則史，若是乎文無事也。其文則史，而其事亦終不出于齊桓晉文，若是乎文料之説，雖孔子亦早言之也。嗚呼！古之君子，受命載筆，爲一代紀事，而猶能出其珠玉錦繡之心，自成一篇絶世奇文。豈有稗官之家，無事可紀，不過欲成絶世奇文以自娱樂，而必張定是張，李定是李，毫無縱横曲直、經營慘淡之志者哉？則讀稗官，其又何不讀宋子京《新唐書》也！

如此篇，武松爲施恩打蔣門神，其事也；武松飲酒，其文也。打蔣門神，其料也；飲酒，其珠玉錦繡之心也。故酒有酒人，景陽岡上打虎好漢，其千載第一酒人也；酒有酒場，出孟州東門，到快活林十四五里田地，其千載第一酒場也；酒有酒時，炎暑乍消，金風颯起，解開衣襟，微風相吹，其千載第一酒時也；酒有酒令，無三不過望，其千載第一酒令也；酒有酒監，連飲三碗，便起身走，其千載第一酒監也；酒有酒籌，十二三家賣酒望竿，其千載第一酒籌也；酒有行酒人，未到望邊，先已篩滿，三碗既畢，急急奔去，其千載第一行酒人也；酒有下酒物，忽然想到亡兄而放聲一哭，忽然恨到奸夫淫婦而拍案一叫，其千載第一下酒物也；酒有酒懷，記得宋公明在柴王孫莊上，其千載第一酒懷也；酒有酒風，少間蔣門神無復在孟州道上，其千載第一酒風也；酒有酒贊，「河陽風月」四字，「醉裏乾坤大，壺中日月長」十字，其千載第一酒贊也；酒有酒題，「快活林」，其千載第一酒題也。凡若此者，是皆此篇之文也，並非此篇之事也。如以事而已矣，則施恩領却武松去打蔣門神，一路吃了三十五六碗酒，只依宋子京例，大書一行足矣，何爲乎又煩耐庵撰此一篇也哉？甚矣，世無讀書之人，吾未如之何也！

話説當時施恩向前説道：「兄長請坐，待小弟備細告訴衷曲之事。」武松道：「小管營，不要文文謅謅，只揀緊要的話直説來。」快人快語。○每歎古今奏疏，悉是文文謅謅，不揀要緊説話直説出來，殊不足當武松一抹也。施恩道：「小弟自幼從江湖上師父，學得些小鎗棒在身。孟州一境，起小弟一個諢名，叫做『金眼彪』。小弟此間東門外，有一座市井，地名喚做『快活林』。但是山東、河北客商們，都來那裏做買賣。有百十處大客店，三二十處賭坊、兑坊。往常時，小弟一者倚仗隨身本事，二者捉着營裏有八九十個拚命囚徒，去那裏開着一個酒肉店，都分與衆店家和賭錢兑坊裏。但有過路妓女之人，到那裏來時，先要來參見小弟，然後許他去趁食。那許多去處，每朝每日，都有閑錢，月終也有三二百兩銀子尋覓，如此賺錢。一段，寫得此林真是快活。近來被這本營内張團練，新從東路州來，帶一個人到此。那厮姓蔣，名忠，有九尺來長身材，因此江湖上起他一個諢名，叫做『蔣門神』。那厮不特長大，原來有一身好本事，使得好鎗棒，拽拳飛脚，相撲爲最。自誇大言道：『三年上泰嶽爭交，不曾有對。自是奇語。普天之下，没我一般的了！』因此來奪小弟的道路。小弟不肯讓他，吃那厮一頓拳脚打了，兩個月起不得床。前日兄長來時，兀自包着頭，兜着手，一應。直到如今瘡痕未消。本待要起人去和他厮打，他却有張團練那一班兒正軍，先伏一筆。若是鬧將起來，和營中先自折理。有這一點無窮之恨，不能報得。久聞兄長是個大丈夫，得免大棒與連日酒肉，何足道哉，正復此語難得耳。怎地得兄長與小弟出得這口無窮之怨氣，死而瞑目。只恐兄長遠路辛苦，氣未完，力未足。因此且教將息半年三月，等貴體氣完力足，方請商議。不期村僕脱口失言説了，小弟當以實告。」

武松聽罷，「呵呵」大笑，便問道：「那蔣門神，還是幾顆頭、幾條臂膊？」爲上文許多鄭重一笑。施恩道：「也只是一顆頭、兩條臂膊，如何有多？」武松笑道：「我只道他三頭六臂，有那吒的本事，我便怕他。原來只是一顆頭，兩條臂膊！既然没那吒的模樣，却如何怕他？」施恩道：「只是小弟力薄藝疏，便敵他不過。」武松道：「我却不是説嘴，憑着我胸中本事，平生只是打天下硬漢，不明道德的人。快人快語。○然則公又是幾條臂膊？若只是兩條，又如何打得盡許多人也？既是恁地説了，如今却在這裏做甚麽？快人快語。有酒時，拿了去路上吃。快人快語。○千古第一酒場。我如今便和你去，看我把這厮和大蟲一般結果他！打虎畢竟是武松平生得意之事，看他處處穿插出來。拳頭重時，打死了，我自償命！」只作出口成讖，却已先伏一筆。施恩道：「兄長少坐。待家尊出來相見了，當行即行，未敢造次。等明日先使人去那裏探聽一遭，若是本人在家時，後日便去；若是那厮不在家時，却再理會。空自去打草驚蛇，倒吃他做了手脚，却是不好。」武松焦躁道：「小管營，你可知着他打了！妙，反若與于蔣門神之甚也。原來不是男子漢做事。男子漢做事者，閉門如守女，開門如脱兔是也。去便去，等甚麽今日、明日！快人快語。要去便走，怕他準備！」再説一遍，畫出要走。

正在那裏勸不住，只見屏風背後轉出老管營來，叫道：「義士，老漢聽你多時也。今日幸得相見義士一面，愚男如撥雲見日一般。且請到後堂，少叙片時。」武松跟了到裏面，老管營道：「義士且請坐。」武松道：「小人是個囚徒，如何敢對相公坐地？」老管營道：「義士休如此説。愚男萬幸，得遇足下，何故謙讓？」武松聽罷，唱個無禮喏，相對便坐了。施恩却立在面前，武松道：「小管營如何却立地？」施恩道：「家尊在上相陪，兄長請自尊便。」武松道：「恁地時，小人却不自在。」老管營道：「既是義士如此，這裏又無外人。」便教施恩也坐了。極閑處，無端生出一片景致，便陡然將天倫之樂直提出來。所謂人皆有父子，我獨亡兄弟也。○看他于爲兄報讎後，已隔去無數文字，尚自隱隱吊動。僕從搬出酒肴果品盤饌之類，老管營親自與武松把盞，説道：「義士如此英雄，誰不欽敬！愚男原在快活林中做些買賣，非爲貪財好利，實是壯觀孟州，增添豪俠氣象。先把題目較正明白，然後令武松做出文字來。不期今被蔣門神倚勢豪强，公然奪了這個去處。非義士英雄，不能報讎雪恨。義士不棄愚男，滿飲此杯，受愚男四拜，拜爲長兄，以表恭敬之心。」爲兄報讎以後，忽然一人結拜爲弟，忽然一人結拜爲兄，都是飛空架出之事。○前張青文中，有結拜武松爲弟句，此本與結拜魯達爲兄句作照耀耳。此處忽然借來，又作武松文中一番照耀，筆勢何其翻舞不定。武松答道：「小人有何才學，「才學」二字妙，正與後「真才實學」句對。如何敢受小管營之禮？枉自折了武松的草料！」當下飲過酒，施恩納頭便拜了四拜。武松連忙答禮，結爲弟兄。當日武松歡喜飲酒，吃得大醉了，此句明明寫是歡喜，却明明寫出悲傷。我讀之而知其然，天下人讀之，當悉知其然也。便叫人扶去房中安歇，不在話下。

次日，施恩父子商議道：「都頭昨夜痛醉，必然中酒，今日如何敢叫他去？且推道使人探聽來，其人不在家裏，延挨一日，却再理會。」寫豪傑是豪傑，寫愛敬豪傑是愛敬豪傑。○只因此一翻踢，却翻踢出下文絕妙一個酒情來，奇想奇格。當日施恩來見武松，說道：「今日且未可去，小弟已使人探知這廝不在家裏。明日飯後，却請兄長去。」武松道：「明日去時不打緊，今日又氣我一日！」以不快語寫出快語來，其妙可想。○此語却又似魯達聲口。早飯罷，吃了茶，施恩與武松去營前閑走了一遭。回來到客房裏，客房裏。說些鎗法，較量些拳棒。寫得不寂寞。看看晌午，邀武松到家裏，家裏。只具着數杯酒相待，妙。○趁勢再一翻踢，務令下文極其突兀。下飯按酒，不記其數。妙。武松正要吃酒，見他只把按酒添來相勸，翻踢盡致。心中不在意。又妙在急用五字兜住，又再頓下一日，明日便一發突兀矣。吃了晌午飯，起身別了，回到客房裏坐地。只見那兩個僕人，又來伏侍武松洗浴。武松問道：「你家小管營，今日如何只將肉食出來請我，却不多將些酒出來與我吃，此篇極寫酒情，故于此等句皆應標出。是甚意故？」僕人答道：「不敢瞞都頭說，今早老管營和小管營議論，今日本是要央都頭去，怕都頭夜來酒多；恐今日中酒，怕誤了正事，因此不敢將酒出來。明日正要央都頭去幹正事。」武松道：「恁地時，道我醉了，誤了你大事？」僕人道：「正是這般計較。」

當夜武松巴不得天明，是寫武松起來吃酒，非寫武松起來幹事也。若說是幹事，此人不知文，並不知酒矣。早起來洗漱罷，頭上裹了一頂萬字頭巾，身上穿了一領土色布衫，腰裏繫條紅絹搭膊，下面腿絣護膝八搭麻鞋。討了一個小膏藥，貼了臉上金印。施恩早來，請去家裏吃早飯。武松吃了茶飯罷，施恩便道：「後槽有馬，備來騎去。」武松道：「我又不脚小，騎那馬怎地？此文只寫「酒」字，故于閑話都一踢踢開去。只要依我一件事。」一篇題目。施恩道：「哥哥但說不妨，小弟如何敢道不依？」武松道：「我和你出得城去，只要還我『無三不過望』。」此等好句法，恰好從「三碗不過岡」脱化出來，前後掩映絶倒。〇與「三碗不過岡」只換二字，已換成自己絶妙一句奇語，更與舊文無涉。漢武《秋風辭》起句，亦只將高帝《大風歌》起句只換二字，亦換成自己絶妙一句奇語，更與舊文無涉。笑今人心枯髯斷，追琢出來，自詡一字不盜舊人，却不中與舊人作屁也。施恩道：「兄長，如何無三不過望？小弟不省其意。」武松笑道：「我說與你：你要打蔣門神時，出得城去，但遇着一個酒店，便請我吃三碗酒；若無三碗時，便不過望子去。這個唤做『無三不過望』。」奇奥之文，須此快解。

施恩聽了，想道：「這快活林離東門去有十四五里田地，先算路。算來賣酒的人家也有十二三家。次算望子。若要每店吃三碗時，恰好有三十五六碗酒，次算酒。纔到得那裏。恐哥哥醉了，如何使得？」次算量。武松大笑道：「你怕我醉了没本事，我却是没酒没本事。帶一分酒，便有一分本事；五分酒，五分本事。我若吃了十分酒，這氣力不知從何而來。此段文字，全學淳于髡「一斗亦醉，一石亦醉」筆法，却更覺精神過之。若不是酒醉後了膽大，景陽岡上如何打得這隻大蟲？忽然又舉此事，是絶妙下酒物。那時節三字聲情俱有。我須爛醉了，好下手，又有力，又有勢！」此又全學坡公「酒氣沸沸，從十指出」句法，却更覺精神過之。施恩道：「却不知哥哥是恁地。家下有的是好酒，只恐哥哥醉了失事，因此夜來不敢將酒出來請哥哥深飲。既是哥哥酒後愈有本事時，恁地先教兩個僕人，自將了家裏好酒、妙。果品、肴饌，亦少不得。去前路等候，却和哥哥慢慢地飲將去。妙。」○第一酒場，千載未見。武松道：「恁麼却纔中我意！深許之。去打蔣門神，教我也有些膽量。没酒時，如何使得手段出來？還你今朝打倒那厮，教衆人大笑一場！」施恩當時打點了，叫兩個僕人先挑食籮酒擔，拿了些銅錢去了。老管營又暗暗地選揀了一二十條壯健大漢，慢慢的隨後來接應，武松雖是天人，然打蔣門神却實是一件事，另寫老管營作下整備，極不孟浪。都分付下了。

且説施恩和武松兩個，離了安平寨，出得孟州東門外來。行過得三五百步，只見官道傍邊早望見一座酒肆，望子挑出在檐前。筆筆欲舞，字字能飛。那兩個挑食擔的僕人，已先在那裏等候。妙妙。施恩邀武松到裏面坐下，僕人已先安下肴饌，將酒來篩。武松道：「不要小盞兒吃，大碗篩來，只斟三碗。立之監，佐之史，不許紊亂酒規，千載未見如此。僕人排下大碗，將酒便斟。武松也不謙讓，連吃了三碗便起身。飛舞而下。僕人慌忙收拾了器皿，奔前去了。更好行酒人，寫得盡情盡致。武松笑道：「却纔去肚裏發一發，妙語，所謂開宗明義章第一。我們去休。」兩個便離了這座酒肆，出得店來。

此時正是七月間天氣，好筆。炎暑未消，金風乍起。兩個解開衣襟，又好酒候，寫來入妙。又行不得一里多路，來到一處，不村不郭，却早又望見一個酒旗兒高挑出在樹林裏。另寫出一個望子，筆尖疲于變換矣。來到林木叢中看時，却是一座賣村醪小酒店。施恩立住了脚，問道：「此間是個村醪酒店，也算一望麽？」妙語絶倒。○意帶諷諫，妙絶。【眉批】「也算一望」句，俗本作「哥哥吃麽？」武松道：「是酒望，須飲三碗。若是無三，不過去便了。」酒場中忽作此太平等語。兩個入來坐下，僕人排了酒碗果品。武松連吃了三碗，便起身走。僕人急急收了家火什物，趕前去了。飛舞而下，筆尖不得少定。○叙事入妙，固矣，試問其飛舞之故在何處？兩個出得店門來，又行不到一二里路上，又見個酒店。武松入來，又吃了三碗便走。小省法。

話休絮繁。武松、施恩兩個一處走着，但遇酒店便入去吃三碗。約莫也吃過十來處酒肆，大省法。施恩看武松時，不十分醉。此句非武松面上無酒，只是寫施恩心頭有事。武松問施恩道：「此去快活林，還有多少路？」施恩道：「没多了，只在前面，遠遠地望見那個林子便是。」武松道：「既是到了，你且在别處等我，我自去尋他。」施恩道：「這話最好。四字，寫出怕來。小弟自有安身去處。望兄長在意，切不可輕敵！」吃打後人語。武松道：「這個却不妨，你只要叫僕人送我。前面再有酒店時，我還要吃。」真是筆墨淋漓，有恨不起劉伶讀之之歎。施恩叫僕人仍舊送武松，施恩自去了。

武松又行不到三四里路，再吃過十來碗酒。筆暢墨遂，真無纖毫之憾。此時已有午牌時分，天色正熱，却有些微風。此五字，惟酒後耳熱時知之。寫酒至此五字，真「高山流水」之曲矣。武松酒却湧上來，把布衫攤開，雖然帶着五七分酒，却裝做十分醉的，前顛後偃，東倒西歪。快人妙人。〇奇絶之人，奇絶之事，奇絶之文。來到林子前，僕人用手指道：「只前頭丁字路口，便是蔣門神酒店。」武松道：「既是到了，你自去躲得遠着。等我打倒了，你們却來。」武松搶過林子背後，見一個金剛來大漢，披着一領白布衫，撒開一把交椅，拿着蠅拂子，坐在緑槐樹下乘涼。却先一現，筆勢奇絶，遂有餓虎當路，奇鬼來瞰之意。武松假醉佯顛，斜着眼看了一看，心中自忖道：「這個大漢，一定是蔣門神了。」直搶過去。此來正打蔣門神也，却反放他過去，筆勢奇兀不可言。又行不到三五十步，早見丁字路口一個大酒店，檐前立着望竿，上面挂着一個酒望子，寫着四個大字道：「河陽風月」。寫過無數望子，最後又寫出一個異様望子來。〇看他加出四個字。轉過來看時，門前一帶緑油欄杆，插着兩把銷金旗，每把上五個金字，寫道：「醉裏乾坤大」，「壺中日月長」。又寫出兩把旗，陪上望子，又寫出十個字，陪上四個字，總是將酒場異様排設。一壁廂肉案、砧頭、操刀的家生，一壁廂蒸作饅頭燒柴的厨竈；去裏面一字兒擺着三隻大酒缸，半截埋在地裏，缸裏面各有大半缸酒。真正快活林，名不虚立。正中間裝列着櫃身子，裏面坐着一個年紀小的婦人，孫二娘後，偏又生此一妙人，與上文潘氏激映。正是蔣門神初來孟州新娶的妾，原是西瓦子裏唱説諸般宫調的頂老。

武松看了，瞅着醉眼，徑奔入酒店裏來。便去櫃身相對一付坐頭上坐了，把雙手按着桌子上，不轉眼看那婦人。殺嫂後，偏要寫出武二無數妙人妙事，一見之于十字坡，再見之于快活林矣。那婦人瞧見，回轉頭看了别處。寫婦人、酒保，筆筆是尋鬧不成，妙妙。武松看那店裏時，也有五七個當撐的酒保。武松却敲着桌子，叫道：「賣酒的主人家在那裏？」一個當頭酒保過來，看着武松道：「客人，要打多少酒？」武松道：「打兩角酒。先把些來嘗看。」奇文。那酒保去櫃上，叫那婦人舀兩角酒下來，傾放桶裏，燙一碗過來道：「客人嘗酒。」好酒保，好婦人。武松拿起來聞一聞，摇着頭道：「不好，不好，換將來！」奇文。○「聞一聞」，絶倒。酒保見他醉了，將來櫃上道：「娘子，胡亂換些與他。」好酒保。【眉批】此段文情妙處，不在寫武松用許多撩撥，在寫酒保、婦人許多撩撥只是不動也。譬如張弓，正以急張不得爲樂矣。那婦人接來，傾了那酒，又舀些上等酒下來。好婦人。酒保將去，又燙一碗過來。又好酒保。武松提起來咂一咂，叫道：「這酒也不好，快換來，便饒你！」奇文。○「咂一咂」，絶倒。酒保忍氣吞聲，拿了酒去櫃邊道：「娘子，胡亂再換些好的與他，休和他一般見識。這客人醉了，只要尋鬧相似，便換些上好的與他罷。」真好酒保。那婦人又舀了一等上色的好酒來與酒保，真好婦人。酒保把桶兒放在面前，又燙一碗過來。真好酒保。

武松吃了道：「這酒略有些意思。」三番尋鬧不出，只得放下另起。問道：「過賣，你那主人家姓甚麽？」另起一頭。○奇文。酒保答道：「姓蔣。」武松道：「却如何不姓李？」奇文。○我正怪今人紛紛有姓，却如何不姓李也。那婦人聽了道：「這厮那裏吃醉了，來這裏討野火麽？」酒保道：「眼見得是個外鄉蠻子，不省得了，在那裏放屁！」看他已逗出許多不堪了，下文却又收住，妙絶。武松問道：「你説甚麽？」急問一句，要尋出頭來。酒保道：「我們自説話，客人你休管，自吃酒。」真好酒保，妙妙；真好文情，妙妙。武松道：「過賣，叫你櫃上那婦人下來，相伴我吃酒。」又換一頭。○于殺嫂後，偏極寫得武二風風失失。酒保喝道：「休胡説！不得不喝。這是主人家娘子。」

出來。

武松道:「便是主人家娘子,待怎地? 相伴我吃酒也不打緊!」到此處。不惟酒保、婦人不堪,雖讀者亦不堪矣。那婦人大怒,便罵道:「殺才! 該死的賊!」不得不罵。推開櫃身子,却待奔出來。

武松早把土色布衫脱下,上半截揣在懷裏;便把那桶酒只一潑,潑在地上。妙。○有時一點一滴,惜之如性命;有時如澠如坻,棄之如糞土。寫豪士好酒,另是一樣性情。搶入櫃身子裏,却好接着那婦人。武松手硬,那裏挣扎得? 被武松一手接住腰胯,一手把冠兒揑做粉碎,揪住雲髻,隔櫃身子提將出來,望渾酒缸裏只一丢。聽得「撲通」的一聲響,可憐這婦人正被直丢在大酒缸裏。奇絶妙絶之文,無一筆不在酒上出色。武松「托」地從櫃身前踏將出來,有幾個當撑的酒保,手脚活些個的,都搶來奔武松。武松手到,輕輕地只一提,提一個過來,兩手揪住,也望大酒缸裏只一丢,椿在裏面。奇絶妙絶。○句法變换。又一個酒保奔來,提着頭只一掠,也丢在酒缸裏。奇絶妙絶。○句法又變换。再有兩個來的酒保,一拳,句。一脚,句。都被武松打倒了。先頭三個人,在三隻酒缸裏,那裏挣扎得起? 真正快活林。後面兩個人在酒地上爬不動。真正快活林。○讀此句,始知前文潑酒之妙,真是無處不是酒。○魯達打鄭屠,下了一陣肉雨,便無處不是肉;武松打蔣門神,潑了一個酒地,便無處不是酒:一樣奇絶妙絶之文。這幾個火家搗子,打得屁滚尿流,乖的走了一個。武松道:「那厮必然去報蔣門神來,我就接將去,大路上打倒他,好看,教衆人笑一笑。」

武松大踏步趕將出來,那個搗子徑奔去報了蔣門神。蔣門神見説,吃了一驚,踢翻了交椅，丟去蠅拂子，便鑽將來。武松却好迎着，正在大闊路上撞見。蔣門神雖然長大，近因酒色所迷，淘虛了身子，一。先自吃了那一驚；二。奔將來，那步不曾停住；三。怎地及得武松虎一般似健的人，又有心來算他？蔣門神見了武松，心裏先欺他醉，四。只顧趕將入來。說時遲，那時快，武松先把兩個拳頭去蔣門神臉上虛影一影，忽地轉身便走。筆翻墨舞，其捷如風。蔣門神大怒，搶將來。被武松一飛脚踢起，踢中蔣門神小腹上，其捷如風。雙手按了，便蹲下去。武松一踅，踅將過來，那隻右脚早踢起，直飛在蔣門神額角上，踢着正中，其捷如風。望後便倒。武松追入一步，踏住胸脯，其捷如風。○看他打虎有打虎法，殺嫂有殺嫂法，殺西門慶有殺西門慶法，打蔣門神有打蔣門神法，胸中有此許多解數。提起這醋鉢兒大小拳頭，望蔣門神頭上便打。原來說過的打蔣門神撲手：先把拳頭虛影一影，便轉身，却先飛起左脚，踢中了便轉過身來，再飛起右脚。這一撲有名，喚做「玉環步，鴛鴦脚」。此撲本是其捷如風，爲上文又夾敘蔣門神，恐遂見遲延，故又重宣一遍也。這是武松平生的真才實學，非同小可。前文自謙「有何才學」，此處便寫出「真才實學」來，武二真是出色。打得蔣門神在地下叫饒。

武松喝道：「若要我饒你性命，只要依我三件事！」蔣門神在地下叫道：「好漢饒我！休說三件，便是三百件，我也依得！」武松指定蔣門神，說出那三件事來。有分教：改頭換面來尋主，剪髮齊眉去殺人。畢竟武松說出那三件事來，且聽下回分解。

第五才子書施耐庵水滸傳卷之三十四

聖歎外書

第二十九回 施恩三入死囚牢 武松大鬧飛雲浦

看他寫快活林,朝蔣暮施,朝施暮蔣,遂令人不敢復作快意之事。稗官有益于世,乃復如此不小。

張都監令武松在家出入,所以死武松也,而不知適所以自死。禍福倚伏,不測如此,令讀者不寒而栗!

看他寫武松殺嫂後,偏寫出他無數風流輕薄,如十字坡、快活林,皆是也。今忽然又寫出張都監家鴛鴦樓下中秋一宴,嬌嬈旖旎,玉繞香圍,乃至寫到許以玉蘭妻之,遂令武大、武二,金蓮、玉蘭宛然成對。文心繡錯,真稱絶世也。

看他寫武松殺四人後,忽用「提刀」「躊躕」四字,真是善用《莊子》。幾令後人讀之,不知《水滸》用《莊子》,《莊子》用《水滸》矣。

後文血濺鴛鴦樓，是天翻地覆之事，却只先寫一句，云忽然「一個念頭」起。神妙之筆，非世所知。

話說當時武松踏住蔣門神在地下，道：「若要我饒你性命，只依我三件事，便罷！」蔣門神便道：「好漢但說，蔣忠都依。」武松道：「第一件，要你便離了快活林，將一應家火什物，隨即交還原主金眼彪施恩。誰教你强奪他的？」蔣門神慌忙應道：「依得，依得！」武松道：「第二件，我如今饒了你起來，你便去央請快活林爲頭爲腦的英雄豪傑，都來與施恩陪話。」此事快絶，寫盡武二胸襟。蔣門神道：「小人也依得！」武松道：「第三件，你從今日交割還了，便要你離了這快活林，連夜回鄉去，不許你在孟州住！在這裏不回去時，我見一遍，打你一遍；我見十遍，打十遍。輕則打你半死，重則結果了你命！你依得麽？」蔣門神聽了，要掙扎性命，連聲應道：「依得，依得！蔣忠都依！」武松就地下提起蔣門神來，看時，早已臉青嘴腫，脖子歪在半邊，額角頭流出鮮血來。可笑。武松指着蔣門神說道：「休言你這厮鳥蠢漢，景陽岡上那隻大蟲，也只三拳兩脚，我兀自打死了！打虎得意之筆，便處處提唱出來。量你這個直得甚的！快交割還他，但遲了些個，再是一頓，便一發結果了你這厮！」蔣門神此時方纔知是武松，武松自說出來。只得「喏喏」連聲告饒。

正說之間，只見施恩早到，帶領着三二十個悍勇軍健，都來相幫。却見武松贏了蔣門神，不勝之喜，團團擁定武松。寫得榮華。武松指着蔣門神道：「本主已自在這裏了，你一面便搬，一面快去請人來陪話！」蔣門神答道：「好漢，且請去店裏坐地。」武松帶一行人都到店裏，看時，滿地都是酒漿，入脚不得。那兩個鳥男女，正在缸裏扶牆摸壁扎掙。絶倒。那婦人纔方從缸裏爬得出來，頭臉都吃磕破了，下半截淋淋漓漓都拖着酒漿。絶倒。那幾個火家酒保，走得不見影了。絶倒。

武松與衆人入到店裏坐下，喝道：「你等快收拾起身！」一面安排車子，收拾行李，先送那婦人去了。了。一面尋不着傷的酒保，「尋」字妙，「不着傷的」又妙。去鎮上請十數個爲頭的豪傑都來店裏，替蔣門神與施恩陪話。儘把好酒開了，有的是按酒，都擺列了桌面，請衆人坐地。武松叫施恩在蔣門神上首坐定。争此一口無窮之氣。各人面前放隻大碗，叫把酒只顧篩來。酒至數碗，武松開話道：「衆位高鄰都在這裏：我武松看他一篇説話，句句用「我」字起，説得響。自從陽穀縣殺了人，配在這裏，便聽得人説道：『快活林這座酒店，原是小施管營造的屋宇等項買賣，被這蔣門神倚勢豪强，公然奪了，白白地占了他的衣飯。』你衆人休猜道是我的主人，妙妙。我和他並無干涉，妙妙。我從來只要打天下這等不明道德的人！「我」字響。我若路見不平，真乃拔刀相助，「我」字響。我便死也不怕！「我」字響。今日我本待把蔣家這厮，一頓拳脚打死，就除了一害；「我」字響。我看你衆高鄰面上，權寄下這厮一條性命。「我」字響。我今晚便要他投外府去。「我」字響。若不離了此間，我再撞見時，「我」字響。景陽岡上大蟲便是模樣！」打虎得意之事，處處提唱出來。衆人纔知道他是景陽岡上打虎的武都頭，亦是武松自説出來。都起身替蔣門神陪話道：「好漢息怒，教他便搬了去，奉還本主。」那蔣門神吃他一嚇，那裏敢再做聲。施恩便點了家火什物，交割了店肆。蔣門神羞慚滿面，已出一口無窮之氣矣。相謝了衆人，自喚了一輛車兒，就裝了行李，起身去了，不在話下。且説武松邀衆高鄰，直吃得盡醉方休。至晚，衆人散了，武松一覺直睡到次日辰牌方醒。收結前篇一番快事。

却説施老管營聽得兒子施恩重霸得快活林酒店，自騎了馬，直來店裏相謝武松，連日在店内飲酒作賀。快活林一境之人都知武松了得，那一個不來拜見武松？寫得榮華。自此重整店面，開張酒肆。老管營自回安平寨理事[一]。施恩使人打聽蔣門神帶了老小，不知去向。這裏只顧自做買賣，且不去理他，就留武松在店裏居住。自此施恩的買賣，比往常加增三五分利息，各店裏並各賭坊、兑坊，加利倍送閑錢來與施恩。再寫快活林一句，真快活林不虛也。施恩得武松爭了這口氣，把武松似爺娘一般敬重。施恩自此重霸得孟州道快活林，不在話下。

荏苒光陰，早過了一月之上。炎威漸退，玉露生涼，金風去暑，已及新秋。有話即長，無話即短。當日施恩正和武松在店裏閑坐説話，論些拳棒鎗法。點綴。只見店門前兩三個軍漢牽着一匹馬，來店裏尋問主人道：「那個是打虎的武都頭？」施恩却認得，是孟州守禦兵馬都監張蒙方衙内親隨人。施恩便向前問道：「你們尋武都頭則甚？」那軍漢説道：「奉都監相公鈞旨：聞知武都頭是個好男子，武松平生一片心事，只是要人叫聲「好男子」，乃小人之圖害之者，早已一片聲叫他做「好男子」矣。千古多有此事，君子可不慎哉！特地差我們將馬來取他，相公有鈞帖在

[一]「安平」，金評各本均作「平安」，據明容與堂本改。

此。」施恩看了，尋思道：「這張都監是我父親的上司官，屬他調遣；今者武松又是配來的囚徒，亦屬他管下，只得教他去。」施恩便對武松道：「兄長，這幾位郎中，是張都監相公處差來取你。他既着人牽馬來，哥哥心下如何？」武松是個剛直的人，不知委曲，便道：「他既是取我，只得走一遭，看他有甚話說。」隨即換了衣裳巾幘，帶了個小伴當，上了馬，一同衆人投孟州城裏來。到得張都監宅前，下了馬，跟着那軍漢，直到廳前參見張都監。

那張蒙方在廳上，見了武松來，大喜道：「大喜」字，與後「大怒」字前後相照。寫小人面不由衷，真是活畫。「教進前來相見。」武松到廳下，拜了張都監，叉手立在側邊。張都監便對武松道：「我聞知你是個大丈夫，一樣好名字。男子漢，又一樣好名字。英雄無敵，一樣好說話。敢與人同死同生。又一樣好說話。○甚矣，小人之巧也。凡君子意之所在，彼色色能知之，又色色能言之，而其心殊不然也。獨世之君子，既已心知其人，而又不免心感其語，于是忽然中其所圖，遂至猝不可救，則獨何耶？我帳前見缺恁地一個人，不知你肯與我做親隨梯己人麽？」武松跪下稱謝道：「小人是個牢城營內囚徒，若蒙恩相擡舉，小人當以執鞭隨鐙，伏侍恩相。」張都監大喜，便叫取果盒酒出來。張都監親自賜了酒，叫武松吃得大醉。投之以所好。小人之巧，真有如此，寫得活畫。就前廳廊下，收拾一間耳房，與武松安歇。次日，又差人去施恩處，取了行李來，只在張都監家宿歇。早晚都監相公不住地喚武松進後堂，與酒與食；放他穿房入户，把做親人一般看待；一段便寫得與施恩一般。又叫裁縫與武松徹裏徹外做秋衣。一段便寫得與宋江一般。○君子所以不敢輕受人之解衣推食者，其心誠疑之也。武松見了，也自歡喜，心裏尋思道：「難得這個都監相公一力要擡舉我。自從到這裏住了，寸步不離，又没工夫去快活林與施恩説話。雖是他頻頻使人來相看我，多管是不能够入宅裏來。」却在口中補出兩日事來，妙筆。武松自從在張都監宅裏，相公見愛。但是人有些公事來央浼他的，武松對都監相公説了，無有不依。外人俱送些金銀、財帛、緞匹等件，惡。武松買個柳籐箱子，把這送的東西都鎖在裏面，此一段亦竟與連日閑文，一樣平平敘去，遂令讀者不覺。不在話下。

時光迅速，却早又是八月中秋。張都監向後堂深處鴛鴦樓下，樓名妙絶。獅子街定是武松殺人處，鴛鴦樓不是武松飲酒處也。○特寫此段者，一則爲武松殺嫂以後，又連連寫出許多婦人與他相纏，便成絶世奇文；一則爲此處先寫預席一次，便見内邊門路都熟，以便後日「血濺」一回入來也。安排筵宴，慶賞中秋，叫唤武松到裏面飲酒。武松見夫人宅眷都在，席上吃了一杯，便待轉身出來。寫殺嫂人，偏寫出許多婦人與他纏擾。妙心妙筆。張都監唤住武松，問道：「你那裏去？」武松答道：「恩相在上，夫人宅眷在此飲宴，小人理合迴避。」是武二。張都監大笑道：「大笑」與後「大罵」相照。「差了！我敬你是個義士，好説。特地請將你來一處飲酒，如自家一般，竟是武松語。何故却要迴避？」便教坐了。武松道：「小人是個囚徒，如何敢與恩相坐地？」張都監道：「義士，好説。你如何見外？此間又無外人，内人奈何。便坐不妨。」武松三回五次謙讓告辭，張都監那裏肯放？定要武松一處坐地。武松只得唱個無禮喏，遠遠地斜着身坐下。畫。張都監着丫嬛養娘相勸，寫殺嫂人，寫出如許多般婦女來。真正妙想妙筆。一杯兩盞。看看飲過五七杯酒，張都監叫擡上果桌飲酒，又進了一兩套食，次説些閑話，問些了鎗法。張都監道：「大丈夫飲酒，何用小杯！」竟是武松語。叫：「取大銀賞鍾，斟酒與義士吃。」連珠箭勸了武松幾鍾。看看月明光彩，照入東窗。好景。武松吃得半醉，却都忘了禮數，只顧痛飲。張都監叫喚一個心愛的養娘，叫做玉蘭，「玉蘭」名字妙，與前「金蓮」二字遥遥相望，爲武松十來卷一篇大文兩頭鎖鑰也。○武松一篇，始于殺金蓮，終于殺玉蘭。金玉蓮蘭，千古的對矣。出來唱曲。張都監指着玉蘭道：「這裏别無外人，只有我心腹之人武都頭在此。你可唱個中秋對月時景的曲兒，教我們聽則個。」玉蘭執着象板，向前各道個萬福，頓開喉嚨，唱一隻東坡學士中秋《水調歌》。唱道是：

明月幾時有？把酒問青天。不知天上宫闕，今夕是何年？我欲乘風歸去，樽前月下，忽聞此言，令人陡然念陽穀縣紫石街，不知在何處。只恐瓊樓玉宇，高處不勝寒。起舞弄清影，何似在人間。高捲珠簾，低綺户，照無眠。不應有恨，何事常向别時圓？人有悲歡離合，月有陰晴圓缺，此事古難全。絶妙好辭，令人想到亡兄，想到宋江，想到張青夫妻，想到管營父子，灑淚不止。但願人長久，萬里共嬋娟。

這玉蘭唱罷，放下象板，又各道了一個萬福，立在一邊。張都監又道：「玉蘭，你可把一巡酒。」偏要寫得婦人在殺嫂人眼前嬝娜不已，妙心妙筆。這玉蘭應了，便拿了一副勸盤，丫環斟酒，先遞了相公，次勸了夫人，第三便勸武松飲酒。張都監叫斟滿着，妙心妙筆，不惟在眼前嬝娜，直寫得殺嫂人身邊，有許多婦人俄延不去矣。武松那裏敢擡頭？起身遠遠地接過酒來，唱了相公夫人兩個大喏，拿起酒來，一飲而盡，便還了盞子。宛然寫出對嫂嫂飲酒時也。張都監指着玉蘭，對武松道：「此女頗有些聰明，不惟善知音律，亦且極能針指。忽然合出金蓮本事來，妙心妙筆。如你不嫌低微，忽然合出金蓮本事來，妙心妙筆。數日之間，擇了良時，將來與你做個妻室。」寫殺嫂人至此，妙心妙筆，疑非人間所有。武松起身再拜道：「量小人何者之人，怎敢望恩相宅眷爲妻？枉自折武松的草料！」張都監笑道：「我既出了此言，必要與你。你休推故阻，我必不負約。」當時一連又飲了十數杯酒。約莫酒湧上來，恐怕失了禮節，便起身拜謝了相公夫人。出到前廳廊下房門前，開了門，覺道酒食在腹，未能便睡。去房裏脱了衣裳，除了巾幘，拿條哨棒來庭心裏，月明下使幾回棒，打了幾個輪頭。寫未睡，有情有景。仰面看天時，約有三更時分。好筆。

武松進到房裏，却待脱衣去睡，只聽得後堂裏一片聲叫起「有賊」來。奇。武松聽得，道：「都監相公如此愛我，他後堂内裏有賊，我如何不去救護？」武松獻勤，提了一條哨棒，徑搶入後堂裏來。只見那個唱的玉蘭，慌慌張張走出來，指道：看他偏寫出玉蘭來，顯出金鎖玉鑰也。「一個賊，奔入後花園裏去了！」武松聽得這話，提着哨棒，大踏步直趕入花園裏去尋時，一周遭不見；復翻身却奔出來，不隄防黑影裏撇出一條板凳，把武松一交絆翻，走出七八個軍漢，叫一聲「捉賊！」就地下把武松一條麻索綁了。武松急叫道：「是我！」那衆軍漢那裏容他分説？只見堂裏燈燭熒煌，張都監坐在廳上，一片聲叫道：「拿將來！」衆軍漢把武松一步一棍打到廳前，武松叫道：「我不是賊，是武松！」

張都監看了大怒，小人面皮風雲轉換，其疾如此。變了面皮，喝罵道：「你這個賊配軍，本是賊眉賊眼賊心賊肝的人！前文一連叫出許多「義士」，此處一連説出許多「賊」來，小人口何足爲據也！我倒擡舉你一力成人，不曾虧負了你半點兒！却纔教你一處吃酒，同席坐地，我指望要擡舉與你個官，你如何却做這等的勾當！」武松大叫道：「相公，非干我事！我來捉賊，如何倒把我捉了做賊？武松是個頂天立地的好漢，不做這般的事！」張都監喝道：「你這厮休賴！且把你押去他房裏，搜看有無贓物！」衆軍漢把武松押着，徑到他房裏，打開他那柳藤箱子絶倒。看時，上面都是些衣服，下面却是些銀酒器皿，約有一二百兩贓物。武松見了，也自目睁口呆，只叫得屈。衆軍漢把箱子擡出廳前，張都監看了，大罵道：「賊配軍如此無禮！贓物正在你箱子裏搜出來，如何賴得過！常言道：『衆生好度人難度。』然則足下定好度耶？原來你這厮外貌像人，倒有這等禽心獸肝！既然贓證明白，没話説了！」連夜便把贓物封了，且叫：「送去機密房裏監收，天明却和這厮説話！」武松大叫寃屈，那裏肯容他分説？衆軍漢扛了贓物，將武松送到機密房裏收管了。張都監連夜使人去對知府説了，押司孔目上下都使用了錢。

次日天明，知府方纔坐廳，左右緝捕觀察把武松押至當廳，贓物都扛在廳上。張都監家心腹人賫着張都監被盗的文書，呈上知府看了。那知府喝令左右把武松一索捆翻，牢子節級將一束問事獄具放在面前。武松却待開口分説，知府喝道：「這厮原是遠流配軍，如何不做賊？一定是一時見財起意。既是贓證明白，休聽這厮胡説，只顧與我加力打！」那牢子獄卒拿起批頭竹片，雨點的打下來。武松情知不是話頭，只得屈招做：「本月十五日，一時見本官衙内許多銀酒器皿，因而起意，至夜乘勢竊取入己。」與了招狀。知府道：「這厮正是見財起意，不必説了。且取枷來釘了監下！」牢子將過長枷，把武松枷了，押下死囚牢裏監禁了。何至死囚牢裏？糊塗可笑，今古一轍。武松下到大牢裏，尋思道：「叵耐張都監那厮，安排這般圈套坑陷我！我若能够掙得性命出去時，却又理會！」怨毒。牢子獄卒把武松押在大牢裏，將他一雙脚晝夜匣着，又把木杻釘住雙手，那裏容他些鬆寬？

話裏却説施恩已有人報知此事，慌忙入城來和父親商議。【眉批】此以下寫施恩，與武松文無涉，分別讀之。老管營道：「眼見得是張團練替蔣門神報仇，買囑張都監，却設出這條計策陷害武松。必然是他着人去上下都使了錢，受了人情賄賂。衆人以此不由他分説，必然要害他性命。我如今尋思起來，他須不該死罪。只是買求兩院押牢節級便好，可以存他性命。在外却又別作商議。」施恩道：「見今當牢節級姓康的，和孩兒最過得好，只得去求浼他如何？」老管營道：「他是爲你吃官司，你不去救他，更待何時？」好。施恩將了一二百兩銀子，寫施恩爲武松使用，都是大銀子，不得不點出。徑投康節級，却在牢未回。施恩教他家着人去牢裏説知。不多時，康節級歸來，與施恩相見。施恩把上件事一一告訴了一遍，康節級答道：「不瞞兄長説：此一件事，皆是張都監和張團練兩個，同姓結義做兄弟，也「結義做兄弟」，寫來一笑。○與前施恩四拜相映襯。見今蔣門神躲在張團練家裏，却央張團練買囑這張都監，商量設出這條計來。一應上下之人，都是蔣門神用賄賂，我們都接了他錢。廳上知府一力與他作主，定要結果武松性命；只有當案一個葉孔目不肯，因此不敢害他。這人忠直仗義，不肯要害平人，以此武松還不吃虧。寫得好。○凡他處必要寫作牢中吃苦者，定爲文情前後有不得不吃苦之故耳。今寫武松，既可不必吃苦，則又何必定寫吃苦也。今聽施兄所説了，牢中之事盡是我自維持；如今便去寬他，今後不教他吃半點兒苦。寫得好。你却快央人去，只囑葉孔目，要求他早斷出去，便可救得他性命。」施恩取一百兩銀子與康節級，康節級那裏肯受？再三推辭，方纔收了。活寫世人受銀子法。

施恩相别出門來，徑回營裏，又尋一個和葉孔目知契的人，送一百兩銀子與他，只求早早緊急決斷。那葉孔目已知武松是個好漢，亦自有心周全他，已把那文案做得活着。只被這知府受了張都監賄賂囑他，不肯從輕；勘來武松竊取人財，又不得死罪。因此互相延挨，只要牢裏謀他性命。今來又得了這一百兩銀子，亦知是屈陷武松，却把這文案都改得輕了，盡出豁了武松，只得限滿決斷。

次日，施恩安排了許多酒饌，甚是齊備，來央康節級引領，直進大牢裏看視武松，見面送飯。一入死囚牢。此時武松已自得康節級看覷，將這刑禁都放寬了。施恩又取三二十兩銀子，分俵與衆小牢子，取酒食叫武松吃了。施恩附耳低言道：「這場官司，明明是都監替蔣門神報仇，陷害哥哥。施恩得之于老康，武松得之于施恩。深虧此處有此一筆，便使飛雲浦回來，猶如秋鷹擊雀也。你且寬心，不要憂念。我已央人和葉孔目説通了，甚有周全你的好意。且待限滿斷決你出去，却再理會。」此時武松得鬆寬了，已有越獄之心。突然分外添此一筆，便將施恩三入反襯出異樣恩義。〇一句出獄，却令三句入獄出色。聽得施恩説罷，却放了那片心。施恩在牢裏安慰了武松，歸到營中。過了兩日，施恩再備些酒食錢財，又央康節級引領，入牢裏與武松説話。相見了，將酒食管待；又分俵了些零碎銀子，與衆人做酒錢。回歸家來，又央浼人上下去使用，催攢打點文書。二入死囚牢。過得數日，施恩再備了酒肉，做了幾件衣裳，增一句。再央康節級維持相引，將來牢裏請衆人吃酒，買求看覷武松，叫他更換了些衣服，吃了酒食。三入死囚牢。出入情熟，一連數日，施恩來了大牢裏三次。總結一句，好筆段。却不隄防被張團練家心腹人見了，回去報知。那張團練便去對張都監說了其事。張都監却再使人送金帛來與知府，就說與此事。那知府是個贜官，接受了賄賂，便差人常常下牢裏來閘看，但見閑人，便要拿問。施恩得知了，那裏敢再去看覷？施恩三入，不爲少矣。便忽然生個事情，一筆截住，甚有剪裁之妙。不然，日日入死囚牢，寫得何日始了也。武松却自得康節級和衆牢子自照管他。施恩自此早晚只去得康節級家裏討信，得知長短，又補得好。都不在話下。

看看前後將及兩月，有這當案葉孔目一力主張，知府處早晚說開就裏。那知府方纔知道張都監接受了蔣門神若干銀子，通同張團練設計排陷武松，自心裏想道：「你倒撰了銀兩，教我與你害人！」于今爲烈。因此心都懶了，不來管看。捱到六十日限滿，牢中取出武松，當廳開了枷。當案葉孔目讀了招狀，定擬下罪名，脊杖二十，刺配恩州牢城；原盜贜物，給還本主。張都監只得着家人當官領了贜物。當廳把武松斷了二十脊杖，刺了金印，取一面七斤半鐵葉盤頭枷釘了，押一紙公文，差兩個壯健公人防送武松，限了時日要起身。那兩個公人領了牒文，押解了武松，出孟州衙門便行。原來武松吃斷棒之時，却得老管營使錢通了，葉孔目又看覷他，知府亦知他被陷害，不十分來打重，因此斷得棒輕。寫得好。

武松忍着那口氣，又是一點無窮之氣。帶上行枷，出得城來，兩個公人監在後面。約行得一里多路，只見官道傍邊酒店裏鑽出施恩來，看着武松道：「小弟在此專等。」武松看施恩時，又包着頭，絡着手。不是蔣門神偏打二處，只圖文情絶倒耳。武松問道：「我好幾時不見你，如何又做恁地模樣？」施恩答道：「實不相瞞哥哥說，小弟自從牢裏三番相見之後，知府得知了，不時差人下來牢裏點閘；那張都監又差人在牢門口左近兩邊巡看着。又在口中補出未知事來。因此，小弟不能夠再進大牢裏看望兄長，只到得康節級家裏討信。半月之前，小弟正在快活林中店裏，只見蔣門神那廝又領着一夥軍漢到來廝打。小弟被他又痛打一頓，也要小弟央浼人陪話，絶倒。却被他仍復奪了店面，依舊交還了許多家火什物。絶倒。小弟在家將息未起，今日聽得哥哥斷配恩州，特有兩件綿衣，寫施恩寫得好。送與哥哥路上穿着。煮得兩隻熟鵝在此，寫施恩寫得好。請哥哥吃了兩塊去。」施恩便邀兩個公人，請他入酒肆。那兩個公人那裏肯進酒店裏去？便發言發語道：「武松這廝，他是個賊漢！不爭我們吃你的酒食，明日官府上須惹口舌。你若怕打，快走開去！」深明下文無寃。施恩見不是話頭，便取十來兩銀子送與他兩個公人。那廝兩個那裏肯接，惱忿忿地只要催促武松上路。深明下文無寃。施恩討兩碗酒叫武松吃了，把一個包裹拴在武松腰裏，好。把這兩隻熟鵝挂在武松行枷上。好。施恩附耳低言好。道：「包裹裏有兩件綿衣，好。一帕子散碎銀子，路上好做盤纏；好。也有兩雙八搭麻鞋在裏面。好。只是要路上仔細隄防，這兩個賊男女不懷好意！好。」○寫來竟是父子、夫婦、兄弟，不是朋友，故寫得好。○重讀之，覺實實寫得好，我却寫不出。武松點頭道：「不須分付，我已省得了。再着兩個來，也不懼他！每每後文事，偏在前文閑中先逗一句。至于此句，尤逗得無痕有影，妙絶妙絶。不知文者，謂是武松自誇了得也。你自回去將息，竟是父子、夫婦、兄弟。且請放心，我自有措置。」施恩拜辭了武松，哭着去了。完施恩完得好。不在話下。

武松和兩個公人上路，行不到數里之上，數里。○看他一路叙出許多里數，史公歛手。兩個公人悄悄地商議道：「不見那兩個來？」果然不出都頭所料。○文筆入妙。武松聽了，自暗暗地尋思，冷笑道：「没你娘鳥興！那厮到來撲復老爺！」武松右手却吃釘住在行枷上，左手却散着。武松就枷上取下那熟鵝來，只顧自吃，也不睬那兩個公人。妙心妙筆，寫出妙人妙景。又行了四五里路，四五里。再把這隻熟鵝除來，右手扯着，把左手斯來只顧自吃。妙心妙筆，寫出妙人妙景。行不過五里路，五里。把這兩隻熟鵝都吃盡了。約算離城也有八九里多路，一總八九里。只見前面路邊先有兩個人，文筆妙絶。提着朴刀，朴刀此處出現。各跨口腰刀，腰刀此處出現。先在那裏等候。妙絶。見了公人監押武松到來，便幫着做一路走。文筆妙絶。武松又見這兩個公人，與那兩個提朴刀的擠眉弄眼，打些暗號。文筆妙絶。武松早睃見，自瞧了八分尷尬，只安在肚裏，却且只做不見。妙人。

又走不數里多路，數里。只見前面來到一處濟濟蕩蕩魚浦，作文須作如此語，方是絶妙好辭。四面都是野港闊河。五個人行至浦邊一條闊板橋，一座牌樓，上有牌額，寫着道「飛雲浦」三字。武松見了，假意問道：「這裏地名喚做甚麽去處？」兩個公人應道：「你又不眼瞎，須見橋邊牌額上寫道『飛雲浦』！」武松站住道：「我要浄手則個。」妙。那兩個提朴刀的走近一步，妙。却被武松叫聲：「下去！」一飛脚早踢中，翻筋斗踢下水去了。妙。這一個急待轉身，妙。武松右脚早起，「撲通」地也踢下水裏去。妙。那兩個公人慌了，望橋下便走。妙。武松喝一聲「那裏去！」把枷只一扭，折做兩半個，趕將下橋來。妙。那兩個先自驚倒了一個。妙。武松奔上前去，望那一個走的後心上只一拳打翻，妙。就水邊潑起朴刀來，讀此句，爲之一歎。本擬武松死于此刀。誰料自家之刀，仍殺自家之身耶？人生世上，此等事往往有之，願後世以此爲鑒也。趕上去搠上幾朴刀，死在地下。妙。却轉身回來，把那個驚倒的也搠幾刀。妙。這兩個踢下水去的纔挣得起，正待要走，妙。武松追着，又砍倒一個。妙。趕入一步，劈頭揪住一個，喝道：「你這厮實説，我便饒你性命！」妙。那人道：「小人兩個，是蔣門神徒弟。今被師父和張團練定計，使小人兩個來相幫防送公人，一處來害好漢。」武松道：「你師父蔣門神今在何處？」妙。○問得筋節。那人道：「小人臨來時，和張團練都在張都監家裏後堂鴛鴦樓上吃酒，專等小人回報。」妙。○「都在」句寫出不費手脚，「鴛鴦樓」句寫出熟溜，「專等」句寫出毒。

武松道：「原來恁地！却饒你不得！」手起刀落，也把這人殺了。妙。解下他腰刀來，揀好的帶了一把。看他潑朴刀，解腰刀，便有兩刀矣。將兩個尸首都攛在浦裏。又怕那兩個不死，提起朴刀，每人身上又搠了幾刀。妙。立在橋上看了一回，活畫出來。○寫武松真是武松，與他人不同。思量道：「雖然殺了這四個賊男女，不殺得張都監、張團練、蔣門神，如何出得這口恨氣！」提着朴刀躊躇了半晌，妙絶。○「提刀」「躊躇」四字，自《莊子》寫庖丁後，忽于此處再見。一個念頭，竟奔回孟州城裏來。妙絶。○轉筆如風。不因這番，有分教武松：殺幾個貪夫，出一口怨氣。定教：畫堂深處尸横地，紅燭光中血滿樓。畢竟武松再回孟州城來，怎地結束，且聽下回分解。

第五才子書施耐庵水滸傳卷之三十五

聖歎外書

第三十回　張都監血濺鴛鴦樓　武行者夜走蜈蚣嶺

我讀至血濺鴛鴦樓一篇，而歎天下之人磨刀殺人，豈不怪哉！《孟子》曰：「殺人父，人亦殺其父；殺人兄，人亦殺其兄。」我磨刀之時，與人磨刀之時，其間不能以寸。然則非自殺之，不過一間，所謂易刀而殺之也。嗚呼！豈惟是乎？夫易刀而殺之也，是尚以我之刀殺人，以人之刀殺我，雖同歸于一殺，然我猶見殺于人之刀，而不至遂殺于我之刀也。乃天下禍機之發，曾無一格，風霆駭變，不須旋踵。如張都監、張團練、蔣門神三人之遇害，可不爲之痛悔哉！方其授意公人，而復遣兩徒弟往幫之也，豈不嘗殷勤致問：「爾有刀否？」兩人應言：「有刀。」即又殷勤致問：「爾刀好否？」兩人應言：「好刀。」則又殷勤致問：「是新磨刀否？」兩人應言：「是新磨刀。」復又殷勤致問：「爾刀殺得武松一個否？」兩人應言：「再加十四五個亦殺得，豈止武松一個供得此刀。」當斯時，莫不自謂此刀跨而往，掣而出，飛而起，劈而落，武松之頭斷，武松之血灑，武松之命絶，武松之寃拔；于是拭之，視之，插之，懸之，歸更傳觀之，歎美之，摩挲之，瀝酒祭之。蓋天下之大，萬家之衆，其快心快事，當更未有過于鴛鴦樓上張都監、張團練、蔣門神之三人者也。而殊不知雲浦浄手，馬院吹燈，刀之去，自前門而去者；刀之歸，已自後門而歸。刀出前門之際，刀尚姓張；刀入後門之時，刀已姓武。于是向之霍霍自磨，惟恐不銛快者，此夜一十九人遂親以頭頸試之。嗚呼！豈忍言哉！夫自買刀，自佩之，佩之多年而未嘗殺一人，則是不如勿買，不如勿佩之爲愈也。自買刀，自佩之，佩之多年而今夜始殺一人，顧一人未殺而刀已反爲所借，而立殺我一十九人。然則買爲自殺而買，佩爲自殺而佩，更無疑也。嗚呼！禍害之伏，秘不得知，及其猝發，疾不得掩。蓋自古至今，往往皆有，乃世之人猶甘蹈之不悟，則何不讀《水滸》二刀之文哉！

此文妙處，不在寫武松心粗手辣，逢人便斫，須要細細看他筆致閑處，筆尖細處，筆法嚴處，筆力大處，筆路别處。如馬槽聽得聲音方纔知是武松句，丫鬟罵客人一段酒器皆不曾收句，夫人兀自問誰句，此其筆致之閑也。殺後槽便把後槽尸首踢過句，吹滅馬院燈火句，開角門便掇過門扇句，掩角門便把欄都提過句，丫鬟尸首拖放竈前句，滅了厨下燈火句，走出中門拴前門句，撇了刀鞘句，此其筆尖之細也。前書一更四點，後書四更三點，前插出施恩所送綿衣及碎銀，後插出麻鞋，此其筆法之嚴也。搶入後門殺了後槽，却又閃出後門拿了朴刀；門扇上爬入角門，却又開出角門掇過門扇；搶入樓中殺了三人，却又退出樓梯讓過兩人；重復隨入樓中殺了二人，然後搶下樓來殺了夫人；再到厨房換了朴刀，反出中堂拴了前門：一連共有十數個轉身，此其筆力之大也。一路凡有十一個「燈」字，四個「月」字，此其筆路之別也。

鴛鴦樓之立名，我知之矣。殆言得意之事與失意之事相倚相伏，未曾暫離，喻如鴛鴦二鳥雙游也。佛言功德天嘗與黑闇女姊妹相逐，是其義也。

武松蜈蚣嶺一段文字，意思暗與魯達瓦官寺一段相對，亦是初得戒刀，另與喝采一番耳，並不復關武松之事。

話説張都監聽信這張團練説誘囑托，替蔣門神報讎，要害武松性命，誰想四個人倒都被武松搠殺在飛雲浦了。當時武松立于橋上，尋思了半晌，躊躇起來，怨恨冲天：「不殺得張都監，如何出得這口恨氣！」便去死尸身邊解下腰刀，選好的取把來跨了，一寫腰刀。【眉批】一路看他寫刀，寫角門，寫燈，寫月。揀條好朴刀提着，一寫朴刀。○妙在即以彼家之刀，殺彼家之人。再徑回孟州城裏來。進得城中，早是黄昏時候，武松徑踅去張都監後花園牆外，却是一個馬院。武松就在馬院邊伏着，聽得那後槽却在衙裏，未曾出來。

正看之間，只見「呀」地角門開，一寫角門開。後槽提着個燈籠出來，一寫燈。裏面便關了角門。二寫角門關。武松却躲在黑影裏，聽那更鼓時，早打一更四點。此句起，妙筆。那後槽上了草料，挂起燈籠，二寫燈。鋪開被卧，脱了衣裳，上床便睡。武松却來門邊挨那門響，後槽喝道：「老爺方纔睡，你要偷我衣裳也早些哩！」妙語。武松把朴刀倚在門邊，二寫朴刀。却掣出腰刀在手裏，二寫腰刀。又「呀呀」地推門。那後槽那裏忍得住？便從床上赤條條地跳將出來，拿了攪草棍，拔了櫎，却待開門。被武松就勢推開去，搶入來，入一重門來。○看他入來，出去，又入來，又出去，寫得跳脱不可言。把這後槽擗頭揪住。却待要叫，燈影下三字妙筆。○三寫燈。見明晃晃地一把刀在手裏，三寫腰刀。○不見人，單見刀，一者燈下，二者嚇極。先自驚得八分軟了，口裏只叫得一聲：「饒命！」武松道：「你認得我麽？」後槽聽得聲音，方纔知是武松，妙。○有此閑筆。便叫道：「哥哥，不干我事，你饒了我罷！」武松道：「你只實説，張都監如今在那裏？」後槽道：「今日和張團練、蔣門神，他三個吃了一日酒，如今兀自在鴛鴦樓上吃哩。」武松道：「這話是實麽？」後槽道：「小人説謊，就害疔瘡！」絶倒。武松道：「恁地却饒你不得！」手起一刀，四寫腰刀。把這後槽殺了。殺第一個。一脚踢開尸首，閑細。把刀插入鞘裏。五寫腰刀。就燈影下，妙。○四寫燈。去腰裏解下施恩送來的綿衣，前文施恩送綿衣、碎銀、麻鞋三件，今忽將兩件插在前邊，一件插在後邊，爲百忙中極閑之筆，真乃非常之才。將出來，脱了身上舊衣裳，把那兩件新衣穿了。拴縛得緊輳，把腰刀和鞘跨在腰裏，六寫腰刀。却把後槽一床單被包了散碎銀兩，百忙中插出施恩銀兩，非常之才。入在纏袋裏，却把來挂在門邊。記着。却將一扇門立在牆邊，先去吹滅了燈火，閑細。○五寫燈。却閃將出來，又出去。拿了朴刀，妙。○三寫朴刀。○此句下又入來。從門上一步步爬上牆來。

此時却有些月光明亮，一寫月。○妙筆。武松從牆頭上一跳，却跳在牆裏，又入一重門來。便先來開了角門。三寫角門開。掇過了門扇，閑細。○此句又出去。復翻身入來，又入來。虛掩上角門，四寫角門關。櫰都提過了。閑細。武松却望燈明處來六寫燈。○又入一處來。看時，正是厨房裏。只見兩個丫鬟正在那湯罐邊埋寃，說道：「伏侍了一日，兀自不肯去睡，只是要茶吃。那兩個客人也不識羞恥，絶倒。噇得這等醉了，也兀自不肯下樓去歇息，只說個不了！」表出等回話。那兩個女使正口裏喃喃吶吶地怨悵，武松却倚了朴刀，○四寫朴刀。朴刀在此。掣出腰裏那口帶血刀來，七寫腰刀。○「帶血」妙。把門一推，「呀」地推開門，搶入來，又入一重門來。先把一個女使髽角兒揪住，一刀八寫腰刀。殺了。殺第二個。那一個却待要走，兩隻脚一似釘住了的，再要叫時，口裏又似啞了的，端的是驚得呆了。休道是兩個丫嬛，便是說話的見了，也驚得口裏半舌不展！忽然跳出話外，真是以文爲戲。武松手起一刀，九寫腰刀。也殺了。殺第三個。却把這兩個尸首拖放竈前，閑細。滅了厨下燈火，七寫燈。○閑細。趁着那窗外月光，二寫月[一]。○妙筆。一步步挨入堂裏來。又入一重來。

武松原在衙裏出入的人，已都認得路數，徑踅到鴛鴦樓胡梯邊來，捏脚捏手摸上樓來。又入一重來。此時親隨的人都伏事得厭煩，遠遠地躲去了，好。只聽得那張都監、張團練、蔣門神三個說話。武松在胡梯口聽，只聽得蔣門神口裏稱贊不了，只說：「虧了相公與小人報了寃讎，再當二字妙，將有字襯出無字處。重重的報答恩相！」這張都監道：「不是看我兄弟張團練

[一]「二」，金評各本均作「三」，據文意改。

面上，誰肯幹這等的事！你雖費用了些錢財，却也安排得那厮好。這早晚多是在那裏下手，那厮敢是死了。却不道「這早晚已在這裏下手」，爲之絶倒。只教在飛雲浦結果他。待那四人明早回來，便見分曉。」張團練道：「這四個對付他一個，有甚麽不了？再有幾個性命，六字奇句。也没了。絶倒。」○遂成口讖。蔣門神道：「小人也分付徒弟來，只教就那裏下手，結果了快來回報。」

武松聽了，心頭那把無明業火高三千丈，冲破了青天。右手持刀，十寫腰刀。左手揸開五指，陪一句，襯成刀勢。搶入樓中。再入一步來。只見三五枝燈燭熒煌，八寫燈。一兩處月光射入，三寫月。○絶妙好辭。樓上甚是明朗。面前酒器，皆不曾收。閑細。蔣門神坐在交椅上，見是武松，吃了一驚，把這心肝五臟都提在九霄雲外。説時遲，那時快，蔣門神急要掙扎時，武松早落一刀，十一寫腰刀。劈臉剁着，和那交椅都砍翻了。武松便轉身回過刀來，不惟轉身回刀甚疾，其轉筆回墨亦甚疾。○十二寫腰刀。那張都監方纔伸得脚動，被武松當時一刀，十三寫腰刀。齊耳根連脖子砍着，「撲」地倒在樓板上。兩個都在掙命。頓一句。這張團練終是個武官出身，閑細。雖然酒醉，還有些氣力；見剁翻了兩個，料道走不迭，便提起一把交椅輪將來。武松早接個住，就勢只一推，疾。休説張團練酒後，便清醒白醒時，也近不得武松神力，真正妙筆。「撲」地望後便倒了。武松趕入去，句。一刀，句。○十四寫腰刀。先割下頭來。殺第四個，又割頭，與殺别個不同。蔣門神有力掙得起來，武松左脚早起，翻筋斗踢一脚，按住也割了頭。殺第五個，亦割頭。轉身來，把張都監也割了頭。殺第六個，也割頭。見桌子上有酒有肉，武松拿起酒鍾子，一飲而盡，連吃了三四鍾。妙。便去死尸身上割下一片衣襟來，奇筆。蘸着血，奇墨。去白粉壁上奇紙。大寫下八字道：「殺人者打虎武松也」。奇文。○奇筆奇墨奇紙，定然做出奇文來。○卿試擲地，當作金石聲。○看他「者」字「也」字，何等用得好，只八個字，亦有打虎之力。○文只八字，却有兩番異樣奇彩在內，真是天地間有數大文也。○依謝疊山例，是一篇「放膽」文字。把桌子上器皿踏匾了，揣幾件在懷裏。却待下樓，只聽得樓下夫人聲音叫道：「樓上官人們都醉了，快着兩個上去攙扶。」行到水窮，又看雲起，妙筆。○寫武松殺張都監，定必寫到殺得滅門絶户，方快人意；然使夫人深坐房中，武松亦不必搜捉出來也。只借分付家人，湊在手邊來，一齊授首。工良心苦，人誰知之？○下養娘引着兩個小的，亦只閑閑湊來。說猶未了，早有兩個人上樓來。

武松却閃在胡梯邊，又出來一步。看時，却是兩個自家親隨人，便是前日拿捉武松的。妙筆，妙不可言！武松在黑處讓他過去，却攔住去路。兩個人進樓中，見三個尸首横在血泊裏，驚得面面厮覷，做聲不得。正如：「分開八片頂陽骨，傾下半桶冰雪水。」急待回身，武松隨在背後，手起刀落，十五寫腰刀。早剁翻了一個。殺第七個。那一個便跪下討饒，武松道：「却饒你不得！」揪住也是一刀，十六寫腰刀。○殺第八個。殺得血濺畫樓，尸横燈影。絶妙好辭。○九寫燈。

武松道：「一不做，二不休，殺了一百個，也只一死！」提了刀，十七寫腰刀。下樓來。又出來一步。夫人問道：「樓上怎地大驚小怪？」武松搶到房前，又入一重來。夫人見條大漢入來，兀自問道：「是誰？」閑細。○又表是暗中，與後燈明相照。武松的刀早飛起，十八寫腰刀。劈面門剁着，倒在房前聲喚。殺第九個。武松按住，將去割頭時，刀切不入。十九寫腰刀。○半日可謂忙殺腰刀，閑殺朴刀矣。得此一變，令人叫絶。○真正才子。武松心疑，就月光下四寫月。看那刀時，已自都砍缺了。二十寫腰刀。武松道：「可知割不下頭來！」便抽身去厨房下忽然直出來。真正才子。拿取朴刀，五寫朴刀。丢了缺刀。二十一寫腰刀。翻身再入樓下來，忽然又直入來。寫得怕人。只見燈明下，十寫燈。前番那個唱曲兒的養娘玉蘭引着兩個小的，人口湊聚，有法，又有情。把燈十一寫燈。照見夫人被殺死地下，方纔叫得一聲：「苦也！」武松握着朴刀，六寫朴刀。向玉蘭心窩裏搠着，殺第十個。○前殺金蓮是「心窩裏」，今殺玉蘭亦是「心窩裏」，藏此三字爲暗記也。兩個小的，亦被武松搠死，一朴刀一個七寫朴刀。結果了。殺第十一個，殺第十二個。走出中堂，把櫃拴了前門，忽然又出前門去，拴得妙。又入來，忽然又入去。尋着兩三個婦女，也都搠死了在地下。殺十三個，殺十四個，殺十五個。武松道：「我方纔心滿意足，六字絶妙好辭。走了罷休！」撇了刀鞘，閑細之極。○二十二寫腰刀。提了朴刀，八寫朴刀。出到角門外，又直出來。○五寫角門開。來馬院裏再出來。除下纏袋來，忘之固是敗筆，然不忘真是奇筆。把懷裏踏匾的銀酒器都裝在裏面，拴在腰裏，拽開脚步，再出來。倒提朴刀便走。九寫朴刀。○「倒提」妙絶，是心滿意足後氣色，只兩字便描寫出來。到城邊，尋思道：「若等開門，須吃拿了，不如連夜越城走。」便從城邊踏上城來。

這孟州城是個小去處，那土城苦不甚高。就女牆邊望下，句。先把朴刀虚按一按，句。○寫跳城，便真寫出跳城來，真是才子。○十寫朴刀。刀尖在上，棒梢向下，「托」地只一跳，妙寫。○十一寫朴刀。把棒一拄，立在濠塹邊。妙筆。○十二寫朴刀。月明之下看水時，五寫月[一]。○樓上月，此

[一]「五」，金評各本均作「四」，據文意改。

月也；濠邊月，亦此月也。然而樓上之月，何其慘毒；濠邊之月，何其幽涼。武松在樓上時，月亦在樓上，初不知濠邊月色何如；武松來濠邊時，月亦在濠邊，竟不記樓上月明何似。都監一家看月之時，濠邊月裏並無一個；武松濠邊立月之際，張家月下更無一人。嗟乎！一月普照萬方，萬方不齊苦樂；月影只爭轉眼，轉眼生死無常。前路茫茫，世間魆魆，讀書至此，不知後人又何以爲情也！只有一二尺深。此時正是十月半天氣，各處水泉皆涸。武松就濠塹邊，脱了鞋襪，解下腿絣護膝，抓扎起衣服，從這城濠裏走過對岸。却想起施恩送來的包裹裏有雙八搭麻鞋，如此穿插，妙豈容説。〇以前篇中間一句，分插在後篇前後，真正奇筆。取出來穿在脚上。聽城裏更點時，已打四更三點。此句收，妙筆。〇與前「一更四點」句，作一開一闔。武松道：「這口鳥氣，今日方纔出得鬆鬆！『梁園雖好，不是久戀之家。』只可撒開。」提了朴刀，十三寫朴刀。投東小路便走。走了一五更，一更四點，四更三點，前提後繳，合成奇格。此更以五更帶作餘波。天色朦朦朧朧，尚未明亮。

武松一夜辛苦，身體困倦，棒瘡發了又疼，那裏熬得過？望見一座樹林裏，一個小小古廟，武松奔入裏面，把朴刀倚了，十四寫朴刀。解下包裹來做了枕頭，閑細。撲翻身便睡。却待合眼，只見廟外邊探入兩把撓鉤，把武松搭住。兩個人便搶入來，將武松按定，一條繩索綁了。奇事。那四個男女道：「這鳥漢子却肥，好送與大哥去！」武松那裏掙扎得脱，被這四個人奪了包裹朴刀，十五寫朴刀。却似牽羊的一般，脚不點地，好笑。拖到村裏來。這四個男女，于路上自言自説道：「看這漢子一身血迹，不正寫，却用他人看出。却是那裏來？莫不做賊着了手來？」捎帶兩月以前。武松只不做聲，由他們自説。行不到三五里路，早到一所草屋内，把武松推將進去。側首一個小門，裏面還點着碗燈，十一寫燈。四個男女將武松剥了衣裳，綁在亭柱上。武松看時，見竈邊梁上挂着兩條人腿。武松自肚裏尋思道：「却撞在横死神手裏，死得没了分曉！早知如此時，不若去孟州府裏首告了，便吃一刀一剮，却也留得一個清名于世！」

那四個男女提着那包裹，口裏叫道：「大哥、大嫂，快起來！我們張得一頭好行貨在這裏了！」只聽得前面應道：「我來也，你們不要動手，我自來開剥。」好。没一盞茶時，只見兩個人入屋後來。武松看時，前面一個婦人，背後一個大漢。兩個定睛看了武松，那婦人便道：「這個不是叔叔？」妙絶，一篇十來卷文字，迴環踢跳，無句不鈎，無字不鎖。那大漢道：「果然是我兄弟！」妙絶，真疑鬼疑神之文。武松看時，那大漢不是别人，却正是菜園子張青，這婦人便是母藥叉孫二娘。這四個男女吃了一驚，便把索子解了，將衣服與武松穿了；頭巾已自扯碎，且拿個氈笠子與他戴上。兩句寫得好笑，遂似爲做頭陀之讖。然實是算到做頭陀時，無處安放頭巾，故先于此處繳銷之也。原來這張青十字坡店面作坊却有幾處，所以武松不認得。公自注。張青即便請出前面客席裏。

叙禮罷，張青大驚，連忙問道：「賢弟，如何恁地模樣？」武松答道：「一言難盡！我讀半日不得了，一言如何得盡？自從與你相别之後，【眉批】看他一路細細叙述，不省一字，顯出大筆力。到得牢城營裏，得蒙施管營兒子，唤做金眼彪施恩，一見如故，每日好酒好肉管顧我。爲是他有一座酒肉店，在城東快活林内，甚是趁錢，却被一個張團練帶來的蔣門神，那厮倚勢豪强，公然白白地奪了。施恩如此告訴，我却路見不平，醉打了蔣門神，復奪了快活林，施恩以此敬重我。後被張團練買囑張都監定了計謀，取我做親隨，設智陷害，替蔣門神報讎。八月十五日夜，只推有賊，賺我到裏面，却把銀酒器皿預先放在我箱籠內，拿我解送孟州府裏，强扭做賊，打招了，監在牢裏。却得施恩上下使錢透了，不曾受害。又得當案葉孔目仗義疏財，不肯陷害平人；又得當牢一個康節級，與施恩最好，兩個一力維持，待限滿脊杖，轉配恩州。昨夜出得城來，叵耐張都監設計，教蔣門神使兩個徒弟和防送公人相幫，就路上要結果我。到得飛雲浦僻静去處，正欲要動手，先被我兩脚，把兩個徒弟踢下水裏去。趕上這兩個鳥公人，也是一朴刀一個搠死了，都撇在水裏。思量這口氣怎地出得，因此再回孟州城裏去。一更四點，進去馬院裏，先殺了一個養馬的後槽。爬入牆內，去就厨房裏殺了兩個丫嬛。直上鴛鴦樓上，把張都監、張團練、蔣門神三個都殺了，又砍了兩個親隨。下樓來又把他老婆、兒女、養娘都戳死了。四更三點，跳城出來。走了一五更路，前正傳是第一遍，此叙述是第二遍。一時困倦，棒瘡發了又疼。因行不得，投一小廟裏權歇一歇，却被這四個綁縛將來。」

那四個擣子便拜在地下道：「我們四個，都是張大哥的火家。因爲連日博錢輸了，去林子裏尋些買賣。却見哥哥從小路來，身上淋淋漓漓都是血迹，却在土地廟裏歇，我四個不知是甚人。早是張大哥這幾時分付道：『只要捉活的。』因此，我們只拿撓鈎套索出去；不分付時，也壞了大哥性命。正是有眼不識泰山，一時誤犯着哥哥，恕罪則個！」張青夫妻兩個笑道：「我們因有挂心，這幾時只要他們拿活的行貨。他這四個，如何省的我心裏事。好張青夫妻。若是我這兄弟不困乏時，不説你這四個男女，更有四十個，也近他不得！」那四個搗子只顧磕頭，武松唤起他來道：「既然他們没錢去賭，我賞你些。」便把包裹打開，取十兩碎銀，把與四人將去分。好人送好物，應如此好好用。那四個搗子拜謝武松。張青看了，也取三二兩銀子，賞與他們，四個自去分了。

張青道：「賢弟不知我心！四個搗子「不知我心」，連武松亦復「不知我心」，寫張青夫妻其實好。從你去後，我只怕你有些失支脱節，或早或晚回來。知己。因此上分付這幾個男女：但凡拿得行貨，只要活的。那厮們慢仗些的，趁活捉了；敵他不過的，必致殺害。以此不教他們將刀仗出去，只與他撓鈎套索。方纔聽得説，我便心疑，連忙分付等我自來看，好張青。誰想果是賢弟！」孫二娘道：「只聽得叔叔打了蔣門神，又是醉了贏他，那一個來往人不吃驚！只一句便將前一篇，重復出色加染。有在快活林做買賣的客商，常説到這裏，却不知向後的事。叔叔困倦，且請去客房裏將息，却再理會。」張青引武松去客房裏睡了。兩口兒自去厨下，安排些佳肴美饌酒食，管待武松。不移時，整治齊備，專等武松起來相叙。八個字寫出好主人，正不以酒食爲感也。

却説孟州城裏張都監衙内，也有躲得過的，直到五更纔敢出來。上半夜怕人，下半夜怕鬼，寫得絶倒。衆人叫起裏面親隨，外面當直的軍牢，都來看視，聲張起來。街坊鄰舍，誰敢出來？捱到天明時分，妙絶妙絶，遂令讀者疑字縫裏或有武松劈面直跳出來。却來孟州府裏告狀。知府聽説罷，大驚，火速差人下來，簡點了殺死人數，行凶人出没去處，填畫了圖像格目。回府裏稟復知府道：「先從馬院裏入來，就殺了養馬的後槽一人，有脱下舊衣二件。前文所無。○前文止半句。次到厨房裏竈下，殺死兩個丫嬛，厨門邊遺下行凶缺刀一把。前文所有。○此句本在後，倒插在前。樓上殺死張都監一員，並親隨二人，此句本在後，倒插在前。外有請到客官張團練與蔣門神二人。白粉壁上，衣襟蘸血，大寫八字，道『殺人者打虎武松也』。樓下搠死夫人一口，在外搠死玉蘭一口，奶娘二口，此句本在後，倒插在前。兒女三口。此句前是二口，此多一口，前在前，此在後。共計殺死男女一十五名，擄掠去金銀酒器六件。」正傳是第一遍，叙述是第二遍，報官是第三遍。看他第一遍之縱横，第二遍之次第，第三遍之顛倒，無不處處入妙。○看他叙來有與前文合處，有與前文不必合處，政以疏密互見，錯落不定爲奇耳。必拘拘一字不失，何不印板印作一樣三張也？

知府看罷，便差人把住孟州四門，點起軍兵並緝捕人員，城中坊廂里正，逐一排門搜捉凶人武松。次日飛雲浦地里保正人等告稱：「殺死四人在浦内，見有殺人血痕在飛雲浦橋下，尸首俱在水中。」共計十五人後，急接四人，躊躕滿志之筆。知府接了狀子，當差本縣縣尉下來，一面着人打撈起四個尸首，都簡驗了。兩個是本府公人，兩個自有苦主。各備棺木盛殮了尸首，盡來告狀，催促捉拿凶首償命。城裏閉門三日，絶倒。家至户到，逐一挨察。五家一連，十家一保，那裏不去搜尋？知府押了文書，委官下該管地面，各鄉、各保、各都、各村，盡要排家搜捉，緝捕凶首。寫了武松鄉貫、年甲、貌相、模様，畫影圖形，出三千貫信賞錢。如有人知得武松下落，赴州告報，隨文給賞；如有人藏匿犯人在家宿食者，事發到官，與犯人同罪。遍行鄰近州府，一同緝捕。

且説武松在張青家裏將息了三五日，打聽得事務篋刺一般緊急，紛紛攘攘，有做公人出城來各鄉村緝捕。張青知得，只得對武松説道：「二哥，不是我怕事，不留你久住。如今官司搜捕得緊急，排門挨户，只恐明日有些疏失，必須怨恨我夫妻兩個。我却尋個好安身去處與你，在先也曾對你説來，張青夫妻一片之心。只不知你中心肯去也不？」武松道：「我這幾日也曾尋思，想這事必然要發，如何在此安得身牢？止有一個哥哥，又被嫂嫂不仁害了。甫能來到這裏，又被人如此陷害。祖家親戚都没了。無家之痛，此日最深。○「不仁」二字，雅馴之極，却已斷盡淫婦奸夫矣，妙絶。今日若得哥哥有這好去處叫武松去，我如何不肯去？只不知是那裏地面？」張青道：「是青州管下一座二龍山寶珠寺。我哥哥魯智深和甚麼青面獸好漢楊志，在那裏打家劫舍，霸着一方落草。青州官軍捕盗，不敢正眼覷他。賢弟只除那裏去安身，方纔免得；若投别處去，終久要吃拿了。他那裏常常有書來取我入夥，我只爲戀土難移，不曾去得。我寫一封書，備細説二哥的本事，于我面上，如何不着你入夥？」武松道：「大哥也説的是。我也有心，恨時辰未到，緣法不能湊巧。今日既是殺了人，事發了，没潛身處，此爲最妙。大哥，你便寫書與我去，只今日便行。」

張青隨即取幅紙來，備細寫了一封書，把與武松，安排酒食送路。只見母藥叉孫二娘指着張青，説道：「你如何便只這等叫叔叔去？前面定吃人捉了！」獨表孫二娘能。武松道：「嫂嫂，你且説我怎地去不得，如何便吃人捉了？」孫二娘道：「阿叔，如今官司遍處都有了文書，出三千貫信賞錢，畫影圖形，明寫鄉貫年甲，到處張挂。阿叔臉上，見今明明地兩行金印，走到前路須賴不過。」張青道：「臉上貼了兩箇膏藥便了。」孫二娘笑道：「天下只有你乖？你說這癡話！這個如何瞞得過做公的？我却有個道理，只怕叔叔依不得。」武松道：「我既要逃災避難，如何依不得？」孫二娘大笑道：「我說出來，叔叔却不要嗔怪。」武松道：「嫂嫂說的定依。」妙筆，令人忽然想到暮雪房中，不覺失笑。

孫二娘道：「二年前，有個頭陀打從這裏過，吃我放翻了，把來做了幾日饅頭餡。却留得他一個鐵界箍，一身衣服，一領皂布直裰，一條雜色短穗縧，一本度牒，一串一百單八顆人頂骨數珠，一個沙魚皮鞘子，插着兩把雪花鑌鐵打成的戒刀。這刀時常半夜裏嗚嘯得響，叔叔前番也曾看見。妙筆。今既要逃難，只除非把頭髮剪了，做個行者，須遮得額上金印。又且得這本度牒做護身符，年甲貌相又和叔叔相等，却不是前世前緣？叔叔便應了他的名字，前路去誰敢來盤問？這件事好麽？」張青拍手道：「二娘說得是，我倒忘了這一着！二哥，你心裏如何？」武松道：「這個也使得，只恐我不像出家人模樣。」張青道：「我且與你扮一扮看。」以文爲戲。

孫二娘去房中取出包裹來打開，將出許多衣裳，教武松裏外穿了。武松自看道：「却一似我身上做的。」好。着了皂直裰，繫了縧，把氈笠兒除下來，好。解開頭髮，折叠起來，將界箍兒箍起，挂着數珠。張青、孫二娘看了，兩個喝采道：「却不是前生注定！」武松討面鏡子照了，自「哈哈」大笑起來。張青道：「二哥爲何大笑？」武松道：「我照了自也好笑，不知何故做了行者。寫武二無可不可、真是天人處，都在此等句見得，不得于世人所贊亦贊也。大哥，便與我剪了頭髮。」張青拿起剪刀，真是豪傑相聚，便有此等妙事。替武松把前後頭髮都剪了。武松見事務看看緊急，便收拾包裹要行。張青又道：「二哥，你聽我說，好像我要便宜：趣語。你把那張都監家裏的酒器留下在這裏，我換些零碎銀兩與你，路上去做盤纏，萬無一失。」細。武松道：「大哥見得分明。」盡把出來與了張青，換了一包散碎金銀，都拴在纏袋內，繫在腰裏。武松飽吃了一頓酒飯，拜辭了張青夫妻二人，腰裏跨了這兩口戒刀，當晚都收拾了。孫二娘取出這本度牒，就與他縫個錦袋盛了，教武松挂在貼肉胸前。

武松臨行，張青又分付道：「二哥于路小心在意，凡事不可托大。酒要少吃，四字妙。休要與人爭鬧，也做些出家人行徑。諸事不可躁性，省得被人看破了。如到了二龍山，便可寫封回信寄來。我夫妻兩個在這裏，也不是長久之計。只作商量，却便隱括後事于此，妙筆。敢怕隨後收拾家私，也來山上入夥。二哥，保重保重！千萬拜上魯、楊二頭領！」武松辭了出門，插起雙袖，搖擺着便行。張青夫妻看了喝采道：「果然好個行者！」謚曰「伏虎尊者」。

當晚武行者離了大樹十字坡，便落路走。此時是十月間天氣，好筆。日正短，轉眼便晚了。約行不到五十里，早望見一座高嶺。武行者趁着月明，一步步上嶺來，料道只是初更天色。武行者立在嶺頭上看時，見月從東邊上來，照得嶺上草木光輝。正看之間，只聽得前面林子裏有人笑聲，武行者道：「又來作怪！這般一條净蕩蕩高嶺，有甚麽人笑語？」走過林子那邊去打一看，只見松樹林中，傍山一座墳庵，約有十數間草屋，推開着兩扇小窗，一個先生摟着一個婦人，在那窗前看月戲笑。又是一個婦人，文情奇肆至此。武行者看了，怒從心上起，惡向膽邊生：「這是山間林下，出家人「出家人」上忽添「山間林下」四字，便將三千威儀，八百細行，一齊提出。武松做行者，便真是行者，歎今日法門之非也。却做這等勾當！」便去腰裏掣出那兩口爛銀也似戒刀來，在月光下看了，爛銀也似刀，却在爛銀也似月光下照看，便寫得紙上爛銀也似射人目睛，正不辨其是刀是月，是紙是墨也。道：「刀却是好，到我手裏不曾發市，且把這個鳥先生試刀！」「先生」字上加「鳥」字，下加「試刀」字，千載奇語！手腕上懸了一把，再將這把插放鞘內，把兩隻直裰袖結起在背上，畫出。竟來到庵前敲門。那先生聽得，便把後窗關上。武行者拿起塊石頭，便去打門。只見「呀」地側首門開，走出一個道童來，喝道：「你是甚人，如何敢半夜三更大驚小怪，敲門打户做甚麼？」武行者睁圓怪眼，大喝一聲：「先把這鳥道童祭刀！」説猶未了，手起處，「錚」地一聲響，道童的頭落在一邊，倒在地下。只見庵裏那個先生大叫道：「誰敢殺我道童！」『托』地跳將出來。那先生手輪着兩口寶劍，竟奔武行者。

武松大笑道：「我的本事，不要箱兒裏去取！一生本事都放箱兒裏，蓋鳥先生則然矣。正是撓着我的癢處！」便去鞘裏再拔出那口戒刀，輪起雙戒刀來迎那先生。兩個就月明之下，一來一往，一去一回，四道寒光旋成一圈冷氣。竟是劍術傳中選句。俗本改去，何也？○寫兩口劍，兩口刀，却偏增出「月明之下」四字，便有異常氣色。兩個鬥到十數合，只聽得山嶺傍邊一聲響亮，兩個裏倒了一個。妙。○此語前文未有。但見：寒光影裏人頭落，殺氣叢中血雨噴。畢竟兩個裏斷殺，倒了一個的是誰，且聽下回分解。

第五才子書施耐庵水滸傳卷之三十六

聖歎外書

第三十一回　武行者醉打孔亮　錦毛虎義釋宋江

此回完武松，入宋江，只是交代文字，故無異樣出奇之處。然我觀其寫武松酒醉一段，又何其寓意深遠也。蓋上文武松一傳，共有十來卷文字，始于打虎，終于打蔣門神。其打虎也，因「三碗不過岡」五字，遂至大醉。大醉而後打虎，甚矣，醉之爲用大也！其打蔣門神也，又因「無三不過望」五字，至于大醉。大醉而後打蔣門神，又甚矣，醉之爲用大也！雖然，古之君子才不可以終恃，力不可以終恃，權勢不可終恃，恩寵不可終恃。蓋天下之大，曾無一事可以終恃，斷斷如也。乃今武松一傳，偏獨始于大醉，終于大醉，將毋教天下以大醉獨可終恃乎哉？是故怪力可以徒搏大蟲，而有時亦失手于黄狗；神威可以單奪雄鎮，而有時亦受縛于寒溪。蓋借事以深戒後世之人，言天人如武松，猶尚無十分滿足之事，奈何紜紜者，曾不一慮之也！

下文將入宋江傳矣。夫江等之終皆不免于竄聚水泊者，有迫之必入水泊者也。若江等生平一片之心，則固皎然如冰在玉壺，千世萬世，莫不共見。故作者特于武松落草處順手表暴一通，凡以深明彼江等一百八人，皆有大不得已之心，而不必其後文之必應之也。乃後之手閑面厚之徒，無端便因此等文字，遽續一部，唐突才子。人之無良，于斯極矣！

當時兩個鬥了十數合，那先生被武行者賣個破綻，讓那先生兩口劍砍將入來。被武行者轉過身來，看得親切，只一戒刀，那先生的頭滚落在一邊，尸首倒在石上。武行者大叫：「庵裏婆娘出來，我不殺你，只問你個緣故！」只見庵裏走出那個婦人來，倒地便拜。武行者道：「你休拜我！你且説，這裏叫甚麽去處，那先生却是你的甚麽人？」那婦人哭着道：「奴是這嶺下張太公家女兒，這庵是奴家祖上墳庵。這先生不知是那裏人，來我家裏投宿，言説善習陰陽，能識風水。我家爹娘不合留他在莊上，因請他來這裏墳上觀看地理，被他説誘，又留他住了幾日。那厮一日見了奴家，便不肯去了。住了三兩個月，把奴家爹娘哥嫂都害了性命，却把奴家强騙在此墳庵裏住。這個道童，也是别處擄掠來的。這嶺唤做蜈蚣嶺。這先生見這條嶺好風水，以此他便自號『飛天蜈蚣』王道人。」好風水，今日驗矣，絶倒。〇若真有風水，則又何以偏有此等事也？若風水本有，人自一時看不出，則何日當遇看得出人也？世之愚人，必欲津津言之，何哉！

武行者道：「你還有親眷麽？」那婦人道：「親戚自有幾家，都是莊農之人，誰敢和他爭論？」武行者道：「這厮有些財帛麽？」婦人道：「他也積蓄得一二百兩金銀。」武行者道：「有時，你快去收拾，我便要放火燒庵了。」那婦人問道：「師父，你要酒肉吃麽？」好。武行者道：「有時，將來請我。」好。那婦人道：「請師父進庵裏去吃。」武行者道：「怕别有人暗算我麽？」那婦人道：「奴有幾顆頭，敢賺得師父？」武行者隨那婦人入到庵裏，見小窗邊桌子上擺着酒肉。補前未寫。武行者討大碗，吃了一回。那婦人收拾得金銀財帛已了，武行者便就裏面放起火來。那婦人捧着一包金銀，獻與武行者。武行者道：「我不要你的，你自將去養身。快走，快走！」那婦人拜謝了，自下嶺去。武行者把那兩個尸首，都攛在火裏燒了。插了戒刀，四字妙。○此一段，豈以必殺飛天蜈蚣爲武乎？豈以必救婦人爲仁乎？于是二者皆無取焉。然則爲寫戒刀，此言爲獨斷也。連夜自過嶺來，迤逦取路，望着青州地面來。又行了十數日，但遇村坊道店、市鎮鄉城，果然都有榜文張挂在彼處，捕獲武松。到處雖有榜文，武松已自做了行者，于路却没人盤詰他。

時遇十一月間，天色好生嚴寒。好筆。當日武行者一路上買酒肉吃，只是敵不過寒威。上得一條土岡，早望見前面有一座高山，生得十分嶮峻。先叙白虎山。古云「行人如在畫圖中」，今日筆墨都入畫圖中也。武行者下土岡子來，走得三五里路，早見一個酒店。門前一道清溪，門前一道清溪。屋後都是顛石亂山。屋後都是亂山。○此二句，人只謂是寫景，却不知都是章法。看那酒店時，却是個村落小酒肆。武行者過得那土岡子來，徑奔入那村酒店裏坐下，便叫道：「店主人家，先打兩角酒來，肉便買些來吃。」店主人應道：「實不瞞師父説，酒却有些茅柴白酒，肉却多賣没了。」看他説没了。武行者道：「且把酒來擋寒。」店主人便去打兩角酒，大碗價篩來，教武行者吃，將一碟熟菜，與他過口。看他沒了。片時間，吃盡了兩角酒，又叫再打兩角酒來。店主人又打了兩角酒，大碗篩來，武行者只顧吃。原來過岡子時，先有三五分酒了；好筆。○四角酒，不足以醉武松也。然要寫多，又恐與「三碗不過岡」、「無三不過望」相近，因倒追到前文去插此一句，特與俗筆不同。一發吃過這四角酒，又被朔風一吹，酒却湧上。武松却大呼小叫道：「主人家，你真個沒東西賣？你便自家吃的肉食，也回些與我吃了，想到自吃的肉，一發挑動下文。一發還你銀子。」店主人笑道：「也不曾見這個出家人，酒和肉只顧要吃。只是順口捎帶一句，亦是情所必有，却偏與榜文捕獲相挑鬥，故妙。却那裏去取？師父，你也只好罷休！」看他只是說沒了。武行者道：「我又不白吃你的，如何不賣與我？」店主人道：「我和你說過，只有這些白酒，那得別的東西賣？」看他到底說沒了。

正在店裏論口，只見外面走入一條大漢，引着三四個人入進店裏。主人笑容可掬，迎接道：「二郎請坐。」那漢道：「我分付你的，安排也未？」店主人答道：「鷄與肉都已煮熟了，不但肉，又有鷄；不但有，又已熟。忽然寫得馨香滿鼻，絕妙文情。只等二郎來。」那漢道：「我那青花甕酒在那裏？」「酒」字上，又加「青花甕」三字，寫得分外入耳。店主人道：「在這裏。」三字活跳，與前許多郎當語相激射。那漢引了衆人，便向武行者對席上頭坐了；又偏坐得相激射。那同來的三四人，却坐在肩下。店主人却捧出一樽青花甕酒來，寫得射眼之極。開了泥頭，傾在一個大白盆裏。青花甕外，又加寫出一個大白盆。不惟其物，惟其器，便已令人眼涎喉癢之極，況又實實清香滑辣耶！武行者偷眼看時，寫得絕倒，四字中有又惱又羞在內，饞自不必說。却是一甕窨下的好酒，風吹過一陣陣香味來。武行者不住聞得香味，寫得絶倒，中間又惱又羞，饞自不必説。喉嚨癢將起來，「癢」字絶倒，又爬撓不得。恨不得鑽過來搶吃。只見店主人又去厨下，把盤子托出一對熟鷄、一大盤精肉來，射眼之極。放在那漢面前，便擺了菜蔬，用杓子舀酒去燙。故意寫得射眼，絶妙文情。

武行者看自己面前只是一碟兒熟菜，不由的不氣。寫得饞，自不必説，其實又惱又羞。正是眼飽肚中饑，酒又發作，恨不得一拳打碎了那桌子。大叫道：「主人家，你來！你這廝好欺負客人！」店主人連忙來問道：「師父，爲頭是此一聲當不起。休要焦躁，要酒便好説。好。」〇活寫出半日不來顧管。武行者睜着雙眼喝道：「你這廝好不曉道理！這青花甕酒和鷄肉之類，如何不賣與我？我也一般還你銀子！」店主人道：「青花甕酒和鷄肉，都是那二郎家裏自將來的，只借我店裏坐地吃酒。」武行者心中要吃，那裏聽他分説？一片聲喝道：「放屁！放屁！」店主人道：「也不曾見你這個出家人，恁地蠻法！」只管將「出家人」三字挑鬥榜文捕獲，有銅山東崩，洛鐘西應之巧。武行者喝道：「怎地是老爺蠻法？我白吃你的？」那店主人道：「我倒不曾見出家人自稱老爺！」絶倒語。〇看他只管説曾不看見，妙絶。武行者聽了，跳起身來，叉開五指，望店主人臉上只一掌，把那店主人打個踉蹌，直撞過那邊去。

那對席的大漢見了大怒，看那店主人時，打得半邊臉都腫了，半日掙扎不起。寫那漢大怒，却不便來發作，却又去看店主人，然後跳起身來。如畫之筆。那大漢跳起身來，【眉批】一個立起。指定武松道：「你這個鳥頭陀，好不依本分！却怎地便動手動脚？却不道是『出家人勿起嗔心』！」只管將「出家人」三字挑鬥榜文捕獲，使讀者心中疑忌。武行者道：「我自打他，干你甚事！」一個硬。○寫兩硬相磕，互不肯讓，句句出色，那大漢怒道：「我好意勸你，你這鳥頭陀，敢把言語傷我！」一個又硬。武行者聽得大怒，便把桌子推開，【眉批】又一個立起。走出來喝道：「你那廝説誰？」一個又硬。○有聲有色。那大漢笑道：「你這鳥頭陀，要和我厮打，正是來太歲頭上動土！」便點手叫道：「你這賊行者，出來和你説話！」一個又硬。○有聲有色。【眉批】一個走出。武行者喝道：「你道我怕你，不敢打你？」一搶搶得門邊，一個又硬。○須知是一頭喝，一頭搶出來。【眉批】又一個走出。那大漢便閃出門外去。【眉批】一個出門。武行者趕到門外，【眉批】又一個出門。一路看他寫兩個硬漢各不相下。那大漢見武松長壯，那裏敢輕敵，便做個門户等着他。如畫。武行者搶入去，接住那漢手。如畫。那大漢却待用力跌武松，如畫。怎禁得他千百斤神力，就手一扯，扯入懷中；只一撥，撥將去，恰似放翻小孩子的一般，那裏做得半分手脚？如畫。○自打虎至此，曾無一次不變。那三四個村漢看了，手顫脚麻，那裏敢上前來？武行者踏住那大漢，提起拳頭來，只打實落處。如畫。打了二三十拳，就地下提起來，望門外溪裏只一丟。如畫。○寫得只如將大漢作戲，又表神力，又表醉後。○「溪裏」二字，妙絶文情。那三四個村漢叫聲苦，不知高低，都下水去把那大漢救上溪來，「救上溪來」、「捉上溪來」，不意寒溪有此妙事。自攙扶着投南去了。如畫。這店主人吃了這一掌，打得麻了，動撣不得，自入屋後躲避去了。去了。

武行者道：「好呀！你們都去了，老爺吃酒了！」二語寫出快活，有旁若無人之意。把個碗去白盆内舀那酒來，只顧吃。可憐好酒却是冷吃。○雖然冷吃，亦足强似頃間偷看時也。桌子上那對鷄、一盤子肉，都未曾吃動。寫得快活。武行者且不用箸，雙手扯來任意吃。快活亦有，醉亦有。

没半個時辰，把這酒、句。肉句。和鷄，句。都吃個八分。武行者醉飽了，把直裰袖結在背上，便出店門，沿溪而走。絶妙文情。却被那北風捲將起來，武行者捉脚不住，一路上搶將來。畫出頭陀，畫出醉，畫出嚴寒，畫出溪邊。離那酒店走不得四五里路，傍邊土牆裏走出一隻黄狗，看着武松叫。無端忽想出一隻黄狗，文心千奇百怪，真乃意想不到。武行者看時，一隻大黄狗趕着吠。疊寫一句者，上句從作者筆端寫出，此句從武松眼中寫出。從筆端寫出者，寫狗也；從眼中寫出者，寫醉也。武行者大醉，正要尋事，四字罵世。言世間無事可尋，一尋便尋了狗的事也。恨那隻狗趕着他只管吠，便將左手鞘裏掣一口戒刀來，大踏步趕。狗上加一「恨」字，趕狗上着一「戒刀」字，皆喻古今君子，有時忽與小人相持，爲可深痛惜也。夫狗豈足恨之人，戒刀豈趕狗之具哉。那隻黄狗繞着溪岸叫，寫出寒溪，寫出村犬，寫出醉頭陀，真是筆頭有畫。武行者一刀砍將去，却砍個空；使得力猛，頭重脚輕，翻筋斗倒撞下溪裏去，却起不來。其力可以打倒大蟲，而不能不失手于黄狗，爲用世者讀之寒心。黄狗便立定了叫。活畫黄狗，活畫小人。◯黄狗得意。◯俗本落此句。冬月天道，雖只有一二尺深淺的水，却寒冷得當不得，爬起來，淋淋的一身水。學道必須聞一知十，看書却須聞一知二。如此句「寒冷得當不得」，須知是兩個人寒冷得當不得；淋淋漓漓「一身水」，須知是淋淋漓漓兩身水也。作傳妙處，全妙于寫一邊，不寫一邊，却將不寫一邊，宛然在寫一邊時現出，其妙不可以一端盡也。却見那口戒刀浸在溪裏，亮得耀人。爬起時不記戒刀，起來後忽然耀眼。寫醉人真是醉人，寫戒刀真好戒刀。俗本落此句。便再蹲下去撈那刀時，「撲」地又落下去，再起不來，只在那溪水裏滚。此段不止活畫醉人而已。喻言君子用世，每每一蹶之後，不能再振，所以深望其慎之也。

岸上側首牆邊轉出一夥人來。當先一個大漢，頭戴氈笠子，身穿鵝黃紵絲衲襖，手裏拿着一條哨棒；却不接吃打大漢，妙。背後十數個人跟着，都拿木鈀白棍。衆人看見狗吠，畫。○一狗吠而衆人隨之，類如此矣。指道：「這溪裏的賊行者，便是打了小哥哥的。如今小哥哥尋不見大哥哥，却又引了二三十個莊客，自奔酒店裏捉他去了。他却來到這裏！」又作補，又作引。説猶未了，只見遠遠地那個吃打的漢子换了一身衣服，細筆不漏。手裏提着一條朴刀，背後引着三二十個莊客，都拖鎗拽棒，跟着那個大漢，吹風胡哨來尋武松。趕到牆邊見了，指着武松，對那穿鵝黃襖子的大漢道：「這個賊頭陀，正是打兄弟的！」那個大漢道：「且捉這廝去莊裏，細細拷打！」那漢喝聲：「下手！」三四十人一發上。可憐武松醉了掙扎不得，急要爬起來，被衆人一齊下手，横拖倒拽，捉上溪來。不成「捉」矣，止可謂之「澇上溪來」耳。○前文閑寫一句云「門前一道清溪」，不意遂兩用之。轉過側首牆邊一所大莊院，兩下都是高牆粉壁，垂柳喬松，圍繞着牆院。衆人把武松推搶入去，剥了衣裳，奪了戒刀、包裹，揪過來綁在大柳樹上，叫：「取一束藤條來，細細的打那廝！」

却纔打得三五下，只見莊裏走出一個人來，問道：「你兄弟兩個又打甚麼人？」「又打」妙。只見這兩個大漢叉手道：「師父聽禀：兄弟今日和鄰莊三四個相識，去前面小路店裏吃三杯酒。叵耐這個賊行者到來尋鬧，把兄弟痛打了一頓，又將來攧在水裏，頭臉都磕破了，險些凍死，却得相識救了回來。歸家换了衣服，帶了人再去尋他，那廝把我酒肉都吃了，却大醉倒在門前溪裏。因此捉拿在這裏，細細的拷打。看起這賊頭陀來，也不是出家人。臉上見刺着兩個金印，這賊却把頭髮披下來遮了，必是個避罪在逃的囚徒。問出那廝根原，解送官司理論！」忽然一逼。這個吃打傷的大漢道：「問他做甚麼！忽然一鬆。○一逼一鬆，總是摇漾讀者。這禿賊打得我一身傷損，不着一兩個月，將息不起。不如把這禿賊一頓打死了，一把火燒了他，纔與我消得這口恨氣！」説罷，拿起籐條恰待又打，只見出來的那人説道：「賢弟，且休打。待我看他一看，這人也像是一個好漢。」「也像是」三字妙絶。可見連日説好漢也，可見連日説武松也。

此時武行者心中略有些醒了，理會得，此三字中，又提動景陽打虎一事在心頭矣。只把眼來閉了，由他打，只不做聲。那個人先去背上看了杖瘡，寫看一看，亦不一直寫出，且先寫個看背上杖瘡，以作一曲，便無饞筆渴墨之誚。便道：「作怪！這模樣想是決斷不多時的疤痕。」轉過面前，便將手把武松頭髮揪起來，方纔看正面，便有酣筆飽墨之致也。定睛看了，叫道：「這個不是我兄弟武二郎？」疑鬼疑神之筆。武行者方纔閃開雙眼，看了那人道：「你不是我哥哥？」疑鬼疑神之筆。那人喝道：「快與我解下來，這是我的兄弟！」自武二郎兄死之後，如十字坡、孟州營、白虎莊，處處寫出許多「哥哥」、「弟弟」字來。讀之真有「昨夜雨滂烹，打倒葡萄棚」之妙也。然前兩處猶明明知是某人，却寫到結拜兄弟，便有通身擊應之能耳。此却更不知是何人，竟寫一個認是哥哥、一個認是兄弟，叫得一片親熱[一]，使讀者茫不知其爲誰，豈其夢中見武大耶？蓋特特爲是疑鬼疑神之筆，以自娱樂，亦以娱樂後世之人也。那

[一]「熱」，貫華堂本、葉瑶池本作「然」，據王望如評本改。

穿鵝黃襖子的妙。並吃打的，妙。〇一時寫出四個人，却一個人認得三個人，一個人認得一個人，兩個人各認得兩個人，一個人只認得一個人。一個人認得三個人者，出來的人認得三個人也；一個人認得一個人者，武松只認得出來的人也；兩個人各認得兩個人者，鵝黃襖子的認得出來的、吃打的，吃打的認得出來的、鵝黃襖子的也；一個人只認得一個人者，讀者此時只認得武松，並不認得出來的、鵝黃襖子的、吃打的也。〇妙批。【眉批】看他寫四個人都無名字。盡皆吃驚，連忙問道：「這個行者，如何却是師父的兄弟？」那人便道：「他便是我時常和你們說的，那景陽岡上打虎的武松。景陽岡打虎，不惟自己時常說，別人也時常說，可知是一件非常事。我也不知他如今怎地做了行者！」如畫，如話。那弟兄兩個聽了，慌忙解下武松來，便討幾件乾衣服與他穿了，細筆不漏。便扶入草堂裏來。武松便要下拜，那個人驚喜相半，扶住武松道：「兄弟酒還未醒，且坐一坐說話。」《水滸》寫拜，已成套事，此又寫得異樣出色。〇真好哥哥。武松見了那人，歡喜上來，酒早醒了五分，真有是事。討些湯水洗漱了，吃些醒酒之物，便來拜了那人，只一拜作兩橛寫。相敘舊話。

那人不是別人，又略一頓。正是鄆城縣人氏，句。姓宋，句。名江，句。表字公明。句。武行者道：「只想哥哥在柴大官人莊上，却如何來在這裏？兄弟莫不是和哥哥夢中相會麼？」宋江道：「我自從和你在柴大官人莊上分別之後，我却在那裏住得半年。是打虎殺嫂，初遇張青時也。不知家中如何，恐父親煩惱，先發付兄弟宋清歸去。便帶出三十四回來。後却收拾得家中書信，說道：『官司一事，全得朱、雷二都頭氣力，已自家中無事，口中補寫朱、雷。只要緝捕正身。因此，已動了個海捕文書，各處追獲。』這事已自慢了，却有這裏孔太公屢次使人去莊上問信。後見宋清回家，説道宋江在柴大官人莊上。因此，特地使人直來柴大官人莊上，取我在這裏。口中補寫來孔家前半節事。此間便是白虎山，這莊便是孔太公莊上。恰纔和兄弟相打的，便是孔太公小兒子。因他性急，好與人廝鬧，到處叫他做『獨火星』孔亮。這個穿鵝黄襖子的，便是孔太公大兒子，人都叫他做『毛頭星』孔明。因他兩個好習鎗棒，却是我點撥他些個，以此叫我做師父。此句醜。我在此間住半年了，是打蔣門神，殺張都監，再遇張青時也。我如今正欲要上清風寨走一遭，這兩日方欲起身。便入此句，爲下作引。我在柴大官人莊上時，只聽得人傳説兄弟在景陽岡上打了大蟲；又聽知你在陽穀縣做了都頭，又聞鬥殺了西門慶。此是半年。向後不知你配到何處去，兄弟如何做了行者？此是半年。」〇上文云柴家半年，孔家半年；此又敘出半年中事都知，半年中事都不知。不惟行文有虚實之妙，又表出柴、孔兩莊大小之不同也。

武松答道：「小弟自從柴大官人莊上别了哥哥去，到得景陽岡上，打了大蟲，送去陽穀縣，知縣就擡舉我做了都頭。後因嫂嫂不仁，與西門慶通奸，通奸上坐以「不仁」二字，妙絶。遂令「風情」二字，更立不起。藥死了我先兄武大，諸字哭殺。何也？昔佛入滅後，阿難結集四經，陞座初唱「如是我聞」四字，一時大衆，無不大哭也。曰：「昨猶見佛，今日已稱我聞。」今武松别宋江時，猶口口哥哥；見宋江時，已口稱先兄。嗟乎！腸斷脈絶，胡可以言也！被武松把兩個都殺了，自首告到本縣，轉申東平府。後得陳府尹一力救濟，斷配孟州。至十字坡，怎生遇見張青、孫二娘；到孟州，怎地會施恩，怎地打了蔣門神，如何殺了張都監一十五口，又逃在張青家，「母藥叉孫二娘教我做了頭陀行者的緣故；過蜈蚣嶺試刀，殺了王道人；至村店吃酒，醉打了孔兄」。把自家的事，從頭備細告訴了宋江一遍。孔明、孔亮兩個聽了大驚，撲翻身便拜。武松慌忙答禮道：「却纔甚是衝撞，休怪、休怪！」孔明、孔亮道：「我弟兄兩個有眼不識泰山，萬望恕罪！」武行者道：「既然二位相覷武松時，却是與我烘焙度牒、書信，並行李衣服，不可失落了那兩口戒刀、這串數珠。」孔明道：「這個不須足下挂心，小弟已自着人收拾去了，整頓端正拜還。」武行者拜謝了。宋江請出孔太公，竟是哥哥身分，妙。○寫得宋江亦有誇耀武松之意，妙妙。都相見了。孔太公置酒設席管待，不在話下。

當晚宋江邀武松同榻，叙說一年有餘的事，我于世間無所愛，正獨愛此一句耳。我二三同學人，亦同此癖也。武松之入玄中，宜哉！宋江心内喜悦。武松次日天明起來，都洗漱罷，出到中堂，相會吃早飯。孔明自在那裏相陪，孔亮捱着疼痛也來管待。妙，寫得孔亮愛敬豪傑出，寫得武松豪傑爲人愛敬出。孔太公便叫殺羊宰猪，安排筵宴。是日，村中有幾家街坊親戚都來謁拜，又有幾個門下人亦來拜見。宋江見了大喜。寫武松到處有人拜門生，可謂榮華之極。一百七人中，無一個得及也。○官司榜文，有如無物，寫得妙絶。

當日筵宴散了，宋江問武松道：「二哥，今欲往何處安身？」武松道：「昨夜已對哥哥説了，一夜話中抽出一句，妙筆。菜園子張青寫書與我，着兄弟投二龍山寶珠寺花和尚魯智深不説起楊志。那裏入夥。他也隨後便上山來。」宋江道：「也好。「也好」者，僅好而有所未盡之辭。只二字截住，下却疾轉出清風寨同去一段來。深表自家愛惜武松之至，不願其遂去落草；而自家之一片冰心，遂可借此得以自白。此皆宋江生平權詐過人處，而後人反因此等續出後數十回，真可笑也。我不瞞你說：我家近日有書來説道，清風寨知寨小李廣花榮，他知道我殺了閻婆惜，每每寄書來與我，千萬教我去寨裏住幾時。此間又離清風寨不遠，我這兩日正待要起身去。因見天氣陰晴不定，未曾起程。早晚要去那裏走一遭，不若和你同往如何？」寫出恩愛如見。○誠如此，可謂「愛人以德」矣。

武松道：「哥哥，怕不是好情分，帶携兄弟投那裏去住幾時。只是武松做下的罪犯至重，遇赦不宥。因此發心，只是投二龍山落草避難。亦且我又做了頭陀，難以和哥哥同往。路上被人設疑，倘或有些決撒了，須連累了哥哥。便是哥哥與兄弟同死同生，也須累及了花知寨不好。説得妙。曾不見花知寨，因宋公明而愛及花知寨，一妙也；雖因宋公明而愛及花知寨，然畢竟信公明深于信知寨，二妙也。只是由兄弟投二龍山去了罷。「只是由」三字、「去了罷」三字，便活襯出宋江恩愛來。天可憐見，異日不死，受了招安，那時却來尋訪哥哥未遲。」武松不必有此心，只因上文宋江數語，感激至深，便慨然將宋江口中不便説明之事，一直都説出來。讀其言，真令我欲痛哭也。○殊不知宋江却不然。宋江道：「兄弟既有此心歸順朝廷，皇天必祐。看他便着實贊歎，全是一片權詐。若如此行，不敢苦勸，此八字，重上四字。你只相陪我住幾日了去。」此句又落到兄弟恩情上來，妙絶。○只因宋江要表不反，便有此一段文；只因有此一段文，便爲七十回後續貂者作地也。

自此，兩個在孔太公莊上，一住過了十日之上。宋江與武松要行，孔太公父子那裏肯放。又留了三五日，宋江堅執要行，孔太公只得安排筵席送行。管待一日了，次日，將出新做的一套行者衣服，皂布直裰，陪。並帶來的度牒、書信、界箍、數珠、戒刀、金銀之類，交還武松，又各送銀五十兩，權爲路費。宋江推却不受，武松偏不然。孔太公父子只顧將來拴縛在包裹裏。

宋江整頓了衣服、器械，武松依前穿了行者的衣裳，帶上鐵界箍，挂了人頂骨數珠，跨了兩口戒刀，收拾了包裹，拴在腰裏。宋江提了朴刀，懸口腰刀，帶上氈笠子，辭别了孔太公。孔明、孔亮叫莊客背了行李，弟兄二人直送了二十餘里路，拜辭了宋江、武行者兩個。宋江自把包裹背了，説道：「不須莊客遠送，我自和武兄弟去。」孔明、孔亮相别，自和莊客歸家，不在話下。

只説宋江和武松兩個在路上行着，于路説些閑話，走到晚，歇了一宵。次日早起，打夥又行。兩個吃罷飯，又走了四五十里，却來到一市鎮上，地名唤做瑞龍鎮，却是個三岔路口。宋江借問那裏人道：「小人們欲投二龍山、清風鎮上，不知從那條路去？」那鎮上人答道：「這兩處不是一條路去了：這里要投二龍山去，只是投西落路；若要投清風鎮去，須用投東落路，過了清風山便是。」

宋江聽了備細，便道：「兄弟，我和你今日分手，就這裏吃三杯相别。」武行者道：「我送哥哥一程了，却回來。」真正哥哥既死，且把認義哥哥遠送，所謂「雖無老成人，尚有典型」也。宋江道：「不須如此。自古道：『送君千里，終有一别。』兄弟，你只顧自己前程萬里，早早的到了彼處。入夥之後，少戒酒性。與張青如出一口。如得朝廷招安，你便可攛掇魯智深投降了，日後但是去邊上一鎗一刀，博得個封妻蔭子，久後青史上留得一個好名，也不枉了爲人一世。前宋江口中不好説明，却向武松口中説明之；然武松口中却説不暢，便再向宋江口中暢説之。妙絶。然而其實都是宋江權術。七十回後，紛紛續貂，殊無謂也。我自百無一能，雖有忠心，不能得進步。兄弟，你如此英雄，決定做得大事業，可以記心，聽愚兄之言，圖個日後相見。」此非宋江自謙，實是武松珠玉在前矣。武行者聽了。此五字真寫得好，有如魚似水之樂。酒店上飲了數杯，還了酒錢，二人出得店來，行到市鎮梢頭，三岔路口，武行者下了四拜。宋江洒淚，不忍分別，又分付武松道：「兄弟，休忘了我的言語：筆墨淋漓之至。少戒酒性。再申四字者，所以消繳武松十來卷文字，直挽至最初柴進莊上使酒打人一句也。保重，保重！」武行者自投西去了。看官牢記話頭：武行者自來二龍山投魯智深、楊志入夥了。不在話下。

且説宋江自別了武松，轉身投東，望清風山路上來，于路只憶武行者。七字妙絶，遥遥直與一年前柴進莊上武松別宋江上路時相應。又自行了幾日，却早遠遠的望見前面一座高山，生得古怪，樹木稠密。心中歡喜，觀之不足，貪走了幾程，不曾問得宿頭。如此入。看看天色晚了，宋江心内驚慌，肚裏尋思道：「若是夏月天道，胡亂在林子裏歇一夜。却恨又是仲冬天氣，風霜正冽，夜間寒冷，難以打熬。倘或走出一個毒蟲虎豹來時，如何抵當？却不害了性命！」只顧望東小路裏撞將去。約莫走了也是一更時分，心裏越慌，看不見地下，躧了一條絆脚索。樹林裏銅鈴響，走出十四五個伏路小嘍囉來，發聲喊，把宋江捉翻。一條麻索縛了，奪了朴刀、包裹，吹起火把，將宋江解上山來。即晚間「心中歡喜，觀之不足」之山也。宋江只得叫苦，却早押到山寨裏。

宋江在火光下看時，四下裏都是木栅；當中一座草廳，廳上放着三把虎皮交椅；後面有百十間草房。小嘍囉把宋江捆做粽子相似，將來綁在將軍柱上。有幾個在廳上的小嘍囉説道：「大王方纔睡，且不要去報。等大王酒醒時，却請起來，剖這牛子心肝做醒酒湯，我們大家吃塊新鮮肉。」宋江被綁在將軍柱上，心裏尋思道：「我的造物只如此偃蹇！只爲殺了一個烟花婦人，變出得如此之苦！誰想這把骨頭却斷送在這裏！」只見小嘍囉點起燈燭熒煌，宋江已自凍得身體麻木了，動撣不得，只把眼來四下裏張望，低了頭歎氣。

約有二三更天氣，只見廳背後走出三五個小嘍囉來，叫道：「大王起來了。」便去把廳上燈燭剔得明亮。宋江偷眼看時，只見那個出來的大王，頭上綰着鵝梨角兒，一條紅絹帕裹着，身上披着一領棗紅紵絲衲襖，便來坐在當中虎皮交椅上。那個好漢，祖貫山東萊州人氏，姓燕，名順，綽號「錦毛虎」。原是販羊馬客人出身，因爲消折了本錢，流落在緑林叢内打劫。那燕順酒醒起來，坐在中間交椅上，問道：「孩兒們，那裏拿得這個牛子？」小嘍囉答道：「孩兒們正在後山伏路，只聽得樹林裏銅鈴響。原來這個牛子獨自個背些包裹，撞了繩索，一交絆翻。因此拿得來，獻與大王做醒酒湯。」燕順道：「正好！快去與我請得二位大王來同吃。」

小嘍囉去不多時，只見廳側兩邊走上兩個好漢來。左邊一個，五短身材，一雙光眼，祖貫兩淮人氏，姓王，名英，江湖上叫他做「矮脚虎」。原是車家出身，爲因半路裏見財起意，就勢劫了客人，事發到官，越獄走了，上清風山，和燕順占住此山，打家劫舍。右邊這個，生的白浄面皮，三牙掩口髭鬚，瘦長膀闊，清秀模樣，也裹着頂絳紅頭巾。他祖貫浙西蘇州人氏，姓鄭，雙名天壽。爲他生得白浄俊俏，人都號他做「白面郎君」。原是打銀爲生，因他自小好習鎗棒，流落在江湖上，因來清風山過，撞着王矮虎，和他鬥了五六十合，不分勝敗。因此燕順見他好手段，留在山上坐了第三把交椅。當下三個頭領坐下，王矮虎便道：「孩兒們快動手，取下這牛子心肝來，造三分醒酒酸辣湯來！」只見一個小嘍囉掇一大銅盆水來，放在宋江面前。怕。又一個小嘍囉捲起袖子，手中明晃晃拿着一把剜心尖刀。怕。那個掇水的小嘍囉便把雙手潑起水來，澆那宋江心窩裏。怕。○一部大書以宋江爲主，則如此等處定當不妨。然作者却偏故意寫得怕人，讀之亦復吃驚不少。

原來但凡人心都是熱血裏着，把這冷水潑散了熱血，取出心肝來時，便脆了好吃。再注一句者，爲欲少遲下文也，然于何知之？那小嘍囉把水直潑到宋江臉上，宋江歎口氣道：「可惜宋江死在這裏！」燕順親耳聽得「宋江」兩字，三十七字只作一句讀，其事甚疾。○此三十七字中，凡叙三個人，三件事。然其實潑時即是歎時，歎時即是聽時，聽時即是潑時。雖是三個人、三件事，然只在一霎中一齊都有，故應作一句讀也。便喝住小嘍囉道：「且不要潑水！」燕順問道：「他那廝妙。說甚麽『宋江』？妙。」○看他兩半句不合處。小嘍囉答道：「這廝口裏妙。說道：『可惜宋江死在這裏！』」妙。燕順便起身來，妙。問道：「兀那漢子，你認得宋江？」妙妙。宋江道：「只我便是宋江。」妙妙。燕順走近跟前，妙妙。又問道：「你是那裏的宋江？」天下豈有兩宋江耶？妙妙。宋江答道：「我是濟州鄆城縣做押司的宋江。」妙妙。燕順嚷道：妙妙。「你莫不是山東及時雨宋公明，殺了閻婆惜逃出在江湖上的宋江？」妙妙。○詳其地不足信，又必詳其事焉。筆墨淋漓，乃至于此。宋江道：「你怎得知我正是宋三郎宋江？」妙妙。○無所不詳矣，只餘「三郎」二字，亦詳出來。文心當面變化而出，非先有定式可據也。○看他連用無數宋江字押脚，有《漁陽摻撾》之聲，能令滿座動色。○俗本訛。燕順吃了一驚，便奪過小嘍囉手内尖刀，把麻索都割斷了，便奪尖刀，妙絶妙絶。便把自身上披的棗紅紵絲衲襖脱下來，裹在宋江身上，便脱棗紅衲襖，妙絶妙絶。便抱在中間虎皮交椅上，便抱上虎皮交椅，妙絶妙絶。便叫王矮虎、鄭天壽快下來，三人納頭便拜。便叫來拜，妙絶妙絶。○寫得燕順屁滾尿流如活。○上七「宋江」字押脚，此四「便」字提頭，文筆盤飛踢跳。俗本訛。宋江滾下來答禮，問道：「三位壯士，何故不殺小人，反行重禮，此意如何？」亦拜在地。

那三個好漢一齊跪下，燕順道：「小弟只要把尖刀剜了自己的眼睛！未審亦作湯否？原來不識好人！一時間見不到處，少問個緣由，爭些兒壞了義士！若非天幸，使令仁兄自説出大名來，我等如何得知仔細！小弟在江湖上緑林叢中，走了十數年，聞得賢兄仗義疏財、濟困扶危的大名。只恨緣分淺薄，不能拜識尊顔。今日天使相會，真乃稱心滿意！」宋江答道：「量宋江有何德能，教足下如此挂心錯愛！」燕順道：「仁兄禮賢下士，結納豪傑，名聞寰海，誰不欽敬！梁山泊近來如此興旺，四海皆聞，曾有人説道盡出仁兄之賜。全書大眼目。不知仁兄獨自何來，今却到此？」宋江把這救晁蓋一節，殺閻婆惜一節，却投柴進並孔太公許多時，及今次要往清風寨尋小李廣花榮這幾件事，一一備細説了。三個頭領大喜，隨即取套衣服與宋江穿了。一面叫殺羊宰馬，連夜筵席。當夜直吃到五更，叫小嘍囉伏侍宋江歇了。次日辰牌起來，訴説路上許多事務，又説武松如此英雄了得。妙。○又妙于夜來不説，留作今朝竟日之歡也。三個頭領跌脚懊恨道：「我們無緣，若得他來這裏十分是好，却恨他投那裏去了！」妙。話休絮繁。宋江自到清風山[一]，住了五七日，每日好酒好食管待，不在話下。

[一]「山」，貫華堂本、葉瑶池本作「寨」，據王望如評本改。

時當臘月初旬，山東人年例，臘日上墳。筆法。只見小嘍囉山下報上來，説道：「大路上有一乘轎子，七八個人跟着，挑着兩個盒子，去墳頭化紙。」王矮虎是個好色之徒，見報了，想此轎子必是個婦人，點起三五十小嘍囉，便要下山。宋江、燕順那裏攔當得住？綽了鎗刀，敲一棒銅鑼，下山去了。宋江、燕順、鄭天壽三人，自在寨中飲酒。那王矮虎去了約有三兩個時辰，遠探小嘍囉報將來，説道：「王頭領直趕到半路裏，七八個軍漢都走了，拿得轎子裏擡着的一個婦人。只有一個銀香盒，别無物件財物。」燕順問道：「那婦人如今擡到那裏？」小嘍囉道：「王頭領已自擡在山後房中去了。」燕順大笑。宋江道：「原來王英兄弟要貪女色，不是好漢的勾當。」燕順道：「這個兄弟，諸般都肯向前，只是有這些毛病。」宋江道：「二位和我同去勸他。」燕順、鄭天壽便引了宋江，直來到後山王矮虎房中，推開房門，只見王矮虎正摟住那婦人求歡。見了三位入來，慌忙推開那婦人，請三位坐。

宋江看見那婦人，便問道：「娘子，你是誰家宅眷？這般時節出來閑走，有甚麽要緊？」那婦人含羞向前，深深地道了三個萬福，便答道：「侍兒是清風寨知寨的渾家。憑空設幻，疑其筆尖有五鬼搬運之符也。爲因母親棄世，今得小祥，特來墳前化紙。那裏敢無事出來閑走？告大王垂救性命！」宋江聽罷，吃了一驚，肚裏尋思道：「我正來投奔花知寨，莫不是花榮之妻？我如何不救！」文情奇妙，讀之欲迷。宋江問道：「你丈夫花知寨，好。如何不同你出來上墳？」那婦人道：「告大王：侍兒不是花知寨的渾家。」好。宋江道：「你恰纔説是清風寨知寨的恭人。」好。那婦人道：「大王不知：這清風寨如今有兩個知寨，好。一文好。一武。好。

武官便是知寨花榮，好。文官便是侍兒的丈夫，知寨劉高。好。」宋江尋思道：「他丈夫既是和花榮同僚，我不救時，明日到那裏須不好看！」看他下文好看。○此等皆是無中生有文字。宋江便對王矮虎說道：「小人有句話說，不知你肯依麽？」王英道：「哥哥有話，但說不妨。」宋江道：「但凡好漢犯了『溜骨髓』三個字的，好生惹人恥笑。我看這娘子說來，是個朝廷命官的恭人，怎生二字宋江聲口。看在下薄面並江湖上『大義』兩字，放他下山回去，教他夫妻完聚，如何？」王英道：「哥哥聽稟：王英自來没個押寨夫人做伴，況兼如今世上都是那大頭巾弄得歹了，哥哥管他則甚？罵世語，竟似李贄惡習矣。然偶然一見即不妨，但不得通身學李贄，便殊累盛德也。胡亂容小弟這些個。」宋江便跪一跪宋江身分。道：「賢弟若要押寨夫人時，日後宋江揀一個停當好的，在下納財進禮，娶一個伏侍賢弟。只是這個娘子，是小人友人同僚正官之妻。怎地做個人情，放了他則個。」燕順、鄭天壽一齊扶住宋江道：「哥哥且請起來，這個容易。」宋江又謝道：「恁的時，重承不阻。」

燕順見宋江堅意要救這婦人，因此不顧王矮虎肯與不肯，喝令轎夫擡了去。此是寫燕順。那婦人聽了這話，插燭也似拜謝宋江，一口一聲叫道：「謝大王！」宋江道：「恭人，你休謝我。我不是山寨裏大王，我自是鄆城縣客人。」辯得遲矣，亦可云辯得早哩。那婦人拜謝了下山，兩個轎夫也得了性命，擡着那婦人下山來，飛也似走，只恨爺娘少生了兩隻脚。這王矮虎又羞又悶，只不做聲，被宋江拖出前廳勸道：「兄弟，你不要焦躁。宋江日後好歹要與兄弟完娶一個，教你歡喜便了。小人並不失信。」燕順、鄭天壽都笑起來。王矮虎一時被宋江以禮義縛了，禮義可以縛人，乃至可以縛王矮虎，而何世之不用之也？雖不滿意，敢怒而不敢言，只得陪笑，自同宋江在山寨中吃筵席，不在話下。

且說清風寨軍人一時間被擄了恭人去，只得回來到寨裏報知劉知寨，說道：「恭人被清風山强人擄去了！」劉高聽了大怒，喝罵去的軍人不了事，如何撇了恭人，大棍打那去的軍漢。衆人分說道：「我們只有五七個，他那裏三四十人，如何與他敵得？」劉高喝道：「胡說！你們若不去奪得恭人回來時，我都把你們下在牢裏問罪！」那幾個軍人吃逼不過，没奈何，只得央浼本寨内軍健七八十人，各執鎗棒，用意來奪。不想來到半路，正撞見兩個轎夫，擡得恭人飛也似來了。衆軍漢接見恭人，問道：「怎地能够下山？」那婦人道：「那廝捉我到山寨裏，見我說道是劉知寨的夫人，唬得他慌忙拜我，便叫轎夫送我下山來。」活是文官妻子，亦會説大話騙人。衆軍漢道：「恭人，可憐見我們！只對相公說我們打奪得恭人回來，權救我衆人這頓打！」那婦人道：「我自有道理說便了。」衆軍漢拜謝了，簇擁着轎子便行。

衆人見轎夫走得快，妙。便說道：「你兩個閑常在鎮上擡轎時，只是鵝行鴨步，妙。如今却怎地這等走的快？妙。」那兩個轎夫應道：「本是走不動，却被背後老大栗暴打將來！」妙。衆人笑道：「你莫不見鬼，背後那得人？」轎夫方纔敢回頭，看了道：「哎也！是我走得慌了，脚後跟直打着腦杓子！」妙。○此文只是花榮楔子，作者無可見長，故借此作閑中一笑也。衆人都笑。簇着轎子，回到寨中。劉知寨見了大喜，便問恭人道：「你得誰人救了你回來？」那婦人道：「便是那廝們擄我去，不從奸騙，正要殺我，活是文官妻子，會說自家好處。見我說是知寨的恭人，不敢下手，慌忙拜我，却得這許多人來搶奪得我回來。」劉高聽了這話，便叫取十瓶酒、一口猪，賞了七八十人，十瓶酒、一口猪，賞七八十人，文官破格事也。不在話下。

且說宋江自救了那婦人下山，又在山寨中住了五七日，思量要來投奔花知寨。當時作別要下山，三個頭領苦留不住，做了送路筵席餞行，各送些金寶與宋江，打縛在包裹裏。當日宋江早起來，洗漱罷，吃了早飯，拴束了行李，作別了三位頭領下山。那三個好漢將了酒果肴饌，直送到山下二十餘里官道傍邊，把酒分別。三人不捨，叮囑道：「哥哥去清風寨回來，是必再到山寨相會幾時。」帶一句。宋江背上包裹，提了朴刀，說道：「再得相見。」唱個大喏，分手去了。若是說話的同時生，並肩長，攔腰抱住，把臂拖回，便不使宋江要去投奔花知寨，險些兒死無葬身之地。又變出一樣住法。正是：遭逢坎坷皆天數，際會風雲豈偶然。畢竟宋江來尋花知寨，撞着甚人，且聽下回分解。

第五才子書施耐庵水滸傳卷之三十七

聖歎外書

第三十二回　宋江夜看小鰲山　花榮大鬧清風寨

文章家有過枝接葉處，每每不得與前後大篇一様出色。然其叙事潔淨，用筆明雅，亦殊未可忽也。譬諸游山者，游過一山，又問一山。當斯之時，不無借徑于小橋曲岸、淺水平沙。然而前山未遠，魂魄方收；後山又來，耳目又費。則雖中間少有不稱，然政不致遂敗人意。又况其一橋一岸、一水一沙，乃殊非七十回後一望荒屯絶徼之比。想復晚凉新浴，荳花棚下，揺蕉扇，説曲折，興復不淺也。

看他寫花榮，文秀之極，傳武松後定少不得此人。可謂矯矯虎臣，翩翩儒將，分之兩隽，合之雙璧矣。

話説這清風山離青州不遠，只隔得百里來路。這清風寨却在青州三岔路口，地名清風鎮。因爲這三岔路上通三處惡山，因此特設這清風寨在這清風鎮上。落筆亦似一座惡山，便伏下許多林莽。那裏也有三五千人家，却離這清風山只有一站多路。當日三位頭領自上山去了，只說宋公明獨自一個背着些包裹，迤逦來到清風鎮上，便借問花知寨住處。那鎮上人答道：「這清風寨衙門在鎮市中間。南邊有個小寨，是文官劉知寨住宅；問花知寨，偏先答劉寨，行文有犬牙交錯之法。北邊那個小寨，正是武官花知寨住宅。」

宋江聽罷，謝了那人，便投北寨來。到得門首，見有幾個把門軍漢，問了姓名，入去通報。只見寨裏走出那個少年的軍官來，拖住宋江，喝叫軍漢接了包裹、朴刀、腰刀，扶到正廳上，便請宋江當中凉床上坐了，納頭便拜四拜。寫花榮，又有花榮。○正廳上當中設放凉床，寫得妙絶。蓋花榮望宋江來久矣，特暗借陳蕃故事，翻寫出異樣交情來。真正妙手。起身道：「自從別了兄長之後，屈指又早五六年矣，常常念想。聽得兄長殺了一個潑烟花，官司行文書各處追捕。小弟聞得，如坐針氈，連連寫了十數封書去貴莊問信，不知曾到也不？今日天賜，幸得哥哥到此相見一面，大慰平生！」說罷又拜。宋江扶住道：「賢弟休只顧講禮，請坐了，聽在下告訴。」花榮斜坐着，三字與上「凉床」句對看，要知他全不用賓主二字相待，便連下文妻妹一段都有神理。作者之手法如此。宋江把殺閻婆惜一事，和投奔柴大官人，並孔太公莊上遇見武松、清風山上被捉遇燕順等事，細細地都說了一遍。花榮聽罷，答道：「兄長如此多難，今日幸得仁兄到此。且住數年，人壽幾何，是何言與！却又理會。」宋江道：「若非兄弟宋清寄書來孔太公莊上時，在下也特地要來賢弟這裏走一遭。」花榮便請宋江去後堂裏坐，喚出渾家崔氏來拜伯伯。拜罷，花榮又叫妹子出來拜了哥哥。寫花榮，又有花榮。○花榮武官，何其文也。○看他文心前掩後映，何其妙哉！見劉知寨恭人，却誤認是花知寨恭人，既曉得不是花知寨恭人，一奇也；未算到秦家嫂嫂，却先見花家妹子，今日是花家妹子，後日又却是秦家嫂嫂，二奇也。世之淺夫讀此文，則止謂是花榮出妻見妹耳，豈復知其結構之妙哉？　便請宋江更換衣裳、鞋韈，香湯沐浴，真好花榮。在後堂安排筵席洗塵。

當日筵宴上，宋江把救了劉知寨恭人的事，備細對花榮説了一遍。花榮聽罷，皺了雙眉，説道：「兄長，没來由救那婦人做甚麽？　正好教滅這厮的口！」宋江道：「却又作怪！　我聽得説是清風寨知寨的恭人，因此把做賢弟同僚面上，特地不顧王矮虎相怪，一力要救他下山。你却如何恁的説？」花榮道：「兄長不知：不是小弟説口，這清風寨是青州緊要去處，是。若還是小弟獨自在這裏守把時，是。遠近强人怎敢把青州攪得粉碎！是。近日除將這個窮酸餓醋來做個正知寨，是。這厮又是文官，又不識字。是。自從到任，只把鄉間些少上户詐騙，是。朝廷法度，無所不壞。是。小弟是個武官副知寨，每每被這厮嘔氣，是。恨不得殺了這濫污禽獸。兄長却如何救了這厮的婦人？　打緊這婆娘極不賢，只是調撥他丈夫行不仁的事，殘害良民，貪圖賄賂，貪圖賄賂，未有不殘害良民者；殘害良民以圖賄賂，未有不奉其婆娘者；婆娘既識賄賂滋味，未有不調撥丈夫多行不仁者。借花榮口中，寫得如秦鏡相似。正好叫那賤人受些玷辱，兄長錯救了這等不才的人。」

宋江聽了，便勸道：「賢弟差矣！　自古道：『寃讎可解不可結。』他和你是同僚官，雖有些過失，你可隱惡而揚善。賢弟休如此淺見。」花榮道：「兄長見得極明。來日公廨内見劉知寨時，與他説過救了他老小之事。」宋江道：「賢弟若如此，也顯你的好處。」花榮夫妻幾口兒，朝暮臻臻至至，獻酒供食，伏侍宋江。極寫花榮。當晚安排床帳在後堂軒下，請宋江安歇。次日，又備酒食筵宴管待。

話休絮煩。宋江自到花榮寨裏，吃了四五日酒。花榮手下有幾個梯己人，一日換一個，撥些碎銀子在他身邊，每日教相陪宋江去清風鎮街上，觀看市井喧譁，村落宫觀寺院，閑走樂情。寫花榮都好。○爲下文作引，好。自那日爲始，這梯己人相陪着閑走，邀宋江去市井上閑玩。那清風鎮上，也有幾座小构欄並茶坊酒肆[一]，自不必説得。當日宋江與這梯己人在小构欄裏閑看了一回，又去近村寺院、道家宫觀游賞一回，請去市鎮上酒肆中飲酒。臨起身時，那梯己人取銀兩還酒錢。宋江那裏肯要他還錢，却自取碎銀還了。宋江歸來，又不對花榮説。那個同去的人歡喜，又落得銀子，又得身閑。此等只是閑筆閑搦。自此每日撥一個相陪，和宋江去閑走，每日又只是宋江使錢。自從到寨裏，無一個不敬愛他的。宋江在花榮寨裏住了將及一月有餘，看看臘盡春回，又早元宵節近。

且説這清風寨鎮上居民，商量放燈一事，准備慶賞元宵。科斂錢物，去土地大王廟前，扎縛起一座小鰲山。上面結彩懸花，張挂五七百碗花燈。土地大王廟内，逞賽諸般社火。家家門前，扎起燈棚，賽懸燈火。市鎮上，諸行百藝都有，雖然比不得京師，只此也是人間天上。

[一]「幾」，金評各本均作「這」，據明容與堂本改。

當下宋江在寨裏和花榮飲酒，正值元宵。是日晴明得好，花榮到巳牌前後，上馬去公廨内點起數百個軍士，教晚間去市鎮上彈壓。又點差許多軍漢，分頭去四下裏守把柵門。爲官應如此矣。未牌時分回寨來，邀宋江吃點心。宋江對花榮説道：「聽聞此間市鎮上，今晚點放花燈，我欲去看看。」花榮答道：「小弟本欲陪侍兄長，奈緣我職役在身，不能够閑步同往。先補一句。今夜兄長自與家間二三人去看燈，早早的便回。小弟在家專待家宴三杯，以慶佳節。」宋江道：「最好。」

却早天色向晚，東邊推出那輪明月。宋江和花榮家親隨梯己人兩三個，跟隨着緩步徐行。到這清風鎮上看燈時，只見家家門前搭起燈棚，懸挂花燈。燈上畫着許多故事，也有剪彩飛白牡丹花燈，並芙蓉荷花異樣燈火。四五個人手厮挽着，來到大王廟前，在鰲山前看了一回，迤邐投南走。不過五七百步，只見前面燈燭熒煌，一夥人圍住在一個大牆院門首熱鬧。鑼聲響處，衆人喝采。宋江看時，却是一夥舞鮑老的。宋江矮矬人，背後看不見。那相陪的梯己人，却認的社火隊裏，便教分開衆人，讓宋江看。那跳鮑老的身軀紐得村村勢勢的，宋江看了「呵呵」大笑。只見這牆院裏面，却是劉知寨夫妻兩口兒和幾個婆娘在裏面看。武知寨便上馬去彈壓，文知寨便和婆娘看燈，往往如是矣。聽得宋江笑聲，那劉知寨的老婆于燈下却認的宋江，便指與丈夫道：「兀那個黑矮漢子，便是前日清風山搶擄下我的賊頭！」劉知寨聽了，吃一驚，便喚親隨六七人，叫捉那個笑的黑漢子。宋江聽得，回身便走。走不過十餘家，衆軍漢趕上，把宋江捉住。拿到寨裏，用四條麻索綁了，押至廳前。那三個梯己人見捉了宋江去，自跑回來報與花榮知道。

且説劉知寨坐在廳上，叫：「解過那厮來！」衆人把宋江簇擁在廳前跪下。劉知寨喝道：「你這厮是清風山打劫强賊，如何敢擅自來看燈！今被擒獲，有何理説？」宋江告道：「小人自是鄆城縣客人張三，與花知寨是故友。來此間多日了，從不曾在清風山打劫。」劉知寨老婆却從屏風背後轉將出來，喝道：「你這厮兀自賴哩！你記得教我叫你做大王時？」宋江告道：「恭人差矣！那時小人不對恭人説來，『小人自是鄆城縣客人，亦被擄掠在此間，不能够下山去』？」劉知寨道：「你既是客人被擄劫在那裏，今日如何能够下山來，却到我這裏看燈？」那婦人便説道：「你這厮在山上時，大剌剌的坐在中間交椅上，由我叫大王，那裏睬人！」宋江道：「恭人全不記我一力救你下山，如何今日到把我强扭做賊！」那婦人聽了大怒，指着宋江駡道：「這等賴皮賴骨，不打如何肯招！」劉知寨道：「説得是。」喝叫：「取過批頭來打那厮！」一連打了兩料，打得宋江皮開肉綻，鮮血迸流。叫把鐵鎖鎖了，明日合個囚車，把做「鄆城虎」張三解上州裏去。

却説相陪宋江的梯已人，慌忙奔回來報知花榮。花榮聽罷大驚，連忙寫一封書，差兩個能幹親隨人去劉知寨處取。親隨人賫了書，急忙到劉知寨門前。把門軍士入去報覆道：「花知寨差人在門前下書。」劉高叫唤至當廳，那親隨人將書呈上。劉高拆開封皮，讀道：

花榮拜上僚兄相公座前：所有薄親劉丈，花榮文甚。近日從濟州來，放開「鄆城」二字。因看燈火，誤犯尊威。萬乞情恕放免，自當造謝。草字不恭，煩乞照察不宣。

劉高看了大怒，把書扯的粉碎，大罵道：「花榮這廝無禮！你是朝廷命官，如何却與强賊通同，也來瞞我！這賊已招是鄆城縣張三，你却如何寫濟州劉丈？俺須不是你侮弄的！你寫他姓劉，是和我同姓，恁的我便放了他？」文官徒知此耳。喝令左右把下書人推將出去。

那親隨人被趕出寨門，急急歸來，稟復花榮知道。花榮聽了，只叫得：「苦了哥哥！快備我的馬來。」花榮披挂，拴束了弓箭，花榮一生。綽鎗上馬，帶了三五十名軍漢，都拖鎗拽棒，直奔到劉高寨裏來。把門軍人見了，那裏敢攔當，見花榮頭勢不好，盡皆吃驚，都四散走了。寫得好看。花榮搶到廳前，下了馬，手中拿着鎗。那三五十人都擺在廳前。寫得好看。花榮口裏叫道：「請劉知寨説話！」劉高聽得，驚得魂飛魄散，懼怕花榮是個武官，那裏敢出來相見？花榮見劉高不出來，立了一回，喝叫左右去兩邊耳房裏搜人。那三五十軍漢一齊去搜時，早從廊下耳房裏尋見宋江，被麻索高吊起在梁上，又使鐵索鎖着，兩腿打得肉綻。幾個軍漢便把繩索割斷，鐵鎖打開，救出宋江，花榮便叫軍士先送回家裏去。花榮上了馬，綽鎗在手，口裏發話道：「劉知寨，你便是個正知寨，待怎的奈何了花榮！誰家沒個親眷，你却甚麽意思？我的一個表兄，直拿在家裏，强扭做賊，好欺負人！明日和你説話！」花榮帶了衆人，自回到寨裏來看視宋江。

却説劉知寨見花榮救了人去，急忙點起一二百人，也叫來花榮寨奪人。那一二百人內，新有兩個教頭。爲首的教頭，雖然了得些鎗刀，終不及花榮武藝；不敢不從劉高，只得引了衆人，奔花榮寨裏來。把門軍士入去報知花榮。此時天色未甚明亮，那二百來人擁在門首，誰敢先入去？寫得好看。都懼怕花榮了得。看看天大明了，却見兩扇大門不關，寫得好看。只見花知寨在正廳上坐着，寫得好看。左手拿着弓，右手挽着箭。寫得好看。衆人都擁在門前，花榮豎起弓，大喝道：「你這軍士們，不知冤各有頭，債各有主？劉高差你來，休要替他出色。你那兩個新參教頭，還未見花知寨的武藝。今日先教你衆人看花知寨弓箭，然後你那厮們要替劉高出色，不怕的入來！看我先射大門上左邊門神的骨朵頭！」妙。搭上箭，拽滿弓，只一箭，喝聲：「着！」正射中門神骨朵頭。妙。二百人都吃一驚。花榮又取第二枝箭，大叫道：「你們衆人再看：我這第二枝箭，要射右邊門神的頭盔上朱纓！」妙。「颼」的又一箭，不偏不斜，正中纓頭上。妙。【眉批】寫得好看。那兩枝箭却射定在兩扇門上。總結一句，有力。花榮再取第三枝箭，喝道：「你衆人看：我第三枝箭，要射你那隊裏穿白的教頭心窩！」妙妙。那人叫聲：「哎呀！」便轉身先走。寫得好看。衆人發聲喊，一齊都走了。寫得好看。

花榮且叫閉上寨門，却來後堂看覷宋江。花榮説道：「小弟誤了哥哥，受此之苦。」宋江答道：「我却不妨，只恐劉高那厮不肯和你干休。我們也要計較個長便。」花榮道：「小弟捨着棄了這道官誥，真好花榮。和那厮理會！」宋江道：「不想那婦人將恩作怨，教丈夫打我這一頓。我本待自説出真名姓來，却又怕閻婆惜事發，因此只説鄆城客人張三。叵耐劉高無禮，要把我做鄆城虎張三，解上州去，合個囚車盛我。要做清風山賊首時，頃刻便是一刀一剮。不得賢弟自來力救，便有銅唇鐵舌，也和他分辯不得！」花榮道：「小弟尋思，只想他是讀書人，須念同姓之親，因此寫了『劉丈』，花知寨差矣：越是讀書人，越把同姓痛惡；越是同姓，越爲讀書人痛惡耳。讀至此處，我將聽普天下慨歎之聲。不想他直恁没些人情。如今既已救了來家，且却又理會。」

宋江道：「賢弟差矣：既然仗你豪勢，救了人來，凡事要三思。自古道：『吃飯防噎，行路防跌。』他被你公然奪了人來，急使人來搶，又被你一嚇，盡都散了。我想他如何肯干罷，必然要和你動文書。今晚我先走上清風山去躲避，你明日却好和他白賴，終久只是文武不和相毆的官司。我若再被他拿出去時，你便和他分説不過。」是。花榮道：「小弟只是一勇之夫，却無兄長的高明遠見。只恐兄長傷重了，走不動。」好花榮。宋江道：「不妨，事急難以擔閣，我自捱到山下便了。」當日敷貼了膏藥，吃了些酒肉，把包裹都寄在花榮處。黄昏時分，便使兩個軍漢送出栅外去了。宋江自連夜捱去，不在話下。

再説劉知寨見軍士一個個都散回寨裏來，説道：「花知寨十分英勇了得，誰敢去近前當他弓箭！」兩個教頭道：「着他一箭時，射個透明窟窿，却是都去不得！」劉高終是個文官，有些算計，當下尋思起來：「想他這一奪去，必然連夜放他上清風山去了，明日却來和我白賴。便爭競到上司，也只是文武不和鬥毆之事，我却如何奈何得他？劉高又賊。我今夜差二三十軍漢，去五里路頭等候。倘若天幸捉着時，將來悄悄的關在家裏，却暗地使人連夜去州裏，報知軍官下來取，就和花榮一發拿了，都害了他性命。那時我獨自霸着這清風寨，文武不和，只爲此句，寫出千古炯鑑，非直稗官而已。省得受那厮們的氣！」當晚點了二十餘人，各執鎗棒，就夜去了。約莫有二更時候，去的軍漢背剪綁得宋江到來。看他省法，便避却前文清風山下被捉一段矣。

劉知寨見了，大喜道：「不出吾之所料！且與我因在後院裏，休教一個人得知。」連夜便寫了實封申狀，差兩個心腹之人，星夜來青州府飛報。次日，花榮只道宋江上清風山去了，坐視在家，心裏只道：「我且看他怎的！」竟不來睬着。劉高也只做不知，兩下都不説着。好。

且説這青州府知府正值陞廳公座。那知府覆姓慕容，「慕容」兩字，可稱賜姓。雙名彥達，是今上徽宗天子慕容貴妃之兄。倚托妹子的勢要，在青州横行，殘害良民，欺罔僚友，無所不爲。爲六十二回作案。正欲回衙早飯，只見左右公人接上劉知寨申狀，飛報賊情公事。知府接來，看了劉高的文書，吃了一驚，便道：「花榮是個功臣之子，如何結連清風山强賊？這罪犯非小，未委虛的。」便教唤那本州兵馬都監來到廳上，分付他去。原來那個都監姓黄，名信。爲他本身武藝高强，威鎮青州，因此稱他爲「鎮三山」。那青州地面所管下有三座惡山：第一便是清風山，第二便是二龍山，第三便是桃花山。三山出名。這三處都是强人草寇出没的去處，黄信却自誇要捉盡三山人馬，因此唤做「鎮三山」。

這兵馬都監黄信上廳來，領了知府的言語出來。點起五十個壯健軍漢，披挂了衣甲，馬上擎着那口喪門劍，連夜便下清風寨來，徑到劉高寨前下馬。劉知寨出來接着，請到後堂叙禮罷，一面安排酒食管待，一面犒賞軍士。後面取出宋江來，教黄信看了。黄信道：「這個不必問了，連夜合個囚車，把這廝盛在裏面。頭上抹了紅絹，插一個紙旗，上寫着：『清風山賊首鄆城虎張三』。」宋江那裏敢分辯，只得由他們安排。【眉批】此下一段專寫黄信。黄信再問劉高道：「你拿得張三時，花榮知也不知？」黄信能。劉高道：「小官夜來二更拿了他，悄悄的藏在家裏。花榮只道去了，安坐在家。」黄信道：「既是恁的，却容易。明早安排一副羊酒，去大寨裏公廳上擺着，却教四下裏埋伏下三五十人預備着。我却自去花榮家請得他來，只說道：『慕容知府聽得你文武不和，因此特差我來置酒勸諭。』賺到公廳，只看我擲盞爲號，就下手拿住了，一同解上州裏去。此計如何？」劉高喝采道：「還是相公高見，此計却似甕中捉鼈，手到拿來！」

當夜定了計策。次日天曉，先去大寨左右兩邊帳幕裏，預先埋伏了軍士，廳上虚設着酒食筵宴。早飯前後，黄信上了馬，只帶三兩個從人，來到花榮寨前。軍人入去傳報，花榮問道：「來做甚麽？」軍漢答道：「只聽得教報，道黄都監特來相探。」花榮聽罷，便出來迎接。黄信下馬，花榮請至廳上叙禮罷，便問道：「都監相公，有何公幹到此？」黄信道：「下官蒙知府呼唤，發落道：爲是你清風寨内文武官僚不和，未知爲甚緣由。知府誠恐二位因私讎而誤公事，黄信會說。特差黄某賫到羊酒，前來與你二位講和。已安排在大寨公廳上，便請足下上馬同往。」花榮笑道：「花榮如何敢欺罔劉高？他又是個正知寨。只是他累累要尋花榮的過失，不想驚動知府，有勞都監下臨草寨，花榮將何以報？」黄信附耳低言道：「知府只爲足下一人。倘有些刀兵動時，他是文官，做得何用？你只依着我行。」黄信能。花榮道：「深謝都監過愛。」黄信便邀花榮同出門首上馬，花榮道：「且請都監少叙三杯了去。」黄信道：「待説開了，暢飲何妨。」黄信能。花榮只得叫備馬。

當時兩個並馬而行，直來到大寨下了馬。黄信携着花榮的手，同上公廳來。黄信能。只見劉高已自先在公廳上，三個人都相見了。黃信叫取酒來，從人已自先把花榮的馬牽將出去，閉了寨門。黃信能。花榮不知是計，只想黃信是一般武官，必無歹意。黃信擎一盞酒來，先勸劉高道：「知府爲因聽得你文武二官同僚不和，好生憂心。今日特委黃信到來，與你二公陪話。煩望只以報答朝廷爲重，再後有事，和同商議。」黃信會說。劉高答道：「量劉高不才，頗識些理法，直教知府恩相如此挂心。我二人也無甚言語爭執，此是外人妄傳。」黃信大笑道：「妙哉！」黃信能。劉高飲過酒，黃信又斟第二杯酒來勸花榮道：「雖然是劉知寨如此說了，想必是閑人妄傳，故是如此，且請飲一杯。」花榮接過酒吃了，劉高拿副臺盞，斟一盞酒回勸黃信道：「動勞都監相公降臨敝地，滿飲此杯。」

黃信接過酒來，拿在手裏，把眼四下一看，黃信能。有十數個軍漢簇上廳來。黃信把酒盞望地下一擲，只聽得後堂一聲喊起，兩邊帳幕裏走出三五十個壯健軍漢，一發上把花榮拿倒在廳前。黃信喝道：「綁了！」花榮一片聲叫道：「我得何罪？」黃信大笑，喝道：「你兀自敢叫哩！你結連清風山强賊，一同背反朝廷，當得何罪！我念你往日面皮，不去驚動拿你家老小。」此却不是黃信交情，正是文章要着。花榮叫道：「也須有個證見！」黃信道：「還你一個證見！教你看真臟真賊，我不屈你。左右，與我推將來！」黃信能。無移時，一輛囚車，一個紙旗兒，一條紅抹額，從外面推將入來。花榮看時，却是宋江，目睁口呆，面面厮覷，做聲不得。黃信喝道：「這須不干我事，見有告人劉高在此。」花榮道：「不妨，不妨！這是我的親眷。他自是鄆城縣人，你要强扭他做賊，到上司自有分辯處！」黃信道：「你既然如此說時，我只解你上州裏，你自去分辯！」便叫劉知寨點起一百寨兵防送。花榮便對黄信説道：「都監賺我來，雖然捉了我，便到朝廷，和他還有分辯。可看我和都監一般武職官面，休去我衣服，此亦不是花榮愛好，正是文章要着。容我坐在囚車裏。」黄信道：「這一件容易，便依着你。」就叫劉知寨一同去州裏折辯明白，休要枉害人性命。」此却不是黄信公道，正是文章要着，入下回便知。

當時黄信與劉高都上了馬，監押着兩輛囚車，並帶三五十軍士，一百寨兵，簇擁着車子，取路奔青州府來。有分教：火焰堆裏，送數百間屋宇人家；刀斧叢中，殺一二千殘生性命。正是：生事事生君莫怨，害人人害汝休嗔。畢竟宋江怎地脱身，且聽下回分解。

第五才子書施耐庵水滸傳卷之三十八

聖歎外書

第三十三回　鎮三山大鬧青州道　霹靂火夜走瓦礫場

吾觀元人雜劇，每一篇爲四折，每折止用一人獨唱，而同場諸人，僅以科白從旁挑動承接之。此無他：蓋昔者之人，其胸中自有一篇一篇絶妙文字，篇各成文，文各有意，有起有結，有開有闔，有呼有應，有頓有跌。特無所附麗，則不能以空中抒寫，故不得已旁托古人生死離合之事，借題作文。彼其意，期于後世之人見吾之文而止，初不取古人之事得吾之文而見也。自雜劇之法壞，而一篇之事乃有四十餘折，一折之辭乃用數人同唱。于是辭煩節促，比于蛙鼓；句斷字歇，有如病夫。又一似古人之事全賴後人傳之，而文章在所不問也者。而冬烘學究，乳臭小兒，咸摇筆灑墨來作傳奇矣。稗官亦然。稗官固效古史氏法也，雖一部前後必有數篇，一篇之中凡有數事，然但有一人必爲一人立傳，若有十人必爲十人立傳。夫人必立傳者，史氏一定之例也；而事則通長者，文人聯貫之才也。故有某甲、某乙共爲一事，而實書在某甲傳中，斯與某乙無與也。又有某甲、某乙不必共爲一事，而于某甲傳中忽然及于某乙。此固作者心愛某乙，不能暫忘，苟有便可以及之，輒遂及之，是又與某甲無與。故曰：文人操管之際，其權爲至重也。夫某甲傳中忽及某乙者，如宋江傳中再述武松，是其例也；書在甲傳，乙則無與者，如花榮傳中不重宋江，是其例也。夫一人有一人之傳，一傳有一篇之文，一文有一端之指[一]，一指有一定之歸。世人不察，乃又摇筆灑墨，紛紛來作稗官，何其游手好閑一至于斯也！

古本《水滸》寫花榮，便寫到宋江悉爲花榮所用。俗本只落一二字，其醜遂不可當。不知何人所改，既不可致詰，故特取其例一述之。

話説那黄信上馬，手中横着這口喪門劍。劉知寨也騎着馬，身上披挂些戎衣，手中拿一把叉。可謂「善戲謔兮，不爲虐兮」者矣。○叉、差同音，手中拿一把「差」，不止劉高，天下之人皆然矣。那一百四五十軍漢寨兵，各執着纓鎗棍棒，腰下都帶短刀利劍，兩下鼓，一聲鑼，解宋江和花榮望青州來。衆人都離了清風寨，行不過三四十里路頭，前面見一座大林子。正來到那山嘴邊，前頭寨兵指道：「林子裏有人窺望！」都立住了脚。黄信在馬上問道：「爲甚不行？」軍漢答道：「前面林子裏有人窺看。」黄信喝道：「休睬他，只顧走！」看看漸近林子前，只聽得「噹

[一]「一文」，貫華堂本缺，據葉瑶池本補。

噹」的，一二三十面大鑼一齊響起來。那寨兵人等，都慌了手脚，只待要走。黃信喝道：「且住，都與我擺開！」叫道：「劉知寨，你壓着囚車。」劉高在馬上死應不得，只口裏念：「救苦救難天尊，句。哎呀呀，句。十萬卷經，句。三十壇醮，句。救一救！句。」〇寫得口中亂攛之極，或無上半句，或無下半句，真是絶倒。驚的臉如成精的東瓜，青一回，黃一回。絶倒。〇亦是奇語。

這黃信是個武官，終有些膽量，便拍馬向前看時，只見林子四邊，齊齊的分過三五百個小嘍囉來。一個個身長力壯，都是面惡眼凶，頭裹紅巾，身穿衲襖，腰懸利劍，手執長鎗，早把一行人圍住。林子中跳出三個好漢來：一個穿青，一個穿綠，一個穿紅，都戴着一頂銷金萬字頭巾，各跨一口腰刀，又使一把朴刀，當住去路。中間是錦毛虎燕順，上首是矮脚虎王英，下首是白面郎君鄭天壽[一]。三個好漢大喝道：「來往的到此當住脚！留下三千兩買路黃金，任從過去！」黃信在馬上大喝道：「你那廝們，不得無禮，『鎮三山』在此！」好。三個好漢睁着眼，大喝道：「你便是鎮萬山，也要三千兩買路黃金！好。沒時，不放你過去！」黃信説道：「我是上司取公事的都監，有甚麼買路錢與你？」那三個好漢笑道：「莫説你是上司一個都監，便是趙官家駕過，也要三千貫買路錢！若是沒有，且把公事人當在這裏，待你取錢來贖！」奇譚，解人頤。黃信大怒，罵道：「强賊，怎敢如此無禮！」喝叫左右擂鼓鳴鑼。黃信拍馬舞劍，直奔燕順。三個好漢一齊挺起朴刀，來戰黃信。黃信見三個好漢都來並他，奮力在馬

[一]「鄭」，金評各本均作「鄧」，據明容與堂本改。

上門了十合，怎地當得他三個住[一]？亦且劉高已自抖着，向前不得，見了這般頭勢，只待要走。黄信怕吃他三個拿了，壞了名聲，只得一騎馬「撲喇喇」跑回舊路。三個頭領挺着朴刀趕將來，黄信那裏顧得衆人，獨自飛馬奔回清風鎮去了。

衆軍見黄信回馬時，已自發聲喊，撇了囚車，都四散走了。只剩得劉高，寫得好。○讀至此，始知前文要劉高同來對理之妙。不然，則重要到鎮捉劉高也。見頭勢不好，慌忙勒轉馬頭，連打三鞭。那馬正待跑時，被那小嘍囉拽起絆馬索，早把劉高的馬掀翻，倒撞下來。衆小嘍囉一發向前，拿了劉高，搶了囚車，打開車輛。花榮已把自己的囚車掀開了，好。便跳出來，將這縛索都掙斷了，却打碎那個囚車，救出宋江來。好。自有那幾個小嘍囉已自反剪了劉高，好。又向前去搶得他騎的馬，好。亦有三匹駕車的馬。好。却剥了劉高的衣服，與宋江穿了，好。○讀至此，始知前文花榮乞留衣服之妙。不然，則一劉高之衣，禁寒中不可分衣兩人，花榮又不可赤條條上山也。把馬先送上山去。好。這三個好漢一同花榮並小嘍囉，把劉高赤條條的綁了，押回山寨來。好。○一段敘得湊手。原來這三位好漢爲因不知宋江消息，差幾個能幹的小嘍囉下山，直來清風鎮上探聽，聞人説道：「都監黄信擲盞爲號，拿了花知寨並宋江，陷車囚了，解投青州來。」因此報與三個好漢得知，帶了人馬，大寬轉兜出大路來，預先截住去路；小路裏亦差人伺候。閑筆周匝。因此救了兩個，拿得劉高，都回山寨裏來。

[一]「住」，貫華堂本作「在」，據葉瑶池本改。

當晚上得山時，已是二更時分，都到聚義廳上相會。請宋江、花榮當中坐定，三個好漢對席相陪，一面且備酒食管待。燕順分付：「叫孩兒們各自都去吃酒。」花榮在廳上稱謝三個好漢，説道：「花榮與哥哥，皆得三位壯士救了性命，報了寃讎，此恩難報。只是花榮還有妻小、妹子在清風寨中，必然被黃信擒捉，却是怎生救得？」燕順道：「知寨放心：料應黃信不敢便拿恭人；若拿時，也須從這條路裏經過。好。○讀至此，始知前文黄信許花榮不拿家小之妙。我明日弟兄三個下山去，取恭人和令妹還知寨。」便差小嘍囉下山，先去探聽。花榮謝道：「深感壯士大恩。」

宋江便道：「且與我拿過劉高那廝來！」燕順便道：「把他綁在將軍柱上，割腹取心，與哥哥慶喜。」花榮道：「我親自下手割這廝！」花榮文甚。宋江罵道：「你這廝，我與你往日無寃，近日無讎，你如何聽信那不賢的婦人害我！今日擒來，有何理説？」花榮道：「哥哥問他則甚！」把刀去劉高心窩裏只一剜，那顆心獻在宋江面前。花榮文甚。○不是花榮説，便要寫劉高許多摇尾乞命之語，污筆壞紙極矣。小嘍囉自把屍首拖在一邊。宋江道：「今日雖殺了這廝濫污匹夫，只有那個淫婦不曾殺得，未出那口怨氣！」王矮虎便道：「哥哥放心，我明日自下山去，拿那婦人，今番還我受用。」行文一時行到平淡處，無可出色，故借此作笑耳，不必真有之。衆皆大笑。當夜飲酒罷，各自歇息。次日起來，商議打清風寨一事。燕順道：「昨日孩兒們走得辛苦了，今日歇他一日，明日早下山去也未遲。」宋江道：「也見得是。正要將息人强馬壯，不在促忙。」

不說山寨整點軍馬起程，且說都監黃信，一騎馬奔回清風鎮上大寨內，便點寨兵人馬，緊守四邊柵門。黃信寫了申狀，叫兩個教軍頭目，飛馬報與慕容知府。知府聽得飛報軍情緊急公務，連夜陞廳。看了黃信申狀：「反了花榮，結連清風山强盜，時刻清風寨不保。事在告急，早遣良將，保守地方！」已上三十字是申狀。知府看了大驚，便差人去請青州指揮司總管本州兵馬秦統制，急來商議軍情重事。那人原是山後開州人氏，姓秦，諱個明字。因他性格急躁，聲若雷霆，以此人都呼他做「霹靂火」秦明。祖是軍官出身，使一條狼牙棒，有萬夫不當之勇。那人聽得知府請喚，徑到府裏來見知府。各施禮罷，那慕容知府將出那黃信的飛報申狀來，教秦統制看了。秦明大怒道：「紅頭子敢如此無禮！不須公祖憂心，不才便起軍馬，不拿這賊，誓不再見公祖！」慕容知府道：「將軍若是遲慢，恐這廝們去打清風寨。」秦明答道：「此事如何敢遲誤？只今連夜便去點起人馬，來日早行。」知府大喜，忙叫安排酒肉乾糧，先去城外等候賞軍。秦明見說反了花榮，怒忿忿地上馬，大書秦明忠孝天性。奔到指揮司裏，便點起一百馬軍、四百步軍，先叫出城去取齊，擺布了起身。

却說慕容知府先在城外寺院裏，蒸下饅頭，擺了大碗，盪下酒。每一個人三碗酒，兩個饅頭，一斤熟肉。須知此非閑筆。蓋因知府賞軍，便得先見秦統制一番軍容；先見一番軍容，便令後文宋江定計不寫已見。方纔備辦得了，却望見軍馬出城，引軍紅旗上大書「兵馬總管秦統制」。慕容知府看見秦明全副披挂了出城來，果是英雄無比。特詳此筆，絕妙章法。秦明在馬上，見慕容知府在城外賞軍，慌忙叫軍漢接了軍器，下馬來和知府相見。施禮罷，知府把了盞，將些言語囑付總管道：「善覷方便，早奏凱歌！」賞軍已罷，放起信炮。秦明辭了知府，飛身上馬，擺開隊伍，催趲軍兵，大刀濶斧，徑奔清風寨來。原來這清風鎮却在青州東南上，從正南取清風山較近，可早到山北小路。有此句，便令在前不礙不收花家老小，在後不礙單騎來説黄信也。

却説清風山寨裏，這小嘍囉們探知備細，報上山來。山寨裏衆好漢正待要打清風寨去，只聽的報道：「秦明引兵馬到來。」都面面厮覷，俱各駭然。花榮便道：獨寫花榮。「你衆位俱不要慌。自古兵臨告急，必須死敵。教小嘍囉飽吃了酒飯，只依着我行。先須力敵，後用智取。如此如此，好麽？」真好花榮。宋江道：「好計！正是如此行。」當日宋江、花榮先定了計策，便叫小嘍囉各自去准備。花榮自選了一騎好馬，定是劉高馬也。一副衣甲，弓箭鐵鎗，都收拾了等候。

再説秦明領兵來到清風山下，離山十里下了寨柵。次日五更造飯，軍士吃罷，放起一個信炮，直奔清風山來。揀空濶去處，擺開人馬，發起擂鼓。只聽得山上鑼聲震天響，飛下一彪人馬出來。秦明勒住馬，横着狼牙棒，睁着眼看時，却見衆小嘍囉簇擁着小李廣花榮下山來。到得山坡前，一聲鑼響，列成陣勢。花榮在馬上擎着鐵鎗，朝秦明聲個喏。花榮文甚。秦明大喝道：「花榮，你祖代是將門之子，朝廷命官。教你做個知寨，掌握一境地方，食禄于國，有何虧你處？却去結連賊寇，反背朝廷！我今特來捉你，會事的下馬受縛，免得腥手污脚！」花榮陪着笑道：看他一個只是笑，一個只是怒；一個儒雅，一個性急：各各如畫。「總管聽禀：量花榮如何肯反背朝廷？實被劉高這厮無中生有，官報私讎。逼迫得花榮有家難奔，有國難投，權且躲避在此。六字，是一部大書供狀。望總管詳察救解！」秦明道：「你兀自不下馬受縛，更待何時？剗地花言巧語，煽惑軍心！」喝叫左右兩邊擂鼓，秦明輪動狼牙棒，直奔花榮。花榮大笑道：「秦明，你這廝原來不識好人饒讓！我念你是個上司官，妙譚，未經人說。你道俺真個怕你！」便縱馬挺鎗，來戰秦明。兩個交手鬥到四五十合，不分勝敗。花榮連鬥了許多合，賣個破綻，撥回馬望山下小路便走。秦明大怒，大怒。趕將來。花榮把鎗去了事環上帶住，把馬勒個定，左手拈起弓，右手拔箭，拽滿弓，紐過身軀，望秦明盔頂上只一箭，正中盔上，射落斗來大那顆紅纓，却似報個信與他。妙絶花榮。秦明吃了一驚，不敢向前追趕，「霍」地撥回馬，恰要趕殺衆人，却早一哄地都上山去了。花榮自從別路，也轉上山寨去了。

秦明見他都走散了，心中越怒道：越怒。「叵耐這草寇無禮！」喝叫鳴鑼擂鼓，取路上山。衆軍齊聲吶喊，步軍先上山來。轉過三兩個山頭，只見上面擂木、炮石、灰瓶、金汁，從嶮峻處打將下來。向前的退步不迭，早打倒三五十個，只得再退下山來。秦明怒極，怒極。帶領軍馬繞山下來，尋路上山。尋到午牌時分，只見西山邊鑼響，樹林叢中閃出一隊紅旗軍來。妙絶花榮。秦明引了人馬趕將去時，趕到西來。鑼也不響，紅旗都不見了。妙絶花榮。秦明看那路時，又没正路，都只是幾條砍柴的小路，却把亂樹折木交叉當了路口，又不能上去得。正待差軍漢開路，只見軍漢來報道：「東山邊鑼響，一隊紅旗軍出來。」妙絶花榮。秦明引了人馬，飛也似奔過東山邊來。趕到東來。看時，鑼也不鳴，紅旗也不見了。妙絶花榮。秦明縱馬去四下裏尋路時，都是亂樹折木，塞斷了砍柴的路徑。句亦小變。只見探事的又來報道：「西邊山上鑼又響，紅旗軍又出來了。」妙絶花榮。○句法亦變。秦明拍馬再奔來西山邊又趕到西來。看時，又不見一個人，紅旗也没了。妙絶花榮。秦明怒壞，怒壞。【眉批】看他用許多「怒」字，寫秦明性急，皆太史法。恨不得把牙齒都咬碎了。正在西山邊氣忿忿的，又聽得東山邊鑼聲震地價響。妙絶花榮。○句法又變。急帶了人馬又趕過來東山邊又趕過東來。看時，又不見有一個賊漢，紅旗都不見了。妙絶花榮。秦明怒挺胸脯，怒挺胸脯。又要趕軍漢上山尋路，只聽得西山邊又發起喊來。妙絶花榮。○又變。秦明怒氣衝天，怒氣衝天。大驅兵馬投西山邊來，又趕過西來。山上山下看時，並不見一個人。妙絶花榮。秦明喝叫軍漢兩邊尋路上山，數内有一個軍人稟説道：「這裏都不是正路，只除非東南上有一條大路，可以上去。若是只在這裏尋路上去時，惟恐有失。」秦明聽了，便道：「既有那條大路時，連夜趕將去！」便驅一行軍馬奔東南角上來。又趕到東南上來。看看天色晚了，又走得人困馬乏，巴得到那山下時，正欲下寨造飯，只見山上火把亂起，鑼鼓亂鳴。妙絶花榮。○又變。秦明轉怒，轉怒。引領四五十馬軍跑上山來。又跑上山來。只見山上樹林内亂箭射將下來，又射傷了些軍士。秦明只得回馬下山，又跑下山來。且教軍士只顧造飯。恰纔舉得火着，只見山上有八九十把火光，呼風唿哨下來。妙絶花榮。○又變。秦明急待引軍趕時，又趕。火把一齊都滅了。妙絶花榮。○只是騙他趕來、騙他趕去耳，偏寫數遍，不嫌重複，故妙。○處急性人妙法。○想見花榮胸中有八門五花之妙。當夜雖有月光，亦被陰雲籠罩，不甚明朗。找上一句好，便先爲假秦明留一地也。秦明怒不可當，怒不可當。便叫軍士點起火把，燒那樹木。只聽得山嘴上鼓笛之聲，妙絶花榮，出奇無窮。秦明縱馬上來看時，見山頂上點着十餘個火把，照見花榮陪侍着宋江，在上面飲酒。妙絶花榮，令人絶倒。

秦明看了，心中没出氣處，勒着馬在山下大罵。處急性人妙絶。花榮笑答道：只是笑，好花榮。「秦統制，你不必焦躁，且回去將息着，妙絶。我明日和你並個你死我活的輸贏便罷。」秦明怒喊道：怒喊。「反賊，你便下來！我如今和你並個三百合，却再作理會！」花榮笑道：只是笑。「秦總管，你今日勞困了，妙絶。我便贏得你也不爲强。妙絶。你且回去，明日却來。」秦明越怒，越怒。只管在山下罵。本待尋路上山，却又怕花榮的弓箭，因此只在山坡下罵。百忙中忽注一句。正叫罵之間，只聽得本部下軍馬發起喊來。妙絶花榮，出奇無窮。秦明急回到山下看時，只見這邊山上，火炮火箭，一齊燒將下來。妙絶。背後二三十個小嘍囉做一群，把弓弩在黑影裏射人。妙絶。○寫得又絶倒。衆軍馬發喊，一齊都擁過那邊山側深坑裏去躲。十九字句。○「深坑」字絶倒。此時已有三更時分，好筆。衆軍馬正躲得弓箭時，只叫得苦，上溜頭滚下水來，妙絶花榮，出奇無窮。一行人馬却都在溪裏，各自挣扎性命。妙絶。爬得上岸的，盡被小嘍囉撓鈎搭住，活捉上山去了；妙絶。爬不上岸的，盡淹死在溪裏。妙絶。

且説秦明此時，怒得腦門都粉碎了，怒得腦門粉碎。○看他寫大怒，越怒，怒極，怒壞，怒挺胸脯，怒氣衝天，轉怒，怒不可當，怒喊，越怒，怒得腦門都粉碎了，全用史公章法。却見一條小路在側邊。妙絶花榮。秦明把馬一撥，搶上山來。走不到三五十步，和人連馬攧下陷坑裏去。妙絶花榮。○一路寫花榮不勞一蹄，不折一矢，功成名立，真是妙絶。兩邊埋伏下五十個撓鈎手，把秦明搭將起來，剥了渾身衣甲、句。頭盔、句。軍器，句。○妙絶花榮，令我讀之而笑。拿條繩索綁了，把馬也救起來，妙絶花榮。都解上清風山來。原來這般圈套，都是花榮的計策：自注一遍，令上文再一清出。先使小嘍囉或在東，或在西，引誘得秦明人困馬乏，策立不定；預先又把這土布袋填住兩溪的水，等候夜深，却把人馬逼趕溪裏去，上面却放下水來，那急流的水都結果了軍馬。你道秦明帶出的五百人馬，忽然提一句，筆法奇矯。一大半淹在水中，都送了性命；生擒活捉有一百五七十人，奪了七八十匹好馬，不曾逃得一個回去。次後陷馬坑裏活捉了秦明。自注止此。

當下一行小嘍囉捉秦明到山寨裏，早是天明時候。五位好漢坐在聚義廳上，小嘍囉縛綁秦明，妙絶花榮。解在廳前。花榮見了，連忙跳離交椅，接下廳來，親自解了繩索，扶上廳來，納頭拜在地下。妙絶花榮，真正出奇無窮。秦明慌忙答禮，便道：「我是被擒之人，由你們碎尸而死，何故却來拜我？」花榮跪下道：妙。「小嘍囉不識尊卑，誤有冒瀆，切乞恕罪！」隨取錦緞衣服與秦明穿了。妙絶花榮，令我讀之而笑。秦明問花榮道：「這位爲頭的好漢，却是甚人？」偏動人問，何也？花榮道：「這位是花榮的哥哥，鄆城縣宋押司諱江的便是。又妙絶花榮。這三位是山寨之主：燕順、王英、鄭天壽。」秦明道：「這三位我自曉得，句輕。這宋押司莫不是唤做山東及時雨宋公明麽？句重。」宋江答道：「小人便是。」秦明連忙下拜道：「聞名久矣，不想今日得會義士！」宋江慌忙答禮不迭。秦明見宋江腿脚不便，寫得好。問道：「兄長如何貴足不便？」宋江却把自離鄆城縣起頭，直至劉知寨拷打的事故，從頭對秦明説了一遍。秦明只把頭來摇道：「若聽一面之詞，誤了多少緣故！容秦明回州去，對慕容知府説知此事。」燕順相留，且住數日，隨即便叫殺羊宰馬，安排筵席飲宴。拿上山的軍漢都藏在山後房裏，妙絶花榮。也與他酒食管待。

秦明吃了數杯，起身道：「衆位壯士，既是你們的好情分，不殺秦明，還了我盔甲、馬匹、軍器，妙筆，令我讀之而笑。回州去。」燕順道：「總管差矣。你既是引了青州五百兵馬都沒了，如何回得州去？慕容知府如何不見你罪責？不如權在荒山草寨住幾時。本不堪歇馬，權就此間落草，論秤分金銀，整套穿衣服，不强似受那大頭巾的氣？」秦明聽罷，便下廳道：「便下廳」，寫秦明妙。「秦明生是大宋人，死爲大宋鬼！朝廷教我做到兵馬總管，兼受統制使官職，又不曾虧了秦明。我如何肯做强人，背反朝廷？你們衆位要殺時，便殺了我！」花榮趕下廳來，拖住道：「趕下廳」，寫花榮妙。「兄長息怒，聽小弟一言：我也是朝廷命官之子，無可奈何，被逼迫得如此。總管既是不肯落草，如何相逼得你隨順？只請少坐，席終了時，小弟討衣甲、頭盔、鞍馬、軍器妙筆，令我讀之而笑。還兄長去。」秦明那裏肯坐？花榮又勸道：「總管夜來勞神費力了一日一夜，人也尚自當不得，那匹馬如何不喂得他飽了去？」妙絶花榮。秦明聽了，肚内尋思：「也説得是。」再上廳來，再上廳，寫秦明、花榮都妙。坐了飲酒。那五位好漢，輪番把盞，陪話勸酒。秦明一則軟困，是。二爲衆好漢勸不過，是。開懷吃得醉了，扶入帳房睡了。這裏衆人自去行事，實事虛寫。○一句八字中，有一夜男啼女哭，殺人放火在内。不在話下。

且説秦明一覺直睡到次日辰牌方醒，跳將起來，急性如畫。洗漱罷，便要下山。衆好漢都來相留道：「總管，且吃早飯動身，送下山去。」秦明性急的人，便要下山。衆人慌忙安排些酒食管待了，取出頭盔、衣甲，妙筆好笑。與秦明披挂了，牽過那匹馬來，並狼牙棒，妙筆好笑。○爲是好笑，便不忍一句寫盡，却分作兩三句出之。先叫人在山下伺候。五位好漢都送秦明下山來，相別了，交還馬匹、軍器。妙筆好笑。秦明上了馬，好笑，妙。拿着狼牙棒，好笑，妙。趁天色大明，離了清風山，取路飛奔青州來。到得十里路頭，恰好巳牌前後，遠遠地望見烟塵亂起，並無一個人來往。奇文。秦明見了，心中自有八分疑忌。到得城外看時，原來舊有數百人家，却都被火燒做白地。奇文。一片瓦礫場上，横七竪八，殺死的男子婦人不記其數。奇文。秦明看了大驚，打那匹馬，在瓦礫場上跑到城邊，大叫「開門」時，只見門邊吊橋高拽起了，奇文。都擺列着軍士旌旗，擂木炮石。秦明勒着馬大叫：「城上放下吊橋，度我入城。」

城上早有人看見是秦明，便擂起鼓來，吶着喊。奇文。秦明叫道：「我是秦總管，如何不放我入城？」只見慕容知府立在城上女牆邊，大喝道：「反賊，奇文。你如何不識羞恥！昨夜引人馬來打城子，把許多好百姓殺了，又把許多房屋燒了，今日兀自又來賺哄城門。朝廷須不曾虧負了你，你這厮倒如何行此不仁！已自差人奏聞朝廷去了，早晚拿住你時，把你這厮碎尸萬段！」秦明大叫道：「公祖差矣！秦明因折了人馬，又被這厮們捉了上山去，方纔得脱，昨夜何曾來打城子？」知府喝道：「我如何不認得你這厮的馬匹、句。衣甲、句。軍器、句。頭盔！句。○奇文妙文。城上衆人明明地見你指撥紅頭子殺人放火，奇文妙文。你如何賴得過？便做你輸了被擒，如何五百軍人没一個逃得回來報信？你如今指望賺開城門取老小？你的妻子今早已都殺了！你若不信，與你頭看！」軍士把鎗將秦明妻子首級挑起，在鎗上教秦明看。秦明是個性急的人，看了渾家首級，氣破胸脯，分説不得，只叫得苦屈。城上弩箭如雨點般射將下來，秦明只得回避。上文已足，只如此撇開。看見遍野處火焰尚兀自未滅。再畫一句。

秦明回馬在瓦礫場上，恨不得尋個死處。一句。肚裏尋思了半晌，一句。縱馬再回舊路。一句。行不得十來里，只見林子裏妙絕花榮。轉出一夥人馬來。當先五匹馬上五個好漢，不是別人：宋江、花榮、燕順、王英、鄭天壽，隨從一二百小嘍囉。宋江在馬上欠身道：「總管何不回青州，獨自一騎投何處去？」秦明見問，怒氣道：「不知是那個天不蓋、地不載、該剮的賊，裝做我去打了城子，壞了百姓人家房屋，殺害良民，到結果了我一家老小！閃得我如今上天無路，入地無門。我若尋見那人時，直打碎這條狼牙棒便罷！」宋江便道：妙絕。花榮此處便不出頭也。○人但知宋江服秦明，不知花榮用宋江也。「總管息怒。小人有個見識，這裏難說。且請到山寨裏告禀，總管可以便往。」秦明只得隨順，再回清風山來。

于路無話，早到山亭前下馬，衆人一齊都進山寨內。小嘍囉已安排酒果肴饌在聚義廳上，五個好漢邀請秦明上廳，都讓他中間坐定。妙絕花榮。○此句與後「仍請」句對看，便知花榮之妙也。五個好漢齊齊跪下，秦明連忙答禮，也跪在地。宋江開話道：妙絕花榮，能用宋江。「總管休怪。昨日因留總管在山，堅意不肯，却是宋江定出這條計來：妙絕花榮，既能用宋江，又能深信宋江之必能服秦明。蓋不惟能將軍，又能將將者矣。叫小卒似總管模樣的，却穿了總管的衣甲頭盔，騎着那馬，横着狼牙棒，直奔青州城下，點撥紅頭子殺人。燕順、王矮虎帶領五十餘人助戰，只做總管去家中取老小。因此殺人放火，先絕了總管歸路的念頭。今日衆人特地請罪！」

秦明見說了，怒氣攢心，欲待要和宋江等厮並，一句。却又自肚裏尋思。一句。一則是上界星辰契合，二乃被他們軟困以禮待之，三則又怕鬥他們不過。三句。○上二句不足以按住秦明，故作者在旁幫入三句，筆力妙甚。因此只得納了這口氣，便說道：「你們弟兄雖是好意要留秦明，只是害得我忒毒些個，斷送了我妻小一家人口！」宋江答道：此亦是花榮意，却到底用宋江說。○何用知其必出于花榮也？蓋一人有一人正傳，今此文正屬花榮正傳也。「不恁地時，兄長如何肯死心塌地？若是沒了嫂嫂夫人，花知寨自說有一令妹，甚是賢慧。他情願賠出，立辦裝奩，與總管爲室如何？」妙絶花榮，不惟善用兵，又善用將，乃至又善用其妹也。○俗本訛。秦明見衆人如此相敬相愛，方纔放心歸順。花榮仍請宋江在居中坐了，秦明道：「好。」妙絶花榮，不惟戡定禍亂，又能正名定位。真是極寫之矣。○俗本皆訛。

秦明、花榮及三位好漢依次都坐，大吹大擂飲酒，商議打清風寨一事。秦明道：「這事容易，不須衆弟兄費心。黃信那人亦是治下，二者是秦明教他的武藝，三乃和我過的最好。明日我便先去叫開栅門，一席話，說他入夥投降，就取了花知寨寶眷，倒此句在拿劉高老婆之前，特與王英映帶作趣。○前文宋江先許爲王英作媒，後文却忽與秦明作媒，皆是行文閃爍之法。拿了劉高的潑婦，與仁兄報讎雪恨，偏與上句連說，獨不爲王英地乎？作進見之禮，如何？」宋江大喜道：「若得總管如此慨然相許，却是多幸多幸！」當日筵席散了，各自歇息。次日早起來，吃了早飯，都各各披挂了。秦明上馬，先下山來，拿了狼牙棒，飛奔清風鎮來。

却說黃信自到清風鎮上，發放鎮上軍民，點起寨兵，曉夜隄防，牢守栅門；又不敢出戰，回護前文法。累累使人探聽，不見青州調兵策應。當日只聽得報道：「柵外有秦統制獨自一騎馬到來，叫開柵門。」黃信聽了，便上馬飛奔門邊看時，果是一人一騎，又無伴當。黃信便叫開柵門，放下吊橋，迎接秦總管入來，直到大寨公廳前下馬。請上廳來敘禮罷，黃信便問道：「總管緣何單騎到此？」秦明當下先說了損折軍馬等情，後說：「山東及時雨宋公明疏財仗義，結識天下好漢，誰不欽敬他？如今見在清風山上，我今次也在山寨入了夥。你又無老小，花榮、秦明都成累筆，故此處特省一句。何不聽我言語，也去山寨入夥，免受那文官的氣？」黃信答道：「既然恩官在彼，黃信安敢不從？只是不曾聽得說有宋公明在山上，今次却說及時雨宋公明，自何而來？」妙筆明畫。秦明笑道：「便是你前日解去的鄆城虎張三便是。」妙筆明畫，又復絕倒。他怕說出真名姓，惹起自己的官司，以此只認說是張三。」黃信聽了，跌脚道：「若是小弟得知是宋公明時，路上也自放了他！又表黃信。一時見不到處，只聽了劉高一面之詞，險不壞了他性命！」

秦明、黃信兩個正在公廨內商量起身，只見寨兵報道：「有兩路軍馬鳴鑼擂鼓，殺奔鎮上來！」秦明、黃信聽得，都上了馬，前來迎敵。軍馬到得柵門邊望時，只見塵土蔽日，殺氣遮天，兩路軍兵投鎮上，四條好漢下山來。畢竟秦明、黃信怎地迎敵，且聽下回分解。

詩詞曲卷（下）

唱經堂杜詩解

唱經堂批歐陽永叔詞十二首

貫華堂第六才子書西廂記

沉吟樓詩選

（清）金聖歎 著
陸林 輯校整理

金聖歎全集

修訂版

貳

鳳凰出版社

詩詞曲卷（下）

唱經堂杜詩解

此書之整理，以清康熙初年學易堂刻《貫華堂才子書彙稿》本爲底本，以宣統二年順德鄧氏《風雨樓叢書》排印、民國四年上海國光書局排印《貫華堂才子書彙稿》本、民國七年震華書局石印《杜詩解》本及民國石印《金聖歎全集》本參校。

聖歎外書

北征

北征○先生自行在奉詔還鄜州迎看家室也題是北歸通篇詩全是憂勞朝廷一片深心至計雖十六解至二十三解稍敘妻女然純是心在朝廷恍惚如夢讀之悲感橫生涕淚交下

皇帝二載秋閏八月初吉杜子將北征蒼茫問家室

北征起一解竟如古文辭望之不復謂是韻語開後來盧仝韓愈無數法門○年月日杜子將北征問家室中

康熙刻本《貫華堂才子書彙稿》之《杜詩解》書影一

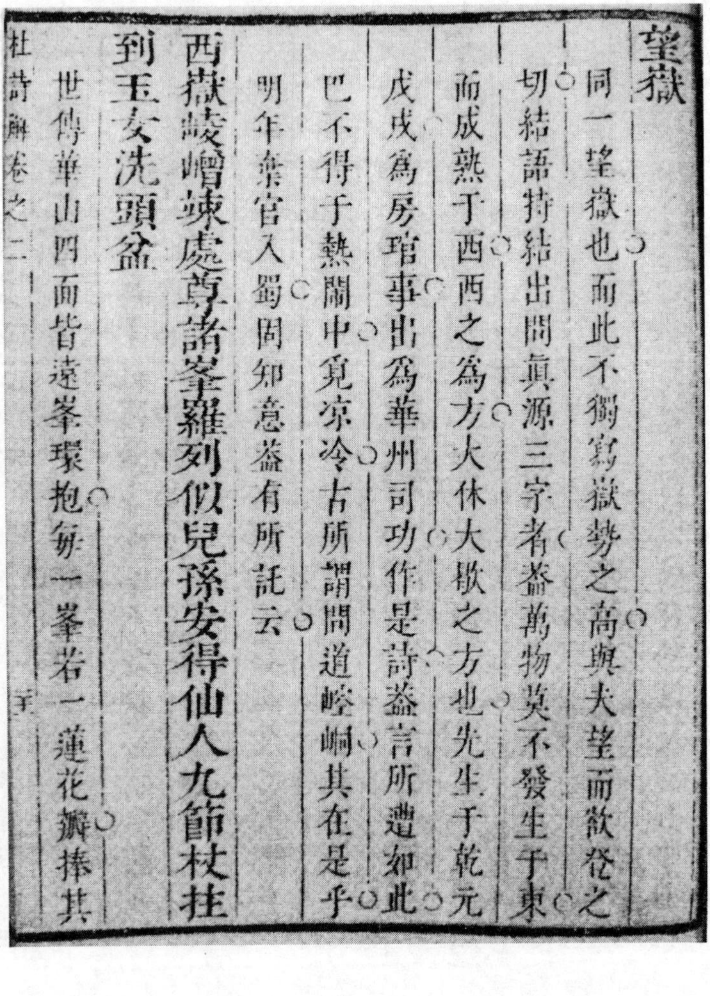
望嶽
同一望嶽也而此不獨寫嶽勢之高與夫望而欲登之切結語特結出問眞源三字者蓋萬物莫不發生于東而成熟于西西之爲方大休大歇之方也先生于乾元戊戌爲房琯事出爲華州司功作是詩蓋言所遭如此巴不得于熱鬧中覓凉冷古所謂問道崆峒其在是乎明年棄官入蜀固知意蓋有所託云
西嶽崚嶒竦處尊諸峯羅列似兒孫安得仙人九節杖拄到玉女洗頭盆
世傳華山四面皆遠峯環抱如一峯若一蓮花瓣捧其
杜詩解卷之二　十

康熙刻本《貫華堂才子書彙稿》之《杜詩解》書影二

唱經堂杜詩解 目録

前後照原集編

卷之一

游龍門奉先寺……六一三
贈李白……六一五
望岳……六一六
劉九法曹鄭瑕丘石門宴集……六一八
與李十二白同尋范十隱居……六一九
題張氏隱居二首……六二一
贈李白……六二三
登兖州城樓……六二四
對雨書懷走邀許主簿……六二五
巳上人茅齋……六二六
畫鷹……六二七
臨邑舍弟書至苦雨黄河泛溢隄防之患簿領所憂因寄此詩用寬其意……六二八

冬日有懷李白……六三〇
天寶初南曹小司寇舅于我太夫人堂下累土爲山一簣盈尺以代彼朽木承諸焚香瓷甌甌甚安矣傍植慈竹蓋茲數峰嶔岑嬋娟宛有塵外數致乃不知興之所至而作是詩……六三二
龍門……六三一
春日懷李白……六三三
鄭駙馬宴洞中……六三四
冬日洛城北謁玄元皇帝廟……六三五
城西陂泛舟……六三八
陪李金吾花下飲……六三九
贈高式顔……六四〇
哀王孫……六四一
元日寄韋氏妹……六四四
玉華宫……六四五
羌村三首……六四七
贈陳二補闕……六五〇
送孔巢父謝病歸游江東兼呈李白……六五〇

寄高三十五書記……六五一
月……六五二
晚出左掖……六五二
春宿左省……六五三
酬孟雲卿……六五四
觀安西兵過赴闕下待命二首(止一首)……六五五
不歸……六五五
獨立……六五六
狂夫……六五七
南鄰……六五七
徐步……六五八
水檻遣心二首(止一首)……六五九
悲秋……六五九
嚴公仲夏枉駕草堂兼携酒饌得寒字……六六〇
陪王侍御宴通泉東山野亭……六六一

卷之二

北征……六六二

畫鶻行……六七二
奉和賈至舍人早朝大明宮……六七四
曲江二首……六七五
曲江對酒……六七六
望岳……六七八
九日藍田崔氏莊……六七九
奉陪鄭駙馬韋曲二首……六八一
銅瓶……六八二
空囊……六八三
送人從軍……六八四
酬高使君……六八五
奉酬李都督表丈早春作……六八六
卜居……六八六
王十五司馬弟出郭相訪兼遺營草堂資……六八七
蜀相……六八八
漫興九首……六八九
江村……六九二

戲題王宰畫山水圖歌……六九三
一室……六九七
蕭八明府實處覓桃栽……六九九
憑何十一少府邕覓榿木數百栽……六九九
憑韋少府班覓松樹子栽……七〇〇
又于韋處乞大邑瓷碗……七〇一
早起……七〇二
石犀行……七〇四
三絶句……七〇五
魏十四侍御就敝廬相别……七〇七
嚴中丞枉駕見過……七〇八
野人送朱櫻……七〇九
江上值水如海勢聊短述……七一〇
越王樓歌……七一二
客夜……七一三
冬狩行……七一四
歸來……七一六

登樓……七一七
絶句……七一八
送路十六侍御入朝……七一九
送翰林張司馬南海勒碑……七二〇
對雨……七二〇
玉臺觀……七二一
春歸……七二二

卷之三

韋諷録事宅觀曹將軍畫馬圖引……七二三
丹青引贈曹將軍霸……七二五
春日江村五首……七二八
柟樹爲風雨所拔歎……七三一
去蜀……七三三
宿青溪驛奉懷張員外十五兄之緒……七三四
狂歌行贈四兄……七三六
旅夜書懷……七三八
雲安九日鄭十八携酒陪諸公宴……七三九

十二月一日三首……七三九
子規……七四二
八陣圖……七四三
遣悶戲呈路十九曹長……七四四
宿昔……七四五
歷歷……七四六
洛陽……七四七
吾宗……七四八
第五弟豐獨在江左近三四載寂無消息覓使寄此二首……七四八
社日二首……七四九
孤雁……七五〇
秋興八首……七五二
詠懷古迹五首（止三首）……七六三
詠明妃……七六三
詠蜀先主……七六五
詠諸葛孔明……七六六
雷……七六七

鷗……七六七
猿……七六八
黄魚……七六九
麂……七七〇
鸚鵡……七七一
縛鷄行……七七一
正月三日歸溪上有作簡院内諸公……七七二
立春……七七三
寄常徵君……七七四
遣悶戲呈路十九曹長(别批)……七七四
江上……七七六
秋興八首(别批)……七七七

卷之四

奉送蜀州柏二别駕將中丞命赴江陵起居衛尚書太夫人因示從弟行軍司馬位……七八五
閣夜……七八七
瀼西寒望……七八八
不離西閣二首……七八九
謁真諦寺禪師……七九一

崔評事弟許相迎不到應慮老夫見泥雨怯出必愆佳期走筆戲簡……七九一
晝夢……七九二
熟食日示宗文宗武……七九三
又示兩兒……七九四
雨……七九四
卜居……七九五
得舍弟觀書自中都已達江陵今茲暮春月末合行李到夔州悲喜相兼團圓可待賦詩即事情見乎辭……七九六
豎子至……七九六
槐葉冷淘……七九七
園……七九九
更題……七九九
見螢火……八〇〇
日暮……八〇一
月……八〇三
小園……八〇四
又呈吴郎……八〇五
人日……八〇七

三絶句……八〇七
宇文晁尚書之甥崔彧司業之孫尚書之子重泛鄭監前湖……八〇九
曉發公安數月憩息此縣……八一一
發潭州……八一二
風雨看舟前落花戲爲新句……八一三
賓至……八一四
客至……八一六
聞官軍收河南河北……八一七
見王監兵馬説近山有白黑二鷹羅者久取竟未能得王以爲毛骨有異他鷹恐臘後春生騫飛避暖勁翮思秋之甚眇不可見請予賦詩二首（止黑鷹一首）……八一八
燕子來舟中作……八二一
向夕……八二二
白帝樓……八二二
宇文晁尚書之甥崔彧司業之孫尚書之子重泛鄭監前湖（别批）……八二三
宴王使君宅題二首……八二四
公安送李二十九弟晉肅入蜀余下沔鄂……八二四
清明……八二五
贈韋七贊善……八二六

唱經堂杜詩解卷之一

聖歎外書

游龍門奉先寺

題是《游龍門奉先寺》，及讀其詩起二句，却云：「已從招提游，更宿招提境。」「已」字、「更」字，是結過上文、再起下文之法。今用筆如此，豈此詩乃是補寫「游」以後事耶？然則當時此題，豈本有二詩，而忘其第一首耶？我反覆思之，不得其故。一日無事閑坐，而忽然知之：蓋此篇乃先生教人作詩不得輕易下筆也。即如是日于正游時，若欲信手便作，豈便無詩一首？然而「陰壑」、「月林」之境必不及矣。夫此境若不及，便是没交涉；夫作詩没交涉，便如不曾作。先生是以徘徊不去，務盡其理。題中自標「游」字，詩必成于宿後。如是，便將淺人游山一切皮語、熟語、村語，掀剥略盡，然後另出手眼，成此新裁。杜詩爲千古絶唱，洵不誣也。〇豈惟游山，即定交亦然。陶詩云：「聞多素心人，樂與數晨夕。」必與之數晨數夕，而後斯人之神理始出。今日草草一揖，便欲斷其生平，此胡可得？○哀哉，今之詩人，若天幸作得此一首詩，豈有不改題爲《宿龍門奉先寺》者耶！

已從招提游，更宿招提境。陰壑生靈籟，月林散清影。

人亦能知杜詩起句突兀，不能知此起之突兀也。看詩氣力，全在看題；有氣力看題人，便是有氣力看詩人也。○日間一游，只爲已盡招提；又豈知招提有境，乃在夜宿始見？信知天下事，多有遲之遲之而始得者。三、四，此即所謂招提境也，寫得杳冥澹泊，全不是日間所見。「境」字與「景」字不同：「景」字鬧，「境」字静；「景」字近，「境」字遠；「景」字在淺人面前，「境」字在深人眼底。如此十字，正不知是響是寂，是明是黑，是風是月，是怕是喜，但覺心頭眼際有境如此。向使游畢便去，豈不終失此境？即使不去，而或日間先作一詩，彼一宿之後，豈不大悔哉！

天闕象緯逼，雲卧衣裳冷。欲覺聞晨鐘，令人發深省。

五寫龍門，寫其高。○龍門山，一名闕塞山，又名伊闕山也。六寫奉先寺，寫其寒。○「雲卧」字，對「天闕」，作實字用，猶言雲堂、雲房。今僧家禪坐處，多有此名。「欲覺」者，將覺未覺也。此時心神茫然，全不記自身乃宿高寒境界。吾嘗醉宿他人齋中，明旦酒醒，開幃切認，此竟何處耶？被先生輕輕畫出。聞鐘深省，後人務要硬派作悟道語，何足當先生一噱！先生祇是欲覺之際，全不記身在天闕之上、雲卧之中。世人昏昏醉夢，不識本命元辰。如此之類，正復無限。乃恰當此際，鐘聲訇然，直落枕上，夫而後通身灑落。吾今乃在極高寒處，是龍門奉先寺中也。所謂半夜忽然摸着鼻孔，其發省乃真正學人本事。若如世人所言「悟道」者，吾不知其所悟何道也。「欲覺」，何不便覺？寫盡世人悠悠忽忽，欲覺不覺，而晨鐘代爲發省，是以學者樂與楗椎同住耳。○玩此章法，則知三、四句乃招提之境，而五、六句乃招提境中之人也。

贈李白

題本贈人，而詩全寫自己胸臆者，蓋古者贈人之法：富者以財，君子以言，皆實出所有以裨益人。若後人信手横塗，而題曰「贈某人」，實是用錯「贈」字也。○十二句詩，凡十句自説，只二句説李侯者，不欲以東都醜語唐突李侯也。看他用意忠厚，如此類甚多。○唐人詩，多以四句爲一解。故雖律詩，亦必作二解。若長篇，則或至作數十解。夫人未有解數不識，而尚能爲詩者也。如此篇第一解，曲盡東都醜態；第二解，姑作解釋；第三解，決勸其行。分作三解，文字便有起有轉，有承有結。從此雖多至萬言，無不如綫貫華，一串固佳，逐朵又妙。自非然者，便更無處用其手法也。

二年客東都，所歷厭機巧。野人對腥膻，蔬食常不飽。

「厭」，足也，熟也。只此一字，供招已盡，猶言被東都教壞了也，于二年中學壞了也。三、四，急承上文，寫出厭足機巧人醜態來。未來東都時，蔬食一飽，頽然自樂；乃今二年腥膻滿鼻，飫聞足見，先之蔬食，不能復飽。寫盡野人到京師不安分，不自得，無限苦事。

豈無青精飯，使我顔色好。苦乏大藥資，山林迹如掃。

看他憑空用「豈無」二字，忽作一轉。「青精飯」，只是脱身歸山尋常蔬食耳，非真用陶隱居法也。七、八二句，説出二年以前來東都本意。則因一「資」字，誤盡志氣人，使貧士無力學道者，放聲一哭。夫所謂「大藥資」，豈須多金哉！屋足蓋頭，田足糊口，韭毛竹筍足可留客，粗紙中筆足用抄書，則山林老死，人亦不來，我亦不出，誠大樂事也。祇爲缺此，勉來東都，冀得如許，便疾引去。又豈料一投若海，更難拔脚，鹿鹿二年，了無成辦。天下滔滔，誰不胸中抱此隱痛哉！

李侯金閨彦，脱身事幽討。亦有梁宋游，方期拾瑶草。

「脱身」二字，情見乎詞。蓋其前之苦，其後之樂，皆不言可知矣。結妙，既已賀其脱身，隨又自求脱身，以見東都脱身之難，以勉李侯不可再來，真是朋友規勸良式。○李侯詩，每好用神仙字，先生亦即以神仙字成詩。

望岳

「岳」字已難着語，「望」字何處下筆？試想先生當日有題無詩時，何等經營慘澹。○此詩每二句，作一解讀。

岱宗夫如何？

一字未落，却已使讀者胸中眼中，隱隱隆隆，具有「岳」字、「望」字。蓋此題非此三字亦起不得，而此三字非此題亦用不着也。○「夫如何」，猶云「一部十七史從何處説起？」一題當面[二]，心手茫然，更落筆不得，恰成絶妙落筆。此起二語，皆神助之句。

齊魯青未了。

凡歷二國，尚不盡其青。寫「岳」奇絶，寫「望」又奇絶。○五字何曾一字是「岳」？何曾一字是「望」？而五字天造地設，恰是「望岳」二字。

造化鍾神秀，陰陽割昏曉。

二句寫「岳」。「岳」是造化間氣所特鍾，先生望「岳」，直算到未有「岳」以前，想見其胸中咄咄。「割昏曉」者，猶《史記》云「日月所相隱辟爲光明」也。一句寫其從地發來，一句寫其到天始盡，只十字寫「岳」遂盡。

蕩胸生層雲，決眦入歸鳥。

二句寫「望」。一句寫「望」之闊，一句寫「望」之遠，只十字寫「望」亦遂盡。○從來大境界，非大胸襟未易領略，讀此四句益信。

會當凌絶頂，一覽衆山小。

翻「望」字爲「凌」字，已奇；乃至翻「岳」字爲「衆山」字，益奇也。如此作結，真是有

[二]「面」，《金聖歎全集》及國光書局本作「前」。

力如虎。○而庵説曰：「鍾神秀」者，「神」言變化不測，「秀」言苞含萬有。山之後曰「陰」，日光之所不到，故「昏」；山之前曰「陽」，日光之所到，故「曉」。望岳，則見岳之生雲，層層浮出來，望者胸爲之蕩。望之既久，則見歸鳥，眼力過用，欲閉合不得，若眦爲裂者然。眦，眼兩眶紅肉也。《子虛賦》云：「弓不虛發，中必決眦。」「入」字如何解？日暮而歸鳥入望，其飛必疾；望者正凝神不動，與岳相忘，但見有物一直而去，若箭之離弦者然。又，鳥望山投宿，若箭之上垛者然。此總形容「望」之出神處，説「決眦」字、「入」字確極。

劉九法曹鄭瑕丘石門宴集

題中無「枉」字，又無「陪」字，然則先生不與宴集矣，如何又有此詩？及讀「掾曹」、「能吏」二聯，而後知劉乃枉駕，鄭乃夤緣。一段幽事，敗于俗物，故不復書「枉」、書「陪」，以明是日身直不在酬酢中。因歎一起一結之妙，正不止于傲然不屑而已。

秋水清無底，蕭然净客心。掾曹乘逸興，鞍馬到荒林。

秋水不但清，乃至于無底，則是渣滓盡去，更不受人動摇。此句興而比也。夫客心豈能盡無彼我是非？今對此無底清水，不覺蕭然都净。讀此一起，便知是日有滿眼難看之事，先生一以汪洋之度容之也。三、四先出劉九，看「逸興」、「荒林」字，接上「秋水」

字，知劉九本不惡。

能吏逢聯璧，華筵直一金。晚來横吹好，泓下亦龍吟。

五、六出鄭瑕丘，「能吏」字下得毒。僻地到一曹官，便又尋踪躡影，此非「能吏」而何？「逢聯璧」字，寫盡醜態。此時但有兩官人相對，彼一老竟不知復置何地矣。○「一金」，三十兩也。「直」字妙，便特地與他估算出來，真毒眼毒口。下吏奉承上人，此費豈止一次？聊與點破，爲民脂民膏一哭！又豈知乘興到荒林者，初心亦不欲爾哉？先生于此不好看，不屑看，亦不忍看，于是據床横笛，自出爽致。彼「聯璧」、「一金」，于我何有？「泓下」「龍吟」者，言彼既狐鼠爲群，我自與龍吟相應，不可言是日曾與人爲伍也。詩極難看，從看題得之。

與李十二白同尋范十隱居

此詩着意，全爲與李十二白同尋，全不爲范十隱居。因思前篇痛恨東都，而以脱身爲李侯賀，豈非先生深見李侯有才無識，將恐不免于世，故特惓惓再三致勉耶？讀先生全集，處處見其忠孝友愛之盛心，故于此詩，必不敢忽過也。

李侯有佳句，往往似陰鏗。

贊李侯詩，分寸極明：「有佳句」，則不贊律詩，但贊絶句也；「似陰鏗」，則不贊七言，止贊五言也；「往往似」，則雖有律與古詩，而其全篇不能盡佳也。此非文人相輕，蓋古人月旦之法如此。

余亦東蒙客，憐君如弟兄。

「余亦」，是承上語，而止以鄉里成句者，不欲以前輩自居也。看他一片獎誘後學心地，我嘗恨韓昌黎妄自尊大，視先生何啻天壤！

醉眠秋共被，攜手日同行。更想幽期處，還尋北郭生。

眠何必共被，行何必攜手，此殆言己無日無夜不教侯作詩。讀他日「重與細論」之句，蓋先生之教之，不信然哉？○已上先寫侯之能詩，及己之愛侯如此；已下方轉筆出題，云夫愛之，則不得不終教之。于是我心于侯，更有進于學詩一事者。「更想」字，轉筆恁好。「想幽期」而「尋北郭」，然則非爲北郭也，借北郭而爲李侯丹頭也。看詩全要在筆尖頭上，追出當時神理來。

入門高興發，侍立小童清。落景聞寒杵，屯雲對古城。

以上以下，皆是與李十二白同尋，只此四句，是范十隱居，然亦是點化李侯要語。「入門興發」，言新到人躁氣未除；「侍立小童」，言住山人威儀閑雅。只十字，便活畫出少年跳躑叫呼天地何物，一旦驀然入有道室中，親見彼家奴婢如法，器鉢無聲，而後流汗滿背，幾至坐立不得，始喟然歎人固不可以一日不學也。嗟乎，豈不晚哉！「落景」句，言流光迅速，人壽無幾；「屯雲」句，言世事無常，頃刻變滅。凡四語，語語使李侯通身冷汗。

向來吟《橘頌》，誰欲討蓴羹。反結。不願論簪笏，悠悠滄海情。正結。

上四句既借范隱居作丹頭，活現點化，此更以四句嚴正決絕之[一]，言向來若使早吟《橘頌》，有悟于「受命壹志」、「獨立不遷」等語，則亦何至今日見秋風、想蓴菜，我所本有，求而不得也哉。然則自今以後，便當決意遠去，捨簪笏而滄海，一誤不可又誤也。○「誰」字妙，言當時我若不來，則今日何人要去？自笑自怨，戲謔如畫。

題張氏隱居二首

此詩是歷盡艱難語，與他處好静山居不同。○前首標隱居之勝，後首紀張氏之情。

春山無伴獨相求，伐木丁丁山更幽。澗道餘寒歷冰雪，石門斜日到林丘。

春日山行，不憂無伴，乃先生無伴，則不得不求張氏。獨先生求張氏，亦更無有求張氏者。七字中，又言「無伴」，又言「獨」，而以「春山」二字作起，便寫得喧鬧中兩人俱出一頭地矣。笑殺春山外人成群結隊，那有工夫到此。「更幽」字妙，有止是一身而亦喧者，春山所以畏俗子也；有多添一人而逾静者，春山所以愛幽人也：看其自待之高如此。

[一]「嚴」，學易堂本此字空缺，據《金聖歎全集》及國光書局本補。

三、四，寫出一片森寒杳冥境界，可見人迹所不欲到。澗道寒威凜然，已歷無數冰雪；石門日色尚在，餘光直下林丘。此二句，雖復寫景，然人生世上，受盡艱苦之累，晚歲始肯休歇。無數冷暖自知之事，十四字已攝無不盡矣。

不貪夜識金銀氣，遠害朝看麋鹿游。乘興杳然迷出處，對君疑是泛虛舟。

「不貪」、「遠害」四字，是隱居真訣。《天官書》：「金銀之氣見于上，下必爲覆軍之墟。」古語：「麋鹿走于山林，而命懸于庖厨。」利害如此，既已識得透、看得確，而尚敢貪，尚敢不遠，豈人情哉？說得悚然。七、八承上文，言說到此處，便使人回視山外，茫無投足之處，故云「杳然」。既對君如虛舟，然則山外干戈相尋，不言可知。

之子時相見，邀人晚興留。濟潭鱣發發，春草鹿呦呦。

「時」乃「是時」，承上篇補叙張氏之情，不可釋作「時時」。「晚」字、「興」字，乃邀之二端，而先生所以留者也。「鱣發發[一]」，此「晚」字也；「鹿呦呦」，此「興」字也。日晚則魚躍，後詩云「紫鱗衝岸躍」，又云「魚跳日映山」，一也。日晚腹饑，胡可不留少住。只此二語，想見張氏真率友愛。

杜酒偏勞勸，張梨不外求。前村山路險，歸醉每無憂。

田園之樂，有如是夫！杜康酒，大谷梨，用來恰合。「偏勞勸」、「不外求」，語氣便暗

[一]「鱣」，學易堂本作「魚」，據《金聖歎全集》及國光書局本改。

帶「不貪」、「遠害」來。結句「無憂」字，緊跟着「險」字，心頭有事人，忽然念及歸路之險，不免一跳。既而自慰云：「已得醉矣，又何憂焉？」蓋無求于人，其樂如此，益歎陶公饑來叩門之苦也。此又翻盡前結。○矍齋云：唱經嘗言「春山無伴」詩最難讀。前解向得之一友，似非真筆，姑芟而藏之。及見而庵《説唐詩》，説此詩五、六「不貪」字不讀斷，竟一直解下，妙絶。説「遠害」句，畢竟未妥，愚謂並不讀斷爲是。「害」即「妨害」之「害」，猶言「礙」也。○蓋云我從「石門斜日」一路行來，到此已夜矣。山中寶藏之氣，夜行則或見之，我初無此意也。「金銀氣」，不過用《天官書》成語，豈謂石門真有？且入破軍敗國語何與？遂再轉云：夜行非我本心，只爲澗道冰雪，來路甚遠，不覺抵夜，勢必留宿，以待來朝，遂使爾清早款待。眼看麋鹿，不獲忘情與游，則是我此來害之也。「貪」是説自己，「害」是説張氏。適然而夜貪，固無所貪；適然而朝害，何心于害？五、六二句，不過要轉出第七「乘興」字來。蓋君爲虛舟，我故乘興，興之所至，爲朝爲夜，無所不可。「杳然迷出處」，正極言乘興之妙耳。第二首「邀人晚興留」，「興」字本此「興」字來，「晚」字接上「朝」字來。○題總曰《題張氏隱居》，看來前一首寫此日夜到，後一首寫明日晚留。請以質之而庵。

贈李白

此豈「脱身幽討」猶未遂耶？讀「飛揚跋扈」之句，辜負「入門高興」、「侍立小童」二語不少。先生不惜苦口，再三教戒，見前輩交道如此之厚也。

秋來相顧尚飄蓬，未就丹砂愧葛洪。

言不如葛洪求爲勾漏令而得遂也。看他用「相顧」字，每每捨身陪人，真是盛德前輩。此用「丹砂」，與前用「青精」、「瑶草」同意。

痛飲狂歌空度日，飛揚跋扈爲誰雄？

去又不遂，住又極難。痛飲狂歌，聊作消遣。飛揚跋扈，誰當耐之？一片全是憂李侯將不免。

登兖州城樓

此詩全是憂時之言。若不托之登樓，則未免涉于譏訕。故特裝此題，以見立言之有體也。○杜詩題，有以詩補題者，如《遊龍門奉先寺》是也；有以題補詩者，如《宇文晁尚書之甥崔彧司業之孫尚書之子重泛鄭監前湖》是也；有詩全非題者，如《江上值水如海勢聊短述》是也；有題全非詩者，此等是也。其法甚多，當隨處説之，玆未能悉數。

東郡趨庭日，南樓縱目初。浮雲連海岱，平野入青徐。

是時先生尊人爲兖州司馬，故有「趨庭」字。「初」字一哭，猶言是日始知天下事至于如此。三、四，因寫上下縱目所見。兖州與青、徐二州接界，爲河、濟入海之衝。岱山在其境內，乃瀕海一大都會也。今則縱目在上，一片都是浮雲。浮雲不知從何處來，至于連海連岱，彌漫無有已時，則其昏昧甚矣。縱目在下，一派都是平野。平野已屬不堪之極，至于入青入徐，遥遥幾千百里，則其荒蕪甚矣。如此朝廷，成何朝廷？如此百姓，成何百姓！一處縱目如此，想處處縱目皆然，豈不岌岌乎殆哉！因轉下秦漢云云。○禍福起伏不定，故曰「浮雲」；野望全無麥禾，故曰「平野」。

孤嶂秦碑在，荒城魯殿餘。從來多古意，臨眺獨躊躇。

若問秦，則孤嶂之上，僅有嶧山碑尚在；若問漢，則荒城之中，僅有靈光殿尚存。嶧山碑、靈光殿，舊屬魯境，皆古名迹也，故下以「古意」二字合之。夫秦不失德，則今日猶秦；漢不失德，則今日猶漢。乃今秦漢何在，遂至有唐，則豈非「浮雲」「平野」之故哉！因言我從來讀史，至如是事，未嘗不臨文嗟悼，惜當時之無人，不謂今日遂至目睹其事，蓋憂懼無出之至也。「從來」二字，與上「初」字應成一篇，章法妙絶。「獨」字悲憤之極，言今日臨眺躊躇，止我樓頭一人耳！彼上下夢夢，殊未及知也。

對雨書懷走邀許主簿

通篇是「書懷」二字，借雨寓言耳。先生一片愛惜好人心地，如此篇者甚多，讀者毋徒作文字放過，切囑！

東岳雲峰起，溶溶滿太虛。震雷翻幕燕，驟雨落河魚。

眼見其出身處只如此大，所謂膚寸耳。「溶溶滿」者，不謂便爾。乃至「震雷」「驟雨」，何等聲勢；翻燕落魚，何等凌虐：小人胡可使得志耶！

座對賢人酒，門聽長者車。相邀愧泥濘，騎馬到階墀。

只是處之以不見不聞，未嘗因而喪我生平。看先生于此特用「賢人」、「長者」字，以反照上文人品，真是陽秋筆法。許主簿爲先生所特邀，乃邀之而又必囑其騎馬者，君子愛人以德，甚不欲其一濡足于勢利之塗也。一「愧」字，下得甚妙。脱少不慎，而略被染污，則爾愧見我，我亦愧見爾也。許主簿何人，動先生如此愛惜？我甚思之！

巳上人茅齋

如云「宿巳上人茅齋」，則是賦宿者。今無「宿」字，則是特賦巳上人也。何處無上人？何上人無茅齋？今都不見及，而獨賦巳公。巳公未必榮，餘公實愧死矣。

巳公茅屋下，可以賦新詩。枕簟入林僻，茶瓜留客遲。

「下」字毒甚，「可以」字嚴甚。世間無限醜態，都藏在三間屋下。故人前教曹之人，皆屋下磬折之人也。「可以賦詩」者，是言巳公之屋下可以賦詩，非言巳公可以賦詩也。如此行文，真是指吴山乃罵洞庭矣。「入林」，即把臂入林字。入林而攜枕簟，則軒車迎送之苦免矣。留客只用家常茶瓜，客是以反樂得而遲遲也。寫巳公屋下，真素如見。

江蓮摇白羽，比巳公也。天棘蔓青絲。比座客也。空忝許詢輩，難酬支遁辭。

夫胸中蔓絲人，則烏知摇白羽者話頭落處哉！推巳公至矣。「空忝許詢輩，難酬支遁辭」：支遁、許詢，皆晉時人。昔支公説法，必以許長史爲都講。蓋一時機扣相入，雖雲興百問，瓶瀉千酬，亦無不可。先生于巳公，謙不敢以都講自居，故云然也。

畫鷹

句句是鷹，句句是畫，猶是家常所講。至于起句之未是畫，已先是鷹，此真莊生所云「鬼工」矣。〇末句不知其指誰，然亦何必問其指誰；自當日以至于今，但是凡鳥壞人事者，誰不爲其所指？

素練風霜起，蒼鷹畫作殊。攫身思狡兔，側目視愁胡。

畫鷹必用素練，止是目前恒事，乃他人之所必忽者。先生之所獨到，只將「風霜起」三字寫練之素，而已肅然若爲畫鷹先作粉本。自非用志不分，乃疑于神者，能有此五字否？三、四即承「畫作殊」「殊」字，來作一解。世人恒言「傳神寫照」，夫傳神、寫照乃二事也。只如此詩，「攫身」句是傳神，「側目」句是寫照；傳神要在遠望中出，寫照要在細看中出。不爾，便不知頰上三毛如何添得也。

條鏇光堪摘，軒楹勢可呼。何當擊凡鳥，毛血灑平蕪。

「條鏇」、「軒楹」，是畫鷹者所補畫，則亦詠畫鷹者所必補詠也。看「堪摘」、「可呼」語勢，亦全爲起下「何當」字。故知後人中四句實填之醜。「擊凡鳥」妙，不擊惡鳥而擊凡鳥。甚矣！凡鳥之爲禍，有百倍于惡鳥也。有家國者，可不日頌斯言乎！「毛血」五字，擊得恁快暢。蓋親睹凡鳥壞事，理合如此。

臨邑舍弟書至苦雨黄河泛溢隄防之患簿領所憂因寄此詩用寬其意

題先序舍弟書至，次序苦雨河泛，次序領官憂患，次序寄詩慰之；詩則先序苦雨河泛，次序領官憂患，次序舍弟書至，次序寄詩慰之者，蓋文字貴有虛實起伏，不如是，便略無筆勢也。故第一解四句，先虛寫積雨黄河必泛，妙在「聞道」字。第二解四句，又先虛寫舍弟適當此任，大是可憂，妙在「防川」字。先虛寫得此二解，然後輕輕折筆到前日書至，遂令讀者憑空見有無數層折。不爾，便是一直帳，更無波折可使人誦也。

二儀積風雨，百谷湧波濤。聞道洪河坼，遥連滄海高。

「百谷」句奇。未見書，先有聞，以聞襯書，已是奇筆；乃未聞黄河泛溢，先見百谷波濤，以百谷襯黄河，不更奇筆耶。○一「高」字何簡，「難假」十句何繁，然都極河勢之可駭，正不以繁簡而或異也。○傳聞固應簡，書述固應繁。右一解。

職司憂悄悄，郡國訴嗷嗷。舍弟卑栖邑，防川領簿曹。

忽然聞河泛，忽然想領此職者奈何，忽然憶防川恰是舍弟。看此一解，爲是弟憂，爲是憂弟？先生「鶺鴒在原」之情，于是乎千載如睹矣。右二解。

尺書前日至，版築不時操。難假黿鼉力，空瞻烏鵲毛。

右三解，即來書所述也。黿鼉難假，烏鵲空瞻，言橋梁斷絶，無可奈何。第三解，只此已盡，爲欲詳寫河泛，故又有下文八句，其實只是一解。

燕南吹畎畝，濟上没蓬蒿。螺蚌滿近郭，蛟螭乘九皋。徐關深水府，碣石小秋毫。白屋留孤樹，青天失萬艘。

只是第三解寫不盡語，未嘗别轉筆。○逐句極寫河泛之勢，成奇語。

吾衰同泛梗，利涉想蟠桃。倚賴天涯釣，猶能掣巨鼇。

右四解，寄詩寬之也。○猶言吾衰有同泛梗，功名荒唐，方如度索蟠桃，然倚賴胸中之學，尚思爲天下後世建立非常功業。汝今不過區區苦雨河決，便自以爲大憂，然則汝將委卸何人，又有何事方堪任受也？　書未至時憂之甚，至書至以後，全不許憂。　愛是愛，勉是勉，讀此詩可以爲兄，可以事君矣。○「泛梗」、「利涉」，「蟠桃」、「釣鼇」，悉用大水涽瀁字，圖與上文相稱。

冬日有懷李白

寂寞書齋裏，終朝獨爾思。先生欲李侯之去，凡四見矣，而其心愈切，其言愈婉。如此篇，何其真而善入也。更尋嘉樹傳，不忘《角弓》詩。「寂寞」，非言書齋寂寞，乃言書齋裏人寂寞也；「嘉樹傳」，即昭公二年晉韓宣子來聘之傳也[一]。《傳》言季武子封植嘉樹，以無忘宣子所賦之詩。先生有懷李侯，因更尋其文讀之。所以云然者，蓋先生賦詩贈侯，亦已多矣，乃至今猶未肯去，豈已忘我之詩耶？因引武子「無忘《角弓》」之言，婉曲諷之也。

裋褐風霜入，還丹日月遲。未因乘興去，空有鹿門期。五言今日又冬日矣，則又一年矣。六下一「遲」字，寫得杳無歸期。「因乘興」三字，是急流勇退妙訣，稍遲即不可得者也。「未」字好是「不」字，「不因」殆近于詈之，「未因」則猶望之也。「空有」句，猶言口口説去亦何益。

[一]「二」，金評各本均作「三」，據《左傳》改。

龍門山有佛寺，金碧照耀，最爲勝概。公自注。

此題乃截詩之首二字以名篇，非詠龍門也。唐人每有此法，而先生集中尤多。○前半何其熱艷，後半何其悲涼。劈窠書此詩，勒石龍門山下，必有讀而哭、哭而回轅者矣。

龍門横野斷，驛樹出城來。氣色皇居近，金銀佛寺開。

一、二只十字，寫盡馬遲人急，極天苦事。寧未至龍門猶可忍，至龍門望驛樹，而又急不得便到，此時胡可忍也。何人不思上京，何人上京不如此急切，被先生以此十字爲此景。「氣色」、「金銀」，作虛字用，非寫皇居佛寺壯麗，正寫行人目光眩惑。諺云：「一日上杭州，三年説不了。」爲此十字也。右一解，何其忙，何其熱。

往來時屢改，川陸日悠哉。相閲征途上，生涯定幾回。

「屢改」字慘極，「悠哉」字尤慘極。此斜陽匹馬、衰柳長堤，則古人之所留與今人，而今人用之不盡，又將留與後人者也。○豈惟川陸無情，曾不我顧，今只小庭階石，木榻瓦尊，豈不日與之俱，因而體氣都洽。然究竟我自屢改，彼自悠哉，既不我留，復不我送，睹此茫茫，百端交集矣。「相閲」者，往來相閲也。只此川此陸，有無邊人紛然而去，有無邊人紛然而來，中間有尚來幾回者，有更來一二回者，有止于此一回者。夫我則烏能定其誰當更來,誰不更來? 然我生莫不有涯,縱得還來幾回,彼天下往來人,即豈有不盡之日哉。「生涯」字,出《莊子》,言生之邊涯,蓋死日也。字本奇絶,被人用熟不覺耳。未知此日尚着幾緉屐,便脱化出後半篇來。右一解,何其百忙中兜頭一杓冷水也。

天寶初南曹小司寇舅于[一]我太夫人堂下累土爲山一簣盈尺以代彼朽木承諸焚香瓷甌甌甚安矣傍植慈竹蓋兹數峰嶔岑嬋娟宛有塵外數致乃不知興之所至而作是詩

三行餘耳,便可抵潘岳《閑居》一賦,真乃制題第一手。〇題亦繁矣,欲以八句收盡,不亦難乎! 乃不惟宛轉恰合,偏有本事向題外,更添出「在野」、「生雲」、「獻壽」、「佳氣」等句,真乃絶奇之構也。〇全詩着眼,獨在「不知興之所至」一語。「不知興之所至」者,猶云「不知手之舞之,足之蹈之」也。

一簣功盈尺,三峰意出群。望中疑在野,幽處欲生雲。

累土盈尺耳,何至「在野」、「生雲」,如許幽曠? 蓋太夫人之所樂亦樂之,所謂「不知興之所至」也。〇養老親,全須要用養小兒法。心誠求之,不中不遠,乃名孝順。如先生

[一]「于」,金評各本均作「與」,據杜甫詩改。

「在野」、「生雲」語，皆從太夫人眉頭眼底體貼出來。太夫人既以爲疑在野、欲生雲矣，我敢以爲不在野、不生雲乎？大抵老人晚年，多有一段癡況，極無謂處偏是他極得意處。此處全須孝子順媳，用包荒將順之法，承接得歡喜無限，他便憑空生出精神，强飯少病，乃至壽考。嗚呼，此道久不講于天地之間矣！先生現身指點，血淚齊迸，人奈何遽讀之而不肯少思也？〇看他「疑」字、「欲」字，便全作孺子又癡又媚又慧光景。太夫人顧此，豈不樂乎！

慈竹春陰覆，香爐曉勢分。入慈竹香爐不硬。惟南將獻壽，佳氣日氤氳。

上文「在野」、「生雲」，是太夫人眼中事。此一「壽」字，則太夫人心頭事也。順便借香爐、慈竹直説出來，俾太夫人聽之一快，皆所謂「不知興之所至」也。〇事親者尚將致難得之物，以悦其心。此「壽」之一字，則不過脱然出于吾口，即油然入于其耳，亦有何難，而世之人曾不少留念耶。先生「將」字、「日」字，一片純是手舞足蹈，爲人子之金式也。

春日懷李白

得細論：此所以思之不置也。先生之愛李侯，乃至論文不敢一毫假借。但未脱身時，或得細論；既脱身後，遂不得細論：此所以思之不置也。

白也詩無敵，飄然思不群。清新庾開府，俊逸鮑參軍。

豈謂李侯詩又「無敵」，思又「不群」耶？如是即豈復成語？蓋是一縱一擒言之：言白也，人稱其詩遂無敵，我謂其思則不群有之耳。下緊接「清新」「俊逸」四字，皆是「思不群」邊字。吾聞温柔敦厚，深于詩者也；清新俊逸，于詩且無與。此非文人相輕，實是前輩定論，不似後人一片犬吠也。○「白也」對「飄然」，妙絶，只如戲筆。「白也」字，出《檀弓》。

渭北春天樹，江東日暮雲。何時一尊酒，重與細論文。

春樹、暮雲，寫盡纏綣。看先生「細」字、「重」字，信知作文不易。夫文豈「飄然不群」四字之所得了哉？今觀李侯全集，純是飄然不群，其餘更無所有。○此詩不獨當時硁李侯，亦且嘉惠後賢多少。

鄭駙馬宴洞中

詩從《雜佩》篇翻出，在主家尤難。看其領句便提「主家」二字，固知當日如是主家，亦未可多得在。

主家陰洞細烟霧，留客夏簟青琅玕。春酒杯濃琥珀薄，冰漿碗碧瑪瑙寒。前解。

從來男子折節好賢，必由閨房拔釵沽酒之德爲多。故先生本叨潛曜之宴，而反殷殷致歎于臨晉之賢也。看他一出手，便大書「主家」二字，妙妙！夫閨中有牝鷄之聲者，其堂前豈有鳳凰之輝哉？然則雖謂鄭家即是主家，此固其所，初並不爲公主必加于駙馬也。洞入烟霧，寫開宴之地也；簞如琅玕，寫置宴之席也。所以不即寫宴而必于宴前先寫之者，見是日之極致敬愛，而不在餔餟也。三、四承之，亦只極寫杯之與碗，言此皆其重器，尋常不輕示人者也。〇三、四句法，言春酒清空，今以杯色濃故，遂如琥珀而薄；冰漿雪濇，今以碗色碧故，遂如瑪瑙而寒。皆極寫主家重器，不寫酒與漿也。〇看先生不唯不寫餔餟，乃至不寫其器之爲金爲玉。

誤疑茅堂過江麓，已入風磴霾雲端。自是秦樓壓鄭谷，時聞雜珮聲珊珊。後解。

前解極寫駙馬之宴之寵敬，後解特轉筆推詳，以明皆出于公主也。五言心疑盛暑，何故清涼如此。六言不知乃在極深最高之處，于是而珮玉璆然之聲，遂已親接于耳。嗚呼！「知子之來」之詩，今日果尚有其人哉，豈不甚盛節與？〇洞之清涼，前起句寫已盡，此五、六乃借筆轉到秦樓耳。「雜珮」，即以贈、以問、以報之雜珮也。

冬日洛城北謁玄元皇帝廟

此詩凡用七解成篇：一解洛城北，二解廟貌，三解玄元皇帝，四解吴道子，五解壁畫五聖，六解先生冬日入謁，七解用史公《封禪書》筆法結之，最得譏諷之體。〇只爲與之同姓，便以巍巍天王之尊，遥認一千餘年前茫茫不可知之人，尊之曰「聖太祖玄元皇帝」，又爲立廟,已極可笑;乃又甚而至于畫其高祖、太宗、高宗、中宗、睿宗五世祖考之像于其廟壁。嗟乎,漢武好仙,尚冀長生,今此又爲何哉!

配極玄都閟,憑高禁籞長。守祧嚴具禮,掌節鎮非常。

第一解,寫洛城北,上配北極,爲帝城之玄都,懸繩連竹,禁籞來往。此其嚴閟,非可聊爾。若爲本宗藏主,則分官守祧,舊有嚴禮;如或外道惑民,則地官掌節,彈壓非常。只四語,却寫得凛凛然,使玄元立廟、五聖畫壁,更是使不得。

碧瓦初寒外,金莖一氣旁。山河扶繡户,日月近雕梁。

第二解,寫廟之壯麗。碧琉璃瓦,則上薄初寒之外;承露金莖,則高出一氣之旁。名山大河,雙扶繡户;日升月恒,互纏雕梁。不圖洛城之北,有此巍巍一廟也。〇「碧瓦」、「金莖」、「繡户」、「雕梁」,是廟;「初寒外」、「一氣旁」、「山河扶」、「日月近」,是廟之壯麗。四語總成一樣句法,只以倒轉爲異耳。

仙李盤根大,猗蘭奕葉光。世家遺舊史,道德付今王。

第三解,承上。洛城北如此嚴閟之地,忽有如是巍巍廟貌,實祀何人乎?因云老氏姓李,李氏之盤根大哉,安知今皇之非其苗裔也?漢孝景皇后,以七月七日生武帝于猗蘭殿,今奕葉而上,安知非于不可知之一日,吾之先人爲其後人所生也?據今日子孫爲帝王,則前者史公必應列之「世家」,而僅入「列傳」者,此自是馬遷遺誤耳。若其《道德》一經,今皇御注,便是一片嫡血,安得不謂有唐真苦縣遺體也?初誦之,極是諛語;細尋，乃見其識極。

畫手看前輩，吴生遠擅場。森羅移地軸，妙絶動宫牆。

第四解，本欲便寫壁畫五聖，却恐太促，便嫌板實，因先歎吴生妙畫，略作虚衍。「地軸」句，是述其昔畫朕羅變相；「宫牆」句，是述其又畫七十二子。「地軸」句，妙于「森羅」二字，便可想見地軸之出奇；「宫牆」句，妙于「妙絶」二字，便可想見宫牆之不同也。吴生妙手，較之前輩，擅場遠甚，蓋極贊之。通篇只此一解四語，爲襯句。

五聖聯龍衮，千官列雁行。冕旒俱秀發，旌旆盡飛揚。

第五解，寫吴生所畫壁。可笑在一「聯」字，蓋使五聖各占一壁，猶有可解；今既畫作連衮，則與千官列成雁行，君臣無分，並爲老子所隸。將欲尊之，辱莫大焉。或問：「亦可不畫千官否？」此則不免寒儉無氣力。「畫千官，亦可畫五聖作坐像否？」則又非畫于老子廟壁初意也。看先生下句，接用「冕旒」、「旌旆」字，皆是故作洗剔。「冕旒」，則定應穆穆皇皇，深坐九重之上；「旌旆」，則不免意色匆匆，將有遠行之勢。天下則豈有着冕旒而遠行者？今既不可降五廟爲諸侯之服，又甚欲躋五廟于群真之後，于是「冕旒」、「旌旆」，遂畫出一片無理，真欲笑殺人！

翠柏深留景，紅梨迥得霜。風箏吹玉柱，露井凍銀床。

第六解，柏景、梨霜、風吹、井凍，只是寫冬日景色。

身退卑周室，經傳拱漢皇。谷神如不死，養拙更何鄉？

第七解，結今尊老子爲玄元皇帝。老子樂耶？據其退處藏室，殊似無意世榮者。即五千言之盛傳，亦在漢文、景之世，老子初不自意也。今辱承本朝如許隆禮，老子死而無靈，則我不復能知；若果谷神尚存，則無名養晦，定不知何處水邊，黝然一老耳。想決不在此廟之中，受其盼蠁也。寫得半非半是，若有若無，滑稽殺人。

城西陂泛舟

此題，是先生詠城西陂中所泛之舟，非先生泛舟游城西陂也。通首詩全詠陂中泛舟，詠詩人却在陂岸上。

青蛾皓齒在樓船，橫篴短簫悲遠天。

只二起句，一喝一證，筆勢靈幻非常。要看他用一「在」字之妙，言此陂中樓船，一例純是珠簾翠幄，岸上睹之，窈窕重密，誰人知其中何所有。然我定知多載「青蛾皓齒」在中。何以驗之？我目雖不睹，耳實親聞。此悲動遠天，皆橫笛短簫之聲，以是知其必流連荒亡之徒也。○「悲遠天」，亦是岸上聽船中簫笛語。若身在其中，便徒有聒耳，不復得此三字。

春風自信牙檣動，遲日徐看錦纜牽。

「青蛾皓齒」、「橫笛短簫」中間，則必擁一主人矣。是主人何如人耶？夫聲色之中，則豈復有人者乎？因用十四字，活畫他出來。言是主人也，彼烏知人力之艱難？春風面面皆順，即蕩蕩萬斛之舟，于中流自然而動耳。「自信」「信」字妙，彼執以爲如是，何人敢復爭之？既而自欲顧視日影，方乃舒頭外望，而後乃今徐徐却看船行，又有錦纜牽之。異哉，異哉！因而告報一船，以爲創見。看他寫來，便活是「何不食肉糜」，「爲官乎，爲私乎」一樣妙人。一解。

魚吹細浪摇歌扇，燕蹴飛花落舞筵。不有小舟能蕩槳，百壺那送酒如泉？

後解痛與針砭一下，不嫌唐突。「歌扇」、「舞筵」，已極靡麗；又有水映歌扇、花綴舞筵，分外靡麗。水映、花綴，已是兩重靡麗；又有魚吹摇影、燕蹴飛紅。天下事錦上起錦，花上增花，真有何限。此時舟中主人樂而忘死，便謂魚燕真大解事，千秋萬歲與君同之；而豈知舟中奇樂，乃全賴小舟來往送酒如泉？不然，李延年、黄旛綽爲豐年之玉誠有餘，彼則豈真荒年之穀哉。讀之使人務本重農之心，直刺出來。

陪李金吾花下飲

題不云李金吾招飲，而云陪李金吾飲；不以主陪賓，反以賓陪主：滑稽之極！

勝地初相引，徐行得自娱。見輕吹鳥毳，隨意數花鬚。

此一節是虚影「陪」字之意。首句妙在「初」字：有此勝地，自應頻頻招飲，而乃今始見招，何也？次句妙在「徐」字：初引之客，自應速速催赴，而乃慢慢起行，何也？着此二句，則其「見輕」可知矣。「見」者，先生見也；「烏㲘」，輕極之物。彼既意不在我，我意何嘗在彼？今日爲看花而來，則亦隨意數花鬚而已。花鬚極難數，而得細細數之，想見一時賓主絶無唱酬，岑寂無聊之苦。「數花鬚」，是用王羲之少年事。

細草稱偏坐，香醪懶再沽。醉歸應犯夜，可怕李金吾。

此一節，乃是實寫「陪」字。初引之客，不正坐而只偏坐，是不以客禮相待也；不以客禮相待，是坐則陪之坐也。主人無量，僅僅竭壺而止，是不能盡先生之量也；不盡先生之量，是醒亦陪之醒也。陪之坐，猶可言也；陪之醒，不可言也。末二句，先生謔浪盡興之辭。金吾掌夜禁，其不使我盡醉而歸者，謂醉必夜深，夜深必犯禁，李金吾似有訶禁犯夜之意。不然者，彼特地引我看花，而有花無酒，乘興而來、敗興而歸，何也？

贈高式顔

此詩只用「老夫」二字翻覆成篇。前解忽然説是老夫，後解忽然又説未是老夫。老夫狂態，從紙上跳脱而出也。

昔别是何處，相逢皆老夫。故人還寂寞，削迹共艱虞。

看他直是忽然請一「老夫」，陪自家「老夫」，何曾特爲高式顔贈。○不問别是何年，却問別是何處，則要追算得何處出來，便見兩人本非老夫。如何無端一别，相逢遂遽如此，剌眼駭心，真怪事也。正相逢時，兩人氣色寂寞不寂寞，原入眼便睹。祇爲頭鬢可駭，便不及問窮，且先問老。又此詩通篇，原以「老夫」字爲章法，如「寂寞」二句，只補叙也。「皆」字妙，「共」字妙：老又皆老，窮又共窮，不能不想當時並少年、同高興是何處也。

自失論文友，空知賣酒壚。平生飛動意，見爾不能無。

後解忽更自思。自高别後，直至頃未逢已前，我亦真既老矣。酒壚如故，邈若山河，設不因老，胡一至是？此二句便將「老夫」二字，自己招承明白。下忽通身翻跌云：乃今日逢爾，却不知何故直與昔日接連，重新飛動。然則誰説我兩人「老夫」，豈有老夫如此飛動者哉！○道樹云：富貴是我本無，固不望其到我；少年是我本有，奈何亦見奪耶！多哭老，略哭窮，先生别樣血淚也。

哀王孫

借一王孫説來，當時情事歷歷，豈非詩史。

長安城頭頭白烏，夜飛延秋門上呼。又向人家啄大屋，屋底達官走避胡[一]。

[一]「胡」，金評各本均爲缺字方框，據杜甫詩補。

一解，便寫盡無數事。如玄宗從延秋門出，滿城達官悉已避去，方失落下王孫，入他人手。正未審幾行始得到，輕輕插入「延秋門」三字，言玄宗從此去也。其事既在必書，然實書在玄宗名下，又失諱尊之體，因只寫妖烏夜呼，便見用筆迴避有法。且令出門時，分外怕人氣色，都見。○「大屋」、「達官」，字法。平時居大屋，作達官，此夜妖烏空啄大屋，屋下達官去已久矣，寫盡朝中大臣伎倆。嗟乎，何代無賢！○匹夫猶有托子之誼，身食其禄而禍至先去，失落下其王孫，即何以自解？○看他只四句一解中間，便有如許陽秋。

金鞭斷折九馬死，骨肉不待同馳驅。腰下寶玦青珊瑚，可憐王孫泣路隅。

不知者謂「金鞭」二句是寫玄宗，「寶玦」二句是寫王孫。殊不知此一解，是先生以異樣妙筆，曲曲剔出「王孫」二字來。言是日路隅忽見泣者，愯然驚曰：是真皇帝骨肉也！本應同驅前後，不待竟去，遂至遺失于此。或問：何故不待竟去？嗟乎，金鞭一斷，九馬盡敗，宗廟社稷，已不復顧，安暇復保妻孥哉！問：皇帝不待，是誠有之，然今日路隅泣者何限，何用知此必是王孫？嘻，不見其腰下寶玦，乃是青珊瑚所裝耶？是豈他家所宜有？一解四句，凡用無數曲法，曲出王孫來。

問之不肯道姓名，但道困苦乞爲奴。已經百日竄荆棘，身上無有完肌膚。

上解從青珊瑚上，已斷知其爲王孫；此解四句，却故意拗出去，豈不奇絶殺人。○我自從青珊瑚上，斷知其爲王孫；及至問之，却並不肯吐出「王孫」字來。不但如是，及至口中吐出話來，却並不是王孫聲口。因而察其脚色，又爲久竄荆棘，通身破碎，亦全不似王孫千金嬌養身軀。上解用無數曲法，曲出「王孫」字，此解用接連幾拗全拗落。○若云此只是敘當時實事，即豈復成語？ 劉會孟每恨杜詩粗俗，都爲此等處不解其用「手柔弓燥」法耳。

高帝子孫盡隆準，龍種自與常人殊。豺狼在邑龍在野，王孫善保千金軀。

上解故意拗去，然後用此解重復收來。 先生于「王孫」二字，凡用三解十二句寫成。若使他人作此，只如路傍一小兒，額上貼作「王孫」字。○先從「寶玦」斷知其爲王孫，然猶疑是偶爾。此又從「隆準」斷知其的王孫，是真高帝龍種也。何其與常人殊也！今日豺狼得志，龍偶在野，不足惜也。 然豺狼終是豺狼，龍終是龍。 此今日乞奴之軀，乃他日千金之軀，王孫大須善保之也。只因「善保」二字，渡出下半篇來。○此解三句定「王孫」二字，一句渡過下。

不敢長語臨交衢，且爲王孫立斯須。

半解却寫得稜層之甚。 爲是不敢語，爲是欲與語？ 上句充斥可畏，下句惠愛惻然。

昨夜春風吹血腥，東來槖駞滿舊都[一]。朔方健兒好身手，昔何勇鋭今何愚。

不敢長語，單向王孫私説二事，每一事作一解。○此一解説賊無大志也。 唱亂健兒，久聞好手，乘勢席卷，猝亦難制。 今却有絶好消息，昨夜風吹血腥，却是槖駞東來[二]，馱

[一]「駞」，金評各本均作「馳」，據杜甫詩改。
[二]「駞」，金評各本均作「馳」，據杜甫詩改。

載所劫珍寶。志既在此,勇鋭盡矣,此一快聞也。

竊聞太子已傳位,盛德北服南單于。花門剺面請雪恥,

此一解,説肅宗即位靈武,回紇舉兵助順,又一快聞也。○一解四句,今却只寫三句,且停一句在後,而另自横插兩句入來,作千叮萬囑已,然後將第四句説出,足此解。世間那有如此裁詩法,使千年之下,亦那有如此看詩法哉?思之不勝萬世子雲之痛。

慎勿出口他人狙。

横插此一句。「狙」,巧詐也。我與王孫説,王孫勿説也。

哀哉王孫慎勿疏,

再横插一句。○接連横插兩句,總爲「不敢長語」解。尚少二句,亦並補之。○此「慎勿」,即上「慎勿」也。只加「哀哉王孫」四字,便比上句分外有持手跌脚之苦。

五陵佳氣無時無。

接「花門剺面請雪恥」句下,言唐德未衰,其氣已驗。承上兩快聞,吐此一快語,以結上「王孫善保」之案,却用兩番叮囑方説出來。快語不敢快説,是喜是苦?

元日寄韋氏妹

寄妹如子耳,尚須不忘君國爾爾,況于身耶?由身説到妹,由妹説到郎伯,寫盡骨

肉流離之慘。而第四句偏遽念及京華。下解即反承京華，爲不見朝正，故啼痕滿面。舉上三句一齊置却，真乃匪夷所思。

近聞韋氏妹，迎在漢鍾離。郎伯殊方鎮，三句一氣注下，第四句便作轉，京華舊國移。

前一解「韋氏妹」，後一解「元日」。止首二句是先生語，下俱妹語也[一]。「近聞」、「迎在」，則兄不見妹，妹不見兄；殊方作鎮，則夫不見妻，妻不見夫。此兩不見，何等慘毒，却都不用「啼」。下乃爲不見朝正，故「啼」。「啼」之情理固如此。有「京華」句，遂轉出下四句來。

春城迴北斗，郢樹發南枝。不見朝正使，啼痕滿面垂。

在元日，故有「春城」字。「北斗」，非謂長安北斗城，祇是建寅之月，斗杓所指耳。鍾離屬濠州，在楚，故曰「郢樹」也。身不在京華，故不見朝正之使。既不見朝正，自然涕淚滿面。彼骨肉流離，又次之矣。此二句爲是先生寫妹，爲是先生自寫？妙在説向韋氏妹分中去，先生身陷賊中之苦，不言可知。

玉華宫

看四解「冉冉征途」句，知此詩及下《九成宫》，乃公奉墨制還鄜州，路經有見，因記

[一]「俱」，《金聖歎全集》作「句」。

之也。

溪迴一境。松風長,又一境。蒼鼠竄又一境。古瓦。又一境。不知何王殿,遺構絶壁下。

此第一解。四句乃叙事,非寫景。看他逐節逐節,迤逦而來。先説緣溪而行,溪回亦回,是一境;乃溪未回無松風,溪一回忽有松風,是又一境;因風看松,因松見鼠,是又一境;見鼠鼠竄,鼠竄瓦見,是又一境。迤逦凡寫曲曲四境,然後玉華宫在絶壁之下。彼俗手,即安得不向第一句便直叫出耶。○此解全用《古詩十九首》「青青河畔草」法。先生自云「熟精《文選》理」,不我欺也。

陰房鬼火青,怕人。壞道哀湍瀉。怕人。萬籟真笙竽,可人。秋色正瀟灑。可人。

此第二解。四句方是寫景。不知者謂「溪回」等亦是景,豈不嫌其複。○四句寫景,却分兩番:「陰房」二句,就「何王」寫,寫得怕殺人;「萬籟」二句,就先生寫,寫得妙殺人。夫怕殺前人,却已妙殺後人,然則益怕殺前人也。○「陰房」二句,他人所及;「萬籟」二句,他所不及。正是最慘句,仔細思之,欲哭反笑。

美人爲黄土,況乃粉黛假。爲近有苻堅墓。當時侍金輿,故物獨石馬。侵二字。

今即石馬又安在?

憂來藉草坐,浩歌淚盈把。冉冉征途間,誰是長年者?

本欲哭人,忽然自哭;正欲自哭,忽然不哭。哭人痛,自哭痛,總不如不哭尤痛也。

○看他「溪迴」等句,一路是行來到,然忽然藉草坐下。人生至此,真是通身都歇。

羌村三首

第一首，初歸；第二首，既歸；第三首，歸之明日。要看他寫歸家氣色、情抱許多事，却純是寫不忘溝壑，決不應歸，一片幽憤。全是筆力異樣，故有此事。

峥嶸赤雲西，日脚下平地。柴門鳥雀噪，歸客千里至。十五字句，五字句，二字句，三字句。

看他先寫臨到家時，薄暮門前，眼見耳聞，如此氣色，使千載後人，如同在此一刻。最怕人者，家中未見人歸，歸人先見家中，一也；未知家中何如，先睹門前如此，二也；未至，心頭只餘十里、五里，既至，便通共千里，三也。一解二十字，寫盡歸客神理。

妻孥怪我在，驚定還拭淚。世亂遭飄篷，生還偶然遂。

「怪我在」，用《論語》成奇句，不必道；偏看他筆墨倔强，不寫幾死幸生，相煦相沫之語。一則曰「怪我在」，一則曰「偶然遂」，人已歸矣，還作十成死法相待，豈非異致？

鄰人滿牆頭，感歎亦歔欷。夜闌更秉燭，相對如夢寐。

上解人已歸，還作十成死法待，故承此解結也。「鄰人滿牆」，如畫。「亦歔欷」，妙絶是一「亦」字。千里間關，十成死法，我自受之，我自知之。今我歔欷，渠亦歔欷，渠豈能知我百千萬分中之一分耶？可發一笑也。「更秉燭」妙。活人能睡，死人那能睡？夜闌相對如夢，此時真須一人與之剪紙招魂也。

右初歸。

其二

晚歲迫偷生,還家少歡趣。嬌兒不離膝,畏我復却去。

此解用意最曲,不説不知,説之便朗如日月之在懷也。既歸後,忽然自想早歲出此門去,豈不自謂致君堯舜,返俗黄虞,功成名遂,始奉身退?壯矣大哉,快乎樂也!乃今心短計促,迫爲偷生,竄身還鄉,昔圖總廢,咄咄自詫,又何憊歟!嬌兒心孔千靈,眼光百利,早見此歸不是本意,于是繞膝慰留,畏爺復去。四句,總是曲寫萬不欲歸一段幽恨。

憶昔好追涼,故繞池邊樹。蕭蕭北風勁,撫事煎百慮。

承上幽恨不可明説,于是詭辭謝之也。昔繞樹追涼,今北風日勁。夏冬如此,壯老亦同,我無復又去也。

賴知禾黍收,已覺糟床注。「賴知」、「已覺」,是初到家妙理。如今足斟酌,且用慰遲暮。

因又細説所以不復又去之故。「禾黍收」、「糟床注」六字,生理足矣。「如今」,妙。便明明説未歸已前,饑渴不免,如今正復快意,安忍反棄去也?嗚呼!先生則豈酒杯飯碗邊人?末句「且」字分明敗露。由來志士不與妻子實語,類如斯也。右既歸。

其三

群鷄正亂叫，客至鷄鬥爭。驅鷄上樹木，始聞叩柴荆。

一解。寫叩門，却三句寫鷄，筆態奇恣。

父老四五人，問我久遠行。手中各有攜，傾榼濁復清。

父老一問，直得無言可對。何也？先生遠行，專爲普天父老。今榼中清濁酒味如此，然則父老欲問我，只須各自問：特地出門五年、十年，而俾父老耕地無人。羞殺也，憤殺也！先生妙筆，全在無字處如此。從來人讀此以爲平平。

苦辭酒味薄，黍地無人耕。兵革既未息，兒童盡東征。

即用上解意。又反復申明之。先生被父老一問，方在無言可對，乃父老反爲酒薄自愧，説出無數絮叨。句句曲解酒薄緣故，句句熱剥先生面皮，真異樣奇筆。

請爲父老歌，艱難愧深情。歌罷仰天歎，四座淚縱横。

我貽汝以艱難，汝報我以深情，真正愧殺也。〇前父老問，竟到底不答。至此但請爲歌，歌即歌「艱難愧深情」五字也。歌罷浩歎，雖父老皆作般浩咄咄矣。右歸之明日。

贈陳二補闕

此詩以嘲諷爲贊歎，另是一體。

世儒多汩没，歎絶。夫子獨聲名。獻納開東觀，君王問長卿。此二句，亦寓譏切時政意。

不言世人早榮，子獨晚遇，却言世多汩没，子獨聲名。似慶快之至，而實感傷也。

三、四句，正寫「補闕」。

皂雕寒始急，天馬老能行。自到青冥裏，休看白髮生。正挽首句，不哭而悲。

五、六句，「寒」字、「老」字，皆惜其老而得官。七句，收三、四及二句；八句，收五、六及首句。通篇只是一意。

送孔巢父謝病歸游江東兼呈李白

孔巢父、李白，同是「竹溪六逸」中人。

巢父掉頭不肯住，東將入海隨烟霧。句法奇。詩卷長留天地間，釣竿欲拂珊瑚樹。深山大澤龍蛇遠，「龍蛇遠」下，加何也轉下。〇「深山」句只换得一「遠」字，便成妙句也。春寒野陰風景暮。蓬萊織女回雲車，指點虛無引歸路。《列仙傳》寫不出此七字。自是君身有仙骨，世人那得知其故。惜君只欲苦死留，「君」指蔡侯。〇「君」字恐即上「君身」「君」字，蓋云世人不知其故而惜君；惜君，故苦留君也。下蔡侯則非世人比，故能放之去，但囑今寄我書。富貴何如草頭露。蔡侯静者意有餘，佳賓便有賢主作襯，故下「静者」字。清夜置酒臨前除。罷琴惆悵月照席，幾歲寄我空中書。從「罷琴」七字，生出「寄書」七字來。〇罷琴，席畢也；「惆悵」，將别；「月照席」，反不别也。「寄我」，欲其寄也；「幾歲」，不敢必其寄也；「空中」，寫仙人本色也。南尋禹穴見李白，將没下落人，結有下落人，妙絶。〇反結。道甫問信今何如。

寄高三十五書記

歎息高生老，新詩日又多。首「歎息」二字，冒下八句。美名人不及，佳句法如何。一、二、三、四句，寫「高三十五」四字。首句，歎其老無一官；次句，歎其老而好學；三句，承首句，歎其非無名聞者，而胡爲而至于老也；四句，承二句，歎其雖老而詩益工，非率爾成篇比也。主將奴才子，崆峒足凱歌。聞君已朱紱，且得慰蹉跎。五、六、七、八句，寫「書記」二字，亦重歎之。五句，歎其雖得一官，不過爲主將所奴隸耳，亦承首句、三句來。六句，歎其不得黼黻朝廟，僅得爲歌舒作凱歌也，亦承二句、四句來。結以自家蹉跎，收束一、二、三、四句，極足。

月

疑者曰：「蟾」「兔」此亦並用，似習套語。先生獨能不避。

天上秋期近，人間月影清。入河蟾不没，擣藥兔長生。一、二句見月，三、四句贊月，五、六句罵月，結二句戒月。一、二句之妙，妙于天上只説「秋期」，人間方説出「月」，造語新妙。三、四句，「蟾」「兔」切月。只益丹心苦，能添白髮明。絶妙好辭。干戈知滿地，休照國西營。

三、四「蟾」「兔」，固切月事。五、六句，却用「丹心」、「白髮」，與月何與哉。乃深于詩者，則曰：正爲丹心白髮，故詠月耳。若蟾兔，于月何與哉！結二句，戒月勿照西營，似意在月，而實在「丹心」、「白髮」四字也。

晚出左掖

此詩最難看，細玩乃得之。

晝刻傳呼淺，是晝未晚。春旗簇仗齊。是立仗未入掖。退朝花底散，散仗矣。歸院柳邊迷。方入掖。

或問：「晚出左掖」，何以有一、二、三、四句耶？蓋所謂原題法矣。夫「晚」，則必由早而午，而後晚也。「出左掖」，則必由入朝而退朝，而歸掖，而後出掖也。今若但寫「晚出左掖」，則君子無日不念其君之悃，將遂釋然于懷耶！故必原題云云。首句，未晚也；二句，未在左掖；三、四句，在左掖矣。然四句方是在左掖，三句是退朝而後入左掖也。

樓雪融城濕，宫雲出殿低。晚矣。避人焚諫草，掖務畢矣。騎馬欲鷄栖。出掖已晚矣。○「欲」字，言日色欲也，非言已欲也。有抹其不成句者，何哉！

花底柳邊，雖寫掖垣景，然意尚寫未晚景也。至五、六句，雪濕雲低，始正寫「晚」字。七句，始正寫左掖；八句，始正寫「出」字。而七句，「諫草」是左掖事，「焚諫草」，則掖中公事既畢，又應出矣。八句中，「騎馬」是「出」字，然「欲鷄栖」則日已向晚，非浪出矣。此詩只是「退食自公，委蛇委蛇」化來。

春宿左省

此詩之妙，妙于將題劈頭寫盡，却出己意，得大寬轉。

花隱掖垣暮，啾啾栖鳥過。星臨萬户動，月傍九霄多。

只起二句，已盡題矣。何也？「掖垣」者，左省也；「暮」，則應宿之候也。却于「暮」

字上，加「花隱」二字，補「春」字也。「啾啾栖鳥過」，言萬物無不以時而宿也。如此十字，「春宿左省」已完矣。下六句，何也？是則老杜一腔忠君愛國之心，而非諸家之所知也。三，「星臨萬户動」者，于左省而念及其民也；四，「月傍九霄多」者，于左省而念及其君也。二句足上「暮」字意。

不寢聽金鑰，因風想玉珂。明朝有封事，數問夜如何。

五，「不寢聽金鑰」，則宿而思其君有闢門之難也；六，「因風想玉珂」，則宿而思其臣有獻替之忠也。結二句，始收到自己「宿左省」者。數問如何，則自明夙夜匪懈，未嘗卧也。後之讀此詩者，若欲知老杜「封事」爲何語，則不出「下念百姓，上念君父；上者納言，下者效忠」四語而已。嗟乎，豈呫嗶小儒所及知哉！

酬孟雲卿

樂極傷頭白，更深愛燭紅。相逢雖衮衮，告别莫匆匆。

前四句，當迴環讀之。

猶言今夜樂極矣，但此生那得更幾番樂極耶？則且極今夜之樂，而又深幸紅燭，足助人極樂也。○遇知己故「樂極」，圖後會故「傷白」，惜此夕故「更深」，得盡歡故「愛燭」也：四句曲折串成句矣。

但恐天河落，寧辭酒盞空。明朝牽世務，揮淚各西東。

測然一遇，又成夢事。可痛！

觀安西兵過赴闕下待命二首止一首。

四鎮富精鋭，摧鋒皆絶倫。還聞獻士卒，足以静風塵。

此詩是譏當時勤王之師，遷延不進，又無節制也，而用語特渾。

老馬夜知道，蒼鷹饑著人。臨危經久戰，用意始如神。

起二句，姑予之。三、四句，言聞其如此，未見其足以如此也。五句，譏其夜不輯將士，妄行者多也。六句，譏其時肆劫掠也。結，諷其尚必用意，始得如神也。言之無罪而聞者足戒，其是詩之謂矣。

不歸

河間尚征伐，汝骨在空城。從弟人皆有，終身恨不平。

此是先生極奇極創之筆。只是「人皆有兄弟」五字，只换一字，成此妙句。

上半言河間戰征，從弟遂死及三年。于是「人皆有兄弟」，而公獨無也。

數金憐俊邁，總角愛聰明。面上三年土，春風草又生。苦語，不可多想；又以妙句，故偏耐想。

下半因死及三年，而追至幼時如此聰俊，而今化爲黄土，春草生其上者，已非一遍也。〇仔細看來，却又分「河間」字，「征伐」至「又生」字，共三十九字爲一番，言從弟死于河間，至今未收其骨也；分「尚」字獨爲一番，言所以三年猶未收其骨者，正爲河間征伐，至今尚未休也。可謂奇格矣哉。〇通解之則曰：我有從弟，今死河間已三年矣，其骨猶未收者，何也？夫數金即憐之，總角又愛之，聞爾死則終身恨之。我之于弟非無情者也，然忍令其骨在空城，面土生草，則實惟征伐未止，不可得收故也。

獨　立

操危慮深，故云「獨立」。

空外一鷙鳥，河間雙白鷗。飄颻搏擊便，容易往來游。

起二句，寫得陰賊人與忘懷人如畫。〇明明一鷙鳥，尚不知而游于河間，恨不在三句之「便」，正恨四句之「容易」也。後解「近」字，正是一副語。

草露亦多濕，蛛絲仍未收。天機近人事，獨立萬端憂。

露又濕，蛛又絲，可見當時處處不容人入脚。「獨立」者，言諸子皆往而受禍也。

狂夫

萬里橋西一草堂，百花潭水即滄浪。風含翠篠娟娟静，雨裛紅蕖冉冉香。

味此詩，有何人濁人清、人醉人醒，看先生何等胸次。忍餓看花，我友張存貞亦爾矣。

厚禄故人書斷絶，恒饑稚子色凄涼。欲填溝壑惟疏放，自笑狂夫老更狂。

胸中忍餓，有何意興，尚云「娟娟」、「冉冉」？不爾，便是忍餓不得人。即作得下一解詩，亦是乞兒罵人，徒自取惡。○「風含翠篠」而云「娟娟静」，言其得雨而娟娟也；「雨裛紅蕖」而云「冉冉香」，言其得風而冉冉也：立言之妙如此。

猶言「欲填溝壑」矣，還只是「疏放」。此謂其狂不可及也。

南鄰

錦里先生烏角巾，園收芋栗未全貧。慣看賓客兒童喜，得食階除鳥雀馴。

此詩殆先生自謂。

「烏角巾」三字，痛絶。如此人而令之角巾終身，豈非天下之不幸哉！○一句寫出其人,二句寫其澹泊明志,三句寫其吐握殷勤,四句寫其恩澤下被。

秋水纔深四五尺,野航恰受兩三人。白沙翠竹江村暮,相送柴門月色新。

五句寫其胸無塵滓,六句寫其度量寬容,七、八句寫其功成名遂。進以禮,退以義,綽綽有餘也。○「白沙」,表其結;「翠竹」,表其節。不爾者,如何是暮景。

徐步

讀之極似即事詩,而題曰「徐步」,「徐」字妙。篇中並無一「徐」字,而實句句皆「徐」也。

整履步青蕪,荒庭日欲晡。芹泥隨燕嘴,花蕊上蜂鬚。

燕與蜂,汲汲然,如將不及,即其泥隨嘴,蕊上鬚。彼徐步者,何所得沾耶?徒只睹而心動耳。首句「整履」二字,寫盡生平。天下鹵莽人,往往得應時及令,安見整履者必能有及耶?荒庭日晡,何可勝慨。

把酒從衣濕,吟詩信杖扶。敢論才見忌,實有醉如愚。

五、六句云云,爲欲下下二句,故先安此以爲話端。

狂夫

萬里橋西一草堂，百花潭水即滄浪。風含翠篠娟娟静，雨裛紅蕖冉冉香。

味此詩，有何人濁人清、人醉人醒，看先生何等胸次。忍餓看花，我友張存貞亦爾矣。

胸中忍餓，有何意興，尚云「娟娟」、「冉冉」？不爾，便是忍餓不得人。即作得下一解詩，亦是乞兒罵人，徒自取惡。○「風含翠篠」而云「娟娟静」，言其得雨而娟娟也；「雨裛紅蕖」而云「冉冉香」，言其得風而冉冉也：立言之妙如此。

厚禄故人書斷絶，恒饑稚子色凄涼。欲填溝壑惟疏放，自笑狂夫老更狂。

猶言「欲填溝壑」矣，還只是「疏放」。此謂其狂不可及也。

南鄰

錦里先生烏角巾，園收芋栗未全貧。慣看賓客兒童喜，得食階除鳥雀馴。

此詩殆先生自謂。

「烏角巾」三字，痛絶。如此人而令之角巾終身，豈非天下之不幸哉！○一句寫出其人，二句寫其澹泊明志，三句寫其吐握殷勤，四句寫其恩澤下被。

秋水纔深四五尺，野航恰受兩三人。白沙翠竹江村暮，相送柴門月色新。

五句寫其胸無塵滓，六句寫其度量寬容，七、八句寫其功成名遂。進以禮，退以義，綽綽有餘也。○「白沙」，表其結；「翠竹」，表其節。不爾者，如何是暮景。

徐步

讀之極似即事詩，而題曰「徐步」，「徐」字妙。篇中並無一「徐」字，而實句句皆「徐」也。

整履步青蕪，荒庭日欲晡。芹泥隨燕嘴，花蕊上蜂鬚。

燕與蜂，汲汲然，如將不及，即其泥隨嘴，蕊上鬚。彼徐步者，何所得沾耶？徒目睹而心動耳。首句「整履」二字，寫盡生平。天下鹵莽人，往往得應時及令，安見整履者必能有及耶？荒庭日晡，何可勝慨。

把酒從衣濕，吟詩信杖扶。敢論才見忌，實有醉如愚。

五、六句云云，爲欲下下二句，故先安此以爲話端。

水檻遣心二首止一首。

前半幅寫胸中極曠，後半幅寫胸中自得也。

去郭軒楹敞，無村眺望賒。澄江平少岸，幽樹晚多花。

看他意思，全不取「軒楹敞」、「眺望賒」，只重「去郭」、「無村」爲樂耳。三、四句，寫出無町畦而有情致也。

細雨魚兒出，微風燕子斜。「細雨出」「出」字妙，所樂亦既無盡矣；「微風斜」「斜」字妙，所苦亦復無多矣。

城中十萬户，此地兩三家。

城中十萬户，不知此地兩三家，兩三家不知魚兒、燕子，魚兒、燕子不知先生同處微風細雨之中。而各著其所著，各競其所競，所得甚少，而所失甚大。吾多于此等事一歎。○昔所本無何必有，今所適有何必無？先生句不必如此解，然此解人胸中固不可無也。且端木「切磋」之詩，亦斷章取義久矣。

悲秋

一句秋，二句悲；三句秋，四句悲；五句秋，六句悲；七句秋，八句悲。

涼風動萬里，群盜尚縱横。家遠傳書日，秋來爲客情。

首句「涼風動」三字是「秋」，妙在「萬里」二字生出「悲」來。二句「群盜縱横」是「悲」，妙在「尚」字挽出「秋」來。三句虚幻之極，憑空説即今家中，定當寄書來，則非秋而何？然秋在此，而悲在家中矣。四句只平平對過，然亦以「爲客情」三字賦「悲」字，而「秋來」二字又結挽定「秋」字。故不辨其秋生于悲，悲生于秋也。

愁窺高鳥過，老逐衆人行。始欲投三峽，何由見兩京。

五句，鳥至秋而高飛，寫「秋」字極高簡，然文勢與六句相抱成章，言鳥能高飛而過，朝出暮還，人何爲而不如鳥乎。蓋垂白之老，猶逐衆人，不言悲而悲可知也。「愁窺」、「老逐」，對得參差變動，可法。七句，正指秋日欲投峽也。八句總結「悲」字，憂朝廷也。故讀此詩者，謂其悲秋，則不知老杜；謂其悲無家，亦豈知老杜者乎！

嚴公仲夏枉駕草堂兼携酒饌得寒字

竹裏行厨洗玉盤，花邊立馬簇金鞍。非關使者徵求急，承首句。自識將軍禮數寛。承二句。

「玉盤」、「金鞍」字，豈是窮眼生花，正于「竹裏」、「花邊」成趣矣。

换上下半首之妙，真是鬼神于文者。

百年地僻柴門迥，五月江深草閣寒。看弄漁舟移白日，老農何有罄交歡。

俗儒讀五、六句，則謂寫景如仙，豈知與上「玉盤」、「金鞍」作對哉？蓋言一無所有，奉答盛意，只「看弄漁舟」，便算一景致矣。

陪王侍御宴通泉東山野亭

江水東流去，清樽日復斜。異方同「同」字痛。宴賞，三句一筆。何處是京華。

二解八句，只得「何處是京華」五字。「東流去」是東瞻，「日復斜」是西望，便使「何處是京華」五字跳脱而出。而又「東流去」、「日復斜」，便有「日月逝矣，歲不我與」之痛。京華何處，安得閑暇作宴賞也！

亭景臨山水，村烟對浦沙。此方是寫景。狂歌遇形勝，得醉即爲家。正是懊惱之至。

唱經堂杜詩解卷之二

聖歎外書

北征

《北征》，先生自行在奉詔還鄜州，迎看家室也。題是北歸，通篇詩全是憂勞朝廷，一片深心至計。雖十六解至二十三解稍叙妻女，然純是心在朝廷，恍惚如夢語。讀之悲感横生，涕淚交下。

皇帝二載秋，閏八月初吉。杜子將北征，蒼茫問家室。

《北征》起一解，竟如古文辭，望之不復謂是韵語，開後來盧仝、韓愈無數法門。〇年月日，杜子將北征問家室，中間只插「蒼茫」二字，便將一時胸中爲在爲亡無數狐疑，一並寫出。

維時遭艱虞，朝野少暇日。顧慚恩私被，詔許歸蓬蓽。

二解。忽作突兀之筆，言爾時于勢于情于理，總不得北歸，然蒙被私恩，詔既許之矣。先生北征時，初動筆，便提出「詔許」二字。所謂家固臣之家也，臣惡得不念？乃身則君之身也，然則不蒙詔許，臣焉敢自去哉！作得如許詩垂示後人，不知增長幾許忠義。○《北征》詩，通篇要看他忽然轉筆作突兀之句，奇絶人！

拜辭詣闕下，怵惕久未出。雖乏諫諍姿，恐君有遺失。

上既被詔，三解便入拜辭，寫得次序有法。○上云不被詔不敢歸，此云被詔已，猶不肯歸。不止見其筆勢之曲，且服其筆力之大，然總是一片極厚心地中流出來。若無此一片極厚心地，亦生不出如此大力曲勢。

君誠中興主，經緯固密勿。東胡反未已[一]，臣甫憤所切。

四解。承上「恐君遺失」句，未免過戇，因更轉口作好語云：君之經緯密勿，固是中興聖主，更無纖毫須臣補救；乃臣之臨去，又若是其戀戀者，蠢兹未靖，憤切于心，遂不覺發言徑直，不復自顧忌諱也。此解只作周旋上解之第四句。

揮涕戀行在，道途猶恍惚。乾坤含瘡痍，憂虞何時畢。

五解。始别行在，上道北征，寫得全不是歸途語。「揮涕」句，是初出行在；「恍惚」句，是已在道途：措句庠序有法。「含」字言無處不然。

靡靡逾阡陌，人烟眇蕭瑟。所遇多被傷，呻吟更流血。

六解。逾阡度陌，與行在漸遠。「人烟」者，遠望村市，其烟多者，其人亦多，少者亦

[一]「胡」，金評各本均爲缺字方框，據杜甫詩補。

少。故古字法，連曰「人烟」。「眇」，不正視也。逾阡逾陌，眇望人烟，竟日蕭瑟，喪亂之後，勢必然也。居者爲「人烟」，行者爲「所遇」。今居者全無，行者或有，然皆被傷，問之則更泣血也。

回首鳳翔縣，旌旗晚明滅。

七解。忽然又回顧行在，筆勢突兀。○此解止二句者，咽不成聲，不復能長也。

前登寒山重，屢得飲馬窟。邠郊入地底，涇水中蕩潏。

八解。寫一路所經，遂與《水經注》爭奇。

猛虎立我前，蒼崖吼時裂。菊垂今時花，石戴古車轍。

上解是總寫一路，此九解是獨寫一處。世間有如此怪文，陡然寫一猛虎出來，爲是真一猛虎，爲是實無猛虎？設使真有虎在前，是日竟如何得過蒼崖也耶？先生異樣眼力，上觀千年，下觀千年，故今日行到此處，便明明見有一虎，正立我前，振威大吼。必問虎在何處，哀哉小儒！此事至所以無備，事去又復置諸無患也！試觀蒼崖分裂，却是爲何？昔無虎吼，何以至此？此二語，便是《留花門》、《塞蘆子》等詩之根。小儒無長慮深顧，今日行到此處，衹見今時菊花，不見古時轍迹。夫前人之敗，正是後人之戒。設使于此等處，不知驚心駭矚，即一部十七史，明載若干興亡事迹，于後人終成何用？看先生如此眼光，如此學力，却于一路景物上，輕輕寫出來。○此解四句，驟讀茫不知所解。及至解得後，便因而悟上解「入地底」、「中蕩潏」等語，却是寫秦中險阻，遂令「屢得飲馬窟」五字不覺讀之膽寒。蓋飲馬窟云「屢得」，則知此處前人必設重兵也。急接之以「入地」、「蕩潏」二語者，此處有重兵則得險，無重兵即失險；得即我之險，失即他人之險也。「入地底」三字，寫寒山自上臨下，陡絶之勢如畫。又加以涇水蕩潏，一陸一水，真是天險不可飛渡也。

青雲動高興，幽事亦可悦。山果多瑣細，羅生雜橡栗。或紅如丹砂，或黑如點漆。雨露之所潤，甘苦齊結實。緬思桃源内，益歎身世拙。

上二解臨險思害，便有英雄惟我意思。然試置青雲、數幽事，則一路景物，又有别樣可悦。二語結上轉下，筆態曲折之甚，却不成一解。〇十解、十二解，則寫幽事可悦也。山果瑣細，千態萬狀，到處深山絶谷，無不汗漫生遍；雖曾不蒙人齒牙盼睞所及，然而紅黑甘苦，莫不各自盡情極致。因思人生在世，不過亦如草木一例羅生，各自結實已耳，何苦定欲作夔、龍、伊、吕等人，必爲人齒牙盼睞之所得及，乃爲快乎！遂不覺遥望桃源，自歎計拙矣。〇二解接前二解，筆勢起落之甚。

坡陀望鄜時，谷岩互出没。我行已水涯，我僕猶木末。

十二解。〇前回首鳳翔，是去君已遠而忽然重顧；此坡陀遠望，是到家將近而忽然先望：都是一樣奇筆。「谷岩互出没」五字，便是一幅平遠畫，寫得鄜州遠已不遠，近還未近，已是目力所及，尚非一蹴所至。妙絶。我已水涯，僕猶木末者，我心急步急，僕心寬步寬。僕本不自知其遲，然不因僕遲，我亦不自知其急也。看他用「已」字、「猶」字，都是心急中寫出來。

鵶鳥鳴黄桑，野鼠拱亂穴。夜深經戰場，寒月照白骨。

十三解。重寫一番景物者，從來千里還家，最是九百里後將欲到之百餘里，極是心頭閃閃忽忽。于是剋時袖占，即物取讖，無數憂疑，一時畢集。今鵶鳥鳴桑，野鼠拱穴，何其氣色不祥之至也，未知家人在耶，否耶？正復委決不得，接下「夜深」「月照」「戰場」「白骨」，使十分中九分已不復在。寫將到家人閃閃忽忽心頭，真乃鬼工矣。

潼關百萬師，往者散何卒？遂令半秦民，殘害爲異物。

十四解。〇上解本爲將到家，心頭疑忌，故説到白骨。此解却因白骨，陡然直追恨到哥舒翰事。一提起朝廷大計，便全然忘却家中矣。看他筆勢如此來，却如此去，真如龍行夭矯，使人不可捉搦。〇哥舒翰師敗而降也，此止云「散」者，爲賢者諱也。百萬雄師，卒然便散，此係何人？果係何故？問得嚴切。「遂令」秦民半爲異物，「遂令」字，此罪真不可不寸磔也！

況我墮胡塵，及歸盡華髮。

十五解。承上言只因潼關一敗，秦民便半爲白骨。賊臣之禍，其烈至是！何況于我之陷在賊中，間關難歸，又其小者，乃以爲恨耶！方説不足恨，却已咽住，不能成一解，蓋恨極矣。

經年至茅屋，妻子衣百結。慟哭松聲迴，悲泉共幽咽。

十六解。始到家。○生還驟見，不覺失聲一慟；却又因生還驟見，即時收淚忍住。「松聲迴」，寫一慟，「悲泉咽」，寫忍住：生還驟見，真有此事也。

平生所驕兒，顔色白勝雪。見爺背面啼，垢膩脚不襪。

十七解。自此以下，細寫家中苦事。○兒上寫「平生所驕」，正與今日「見爺背面」映出久别苦境也。平生驕兒，其顔勝雪，下若云今日還看其黑如鐵，便是張打油惡詩。看他只用「背面」二字，輕避過今昔黑白不同醜語，却别以脚上垢膩，似對不對反形之。劉會孟奴才，每憎杜詩醜，試看杜詩如此避醜。

床前兩小女，補綻纔過膝。海圖坼波濤，舊繡移曲折。天吴及紫鳳，顛倒在短褐。

十八解。過膝短褐，約是前歲稱身之物。經年以來，綻裂補綴，既已多次，花紋繡樣，七顛八倒，寫得奇絶人。

老夫情懷惡，嘔泄卧數日。那無囊中錢，救汝寒凛慄。

十九解。「那」字即「奈」字。承上兒女襤褸如此，若使囊中有少帛，便可每人略作周旋，今則忝爲人父，而索手無策，心事煩惡，嘔泄兼發。賴得此病，堅卧數日，自云節勞，實惟避羞矣。

粉黛亦解包，衾裯稍羅列。瘦妻面復光，癡女頭自櫛。學母無不爲，曉妝隨手抹。移時施朱鉛，狼籍畫眉闊。

二十解，二十一解。只用「自伯之東」四句詩翻寫出來，却因巧插「癡女」一段，便認不得。○癡女自櫛，不知者謂是寫女，殊不知乃是寫母。試思何至任其隨手朱鉛，畫眉狼籍？只因此時母方加意梳掠，故全不知嬌女在側翻盆倒篋也。況明有「學母無不爲」句，看他本意寫母，却旁借癡女影襯，便令筆墨輕蒨清空之至。○女子只須丈夫回家，便一天大事都畢，因而粉黛衾裯，一時羅列，自是人情物理，自然必至之極致。豈知先生乃念念不忘朝廷，如下文轉筆，一去更不復來，真正異樣奇文也。

生還對童稚，似欲忘饑渴。問事競挽鬚，誰能即嗔喝。翻思在賊愁，甘受雜亂聒。新歸且慰意，生理焉得説。

二十二解，二十三解。○「問事」「挽鬚」四句是一解，「生還」二句合「新歸」二句是一解。先生每有將一解割開，横插一解于中間者，皆有故。即如此詩，是本欲于生還已後，計算生理，却又自念既得生還，又見童稚，只此二事，足忘饑渴。然則只好且自慰意，安能連夜便覓生理？此皆展轉反側，無法可處語。却正當先生低頭計算，如是云云之時，彼童稚不知老人心曲，但見兄妹爭先，雜亂問事，稍遲應答，競上挽鬚，初欲嗔喝，既又甘受。一解在先生心頭，一解在先生膝上，乃是一時齊有之事，不得不作夾叙法，割開前解，横插後解也。○寫貧士饑寒，兒女並作一塊，苦事如畫。

至尊尚蒙塵，幾日休練卒。仰看天色改，旁覺妖氛豁。

二十四解。陡然轉出「至尊」，筆勢突兀之至。○此解寫得不惟不顧救饑生理，且並不顧挽鬚兒女，陡然念及至尊，陡然仰看天色。妙絶。

陰風西北來，慘澹隨回紇。其王願助順，其俗喜馳突。

二十五解。言近聞回紇送兵，雖係其王助順，亦是俗喜馳突，二者實惟兼而有之。下解「聖心」虛佇，只爲其助順；「時議」不決，亦爲其馳突也。

送兵五千人，驅馬一萬匹。此輩少爲貴，四方服勇決。所用皆鷹騰，破敵過箭疾。聖心頗虛佇，時議氣欲奪。

二十六解。回紇以馳突之俗，今來助順，送兵五千，驅馬一萬，來即易來，去或難去。盈廷大臣，共議拒虎進狼，不如以少爲貴，誠乃老成深憂至計。然四方所服，亦在勇決。勇有真勇，決有真決，勇決既定，又何復憂？不但今日全副仰托固非，彼一味憂畏亦非。

二十七解。便承「勇決」二字暢籌之也。回紇既是馳突之俗，便皆鷹騰之士。兵法：「一鼓作氣。」又云：「用其朝氣。」彼既以助順入來，便當乘其盛怒，用其至鋭，疾命破敵，逾于射箭，此爲真勇，四方之所服也。今聖心乃頗虛佇，而時議築室，累日不決。彼兵臨境候旨，拒納兩無所出，遷延久之，朝氣奪矣，是爲可惜之至。真恨前日北歸，不得在彼中力持勇決之論也。○右二解。若以後解之結結前解，而以前解之結結後解，便暢。然而先生欲如此，此解止寫上文「勇」字，「決」字且藏過不提起。何謂「決」？疾用之，疾遣之；其來也不必疑，其去也不必惑；優以金帛，封以名王；封關絶之，無少留戀。此處亦是少遲即不可之事。細思一「勇」一「決」，窺先生之雄略蓋世，誠使得用，諸葛公不足二也！○讀「破敵過箭疾」語，便覺「此輩少爲貴」語，真是老生常談。○已上三解，籌用回紇之法。只十二句中,凡有無數籌畫。

伊洛指掌收,西京不足拔。官軍請深入,蓄鋭伺俱發。

二十八解。承上「勇決」言,誠得箭疾破敵而下,則伊洛、西京破竹便收。向來首鼠官軍,亦復聞風雀舉,莫不蓄鋭俱發,效死深入。蓋「勇決」之效,其疾如此。○讀「官軍」二語,知世間有上將,無上兵;有神醫,無神藥。向使官軍真已蓄鋭,即又何煩回紇?故知效死深入,一段鋭氣,只在一刻風信中蓄出來。故知此二句十個字,正與上「指掌」字、「不足」字一樣用法。此先生所以深望「勇決」也。若如時議畏縮,官軍豈復有此哉!試看先生蓋世雄略。

此舉開青徐,旋瞻略恒碣。昊天極霜露,正氣有肅殺。

二十九解。承上再作暢語。「此舉」字妙,猶俗言「那回」。「那回」則不止殺賊,因更蕩滌中原,普天整頓,昊天肅殺,使人快睹。通篇苦詩,獨此四句使人開胸吐氣,踴躍快活。

禍轉亡胡歲,勢成擒胡月。胡命其能久[一],皇綱未宜絶。

三十解。以上三解,都是自作意外快語。

[一] 上三句中,「亡胡」、「擒胡」、「胡命」六字,金評各本均爲缺字方框,據杜甫詩補。

憶昨狼狽初，事與古先别。奸臣竟葅醢[一]，同惡隨蕩折。不聞夏殷衰，中自誅褒妲。周漢獲再興，宣光果明哲。桓桓陳將軍，仗鉞奮忠烈。微爾人盡非，于今國猶活。

三十一、二、三解。非重述往事，乃是因上勸行在勇決，而忽思昨日明皇帝之亡而不亡，亦正在于勇決也。「奸臣」，楊國忠也；「同惡」，斥妃子也；「陳將軍」，陳玄禮也。玄禮首建誅國忠之策，明皇不惜妃子，便殺以謝衆。此等勇決，實是從來所無。今日中興，不其宜乎？不爾，則人已盡非，國豈猶活？其事最近，胡可不證。○如褒、妲、夏、殷等字，正以參差不整爲善用耳。必欲改「夏殷」爲「殷周」，則又安可不正「褒妲」爲「妲褒」耶？鄙儒可發一笑。

淒涼大同殿，寂寞白獸闥。都人望翠華，佳氣向金闕。

三十四解。從京師想望收復説來，深幸至尊早得決計。下「淒涼」、「寂寞」字妙，如此惡字，却有用得絶妙時。

園陵固有神，灑掃數不闕。煌煌太宗業，樹立甚宏達。

三十五解。筆勢突兀之甚。○自勸至尊早決大計收京，其辭往返曲折已盡。至此，却陡然提出「煌煌太宗」，以昔者太宗樹立宏達如彼，豈在天有靈，顧不式憑其後人，使亦樹立宏達耶？祖宗之園陵，既神靈赫然，子孫之灑掃，又歲時無闕，然則幽冥呵護，所在

[一]「竟」，學易堂本作「立」，據《金聖歎全集》及國光書局本改。

勇決定計必矣。我小臣又何煩眷眷不釋，唧唧不休耶？于是其詩遂止，更不重説到兒女生理，只願朝廷收京了，便全家餓死亦足！

畫鶻行

篇中先生自云「寫此神俊姿，充君眼中物」，今看其一起一結，真乃寫此神俊，充我後人眼中矣。詠鶻便筆筆純用鶻勢：起時，瞥然飛到人眼前；結時，瞥然飛出人意外。真是自來未見如此俊物也。

高堂見生鶻，颯爽動秋骨。初驚無拘攣，何得立突兀。

題是「畫鶻」，詩却是生鶻。驟然讀，令我吃驚；直至轉入下第二解，始爽然一笑，歎先生用筆之奇。○「初驚」，一奇；「何得」，一奇；「乃知」，一奇。接連用三奇筆，都從「颯爽動秋骨」五字中跳脱而出也。○一解，讀之便以生鶻當面直掠過來，其勢極俊。

乃知畫師妙，巧刮造化窟。寫此神俊姿，充君眼中物。

二解，方説是畫。○「畫師妙」，非言所畫之鶻妙，乃畫師肯畫鶻，故妙也。天地中間，號物有萬，手邊眼底，何不可畫？而必深入化窟，搜括盡情，擇此最俊，方充君眼？妙矣哉！向使隨筆塗抹，潑作猪、鼠、蛤蟆等物，即豈不大受其毒，然亦惡能禁之？而此畫師獨用意若是，不知爲是渠自性愛此神俊之姿，抑是渠深信君必愛此神俊之姿？

此皆未可知，而總之此畫師之妙，真是超出常情萬倍矣！四句一氣説成，于第二句下不得略住。○讀「充君眼中物」五字，想吾輩平生之苦，安得倩此畫師作闍人，爲我一掃除之乎！

烏鵲滿樛枝，軒然恐其出。側腦看青霄，寧爲衆禽没。

三解，寫出真正名士意思寄托。○畫鸞鳳、鴻鵠，則四圍可畫衆鳥。蓋身量比衆鳥特大，看去自然主伴分明。今畫鶻，是其身先與衆鳥相等，況乎衆鳥又多于鶻，設使用意不至，鶻且没于衆鳥之中，乃是必然之事。所以庸工于此，先避難路，寧于四圍多畫樛枝，不施烏鵲。蓋父傳子，師教弟，只用此一路藏拙，自古往往而然也。今此師畫一鶻後，却于樛枝多作烏鵲，正是故走難路。第二句用倒句法，言恐其軒然而出。「軒然」字，是烏鵲意中恐其如此，非謂畫得軒然。第三句「側腦看青霄」，正與「軒然恐其出」對照。蓋滿枝烏鵲，軒然恐出，即知衆鳥眼目全注于鶻。而鶻方側看青霄，全不以衆鳥介于懷抱，一任群小環聚屬目，我意思則豈與卿等作周旋耶！便寫出名士在衆人中，矯矯不没如畫。

長翮如刀劍，人寰可超越。乾坤空崢嶸，粉墨且蕭瑟。

四解。不知是説畫鶻，不知是説生鶻，不知是説名士。總是不肯一世，舉頭天外意思。○戲侮乾坤妙。汝即自以爲崢嶸有氣勢，今被粉白能事直欺壓下來也。看他作詩，直作到此田地。

緬思雲沙際，自有烟霧質。吾今意何傷，顧步獨紆鬱。

五解。通篇畫鶻，此又忽是生鶻直掠出來，豈不大奇。○爲是生鶻從雲沙忽飛來，爲是先生忽飛向雲沙去？筆勢撇捩，總非常有。

奉和賈至舍人早朝大明宫

解者曰：一例和早朝詩，不必定解作天寶君臣。是也。然先生雖故作此壯麗語，讀去解去，天寶君臣，歷歷如見，可興可觀，又何足爲先生諱？

五夜漏聲催曉箭，九重春色醉仙桃。旌旗日暖龍蛇動，宫殿風微燕雀高。

首句言當未明求衣，次句寫其晏安不顧。「龍蛇」喻跋扈之性，畫在旌旗，本飛揚不定，又加之以暖日。此則主恩太過，欲求無動，不可得也。「燕雀」喻處堂之輩，勢本不高，乃微風送之，出于宫殿之上。此則宵小得志，欲保無危，不可得也。噫，燕雀已高，龍蛇已動矣！彼醉卧九重者知之乎？前一解，「早朝大明宫」。

朝罷香烟携滿袖，詩成珠玉在揮毫。欲知世掌絲綸美，池上于今有鳳毛。

轉二句妙。「朝罷」者，是舍人朝罷，當日不知何以遽罷也；「詩成」者，是舍人詩成，餘人亦且相繼而成也。從來朝廷之上，左史紀言，右史記動，今則自早朝至于朝罷，絶無足紀。君既無所咨訪，臣亦無可建明，僅僅滿袖香烟，揮毫唱和，則何補哉？祇益之感耳！

賈至爲賈曾之子，故云「世掌絲綸」。「鳳毛」字，用來却切。後一解，「和賈至舍人」。

曲江二首

前一首，着意在花，帶出「酒」字；後一首，着意在酒，帶出「花」字。

一片花飛減却春，風飄萬點正愁人。且看欲盡花經眼，莫厭傷多酒入唇。

本爲萬點齊飄，故作此詩，却以曲筆倒追至一片初飛時説起。細思老人眼中，物候驚心，節節寸寸，全與少年相異，真爲可悲可痛！○看他接連三句飛花，第一句是初飛，第二句是亂飛，第三句是飛將盡：裁詩從未有如此奇事。○「欲盡花」、「傷多酒」，以三字插放句腰，其法亦異。酒是「傷多酒」，入唇最難，本最可厭；而先生叮囑「莫厭」者，爲花是「欲盡花」。看他下「經眼」二字，便將眼前一片一片不算是花，直是老人千金一刻中之一點一點血淚也！

江上小堂巢翡翠，苑邊高塚卧麒麟。細推物理須行樂，何用浮名絆此身。

小堂翡翠，不過小鳥，而今日現存，即金碧可喜；高塚麒麟，雖是大官，而今日不在，即黄土沉冥。「巢」字妙，寫出加一倍生意；「卧」字妙，寫出透一步荒凉。「江上」者，又于生趣邊寫得逝波不停，便宜及時尋樂；「苑邊」者，又于死人傍寫出後人行樂，便悟更不能强起追陪也。如此二句十四字中間，凡寓無數悲痛感悟。因結之云：物理既一定如此，細推又深悟其然；然則浮名之與行樂，我將何去何從，孰得孰失也哉！

朝回日日典春衣，每日江頭盡醉歸。酒債尋常行處有，人生七十古來稀。

承前一首，遂力疾行樂也。八句，通首是痛飲詩，却劈頭强安「朝回」二字，妙。便是「浮名絆身」四字，一氣説下語；而後首「懶朝」二字，亦全伏于此矣。「酒債」説是「尋常」，妙甚。須知窮人酒債，最不尋常。一日醉，一日債；一日無債，一日不醉。然則「日日典春衣」，一年那有三百六十春衣？「每日盡醉歸」，三百六十日又那可一日不醉而歸？如是而又畢竟以酒債爲「尋常」者。細思人望七十大不尋常，然則酒債乃真是尋常，真驚心駭魄之論也！「日日」、「每日」，接口成文。

穿花蛺蝶深深見，點水蜻蜓款款飛。傳語風光共流轉，暫時相賞莫相違。

「蛺蝶」句，寫出殘春；「蜻蜓」句，寫出初夏。言蛺蝶穿花，深深尚見，可見餘春未盡；蜻蜓點水，略求款款，莫令初夏便來。老人豈有多時，不過暫爾相賞，何苦流轉太速，風光如此毒害耶！無聊無賴，望空傳語，不知傳語與誰，惟有思之欲涕。「共」字妙，猶言我盡爾亦盡。

曲江對酒

此一首，言我惜花飲酒，畢竟于吏情未便也。三首只如一首。

花外江頭坐不歸，水精宫殿轉霏微。桃花細逐楊花落，黄鳥時兼白鳥飛。

前詩云「盡醉歸」，是雖醉還歸。此詩乃云「坐不歸」，竟醉亦不歸，不醉亦不歸矣。「江頭」上又添「花外」，妙，自明非爲賞玩物華；所以坐不歸者，衹爲下三語耳。「霏微」，是描寫春陰好字，只加「轉」字，便是借好字作刺語，言邇來漸復陰蔽也。看他于「宫殿」上，故着「水精」字可見。桃花貪結子，而與楊花細落，即知漸漸百無一成。所以然者，「黄鳥」喻友聲，而與「白鳥」閑飛，便悟是同學少年不相顧盼也。人生至此，生理盡矣，江頭不歸，不亦宜乎！

縱飲久拚人共棄，懶朝直與世相違。吏情更覺滄洲遠，老大悲傷未拂衣。

「縱飲」猶可言，「懶朝」不可言。前云日日江頭去醉，還是「縱飲」；今云花外江頭去坐，真是「懶朝」矣。「縱飲」還是人共棄我，「懶朝」直是我自違世。如此，便應拂衣竟去，而猶徒悲老大，全未拂衣者，先生眷眷不忘朝廷，故作此纏綿凄惻之詞，尚希有所感悟也。此解不因「懶朝」二字，幾不知前解一二句之妙。試思諸公衮衮入朝，先生却江頭去坐，「坐」字奇殺人。驟然讀之，使人笑淚一時俱有。坐江頭却迴身看宫殿，此「水精」、「霏微」之所以了然于目中；坐江頭又迴身看宫殿，此「水精」、「霏微」之所以决不能已于胸中也。後解因云，吏情到此田地，真覺滄洲非遠；然老大終未拂衣者，試思懶朝去坐江頭，猶看水精宫殿。如此人，則雖復老大，豈忍拂衣也！

望岳

同一《望岳》也,而此不獨寫岳勢之高,與夫望而欲登之切,結語特結出「問真源」三字者,蓋萬物莫不發生于東而成熟于西。西之爲方,大休大歇之方也。先生于乾元戊戌,爲房琯事出爲華州司功,作是詩。蓋言所遭如此,巴不得于熱鬧中覓涼冷。古所謂「問道崆峒」,其在是乎?明年棄官入蜀,固知意蓋有所托云。

西岳崚嶒竦處尊,諸峰羅列似兒孫。安得仙人九節杖,拄到玉女洗頭盆。

世傳華山四面皆遠峰環抱,每一峰若一蓮花瓣捧其心者,故名華山。殊不知「花」乃千紅萬紫字,「西」乃寂絶忘離方,猶之「東」爲千紅萬紫方,而「泰」爲寂絶忘離字。泰、華相望立名,其義甚奇,不可不知。前解説華岳之高如此,從眼中看見起,即以意中欲登承。然而仙人之杖既不可得,則玉女之盆亦安得洗?亦徒有望而已矣!

車箱入谷無歸路,箭括通天有一門。稍待秋風涼冷後,高尋白帝問真源。

即就「望」中作一轉語,曰:假使仙人杖可得,玉女盆可到,則當從山前何路去,從山後何路歸?車箱谷,深不可測,是華山背後路也。算到已到後,無有歸路,見華山亦不可輕易便登。然而箭括峰有門可通,攀援而上,可至絶頂,見又不可等閑錯過也。于是預計去之之時曰,稍待涼冷,便決計去矣。但不問真源則已,若果問真源,則或望而不去亦未可知，其必去亦未可知。

九日藍田崔氏莊

語語是不服老。前解要看「今日」字，後解要看「明年」字。在今日必盡君歡，不敢以一人之不歡，敗諸少年之歡；在明年未知誰健，不得以諸少年之健，笑此老之必不健。語意倔强，自是先生本色。

老去悲秋强自寬，興來今日盡君歡。羞將短髮還吹帽，笑倩旁人爲整冠。

「老去悲秋」，是大概説，「强自寬」，則説自己。今日君等邀我登高，我便興來，爲君盡歡，即是自寬處也。「盡君歡」者，大抵老人與後生最不相入，我若露一些老態，便爲不盡君之歡。此正照「强自寬」「强」字，起真起得好。「今日」，「九日」也，即以落帽事承。人老則髮短，後生偏要以此笑老人。萬一醉後登高，風吹帽落，在諸少年面前露此短髮，索然無趣，故「着」，勢必須整自己底帽，于是反倩諸君各自整其冠。彼諸少年，那個要整冠？只爲各去整冠，我之整帽便不爲少年所覺耳。在己云「帽」，在人曰「冠」。「老去」暨「盡君歡」等字，一一承足，承又承得好。

藍水遠從千澗落，玉山高並兩峰寒。明年此會知誰健，醉把茱萸仔細看。

上一解，都是寫性情。轉不用景，則語便不氣色，故將「藍水」、「玉山」作轉。按《三秦記》：「藍田有川，方三十里，其水北流。」《唐書·地理志》：藍水縣有覆車山，一名玉山。「兩峰」，指泰山、華山。自有天地，便有此藍水、玉山。水落下來，不見其盈，不見其縮；三峰並峙，不見其加，不見其減。千萬年後，只是如此。水喻人之文章材氣，山喻人之德行節概。蓋諸少年所恃者，不過年歲尚多，未免欺老。然年少何足恃？所重者在文章德行等常垂後世，可稱不死；若專恃此年少，則百年亦旦暮，與朝菌、蟪蛄何異哉！轉真轉得好。因起有「今日」二字，結便以「明年」來合。今年今日，與諸君會藍田莊；明年今日，諸君登高，當復在此。「知誰健」三字，有陽秋在内：諸君若把年紀老幼，論身之健與不健，則不健者定是我一人；然而事不可知，或我老人尚健，而諸少年中反有不健者，不可謂事所必無，誰能保此身常健哉：説得少年悚然。九日佩茱萸，飲菊花酒，先生既欲「盡君歡」，老人量減，必致先醉，一聽少年歡呼豪飲，却冷冷然細看茱萸[一]，覺今日一場好笑。此老意中，真不可測也。合又合得好，何其律之細也。○批亦細極。此首及《戲呈路十九》、《黑鷹》、《見螢火》凡四首，唱經有批，未見全篇，從《説唐詩》補入。

[一]「冷冷」，學易堂本作「泠泠」，據其他各本改。

奉陪鄭駙馬韋曲二首[一]

此詩定須二首，一首必説不盡。凡一題有幾首，正是起承轉結，恰完一篇文字耳，我既屢言之矣。

韋曲花無賴，家家惱殺人。狂語。緑尊須盡日，白髮好禁春。狂語。

平日本是一肚不合時意思，是日陪鄭至韋曲，却是更忍不得，不覺頹然放口，借花痛罵。試思花有何「無賴」，且何至「家家」無賴？先生自年老官卑，不蒙諸公之所齒録，因而恃老放顛，全不顧人耳目，縱筆遂作此二句十字。先生可謂「無賴」之至也。緑尊必須盡日；不爾者，白髮那好禁春耶！悉是無賴語，筆態狂甚也。

石角鈎衣破，藤枝刺眼新。何時占叢竹，頭戴小烏巾？傲然狂語。

「鈎衣」、「刺眼」，不是好語，殆極刺之也。既爾我却奈何與之争哉。「叢竹」、「烏巾」，先生將去矣。○「石」，比磬固久據；「藤」，比攀緣新進。先生好詩，不應入爾許惡解，然終不知是何語，即心頭不肯置。相其鈎破、刺新等，悉非好事。且下緊承「何時」二句作結，正見老大不耐耳。

[一]「奉」，金評各本均作「春」，據杜甫詩改。

野寺垂楊裏，大是好處。春畦亂水間。大是好處。美花多映竹，好鳥不歸山。句法摇動。

承前首，我既不耐欲去，則或于「野寺垂楊」之内，或于「春畦亂水」之間，隨分空閑，皆堪投老也。試看美花無不映竹，豈有好鳥而不歸山？若必待有叢竹可占，方始乞休，則愧美花好鳥久矣。蓋計決即去，更無留戀之辭。從來只作韋曲景物看，遂不解先生妙筆。

城郭終何事，風塵豈駐顔。誰能共公子，薄暮欲俱還？十字句。

非戀韋曲，不欲入都城耳。「終」字、「豈」字、「誰能」字，妙。低徊心口，千思百算，偶然發惱，遂成熟商。哀怨而不憤激，盡風人之能事矣。

銅瓶

銅瓶，是宫中汲水器。久沉廢井，新出世間者。豈先生于秦州見有此物耶？

亂後碧井廢，獨作一句，不與下連，筆態奇絶。時清瑶殿深。銅瓶未失水，百丈有哀音。

此詩真乃有鬼在腕，使人不能知其如何下筆。夫爲出水銅瓶，寫至其初失水時，已盡文人能事。今乃又必寫至其未失水時，豈非搜奇抉怪，全不顧自己心血者耶！不寧惟是而已，且又于銅瓶文中，並寫井之廢興，乃至如「美人」，如「百丈」，一切等事，細細畢具。衹是八句四十字，爲幅最爲逼仄，而欲如是等七曲八折，莫不安置停妥，且使讀者轉見清空輕脱之至。先生筆補造化，真非世間之恒見也。○「亂後碧井廢」，獨作一句，此銅瓶之所以出世也。只五字便截住，却追想碧井之未廢時，井上則有深殿，殿中則有美人，美人則轉「百丈」，「百丈」則出「哀音」。銅瓶此時爲清時致用，人受其福，知有何限？却又不寫銅瓶如何汲水，只輕輕用「百丈哀音」五字，想到銅瓶用時，分明鏡花水月相似。從來實寫不如虛寫，有若是也。

側想美人意，應悲寒甃沉。蛟龍半缺落，猶得折黄金。

上解用鏡花水月之筆寫銅瓶用時，此解又用鏡花水月之筆寫銅瓶失時，亦只輕輕將美人點染，而銅瓶入水已不言自盡。「蛟龍半缺落，猶得折黄金」者，久沉井底，剥蝕不無，然曠世遺寶，不可恒有，其價猶得以黄金相准折也。

空囊

君子亦有囊；君子囊，亦欲其不空；君子囊空，亦且感憤成詩乎！須知《空囊》一篇，是先生自寫「不改」之樂，非寫「不堪」之憂也。吾黨守志之士共辨之。

翠柏苦猶食，明霞高可餐。世人共鹵莽，吾道屬艱難。

衣食二者，無一日可以暫廢。乃小人偏于此鹵莽，君子偏于此艱難。「鹵莽」、「艱難」，字法妙絶。亂就下曰「鹵」，亂就上曰「莽」，不能前進曰「艱」，不能後却曰「難」：四个字便活畫出兩樣人、兩樣身份來。上「翠柏」二句，便是正寫艱難，影寫鹵莽也。必是「翠柏」，則雖苦猶食；必是「明霞」，則雖高猶餐。然則所食所餐，蓋已甚寡。此非君子不畏饑寒以殺身，而無奈以禮處身，以義處心。吾守吾道，之死無二。不能學當時小兒甘者即食，卑者亦餐，鹵莽覓活，腼顔人世也。一解。

不爨井晨凍，無衣床夜寒。囊空恐羞澀，留得一錢看。

前一解是先生自寫骨力，後一解是先生自寫襟懷。看他「不爨」下又加井凍，則不惟無食，兼無湯飲；「無衣」下又加床寒，則不惟無衣，兼無襆被。夫人至于通晨徹夜，饑寒備極如此，他人已不知有幾許悒鬱侘傺，先生却有閑胸襟，自戲自謔。題是「空囊」，詩偏以不空作結，便似一文錢能使壯士顔色真遂不至于大壞也者。昔有漁人夫婦，大雪夜並卧船尾，不勝寒苦，因以網自覆。既而寒且逾甚，其夫試以指從網中外探，雪已深三四寸，便歎謂其婦：「今夜極寒，不知無被人又如何過得也！」先生囊中一錢，正與此語同，的的妙撰。○「翠柏」、「明霞」，空中妙文；凍井、寒床，實地苦事。「鹵莽」、「艱難」，實地苦事；囊留一錢，空中妙文矣。

送人從軍

王摩詰《從軍行》云：「吹角動行人，喧喧行人起。笳悲馬嘶亂，爭渡金河水。」四句實寫從軍行徑，下四句遂虚寫行軍想頭，往往歎其奇絶。惟先生此詩，與之伯仲。

弱水應無地，陽關已近天。今君度砂磧，累月斷人烟。

雖復二解，然前解實生起後解之勢。○前解極言從軍之險，爲下解「失道」二字伏綫。

好武寧論命，封侯不計年。馬寒防失道，雪没錦鞍韉。

人生饑寒，多至失守，亦爲論命計年之難也。嗟乎，豈獨從軍耶？「錦鞍韉」，何等身價，至没于雪，誰復見之、惜之？看他「失道」上，只輕輕加「馬寒」二字，言馬乃有失道之事，人則能防，决不至爾。説到「防失道」句，送人之情極其周至。○「弱水」、「陽關」，叙其地；曰「寒」、曰「雪」，補其時。

酬高使君

近人酬答，並爲次韵，跼蹐不舒，適增醜笑。先生此詩，與高公只如對語，深足法也。

古寺僧牢落，空房客寓居。故人供禄米，鄰舍與園蔬。

一、二酬一、二。高詩云：「傳道招提客，詩書自討論。」杜則酬云：寺僧牢落不親，無人可語，則自討論有之也。三、四酬三、四。高云：「佛香時入院，僧飯屢過門。」僧飯過門，爾何所食？杜則酬云：幸有故人鄰舍也。

雙樹容聽法，三車許載書。草《玄》吾豈敢，賦或似相如。

五、六酬五、六。高云：「聽法還應難，尋經賸欲翻。」讀書之暇，頗復聽法否？杜則酬云：聽法讀書，各隨所便也。七、八酬七、八。高云：「草《玄》今已畢，此後更何言？」杜則酬云：草《玄》不敢，聊復賦詩而已。

奉酬李都督表丈早春作

力疾坐清曉，來詩悲早春。轉添愁伴客，更覺老隨人。

全首只一「悲」字；連「紅入桃花」、「青歸柳葉」，俱作「悲」字用，不作「早春」佳字用。「轉添」、「更覺」，切上「早春」，透下「紅入」、「青歸」字。

紅入桃花嫩，青歸柳葉新。望鄉猶未已，四海尚風塵。

當此桃花柳葉之時，而四海風塵，望鄉復切，則客之愁而人之老可知，所以見起處「悲早春」「悲」字之妙也。曰「猶未已」、「尚風塵」，説明「轉添」、「更覺」之故。○此詩莫妙于起二句。

卜居

纔爾卜居，而遽云「東行」「乘興」者，須知裴冕之爲主人必不如嚴大夫，而先生亦暫爲即次，不願長居于此也。玩篇中「少塵事」，則更無樂事；「銷客愁」，則未便無愁。且着「上下」、「沉浮」字，語意可見。

浣花溪水水西頭，主人爲卜林塘幽。已知出郭少塵事，更有澄江銷客愁。

一句賦其地，二句賦其人。「已知」、「更有」，寫出主人選地、先生即次一段情事。所謂暫脱樊籠，其一時飲啄之樂如此。

無數蜻蜓齊上下，一雙鸂鶒對沉浮。東行萬里堪乘興，須向山陰上小舟。

「無數」「上下」，笑殺朝局；「一雙」「沉浮」，惟我與爾。「沉」即先生自謂，「浮」謂主人裴冕也。要此不過賓主一時之合耳，先生豈終老于此者？因承結云：借使「東行萬里」，政復何妨；然興盡即返，亦何必久戀帝鄉也。兩句一行一止，義從《論語》「用行舍藏」脱出，勿誤讀結語是要人相訪。

王十五司馬弟出郭相訪兼遺營草堂資

先生詩，有二句作一句讀者，如《課伐木》詩「報之以微寒，共給酒一斛」是也；也有一句作三句讀者，如《雨過蘇端》詩「濁醪必在眼，盡醉抒懷抱」是也。「濁醪」二字讀斷，「必在眼盡醉」五字讀斷，「抒懷抱」三字讀斷。不然「濁醪必在眼」竟成何語？世間讀杜詩者，不知如何讀去。如此詩，「他鄉」二字讀斷，「惟表弟還往」五字連讀，「莫辭遥」三字另讀。細玩,自見其句法變换之妙。

客裏何遷次? 江邊正寂寥。肯來尋一老,愁破是今朝。

一、二、三,一氣讀。第四句,看他對極鬆變。

憂我營茅屋,携錢過野橋。他鄉惟表弟,還往莫辭遥。

五、六,叙事。「他鄉」、「表弟」,相爲對映,言還往不絶,以破此寂寥,便是客邊樂事,不必更有所遺。猶今人囑親友云:不消你費心,常來看看我罷了。正所以深謝之也。

蜀相

前解詠祠堂,後解詠丞相。

丞相祠堂何處尋? 錦官城外柏森森。映階碧草自春色,隔葉黄鸝空好音。

城外有丞相祠堂,然至城外而尋祠堂,是無心于丞相者也。先尋祠堂,後至城外,妙,是有一丞相于胸中;而至其地尋其廟,則在錦官城外森森柏樹之中也。三、四,碧草春色,黄鸝好音,入一「自」字、「空」字,便凄清之極。二語是但見祠堂而無丞相也。黄鳥所以求友,君子曠百世相感,有尚友古人之情,而無如古人終不可見,如「隔葉」也。

三顧頻煩天下計,兩朝開濟老臣心。出師未捷身先死,長使英雄淚滿襟。

後解承三、四來。丞相不可見于今日矣,然當時若非三顧草廬,丞相並不可得見于昔日也。天下妙計，在混一，不在偏安。承相受眷于先，並效忠于後，雖不能混一天下，成開濟之功，然老臣之計、老臣之心，則如是也。「死而後已」者，老臣所自矢于我；捷而後死者，老臣必仰望于天。天不可必，老臣之志則可必。第七句「未」字、「先」字妙，竟似後曾恢復而老臣未及身見之者，體其心而爲言也。當日有未了之事，在今日長留一未了之計、未了之心。嗟乎，後世英雄，有其計與心，而不獲見諸事者，可勝道哉！在昔日爲英雄之計、英雄之心，在今日皆成英雄之淚矣！

漫興九首

九首自初春、仲春、殘春，又初夏，一路寫流光迅速，人命不停。正在愁惱，第九首忽然横插一論。假使或初春，或仲春，不待春殘入夏，中道忽然斷絶，又當如之何？真乃愁又愁不及，惱又惱不及，惟有瞪目噤口，更自動轉不得，而「漫興」遂以九首終也。不然，便如世間俗筆，自夏而秋而冬，十二月月月吟遍，豈不口臭！

眼見客愁愁不醒，無賴春色到江亭。即遣花開深造次，便教鶯語太丁寧。

「眼」，春之眼也。「眼見客愁」，可應暫避；今全然不顧，客自愁，春自到，毫無半分相爲之意，則「無賴」之至也。且一「到」，無事不到，花即遣之開，鶯便教之語，炫目聒耳，紛紛惱人。誠爲造次之極，丁寧之甚，可厭也，可恨也。看他將春便當作一人相似，滑稽極矣。

手種桃李非無主，野老牆低還是家。恰似春風相欺得，夜來吹折數枝花。

前首纔云「即遣花開」，此首早已風吹花折矣，流光之疾如此。○若云「無主」，則實「手種」；若云「牆低」，則亦人家。「得」字妙，便令「恰似」字如聞脱于口。夫勢豪侵奪，世所常見；春風作横，古所未聞：滑稽極也。

熟知茅齋絶低小，江上燕子故來頻。銜泥點污琴書内，更接飛蟲打着人。

此又燕子來矣，流光之疾如此。○「眼見」則春色眼見，「熟知」則燕子熟知，皆最滑稽語。夫同是燕子也，有時鬱金堂上，玳瑁梁間，呢喃得愛；有時銜泥污物，接蟲打人，頻來得罵。夫燕子何異之有？此皆人異其心，因而物異其致。先生滿肚惱春，遂並惱燕子。看其「熟知」字、「故」字、「頻」字，皆惱極，幾于欲殺欲割，語可笑也。

二月已破三月來，漸老逢春能幾回？莫思身外無窮事，且盡生前有限杯。

此言春將盡矣，誠乃流光疾甚也。「逢春能幾回」語，在白樂天止解用入春來時。先生偏用入春去後，便令「能幾回」三字竟有一回亦未必之事，可駭也。先生與白用筆迥絶如此，劉會孟小兒乃謂此詩近白，爾烏知？

腸斷春江欲盡頭，杖藜徐步立芳洲。顛狂柳絮隨風舞，輕薄桃花逐水流。

此言春竟去矣，誠乃流光疾甚也。妙于不説春欲盡，却説「江欲盡」。實字只作虚用，從來少此妙筆。「徐步立芳洲」，意欲留春，少作盤桓。乃前日不欲其來，則偏要來，且偏鶯花紛紛齊來；今日不欲其去，則偏要去，且偏桃柳紛紛盡去，可厭也，可恨也！

看此一首，便是第一首之後半。《莊子·達生篇》云：「生之來不可却，其去不能止，悲夫！」正暗用此意，作二詩耳。

懶慢無堪不出村，呼兒自在掩柴門。蒼苔濁酒林中静，碧水春風野外昏。

此首已前是春，此首已後是夏，恰置此首于春夏之交，明四序有推遷，一心無動静。此謂君子居易俟命，無入不得，素春行春，素夏行夏，更無他求也。九首中賴是此詩，知先生胸中有本；不然，其將逐日愁苦者耶！

糝徑楊花鋪白氈，點溪荷葉叠青錢。筍根稚子無人見，沙上鳧雛傍母眠。

此言春去夏來。「糝徑」句，寫春去之盡情；「點溪」句，寫夏來之明驗。乃或有人疑春即已去，夏尚未來者，因更用「筍根」二句反覆證之。「筍根稚子」，人自不見耳；沙上新鳧，孚乳已久矣：甚言流光之疾也。世間别有惡解，可爲嘔噦！

舍西柔桑葉可拈，江上細麥復纖纖。人生幾何春已夏，不放香醪如蜜甜。

此明言「春已夏」。桑肥麥熟，皆新夏景物也[一]。夫自初春、仲春、深春，而今倏然已夏。百年人生，如此能幾？況有桑足衣，有麥足食，生在世間，飽暖即快，不飲酒復奚求耶！前詩雜用無數鶯兒、燕子、桃花、柳絮、楊花、荷葉、筍子、鳧雛，獨此詩恰用桑麥字，先生固有意。

[一]「夏」，金評各本均作「夏夏」，當衍一字，删。

隔户楊柳弱裊裊，恰似十五女兒腰。誰謂朝來不作意，狂風挽斷最長條。

前八首，次第寫流光之疾；至第九此首，忽然説一意外變事。言我今爲有力所負而趨，日老一日，曾無暫緩，以爲愁歎，更難慰遣。豈知天地間事，尚有不可説者。鄰家少年，年始二十，白皙長大，兼兼初髭，朝騎白馬，暮飲黄壚，鐘動歸家，半夜竟没。「誰謂」字妙，真乃理之所必無，却是事之所時有。「不作意」，猶言不在意也，言忽然出于不料也。然則我今老去，雖是萬無奈何，然而以此方彼，所謂差勝乎爾。九首詩以此首作結，先生于《南華》「達生」之義，蓋甚深矣。于是九首遂畢。

江　村

清江一曲抱村流，只用《論語》「賢者避世」句，反覆成篇。二解八句，清空一氣，有如説話耳。長夏江村事事幽。「事事」，言長夏服食起居等事，非指三、四、五、六句。故曰「江村」也。用訓詁體爲詩，非寫景也。看他下句承出「江村」，可知。從來人不解詩耳。自去自來梁上燕，相親相近水中鷗。

題曰《江村》，詩曰「江村」者，非江邊一村也。乃清江一曲，四圍轉抱，既不設橋，又不置艇，長夏于中，事事幽絶，所謂避世之樂，樂真不啻者也。問：「江村如是，即令人如何去來？」答：「我有何人去來？自去自來，止有梁上之燕耳。」問：「若無去來，然則與何人親近？」答：「我與何人親近？相親相近，獨此水中之鷗耳。」二句乃以梁燕、水鷗，寫江村更無去來、親近，非以自來自去、相親相近，寫梁燕、水鷗也。從來人不解詩，因誤讀耳。

老妻畫紙爲棋局，稚子敲針作釣鈎。多病所需惟藥物，微軀此外更何求？

今人所以不能與世長辭者，止爲撿校一身，有求實多，于是濡足没首，長此苦海耳。我則自計微軀，仰資于世，蓋已少矣，胡爲皇皇，尚不痛割！「老妻」二句，正極寫世法嶮巇，不可一朝居也。言莫親于老妻，而此疆彼界，抗不相下；莫幼于稚子，而拗直作曲，詭詐萬端。然則江流抱村，長夏不出，胥疏畏塗，便如天上，安得復與少作去來親近，受其無央毒害也？○中四句，從來便作長夏幽事，言老妻弈棋，稚子釣魚。文人無事，徜徉其間，真大快活。殊不知可以日日弈棋釣魚，不可日日畫紙敲針。試取通篇一氣吟之便見。兩解八句，只是前解之第一句盡之耳。然則紙本白净無彼我，針本徑直無迴曲，而必畫之敲之，作爲棋局、釣鈎，乃恨事，非幽事。而從來人悶悶，全不通篇一氣吟，遂誤讀之也。○瞿齋云：先生以夔、龍、伊、吕自待者，起手便着「事事幽」三字，真乃聲聲淚、點點血矣，何必讀終篇而見其不堪耶！

戲題王宰畫山水圖歌

不惟寫妙畫，兼寫出王宰妙士來。○天下妙士，必有妙眼。渠見妙景，便會將妙手寫出來。有時或立地便寫出來,有時或遲五日、十日方寫出來,有時或遲乃至于一年、三年、十年後方寫出來,有時或終其身竟不曾寫出來。無他,只因他妙手所寫,純是妙眼所見;若眼未有見,他決不肯放手便寫:此良工之所以永異于俗工也。凡寫山水、寫花鳥、寫真、寫字、作文、作詩,無不皆然。惟與之一樣能事者,方得知之。所以特特走十百千里,饋十百千金,踵門叩首,求其爲我作一畫、一字、一詠,而或至于累月經年,終不能得,于心恬然,不怨不怒。何則?誠深知其不可迫促;若迫促所得,即非我之所欲得也。乃有世間食肉肥白富貴大人,遣一价,持半幅刺,要置室中,日三飲食之餘,輒督取筆研置其前,使速爲我作;又時時敕一人敦趣之,成一節半節,皆立報。嗟乎,此時則與闌中豚何異?尚安能出其妙眼、妙手,爲君家效死命哉!

十日畫一水,五日畫一石。能事不受相促迫,王宰始肯留真迹。壯哉崑崙方壺圖,挂君高堂之素壁。

六句,看他先向自己意中撰出突兀。四句説王宰畫之難得,然後亟承二句,説此高堂素壁,乃得挂王宰畫耶,可謂壯哉!「壯哉」二字,是贊高堂得挂王宰真迹,非贊所畫《崑崙方壺圖》體勢也。蓋守之以十日,僅得一水;又守之以五日,僅得一石[一]。然則畢此大幅,時日何限?不難在王宰經營心苦,正難在賢主人死心塌地,到底不敢促迫。

[一]「僅」,學易堂本作「借」,據其他各本改。

終竟時到功成，妙畫入手，高堂素壁，儼然獨挂。向時旁觀不耐，因而請去者，至此日瞪眼並睹，莫不歎息。以此思「壯哉」，「壯哉」可知也。須知十日一水、五日一石，王宰原無此事，却是求王宰作畫者必須辦此一副深心静氣，方與妙畫少分相應。此是先生于未出題前，憑空發此極奇極怪、不顧人笑之四句，先爲王宰占身分。然合下「壯哉」二句，通共六句，一氣讀之，却悟此並不是贊王宰，全是贊主人。寄語天下萬世賢主人，宜日日吟此六句，莫促迫人妙畫也。「真迹」「真」字妙。何處不挂王宰畫？然我只問破幾日工夫得來，即真與不真，不辨可知。

巴陵洞庭日本東，赤岸水與銀河通，中有雲氣隨飛龍。舟人漁子入浦溆，山木盡亞洪濤風。

此方看畫。○上既明説此圖之爲崑崙方壺矣，此忽故作驚怪，荒荒忽忽，疑是洞庭，疑是日本，疑是赤岸。約此圖，滿幅是澒洞大水，天風翻卷，其勢震蕩，而于一角略作山坡樹木，更點綴數船，避風小港。畫者既無筆墨相着，題者如何反着筆墨？于是萬不得已，作此眼光歷亂、猜測不得之語，以描寫滿幅大水，然後承勢補完漁舟山木，悉遭大風之所刮蕩也。而又有「中有雲氣隨飛龍」七字者，原來王宰此圖，滿幅純畫大水，却于中間連水亦不復畫，只用烘染法，留取一片空白絹素。此是王宰異樣心力畫出來，是先生異樣心力看出來，是聖歎異樣心力解出來。王宰昔日滴淚謝先生，先生今日滴淚謝聖歎。後之錦心繡口君子，若讀至此篇，拍案叫天，許聖歎爲知言，即聖歎後日九泉之下，亦滴淚謝諸君子也。所以然者，此圖本題，須知明明標出在前是「崑崙方壺」。若入俗手,豈不于大海中央,畫作無數丹崖碧嶂,瑶草琪花,白鶴青鸞,吹笙行樂。今王宰偏不爾,偏只于大水當中,留得一片雲氣。若謂方壺是有,則此一片雲氣中間意者是耶;若曰方壺不經,儒者難言,則我此一片雲氣乃是連水都不畫處,無筆無墨,云何誣我曾畫方壺哉?看他不着筆墨處,便將太史公一篇《封禪書》無數妙句妙字,一一渲染盡情,更無毫髮遺憾。「隨飛龍」三字妙,寫此一片空白雲氣,是活雲,不是死雲,便是秦漢方士無數奇談,一齊檃括,成此三字。試思作畫用意至于此極,此豈受人促迫之所得幾者耶?乃先生初看此圖,亦只因中間不用實筆,但見滿幅大水,因疑是洞庭,疑是日本,疑是赤岸;既而加倍用意細看,始看着中間一片雲氣,方悟王宰胸中一部《漢武本紀》讀得爛熟,今日乃不用筆,不用墨,輕輕地通篇揮灑出來。夫看畫至于此極,亦乃前無古人,後無作者,只與王宰相視失笑。群豪侍側,悉如蠛蠓!彼亦不復料一千年後,又被聖歎覷見也。

尤工遠勢古莫比,咫尺應須論萬里。焉得并州快剪刀,剪取吴松半江水。

上五句題畫已畢,此用餘文洗剔。若漁舟山木,近在一角者,則此雲氣如龍,不應在中,應直置之極遠盡頭處;若謂方壺是此圖本題,應正置中間者,則于近角不應又作漁舟山木相望爲嫌也。因言王宰最工遠勢,咫尺之内,萬里爲遥;漁舟山木,雖在此角,望至中間雲氣所在,誠乃不啻數千萬里。然則只須並州快剪,剪取一絲半縷,便是吴松半江。甚言自此角到中間,其爲道里無算,絶不以相望故遂成病筆。此皆他人決不經心處，先生則必定寫到者也。不然，安有人家挂山水圖，而一人剪其半幅？

一室

前解，室中猶有先生；後解，直説至室中已無先生。夫先生得歸而室中無先生，可也；先生不得歸而室中無先生，是真大痛也。題之傷心如此，豈截篇初二字耶！○若據今日，應云有室；想到身後，故云「一室」。

一室他鄉遠，「遠」字奇，直從故鄉來。空林暮景懸。「懸」比「落」又苦。乍可落耳，懸竟幾何時耶！正愁聞塞笛，獨立見江船。「正愁」、「獨立」，筆態參差，便令「見」、「聞」二字不板。

一「遠」字，一「懸」字，寫得室非我室，鄉非我鄉，林非我林，景亦非我景。便有暗鬼寒風，尸尸閃閃，出于紙上。三四句，「塞笛」是同不得歸之人，「江船」乃何獨得歸之船也。聞塞笛苦，見江船更苦；聞塞笛尚在思歸，見江船竟知不歸矣。

巴蜀來多病，荆蠻去幾年。應同王粲宅，留井峴山前。故云「一室」。

身若無病者，十年二十年，將終必歸耳，誰定其幾年？乃今病急如此，歸定何日？故知「幾年」非不知何年之辭，乃無此一年之辭。腸斷淚枯，接此十字，于是遂定此詩題曰「一室」也。○他人覽古，尚當出涕；先生自説，得不痛殺！

蕭八明府實處覓桃栽　憑何十一少府邕覓榿木數百栽　憑韋少府班覓松樹子栽　又于韋處乞大邑瓷碗　早起

此詩以四絶一律爲一篇，讀者往往忽略分看，遂茫然不知起落，故拈出之。○吾讀杜詩至此五首，不覺啞然失笑也。無量劫來，生死相續，無賢無愚，俱爲妄想騙過。如漢高縱觀秦皇帝，喟然歎曰：「大丈夫當如此矣！」豈非一肚皮妄想？及後置酒未央，玉卮上壽。却道：「季與仲所就孰多？」此時心滿意足，不過當日妄想圓成。陳涉輟耕之壟，曰：「富貴無相忘。」此時妄想，與漢高無别。到後「爲王沉沉」，不過妄想略現。阮嗣宗登廣武，觀劉、項戰處曰：「遂使孺子成名！」亦是此一副肚腸、一副眼淚。後來身不遇時，托于沉冥以至于死，不過妄想消滅。或爲帝王，或爲草竊，或爲酒徒，事或殊途，想同一轍。因憶爲兒嬉戲時，老人見之，漫無文理，不知其心中無量經營，無邊籌畫，並非卒然徒然之事也。羊車竹馬，意中分明國王迎門擁篲，縣令負弩前驅；塵飯塗羹，意中分明盛饌變色，菜羹必祭；桐飛剪笏，榆落收錢，意中分明恭己垂裳，繞床阿堵。其爲妄想，與前三人有何分别？曾記幼年有一詩：「營營共營營，情性易爲工。留濕生螢火，張燈誘小蟲。笑啼兼飲食，來往自西東。不覺閑風日，居然頭白翁。」此時思之，真爲可笑。「既念生子孫，方思廣園圃」，如此妄想，便足一生。我既生子，子又生孫。後來不知何人，俱同此一副妄想。辟如此五首詩，亦是少陵無邊妄想，于虚空世界劈空捏一園林，東家討樹，西家討碗，事成早起經營，皆一時一刻造就，真非東用寸楮，西馳尺幅，往來乞覓也。大抵先生異于人者，于妄想中成三禪樂，世人于妄想中成五濁惡也。

蕭八明府實處覓桃栽

奉乞桃栽一百根，春前爲送浣花村。河陽縣裏雖無數，濯錦江邊未滿園。

欲于荒涼地上，劈空捏造園林，却百無一有，既少財物，更無工力。此念一動，晝夜不能自已。正無設法處，忽然一時想著蕭八明府，得意之極，故開口便「奉乞桃栽一百根，春前爲送浣花村」。既要討得多，又要來得快，此刻便覺荒涼地上，竟成錦繡園林。下二句，因思此桃亦無奇特，但此地絶少，獨我得有百根，于此一方，無佛稱尊，已似平泉、金谷，想出一時手舞足蹈光景。後來園亦未必成，連桃亦未必討。我輩閑坐書齋，常有此事，莫認老杜持書乞索也。

憑何十一少府邕覓榿木數百栽

草堂塹西無樹林，非子誰復見幽心。飽聞榿木三年大，公自注：蜀人以榿木爲薪，三年可燒。與致受用。寫出獨得之秘,皆一時快活語。
溪邊十畝陰。第三句必欲自注一句者,非表榿木易,亦非表榿木不才,蓋笑俗人舉世無知,不知榿木可恁般

前得桃樹,主人無邊快活。明年一春,受用已極。又思看朱成碧,倏忽長夏,不有清簟疏簾,何以解衣盤薄。蹔西無樹,將來散髮披襟,木床投足,炎炎西日,豈不重難?故第一句,開口作失驚之辭,言如許大事,曾未算到,一時救急無策,何暇廣求珍異?必賤而易致者,方可取快一時。左右思惟,濃陰易茂,除非榿木。第二句,妙絶。「非子」「子」字指榿木。蓋半日沉吟,胸結沉想,眼起空花,便如身坐其下,覺草堂蹔西,拂雲蔽日,一碧無際,與榿木親切如良友然。子猷稱竹爲君,少陵又稱榿爲子,千古絶對,寫盡當時神理。前一首,胸中本無桃樹,因想着蕭八,隨其所有,就便栽桃,非愛桃樹也。此却胸中先有榿木,方想着何十一。題用「憑」字,憑,藉也,猶言靠托也。言又有人替我用心,此園必成,從此安然受享,並不費心,故末句作志得意滿之語。

憑韋少府班覓松樹子栽

落落出群非櫸柳,青青不朽豈楊梅。欲存老蓋千年意,爲覓霜根數寸栽。

第一首因題衍詩,第二首因詩著題,此首却將詩笑題。蓋春夏樂事,備足無餘,其餘事事皆在可緩。無端無事討事,又想數松點綴,靜坐三思,不覺自笑。我欲成此園,原爲

逃名息機，聊以卒歲。今覓松樹子栽，既不能取效目前，又不能饋實日後。老蓋千年，霜根數寸，欲並三槐，作身後佳話。俟河之清，人壽幾何？迂緩荒唐，莫此爲甚。一生匏落，正受此病。乃爾習氣未除，重復露出，因而自言自語，自嘲自笑，故詩中皆作推敲商榷之語。方尋快活，又起悲涼。若同前二首並看，不特文氣板腐，有負良工苦心，亦且逢人硬索，見物便取，使少陵與當世貴人一例去也。嗟乎！吾輩剞心嘔血，窮奇極奧，並爲「千年」二字所誤，皆覓數寸霜根者也。欲免斧斤，比壽櫟社，計亦疏矣。即使有成，飢寒常在身前，功名常在身後，悲夫！

又于韋處乞大邑瓷碗

大邑燒瓷輕且堅，扣如哀玉錦城傳。君家白碗勝霜雪，急送茅齋也可憐。

已悟前事尚賒，今日作何消遣？惟有麯蘗，少延清歡數日，遂觸動韋家瓷碗。手摩袖拂，心口相語，立刻送來，傾銀注玉，從前經晝暫且閣起。〇一瓷碗至輕至微，却用三四層筆法，曲曲染就名士玩物性情來。與昌黎《竹簟》詩「有賣直欲傾家資」，一樣癡癖。第一句，先于未見瓷碗時生無限歎羡；第二句，想見入手後把玩時有如此可愛。先贊其質，後譽其聲，方羡其色，覺在韋家案頭耀眼奪目，可望不可即一段光景，無限低徊，心頭躍躍，不能自持，方顯第四句「急送茅齋」之樂也。「可憐」二字，如渴鹿望塵，忽得甘泉美草,一時身心泰然。皆文人常態,不失童心妙處,寄語世人勿見嗤也。

早起

題最傷心。世間惟癡肥公子,夜飲朝眠,其他無一人不欲早起者。健兒提戈跨馬,農夫負耒之田。抱布握粟,嘵嘵闤闠,側肩疊踵,伺候朱門,庭燎盈廷,裳衣顛倒。上自天子、公卿、大夫及士庶人,無賢無愚,無不早起。即我當時,自謂挺拔,立登要路,一樣聞鷄起舞。無奈許身太愚,爲計太拙,直欲返俗唐、虞,次躬稷、契,老大無成。世既棄我,我亦棄世,頽然放廢,形爲槁木心成灰,縱横失計,妻子堪羞,衣裏嫌身,人前短氣。夜中千思萬算,左計不成,右計不就,耿耿不寐。及到曉來,仰視屋梁,欲起無味,反復沉沉睡去,致令早起絶少。夫高眠者,小人之所甘,而君子之所悲也。張循王園中老卒,日中睡着。循王問之,對曰:「無事可做,只得睡眠耳。」悲哉言也!循王立捐五百萬金錢,令之回易外夷。乘巨舸,跨鯨波,飄然而去,突然而來,珍奇光乎内府,寶馬盈于外厩。喪敗之餘,一時循王軍容獨振。彼老卒不過略集餘技,昔年睡魔,頓然失去。自歎二十年來昏昏醉夢,未知何時得早起也。

春來常早起,此句蓋于未來發願如此,若作過後叙述,便索然無味。則下句所云「幽事」,皆如富翁日記賬簿,俗子强作《小窗清記》惡札,不可不細心體貼。讀書尚論古人,須將自己眼光直射千百年上,與當日古人捉筆一剎那頃精神，融成水乳，方能有得。不然，真如嚼蠟矣！勿以吟詠小道忽之。

幽事頗相關。帖石防隤岸，開林出遠山。一丘藏曲折，緩步有躋攀。僮僕來城市，瓶中得酒還。

此首與前四絶，皆一時意中寫就，非春來即事也。一向無事可做，懶廢成習，家人見我全不事事，便謂我決做不來。試看此園一成，從此振作精神，常常早起，件件關心。又恐衆人不信，故三、四句責弄出許多勤謹本事來。「帖石」句，言看我先事綢繆；「開林」句，言看我業成整頓：一時盡情高興之語。後解又算出約束自己方法來。平日閑蕩久慣，全不着家，恐一時静極思動，此園平平無奇，一覽可盡，未免厭倦出門。必思方法，六尺地上，往復無窮，高卑異致，棲遲笑傲，方能禁足。「僮僕」句，非寫長鬚解人，言如城市我不去久。「一丘」二句，蓋求日裏安居；「僮僕」二句，又算到夜中穩睡也。此首二解八句，作三段：「春來」一句，總提；「幽事」三句，蓋發願早起經營；「一丘」四句，乃發願早起行樂也。〇四絶一律五首，凡作三段頓挫：前二首，一時高興勃勃，極其勇猛精進；第三，隨復了悟；第四，故于酒杯求大休歇；末首，又想及時行樂，所謂「住諸妄想，不加了知，不辯真實，于諸妄心，亦不息滅」也。〇不知何人，于題下硬派「上元二年成都作」七字，豈公自注耶，抑親得追隨少陵耶？反復不知其故。癡人説夢，真爲可涕！但世之吞炭者固多，逐臭者更不少也。〇或曰：此是晉陵許庶菴筆，爲唱經所鑒定者。果有之，亦足想見庶菴。

石犀行

《華陽國志》：秦孝文王以李冰爲蜀守，冰作石犀五頭，以厭水怪。是年秋八月，霖雨不止，灌口水損户口，先生作此詩。○是年無霖雨，水不損户口，《石犀行》又得不作耶？今吴越淫祠，幾與民居交半錯處，我欲盡毁，而愚俗震駭。聊托于此，幸後之大力賢人，有以救之也。

君不見秦時蜀太守，刻石立作三犀牛。自古雖有厭勝法，天生江水向東流。

一解。竟不知李冰刻犀牛是何意，亦竟不知此犀牛定是李冰刻否。若謂厭鎮江水，則江水天然東流，殊非犀牛之能。「天生」二字妙。

蜀人矜誇一千載，泛溢不近張儀樓。今年灌口損户口，此事或恐爲神羞。

二解。蜀人矜誇聖迹，動云千年蒙福。今不先不後，恰是今年漂損户口，竟不知是千年之神靈，忽不驗于今，亦竟不知是蜀人妄誇神靈。實則千年中間，漂損之事時復有之。總之，只據現事，神已無辨。

終藉堤防出衆力，高擁木石當清秋。先王作法皆正道，鬼怪何得參人謀。

三解。畢竟呼號衆力，刊木舁石，高築堤防，以救其半。「當清秋」三字妙。言今日日照于上，人睹于旁，明明可見不關犀牛之事，何得相傳爾許神怪，誣民視聽，真可痛恨也！

嗟爾三犀不經濟，缺訛只與長川逝。但見元氣常調和，自免波濤恣彫瘵。

四解。舊聞五犀，今年只有三犀。今雖三犀，後來焉知不剩二犀、一犀，以至無犀？因戲語之：爾犀即不能經濟人事，然却須自作經濟。若不然者，後來轉缺轉訛，蜀人或又妄説奇怪，我則曉然，知是只被江水漂去耳。犀尚自愁爲水漂去，然則烏能爲人厭水怪哉？真乃滑稽之雄！

安得壯士提天綱，再平水土犀奔忙。

五解。只二句結。但見人平水土，安見石厭水怪？公每切有望于天下後世，如將不能旦暮待者，則必用「安得」字作結。如此詩，蓋了知三犀後來終成漂没，而畢竟于心不快，故高呼聖人出世，提天綱，平水土，連取三犀，投之巨浸，以一快耳目之前。稱聖人爲「壯士」，大奇，亦爲其一洗愚俗，禍福不惑于中，故作是稱也。

三絶句

三絶句恰成一篇，不能少一首，亦更不可多一首也。

楸樹馨香倚釣磯，斬新花蕊未應飛。不如醉裏風吹盡，可忍醒時雨打稀。

爲兒子時，蚩蚩然只謂前亦不往，後亦不來，獨有此身，常在世間。予讀《蘭亭序》，亦了不知佳定在何處。殆于三十四五歲許,始乃無端感觸,忽地驚心:前此猶是童稚蓬心,後此便已衰白相逼,中間壯歲一段,竟全然失去不見。夫而後咄嗟彌日,漸入忽忽不樂苦境。此「斬新花蕊未應飛」一句,正是初入苦境之第一日也。「風吹盡」,「雨打稀」,總是一般零落,而又必寧「醉裏」、莫「醒時」者,老死一事,既是無法可施,則莫如付之度外,任其騰騰自去,何得如是苦事,又刻刻置諸懷,終日愁老以老、怕死而死也。讀之使晚年人不敢不尋快活,妙絕。爲此一絕,生出下二絕來。

門外鸕鷀久不來,沙頭忽見眼相猜。自今以後知人意,一日須來一百回。

此一絕,與後一絕相對成章。于今不來者,便極望其來。若定要來者,不知何計,便可斷其更不來也。○上二句,寫出妙客。久不來矣,今日方來,又却在沙頭忽見,殊似尚無意于來者。下二句,寫出妙主。不惟今日須來,且願常常而來。不惟願得常來,且願一日來至一百回。「一百回」字,本是最無文理語,却寫得將朋友爲金寶性命一片意思出。

無數春筍滿林生,柴門密掩斷人行。會須上番看成竹,客至從嗔不出迎。

久思密掩柴門,却恨更無題目,今春滿林生筍,不覺計上心來。下二句,不單云「不出迎」,而云「從嗔不出迎」,便寫盡惡客叫噪之惡、主人雙眼之白也。○前一絕:久不來,而沙頭忽見,尚無意于來,是何等意思?後一絕:定要來,而偶不許其來,輒便公然嗔人,是何等意思?夫主人本爲娱老無計,故求妙友縱談胸臆,覓少快活耳;何苦如此緊追緊捉，不少放鬆，便如鬼伯催人，使我逃避無地也。此一絶，若無前絶「一日須來一百回」句，幾謂此絶是絶人逃世。○不知詩者，謂是一詠楸樹，一詠鸕鷀，一詠春筍，即胡不各爲一絶句，而題之爲「三絶句」哉！殊不知此詩只是將魏文帝「請呼心所歡，可用解憂愁」十字，化作三絶耳。蓋前一絶即是「憂愁」，後二絶即是「請呼心歡」以解之也。既是呼歡解憂，豈可不歡人不呼自至哉？

魏十四侍御就敝廬相别

尋常乘車戴笠語，已成爛熟，此乃重新洗刮拆補，復成妙詩。

有客騎驄馬，江邊問草堂。遠尋留藥價，别惜到文場。

彼驄馬上人，是一樣氣色；草堂中人，是一樣氣色。據此兩樣氣色，此兩人可謂風馬牛，終不得相及也。乃今日江邊遠尋，不忍别去，殷勤眷戀，加人一等者，無他，雲泥一判，日月如馳，老病無常，舊游若夢。「留藥價」、「到文場」，妙。今日來尋，須留藥價，甚矣吾衰，知扶幾年；追念少時，共在文場，曾幾何時，衰謝遂極。然則于今再别，豈復思意之所得料？蓋「車過腹痛」之言，猶未痛于此詩矣。○「藥價」字，下得極衰颯；「文場」字，下得極壯武；「藥價」字，寫後會蒼茫；「文場」字，寫舊游孟浪。百年眨眼，只此四字畫絶。劉會孟云：「『藥價』甚雅，『文場』過矣。」吾不欲問其「文場」何過，正欲問其

「藥價」何雅之有？可恨可笑！

入幕旌旗動，歸軒錦繡香。時應念衰疾，書迹及滄浪。公自云：百花潭水即滄浪。

「旌旗動」、「錦繡香」，此成何語？須知特特盛寫，以與下「衰疾」、「滄浪」相望成妙事妙句也！看他于草堂别後，先寫入幕；于入幕後，再寫歸軒。蓋入幕，即建牙吹角，公事旁午，早與草堂冷熱迥異者；更歸軒，則珠圍翠繞，柔情曼聲，豈更得與草堂猶有少分牽挂哉。今魏十四不直于草堂而遠尋惜别，眷眷如此；乃至入幕，乃至歸軒，而衰疾經心，滄浪在眼，到底如彼，真覺昔人乘車戴笠之不足復道也。

嚴中丞枉駕見過

按肅宗上元二年，嚴武鎮蜀，寶應元年召還。廣德二年，嚴武再鎮蜀，先生自閬復歸成都。武表公爲節度參謀檢校工部員外郎，賜緋魚袋〔一〕。中丞之過，應在此時。蓋欲先白其意云爾，故先生作詩志感。

元戎小隊出郊坰，問柳尋花到野亭。川合東西瞻使節，地分南北任浮萍。

元戎指嚴公。元戎必有大隊，不言大隊言「小隊」者，拜客從簡便也。邑外曰「郊」，

〔一〕「賜」，金評各本均作「門」，據《集千家注杜工部詩集》引宋王洙序改。

郊外曰「坰」。「出郊坰」者，見來路之遠也。「問柳尋花」，不但見是春日，謙言嚴公非特地過訪也。玄宗還京後，于綿、益二州，各置一節度使，時武奉命鎮蜀。「使節」，是東西兩川之使節，故云「瞻使節」也。長安在北，蜀在南。武奉命鎮蜀，自北而南；召還，自南而北；及再鎮蜀，又自北而南。一任君命，如「浮萍」然，略不自主，故曰「任浮萍」也。前解直言過訪之由，由于嚴公之再鎮，于是换筆從自身上作轉。

扁舟不獨如張翰，皁帽應兼似管寧。寂寞江天雲霧裏，何人道有少微星。

張翰遇賀循于吴閶門，同舟入洛；管寧着皁帽，依公孫度于遼：故先生以之自況。「少微星」，名處士星，言我今日扁舟來往，到處栖遲，非賀循莫與同載；皁帽浮沉，安于僻遠，非公孫度亦不往依。「不獨」、「應兼」，語氣抑揚。見時無中丞，衮衮諸公，俱非知己。以此，江天雲霧中求無寂寞，不可得也。然而處士有星，其光自見，獨嚴公能見之。于是特特過訪，豈非相知深而可終托者乎。後解寓言表爲參謀之意。曰「何人道有」，言自嚴公而外，必無其人也，推重嚴公至矣。

野人送朱櫻

西蜀櫻桃也自紅，野人相贈滿筠籠。數回細寫愁仍破，萬顆勻圓訝許同。

唐人極有好起好結。此詩起句奇絶，出自意外，遂宕成一篇之勢。

妙在「也自紅」三字。全篇用意不出三字，乃創見驚心之辭。言櫻桃之色之紅，我豈不知，然不過知之于宮中宣賜耳，摩詰所云「歸鞍競帶」、「中使頻傾」是也。若西蜀櫻桃之紅，我乃今日始見，則豈非因野人之贈哉。「數回細寫」、「萬顆匀圓」，不但寫「滿筠籠」「滿」字，亦見珍重所贈之物，不以其野人而忽之也。

憶昨賜霑門下省，退朝擎出大明宮。金盤玉箸無消息，此日嘗新任轉篷。

後解推開題面，自寫悲憤，説出起句「也自紅」一段驚創緣故來。看他五、六對仗，非杜詩不有。

江上值水如海勢聊短述

每歎先生作詩，妙于製題。此題有此詩，則奇而尤奇者也。詩八句中，從不欲一字顧題，乃一口讀去，若非此題必不能弁此詩者。題是「江上值水如海勢」七字而止，下又綴以「聊短述」三字。讀詩者不看他所綴之三字，而謂全篇八句，乃是述江水也，值江水之勢如海也；則八句現在，曾有一字及江海乎？先生才大如海，于值水時，縱有河沙口、河沙舌、河沙音聲，決不能窮其勢之所及，故聊爲之「短述」，如先師川上一歎是也。天上之物，莫鉅于江海。江有往來之迹，海則無邊無際，亘古如斯。故以江之不可方物，究竟以海爲壑，即天下事可知矣。之生之死，之死之生，頭出頭没，孰是安住海中，隨流任運者乎？此先生「江上」詩之所由發也。讀「江上值水如海勢」七字，令人望洋而驚；讀「聊短述」三字，不覺迎刃而解矣。〇江海即「川流敦化」義也。孟軻氏資深逢原，先生暗用其意，作題上半截。蓋目中所值之水是江，意中所會之勢如海。詩只是「聊短述」三字，言江言海，窮劫不盡，聊短述而江海之義已盡。

爲人性癖躭佳句，語不驚人死不休。老去詩篇渾漫興，春來花鳥莫深愁。

此一節，乃先生徹底銷算之文，不必于江上有涉，而實從江上悟出也。觀乎江之于海，則我之一生爲人如是，多生爲人亦只如是。今日縱是春來，他年定當老去；今日既已老去，他年還計春來。去者聽之去，何必刻意詩篇；來者任其來，但可陶情花鳥。興言及此，覺得少年佳句之癖，不攻自破矣。第三句緊接上二句，第四句又開下五、六句。

新添水檻供垂釣，故着浮槎替入舟。焉得思如陶謝手，令渠述作與同游。

此一節，乃先生現前結證之文，不必于江上無涉，而實非着意江上也，言我近日亦有事江上矣。「水檻」曰「新添」，「浮槎」曰「故着」，似乎有所經營。由今思之，檻不過供垂釣而已，不「新添」可，即新添亦可也：槎不過替入舟而已，不「故着」可，即故着亦可也。何則？世間一切有爲，無細無鉅，秖是因緣生法，又況乎水檻、浮槎哉。今日使陶、謝二公而在，必將此一副胸襟、一副眼光，共相述作，以佳思出佳句，豈惟短述而已。我既不獲與之同游，所以只寥寥短述，亦不能更爲驚人之語也，應轉首二句。細玩通篇，云「老去」，言到底無常；云「春來」，言終竟不滅。朝宗之時，江流入海；沃焦之後，海復成江。大德之敦化如是，所以常見、斷見等，爲如來所訶也。水檻、浮槎，乃是現前介爾一法，南泉大師所謂「隨分納些須」者，即曾點「莫春」遺意也。

越王樓歌

王子安《滕王閣》詩，從來是千載絶作。縱使後來子安再出，已是有景不道。何則？道不得，即不如不道；若使道得，已是前人先道了也。東山李白負氣使酒，猶于崔顥束手避路，豈以推誠服善如先生，反智不出此，而顧于《滕王閣》後，復作此《越王樓》哉？須知先生自具二十分眼、二十分膽、二十分筆，張目孰視子安此詩，還有開拓不盡、發揮不出之處。于是偶借《越王樓》，換題不换詩，隨手檃括，别成妙句，却于篇初拼割二句十四字，不便寫樓，反寫綿州州府。夫樓爲賓朋宴游之地，府爲代君牧民之所。若使詩人不説州府，便説有樓，即令後之讀者，其謂越王何等人？此亦只是《論語》「禹，吾無間」爛熟語，寫來便成高奇磊落之句，便是子安盡力開拓之所不到。篇後又拼割一句七字，不止寫得今人不見前人，直寫到後人又不見今人，便是子安盡力發揮之所未盡。小儒不知者，或謂先生此歌便與子安一副機杼，以爲贊歎先生已極。殊不知子安詩在當時已是家弦户歌，豈有先生不知，却得機杼暗同？先生正是全取其詩，從頭劈削，通身翻洗。試取對照讀之，便見兩詩脱胎换骨，轉凡作聖，異樣奇怪，不止是青藍之事而已。

綿州州府何磊落，顯慶年中越王作。題是樓，詩是府，龍行夭矯，全然不顧龜思鱉望者。孤城西北起高樓，碧瓦朱甍照城郭。使無「州府磊落」四字，即「碧瓦朱甍」那可道？讀之深見「棟飛朝雲」、「簾捲暮雨」之不善命辭。樓下長江百丈清，山頭落日半輪明。較「物换星移」句，蘊藉多少！○「落日」句，字字鬼氣侵人。君王舊迹今人賞，轉見千秋萬古情。不惟于王詩外添出千秋萬古語，且將王詩「不見帝子」翻作「轉見」後人：相他下筆時一段倔强不讓古人氣色。○李偓《越王樓》詩：「越王曾牧劍南州，因向城隅建此樓。横玉遠開千嶠雪，暗雷下聽一江流。」便與不曾作詩何異？

客夜

寫客，却寫夜；寫客夜，却寫下半夜：奇撰可思。

客睡何曾着，秋天不肯明。入簾殘月影，高枕遠江聲。一解。句句是下半夜，然而已寫通夜矣。○「客睡」句，是一更、二更以至三更；「秋天」句，自三更、四更以至五更。蓋睡不着還望睡着，天不明直望天明矣。「何曾」，「曾」字妙，若有人寃其「曾着」者；「不肯」，「肯」字妙，便似天有心與客作寃然。

「殘月」句，妙于「入簾」字，看其漸漸移來；「遠江」句，妙于「高枕」字，寫出忽忽聽去。「殘月」句，明照此身在客；「遠江」句，暗送此心到家也。四句中並無一「苦」字，而其苦無限。

計拙無衣食，途窮仗友生。老妻書數紙，應悉未歸情。

一解。言我爲客在外，豈是「此間樂，不思蜀」，雖非吾土而洵美，故爾久戀梁園耶？人老計拙，資生大難，略仗朋友以自存活耳。因于千里外望空呧呼老妻一聲，而遥告之：我此苦趣，以前數書曲折每盡，身雖未歸，汝固應悉也。「老妻」二字，須略住，不然不復成語。〇久客不歸，最無以自解于老妻，故此詩全爲老妻而發。然亦只是意思中忽忽欲向老妻訴明，不必真寄與老妻讀也。但得還家，此等語要知全不向老妻提起。〇詩是最苦詩，評亦是最苦評。

冬狩行 時梓州刺史章彝兼侍御史留後東川。

是冬獵也，而曰「狩」者，意謂東川天子之地，猛士天子之兵，不過令章彝代將之耳，奈何肆意大閱，而全不以吐蕃之亂爲心？稱「狩」，以譏之也。

君不見東川節度兵馬雄，校獵亦似觀成功。夜發猛士三千人，清晨合圍步驟同。

一解。吐蕃作逆，天子蒙塵在陝，詔徵天下援兵而無一人應者。正當此時，先生忽然奮筆，書第一句云「君不見東川節度兵馬雄」，只七个字，便足驚死人。下接云「校獵」耳，非「觀成功」也。然夜發晨集，三千猛士，步驟悉同，精鋭是精鋭，號令是號令，紀律是紀律，只可惜是校獵耳，非觀成功也！冷譏熱刺，人何以堪。

禽獸已斃十七八，殺聲落日迴蒼穹。幕前生致七青兕，駝駝㠀危垂玄熊。東西南北百里間，髣髴蹴踏寒山空。

二解。禽獸已斃十之七八，殺聲尚欲日退于天。幕獻青兕，駝載玄熊，語語賦獵雄文，聲聲勤王反刺。〇落日迴天，即用魯陽戈指事，寫殺聲正盛。

有鳥名鸜鵒，力不能高飛逐走蓬。肉味不足登鼎俎，何爲見羈虞羅中？

三解。上總算所獲，此獨指一物，譏其好殺無理。

春蒐冬狩侯得同，使君五馬一馬驄。況今攝行大將權，號令頗有前賢風。

四解。春蒐、夏苗、秋獮、冬狩，天子之事也，章以諸侯而得同之耶？只此便是製題本意。下因以天子恩遇，節節提出云：使君本是刺史，則是五馬；新兼侍御史，則一馬驄矣；又留後東川，則又攝行大將之權；今觀其號令，又有前賢之風。則豈前賢之賢，止賢于號令耶？

飄然時危一老翁，十年厭見旌旗紅。喜君士卒甚整肅，爲我回轡擒西戎。

五解。勸其勤王。

歸來

此「歸來」題最難解。是從客中又有所出，而是日仍歸到客中，非竟從客中歸家了也。又「歸」下着「來」字者，昨在客中必有甚不得已，如淵明饑驅之事；及至到彼，了無所濟，「歸」下又着「來」字，便見甚悔昨者之去。蓋虚往實歸謂之「歸」，空往空來謂之「歸來」，亦非截二句之二字也。

客裏有所適，歸來七字一串。知路難。開門野鼠走，散帙壁魚乾。

客裏難，故有所適，不料所適難上又難，于是歸來而吟。而後客裏之難，遂更無救路也。更開門別適乎？抑閉門散帙乎？開門別適，則見野鼠亂走，彼亦不審何往，我亦不審何往；若閉門散帙，則見壁魚乾朽，彼先枵腹已死，我將稿頂繼之。于此于彼，何去何從，其難真不可再説也。

洗杓開新醖，低頭拭小盤。無恥哉劉會孟，何見而定「著小冠」勝乎？此句既定是冠，則上句既已開醖，何復有「誰給」之語哉。憑誰給麴糵，細酌老江干。

後解苦殺人、羞殺人事，却寫作一片幻景，反見好笑殺人。想此行原因乞酒，歸來春夢未斷，衹謂新醖已在，于是洗杓開埕，便將淺斟低酌。一句五字，全寫夢眼迷離、鬼物着人光景。乃陡然定睛，注視新醖何在、是誰所給，因而滿肚苦不足道，反是滿面羞不可當。于是低頭文過，念盤與杓是一例器皿，閑居無事，洗杓拭盤，便作清課。誰謂洗杓乃欲開醖耶？然則我拭盤是亦欲開醖耶？道樹云：洗杓時，洗杓是開醖；拭盤時，洗杓是洗杓。是也。雖然，口腹之事關于性情，終不可忍也。上二句文過是文過，下二句不覺已溜然脱之于口。嗚呼，真絶世妙筆矣！

登樓

先生生多難之時，身適在蜀，徘徊吊古，欲圖禍亂削平，無日不以諸葛忠武爲念。其見之吟詠者，殆不一而足，蓋先生之自待者忠武也。「日暮聊爲《梁父吟》」，言我今老矣，徒栖遲日暮，無所見長，雖負希世之材，而國無容賢之臣。追想隆中抱膝之吟，其寄托一何深遠也！不覺于《登樓》發之。

花近高樓傷客心，萬方多難此登臨。錦江春色來天地，玉壘浮雲變古今。

傷心原不在花，在于「萬方多難」；一到登臨之際，忽已如箭攢心。錦江、玉壘，俱在成都。「錦江」句，承「花近高樓」，因見有花便知春色也；「玉壘」句，承「萬方多難」，因見雲變即知多難也。「春色」而曰「來天地」，「浮雲」而曰「變古今」者，照上「萬方」二字，言外便見浮雲自變，春色依然，故下遂轉到「北極」云云。

北極朝廷終不改，西山寇盜莫相侵。可憐後主還祠廟，日暮聊爲《梁父吟》。

朝廷雖屢經寇盜，幾幾欲改；而今日朝廷猶是朝廷，于此不改，則終不改矣。「寇盜」不專指吐蕃，玄宗回鑾之後，蜀中僭亂頗多，如段子璋、徐知道等是也。「莫相侵」妙，若一一分付他，教他切莫如此。若夫朝廷之所以不改者，不必以他事證，即如蜀後主，不過一昏庸之主耳，只爲他君主一方，故去今數百年，而祠廟如故。縱中間歷幾寇盜，終未有侵而改之者，況我唐堂堂共主哉。此「還」字，直與「終不改」「終」字應，因歎後主在蜀，全賴一武侯；若今蜀中得如武侯其人者，又何患西山之寇盜也？「日暮」字，傷心之極。年迫衰暮，于蜀無所損益，但把武侯《梁父吟》聊爲吟之，未知北極朝廷曾知有此老否？

絶句

此詩初看去是望歸期，而實非也。言總是一樣江山，一樣花鳥，有何他鄉、故土之別。但今日歸又不能，住又不可，對此花錦世界，日復一日，催人易老，可奈何！三、四悲極，則一、二並不作快句讀矣。

江碧鳥逾白，山青花欲然。今春看又過，何日是歸年。

今日此江山花鳥，明日亦此江山花鳥；今日此青紅碧白，明日亦此青紅碧白。謂此是真，則他鄉何必非真；謂此是幻，則故鄉何必非幻。先生之意，蓋不在水，不在鳥，不在山，不在花。何以故？你看即此水，即此鳥，即此山，即此花，而今春纔來，今春又過矣。「又過」者，言現見今春，實不自今春始也；「何日」者，言自今春此一日始，又不知那一日止也。流光迅速，命樹易傾，流寓如斯，死河將決。歸不歸且無足論，即此山水花鳥，青紅碧白，孰非斷送人之物耶？

送路十六侍御入朝

童稚情親四十年，

情至，非他送别語，先生之于路十六可知也。

中間消息兩茫然。更爲後會知何地，分插此句在前，筆法矯絶。忽漫相逢是别筵。

别四十年而得會，會却「是别筵」，奇絶事。于「四十年」前，插「童稚情親」字，于今日後插「更爲後會」字，奇絶筆。〇前會既失，後會未期，今日此會，却是别筵，曾無幾日聚首之樂。人生至此，真不堪也！〇奇在第三句與第一句作對，前既已矣，後未可知；而第四句却實指今日之别。

不分桃花紅勝錦，生憎柳絮白于綿，劍南春色還無賴，觸忤愁人到酒邊。

「不分」、「生憎」、「觸忤」，全用一色俗語。「不分」者，謂桃花不自知分量也。〇「桃花紅勝錦」，「柳絮白于綿」，豈復成詩？詩在「不分」、「生憎」字，加四俗字，便成佳筆，固知文貴章法也。〇「還」字妙，亦是俗字。猶言我愁如此，而汝春色還要如此觸惱也。

「春色」即指桃柳，皆是先生極無賴語。

送翰林張司馬南海勒碑 公自注：相國制文。

上半首朝廷之大務，下半首朋友之私情；上半首是翰林南海制文勒碑，下半首方是送。先公後私者，臣子之至誼也。想見先生立言之體。

冠冕通南極，文章落上台。詔從三殿去，碑到百蠻開。

「冠冕」者，張司馬也；「南極」者，南海也。「文章」者，制文也；「上台」者，相國也。三句，翰林也。唐制，翰林在三殿之西角廂門後，故云「從三殿去」也。四句，勒碑也，「百蠻開」則「南海勒碑」也。半首叙公事已畢，下寫「送」字。

野館濃花發，春帆細雨來。不知滄海上，天遣幾時回？

五句，言其時候也；六句，言其行路艱苦也；七、八句，言其送之情事也。又七句，結一、二、三、四句；八句，結五、六句。夫送則其未去，而已先計其歸，爲善能攄其至情也。

對雨

此名「詩上安題」法。

莽莽天涯雨，江邊獨立時。不愁巴道路，恐失漢旌旗。

「詩上安題」者，蓋君子居是邦，不非其大夫；然朋友諷切之誼，又不可自已。故隱其言于《對雨》，實非因對雨而作也。一、二句起，三、四句入正意。

雪嶺防秋急，繩橋戰勝遲。西戎甥舅禮，未敢背恩私。

五、六句，竟置雨而直叙時事之非；七、八句，諷其不必如五、六句所云也。是時公友高達夫新領西川節度，鋭意南鄙。公謂土蕃者，昔年與婚媾，宜可結之以恩，不應遽絶其内附之心，而有「防秋」「戰勝」之舉。不然者，恐遂如三、四句所云矣。是年達夫欲力制土蕃，果陷三州，而後悟此詩之老成忠厚也。

玉臺觀公自注：滕王造。

中天積翠玉臺遥，上帝高居絳節朝。遂有馮夷來擊鼓，始知嬴女善吹簫。

上半首，極言元嬰造臺之盛；下半首，極言今日寂寞之景。玩「遂有」、「始知」字，可謂指揮而天地動，咄吒而風雲生，何其盛也！

江光隱見黿鼉窟，石勢參差烏鵲橋。更有紅顔生羽翰，便應黄髮老漁樵。

五句，言更無馮夷擊鼓；六句，言那曾嬴女吹簫？便似「曲終人不見，江上數峰青」之法也。故接云更得元嬰重活，定要安分過日。○「生羽翰」妙謔。生羽翰乃成仙天上語，今接在「更有紅顔」四字下，然則前日已不得成仙上天而死矣，豈其重生即有成仙哉？不如八句云云。

春歸

此詩莫作寫景看。

苔徑臨江竹，茅檐覆地花。十字，其法不可尋。別來頻甲子，歸到忽春華。「別來」、「歸到」非連字，莫用熟忘之。倚杖看孤石，「看孤石」，介如石矣。傾壺就淺沙。「就淺沙」，能遠害也。○「孤石」、「淺沙」，俱用大《易》。遠鷗浮水静，輕燕受風斜。鷗静易解，燕斜難會。劉云「有態」，小兒語耳。○歸即身輕如燕，即更受風，必非當頭打來，便可隨方迴避得。世路雖多梗，吾生亦有涯。只知其至言，不知其斡補也。此身醒復醉，乘興即爲家。

第二解，人言是隨手寫景，即與起二句成何章法？當知此詩只有起二句寫景。

唱經堂杜詩解卷之三

聖歎外書

韋諷録事宅觀曹將軍畫馬圖引

通篇起承轉接，亦有「十日霹靂」之意。必具如此筆態，方可受此題、作此文。

國初已來畫鞍馬，神妙獨數江都王。將軍得名三十載，人間又見真乘黄。

寫曹將軍，却從天落下一「江都王」，筆勢矯悍，不可驟降。乃第三、四句，早又着題，更不費力者，妙在「獨數」，便挑「又見」；「國初已來」，便挑「得名三十載」；「神妙」，便挑「真乘黄」。賓主兩邊，字字對挑，遂一放一收，早已就題也。力大者挽强弓，柔手思試，鮮不被傷矣。

曾貌先帝照夜白，龍池十日飛霹靂。妙畫之妙只空寫，留至本題方實寫。内府殷紅瑪瑙盤，細玩句法。婕妤傳詔才人索。細玩句法，只是空寫。

前解説江都王，方收到曹將軍。此解悍筆忽又放去，忽又從天落下一「先帝照夜白」。怪矣哉，何其筆起筆落，亦須似龍池霹靂也！次欲寫妙畫稱旨，宣賜寶盤耳，是亦絶技承恩恒事。他人搦管，亦所常叙。此忽又從天落語，云「内府殷紅瑪瑙盤」，是與上接，是與上不接？讀先生詩，最要學此等句法也。

盤賜將軍拜舞歸，輕紈細綺相追飛。人情如此。貴戚權門得筆迹，始覺屏障生光輝。

出韋録事宅，亦是大筆：不止韋宅，而韋宅已出矣。

昔日太宗拳毛騧，近時郭家獅子花。

今當寫韋宅觀畫馬矣，偏不寫，偏再用悍筆折出題外去，横插二真馬入來。

今之新圖有二馬，復令識者久歎嗟。此皆戰騎一敵萬，便當真馬看。縞素絹素也。漠漠開風沙。

便當真馬看。

前二句悍筆正在題外，此解看他公然矯矯便折入來。○與其先看畫，然後歎其與拳毛、獅子無二，何如先横插在外，此解便趁勢落筆耶？其中具有無量神力。先生既繡出鴛鴦，聖歎又金針盡度。寄語後人，善須學去也。

其餘七匹亦殊絶，迥若寒空動烟雪。補七馬。霜蹄蹴踏長楸間，馬官厮養森成列。補馬官。

本是九馬，硬派作二馬、七馬，總是悍筆奇事。○于九馬下，另補「馬官厮養」作襯，孔子云：「臣聞以桃雪黍，未聞以黍雪桃。」何則？貴賤殊也。今亦只應以馬襯人，奈何以人襯馬？須知馬之神駿者非馬，人之駑駘者非人，然則便用相襯，知未屈卿也。

可憐九馬爭神駿，顧視清高氣深穩。借問苦心愛者誰，後有韋諷前支遁。

「清高」，豈復歎馬語；「深穩」，一發豈復歎馬語？悍筆忽又從天落下一支遁，夫支愛真馬，韋愛畫馬，則豈先生牽引不倫？不知全賴引得支遁，今日始知韋宅九匹，悉是真馬；不爾，至今謂是畫馬而已。○道樹云：曹將軍外，忽請出一江都王；九馬外，忽請出一照夜白、拳毛騧、獅子花，悉是我意已到。至于韋諷外，又請出支遁，真是思入風雲，更不得料矣！

憶昔巡幸新豐宮，翠華拂天來向東。七字先襯。騰驤磊落三萬匹，皆與此圖筋骨同。

上文不知于題已完，抑未完，但見此解又用悍筆放開去。《詩》有之曰：「心乎愛矣，遐不謂矣？中心藏之，何日忘之？」身自在韋宅看曹畫，無端却陡然想到東巡三萬匹。爲是爲結此詩，爲是不爲此詩，漠漠風沙，幾不能于紙上尋之矣！

自從獻寶朝河宗，無復射蛟江水中。君不見金粟堆前松柏裏，龍媒去盡鳥呼風。明皇泰陵，在蒲城東北金粟山。

二解雖用悍筆，又陡寫東巡三萬匹，然末句仍挽到「皆與此圖」七字，不近不遠，使可結束。先生偏不肯，仍折出去。于是曹與韋畫只是九匹，而詩則照夜白一匹，拳毛騧、獅子花二匹，新豐宮三萬匹，炫目極矣，却結之以金粟山松柏中並無一匹。悍筆奇事，總非筆墨所曾到也。

丹青引贈曹將軍霸

韋諷宅觀畫九馬，叙出無數馬來，格最奇。此《丹青引》專爲一馬，却叙出無數人來，格尤奇。○起處寫將軍之當時，極其悲涼。中間述其丹青之恩遇，以畫馬爲主。馬之前後，又將功臣、佳士來襯。起頭之上，又有起頭；煞尾之下，又有煞尾。至于插入學書衛夫人一段，授弟子韓幹一段，昔日右軍爲弟子，賢過其師；今日將軍得弟子，師賢于弟。波瀾叠出，分外爭奇，却一氣混成，真乃匠心獨運之筆。

將軍魏武之子孫，于今爲庶爲清門。英雄割據雖已矣，文采風流今尚存。

一解。非爲將軍溯遥遥華胄也，只要逼出「文采風流今尚存」一句。

學書初學衛夫人，但恨無過王右軍。丹青不知老將至，富貴于我如浮雲。

二解。從學書不得意，去而學畫，説得丹青有本領。不學王右軍，直學衛夫人，即就學書一節，將軍是何等意思，那得不浮雲富貴乎。

開元之中常引見，承恩數上南薰殿。凌烟功臣少顔色，將軍下筆開生面。良相頭上進賢冠，猛將腰間大羽箭。褒公鄂公毛髮動，英姿颯爽來酣戰。

三解、四解。畫凌烟閣二十四功臣，此是承恩第一件事，以爲下「玉花」作引，畫到毛髮欲動。百十年後，尚彷彿如酣戰光景，豈非入神之畫。

先帝天馬玉花驄，畫工如山貌不同。是日牽來赤墀下，迥立閶闔生長風。詔謂將軍拂絹素，意匠慘淡經營中。斯須九重真龍出，一洗萬古凡馬空。

五解、六解。先將天馬安放，掃開一切俗工。「牽來赤墀下」，要親看其下筆也。着

「是日」二字，見與他畫工下筆之日不同。「閶闔」，天門也。所畫者天馬，故用「閶闔」字。「生長風」，亦寫天馬行空之勢。「拂絹素」，「拂」字下得輕妙。詔謂汝輕輕拂去，當勝他畫工之累日不成也。然詔雖如此，將軍手展絹素，凝眸打算，斷斷不輕用筆，有似苦難而形色慘澹者。然「慘澹」實不在外，乃是其「意匠」耳。「經營」者，將馬從頭至尾一直看去，曰「經」；復從馬四面看轉來，曰「營」。將軍「經營」良久，儼然見天馬立于絹素間，然後縱筆一拂，須臾而天馬出矣。謂之「馬」可，謂之「真龍」亦可。彼「萬古凡馬」，不幾于群遂空乎！究所以空萬古之馬群者，止一絹素之馬，畫馬何其工也！

玉花却在御榻上，榻上庭前屹相向。至尊含笑催賜金，圉人太僕皆惆悵。

七解。玉花未畫，玉花屹在庭前；絹素一拂，玉花宛在榻上。不知榻上者爲真乎，不知庭前者爲真乎？抑榻上、庭前，一時有兩玉花乎？不然，庭前既有玉花，則榻上不應有；榻上既有玉花，則庭前又不應有。相向之際，真令人眼花撩亂也。「賜金」何必用「催」？蓋至尊寵賚之意，迫不能須，一時賜予之物，又來不及，故用「催」字。言外又見經營雖久，而絹素一拂，其事甚捷也。至尊于畫馬者，不覺得意含笑，直謂之真馬；彼圉人太僕，乃主真馬者，能不對之惆悵乎？寫一時人情，注視榻上之馬，有不能自持者然。

弟子韓幹早入室，亦能畫馬窮殊相。幹惟畫肉不畫骨，忍使驊騮氣凋喪。

八解。將軍自圖天馬以後，聲譽赫然，從而北面者無算，然總未有如將軍者。因轉筆到入室弟子，如韓幹者而終莫及。蓋以上贊將軍之馬，已罄無不盡，故此作一轉，非過抑韓幹也。然「畫肉不畫骨」，箴砭世人多少！

將軍善畫蓋有神，必逢佳士亦寫真。只今漂泊干戈際，屢貌尋常行路人。

九解。據將軍畫馬獨能畫骨，故云「必逢佳士亦寫真」。從來佳士，必不以肉重也。先生恨不身爲裴頠，使頰上添毛，乃其干戈漂泊，佳士難逢，區區向行路人作緣，能不爲之一哭！

途窮反遭俗眼白，世上未有如公貧。但看古來盛名下，終日坎壈纏其身。

十解。不但結寫將軍末路，亦先生自寫也；不但先生自寫，實寫盡古來盛名下士也。

春日江村五首

極似良辰無事，逍遥原野題。及讀其詩，江村之大計如彼，春日之皇皇如此。歎先生一肚皮禹、稷，非雕蟲小兒之所知也。

農務村村急，春流岸岸深。乾坤萬里眼，時序百年心。此眼便是禹、稷。

看先生劈頭提起「農務」二字。題是一村，詩忽云「村村」，蓋一村急，即村村不可緩也。于是先生放眼再思：一村急，即村村急；今縱横萬里，果得村村皆已急乎？或連兵漫野，或受甲不歸，其若之何！念至此，便不勝己溺己飢之痛。然而一生之心，至今不試，時序又春，百年眨眼，我如蒼生何？蒼生如我何！真乃睹此茫茫，百端交集者也。

茅屋還堪賦，桃源自可尋。艱難昧生理，飄泊到如今。「艱難」，説蒼生。

此非無家語。承上「乾坤萬里」，有田不耕如此，我奈何獨以家爲？蓋非無茅屋，不少桃源，遭時艱難，甘就飄泊，正即大禹三過不入一副心腸也。讀此詩，相先生何等人！

迢遞來三蜀，蹉跎又六年。看「又」字。客身逢故舊，發興自林泉。

二首。前此蹉跎，不道自從來蜀，即又六年蹉跎矣。六年，又不道眼見今春又蹉跎矣。逢故人，發高興，不知不覺便又過此春日了也。二句十字，正寫盡蹉跎人，並非得意語。

過懶從衣結，頻游任履穿。藩籬頗無限，恣意向江天。

不知者只謂是飄泊無家，來依故舊。今只試看衣破履穿，如此其極，若謂故舊可依，何不少乞沾潤？今一置度外，而恣意江天，即知人各有心，不能强白也。

種竹交加翠，看「種」字。栽桃爛熳紅。看「栽」字。經心石鏡月，到面雪山風。

三首。看「種」字、「栽」字，知竹翠桃紅，大是苦語。六年以來，「交加」、「爛熳」，有如此矣。「石鏡」、「雪山」，皆蜀中事，言並無國事經心、天顔到面，月則蜀月、風則蜀風，可惱不可惱?

赤管隨王命,銀章付老翁。永泰元年,嚴武奏先生爲節度參謀檢校工部員外郎,賜緋。豈知牙齒落,名玷薦賢中。

此述永泰元年事,自笑也。六年傍蜀,甫得一薦,官不副望,轉見惱人。「隨」字、「付」字、「豈知」字妙,皆從夷然不屑意思中下得來。非負嚴公盛心,我心頭自有第一首如許大願,則此區區赤管銀章,實是無可得展舒也。讀「牙齒落」字,益笑「交加」、「爛熳」之爲苦語矣。

扶病垂朱紱,歸休步紫苔。郊扉存晚計,幕府愧群材。

四首。入幕也,謂之到官;出幕也,謂之歸休。又纔到官,便歸休,總見惱,又見傲。此正翻第一首之後解成詩,言向來不問生理,衹爲蒼生急耳。今既所願俱違,則郊扉晚計,宜圖存活,何用與袞袞諸賢榆柳並列者?

燕外晴絲卷,鷗邊水葉開。俯仰無聊如見。鄰家送魚鼈,問我數能來。

于是仰矚晴絲,俯瞻水葉,不去無謂,欲去無因。鄰家不知,疑我終此。又餽又招,情誼最厚,乃餽我又餽得不入眼,招我又招得不入耳。入幕受諸公惱,出來又受鄰家惱,真是惱不徹也。「魚鼈」字用得妙,唐突蛟龍何限。

群盜哀王粲，中年召賈生。登樓初有作，前席竟爲榮。「初」字、「竟」字，妙妙。

五首。試思「群盜哀」字，王粲心頭何等意思？「中年召」字，賈生一生成何知遇？于是而始賦《登樓》，不待再決；前席一夜，竟了生平也。千秋萬歲稱杜工部，則是此日決也！

宅入先賢傳，才高處士名。異時懷二子，春日復含情。

因言今在時，誰思用之，至于異時矣。「異時」者，先生不復在之時也。是時則定懷我，亦如我今懷二子矣。「異時」字妙，即用漢武帝「朕獨不得同時」語翻出來。○「春日復含情」，臨了忽宕此五字，吟之使人蒼茫無際。夫二子後更無二子，先生後更無先生，獨春日後年年須有春日也。于是二子後，先生含情；先生後，人含情；人後，又有人含情。除非不是先生一種人，此情真乃含之不了也。○看他五首，宛轉反覆，只是一篇文字。

枏樹爲風雨所拔歎

按史：永泰元年三月辛丑，大風拔木。此詩豈紀實耶？又，是年四月，嚴鄭公薨。讀起曰「草堂」，結曰「草堂」，知爲鄭公，不爲枏樹也。

倚江枏樹草堂前，句法。故老相傳二百年。誅茅卜居總爲此，五月髣髴聞寒蟬。

四句寫柟樹，却又寫江，又寫堂，又寫故老，又寫五月，又寫根本久，又寫蔭庇大，筆態離奇拉雜，真非弱手所辦。然猶不足奇，奇莫奇于第三句横插「誅茅卜居總爲此」七字，便見「倚江」「倚」字，「草堂前」「前」字，「故老相傳」「相傳」字，「髣髴寒蟬」「髣髴」字，悉在先生心頭眼底千籌百度，凡未誅茅已前，既卜居已後，一片倚仗，無數周慮，盡提出來。道樹云：「此四句專寫草堂，不寫柟樹；雖通篇亦專寫草堂，不寫柟樹。」真知言也。

東南飄風動地至，江翻石走流雲氣。幹排雷雨猶力爭，根斷泉源豈天意。

二句寫風雨，二句寫柟樹。「幹排」等十四字，字字驚心蕩魄，乃中間一「猶」字，便哭殺諸葛忠武侯也。試思：「雷雨」何等對頭，「排雷雨」何等孤憤。柟樹不與雷雨敵，然則力是何等力；柟樹又不爲雷雨降，然則爭是何等爭。乃正在鞠躬盡瘁，死猶不已之際，天地間事，往往有不可説者。幹自力爭于外，根已早斷于内，高叫皇天后土，是遵何德者哉！

滄波老樹性所愛，浦上童童一青蓋。野客頻留懼雪霜，行人不過聽竽籟。

上解欲哭，即直當哭殺矣，不如重起反覆吟歎之。陪一「滄波」妙，筆墨便闊。「浦」，江浦也。「浦上」七字，即重寫「滄波老樹」，而「性所愛」便不寫自見也。「懼雪霜」，庇其盛德；「聽竽籟」，仰其風流。想先生傾倒于嚴至矣。

虎倒龍顛委荆棘，淚痕血點垂胸臆。我有新詩何處吟，草堂自此無顔色。

前第二解寫正拔，此寫已拔也。血淚垂胸，即下「何處吟」詩二句也。《論語》

云：「因不失其親，亦可宗也。」看通篇結搆，「草堂」起，「草堂」結，知爲草堂不爲枏樹，先生于是乎思去草堂矣。

去蜀

去蜀也，非歸關中也。永泰元年四月嚴武薨，五月以郭英乂爲成都尹[一]。公與郭有舊而志不合，遂且去耳。

五載客蜀郡，「五載」字痛。一年居梓州。「一年」字痛。如何關塞阻，轉作瀟湘游。五載蜀郡、一年梓州，驟讀之，謂祇記其年月踪迹，殊平平無警耳。不知先生以大臣自待，國家安危無日去心，身在此中，真朝朝暮暮以眼淚洗面。雖一日有甚不可者，奈何五載，奈何一年？唱此四字，椎心噴血，已爲積憤極痛。三句「如何關塞」一轉，不覺失聲怪叫：今日去蜀，又非歸關中耶！看他「游」字，下得憤極。今日豈得游之日，我豈得游之人？然此行不謂之「游」，又謂之何？劉越石、祖士稚，一齊放聲慟哭，是此二十字也。

萬事已黄髮，殘生隨白鷗。是勉强收淚語，正復更痛。安危大臣在，何必淚長流。自云「何必」，正復

[一]「乂」，金評各本均作「義」，據新、舊《唐書》改。

更痛也。

試思先生心中，是何「萬事」？上解熱極，此解乃假作冷極，以自排撲，然豈真有大臣在哉。有大臣在，關塞何至又阻？正暗用《左傳》「肉食」謀之語，而彼自以爲大臣，我亦因而稱之爲「大臣」耳。夫思不得而怨，怨又不得而憤，皆忠臣自然之致，無傷也。

宿青溪驛奉懷張員外十五兄之緒

既是奉懷張十五，却祇有「中夜懷友朋」五字，其餘並不更叙。然則通首皆宿青溪驛而偶及張耶？不知之人，詎曰不然。豈知此詩乃是寫張十五無一日不懷先生，而日日苦不知先生在何處；先生却偶然此日，恰在此處，既料是張之所不知，實並亦自之所不料。于是哭不及，笑不及，撰詩三解，默呼遥告：勞君茫茫相念，我今夜乃適在此驛也。通篇一氣呼應，總是借好友恩情，寫自家流落。作懷張詩讀固非，作紀程詩讀亦非，全是一片靈幻揺動而成。

漾舟千山内，日入泊枉渚。我生本飄飄，今復在何許？

通日漾舟，至日入泊舟，于是宿青溪驛也。言「千山」者，見不止此日，此日已前，此日已後，日日漾舟可知。而此日則適泊枉渚，斗然忽動心作詩耳。看他三分人語，七分鬼語，憑空托一好友，而于其好友心中口中，憑空問出四字，曰：杜子美「今在何許」？

又即便自言自語答之，曰：「誠哉，吾生飄飄，昨亦不知在何許，明亦不知在何許，然則今夜真正復不知我在何許也。」先生已明在青溪驛，而又云「在何許」，可知張語耳。如此想法、章法、句法，豈不奇！一解。

石根青楓林，猿鳥聚儔侶。月明游子静，畏虎不得語。

寫今夜宿處，下是石根，上是楓林，無數是猿鳥，一片是月明。不知者謂是寫青溪驛景，殊不知乃是寫宿青溪驛人。蓋竪計一生百年，則今夜；横計乾坤萬里，則此處。故下緊接「游子静」三字成句：「游子」者，石根上、楓林下、猿鳥邊、月明中之人；「静」者，石根上、楓林下、猿鳥邊、月明中之情也。第四句正寫「静」字之苦，非必青溪有虎。即使無虎，而我爲失群之人，即又何恃而不畏哉；既已甚畏，即又何敢出一語哉？蓋友朋隔絶之苦如此。二解。

中夜懷友朋，乾坤此深阻。浩蕩前後間，佳期付荆楚。

「懷友朋」者，懷彼之懷我也。彼懷我，我安得不懷彼？既懷彼，安得不以我告彼？于是告之曰：乾坤大矣，于乾坤中有此驛，于驛前有此渚，于渚上有此舟，我則于此驛、此渚、此舟，深而又阻也。因云今夜之前爲前，今夜之後爲後，前後之間爲今夜。夫今夜，我爾佳期則既明明已矣。「付荆楚」「付」字妙，是今夜佳期絶望之辭，非日後佳期早訂之辭。看他如此二語上，又加「浩蕩」字，真令人茫然魂斷也。三解。

狂歌行贈四兄

四兄真是好，此好歌又能副之，熟記作老年信口閑哦用也。

與兄行年校一歲，賢者是兄愚者弟。兄將富貴等浮雲，弟竊功名好權勢。

一解。以先生之人品心地，豈得自作爾語？然較之如此四兄，真正愚乃不啻矣。

長安春雨十日泥，我曹鞴馬聽晨鷄。公卿朱門未開鎖，我曹已到肩相齊。

二解。亦是世間萬不得已常事。然只可作，不可説；一説出來，便醜殺人。到齊在開門前，聽鷄又在到齊前，鞴馬又在聽鷄前。由鞴馬至開門，相距何止遥遥半日？寫長安官人之苦之醜，遂盡如此三句。上更加「泥雨」「十日」字，分外苦不可言。兩「我曹」字，牽出他人，大家羞死。

吾兄睡穩方舒膝，不襪不巾踏曉日。男啼女哭莫我知，身上須繒腹中實。

三解。寫鞴馬聽鷄之時，正是吾兄睡穩舒膝之時；至朱門開鎖之時，却是吾兄起踏曉日之時。夫銜泥候鎖，得入朱門，豈曰無求？求豈必得？然則求而不得、踼蹐無地之時，乃是吾兄身繒腹實、更無所須之時也。二解對寫賢愚，各各盡情極致矣。「不襪不巾踏曉日」，是畫新睡起脝中溺急人。表吾兄不爲此事，便至今卧不起，亦暗用嵇叔夜語也。七字，字字入畫。「莫我知」，猶言莫説與我知，又非用《論語》語。或問：「何必下此句？」不下此句，恐人疑四兄是多收十斛麥老公也。

今年思我來嘉州，嘉州酒重花滿樓。樓頭吃酒樓下卧，長歌短詠還相酬。

四解。如此兄，忽然遠來，正是極難發付。恰好「嘉州酒重花滿」，「樓頭吃」，「樓下卧」，遂爲極稱也。○忽思此兄又敢與先生歌詠相酬，益復奇。

四時八節還拘禮，女拜弟妻男拜弟。幅巾鞶帶不挂身，頭脂足垢何曾洗。

五解。前解知四兄能詩，此解又知四兄敦禮。一肚皮詩禮，方可作巢、許。不然，頭脂足垢，牧猪奴遍身豈少哉！○禮不爲我輩設，自是千古透底語，然未嘗不爲兒子輩設也。幅巾鞶帶，曾不挂身，而歲時拜謁，男女必敬。誠以汝輩非我境界，且須謹守聖賢遺教。不然，其父報仇，其子行劫，萬一蕩而不返，真爲老大害事也。一解，寫盡禮法外人最愛禮法，遂爲嵇、阮諸公吐氣。○看他第二句，一「女」、一「男」，一「弟妻」、一「弟」，便有四个人。中間又用兩「拜」字，却用大力于七个字中，寫得内外禮節井井然。

吾兄吾兄巢許倫，一生喜怒長任真。日斜枕肘寢已熟，啾啾唧唧爲何人？

六解。贊吾兄巢、許，只以「喜怒任真」四字實之。可見人但走得喜怒任真處去，便是真正巢、許。可憐長安官人，喜時不敢真喜，怒時不敢真怒，又有時乃至欲爲不真之喜，不真之怒，校四兄真愚乃不啻也！○前寫晏起，此寫早睡，章法掩映之甚。「啾啾唧唧」者，便是鷄未鳴起鞲馬人也。哀哉！

旅夜書懷

通篇是黑夜舟面上作，非偃卧篷底語也。先生可謂耿耿不寐，懷此一人矣。

細草微風岸，危檣獨夜舟。寫岸寫檣。若卧篷底，不復知之。星垂奇。平野闊，月湧奇。大江流。

「獨夜」者，舟上一夜之先生也。舟中若干人，爛熳睡久矣。星何故垂？以「平野闊」故，遥望如垂也；月何故湧？以「大江流」故，不定如湧也。夫平野闊則蒼生何限，大江流則歲不我與。此二事，正自日日嬰于懷抱，庶幾獨今夜暗中，無所觸目，暫得一置耳。乃又以星垂月湧，驚駭瞻矚，還算出來，然則何時始得不入于心哉！〇看他眼中但見星垂月湧，不見平野大江；心頭但爲平野大江，不爲星垂月湧。千錘萬鍊，成此奇句，使人讀之，咄咄呼「怪事」矣！

名豈文章著，官應老病休。「應」，殆應也，非宜應也。是愁語，非歇語。飄飄何所似？天地一沙鷗。

丈夫一生學問，豈以文章著名？語勢初欲自壯，忽接云：但老病如此，官殆休矣。看他一起一跌，自歌自哭，備極情文悱惻之致。夫天地大矣，一沙鷗何所當于其間？乃言一沙鷗，而必帶言「天地」者，天地自不以沙鷗爲意，沙鷗自無日不以天地爲意。然則非詠天地而帶有沙鷗，乃詠沙鷗而定不得不帶有天地也。小同大異，可與知者道耳。

雲安九日鄭十八携酒陪諸公宴

尤苦在結二語。「舊摘」二句，未爲苦也，讀去自知。

寒花開已盡，菊蕊獨盈枝。舊摘人頻異，輕香猶暫隨。

起二語，多恐亦是寄托語。「舊摘人異」，是苦語，加一「頻」字，然則轉盼又成舊也。

生涯流水，豈堪多讀？人非堅質，故菊亦稱「輕香」。「暫」字苦，不知「猶」字尤苦，佛經謂之「詐現親附」。

地偏初衣袷，山擁更登危。萬國皆戎馬，酣歌淚欲垂。

人徒知萬國戎馬，故淚垂，即豈復成詩者耶？萬國戎馬而此獨酣歌，是以不得不淚垂耳。我見題中有「諸公」字，便知先生是日必無好氣也。如此讀斷「淚垂」字，是則聖歎所以奉贈後賢者也。○讀畢，始知寒花開盡。

十二月一日三首

三詩，全作來年春月語，題却是「十二月一日」。十二月一日者，言在十二月，還是月頭一日，尚須遥遥閲三十日，始到來春。今先生更忍不住也，歸去了也，快活了也。想人家學堂中節届小兒有此心事,今先生是此心事也。看他一題五字,直將未交今日前月月日日,苦不得歸無限悶懷,都畫出來,却又不見筆墨。

今朝臘月望來年,遂望十二月。望之既久,今朝已是十二月矣。看他將題面「一日」字,倒安「十二月」字上,便成此四字,而一肚皮歸去也、快活也,遂若跳脱而出。春意動,三字便如病熱譫語。雲安縣前江可憐。平日人無奈江何,今日江無奈人何;平日人可憐,今日江可憐也。一聲何處送書雁,雁去也。百丈誰家上瀨船。船去也。

「今朝」下,纔接得「臘月」二字耳,安得春意早動?蓋是歸心切極,望到臘月,便如已到正月,更不暇計還有三十日,而心頭眼底全是正月。病熱發譫,分明眼見,人自不知,彼非無見也。次句不説自可憐,反説江可憐:我今去也,棄却汝也。「一聲」妙,「百丈」妙。身立江頭,精神飛越,忽聞「一聲」,是雁去了也,忽見「百丈」,是船又去了也。一片恍恍惚惚,不知其是何語。

未將梅蕊驚愁眼,臘月。更取椒花媚遠天。正月。明光起草人所羡,肺病幾時朝日邊。「肺病」不如下釋,不能成句。

正應云「且將梅蕊」、「更取椒花」,今更等不得也。臘月即未動,正月宜速營。「驚愁眼」,是驚雲安縣前之眼;「媚遠天」,便媚明光殿中之天:真是不能頃刻待也!第七句竟歸矣,竟在殿中起草作制誥矣,竟聞多人嘖嘖羡之矣。倩女離魂,不過爾爾。第八句,忽又轉作憨態,言正苦肺病,不便侍從,得少緩幾時爲樂。一片恍恍惚惚,不知其是何語也。

寒輕市上山烟碧，日滿樓前江霧黄。在臘月一日如此，豈不悶人。負鹽出井此溪女，打鼓發船何郡郎。

二首。瘴俗如此，苦住不去，豈人情哉。「負鹽出井」四字，寫得極苦；「打鼓發船」四字，寫得極快。女爲「此溪女」，雖負鹽出井，亦老死甘之耳；郎若「何郡郎」，皆打鼓發船，已力疾去之矣。然則我獨何心，必久住不去者哉？

新亭舉目風景切，茂陵著書消渴長。春花不愁不爛熳，楚客惟聽棹相將。

況乎新亭風景，不暇流涕，戮力王室，日夜以之。乃徒病免茂陵，著書費日，未免有心，豈可堪此。或乃因今日尚是十二月一日，因謂我何太早計者。夫日月之疾，喻如流電，春花爛熳，轉眼便及。不聞何日一有船便，便決計歸朝，更不能于此縣前江邊再作遷延也。此首又正寫。

即看燕子入山扉，豈有黄鸝歷翠微。短短桃花臨水岸，輕輕柳絮點人衣。十二月一日詩，寫出無數燕子、黄鸝、桃花、柳絮，豈不怪事？若無聖歎心知其事，奈何不悶！

第一首，全是病熱譫語；第二首，忽正寫；此第三首，又發譫語也。「十二月一日」題，第一首還作正月夢，此第三首直作三月夢也。寫燕子，又寫山扉；寫黄鸝，又寫翠微；寫桃花，又寫臨岸；寫柳絮，又寫點衣：來年三月，不啻若自其口出也。

春來準擬開懷久，「久」字好笑。老去親知見面稀。他日一杯難强進，重嗟筋力故山違。

總上四句，謂之「春來」。「準擬開懷」，蓋已久矣。何也？老去會稀，親知可念也。悉是十二月一日最賒語，故妙。不然者，日復一日，遂成他日。萬一一杯難進，故山尚違，豈不極大嗟恨哉。三首純是得歸快語，至此斗然以不得歸苦語作結。

子規

看他前解一、二、三句，都不是子規，至第四句方輕點；後解五、六、七句，又都不是子規，至第八句方輕寫。一首詩便只如兩句而已，我從未睹如是妙筆。

峽裏雲安縣，江樓翼瓦齊。兩邊山木合，終日子規啼。

于峽裏有雲安縣，于雲安縣前有江，于江上有樓，于樓兩邊有翼瓦，于翼瓦外有山木圍合。凡用若干字，寫成三句詩，而若掩其第四句，即反覆測之，必不能知其爲子規也。及乎四句一氣全讀，則不知何故，又覺「峽裏」字非峽裏，「雲安縣」非雲安縣，「江樓」字非江樓，「山木」字亦非山木。四句詩但見全是一片子規聲，至今哀哀在耳。故某常與道樹晨夕閑坐，細論此詩：若謂是詠物，既全不是詠物；然欲謂是寫懷，又無一字是寫懷。總之先生妙手空空，如化工之忽然成物，在作者尚不知其何以至此，豈復後人之所可得而尋覓也。○道樹云：一、二、三句，「峽裏」字、「雲安縣」字、「江樓」字、「翼瓦」字、「山木」字，一得「子規啼」字，便覺字字響。乃子規響中實實坐一先生，故再得「終日」字，便又覺若干字字字愁也。

眇眇春風見，蕭蕭夜色悽。客愁那聽此，故作傍人低。

五、六句十字，全寫客中愁境。言日則淚眼眇眇，對此春風，自亦不解見何所見；暮則旅魂蕭蕭，依于夜色，自亦不解悽何所悽。看他日日暮暮，徜徜恍恍，唧唧惻惻，所謂以此思愁，客愁可知也。此時即無子規，已是無奈之至，乃無端小鳥，偏來惱人。「故」字、「傍」字、「低」字妙，不知爲是子規真有是事，抑並無是事，然據愁客耳邊，則已真有其事也。○道樹云：「那聽此」妙，便如仰訴子規，求其曲諒；「故傍人」妙，便如明知客愁，越來相聒。寫小鳥動成情理，先生每每如此。

八陣圖

功蓋三分國，名成八陣圖。江流石不轉，遺恨失吞吴。

此詩要認得第三句，則吞吴之失，不辨已明。

孔明未出草廬，三分之局已定。由後日觀之，孔明一生除了三分，亦更無可爲先主效力者。故功成一統，孔明之才之心；而功蓋三分，則孔明之時命也。八陣圖，壘石作八行，在魚復浦平沙上。一天，二地，三風，四雲，五飛龍，六翔鳥，七虎翼，八蛇蟠：爲八陣，設此隱以制東吴寇蜀之路。蓋東和孫權，北拒曹魏，乃孔明三分勝算。幸而吞吴滅魏，亦或不可知之事。而不謂關羽奮一朝之勇，失之于先；先主又逞一擊之忿，失之于後。不能親吴，則亦豈能拒魏哉？徒使陣圖之立，後人歎爲奇才，而無益于一時勝敗之數也。先生于魚復浦，目擊陣圖，因歎之曰：如此大江奔流而下，乃至十圍巨木，百丈枯槎，縱横各失其故，而八陣圖至今屹然不動。此雖贊陣圖，實喻當日三分之勢，有若横流，而孔明以一身爲之長城，亦如陣圖之石之屹然不動也。其至今「遺恨」者，不親吴而欲吞吴，究反爲吴所敗，其失孰甚焉！失陣圖之意而空存陣圖之名，非孔明之遺恨而何？

遣悶戲呈路十九曹長

先生贈李白詩云：「何時一尊酒，重與細論文。」先生之詩已到極細，極細則爲人所不易窺，其誰復款以酒杯耶！篇中云：「晚歲漸于詩律細，誰家數去酒杯寬。」當日之悶，悶在此二句，不關雨不雨也。非路十九，誰與撥悶者？特以長途雨濕，路既不能來邀，先生亦復不能遂往，而意又急欲往，故先戲呈，期于一拍即上耳。路曾官拾遺，在西省，故以「曹長」稱之。

江浦雷聲喧昨夜，春城雨色動微寒。黄鸝並坐交愁濕，白鷺群飛太劇乾。

「雷聲喧」者，見其雨大，是昨夜如此；「動微寒」者，春寒多雨，見天未及晴也。鷺極怕雨，鷺水鳥，不怕雨。「黄鸝」句，承「春城」句；「白鷺」句，承「江浦」句。鸝于林木爲宜，鷺于野浦爲宜也。「並坐交愁」妙，「群飛太劇」妙。「並坐」者，當是雌雄相並也。「劇」即是戲，「太劇」者，喜其羽毛得乾也。此二句寓二種意在：若依黄鳥，只好坐在家裏；若依白鷺，又好走出門去。先生一心要到路十九家去，寫來不覺直如戲語。詩到此，豈非化境！

晚歲漸于詩律細，誰家數去酒杯寬。惟君最愛清狂客，百遍相過意未闌。

「詩律細」、「酒杯寬」，用一路逼法，逼到路十九身上去。路十九愛先生，是愛其律之細也，却偏以「清狂」二字替之，妙絶！不然，便是以詩爲酒杯地也。今之「酒杯寬」者，算來只有一個路十九，故曰「惟君」。今我要遣悶，除路十九，更到誰家？「百遍相過」者，我兩脚只思走到君家，不顧有雨無雨，一遍不止，兩遍不休，即至百來遍亦無不可。何以故？度君愛我之意正未闌也。路十九家，真是遣悶之地。是日雨中，性急要去，語語作相逼之勢，是爲「戲呈」也。○妙詩，妙批。

宿昔

前一首，言未亂以前；後一首，言既亂以後。然未亂時，隱隱有个亂字，層疊寫出；既亂後，隱隱望其不遂以亂終，何等忠厚。

宿昔青門裏，蓬萊仗數移。花驕迎雜樹，龍喜出平池。落日留王母，微風倚少兒。宫中行樂秘，少有外人知。

「宿昔」妙，見今日禍亂之有由也。天「仗」豈可「數移」？而明皇與諸姨往來無度。「花驕」、「龍喜」，寫諸姨與明皇迭爲賓主，無禮法也。五句之淫，淫在「落日」字；六句之淫，淫在「倚少兒」字。七、八句，承言當時明皇，豈不自謂秘不外聞？乃今普天之下，誰不知有天寶之事哉！○「迎雜樹」，花驕極矣；「出平池」，龍喜之至也。只十字，寫盡一時情事。

歷歷[一]

歷歷開元事，分明在眼前。無端賊盜起，忽已歲時遷。巫峽西江外，秦城北斗邊。爲郎從白首，卧病數秋天。

「開元事」，既云「歷歷」，又云「分明」，乃三句又言「無端」者，爲尊親諱也[二]，此皆先

[一]「歷歷」，金評各本均漏刻，據杜甫詩補。

[二]「親」，《金聖歎全集》本作「君」。

生言外微意。若止云開元中事，分明如昨，而荏苒歲時，忽已遷改，即又安用詩爲？「數」字妙，便是予日望之之意，豈爲白首爲郎之故哉。○「巫峽西江」，「秦城白斗」，眷眷京國，老而彌篤，豈以一官不遷爲悲？

洛陽

此首亦是憶昔之辭，故首句有「昔」字。前解妙于三句「初」字，後解妙于七句「仍」字。

洛陽昔陷没，胡馬犯潼關[一]。天子初愁思，都人慘别顔。

「初愁思」妙。言天子直至是日初有愁思，寫得最好笑。一向花驕龍喜，何等快活，却變出愁來，然而潼關已不守矣！

清笳去宫闕，翠蓋出關山。故老仍流涕，龍髯幸再攀。

「故老流涕」，加一「仍」字妙，言如此天子而故老仍爲流涕者，非欲再扳龍髯，殆自傷年老未必又見太平也。前半首，寫天寶君臣之夢夢，爲都人一哭；後半首，寫天寶天子雖幸得歸，不爲萬民所惜也。

[一]「胡」，金評各本均爲缺字方框，據杜甫詩補。

吾　宗公自注：衛倉曹崇簡。

竟是一篇衛倉曹小傳。○此詩只是一起，一承，一轉，一合，看他起得好，合得好。

君子之處亂世也，應如是矣。

吾宗老孫子，質樸古人風。耕鑿安時論，衣冠與世同。

「安時論」、「與世同」，六字針砭多少。

在家常早起，憂國願年豐。語及君臣際，經書滿腹中。

「早起」云「在家」，「憂國」云「年豐」，未及君臣之際，不過爾爾。此真正「安時論」、「與世同」者，然非經書滿腹不能。固知結語，不在意外轉出，乃深證上六句之妙也。○今日「經書滿腹」者，君臣之際，往往難言，始信先生此詩，不可不讀。

第五弟豐獨在江左近三四載寂無消息覓使寄此二首

第一首，見汝既不能；第二首，聞汝又不確：只得下春水而求汝矣。二首一氣成文。

亂後嗟吾在，羈栖見汝難。草黄騏驥病，沙晚鶺鴒寒。楚設關城險，吴吞水府寬。十年朝夕淚，衣袖不曾乾。

「嗟吾在」，起得妙，便令下七句真有恍惚之痛。無消息之人，病亦有之，寒豈免哉？寫盡腸中車輪，無念不到。若楚乎？則重關跋涉；若吴乎？則澤國蒼茫：吾竟知汝何在？

聞汝依山寺，杭州定越州。風塵淹別日，江漢失清秋。影著啼猿樹，魂飄結蜃樓。明年下春水，東盡白雲求。

「聞汝依山寺」，此山寺，是杭州乎？是越州乎？自别日淹至于今，雖復清秋，于我何涉？言無日不思也。五句寫失弟之孤，六句寫思弟之幻。懷人真有如或遇之之事，如蜃氣無端成樓臺也。結更妙絶。

社日二首

兩章俱用「南」、「北」字，總是先生眷戀舊邦之至。

九農成德業，百祀發光輝。報効神如在，馨香舊不違。南翁巴曲醉，北雁塞聲微。尚想東方朔，詼諧割肉歸。

秋神爲九農正。九農既成，百祀畢舉，一起寫得國家根本大計鄭重之至。三句轉至

「社日」字，四句趁勢帶出一「舊」字，便生出下半首無限感慨。夫社飲而醉，亦自足樂，而所與飲者，悉是南翁。不然，何所唱之悉巴曲也？因而念及北土，則雁聲始來。夫流離如此，尚敢想東方細君之樂哉！「尚」字自寫癡況，好笑。

陳平亦分肉，太史竟論功。今日江南老，他時渭北童。歡娱看絶塞，涕淚落秋風。鴛鷺迴金闕，誰憐病峽中。

次首起句之妙，在「亦」字、「竟」字，便有無數不滿。上國人謫居下里，節序觸目，真有如此悲笑。「今日」字，承上云今竟老于是中，豈不記身本渭北生産哉？五、六便轉云：所以看他歡喜，轉益我涕淚，而還闕故人乃竟已忘我，如何如何！

孤雁

此先生自寫照也。〇余嘗謂唐人妙詩，從無寫景之句。蓋自《三百篇》來，雖草木鳥獸畢收，而並無一句寫景，故曰「詩言志」。「志」者，心之所之也。「詘」字，從「言」從「㞢」。先生集中，都是忠孝切實之言：往往有所寄托而愈見其切實，如《孤雁》諸篇是也。莊生書，通塗解向幻忽惝恍一邊，殊不知其開口説鯤説鵬，便是一片切實道理。「北溟有魚，其名曰鯤」，喻言「大德敦化」；「化而爲鳥，其名曰鵬」，喻言「小德川流」

也。「鯤」從「昆」，言一法一法，同體共氣；「鵬」從「朋」，言此法彼法，其位全疏。魚爲陰，鳥爲陽。魚在海中，其頭數不可見，然而其中必有如喜怒哀樂之未發也。鳥之在空可見，而飛去則不見。「小過」有飛鳥之象焉，如喜怒哀樂之發也。鵬言「背」不言大者，既係小德，不得言大。然從大德化來，其所由來者大，故云「背」。「背」即北溟也，北人呼北方爲「背方」是也。物相見爲離，北不可見而南可見。《法華》「龍女成佛，必于南方」，故曰「徙于南溟」。如此説來，有一字不切實否？因讀先生詠物詩，附見于此。

孤雁不飲啄，飛鳴聲念群。誰憐一片影，相失萬重雲。

「不飲啄」，寫得孤雁有品骨。「飛鳴」、「飲啄」四字，本皆雁事，一分便成兩妙句。三、四正寫「相失」，却硬下「誰憐」二字作孤雁心事，真是奇筆。如此對仗，且非唐人數能，何況後來？

望盡似猶見，哀多如更聞。野鴉無意緒，鳴噪自紛紛。

後解，愛慕孤雁，憎惡野鴉。看他下「無意緒」三字，寫盡醜態。彼徒知我輩紛紛爲群，即豈念孤雁之孤也哉。「自」字，「紛紛」字，皆所謂「無意緒」也。〇孤雁已去，猶云似見如聞；野鴉當面，却如滿眼釘刺：後半首之妙如此。野鴉可恨，不在「紛紛」，正在「自」字，看他目中全無孤雁。

秋興八首

此詩八首凡十六解。才真是才，法真是法，哭真是哭，笑真是笑。道他是連，却每首斷；道他是斷，却每首連。倒置一首不得，增减一首不得，固已。然總以第一首爲提綱，蓋先生爾時所處，實實是夔府西閣之秋。因秋而起興，下七篇話頭，一一從此生出，如裘之有領，如花之有蒂，如十萬師之號令出于中權也。此豈律家之能事已耶！○嘗讀《莊子》内篇七，以三字標題，及觀題字之次第，必以《逍遥游》爲首。何以故？「游」是聖人極則字，「逍」有逍之義，「遥」有遥之義，于游而極，《魯論》「游于藝」是也。余嘗爲之説曰：人不盡心竭力一番，做不成聖人，故有「志」「據」字；人不鏡花水月一様，趕不及天地，故有「依」「游」字。若《齊物論》至《應帝王》，皆從極則字漸次説下來，與首篇不同。如齊而後物，物而後論，至于論，則是非可否，紛然不齊矣。《應帝王》之「應」，即《法華》「三十二應」「應」字，如先師「老安少懷」是也。帝之諦當，王之歸往，抑末矣。故曰皇有氣而無理，帝有理而無情，王有情而無事。「其事則齊桓、晉文」，此之謂「糟粕」而已。舉此二篇，可概餘四。况《南華》見道之書，極重「南」「北」字。首篇從「北溟」説到南，次則直提「南」字，其義了然，豈得混首篇于下六篇耶？大抵聖賢立言有體，起有起法，承有承法，轉合有轉合之法。大篇如是，小篇亦復如是，非如後世塗抹小生，視爲偶然而已。

吾不信天下事，有此偶然又偶然也。○分明八首詩，直可作一首詩讀。蓋其前一首結句，與後一首起句相通。後來董解元《西廂》，善用此法。○矍齋云：唱經批《秋興》詩，止存五首，中多脱落處，酌取而庵説補之。而庵，唱經畏友也。

玉露凋傷楓樹林，巫山巫峽氣蕭森。江間波浪兼天湧，塞上風雲接地陰。

前解從秋顯出境來，後解從境轉出人來，此所謂「秋興」也。○「露凋傷」、「氣蕭森」六字，寫秋意滿紙。秋者「揫」也，言天地之氣，正當揫斂之時也。故怨女懷春，志士悲秋，皆因氣之感而然。時先生流寓夔州西閣。夔州，舊楚地，最多楓樹。巫山在夔州，有十二峰，巫峽爲三峽之一。白帝城在夔城之東，公孫述于此僭號者。先生雖心在京華，而身寓夔州，故即景起興，不及他處。後來無數筆墨，一起一伏，若斷若連，從夔州望京華，以至京華之同學、京華之衰盛，如曲江，如昆明池，如昆吾、御宿、渼陂，凡爲京華所有者，感興非一，總不出爾日夔府之秋。故下七首詩，實以此首爲提綱也。「江間」承「巫峽」，「塞上」承「巫山」。「波浪兼天湧」者，自下而上一片秋也；「風云接地陰」者，自上而下一片秋也。

叢菊兩開他日淚，孤舟一繫故園心。寒衣處處催刀尺，白帝城高急暮砧。

先生寓夔，已兩次見菊，故曰「叢菊兩開」。「淚」，言他日不言今日者，目前倒也相忘，他日痛定思痛，則此叢菊亦堪下淚也。此身莫定，不繫在一處，故曰「孤舟一繫」；身雖繫此而心不繫此者，「故園」刻刻在念。有日兵戈休息，去此孤舟，始得遂心也。嗚呼，豈易言哉！因用「叢菊」、「故園」，轉到「寒衣」上去。意謂我今客中，百事且暫放下，時方高秋，江山早寒，身上那可無衣；聽此砧聲，百端交集，我獨何爲繫于此也？蓋老年作客之人，衣食最爲苦事。無食則橡栗尚可充饑，無衣則草葉豈能御寒哉？「催刀尺」「催」字，「急暮砧」「急」字，甚是不堪；乃從先生見聞中寫出二字來，更覺不堪也。

夔府孤城落日斜，每依南斗望京華。聽猿實下三聲淚，奉使虛隨八月槎。

第一首悲身之在客，此首方及客中度日也。前以「暮」字結，此以「落日」起。唐人詩，每用「秋」字，必以「暮」字對。秋乃歲之暮，暮乃日之秋也，都作傷心字用。此「落日斜」，却裝在「孤城」下，尤爲慘極。宛然見先生獨立孤城中，又在孤城夕陽中也。前首明説夔州流寓，却不出「夔府」字；此特揭「夔府」以冠之者，正明身在夔府，心在京華。從此至末，一氣貫下也。長安名北斗城，夔府在南，故依南斗以望之。此云「望京華」，末云「白頭吟望」，以「望」字起，以「望」字結，乃七首自爲章法。三、四，承「望京華」來。楚地多猿，蜀山向晚，猿聲不住。猿三聲，淚三下，此是身歷苦境，故下一「實」字。前首淚在「他日」，此首淚在今日也。傳稱漢張騫使大夏，尋河源，八月乘槎到天河，經年而返，問嚴君平始知。君平蜀人，故用此入詩。乘槎尚有還期，此身杳無歸日，此是心作虛想，故下一「虛」字。蓋爲嚴武再鎮蜀，辟先生爲參謀，而先生留蜀，一年武卒，而先生仍寓蜀也。三應云「聽猿三聲實下淚[一]」，今云然者，句法倒裝，與第七首三、四一樣奇妙。

畫省香爐違伏枕，山城粉堞隱悲笳。請看石上藤蘿月，已映洲前蘆荻花。

省中以粉畫壁，曰「畫省」。《漢官儀》云：尚書郎入直，給侍史二人，執香爐以從。先生嘗爲尚書員外郎，故云「畫省香爐」。「悲笳」者，笳葉卷而成聲，邊人以司昏曉者也。五、六，轉到望京華不已，月上而猶未睡，以足前解之意。言昔在省中，侍史焚香而寢，今身在西閣，則相違矣。況山城落日，笳聲在粉堞之外，何其悽慘。「隱」者，痛也。當此之時，豈復放脚熟眠之時耶？先生只顧在那裏望，絶不思睡。夫「違伏枕」，不欲睡也；「隱悲笳」，即睡亦不合眼也。俄然而「落日斜」，俄然又「月上」矣。「請看」二字妙，意不在月也。「已」字妙，月上山頭，已穿過藤蘿，照此洲前久矣，我適纔得見也。先生惟有「望京華」過日子，見此月色，方知又是一日了也。

千家山郭靜朝暉，日日江樓坐翠微。信宿漁人還泛泛，清秋燕子故飛飛。

此夜已過，又是明日。「山郭」，言其僻也；「千家」，言其小也；「靜朝暉」，言其冷寂也，「日日」，言每日朝暉時也；「翠微」，山之浮氣。當朝暉時而浮氣未淨，或者是江樓之偶然，乃一日坐之如是，日日坐之亦如是。雖有朝暉，不敵浮氣，先生其且奈之何哉？

[一]「三聲」，學易堂本作「二聲」，據其他各本改。

此處「翠微」，不作佳字用，承以「漁人」、「燕子」，即坐中所見，皆先生自況也。一夜曰「宿」，再宿曰「信」。漁人信宿，或可以息矣。「還泛泛」，是喻己之憂勞而無着落也。八月燕子將去，則竟去可矣。「故飛飛」，是喻己羈絆而不得脱然也。○一本「日日江樓」作「百處江樓」。而庵説之曰：「百處坐，非郭中有百處樓子，一一坐遍；是一座樓子百處坐也。心頭有事人，東坐不是，西坐不是；前坐不是，後坐不是；坐一處不是，坐兩處不是；坐不是，不坐不是：越坐越不是，此所以有『百處坐』也。」妙甚！

匡衡抗疏功名薄，劉向傳經心事違。同學少年多不賤，五陵裘馬自輕肥。

言我若不坐江樓，而抗言政治之得失，何減匡衡？而遭際不如，功名安在，故曰「薄」，是則出不成出矣。我若不坐江樓，而講論五經于石渠，亦何減劉向？而用世心切，伏處奚堪，故曰「違」，是又處不成處矣。「功名薄」、「心事違」，皆先生自謂，非謂匡衡、劉向也。末轉到同學富貴上去，此非輕薄少年，亦非艷羡裘馬也。若謂昔在太平之時，同學少年，致身青雲，無一貧賤者，終日鮮衣怒馬以爲得志，孰意有今日之亂？昔日少年，今應白首；昔日富貴，今應困窮。我既如是，同學皆然，安得常如昔日輕衣肥馬，在京師相馳騁哉？少壯無所建立，出處皆困，匡衡抗疏，劉向傳經，總付之浩歎而已矣！

聞道長安似弈棋，百年世事不勝悲。王侯第宅皆新主，文武衣冠異昔時。

前首結「五陵裘馬」，故此以長安起。「聞道」者，一則不忍言親見，故托之耳聞；一則去國已遠，不欲實説也。「長安似弈棋」，指明皇幸蜀以後而言。「百年世事」，由今大曆紀年逆追至神堯有天下之初而言。「不勝悲」者，悲國政也，而曰「世事」者，蓋微辭也。百年世事，固不勝悲，然先生之悲，至此日長安而極。故承之以三、四，但言「第宅」，言「衣冠」，此所謂「世事」也。

直北關山金鼓振，征西車馬羽書遲。魚龍寂寞秋江冷，故國平居有所思。

「直北」，指隴右、關輔一路，爲有河北群盜及回紇也。「金鼓振」，言寇警甚急。「西」，指吐蕃之亂。「羽書」，插羽于書，取甚速也。「羽書遲」，言捷報甚遲。如此寇盜旁午，師行未克，不知王侯第宅、文武衣冠若何底止。正志士枕戈泣血，滅此朝食之時，而乃去故國，竄他鄉，對此秋江，曷勝寂寞，曷勝悵恨！此所以寄興魚龍，而曰「有所思」者，正思此身爲朝廷用也。酈道元《水經注》：「魚龍以秋日爲夜。」魚龍極動之物，却如此寂寞者，蓋處非其時也。「故國」，猶言故鄉；「平居」，是在故國之平日。見朝廷北討西征，便思戮力效忠久矣，不待今日也。此一首，望京華而歎其衰。

蓬萊宫闕對南山，承露金莖霄漢間。西望瑶池降王母，東來紫氣滿函關。

因提「故國平居」，忽想到長安全盛之日，我豈不見之耶？前一首是峽中傳聞，此一首是平居親見也。長安宫闕甚多，獨言蓬萊者，先生曾于蓬萊宫獻三大禮賦，明皇奇之，故即用以起興也。蓬萊宮，貞觀間營，前對終南山。每天晴日朗，望終南如指掌。承露金莖，漢武之所設。漢武好神仙，造通天臺，以金盤承雲表之露，和玉屑服之，以求長生。此詩起句以蓬萊宮闕起，蓬萊仙山、終南仙窟、承露金莖，乃求仙之物，取景設色，都在神仙一邊。三、四遂承以「瑶池」、「紫氣」云云，寫來極是凑手，亦見當日天子太平在御，不但宫闕壯麗，亦頗留意神仙之事，有如漢武也。

雲移雉尾開宫扇，日繞龍鱗識聖顔。一卧滄江驚歲晚，幾回青瑣點朝班。

讀結句「青瑣」、「朝班」字，乃知五、六從蓬萊獻賦轉到拜左拾遺，筆墨無痕。先生先自蓬萊獻賦時，方識得宫殿親切；後自拜左拾遺時，方識得聖顔親切也。天子臨朝，御座左右，雉翣雙開，若雲之移。天子衮衣，上繡龍鱗，早旭照之，則光耀日[一]。此乃親覲天子而後見之，亦不必擬定在蓬萊宫。先生爾時，身列侍從之班，固于處處得見也。「滄江」，巫峽也；公始寓夔，故云「一卧」也。秋，歲晚也。「驚」，公獻賦時，年四十；爲左拾遺，年四十六；是歲代宗大曆元年在夔，年五十有五，年老歲晚，故心驚也。「班」在青瑣之下，先生刻刻係心朝廷，雖卧滄江，恍然若點朝班者。「幾回」，是每每如此，不止一回也。此一首，望京華而追其盛。

[一]「則」，《金聖歎全集》及國光書局本作「前」。

瞿唐峽口曲江頭，萬里風烟接素秋。花萼夾城通御氣，芙蓉小苑入邊愁。

前者結云「一卧滄江」、「幾回青瑣」，則瞿唐與曲江固未隔也。明皇自秦幸蜀，中原板蕩，故有瞿唐、曲江「萬里風烟」之句。瞿唐爲三峽門戶，最險。人到此者，但睁開兩目，心數都絶，故從二「目」從「隹」。「隹」者，短後鳥，喻後心不行也。唐者唐喪，《内典》云：「福不唐捐。」睁目看去，幾乎喪身失命也。以是峽險極，故名。曲江池，唐開元中疏鑿，號爲勝境。都人游賞，盛于中和、上巳節。「萬里」，不必指定瞿唐、曲江遥遥萬里。前者幅幀全盛之日，控制何啻萬里；今者寇盜縱横之日，一片都是風烟：故曰「萬里風烟」。而瞿唐口、曲江頭，正接于素秋風烟中矣。三、四，總承曲江來。「花萼夾城」者，明皇性極友愛，即位後，以隆慶舊邸爲興慶宫，五王賜第宫側，又于宫西置樓，署曰「花萼相輝」之樓。開元二十年，廣花萼樓，築夾城至芙蓉園。園與曲江相接，名「芙蓉」者，以其水盛而芙蓉富也。天子時幸芙蓉園，必從花萼樓夾城通去，故曰「通御氣」。「御氣」，天子之氣也。御氣無處不通，而花萼夾城畢竟是明皇友愛之所，故時幸曲江游樂，未爲大過。「芙蓉小苑」畢竟是明皇游幸之地，故同此曲江游樂已入邊愁。邊愁不從「花萼夾城」入，偏從「芙蓉小苑」入，先生立言之旨，蓋不苟也。又邊愁不但禄山陷京，即就明皇幸蜀，而先生因此徙倚素秋，悵望于瞿唐峽口，豈非邊愁乎？故知「入邊愁」三字，隱已承瞿唐峽口，益見先生律法之細。

珠簾繡柱圍黄鵠，錦纜牙檣起白鷗。迴首可憐歌舞地，秦中自古帝王州。

當日曲江之游，天子方以爲「通御氣」，而不覺已「入邊愁」者，豈非歌舞極盛之所致耶？五、六二語，只爲轉出「歌舞」字來。《西京雜記》：昭陽殿，織珠爲簾，繡帷爲柱，通繡作黄鵠文。「錦纜牙檣」，江中御舟，極其華麗，故能驚起白鷗也。形容「歌舞地」如此，則歌舞不言可知。然纔説「可憐歌舞」，忽轉出「自古帝王」，言秦中畢竟是帝王州，煌煌天朝，豈盗賊可得而覬覦者哉！

昆明池水漢時功，武帝旌旗在眼中。織女機絲虚夜月，石鯨鱗甲動秋風。

此因曲江而更及昆明池也，最爲奇作。前諸作皆亂後追想，此作特于事前預慮。千年來，人只當平常讀去，辜負先生苦心久矣，可歎也！昆明池，在長安城西南，周迴四十里。漢武元狩年間，鑿之以習水戰者。東西岸立石，刻牽牛織女以象天河；又刻石爲鯨魚，長三丈。武帝治樓船，加旌旗其上，往來習戰，將以伐昆明也。因昆明有滇池，故鑿池以象之。夫窮兵非美事，乃極稱頌之，曰「漢時功」，蓋謂有此池水，在今日尚可習水師以防禦東南之變，豈非功乎！次句，正言其習水師也。「織女」、「石鯨」，承「昆明池」；「機絲」、「鱗甲」，承「旌旗」。「織女機絲」，喻言防微杜漸之思不可不密；「石鯨鱗甲」，喻言强梁好逞之徒蠢蠢欲動。今日西北，或可支吾，萬一東南江湖之間變起不測，則天下事不可爲矣。故先生預設此一着，以諷執政也。言若不早爲之圖，是猶織女停梭，虚此夜月，則石鯨乘勢，已動秋風，可奈何？今昆明池在眼中，何武帝旌旗無有爲之髣髴者耶？

波漂菰米沉雲黑，露冷蓮房墜粉紅。關塞極天惟鳥道，江湖滿地一漁翁。

上解已畢，忽换筆作轉。五、六二句，不從昆明池來，蓋爲下解「江湖滿地一漁翁」作轉也。若謂昆明且置，吾今身在峽中，日與水相習，當此秋深之際，菰米波漂，蓮房粉墜，一時衰颯如此，則江湖之上實切隱憂。況時方戰伐，蜀山鳥道，爲關塞之至險，乃自上皇回鑾以後，僭亂相仍，極天之險，竟無足恃。顧此江湖，滔滔皆是，將何底止耶？然而抱江湖之憂者，祇一个漁翁，雖憂亦安所用之？其必在當事慮患于未然哉！「漁翁」，蓋先生自謂也。

昆吾御宿自逶迤，紫閣峰陰入渼陂。紅豆啄餘鸚鵡粒，碧梧栖老鳳凰枝。

末一首，乃其眷戀京華之至也。前解極言長安風土之樂。「昆吾」，地名，有亭；「御宿」，川名，有苑。漢武嘗宿于此，故曰御宿。「渼陂」，魚甚美，因以爲名，在紫閣峰之陰。游渼陂者，必從昆吾、御宿經過。「紫閣峰陰」，因渼陂而及之也。先生年老，浪迹夔州，意在歸隱。因昔嘗同岑參兄弟游渼陂，經昆吾、御宿，喜其風土之良，故切切念之，特挂筆端耳。三、四句法奇甚。畜鸚鵡者，必以紅豆飼之，先生自喻不苟食也。啄之而有餘，此真豐衣足食之所矣。黄帝即位，鳳集東囿，栖梧樹，終身不去，先生自喻不苟栖也。栖之而至老，此又安居樂業之鄉矣。可見長安盛時，且不必説到天子公侯極意游玩，乃至布衣窮居，盡足自適有如此也。

佳人拾翠春相問，仙侶同舟晚更移。彩筆昔曾干氣象，白頭吟望苦低垂。

後解從上轉下，轉到今日大曆元年丙午秋，作此《秋興》詩，以結出「吟望」之苦也。言當日昆吾、御宿、渼陂之間，陸有爲陸，水有爲水，「佳人拾翠」則于陸，「仙侶同舟」則于水，亦既窮極水陸之興矣。佳人與美人、麗人不同：從上至下，從下至上，節節看去，無有不佳，曰「佳人」；巧笑美目，胡天胡帝，曰「美人」；彼此爭妍，相去不遠，曰「麗人」。「仙侶」，如李、郭同載，望若神仙是也。「春相問」、「晚更移」，着一「春」字、「晚」字，乃反擊「秋」字；「相問」、「更移」，乃暗提「興」字。五、六二句，正欲轉到今日作《秋興》詩也。「彩筆昔曾干氣象」，先生曾于蓬萊宫獻三賦，干動龍顔。雖實有此事，然此處提出，非自誇張，不過借作轉語，以反襯出「白頭吟望」七字來。言此天涯窮老，望京華如在天上，既不見有拾翠之人，亦復無有同舟之侶，白頭淪落，侘傺無聊，徒屈從前干氣象之筆，以作此苦殺皇天之詩，即何能禁淚之淫淫下哉！「吟」，吟《秋興》；「望」，望京華。一頭吟，一頭望；又一頭望，又一頭吟。于是頭低到膝，淚垂至頤，其苦有不可勝言者。而庵詩曰：「好个詩丞相，秋霜兩鬢寒[一]。頭垂扶不起，老眼淚難乾。」矍齋云：近又于同學案頭[二]，見唱經批

[一]「秋」，原作「清」，據徐增《而庵説唐詩》卷十七杜甫《秋興》之八批語「吾嘗題其上曰」改。

[二]「近又」，風雨樓叢書、國光書局及《金聖歎全集》本作「余曾」。

《秋興》詩數語，與此少異，而意實互相發，附識于此。其首章云：「寒衣處處催刀尺」，「處處」字悲極。口中言「處處」，意在家中一處也。「處處」實而虛，家中一處虛而實。此猶家也，以後則皆君國矣。其次章云：斜日落已晏，「落日斜」尚早，至月映洲前，則夜半矣。「虚隨八月槎」，言朝中相援無人也。其三章云：同學不必少年，亦不必揚揚裘馬。玩「多不賤」「多」字，「自輕肥」「自」字，蓋言知吾才而不與我立，暗用「臧文仲竊位」句意識之耳。餘已見解中。

詠懷古迹五首止三首。

詠明妃[一]

爲千古負才不偶者十分痛惜。

群山萬壑赴荆門，生長明妃尚有村。一去紫臺連朔漠，獨留青塚向黄昏。

前解。欲説荆門有明妃村，先着「群山萬壑」句，用形家「尋龍問穴」之法，大奇。蓋聳起則爲山，跌下則爲壑，聳起則又爲山，無量劫來，天地如此其浩浩也。于其間有楚，

[一] 此三字，金評各本皆爲下文總批首句，據以下兩首格式上移作題。

楚山楚水，起伏無數，遥遥直走千里萬里，而後有荆門，而後荆門有村，而後村中有明妃。然則此明妃，其爲天地間氣特鍾可知。今明妃往矣，村則尚有。「尚有村」者，言但有村而已矣。三、四承上「村」字，言明妃當日雖生長此村，而後不復爲村有者，爲入漢宫也。乃至明妃既入漢宫，並不復爲漢宫有者，則爲去紫臺也。夫明妃而去紫臺，明妃之踪迹尚可問也；明妃去紫臺，遂連朔漠，明妃之踪迹則不可問也。嗚呼！其骨既朽，其塚猶青；絶代佳人，湮没于此。視當年生長之難，辜負多少！我雖不目睹青塚，其惡能不徘徊此村而不去哉！

畫圖省識春風面，環珮空歸月夜魂。千載琵琶作胡語，分明怨恨曲中論。

後解。從上轉下，轉出從來棄才之主一面照膽鏡來。真才貴于確知確見，原無按圖索駿之事。況元帝以漢天子擇美婦人，則後庭春風之面，何難一一盡見，一一盡識？而顧憑賤工之手以爲進退，可鄙也！探帝之意，不過爲後庭充斥，欲盡識其面，其數何啻千萬？姑且按圖召幸，貪一時省事而已。因此一省之故，乃至奸生房闥而帝弗疑，迹混丹青而帝弗顧。美如明妃，抱恨絶域，雖以天子之勢，欲再識春風之面，即亦豈能歸其環珮哉？故曰「空歸月夜魂」也。不但生不能歸，試聽其琵琶怨恨之曲，分明甘作胡語，雖千載而下永不願爲漢婦矣！豈非當日不識面之故致然與？「省」作「省事」之「省」，若作實字解，何能與「空歸」對耶？此不可不辨。○矍齋云：杜詩用字有難讀者，宜留心讀。如此處「省識」「省」字，《題張氏隱居》「遠害」「害」字之類是也。

詠蜀先主

蜀主窺吴幸三峽，崩年亦在永安宫。翠華想像空山外，玉殿虚無野寺中。

前解。首句如疾雷破山，何等聲勢；次句如落日掩照，何等蒼凉。三，虚想當年；四，實笑今日也。山外安覓翠華？意中却有；寺中舊爲玉殿，目下却無。是無是有，是有是無，二語閃爍不定。「翠華」、「玉殿」，又極聲勢；「空山」、「野寺」，又極蒼凉。只一句中，上下忽變，真是異樣筆墨。

古廟杉松巢水鶴，歲時伏臘走村翁。武侯祠屋常鄰近，一體君臣祭祀同。

後解。翠華玉殿既不可見，所見惟古廟存焉。而昭烈故天子也，以天子而有廟，必也玄堂太室，所謂振鷺來賓、和鸞至止者也，而今乃「巢水鶴」耳！以天子廟而有祭，必也八佾、九獻，所謂群公執爵、髦士奉璋者也，而今乃「走村翁」耳！「祠屋近」是一樣「水鶴」、「杉松」，「祭祀同」是一樣「村翁」、「伏臘」。非幸其君臣一體，正傷其君臣無別也。○瞿齋云：少陵爲依嚴武而入蜀，蜀主爲伐孫權而窺吴。後人所經，前人亦經焉；後人所止，前人亦止焉。後人吊前人，後人復吊後人。不獨「玉殿」「翠華」，徒勞想像；抑且「空山」「野寺」，亦屬虚無。蜀主與武侯同盡，千載莫辨君臣；村翁與水鶴俱閑，一時何分人物？昔年白帝托孤，已作英雄往事；今日蜀中懷古，豈非文士空花。先生此詩，得禪理矣。

詠諸葛孔明

諸葛大名垂宇宙，宗臣遺像肅清高。三分割據紆籌策，萬古雲霄一羽毛。

前解。史遷疑子房以爲「魁梧奇偉」，而狀貌乃如「婦人好女」一語，正與此一、二語相似。向聞其名，但震其大，今睹其像，又歎其清高。「清高」從「遺像」寫出，加一「肅」字，又有氣定神閑、不動聲色之意。三分割據，英才輩出，持籌挾策，比肩皆是，如孔明者，萬古一人。三是泛指衆人，四是獨指諸葛也。「鴻漸于逵，其羽可用爲儀」；「鳳翱翔于千仞兮，攬德輝而下之」。「羽毛」狀其「清」，「雲霄」狀其「高」也。

伯仲之間見伊吕，指麾若定失蕭曹。運移漢祚終難復，志決身殲軍務勞。

後解。「萬古」，罕有其匹矣。古人中可與伯仲者，其伊、吕乎？若蕭、曹輩，不足數耳。然耕莘釣渭，與伊、吕同其清高；而蕩秦滅楚，不得與蕭、曹同其功烈，何耶？此由漢祚之已改，非軍務之或疏也。運雖移而志則決。「身」，即所云「鞠躬」；「勞」，即所云「盡瘁」；「殲」，即所云「死而後已」；「終難復」，即所云「成敗利鈍，非臣逆睹」也。「終」字妙，包得前後拜表、六出祁山，無數心力在内。前解，慕其大名不朽；後解，惜其大功不成。慕是十分慕，惜亦是十分惜。

雷

古「雷」字，下從「回」。天地之氣，回薄轉來，謂之雷。雷時時有，而發聲則于蟄後。天地之氣，那一刻不回薄？所謂「隱隱隆隆」者是也。先生此詩，正是亂極思治之語。

巫峽中宵動，滄江十月雷。龍蛇不成蟄，天地劃爭迴。

上解寫變起不意，下解寫不過如此。不必指天寶禄山事，而讀之令人不免想着。一、二，出于猝然；三、四，一至此極；五、六，不解來意；七、八，原來爲此。雖欲不謂之天寶禄山事，豈可得哉！○「龍蛇不蟄」，承「十月」字；「天地爭迴」，承「雷」字：易知。

却碾空山過，深蟠絶壁來。何須妒雲雨，霹靂楚王臺。

「却碾空山過」，此是何意？「深蟠絶壁來」，此是何意？既而單爲霹靂楚臺，夫而後知只爲「妒雲雨」也。「霹靂」者，劈然而起，所歷之物，無不粉碎。二字不平。

鷗

先生爲莘野、隆中作此傳神之筆。

江浦寒鷗戲，無他亦自饒。却思翻玉羽，隨意點春苗。

此詩可謂清絶之作。鷗何能戲？只是天機偶然飛動耳，故言「無他」，又言「亦自饒」，全是寫閑散人一片真趣。「却思」、「隨意」，何等優游自得，承上「無他亦自饒」來。

雪暗還須落，風生亦任飄。幾群滄海上，清影日蕭蕭。

雪暗須落，來亦不辭；風生任飄，去亦不戀。如讀《中庸》「素位」一章，真正不怨不尤，居易俟命。末因想到滄海，所謂優而至于聖人之域也。○矍齋云：「江起海結，章法不苟。」

猿

君子處艱難之會，殺身成仁，其正也；爲蛇爲鱉，其奇也。正不廢奇，奇不害正，君子之所以爲君子也。結處「父子莫相離」，又爲吴起、温嶠一流人下一針砭。

裊裊啼虚壁，蕭蕭挂冷枝。艱難人不免，隱見爾如知。

純是處亂世之言。艱難之及，免者幾人？隱見之間，爾宜早計。不知是借人諷猿，不知是借猿諷人，讀之但有忽忽不樂。

慣習元從衆，全生或用奇。前林騰每及，父子莫相離。

五、六，「元」字妙，「或」字妙。正論必以「從衆」爲是，「全生」則或一出于「奇」耳。父子莫離，所謂「從衆」正論也。

黄魚

爲兒時，自負大才，不勝侘傺，恰似自古迄今，止我一人是大才，止我一人獨沉屈者。後來頗頗見有此事，始悟古來淹殺豪傑，萬萬千千，知有何限！青史所紀，磊磊百十得時肆志人，若取來與淹殺者比較，烏知誰强誰弱？嗟哉痛乎！此先生《黄魚》詩所以始之以「日見」二字，哭殺天下才子也！

日見巴東峽，黄魚出浪新。脂膏兼飼犬，長大不容身。

「日見」，猶言一个也，又是一个也。「出浪新」「新」字妙，初出時，看他何等氣色，何等意思，可憐後文，竟飼犬不容去也。○第三、四句，寫大才不適小用，便至到處狼藉。蓋先師當日，既有莫究莫殫之用，便會計當，牛羊長，無所不至也。此身本自難容，犬又何罪乎哉。○「日見」二字，一氣貫四句一解。

筒篇相沿久，風雷肯爲神？泥沙養涎沫，回首怪龍鱗。

頗聞世間嘗有風雷，會送神龍上天，今日何獨不爲黄魚一効神力？嗟乎！事出新奇，則風雷亦肯；沿習既慣，即筒篇相看。安見鄉里小兒，朝朝暮暮，而能物色天子宰相者哉？末二句，不怪泥沙，反怪龍鱗。怪泥沙，猶以龍鱗自負；怪龍鱗，則竟以泥沙自畢也。嗚呼！才子以才而建功垂名，則誠才之爲貴；若才子以才而終至于餓餓以死，回首思之,我何遜于屠沽兒而一至于是? 真不怪饑餓,怪殺有才矣!

麑

先生如此等詩,何忍多讀,然又不可不讀。

永與清溪别,蒙將玉饌俱。無才逐仙隱,不敢恨庖厨。

首句「别」字苦,「永」字更苦;次句「將」字奇,「蒙」字尤奇。麑生長清溪間,鎮日隨行結隊,奔跳自得。不謂偶然失足,一與之别,遂成永别,而不意中已列庖饌之數也。喻世事顛覆,賢愚莫辨。彼居位食禄者,誠宜不免,乃吾儕小人,僻處山野,亦復與于斯難。「蒙將」二字,下得滑稽。反若深感其不棄者,言外有「玉石俱焚」之痛可知。三、四因自責:此實爲藏身不密,不可徒怨他人也。

亂世輕全物,微聲及禍樞。衣冠兼盗賊,饕餮用斯須。

後解極論居亂世之難。「輕全物」,謂初不以全物命爲心,解脏陷胸,同戲事耳。「微聲及」者,謂不必真正犯難,但使姓名在人齒頰,即當不保,即《莊子》所謂「以不才終其天年」也。「斯須」字恨極,何曾日食萬錢無下箸處,豈得長在腹中,不過取快一時之吻耳。人命物命,只如此用,所以不得不痛詈之曰「衣冠兼盗賊」也。

鸚鵡

彼以「多知」嬰羅網者，豈獨鸚鵡哉？覺鸚鵡別離之苦尚淺，彼別離之苦更甚也。

鸚鵡含愁思，聰明憶別離。翠衿渾短盡，紅嘴謾多知。

首句「含愁思」，只是形似之詞。二句忽接云「聰明憶別離」，因而追出緣故來，云：今日之翠衿短盡，只全爲當時紅嘴多知。着一「謾」字可憐，何不學莊生之書，以不才終，而至于此極也。遂寫得鸚鵡聰明，遂有「明哲保身」四字隱隱筆端。

未有開籠日，空殘宿舊枝。世人憐復損，何用羽毛奇。

後解便是足成上意[一]，上半悔既往，後半悲將來也。承、轉、結，全作鸚鵡自悔之辭。

縛鷄行

此詩八句，凡兩句爲一解。

[一]「便」，《金聖歎全集》本作「偏」。

小奴縛鷄向市賣，鷄被縛急相喧爭。家中厭鷄食蟲蟻，不知鷄賣還遭烹。蟲鷄于人何厚薄，吾叱奴人解其縛。鷄蟲得失無了時，注目寒江倚山閣。

此首全是先生借鷄説法。前四句，借《孟子》「牽牛」章「牛羊何擇」演成妙義。「蟲鷄」、「鷄蟲」連呼，是法平等。「叱奴解縛」，怨親俱釋。「注目寒江」，悲衆生之無了時；獨「倚山閣」，歎先生之登上地也。妙絶。

正月三日歸溪上有作簡院内諸公

題先言「正月三日」，是從王之辭；後入溪上，是紀實之辭。玩詩末句，乃是放假得歸之辭。

野外堂依竹，籬邊水向城。蟻浮仍臘味，鷗泛已春聲。

首二句寫溪上，三、四句寫正月三日。題先書「正月三日」，而後書「歸溪上」者，時在正月三日而得歸溪上也；詩先寫「溪上」，而後寫「正月三日」者，久有溪上，而歸之日適值正月三日也。首句「依竹」妙：先有堂，而後植竹，則是竹依堂耳；今反云「依竹」，若重竹而輕堂也者。次句「向城」妙：以實論之，止有籬向城、城向籬耳，水則何背、何向之有？今忽云「向城」，則宛然身在籬下也。故善觀詩者，又必分首句爲「溪上」，次句爲「歸」。蓋首句中尚無人，至次句中始有人耳。三句「仍臘」妙：見入春尚淺，是寫「三日」

二字。四句「已春」妙：見已入春矣，是寫「正月」。○「仍臘味」、「已春聲」，是正月三日不深不淺之間。「蟻浮」是酒；「鷗泛」者，當是茶熟耳。

藥許鄰人斸，書從稚子擎。白頭趨幕府，深覺負平生。

五、六句，正寫「歸」字。「許鄰人」、「從稚子」，是非前日院中未歸時關防機密之苦。結寫簡院内諸公。玩結句，知公此歸，乃是新春放假，非遂挂冠長往也。○「堂依竹」，先見堂而次見堂後之竹，是初歸溪上眼中景；「水向城」，先見水而次見城，是既歸溪上眼中景也。其中有一轉身。

立春

此詩惓惓不忘君父，先思京而後思家。温厚有餘，風人之旨也。

春日春盤細生菜，「細」，細之也。春盤之中，細之以生菜也。忽憶兩京梅發時。盤出高門行白玉，菜傳纖手送青絲。

「春日」二字，作一句。「春盤細生菜」，作一句。「忽憶兩京」之「盤」、之「菜」，念一字作一句。

巫峽寒江那對眼，杜陵遠客不勝悲。此身未知歸定處，呼兒覓紙一題詩。

結句無味，只爲要用「呼兒」二字，以愧靈武之不監國而即位者耳。

寄常徵君

咄咄徵君，令人深省。

白水青山空復春，徵君晚節四字不堪。傍風塵。難堪。楚妃堂上色殊衆，海鶴階前鳴向人。十年聲價，廢于一旦，真有此惜。○三、四句奇艶無比。

一句喝斷，二句實之，三句承「徵君」，四句承「晚節」五字。

萬事糾紛笑殺！猶絶粒，笑殺！一官羈絆實藏身。猜破遁辭。開州入夏知涼冷，不似雲安毒熱新。結得毒極，可謂善謔矣。○開州，徵君所官之地也。入夏知必涼冷，不然安得幞頭袍笏而不病也？

五、六句言其苦趣，却帶定「徵君」字樣；末承五、六作結也。較之《北山移文》更爲超乘矣。

遣悶戲呈路十九曹長別批

此詩是遣悶，不可因「百遍相過」句，便謂與「江閣邀賓許馬迎」一首是一意也。每見粗心人，見題中有一「戲」字，便謂先生老饕饞吻，動以杯酒賴人，殊可嗤也。○愁悶之來，如何可遣？要惟有放言自負，白眼看人，庶可聊慰。然不搜求出一同志人作伴，則衆醉指摘，百口莫辨，方將搔揉無路，又焉望其自遣哉？此詩，題是「遣悶」，先生獨能找出一「路十九」相陪，便知必定心滿意足。若夫「戲」字，則落魄貧人，不戲又焉得遣去悶乎！非但要看先生詩是妙詩，切須要看先生題是妙題。

江浦雷聲喧昨夜，春城雨色動微寒。黄鶯並坐交愁濕，白鷺群飛太劇乾。

悶，莫悶于他人鬧熱之至，而自己寂寞之極；乃悶尤悶于因自己寂寞之極，轉覺他人鬧熱之至。如江浦雷聲，喧聞昨夜，即先生有詩，所謂「同學少年都不賤，五陵裘馬自輕肥」是也。彼即豈顧春雷乍動，細雨生寒，白屋茅齋之下，有人伏處難堪者乎？三、四「黄鶯」、「白鷺」，黄鳥有求友之德，白鷺有棄舊之譏，是詩家用字一定之律。先生詩「兩個黄鸝」、「一行白鷺」，職此意也。〇黄鶯曰「並坐」，「並坐」者，此身之外僅得一路十九也。「交愁」者，正所謂「惺惺惜惺惺，好漢惜好漢」。惟我愁路之濕，惟路愁我之濕也。寫得真已悶極，却又怪他白鷺作隊成群，偏不畏濕；不但不畏濕，而且太責弄其乾。「劇」之爲言，盡情極致，真使人不堪悶殺也。〇前解，純是寫「悶」。

晚歲漸于詩律細，誰家數去酒杯寬。惟君最愛清狂客，百遍相過意未闌。

後解，純是寫「遣」。〇人而至于晚節，髮既蒼蒼[一]，視既茫茫，成名乎？就利乎？老妻可以免于交謫，稚子可以免于饑寒乎？要之無一也，然則悶極矣。乃顧盼自雄，鼓

[一]「蒼蒼」，學易堂本作「倉倉」，據其他各本改。

腹自栩，獨不知我詩律之漸細乎？不知者謂是滿足自誇，豈知全是十成無賴，所謂「戲」也，所謂「遣」也。煩鬱既極，所冀信步稍舒，然而親戚友朋，一去而親，再去而瀆，三去而厭矣。誰家可以數去，且誰家可以數去而一任持杯自寬者乎？白眼自恣之言，所謂「戲」也，所謂「遣」也。豈尚顧他人之難當其傲睨乎？七句「惟」字、「最」字，八句「百遍」字，總圖極暢，不怕笑破人口也。○凡題有「戲」字詩，只如此。

江上

杜題不可不知，如此「江上」乃是全題。蓋身在江上，而心不忘魏闕也。通篇魏闕詩，却通夜不睡，故聞「高風」。一句于江上作，故曰「江上」，非斷篇首二字也。

江上日多雨，蕭蕭荆楚秋。高風下木葉[一]，永夜攬貂裘。

只「蕭蕭荆楚秋」五字，是正寫江上景。「日多雨」，乃原荆楚之所以秋也。「荆楚」二字妙，目睹荆楚，口言荆楚，心不在荆楚也。

勛業頻看鏡，行藏獨倚樓。時危思報主，衰謝不能休。

下解痛寫永夜攬裘之故。我亦衰謝之甚，「勛業」、「行藏」，可以不經于懷，然猶「頻

[一]「木」，各本均作「大」，據杜甫詩改。

看鏡」、「獨倚樓」。「頻看鏡」者，老年心熱人，忽忽自忘其白，妙在一「頻」字。「獨倚樓」者，登樓所以遠望，豈身羸弱者所宜？然衰暮之人，極恐人笑，于是背地自登，因而久倚，妙在「獨」字。末言應休不休也。

秋興八首 別批

「興」之爲言興也。美女當春而思濃，志士對秋而情至。凡山川林巒，風烟雲露，草色花香，目之所睇，耳之所聞，何者不與寸心相爲藴結，其勃然觸發有自然矣。乃先生以忠摯之懷，當飄零之日，復以流寓之身，經此摇落之時。其爲興也，真興盡之至，心灰意滅，更無纖毫之興，而有此八首者也。後人擬作者，或至汗牛充棟，亦嘗試于先生製題之妙一尋繹乎？○題是「秋興」，詩却是無興。作詩者滿肚皮無興，而又偏要作《秋興》。○故不特詩是的的妙詩，而題亦是的的妙題；不特題是的的妙題，而先生的的妙人也。○從來詩是幾首，多一首不得，少一首不得。如此詩是八首，則七首不得，亦九首不得。某既言之屢矣，而或未能深信。試看此詩，第一首純是寫秋，第八首純是寫興，便知其八首是一首也。

玉露凋傷楓樹林，巫山巫峽氣蕭森。江間波浪兼天湧，塞上風雲接地陰。

露也，而曰「玉露」；樹林也，而曰「楓樹林」：止一凋傷之境，而白便寫得白之至，紅便寫得紅之至，此秋之所以有興也。却接手下一「巫山巫峽」字，便覺蕭森之氣索然都盡，而「波浪」、「風雲」二句，則緊承「巫山巫峽」來。若謂玉樹斯零，楓林葉映，雖志士之所增悲，亦幽人之所寄抱。奈何流滯巫山巫峽，而舉目江間，但湧兼天之波浪；凝眸塞上，惟陰接地之風雲。真爲可痛可悲，使人心盡氣絶。此一解總貫八首，直接「佳人拾翠」末一解，而歎息「白頭吟望苦低垂」也。

叢菊兩開他日淚，孤舟一繫故園心。寒衣處處催刀尺，白帝城高急暮砧。

不知者謂「兩開」者是「叢菊」，豈知「兩開」者皆「他日淚」乎；不知者謂「孤舟」何必「一繫」，豈知「一繫」者惟此「故園心」乎？「淚」字上，下一「他日」字，妙絶，惟身處其境者知之。七言「處處」，正是先生繫心一處。白帝城在夔府之東，言近以指遠也。肚裏想著家中刀尺，而耳中止聞白帝砧聲，遠客之苦，爲之悽絶。砧聲也而下一「城高」字，見得耳爲遥聽，眼爲懸望，遠客之苦，爲之悽絶。○三、四承一、二，五、六轉出七、八，知余分解之言非謬。

夔府孤城落日斜，每依南斗望京華。聽猿實下三聲淚，奉使虚隨八月槎。

言斜日落則是已晏，言「落日斜」則尚早。緊接一「每」字，則知當此落日斜光，一年三百六十度，忽忽孤城，懸懸遠望。「南斗」字，從「望」字上用來。蓋大火西流，斗行南陸，舉目即見，故曰「依」也。三承一句，四承二句，猶言夔府孤城，聽猿下淚是實；而南斗京華，乘槎可到是虛：真教人無可奈何此「落日斜」也。

畫省香爐違伏枕，山城粉堞隱悲笳。請看石上藤蘿月，已映洲前蘆荻花。

不云「違畫省香爐」而「伏枕」，乃云「畫省香爐違」于「伏枕」，得詩人忠厚篤棐立言之體。「山城粉堞」隱于悲笳，尤妙。前猶日落，此則竟晚，眼看山城粉堞漸隱不見也。乃因日暮笳作，笳動堞隱，一似隱于悲笳也者。身處客境，滿肚無聊，只三字寫出。「請看石上」，是月之初出，上照藤蘿；「已映洲前」，是月之漸昇，下照蘆荻。自日斜底于堞隱，世人匆匆，輕易忽過者何限？胸前有無數忠君眷國心腸人，真是刻不能耐耳。若石上之月，則明明上照藤蘿，何至遽映洲前，已移蘆荻？至作畫者慣圖此景，真是將神龍作泥鱔弄也，可爲古人長歎！有人解做月在石上，光映洲前，乃合到五、六，足徵分解非謬。○三、四承一、二，七、八

千家山郭靜朝暉，日日江樓坐翠微。信宿漁人還泛泛，清秋燕子故飛飛。

「千家山郭」下，加一「静」字，又加一「朝暉」字，寫得何等有趣，何等可愛。「江樓坐翠微」，亦是絶妙好致，但輕輕只用得「日日」二字，便不但使江樓翠微生憎可厭，而山郭朝暉俱觸目惱人。三、四再承兩句：不嫌自己日日坐江樓，却嫌漁人之信宿；不怪自己日日到翠微，却怪燕子之飛飛：真爲絶妙之筆也。

匡衡抗疏功名薄，劉向傳經心事違。同學少年多不賤，五陵裘馬自輕肥。

下解。因日日之坐,不厭其煩,因而自思:欲如匡衡之抗疏,既愧功名之薄;欲如劉向之傳經,又嫌心事之違。輾轉反側,因而想到少年同學原俱不賤,但只五陵裘馬自炫輕肥。明知我之心事,而不與我以功名,以致見笑漁人,貽譏燕子耳。○分解甚明。

聞道長安似弈棋,百年世事不勝悲。王侯第宅皆新主,文武衣冠異昔時。

「聞道」妙,不忍直言之也,亦不敢遽信之也,二字貫全解。世事可悲,加「百年」二字妙,正見先生滿肚真才實學,非腐儒呴吁腹誹迂論。蓋世事因循至于今日,非一朝一夕之故,其馴而致于此者有漸矣。且世事既因循至于今日,亦非一朝一夕可以遂致太平。將來正費周折,故曰「百年」。三、四緊承世事之堪悲,然而正不必爲目前第宅之新、衣冠之異而致詫也。○讀先生詩,真如聞無上甚深經典,使小儒意見都盡。

直北關山金鼓振,征西車馬羽書遲。魚龍寂寞秋江冷,故國平居有所思。

上解是傳聞,尚在半信半疑。若此直北金鼓,親聞其振,征西羽書,目睹其遲,則爲更不可解也。因而自審,爲魚爲龍,雖不能自決,然目前惟有寂寞秋江而已。冷既徹骨,意望何爲,惟有「故國平居」,實不能自已其思云爾。○「遲」字上,用「羽書」字,妙。羽書最急而復遲遲,想見當時世事。○「故國」字下,用「平居」字,妙。我自思我之平居爾,豈敢于故國有所怨訕哉。○分解無疑。

蓬萊宮闕對南山，承露金莖霄漢間。西望瑶池降王母，東來紫氣滿函關。

因故國之思而想至百年之事，蓋當日亦不可謂非全盛也。「對南山」，言宮闕之壯麗；「霄漢間」，言金莖之高峻。用「蓬萊」、「承露」字，見晏安日久，惟願長生。唐明、漢武，有同一轍，乃日望王母之降瑶池，豈知皇輿之幸巴蜀！日望紫氣之滿函關，豈知兩京之化灰燼！真有所謂不勝悲者，思之可爲流涕也。止因沓用「瑶池」、「紫氣」等字，遂將後人瞞過多少。

雲移雉尾開宮扇，日繞龍鱗識聖顔。一卧滄江驚歲晚，幾回青瑣點朝班。

當此之時，先生目擊時艱，何以略無諫議，而坐視其敗？嗚呼！興言及此，爲之浩歎！蓋先生雖爲右衛參軍，而其層級而上，則有等矣。皇皇殿陛，可以次其列，不得陛其階，況雉扇環遮，親臣密侍，豈得一望見天顔者耶！祇因雲移雉尾，而暫開宮扇，稍露日色，光耀龍袞，因而一識聖顔耳。從此遂卧滄江，失驚歲晚，朝班預點，曾有幾回？用是憂勞，莫能自慰，長歌當哭，神傷心愴矣。○從「雲移」「移」字中，露出日光，日映龍鱗，方識此是聖人。雖云「識聖顔」，却只遥遥摹擬，撇見而已，真是化工之筆。○「點」字妙，先生此時之在朝班，只如密雨中之一點耳，雖欲諫議，亦復何從？

瞿唐峽口曲江頭，萬里風烟接素秋。花萼夾城通御氣，芙蓉小苑入邊愁。

身處萬里之外，心注萬里之間，便定然有此等想頭。瞿唐之與曲江，則有間矣。然其相去萬里，里里風烟相接，則素秋之相接可知。乃同此秋光，而秦、蜀風景迥異，則豈非以其以漸遞改，當之者溺玩而弗辨乎？此不特地界相接有然，即世運遞更亦無不然。三、四緊承，明皇當日敦尚友悌，御氣與花萼交輝；晚歲偶漁聲色，邊愁與芙蓉並慘。當一王之朝而前後異政，國步遂移。倘辨之早辨，幾何而至如此之劇也。○「御氣」用一「通」字，何等融和；「邊愁」用一「入」字，出人意外。先生字法，不尚纖巧，而耀人心目如此。

珠簾繡柱圍黄鵠，錦纜牙檣起白鷗。迴首可憐歌舞地，秦中自古帝王州。

「珠簾繡柱」、「錦纜牙檣」，總極豪華。「黄鵠」，即珠繡所織之文，用以襯起「白鷗」字。白鷗者，野鳥也，錦纜牙檣之下，胡爲乎起哉？則豈非以其全盛之日，但知珠圍繡繞，以致絶漢南巡，黄鵠難尋，白鷗群起，真爲可歎也。○「白鷗」上用「錦纜牙檣」字，一圖映照反射作色，一見明皇雖遭顛沛，尚不知自檢也。○同一秦中也，而謂之「歌舞地」，又謂之「帝王州」，使人毛髮跼蹐，遍身不懌。當此而不斬然思奮者，殆非人君矣。○「迴首」字合「起白鷗」句，「可憐歌舞地」合「珠簾繡柱」句，「秦中自古帝王州」，則總合上六首、下二首，爲八首十六解束腰法，又分解之一法也。

昆明池水漢時功，武帝旌旗在眼中。織女機絲虚夜月，石鯨鱗甲動秋風。

漢武窮奢極欲，貽譏後史；然而武威遠震，炳焕千秋。不得已而思其次，則德盛唐虞，所不可望，而功高漢代，猶可比隆。奈何池水徒深，旌旗空耀；歌舞爲歡，有同飛燕；旗常著績，竟乏驃姚也耶！「在眼中」妙：漢武武功，固粲然耳目、百代一日者也。三、四即承上昆明池景，而寓言所以不能比漢之意。織女機絲既虛，則杼柚已空；石鯨鱗甲方動，則强梁日熾。覺夜月空懸，秋風可畏，真是畫影描風好手，不肯作唐突語硼磕時事也。

波漂菰米沉雲黑，露冷蓮房墜粉紅。關塞極天惟鳥道，江湖滿地一漁翁。

五、六轉到黎民阻饑，馬嵬亦敗，亦以不忍斥言，故爲隱語。猶言菰米爲波所飄，而遂沉雲之黑，固所料也，亦所甘也。詎意蓮房紅粉，亦遽墜于冷露，豈所料哉？尚忍言哉！目今關塞極天，往來閉塞，可通惟有鳥道；江湖滿地，涣然瓦解，繫心止一漁翁。縱有嘉謀，又將焉展也哉！

昆吾御宿自逶迤，紫閣峰陰入渼陂。紅豆啄餘鸚鵡粒，碧梧栖老鳳凰枝。

此解與「玉露凋傷楓樹林」句命意相同，蓋極寫秋之可興也。渼陂之旁，則有紫閣峰；紫閣峰之前，則有昆吾、御宿逶迤之徑。值此白露既零、楓葉鮮妍之際，自昆吾、御宿逶迤而前，漾然渼陂，峰陰澄潔，誠有令人不知興之何自起者。況鸚鵡啄餘，當此衣食豐盈之盛；鳳凰栖老，又承奠安可久之基。其足之蹈、手之舞，又寧有涯量哉。

佳人拾翠春相問，仙侶同舟晚更移。彩筆昔曾干氣象，白頭吟望苦低垂。

五言佳人，則拾翠尋芳，女子尚有同情；六言晚移，則仙侶相從，入夜還須秉燭。揮毫落紙，筆走雲烟，矢口成章，上干氣象，所固宜也。却悄悄下一「昔」字，便令兩解七句都成鬼哭，直逼出「白頭吟望苦低垂」七字來，總結如上八首十六解六十三句四百四十一字。手舞足蹈了半日，却是瓦解冰消，烟盡灰燼，更無處可出鼻孔息也。○「白頭」已是傷心，白頭而「低垂」，更傷心。以白頭而「吟」而「望」而「苦」而到底「低垂」，此傷心之所以徹骨也。○八首十六解詩，皆從「吟望苦」三字中吟出來，望出來，苦出來。若其「低垂」，則未作此詩之前，固如此低垂；既作此詩之後，到底亦只如此低垂也。○試看八首詩，是一首，還是八首？增得一首否？減得一首否？增得一句、減得一句否？試看八首詩，是分解的，還是不分的？是聖歎勉强穿鑿否？錦心繡口才子，當共證之。

詩本以八句爲律，聖歎何得强爲之分解？須知聖歎不是好肉生瘡，正是對病發藥。唐制八句，原止二句起，二句承，二句轉，二句合，爲一定之律。徒以前後二聯可以不拘，而中四句必以屬對工緻爲選。因而後人互相沿習，徒競纖巧，無關義旨。至近代作詩，竟以中四句爲身，而頭上倒裝兩句爲起，尾上再添兩句爲結。夫人莫不幼而聞，長而以爲固然。自提筆摇頭，初學吟哦，以及倨坐撚髭，自雄詩伯，莫不以爲此斷斷不易之體。抑豈知三、四之專承一、二，而一、二用意高拔，比三、四較嚴；五、六轉出七、八，而七、八含蓄淵深，比五、六更切，寧可以起結二字抹却古人無數心血耶？聖歎所以不辭饒舌，特爲分解。罪我者，謂本是一詩，如何分爲二解；知我者，謂聖歎之分解，解分而詩合，世人之溷解，解合而詩分。解分前後，而一氣混行；詩分起結，而臃腫癩贅。蓋有不得不蒙識力諍者，千載而下，或能見諒也。附識于此。

唱經堂杜詩解卷之四

聖歎外書

奉送蜀州柏二別駕將中丞命赴江陵起居衛尚書太夫人因示從弟行軍司馬位

題極似因送柏二將命起居，乘便寄書與從弟，不知却是特爲寄書從弟，故帶叙出寄書人來。何以知之？看他如此長題，字字做到，獨有頭上「奉送」二字，八句中細細尋檢，全然不見提起，而後知其用意，在此不在彼也。至其製題，似反于柏二最詳，裁詩又似以前一解専叙柏二事者。此則先生用異樣奇法，撰作異樣奇文。凡所欲説向從弟者，悉不于弟邊説，而悉于柏二邊説。文家謂之「提花暗色」方法，不可不知。

中丞問俗畫熊頻，愛弟傳書彩鷁新。遷轉五州防禦使，起居八座太夫人。

一解。極似専叙柏家事，言中丞新轉夔州、峽州、忠州、歸州、萬州防禦使，而遣弟別駕起居衛伯玉尚書母鄧國太夫人。稱爲「八座」者，唐以二僕射令爲八座。今衛既是尚書，已是八座之一也。「起居」，言既是中丞起居，禮應中丞親往；乃今轉遣愛弟者，中丞巡方事煩，不得輕離重地耳。「畫熊」者，漢制：刺史車畫熊于軾；「彩鷁」者，船頭所畫壓水也。一解四句，看他將題之前半無數頭腦，無不收盡，已稱異事；却不知乃是先生「提花暗色」方法，句句字字都要刺入從弟司馬心中，其實並與柏家事了不相干。相他四句中間，凡暗藏兩番苦語：一番言我今老矣，如衛家太夫人，已至煩人起居，我豈獨以貧賤之故，便不足辱汝等起居耶？一番言柏氏兄弟一處，兄有所事，弟即代勞，彼豈身爲中丞富貴，則弟兄承奉，而我直以貧賤之氣逼人，故汝遠避之耶？先將己之已老、弟之不來，欲吐難吐之二語，輕輕反提在彼，入下解即不須瑣聒，而已痛不可言矣。

楚宮臘送荆門水，白帝雲偷碧海春。與報惠連詩不惜，知予斑鬢總如銀。

水送字，寫臘去之疾；「雲偷」字，寫春來之疾。臘去春來，少年謂是樂事，不知老人于此，真酸徹肝脾。兩句須看「臘」對「雲」、「水」對「春」之妙。不知者謂巧作參差，殊不知「臘」是正在而「送」去，「春」是未來而「偷」出，然則定須如是而成句也。下言爲我傳語從弟：本應裁詩相寄，而今不及有詩者，非是我惜此一詩，只爲我今愈益老矣。昔爾見時，我雖二毛猶斑鬢，今則一總如銀，又大非前日之比。彼衛太夫人，想亦只爲如是。故中丞遣弟往候起居，而我則獨是客居，全無音耗，並惠連池塘之夢，亦不見通，又安得有好懷抱作詩寄爾也哉。〇瞿齋云：余廿年前，讀此詩解，合什大士前，頌其青蓮華眼，偈曰：「西施南威號巧笑，實以美目爲莊嚴。杏壇乍點壁遂破，鹿苑洞開花正拈。憔悴詩王捫篆熟，嶔崎酒聖吮毫尖。碧波萬頃蟾光在，肝臂叢中願力添。」子美《别傳》：「少時道遇鶡冠童子，與一圓石，有金篆文曰：『詩王本在陳芳國，九夜捫之麟篆熟，聲振扶桑享天福。』」

閣夜

「閣」，即是夔州西閣；「閣夜」者，于西閣中度夜也。通篇悲憤之極，悲在夜，憤在閣。

歲暮陰陽催短景，天涯霜雪霽寒宵。五更鼓角聲悲壯，三峽星河影動摇。

一解寫夜，言歲暮景短，忽忽已夜。是夜雪霽，寒宵湛然。二句專爲欲起下二句，寫出一肚皮劉越石、祖士稚心事來[一]。言雖復短景入夜，然自一更以至五更，更更鼓角之聲刺耳錐心，如何可睡？既不能睡，即不免走出中庭，瞻望天象。而是夜正值雪霽，滿天星河湛然。漢東方朔言星辰動摇，「民勞之應」。今其象如此，蒼生奈何！筆勢又沉鬱，又精悍。反覆吟之，使人增長意氣百倍。○心在此處，則以别處爲天涯；心在别處，則以此處爲天涯：此第二句用「天涯」二字之法也。人斷斷用不出，于是斷斷看不出也。

野哭千家聞戰伐，夷歌幾處起漁樵。卧龍躍馬終黄土，人事音書漫寂寥。

[一]「稚」，金評各本均作「雅」。東晋祖逖字士稚。

一解寫閣。〇上解寫「夜」如此，則豈可久于「閣」中也哉？而竟無計得去，安得不憒憒？〇百姓新聞合戰，遍處無不野哭；先生不離西閣，閑聽漁樵唱歌。時事危急，急至于此；人事遲誤，遲至于此。因思卧龍躍馬，終成黄土，蓋世英雄，會有死日。今不及時赴事，轉盼没世無稱，天乎天乎，痛哉痛哉！我今在西閣之中，不惟人事不來，且至音書悉斷，使一旦遂死，真成萬年極痛矣！從來「終黄土」語，都作放手歎世用，此翻作血熱頭癢用，大奇。〇「卧龍」，是諸葛亮；「躍馬」，是公孫述。左思《蜀都賦》「公孫躍馬而稱帝」是也，所以得入此詩者。《圖經》：郭外有孔明廟，城上有白帝祠。正是西閣詩料也。

瀼西寒望

嘗讀王右丞《問寇校書雙溪》詩云：「君家少室東，爲復少室西？别來幾日今春風。新買雙溪定何似？餘生欲寄白雲中。」悲在「别來幾日今春風」七字下「餘生」二字，從此生出先生「年侵」二句，一樣手法。

水色含群動，朝光切太虚。年侵頻悵望，興遠一蕭疏。

起二句「水色」、「朝光」，便寫盡瀼西景物。下却作轉折語虚描之：既云「年侵」，「悵望」何已？然有時興至，輒復自得。餘生欲寄，春來卜居，實不能舍此他之也。〇「舍」

者謂仁，「切」者謂智。先生未必如此作，吾不可不如此讀。

猿挂時相學，鷗行炯自如。瞿唐春欲至，定卜瀼西居。

挂猿飲澗，閑鷗浮水，彼于世又何有哉？「年侵」、「興遠」，是處皆可，故便決卜居之計。

不離西閣二首

一片好笑，結作二詩。〇「不離」妙，日夜求離，至今不離，本即「久住」二字。然「久住」寫身，「不離」寫心；「久住」寫住，「不離」寫去。一片好笑，結作妙題矣。

江柳非時發，江花冷色頻。地偏應有瘴，臘近已含春。言臘猶未至，春已先動。

一解。寫西閣不可一朝居，日夜求離。不言可知，謂之「反起法」。

失學從兒懶，無家住老身。不知西閣意，肯別定留人？

二解。言明明有子，已置度外；實實無家，欲我安往？因徬徨四顧，反問西閣：爲肯放我別？爲尚將留我？夫西閣何意之有？爲此言者，非戲作小兒狡獪之筆，人至心盡氣絶、計算不通之時，真有自家意，反問他人之事。今日先生去留，先生亦已自不作主，肯別肯留，一聽西閣。寫窮途分明死人，滿紙墨點淚痕，不能復辨矣。〇「失學」句妙。題是「不離西閣」，且要問得離西閣，又有何事耶？當知年老心孤，亦已更無別事，止念教子學成，而不得試之吾身者，尚得試之後人，便暗用《論語》「歸與」、「狂簡」意，寫作愁思苦調。而今即並此一事，亦既付之度外，祇爲無家住身，作《不離西閣》詩也。筆能曲折之極，取通篇一氣細吟自知。

其二

西閣從人別，人今亦故亭。一解之半。

上解「肯别」、「定留」，語猶兩持；此忽作決絶語，云「西閣從人别」，自哭自笑，如醉如囈。然則其不離何也？人自故亭，非閣留也。「故」字妙，寫出一段窮途無賴氣色。「亭」字，依亭午字，便作「停」字用，不可以「閣子」作「亭子」也。看他兩篇如斷若續，如問若答，三分真語，七分鬼話，又好哭，又好笑。

江雲飄素練，石壁斷空青。二句十字，寫一奇景，真是奇絶人。滄海先迎日，銀河倒列星。又二句十字，寫一奇景，真是奇絶人。平生躭勝事，吁駭始初經。前解之半。

忽然中插一解，寫初到西閣所見奇事，皆以十字爲句。言江雲横飄如練，忽令空青石壁，斷作兩截，驟然見之，奇不奇乎？夜則蒼海日光已動，銀河星正燦列，奇不奇乎？此又先生集中别是一體，因結之云：平生最躭奇勝，今奇勝如許，正是初經乃曾吁駭。遍已見慣，還若平常，則可知不離之已久也。

謁真諦寺禪師

世間法，以日爲俗諦，月爲真諦，燈爲中諦。出世間法，以文殊般若爲真諦，普賢解脱爲俗諦，世尊得法于傳燈爲中諦。此方以伯夷爲真諦，叔齊爲俗諦，國人立其中子爲中諦。真俗二諦，不相無者也。寺是真諦寺，詩是真諦詩，誰謂先生不作佛語？

蘭若山高處，烟霞嶂幾重。凍泉依細石，晴雪落長松。

「凍泉」、「晴雪」，雖復即景，然禪師威儀，盡此十字矣。

問法看詩妄，觀身向酒慵。未能割妻子，卜宅近前峰。

看詩雖妄，然非詩無以悦情性；向酒雖慵，然非酒無以慰寂寥。總因未能割妻子，故詩、酒、妻子近于俗諦。偏以俗諦形真諦，妙。結應首二句。

崔評事弟許相迎不到應慮老夫見泥雨怯出必愆佳期走筆戲簡

從來親友相聚之樂，人人有之，況他鄉失路時耶？先生有云：「杖藜入春泥，無食起我早。」今不過于馬上霑濕，與無食而犯泥雨，其爲苦樂相去多少！所以佳期未赴，胸中怏怏不樂之甚也。結語似唐突，既云「戲簡」，亦不顧矣。

江閣邀賓許馬迎，午時起坐自天明。浮雲不負青春色，細雨何辜白帝城。

先生凡題中有「戲」字者，悉復用滑稽語，如此詩皆是。八句中凡三句有「馬」，筆致淋漓縱放之甚。「午時」，言只今已午時矣，然實起自天明，自晨而及于午，以候邀賓之馬之來也。乃是倒裝句法，自寫興致不淺。○王摩詰《隴西行》「十里一走馬，五里一揚鞭」，亦是倒裝句。若解作走到五里，始一揚鞭，可謂鈍置極矣。蓋云走馬時，一轡頭走十里，纔一揚鞭，不覺已走到半路了。寫其心頭火急，走馬迅速如見，真乃奇句妙句。附識于此。

身過花間沾濕好，醉于馬上往來輕。虛疑皓首衝泥怯，實少銀鞍傍險行。

「沾濕好」、「往來輕」，趣不可言。「虛疑」、「實少」，便不顧崔評事面孔也。

晝夢

特特犯《論語》「晝寢」字，先生豈不可雕之木、不可杇之牆哉？世既已昏昏然，我何得不昏昏然？言念及此，唾壺欲缺矣。

二月饒睡昏昏然，不獨夜短晝分眠。桃花氣暖眼自醉，春渚日落夢相牽。

一句正出題，二句料簡之，三、四句釋也。「不獨」二字，一直注到「眼自醉」、「夢相牽」。此是何等筆力，亦是何等章法。言眼自醉耳，非我欲睡也；夢相牽耳，非我欲睡也。「桃花氣暖」，「春渚日落」，非寫春暄惱人，乃倒映下「荊棘」、「豺虎」字。世人皆醉，我何獨醒；世人皆夢，我何不夢？只是眷戀君國之意，耿耿胸中，有不能睡者耳。遂接下半首。

故鄉門巷荊棘底，中原君臣豺虎邊。安得務農息戰鬥，普天無吏横索錢。

私則故鄉荊棘，公則中原豺虎，農務不修，横征日甚，寫世界昏昏極矣。獨是横吏索錢，乃正在故鄉荊棘、中原豺虎之日，其爲横也，比盗賊更劇。先生于醉夢中不覺身毛直竪，此所以眼針之必拔也。

熟食日示宗文宗武

此二首詩，四十許人，便不可讀。

消渴游江漢，羈栖尚甲兵。幾年逢熟食，萬里逼清明。松柏卭山路，風花白帝城。汝曹催我老，回首淚縱横。

帶病客游，連年不返，豈非兵甲之故哉？起十字，對得錯落之極。出他人手，便費筆墨無數矣。三句，我亦能道；四句，非人所及也。熟讀細思，便能自造奇句。老人忽忽無樂，只向松柏一路，縱復風花滿眼，與之全没交涉。見諸少年及時行樂，不勝厭惡，真有催老之恨也。從「清明」字中，分出「松柏」、「風花」二項。松柏漸與老人親，風花徒屬少年事，真有「汝曹催我」之勢，人特未老不知也。

又示兩兒

令節成吾老，他時見汝心。浮生看物變，爲恨與年深。長葛書難得，江州涕不禁。團圓思弟妹，行坐白頭吟。

令節也，實反成吾老，汝曹壯盛，未計及此。即日吾死後，當得汝悲痛耳，言今日不能令汝相信也。説得痛惻之極，何可多讀？後半首，全悲自老，非念遠之詞。不云見吾言，却云「見汝心」，千錘百煉，成此痛語。

雨

此首正寫亂極思治，而亂終不已也。始疑「自陽臺」，此云「未必自陽臺」，令人無搜索處，語意更深一層。

始賀天休雨，還嗟地出雷。驟看浮峽過，密作渡江來。

前半首，極寫兵甲連年之苦。「始賀」、「還嗟」、「浮峽過」、「渡江來」，沉頭没腦，生理都盡。不經亂離，那知此事？

牛馬行無色，蛟龍鬥不開。干戈盛陰氣，未必自陽臺。

五、六，正寫本題。牛馬變而爲蛟龍，寫普天戰鬥，無復務農之樂。七、八，是追恨天寶之事。意謂雨自干戈來，干戈則自陽臺來也。反言「未必自」，出語婉甚。

卜居

前《卜居》，結出「東行萬里」句；此《卜居》，劈頭便出一「歸」字：想起先生手法之妙。

歸羨遼東鶴，吟同楚執珪。未成游碧海，着處覓丹梯。

題本「卜居」，却偏反起一句，言本意只要「歸」。二句言不歸，則雖爲「楚執珪」，猶作越吟。三句言奈一時未得歸何，四句始折到題面。看他筆力矯絶，以得歸爲「游碧海」，而以卜居爲「覓丹梯」，真乃望歸如仙，讀之使人不敢輕出門也。

雲嶂寬江北，春耕破瀼西。桃紅客若至，定似昔人迷。

五句，「寬」字妙，且圖一豁老眼；六句，「破」字妙，便足稍充饑腹。末又以桃源爲結，則全是薑棗湯自暖其肚矣。

得舍弟觀書自中都已達江陵今茲暮春月末合行李到夔州悲喜相兼團圓可待賦詩即事情見乎辭

題前自「得舍弟觀書」至「到夔州」，共二十四字，一、二只十字了之。「亂離生有別」，單寫一「悲」字；「聚集病應瘳」，乃寫「喜相兼，團圓可待」七字。下一解，寫「賦詩」二句。每歎杜詩妙于製題，非此層折不稱。

爾到江陵府，何時到峽州？亂離生有別，聚集病應瘳。

起句着二「到」字，更無字可代，亦不可省却一字，只信口直敘，妙絕。亂離之世，生尚有別，然則别之有死，乃分内字。而今忽然聚集，此樂何極，尚有不瘳之病哉？十字中便有無數層折，細細吟之自見。

颯颯開啼眼，朝朝上水樓。老身須付托，白骨更何憂。

五、六句，寫盡快活。末結正如人云「如今便死得了也」，全是快活極語。

豎子至

詩叙小子送㮋，通首全是幽人樂事。題却如此製就三字，便于筆墨之外，相其胸中蜿蜿蜒蜒，隱起無數悲憤也。蓋先生欹枕江河，日望人至，乃今望者不至，而至者乃一竪子。心熱人聞叩門聲，不覺失口遽問，及至開看，自亦一笑：此「竪子至」「至」字之妙也。

樝梨且綴碧，梅杏半傳黄。小子幽園至，輕籠熟棕香。

于棕子外，忽想出樝、梨、梅、杏，碧者尚碧，黄者已黄，偏令棕子于樝、梨前，梅、杏後，有分外出色處。起法之奇，又他人所未有。三、四書其人，書其地，書其器，書其物，凡用四上虚下實字，寫來却是極幽秀之句，豈不異事？連上「樝梨」二句，書其時，成一解。

山風猶滿把，野露及新嘗。欹枕江湖客，提携日月長。

五、六十字，新果之新，已盡于此，結來更奇。○好意獻新，却被放出老饕無賴。言身今欹枕江湖，去期全無消息。如此輕籠棕，日提月携，正未有限。不知是怨憤，是滑稽，是哭，是笑！惟有千回讀之，歎其妙手。

槐葉冷淘

只是偶然詠物小題，偏盡情盡理，有次有第。將許多采葉、付厨、買麪、和汁、入鼎、加糝，色色拈來，事事點去。瑣瑣俗務，的的大雅。入第三解，忽然轉筆，便又眷眷君父，無日忘之。遽令小題，遂成大作。常置几間吟歎，增長忠愛何限。

青青高槐葉，采掇付中厨。新麵來近市，汁滓宛相俱。槐汁麵滓，宛然和合。

既俗矣，又甚瑣，如何可寫？今看他偏寫葉在樹前，麵在市裏。四句二十字中，只是采葉和麵，他人已愁費手。今偏于「葉」上另着「青」字、「高」字，于「麵」上另着「新」字、「來」字。「來」者，麵從别處新來近市也。便不知此日還是眼見「青青」，忽然興發；還是耳聞「新來」，算出妙事？四句二十字，一若寬然可以無所不備者，真妙筆也。

入鼎資過熟，加餐愁欲無。此是分付須熟語而未餐。碧鮮俱照箸，香飯兼苞蘆。

入鼎後寧失之熟，則餐時柔滑宜人。香飯苞蘆，既碧且鮮，皆加糝物也。冷淘小事，費心費口費手如此，未有大人不于小事費心者。

經齒冷于雪，勸人投比珠。即「投桃」「投」字。願隨金腰裹，走置錦屠蘇。

纔「經齒」，便念人；纔念人，便早又念此一人。問：「何得先念他人，次念一人？」一者文情漸次生來，不得不爾；二者纔經齒便念人，是此日實事。若「腰裹」、「屠蘇」，則空抱此心而力所不及，不得不另文反覆也。

路遠思恐泥，興深終不渝。獻芹則小小，薦藻明區區。

四句一句一折。人臣之事其君，悉抱此四句曲折以往，其庶幾矣。

萬里露寒殿，開冰清玉壺。君王納晚凉，十五字爲句，上十字又襯下五字也。此味亦時須。

冷淘小事，偶然經齒，無端送想，便直到萬里之外，涼殿之上，夜露之下，君王之身，竟忘却手中未放冷淘碗箸也。

園

仲夏流多水，清晨向小園。碧溪摇艇闊，朱果爛枝繁。

題止一「園」字，詩補出「仲夏」字。前一解，都從仲夏生情。○陶公云：「園日涉以成趣。」園于我何有？祇因今日涉、明日涉，便涉出趣來。若此園，竟爲我之不可少。凡境皆然，陶公寓意不淺。先生此詩，乃言爲避喧故，正不妨一涉耳。

碧溪摇艇，豈比要津；朱果爛枝，絶勝華禄。如此佳處，人之所棄，天之所留也，故下半接云云。

始爲江山静，終防市井喧。畦蔬繞茅屋，自足媚盤餐。

除却江山，都成市井。言始意只是陶然取樂，既而乃知此外皆憂。然則繞屋菜蔬，盤餐已足，必欲逐喧而求升斗，又獨何心也耶？

更題

前半首，痛定思痛之言，絶不指斥，措句妙甚。後半首，言甫脱喪亂，眼前光景都看不得，不淹留，又將何爲？

只應踏初雪，騎馬發荆州。直怕巫山雨，真傷白帝秋。

踏雪猶肯，豈怕遭雨？蓋暗指楊氏之禍，幾及乘輿，創甚痛深，覺至今猶心動也。有「巫山雨」，所以有「白帝秋」；至傷「白帝秋」，而後怕「巫山雨」，晚矣。二句抑揚入妙。

群公蒼玉珮，天子翠雲裘。同舍晨趨侍，胡爲淹此留[一]？

五、六，言喪亂未幾，而群公、天子宴然如故，曾無一人少有戒慎，則恐喪亂正未已也。所以我雖眼見同舍之彈冠趨侍，我獨何爲不懷愁索處？「胡爲」字，自問自嘲，妙。

見螢火

題是「見螢火」，詩却從「見」字寫出。後解云「滄江白髮愁看汝」，寫其「見」，正寫其「愁」也。

巫山秋夜螢火飛，疏簾巧入坐人衣。忽驚屋裏琴書冷，復亂檐前星宿稀。

全詩作「見」字。「巫山」，見螢火飛之處；「秋夜」，見螢火飛之時。「疏簾巧入」者，

[一]「胡」，金評各本均爲缺字方框，據杜甫詩補。

山中秋夜早凉，人便不能露坐，故坐疏簾之内，螢火也飛進屋裏來，點人衣上而不去。「坐」者，言其不去。以疏簾而螢能穿入，是其「巧」也。「屋裏琴書冷」，用「忽驚」字，妙。天熱，螢在空野處飛，今見其入屋，必且驚曰：「天又冷起來了！」「檐前星宿稀」而曰「亂」者，螢火即飛出屋，亦不離檐之上下。秋夜星疏，檐前可數，螢火飛來飛去，是亂星宿也。

却繞井欄添个个，偶經花蕊弄暉暉。滄江白髮愁看汝，來歲如今歸不歸？

井是露井，井上有欄，螢火只在井邊飛繞。初然一个，繼而又一个，復又一个，「添」字摹神。花蕊必在露地，螢畏冷，不飛去。或偶飛到花蕊上，光照花蕊，見他一亮一亮，若相接，若不相接，不似夏天亮得通徹也。「弄」字摹神。「滄江白髮」，字法對映，正寫「愁」字，言汝方秋冷無光，我正年衰髮白，汝之行徑與我行徑相似，所以愁見汝也。汝生于巫山，今秋如是，明歲亦然；我却是借寓，雖歸心日迫，而歸期杳然。今歲已無論矣，來歲如今，不知我行踪何處。我若歸，不得見汝；若不歸，仍要見汝。我今日正愁見汝，然我亦安得歸不見汝哉？

日暮

忽忽此生已老，忽忽此日又暮。讀第一句，纔説「牛羊下來」，却忙又下「久」字。夫

「久」，則忽忽又已夜也，忽忽又黃昏也、半夜也。壯夫讀之，遍身不樂，何況老人。

牛羊下來止此四字是「日暮」，以下悉是夜。久，如此奇句，便是佛唱，豈復風人。各已閉柴門。風月自清夜，江山非故園。直用王粲《登樓賦》「洵美而非吾土」句[一]，開作兩句。

如此風月清夜，何得閉門不顧？嗟乎！此有至痛，非人所知也。題是「日暮」，我欲作日暮詩，乃甫吟「牛羊下來」四字，一句猶未畢，而日暮景色失已久矣。老人餘光，統計已無幾何，乃中間流注，曾無少停，又且如是，即欲不閉門，無計可堪也。「自清夜」，寫門外風月；「非故園」，寫門内眼淚。使人讀之，真視風月如無常鬼伯，自有此物以來，未遭如是用也。○「各已閉柴門」，不妙于先生詩中寫他人閉門，妙于寫他人閉門時，先生亦已閉門。想至此，真乃無賢無愚，只合與草木一例去也，是一齊閉門義也。

石泉流暗壁，草露滴秋根。不是看到，乃是算出。頭白燈明裏，何須花燼繁。

泉流露滴，何刻不爾；暗壁秋根，人故不覺耳。二句便將前解第一句，重更提唱一遍。然則身坐燈明，命馳鬼國，刹那刹那，呼變吸異，況在白頭，其事倍速，花燼連連，報我何喜也哉？前解，不閉門不好；後解，閉門又不好：《仁王經》「四無常偈」，到處築着磕着矣。

[一]「土」，金評各本均作「上」，據王粲原文改。

月

此題最無分曉。法應書何地月，或何時月；乃今止標一「月」字，便似詠物通套題耳。而其詩，却又云「四更山吐」，極不通套。然則還是此處山高，四更方見；還是下旬月遲，四更乃吐耶？及至讀其詩，反復哀怨，而後始知先生滿肚忠君愛國，而當時又有不可顯言者，于是托喻于月，以宛轉攄其欲吐難吐之情抱也。設有嗔責之者，即不妨指題婉謝之曰：「臣詠月也，非臣自詠。」于是先生即一字之題，無不備極風人之遥深矣。

四更山吐月，「山」字着力，言山爲之也，非月咎也。殘夜水明樓。「水明樓」，着力表月之光明本有如此。○四更即是殘夜，然「四更」在未吐前，「殘夜」在既明後；「四更」恨其久，「殘夜」惜其遲。塵匣元開鏡，「元」字好，我謂無此日矣。風簾自上鈎。「自」字妙，待之不已久乎？

四句不知是慶是恨，是駡是訴。言自一更二更，候過三更，幾疑無月矣；詎知月本自明，祇受山蔽，山勢既盡，其明儼然。夫山之蔽月，必至四更方吐，山之力亦大矣；月之明樓，直到殘夜如水，月之來不已遲乎？約山以論，豈不自謂永不使月出現？乃勢窮理極，塵匣終無埋鏡之事，彼賊臣眼見終歸于盡耳！乃約樓以論，何曾一日不如或遇之？雖轉望轉賒，風簾寧有不上之時？彼孤臣真有久信于心也！嗟乎！四句二十字，聲淚俱盡矣。○東坡稱「殘夜水明樓」爲好景絕唱。小兒眯目，不見太山，真何足道！

兔應疑鶴髮，蟾亦戀貂裘。兔、蟾並用，微似不雅，只圖渲染題面，遂不顧矣。斟酌姮娥寡，天寒奈九秋。

前此不須復説，今既永夜上鈎，值此四更開鏡，意者輔弼姮娥，經紀九秋，在所不待再計耶？嗟乎！臣方壯時，辱在泥塗，今老無能爲，復欲安往？兔疑蟾笑，臣不爲也。已矣姮娥，天寒九秋，斟酌善爲，臣不能重有筋力，相助爲理也已。四句二十字，聲淚又一盡。○遥想一千年前，先生作此詩既畢，方乃伸筆向詩前，婉署一字曰「月」。中間爲是心血，爲是眼淚？爲是説得，爲是説不得？寄語千年後人，實是説不得也。

小園

龐公每云：「但願空諸所有，慎毋實諸所無。」學道人，此身猶爲大患，多方思欲委棄，豈可身外自招長物，輕于太虚空中注作黑點？昔日趙州和尚，自言除二時茶飯外，更無雜用心處。然則二時茶飯，趙州已自雜用心也。故吾每見道人棄家行脚，身邊只留巾瓶杖履，吾謂不如並此數物亦一切抛却。雖故先聖遺制，然畢竟多一事，多一心。自非上聖，未有噉針七鉢，了無難色者也。先生《小園》詩，正快説此義。

由來巫峽水，本自楚人家。客病留因藥，春深買爲花。

一解。筆勢奇逸，寫盡人生無事討事，都從不意中偶然因緣而起。○一、二句，言此園與客，風馬無及，真乃不知從何説起。三、四句，却以微因生出事來。身既有病，時又深春，既資其藥，又玩其花，因而「留」，因而「買」，小園從此遂于客成附贅懸疣，更灑不脱矣。〇常想老人身邊，偶收中婢，初本是天下女子，于我何與之有？只因二時粥飯，冬春澣滌，傍晚收書，中夜搔背，因而省一童子之食，畜此一物，略復自便耳。不意既入我室，全非初料，藤蔓枉梏，儼成繼室。往往而然，胡可勝歎！

秋庭風落果，瀼岸雨頹沙。問俗營寒事，將詩待物華。

一解。四句是平寫四件事。纔有小園，便色色關心，鹿鹿多事。如此人，豈可有小園也哉？〇「落果」，仰視而知；「頹沙」，俯察而見：兩句是寫小園可惱。然小園主人，正復以惱爲佳耳。「問俗」句，百計過年，實爲事出無奈；「將詩」句，預迎新歲，毋乃可以暫已耶！只爲多却一園，便平添出如許事。

又呈吴郎

前解，要吴郎原此一婦人之情；後解，爲吴郎説普天下一婦人之情。

堂前撲棗任西鄰，無食無兒一婦人。不爲困窮寧有此，祇緣恐懼轉須親。

前解。「堂前」者，杜陵别業之堂前也；「西鄰」者，杜陵别業之西鄰也；「棗」，杜陵别業之棗也。别業爲吴郎寓居，故杜以詩寄之。「任」之云者，一聽其取，勿復問也。所以然者何？　蓋西鄰之人，無食無兒之一婦人也。「一」字承兩「無」字，無食有兒猶可，今無食，又無兒，誰代爲求食者？豈不困窮之至？所以當「任」之也。三，又代婦人設想，人誰不願爲長者？設令此婦人有食有兒，處豐樂之境，不難餉人以棗，何至撲人棗乎？富好行其德，彼亦與我同心。今之撲棗，豈其初心哉？故曰「不爲困窮寧有此」。四，既代之設想，又使之寬心。彼不得已出于此，其心必有大不安者。恐人見之，懼人責之，其跼蹐可知。君子見其如此，不惟不禁，且或撫慰之，爲代撲以予之矣，故曰「祇緣恐懼轉須親[二]」。三、四句，即《論語》「如得其情，則哀矜而勿喜」之意，抵一篇《尚德緩刑書》讀。吴郎官爲司寇，故告以此，宜書座右也。

即防遠客雖多事，使插疏籬却甚真。已訴征求貧到骨，更思戎馬淚沾巾。

後解。我與鄰無撲棗之嫌，而鄰與堂猶有一籬之隔。何也？以吴郎寓居于此，故使插籬間之。本爲西鄰防遠客，非爲遠客防西鄰也。因防遠客，使插疏籬，雖我之多事，亦我之真情耳。且亦知其所以無食無兒之故乎？此婦人本未嘗無食，只爲朝廷徵求太重，使其力已竭，以至無食也；本未嘗無兒，只爲朝廷戎馬徵發，使其子從軍，以至無兒也。嗟乎！朝廷如此，爲縉紳者，不能爲之挽救，已負疚極矣，況忍復禁其撲棗耶！與言及此，不特彼婦沾巾，即司馬青衫淚濕矣。

[二]「祇」，金評各本均作「止」，據杜甫詩改。

人日

題是「人日」，詩當爲遠游而作。

此日此時人共得，一談一笑俗相看。樽前柏葉休隨酒，勝裏金花巧耐寒。

先生前詩云：「元日到人日，未有不陰時。」農家以此數日陰晴，定終歲豐歉之驗：若人日陰雨不止，則歲之歉收可知，而出處俱困矣。今春先生重欲遠游，而人日恰逢佳日，雖欲不與俗共談笑得乎？此江湖之興所以勃發也。「休隨酒」，言隨處可以飲酒；「巧耐寒」，言雖寒可以曲耐也。

佩劍衝星聊暫拔，匣琴流水自須彈。早春重引江湖興，直道無憂行路難。

轉句奇妙。先爲遠游，算出行路之難與不難，非寫琴劍隨身實事也。「佩劍衝星」，得無有望氣如雷焕者乎？「匣琴流水」，得無有知音如鍾期者乎？如此則行路可保無憂，而今日江湖之興，何妨重引哉。

三絶句

三絶句，不可少一首，亦更不能多一首。惟先生法如此，餘人不知。

前年渝州殺刺史，今年開州殺刺史。群盜相隨劇虎狼，殺人更肯留妻子。

《唐書》：部將吴璘，殺渝州刺史劉卞以叛，杜鴻漸討平之，事在大曆元年。部卒瞿封，殺開州刺史蕭崇之以叛，楊子琳討平之，事在大曆三年。二句祇是寫盗賊淫殺，不是一年，不是一處，不必定有意學「魚戲蓮葉」東、西、南、北句法也。「相隨」字妙，寫盡盗賊無部署，無册籍，只是到處成群而走。「劇虎狼」，言尤甚于虎狼。「殺人」句妙于「更肯」字，本是殺其人而淫其妻，却寫得一似蒙其肯留，感出意外者。非是寫慘惡事猶用滑稽筆，不爾，便恐粗獷不可讀也。右一絶，寫盗賊淫殺。

二十一家同入蜀，惟殘一人出駱谷。自説二女嚙臂時，迴頭却向秦雲哭。

「自説」字，雖在第三句，須知上二十一家入蜀語，亦此人自説也。二十一家，共計凡有若干人，而今止剩此一人，此其殺可知；只此一人，已有二女，彼二十一家，共計妻女凡有若干人，此其淫可知。「嚙臂」者，二女赴節就死，又念此臂曾爲盗賊所持，不可以冰玉之身有少點污，因自嚙去此一片肉，然後乃死。書此者，蓋因當時遍世界悉受淫污，天昏地黑，無復人理。先生不忍使廉恥種子于此澌滅浄盡，故特特撰此駱谷一人説云。今日猶有如此二女，以培植廉恥于天地中間，雖謂先生此詩功不在禹下可也。○惟餘一人，是剩一完全人；「惟殘一人」，是剩一不完全人。只「一」字，寫亂離之慘如睹。○右一絶，寫被淫殺之難者，只據駱谷一人口中，則有二十一家，其外何限！

殿前兵馬雖驍雄，縱暴略與羌渾同。聞道殺人漢水上，婦女多在官軍中。

劈頭提出「殿前兵馬」四字，不復自避唐突。「雖」字、「略」字，雖復多用曲折迴護，然畢竟更忍不住矣。下二句，便直用第一絶之第四句，破作兩句。非先生句法亦有重出之時，正是故作此交互映帶之法，以見「殿前兵馬」之即盜賊也！○右一絶，寫殿前兵馬即是盜賊。「殺人」「人」字妙，並不殺賊可知。○此三絶句，非寫三事。乃獨刺殿前兵馬也。却爲「殿前兵馬即盜賊」一語，投鼠尚忌其器，豈可唐突便罵，故分作三絶句以罵之。第一絶，言群盜則理當淫殺如此，若不淫不殺，亦不成爲群盜；第二絶，言普天下人酷受淫殺之毒，我只謂都受群盜之毒；第三絶，始出正題，言近則聞道殿前兵馬乃復淫殺不減，竟不知第二絶是受群盜毒，是受官軍毒？誰坐殿上，誰立殿下，試細細思之。

宇文晁尚書之甥崔彧司業之孫尚書之子重泛鄭監前湖

此詩是崔姓一人重邀先生泛湖而作也。乃不著姓名，而特溯其遥遥華胄，復及其外家，重疊反復，似乎推重也者，而不知正言外不然之極也。先生製題，每用《春秋》詳略之法，以寓抑揚。書名書官，及書行次，各不相等。「宇文晁尚書」、「崔彧司業」云者，非所親厚之人，而其人足重，故既書官，必書名也。「尚書之子」云者，尚書當是崔彧子，彧名而彼不名，以其人無足重，故但書官，不書名也。先生此題，明明與崔氏一人同泛，而但曰某人甥，某人孫若子，其人影迹不露，是其人豈復爲宇文宅相，强爺跨祖之人乎哉？先生雖與同泛，有甚不樂此重泛意，而渾厚自然，真《三百篇》之遺也。○製題出人意表，當與《陪李金吾花下飲》等同看。

郊扉俗遠長幽寂，野水春來更接連。錦席淹留還出浦，葛巾欹側未迴船。

郊扉既已遠俗，則幽寂固所甘；春水更爾接連，則出入尤不易：何乃有此重泛之役乎？「錦席」曰「淹留」，「淹留」二字妙，既無酬和之樂，自覺留連之苦；「葛巾」曰「欹側」，「欹側」二字妙，無有風範可親，不覺簡傲自恣。玩此兩上半句，乃是先生滿肚皮不耐煩，不能説出。主人顧命舟重泛，「還出浦」、「未迴船」，是亦不可以已乎？此節專寫「重泛」字，借郊扉、野水，映帶鄭監前湖，而實則未寫也，要留在下半節寫。

尊當霞綺輕初散，棹拂荷珠碎却圓。不但習池歸酩酊，君看鄭谷去夤緣。

「霞綺」，喻當時聲伎雜然，所謂「錦席」也。刹那聚散，夫豈有常？「荷珠」，先生自喻也。處處皆圓，誰能碎却？不知者謂是寫景，味製題之意，真無景可寫也。「習池酩酊」，先生以山簡自居。奇在「鄭谷夤緣」句，彼一貴介在坐，夤緣之態至不可説，得無聳動鄭監亦作此想耶？讀此句，想一時泛湖聲勢，正自入眼不得。○有謂前解「郊扉」、「野水」二句，説鄭監前湖者，非也。先生卜居，正與水近耳。

曉發公安數月憩息此縣

此詩最惡，不知何年一見便熟。至今每五更枕上，欲覺未覺時，口中無故便誦此詩。百計禁之，而轉復沓至。聖歎白髮，是此詩送得也！

北城擊柝復欲罷，東方明星亦不遲。鄰鷄野哭如昨日，物色生態能幾時？

「欲罷」、「不遲」，便用《國風》「鷄既鳴矣」、「匪鷄則鳴」筆法，寫客程忙促，驚心吊膽如畫。乃于第一句，輕輕插一「復」字，而前此日日五更，聲聲入耳，真可痛可駭也。言數月以來，鄰鷄野哭，耳得飽聞，日又一日，本不置意；却因今日臨當發去，忽悟今猶昨，昨又猶昨，不意之間，數月何在？自今以去，又有幾數月也？可痛可駭也。○道樹云：「北城」句，還在床上；「東方」句，直出門前矣：二句之跳脱如此。

舟楫眇然自此去，江湖遠適無前期。出門轉盼已陳迹，藥餌扶吾隨所之。

未發公安，尚有公安可據。自今已去，茫然不復知所如也。如此便應極大悲惱，然而竟不者，數月公安，轉盼便非，身世虛假，了無可信。可惜此行實無前期，縱有之，亦何須幾何時，早與公安一樣也。○此詩一、二句，是初發公安；五、六句，是既發公安；三、四、七、八句，是數月憩息此縣。不悲于去公安，亦不悲于去公安後無處去，悲莫悲于數月憩息此縣也。道樹云：語云相隨百步，猶有徘徊之意，何況數月憩息？故悲也。

倪雲林畫中，從來不著一人，相傳既久，婦人孺子無不知。却曾無人知此詩通篇不著一人，其法至奇也。○題是「潭州」，便從潭州上掇拾出賈、褚二人來，最是冬烘惡套。我欲罵之，彼便高援先生此詩爲證。不知先生自有異樣妙法，明明寫出賈、褚，明明紙上反已空無一人。不惟無他人，乃至並無先生。此不知當日先生是何心血做成，亦不知聖歎今日是何眼光看出。總是前人心力不得到處，即後人心力亦決不到；若是後人心力得到之處，早是前人心力已到了也。千秋萬歲之下，錦心繡口之人不少，特地留此一段話，要得哭先生，亦一哭聖歎。所謂「回首傷神」，輩輩皆有同心也。

發潭州

夜醉長沙酒，「夜醉長沙」、「曉行湘水」，雖寫「發」字，然客游既倦，人情轉薄，苦況惡境，盡此十字矣。曉行湘水春。五字中，並不見主人。岸花飛送客，檣燕語留人。得此二句，上句愈明。

發潭州，原只應從「曉行湘水」寫起。今乃于未發之前一夜，補出「長沙酒」一句，便見潭州只如空城，醉只自醉，行亦自行。夜猶潭州，曉已湘水，既無人留，亦無人送。夫先生至今日，誰不願黄金鑄軀，泥首萬拜，乃在當時，只是如此！所謂饑寒困苦，身徧受之，而留此珠玉錦繡，怡悦後人，可痛也！三、四句承上，正寫潭州不送不留，非寫飛花燕語。言「岸花飛」或當送者，「檣燕語」即算留人。此正重明夜醉曉行之苦況惡境，亦用

「青蠅吊客」語翻作好句也。○一解四句中並無一人，甚明。賈傅才何有，褚公書絶倫。名高前後事，回首一傷神。若不尋得先生妙法，此四語復成何詩哉。

前解並無一潭州人，然猶有一發潭州之先生。至後解，忽然寫出一謫潭州人，忽然又寫出一謫潭州人。憑空添出兩人，而發潭州之一人遂悲不可説矣！「何有」，言才何在也；「絶倫」，言書僅傳也。「回首」者，若論前後，則賈、褚已往，我今猶在；若論潭州，則不惟彼往，我亦已發。通篇八句四十字中，真並無一人矣。辛卯夏六月甚暑，當午讀之，寒栗竟日。

風雨看舟前落花戲爲新句

只三解，寫盡無端失足，終不自振，可笑可憫。○花豈可不開，但風雨豈開花之日？自不愛惜，一敗莫救。然後讀《論語》「邦無道，卷而懷之」句，不覺流涙。嗚呼！不既晚乎？

江上人家桃李枝，春寒細雨出疏籬。影遭碧水潛勾引，風妒紅花却倒吹。

桃李枝，誰禁不出疏籬？然三春百日，何妨少待。又寒又雨，世界如此，卿乘千里馬欲先安之耶？「潛勾引」妙，豈不内度諸心，外度諸事，百使千便，萬無一失；「却倒吹」妙，豈料一入此中，全不由我，千差萬跌，總無一是。嗟乎，嗟乎！纔被勾引，便受倒吹，中間何曾瞬息如意？我自輕出疏籬，于彼風雨又何尤焉？

吹花困懶傍舟楫，水光風力俱相怯。赤憎輕薄遮人懷[一]，珍重分明不來接。

一跌後更不自振，全望有人舒手相援，乃人見其前後踪迹如此，亦便分明置之不理。○落花困懶，前解寫落花，落花要哭；此解寫舟中看落花者，落花一發要哭：真盡情盡事之筆也。○落花困懶，却借舟中人眼光看出來。水光風力俱怯，妙。怯風力，還爲怕他倒吹；怯水光，乃並怕他勾引矣。「輕薄」字，正與「珍重」字對。「赤憎」、「遮人」，分明不接，猶可耐也；笑我陷自輕薄，彼因特作珍重，胡可耐也！然滔滔世情，大都如此。自出疏籬，于彼何尤？

濕久飛遲半欲高，縈沙惹草細于毛。蜜蜂蝴蝶生情性，偷眼蜻蜓避百勞。

第一解寫無端失足，第二解寫更無人援，此解寫是人遂不知所終也。○濕既久，飛極遲，然而心猶不肯遽死，因更爲下「半欲高」三字。寫失路人癡心妄想，真有此事。然此去隨處沙草，竟如一毛，奄然不復見卿重來矣。于是蜂蝶小蟲，以此爲鑒，授眼蜻蜓，珍重不出。然而我爲前車覆則久矣，夫人亦何樂以身爲他人前車者哉！

賓至

賓，大賓也；賓至不比客至。意中雖極欲款留，而勢必難款留，看其措詞之妙。

[一]「憎」，學易堂本及震華書局本作「增」，據其他各本改。

幽栖地僻經過少，老病人扶再拜難。豈有文章驚海内，謾勞車馬駐江干。

一句見幽栖非貴客所經之處，一句見老病非迎接貴客之人。先自叙絶無「賓至」之理，承言今貴客儼然臨我，我實自信不過也。除非我有驚世文章，或者不嫌我地僻，不嫌我老病耳。自揣生平只有得者幾句詩，詩却算得甚事，而勞他車馬訪我江干耶？前解做完「賓至」，後解做一時不能款留他。

竟日淹留佳客話，百年粗糲腐儒餐。不嫌野外無供給，乘興還來看藥欄。

「佳客」，是不可率易留者[一]，初意到過即行，他却淹留在坐，話个不歇，已好大半日矣。「淹留」二字妙，因不能款他，要他速去，覺得有不耐煩他底意思，情事如見。「百年粗糲」者，没頭没腦于其中也。見他不去，似不得不留他，然而家又無物；口對客話，腸中輪轉，如何而可？除非留他一飯。算計到一飯，則心力竭矣，但我平日所餐者，粗糲也。葱湯麥飯，在腐儒則不嫌，彼貴客那好便留？此句尚在沉吟不決之際，合二句，遂決意不留矣。又恐客尚望其留，索性回絶了他，説我僻處野外，家無供給，心實不安，未審尊客嫌我否也。若不嫌者，「供給」我家固無，「藥欄」我家則有。藥欄可看，已在此看了半日，後次有興還來，來則仍看藥欄也。先生此日，真虧煞這个藥欄。若不是他，則尊客今日興盡而返，尚復望其乘興而來哉？嫌不嫌，于來不來上驗，妙甚。〇此下五首，

[一]「易」，震華書局本作「意」。

從《説唐詩》録入，因《唐才子書》無杜律。凡而庵所批，皆爲分解存之。○杜詩單行全稿，不欲混于四唐之内，此唱經意也。今既不可得，而七律所缺過半，而庵其有意乎？矍齋識。

客至

公自注：喜崔明府相過。薛廣文云：按公生母崔氏，明府其舅氏也。今看去，恐不是尊行，必是表兄弟。題曰「客至」，是又遠分者。待他之法，客，又不純是客；親，又不純是親：故知其爲遠分表兄弟也。

舍南舍北皆春水，但見群鷗日日來。花徑不曾緣客掃，蓬門今始爲君開。

一春多雨，舍之南，舍之北，一派皆水。群鷗水鳥，因水而來，游于舍南北之間，人迹則斷絶矣。客既不來，徑亦不掃，門亦不開。今始掃徑開門，見是久雨之後，客來第一个也。

盤餐市遠無兼味，樽酒家貧只舊醅。肯與鄰翁相對飲，隔籬呼取盡餘杯。

如此大水，市久不通，家定無物，客至又不可不留；幸是親戚，不妨隨意出家中之所有。盤餐止得一味，無有第二樣。以「市遠」爲托詞，市即甚近，亦難致也。樽酒取之床頭，然却是「舊醅」。醅是酒之未濾者，又托言「家貧」只此而已。「肯與」字妙，欲請人來陪，却先問客一過。酒不成酒，下箸又無可下箸，又茫茫是水，無處去請客，屈指來只有一鄰翁，未審肯與飲否？如以爲可，隔籬呼唤他來。「取」字，見鄰翁必來。「隔籬」二字，照顧「舍南舍北」四字，妙。村間房子，朝南北者多。南北是説「舍」之前後，「隔籬」則是間壁。因前後皆是水，故于間壁邀人也。鄰翁是飲此舊醅慣者。「盡餘杯」，亦托詞。不好説客不肯飲舊醅，亦不好説客飲盡此舊醅，故把鄰翁盡興。舊醅即不中飲，見此鄰翁歡飲，亦略助客酒懷，庶幾相忘此舊醅之劣也。不提起「盤餐」，又妙極。

聞官軍收河南河北

一傳聞如此，可見先生此心，無日不在朝廷。

劍外忽傳收薊北，初聞涕淚滿衣裳。却看妻子愁何在？謾捲詩書喜欲狂。

「劍外」，劍閣之外。「收薊北」者，代宗廣德元年，史朝義自殺，其將李懷仙以幽州降，田承嗣以魏博降是也。先生在劍外，刻刻思歸洛陽，爲因禍亂未息，朝中絶無動静，反放下念頭過日子，謂不知在何年、何月、何日、何時，得聽好消息。今一傳到耳，且不問事之虚實，不覺大喜遍身。喜極反淚，此亦人心之常，勿作文章跌頓法會去了也。「愁何在」妙：平日我雖不在妻子面前愁，妻子却偏要在我面前愁，一切攢眉淚眼之狀，甚是難看；今日涕淚沾濕中，却看妻子顔面，已絶不類平時，然則你們底愁竟丢向那裏去耶？

「謾捲詩書」妙：身在劍外，惟以詩書消遣過日，心却不在詩書上；今已聞此捷音，極其得意，要這詩書何用？見攤在案頭者，趁手一總捲去，不管他是詩是書，一類非一類也。寫「初聞」光景如畫，爲一解。

白日放歌須縱酒，青春作伴好還鄉。即從巴峽穿巫峽，便下襄陽向洛陽。

臨老得見太平，即一日亦是快樂。我縱不善歌，當爲曼聲長歌；縱飲不得酒，當爲長夜泥飲：皆所以洗滌向來之鬱勃也。「好還鄉」「好」字，見此時不歸，更待何時？趁此春天，一齊歸去。此二句説歸。合二句，見説着歸時，妻子皆飛得起要歸，一似不待束裝即上路爲快者。「即」是即刻，「便」是便易。巴峽在重慶，巫峽在夔府。「穿」字，見甚輕鬆，有空即過去也。巫峽順流而下，遂至襄陽。此是一水之地，故用「下」字。洛陽已是陸路，故用「向」字。此寫聞過即欲還鄉，神理如見，爲一解。此等詩，字字化境，在杜律中爲最上乘也。○妙批。

見王監兵馬説近山有白黑二鷹羅者久取竟未能得王以爲毛骨有異他鷹恐臘後春生騫飛避暖勁翮思秋之甚眇不可見請予賦詩二首止黑鷹一首。

據王監口中，説有是鷹；據先生詩中，必無是鷹。令人好異之念，不覺冰釋。

黑鷹不省人間有，渡海疑從北極來。正翮摶風超紫塞，玄冬幾夜宿陽臺。

「省」字有數義：一、省覺之省；一、警省之省；一、省察；一、減省。此「不省」字，乃是「省覺」、「省察」邊字，從「王監兵馬説」五个字來。君雖説有，我不省其必有。「渡海」句，正言其不必有也。人間從無此鷹，雖云生于外國，必是渡海而來，然我疑其從天而降。用「北極」者，北色黑故。此二句，是不信王監所説，欲其止羅者之求索也。「正翮」句，承「渡海」；「玄冬」句，承「北極」。「紫塞」，長城也。秦築長城，土色皆紫。鳥飛翮多不正，《莊子》説：大鵬「摶扶摇羊角而上者九萬里」。「摶」是一个飛法，「扶」是一个飛法，「摇」是一个飛法，「羊角」又是一个飛法。大鵬上天，用四个飛法。今鷹衹用一个「摶」法，直開兩翮，不作反側之態，從正北超越紫塞，此是具何等勢力？「玄冬」亦貼「黑」字。鷹來必在秋冬之際，王説黑鷹時，正在冬，故用「冬」字。陽臺在夔州境内，王説近山，故用「陽臺」也。何故用「夜」字、「宿」字？王既説近山有，又説竟未能得，先生意中總不欲王去羅取。王説有，不好説無。王説未能得，即詭其詞曰：想此鷹日間不在這裹飛，夜間或在這裹宿。夜宿有誰看見？又不是連宿；一冬九十日，只得幾夜，又不知是那幾夜。若果是夜宿者，則鷹猶或可得；不知在那幾夜，踪影俱無，如何能得？吾真不省人間有此鷹也[一]，作前解。

[一]「鷹」，學易堂本爲墨釘，震華書局本無此字，據其他各本補。

虞羅自覺虛施巧，春雁同歸必見猜。萬里寒空只一日，金眸玉爪不凡材。

《禮》：葬後五日之祭，謂之「虞祭」。「虞」乃重華字；虞之爲言，慮也。于彼乎？于此乎？猶云如在上，如在左右也。虞人處處張設羅網，或疑禽獸在那邊來，或疑在這邊來，故曰「虞羅」。王恐臘後春生，眇不可見，必令人多方捕取。虞人承命，敢不盡力？然雖多方施巧，而其意中知鷹卒不可得，則是虞羅虛設矣。「春雁同歸」者，鷹超紫塞而來，中國廣闊，東西南北，何處不去？不好捉摸。到得春雁歸時，鷹少不得要歸，歸則與雁一路。鷹是黑色，就令雜在雁中，與雁自别，必然看見。「必見猜」者，非鷹、雁自相猜，乃人去猜度鷹也。言彼虞羅既不可得，難道見也不使人一見？除非在雁歸時，可以猜其有無。然鷹若有則可猜，無則猜亦無如之何矣。「萬里寒空」者，因尚未春，故云「寒空」，此正鷹馳突之際，萬里之遠，不消一日，等閑過去。「金眸玉爪」，正襯「黑」字。先生未嘗看見，竟説他眼是黄底，爪是白底，如此活現，正從下「不凡材」三字想得。蓋鷹之敏捷在眼，猛利在爪，與起「正翮」「翮」字相映。既云「不凡材」，則此鷹斷不爲人得；若爲人得，便是凡材。今見也不使人見，真正鷹之出類拔萃者。王即于近山多方捕取，斷不可得。若爲王得，則亦猶夫鷹耳，又何必慕此鷹哉？王真不必令人取也。王監欲取是鷹，爲害地方不少。先生教他不要捕取，不如直言鷹之不爲人得爲妙也。

燕子來舟中作

看先生待燕子，直是故交相似。流離之苦，殆不言神傷矣。〇按：大曆四年，公自岳陽至潭州，尋入衡州，復回潭州；五年，在潭，率舟居，又值臧玠之亂，因避入衡州。欲住郴州不果，回潭。謀歸襄陽，道卒。此詩即是年作。

湖南爲客動經春，燕子銜泥兩度新。舊入故園嘗識主，如今社日遠看人。

湖南在潭州，爲客于此，輒又經春。燕子壘巢，已新兩度。「新」字，有無數不堪在内。「舊入故園」二句，緊承「燕子」，而「湖南爲客」自見。舊在故園，燕子來巢，想必識我是个主人。「如今社日」，「如今」者，算不出年月也，却遠來舟中看人。豈我思故園，燕子亦不忘舊人耶？先生見燕子來，不啻空谷足音，直把來作一舊相識，言之感傷。

可憐處處巢居室，何異飄飄托此身？暫語船檣還起去，穿花落水益沾巾。

「處處」二字，即在「故園」與「湖南」上説，不必説開。燕子巢居，也不得安栖一處。原其情，真是可憐。今我舟居湖南，飄泊水上，燕子當亦可憐我。「暫語船檣」句，悲在「還起去」三字。言燕子既到舟中，何不竟在此壘巢，使我終日相對？今只在船檣上暫語，我道汝尚未即去，汝還起去，殊爲惆悵。然若汝竟遠去，只當汝不曾來；而今看汝却去穿花落水，或有意娱我而然，不知越形容我不堪來。燕作如是消遣，我却悶坐舟中，不如燕子多矣，不覺涕泗之沾巾矣。先生此詩，無異長沙《鵩賦》，其律遂終于此。

向夕

畎畝孤城外，江村亂水中。深山催短景，喬木易高風。插此二語，是不奇崛。○臨夜每有風色忽起，「易」字妙。○此非寫景，要知此十字下，便緊接「草屋」。草屋正在孤城亂水中、畎畝江村中也。

妙題。五十以外，全然是此二字矣。

鶴下雲汀近，鷄栖草屋同。「鶴下雲汀」，何等意思；「鷄栖草屋」，何等卑屈！寫盡大才淪落之苦。琴書散明燭，長夜始堪終。

三、四忽接于一、二之下者，言平生不意遂向此間老也。老人身中，每有異樣衰敗，非他人所知，亦非自己所料，「易高風」也。

草屋與鷄栖無異，真非琴書無以度夜。然只須有琴書明燭，便已足見雲鶴之姿，終不爲屈折所壞也。

白帝樓

以爲登樓詩亦可，以爲坐樓詩亦可。

漠漠虚無裏，連連睥睨侵。樓光去日遠，峽影入江深。

非登樓詩，乃坐樓詩也。日日眼前，那不可憎。〇熱人、熱事、熱語、熱景，必憎。「憎」之爲字，心曾也。上解全是憎。

臘破思端綺，春歸待一金。「待」字哀哉。去年梅柳意，即上二句。還欲攬邊心。尤苦，尤苦。

今年又思端綺猶可，明年又待一金。悲哉！一金幾何，早待兩年也！

宇文晁尚書之甥崔彧司業之孫尚書之子重泛鄭監前湖 別批

古人詩，有詩從題出者，有題從詩出者；有詩之所無，題補之者；有題之所無，詩補之者；有題與詩了不相關者，有詩與題融然一片分開不得者。如此律，固詩與題一片者也。

郊扉俗遠長幽寂，野水春來更接連。錦席淹留還出浦，葛巾欹側未迴船。

先以起二句，立定自家人品，下却寫連日之趨承，而以後四句辨白之：淋漓痛哭之文也。

尊當霞綺輕初散，棹拂荷珠碎却圓。不但習池歸酩酊，君看鄭谷去夤緣。

富貴無常，滄桑不定，我看破已久。「還出浦」、「未迴船」，豈真周旋權要哉？夫前湖宛然，而鄭監何在？若彼尚能夤緣，我亦不妨爲之也。

宴王使君宅題二首

漢主追韓信，蒼生起謝安。吾徒自漂泊，世事各艱難。逆旅招邀近，他鄉意緒寬。不才甘朽質，高卧豈泥蟠？

一解曲折無盡。言今日我謂主上不肯見用，殊不知上下相失，正復各不相照面耳。漢主追韓，臨食三起；蒼生望謝，渴逾雲霓。茫茫天下，不知賢人何在，彼豈料正是我耶？然則吾自飄泊，非君相棄。君爲無才，正苦艱難。惟我知之，非他人同喻。

泛愛容霜鬢，留歡十夜闌。自吟詩送老，相勸酒開顔。苦。戎馬今何地，鄉園獨在山。江湖墮清月，酩酊任扶還。

「何地」，問得親切。「獨在山」，有不願幸免意。

公安送李二十九弟晉肅入蜀余下沔鄂

正解柴桑纜，仍看蜀道行。檣烏相背發，塞雁一行鳴。

讀之無奇耳，未有時正自難寫。

檣烏背發後，中間一行塞雁，寫景妙極。

南紀連銅柱，西江接錦城。憑將百錢卜，飄泊問君平。

後解說：自今以後我南行紀[二]，弟到西江，兩不復知。借成都君平字，獨寫老兄飄泊可憐。○下解只爲「飄泊」二字，言我行直「連銅柱」，弟去乃「接錦城」。錦城之君平，當知我別後事。

清　明

著處繁華矜是日，長沙千人萬人出。看他如此出筆。渡頭翠柳艷明眉，爭道朱蹄驕齧膝。寫千人萬人。此都好游湘西寺，寫風俗可笑，如畫。諸將亦自軍中至。結爲此句也，何可勝歎。馬援征行在眼前，葛强親近同心事。寫諸將盡至。金鐙下山紅日晚，轉筆蒼涼。牙檣捩舵青樓遠。日暮途長如畫。古時喪亂皆可知，人世悲歡暫相遣。弟侄雖存不得書，從「千人萬人」感出來。干戈未息苦離居。從「日晚」「樓遠」感出來。逢迎少壯非吾道，況乃今朝更祓除。

起得闊大奇肆，然只是贊清明之至，非題外作過分語。「金鐙」二句，結「千人萬人」；「古時喪亂」句，結諸將皆至；「人世悲歡」句，總結到自身也。「祓除」字用得好。

[二]「南行紀」，金評各本均如此，或當作「行南紀」。

相傳祓除不祥，此老乃更祓除累德也。

贈韋七贊善

贊韋曲，全爲標杜陵。殷浩悭事，便同侘傺。

杼里衣冠不乏賢，一句泛。杜陵韋曲未央前。句法奇甚，秀甚，花色甚。爾家最近魁三象，時論同歸尺五天。

「魁三象」者，公自注：「斗魁下兩兩相比爲三象。」不可解云：「爾家最近魁象，論我家，則惟爾家爲最近，猶如魁前之三象。」故下接云云。「尺五天」者，公自注：「俚語曰：『城南韋杜，去天尺五。』」

北同。走則。關山開雨雪，南同。游則。花柳塞雲烟。須有爾許事，乃久遲滯洞庭耶？洞庭春色悲公子，蝦菜忘歸范蠡船。極叙兩家之樂。○自稱「公子」，亦圖洞庭一色耳。

洞庭蝦菜，遂至忘歸，豈不深可悲耶？昔有杜審言、韋見素，今有公與韋七，前樂其同進，後勉其同止，真詩人之遺也。

唱經堂批歐陽永叔詞十二首

此書之整理，以清康熙初年學易堂刻《貫華堂才子書彙稿》本爲底本，以宣統二年順德鄧氏《風雨樓叢書》排印、民國四年上海國光書局排印《貫華堂才子書彙稿》本及民國石印《金聖歎全集》本參校。

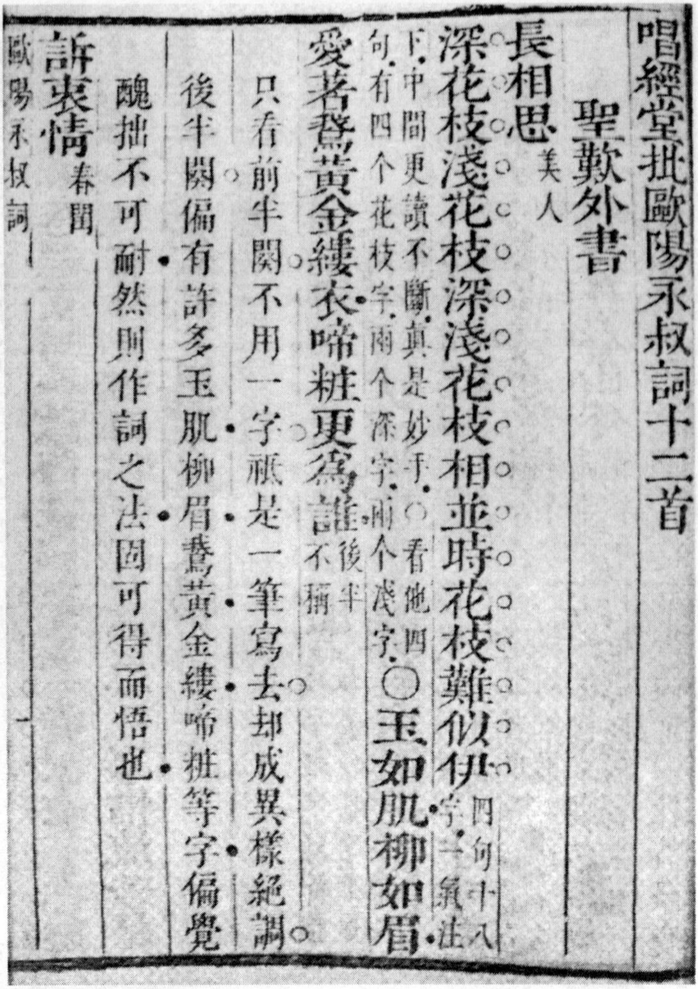

唱經堂批歐陽永叔詞十二首

聖歎外書

長相思 美人

深花枝淺花枝深淺花枝相並時花枝難似伊 四句廿八字一氣注下中間更讀不斷真是妙手○看他四句有四个花枝字兩个深字兩个淺字

○玉如肌柳如眉愛著鵞黃金縷衣啼粧更爲誰 後半不稱

只看前半闋不用一字祇是一筆寫去却成異樣絕調後半闋偏有許多玉肌柳眉鵞黃金縷啼粧等字偏覺醜拙不可耐然則作詞之法固可得而悟也

訴衷情 春閨

歐陽永叔詞

康熙刻本《貫華堂才子書彙稿》之《批歐陽永叔詞》書影一

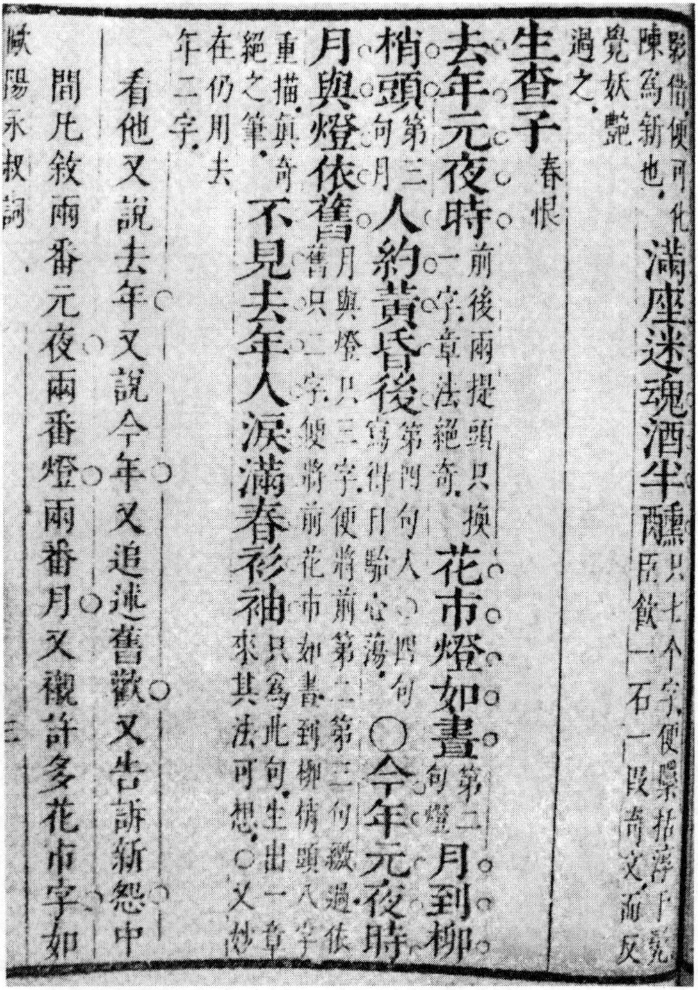

影借便可化陳爲新也。滿座迷魂酒半醺只七个字便纍括淳于髡臣飲一石一段奇文而反覺妖艷過之。

生查子　春恨

去年元夜時前後兩提頭只換一字。章法絕奇。花市燈如晝第二句燈月到柳梢頭第三句月人約黃昏後第四句人。四句寫得月驛心蕩。○今年元夜時月與燈依舊月與燈只三字。便將前第二第三句繳過。依舊只二字。便將前花市如晝。到柳梢頭八字重描。眞奇絕之筆。不見去年人淚滿春衫袖只爲此句。生出一章來。其法可想。○又妙在仍用去年二字。

看他又說去年又說今年又追述舊歡又告訴新怨中間凡敘兩番元夜兩番燈兩番月又襯許多花市字如

康熙刻本《貫華堂才子書彙稿》之《批歐陽永叔詞》書影二

唱經堂批歐陽永叔詞十二首　目録

長相思美人……八三三
訴衷情春閨……八三三
踏莎行寄内……八三四
減字木蘭花艷情……八三四
又歌姬……八三五
生查子春恨……八三五
又即事……八三六
瑞鷓鴣有見……八三七
蝶戀花春睡……八三七
又閨思……八三八
又蕩船……八三八
又採蓮……八三九

唱經堂批歐陽永叔詞十二首

聖歎外書

長相思　美人

深花枝，淺花枝，深淺花枝相並時。花枝難似伊。四句十八字，一氣注下，中間更讀不斷，真是妙手。○看他四句，有四个「花枝」字，兩个「深」字，兩个「淺」字。○玉如肌，柳如眉，愛著鵝黄金縷衣。啼妝更爲誰？後半不稱。

只看前半闋，不用一字，祇是一筆寫去，却成異樣絶調。後半闋，偏有許多「玉肌」、「柳眉」、「鵝黄」、「金縷」、「啼妝」等字，偏覺醜拙不可耐。然則作詞之法，固可得而悟也。

訴衷情　春閨

清晨簾幕卷輕霜，呵手試梅妝。都緣自有離恨，故畫作遠山長。即有恨，亦何與畫眉事？以畫眉作使性事，真是兒女性格也。○思往事，惜流芳，易成傷。未歌先斂，欲笑還顰，最斷人腸。

踏莎行　寄内

候館梅殘，溪橋柳細，草薰風暖摇征轡。「殘」字、「細」字，寫早春如畫。○「摇」字不知是草，不知是風，不知是征轡，却便覺有離愁在内。離愁漸遠漸無窮，迢迢不斷如春水。此二句只是叙愁，却已叙出路程；上三句只是叙路程，却都叙出愁：其法妙不可言。○寸寸柔腸，盈盈粉淚，樓高莫近危欄倚。此七字，從客中忽然説到家裏。平蕪盡處是春山，行人更在春山外。此十四字，又反從家裏忽然説到客中，抽思勝陽羡書生矣。

前半是自叙，後半是代家裏叙，章法極奇。○杜詩「今夜鄜州月，閨中只獨看」，此便脱化出「樓高」句；「遥憐小兒女，未解憶長安」，此便脱化出「平蕪」二句。從一个人心裏，想出兩个人相思，幻絶妙絶。

減字木蘭花　艷情

樓臺向曉，澹月低雲天氣好。先説樓臺。翠幕風微，漸説到翠幕。宛轉《梁州》入破時。漸説到人。○香生舞袂，先説舞袂。楚女腰肢天與細。漸説到腰肢。汗粉重匀，漸説到汗粉。酒後輕寒不著人。説到輕寒不妨，則妖淫之極，不可言矣。

看他前半闋，從樓臺翠幕説到人；後半闋，從衣袂、腰肢、汗粉説到説不得處，有步步生蓮之妙。〇衣袂、腰肢、汗粉還説得，至末句真不好説得矣。今驟讀之，乃反覺衣袂、腰肢、汗粉等句之尚嫌唐突，而末句如只在若遠若近之間也者，此法固非俗士之所能也。〇前半之末句，只説《梁州》入破，便暗藏一妙人；後半之末句，只説春寒無妨，便暗藏一妙事：真是鏡花水月之文。

又 歌姬

歌檀斂袂，繚繞雕梁塵暗起。起平平。又「塵暗起」字，殊礙下「留住行雲」字。柔潤清圓，百琲明珠一綫穿。用纍纍貫珠，又用「百琲明珠」字，謂之半借法。〇櫻唇玉齒，天上仙音心下事。「天上」、「心下」，鬥成七字。不知是千追百琢語，不知是天成語。〇更妙于「心下事」，定當私暱穢褻，却用「天上仙音」四字冠之，便妙不容言。留住行雲，此只用遏雲事，又用「行雲」字。蓋用字略略影借，便可化陳爲新也。滿座迷魂酒半醺。只七个字，便櫽括淳于髡「臣飲一石」一段奇文，而反覺妖艷過之。

生查子 春恨

去年元夜時，前後兩提頭只换一字，章法絶奇。花市燈如晝。第二句「燈」。月到柳梢頭，第三句「月」。

人約黄昏後。第四句「人」。○四句寫得目駘心蕩。○今年元夜時，月與燈依舊。「月與燈」只三字，便將前第二、第三句繳過；「依舊」只二字，便將前花市如晝到柳梢頭八字重描：真奇絶之筆。不見去年人，淚滿春衫袖。只爲此句，生出一章來，其法可想。○又妙在仍用「去年」二字。

看他又説去年，又説今年，又追述舊歡，又告訴新怨。中間凡叙兩番元夜、兩番燈、兩番月，又襯許多「花市」字、「如晝」字、「柳梢」字、「黄昏」字、「淚」字、「衫袖」字。而讀之者，只謂其清空一氣如活，蓋其筆法高妙，非人之所及也。

又

即事

含羞整翠鬟，得意頻相顧。雁柱十三弦，一一春鶯語。此二句之妙，人未必知，予不得不説。蓋從「十三」字，生出「一一」字；從「雁柱」字，生出「鶯語」字也。○嬌雲容易飛，夢斷知何處。如此用夢雲事，便如曾未經用。深院鎖黄昏，黄昏如何「鎖」得？且「鎖黄昏」與人何與？只説「鎖黄昏」，更不説怨，而怨無窮矣。陣陣芭蕉雨。

邇來填詞家，亦貪得好句而苦無其法，遂終成嘔噦。殊不知好句初不在「風雨」、「珠玉」等字飣餖而成，只將目前本色言語，只要結撰照耀得好，便覺此借彼襯，都成妙艷。如此詞，第三、四句，「一一」字只從「十三」字注瀝而出；「鶯語」字，只從「雁柱」字影射而成也。苟若不得此法，即髯枯血竭，政復何益？

瑞鷓鴣　有見

楚王臺上一神仙，眼色相看意已傳。見了又休何若夢，坐來雖近遠如天。不恨休，反恨見；不恨遠，反恨近，妙妙！○「何若夢」，言不如夢也。一本作「還似夢」，非。○隴禽有恨猶能説，承「見了又休」句。江月無情也解圓。承「坐來雖近」句。句句字字恨極。更被春風送惆悵，落花飛絮兩翩翩。「落花」喻彼，「飛絮」自喻，索性把眼色相看。坐來雖近，一發説決撒了，省得牽腸吊肚，又一結法也。

蝶戀花　春睡

海燕歸來栖畫棟。簾影無風，花影頻移動。輕輕門出「簾影」、「花影」，妙妙！説「無風」。又説「移動」；説「移動」，又偏説「無風」。深閨獨坐，活畫出來。半醉騰騰春睡重，緑鬢堆枕看雲擁。○翠被雙盤金縷鳳。憶得前春，有个人人共。前春人共，何日忘之？却偏説被盤雙鳳，因而憶得。蘊藉之極，又映襯之極！花裏黄鶯時一弄，日斜驚起相思夢。通篇説睡，結只輕輕一掉轉。

余嘗言：寫景是填詞家一半本事，然却必須寫得又清真，又靈幻，乃妙。只如六一詞，「簾影無風，花影頻移動」九个字，看他何等清真，却何等靈幻。蓋人徒知「簾影無風」是静，「花影頻移」是動，而殊不知花影移動，只是無情，正爲極静；而「簾影無風」四字，却從女兒芳心中仔細看出，乃是極動也。嗚呼！善填詞者，必皆深于佛事者也。只一簾影花影，皆細細分別不差，誰言慧業文人不生天上哉！

又

閨思

庭院深深深幾許？問得無端。○三个「深」字奇絶。唐人詩，每以此爲能。楊柳堆烟，寫出「深深」。簾幕無重數。寫出「深深」。玉勒雕鞍游冶處，樓高不見章臺路。只爲此五字，便怨到「庭院」。○襯入「樓高」字，妙，猶言如此尚然也。文家有加染法，即此。◯雨横風狂三月暮。門掩黄昏，無計留春住。留得無端。淚眼問花花不語，問得無端。○「問花」，待得花有情；「花不語」，怨得花無謂。亂紅飛過鞦韆去。人自去遠，與庭院何與？人自不歸，與春何與？人自無音耗，與花何與？亦可謂林木池魚之殃矣。

通篇不出正意，只是怨庭院，怨春，怨花，章法奇甚。○「楊柳堆烟」句，是襯「庭院」句；「雨横風狂」句，是襯「留春」句；「亂紅飛過」句，是襯「問花」句。凡作三段文字，須要分疏讀之，不得混帳過去。

又

蕩船

永日環堤乘彩舫。烟草蕭疏，恰似晴江上。天成妙景，天成妙句。水浸碧天風皺浪，菱花荇蔓隨雙槳。○紅粉佳人翻麗唱。驚起鴛鴦，兩兩飛相向。且把金樽傾美釀，休思往事成惆悵。從麗唱生出鴛鴦，從鴛鴦生出往事，文字只是一片。

從來詞家，多以前半不堪，生出後半不堪之情。此獨前半寫得蕭然天放，後半陡然因麗唱轉出鴛鴦，因鴛鴦轉出往事，又是一樣身分也。

又

採蓮

越女採蓮秋水畔。窄袖輕羅，暗露雙金釧。九个字，只寫得上句中一个「採」字耳。却亦只須寫一「採」字，便活畫出越女全身，此顧虎頭所謂「須向阿堵中落筆」也。照影摘花花似面，上「影」是水中面，下「花」是水中花，造語靈幻之極。芳心只共絲爭亂。花似面，即知面似花也。便趁勢寫出他芳心來，却又以藕絲貼之，細妙之極也。○鸂鶒灘頭風浪晚。霧重烟輕，上句之下，下句之上，合以七字寫景，謂之兩讓法。不見來時伴。妙妙。不因此五字，便是採蓮，不足詠矣。○從採蓮上，却想出此五字，豈非天才？隱隱歌聲歸棹遠，「風浪」七字，是寫此；「隱隱」七字，是寫彼。又，一是寫見，一是寫聞。離愁引著江南岸。因其著岸而知其心愁也，却反云愁心引之著岸，此則鍊句之妙也。○畫出小心怯膽，令人讀之猶憐，何況親見其人。

貫華堂第六才子書西廂記

此書之整理，以清順治貫華堂刻本《貫華堂第六才子書西廂記》爲底本，以康熙五十九年刻《芥子園繪像第六才子書》本、清金谷園藏板《貫華堂第六才子書》本等參校。

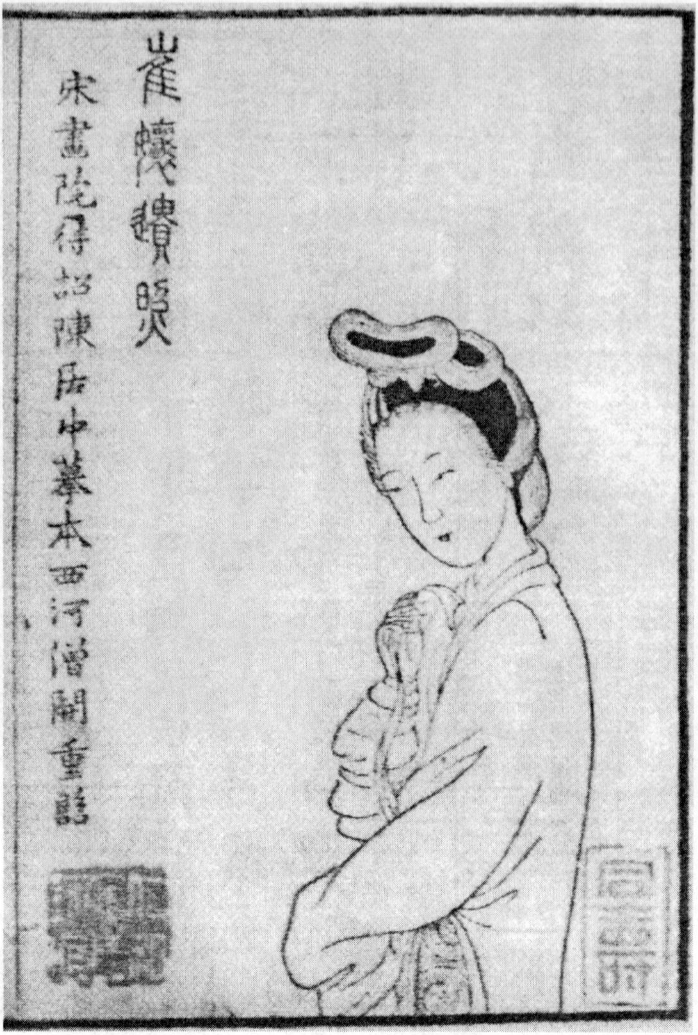

順治貫華堂刻本《第六才子書西廂記》書影一

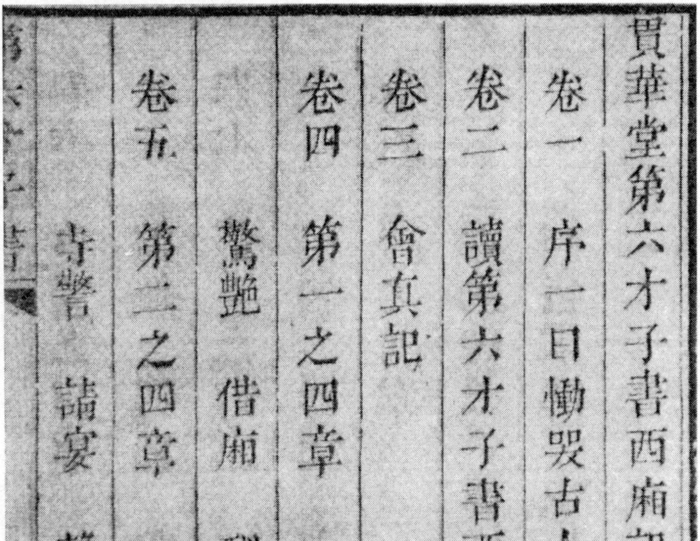
貫華堂第六才子書西廂記目錄

卷一　序一曰慟哭古人　序二曰留贈後人

卷二　讀第六才子書西廂記法

卷三　會真記

卷四　第一之四章

驚艷　借廂　酬韻　鬧齋

卷五　第二之四章

寺警　請宴　賴婚　琴心

順治貫華堂刻本《第六才子書西廂記》書影二

貫華堂第六才子書西廂記　目録

卷之一　序一曰慟哭古人……八四七
序二曰留贈後人……八五一
卷之二　讀第六才子書西廂記法……八五四
卷之三　會真記……八六七
卷之四……八八八
一之一　驚艷……八九二
一之二　借廂……九〇三
一之三　酬韵……九一七
一之四　鬧齋……九二七
卷之五……九三六
二之一　寺警……九三六
二之二　請宴……九五四
二之三　賴婚……九六四

二之四　琴心……九七五
卷之六……九八七
三之一　前候……九八七
三之二　鬧簡……九九八
三之三　賴簡……一〇一三
三之四　後候……一〇二七
卷之七……一〇三九
四之一　酬簡……一〇三九
四之二　拷艷……一〇五三
四之三　哭宴……一〇六七
四之四　驚夢……一〇七九
卷之八……一〇九一
續之一　泥金報捷……一〇九一
續之二　錦字緘愁……一〇九九
續之三　鄭恒求配……一一〇四
續之四　衣錦榮歸……一一一二

貫華堂第六才子書西廂記目録終

貫華堂第六才子書西廂記卷之一

聖歎外書

序一曰慟哭古人

或問于聖歎曰：《西廂記》何爲而批之刻之也？聖歎悄然動容，起立而對曰：嗟乎！我亦不知其然，然而于我心則誠不能以自已也。今夫浩蕩大劫[一]，自初迄今，我則不知其有幾萬萬年月也。幾萬萬年月，皆如水逝雲卷，風馳電掣，無不盡去，而至于今年今月而暫有我。此暫有之我，又未嘗不水逝雲卷、風馳電掣而疾去也，然而幸而猶尚暫有于此。幸而猶尚暫有于此，則我將以何等消遣而消遣之？我比者亦嘗欲有所爲，既而思之，且未論我之果得爲與不得爲，亦未論爲之果得成與不得成，就使爲之而果得爲，乃至爲之而果得成，是其所爲與所成，則有不水逝雲卷、風馳電掣而盡去耶？夫未爲之而欲爲，既爲之而盡去，我甚矣，

[一]「夫」，貫華堂本作「天」，據芥子園本、金谷園本改。

歎欲有所爲之無益也。然則我殆無所欲爲也？夫我誠無所欲爲，則又何不疾作水逝雲卷、風馳電掣，頃刻盡去，而又自以猶尚暫有爲大幸甚也？甚矣，我之無法而作消遣也。

細思我今日之如是無奈，彼古之人獨不曾先我而如是無奈哉？我今日所坐之地，古之人其先坐之；我今日所立之地，古之人先立之者[一]，不可以數計矣。夫古之人之坐于斯，立于斯，必猶如我之今日也。而今日已徒見有我，不見古人。彼古人之在時，豈不默然知之？然而又自知其無奈，故遂不復言之也。此真不得不致憾于天地也，何其甚不仁也！既已生我，便應永在；脱不能爾，便應勿生。如之何本無有我，我又未嘗哀哀然丐之曰「爾必生我」，而無端而忽然生我？無端而忽然生者，又正是我；無端而忽然生一正是之我，又不容之少住。無端而忽然生之，又不容少住者，又最能聞聲感心，多有悲涼。嗟乎，嗟乎！我真不知何處爲九原，云何起古人。如使真有九原，真起古人，豈不同此一副眼淚，同欲失聲大哭乎哉！乃古人則且有大過于我十倍之才與識矣，彼謂天地非有不仁，天地亦真無奈也。欲其無生，或非天地；既爲天地，安得不生？夫天地之不得不生，是則誠然有之，而遂謂天地乃適生我，此豈理之當哉？天地之生此芸芸也，天地殊不能知其爲誰也；芸芸之被天地生也，芸芸亦皆不必自知其爲誰也。必謂天地今日所生之是我，則夫天地明日所生之固非我也。然而天地明日所生，又各各自以爲我，則是天地反當茫然，不知其罪之果誰屬也。夫天地真

［一］「先」，貫華堂本作「之」，據金谷園本改。

未嘗生我，而生而適然是我，是則我亦聽其生而已矣。天地生而適然是我，而天地終亦未嘗生我，是則我亦聽其水逝雲卷、風馳電掣而去而已矣。我既前聽其生，後聽其去，而無所于惜，是則于其中間幸而猶尚暫在，我亦于無法作消遣中，隨意自作消遣而已矣。得如諸葛公之躬耕南陽，苟全性命，可也，此一消遣法也。既而又因感激三顧，許人驅馳，食少事煩，至死方已，亦可也，亦一消遣法也。或如陶先生之不願折腰，飄然歸來，可也，亦一消遣法也。既而又爲三旬九食，饑寒所驅，叩門無辭，至圖冥報，亦可也，又一消遣法也。天子約爲婚姻，百官出其門下，堂下建牙吹角，堂後品竹彈絲，可也，又一消遣法也。日中麻麥一餐，樹下冰霜一宿，説經四萬八千，度人恒河沙數，可也，亦一消遣法也。

何也？我固非我也，未生已前，非我也；既去已後，又非我也。然則今雖猶尚暫在，實非我也。既已非我，我欲云何？抑既已非我，我何不云何？且我而猶望其是我也，我決不可以有少誤；我而既已決非我矣，我如之何不聽其或誤，乃至或大誤耶？誤而欲以非我者爲我，此固誤也，然而非我者則自誤也，非我之誤也。又誤而欲以此我，作諸鄭重，極盡寶護，至于不免呻吟啼哭，此固大誤也，然而非我者則自大誤也，非我之大誤也。又誤而至欲以此我，窮思極慮，長留痕迹，千秋萬世，傳道不歇，此固大誤之大誤也，然而總之非我者則自大誤大誤也，非我之大誤大誤也。既已悟其如此，于是而以非我者之日月，誤而任我之唐喪，可也；以非我者之才情，誤而供我之揮霍，可也。以非我者之左手，誤爲我摩非我者之腹；以非我者之右手，誤爲我撚非我者之鬚，可也。非我者撰之，我吟之；非我者吟之，我聽之；非我者聽之，我足之蹈之，手之舞之；非我者足蹈而手舞之，我思有以不朽之，皆可也。硯，我不知其爲何物也，既已固謂之硯矣，我亦謂之硯，可也。墨，我不知其爲何物也；筆，我不知其爲何物也；紙，我不知其爲何物也；手，我不知其爲何物也；心思，我不知其爲何物也。既已同謂之云云矣，我亦謂之云云，可也。窗明几浄，此何處也？人曰此處，我亦謂之此處也。風清日朗[一]，此何日也？人曰今日，我亦謂之今日也。蜂穿窗而忽至，蟻緣檻而徐行，我不能知蜂蟻，蜂蟻亦不知我。我今日而暫在，斯蜂蟻亦暫在；我倏忽而爲古人，則是此蜂亦遂爲古蜂，此蟻亦遂爲古蟻也。我今日天清日朗，窗明几浄，筆良硯精，心撰手寫，伏承蜂蟻來相照證，此不世之奇緣，難得之勝樂也。若後之人之讀我今日之文，則真未必知我今日之作此文時，又有此蜂與此蟻也。夫後之人而不能知我今日之有此蜂與此蟻，然則後之人竟不能知我之今日之有此我也。後之人之讀我之文者，我則已知之耳，其亦無奈水逝雲卷，風馳電掣，因不得已而取我之文，自作消遣云爾。後之人之讀我之文，即使其心無所不得已，不用作消遣，然而我則終知之耳，是其終亦無奈水逝雲卷、風馳電掣者耳。

我自深悟夫誤亦消遣法也，不誤亦消遣法也，不誤不妨仍誤亦消遣法也，是以如是其刻苦也。刻苦也者，欲其精妙也；欲其精妙也者，我之孟浪也；我之孟浪也者，我既了悟也；我既了悟也者，我本無謂也；我本無謂也者，仍即我之消遣也。我安計後之人之知有我

[一]「日」，金谷園本作「月」。

與不知有我也？嗟乎！是則古人十倍于我之才識也，我欲慟哭之，我又不知其爲誰也，我是以與之批之刻之也。我與之批之刻之，以代慟哭之也。夫我之慟哭古人，則非慟哭古人，此又一我之消遣法也。

序二曰留贈後人

前乎我者爲古人，後乎我者爲後人。古人之與後人，則皆同乎？曰皆同。古之人不見我，後之人亦不見我。既已皆不見，則皆屬無親，是以謂之皆同也。然而我又忽然念之：古之人不見我矣，我乃無日而不思之；後之人亦不見我，我則殊未嘗或一思之也。觀于我之無日不思古人，則知後之人之思我必也；觀于我之殊未嘗或一思及後人，則知古之人之不我思，此其明驗也。如是，則古人與後人又不皆同。蓋古之人，非惟不見，又復不思，是則真可謂之無親。若夫後之人之雖不見我，而大思我，其不見我，非後人之罪也，不可奈何也。若其大思我，此真後人之情也，如之何其謂之無親也？是不可以無所贈之，而我則將如之何其贈之？

後之人必好讀書，讀書者必仗光明。光明者，照耀其書所以得讀者也。我請得爲光明，以照耀其書而以爲贈之。則如日月，天既有之，而我又不能以其身爲之膏油也，可奈何！後之人既好讀書，讀書者必好友生。友生者，忽然而來，忽然而去；忽然而不來，忽然而不去。

此讀書而喜，則此讀之令彼聽之；此讀書而疑，則彼讀之令此聽之。既而並讀之，並聽之；既而並坐不讀，又大歡笑之者也。我請得爲友生並坐並讀，並聽並笑，而以爲贈之。則如我之在時，後人既未及來，至于後人來時，我又不復還在也，可奈何！後之人既好讀書，又好友生，則必好彼名山大河、奇樹妙花。名山大河、奇樹妙花者，其胸中所讀之萬卷之書之副本也。于讀書之時，如入名山，如泛大河，如對奇樹，如拈妙花焉[一]。于入名山、泛大河、對奇樹、拈妙花之時[二]，如又讀其胸中之書焉。後之人既好讀書，又好友生，則必好于好香、好茶、好酒、好藥。好香、好茶、好酒、好藥者，讀書之暇，隨意消息，用以宣導沉滯、發越清明、鼓蕩中和、補助榮華之必資也。我請得化身百億，既爲名山大河、奇樹妙花，又爲好香好茶、好酒好藥，而以爲贈之。則如我自化身于後人之前，而後人乃初不知此之爲我之所化也，可奈何！後之人既好讀書，必又好其知心青衣。知心青衣者，所以霜晨雨夜，侍立于側，異身同室，並興齊住者也。我請得轉我後身便爲知心青衣，霜晨雨夜，侍立于側，而以爲贈之。則如可以鼠肝，又可以蟲臂，偉哉造化，且不知彼將我其奚適也，可奈何！無已，則請有説于此，擇世間之一物，其力必能至于後世者；擇世間之一物，其力必能至于後世，而世至今猶未能以知之者；擇世間之一物，其力必能至于後世，而世至今猶未能以知之，而我適能盡智竭力，

[一]「拈」，貫華堂本作「拈」，據芥子園本、金谷園本改。

[二]「拈」，貫華堂本作「拈」，據芥子園本、金谷園本改。

絲毫可以得當于其間者。

夫世間之一物，其力必能至于後世者，則必書也；夫世間之書，其力必能至于後世，而世至今猶未能以知之者，則必書中之《西廂記》也；夫世間之書，其力必能至于後世，而世至今猶未能以知之，而我適能盡智竭力，絲毫可以得當于其間者，則必我比日所批之《西廂記》也[一]。夫我比日所批之《西廂記》[二]，我則真爲後之人思我，而我無以贈之，故不得已而出于斯也。我真不知作《西廂記》者之初心，其果如是，其果不如是也。設其果如是，謂之今日始見《西廂記》可；設其果不如是，謂之前日久見《西廂記》，今日又別見聖歎《西廂記》可。總之，我自欲與後人少作周旋，我實何曾爲彼古人致其矻矻之力也哉！

貫華堂第六才子書西廂記卷之一終

[一]「比」，芥子園本作「今」。

[二]「比」，芥子園本作「今」。

貫華堂第六才子書西厢記卷之二

聖歎外書

讀第六才子書西厢記法

一、有人來説《西厢記》是淫書，此人後日定墮拔舌地獄。何也？《西厢記》不同小可，乃是天地妙文。自從有此天地，他中間便定然有此妙文。不是何人做得出來，是他天地直會自己劈空結撰而出。若定要説是一個人做出來，聖歎便説，此一個人即是天地現身。

二、《西厢記》斷斷不是淫書，斷斷是妙文。今後若有人説是妙文，有人説是淫書，聖歎都不與做理會。文者見之謂之文，淫者見之謂之淫耳。

三、人説《西厢記》是淫書，他止爲中間有此一事耳。細思此一事，何日無之，何地無之？不成天地中間有此一事，便廢却天地耶！細思此身自何而來，便廢却此身耶？一部書有如許纚纚洋洋無數文字，便須看其如許纚纚洋洋是何文字，從何處來，到何處去，如何直行，如何打曲，如何放開，如何捏聚，何處公行，何處偷過，何處慢摇，何處飛渡。至于此一事，直須高閣起不復道。

四、若説《西廂記》是淫書，此人只須朴，不必教。何也？他也只是從幼學一冬烘先生之言，一入于耳，便牢在心，他其實不曾眼見《西廂記》。朴之還是冤苦。

五、若眼見《西廂記》了，又説是淫書，此人則應朴乎？曰：朴之亦是冤苦，此便是冬烘先生耳。當初造《西廂記》時，原發願不肯與他讀，他今日果然不讀。

六、若説《西廂記》是淫書，此人有大功德。何也？當初造《西廂記》時，發願只與後世錦繡才子共讀，曾不許販夫皂隸也來讀。今若不是此人揎拳捋臂，拍凳搥床，罵是淫書時，其勢必至無人不讀，泄盡天地妙秘，聖歎大不歡喜。

七、《世説新語》云：「《莊子·逍遥游》一篇，舊是難處。」開春無事，不自揣度，私與陳子瑞躬，風雨聯床，香爐酒杯，縱心縱意，處得一上。自今以後，普天下錦繡才子同聲相應，領異拔新，我二人便做支公許史去也。

八、聖歎《西廂記》祇貴眼照古人，不敢多讓，至于前後著語，悉是口授小史，任其自寫，並不更曾點竄一遍，所以文字多有不當意處。蓋一來雖是聖歎天性貪懶，二來實是《西廂》本文珠玉在上，便教聖歎點竄殺，終復成何用。普天下後世，幸恕僕不當意處，看僕眼照古人處。

九、聖歎本有才子書六部，《西廂記》乃是其一。然其實六部書，聖歎只是用一副手眼讀得。如讀《西廂記》，實是用讀《莊子》、《史記》手眼讀得；便讀《莊子》、《史記》，亦只用讀《西廂記》手眼讀得。如信僕此語時，便可將《西廂記》與子弟作《莊子》、《史記》讀。

十、子弟至十四五歲，如日在東，何書不見，必無獨不見《西廂記》之事。今若不急將聖歎此本與讀，便是真被他偷看了《西廂記》也。他若得讀聖歎《西廂記》，他分明讀了《莊子》、《史記》。

十一、子弟欲看《西廂記》，須教其先看《國風》。蓋《西廂記》所寫事，便全是《國風》所寫事。然《西廂記》寫事，曾無一筆不雅馴，便全學《國風》寫事，曾無一筆不雅馴；《西廂記》寫事，曾無一筆不透脱，便全學《國風》寫事，曾無一筆不透脱：敢療子弟筆下雅馴不透脱、透脱不雅馴之病。

十二、沉潛子弟，文必雅馴，苦不透脱；高明子弟，文必透脱，苦不雅馴。極似分道揚鑣，然實同病别發。何謂同病？只是不换筆。蓋不换筆，便道其不透脱；不换筆，便道其不雅馴也。何謂别發？一是停而不换筆，一是走而不换筆。蓋停而不换筆，便有似于雅馴，而實非雅馴；走而不换筆，便有似于透脱，而實非透脱也。夫真雅馴者，必定透脱；真透脱者，必定雅馴。問誰則能之？曰《西廂記》能之。夫《西廂記》之所以能之，只是换筆也。

十三、子弟讀得此本《西廂記》後，必能自放異樣手眼，另去讀出别部奇書。遥計一二百年之後，天地間書無有一本不似十日並出，此時則彼一切不必讀、不足讀、不耐讀等書，亦既廢盡矣，真一大快事也！然實是此本《西廂記》爲始。

十四、僕昔因兒子及甥侄輩要他做得好文字，曾將《左傳》、《國策》、《莊》、《騷》、《公》、《穀》、《史》、《漢》、韓、柳、三蘇等書雜撰一百餘篇，依張侗初先生《必讀古文》舊名，只加「才子」二字，名曰《才子必讀書》，蓋致望讀之者之必爲才子也。久欲刻布請正，苦因喪亂，家貧無貲，至今未就。今既呈得《西廂記》，便亦不復更念之矣。

十五、文章最妙，是目注彼處，手寫此處。若有時必欲目注此處，則必手寫彼處。一部《左傳》，便十六都用此法。若不解其意，而目亦注此處，手亦寫此處，便一覽已盡。《西廂記》最是解此意。

十六、文章最妙，是目注此處，却不便寫，却去遠遠處發來，迤邐寫到將至時，便且住，却重去遠遠處更端再發來，再迤邐又寫到將至時，便又且住。如是更端數番，皆去遠遠處發來，迤邐寫到將至時，即便住，更不復寫出目所注處，使人自于文外瞥然親見。《西廂記》純是此一方法，《左傳》、《史記》亦純是此一方法。最恨是《左傳》、《史記》急不得呈教。

十七、文章最妙，是先覷定阿堵一處，已却于阿堵一處之四面，將筆來左盤右旋，右盤左旋，再不放脱，却不擒住。分明如師子滚毬相似，本只是一個毬，却教師子放出通身解數，一時滿棚人看師子，眼都看花了，師子却是並没交涉。人眼自射師子，師子眼自射毬。蓋滚者是師子，而師子之所以如此滚、如彼滚，實都爲毬也。《左傳》、《史記》便純是此一方法，《西廂記》亦純是此一方法。

十八、文章最妙，是此一刻被靈眼覷見，便于此一刻放靈手捉住。蓋于略前一刻亦不見，略後一刻便亦不見，恰恰不知何故，却于此一刻瞥然覷見[二]，若不捉住，便更尋不出。今

[二]「瞥」，芥子園本、金谷園本作「忽」。

《西廂記》若干字文，皆是作者于不知何一刻中，靈眼忽然覷見，便疾捉住，因而直傳到如今。細思萬千年以來，知他有何限妙文，已被覷見，却不曾捉得住，遂總付之泥牛入海，永無消息。

十九、今後任憑是絶代才子，切不可云此本《西廂記》我亦做得出也。便教當時作者而在，要他燒了此本重做一本，已是不可復得。縱使當時作者他却是天人，偏又會做得一本出來，然既是别一刻所覷見，便用别樣捉住，便是别樣文心，别樣手法，便别是一本，不復是此本也。

二十、僕今言靈眼覷見，靈手捉住，却思人家子弟何曾不覷見，只是不捉住。蓋覷見是天付，捉住須人工也。今《西廂記》實是又會覷見，又會捉住。然子弟讀時，不必又學其覷見，一味只學其捉住。聖歎深恨前此萬千年，無限妙文已是覷見，却捉不住，遂成泥牛入海，永無消息。今刻此《西廂記》遍行天下，大家一齊學得捉住。僕實遥計一二百年後，世間必得平添無限妙文，真乃一大快事！

二十一、僕嘗粥時欲作一文，偶以他緣不得便作，至于飯後方補作之，僕便可惜粥時之一篇也。此譬如擲骰相似，略早略遲，略輕略重，略東略西，便不是此六色，而愚之夫尚欲爭之[一]，真是可發一笑。

二十二、僕之爲此言，何也？僕嘗思萬萬年來，天無日無雲，然決無今日雲與某日雲曾

[一]「愚之夫」，芥子園本、金谷園本無「之」字。

同之事[一]。何也？雲只是山川所出之氣，升到空中，却遭微風，蕩作縷縷。既是風無成心，便是雲無定規，都是互不相知，便乃偶爾如此。《西廂記》正然，並無成心之與定規，無非此日佳日閑窗，妙腕良筆，忽然無端，如風蕩雲。若使異時更作，亦不妨另自有其絶妙。然而無奈此番已是絶妙也，不必云異時不能更妙于此，然亦不必云異時尚將更妙于此也。

二十三、僕幼年最恨「鴛鴦繡出從君看，不把金針度與君」之二句，謂此必是貧漢自稱王夷甫，口不道「阿堵物」，計耳。若果知得金針，何妨與我略度？今日見《西廂記》，鴛鴦既繡出，金針亦盡度，益信作彼語者，真是脱空謾語漢。

二十四、僕幼年曾聞人説一笑話，云：昔一人苦貧特甚，而生平虔奉吕祖。感其至心，忽降其家，見其赤貧，不勝憫之，念當有以濟之。因伸一指，指其庭中磐石，粲然化爲黄金，曰：「汝欲之乎？」其人再拜曰：「不欲也。」吕祖大喜，謂：「子誠如此，便可授子大道。」其人曰：「不然，我心欲汝此指頭耳。」僕當時私謂此固戲論耳，若真是吕祖，必當便以指頭與之。今此《西廂記》便是吕祖指頭，得之者處處遍指，皆作黄金。

二十五、僕思文字不在題前，必在題後，若題之正位，決定無有文字。不信，但看《西廂記》之一十六章，每章只用一句兩句寫題正位，其餘便都是前後摇之曳之，可見。

二十六、知文在題之前，便須恣意摇之曳之，不得便到題；知文在題之後，便索性將題

[一]「某」，貫華堂本作「其」，據芥子園本改。

搜過了，却重與之摇之曳之。若不解此法，而誤向正位，多寫作一行或兩行，便如畫死人坐像，無非印板衣褶，縱復費盡渲染，我見之，早向新宅中哭鍾太傅矣。

二十七、横直波點聚謂之字，字相連謂之句，句相雜謂之章。兒子五六歲了，必須教其識字。識得字了，必須教其連字爲句。連得五六七字爲句了，必須教其布句爲章。布句爲章者，先教其布五六七句爲一章，次教其布十來多句爲一章；布得十來多句爲一章時，又反教其只布四句爲一章，三句爲一章，二句乃至一句爲一章。直到解得布一句爲一章時，然後與他《西廂記》讀。

二十八、子弟讀《西廂記》後，忽解得三個字亦能爲一章，二個字亦能爲一章，一個字亦能爲一章，無字亦能爲一章。子弟忽解得無字亦能爲一章時，渠回思初布之十來多句爲一章，真成撒呑耳。

二十九、子弟解得無字亦能爲一章，因而回思初布之十來多句爲一章，盡成撒呑，則其體氣便自然異樣高妙，其方法便自然異樣變换，其氣色便自然異樣姿媚，其避忌便自然異樣滑脱。《西廂記》之點化子弟不小。

三十、若是字，便只是字；若是句，便不是字；若是章，便不是句。何但不是字，一部《西廂記》真乃並無一字；豈但並無一字，真乃並無一句。一部《西廂記》，只是一章。

三十一、若是章，便應有若干句；若是句，便應有若干字。今《西廂記》不是一章，只是一句，故並無若干句；乃至不是一句，只是一字，故並無若干字。《西廂記》其實只是一字。

三十二、《西廂記》是何一字？《西廂記》是一「無」字。趙州和尚，人問狗子還有佛性也無，曰無。是此一「無」字。

三十三、人問趙州和尚：一切含靈具有佛性，何得狗子却無？趙州曰無。《西廂記》是此一「無」字。

三十四、人若問趙州和尚：露柱還有佛性也無？趙州曰無。《西廂記》是此一「無」字。

三十五、若又問：釋迦牟尼還有佛性也無？趙州曰無。《西廂記》是此一「無」字。

三十六、人若又問：無字還有佛性也無？趙州曰無。《西廂記》是此一「無」字。

三十七、人若又問：無字還有「無」字也無？趙州曰無。《西廂記》是此一「無」字。

三十八、人若又問：某甲不會。趙州曰：你是不會，老僧是無。《西廂記》是此一「無」字。

三十九、何故《西廂記》是此一「無」字？此一「無」字是一部《西廂記》故。

四十、最苦是人家子弟，未取筆，胸中先已有了文字。若未取筆，胸中先已有了文字，必是不會做文字人。《西廂記》無有此事。

四十一、最苦是人家子弟，提了筆，胸中尚自無有文字。若提了筆，胸中尚自無有文字，必是不會做文字人。《西廂記》無有此事。

四十二、趙州和尚，人不問狗子還有佛性也無，他不知道有個「無」字。

四十三、趙州和尚，人問過狗子還有佛性也無，他亦不記道有個「無」字。

四十四、《西廂記》正寫《驚艷》一篇時，他不知道《借廂》一篇應如何；正寫《借廂》一篇時，他不知道《酬韵》一篇應如何。總是寫前一篇時，他不知道後一篇應如何。用煞二十分心思、二十分氣力，他只顧寫前一篇。

四十五、《西廂記》寫到《借廂》一篇時，他不記道《驚艷》一篇是如何；寫到《酬韵》一篇時，他不記道《借廂》一篇是如何。總是寫到後一篇時，他不記道前一篇是如何。用煞二十分心思、二十分氣力，他又只顧寫後一篇。

四十六、聖歎舉趙州「無」字説《西廂記》，此真是《西廂記》之真才實學，不是禪語，不是有無之「無」字。須知趙州和尚「無」字，先不是禪語，先不是有無之「無」字，真是趙州和尚之真才實學。

四十七、《西廂記》止寫得三個人：一個是雙文，一個是張生，一個是紅娘。其餘如夫人，如法本，如白馬將軍，如歡郎，如法聰，如孫飛虎，如琴童，如店小二，他俱不曾着一筆半筆寫，俱是寫三個人時，所忽然應用之家伙耳。

四十八、譬如文字，則雙文是題目，張生是文字，紅娘是文字之起承轉合。有此許多起承轉合，便令題目透出文字，文字透入題目也。其餘如夫人等，算只是文字中間所用之、乎、者、也等字。

四十九、譬如藥，則張生是病，雙文是藥，紅娘是藥之炮製。有此許多炮製，便令藥往就病，病來就藥也。其餘如夫人等，算只是炮製時所用之姜、醋、酒、蜜等物。

五十、若更仔細算時，《西廂記》亦止爲寫得一個人。一個人者，雙文是也。若使心頭無有雙文，爲何筆下却有《西廂記》？《西廂記》不止爲寫雙文，止爲寫誰？然則《西廂記》寫了雙文，還要寫誰？

五十一、《西廂記》止爲要寫此一個人，便不得不又寫一個人。一個人者，紅娘是也。若使不寫紅娘，却如何寫雙文？然則《西廂記》寫紅娘，當知正是出力寫雙文。

五十二、《西廂記》所以寫此一個人者，爲有一個人要寫此一個人也。有一個人者，張生是也。若使張生不要寫雙文，又何故寫雙文？然則《西廂記》又有時寫張生者，當知正是寫其所以要寫雙文之故也。

五十三、誠悟《西廂記》寫紅娘止爲寫雙文，寫張生亦止爲寫雙文，便應悟《西廂記》決無暇寫他夫人、法本、杜將軍等人。

五十四、誠悟《西廂記》止是爲寫雙文，便應悟《西廂記》決是不許寫到鄭恒。

五十五、《西廂記》寫張生，便真是相府子弟，便真是孔門子弟。異樣高才，又異樣苦學；異樣豪邁，又異樣淳厚。相其通體自内至外，並無半點輕狂、一毫奸詐。年雖二十已餘[一]，却從不知裙帶之下有何緣故。雖自説「顛不剌的見過萬千」，他亦只是曾不動心。寫張生直寫到此田地時，須悟全不是寫張生，須悟全是寫雙文。錦繡才子必知其故。

[一]「已」，芥子園本、金谷園本作「有」。

五十六、《西廂記》寫紅娘，凡三用加意之筆：其一于《借廂》篇中峻拒張生，其二于《琴心》篇中過尊雙文，其三于《拷艷》篇中切責夫人。一時便似周公制禮[一]，乃盡在紅娘一片心地中，凜凜然，侃侃然，曾不可得而少假借者。寫紅娘直寫到此田地時，須悟全不是寫紅娘，須悟全是寫雙文。錦繡才子必知其故。

五十七、《西廂記》亦是偶爾寫他佳人才子。我曾細相其眼法、手法、筆法、墨法，固不單會寫佳人才子也。任憑换却題教他寫，他俱會寫。

五十八、若教他寫諸葛公白帝受托、五丈出師，他便寫出普天下萬萬世，無數孤忠老臣滿肚皮眼淚來。我何以知之？我讀《西廂記》知之。

五十九、若教他寫王昭君慷慨請行[二]、琵琶出塞，他便寫出普天下萬萬世，無數高才被屈人滿肚皮眼淚來。我讀《西廂記》知之。

六十、若教他寫伯牙入海、成連徑去，他便寫出普天下萬萬世，無數苦心力學人滿肚皮眼淚來。我讀《西廂記》知之。

六十一、《西廂記》必須掃地讀之。掃地讀之者，不得存一點塵于胸中也。

六十二、《西廂記》必須焚香讀之。焚香讀之者，致其恭敬，以期鬼神之通之也。

[一]「禮」，芥子園本作「度」。
[二]「昭」，貫華堂本作「明」，據芥子園本、金谷園本改。

六十三、《西廂記》必須對雪讀之。對雪讀之者，資其潔清也。

六十四、《西廂記》必須對花讀之。對花讀之者，助其娟麗也[一]。

六十五、《西廂記》必須盡一日一夜之力，一氣讀之。一氣讀之者，總攬其起盡也。

六十六、《西廂記》必須展半月一月之功，精切讀之。精切讀之者，細尋其膚寸也。

六十七、《西廂記》必須與美人並坐讀之。與美人並坐讀之者，驗其纏綿多情也。

六十八、《西廂記》必須與道人對坐讀之。與道人對坐讀之者，歎其解脱無方也。

六十九、《西廂記》前半是張生文字，後半是雙文文字，中間是紅娘文字。

七十、《西廂記》是《西廂記》文字，不是《會真記》文字。

七十一、聖歎批《西廂記》是聖歎文字，不是《西廂記》文字。

七十二、天下萬世錦繡才子，讀聖歎所批《西廂記》，是天下萬世才子文字，不是聖歎文字。

七十三、《西廂記》不是姓王字實父此一人所造，但自平心斂氣讀之，便是我適來自造。親見其一字一句，都是我心裏恰正欲如此寫，《西廂記》便如此寫。

七十四、想來姓王字實父此一人，亦安能造《西廂記》？他亦只是平心斂氣，向天下人心裏偷取出來。

[一]「娟」，芥子園本作「媚」。

七十五、總之世間妙文，原是天下萬世人人心裏公共之寶，決不是此一人自己文集。

七十六、若世間又有不妙之文，此則非天下萬世人人心裏之所曾有也，便可聽其爲一人自己文集也。

七十七、《西廂記》便可名之曰《西廂記》。舊時見人名之曰《北西廂記》，此大過也。

七十八、讀《西廂記》，便可告人曰：讀《西廂記》。舊時見人諱之曰「看閑書」，此大過也。

七十九、《西廂記》乃是如此神理，舊時見人教諸忤奴于紅氍毹上扮演之，此大過也。

八十、讀《西廂記》畢，不取大白酬地賞作者，此大過也。

八十一、讀《西廂記》畢，不取大白自賞，此大過也。

貫華堂第六才子書西廂記卷之二終

貫華堂第六才子書西廂記卷之三

聖歎外書

會真記

唐　元　稹

唐貞元中，有張生者，性溫茂，美豐容，內秉堅孤，非禮不可入。或朋從游宴，擾雜其間，他人或洶洶拳拳，若將不及，張生容順而已，終不能亂。以是年二十二，未嘗近女色。知者詰之，謝而言曰：「登徒子非好色者，是有淫行耳。余真好色者，而適不我值。何以言之？大凡物之尤者，未嘗不留連于心，是知其非忘情者也。」詰者哂之。

無幾何，張生游于蒲。蒲之東十餘里，有僧舍曰普救寺，張生寓焉。適有崔氏孀婦將歸長安，路出于蒲，亦止茲寺。崔氏婦，鄭女也。張出于鄭，緒其親，乃異派之從母。是歲，渾瑊薨于蒲。有中人丁文雅不善于軍，軍人因喪而擾，大掠蒲人。崔氏之家，財產甚厚，多奴僕；旅寓惶駭，不知所托。先是張與蒲將之黨友善，請吏護之，遂不及于難。十餘日，廉使杜確將天子命，以統戎節，令于軍，軍由是戢。鄭厚張之德甚，因飭饌以命張，中堂宴之。復謂張曰：「姨之孤嫠未亡，提携幼稚，不幸屬師徒大潰，實不保其身。弱子幼女，猶君之生也，豈可比常恩哉！今俾以仁兄禮奉見，冀所以報恩也。」命其子曰歡郎，可十餘歲，容甚温美。次命女鶯鶯：「出拜爾兄，爾兄活爾。」久之，辭疾。鄭怒曰：「張兄活爾之命，不然，爾且虜矣，能復遠嫌乎？」久之，乃至。常服睟容，不加新飾，鬟垂黛接，雙臉斷紅而已。顔色艷異，光輝動人。張驚，爲之禮。因坐鄭旁，以鄭之抑而見也。凝睇怨絶，若不勝其體者。問其年紀，鄭曰：「今天子甲子歲之七月，于貞元庚辰，生十七年矣。」張生稍以辭導之，不對。終席而罷。

張自是惑之，願致其情，無由得也。崔之婢曰紅娘，生私爲之禮者數四，乘間遂道其衷。婢果驚沮，潰然而奔。張生悔之。翼日婢復至，張生乃羞而謝之，不復云所求矣。婢因謂張曰：「郎之言，所不敢言，亦不敢泄。然而崔之族姻，君所詳也，何不因其德而求娶焉？」張曰：「予始自孩提，性不苟合。或時紈綺閑居，曾莫留盼，不謂當年，終有所蔽。昨日一席間，幾不自持。數日來，行忘止，食忘飽，恐不能逾旦暮。若因媒氏而娶，納采問名，則三數月間，索我于枯魚之肆矣。爾其謂我何？」婢曰：「崔之貞順自保，雖所尊，不可以非語犯之，下人之謀，固難入矣。然而善屬文，往往沉吟章句，怨慕者久之。君試爲喻情詩以亂之。不然，則無由也。」張大喜，立綴春詞二首以授之。是夕，紅娘復至，持采箋以授張，曰：「崔所命也。」題其篇曰《明月三五夜》。其詞曰：「待月西廂下，迎風户半開；拂牆花影動，疑是玉人來。」張亦微喻其旨。

是夕，歲二月旬有四日矣。崔之東牆，有杏花一樹，攀援可逾。既望之夕，張因梯其樹而逾焉。達于西廂，則户半開矣。紅娘寢于床，生因驚之。紅娘駭曰：「郎何以至？」張因紿之曰：「崔氏之箋召我矣。爾爲我告之。」無幾，紅娘復來，連曰：「至矣！至矣！」張生且喜且駭，謂必獲濟。及崔至，則端服儼容，大數張曰：「兄之恩，活我之家，厚矣。是以慈母以弱子幼女見托。奈何因不令之婢，致淫泆之詞，始以護人之亂爲義，而終掠亂以求之，是以亂易亂，其去幾何！誠欲寢其詞，則保人之奸，不義；明之于母，則背人之惠，不祥；將寄于婢妾，又懼不得發其真誠。是用托短章，願自陳啓；猶懼兄之見難，是用鄙靡之詞，以求其必至。非禮之動，能不愧心；特願以禮自持，毋及于亂！」言畢，翻然而逝。張自失者久之，復逾而出，于是絶望。

數夕，張生臨軒獨寢，忽有人覺之。驚欻而起，則紅娘斂衾携枕而至，撫張曰：「至矣，至矣！睡何爲哉！」設衾枕而去。張生拭目危坐，久之，猶疑夢寐，然修謹以俟。俄而紅娘捧崔氏而至，至則嬌羞融冶，力不能運肢體，曩時端莊，不復同矣。是夕，旬有八日也。斜月晶熒，幽輝半床。張生飄飄然，且疑神仙之徒，不謂從人間至矣。有頃，寺鐘鳴，天將曉，紅娘促去。崔氏嬌啼宛轉，紅娘又捧之而去，終夕無一言。張生辨色而興，自疑曰：「豈其夢邪？」及明，靚妝在臂，香在衣，淚光熒熒然，猶瑩于裀席而已。

是後又十餘日，杳不復知。張生賦《會真詩》三十韵，未畢，而紅娘適至，因授之以貽崔氏。自是復容之。朝隱而出，莫隱而入，同安于曩所謂西廂者幾一月矣。張生常詰鄭氏之情，則曰：「知不可奈何矣，因欲就成之。」

無何，張生將之長安，先以情諭之。崔氏宛無難辭，然而愁怨之容動人矣。將行之再夕，不復可見，而張生遂西。

不數月，復游于蒲，舍于崔氏者又累月。崔氏甚工刀札，善屬文。求索再三，終不可見。張生往往自以文挑之，亦不甚覩覽。大略崔之出人者，藝必窮極，而貌若不知；言則敏辯，而寡于酬對。待張之意甚厚，然未嘗以詞繼之。時愁艷幽邃，恒若不識；喜愠之容，亦罕形見。異時獨夜操琴，愁弄凄惻，張竊聽之；求之，則終不復鼓矣。以是愈惑之。張生俄以文調及期，又當西去。當去之夕，不復自言其情，愁歎于崔氏之側。崔已陰知將訣矣，恭貌怡聲，徐謂張曰：「始亂之，終棄之，固其宜矣，愚不敢恨〔一〕。必也君亂之，君終之，君之惠也；則没身之誓，其有終矣，又何必深憾于此行？然而君既不懌，無以奉寧。君嘗謂我善鼓琴，嚮時羞顔，所不能及，今且往矣，既君此誠。」因命撫琴，鼓《霓裳羽衣序》，不數聲，哀音怨亂，不復知其是曲也。左右皆歔欷，崔亦遽止之，投琴，泣下流漣，趨歸鄭所，遂不復至。明旦而張行。

明年，文戰不勝，遂止于京。因貽書于崔，以廣其意。崔氏緘報之詞，粗載于此，曰：「捧覽來問，撫愛過深。兒女之情，悲喜交集。兼惠花勝一合，口脂五寸，致耀首膏

〔一〕「恨」，貫華堂本作「悵」，據金谷園本改。

脣之飾。雖荷殊恩，誰復爲容？睹物增懷，但積悲歎耳！伏承使于京中就業，進修之道，固在便安；但恨僻陋之人，永以遐棄。命也如此，知復何言！自去秋以來，嘗忽忽如有所失。于喧嘩之下，或勉爲笑語；閑宵自處，無不淚零。乃至夢寐之間，亦多叙感咽離憂之思，綢繆繾綣，暫若尋常。幽會未終，驚魂已斷；雖半衾如暖，而思之甚遥。一昨拜辭，倏逾舊歲。長安行樂之地，觸緒牽情；何幸不忘幽微，眷念無斁！鄙薄之志，無以奉酬。至于終始之盟，則固不忒。鄙昔中表相因，或同宴處；婢僕見誘，遂至私誠；兒女之情，不能自固。君子有援琴之挑，鄙人無投梭之拒。及薦枕席，義盛意深，愚幼之心，永謂終托。豈其既見君子，而不能定情，致有自獻之羞，不復明侍巾櫛。没身永恨，含歎何言！倘仁人用心，俯遂幽劣，雖死之日，猶生之年。如或達士略情，捨小從大，以先配爲醜行，謂要盟之可欺，則當骨化形銷，丹誠不泯，因風委露，猶托清塵。存没之情，言盡于此。臨紙嗚咽，情不能申。千萬珍重！珍重千萬！玉環一枚，是兒嬰年所弄，寄充君子下體之佩。玉取其堅潔不渝，環取其終始不絶。兼彩絲一絇，文竹茶碾子一枚。此數物不足見珍，意者欲君子如玉之貞，俾志如環不解；淚痕在竹，愁緒縈絲，因物達誠，永以爲好耳。心邇身遐，拜會無期，幽憤所鍾，千里神合。千萬珍重！春風多厲，强飯爲佳。慎言自保，無以鄙爲深念。」

張生發其書于所知，由是時人多聞之。所善楊巨源好屬詞，因爲賦《崔娘詩》一絶云：「清潤潘郎玉不如，中庭蕙草雪銷初。風流才子多春思，腸斷蕭娘一紙書。」河南元稹，亦續生《會真詩》三十韻，曰：「微月透簾櫳，螢光度碧空。遥天初縹緲，低樹漸葱朧。龍吹過庭竹，鸞歌拂井桐。羅綃垂薄霧，環珮響輕風。絳節隨金母，雲心捧玉童。更深人悄悄，晨會雨濛濛。珠瑩光文履，花明隱綉龍。瑶釵行彩鳳，羅帔掩丹虹。言自瑶華圃，將朝碧玉宫。因游雒城北，偶向宋家東。戲調初微拒，柔情已暗通。低鬟蟬影動，回步玉塵蒙。轉面流花雪，登床抱綺叢。鴛鴦交頸舞，翡翠合歡籠。眉黛羞頻聚，唇朱暖更融。氣清蘭蕊馥，膚潤玉肌豐。無力慵移腕，多嬌愛斂躬。汗光珠點點，髮亂緑鬆鬆。方喜千年會，俄聞五夜窮。留連時有限，繾綣意難終。慢臉含愁態，芳詞誓素衷。贈環明遇合，留結表心同。啼粉流清鏡，殘燈繞暗蟲。華光猶苒苒，旭日漸曈曈。乘鶩還歸雒，吹簫亦上嵩。衣香猶染麝，枕膩尚殘紅。幕幕臨塘草，飄飄思渚蓬。素琴鳴遠鶴，清漢望歸鴻。海闊誠難度，天高不易冲。行雲無定所，蕭史在樓中。」張之友聞之者，莫不聳異之；然而張亦志絶矣。

稹特與張厚，因徵其辭，張曰：「大凡天之所命尤物也，不妖其身，必妖于人。使崔氏子遇合富貴，乘嬌寵，不爲雲爲雨，則爲蛟爲螭，吾不知其變化矣。昔殷之辛，周之幽，據萬乘之國，其勢甚厚；然而一女子敗之，潰其衆，屠其身，至今爲天下僇笑。予之德不足以勝妖孽，是用忍情。」于時坐者皆爲深歎。

後歲餘，崔已委身于人，張亦有所娶。適經其所居，乃因其夫言于崔，求以外兄見。夫語之，而崔終不爲出。張怨念之誠，動于顔色。崔知之，潛賦一章，詞曰：「自從消瘦減容光，萬轉千迴懶下床。不爲旁人羞不起，爲郎憔悴却羞郎。」竟不之見。後數日，張生將行，又賦一章以謝絶之曰：「棄置今何道，當時且自親。還將舊來意，憐取眼前人。」自是絶不復知矣。時人多許張爲善補過者矣。予嘗于朋會之中，往往及此意者，欲使知之者不爲，爲之者不惑。貞元歲九月，執事李公垂宿于予靖安里第，語及于是。公垂卓然稱異，遂爲歌以傳之。歌載李集中。

宋王銍云：「嘗讀蘇内翰《贈張子野》詩云：『詩人老去鶯鶯在。』注言所謂張生，乃張籍也。僕按：微之所作傳奇鶯鶯事，在貞元十六年春。又言『明年，生文戰不利』，乃在十七年。而唐《登科記》：『張籍以貞元十五年高郢下登科。』既先二年，決非張籍明矣。每觀斯文，撫卷歎息，未知張生果爲何人，意其非微之一等人不可當也。會清源莊季裕爲僕言，友人楊阜公嘗讀微之所作《姨母鄭氏墓誌》云：『其既喪夫，遭亂軍，微之爲保護其家備至。』則所謂傳奇者，蓋微之自叙，特假他姓以避就耳。僕退而考微之《長慶集》，不見所謂鄭氏誌文，豈僕家所收未完，或別有他本。然細味微之所叙，及考于他書，則與季裕之所説皆合。蓋昔人事有悖于義者，多托之鬼神夢寐，或假之他人[一]，或云見別書，後世猶可考也。微之心不自抑，既出之翰墨，姑易其姓氏耳。不然，爲人叙事，安能委曲詳盡如此？按樂天作微之墓誌：以太和五年薨，年五十三。則當以大曆十四年己未生，至貞元十六年庚辰，正二十二歲。又韓退之作微之妻韋叢墓誌文：作婿韋氏時，微之始以選爲校書郎。又微之作陸氏姊誌云：予外祖父授睦州刺史鄭濟。白樂天作微之母鄭夫人誌，亦言『鄭濟女』。則鶯鶯

[一]「假」，貫華堂本作「似」，據芥子園本、金谷園本改。

者，乃崔鵬之女，于微之爲中表。非特此而已，僕家有微之作元氏《古艷詩》百餘篇，中有《春詞》二首，其間皆隱『鶯』字。及自有《鶯鶯詩》、《離思詩》、《雜憶詩》，與傳奇所載，猶一家說也。又有《古决絶詞》、《夢游春詞》，前叙所遇，後言捨之以義，及叙娶韋氏之年，與此無少異者。其詩多隱雙文，意謂二鶯字爲雙文也。並書于後，使覽者可考焉。又意《古艷詩》，多微之專因鶯鶯而作無疑。又微之《百韵詩寄樂天》云：『山岫當階翠[一]，牆花拂面枝。鶯聲愛嬌小，燕翼玩逶迤。』又云：『幼年與蒲中詩人楊巨源友善，日課詩。』凡是數端，有一于此，可驗决爲微之無疑，况于如是之衆耶？然必更以張生，豈元與張，受姓命氏，本同所自出耶？僕性喜討論，考合同異。每聞一事隱而未見，及見而不同，如瓦礫之在懷，必欲討閲歸于一説而後已。嘗謂讀千載之書，而探千載之迹[二]，必須盡見當時事理，如身履其間，絲分縷解，終始備盡，乃可以置議論。若略執一言一事，未見其餘，則事之相戾者多矣。又謂前世之事，無不可考者，特學者觀書少而未見耳。微之所遇合，雖涉于流宕自放[三]，不中禮義，然名輩流風餘韵，照應後世，亦人間可喜事，而士之臻此者特鮮矣。雖巧爲避就，然意微而顯，見于微之其他文辭者，彰著又如此。故反復抑揚，張而明之，以信其説。他時見所謂姨母鄭氏誌文，當詳載于後云。」

唐范攄云：元公「初娶京兆韋氏，字蕙蘩[四]，官未達而苦貧。繼室河東裴氏，字柔之。二夫人俱

[一]「山」，貫華堂本作「出」，據芥子園本、金谷園本改。
[二]「千」，貫華堂本作「十」，據芥子園本、金谷園本改。
[三]「宕」，貫華堂本作「岩」，據芥子園本、金谷園本改。
[四]「蘩」，各本均作「叢」，據范攄《雲溪友議》改。下同。

有才思，時彦以爲佳偶。初，韋蕙蘩卒，不勝其悲，爲詩悼之曰：『謝家最小偏憐汝，嫁與黔婁百事乖。顧我無衣搜畫篋，凂他沽酒拔金釵。野蔬充膳甘長藿，落葉添薪仰古槐。今日贈錢過百萬，爲君營葬復營齋。』又曰：『曾經滄海難爲水，除却巫山不是雲。』後自會稽拜尚書右丞，到京未逾月，出鎮武昌。是時，中門外構緹幕，候天使送節，忽聞宅内慟哭。侍者曰：『夫人也。』乃傳聞：『節鉞將至，何長慟焉？』裴氏曰：『歲杪到家鄉，先春又赴任。寄情未半相見，所以如此。』立贈柔之詩曰：『窮冬至鄉國，正歲别京華。自恨風塵異，常看遠地花。碧幢還照耀，紅粉莫咨嗟。嫁得浮云婿，相隨却是家。』裴氏柔之答曰：『侯門初擁節，御苑柳絲新。不是悲殊命，惟愁别是親。黄鶯遷古木，朱履陟清塵。想到千山外，滄江正暮春。』元公與裴氏琴瑟和諧，亦房帷之美也。余故手編録之，與好事者共焉。」

王楙云：「《石林詩話》謂『開簾風動竹，疑是故人來』與『徘徊花上月，空度可憐宵』此兩句，雖小説，實佳句。僕謂上聯在李君虞集中[一]，此即古詞『風吹窗簾動，疑是所歡來』之意。梁費昶亦曰『簾動意君來』。柳惲曰：『颯颯秋枝響，非君趁夜來？』《麗情集》曰：『待月西廂下，迎風户半開。隔牆花影動，疑是玉人來。』齊謝脁《懷故人》詩：『離居方歲月，故人不在兹。清風動簾夜，明月照窗時。』皆一意也。」

王楙又云：「張先郎中子野能爲詩，年已八十，家猶畜聲妓。子瞻贈詩云：『詩人老去鶯鶯在，公子歸來燕燕忙。』正均用當家故事也。按唐有張君瑞，遇崔氏女于蒲。崔小名鶯鶯，元稹與李紳語其事，作《鶯鶯歌》。漢童謡曰『燕燕尾涎涎，張公子時相見。』又曰：『張祐妾，名燕燕。』其事迹與人，

[一]「李」，貫華堂本作「季」，據芥子園本、金谷園本改。

對偶精切如此。鶯鶯對燕燕，已見于杜牧之詩曰：『綠樹鶯鶯語，平沙燕燕飛。』前輩用者，皆有所祖。南唐馮延巳詞：『燕燕巢時羅幕捲，鶯鶯啼處燕栖空。』亦以鶯鶯、燕燕作對。」

按《野談》：「近內黄野中掘得鄭恒墓誌，乃給事郎秦貫撰。其叙恒妻，則博陵崔氏。世遂以崔爲鶯鶯。余按《會真記》雖謂鶯鶯委身于人，而不著名氏。鄭恒之名，特始見于《西廂》傳奇，蓋烏有之辭也。世以墓誌之名，偶與烏有之辭合，而鄭恒之配，又適與鶯鶯之氏同，遂以墓誌之崔爲鶯鶯，誤矣。」

陶宗儀云：「余向在武林日，于一友人處見陳居中所畫唐崔麗人圖。其上有題云：『並燕鶯爲字，聯徽氏姓崔。非烟宜采畫，秀玉勝江梅。薄命千年恨，芳心一寸灰。西廂舊紅樹，曾與月徘徊[一]。余丁卯春三月，銜命陝右，道出于蒲東普救之僧舍，所謂「西廂」者，有唐麗人崔氏女遺照在焉，因命畫師陳居中繪模真像。意非登徒子之用心，迨將勉情鍾終始之戒。仍綴四十言，使好事者知伯勞之歌以記云。泰和丁卯林鍾吉日，十洲種玉宜之題。』延祐庚申春二月，余傳命至東平，顧市鬻《雙鶯圖》，觀久之，弗見主人而歸。夜宿府治西軒，夢一麗人，綃裳玉質，逡巡而前曰：『君玩《雙鶯圖》雖佳，非君几席間物。妾流落久矣，有雙鶯名冠古今，願托君爲重。』覺而怪之，未卜何祥。遲明欲行，忽主人携鶯圖來[二]，且四軸，余意麗人雙鶯，符此數耳。繼出一小軸，乃夢所見，有詩四十字，跋語九十八。識曰：『泰和丁卯，出蒲東普救僧舍，繪唐崔氏鶯鶯真，十洲種玉大誌宜之題[三]。

[一]「月」，貫華堂本作「日」，據芥子園本、金谷園本改。
[二]「携」，貫華堂本作「儁」，據芥子園本、金谷園本改。
[三]「誌」，貫華堂本作「注」，據金谷園本改。

畫、詩、書，皆絶神品也[一]。余驚詫良久。時有司群官吏環視，因縮不目，托以跋語佳勝，贖之。吁！物理相感，果何如邪？豈法書名畫自有靈邪？抑名不朽者隨神邪？遇合有定數邪？余嘗謂《關雎》、《碩人》，姿德兼備，君子之配也；琴心、雪句，才艷聯芳，文士之偶也。自詩書道廢，丈夫弗學，況女流邪。故近世非無秀色，往往脂粉腥穢，鵶鳳莫辨，求其彷彿《待月》章之萬一，絶代無聞焉[二]。此亦慨世降之一端也。因歸于我，義弗辭已。宜之者，蓋前金趙愚軒之字，曾爲翚西簿。遺山謂泰和有詩名，五言平淡，他人未易造，信然。泰和丁卯，追今百四十年云。其月二日，壁水見士思容題。』右共一百五十九字[三]，雖不知璧水見士爲何如人，然二君之風韵可想見矣！因俾嘉禾繪工盛懋臨寫一軸，適舅氏趙公待制雝見而愛之[四]，就爲録文于上。」

附　古艷詩二首

元　稹

春來頻到宋家東，垂袖開懷待好風。鶯藏柳暗無人語，惟有牆花滿樹紅。

深院無人草樹光，嬌鶯不語趁陰藏。等閑弄水浮花片，流出門前賺阮郎。

[一]「神」，金評各本均作「人」，據陶宗儀《輟耕録》改。
[二]「焉」，貫華堂本作「矣」，據金谷園本改。
[三]「共」，貫華堂本作「其」，據金谷園本改。
[四]「待」，金評各本均作「侍」，據陶宗儀《輟耕録》改。

鶯鶯詩

元　稹

殷紅淺碧舊衣裳，取次梳頭暗淡妝。夜合帶烟籠曉日，牡丹經雨泣殘陽。依稀似笑還非笑，仿佛聞香不是香。頻動横波嬌不語，等閑教見小兒郎。

離思詩五首

元　稹

自愛殘妝曉鏡中，環釵謾篸緑絲叢。須臾日射胭脂頰，一朵紅酥旋欲融。
山泉散縵繞階流，萬樹桃花映小樓。閑讀道書慵未起，水晶簾下看梳頭。
紅羅著壓逐時新，杏子花紗嫩麴塵。第一莫嫌才地弱，些些紕縵最宜人。
曾經滄海難爲水，除却巫山不是雲。取次花叢懶回顧，半緣修道半緣君。
尋常百種花齊發，偏摘梨花與白人。今日江頭兩三樹，可憐葉底度殘春。

春　曉

元　稹

半欲天明半未明，醉聞花氣睡聞鶯。狌兒撼起鐘聲動，二十年來曉寺情。

古決絶詞

元稹

乍可爲天上牽牛織女星，不願爲庭前紅槿枝。七月七日一相見，故心終不移。那能朝開莫飛去，一任東西南北吹。分不兩相守，恨不兩相思。對面且如此，背面當何如？春風撩亂伯勞語，況是此時抛去時。握手苦相問，竟不言後期。君情既決絶，妾意亦參差。借如死生别，安得長苦悲！一解

噫春冰之將泮，何予懷之獨結？有美一人，于焉曠絶。一日不見，比一日于三年；況三年之曠别。水得風兮小而已波，筍在籜兮高不見節。矧桃李之當春，競衆人之攀折。我自顧悠悠而若雲，又安能保君皚皚之如雪？感破鏡之分明，睹淚痕之餘血。幸他人之既不我先，又安能使他人之終不我奪？已焉哉！織女别黄姑，一年一度暫相見，彼此隔河何事無？二解

夜夜相抱眠，幽懷尚沉結。那堪一年事，長遣一宵説。但感人相思，何暇暫相悦？虹橋薄夜成[一]，龍駕侵晨别。生憎野鶴性遲回，死恨天鷄識時節。曙色漸曈曨，華星欲明滅。一去又一年，一年何時徹？有此迢遞期，不如生死别。天公隔是妒相憐，何不便教相決絶。三解[二]

[一]「薄」，貫華堂本作「簿」，據芥子園本、金谷園本改。
[二]「三解」，貫華堂本無，據金谷園本補。

雜憶詩五首　　元稹

今年寒食月無光，夜色纔侵已上床。憶得雙文通内裏，玉櫳深處暗聞香[一]。
花籠微月竹籠烟，百尺絲繩拂地懸。憶得雙文人静後，潛教桃葉送鞦韆。
寒輕夜淺繞迴廊，不辨花叢暗辨香。憶得雙文籠月下，小樓前後捉迷藏。
山榴似火葉相兼，半拂低牆半拂檐。憶得雙文獨披掩，滿頭花草倚新簾。
春冰消盡碧波湖，漾影殘霞似有無。憶得雙文衫子薄，鈿頭雲映褪紅酥。

贈雙文　　元稹

艷極翻含態，憐多轉自嬌。有時還自笑，閑坐更無聊。曉月行看墮，春酥見欲銷。何因肯垂手，不敢望迴腰。

[一]「櫳」，貫華堂本作「權」，據芥子園本、金谷園本改。

感事詩

元稹

富貴年皆長，風塵舊轉稀。白頭方見絶，遥爲一沾衣。

憶事詩

元稹

夜深閑到戟門邊，却遶行廊又獨眠。明月滿庭池水緑，桐花垂在翠簾前。

夢游春詞

元稹

昔君夢游春，夢游何所遇？夢入深洞中，果遂平生趣。清泠淺漫溪，畫舫蘭篙渡。過盡萬株桃，盤旋竹林路。長廊抱小樓，門牖相回互。樓下雜花叢，叢邊繞鴛鷺。池水漾彩霞，曉日初照煦。未敢上階行，頻移曲池步。烏龍不作聲，碧玉曾相慕。漸到簾幕間，徘徊意猶懼。閑窺東西閣，奇玩參差布。格子碧油糊，駝鈎紫金鍍。逡巡日漸高，影響人將寤。鸚鵡饑亂鳴，嬌猜睡猶怒。簾開侍兒起，見我遥相諭。鋪設綉紅茵，弛張鈿妝具。潛褰翡翠帷，瞥見珊瑚樹。不辨花貌人，空驚香若霧。身回夜合偏，態斂晨霞聚。睡臉桃破風，汗妝蓮委露。叢梳百葉髻，金蹙重臺履。紕軟殿頭裙，玲瓏合歡袴。鮮妍脂粉薄，暗淡衣裳故。最是紅牡丹，雨來春欲暮。夢魂良易驚，靈境難久寓。夜夜望天河，無由重沿泝。結念心所期，反如禪頓悟。覺來八九年，不向花回顧。雜洽兩京春，喧闐衆禽護。我到看花時，但作懷仙句。浮生轉經歷，道性尤堅固。近作夢仙詩，亦知勞肺腑。一夢何足云，良時自婚娶。當年二紀初，嘉節三星度。朝蕣玉珮迎，高松女蘿附。韋門正全盛，出入多歡裕。甲第漲清池，鳴騶引朱輅。廣榭舞葳蕤，長筵賓雜厝。青春詎幾日，華實潛幽蠹。秋月照潘郎，空山懷謝傅。紅樓嗟壞壁，金谷迷荒戍。石壓破欄杆，門摧舊梐枑。雖云覺夢殊，同是終難駐。悰緒竟何如？棼紗不成約。卓女白頭吟，阿嬌金屋賦。重壁盛姬臺，青塚明妃墓。盡委窮塵骨，皆隨流波注。幸有古如今，何勞縑比素。況余當盛時，早歲諧時務。詔册冠賢良，諫垣陳好惡。三十再登朝，一登還一仆。寵榮非不早，邅回亦云屢。直氣在膏肓，氛氳日沉痼。不盡意不快，快意言多忤。忤誠人所賊，性亦天之付。乍可沉爲香，不能浮作瓠。誠爲堅所守，未爲朋所措。事事身已經，營營計何誤。美玉琢文壇，良金填武庫。徒謂自堅貞，安知受礱鑄。長絲羈野馬，密網羅陰兔。物外各迢迢，誰能遠相顧。時來既若飛，禍速當如騖。曩意自未精，此行何所訴？努力去江陵，笑言誰與晤。江花綻可憐，奈非心所慕。石竹逞奸黠，蔓菁誇畝數。一種薄地生，淺深何足妒。荷葉水上生[一]，團團水中住。瀉水注葉中，君看不相污。

[一] 荷，貫華堂本作「節」；「上」，貫華堂本作「土」，均據金谷園本改。

和微之夢遊春詩百韻

白居易

微之既到江陵，又以《夢遊春》詩七十韻寄予。且題其序曰：「斯言也，不可使不知吾者知，知吾者亦不可使不知。樂天，知吾者，吾不敢不使吾子知。」予辱斯言，三復其旨，大抵悔既往而悟將來也。然予以爲，苟不悔不悟則已，若悔于此，則宜悟于彼也。反于彼而悔于妄，則宜歸于真也。況與足下外服儒風，内宗梵行者有日矣，而今而後，非覺路之返也，非空門之歸也，將安返乎？將安歸乎？今所和者，其卒章指歸于此。夫感不甚則悔不熟，感不至則悟不深。故廣足下七十韻爲一百韻，重爲足下陳夢游之中，所以甚感者；叙婚仕之際，所以至感者：欲使曲盡其妄，周知其非，然后返乎真，歸乎實。亦猶《法華經》叙火宅、偈化城，《維摩經》入淫舍、過酒肆之義也。微之，微之，予斯文也，尤不可使不知吾者知，幸藏之云爾。

昔君夢遊春，夢遊仙山曲。恍若有所遇，以愜平生欲。因尋菖蒲水，漸入桃花谷。到一紅樓家，愛之看不足。池流渡清泚，草嫩蹋緑蓐。門柳暗全低，檐櫻紅半熟。轉行深深院，過盡重重屋。烏龍卧不驚，青鳥飛相逐。漸聞玉珮響，始辨朱履躅。遥見窗下人，娉婷十五六。霞光抱明月，蓮艷開初旭。縹渺雲雨仙，氛氲蘭麝馥。風流薄梳洗，時世寛妝束。袖軟異文綾，裾輕單絲縠。裙腰銀緑壓，梳掌金筐蹙。帶纈紫蒲萄，袴花紅石竹。凝情都未語，付意微相矚。眉斂遠山青，鬢低片雲緑。帳牽翡翠帶，被解鴛鴦襆。秀色似堪餐，穠華如可掬。半捲錦頭席，斜鋪綉腰褥。朱唇素指勻，粉汗紅綿撲。心驚夢易覺，夢斷魂難續。籠委獨栖禽，劍分連理木。存誠期有感，誓志真無黷。京雒八九春，未曾花裏宿。壯年徒自棄，佳會應無復。鸞歌不重聞，鳳兆從兹卜。韋門女清貴，裴氏甥賢淑。羅扇夾花燈，金鞍攢綉轂。既傾南國貌，遂坦東床腹。劉阮心漸忘，潘楊意方睦。新修履信第，初食尚書禄。九醖備聖賢，八珍窮水陸。秦家重蕭史，彦輔憐衛叔。朝饌饋獨盤，夜醪傾百斛。親賓盛輝赫，妓樂紛曄煜。宿醉纔解醒，朝歡俄枕麴。飲過君子爭，令甚將軍酷。酩酊歌鷓鴣，顛狂舞鴝鵒。月流春夜短，日下秋天速。謝傅隙過駒，蕭娘風送燭。全凋蕣花折，半死梧桐秃。闇鏡對孤鸞，哀猿留寡鵠。凄凄隔幽顯，冉冉移寒燠。萬事此時休，百身何處贖？提携小兒女，將領舊姻族。再入朱門行，一傍青樓哭。櫪空無厩馬，水涸失池鶩。摇落廢井梧，荒凉故籬菊。莓苔上几閣，塵土生琴筑[一]。舞榭綴蟰蛸，歌梁聚蝙蝠。嫁分紅粉妾，賣散蒼頭僕。門客思傍徨，家人哭咿噢。心期正蕭索，宦序仍拘跼。懷策入崤函，驅車辭郟鄏。逢時念既濟，聚學思大畜。端詳筮仕蓍，磨拭穿楊鏃。始從讎校職，首中賢良目。一拔侍瑶池，再升紆綉服。誓酬君王寵，願使朝廷肅。密勿奏封章，清明操憲牘。鷹韝中病下，豸角當邪觸。糾謬静東周，中寃動南蜀。危言詆閽寺，直氣忤鈞軸。不忍曲作鈎，乍能折爲玉。捫心無愧畏，騰口有謗讟。只要

[一]「土」，貫華堂本作「上」，據芥子園本改。

明是非，何曾虞禍福？車摧太行路，劍落酆城獄。襄漢問修途，荆蠻指殊俗。謫爲江府掾，遺事荆州牧。趨走謁麾幢，喧煩視鞭扑。簿書長自領，縲囚每親鞫。竟日坐官曹，經旬曠休沐。宅荒渚宫草，馬瘦畲田粟。薄俸等涓毫，微官同桎梏。月中照形影，天際辭骨肉。鶴病翅羽垂，獸窮爪牙縮。行看鬢間白，誰勸杯中緑？時傷大野麟，命問長沙鵩。夏梅山雨漬，秋瘴海雲毒。巴水白茫茫，楚山青簇簇。吟君七十韻，是我心所蓄。既去誠莫追，將來幸前勖。欲除憂惱病，當取禪經讀。須悟事皆空，無令念將屬。請思遊春夢，此夢何閃倐！艷色即空花，浮生乃焦穀[一]。良姻在佳偶，頃刻爲單獨。入仕欲榮身，須臾成黜辱。合者離之始，樂兮憂所伏。愁恨僧祇長，歡榮刹那促。覺悟因傍喻，迷執由當局。膏明誘闇蛾，陽燄奔癡鹿。貪爲苦聚落，愛是悲林麓。水蕩無明波，輪迴生死輻。塵應甘露灑，垢待醍醐浴。障要智燈燒，魔須慧刀戮。外熏性易染，内戰心難衄。法句與心王，期君日三復。

題會真詩三十韻

杜　牧

鸚鵡出深籠，麒麟步遠空。拂牆花颯颯，透户月朧朧。暗度飛龍竹，潛挨舞鳳桐。松篁摇夜影，錦綉動春風。遠信傳青鳥，私期避玉童。柳烟輕漠漠，花氣淡濛濛。小小釵簪鳳，盤

[一]「穀」，貫華堂本作「殼」，據芥子園本、金谷園本改。

盤髻綰龍。無言欹寶枕，赧面對銀釭。姑射離仙闕，姮娥降月宫。精神絶趙北，顔色冠蒲東。密約千金值，靈犀一點通。修眉蛾緑掃，媚臉粉香蒙。燕隱凝香壘，蜂藏芍藥叢。留燈垂綉幕，和月簌簾櫳。弱體花枝顫，嬌顔汗顆融。筍抽纖玉軟，蓮襯朵頤豐。笑吐丁香舌，輕摇楊柳躬。未酬前恨足，肯放此情鬆。幽會愁難載，通宵意未窮。錦衾温未暖，玉漏滴將終。密語重言約，深盟各訴衷。樹交連理並，帶結合歡同。烟篆消金獸，燈花落玉蟲。殘星光閃閃，曙色影曈曈。别淚傾江海，行雲蔽華嵩。花鈿留寶靨，羅帕記新紅。有夢思春草，無因繫短蓬。傷心怨别鶴，停目送歸鴻。厚德難酬報，高天可徑冲。寸誠言不已，封在錦箋中。

春詞酬元微之

沈亞之

黄鶯啼時春日高，紅芳發盡井邊桃。美人手暖裁衣易，片片輕花落剪刀。

鶯鶯歌

李紳

伯勞飛遲燕飛疾，垂楊綻金花笑日。緑窗嬌女字鶯鶯，金雀鵶鬟年十七。黄姑上天阿母在，寂寞霜姿素蓮質。門掩重關蕭寺中，芳草花時不曾出。河橋上將亡官軍，虎旗長戟交壘門。鳳凰詔書猶未到，滿城戈甲如雲屯。家家玉貌棄泥土，少女嬌妻愁被虜。出門走馬皆健兒，紅粉潛藏欲何處？嗚嗚阿母啼向天，窗中抱女投金鈿。鉛華不顧欲藏艷，玉顔轉瑩如神仙。此時潘郎未相識，偶住蓮館對南北。潛歎悽惶阿母心，爲求白馬將軍力。明明飛詔五雲下，將選金門兵悉罷。阿母深居鷄犬安，八珍玉食邀郎餐。千言萬語對生意，小女初笄爲姊妹。丹誠寸心難自比，寫在紅箋方寸紙。寄與春風伴落花，彷彿隨風緑楊裏。窗中暗讀人不知，剪破紅綃裁作詩。還怕香風易飄蕩，自令青鳥口銜之。詩中報郎含隱語，郎知暗到花深處。三五月明當户時，與郎相見花間路。

貫華堂第六才子書西廂記卷之三終

貫華堂第六才子書西廂記卷之四

聖歎外書

《西廂》者何？書名也。書曷爲乎名曰《西廂》也？書以紀事，有其事，故有其書也；無其事，必無其書也。今其書有事，事在西廂，故名之曰《西廂》也。西廂者，普救寺之西偏屋也。普救寺，則武周金輪皇帝所造之大功德林也。普救寺有西廂，而是西廂之西又有別院。別院不隸普救而附于普救，蓋是崔相國出其堂俸之所建也。先是，法本者，相國之所剃度，是即相國之門徒也。相國因念，誠得一日避賢罷相，而芒鞋竹杖舍佛安適矣。然身願爲倉卒客，不願門徒爲倉卒主人，而于是特占此一袈裟，以爲老人菟裘。而不虞落成之日，不善頌禱，不聞歌，乃聞哭，不得以玉帶賭鎮山門，而竟以丹旐將諸煢獨，此老夫人所以停喪得于寺中之故也。故西廂者，普救寺之西偏屋也。西廂之西，又有別院，則老夫人之停喪所也。乃喪停而艷停，艷停而才子停矣。夫才子之停于西廂也，艷停于西廂之西故也。艷之停于西廂之西也，喪停故也。乃喪之停于西廂之西也，則實爲相國有自營菟裘故也。夫相國營菟裘于西廂之西，而普救寺之西廂遂以有事，乃至因事有書，而令萬萬世人傳道無窮。然則出堂倖建别院，又可不慎乎哉！

聖歎之爲是言也，有二故焉。其一，教天下以慎諸因緣也。佛言：一切世間皆從因生。有因者則得生，無因者終竟不生。不見有因而不生，無因而反忽生。亦不見瓜因而荳生，荳因而反瓜生。是故如來教諸健兒，慎勿造因。嗚呼！胡可不畏哉！語云：其父報仇，子乃行劫。蓋言報仇必殺人也，而其子者不見負仇[一]，但見殺人，則亦戲學殺人。殺人而國且以法繩之，子畏抵法也，遂逃命萑蒲中；萑蒲中又無所得食也，則不得已仍即以殺人爲業矣。若是乎仇亦慎勿報也。蓋聖歎現見其事已數數矣。現見其父中年無歡，聊借絲竹，陶寫情抱也。不眴眼而其子手執歌板，沿門唱曲。若是乎謝太傅亦慎勿學也。現見其父憂來傷人，願引聖人，托于沉冥也。不眴眼而其子罵座被驅，墜車折脅。若是乎阮嗣宗亦慎勿學也。現見其父家居多累，竹院尋僧，略商古德也。不眴眼而其子引諸髠奴，污亂中冓。若是乎張無垢亦慎勿學也。現見其父希心避世，物外田園，方春勸耕也。不眴眼而其子擔糞服牛，面目黧黑。若是乎陶淵明亦慎勿學也[二]。如彼崔相國，當時出堂倖，建别院，一時座上賓客，夫孰不嘖嘖賢者？是真謂之内秘菩薩，外現宰官，而已不覺不知親爲身後之西廂月下遠遠作因，不然而豈其委諸曰雙文爲

[一]「負」，金谷園本作「報」。

[二]「淵」，貫華堂本作「泉」，據金谷園本改。

之乎？委諸曰才子爲之乎？委之雙文，雙文無因；委之才子，才子無因。然則西廂月下之事，非相國爲因，又誰爲之？嗚呼！人生世間，舉手動足，又有一毫可以漫然遂爲乎哉！

其一，教天下以立言之體也。夫老夫人，守禮謹嚴，一品國太君也。雙文，千金國艷也。即阿紅，亦一時上流姿首也。普救寺者，河中大刹，則其堂内堂外，僧徒何止千計，又況八部海湧，十方雲集，此其目視、手指、心動、口説，豈復人意之所能料乎哉？今以老猶未老，幼已不幼，雖在斬然衰絰之中，而其縱縱扈扈，終非外人習見之恒儀也。而儼然不施欒幕而偪處此，爲老夫人者，豈三家村燒香念佛嫗乎。不然，胡爲無禮至此！聖歎詳睹作者，實于西廂之西，别有别院。此院必附于寺中者，爲挽弓逗緣；而此院不混于寺中者，爲雙文遠嫌也。君子立言，雖在傳奇，必有體焉，可不敬與！

題目總名

張君瑞巧做東床婿，法本師住持南禪地。
老夫人開宴北堂春，崔鶯鶯待月西廂記。

率爾一題，亦必成文。觀其請「東」「南」「北」三，陪「西」字焉。

第一之四章題目正名[一]

老夫人開春院
崔鶯鶯燒夜香
小紅娘傳好事
張君瑞鬧道場

一部書，十六章，而其第一章大筆特書曰：「老夫人開春院。」罪老夫人也。雖在別院，終爲客居，乃親口自命紅娘引小姐于前庭「閑散心」。一念禽犢之恩，遂至逗漏無邊春色。良賈深藏，當如是乎？厥後詐許兩廊，退賊願婚，乃又悔之，而又不遣去之，而留之書房，而因以失事，猶未減焉。

[一]「之」，貫華堂本無，據芥子園本補。

一之一　驚艷[一]

今夫提筆所寫者古人，而提筆寫古人之人爲誰乎？有應之者曰：我也。聖歎曰：然，我也。則吾欲問此提筆所寫之古人，其人乃在十百千年之前，而今提筆寫之之我，爲信能知十百千年之前，真曾有其事乎，不乎？乃至真曾有其人乎，不乎？曰：不能知。不知，而今方且提筆曲曲寫之，彼古人于冥冥之中，爲將受之乎，不乎？曰：古人實未曾有其事也，乃至古亦實未曾有其人也。即使古或曾有其人，古人或曾有其事，而彼古人既未嘗知十百千年之後，乃當有我將與寫之而因以告我，我又無從排神御氣，上追至于十百千年之前，問諸古人。然則今日提筆而曲曲所寫，蓋皆我自欲寫，而于古人無與。與古人無與，則古人又安所復論受之與不受哉？曰：古人不受，然則誰受之？曰：我寫之，則我受之矣。夫我寫之，即我受之，而于提筆將寫未寫之頃，命意吐詞，其又胡可漫然也耶？《論語》傳曰：「一言智，一言不智。」言不可以不慎。蓋言我必愛我，則我必宜自愛其言；我而不自愛其言者，是直不愛我也。我見近今填詞之家，其于生旦出場第一引中，類皆肆然早作狂蕩無禮之言，生必爲狂且，旦必爲倡女，夫然後愉

[一] 貫華堂本正文中均無折目，此據卷首目録補，以下不再出校。

快于心，以爲情之所鍾在于我輩也如此。夫天下後世之讀我書者，彼豈不悟此一書中，所撰爲古人名色，如君瑞、鶯鶯、紅娘、白馬，皆是我一人心頭口頭吞之不能，吐之不可，搔爬無極，醉夢恐漏，而至是終竟不得已，而忽然巧借古之人之事以自傳，道其胸中若干日月以來，七曲八曲之委折乎？其中如徑斯曲，如夜斯黑，如緒斯多，如蘖斯苦，如痛斯忍，如病斯諱。設使古人昔者真有其事，是我今日之所決不與知，則今日我有其事，亦是昔者古人之所決不與知者也。夫天下後世之讀我書者，彼則深悟君瑞非他君瑞，殆即著書之人焉是也；鶯鶯非他鶯鶯，殆即著書之人之心頭之人焉是也；紅娘、白馬悉復非他，殆即爲著書之人力作周旋之人焉是也。如是而提筆之時不能自愛，而竟肆然自作狂蕩無禮之言，以自愉快其心，是則豈非身自願爲狂且，而以其心頭之人爲倡女乎？讀《西廂》第一折，觀其寫君瑞也如彼，夫亦可以大悟古人寄托筆墨之法也矣。

亦嘗觀于「烘雲托月」之法乎？欲畫月也，月不可畫，因而畫雲。畫雲者，意不在于雲也；意不在于雲者，意固在于月也。然而意必在于雲焉，于雲略失則重，或略失則輕，是雲病也，雲病即月病也。于雲輕重均停矣，或微不慎，漬少痕如微塵焉，是雲病也，雲病即月病也。于雲輕重均停，又無纖痕漬如微塵，望之如有，攬之如無，即之如去，吹之如蕩，斯雲妙矣。雲妙而明日觀者沓至，咸曰：「良哉月與！」初無一人歎及于雲。此雖極負作者昨日慘淡旁皇畫雲之心，然試實究作者之本情，豈非獨爲月，全不爲雲？雲之與月，正是一副神理，合之固不可得而合，而分之乃決不可得而分乎！

《西廂》第一折之寫張生也是已。《西廂》之作也，專爲雙文也。然雙文國艷也，國艷則非多買臙脂之所得而塗澤也。抑雙文天人也，天人則非下土螻蟻工匠之所得而增減雕塑也。將寫雙文，而寫之不得，因置雙文勿寫而先寫張生者，所謂畫家「烘雲托月」之秘法。然則寫張生必如第一折之文云云者，所謂輕重均停，不得纖痕漬如微塵也。設使不然，而于寫張生時，鼇毫夾帶狂且身分，則後文唐突雙文乃極不小。讀者于此，胡可以不加意哉？

(夫人引鶯鶯、紅娘、歡郎上云)老身姓鄭，夫主姓崔，官拜當朝相國，不幸病薨。祇生這個女兒，小字鶯鶯，年方一十九歲，針黹女工，詩詞書算，無有不能。相公在日，曾許下老身侄兒、鄭尚書長子鄭恒爲妻。因喪服未滿，不曾成合。這小妮子，是自幼伏侍女兒的，唤做紅娘。這小厮兒，唤做歡郎，是俺相公討來壓子息的。相公棄世，老身與女兒扶柩往博陵安葬。因途路有阻，不能前進，來到河中府，將靈柩寄在普救寺内。這寺乃是天册金輪武則天娘娘敕賜蓋造的功德院。長老法本，是俺相公剃度的和尚。因此上有這寺西邊一座另造宅子，足可安下。一壁寫書附京師，唤鄭恒來，相扶回博陵去。俺想相公在日，食前方丈從者數百，今日至親只這三四口兒，好生傷感人也呵！

〔仙吕〕【賞花時】(夫人唱)夫主京師禄命終，子母孤孀途路窮。旅櫬在梵王宫。盼不到博陵舊塚，血淚灑杜鵑紅。

今日暮春天氣，好生困人。紅娘，你看前邊庭院無人，和小姐閑散心，立一回去。(紅娘云)曉得。

于第一章大書曰：「老夫人開春院。」雖曰罪老夫人之辭，然其實作者乃是巧護雙文。蓋雙文不到前庭，即何故爲游客誤見？然雙文到前庭而非奉慈母暫解，即何以解于「女子不出閨門」之明訓乎？故此處閑閑一白，乃是生出一部書來之根。既伏解元所以得見鶯艷之由，又明雙文真是相府千金秉禮小姐，蓋作者之用意苦到如此。近世忤奴，乃云雙文直至佛殿，我睹之而恨恨焉！

【後】（鶯鶯唱）可正是人值殘春蒲郡東，門掩重關蕭寺中。花落水流紅，閑愁萬種，無語怨東風。已上【賞花時】二曲，不是《西廂》一色筆墨，想是後人所添也。

（夫人引鶯鶯、紅娘、歡郎下）

（張生引琴童上云）小生姓張，名珙，字君瑞，本貫西洛人也。先人拜禮部尚書。周公之禮，盡在張矣。妙！ 小生功名未遂，游于四方。即今貞元十七年二月上旬，欲往上朝取應，路經河中府。有一故人，姓杜名確，字君實，與小生同郡同學，曾爲八拜之交。後棄文就武，遂得武舉狀元，官拜征西大元帥，統領十萬大軍，現今鎮守蒲關。小生就探望哥哥一遭，却往京師未遲。暗想小生螢窗雪案，學成滿腹文章，尚在湖海飄零，未知何日得遂大志也呵！ 看其中心如焚，止爲滿腹文章，有志未就，其他更無一言有所及。 正是：萬金寶劍藏秋水，滿馬春愁壓繡鞍。別樣麗句，一氣説下，不對讀，質言之，只是不得見用，故悶人也。 却將寶劍、繡鞍、秋水、春愁互得好[一]。

[一]「互」，貫華堂本作「五」，據芥子園本、金谷園本改。

〔仙吕〕【點絳唇】（張生唱）游藝中原，言游藝，則其志道可知也。開口便説志道游藝，則張生之爲人可知也。脚根無綫、如蓬轉。其至中原也，不獨至中原也。不獨至中原，而今暫至中原，則其于别院中人，真如風馬牛也。望眼連天，日近長安遠。中心如焚，止爲長安，豈有他哉！看他一部書，無限偷香傍玉，其起手乃作如是筆法。

右第一節。言張生之至河中，正爲上京取應，初無暫留一日二日之心。

【混江龍】向詩書經傳，蠹魚似不出費鑽研。棘圍呵守暖，鐵硯呵磨穿。投至得雲路鵬程九萬里，先受了雪窗螢火十餘年。才高難入俗人機，時乖不遂男兒願。怕你不雕蟲篆刻，斷簡殘篇。哀哉此言，普天下萬萬世才子同聲一哭！○看張生寫來是如此人物，真好筆法。

右第二節。寫張生滿胸前刺刺促促，只是一色高才未遇説話，其餘更無一字有所及。

行路之間，早到黄河這邊，你看好形勢也呵！

張生之志，張生得自言之；張生之品，張生不得自言之也。張生不得自言，則將誰代之言，而法又決不得不言，于是順便反借黄河，快然一吐其胸中隱隱岳岳之無數奇事。嗚呼！真奇文大文也[一]。

【油葫蘆】九曲風濤何處險，正是此地偏。帶齊梁，分秦晋，隘幽燕。雪浪拍長空，天際秋雲

〔一〕「大」，金谷園本作「至」。

捲。便是曹公亂世奸雄語。竹索纜浮橋，水上蒼龍偃。便是治世能臣語也。東西貫九州，南北串百川。言其學之富。歸舟緊不緊如何見？似弩箭離弦。言其才之敏也。【天下樂】疑是銀河落九天，高源雲外懸。言其所本者高。入東洋不離此徑穿。言其所到者大。滋洛陽千種花，言其潤色帝圖。潤梁園萬頃田，言其霖雨萬物。我便要浮槎到日月邊。又結至上京取應也。

右第三節。借黃河以快比張生之品量。試看其意思如此，是豈偷香傍玉之人乎哉！用筆之法，便如擘五石勁弩，其勢急不可就，而入下斗然轉出事來，是爲奇筆。

說話間，早到城中。這裏好一座店兒。琴童，接了馬者！店小二哥那裏？（店小二云）自家是狀元坊店小二哥。官人要下呵，俺這裏有乾浄店房。（張生云）便在頭房裏下。小二哥，你來，這裏有甚麼閑散心處？（小二云）俺這裏有座普救寺，是天册金輪武則天娘娘敕建的功德院，蓋造非常。南北往來過者，無不瞻仰。只此處可以游玩。（張生云）琴童，安頓行李，撒和了馬，我到那裏走一遭。（琴童云）理會得。（俱下）

（法聰上云）小僧法聰，是這普救寺法本長老的徒弟。今日師父赴齋去了，着俺在寺中，但有探望的，便記着，待師父回來報知。山門下立地，看有甚麼人來。（張生上云）曲徑通幽處，禪房花木深。却早來到也。（相見科）（聰云）先生從何處來？（張生云）小生西洛至此，聞上刹清幽，一來瞻禮佛像，二來拜謁長老。（聰云）俺師父不在，小僧是弟子法聰的便是。請先生方丈拜茶。（張生云）既然長老不在呵，不必賜茶。敢煩和尚相引，瞻仰一遭。（聰云）理會得。（張生云）是蓋造得好也！

【村裏迓鼓】隨喜了上方佛殿，只一「了」字，便是游過佛殿也。而後之忤奴，必謂張、鶯同在佛殿，一何悖哉！○每曲一句，是游一處。又來到下方僧院。又游一處。○如忤奴之意，不成張、鶯厮趕僧院耶！廚房近西，又游一處。法堂北，又游一處。鐘樓前面。又游一處。游洞房，又游一處。登寶塔，又游一處。將迴廊繞遍。又游一處。○已上，于寺中已到處游遍，更無餘剩矣，便直逼到崔相國西偏別院。筆法真如東海霞起，總射天台也。我數畢羅漢，參過菩薩，拜罷聖賢。此三句，不接上文之下，乃重申上文處處所見。蓋上文以佛殿、僧院、厨房、法堂、鐘樓、洞房、寶塔、迴廊襯出崔氏別院；而此又以羅漢、菩薩、聖賢一切相，襯出鶯艷也。其文如宋刻玉玩，雙層浮起。那裏又好一座大院子，却是何處？待小生一發隨喜去。(聽拖住云)那裏須去不得，先生請住者，裏面是崔相國家眷寓宅。(張生見鶯鶯、紅娘科)驀然見五百年風流業冤！此即雙文奉老夫人慈命[一]，暫至前庭閑散心，小立片時也[二]。忤奴必云：蕩然游寺，被人撞見。

右第四節。寫張生游寺已畢，幾幾欲去，而意外出奇，憑空逗巧。○如此一段文字，便與《左傳》何異？凡用佛殿、僧院、厨房、法堂、鐘樓、洞房、寶塔、迴廊無數字，都是虛字；又用羅漢、菩薩、聖賢無數字，又都是虛字。相其眼覷何處，手寫何處，蓋《左傳》每用此法[三]。我于《左傳》中說，子弟皆謂理之當然。今試看傳奇亦必用此法，可見臨文

[一]「老」，貫華堂本作「○」符號，據芥子園本、金谷園本改。
[二]「小」，芥子園本、金谷園本作「少」。
[三]「此」，貫華堂本作「世」，據芥子園本、金谷園本改。

無法，便成狗嘷，而法莫備于《左傳》。甚矣，《左傳》不可不細讀也。我批《西廂》，以爲讀《左傳》例也。

【元和令】顛不剌的見了萬千，這般可喜娘罕曾見。言所見萬千，亦皆絶艷，然非今日之謂也。看他用第一筆乃如此，便先將普天下蛾眉推倒。我眼花撩亂口難言，魂靈兒飛去半天。看他用第二筆又如此，偏不便寫，偏只空寫，此真用筆入神處。忤奴又謂張生少年涎臉。

右第五節。寫張生驚見雙文，目定魂攝，不能遽語。若遽語，即成何文理。

儘人調戲，嚲着香肩，只將花笑拈。「儘人調戲」者，天仙化人，目無下土，人自調戲，曾不知也。彼小家十五六女兒，初至門前，便解不可儘人調戲，于是如藏似閃，作盡醜態。又豈知郭汾陽王愛女，晨興梳頭，其執櫛進巾[一]，捧盤瀉水[二]，悉用偏裨牙將哉？《西廂記》只此四字，便是吃烟火人道殺不到。千載徒傳「臨去秋波」，不知已是第二句。【上馬嬌】是兜率宫？是離恨天？我誰想這裏遇神仙！純寫「儘人調戲」神韻。看他用第三筆又如此，只是空寫。

右第六節。寫雙文不曾久立，張生瞥然驚見。此一頃刻，真如妙喜于阿閦佛國一現，不可再現。今乃欲于頃刻一現中，寫盡眼中無邊妙麗，可知着筆最是難事，因不得已而窮思極算，算出「儘人調戲」四字來。蓋下文寫雙文見客即走入者，此是千金閨女自然之常理，而此處先下「儘人調戲」四字，寫雙文雖見客走入，而不必如驚弦脱兔者，此是天

[一]「巾」，貫華堂本作「申」，據芥子園本、金谷園本改。

[二]「瀉」，貫華堂本作「寫」，據芥子園本、金谷園本改。

仙化人，其一片清淨心田中，初不曾有下土人民半星齷齪也。看他寫相府小姐，便斷然不是小家兒女。筆墨之事，至于此極，真神化無方。

宜嗔宜喜春風面。

右第七節。只此七字是雙文正面，下便側轉身來也[一]。○須知自「顛不剌」起至「晚風前」止，描畫雙文凡用若干語，而其實雙文止是阿閦佛國瞥然一現，蓋只此七字是也。此七字已上，皆是空寫；已下，則皆寫雙文入去[二]。我不知雙文此日亦見張生與否[三]。若張生之見之，則止于此七字而已也。後之忤奴，必謂雙文于爾頃已作目挑心招種種醜態，豈知《西廂記》妙文原來如此。

偏、【上馬嬌】有此一字句，此恰用着，言雙文側轉身來也。宜貼翠花鈿。是側轉來所見也。【勝葫蘆】宮樣眉兒新月偃，侵入鬢雲邊。是側轉來所見也。

右第八節。寫雙文側轉身來，聖歎遂于紙上親見其翩若驚鴻。即日我將以此妙文，持贈普天下才子，亦願一齊于紙上同見雙文翩若驚鴻也。普天下才子讀至此處，愛殺雙文，安能不愛殺聖歎耶！然世間或有不愛殺聖歎者，聖歎乃無憾。何則？渠固不知文心之苦者也。○此方是活

[一]「下」，貫華堂本作「十」，據芥子園本、金谷園本改。
[二]「入」，貫華堂本作「人」，據芥子園本、金谷園本改。
[三]「日」，貫華堂本作「目」，據芥子園本、金谷園本改。

雙文，非死雙文也。傖乃不解，遂謂面是面，鈿是鈿，眉是眉，鬢是鬢，則是泥塑雙文也。未語人前先靦腆，一。櫻桃紅破，二。玉粳白露，三。半晌四。恰方言。五。【後】似嚦嚦鶯聲花外囀。一句破作五六句，幾于筆尖不肯着紙。

（鶯鶯云）紅娘，我看母親去。

右第九節。雙文纔見客來，便側轉身云：「我看母親去。」此是一晌眼間事，看他偏有本事，將「我看母親」一聲寫出如許章法。

行一步上「偏」字，便是側轉身來行此一步也。可人憐，解舞腰肢嬌又軟。千般嬝娜，萬般旖旎，似垂柳在晚風前。此只是側轉身來之第一步也，再一步便入去了也。而張生此時未知也，遂極歎之也。

右第十節。自「偏」字至此，止是一晌眼間事。蓋側轉身來，便移步入去也。

（鶯鶯引紅娘下）

雙文去矣，水已窮，山已盡矣。文心至此，如劃然弦斷，更無可續矣。看他下文，憑空又駕出妙構來。

【後庭花】你看襯殘紅芳徑軟，步香塵，底印兒淺。下將憑空從脚痕上揣摹雙文留情，故此特肖芳徑淺印[一]，以令人看也。傖父强作解事，多添襯字，言是歎其小，歎其輕。彼豈知文法生起哉！休題眼角留情處，只這脚蹤兒將心事傳。張生從何説起？作者從何入想？且又不便于脚痕上見鬼，又先于眼角上掉

[一]「芳徑」，貫華堂本作「方經」，據芥子園本、金谷園本改。

謊,行文可謂千伶百俐,七穿八跳矣!慢俄延,投至到櫳門前面,只有那一步遠。誰曾俄延?先生謊也。如此文字,真乃十分是精靈,十二分是鬼怪矣!○上云你看看底印也。看底印何也?看其將心事傳也。底印何見其將心事傳?看其步步慢,故步步近,即步步不忍舍我入去也。分明打個照面,自誇所揣如見也。寫出活張生來,真不是死張生也。風魔了張解元。

右第十一節。上文張生瞥然驚見,雙文翩然深逝,其間眼見並無半絲一綫,然則過此以往,真乃如鴻飛冥冥,弋者其奚慕哉。忽然于極無情處生扭出情來,並不曾以點墨唐突雙文,而張生已自如蠶吐絲,自縛自悶。蓋下文無數借廂附齋,皆以此一節爲根也。○忤奴必欲于此一折中,謂雙文售奸,以致張生心亂。我得而知其母、其妻、其女之事焉!○此一折中,雙文豈惟心中無張生,乃至眼中未曾有張生也。不惟實事如此,夫男先乎女,固亦世之恒禮也。人但知此節爲行文妙筆,又豈知其爲立言大體哉?

神仙歸洞天,空餘楊柳烟,只聞烏雀喧。【柳葉兒】門掩了梨花深院,粉牆兒高似青天。恨天不與人方便,難消遣,怎留連,有幾個意馬心猿?

右第十二節。正寫雙文已入去也。易解。

【寄生草】蘭麝香仍在,雙文既入,門便閉矣。門既閉,雙文便更不見矣。看他偏要逞好手,從門外張生,再寫出門裏雙文來。真是鏡花水月,全用光影邊事。此一句,是向門外寫也。佩環聲漸遠。此一句,便向門内寫也。東風摇曳垂楊綫,是從門外仰望牆頭也。游絲牽惹桃花片,是魂隨游絲飛過牆去也。珠簾掩映芙蓉面。是魂在牆内逢神見鬼也。這邊是河中開府相公家,牆外也。那邊是南海水月觀音院。

牆內也。【賺煞尾】望將穿，牆外也。涎空咽，牆內也。

右第十三節。雙文已入，門已閉，却寫張生于牆外洞垣直透見牆內雙文，又是一樣憑空妙構。真正活張生，非死張生也。

我明日透骨髓相思病纏。我當他臨去秋波那一轉，我便鐵石人也意惹情牽。妙。眼如轉，實未轉也。在張生必爭云「轉」，在我必爲雙文爭曰「不曾轉」也。忤奴乃欲效雙文轉。

右第十四節。至此遂放聲言之也。

近庭軒花柳依然，日午當天塔影圓。春光在眼前，「依然」，妙。半日迷魂，忽然睁眼。奈玉人不見。將一座梵王宫，化作武陵源。

右第十五節。寫張生從别院門前覆身入寺，見寺中庭軒、花柳、日影、春光依然如故，與上第四節文字作呼應，所謂第四節入三昧，此節出三昧也。入得去，出得來，謂之好文字；殺得入去，殺得出來，謂之好健兒；入得定去，出得定來，謂之好菩薩。若前不知入去，後不知出來者，禪家謂之肚皮中鼓粥飯氣也。雙文不到佛殿，豈不信哉？

一之二　借廂

吾嘗遍觀古今人之文矣，有用筆而其筆不到者，有用筆而其筆到者，有用筆而其筆之前、筆之後、不用筆處無不到者。夫用筆而其筆不到[一]，則用一筆而一筆不到，雖用十百千乃至萬筆，而十百千萬筆皆不到也，兹若人毋寧不用筆可也。用筆而其筆到，則用一筆，斯一筆到；再用一筆，斯一筆又到。因而用十百千乃至萬筆，斯萬筆並到，如先生是真用筆人也。若夫用筆而其筆之前、筆之後、不用筆處無處不到，此人以鴻鈞爲心，造化爲手，陰陽爲筆，萬象爲墨。心之所不得至，筆已至焉；筆之所不得至，心已至焉。筆所已至，心遂不必至焉；心所已至，筆遂不必至焉。讀其文，其文如可得而讀也，然而能讀者，讀之而讀矣；不能讀者，讀之而未曾讀也。何也？其文則在其文之前、之後、之四面，而其文反非也。故用筆而其筆不到者，如今世間横災梨棗之一切文集是也；用筆而其筆到者，如世傳韓、柳、歐、王、三蘇之文是也。若用筆而其筆之前後、不用筆處無不到者，捨《左傳》吾更無與歸也！《左傳》之文，莊生有其駘宕，《孟子》七篇有其奇峭，《國策》有其匝緻，聖歎别有《批〈孟子〉》、《批〈國策〉》欲呈教。太史公有其巃嵸。夫莊生、《孟子》、《國策》、太史公又何足多道，吾獨不意《西廂記》，傳奇也，而亦用其法。然則作《西廂記》者，其人真以鴻鈞爲心，造化爲手，陰陽爲筆，萬象爲墨者也。

何也？如夜來張生之瞥見鶯艷也，如天邊月，如佛上華，近之固不可得而近，而去之乃決不可得而去也。決不可得而去，則務必近之，而近之之道，其將從何而造端乎？

[一]「夫」，貫華堂本作「天」，據芥子園本改。

通夜無眠，通夜思量，夫張生絶世之聰明才子也，彼且忽然而得算矣。謂天下之事，有門笱，有合縫。門笱，其始也；合縫，其終也。今日之事，不圖合縫，且圖門笱。夫鶯艷之在深深别院中也，此縫未易合也；而相國别院之在無遮大刹中也，此笱或可門也。天明已乎？胡天正未明也。鷄唱矣乎？胡鷄正未唱也。鼓終矣乎？胡鼓正未終也。我不圖合縫，我且圖門笱。夫他日縫之終合與不合，事則在他日，我不敢料也。若夫今日笱之必門而不可不門，乃至必宜急門而不可遲門，事則在今日矣。我安得鷄唱鼓終，天明入寺，而一問法聰乎？鷄不唱，鼓不終，天不明，則不得入寺而問聰，此其心亂如麻可知也。設也倏忽之間而鷄唱矣，鼓終矣，天明矣，乃入寺問聰，而聰不我應，此又當奈之何哉？夫聰之必我應而不不我應，固也；然聰之雖必我應，而萬一竟不我應，亦或然之事也。再思量之，則聰之或我應，或不我應，皆有之道也。再思量之，則聰之不我應也，其數多；其我應，乃數之少者也。再思量之，則聰必不我應者也，于是事急矣，心死矣，神散亂矣，發言無次矣，入寺見聰便發極云：不做周方，我必埋怨殺你。蓋聰聞之而斗然驚焉，何則？張生固未嘗先云借房，則聰殊不知其「不做周方」之爲何語也。張生未嘗先云借房，而便發極云「不做周方」者，此其一夜心問口、口問心，既經百千萬遍，則更不計他人之知與不知也。只此起頭一筆二句十三字，便將張生一夜無眠，盡根極底，生搧活現[一]。所

[一]「搧」，芥子園本、金谷園本作「描」。

謂用筆在未用筆前，其妙則至于此，是惟《左傳》往往有之。借曰不然，而或順文寫之曰：「你借我半間客舍僧房。」然後乃繼之曰：「不做周方。」只略倒轉，便成惡札。嗟乎！文章之事，通于造化。當世不少青蓮花人，吾知必于千里萬里外遥呼聖歎，酹酒于地曰：汝言是也！汝言是也！則聖歎亦于千里萬里外，遥呼青蓮花人，酹酒于地曰：先生，汝是作得《西廂記》出人也。已上，皆是「不做周方」一筆前[一]，故意藏下之文。聖歎特地代之寫出來，以明「不做周方」之一筆[二]，其手法神妙至于如此。試思「不做周方」二句，十三字耳，其前乃有如許一篇大文，豈不奇絶！

紅娘切責後，張生良久良久，此時最難措語。今看其【哨遍】一篇，極盡文章排蕩之法，是已爲奇事矣。偏有本事，又排蕩出【耍孩兒】五篇。忽然從世間男長女大，風勾月引一段關竅，硬作差派，先坐煞小姐，以深明適者我並非失言，然後云：「紅娘而肯做周旋耶，則我亦不過兩得其便；若紅娘畢竟不做周旋耶，則小姐自失便宜。」已又云：「既已不做周旋，則我亦決計便不思量。」已又云：「汝自不做周旋，我自終不得不思量。」凡五煞，俱是大起大落之筆，皆所以切怨紅娘也。切怨紅娘者，一題自有一題之文。若此篇則是切怨紅娘之文也，不知者悉以爲慕鶯之文。不成一部《西廂》篇篇皆慕鶯之文[三]，又有何異同耶！

[一]「皆」，貫華堂本作「若」，據芥子園本、金谷園本改。
[二]「明」，貫華堂本作「周」，據芥子園本、金谷園本改。
[三]「篇篇」，貫華堂本作「此篇」，據茶本改。

（夫人上云）紅娘，你傳着我的言語，去寺裏問他長老：幾時好與老相公做好事？問的當了，來回我話者。（紅娘云）理會得。（下）

（法本上云）老僧法本，在這普救寺内住持做長老[一]。夜來老僧赴個村齋，不知曾有何人來探望。（唤法聰問科）（法聰云）夜來有一秀才，自西洛而來，特謁我師，不遇而返。（法本云）山門外覷者，倘再來時，報我知道。（法聰云）理會得。

（張生上云）自夜來見了那小姐，着小生一夜無眠。今日再到寺中訪他長老，小生别有話説。（與法聰拱手科）

〔中吕〕【粉蝶兒】（張生唱）不做周方，埋怨殺你個法聰和尚！

右第一節。無序無由，斗然叫此一句，是爲何所指耶？身自通夜無眠，千思萬算，已成熟話。若法聰者，又不曾做蛆，向驢胃中度夏，渠安所得知先生心中何事，要人「做周方」耶？豈非極不成文，極無理可笑語？然却是異樣神變之筆，便將張生一夜中車輪腸肚總掇出來。使低手爲之，當云：「來借僧房，敬求你個法聰和尚，你與我用心兒做個周方」云云，亦誰云不是【粉蝶兒】？然只是今朝張生，不復有昨夜張生。聖歎每云「不會用筆者，一筆只作一筆用；會用筆者，一筆作百十來筆用」，正謂此也。

（聰云）先生來了，小僧不解先生話哩。

[一]「持」，貫華堂本作「特」，據芥子園本、金谷園本改。

你借與我半間兒客舍僧房[一],與我那可憎才居止處,門兒相向。「可憎」者,愛極之反辭也。王摩詰詩云「洛陽女兒對門居」。嘗歎其「對門」二字,淫艷非常,不意本色道人胸中乃有如此設想。今此「門兒相向」四字,便是一副錦心繡手,不必定是青藍,而自然視之欲笑也。雖不得竊玉偷香,且將這盼行雲眼睛打當。筆皆起伏。

右第二節。後文至【上小樓】之後闋,始向長老借房者,借房之次第也;此文纔上場便向法聰借房者,借房之心事也。借房不可不次第,則必待至【上小樓】之後闋也;借房之心事,刻不可忍,則必于此上場之一刻也。

(聽云)小僧不解先生話。

【醉春風】我往常見傅粉的委實羞,畫眉的敢是謊[二]。不但是筆之起伏,此正是與張生爭殺身分。夫與張生爭殺身分者,正是與雙文爭殺身分也。若張生平生,但見一眉一眼、一裙一襪,便連路喪節者,今日所見,乃不足又道也。今番不是在先,人心兒裏早癢、句。癢。句。○【醉春風】有此一重字作一句,最要用得恰妙。撩撥得心慌,斷送得眼亂,輪轉得腸忙。

右第三節。文自明。

(聽云)小僧不解先生話也。師父久待,小僧通報去。(張生見法本科)

[一]「兒」,貫華堂本作「見」,據芥子園本、金谷園本改。
[二]「謊」,貫華堂本作「講」,據芥子園本、金谷園本改。

【迎仙客】我只見頭似雪，鬢如霜，面如少年得內養。貌堂堂，聲朗朗，只少個圓光，便是捏塑的僧伽像。

右第四節。乃不可少。

（法本云）請先生方丈內坐。夜來老僧不在，有失迎迓，望先生恕罪！（張生云）小生久聞清譽，欲來座下聽講，不期昨日相左。今得一見，三生有幸矣。（本云）敢問先生世家何郡，上姓大名，因甚至此？（張生云）小生西洛人氏，姓張，名珙，字君瑞。因上京應舉，經過此處。

【石榴花】大師一一問行藏，小生仔細訴衷腸。自來西洛是吾鄉，宦游在四方，寄居在咸陽。先人禮部尚書多名望，五旬上因病身亡。平生正直無偏向，至今留四海一空囊。

右第五節。乃不可少。○雖不可少，然無事人向有事人作寒暄，彼有事人又不得不應。此景真可一噱也。○如送秧人被看鴨奴問話，緊急報船誤行入木筏路中，皆何足道。莫苦于貧士一屋兒女，傍午無烟，不得不向鮑叔告乞升斗。乃入門相揖，不可便語，而彼鮑叔則且睇目看天，緩緩言「節序佳哉」，又緩緩言「某物應時矣，已得嘗新否」，殊不覺來客心頭淚落如豆。我願普天下菩薩鮑叔，于彼二三貧賤兄弟無故忽然早來之時，善須察言觀色，慰勞無故，而後即安。此亦天地自然之常理，不足爲奇節也。聖歎此語，守錢奴見之而怨怒焉。此亦大不解事矣！聖歎此語，豈向守錢奴作説客耶？或曰：聖歎亦大不解事，彼守錢奴胡爲得見聖歎此書耶！

【鬥鵪鶉】聞你渾俗和光，句法是歎，字法是嘲。果是風清月朗。小生呵，無意求官，有心聽講。

右第六節。此《借廂》之破題也，看其行文次第。

小生途路無可申意，聊具白金一兩，與常住公用，伏望笑留。

秀才人情從來是紙半張，他不曉七青八黄。銀色也。任憑人説短論長，他不怕掂斤播兩。【上小樓】我是特來參訪，你竟無須推讓。這錢也難買柴薪，不够齋糧[一]，略備茶湯。寫秀才入畫。○作《西廂記》，忽然畫秀才，不怕普天下秀才具公呈告官府耶？

右第七節。此《借廂》之入題也。

你若有主張，對艷妝，將言詞説上，還要把你來生死難忘。

右第八節。反透過借廂一筆，令文字有跳脱之勢。上來作諸般勤，本爲借廂也。然理之所必無，或是事之所忽有，如「言詞説上」、「生死難忘」，則是廂亦反不必借也。心頭亦明明知其必無此事，而口頭不覺忽忽定要説出來。癡人身分中真有此景況，又不特作文勢跳脱而已。

(本云)先生客中何故如此，先生必有甚見教。從來是禿厮乖。(張生云)小生不揣有懇：因惡旅邸繁冗，難以温習經史。欲暫借一室，晨昏聽講。房金按月，任憑多少。(本云)敝寺頗有空房，任憑揀擇。不可，就與老僧同榻何如？李陵所謂「不入耳」之言，隨筆寫作一笑。

【後】不要香積厨，不要枯木堂。不要南軒，不要東牆。只近西廂，靠主廊，過耳房，方纔停當。

[一]「糧」，貫華堂本作「種」，據芥子園本、金谷園本改。

快休題長老方丈。誦之如蕉葉雨聲，何其爽哉！又如鼓聲撒豆點動，何其快活哉！

右第九節。《借廂》正文也。

（紅娘上云）俺夫人着俺問長老：幾時好與老相公做好事。問的當了回話。（見本科）長老萬福！夫人使侍妾來問：幾時可與老相公做好事？（張生云）好個女子也呵！

【脱布衫】大人家舉止端詳，全不見半點輕狂。臨濟見牧牛嫂有抽釘拔楔之意，便知住山人真是大善知識。杜子美詠北方佳人，天寒修竹，則雖其侍婢，必云「摘花不插髮」也。語云：「不知其人，但觀所使。」今寫侍妾尚無半點輕狂，即雙文之嚴重可知也。大師行深深拜了，一。啓朱唇語言的當。二。【小梁州】可喜龐兒淺淡妝，三。穿一套縞素衣裳。四。○「縞素衣裳」四字精細，是扶喪服也。

右第十節。○昔有二人，于玄元皇帝殿中，睹畫東西兩壁，相戒互不許竊窺。至幾日，各畫最前旛幢畢，則易而一視之。又至幾日，又畫中間旄鉞畢，又易而一視之。又至幾日，又畫近身纓笏畢，又易而一視之。又至幾日，又畫陪輦諸天畢，又易而共視。西人忽向東壁啞然一笑，東人殊不計也。殆明並畫天尊已畢，又易而共視，而後西人始投筆大哭，拜不敢起。蓋東壁所畫最前人物，便作西壁中間人物，中間人物却作近身人物，近身人物竟作陪輦人物。西人計之，彼今不得不將天尊人物作陪輦人物矣，已後又將何等人物作天尊人物耶？謂其必至技窮，故不覺失笑。却不謂東人胸中，乃别自有其日角月表、龍章鳳姿，超于塵壒之外煌煌然一天尊。于是便自後至前，一路人物盡高一層。今被作《西廂記》人偷得此法，亦將他人欲寫雙文之筆，先寫却阿紅，後來雙文自不愁不出異樣筆墨，别成妙麗。嗚呼！此真非傖父所得夢見之事也。

鶻伶渌老不尋常，偷睛望，眼挫裏抹張郎。【後】我共你多情小姐同鴛帳，我不教你叠被鋪床。將小姐央，夫人央。他不令許放，我自寫與你從良。寫紅娘「鶻伶渌老不尋常」，乃張生之鶻伶渌老，亦不尋常也。紅娘渌老不尋常，故趕眼挫偷抹張郎；乃張生渌老又不尋常，便早偷睛見其抹我也。一筆下，寫四只渌老，好看煞人。

右第十一節。又用别樣空靈之筆，重寫阿紅一遍也。抹，抹倒也，抹殺也，不以爲意也。將欲寫阿紅不是叠被鋪床人物，以明侍妾早是一位小姐矣，其小姐又當何如哉？却先寫阿紅眼中，全然抹倒張生，並不以張生爲意，作一翻跌之筆，然後自云：你自抹殺我，我定不敢抹殺你。此真非已下人物也。文之靈幻，全是一片神工鬼斧，從天心月窟雕鏤出來。傖父不知，乃謂寫阿紅眼好。夫上文之下，下文之上，有何關應，須于此處寫阿紅好眼耶？蓋言你抹我，你不應抹我也。

（本云）先生少坐，待老僧同小娘子到佛殿上一看便來。（張生云）小生便同行何如？（本云）使得。（張生云）着小娘子先行，我靠後些。

【快活三】崔家女艷妝，莫不演撒上老潔郎？既不是睃趁放毫光，爲甚打扮着特來晃。【朝天子】曲廊，洞房，你好事從天降。異樣鬼斧神工之筆。

右第十二節。張生靈心慧眼，早窺阿紅從那人邊來，便欲深問之，而無奈身爲生客，未好與人閨閣。因而眉頭一皺，計上心來，忽作醜語，牴突長老，使長老發極，然後輕輕轉出下文云。然則何爲不使兒郎，而使梅香？便問得不覺不知，此所謂「明攻棧道，暗度陳倉」之法也。傖父又不知，以爲張生忽作風話。斵山云：怪哉聖歎，其眼至此！我疑此書便是聖歎自製。

（本發怒云）先生好模好樣，説那裏話！（張生云）你須怪不得我説。好模好樣忒莽戇，煩惱耶唐三藏？妙句。便勘破普天下禪和子。偌大個宅堂，豈没個兒郎？要梅香來説勾當！一片閑心火熱熱地，止要問此一語，却駕起如此奇文。你在我行、口强，你硬着頭皮上。言欲于其腦袋上，鑿一百栗暴。蓋定欲其告我真話也。

右第十三節。二節真乃希世奇文，聖歎不惟今生做不出，雖他生猶做不出。

（本云）這是崔相國小姐孝心，與他父親亡過老相國追薦做好事，一點志誠，不遣别人，特遣自己貼身的侍妾紅娘，來問日期。（本對紅娘云）這齋供道場都完備了，十五日是佛受供日，請老夫人、小姐拈香。（張生哭云）哀哀父母，生我劬勞，欲報深恩，昊天罔極。小姐是一女子，尚思報本。望和尚慈悲，小生亦備錢五千，怎生帶得一分兒齋，追薦我父母，以盡人子之心。便夫人知道，料也不妨。（本云）不妨。法聰，與先生帶一分齋者。（張生私問聰云）那小姐是必來麽？（聰云）小姐是他父親的事，如何不來？（張生喜云）這五千錢使得着也。

斗然借廂，斗然牴突長老，斗然哭，後又斗然推更衣先出去。寫張生通身靈變，通身滑脱，讀之如于普救寺中親看此小後生。

【四邊静】人間天上，看鶯鶯强如做道場。軟玉温香，休言偎傍；若能彀湯他一湯，早與人消災障。南無消災障菩薩摩訶薩。○絶世奇文。

右第十四節。又恐世間善男信女及道學先生讀至此處，謂張生真要薦親，故用正文説明之。

(本云)都到方丈吃茶。(張生云)小生更衣咱。(張生先出云)那小娘子一定出來也，我只在這裏等候他者。(紅娘辭本云)我不吃茶了，恐夫人怪遲，我回話去也。(紅出)(張生迎揖云)小娘子拜揖！(紅云)先生萬福！(張生云)小娘子莫非鶯鶯小姐的侍妾紅娘乎？(紅云)我便是，何勞動問？(張生云)小生有句話，敢説麽？(紅云)言出如箭，不可亂發；一入人耳，有力難拔。有話，但説不妨！(張生云)小生姓張，名珙，字君瑞，本貫西洛人氏，年方二十三歲，正月十七日子時建生，並不曾娶妻。千載奇文！(紅云)誰問你來！我又不是算命先生，要你那生年月日何用？千載奇文！(張生云)再問紅娘，小姐常出來麽？(紅怒云)出來便怎麽？妙。先生是讀書君子，道不得個非禮勿言，非禮勿動。俺老夫人治家嚴肅，凛若冰霜。即三尺童子，非奉呼唤，不敢輒入中堂。先生絶無瓜葛，何得如此！早是妾前，可以容恕；若夫人知道，豈便干休？今後當問的便問，不當問的，休得胡問！(紅娘下)

(張生良久良久云)這相思索是害殺我也！

【哨遍】聽説罷，心懷悒快。把一天愁，都撮在眉尖上。説夫人節操凛冰霜，不召呼，不可輒入中堂。自思量，假如你心中畏懼老母威嚴，你不合臨去也回頭望。

右第十五節。寫張生被紅娘切責，一時脚插不進，頭鑽不入，無搔無爬，不上不落。

于是不怨自己，不怨紅娘，忽然反怨鶯鶯。真是魂神顛倒之筆。

待颺下，承上文紅娘切責，救無路矣。定應如此措心，定應如此措筆也。

右第十六節。忽然作此一縱，筆如鷙鷹撇去；然只是三字，下便疾收轉來。世間有如此神儁之筆！若真颺下，豈非世間第一有力丈夫？抑若真颺下，豈非世間終身不長進活死人哉！

座間忽一客云：「若真颺下，《西廂記》便止于此矣。」聖歎不覺大笑。

教人怎颺？赤緊的深沾了肺腑，牢染在肝腸。若今生你不是並頭蓮，難道前世我燒了斷頭香。用兩「頭」字起色，便爲玉茗堂開山。我定要手掌兒上奇擎，心坎兒上温存，眼皮兒上供養。

右第十七節。寫其一片志誠，雖死不變也如此。

【耍孩兒】只聞巫山遠隔如天樣，聽説罷，又在巫山那廂。宋詞云：「平蕪盡處是青山，行人更在青山外。」此用其句法。我這業身雖是立迴廊，魂靈兒實在他行。莫不他安排心事正要傳幽客，也只怕是漏泄春光與乃堂。春心蕩，他見黄鶯作對，粉蝶成雙。春心之蕩，乃硬派之耶？奇文奇情。

右第十八節。將深怨紅娘，而先硬差官派小姐春心之必蕩，以見己頃間之纖無差誤，而甚矣紅娘之謬也。

【五煞】紅娘你自年紀小，性氣剛。張郎倘去相偎傍，他遭逢一見何郎粉，我邂逅偷將韓壽香。風流況，成就我温存嬌婿，管甚麽拘束親娘！

右第十九節。望紅娘肯通一綫，則有如是之美滿也。

【四煞】紅娘，你忒慮過，空算長。郎才女貌年相仿，定要到眉兒淺淡思張敞，春色飄零憶阮郎。非誇獎，他正德言工貌[一]，小生正恭儉温良。此二節反覆言之，以盡其事也。

右第二十節。諷紅娘不通一綫，則有如是之懊悔也。

【三煞】紅娘，他眉兒是淺淺描，他臉兒是淡淡妝，他粉香膩玉搓咽項。下邊是翠裙鴛繡金蓮小，上邊是紅袖鸞銷玉筍長。不想呵，其實强。你也掉下半天風韻，我也颩去萬種思量。絶世奇談。自欲不思量，乃先欲人不風韻，豈非謊哉！昔有人過嗜蟹者，人或戒之，遂發願云：「我有大願，願我來世，蟹亦不生，我亦不食。」相傳以爲奇談，豈知是《西廂記》妙文被他抄去。

右第二十一節。又作奇筆一縱，欲不思量也。

却忘了辭長老。（張生轉身見本云）小生故問長老，房舍何如？（本云）塔院西廂有一間房，甚是瀟灑，正可先生安下。隨先生早晚來。（張生云）小生便回店中，搬行李來。（本云）先生是必來者。（法本下）

（張生云）搬則搬來，怎麽捱這凄涼也呵！

【二煞】紅娘，我院宅深，枕簟涼，一燈孤影搖書幌。縱然酬得今生志，着甚支吾此夜長？睡不着，如翻掌，少呵有一萬聲長吁短歎，五千遍搗枕捶床。

右第二十二節。至此節，方寫相思「害殺我也」之正文。

【尾聲】嬌羞花解語，温柔玉有香。乍相逢，記不真嬌模樣。儘無眠，手抵着牙兒慢慢地想。

［一］「工」，貫華堂本作「正」，據芥子園本、金谷園本改。

右第二十三節。輕飄一綫，遞過下節。人謂其不復結上，豈悟其早已襯後耶？益信前者之爲瞥見。

一之三　酬韵

曼殊室利菩薩好論極微，昔者聖歎聞之而甚樂焉。夫娑婆世界，大至無量由延，而其故乃起于極微。以至娑婆世界中間之一切所有，其故無不一一起于極微。此其事甚大，非今所得論。今者止借菩薩極微之一言，以觀行文之人之心。今夫清秋傍晚，天澄地徹，輕雲鱗鱗，其細若穀，此真天下之至妙也。野鴨成群空飛，漁者羅而致之，觀其腹毛，作淺墨色，鱗鱗然，猶如天雲，其細若穀，此又天下之至妙也。草木之花，于跗萼中，展而成瓣，苟以閑心諦視其瓣，則自根至末，光色不定，此一天下之至妙也。燈火之焰，自下達上，其近穗也，乃作淡碧色；稍上，作淡白色；又上，作淡赤色；又上，作乾紅色；後乃作黑烟，噴若細沫，此一天下之至妙也。今世人之心，豎高横闊，不計道里；浩浩蕩蕩，不辨牛馬。設復有人語以此事，則且開胸大笑，以爲人生一世，貴是衣食豐盈，其何暇費爾許心計哉[一]？不知此固非不必費之閑心計也。秋雲之鱗鱗，其細若穀者，

[一]「計」，貫華堂本作「許」，據芥子園本、金谷園本改。

縠以有無相間成文。今此鱗鱗之間,則僅是有無相間而已也耶? 人自下望之,去雲不知幾十百里,則見其鱗鱗者,其間不必曾至于寸。若果就雲量之,誠未知其爲尋爲丈者也。今試思以爲尋爲丈之相去,而僅曰有無相間焉而已,則我自下望之,其爲妙也決不能以至是。今自下望之而其妙至是,此其一鱗之與一鱗,其間則有無限層折,如相委焉,如相屬焉。所謂極微,于是乎存,不可以不察也。天雲之鱗鱗,其去也尋丈,故于中間有多層折,此猶不足論也。若夫野鴨腹毛之鱗鱗,其相去乃至爲逼迮,不啻如粟米焉也。今試觀其輕妙若縠,爲是止于有無相間而已也耶? 如誠止于有無相間焉而已,則我試取纖筆,染彼淡墨,縷縷畫之,胡爲三尺童子猶大笑以爲甚不似也,則誠不得離朱其人諦審熟睹焉耳。誠諦審而熟睹之,此其中間之層折,如相委焉,如相屬焉,必也一鱗之與一鱗真亦如有尋丈之相去。所謂極微者,此不可以不察也。草木之花,于跗萼中展而成瓣,人曰凡若干瓣,斯一花矣。人固不知昨日者,殊未有此花也;更昨日焉,乃至殊未有此萼與跗也。于無跗無萼無花之中[一],而欻然有跗,而欻然有萼,而欻然有花,此有極微于其中間,如人徐行,漸漸至遠。然則一瓣雖微,其自瓣根行而至于瓣末,其起此盡彼,筋轉脈摇,朝淺暮深,粉稚香老。人自視之,一瓣之大,如指頂耳;自花計焉,烏知其道里,不且有越陌度阡之遠也。人自視之,初開至今,如眴眼耳;自花計焉,烏知其壽

[一]「跗」,貫華堂本作「附」,據芥子園本、金谷園本改。

命，不且有累生積劫之久也。此一極微，不可以不察也。燈火之焰也，淡淡焉，此不知于世間五色爲何色也。吾嘗相其自穗而上，訖于烟盡，由淡碧入淡白，此如之何其相際也；又由淡白入淡赤，此如之何其相際也；又由淡赤入乾紅，由乾紅入黑烟，此如之何其相際也。必有極微于其中間，分焉而得分，又徐徐分焉，而使人不得分，此一又不可以不察也。人誠推此心也以往，則操筆而書鄉黨餽壺漿之一辭，必有文也；書人婦姑勃溪之一聲，必有文也；書塗之人一揖遂别，必有文也。何也？其間皆有極微。他人以粗心處之，則無如何，因遂廢然以閣筆耳。我既適向曼殊室利菩薩大智門下學得此法矣，是雖于路旁拾取蔗滓，尚將涓涓焉壓得其漿，滿于一石，彼天下更有何逼迮題，能縛我腕使不動也哉？讀《西廂記》，至《借廂》後、《鬧齋》前《酬韵》之一章，不覺深感于菩薩焉。尚願普天下錦繡才子，皆細細讀之。上文《借廂》一章，凡張生所欲説者，皆已説盡。下文《鬧齋》一章，凡張生所未説者，至此後方纔得説。今忽將于如是中間寫隔墻酬韵，亦必欲洋洋自爲一章。斯其筆拳墨渴，真乃雖有巧媳，不可以無米煑粥者也。忽然想到張、鶯聯詩，是夜則爲何二人悉在月中露下，因憑空造出每夜燒香一段事，而于看燒香上，生情布景，别出異樣花樣。粗心人不解此苦，讀之只謂又是一通好曲。殊不知一字一句一節，都從一黍米中剥出來也。

（鶯鶯上云）母親使紅娘問長老修齋日期，去了多時，不見來回話。（紅娘上云）回夫人話了，去回小姐話去。（鶯鶯云）使你問長老：幾時做好事？（紅云）恰回夫人話也，正待回小姐話：二月十五，佛什麽供日，請夫人、小姐拈香。(紅笑云)小姐，我對你説一件好笑的事。喒前日庭院前瞥見的秀才，今日也在方丈裏坐地。他先出門外，等着紅娘，深深唱喏道：「小娘子莫非鶯鶯小姐侍妾紅娘乎？」又道：「小生姓張，名珙，字君瑞，本貫西洛人氏，年方二十三歲，正月十七日子時建生，並不曾娶妻。」(鶯鶯云)誰着你去問他？妙筆！幾乎屈殺紅娘。(紅云)却是誰問他來？本是一氣述下，中間略作間隔，以爲波折。他還呼着小姐名字，説：「常出來麽？」被紅娘一頓搶白，回來了。(鶯鶯云)你不搶白他也罷。(紅云)小姐，我不知他想甚麽哩，世間有這等傻角，我不搶白他？(鶯鶯云)你曾告夫人知道也不？(紅云)我不曾告夫人知道。(鶯鶯云)你已後不告夫人知道罷。一路如憐不憐，如置不置，有意無意，寫來恰妙。天色晚也，安排香案，喒花園裏燒香去來。正是：無端春色關心事，閑倚熏籠待月華。(鶯鶯、紅娘下)

(張生上云)搬至寺中，正得西廂居住。我問和尚，知道小姐每夜花園内燒香。恰好花園便是隔牆。比及小姐出來，我先在太湖石畔牆角兒頭等待，飽看他一回，却不是好。且喜夜深人静，月朗風清，是好天氣也呵！閑尋方丈高僧坐，悶對西廂皓月吟。

〔越調〕【鬥鵪鶉】(張生唱)玉宇無塵，銀河瀉影，月色横空，花陰滿庭；四句妙月。羅袂生寒，芳心自警。二句妙人。○上四句亦非妙月，下二句亦非妙人。六句總是張生等人性急，度刻如年，一片妙心。

右第一節。○禪門《寶鏡三昧》，有「銀碗盛雪、明月藏鷺」之二言，吾便欲移以贊此以下三節文。○張生聞雙文每夜燒香正在隔牆，又有太湖石可以墊脚，此那能忍而不看？那能忍而不急看耶？此真日未西便望日落，日乍落便望月昇。那能月明如是，猶尚不到牆角耶？若雙文則殊不然：或晚妝，或添衣，或侍坐夫人，或殘針未了，皆可以遲遲吾行，而至于黄昏，而至于初更，正不必着甚死急，亦復匆匆早至也。然張生則心急如火，刻不可待，窮思極算，忽然算到：夜深，其袂必寒；袂寒，其心必動；心動，則必悟燒香大遲，不可不急去矣。此謂之「芳心自警」也。看他寫一片等人性急，度刻如年，真乃手搦妙筆，心存妙境，身代妙人，天賜妙想。既有此文，以後尚不望人看得，安望未有此文以前，乃曾有人想得耶！

側着耳朵兒聽，躡着脚步兒行：悄悄冥冥，潛潛等等。【紫花兒序】等我那齊齊整整，嬝嬝婷婷，姐姐鶯鶯。人愛殺是「嬝嬝婷婷」，我愛殺是「齊齊整整」。夫「齊齊整整」者，千金小姐也。

右第二節。上是等之第一層，此是等之第二層也。質言之，止是「等鶯鶯」三字，却因鶯鶯是疊字，便連用十數疊字倒襯于上，纍纍然如綫貫珠垂。看他妙文，止是隨手拈得也。一更之後，萬籟無聲，不文人讀之，謂是寫景；文人讀之，悟是寫情。蓋一更之後，猶言一更後了；萬籟無聲，猶言不聽見開角門聲也，可想。我便直至鶯庭。到迴廊下，没揣的見你那可憎，定要我緊緊摟定；問你個會少離多，有影無形。恨其遲來，故唬之，非真有其事，亦非真欲爲其事，只是恨恨之辭。

右第三節。等之第三層也。言一更之後矣，猶萬籟無聲，既已如此，便大家無禮，我亦更不等也，我竟過來也。心忙意促，見神搗鬼，文章寫到如此田地，真乃錐心取血，補接化工。

(鶯鶯上云)紅娘，開了角門，將香案出去者。

【金蕉葉】猛聽得角門兒「呀」的一聲，「猛聽得」者，不復聽中忽然聽得也。自初夜至此，專心靜聽，杳不聽得，因而心斷意絶，反不復聽矣。則忽然「呀」的聽得，謂之「猛聽得」也。風過處衣香細生。角門開後，不便寫出鶯鶯，且更向暗中又空寫一句。吾適言天雲之鱗鱗，其間則有委委屬屬，正謂此等筆法也。○第一句，鶯鶯在聲音中出現；第二句，鶯鶯在衣香中出現；下第三、四句，鶯鶯方向月明中出現。踮着脚尖兒仔細定睛，比那初見時龐兒越整。【調笑令】我今夜甫能、句。○只此「甫能」二字，便是張生親口供云：前瞥見未的。其文極明，而傖父必云前張、鶯四目互睹，何耶？見娉婷，便是月殿姮娥不恁般撑。在月下，因便借月夫人比之。文只是隨手拈得。

右第四節。寫張生第二次見鶯鶯。與前春院瞥見，與後附齋再見，俱宜仔細相其淺深恰妙之法。我嘗謂吾子弟，凡一題到手，必有一題之難動手處；但相得其難動手在何處，便是易動手之秘訣也。時賢于一切題，只是容易動手，便更動手不得。

料想春嬌厭拘束，等閑飛出廣寒宫。佳句。容分一臉，體露半襟；嚲長袖以無言，垂湘裙而不動。似湘陵妃子，斜偎舜廟朱扉；如洛水神人，欲入陳王麗賦。是好女子也呵！遮遮掩掩穿芳徑，料應他小脚兒難行。行近前來百媚生，兀的不引了人魂靈！

右第五節。小脚難行，非寫早便憐惜之也，是寫漸漸行近來也。上第四節只是出角門，此第五節方是來至牆邊。

(鶯鶯云)將香來！(張生云)我聽小姐祝告甚麽。(鶯鶯云)此一炷香，願亡過父親，早生天界！此一炷香，願中堂老母，百年長壽！此一炷香……（鶯鶯良久不語科）（紅云）小姐，爲何此一炷香每夜無語？紅娘替小姐禱告咱：願配得姐夫，冠世才學、狀元及第，風流人物、温柔性格，與小姐百年成對波！（鶯鶯添香拜科）心間無限傷心事，盡在深深一拜中。（長吁科）（張生云）小姐，你心中如何有此倚欄長歎也！好筆。

【小桃紅】夜深香靄散空庭，簾幕東風静。凡作文，必須一篇之中並無一句一字是雜湊入來。即如此「簾幕東風静」之五字，是言是夜無風，便留得香烟，與下「人氣」作氤氳。所謂有時寫風是風，有時寫風是無風，真正不是雜湊一句入來也。拜罷也斜將曲欄凭，長吁了兩三聲。上是寫香烟，此是寫人氣。剔團圞明月如圓鏡。雙承上文，斗接此句。用筆何其透脱！又不見輕雲薄霧，都只是香烟人氣，兩般兒氤氳得不分明。曾見海外奇器，名曰鬼工。此等文亦真是鬼工。

右第六節。不過雙文長歎，若不寫，則下文不可斗然吟詩耳。乃並不于雙文歎上寫，亦不于雙文心中寫，却向明月上看他陪一香烟，便寫得雙文一歎如許濃至。絶世奇文，絶世妙文！

小生仔細想來，小姐此歎必有所感。我雖不及司馬相如，小姐，你莫非倒是一位文君？小生試高吟一絶，看他説甚的：吟詩必如此寫來，方不唐突人。

月色溶溶夜，花陰寂寂春。如何臨皓魄，不見月中人。真是好詩。

（鶯鶯云）有人在牆角吟詩？（紅云）這聲音便是那二十三歲不曾娶妻的那傻角。一文凡三見，一見一回妙。（鶯鶯云）好清新之詩。紅娘，我依韵和一首。（紅云）小姐試和一首，紅娘

聽波。(鶯鶯吟云)

蘭閨深寂寞,無計度芳春。料得高吟者,應憐長歎人。也真是好詩。

(張生驚喜云)是好應酬得快也呵!

【禿廝兒】早是那臉兒上撲堆着可憎,更堪那心兒裏埋没着聰明。他把我新詩和得忒應聲,一字字,訴衷情,堪聽。【聖藥王】語句又輕,音律又清,你小名兒真不枉喚做鶯鶯。

右第七節。「早是」二語寫驚喜意,如欲于紙上跳動。○欲贊雙文快酬,雖千言不可盡也,輕輕反借雙文小名,只于筆尖一點,早已活靈生現,抵過無數拖筆墜墨,所謂隨手拈得。

你若共小生厮覷定,隔牆兒酬和到天明。妙人癡語,騃不可講。便是惺惺惜惺惺。

右第八節。雙文此酬,真乃意外。若使略遲一刻,張生實將不顧唐突矣。今反因驟然接得,正來不及,于是只圖再共酬和,便已心滿志足,更不算到别事。此真設身處地,將一時神理都寫出來。

我撞過去,看小姐怎麼。

【麻郎兒】我拽起羅衫欲行,他可陪着笑臉相迎。不做美的紅娘莫淺情,你便道謹依來命。

【後】忽聽、一聲、猛驚。鬭角門聲也。

(紅云)小姐,嗒家去來,怕夫人嗔責。(鶯鶯、紅娘鬭角門下)

右第九節。上寫因驟然,故不及;此寫略遲,却算出來也。乃張生略遲,鶯鶯早疾。

一邊尚在徘徊，一邊撇然已颺。寫一遲一疾之間，恰好驚鴻雪爪，有影無痕，真妙絶無比！

扑剌剌宿鳥飛騰，顫巍巍花梢弄影，亂紛紛落紅滿徑。【絡絲娘】碧澄澄蒼苔露冷，明皎皎花篩月影。

右第十節。凡下宿鳥、花梢、落紅、蒼苔、花影無數字，却是妙手空空。蓋一、二、三句只是一句，四、五句亦只是一句。一、二、三句只是一句者，因鳥飛故花動，因花動故紅落。第三句便是第二句，第二句便是第一句也。蓋因雙文去，故鳥飛而花動而紅落也，而偏不明寫雙文去也。四、五句亦只是一句者，一片蒼苔，但見花影。第四句只是第五句也，蓋因不見雙文，故見花影也，而偏不明寫不見雙文也。一、二、三句是雙文去，四、五句是雙文去矣。看他必用如此筆，真使吃烟火人何處着想。

白日相思枉躭病，今夜我去把相思投正。【東原樂】簾垂下，户已扃。我試悄悄相問，你便低低應。月朗風清恰二更，厮傒倖：又見神搗鬼，妙妙。如今是你無緣，小生薄命。

右第十一節。來時怨其來遲，因欲直至鶯庭；去時恨其去疾，又向垂簾悄問。身軀不知幾何，弱魂真欲先離矣。未來之前，已去之後，兩作見神搗鬼之筆，以爲章法。

【綿搭絮】恰尋歸路，佇立空庭。竹梢風擺，斗柄雲横。呀！今夜淒涼有四星，他不偢人待怎生！何須眉眼傳情，你不言我已省。「恰尋」二句者，張生歸到西廂也。「竹梢」二句者，歸又不便入户，猶仰頭思之也。「今夜」五句者，仰頭之所思得也。「四星」者，造稱人每至一斤，則用五星，獨至梢盡一斤，乃用四星。「四星」之爲言，下梢也。甚言雙文快酬，非本所望。

右第十二節。筆態七曲八曲，煞是寫絶。記得聖歎幼年初讀《西廂》時，見「他不偢人待怎生」之七字，悄然廢書而卧者三四日。此真活人于此可死，死人于此可活，悟人于此又迷，迷人于此又悟者也！不知此日聖歎是死是活，是迷是悟，總之悄然一卧至三四日，不茶不飯，不言不語，如石沉海，如火滅盡者，皆此七字勾魂攝魄之氣力也。先師徐叔良先生見而驚問，聖歎當時恃愛不諱，便直告之。先師不惟不嗔[一]，乃反歎曰：孺子異日真是世間讀書種子！此又不知先師是何道理也。○看「何須眉眼傳情」之六字，想作《西廂記》人，其胸中矜貴如此。蓋雙文之不合，則止是酬詩一節耳。自起至此，其于張生，真乃天下男子全不與其事也，直至「鬧齋」已後，始入眼關心耳。天下才子，必能同辨。自今以往，慎毋教諸忤奴于紅氍毹上做盡醜態，唐突古今佳人才子哉。

只是今夜，甚麽睡魔到得我眼裏呵！

【拙魯速】碧熒熒是短檠燈，冷清清是舊圍屏。燈兒是不明，夢兒是不成。淅泠泠是風透疏櫺，忒楞楞是紙條兒鳴。枕頭是孤另，被窩是寂静，便是鐵石人不動情。【後】也坐不成，睡不能。亦是奇語。

[一]「先」，貫華堂本作「失」，據芥子園本、金谷園本改。

右第十三節。至此始放筆正寫苦況也。讀之覺其一片迷離，一片悲涼。蓋爲數「是」字，下得如檐前雨滴聲，便摇動人魂魄也。

有一日柳遮花映，霧幃雲屏，夜闌人静，海誓山盟，風流嘉慶，錦片前程，美滿恩情，咱兩個畫堂春自生。

右第十四節。上已正寫苦況，則一篇文字已畢。然自嫌筆勢直塌下來，因更掉起此一節，謂之龍王掉尾法。文家最重是此法。

【尾】我一天好事今宵定，兩首詩分明互證。再不要青瑣闥夢兒中尋，只索去碧桃花樹兒下等。猶言取之如寄矣，並相思亦可以不必矣。

右第十五節。躊躇滿志，有此快文。想見其提筆時通身本事，閣筆時通身快樂。

一之四　鬧齋

吾友斵山先生嘗謂吾言：「匡盧真天下之奇也。江行連日，初不在意，忽然于晴空中劈插翠嶂，平分其中，倒挂匹練。舟人驚告，此即所謂廬山也者，而殊未得至廬山也。更行兩日，而漸乃不見，則反已至廬山矣。」吾聞而甚樂之，便欲往看之，而遷延未得也。蓋貧無行資，一也；苦到彼中無東道主人，二也；又賤性懶散，略閑坐便復是一年，三也。然中心則殊無一日曾置不念，以至夜必形諸夢寐，常不一日二日，必夢見江行如駛，仰睹青芙蓉上插空中，一一如斵山言。寤而自覺遍身皆暢然焉。後適有人自西江來，把袖急叩之，則曰：「傖固不解也！」後又有人自西江來，又把袖急叩之，又曰：「無有是也。」吾怒曰：「無有是也。」吾又怒曰：「此又一傖也！」既而人苟自西江來，皆叩之，則言然、不然各半焉。吾疑，復問斵山。斵山啞然失笑，言：「吾亦未嘗親見。昔者多有人自西江來，或言如是云，或亦言不如是云。然吾于言如是者，即信之；言不如是者，置不足道焉。何則？夫使廬山而誠如是，則是吾之信其人之言爲真不虚也；設苟廬山而不如是，則是天地之過也。誠以天地之大力，天地之大慧，天地之大學問，天地之大游戲，即亦何難設此一奇以樂我後人，而顧吝不出此乎哉！」吾聞而又樂之，中心忻忻，直至于今，不惟夜必夢之，蓋日亦往往遇之。何謂日亦往往遇之？吾于讀《左傳》往往遇之，吾于讀《孟子》往往遇之，吾于讀《史記》、《漢書》往往遇之，吾今于讀《西廂》亦往往遇之。何謂于讀《西廂》亦往往遇之？如此篇之初，【新水令】之第一句云「梵王宫殿月輪高」，不過七字也。然吾以爲真乃江行初不在意也，真乃晴空劈插奇翠也，真乃殊未至于廬山也，真乃至廬山即反不見也；真大力也，真大慧也，真大游戲也，真大學問也。蓋吾友斵山之所教也，吾此生亦已不必真至西江也。吾此生雖終亦不到西江，而吾之熟睹廬山亦既厭也，廬山真天下之奇也。其所以奇絶之故，詳後批中。

蓋至是而張生已三見鶯鶯矣。然而春院乃瞥見也，瞥見則未成乎其爲見也。牆角乃遥見也，遥見則亦未成乎其爲見也。夫兩見而皆未成乎其爲見，然則至是而張生爲始見鶯鶯矣。是故作者于此，其用筆皆必致慎焉。其瞥見之文，則曰「儘人調戲」、「將花笑拈」、「兜率院」、「離恨天」、「這裏遇神仙」，都作天女三昧忽然一現之辭。其遥見之文，則曰「遮遮掩掩」、「小脚難行」、「行近前來」、「我甫能見娉婷」，真是「百媚生」，都作前殿夫人是耶何遲之辭。若至是則始親見矣，快見矣，飽見矣，竟一日夜見矣。故其文曰「檀口點櫻桃，粉鼻倚瓊瑤，淡白梨花面，輕盈楊柳腰，滿面堆着俏，一團衠是嬌」，方作清水觀魚數鱗數鬣之辭。人或不解者，謂此是實寫。夫彼真不悟從來妙文，決無實寫一法。夫實寫，乃是堆垛土墼子，雖鄉裏人猶過而不顧者也。

忽然巧借大師、班首、行者、沙彌皆顛倒于鶯鶯，以極襯千金鶯艷，固是行文必然之事。然今日正值佛末法中，一切比丘，惡乃不啻，自非龜鱉蛇蟲，亦宜稍稍禁戢，清净閨閤，莫入彼中。蓋邇來惡比丘之淫毒，真不止于燭滅香消而已。彼龜鱉蛇蟲乃方合掌云：「阿彌陀佛，罪過！」渠是真正千二百五十人善知識，吾妻、吾媳、吾女方將傾箱倒篋，作竭盡布施，而爲供養。事非小可，汝勿造拔舌地獄業也。嗟乎！今天下龜鱉蛇蟲之愚，而好與人用如是哉？亦大可哀也已！

（張生上云）今日二月十五日，和尚請拈香，須索走一遭。如此閑事，温習經史人何必去哉。一笑。

雲晴雨濕天花亂，海湧風翻貝葉輕。

〔雙調〕【新水令】(張生唱)梵王宮殿月輪高，如此落筆，真是奇絶！庶幾昊天上帝能想至此，世間第二第三輩，便已無處追捕也。記聖歎幼時初讀《西廂》，驚睹此七字，曾焚香拜伏于地，不敢起立焉。○普天下錦繡才子二十八宿在其胸中，試掩卷思此七字是何神理！ 不妨遲至一日一夜，以爲快樂焉。碧琉璃瑞烟籠罩。又加此七字一句[一]，使上句失笑。

右第一節。寫張生用五千錢看鶯鶯，心急如火，不能待至明日，真乃「天遣風雲作君骨，世人不復知其故」。蓋月之行天，凡三十夜，逐夜漸漸，自西而東。故初之十夜，即初昏已斜；廿之十夜，必更闌乃上。獨于十四、五、六，望之三夜，乃正與日之行天，起没相等。今修齋本是十五日，則必待十四夜之月落盡，衆僧方可開殿啓建。即甚虔誠，亦必待月已斜；乃至更極虔誠，半夜斯起，亦必待月正中，然而已嫌其太早也。今張生親口唱云「月輪高」，則是從東而起，初過殿鴟，殆還是十四日之初更未盡也。已又唱云「碧琉璃瑞烟籠罩」，可見殿槅正閉，悄無所睹，徬徨露下，遥夜如年，但見瓦上烟光迷漫。本意欲看鶯鶯，托之乎云看道場，今且獨自一人先看月也，看琉璃瓦也，真絶倒吾普天下才子！ 斵山云：聖歎腸肚如何生！

(法本引僧衆上云)今日是二月十五，釋迦牟尼佛入大涅槃日，純陀長者與文殊菩薩修齋供佛。若是善男信女，今日做好事，必獲大福利。張先生早已在也，大衆動法器者。待天明

[一]「加」，貫華堂本作「如」，據芥子園本、金谷園本改。

了，請夫人、小姐拈香。

行香雲蓋結，諷咒海波潮。幡影飄颻，諸檀越盡來到。和尚眼中發財，解元眼中添刺。

右第二節。正寫道場也。「諸檀越盡來到」，則無一人不到矣，而殊不知有三人未到也。然我亦數之謂是三人耳，實則止有一人未到也。昌黎有云：「伯樂一過冀北，而其野無馬。」解之者曰：「非無馬也，無良馬也。」今云「諸檀越盡到」，無一人到也；非無一人到也，非此一人到也。妙筆。

【駐馬聽】法鼓金鐃，二月春雷響殿角；鐘聲佛號，半天風雨灑松梢。便如老杜，悲涼之作。

右第三節。此非寫道場也，乃寫道場之震動如此。鶯鶯孝女，追薦父親而豈不聞之乎！

侯門不許老僧敲，寫張生如熱熬盤上蟻子。紗窗也没有紅娘報。如熱熬盤上蟻子。我是饞眼腦，見他時，要看個十分飽。

右第四節。心急如火，更不能待，欲遣一僧請之，又似于禮不可，因而怨到紅娘。如此妙筆，真恐紙上有一張生直走下來。

（本見張生科）（本云）先生先拈香，若夫人問呵，只説是老僧的親。只圖自家免罪耳。是和尚親，便怎麼耶？（張生拈香拜科）

【沉醉東風】惟願存在的人間壽高，亡過的天上逍遥。我真正爲先靈禮三寶。再焚香暗中禱告：只願紅娘休劣，夫人休覺，犬兒休惡！佛囉，成就了幽期密約！紅娘、夫人，已無倫次，再入犬兒，一發無禮。所謂觸手成趣也。○斵山云：于三寶前，一切衆生普皆平等，猶如一子，正宜犬兒、夫人一齊入疏[一]。

右第五節。附齋正文。

(夫人引鶯鶯、紅娘上云)長老請拈香,咱走一遭。

【雁兒落】我只道玉天仙離碧霄,原來是可意種來清醮。我是個多愁多病身,怎當你傾國傾城貌。不是張生放刁,須知實有如此神理。【得勝令】你看檀口點櫻桃,粉鼻倚瓊瑶,淡白梨花面,輕盈楊柳腰。妖嬈,滿面兒堆着俏;苗條,一團兒衠是嬌。

右第六節。正寫鶯鶯。○世之不知文者,謂此是實寫。不知此非實寫也,乃是寫張生直至第三遍見鶯鶯,方得仔細,以反襯前之兩遍全不分明也。或問:必欲寫前之兩遍不得分明者,何也?曰:鶯鶯千金貴人也,非十五左右之對門女兒也,若一遍便看得仔細,兩遍便看得仔細,豈復成相國小姐之體統乎哉?○從來文章家無實寫之法。吾見文之最實者,無如左氏《周鄭交惡》傳中,「澗溪沼沚之毛,蘋蘩薀藻之菜,筐筥錡釜之器,潢汙行潦之水」,板板四句,凡下四四一十六字,可稱大厭。而實則止爲要反挑王子狐、公子忽,兩家俱用所愛子弟爲質,乃是不必。故言不過只採那澗溪沼沚中間之毛,唤做蘋蘩薀藻尋常之菜,盛于筐筥錡釜野人之器,注以潢汙行潦不清之水,只要明信無欺,便可薦鬼神而羞王公。四句,不意乃是一句;四四一十六字,不意乃是一字:正是異樣空

[一]「入」,貫華堂本作「人」,據芥子園本、金谷園本改。

靈排宕之筆。然後諦信自古至今無限妙文，必無一字是實寫，此言爲更不誣也。附見。老僧一句話，敬稟夫人：有敝親，是上京秀才。父母亡後，無可相報，央老僧帶一分齋。老僧一時應允了，恐夫人見責。（夫人云）追薦父母，有何見責？請來相見咱。（張生見夫人畢）

【喬牌兒】大師年紀老，高座上也凝眺；舉名的班首真呆僗，將法聰頭做磬敲。

右第七節。不惟寫國艷一時傾倒大衆，且益明鶯鶯自入寺停喪以來，曾未嘗略露春妍。何世之忤奴，必云小姐游佛殿哉？

【甜水令】老的少的，村的俏的，没顛没倒，勝似鬧元宵。稔色人兒，可意冤家，怕人知道，看人將淚眼偷瞧。寫女兒心性，不甚分明。正爾入妙，正不以不偷瞧爲佳耳。【折桂令】着小生心癢難撓。

右第八節。「老的少的，村的俏的」者，即諸檀越也。夫鶯鶯不看人，可也；若鶯鶯看人，則獨看張生可也。今張生則雖自以爲皎皎然獨出于「老的少的，村的俏的」之外，而自鶯鶯視之，正復一例，茫茫然並在「老的少的，村的俏的」之中。此時張生千思萬算，不知吾鶯鶯珠玉心田中，果能另作青眼提拔此人，别自看待乎？抑竟一色抹倒乎？所謂「心癢難撓」也。然此節亦既伏飛虎風聞之根矣。

哭聲兒似鶯囀喬林，淚珠兒似露滴花梢。大師難學，把個慈悲臉兒朦着。妙文、奇文！點燭的頭陀可惱，燒香的行者堪焦。燭影紅摇，香靄雲飄；貪看鶯鶯，燭滅香消。妙文、奇文！六句，一、二句唱，五、六句證，又横插三、四句于中間作追。用筆之妙，真乃龍跳虎卧矣！

右第九節。上節，鶯鶯看人也；此節，人看鶯鶯也。「大師難學」者，言一切大衆俱應學大師也。學其朦着臉兒不看鶯鶯，則始得稱嚴浄毗尼活佛菩薩也。今一切大衆，至于「燭滅香消」，則甚矣，大師之果難學也！○聖歎于此，有二語欲告君瑞：其一，孔氏之言也，曰「有諸己而後求之人，無諸己而後非之人」，「己所不欲，勿施于人」，「能近取譬，終身可行」。是則君瑞無以自解于諸秃也。其一，釋氏之言也，有秀才參趙州云：「伏承佛法一切捨施，今某甲就和尚手中欲乞這拄杖，得否？」州云：「君子不奪人所好。」秀云：「某甲不是君子。」州云：「老僧也不是佛。」是則諸秃反有以自解于君瑞也。君瑞且奈之乎哉［一］？一笑。

【碧玉簫】我情引眉稍，心緒他知道；他愁種心苗，情思我猜着。忽作我他、他我娓娓爾汝之言，一何扯淡，一何機警！暢懊惱！響璫璫雲板敲。行者又嚎，沙彌又哨，你須不奪人之好。【鴛鴦煞】你有心爭似無心好，我多情早被無情惱。極勸諸人勿看鶯鶯，而以己之看而無益證之，欺三歲小兒哉！真爲化工之極筆。

右第十節。承上一節鶯鶯看人，一節人看鶯鶯，而急接之以我他、他我娓娓爾汝之聲，以深明己與鶯鶯四目二心，方是東日照于西壁。若其他，乃至無有一雄蒼蠅，曾得與于斯也。而無奈行者、沙彌猶尚不曉，吱吱喳喳，惱不可言。○已上三節，文勢之警動如

［一］「乎」，金谷園本作「何」。

此。不知何一傖，妄添【錦上花】之兩半闋，可鄙可恨！

（本宣疏燒紙科，云）天明了也，請夫人、小姐回宅。（夫人、鶯鶯、紅娘下）（張生云）再做一日也好，那裏發付小生！

勞攘了一宵，月兒早沉，鐘兒早響，鷄兒早叫。玉人兒歸去得疾，好事兒收拾得早，道場散了。酩子裏各回家，葫蘆提已到曉。「道場散了」四字，無限悲感。又不止于張生而已[一]。

右第十一節。結亦極壯浪。我曾細算此篇結，最難是壯浪。

貫華堂第六才子書西廂記卷之四終

[一]「止」，貫華堂本作「生」，據芥子園本、金谷園本改。

貫華堂第六才子書西廂記卷之五

聖歎外書

第二之四章題目正名

張君瑞破賊計

莽和尚殺人心

小紅娘晝請客

崔鶯鶯夜聽琴

二之一　寺警

文章有「移堂就樹」之法。如長夏讀書，已得爽塏，而堂後有樹，更多嘉蔭[一]。今欲棄此樹于堂後，誠不如移此樹來堂前。然大樹不可移而至前，則莫如新堂可以移而去後。不然，而樹在堂後，非不堂是好堂，樹亦好樹，然而堂已無當于樹，樹尤無當于堂。今誠相厥便宜，而移堂就樹，則樹固不動而堂已多蔭，此真天下之至便也。此言鶯鶯之于張生，前于酬韵夜，本已默感于心；已又于鬧齋日，復自明睹其人。此真所謂口雖不吐，而心無暫忘也者。今乃不端不的，出自意外，忽然鼓掌應募，馳書破賊，乃正是此人。此時則雖欲矯情箝口，假不在意，其奚可得？其理、其情、其勢，固必當感天謝地，心蕩口説，快然一瀉其胸中沉憂，以見此一照眼之妙人，初非兩廊下之無數無數人所可得而比。然而一則太君在前，不可得語也；二則僧衆實繁，不可得語也；三則賊勢方張，不可得語也。夫不可得語而竟不語，彼讀書者至此，不將疑鶯鶯此時其視張生應募，不過一如他人應募，淡淡焉了不繫于心乎？作者深悟文章舊有移就之法，因特地于未聞警前，先作無限相關心語，寫得張生已是鶯鶯心頭之一滴血，喉頭之一寸氣，並心並膽、並身並命。殆至後文，則只須順手一點，便將前文無限心語，隱隱然都借過來。此爲後賢所宜善學者，其一也。左氏最多經前起傳之文，正是此法也。

又有「月度迴廊」之法。如仲春夜和，美人無眠，燒香捲簾，玲瓏待月。其時初昏，月始東昇，冷冷清光，則必自廊檐下度廊柱，又下度曲欄，然後漸漸度過間階，然後度至瑣

[一]「蔭」，貫華堂本作「陰」，據金谷園本改。下同。

窗，而後照美人。雖此多時，彼美人者，亦既久矣明明竚立，暗中略復少停其勢，月亦必不能不來相照。然而月之必由廊而欄、而階、而窗、而後美人者，乃正是未照美人以前之無限如迤如逞，如隱如躍，別樣妙境。非此即將極嫌此美人何故突然便在月下，爲了無身分也。此言鶯鶯之于張生，前于酬韻夜雖已默感于心，已于鬧齋日復又明睹其人，然而身爲千金貴人，上奉慈母，下凛師氏，彼張生則自是天下男子，此豈其珠玉心地中所應得念？豈其蓮花香口中所應得誦哉？然而作者則無奈何也。設使鶯鶯真以慈母、師氏之故，而珠玉心地終不敢念，蓮花香口終不敢誦，則將終《西廂記》，乃不得以一筆寫鶯鶯愛張生也乎！作者深悟文章舊有漸度之法，而于是閑閑然先寫殘春，然後閑閑然寫有隔花之一人，然後閑閑然寫到前夜酬韻之事，至此却忽然收筆云，身爲千金貴人，吾愛吾寶，豈須別人隄備，然後又閑閑然寫「獨與那人兜的便親」。要知如此一篇大文[一]，其意原來却只要寫得此一句于前，以爲後文張生忽然應募、鶯鶯驚心照眼作地；而法必閑閑漸寫，不可一口便説者，蓋是行文必然之次第。此爲後賢所宜善學者，又一也。

文章有「羯鼓解穢」之法。如李三郎三月初三坐花萼樓下，敕命青玻瓈酌西涼葡萄酒，與妃子小飲。正半酣，一時五王、三姨適然俱至，上心至喜，命工作樂。是日恰值太常新製琴操成，名曰《空山無愁》之曲，上命對御奏之。每一段畢，上攢眉視妃子，或視三

[一]「大」，貫華堂本作「人」，據芥子園本、金谷園本改。

姨，或視五王，天顏殊悒悒不得暢。既而將入第十一段，上遽躍起，口自傳敕曰：「花奴，取羯鼓速來，我快欲解穢。」便自作《漁陽摻撾》，淵淵之聲，一時欄中未開衆花，頃刻盡開。此言鶯鶯聞賊之頃，法不得不亦作一篇。然而勢必淹筆漬墨，了無好意。作者既自折盡便宜，讀者亦復乾討氣急也。無可如何，而忽悟文章舊有解穢之法，因而放死筆、捉活筆，斗然從他遞書人身上，憑空撰出一莽惠明，以一發泄其半日筆尖嗚嗚咽咽之積悶。杜工部詩云：「豫章翻風白日動，鯨魚跋浪滄溟開。」又云：「白摧朽骨龍虎死，黑入太陰雷雨垂。」便是此一副奇筆，便使通篇文字立地焕若神明。此爲後賢所宜善學者，又一也。

（孫飛虎領卒子上云）自家孫飛虎的便是。方今天下擾攘，主將丁文雅失政，俺分統五千人馬，鎮守河橋。探知相國崔珏之女鶯鶯，眉黛青顰，蓮臉生春，有傾國傾城之容，西子太真之色，現在河中府普救寺停喪借居。前日二月十五，做好事追薦父親，多曾有人看見。俺心中想來，首將尚然不正，俺獨何爲哉！大小三軍，聽吾號令：人盡銜枚，馬皆勒口，連夜進兵河中府！擄掠鶯鶯爲妻，是我平生願足。（引卒子下）問曰：當時若不寫惠明，竟寫飛虎，亦得耶？答曰：如寫而不極暢，是不如勿寫也。然一欲寫得極暢，而遂忍以鶯鶯一任飛虎口中恣其詆侮，于我心有戚戚焉，故不爲也。

（法本慌上云）禍事到！誰想孫飛虎領半萬賊兵，圍住寺門，猶如鐵桶，鳴鑼擊鼓，吶喊摇旗，要擄小姐爲妻。老僧不敢違誤，只索報知與夫人、小姐。

（夫人慌上云）如此却怎了！怎了！長老，俺便同到小姐房前商議去。（俱下）

（鶯鶯引紅娘上云）前日道場，親見張生，神魂蕩漾，茶飯少進。況值暮春天氣，好生傷感也呵！正是：好句有情憐皓月，落花無語怨東風。于白中則云前日道場親見張生，于曲中則止反覆追憶酬韻之夜。命意措辭俱有法。

〔仙呂〕【八聲甘州】（鶯鶯唱）懨懨瘦損，早是多愁，那更殘春！羅衣寬褪，能消幾個黄昏？我只是風裊香烟不捲簾，雨打梨花深閉門；莫去倚闌干，極目行雲。都是絶妙好辭，所謂千狐之白，萃而爲裘者也。

右第一節。此言早是多愁也。

【混江龍】況是落紅成陣，風飄萬點正愁人。昨夜池塘夢曉，今朝欄檻辭春。蝶粉乍沾飛絮雪，燕泥已盡落花塵。繫春情短柳絲長，妙句。隔花人遠天涯近。妙句。有幾多六朝金粉，三楚精神！逐句千狐之白，而又無補接痕。

右第二節。此言那更殘春也。看其第一節祇空空説愁，第二節方略逗隔花一人字。筆墨最爲委婉有好致也。

（紅娘云）小姐情思不快，我將這被兒熏得香香的，小姐睡些則個。

【油葫蘆】翠被生寒壓繡裀，「生寒」是雙字，不得將「生」字作活用，須知。休將蘭麝熏；便將蘭麝熏盡，我不解自温存。然則不能睡也。妙妙！分明錦囊佳句來勾引，爲何玉堂人物難親近？這些時坐又不安，立又不穩，登臨又不快，閑行又困。鎮日價情思睡昏昏。【天下樂】我依你搭伏定，鮫綃枕頭兒上盹。然則仍又睡也。妙妙！

右第三節。紅娘請之睡，則不可睡；及至無可奈何，則仍睡。只一「睡」字，中間乃有如許嬝娜，如許跌宕。寫情種真是情種，寫小姐亦真是小姐。〇看其第二節，祇空空逗一「人」字；第三節，便輕吐是前夜吟詩那人。筆墨最爲委婉有好致也。

我但出閨門，你是影兒似不離身。斲山云：若不得聖歎注，則此一行與下「小梅香」句，豈不重複哉。我聖歎讀書，真異事也。

右第四節。上文口中方吐吟詩那人實縈懷抱，忽然自嫌我則豈如世間懷春女子，心蕩不制，故驟見一人，便作如是傾倒者哉？因急轉筆，牽入紅娘，云：「他人不知，你豈不曉？」其下便欲直接「見個客人，慍的早嗔」等文，以深明己之實不容易動心。却又因還嫌此意未暢，故又轉筆，再將夫人隄防反證己語，言我母之知我，猶尚不及你之知我，如下文云云，以深明紅娘是真正知我者。而後鶯鶯之不容易動心，始非鶯鶯自己一人之私言。蓋其筆態之曲折，有如此也。斲山云：若不如聖歎注，則鶯鶯不欲夫人隄防，其意乃欲云何？此豈復成人語哉！〇看書人心苦何足道，既已有此書，便應看出來耳。莫心苦于作書之人，真是將三寸肚腸直曲折到鬼神猶曲折不到之處，而後成文。聖歎稽首：普天下及後世才子，慎勿輕視古人之書也。

這些時他恁般隄備人；小梅香服侍得勤，老夫人拘繫得緊，不信俺女兒家折了氣分。【那吒令】你知道我但見個客人，慍的早嗔；便見個親人，厭的倒褪。

右第五節。反覆以明己之實不容易動心，上文已明。

獨見了那人，兜的便親。我前夜詩，依前韻，酬和他清新。【鵲踏枝】不但字兒真，不但句兒匀，我兩首新詩，便是一合迴文。誰做針兒將綫引，向東牆通個殷勤。

右第六節。直至此，方快吐「獨見那人，兜的便親」之一言。看他上文，凡用無數層折、無數跌頓，真乃一篇只是一句。○讀此文，能將眼色句句留向張生鼓掌應募時用，便是與作者一鼻孔出氣人。○「誰做針兒將綫引」，亦奇筆也。諺云：「只知其一，不知其二。」只知其一者，只知決無人「做針兒將綫引」；不知其二者，不知即刻有孫飛虎「做針兒將綫引」也。用意之妙，一至于此。

【寄生草】風流客，蘊藉人。相你臉兒清秀身兒韵，一定性兒温克情兒定，不由人不口兒作念心兒印。我便知你一天星斗焕文章，誰可憐你十年窗下無人問。

右第七節。已至篇盡矣。又略露鬧齋日曾親見其人，以爲下文鼓掌應募時，正是此人如玉山照眼作地。通篇蓋並無一句一字是虚發也。○「一天星斗」二句，又奇筆也。即刻馳書破賊，兩廊下僧俗若干人等，無有一人不知了也。用意之妙，一至于此。

(夫人、法本同上敲門科)(紅云)小姐，夫人爲何請長老直來到房門外？(鶯鶯見夫人科)(夫人云)我的孩兒，你知道麽？如今孫飛虎領半萬賊兵，圍住寺門。道你眉黛青顰，蓮臉生春，有傾國傾城之容，西子太真之色，要擄你去做壓寨夫人。我的孩兒，怎生是了也！

【六幺序】我魂離殼，這禍滅身，袖梢兒揾不住啼痕。一時去住無因，進退無門，教我那埚兒人急偎親？妙！挑到張生。孤孀母子無投奔，赤緊的先亡了我的有福之人。妙妙！句句挑到張生。

右第八節。文自明。

耳邊金鼓連天震，征雲冉冉，土雨紛紛。【後】風聞，即二月十五做好事，多曾有人看見也。胡云，道我眉黛青顰，蓮臉生春，傾國傾城，西子太真。把三百僧人，他半萬賊軍，半霎兒便待剪草除根。那斯于家于國無忠信，恣情的擄掠人民。他將這天宫般蓋造誰偢問，便做出諸葛孔明博望燒屯。

右第九節。正寫賊勢之披猖，以起下文匆匆定計也。文自明。

（夫人云）老身年紀五旬，死不爲夭。奈孩兒年少，未得從夫，早罹此難，如之奈何？（鶯鶯云）孩兒想來，只是將我獻與賊漢，庶可免一家性命。豈有此理？然而作者之爲此言，一則極寫匆匆無策，一則故作下下策，乃所以左折右折，折而至于下中策也，夫兩廊下衆人但退賊兵便與鶯鶯，猶策之下也。（夫人哭云）俺家無犯法之男，再婚之女，怎捨得你獻與賊漢？却不辱没了俺家譜！（鶯鶯云）母親休要愛惜孩兒，還是獻與賊漢，其便有五：

【元和令帶後庭花】第一來，免摧殘國太君；第二來，免堂殿作灰塵；第三來，諸僧無事得安存；第四來，先公的靈柩穩；第五來，歡郎雖是未成人，算崔家後代兒孫。

右第十節。此下下策也！聖歎今日述之，猶不忍述也。顧作者當日喪心害理，儼然竟布如此筆墨者，彼豈非爲下文漫然高叫「兩廊僧俗，但能退兵，便許成婚」，此猶是策之最下，然而不免作是孟浪之舉，則獨爲轉出張生發書請將故耳。夫下文雖得轉出張生發書請將，然其策既出最下，則于其前文欲先作跌頓勢，固不得不出于下下也。蓋行文之苦，每每遇如此難處也。世有《班馬異同》一書。宜熟精讀之，是書深悉此苦。

若鶯鶯惜己身，不行從亂軍：伽藍火内焚，諸僧血污痕，先靈爲細塵，可憐愛弟親，痛哉慈母恩。【柳葉兒】俺一家兒不留龆齔，末三句，作一句讀。

右第十一節。反覆明之。

待從軍，果然辱没家門。俺不如白練套頭，尋個自盡，將尸櫬獻賊人，你們得遠害全身。

右第十二節。此又一策，亦下策也。然後下文再出一策。

（法本云）咱每同到法堂上，問兩廊下僧俗，有高見的，一同商議個長策。（同到科）（夫人云）我的孩兒，却是怎的是？你母親有一句話：本不捨得你，却是出于無奈，如今兩廊下衆人，不問僧俗，但能退得賊兵的，你母親做主，倒陪房奩，便欲把你送與爲妻。雖不門當户對，還强如陷于賊人。（夫人哭云）長老，便在法堂上，將此言與我高叫者。我的孩兒，只是苦了你也！（本云）此計較可。

【青歌兒】母親，你都爲了鶯鶯身分，你對人一言難盡。你更莫惜鶯鶯這一身，不揀何人，建立功勛，殺退賊軍，掃蕩烟塵，倒陪家門，願與英雄結婚姻，爲秦晉。

右第十三節。此方是第三主策也。文自明。

(法本叫科)(張生鼓掌上云)我有退兵之計,何不問我?(見夫人科)(本云)稟夫人,這秀才便是前十五日附齋的敝親。(夫人云)計將安在?(張生云)稟夫人,重賞之下,必有勇夫;賞罰若明,其計必成。(夫人云)恰纔與長老說下,但有退得賊兵的,便將小女與他爲妻。(張生云)既是恁的,小生有計,先用着長老。(本云)老僧不會厮殺,請先生別換一個。(張生云)休慌,不要你厮殺。你出去與賊頭說:「夫人鈞命,小姐孝服在身。將軍要做女婿呵,可按甲束兵,退一箭之地。等三日功德圓滿,拜別相國靈柩,改換禮服,然後方好送與將軍。不爭便送來呵,一來孝服在身,二來于軍不利。」你去說來。(本云)三日後如何?(張生云)小生有一故人,姓杜,名確,號爲白馬將軍,見統十萬大軍,鎮守蒲關。小生與他八拜至交,我修書去,必來救我。(本云)稟夫人,若果得白馬將軍肯來時,何慮有一百孫飛虎!夫人請放心者。(夫人云)如此,多謝先生。紅娘,你伏侍小姐回去者。(鶯鶯云)紅娘,真難得他也!

【賺煞尾】諸僧伴,各逃生。衆家眷,誰偢問。他不相識横枝兒着緊。非是他書生明議論,也自防玉石俱焚。便代他辨。妙絶!甚姻親,可憐咱命在逡巡。濟不濟,權將這秀才來儘。又爲自辨。妙絶!○是避嫌,是護短,必有辨之者。他真有出師的表文,下燕的書信,只他這筆尖兒敢横掃五千人。愛之信之,一至于此,亦全從酬韵一夜來。

(鶯鶯引紅娘下)

右第十四節。寫鶯鶯早爲張生護短,早爲自己避嫌。接連二筆,便妮妮然分明是兩口兒。此稱入神之筆。

（法本叫云）請將軍打話。（虎引卒子上云）快送鶯鶯出來！（本云）將軍息怒。有夫人鈞命，使老僧來與將軍説。（云云）（虎云）既然如此，限你三日，若不送來，我着你人人皆死，個個不存！你對夫人説去，恁般好性兒的女婿，教他招了者！（虎引卒子下）

（法本云）賊兵退了也，先生作速修書者。（張生云）書已先修在此，只是要一個人送去。（本云）俺這厨房下有一個徒弟，唤做惠明，最要吃酒厮打。若央他去，他便必不肯；若把言語激着他，他却偏要去。只有他，可以去得。三四語耳，寫出好和尚。（張生叫云）我有書送與白馬將軍，只除厨房下惠明不許他去，其餘僧衆，誰敢去得？（惠明上云）惠明定要去，定要去！

〔正宮〕【端正好】（惠明唱）不念《法華經》，是，是！念他做甚？我見念經者矣！不禮《梁皇懺》，是，是！我見禮懺者矣！颩了僧帽，袒下了偏衫。是，是！我見戴僧帽着偏衫者矣！〇農夫力而收于田，諸奴坐而食于寺。有王者作，比而誅之[一]，所不待再計也，而愚之夫，尚憂罪業。夫今日之秃奴、其游手好閑，無惡不作，正我昔者釋迦世尊于《涅槃經》中，所欲切囑國王大臣「近則刀劍，遠則弓箭，務盡殺之，無一餘留」者也！聖歎此言，乃是善護佛法，夫豈謗僧之謂哉？殺人心斗起英雄膽，我便將烏龍尾鋼椽揝。《法華經》、《梁皇懺》、「僧帽」、「偏衫」下，斗接「殺人心」三字，奇妙！

右第一節。寫惠明若不是和尚便不奇，然寫惠明是和尚而果是和尚亦不奇。今問

[一]「比」，貫華堂本作「此」，據芥子園本改。

普天下學人：如此惠明爲真是和尚，爲真不是和尚？不得趁口率意妄答，不得默然，不得速禮三拜，不得提起坐具便摵，不得彈指一下，不得繞禪床三匝，不得作女人拜，不得呵呵大笑，不得哀哭「蒼天、蒼天！」速道、速道！纔擬議便錯。斲山云：聖歎無恥！聖歎云：斲山會也。

【滚繡毬】非是我攙，不是我攬，知道他怎生喚做打參。大踏步，止曉得殺入虎窟龍潭。

右第二節。他也不攙，他也不攬，他知道你怎生喚做打參，小經紀止曉得做一個虎窟龍潭。此是近來坐曲盝床，提榔櫟杖，大善知識行樂贊也。被作《西廂記》人早早看破，因先造此反語相嘲，乃渠猶不知，還自擂鼓集衆。

非是我貪，不是我敢，這些時吃菜饅頭委實口淡。一切比丘、比丘尼、式叉摩那、沙彌、沙彌尼，一齊合掌，誦《古詩十九首》云：「齊心同所願，含意俱未申。」○此斲山先生語也。五千人也不索炙煿煎燂。腔子裏熱血權消渴，肺腑内生心先解饞，有甚腌臢！【叨叨令】你們的浮焔羹、寬片粉添雜糝，酸黄虀、臭豆腐真調淡。我萬觔黑麪從教暗，我把五千人做一頓饅頭餡。你休誤我也麼哥！休誤我也麼哥！包殘餘肉旋教青鹽蘸。

右第三節。和尚言者是也。昔日世尊于涅槃場，制諸比丘不得食肉；若食肉者，斷大慈悲。夫大慈悲止于不食肉而已乎？麋鹿食薦，牛馬食料，蚯蚓食泥，蜩螗食露，乃至蛣蜣食糞，皆不食肉，即皆得爲大慈悲乎？吾見比丘，稗販如來，壟斷檀越，僞鋪壇場，衒招女色，一切世間不如法事，無不畢造，但不食肉，斯真無礙大慈悲乎？夫世尊制不得食肉者,彼必有取爾也。昔我先師仲尼氏,釋迦之同流也。其教人也,務孝弟,主忠信,如是云云,至于再三。獨不教人不得食肉,亦以孝弟忠信之與不食肉,其急緩大小則有辨也。若食肉,即不得爲孝弟忠信;但不食肉,即是孝弟忠信:則是仲尼有遺言也?今儒者修孝弟忠信于家,而食大享于朝;比丘分衛日中一食于其城中,而廣造大惡于其屏處:此其人之相去,雖三尺童子能説之也。今諸秃奴,乃方欲以己之不食肉,救拔我之食肉,此其無理可恨,真應唾之罵之,打之殺之也!故曰和尚言者是也。

(本云)惠明呵,張解元不用你去,你偏生要去。你真個敢去不敢去?

【倘秀才】你休問小僧敢去也那不敢,我要問大師真個用咱也不用咱?如此跳脱之筆,使人失驚。

○記聖歎最幼時,讀《論語》至「子張問:『士何如斯可謂之達矣?』」見下文忽接云:「子曰:『何哉,爾所謂達者?』」不覺失驚吐舌,蒙師怪之,至與之夏楚。今日又見此文,便與大聖人一樣筆勢跳脱,《西廂》真奇書也!

○昔有僧耽著苦吟,課誦都廢。一老師愍而訶之,僧亦深自悔恨,便捐棄筆墨,發願受持《妙法華經》。一日誦經至《重頌》中,忽見半偈云:「香風吹萎華,更雨新好者。」不自覺又引手抵空,作曼聲吟之曰:「此一佳句也。」言未畢,便吃然失音,口角喎斜,尋便命終。嗚呼!大聖人之寶書,固不可作佳句讀哉。須是聖歎惡習,切勿學也!

你道飛虎聲名賽虎般,那厮能淫欲,會貪婪,誠何以堪!

右第四節。不答敢與不敢,而已答敢與不敢矣。蓋「飛虎聲名」一句,是人謂其不敢;「那厮能淫欲」三句,是自明其敢也。文甚明。

（張生云）你出家人，怎不誦經持咒，與衆師隨堂修行，却要與我送書？

【滚繡毬】我經怕談，禪懶參；戒刀新蘸，無半星兒土漬塵淹。別的女不女，男不男，大白晝把僧房門胡掩，那裏管焚燒了七寶伽藍。你真有個善文能武人千里，要下這濟困扶危書一緘，我便有勇無慚。

右第五節。「吾之于人也，何毁何譽？如有所譽者，吾有所試矣。」真好和尚也。相君之面，則女不女；相君之背，却男不男。白晝門掩，正做此事也。便説盡秃奴二六時中功課，而文又雅甚。女不女、男不男，佛又謂之「細視徐行，如猫伺鼠」。

（張生云）你獨自去，還是要人幫扶着？

【白鶴子】着幾個小沙彌把幢旛寶蓋擎，病行者將麵杖火叉擔。你自立定脚把衆僧安，我撞釘子將賊兵探。小沙彌、病行者，其兵馬則如此；幢旛、寶蓋、麵杖、火叉，其器杖則如此，真乃異様文情。

右第六節。偏不説不要幫，偏説要幫，奇文！○若真要幫，豈成惠明？故知「小沙彌」「小」字，「病行者」「病」字，下得妙絶。斵山每恨荆卿必欲生劫秦皇帝，此是何意？今看惠明，真是荆卿以上人也。

（張生云）他若不放你過去，却待如何？（惠云）他敢不放我過去，你寬心！

【二】我瞅一瞅，古都都翻海波；喊一喊，廝琅琅振山岩。脚踏得赤力力地軸摇，手攀得忽刺刺天關撼。【三】遠的破一步將鐵棒颩，近的順着手把戒刀釤；小的提起來將脚尖撞，平聲。大的扳過來把骷髏砍。一闋虚寫，一闋實寫。

右第七節。句句是「不放過去」。斲山云：你不放過去，我過去也！

（張生云）我今將書與你，你却到幾時可去？

【耍孩兒煞】我從來駁駁劣劣，世不曾忐忐忑忑，打熬成不厭，天生是敢。言「不厭」是打熬所成，「敢」則天生本性也。我從來斬釘截鐵常居一，不學那惹草粘花没掂三。就死也無憾。便提刀杖劍，誰勒馬停驂。

右第八節。爲人不當如是耶？讀之增長人無數義氣。

【二】我從來欺硬怕軟，吃苦辭甘，爲人不當如是耶？你休只因親事胡撲俺。若杜將軍不把干戈退，你張解元也乾將風月擔。便是言辭賺，一時紕繆，半世羞慚。八字，雖金人銘不能復過。寄語天下後世，敬心奉持。

右第九節。上文皆是張生憂惠明不得過去，此節忽寫惠明憂張生書或恐無用者。此非憂張生也，正謂張生不必憂惠明。言「除非你書無用，我自無有不過去也」。一作惠明嘲戲張生，便減通篇神彩。此乃真正神助之筆，須反覆讀之。

我去也！只三字，便抵「易水」一歌。唐貫休有詩云[一]：「黄昏風雨黑如磐，別我不知何處去。」總是一副神理，應白衣冠送之。

【收尾】你助威神擂三通鼓，仗佛力呐一聲喊。奇句，奇至于此；妙句，妙至于此。繡幡開遥見英雄

[一]「貫休」，各本均作「張祐」，據《全唐詩》改。

俺，奇句，奇至于此；妙句，妙至于此。○斵山云：「美人于鏡中照影，雖云看自，實是看他。細思千載以來，只有離魂倩女一人曾看自也。他日讀杜子美詩，有句云：『遥憐小兒女，未解憶長安。』却將自己腸肚，移置兒女分中，此真是自憶自。又他日讀王摩詰詩，有句云：『遥知遠林際，不見此檐端。』亦將自己眼光，移置遠林分中，此真是自望自。蓋二先生皆用倩女離魂法作詩也。」聖歎今日讀《西廂》，不覺失笑，因寄語斵山：「卿前謂我言，王、杜俱用倩女離魂法作詩，原來只是用得一『遥』字也。」你看半萬賊兵先嚇破膽。一「先」字，便有與白馬爭功之意。筆墨之奇峭，一至于此哉。

右第十節。只此一收，纔四句文字，又何其神奇哉！擂鼓、吶喊句，寫惠明猶在寺；「幡開」、「遥見」句，寫惠明猶在眼。至「賊兵破膽」句，如鷹隼疾，已不見惠明矣。文章至此，雖鬼神雷電乃不足喻，而豈傖之所得夢見？而傖猶思搦筆作傳奇，而謂將與《西廂》分道揚鑣，傖真全無心肝者哉！

（張生云）老夫人，分付小姐放心，此書一到，雄兵即來。鯉魚連夜飛馳去，白馬從天降下來。（俱下）

（杜將軍引卒子上云）自家姓杜，名確，字君實，本貫西洛人也。幼與張君瑞同學儒業，後棄文就武，當年武狀元及第，官拜征西大將軍，正授管軍元帥，統領十萬之衆，鎮守蒲關。有人自河中府來，探知君瑞兄弟在普救寺中，不來看我，不知甚意。近日丁文雅失政，縱軍劫掠人民。即當興師剪而朝食，奈虚實未的，不敢造次。好。昨又差探子去了，好。今日升帳，看有甚軍情來報者。（開轅門坐科）

(惠明上云)俺離了普救寺,早至蒲關。這裏杜將軍轅門,俺闖入去。(卒捉住報科)(杜云)着他入來!(惠進跪科)(杜云)兀那和尚,你是那裏做奸細者?(惠云)俺不是奸細,俺是普救寺僧人。今有孫飛虎作亂,將半萬賊兵圍住寺門,欲劫故臣崔相國女爲妻。有游客張君瑞奉書,使俺遞至麾下,望大人速解倒懸之危。(杜云)左右的,放了這和尚者!張君瑞是我兄弟,快將他的書來!(惠叩頭遞書科)

(杜拆念云〔一〕)同學小弟張珙頓首再拜,奉書君實仁兄大人大元帥麾下:自違國表,寒暄再隔,風雨之夕,念不能忘。辭家赴京,便道河中,即擬覲謁,以叙間闊。路塗疲頓,忽遘採薪,昨已粗愈,不爲憂也。輕裝小頃,乃在蕭寺,几席之下,忽值弄兵。故臣崔公,身後多累,持喪聞戒,暫僦安居。何期暴客,見其粲者,擁衆五千,將逞無禮。誰無弱息,遽見狼狽,不勝憤懣,便當甘心。自恨生平,手無縛鷄,區區微命,真反不計。伏惟仁兄,仰受節鉞,專制一方,咄叱所臨,風雲變色。夙承古人,方叔召虎,信如仁兄,實乃不愧。今弟危逼,不及轉燭,仰望垂手,非可言喻。萬祈招摇,前指河中,譬如疾雷,朝發夕到,使我涸鮒,不恨西江,崔公九原,亦當銜結。伏乞台照不宣,張珙再頓首拜。二月十六日書。

既然如此,我就傳令。和尚,你先回去,我星夜便來。比及你到寺裏時,多敢我已捉了這賊子也。(惠云)寺中十分緊急,大人是必疾來者。(下)

〔一〕「拆」,貫華堂本作「折」,據芥子園本、金谷園本改。

（杜傳令云）大小三軍，聽我號令：就點中權五千人馬，星夜起發，直至河中府普救寺，救我兄弟，去走一遭。（衆應云）得令！（俱下）

（孫引卒奔上云）白馬爺爺來了，怎麽了！怎麽了！我們都下馬卸甲，投戈跪倒，悉憑爺爺發落也！（杜引卒上云）你們做甚麽都下馬卸甲，投戈跪倒？你指望我饒你們也。也罷，止將孫飛虎一人砍首號令，其餘不願的都歸農去，願的開報花名，我與你安插者。（賊衆下）

（夫人、法本上云）下書已兩日，不見回音。（張生上云）山門外暴雷似聲喏，敢是我哥哥到也！（杜與生相見拜科）（張生云）自別台顔，久失聽教；今日見面，乃如夢中。（杜云）正聞行旌，近在鄰治；不及過訪，萬乞恕罪。（杜與夫人相見拜科）（夫人云）孤寡窮途，自分必死；今日之命，實蒙再造！（杜云）狂賊跳梁，有失防禦；致累受驚，敢辭萬死？敢問賢弟，因甚不至我處？（張生云）小弟賤恙偶作，所以失謁。今日便應隨仁兄去，却又爲夫人昨日許以愛女相配。不敢仰勞仁兄執柯，小弟意思，成過六禮，彌月後便叩謝。（杜云）恭喜賀喜！老夫人，下官自當作伐。（夫人云）老身尚有處分。安排茶飯者！（杜云）適間投誠五千人，下官尚須料理，異日却來拜賀。（張生云）不敢久留仁兄，恐妨軍政。（杜起馬科）馬離普救敲金鐙，人望蒲關唱凱歌。（下）

（夫人云）先生大恩，不可忘也！誰云可忘哉？自今先生休在寺裏下，便移來家下書院内安歇。明日略備草酌，着紅娘來請，先生是必來者。（夫人下）

(張生别法本云)小生收拾行李,去書院裏去也。無端豪客傳烽火,巧爲襄王送雨雲。孫飛虎,小生感謝你不盡也!(法本云)先生得閑,仍舊來老僧方丈裏攀話者。(張生下)(法本下)

世之愚生,每恨恨于夫人之賴婚。夫使夫人不賴婚,即《西廂記》且當止于此矣。今《西廂記》方將自此而起,故知夫人賴婚,乃是千古妙文,不是當時實事。如《左傳》,句句字字是妙文,不是實事。吾怪讀《左傳》者之但記其實事,不學其妙文也。

二之二　請宴

吾讀世間游記,而知世真無善游人也。夫善游之人也者,其于天下之一切海山方岳、洞天福地,固不辭千里萬里而必一至,以盡探其奇也。然而其胸中之一副别才,眉下之一雙别眼,則方且不必直至于海山方岳、洞天福地,而後乃今始曰:我且探其奇也。夫昨之日而至一洞天,凡罄若干日之足力、目力、心力,而既畢其事矣,明之日而又將至一福地,又將罄若干日之足力、目力、心力,而于以從事。彼從旁之人,不能心知其故,則不免曰:連日之游快哉!始畢一洞天,乃又造一福地。殊不知先生且正不然,其離前之洞天,而未到後之福地,中間不多,雖所隔止于三二十里,又少而或止于八、七、六、五、四、三、二里,又少而或止于一里、半里。此先生則于是一里、半里之中間,其胸中之所謂一副别才,眉下之一雙别眼,即何嘗不以待洞天福地之法而待之哉?今夫以造化之大本領、大聰明、大氣力，而忽然結撰而成一洞天、一福地，是真駭目驚心之事，不必又道也。然吾每每諦視天地之間之隨分一鳥一魚、一花一草，乃至鳥之一毛、魚之一鱗、花之一瓣、草之一葉，則初未有不費彼造化者之大本領、大聰明、大氣力，而後結撰而得成者也。諺言：「師子搏象用全力，搏兔亦用全力。」彼造化者，則真然矣，生洞天福地用全力，生隨分之一鳥一魚、一花一草，以至一毛一鱗、一瓣一葉，殆無不用盡全力。由是言之，然則世間之所謂駭目驚心之事，固不必定至于洞天福地而後有此，亦爲信然也。抑即所謂洞天福地也者，亦嘗計其云如之何結撰也哉？莊生有言：「指馬之百體非馬，而馬係于前者，立其百體而謂之馬也。」比于大澤，百材皆度；觀乎大山，水石同壇。夫人誠知百材萬木雜然同壇之爲大澤大山，而其于游也，斯庶幾矣。其層巒絶巘，則積石而成是穹窿也；其飛流懸瀑，則積泉而成是灌輸也。果石石而察之，殆初無異于一拳者也；試泉泉而尋之，殆初無異于細流者也，且不直此也。老氏之言曰：「三十輻共一轂，當其無，有車之用。埏埴以爲器，當其無，有器之用。鑿戶牖以爲室，當其無，有室之用。」然則一一洞天福地中間，所有之迴看爲峰，延看爲嶺，仰看爲壁，俯看爲溪，以至正者坪，側者坡，跨者梁，夾者磵，雖其奇奇妙妙，至于不可方物，而吾有以知其奇之所以奇[一]，妙之所以妙，則固必在于所謂「當其無」之處也矣。蓋當其無，則是無峰無嶺、無

[一]「有」，貫華堂本作「不」，據芥子園本、金谷園本改。

壁無溪、無坪坡梁磵之地也。然而當其無，斯則真吾胸中一副別才之所翱翔，眉下一雙別眼之所排蕩也。夫吾胸中有其別才，眉下有其別眼，而皆必于當其無處而後翱翔，而後排蕩。然則我真胡爲必至于洞天福地，正如頃所云，離于前未到于後之中間三二十里，即少止于一里半里，此亦何地不有所謂「當其無」之處耶。一略彴小橋，一槎枒獨樹，一水一村，一籬一犬，吾翱翔焉，吾排蕩焉，此其于洞天福地之奇奇妙妙，誠未能知爲在彼而爲在此也。且人亦都不必胸中之真有別才，眉下之真有別眼也。必曰先有別才而後翱翔，先有別眼而後排蕩，則是善游之人必至曠世而不得一遇也！如聖歎意者，天下亦何別才、別眼之與有，但肯翱翔焉，斯即別才矣；果能排蕩焉，斯即別眼矣。米老之相石也，曰要秀，要皺，要透，要瘦。今此一里半里之一水一村，一橋一樹，一籬一犬，則皆極秀、極皺、極透、極瘦者也。我亦定不能如米老之相石故耳，誠親見其秀處、皺處、透處、瘦處乃在于此。斯雖欲不于是焉翱翔，不于是焉排蕩，亦豈可得哉？且彼洞天福地之爲峰爲嶺，爲壁爲溪，爲坪坡梁磵，是亦豈能多有其奇奇妙妙者乎？亦都不過能秀、能皺、能透、能瘦焉耳。由斯以言，然則必至于洞天福地而後游，此其不游之處蓋已多多也；且必至于洞天福地而後游，此其于洞天福地亦終于不游已也。何也？彼不能知一籬一犬之奇妙者，必彼所見之洞天福地皆適得其不奇不妙者也。蓋聖歎平日與其友斵山論游之法如此，今于讀《西廂》紅娘請宴之一篇，而不覺發之也。斵山云：「千載以來，獨有宣聖是第一善游人，其次則數王羲之。」或有徵其説者，斵山云：「宣聖，吾深感其『食不厭精，膾不厭細』之二言；王羲之，吾見其若干帖所有字畫，皆非獻之所能窺也。」聖歎曰：「先生此言，疑殺天下人去也。」又斲山每語聖歎云：「王羲之若閑居家中，必就庭花逐枝逐朵細數其鬚，門生執巾侍立其側，常至終日都無一語。」聖歎問此故事出于何書。斲山云：「吾知之。」蓋斲山之奇特如此，惜乎天下之人不遇斲山，一傾倒其風流也！

前文一大篇，破賊也；後文一大篇，賴婚也。破賊之一大篇，則有鶯鶯尋計，惠明遞書，皆是生成必有之大波大浪也；賴婚之一大篇，則有鶯鶯失驚，張生發怒，亦是生成必有之大哭大笑也。今此，則于破賊之後，賴婚之前矣，此際其安得又有一大篇也乎？作者細思久之，細思彼張生之于鶯鶯，其切切思思，如得旦暮遇之，固不必論也；即彼鶯鶯之于張生，其切切思思，如得旦暮遇之，殆亦非一口之所得說，一筆之所得寫也。無端而孫飛虎至，無端而老夫人許，欻然二無端自天而降，此時則彼其一雙兩好之心頭口頭、眠中夢中、茶時飯時[一]，豈不當有如雲浮浮，如火熱熱，如賊脈脈，如春蕩蕩者乎？乃今前文之一大篇纔破賊，後文之一大篇便賴婚。破賊之一大篇，既必無暇與彼一雙兩好，寫此如雲如火、如賊如春一段神理；而賴婚之一大篇，即又何暇與彼一雙兩好，寫此如雲如火、如賊如春之一段神理乎？千不得已，萬不得已，算出賴婚必設宴，設宴必登請，而因于兩大篇中間，忽然閑閑寫出一紅娘請宴。亦不于張生口中，亦不于鶯鶯口中，只閑閑于閑人口中，恰將彼一雙兩好之無限浮浮熱熱、脈脈蕩蕩，不覺兩邊都盡。嗚呼！此謂之女媧氏不難補天，

[一]「飯」，貫華堂本作「飲」，據芥子園本、金谷園本改。

難于尋五色石。今既專門會尋五色石,其又何天之不補乎? 然聖歎又細思之,細思前一大篇破賊,是真有一大篇; 後一大篇賴婚,是亦真有一大篇。今紅娘承夫人命請客走一遭,此豈不至輕至淡,至無聊,至不意,而今觀其但能緩緩隨筆而行,亦便真有此一大篇。然則如頃所云,一水一村,一橋一樹,一籬一犬,無不奇奇妙妙,又秀、又皺、又透、又瘦,不必定至于洞天福地而始有奇妙,此豈不信乎? 普天下及後世錦繡才子,將欲操觚作史,其深念老氏當其無有文之用之言哉? 破賊後,賴婚前,決不得更插一篇,吾亦嘗細思久之,而後歎絶于紅娘請宴也。

(張生上云)夜來老夫人説,使紅娘來請我。天未明便起身,直等至這早晚不見來,我的紅娘也呵! 只一語,寫盡張生神理。

(紅娘上云)老夫人着俺請張生,須索早去者。在紅娘方云「早」。

〔中吕〕【粉蝶兒】(紅娘唱)半萬賊兵,捲浮雲,片時掃浄。俺一家兒死裏重生。

右第一節。叙功正文。

只據舒心的列仙靈,陳水陸,張君瑞便當欽敬。

右第二節。叙功旁文。○上正文叙功,人所必及也; 此旁文叙功,真非人所及也。寫小女兒家又聰慧,又年輕: 彼見昨日驚魂動魄,今日眉花眼笑,便從自己靈心所到〔一〕,説

〔一〕「自」,貫華堂本作「目」,據芥子園本、金谷園本改。

出小小一段快樂，反若撇開本人之一場真正大功也者，而是本人之一場真正大功，已不覺反于此一語中全現。才子作文，誓願放重筆，取輕筆，此類是也。

前日所望無成，倒是一緘書爲了媒證。【醉春風】今日東閣帶烟開，「前日」、「今日」，語意佳甚。○「帶烟開」是也。杜詩「高城烟霧開」，是招女婿詩，此用之也。再不要西廂和月等。薄衾單枕有人温，你早則不冷、句。冷。句。你好寶鼎香濃，繡簾風細，緑窗人静。此十二字是三句，是一句。看他輕輕只下「你好」二字，便使十二字並做一字。問並做何一字？依聖歎俊眼看去，此十二字只並做一「人」字也。蓋窗外有簾，簾内無風，鼎中有香，香中有「人」也。

右第三節。《請宴》正文。○照定後篇《賴婚》，作此滿心滿願之語。妙絶！

可早到書院裏也。

【脱布衫】幽僻處可有人行，點蒼苔白露泠泠，隔窗兒咳嗽一聲。偶咳嗽也，隱不及敲門也。寫盡張生，非寫紅娘也。

（張生云）是誰？（紅云）是我。（張生開門相見科）

只見啓朱扉，疾忙開問。【小梁州】叉手躬身禮數迎，我道不及「萬福，先生」。寫盡張生。

右第四節。寫紅娘未及敲門，張生已忙作揖。天未明起身人，便于紙縫裏活跳出來。

烏紗小帽耀人明，白襴净，角帶關黄鞓。【後】衣冠濟楚那更龐兒整，休説引動鶯鶯。據相貌，憑才性，我從來心硬，一見了也留情。作者何其狡獪，忽然欲牽紅娘並入渾水，豈非罪過哉！○斲山云：試問紅娘爲説今日，爲説鬧齋日[一]？我最無奈聰明女兒半含半吐[二]，不告我實話也！

右第五節。寫張生人物也，然而必略寫人，多寫打扮者。蓋句句字字，都照定後篇《賴婚》，先作此滿心滿意之筆也。

(紅云)奉夫人嚴命……(張生云)小生便去。紅娘將欲云：「奉夫人嚴命來請先生赴席。」今張生不及候其辭畢。

【上小樓】我不曾出聲，他連忙答應。真正出神入化之筆。早飛去鶯鶯跟前，「姐姐」呼之，喏喏連聲。此紅娘摹寫其連忙答應之神理也。「姐姐呼之」者，鶯鶯無語，則張生欲語也；「喏喏連聲」者，鶯鶯有語，則張生敬喏也。真正出神入化之筆，不知如何想得來。秀才們聞道「請」，似得了將軍令，先是五臟神願隨鞭鐙。又嘲靚生員切己事情。

右第六節。天未明起身人，活跳出來。

(張生云)敢問紅娘姐，此席爲何？可有别客？先生假也。

【後】第一來爲壓驚，第二來因謝承。不請街坊，不會諸親，不受人情。避衆僧，請貴人，和鶯鶯匹聘。

右第七節。開宴正文。○俱照定後篇《賴婚》，作滿心滿意之筆。

[一] 「鬧」，貫華堂本作「問」，據金谷園本改。

[二] 「含」，金谷園本作「吞」。

見他謹依來命。【滿庭芳】又來回、句。顧影，句。○寫張生便去也。乃張生已去，而忽又來回；既已來回，而又復立定，秀才真有此情性也。下去都只寫此四字。文魔秀士，一句。風欠酸丁。一句。「欠」，如字。元曲有「本性謙謙，到處乾風欠」；又「改不盡强文撇醋餓寒臉，斷不了詩云子曰酸風欠」，俱押廉纖韵，此可據也。下工夫把頭顱掙[一]，已滑倒蒼蠅。光油油耀花人眼睛，酸溜溜螫得人牙疼。安排定，猶言「來回」，何也？「來回」而「顧影」，何也？「文魔秀士」最要修容，今頭顱已極光掙，則是不必又顧影也。封鎖過陳米數升，蓋好過七八甕蔓菁。猶言不必又顧影，則來回何也？「風欠酸丁」，最重米甕。今果然封鎖關蓋，件件經心也。真寫盡秀才神理。【快活三】這人一事精，百事精；不比一無成，百無成。此二句，乃是媒人選擇女婿經，言張生真養得鶯鶯活也。如此奇文妙文，聖歎只有下拜。

右第八節。正寫張生疾忙便行，却斗然又用異樣妙筆，寫出「來回顧影」四字。一時分明便將張生勾魂攝魄，召來紙上，如前殿夫人偏何來遲相似。○從來秀才天性，與人不同。何則？如一聞請便出門，一也；既出門，反回轉，二也；既回轉，又立住，三也。「顧影」者，立住也。雖聖歎亦不解秀才何故必如此，然普天下秀才則必如此。不但普天下秀才必如此，即聖歎不能免俗，想是亦必如此，今日却被紅娘總付一笑也。○通節只是反覆寫「來回顧影」四字。若云去即去矣，「來回」何也？回即回矣，「顧」又何也？意者秀士性好修容，還要對鏡抿髮，爲復酸丁不捨米甕，自來封鎖關蓋。下因趁筆極贊其「一

[一]「掙」，金谷園本作「凈」。

精百精」，言真是養得鶯鶯活也。世間奇文妙文固有，亦有奇妙至此者乎？僧疑「下工夫」云云，是贊其打扮。則前既有烏紗小帽耀人之文矣，不應更重出。僧又改陳米云云，是謙其筵席。則後又有金帳玉屏合歡之文矣，不應先刺謬。且「一精百精」之言，又何謂乎？斵山云：「意欲寫其去，却反寫其回；意欲寫其急，却反寫其遲。彼作者固是神靈鬼怪，乃批者亦豈非神靈鬼怪乎？」

世間草木是無情，猶有相兼並。【朝天子】這生，後生，怎免相思病。天生聰俊，打扮又素淨，夜夜教他孤零。「並」字上聲。

右第九節。先寫張生是一情種。

曾聞才子多情，若遇佳人薄倖，常要擔閣了人性命。他的信行，他的志誠，你今夜親折證。

右第十節。次寫鶯鶯又是一情種。

【四邊靜】只是今宵歡慶，軟弱鶯鶯，那慣經？你索款款輕輕，燈前交頸。端詳可憎，好煞人無乾淨。「端詳」二轉，妙人妙事，妙筆妙文。猶言你雖依我言，果將款款輕輕矣，然仔細算來，總不能十分款款輕輕也。

右第十一節。次因話有話，遂寫至兩情種好煞人時，俱照定後篇賴婚，作滿心滿意之筆也。

（張生云）敢問紅娘姐，那邊今日如何鋪設，小生豈好輕造？先生假也。

【耍孩兒】俺那邊落花滿地胭脂冷，一霎良辰美景。夫人遣妾莫消停，請先生切勿推稱。正中是鴛鴦夜月銷金帳，兩行是孔雀春風軟玉屏。下邊是合歡令，一對對鳳簫象板，雁瑟鸞笙。

右第十二節。正寫宴也，定不可少。

（張生云）敢問紅娘姐，小生客中無點點財禮，却是怎生好見夫人？

【四煞】聘不見爭，親立便成，新婚燕爾天教定。你生成是一雙跨鳳乘鸞客，怕他不卧看牽牛織女星。滿心滿意，一至于此。真傒倖，不費半絲紅綫，已就一世前程。

右第十三節。此定不可少，然使聖歎握筆，乃幾欲忘之。何也？夫前日廊下之匆匆相許，此所謂急不擇聲之言也。夫人而誠一諾千金，更無食言也者，則在今日正當遣媒議聘，嘉禮伊始，豈有家常茶飯，挖耳相招，輕以相府金枝，便草草出于野合者哉！此真不待「兄妹」之詞出，而早可以料其變卦者。作者細心獨到，遂特寫此。

【三煞】想是滅寇功，舉將能，你兩般功效如紅定。先是鶯娘心下十分順，總爲君瑞胸中百萬兵。自古文風盛，那見珠圍翠繞，不出黃卷青燈。反覆以明無聘也。「想是」二字妙。

右第十四節。又必重言以申其意者，可見是夫人破綻，張生心虛，紅娘乖覺，真不必直至于「兄妹」二字之後也。《西廂》妙筆如此，傖其烏知哉？

【二煞】夫人只一家，五字好。先生無伴等，五字好。並無繁冗真幽靜。立等你有恩有義心中客，迴避他無是無非廊下僧。夫人命，不須推托，即便同行。

右第十五節。正寫請也，定不可少。

（張生云）既如此，紅娘姐請先行一步，小生隨後便來。

【收尾】先生休作謙，夫人專意等。自古恭敬不如從命，休使紅娘再來請。

右第十六節。

(張生云)紅娘去了,小生拽上書院門者。比及我到得夫人那裏,夫人道:「張生,你來了也,與俺鶯鶯做一對兒,飲兩杯酒,便去卧房内做親!」(笑科)孫飛虎,你真是我大恩人也! 多虧了他,我改日空閑,索破十千貫足錢,央法本做好事超薦他。惟願龍天施法雨,暗酬虎將起朝雲。(下)都作滿心滿志之言。

二之三　賴婚

《賴婚》一篇,當時若寫作夫人唱,得乎? 曰:不得。然則寫作張生唱,得乎? 曰:不得。然則寫作紅娘唱,得乎? 曰:不得。胡爲其皆不得也? 夫作者當時,吾則知其必已熟思之也。如使寫作夫人唱而得,寫作張生唱、紅娘唱而得者,彼亦不必定于寫作鶯鶯唱者也。蓋事只一事也,情只一情也,理只一理也。問之此人,此人曰果然也;問之彼人,彼人曰果然也:是誠其所同也。然事一事,情一情,理一理,而彼發言之人與夫發言之人之心,與夫發言之人之體,與夫發言之人之地,乃實有其不同焉。有言之而正者,又有言之而反者;有言之而婉者,又有言之而激者;有言之而盡者,又有言之而半者。不觀魯敬姜之不哭公父文伯乎? 實同一言也,自母之口,則爲賢母;自婦之口,即爲妒婦。觀其發于何人之口,人即分爲何人之言。雖其故與今之故不同,然而發言之人之不可不辨，此亦其一大明驗也。有言之而正者，如賴婚之事之情之理，自張生言之，則斷斷必不可賴。如云：「非吾所敢望也，實夫人之許也。曾口血之未乾，而遽忘于心與？」此其正也。若自夫人言之，則必斷斷必不可不賴。如云：「非吾之食言也，惟先夫之故也。雖大恩之未報，奈先諾于心與？」此則言之而必至于反者也。有言之而婉者，如此事此情此理，自鶯鶯言之，則賴已賴矣，夫復何言？如云：「欲不啼，則無以處張生也；今欲啼，又無以處吾母也！母得無曰：母一而已，人盡夫也。故不啼與。」此其婉也。若自張生言之，則賴已賴矣，夫復何忌？在夫人既不能以禮而自處也，安望我獨能以禮而處人也？夫人得無曰：「雖速吾訟，亦不汝從，而怙終與？」此則言之而必至于激者也。有言之而盡者，如此事此情此理，自鶯鶯言之，則夫人賴矣，吾奈何賴？如云：「母之賴之，是賴其口中之言也。若我賴之，是直賴吾心中之人也。吾賴吾心中之人，將使彼亦賴彼心中之人與？」此其盡也。若自紅娘言之，則夫人賴矣，誰又不賴？如云：「夫人之口中，則不合曾有此言也。若小姐之心中，必不合曾有此人也。使小姐心中遂已真有此人，豈小姐亦早願爲此人心中之人與？」此則言之而止得其半者也。是何也？事固一事也，情固一情也，理固一理也，而無奈發言之人，其心則各不同也，其體則各不同也，其地則各不同也。彼夫人之心與張生之心不同，夫是故有言之而正，有言之而反也。乃張生之體與鶯鶯之體又不同，夫是故有言之而婉，有言之而激也。至于紅娘之地與鶯鶯之地又不同，夫是故有言之而盡，有言之而半也。夫言之而半，是不如勿言也；言之而激，是亦適得其半也。至于言之而反，此真非復此書之言也。彼作者當時蓋熟思之，而知《賴婚》一篇必當寫作鶯鶯唱，而不得寫作夫人唱、張生唱、紅娘唱者也。

(夫人上云)紅娘去請張生，如何不見來？(紅娘見夫人云)張生着紅娘先行，隨後便來也。(張生上，拜夫人科)(夫人云)前日若非先生，焉有今日。我一家之命[一]，皆先生所活。聊備小酌，非爲報禮，勿嫌輕意。(張生云)「一人有慶，兆民賴之」。此賊之敗，皆夫人之福。此爲往事，不足挂齒。(夫人云)將酒來，先生滿飲此杯。(張生云)長者賜，不敢辭。(立飲科)(張生把夫人酒科)(夫人云)先生請坐。(張生云)小生禮當侍立，焉敢與夫人對坐。(夫人云)道不得個「恭敬不如從命」。(張生告坐科)(夫人唤紅娘請小姐科)

(鶯鶯上云)迅掃風烟還淨土，雙懸日月照華筵。

〔雙調〕【五供養】(鶯鶯唱)若不是張解元識人多，别一個怎退干戈？

右第一節。一篇文，初落筆便先擡出「張解元」三字，表得此人已是雙文芳心繫定，香口噙定，如膠入漆，如日射壁，雖至于天終地畢、海枯石爛之時，而亦決不容移易者也。聖歎每言作文最争落筆，若落筆落得着，便通篇增氣力；若落筆落不着，便通篇減神彩。東坡先生作《韓文公潮州廟碑》時，云曾悟及此事最是難解之事也。○「别一個」妙，只除

[一]「一」，貫華堂本作「二」，據芥子園本、金谷園本改。

張解元外，彼茫茫天下之人，誰是「別一個」哉！既已漫無所指，而又自云「別一個」，然則口中自閑嗑「別一個」，心中實蕩漾「這一個」也。《古樂府》云：「座中數千人，皆言夫婿殊。」吾嘗欲問何處座中，誰數千人，誰聞其言，誰又告卿？殆于卿自心憐卿之夫婿「殊」也。正與此「別一個」之三字，遥遥千載，交輝互映。○「識人多」，措辭妙絶。便以吾張解元爲宰相不愧耳。看他只三字，豈復三百字、三千字、三萬字所得换哉。○「忄」字又妙，一似曾代此「別一個」深算也者，而其實一片只是將他張解元驕奢天下人。蓋寫雙文此日之得意，真寫殺也。○試看其只得二句十六字，而出神入化乃至于此。普天下後世錦繡才子讀至此處，幸必滿浮一大白，先酹雙文，次酹作《西廂》者，次酹聖歎，次即自酹焉。

排酒果，列笙歌。篆烟微，花香細，捲起東風簾幕。他救了喒全家禍，殷勤呵正禮，欽敬呵當合。「正禮」、「當合」字，出自雙文香口，妙絶。畢竟還是感，還是愛？

右第二節。先從雙文意中，分付是日華筵之盛必須如此，以反剔後文之草草也。一節只是一句，猶言是日殷勤欽敬之故，則必應捲起簾幕而後排列酒果、笙歌。而是日之簾幕之可以捲起，則又以香烟花氣霏微不動，而驗東風淡蕩之故也。

（紅娘云）小姐今日起得早也。

【新水令】恰纔向碧紗窗下畫了雙蛾，一句是梳妝已畢也。拂綽了羅衣上粉香浮污[一]，二句是梳妝

[一]「上」，貫華堂本作「土」，據芥子園本、金谷園本改。

已畢，立起來也。將指尖兒輕輕的貼了鈿窩。三句是梳妝已畢，立起來了，又回身就鏡看其宜稱也。然則真起來得早也。若不是驚覺人呵，猶壓着繡衾卧。誰敢驚覺小姐？小姐謊也。

右第三節。此真異樣筆墨也。蓋欲寫雙文方始梳妝，則此日雙文不應一如平日遲起；然欲寫雙文梳妝已畢，則雙文又自有雙文身分，不可過于早起。于是而舒俏筆，蘸淺墨，輕輕只寫其梳妝之後一半。而雙文之此日起身，遂覺遲固不遲，早亦不早，早雖不早，遲已不遲，翩翩然便有一位及瓜解事千金小姐，活現于此雙開一幅玉版牋中，真非世傖之所夢得也。《西廂記》寫雙文，至此日猶作爾筆。吾恨近時忤奴，于最初驚艷時，便作無數目挑心招醜態。願天下才子[一]，同聲痛罵之！○另找「猶壓」一句者，非寫雙文自家文飾，乃是深明他日決無如此早起，以見雙文今日之得意殺也。

(紅云)小姐梳妝早畢也，小姐洗手咱。我覷小姐臉兒吹彈得破，張生你好有福也。小姐真乃天生就一位夫人。

【後】你看没查没例謊僂科，道我宜梳妝的臉兒吹彈得破。你那裏休聒，不當一個信口開合。知他命福如何？我做夫人便做得過。【喬木查】除非説我相思爲他，他相思爲我，今日相思都較可。這酬賀，當酬賀。忽然將「他我」二字分開，忽然將「他我」二字合攏，寫得雙文是日與解元貼皮貼肉，入骨入髓，真乃異樣筆墨。

[一]「子」，貫華堂本作「了」，據芥子園本、金谷園本改。

右第四節。雙文快哉，便敢縱口呼一「他」字，敢問「他」之爲他乃誰耶？自謙未必做夫人，而公然牽連及人，云「看他福命」。何意卿之與他同福共命，遂至此耶？快哉雙文，此爲是卿心頭幾日語，何故前曾不説，今忽然説？豈卿今日之與他，便得更無羞澀耶？甚至暢然承認云「我相思」、「他相思」，甚矣，雙文此日之無顧無忌，滿心滿願也。○「我」之與「他」，最是世間口頭常字，然獨不許未嫁女郎香口輕道。此則正將此字翻刷出異樣妙文來。作《西廂記》人，真是第八童真住菩薩，無法不悟者也。

母親你好心多。【攪箏琶】我雖是賠錢貨，亦不到兩當一弄成合。「兩當一」者，一來壓驚，二來就親也。況他舉將除賊，便消得你家緣過活。妙妙！是非平心語哉。然自旁人言之，則公論也；今出雙文口，便是護惜解元。聖歎先欲笑也！你費甚麽便結絲蘿。寫出是日不似結親席面也。與前「捲起東風簾幕」映耀。休波，省錢的奶奶忒慮過，恐怕張羅。「休波」，雙文又急自收科也。此寫雙文小不得意于其母，所以襯後文之大不得意也。其法只應如是即止，不可信筆便恁麽去故也。

右第五節[一]。上寫雙文快，此又忽寫雙文不快。寫快，所以反襯後文不快也；寫不快，所以反襯後文大不快也。蓋雙文于筵席草草便已不快，殊未知筵席之所以草草，後文則有其故，而雙文方在夢中也。○此「我」、「他」二字，更奇更妙，便將自己母親之一副家緣過活，立地情願雙手奉與解元。自古云「女生外向」，豈不信哉。只不知作者如何寫得到，

[一]「五」，金評各本均作「四」，徑改。以下各節序號順改。

真是第八童真住菩薩，無法不悟者也。寫快以襯不快，奇矣；又寫不快以襯大不快，豈不奇絶哉！聖歎多見世間御温食肥之人，每自言心中不快，此正是其快極語也，渠指日必有大不快耳。爲之一歎。

【慶宣和】門外簾前，未將小脚兒挪，我先目轉秋波。「未」字、「先」字、「倒」字，三個字合成異樣妙景。（張生云）小生更衣咱。（做撞見鶯鶯科）誰想他識空便的靈心兒早瞧破。唬得我倒躲，倒躲。

右第六節。分明一對新人，兩雙俊眼，千般傳遞，萬種羞慚，一齊紙上活靈生現也。○寫雙文出來，爲欲快出來，反得遲出來[一]。又解元看見雙文出來，方將等不得快出來，不意反弄成不出來。妙妙！蓋美人出來，本是難寫；何況新人出來，加倍難寫。因而極力寫之，不意其直寫至此，作者真是第八童真住人也。

（夫人云）小姐近前來，拜了哥哥者。（張生云）呀，這聲息不好也！（鶯鶯云）呀，俺娘變了卦也！（紅娘云）呀，這相思今番害也！

【雁兒落】只見他荆棘刺怎動挪，死憎騰無同互，措支吅不對答，軟兀剌難蹲坐！

右第七節。寫驚聞怪語，先看解元也。先看解元，妙妙！

【得勝令】真是積世老婆婆，甚妹妹拜哥哥。真不可解，雖聖歎亦不解，不止雙文不解也。白茫茫溢起藍橋水，撲騰騰點着祆廟火。碧澄澄清波，撲剌剌把比目魚分破；急攘攘因何，扢搭地把

[一]「反」，貫華堂本作「及」，據芥子園本改。

雙眉鎖納合。【甜水令】粉頸低垂，烟鬟全墮，芳心無那。還有甚相見話偏多？星眼朦朧，檀口嗟咨，攧窨不過。這席面真乃烏合。

右第八節。鶯聞怪語，次訴自家也。〇先看解元，次訴自家。中有神理，不容倒轉。

（夫人云）紅娘看熱酒來，小姐與哥哥把盞者。（鶯鶯把盞科）（張生云）小生量窄。（鶯鶯云）紅娘，接了臺盞去者！

【折桂令】他其實咽不下玉液金波。「他其實」，妙。憐惜嗚拍[一]，一至于此。〇解元不肯飲，固也，乃今先是雙文不肯教解元飲也。下逐句皆深明此句。他誰道月底西廂，變做夢裏南柯。「他誰道」妙，代解元訴所以不飲之故也。淚眼偷淹，他酩子裏都揾濕衫羅。「他酩子裏」，妙。言解元只有工夫哭，那有工夫飲也。他眼倦開，軟癱做一垜。他手難擡，稱不起肩窩。「他眼倦開」妙，言解元亦不看人把盞；「他手難擡」妙，言解元亦接不起臺盞也。病染沉痾，他斷難又活。「他斷難活」，妙。言解元向未活，安能飲也？母親你送了人呵，還使甚嘍囉！結言真不必勸之飲也。一篇只是一句。

右第九節。寫夫人初命把盞，解元必不肯飲，乃雙文亦不肯教解元飲也。其文如此。此皆喚紅娘接去臺盞之辭。

（夫人云）小姐，你是必把哥哥一盞者！（鶯鶯把盞科）（張生云）說過小生量窄。（鶯鶯云）張生，你接這臺盞者。

[一]「拍」，金谷園本作「咽」。

【月上海棠】一杯悶酒尊前過，你低首無言只自摧挫。「你自摧挫」，妙。忽然换一言，端勸解元不如飲此一杯之愈也。你不甚醉顔酡，「你不甚酡」妙，言親見解元面也。你嫌玻璃盞大。「你嫌盞大」妙，言深體解元意也。你從依我，只四字中，下得「你」、「我」二字。你酒上心來較可。「你依我」妙，言親昵也；「你較可」妙，言疼痛也。皆手擎臺盞，憐惜嗚拍之辭[一]。【後】你而今煩惱猶閑可，你久後思量怎奈何？「你而今」、「你久後」，妙。因把盞之便，直私問至後日也。我有意訴衷腸，怎奈母親側坐，與你成抛躲，咫尺間天樣闊。亦欲訴其「而今煩惱」與「久後思量」也。

右第十節。寫夫人再命把盞，解元堅不肯飲，乃雙文忽又欲强解元飲也。其文又如此。○只一把盞，看他一反一覆，寫成如此兩節。前節向他人疼解元，後節向解元疼解元。前節分明玉手遮護解元，直將藏之深深帳中，幾于風吹亦痛；後節分明身擁解元，並坐深深帳中，通夜玉手與之按摩也。文章至于此極，真惟第八童真住人或優爲之，餘子豈所望哉！

（張生飲酒科）（鶯鶯入席科）（夫人云）紅娘，再斟上酒者！先生滿飲此杯。（張生不答科）

【喬牌兒】轉關兒雖是你定奪，啞謎兒早已人猜破。還要把甜話兒將人和，越教人不快活。譏其還欲勸酒也。

右第十一節。幾于熱揭面皮，痛錐眉骨[二]，何止眼睒口唾而已。快文哉！

[一]「拍」，芥子園本、金谷園本作「咽」。

[二]「眉」，芥子園本作「頂」。

【清江引】女人自然多命薄，秀才又從來懦。妙妙，不但自悲，兼怨解元。便宛然夫妻兩口，一心一意然。悶殺没頭鵝，撇下陪錢貨。忽然放聲痛哭其父。不知他那答兒發付我！痛哭其父，所以深致怨于其母也。而其父不聞也，真乃哀哉！

右第十二節。忽然哀叫死父，痛銜生母，而夫妻之同床共命，並心合意，分明如畫。妙絶。

（張生冷笑科）

【殿前催】你道他笑呵呵，這是肚腸閣落淚珠多。本作「江州司馬淚痕多」，我意元、白同時，恐未可用，故特改之。若不是一封書把賊兵破，俺一家怎得存活。他不想姻緣想甚麼？段段夫妻兩口，並心合意。妙絶，奇絶。難捉摸。你説謊天來大，成也是你母親，敗也是你蕭何。

右第十三節。索性暢然代解元言之也。

【離亭宴帶歇拍煞】從今後，我也玉容寂寞梨花朵，朱唇淺淡櫻桃顆，如何是可？昏鄧鄧黑海來深，白茫茫陸地來厚，碧悠悠青天來闊。

右第十四節。索性暢然並自己言之，真不復能忍也。

前日將他太行山般仰望，東洋海般饑渴。如今毒害得恁麼。高鳥良弓，千古同歎。把嫩巍巍雙頭花蕊搓，香馥馥同心縷帶割，長攙攙連理瓊枝挫。只道白頭難負荷，誰料青春有擔閣，將錦片前程已蹬脱。一邊甜句兒落空他，一邊虚名兒誤賺我。「白頭」、「青春」，錐心出想。

（夫人云）紅娘，送小姐卧房裏去者。（鶯鶯辭張生下）

右第十五節。看他至篇終，越用淋淋漓漓之墨，作拉拉雜雜之筆。蓋滿肚怨毒，撑喉拄頸而起；滿口謗訕，觸齒破唇而出。其法必應如是，非不能破作兩三節也。有文應用次第者，有文應用拉雜者，所謂歡愉之音嘽緩[一]，煩悶之音焦殺也。

夫人有言：（張生云）小生醉也，告退。夫人跟前，欲一言盡意，未知可否？前者狂賊思逞，變在倉卒，時，是誰挺身而出？（夫人云）有之。（張生云）當此之住者！當時小生疾忙作書，請得杜將軍來，徒爲今日餔啜地乎？今早紅娘傳命相呼，將謂永踐諾金，快成倚玉。不知夫人何見，忽以「兄妹」二字兜頭一蓋？請問小姐何用小生爲兄？若小生真不用小姐爲妹。常言「算錯非遲」，還請夫人三思。（夫人云）這個小女，先相公在日，實已許下老身侄兒鄭恒。前日發書曾去喚他，此子若至，將如之何？如今情願多以金帛奉酬，願先生別揀豪門貴宅之女，各諧秦晉，似爲兩便。（張生云）原來夫人如此。只不知杜將軍若是不來，孫飛虎公然無禮，此時夫人又有何説？小生何用金帛，今日便索告別！（夫人云）先生住者，你今日有酒了也。紅娘，扶哥哥去書房中歇息。到明日唱別有話説。（夫人下）

（紅娘扶張生云）張先生，少吃一盞，却不是好！（張生云）哎呀，紅娘姐，你也糊突，我吃甚麽酒來！小生自從瞥見小姐，忘餐廢寢，直到如今，受無限苦楚，不可告訴他人，須不敢瞞

[一]「歡」，貫華堂本作「觀」，據芥子園本、金谷園本改。

你。前日之事，小生這一封書，本何足道。只是夫人堂堂一品太君，金口玉言，許以婚姻之約。紅娘姐，這不是你我二人獨聽見的，兩廊下無數僧俗，乃至上有佛天，下有護法，莫不共聞。不料如今忽然變卦，使小生心盡計窮，更無出路，此事幾時是了！就小娘子跟前，只索解下腰帶，尋個自盡。可憐閉户懸梁客，真作離鄉背井魂。（解帶科）

（紅娘云）先生休慌。先生之于小姐，妾已窺之深矣。其在前日，真爲素昧平生，突如其來，難怪妾之得罪。至于今日，夫人實有成言，況是以德報德，妾當盡心謀之。（張生云）如此，小生生死不忘！只是計將安出？（紅娘云）妾見先生有囊琴一張，必善于此。俺小姐酷好琴音。今夕妾與小姐，少不得花園燒香。妾以咳嗽爲號，先生聽見，便可一彈。看小姐説甚言語，便好將先生衷曲禀知。蓋紅娘之于雙文，其不敢率爾有言如此。忤奴其烏知相國人家家法哉。若有説話，明日早來回報。這早晚怕夫人呼唤，我只索回去。（下）

（張生云）依舊夜來蕭寺寡，何曾今夕洞房春。（下）

二之四　琴心

紅娘之教張生以琴心，何也？聖歎喟然歎曰：吾今而後知禮之可以坊天下也。夫張生，絶代之才子也；雙文，絶代之佳人也。以絶代之才子，驚見有絶代之佳人，其不辭千死萬死，而必求一當，此必至之情也。即以絶代之佳人，驚聞有絶代之才子，其不辭千死萬死，而必求一當，此亦必至之情也。何也？夫才子，天下之至寶也；佳人，又天下之至寶也。天生一至寶于此，天亦知其難乎爲之配也；天又生一至寶于彼，天又知其難乎爲之配也。無端一日而兩寶相見，兩寶相憐，兩寶相求，兩寶相合，而天乃大快。曷快爾？快一事遂即兩事遂。言以此一寶配彼一寶也者，即以彼一寶配此一寶者也。天豈其曰不然，而顧强一寶以配一朴，又别取一朴以配一寶，而反以爲快乎哉！然而吾每念焉，彼才子有必至之情，佳人有必至之情。然而才子必至之情，則但可藏之才子心中；佳人必至之情，則但可藏之佳人心中。即不得已久之久之，至于萬萬無幸，而才子爲此必至之情而才子且死，則才子其亦竟死，佳人且死，則佳人其亦竟死，而才子終無由能以其情通之于佳人，而佳人終無由能以其情通之于才子。何則？先王制禮，萬萬世不可毁也。《禮》曰：「外言不敢或入于閫，内言不敢或出于閫。」斯兩言者，無有照鑒，如臨鬼神，童而聞之，至死而不容犯也[一]。夫才子之愛佳人則愛，而才子之愛先王則又愛者，是乃才子之所以爲才子；佳人之愛才子則愛，而佳人之畏禮則又畏者，是乃佳人之所以爲佳人也。是故男必有室，女必有家，此亦古今之大常，如可以無諱者也。然而雖有才子佳人，必聽之于父母，必先之以媒妁。棗栗段脩，敬以將之；鄉黨僚友，酒以告之。非是則父母國人先賤之，非是則孝子慈孫終羞之。何則？徒惡其無禮也。故才子

[一]「容」，貫華堂本作「客」，據芥子園本、金谷園本改。

如張生，佳人如雙文，是真所謂有唐貞元天地之間之兩至寶也者。才子愛佳人，如張生之于雙文；佳人愛才子，如雙文之于張生。是真所謂不辭千死萬死，而幾幾乎各願以其兩死並爲一死也者。然而其于未有賊警許婚以前，張生之愛雙文，即誠有之，然終不知雙文其果亦知我之愛之，且至于如是矣乎？抑竟不之知乎？雙文之愛張生，即誠有之，然終不知張生其果亦知我之愛之，且至于如是矣乎？抑竟不之知乎？夫張生之無由出于其口而入雙文之耳，猶之雙文之無由出于其口而入張生之耳，其事則同也，然則其互不得知信也。夫兩人之互愛，蓋至于如是之極也，而竟亦互不得知，則是兩人雖死焉可也。然兩人死則寧竟死耳，而終亦無由互出于口、互入于耳者，所謂「禮在則然」，不可得而犯也。殆至于萬萬無幸而大幸猝至，而忽然賊警，而忽然許婚。我謂惟當是時，則張生之情竟可不復通于雙文，雙文之情竟可不復通于張生。何則？既已母氏諾之，兩廊下三百人證之矣，而今而後，雙文真張生之雙文也。兩人一種之情，方不難竟日夜自言之，乃至竟一月自言之，乃至竟一歲自言之，乃至竟百年自言之。是其中間奚煩别有一介之使，又爲將之于此而致之于彼焉者，天亦不圖老嫗之又有變計也。自老嫗之計倏然又變，而後乃今雙文仍非張生之雙文。夫雙文仍非張生之雙文，則是張生亦仍非雙文之張生，而後乃今于其中間真不得不别煩一介之使，先將之此，以致之彼，冀得之彼，以復之此矣。雖在雙文，我必代之謀曰：是但可含怨賁怒，汝終不得明以告之人也。然其在張生，則有何所忌憚，尚不敢仗義執辭，明以告之人也？諺有之曰：「心不負人，面無慚色。」夫夫人而未之嘗許，則張生雖死，實應終亦不敢，此自爲禮在故也。若夫人而既許之矣，張生雖至無所忌憚，而儼然遂煩一介之使，排闥以明告之雙文，我謂此已更非禮之所得隨而議之。何則？曲已在彼不在此也。而獨不知此一介之使，則將何以應之也哉？夫夫人之許之，耳實聞之也；夫人之賴之，耳又實聞之也：此不必張生言之也。夫張生即不言，我獨非人，不欽恨于吾心乎哉？此又不必張生求之也。夫張生即不求，我獨非人，不能爲一援手乎哉？且我今以張生之言，言于雙文之前，猶之以水入水焉耳。何則？頃者怨念之誠，動于顏色，我既亦察之審矣。然則我以張生之言，言于雙文之前，真猶之以雙文之言，言于雙文之前焉耳。此真所謂天下之不難，更無有不難于此也者。然而阿紅則獨以爲有至難至難者焉，何則？今夫崔家，則潭潭赫赫當朝一品，調元贊化之相國府中也。崔之夫人，則先既堂堂巍巍一品國太，而今又爲斬斬稜稜之冰心鐵面孀居嚴母也。崔夫人之女雙文，則雍雍肅肅，胡天胡帝，春風所未得吹，春日所未得照之千金一品小姐也。若夫紅之爲紅，則不過相國府中有夫人，夫人膝下有小姐，小姐位側有侍妾，而特于侍妾隊中，翩翩翾翾有此一鬟也云爾！小姐而苟尋常遇之，此小姐之體也；小姐而獨國士目之，是小姐之恩也。如以小姐之體論之，則其不敢輕以一無故之言干冒尊嚴者。是不獨一紅爲然，凡侍小姐之側無不盡然，而紅則亦不得不然者也。若以小姐之恩論之，則其尤不敢輕以一無故之言干冒尊嚴者，吾意必當獨此一紅爲能然耳。不則胡爲小姐平日珠玉之心，吝不肯輸一人者，而獨于紅乎垂注乎哉！由斯言之，然則紅之諾張生，雖在所必不得不諾；而紅之告雙文，乃在所必不可得告。蓋其至難至難，非獨紅娘難之，雖當日張生亦已爲之難之；非獨聖歎難之，雖今日普天下錦繡才子亦當無不爲之難之。此見先王制禮，有外有内，有尊有卑，不但外言之不敢或聞于内，而又卑言之不敢或聞于尊。蓋其嚴重不苟有如此者，凡以坊天下之非僻奸邪，使之必不得伏于側，乘于前，亂于後，潰敗于無所底止，其用意爲至深遠也。然後則知紅娘之教張生以琴心，其意真非欲張生之以琴挑雙文也，亦非欲雙文之于琴感張生也。其意則徒以雙文之體尊嚴，身爲下婢必不可以得言。夫必不可以得言，而頃者之諾張生，將終付之沉浮矣乎；又必不忍，而因出其陰陽狡獪之才，斗然托之于琴，而一則教之彈之，而一則教之聽之。教之聽之而詭去之，詭去之而又伏伺之，伏伺之而得其情與其語，則突如其出而使莫得賴之，夫而後緩緩焉從而釣得之。嗚呼，向使千金雙文深坐不來，乃至來而不聽，與聽而無言，其又誰得行其狡獪乎哉？蓋聖歎于讀《西廂》之次，而猶慨然重感于先王焉。後世之守禮尊嚴千金小姐，其于心所垂注之愛婢，尚慎防之矣哉？賴婚後，寄書前，真乃何故又必要此《琴心》一篇文字？豈爲崔、張相慕之殷，前寫猶未盡意，故更須重言之耶？今日讀聖歎批，方恍然大悟，遂並篇末「走將來，氣冲冲」等語都如新浴而出。聖歎眼，真有簸箕大也！

作《西廂記》人，吾倫相其用筆，真是千古奇絶。前《請宴》一篇止用一紅娘，他却是張生、鶯鶯兩人文字；此《琴心》一篇，雙用鶯鶯、張生，反走過紅娘，他却正是紅娘文字。寄語茫茫天涯，何處錦繡才子，吾欲與君挑燈促席，浮白歡笑，唱之誦之，講之辨之，叫之拜之。世無解者，燒之哭之。蕺山云：我先哭。

（張生上云）紅娘教我今夜花園中，待小姐燒香時，把琴心探聽他。尋思此言，深有至理。天色晚也，月兒，你于我分上，不能早些出來呵！是二十日左右月也。呀，恰早發擂也。好。呀，恰早撞鐘也。好。

（理琴科，云）琴呵，小生與足下湖海相隨，今日這場大功，都只在你身上。天那！你于我分上，怎生借得一陣輕風，將小生這琴聲，送到我那小姐的玉琢成、粉捏就、知音俊俏耳朵裏去者！

（鶯鶯引紅娘上）（紅云）小姐，燒香去來，好明月也！好。只增四字一句，慫慂之意如畫。（鶯鶯云）紅娘，我有甚心情燒香來！月兒呵，你出來做甚那？此句，非恨月，乃是肯燒香之根。從來女兒心性，每每如此。故歎紅娘「好明月也」四字一句之妙也。

〔越調〕【鬥鵪鶉】（鶯鶯唱）雲斂晴空，冰輪乍湧。此非寫月也，乃是寫美人見月也。風掃殘紅，香階亂擁。此非寫落紅，乃是寫美人走出月下來也。離恨千端，閑愁萬種。上四句之下，如何斗接此二句，故知上二句是人也，非景也。試反覆誦之。

右第一節。只寫雲，只寫月，只寫紅，只寫階，並不寫雙文，而雙文已現。○有時寫人是人，有時寫景是景；有時寫人却是景，有時寫景却是人。如此節，四句十六字，字字寫景，字字是人。傖父不知，必曰景也。

娘呵，靡不初、鮮有終。他做會影裏情郎，我做會畫中愛寵。【紫花兒序】止許心兒空想，口兒閑題，夢兒相逢。

右第二節。不得不叙事，却先作如許空靈澹蕩之筆。妙絶。

昨日個大開東閣，我只道怎生般炰鳳烹龍。妙妙。不是寫出來，竟是説出來。驟讀之，只道笑殺人；再讀之，真要哭殺人也！朦朧，妙妙。却教我「翠袖殷勤捧玉鍾」。要算「主人情重」；妙妙。不是寫出來，竟是説出來。將我雁字排連，着他魚水難同。

右第三節。上先空叙，此更實叙，又作如許哀怨刺促之筆也。

（紅云）小姐，你看月闌，明日敢有風也？（鶯鶯云）呀，果然一個月闌呵！

【小桃紅】人間玉容，深鎖繡幃中，是怕人搬弄。孫子荆每言「情生文，文生情」。如此斗然出奇，爲是情生，爲是文生？真乃絶妙。想嫦娥，西没東生有誰共？妙絶。怨天公，裴航不作游仙夢。勞你羅幃數重，愁他心動，圍住廣寒宫。妙絶。〇無情無理，奇情奇理，有情有理，至情至理。

右第四節。一肚哀怨，刺刺促促。欲不説則不得盡其致，欲説則又嫌多嚼口臭。因忽然借月闌替换題目，翻洗筆墨。文章之能，于是極也！〇細思作者當時，提筆臨紙，左想右想，如何忽然想到月闌？便使想到月闌，如何忽然想到如此下筆？使我讀之，真乃不知其是怨月闌，不知其是怨夫人。奇奇妙妙，世豈多有。

（紅輕咳嗽科）（張生云）是紅娘姐咳嗽，小姐來了也。（彈琴科）

（鶯鶯云）紅娘，這是甚麼響？（紅云）小姐，你猜咱。

看他行文漸次。此二句，先從身畔猜起也。

【天净沙】是步摇得寶髻玲瓏？是裙拖得環珮玎玲？是鐵馬兒檐前驟風？是金鈎雙動，吉丁當敲響簾櫳？此二句，離身仰頭猜之也。【調笑令】是花宮，夜撞鐘？是疏竹瀟瀟曲檻中？此二句，又置此處，向别處猜之。○「花宮」二字句，李頎詩云「花宮仙梵遠微微」是也。「撞」，平聲。是牙尺剪刀聲相送？是漏聲長滴響壺銅？此二句，雜猜之也。看他八句八樣，傖只謂可以漫然雜寫，豈知其中間又必有小小章法如是哉？

右第五節。此于琴前，故作摇曳，先媚之。

我潛身再聽，在牆角東。元來西廂理結絲桐。【禿廝兒】其聲壯，似鐵騎刀槍冗冗；其聲幽，似落花流水溶溶；其聲高，似清風月朗鶴唳空；其聲低，似兒女語，小窗中，喁喁。韓昌黎「聽琴」詩曰：「昵昵兒女語，恩怨相爾汝[一]。劃然變軒昂，勇士赴敵場。」正與此一樣文字也。歐陽文忠强作解事云：「此詩雖甚奇麗，然只是聽琵琶詩，不是聽琴詩。」誤也。

右第六節。此正寫琴。

【聖藥王】他思已窮，恨不窮，是爲嬌鸞雛鳳失雌雄。他曲未通，我意已通，分明伯勞飛燕各西東。「思已窮」，是言日間賴婚；「恨不窮」，是言此時彈琴；「曲未通」，是言琴未入弄；「意已通」，是言聽者已先會得也。妙絶。盡在不言中。「盡」之爲言，你我同也。

右第七節。○須知此爲張生調弦未入弄時，其用「嬌鸞雛鳳」、「伯勞飛燕」等字，皆

[一]「恩」，貫華堂本作「思」，據芥子園本、金谷園本改。

是日間心頭已成之語，非于琴中聽出來也。猶言日間之事如此，尚何心情弄琴？則解之曰：「他思已窮，恨不窮」也。又問他調弦猶未入弄，汝乃何從知之？則解之曰：雖「曲未通，意已通」也。其文之妙如此。○寫成操後，雙文乃始嗟怨，此傖父優爲之耳。看他偏于未成操前，寫得雙文早自心如合壁，便將下文張生特地彈成一曲，謂之《鳳求凰》操，恰如反被雙文先出題目相似。真乃文章妙處，索解人不得也。傖謂張生挑之，豈非大夢！

（紅云）小姐，你住這裏聽者，我瞧夫人便來。（假下）一篇，止此句爲正文。

【麻郎兒】不是我他人耳聰，知你自已情衷。「我他人」，妙妙；「你自已」，妙妙。昔趙松雪學士信手戲作小詞，贈其夫人管曰：「我儂兩個，忒煞情多。譬如將一塊泥，捏一個你，塑一個我。忽然間歡喜呵，將他來都打破。重新下水，再團再鍊，再捏一個你，再塑一個我。那其間，那其間，我身子裏有你也，你身子裏也有了我。」知音者芳心自同，感懷者斷腸悲痛。此「知音者」、「感懷者」，乃遍指普天下相思種子也。其文妙至于此。

右第八節。言普天下才子，必普天下好色，必普天下有情，必普天下相思，不止是張生一人爲然也。又何疑于琴未成弄，我便心如合壁哉？文之淋漓滿志，已至此極，而傖必云下文以琴挑之。

（張生云）窗外微有聲息，定是小姐，我今試彈一曲。（鶯鶯云）我近這窗兒邊者。

（張生歎云）琴呵！昔日司馬相如求卓文君，曾有一曲，名曰《文鳳求凰》。小生豈敢自稱相如，只是小姐呵，教文君將甚來比得你！我今便將此曲依譜彈之。

（琴曰）有美一人兮，見之不忘。一日不見兮，思之如狂。鳳飛翱翔兮，四海求凰。無奈佳人兮，不在東牆。張琴代語兮，欲訴衷腸。何時見許兮，慰我徬徨？願言配德兮，攜手相將。不得于飛兮，使我淪亡。是手彈，不是口歌。

(鶯鶯云)是彈得好也呵！其音哀，其節苦，使妾聞之，不覺淚下。

【後】本宮、始終、不同。此六字三句，是言聞弦賞音，能識雅曲之故也。「本宮」者，曲各自有其宮也；「始終」者，曲之自始至終，有變不變也；「不同」者，辨其何宮，察其正變，則迥不同也。這不是清夜聞鐘，此辨其「本宮」也。「清夜聞鐘」，屬宮，今屬商也。這不是黄鶴醉翁，此辨其「始終」也，「黄鶴」變，此不變也。這不是泣麟悲鳳。此辨其「不同」也。悲泣雖無異，而麟鳳與求凰，又不同也。【絡絲娘】一字字是更長漏永，一聲聲是衣寬帶鬆。別恨離愁，做這一弄。越教人知重。此「越重」字，則爲今夜又知其精于琴理至此故也。夫雙文精于琴理，故能于無文字中聽出文字，而知此曲之爲「別恨離愁」也。而今反云「越重」張生，從來文人重文人，學人重學人，才人重才人，好人重好人。如子期之于伯牙，匠石之于郢人，其理自然，無足怪也。〇絶世妙文。

右第九節。聽琴正文，寫出真好雙文。必如此，方謂之知音識曲人也。傖乃必欲張生手既彈之，口又歌之，一何可笑！四「這」字，三「不是」字，兩「是」字，寫知音人如畫。〇斵山云：「我讀此一章，洋洋然，泠泠然，不知其是張生琴，不知其是雙文人，不知其是《西廂》文，不知其是聖歎心。蓋飄飄乎欲與漢武同去矣！」

(張生推琴云)夫人忘恩負義，只是小姐，你却不宜説謊。(紅娘掩上科)(鶯鶯云)你錯怨了也。

【東原樂】那是娘機變，如何妾脫空，他由得俺乞求效鸞鳳？九字，便是九點淚，便是九點血。雙文之多情，雙文之秉禮，雙文之孝順，雙文之爽直，都一筆寫出來。他無夜無明並女工，無有些兒空，他那管人把妾身咒誦！此文用三「他」字，推是夫人，足矣。必如俗本云「得空，我便欲來」，此更成何語耶？

右第十節。此雙文不覺漏入紅娘耳中之文也，如含如吐，如淺如深。在雙文出之，已算盡言；在紅娘聞之，尚非的據。便令後文一簡再簡，玄之又玄，幾乎玄殺也。○「無夜無明」、「無空」之爲言，不得乞求也。寫慈母嬌女之如可乞求，與嚴母莊女之終不乞求，兩兩如畫。俗本誤入襯字，直寫作如欲私奔然，惡是何言也！當時若是身作雙文，自然必爲此言；今日只是筆代雙文，奈何能爲此言？固知世間慧業文人，定是第七住地中人也。

【綿搭絮】外邊疏簾風細，裏邊幽室燈青，中間一層紅紙，幾眼疏櫺，不是雲山幾萬重。寫兩人相去至近，真乃妙絶！怎得個人來信息通。便道十二巫峰，也有高唐來夢中。紅娘聞之，可謂罄倒，而雙文殊未犯口。

（紅娘突出云）小姐，甚麽夢中？那夫人知道怎了！紅娘賊也。

右第十一節。此漏入紅娘耳中之後半也。在紅娘聞之，已算盡言；在雙文出之，反無的據。如淺如深，如含如吐，遂成後文玄殺也。妙哉！

【拙魯速】走將來氣冲冲，不管人恨匆匆，唬得人來怕恐。我又不曾轉動，女孩兒家恁響喉嚨。我待緊磨礱，將他攔縱，怕他去夫人行把人葬送。此亦後文「低垂粉頸」、「改變朱顔」之根。可細細尋之。

右第十二節。寫雙文膽小，寫雙文心虛，寫雙文嬌貴，寫雙文機變：色色寫到。○

寫雙文又口硬又心虚，全爲下文玄殺紅娘地也。妙絶！

(紅云)適纔聞得張先生要去也，小姐却是怎處？(鶯鶯云)紅娘，你便與他説，再住兩三日兒。

【尾】只説道，夫人時下有些唧噥，好和歹你不脱空。此亦不爲深言犯口，不過偶借前題，略作相留數日計耳。而自紅娘聞之，豈非雙文已作滿口相許哉？世間真有如此錯認，寫來入妙。我那口不應的狠毒娘，你定要别離了這志誠種！再讀此句，益知上句之偶作相留，並無所許也。

右第十三節。直寫至紅娘有問，雙文有答，而雙文口中終無犯口深言，而紅娘意中竟謂滿心相許。玄之又玄，幾乎玄殺，真世間未見之極筆也！

(紅娘云)小姐不必分付，我知道了也。明日我看他去。紅娘賊也，你玄殺也。(鶯鶯、紅娘下)

(張生云)小姐去了也。紅娘姐呵，你便遲不得一步兒，今夜便回覆小生波！没奈何，且只得睡去。(張生下)

貫華堂第六才子書西廂記卷之五終

貫華堂第六才子書西廂記卷之六

聖歎外書

第三之四章題目正名

張君瑞寄情詩

小紅娘遞密約

崔鶯鶯喬坐衙

老夫人問醫藥

三之一　前候

上《琴心》一篇，紅娘既得鶯鶯的耗，則此篇不過走覆張生，而張生苦央代遞一書耳。

題之枯淡窘縮，無逾于此。乃吾讀其文，又見其纚纚然有如許六七百言之一大篇。吾嘗春晝酒酣，閑坐櫻桃花下，取而再四讀之，忽悟昨者陳子豫叔，則曾教吾以此法也。蓋陳子自論雙陸也，聖歎問于豫叔曰：「雙陸亦有道乎，何又有人于其中間稱曰高手耶？」豫叔曰：「否否，唯唯。吾能知之，吾能言之。然而其辭不雅馴，我難使他人聞之。獨吾子性好深思鄙事者也，吾不妨私一述之。今夫天下一切小技，不獨雙陸爲然，凡屬高手，無不用此法已，曰『那輾』。吴音「奴」上聲，「輾」上聲。『那』之爲言『搓那』，『輾』之爲言『輾開』也。搓那得一刻，輾開得一刻；搓那得一步，輾開得一步。于第一刻、第一步，不敢知第二刻、第二步，況于第三刻、第三步也。于第一刻、第一步，真有其第一刻、第一步，莫貪第二刻、第二步，坐失此第一刻、第一步也。」聖歎聞之，已不覺灑然異之。豫叔又曰：「凡小技，必須與一人對作。其初，彼人大欲作，我乃那輾如不欲作。夫大欲作，必將有作有不及作也；而我之如不欲作，則固非不作也。其既彼以大欲作故，將多有所不及作，其勢不可不與補作。至于補作，則先之所作將反棄如不作也。我則以那輾故，寸寸節節而作，前既不須補作，今又無刻不作也。其後，彼以補作故，彼所先作既盡棄如不作，而今又更不及得作也。我則以不煩補作故，今反聽我先作，乃至竟局之皆我獨作也。」聖歎聞之，不覺大異之。豫叔又曰：「所貴于那輾者，那輾則氣平，氣平則心細，心細則眼到。夫人而氣平、心細、眼到，則雖一黍之大，必能分本分末；一咳之響，必能辨聲辨音。人之所不睹，彼則瞻矚之；人之所不存，彼則盤旋之；人之所不悉，彼則入而抉剔，出而敷布之。一刻之景，至彼而可以如年；一塵之空，至彼而可以立國。展一聲而驗，涼風之所以西至，玄雲之所以北來；落一子而審，直道之所以得一，横道之所以失九。如斯人，則真所謂無有師傳，都由心悟者也。」聖歎聞之，愈大異之。豫叔又曰：「那輾之妙，何獨小技爲然哉。一切世間凡所有事，無不用之。古之人有行之者，如陶朱之所以三累萬金也，瀛王之所以身相歷朝也，孫武行軍所以有處女脱兔之能也，伊尹于桐所以有啓心沃心之效也。更進而神明之，則抽添火符，成就大還，安庠徐步，入出三昧，除此一法，更無餘法。何則？天下但有極平易底下之法[一]，是爲天下奇法、妙法、秘密之法，而天下實更無有奇妙、秘密法也。」上文，止引豫叔「那輾」二字，論此篇正用其法耳。以其語皆奇絶，故全載之。于是聖歎瞿然起立曰：「嘻，果有是哉！」是日始識豫叔乃真正絶世非常過量智人，然而豫叔則獨不言此法爲文章之妙門。聖歎異日，則私以其法教諸子弟曰：「吾少即爲文，横塗直描，吾何知哉！吾中年而始見一智人，曾教我以二字法曰『那輾』。至矣哉！彼固不言文，而我心獨知其爲作文之高手。何以言之？凡作文必有題，題也者，文之所由以出也。乃吾亦嘗取題而熟睹之矣，見其中間全無有文。夫題之中間全無有文，而彼天下能文之人，都從何處得文者耶？吾由今以思，而後深信那輾之爲功是惟不小。何則？夫題有以一字爲之，有以三五六七乃至數十百字爲之。今都不

[一]「底」，芥子園本作「低」。

論其字少之與字多,而總之題則有其前,則有其後,則有其中間。抑不寧惟是已也,且有其前之前,且有其後之後。且有其前之後,而尚非中間,而猶爲中間之前;且有其後之前,而既非中間,而已爲中間之後:此真不可以不致察也。誠察題之有前,又察其有前前,而于是焉先寫其前前,夫然後寫其前,夫然後寫其幾幾欲至中間,而猶爲中間之前,夫然後始寫其中間,至于其後,亦復如是。而後信題固蹙而吾文乃甚舒長也,題固急而吾文乃甚紆遲也,題固直而吾文乃甚委折也,題固竭而吾文乃甚悠揚也。如不知題之有前、有後、有諸迤邐,而一發遂取其中間,此譬之以瓠擊石,確然一聲則遽已耳,更不能多有其餘響也。蓋那輾與不那輾,其不同有如此者」。而今紅娘此篇,則正用其法。吾是以不覺有感而漫識之:文章之事關乎至微,其必有人驟聞之而極大不然,殆于久之而多察于筆墨之間,而又不覺其冥遇而失笑也。此篇如【點絳唇】、【混江龍】詳叙前事,此一那輾法也,甚可以不詳叙前事也,而今已如更不可不詳叙前事也。【油葫蘆】雙寫兩人一樣相思,此又一那輾法也,甚可以不雙寫相思也,而今已如更不可不雙寫相思也。【村裏迓鼓】不便敲門,此又一那輾法也,甚可以即便敲門也。【上馬嬌】不肯傳去,此又一那輾法也,甚可以便與傳去也。【勝葫蘆】怒其金帛爲酬,此又一那輾法也。【後庭花】驚其不用起草,此又一那輾法也。乃至【寄生草】忽作莊語相規,此又一那輾法也。夫此篇除此數番那輾,固別無有一筆之得下也,而今止因那輾之故,果又得纚纚然如許六七百言之一大篇。然則文章真如雲之膚寸而生,無處不有,而人自以氣不平、心不細、眼不到,便隨地失之。夫自無行文之法，而但致嫌于題之枯淡窘縮，此真不能不爲豫叔之所大笑也。

（鶯鶯引紅娘上云）自昨夜聽琴，今日身子這般不快呵。不提賴婚，措辭最雅。紅娘，你左則閑着，你到書院中看張生一遭，看他説甚麽，你來回我話者。（紅云）我不去。夫人知道呵，不是耍！（鶯鶯云）我不説，夫人怎得知道？你便去咱！（紅云）我去便了，單説：「張生，你害病，俺的小姐也不弱。」乖，賊，妙妙！春晝不曾雙勸酒，夜寒無那又聽琴。

〔仙吕〕【賞花時】（紅娘唱）針綫無心不待拈，脂粉香消懶去添。春恨壓眉尖，靈犀一點，醫可病懨懨。何人惡札，見之可恨。

（紅娘下）（鶯鶯云）紅娘去了，看他回來説甚麽。十分心事一分語，盡夜相思盡日眠。（鶯鶯下）好句。分明接着後篇。

（張生上云）害殺小生也！我央長老説將去，道我病體沉重，却怎生不着人來看我？困思上來，我睡些兒咱。（睡科）

（紅娘上云）奉小姐言語，着俺看張生，須索走一遭。俺想來，若非張生，怎還有俺一家兒性命呵！

〔仙吕〕【點絳唇】（紅娘唱）相國行祠，寄居蕭寺。遭横事，幼女孤兒，將欲從軍死。【混江龍】謝張生伸致，一封書到便興師。直是文章有用，何干天地無私。若不剪草除根了半萬賊，怕不滅門絶户了一家兒。鶯鶯君瑞，許配雄雌[一]；夫人失信，推托別辭；婚姻打滅，兄妹爲之。而今閣起成親事。

明解事女郎，于紙上行間，纖腰微嬝，小脚徐挪，一頭迤逞行來，一頭車輪打算[二]。一時

右第一節。因此題更無下筆處，故將前事閑閑自叙一遍作起也。然便真似有一聰

文筆之妙，真無逾于是也。

一個糊塗了胸中錦繡，一個淹漬了臉上胭脂。【油葫蘆】一個憔悴潘郎鬢有絲，一個杜韋娘不似舊時，帶圍寬過了瘦腰肢。一個睡昏昏不待觀經史，一個意懸懸懶去拈針黹；一個絲桐上調弄出離恨譜，一個花箋上删抹成斷腸詩。筆下幽情，弦上的心事，一樣是相思。【天下樂】這叫做才子佳人信有之！

猶言世上動云才子佳人，夫必如此兩人，方信真有才子佳人也。明是俊眼識取兩人，明是惡口奚落天下。作者真乃舉頭天外，無有别人也。

右第二節。連下無數「一個」字，如風吹落花，東西夾墮，最是好看。乃尋其所以好看之故，則全爲極整齊，却極差脱，忽短忽長，忽續忽斷，板板對寫中間，又並不板板對寫故也。〇才子佳人，忽下「信有之」三字成句，妙絶。嗟乎！惟才子佳人，方肯下此三字耳；非才子佳人，雖至今亦終不肯下。何則？彼固以爲無有此事耳。

[一]「雌」，貫華堂本作「雖」，據芥子園本、金谷園本改。
[二]「輪」，貫華堂本作「輸」，據芥子園本改。

紅娘自思，句。乖性兒，何必有情不遂皆似此。他自恁抹媚，我却没三思，一納頭只去憔悴死。忽然紅娘自插入來。忽然插入紅娘來，乃是此中加一倍人。文情奇絶妙絶！

右第三節。言才子佳人，一個如彼，一個如此，兩人一般作出許多張致。若我則殊不然，亦不啼，亦不笑，亦不起，亦不眠，一口氣更無回互，直去死却便休。蓋是深識張生、鶯鶯之張致，而不覺己之張致乃更甚也。此等筆墨，謂之「加一倍」法，最是奇觀。

却早來到也。俺把唾津兒濕破窗紙，看他在書房裏做甚麽那？便畫出紅娘來。〇單畫出紅娘來，何足奇；直畫出紅娘聰明來，故奇耳。

【村裏迓鼓】我將這紙窗兒濕破，悄聲兒窺視。妙妙！便分明有一背轉女郎，遷延窗下。多管是和衣兒睡起，你看羅衫上前襟褶衽。從窗外人眼中，寫窗中人情事。只用十數字，已無不寫盡。孤眠況味，試想。凄涼情緒，試想。無人服侍。試想。澀滯氣色，試想。微弱聲息，試想。黄瘦臉兒。試想。張生呵，你不病死多應悶死。妙妙！純是一片空明。

右第四節。與其張生伸訴，何如紅娘覷出；與其入門後覷出，何如隔窗先覷出。蓋張生伸訴便是惡筆，雖入門覷出猶是庸筆也。今真是一片鏡花水月。

【元和令】我將金釵敲門扇兒。

（張生云）是誰？

我是散相思的五瘟使。「散」，布散也。我誦之，如聞低語，如睹笑容。

(張生開門,紅娘入科)

右第五節。輕妙之至,幾于筆尖不復着紙。如此迤逦行文,雖欲作萬言大篇,亦何難哉!

(張生云)夜來多謝紅娘姐指教,小生銘心不忘。只是不知小姐可曾有甚言語?(紅掩口笑云)俺小姐麽,俺可要説與你:

他昨夜風清月朗夜深時,使紅娘來探爾。他至今胭粉未曾施,念到有一千番張殿試。不云今早相央,而云昨夜受命,益信上文《琴心》一篇,誠如聖歎之言也。○不云今朝而云昨夜,中有妙理,除紅娘更無第二人知道,此最是耐想文字[一]。

右第六節。只此四語是一篇正文,其餘都是從虚空中蕩漾而成。

(張生云)小姐既有見憐之心,紅娘姐,小生有一簡,可敢寄得去,意便欲煩紅娘姐帶回。

【上馬嬌】他若見甚詩,看甚詞,他敢顛倒費神思。

他拽扎起面皮,道:「紅娘,這是誰的言語,你將來?這妮子,怎敢胡行事!」「嗤」,句。○裂紙聲。扯做了紙條兒。畫出紅娘來。畫出紅娘一雙纖手、兩道輕眉、頰邊二靨、唇上一聲來。畫絶也!

右第七節。此分明是後篇鶯鶯見帖時情事,而忽于紅娘口中先復猜破者,所以深表紅娘靈慧過人,而又未嘗漏泄後篇。故妙。細思此時紅娘,真無便與傳去之理也。

[一]「想」,貫華堂本作墨釘,據芥子園本、金谷園本補。

（張生云）小姐決不如此，只是紅娘姐不肯與小生將去，小生多以金帛拜酬紅娘姐。筆墨之事，隨手生發，所謂「文亦有情，情亦有文」。如不因張生此白，下即豈有紅娘如此一段快文哉[一]。

【勝葫蘆】你個挽弓酸倈沒意兒，賣弄你有家私，石崇、王愷決不賣弄。其最賣弄者，偏是秀才紙裹中家私也。我圖謀你東西來到此？此九字，雖出紅娘口，然我乃欲爲之痛哭。何也？夫人生在世，知己有托，生死以之，乃至不望感，豈惟不望報也。自世必欲以金帛奉酬勞苦，而于是遂使出死力，效知己之人，一齊短氣無語。嗟乎！以漢昭烈，猶有「不才自取」之言矣。自非葛公，誰復自明也哉！把你做先生的錢物，與紅娘爲賞賜，先生錢物，猶言束脩也，所謂紙裹中家私也。○雖一文錢，亦必自稱「賞賜」，亦秀才語也。我果然愛你金貲？【後】你看人似桃李春風牆外枝，賣笑倚門兒。毒口，便罵盡世間一輩望酬謝人，使我心中快樂也[二]。

右第八節。世間有斤兩可計算者銀錢，世間無斤兩不可計算者情義也。如張生、鶯鶯男貪女愛，此真何與紅娘之事，而紅娘便慨然將千金一擔兩肩獨挑。細思此情此義，真非秤之可得稱，斗之可得量也。顧張生急不擇音，遂欲以金帛輕相唐突。嗟乎！作者雖極寫張生急情，然實是別寓許伯哭世。蓋近日天地之間，真純是此一輩酬酢也。

我雖是女孩兒，有氣志。你只合道「可憐見小子，隻身獨自」，我還有個尋思。

[一]「即」，芥子園本作「節」。

[二]「樂」，貫華堂本作墨釘，據芥子園本、金谷園本補。

右第九節。寫煞紅娘。

(張生云)依着紅娘姐:「可憐見小子,隻身獨自!」這如何?(紅云)兀的不是也!你寫波,俺與你將去。(張生寫科)(紅云)寫得好呵,念與我聽。(張生念云)張珙百拜奉書雙文小姐閣下:昨尊慈以怨報德,小生雖生猶死。筵散之後,不復成寐。曾托稿梧,自鳴情抱,亦見自今以後,人琴俱去矣。因紅娘來,又奉數字。意者宋玉東鄰之牆,尚有莊周西江之水。人命至重,或蒙矜恤,珙可勝悚仄待命之至[一]。附五言詩一首,伏惟賜覽:「相思恨轉添,漫把瑤琴弄。樂事又逢春,芳心爾亦動。此情不可違,虛譽何須奉?莫負月華明,且憐花影重。」張珙再百拜。書好。

【後庭花】我只道拂花箋打稿兒,元來是走霜毫不搆思。先寫下幾句寒温序,後題着五言八句詩。不移時,翻來覆去,疊做個同心方勝兒。此下便應接「又顛倒寫鴛鴦二字」句,看他又作間隔。你忒聰明,忒煞思,忒風流,忒浪子。雖是些假意兒,分明贊不容口,忽又謂之「假意」。寫紅娘真有二十分靈慧,二十分鬆快,真正妙筆。小可的難到此。【青哥兒】又顛倒寫鴛鴦二字,方信道「在心爲志」。《詩大序》曰:「在心爲志,發言爲詩。」此言既封後,人止見其「發言爲詩」也;我于未封前,實親見其「在心爲志」也。真正妙筆。

右第十節。寫張生拂箋、走筆、疊勝、署封,色色是張生照入紅娘眼中,色色是紅娘

[一]「仄」,貫華堂本作「歹」,據芥子園本、金谷園本改。

印入鶯鶯心裏：一幅文字便作三幅看也。一幅是張生，一幅是紅娘眼中張生，一幅是紅娘心中鶯鶯之張生。真是異樣妙文。

喜怒其間我覷意兒。放心波學士！我願爲之，並不推辭，自有言辭。我只説：「昨夜彈琴那人，教傳示。」賴婚之前文先作滿語者，所以反挑後文之不然也。此亦先作滿語，却非反挑後文，正是暢明前夜《琴心》一篇，已盡得其底裏。

右第十一節。一擔千金，兩肩獨任。看他急口便作如許一連數語，而下正接之云「昨夜彈琴那人」。信乎《琴心》一篇，爲紅娘之袖裏兵符，不謬也！

這簡帖兒，我與你將去。只是先生當以功名爲念，休墮了志氣者！

【寄生草】你偷香手，還準備折桂枝。休教淫詞污了龍蛇字，藕絲縛定鵾鵬翅，黄鶯奪了鴻鵠志。休爲翠幃錦帳一佳人，誤你玉堂金馬三學士。【賺煞尾】弄得沈約病多般，宋玉愁無二，清減做相思樣子。

右第十二節。此爲餘文，任意揮灑。乃是硯北人從來樂事，不必謂紅娘忽有書獃氣。

（張生云）紅娘姐好話，小生終身敬佩。只是方纔簡帖，我的紅娘姐，是必在意者。（紅云）先生放心。

若是眉眼傳情未了時，我中心日夜圖之。怎因而，「有美玉于斯」，此句，歇後法也，言決不將簡帖浮沉，如《論語》所云「韞匵而藏之」也。我定教發落這張紙。我將舌尖上説辭，傳你簡帖裏心事，管教那人來探你一遭兒。

右第十三節。此則滿心滿意,滿口滿語,反挑後文之不然也。此節方是反挑,第十一節果非反挑也。自非虛心平氣,誰其分別之。

(張生云)紅娘將簡帖去了,不是小生誇口,這是一道會親的符籙。他明日回話,必有好處。總作滿語。若無好賦因風去,豈有仙雲入夢來。(張生下)

(紅娘下)

三之二　鬧簡

此篇寫紅娘,凡有四段,每段皆作當面斗然變换,另是一樣章法。

第一段,寫紅娘帶得書回,一時將張生分明便如座主之于門生,心頭平增無限溺愛、無限照顧,意思不難便取鶯鶯,登時雙手親交與之。看他走入房來,其于鶯鶯,便比平日亦自另樣加倍珍惜。所以然者,意謂鶯鶯真乃一朵鮮花,却是我適間已許過我門生了也。門生是我之寶,此一朵鮮花便是我門生之寶也。只因心頭與張生别成一條綫索,便自眼中看鶯鶯别起一番花樣。是爲第一段。

第二段,寫鶯鶯斗然變容,紅娘出自不意,遂忽自念適間容易過人簡帖,誠然是我不是;只是我自信平日精靈,又兼夜來鄭重仔細躊躇此事,何得逢彼之怒耶? 豈有滿盤已都算過,乃于一子失着耶? 明明隔牆酬韵,早漏春光;明明昨夜聽琴,傾囊又盡。我本非聾非瞎，悉屬親聞親見，而今忽然高至天邊，無梯可捫；深至海底，無縫可入。此豈前日鶯鶯是鬼，抑亦今日鶯鶯是鬼？豈紅娘今日在夢，抑亦紅娘前日在夢？本意揚揚然弄馬騎，何意跎踏地却被驢子撲？于是三分羞慚，七分怨憤，遂不自禁其口中之叨叨絮之。是爲第二段。

第三段，寫紅娘昨日于張生前滿心滿意，滿口滿語，輕將一擔千金，兩肩都任者，實是其胸中默默然牢有一篇把柄耳，初不自意鶯鶯極大不然也。諺蓋有之：「行船無有久慣，生産無有久慣。」今日方知傳遞簡帖無有久慣。紅娘此時，真無面目又見江東父老，只有一萬年不復到書院中，永取此事寄之高高天上，埋之深深地下，更不容一人提起，便如連日我不在世間者然。何意鶯鶯又必强之投以回簡，自鶯鶯又有回簡，而紅娘遂不得不重入書院，再見張生。夫而後一面慚，兩脅憤，真更非一時三言兩句之所得而發脱也者。而張生不察，方且又如臂邊餓鳥，乳下嬌兒，百様哀鳴，千般央及。此時我爲紅娘，真除非抽刃自決，以明我不負人。蓋從來任天下事，兩邊俱無以自解，實有如此苦事。是爲第三段。

第四段，寫紅娘初焉以退賊故，方德張生；既焉以賴婚故，方憐張生；既焉以揮毫故，方愛張生；既焉以不效故，方羞張生。至此乃忽然以苦纏故，不覺惱張生。夫以紅娘之于張生，固決無有惱之之事，而直以自己胸前煩悶無理，遂爾更不得顧，便唐突之。此真李白所云「淚亦不能爲之墮，聲亦不能爲之出」時也。何意折書念出，乃是「户風花影」之句。若説是鬼，鬼中亦無如此之鬼；若説是賊，賊中亦無如此之賊；若説兵不厭詐，諸葛亦無如此之陣圖；若説幻不厭深，偃師亦無如此之機械。此時虛空過往，天地鬼神，聰明正直，盡知盡見。紅娘真欲拔髮投地，捶胸大叫：自今以後，我更不能與天下女兒同居也！是爲第四段。

（鶯鶯上云）紅娘這早晚敢待來也。起得早了些兒，俺如今再睡些。（睡科）

（紅娘上云）奉小姐言語，去看張生，取得一封書來，回他話去。呀，不聽得小姐聲音，敢又睡哩，俺便入去看他。緑窗一帶遲遲日，紫燕雙飛寂寂春。

〔中吕〕【粉蝶兒】（紅娘唱）風静簾閑，遶窗紗麝蘭香散，二句，寫紅娘自外行來。○簾内是窗，窗外是簾。有風則下簾，無香則開窗。今因無風，故不下簾；却因有香，又不開窗。只十一字，寫女兒深閨便如圖畫。○我從妙文得認鶯鶯，我又從妙文得認鶯鶯閨中也。啓朱扉摇響雙環。一句，寫紅娘行入門。絳臺高，金荷小，銀釭猶燦。三句，寫紅娘已入門。○細想紅娘回時，燈猶未息，則其遣去一何早乎！

右第一節。寫紅娘從張生邊來入閨中，慢條斯里，如在意，如不在意，一心便謂：自今以後三人一心，更無嫌疑者。蓋特作此點宕之句，以與下文通篇怨毒照耀也。

我將他暖帳輕彈，揭起海紅羅軟簾偷看。【醉春風】只見他釵嚲玉斜横，髻偏雲亂挽。小姐正睡，侍兒彈帳，一不可也；彈帳不應，揭開偷看，二不可也。蓋紅娘此日已易視鶯鶯矣。見書而怒，得毋爲是與？日高猶自不明眸，你好懶、句。懶。句。不惟彈帳，不惟偷看，乃至竟敢率口譏之。鶯鶯慧心人，又何待見書而始悟紅娘之易視我哉。

右第二節。不知者謂是寫鶯鶯,不知此正寫紅娘也。夫寫鶯鶯,不過只作一幅美人曉睡圖看耳。今正寫紅娘之滿心參透,滿眼瞧科,滿身鬆泛,滿口輕忽,便使鶯鶯今早眼中忽覺有異,而下文遂不得不變容也。真是寫得妙絶,此爲化工之筆。

(鶯鶯起身,欠伸長歎科[一])半晌擡身,不問紅娘,此其事可知也。妙妙!幾回搔耳,不問紅娘也。妙妙!一聲長歎。不問紅娘也。妙妙!

右第三節。不知者又謂寫鶯鶯春倦,非也。夫紅娘之看張生,乃鶯鶯特遣也,則今于其歸,急問焉可也。乃半晌矣,不問而擡身;擡身矣,又不問而搔耳;幾回矣,又不問而長歎。豈非親見歸時紅娘,已全不是去時紅娘,慧眼一時覷破,便慧心徹底猜破故耶?看他純是雕空鏤塵之文,而又全不露一點斧鑿痕,真是奇絶一世。若作描寫鶯鶯春倦[二],有何多味耶?且何故不問紅娘:回來幾時耶?

是便是,只是這簡帖兒,俺那好遞與小姐?俺不如放在妝盒兒裏,等他自見。(放科)(鶯鶯整妝,紅娘偷覷科)終不問也。妙妙!

[一]「伸」,貫華堂本作「申」,芥子園本作「身」,據金谷園本改。
[二]「描」,貫華堂本作墨釘,據芥子園本、金谷園本改。

【普天樂】晚妝殘，烏雲嚲，輕勻了粉臉，猶不問也。妙妙！亂挽起雲鬟。已見簡帖也。將簡帖兒拈，把妝盒兒按，拆開封皮孜孜看，顛來倒去不害心煩。「顛來倒去」，是思何以處紅娘，非于張書加意也。只見他厭的扢皺了黛眉，是惱此帖如何傳來。忽的低垂了粉頸，是算今日還宜寢閣，還宜發作。氳的改變了朱顏。是決計發作，無有再説也。看他三句，寫出鶯鶯心頭曲折。

（紅做意科，云）呀，決撒了也！

右第四節。寫鶯鶯見簡帖。或問：鶯鶯見簡帖，亦可以不發作耶？聖歎答曰：不發作，則是一拍即合也，今之世間比比者皆是也。

（鶯鶯怒科，云）紅娘過來！（紅云）有。（鶯鶯云）紅娘，這東西那裏來的？我是相國的小姐，誰敢將這簡帖兒來戲弄我！我幾曾慣看這樣東西來？我告過夫人，打下你個小賤人下截來！（紅云）小姐使我去，他着我將來。小姐不使我去，我敢問他討來？我又不識字，知他寫的是些甚麼！其快如刀，其快如風。

【快活三】分明是你過犯，没來由把我摧殘。教別人顛倒惡心煩，你不慣，誰曾慣？

右第五節。寫紅娘妙口，真是妙絶。輕輕只將其一個「慣」字，劈面翻來，便成異樣撲跌。蓋下文鶯鶯之定不復動，正是遭其撲跌也。不但一節只是一句，亦且一節只是一字，真可謂以少少許勝人多多許矣。

小姐休鬧，比及你對夫人説科，我將這簡帖兒，先到夫人行出首去。紅娘眼快手快，其妙如此。

（鶯鶯怒云）你到夫人行，却出首誰來？鶯鶯又妙。（紅云）我出首張生。紅娘又妙。

（鶯鶯做意云）紅娘，也罷，且饒他這一次。鶯鶯又妙。（紅云）小姐，怕不打下他下截來。紅娘又妙。○每讀此白，如聽小鳥鬥鳴，最足下酒也。

（鶯鶯云）我正不曾問你，張生病體如何？（紅云）我只不說。（鶯鶯云）紅娘，你便說咱！

【朝天子】近間，面顏，瘦得實難看。不思量茶飯，怕動彈。

右第六節。正答張生病體。

（鶯鶯云）請一位好太醫，看他證候咱。（紅云）他也無甚證候，他自己說來：

「我是曉夜將佳期盼，廢寢忘餐。黄昏清旦，望東牆淹淚眼。我這病患要安，只除是出點風流汗。」此代張生語，故有二「我」字。

右第七節。旁答張生心事。雖于盛怒後，不可又說，然此時不說，更待何時？行文又有「得過便過」之法，無用多作顧慮。

（鶯鶯云）紅娘，早是你口穩來，若別人知道呵，成何家法。今後他這般的言語，你再也休題。我和張生，只是兄妹之情，有何別事？（紅云）是好話也呵。

【四邊静】怕人家調犯，早晚怕夫人行破綻，只是你我何安？又問甚他危難？你只攛掇上竿，拔了梯兒看。

右第八節。索性暢然勸之，以不負張生之托。

（鶯鶯云）是雖我家虧他，他豈得如此？你將紙筆過來，我寫將去回他，着他下次休得這般。（紅云）小姐，你寫甚的那？你何苦如此。（鶯鶯云）紅娘，你不知道。（寫科）

(鶯鶯云)紅娘,你將去對他説:「小姐遣看先生,乃兄妹之禮,非有他意。再一遭兒是這般呵,必告俺夫人知道。」紅娘,和你小賤人都有話説也!(紅云)小姐,你又來!這帖兒我不將去,你何苦如此?

(鶯鶯擲書地下云)這妮子,好没分曉!(鶯鶯下)

(紅娘拾書歎云)咳,小姐,你將這個性兒那裏使也!

【脱布衫】小孩兒口没遮攔,一味的將言語摧殘。把似你使性子,休思量秀才,做多少好人家風範。用筆真乃一鞭一條痕,一痕一條血,遂令舉世口是心非、言清行濁之徒誦之吃驚,固不止是鶯鶯聞之無以自解也。

右第九節。自此以下四節,則紅娘持書出户,背過鶯鶯,自將心頭適纔所受惡氣,曲曲吐而出之也。○此一節,重舉鶯鶯適纔盛怒之無禮也。

【小梁州】我爲你夢裏成雙覺後單,廢寢忘餐。羅衣不奈五更寒,愁無限,寂寞淚闌干。【换頭】似等辰勾空把佳期盼,已上通爲一句。我將角門兒更不牢攏,願你做夫妻無危難。細玩此句[一],乃透過一步去也[二],言我何止與之傳遞簡帖而已。你向筵席頭上整扮,我做個縫了口的撮合山。

右第十節。○此一節,申言鶯鶯自于我無禮,乃我之知之實深,爲之實切,我于鶯鶯

[一]「細」,貫華堂本作「絶」,據芥子園本改。

[二]「去」,芥子園本、金谷園本作「法」。

誠乃不薄也。

【石榴花】你晚妝樓上杏花殘，七字寫盡三春時和。猶自怯衣單。看他妙筆妙墨，無中造有，造出如此二句，以反剔下文。却令讀者于不意中，又別睹一位無愁鶯鶯，另是身分絶世。那一夜聽琴時，露重月明間。爲甚向晚，不怕春寒，誦之口齒歷歷，鶯鶯誠何辨焉。幾乎險被先生饌。用《論語》入妙。○湯海若先生《牡丹亭》傳奇，杜麗娘拜師，語曰：「酒是先生饌，女爲君子儒。」用《論語》入妙也。○吾友斵山王先生，文恪之文孫也[一]，目盡數十萬卷，手盡數十萬金。今與聖歎並復垂老，兩人相隣如一日也。偶于舟中，時方九日，忽一女郎掉文曰：「何故此時則雀入大水化爲蛤？」座中斗然未有以應也。先生信口答曰：「我亦不解汝家何故雀入大蛤，皆化爲水也。」一時滿舟喧然，至有翻酒濡首者。此真用《禮記》入妙也。○斵山讀盡三教書，而不願以文名；傾家結客，而不望人報；有力如虎，而輕裘緩帶，趨走揚揚；繪染刻雕、吹竹彈絲，無技不精，而通夜以佛火蒲團作伴；今頭毛皚皚，而尚不失童心；瓶中未必有三日糧，而得錢猶以與客。彼視聖歎爲弟，聖歎事之爲兄。有過吴門者問之，無有兩人也。嗟乎！未知餘生尚復幾年，脱誠得並至百十歲，則吾兩人當不知作何等歡笑。如或不幸而溘然俱化，斯吾兩人便甘作微風淡烟，杳無餘迹。蓋斵山三十年前曾與聖歎詩[二]，早便及之，曰：「風雷半夜吴王墓，天地清秋伍相祠。一例冥冥誰不朽，早來把酒共論之。」今聖歎亦是寒鳥啁啾，不忘故群，故時時一念及之，豈猶有意互相歎譽，爲榮名哉？那其間豈不胡顔。爲他不酸不醋風魔漢，隔窗兒險化做望夫山。鶯鶯誠何辨焉。

[一]「文」，據史實當爲「玄」字。參全集附録「年譜」明天啟七年條。

[二]「三」，芥子園本作「二」。

右第十一節。○此一節特恐寫鶯鶯不承，故舉聽琴一夜以實之。上文，鶯鶯問張生病體，紅娘却敢便及他言者，亦爲胸中有聽琴一夜故也。

【鬥鵪鶉】你既用心兒撥雨撩雲，我便好意兒傳書遞簡。承上文，便咬定聽琴一夜，猶言是以來也。不肯搜自己狂爲，聽琴一夜也。只待覓別人破綻。簡帖也。受艾焙，我權時忍這番。妙妙！怨毒之極，半吞不吐，便有授記後日之意。今便請問紅娘：「卿權忍這番之後，將欲如何？」真寫盡女兒慧心、毒心也。暢好是奸，對別人巧語花言，背地裏愁眉淚眼。上「艾焙」句，語氣已畢，此又畢而復起，便活寫怨毒之極。説之不盡，因而又説，總是摹神之極筆。

右第十二節。○此一節，咬定聽琴一夜，以明簡帖之所自來。而鶯鶯猶謂人在夢，然則鶯鶯真在夢耶？寫紅娘理明辭暢，心頭惡氣無不畢吐，真乃快活死人也。

俺若不去來，道俺違拗他。張生又等俺回話，只得再到書房。（推門科）（張生上云）紅娘姐來了，簡帖兒如何？（紅云）不濟事了，先生休傻。（張生云）小生簡帖兒，是一道會親的符籙。只是紅娘姐不肯用心，故致如此。（紅云）是我不用心？哦，先生，頭上有天哩！你那個簡帖兒裏面好聽也！

【上小樓】這是先生命慳，不是紅娘違慢。那的做了你的招伏，他的勾頭，我的公案。若不覷面顔，厮顧盼，擔饒輕慢，爭些兒把奴拖犯。若出他人庸筆，此時紅娘安有不便出鶯鶯回簡者。今看其默然袖起，恰似忘之者然，妙絶。

右第十三節。自此以下四節，則紅娘見張生，且不出回簡，先與盡情覆絶之。○此覆其去簡已成禍本，不應更問也。

【後】從今後我相會少，你見面難。斗然險語，妙絶妙絶。蓋張生方思得見鶯鶯，而此云尚將不復得見紅娘也，不顧鶯死人。月暗西廂，便如鳳去秦樓，雲斂巫山。絶妙好辭，又如口中吮而出之。你也趄，我也趄；請先生休訕，早尋個酒闌人散。《西廂》後半，不知凡有若干錦片姻緣，而于此忽作如是大決撒語。文章家最喜大起大落之筆，如此真稱奇妙絶世也。

右第十四節。覆其此後連紅娘亦不復更來。使我讀之，分明臘月三十夜，聽樓子和尚高唱「你既無心我亦休」之句，唬嚇死人，快活死人也。○細思作《西廂記》人，亦無過一種筆墨，如何便寫成如此般文字，使我讀之通身抖擻，骨節盡變。聞古人有痁疾大發，神換其齒者。有如此般文字得讀，便更不須痁疾發也。最苦是子弟作文，粘皮帶骨，我以此跳脱之文藥之。

只此二字妙絶。便如方士所云：「海中仙山，理不可到。船有欲近者，風輒吹還之。」今下文正如海中仙山，此二字便如風之吹斷之也。足下再也不必伸訴肺腑。加一句，妙妙。雖成連先生置伯牙于海島，其鴻洞杳冥，亦不是過矣。怕夫人尋我，我回去也。再加一句，妙妙。莊生云「送君者皆自崖而返」，真乃淚迸腸絶之筆。

《西廂》白，其妙至此。數之只得三句，察之只得一句，又察之只得二字。乃我讀之，便如立千丈岡，臨不測溪，足又逡巡二分垂外，真幾乎欲哭出來也。看他竟不出回簡。

（張生云）紅娘姐！（定科）妙妙，摹神極筆。

（良久，張生哭云）紅娘姐，你一去呵，更望誰與小生分剖？此哭結上文。

（張生跪云）紅娘姐，紅娘姐，你是必做個道理，方可救得小生一命。此跪起下文。

看其袖中回簡，不惟前不便出，至此猶不便出也。豈真忘之哉？正是盡情盡意作此大決撒之筆，至于險絶斗絶矣，然後趁勢一落，別開奇境。文章至此，能事又畢也。傖讀此等白，便學一副涎臉，東塗西寫，無不哭者，無不跪者，我每見而痛罵焉。嗟乎！亦嘗細察張生此哭此跪，悉是已上已下妙文之落處乎？只因不出回簡，故有張生此哭，哭以結上文之奇妙也；乃至今猶不肯出，故有張生此跪，跪以逼下文之奇妙也。夫張生一哭一跪，乃是結上逼下，非如傖所寫涎臉也。

先生，你是讀書才子，豈不知此意！

【滿庭芳】你休呆裏撒奸。你待恩情美滿，苦我骨肉摧殘。他只少手掿棍兒摩挲看，我粗麻綫怎過針關。定要我拄着拐幫閑鑽懶，縫合口送暖偷寒，前已是踏着犯。絶妙好辭，使人失笑。絶妙好辭，如吮而出。〇凡能使人失笑文字，悉是刳心瀝血而出，莫容易讀過古人文字也。

右第十五節。袖中回簡，不惟來時不便取出，頃且欲去矣，猶不便取出，直至今欲去不去又立住矣，猶不便取出也。行文如張勁弩，務盡其勢，至于幾幾欲絶，然後方肯縱而捨之，真恣心恣意之筆也。

（張生跪不起，哭云）小生更無別路，一條性命都只在紅娘姐身上。紅娘姐！

我又禁不起你甜話兒熱趲，好教我左右做人難。反作此語，然後落下，筆勢真如春蛇之矯矯然。

我没來由只管分説，方始落下。我回視前文，真如「群山萬壑赴荆門」矣。小姐回你的書，你自看

者。（遞書科）

右第十六節。欲覆絶之，直至終不得覆絶之，夫然後方始出其袖中書，使自絶之。

而不意峰迴嶺變，又起奇觀。

（張生拆書，讀畢，起立笑云）呀，紅娘姐！（又讀畢云）紅娘姐，今日有這場喜事！（又讀畢云）早知小姐書至，理合應接。接待不及，切勿見罪！紅娘姐，和你也歡喜。（紅云）却是怎麼？（張生笑云）小姐罵我都是假，書中之意「哩也波，哩也囉」哩。（紅云）怎麼？（張生云）書中約我今夜花園裏去。（紅云）約你花園裏去怎麼？（張生云）約我後花園裏去相會。（紅云）相會怎麼？（張生笑云）紅娘姐，你道相會怎麼哩？（紅云）我只不信！（張生云）不信由你。（紅云）你試讀與我聽。（張生云）是五言詩四句哩，妙也！「待月西廂下，迎風户半開，拂牆花影動，疑是玉人來。」紅娘姐，你不信？（紅云）此是甚麼解？（張生云）有甚麼解？（紅云）我真個不解。（張生云）我便解波：「待月西廂下」，着我待月上而來；「迎風户半開」，他開門等我；「拂牆花影動」，着我跳過牆來；「疑是玉人來」，這句没有解，是説我至矣。（紅云）真個如此解？（張生云）不是這般解，紅娘姐你來解。不敢欺紅娘姐，小生乃猜詩謎的杜家，風流隨何，浪子陸賈。不是這般解，怎解？（紅云）真個如此寫？（張生云）現在。（紅定科，良久）（張生又讀科）（紅云）真個如此寫？（張生笑云）紅娘姐，好笑也，如今現在。（紅怒云）你看我小姐，原來在我行使乖道兒！

或云春枝小鳥，雙雙鬥口，却不是春鳥鬥口[一]；或云深院迴風，晴雪亂舞，却不是風迴雪舞；或云花拳繡腿，少年短打，却不是花繡短打；或云鳴琴將終，隨指泛音，却不是琴終泛音。我細察之：一片純是光影，一片純是游戲，一片純是白淨，一片純是開悟。維摩詰室中，天女變舍利佛，一時不知所云。我于此文，不知所云。香嚴大師至脱然撒手時，遥望潙山，連説頌曰：「去年貧，未是貧；今年貧，真是貧。去年貧，無立錐之地；今年貧，錐也無。」我于此文，錐也無。文殊尸利菩薩選二十五位圓通，拔取觀世音爲狀元第一。我于此文，如觀世音幸得第一。趙州和尚被人問：「二龍戲珠，誰是得者？」州云：「老僧單管着。」我于此文，單管着。南泉王老師指庭前牡丹花，謂陸亘曰：「大夫，時人看此花，如夢相似。」我于此文，如夢相似。斲山云：聖歎自論文，非論禪也。

【耍孩兒】幾曾見，寄書的顛倒瞞着魚雁？奇奇、妙妙！自從盤古直至今朝，真並無此事也，亦並無此文也。小則小，只三字，寫盡怨毒不可言。心腸兒轉關。教你跳東牆「女」字邊「干」。避此字不雅訓，故折之。乃續之四篇遂謂紅娘專工折字，一何可笑！原來五言包得三更棗，四句埋將九里山。你赤緊將人慢，你要會雲雨鬧中取静，却教我寄音書忙裏偷閑。真乃于情于理，欲殺欲割，不可得解也，氣死紅娘也。

右第十七節。前惱尚不可説，今惱真不可説不可説也；前惱紅娘幾欲哭，今惱紅娘

[一]　此句各本均無，據「因百藏曲」寫刻《貫華堂注釋第六才子書》本補。

反欲笑也。「于虛空中，駕構樓閣」。舊聞其語，今見其事矣。

【四煞】紙光明玉版，字香噴麝蘭[一]，行兒邊湮透非嬌汗？是他一緘情淚紅猶濕，滿紙春愁墨未乾。從來「嬌汗」字、「紅淚」字、「春愁」字，俱入麗句，填成妙辭[二]。此獨作極鄙極醜字用，所以痛詆鶯鶯，自抒憤懣也。我也休疑難，放着個玉堂學士，任從你金雀鴉鬟。妙妙，妙絶！

右第十八節。忽取其簡痛詆之，蓋一肚憤懣，搔爬不得也。

【三煞】將他來別樣親，把俺來取次看，「將他來」，「把俺來」，掂斤播兩，誠然怨毒。是幾時孟光接了梁鴻案！妙妙，妙絶！昨夫人賴婚本是恨事，至此日反成紅娘心頭快意、口頭快語。將他來甜言媚你三冬暖，把俺來惡語傷人六月寒。今日爲頭看：看你個離魂倩女，怎生的擲果潘安？妙妙，妙絶！

右第十九節。佛言：「欲過彼岸，而于中間撤其橋梁，無有是處。」今鶯鶯方思江皋解佩，而忽欲中廢靈修，此真大失算也。觀【四煞】云「放着玉堂學士，任從金雀鴉鬟」，蓋云不復援手，此已不可禁當。今【三煞】云「看你離魂倩女，怎生擲果潘安」，則是乃至欲以惡眼注射之。危哉鶯鶯，真有何法得出紅娘圈襀哉！史公嘗云「怨毒于人實甚」，此最寫得出來。

[一]「噴」，芥子園本作「濆」。

[二]「填」，貫華堂本作「真」，據芥子園本、金谷園本改。

(張生云)只是小生讀書人,怎生跳得花園牆過?

【二煞】拂牆花又低,迎風户半攏,偷香手段今番按。你怕牆高怎把龍門跳,嫌花密難將仙桂攀。疾忙去,休辭憚。惡語痛詆。他望穿了盈盈秋水,蹙損了淡淡春山。「秋水」、「春山」,從來亦作麗字填入妙句,此亦是醜辭痛詆之也。

右第二十節。乃至爲勸駕之辭,此豈慫恿張生,正是痛詆鶯鶯。蓋惡罵醜言,遂至不復少惜。史公嘗言「怨毒于人實甚」,此最寫得出來也。〇嘗聞大怒後不得作簡者,多恐餘氣未降,措語尚激也。然則不怒時欲作激氣語,此亦決不可得也。今作《西廂記》人,吾不審其胸前有何大怒耶?又何其毒心銜,毒眼射,毒手揮,毒口噴,百千萬毒一至于是也!

(張生云)小生曾見花園,已經兩遭。

【煞尾】雖是去兩遭,敢不如這番。你當初隔牆酬和都胡侃,證果是他今朝這一簡。

右第二十一節。曾記吴歌之半云:「故老舊人盡説郎偷姐,如今是新翻世界姐偷郎。」此真清新之句也,然實不知《西廂》先有之。蓋紅娘怨毒鶯鶯,詆之無所不至,因謂張生「汝偷不如他偷」。夫至謂張生猶不必如鶯鶯,而鶯鶯之爲鶯鶯竟何如哉!怨毒于人,史公嘗言「實甚」,此真寫得出來也。

(紅娘下)

(張生云)歎萬事自有分定。適纔紅娘來,千不歡喜,萬不歡喜,誰想小姐有此一場好事。小生實是猜詩謎的杜家,風流隨何,浪子陸賈。此四句詩,不是這般解,又怎解?「待月西廂下」，是必須待得月上；「迎風户半開」，門方開了；「拂牆花影動，疑是玉人來」，牆上有花影，小生方好去。今日這頹天，偏百般的難得晚。天那，你有萬物于人，何苦爭此一日？疾下去波！快書快友快談論，不覺開西立又昏。今日碧桃花有約，鰾膠黏了又生根。呀，纔向午也，再等一等。又看咱，今日百般的難得下去呵！空青萬里無雲，悠然扇作微薰。何處縮天有術，便教逐日西沉！呀，初倒西也，再等一等咱。誰將三足烏，來向天上閣。安得后羿弓，射此一輪落？謝天謝地！日光菩薩，你也有下去之日。呀，却早上燈也！呀，却早發擂也！呀，却早撞鐘也！拽上書房門，到得那裏，手挽着垂楊，滴溜撲碌跳過牆去，抱住小姐。咦，小姐，我只替你愁哩。二十顆珠藏簡帖，三千年果在花園。（張生下）餘文猶用爾許全力，益信古人思以筆墨流傳後世，真非小可之事也。普天下才子念之哉！○末二句，真正絶妙好辭。

三之三　賴簡

文章之妙，無過曲折。誠得百曲千曲萬曲、百折千折萬折之文，我縱心尋其起盡，以自容與其間，斯真天下之至樂也。何言之？我爲雙文賴簡之一篇言之。夫雙文之于張生，其可謂至矣。獨驚艷之一日，張生自見雙文，雙文或未見張生耳。過此以往，我親睹其酬韻之夜，絶歎清才，既又覩其鬧齋之日，極賞神俊。此其胸中一片珠玉之心，真于隔牆，乃不啻如鉤鎖綿纏，而況無何又重之以破賊，而況無何又重之以賴婚，此誠不得一屏人之地，與之私一握手，低一致問也。誠得一屏人之地，與之私一握手，低一致問，此其時，此其際，我亦以世間兒女之心，平斷世間兒女之事。古今人其未相遠，即亦何待必至于酬簡之夕，而後乃今微聞薌澤哉。何則？感其才，一也；感其容，二也；感其恩，三也；感其怨，四也。以彼極嬌小、極聰慧、極淳厚之一寸之心，而一時容此多感，其必萬萬無已，而不自覺忽然溢而至于閑之外焉。此亦人之恒情恒理，無足爲多怪也。夫然則紅娘以聽琴走覆，而張生以折簡爲寄，我謂雙文此日真如天邊朶雲，忽墮纖手，其驚其喜，快不可喻，固其所耳。即如之何而忽大怒？果大怒矣，何不閉關絶客，命紅娘胥疏前庭，與之杳不復通？即如之何而復以手書回之[一]，而書中又皆鄙靡之辭，而致張生惑之，而至于感悅驚厖，而後始以端服儼容，大數責之，而後拒之？如是者，我甚惑焉。如曰相國之女也，春風之所未得吹，春日之所未得曬也，不祥之言，胡爲來哉，是安得不驚？驚矣，安得不怒？則夫張生之簡之于雙文，其非胡爲之來也明甚。此紅娘于前夜聽琴之隔窗而實親聞之者也。如曰：聽琴之隔窗之眷眷于張生也，內戢其恩也，外慚其負也。人實肉骨予，而道旁置之，我何以爲心？若其忽以不祥之言來加于我，則是無禮于我。無禮于我，則是以亂易亂也。其相去也，真幾何矣！是安得而不怒？則我以爲誠怒之而不能復與顧之，則執書以鳴于高堂，先痛懲其不令之婢，而後厚酬以立遣之，彼

[一]「即」，貫華堂本作墨釘，據芥子園本、金谷園本改。

必亦以醜辭之唐突也，而不能以靦顔更留，此其策之上也。若猶未忍其德也者，則毁書而掩閨薄治其婢，而其事則且容隱而寢閣之。《詩》亦有之：「無忘大德，而思小怨。」此亦策之萬無奈何者也。如之何而顧乃有復寄手書之事？如曰：必欲數之，則能絶之；不數之，其終未必能絶之；必欲面數之，則能絶之；不面數之，彼婢之肯爲彼持書以來者，必不肯爲我痛切而陳也。則天下固無中表之兄，又屬異派，又新有其婚姻之言，又其間連日正多參差[一]，又彼方以淫泆之語來相勾引，而我則反復招之，夤夜深入，以受我之面數者也。且語有之，曰「言爲心聲」。我今觀其盛怒之時，而又能爲婉麗之章，其聲嘽以緩，是果爲何心之所感哉。抑我徒以人之無禮，故不得不一數之焉耳，而今我則命之逾牆以入以就數，數畢而仍命之逾牆以出以改過，天下之有禮，又新有如是之事乎哉？曰：然則雙文之有是舉也，其奈何？曰：雙文，天下之至尊貴女子也；雙文，天下之至有情女子也；雙文，天下之至靈慧女子也；雙文，天下之至矜尚女子也。雙文先以尊貴之故，而于大族所有之群從昆弟，以至戚黨僚吏之間之所往來，而既見之夥矣。如昔王氏所稱「阿大、中郎」、「封胡、遏末」之徒，是即不無一二，然初未有如張生其人焉者。一旦忽睹天壤之間，而又有張生其人，此其照眼動心，方極不可奈何，誠亦何意出于慈母之口，入于嬌女之耳，即又宛然同車攜手、從心適願之言也乎？此天爲之，爲人爲之？此時

[一]「間」，貫華堂本作「問」，據芥子園本、金谷園本改。

雙文有情，真將梳新髻，試新裙，唧唧消息，已謂旦暮佳期。蓋自古至今，女兒之快，無有更快于雙文者。而忽然開宴，而忽然賴婚，此則何爲也？此真不必張生之以簡來也。即使張生讀書學禮，過爲拘謹，終亦不以簡來，而雙文實且欲以簡往。我于何知之？我于聽琴之夜知之。不聞其有【綿搭絮】之辭曰：「一層紅紙，幾眼疏欞，又不隔雲山萬重，怎得人來信息通？」此豈非欲寄簡之言哉！抑不寧惟是而已。前此猶爲初酬韻之後，未許婚之前也。不聞其有【鵲踏枝】之辭曰：「兩首新詩，一段迴文，誰做針兒將綫引，向東鄰通一般勤？」此已非欲寄簡之言哉！夫雙文而方將自欲寄簡，而適猶未及，然則其于張生今日之簡之寄，是最樂也，是日夜之所望而不得見也，是開而讀，讀而捲，捲而又開，開而又捲，至于紙敝字滅，猶不能以釋然于手者也。其如之何而有勃然大怒之事？夫雙文之勃然大怒，則又雙文之靈慧爲之也。其心以爲張生真天下之才子，夫使張生非真天下之才子，而我奈之何于彼乎傾倒，則至于如是之甚哉？然而其心默又以爲身爲相國千金貴女，其未可以才子之故，而一時傾倒遂至于是也。即我自以才子之故，而一時傾倒不免遂至于是，其未可令餘一人，得聞我則遂至于是也。是故雙文之欲簡張生，何止一日之心？然而目顧紅娘，則遂已焉；又目顧紅娘，則又遂已焉；乃至屢屢目顧紅娘，則屢屢皆遂已焉。此無他，天下亦惟有我之心，則張生之心也；張生之心，則我之心也。若夫紅娘之心，則何故而能爲張生之心？紅娘之心，既無故而不能爲張生之心；然則紅娘之心，何故而能爲我之心？故夫雙文之久欲寄簡，而終于紅娘難之者，彼誠不欲以兩人一心之心，旁吐于別自一心之人也。故夫雙文之久欲寄簡，而獨于紅娘碍之者，彼誠不欲令竊窺兩人之人，忽地得其間一人之心也。無何一朝而深閨之中，妝盒之側，而宛然簡在，此則非紅娘爲之而誰爲之？夫紅娘而既爲之，則是張生而既言之矣。夫張生而既言之，則是張生不惜于紅娘之前，遂取我而罄盡言之矣。我固疑之也，其歸而如行不行以行也，如笑不笑以笑也，如言不言以言也。昔曾未敢彈帳，而今舒手而彈也；昔曾未敢偷看，而今揭簾而看也；昔曾未敢于我乎輕言，而今儼然謂我「懶懶」也。凡此悉是張生罄盡言之之後之態，甚明明也。夫以我爲千金貴人，下臨一小弱青衣，顧獨不能遂示之以我之心哉。我亦徒以此態之不可以堪，故且自忍而直至于今日。至于今日，而不謂此小弱青衣乃遂敢以至是。然則我寧于張生焉便付決絶，都無不可，我其誰能以千金貴人，而顧甘心于是也耶！蓋雙文之天性矜尚又有如此，然而其于張生，則必不能以真遂付之決絶也。豈惟不能付之決絶而已，乃至必不能以更遲一日二日不見之也。取筆力疾而書之，而題之，而封之，而手自授之，謾之曰「我欲其勿更出此」，則固並非欲其不更出此者也。其詩具在，詩曰：「待月西廂下，迎風户半開。拂牆花影動[二]，疑是玉人來。」欲人勿更出此，則其語固當如是者乎？且一詩之不足，而又有其題，題曰「月明三五夜」。欲人勿更出此，則固當詩之不足，而又題之者乎？蓋雙文有

[二]「動」，貫華堂本作墨釘，據芥子園本、金谷園本改。

情，則既謂人之有情皆如我也；而雙文靈慧，則又謂人之靈慧皆如我也。夫我之大怒，頃者實惟不可向邇，我則計紅娘是必訴之者也。又我授書之言，頃者實惟致再致三，囑云「勿更出此」，我則又計紅娘是必又述之者也。夫張生而知我之大怒，至于不可向邇且如此，又聞我授書之言，致再致三囑云「勿更出此」又如此，然則啓書而讀，而又見其中云云。我意其驟焉雖驚，少焉雖疑，姑再思焉，其誰有不快然大悟也者？夫張生快然大悟，而疾捲書而袖之，更多詭作咨嗟而漫付之，敬謝紅娘而遣還之，然後或坐或卧而徐待之，待至深更而悄焉赴之。彼爲天下才子，何至獨不能作三翻手、三竪指，如崔千牛之于紅綃妓之事哉？今也不然，更未深，人未静，我方燒香，紅娘方在側，而突如一人則已至前。夫更未深，人未静，我方燒香，紅娘方在側，而突如一人則已至前，則是又取我詩于紅娘前，不惜罄盡而言之也。此真雙文之所決不料也，此真雙文之所決不肯也，此真雙文之所決不能以少耐也。蓋雙文之尊貴矜尚，其天性既有如此，則終不得而或以少貶損也。由斯以言，而鬧簡豈雙文之心，而賴簡尤豈雙文之心？而讀《西廂》者不察，而總漫然置之。夫天下百曲千曲萬曲、百折千折萬折之文，即孰有過于《西廂·賴簡》之一篇，而奈何不縱心尋其起盡，以自容與其間也哉？《西廂》如此寫雙文，便真是不慣此事女兒也。夫天下安有既約張生而尚瞞紅娘者哉？真寫盡又嬌稚、又矜貴、又多情、又靈慧千金女兒，不是洛陽對門女兒也。

（紅娘上云）今日小姐着俺寄書與張生，當面偌多假意兒，詩内却暗約着他來。小姐既不對俺説，俺也不要説破他，只請他燒香，看他到其間怎生瞞俺！

（紅娘請云）小姐，俺燒香去來。（鶯鶯上云）花香重疊晚風細，庭院深沉早月明。

【雙調】【新水令】（紅娘唱）晚風寒峭透窗紗，從閨中行出來，未開窗也。控金鈎繡簾不挂。方開窗見簾垂也。門闌凝暮靄，臨階正望也。樓閣抹殘霞。下階回望也。恰對菱花，樓上晚妝罷。已上四句皆寫景，然景中則有人。此一句寫人，然人中又有景也。○吾吴唐伯虎寫雙文小影，貴如拱璧，又豈能有如是之妙麗耶？

右第一節。寫雙文乍從閨中行出來。○前篇【粉蝶兒】，是紅娘從外行入閨中來，故先寫簾外之風，次寫窗内之香。此是雙文從内行出閨外來，故先寫深閉之窗，次寫不捲之簾。夫簾之與窗，只爭一層内外，而必不得錯寫者，此非作者筆墨之精緻而已，正即《觀世音菩薩經》所云，應以閨中女兒「身得度者」，即現閨中女兒「身而爲説法」。蓋作者當提筆臨紙之時，真遂現身于雙文閨中也。

【駐馬聽】不近喧嘩，嫩緑池塘藏睡鴨。想見雙文低頭而行。自然幽雅，淡黄楊柳帶栖鴉。想見雙文擡頭而行。金蓮蹴損牡丹芽，想見雙文一直而行。玉簪兒抓住荼蘼架。想見雙文回顧而行。早苔徑滑，露珠兒濕透凌波襪。想見雙文行而忽停，停而又行也。妙絶。

右第二節。寫雙文漸漸行出花園來。○是好園亭，是好夜色，是好女兒；是境中人，是人中境，是境中情。寫來色色都有，色色入妙。

俺看我小姐和張生，巴不得到晚哩。正説小姐，帶説張生，其妙可想。

【喬牌兒】自從那日初時何太早生，寫成一笑。想月華，捱一刻似一夏，見柳梢斜日遲遲下。自從日初，以至日斜，可謂遥矣，而必又于「柳梢」下「遲遲」字者，莊生固云「適百里者半九十」也。道「好教聖賢打」。

右第三節。已行至花園矣，更無可寫，遂復追寫其未來花園時。○問：此未來花園時語，亦得先寫在前耶？答曰：不得先寫在前也。夫先寫在前，則必累墜筆墨。從所謂日初時鶯鶯便千吁萬嗟，又安得泠泠然有上【新水令】之輕筆妙辭哉。

【攪箏琶】打扮得身子兒乍，準備來雲雨會巫峽。《西廂》最淫是此二句。爲那燕侶鶯儔，扯殺心猿意馬。

右第四節。上忽振筆寫至未來花園以前，此仍轉筆寫入花園來也。

他水米不沾牙，越越的閉月羞花。「水米不沾」，則似有情；「閉月羞花」，則又似無情。只二句，寫盡紅娘賊。真假，妙妙。夫真耶？則胡爲越越豐艷；假耶？則又胡爲「水米不沾牙」哉！這其間性兒難按捺，分明從前篇毒心中生出毒眼來也。我一地胡拿。言亦更不反覆相猜，只待下文做出便見也。

右第五節。此節之妙，莫可以言。據文乃是紅娘描畫雙文；而細察文外之意，却是作《西廂記》人描畫紅娘也。蓋作《西廂記》人細思紅娘從上篇來，此其心頭雖説一半全是怨毒，然亦一半畢竟還是狐疑：「豈有昨日于我紥起面皮，既已至于此極，而今夜携我並行，忽然又有他事者？我亦獨不解張生所誦之詩，則何故而明明又若有其事耳。」只此一點委決不下，自不免有無數猜測，然而此時又用直筆反覆再寫，則彼紅娘于上篇，已不啻作數十反覆者。今至此篇猶尚呶呶不休，豈不可厭之極也。今看其輕輕只換作雙文身上，左推右敲，似真還假，一樣用筆，而别樣用墨。文章乃如具茨之山，便使七聖入之皆迷，真異事也。

小姐，這湖山下立地，我閉了角門兒，怕有人聽咱説話。一面是打探，一面是抽身。（紅娘瞧門外科）

（張生上云）此時正好過去也。（張生瞧門内科）

【沉醉東風】是槐影風摇暮鴉，斵山云：從來只謂人有魂，今而後知文亦有魂也。如此句七字，乃是下句七字之魂，被妙筆文人攝出來也。是玉人帽側烏紗。

右第六節。槐影烏紗，寫張生來，却作兩句；只寫兩句，却有三事。何謂三事？紅娘吃驚，一也；張生膽怯，二也；月色迷離，三也。妙絶妙絶！

你且潛身曲檻邊，他今背立湖山下。

右第七節。妙絶妙絶！昨與一友初看，謂此句是紅娘放好張生。此友人便大賞歎，謂真是妙事、妙人、妙情、妙態也。今日聖歎偶爾又復細看，却悟此句乃是紅娘放好自家。蓋昨日止因一簡，便受無邊毒害，今若適來關門，而反放入一人，安保雙文變詐多端，不又將捉生替死、别起波瀾乎？故因特命張生且復少停。得張生少停，而紅娘早已抽身遠去。便如聳身雲端，看人厮殺者，成敗總不相干矣。諺云：「千年被蛇咬，萬年怕麻繩。」真是寫絶紅娘也。瞧門,而紅娘不在雙文邊;且停,而紅娘又不在張生邊,紅娘賊哉。

那裏叙寒温,打話。（張生摟紅娘云）我的小姐!（紅云）是俺也!早是差到俺,若差到夫人,怎了也!癡句,妙句,得未曾有。

便做道摟得慌,也索覷咱,多管是餓得你窮神眼花。我且問你:真個着你來麽?妙妙!此方是紅娘也。世間俗筆不寫到也。（張生云）小生是猜詩謎杜家,風流隨何,浪子陸賈,準定扢扢幫便倒地。妙妙,偏要又寫一遍。

右第八節。紅娘安插張生,而張生不辨,竟直來摟之。此雖寫傻角急色,然是夜一片月色迷離,亦復如畫。

你却休從門裏去,只道我接你來。你跳過這牆去。張生,你見麽?今夜一弄兒風景,分明助你兩個成親也。

【喬牌兒】你看淡雲籠月華,便是紅紙護銀蠟。實是麗句。柳絲花朵便是垂簾下,實是麗句。○「下」上聲。緑莎便是寬繡榻。實是麗句。【甜水令】良夜又迢遥,實是妙句。閑庭又寂静,實是妙句。花枝又低亞。實是妙句。

右第九節。才子佳人向花燭底下定情,是一片妙麗;才子佳人向花月底下定情,是一片妙麗。今却將兩片妙麗合作一片妙麗,便是異樣妙麗也。○「良夜」云云,是三句,是一句,是無數句。若解作「迢遥」是迢遥,「寂静」是寂静,「低亞」是低亞,則是三句;若解作迢遥之夜何其寂静，寂静之庭何其低亞，低亞之影何其迢遥，則是一句；若解作儘人寂静以受用其迢遥，儘人迢遥而暗藏于寂静，儘人迢遥、寂静以顛之倒之于低亞之中，則是無數句。普天下錦繡才子，必皆能想到其事也。

只是他女孩兒家，你索意兒温存，話兒摩弄，性兒浹洽；「温存」、「摩弄」，人所習聞，固莫妙于「性兒浹洽」四字也。休猜做路柳牆花。【折桂令】他嬌滴滴美玉無瑕，莫單看粉臉生春，雲鬢堆鴉。此之謂深深語，密密意，未經第二人道也。

右第十節。寫紅娘前篇之飲恨雙文實惟不淺，至此而忽然又作千憐萬惜之文者，不惟此人實足使人千憐萬惜，實則此事亦真不得不作千憐萬惜也。○雙文之去我也，已不知幾百千年矣，乃我于今夜讀之，而猶尚爲之千憐萬惜也，曰：雙文爾奈何，雙文爾奈何！

我也不去受怕擔驚，我也不圖浪酒閑茶。妙妙！言悉與我無干也。總是昨日芥蒂未平。

右第十一節。幼讀《論語》孟之反入門策馬之文[一]，以爲無大難事者，直以有功不伐，固學者應然之事也。兹讀《西廂》崔、張臨欲定情之時，紅娘乃忽自諉無功于其間，以爲真大難事者，此自是作《西廂記》人筆墨精細，意使專寫紅娘昨日創鉅，至今痛深。蓋聖歎則一生無此精細故也。

[一]「孟之」，貫華堂本作「孟子」，據金谷園本改。

是你夾被兒時當奮發，指頭兒告了消乏[一]。「消乏」之爲言，得替也。此固極猥褻語也，然而不嫌竟寫之者，蓋佛經亦曾直説其事，謂之「以手出精」，非法淫也。打疊起嗟呀，畢罷了牽挂，收拾過憂愁，準備着撑達。

右第十二節。自【喬牌兒】至此，如引弓至滿，快作十成語也。

(張生跳牆科)

(鶯鶯云)是誰？(張生云)是小生。

(鶯鶯唤云)紅娘！(紅娘不應科)

(鶯鶯怒云)哎喲，張生，你是何等之人！我在這裏燒香，你無故至此，你有何説！(張生云)哎喲！

便如無簡招之者然，且又直至後止，另數其今夜之來，不聞數其前日之簡。作者用意之妙，真孤行于筆墨之外，全非近傖之所得知也。

【錦上花】爲甚媒人心無驚怕？赤緊夫妻意不爭差。

右第十三節。上文雙文已來花園矣，紅娘猶不信其真肯也，不信得最妙；此文雙文已自發作矣，紅娘猶不信其真不肯也，不信得又最妙。〇「赤緊」二句，猶言貼肉夫妻，有何閑話。

我躡足潛踪，去悄地聽他。一個羞慚，一個怒發。【後】一個無一言，一個變了卦。一個悄悄

[一]「乏」，貫華堂本作「之」，據芥子園本、金谷園本改。

冥冥，一個絮絮答答。

右第十四節。此雖雙寫二人之文，然妙于第一、二句也。筆下紙上，便明明白白共見紅娘抽身另住一邊，自稱局外閑人，以謹避雙文之波及。〇明是第三篇文字矣，却偏能使第二篇文字尸尸閃閃，重欲出現，真是奇絶。

（紅娘遠立，低叫云）張生，你背地裏硬嘴那裏去了？你向前呵！告到官司，怕羞了你？爲甚迸定隋何，禁住陸賈，叉手躬身，如聾似啞？【清江引】你無人處且會閑嗑牙，就裏空奸詐。怎想湖山邊，不似西廂下。

右第十五節。此翻跌前文成趣也。不知是前文特爲翻此文，故有前文；不知是此文特爲翻前文，故有此文；總之文文相生，莫測其理。

（鶯鶯云）紅娘，有賊！（紅云）小姐，是誰？妙妙！賊也，而又問「誰」哉？（張生云）紅娘，是小生。妙妙！問小姐也，而張生答哉。〇三句，三人，三心，三樣，分明是三幅畫。

《西廂》中如此白，真是並不費筆墨，一何如花如錦。看他雙文喚紅娘，紅娘喚小姐，張生喚紅娘，三個人各自胸前一片心事，各自口中一樣聲喚，真是寫來好看煞人也！

（紅云）張生，這是誰着你來？妙絶，妙絶！須知其不是指扳小姐，只圖脱卸自身。你來此有甚麽的勾當？（張生不語科）

（鶯鶯云）快扯去夫人那裏去！（張生不語科）

（紅云）扯去夫人那裏，便壞了他行止。我與小姐處分罷：張生，你過來跪者！你既讀孔聖之書，必達周公之禮，你夤夜來此何幹？

香美娘，處分花木瓜。【雁兒落】不是一家兒喬坐衙，千載奇事，煞是好看。被人搬熟，遂不覺耳。要說一句兒衷腸話。只道你文學海樣深，誰道你色膽天來大！【得勝令】你夤夜入人家，我非奸做盜拏。你折桂客，做了偷花漢，不去跳龍門，來學騙馬。

右第十六節。坐堂是小姐，聽勘是解元，科罪是紅娘。昨往僧舍，看睒摩變相，歸而竟日不怡，忽睹此文，如花奴鼓聲也。

小姐，且看紅娘面，饒過這生者！（鶯鶯云）先生活命之恩，恩則當報。既爲兄妹，何生此心？萬一夫人知之，先生何以自安？今看紅娘面，便饒過這次。若更如此，扯去夫人那裏，決無干休！

謝小姐賢達，看我面做情罷。若到官司詳察，先生整備精皮膚一頓打。可兒，可兒！

右第十七節。寫紅娘既不失輕，又不失重，分明一位極滑脱問官，最是鬆快之筆。○紅娘此時，一邊出豁張生，正是一邊出豁雙文也。極似當時玄宗皇帝，花萼樓下與寧王對局，太真手抱白雪猧兒，從旁審看良久，知皇帝已失數道，便斗然放猧兒蹂亂其子，于是天顔大悦也。

（鶯鶯云）紅娘，收了香桌兒，你進來波！（鶯鶯下）

（紅娘羞張生云）羞也氏，羞也氏！却不道「猜詩謎杜家，風流隨何，浪子陸賈」，今日便早死心塌地也！

【離亭宴帶歇拍煞】再休題「春宵一刻千金價」，準備去「寒窗重守十年寡」。

右第十八節。結文。

猜詩謎的杜家，祄拍了「迎風户半開」，山障了「隔牆花影動」，雲罨了「待月西廂下」。極盡淋漓。一任你將何郎粉去搽，他已自把張敞眉來畫。極盡淋漓。强風情措大，晴乾了尤雲殢雨心，懺悔了竊玉偷香膽，塗抹了倚翠偎紅話。極盡淋漓。淫詞兒早則休，簡帖兒從今罷。猶古自參不透風流調法。極盡淋漓。

右第十九節。于既結後忽然重放筆，作極盡淋漓之文，使我想皓布裩「昨夜雨滂烹，打倒葡萄棚」一頌，不覺遍身快樂。

小姐，你息怒嗔波卓文君，重作結。○又妙于作雙結。

右第二十節。此重作雙結也。此結雙文，請大人打鼓退堂。妙妙！

張生，你游學去波渴司馬。

右第二十一節。此結張生，犯人免供逐出。妙妙！○于紅娘口中，我亦細思必應作雙結。作者真乃極盡能事。

三之四　後候

傖近日所作傳奇，例必用四十折。吾真不知其何故不可多，不可少，必用四十折也。蓋南華老人言之也，曰：鵬之飛于南溟也，絶雲氣，負青天。其去地既九萬里，則其視地，猶如地上之人之視之蒼蒼也，不知其爲正色耶，抑爲遠而無所至極之色耶？以言諸王貴人，生于後宮，氣體高妙，則不知白屋之下寒乞之士，何故終日竟夜，嚄嚄唶唶其聲不絶也。諸葛忠武以一身任天下之重，統百萬之軍，兵馬粮糗，器仗圖籍，天文地形，賓客刑獄，無不獨經于心，則不知傲然野生，疏巾單衣，步行來前，抵掌言事，其胸中有何等陳乞也。十住菩薩于佛性義，能了了見，則不知一切衆生于生死海，没已得出，出已還没，雖經千佛世尊，雲興于世，出家成道，説法度生，乃至入于涅槃，甚久甚久，而彼方復出没如故，此是取何快樂也。蓋諸王貴人之不知，真猶如嚄唶寒士之不知諸王者也；諸葛忠武之不知，真猶如徒步野生之不知忠武者也；十住菩薩之不知，真猶如没海衆生之不知菩薩者也。故曰：「亦若是則已矣。」惟孔子亦曰：「道不同，不相爲謀。」馬牛風于澤，理豈亙及哉，而獨不謂文章之事亦復有然。昨讀《西廂》，因而諦思傖所作傳奇，其不可多，不可少，必用四十折，吾則真不知其遵何術而必如此。若夫《西廂》之爲文一十六篇，則吾實得而言之矣：有生有掃，生如生葉生花，掃如掃花掃葉。何謂生？何謂掃？何謂生如生葉生花？何謂掃如掃花掃葉？今夫一切世間太虚空中，本無有事，而忽然有之。如方春本無有葉與花，而忽然有葉與花，曰生。既而一切世間妄想顛倒有若干事，而忽然還無。如殘春花落，即掃花；窮秋葉落，即掃葉，曰掃。然則如《西廂》，何謂生？何謂掃？最前《驚艷》一篇謂之生，最後《哭宴》一篇謂之掃。蓋《驚艷》已前，無有《西廂》，無有《西廂》則是太虚空也；若《哭宴》已後，亦復無有《西廂》，無有《西廂》則仍太虛空也。此其最大之章法也，而後于其中間，則有此來、彼來。何謂此來？如《借廂》一篇是張生來，謂之此來；何謂彼來？如《酬韵》一篇是鶯鶯來，謂之彼來。蓋昔者鶯鶯在深閨中，實不圖牆外乃有張生借廂來；是夜張生在西廂中，亦實不圖牆内遂有鶯鶯酬韵來。設使張生不借廂，是張生不來，張生不來，此事不生；即使張生借廂，而鶯鶯不酬韵，是鶯鶯不來，鶯鶯不來，此事亦不生。今既張生慕色而來，鶯鶯又慕才而來，如是謂之兩來。兩來則南海之人已不在南海，北海之人已不在北海也。雖其事殊未然，然而于其中間，已有輕絲暗縈，微息默度，人自不覺，勢已無奈也。而後則有三漸。何謂三漸？《鬧齋》第一漸，《寺警》第二漸，今此一篇《後候》第三漸。第一漸者，鶯鶯始見張生也；第二漸者，鶯鶯始與張生相關也；第三漸者，鶯鶯始許張生定情也。此三漸，又謂之三得。何謂三得？自非《鬧齋》之一篇，則鶯鶯不得而見張生也；自非《寺警》之一篇，則鶯鶯不得而與張生相關也；自非《後候》之一篇，則鶯鶯不得而許張生定情也。何也？無遮道場，故得微露春妍；諱日營齋，故得親舉玉趾。捨是則尚且不得來，豈直不得見也。變起倉卒，故得受保護備至之恩；母有成言，故得援一醮不改之義。舍是則于何而得有恩，于何而得有義也。聽琴之夕，鶯鶯心頭之言，紅娘而既聞之；賴簡之夕，張生承詩之來，紅娘而又見之。今則不惟聞之見之，彼已且將死之。細思彼已且將死之[一]，而紅娘又聞之見

[一] 「已」，金谷園本作「既」。

之，而鶯鶯尚安得不悲之，尚安得復忌之，尚安得再忍之，尚安得不許之？捨是則不惟紅娘所見不得令紅娘見，乃至紅娘所聞烏得令紅娘聞也。而後則又有二近三縱。何謂二近？《請宴》一近，《前候》一近。蓋「近」之爲言，幾幾乎如將得之也。幾幾乎如將得之之爲言，終于不得也。終于不得，而又爲此幾幾乎如將得之之言者，文章起倒變動之法也。三縱者，《賴婚》一縱，《賴簡》一縱，《拷艷》一縱。蓋有近則有縱也，欲縱之故近之，亦欲近之故縱之。「縱」之爲言，幾幾乎如將失之也。幾幾乎如將失之之爲言，終于不失也。終于不失，而又爲此幾幾乎如將失之之言者，文章起倒變動之法既已如彼，則必又如此也。而後則有兩不得不然。何謂兩不得不然？聽琴不得不然，鬧簡不得不然。聽琴者，紅娘不得不然；鬧簡者，鶯鶯不得不然。設使聽琴不然，則是不成其爲紅娘；不成其爲紅娘，即不成其爲鶯鶯。何則？嫌其如機中女兒當户歎息，阿婆得問今年消息也。鬧簡不然，則是不成其爲鶯鶯；不成其爲鶯鶯，即不成其爲張生。何則？嫌其如碧玉小家，迴身便抱，瑯琊不疑，登徒大喜也。而後則有實寫一篇。實寫者，一部大書，無數文字，七曲八折，千頭萬緒，至此而一齊結穴，如衆水之畢赴大海，如群真之咸會天闕，如萬方捷書齊到甘泉，如五夜火符親會流珠。此不知于何年月日，發願動手欲造此書，而今于此年此月此日，遂得快然而已閣筆，如後文《酬簡》之一篇是也。又有空寫一篇。空寫者，一部大書，無數文字，七曲八折，千頭萬緒，至此而一無所用，如楚人之火燒阿房，如莊惠之快辨儵魚，如臨濟大師肋下三拳，如成連先生刺船徑去。此亦不知于何年月日，發願動手造得一書，而即于此年此月此日，立地快然其便裂壞，如最後《鶯夢》之一篇是也。凡此，皆所謂《西廂》之文一十六篇，吾實得而言之者也。謂之十六篇可也，謂之一篇可也；謂之百千萬億文字，總持悉歸于是可也，謂之空無點墨可也。若僋近日所作傳奇，不可多，不可少，必用四十折，吾則誠不能知其遵何術而必如此也。彼視《西廂》，蒼蒼然正色耶？遠而無所至極耶？《西廂》視彼，亦蒼蒼然正色耶？遠而無所至極耶？蓋南華老人言之也，曰：「亦若是則已矣。」

（夫人上云）早間長老使人來説，張生病重。俺着人去請太醫，一壁分付紅娘看去，問太醫下什麽藥，是何證候，脈息如何，便來回話者。（夫人下）

（紅娘上云）夫人使俺去看張生。夫人呵，你只知張生病重，那知他昨夜受這場氣呵，怕不送了性命也！（紅娘下）

（鶯鶯上云）張生病重，俺寫一簡，只説道藥方，着紅娘將去，與他做個道理。（喚科）（紅應云）小姐，紅娘來也。（鶯鶯云）張生病重，我有一個好藥方兒，與我將去咱。（紅云）小姐呵，你又來也。也罷，夫人正使我去，我就與你將去波。（鶯鶯云）我專等你回話者。（鶯鶯下）（紅娘下）

（張生上云）昨夜花園中，我吃這場氣，投着舊證候，眼見得休了也。夫人着長老請太醫來看我，我這惡證候，非是太醫所治。除非小姐有甚好藥方兒，這病便可了。

（紅娘上云）俺小姐害得人一病郎當，如今又着俺送甚藥方兒。俺去則去，只恐越着他沉重也。異鄉最有離愁病，妙藥難醫腸斷人。

〔越調〕【鬥鵪鶉】（紅娘唱）先是你彩筆題詩，迴文織錦；「先是你」，妙妙！引得人卧枕着床，忘餐廢寢。「引得人」，妙妙！到如今鬢似愁潘，腰如病沈。恨已深，病已沉。「到如今」，妙妙！多謝你熱劫兒對面搶白，冷句兒將人厮侵。「多謝你」，妙妙！

右第一節。「先是你」、「引得人」，言病之所由起也；「到如今」、「多謝你」，言病之所由劇也。如此望聞問切，真乃神聖巧功矣。〇「先是你」句，便放過張生者，紅娘只知鶯鶯酬韻，不知張生借廂也；「多謝你」句，又放過夫人者，張生深恨鶯鶯賴簡，過于夫人賴婚也。此皆寫紅娘細心切脉、洞見臟腑處，非等閑下筆也。《西廂》筆筆不等閑，《西廂》篇篇起筆尤不等閑。

【紫花兒序】你倚着櫳門兒待月，依着韵脚兒聯詩，側着耳朵兒聽琴。昨夜忽然撇假偌多，説：「張生，我與你兄妹之禮，甚麽勾當！」忽把個書生來跌窨，今日又是：「紅娘，我有個好藥方兒，你將去與了他。」又將我侍妾來逼凌。難禁，倒教俺似綫脚兒般殷勤，不離了針。真爲可惱，真爲可笑。

右第二節。凡作三折，折到題，寫紅娘心頭全無捉摸，最爲清辨之筆。〇猶言如此，則不應如彼；如彼，則不應又如此也。一、二、三、四句，似與第一節復者。第一節是叙張生病源，此是叙鶯鶯藥方，兩節固各不相蒙也。○「難禁」者，自言難熬。鶯鶯自前候至此，凡三遣紅娘到書房矣，不迸一縫，不通一風，真何以堪之哉！

從今後由他一任。妙絶，妙絶！

右第三節。既多番遣到書房，而終于不迸一縫，不通一風，則我亦惟有袖手旁立[一]，任君自爲，誰能尚有眷眷不釋也耶！○觀此言，則前兩番遣到書房，紅娘之喜，紅娘之怒，不言可知。

甚麽義海恩山，無非遠水遥岑。真是精絶之句。

右第四節。不覺爲「好藥方兒」四字啞地失笑也。

（見張生問云）先生，可憐呵，你今日病體如何？（張生云）害殺小生也！我若是死呵，紅娘姐，閻羅王殿前，少不得你是干連人。（紅云）普天下害相思，不像你害得忒煞也。小姐，你那裏知道呵！

真正妙白。不是寫紅娘憐張生，乃是寫張生病至重也。寫張生病至重者，寫鶯鶯之得以回心轉意也。蓋張生病至重而猶不回心轉意，則是豺虎之不如也。若張生病不至于至重，而早使回心轉意，則又爲雀鴿之類也。作文實難，知文亦甚不易，于此可見。

【天净沙】你心不存學海文林，夢不離柳影花陰，只去竊玉偷香上用心。又不曾有甚，我見你

[一]「袖」，貫華堂本作「抽」，據芥子園本改。

海棠開想到如今。「又不曾有甚」五字，妙絶。便將夫人許婚、小姐傳簡，一齊賴過。○前夫人賴、小姐賴，此紅娘又賴，妙妙！

你因甚便害到這般了？（張生云）你行我敢説謊？我只因小姐來！昨夜回書房，一氣一個死。我救了人，反被人害。古云「癡心女子負心漢」，今日反其事了。（紅云）這個與他無干。

右第五節。總批後節下。

真是妙白，寫來便真是氣盡喘急、逐口斷續之聲。至于紅答之奇妙絶世，又反不論矣。

【調笑令】你自審，這邪淫；看尸骨岩岩是鬼病侵。「自審」妙，「邪淫」妙，「是鬼」妙，看他便一毫不提及鶯鶯。更道秀才們從來恁，看他純是扯過一邊語，便不欲提及鶯鶯。似這般單相思好教撒吞！「單相思」妙。既「單」矣，猶自稱「相思」耶？「撒吞」之爲言，撒而吞之。吴音言「吃屁」，蓋云「不成」其爲相思也。功名早則不遂心，扯到功名，一何無謂！婚姻又反吟伏吟。此亦扯語也，竟如張生命宫填注，全與鶯鶯無涉也。○前張生告紅娘生辰八字，至此忽推成命書，笑絶。

右第六節。此二節之妙，都在字句之外。何以言之？只看其各用一「你」字起，便是藏過鶯鶯更不道及，爲棄絶之至也。若更道及者，即不獨鶯鶯羞，紅娘先自羞也。○前《鬧簡》一篇，既作如許盡情極致之文，此如再作一篇，世安得崔顥詩下又有詩耶？看他只用兩「你」字，純責張生，便將鶯鶯直置之不足又道，而其盡情極致，不覺遂轉過于前文。天下真有除却死法，别是活法之理也。前「你」，是説張生病源；後「你」，是説張生病證。

夫人着俺來看先生，吃甚麽湯藥。這另是一個甚麽好藥方兒，送來與先生。

真正妙白。蓋「另是一個甚麽」者，甚不滿之辭也。不言誰送來與先生者，深惡而痛絶之之至也。○前一簡出之何其遲，遲得妙絶；此一簡出之何其速，速得又妙絶。唐人作畫，多稱變相，以言番番不同。今如此兩篇出簡，真可謂之變相矣。

（張生云）在那裏？（紅授簡云）在這裏。（張生開讀，立起笑云）我好喜也！是一首詩。（揖云）早知小姐詩來，禮合跪接。紅娘姐，小生賤體不覺頓好也。（紅云）你又來也！不要又差了一些兒。（張生云）我那有差的事？前日原不得差，得失亦事之偶然耳。妙妙！絶世聰明人語也。（紅云）我不信！你念與我聽呵。

（張生云）你欲聞好語，必須致誠斂衽而前。（張生整冠帶，雙手執簡科）科白俱好。

（念詩云）「休將閑事苦縈懷，取次摧殘天賦才。不意當時完妾行，豈防今日作君災？仰酬厚德難從禮，謹奉新詩可當媒。寄語高唐休詠賦，今宵端的雨雲來。」詩醜絶！紅娘姐，此詩又非前日之比。（紅低頭沉吟云）哦，有之，我知之矣。妙妙！絶世聰明人語也。小姐，你真個好藥方兒也！

【小桃紅】「桂花」摇影夜深沉，酸醋「當歸」浸。真好藥方。緊靠湖山背陰裏窨，最難尋。真好修合。一服兩服令人恁。真好效驗。忌的是「知母」未寢，怕的是紅娘撒沁。真好避忌。這其間「使君子」一星兒「參」。人參也。人參「參」字，應作「蓡」字，俗通作「參」。此又借作「參」字用也，妙絶！

右第七節。便撰成一藥方，其才之狡獪如此。

【鬼三台】只是你其實啉，休妝唔。真是風魔翰林，無投處問佳音，向簡帖上計稟。「稟」從禾，不從示，力錦切。得了個紙條兒恁般綿裹針，若見了玉天仙怎生軟厮禁？

右第八節。又非笑之。細思此時，真有得紅娘非笑也。

俺小姐正合忘恩，僂人負心。

右第九節。又唬嚇之。細思此時，真有得紅娘唬嚇也。

【禿厮兒】你身卧一條布衾，頭枕三尺瑶琴，他來怎生一處寢？凍得他戰兢兢！

右第十節。又奚落之。細思此時，真有得紅娘奚落也。

知音？【聖藥王】果若你有心，他有心，昨宵鞦韆院宇夜深沉；花有陰，月有陰，便該「春宵一刻抵千金」，何須又「詩對會家吟」？真乃筆舌互用。

右第十一節。又辨駁之。細思此時，真有得紅娘辨駁也。

【東原樂】我有鴛鴦枕，翡翠衾，便遂殺人心，只是如何賃？此等花色，真是憑空蹴起。

右第十二節。又驕奢之。細思此時，真有得紅娘驕奢也。

你便不脱和衣更待甚？不強如指頭兒恁。即佛所云「非法出精」也。你成親，已大福蔭。純是憑空蹴起。

右第十三節。又欺詆之。細思此時，真有得紅娘欺詆也。○右自第八節至此，皆極寫紅娘滿心歡喜之文。

先生，不瞞你説，俺的小姐呵，你道怎麽來？

【綿搭絮】他眉是遠山浮翠，眼是秋水無塵，膚是凝酥，腰是弱柳，俊是龐兒俏是心，體態是温柔性格是沉。他不用法灸神針，他是一尊救苦觀世音。

右第十四節。描畫鶯鶯一通，乃是斷不可少。〇如看李龍眠白描觀音也，又不似脱候病語，妙絶。

然雖如此，我終是不敢信來。

妙妙！其事本不易信，何況其人又最難信。殷鑒不遠，便在前夜。

（張生云）紅娘姐，今日不比往日。（紅云）呀，先生不然。

【後】我慢沉吟，你再思尋。妙絶，妙絶！

你往事已沉，我只言目今，妙絶，妙絶！

不信小姐今夜却來。

今夜三更他來恁。妙絶，妙絶！

右第十五節。上文一路都作滿心歡喜之文，至此忽又移宫换羽，一變而爲驚疑不定之文，真乃一唱三歎，千迴萬轉矣。〇世間有如此一氣清轉却萬變無方，萬變無方又一氣清轉之文哉？普天下後世錦繡才子，讀至此處，誰復能不心死哉？

（張生云）紅娘姐，小生吩咐你，來與不來你不要管，總之其間望你用心。妙白。

我是不曾不用心。俗本失此一句。怎説白璧黄金，滿頭花，拖地錦。【煞尾】夫人若是將門禁，早共晚我能教稱心。

右第十六節。真心實意，代人擔憂，而反遭人疑，于是滿口分説，急不得明。世間多有此事，又何獨一紅娘哉。只是筆墨之下，不知如何却寫到。

先生，我也要分付你，總之其間你自用心，來與不來我都不管。妙白。可謂行文如戲。

來時節，肯不肯怎由他；見時節，親不親盡在您。

右第十七節。一句剛克，一句柔克，天下之能事畢矣。

貫華堂第六才子書西廂記卷之六終

貫華堂第六才子書西廂記卷之七

聖歎外書

第四之四章題目正名

小紅娘成好事

老夫人問由情

短長亭斟别酒

草橋店夢鶯鶯

四之一　酬簡

古之人有言曰「《國風》好色而不淫」。比者聖歎讀之而疑焉，曰：嘻，異哉！好色與淫相去則又有幾何也耶？若以爲發乎情止乎禮，發乎情之謂好色，止乎禮之謂不淫。如是解者，則吾十歲初受《毛詩》，鄉塾之師早既言之，吾亦豈未之聞，亦豈聞之而遽忘之？吾固殊不能解，好色必如之何者謂之好色？好色又必如之何者謂之淫？好色又如之何謂之幾于淫，而卒賴有禮而得以不至于淫？好色又如之何謂之賴有禮得以不至于淫，而遂不妨其好色？夫好色而曰吾不淫，是必其未嘗好色者也；好色而曰吾大畏乎禮而不敢淫，是必其並不敢好色者也；好色而大畏乎禮而不敢淫而猶敢好色，則吾不知禮之爲禮將何等也；好色而大畏乎禮而猶敢好色而獨不敢淫，則吾不知淫之爲淫必何等也。且《國風》之文具在，固不必其皆好色，而好色者往往有之矣；抑《國風》之文具在，反不必其皆好色而淫者往往有之矣。信如《國風》之文之淫，而猶謂之不淫，則必如之何而後謂之淫乎？信如《國風》之文之淫，而猶望其昭示來許爲大鑒戒，而因謂之不淫，則又何文不可昭示來許爲大鑒戒，而皆謂之不淫乎？凡此，吾比者讀之而實疑焉。人未有不好色者也，人好色未有不淫者也，人淫未有不以好色自解者也。此其事，内關性情，外關風化，其伏至細，其發至鉅。故吾得因論《西廂》之次而欲一問之[一]：夫好色與淫，相去則真有幾何也耶？

《國風》之淫者不可以悉舉，吾今獨摘其尤者，曰：「以爾車來，以我賄遷。」嘻，何其

[一]「得」，貫華堂本作「待」，據芥子園本、金谷園本改。

甚哉！則更有尤之尤者，曰：「子不我思，豈無他人！」嘻，此豈復人口中之言哉！夫《國風》採于初周，則是三代之盛音也；又經先師仲尼氏之所删改，則是大聖人之文筆也。而其語有如此，真將使後之學者奈之何措心也哉！

自古至今，有韵之文，吾見大抵十七皆兒女此事。此非以此事真是妙事，故中心愛之，而定欲爲文也；亦誠以爲文必爲妙文，而非此一事則文不能妙也。夫爲文必爲妙文，而妙文必借此事，然則此事其真妙事也。何也？事妙，故文妙；今文妙，必事妙也。若此事真爲妙事，而爲文竟非妙文，然則此事亦不必其定妙事也。何也？文不妙，必事不妙；今事不妙，故文不妙也。甚矣！人之相去，不可常理計也。同此一手，手中同此一筆，而或能爲妙文焉，或不能爲妙文焉。今而又知豈獨是哉，乃至同此一男一女，而或能爲妙事焉，或不能爲妙事焉。曰：何用知其同此一男一女，而獨不能爲妙事？曰：吾讀其文而知之矣。曰：彼其必爭吾亦妙事也。曰：彼猶必爭吾亦妙文也。書竟，不覺大笑。

有人謂《西廂》此篇最鄙穢者，此三家村中冬烘先生之言也。夫論此事，則自從盤古至于今日，誰人家中無此事者乎？若論此文，則自從盤古至于今日，誰人手下有此文者乎？誰人家中無此事，而何鄙穢之與有？誰人手下有此文，而敢謂其有一句一字之鄙穢哉？曰：一句一字都不鄙穢，然則自【元和令】起，直至【青歌兒】盡，如是若干，皆何等言語耶？曰：固也，我正謂如使真成鄙穢，則只須一句一字而其言已盡，決不用如是若干言語者也。今自【元和令】起，直至【青歌兒】盡，乃用如是若干言語，吾是以絶歎其真不是鄙穢也。蓋事則家家中之事也，文乃一人手下之文也。借家家中之事，寫吾一人手下之文者，意在于文，意不在于事也。意不在事，故不避鄙穢；意在于文，故吾真曾不見其鄙穢。而彼三家村中冬烘先生，猶呶呶不休，詈之曰鄙穢，此豈非先生不惟不解其文，又獨甚解其事故耶？然則天下之鄙穢殆莫過先生，而又何敢呶呶爲！

(鶯鶯上云)紅娘傳簡帖兒去，約張生今夕與他相會。等紅娘來，做個商量。

(紅娘上云)小姐着俺送簡帖兒與張生，約他今夕相會。俺怕又變卦，送了他性命，不是耍。俺見小姐去，看他説甚的。(鶯鶯云)紅娘，收拾卧房，我去睡。(紅云)不爭你睡呵，那裏發付那人？(鶯鶯云)甚麽那人？(紅云)小姐，你又來也！送了人性命不是耍。你若又翻悔，我出首與夫人：「小姐着我將簡帖兒約下張生來。」(鶯鶯云)這小妮子倒會放刁。(紅云)不是紅娘放刁，其實小姐切不可又如此。(鶯鶯云)只是羞人答答的。(紅云)誰見來？除却紅娘，並無第三個人。斵山云：天下事之最易最易者，莫如偷期。聖歎問：何故？斵山云：一事止用二人做，而一人却是我，我之肯已是千肯萬肯，則是先抵過一半功程也。

(紅娘催云)去來！去來！(鶯鶯不語科)好。

(紅娘催云)小姐，没奈何，去來！去來！(鶯鶯不語，做意科)好。

(紅娘催云)小姐，我們去來！去來！(鶯鶯不語，行又住科)好。

(紅娘催云)小姐，又立住怎麽？去來！去來！(鶯鶯不語，行科)好。

（紅娘云）我小姐語言雖是强，脚步兒早已行也。

〔正宮〕【端正好】（紅娘唱）因小姐玉精神，花模樣，無倒斷曉夜思量。今夜出個至誠心，改抹咱瞞天謊。出畫閣，向書房，離楚岫，赴高唐，學竊玉，試偷香，巫娥女，楚襄王；楚襄王，敢先在陽臺上。

（鶯鶯隨紅娘下）

（張生上云）小姐着紅娘，將簡帖兒約小生，今夕相會。這早晚初更盡呵，怎不見來？更不可早，然實不遲。人間良夜静復静，天上美人來不來？

〔仙吕〕【點絳唇】（張生唱）竚立閑階，只用四字，便避過三之三【喬牌兒】「日初時想月華，捱一刻似一夏」等文。

夜深香靄横金界。瀟灑書齋，悶殺讀書客。

右第一節。下文皆極寫雙文不來，張生久待。而此于第一句先寫「竚立」字，便是待已甚久，而下文乃久而又久也。蓋下文極寫久待固久，而此又先寫甚久，使下文久而又久，則久遂至于不可説也。謂之只用一層筆墨，而有兩層筆墨，此固文章秘法也。

右第二節。夜深矣，而書齋猶瀟灑，蓋「瀟灑」之爲言，寂無人來也。此其悶可想也。○書齋寂無人來，此真讀書之客之所甚樂也。書齋寂無人來，而客不樂而反悶，然則客之不讀書可知也。客既不讀書，而猶自名其屋曰書齋，甚矣，天下之無人無書齋也！連用兩「書」字，最有風刺。○「瀟灑書齋」四字，作「悶」用，真奇事也。杜詩亦有之，曰：「卷簾惟白水，隱几亦青山。」自爲「白水」「青山」字，亦未遭如是用也。

【混江龍】彩雲何在，每歎李夫人歌真是絶世妙筆，只看其第一句之四字曰：「是耶，非耶？」便寫得劉徹通身出神。今此「彩雲何在」四字，亦真寫得張生通身出神也。

右第三節。忽然欲其天上下來。〇已下皆作翻床倒席、爬起跌落之文。應接連處忽然不接連，不應重沓處忽然又重沓，皆極寫雙文不來、張生久待神理。

月明如水浸樓臺。僧居禪室，鴉噪庭槐。

右第四節。「月明如水」，天上不見下來也；「僧居禪室」，静又不是也；「鴉噪庭槐」，動又不是也。皆寫張生搔爬不着之情也，非寫景也。細思寫此時張生，真何暇寫到景？

風弄竹聲，只道金珮響；月移花影，疑是玉人來。一片搔爬不着神理。

右第五節。忽然又欲其四面八方來。〇「溪聲便是廣長舌，山色豈非清浄身」，悟時便有如此境界。「風弄竹聲金珮響，月移花影玉人來」，迷時便又有如此境界。斲山則不然：「風弄竹聲」風弄竹，「月移花影」月移花，又何處氣嘘嘘地學得「廣長舌」、「清浄身」兩句哉？斲山語。

意懸懸業眼，急攘攘情懷。身心一片，無處安排，呆打孩倚定門兒待。昔人謂「科頭箕踞長松下，白眼看他世上人」不是冷極語，正是熱極語，此真知言也。「呆打孩倚定門兒待」，此不是倚得定語，正是倚不定語也。一片搔爬不着神理。

右第六節。倚在門，妙絶，妙絶！

越越的青鸞信杳，黄犬音乖。【油葫蘆】我情思昏昏眼倦開，單枕側，夢魂幾入楚陽臺。「幾入」者，欲入而驚覺不入之辭也。《小弁》之詩曰「假寐永歎」，蓋心憂無聊，只得且寐，既寐不寐，歎聲徹夜。此用其句也。

右第七節。倚在枕，妙絶，妙絶！○上文方倚在門，此文忽倚在枕，所謂應接連處忽然不接連也。一片搔爬不着神理。

早知恁無明無夜因他害，想當初不如不遇傾城色。人有過，必自責，勿憚改，一片搔爬不着，直搔爬向這裏去。奇奇妙妙，一至于此。

右第八節。倚枕静思，不如改過，真胡思亂想之極也。○道學先生聞張生欲改過，則必加手于額曰：賴有是也，一部《西廂》只此一句，是非乃不謬于聖人也。而殊不知正不然也，不惟張生欲改過是胡思亂想，凡天下欲改過者，一切悉是胡思亂想必也。如《圓覺經》之于諸妄心亦不息滅，是則真我先師「五十學《易》可無大過」之道也矣。○搔爬不着，横躺在床，胡思亂想，急寫不盡。看其輕輕只寫一句云「我欲改過」，却不覺無數胡思亂想，早已不寫都盡也。蓋改過，正是胡思亂想之天盡底頭語也。吾幼讀《會真記》，至後半改過之文，幾欲拔刀而起，不圖此却翻成異樣奇妙，真乃咄咄怪事。

我却待「賢賢易色」將心戒，怎當他兜的上心來。【天下樂】我倚定門兒手托腮，一片搔爬不着神理。

右第九節。忽然又倚在門，妙絶妙絶！○前倚在門，頃忽倚在枕，此忽又倚在門，所謂不應重沓處忽然又重沓也。

好着我難猜：來也那不來？

右第十節。恨之。

夫人行料應難離側。

右第十一節。諒之。○忽然恨之，忽然又諒之，應接連處不接連也。一片搔爬不着神理。

望得人眼欲穿，想得人心越窄。

右第十二節。忽然又恨之。

多管是寃家不自在。

右第十三節。忽然又諒之。○忽然又恨之，忽然又諒之，不應重沓處又重沓也。

偌早晚不來，莫不又是謊？

【那吒令[一]】他若是肯來，早身離貴宅。

右第十四節。肯來。

他若是到來，便春生敝齋。

右第十五節。到來。○「貴宅」「貴」字，「敝齋」「敝」字，都有神理，不止作尋常稱呼用也。

他若是不來，似石沉大海。

右第十六節。不來。○須知來句是不來句，不來句是來句也。口中説此句，心中反

[一]「吒」，貫華堂本作「咤」，據芥子園本、金谷園本改。

是彼句，一片全是搔爬不着神理也。

數着他脚步兒行，靠着這窗檻兒待。右第十七節。倚在門，倚在枕；又倚在門，又倚在窗。妙絶，妙絶！

寄語多才：【鵲踏枝】恁的般惡搶白，並不曾記心懷；博得個意轉心回，許我夜去明來。右第十八節。真乃滴淚滴血之文也。昊天上帝，亦當降庭；諸佛世尊，亦當出定。

何物雙文，猶未出來耶！

調眼色已經半載，這其間委實難捱。右第十九節。一路搔爬不着，至此真心盡氣絶時也。

【寄生草】安排着害，準備着擡。右第二十節。心盡氣絶，更無活理，只有死也。

想着這異鄉身，强把茶湯捱。只爲你可憎才，熬定心腸耐。辦一片至誠心，留得形骸在。試教司天臺打算半年愁，端的太平車敢有十餘載。右第二十一節。又放透筆尖再寫一句，言今日之死，永無活理。蓋死原不到今日，到今日而仍死，則其死真更不活也。世間何意有如此二十成筆法。

(紅娘上云)小姐，我過去，你只在這裏。(敲門科)(張生云)小姐來也！(紅云)小姐來也，你接了衾枕者。(張生揖云)紅娘姐，小生此時一言難盡，惟天可表！(紅云)你放輕者，休唬了他！你只在這裏，我迎他去。(紅娘推鶯鶯上云)小姐，你進去，我在窗兒外等你。

(張生見鶯鶯，跪抱云)張珙有多少福，敢勞小姐下降。

【村裏迓鼓】猛見了可憎模樣，早醫可九分不快。

右第二十二節。緊承前患病一篇，妙。

先前見責，誰承望今宵相待！

右第二十三節。緊承前前《賴簡》一篇，妙。○細思張生初接雙文時，真乃一部十七史從何句説起好。今看其第一句緊承前篇，第二句緊承前前篇，譬如眉目鼻口，天生位置，果非人工之得與也。

教小姐這般用心，不才珙，合跪拜。小生無宋玉般情，潘安般貌，子建般才；小姐，你只可憐我爲人在客。

右第二十四節。感激謙謝，正文不可少。

(鶯鶯不語)(張生起，捱鶯鶯坐科)

【元和令】繡鞋兒剛半折。

右第二十五節。此時雙文安可不看哉，然必從下漸看而後至上者，不惟雙文羞顔不許便看，惟張生亦羞顔不敢便看也。此是小兒女新房中真正神理也。

柳腰兒恰一搦。

右第二十六節。自下漸看而至上也。如觀如來三十二相，有順有逆，此爲逆觀也。

羞答答不肯把頭擡，只將鴛枕捱。

右第二十七節。夫看雙文，止爲欲看其面也。今爲不敢便看，故且看其脚，故且看其腰。乃既看其脚，既看其腰，漸漸來看其面，而其面則急切不可得看。此真如觀如來者，不見頂相，正是如來頂相也。不然，而使寫出欲看便看，此豈復成雙文嬌面哉。文真妙文，批亦真妙批。

雲鬟彷彿墜金釵，給之也。偏宜鬏髻兒歪。又給之也。【上馬嬌】我將你紐扣兒鬆，又給之也。上給輕，此給猛[二]。我將你羅帶兒解。又猛給之也。蘭麝散幽齋，不良會把人禁害。咍，怎不回過臉兒來？上數句，全爲此句，總必欲見其面也。

右第二十八節。看其釵，看其髻，則知獨不得看其面也。看其釵，釵不墜，看其髻，髻不歪，而給之曰「釵墜」「髻歪」者，其心必欲得一看其面也。給之曰「釵墜」，給之曰「髻歪」，而終不得一看其面，于是不免換作重語，猛再給之，而何意終不可得而看哉？真寫盡雙文神理也。〇雙文之面雖終不得而看，而雙文之扣、雙文之帶，則趁勢已解矣。夫雙文之扣、雙文之帶，此真非輕易可得而解也。今用「明修棧道，暗度陳倉」之法，輕輕遂已解得，世間真乃無第二手也。「但應報道金釵墜，仿佛還應露指尖」，正是此一法也。

（張生抱鶯鶯，鶯鶯不語科）

【勝葫蘆】軟玉温香抱滿懷。

[二]「猛」，金谷園本作「重」。

右第二十九節。抱之。○已下看其逐一句，逐一句，節節次次，不可明言也。

呀，劉阮到天台。

右第三十節。初動之。

春至人間花弄色。

右第三十一節。玩其忍之。

柳腰款擺，花心輕拆，露滴牡丹開。【後】蘸着些兒麻上來。

右第三十二節。更復連動之。

魚水得和諧。

右第三十三節。知其稍已安之。

嫩蕊嬌香蝶恣採。你半推半就，我又驚又愛。

右第三十四節。遂大動之。

檀口揾香腮。

右第三十五節。畢之。○寫畢作此五字，真寫盡畢也。

【柳葉兒】我把你做心肝般看待，點污了小姐清白。

右第三十六節。伏而慚謝之。○聖歎欲問普天下錦繡才子：此「伏而慚謝之」五字，可是聖歎出力批得出來？○「點污了小姐清白」，此其語可知也。聖歎更不説也。

我忘餐廢寢舒心害，若不真心耐，至心捱，怎能勾這相思苦盡甘來。【青歌兒】成就了今宵歡愛，魂飛在九霄雲外。

右第三十七節。此真如堂頭大和尚説行脚時事，狀元及第歸來思量做秀才日，其一片眼淚，正是一片快活也。定不可少。

投至得見你個多情小奶奶，你看憔悴形骸，瘦如麻稭！

右第三十八節。將一片眼淚、一片快活，又覆説一遍也。上是先説苦，次説快；此是先説快，次説苦。便于言外想見其脱衣並卧，其事既畢，猶不起來。

今夜和諧，猶是疑猜。「疑猜」者，快活之至也。露滴香埃，明明是露。○一。風静閑階，明明是風。○二。月射書齋，明明是月。○三。則不必疑猜也。雲鎖陽臺。上三句是景[一]，此一句是景中人。夫景是景，人是人，然則不必疑猜也。我審視明白，難道是昨夜夢中來？妙絶。

右第三十九節。偏是決無疑猜之事，偏有決定疑猜之理。蓋不快活即不疑猜，而不疑猜亦不快活；越快活越要疑猜，而越疑猜亦越見快活也。真是寫殺。

（張生起，跪謝云）張珙今夕得侍小姐，終身犬馬之報。（鶯鶯不語科）

（紅娘請云）小姐，回去波，怕夫人覺來。（鶯鶯起行，不語科）（張生携鶯鶯手，再看科）

愁無奈。【寄生草】多豐韵，忒稔色。乍時相見教人害，霎時不見教人怪，些時得見教人愛。如此寫出，真是妙手空空。今宵同會碧紗幮，何時重解香羅帶？

[一]「上」，貫華堂本是墨釘，據芥子園本、金谷園本補。

右第四十節。訂後期，文自明。

（紅娘催云）小姐，快回去波，怕夫人覺來。（鶯鶯不語，行下階科）（張生雙携鶯鶯手，再看科）

【賺煞尾】春意透酥胸，看其胸。春色横眉黛，看其眉。此兩看毒極，正是看新破瓜女郎法也。賤却那人間玉帛。奇句，妙句，清絶句，入化句[一]。杏臉桃腮，乘月色，嬌滴滴越顯紅白。從來麗句不清，清句不麗。如此清麗之句，真無第二手也。

右第四十一節。寫張生越看越愛，越愛越看，臨行抱持，不忍釋手，固也。然此正是巧遮後篇夫人疑問之根，最爲入化出神之筆。

下香階，懶步蒼苔，非關弓鞋鳳頭窄。歎鯫生不才，謝多嬌錯愛。

右第四十二節。欲寫張生訂其再來，反寫雙文今已不去。文章入化出神，一至于此哉！從來異様妙文，只是看熟了便不覺。《西廂》中如此等，真是異様妙文也，切思不得看熟了[二]。

你破工夫今夜早些來。

右第四十三節。傖讀之，謂是要其來；錦繡才子讀之，知是要其去也。若説要其來，則是止寫張生，其文淺；必説要其去，則直寫出雙文，其文甚深也。詩云：「最是五更留不住，向人枕畔着衣裳。」此最是不可奈何時節也。〇聖歎自幼學佛，而往往如湯惠

[一]「入化」，貫華堂本作「夫人」，據芥子園本、金谷園本改。

[二]「思」，貫華堂本作「忌」，據芥子園本改。

休綺語未除。記曾有一詩云：「星河將夜半，雲雨定微寒。屧響私行怯，窗明欲度難。一雙金屈戍，十二玉欄干。纖手親捫遍，明朝無迹看。」亦最是不可奈何時節也。

四之二　拷艷

昔與斲山同客共住，霖雨十日，對床無聊，因約賭説快事，以破積悶。至今相距既二十年，亦都不自記憶。偶因讀《西廂》至《拷艷》一篇，見紅娘口中作如許快文，恨當時何不檢取共讀，何積悶之不破？于是反自追索，猶憶得數則，附之左方，並不能辨何句是斲山語，何句是聖歎語矣。

其一，夏七月，赤日停天，亦無風，亦無雲。前後庭赫然如洪爐，無一鳥敢來飛。汗出遍身，縱横成渠，置飯于前，不可得吃。呼簟欲卧地上，則地濕如膏，蒼蠅又來，緣頸附鼻，驅之不去。正莫可如何，忽然大黑，車軸疾澍，澎湃之聲如數百萬金鼓，檐溜浩于瀑布。身汗頓收，地燥如掃，蒼蠅盡去，飯便得吃，不亦快哉！

其一，十年別友，抵暮忽至。開門一揖畢，不及問其船來陸來，並不及命其坐床坐榻，便自疾趨入内，卑辭叩内子：「君豈有斗酒，如東坡婦乎？」内子欣然拔金簪相付，計之可作三日供也，不亦快哉！

其一，空齋獨坐，正思夜來床頭鼠耗可惱。不知其「戛戛」者是損我何器，「嗤嗤」者是裂我何書。中心回惑，其理莫措。忽見一俊猫注目摇尾，似有所睹。斂聲屏息，少復待之，則疾趨如風，「掓」然一聲，而此物竟去矣，不亦快哉！

其一，于書齋前拔去垂絲海棠、紫荆等樹，多種芭蕉一二十本，不亦快哉！

其一，春夜與諸豪士快飲至半醉，住本難住，進則難進。旁一解意童子忽送大紙炮可十餘枚，便自起身出席，取火放之。硫黄之香，自鼻入腦，通身怡然，不亦快哉！

其一，街行見兩措大執爭一理，既皆目裂頸赤，如不戴天；而又高拱手，低曲腰，滿口仍用「者也之乎」等字。其語刺刺，勢將連年不休。忽有壯夫掉臂行來，振威從中一喝而解，不亦快哉！

其一，子弟背誦書爛熟，如瓶中瀉水，不亦快哉！

其一，飯後無事，入市閑行，見有小物，戲復買之。買亦已成矣，所差者至尠，而市兒苦爭，必不相饒。便淘袖中一件，其輕重與前直相上下者，擲而與之。市兒忽改笑容，拱手連稱不敢，不亦快哉！

其一，飯後無事，翻倒敝篋，則見新舊逋欠文契，不下數十百通。其人或存或亡，總之無有還理。背人取火，拉雜燒浄，仰看高天，蕭然無雲，不亦快哉！

其一，夏月科頭赤脚，自持凉繖遮日，看壯夫唱吴歌，踏桔槹。水一時湓湧而上，譬如翻銀滚雪，不亦快哉！

其一，朝眠初覺，似聞家人歎息之聲，言某人夜來已死。急呼而訊之，正是一城中第一絶有心計人，不亦快哉！

其一，夏月早起，看人于松棚下鋸大竹作筒用，不亦快哉！

其一，重陰匝月，如醉如病，朝眠不起，忽聞衆鳥畢作弄晴之聲。急引手搴帷，推窗視之，日光晶熒，林木如洗，不亦快哉！

其一，夜來似聞某人素心，明日試往看之。入其門，窺其閨，見所謂某人，方據案面南看一文書。顧客入來，默然一揖，便拉袖命坐曰：「君既來，可亦試看此書。」相與歡笑，日影盡去，既已自饑，徐問客曰：「君亦饑耶？」不亦快哉！

其一，本不欲造屋，偶得閑錢，試造一屋。自此日爲始，需木需石，需瓦需磚，需灰需釘，無晨無夕，不來聒于兩耳。乃至羅雀掘鼠，無非爲屋校計，而又都不得屋住。既已安之如命矣。忽然一日，屋竟落成，刷牆掃地，糊窗挂畫。一切匠作出門畢去，同人乃來分榻列坐，不亦快哉！

其一，冬夜飲酒，轉復寒甚，推窗試看，雪大如手，已積三四寸矣，不亦快哉！

其一，夏日于朱紅盤中自拔快刀，切緑沉西瓜，不亦快哉！

其一，久欲爲比丘，苦不得公然吃肉。若許爲比丘，又得公然吃肉，則夏月以熱湯快刀净刮頭髮，不亦快哉！

其一，存得三四癩瘡于私處，時呼熱湯，關門澡之，不亦快哉！

其一，篋中無意忽檢得故人手迹，不亦快哉！

其一，寒士來借銀，謂不可啓齒，于是唯唯亦説他事。我竊見其苦意，拉向無人處，問所需多少，急趨入内，如數給與。然後問其必當速歸料理是事耶，爲尚得少留共飲酒耶[二]，不亦快哉！

其一，坐小船，遇利風，苦不得張帆，一快其心。忽逢艑舸疾行如風，試伸挽鈎，聊復挽之，不意挽之便着。因取纜，纜向其尾。口中高吟老杜「青惜峰巒」、「黄知橘柚」之句，極大笑樂，不亦快哉！

其一，久欲覓别居，與友人共住，而苦無善地。忽一人傳來云，有屋不多，可十餘間，而門臨大河，嘉樹葱然。便與此人共吃飯畢，試走看之，都未知屋如何。入門先見空地一片，大可六七畝許，異日瓜菜不足復慮，不亦快哉！

其一，久客得歸，望見郭門，兩岸童婦，皆作故鄉之聲，不亦快哉！

其一，佳磁既損，必無完理，反覆多看，徒亂人意。因宣付厨人，作雜器充用，永不更令到眼，不亦快哉！

其一，身非聖人，安能無過。夜來不覺私作一事，早起怦怦，實不自安。忽然想得佛家有布薩之法，不自覆藏，便成懺悔。因明對生熟衆客，快然自陳其失，不亦快哉！

其一，看人作擘窠大書，不亦快哉！

[二]「共」，金谷園本作「其」。

其一，推紙窗放蜂出去，不亦快哉！

其一，作縣官，每日打鼓退堂時，不亦快哉！

其一，看人風箏斷，不亦快哉！

其一，看野燒，不亦快哉！

其一，還債畢，不亦快哉！

其一，讀《虯髯客傳》，不亦快哉！

而實不圖《西廂記》之《拷艷》一篇，紅娘口中則有如是之快文也。不圖其【金蕉葉】之便認知情犯由也，不圖其【鬼三台】之竟説「權時落後」也，不圖其【禿廝兒】之反供「月餘一處」也，不圖其【聖藥王】之快講「女大難留」也，不圖其【麻郎兒】之切陳大恩未報也，不圖其【絡絲娘】之痛惜相國家聲也。夫枚乘之七治病，陳琳之檄愈風，文章真有移換性情之力。我今深恨二十年前賭説快事，如女兒之鬥百草，而竟不曾舉此向斲山也。

（夫人引歡郎上云）這幾日見鶯鶯語言恍惚，神思加倍，腰肢體態别又不同，心中甚是委決不下。（歡云）前日晚夕，夫人睡了，我見小姐和紅娘去花園裏燒香，半夜等不得回來。（夫人云）你去唤紅娘來！（歡唤紅娘科）（紅云）哥兒，唤我怎麽？（歡云）夫人知道你和小姐花園裏去，如今要問你哩！（紅驚云）呀，小姐，你連累我也！哥兒，你先去，我便來也。

金塘水滿鴛鴦睡，繡户風開鸚鵡知。麗句。

〔越調〕【鬥鵪鶉】(紅娘唱)止若是夜去明來，倒有個天長地久。真有是理。不爭你握雨携雲，常使我提心在口。真有是理。你止合帶月披星，誰許你停眠整宿。真有是理。

右第一節。雖爲追怨鶯鶯之辭，然《西廂》每寫一事，必中其中窾會。何則？如世間男女之事，固所謂「夜去明來」之事也。夜去明來之事，則必須分外加意「帶月披星」；如果分外加意「帶月披星」，則雖至于「天長地久」，亦豈復勞「提心在口」也哉。獨無奈世之癡男癡女，其心亦明知此爲「夜去明來」之事，必當分外加意「帶月披星」，而往往至于其間，則不覺不知，自然都必至于「停眠整宿」焉。豈惟至于其間之「停眠整宿」而已，乃至不覺不知，自然偏向人面前「握雨携雲」焉。嗚呼！只此平平六句，而一切癡男癡女，狂淫顛倒，無不寫盡。作《西廂記》人，定是第八童真住菩薩，又豈顧問哉？

夫人他心數多，情性㑳；還要巧語花言，將没作有。【紫花兒序】猜他窮酸做了新婿，猜你小姐做了嬌妻，猜我紅娘做的牽頭。「猜他」、「猜你」、「猜我」，妙妙！

右第二節。忽故作翻跌，言我三人即使並無其事，渠一人還要猜説或有其事。一節只作一句讀也。

況你這春山低翠，秋水凝眸，都休。妙妙！行文乃如洛水神妃，乘月凌波，欲行又住，欲住又行，何其如意自在。只把你裙帶兒拴，紐門兒扣，比舊時肥瘦；出落得精神，别樣的風流。芙蕖出水，未有如是清絶，如是艷絶，如是亭亭，如是嬝嬝矣。

右第三節。「況你」妙，「都休」妙，「只把」妙，與上節成翻跌，真乃異樣姿致也。〇細思若不作此翻跌，便總無落筆處；纔落筆，便是唐突鶯鶯。

我算將來，我到夫人那裏，夫人必問道：「兀那小賤人！

【金蕉葉】我着你但去處行監坐守，誰教你迤逗他胡行亂走？」這般問，如何訴休？

右第四節。先擬一遍，真是可兒。

我便只道：「夫人在上，紅娘自幼不敢欺心。」

便與他個知情的犯由。

右第五節。此即下去一篇大文認定之題目也。稍復推諉，便成鈍置。《西廂記》從前至後，誓不肯作一筆鈍置也。

只是我圖着什麽來？妙妙！真有此事，真有此情，真有此理。大則立朝，小則做家，至臨命時，回首自思，真成一哭耳！

【調笑令】他那裏效綢繆，倒鳳顛鸞百事有。我獨在窗兒外，幾曾敢輕咳嗽？妙妙！「輕咳嗽」便不免也[一]。立蒼苔祇把繡鞋兒冰透。【調笑令】第一句，二字押韻。

右第六節。上既算定登對，此便忽然轉筆，作深深埋怨語。而凡前篇所有不及用之筆，不及盡之盡，不覺都補出來。前于《酬簡》篇中，真是何暇寫到紅娘；然而《酬簡》篇中之紅娘，則豈可以不寫哉？此特補之。

[一]「免」，貫華堂本作「見」，據芥子園本、金谷園本改。

如今嫩皮膚去受粗棍兒抽，我這通殷勤的着甚來由？

右第七節。豈獨紅娘，便唤醒天下萬世一輩熱血任事人，真乃痛哉、痛哉！

咳，小姐，我過去呵。說得過，你休歡喜；說不過，你休煩惱。你只在這裏打聽波。(紅娘見夫人科)(夫人云)小賤人，怎麽不跪下！你知罪麽？(紅云)紅娘不知罪。(夫人云)你還自口强哩。若實說呵，饒你；若不實說呵，我只打死你個小賤人！誰着你和小姐半夜花園裏去？(紅云)不曾去，誰見來？(夫人云)歡郎見來，尚兀自推哩。(打科)只略推耳，不力推也。力推便成鈍置，豈復是紅娘人物，豈復是《西廂》筆法哉？可想。(紅云)夫人，不要閃了貴手，且請息怒，聽紅娘說。

不惟夫人「且請息怒」，「聽紅娘說」，惟讀者至此，亦且請掩卷，算紅娘如何說。蓋天下最可惜是迢迢長夜，轟飲先醉；一。見絶世佳人，疾促其解衣上床；二。夾取江瑶柱，滿口大嚼；三。輕將古人妙文，成片誦過。四。此皆上犯天條，下遭鬼僇之事，必宜有則改之，無則加勉者也。

【鬼三台】夜坐時停了針繡，先停繡，猶未説話，妙妙！看其逐句漸漸而出，恰如春山吐雲相似。〇分明一幅雙仕女圖。和小姐閑窮究，說閑話，猶未説張生，妙妙！看其逐句漸漸而出。〇因此句忽然想得，男兒十五六歲，與其同硯席人，南天北地，無事不説。彼女兒在深閨中，亦必無事不説也，特吾等不與聞耳。說哥哥病久。說張生，猶未候張生，妙妙！看其漸漸而出。〇不稱張生，却稱「哥哥」，憨便憨殺人，乖又乖殺人。咱兩個背着夫人，向書房問候。偏能下「背着夫人」四字，使夫人失驚。妙妙！

右第八節。更不力推，他便自招，已爲妙絶；而尤妙于作當廳招承語，而閑閑然只如叙情也，只如寫畫也，只如述一好事也，只如談一他人也。嘻，異哉！技蓋至此乎！○細思若一作力推語，筆下便自忙，此正爲更不復推，因轉得閑耳。

（夫人云）問候呵，他説甚麽？妙妙！看他下文問出三個「他説」來。

他説「夫人近來恩做讎，教小生半途喜變憂」。此一「他説」可也，猶夫人意中之説也。

他説「紅娘你且先行」，他説「小姐權時落後」。此兩「他説」不可也，乃夫人意外之説也。

右第九節。紅娘之招承可也，但紅娘招承至于此際，則將如何措辭？忽然只就夫人口中「他説甚麽」之一句，輕輕接出三個「他説」，而其事遂已宛然。此雖天仙化人，乘雲御風，不足爲喻矣。

（夫人云）哎喲，小賤人！他是個女孩兒家，着他落後怎麽？讀至此句時，不得笑夫人獃。蓋從來事至于此，定不得不作如此問耳。

【禿厮兒】定然是神針法灸，難道是燕侶鶯儔？俗本之鈍置[一]，真乃不足道也。

右第十節。普天下錦繡才子齊來看其反又如此用筆，真乃天仙化人，通身雲霧，通

[一]「鈍」，貫華堂本作「針」，據芥子園本改。

身冰雪，聖歎惟有倒地百拜而已。○既有夫人「哎喲」之句，則其事已自了然，便定應向萬難萬難中，輕輕描出筆來也[一]，再説便不是説話也。妙批！

他兩個經今月餘，只是一處宿。

右第十一節。夫人疑有這一夕，便偏不説這一夕；夫人疑只有這一夕，便偏要説不止這一夕。純作天仙化人，明滅不定之文。王龍標有「雲英化水」、「光采與同」之詩，我欲取以贈之。

何須你一一搜緣由？【聖藥王】他們不識憂，不識愁，一雙心意兩相投。夫人你得好休，便好休，其間何必苦追求！

右第十二節。已上是招承，已下是排解，忽然過接，疾如鷹隼。人生有如此筆墨，真是百年快事。

(夫人云)這事，都是你個小賤人！(紅云)非干張生、小姐、紅娘之事，乃夫人之過也。

快文，妙文，奇文，至文。○夫人云「都是小賤人」，乃紅娘忽然添出「張生、小姐」四字者，明是爲張生、小姐推夫人，而暗是爲自家推張生、小姐也，可想。

(夫人云)這小賤人倒拖下我來，怎麽是我之過？(紅云)信者，人之根本。人而無信，大不可也。當日軍圍普救，夫人許退得軍者，以女妻之。張生非慕小姐顏色，何故無干建策？

[一]「描」貫華堂本爲「抽」，據芥子園本改。

夫人兵退身安，悔却前言，豈不爲失信乎？既不允其親事，便當酬以金帛，令其捨此遠去。却不合留于書院，相近咫尺，使怨女曠夫各相窺伺，因而有此一端。夫人若不遮蓋此事，一來辱没相國家譜；二來張生施恩于人，反受其辱；三來告到官司，夫人先有治家不嚴之罪。依紅娘愚見，莫若恕其小過，完其大事，實爲長便。

常言女大不中留。【麻郎兒】又是一個文章魁首，一個仕女班頭；一個通徹三教九流，一個曉盡描鸞刺繡。【後】世有、便休、罷手，

右第十三節。快然瀉出，更無留難。人若胸膈有疾，只須朗吟《拷艷》十過，便當開豁清利，永無宿物。

大恩人怎做敵頭？啓白馬將軍故友，斬飛虎幺麼草寇。

右第十四節。再申説彼。

【絡絲娘】不爭和張解元參辰卯酉，便是與崔相國出乖弄醜，到底干連着自己皮肉。

右第十五節。再申説此。

夫人你體究。

右第十六節。總結之。○讀竟請浮一大白。

（夫人云）[一]這小賤人倒也説得是。我不合養了這個不肖之女。經官呵，其實辱没家門。

[一]「（夫人云）」，各本均無，據「因百藏曲」寫刻《貫華堂注釋第六才子書》本補。

罷罷！俺家無犯法之男，再婚之女，便與了這禽獸罷。紅娘，先與我喚那賤人過來！(紅娘請云)小姐，那棍子兒只是滴溜溜在我身上轉，吃我直説過了。如今夫人請你過去。(鶯鶯云)羞人答答的，怎麽見我母親？(紅云)哎喲，小姐，你又來，娘跟前有甚麽羞？羞時休做！

都是清絶麗極之文。

【小桃紅】你個月明纔上柳梢頭，却早人約黄昏後。羞得我腦背後，將牙兒襯着衫兒袖。怎凝眸，只見你鞋底尖兒瘦。一個恣情的不休，一個啞聲兒廝耨。其淫至于使年老人尚不可卒讀，真是異事[一]。○啞，音軛。那時不曾害半星兒羞！

右第十七節。忽又接雙文口中「羞」字，另作一篇沉鬱頓挫之文。傖讀之，謂是點染戲筆，不知正是紛披老筆也。○我又忽想《酬簡》一篇，只是寫定情初夕，然則此處真不可不補寫此節也。此方是一月以來張生、雙文也，然而遂成虐謔矣。

(鶯鶯見夫人科)(夫人云)我的孩兒……只得四字。(夫人哭科)(鶯鶯哭科)(紅娘哭科)寫紅娘亦哭，便寫盡女兒心性也。妙絶，妙絶！○記幼時曾見一《打棗竿歌》云：「送情人直送到丹陽路，你也哭，我也哭，趕脚的也來哭。趕脚的你哭是因何故？去的不肯去，哭的只管哭。你兩下裏調情也，我的驢兒受了苦。」此天地間至文也。

《西廂》科白之妙至于如此，俗本皆失，一何可恨！

[一]「異」，貫華堂本是墨釘，據芥子園本、金谷園本補。

(夫人云)我的孩兒,你今日被人欺負,四字奇奇妙妙!做下這等之事。都是我的業障,待怨誰來?

真好夫人,真好《西廂》!我讀之,一點酸直從脚底透至頂心,蓋十數日不可自解也。

我待經官呵,辱沒了你父親。這等事,不是俺相國人家做出來的!(鶯鶯大哭科)(夫人云)紅娘,你扶住小姐,罷罷!都是俺養女兒不長進。你去書房裏,喚那禽獸來!

《西廂》科白之妙,至于如此。

(紅娘喚張生科)(張生云)誰喚小生?真乃睡裏夢裏。○試紿之云:「小姐喚你哩。」看他又如何?

(紅云)你的事發了也!夫人喚你哩。(張生云)紅娘姐,没奈何你與我遮蓋些。不知誰在夫人行説來?小生惶恐,怎好過去?(紅云)你休佯小心,老着臉兒,快些過去。

【後】既然泄漏怎干休?破其「與我遮蓋」及「怎好過去」之語也。

右第十八節。寫紅娘只是一味快,真乃可兒。

是我先投首。破其「不知誰説」之語也,妙妙!

右第十九節。昔曹公既殺德祖,内不自安,因命夫人通候其母,兼送奇貨若干。内開一物云「知心青衣二人」。異哉,世間豈真有此至寶耶?爲之忽忽者累月。今讀《西廂》,知紅娘正是其人,殆又將爲之忽忽也!

他如今賠酒賠茶倒攔就,你反擔憂!破其「惶恐」之語也。

右第二十節。嚼哀梨,便如嚼雪矣。

何須定約通媒媾? 我擔着個部署不周。

右第二十一節。言今日之事,皆在于我,欲其放心速過去也。可兒,可兒!

你元來「苗兒不秀」。呸! 一個銀樣鑞鎗頭。

右第二十二節。有得奚落。可兒,可兒!

(張生見夫人科)(夫人云)好秀才,豈不聞「非先王之德行不敢行」。我便待送你到官府去,祇辱没了我家門。我没奈何,把鶯鶯便配與你爲妻。只是俺家三輩不招白衣女婿,你明日便上朝取應去,俺與你養着媳婦兒。得官呵,來見我;剥落呵,休來見我。(張生無語,跪拜科)

(紅云)謝天謝地! 謝我夫人。

【東原樂】相思事,一筆勾,早則展放從前眉兒皺,密愛幽歡恰動頭。

右第二十三節。回遡前文,遥遥自從《借廂》、《酬韵》直至于今,真所謂而後乃今,心滿意足,神歡人喜也,却不謂又是反挑下篇。

誰能彀! 只三個字,便抵一大篇《感士不遇賦》。

右第二十四節。只用三個字作一篇,却動人無限感慨。只如聖歎,便是不「能彀」也。〇何獨聖歎不能彀,即張生、雙文,少前一刻,亦便不能彀也。痛定思痛,險過思險,只三個字,灑落有心人無限眼淚。

兀的般可喜娘龐兒也要人消受。入化出神之句，非雙文固不敢當，非張生亦不敢當也。聖歎餘生，當日日唱之，處處題之。

右第二十五節。妙絶妙絶！弄筆至此，真是龍跳天門，虎卧鳳闕，豈復尋常手腕之所得學哉？

（夫人云）紅娘，你分付收拾行裝，安排酒肴果盒，明日送張生到十里長亭，餞行去者。寄語西河堤畔柳，安排青眼送行人。（夫人引鶯鶯下）

（紅云）張生，你還是喜也，還是悶也？

【收尾】直要到歸來時，畫堂簫鼓鳴春晝，方是一對兒鸞交鳳友。如今還不受你説媒紅，吃你謝親酒。字字是快字，句句是悶句。妙妙！

右第二十六節。不必讀至後篇，而遍身麻木，不得動撣矣。

四之三　哭宴

佛言：「一切衆生，于空海中，妄想爲因，起顛倒緣。」唯然世尊云：「何名爲妄想爲因，起顛倒緣？」佛言：「善哉！汝善思惟，我今當説：妄想因者，是大空海。常自和合，非見面法；常自寂静，非别離法。無有彼我，非不數法；一切具足，非可數法。衆生無明，不守自性。自然業力，如風鼓蕩。于是妄想微細流注，先于無我清浄地中，妄起計着，謂此是我，即已有我，于彼其餘，無量非我。純清静法，自然不得，不名爲人。由是轉展，彼諸非我，名爲人者，亦復妄起。各各計着，皆悉自謂此決是我，既已各各自謂爲我，則彼于我，自然各各以爲非彼。既已非彼，自然不得，不又名我，反謂之人。如是衆生，並住一國，或一聚落，乃至一家。于其中間，生諸慕悦，以慕悦故，則生愛玩。愛玩久故，則篤恩義。恩義極故，伸諸語言。或復倚肩，或復促膝，或復携手，或復抱持。密字低聲，指星誓水：我于世間，獨愛一人。所謂一人，則汝身是，我真不愛其餘一人。復有語言：我今與汝，便爲一人，無有異也。復有語言：汝非是汝，汝則是我；我亦非我，我則是汝。伸如是等諸語言時，兩情奔悦，猶如渴鹿，而赴陽焰。不受從旁一人教諫，亦復不令從旁之人得知其事。于其家中，起一高樓，莊校嚴飾，極令華好，中敷婉筵，兩頭安枕。簫笛箜篌，琵琶鼓樂，一切樂具，畢陳無缺。如是二人坐着樓中，以晝爲夜，以夜爲晝。一切世間人所曾作，如是二人無不皆作。復次世間人不曾作，如是二人亦無不作。其樓四面，起大危垣，樓下階梯，盡撤不施，並不令人得窺暫見，乃至不令人得相呼。如是衆生沉在妄想，顛倒海中。妄想爲因，作諸顛倒。顛倒爲緣，復生妄想。妄想妄想，顛倒顛倒，如是衆生墜墮其中。從于一劫，乃至二劫三劫四劫，遂經千劫。如人醉酒，中邊皆眩，非是少藥之所得愈。」于是尊者即從座起，涕淚悲泣，重白佛言：「大慈世尊，如是衆生云何度脱？」佛言：「善哉！汝善思惟，我今當説：如是衆生，不可度脱。雖以如來大慈大悲，方便説法，極大巧妙，猶不能令得度脱也。何況以下須陀洹人、斯陀含人、阿那含人、辟支佛人，而能爲彼作大度脱？」尊者重又白其佛言：「大慈世尊，如是衆生，如世尊言，然則終不得度脱耶？」佛言：「善哉！汝善思惟，我今當説：如是衆生終不度脱。設以先世有福德故，不度脱中忽應度脱，則彼衆生自作度脱，非是餘人來相度脱。」云：「何名爲不度脱中忽應度脱，是彼衆生自作度脱，非是餘人來相度脱？」「汝善思惟，我今當説：如是衆生正顛倒時，先世福德忽然至前，則彼衆生便當離别。或緣官事，而作離别；或被王命，而作離别；或受父母之所發遣，而作離别；或罹兵火之所波迸，而作離别；或遇仇家之所迫持，而作離别；或遭勢力之所脅奪，而作離别；或自生嫌，而作離别；或信人讒，而作離别；乃至或因一期報盡，死王相促，長作離别。汝善思惟：夫離别者，一切妄想顛倒衆生善知識也。離别名爲療癡良藥，離别名爲割愛慧刀，離别名爲抉綱坦途，離别名爲釋縛恩赦。汝善思惟：一切衆生，最苦離别，最難離别，最重離别，最恨離别。而以先世福德力故，終亦不得不離别時，自此一别，一切都别，蕭然閑居，如夢還覺，身心輕安，不亦快乎。汝善思惟：設使衆生，于先世中無有福德，則于今世終無離别。既無離别，即久顛倒。顛倒既久，便成怨嫉。」云云。已上，出《大藏》擬字函，《佛化孫陀羅難陀入道經》。由是言之，然則《西廂》之終于《哭宴》一篇，豈非作者無盡婆心滴淚滴血而抒是文乎？如徒以昌黎「歡愉難工，憂愁易好」之言目之，豈不大負前人津梁一世之盛心哉？

(夫人上云)今日送張生赴京，紅娘，快催小姐同去十里長亭。我已分付人安排下筵席，一面去請張生，想亦必定收拾了也。

(鶯鶯、紅娘上云)今日送行，早則離人多感，況值暮秋時候，好煩惱人也呵！

(張生上云)夫人夜來逼我上朝取應，得官回來方把小姐配我。没奈何，只得去走一遭。我今先往十里長亭等候小姐，與他作別呵。(張生先行科)

(鶯鶯云)悲歡離合一杯酒，南北東西四馬蹄。(悲科)

〔正宫〕【端正好】(鶯鶯唱)碧雲天，黄花地，西風緊，北雁南飛。曉來誰染霜林醉，總是離人淚。絶妙好辭。

右第一節。恰借范文正公「窮塞主」語作起，純寫景，未寫情。

【滚繡毬】[一]恨成就得遲，怨分去得疾。柳絲長，玉驄難繫。

右第二節。此「遲」、「疾」二句方寫情。○通篇反反覆覆，曲曲折折，都只寫此「遲」、「疾」二句也。又添「柳絲」一句者，只是甚寫其疾也。

倩疏林，你與我挂住斜暉。「你與我」「你」字妙。杜詩云「春宅棄汝去」，又云「天風吹汝寒」，又云「濁醪誰造汝」，皆是此等字法也。

右第三節。前日即此日也，曾要教賢聖打；今日亦即此日也，却要教疏林挂。嗟

[一]「繡」，貫華堂本作「謝」，據芥子園本改。

乎！爲汝日者不亦難乎？○吴歌云：「做天切莫要做個四月天，天則天矣，乃云「做天」；做天則做矣，乃云「切勿做四月天」。世間有此奇奇妙妙之文。蠶要温和麥要寒，種小菜個哥哥要落雨，採桑娘子要晴乾。」嗟乎！天地之大，人猶有憾類如斯矣。若事于仁，堯舜猶病，不其然乎？何獨怪于雙文焉！

馬兒慢慢行，車兒快快隨。右第四節。二句十字，真正妙文，直從雙文當時又稚小，又憨癡，又苦惱，又聰明，一片微細心地中，的的描畫出來。蓋昨日拷問之後，一夜隔絶不通，今日反借餞别，圖得相守一刻。若又馬兒快快行，車兒慢慢隨，則是中間仍自隔絶，不得多作相守也。即馬兒慢慢行，車兒慢慢隨，或馬兒快快行，車兒快快隨，亦不成其爲相守也。必也，馬兒則慢慢行，車兒則快快隨；車兒既快快隨，馬兒仍慢慢行。于是車在馬右，馬在車左，男左女右，比肩並坐，疏林挂日，更不復夜，千秋萬歲，永在長亭。此真小兒女又稚小，又苦惱，又聰明，又憨癡，一片的的微細心地，不知作者如何寫出來也！文真是妙文，批真是妙批，聖歎亦不敢復讓。

恰告了相思迴避，破題兒又早别離。「迴避」、「破題」，字法妙極。「迴避」者，任之終〔一〕；「破題」者，文之始。

〔一〕「任」，貫華堂本作「在」，據芥子園本、金谷園本改。

右第五節。此即上文「遲」、「疾」二句也，通篇忽忽只寫此二句。

猛聽得一聲「去也」，鬆了金釧；遥望見十里長亭，減了玉肌。

右第六節。上寫行來，此寫已到也。〇驚心動魄之句，使讀者亦自失色。

(紅云)小姐，你今日竟不曾梳裹呵！(鶯鶯云)紅娘，你那知我的心來！

此恨誰知？【叨叨令】見安排車兒馬兒，不由不熬熬煎煎的氣；妙妙！甚心情花兒靨兒，打扮得嬌嬌滴滴的媚？妙妙！眼看着衾兒枕兒，只索要昏昏沉沉的睡；妙妙！誰管他衫兒袖兒，濕透了重重叠叠的淚！妙妙！兀的不悶殺人也麽哥！悶殺人也麽哥！誰思量書兒信兒，還望他恓恓惶惶的寄。妙妙！

右第七節。自第一節至第五節，寫行來；第六節，寫已到；此第七節，則重寫未來時也。此非倒轉寫也，只爲匆匆出門，其事須疾，則不應多寫家中情事，誠恐一寫，便見遲留。今既至此時，正是不妨補寫也。《史記》最用此法，異日盡欲呈教。〇又寫得沉鬱之至，最爲耐讀文字。

(夫人、鶯鶯、紅娘作到科)(張生拜見夫人科)(鶯鶯背轉科)(張生、鶯鶯相見科)科白妙。

(夫人云)張生，你近前來。自家骨肉，不須迴避。孩兒，你過來見了呵。(張生、鶯鶯相見科)

(夫人云)張生這壁坐，老身這壁坐，孩兒這壁坐。紅娘斟酒來。張生，你滿飲此杯。我今既把鶯鶯許配于你，你到京師，休辱没了我孩兒，你掙扎個狀元回來者！(張生云)張珙才疏學淺，憑仗先相國及老夫人恩蔭，好歹要奪個狀元回來，封拜小姐。（各坐科）（鶯鶯吁科）科白妙。

【脱布衫】下西風、黄葉紛飛，染寒烟、衰草凄迷，酒席上斜簽着坐的。

右第八節。寫坐，文甚明。○須知其「風葉」、「烟草」四句，非複寫【端正好】中語，乃是特寫雙文眼中曾未見坐于如是之地也。【端正好】是寫别景，此是寫坐景也，可想。

我見他蹙愁眉死臨侵地。【小梁州】閣淚汪汪不敢垂，恐怕人知。張生怕人知，乃雙文偏又知之。昨讀莊、惠濠上互不能知之文，今又讀張、崔長亭脈脈共知之文，真乃各極其妙也。猛然見了把頭低，長吁氣，推整素羅衣。是何神理，直寫至此。

右第九節。真寫殺張生也。然是寫雙文看張生也，然則真看殺張生也。○寫雙文如此看張生，真寫殺雙文也。○《打棗竿歌》云：「捎書人，出得門兒驟。趕梅香，唤轉來，我少分付了話頭。見他時，切莫説，我因他瘦。現今他不好，説與他又擔憂。他若問起我的身中也，只説災悔從没有。」已是妙絶之文，然亦只是自説。今却轉從雙文口中體貼張生之體貼雙文，便又多得一層。文心漩澓，真有何限。

【後】雖然久後成佳配，這時節怎不悲啼？

右第十節。此句于最前《借厢》篇中即有之，而今于此篇復更作之者，有文作已不許又作，又作即成失橛；有文作已不妨又作，不作反成空缺也。

意似癡，心如醉。只是昨宵今日，清減了小腰圍。【上小樓】我只爲合歡未已，離愁相繼。前暮私情,昨夜分明,今日別離。我恰知那幾日相思滋味,誰想那別離情更增十倍。正恐一個半觔,一個八兩,過後自忘,當情則覺耳。小姐誤矣。

右第十一節。此又忽忽寫前之二句也。

(夫人云)紅娘,服侍小姐把盞者!(鶯鶯把盞科)(張生吁科)(鶯鶯低云)你向我手裏吃一盞酒者!

【後】你輕遠別,便相擲。全不想腿兒相壓,臉兒相偎,手兒相持。

右第十二節。一月餘夫妻,不復爲唐突語。

你與崔相國做女婿,妻榮夫貴。這般並頭蓮,不强如狀元及第?從來只知妻以夫貴,今日方知夫以妻貴。妙絶妙絶!

右第十三節。奇文,妙文,快文,至文。知此言者,獨一秦嘉;不知此言者,亦獨一郭曖。

(重入席科)(吁科)

【滿庭芳】供食太急,你眼見須臾對面,頃刻別離。

右第十四節。斗然怨到供食人,真是出奇無窮。〇「眼見」妙。老杜絶句云:「眼見客愁愁不醒,無賴春色到江亭。既遣花開深造次,便教鶯語太丁寧。」夫客自愁,春何嘗見?春若見,春那有眼?今止因自己煩悶,怕見春來,却無端寃其「眼見」,駡其「無賴」,是爲真正無賴之至也。此正用其「眼見」字。

若不是席間子母當迴避,有心待舉案齊眉。滴滴是淚,滴滴是血。雖是厮守得一時半刻,又趺一句。○總之直到底，不肯作一停住之句。也合教俺夫妻每共桌而食。滴滴是淚，滴滴是血。○偏寫得出，豈非天分？眼底空留意，尋思就裏，險化做望夫石。

右第十五節。前文閑閑寫得「張生這壁坐，孩兒這壁坐」，不意中間又有如是一節至文妙文，真乃應以離別身得度，即現離別身而爲説法矣。

（夫人云）紅娘把盞者！（紅把張生盞畢，把鶯鶯盞云）小姐，你今早不曾用早飯，隨意飲一口兒湯波。

【快活三】將來的酒共食，嘗着似土和泥。假若便是土和泥，也有些土氣息，泥滋味。奇文妙文，天地中間數一數二之句。

右第十六節。豈惟奇文妙文，便可竪作叢林，勘遍天下學者。○庵主半夜被婆子遣丫角女兒抱住，凝然説頌云：「枯木倚寒岩，三冬無暖氣。」此即「酒共食，一似土和泥」也。婆子明日便燒却庵，趁去此庵主，惡其有「土氣息、泥滋味」也。今雙文不但似土和泥，乃至無有土氣息、泥滋味，此正香岩「去年無立錐之地[一]，今年錐也無」時候也。文章一道，乃至于此，令人失驚。

【朝天子】暖溶溶玉醅，白泠泠似水，多半是相思淚。

右第十七節。此節是説酒，是説淚，不可得辨也。李後主云：「此中日夕只以眼淚

[一]「地」，貫華堂本作「他」，據芥子園本、金谷園本改。

洗面。」便是如出一口説話也。

面前茶飯不待吃，恨塞滿愁腸胃。

右第十八節。此節是説飯，是説恨，不可得辨也。佛言：「小兒以啼爲食，婦人以恨爲食。」亦便是如出一口説話也。

只爲蝸角虚名，蠅頭微利，拆鴛鴦坐兩下裏。「坐」字妙，俗誤作「在」字，便不知與下節生起。一個這壁，一個那壁，此即上句「坐」字也。一遞一聲長吁氣。筆力雄大，遂能兼寫張生。

右第十九節。此與下二十節，皆極力描寫「拆」字也，此猶是拆開而坐也，而已不可禁當也。

【四邊静】霎時間杯盤狼籍，還要車兒投東，馬兒向西，兩處徘徊，大家是落日山横翠。筆力雄大，遂能兼寫張生。

知他今宵宿在那裏，有夢也難尋覓。

右第二十節。此乃拆開至于不可復知其何在，心非木石，其又何以禁當也。

右第二十一節。看他忽然逗漏後篇，即知此篇之文已畢。乃下去更作【耍孩兒六煞】者，换過【正宫】，借轉【般涉】。蓋從來送别之曲，多作三疊唱之，最是變色動容之聲。又不比李謩吹笛，每一哨遍，必遲其聲以媚之之例也。

(夫人云)紅娘，分付輛起車兒，請張生上馬，我和小姐回去。(各起身科)(張生拜夫人科)

(夫人云)别無他囑，願以功名爲念，疾早回來者！(張生謝云)謹遵夫人嚴命！

（張生、鶯鶯拜科）（鶯鶯云）此一行，得官不得官，疾便回來者！此囑語妙妙！豈爲官哉？豈慮張生哉？全是昨日夫人怒辭猶在于耳，遂不覺不吐于口，必不得快也。嬌憨女兒，其性格真有如此。（張生云）小姐放心，狀元不是小姐家的，是誰家的？小生就此告别。又妙又妙。謙未必得狀元固不佳，誇必定得狀元又不佳。狀元原是小姐家的，精絶！（鶯鶯云）住者，君行别無所贈，口占一絶，爲君送行：「棄擲今何道，當時且自親。還將舊來意，憐取眼前人。」（張生云）小姐差矣，張珙更敢憐誰？此詩，一來小生此時方寸已亂，二來小姐心中到底不信，且等即日狀元及第回來，那時敬和小姐。妙白。妙至于此，便都作變徵之聲，「親朋盡一哭」矣。

〔般涉〕【耍孩兒】淋漓紅袖淹情淚，知你的青衫更濕。改去「司馬」字。伯勞東去燕西飛，未登程先問歸期。分明眼底人千里，已過尊前酒一杯。我未飲心先醉，眼中流血，心内成灰。

右第二十二節。妙文自明。

【五煞】到京師，服水土，趁程途，節飲食，順時自保千金體。荒村雨露眠宜早，野店風霜起要遲！鞍馬秋風裏，無人調護，自去扶持。

右第二十三節。妙文自明。

【四煞】憂愁訴與誰？相思只自知，老天不管人憔悴。淚添九曲黄河溢，恨壓三峰華岳低。到晚西樓倚，看那夕陽古道，衰柳長堤。

右第二十四節。妙文自明。

【三煞】方纔還是一處來，如今竟是獨自歸。寫到這裏。歸家怕看羅幃裏，昨宵是繡衾奇暖留春住，今日是翠被生寒有夢知。留戀應無計，一個據鞍上馬，兩個淚眼愁眉。

右第二十五節。妙文自明。

【二煞】不憂「文齊福不齊」，只憂「停妻再娶妻」。河魚天雁多消息，杜詩：「天上多鴻雁，河中足鯉魚。」我這裏青鸞有信頻須寄，你切莫「金榜無名誓不歸」。君須記：若見些異鄉花草，再休似此處棲遲。

右第二十六節。妙文自明。

(張生云)小姐金玉之言，小生一一銘之肺腑。相見不遠，不須過悲，小生去也。忍淚佯低面，含情假放眉。(鶯鶯云)不知魂已斷，那有夢相隨。(張生下)(鶯鶯吁科)

【一煞】青山隔送行，疏林不做美，淡烟暮靄相遮蔽。夕陽古道無人語，禾黍秋風尚馬嘶。懶上車兒内，來時甚急，去後何遲？

右第二十七節。妙文自明。

(夫人云)紅娘，扶小姐上車。天色已晚，快回去波。終然宛轉從嬌女，算是端嚴做老娘。

(夫人下)

(紅娘云)前車夫人已遠，小姐只索快回去波！(鶯鶯云)紅娘，你看他在那裏？

【收尾】四圍山色中，一鞭殘照裏。妙句，神句。

右第二十八節。入夢之因。

將遍人間煩惱填胸臆，量這般大小車兒，如何載得起！奇句，妙句。

右第二十九節。

四之四　驚夢

舊時人讀《西廂記》，至前十五章既盡，忽見其第十六章乃作《驚夢》之文，便拍案叫絶，以爲一篇大文，如此收束，正使烟波渺然無盡。于是以耳語耳，一時莫不畢作是説。獨聖歎今日心竊知其不然。語云：「太上立德，其次立功，其次立言。」何謂立德？如黄帝堯舜，禹湯文武，周公孔子，以其至德，參天贊化，俾萬萬世，食福無厭，此立德也。何謂立功？如禹平水土，后稷布穀，燧人火化，神農嘗藥，乃至身護一城，力庇一鄉，智造一器，工信一藝，傳之後世，利用不絶，此立功也。何謂立言？如周公制《風》《雅》，孔子作《春秋》。《風》《雅》爲昌明和懌之言，《春秋》爲剛强苦切之言；降而至于數千年來，鉅公大家攄胸奮筆，國信其書，家受其説；又降至于荒村老翁，曲巷童妾，單詞居要，一字利人，口口相授，稱道不歇，此立言也。夫言與功、德，事雖遞下，乃信其壽世，同名曰「立」。由此論之，然則言非小道，實有可觀。文王既没，身在于兹，必恐不免，不可以不察也。《西廂記》一書，其中不過皆作男女相慕悦之辭，如誠以之爲無當者而已，則便可以拉雜摧燒，不復留迹。趙威后有言：「此相率而出于無用者，胡爲至今不殺也！」如猶食之棄之，戀同鷄跖，則計必當反覆案驗，尋其用心。蓋烏知彼人之一日成書而百年猶在，且能家至户到，無處無之者，此非其大力以及其深心，既自作流傳，又自作呵護者也。昨者因亦細察其書，既已第一章無端而來，則第十五章亦已無端而去矣。無端而來也，因之而有書；無端而去也，因之而書畢。然則過此以往，真成雪淡，譬如風至而竅號，風濟即竅虚，胡爲不憚煩又多寫一章，蛇本自無足，卿又爲之足哉？及我又再細細察之，而後知其填詞雖爲末技，立言不擇伶倫，此有大悲生于其心，即有至理出乎其筆也。今夫天地，夢境也；衆生，夢魂也。無始以來，我不知其何年齊入夢也；無終以後，我不知其何年同出夢也。夜夢哭泣，旦得飲食；夜夢飲食，旦得哭泣。我則安知其非夜得哭泣，故旦夢飲食，夜得飲食，故旦夢哭泣耶？何必夜之是夢，而旦之獨非夢耶？鄭之人夢得鹿，置之于隍中，採蕉而覆之。彼以爲非夢，故採蕉而覆之也，不採蕉而覆之，則畏人之取之；彼以爲非夢，故畏人之取之也。使鄭之人正于夢時，而知夢之爲夢，則彼豈惟不採蕉而覆之，乃至不復畏人取之；豈惟不復畏人取之，乃至不復置之隍中；豈惟不復置之隍中，乃至不復以之爲鹿。傳曰：「至人無夢。」「至人無夢」者，無非夢也，同在夢中而隨夢自然，我于其事蕭然焉耳。經曰：「一切有爲法，應作如是觀。」是以謂之無夢也。無何而鄭之人夢覺，順塗而歸，口歌其事，其鄰人聞之，不問而遽信之，往觀于隍中，發蕉而鹿在。此則非御寇氏之寓言也，天下之事，實有之也。傳曰：「愚人無夢。」「愚人無夢」者，非無夢也，實在夢中而不以爲夢，所有幻化皆據爲實。經曰：「世間虚空，本自不有，業力機關，和合即有。」是以謂之無夢也。既而鄰人烹鹿，而鄭人爭鹿，則極可哀也已。彼固不以爲夢，故真得鹿也；子則已知是夢，而無鹿者也。若誠夢中之鹿，則是子乃欲爭其無鹿也；如將爭其有鹿，則是爭其非子之鹿也。甚矣，此人之愚也！夢鹿，一夢也；今爭鹿，是又一夢也。然則頃者之夢覺無鹿，是猶一夢也。幸也，御寇氏則猶未欲言之而盡也，脫正爭之而夢又覺，則不將又大悔此一爭乎哉？而鄭之君方且與之分之。夫今日之鹿，其何事分之與有？如使此鹿而無鹿也者，則全歸之鄭人，鄰人本無與焉；若使此鹿而真鹿也者，則全歸之鄰人，鄭人又無與焉。如之何其與之分之者也？爲分無鹿與鄰人與？爲分真鹿與鄭人與？如分無鹿，則是鄰人今日又夢得半鹿也；如分有鹿，則是鄭人前日祇夢失半鹿也。蓋甚矣，夢之難覺也！夢之中又有夢，則于夢中自占之，及覺而後悟其猶夢焉。因又欲占夢中，占夢之爲何祥乎。夫彼又烏知今日之占之，猶未離于夢也耶？善乎南華氏之言曰：「莊周夢爲蝴蝶，栩栩然蝴蝶也。自喻適志與，不知周也。及其覺，則蘧蘧然周也。不知莊周夢爲蝴蝶與？不知蝴蝶夢爲莊周與？莊周與蝴蝶，其必有分也。」何謂分？莊周則莊周也，蝴蝶則蝴蝶也。既已爲莊周，何得是蝴蝶？既已是蝴蝶，何得爲莊周？且蝴蝶既覺而爲莊周，而猶憶其夢爲蝴蝶之時，則真不知莊周正夢蝴蝶之蝴蝶[一]，之曾不自憶爲莊周也。何也？夫夢爲蝴

[一]「知」，貫華堂本作「如」，據芥子園本、金谷園本改。

蝶，誠夢也；今憶其夢爲蝴蝶，是又夢也。若莊周不憶蝴蝶，則莊周覺矣；若莊周並不自憶莊周，則莊周大覺矣。彼蝴蝶不然，初不自憶爲莊周，遂並不自憶爲蝴蝶；不自憶爲莊周，則是蝴蝶覺也；因不自憶爲莊周，遂並不自憶爲蝴蝶；蝴蝶並不自憶爲蝴蝶，則是蝴蝶大覺也。此之謂物化也者。我烏知今身非我之前身，正夢爲蝴蝶耶？我烏知今身非我之前身，已覺爲莊周耶？我幸不憶我之前身，則是今身雖爲蝴蝶，雖未發于阿耨多羅三藐三菩提心，而已稱大覺也。我不幸猶憶我之今身，則是今身雖爲莊周，雖至發于阿耨多羅三菩提心[一]，而終然大夢也。經云：「諸佛身金色，百福相莊嚴。聞法爲人說，常有是好夢。」我則謂夢之胡爲乎哉？又云：「又夢作國王，捨宫殿眷屬。及上妙五欲，行詣于道場。」我則又謂夢之何爲乎哉？至矣哉，我先師仲尼氏之忽然而歎也，曰：「甚矣吾衰也，久矣我不復夢見周公。」夫先師則豈獨不夢見周公焉而已，惟先師此時實亦不復夢見先師。先師不復夢見先師也者，先師則先師焉而已，可以仕則仕，可以止則止，可以久則久，可以速則速，可以蟲則蟲，可以鼠則鼠，可以卵則卵，可以彈則彈，無可無不可，此天地之所以爲大者也。借曰不然，而必謂人生世上，天地必是天地，夫婦必是夫婦，富貴必是富貴，生死必是生死，則是未嘗讀于《斯干》之詩者也。《詩》曰：「下莞上簟，乃安斯寢。乃寢乃興，乃占我夢。吉夢維何，維熊維羆。維虺維蛇，泰人占之。

[一]「三菩提」，芥子園本上有「三藐」。

維熊維羆，男子之祥。維虺維蛇，女子之祥。」嗟乎，嗟乎！夫男爲君王，女爲后妃，而其最初不過夢中飄然忽然一熊一蛇。然則人生世上，真乃不用邯鄲授枕，大槐葉落，而後乃今，歇擔吃飯，洗脚上床也已。吾聞周禮：歲終，掌夢之官，獻夢于王。夫夢可以掌，又可以獻，此豈非《西廂》第十六章立言之志也哉，而豈樂廣、衛玠扶病清談之所得通其故也乎！知聖歎此解者，比丘聖默大師、總持大師、居士貫華先生韓住、道樹先生王伊。既爲同學，法得備書也。

（張生引琴童上云）離了蒲東，早三十里也。兀的前面是草橋店，宿一宵，明日早行。

入夢是狀元坊，出夢是草橋店。世間生盲之人，乃謂進草橋店後方是夢事，一何可歎！

這馬百般的不肯走呵！

妙白。○又焉知馬之不害相思、不傷離別耶？看他初摇筆，便全作醍醐灌頂真言，真乃大慈大悲。

〔雙調〕【新水令】（張生唱）望蒲東蕭寺暮雲遮，慘離情半林黄葉。

右第一節。只用二句文字，便將上來一部《西廂》一十五篇，若干淚點血點，香痕粉痕，如風迅掃，隔成異域，最是慈悲文字也。

馬遲人意懶，風急雁行斜。愁恨重疊，破題兒第一夜。妙絶之句。

右第二節。此入夢之因也。

【步步嬌】昨宵個翠被香濃熏蘭麝，欹枕把身軀兒趄。妙人，妙事，妙景，妙畫，成此妙句。臉兒廝揾者，妙人，妙事，妙景，妙畫，成此妙句。仔細端詳，可憎得别。妙人，妙事，妙景，妙畫，成此妙句。雲鬢玉梳斜，恰似半吐的初生月。妙人，妙事，妙景，妙畫，成此妙句。

右第三節。此入夢之緣也。佛言：「親者爲因，疏者爲緣。」親者爲第一夜之張生，疏者爲前一夜之鶯鶯。第一夜之張生爲結業，前一夜之鶯鶯爲謝塵。因而因緣遂以入夢也。「謝塵」者，落謝之前塵也，即花謝之謝字也。○謝字之又奇者，莊子云：「孔子謝之矣。」附識。

早至也，店小二哥那裏？(店小二云)官人，俺這裏有名的草橋店。官人頭房裏下者。(張生云)琴童，撤和了馬者。點上燈來，我諸般不要吃，只要睡些兒。(琴童云)小人也辛苦，待歇息也，就在床前打鋪。(琴童先睡着科)

(張生云)今夜甚睡魔到得我眼裏來？

【落梅風】旅館欹單枕，亂蛩鳴四野。助人愁，紙窗風裂。乍孤眠，三字妙。被兒薄又怯，冷清清幾時温熱。

右第四節。此入夢之所借也。佛言：「三法和合，則一切法生矣。」

(張生睡科)(反覆睡不着科)(又睡科)(睡熟科)(入夢科)(自問科，云)這是小姐的聲音。呀，我如今却在那裏？待我立起身來聽咱。(内唱，張生聽科)

北曲從無兩人互唱之例，故此只用張生聽，不用鶯鶯唱也。須知。

【喬木查】走荒郊曠野，把不住心嬌怯，喘吁吁難將兩氣接。疾忙趕上者。

（張生云）呀，這明明是我小姐的聲音，他待趕上誰來？待小生再聽咱。

右第五節。此先寫其趕已到也。必先寫趕已到，而後重寫未趕時者，此固張生之夢，初非鶯鶯之事也。必如此寫，方在張生夢中；若倒轉寫，便在鶯鶯家中也。

他打草驚蛇。【攪筝琶】把俺心腸撦，因此不避路途賒。瞞過夫人，穩住侍妾。

右第六節。此倒寫其未趕前也。○「瞞過夫人，穩住侍妾」，最爲巧妙，最爲輕利。不然，幾于通本《西廂》若干等人，一齊入夢矣。

（張生云）分明是小姐也，再聽咱。

見他臨上馬痛傷嗟，哭得我似癡呆。不是心邪，自別離已後，到西日初斜，愁得陡峻，瘦得唓嗻。半個日頭，早掩過翠裙三四褶，我曾經這般磨滅？沉鬱頓挫之作。

（張生云）然也，我的小姐，只是你如今在那裏呵？（又聽科）

右第七節。只寫別後夢前一刻中間有如許苦事。

【錦上花】有限姻緣，方纔寧貼；無奈功名，使人離缺。害不倒愁懷，恰纔較些；掉不下思量，如今又也。沉鬱頓挫之作。

右第八節。上節寫一刻中間如許苦事，此又寫一刻之前、一刻之後，純是無邊苦事也。

（張生云）小姐的心，分明便是我的心，好不傷感呵！（吁科）（再聽科）

【後】清霜凈碧波，白露下黄葉。下下高高，道路坳折，四野風來，左右亂踅。俺這裏奔馳，你何處困歇[一]？

(張生云)小姐，我在這裏也，你進來波！

右第九節。又補寫起句「荒郊曠野」之四字也，必不可少。

(忽醒云)哎呀！這裏却是那裏？(看科)呸！原來却是草橋店。(唤琴童，童睡熟不應科)(仍復睡科)

(睡不着反覆科)(再看科)(想科)

【清江引】(張生唱)呆打孩店房裏没話説，悶對如年夜。妙妙！真有此理。竟不知此時，是甚時候了？

是暮雨催寒蛩？爲復上半夜。是曉風吹殘月？爲復下半夜。杜詩「北城擊柝復欲罷」，則是已宴；「東方明星亦不遲」，則是尚早。客中真有此理也。真個「今宵酒醒何處」也！

(睡着科)(重入夢科)

右第十節。忽然輕作一隔，將夢前後隔斷，便如老杜《不離西閣》詩所云：「江雲飄素練，石壁斷空青。」真爲絶世奇景也。○若不隔斷，則一篇衹是一夢，何夢之整齊匝致一至于斯也。今略隔斷，便不知七顛八倒，重重沓沓，如有無數夢然。此爲寫夢之極筆也，俗本不知。

[一]「困」，金谷園本作「安」。

（鶯鶯上敲門云）開門！開門！（張生云）誰敲門哩？是一個女子聲音，作怪也，我不要開門呵！

【慶宣和】是人呵疾忙快分說，是鬼呵速滅！

右第十一節。妙妙！前夢云「分明小姐」，後夢云「是鬼速滅」，真是一片迷離夢事也。

（鶯鶯云）是我，快開門咱。（張生開門科）（携鶯鶯入科）聽說，將香羅袖兒拽，原來是小姐、小姐。

右第十二節。真是一片迷離夢事也。

（鶯鶯云）我想你去了呵，我怎得過日子，特來和你同去波。（張生云）難得小姐的心腸也！

【喬牌兒】你爲人真爲徹，將衣袂不藉。繡鞋兒被露水泥沾惹[一]，脚心兒管踏破也。

右第十三節。此是夢中初接着語也，輕憐痛惜，至于如此。欲其夢覺，正未易得也。

【甜水令】你當初廢寢忘餐，香消玉減，比花開花謝[二]，猶自較爭些。又便枕冷衾寒，鳳隻鸞孤，月圓雲遮，尋思怎不傷嗟？

右第十四節。此是夢中細叙述語也，牽前悳後，至于如此。欲其夢覺，正未易得也。

[一]「被」，貫華堂本作「波」，據芥子園本、金谷園本改。

[二]「比」，貫華堂本作「此」，據芥子園本、金谷園本改。

【折桂令】想人生最苦是離别,你憐我千里關山,獨自跋涉。似這般挂肚牽腸,倒不如義斷恩絶。

右第十五節。此是夢中假自作悟語也。作如此悟語,欲其夢覺,正未易得也。

這一番花殘月缺,怕便是瓶墜簪折。你不戀豪傑,不羡驕奢;祗要生則同衾,死則同穴。沉鬱頓挫,至于如此。

右第十六節。此是夢中加倍作夢語也。作如是夢語,欲其夢覺,正未易得也。

(卒子上)(張生驚科)(卒子云)方纔見一女子渡河,不知那裏去了。打起火把者,走入這店裏去了!將出來!將出來!(張生云)却怎生了也?小姐,你靠後些,我自與他説話。

(鶯鶯下)

(卒云)他是誰家女子,你敢藏着?

【水仙子】你硬圍着普救下鍬撅,强當住我咽喉仗劍鉞,賊心賊腦天生劣。

休言語,靠後些!杜將軍你知道是英傑,覷覷着你化爲醯醬,指指教你變做醬血。騎着匹白馬來也。

右第十七節。是張生此時極不得意夢,是張生多時極得意事。諺云:「要知前世因,今生受者是。要知後世因,今生作者是。」若使張生多時心中無因,即是此時枕上無夢也。危哉,危哉!

(卒子怕科)(卒子下)

（張生抱琴童云）小姐，你受驚也！（童云）官人，怎麽？（張生醒科，做意科）

呀，元來是一場大夢。且將門兒推開看，只見一天露氣，滿地霜華，曉星初上，殘月猶明。

何處得有《西廂》一十五章所謂驚艷、借廂、酬韵、鬧齋、寺警、請宴、賴婚、聽琴、前候、鬧簡、賴簡、後候、酬簡、拷艷、哭宴等事哉！自歸于佛，當願衆生體解大道，發無上心；自歸于法，當願衆生深入經藏，智慧如海；自歸于僧，當願衆生統理大衆，一切無礙。

無端燕雀高枝上，一枕鴛鴦夢不成。

【雁兒落】綠依依牆高柳半遮，静悄悄門掩清秋夜，疏刺刺林梢落葉風，慘離離雲際穿窗月。

【得勝令】顫巍巍竹影走龍蛇，虚飄飄莊生夢蝴蝶，絮叨叨促織兒無休歇，韵悠悠砧聲兒不斷絶。痛煞煞傷別，急煎煎好夢兒應難捨；冷清清咨嗟，嬌滴滴玉人兒何處也！是境是人，不可復辨。

右第十八節。《周易》六十四卦之不終于既濟，而終于未濟；《春秋》二百四十二年之不終于十有二年冬，而終于十有三年春；《中庸》三十三章之不終于「固聰明聖智達天德者」，而終于無數《詩》曰、《詩》云；《大悲陀羅尼》之不終于「娑囉娑囉悉唎悉唎蘇嚧蘇嚧」，而終于十四「娑婆訶」也。

（童云）天明也。早行一程兒，前面打火去。

還着甚死急？天下真有如此人，天下真有如此理。

【鴛鴦煞】柳絲長咫尺情牽惹，今而後是「柳絲」也，非復「情牽惹」也。水聲幽彷佛人嗚咽。今而後是

「水聲」也，非復「人嗚咽」也。斜月殘燈，半明不滅。杜詩：「樓下長江百尺清，山頭落日半輪明。」又云：「鄰鷄野哭如昨日，物色生態能幾時。」與此入事，一樣警策矣。舊恨新愁，連綿鬱結。亦復何害。

右第十九節。只要夢覺，政不必作悟語。維摩詰固云：「何等爲如來種？」以「無明、有愛爲種」矣。妙批。

別恨離愁，滿肺腑難陶寫。除紙筆代喉舌，千種相思對誰説。

右第二十節。此自言作《西廂記》之故也，爲一部十六章之結，不止結《驚夢》一章也。于是《西廂記》已畢。何用續？何可續？何能續？今偏要續，我便看你續！

貫華堂第六才子書西廂記卷之七終

貫華堂第六才子書西廂記卷之八

聖歎外書

續之四章題目正名

小琴童傳捷報

崔鶯鶯寄汗衫

鄭伯常乾捨命

張君瑞慶團圞

續之一　泥金報捷

此《續西廂記》四篇，不知出何人之手。聖歎本不欲更録，特恐海邊逐臭之夫不忘羶薌，猶混弦管，因與明白指出之，且使天下後世學者睹之，而益悟前十六篇之爲天仙化人，永非螺螄蚌蛤之所得而暫近也者。因而翻卷，更讀十百千萬遍，遂愈得開所未開，入所未入，此亦不可謂非續者之與有其功也。

人即愛好，何至向西施顰眉；人即多財，何至向龍王比寶；人即予聖，何至向孔子徐步；人即慢上[一]，何至向釋迦牟尼呵呵大笑？乃今世間又偏多此一輩人，可怪也！

我不知其未落筆前，如何忽然發想欲續此四篇；我又不知其既脱稿後，如何放膽便敢舉以似人：我又不知當時爲有人喪心病狂大贊譽之，因而遂誤之；我又不知當時爲有人亦曾微諷使藏過之，彼決不聽，因而遂終出之。此四不知，我今日將向何人問耶？

昔有人，自造一文且竟，適有人傳來云近日頗聞某甲亦造，因便遲其稿不敢出。直候某甲造畢，往請讀之，不覺吐舌稱歎，歸竟自燒其稿，不復更傳。嗚呼，此豈非過量大人哉？聖歎嘗語斵山：「惜乎其文不傳，此必與某甲一樣妙絶。」斵山問：「何以知之？」聖歎言：「此是甘苦疾徐中人，渠所爭只在一字半字之間也。」寄語普天下同學錦繡才子，切須學如此人，此方是大丈夫。

嘗有狂生題半身美人圖，其末句云：「妙處不傳。」此不直無賴惡薄語，彼殆亦不解此語爲云何也。夫所謂「妙處不傳」云者，正是獨傳妙處之言也。停目良久睇之，睇此妙處；振筆

[一]「慢上」，貫華堂本作「增上慢」，金谷園本作「慢上慢」，據芥子園本改。

迅疾取之，取此妙處；累百千萬言曲曲寫之，曲曲寫而至于妙處；只用一二言斗然直逼之，便逼此妙處。然而又必云「不傳」者，蓋言費却無數筆墨，止爲妙處；乃既至妙處，即筆墨都停；夫筆墨都停處，此正是我得意處；然則後人欲尋我得意處，則必須于我筆墨都停處也。今相續之四篇，便似意欲獨傳妙處。夫意欲獨傳妙處，則是只畫下半截美人也，亦大可嗤已！此皆神而明之之言，彼其烏知！只如章則無章法，句則無句法，字則無字法，卑卑如此等事，猶尚不知，奈何乎言及其他哉！

只如此篇寫鶯鶯，竟忘其爲相國小姐，于是于張生半年之别，不勝嘖嘖怨怒：亦不解三年大比是何事，亦不解禮部放榜在何時，亦不解探花及第爲何等大喜，亦不解未經除授應如何候旨：一味純是空床難守，淫啼浪哭。蓋佳人才子，至此一齊掃地矣！最解功名事，最重功名事，乃至最心熱功名事者，固莫如相國小姐之甚也。

（張生上云）自去秋與小姐相别，倏經半載，托賴祖宗福蔭，一舉及第，目今聽候御筆親除。惟恐小姐望念，特地修書一封，着琴童賫去，報知夫人和小姐，使知小生得中，以安其心。書寫就了，琴童何在？（童云）有何分付？（張生云）你將這封書，星夜送到河中府去。見小姐時，説「官人怕小姐擔憂，特地先着小人送書來」。

〔仙呂〕【賞花時】（張生唱）相見時紅雨紛紛點緑苔，别離後黄葉蕭蕭凝暮靄。今日見梅開，忽驚半載。特地寄書來。

琴童，你報知了，索得回書，疾忙來者[一]！（張生下）（童云）得了這書，星夜往河中府走一遭。（琴童下）

（鶯鶯引紅娘上云）自張生上京，恰早半年，到今杳無音信。方得半年，何便云「杳無音信」？這些時神思不安，妝鏡慵臨，腰肢瘦損，茜裙寬褪，如許醜語，使人焉耐！好生煩惱人也呵！

〔商調〕【集賢賓】雖離了眼前，未成語也。或云連下「悶」字。若連下「悶」字，則更不通也。悶却在我心上有；不甫能離了心上，又早眉頭。豈不知其欲竊李清照「纔下眉頭，又上心頭」語，演作曲折之句耶？而無奈繚戾手，曲盭筆，寫來便至如此。哀哉！忘了時依然還又，惡思量無了無休。大都來一寸眉心，怎容得許多顰皺。此是好句，我不忍没。○此亦尋常好句耳，然我便不忍没。○但有一點好處，我即不忍没古人也。新愁近來接着舊愁，廝混了難分新舊。「舊愁」，豈非謂未成婚已前耶？前亭別、橋夢二篇，同亦嘗牽連言之，然皆是脱卸之文，不似此語之全絶也。舊愁是太行山隱隱，新愁是天塹水悠悠。

似是一節矣，因下文又不連，又不斷，遂不復能定之。

（紅娘云）小姐往常也曾不快，將息便好，此指何日？不似這番，清減得十分利害也。

【逍遥樂】曾經消瘦，每遍猶閑，這番最陡。何處忘憂？獨上妝樓，「這番最陡」，可謂出力翻起，及至讀下，只得如此接落。手捲珠簾上玉鈎。空目斷山明水秀，珠、玉、明、秀等字，皆隨手雜用。蒼烟迷樹，衰草連天，野渡橫舟。填此三語，算何文理？

[一]「忙」，貫華堂本作「忭」，據芥子園本、金谷園本改。

又似一節矣，我絶不解其是何文情。蓋承上又不得，轉下又不得也。

紅娘，我這衣裳，這些時都不是我穿的。（紅云）小姐，正是腰細不勝衣。衣寬帶鬆，語熟口臭久矣。此猶搖曳作態出之，真乃醜極。

【挂金索】裙染榴花，睡損胭脂皺；紐結丁香，掩過芙蓉扣[一]；綫脱珍珠，淚濕香羅袖；楊柳眉顰，人比黄花瘦。

此亦欲算一節也，真可以有，可以無有也。○渠意豈謂叠用榴花、丁香、芙蓉、楊柳、黄花等字，便算絶妙好辭耶？一何可笑！

（琴童上云）俺奉官人言語，特賫書來與小姐。恰纔前廳上見了夫人，夫人好生歡喜，着入來見小姐，早至後堂。（童咳嗽科）（紅云）是誰？亦無此禮也。潭潭相府，乃不傳雲板請小姐上堂，而使琴童自入去，童則隔板咳嗽，而紅又早接應之，皆醜極也。（紅見童笑云）你幾時來？小姐正煩惱哩。醜語。你自來？和官人同來？醜語。（童云）官人得了官也，先着我送書來報喜。（紅云）你只在這裏等，我對小姐説了，你入來。（紅見鶯鶯笑云）小姐，喜也，喜也，張生得了官了！（鶯鶯云）這妮子見我悶呵，特來哄我。醜語。（紅云）琴童在門首，見了夫人，使他入來見小姐。（鶯鶯云）慚愧，我也有盼着他的日頭。醜語，醜極不可耐也。（童見鶯鶯科）

［一］「蓉」，貫華堂本作「容」，據芥子園本、金谷園本改。

(鶯鶯云)琴童,你幾時離京師?(童云)一月來也。我來時,官人游街耍子去了。(鶯鶯云)這禽獸不省得,中了狀元唤做誇官,游街三日。醜語,亦何暇作此語。(童云)小姐説得是,有書在此。

【金菊香】早是我因他去後,減了風流。不爭你寄得書來,又與我添些證候。説來的話兒不應口,是何話兒?是誰説來?捷書在手,略不喜,單有怨,此何肺肝也。無語低頭。書在手,淚盈眸。

此又一節也。爲别不及半年,如此嘖嘖怨怒,乃至捷書在手,猶不解憂,此真是另從一副肺肝寫出來者也。

【醋葫蘆】我這裏開時和淚開,他那裏修時和淚修。多管是閣着筆兒未寫淚先流,寄將來淚點兒兀自有。我這新痕把舊痕湮透,此是好句,我不相没。〇既此欲用「新痕」、「舊痕」,則前更不得用「新愁」、「舊愁」也。這的是一重愁翻做兩重愁。此句雜凑不通。

此又一節。筆態翩翩如舞,瀏滺如瀉,便可云與《西廂》無二。

(念書云)張珙再拜,奉書芳卿可人妝次:醜極,使人不可暫注目。伏自去秋拜違,倏爾半載。上賴祖宗之蔭,下托賢妻之德,醜語。叨中鼎甲。目今寄迹招賢館,聽候除授。惟恐夫人與賢妻憂念,特令琴童賫書馳報。小生身遥心邇,恨不得鶼鶼比翼,蛩蛩並驅,幸勿以重功名而薄恩情,深加譴責。醜語。感荷良深,如許濶私,統容面悉。後綴一絶,以奉清照:玉京仙府探花郎,寄語蒲東窈窕娘。指日拜恩衣晝錦,是須休作倚門妝。醜極,不可暫注目。(鶯鶯云）慚愧，探花郎是第三名也呵。

【後】當日向西廂月底潛，今日在瓊林宴上掬。跳東牆脚兒占了鰲頭，惜花心養成折桂手，脂粉叢裏包藏着錦繡！從今後，晚妝樓改做至公樓。相國小姐何得口中自作爾語，自奚落耶。

此又一節。渠意豈謂夾語映耀，又是絶妙好辭。

（問童云）你吃飯不曾？（童云）不曾吃。（鶯鶯云）紅娘，你快去取飯與他吃。醜極。〇怪道紅娘滿身烟熏火辣氣也。（童云）小人一壁吃飯，小姐上緊寫書。官人分付小人，索了回書快回去哩。（鶯鶯云）紅娘，將紙筆來。（寫書畢科）

（鶯鶯云）書寫了，無可表意，有汗衫一領，裹肚一條，襪兒一雙，瑶琴一張，玉簪一枝，斑管一枚。琴童，收拾得好者。紅娘，取十兩銀來，與他做盤纏。（紅云）張生做了官，豈無這幾件東西，醜語。寄與他有甚緣故？（鶯鶯云）你怎麼知得我心中事，聽我説與你者。

【梧葉兒】這汗衫，若是和衣卧，便是和我一處宿；貼着他皮肉，不信不想我温柔。這裹肚兒，常不要離了前後，守着左右，繫在心頭。這襪兒，拘管他胡行亂走。此三語好。【後庭花】這琴，當初五言詩緊趁逐，後來七弦琴成配偶。醜極。他怎肯冷落了詩中意，我只怕生疏了弦上手。這玉簪兒，我須有緣由，他如今功名成就，只怕撇人在腦背後。醜極。這斑管兒，湘江兩岸秋，當日娥皇因虞舜愁，今日鶯鶯爲君瑞憂。這九嶷山下竹，共香羅衫袖口。【青哥兒】都一般啼痕湮透。並淚斑宛然依舊，萬種情緣一樣愁。涕淚交流，怨慕難收。此稍可。對學士叮嚀説緣由，是必休忘舊！醜。

(琴童云)理會得。

此節雖不佳，然自是一節。○但不審其何故不一讀【雪裏梅】、【揭鉢子】、【疊字玉臺】三曲耶？

(鶯鶯云)[一]琴童，這東西收拾得好者。

【醋葫蘆】你逐宵野店上宿，休將包袱做枕頭，怕油脂沾污急難綢。倘或水浸雨濕休便扭，只怕乾時節熨不開折皺。一樁樁一件件細收留。

此節却好，猶彷彿緒煞一曲故也。

【金菊香】書封雁足此時修，情繫人心早晚休。竟是一字不通語。長安望來天際頭，倚遍西樓，人不見，水空流。隨手雜湊爲文。

此又一節，可以無有。

(童云)小人拜辭了小姐，即便去也。(鶯鶯云)琴童，你去見官人對他說。醜極。(童云)又說甚麼？

【浪裏來煞】他那裏爲我愁，我這裏因他瘦。臨行掇賺人的巧舌頭，承上二句，忽作詈語，不通極矣！他歸期約定九月九，已過了小春時候。別時，碧雲黄葉，西風北雁，則正九月後耳。今適得半年，又無經年累歲之久，忽言有重九歸期，此是夢語，是鬼語耶？奈何至于此。到如今「悔教夫婿覓封侯」。

[一]「(鶯鶯云)」，各本均無，據「因百藏曲」寫刻《貫華堂注釋第六才子書》本補。

此又一節。特地再囑琴童，乃是如許語，不足發一笑也。○常歎街談巷説，童歌婦唱，一經妙手點定，便成絶代至文；任是《堯典》、《舜典》，《周南》、《召南》，忽遭俗筆横塗，竟如溷中不浄。只如王龍標「悔教夫婿覓封侯」詩，其妙則在第一句「不知」字，第三句「忽見」字，非妙于第四落句也。蓋其通首所有「閨中」「中」字，「少婦」「少」字，「凝妝」「凝」字，全副皆是寫「不知」神理；而又别用「春日」、「上樓」、「柳色」等字，全副又寫「忽見」神理。此分明欲于一頃刻中，寫得此婦實是幽閑貞静，忽地觸緒動情。所謂《國風》「好色不淫」，其體有如此也。今遭此人獨用其落句，遂令妙詩一敗塗地，至于此極，真使我恨恨無已也！

（童云）得了回書，星夜回話去。（琴童下）（鶯鶯、紅娘下）

續之二　錦字緘愁

前篇云：「多管閣着筆兒未寫淚先流，寄將來淚點兒兀自有。」此篇又云：「寫時管情淚如絲，既不沙，怎生淚點兒封皮上漬。」前篇云：「這汗衫若是和衣卧。」這裹肚、這襪、這琴、這玉簪、這斑管，逐件云云[一]。此篇又云「這汗衫怎不教張郎愛爾」，這琴、這

[一]「件」，貫華堂本作「住」，據芥子園本、金谷園本改。

玉簪、這斑管、這裹肚、這襪，亦逐件云云。前篇云：「你逐宵野店上宿，休將包袱做枕頭。」此篇又云：「書房中顛倒個藤箱子，休教藤刺兒抓住綿絲。」文雖二篇，語只一副，真如犬之牢牢，鷄之角角，欲求少換，決不可得也。嗟乎，本無捉縛枷栲，何煩頭刺膠盆？固知無邊苦海中，具有無量苦事，盡是無知苦人自作出來，極不足相惜耳！

看他才地窘縮，都無抽展處，于是無如何，忽然將鶯鶯字畫之妙喝采一通。夫前此張、崔月餘相處，不成純是淫嬲，曾未嘗一請睹筆墨耶？真大無聊已。

（張生上云）小生滿望除授後便可出京，不想奉聖旨，着在翰林院編修國史。誰知我的心事，甚麽文章做得成！琴童去了，又不見回來。這幾日睡卧不安，飲食無味，給假在郵亭中將息。早間太醫院差醫士來，看視下藥。我這病，便是盧扁也醫不得。自離了小姐，無一日心寬也呵。

〔中吕〕【粉蝶兒】從到京師，思量心旦夕如是，向心頭横倘着我那鶯兒。却是妙句。請醫師，看診罷，星星説是。本意待推辭，早被他察虚實不須看視。【醉春風】他道是醫雜證有方術，治相思無藥餌。小姐呵，你若知我害相思，我甘心兒爲你死、死。曲曲折折，淋淋漓漓，便與《西廂》無二。四海無家，一身客寄，半年將至。

此一節真是妙文，便與《西廂》更不可辨。若盡如是，我敢不拜哉？

（琴童上云）俺回來問，説官人在驛中抱病，須索送回書去咱。（見張生科）（張生云）琴童，你回來也！

【迎仙客】噪花枝靈鵲兒，垂簾幕喜蛛兒，短檠夜來燈爆時。若不是斷腸詞，定是斷腸詩。寫時管情淚如絲，既不沙，怎生淚點兒封皮上漬。

此一節，初咬是沙糖，再咬是矢橛矣。

（念書云）薄命妾崔氏醜！ 拜覆君瑞才郎文几：醜！ 別逾半載，奚啻三秋，思慕之心，未嘗少怠。昔云「日近長安遠」，妾今信斯言矣。醜殺！ 琴童至，接來書，知君置身青雲，且悉佳況。得君如此，妾復何言！ 醜殺！ 琴童促回，無以達意，聊具瑤琴一張、玉簪一枝、斑管一枚、裹肚一條、汗衫一領、絹襪一雙。物雖微鄙，願君詳納。春風多厲，千萬珍重！ 復依來韻，敬和一絕：和韻，是一部大節目，何得又犯之？ 闌干倚遍盼才郎，莫戀宸京黃四娘。黃四娘爲誰哉，何幸而遇杜工部，何不幸而遇此人！ 病裏得書知及第，窗前覽鏡試新妝。醜至于鬼止矣，世間更有醜于鬼者；臭至于屙止矣，世間更有臭于屙者；不通至于《續西廂》止矣，偏又有此兩首詩：怪哉，怪哉！

我那風流的小姐，似這等女子，張珙死也死得着了。

【上小樓】堪爲字史，當爲款識。有柳骨顏筋，張旭張顛，羲之獻之。此一時，彼一時，雜凑如此。佳人才思，俺鶯鶯世間無二。【後】俺做經咒般持，符籙般使。高似金章，重似金帛，貴似金貲。雜凑，豈復成語？ 這上面若僉個押字，使個令史，差個勾使，是一張不及印赴期的咨示。

此一節，忽賞其字體，真乃無謂。○後闋亦是元人套語。

(看汗衫科云)休説文字,只看他這汗衫。

【滿庭芳】怎不教張郎愛爾,堪與針工出色,女教爲師。幾千般用意般般是,可索尋思。長共短又無個樣子,窄和寬想像着腰肢。二語好。無人試,想當初做時,用煞小心兒。

此猶可。

小姐寄來幾件東西,都有緣故,一件件我都猜着。

【白鶴子】這琴,教我閉門學禁指,留意譜聲詩,調養聖賢心,洗蕩巢由耳。

不通。

【二煞】這玉簪,纖長如竹笋,細白似葱枝,温潤有清香,瑩潔無瑕玼。

不通。

【三煞】這斑管,霜枝栖鳳凰,淚點漬胭脂,當時舜帝慟娥皇,今日淑女思君子。

不通。

【四煞】這裹肚,手中一葉綿,燈下幾回絲,表出腹中愁,果稱心間事。

不通。

【五煞】這襪兒,針脚如蟣子,絹片似鵝脂,既知禮不胡行,願足下常如此。

不通。上特寫張生云「我都猜着」,乃其所猜也只如此,可醜也。

琴童,你臨行,小姐對你説甚麽?(童云)着官人是必不可别繼良緣。(張生云)小姐,你尚然不知我的心哩。

【快活三】冷清清客店兒，風淅淅雨絲絲。雨零風細夢回時，多少傷心事。【朝天子】四肢不能動止，急切盼不到蒲東寺。小夫人須是你見時，别有甚閑傳示？我是個浪子官人，風流學士，怎肯帶殘花折舊枝。自從到此，甚的是閑街市。此句好絶。【賀聖朝】少甚宰相人家，招婿嬌姿。其間或有個人兒似爾，那裏取那樣温柔，這般才思？此句好絶。想鶯鶯意兒，怎不教人夢想眠思？

此節乃可。

【耍孩兒】只在書房中顛倒個藤箱子，向裏面鋪幾張兒紙。放時須索用心思，休教藤刺兒抓住綿絲。高攤在衣架上，怕風吹了顔色；亂穰在包袱中，怕挫了褶兒。當如是，切須愛護，勿得因而。惜與前文「休做枕」、「休便扭」同耳。固是佳文，可賞也。

此節于諸寄來物中，獨加意汗衫，餘俱不挂口，何故？

【二煞】恰新婚纔燕爾，爲功名來到此。長安憶念蒲東寺。昨宵個「春風桃李花開夜」，今日個「秋雨梧桐葉落時」。愁如是，身遥心邇，坐想行思。

此節，專爲欲填「春風桃李」、「秋雨梧桐」二語耳，真乃可以無有。且「春風」二語，我竟不知其如何填也。

【三煞】這天高地厚情，到海枯石爛時，此時作念何時止？直到燭灰眼下纔無淚，蠶老心中罷却思。不比輕薄子，抛夫妻琴瑟，折鸞鳳雄雌。

此節，專爲欲填「燭灰無淚」、「蠶老休思」二語耳，真乃可以無有。

【四煞】不聞黄犬音，難傳紅葉詩，路長不遇梅花使。適差琴童送書回，乃又作此言。鬼語耶？抑夢語耶？孤身作客三千里，一日思歸十二時。憑闌視，聽江聲浩蕩，看山色參差。既分「聽」、「看」，則上押「憑闌」之「視」字，何解？

此節，專爲欲填「作客三千」、「思歸十二」二語耳，真乃可以無有。○凡用古，必須我自浩蕩獨行，而古語忽來奔赴腕下，斯方謂之如從舌上吮而吐之耳。若先有成句，隱隱然梗起于胸中，而我從而補接攢簇之，此真第一苦海也。

【煞尾】憂則憂我病中，喜則喜你來到此。投至得引人魂卓氏音書至[一]，險將這害鬼病的相如盼望死。

此亦無聊之結也。○細思無此二回，亦有何害？一通報書去，一通答書來，乾討琴童氣噓噓地，而于彼張、崔兩人乃更不曾增得一毫顔色。世間做筆墨匠做成筆墨，却只與人如此用，真老大寃苦也！

續之三　鄭恒求配

諺云：「投鼠者忌器。」蓋言世之極可厭惡無甚于鼠，而無奈旁有寶器，則雖一時刺

[一]「卓」，貫華堂本作「車」，據芥子園本、金谷園本改。

眼刺心之極，而亦只得忍而不投。何則？誠懼其或傷吾器也。今如鶯鶯，真古今以來人人心頭之無價寶器也；若鄭恒，則固人人厭之惡之之一惡物也。今也務必投之，投之務必令之立死，此亦誠爲快事。然筆則累筆，墨則累墨，獨不足惜乎哉？況于累筆墨其奚足道，細思當其時，則又安得不累及于鶯鶯哉？嗟乎！惡鄭恒而至于不免累及鶯鶯，而竟不與之惜，此人之無胸無心，其疾入地獄不可懺悔，又豈不信乎？

吾亡友邵僧彌先生嘗論畫云：「夫天生惡樹，我特不得盡斬伐之耳。若飯後無事，而携我門人晚涼閑步，則必選彼嘉樹，坐立其下焉。無他，亦人之好美嫉醜，誠天性則有然也。今我乃見作畫之家，純畫臃腫惡樹，此則不知其何理也！」聖歎聞之，擊節曰：人誠生而厲風，則誠天爲之也。甚可徐步雅言，持身如玉，而又必脅肩醜笑，囚首鬼面，此真不知其何理也。惟文亦然，不幸身爲盜賊，被捉勒供，與夫忽丁大故，訃告親族，則是不可奈何也。幸而窗明几净，硯精筆良，而又不擇取妙題，抒寫佳製，而顧惡駡醜言，如土坌集，此真不知其何理也。

只如鄭恒，此亦不過夫人賴婚，偶借爲辭耳。今必欲真有其人出頭尋鬧，此爲是點染鶯鶯，爲是發揮張生耶？既不爲彼二人，則是單寫鄭恒。夫今日所貴于坐精舍，關板扉，爇名香，烹早茗，舒新紙，磨舊墨，運妙心，煩俊腕，提健筆，攄快文者，祇爲彼是第一無雙才子佳人故耳。若鄭恒，則今盈天下之學唱公鷄，吃蝨猴孫，萬萬千千，知有何限，而煩先生特地寫之？寫之以娱人，而人不受娱，然則先生殆于寫之以自娱也。夫在他人，方欲寫第一無雙之才子佳人，以自娱娱人，而猶自嫌惟恐未臻極妙也。今先生乃必欲寫學唱公鷄[二]、吃虱猴孫，然則人之賢不肖之所喻，其相去懸遠，真未可以道里爲計也。

(鄭恒上云)自家姓鄭，名恒，字伯常。先人拜禮部尚書，在時曾定下俺姑娘的女兒鶯鶯爲妻。不想姑夫去世，鶯鶯孝服未滿，不曾成親。俺姑娘引着鶯鶯，扶靈柩回博陵安葬，爲因路阻，寄居河中府。數月前，寫書來唤俺，因家中無人，來遲了一步。不想到這裏，聽説孫飛虎要擄鶯鶯，得一秀才張君瑞退了賊兵，俺姑娘把鶯鶯又許了他。俺如今便撞將去呵，恐没意思。這一件事，都在紅娘身上。何也？俺且着人去唤他，只説哥哥從京師來，不敢造次來見姑娘，着紅娘到下處來，有話對姑娘行説。人去好一回了，怎麽還不見來？

(紅娘上云)鄭恒哥哥在下處，不來見夫人，却唤俺説話。夫人着俺來，看他説甚麽。(紅見鄭科)(紅云)哥哥萬福。夫人道，哥哥來到呵，怎不到家裏來？(鄭云)我怎麽好就見姑娘？我唤你來説。當日姑夫在時，曾許下親事。我今到這裏，姑夫孝已滿了，特地央你去夫人行説知，揀一個吉日，成合了這件事，好和一搭裏下葬去。不争不成合，一路上難厮

[二]「必」，貫華堂本作「逝」，據芥子園本、金谷園本改。

見。若說得肯呵，我重重謝你。（紅云）這一節話再也休題，鶯鶯已與了張生也。（鄭云）道不得個一馬不鞴雙鞍，可怎生父在時，曾許下我，父喪之後，母却悔親？這個道理那裏有！（紅云）却非如此說。當日孫飛虎將半萬賊兵來時，哥哥你在那裏？若不是張生呵，那裏得俺一家兒性命來？今日太平無事，却來爭親。倘被賊人擄去呵，哥哥你和誰說？何忍作此言。（鄭云）與了一個富家，也還不枉；與這個窮酸餓醋，偏我不如他！我仁者能仁、身裏出身的根脚，他比我甚的？（紅云）他倒不如你？禁聲！凡費如許筆墨。

【越調】【鬥鵪鶉】（紅娘唱）賣弄你仁者能仁，倚仗你身裏出身；縱教你官上加官，誰許你親上做親。又不曾羔雁邀媒，幣帛問肯，恰洗了塵，便待要過門。俱非吃緊語，不足服鄭心。枉淹了他金屋銀屏，枉污了他錦衾繡裀。【紫花兒序】枉蠢了他梳雲掠月，枉羞了他惜玉憐香，枉村了他殢雨尤雲。凡下「金屋銀屏」、「錦衾繡裀」、「梳雲掠月」、「惜玉憐香」、「殢雨尤雲」若干等字，而初無所謂，亦可以翻後置前，亦可以翻前置後，亦可以尚少，亦可以更多，真乃金貼蝦蟆也。先用二「仁」、二「身」、二「官」、二「親」，次用「枉淹」、「枉污」、「枉蠢」、「枉羞」、「枉村」，以爲好辭也。當日三才始判，兩儀初分；乾坤，清者爲乾，濁者爲坤，人在其中相混。君瑞是君子清賢，鄭恒是小人濁民。人言屙臭極矣，此並非屙；人言鬼醜極矣，此並非鬼。

（鄭云）賊來，他怎生退得？都是胡說！（紅云）我說與你聽。

【天净沙】把河橋飛虎將軍，叛蒲東擄掠人民，半萬賊屯合寺門，手横着霜刃，高叫道：要鶯鶯做壓寨夫人。

我亦只謂别有妙文，忍俊不住，故定欲描寫一通，原來其苦乃至如此。

(鄭云)半萬賊，他一個人濟甚事？(紅云)賊圍甚迫，夫人慌了，和長老商議，高叫兩廊，不論僧俗，如退得賊兵者，便將鶯鶯小姐與之爲妻。那時張生應聲而言：「我有退兵之計，何不問我？」夫人大喜，就問其計安在。張生道：「我有故人白馬將軍，見統十萬大兵，鎮守蒲關。我修書一封，着人傳去，必來救我。」不想書到兵來，其困即解。若言爲鄭説之，則安取爲鄭説之[一]？若言爲我説之，則我知之熟矣，又安取説之？愚矣哉！

【小桃紅】洛陽才子善屬文，火急修書信。白馬將軍到時分，滅了烟塵。夫人小姐都心順，則爲他「威而不猛」，「言而有信」，醜醜！因此上「不敢慢于人」。《論語》已醜，《孝經》尤醜。

想其意中，反以直書成語爲能，真乃另是一具肺肝。

(鄭云)我自來未聞其名，知他會也不會。你這個小妮子，賣弄他偌多！

此是佳語，調侃不少。諸葛隆中不求聞達時，幾欲遭此人白眼。嗟乎！今日茫茫天涯，亦何處無眼淚哉！

【金蕉葉】憑着他講性理齊論魯論，作詞賦韓文柳文，識道理爲人做人，俺家裏有信行，知恩

[一]「取」，貫華堂本作「反」，據芥子園本、金谷園本改。

報恩。

又以二「論」、二「文」、二「人」、二「恩」爲好辭。「齊論魯論」、「韓文柳文」等字，尤爲醜不可耐。

（鄭云）我便怎麽不如他？

【調笑令】你值一分，他值百十分，螢火焉能比月輪？高低遠近都休論，我拆白道字辨個清渾。君瑞是「肖」字這壁着個「立人」，醜極。使人不可暫注目。你是「寸木」「馬户」「尸巾」。醜至此哉。

《西廂》寫紅娘云「我並不識字」，却愈見紅娘之佳；此寫紅娘識字，乃極增紅娘之醜。

（鄭云）「寸木」「馬户」「尸巾」，你道我是個村驢屌。我祖代官宦，我倒不如那白衣窮士？

【禿厮兒】他學師友君子務本，醜極。你倚父兄仗勢欺人。他虀鹽日月不嫌貧，治百姓新民，傳聞。【聖藥王】這厮喬議論，有向順。你道是官人只合做官人，信口噴，不本分。你道是窮民到老是窮民，却不道「將相出寒門」。

上文琴童捷報已到，此處或是鄭恒未知猶可，何至紅娘口中亦全不記「探花及第」四字耶？看其支吾抵塞之苦，抑何至于此極也！

（鄭云）這節事，都是那法本禿驢弟子孩兒，我明日慢慢和他説話！又何也？總之枯筆無聊，又欲借和尚填湊幾句，便故爲此白。

【麻郎兒】他出家人慈悲爲本，方便爲門。你横死眼不識好人，招禍口不知分寸。

真寫至紅娘與和尚出力，真另是一具肺肝。

(鄭云)這是姑夫的遺留，我揀日牽羊擔酒上門去，看姑娘怎生發落我。

【後】你看訕筋，發村，使狠，甚的是軟款温存。硬打奪求爲眷姻，不睹事强諧秦晉。

(鄭云)姑娘若不肯，着二三十個伴當擡上轎子，到下處脱了衣裳，急趕將來，還你個婆娘。

【絡絲娘】你須是鄭相國嫡親的舍人，倒像個孫飛虎家生的莽軍。喬嘴臉、腌軀老、死身分，少不得有家難奔。 已上謂之悍婦駡街則可，奈何自命曰《續西廂》也哉？

前讀《西廂》，見我鶯鶯有「春雨閑門」、「下簾不捲」之句，我猶恐連陰損其高情；又見鶯鶯有「隔窗聽琴」、「月明露重」之句，我猶恐濕庭冰其雙襪；又見鶯鶯有「壓衾朝卧」、「紅娘彈帳」之句，我猶恐朝光射其倦眸；又見鶯鶯有「杏花樓頭」、「晚寒添衣」之句，我猶恐綫痕兜其皓腕。蓋我之護惜鶯鶯，方且開卷惟恐風吹，掩卷又愁紙壓，吟之固慮口氣之相觸，寫之深恨筆法之未精。真不圖讀至此處，乃遭奴才如此抵突也。王藍田拔劍驅蒼蠅，着屐踏鷄子，千載笑其大怒未可卒解，我今日真有如此大怒也，恨恨！ 普天下錦繡才子，誰以我爲不然？

(鄭云)兀的那小妮子，眼見得受了招安了也。我也不對你説，明日我要娶，我要娶！ 收科之文如此。(紅云)不嫁你，不嫁你！ 醜，醜。醜極，醜極！

【收尾】佳人有意郎君俊，教我不喝采其實怎忍。你只好偷韓壽下風頭香，傅何郎左壁廂粉。

此二語却是佳句。

第三篇完矣，細思之何必哉。爲張生添神采耶？爲鶯鶯添神采耶？費筆費墨，費手費紙，費飯費壽，寫得惡札一通。

（紅娘下）

（鄭云）這妮子一定都和酸丁演撒！何忍。○不惟不忍紅娘，尚不忍張生也。○我于紅娘尚不忍，我其肯忍于鶯鶯哉？俺明日自上門去，見俺姑娘，佯做不知，只道張生在衛尚書家做了女婿。俺姑娘最聽是非，何忍。○我于夫人猶不忍也。他必有話説。休説別的，只這一套衣服也衝動他。自小京師同住，慣會尋章摘句，姑夫已許成親，誰敢將言相拒？俺若放起刁來，且看鶯鶯那去？且看壓善欺良意，權作尤雲殢雨心。一派狗吠聲。（鄭恒下）

（夫人上云）夜來鄭恒至，不來見俺，唤紅娘去問親事。據俺的心，只是與侄兒的是；前賴婚乃是妙文，此則豈復成一品夫人耶？況兼相公在時，已許下了。俺便是違了先夫的言語，做一個主家不正。辦下酒者，今日他敢來見俺也。

（鄭恒上云）來到也，不索報覆，我自入去。（哭拜夫人科）（夫人云）孩兒，既到這裏，怎麼不來見我？（鄭云）孩兒有甚面顔來見姑娘！（夫人云）鶯鶯爲孫飛虎一節，無可解危，許了張生也。（鄭云）那個張生？敢便是今科探花郎？此處鄭又知之。我在京師看榜來，年紀有二十三四歲，洛陽張珙，誇官游街三日。第二日，頭踏正來到衛尚書家門首，尚書的小姐結着彩樓，在那御街上，只一毬，正打着他。我也騎着馬看，險些打着我，怕你不休了鶯鶯。他家粗使梅香十來個，把張生横拖倒拽入去。他口裏叫道：「我自有妻，我是崔相國家女婿。」那尚書那裏肯聽，説道：「我女奉聖旨結彩樓招你。鶯鶯是先奸後娶的，只好做個次妻罷。」因此鬧動京師，侄兒認得他[一]。（夫人怒云）我説這秀才不中擡舉，今日果然負了俺家。俺相國之女，豈有做次妻的理。既然張生娶了妻，不要了孩兒，你揀個吉日良辰，依舊入來做女婿者。何忍，何忍！（夫人下）（鄭喜云）中了俺的計了，準備茶禮花紅，過門者。（鄭恒下）

一片犬吠之聲。

續之四　衣錦榮歸

《西廂》爲才子佳人之書，故其費筆費墨處，俱是寫張生、鶯鶯二人，餘俱未嘗少用其筆之一毛、墨之一瀋也。其有時亦寫紅娘者，以紅娘正是二人之針綫關鎖。分時紅爲針綫，合時紅爲關鎖。寫紅娘，正是妙于寫二人。其他，即尊如夫人亦不與寫，何况歡郎？慈如法本亦不與寫，何况法聰？恩如白馬亦不與寫，何况卒子？此譬如寫花，决不寫到泥，非不知花定不可無泥；寫酒，决不寫到壺，非不知酒定不可無壺。蓋其理甚明，决不容寫，人所共曉，不待多説也。故有時亦寫紅娘者，此如寫花却寫蝴蝶，寫酒却寫監史

[一]「他」，貫華堂本作「飽」，據芥子園本、金谷園本改。

也。蝴蝶實非花，而花必得蝴蝶而逾妙；監史實非酒，而酒必得監史而逾妙；紅娘本非張生、鶯鶯，而張生、鶯鶯必得紅娘而逾妙。蓋自張生自説生辰八字起，直至夫人不必苦苦追求止，曾無一句一字中間可以暫廢紅娘者也。若夫人、法本、白馬等人，則皆偶然借作家火，如風吹浪，浪息風休，如桴擊鼓，鼓歇桴罷，真乃不必更轉一盼，重廢一唾也。今續之四篇，乃忽因鄭恒二字，《西廂》中鄭恒，真只二字耳。笨伯不達，視之遂如眼釘喉刺，一何可笑！既與獨作一篇，後又覆請多人，再遞花名手本，凡《西廂》所有偶借之家火，至此重復一一晝卯過堂。蓋必使普天下錦繡才子，讀《西廂》正至飄飄凌雲之時，則務盡吹之到于鬼門關前，使之睹諸變相，遍身極大不樂，而後快于其心焉。嗟乎！杜工部《畫鶻》詩有云：「寫此神駿姿，充君眼中物。」彼一何其極善與之相反如是也！

（法本上云）老僧昨日買登科録，看張先生果然及第，偏是道人心熱，偏是高士品低，偏是大儒不通，偏是名妓奇醜。如法本買登科録，偏是法本買登科録也！○近日朝廷遷除的報，最是諸山方丈大和尚口中極真。除授河中府尹。誰想夫人没主張，又許了鄭恒親事，不肯去接。老僧將着肴饌，直至十里長亭，接官走一遭。安得不人天推擁，爲一代大和尚哉？（法本下）

（杜將軍上云）奉聖旨，着小官主兵蒲關，提調河中府事。誰想君瑞兄弟一舉及第，正授河中府尹，一定乘此機會成親。小官牽羊擔酒，直至老夫人宅上，一來賀喜，二來主親。左右那裏？將馬來，到河中府走一遭。（杜將軍下）

(夫人上云)誰想張生負了俺家,去衛尚書家做女婿去了。只索不負老相公遺言,還招鄭恒爲婿。今日是個好日子過門,準備下筵席,鄭恒敢待來也。(夫人下)

(張生上云)小官奉聖旨,正授河中府尹。今日衣錦還鄉,小姐鳳冠霞帔都將着,見呵,雙手索送過去。誰想有今日也呵!文章舊冠乾坤内,姓字新聞日月邊。

〔雙調〕【新水令】(張生唱)一鞭驕馬出皇都,暢風流玉堂人物。今朝三品職,昨日一寒儒。御筆新除,將姓名翰林注。

此可。

【駐馬聽】張珙如愚,用《論語》字,最苦。酬志了三尺龍泉萬卷書;鶯鶯有福,穩受了五花官誥七香車。身榮難忘借僧居,愁來猶記題詩處。從應舉,夢魂不離蒲東路。

此可。

(到寺科,云)接了馬者!(見夫人拜云)新探花河中府尹張珙參見。(夫人云)休拜,休拜!你是奉聖旨的女婿,我怎消受得你拜?

【喬牌兒】我躬身問起居,夫人你慈色爲誰怒?我只見丫鬟使數都厮覷,莫不是我身邊有甚事故?

此可。○雖非佳文,猶是官話,故曰可也。

(張生云)小生去時,承夫人親自餞行,喜不自勝。今朝得官回來,夫人反行不悦,何也?

(夫人云)你如今那裏想俺家?道不得個「靡不有初,鮮克有終」。我一個女孩兒,雖然妝殘貌陋，他父爲前朝相國。此成何語，且何苦作此語？若非賊來，足下甚氣力到得俺家？今日一旦置之度外，却與衛尚書家作贅，是何道理？（張生云）夫人，你聽誰説來？若有此事，天不蓋，地不載，害老大疔瘡！《西游記》猪八戒語也。

【雁兒落】若説絲鞭士女圖，端的是塞滿章臺路。小生向此間懷舊恩，怎肯别處尋親去。【得勝令】豈不聞「君子斷其初」，我怎肯忘了有恩處？

略嫌「恩」句重沓，然語意自佳，不忍相没。又嫌即前【賀聖朝】語，然此乃是小病。

那一個賊畜生行嫉妒，走將來厮間阻？不能彀嬌姝[一]，早晚施心數；説來的無徒，遲和疾上木驢。

亦且可。

（夫人云）是鄭恒説來，繡毬兒打着馬，做了女婿也。你不信，唤紅娘來問。成何文理？

（紅娘上云）我巴不得見他，醜極。○《西廂》十六篇亦都寫女兒情事，偏覺官樣；此亦一種筆墨，偏見小家樣。元來得官回來。慚愧，這是非對着也。（張生問云）紅娘，小姐好麽？（紅云）爲你做了衛尚書女婿，俺小姐依舊嫁鄭恒去了也。何苦哉！（張生云）有這蹺蹊事！何止「蹺蹊」而已耶？

【慶東原】那裏有糞堆上長出連枝樹[二]，淤泥中雙游比目魚？不明白展污了姻緣簿？鶯鶯

[一]「姝」，貫華堂本作「妹」，據芥子園本改。

[二]「上」，貫華堂本作「生」，據芥子園本、金谷園本改。

呵，你嫁得個油煠猢猻的丈夫；紅娘呵，你伏侍個烟熏猫兒的姐夫；張生呵，你撞着個水浸老鼠的姨夫。此稱謂奇絶人。壞了風俗，傷了時務。此等句，傖以爲大奇，因而欲擬元詞，便都硬撰一連數十句。殊不知其最是醜筆，便一連十萬句也易。

此雖從【青山口】一曲偷來，然最是元人醜詞，聖歎所最不喜。〇元人每用或相犯，或加倍字，硬撰作奇語，一連用入四五六七八句以爲能手，聖歎每讀每嘔之。

【喬木查】(紅娘唱)妾前來拜覆，省可心頭怒！自别來安樂否？你那新夫人何處居？比小姐定何如？如聞香口，如見纖腰。古人果有妙文，聖歎決不没也。

北曲通長用一人唱，無旁人雜唱之例。此忽作紅娘唱，大非也。獨惠明一篇爲北曲變例，然亦换過一宫矣。然其文一何妙哉。古語：「細骨輕肌，百琲珍珠。」真便欲屬之矣。雖在《西廂》中猶稱上上，不意于續中有之。

(張生云)和你也葫蘆提了。小生爲小姐受過的苦，别人不知，瞞不得你。甫能彀今日，焉有是理？

【攪箏琶】小生若别有媳婦，只目下便身殂。我怎忘了待月迴廊，撇了吹簫伴侣。我是受了活地獄，下了死工夫，甫能彀爲夫婦。我現將着夫人誥敕，縣君名稱，怎生待歡天喜地，兩隻手兒親付與。他剗地把我葬誣。

此一段更精妙絶人，又沉着，又悲凉，又頓挫，又爽宕。便使《西廂》爲之，亦不復毫釐得過也。古人真有奇絶處，不可埋没。

（紅對夫人云）我道張生不是這般人，只請小姐出來自問他。奇奇，真是戲也。（請云）小姐，張生來了，你出來正好問他。（鶯鶯上云）我來了。奇奇，真是戲也。何苦如此，寃哉！寃哉！（相見科）（張生云）小姐間别無恙？亦殊冷淡。（鶯鶯云）先生萬福！（紅云）小姐，有的言語和他説麽。便如《水滸傳》閻婆之于婆惜然。（鶯鶯吁云）待説甚的是！

【沉醉東風】（鶯鶯唱）不見時準備着千言萬語，到相逢都變做短歎長吁。他急穰穰却纔來，我羞答答怎生覷。腹中愁却待伸訴，及至相逢一句也無，剛道個「先生萬福」。

此亦且可，總是庸筆弱筆也。

（鶯鶯云）張生，俺家有甚負你？你見棄妾身，去衛尚書家爲婿，此理安在？豈復成鶯鶯哉？（張生云）誰説來？前已知是某人，此又問，何也？（鶯鶯云）鄭恒在夫人行説來。（張生云）小姐，你如何聽這厮？小生之心，惟天可表！何不云：小生之心，惟有小姐可表？

【落梅風】從離了蒲東郡，來到京兆府，見佳人世不曾回顧。硬揣個衛尚書女兒爲了眷屬，曾見他影兒的也教滅門絶户。

此又好，沉着頓挫兼有之。

此一樁事都在紅娘身上，我只將言語激着他，看他説甚麽。我寫張生，則決不出此。紅娘，我問人來，説道你與小姐將簡帖兒唤鄭恒來。何忍，何忍？猪狗不發此聲矣。（紅云）癡人，醜。我不合與你作成，醜。你便看得一般了。醜。○一部《西廂》皆鏡花水月、鴻爪雪痕之文也。若被此等咬嚼，便成閻羅鏡臺，千年業在。恨恨！

【甜水令】(紅娘唱)君瑞先生,不索躊躇,何須憂慮。那廝本意糊塗;俺家世清白,祖宗賢良,相國名譽。我怎肯去他跟前,寄簡傳書?

此又醜筆也。

【折桂令】(紅娘唱)那吃敲才口裏嚼蛆,數黑論黄,惡紫奪朱。又用《論語》,不通無理。俺小姐便做道軟弱囊揣,怎嫁那不值錢人樣豭駒。「便做道」,此何語也,喪心病狂,于斯爲極。恨恨! 愛你個俏東君與鶯花做主,怎肯將嫩枝柯折與樵夫。那廝本意囂虛,將足下虧圖,我有口難言,氣夯破胸脯。

醜筆也。

(紅云)張生,你若端的不曾做女婿呵,我去夫人跟前一力保你。等那廝來,你和他兩個對證。何苦費如此筆墨哉!(稟夫人云)張生並不曾人家做女婿,都是鄭恒謊説,等他兩個對證。(夫人云)既然他不曾呵,等鄭恒來對證了,再做説話。笑殺七千人。

(法本上云)誰想張生一舉成名,正授河中府尹。觀其「誰想」二字,當初房兒借得着也,便畫盡善知識。老僧接官到了,再去夫人那裏慶賀。作《西廂》初寫法本時,更不料其後來至此。這門親事,當初也有老僧來,好和尚,可謂塵塵溷入[一],刹刹圓融。如何夫人没主張,便待要與鄭恒。若與了他,府尹今日來,却怎生了也?(相見畢)(稟夫人云)夫人今日始知老僧説得是,張先生

[一]「溷」,貫華堂本作「涃」,據芥子園本、金谷園本改。

決不是這等没行止的秀才。他如何敢忘了夫人？况兼杜將軍是證見，如何悔得他這親事？大和尚口中，早是兩位官府。○今日尤甚，蓋大和尚口中純是官府，非官府便不道也。

【雁兒落】（法本唱）杜將軍笑孫龐真下愚，亦復言重。論賈馬非英物；正授着征西元帥府，兼領得陝右河中路。【得勝令】是君前者護身符，今日有權術。來時節定把先生助，決將賊子誅。他不識親疏，掇賺良人婦；君若不辨賢愚，便是無毒不丈夫。

且不説其庸醜，乃至法本皆唱，豈有是哉？

（夫人云）着小姐卧房裏去者。（鶯鶯、紅娘下）

（杜將軍上云）小官離了蒲關，早到普救寺也。（張生見杜拜畢）（張生云）小弟托兄長虎威，醜。得中一舉。今日回來，本待做親。有夫人的侄兒鄭恒，來夫人行，説小弟在衛尚書家入贅。夫人怒欲悔親，依舊要將小姐與鄭恒。道不得個「烈女不更二夫」？（杜云）夫人差矣！俺君瑞也是禮部尚書之子，况兼又得一舉。夫人誓不招白衣秀士[一]，今日反欲罷親，莫于理上不順。（夫人云）當初夫主在時，曾許下那厮，不想遇難，多虧張生請將軍殺退賊衆。老身不負前言，招他爲婿。叵耐那厮説他在衛尚書家招贅，因此上我怒他，依舊要與鄭恒。（杜云）他是賊心，可知妄生誹謗。老夫人如何便輕信他？

（鄭恒上云）打扮得齊齊整整的，只等做女婿。今日好日頭，牽羊擔酒，過門走一遭去。（相

[一]「招」，貫華堂本作「推」，據金谷園本改。

見科)

(張生云)鄭恒,你來怎麽? 醜極。筆墨之事至于此極,真是活地獄也! (鄭云)苦也! 聞知狀元回,特來賀喜。(杜云)你這廝怎麽要誆騙良人的妻子[一],行不仁之事。我奏聞朝廷,誅此賊子。

【落梅風】此篇有兩【雁兒落】、兩【得勝令】、兩【落梅風】。(杜將軍唱)你硬撞入桃源路,不言個誰是主。妙妙。被東風把你個蜜蜂兒攔住。妙妙。不信呵你去緑楊陰裏聽杜宇,一聲聲道「不如歸去」。妙妙。

此惜又是杜將軍唱,真乃文秀之筆,未可多得也。

(杜云)那廝若不去呵,祇候人拿下者! (鄭云)不必拿,小人自退親事與張生罷。我亦不忍。(夫人云)將軍息怒,趕出去便罷。難,難。總之,何苦寫此。(鄭云)今日鶯鶯與君瑞爲夫婦,有何面目見江東父老? 我要這性命何用,不如觸樹身死。妻子空爭不到手[二],風流自古戀風流; 何須苦用千般計,一旦無常萬事休。(倒科)(夫人云)俺雖不曾逼死他,可憐他無父母,俺做主葬了者。我亦不忍也,何苦寫至此,真爲惡札,可恨恨也。想彼方復以爲快,真另有一具肺肝也。(杜云)請小姐出來,今日做個慶賀的筵席,看他兩口兒成合者。(張生、鶯鶯拜夫人

[一] 「誆」,貫華堂本作「誰」,據芥子園本、金谷園本改。
[二] 「手」,貫華堂本作「頭」,據金谷園本改。

科，又交拜科，又拜杜將軍科）（紅娘拜張生、鶯鶯科）此時法本跕何處？

【沽美酒】門迎駟馬車，户列八椒圖。娶了個四德三從宰相女，第三從似早。平生願足，托賴着衆親故。【太平令】若不是大恩人拔刀相助，怎能個好夫妻似水如魚。好意也當時題目，正酬了今生夫婦。自古相女配夫，新探花新探花路。此語輕新。

上來特續四篇，想只爲此數語故耶？乃費盡無數氣力，而此數語又只草草，真不解何意也。

（使臣上，衆拜科）

【清江引】謝當今垂簾雙聖主，妙句。敕賜爲夫婦。五字句妙。永老無别離，萬古常圓聚，願天下有情的都成了眷屬。妙句。

結句實乃妙妙。

貫華堂第六才子書西廂記卷之八終

沉吟樓詩選

此書之整理，以上海古籍出版社一九七九年版《清人别集叢刊》影印清鈔本爲底本，其中「擬杜少陵」詩據清康熙初年學易堂刻《貫華堂才子書彙稿》本《沉吟樓借杜詩》參校。原本分體不分卷，現釐爲五卷，並增「輯佚」一卷。

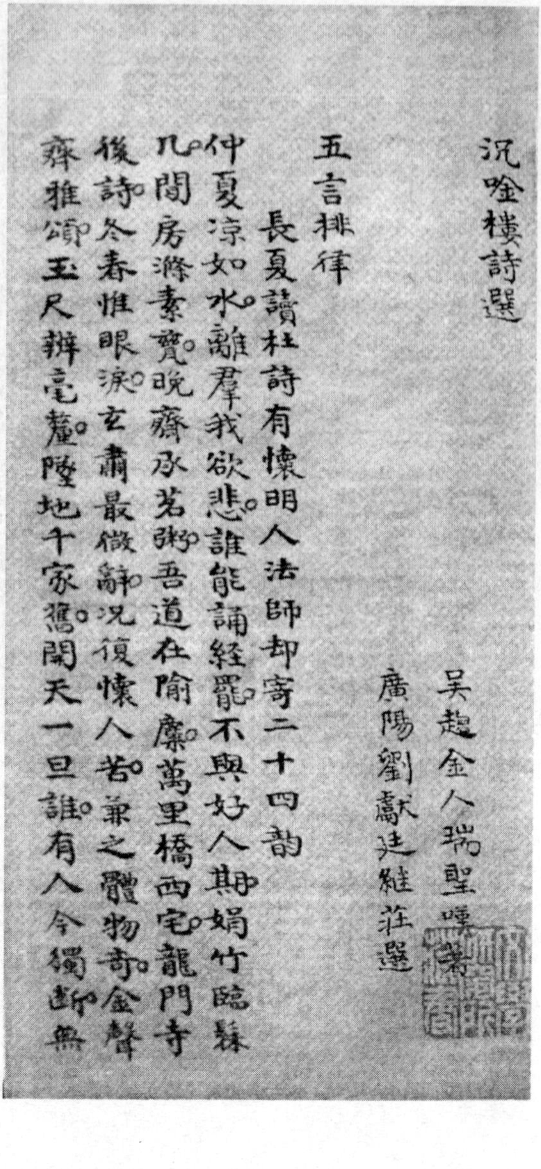

沉唫樓詩選

吴趨金人瑞聖嘆著

廣陽劉獻廷繼莊選

五言排律

長夏讀杜詩有懷明人法師却寄二十四韵

仲夏凉如水。離羣我欲悲。誰能誦經罷。不與好人期。娟竹臨牕几。閒房濟素覺。晚齋承茗粥。吾道在隃麋。萬里橋西宅。龍門寺後詩。冬春惟眼淚。玄肅最微辭。況復懷人者。兼之體物奇。金聲森雅頌。玉尺辨毫釐。陸地千家潛。閒天一旦誰。有人今獨斷。無

清鈔本《沉吟樓詩選》書影一

清鈔本《沉吟樓詩選》書影二

沉吟樓詩選目録

卷一

古樂府

望城行……一一四七
前有一樽酒行……一一四八
天行篇……一一四八
招商歌……一一四八
秋蘭篇……一一四九
飛塵篇……一一四九
車遥遥篇……一一四九
雜歌……一一五〇
日昇歌……一一五〇
三光篇……一一五〇
夜坐吟……一一五〇

秋思引……一一五一
悲落葉……一一五一
楊花曲……一一五二
昇平歌……一一五二
永明樂……一一五三
日出東南隅……一一五三
驚雷歌……一一五四
雲歌……一一五四
古歌銅雀辭……一一五四

卷二

五言絶

深秋即事……一一五五
賦得春江花月夜……一一五五
清明前一日集香熏……一一五五

五言律

佛燈……一一五六
贈戴雲葉……一一五六

婦病……一一五六
訪魏德輔不值……一一五七
深秋即事……一一五七
送維茨公晉秋日渡江之金陵……一一五八
賦得二月流鶯入建章……一一五九
病中承貫華先生遺旨酒糟魚各一器寄謝……一一六〇
貫華先生病寓寒齋予亦苦痁不已……一一六〇
外甥七日……一一六〇
釋玉忽然作詩佳甚寄此相勖……一一六一
喜見境哥……一一六一
憶舍弟……一一六一
病起過道樹樓下……一一六二
改兒子詩吟此……一一六二
婦病……一一六二
兵戰……一一六三
春雨同德輔雲葉舍……一一六三
春末懷周粟仲……一一六三

同升妙泛舟訪粟仲于東城僧舍不值悵然即返……一一六四
元暉渡江一首……一一六四
女兒曲……一一六四
夢見泌齋……一一六五
小史婚……一一六五
鴛鴦誦……一一六五
住天池别業……一一六六
獨坐詠懷……一一六六
雨夜喜沈方思見過……一一六六
銅瓶……一一六七
可惜……一一六七
寄高三十五詹事……一一六八
李監宅二首……一一六八
熟食日示宗文宗武……一一六九
又示兩兒……一一六九
湘夫人祠……一一七〇
上巳日徐司録林園宴集……一一七〇

宴胡侍御書堂……一一七一
吾宗……一一七一
麂……一一七二
天寶初南曹小司寇舅于我太夫人堂下累土爲山一簣盈尺以代彼朽木承諸焚香瓷甌甌甚安矣傍植慈竹蓋茲數峰嶔岑嬋娟宛有塵外數致乃不知興之所至而作是詩……一一七二
王十五司馬弟出郭相訪兼遺營草堂貲……一一七三
提封……一一七三
王十五前閣會……一一七四
新月……一一七四
黄魚……一一七四
效西昆體……一一七五
獄中見茉莉花……一一七五
夜與無動語因及德輔雲葉……一一七五
閑坐舍邊小橋上思德輔不知在何處……一一七六
野行……一一七六
訛傳境哥被虜……一一七六

懷聖默法師……一一七七
住般公別院旬日有虛粟仲見訪……一一七七
浩蕩……一一七七
題徐松之詩二首……一一七八
元暉來述得生事一首……一一七八
對雪次韻……一一七八
陳定齋太僕辛丑春初索得雄正值普門誕日是日郡縣恭接今上登極詔書適至
賦詩紀瑞……一一七九
定齋敬奉靈岩法旨生子不得殺生合十再賦……一一七九
有感呈諸同學……一一七九
游龍門奉先寺……一一八〇

卷三

五言排律

長夏讀杜詩有懷明人法師却寄二十四韻……一一八一
和李頎長壽寺粲公院新甃井之作……一一八二

五言古

讀十五國風吟此……一一八二

池上篇……一一八三
客從東方來……一一八三
敬生誦經寶林寺訪之作……一一八三
除夜彈琴……一一八四
貧士吟……一一八四
貧婦吟……一一八四
孤兒吟……一一八五
古墓吟……一一八五
長夏作……一一八五
六言絶
新晴上午躑躅無侶獨坐舍邊小橋看天四垂……一一八六
暮春到虎丘看石觀音像與門人釋曾坐樹陰中最久……一一八六
卷四
七言絶
燕子……一一八七
清明……一一八七
聞笛……一一八八

癡叔……………………………………………………一一八八
關門……………………………………………………一一八八
秋夜宿雲法師房………………………………………一一八九
早涼……………………………………………………一一八九
春江……………………………………………………一一八九
宿堯峰下院……………………………………………一一八九
贈友……………………………………………………一一九〇
銅雀臺…………………………………………………一一九〇
境智二童子……………………………………………一一九〇
晝寢女道士……………………………………………一一九〇
訪周粟仲不遇…………………………………………一一九一
訪周粟仲不遇之二……………………………………一一九一
三吴……………………………………………………一一九二
睡足……………………………………………………一一九二
效李義山絶句…………………………………………一一九二
效李義山絶句…………………………………………一一九三
微生……………………………………………………一一九四

甲申秋興……一一九四
甲申秋興之二……一一九四
上元詞……一一九五
上元詞之一……一一九五
題畫……一一九六
村婦艷……一一九六
桃源……一一九六
閻子牛叟游鄧尉有懷故園梅花因送之歸學山……一一九六
牛叟閻子游玄墓有懷故園梅花因送之歸學山之六……一一九七
同姚山期滯雨虎丘八首之一……一一九七
同姚山期閻牛叟百詩喬梓滯雨虎丘甚久廿三日既成別矣忽張虞山丘曙戒季貞諸了連翩續至命酒重上悟石軒快飲達旦絶句記之……一一九八
板橋……一一九九
送僧……一一九九
白晝……一一九九
夜夢到西施故村口吟一首……一一九九
戲作留贈女冠……一二〇〇

蘇臺懷古……一二〇〇
荷花……一二〇〇
病中無端極思成都憶得舊作録出自吟……一二〇〇
柳……一二〇一
丁酉深秋重觀雪塘法師遺筆……一二〇一
題畫……一二〇一
贈馮鳴節……一二〇一
蘇臺夏詞……一二〇二
春雨……一二〇二
夜宿月氏堂……一二〇二
糟笋……一二〇二
割肉餉老妻……一二〇三
春宵……一二〇三
滿眼……一二〇三
思山……一二〇三
月夜獨坐……一二〇四
窗前古梅……一二〇四

從韋二明府續處覓錦竹三數叢……………………………………一二〇四
詠桐……………………………………………………………………一二〇五
贈僧……………………………………………………………………一二〇五
癸未秋興………………………………………………………………一二〇五
題畫梅…………………………………………………………………一二〇六
艷辭……………………………………………………………………一二〇六
十六日三弟岸先手札並詩率答二絶……………………………………一二〇六
懷盛柯亭………………………………………………………………一二〇七
題聖默法師畫梅………………………………………………………一二〇七
題文彦可畫陶淵明撫孤松圖…………………………………………一二〇七
爲蘄山題菊花…………………………………………………………一二〇七
題大士像………………………………………………………………一二〇八
題邵僧彌畫……………………………………………………………一二〇八
過慧慶西林聖月兄出宣遠瓶中雜花圖吟此…………………………一二〇八
蘄山喜食鵝戲爲絶句嘲之……………………………………………一二〇八
冬夜讀徐瀑懸詩………………………………………………………一二〇九

上巳日天暢晴甚覺蘭亭天朗氣清句爲右軍入化之筆昭明忽然出手豈謂年年
有印板上巳耶詩以紀之 …… 一二〇九
病中見諸女玩月便呼推窗一望有懷貫華 …… 一二一〇
中秋夜戲贈女道士 …… 一二一〇
微疴得起恰值首春乃聞同袍四五高會南城不蒙見容悵然離群日之夕矣猶徙
倚街巷遥念主人朗吟請呼心歡之句其樂未央戲作二絶怨之 …… 一二一〇
春日坐西林別院有以畫鶴索題書此自笑 …… 一二一一
今春 …… 一二一一
作詩 …… 一二一一
閨怨 …… 一二一二
憑韋少府班松樹子栽 …… 一二一二
病中寄懷解師 …… 一二一二
哭劉伯玉 …… 一二一二
寒夜 …… 一二一三
春睡 …… 一二一三
贈閔康之 …… 一二一三

絶命詞……………………………………………………………一二一三
與兒子雍…………………………………………………………一二一四
臨別又口號遍謝彌天大人謬知我者………………………………一二一四

卷五

七言律

送朱子莊赴任宜春…………………………………………………一二一五
送李寳弓司理欽召考選四律………………………………………一二一五
送李寳弓司理内召…………………………………………………一二一六
送徐爾贊赴京補選…………………………………………………一二一六
吴邑黄明府新婚……………………………………………………一二一七
贈舒伯順……………………………………………………………一二一七
代友責姬人之作……………………………………………………一二一七
乙酉又病一首………………………………………………………一二一八
寄總持法師…………………………………………………………一二一八
道樹遣人送醬醋各一器……………………………………………一二一八
般若解脱二法師來住數日竟失晤…………………………………一二一九

雲在法師西山讀莊子……一二一九
和闗使君署桂冬花之作……一二一九
前題並贈次公……一二二〇
周順蘆先生生日……一二二〇
休問……一二二〇
聞德輔病却寄一律時予亦小疾在卧……一二二一
丁亥仲冬過松陵訪來止……一二二一
贈萍洲師……一二二一
題淵明撫孤松圖……一二二二
徐慶公生日……一二二二
題申蓼文像……一二二二
戊子春積雨如晦久不晤草座先生天甫晴便忽睹書此爲樂也……一二二三
念舍弟……一二二三
雲法師生日和韵一首……一二二三
後訪……一二二四
王子文生日……一二二四

無題五首……一二二四
塞北今朝……一二二五
贈李興符二首……一二二五
吴明府生日……一二二六
吴明府生日……一二二六
壽吴明府之一……一二二七
詠松……一二二七
真僧……一二二七
贈楊公路郊居……一二二八
暮春早坐小女折花勸簪謝之……一二二八
贈夏廣文……一二二八
元日懷西音……一二二九
人日孫鶴携酒過看予新選唐人律詩率其二子來予二婿亦適至……一二二九
彈琴……一二二九
人日懷總持法師……一二三〇
迎春日懷西林般公……一二三〇

立春日又懷般公……一一三〇
聞聖壽寺遭驕兵所躪……一一三一
侵早……一一三一
贈趙居士……一一三一
天雨法師生日……一一三二
夢游虎丘……一一三二
殿下雙松……一一三二
除夜有感……一一三三
懷山居……一一三三
苦客投詩……一一三三
驟寒有感……一一三四
失題……一一三四
春感八首……一一三四
辛丑春感……一一三六
人日大明宮宣賜彩縷人勝應制……一一三六
寄常徵君……一一三六

愁……一二三七
燕子來舟中作……一二三七
效李商隱詩……一二三八
昨夜夢看德輔庭中野樹記之……一二三八
元日代若蘭寄贈失庵……一二三九
送吴兹受赴任永州司理……一二三九
辛巳大饑無動惠米誌謝……一二三九
登壇一首戲示同學……一二四〇
于教院屏風得讀慧開兄詩喜而有作……一二四〇
擬唐王季友鸚鵡洲詩……一二四〇
贈許升年……一二四一
頌聞琴先生……一二四一
賀吴縣汪明府涵夫攝篆長洲……一二四一
翼明大士看梅不赴詩以思之……一二四二
周茂蘆生日……一二四二
看梅思知至先生在病……一二四二

贈周直夫……一二四三
讀休老近稿賦贈……一二四三
壽詩二章……一二四三
對雪……一二四四
丁蕃卿生日二章……一二四四
立春日送二策入學……一二四五
不寐……一二四五
庚子秋感……一二四五
秋雨甚田且壞……一二四六
題杭若棟小像……一二四六
贈季秋文……一二四六
失題……一二四七
贈青蓮法師……一二四七
楊花三首……一二四七
七言古
桃源行……一二四八

下車行……一一四九
青溪行……一一四九
孫鶴生日試作長歌贈之……一一五一
百草……一一五二
酬高三十五適人日見寄……一一五二
贈顧君猷……一一五三

卷六

輯佚

無題……一一五四
降乩聯句……一一五四
虎丘竹亭看雨……一一五五
濟公贈秦美人落霞……一一五五
題太素宮……一一五六
和王丈秋園晚興……一一五六
登繡嶺……一一五六
古游俠……一一五七
無題七絶三首……一一五七

無題……一二五八
題平坵沈君善木影……一二五八
寓慈雲寺旬日留別……一二五九
歲暮懷瀑懸先生兼寄聖默法師……一二五九
宿野廟……一二五九
聯語……一二六〇
贈句……一二六〇

沉吟樓詩選卷一[一]

古樂府

望城行二章

金城十二重，重重夭桃花。上鳴鴛鴦鳥，下馳油壁車。美目交盼睞，繡領爭傾斜。纖手持輕巾，面面作驕奢。若非河陽眷，必是董君家。見此佳城市，誰能不咨嗟。

金城十二重，青雲停如蓋。雲中何所見，歷歷文星會。爛爛照金城，街衢何廣大。東西咸雅步，南北盡垂帶。君子名無咎，小人號不害。見此佳城市，孰敢不自艾。

[一] 清鈔本「沉吟樓詩選」按體輯録，各體大題下均有「吴趨金人瑞聖歎著、廣陽劉獻廷繼莊選」諸字。

前有一樽酒行傅元曲。

前有一樽酒，映花當窗牖。佳人殊未來，鳴琴適在手。下弦彈一心，上弦彈萬壽。萬壽不可期，一心固長久。陽春多福禄，遲與子同受。

天行篇

皇天與壽命，而其勢顛延。今夜是何處，持憂問金仙。金仙知我憂，秘籥開靈篇。云無後在後，亦無前在前。稽首辭大道，吾將與之然。

招商歌漢靈帝曲。

荷花夜舒晝日偃，荷葉動摇風晚涼。玉色女兒近如遠，吹簫合笙聲嬋婉。千秋萬歲心自忖。

秋蘭篇傅元曲。

秋蘭緑葉紫莖，照水一何分明。水上芙蓉並蒂，花下鴛鴦麗情。花亦萬歲不謝，鳥亦千年不驚。賤妾與君一室，共樂仁王太平。

飛塵篇傅元曲。

飛塵翳青天，桂樹虧月光。明鏡豈不滿？美人映中央。具茨神靈境，七聖非所當。

車遥遥篇傅元曲。

車遥遥兮馬遲遲，吾悦君兮君不知。君不知兮轉去遠，風花無常陽春晚。願爲晚春一片花，憑仗風吹來天涯。

雜　歌傅元曲。

鳥有翼，車有輪。密遣二人，其變如神。

日昇歌

登山望朝陽，丹鷄無端鳴，燭龍全身驤。光華未離海，其勢照萬方。此物如可攬，持用獻君王。

三光篇劉孝綽曲。

三光無自性，靈籥相回互。卯日懷雄鷄，酉月抱純兔。北斗領衆星，歷歷皆太素。

夜坐吟

冬夜夜坐坐轉寒，四更猶淺三更殘。酒停酌，琴罷彈。詎有憂，但寡歡。欲告君，其辭難。無一語，有萬端。

秋思引湯惠休曲。

秋風蕭蕭夜渡河，秋河鱗鱗朝微波。思君知君不思我，亦欲不思如思何？

悲落葉四章

悲落葉，葉落悲。昨日同條並心住，今日隨風着處吹。

悲落葉，汝亦未曾少躊躕。今日落，明日詎能持上枝？

悲落葉，葉落不記初生時。宫中正造鴛鴦殿，葉葉鴛鴦殿上垂。鴛鴦新殿新人住，春日春心誰不妒。碧玉破體嬌未歇，絳樹學歌初一度。初一度，聲未絶。促柱鳴，短簫切。短簫促柱通金風，樹樹紛紛落如雪。新殿新人心暗驚，立春歷日乍通情。只今出衆猶羞澀，早見階墀不可行。

悲落葉，葉落終成灰與泥。紅顏緑鬢盡如此，那能對鏡不悲啼！

楊花曲三章

青瑣當花閉，貞女背春眠。寸心持相思，通身持可憐。
柳樹今朝暗，浮萍明日齊。三春成怨節，雙眼只教啼。
開門愁春光，閉門愁春陰。春風吹人心，春人心易淫。

昇平歌十章

地下千雷震，天上萬日明。人間百憂畢，今日逢昇平。
昇平大道理，一言非所詳。君子坐金殿，小人還故鄉。
好男不越境，好女不夜啼。好花不過節，好鳥不食泥。
初日照杏梁，窈窕羅幃中。女兒年十五，春情稍能通。
三五喻金鏡，三六喻金玦。人生可憐蟲，克日稱前哲。
東望楊柳橋，南望芙蓉池。西望明月樓，北望蒿里碑。
大婦治羔羊，中婦劈荔枝，小婦注清酒，共樂昇平時。
死生自有命，富貴自在天。安用昇平時，持憂自相煎？

有酒聊擊鼓，無肉但哺糜。安能昇平時，弄此錢刀爲？
昇平大時節，我欲與君誓：死爲一處灰，生作雙花蒂。

永明樂釋寶月曲。○五章

金經直如綫，寶緯密如雲。我唱永明樂，天地非至文。
大樂乃無相，大禮乃無聲。一人垂衣坐，萬寶中秋成。
四方四雙樹，中央中天座。天下方太平，今夜宜宴卧。
光風轉百草，靈風浥微塵。百姓齊上聖，四時皆仲春。
殿堂日月正，畿甸風雲齊。四面成寶海，中間施金梯。

日出東南隅

春日升東南，桑葉生光明。秦家十五女，此時酬使君。

驚雷歌傅元曲。○沉吟樓逸詩。

驚雷殷兮百里蘇，庶民動兮天地在涂。千古萬古兮爭此須臾，不有禮樂兮曷用相扶！

雲　歌傅元曲。○沉吟樓逸詩。

白雲荒荒兮流天庭，青雲停停兮天中停。白雲荒荒，散而爲波。青雲停停，爲當奈何！

每每如此，學道處世悉爾。

古歌銅雀辭魏文帝曲。○沉吟樓逸詩。

長安城南雙門闕，中秋十五延明月。一照聖人生，再照聖人没。

沉吟樓詩選卷二

五言絶

深秋即事

野士心無染，秋泥滿户扉。沙寒魚散去，巢落燕歸飛。

賦得春江花月夜

可憐春岸動，不覺夜江平。隔水通花氣，兼寒受月明。

清明前一日集香熏

綿上草初緑，祠前春正長。却忘禁烟節，洗手欲燒香。

五言律

佛燈

人響漸以定，蟲于佛面飛。衆窗闢夜氣，四壁得清輝。暗處正全好，光邊應自微。高深三子共，端不貴忘機。

贈戴雲葉

子兄吾所憚，與子故加親。世禮共疏闊，玄心互苦辛。香邊無異息，燈裏識分身。不信除吾子，人間更有人。

婦病

婦病連年月，襟裾不復全。降嚴隨子女，背眼棄釵鈿。晝鼠驕游枕，春蟲化出奩。呦呦聽不得，一笑當相憐。

訪魏德輔不值

訪君無一事，不遇亦悠然。野菜繞門出，小蟲當户懸。晝厨寒有鬼，童子倨如仙。我亦便歸去，闗窗獨自眠。

深秋即事四章

山僧求飲食，往往出門行。義不負兹飽，感人開户迎。説經酬飯價，迴施合凡情。彈指自歸去，寒山萬木平。

宿生曾受律，今日若爲情。菜果偶然缺，魚蝦聊作羹。草蟲齊一致，牙齒有餘清。夜雨諸天贊，斯人不殺生。

聖人何窈窕，秋日出村行。晚雨可憐過，寒蟲聞一聲。草心猶欲長，水法已能平。僮僕隨身慣，猶無宋玉情。

秋色輕于夏，新從窗裏知。牆陰先欲夜，草葉自相吹。人漸行籬下，花如在水湄。含悽不敢説，海水恐相移。

送維茨公晉秋日渡江之金陵十二章

秋日涼風動，兩賢同載行。緣江沙岸淺，迎檝水花平。獨悟文言盡，相知心眼明。忽然逢舊事，元是石頭城。

早歲秋漸雨，渡頭泥水多。可憐無蠟屐，不得唱驪歌。賤子生成懶，至人知奈何。别時不相送，别後亦靡他。

入舟家事畢，心目一爲閑。漸覺無端動，方知多未删。野花能改岸，帆影解隨灣。此事經年説，誰逾大德閑。

今年三十外，舊鏡得新霜。同學漸有事，衆經未成章。二公又離别，一秋無紀綱。得歸幸及早，有約毋相忘。

頻年入秋夜，夜夜共冷冷。二十今爲客，孤燈誰説經？月明何處起，江響若爲聽。此義無遥近，今宵有夢靈。

涼秋今欲半，乃爲清江行。江行無風浪，亦有涼秋聲。大義誠無言，小弟欲問兄。兄但聞秋聲，小弟大義明。

物動由來住，江行想不忘。鷗鷯分棹尾，罾已對漁窗。岸岸花兼竹，雲雲白變蒼。粗人驚迅疾，聖者歎安庠。

如何江光裏，印此雙蓮華。一義歸無處，兩人寂不譁。魚龍能宿悟，水月來交加。李郭知何事，仙舟亦自誇。

燕磯微雨濕，霽日龍關開。氣象果一變，風雲何壯哉！先皇征戰去，君子觀光來。先後竟誰是，天風吹酒杯。

日光媚禾黍，寒景開田園。我或讀經罷，獨行觀水痕。忽忽念素友，雙雙留白門。白門不知處，水痕那可論？

桃葉舊時事，江深櫂奈何。比來迎汝慣，但渡更無波。二子乘舟影，仙雲帖水過。持將問王獻，得失未爭多。

庭月照江去，真成離別人。夜涼曾不減，君子歎何頻。酒價今年重，菊花仍舊新。無因爲九日，相望一沾巾。

賦得二月流鶯入建章

紫殿晝無聲，黃鶯何處鳴？停箏樓上女，親見入重城。二月三春節，千門一例情。妒他南陌外，履舄接連行。

病中承貫華先生遺旨酒糟魚各一器寄謝

悠悠罷彈鋏，頓頓食無魚。卧病煩同學，提攜過草廬。加餐倍珍重，醉後默躊躕。冥報成何語，相敦自有初。

貫華先生病寓寒齋予亦苦痁不已

客有維摩詰，身非妙吉祥。高秋同得病，清晝坐敷床。用乳新開禁，消香未有方。衆生滿眼是，何以濟茫茫。

外甥七日

亂離存舍妹，艱苦得添丁。敝宅人常説，啼聲我既聽。四郊方斬馘，七日爾生靈。造物真輕忽，翻歡作淚零。

釋玉忽然作詩佳甚寄此相勖二章

已欽聞法早，又見作詩新。拔地搜元化，乘風搦鬼神。選通須妙偈，成佛許文人。自古伽佗手，當時詞客身。

顧子天教死，菁華定屬兄。新詩連偈作，成佛帶文名。四句難酬價，千華易貫成。祇求驅李杜，無乃大巍生。

喜見境哥訛傳被虜。

依舊迴廊下，驚新到客前。珠池明月在，金鎖石麟眠。嬌習升書案，天機弄采箋。賢公嗔太早，昨日正茫然。

憶舍弟

舍弟西風裏，流離數口家。近聞栖水泊，托庇在天涯。火食何由得，兒童那不譁？何須逢盜賊，多恐化蟲沙！

病起過道樹樓下

小弟三秋病，先生每日心。晚床新試坐，輕杖便相尋。喜躍徵童僕，睽違指樹陰。巷中無飲酒，樓下對彈琴。

改兒子詩吟此

詩自何人造？天機忽蕩成。至今無字句，空裏出音聲。童子輿殊異，晨朝篇已盈。得題隨屬草，多恐失章程。

婦病

婦老周旋久，呻吟入性情。貧窮因諱疾，井臼且傷生。夫子漸衰暮，兒曹全未成。百端寒熱裏，誤汝一身嬰。

兵戰

兵戰茲初試，凶危敢道過。舊人書裏失，新哭巷中多。天子宜長壽，將軍厭寶戈。定當逢此日，黔首竟如何！

春雨同德輔雲葉舍

密葉全經雨，疏花未點泥。避人成晚步，着屐到幽栖。夜飲消膏燭，春城雜鼓鼙。偷歡真不易，明日又東西。

春末懷周粟仲

經春消渴動，隔巷美人疏。官署如冰雪，蓮花對簿書。相思每中夜，夢見必山居。何日楗椎下，同皈心地初。

同升妙泛舟訪粟仲于東城僧舍不值悵然即返

野水接連處，高僧止靜時。到門窺草樹，滿望睹威儀。一院晚花落，諸天中食饑。終然不得見，與子復何之？

元暉渡江一首

關河將雨雪，君子復何之？詎惜衣裳薄，誠憂盜賊時。渡江如絶域，分手更何期。敢道三春節，□□□□□[一]。

女兒曲

女兒初蕩漾，春日復優柔。秋水真宜笑，輕蛾詎解愁。熏香籠袖坐，開户弄春游。自説腰肢軟，君看上翠樓。

[一] 五字原缺。

夢見泌齋

春夢不欲記，夢君偏動心。楓林通夜黑，江水到關深。亂世書難得，他鄉病易侵。一雙離別淚，直滴到如今。

小史婚

小史，嗣也。去年婚，未有詩，今補作。

花裏秦宮艷，窗中碧玉微。夭桃初巧笑，蛺蝶早雙飛。定是同窺鏡，無妨誤着衣。房中多秘戲，所惜一人違。

鴛鴦誦

此鳥何名氏？雄鴛雌曰鴦。雙雙來玉溆，兩兩轉金塘。葉密成歡被，花深亦洞房。千秋與萬歲，那得暫相忘！

住天池別業

金銀今世界，冰雪道人心。野鶴何天去，孤雲隨處深。臨風時拾橡，候月對彈琴。徒有高山在，誰聞流水音。

獨坐詠懷

空齋誰與語，開卷尋古人。謦欬竟如故，典型誠可親。庭花爭弄色，林鳥静鳴春。安得素心士，相攜數夕晨。

雨夜喜沈方思見過

暮色正愁坐，雨聲殊惱人。扁舟高士過，寒夜草堂春。妙句難酬對，玄心共討論。雲山本異地，何幸得相親。

銅　瓶[一]以下十八首俱擬杜少陵作。

美人脱纖手，此日下寒泉。泥蝕夔龍盡，天令體格全。遭時方喪亂，欲汝更遷延。明福全無信，深爲早出憐。

可　惜[二]擬杜少陵。

花汝有何恨[三]，連朝力疾飛。不愁樽罍盡，可惜興全非。子美篇篇老，陶潛頓頓饑。遲生又千載，惆悵與誰歸。

[一]　此題亦見《沉吟樓借杜詩》之二。
[二]　此題亦見《沉吟樓借杜詩》之三。
[三]　「恨」，《沉吟樓借杜詩》作「限」。

寄高三十五詹事[一]

亂後人逾少，年高心最孤。何曾一日夕，不望問泥塗。水落雙魚盡，春深一雁無。不然雖宦達，未至棄潛夫。

李監宅二首[二]擬杜少陵。

天且忘龍種，人猶選雀屏。春風開貳室[三]，花燭對三星。特達排時俗，分明合禮經。亦知鷹隼器，一爲刷毛翎。

龍子應歸海，鵷兒暫借巢。曲房花灼灼，深夜鳥交交[四]。揮手停簫管，封侯覓鼓鐃。出門騎馬去，昨夜婦親教。

[一] 此題亦見《沉吟樓借杜詩》之五。
[二] 此題亦見《沉吟樓借杜詩》之六。
[三] 「貳」，《沉吟樓借杜詩》作「二」。
[四] 「夜」，《沉吟樓借杜詩》作「院」。

熟食日示宗文宗武[一]

消渴春尤甚，兵戈道正長。今朝吾熟食，他日汝還鄉。夢寐通墳墓，神靈缺酒漿。會期殊不遂[二]，何以答祠堂。

又示兩兒[三]擬杜少陵。

令節非吾事，他時識此言。懸知多涕淚，且復强盤飧。骸骨拚如此[四]，田園曷用存。江洲與長葛，隨汝便招魂[五]。

[一] 此題亦見《沉吟樓借杜詩》之九。
[二] 「遂」，《沉吟樓借杜詩》作「遠」。
[三] 此題亦見《沉吟樓借杜詩》之十。
[四] 「拚」，《沉吟樓借杜詩》作「判」。
[五] 「便」，《沉吟樓借杜詩》作「去」。

湘夫人祠[一]刺亡國諸臣[二]。○擬杜少陵。

緣江水神廟，云是舜夫人。姊妹復何在，蟲蛇全與親。搴幃儼然坐，偷眼碧江春。未必思公子，虚傳淚滿筠。

上巳日徐司録林園宴集[三]擬杜少陵。

白髮了無興，青春勉就人。祓除全怯水，杯酒暫沾唇。不棄群賢德，難支老病身。明年誰會此，天道最泯泯。

[一] 此題亦見《沉吟樓借杜詩》之十一。
[二] 《沉吟樓借杜詩》無此五字。
[三] 「録林園」，原作「籙園林」，據杜甫詩改。此題亦見《沉吟樓借杜詩》之十二。

宴胡侍御書堂[一]公自注：李尚書之芳、鄭秘監審同集[二]，「歸」字韵。○擬杜少陵。

餘日簾鈎盡，新花院落飛。移樽就書架[三]，點筆候燈輝。天下吾儕事，文章舉世非。厭厭畢今夜，僕馬汝先歸。

吾宗[四]擬杜少陵。

吾宗老孫子，無譽足耕田。僮僕皆知命，羊牛盡太平。三秋陳曬日，五柳板門前[五]。日照便便腹，遺經百十篇。

[一] 此題亦見《沉吟樓借杜詩》之十三。

[二]「同集」，後原衍「賢」字，據杜甫詩删。

[三]「就」，《沉吟樓借杜詩》作「近」。

[四] 此題亦見《沉吟樓借杜詩》之十四。

[五]「板」，《沉吟樓借杜詩》作「扳」。

苹草青溪闊最遠，未必接華筵。何事烟霞客，陳身匕箸前。呦呦微不慎，濯濯竟難全。今從長，餘生已不還。

鹿[一]擬杜少陵。

天寶初南曹小司寇舅于我太夫人堂下累土爲山一簣盈尺以代彼朽木承諸焚香瓷甌甌甚安矣傍植慈竹蓋兹數峰嶔岑嬋娟宛有塵外數致乃不知興之所至而作是詩[二]擬杜少陵。

至性經營同愛弟，岩壑入庭除。真有雲烟出，兼之竹樹疏。諸天香裊裊，萬壽樂徐徐。何多媚，終身天寶初。

[一] 此題亦見《沉吟樓借杜詩》之十五。

[二]「傍植慈竹」，「植」字原脱，據杜甫詩補；「而作是詩」，原作「而成詩」，據杜甫詩改。此題亦見《沉吟樓借杜詩》之十六。

王十五司馬弟出郭相訪兼遺營草堂貲[一]擬杜少陵。

生涯丁此日，吾道在江邊。直爲林塘好，非求卜築偏。城中盛冠蓋，表弟獨哀憐。不特存衰老，兼能割俸錢。

提　封[二]擬杜少陵。

提封盛唐國，猶故太宗時。直以軍書下，翻令百姓疑。臣嘗聞俎豆，素不學旌旗。田野荒蕪甚，深憂黠虜知[三]。

[一]此題亦見《沉吟樓借杜詩》之十七。
[二]此題亦見《沉吟樓借杜詩》之十八。
[三]「虜」，《沉吟樓借杜詩》作「者」。

王十五前閣會[一]擬杜少陵。

晚晴江岸濕，老病杖藜難。值汝登高閣，來呼心所歡。江魚不厭細，破腹未容餐。竹葉禁三爵，銀花只滿盤。

新　月擬杜少陵。

新月如殘月，微嫌易入西。不隨初日照，却趁落霞低。桂樹雖無恙，蟾蜍竟欲迷。五更曾見者，似覺有鄰鷄。

黄　魚擬杜少陵。

自分終巴峽，誰知列上筵。偶乘風浪出，遂受網羅牽。緑藻君從密，清江我不還。惟慚未深隱，那敢望人憐。

[一]　此題亦見《沉吟樓借杜詩》之十九。

效西昆體

星河將夜半，雲雨定微寒。屧響私行怯，窗明欲度難。一雙金屈戌，十二玉闌干。纖手親捫遍，明朝無迹看。

獄中見茉莉花

名花爾無玷，亦入此中來。誤被童蒙拾，真辜雨露開。托根雖小草，造物自全材。幼讀南容傳，蒼茫老更哀。

夜與無動語因及德輔雲葉沉吟樓逸詩。

父老江東盡，星辰此室多。威儀成梵綱，咳唾入伽陀。尚有無雙士，應居第一科。思之不得見，回首指明河。

閑坐舍邊小橋上思德輔不知在何處沉吟樓逸詩。

良辰寂無事，托興欲相過。萬法橋邊少，諸天林外多。潭渾不見影，雲淺遂如波。坐久悵然去，知君奈爾何。

野　行沉吟樓逸詩。

依水遂行去，不知何所之。何妨斷橋下，一抔土神祠。暮景全非午，歡情總入悲。亂蟲飛不盡，世事只如斯。

訛傳境哥被虜逸詩。

我有無邊誓，山泉正碧滋。秋風聞鼠竄，夜雨失麟兒。走卜皆云吉，來人更問之。祖宗無失德，天地或偏私。

懷聖默法師逸詩。

軍陣屯虓虎，尊師狎海鷗。孤城衝險入，末法誓身求。近日去何處，遠方聞可憂。同人來慰我，所恃是調柔。

住般公別院旬日有虚粟仲見訪[一]逸詩。

暫住水晶域，深違白雪人。閑身如在舍，連日並爲仁。海鶴又獨去，長松無四鄰。夜來天象暗，不信有星辰。

浩蕩逸詩。

浩蕩當年客，饑寒八尺身。人方雄盜賊，我合哭麒麟。白日不能暮，柴門空對春。魚龍

[一]「別」，原作「持」，據「七言絶」《春日坐西林別院……》、「七言律」《迎春日還西林般公》改；「粟」，原作「栗」，據卷四《訪周粟仲不遇》等題改。

連夜戲，厭飫爾何人。

題徐松之詩二首逸詩。

徐子傷心士，斯文似《九章》。客雖乘白馬，臣且牧羝羊。近事多難説，傳聞或未詳。副車皆不中，三户又淪亡。

慟哭竟無極，歸來且别圖。榛苓人最美，冰雪道方孤。海水爲多少，蓮華定有無。君文能繡淡，恃此足歡娱。

元暉來述得生事一首逸詩。

亡命真不易，受恩殊復難。縱然無戮辱，何以免饑寒！豺狗方驕横，鸞龍總破殘。親朋連月淚，誰望爾生還？

對雪次韻逸詩。

寒入開窗坐，貪看天雨花。風飛疑是絮，梅綻未成葩。玉樹誠堪愛，冰肌已久誇。歲寒我羡爾，到處浄無瑕。

陳定齋太僕辛丑春初索得雄正值普門誕日是日郡縣恭接今上登極詔書適至賦詩紀瑞文莊藏書悉在潛確居，故五有「不拔」之句。○逸詩。

泰卜占熊日，中天降象時。杏花連上苑，楊柳媚軍持。不拔蘭臺業，無邪太僕思。風雲有相濟，新詔布康熙。

定齋敬奉靈岩法旨生子不得殺生合十再賦逸詩。

一子初生日，諸天共喜時。尸羅交口唱，秧稲敬心持。師友蒙諄切，親明盡諦思。上方借湯餅，香佛笑顔熙。

有感呈諸同學逸詩。

世事已如此，吾儕不隱居。干戈隨地有，禮樂與時疏。學士宜飛錫，深山可結廬。還同林下宿，晨夕論金書。

游龍門奉先寺[一]借杜。逸詩。

一游真遂去[二]，幾欲失招提。月直夜將半，霜寒烏未啼[三]。下民全夢寐，上界入玻璃。心地能無動，榛苓我念西。

[一]　此題亦見《沉吟樓借杜詩》之一。
[二]「真」，《沉吟樓借杜詩》作「直」。
[三]「烏」，《沉吟樓借杜詩》作「鳥」。

沉吟樓詩選卷三

五言排律

長夏讀杜詩有懷明人法師却寄二十四韵

仲夏涼如水，離群我欲悲。誰能誦經罷，不與好人期。娟竹臨鬆几，閑房滌素瓷。晚齋承茗粥，吾道在隃麋。萬里橋西宅，龍門寺後詩。冬春惟眼淚，玄肅最微辭。況復懷人苦，兼之體物奇。金聲齊雅頌，玉尺辨毫釐。墜地千家舊，開天一旦誰。有人今獨斷，無筆敢相追。遂念空山客，人稱絶世姿。貫休真妙手，清晝實名師。自看疏廬月，全違絶草儀。寒塘飛白鷺，深樹失黄鸝。受歲能無熟，經行可得宜。《過庭》臨幾遍，《秋水》注何時。異縣猶當見，同岑那不知？承聞此長日，讀杜以安居。六月攜冰雪，千春槳鼎彝。白雪真自悦，芳草不相思。僕本離騷客，心憐幼婦詞。泛舟常得得，河水奈瀰瀰。君果留青眼，誰能舍白眉。便須圖旦暮，來與共揵椎。

和李頎長壽寺粲公院新甃井之作擬唐王維。

清晝蓮花界，閑身大德房。散齋觀甃井，蔭樹議安床。竹挂蟲囊便，盤澄烏食涼。手巾尋白苧，齒木有垂楊。遍愈衆生病，潛流秘密章。何人春灌頂，繞此夜行香。甌鉢今生足，輪繩宿世忙。感茲生晚悟，持以事空王。

五言古

讀十五國風吟此

日落采蓮歌，月出江南弄。楚客調本急，越女心又痛。扁舟公子宿，兩岸夫人慟。扁舟大江駛，無處得折衷。

池上篇

幽賞積秋夜，夜積秋賞成。遂有一卷文，持繞池上行。天地浩茫茫，至道清且明。吾身亦萬物，孰感誰受驚。潛魚通圓波，微風灑輕雲。波于魚無怨，雲與風不爭。稽首問大儒，蚩蚩同下民。

客從東方來

客從東方來，容顏一何喜。借問持貨無，懷抱蛟龍子。今世不得價，來生定當市。

敬生誦經寶林寺訪之作

我心初歡喜，天雲又黯宕。渡橋入蕭寺，美人正梵放。潛氣不可知，哀音一何暢！龍鬼失顏色，牆壁盡回向。信子滿月人，前身蓮花匠。不然何今日，含淚訪方廣？稽首釋迦文，聽我作是唱。生才有如此，吾道正無恙。

除夜彈琴擬唐常建。

連日大風寒，哀哉歲云暮。鬼神來窺測，遥夜不可度。深心多沉吟，獨居生怨慕。何不彈素琴，一暢風雪苦。是時初三更，衆響不相遇。閑軒成皇初，疏指妙心悟。心裏此斷絶，天地亦恐懼。朱弦黄金徽，豈得關其故。再彈復三彈，禎祥啓春路。不信開東窗，視此青青樹。

貧士吟

貧士何所有？兒女一屋聲。衣服候時節，意思滿燈檠。寒風始蕭索，雅步無光榮。忽然仰天笑，明歲當成名！

貧婦吟

貧婦如野花，亦向春風好。千計求晨炊，梳頭只草草。織麻復織麻，麻多織未了。不知美容顔，竟向機中老。

孤兒吟二章

孤兒非嫂生，安望嘗嫂羹。自不勤梳沐，乃欲頭創平。唾涕面上繪，蟣虱衣外行。爺娘忍心死，誠哉累阿兄！

野狐無仁義，中宵入鷄棚。嫂驚鷄亂叫，樓上槌床聲。兄嫂一齊罵，鷄死汝亦並！孤兒眼迷離，夢娘裁花綳。

古墓吟

誰家古墓田，草滿乳羊眠。物理自無定，曾孫非不賢。舉頭見餘照，低頭生暮烟。歸來兒女競，不語坐窗前。

長夏作沉吟樓逸詩。

仲夏足時雨，良苗散平疇。日光既隱映，水氣浩未收。策杖升高原，蕩胸總芳洲。生理遥慰意，謀道今無憂。斫竹朝豁牖，引水夕成溝。花葉陸續春，瓜荳爛熳秋。門人抱經來，旨酒爲淹留。連林樹接色，儷鳥鳴相酬。吾生終有涯，至樂尊無求。日晏體欲卧，君行亦當休。鴻鈞諒無私，百歲亦易周。微躬足可惜，何爲貯煩愁。

六言絶

新晴上午躑躅無侶獨坐舍邊小橋看天四垂逸詩。

新晴萬物畢暢，曠野四天盡低。豈惟同袍不見，方且我情亦移。

暮春到虎丘看石觀音像與門人釋曾坐樹陰中最久逸詩。

黄鶯曳聲斜度，緑水帶花順流。大士何年化石，恰似兒女莫愁。

沉吟樓詩選卷四

七言絶

燕　子[一]

殿中雙唱御經筵，殿下千官未進箋。燕子不知防執法，銜花正墮聖人前。

清　明[二]

清明正是落花時，百舌聲中折一枝。惱殺東風太無賴，公然來我手中吹。

[一] 此題亦見《沉吟樓借杜詩》之二十二。
[二] 此題亦見《沉吟樓借杜詩》之二十三。

聞笛[一]

何處誰人玉笛聲，黄昏吹起徹三更。沙場夜半無窮淚[二]，不待天明盡散營[三]。

癡叔

吾家癡叔未知名，壁上題詩我暗驚。應是池塘無限草，春來夜夜夢中生。

關門

關門對雨静焚香，到地垂簾孟夏長。小婦横舒金粟紙，先生篆寫《遠游》章。

[一] 此題亦見《沉吟樓借杜詩》之二十四。
[二] 「夜半」，《沉吟樓借杜詩》作「半夜」。
[三] 「待」，《沉吟樓借杜詩》作「得」。

秋夜宿雲法師房

今秋禪誦事何如，古寺窗楞眼最疏。半夜高僧缺銀燭，一輪寶月照金書。

早凉

早涼起早逐涼行，海上霞明月尚明。一個鷺鷥銜起露，荷花荷葉並爲聲。

春江

莫向春江着處行，春江春水古人情。此江肯貯古人淚，應比今春春水平。

宿堯峰下院

三更三點月中天，上方下方同悄然。下方方眠又聞磬，方解上方還未眠。

贈友

楓林社鼓君懷肉，桑樹鷄喧我叩門。無復細君沾汁滓，又呼鄰老共壺尊。

銅雀臺

銅雀臺中事事悲，靈風槭槭暗開幃。美人通夜朝幃唱，盡是先生自作詩。

境智二童子

一雙二妙並行來，取次衣裳照樣裁。滿口離離含黑墨，杏花壇上讀書回。

晝寢女道士

冰絲通臂藕花冠，水簟湘簾六月寒。隱几只今神女廟，奏書昨夜玉皇壇。

訪周粟仲不遇四章

我爲怕官成遠蹈，君因厭客覓深居。悔無隔世三生約，遂與當時一例疏。

虎丘最有高僧院，院院院門曾叩來。山後山前都不見，春風滿地野棠開。

李白乘舟真遂去，汪倫送客若爲情。桃花岸岸下流水，縱有踏歌何處行。

從今身世浩茫茫，不覺冬春去若忘。即日遂良鬚髮白，懸知餘會是荒唐。

訪周粟仲不遇之二[一]逸詩。

天上亦須雲有路，人間何至徑無媒。便判入海龍王處，此夥明珠搜出來[二]。

若見僧時都問到，縱無人處亦尋過。支公説與許都講，昨夜世尊入滅那。

[一] 此題原在《艷辭》之後。

[二] 「夥」，疑爲「顆」字之誤。

三　吴

三吴二月萬株花，花裏開門處處斜。十五女兒全不解，逢人輕易便留茶。

睡　足

緑梧桐葉三四樹，碧菡萏花一兩枝。睡覺正逢冷淘吃，浴畢足有涼風吹。

效李義山絶句 八章

花氣初聞露氣乾，日光無力鏡光寒。一雙白雪鬆床上，滿手春雲第二盤。

客去陽關竟不歸，青青楊柳又春暉。渭城連日何曾雨，淚濕故人身上衣。

六合屏風兩合扉，外垂簾幕内垂幃。東南日射不知道，行雨乍歸雲滿衣。

謁漿曾到此人家，種玉無田事已差。身似多情秋蛺蝶，不曾飛上别株花。

巫山亦有晴天日，神女終無夢斷時。靈雨靈雲當面起，行人行過楚王祠。

更深風定夜冥冥，欲醉將眠户已扃。忽憶闌干花不動，又持紅燭繞廊行。

六曲屏風畫竹枝，湘江風雨夜離披。三更酒醒推開看，一院月明如晝時。
西陵樹下風吹雨，油壁青驄一例回。結得同心依舊散，教人今後若爲來？

效李義山絶句[一]逸詩。八章

緑瓦無烟寒食雨，青簾有信落花風。謾誇節序年年好，自古如今日日同。
楊柳自從橋畔樹，鴛鴦不復鏡中禽。入春雨雪郎多事，逐夜燈檠妾有心。
柳葉年年生舊樹，楊花處處作浮萍。誰家浪子能思婦，何地春風不病人。
黎園子弟百無憂，入殿穿宫上翠樓。要見上皇求疊遍，却逢妃子看梳頭。
春衣四葉妃傳樣，驕馬三花御剪鬉。但用淫思兼古意，定哀真與隱桓通。
白日當天三月半，遠山新寡一年多。相如又是真消渴，便解琴心奈若何。
一夏隨僧餐白粥，忽逢租户餉蚱蜢。小妻私酒又新熟，白佛開齋過好秋。
湖邊吹笛對湖天，湖下白衣摇小船。眼看白衣摇去遠，關門脱脚上床眠。

[一] 此題原在《春日坐西林别院有以畫鶴索題書此自笑》之後。

微生

葉底青蟲葉上霜，微生到此最堪傷。願將厚地高天力，令汝千秋萬歲長。

甲申秋興四章

上天不合無雲雨，下土那可有甲兵。老巫燒香仰頭坐，壯士錦衣繞舍行。
始信大海無宫殿，却怪平野有橋梁。連稈帶稻盡入竈，擊鼓吹笛還暴尫。
即看米船塞江去，將謂捷書連夜來。昨日轅門大封拜，攘臂唱歌登將臺。
燕子燕子汝竟去，莫擬春至還來歸。雕梁繡户都在眼，微命未知何處飛。

甲申秋興之二[一]逸詩。

蝦蛆先死大魚繼，惟有螃蟹日彭亨。先生破齋買蟹吃，怪他着甲能横行。

[一] 此題原在《癸未秋興》之後。

今冬無米又無菜，何不作官食肉糜。鄰舍紛紛受甲去，獨自餓死欲底爲？

上元詞 擬唐崔液。○二章

三元天上轉鴻鈞，卍字欄前奏聖人。鳷鵲當樓燈市正，鴛鴦放隊看行春。

寶馬王孫墜緑鞭，璇閨艷妾露春妍。尋雲尋雨燈爲證，何處光中不可憐。

此非道人語。既滿目如此，生理逼側，略開綺語，以樂情抱。昔陶潛自言時製文章自娱，頗示其志；身此詞，豈非先神廟末年耶？處士不幸，丁晉宋之間；身亦適遭變革，欲哭不敢。詩即何罪？不能寄他人，將獨與同志者一見也。

上元詞之一[一] 擬唐崔液。○沉吟樓逸詩。

四海光明萬歲輪，六街簫管太平人。□□□□家家酒[二]，天子恭惟日日新。

[一] 此題原在《詠桐》之後。

[二] 四字原缺。

題畫

身名王母浄無瑕，性愛春庭慘不譁。暫斂雲旗下清晝，豈關貪吃碧桃花。

村婦艷

西施盡住黄金屋，泥壁蓬窗獨剩儂。寄語梁間雙燕子，天涯可有好房櫳？

桃源

桃花如錦水如藍，行盡桃花到水南。洞裏仙人問秦漢，忽然記得罩魚籃。

閻子牛叟游鄧尉有懷故園梅花因送之歸學山二章

不看梅花看白雪，學山横被大江分。提提一帶歸飛翼，滿背殘陽愁殺君。

山下春流泯泯深，送君一片古人心。自從李白聞歌後，不見汪倫直到今。

牛叟閣子游玄墓有懷故園梅花因送之歸學山之六逸詩。

江南萬户垂垂發，江北孤舟得得來。花感至誠開十日，不然不到此時開。
一枝一朵尋常見，如海如雲驀地逢。寄語文殊普賢道，梅花二十四圓通。
束晳《補亡》真拙筆，華光畫影便留痕。名士名花如印印，由來妙語有何言。
三更驚問今何夕，千里歸來某在斯。不爲終身孺子慕，誰教帶水又銜泥。
風雨無邊夜到家，學山幾樹正開花。出門千里歸千里，此事原來不得差。
不是春風已九如，關門對雨注殘書。美人若不搴帷喚，直到他生疏更疏。

同姚山期滯雨虎丘八首之一[一]逸詩。

不因風雨滯連朝，豈有星辰聚此宵。方悟毛詩真妙筆，篇篇風雨説蕭蕭。

[一] 以上兩題，原在《病中見諸女玩月便呼推窗一望有懷貫華》之後。

同姚山期閻牛叟百詩喬梓滯雨虎丘甚久廿三日既成別矣忽張虞山丘曙戒季貞諸子連翩續至命酒重上悟石軒快飲達旦絶句記之[一]七章

珍重千聲始下樓，蒼茫一點又來舟。諸天天眼微微笑，昏黑重須到上頭。

何處牆頭不見來，誰人袖裏放教回。大呼秉燭忙迎看，白面青眉天下才。

君辭白髮附青雲，住酒停歌預囑君。南海至今還墮淚，此言莫遣北堂聞。爲虞山。

亦知鄭重人中寶，只爲流傳海外文。一語語君君欲笑，不教君去不生君。爲曙戒。

不惜低聲諷惠連，送過千里已應還。放他今夜天涯夢，夢作池塘第一篇。爲季貞。

歌長燭短客如泥，遮莫鄰鷄四面啼。一滴不勝重拍滿，明朝各不解東西。

楊柳今朝北去船，杏花明日仲春天。承君問我歸何事，白晝關窗只是眠。

[一]「悟」，原誤作「卧」。悟石軒乃虎丘一景。

板橋

板橋斷後不勝春，蒲荒柳禿水粼粼。依稀一片昔時月，來照鴛鴦亦照人。

送僧

桃花半減柳花增，春去僧房又送僧。漫説牛頭詩句好，少陵曾未到金陵。

白晝

花鬚柳眼撩無賴，露索風絲理不成。白晝卧來慵似醉，一窗語燕拂茶鐺。

夜夢到西施故村口吟一首

滿水朝侵淺岸泥，鄉人誇我浣紗溪。西施絶色在何處，少立春風日又西。

戲作留贈女冠

碧桃花下紫綸巾，徹夜吹笙接上真。得見安妃與王母，不妨都是女兒身。

蘇臺懷古

響屧無聲手自提，平明乘暗下蘇堤。伯勞不道西施去，還向妝臺盡力啼。

荷花

賣却茅庵買小船，荷花十面枕函前。五更月墮露如雨，鼻觀上通他化天。

病中無端極思成都憶得舊作録出自吟

卜肆垂簾新雨霽，酒壚眠客亂花飛。餘生得到成都去，肯爲妻兒一灑衣。

柳

陶令門前白酒瓢，亞夫營裏血腥刀。春風不管人間事，一例千條與萬條。

丁酉深秋重觀雪塘法師遺筆

雪塘已歸雪山久，同學尚藏雪下花。蘇晉齋中無米汁，臨風澆得一杯茶。

題畫

憶與在翁法師相知遂二十餘年矣，老去無歡，題此畫見意也。

幾家娘子睡黃昏，百處郎君醉打門。被底不知明月好，三更三點似金盆。

贈馮鳴節

花推丹桂無雙樹，月選中秋第一圓。最是人間好時節，與君同坐佛堂前。

蘇臺夏詞

吴王宫殿水中央，風動荷花四面香。怪道夜分眠不得，西施枕簟冷如霜。

春雨

仲春暮雨寒尤甚，媚寢香爐暖不知。夢覺酒醒偷眼望，杏花一樹盡成泥。

夜宿月氏堂

頭毛稀少燈親見，心事離迷酒不知。一枕兩行千點淚，三通鷄叫五更時。

糟筍

聖歎清貧誤籜龍，自無熊掌及駝峰。却教三寸凌雲節，學得沉冥伴酒鍾。

割肉餉老妻

舍南舍北侏儒死，年尾年頭德曜齋。正掐數珠驚指動，藁砧拔劍早歸來。

春宵

莫怪春宵苦怨嗟，春宵可奈客驕奢。萬條銀燭千條盡，只照金樽不照花。

滿眼

滿眼桃花接杏花，酒家樓上即倡家。酒錢不比花錢急，君但眠花酒但賒。

思山

萬山深處有茅庵，一曲清風繞舍南。自愧不能麻麥飯，聖經千卷未開函。

月夜獨坐

水晶宫殿寂無人，古寺疏窗月一輪。獨鶴林中偏自去，亂螢牆外故來頻。

窗前古梅

高士推窗對古梅，冰人鐵幹共徘徊。凡花總欲爭春去，疏蕊偏能忍凍開。

從韋二明府續處覓錦竹三數叢[一]擬杜。

可惜舍前江水清，只爭舍後竹成林。華軒得省幸早寄，莫誤明年春笋生。

[一] 此題亦見《沉吟樓借杜詩》之四。「續」，原誤作「實」，據《沉吟樓借杜詩》改；「錦」，原誤作「綿」，據杜甫詩改。

詠桐

紫鳳西飛竟不歸，冰根雪幹欲何依？不如斷作雷家樣，一曲《廣陵》天下稀。

贈僧沉吟樓逸詩。

高僧年老渾如畫，記得曾經看一番。今日道場觀水陸，貫休羅漢第三尊。

癸未秋興五章〇逸詩。

三陣五陣秋雨行，一枝二枝草花晴。秋雨只來太無意，草花辨葉不知名。
蜜蜂胡蝶已懶惰，即看蒼蠅亦攣拳。汝蟲何名不知止，徹夜哀叫惱人眠。
蚊子秋來大如蜂，衣裳郎亢冠鬖髿。咬人人不計較汝，豈得數日還相逢。
鷺鷥兩個閑立水，鴻雁一行初寫天。鷺鷥作書寄鴻雁，與汝離別動經年。
木樨花開一院香，無物玩賞只思量。昨日菱芡已沉黑，來月橘柚未全黃。

題畫梅[一]

老僧齒落不能語，小鳥凍僵未可飛。便與此花相守去，三更月影又霏微。

艷辭逸詩。

玉鈎紅綬約腰身，綬綰鈎連妒殺人。萬物有情能宛轉，可憐自小並無親。

十六日三弟岸先手札並詩率答二絶逸詩。

貧僧永與舍親違，年老身孤心事微。昨夜夜寒寒殺後，蜜蜂胡蝶滿堂飛。

髯珣超群又絶倫，大哥三弟更奇人。人家只道我家富，這樣貧來未是貧。

[一] 此題似脱「逸詩」二字。

懷盛柯亭逸詩。

四鄰祀祖邀皆去，一尺縫衣買不能。慚愧蘭溪遺愛廟，寬柴寬米守門僧。

題聖默法師畫梅逸詩。

法師佛法無多子，初是阿兮後是茶。一片婆心藏不得，逢人便與畫梅花。

題文彦可畫陶淵明撫孤松圖逸詩。

先生已去蓮花國，遺墨今留大德房。高節清風如在眼，何須虎賁似中郎。

爲蘄山題菊花三章○逸詩。

孤松底下青籬竹，五柳邊頭白板門。一個先生方醉卧，四圍黄菊並無言。

木落霜高天地哀，陶家偏報有花開。老僧結習從來盡，便約維摩去看來。

道是黄花全不是，問之却道是黄花。斵山大士如泥睡，正是雲門第一家。

題大士像逸詩。

通夜檀香接手焚，香烟微感普門君。上天三十六麟子，挽取當中第一員。

題邵僧彌畫逸詩。

我有剡溪藤一幅，無人重寫妙蓮花。歎息瓜疇去何處，西風吹渡夕陽斜。

過慧慶西林聖月兄出宣遠瓶中雜花圖吟此逸詩。

新結禪龕似小船，素瓷花供佛龕前。夜深香發僧無寐，疑是定回他化天。

斵山喜食鵝戲爲絶句嘲之逸詩。

道士縣中籠罄盡，校書官上帶無窮。爛蒸拗項如壺吃，千本《黄庭》在腹中。

冬夜讀徐瀑懸詩[一]子能丙戌夢游匡山，看瀑布，曾改名匡杖，字瀑懸[二]。逸詩。

白雲英英與天曉，童子凍僵不知道。何處獨鶴叫一聲，此外更無一啼鳥[三]。

上巳日天暢晴甚覺蘭亭天朗氣清句爲右軍入化之筆昭明忽然出手豈謂年年有印板上巳耶詩以紀之逸詩。二章

三春却是暮秋天，逸少臨文寫現前。上巳若還如印板，至今何不永和年？

逸少臨文總是愁，暮春寫得似清秋。少年太子無傷感，却把奇文一筆勾！

[一]「瀑懸」，原作「懸瀑」。徐增《九誥堂集》引此詩，題爲「讀瀑懸先生詩畢吟此」，據改。

[二]以上十九字原無，據《九誥堂集》引詩補。「匡杖」，葉紹袁《甲行日注・丁亥》作「徐瀑懸名匡秋」。

[三]「更無一啼」，《九誥堂集》引詩作「不聞有鳴」。

病中見諸女玩月便呼推窗一望有懷貫華逸詩。

當時五鼓月明中，孰省繁霜與北風？今夜一庭如積水，闢窗塞户兩衰翁。

中秋夜戲贈女道士逸詩。

手採蓮花浸滿盆，夜涼月下供中元。道心却被塵心動，誦至玄牝衆妙門。

微痾得起恰值首春乃聞同袍四五高會南城不蒙見容悵然離群日之夕矣猶徙倚街巷遥念主人朗吟請呼心歡之句其樂未央戲作二絶怨之[一]

送窮已是昌黎節，病起生憎摩詰身。未必巷中無飲酒，想應天下不成春。

晚年亦欲持遮戒，高會何嫌棄故人。鹵莽艱難非好語，少陵無賴故齟齬。

[一]　此題似脱「逸詩」二字。

春日坐西林别院有以畫鶴索題書此自笑逸詩。

老去看看非越石，窮來漸漸逼柴桑。意忘連夜多風雨，只望深秋足稻粱。

今　春[一]逸詩。

今春刻意學龐公，齋日端居小閣中[二]。爲汲清泉淘盎器，恰逢小鳥吃青蟲[三]。

作　詩逸詩。

作詩句句《維摩詰》，中酒朝朝《孟子》醇。摔去硯臺支榻脚，多裁葛布製疏巾。

[一] 此題亦見《沉吟樓借杜詩》之二十五。

[二] 「端」，《沉吟樓借杜詩》作「閑」。

[三] 「恰」，《沉吟樓借杜詩》作「却」。

閨　怨逸詩。

湖洲鏡子浄于天，照病臨愁十四年。銅亦命中無福蔭，不教一遍得鮮妍。

憑韋少府班松樹子栽借杜。○逸詩。

院花朝盛晚間衰，那得風霜不打枝。數寸問君能覓得，龍鱗千尺在他時。

病中寄懷解師逸詩。

門前不動雪三日，窗裏時聞鐘一聲。應是高僧禪定苦，衲衣私起暫經行。

哭劉伯玉逸詩。

去歲西方止觀經，妻兒待米不曾聽。今春古寺重開講，無復杖藜聲到庭。

寒夜逸詩。

寒夜寒更三點三，浄名讀盡閉經筵。啞童子睡沉香息，觀佛深深髹漆龕。

春睡逸詩。

仲春春睡太無端，晝暖無多多晚寒。何處池塘輕緑裏，鴛鴦對對未經看。

贈閔康之逸詩。

閑坐西林日巳斜，又聞春鳥叫桃花。自從聽得抽心偈，一望平蕪不見家。

絶命詞逸詩。○以下三首，皆先生臨難時作也。

鼠肝蟲臂久蕭疏，只惜胸前幾本書。雖喜唐詩略分解，《莊》《騷》馬杜待何如？

與兒子雍

吾兒雍，不惟世間真正讀書種子，亦是世間本色學道人也。

與汝爲親妙在疏，如形隨影只于書。今朝疏到無疏地，無着天親果宴如。

臨别又口號遍謝彌天大人謬知我者

東西南北海天疏，萬里來尋聖歎書。聖歎只留書種在兒子雍，累君青眼看何如？

沉吟樓詩選卷五

七言律

送朱子莊赴任宜春

定擬凌雲備上方，却教列宿試爲郎。晨朝着舄因辭帝，秋日鳴琴不下堂。從此果能爲父母，彼中先已誦文章。自慚無檝猶桃葉，不及清樽渡淅江。

送李實弓司理欽召考選四律

丹鳳初聞出帝廷，花驄先已辟行人。六年冬日爲慈父，兩袖清風作客星。天子固應求執法，諸生那可罷談經？感恩欲向登聞借，多恐時危急大屏。

爲政雲間成六載，得書天上入三台。神羊不獨乘驄馬，烏府懸知接鳳臺。主澤遠從漳水合，相材新向朔方開。中原近日聞多事，快看樓船下瀨來。

多年屛扆題名姓，此日夔龍入法筵。手結皂囊將有告，自聽金鑰不能眠。久知北斗天喉舌，真信嚴霜帝敕宣。但得聖人憐水國，爲言牲璧遍山川。

三年師弟龍門合，一旦君王廌府開。流水正彈鍾子調，秋風忽作美人懷。江南從此無山斗，渭北何當遇酒杯。密雨疏燈時在夢，鯽魚那得一雙來。

送李寶弓司理内召[一]二章。逸詩。

七年一鶚坐雲間，此日雙鳧到帝前。本是玉堂能賦客，終爲金署讀書仙。泖湖便借風雲勢，漳水新看日月懸。劉葛君臣真慶快，叔孫弟子望傳宣。

姑蘇城上有高樓，樓下胥江水漫流。公代豸冠來按事，我從鷁首得陪游。心于夫子初誠服，名動君王已詔求。瀝酒贈行兼作券，定書師傅貯金甌。

送徐爾贊赴京補選

傳道舊臣新捧檄，因聞孝子欲驅車。風寧樹静還朝日，花午棠陰感德餘。家學不忘資父

[一] 此題原在《于教院屛風得讀慧開兄詩喜而有作》之後。

久，此身今許事君初。遥知無訟堂前宴，手澤淋漓夜讀書。

吴邑黄明府新婚

琴堂政畢吏人稀，此夜三星入紫微。正是全吴皆有母，非關君子獨求妃。闔閭自古花爲縣，荀令于今香滿衣。會看九天雙誥下，金凰銀鳳一齊飛。

贈舒伯順

千橘江陵彼一時，比來謀道夜無糜。寂寥心事人誰識，太古風流我亦師。白髮不臨飲酒社，青燈還在説經期。愛君便欲同君住，借問相知幾个隨？

代友責姬人之作

陳王春忠屬甄姬，楚子秋魂入雨祠。不道峰青終曲後，竟虚燭滅送賓時。美人私奔清虚殿，使者空牽織女絲。一室參商遂如此，别離何必在天涯。

乙酉又病一首

西風不肯饒寒屋，舊病公然瘧賤軀。親友幾人兵甲後，哀憐到我候書俱。君臣辛苦無方藥，奴豎荒唐薦老巫。如此紛紜欲圖好，懸知不死只須臾。

寄總持法師

法師持法上江船，法去南中遂半年。妙辨我知奇若此，梵容人恐瘦于前。刀兵自不侵禪定，辛苦其如集聖賢。兩浙騷然艱一盋，雙輪何以答諸天？

道樹遣人送醬醋各一器

籬豆畦蔬一例遲，瓶空罍倒四鄰知。正留僧飯水淘盋，驚得公書唾滿頤。饞子背人先染指，老妻報我只攢眉。無鹽三月東坡急，汲水求薪鬧晚炊。

般若解脱二法師來往數日竟失晤

無着天親雙造論，水邊竹下數行來。老夫往役官呼去，小閣無人客自開。所欲折衷何聖諦，竟無二語補高才。剡溪興盡迴船好，可信餘生得幾回。

雲在法師西山讀莊子

蓮子峰高竺塢低，石幢沙岸到幽栖。鄰僧夜静聞秋水，侵早開窗見馬蹄。外道千年無注疏，内篇三字作標題。法師試作金經讀，定歎東人未讓西。

和關使君署桂冬花之作

只道梅花又早開，却看桂子綴珠胎。小山學士忍寒坐，金粟先生赴臘來。靈隱五言雖絶唱，肩吾短賦亦清才。未聞冰雪驚人句，兹日重吟我欲猜。

前題並贈次公

月姊寒宫寒更開，連珠的的孕先胎。玉人記得新移種，金粟真勞親送來。遂與梅花通妙氣，定于白雪洗清才。小山叢樹徵如此，大國名山豈用猜。

周順蘆先生生日

成連海水最移情，弘景山居亦有榮。四壁衆山同夜響，千光萬彩化雲英。曾于精舍逢玄度，聞道今年降老彭。消夏若容來共坐，涼風清簟學吹笙。

休　問

休問園林近若何，柳期花事已全過。胡蜂取盡青蟲子，昏鼠明穿社燕窠。豈有薰風來户牖，更無閑地坐笙歌。作書何計通天上，自别青皇墮淚多。

聞德輔病却寄一律時予亦小疾在卧

夜來我亦暗風吹，書到方知爾更羸。定以能詩成渴疾，無忘禮佛是醫師。文殊未問莫煩惱，天女欲來宜且辭。身病更能憐病客，空房慘泊幸支持。

丁亥仲冬過松陵訪來止

萬古陶邊家士家[一]，門庭耿介絶喧譁。海鷗容玩有時下，老樹禁春也復花。震澤天風無瑣細，水田阡陌聽横斜。我來歲暮衣裳薄，四顧同人生怨嗟。

贈萍洲師

石湖湖上南朝寺，萬緑叢中兩闔扉。裴迪王維應過汝，生公支遁爾爲誰。當門寶鑑懸秋水，右側蒼龍接野堤。我欲乘閑來問道，萍洲惟説到人稀。

[一]「家士」，疑爲「衆士」之誤。衆士，古代泛指讀書人。

題淵明撫孤松圖

后土栽培存此樹，上天謫墮有斯人。不曾誤受秦封號，且喜終爲晉逸民。三徑歲寒唯有雪，六年眼淚未逢春。愛君我欲同君住，一樣疏狂兩個身。

徐慶公生日

城中豈有甲申年，歎絶先生獨斷然。天上歲星真妙士，山中宰相是神仙。二方兄弟予同學，兩海文章世異傳。便欲執經來就正，青芝紫氣若函關。

題中甆文像

不求成佛與生天，詩卷茶銚洞下禪。長夏《南華》新有注，中秋水觀久無邊。東坡誤入夢中井，工部偶行天上船。借問先生誰勝負，牡丹陸亘老南泉。

戊子春積雨如晦久不晤草座先生天甫晴便忽睹書此爲樂也

城中泥雨盛冠蓋，野外日高未巾車。不因懷中字漫滅，實于彼美人躊躇。高秋爽氣此爲映，下階入門能相如。餐爾菜飯聽我説，哀哉千年已絶書。

念舍弟

記得同君八歲時，一雙童子好威儀。拈書弄筆三時懶，撲蝶尋蟲百事宜。一自耶娘爲異物，至今兄弟並差池。前朝略續游仙夢，此後相思知不知。

雲法師生日和韵一首

階前種樹已成林，鏡裏飛霜了未侵。昨歲無非焉寡過，今春學《易》得安心。石床夏冷花停雨，金磬晨嚴梵正深。三萬三千師子座，十方仁壽一時臨。

後訪

夜來被酒竟歸卧，曉起軸簾殊悄然。映階碧草此何地，遍處白露成秋天。回頭顧瞻見我僕，恣心思量惟汝賢。杖藜如能復到此，尊榻未移仍在前。

王子文生日

人在山中無歷日，客從海上得籌星。未須靈壽承榮賜，正學參差引上真。曾點行春春服好，陶潛飲酒酒人親。沉冥便是桃源裏，何用狺狺更問津。

無題五首

聞道芳齡恰一些，學梳新鬟果夭斜。胸無寶袜初如菽，額有燕檀正及瓜。秋竹何人能積雪，彩鴛同汝卧晴沙。簡文出入燒香願，除却陽臺我慣家。目成。

油壁香車久到門，爲人遷次此黄昏。平增謙謹防生事，私破金錢爲立恩。欲趁好時真遂去，謬爲大雅故猶存。由來不信如天帝，今日方知果至尊。請假。

龍鳳搔頭最麗華，葡萄繡領極驕奢。自矜年小拜人淺，預體郎心注目斜。三五在東誰不妒，一雙還内竟無譁。芙蓉今夜連根草，芍藥明朝相謔花。[一]

三郎乘醉欲關扉，滿願殘燈未解衣。君自好賢宜易色，妾非之子亦于歸。可憐桃葉姻緣淺，自顧桐花羽翼微。不惜要盟過夜半，女兒珍重是雙飛。要盟。

一雙年小兩無憂，四角同心百合裯。蔣妹橋梁天與婿，相如消渴自云瘳。鴛鴦淫思多于睡，蝴蝶花狂卒未休。慎勿春眠恒着曉，上房聞道已梳頭。代憂。

塞北今朝

塞北今朝下教場，孤兒百萬出長楊。三通金鼓摇城脚，一色鐵衣沉日光。壯士並心同日死，名王捲席一時藏。江南士女却無賴，正對落花春晝長。

贈李興符二首

與君竹馬記當時，流水年來鬢共絲。兒子可無書萬卷，封公合種稻千株。春明不夢遵初

[一] 此下當缺兩字。

服，彌勒同龕結後期。浩蕩春風來萬里，開軒解帶任從吹。

陶令門前新柳樹，林逋屋後舊梅花。社中許我私開酒，洛下邀人門吃茶。高閣卷簾風未定，西鄰打鼓日初斜。與君偷眼不須説，一例蟲天總不差。

吴明府生日

吴王洲上燕銜泥，西子溪頭浪拍堤。朝雨萬家催種急，春園百處賣桑齊。琴堂人散香爐見，書院花深晝漏低。不信澹臺猶不至，一時桃李已成蹊。

吴明府生日[一]

福星南面坐琴堂，西極東連海上光。葉縣吏人朝候舄，荀家侍女晝焚香。菖蒲夜雨平郊坰，桃李春風動學牆。十萬户齊登壽域，壺天豈獨一人長。

[一] 此題原在《暮春早坐小女折花勸簪謝之》之後。

壽吴明府之一[一]逸詩。

讀書昔見古澹臺，實愛高寒願學來。文字因緣千里合，冰霜懷抱一時開。門多接葉新桃樹，身□□籠舊藥材[二]。奕世通家宜異禮，呼兒重晉萬年杯。

詠松

青桐黑石透深泉，鳳翅龍鱗到碧天。后土生時無萬物，秦皇封後有千年。聖朝堂殿須喬木，陸海風濤仗大船。顧盼一朝逢匠石，蟄龍肯向此中眠。

真僧

真僧得道焚香坐，古佛無言與殿閑。澗水出山花落去，石臺當午鳥飛還。自嫌婚嫁身無

[一] 此題原在《贈季秋文》之後。

[二] 兩字原缺。

暇，不覺冬春鬢盡斑。他日淵明息心後，遠公可肯爲開關？

贈楊公路郊居

翩翩將母赴郊居，地滿香秔市滿魚。先探石橋通蠟屐，次營爽塏貯藏書。山中課夜無街鼓，湖上行春有板輿。好護萱花好顔色，教看玉樹對扶蘇。

暮春早坐小女折花勸簪謝之

左家嬌女惜餘春，剩碧殘紅采折新。數朵輕身趙皇后，一枝善病李夫人。老夫早起雖乘興，白髮斜簪已不倫。珍重他年臨此日，見爺滿腹是車輪。

贈夏廣文

潦倒諸生久白頭，十年夢斷至公樓。杏花廊下重來坐，藥草籠中實見收。弟子歌思環震澤，勞臣碑記在長洲。聖朝日月如清鏡，下考終居第一籌。

元日懷西音

同學分飛淚滿巾，那堪白首又青春。柳條弄色底天意，梅蕊發枝尤不倫。鄭巷難忘飲酒叔，潙山終爲立錐人。何當暫出池塘夢，來視歲寒還在身。

人日孫鶴携酒過看予新選唐人律詩率其二子來予二婿亦適至

亭下垂憐白未玄，床頭割愛聖兼賢。五星恰聚黄昏後，三雅横飛紅燭前。范叔一寒方至此，陶公冥報正茫然。抱琴明日君來否，爛醉如今我欲眠。

彈琴

一陽淡蕩雁初歸，萬木澄陰手欲揮。人在高山招未下，坐臨流水事多違。心知别鶴飛遼海，不見游魚仰釣磯。彈罷淚珠流不住，至今滴作十三徽。

人日懷總持法師

精舍誠非學士家，閑雲本又愛天涯。經行殿殿見明月，分衛村村穿落花。都講云亡經未了，齋鐘纔動日先斜。入春春又如流水，人日懷人起怨嗟。

迎春日懷西林般公

匝地春風又盡歸，三年別客只相違。饔飧何計能長飽，砧杵無家誰與衣？老病父兄雖盡在，暄凄樹色已全稀。講堂學盡無生學，終有生涯知是非。

立春日又懷般公

江水流春夜到吴，天明極望盡平蕪。鮮新白日諸天浄，淡蕩春陽一雁孤。獨客不歸千里外，三年欲得一書無。江春並日還流去，聽罷啼鵑聽鷓鴣。

聞聖壽寺遭驕兵所躪

精舍傳聞駐虎貔，僧從定起失威儀。剎竿繫馬風旛落，齋磬無聲鳥雀饑。等觀未嫌羅剎醜，清規可奈梵天悲。遠公踢倒蓮花漏，深入廬山是此時。

侵早

侵早誰言秋色來，乍驚不信又登臺。夕陽雙去鳥欲盡，細路獨行人可哀。直北故人無一字，中宵自起看三台。碧波可怪漁舟白，白髮分明王佐才。

贈趙居士

慧遠西林亦有廬，維摩投老借來居。一庭佛日晒丸藥，百八草珠持梵書。偶以好風分竹日，正逢時雨插秧初。與君共此茶瓜會，便是金經誦六如。

天雨法師生日

寒山鐘裏學安禪，彈指春風四十年。一夜寶華天際雨，兩行道樹雨餘天。匡廬舊制蓮花漏，鄂渚新傳蝦菜船。解脱毗尼總無異，問師何路覓金仙？

夢游虎丘

晝游虎阜先無比，夢入林巒却更奇。花路逶迤能罨藹，松聲窗渺最遲疑。千人石上同誰坐，雙劍池邊是舊時。不是曉鐘來枕畔，至今還在講堂隈。

殿下雙松

三間宏敞松間殿，一對離奇殿下松。各有寒枝春寂寂，大家古幹翠重重。隔垣夜静聽鳴鳳，清晝窗開看老龍。百遍相過猶不足，愛君夭矯共經冬。

除夜有感

除夜去年愁裏過，今年除夜病中來。艱難世事皆如此，金鐵身軀能幾回。爆竹何辜催漏盡，春風無賴逼梅開。此時此景應珍重，明日明年不用猜。

懷山居

緇流自古在山中，試看支公與遠公。孤鶴片雲霄漢迥，蓮花漏水歲時同。荆扉竹户常年閉，石岸天池有徑通。今日病驅慚未隱，苦無藥物伴松風。

苦客投詩

關門對雨坐焚香，到地垂簾孟夏長。庭草春深迷石井，客詩投滿没繩床。老夫泛愛仍依舊，心力衰微却異常。若問藥山遮眼法，生平唯服浣花堂。

驟寒有感

一夜冰霜遍水濱，幾枝松柏自爲鄰。誰能不念無衣客，我獨先成多病身。他國迢遥惟有夢，故鄉酬對更無親。辱承四壁相圍繞，瘦骨寒燈灑淚頻。

失　題

朱門蓬户總山林，行履隨人自淺深。三處文殊能度夏，少林慧可得安心。清風松□多奇響[一]，流水桃源誰賞音？只有瀟疏塵外客，由來冰雪是胸襟。

春感八首有序。

順治庚子正月，邵子蘭雪從都門歸，口述皇上見某批《才子書》，諭詞臣「此是古文高手，莫以時文眼看他」等語，家兄長文具爲某道。某感而淚下，因北向叩首敬賦。

[一]「松」後原缺一字。

絳縣塗泥不記春，江南梅柳漫驚新。忽承帝里來知己，傳道臣名達聖人。合殿近臣聞最切，九天温語朗如神。昌黎好手夫何敢，蘇軾奇逢始信真。

半夜虛傳見賈生，同時誰會見長卿。卧龍只合躬耕死，老驥何由仰櫪鳴。歲晚鬢毛渾短盡，春朝志氣忽峥嶸。何人窗下無佳作，幾個曾經御筆評？

三十年中蠟燭催，桂花開又杏花開。至公堂下雙行淚，千佛燈前一寸灰。短短青蓑連夜織，蕭蕭白髮滿頭來。水雲深處釣魚去，誰識磻溪王佐才。

一江春水好行船，二月春風便到天。盡捲殘書付兒子，滿沽清酒酌長年。半生科目沉山外，今日長安指日邊。借問隨班何處立，香爐北上是經筵。

東方對仗訴臣饑，便是三冬學總非。實有五絲來補袞，敢將八口仰垂衣。雲霞開曙趨龍闕，筆墨承恩近鳳幃。干禄舊曾聞聖訓，進身早已畏天威。

不願雙牙鼓角喧，並辭百里簿書繁。點朱點墨官供筆，論月論年敕閉門。萬卷秘書攤禄閣，一朝大事屬文園。勒成蓋代無雙業，首誦當今有道恩。

張得朱絲久不彈，鍾期更比伯牙難。何人立悟空山雪，似汝芳香竟體蘭。千里歸來塵未洗，一天歡喜淚無端。眼看梅蕊添春色，心識松枝保歲寒。爲邵子蘭雪。

維縉冬春學佛期，瞻由風雨對床時。何曾袖裏無玄草，所至堂中有白椎。欲去非爲藏鳳德，適來豈是鬥蛾眉。平生性不求聞達，除却家兄説向誰。爲家兄長文。

辛丑春感

入春春望轉蕭條,龍卧春寒不自聊。正怨靈修能浩蕩,忽傳虞舜撤簫韶。《凌雲》更望何人讀,《封禪》無如連夜燒。白髮滿頭吾甚矣,還餘幾日作漁樵。

人日大明宫宣賜彩縷人勝應制擬唐常嗣立。

宜春宫殿及春開,福壽星辰獻壽來。七葉靈蓂依月展,萬年仙勝照人裁。融冰未暖魚行澀,化日能遲鳥弄纔。格物修身真有道,普天何地不登臺!

寄常徵君[一]擬杜。

六月風林好葛巾,徵君忍熱去垂紳。野鳧眠岸夢何事,老樹着花思媚人。深恐事煩還服食,更愁參謁露天真。嵇康敢向山公説,我欲時時一欠伸。

[一] 此題亦見《沉吟樓借杜詩》之八。

愁[一]公自注：强戲爲吴體[二]。擬杜。

江水流春不當春，江花江草故愁人。開頭捩舵汝何往？擊鼓鳴鐃皆不倫。巫峽啼猿真迸血，楚天朝雨最通神。老夫欲寄精誠去，憑仗高風達紫宸。

燕子來舟中作[三]擬杜。

無官只合置天涯，偏有尋人燕子斜。舊歲未曾爲地主[四]，今春真累過寒家。村村社鼓邀分肉，岸岸朱輪赴看花。諒汝從來飛不慣，灘邊篷底寂無譁。

[一] 此題亦見《沉吟樓借杜詩》之二十。
[二] 此八字據《沉吟樓借杜詩》補。
[三] 此題亦見《沉吟樓借杜詩》之二十一。
[四] 「曾」，《沉吟樓借杜詩》作「成」。

效李商隱詩三章

碧海東頭東更東，紅樓緑樹曉曈曨。仙人不下葳蕤鎖，彩鳳單栖窈窕宫。曾托微波犀角頂，未承淡墨鯉魚中。巫山亦有爲雲雨，人到高唐便得逢。

靈蹇秋來不可逢，芙蓉昨夜斷金風。暗心識盡房中苦，墜粉平銷臉上紅。烏鵲何年河左右，戲魚終日葉西東。兩心一夜千重轉，決絶徘徊總未通。

密雨連江舜廟秋，靈風開幔舜妃愁。莓苔巧補華蟲缺，蛛網陵夷玉燕頭。是日孤舟依斷岸，前林玉笛發高樓。不緣沽酒長年去，那可停橈頃刻留。

昨夜夢看德輔庭中野樹記之沉吟樓逸詩。

庭中野樹君言好，夢裏來看吾又奇。豈是眼花安户壁，不知枝葉是伊誰。秋風摇落此安隱，白日照臨無轉移。起來拍枕坐長歎，何處美人曾别離。

元日代若蘭寄贈失庵沉吟樓逸詩。

窗前取次試新妝，推得郎醒自拜郎。檐影盡成年裏色，梅花不是夜來香。憐余已向空中老，笑爾徒于分外忙。獨有先生名聖歎，滿城風雨近重陽。

送吴兹受赴任永州司理沉吟樓逸詩。

我欲治經今日始，君行折獄幾年平。不勞添品定知吉，大畏無情方始榮。出處規模真越絶，弟兄意思各峥嶸。臨行執手各珍重，豈爲悠悠離别情。

辛巳大饑無動惠米誌謝逸詩。

先生奇策不堪論，亭午清齊水一盆。彭澤妻孥相對餓，鷲山主伴自稱尊。叩門無故聞兒笑，洗釜當知説爾恩。羊角叔牙成市道，此心容易向人言。

登壇一首戲示同學逸詩。

登壇又得《維摩詰》，借宿空勞李藥師。佛説上天真有帝，僧知下雨定無疑。咒龍一夜仍虚鉢，望畢千年乃見箕。借問金輪誰譯得，聖人垂絶使人悲。

于教院屏風得讀慧開兄詩喜而有作逸詩。

二年眯目失澹臺，今夜知君未易才。詩格既能驅杜甫，文心端可學天台。倘捐白日依人住，願入青山結社來。我有數人曾見否？秋風約汝共徘徊。

擬唐王季友鸚鵡洲詩並序○逸詩。

好雨着時，未審感何美政。魯宣十六年《春秋》，時書「大有」，程氏斷云「災異」。聖人之筆，吾又烏能知之？且圖一養苗，二作涼，有斯二益，便須歡喜耳。因與道樹閉門弄筆改此。

才子爲能《鸚鵡賦》，賦成身死葬江洲。古今讀賦傷才子，鸚鵡名洲誌莫愁。夾岸桃花應不發，同心蘭葉那禁羞。江長日落征帆急，又有無邊賦上頭。

贈許升年逸詩。

舍南舍北吴淞水，年尾年頭天竺書。身值義熙無號後，人當歡喜發心初。蓮花滴漏聲聲切，木樬爲珠粒粒疏。便有桃源最深處，那知秦漢事何如。

頌聞琴先生

四壁衆山通夜響，廣陵孤客不勝悲。西風古寺梵香動，天半懸崖瀑布垂。念子生平明歷歷，于今一世冷離離。便持此境作佳號，誰取頭陀起舞時。

賀吴縣汪明府涵夫攝篆長洲逸詩。

鳴鶴于陰子和之，魴魚孔邇父無私。昔襦今袴非遲暮，越陌度阡真等慈。杼軸東方無大小，榛苓西望足歌思。從今禴祭同承福，南北蒸嘗萬壽期。

翼明大士看梅不赴詩以思之逸詩。

我有當時同業士，眼如秋水浸鸕鷀。近因學道生春病，欲向經筵問藥師。人在鏡中原孟浪，身于花下最躊躇。法輪過半猶相失，碧海青天忍不思。

周茂蘆生日

濂溪風月舊無邊，今日心知子又賢。鸞鳥聲中聽寡過，杏花壇上驗知天。冰霜十月當年事，桃李千春世外妍。願與先生同載酒，浩歌直下五湖烟。

看梅思知至先生在病[一]子能法號知至[二]。逸詩。

臘月梅花生事微，威儀全與世情違。高僧忍凍還來看，蝴蝶游魂不向飛。繞屋欲栽三十

[一] 原題作「看梅思知止先生」，此據徐增《九誥堂集》附詩改。
[二] 此六字原無，據《九誥堂集》補。

樹，落英留作十三徽。持將彈遍千年調[一]，那管人間識曲稀。

贈周直夫逸詩。

山中宰相無朝請，天上仙人學隱壺。通夜月明鈔术序，滿盆泉水識芝圖。遠公實許蓮花社，冰鑑仍題君子儒。肇錫佳名真不易，無私言直美言夫。

讀休老近稿賦贈逸詩。

吴地風流近賦詩，天才俊逸讓吾師。一生慣作驚人句，七步吟成絶妙詞。子美篇篇豈易解，淵明妙思最難知。不圖尚有高山調，互賞清風明月時。

壽詩二章逸詩。

天上歲星呼曼倩，人間酒户説青蓮。莫疑曼倩金門隱，直學青蓮市上眠。《莊》載漢陰辭

[一]「持」，《九誥堂集》附詩作「指」。

子貢，佛言謝客讓陶潛。家姑私貯三千榼，供爾尚書六十年。

久著我家賢宅相，重爲姻黨太親家。憐予冉冉孤生竹，托爾綿綿五色瓜。月殿不逢丹桂樹，玉田重種碧桃花。從兹萬歲千春去，促坐相陪酌紫霞。

對雪

同雲遥望思茫茫，衣上花明是吉祥。壓倒竹竿終勁直，憐斯鳥雀盡徬徨。扁舟王子能乘興，高卧袁安猶在床。一片冰心願學古，病軀寒夜愧清光。

丁蕃卿生日一章 逸詩。

大谷名梨方妙日，小山叢桂正深秋。天街尚佇無雙士，海屋誰傳第一籌。諸葛隆中關氣運，長房壺裏學遨游。雙懸日月如無恙，肯置蒼生度外不？

令子方今是大儒，先生昔日我聞之。端居小閣身兼母，獨立庭前父作師。三世傳經成國寶，一門孝弟得天知。試思並受明王福，好爵聯翩下玉墀。

立春日送二策入學逸詩。

堯日春雲又一年，江梅江柳浩無邊。暗鶯求友且出谷，鳴鶴有聲須到天。笥鎖蠹魚皆祖往，身從皋比又前緣。三千輩裏三先輩，萬個錢中萬選錢。

不寐逸詩。

石城鐘鼓擊欲罷，東院匡床夢未成。通夜雨聲知點數，四鄰鷄唱聽縱横。有時起坐一長歎，數看前窗不肯明。因羡鼓吹曲蓋士，今宵竟已足平生。

庚子秋感逸詩。

已闌未闌長短更，小窗月昏還月明。聽梧似飄一二葉，聞雁何堪三兩聲。亂世黄泉應有路，愁人孤枕總無情。起來搔首忽長歎，一院霜華太瘦生。

秋雨甚田且壞逸詩。

曾聞董子占《繁露》，積雨其民有大憂。幸入聖人新世界，如何潦水壞田疇？忸怩蚯蚓升堂陛，細碎魚蝦實澮溝。軍事正興都尉正，不知何計應徵求。

題杭若棟小像逸詩。

北湖南粵總無辭，萬里千金一不知。白髮今朝晞竹下，青燈昨夜述當時。盤餐問子餘兼味，皋比聽經讀四書。我與先生爲勝友，蓮花香裏願相依。

贈季秋文逸詩。

天上清秋懸白日，人間草隱卧先生。雲汀遠處鶴閑立，鐘鼓絶時泉有聲。何日亭臺兼好樹，此生蝦菜足香粳。晝同筆硯夜同被，共我將書細細評。

失題逸詩。

饑驅陶令叩山門，慧遠慈悲出酒樽。佛説花開非有相，青天鶴過並無痕。説經夜夜鷄三唱，圓夢朝朝水一盆。笑殺昔人圖冥報，枉將絲綫繡平原。

贈青蓮法師逸詩。

雙塔可憐懷海寺，祖庭深草晚陽斜。不圖掩室逃名者，欲奪中原最大車。菉竹由來君子樹，青蓮今是聖人花。莫愁坐久驅烏日，手選圓通第一家。

楊花三首逸詩。

楊花如雪遍天涯，墮水沾泥總不差。簾幕中間飛未穩，闌干兩畔落全斜。兒童捉搦輕無力，風月甄陶慘不譁。諭女高才雖見借，情知終是隔窗紗。

楊花最是無規矩，簾幕中間亂入來。正欲掃除偏撲到，待將捉搦又飛開。美人密意深如海，秘院深更月滿臺。有信沉沉通不得，此花歷歷大奇哉。

楊花境界最精微，孰謂專能點客衣？鏡裏或曾輕照影，夢中不見入來飛。王孫作客游魂遠，怨女凝妝心事非。寂寂深閨真好景，怪他小鳥喚催歸。

七言古

桃源行

武陵三月溪水平，漁舟曉如天上行。況復新晴摇百草，夾岸萬樹桃花明。漁人愛春坐摇艇，山轉林回乍冥冥。一片白雲飛不動，中間小洞清泠泠。摇舟望花轉又轉，多聞鳥聲漸聞犬。父老十數引兒童，笑迎生客相繾綣。問客此是何衣冠？秦王好封今幾壇？六國昨來垂欲滅，何國尚存何國殘？漁人鄙夫不讀史，初記遥遥赤帝子。只今典午作聖人，捉刀英雄久已矣。略聞此言皆太息，各隨豐儉具飲食。燈火深房設酒漿，瓦盆半夜盛芳稷。阡陌縱横着處行，田無一寸未曾耕。老翁潭上閑牽犢，新婦花邊學弄笙。詎有真經與靈藥，松邊偶此常來鶴。何曾天下可飛昇，無過世外堪耕鑿。桃花水深深千尺，由來不洗塵心客。無官樂郊不肯住，有限家緣怪雲隔。自謂沿溪轉轉明，到家或亦覺家輕。後來更有重來意，此處落花此處鶯。明朝凌晨果回槳，依舊桃花浩莽莽。左行右行不得路，前溪通天爾焉往！

下車行

君不見，今年春風至今吹不休，百花合沓生長洲。長洲水清照城郭，郭外黄蓋亭亭浮。兒童不驚立道周，父老引領垂素髪，傳呼婦女觀諸侯。五馬行行復止止，切問小麥能全收。闔閭遺黎去四方，東南豈是無良疇。虎冠飛擇遍諸縣，縣縣大杖殷血流。上天陰雨總□閣[一]，日照膡黄滿牆頭。我從都門聞，惡卧通夜憂。小臣無廉隅，得非大臣羞。請與父老約，貽汝此來牟。且得饘粥聊汝生，靈雨一至驅耕牛。十年瘡痍果甦息，然後便宜無不求。嗟呼下車第一章，仁君之言何寬柔！照臨萬萬溝中人，朗如晶壺懸素秋。兒童合掌婦女拜，三年有成我能謳。白太傅，韋蘇州，千秋萬歲，肹蠁與儔。

青溪行

髿髿楊柳碧如絲，客舍蕭蕭春雨時。剪燈夜讀《青溪傳》，重作人間腸斷詞。青溪女子博陵氏，艷若芙蓉依秋水。慧業前身白玉樓，風塵今謫琵琶里。里中姊妹顔皆花，可奈停輪滿

[一]「總」後原缺一字。

妾家。無心芳草辭連理，有意春風護破瓜。牆頭馬上午相視，兩兩春心不自止。人疑楚國舊王孫，名滿倡樓稱蕩子。蕩子風流不易論，重來崔護暗題門。不堪一日如三月，爲訂佳期到上元。上元燈火連珠陌，玉釵羅袖酬今夕。嬌檠半轉夢中身，斜睇三星是何夕。銀漏沉沉隔瑣窗，夜闌小語落春缸。明月芳年並三五，傾城名士各無雙。春日如年日復夜，光陰消得千金價。金釵鈿盒露華前，油壁青驄松柏下。可憐處處結同心，碧澥青天盟誓深。自幸明珠猶未嫁，自憐犢鼻遇知音。豈意狼烟移大内，豈知羯鼓滿闤闠。銅駝行見卧蒿萊，海燕安能棲玳瑁？烽火連天暗麗譙，叮嚀别語轉魂銷。自來渡口迎桃葉，忍使章臺折柳條。冥冥江流望何極，牽袂凝眸但霑臆。别來花落與花開，從此江南望江北。江北江南帶水間，誰知一别即千山。刀環破鏡無消息，大纛長槍日往還。書生心怯百夫長，日日臨流歎漢廣。未能一劍去縱横，徒擁雙眉坐慨慷。潢池初靖過長干，西巷無人白日寒。依稀繡户埋芳草，唯見青溪漾碧湍。犬吠烏啼深巷黑，躑躅巷門歸不得。舊游姊妹總無存，驀逢老嫗猶相識。槌胸蹋地説青溪，姬實有心君負之。一入侯門望欲斷，十年杜牧來何遲！蕩子低頭淚盈眥，倉皇爲説别來事。渾疑遼海鶴初還，真見天台人再至。當時猶作來世盟，如今一笑隔三生。柳條不見章臺色，桃葉空留古渡名。老嫗殷勤通密邇，字題桐葉傳凄楚。定情舊繫一縑絲，新恨重埋雙繞指。繞指君教痛玉簫，縑絲望斷五湖遥。身無彩翼棲君屋，閣有花箋落渭橋。詰旦期君通政里，馬似游龍車似水。牽帷兩淚淚成鵑，手語捫心心欲死。襜車咫尺若宫牆，覿面分明轉渺茫。車聲杳杳歸高第，人影寥寥立夕陽。僕本恨人憐蕩子，爲詠青溪作詩史。人間應有磨勒神，海上豈無茅山使？

孫鶴生日試作長歌贈之

醉白先生古大臣，醉白季子無與倫。讀書十年不厭意，提壺走住東海濱。自言有筆摇星辰，奈何天矯無能馴。菁華縱然廊廟器，白眼不是功名人。驅車直北輿殊殘，金臺于我空嶙峋。王生與之情最親，家有二叔皆俊民。瘠者金子髯者申，鶏飛相及爲德鄰。四海兄弟在何處，一巷來往無人嗔。張燈高論果無鬼，破甕門嗑如有神。二豪侍側乃擾擾，四子講德徒狺狺。是時吾兄真絶異，觥觶淋漓百無忌。五斗乃可調燥吻，萬錢那供十日醉！天上應少釋杯人，人間胡有獨醒事？誰言此物可暫無，爾我破瓢即當棄。西北浮雲停幾片，東南豳風無一字。只知濁醪養生主，豈顧蠟屐人間世。奇哉中天有老胡，相傳米汁以自娱。風流未墜今末法，法眷果皆高陽徒。眼前大雅誰則是，作者如山言大殊。遺書既已不可讀，吾黨云何忍須臾。只今君年已四十，矯手捋爾頷下鬚。籬邊黄菊徒慘淡，天下青蓮如有無。數子心事久在此，旁人何勞數躊躇。高樽妙酒緣徘徊，共到君家把一杯。如來壽量亦易講，共道君身有辯才。

百　草

百草欲借尚方劍，仰扶浮雲尋日光。百草在春亦思長，爾雲何爲浩茫茫。爲我謂天善處分，尊禮白日除浮雲。柳舒花放民既樂，擊鼓吹笛天亦聞。

酬高三十五適人日見寄[一]擬杜少陵。

連年人日多春陰，今年人日稍稱心。便覺病體得蘇息，行下草堂窺樹林。樹林微光昨年好[二]，柳條梅蕊尤能早。妻子殊方泥殺人，不然此時我醉倒。是日東風爾許來，心疑爾正行春回。椎牛殺羊酒無算，吹角擊鼓喧如雷。酒酣鼓止雙扶退，四面如花卧屏内。縱使殷憂到兩京，那望故人承一睞？初八上弦初九晴，十三十五放燈明。計程恰是人日發，詩到草堂真可驚。認印開緘見名字，走之刺眼光相媚。其中感憤皆人倫，至于清新且餘事。因思是日我正愁，安得如爾十數儔。東西南北有牖户，我欲共爾先綢繆。詩云今年不如願，未必明年又

[一] 此題亦見《沉吟樓借杜詩》之七。
[二] 「昨」，《沉吟樓借杜詩》作「作」。

能健。天子虎臣此何語，老夫龍鐘尚能飯。珍重裁詩答故人，草堂不爲養閑身。但使青雲求補袞，還將白髮着綸巾。

贈顧君猷 沉吟樓逸詩。

舒公持論真奇絶，浩蕩東吴云無人。昨日忽然稱顧子，四座答遲便欲嗔。顧子何所似？飛者爲鳳走者麟。其學何所似？處不過士出大臣。胸中何所有？上下四方羅星辰。口中何所論？動以事天静事民。今年甲申方初春，雨雪浄洗街道新。西城由來好風俗，清筵法衆無四鄰。聖歎端坐秉雙輪，風雷輥擲孰敢親。譬如强秦負函谷，六國欲戰猶逡巡。善來顧子獨微笑，三十六齒爛如銀。謂我了不異人意，何用多言揺精神。手持顧子三太息，奈何于此生悲辛。聖學久傳至今在，我爾獨賴爲其薪。嗚呼！只今天下大亂殊未已，我終欲爾持人倫。

沉吟樓詩選卷六

輯佚

無題

營營共營營，情性易爲工。留濕生螢火，張燈誘小蟲。笑啼兼飲食，來往自西東。不覺閑風日，居然頭白翁。

（録自金聖歎《唱經堂杜詩解》卷二「幼年有一詩」，原無題）

降乩聯句

靈辰敞新霽，密壺升名香泐師。神風動瑶天宛君，道氣瀰曲廊昭齊。憨燕驚我歸宛，疏花露我床瓊章。宿蛛罥我釵宛，飄埃沾我裳昭。鏽花生匣鎖宛，蟲鼠游裙箱瓊。遺挂了非我宛，檀佛因專房瓊。新荷爲誰緑昭，朱曦慘無光宛。君子知我來，清涕流縱横宛。叶黄。舅氏知我來，不復成趨蹌昭。[一]兄弟知我來，衆情合一愴瓊。叶平聲。婢仆知我來，灑掃東西忙宛。請君置家業，觀我敷道場。須彌已如砥師，黑海飛塵揚瓊。月亦沉崑崙師，日不居扶桑瓊。帝釋辭交珠師，迦文掩師幢瓊。萬法會有盡師，一切皆無常瓊。獨有芬陀華，久久延奇芳。靈光頂上搖師，慈雲寰中翔瓊。斷三而得三師，遮雙即照雙瓊。父兄亦衆生，母女成法王師。感應今日交宛，圍繞後時長昭。思之當歡踴瓊，何爲又彷徨師。

（録自葉紹袁《續窈聞》「二十七日，師引三人同至，即聯句云」，撰于崇禎九年四月二十七日。原無題，以意擬補）

虎丘竹亭看雨

半山雲樹小亭幽，百畝琳琅帶雨秋。水洗粉妝清氣冷，風翻銀浪翠光流。瀟疏顔寫湘靈怨，斷續聲連宓女愁。極目萬家圖畫裏，一天烟霧鎖丹丘。

濟公贈秦美人落霞

銀燭青烟哀鳳裀，蘭堂桂棟玉爲人。龍綃巧剪雲中錦，雀扇嬌迴月下春。湘水鴛鴦猶是

[一] 此句下，葉紹袁原注有「時沈君晦在也」六字。

幻，巫山蝴蝶恐非真。好將碧落吹簫約，先向桃源問姓秦。

題太素宫

天闢玄奇境，山開太素宫。峰巒環殿陛，輪奐接穹隆。日月閑今古，乾坤貫始終。八埏垂化育，四海沐玄風。大位元尊北，真修迴自東。長生雙字碧，延壽九舟紅。日暮安期侣，吾將共此中。

和王丈秋園晚興

芳園秋氣晚，乘興坐蕭然。閑賦花前句，時逃醉後禪。素心青海外，雅志白雲偏。惠遠招詩社，淳于結酒緣。穿林題竹粉，拾葉爨茶烟。窗浸松間月，橋欹柳下泉。菊英清入饌，石林佐調弦。屋設留徐榻，溪倚待戴船。自高濠濮想，人言漢陰賢。不謂龍門客，翻爲鶴氅仙。臨交慚季重，迭和郢中篇。

登繡嶺

繡嶺聳千仞，上與玄雲續。岧嶢摩青冥，嵚崎危游躅。天門起巑岏，飛虹走寒玉。峭壁鬼工虛嵓欹，石屋崒屼萬峰奇，變匆那可測。古樹蜕龍鱗，怪石儼虎伏。高僻常此栖，雲霞覆香穀。丹罏氣尚青，藥井水仍緑。倏忽來長風，天香散林木。攀蘿陟其巔，頫視天地促。揮手摘星辰，青雲生我足。何時謝塵寰，超然驂白鹿。

古游俠

少季負膽氣，慷慨多武威。一手盻兩虎，雙目生寒輝。胡兵合沙漠，烽火連金徽。縱横萬里去，天山獨解圍。不貴萬石侯，一劍風塵歸。

（以上六首録自金聖歎書法手卷）

無題七絶三首

城角斜陽塔影移，魚梁通水緑差差。莫嫌艇子蜻蜓小，半載秋雲半載詩。

茶盟酒社故人招，爲看紅楓葉未彫。小雨初晴泥路滑，騎驢緩緩過山橋。

萬物都從靜裏觀，撫松倚石且盤桓。憑將雙眼明如鏡，要看烟雲世界寬。

（録自金聖歎書法手迹，原無題）

無　題

説是我愛女,青眼異衆嬌。既當世故熟,又復慧心調。百凡聽籌畫,相倚若顛夭。吾素破此説,俗見總難消。其實揚治語,如隔夢境迢。竭來歎老至,鬢髮已衰凋。一切閑是非,付與忘憂條。隨意學養生,動静時自料。唯念東床疾,不免愁緒嫽。更憐弱質苦,侍奉勞終宵。所希解諷詠,喃喃慰寂寥。機轉魔自退,退亦不崇朝。無妄勿藥喜,語不羲聖祧。但抉六爻藴,無勞百盞澆。更讀《太玄經》,遐想寄九宵。吐水能解祟,非如赤舌燒。

(録自金聖歎書法手迹,原無題。)[一]

題平坵沈君善木影

平坵老去成枯木,木刻平坵却宛然。海岸檀香堪作積,黄楊樹子不成禪。水潭雁影我將往,雪被冰床汝作緣。設使有人求答話,維摩自古最堪憐。

[一] 以上諸詩凡輯自金聖歎書法者,皆由薛龍春先生代爲辨識,特此説明並致謝忱。

寓慈雲寺旬日留别

震澤多精舍，慈雲獅子林。家私惟古佛，眷屬總玄心。後漢人何在，微言乃至今。相逢遂欲别，捨此更何尋？

（以上兩首録自徐崧、張大純輯《百城烟水》卷四《吴江縣》）

歲暮懷瀑懸先生兼寄聖默法師

先生有病不須醫，正合清権是此時。摩詰在床仍論義，仲尼落職遂删詩。朝聞夕可真奇事，天上人間令屬誰？與子歲寒成此約，春來只問雪塘師。

（録自徐增《九誥堂全集》卷首《諸名公舊序》）

宿野廟

衆響漸已寂，蟲于佛面飛。半窗關夜雨，四壁挂僧衣。

（録自袁枚《隨園詩話》卷一）

聯　語

雨入花心自成甘苦，水歸器内各現方圓。

（録自金聖歎書法手迹）

消磨傲骨惟長揖，洗發雄心在半酣。順治戊子二月四日

（録自金聖歎書法手迹）

半窗樹影棋僧去，滿棹萍風釣伴歸。

（録自端方《壬寅銷夏録》「金聖歎草書軸」）

老拳通大道，兒口嚼新書。

（録自李放《皇清書史》卷二十二）

贈　句

秦世身爲魯高士，漢朝我識梅仙人。

（録自葉紹袁《葉天寥自撰年譜・九年丙子》「泐公贈余二語」云）

庶庵死日原無病，聖歎生來祇有貧。

（録自吴定璋輯《七十二峰足徵集》許之溥小傳「金嘗贈句云」）

庶庵死日原無病，聖歎生來祇有貧。

（録自吴定璋輯《七十二峰足徵集》許之溥小傳「金嘗贈句云」）

金聖歎全集

修訂版

肆

白話小説卷（下）

第五才子書施耐庵水滸傳

（清）金聖歎 著

陸林 輯校整理

鳳凰出版社

白話小説卷（下）

第五才子書施耐庵水滸傳卷之三十九

聖歎外書

第三十四回　石將軍村店寄書　小李廣梁山射雁

此回篇節至多，如清風寨起行是一節，對影山遇吕方、郭盛是一節，酒店遇石勇是一節，宋江得家書是一節，宋江奔喪是一節，山泊關防嚴密是一節，宋江歸家是一節。

讀清風寨起行一節，要看他將車數、馬數、人數，通計一遍，分調一遍，分明是一段《史記》。

讀對影山鬥戟一節，要看他忽然變作極耀艷之文。蓋寫少年將軍，定當如此。

讀酒店遇石勇一節，要看他寫得石將軍如猛虎當路，直是撩撥不得。只是認得兩位豪傑，其顧盼雄毅便乃如此；何況身爲豪傑者，其于天下人當如何也！

讀宋江得家書一節，要看他寫石勇不便將家書出來，又不甚曉得家中事體，偏用筆筆捺住法，寫得宋江大喜。便又叙話飲酒，直待盡情盡致了，然後開出書來；却又不便説書中之事，再寫一句「封皮逆封」，又寫一句無「平安」字，皆用極奇拗之筆。

讀宋江奔喪一節，要看他活畫出奔喪人來。至如麻鞋句、短棒句、馬句，則又分外妙筆也。

讀水泊一節，要看他設置雄麗，要看他號令精嚴，要看他謹守定規，要看他深謀遠慮，要看他盤詰詳審，要看他開誠布忠，要看他不昵所親之言，要看他不敢慢于遠方之人，皆作者極意之筆。

讀歸家一節，要看他忽然生一張社長作波；却恐疑其單薄，又反生一王社長陪之：可見行文要相形勢也。

當下秦明和黄信兩個到栅門外看時，望見兩路來的軍馬，却好都到：【眉批】此回篇節至多，須一一分别觀之。一路是宋江、花榮，一路是燕順、王矮虎，各帶一百五十餘人。黄信便叫寨兵放下吊橋，大開寨門，迎接兩路人馬都到鎮上。宋江早傳下號令：休要害一個百姓，休傷一個寨兵；叫先打入南寨，把劉高一家老小盡都殺了。王矮虎自先奪了那個婦人。可謂老婆心切。○極似寫王矮虎，却不知借此一句，收取潑婦上山，報仇正法也。小嘍囉盡把應有家私，金銀財物寶貨之資，都裝上車子；再有馬匹牛羊，盡數牽了。花榮自到家中，將應有的財物等項，裝載上車，搬取妻小、妹子。内有清風鎮上人數，都發還了。閑心細筆。文所本無，事所必有。衆多好漢收拾已了，一行人馬離了清風鎮，都回到山寨裏來。

車輛人馬都到山寨，鄭天壽迎接向聚義廳上相會。黄信與衆好漢講禮罷，坐于花榮肩下。宋江叫把花榮老小安頓一所歇處，細。將劉高財物分賞與衆小嘍囉。細。王矮虎拿得那婦人，將去藏在自己房内。燕順便問道：「劉高的妻今在何處？」王矮虎答道：「今番須與小弟做個押寨夫人。」燕順道：「與却與你，且唤他出來，我有一句話説。」辭令能品。宋江便道：「我正要問他。」王矮虎便唤到廳前，那婆娘哭着告饒。宋江喝道：「你這潑婦！我好意救你下山，念你是個命官的恭人，你如何反將寃報？今日擒來，有何理説？」燕順跳起身來便道：「這等淫婦，問他則甚！」拔出腰刀，一刀揮爲兩段。贓官淫婦，前後一樣殺法，亦此篇之章段也。○换燕順者，只恐仍出花榮，便有礙矮虎。不如用他自家人，得省手耳。王矮虎見砍了這婦人，心中大怒，奪過一把朴刀，便要和燕順交並，宋江等起身來勸住。宋江便道：「燕順殺了這婦人也是。兄弟，你看我這等一力救了他下山，教他夫妻團圓完聚，尚兀自轉過臉來，叫丈夫害我！賢弟，你留在身邊，久後有損無益。宋江日後别娶一個好的，教賢弟滿意。」燕順道：「兄弟便是這等尋思，不殺他，久後必被他害了。」王矮虎被衆人勸了，默默無言。燕順喝叫打掃過尸首血迹，且排筵席慶賀。

次日，花榮請宋江、黄信主婚，燕順、王矮虎、鄭天壽做媒執伐，把妹子嫁與秦明。一應禮物，都是花榮出備。王英方失夫人，秦明便得夫人。兩事偏要接連寫在一處，以爲激射。吃了三五日筵席。五七日後，小嘍囉探得事情，上山來報道：「青州慕容知府申將文書，去中書省奏説，反了花榮、秦明、黄信，要起大軍來征剿。」衆人聽罷，商量道：「此間小寨，不是久戀之地。倘或大軍到來，四面圍住，如何迎敵？」宋江道：「小可有一計，不知中得諸位心否？」衆好漢都道：「願聞良策。」宋江道：「自這南方有個去處，地名喚做梁山泊，方圓八百餘里，中間宛子城、蓼兒洼。晁天王聚集着三五千軍馬，把住着水泊。官兵捕盜，不敢正眼覷他。我等何不收拾起人馬，去那裏入夥？」一段大書宋江倡衆落草，以正其罪也。秦明道：「既然有這個去處，却是十分好。只是没人引進，他如何肯便納我們？」宋江大笑，却把這打劫生辰綱金銀一事，直説到「劉唐寄書，將金子謝我，因此上殺了閻婆惜，逃去在江湖上。」

秦明聽了大喜道：「恁地，兄長正是他那裏大恩人。事不宜遲，可以收拾起快去。」今日衆人既屬宋江倡率，前日晁蓋又屬宋江私放，以深表宋江爲賊之首、罪之魁也。只就當日商量定了，【眉批】此一節是清風山起行[一]。便打並起十數輛車子，通計車。把老小並金銀財物、衣服行李等件，都裝載車子上，共有三二百匹好馬。通計馬。小嘍囉們有不願去的，賫發他些銀兩，任從他下山去投別主；閑筆，却少不得。有願去的，編入隊裏，就和秦明帶來的軍漢，通有三五百人。通計人。宋江教分作三起下山，妙。只做去收捕梁山泊的官軍。妙。○此一句，便引出後文山泊一篇來。山上都收拾得停當，裝上車子，放起火來，把山寨燒作光地。分爲三隊下山：宋江便與花榮引着四五十人，分人。三五十騎馬，分馬。簇擁着五七輛車子，分車。老小隊仗先行；第一隊。秦明、黄信引領八九十匹馬，分馬。和這應用車子，分車。作第二起；第二隊。後面第三隊字倒在

[一] 此條眉批，貫華堂本無，據葉瑶池本補。

上。便是燕順、王矮虎、鄭天壽三個，引着四五十匹馬，分馬。一二百人。分人。○第一隊，有人，有馬，有車；第二隊，有馬，有車，無人；第三隊，有馬，有人，無車。○通共只十輛車、三二百匹馬、三五百人，看他寫得錯縱變化。離了清風山，取路投梁山泊來。于路中見了這許多軍馬，旗號上又明明寫着「收捕草寇官軍」，因此無人敢來阻當。在路行五七日，離得青州遠了。

且說宋江、花榮兩個騎馬在前頭，背後車輛載着老小，與後面人馬只隔着二十來里遠近。前面到一個去處，地名唤「對影山」，兩邊兩座高山，一般形勢，中間却是一條大闊驛路。兩個在馬上正行之間，只聽得前山裏鑼鳴鼓響。爲是强賊？爲是官軍？讀至下，却都不是，始信山名「對影」，都有爲也。花榮便道：「前面必有强人！」把鎗帶住，取弓箭來整頓得端正，再插放飛魚袋内；一面叫騎馬的軍士，催趲後面兩起軍馬上來，好。且把車輛人馬扎住了。宋江和花榮兩個，引了二十餘騎軍馬，向前探路。

至前面半里多路，早見一簇人馬，約有一百餘人，盡是紅衣紅甲，擁着一個穿紅少年壯士，横戟立馬，奇文奇格。在山坡前大叫道：「今日我和你比試，分個勝敗，見個輸贏！」【眉批】此一節是吕方、郭盛鬥戟。特表花榮神箭。只見對過山岡子背後，早擁出一隊人馬來，也有百十餘人，都是白衣白甲，也擁着一個穿白少年壯士，手中也使一枝方天畫戟。奇文奇格。○處處皆用散叙，此處忽然用兩扇一聯法，奇絶。這邊都是素白旗號，那壁都是絳紅旗號。又一聯。只見兩邊紅白旗摇，震地花腔鼓擂。那兩個壯士更不打話，各人挺手中戟，縱坐下馬，兩個就中間大闊路上鬥到三十餘合，不分勝敗。花榮和宋江兩個在馬上看了喝采。看他前後兩番喝采，寓意深隱，爲之一歎。花榮一步步趲馬向前看時，只見那兩個壯士鬥到深澗裏。這兩枝戟上，一枝是金錢豹子尾，一枝是金錢五色旛，又一聯。却攪做一團，上面絨縧結住了，那裏分拆得開？奇文。花榮在馬上看了，便把馬帶住，左手去飛魚袋内取弓，右手向走獸壺中拔箭，亦是一聯。○此一段文都作分外耀艷語。搭上箭，拽滿弓，覷着豹尾絨縧較親處，「颼」的一箭，恰好正把絨縧射斷。只見兩枝畫戟分開做兩下，奇文。那二百餘人一齊喝聲采。前言兩番喝采，寓意深隱者何也？蓋兩戟相交，不相上下，則兩戟之妙，可得而知也。兩戟之妙可得而知，然而宋江知、花榮知者，二百餘人不得知。二百餘人不得知，則止有宋江、花榮馬上喝采，而二百餘人瞠目不出一聲矣。蓋天下曲高寡和，才高無賞，往往如是，不足怪也。迨夫花榮一箭分開兩戟，而二百餘人齊聲喝采，夫二百餘人，即又豈知花榮之内正外直、左托右抱乎哉！眼見兩戟得箭而開，則喝采耳。嗚呼！天下以成功論英雄，又往往如是，亦不足怪也！

那兩個壯士便不鬥，寫兩戟互不相服，却寫一箭能服兩戟，可謂極表花榮矣。都縱馬跑來，直到宋江、花榮馬前，就馬上欠身聲喏，都道：「願求神箭將軍大名！」花榮在馬上答道：「我這個兄，乃是鄆城縣押司、山東及時雨宋公明；説得響。我便是清風鎮知寨小李廣花榮。説得響。」○願求神箭大名，却反先説鄆城押司。豈以神箭重押司哉？得押司而神箭越重耳。那兩個壯士聽罷，扎住了戟，便下馬，推金山，倒玉柱，又一聯。○此六字，他書亦學用之矣，却不知在此處分外耀艷中，則映襯成色耳。他書前後不稱，亦復硬用入來，真是文章苦海也。都拜道：「聞名久矣！」宋江、花榮慌忙下馬，扶起那兩位壯士道：「且請問二位壯士高姓大名？」那個穿紅的説道：「小人姓呂，名方，祖貫潭州人氏。平昔愛學呂布爲人，因此習學這枝方天畫戟，人都唤小人做『小温侯』呂方。一個古人。因販生藥到山東，消折了本錢，不能够還鄉，權且占住這對影山，打家劫舍。近日走這個壯士來，要奪呂方的山寨。和他各分一山，他又不肯。因此，每日下山厮殺。不想原來緣法注定，今日得遇尊顏。」宋江又問這穿白的壯士高姓，那人答道：「小人姓郭，名盛，祖貫西川嘉陵人氏。差販水銀貨賣，黄河裏遭風翻了船，回鄉不得。原在嘉陵學得本處兵馬張提轄的方天戟，向後使得精熟，人都稱小人做『賽仁貴』郭盛。又一個古人。兩異名又是一聯。一徑來比並戟法。○三個古人，一般絶技，文心妙絶。江湖上聽得説對影山有個使戟的占住了山頭，打家劫舍，因此連連戰了十數日，不分勝敗，不期今日得遇二公，天與之幸！」宋江把上件事都告訴了，便道：「既幸相遇，就與二位勸和如何？」兩個壯士大喜，都依允了。後隊人馬已都到齊，一個個都引着相見了。

呂方先請上山，殺牛宰馬筵會。次日，却是郭盛置酒設席筵宴。宋江就説他兩個撞籌入夥，輳隊上梁山泊去投奔晁蓋聚義。大書宋江倡衆。歡天喜地都依允了，此二少年上山，讀之真有芝蘭玉樹，生于庭階之樂。便將兩山人馬點起，收拾了財物。待要起身，宋江便道：「且住，非是如此去。一路文勢如龍赴海，至此忽用中途一變，遂令讀者不復知其鱗甲在何處。假如我這裏有三五百人馬投梁山泊去，他那裏亦有探細的人在四下裏探聽。倘或只道我們真是來收捕他，不是要處。等我和燕順先去報知了，後文手書，尚足相據，豈有今日宋江親在行間，而虞山泊之見怪者？只是要憑空生出枝節，令下文風雨忽變，不欲宋江引着一行人直至山寨，如僧家所謂「行道」者然也。你們隨後却來，還作三起而行。」花榮、秦明道：「兄長高見。正是如此計較，陸續進程。兄長先行半日，我等催督人馬，隨後起身來。」

且不説對影山人馬陸續登程，只説宋江和燕順各騎了馬，帶領隨行十數人，先投梁山泊來。在路上行了兩日，當日行到晌午時分，正走之間，只見官道傍邊一個大酒店。宋江看了道：「孩兒們走得困乏，都叫買些酒，吃了過去。」當時宋江和燕順下了馬，入酒店裏來，叫孩兒們鬆了馬肚帶，看官記此一句。都入酒店裏來。【眉批】此一節是酒店遇石勇。宋江和燕順先入店裏來看時，只有三副大座頭，小座頭不多幾副。只見一副大座頭上，先有一個在那裏占了。宋江看那人時：裹一頂猪嘴頭巾，腦後兩個太原府金不換紐絲銅鐶；上穿一領皂袖衫，腰繫一條白搭膊，下面腿絣護膝，八搭麻鞋；看官記此一句。桌子邊倚着短棒，看官記此一句。横頭上放着個衣包；看官記此一句。生得八尺來長，淡黄骨查臉，一雙鮮眼，没根髭髯。怪醜如畫。宋江便叫酒保過來説道：「我的伴當多，我兩個借你裏面坐一坐。你叫那個客人移換那副大座頭，與我伴當們坐地吃些酒。」酒保應道：「小人理會得。」

宋江與燕順裏面坐了，先叫酒保：「打酒來，大碗先與伴當，一人三碗；有肉便買來，先與他衆人吃，借宋江愛念衆人，爲酒保央求换座地；借酒保换座，爲那人厮鬧地；借那人厮鬧，爲得書地。看他叙事，何等曲折盡變，定不肯直寫一筆也。却來我這裏斟酒。」酒保又見伴當們都立滿在壚邊，如畫。○又貼一句，爲酒保必要换座地也。酒保却去看着那個公人模樣的客人道：「有勞上下，央求换座，何至便到尋鬧？却先寫個酒保誤認他是「上下」。如此生情出筆，真稱妙絶。挪借這副大座頭，與裏面兩個官人的伴當坐一坐。」那漢嗔怪呼他做「上下」，便焦躁道：「也有個先來後到！甚麼官人的伴當，要換座頭？老爺不換！」燕順聽了，對宋江道：「你看他無禮麼？」先放一句，下便有節次。宋江道：「由他便了，你也和他一般見識！」却把燕順按住了。只見那漢轉頭，看了宋江、燕順冷笑。寫大漢寫得異樣。方是時，彼固以宋江、燕順爲即所云「脚底下」泥者也，其安得以僕從如雲，遂傲豪傑之士耶？是「冷笑」二字之意。酒保又陪小心道：「上下，只管叫他「上下」。周全小人的買賣，換一換有何妨？」那漢大怒，拍着桌子道：「你這鳥男女，好不識人！欺負老爺獨自一個，明明怪其僕從如雲。要換座頭？便是趙官家，此亦脚底下泥。老爺也鱉鳥不換！高則聲，大脖子拳不認得你！」你亦脚底下泥。酒保道：「小人又不曾説甚麼。」那漢喝道：「量你這廝敢説甚麼！」妙。

燕順聽了，那裏忍耐得住，便説道：「兀那漢子，你也鳥强！不換便罷，没可得鳥嚇他！」那漢便跳起來，掉了短棒在手裏，便應道：「我自罵他，要你多管！老爺天下只讓得兩個人，其餘的都把來做脚底下的泥！」奇峰忽然當面矗起。燕順焦躁，便提起板凳，却待要打將去。宋江因見那人出語不俗，妙。横身在裏面勸解：「且都不要鬧。我且請問你：你天下只讓得那兩個人？」那漢道：「我説與你，驚得你呆了！」猶言脚底下泥曾何足以知之。妙絶。宋江道：「願聞那兩個好漢大名。」那漢道：「一個是滄州横海郡柴世宗的子孫[一]，唤做小旋風柴進，柴大官人。」兩個人中，須有賓主。今反先説賓在前者，便于跌成妙勢也。宋江暗暗地點頭，妙，如畫。

[一]「子孫」，貫華堂本、葉瑤池本作「孫子」，據王望如評本改。

○脚底下泥，乃復解此語乎？又問：「那一個是誰？」那漢道：「這一個又奢遮，偏又搖擺一句，不忍便説出來，使脚底下泥側耳。是鄆城縣押司、山東及時雨、呼保義宋公明！」此等名字，與脚底下泥言之，尚可惜耳。宋江看了燕順暗笑，妙，如畫。燕順早把板凳放下了。妙，如畫。「老爺只除了這兩個，此句接上文連説，宋江、燕順二句乃夾叙法耳。便是大宋皇帝也不怕他！」皆所謂「其餘」也。宋江道：「你且住。我問你：你既説起這兩個人，我却都認得。脚底下泥，亦復難料。你在那裏與他兩個廝會？」那漢道：「你既認得，我不説謊。三年前在柴大官人莊上住了四個月有餘，只不曾見得宋公明。」文情虚實都妙。宋江道：「你便要認黑三郎麽？」那漢道：「我如今正要去尋他。」緊湊。宋江問道：「誰教你尋他？」那漢道：「他的親兄弟鐵扇子宋清，教我寄家書去尋他。」緊湊。【眉批】此一節是宋江得書。

宋江聽了大喜，四字妙絶，既已寄書，偏不明白，便頓出許多節次來。○「大喜」字，與一篇「痛哭」字，擊射成文。向前拖住道：「有緣千里來相會，無緣對面不相逢。只我便是黑三郎宋江。」那漢相了一面，便拜道：「天幸使令小弟得遇哥哥！争些兒錯過，空去孔太公那裏走一遭！」宋江便把那漢拖入裏面，問道：「家中近日没甚事？」看他問得對針，對得偏不對針，頓挫入妙。那漢道：「哥哥聽稟：小人姓石，名勇，原是大名府人氏。日常只靠放賭爲生，本鄉起小人一個異名，唤做『石將軍』。爲因賭博上一拳打死了個人，逃走在柴大官人莊上。多聽得往來江湖上人説哥哥大名，因此特去鄆城縣投奔哥哥，却又聽得説道爲事出外。因見四郎，聽得小人説起柴大官人來，却説哥哥在白虎山孔太公莊上。因小弟要拜識哥哥，四郎特寫這封家書與小人，寄來孔太公莊上，『如尋見哥哥時，可叫兄長作急回來。』」只如此，妙妙。宋江見說，心中疑惑，漸從「大喜」字變過來。便問道：「你到我莊上住了幾日，曾見我父親麽？」問得對針，妙妙。石勇道：「小人在彼只住得一夜便來了，不曾得見太公。」只是捺住，並不對針，妙妙。宋江把上梁山泊一節，都對石勇說了。反寫宋江説閑話，妙妙。石勇道：「小人自離了柴大官人莊上，江湖上只聞得哥哥大名，疏財仗義，濟困扶危。如今哥哥既去那裏入夥，是必携帶。」宋江道：「這不必你說，何爭你一個人！反寫宋江只管説閑話，妙妙。且來和燕順厮見。反寫宋江做閑事，妙妙。」叫酒保且來這裏斟酒。三杯酒罷，反寫宋江把酒相勸，只管縱將開去，務令文情盡奇盡變，然後寫出石勇書來，妙妙。石勇便去包裹内取出家書，慌忙遞與宋江。

宋江接來看時，封皮逆封着，一句。又没「平安」二字，二句。○又添二句，使不突然。宋江心内越是疑惑，從「大喜」漸變過來。連忙扯開封皮，從頭讀至一半，省一半，念一半。只一家書，寫得有許多方法。後面寫道：「父親于今年正月初頭因病身故，見今停喪在家，專等哥哥來家遷葬。千萬，千萬！切不可誤！弟清泣血奉書。」宋江讀罷，叫聲苦，不知高低，自把胸脯捶將起來，自罵道：「不孝逆子，做下非爲！老父身亡，不能盡人子之道，畜生何異！」自把頭去壁上磕撞，大哭起來。與前「大喜」照耀。燕順、石勇抱住，宋江哭得昏迷，半晌方纔甦醒。燕順、石勇兩個勸道：「哥哥，且省煩惱。」宋江便分付燕順道：「不是我寡情薄意，其實只有這個先父記挂，「只有這個」四字，是純孝之言。然「只有」二字，又妙在「只」字；「這個」二字，又妙在「這」字。中間便有「昊天罔極」、「父一而已」等意，勿以宋江而忽之也。○「先父」二字，遽然呼得妙，爲後文一笑。○武松呼「先兄」，便終作先兄；宋江呼「先父」，未必真作先父：文情各有其妙。今已没了，只是星夜趕歸去，教兄弟們自上山則個。」【眉批】此一節是宋江奔喪。燕順勸道：「哥哥，太公既已没了，便到家時，也不得見了。天下無不死的父母，只改一字，遂成奇語，令人絶倒。且請寬心，引我們弟兄去了。是。○寫各人胸中各有其心，如畫。那時小弟却陪侍哥哥歸去奔喪，未爲晚了。自古道：『蛇無頭而不行。』若無仁兄去時，他那裏如何肯收留我們？」寫燕順留宋江，定少不得。不然，便上文都成浪筆矣。宋江道：「若等我送你們上山去時，誤了我多少日期，却是使不得。我只寫一封備細書札，都説在内，就帶了石勇一發入夥，等他們一處上山。我如今不知便罷，既是天教我知了，正是度日如年，燒眉之急。我馬也不要，從人也不帶，二語插放此處，作宋江自説最妙。若俗筆，便定寫在出門時；又其次者，竟且忘之也。一個連夜自趕回家。」燕順、石勇那裏留得住。

宋江問酒保借筆硯，討了一幅紙，一頭哭着，一面寫書，悉與前「大喜」照耀。再三叮嚀在上面。寫了，封皮不粘，四字畫出匆匆，真是妙筆。交與燕順收了。脱石勇的八搭麻鞋穿上，妙絶。取了些銀兩藏放在身邊，跨了一口腰刀，就拿了石勇的短棒，妙絶。酒食都不肯霑唇，便出門要走。真正才子有此曲心曲筆，俗筆夢想不到。燕順道：「哥哥，也等秦總管、花知寨都來相見一面了，去也未遲。」定少不得。宋江道：「我不等了。我的書去，並無阻滯。石家賢弟自説備細，可爲我上覆衆兄弟們。可憐見宋江奔喪之急，休怪則個。」宋江恨不得一步跨到家中，飛也似獨自一個去了。一路寫宋江部署衆人投入山泊，讀者莫不拭目洗耳，觀忠義堂上晁、宋二人如何相見也。忽然此處如龍化去，令人眼光忽遭一閃。奇文奇格，妙絶，妙絶。

且説燕順，同石勇只就那店裏吃了些酒食點心，還了酒錢，却教石勇騎了宋江的馬，一雙八搭麻鞋，一條短棒，却換了一匹馬，妙筆。○宋江奔喪回去，須要隨身短棒及八搭麻鞋，便記得石勇身邊有；宋江回去後，便記得宋江馬空了。只此記得，豈他人所及哉！帶了從人，只離酒店三五里路，尋個大客店歇了等候。次日辰牌時分，全夥都到。燕順、石勇接着，備細説宋江哥哥奔喪去了。衆人都埋怨燕順是，定少不得。道：「你如何不留他一留？」石勇分説道：「他聞得父親没了，恨不得自也尋死，如何肯停脚？巴不得飛到家裏。寫了一封備細書札在此，教我們只顧去。他那裏看了書，並無阻滯。」花榮與秦明看了書，與衆人商議道：「事在途中，進退兩難。是。回又不得，是。散了又不成，是。只顧且去。是。還把書來封了，是。○方始封書。都到山上看；那裏不容，却別作道理。是。」○數語定少不得。九個好漢並作一夥，帶了三五百人馬，漸近梁山泊，來尋大路上山。

一行人馬正在蘆葦中過，只見水面上鑼鼓振響。衆人看時，漫山遍野都是雜彩旗旛，寫得精嚴之極。【眉批】此一節是山泊關防嚴密。水泊中棹出兩隻快船來。當先一隻船上，擺着三五十個小嘍囉。船頭上，中間坐着一個頭領，乃是豹子頭林冲。精嚴之極。背後那隻哨船上，也是三五十個小嘍囉。船頭上，也坐着一個頭領，乃是赤髮鬼劉唐。精嚴之極。前面林冲在船上喝問道：「汝等是甚麽人？那裏的官軍，敢來收捕我們！教你人人皆死，個個不留！你也須知俺梁山泊的大名！」花榮、秦明等都下馬，立在岸邊答應道：「我等衆人非是官軍，有山東及時雨宋公明哥哥書札在此，特來相投大寨入夥。」林冲聽了道：「既有宋公明兄長的書札，且請過前面，到朱貴酒店裏。寫得水泊精嚴之極。先請書來看了，却來相請厮會。精嚴之極。」船上把青旗只一招，何等精嚴。蘆葦裏棹出一隻小船，妙。内有三個漁人，一個看船，妙。兩個上岸來，妙。説道：「你們衆位將軍都跟我來。」水面上那兩隻哨船，一隻船上把白旗招動，何等精嚴。銅鑼響處，兩隻哨船一齊去了。何等精嚴。一行衆人看了，都驚呆了，説道：「端的此處官軍誰敢侵傍！我等山寨如何及得？」

衆人跟着兩個漁人，從大寬轉，表出八百里。直到旱地忽律朱貴酒店裏。朱貴見説了，迎接衆人，都相見了，便叫放翻兩頭黄牛，富貴氣象。散了分例酒食，討書札看了。精嚴。先向水亭上放一枝響箭，射過對岸，蘆葦中早摇過一隻快船來。朱貴便唤小嘍囉分付罷，叫把書先賫上山去報知；精嚴。一面店裏殺宰猪羊，富貴。管待九個好漢，把軍馬屯住在四散歇了。看他極寫精嚴，深表泊中有人。○雖有宋江手書，然或恐官府嚴刑逼寫，假作投夥而圖我者有之，把軍馬屯在四散，真經濟之才也。

第二日辰牌時分，只見軍師吴學究自來朱貴酒店裏迎接衆人。又用「軍師自來」。一個個都相見了。叙禮罷，動問備細，何等精嚴。然後二三十隻大白棹船來接。何等精嚴，何等富貴。吴用、朱貴邀請九位好漢下船，老小車輛、人馬行李，亦各自都搬在各船上，前望金沙灘來。上得岸，松樹徑裏，衆多好漢隨着晁頭領，全副鼓樂來接。富貴。晁蓋爲頭與九個好漢相見了，迎上關來。各自乘馬坐轎，富貴。直到聚義廳上，一對對講禮罷。左邊一帶交椅上，森然。却是晁蓋、吴用、公孫勝、林冲、劉唐、阮小二、阮小五、阮小七、杜遷、宋萬、朱貴、白勝。恭喜白勝已早在此。那時白日鼠白勝，數月之前，已從濟州大牢裏越獄，只須二字。逃走到山上入夥：皆是吴學究使人去用度，救他脱身。右邊一帶交椅上，森然。却是花榮、秦明、黄信、燕順、王英、鄭天壽、吕方、郭盛、石勇，列兩行坐下。中間焚起一爐香來，各設了誓。當日大吹大擂，殺牛宰馬筵宴。一面叫新到火伴廳下參拜了，自和小頭目管待筵席。何等精嚴，何等富貴。收拾了後山房舍，教搬老小家眷都安頓了。

秦明、花榮在席上，稱贊宋公明許多好處，清風山報寃相殺一事，衆頭領聽了大喜；後説吕方、郭盛兩個比試戟法，花榮一箭射斷絨縧，分開畫戟。晁蓋聽罷，意思不信，口裏含糊應道：「直如此射得親切？改日却看比箭。」當日酒至半酣，食供數品，衆頭領都道：「且去山前閑玩一回，再來赴席。」當下衆頭領相謙相讓，下階閑步樂情，觀看山景。行至寨前第三關上，只聽得空中數行賓鴻嘹嚦。花榮尋思道：「晁蓋却纔意思不信我射斷絨縧，何不今日就此施逞些手段，教他們衆人看，日後敬伏我？」【眉批】此一節是花榮試箭。把眼一觀，隨行人伴數内，却有帶弓箭的，妙筆。花榮便問他討過一張弓來。在手看時，却是一張泥金鵲畫細弓，正中花榮意。花榮妙箭，安肯以尋常之弓試哉？文人所以必用妙筆，美人所以必須妙鏡也。急取過一枝好箭，弓詳箭略。便對晁蓋道：「恰纔兄長見説花榮射斷絨縧，衆頭領似有不信之意。遠遠的有一行雁來，花榮未敢誇口，這枝箭要射雁行内第三隻雁的頭上。此處一句，後分作二句，只是隨手成文。射不中時，衆頭領休笑。」花榮搭上箭，拽滿弓，覷得親切，望空中只一箭射去，果然正中雁行内第三隻，先寫前之半句。直墜落山坡下。急叫軍士取來看時，那枝箭正穿在雁頭上。次找完前之半句。看他隨手小文,皆有次第。晁蓋和衆頭領看了,盡皆駭然,都稱花榮做「神臂將軍」。自此梁山泊無一個不欽敬花榮。始結花榮傳。衆頭領再回廳上筵會,到晚各自歇息。

次日,山寨中再備筵席,議定坐次。本是秦明纔及花榮,因爲花榮是秦明大舅,衆人推讓花榮在林冲肩下坐了第五位,秦明坐第六位,劉唐坐第七位,黄信坐第八位;三阮之下,便是燕順、王矮虎、吕方、郭盛、鄭天壽、石勇、杜遷、宋萬、朱貴、白勝:一行共是二十一個頭領坐定。第二結。慶賀筵宴已畢,山寨中添造大船、屋宇、車輛、什物;打造鎗刀、軍器、鎧甲、頭盔;整頓旌旗、袍襖、弓弩、箭矢,準備抵敵官軍,于總結後,更添兩行,極寫水泊精嚴富貴。〇已上一篇,單表水泊雄麗精嚴,是全部書作身分處。不在話下。

却説宋江自離了村店,連夜趕歸。當日申牌時候,奔到本鄉村口張社長酒店裏暫歇一歇。本至家矣,却不便歸,再生出一張社長家作波磔。真是觸手生情,落筆成景。那張社長却和宋江家來往得好。張社長見了宋江容顔不樂,眼淚暗流,張社長動問道:「押司有年半來不到家中,今日且喜歸來,如何尊顔有些煩惱,心中爲甚不樂?且喜官事已遇赦了,必是減罪了。」不惟無憂,反報一喜,妙。【眉批】此一節是宋江歸家。宋江答道:「老叔自説得是。家中官事且靠後,只如一個生身老父殁了,如何不煩惱?」張社長大笑道:「押司真個也是作耍?令尊太公却纔在我這裏吃酒了回去,只有半個時辰來去,奇文。如何却説這話?」宋江道:「老叔休要取笑小侄。」便取出家書,教張社長看了。此句是夾叙法,下語與上語連讀下。「兄弟宋清明明寫道:父親于今年正月初頭歿了，專等我歸來奔喪。」張社長看罷，說道：「呸！那得這般事！只午時前後，和東村王太公隨手又添一人，妙。在我這裏吃酒了去，我如何肯說謊？」

宋江聽了，心中疑影，前文疑惑，是從大喜漸變到哭；此文疑影，是從大哭漸變到喜。没做道理處。尋思了半晌，只等天晚，別了社長，便奔歸家。入得莊門看時，没些動静。奇。莊客見了宋江，都來參拜。奇。宋江便問道：「我父親和四郎有麽？」莊客道：「太公每日望得押司眼穿，今得歸來，却是歡喜。方纔和東村裏王社長，在村口張社長店裏吃酒了回來，睡在裏面房内。」奇文。宋江聽了大驚，撇了短棒，細。徑入草堂上來。只見宋清迎着哥哥便拜。宋江見他果然不戴孝，奇文。心中十分大怒，便指着宋清罵道：「你這忤逆畜生，是何道理！父親見今在堂，如何却寫書來戲弄我？教我兩三遍自尋死處，一哭一個昏迷。你做這等不孝之子！」宋清却待分說，只見屏風背後轉出宋太公來，明明假計，乃我讀至此句，始覺如夢忽醒，蓋于前文一路所感者深矣。叫道：「我兒，不要焦躁！這個不干你兄弟之事，是我每日思量要見你一面，因此教四郎只寫道我殁了，你便歸來得快。我又聽得人說，白虎山地面多有强人，又怕你一時被人攛掇落草去了，做個不忠不孝的人。爲此，急急寄書去喚你歸家。作者特特書太公家教，正所以深明宋江不孝。而自來讀者至此，俱謬許其爲忠義之子，斯真過矣。又得柴大官人那裏來的石勇，寄書去與你。這件事盡都是我主意，不干四郎之事，你休埋怨他。我恰纔在張社長店裏回來，睡在房裏，聽得是你歸來了。」

宋江聽罷，納頭便拜太公，句。憂喜相半。不便變出喜來，且寫個「憂喜相半」。善體人情，方有此筆。宋江又問父親道:「不知近日官司如何?已經赦宥,必然減罪。適間張社長也這般説了。」宋太公道:「你兄弟宋清未回之時,多得朱仝、雷横的氣力,向後只動了一個海捕文書,再也不曾來勾擾。我如今爲何唤你歸來?近聞朝廷册立皇太子,已降下一道赦書。應有民間犯了大罪,盡減一等科斷,俱已行開各處施行。便是發露到官,也只該個徒流之罪,不到得害了性命。且由他,却又别作道理。」宋江又問道:「朱、雷二都頭曾來莊上麽?」宋清説道:「我前日聽得説來,這兩個都差出去了:朱仝差往東京去,一實。雷横不知差到那裏去了。一虚。○遞開二人,便使下文展筆。乃其妙,却在閑中問及,全無痕影。如今縣裏,却是新添兩個姓趙的勾攝公事。」宋太公道:「我兒遠路風塵,且去房裏將息幾時。」一止。合家歡喜,不在話下。

天色看看將晚,玉兔東生。約有一更時分,莊上人都睡了,只聽得前後門發喊起來。看時,四下裏都是火把,團團圍住宋家莊,一片聲叫道:「不要走了宋江!」太公聽了,連聲叫苦。不因此起,有分教:大江岸上,聚集好漢英雄;鬧市叢中,來顯忠肝義膽。畢竟宋公明在莊上怎地脱身,且聽下回分解。

第五才子書施耐庵水滸傳卷之四十

聖歎外書

第三十五回 梁山泊吴用舉戴宗 揭陽嶺宋江逢李俊

一部書中寫一百七人最易，寫宋江最難。故讀此一部書者，亦讀一百七人傳最易，讀宋江傳最難也。蓋此書寫一百七人處，皆直筆也，好即真好，劣即真劣。若寫宋江則不然，驟讀之而全好，再讀之而好劣相半，又再讀之而好不勝劣，又卒讀之而全劣無好矣。夫讀宋江一傳，而至于再，而至于又再，而至于又卒，而誠有以知其全劣無好，可不謂之善讀書人哉！然吾又謂由全好之宋江而讀至于全劣也猶易，由全劣之宋江而寫至于全好也實難。乃今讀其傳，迹其言行，抑何寸寸而求之，莫不宛然忠信篤敬君子也？篇則無累于篇耳，節則無累于節耳，句則無累于句耳，字則無累于字耳。雖然，誠如是者，豈將以宋江真遂爲仁人孝子之徒哉？《史》不然乎？記漢武，初未嘗有一字累漢武也，然而後之讀者莫不洞然明漢武之非是，則是褒貶固在筆墨之外也。嗚呼！稗官亦與正史同法,豈易作哉? 豈易作哉!

話説當時宋太公,掇個梯子上牆來看時,只見火把叢中約有一百餘人。當頭兩個,便是鄆城縣新參的都頭,却是弟兄兩個:一個叫做趙能,一個叫做趙得。兩個便叫道:「宋太公,你若是曉事的,便把兒子宋江獻將出來,我們自將就他。若是不教他出官時,和你這老子一發捉了去!」宋太公道:「宋江幾時回來?」趙能道:「你便休胡説! 有人在村口,見他從張社長家店裏吃了酒歸來,亦有人跟到這裏。添一句,好。你如何賴得過?」宋江在梯子邊説道:「父親,你和他論甚口! 孩兒便挺身出官也不妨:縣裏府上都有相識,况已經赦宥的事了,必當減罪。求告這廝們做甚麽? 趙家那廝是個刁徒,如今暴得做個都頭,知道甚麽義理!「暴」字妙,罵世不盡。他又和孩兒没人情,空自求他。」宋太公哭道:「是我苦了孩兒!」宋江道:「父親休煩惱,官司見了,到是有幸。明日孩兒躲在江湖上,撞了一班兒殺人放火的弟兄們,打在網裏,如何能够見父親面? 于清風山收羅花榮、秦明、黄信、吕方、郭盛及燕順等三人,紛紛入水泊者,復是何人? 方得死父賺轉,便將生死熱瞞。作者正深寫宋江權詐,乃至忍于欺其至親。而自來讀者皆歎宋江忠孝,真不善讀書人也! 便斷配在他州外府,也須有程限。日後歸來,也得早晚伏侍父親終身。」宋太公道:「既是孩兒恁的説時,我自來上下使用,買個好去處。」

宋江便上梯來叫道:「你們且不要鬧,我的罪犯今已赦宥,定是不死。且請二位都頭進敝莊,少叙三杯,明日一同見官。」趙能道:「你休使見識賺我入來!」醜。宋江道:「我如何連累父親、兄弟？你們只顧進家裏來。」宋江便下梯子來，開了莊門，請兩個都頭到莊裏堂上坐下。連夜殺鷄宰鵝，置酒相待。那一百土兵人等，都與酒食管待，送些錢物之類；取二十兩花銀，把來送與兩位都頭做「好看錢」。只三個字，便勝過一篇《錢神論》。○人之所以必要錢者，以錢能使人「好看」也。人以錢爲命，而亦有時以錢與人者，既要好看，便不復顧錢也。乃世又有守錢成窖，而不要好看者，斯又一類也矣。當夜兩個都頭就在莊上歇了。次早五更，同到縣前；等待天明解到縣裏來時，知縣纔出陞堂。只見都頭趙能、趙得押解宋江出官，知縣時文彬見了大喜，責令宋江供狀。當下宋江一筆供招：「不合于前年秋間典贍到閻婆惜爲妾。爲因不良，一時恃酒爭論鬥毆，致被誤殺身死，一向避罪在逃。今蒙緝捕到官，取勘前情，所供甘罪無詞。」知縣看罷，且叫收禁牢裏監候。

滿縣人見説拿得宋江，誰不愛惜他？都替他去知縣處告説討饒，備説宋江平日的好處。知縣自心裏也有八分開豁他；數語皆爲迭配作地，不重在寫宋江生平。當時依準了供狀，免上長枷手杻，只散禁在牢裏。宋太公自來買上告下，使用錢帛。那時閻婆已自身故了半年，沒了苦主；這張三又沒了粉頭，不來做甚冤家。無筆不到。○若非此二語，便將必入宋江死罪，瘐死鄆城獄耶？算來不如放他迭配出去，再生出事來，使讀者歡喜。故當省即省，乃文家妙訣也。縣裏疊成文案，待六十日限滿，結解上濟州聽斷。本州府尹看了申解情由，赦前恩宥之事，已成減罪，把宋江脊杖二十，刺配江州牢城。本州官吏亦有認得宋江的，一句。更兼他又有錢帛使用，二句。名喚做斷杖刺配，又無苦主執證，三句。衆人維持下來，都不甚深重。當廳帶上行枷，押了一道牒文,差兩個防送公人,無非是張千、李萬。三字妙。可見一部書皆從才子文心捏造而出,愚夫則必謂真有其事。

當下兩個公人領了公文,監押宋江到州衙前。宋江的父親宋太公同兄弟宋清都在那裏等候,置酒管待兩個公人,賫發了些銀兩。教宋江換了衣服,打拴了包裹,穿上麻鞋。宋太公喚宋江到僻静處,叮囑道:「我知江州是個好地面,魚米之鄉,特地使錢買將那裏去。你可寬心守耐,我自使四郎來望你。固少不得。盤纏有便人,常常寄來。你如今此去,正從梁山泊過。倘或他們下山來劫奪你入夥,切不可依隨他,教人罵做不忠不孝。此一節,牢記于心。屢申此言,深表宋江不孝之子,不肯終受厥考之教也。○觀其前聚清風山,後吟潯陽樓,當信此言不謬。孩兒,路上慢慢地去。天可憐見,早得回來,父子團圓,兄弟完聚!」宋江灑淚拜辭了父親,灑淚。兄弟宋清送一程路。宋江臨别時,囑付兄弟道:「我此去不要你們憂心。只有父親年紀高大,我又累被官司纏擾,背井離鄉而去。兄弟,你早晚只在家侍奉,休要爲我到江州來,棄擲父親,無人看顧。太公許四郎來,此是人情、文情兩所必至。然于後文,來則費筆,不來又疑漏筆。不如便于此處,隨手放倒,省却無數心機也。我自江湖上相識多,見的那一個不相助?盤纏自有對付處。天若見憐,有一日歸來也。」宋清灑淚拜辭了,父前子灑淚,兄前弟灑淚,寫得秩秩然。自回家中去侍奉父親宋太公,不在話下。

只説宋江和兩個公人上路。那張千、李萬已得了宋江銀兩,又因他是個好漢,因此于路上只是伏侍宋江。三個人上路行了一日,到晚投客店安歇了;打火做些飯吃,又買些酒肉請兩個公人。宋江對他説道：「實不瞞你兩個説：我們今日此去，正從梁山泊邊過。山寨上有幾個好漢，聞我的名字，怕他下山來奪我，枉驚了你們。我和你兩個明日早起些，只揀小路裏過去，寧可多走幾里不妨。」兩個公人道：「押司，你不説，俺們如何得知？我等自認得小路過去，定不得撞着他們。」當夜計議定了。次日，起個五更來打火。兩個公人和宋江離了客店，只從小路裏走。約莫也走了三十里路，只見前面山坡背後，轉出一夥人來。宋江看了，只叫得苦。四字兩寫，擊應爲奇。來的不是別人，爲頭的好漢正是赤髮鬼劉唐，全泊頭領分路等候，而撞着宋江獨是劉唐者，言劉唐則衆人見，言他人則劉唐不見。此固史氏之法也。將領着三五十人，便來殺那兩個公人。這張千、李萬唬做一堆兒跪在地下。宋江叫道：「兄弟！你要殺誰？」劉唐道：「哥哥，不殺了這兩個男女，等甚麼！」宋江道：「不要你污了手，把刀來我殺便了。」筆墨狡獪，令人莫測其故。兩個人只叫得苦。與上擊應。

劉唐把刀遞與宋江，妙。宋江接過，妙。○此等處，寫出宋江權術。問劉唐道：「你殺公人何意？」劉唐答道：「奉山上哥哥將令，特使人打聽得哥哥吃官司，直要來鄆城縣劫牢，却知道哥哥不曾在牢裏，不曾受苦。今番打聽得斷配江州，只怕路上錯了路頭，教大小頭領分付去四路等候，迎接哥哥，補文中之所無。便請上山。這兩個公人不殺了如何？」宋江道：「這個不是你們弟兄擡舉宋江，倒要陷我于不忠不孝之地。其言甚正。然作者特書之于清風起行之後，吟反詩之前，殆所以深明宋江之權詐耶？若是如此來挾我，只是逼宋江性命，我自不如死了！」把刀望喉下自刎。看他假，此其所以爲宋江也。○立意原本忠孝，是宋江好處；處處以權詐行其忠孝，是宋江不好處。劉唐慌忙攀住胳膊道:「哥哥,且慢慢地商量!」就手裏奪了刀。自刎之假,不如奪刀之真。然真者終爲小卒,假者終爲大王。世事如此,何可勝歎! 宋江道:「你弟兄們若是可憐見宋江時,容我去江州牢城,聽候限滿回來,那時却待與你們相會。」劉唐道:「哥哥這話,小弟不敢主張。是。前面大路上,有軍師吴學究同花知寨在那裏專等,迎迓哥哥,二人迎。容小弟着小校請來商議。」宋江道:「我只是這句話,由你們怎地商量。」

小嘍囉去報不多時,只見吴用、花榮兩騎馬在前,後面數十騎馬跟着,飛到面前。下馬叙禮罷,花榮便道:「如何不與兄長開了枷?」花榮真。宋江道:「賢弟,是甚麽話!此是國家法度,如何敢擅動!」宋江假。○于知己兄弟面前偏説此話,于李家店、穆家莊偏又不然,寫盡宋江醜態。吴學究笑道:「我知兄長的意了。這個容易,只不留兄長在山寨便了。寫宋江假殺,出不得吴用圈繢。看他只一「笑」字,便已算定不是今日之事。晁頭領多時不曾得與仁兄相會,今次也正要和兄長説幾句心腹的話。略請到山寨少叙片時,便送登程。」看他便籠罩宋江。宋江聽了道:「只有先生便知道宋江的意。」看他也籠罩吴用。○寫兩人互用權術相加,真是出色妙筆。扶起兩個公人來,宋江道:「要他兩個放心:寧可我死,不可害他。」看他寫宋江一片假。○既許不留,則定不害二人矣。偏是宋江便要再説一句,寫得權詐人如鏡。兩個公人道:「全靠押司救命!」

一行人都離了大路,來到蘆葦岸邊,已有船隻在彼。當時載過山前大路,却把山轎教人擡了,直到斷金亭上歇了。叫小嘍囉四下裏去請衆頭領都來聚會,妙筆。迎接上山,到聚義廳上相見。晁蓋謝道:「自從鄆城救了性命,兄弟們到此,無日不想大恩。前者又蒙引薦諸位豪傑上山，光輝草寨，恩報無門！」宋江答道：「小可自從別後，殺死淫婦，逃在江湖上，去了年半。本欲上山相探兄長一面，偶然村店裏遇得石勇，捎寄家書，只說父親棄世。不想却是父親恐怕宋江隨衆好漢入夥去了，因此寫書來喚我回家。雖然明吃官司，多得上下之人看覷，不曾重傷。今配江州，亦是好處。適蒙呼喚，不敢不至。今來既見了尊顏，奈我限期相逼，不敢久住，只此告辭。」前聚清風，後吟反詩，抑又何也？晁蓋道：「直如此忙？罵得假人妙。且請少坐！」兩個中間坐了。宋江便叫兩個公人只在交椅後坐，與他寸步不離。看他寫宋江假。○便不要害公人，亦何至于如此？偏是假人，偏在人面前做張致，寫得真是如鏡。晁蓋叫許多頭領都來參拜了宋江，分兩行坐下，小頭目一面斟酒。先是晁蓋把盞了，向後軍師吴學究、公孫勝起，至白勝把盞下來。

酒至數巡，宋江起身相謝道：「足見弟兄們相愛之情！宋江是個得罪囚人，不敢久停，只此告辭。」只要問前聚清風、後吟反詩，何也？晁蓋道：「仁兄，直如此見怪！罵得假人妙。雖然仁兄不肯要壞兩個公人，多與他些金銀，發付他回去，只說我梁山泊搶擄了去，不到得治罪于他。」宋江道：「兄這話休題！這等不是擡舉宋江，明明的是苦我。家中上有老父在堂，宋江不曾孝敬得一日，如何敢違了他的教訓，負累了他？前者一時乘興，與衆位來相投。寫他自解。○試問天下後世，此語還爲前回一篇解得過否？天幸使令石勇在村店裏撞見在下，指引回家。父親說出這個緣故，情願教小可明吃了官司，急斷配出來，又頻頻囑付。臨行之時，又千叮萬囑，教我休爲快樂，苦害家中，免累老父愴惶驚恐。因此，父親明明訓教宋江，小可不爭隨順了，便是上逆天理，下違父教。做了不忠不孝的人在世，雖生何益？如不肯放宋江下山，情願只就衆位手裏乞死。」説罷，淚如雨下，便拜倒在地。極寫宋江權術，何也？忠孝之性，生于心，發于色，誠不可奪。雖用三軍奪一匹夫而不可得也，如之何其至于哭乎？哭者，人生暢遂之情，非此時之所得來也。晁蓋、吴用、公孫勝一齊扶起，衆人道：「既是哥哥堅意要往江州，今日且請寬心住一日，明日早送下山。」三回五次留得宋江，就山寨裏吃了一日酒。教去了枷，也不肯除，再寫一句，與後對看。只和兩個公人同起同坐。

當晚住了一夜。次日早起來，堅心要行。吴學究道：「兄長聽稟：看吴用更不留，可謂惟賊知賊。○寫吴、宋兩人權詐相當處，幾有曹、楊之忌。吴用有個至愛相識，見在江州充做兩院押牢節級，姓戴，名宗，本處人稱爲『戴院長』。爲他有道術，一日能行八百里，人都唤他做『神行太保』。此人十分仗義疏財。夜來小生修下一封書在此，與兄長去。到彼時，可和本人做個相識。但有甚事，可教衆兄弟知道。」衆頭領挽留不住，安排筵宴送行，取出一盤金銀，送與宋江，爲揭陽嶺作引。又將二十兩銀子送與兩個公人。就與宋江挑了包裹，都送下山來，一個個都作别了。吴學究和花榮直送過渡，到大路二十里外，二人送。○迎宋江用吴用、花榮者，花榮與宋江最昵，蓋是以情招之，冀其必來也；然又算到宋江假人，未必爲情所動，則必須又用吴用以智勝之：此二人迎宋江之意也。送時又用二人者，迎既有之，送亦必然，此作者所以自成其章法也。乃俗子無賴，忽因此文便向後日捏撮成吴用、花榮與宋江同死之文，爲之欲嘔而死也。衆頭領回上山去。

只説宋江自和兩個防送公人取路投江州來。那個公人見了山寨裏許多人馬，一句。衆頭領一個個都拜宋江，一句。又得他那裏若干銀兩，一句。一路上只是小心伏侍宋江。三個人在路約行了半月之上，早來到一個去處，望見前面一座高嶺。兩個公人説道：「好了，過得這條揭陽嶺，便是潯陽江。到江州却是水路，相去不遠。」宋江道：「天色暄暖，趁早走過嶺去，尋個宿頭。」公人道：「押司説得是。」三個人厮趕着奔過嶺來。行了半日，巴過嶺頭，早看見嶺脚邊一個酒店，背靠顛崖，門臨怪樹，前後都是草房。去那樹陰之下，挑出一個酒旆兒來。畫出陰磣。宋江見了，心中歡喜，便與公人道：「我們肚裏正饑渴哩，原來這嶺上有個酒店，我們且買碗酒吃再走。」

三個人入酒店來，兩個公人把行李歇了，將水火棍靠在壁上。宋江讓他兩個公人上首坐定，宋江下首坐了。半個時辰不見一個人出來，置之死地而又生，是必天然有以生之，故妙也。宋江入酒店，坐下半個時辰，不見人出來，早已先明火家不在矣。使無此句，而但于後云等男女不見歸，豈不同《西游》捏撮耶？宋江叫道：「怎地不見有主人家？」只聽得裏面應道：「來也！來也！」側首屋下，走出一個大漢來：赤色虯鬚，紅絲虎眼，頭上一頂破頭巾，身穿一領布背心，露着兩臂，下面圍一條布手巾。看着宋江三個人，唱個喏，畫出陰磣。道：「客人，打多少酒？」宋江道：「我們走得肚饑，你這裏有甚麽肉賣？」那人道：「只有熟牛肉和渾白酒。」宋江道：「最好。你先切二斤熟牛肉來，打一角酒來。」那人道：「客人，休怪説：我這裏嶺上賣酒，只是先交了錢，好。方纔吃酒。」宋江道：「倒是先還了錢吃酒，我也喜歡。等我先取銀子與你。」宋江便去打開包裹，取出些碎銀子。那人立在側邊偷眼睃着，好。見他包裹沉重，有些油水，心内自有八分歡喜。接了宋江的銀子，便去裏面舀一桶酒，切一盤牛肉出來，放下三隻大碗、三雙箸，一面篩酒。

三個人一頭吃，一面口裏説道：「如今江湖上歹人多，有萬千好漢着了道兒的：酒肉裏下了蒙汗藥，麻翻了，劫了財物，人肉把來做饅頭餡子。我只是不信，那裏有這話？」好。那賣酒的人笑道：「你三個説了，不要吃，我這酒和肉裏面都有了麻藥。」好。宋江笑道：「這個大哥，瞧見我們説着麻藥，便來取笑。」好。兩個公人道：「大哥，熱吃一碗也好。」那人道：「你們要熱吃，我便將去燙來。」那人燙熱了，將來篩做三碗。正是饑渴之中，酒肉到口，如何不吃？三人各吃了一碗下去，只見兩個公人瞪了雙眼，口角邊流下涎水來，你揪我扯，望後便倒。宋江跳起來道：「你兩個怎地吃得一碗，便恁醉了？」向前來扶他，三個人，偏留一個人再作一縱。不覺自家也頭暈眼花，「撲」地倒了。光着眼，都面面廝覷，麻木了，動撣不得。酒店裏那人道：「慚愧！好幾日没買賣，今日天送這三頭行貨來與我！」先把宋江倒拖了，入去山岩邊人肉作房裏，放在剥人凳上；宋江奈何！又來把這兩個公人也拖了入去。奈何！那人再來，却把包裹行李都提在後屋内，解開看時，都是金銀。那人自道：「我開了許多年酒店，不曾遇着這等一個囚徒！不知其人，視其物亦可以動心矣。偏不轉筆，偏能再生出事來。量這等一個罪人，怎地有許多財物？却不是從天降下，賜與我的！」

那人看罷包裹，却再包了，且去門前望幾個火家歸來開剥。立在門前看了一回，不見一個男女歸來。讀者無不知賴有此句，宋江當得不死，而殊不知宋江之不死，非不死于此句，早已不死于並無一人出來句也。只見嶺下這邊三個人奔上嶺來。陡接奇文，有怪峰飛來之勢。那人却認得，慌忙迎接道：「大哥那裏去來？」那三個內一個大漢應道：便分主使。「我們特地上嶺來接一個人，奇絕。料道是來的程途一。日期二。了。我每日出來，只在嶺下等候，不見到，正不知在那裏擔閣了。」遠不千里，近只目前，讀之絕倒。那人道：「大哥却是等誰？」那大漢道：「等個奢遮的好男子。」即所謂只等「一個囚徒」也。那人問道：「甚麽奢遮的好男子？」那大漢答道：「你敢也聞他的大名？捎帶妙絕。○豈惟聞名，實乃見面。便是濟州鄆城縣宋押司宋江。」那人道：「莫不是江湖上説的，山東及時雨宋公明？」寫得遐陬僻澨無不貫耳。那大漢道：「正是此人。」那人又問道：「他却因甚打這裏過？」那大漢道：「我本不知。妙。近日有個相識從濟州來，説道鄆城縣宋押司宋江，不知爲甚麽事，妙。○我本不知，知之相識，乃相識亦復不知，活寫出傳聞異辭來。發在濟州府，斷配江州牢城。我料想他必從這裏過來，別處又無路。他在鄆城縣時，我尚且要去和他廝會，今次正從這裏經過，如何不結識他？寫得筆墨淋漓，病夫聞之，皆欲奮發。因此在嶺下連日等候，接了他四五日，恰表出山泊一番來。並不見有一個囚徒過來。我今日同這兩個兄弟信步踱上山嶺，來你這裏買碗酒吃，就望你一望。近日你店裏買賣如何？」忽然將説話閑閑説開去，妙絕。不然，便像特特飛奔上嶺來救宋江矣。○雖是閑閑説開，然末句仍帶定話脚，鬆急都有其妙。那人道：「不瞞大哥説，這幾個月裏好生没買賣。今日謝天地，捉得三個行貨，又有些東西。」那大漢慌忙問道：「三個甚樣人？」「慌忙」妙。○看他寫一個慌忙張致，一個慢條斯里，筆筆入妙。那人道：「兩個公人和一個罪人。」非是那漢慢條斯里，亦爲不如此，不足以襯起大漢之慌故也。那漢失驚道:「這囚徒莫非是黑矮肥胖的人?」「失驚」妙。○傳説宋江,並傳説其「黑矮」,名士真有如此。那人應道:「真個不十分長大,面貌紫棠色。」絶倒。那大漢連忙問道:「不曾動手麽?」「連忙」妙。○看他用「慌忙」字、「失驚」字、「連忙」字,聲情俱有。那人答道:「方纔拖進作房去,等火家未回,不曾開剥。」至此還説出「開剥」二字,絶倒。那大漢道:「等我認他一認。」寫至此句,有駿馬下坡之勢矣。入下忽又用認不得句,陡然一收,筆法奇拗不可言。

當下四個人進山岩邊人肉作房裏,只見剥人凳上挺着宋江和兩個公人,顛倒頭放在地下。那大漢看見宋江,却又不認得;拗文妙筆。相他臉上金印,又不分曉。拗文妙筆。没可尋思處,猛想起道:「且取公人的包裹來,我看他公文便知。」絶處逢生,靈變之極。那人道:「説得是。」便去房裏取過公人的包裹打開,見了一錠大銀,又有若干散碎銀兩。無端寫來,便成絶倒。○爲是宋江,不得不救耳。不然,滿眼如此物,胡可以忍耶? 解開文書袋來,看了差批,衆人只叫得:「慚愧!」那大漢便道:「天使令我今日上嶺來,早是不曾動手,爭些兒誤了我哥哥性命!」那大漢便叫那人:「快討解藥來,先救起我哥哥。」那人也慌了,半日寫那人如醉夢相似者,所以襯起大漢也;此處寫那人「也慌」者,所以開釋那人也。連忙調了解藥,便和那大漢去作房裏,先開了枷,前花榮要開,宋江不肯;此李立私開,宋江不問:皆作者筆法嚴冷處。○或解云:此處宋江未醒,安得責其不問? 不知我不責其作房開時,我正責其出門帶時也。扶將起來,把這解藥灌將下去。四個人將宋江扛出前面客位裏,四個人自扛宋江,火家歸來扛公人,有輕重貴賤之分。那大漢扶住着,漸漸醒來。光着眼,看了衆人立在面前,又不認得。畫出初醒時。只見那大漢,教兩個兄弟扶住了宋江，納頭便拜。宋江問道：「是誰？我不是夢中麼？」寫宋江既不答，又不扶，妙絶，畫出初醒時也。只見賣酒的那人也拜。妙。宋江道：「這裏正是那裏？不敢動問二位高姓？」寫宋江只是動不得，妙絶。

那大漢道：「小弟姓李，名俊，祖貫廬州人氏。專在揚子江中撑船艄公爲生，能識水性，人都呼小弟做『混江龍』李俊便是。這個賣酒的，是此間揭陽嶺人，只靠做私商道路，人盡呼他做『催命判官』李立。這兩個兄弟，是此間潯陽江邊人，專販私鹽來這裏貨賣，却是投奔李俊家安身。大江中伏得水，駕得船。是弟兄兩個：一個唤做『出洞蛟』童威，一個叫做『翻江蜃』童猛。」兩個也拜了宋江四拜。只是答不得，扶不得，妙絶。○凡三段寫拜，乃其妙處恰在無文字處，蓋文字之難知如此。

宋江問道：「却纔麻翻了宋江，如何却知我姓名？」真要問。李俊道：「小弟有個相識，近日做買賣，從濟州回來，説起哥哥大名，爲事發在江州牢城。李俊往常思念，只要去貴縣拜識哥哥。只爲緣分淺薄，不能够去。今聞仁兄來江州，必從這裏經過。小弟連連在嶺下等接仁兄，五七日了，不見來。今日無心，天幸使令李俊同兩個弟兄上嶺來，就買杯酒吃，遇見李立，説將起來。因此小弟大驚，慌忙去作房裏看了，却又不認得哥哥。猛可思量起來，取討公文看了，纔知道是哥哥。不敢拜問仁兄：聞知在鄆城縣做押司，不知爲何事配來江州？」應前「不知爲甚事」句。宋江把這殺了閻婆惜，直至石勇村店寄書，回家事發，今次配來江州，備細説了一遍，四人稱歎不已。李立道：「哥哥何不只在此間住了，休上江州牢城去受苦？」宋江答道:「梁山泊苦死相留,我尚兀自不肯住,恐怕連累家中老父,看他處處自説孝義,真是醜極。○純孝不在口説。以口説求得孝子之名,甚矣宋江衣鉢之滿天下也。此間如何住得?」李俊道:「哥哥義士,必不肯胡行。特書此一句,與前吴用擊映。蓋李俊不留,乃真信宋江;吴用不留,只是猜破宋江也。你快救起那兩個公人來。」李立連忙叫了火家,已都歸來了。便把公人扛出前面客位裏來,把解藥灌將下去,救得兩個公人起來,面面厮覷道:「我們想是行路辛苦,恁地容易得醉!」衆人聽了都笑。

當晚李立置酒管待衆人,在家裏過了一夜。次日又安排酒食管待,送出包裹,還了宋江并兩個公人。當時相别了,宋江自和李俊、童威、童猛、兩個公人下嶺來,徑到李俊家歇下。置備酒食,殷勤相待,結拜宋江爲兄,留住家裏。過了數日,宋江要行,李俊留不住,取些銀兩賫發兩個公人。宋江再帶上行枷,朝廷法度擅動,宋江不問,何也?收拾了包裹行李,辭别李俊、童威、童猛,離了揭陽嶺下,取路望江州來。

三個人行了半日,早是未牌時分。行到一個去處,只見人烟輳集,市井喧譁。正來到市鎮上,只見那裏一夥人圍住着看。宋江分開人叢,挨入去看時,却原來是一個使鎗棒賣膏藥的。宋江和兩個公人立住了脚,看他使了一回鎗棒。那教頭放下了手中鎗棒,又使了一回拳。宋江喝采道:「好鎗棒拳脚!」那人却拿起一個盤子來,口裏開科道:畫。「小人遠方來的人,投貴地特來就事。雖無驚人的本事,全靠恩官作成。遠處誇稱,近方賣弄。如要筋骨膏藥,當下取贖;如不用膏藥,可煩賜些銀兩銅錢賫發,休教空過了。」那教頭把盤子掠了一遭，没一個出錢與他。畫。那漢又道：「看官高擡貴手。」又掠了一遭，衆人都白着眼看，又没一個出錢賞他。畫。

宋江見他惶恐，掠了兩遭，没人出錢，便叫公人取出五兩銀子來。一路寫宋江都從銀錢上出色，深表宋江無他好處，蓋作泥中有刺之筆也。宋江叫道：「教頭，我是個犯罪的人，没甚與你。這五兩白銀，權表薄意，休嫌輕微。」那漢子得了這五兩白銀，托在手裏，便收科道：「恁地一個有名的揭陽鎮上，没一個曉事的好漢，擡舉咱家！實是惡。難得這位恩官，本身見自爲事在官，又是過往此間，惡。顛倒賚發五兩白銀。正是『當年却笑鄭元和，只向青樓買笑歌。惡。慣使不論家豪富，風流不在着衣多。惡。』這五兩銀子强似別的五十兩。惡。自家拜揖。願求恩官高姓大名，使小人天下傳揚！惡。」宋江答道：「教師，量這些東西，直得幾多？不須致謝。」

正説之間，只見人叢裏一條大漢分開人衆，搶近前來，大喝道：奇文突兀。「兀那厮！是甚麼鳥漢，那裏來的囚徒，敢來滅俺揭陽鎮上威風！」搳着雙拳，來打宋江。不因此起相爭，有分教：潯陽江上，聚數籌攪海蒼龍；梁山泊中，添一夥爬山猛虎。畢竟那漢爲甚麼要打宋江，且聽下回分解。

第五才子書施耐庵水滸傳卷之四十一

聖歎外書

第三十六回 没遮攔追趕及時雨 船火兒夜鬧潯陽江

此書寫一百七人，都有一百七人行徑心地，然曾未有如宋江之權詐不定者也。其結識天下好漢也，初無青天之曠蕩，明月之皎潔，春雨之太和，夏霆之徑直，惟一銀子而已矣。以銀子爲之張本，而于是自言孝父母，斯不畏天下之人不信其孝父母也？自言敬天地，斯不畏天下之人不信其敬天地也？自言尊朝廷，斯不畏天下之人不信其尊朝廷也？自言惜朋友，斯不畏天下之人不信其惜朋友也？嗚呼！天下之人，而至于惟銀子是愛，而不覺出其根底，盡爲宋江所窺，因而並其性格，亦遂盡爲宋江之所提起放倒、陰變陽易，是固天下之人之醜事。然宋江以區區猾吏，而徒以銀子一物買遍天下，而遂欲自稱于世爲孝義黑三，以陰圖他日晁蓋之一席。此其醜事，又曷可耐乎？作者深惡世間每有如是之人，于是旁借宋江，特爲立傳，而處處寫其單以銀子結人，蓋是誅心之筆也。

天下之人，莫不自親于宋江。然而親之至者，花榮其尤著也。然則花榮迎之，宋江宜無不來；花榮留之，宋江宜無不留；花榮要開枷，宋江宜無不開耳。乃宋江者，方且上援朝廷，下申父訓，一時遂若百花榮曾不得勸宋江暫開一枷也者。而于是山泊諸人，遂真信爲宋江之枷，必至江州牢城方始開放矣。作者惡之，故特于揭陽嶺上，書曰「先開了枷」；于别李立時，書曰再帶上枷；于穆家門房裏，書曰「這裏又無外人，一發除了行枷」；又書曰「宋江道：『説得是。』當時去了行枷」；于逃走時，書曰「宋江自提了枷」；于張横口中，書曰「却又項上不帶行枷」；于穆弘叫船時，書曰「衆人都在江邊，安排行枷」；于江州上岸時，書曰宋江方纔「帶上行枷」；于蔡九知府口中，書曰「你爲何枷上没了」封皮；于點視廳前，書曰「除了行枷」。凡九處，特書行枷，悉與前文花榮要開一段遥望擊應。嗟乎！以親如花榮而尚不得宋江之真心，然則如宋江之人，又可與之一朝居乎哉！

此篇節節生奇，層層追險。節節生奇，奇不盡不止；層層追險，險不絶必追。真令讀者到此，心路都休，目光盡滅，有死之心，無生之望也。如投宿店不得，是第一追；尋着村莊，却正是寃家家裏，是第二追；掇壁逃走，乃是大江截住，是第三追；沿江奔去，又值横港，是第四追；甫下船，追者亦已到，是第五追；岸上人又認得梢公，是第六追；艎板下摸出刀來，是最後一追，第七追也。一篇真是脱一虎機，踏一虎機。令人一頭讀，一頭嚇，不惟讀亦讀不及，雖嚇亦嚇不及也。

此篇于宋江恪遵父訓，不住山泊後，忽然閑中寫出一句不滿其父語，一句悔不住在山泊語。皆作者用筆極冷、寓意極嚴處，處處不得漏過。

話説當下宋江，不合將五兩銀子賫發了那個教師。只見這揭陽鎮上衆人叢中，鑽過這條大漢，睁着眼喝道：「這厮那裏學得這些鳥鎗棒，來俺這揭陽鎮上逞强！我已分付了衆人休睬他，你這厮如何賣弄有錢，四字罵宋江，確。把銀子賞他，滅俺揭陽鎮上的威風！」宋江應道：「我自賞他銀兩，却干你甚事？」那大漢揪住宋江，喝道：「你這賊配軍，敢回我話！」宋江道：「做甚麽不敢回你話？」那大漢提起雙拳，劈臉打來，宋江躲個過。那大漢又趕入一步來，宋江却待要和他放對，寫宋江要放對，下却不必宋江放對，筆路活泛。只見那個使鎗棒的教頭從人背後趕將來，一隻手揪住那大漢頭巾，一隻手提住腰胯，望那大漢肋骨上只一兜，踉蹌一交，顛翻在地。偏寫顛得不甚費力，與「揭陽鎮上威風」句擊應。那大漢却待挣扎起來，又被這教頭只一脚，踢翻了。偏翻兩次，與「揭陽鎮上威風」句擊應。兩個公人勸住教頭，那大漢從地下爬將起來，七個字寫得羞極，爲下文地。看了宋江和教頭説道：「使得使不得，教你兩個不要慌！」一直望南去了。一縱。

宋江且請問：「教頭高姓？何處人氏？」教頭答道：「小人祖貫河南洛陽人氏，姓薛，名永。祖父是老种經略相公帳前軍官，爲因惡了同僚，不得陞用，子孫靠使鎗棒賣藥度日。江湖上但呼小人『病大蟲』薛永。不敢拜問：恩官高姓大名？」宋江道：「小可姓宋，名江，祖貫鄆城縣人氏。」薛永道：「莫非山東及時雨宋公明麽？」宋江道：「小可便是。」薛永聽罷便拜，宋江連忙扶住道：「少叙三杯如何？」薛永道：「好！正要拜識尊顔，却爲無門得遇兄長。」慌忙收拾起鎗棒和藥囊，同宋江便往鄰近酒肆内去吃酒。只見酒家説道：「酒肉自有，只是不敢賣與你們吃。」分付酒家不賣，凡四叙，却段段變换，學《國策》「城北徐公」章法。宋江問道：「緣何不賣與我們吃？」酒家道：「却纔和你們厮打的大漢，已使人分付了：第一段作兩節説。若是賣與你們吃時，把我這店子都打得粉碎。我這裏却是不敢惡他，這人是此間揭陽鎮上一霸，誰敢不聽他説？」宋江道：「既然恁地，我們去休，那厮必然要來尋鬧。」薛永道：「小人也去店裏算了房錢還他，一兩日間，也來江州相會。兄長先行。」宋江又取一二十兩銀子與了薛永，一路寫宋江好處，只是使銀撒漫，更無他長，是作者筆法嚴冷處。辭别了自去。宋江只得自和兩個公人也離了酒店，又自去一處吃酒。那店家説道：「小郎已自都分付了，我們如何敢賣與你們吃？第二段作一節説，却將下句倒作上句。你枉走，甘自費力，不濟事！」宋江和兩個公人都做聲不得，連連走了幾家，都是一般話説。第三段省。三個來到市梢盡頭，見了幾家打火小客店，正待要去投宿，却被他那裏不肯相容。宋江問時，都道：「他已着小郎連連分付去了，不許安着你們三個。」第四段换一句。

當下宋江見不是話頭，三個便拽開脚步，望大路上走。看看見一輪紅日低墜，天色昏暗，宋江和兩個公人心裏越慌。三個商量道：「没來由看使鎗棒，惡了這厮。如今閃得前不巴村，後不着店，却是投那裏去宿是好？」只見遠遠地小路上，望見隔林深處射出燈光來。此一折,謂是一救,反是一跌,真乃匪夷所思。○先説是「小路上」,便與江岸相引。宋江見了道:「兀那裏燈光明處,必有人家。遮莫怎地陪個小心,借宿一夜,明日早行。」公人看了道:「這燈光處又不在正路上。」再插一句不是正路,務與江岸相引。宋江道:「没奈何!雖然不在正路上,明日多行三二里,却打甚麽不緊?」

三個人當時落路來,行不到二里多路,林子背後閃出一座大莊院來。宋江和兩個公人來到莊院前敲門。莊客聽得,出來開門道:「你是甚人,黄昏夜半來敲門打户!」宋江陪着小心答道:「小人是個犯罪配送江州的人。今日錯過了宿頭,無處安歇。欲求貴莊借宿一宵,來早依例拜納房金。」莊客道:「既是恁地,你且在這裏少待。等我入去,報知莊主太公,可容即歇。」莊客入去通報了,復翻身出來,説道:「太公相請。」宋江和兩個公人到裏面草堂上,參見了莊主太公。太公分付教莊客領去門房裏安歇,就與他們些晚飯吃。只一筆便打發到門房,極其徑浄者,所以便于那漢歸來也。莊客聽了,引去門首草房下,點起一碗燈,教三個歇定了;取三分飯食羹湯菜蔬,教他三個吃了。莊客收了碗碟,自入裏面去。兩個公人道:「押司,這裏又無外人,一發除了行枷,「這裏又無外人」六字,追入宋江心裏,真是如鏡之筆。快活睡一夜,明日早行。」宋江道:「説得是。」當時去了行枷,閑中無端出此一筆,與前山泊對看,所以深明宋江之權詐也。○寫宋江答公人,偏不答别句,偏答出此三個字,便顯出前文「國家法度」之語之詐。○此書寫宋江權詐,俱于前後對照處露出。若散讀之,皆恒事耳。和兩個公人去房外浄手,看見星光滿天,妙筆。○此四字先從閑中一點。○既不甚亮,又不甚暗,在此夜事情恰好。又見打麥場邊屋後是一條村僻小路,閑中先看出,妙。不然，後文如何忽然生得出來。宋江看在眼裏。三個浄了手，入進房裏，關上門去睡。宋江和兩個公人説道：「也難得這個莊主太公，留俺們歇這一夜。」正説間，聽得裏面有人，九字。與第二節九字作章法。點火把來打麥場上，一到處照看。陡然矗出奇峰，却只先作一影。妙筆妙筆。宋江在門縫裏張時，見是太公引着三個莊客，把火一到處照看。宋江對公人道：「這太公和我父親一般，件件定要自來照管。這早晚也不肯去睡，瑣瑣地親自點看。」閑中無端忽然插出宋江不滿父親語，暗與人前好話相射。熱攢冷刺，妙不可言。

正説間，只聽得外面有人九字，與上文作章法，中間只換一外字。叫「開莊門」，奇文。【眉批】第一嚇。莊客連忙來開了門，放入五七個人來。爲頭的手裏拿着朴刀，單見刀。背後的都拿着稻叉、棍棒。單見叉棒。火把光下，宋江張看時，「那個提朴刀的，正是在揭陽鎮上要打我們的那漢。」再看方看出來。○險絶之想，奇絶之筆。宋江又聽得那太公問道：「小郎，你那裏去來？和甚人厮打，日晚了，拖鎗拽棒？」那大漢道：「阿爹，不知哥哥在家裏麽？」忽然增出一個「哥哥」。太公道：「你哥哥吃得醉了，去睡在後面亭子上。」那漢道：「我自去叫他起來，我和他趕人。」太公道：「你又和誰合口？叫起哥哥來時，他却不肯干休。寫得增出之人倒又利害，妙筆。你且對我説這緣故。」那漢道：「阿爹，你不知：今日鎮上一個使鎗棒賣藥的漢子，叵耐那厮不先來見我弟兄兩個，便去鎮上撒科賣藥，教使鎗棒。被我都分付了鎮上的人，分文不要與他賞錢。補叙出前文所無。不知那裏走一個囚徒來，那厮做好漢出尖，把五兩銀子賞他，滅俺揭陽鎮上威風。我正要打那厮，却恨那賣藥的腦揪翻我，打了一頓，又踢了我一脚，至今腰裏還疼。

我已教人四下裏分付了酒店客店,不許着這厮們吃酒安歇,補叙前文所無。先教那厮三個今夜没存身處。隨後吃我叫了賭房裏一夥人,趕將去客店裏,拿得那賣藥的來,儘氣力打了一頓,如今把來吊在都頭家裏。補叙前文所無。明日送去江邊,捆做一塊,抛在江裏,先是一個餛飩。出那口鳥氣!却只趕這兩個公人押的囚徒不着,前面又没客店,竟不知投那裏去宿了。又是遠不千里,近只目前。絶倒之筆。我如今叫起哥哥來,分投趕去,捉拿這厮!」太公道:「我兒休恁地短命相!他自有銀子賞那賣藥的,却干你甚事!你去打他做甚麽?可知道着他打了,也不曾傷重,快依我口便罷。休教哥哥得知,你吃人打了,他肯干罷?又是去害人性命!偏將未出現者,倒説得利害,令文情險絶。你依我説,且去房裏睡了。半夜三更,莫去敲門打户,激惱村坊,你也積些陰德。」那漢不顧太公説,拿着朴刀,徑入莊内去了。文情險怪之極,讀之如逢奇鬼。太公隨後也趕入去。

宋江聽罷,對公人説道:「這般不巧的事!怎生是好?却又撞在他家投宿,我們只宜走了好。倘或這厮得知,必然吃他害了性命。便是太公不説,莊客如何敢瞞?」此處既有太公,宋江便可不走;然不走,則安得下回奇文耶?特寫出一個必走之故,妙絶。兩個公人都道:「説得是,事不宜遲,及早快走!」宋江道:「我們休從門前出去,掇開屋後一堵壁子出去罷。」净手時看得,遂令此際得便。用筆既妙,即叙事省力,不可不知此法也。兩個公人挑了包裹,宋江自提了行枷,「國家法度」,奈何如此?○自花榮開枷,宋江不肯後,接手便將枷來寫出數番通融,深表宋江之詐也。便從房裏挖開屋後一堵壁子。三個人便趁星光之下,妙筆。望林木深處小路上只顧走。正是慌不擇路，走了一個更次，「一更」作提，「五更」作結，妙筆。望見前面滿目蘆花，一派大江，滔滔滾滾，正來到潯陽江邊。出一虎機，踏一虎機，令讀者吃嚇不暇。○第一逼。【眉批】第二嚇。只聽得背後喊叫，火把亂明，吹風胡哨趕將來。第二逼。【眉批】第三嚇。宋江只叫得苦道：「上蒼救一救則個！」三人躲在蘆葦叢中，望後面時，那火把漸近，第三逼。○既作險筆，便令險殺。三人心裏越慌，脚高步低，在蘆葦裏撞。前面一看，不到天盡頭，早到地盡處：一帶大江攔截，不重此半句，只重下半句耳，此半句已在上。側邊又是一條闊港。再加一句，見更不可走。○第四逼，真是險殺。【眉批】第四嚇。宋江仰天歎道：「早知如此的苦，從直住在梁山泊也罷！在宋江是急時真話，在作者是閑中冷筆。誰想直斷送在這裏！」

宋江正在危急之際，只見蘆葦叢中，悄悄地忽然搖出一隻船來。謂是一救，又是一跌。匪夷所思，奇至于此。宋江見了，便叫：「梢公，且把船來救我們三個！俺與你幾兩銀子！」雖是急時相求，亦寫賣弄銀子。那梢公在船上問道：「你三個是甚麽人？却走在這裏來？」宋江道：「背後有强人打劫我們，一味地撞在這裏。你快把船來渡我們，我多與你些銀兩！」一路寫宋江只是以銀子出色，是此回一篇之眼，不得不與標出。那梢公早把船放得攏來，三個連忙跳上船去。一個公人便把包裹丢下艙裏，輕輕四字，又引出下文來。一個公人便將水火棍揕開了船。寫忙亂如畫。那梢公一頭搭上櫓，一面聽着包裹落艙有些好響聲，心中暗喜。前跌猶輕，後跌至重。奇文險筆，使讀者吃嚇不盡。把櫓一搖，那隻小船早蕩在江心裏去。

岸上那夥趕來的人早趕到灘頭，可駭。有十數個火把。爲頭兩個大漢，各挺着一條朴刀；隨從有二十餘人，各執鎗棒，口裏叫道：「你那梢公，快摇船攏來！」可駭。宋江和兩個公人做一塊兒伏在船艙裏，説道：「梢公，却是不要攏船！我們自多謝你些銀子！」只是責弄銀子。那梢公點頭，只不應岸上的人，把船望上水「咿咿啞啞」的摇將去。試問看官，將謂是救，將謂是跌？真是推測不出。那岸上這夥人大喝道：「你那梢公，不摇攏船來，教你都死！」可駭。那梢公冷笑幾聲，也不應。此是第一段，下又忽然變出問姓來，一發可駭之極。岸上那夥人又叫道：「你是那個梢公？問那個梢公。直恁大膽，不摇攏來！」那梢公冷笑應道：「老爺叫做張梢公，是張梢公。你不要咬我鳥！」岸上火把叢中那個長漢再畫一筆。説道：「元來是張大哥，你見我弟兄兩個麼？」乃是一路，一發可駭。【眉批】第五嚇。那梢公應道：「我又不瞎，做甚麼不見你？」果是一路，一發可駭。那長漢道：「你既見我時，且摇攏來和你説話。」嚇殺，嚇殺！那梢公道：「有話明朝來説，趁船的要去得緊。」極慌忙中，忽作趣語，令人又嚇又笑。○此是第二段，入下又换出梢公本意，使讀者一發嚇殺。那長漢道：「我弟兄兩個，正要捉這趁船的三個人。」駭筆。那梢公道：「趁船的三個，都是我家親眷，衣食父母。奇談駭筆。請他歸去，吃碗『板刀麵』了來！」奇談駭筆。那長漢道：「你且摇攏來，和你商量。」駭筆。那梢公道：「我的衣飯，倒摇攏來把與你，倒樂意！」第三段，寫梢公決不肯攏來，其文愈駭也。那長漢道：「張大哥，再叫一句，寫出相求之極。不是這般説！我弟兄只要捉這囚徒。此句分明説不要你衣飯，單要你囚徒。你且攏來！」那梢公一頭摇櫓，再畫一筆。一面説道：「我自好幾日接得這個主顧，却是不摇攏來，倒吃你接了去！決不摇攏來矣。雖然，讀者真駭絶也。你兩個只得休怪，改日相見！」宋江呆了，不聽得話裏藏鬮，妙。在船艙裏悄悄的和兩個公人說：「也難得這個梢公救了我們三個性命，妙。又與他分說。妙。不要忘了他恩德，却不是幸得這隻船來渡了我們！」

却說那梢公摇開船去，離得江岸遠了。三個人在艙裏望岸上時，火把也自去蘆葦中明亮。如畫之筆。○不使説去了，爲下文留步也。○將謂又離一虎機，不知正踏一虎機。奇文怪筆，層疊而起。宋江道：「慚愧！正是：『好人相逢，惡人遠離。』」梢公聞之，能無失笑？且得脱了這場災難！」如那場何？只見那梢公摇着櫓，口裏唱起湖州歌來，唱道：

老爺生長在江邊，不愛交游只愛錢。七字妙絶。○太上，不愛錢，只愛交游；其次，愛錢以爲交游之地；又次，愛交游以爲錢之地也。夫不愛錢只愛交游，是非宋江之所及也。若云愛交游以爲錢地，則亦非宋江之所出也。今日宋江，則正所謂以錢爲交游地者耳。乃梢公忽云：只愛錢，不愛交游。然則宋江一路撒漫使銀，悉作唐捐矣乎？只此一句，便令宋江神絶心死，政不須又用「板刀麵」也。○俗本訛。昨夜華光來趁我，臨行奪下一金磚。駭人語。

宋江和兩個公人聽了這首歌，都酥軟了。宋江又想道：「他是唱耍。」且作一縱。三個正在艙裏議論未了，只見那梢公放下櫓，駭絶。説道：「你這個撮鳥，兩個公人，平日最會詐害做私商的人，今日却撞在老爺手裏！你三個却是要吃『板刀麵』，奇語。却是要吃『餛飩』？奇語。」宋江道：「家長休要取笑！怎地唤做『板刀麵』？怎地是『餛飩』？」那梢公睁着眼駭絶。道：「老爺和你耍甚鳥！若還要吃『板刀麵』時，奇語。○「若要吃」三字，奇絶可笑。俺有一把潑風也似快刀，在這艎板底下。我不消三刀五刀，我只一刀一個，都剁你三個人下水去！你若要吃『餛飩』時，奇語。你三個快脱了衣裳，都赤條條地跳下江裏自死！」宋江聽罷，扯定兩個公人，説道：「却是苦也！正是福無雙至，禍不單行！」那梢公喝道：駭絶。「你三個好好商量，快回我話！」宋江答道：「梢公不知：我們也是没奈何，犯下了罪，迭配江州的人。你如何可憐見，饒了我三個！」那梢公喝道：「你説甚麽閑話！臨死討饒，謂之「閑話」，可發一笑。饒你三個？我半個也不饒你！饒「半個」，又作何用？老爺唤作有名的『狗臉張爺爺』，來也不認得爹，去也不認得娘！出色駭語，出色奇語。你便都閉了鳥嘴，快下水裏去！」宋江又求告道：「我們都把包裹内金銀財帛衣服等項，盡數與你，只饒了我三人性命！」那梢公便去艎板底下，摸出那把明晃晃板刀來，大喝駭絶。○險筆至此，真令讀者有死之心，無生之氣。道：「你三個要怎地？」宋江仰天歎道：「爲因我不敬天地，不孝父母，犯下罪責，連累了你兩個！」臨死猶爲此言，即《孟子》所謂「久假而不歸，惡知其非有也」。那兩個公人也扯着宋江道：「押司，罷，罷！我們三個一處死休！」那梢公又喝道：「你三個好好快脱了衣裳，此又一喝，似催速跳，然其實反借「脱衣裳」三字，騰挪出下文救兵來：須知良工心苦處。跳下江去！跳便跳，不跳時，老爺便剁下水裏去！」

宋江和那兩個公人抱做一塊，望着江裏。四字住得妙。只是上半句，但未及有下半句耳。寫出一時迅速之極。只見江面上「咿咿啞啞」櫓聲響，奇文層疊而出。梢公回頭看時，俗本作「宋江回頭看」。一隻快船飛也似從上水頭急溜下來。古本「急溜」二字，便寫出船到之速。俗本改作「摇將」二字，謬以千里。船上有三個人：一條大漢，誰？手裏横着托叉，立在船頭上；梢頭兩個後生，誰、誰？摇着兩把快櫓。星光之下，妙筆。○四字之妙，正是苦不甚明，又不極暗。早到面前。那船頭上横叉的大漢便喝道：「前面是甚麽梢公，敢在當港行事？船裏貨物，見者有分！」仍作駭人語，不便露出救兵行徑來，妙絶。這船梢公回頭看了，慌忙應道：「原來却是李大哥，李什麽？急急！我只道是誰來！大哥又去做買賣，只是不曾帶挈兄弟。」此句正緊對其「見者有分」一句也，活畫出「狗臉張爺爺」來，活畫出「不愛交游只愛錢」面目來。大漢道：「張家兄弟，你在這裏又弄這一手！船裏甚麽行貨，有些油水麽？」梢公答道：「教你得知好笑：我這幾日没道路，又賭輸了，没一文。正在沙灘上悶坐，岸上一夥人趕着三頭行貨，來我船裏，却是兩個鳥公人，解一個黑矮囚徒，揭陽嶺上問而後說，潯陽江中不問自說。只「黑矮」二字，用筆不同如此。正不知是那裏人。他說道送配江州來的，却又項上不帶行枷。處處寫出宋江「不帶行枷」，與山泊欺花榮一段擊應。趕來的岸上一夥人，却是鎮上穆家哥兒兩個，梢公姓張，來船姓李，岸上兩個姓穆，姓則都知之矣，名則都不知也。定要討他。我見有些油水吃，我不還他。」船上那大漢道：「咄！一字，如聞其聲。莫不是我哥哥宋公明？」半日如逢無數奇鬼，讀至此句，忽然眼前一亮。宋江聽得聲音厮熟，便艙裏叫道：「船上好漢是誰？救宋江則個！」那大漢失驚道：「真個是我哥哥，上文險極，此句快極。不險則不快，險極則快極也。早不做出來！」宋江鑽出船上來看時，星光明亮，此十一字妙不可說，非云星光明亮，照見來船那漢，乃是極寫宋江半日心驚膽碎，不復知天地何色；直至此，忽然得救，夫而後依然又見星光也。蓋吃嚇一回，始知之矣。那船頭上立的大漢，正是混江龍李俊；背後船梢上兩個摇櫓的，一個是出洞蛟童威，一個是翻江蜃童猛。

這李俊聽得是宋公明，便跳過船來，口裏叫苦道：「哥哥驚恐！若是小弟來得遲了些個，誤了仁兄性命！今日天使李俊在家坐立不安，棹船出來江裏，趕些私鹽，不想又遇着哥哥在此受難！」那梢公呆了半晌，做聲不得，與上「狗臉」三句映襯。方纔問道：「李大哥，這黑漢便是山東及時雨宋公明麽？」李俊道：「可知是哩！」那梢公便拜道：「我那爺，你何不早通個大名，省得着我做出歹事來，爭些兒傷了仁兄！」却又「只愛交游不要錢」也。宋江問李俊道：「這個好漢是誰？請問高姓。」半日有叫張大哥，有叫張兄弟，他又自叫張爺爺，「張」字之多，非一遍矣。此處宋江忽然又問高姓，活畫出前文嚇極。李俊道：「哥哥不知：這個好漢，却是小弟結義的兄弟，姓張，將「姓張名横」四字，分作兩段，所以深寫宋江嚇極，不聞張大哥、張爺爺、張兄弟多遍「張」字也。俗本訛。是小孤山下人氏，單名横字，綽號『船火兒』，專在此潯陽江做這件『穩善』的道路。」言之可傷。○以極險惡事而謂之「穩善」，豈非以世間道路更險惡于「板刀麵」耶？宋江和兩個公人都笑起來。當時兩隻船並着，摇奔灘邊來，纜了船，艙裏扶宋江並兩個公人上岸。李俊又與張横説道：「兄弟，我常和你説：可見李俊。天下義士，只除非山東及時雨鄆城宋押司。今日你可仔細認着。」張横敲開火石，點起燈來，照着宋江，撲翻身又在沙灘上拜，星光中來，不好又是星光中去，則必敲火點燈，照着同行矣。乃作者文心，只一點燈亦不肯輕率便寫，又必隨手生出李俊使張横仔細認宋江來。寫得一個點燈，何等筆墨淋漓，真正才子之筆。道：「望哥哥恕兄弟罪過！」

張横拜罷，問道：「義士哥哥，爲何事配來此間？」李俊把宋江犯罪的事説了，今來迭配江州。張横聽了，説道：「好教哥哥得知：小弟一母所生的親弟兄兩個，長的便是小弟。我有個兄弟却又了得，渾身雪練也似一身白肉，没得四五十里水面，水底下伏得七日七夜，水裏行一似一根白條，更兼一身好武藝，因此人起他一箇異名，喚做『浪裏白條』張順。當初我弟兄兩個，只在揚子江邊做一件依本分的道路。」宋江道：「願聞則個。」

張横道：「我弟兄兩個，但賭輸了時，我便先駕一隻船，渡在江邊淨處做私渡。有那一等客人貪省貫百錢的，又要快，便來下我船。等船裏都坐滿了，却教兄弟張順也扮做單身客人，背着一個大包，也來趁船。我把船摇到半江裏，歇了櫓，抛了釘，插一把板刀，却討船錢。本合五百足錢一個人，我便定要他三貫。却先問兄弟討起，教他假意不肯還我。我便把他來起手，一手揪住他頭，一手提定腰胯，「撲通」地攛下江裏，排頭兒定要三貫。一個個都驚得呆了，把出來不迭。都斂得足了，却送他到僻淨處上岸。我那兄弟自從水底下走過對岸，等没了人，却與兄弟分錢去賭。一篇大文中，忽然插入一篇小文，奇筆。那時我兩個只靠這道路過日。」宋江道：「可知江邊多有主顧來尋你私渡。」李俊等都笑起來。張横又道：「如今我弟兄兩個都改了業，妙語。○陞官亦然，出了一個衙門，進了一個衙門。旁人只謂其改了業，殊不知只賣舊時行貨也。我便只在這潯陽江裏做些私商，兄弟張順，他却如今自在江州做賣魚牙子。如今哥哥去時，小弟寄一封書去。只是不識字，寫不得。畫。」李俊道：「我們去村裏央個門館先生來寫。」留下童威、童猛看船。

三個人跟了李俊、張横，提了燈，千妖百怪之後，見此三字，如異國忽歸。投村裏來。走不過半里路，看見火把還在岸上明亮。可見江心一事，其間甚疾。張横説道：「他弟兄兩個還未歸去。」李俊道：「你説兀誰弟兄兩個？」張横道：「便是鎮上那穆家哥兒兩個。」李俊道：「一發叫他兩個來拜了哥哥。」更爲奇筆。宋江連忙説道：「使不得，他兩個趕着要捉我！」李俊道：「仁兄放心。他弟兄不知是哥哥，他亦是我們一路人。」

李俊用手一招，胡哨了一聲，只見火把人伴都飛奔將來。于前火把飛奔，是一是二，皆空中結撰，成此奇筆。看見李俊、張横都恭奉着宋江做一處説話，那弟兄二人大驚道：「二位大哥，如何與這三人廝熟？」李俊大笑道：「你道他是兀誰？」李俊妙人。那二人道：「便是不認得。只見他在鎮上出銀兩賞那使鎗棒的，滅俺鎮上威風，正待要捉他。」李俊道：「他便是我日常和你們説的，山東及時雨鄆城宋押司公明哥哥，你兩個還不快拜！」可見李俊。那弟兄兩個撇了朴刀，撲翻身便拜又可見穆家兄弟。道：「聞名久矣，不期今日方得相會！却纔甚是冒瀆[一]，犯傷了哥哥，望乞憐憫恕罪。」宋江扶起二位道：「壯士，願求大名。」李俊便道：「這弟兄兩個富户，是此間人：姓穆，名弘，綽號『没遮攔』；兄弟穆春，唤做『小遮攔』，是揭陽鎮上一霸。我這裏有三霸，哥哥不知，一發説與哥哥知道：忽然結束，其筆如椽。揭陽嶺上嶺下，便是小弟和李立一霸；此一句，結束揭陽嶺一篇絶奇文字。揭陽鎮上，是他弟兄兩個一霸；此一句，結束揭陽鎮一篇絶奇文字。潯陽江邊做私商的，却是張横、張順兩個一霸。此一句，結束潯陽江一篇絶奇文字。以此謂之三霸。又總結一句。」宋江答道：「我們如何省得？既然都是自家弟兄情分，望乞放還了薛永。」此是宋江好處。穆弘笑道：「便是使鎗棒的那廝？哥哥放心，隨即便教兄弟穆春

[一]「瀆」，貫華堂本作「賣」，據葉瑶池本改。

去取來還哥哥。我們且請仁兄到敝莊，伏禮請罪。」李俊說道：「最好，最好！便到你莊上去。」

穆弘叫莊客着兩個去看了船隻，就請童威、童猛一同都到莊上去相會；是。一面又着人去莊上報知，置辦酒食，殺羊宰猪，整理筵宴。一行衆人等了童威、童猛，一同取路投莊上來，却好五更天氣。「五更」作結，妙筆。○可知嚇了一夜。都到莊裏，請出穆太公來相見了，就草堂上分賓主坐下。宋江與穆太公對坐。說話未久，天色明朗，穆春已取到病大蟲薛永進來，一處相會了。穆弘安排筵席，管待宋江等衆位飲宴，至晚都留在莊上歇宿。次日，宋江要行，穆弘那裏肯放，把衆人都留莊上，陪侍宋江去鎮上閑玩，觀看揭陽市村景致。又住了三日，宋江怕違了限次，寫宋江偏在人前便要着假。堅意要行。穆弘並衆人苦留不住，當日做個送路筵席。

次日早起來，宋江作別穆太公並衆位好漢，臨行分付薛永且在穆弘處住幾時，却來江州再得相會。寫宋江權術。穆弘道：「哥哥但請放心，我這裏自看顧他。」取出一盤金銀送與宋江，又賫發兩個公人些銀兩。臨動身，張横在穆弘莊上央人修了一封家書，央宋江付與張順，當時宋江收放包裹内了。又成後文一引。一行人都送到潯陽江邊，與蘆葦中映。穆弘叫隻船來，取過先頭行李下船。衆人都在江邊，安排行枷，處處寫宋江行枷不在頸上，筆法嚴冷。取酒食上船餞行，當下衆人灑淚而別。李俊、張横、穆弘、穆春、薛永、童威、童猛一行人，各自回家，不在話下。

只說宋江自和兩個公人下船，投江州來。這梢公非比前番，忽插一語作趣。拽起一帆風李,直至江州府前來,正値府尹陞廳。原來那江州知府,姓蔡,雙名得章,是當朝蔡太師蔡京的第九個兒子,因此江州人叫他做蔡九知府。那人爲官貪濫,作事驕奢。爲後作案。爲這江州是個錢糧浩大的去處,抑且人廣物盈,因此太師特地教他來做個知府。當時兩個公人當廳下了公文,押宋江投廳下。蔡九知府看見宋江一表非俗,便問道:「你爲何枷上没了本州的封皮?」加意寫出宋江視行枷如兒戲,與前欺花榮對看,筆法嚴冷之極。兩個公人告道:「于路上春雨淋漓,却被水濕壞了。」知府道:「快寫個帖來,便送下城外牢城營裏去,本府自差公人押解下去。」這兩個公人就送宋江到牢城營内交割。當時江州府公人賫了文帖,監押宋江並同公人出州衙前,來酒店裏買酒吃。宋江取三兩來銀子,寫宋江單是銀子出色。與了江州府公人。當討了收管,將宋江押送單身房裏聽候。那公人先去對管營、差撥處,替宋江説了方便,交割討了收管,自回江州府去了。這兩個公人也交還了宋江包裹行李,千酬萬謝,相辭了入城來。兩個自説道:「我們雖是吃了驚恐,却賺得許多銀兩。」又用兩個公人閑口閑嗑[一],一句櫽括上文三霸,一句點綴宋江本色。自到州衙府裏伺候,討了回文,兩個取路往濟州去了。

話裏只説宋江又自央浼人情,差撥到單身房裏,送了十兩銀子與他;銀子出色。管營處又自加倍送十兩並人事;銀子出色。營裏管事的人並使唤的軍健人等,都送些銀兩與他們買

[一]「嗑」,貫華堂本作「監」,據葉瑶池本改。

茶吃：銀子出色。因此無一個不歡喜宋江。寫宋江只如此，嚴冷之筆。少刻引到點視廳前，除了行枷，寫宋江行枷，至此始畢。參見管營。爲得了賄賂，在廳上説道：「這個新配到犯人宋江聽着：先朝太祖武德皇帝聖旨事例，但凡新入流配的人，須先打一百殺威棒。左右，與我捉去背起來。」宋江告道：「小人于路感冒風寒時症，至今未曾痊可。」管營道：「這漢端的像有病的，不見他面黄肌瘦，有些病症？且與他權寄下這頓棒。此人既是縣吏出身，着他本營抄事房做個抄事。」就時立了文案，便教發去抄事。宋江謝了，去單身房取了行李，到抄事房安頓了。衆囚徒見宋江有面目，都買酒來慶賀。次日，宋江置備酒食，與衆人回禮。一句。不時間又請差撥、牌頭遞杯，二句。管營處常常送禮物與他。三句。宋江身邊有的是金銀財帛，單把來結識他們。寫宋江出色，只是金銀財帛，更不見有他長，處處皆下特筆。住了半月之間，滿營裏没一個不歡喜他。

自古道：「世情看冷暖，人面逐高低。」贊歎宋江能得人心，乃只用此二語，其意可知。宋江一日與差撥在抄事房吃酒，那差撥説與宋江道：「賢兄，我前日和你説的那個節級常例人情，如何多日不使人送去與他？今已一旬之上了，他明日下來時，須不好看。」宋江道：「這個不妨。那人要錢，不與他。若是差撥哥哥但要時，只顧問宋江取不妨；那節級要時，一文也没。等他下來，宋江自有話説。」看他全是權詐。差撥道：「押司，那人好生利害，更兼手脚了得。倘或有些言語高低，吃了他些羞辱，却道我不與你通知！」宋江道：「兄長由他。但請放心，小可自有措置。敢是送些與他，也不見得；他有個不敢要我的，也不見得。」語語寫出宋江權詐。

正恁的説未了，只見牌頭來報道：「節級下在這裏了，正在廳上大發作，罵道：『新到配軍，如何不送常例錢來與我！』」差撥道：「我説是麽？那人自來，連我們都怪！」宋江笑道：「差撥哥哥休罪，不及陪侍，改日再得作杯。小可且去和他説話。」差撥也起身道：「我們不要見他。」省。

宋江別了差撥，離了抄事房，自來點視廳上見這節級。不是宋江來和這人厮見，有分教：江州城裏，翻爲虎窟狼窩；十字街頭，變作尸山血海。直教：撞破天羅歸水滸，掀開地網上梁山。畢竟宋江來與這個節級怎麽相見，且聽下回分解。

第五才子書施耐庵水滸傳卷之四十二

聖歎外書

第三十七回　及時雨會神行太保　黑旋風鬥浪裏白條

寫宋江以銀子爲交游後，忽然接寫一鐵牛李大哥。妙哉用筆，真令宋江有珠玉在前之愧。勝似罵，勝似打，勝似殺也。看他要銀子賭，便向店家借；要魚請人，便向漁户討。一若天地間之物，任憑天地間之人公同用之。不惟不信世有慳吝之人，亦並不信世有慷慨之人；不惟與之銀子不以爲恩，又並不與銀子不以爲怨。夫如是，而宋江之權術獨遇斯人而窮矣。宋江與之銀子，彼亦不過謂是店家、漁户之流，適值其有之時也；店家不與銀子，漁户不與鮮魚，彼亦不過謂即宋江之流適值其無之時也。夫宋江之以銀子與人也，夫固欲人之感之也；宋江之不敢不以銀子與人也，夫固畏人之怨之也。今彼亦何感？彼亦何怨？無宋江可騙，則自有店家可借；無店家可借，則自有賭房可搶；無賭房可搶，則自有江州城裏城外執塗之人無不可討。使必恃有結識好漢之宋江，而後李逵方得銀子使用，然則宋江未配江州之前，彼將不吃酒不吃肉，小張乙賭房中亦復不去賭錢耶？通篇寫李逵浩浩落落處，全是激射宋江，絶世妙筆。處處將戴宗反襯宋江，遂令宋江愈慷慨愈出醜。皆屬作者匠心之筆。寫李逵粗直不難，莫難于寫粗直人處處使乖説謊也。彼天下使乖説謊之徒，却處處假作粗直，如宋江其人者，能不對此而羞死乎哉！

話説當時宋江別了差撥，出抄事房來，到點視廳上看時，見那節級掇條凳子坐在廳前，如畫。○掇條凳子便算官長，可發一笑。高聲喝道：「那個是新配到囚徒？」牌頭指着宋江道：「這個便是。」那節級便罵道：「你這黑矮殺才！倚仗誰的勢要，不送常例錢來與我？」宋江道：「『人情人情，在人情願。』」妙解解頤。你如何逼取人財？好小哉相！」兩邊看的人聽了，倒捏兩把汗。那人大怒，喝罵：「賊配軍！安敢如此無禮！顛倒説我小哉！那兜馱的，與我背起來，且打這廝一百訊棍！」兩邊營裏衆人都是和宋江好的，見説要打他，一哄都走了，只剩得那節級和宋江。上文已成必打之勢，却只寫作衆人走了，便騰挪出下文來。筆墨曲折之甚。那人見衆人都散了，肚裏越怒，拿起訊棒，便奔來打宋江。宋江説道：「節級，你要打我，我得何罪？」好。那人大喝道：「你這賊配軍，是我手裏行貨，輕咳嗽便是罪過！」奇語可駭。宋江道：「你便尋我過失，也不到得該死。」好。那人怒道：「你説不該死，我要結果你也不難，只似打殺一個蒼蠅！」宋江冷笑道：「我因不送得常例錢便該死時，結識梁山泊吴學究的，却該怎地？」好。那人聽了這話，慌忙丟了手中訊棍，便問道：「你說甚麼？」好。宋江道：「我自說那結識軍師吳學究的，好。你問我怎地？好。」那人慌了手脚，拖住宋江問道：「你正是誰？好。那裏得這話來？好。」宋江笑道：「小可便是山東鄆城縣宋江。」那人聽了大驚，連忙作揖，寫戴宗拜，獨與他人異。有情有文之筆。說道：「原來兄長正是及時雨宋公明！」宋江道：「何足挂齒！」那人便道：「兄長，此間不是說話處，未敢下拜。戴宗口中自注一句，好。同往城裏叙懷，請兄長便行。」宋江道：「好。節級少待，容宋江鎖了房門便來。」

宋江慌忙到房裏，取了吳用的書，細。自帶了銀兩，又帶銀子。出來鎖上房門，分付牌頭看管，便和那人離了牢城營裏，奔入江州城裏來，去一個臨街酒肆中樓上坐下。那人問道：「兄長何處見吳學究來？」宋江懷中取出書來，遞與那人。那人拆開封皮，從頭讀了，藏在袖內，起身望着宋江便拜。只一拜，寫得節次如畫。宋江慌忙答禮道：「適間言語衝撞，休怪，休怪！」那人道：「小弟只聽得說有個姓宋的，五字爲上文補漏，便令後人更無訾議處。發下牢城營裏來。往常時，但是發來的配軍，常例送銀五兩。今番已經十數日，不見送來。今日是個閑暇日頭，因此下來取討，不想却是仁兄。與上「姓宋」句合作一語。恰纔在營内，甚是言語冒瀆了哥哥，萬望恕罪！」宋江道：「差撥亦曾常對小可說起大名。宋江有心要拜識尊顔，却不知足下住處，又無因入城。特地只等尊兄下來，要與足下相會一面，以此躭誤日久。不是爲這五兩銀子不捨得送來，寫宋江自表，亦不出銀子，真是醜殺。只想尊兄必是自來，故意延挨。今日幸得相見，以慰平生之願。」說話的，那人是誰？便是吳學究所薦的江州兩院押牢節級戴院長戴宗。筆法。

那時，故宋時，金陵一路節級都稱呼「家長」，湖南一路節級都稱呼做「院長」。正叙事中，偏有此閑筆。原來這戴院長有一等驚人的道術：但出路時，賫書飛報緊急軍情事，把兩個甲馬拴在兩隻腿上，作起神行法來，一日能行五百里；把四個甲馬拴在腿上，便一日能行八百里。因此，人都稱做「神行太保」戴宗。

當下戴院長與宋公明説罷了來情去意，戴宗、宋江俱各大喜。兩個坐在閣子裏，叫那賣酒的過來，安排酒果肴饌菜蔬來，就酒樓上兩個飲酒。宋江訴説一路上遇見許多好漢、衆人相會的事務，戴宗也傾心吐膽，把和這吴學究相交來往的事，告訴了一遍。兩個正説到心腹相愛之處，纔飲得兩三杯酒，只聽樓下喧鬧起來。過賣連忙走入閣子來，對戴宗説道：「這個人，只除非是院長説得他下！未來先畫，另是一樣妙筆。没奈何，煩院長去解拆則個。」戴宗問道：「在樓下作鬧的是誰？」過賣道：「便是時常同院長走的那個唤做『鐵牛』李大哥，李大哥來何遲也，真令讀者盼殺也，想殺也。【眉批】自此去入李逵傳。在底下尋主人家借錢。」二字妙絶。宋江處處以銀子爲要務，李逵却初入書便是借錢。作者特特將兩人寫在一處，中間形擊真假，筆筆妙絶。戴宗笑道：「又是這廝在下面無禮，我只道是甚麽人。兄長少坐，我去叫了這廝上來。」

戴宗便起身下去，不多時引着一個黑凛凛大漢畫李逵只五字，已畫得出相。上樓來。宋江看見，吃了一驚，「黑凛凛」三字，不惟畫出李逵形狀，兼畫出李逵顧盼、李逵性格、李逵心地來。下便緊接宋江「吃驚」句，蓋深表李逵旁若無人，不曉阿諛，不可以威劫，不可以名服，不可以利動，不可以智取。宋江吃一驚，真吃一驚也。便問道：「院長，這大哥是誰？」戴宗道：「這個是小弟身邊牢裏一個小牢子，姓李，名逵。祖貫是沂州沂水縣百丈村人氏，本身一個異名，喚做『黑旋風』李逵，他鄉中都叫他做『李鐵牛』。因爲打死了人，逃走出來，雖遇赦宥，流落在此江州，不曾還鄉。爲他酒性不好，多人懼他。能使兩把板斧，及會拳棍。見今在此牢裏勾當。」李逵看着宋江，問戴宗道：「哥哥，這黑漢子是誰？」漢子黑，則呼之爲「黑漢子」耳，豈以其衣冠濟楚也而阿諛之？寫李逵如畫。戴宗對宋江笑道：「押司，你看這廝恁麽粗鹵，全不識些體面！」李逵道：「我問大哥，怎地是粗鹵？」連「粗鹵」不知是何語，妙絶。讀至此，始知魯達自説粗鹵，尚是後天之民，未及李大哥也。戴宗道：「兄弟，你便請問這位官人是誰便好，暗用蘇東坡教壞司馬君實僕事。你倒却說『這黑漢子是誰』，這不是粗鹵却是甚麽？我且與你説知：這位仁兄，便是閑常你要去投奔他的義士哥哥。」從戴宗口中表出李逵生平。李逵道：「莫不是山東及時雨黑宋江？」看戴宗只提出「義士」二字，李逵便説出其地來，説出其號來，説出其狀來，説出其名來。極寫李逵念誦宋江，如人持咒也。戴宗喝道：「咄！你這廝敢如此犯上，直言叫喚，全不識些高低！兀自不快下拜，等幾時？」李逵道：「若真個是宋公明，我便下拜。妙語。若是閑人，我却拜甚鳥！妙語。○看他下語，真有鐵牛之意。○「拜鳥」二字，未經人説，爲之絶倒。節級哥哥不要賺我拜了，你却笑我！」偏寫李逵作乖覺語，而其呆愈顯，真正妙筆。宋江便道：「我正是山東黑宋江。」便寫出宋江喜之至，敬之至。李逵拍手叫道：「我那爺！稱呼不類，表表獨奇。你何不早説些個，却反責之，妙絶妙絶。也教鐵牛歡喜！」寫得逵若不是世間性格，讀之淚落。○「鐵牛歡喜」四字，又是奇文。撲翻身軀便拜。寫拜亦復不同。○「撲翻身軀」字，寫他拜得死心搭地；「便」字，寫他拜的更無商量。宋江連忙答禮，説道：「壯士大哥請坐。」戴宗道：「兄弟，你便來我身邊坐了吃酒。」李逵道：「不耐煩小盞吃，换個大碗來篩。」若在他面前説不得此語，即拜之何爲？若既已拜之，即何妨開口便説此語？寫李逵妙絶。○更無第一句，只此是第一句。宋江便問道：「却纔大哥爲何在樓下發怒？」李逵道：「我有一錠大銀，解了十兩小銀使用了。第一句討大碗，第二句便説謊，寫得奇絶妙絶。却問這主人家挪借十兩銀子，寫宋江則以銀子爲其生平，寫李逵則以銀子視同兒戲。筆墨激射，令人不堪。去贖那大銀出來，便還他，自要些使用。李逵亦復有使用銀子處，爲之絶倒。叵耐這鳥主人不肯借與我！上文宋江猜戴宗必爲五兩銀，故自家下來；此文李逵猜主人不惜十兩銀，故徑來告借。寫兩個人，一個純以小人待君子，一個純以君子待小人。其厚其薄，天地懸隔。筆墨激射，令人不堪。却待要和那廝放對，打得他家粉碎，却被大哥叫了我上來。」宋江道：「只用十兩銀子去取，再要利錢麽？」李逵道：「利錢已有在這裏了，寫他説謊，偏極嫵媚。只要十兩本錢去討。」宋江聽罷，便去身邊取出一個十兩銀子，把與李逵，以十兩銀買一鐵牛，宋江一生得意之筆。説道：「大哥，你將去贖來用度。」戴宗要阻當時，【眉批】寫戴宗又另是一色人。宋江已把出來了。李逵接得銀子，便道：「却是好也！兩位哥哥只在這裏等我一等，贖了銀子便來送還，就和宋哥哥去城外吃碗酒。」宋江道：「且坐一坐，吃幾碗了去。」李逵道：「我去了便來。」推開簾子，下樓去了。我讀至此處，不覺掩卷而歎。嗟乎！世安得有此人哉！下之，則驟然與我十兩銀子；上之，則斯人固我閑常無日不念誦、無日不願見之人也。乃今突然而來，突然而去，不惟今日之恩惠不能留之少坐，即平日之愛慕亦不必贄以盤桓。要拜便拜，要去便去，要吃酒便吃酒，要説謊便説謊。嗟乎！世豈真有此人哉！

戴宗道：「兄長休借這銀與他便好。却纔小弟正欲要阻，兄長已把在他手裏了。」宋江道：「却是爲何？」戴宗道：「這廝雖是耿直，只是貪酒好賭。他却幾時有一錠大銀解了？兄長吃他賺漏了這個銀去。他慌忙出門，必是去賭。若還贏得時，便有得送來還哥哥；醜語。若是輸了時，那討這十兩銀來還兄長？醜語。寫戴宗只與宋江一樣。戴宗面上須不好看。」宋江笑道：「尊兄何必見外。些須銀子，何足挂齒？由他去賭輸了罷。寫宋江好處只如此。我看這人，倒是個忠直漢子。」戴宗道：「這廝本事自有，只是心粗膽大不好。在江州牢裏，但吃醉了時，却不奈何罪人，只要打一般强的牢子。駁李逵，殆所以自駁也。我也被他連累得苦。專一路見不平，好打强漢，以此江州滿城人都怕他。」又在戴宗口中補寫生平。宋江道：「俺們再飲兩杯，却去城外忽生一筍。閑玩一遭。」戴宗道：「小弟也正忘了，和兄長去看江景則個。」宋江道：「小可也要看江州的景致，如此最好。」

且不説兩個再飲酒。只説李逵得了這個銀子，尋思道：「難得宋江哥哥，又不曾和我深交，便借我十兩銀子。果然仗義疏財，名不虛傳！如今來到這裏，却恨我這幾日賭輸了，没一文做好漢請他。没一文便做不得「好漢」，此宋江一路來，所以獨做成好漢也。語語皆與宋江激射。如今得他這十兩銀子，且將去賭一賭。倘或贏得幾貫錢來，請他一請也好看！」要「好看」，是李逵白璧一瑕，分别觀之。當時李逵慌忙跑出城外一筍。小張乙睹房裏來，便去場上將這十兩銀子撇在地下，畫。叫道：「把頭錢過來我博！」那小張乙得知李逵從來賭直，便道：「大哥，且歇這一博，下來便是你博。」畫。下語皆與李逵不稱，故妙。○客人已坐店中，只要贏得，便去做「好漢」請他矣，却偏説出「歇一博」來，妙絶。李逵道：「我要先賭這一博！」小張乙道：「你便傍猜也好。」畫。○語語與李逵不稱，妙絶。李逵道：「我不傍猜，只要博這一博！五兩銀子做一注！」又欲贏得快，又欲贏得多，絶倒。有那一般賭的却待要博，被李逵擗手奪過頭錢來，便叫道：「我博兀誰？」小張乙道：「便博我五兩銀子。」李逵叫聲：「快！」「肐膌」地博一個「叉」。絶倒。小張乙便拿了銀子過來。李逵叫道：「我的銀子是十兩！」小張乙道：「你再博我五兩，快，便還了你這錠銀子。」李逵又拿起頭錢，叫聲「快！」「肐膌」的又博個「叉」。絶倒。○不如此，不成奇文。小張乙笑道：「我教你休搶頭錢，且歇一博。不聽我口，如今一連博上兩個『叉。』」畫。○賭場信色，寫來活現。李逵道：「我這銀子是別人的！」鐵牛作此軟語，越可憐，越無理，越好笑，越嫵媚。○小張乙道：「遮莫是誰的，也不濟事了！你既輸了，却説甚麽？」李逵道：「没奈何，三字越可憐，越無理，越好笑，越嫵媚。且借我一借，妙絶語。宋江處處以銀爲正經，李逵處處以銀爲戲事。筆墨激射，極其不堪。明日便送來還你。」看他又説謊，正妙極也。小張乙道：「説甚麽閑話？自古賭錢場上無父子，你明明地輸了，如何倒來革爭？」李逵把布衫拽起在前面，先作盛放銀子之地，絶倒。口裏喝道：「你們還我也不還？」小張乙道：「李大哥，你閑常最賭得直，口碑鑿鑿。今日如何恁麽没出豁？」李逵也不答應他，「不答應」，又寫得妙。直寫出他外雖發極，內實心服來。便就地下擄了銀子，又搶了別人賭的十來兩銀子，索性。都摟在布衫兜裏，妙絶之事，奇絶之文。睜起雙眼就道：「老爺閑常賭直，今日權且不直一遍！」二語遂若出自聖人口中，蓋上句守經，下句達權也。小張乙急待向前奪時，被李逵一指一交。十二三個賭博的一齊上，銀子是命，真有此事。要奪那銀子，被李逵指東打西，指南打北。

李逵把這夥人打得没地躲處，便出到門前。把門的問道：「大郎那裏去？」被李逵提在一邊，「提」字妙，一手兜銀可知。一脚踢開了門。一手兜銀，一手提人，便一脚踢門矣，活畫出此時李大哥來。便走。何等爽利，看他到底「不答應」一句。那夥人隨後趕將出來，都只在門前叫道：畫。「李大哥，你恁地没道理，都搶了我們衆人的銀子去！」只在門前叫喊，没一個敢近前來討。此二句，便又寫出平日來也。

李逵正走之時，聽得背後一人趕上來，扳住肩臂，奇文。喝道：「你這廝！如何却搶擄別人財物？」李逵口裏應道：「干你鳥事！」駡盡天下。○常想世人評論古今，真是「干你鳥事」。回過臉來看時，却是戴宗，背後立着宋江。先駡後回，筆筆入妙。李逵見了，惶恐滿面，天真爛熳，不是世人害羞身分。便道：「哥哥休怪！鐵牛閑常只是賭直，又不説謊。今日不想輸了哥哥銀子，又没得些錢來相請哥哥。喉急了，時下做出這些不直來！」寫他自辯處，恰與上文解銀取贖語相違。得却一邊，失却一邊，天真爛熳，妙不可説。宋江聽了，大笑道：「賢弟但要銀子使用，只顧來問我討。寫宋江只如此。今日既是明明地輸與他了，快把來還他。」李逵只得從布衫兜裏取出來，都遞在宋江手裏，又寫他使乖，絶倒。宋江便叫過小張乙前來，都付與他。宋江只如此。小張乙接過來，説道：「二位官人在上：小人只拿了自己的。這十兩原銀，雖是李大哥兩博輸與小人，如今小人情願不要他的，省得記了寃讎。」畫。宋江道：「你只顧將去，不要記懷。」小張乙那裏肯？宋江便道：「他不曾打傷了你們麽？」小張乙道：「討頭的、拾錢的和那把門的，都被他打倒在裏面。」宋江道：「既是恁的，就與他衆人做將息錢。宋江只如此。兄弟自不敢來了，我自着他去。」小張乙收了銀子，拜謝了回去。

宋江道：「我們和李大哥吃三杯去。」戴宗道：「前面靠江，有那琵琶亭酒館，是唐朝白樂天古迹。我們去亭上酌三杯，就觀江景則個。」宋江道：「可于城中買些肴饌之物將去。」插一句，早爲魚湯作引。戴宗道：「不用，如今那亭上有人在裏面賣酒。」宋江道：「恁地時却好。」

當時三人便望琵琶亭上來。到得亭子上看時，一邊靠着潯陽江，一邊是店主人家房屋。琵琶亭上有十數副座頭，戴宗便揀一副乾浄座頭，讓宋江坐了頭位，戴宗坐在對席，肩下便是李逵。三個坐定，便叫酒保鋪下菜蔬、果品、海鮮、按酒之類。李逵不愛。○偏寫得與李逵不稱。酒保取過兩樽「玉壺春」酒，此是江州有名的上色好酒，寫酒皆用出色名目，非爲與宋、戴映襯，全爲與李逵不稱也。開了泥頭。李逵便道：三個人中第一開口。「酒把大碗來篩，不耐煩小盞價吃。」賭房搶銀一事，竟若太虛雲點，更不一字周旋，妙絶之筆。○不得做主，又來做客，在世人便有無數般勤周致之語。今偏寫得樸至慷慨，政不辨其誰主誰客，妙哉，至于此乎！○李逵傳妙處，都在無字句處，要細玩。戴宗喝道：「兄弟好村！你不要做聲，只顧吃酒便了。」宋江分付酒保道：「我兩個面前放兩隻盞子，這位大哥面前放個大碗。」酒保應了，下去取隻碗來，放在李逵面前，一面篩酒，一面鋪下肴饌。李逵笑道：一「笑」字，有小兒得餅之樂。「真個好個宋哥哥，人説不差了，看他極粗人胸中，又要三迴四轉將友生來玩味，真是奇筆。便知做兄弟的性格。李逵只説出八個字，而千載已無合式中選之人矣，何可勝歎。結拜得這位哥哥，也不枉了。」竟罵戴宗矣，絶倒。

酒保斟酒，連篩了五七遍。

宋江因見了這兩人，心中歡喜，結上文。○下另出第三個人也。吃了幾杯，忽然心裏想要魚辣湯吃，憑空落下「魚」字，無影無痕。便問戴宗道：「這裏有好鮮魚麽？」戴宗笑道：「兄長，你不見滿江都是漁船？便插入漁船，明快之筆。此間正是魚米之鄉，如何没有鮮魚？」宋江道：「得些辣魚湯醒酒最好。」戴宗便喚酒保，教造三分加辣點紅白魚湯來。偏寫得與李逵不稱。頃刻造了湯來，宋江看見道：「美食不如美器。雖是個酒肆之中，端的好整齊器皿。」偏寫得與李逵不稱。拿起箸來，相勸戴宗、李逵吃。自也吃了些魚，呷幾口湯汁。李逵並不使箸，便把手去碗裏撈起魚來，和骨頭都嚼吃了。何等嫵媚，其疾如風。宋江一頭忍笑不住，呷了兩口汁，此呷汁與上呷汁連，中間插出李逵撈魚嚼吃，如風捲雲，故宋江呷汁猶未畢也。便放下箸不吃了。文情漸引而出。戴宗道：「兄長，一定這魚醃了，不中仁兄吃。」宋江道：「便是不才酒後，只愛口鮮魚湯吃。漸引下。這個魚，真是不甚好。」戴宗應道：「便是小弟也吃不得，是醃的，不中吃。」李逵嚼了自碗裏魚，便道：「兩位哥哥都不吃，我替你們吃了。」忽用「替你們」三字，寫他何等出力。○非寫今日吃魚出力，正寫他日出力只如吃魚也。便伸手去宋江碗裏撈將過來吃了，又去戴宗碗裏也撈過來吃了，無黨無偏，平平蕩蕩，使宰天下，如此魚矣。滴滴點點淋一桌子汁水。觀此，便深厭曲禮爲煩。

宋江見李逵把三碗魚湯和骨頭都嚼吃了，便叫酒保來分付道：「我這大哥想是肚饑，你可去大塊肉切二斤來與他吃，好宋江，「人説不差了」，真是知他肚裏。少刻一發算錢還你。」酒保道：「小人這裏只賣羊肉，却没牛肉。四字絶倒，忽從酒保口中，畫出李逵不似吃羊肉人，妙筆憑空生出。要肥羊儘有。」李逵聽了，便把魚汁擗臉潑將去，淋那酒保一身。潑酒保有何妙處？妙在因此一潑，便寫出李逵不吃汁來，偏與宋江思湯想水，不是一樣。絶倒、絶倒！戴宗喝道：「你又做甚麽！」四字問得妙，真是令人應接不暇。李逵應道：「叵耐這廝無禮，欺負我只吃牛肉，吃牛肉何足賴，不賴搶銀，却賴吃牛肉，妙絶。不賣羊肉與我吃！」酒保道：「小人問一聲，也不多話。」宋江道：「你去只顧切來，我自還錢。」宋江只如此。酒保忍氣吞聲，去切了二斤羊肉做一盤，將來放桌子上。李逵見了，也不更問，買與我吃，則我吃矣。問固不差，不問更不差也。大把價揸來只顧吃。撚指間，把這二斤羊肉都吃了。何其嫵媚。宋江看了道：「壯哉！真好漢也！」宋江掉文。李逵道：「這宋大哥便知我的鳥意，吃肉不强似吃魚？」無端插出宋江掉文一句，却緊接出李逵誤認來。奇筆妙筆，鬼神于文矣。○宋江自贊李逵「壯哉」，李逵却認是説羊肉「壯哉」；宋江自贊李逵「真好漢」，李逵却認是説羊肉「真好吃」。寫通文人與不通文人相對，如畫。

戴宗叫酒保來問道：「却纔魚湯，家生甚是整齊，魚却醃了不中吃。別有甚好鮮魚時，另造些辣湯來，與我這位官人醒酒。」酒保答道：「不敢瞞院長説，這魚端的是昨夜的。今日的活魚還在船内，等魚牙主人不來，未曾敢賣動，因此未有好鮮魚。」李逵跳起來道：「我自去討兩尾活魚來，與哥哥吃！」此句須分上下兩半句讀，正是各有其妙。蓋「我自去討」四字，只是向店主借銀手段；而「與哥哥吃」四字，已是「做好漢」請宋江胸襟也。戴宗道：「你休去！只央酒保去回幾尾來便了。」李逵道：「船上打魚的，不敢不與我，直得甚麽！」戴宗攔當不住，李逵一直去了。又去了，並不以温存軟款，自表平日相慕。而狡獪如宋江，已爲之一傾。然則爲人在世，其應學李大哥也。戴宗對宋江説道：「兄長休怪：小弟引這等人來相會，全没些個體面，羞辱殺人！」寫戴宗醜。宋江道：「他生性是恁的，如何教他改得？我倒敬他真實不假。」寫宋江見李逵，便令權詐都盡，是作者特特合傳之旨。兩個自在琵琶亭上笑語説話取樂。

却説李逵走到江邊看時，見那漁船一字排着，約有八九十隻，都纜繫在緑楊樹下。看他一路寫緑楊樹。船上漁人，有斜枕着船梢睡的，畫。○不止一人。有在船頭上結網的，畫。○又不止一人。也有在水裏洗浴的。畫。○又不止一人。此時正是五月半天氣，好筆。一輪紅日將及沉西，不見主人來開艙賣魚。李逵走到船邊，喝一聲道：「你們船上活魚，把兩尾來與我！」只如取諸宫中者然。那漁人應道：「我們等不見魚牙主人來，不敢開艙。你看，那行販都在岸上坐地。」妙。○却從漁人口中，又補畫中一樣。○又不止一人。○先寫下無數人，便令下文看厮打熱鬧如畫。李逵道：「等甚麽鳥主人？先把兩尾魚來與我！」真是天不能蓋，地不能載，王化不能服語，可駭可笑。那漁人又答道：「紙也未曾燒，如何敢開艙？那裏先拿魚與你？」李逵見他衆人不肯拿魚，便跳上一隻船去，漁人那裏攔當得住？李逵不省得船上的事，只顧便把竹笆篾來拔。奇文。漁人在岸上，只叫得：「罷了！」奇文。李逵伸手去艎板底下一絞摸時，那裏有一個魚在裏面？奇文。

原來那大江裏漁船，船尾開半截大孔，放江水出入，養着活魚，却把竹笆篾攔住。以此船艙裏活水往來，養放活魚，因此江州有好鮮魚。這李逵不省得，倒先把竹笆篾提起了，將那一艙活魚都走了。自注一遍。李逵又跳過那邊船上，去拔那竹篾。奇文。那七八十漁人都奔上船，把竹篙來打李逵。奇文。○七八十竹篙打李逵，奇文絶倒。李逵大怒，焦躁起來，便脱下布衫，看他一路寫布衫。裏面單繫着一條棋子布手巾兒[一]；好看見那亂竹篙打來，兩隻手一架，早搶了五六條在手裏，一似扭葱般都扭斷了。奇文。漁人看見，盡吃一驚，却都去解了纜，把船撑開去了。奇文好看。李逵忿怒，赤條條地拿了截折竹篙[二]，上岸來趕打行販，無理之極。○奇文。都亂紛紛地挑了擔走。奇文好看。

正熱鬧裏，只見一個人從小路裏走出來。衆人看見，叫道：「主人來了！這黑大漢在此搶魚，都趕散了漁船。」那人道：「甚麽黑大漢，敢如此無禮！」衆人把手指道：「那廝兀自在岸邊尋人廝打。」那人搶將過去，喝道：「你這廝吃了豹子心、大蟲膽，也不敢來攪亂老爺的道路！」李逵看那人時：六尺五六身材，三十二三年紀，三柳掩口黑髯；頭上裹頂青紗萬字巾，掩映着穿心紅一點鬏兒，上穿一領白布衫，腰繫一條絹搭膊，下面青白裊脚多耳麻鞋；手裏提條行秤。李逵眼中看出。那人正來賣魚，見了李逵在那裏横七竪八打人，好看。便把秤遞與行販接了，細。趕上前來，大喝道：「你這廝要打誰！」李逵不回話，輪過竹篙却望那人便打。無理之極。○奇文。【眉批】此一段李逵主，那人賓。那人搶入去，早奪了竹篙。李逵便一把揪住那人頭髮。奇文。那人便奔他下三面，要跌李逵，怎敵得李逵水牛般氣力，直推將開去，不能够

[一]「棋」，金評各本均作「綦」，據明容與堂本改。

[二]「篙」，貫華堂本作「籠」，據葉瑶池本改。

攏身。奇文。那人便望肋下擢得幾拳，李逵那裏着在意裏？奇文。那人又飛起脚來踢，被李逵直把頭按將下去，提起鐵鎚般大小拳頭，去那人脊梁上擂鼓也似打。奇文。○一總無理之極。那人怎生掙扎？李逵正打哩，一個人在背後劈腰抱住，一個人便來幫住手，喝道：「使不得，使不得！」李逵回頭看時，却是宋江、戴宗。李逵便放了手，那人略得脱身，一道烟走了。忽然半路一頓。

戴宗埋寃李逵道：「我教你休來討魚，又在這裏和人厮打！倘或一拳打死了人，你不去償命坐牢？」李逵應道：「你怕我連累你，我自打死了一個，我自去承當！」宋江便道：「兄弟，休要論口，拿了布衫，布衫。且去吃酒。」李逵向那柳樹根頭緑楊樹。拾起布衫，搭在胳膊上，布衫。跟了宋江、戴宗便走。行不得十數步，只聽得前忽然用半路一頓，至此重復涌坌而起，文格奇絶。背後有人叫罵道：「黑殺才！今番要和你見個輸贏！」李逵回轉頭來看時，便是那人，脱得赤條條地，匾扎起一條水裩兒，露出一身雪練也似白肉；頭上除了巾幘，顯出那個穿心一點紅俏鬏兒來；奇文。在江邊獨自一個妙。把竹篙妙。撑着一隻漁船妙。趕將來，口裏大罵道：「千刀萬剮的黑殺才！老爺怕你的，不算好漢！賓句。走的不是好男子！主句。」○妙絶語，讀之欲笑。【眉批】此一段那人主，李逵賓。

李逵聽了大怒，吼了一聲，如畫。撇了布衫，布衫。搶轉身來。那人便把船略攏來，輳在岸邊，妙。一手把竹篙點定了船，妙。口裏大罵着。妙。李逵也罵道：「好漢便上岸來！」不便合，妙筆。那人把竹篙去李逵腿上便搠，妙妙，讀之欲笑。撩撥得李逵火起，「托」地跳在船上。妙。

説時遲,那時快,那人只要誘得李逵上船,便把竹篙望岸邊一點,妙。雙脚一蹬,妙。那隻漁船箭也似投江心裏去了。妙。李逵雖然也識得水,反襯一句李逵識水,爲後文不死地。苦不甚高,當時慌了手脚。那人更不叫駡,撇了竹篙,叫聲:「你來!今番和你定要見個輸贏!」便把李逵胳膊拿住,口裏説道:「且不和你厮打,先教你吃些水!」兩隻脚把船只一晃,船底朝天,英雄落水,絶妙好辭。兩個好漢「撲通」地都翻筋斗撞下江裏去。宋江、戴宗急趕至岸邊,那隻船已翻在江裏,兩個只在岸上叫苦。畫二人。江岸邊早擁上三五百人,在柳陰底下看,畫三五百人。都道:「這黑大漢今番却着道兒,便挣扎得性命,也吃了一肚皮水!」

宋江、戴宗在岸邊看時,只見江面開處,那人把李逵提將起來,又淬將下去。奇文。兩個正在江心裏面,清波碧浪中間,一個顯渾身黑肉,一個露遍體霜膚。絶妙好辭。○青波碧浪,黑肉白膚,斐然成章,照筆耀紙。兩個打做一團,絞做一塊。江岸上那三五百人,没一個不喝采。每見人看火發喝采,看杖責喝采,看厮打喝采。嗟乎!人之無良,一至于此。願後之讀至此者,其一念之也。當時宋江、戴宗看見李逵被那人在水裏揪扯,浸得眼白,又提起來,又納下去,老大吃虧,鐵牛遂作水牛,奇文絶倒。便叫戴宗央人去救。戴宗問衆人道:「這白大漢是誰?」漸引而下。有認得的説道:「這個好漢,便是本處賣魚主人,唤做張順。」宋江聽得,猛省道:漸引而下。「莫不是綽號『浪裏白條』的張順?」衆人道:「正是,正是。」宋江對戴宗説道:「我有他哥哥張横的家書在營裏。」

戴宗聽了,便向岸邊高聲叫道:「張二哥,叫得妙。不要動手,有你令兄張横家書在此。

這黑大漢是俺們兄弟，你且饒了他，上岸來說話。」張順在江心裏，見是戴宗叫他，却也時常認得，便放了李逵。不便肯攏，筆有餘勁。赴到岸邊，爬上岸來，看着戴宗唱個喏道：「院長，休怪小人無禮。」戴宗道：「足下可看我面，且去救了我這兄弟上來，却教你相會一個人。」便似相贖者，然真是妙語。張順再跳下水裏，赴將開去。李逵正在江裏探頭探腦，假挣扎赴水。偏寫他假處，偏是天真爛熳，令人絕倒。張順早赴到分際，帶住了李逵一隻手，自把兩條腿踏着水浪，如行平地。那水浸不過他肚皮，渰着臍下，擺了一隻手，直托李逵上岸來。江邊的人個個喝采，再畫三五百人一句，表牙市未散。半晌，張順、李逵都到岸上，李逵喘做一團，口裏只吐白水。三碗辣魚、二斤羊肉，一齊都出，爲之絕倒。戴宗道：「且都請你們到琵琶亭上說話。」

張順討了布衫穿着，李逵也穿了布衫。前只一領布衫，此忽變出兩領布衫，妙。四個人再到琵琶亭上來，戴宗便對張順道：「二哥，你認得我麼？」先問自家起，做個波磔。張順道：「小人自識得院長，只是無緣，不曾拜會。」戴宗指着李逵，問張順道：「足下日常曾認得他麼？」次問李逵，再做一波磔。今日倒衝撞了你。」張順道：「小人如何不認得李大哥，只是不曾交手。」李逵道：「你也渰得我够了！」妙。張順道：「你也打得我好了！」妙。戴宗道：「你兩個今番却做個至交的弟兄。常言道：不打不成相識。」李逵道：「你路上休撞着我！」妙。張順道：「我只在水裏等你便了！」妙。四人都笑起來，大家唱個無禮喏。

戴宗指着宋江對張順道：「二哥，你曾認得這位兄長麼？」用兩波磔後，忽然放去作李、張鬥口語，然後再提出第三問來，筆法奇妙。張順看了道：「小人却不認得，這裏亦不曾見。」李逵跳起身來道：「這哥哥便是黑宋江！」司馬君實僕，蘇東坡教得壞；李逵，戴宗教不壞，看他依舊直言叫唤也。○活寫出他得意來。張順道：「莫非是山東及時雨鄆城宋押司？」戴宗道：「正是公明哥哥。」張順納頭便拜道：「久聞大名，不想今日得會！多聽的江湖上來往的人説兄長清德，扶危濟困，仗義疏財。」宋江答道：「量小可何足道哉！前日來時，揭陽嶺下混江龍李俊家裏住了幾日。後在潯陽江，因穆弘相會，得遇令兄張横，修了一封家書，寄來與足下，放在營内，不曾帶得來。今日便和戴院長並李大哥，來這裏琵琶亭吃三杯，就觀江景。宋江偶然酒後思量些鮮魚湯醒酒，怎當得他定要來討魚，一句畫出李逵。我兩個阻他不住。只聽得江岸上發喊熱鬧，叫酒保看時，説道是黑大漢和人厮打。我兩個急急走來勸解，不想却與壯士相會。今日宋江，一朝得遇三位豪傑，又結束一句。○前結兩人，此結三人。豈非天幸！且請同坐，菜酌三杯。」再唤酒保重整杯盤，再備肴饌。張順道：「既然哥哥要好鮮魚吃，兄弟去取幾尾來。」宋江道：「最好。」李逵道：「我和你去討。」宋江與銀不以爲恩，張順水浸不以爲怨。天真爛熳，蕩蕩乎乎。戴宗喝道：「又來了！你還吃得水不快活？」張順笑將起來，綰了李逵手，説道：「我今番和你去討魚，看别人怎地？」情分語言，都臻絶妙，又真好張順也。兩個下琵琶亭來。到得江邊，張順略哨一聲，只見江上魚船都撑攏來到岸邊。畫。張順問道：「那個船裏有金色鯉魚？」只見這個應道：「我船上來。」那個應道：「我船裏有。」一霎時，却轃攏十數尾金色鯉魚來。張順選了四尾大的，折柳條穿了，緑楊樹。先教李逵將來亭上整理。竟是一家。張順自點了行販，分付了小牙子去把秤賣魚。細。○收拾三五百人，好筆。張順却自來琵琶亭上，陪侍宋江。宋江謝道：「何須許多？但賜一尾便够了。」張順答道：「些小微物，何足挂齒！兄長食不了時，將回行館做下飯。」兩個序齒坐了。李逵道：「自家年長。」坐了第三位。妙絶。○禮豈爲我輩設耶？然而先王之禮，莫大于此矣。張順坐第四位。再叫酒保討兩樽「玉壺春」上色酒來，並些海鮮、按酒、果品之類。張順分付酒保，把一尾魚做辣湯，用酒蒸，一尾叫酒保切鱠。

四人飲酒中間，各叙胸中之事。正説得入耳，只看一個女娘，年方二八，穿一身紗衣，五月。來到跟前，深深的道了四個萬福，頓開喉音便唱。李逵正待要賣弄胸中許多豪傑的事務，却被他唱起來一攪，三個且都聽唱，打斷了他的話頭。不表李逵不近女色，正識三人不覺露其本色也。李逵怒從心起，跳起身來，把兩個指頭去那女娘額上一點，饒他三個指頭，已算惜玉憐香矣。那女娘大叫一聲，驀然倒地。衆人近前看時，只見那女娘桃腮似土[二]，檀口無言。那酒店主人一發向前攔住四人，要去經官告理。正是：憐香惜玉無情緒，煮鶴焚琴惹是非。畢竟宋江等四人在酒店裏怎地脱身，且聽下回分解。

[二]「土」，貫華堂本作「主」，據葉瑶池本改。

第五才子書施耐庵水滸傳卷之四十三

聖歎外書

第三十八回　潯陽樓宋江吟反詩　梁山泊戴宗傳假信

此回止黄通判讀反詩一段，錯落扶疏之極，其餘止看其叙事明浄徑捷耳。潯陽樓飲酒後，忽寫宋江腹瀉，是作者慘淡經營之筆。蓋不因此事，便要仍復入城尋彼三人，則筆墨殊費；不復入城尋彼三人，即又嫌新交冷落也。此正與林冲氣悶，連日不上街來同法。

寫宋江問三個人住處，凡三樣答法，可謂極盡筆墨之巧。至行入正庫，飲酒吟詩，便純用「月明星稀，烏鵲南飛」筆氣，讀之令人慷慨。

篇首女娘暈倒一段，只是吃魚後借作收科，更無别樣照應。

話説當下李逵把指頭捺倒了那女娘，酒店主人攔住説道：「四位官人，如何是好？」主人心慌，便叫酒保過賣都向前來救他，就地下把水噴噀。看看甦醒，扶將起來看時，額角上抹脱了一片油皮，因此那女子暈昏倒了。救得醒來，千好萬好。他的爹娘聽得説是黑旋風，一句便省無數。先自驚得呆了半晌，那裏敢説一言？看那女子已自説得話了，娘母取個手帕，自與他包了頭，收拾了釵鐶。宋江問道：「你姓甚麽？那裏人家？」那老婦人道：「不瞞官人説，老身夫妻兩口兒，姓宋，原是京師人。只有這個女兒，小字玉蓮。他爹自教得他幾個曲兒，胡亂叫他來這琵琶亭上賣唱養口。爲他性急，反映李逵性急。不看頭勢，不管官人説話，只顧便唱。今日這哥哥失手傷了女兒些個，終不成經官動詞，連累官人。」宋江見他説得本分，便道：「你着甚人跟我到營裏，我與你二十兩銀子，宋江只如此。將息女兒；日後嫁個良人，免在這裏賣唱。」那夫妻兩口兒便拜謝道：「怎敢指望許多！」宋江道：「我説一句是一句，並不會説謊。反映李逵説謊。你便叫你老兒自跟我去討與他。」那夫妻二人拜謝道：「深感官人救濟！」戴宗埋冤李逵道：「你這廝要便與人合口，又教哥哥壞了許多銀子！」非寫戴宗小哉相，正借以反襯宋江耳。李逵道：「只指頭略擦得一擦，他自倒了。不曾見這般鳥女子，恁地嬌嫩！你便在我臉上打一百拳也不妨！」絶倒之語，可謂刻畫鐵牛、唐突玉蓮矣。宋江等衆人都笑起來。張順便叫酒保去説：「這席酒錢我自還他。」寫李逵無錢作主，反來大腹作客後，忽生出宋、張爭還酒錢一段。前後照射，令人不堪。酒保聽得道：「不妨，不妨，只顧去。」宋江那裏肯，醜。便道：「兄弟，我勸二位來吃酒，倒要你還錢！」醜。張順苦死要還，醜。説道：「難得哥哥會面。仁兄在山東時，小弟哥兒兩個也兀自要來投奔哥哥。今日天幸得識尊顔，權表薄意，非足爲禮!」戴宗勸道:醜。「宋兄長,既然是張二哥相敬之心,只得曲允。」宋江道:「既然兄弟還了,改日却另置杯復禮。」醜。張順大喜,就將了兩尾鯉魚,和戴宗、李逵帶了這個宋老兒,都送宋江離了琵琶亭,來到營裏。五個人都進抄事房裏坐下。宋江先取兩錠小銀二十兩,與了宋老兒。寫宋江只如此。那老兒拜謝了去,不在話下。天色已晚,張順送了魚,宋江取出張橫書付與張順,相別去了。宋江又取出五十兩一錠大銀與李逵,宋江只如此。道:「兄弟,你將去使用。」戴宗也自作別,和李逵趕入城去了。神妙之筆,更不寫李逵謝,亦不寫李逵別。只說宋江把一尾魚送與管營,寫宋江只如此。留一尾自吃。宋江因見魚鮮,貪愛爽口,多吃了些。至夜四更,肚裏絞腸刮肚價疼。天明時,一連瀉了二十來遭,昏暈倒了,睡在房中。昨日之叙,爲見三人也。既見三人了,明日若又叙,便覺行文稠疊;不叙,又殊覺冷淡也。只改作腹瀉睡倒,其法與林冲「連日氣悶不上街來」正同。宋江爲人最好,營裏衆人都來煮粥燒湯,看覷伏侍他。次日,張順因見宋江愛魚吃,又將得好金色大鯉魚兩尾送來,餘波。就謝宋江寄書之義。却見宋江破腹瀉倒在床,衆囚徒都在房裏看視。張順見了,要請醫人調治。宋江道:「自貪口腹,吃了些鮮魚,壞了肚腹。你只與我贖一貼止瀉六和湯來,吃便好了。」叫張順把這兩尾魚,一尾送與王管營,一尾送與趙差撥。寫宋江只如此。張順送了魚,就贖了一貼六和湯藥來與宋江了,自回去,不在話下。營内自有衆人煎藥伏侍。次日,戴宗備了酒肉,李逵也跟了,徑來抄事房看望宋江。只見宋江暴病纔可,吃不得酒肉,兩個自在房面前吃了。直至日晚,相別去了,寫三人不復叙,只各自來各自去,妙絶。亦不在話下。

只說宋江自在營中將息了五七日，覺得身體沒事，病症已痊，思量要入城中去尋戴宗。又過了一日，不見他一個來。先寫一句作引。次日早膳罷，辰牌前後，揣了些銀子，又帶銀子。鎖上房門，離了營裏。信步出街來，徑走入城，去州衙前左邊尋問戴院長家。有人說道：妙筆。「他又無老小，只在城隍廟間壁觀音庵裏歇。」是個太保。宋江聽了，直尋訪到那裏，已自鎖了門出去了。妙想妙筆。○若尋着，便又續前日之游矣，有何妙哉。却又來尋問黑旋風李逵時，多人說道：妙筆。○偏是他「多人說」。「他是個沒頭神，妙。又無家室，妙。只在牢裏安身。妙。沒地里的巡簡，東邊歇兩日，西邊歪幾時，妙。正不知他那裏是住處。」妙。宋江又尋問賣魚牙子張順時，亦有人說道：妙筆。「他自在城外村裏住。便自賣魚時，也只在城外江邊，只除非討賒錢入城來。」三段其文各變。宋江聽罷，只得出城來，五字一頓，妙絶。遂若此日已畢，不復有事者。直要問到那裏。獨自一個，悶悶不已，信步再出城外來。看見那一派江景非常，觀之不足。以非常之人，負非常之才，抱非常之志，對非常之景，每每露出圭角來，寫得雄渾之極。正行到一座酒樓前過，仰面看時，傍邊豎着一根望竿，懸挂着一個青布酒旆子，上寫道：「潯陽江正庫」。奇語。雕檐外一面牌額，上有蘇東坡大書「潯陽樓」三字。宋江看了，便道：「我在鄆城縣時，只聽得說江州好座潯陽樓，原來却在這裏。我雖獨自一個在此，不可錯過，何不且上樓去，自己看玩一遭？」宋江來到樓前看時，只見門邊朱紅華表柱上兩面白粉牌，各有五個大字，寫道：「世間無比酒」，「天下有名樓」。將寫宋江吟反詩，却先寫出此十個字來，替他挑動詩興；却又暗將「世間無比」、「天下有名」八個字，挑動宋江雄才異志，真是絶妙之筆。宋江便上樓來，去靠江占一座閣子裏坐了，憑闌舉目，喝采不已。酒保上樓來，問道：「官人還是要待客，只是自消遣？」宋江道：「要待兩位客人，未見來。你且先取一樽好酒，果品肉食只顧賣來，魚便不要。」餘波。酒保聽了，便下樓去。少時一托盤把上樓來，一樽「藍橋風月」美酒，擺下菜蔬、時新果品、按酒，列幾般肥羊、嫩鷄、釀鵝、精肉，盡使朱紅盤碟。

宋江看了，心中暗喜，自誇道：「這般整齊肴饌，濟楚器皿，端的是好個江州！我雖是犯罪遠流到此，却也看了些真山真水。我那裏雖有幾座名山古迹，却無此等景致。」獨自一個，一杯兩盞，倚闌暢飲，不覺沉醉；猛然驀上心來，思想道：奇文突兀。○寫宋江平生狡獪，却于醉後露出真心，極嚴極冷之筆。「我生在山東，長在鄆城，學吏出身，結識了多少江湖好漢。雖留得一個虛名，目今三旬之上，名又不成，利又不就，倒被文了雙頰，配來在這裏！我家鄉中老父和兄弟如何得相見？」不覺酒湧上來，潸然淚下；臨風觸目，感恨傷懷。忽然做了一首《西江月》詞，寫出宋江言發于衷，奇文突兀。便喚酒保索借筆硯來，起身觀玩，見白粉壁上多有先人題詠。畫。宋江尋思道：「何不就書于此？倘若他日身榮，公欲以何科目出身？寫宋江內蓄異心，筆墨如鏡。再來經過，重睹一番，以記歲月，想今日之苦。」寒士真有此興，寫來欲哭。乘着酒興，磨得墨濃，蘸得筆飽，去那白粉壁上便寫道：

自幼曾攻經史，長成亦有權謀。表出權術，爲宋江全傳提綱。恰如猛虎卧荒丘，潛伏爪牙忍受。不幸刺文雙頰，那堪配在江州！他年若得報冤讎，血染潯陽江口！寫宋江心事。令人不可解。既不知其冤讎爲誰，又不知其何故乃在潯陽江上也。

宋江寫罷，自看了大喜大笑，一面又飲了數杯酒，突兀淋漓之極。不覺歡喜。自狂蕩起來，手舞足蹈，又拿起筆來，去那《西江月》後再寫下四句詩，突兀淋漓之極。道是：

心在山東身在吴，飄蓬江海謾嗟吁[一]。他時若遂凌雲志，敢笑黄巢不丈夫！其言咄咄，使人欲驚。

宋江寫罷詩，又去後面大書五字道：「鄆城宋江作」。突兀淋漓之極。寫罷，擲筆在桌上，又自歌了一回。再滿飲數杯酒，突兀淋漓之極。不覺沉醉，力不勝酒。便喚酒保計算了，取些銀子算還，多的都賞了酒保。寫宋江醉中亦如此，真是久假成性。拂袖下樓來，踉踉蹌蹌，取路回營裏來。開了房門，便倒在床上，一覺直睡到五更。酒醒時，全然不記得昨日在潯陽江樓上題詩一節。宋江權術人，何至有漏？特補一筆，甚妙。當日害酒，自在房裏睡卧，不在話下。

且説這江州對岸，另有個城子，唤做無爲軍，却是個野去處。城中有個在閑通判，姓黄，雙名文炳。這人雖讀經書，却是阿諛諂佞之徒，心地匾窄，只要嫉賢妒能，勝如己者害之，不如己者弄之，專在鄉里害人。爲後伏案。聞知這蔡九知府是當朝蔡太師兒子，每每來浸潤他。時常過江來請訪知府，指望他引薦出職，再欲做官。也是宋江命運合當受苦，撞了這個對頭。當日這黄文炳在私家閑坐，無可消遣，帶了兩個僕人，買了些時新禮物，自家一隻快船渡過江來，徑去府裏探望蔡九知府。恰恨撞着府裏公宴，不敢進去，却再回船。正好那隻船僕人已

[一]「吁」，貫華堂本作「呼」，據葉瑶池本改。

纔在潯陽樓下，來得便淨。黄文炳因見天氣暄熱，且去樓上閑玩一回。信步入酒庫裏來，看了一遭，轉到酒樓上，憑欄消遣。觀見壁上題詠甚多，也有做得好的，陪一句。亦有歪談亂道的，再陪一句。黄文炳看了冷笑。「大驚」句，亦先作一陪。正看到宋江題《西江月》詞並所吟四句詩，大驚道：「這個不是反詩？誰寫在此？」後面却書道「鄆城宋江作」五個大字。黄文炳再讀道：一。「自幼曾攻經史，長成亦有權謀。」冷笑道：「冷笑」妙。「這人自負不淺！」確。又讀道：二。「恰如猛虎卧荒丘，潛伏爪牙忍受。」側着頭道：「側着頭」妙。「那厮也是個不依本分的人！」確。又讀：三。「不幸刺文雙頰，那堪配在江州。」又笑道：「又笑」妙。「也不是個高尚其志的人，看來只是個配軍。」確。又讀道：四。「他年若得報寃讎，血染潯陽江口。」摇頭道：「摇頭」妙。「這厮報讎兀誰？却要在此間生事！我亦疑之。量你是個配軍，做得甚用！」是，又殊不然。又讀詩道：五。「心在山東身在吴，飄蓬江海謾嗟吁。」一點頭道：「點頭」妙。「這兩句兀自可恕。」是。又讀道：六。「他時若遂凌雲志，敢笑黄巢不丈夫！」伸着舌、摇着頭道：「伸着舌、摇着頭」妙。「這厮無禮！他却要賽過黄巢，不謀反待怎地？」確。再讀了「鄆城宋江作」，七。想道：「想」妙。「我也多曾聞這個名字，那人多管是個小吏。」確。〇一段逐句讀，逐句評，有峽雲亂捲，江樹對生之勢。便唤酒保來問道：「作這兩篇詩詞，端的是何人題下在此？」酒保道：「夜來一個人，獨自吃了一瓶酒，寫在這裏。」黄文炳道：「約莫甚麽樣人？」酒保道：「面頰上有兩行金印，多管是牢城營裏人。好。〇有此句，後便有脚。生得黑矮肥胖。」黄文炳道：「是了。」就借筆硯，取幅紙來抄了，藏在身邊，分付酒保休要刮去了。細。

黄文炳下樓，自去船中歇了一夜。次日飯後，僕人挑了盒仗，一徑又到府前。正值知府退堂在衙内，使人入去報復。多樣時，蔡九知府遣人出來，邀請在後堂。蔡九知府却出來，與黄文炳叙罷寒温已畢，送了禮物，分賓主坐下。黄文炳禀説道：「文炳夜來渡江，到府拜望，聞知公宴，不敢擅入。今日重復拜見恩相。」蔡九知府道：「通判乃是心腹之交，徑入來同坐何妨？下官有失迎迓。」左右執事人獻茶。茶罷，黄文炳道：「相公在上，不敢拜問：不知近日尊府太師恩相曾使人來否？」心上正經語，却又宛然接入新聞，妙甚。知府道：「前日纔有書來。」黄文炳道：「不敢動問：京師近日有何新聞？」報新聞，反先問新聞，口角如畫。知府道：「家尊寫來書上分付道：『近日太史院司天監奏道：夜觀天象，罡星照臨吴、楚；敢有作耗之人，隨即體察剿除。更兼街市小兒謡言四句道：「耗國因家木，刀兵點水工。縱横三十六，播亂在山東。」』因此囑付下官，緊守地方。」黄文炳尋思了半晌，笑道：「恩相，事非偶然也！」黄文炳袖中取出所抄之詩，呈與知府道：「不想却在此處。」蔡九知府看了道：「這是個反詩，通判那裏得來？」黄文炳道：「小生夜來不敢進府，回至江邊。無可消遣，却去潯陽樓上避熱閑玩，觀看閑人吟詠。只見白粉壁上，新題下這篇。」知府道：「却是何等樣人寫下？」寫公子官如畫。黄文炳回道：「相公，上面明題着姓名，道是『鄆城宋江作』。」知府道：「這宋江却是甚麽人？」數日前曾問枷上無封皮，數日後已夢夢不知，公子官活畫。黄文炳道：「他分明寫着『不幸刺文雙頰，那堪配在江州』。眼見得只是個配軍，牢城營犯罪的囚徒。」知府道：「量這個配軍，做得甚麽！」黄文炳道：「相公不可小覷了他。恰纔相公所言，尊府恩相家書説小兒謡言，正應在本人身上。」知府道：「何以見得？」黄文炳道：「『耗國因家木』，耗散國家錢糧的人，必是『家』頭着個『木』字，明明是個『宋』字；第二句，『刀兵點水工』，興起刀兵之人，水邊着個『工』字，明是個『江』字：這個人姓宋，名江，又作下反詩，明是天數。萬民有福！」知府又問道：「何爲『縱横三十六，播亂在山東』？」黄文炳答道：「或是六六之年，或是六六之數；不明白正妙。『播亂在山東』，今鄆城縣正是山東地方。這四句謡言，已都應了。」知府又道：「不知此間有這個人麽？」公子官活畫。黄文炳回道：「小生夜來問那酒保時，説道這人只是前日寫下了去。這個不難，只取牢城營文册一查，便見有無。」知府道：「通判高見極明。」公子官活畫。便唤從人叫庫子，取過牢城營裏文册簿來看。當時從人于庫内取至文册，蔡九知府親自簡看，見後面果有：「五月間新配到囚徒一名，鄆城縣宋江。」黄文炳看了道：「正是應謡言的人，非同小可！如是遲緩，誠恐走透了消息。可急差人捕獲，下在牢裏，却再商議。」知府道：「言之極當。」公子官活畫。隨即陞廳，叫唤兩院押牢節級過來。廳下戴宗聲諾，知府道：「你與我帶了做公的人，快下牢城營裏，捉拿潯陽樓吟反詩的犯人鄆城縣宋江來，不可時刻違誤！」

戴宗聽罷，吃了一驚，心裏只叫得苦。一。隨即出府來，點了衆節級牢子，都叫：「各去家裏取了各人器械，來我下處間壁城隍廟裏取齊。」戴宗分付了，衆人各自歸家去。戴宗却自作起神行法，先來到牢城營裏，徑入抄事房。推開門看時，宋江正在房裏，見是戴宗入來，慌忙迎接，便道：「我前日入城來，那裏不尋遍？因賢弟不在，獨自無聊，自去潯陽樓上飲了一瓶酒。這兩日迷迷不好，正在這裏害酒。」補兩日又不見三人也。戴宗道：「哥哥，你前日却寫下甚言語在樓上？」宋江道：「醉後狂言，誰個記得？」戴宗道：「却纔知府喚我當廳發落，叫多帶從人，拿捉潯陽樓上題反詩的犯人鄆城縣宋江正身赴官。兄弟吃了一驚，先去穩住衆做公的，在城隍廟等候；如今我特來先報你知。哥哥，却是怎地好，如何解救？」宋江聽罷，搔頭不知癢處，偏寫宋江用不着權詐，妙絶。只叫得苦：「我今番必是死也！」戴宗道：「我教仁兄一着解手，未知如何？如今小弟不敢擔閣，回去便和人來捉你。你可披亂了頭髮，把尿屎潑在地上，就倒在裏面，詐作風魔。我和衆人來時，你便口裏胡言亂語，只做失心風，我便好自去替你回復知府。」絶倒。〇宋江權詐偏至于此，令人絶倒。宋江道：「感謝賢弟指教，萬望維持則個！」

戴宗慌忙別了宋江，回到城裏。徑來城隍廟，喚了衆做公的，一直奔入牢城營裏來，假意喝問：「那個是好。新配來的宋江？」牌頭引衆人到抄事房裏，只見宋江披散頭髮，倒在尿屎坑裏滚，見了戴宗和做公的人來，便說道：「你們是甚麽鳥人？」戴宗假意大喝一聲：「捉拿這廝！」宋江白着眼，却亂打將來，口裏亂道：「我是玉皇大帝的女婿！丈人教我領十萬天兵，來殺你江州人！閻羅大王做先鋒，五道將軍做合後，與我一顆金印，重八百餘斤，殺你這般鳥人！」衆做公的道：「原來是個失心風的漢子！我們拿他去何用？」戴宗道：「説得是。好。我們且去回話，要拿時再來。」衆人跟了戴宗，回到州衙裏。蔡九知府在廳上專等回話。戴宗和衆做公的在廳下回復知府道：「原來這宋江是個失心風的人，尿屎穢汚全不顧，口裏胡言亂語，渾身臭糞不可當，因此不敢拿來。」

蔡九知府正待要問緣故時，黃文炳早在屏風背後轉將出來，對知府道：「休信這話。本人作的詩詞，寫的筆迹，不是有風症的人，其中有詐。黃文炳能。好歹只顧拿來，便走不動，扛也扛將來。」黃文炳能。蔡九知府道：「通判説得是。」公子官活畫。便發落戴宗：「你們不揀怎地，只與我拿得來。」戴宗領了鈞旨，只叫得苦；二。再將帶了衆人下牢城營裏來，對宋江道：「仁兄，事不諧矣！兄長只得去走一遭。」便把一個大竹籮扛了宋江[一]，直擡到江州府裏，當廳歇下。知府道：「拿過這厮來！」衆做公的把宋江押于階下。宋江那裏肯跪？睁着眼，見了蔡九知府道：「你是甚麽鳥人，敢來問我！我是玉皇大帝的女婿。丈人教我引十萬天兵，來殺你江州人！閻羅大王做先鋒，五道將軍做合後，有一顆金印，重八百餘斤！你也快躲了，不時我教你們都死！」蔡九知府看了，没做理會處。公子官活畫。黃文炳又對知府道：「且喚本營差撥並牌頭來問，這人來時有風，近日却纔風？黃文炳能。若是來時風，便是真症候；若是近日纔風，必是詐風。」知府道：「言之極當。」公子官活畫。便差人喚到管營、差撥，問他兩個時，那裏敢隱瞞？只得直説道：「這人來時不見有風病，敢只是近日舉發此症。」知府聽了大怒，喚過牢子獄卒，把宋江捆翻，一連打上五十下。打得宋江一佛出世，二佛湼槃，皮開肉綻，鮮血淋漓。戴宗看了，只叫得苦，三。又没做道理救他處。宋江初時也胡言

[一]「籮」，金評各本均作「蘿」，據明容與堂本改。

亂語，次後吃拷打不過，只得招道：「自不合一時酒後，誤寫反詩，别無主意。」蔡九知府明取了招狀，將一面二十五斤死囚枷枷了，推放大牢裏收禁。宋江吃打得兩腿走不動，當廳釘了，直押赴死囚牢裏來。却得戴宗一力維持，分付了衆小牢子，都教好覷此人。戴宗自安排飯食，供給宋江，不在話下。

再説蔡九知府退廳，邀請黄文炳到後堂，稱謝道：「若非通判高明遠見，下官險些兒被這厮瞞過了。」黄文炳又道：「相公在上，此事也不宜遲。只好急急修一封書，便差人星夜上京師，報與尊府恩相知道，顯得相公幹了這件國家大事。只説「顯得相公」，便已顯得自家。小人機智，明捷如此。就一發稟道：『若要活的，便着一輛陷車解上京；如不要活的，恐防路途走失，就于本處斬首號令，以除大害。』爲下作引。便是今上得知必喜。」只説相公，便顯自己。蔡九知府道：「通判所言有理，公子官活畫。下官即日也要使人回家，書上就薦通判之功，使家尊面奏天子，早早陞授富貴城池，去享榮華。」通篇歸結。黄文炳拜謝道：「小生終身皆依托門下，是文中旁語，却是文炳正題。自當銜環背鞍之報。」黄文炳就攛掇蔡九知府寫了家書，印上圖書。八字詳細，爲下作引。黄文炳問道：「相公差那個心腹人去？」知府道：「本州自有個兩院節級，唤做戴宗，會使神行法，一日能行八百里路程。只來早便差此人徑往京師，只消旬日，可以往回。」黄文炳道：「若得如此之快，最好，最好！」蔡九知府就後堂置酒，管待了黄文炳。次日相辭知府，自回無爲軍去了。

且説蔡九知府安排兩個信籠，打點了金珠寶貝玩好之物，上面都貼了封皮。次日早辰，喚過戴宗到後堂，囑付道：「我有這般禮物、一封家書，要送上東京太師府裏去，慶賀我父親六月十五日生辰。日期將近，只有你能幹去得。奇文大筆，忽若怪石飛落。〇宋江爲事之根，今日忽又撞着。你休辭辛苦，可與我星夜去走一遭。討了回書便轉來，我自重重地賞你。你的程途，都在我心上。我已料着你神行的日期，專等你回報，切不可沿途耽閣，有誤事情。」戴宗聽了，不敢不依，只得領了家書、信籠，便拜辭了知府。挑回下處安頓了，却來牢裏對宋江説道：「哥哥放心，知府差我上京師去，只旬日之間便回。就太師府裏使些見識，解救哥哥的事。寫戴宗不知書裏事，妙。每日飯食，我自分付在李逵身上，委着他安排送來，不教有缺。仁兄且寬心守奈幾日。」宋江道：「望煩賢弟救宋江一命則個！」

戴宗叫過李逵，當面分付道：「你哥哥是對李逵語，只此三字已足。誤題了反詩，在這裏吃官司，未知如何。我如今又吃差往東京去，早晚便回。哥哥飯食，朝暮全靠着你看覷他則個。」李逵應道：「吟了反詩，打甚麽鳥緊！萬千謀反的，倒做了大官。駭人語，快絶妙絶。你自放心東京去，牢裏誰敢奈何他！好便好，不好我使老大斧頭砍他娘！」亦爲下作引。戴宗臨行，又囑付道：「兄弟小心，不要貪酒，失誤了哥哥飯食，休得出去噇醉了，餓着哥哥！」李逵道：「哥哥，你自放心去。若是這等疑忌時，兄弟從今日就斷了酒，看他斷頭瀝血，可敬可畏。待你回來却開。未曾斷，先算開，寫來絶倒。〇看他未曾斷先算開，却又肯斷，一發難得也。早晚只在牢裏，服侍宋江哥哥，有何不可？」戴宗聽了大喜道：「兄弟若得如此發心，堅意守看哥哥，更好。」當日作別，自去了。李逵真個不吃酒，早晚只在牢裏服侍宋江，寸步不離。寫得至性人可敬可愛。〇寫李逵口中並不説忠說孝，而忽然發心服侍宋江，便如此寸步不離。激射宋江日日談忠說孝，不曾伏侍太公一刻也。

不說李逵自看覷宋江，且說戴宗回到下處，換了腿絣護膝、八答麻鞋，穿上杏黃衫，整了搭膊，腰裏插了宣牌，換了巾幘，便袋裏藏了書信、盤纏，挑上兩個信籠。出到城外，身邊取出四個甲馬，去兩隻腿上每隻各拴兩個，口裏念起神行法咒語來，頃刻離了江州。戴宗打扮，至此方出。一日行到晚，投客店安歇，解下甲馬，取數陌金紙燒送了，奇語。過了一宿。次日早起來，吃了酒食，離了客店，又拴上四個甲馬，挑起信籠，放開脚步便行。端的是耳邊風雨之聲，脚不點地，路上略吃些素飯素酒點心又走。看看日暮，戴宗早歇了，又投客店宿歇一夜。次日起個五更，趕早涼行，拴上甲馬，挑上信籠又走。約行過了三二百里，已是巳牌時分，不見一個乾净酒店。此時正是六月初旬天氣，蒸得汗雨淋漓，滿身蒸濕，又怕中了暑氣。正饑渴之際，早望見前面樹林側首，一座傍水臨湖酒肆。可知。戴宗撚指間走到跟前看時，乾乾净净，有二十副座頭，盡是紅油桌凳，一帶都是檻窗。戴宗挑着信籠入到裏面，揀一副穩便座頭，歇下信籠，解下腰裏搭膊，脱下杏黄衫，噴口水晾在窗欄上。夏景。戴宗坐下，只見個酒保來問道：「上下，打幾角酒？要甚麽肉食下酒，或猪羊牛肉？」戴宗道：「酒便不要多，與我做口飯來吃。」酒保又道：「我這裏賣酒賣飯，又有饅頭、粉湯。」戴宗道：「我却不吃葷腥，有甚素湯下飯？」酒保道：「加料麻辣熝豆腐如何？」戴宗道：「最好，最好！」酒保去不多時，熝一碗豆腐，放兩碟菜蔬，連篩三大碗酒來。

戴宗正饑又渴，一上把酒和豆腐都吃了，却待討飯吃，只見天旋地轉，頭暈眼花，就凳邊便倒。酒保叫道:「倒了!」只見店裏走出一個人來,便是梁山泊旱地忽律朱貴,說道:「且把信籠將入去,先搜那厮身邊有甚東西。」便有兩個火家去他身上搜看,只見便袋裏搜出一個紙包,包着一封書,取過來,遞與朱頭領。朱貴拆開,却是一封家書,見封皮上面寫道:「平安家信,百拜奉上父親大人膝下。男蔡德章謹封。」朱貴便拆開,從頭看去,見上面寫道:「見今拿得應謠言題反詩山東宋江,監收在牢」一節,「聽候施行」。朱貴看罷,驚得呆了半晌,做聲不得。火家正把戴宗扛起來,背入殺人作房裏去開剥,只見凳頭邊溜下搭膊,上挂着硃紅綠漆宣牌。朱貴拿起來看時,上面雕着銀字,道是「江州兩院押牢節級戴宗」。看出戴宗,又是一樣寫法。朱貴看了道:「且不要動手。我常聽得軍師說,這江州有個神行太保戴宗,是他至愛相識。莫非正是此人?如何倒送書去害宋江?好。這一段書,却又天幸撞在我手裏!」叫火家:「且與我把解藥救醒他來,問個虛實緣由。」

當時火家把水調了解藥,扶起來,灌將下去。須臾之間,只見戴宗舒眉展眼,便爬起來。却見朱貴拆開家書在手裏看,好。戴宗便喝道:「你是甚人?好大膽,却把蒙汗藥麻翻了我!如今又把太師府書信擅開,拆毁了封皮,却該甚罪?」朱貴笑道:「這封鳥書,打甚麽不緊!休說拆開了太師府書札,俺這裏兀自要和大宋皇帝做個對頭的!」戴宗聽了大驚,便問道:「好漢,你却是誰?願求大名!」朱貴答道:「俺是梁山泊好漢,旱地忽律朱貴。」戴宗道:「既是梁山泊頭領時,定然認得吴學究先生。」朱貴道:「吴學究是俺大寨裏軍師,執掌兵權。足下如何認得他?」戴宗道:「他和小可至愛相識。」朱貴道:「兄長莫非是軍師常說的,江州神行太保戴院長麽？」戴宗道：「小可便是。」朱貴又問道：「前者宋公明斷配江州，經過山寨，吴軍師曾寄一封書與足下，如今却緣何倒去害宋三郎性命？」戴宗道：「宋公明和我又是至愛兄弟，他如今爲吟了反詩，救他不得。我如今正要往京師尋門路救他，如何肯害他性命！」朱貴道：「你不信，請看蔡九知府的來書。」戴宗看了，自吃一驚；却把吴學究初寄的書，與宋公明相會的話，並宋江在潯陽樓醉後誤題反詩一事，備細説了一遍。朱貴道：「既然如此，請院長親到山寨裏，與衆頭領商議良策，可救宋公明性命。」

朱貴慌忙叫備分例酒食，管待了戴宗。便向水亭上，覷着對港，放了一枝號箭。響箭到處，早有小嘍囉摇過船來，朱貴便同戴宗帶了信籠細。下船，到金沙灘上岸，引至大寨。吴用見報，連忙下關迎接，見了戴宗，叙禮道：「間别久矣！今日甚風吹得到此？且請到大寨裏來。」與衆頭領相見了。朱貴説起戴宗來的緣故，「如今宋公明見監在彼。」晁蓋聽得，慌忙請戴院長坐地，備問宋三郎吃官司爲甚麽事起。戴宗却把宋江吟反詩的事一一説了，晁蓋聽罷大驚，便要起請衆頭領，點了人馬，下山去打江州，救取宋三郎上山。吴用諫道：「哥哥，不可造次。江州離此間路遠，軍馬去時，誠恐因而惹禍，打草驚蛇，倒送宋公明性命。此一件事不可力敵，只可智取。吴用不才，略施小計。只在戴院長身上，定要救宋三郎性命。」奇事。晁蓋道：「願聞軍師妙計。」

吴學究道：「如今蔡九知府却差院長送書上東京去，討太師回報。只這封書上，將計就計，寫一封假回書，可稱吴學究二劫生辰綱也。教院長回去。書上只説教：『把犯人宋江切不可施行，便須密切差的當人員解赴東京，問了詳細，定行處決示衆，斷絶童謡。』真好計策，真好回書。等他解來此間經過，我這裏自差人下山奪了。讀者只謂下文又若清風山前故事矣。此計如何？」晁蓋道：「倘若不從這裏過時，却不誤了大事？」詳得好。公孫勝便道：「這個何難！我們自着人去遠近探聽，遮莫從那裏過，務要等着，好歹奪了。」是。只怕不能彀他解來。」此句又爲下作一引。晁蓋道：「好却是好，只是没人會寫蔡京筆迹。」奇文。吴學究道：「吴用已思量心裏了。如今天下盛行四家字體，是蘇東坡、黄魯直、米元章、不意三公落名《水滸傳》中，亦是奇事。蔡京四家字體。蘇、黄、米、蔡，宋朝『四絶』。四絶。小生曾和濟州城裏一個秀才做相識，那人姓蕭，名讓。因他會寫諸家字體，人都唤他做『聖手書生』；又會使鎗弄棒，舞劍輪刀。吴用知他寫得蔡京筆迹，不若央及戴院長就到他家，賺道：『泰安州岳廟裏要寫道碑文，先送五十兩銀子在此，作安家之資。』便要他來。隨後却使人賺了他老小上山，就教本人入夥，如何？」晁蓋道：「書有他寫便好了，也須要使個圖書印記。」奇文。吴學究又道：「小生再有個相識，亦思量在肚裏了。這人也是中原一絶，一絶。見在濟州城裏居住。本身姓金，雙名大堅，開得好石碑文，剔得好圖書、玉石、印記，亦會鎗棒厮打。因爲他雕得好玉石，人都稱他做『玉臂匠』。也把五十兩銀去，就賺他來鐫碑文。到半路上，却也如此行便了。這兩個人，山寨裏亦有用他處。」補一句妙。晁蓋道：「妙哉！」當日且安排筵席，管待戴宗，就晚歇了。

次日，早飯罷，煩請戴院長打扮做太保模樣，將了一二百兩銀子，不限兩個五十兩，好。拴上甲馬便下山；把船渡過金沙灘，上岸拽開脚步，奔到濟州來。没兩個時辰，早到城裏，尋問聖手書生蕭讓住處。有人指道：「只在州衙東首文廟前居住。」住得是。戴宗徑到門首，咳嗽一聲，問道：「蕭先生有麽？」只見一個秀才從裏面出來。見了戴宗，却不認得，便問道：「太保何處？有甚見教？」戴宗施禮罷，説道：「小可是泰安州岳廟裏打供太保。今爲本廟重修五岳樓，本州上户要刻道碑文，特地教小可賫白銀五十兩，作安家之資。請秀才便挪尊步，同到廟裏作文則個。選定了日期，不可遲滯。」蕭讓道：「小生只會作文及書丹，别無甚用。如要立碑，還用刻字匠作。」順手串下好。戴宗道：「小可再有五十兩白銀，就要請玉臂匠金大堅刻石。揀定了好日，萬望指引，串下好。尋了同行。」蕭讓得了五十兩銀子，便和戴宗同來尋請金大堅。正行過文廟，只見蕭讓把手指道：「前面那個來的，便是玉臂匠金大堅。」順手串出，便不相犯，好。當下蕭讓喚住金大堅，教與戴宗相見，具説前用戴宗説，此换蕭讓説，都好。泰安州岳廟裏重修五岳樓，衆上户要立道碑文碣石之事。「這太保特地各賫五十兩銀子，來請我和你兩個去。」金大堅見了銀子，心中歡喜。兩個邀請戴宗就酒肆中市沽三杯，置些蔬食管待了。戴宗就付與金大堅五十兩銀子，作安家之資，又説道：「陰陽人已揀定了日期，請二位今日便煩動身。」蕭讓道：「天氣暄熱，今日便動身，也行不多路，前面趕不上宿頭。只是來日起個五更，挨門出去。」金大堅道：「正是如此説。」兩個都約定了來早起身，各自歸家收拾動用。蕭讓留戴宗在家宿歇。

次日五更，金大堅持了包裹行頭，來和蕭讓、戴宗三人同行。離了濟州城裏，行不過十里多路，戴宗道：「二位先生慢來，不敢催逼，小可先去報知衆上户來接二位。」拽開步數，爭先去了。這兩個背着些包裹，自慢慢而行。看看走到未牌時候，約莫也走過了七八十里路，只見前面一聲胡哨響，山城坡下跳出一夥好漢，約有四五十人。當頭一個好漢，正是那清風山王矮虎，看他用相迎之人，只是肩上肩下一輩，都好。大喝一聲道：「你兩個是甚麼人？那裏去？孩兒們，拿這厮！取心來吃酒！」蕭讓告道：「小人兩個是上泰安州刻石鐫文的，又没一分財賦，止有幾件衣服。」王矮虎喝道：「俺不要你財賦衣服，只要你兩個聰明人的心肝做下酒！」蕭讓和金大堅焦躁，倚仗各人胸中本事，便挺桿棒，徑奔王矮虎。王矮虎也挺朴刀來鬥。三人各使手中器械，約戰了五七合，王矮虎轉身便走。兩個却待去趕，聽得山上鑼聲又響，左邊走出雲裏金剛宋萬，右邊走出摸着天杜遷，背後却是白面郎君鄭天壽。自是一輩。各帶三十餘人，一發上，把蕭讓、金大堅横拖倒拽，捉投林子裏來。四籌好漢道：「你兩個放心，我們奉着晁天王的將令，特來請你二位上山入夥。」蕭讓道：「山寨裏要我們何用？我兩個手無縛鷄之力，只好吃飯。」杜遷道：「吴軍師一來與你相識，二乃知你兩個武藝本事，特使戴宗來宅上相請。」蕭讓、金大堅都面面厮覷，做聲不得。當時都到旱地忽律朱貴酒店裏，相待了分例酒食。不漏。連夜喚船，便送上山來。到得大寨，晁蓋、吴用並頭領衆人都相見了，一面安排筵席相待，且説修蔡京回書一事，「因請二位上山入夥，共聚大義。」兩個聽了，都扯住吴學究道：「我們在此趨侍不妨，只恨各家都有老小在彼，自是閑文。然亦政須了却。明日官司知道，必然壞了！」吴用道：「二位賢弟，不必憂心。天明時，便有分曉。」奇。當夜只顧吃酒歇了。次日天明，只見小嘍囉報道：「都到了。」吴學究道：「請二位賢弟親自去接寶眷。」奇。蕭讓、金大堅聽得，半信半不信。兩個下至半山，只見數乘轎子擡着兩家老小上山來。兩個驚得呆了，問其備細。老小説道：「你昨日出門之後，只見這一行人將着轎子來，説家長只在城外客店裏中了暑風，快叫取老小來看救。出得城時，不容我們下轎，直擡到這裏。」兩家都一般説。蕭讓聽了，與金大堅兩個閉口無言，只得死心塌地，再回山寨入夥，安頓了兩家老小。了。

吴學究却請出來，與蕭讓商議寫蔡京字體回書，去救宋公明。金大堅便道：「從來雕得蔡京的諸様圖書名諱字號。」當時兩個動手完成，疾。忙排了回書，疾。備個筵席，快送戴宗起程，疾。分付了備細書意。疾。戴宗辭了衆頭領下山來時，小嘍囉忙把船隻渡過金沙灘，疾。送至朱貴酒店裏；連忙取四個甲馬拴在腿上，作別朱貴，拽開脚步，登程去了。疾。○數語寫得手忙脚亂，爲失事作地，妙絶。

且説吴用送了戴宗過渡，自同衆頭領再回大寨筵席。正飲酒間，只見吴學究叫聲苦，不知高低。奇妙不可言。衆頭領問道：「軍師何故叫苦？」吴用便道：「你衆人不知：是我這封書倒送了戴宗和宋公明性命也！」奇妙不可言。衆頭領大驚，連忙問道：「軍師書上却是怎地差錯？」吴學究道：「是我一時只顧其前，不顧其後，書中有個老大脱卯！」蕭讓便道：「小生寫得字體和蔡太師字體一般，語句又不曾差了。一襯妙絶。請問軍師，不知那一處脱卯？」金大堅又道：「小生雕的圖書，亦無纖毫差錯，又一襯妙絶。怎地見得有脱卯處？」吴學究疊兩個指頭，説出這個差錯脱卯處。有分教衆好漢：大鬧江州城，鼎沸白龍廟。直教：弓弩叢中逃性命，刀鎗林裏救英雄。畢竟軍師吴學究説出怎生脱卯來，且聽下回分解。

第五才子書施耐庵水滸傳卷之四十四

聖歎外書

第三十九回　梁山泊好漢劫法場　白龍廟英雄小聚義

寫急事不得多用筆，蓋多用筆則其事緩矣。獨此書不然，寫急事不肯少用筆，蓋少用筆則其急亦遂解矣。如宋江、戴宗謀逆之人，決不待時，雖得黄孔目捱延五日，然至第六日已成水窮雲盡之際。此時只須云「只等午時三刻，便要開刀」一句便過耳，乃此偏寫出早辰先着地方打掃法場，飯後點土兵刀仗劊子；巳牌時分，獄官禀請監斬，孔目呈犯由牌，判「斬」字，又細細將貼犯由牌之蘆席亦都描畫出來。此一段是牢外衆人打扮諸事，作第一段。次又寫揊扎宋江、戴宗，各將膠水刷頭髮，各綰作鵝梨角兒，又各插朵紅綾紙花；青面大聖案前，各有「長休飯」、「永别酒」；然後六七十個獄卒，一齊推擁出來。此一段是牢裏打扮宋、戴兩人，作第二段。次又寫押到十字路口，用鎗棒團團圍住；又細説一個面南背北，一個面北背南，納坐在地，只等監斬官來。此一段是宋、戴已到法場，只等監斬，作第三段。次又寫衆人看出人，爲未見監斬官來，便去細看兩個犯由牌：先看宋江，云犯人一名某人，如何如何，律斬；次看戴宗，犯人某人，如何如何，律斬。遂巡間，不覺知府已到，勒住馬，只等午時三刻。此一段是監斬已到，只等時辰，作第四段。使讀者乃自陡然見有「第六日」三字便吃驚起，此後讀一句嚇一句，讀一字嚇一字，直至兩三葉後，只是一個驚嚇。吾嘗言：讀書之樂，第一莫樂于替人擔憂。然若此篇者，亦殊恐得樂太過也。

此篇妙處，在來日便要處決，迅雷不及掩耳。此時即有人報知山泊，亦已縮地無法，又況更無有人得知他二人與山泊有情分也。今却在前回中，寫吴用預先算出漏誤，連忙授計衆人下山。至于于路數日，則恰好是事發遲二日，黄孔目捱五日。三處各不相照，而時至事起，適然湊合，真是脱盡印板小説套子也。

寫戴宗事發後，李逵、張順二人杳然更不一見；不惟不見而已，又反寫兩番衆人叫苦，以倒踢之，真令讀者一路不勝悶悶。及讀至「虎形黑大漢」一句，不覺毛骨都抖；至于張順之來，則又做夢亦夢不到之奇文也。

話説當時晁蓋並衆人聽了，請問軍師道：「這封書如何有脱卯處？」吴用説道：「早間戴院長將去的回書，是我一時不仔細，見不到處！纔使的那個圖書，不是玉筯篆文『翰林蔡京』四字？篆體字文，前略此詳，正妙。只是這個圖書，便是教戴宗吃官司！」奇談。金大堅便道：「小弟每每見蔡太師書緘並他的文章，都是這樣圖書。今次雕得無纖毫差錯，如何有破綻？」吳學究道：「你衆位不知：如今江州蔡九知府是蔡太師兒子，如何父寫書與兒子，却使個諱字圖書？說得明快之極。因此差了。是我見不到處！此人到江州必被盤詰，問出實情，却是利害！」晁蓋道：「快使人去趕，喚他回來別寫，如何？」吳學究道：「如何趕得上！他作起神行法來，這早晚已走過五百里了。好。只是事不宜遲，我們只得恁地，可救他兩個。」晁蓋道：「怎生去救？用何良策？」吳學究便向前與晁蓋耳邊說道：「這般這般，如此如此。主將便可暗傳下號令與衆人知道，只是如此動身，休要誤了日期。」衆多好漢得了將令，各各拴束行頭，連夜下山望江州來，不在話下。

且說戴宗扣着日期，好。回到江州，當廳下了回書。蔡九知府見了戴宗如期回來，好生歡喜。先取酒來賞了三鍾，親自接了回書，便道：「你曾見我太師麽？」戴宗禀道：「小人只住得一夜便回了，不曾得見恩相。」知府拆開封皮，看見前面說正經。「信籠內許多物件，都收了。」中間說次之。「妖人宋江，今上自要他看，可令牢固陷車盛載，密切差的當人員，連夜解上京師，沿途休教走失。」書尾說帶。「黃文炳早晚奏過天子，必然自有除授。」蔡九知府看了，喜不自勝，叫取一錠二十五兩花銀賞了戴宗；一面分付教造陷車，商量差人解發起身。戴宗謝了，自回下處，買了些酒肉，來牢裏看覷宋江，不在話下。

且說蔡九知府催並合成陷車，過得一二日，正要起程，只見門子來報道：「無爲軍黃通判特來相探。」緊接。蔡九知府叫請至後堂相見，又送些禮物、時新酒果。知府謝道：「累承厚意，何以克當？」黃文炳道：「村野微物，何足挂齒！」知府道：「恭喜早晚必有榮除之慶。」黃文炳道：「相公何以知之[一]？」知府道：「昨日下書人已回。妖人宋江，教解京師；通判只在早晚奏過今上，陞擢高任。家尊回書，備説此事。」黄文炳道：「既是恁地，深感恩相主薦。那個人下書，真乃神行人也！」知府道：「通判如不信時，就教觀看家書，顯得下官不謬。」黄文炳道：「小生只恐家書不敢擅看，如若相托，求借一觀。」知府便道：「通判乃心腹之交，看有何妨？」便令從人取過家書，遞與黄文炳看。

黄文炳接書在手，從頭至尾讀了一遍。捲過來，看了封皮，只見圖書新鮮。黄文炳摇着頭道：「這封書不是真的。」賊。知府道：「通判錯矣！此是家尊親手筆迹，真正字體，如何不是真的？」黄文炳道：「相公容覆[二]：往常家書來時，曾有這個圖書麽？」賊。知府道：「往常來的家書，却不曾有這個圖書，只是隨手寫的。今番一定是圖書匣在手邊，就便印了這個圖書在封皮上。」反用一解，妙。黄文炳道：「相公休怪小生多言：這封書被人瞞過了。相公，方今天下盛行蘇、黄、米、蔡四家字體，誰不習學得？書輕點過。只是這個圖書，是令尊恩相做翰林學士時使出來[三]，賊，法帖文字上，多有人曾見。賊，如今陞轉太師丞相，如何肯把翰林圖書使出來？賊。〇此一段，比前吴用所説，又另增出。更兼亦是父寄書與子，須不當用諱

[一]「相公」，金評各本均作「公相」，據明容與堂本改。

[二]「相公」，金評各本均作「公相」，據明容與堂本改。

[三]「使」，貫華堂本作「便」，據葉瑶池本改。

字圖書。令尊太師恩相，是個識窮天下、高明遠見的人，安肯造次錯用？賊。○此一段與吴用所説同。相公不信小生之言，可細細盤問下書人，曾見府裏誰來。若説不對，便是假書。休怪小生多説，因蒙錯愛至厚，方敢僭言。」蔡九知府聽了，説道：「這事不難：此人自來不曾到東京，補一句。一盤問便顯虚實。」知府留住黄文炳在屏風背後坐地，隨即陞廳，叫唤戴宗有委用的事。當下做公的領了鈞旨，四散去尋。

且説戴宗自回到江州，先去牢裏見了宋江，附耳低言將前事説了。宋江心中暗喜。次日又有人請去酌杯，戴宗正在酒肆中吃酒，只見做公的四下來尋。當時把戴宗唤到廳上，蔡九知府問道：「前日有勞你走了一遭，真個辦事，未曾重重賞你。」戴宗答道：「小人是承奉恩相差使的人，如何敢怠慢！」知府道：「我正連日事忙，未曾問得你個仔細。你前日與我去京師，那座門入去？」戴宗道：「小人到東京時，那日天色晚了，不知唤做甚麽門。」東京帝都，人山人海，如何日晚門都不知？寫得好笑。知府又道：「我家府裏門前，誰接着你？留你在那裏歇？」戴宗道：「小人到府前，尋見一個門子，「尋見」二字好笑，寫得如市之門，可張雀綱。接了書入去。少刻，「少刻」又好笑，寫得潭潭之府，跬步即盡。門子出來，又好笑，寫得相府中鬼亦更無别個。交收了信籠，着小人自去尋客店裏歇了。寫得相府中門房亦無一間，好笑。次日早五更去寫得太師府前，如「鷄聲茅店，人迹板橋」相似，好笑。府門前伺候時，只見那門子只是這個門子，如貧士蒼頭相似，好笑。回書出來。小人怕誤了日期，那裏敢再問備細，戴宗固不問，門子如何也不問？好笑。慌忙一徑來了。」知府再問道：「你見我府裏那個門子，却是多少年紀？或是黑瘦也白浄肥胖？長大也是矮小？有鬚的也是無鬚的？」戴宗道：「小人到府裏時，天色黑了；好笑。次早回時，又是五更時候，天色昏暗，好笑。○趁黑交進去，趁黑交出來。寫得太師府前如做鬼市，好笑。不十分看得仔細。只覺不恁麼長，中等身材，「中等」二字好笑，長亦有之，短亦不遠。敢是有些髭鬚？」反與知府商量髭鬚，好笑之極。

知府大怒，喝一聲：「拿下廳去！」傍邊走過十數個獄卒牢子，將戴宗拖翻在當面。戴宗告道：「小人無罪！」知府喝道：「你這廝該死！我府裏老門子王公，已死了數年。如今只是個小王看門，如何却道他年紀大、有髭髯？況兼門子小王，不能够入府堂裏去。但有各處來的書信緘帖，必須經由府堂裏張幹辦，方纔去見李都管，然後遞知裏面，纔收禮物。便要回書，也須得伺候三日。我這兩籠東西，如何没個心腹的人出來，問你個常便備細，就胡亂收了？我昨日一時間倉卒，被你這廝瞞過了！你如今只好好招説，這封書那裏得來！」戴宗道：「小人一時心慌要趕程途，因此不曾看得分曉。」蔡九知府喝道：「胡説！這賊骨頭，不打如何肯招？左右，與我加力打這廝！」獄卒牢子情知不好，覷不得面皮，把戴宗捆翻，打得皮開肉綻，鮮血迸流。戴宗捱不過拷打，只得招道：「端的這封書是假的。」知府道：「你這廝怎地得這封假書來？」戴宗告道：「小人路經梁山泊過，走出那一夥强人來，把小人劫了，綁縛上山，要割腹剖心。辯。去小人身上搜出書信看了，把信籠都奪了，却饒了小人。情知回鄉不得，只要山中乞死。他那裏却寫這封書，與小人回來脱身。辯。一時怕見罪責，小人瞞了恩相。」知府道：「是便是了，中間還有些胡説！眼見得你和梁山泊賊人通同造意，謀了我信籠物件，却如何説這話？再打那廝！」

戴宗由他拷訊，只不肯招和梁山泊通情。蔡九知府再把戴宗拷訊了一回，語言前後相同，説道：「不必問了！取具大枷枷了，下在牢裏！」却退廳來稱謝黃文炳，道：「若非通判高見，下官險些兒誤了大事！」黃文炳又道：「眼見得這人也結連梁山泊，通同造意，謀叛爲黨。若不祓除，必爲後患。」知府道：「便把這兩個問成了招狀，立了文案，押去市曹斬首，然後寫表申朝。」黃文炳道：「相公高見極明。似此，一者朝廷見喜，知道相公幹這件大功；二者免得梁山泊草寇來劫牢。」知府道：「通判高見甚遠。下官自當動文書，親自保舉通判。」當日管待了黃文炳，送出府門，自回無爲軍去了。次日蔡九知府陞廳，便喚當案孔目來，分付道：「快教疊了文案，把這宋江、戴宗的供狀招款粘連了；一面寫下犯由牌，教來日押赴市曹斬首施行。自古謀逆之人，決不待時。斬了宋江、戴宗，免致後患。」作此疾語，令人吃驚。　當案却是黃孔目，本人與戴宗頗好，却無緣便救他，只替他叫得苦。先寫一句孔目無便救他，只叫得苦，反呼山泊諸公，妙甚。　當日稟道：「明日是個國家忌日，妙。○空中結撰有此奇文。○此止爲梁山泊來不及作地耳。然在俗筆，定向知府邊延捱下去，更不能先作駭疾語，次又另生出奇情救之也。　後日又是七月十五日，中元之節，妙。○生出許多枝節。　皆不可行刑；大後日亦是國家景命。妙。○看他「亦是」二字，勉强之極。　直至五日後，方可施行。」一日是國忌，一日是中元[一]，一日是景命，然則止是三日後耳，却云「五日」後，妙。　原來黃孔目也別無良策，只圖與戴宗少延

[一]「元」，貫華堂本作「先」，據葉瑤池本改。

殘喘[二]，亦是平日之心。又反呼山泊諸公，妙。

蔡九知府聽罷，依準黃孔目之言。直待第六日此五字中，暗伏無數事在內。早辰，早辰。先差人去十字路口打掃了法場，偏是急殺人事，偏要故意細細寫出，以驚嚇讀者。蓋讀者驚嚇，斯作者快活也，○讀者曰：不然，我亦以驚嚇爲快活；不驚嚇處，亦便不快活也。飯後飯後。點起土兵和刀仗劊子，急殺人事。約有五百餘人，都在大牢門前伺候。閑中先叙土兵之多，爲後出色。巳牌時候，巳牌時候。獄官禀了，知府親自來做監斬官。急殺人事。黃孔目只得把犯由牌呈堂，當廳判了兩個「斬」字，便將片蘆席貼起來。急殺人事。○急殺人事，偏又寫得細。江州府衆多節級牢子，雖然和戴宗、宋江過得好，却没做道理救得他，衆人只替他兩個叫苦。再插一句衆人無力相救，只叫得苦，反呼山泊諸公，妙甚。○李逵兩日不知在何處。○張順兩日一發不知在何處。急切中令人悶悶。當時打扮已了，就大牢裏把宋江、戴宗兩個匾扎起，一發急殺人。又將膠水刷了頭髮，綰個鵝梨角兒，偏要細寫，惡極。各插上一朵紅綾子紙花。偏要細寫，惡極。驅至青面聖者神案前，偏要細寫。各與了一碗「長休飯」、「永別酒」。偏要細寫。吃罷，辭了神案，漏轉身來，搭上利子。越急殺人。六七十個獄卒五百土兵，又加六七十獄卒，寫得鬧亂之極，爲後作地。早把宋江在前、戴宗在後，推擁出牢門前來。越急殺人。宋江和戴宗兩個面面厮覷，各做聲不得。宋江只把脚來跌，戴宗低了頭只歎氣。

[二]「少」，貫華堂本作「小」，據葉瑶池本改。

江州府看的人真乃壓肩疊背，何止一二千人。五百餘土兵，六七十獄卒，又加二千看的人，寫得鬧動之極，爲後作地。〇李逵何在？張順何在？急切中都不見了，令人悶絕。押到市曹十字路口，團團鎗棒圍住。越急殺人。把宋江面南背北，將戴宗面北背南，偏細。兩個納坐下，只等午時三刻監斬官到來開刀。十八字句，真正急殺人。那衆人仰面看那犯由牌，上寫道：

江州府犯人一名，宋江，故吟反詩，妄造妖言，結連梁山泊强寇，通同造反：律斬。

犯人一名，戴宗，與宋江暗遞私書，勾結梁山泊强寇，通同謀叛：律斬。

監斬官江州府知府蔡某。已到法場上，只等午時到矣。却不便接「午時三刻」四字，却反生出衆人看犯由牌一段。如得惡夢，偏不便醒，多捱一刻，即多嚇一刻。吾嘗言寫急事須用緩筆，正此法也。

那知府勒住馬，只等報來。上言只等午時三刻，監斬官到，即便開刀；此又云監斬官已到，只等午時三刻，文情愈迫愈急。真是地脈盡絕，天路不通，令人更無生情入想之處。只見法場東邊一夥弄蛇的丐者，奇文。〇法場必在十字路口，故有東邊、西邊、南邊、北邊之文也。强要挨入法場裏看，衆土兵趕打不退。正相鬧間，只見法場西邊一夥使鎗棒賣藥的，奇文。也强挨將入來。土兵喝道：「你那夥人好不曉事！這是那裏，强挨入來要看！」那夥使鎗棒的説道：「你倒鳥村！我們衝州撞府，那裏不曾去？到處看出人！便是京師天子殺人，也放人看。你這小去處，砍得兩個人，鬧動了世界，我們便挨入來看一看，打甚麽鳥緊！」東邊略，西邊詳，各異。正和土兵鬧將起來，監斬官喝道：「且趕退去，休放過來！」鬧猶未了，只見法場南邊一夥挑擔的脚夫，奇文。又要挨將入來。土兵喝道：「這裏出人，你挑那裏去？」那夥人説道：「我們挑東西送與知府相公去的，你們如何敢阻當我？」士兵道：「便是相公衙裏人，也只得去別處過一過！」那夥人就歇了擔子，都掣了匾擔，立在人叢裏看。第二段鬧，第三段不鬧，又各異。只見法場北邊一夥客商推兩輛車子過來，定要挨入法場上來。士兵喝道：「你那夥人那裏去？」客人應道：「我們要趕路程，可放我等過去。」士兵道：「這裏出人，如何肯放你？你要趕路程，從別路過去。」那夥客人笑道：「你倒說的好。俺們便是京師來的人，不認得你這裏鳥路，只是從這大路走。」士兵那裏肯放？那夥客人齊齊地挨定了不動。亦與上異，四下裏吵鬧不住[一]，再總束一句，極其精神。這蔡九知府也禁治不得。又見這夥客人都盤在車子上，立定了看。

没多時，法場中間，人分開處，一個報，報道一聲：「午時三刻。」寫得急殺不可當。監斬官便道：「斬訖報來！」急殺不可當。兩勢下刀棒劊子便去開枷，急殺不可當。行刑之人執定法刀在手。急殺不可當。說時遲，「說時遲那時快」六字，固此書中奇語也，乃此處又作兩半用，更奇絶。那夥客人在車子上聽得「斬」字，數內一個客人便向懷中取出一面小鑼兒，立在車子上「噹、噹」地敲得兩三聲，四下裏一齊動手。那時快，却見十字路口茶坊樓上，一個虎形黑大漢，脱得赤條條的，兩隻手握兩把板斧，大吼一聲，却似半天起個霹靂，從半空中跳將下來。五十一字成一句，不得讀斷。○自拿翻戴宗後，便不復更見大哥。何意此時從天而降，讀之令人身毛都竪。○要想他更無商量處，直是一副血性自做出來。可笑可愛。手起斧落，早砍翻了兩個行刑的劊子，要着。○每言大哥粗

[一]「吵」，金評各本均作「炒」，據明容與堂本改。

鹵，大哥輒不肯服。只如此處兩斧，大哥真是不粗鹵也。便望監斬官馬前砍將來。更要着，妙絶。衆土兵急待把鎗去搠時，那裏攔當得住？衆人且簇擁蔡九知府逃命去了。只見東邊那夥弄蛇的丐者，寫如此匆忙事，偏板板下東、西、南、北四字，却又偏板板用兩遍，而又能不見其板板，偏見其匆忙，見其筆力過人處。身邊都掣出尖刀，看着土兵便殺。西邊那夥使鎗棒的，妙。大發喊聲，只顧亂殺將來，一派殺倒土兵獄卒。比前增「獄卒」字，便有變换。南邊那夥挑擔的脚夫，妙。輪起匾擔，横七竪八，都打翻了土兵和那看的人。比前又增「看的人」。北邊那夥客人妙。都跳下車來，推過車子，攔住了人。寫得妙。兩個客商鑽將入來，一個背了宋江，要着。一個背了戴宗，要着。其餘的人也有取出弓箭來射的，也有取出石子來打的，也有取出摽鎗來摽的。寫出紛紛雜雜，真使其事如畫。原來扮客商的這夥，便是晁蓋、花榮、黄信、吕方、郭盛；此五個人真像客商。那夥扮使鎗棒的，便是燕順、劉唐、杜遷、宋萬；此四個人真像使鎗棒的。扮挑擔的，便是朱貴、王矮虎、鄭天壽、石勇；此四個人真像脚夫。那夥扮丐者的，便是阮小二、阮小五、阮小七、白勝。此四個人真像丐者。這一行梁山泊共是十七個頭領到來，帶領小嘍囉一百餘人，四下裏殺將起來。

只見那人叢裏，那個黑大漢輪兩把板斧，一味地砍將來。晁蓋等却不認得，寫黑大漢，忽然欲明，忽然欲滅，筆勢奇絶。○此處忽滅。只見他第一個出力，殺人最多。叙功疏中奇語。晁蓋猛省起來：戴宗曾説一個黑旋風李逵，和宋三郎最好，是個莽撞之人。此處忽明。閑中補出戴宗在山泊説琵琶亭飲酒事，如畫。晁蓋便叫道：「前面那好漢，莫不是黑旋風？」那漢那裏肯應，火雜雜地掄着大斧只顧砍人。此處又忽減，妙絶。晁蓋便叫背宋江、戴宗的兩個小嘍囉，只顧跟着那黑大漢走。晁蓋極是。○只因極是，變出極不是來。奇想奇筆，出人意外。當下去十字街口，不問軍官百姓，殺得尸横遍地，血流成渠，推倒攧翻的，不計其數。衆頭領撇了車輛擔仗，細。一行人盡跟了黑大漢，妙絶。直殺出城來。背後花榮、黄信、吕方、郭盛四張弓箭，飛蝗般望後射來。那江州軍民百姓，誰敢近前？這黑大漢直殺到江邊來，身上血濺滿身，兀自在江邊殺人。晁蓋便挺朴刀四字寫得義形于色。叫道：「不干百姓事，休只管傷人！」好晁蓋。那漢那裏來聽叫唤？一斧一個，排頭兒砍將去。又好黑大漢，真乃各成其事。

約莫離城沿江上也走了五七里路，前面望見盡是淘淘一派大江，却無了旱路。偏要逼到險絶處，使讀者受嚇不少。晁蓋看見，只叫得苦。那黑大漢方纔叫道：「方纔」二字，有僧繇點睛之妙，忽然將他跳樓以後氣忿不開口直寫出來，並將他跳樓以前氣忿不開口亦直寫出來。「不要慌，且把哥哥背來廟裏！」衆人都到來看時，合二語，活寫出黑大漢在前，衆人在後，好笑。靠江一所大廟，兩扇門緊緊地閉着。黑大漢兩斧砍開，快事。便搶入來。晁蓋衆人看時，兩邊都是老檜蒼松，林木遮映，前面牌額上四個金書大字，寫道：「白龍神廟」。小嘍囉把宋江、戴宗背到廟裏歇下，宋江方纔敢開眼；宋江、戴宗開眼，不作一齊，好筆法。見了晁蓋等衆人，哭道：「哥哥！莫不是夢中相會？」晁蓋便勸道：「恩兄不肯在山，致有今日之苦。這個出力殺人的黑大漢是誰？」「黑大漢」上，加「出力殺人」四字，可作李大哥生時官名、死後謚號，妙絶妙絶。○寫晁蓋勤問李逵，非表晁蓋關心，正表李逵駭目也。宋江道：「這個便是叫做黑旋風李逵。此處忽明。他幾番就要大牢裏放了我，補得妙絶。却是我怕走不脱，不肯依他。」晁蓋道：「却是難得！這個人出力最多，四字評盡一生。又不怕刀斧箭矢！」六字畫盡平生。花榮便叫：「且將衣服與俺二位兄長穿了。」問李逵是晁蓋，定是大將；討衣服是花榮，定是儒將。

正相聚間，只見李逵提着雙斧，從廊下走出來。奇。宋江便叫住道：「兄弟那裏去？」李逵應道：「尋那廟祝，一發殺了！叵耐那厮見神見鬼，白日把鳥廟門關上！我指望拿他來祭門，却尋那厮不見！」餘波，一笑。宋江道：「你且來，先和我哥哥頭領相見。」李逵聽了，丢了雙斧，望着晁蓋跪了一跪，要知此跪非跪晁蓋，正爲宋江嚴命，不敢不跪耳。○「跪了一跪」四字。不是寫他肯跪，正是寫他不肯拜也。與前文「撲翻身軀便拜」六字反對，妙絶。說道：「大哥，休怪鐵牛粗鹵！」殺得快活，便認粗鹵。絶倒。與衆人都相見了，却認得朱貴是同鄉人，兩個大家歡喜。遥作沂水殺虎之引。花榮便道：「哥哥，你教衆人只顧跟着李大哥走。如今來到這裏，前面又是大江攔截住，斷頭路了，却又没一隻船接應。倘或城中官軍趕殺出來，却怎生迎敵？將何接濟？」李逵便道：「不要慌，上云「不要慌」，是背入廟裏；此又云「不要慌」，不審有何良策？陡然看到下句，不覺絶倒。我與你們再殺入城去，奇語。和那個鳥蔡九知府一發都砍了快活！」戴宗此時方纔甦醒，然後戴宗甦醒。便叫道：「兄弟，使不得莽性！城裏有五七千軍馬，下文城中追兵，遥望如何能定其數？先向無意中就戴宗口中點出一句，其法非人所知。若殺入去，必然有失！」阮小七便道：「遠望隔江那裏，有數隻船在岸邊。我兄弟三個赴水過去，奪那幾隻船過來，載衆人如何？」若無下文張、李、穆、童船來，則並不寫隔江有船矣；爲有下文張、李、穆、童船來，故先以隔江有船作引也。晁蓋道：「此計是最上着。」當時阮家三弟兄都脱剥了衣服，各人插把尖刀，便鑽入水裏去。約莫赶開得半里之際，妙筆。○不是等船，又不是奪船。只見江面上溜頭流下三隻棹船，吹風胡哨，飛也似摇將來。偏寫得兩耀，妙。衆人看時，見那船上各有十數個人，都手裏拿着軍器。兩耀得妙。衆人却慌將起來。妙。宋江聽得説了，便道：「我命裏這般合苦也！」奔出廟前看時，張順不認衆人。宋江又在廟内。叙事至此，幾成兩錯。看他如此卸出笋口来，真有撚筆如花之樂。只見當頭那隻船上坐着一條大漢，倒提一把明晃晃五股叉，只「倒提」二字，明明寫出不是追兵，妙極。頭上挽個穿心紅一點鬏兒，下面拽起條白絹水裩，口裏吹着胡哨。可知。宋江看時，不是别人，正是張順。宋江連忙便招手叫道：「兄弟救我！」張順等見是宋江，大叫道：「好了！」寫出心中無數又苦又急。飛也似摇到岸邊。三阮看見，退赶過來。奪船一段乃引文，蓋惟恐張順來得突然，故先作一波折。今既迎入，便隨筆放下。一行衆人都上岸，來得廟前。宋江看見，宋江看出，餘人不認，都好。張順自引十數個壯漢此一段乃獨寫張順，故在當先船上，又獨坐一隻也。在那隻船頭上，張順獨作第一隊。張横引着穆弘、穆春、薛永，帶十數個莊客在一隻船上。揭陽鎮一霸，潯陽江一霸，作第二隊。第三隻船上，倒一句，便覺文字變换。李俊引着李立、童威、童猛，也帶十數個賣鹽火家，揭陽嶺一霸，作第三隊。忽然將上文無數長書，收在一處。布想立格，無不大奇。都各執鎗棒上岸來。張順見了宋江，喜從天降，哭拜道：「喜從天降」四字下，却接「哭拜」二字，直寫出豪傑朋友神理來。俗筆如何能有一字！○真正大喜，未有不哭者，俗子安得知之，才子則知之耳。「自從哥哥吃官司，兄弟坐立不安，又無路可救。補出數日中又苦又急。近日又聽得拿了戴院長，李大哥又不見面。補出尋李逵不着，又苦又急。○不惟補出張順尋李逵，兼補出李逵自去行事，無一人與他商量，妙絶。我只得去尋了我哥哥，補出潯陽江心，兄弟二人又苦又急。引到穆太公莊上，補出揭陽鎮上，穆、薛三人又苦又急。叫了許多相識。補出揭陽嶺上，四人又苦又急。今日我們正要殺入江州，要劫牢救哥哥，正文是劫法場，旁文又説劫牢。寫一時人事，咄咄之極。不想仁兄已有好漢們救出來到這裏。不敢拜問：這夥豪傑，莫非是梁山泊義士晁天王麽？是不曾相認語。」宋江指着上首立的四字寫出山泊體統。道：「這個便是晁蓋哥哥。你等衆位都來廟裏叙禮則個。」張順等九人，晁蓋等十七人，宋江、戴宗、李逵，共是二十九人，都入白龍廟聚會。這個唤做「白龍廟小聚會」。忽然一束，其筆如椽。○此一段，爲一部書之腰。

當下二十九籌好漢各各講禮已罷，只見小嘍囉慌慌忙忙入廟來，報道：「江州城裏鳴鑼擂鼓，整頓軍馬，出城來追趕。遠遠望見旗旛蔽日，刀劍如麻，前面都是帶甲馬軍，後面盡是擎鎗兵將，大刀闊斧，殺奔白龍廟路上來！」李逵聽了，大叫一聲：「殺將去！」只三字，壯多少軍威，笑鐃歌之繁弱也。提了雙斧，便出廟門。晁蓋叫道：「一不做，二不休，衆好漢相助着晁某，直殺盡江州軍馬，方纔回梁山泊去！」衆英雄齊聲應道：「願依尊命！」一百四五十人一齊吶喊，殺奔江州岸上來。有分教：血染波紅，尸如山積。直教：跳浪蒼龍噴毒火，巴山猛虎吼天風。畢竟晁蓋等衆好漢怎地脱身，且聽下回分解。

第五才子書施耐庵水滸傳卷之四十五

聖歎外書

第四十回　宋江智取無爲軍　張順活捉黄文炳

前回寫吴用劫江州，皆呼衆人默然授計，直至法場上，方突然走出四色人來。此回寫宋江打無爲軍，却將秘計一一説出，更不隱伏一句半句，凡以特特與之相異也。然文章家又有省則加倍省，增即加倍增之法。既已寫宋江明明定計，便又寫衆人個個起行；不寫則只須一句，寫則必須兩番。此又特特與俗筆相異，不可不知也。

打無爲軍一一事宜，已都在定計時明白開列。入後正叙處，只將許多「只見」字點逗人數而已。譬諸善弈者，滿盤大勢都已打就，入後只將一子兩子處處劫殺，便令全局隨手變動。文章至此，真妙手也。

寫宋江口口恪遵父訓，寧死不肯落草。却前乎此，則收拾花榮、秦明、黄信、吕方、郭盛、燕順、王矮虎、鄭天壽、石勇等八個人，拉而歸之山泊；後乎此，則又收拾戴宗、李逵、張横、張順、李俊、李立、穆弘、穆春、童威、童猛、薛永、侯健、歐鵬、蔣敬、馬麟、陶宗旺等十六個人，拉而歸之山泊。兩邊皆用大書，便顯出中間奸詐，此史家「案而不斷」之式也。讀者但見一路寫宋江使權詐處，必緊接李逵粗言直叫，此又是畫家所謂「反襯」法。讀者但見李逵粗直，便知宋江權詐，則庶幾得之矣。

寫宋江上梁山後，毅然更張舊法，别出自己新裁，暗壓衆人，明欺晁蓋，甚是咄咄逼人。不意筆墨之事，其力可以至此。

話説江州城外白龍廟中，嘗論一篇大文，全要尾上結束得好，固也。獨今此文，忽然反在頭上結束一遍。看他將「白龍廟中」四字，兜頭提出，下却分出梁山泊好漢某人某人等，潯陽江好漢某人某人等，城裏好漢某人一人，通共計有若干好漢。讀之政不知其爲是結前文，爲是起後文，但見其有切玉如泥之力。可見文無定格，隨手可造也。梁山泊好漢先叙山泊。劫了法場，救得宋江、戴宗，正是晁蓋、花榮、黄信、吕方、郭盛、劉唐、燕順、杜遷、宋萬、朱貴、王矮虎、鄭天壽、石勇、阮小二、阮小五、阮小七、白勝：共是一十七人，看他許多大將。領帶着八九十個悍勇壯健小嘍囉。看他許多手下人。○一結。潯陽江上來接應的好漢，次叙江上。張順、張横、李俊、李立、穆弘、穆春、童威、童猛、薛永九籌好漢，看他又是許多大將。也帶四十餘人，看他亦有許多手下人。都是江面上做私商的火家，撑駕三隻大船，前來接應。一結。城裏末叙城裏。黑旋風李逵看他單是一個人。○上文結叙山泊、江上兩枝人馬，可稱雄師；此單是李逵一個，亦不可不稱雄師。筆墨之妙，史遷未及。引衆人山泊、江上如許人馬，城裏李逵只是一個，可云多寡不敵之至矣。却忽然寫出「引衆人」三字，使令山泊一十七人及江上九人，無不悉爲李逵所統。是至少者反至多，爲奇變之極也。殺至潯陽江邊。兩路救應，通共有一百四五十人，都在白龍廟裏聚義。如此結束，豈是恒人之筆？只聽得小嘍囉報道：「江州城裏軍兵，擂鼓摇旗，鳴鑼發喊，追趕到來。」那黑旋風李逵聽得，大吼了一聲，提兩把板斧，先出廟門。「先出」妙。衆好漢吶聲喊，都挺手中軍器，齊出廟來迎敵。「齊出」妙。劉唐、朱貴先把宋江、戴宗護送上船，調劉、朱好。李俊同張順、三阮整頓船隻。調李、張、三阮好。

就江邊看時，見城裏出來的官軍約有五七千馬軍，須知「五七千」不是從衆人眼中約出，是從戴宗口中約出。當先都是頂盔衣甲，全副弓箭，手裏都使長鎗，彼軍當先。背後步軍簇擁，彼軍背後。○寫得彼軍精神之極。摇旗吶喊，殺奔前來。這裏李逵當先輪着板斧，赤條條地飛奔砍將入去。此軍當先。背後便是花榮、黄信、吕方、郭盛四將擁護。此軍背後。○寫得此軍亦出色之極。花榮見前面的軍馬都扎住了鎗，只怕李逵着傷，偷手取弓箭出來，搭上箭，拽滿弓，望着爲頭領的一個馬軍，「颼」地一箭，只見番筋斗射下馬去。那一夥馬軍吃了一驚，各自奔命，活畫。撥轉馬頭便走，倒把步軍先衝倒了一半。活畫。○是以師中重紀律也。這裏衆多好漢們一齊衝突將去，殺得那官軍尸横野爛，血染江紅，直殺到江州城下。城上策應官軍，早把擂木炮石打將下來。官軍慌忙入城，關上城門，好幾日不敢出來。爲打無爲州地。衆多好漢拖轉黑旋風，「拖」字妙。非旗可令，非金可收，畫出鐵牛情性。回到白龍廟前下船。晁蓋整點衆人完備，都叫分頭下船，開江便走。四字如脱兔。

却值順風,拽起風帆,三隻大船載了許多人馬頭領,却投穆太公莊上來。一帆順風,早到岸邊埠頭,一行衆人都上岸來。穆弘邀請衆好漢到莊内堂上,穆太公出來迎接,宋江等衆人都相見了。太公道:「衆頭領連夜勞神,且請客房中安歇,將息貴體。」各人且去房裏暫歇將養,整理衣服器械。當日穆弘叫莊客宰了一頭黄牛,殺了十數個猪羊,鷄鵝魚鴨,珍肴異饌,排下筵席,管待衆頭領。飲酒中間,説起許多情節。晁蓋道:「若非是二哥衆位把船相救,我等皆被陷于縲紲!」穆太公道:「你等如何却打從那條路上來?」是近江州人語。李逵道:「我自只揀人多處殺將去,他們自要跟我來,我又不曾叫他!」大哥口中,純是天籟。衆人聽了,都大笑。宋江起身與衆人道:「小人宋江,若無衆好漢相救時,和戴院長皆死于非命。今日之恩,深于滄海,如何報答得衆位!只恨黄文炳那厮,搜根剔齒,聰明人爲人幹事。往往不遭人怨,定被天怒,只爲犯此四字耳。幾番唆毒,要害我們。這寃讎如何不報?怎地啓請衆位好漢,再做個天大人情,去打了無爲軍。殺得黄文炳那厮,也與宋江消了這口無窮之恨,那時回去如何?」晁蓋道:「我們衆人偷營劫寨,只可使一遍,如何再行得?非寫晁蓋心懶,亦非寫其老成。蓋止爲纔鬧江州,便打無爲,筆墨無節,便同戲事。故特向主軍口中商量一句,以作文章一頓也。似此奸賊已有隄備,不若且回山寨去,聚起大隊人馬,一發和學究、公孫二先生並林冲、秦明都來報讎,也未爲晚。」宋江道:「若是回山去了,再不能够得來:一者山遥路遠,二乃江州必然申開明文,各處謹守:不要癡想。只是趁這個機會,便好下手,不要等他做了準備。」花榮道:「哥哥見得是。每寫花榮靈警。雖然如此,只是無人識得路徑,不知他地理如何。先得個人,去那裏城中探聽虛實，也要看無爲軍出没的路徑去處，就要認黄文炳那賊的住處了，然後方好下手。」薛永便起身説薛永上山無功，故特用之。道：「小弟多在江湖上行，此處無爲軍最熟。我去探聽一遭，如何？」宋江道：「若得賢弟去走一遭，最好。」薛永當日別了衆人，自去了。

只説宋江自和衆頭領在穆弘莊上，商議要打無爲軍一事。整頓軍器鎗刀，安排弓弩箭矢，打點大小船隻等項。隄備已了，只見薛永去了兩日，帶將一個人回到莊上來，拜見宋江。宋江便問道：「兄弟，這位壯士是誰？」薛永答道：「這人姓侯，名健，祖居洪都人氏。做得第一手裁縫，端的是飛針走綫。更兼慣習鎗棒，曾拜薛永爲師。人見他黑瘦輕捷，因此唤他做『通臂猿』，見在這無爲軍城裏黄文炳家做生活。小弟因見了，就請在此。」宋江大喜，便教同坐商議。那人也是一座地煞星之數，自然義氣相投。宋江便問江州消息，一。無爲軍路徑如何。二。薛永説道：薛永説江州消息，侯健説無爲州路徑，行文清整之甚。「如今蔡九知府計點官軍百姓，被殺死有五百餘人，帶傷中箭者不計其數。見今差人星夜申奏朝廷去了。城門日中後便關，出入的好生盤問得緊。原來哥哥被害一事，倒不干蔡九知府事。都是黄文炳那廝，前回三回五次點撥知府，教害二位。如今見劫了法場，城中甚慌，曉夜隄備。小弟又去無爲軍打聽，正撞見這個兄弟出來吃飯，因是得知備細。」薛永只説江州，無爲州便交卸下去。事情，却于此處薛永口中醒出，妙甚。

宋江道：「侯兄何以知之？」侯健道：侯健説無爲州路徑。「小人自幼只愛習學鎗棒，多得薛師父指教，因此不敢忘恩。近日黄通判特取小人來他家做衣服，因出來遇見師父，提起仁兄大名，説起此一節事來。小人要結識仁兄，特來報知備細。這黄文炳有個嫡親哥哥，唤做黄文燁，止爲後要賺他開門，便預先添出一個大官人來；然又不必殺大官人，故反加倍寫他好善，以形容文炳之惡。其實乃是閑文，無别意也。與這文炳是一母所生二子。這黄文燁平生只是行善事，修橋補路，塑佛齋僧，扶危濟困，救拔貧苦。那無爲軍城中都叫他『黄面佛』。好。○俗本作「黄佛子」。這黄文炳雖是罷閑通判，心裏只要害人，慣行歹事，無爲軍都叫他做『黄蜂刺』。好。他兄弟兩個分開做兩院住，只在一條巷内出入，靠北門裏便是他家。黄文炳貼着城住，黄文燁近着大街。此數語，是特特生出黄文燁來本意。小人在他那裏做生活，却聽得黄通判回家來説：『這件事，蔡九知府已被瞞過了，却是我點撥他，教知府先斬了，然後奏去。』黄文燁聽得説時，只在背後駡，説道：『又做這等短命促掐的事！于你無干，何故定要害他？倘或有天理之時，報應只在目前，却不是反招其禍？』這兩日聽得劫了法場，好生吃驚。昨夜去江州探望蔡九知府，與他計較，尚兀自未回來。」反先爲不見黄文炳作注，妙筆。○注在前而不知，讀至而猶然疑之。甚矣，人之不會讀書也！宋江道：「黄文炳隔着他哥哥家多少路？」侯建道：「原是一家分開，如今只隔着中間一個菜園。」是生出黄文燁本意。宋江道：「黄文炳家多少人口？有幾房頭？」侯建道：「男子婦人，通有四五十口。」報讎至殺其四五十口，可稱大快。然殺之而後數之，不若數之而後殺之之尤快也。筆法之妙如此。

宋江道：「天教我報讎，特地送這個人來！雖是如此，全靠衆弟兄維持。」衆人齊聲應道：「當以死向前，正要驅除這等贜濫奸惡之人，宋江以私怨殺黄文炳家四五十口，不可訓矣，特標此句以蓋之也。與哥哥報讎雪恨！」宋江又道：「只恨黄文炳那賊一個，却與無爲軍百姓無干。是。他兄既然仁德，亦不可害他，休教天下人罵我不仁。衆弟兄去時，不可分毫侵害百姓。今去那裏，我有一計，只望衆人扶助扶助。」衆頭領齊聲道：「專聽哥哥指教。」宋江道：「有煩穆太公調遣諸將，第一先是太公，趣甚。○往常諸將聽計，皆用秘密。此獨彰明昭著，一一都寫出來者，爲避劫江州時，吴用調遣一篇也。對付八九十個叉袋，又要百十束蘆柴，用着五隻大船、兩隻小船。央及張順、李俊駕兩隻小船；一一寫出。五隻大船上用着張横、三阮、童威和識水的人護船，一一寫出。此計方可。」穆弘道：「此間蘆葦、油柴、布袋都有。我莊上的人都會使水駕船，便請哥哥行事。」宋江道：「却用侯家兄弟引着薛永並白勝，先去無爲軍城中藏了。來日三更二點爲期，只聽門外放起帶鈴鵓鴿，便教白勝上城策應，先插一條白絹號帶，近黄文炳家，便是上城去處。」一一寫出。再又教石勇、杜遷扮做丐者，去城門邊左近埋伏，只看火爲號，便要下手殺把門軍士。一一寫出。李俊、張順只在江面上往來巡綽，等候策應。完李俊、張順句。○一一寫出。宋江分撥已定，薛永、白勝、侯健先自去了。先一隊作埋伏。○上一番明寫調遣，此一番又明寫發軍，務要與劫江州時不同也。隨後再是石勇、杜遷扮做丐者，身邊各藏了短刀暗器，也去了。一隊作策應。這裏自一面扛擡沙土布袋和蘆葦、油柴，上船裝載。衆好漢至期，各各拴束了，身上都準備了器械，船艙裏埋伏軍漢。衆頭領分撥下船：晁蓋、宋江、花榮在童威船上，此是中軍第一隊。燕順、王矮虎、鄭天壽在張横船上，第二隊。戴宗、劉唐、黄信在阮小二船上，第三隊。吕方、郭盛、李立在阮小五船上，第四隊。穆弘、穆春、李逵在阮小七船上。第五隊。只留下朱貴、宋萬在穆太公莊，看理江州城裏消息。另一隊作防守。先使童猛棹一隻打漁快船，前去探路。另一隊作探聽。○不過二三十人，寫得如許有進有退，有攻有守，有伏有應，有伸有縮，妙甚。小嘍囉並軍健都伏在艙裏，火家、莊客、水手撑駕船隻，當夜密地望無爲軍來。

此時正是七月盡天氣，夜涼風靜，月白江清，水影山光，上下一碧。如許殺人放火事，偏用絶妙好辭，寫得景物清夷，行文亦當有諸葛君真名士之譽也。約莫初更前後，大小船隻都到無爲江岸邊，揀那有蘆葦深處，好。○何物文人，其胸中無所不妙。一字兒纜定了船隻。只見那童猛看他歷歷落落，寫出無數「只見」字，如聞棋子落枰之聲。回船來報道：「城裏並無些動靜。」好。宋江便叫手下衆人把這沙土布袋和蘆葦乾柴都搬上岸，望城邊來。聽那更鼓時，正打二更。宋江叫小嘍囉各各拕了沙土布袋並蘆柴，就城邊堆垛了。衆好漢各挺手中軍器，只留張横、三阮、兩童守船接應；不惟精于行文，亦復精于行兵。若在俗筆，竟一哄都上岸矣。其餘頭領都奔城邊來。望城上時，約離北門有半里之路，宋江便叫放起帶鈴鵓鴿。只見城上「只見」二。一條竹竿，縛着白號帶，風飄起來。

宋江見了，便叫軍士就這城邊堆起沙土布袋，分付軍漢一面挑擔蘆葦、油柴上城。只見白勝「只見」三。已在那裏接應等候，把手指與衆軍漢道：「只那條巷，便是黄文炳住處。」好。宋江問白勝道：「薛永、侯健在那裏？」妙。○調遣曲折，前文已詳。此處連用數個「只見」，不過更將前計再一點醒之耳。若又逐一板板應出，便覺了無靈變之氣。只就一問一答，顯得衆人無不效命，筆法妙絶。白勝道：「他兩個潛入黄文炳家裏去了，只等哥哥到來。」宋江又問道：「你曾見石勇、杜遷麽？」妙。白勝道：「他兩個在城門邊左近伺候。」宋江聽罷，引了衆好漢下城來，徑到黃文炳門前。只見侯健「只見」四。閃在房檐下，宋江喚來，附耳低言道：「你去將菜園門開了，放他軍士把蘆葦、油柴堆放裏面。可教薛永尋把火來點着，却去敲黃文炳門道：『間壁大官人家失火！有箱籠什物搬來寄頓！』大官人失火，曾與二官人何涉？然大官人失火，而搬運箱籠前來寄頓，此言直鑽入二官人耳朵心坎也。○上文增出大官人，只爲此一句耳。敲得門開，我自有擺布。」

宋江教衆好漢分幾個把住兩頭。精于用兵。侯健先去開了菜園門，軍漢把蘆柴搬來，堆在裏面。侯健就討了火種，遞與薛永，將來點着。侯健便閃出來，却去敲門，叫道：「間壁大官人家失火，有箱籠搬來寄頓，快開門則個！」裏面聽得，便起來看時，望見隔壁火起，連忙開門出來。晁蓋、宋江等吶聲喊，殺將入去。衆好漢亦各動手，見一個殺一個，見兩個殺一雙，把黃文炳一門内外大小四五十口，盡皆殺了，不留一人，獻勤人看樣。只不見了文炳一個。文情奇絶，偏要作此一閃。○前已注明，人自不覺也。衆好漢把他從前酷害良民積攢下許多家私金銀，「家私金銀」上，加出「酷害良民積攢下」七字，與天下看樣。收拾俱盡。大哨一聲，衆多好漢都扛了箱籠家財，却奔城上來。

且說石勇、杜遷見火起，各掣出尖刀，便殺把門的軍人；却見前街鄰舍拿了水桶、梯子，都奔來救火。好。石勇、杜遷大喝道：「你那百姓休得向前！我們是梁山泊好漢數千在此，來殺黃文炳一門良賤，與宋江、戴宗報讎！不干你百姓事，你們快回家躲避了，休得出來閑管事！」衆鄰舍有不信的，立住了脚看。寫得好，真有是事。只見黑旋風李逵「只見」五。輪起兩把板斧，着地捲將來，衆鄰舍方纔吶聲喊，撞了梯子、水桶，一哄都走了。寫得好。這邊後巷也有幾個守門軍漢，帶了些人，拕了麻搭火鈎，都奔來救火。寫得好。○多寫救火者，正是張皇火勢也。早被花榮張起弓，當頭一箭，射翻了一個，好，足矣。大喝道：「要死的便來救火！」那夥軍漢一齊都退去了。寫得好。只見薛永「只見」六。拿着火把，便就黄文炳家裏前後點着，亂亂雜雜火起。

當時李逵砍斷鐵鎖，大開城門，一半人從城上出去，一半人從城門下出去。必盡從門下出去，便是死筆。此獨寫出紛紛雜雜，得勝便走之狀，就畫也畫不來。○前宋江用石、杜奪門，正是要衆人都從門下出去也。到此忽然寫出一半人不依宋江將令，一時忙亂如畫。只見三阮、張、童「只見」七。都來接應，合做一處，扛擡財物上船。無爲軍已知江州被梁山泊好漢劫了法場，殺死無數的人，如何敢出來追趕？只得回避了。寫得好。這宋江一行衆好漢，只恨拿不着黄文炳，結上引下。都上了船，摇開了，自投穆弘莊上來。不在話下。

却説江州城裏望見無爲軍火起，蒸天價紅，此一句上邊都紅。○上文止寫衆人各逞功勞，不曾寫到火勢，此處方顯出大火來。滿城中都講動，只得報知本府。這黄文炳正在府裏議事，直接侯健語。聽得報説了，慌忙來禀知府道：「敝鄉失火，「敝鄉」二字妙，寫得從寬漸緊。急欲回家看覷！」蔡九知府聽得，忙叫開城門，差一隻官船相送。文炳之被捉，知府害之矣。黄文炳謝了知府，隨即出來，帶了從人，慌速下船，摇開江面，望無爲軍來。看見火勢猛烈，映得江面上都紅。此一句下邊多紅。艄公説道：「這火只是北門裏火。」比「敝鄉」漸緊。黄文炳見説了，心裏越慌。看看摇到江心裏，只見一隻小船從江面上摇過去了。妙。寫得神出鬼沒。○「只見」八。少時，又是一隻小船摇將過來，摇過去，摇過來，妙不可言。却不徑過，望着官船直撞將來。此句上暗藏兩隻小船商量可知。從人喝道：「甚麽船，敢如此直撞來！」只見那小船上一條大漢跳起來，「只見」九。手裏拿着撓鈎，妙，又可救火，又可搭人。口裏應道：「去江州報失火的船。」只道手裏拿一鈎，不道口裏又舒一鈎也。黃文炳便鑽出來，問道：「那裏失火？」那大漢道：「北門黃通判家，第一句是「敝鄉」，第二句是「北門」，第三句便直逼出「黃通判家」四字來，妙妙。被梁山泊好漢殺了一家人口，劫了家私，如今正燒着哩！」

黃文炳失口叫聲「苦」，不知高低。寫得疾。那漢聽了，一撓鈎搭住了船，便跳過來。寫得疾。黃文炳是個乖覺的人，早瞧了一分，便奔船梢後走，望江邊踴身便跳。寫得疾。只見當面前又一隻船，「只見」十，寫得疾。水底下早鑽過一個人，把黃文炳劈腰抱住，攔頭揪起，扯上船來。寫得疾。船上那個大漢早來接應，寫得疾。便把麻索綁了。水底下活捉了黃文炳的，便是浪裏白條張順；船上把撓鈎的，便是混江龍李俊。兩個好漢立在船上，那摇官船的艄公只顧下拜。餘波。李俊説道：「我不殺你們，只顧捉黃文炳這厮！你們自回去，説與蔡九知府那賊驢知道：俺梁山泊好漢們權寄下他那顆驢頭，早晚便要來取！」斬首犯，赦從犯，都好。艄公戰抖抖的道：「小人去説。」李俊、張順拿了黃文炳過自己的小船上，放那官船去了。

兩個好漢棹了兩隻快船，徑奔穆弘莊上。早摇到岸邊，望見一行頭領都在岸上等候，搬運箱籠上岸。見説拿得黃文炳，宋江不勝之喜。衆好漢一齊心中大喜，説：「正要此人見面!」可謂久慕通判高才。李俊、張順早把黄文炳帶上岸。衆人看了,監押着離了江岸,到穆太公莊上來。朱貴、宋萬接着衆人,看他一筆不亂。入到莊裏草廳上坐下。宋江把黄文炳剥了濕衣服,綁在柳樹上,請衆頭領團團坐定。宋江叫取一壺酒來,與衆人把盞。上自晁蓋,下至白勝,共是三十位好漢,都把遍了。宋江大罵:「黄文炳!你這厮,我與你往日無寃,近日無讎,你如何只要害我?三回五次,教唆蔡九知府殺我兩個。你既讀聖賢之書,如何要做這等毒害的事!我又不與你有殺父之讎,你如何定要謀我?你哥哥黄文燁,與你這厮一母所生,他怎恁般修善?久聞你那城中都稱他做『黄面佛』,我昨夜分毫不曾侵犯他。你這厮在鄉中只是害人,交結權勢,浸潤官長,欺壓良善。我知道無爲軍人民都叫你做『黄蜂刺』,我今日且替你拔了這個『刺』!」妙説解頤。黄文炳告道:「小人已知過失,只求早死!」晁蓋喝道:「你那賊驢!怕你不死!你這厮早知今日,悔不當初!」宋江便問道:「那個兄弟替我下手?」只見黑旋風李逵「只見」十一。○須得此人動手。跳起身來,説道:「我與哥哥動手割這厮!我看他肥胖了,倒好燒吃。」晁蓋道:「説得是!」教:「取把尖刀來,就討盆炭火來,細細地割這厮,燒來下酒,與我賢弟消這怨氣!」李逵拿起尖刀,看着黄文炳,笑道:該笑。「你這厮在蔡九知府後堂,且會説黄道黑,撥置害人,無中生有,攛掇他。字字令文炳心服,覺上文宋江之言煩而無當。今日你要快死,「快死」二字奇絶。老爺却要你慢死!」「慢死」二字又奇絶。便把尖刀先從腿上割起,揀好的人肉又有好歹揀擇,奇絶之語。就當面炭火上炙來下酒。割一塊,炙一塊。無片時,割了黄文炳,李逵方纔把刀割開胸膛,取出心肝,把來與衆頭領做醒酒湯。

衆多好漢看割了黄文炳，都來草堂上與宋江賀喜。只見宋江先跪在地下，看他寫宋江甫得性命，便用權術，真是筆情如鏡。衆頭領慌忙都跪下，齊道：「哥哥有甚事，但說不妨。兄弟們敢不聽？」宋江便道：「小可不才，自小學吏。初世爲人，便要結識天下好漢。謙得奇絶。奈緣力薄才疏，不能接待，以遂平生之願。自從刺配江州，多感晁頭領並衆豪傑苦苦相留。宋江因守父親嚴訓，不曾肯住。正是天賜機會，于路直至潯陽江上，又遭際許多豪傑。不想小可不才，一時間酒後狂言，險累了戴院長性命。感謝衆位豪傑不避凶險，來虎穴龍潭，力救殘生；又蒙協助報了寃讎。如此犯下大罪，鬧了兩座州城，必然申奏去了。今日不由宋江不上梁山泊投托哥哥去，未知衆位意下若何？如是相從者，只今收拾便行；只此語，亦不必跪說。偏寫宋江跪，皆表其權術也。如不願去的，一聽尊命。假作一頓，下便疾收，妙甚。只恐事發，反遭——」宋江口口不肯上山，却前在清風收拾許多人去，今在江州又要收拾許多人去。兩番都用大書，蓋深表其以權術爲生平也。○「反遭」下，辭尚未畢。說言未絶，李逵先跳起來，便叫道：「都去、都去！但有不去的，吃我一鳥斧，砍做兩截便罷！」寫宋江權術處，偏寫李逵爽直相形之。○一個跪說，一個斧砍。誰是誰非，人必能辨。○「先跳起來」四字妙，便見衆人尚跪也。宋江道：「你這般粗鹵說話！全在各弟兄們心肯意肯，方可同去。」「事發」一句已說在前，便仍以「心肯意肯」聽之衆人，極似不相强者，然寫宋江權術不可當。衆人議論道：「如今殺死了許多官軍人馬，鬧了兩處州郡，他如何不申奏朝廷？必然起軍馬來擒獲。今若不隨哥哥去同死同生，却投那裏去？」

宋江大喜，謝了衆人。當日先叫朱貴和宋萬前回山寨裏去報知，次後分作五起進程：頭一起便是晁蓋、舊。宋江、新。花榮、舊。戴宗、新。李逵，新。○第一起，舊、新相間。第二起便是劉唐、舊。杜遷、舊。石勇、舊。薛永、新。侯健，新。○第二起，舊在前，新在後。第三起便是李俊、新。李立、新。吕方、舊。郭勝、舊。童威、新。童猛，新。○第三起，兩頭新，中間舊。第四起便是黄信、舊。張順、新。張横、新。阮家三弟兄，舊。○第四起，兩頭舊，中間新。第五起便是穆弘、新。穆春、新。燕順、舊。王矮虎、舊。鄭天壽、舊。白勝。舊。○第五起，新在前，舊在後。五起二十八個頭領，總結一句，有氣力，有神采。帶了一干人等，將這所得黄文炳家財各各分開，裝載上車子。穆弘帶了穆太公並家小人等，將應有家財金寶裝載車上。莊客數内有不願去的，都賫發他些銀兩，自投别主去傭工；有願去的，一同便往。前四起陸續去了，已自行動。穆弘收拾莊内已了，放起十數個火把，燒了莊院，了。撇下了田地，了。自投梁山泊來。

且不説五起人馬登程，節次進發，只隔二十里而行。先説第一起晁蓋、宋江、花榮、戴宗、李逵五騎馬，帶着車仗人伴，在路行了三日。前面來到一個去處，地名唤做黄山門。宋江在馬上與晁蓋説道：「這座山生得形勢怪惡，莫不有大夥在内？可着人催儹後面人馬上來，一同過去。」説猶未了，只見前面山嘴上鑼鳴鼓響。漸與對影山相犯矣，看他極力擺脱。宋江道：「我説麽！且不要走動，等後面人馬到來，好和他厮殺。」花榮便拈弓搭箭在手，晁蓋、戴宗各執朴刀，李逵拿着雙斧，擁護着宋江，閑中又寫四人擁護，獨表宋江無能，只是一生權術，便得爲頭爲腦。妙筆，人看不出。一齊趲馬向前。

只見山坡邊閃出三五百個小嘍囉，當先簇擁出四籌好漢，各挺軍器在手，高聲喝道：「你等大鬧了江州，劫掠了無爲軍，殺害了許多官軍百姓，待回梁山泊去？我四個等你多時，會事的只留下宋江，都饒了你們性命！」何由知之？寫得可駭。宋江聽得，便挺身出去，跪在地下説道：「小可宋江，處處寫宋江權術過人。○好在挺身出跪，又妙在竟實説出「小可宋江」四字。被人陷害，寃屈無伸，今得四方豪傑救了性命。小可不知在何處觸犯了四位英雄，萬望高擡貴手，饒恕殘生！」不剛不柔，又悲又響。辭令至此，無人不哭。那四籌好漢見了宋江跪在前面，都慌忙滚鞍下馬，撇了軍器，飛奔前來，拜倒在地下，又奇。説道：「俺弟兄四個，只聞山東及時雨宋公明大名，想殺也不能够見面[一]。俺聽知哥哥在江州爲事吃官司，我弟兄商議定了，正要來劫牢，有晁蓋等十五籌好漢劫法場，便有李逵獨自一個劫法場以陪之；有張順等六籌相識好漢要劫牢，便有歐鵬等四籌不相識好漢要劫牢。文心文格，無不詭變之極。只是不得個實信。劫法場若單靠李逵，幾誤大事；劫牢若單靠歐鵬等，亦幾誤大事。令人事過思之，尚有餘畏未定。前日使小嘍囉直到江州來打聽，回來説道：『已有多少好漢鬧了江州，劫了法場，救出往揭陽鎮去了；後又燒了無爲軍，劫掠黄通判家。』料想哥哥必從這裏來，節次使人路中來探望，猶恐未真，故反作此一番詰問。得此一段，遂令前話有由。衝撞哥哥，萬勿見罪。今日幸見仁兄，小寨裏略備薄酒粗食，權當接風。請衆好漢同到敝寨，盤桓片時。」

宋江大喜，扶起四位好漢，逐一請問大名。爲頭的那人姓歐，名鵬，祖貫是黄州人氏，守

[一]「够」，金評各本均作「個」，據明容與堂本改。

把大江軍户，因惡了本官，逃走在江湖上綠林中，熬出奇語，又痛語。這個名字，唤做「摩雲金翅」。第二個好漢姓蔣，名敬，祖貫是湖南潭州人氏，原是落科舉子出身，科舉不第，棄文就武，頗有謀略，精通書算，積萬累千，纖毫不差，亦能刺鎗使棒，布陣排兵，因此人都唤他做「神算子」。第三個好漢姓馬，名麟，祖貫是南京建康人氏，原是小番子閑漢出身，吹得雙鐵笛，使得好大滚刀，百十人近他不得，因此人都唤他做「鐵笛仙」。第四個好漢姓陶，名宗旺，祖貫是光州人氏，莊家田户出身，能使一把鐵鍬，有的是氣力，亦能使鎗輪刀，因此人都唤做「九尾龜」。怎見得四個好漢英雄。這四籌好漢接住宋江，小嘍囉早捧過果盒，一大壺酒，兩大盤肉，托來把盞。先遞晁蓋、宋江，次遞花榮、戴宗、李逵，與衆人都相見了。一面遞酒，没兩個時辰，第二起頭領又到了，看他寫後四起不一齊來。一個個盡都相見。把盞已遍，邀請衆位上山。兩起十位頭領，先來到黄門山寨内。那四籌好漢便叫椎牛宰馬管待。却教小嘍囉陸續下山，接請後面那三起十八位頭領上山來筵宴。未及半日，三起好漢已都來到了，叙得省手。盡在聚義廳上筵席相會。

宋江飲酒中間，在席上開話道：「今次宋江投奔了哥哥晁天王，看他緊頂晁天王，則晁天王一席，他日便更無餘人能奪之者。寫宋江權術如鏡。上梁山泊去，一同聚義。未知四位好漢肯棄了此處，同往梁山泊大寨相聚否？」處處寫他收羅人馬上山，可知前番大哭之詐。四個好漢齊答道：「若蒙二位義士不棄貧賤，情願執鞭墜鐙。」宋江、晁蓋大喜，便説道：「既是四位肯從大義，便請收拾起程。」衆多頭領俱各歡喜。在山寨住了一日，過了一夜。次日，宋江、晁蓋仍舊做頭一起，真是用筆詳到。下山進發先去；次後依例而行，只隔着二十里遠近。四籌好漢收拾起財帛金銀等項，帶領了小嘍囉三五百人，便燒毀了寨柵，隨作第六起登程。第六起純是新，更無舊。○忽然增出一起，意外奇筆。宋江又合得這四個好漢，心中甚喜，于路在馬上對晁蓋說道：晁蓋直性人，任憑宋江調撥。看他第一起只是自己與晁蓋兩個，其餘三人悉是梯己心腹，更不着一餘人在旁，于路便好多將言語兜縮他。寫宋江權術，真有出神入化之筆。「小弟來江湖上走了這幾遭，雖是受了些驚恐，却也結識得這許多好漢。看他自家先叙功一句，可謂咄咄逼人。○筆墨之事，摹畫至此，奇哉！今日同哥哥上山去，這回只得死心塌地，與哥哥同死同生。」看他一段說話，先叙功高，次表心赤。功高，則衆人不得而爭之；心赤，則晁蓋不得而疑之矣。一路上，說着閑話，此是宋江吃緊權詐語，却說是「閑話」，妙絶。○愚嘗思世人一生鹿鹿，皆閑話也。宋江謀晁蓋交椅，今復安在哉！後人笑前人，後人又笑後人。笑自笑，閑話自閑話，世間之事，胡可勝歎！不覺早來到朱貴酒店裏了。

且說四個守山寨的頭領吴用、公孫勝、林冲、秦明，和兩個新來的蕭讓、金大堅，已得朱貴、宋萬先回報知，每日差小頭目棹船出來酒店裏迎接。一起起都到金沙灘上岸，擂鼓吹笛，衆好漢們都乘馬轎，迎上寨來。到得關下，軍師吴學究等六人把了接風酒，都到聚義廳上，焚起一爐好香。晁蓋便請宋江爲山寨之主，坐第一把交椅。晁蓋已入玄中，一路閑說之力如此。宋江那裏肯？又妙。便道：「哥哥差矣！感蒙衆位不避刀斧，救拔宋江性命。哥哥原是山寨之主，如何却讓不才？若要堅執如此相讓，宋江情願就死！」晁蓋道：「賢弟如何這般說！當初若不是賢弟擔那血海般干係，救得我等七人性命上山，如何有今日之衆？你正該山寨之恩主，你不坐，誰坐？」宋江道：「仁兄，論年齒，兄長也大十歲。看他句句權詐之極。○讓晁蓋，還只是論齒，然則餘人可知矣。儼然以功自居，真乃咄咄相逼。宋江若坐了，豈不自羞？」再三推晁蓋坐了第一位，宋江坐了第二位。吴學究坐了第三位，公孫勝坐了第四位。宋江道：看他毅然開口，目無晁蓋，咄咄逼人。「休分功勞高下，只一句，便將晁蓋從前號令一齊推倒，别出自己新裁，使山泊無舊無新，無不仰其鼻息。梟雄之才如此！○耐庵不過舐筆蘸墨耳，何其梟雄遂至如此。才子胸中，洵不可測也。梁山泊一行舊頭領去左邊主位上坐，欲形其少也。賊，賊！新到頭領去右邊客位上坐，欲誇其多也，賊，賊！待日後出力多寡，那時另行定奪。盡入宋江手矣。○大才調人做大事業，只是一着兩着。譬如高手弈棋，只在一着兩着也。但得之筆墨之間，更爲奇事耳。衆人齊道：「此言極當。」左邊一帶，林冲、劉唐、阮小二、阮小五、阮小七、杜遷、宋萬、朱貴、白勝；只九人。右邊一帶，論年甲次序，互相推讓：增此八字，便顯得右邊濟濟。花榮、秦明、黄信、戴宗、李逵、李俊、穆弘、張横、張順、燕順、吕方、郭盛、蕭讓、王矮虎、薛永、金大堅、穆春、李立、歐鵬、蔣敬、童威、童猛、馬麟、石勇、侯健、鄭天壽、陶宗旺，共二十七人。○中間止蕭讓、金大堅非宋江相識，然要拖過花榮、秦明、黄信、燕順、吕方、郭盛、王矮虎、鄭天壽八人，列在右邊，定不得不並及之矣。宋江此時，真顧盼自豪矣哉。共是四十位頭領坐下。一結。大吹大擂，且吃慶喜筵席。

宋江説起江州蔡九知府捏造謡言一事，説與衆頭領：「叵耐黄文炳那廝，事又不干他己，却在知府面前將那京師童謡解説，道：『耗國因家木』，耗散國家錢糧的人必是『家』頭着個『木』字，不是個『宋』字？『刀兵點水工』，興動刀兵之人必是『三點水』着個『工』字，不是個

『江』字？這個正應宋江身上。那後兩句道：『縱橫三十六，播亂在山東』，合主宋江造反在山東。妙絶之筆。○要知此一番不是酒席上閑述樂情而已，須知宋江只把現成公案向衆重宣一遍，便抵無數篝火狐鳴、魚罾書帛之事。無處不寫宋江權術過人。以此拿了小可。不期戴院長又傳了假書，以此黄文炳那厮攛掇知府，只要先斬後奏。若非衆好漢救了，焉得到此！」李逵跳將起來道：「好哥哥，正應着天上的言語！每每寫宋江用詐處，便被李逵跳破。如上文自述童謡一遍，本是以符讖牢籠衆人，然却口中不要説出，自得衆人心中暗動。偏忽然用李逵一句直叫出來，兩兩相形，文情奇絶。○「天上言語」四字，從何而來？奇絶妙絶！雖然吃了他些苦，黄文炳那賊也吃我割得快活！正應「天上言語」，下忽然説入自己快活事，夾七夾八，活畫鐵牛。放着我們許多軍馬，便造反，怕怎地？晁蓋哥哥便做大宋皇帝，宋江哥哥便做小宋皇帝，見當時國號大宋，便誤認「宋皇帝」三字再折不開，一妙也；宋江姓宋，忽説是「宋皇帝」，晁蓋不姓宋，亦説是「宋皇帝」，二妙也；皇帝又有大、小兩個，三妙也。○要知晁蓋大皇帝，全是宋江面上增出來者，妙絶。吴先生做個丞相，何處學來？公孫道士便做個國師，何處學來？我們都做個將軍，鐵牛思做將軍，真乃未能免俗。然吾不知其藏之胸中已復幾時，直至今日始得快吐之也。○除兩哥哥做皇帝外，其餘本做將軍，亦止爲吴用、公孫二人，看來不似做將軍者，故遂生出丞相、國師來也。○鐵牛居然欲爲周公，真是夢想不到。殺去東京奪了鳥位，在那裏快活却不好？不强似這個鳥水泊裏？」位是「鳥位」，水泊是「鳥水泊」，説得興盡。

戴宗慌忙喝道：「鐵牛，你這厮胡説！你今日既到這裏，不可使你那在江州性兒，須要聽兩位頭領哥哥的言語號令；亦不許你胡言亂語，多嘴多舌！再如此多言插口，先割了你這顆頭來爲令，以警後人！」李逵道：「阿呀！若割了我這顆頭，幾時再長得一個出來！我只吃酒便了！」此不是呆語，又寫李大哥鑒貌辨色，明哲保身也。衆多好漢都笑。宋江又題起拒敵官軍一事，説道：「那時小可初聞這個消息，好不驚恐，不期今日輪到宋江身上！」將前文直縮結到今日。吴用道：「兄長當初若依了弟兄之言，只住山上快活，不到江州，不省了多少事？這都是天數注定如此。」宋江道：「黄安那廝，如今在那裏？」已隔數卷，至此忽問，可見此書一筆不漏。晁蓋道：「那廝住不够兩三個月，便病死了。」將今日直縮到前文。宋江嗟歎不已。當日飲酒，各各盡歡。晁蓋先叫安頓穆太公一家老小；完。叫取過黄文炳的家財，賞勞了衆多出力的小嘍囉。完。取出原將來的信籠，交還戴院長收用，完。戴宗那裏肯要？定教收放在庫内公支使用。又表戴宗。○此等是戴宗與宋江做人一樣處。晁蓋叫衆多小嘍囉參拜了新頭領李俊等，完。都參見了。連日山寨裏殺牛宰馬，作慶賀筵席，不在話下。

再説晁蓋教山前山後各撥定房屋居住；山寨裏再起造房舍，修理城垣。至第三日，酒席上宋江起身對衆頭領説道：「宋江還有一件大事，正要禀衆弟兄：小可今欲下山走一遭，乞假數日，何也？未知衆位肯否？」晁蓋便問道：「賢弟，今欲要往何處？幹甚麽大事？」宋江不慌不忙，説出這個去處，有分教：鎗刀林裏，再逃一遍殘生；山嶺邊傍，傳授千年勛業。正是：只因玄女書三卷，留得清風史數篇。畢竟宋公明要往何處去走一遭，且聽下回分解。

第五才子書施耐庵水滸傳卷之四十六

聖歎外書

第四十一回　還道村受三卷天書　宋公明遇九天玄女

嘗觀古學劍之家，其師必取弟子，先置之斷崖絶壁之上，迫之疾馳；經月而後，授以竹枝，追刺猿猱，無不中者；夫而後歸之室中，教以劍術，三月技成，稱天下妙也。聖歎歎曰：嗟乎！行文亦猶是矣。夫天下險能生妙，非天下妙能生險也。險故妙，險絶故妙絶；不險不能妙，不險絶不能妙絶也。游山亦猶是矣：不梯而上，不縋而下，未見其能窮山川之窈窕、洞壑之隱秘也。梯而上，縋而下，而吾之所至，乃在飛鳥徘徊、蛇虎躑躅之處，而吾之力絶，而吾之氣盡，而吾之神色索然猶如死人，而吾之耳目乃一變换，而吾之胸襟乃一蕩滌，而吾之識略乃得高者愈高，深者愈深，奮而爲文筆，亦得愈極高深之變也。行文亦猶是矣：不閣筆，不捲紙，不停墨，未見其有窮奇盡變、出妙入神之文也。筆欲下而仍閣，紙欲舒而仍捲，墨欲磨而仍停，而吾之才盡，而吾之髯斷，而吾之目矐，而吾之腹痛，而鬼神來助，而風雲忽通，而後奇則真奇，變則真變，妙則真妙，神則真神也。吾以此法遍閲世間之文，未見其有合者。今讀「還道村」一篇，而獨賞其險妙絶倫。嗟乎！支公畜馬，愛其神駿。其言似謂自馬以外，都更無有神駿也者；今吾亦雖謂自《水滸》以外，都更無有文章，亦豈誣哉？

前半篇兩趙來捉，宋江躲過，俗筆只一句可了。今看他寫得一起一落，又一起又一落，再一起再一落。遂令宋江自在厨中，讀者本在書外，却不知何故一時便若打並一片心魂，共受若干驚嚇者。燈昏窗響，壁動鬼出，筆墨之事，能令依正一齊震動，真奇絶也。上文神厨來捉一段，可謂風雨如磐，蟲鬼駭逼矣。忽然一轉，却作花明草媚，團香削玉之文。如此筆墨，真乃有妙必臻，無奇不出矣。

第一段神厨搜捉，文妙于駭緊。第二段夢受天書，文妙于整麗。第三段群雄策應，便更變駭緊爲疏奇，化整麗爲錯落。三段文字，凡作三樣筆法。不似他人小兒舞鮑老，只有一副面具也。

此書每寫宋江一片奸詐後，便緊接李逵一片真誠以激射之，前已處處論之詳矣。最奇妙者，又莫奇妙于寫宋江取爺後，便寫李逵取娘也。夫爺與娘，所謂一本之親者也。譬之天矣，無日不戴之，無日不忘之。無日不忘之，無日不戴之，非有義可盡，亦並非有恩可感；非有理可講，亦並非有情可説也。執塗之人，而告之曰：「我孝。」孝，口説而已乎？執塗之人，而告之曰：「我念我父。」然則爾之念爾父也，殆亦暫矣。我聞諸我先師曰：「夫孝，推而放之四海而準。」推而放之四海而準者，以孝我父者孝我君，謂之忠；以孝我父者孝我兄，謂之悌；以孝我父者孝我友，謂之敬；以孝我父者孝我妻，謂之良；以孝我父者孝我子，謂之慈；以孝我父者孝我百姓，謂之有道仁人也。推而至于伐一樹，殺一獸，不以其順，謂之不孝。故知孝者，百順之德也，萬福之原也。故知孝之爲言，順也；順之爲言，時也。時春則生，時秋則殺，時喜則笑，時怒則駡。生殺笑駡，皆謂之孝。故知行孝，非可以口説爲也。我父我母，非供我口説之人也。自世之大逆極惡之人，多欲自言其孝，于是出其狡獪陰陽之才，先施之于其父其母，而後亦遂推而加之四海。馴至殃流天下，禍害相攻，大道既失，不可復治。嗚呼！此口説之孝所以爲强盜之孝，而作者特借宋江以活畫之。蓋言强盜之爲强盜，徒以惡心向于他人；若夫口口説孝之人，乃以惡心向其父母，是加于强盜一等者也。我觀遠行者，必爇香而祝曰：「好人相逢，惡人遠避。」蓋畏强盜之至也。今父母孕子，亦當爇香祝曰：「心孝相逢，口孝遠避。」蓋爲父母者之畏口口説孝之子，真有過于强盜也者。彼説孝之人，聞吾之言，今定不信。迨于他日不免有子，夫然後知曩者其父其母之遭我之毒，乃至若斯之極也。嗚呼！作者之傳宋江，其識惡垂戒之心，豈不痛哉！故于篇終緊接李逵取娘之文，以見粗鹵凶惡如李鐵牛其人，亦復不忘源本。然則孝之爲德，下及禽蟲，無不具足，宋江可以不必屢自矜許。且見粗鹵凶惡如李鐵牛其人，乃其取娘陡然一念，實反過于宋江取爺百千萬倍。然則孝之爲德，惟不説者其内獨至。宋江不爲人駡死，不爲雷震死，亦當自己羞死也矣。

李逵取娘文前,又先借公孫勝取娘作一引者,一是寫李逵見人取爺,不便想到娘,直至見人取娘,方解想到娘,是寫李逵天真爛熳也;一是寫宋江作意取爺,不足以感動李逵,公孫勝偶然看娘,却早已感動李逵,是寫宋江權詐無用也。《易·彖辭》曰:「中孚,信及豚魚。」言豚魚無知,最爲易信;中孚無爲,而天下化之。解者乃作豚魚難信。蓋久矣,權術之行于天下,而大道之不復講也!

自家取爺,偏要説死而無怨,偏一日亦不可待;他人取娘,便怕他有疏失,便要他再過幾時。《傳》曰:「夫子之道,忠恕而已矣。」觀其不恕,知其不忠,何意稗官有此論道之樂。

話説當下宋江在筵上,對衆好漢道:「小可宋江,自蒙救護上山到此,連日飲宴,甚是快樂。不知老父在家正是何如。即日江州申奏京師,必然行移濟州,着落鄆城縣追捉家屬,比捕正犯,恐老父存亡不保。宋江想念,欲住家中搬取老父上山,以絶挂念。不知衆弟兄還肯容否?」晁蓋道:「賢弟,這件是人倫中大事。不成我和你受用快樂,倒教家中老父吃苦?如何不依賢弟!只是衆兄弟們連日辛苦,寨中人馬未定,再停兩日,點起山寨人馬,一徑去取了來。」下文宋江本欲一人自去,却先于晁蓋口中作一寬筆,然後轉出獨自去來,行文何等委婉。○又,此處先表過衆兄弟不去,便令玄女廟側,大樹背後,出其不意。所謂欲起後文,先于前文作地矣。宋江道:「仁兄,再過幾日不妨;只恐江州行文到濟州,追捉家屬,以此事不宜遲。今也不須點多人去,只宋江潛地自去,和兄弟宋清搬取老父連夜上山來。那時鄉中,神不知、鬼不覺。若還多帶了人伴去，必然驚嚇鄉里，反招不便。」晁蓋道：「賢弟，路中倘有疏失，無人可救。」宋江道：「若爲父親，死而無怨。」看他方得性命，又早說「死而無怨」，讀之失笑。當日苦留不住，宋江堅執要行，便取個氈笠帶了，提條短棒，腰帶利刃，便下山去。衆頭領送過金沙灘自回。

且說宋江過了渡，到朱貴酒店裏上岸，出大路投鄆城縣來。路上少不得饑餐渴飲，夜住曉行。無事即省。一日，奔宋家村晚了，到不得，且投客店歇了。次日趲行，到宋家村時却早。且在林子裏伏了，等待到晚，却投莊上來敲後門。看他歸家踪迹，寫得招搖之甚。莊裏聽得，只見宋清出來開門，見了哥哥，吃那一驚，慌忙道：「哥哥，你回家來怎地？」畫。宋江道：「我特來家取父親和你。」宋清道：「哥哥，你在江州做了的事，如今這裏都知道了。本縣差下這兩個趙都頭每日來勾取，管定了我們，不得轉動。只等江州文書到來，便要捉我們父子二人，下在牢裏監禁，聽候拿你。日裏夜間一二百士兵巡綽，你不宜遲，快去梁山泊請下衆頭領，來救父親並兄弟！」宋江聽了，驚得一身冷汗，不敢進門，轉身便走，奔梁山泊路上來。

是夜，月色朦朧，路不分明，宋江只顧揀僻净小路去處走。約莫也走了一個更次，寫得妙。只聽得背後有人發喊起來。宋江回頭聽時，只隔一二里路，看見一簇火把照亮，只聽得叫道：「宋江休走！」宋江一頭走，一面肚裏尋思：「不聽晁蓋之言，果有今日之禍！皇天可憐，垂救宋江則個！」遠遠望見一個去處，只顧走。少間，風掃薄雲，現出那輪明月，宋江方纔認得仔細，叫聲「苦」，不知高低。看了那個去處，有名喚做「還道村」。寫得妙。○月暗月明，翻入奇境。原來團團都是高山峻嶺，山下一遭澗水，中間單單只一條路。入來這村，左來右去走，只是這條路，更没第二條路。宋江認得這個村口，欲待回身，却被背後趕來的人已把住了路口，火把照耀，如同白日。宋江只得奔入村裏來，尋路躲避。抹過一座林子，早看見一所古廟。雙手只得推開廟門，閑處先留一筆。乘着月光，入進廟裏來，尋個躲避處。前殿後殿相了一回，安不得身，心裏越慌。一進來便入神厨，此小兒捉迷藏耳。先頓一句「安不得身」，直等趙能到了，方乘急鑽入神厨。寫一時匆匆情景，可謂活畫。只聽得外面有人道：「都管只走在這廟裏！」真是急殺。【眉批】第一段。宋江聽時，是趙能聲音，趙能聲音，前未配江州時識之。急没躲處，見這殿上一所神厨，神厨如何躲得過？故必寫到趙能到了，急没躲處，然後看到神厨。寫慌迫中情事，分寸都出。宋江揭起帳幔，望裏面探身便鑽入神厨裏，安了短棒，做一堆兒伏在厨内，身體把不住「簌簌」地抖。一。○看他數「抖」字。只聽得外面拿着火把照將入來。急殺。宋江在神厨裏一頭抖，二。一頭偷眼看時，趙能、趙得引着四五十人，拿着火把各到處照。看看照上殿來，急殺不可言。宋江抖道：三。「我今番走了死路，望神明庇佑則個！神明庇佑！神明庇佑！」活寫出情急人口中念誦無倫無次來。一個個都走過了，没人看着神厨裏。如此奇峰，忽然一跌。○看他一路忽然跌起，忽然跌落，凡有數番。宋江抖定道：四。「可憐天！」只見趙得將火把來神厨裏一照，方得上句一跌，下句忽然矗起，令人劈面一嚇。○趙得一照，陡然接入，令宋江一句話只説得三個字，真是奇筆。宋江抖得幾乎死去。五。趙得一隻手將朴刀桿挑起神帳，上下把火只一照，偏是急殺句，偏要仔細寫，妙絶。火烟冲將起來。冲下一片黑塵來，正落在趙得眼裏，眯了眼。便將火把丢在地下，一脚踏滅了，走出殿門外來，忽然又跌落。對士兵們道：「這厮不在廟裏。别又無路，却走向那裏去了？」衆士兵道：「多應這厮走入村中樹林裏去了。這裏不怕他走脱：這個村喚做還道村，只有這條路出入；裏面雖有高山林木，却無路上得去。都頭只把住村口，頻提「把住村口」四字，使讀者心頭有兩層着急。他便會插翅飛上天去，也走不脱了！待天明，村裏去細細搜捉！」趙能、趙得道：「也是。」引了士兵下殿去了。趁跌落時，再與着實一跌，奇筆妙筆。

宋江抖定道：六。「却不是神明庇佑！若還得了性命，必當重修廟宇，再塑……」意是「再塑金身」四字，却不及説完。只聽得有幾個士兵在廟門前叫道：「都頭，在這裏了！」陡然又矗起，奇筆妙筆。趙能、趙得和衆人又搶入來，宋江「簌簌」地又把不住抖。七。趙能到廟前問道：「在那裏？」士兵道：「都頭，你來看廟門上兩個塵手迹，何等奇妙！真乃天外飛來，却是當面拾得。一定是却纔推開廟門，閃在裏面去了。」趙能道：「説得是，再仔細搜一搜看！」這夥人再入廟裏來搜時，急殺。宋江這一番抖真是幾乎休了。八。那夥人去殿前殿後搜遍，只不曾翻過磚來。寫得好笑。衆人又搜了一回，火把看看照上殿來，急殺。○上殿來，下殿去，又上殿來。文筆奇恣，至于如此。趙能道：「多是只在神厨裏！却纔兄弟看不仔細，我自照一照看！」急殺。○前趙得照，乃突然一照；此趙能照，却先説了要照，然後來照，爲神厨中人急殺也。一個士兵拿着火把，趙能便揭起帳幔，五七個人伸頭來看。前趙得只是一個人匆匆一看而已，此却五七個人仔細來看，便一發急殺不可當。不看萬事俱休，纔看一看，故作驚人語。只見神厨裏捲起一陣惡風，將那火把都吹滅了，黑騰騰罩了廟宇，對面不見。趙能道：「却又作怪，平地裏捲起這陣惡風來！想是神明在裏面,定嗔怪我們只管來照,因此起這陣惡風顯應。我們且去罷,又跌落。只守住村口,待天明再來尋。」趙得道:「只是神厨裏不曾看得仔細,再把鎗去搠一搠。」趙能道:「也是。」欲落未落,忽然又起。奇恣至此,真是驚才絶筆。兩個却待向前,只聽得殿後又捲起一陣怪風,吹得飛砂走石,滚將下來,摇得那殿宇「岌岌」地動;罩下一陣黑雲,布合了上下,冷氣侵人,毛髮竪起。

趙能情知不好,叫了趙得道:「兄弟快走,神明不樂!」衆人一哄都奔下殿來,望廟門外跑走。方跌落。有幾個攧翻了的,也有閃朒腿的,爬得起來奔命。走出廟門,只聽得廟裏有人叫:「饒恕我們!」餘波奇絶,出于意外。趙能再入來看時,兩三個土兵跌倒在龍墀裏,被樹根鈎住了衣服,死也挣不脱,手裏丢了朴刀,扯着衣裳叫饒。絶倒。○如此死急事,偏有本事寫得一起一落,突兀盡致,臨了猶作峰巒拳曲之形,真是才子。宋江在神厨裏聽了,又抖又笑。九。趙能把土兵衣服解脱了,領出廟門去。有幾個在前面的土兵「在前面的」四字。令人絶倒。即暗翻《孟子》「五十步笑百步」法。説道:「我説這神道最靈,「我説」二字絶倒,不知在何處説也。○活寫出小人説風凉話來。你們只管在裏面纏障,引得小鬼發作起來。「小鬼發作」,奇語。我們只去守住了村口等他,須不吃他飛了去?」趙能、趙得道:「説得是,只消村口四下裏守定。」衆人都望村口去了。無數奇峰,一齊盡跌。

只説宋江在神厨裏口稱「慚愧」,道:「雖不被這厮們拿了,却怎能彀出村口去?」正在厨内尋思,百般無計,只聽得後面廊下有人出來。上文無數奇峰一齊盡跌,忽然此處又另轉出一峰,令人猜測不出。宋江又抖道:「又是苦也!早是不鑽出去!」只見兩個青衣童子徑到厨邊,舉口道：「小童奉娘娘法旨，請星主説話。」宋江那裏敢做聲答應？一請。外面童子又道：「娘娘有請，星主可行。」宋江也不敢答應。二請。外面童子又道：「宋星主，休得遲疑，娘娘久等。」三請。宋江聽得鶯聲燕語，不是男子之音，便從神椅底下鑽將出來，看時，却是兩個青衣女童，侍立在床邊。宋江吃了一驚，却是兩個泥神。分明聽得三番相請，却借兩個泥神忽作一跌。寫鬼神便有鬼神氣，真是奇絶之筆。只聽得外面又説道：「宋星主，娘娘有請。」寫得便活是鬼神，閃閃尸尸之極。【眉批】第二段。上文如怒龍入雲，鱗爪忽没忽現；又如怪鬼奪路，形狀忽近忽遠。一轉却別作天清地朗、柳霏花拂之文，令讀者驚喜摇惑不定[一]。宋江分開帳幔，鑽將出來，只見是兩個青衣螺髻女童，有上一番閃爍，便令此處亦不敢信其真假。齊齊躬身，各打個稽首。宋江問道：「二位仙童，自何而來？」青衣道：「奉娘娘法旨，有請星主赴宫。」宋江道：「仙童差矣。我自姓宋，名江，不是甚麼星主。」青衣道：「如何差了？請星主便行，娘娘久等。」宋江道：「甚麼娘娘？亦不曾拜識，如何敢去？」青衣道：「星主到彼便知，不必詢問。」宋江道：「娘娘在何處？」青衣道：「只在後面宫中。」

青衣前引便行，宋江隨後跟下殿來。轉過後殿，側首一座子牆角門，青衣道：「宋星主從此間進來。」宋江跟入角門來看時，星月滿天，香風拂拂，四下裏都是茂林修竹。宋江尋思道：「原來這廟後，又有這個去處。早知如此，却不來這裏躲避，不受那許多驚恐！」一路都作

[一]「者」，貫華堂本作「着」，據葉瑶池本改。

疑鬼疑神、似信不信之筆。宋江行時，覺道香塢兩行，夾種着大松樹，都是合抱不交的，中間平坦一條龜背大街。宋江看了，暗暗尋思道：「我倒不想古廟後有這般好路徑！」都不實寫。跟着青衣，行不過一里來路，聽得「潺潺」的澗水響。看前面時，一座青石橋，兩邊都是朱欄杆。要識夢回時，記取來時路。岸上栽種奇花異草，蒼松茂竹，翠柳夭桃；橋下翻銀滾雪般的水，流從石洞裏去。過得橋基看時，兩行奇樹，中間一座大朱紅櫺星門。宋江入得櫺星門看時，擡頭見一所宫殿。宋江尋思道：「我生居鄆城縣，不曾聽得説有這個去處。」心中驚恐，不敢動脚。都不實寫。青衣催促：「請星主行。」一引引入門内，有個龍墀，兩廊下盡是朱紅亭柱，都挂着繡簾；正中一所大殿，殿上燈燭熒煌。青衣從龍墀内一步步引到月臺上，聽得殿上階前又有幾個青衣道：「娘娘有請，星主進來。」

宋江到大殿上，不覺肌膚戰慄，毛髮倒竪。下面都是龍鳳磚階，青衣入簾内奏道：「請至宋星主在階前。」宋江到簾前御階之下，躬身再拜，俯伏在地，口稱：「臣乃下濁庶民，不識聖上。伏望天慈，俯賜憐憫！」御簾内傳旨：「教請星主坐。」宋江那裏敢擡頭？委婉。教四個青衣扶上錦墩坐，宋江只得勉强坐下。殿上喝聲：「捲簾！」數個青衣，早把珠簾捲起，搭在金鈎上。娘娘問道：「星主别來無恙？」宋江起身再拜道：「臣乃庶民，不敢面覷聖容。」娘娘道：「星主既然至此，不必多禮。」宋江恰纔敢擡頭舒眼，委婉。看見殿上金碧交輝，點着龍燈鳳燭；兩邊都是青衣女童，持笏捧圭，執旌擎扇侍從。正中七寶九龍床上，坐着那個娘娘：身穿金縷絳綃之衣，手秉白玉圭璋之器，天然妙目，正大仙容。嘗歎《神女》、《感甄》等賦，筆墨淫穢，殊愧大雅。似此絶妙好辭，令人敬愛交至。○「天然」句，妙在「妙目」字；「仙容」句，妙在「正大」字。豈惟稗史未有，亦是諸書所無。口中説道：「請星主到此。」命童子獻酒。兩下青衣女童，執着蓮花寶瓶，捧酒過來，斟在杯内。一個爲首的女童執杯遞酒，來勸宋江。宋江起身，不敢推辭，接過杯，朝娘娘跪飲了一杯。宋江覺道這酒馨香馥郁，如醍醐灌頂，甘露灑心。又是一個青衣，捧過一盤仙棗，上勸宋江。宋江戰戰兢兢，怕失了體面，伸着指頭，取了一枚，就而食之，懷核在手。青衣又斟過一杯酒來勸宋江，宋江又一飲而盡。娘娘法旨，教再勸一杯。青衣再斟一杯酒過來勸宋江，宋江又飲了。仙女托過仙棗，又食了兩枚。

共飲過三杯仙酒，三枚仙棗，宋江便覺有些微醺，又怕酒後醉失體面，再拜道：「臣不勝酒量，望乞娘娘免賜。」殿上法旨道：「既是星主不能飲酒，可止。」教：「取那三卷天書，賜與星主。」青衣去屏風背後，青盤中托出黄羅袱子，包着三卷天書，度與宋江。宋江看時，可長五寸，闊三寸，不敢開看，再拜祇受，藏于袖中。娘娘法旨道：「宋星主，傳汝三卷天書，汝可替天行道，爲主全忠仗義，爲臣輔國安民，去邪歸正，勿忘勿泄。」只因此等語，遂爲後人續貂之地。殊不知此等悉是宋江權術，不是一部提綱也。宋江再拜謹受。娘娘法旨道：「玉帝因爲星主魔心未斷，道行未完，暫罰下方。不久重登紫府，切不可分毫懈怠。若是他日罪下酆都，吾亦不能救汝。此三卷之書，可以善觀熟視。只可與天機星同觀，其他皆不可見。寫宋江用權詐，獨不敢瞞吴用，其筆如鏡。功成之後，便可焚之，勿留在世。從來相傳異書，悉以此語爲出身之路，思之每欲失笑。所囑之言，汝當記取。目今天凡相隔，難以久留，汝當速回。」便令童子：「急送星主回去。他日瓊樓金闕,再當重會。」宋江便謝了娘娘,跟隨青衣女童下得殿庭來。出得櫺星門,送至石橋邊,依稀記得來時有路,寫得妙絶。青衣道:「恰纔星主受驚,不是娘娘護祐,已被擒拿。天明時,自然脱離了此難。星主,看石橋下水裏二龍相戲。」宋江憑欄看時,果見二龍戲水。二青衣望下一推,宋江大叫一聲,却撞在神厨内,覺來乃是南柯一夢。入夢時不説是夢,至出後始説。此法諸書徧用,而不知出于此。

宋江爬將起來看時,月影正午,料是三更時分。好。宋江把袖子裏摸時,手内棗核三個,袖裏帕子包着天書。將出來看時,果是三卷天書;又只覺口裏酒香。宋江想道:「這一夢真乃奇異,似夢非夢:若把做夢來,妙。○前文何等匆遽[一],此文何等舒緩。疾雷激電之後,偏接一番烟霏雲捲之態,極盡筆墨之致。如何有這天書在袖子裏,口中又酒香,棗核在手裏,説與我的言語都記得,不曾忘了一句?不把做夢來,妙。○兩番活是初醒未醒意思。我自分明在神厨裏,一交攧將入來?有甚難見處:想是此間神聖最靈,顯化如此。只是不知是何神明?」又作一頓,筆筆飛舞。揭起帳幔看時,九龍椅上坐着一位妙面娘娘,正和方纔一般。妙筆入化,令人不能尋其筆迹。○入夢時,青衣女童是真是假;出夢時,妙面娘娘是假是真。只古廟中三個泥神,分作頭尾兩波,寫得活靈生現,令俗子何處着筆也。宋江尋思道:「這娘娘呼我做『星主』,想我前生非等閑人也。這三卷天書必然有用。分付我的天言,天何言哉,況于書也!不曾忘了。青衣女童道:天明時,自

[一]「匆」,貫華堂本、葉瑶池本作「勿」,據王望如評本改。

然脱離此村之厄。如今天色漸明，我却出去。」借勢便出。便探手去厨裏摸了短棒，細。把衣服拂拭了，細。一步步走下殿來。從左廊下轉出廟前，仰面看時，舊牌額上刻着四個金字，道「玄女之廟」。牌額金字，有來時看者，有去時看者。皆寫盡一時情事，不是浪補一筆。宋江以手加額，稱謝道：「慚愧！原來是九天玄女娘娘，傳受與我三卷天書，又救了我的性命！如若能够再見天日之面，必當來此重修廟宇，再建殿庭。伏望聖慈，俯垂護祐！」稱謝已畢，只得望着村口悄悄出來。

離廟未遠，只聽得前面遠遠地喊聲連天。又閃一影。○二趙去後，侍女一閃，此處又一閃。筆情飄忽至此，讀之猜測不出。【眉批】第三段。宋江尋思道：「又不濟了！」住了脚，「且未可出去，上忽自云「我却出去」，此忽又自云「未可出去」，筆筆作鬼神恍惚之勢。○一句「未可出去」。我若到他面前，定吃他拿了。不如且在這裏路傍樹背後，躲一躲。」却纔閃得入樹背後去，只見數個土兵只見先是土兵。急急走得喘做一堆，奇絶之筆。把刀鎗拄着，一步步攧將入來，「拄着」妙，活畫出來。口裏聲聲都只叫道：「神聖救命則個！」「神聖救命」四字，忽然檃括前來兩段大文。倒皴反剔之法，于斯極矣。宋江在樹背後看了，尋思道：「却又作怪！他們把着村口，緊提此句，真令讀者摇顫不定。等我出來拿我，却又怎地搶入來？」再看時，趙能也搶入來，只見次是趙能。口裏叫道：「神聖、神聖救命！」土兵叫「神聖救命」，趙能又叫「神聖救命」，令讀者疑是玄女顯化，定有鬼兵在後也。此皆作者特特爲此鬼怪之筆。俗本乃作「我們都是死也」，一何可笑！宋江道：「那厮如何恁地慌？」却見背後一條大漢追將入來，那個大漢上半截不着一絲，露出鬼怪般肉，手裏拿着兩把夾鋼板斧，奇絶。

○此來定不一人，然衝鋒陷敵，當先敢死，必是大哥，寫得情性俱有。口裏喝道：「含鳥休走！」遠觀不睹，近看分明，正是黑旋風李逵。看他句句作鬼神恍惚之筆。○是泥塑侍女，又是夢中娘娘，又是泥塑娘娘。上文無數鬼神恍惚之事，忽然就黑旋風上反襯一筆，真乃出神入化之文也。宋江想道：「莫非是夢裏麽？」句句與上文摇曳出鬼神恍惚之色來。不敢走出去。又一句不敢出去。

那趙能正走到廟前，被松樹根只一絆，一交攧在地下。只松根絆跌，亦復寫得前後掩映。李逵趕上，就勢一脚踏住脊背，手起大斧，却待要砍；背後又是兩籌好漢趕上來，把氈笠兒掀在脊梁上，各挺一條朴刀。看他寫得如連珠炮相似，令人目光摇動。上首的是歐鵬，下首的是陶宗旺。李逵見他兩個趕來，恐怕爭功，壞了義氣，就手把趙能一斧砍做兩半，連胸脯都砍開了。跳將起來，把士兵趕殺，四散走了。宋江兀自不敢便走出來。又一句不敢出來。背後只見又趕上三籌好漢，也殺將來：寫衆人來，真寫得好，活畫出四星五落趕殺之狀來。前面赤髮鬼劉唐，第二石將軍石勇，第三催命判官李立。這六籌好漢説道：「這廝們都殺散了，只尋不見哥哥，却怎生是好？」石勇叫道：「兀那松樹背後，一個人立在那裏！」宋江方纔敢挺身出來。方寫宋江出來，前凡用三跌也。説道：「感謝衆兄弟們，又來救我性命！將何以報大恩？」六籌好漢見了宋江，大喜道：「哥哥有了！四字妙，可見意不在殺人，又可見已尋了一早辰也。快去報與晁頭領得知！」石勇、李立分頭去了。只四字，便槩括各處趕殺，而晁蓋等七人、李俊等八人之許多辛苦，趙得之被殺，悉在其中矣。

宋江問劉唐道：「你們如何得知來這裏救我？」劉唐答道：「哥哥前脚下得山來，晁頭領與吳軍師放心不下，此句單寫晁蓋，不寫吳用，須知。便叫戴院長隨即下來探聽哥哥下落。補。晁頭領又自己放心不下，寫晁蓋好。○「放心不下」四字作兩番寫來，使人感泣。再着我等衆人前來接應，補。只恐哥哥有些疏失。半路裏撞見戴宗道：兩個賊驢追趕捕捉哥哥。補。晁頭領大怒，分付戴宗去山寨，只教留下吳軍師、公孫勝、阮家三兄弟、吕方、郭盛、朱貴、白勝看守寨栅，其餘兄弟都教來此間尋覓哥哥。補。聽得人說道：『趕宋江入還道村去了！』補。村口守把的這厮們盡數殺了，不留一個；補。只有這幾個奔進村裏來。隨即李大哥追來，我等都趕入來，不想哥哥在這裏。」說猶未了，石勇引將淋漓錯落之至。晁蓋、花榮、秦明、黄信、薛永、蔣敬、馬麟到來，李立引將李俊、穆弘、張横、張順、穆春、侯健、蕭讓、金大堅，一行衆多好漢，都相見了。宋江作謝衆位頭領，晁蓋道：「我叫賢弟不須親自下山，不聽愚兄之言，險些兒又做出來。」宋江道：「小可兄弟只爲父親這一事懸腸挂肚，坐卧不安，不由宋江不來取。」晁蓋道：「好教賢弟歡喜：令尊並令弟家眷，我先叫戴宗引杜遷、宋萬、王矮虎、鄭天壽、童威、童猛送去，已到山寨中了。」省多少筆墨。宋江聽得大喜，拜謝晁蓋道：「得仁兄如此施恩，宋江死亦無怨！」方得性命，又説「死亦無怨」，將誰欺，欺天乎？

一時，衆頭領各各上馬，離了還道村口。宋江在馬上以手加額，望空頂禮，稱謝神明庇祐之力，容日專當拜還心願。一行人馬徑回梁山泊來，吳學究領了守山頭領，直到金沙灘，都來迎接。前到得大寨聚義廳上，衆好漢都相見了。宋江急問道：「老父何在？」一片權詐。○孝順不在口説，孝順亦不在人前。凡屬口説及在人前者，皆强盗，非孝順也。晁蓋便叫請宋太公出來。不多時，鐵扇子宋清策着一乘山轎，擡着宋太公到來。衆人扶策下轎，上廳來。宋江見了，喜從天降，笑逐顏開，再拜道：「老父驚恐。宋江做了不孝之子，負累了父親吃驚受怕！」宋太公道：「叵耐趙能那厮弟兄兩個，每日撥人來守定了我們。只待江州公文到來，便要捉取我父子二人解送官司。聽得你在莊後敲門，此時已有八九個土兵在前面草廳上；續後不見了，不知怎地趕出去了。補。○宛然口吻，遂宛然事情。到三更時候，又有二百餘人把莊門開了，將我搭扶上轎擡了，教你兄弟四郎收拾了箱籠，放火燒了莊院。那時不由我問個緣由，徑來到這裏。」補。宋江道：「今日父子團圓相見，皆賴衆兄弟之力也！」叫兄弟宋清拜謝了衆頭領。晁蓋衆人都來參拜宋太公，已畢。一面殺牛宰馬，且做慶喜筵席，作賀宋公明父子團圓，當日盡醉方散。次日，又排筵席賀喜，大小頭領盡皆歡喜。

第三日，晁蓋又梯己備個筵席，寫得有情有致。慶賀宋江父子完聚。忽然感動公孫勝一個念頭：思憶老母在薊州，寫宋江取父一片假後，便欲寫李逵取母一片真，以形激之。却恐文情太覺唐突，故又先借公孫勝作一過接。看他下文只用數語略遞，便緊入李逵別構奇觀，意可見也。○今日借作李逵過接，後日又借作楊林等衆人枝節，可謂一用兩便矣。離家日久了，未知如何。衆人飲酒之時，只見公孫勝起身，對衆頭領說道：「感蒙衆位豪傑相待貧道許多時，恩同骨肉。只是小道自從跟着晁頭領到山，逐日宴樂，一向不曾還鄉看視老母，亦恐我真人本師懸望。欲待回鄉省視一遭，暫別衆頭領三五個月，再回來相見。以滿小道之願，免致老母挂念懸望。」晁蓋道：「向日已聞先生所言，令堂在北方無人侍奉。如曾說者，妙。今既如此說時，難以阻當，只是不忍分別。雖然要行，且待來日相送。」公孫勝謝了。當日盡醉方散，各自歸房安歇。次日早，就關下排了筵席，與公孫勝餞行。

且說公孫勝依舊做雲游道人打扮了，腰裹腰包、肚包，背上雌雄寶劍，肩胛上挂着棕笠，手中拿把鼈殼扇，便下山來。衆頭領接住，就關下筵席，各各把盞送別餞行已遍。晁蓋道：「一清先生，此去難留，却不可失信。本是不容先生去，只是老尊堂在上，不敢阻當。百日之外，專望鶴駕降臨，切不可爽約！」公孫勝道：「重蒙列位頭領看待許久，小道豈敢失信？回家參過本師真人，安頓了老母，便回山寨。」宋江道：「先生何不將帶幾個人去？一發就搬取老尊堂上山，早晚也得侍奉。」全爲引出李逵，並非爲一清作計，當想其用筆之妙。公孫勝道：「老母平生只愛清幽，吃不得驚唬，因此不敢取來。家中自有田產、山莊，老母自能料理。上宋江語本爲李逵作引，故一清只如此撇開。○一清之母，只愛清幽，一清能養其志。如何公明之父，惟恐其子落草，而終亦至于受盡驚嚇也？寫宋江許多孝行後，偏寫出許多反襯之筆，以深志宋江之惡逆也。小道只去省視一遭，便來再得聚義。」宋江道：「既然如此，專聽尊命，只望早早降臨爲幸！」晁蓋取出一盤黄白之貲相送，公孫勝道：「不消許多，但只够盤纏足矣。」晁蓋定教收了一半，打拴在腰包裏，打個稽首，别了衆人，過金沙灘便行，望薊州去了。

衆頭領席散，却待上山，只見黑旋風李逵就關下放聲大哭起來。奇人奇事奇文，亦是妙人妙事妙文。宋江連忙問道：「兄弟，你如何煩惱？」李逵哭道：「干鳥氣麽！這個也去取爺，那個也去望娘，偏鐵牛是土掘坑裏鑽出來的！」何等天真爛熳，活寫出純孝之人來。○偏作諧語，便顯宋江説忠説孝之假。晁蓋便問道:「你如今待要怎地?」李逵道:「我只有一個老娘在家裏,我的哥哥又在別人家做長工,如何養得我娘快樂?我要去取他來這裏,快樂幾時也好。」晁蓋道:「兄弟説得是。寫晁蓋以襯出宋江。我差幾個人同你去,取了上來,也是十分好事。」宋江便道:「使不得。《詩》云「孝子不匱,永錫爾類」也。今宋江于己則一日不可更遲,于他人則毅然説「使不得」,天下有如是之仁人孝子者乎?寫得可恨可畏!李家兄弟生性不好,回鄉去必然有失。若是教人和他去,亦是不好。況且他性如烈火,到路上必有衝撞。他又在江州殺了許多人,那個不認得他是黑旋風?這幾時,官司如何不行移文書到那裏了,必然原籍追捕。你又形貌凶惡,倘有疏失,路程遥遠,如何得知?你且過幾時,打聽得平静了,去取未遲。」看他與前自己取爺時更不相同,皆特特寫權詐人照顧不及處,以表宋江之假也。

李逵焦躁,叫道:「哥哥,你也是個不平心的人!確,確。忠恕之道,强盜惡乎知之哉!你的爺便要取上山來快活,我的娘由他在村裏受苦?兀的不是氣破了鐵牛的肚子!」「你的爺」,「我的娘」,説得鑿鑿有理,使宋江無辨。宋江道:「兄弟,你不要焦躁。既是要去取娘,只依我三件事,便放你去。」李逵道:「你且説那三件事?」宋江點兩個指頭,説出這三件事來。有分教李逵:施爲撼地摇天手,來鬥巴山跳澗蟲。畢竟宋江對李逵説出那三件事來,且聽下回分解。

第五才子書施耐庵水滸傳卷之四十七

聖歎外書

第四十二回　假李逵剪徑劫單人　黑旋風沂嶺殺四虎

粵自仲尼歿而微言絶，而忠恕一貫之義，其不講于天下也既已久矣。夫「中心」之謂忠也，「如心」之謂恕也。見其父而知愛之謂孝，見其君而知愛之謂敬。夫孝敬由于中心，油油然不自知其達于外也。如惡惡臭，如好好色，不思而得，不勉而中，此之謂自慊。聖人自慊，愚人亦自慊；君子爲善自慊，小人爲不善亦自慊。爲不善亦自慊者，厭然揜之，而終亦肺肝如見。然則天下之意，未有不誠者也。善亦誠于中，形于外；不善亦誠于中，形于外；不思善，不思惡，若惡惡臭、好好色之微，亦無不誠于中，形于外。蓋天下無有一人，無有一事，無有一刻，不誠于中，形于外也者。故曰：「自誠明，謂之性。」性之爲言，故也；故之爲言，自然也；自然之爲言，天命也。天命聖人，則無一人而非聖人也；天命至誠，則無善無不善而非至誠也。性相近也，習相遠也。善不善，其習也；善不善，無不誠于中，形于外,其性也。「唯上智與下愚不移」者,雖聖人亦有下愚之德,雖愚人亦有上智之德。若惡惡臭,好好色,不惟愚人不及覺,雖聖人亦不及覺,是下愚之德也;若惡惡臭,好好色,乃至爲善爲不善,無不誠于中,形于外,聖人無所增,愚人無所減,是上智之德也。何必不喜?何必不怒?何必不哀?何必不樂?喜怒哀樂,不必聖人能有之也。匹婦能之,赤子能之,乃至禽蟲能之,是則所謂道也。「道也者,不可須臾離也。」道,即所謂獨也;不可須臾離,即所謂慎也。何謂獨?誠于中,形于外。喜即盈天地之間止一喜,怒即盈天地之間止一怒,哀樂即盈天地之間止一哀,止一樂,更無旁念得而副貳之也。何謂慎?修道之教是也。教之爲言,自明而誠者也。有不善,未嘗不知,知之未嘗復行,則庶幾矣不敢揜其不善而著其善也。何也?惡其無益也。知不善未嘗復行,然則其「擇乎中庸,得一善而拳拳服膺,必弗失之矣」。是非君子惡于不善之如彼也,又非君子好善之如此也。夫好善惡不善,則是君子遵道而行,半塗而必廢者耳,非所以學而至于聖人之法也。若夫君子欲誠其意之終必由于擇善而固執之者,亦以爲善之後也若失,爲不善之後也若得。若得,則不免于厭然之揜矣;若失,則庶幾其無祇于悔矣。聖人知當其欲揜而制之使不揜也難,不若引而置之無悔之地,而使之馴至乎心廣體胖也易。故必津津以擇善教後世者,所謂慎獨之始事,而非《大學》「止至善」之善也。擇乎中庸,得一善,固執之而弗失。能如是矣,然後謂之慎獨。慎獨而知從本是獨,不惟有小人之揜即非獨,苟有君子之慎亦即非獨。于是始而擇,既而慎,終而並慎亦不復慎。當是時,喜怒哀樂不思而得,不勉而中,如惡惡臭,如好好色,從容中道，聖人也。如是謂之「止于至善」。不曰至于至善，而曰「止于至善」者，至善在近不在遠。若欲至于至善，則是人之爲道而遠。人不可以爲道也，故曰：「賢智過之。」爲其欲至至善，故過之也。若愚不肖之不及，則爲其不知擇善慎獨，故不及耳。然其同歸不能明行大道，豈有異哉！若夫「止于至善」也者，維皇降衷于民，無不至善；無不至善，則應止矣。不惟小人爲不善之非止也，彼君子之爲善亦非止也；不惟爲善爲不善之非止也，彼君子之猶未免于慎獨之慎，猶未止也。人誠明乎此，則能知止矣。知止也者，不惟能知至善之當止也，又能知不止之從無不止也。夫誠知不止之從無不止，而明于明德，更無惑矣，而後有定。知致則意誠也，而後能靜；意誠則心正也，而後能安；心正則身修也，而後能慮；身修則家齊、國治、天下平也，而後能得。家齊、國治，天下平，則盡明德之量，所謂德之爲言得也。夫始乎明，終乎明德，而正心、修身、齊家、治國、平天下，無不全舉如此。故曰：「明則誠矣。」惟天下至誠，爲能「贊天地之化育」也。嗚呼！是則孔子昔者之所謂忠之義也。蓋忠之爲言，中心之謂也。喜怒哀樂之未發，謂之中；發而爲喜怒哀樂之中節，謂之心。率我之喜怒哀樂，自然誠于中，形于外，謂之忠；知家國、天下之人率其喜怒哀樂，無不自然誠于中，形于外，謂之恕。知喜怒哀樂無我無人，無不自然誠于中，形于外，謂之格物；能無我無人無不任其自然喜怒哀樂，而天地以位，萬物以育，謂之天下平。曾子得之，忠謂之一，恕謂之貫；子思得之，忠謂之中，恕謂之庸。故曰：「無黨無偏，王道平平」；「無偏無黨，王道蕩蕩」。嗚呼！此固昔者孔子志在《春秋》、行在《孝經》之精義。後之學者誠得聞此，内以之治其性情，即可以爲聖人；外以之治其民物，即可以輔王者。然惜乎三千年來，不復更講。愚又欲講之，而懼或乖于遁世不悔之教，故反因讀稗史之次而偶及之。當世不乏大賢、亞聖之材，想能垂許于斯言也。

能忠未有不恕者，不恕未有能忠者。看宋江不許李逵取娘，便斷其必不孝順太公，此不恕未有能忠之驗；看李逵一心念母，便斷其不殺養娘之人，此能忠未有不恕之驗也。

此書處處以宋江、李逵相形對寫，意在顯暴宋江之惡，固無論矣。獨奈何輕以「忠恕」二字，下許李逵？殊不知忠恕天性，八十翁翁道不得，周歲哇哇却行得。以「忠恕」二字下許李逵，正深表忠恕之易能，非歎李逵之難能也。

宋江取爺，村中遇神；李逵取娘，村中遇鬼。此一聯絶倒。

宋江黑心人取爺，便遇玄女；李逵赤心人取娘，便遇白兔。此一聯又絶倒。

宋江遇玄女，是奸雄搗鬼；李逵遇白兔，是純孝格天。此一聯又絶倒。

宋江遇神，受三卷天書；李逵遇鬼，見兩把板斧。此一聯又絶倒。

宋江天書，定是自家帶去；李逵板斧，不是自家帶來。此一聯又絶倒。

宋江到底無真，李逵忽然有假。此一聯又絶倒。

宋江取爺吃仙棗，李逵取娘吃鬼肉。此一聯又絶倒。

宋江爺不忍見活强盜，李逵娘不及見死大蟲。此一聯又絶倒。

宋江爺不願見子爲盜，李逵娘不得見子爲官。此一聯又絶倒。

宋江取爺，還時帶三卷假書；李逵取娘，還時帶兩個真虎。此一聯又絶倒。

宋江爺生不如死，李逵娘死賢于生。此一聯又絶倒。

宋江兄弟也做强盗，李逵阿哥亦是孝子。此一聯又絶倒。

二十二回寫武松打虎一篇，真所謂極盛難繼之事也。忽然于李逵取娘文中，又寫出一夜連殺四虎一篇，句句出奇，字字換色。若要李逵學武松一毫，李逵不能；若要武松學李逵一毫，武松亦不敢。各自興奇作怪，出妙入神。筆墨之能，于斯竭矣。

話説李逵道：「哥哥，你且説那三件事？」宋江道：「你要去沂州沂水縣搬取母親，第一件，徑回，不可吃酒。爲曹太公家醉翻作先反襯。第二件，因你性急，誰肯和你同去？爲朱貴弟兄先作反襯。你只自悄悄地取了娘便來。第三件，你使的那兩把板斧，休要帶去。爲假李逵先作反襯。路上小心在意，早去早回。」李逵道：「這三件事有甚麽依不得！哥哥放心。我只今日便行，我也不住了。」宋江之取爺也，衆人餞之；公孫之取娘也，衆人又餞之。奈何乎取爺取娘，而受人餞别乎哉？不提起則連日飲酒，提起則立刻便行，情之至，義之盡也。當下李逵拽扎得爽俐，只跨一口腰刀，提條朴刀[一]，帶了一錠大銀，爲李達一段地[二]。三五個小銀子，爲李鬼一段地。吃了幾杯酒，

[一]「朴」，貫華堂本、葉瑶池本作「札」，據王望如評本改。

[二]「達」，金評各本均作「逵」，據文意改。

俗謂之封酒。唱個大喏，別了衆人，八字妙絶，摹神之筆。蓋其待衆人如此，則其待娘可知。我亦不知宋江之事父何如，但觀其生平全以權詐待人，而斷其必忤逆太公之甚者也。便下山來，過金沙灘去了。

晁蓋、宋江與衆頭領送行已罷，回到大寨裏聚義廳上坐定。宋江放心不下，對衆人説道：「李逵這個兄弟，此去必然有失。不如衆兄弟們誰是他鄉中人，可與他那裏探聽個消息？」杜遷便道：「只有朱貴原是沂州沂水縣人，與他是鄉里。」宋江聽罷，説道：「我却忘了：前日在白龍廟聚會時，李逵已自認得朱貴是同鄉人。」好穿插。宋江便着人去請朱貴。小嘍囉飛奔下山來，直至店裏，請得朱貴到來。宋江道：「今有李逵兄弟，前往家鄉搬取老母。因他酒性不好，爲此不肯差人與他同去，誠恐路上有失。今知賢弟是他鄉中人，你可去他那裏探聽走一遭。」朱貴答道：「小弟是沂州沂水縣人。見在一個兄弟，唤做朱富，順便帶出兄弟。在本縣西門外開着個酒店。這李逵，他是本縣百丈村董店東住；有個哥哥唤做李達，朱貴有弟，李逵有兄，隨筆擷簸而成。○未有孝子而非悌弟者也。寫李逵歸家，口口「哥哥」，因還憶宋江怒罵宋清。蓋真假之不能終掩，有如此也。專與人家做長工。這李逵自小凶頑，因打死了人，逃走在江湖上，一向不曾回歸。如今着小弟去那裏探聽也不妨，只怕店裏無人看管。小弟也多時不曾還鄉，亦就要回家探望兄弟一遭。」宋江道：「這個看店，不必你憂心。我自教侯健、石勇替你暫管幾時。」朱貴領了這言語，相辭了衆頭領下山來，便走到店裏收拾包裹，交割鋪面與石勇、侯健，自奔沂州去了。這裏宋江與晁蓋在寨中每日筵席，飲酒快樂，與吳學究看習天書，宋江與吳用看天書，誰則知之？然則宋江自言與吳用看天書耳，可發一笑也。○因是而思昔者巢父挂瓢，許繇洗耳，千口相傳，已成美譚。然亦誰知之而誰言之？若言有人見之，則有人見之之處，巢、許不應爲此。若言無人見之，然則巢、許自挂之，自洗之，又自言之矣。世間此類至多，胡可勝笑。不在話下。

且説李逵獨自一個離了梁山泊，取路來到沂水縣界。于路李逵端的不吃酒，徒以有老母在。因此不惹事，無有話説。行至沂水縣西門外，見一簇人圍着榜看。李逵也立在人叢中，聽得讀榜上道：「第一名，正賊宋江，係鄆城縣人。只得上半句。第二名，從賊戴宗，係江州兩院押獄。亦只得上半句。第三名，從賊李逵，係沂州沂水縣人……也只得上半句。」○只一榜，又分上下兩半截寫出，妙筆。李逵在背後聽了，正待指手畫脚，没做奈何處，只見一個人搶向前來，攔腰抱住，叫道：「張大哥！此段極似魯達至雁門縣時，然而各不相妨者，爲魯達只是無心忽遇金老而已，今此文却有二意：一是寫朱貴之來，必在李逵未有事前，便擺脱去從來救應套子；一是李逵天性爽直，不解假名假姓，須得此處朱貴教他一遍，後文便生出「張大膽」三字來也。你在這裏做甚麽？」李逵扭過身看時，認得是旱地忽律朱貴。李逵問道：「你如何也來在這裏？」朱貴道：「你且跟我來説話。」

兩個一同來西門外近村一個酒店内，直入到後面一間静房中坐了。是。朱貴指着李逵道：「你好大膽！前「張大哥」句，便教李逵假姓；此「好大膽」句，便作李逵假名，絶倒。那榜上明明寫着賞一萬貫錢捉宋江，補前下半句。五千貫捉戴宗，補前下半句。三千貫捉李逵。補前下半句。你却如何立在那裏看榜？倘或被眼疾手快的拿了送官，如之奈何！宋公明哥哥只怕你惹事，不肯教人和你同來；又怕你到這裏做出怪來，續後特使我趕來，探聽你的消息。我遲下山來一日，又先到你一日，恰好李逵看榜，恰好朱貴搶來，一何巧合至此，幾于印板筆法矣。反説一句遲來先到,不覺隨手成趣,真妙筆也。你如何今日纔到這裏?」李逵道:「便是哥哥分付,教我不要吃酒,以此路上走得慢了。此等都是隨手成趣。你如何認得這個酒店裏?你是這裏人,家在那裏住?」朱貴道:「這個酒店,便是我兄弟朱富家裏。我原是此間人,因在江湖上做客,消折了本錢,就于梁山泊落草,今次方回。」便叫兄弟朱富來與李逵相見了。

朱富置酒管待李逵,李逵道:「哥哥分付,教我不要吃酒;今日我已到鄉里了,便吃兩碗兒,打甚麽鳥緊!」愛哥哥則愛,愛酒則愛。筆筆真李逵,筆筆不是假宋江也。朱貴不敢阻當他,由他吃。當夜直吃到四更時分,安排些飯食。李逵吃了,趁五更曉星殘月,霞光明朗,便投村裏去。朱貴分付道:「休從小路去,只從大朴樹轉灣,投東大路,一直往百丈村去,便是董店東。快取了母親,和你早回山寨去。」李逵道:「我自從小路去,却不從大路走,誰耐煩!」宛然同鄉人聲音。朱貴道:「小路走,多大蟲,輕輕一案。又有乘勢奪包裹的剪徑寫得宛然是同鄉人聲音。賊人。又輕輕一案。○輕輕下此二筆,下忽轉出兩段奇文,正不知文生情,情生文矣。李逵應道:「我却怕甚鳥!」戴上氈笠兒,提了朴刀,跨了腰刀,別了朱貴、朱富,便出門投百丈村來。約行了十數里,天色漸漸微明,【眉批】天色微明。第一段。去那露草之中,趕出一隻白兔兒來,望前路去了。傳言:「大孝合天,則甘露降;至孝合地,則芝草生;明孝合日,則鳳凰集;純孝合月,則白兔馴。」閑中忽生出一白兔,明是純孝所感,蓋深許李逵之至也。○宋江取爺時無此可知。李逵趕了一直,笑道:「那畜生倒引了我一程路!」活寫孝感。

正走之間,只見前面有五十來株大樹叢雜,時值新秋,葉兒正紅。凡寫景處,須合下事觀之,便成一幅圖畫。李逵來到樹林邊廂，只見轉過一條大漢，喝道：「是會的留下買路錢，免得奪了包裹！」李逵看那人時，戴一頂紅絹抓髯兒頭巾，穿一領粗布衲襖，手裏拿着兩把板斧，令人忽思江州時打扮。把黑墨搽在臉上。夫妻二人，一個搽墨，一個搽粉，寫得好笑。李逵見了，大喝一聲：先喝是李逵。「你這厮是甚麽鳥人，此句處處有，然都問着別人，獨此處忽然問着自己。幾于以李逵問李逵，以鳥人問鳥人也。極奇極幻之文，有癡猴覷鏡之妙。敢在這裏剪徑！」那漢道：「若問我名字，嚇碎你心膽！老爺叫做黑旋風！絶倒。○若問黑旋風名字，嚇碎黑旋風心膽，一好笑也；別人説別人是自己，自己鬧自己是別人，二好笑也。你留下買路錢並包裹，便饒了你性命，容你過去！」李逵大笑道：不得不大笑。「没你娘鳥興！寫宋江，處處將「父親」二字高擡至頂；寫李逵，只把「娘」字當做罵人，妙絶。你這厮是甚麽人，再問一句，真是如夢如幻，如鏡如影。○吾友斵山先生嘗言：「人影是無日光處，而人誤謂有影；法帖是無墨搨處，而人誤謂有字；四大中虛空是無四大處，而人誤謂有人。」如此妙語，真是未經人道，附識于此。○假李逵是無李逵處，而人必呼之爲假李逵，雖李逵當時，亦不能無「我又是誰」之疑也。那裏來的，也學老爺名目，在這裏胡行！」李逵挺起手中朴刀，來奔那漢。那漢那裏抵當得住，却待要走，早被李逵腿股上一朴刀，搠翻在地，一脚踏住胸脯，喝道：「認得老爺麽？」妙絶。○若不認得，只問自己。○幾于「不識廬山真面目，只緣身在此山中」矣。那漢在地下叫道：「爺爺，饒你孩兒性命！」「爺爺」、「孩兒」等字，都與本文踢跳成趣。李逵道：「我正是江湖上的好漢黑旋風李逵便是！你這厮辱没老爺名字！」那漢道：「孩兒雖然姓李，孩兒姓李，不知爺又姓張，絶倒。不是真的黑旋風。分疏絶倒。○向真黑旋風説我不是真黑旋風，一何可笑！爲是爺爺江湖上有名目，提起爺爺大名，鬼也害怕。鬼也害怕，惟鬼能知鬼也。因此孩兒盗學爺爺名目，胡亂在此剪徑。但有孤單客人經過，聽得説了『黑旋風』三個字，便撇了行李逃奔了去。以此得這些利息，實不敢害人。小人自己的賤名，叫做李鬼，只在這前村住。」宋江取爺，村中遇神；李逵取娘，村中遇鬼。遥對奇絶。

李逵道：「叵耐這厮無禮，却在這裏奪人的包裹行李。壞我的名目，學我使兩把板斧，李逵愛名目，兼愛其板斧，是以君子愛品節，兼愛其羔雁也。○每見無知小兒，動筆便擬高、岑、王、孟諸家詩體，可謂學使板斧矣。且教他先吃我一斧！」劈手奪過一把斧來便砍，李鬼慌忙叫道：「爺爺殺我一個，便是殺我兩個。」奇絶之文。○李逵一個，忽然走出兩個；殺李鬼一個，忽然又殺兩個：筆筆不從人間來。李逵聽得，住了手，問道：「怎的殺你一個，便是殺你兩個？」李鬼道：「孩兒本不敢剪徑，家中因有個九十歲的老母，無人養贍。因此孩兒單題爺爺大名唬嚇人，奪些單身的包裹，養贍老母，絶妙奇文。○强盗之假者，偏會假説出許多孝順來。此篇全是描寫李逵之真，以反襯宋江之假。此又順借李鬼之假，以正襯宋江之假也。其實並不曾敢害了一個人。如今爺爺殺了孩兒，家中老母必是餓殺！」我觀此言，疑非假李逵，竟是真宋江矣。李逵雖是個殺人不斬眼的魔君[一]，聽得説了這話，自肚裏尋思道：「我特地歸家來取娘，却倒殺了一個養娘的人，天地也不容我！看他一片「孝子不匱，永錫爾類」心腸，正與宋江不許取娘一段對看。罷，罷，我饒了你這厮性命！」放將起

[一]「斬」，王望如評本作「轉」。

來，李鬼手提着斧，納頭便拜。好笑。李逵道：「只我便是真黑旋風。你從今已後，休要壞了俺的名目！」李鬼道：「孩兒今番得了性命，自回家改業，再不敢倚着爺爺名目在這裏剪徑。」李逵道：「你有孝順之心，我與你十兩銀子做本錢，便去改業。」從來真正孝子，定能愛重孝子。宋江不許李逵取娘，便是宋江一生供狀，寫得真假畫然。李逵便取出一錠銀子，把與李鬼，拜謝去了。李逵自笑道：「這厮却撞在我手裏！既然他是個孝順的人，必去改業。我若殺了他，天地必不容我。再説一遍，與上文宋江對看。○孝子之心，只是一片忠恕，寫得妙絶。○兩句天地不容，罵殺宋江矣。我也自去休。」拿了朴刀，一步步投山僻小路而來。走到巳牌時分，看看肚裏又饑又渴，四下裏都是山徑小路，不見有一個酒店、飯店。

正走之間，只見遠遠地山凹裏露出兩間草屋。李逵見了，奔到那人家裏來。只見後面走出一個婦人來，髽髻鬢邊插一簇野花，搽一臉胭脂鉛粉。夫婦二人，黑白之極，讀之一笑。李逵放下朴刀道：「嫂子，我是過路客人，肚中饑餓，尋不着酒食店。我與你幾錢銀子，央你回些酒飯吃。」那婦人見了李逵這般模樣，妙絶趣絶，真是看不慣，却不知即是日日看慣之人也。○做了他半世老婆，却從不曾認得，絶倒。不敢説没，只得答道：「酒便没買處，飯便做些與客人吃了去。」李逵道：「也罷，只多做些個，正肚中饑出鳥來。」那婦人道：「做一升米不少麽？」李逵道：「做三升米飯來吃。」那婦人向厨中燒起火來，便去溪邊淘了米，將來做飯。李逵却轉過屋後山邊來净手，只見一個漢子攧手攧脚，從山後歸來。奇文。○上文若便了結，亦何以知李鬼之必非養娘之人哉？定然曲折到此矣。

李逵轉過屋後聽時，那婦人正要上山討菜，開後門見了，便問道：「大哥！那裏閃朒了腿？」那漢子應道：「大嫂，我險些兒和你不厮見了！你道我晦鳥氣麽？指望出去等個單身的過，整整的等了半個月，不曾發市。甫能今日抹着一個，你道是誰？絶倒。○原來他正是我，原來我不是他，我亦不道是他，你可知道是我。○遠便千里，近只目前，妙絶。○猜不着時，便猜盡天下人亦猜不着；猜得着時，便只消猜一個，恰早猜着也。原來正是那真黑旋風！却恨撞着那驢鳥，我如何敵得他過？倒吃他一朴刀，「倒」字妙絶，人之驕妻妾也，每用此言矣。捌翻在地，定要殺我。吃我假意叫道：捎帶宋江。『你殺我一個，却害了我兩個！』他便問我緣故，我便假道家中有個九十歲的老娘，無人養贍，定是餓死。那驢鳥真個信我，饒了我性命，又與我一個銀子做本錢，教我改了業養娘。我恐怕他省悟了趕將來，且離了那林子裏，僻浄處睡了一回，從山後走回家來。」文筆周緻。那婦人道：「休要高聲！却纔一個黑大漢來家中，教我做飯，莫不正是他？如今在門前坐地，你去張一張看。若是他時，你去尋些麻藥來，放在菜内。教那厮吃了，麻翻在地，我和你却對付了他。謀得他些金銀，搬往縣裏住去，做些買賣，却不强似在這裏剪徑？」

李逵已聽得了，便道：「叵耐這厮，我倒與了他一個銀子，又饒了性命，他倒又要害我。這個正是天地不容！」妙絶。○凡三言之。○孝順之道，必須「事天明[一]，事地察」，可見天地只容孝子也。一轉踅到後門邊，這李鬼恰待出門，被李逵劈髯揪住，那婦人慌忙自望前門走了。放走婦

[一]「事」，金評各本均作「則」。語出《漢書·郊祀志》，徑改。

人，文格奇變。李逵捉住李鬼，按翻在地，身邊掣出腰刀，早割下頭來。拿着刀却奔前門，尋那婦人時，正不知走那裏去了。便不了。再入屋内來，去房中搜看，只見有兩個竹籠，盛些舊衣裳，底下搜得些碎銀兩並幾件釵環，李逵都拿了。又去李鬼身邊搜了那錠小銀子，細。都打縛在包裏裏。却去鍋裏看時，三升米飯早熟了，好。只没菜蔬下飯。李逵盛飯來，吃了一回，看着自笑道：「好癡漢！放着好肉在面前，却不會吃！」可云吃鬼肉，亦可云自吃自，筆筆絶倒人。拔出腰刀，便去李鬼腿上割下兩塊肉來，把些水洗浄了，竈裏抓些炭火來便燒。一面燒，一面吃。吃得飽了，把李鬼的尸首拖放屋下，放了把火，提了朴刀，自投山路裏去了。

比及趕到董店東時，日已平西。【眉批】日已西。第三段。徑奔到家中，推開門，入進裏面，只聽得娘在床上問道：「是誰入來？」李逵看時，見娘雙眼都盲了，坐在床上念佛。眼盲，便令下文深山討水，情景都有；且被虎吃後，更不疑到偶然走開也。○念佛娘，養出吃人兒子，可笑一；半世念佛，臨終却被虎吃，可笑二。只二字，活畫出村裏老嫗來。李逵道：「娘，鐵牛來家了！」娘道：「我兒，你去了許多時，這幾年正在那裏安身？你的大哥只是在人家做長工，止博得些飯食吃，養娘全不濟事。我時常思量你，眼淚流乾，因此瞎了雙目。又與眼瞎作一注，妙甚。你一向正是如何？」李逵尋思道：「我若説在梁山泊落草，娘定不肯去；我只假説便了。」宋江對人假説，李逵對娘假説。對人假説，是真强盗；對娘假説，是真孝子。蓋對人假説，是做人方法；對娘假説，是爲子方法也。李逵應道：「鐵牛如今做了官，文官乎，武官乎？前云做個將軍，然則是武官矣。○古之君子有捧檄色喜者。蓋養志之法，當如是也。上路特來取娘。」娘道：「恁地却好也！只是你怎生和我去得？」李逵道：「鐵牛背娘到前路，殊失官體，絶妙之文。却覓一輛車兒載去。」娘道：「你等大哥來却商議。」李逵道：「等做甚麽？我自和你去便了。」

恰待要行，只見李達提了一罐子飯來，又一孝子。○吾聞以子養，不聞以盜養，此宋江、公孫之別也；又聞以飯養，不聞以官養，此李家弟兄之別也。入得門，李逵見了便拜道：「哥哥，多年不見。」真正孝子，定是悌弟，寫得藹然一片。李達罵道：「你這廝歸來做甚？又來負累人！」娘便道：「鐵牛如今做了官，只知其一。特地家來取我。」李達道[一]：「娘呀，休信他放屁。當初他打殺了人，教我披枷帶鎖，受了萬千的苦。如今又聽得他和梁山泊賊人通同劫了法場，鬧了江州，見在梁山泊做了强盗。然則做了官無疑矣。○《笑林》有其父名良臣者，其子不敢斥言之也，讀《孟子》曰：「今之所謂爺爺，古之所謂民賊也。」即是此等罵法。前日江州行移公文到來，着落原籍追捕正身，却要捉我到官比捕，又得財主替我官司分理，補得周緻。說：『他兄弟已自十來年不知去向，亦不曾回家，莫不是同名同姓的人冒供鄉貫？』閑筆也，偏有本事與本文激射。遂令人忽思李鬼不殺，亦幾乎被人捉去賺三千貫也。又替我上下使錢，因此不吃官司杖限追要。見今出榜賞三千錢捉他。你這廝不死，却走家來胡説亂道！」李逵道：「哥哥，不要焦躁，一發和你同上山去快活，多少是好。」李達大怒，本待要打李逵，却又敵他不過，把飯罐撇在地下，一直去了。李逵道：「他這一去，必報人來捉我，却是脱不得身，不如及早走罷。我大哥從來不曾見這大銀，

[一]「達」，貫華堂本作「逵」，據葉瑶池本改。下文有多處，徑改。

我且留下一錠五十兩的大銀子，放在床上。管子之感鮑子也，曰：「鮑叔不以我爲貪，知我貧也。」千古真知己，便似兄弟。今李逵之贈其兄也，曰：「我大哥從來不曾見這大銀，我且留下一錠在此。」千古真兄弟，便似知己。寫得恩深義重之極。大哥歸來見了，必然不趕來。」李逵便解下腰包，取一錠大銀，放在床上，叫道：「娘，我自背你去休。」娘道：「你背我那裏去？」李逵道：「你休問我，只顧去快活便了。其言真是鐵牛，真是孝子，宋江説不出。我自背你去不妨。」李逵當下背了娘，提了朴刀，出門望小路裏便走。爲下作引。

却説李達奔來財主家報了，領着十來個莊客，飛也似趕到家裏看時，不見了老娘，只見床上留下一錠大銀子。不見家母，乃見家兄，一笑。李達見了這錠大銀，心中忖道：「鐵牛留下銀子，背娘去那裏藏了？必是梁山泊有人和他來，我若趕去，倒吃他壞了性命。想他背娘必去山寨裏快活。」一是見了銀子，便有解説；一是隨筆收捲上文，便更入下文也。衆人不見了李逵，都没做理會處。李達却對衆莊客説道：「這鐵牛背娘去，不知往那條路去了。這裏小路甚雜，怎地去趕他？」衆莊客見李達没理會處，俄延了半晌，也各自回去了，省妙。不在話下。

這裏只説李逵怕李達領人趕來，背着娘，只奔亂山深處僻静小路而走。便借上文穿入下文，好手。看看天色晚了，【眉批】天晚。第四段。李逵背到嶺下。娘雙眼不明，不知早晚。李逵却自認得這條嶺，唤做沂嶺。過那邊去，方纔有人家。娘兒兩個，趁着星明月朗，一步步捱上嶺來。娘在背上説道：「我兒，那裏討口水來我吃也好。」李逵道：「老娘，且待過嶺去，借了人家，安歇了，做些飯吃。」娘道：「我日中吃了些乾飯，口渴得當不得。」李逵道：「我喉嚨裏也烟發火出；此句不是不肯尋水，正是肯尋水之根也。你且等我背你到嶺上，尋水與你吃。」娘道：「我兒，端的渴殺我也！救我一救！」李逵道：「我也困倦得要不得！」此句是把娘歇放之根。李逵看看捱得到嶺上，松樹邊一塊大青石上，把娘放下，插了朴刀在側邊，寫得有色，認好。分付娘道：「耐心坐一坐，我去尋水來你吃。」

李逵聽得溪澗裏水響，聞聲尋將去。盤過了兩三處山脚，「聞聲」，可知其遠；「尋去」，可知其久：寫來妙絶。來到溪邊，捧起水來自吃了幾口，了前「烟發火出」句。尋思道：又是好一回。「怎生能够得這水去，把與娘吃？」立起身來，東觀西望，又是好一回。遠遠地山頂上見一座廟。李逵道：「好了！」攀藤攬葛，又是好一回。上到庵前，推開門看時，却是個泗州大聖祠堂，面前只有個石香爐。李逵用手去掇，原來却是和座子鑿成的。絶倒。李逵拔了一回，那裏拔得動？又是好一回。一時性起來，連那座子掇出前面石階上一磕，把那香爐磕將下來。又是好一回。○絶倒。拿了再到溪邊，又是好一回。將這香爐水裏浸了，拔起亂草，洗得乾淨，又是好一回。挽了半香爐水，雙手擎來。可知重哩。再尋舊路，夾七夾八走上嶺來。又是好一回。到得松樹邊石頭上，松樹石頭在「不見」娘上。不見了娘，只見朴刀插在那裏。朴刀在「不見」娘下。李逵叫娘吃水，三字宛然純孝之聲，無賢無愚，聞之下淚。杳無踪迹。

叫了幾聲不應，李逵心慌，四字奇文，李逵一生，只此一次。○于此不用其慌，恶乎用其慌？○宋江之慌爲己，李逵之慌爲娘，慌亦有不同也。丢了香爐，定住眼四下裏看時，並不見娘。走不到三十餘步，只見草地上一團血迹。李逵見了，一身肉發抖，看宋江許多「抖」字，看李逵許多「抖」字，妙絶。○

俗本失。趁着那血迹尋將去，尋到一處大洞口，血迹引到洞口。只見兩個小虎兒在那裏舐一條人腿。鐵牛吃鬼腿，小虎吃娘腿，亦復映射成趣。李逵把不住抖「抖」妙。道：「我從梁山泊歸來，特爲老娘，來取他。千辛萬苦，背到這裏，倒把來與你吃了！「把來與你」四字，絶倒。○分明把娘與虎吃了，而不能不服李逵之孝；分明接太公在山寨快樂，而不能不罵宋江之陷父于不義也。那鳥大蟲，拖着這條人腿，不是我娘的是誰的！」心頭火起，便不抖，赤黄鬚早竪起來，「不抖」又妙。將手中朴刀挺起，來搠那兩個小虎。這小大蟲被搠得慌，也張牙舞爪，鑽向前來。被李逵手起，先搠死了一個；好。那一個望洞裏便鑽了入去。小虎引入洞裏。李逵却鑽入那大蟲洞內，入虎穴，意在得虎子也。既殺虎子，又入虎穴，豈不怪哉！○前有武松打虎，此又有李逵殺虎。看他一樣題目，寫出兩樣文字，曾無一筆相近，豈非異才。○寫武松打虎，純是精細；寫李逵殺虎，純是大膽。如虎未歸洞，鑽入洞內；虎在洞外，趕出洞來：都是武松不肯做之事。伏在裏面，張外面時，絶倒。只見那母大蟲張牙舞爪望窩裏來。李逵道：「正是你這業畜，吃了我娘！」放下朴刀，胯邊掣出腰刀。那母大蟲到洞口，先把尾去窩裏一剪，不知耐庵從何知之？奇絶妙絶。○武松文中，一撲、一掀、一剪，此亦一剪，却偏不同。便把後半截身軀坐將入去。耐庵從何知之？誠乃格物君子，奇絶妙絶。李逵在窩裏看得仔細，把刀朝母大蟲尾底下，盡平生氣力，捨命一戳，武松有許多方法，李逵只是蠻戳，絶倒。正中那母大蟲糞門。李逵使得力重，和那刀靶也直送入肚裏去了。加一句，寫得異樣出色，真正才子之筆。那母大蟲吼了一聲，就洞口帶着刀，跳過澗邊去了。李逵却拿了朴刀，就洞裏趕將出來。鑽入洞，是何等大膽；趕出洞，又是何等大膽。直是更無一毫算計，純乎不是武松也。那老虎負疼，直搶下山石岩下去了。不知何處去了，後却明白。李逵恰待要趕，只見就樹邊捲起一陣狂風，吹得敗葉樹木如雨一般打將下來。寫得出色。自古道：「雲生從龍，風生從虎。」那一陣風起處，星月光輝之下，大吼了一聲，忽地跳出一隻吊睛白額虎來。駭絶之文。那大蟲望李逵勢猛一撲，亦寫「一撲」。○武松文中，一撲、一掀、一剪都躲過，是寫大智量人，讓一步法。今寫李逵不然，虎更耐不得，李逵也更耐不得，劈面相遭，大家便出全力死搏，更無一毫算計。純乎不是武松，妙絶。那李逵不慌不忙，趁着那大蟲的勢力，手起一刀，正中那大蟲頷下。武松有許多方法，李逵又只如此。那大蟲不曾再掀再剪，特寫一句，表與武松文異。一者護那疼痛，二者傷着他那氣管。那大蟲退不够五七步，只聽得響一聲，如倒半壁山，登時間死在岩下。

那李逵一時間殺了子母四虎，還又到虎窩邊，將着刀，復看了一遍，只恐還有大蟲，是何等大膽，武松不肯。已無有踪迹。李逵也困乏了，只此句與寫武松時同，俗筆偏不肯有此句，則何也？走向泗州大聖廟裏，睡到天明。是何等大膽，武松不肯。次日早晨，【眉批】次日早晨。第五段。李逵却來收拾親娘的兩腿及剩的骨殖，把布衫包裹了，歛之以禮，真正孝子。直到泗州大聖廟後，掘土坑葬了。葬之以禮，真正孝子。李逵大哭了一場。寫得生盡其愛，養盡其勞，葬盡其誠，哭盡其哀。真正仁人孝子，不與宋江權詐一樣。肚裏又饑又渴，不免收拾包裹，拿了朴刀，尋路慢慢的走過嶺來。只見五七個獵户，撞見獵户，亦與武松兩樣。都在那裏收窩弓弩箭。見了李逵一身血污，行將下嶺來，衆獵户吃了一驚，問道：「你這客人，莫非是山神土地，如何敢獨自過嶺來？」李逵見問，自肚裏尋思道：「如今沂水縣出榜，賞三千貫錢捉我，我如何敢説實話？只謊説罷。」偏寫李逵謊説，偏愈見其真誠；偏寫宋江信義，偏愈見其權詐。答道：「我是客人，昨夜和娘過嶺來。因我娘要水吃，我去嶺下取水，被那大蟲把我娘拖去吃了。我直尋到虎窩裏，先殺了兩個小虎，後殺了兩個大虎。泗州大聖廟裏睡到天明，方纔下來。」衆獵户齊叫道：「不信你一個人，如何殺得四個虎！便是李存孝和子路，也只打得一個。這兩個小虎且不打緊，那兩個大虎非同小可！我們爲這兩個畜生，不知都吃了幾頓棍棒。這條沂嶺，自從有了這窩虎在上面，整三五個月没人敢行。我們不信，敢是你哄我？」李逵道：「我又不是此間人，看他會謊説，妙絶。没來由哄你做甚麽？你們不信，我和你上嶺去，尋着與你，就帶些人去扛了下來。」衆獵户道：「若端的有時，我們自重重的謝你，却是好也！」

衆獵户打起胡哨來，一霎時，聚起三五十人，都拿了撓鈎、鎗棒，跟着李逵，必聚起衆人，必拿着家生，必跟在後頭，皆寫獵户怕極，以反襯李逵大膽。再上嶺來。此時天大明朗，【眉批】天大明朗。第六段。都到那山頂上，遠遠望見窩邊，果然殺死兩個小虎，一個在窩内，一個在外面；一隻母大蟲死在山岩邊，一隻雄虎死在泗州大聖廟前。衆獵户見了殺死四個大蟲，盡皆歡喜，便把索子抓縛起來。衆人扛擡下嶺，就邀李逵同去請賞。一面先使人報知里正、上户，都來迎接着。擡到一個大户人家，唤做曹太公莊上。那人曾充縣吏，家中暴有幾貫浮財，專一在鄉放刁把攬。初世爲人，便要結幾個不三不四的人，恐唬鄰里；極要談忠説孝，只是口是心非。句句打着宋江。當時曹太公親自接來，相見了，邀請李逵到草堂上坐定，動問那殺虎的緣由。李逵却把夜來同娘到嶺上要水吃，因此殺死大蟲的話，説了一遍。衆人都呆了。曹太公動問壯士高姓名諱,李逵答道:「我姓張,無名,只喚做張大膽。」非朱貴教之不能,看他異日改殺,只是姓李,便知今日「張大膽」三字,先有稿本也。曹太公道:「真乃是大膽!壯士不恁地膽大,如何殺得四個大蟲!」一壁廂叫安排酒食管待,不在話下。

且説當村裏得知沂嶺殺了四個大蟲,擡在曹太公家,講動了村坊道店。哄得前村後村,山僻人家,大男幼女,成群拽隊,都來看虎。引出。入見曹太公相待着打虎的壯士,在廳上吃酒。數中却有李鬼的老婆,文情如環無端,隨筆盤舞而出。○無昨日其夫被殺,次日其妻看虎之禮,只圖文字迴環耳。逃在前村爹娘家裏,隨着衆人也來看虎,却認得李逵的模樣。思李鬼不得見,見李逵如見李鬼焉。慌忙來家,對爹娘説道:「這個殺虎的黑大漢,便是殺我老公、燒了我屋的,他叫做梁山泊黑旋風!」李鬼平日只提「黑旋風」三字,故其妻亦熟聞之。至于「李逵」二字,必留下里正口中出,俗本謫訛之極。○寫李鬼妻,只重在殺李鬼、燒房屋,黑旋風乃指其名耳,實不知有出榜賞錢之事。爹娘聽得,連忙來報知里正。里正聽了道:「他既是黑旋風時,正是嶺後百丈村打死了人的李逵。始出李逵。○鬼妻只重昨日事,里正只重舊時事,都像。逃走在江州,又做出事來,行移到本縣原籍追捉。如今官司出三千貫賞錢拿他,他却走在這裏!」暗地使人去,請得曹太公到來商議。曹太公推道更衣,急急的到里正家裏。正説:「這個殺虎的壯士,便是嶺後百丈村裏的黑旋風李逵,見今官司着落拿他。」曹太公道:「你們要打聽得仔細。倘不是時,倒惹得不好;若真個是時,却不妨。要拿他時也容易,只怕不是他時却難。」里正道:「見有李鬼的老婆認得他。曾來李鬼家做飯吃,殺了李鬼。」曹太公道:「既是如此,我們且只顧置酒請他,却問他今番殺了大蟲，還是要去縣裏請功，還是要村裏討賞？若還他不肯去縣裏請功時，便是黑旋風了。着人輪換把盞，灌得醉了，縛在這裏。却去報知本縣，差都頭來取去，萬無一失。」衆人道：「説得是。」

里正與衆人商量定了。曹太公回家來款住李逵，一面且置酒來相待，便道：「適間抛撇，請勿見怪。且請壯士解下腰間腰刀，放過朴刀，寬鬆坐一坐。」寫老奸巨猾活現。李逵道：「好，好。我的腰刀已搠在雌虎肚裏了，只有刀鞘在這裏。觸手成趣，閑心妙筆。若開剥時，可討來還我。」曹太公道：「壯士放心，我這裏有的是好刀，相送一把與壯士懸帶。」李逵解了腰間刀鞘，並纏袋包裹，都遞與莊客收貯，便把朴刀倚過一邊。曹太公叫取大盤肉、大壺酒來，衆多大户並里正、獵户人等，輪番把盞，大碗大鍾，只顧勸李逵。曹太公又請問道：「不知壯士要將這虎解官請功，只是在這裏討些賫發？」李逵道：「我是過往客人，忙些個。偶然殺了這窩猛虎，不須去縣裏請功，只此有些賫發便罷；若無，我也去了。」曹太公道：「如何敢輕慢了壯士！少刻村中歛取盤纏相送，我這裏自解虎到縣裏去。」李逵道：「布衫先借一領，與我換了上蓋。」曹太公道：「有，有。」當時便取一領細青布衲襖，黑大漢穿青布衲襖，好看好笑。就與李逵換了身上的血污衣裳。只見門前鼓響笛鳴，都將酒來，與李逵把盞作慶。一杯冷，一杯熱，李逵不知是計，只顧開懷暢飲，全不計宋江分付的言語。不兩個時辰，把李逵灌得酩酊大醉，立脚不住。衆人扶到後堂空屋下，放翻在一條板凳上，就取兩條繩子，連板凳綁住了。便叫里正帶人，飛也似去縣裏報知，就引李鬼老婆去做原告，補了一紙狀子。好。

此時哄動了沂水縣裏。知縣聽得大驚，連忙陞廳，問道：「黑旋風拿住在那裏？這是謀叛的人，不可走了！」原告人並獵户答應道：「見縛在本鄉曹大户家。爲是無人近得他，誠恐有失，路上走了，不敢解來。」知縣隨即叫喚本縣都頭李雲上廳來，分付道：「沂嶺下曹大户莊上，拿住黑旋風李逵。你可多帶人去，密地解來。休要哄動村坊，被他走了。」反引二朱。李都頭領了台旨，下廳來，點起三十個老郎土兵，各帶了器械，便奔沂嶺村中來。

這沂水縣是個小去處，如何掩飾得過？此時街市上講動了，正引二朱。説道：「拿着了鬧江州的黑旋風，如今差李都頭去拿來。」朱貴在東莊門外朱富家，聽得了這個消息，慌忙來後面，對兄弟朱富説道：「這黑廝又做出來了！如何解救？宋公明特爲他誠恐有失，差我來打聽消息。如今他吃拿了，我若不救得他時，怎的回寨去見哥哥？似此怎生是好！」朱富道：「大哥，且不要慌。這李都頭一身好本事，有三五十人近他不得。我和你只兩個同心合意，如何敢近傍他？只可智取，不可力敵。李雲日常時最是愛我，常常教我使些器械。我却有個道理對他，只是在這裏安不得身了。今晚煮三二十斤肉，將十數瓶酒，把肉大塊切了，却將些蒙汗藥拌在裏面。我兩個五更帶數個火家，挑着去半路裏僻静處，等候他解來時，只做與他把酒賀喜，將衆人都麻翻了，却放李逵，如何？」

朱貴道：「此計大妙。事不宜遲，可以整頓，及早便去。」朱富道：「只是李雲不會吃酒，便麻翻了，終久醒得快。非寫難于用計相救，正爲留得李雲，更有後文耳。還有件事，倘或日後得知，須在此安身不得。」朱貴道：「兄弟，你在這裏賣酒，也不濟事。不如帶領老小，跟我上山，一發入了夥。論秤分金銀，換套穿衣服，却不快活？今夜便叫兩個火家，覓了一輛車兒，先送妻子和細軟行李起身，約在十里牌等候，都去上山。我如今包裹内，帶得一包蒙汗藥在這裏。李雲不會吃酒時，肉裏多糝些，逼着他多吃些，也麻倒了。救得李逵，同上山去，有何不可？」朱富道：「哥哥説得是。」便叫人去覓下了一輛車兒，打拴了三五個包箱，捎在車兒上。家中粗物都棄了，叫渾家和兒女上了車子，分付兩個火家，跟着車子，只顧先去。好。不然，何處急辦？

且説朱貴、朱富當夜煑熟了肉，切做大塊，將藥來拌了，連酒裝做兩擔，帶了二三十個空碗；又有若干菜蔬，也把藥來拌了——恐有不吃肉的，也教他着手。因上文有李雲不吃酒，便糝放肉内一句，便又生出或有不吃肉，再拌菜蔬内一句以陪之。總之不肯以金針示人也。兩擔酒肉，兩個火家各挑了擔；弟兄兩個自提了些果盒之類，四更前後，直接將來僻静山路口坐。等到天明，遠遠地只聽得敲着鑼響，朱貴接到路口。

且説那三十來個士兵，自村裏吃了半夜酒，四更前後，把李逵背剪綁了，解將來；後面李都頭坐在馬上。看看來到面前，朱富便向前攔住，叫道：「師父且喜，小弟特來接力。」桶内舀一壺酒來，斟一大鍾，上勸李雲。朱貴托着肉來，火家捧過果盒。李雲見了，慌忙下馬，跳向前來，説道：「賢弟，何勞如此遠接！」朱富道：「聊表徒弟孝順之心。」李雲接過酒來，到口不吃。不吃。朱富跪下道：「小弟已知師父不飲酒，今日這個喜酒，也飲半盞兒。」李雲推却不過，略呷了兩口，略呷。朱富便道：「師父不飲酒，須請些肉。」李雲道：「夜間已飽，吃不得了。」不惟不吃酒，並不吃肉，文情入妙。朱富道：「師父行了許多路，肚裏也饑了。雖不中吃，胡亂請些，也免小弟之羞。」揀兩塊好的，遞將過來。李雲見他如此殷勤，只得勉意吃了兩塊。只吃兩塊。○一總爲留得李雲之地，不爲難救李逵摇擺也。朱富把酒來勸上户、里正並獵户人等，都勸了三鍾。朱貴便叫土兵、莊客衆人都來吃酒。這夥男女那裏顧個冷、句。熱，句。好吃、句。不好吃，句。酒肉到口，只顧吃。正如這風捲殘雲，落花流水，一齊上來，搶着吃了。

李逵光着眼，看了朱貴兄弟兩個，已知用計，故意道：「你們也請我吃些！」朱貴喝道：「你是歹人，有酒肉與你吃！這般殺才，快閉了口！」李雲看着土兵，喝教快走，只見一個個都面面厮覷，走動不得，口顫脚麻，都跌倒了。李雲急叫：「中了計了！」恰待向前，不覺自家也頭重脚輕，暈倒了，軟做一堆，睡在地下。當時朱貴、朱富各奪了一條朴刀，奪刀好。喝聲：「孩兒們休走！」兩個挺起朴刀來，趕這夥不曾吃酒肉的莊客並那看的人。走得快的走了，走得遲的，就搠死在地。李逵大叫一聲，把那綁縛的麻繩都掙斷了，便奪過一條朴刀來殺李雲。朱富慌忙攔住叫道：【眉批】已下獨寫朱富。「不要無禮！他是我的師父，爲人最好。你只顧先走。」好朱富。李逵應道：「不殺得曹太公老驢，如何出得這口氣！」李逵趕上，手起一朴刀，先搠死曹太公，殺得好。並李鬼的老婆，殺得好。續後里正也殺了。殺得好。性起來，把獵户排頭兒一味價搠將去[一]，殺得好。那三十來個土兵都被搠死了。殺得好。這看的人和衆莊客，只恨爹娘少生兩隻脚，都往深村野路逃命去了。不殺好。

[一]「昧」，貫華堂本作「抹」，據葉瑶池本改。

李逵還只顧尋人要殺，朱貴喝道：「不干看的人事，休只管傷人！」慌忙攔住。李逵方纔住了手，就士兵身上剥了兩件衣服穿上。好。三個人提着朴刀，便要從小路裏走。朱富道：「不好，却是我送了師父性命！好朱富。他醒時，如何見得知縣？必然趕來。你兩個先行，我等他一等。好朱富。我想他日前教我的恩義，好朱富。且是爲人忠直。好朱富。等他趕來，就請他一發上山入夥，也是我的恩義，好朱富。免得教回縣去吃苦。好朱富。」朱貴道：「兄弟，你也見得是。我便先去跟了車子行，調遣得好。留李逵在路傍幫你等他。調遣得好。○看他三個人，也調遣定了行事。笑今日行兵之無紀也。若是他不趕來時，你們兩個休執迷等他。」反補一句，文心周緻。朱富道：「這是自然了。」當下朱貴前行去了。

只說朱富和李逵坐在路傍邊等候，果然不到一個時辰，只見李雲挺着一條朴刀，飛也似趕來，大叫道：「强賊休走！」李逵見他來得凶，跳起身，挺着朴刀來鬥李雲，恐傷朱富。四字寫出李逵生平一片之心。正是有分教：梁山泊内添雙虎，聚義廳前慶四人。畢竟黑旋風鬥青眼虎，二人勝敗如何，且聽下回分解。

第五才子書施耐庵水滸傳卷之四十八

聖歎外書

第四十三回 錦豹子小徑逢戴宗 病關索長街遇石秀

以上宋江既入山寨，一切綫頭都結矣。不得已，生出戴宗尋取公孫，别開機扣，便轉出楊雄、石秀一篇錦繡文章，乃至直帶出三打祝家無數奇觀。而此一回，則正其過接長養之際也。貪游名山者，須耐仄路；貪食熊蹯者，須耐慢火；貪看月華者，須耐深夜；貪見美人者，須耐梳頭。如此一回，固願讀者之耐之也。

看他一路無數小文字，都復有一丘一壑之妙。不似他書，一望平原而已。一部收尾，此篇獨居第一。

話説當時李逵挺着朴刀來鬥李雲，兩個就官路旁邊鬥了五七合，不分勝敗。朱富便把朴刀去中間隔開，叫道：「且不要鬥，都聽我説！」二人都住了手。朱富道：「師父聽説：小弟多蒙錯愛，指教鎗棒，非不感恩；只是我哥哥朱貴見在梁山泊做了頭領，今奉及時雨宋公明將令，着他來照管李大哥。不爭被你拿了解官，教我哥哥如何回去見得宋公明？因此做下這場手段。却纔李大哥乘勢要壞師父，却是小弟不肯容他下手，只殺了這些士兵。我們本待去得遠了，猜道師父回去不得，必來趕我；小弟又想師父日常恩念，特地在此相等。師父，你是個精細的人，有甚不省得？如今殺害了許多人性命，又走了黑旋風，你怎生回去見得知縣？你若回去時，定吃官司，又無人來相救。不如今日和我們一同上山，投奔宋公明入了夥，未知尊意若何？」李雲尋思了半晌，便道：「賢弟，只怕他那裏不肯收留我。」朱富笑道：「師父，你如何不知山東及時雨大名，專一招賢納士，結識天下好漢？」李雲聽了，歎口氣道：「閃得我有家難奔，有國難投！只喜得我並無妻小，省。不怕吃官司拿了，只得隨你們去休！」李逵便笑道：「我的哥！你何不早說？」粗直是其天性。便和李雲剪拂了。

這李雲既無老小，亦無家當。省。當下三人合作一處，來趕車子。半路上朱貴接見了，大喜。四籌好漢跟了車仗便行，于路無話。看看相近梁山泊，路上又迎着馬麟、鄭天壽，好。○昭烈敕後主曰：「勿以善小而不爲，勿以惡小而爲之。」吾謂行文亦然。如李、朱四人看看到山，又增出馬麟、鄭天壽來探聽，此所謂小善必爲；李雲老小家當，定要寫還二句，必不肯漏，此所謂小惡必避也。都相見了。說道：「晁、宋二頭領，又差我兩個下山來，探聽你消息。好。今既見了，我兩個先去回報。」當下二人先上山來報知。

次日，四籌好漢帶了朱富家眷，都至梁山泊大寨聚義廳來。朱貴向前，先引李雲拜見晁、宋二頭領，相見衆好漢，說道：「此人是沂水縣都頭，姓李，名雲，綽號『青眼虎』。」上文「虎」字，猶留餘影，妙。次後朱貴引朱富參拜衆位，說道：「這是舍弟朱富，綽號『笑面虎』。」妙。都相見了。李逵拜了宋江，獨拜宋江。給還了兩把板斧，細。訴說假李逵剪徑一事，衆人大笑。這個該笑。○先寫衆人都笑，襯下宋江獨笑，妙筆。又訴說殺虎一事，爲取娘至沂嶺被虎吃了。說罷，流下淚來。寫出至人至性。宋江大笑大書「宋江大笑」者，可知衆人不笑也。夫娘何人也？虎吃何事也？娘被虎吃，其子流淚，何情也？聞斯言也，不必賢者而後哀之，行道之人莫不哀之矣。江獨何心，不惟不能哀之，且復笑之；不惟笑之而已，且大笑之耶？天下之人莫非子也，天下莫非人子，則莫不各有其娘也。江而獨非人子則已，江而猶爲人子，則豈有聞人之娘已被虎吃[一]，而爲人之子乃復大笑？江誰欺，欺太公乎？作者特于前幅大書宋江不許取娘，于後幅大書宋江聞虎吃娘大笑，所以深明談忠談孝之人，其胸中全無心肝，爲稗史之《檮杌》也。道：「被你殺了四個猛虎，今日山寨裏却添得兩個活虎，不悲別人無娘，但誇自家添虎。正宜作慶。不吊孝子，但慶强盜。皆深惡宋江筆法。」衆多好漢大喜，便教殺羊宰馬，做筵席慶賀。兩個新到頭領，晁蓋便叫去左邊白勝上首坐定。

吴用道：此三字，是上來一篇大結束處，非結束李雲、朱富而已，直結束劫法場以來也。「近來山寨十分興旺，感得四方豪傑望風而來，皆是晁、宋二兄之德，亦衆弟兄之福也。然雖如此，還令朱貴仍復掌管山東酒店，替回石勇、侯健；朱貴在東。朱富老小，另撥一所房舍住居。目今山寨

[一]「聞」，貫華堂本作「問」，據葉瑶池本改。

事業大了，非同舊日，可再設三處酒館，專一探聽吉凶事情，往來義士上山。如若朝廷調遣官兵捕盜，可以報知如何進兵，好做準備。西山地面廣濶，可令童威、童猛弟兄，帶領十數個火伴那裏開店；二童在西。令李立帶十數個火家，去山南邊那裏開店；李立在南。令石勇也帶十來個伴當，去北山那裏開店。石勇在北。仍復都要設立水亭號箭，接應船隻，但有緩急軍情，飛捷報來。已上第一令。山前設置三座大關，專令杜遷總行守把，但有一應委差，不許調遣，十字妙絶，讀之一歎。早晚不得擅離。六字妙絶，讀之一歎。○第二令。又令陶宗旺把總監工，掘港汊，修水路，開河道，整理宛子城垣，修築山前大路。妙絶，讀之一歎。○第三令。他原是莊户出身，修理久慣。令蔣敬掌管庫藏倉廒，支出納入，積萬累千，書算帳目。第四令。令蕭讓設置寨中寨外，山上山下，三關把隘，許多行移關防文約，大小頭領號數。妙。○第五令。煩令金大堅刊造雕刻一應兵符、印信、牌面等項。第六令。令侯健管造衣袍鎧甲、五方旗號等件。第七令。令李雲監造梁山泊一應房舍廳堂。第八令。令馬麟監管修造大小戰船。第九令。令宋萬、白勝去金沙灘下寨。令王矮虎、鄭天壽去鴨嘴灘下寨。兩段第十令。令穆春、朱富管收山寨錢糧。第十一令。呂方、郭盛于聚義廳兩邊耳房安歇。絶妙親兵。○第十二令。令宋清專管筵宴。」寫得宋清惟酒食是議，讀之絶倒。○無數經濟，發出一段極大文字，却以一戲語終之，妙絶。○此篇調遣衆人，所以結束宋江上山許大文字也。以無數説話描寫大宋機械變詐，幾乎食少事煩，却只以一句話描寫小宋百無一能，只圖口腹。如此結構，直是錦心繡手。都分撥已定，筵席了三日，不在話下。梁山泊自此無事，每日只是操練人馬，教演武藝；水寨裏頭領都教習駕船赴水，船上厮殺，亦不在話下。一大結後，再作一小結。

忽一日，宋江與晁蓋、吴學究並衆人閑話道：「我等弟兄衆位今日共聚大義，只有公孫一清不見回還。我想他回薊州探母參師，期約百日便回。今經日久，不知信息，莫非昧信不來？可煩戴宗兄弟與我去走一遭，探聽他虚實下落，如何不來。」戴宗願往，宋江大喜，説道：「只有賢弟去得快，旬日便知信息。」當日戴宗别了衆人，次早打扮做承局，離了梁山泊，取路望薊州來。把四個甲馬拴在腿上，作起神行法來，于路只吃些素茶素食。在路行了三日，來到沂水縣界，只聞人説道：隨手點綴。「前日走了黑旋風，傷了好些人，連累了都頭李雲不知去向，不甚分明正妙，宛然是閑人説閑話。至今無獲處。」戴宗聽了冷笑。

當日正行之次，只見遠遠地轉過一個人來，手裏提着一根渾鐵筆管鎗。匆匆行次，只見人鎗而已；下文回看，始詳其狀。那人看見戴宗走得快，便立住了脚，叫一聲：「神行太保！」穿接得奇。戴宗聽得，回過臉來定睛看時，見山坡下小徑邊立着一個大漢，生得頭圓耳大，鼻直口方，眉秀目疏，腰細膀闊。像條好漢。戴宗連忙回轉身來問道：「壯士，素不曾拜識，如何呼唤賤名？」那漢慌忙答道：「足下果是神行太保！」撇了鎗，便拜倒在地。穿接甚好。戴宗連忙扶住答禮，問道：「足下高姓大名？」那漢道：「小弟姓楊，名林，祖貫彰德府人氏，多在緑林叢中安身，江湖上都叫小弟做『錦豹子』楊林。數月之前，路上酒肆裏遇見公孫勝先生，同在店中吃酒相會，便寫得不冷落。備説梁山泊晁、宋二公招賢納士，如此義氣。寫下一封書，教小弟自來投大寨入夥，只是不敢輕易擅進。公孫先生又説：『李家道口，舊有朱貴開酒店在彼，招引上山入夥的人，山寨中亦有一個招賢飛報頭領，好官名。喚做神行太保戴院長，日行八百里路。」今見兄長行步非常，因此喚一聲看。固知穿接之奇也。不想果是仁兄，正是天幸，無心得遇！」戴宗道：「小可特爲公孫勝先生回薊州去，杳無音信。今奉晁、宋二公將令，差遣來薊州探聽消息，尋取公孫勝還寨，不期却遇足下。」楊林道：「小弟雖是彰德府人，這薊州管下地方州郡都走遍了。倘若不棄，就隨侍兄長同去走一遭。」戴宗道：「若得足下作伴，實是萬幸。尋得公孫先生見了，一同回梁山泊未遲。」楊林見説了，大喜，就邀住戴宗，結拜爲兄。

戴宗收了甲馬，兩個緩緩而行，到晚就投村店歇了。楊林置酒請戴宗，戴宗道：「我使神行法，不敢食葷。」兩個只買些素饌相待。過了一夜，次日早起，打火吃了早飯，收拾動身。楊林便問道：「兄長使神行法走路，小弟如何走得上？只怕同行不得。」戴宗笑道：「我的神行法也帶得人同走。我把兩個甲馬拴在你腿上，作起法來，也和我一般走得快，奇事。要行便行，要住便住。不然，你如何趕得我走？」楊林道：「只恐小弟是凡胎濁骨，比不得兄長神體。」戴宗道：「不妨，我這法諸人都帶得。耐庵寫至此句，早已想到李逵矣。作用了時，和我一般行。只是我自吃素，並無妨礙。」後日獨難李逵，故妙。當時取兩個甲馬，替楊林縛在腿上。戴宗也只縛了兩個，作用了神行法，吹口氣在上面，兩個輕輕地走了去。要緊要慢，都隨着戴宗行。後日獨難李逵，故妙。兩個于路間説些江湖上的事，雖只見緩緩而行，正不知走了多少路。「神行」二字，已是奇想，更有此奇筆描寫之。

兩個行到巳牌時分，前面來到一個去處，四圍都是高山，中間一條驛路。楊林却自認得，引。便對戴宗説道：「哥哥，此間地名唤做飲馬川。前面兀那高山裏，常常有大夥在内，近日不知如何。因爲山勢秀麗，水繞峰環，以此唤做飲馬川。」兩個正來到山邊過，只聽得忽地一聲鑼響，戰鼓亂鳴，走出一二百小嘍囉，攔住去路。當先捧着兩籌好漢，各挺一條朴刀，大喝道：「行人須住脚！五字恰好喝神行人，故妙。你兩個是甚麽鳥人？那裏去的？會事的快把買路錢來，饒你兩個性命！」楊林笑道：「哥哥，你看我結果那呆鳥。」二字罵盡千載。○見好人而不識，聞好話而不信，讀好文字而不解，皆呆鳥也。撚着筆管鎗，搶將入去。那兩個好漢見他來得凶，走近前來看了，上首的那個便叫道：「且不要動手！兀的不是楊林哥哥麽？」楊林住了，却纔認得。上首那個大漢，一個大。提着軍器向前剪拂了，便唤下首這個長漢，一個長。都來施禮罷。

楊林請過戴宗，説道：「兄長，且來和這兩個弟兄相見。」戴宗問道：「這兩個壯士是誰？如何認得賢弟？」楊林便道：「這個認得小弟的好漢，他原是蓋天軍襄陽府人氏，姓鄧名飛。爲他雙睛紅赤，江湖上人都唤他做『火眼狻猊』，能使一條鐵鍊，人皆近他不得。多曾合夥，一别五年，不曾見面，誰想今日却在這裏相遇着。」鄧飛便問道：「楊林哥哥，這位兄長是誰？必不是等閑人也。」楊林道：「我這仁兄，各説其所知，與下文相對。是梁山泊好漢中神行太保戴宗的便是。」鄧飛聽了道：「莫不是江州的戴院長，能行八百里路程的？」戴宗答道：「小可便是。」那兩個頭領慌忙剪拂道：「平日只聽得説大名，不想今日在此拜識尊顔。」戴宗忙問道：「這位好漢高姓大名？」鄧飛道：「我這兄弟，「我這仁兄」，「我這兄弟」，以閑筆作對，令文字不懈敝。姓孟，名康，祖貫是真定州人氏，善造大小船隻。原因押送花石綱，要造大船，嗔怪這提調官催並責罰他，把本官一時殺了。棄家逃走，在江湖上緑林中安身，已得年久。因他長大白浄，人都見他一身好肉體，起他一個綽號，叫他做『玉幡竿』孟康。」戴宗見説大喜。

四籌好漢説話間，楊林問道：「二位兄弟在此聚義幾時了？」鄧飛道：「不瞞兄長説，也有一年多了。只半載前，在這直西地面上，遇着一個哥哥，姓裴，名宣，先生一人，次生出二人；却因二人，又生出一人：真是行文省力法。○不是耐庵要圖省力，其實收羅一百八人，亦大難事。祖貫是京兆府人氏。原是本府六案孔目出身，極好刀筆。爲人忠直聰明，分毫不肯苟且，本處人都稱他『鐵面孔目』；亦會拈鎗一。使棒，二。舞劍三。輪刀，四。智勇足備。爲因朝廷除將一員貪濫知府到來，把他尋事，刺配沙門島，從我這裏經過。被我們殺了防送公人，救了他在此安身，聚集得三二百人。這裴宣極使得好雙劍，上鎗、棒、劍、刀四事，此又抽出一件獨贊之，有神色。讓他年長，見在山寨中爲主。煩請二位義士，同往小寨相會片時。」便叫小嘍囉牽過馬來，戴宗、楊林卸下甲馬，細。騎上馬，望山寨來。行不多時，早到寨前，下了馬。裴宣已有人報知，連忙出寨，降階而接。戴宗、楊林看裴宣時，果然好表人物，生得面白肥胖，四平八穩，心中暗喜。當下裴宣邀請二位義士到聚義廳上，俱各講禮罷。相請戴宗正面坐了，次是楊林、裴宣、鄧飛、孟康[一]，五籌好漢，賓主相待，坐定筵宴。當日大吹大擂飲酒。

[一]「康」，貫華堂本、葉瑶池本作「通」，據王望如評本改。

戴宗在筵上説起晁、宋二人如何招賢納士，仗義疏財，一「如何」。衆好漢如何同心協力，二「如何」。八百里梁山泊如何廣濶，三「如何」。中間宛子城如何雄壯，四「如何」。四下裏如何都是茫茫烟水，五「如何」。如何許多軍馬，不愁官兵來捉：六「如何」。只管把言語説他三個。寫得錯錯落落。裴宣回道：「小弟也有這個山寨，一「也有」。也有三百來匹馬，二「也有」。財賦也有十餘輛車子，糧食草料不算，三「也有」。也有三五百孩兒們。四「也有」。倘若仁兄不棄微賤時，引薦于大寨入夥，也有微力可效。五「也有」。未知尊意若何？」寫得錯錯落落。戴宗大喜道：「晁、宋二公待人接物並無異心，更得諸公相助，如錦上添花。若果有此心，可便收拾下行李。待小可和楊林去薊州，見了公孫勝先生同來，那時一同扮做官軍，星夜前往。」衆人大喜，酒至半酣，移至後山斷金亭上，看那飲馬川景致吃酒。一百八人實難收羅，故借戴宗尋公孫作綫，便順手串出四五人也。然又恐寫得冷落[一]，便露出湊泊之迹，故特特寫作加意之筆。喝采道：「山沓水匝，真乃隱秀。八字畫盡飲馬川，抵無數名人游記。你等二位如何來得到此？」鄧飛道：「原是幾個不成材小厮們罵世。在這裏屯扎，後被我兩個來奪了這個去處。」衆皆大笑。五籌好漢吃得大醉，裴宣起身舞劍助酒，看他特寫移席，特寫評贊山水，特寫罵世語，特寫舞劍，皆極力要寫作加意之筆。戴宗稱贊不已。至晚，便留到寨内安歇。次日，戴宗定要和楊林下山，三位好漢苦留不住，相送到山下作别。自回寨裏收拾行裝，整理動身，不在話下。

[一]「冷」，貫華堂本作「令」，據葉瑶池本改。

且說戴宗和楊林離了飲馬川山寨，在路曉行夜住，早來到薊州城外，投個客店安歇了。楊林便道：「哥哥，我想公孫勝先生是個學道人，必在山間林下，不住城裏。」妙論，使吾浩歎。○今之學道之人，皆不在山間林下；今之山間林下，却葬無數死人。哀哉！戴宗道：「説得是。」當時二人先去城外，一到處詢問公孫勝先生下落消息，並無一個人曉得他。先生好。住了一日，次早起來，又去遠近村坊街市訪問人時[一]，亦無一個認得。先生好。兩個又回店中歇了。第三日，戴宗道：「敢怕城中有人認得他！」不然。若使有人認得，斯不足以稱「先生」矣。當日和楊林却入薊州城裏來尋他，兩個尋問老成人時，都道：「不認得。敢不是城中人，只怕是外縣名山大剎居住？」先生好。

楊林正行到一個大街，只見遠遠地一派鼓樂，迎將一個人來。過接。戴宗、楊林立在街上看時，前面兩個小牢子，一個馱着許多禮物花紅，一個捧着若干緞子采繒之物；後面青羅傘下，罩着一個押獄劊子。那人生得好表人物，露出藍靛般一身花繡，兩眉入鬢，鳳眼朝天，淡黃面皮，細細有幾根髭髯。那人祖貫是河南人氏，姓楊，名雄，因跟一個叔伯哥哥來薊州做知府，一向流落在此。續後一個新任知府却認得他，因此就參他做兩院押獄，兼充市曹行刑劊子。因爲他一身好武藝，面貌微黃，以此人都稱他做「病關索」楊雄。當時楊雄在中間走着，背後一個小牢子擎着鬼頭靶法刀。原來纔去市心裏決刑了回來，衆相識與他挂紅賀喜，送回

[一]「近」，金評各本均作「遠」，據明容與堂本改。

家去，正從戴宗、楊林面前迎將過來，一簇人在路口攔住了把盞。

只見側首小路裏，又撞出七八個軍漢來。爲頭的一個叫做「踢殺羊」張保，楊志被「牛」所苦，楊雄爲「羊」所困，皆非必然之事，只是借勺水興洪波耳。這漢是薊州守禦城池的軍；帶着這幾個，都是城裏城外時常討閑錢使的破落户漢子，官司累次奈何他不改。爲見楊雄原是外鄉人來薊州，却有人懼怕他，因此不怯氣。當日正見他賞賜得許多緞匹，帶了這幾個没頭神，吃得半醉，却好趕來要惹他。又見衆人攔住他在路口把盞，那張保撥開衆人，鑽過面前叫道：「節級拜揖！」楊雄道：「大哥，來吃酒。」張保道：「我不要吃酒，我特來問你借百十貫錢使用。」楊雄道：「雖是我認得大哥，不曾錢財相交，如何問我借錢？」張保道：「你今日詐得百姓許多財物，如何不借我些？」楊雄應道：「這都是別人與我做好看的，怎麽是詐得百姓的？你來放刁！我與你軍衛有司，各無統屬！」張保不應，便叫衆人向前一哄，先把花紅緞子都搶了去。楊雄叫道：「這厮們無禮！」却待向前打那搶物事的人，被張保劈胸帶住，背後又是兩個來拖住了手。那幾個都動起手來，小牢子們各自迴避了。楊雄被張保並兩個軍漢逼住了，施展不得，只得忍氣，解拆不開。

正鬧中間，只見一條大漢挑着一擔柴來，一路行文，如龍初成，鱗甲隱隱而起。看見衆人逼住楊雄，動撣不得。那大漢看了，路見不平，便放下柴擔，分開衆人，前來勸道：「你們因甚打這節級？」那張保睜起眼來，喝道：「你這打脊餓不死、凍不殺的乞丐，敢來多管！」那大漢大怒，性發起來，將張保劈頭只一提，一交攧翻在地。那幾個破落户見了，却待要來動手，早被那大漢一拳一個，都打的東倒西歪。楊雄方纔脱得身，把出本事來施展，一對拳頭攛梭相似，那幾個破落户都打翻在地。數語救正楊雄。○非一張保便困楊雄，亦只是借以引出石秀耳，須知行文之苦。張保見不是頭，爬將起來，一直走了。了。○没毛牛之必至于死者，不死不弄出楊志也；踢殺羊之一直逃去者，只此已足顯楊雄也。行文都無浪筆，須知。楊雄忿怒，大踏步趕將去。張保跟着搶包袱的走，活畫小人。楊雄在後面追着，趕轉一條巷内去了。將楊雄遞開去，便令戴宗先結石秀有地，筆法甚好。○一個「巷内」。那大漢兀自不歇手，在路口尋人厮打。

戴宗、楊林看了，暗暗地喝采道：「端的是好漢！真正路見不平，拔刀相助！」便向前邀住，勸道：「好漢，看我二人薄面，且罷休了。」兩個把他扶勸到一個巷内。又一個「巷内」。楊林替他挑了柴擔，好。戴宗挽住那漢子，好。○寫得親熱。邀入酒店裏來。楊林放下柴擔，好。同到閣兒裏面。那大漢叉手道：「感蒙二位大哥，解救了小人之禍。」戴宗道：「我弟兄兩個也是外鄉人，因見壯士仗義之心，只恐一時拳手太重，誤傷人命。特地做這個出場，請壯士酌三杯，到此相會，結義則個。」那大漢道：「多得二位仁兄解拆小人這場，却又蒙賜酒相待，實是不當。」楊林便道：「四海之内，皆是兄弟。怎如此説？且請坐。」戴宗相讓，那漢那裏肯僭上。戴宗、楊林一帶坐了，那漢坐在對席。叫過酒保，楊林身邊取出一兩銀子來，把與酒保道：「不必來問，但有下飯，只顧買來與我們吃了，一發總算。」酒保接了銀子去，一面鋪下菜蔬、果品、按酒之類。

三人飲過數杯，戴宗問道：「壯士高姓大名？貴鄉何處？」那漢答道：「小人姓石，名秀，祖貫是金陵建康府人氏，自小學得些鎗棒在身。一生執意，是石秀，是另又一様人物。路見不平，便要去相助，人都呼小弟作『拚命三郎』。因隨叔父來外鄉販羊馬賣，不想叔父半途亡故，消折了本錢。還鄉不得，流落在此薊州賣柴度日。既蒙拜識，當以實告。」戴宗道：「小可兩個因來此間幹事，得遇壯士如此豪傑，流落在此賣柴，怎能夠發迹？不若挺身「挺身」二字妙絶。做事業要挺身出去，了生死亦要挺身出去，挺身真是出世間之要訣也[一]。江湖上去，做個下半世快樂也好。」石秀道：「小人只會使些鎗棒，別無甚本事，如何能夠發達快活？」戴宗道：「這般時節認不得真！一者朝廷閉塞，二乃奸臣不明。朝廷用「閉塞」字，妙，言非朝廷不愛人材，只是奸臣閉塞之也；奸臣用「不明」字，更妙，言奸臣閉塞朝廷，亦非有大過惡，只由不明故也。「不明」二字，何等輕細，却斷得奸臣盡情，斷得奸臣心服，真是絶妙之筆。俗本乃誤作「朝廷不明，奸臣閉塞[二]」，復成何語耶？只二字轉換，其優劣相去如此。古本、俗本之相去，胡可盡説？亦在天下善讀書人，取兩本細細對讀，便知其異耳。小可一個薄識，因一口氣，去投奔了梁山泊宋公明入夥，如今論秤分金銀，換套穿衣服。只等朝廷招安了，早晚都做個官人。」只是好看語。蓋有權術人，開口便防人一着，如宋江之于武松，皆此類也。學究不知世事，便因此語續出半部，真要笑殺。石秀歎口氣道：「小人便要去，也無門路可進。」戴宗道：「壯士若肯去時，小可當以相薦。」石秀道：「小人不敢拜問二位官人貴姓？」戴宗道：「小可姓戴名宗，兄弟姓楊名林。」石秀道：「江湖上聽得説個江州神行太保，莫非正是足

[一]「是」，貫華堂本、葉瑶池本作「世」，據王望如評本改。

[二]「塞」，貫華堂本作「寨」，據葉瑶池本改。

下？」戴宗道：「小可便是。」叫楊林身邊包袱内取一錠十兩銀子，送與石秀做本錢。看他寫戴宗全學宋江，絶倒。○又學宋江説好話，又學宋江使銀子，寫得戴宗便活是第二宋江。

石秀不敢受，再三謙讓，方纔收了，纔知道他是梁山泊神行太保。正欲要訴説些心腹之話，投托入夥，移雲接月之筆。○人但知接下之疾，豈復料此文乃直兜至翠屏山後耶？只聽得外面有人尋問入來。三個看時，却是楊雄帶領着二十餘人，都是做公的，趕入酒店裏來。戴宗、楊林見人多，吃了一驚，乘鬧哄裏，兩個慌忙走了。卸去戴、楊，交入楊、石，移雲接月，出筆最巧。○子弟少時讀書，最要知古人出筆有無數方法：有正筆，有反筆，有過筆，有沓筆，有轉筆，有偷筆。上五法易解。所謂偷筆，則如此文是也。蓋一路都是戴宗作正文，至此忽趁勢偷去戴宗，竟入楊雄、石秀正傳。所謂移雲接月，用力不多而得便至大。知此，則作《史記》非難事也。石秀起身迎住道：「節級那裏去來？」楊雄便道：「大哥，何處不尋你，却在這裏飲酒。便放出戴宗一會挪延，好筆。我一時被那廝封住了手，施展不得。多蒙足下氣力，救了我這場便宜。一時間只顧趕了那廝去，奪他包袱，却撇了足下。這夥兄弟聽得我廝打，都來相助，依還奪得搶去的花紅緞匹回來，亦補。只尋足下不見。却纔有人説道：『兩個客人勸他去酒店裏吃酒。』因此纔知得，特地尋將來。」石秀道：「却纔是兩個外鄉客人，寫出石秀有心人。邀在這裏酌三杯，説些閑話，只二語，寫出石秀有心人。不知節級呼喚。」

楊雄大喜，便問道：「足下高姓大名？貴鄉何處？因何在此？」石秀答道：「小人姓石，名秀，祖貫是金陵建康府人氏。平生執性，路見不平，便要去捨命相護，以此都喚小人做

『拚命三郎』。因隨叔父來此地販賣羊馬，不期叔父半途亡故，消折了本錢。流落在此薊州，賣柴度日。」再述一遍，不换一字。楊雄又問：「却纔和足下一處飲酒的客人何處去了？」周緻。石秀道：「他兩個見節級帶人進來，只道相鬧，以此去了。」楊雄道：「恁地，便唤酒保取兩甕酒來，大碗叫衆人一家三碗吃了先去，明日却得來相會。」楊雄領衆人來，只爲卸去戴宗之地耳。戴宗既已卸去，便並卸去衆人。行文亦有「狡兔死，走狗烹」之法也。衆人都吃了酒，自各散了。楊雄便道：「石家三郎，你休見外。想你此間必無親眷，恩深義重，反在此句。我今日就結義你做個弟兄如何？」石秀見説，大喜，便説道：「不敢動問節級貴庚？」楊雄道：「我今年二十九歲。」石秀道：「小弟今年二十八歲。就請節級坐，受小弟拜爲哥哥。」石秀拜了四拜。楊雄大喜，便叫酒保：「安排飲饌酒果來，我和兄弟今日吃個盡醉方休。」

正飲酒之間，只見楊雄的丈人潘公，先露出一「潘」字來，先露出一「丈人」來。帶領了五七個人，前借二十餘人，所以走戴宗也。却恐痕迹太露，又生此五七個人陪之。此書每每如此。直尋到酒店裏來。楊雄見了，起身道：「泰山來做甚麽？」潘公道：「我聽得你和人厮打，特地尋將來。」楊雄道：「多謝這個兄弟救護了我，打得張保那厮見影也害怕。我如今就認義了石家兄弟做我兄弟。」潘公叫：「好，好！且叫這幾個弟兄吃碗酒了去。」楊雄便叫酒保討酒來，每人三碗吃了去。明明陪前一段可知。便叫潘公中間坐了，楊雄對席上首，石秀下首。三人坐下，酒保自來斟酒。潘公見了石秀這等英雄長大，心中甚喜，便説道：「我女婿得你做個兄弟相幫，也不枉了！公門中出入，誰敢欺負他！叔叔原曾做甚買賣道路？」石秀道：「先父原是操刀屠户。」潘公道：「叔叔曾省得殺牲口的勾當麽？」石秀笑道：「自小吃屠家飯，如何不省得宰殺牲口？」潘公道：「老漢原是屠户出身，只因年老，做不得了。止有這個女婿，他又自一身入官府差遣，因此撇下這行衣飯。」三人酒至半酣，計算酒錢，石秀將這擔柴也都凖折了。柴下落，好。

三人取路回來，楊雄入得門，便叫：「大嫂，快來與這叔叔相見。」「這」字妙，是個認義叔叔。○與武大引武二回時對看，便知其妙。只見布簾裏面應道：「大哥，你有甚叔叔？」是個認義叔叔，寫得妙。楊雄道：「你且休問，先出來相見。」所謂一言難盡。布簾起處，走出那個婦人來。【眉批】務要寫得與武松初見金蓮一般。原來那婦人是七月七日生的，因此小字喚做巧雲。先嫁了一個吏員，是薊州人，喚做王押司，兩年前身故了，不妨便嫁楊雄，却爲周年作地耳。方纔晚嫁得楊雄，未及一年夫妻。石秀見那婦人出來，慌忙向前施禮道：「嫂嫂請坐。」石秀便拜。那婦人道：「奴家年輕，字法新妙。如何敢受禮！」楊雄道：「這個是我今日新認義的兄弟，你是嫂嫂，可受半禮。」當下石秀推金山，倒玉柱，拜了四拜。與武松一樣人，與武松一樣事，與武松一樣文章，不换一字，妙絶。那婦人還了兩禮。請入來裏面坐地，收拾一間空房教叔叔安歇。活是潘金蓮，讀之失笑。話休絮煩。次日楊雄自出去應當官府，分付家中道：「安排石秀衣服巾幘。」客店内有些行李包裹，都教去取來楊雄家裏安放了。

却説戴宗、楊林，自酒店裏看見那夥做公的人來尋訪石秀，鬧哄裏兩個自走了，回到城外客店中歇了。次日，又去尋問公孫勝。兩日絶無人認得，先生到底好。又不知他下落住處，兩個商量了且回去。當日收拾了行李，便起身離了薊州，自投飲馬川來。和裴宣、鄧飛、孟康一行人馬，扮作官軍，星夜望梁山泊來。戴宗要見他功勞，糾合得許多人馬上山。山上自做慶賀筵席，不在話下。卸去戴宗，亦是狗烹弓藏之法。

再説這楊雄的丈人潘公，自和石秀商量要開屠宰作坊。潘公道：「我家後門頭，是一條斷路小巷。先伏斷頭小巷。○上文楊雄趕張保入一條巷内，戴宗邀石秀入一條巷内，便引出後門一條斷頭小巷來。有一間空房在後面，那裏井水又便，可做作坊，點染成一座作坊。就教叔叔做房在裏面，又好照管。」幾乎不得照管，絶倒。石秀見了也喜，端的便益。潘公再尋了個舊時熟識副手，「只央叔叔掌管帳目。」石秀應承了，叫了副手，便把大青大緑妝點起肉案子、水盆、砧頭，打磨了許多刀杖，整頓了肉案，打並了作坊、猪圈，趕上十數個肥猪，選個吉日，開張肉鋪。衆鄰舍親戚都來挂紅賀喜，又貫挂紅賀喜。吃了一兩日酒。楊雄一家，得石秀開了店，都歡喜，自此無話。一向潘公、石秀自做買賣，不覺光陰迅速，又早過了兩個月有餘。時值秋殘冬到，石秀裏裏外外，身上都換了新衣穿着。先下一句「新衣穿着」，然後下文翻出波瀾來，疑其腕中有鬼也。

石秀一日早起五更，出外縣買猪，三日了方回家來，只見鋪店不開。却到家裏看時，肉店砧頭也都收過了，刀仗家火亦藏過了。絶世奇文，令人再猜不着。石秀是個精細的人，看在肚裏，便省得了。石秀錯用心也，却偏説他精細，便令讀者走入八陣圖中，更尋不出。自心中忖道：「常言人無千日好，花無百日紅。好。哥哥自出外去當官，不管家事，必然嫂嫂見我做了這些衣裳，一定背後有説話。又見我兩日不回，必有人搬口弄舌，想是疑心，不做買賣。我休等他言語出來，我自先辭了，回鄉去休。自古道：『那得長遠心的人？』」此回本石秀錯用心也。乃轉入後文，却又真應此言，則又文章家之隨手風雲，腕中神鬼也。石秀已把猪趕在圈裏，一句一事。却去房中換了脚手，一事。收拾了包裹行李，一事。細細寫了一本清帳，一事。從後面入來。此句亦爲後日作伏，不止叙今日。潘公已安排下些素酒食，「素酒食」妙，石秀心中又疑慢之也。鄰子竊鐵，自古而然。請石秀坐定吃酒。

潘公道：「叔叔遠出勞心，自趕猪來辛苦。」石秀道：「丈丈[二]，禮當。且收過了這本明白帳目，若上面有半點私心，天地誅滅。」收過店面，石秀吃一驚；交清帳目，潘公吃一驚。收過店面，石秀再猜不出；交清帳目，潘公再猜不出。全是鬼神搬運之文。潘公道：「叔叔何故出此言？並不曾有個甚事。」石秀道：「小人離鄉五七年了，今欲要回家去走一遭，特地交還帳目。今晚辭了哥哥，明早便行。」潘公聽了，大笑起來道：「叔叔差矣！你且住，聽老漢説。」七十回住法各妙，而以此卷爲第一。那老子言無數句，話不一時，有分教：報仇壯士提三尺，破戒沙門喪九泉。畢竟潘公説出甚言語來，且聽下回分解。

[二]「丈丈」，金評各本均作「丈人」，據明容與堂本改。

第五才子書施耐庵水滸傳卷之四十九

聖歎外書

第四十四回 楊雄醉罵潘巧雲 石秀智殺裴如海

佛滅度後，諸惡比丘于佛事中廣行非法，破壞象教，起大疑謗，殄滅佛法，不盡不止。我欲説之，久不得便，今因讀此而寄辯之。惡世比丘行非法時，每欲假托如來象教：或云講經，或云造像，或云懺摩，或云受戒。外作種種無量莊嚴，其中包藏無量淫惡。是初不知如是佛事，如來在時，悉有儀則；如講經者，如來大師于人天中作師子吼，三轉法輪，得道爲證，非第二人力之所及。如來既滅，有諸大士，承佛遺囑，流通尊經，則必審擇希世法器，住于深山，閉門講説。講已思惟，思已坐禪，坐已行道，行已覆説。于二六時，不暇剪爪。初不聽許在于闤闠椎鐘布告[一]，招集男女，拍肩聯臂，作諸戲笑，令菩提場

[一]「許」，貫華堂本作「詐」，據葉瑶池本改。

雜穢充滿。造像法者，如來非欲以己形像流布人間。是皆廣用異妙方便，表宣法相，令衆歡喜。四王天者，表于四諦：右伽藍神，左應真者，表于俗諦，及以真諦；十六尊者，表十六句；迦葉阿難，表行與説；三世佛者，表世間尊。如是等像，莫不有表。初不聽許廣造一切淫祀鬼神，羅列堂殿，引諸女人燒香求福，惑亂僧徒，污染梵行。懺摩法者，超出世間有力大人。了知本性，純白無垢，非以後心，懺于前心；從本寂静，不造罪故。譬如以水而洗于水，當知畢竟無有是處。然爲微細，餘習未除，是用翹勤，質對尊像，求哀自責，誓願清浄，剋期一報，永盡無遺。初不聽許廣開壇場，巧音歌唱，族姓子女，履舄交錯，僧尼無分，笑語不擇，于慚愧法，無慚無愧。受戒法者，如來制戒，分性與遮，性戒廣淵。是爲一切法身大士所游戲處，遮戒謹嚴，則爲七衆同所受持。若或有人持于遮戒，通達性戒，是名合道芬陀利華。若不通于性戒妙義，但著袈裟，細視徐行，直不得名持遮戒也。授戒之法，釋迦世尊爲大和尚，彌勒菩薩作教授師，文殊尸利作羯磨師。初不聽許盲師瞎衆，自相歎譽，網羅士女，作己眷屬，交通閨房，僧俗相接，密坐低語，招世毁謗。至如近世佛教濫觴，更有一切慶佛誕生，開佛光明，燒船化庫，求乞法名。如是種種怪異之事，競共興作，惑亂世間。妖比丘尼，穿門入室，邀諸淫女、寡女、處女，連袂接屨，招摇梵刹，廣起無量不浄諸行，尤爲非法，惱亂如來。夫釋迦者，二月八日沸星出時，降生皇宫；二月八日沸星出時，成菩提道；二月八日沸星出時，轉大法輪；二月八日沸星出時，入于涅槃。其餘一切諸大菩薩，無不各各先一日生，後一日滅。何嘗某甲于某日生，某甲某日如世俗事。」若爲如來開光明者，如來已于無量劫來開大光明，五眼四智，種種具足。何曾有人反以光明，施與如來？若謂如來教人營福，燒化船庫，寄來生者，如來法中訶責三業，貪爲第一。是故現世國城妻子，猶教之言汝應棄捨，何得反興妖妄之論，謂來世福，今世可求？若謂如來聽諸女人求法名者，如來在時，尚禁女人不得來于僧伽藍中，何嘗廣求在家女人圍繞于己？至如經中末利夫人、韋提夫人、舍脂夫人、如德鬘夫人，秉大誓願，來從佛學，亦皆仍其舊時名字，何曾爲其别立異名？世間當知，如是種種怪異之事，皆是惡僧爲錢財故，巧立名色。既得錢財，必營房室；營房室已，次營衣服，廣于一身，作諸莊嚴；作莊嚴已，恣求淫慾，求淫慾時，何所不至？破壞佛法，破壞世法，破壞常住，破壞檀越。如是惡僧，出現世時，如來象教，應時必滅。是以世尊于垂涅槃，敕諸國王、大臣、長者、一切世間菩薩大人，欲護我法，必先驅逐如是惡僧，可以刀劍而砍刺之。彼若避走，疾以弓箭而射殺之。在在處處，搜捕掃除，毋令惡種尚有遺留。是則名爲真正護法，是則名爲愛戀如來，是則名爲最勝供養，是則名爲衆生眼目。若復有人顧瞻禍福，猶豫不忍，是人即爲世間大愚可憐憫者，一切如來爲之悲哭。譬如壯士，展臂之間，已墮地獄，不可救拔。嗚呼傷哉！安得先佛重出于世，一爲廓清，令我衆生，知是福田爲非福田，不以此言爲河漢也！

西門慶一篇，已極盡淫穢之致矣。不謂忽然又有裴如海一篇，其淫其穢又復極盡其致。讀之真似初春食河魨，不復信有深秋蟹螯之樂。及至持螯引白，然後又疑梅聖俞

「不數魚蝦」之語，徒虛語也。

王婆十分研光，以整見奇；石秀十分瞧科，以散入妙：悉是絕世文字。

話說石秀回來，見收過店面，便要辭別出門。潘公說道：「叔叔且住！老漢已知叔叔的意了。叔叔兩夜不曾回家，今日回來，見收拾過了家火什物，叔叔一定心裏只道是不開店了，因此要去。休說恁地好買賣，便不開店時，也養叔叔在家。不瞞叔叔說：我這小女先嫁得本府一個王押司，不幸没了，今得二周年，做些功果與他，因此歇了這兩日買賣。明日請下報恩寺僧人來做功德，就要央叔叔管待則個。老漢年紀高大，熬不得夜，因此一發和叔叔說知。」石秀道：「既然丈丈恁地說時，小人再納定性過幾時。」潘公道：「叔叔今後並不要疑心，只顧隨分且過。」老龜聲口。當時吃了幾杯酒並些素食，收過不提。

明早，果見道人挑將經擔到來，鋪設壇場，擺放佛像、供器、鼓鈸、鐘磬、香花、燈燭，厨下一面安排齋食。楊雄倒在外邊回家來，分付石秀道：「賢弟，我今夜却限當牢，不得前來，凡事楊節級家裏，却與王押司做周年，真是老大不堪之事。只用二字櫽括過去，讀之一笑。央你支持則個。」石秀道：「哥哥放心自去，自然兄弟替你料理。」楊雄去了，石秀自在門前照管。此時甫得清清天亮，只見一個年紀小的和尚揭起簾子入來，深深地與石秀打個問訊。石秀答禮道：「師父少坐。」隨背後一個道人挑兩個盒子入來。石秀便叫：「丈丈，有個師父在這裏。」潘公聽得，從裏面出來。那和尚便道：「乾爺，如何一向不到敝寺？」老子道：「便是開了這些店面，却没工夫出來。」那和尚便道：「押司周年，無甚罕物相送：些少挂麵，幾包京棗。」老子道：「阿也！甚麼道理，教師父壞鈔！」教：「叔叔收過了。」石秀自搬入去，叫點茶出來，門前請和尚吃。

只見那婦人從樓上下來，不敢十分穿重孝，只是淡妝輕抹，寫出回頭人，一笑。便問：「叔叔，誰送物事來？」石秀道：「一個和尚，叫丈丈做『乾爺』的送來。」不快之極。那婦人便笑道：「是師兄海闍黎裴如海，寫出熟極。一個老實的和尚。又熟他性格。○誰疑其不老實耶？絶倒。他是裴家絨綫鋪裏小官人，又熟他族姓。出家在報恩寺中。又熟他挂搭。因此師父是家裏門徒，結拜我父做乾爺，又熟他門徒。長奴兩歲，因此上叫他做師兄。又熟他年紀。他法名叫做海公。又熟他法名。叔叔，晚間你只聽他請佛念經，有這般好聲音！又熟他聲音。」○與卿何涉？石秀道：「原來恁地！」不快之極。自肚裏已瞧科一分了。「一分」了。○潘金蓮之于西門慶也，王婆以十分研光成就之；潘巧雲之于裴如海也，石秀以十分瞧科看破之：真乃各極其妙。那婦人便下樓來見和尚。石秀却背叉着手，活畫出不快之極。隨後跟出來，布簾裏張看。「隨後跟出來」妙，一寫石秀精細，一寫淫婦不防。

只見那婦人出到外面，那和尚便起身向前來，三字畫賊秃。合掌深深的打個問訊。那婦人便道：「甚麼道理教師兄壞鈔？」和尚道：「賢妹，些少微物，不足挂齒。」那婦人道：「師兄何故這般説。出家人的物事，怎的消受得？」和尚道：「敝寺新造水陸堂了，要來請賢妹隨喜，一個要他去。只恐節級見怪。」那婦人道：「看來拙夫四字活畫。○一是活畫回頭新來人，一是活畫偷養漢子婦人也。也不恁地計較。我娘死時，亦曾許下血盆願心，早晚也要來寺裏一個「也要來」。相煩還了。」和尚道：「這是自家的事，如何恁地說？但是分付如海的事，小僧便去辦來。」那婦人道：「師兄多與我娘念幾卷經便好。」只見裏面婭嬛捧茶出來。那婦人拿起一盞茶來，把袖子去茶鍾口邊抹一抹，雙手遞與和尚。極寫親熱不堪。那和尚連手接茶，「連手」妙，輕重可知。兩隻眼涎瞪瞪的，只顧睃那婦人的眼。這婦人一雙眼也笑迷迷的，只管睃這和尚的眼。寫得四眼極其不堪。

自古色膽如天，却不防石秀在布簾裏一眼張見，一雙眼張見四隻眼，文情妙絶。俗本盡失。早瞧科了二分，「二分」了。道：『莫信直中直，須防仁不仁』。我幾番見那婆娘常常的只顧對我說些風話，又于極忙中，補文中之所無。我只以親嫂嫂一般相待，原來這婆娘倒不是個良人。莫教撞在石秀手裏，敢替楊雄做個出場也不見得！」石秀一想，一發有三分瞧科了，「三分」了。便揭起布簾，撞將出來。疾甚，妙絶。那賊禿連忙放茶，疾甚，妙絶。○一「連忙」。便道：「大郎請坐。」這淫婦便插口道：「這個叔叔，便是拙夫新認義的兄弟。」那賊禿虛心冷氣，連忙問道：二「連忙」。「大郎貴鄉何處？高姓大名？」石秀道：「我麽？句。姓石，句。名秀，句。金陵人氏。句。○十個字作四句，咄咄駭人。爲要閑管替人出力，又叫做拚命三郎！咄咄駭人。我是個粗鹵漢子，倘有冲撞，和尚休怪！咄咄駭人。」○要好故問，却似惹着爆炭，妙絶。賊禿連忙道：三「連忙」。「不敢，不敢！小僧去接衆僧來赴道場。」連忙出門去了。疾甚，妙絶。○四「連忙」。那淫婦道：「師兄早來些個！」那賊禿連忙走，更不答應。五「連忙」。○寫賊禿正要迎奸賣俏，陡然看見石秀氣色，便連忙放茶，連忙動問，連忙不敢，連忙出門，連忙走，更不應，真活現一個賊禿也。淫婦送了賊禿出門，自入裏面去了。石秀却在門前低了頭，只顧尋思，其實心中已瞧科四分。「四分」了。

多時，又着此二字，顯出賊禿先來之早。方見行者走來點燭燒香。少刻，這賊禿引領衆僧都來赴道場，潘公央石秀接着。相待茶湯已罷，打動鼓鈸，歌詠贊揚。一篇淫蕩之文，中間偏夾寫許多佛事，正復妙絶。只見這賊禿同一個一般年紀小的和尚做闍黎，摇動鈴杵，發牒請佛，獻齋贊供諸天護法、監壇主盟，追薦亡夫王押司早生天界。夾寫許多佛事。只見那淫婦，「只見」二字，總是「那淫婦」、「那賊禿」、「那一堂和尚」三段之頭，皆石秀眼中事。喬素梳妝，來到法壇上，手捉香爐，拈香禮佛。極寫石秀眼裏不堪。那賊禿越逞精神，摇着鈴杵，唱動真言。極寫石秀眼裏不堪。那一堂和尚見他兩個並肩摩倚，這等模樣，也都七顛八倒。極寫石秀眼裏不堪。證盟已畢，請衆和尚裏面吃齋。夾寫佛事。那賊禿讓在衆僧背後，賊禿賊甚。轉過頭來看着這淫婦笑，笑。那淫婦也掩着口笑。笑。○前以四「眼」字寫出不堪，此以二「笑」字寫出不堪。兩個處處眉來眼去，以目送情，石秀都瞧科了，足有五分來不快意。「五分」了。衆僧都坐了吃齋，先飲了幾杯素酒，搬出齋來，都下了䞋錢。夾寫佛事。潘公致了不安，先入去睡了。一個礙眼人去了。少刻衆僧齋罷，都起身行食去了。夾寫佛事。轉過一遭，再入道場。石秀不快，此時真到六分。「六分」了。只推肚疼，自去睡在板壁後了。妙，又一個礙眼人去了。

那淫婦一點情動，那裏顧得防備人看見？便自去支持。衆僧又打了一回鼓鈸動事，把些茶食果品煎點。那賊禿着衆僧用心看經，請天王拜懺，設浴召亡，參禮三寶。處處夾寫許多佛事。追薦到三更時分，衆僧困倦，許多礙眼人都倦了。那賊禿越逞精神，高聲念誦。那淫婦在布簾下久立，慾火熾盛，不覺情動，便教婭嬛請海師兄說話。那賊禿一頭念誦，一頭趨到淫婦面前。賊禿賊甚。這淫婦摘住賊禿袖子，淫婦淫極。說道：「師兄，明日來取功德錢時，就對爹爹說血盆願心一事，不要忘了。」反囑之。賊禿道：「做哥的記得。只說二字妙。兩人一時商量出來，使板壁後人絶倒。『要還願，也還了好』。」賊禿又道：「你家這個叔叔好生利害！」賊禿賊甚。淫婦把頭一摇道：「這個睬他則甚！並不是親骨肉！」淫婦淫極。○乾兄妹是親骨肉也。賊禿道：「恁地，小僧却纔放心。」一頭說，一頭就袖子裏揑那淫婦的手。淫婦假意把布簾來隔，那賊禿笑了一聲，石秀眼中，極其不堪。自出去判斛送亡。到底夾寫佛事。不想石秀却在板壁後假睡，正瞧得着，已看到七分了。「七分」了。當夜五更，道場滿散，送佛化紙已了，夾寫佛事到底。衆僧作謝回去，那淫婦自上樓去睡了。石秀却自尋思了，氣道：「哥哥恁的豪傑，却恨撞了這個淫婦！」忍了一肚皮鳥氣，自去作坊裏睡了。

次日，楊雄回家，俱各不提。飯後，楊雄又出去了。只見那賊禿又換了一套整整齊齊的僧衣，徑到潘公家來。那淫婦聽得是和尚來了，慌忙下樓，出來接着，邀入裏面坐地，便叫點茶來。淫婦謝道：「夜來多教師兄勞神，功德錢未曾拜納。」賊禿道：「不足挂齒。小僧夜來所說血盆懺願心這一事，特稟知賢妹：要還時，小僧寺裏見在念經，只要寫疏一通就是。」淫婦便道：「好，好。」忙叫婭嬛請父親出來商量。潘公便出來謝道：「老漢打熬不得，夜來甚是有失陪侍。不想石叔叔又肚疼倒了，無人管待，却是休怪休怪！」賊秃道：「乾爺正當自在。」淫婦便道：「我要替娘還了血盆懺舊願，師兄説道，明日寺中做好事，就附答還了。先教師兄去寺裏念經，我和你明日飯罷去寺裏，只要證明懺疏，也是了當一頭事。」潘公道：「也好。明日只怕買賣緊，櫃上無人。」淫婦道：「放着石叔叔在家照管，却怕怎的？」潘公道：「我兒出口爲願，明日只得要去。」淫婦就取些銀子做功果錢，與賊秃去：「有勞師兄，莫責輕微。明日準來上剎，討素麵吃。」賊秃道：「謹候拈香。」收了銀子，便起身謝道：「多承布施，小僧將去分俵衆僧，來日專等賢妹來證盟。」那婦人直送和尚到門外去了。石秀自在作坊裏安歇，起來宰猪趕趁。

是日，楊雄至晚方回，婦人待他吃了晚飯，洗了脚手，却教潘公對楊雄説道：虚心。「我的阿婆臨死時，孩兒許下血盆經懺願心在這報恩寺中。我明日和孩兒去那裏證盟了便回，説與你知道。」楊雄道：「大嫂，你便自説與我，何妨！」一路都寫楊雄直性，只是有粗無細，全是襯出石秀。那婦人道：「我對你説，又怕你嗔怪，因此不敢與你説。」當晚無話，各自歇了。次日五更，楊雄起來，接連寫五個「起來」，如溪雲亂起，讀之應接不暇。自去畫卯承應官府。石秀起來，自理會做買賣。只見淫婦起來，梳頭，句。裹脚，句。洗脖項，句。薰衣裳。句。迎兒起來，尋香盒，句。催早飯。句。潘公起來，買紙燭，句。討轎子。句。○古本有如此妙文，俗本都失。石秀自一早晨顧買賣，也不來管他。極其不快。飯罷，把迎兒也打扮了。好笑。巳牌時候，潘公換了一身衣裳，好笑。來對石秀道：「相煩叔叔照管門前，老漢和拙女同去還些願心便回。」石秀笑道：「小人自當照管。丈丈但照管嫂嫂，多燒些好香，絶倒。早早來。」石秀自瞧科八分了。「八分」了。

且説潘公和迎兒跟着轎子，送親。一徑望報恩寺裏來。這賊秃已先在山門下伺候，看見轎子到來，喜不自勝，向前迎接。潘公道：「甚是有勞和尚。」那淫婦下轎來，謝道：「多多有勞師兄。」賊秃道：「不敢，不敢。小僧已和衆僧都在水陸堂上，從五更起來誦經，到如今未曾住歇，只等賢妹來證盟。却是多有功德。」把這婦人和老子引到水陸堂上，一「引」。已自先安排下香花、燈燭之類[二]。有十數個僧人在彼看經，那淫婦都道了萬福，參禮了三寶。賊秃引到地藏菩薩面前，二「引」。證盟懺悔。通罷疏頭，便化了紙，請衆僧自去吃齋，着徒弟陪侍。那賊秃却請：「乾爺和賢妹去小僧房裏拜茶。」一引把這淫婦引到僧房裏深處，三「引」。預先都準備下了，叫聲：「師哥，拿茶來！」只見兩個侍者捧出茶來。白雪錠器盞内，硃紅托子，雪白錠器盞内，絶細好茶也，却于半句中間，夾出「硃紅托子」四字。筆法之妙，俗子何知？絶細好茶。吃罷，放下盞子，「請賢妹裏面坐一坐。」又引到一個小小閣兒裏，四「引」。琴光黑漆春臺，挂幾幅名人書畫，小桌兒上焚一爐妙香。「佛滅度後，末惡世中，有惡比丘，破壞佛法。皆復私營房室，造作種種非律器皿，彈琴燒香，藏蓄翰墨。如是惡人，出現之時，能令佛法，應時速滅。何以故？非律儀故，消信施故，不坐禪故，不觀心故，多淫慾故，背和合故，起疑謗故，增生死故。若復是時，有大菩薩誓願護法，出興于世，身爲

[二]「燭」，貫華堂本、葉瑶池本作「塗」，據王望如評本改。

國王及作大臣、長者、居士、善男信女，見此惡人行非法時，即當白佛，鳴鼓椎鐘，罷令其人還俗策使。其諸非法房室器皿，即當毁壞，毋令遺留。能如是者，則爲佛法之所永賴，則爲如來之所付托，則爲一切諸佛歡喜，則爲後世衆生增長信心。若復有人惑于禍福，聽信妖言，爲彼惡人更生庇護，是人即當墮大地獄，妻不貞良。」出《大藏》，附識于此。潘公和女兒一臺坐了，賊秃對席，迎兒立在側邊。那淫婦道：「師兄，端的是好個出家人去處，清幽静樂。」賊秃道：「妹子休笑話，怎生比得貴宅上！」潘公道：「生受了師兄一日，我們回去。」那賊秃那裏肯？便道：「難得乾爺在此，又不是外人。今日齋食已是賢妹做施主，如何不吃箸麵了去？師哥，快搬來！」説言未了，却早托兩盤進來，都是日常裏藏下的希奇果子、異樣菜蔬，並諸般素饌之物，排一春臺。淫婦便道：「師兄，何必治酒？反來打攪。」賊秃笑道：「不成禮數，微表薄情而已。」師哥將酒來，斟在杯中。賊秃道：「乾爺多時不來，試嘗這酒。」老兒飲罷，道：「好酒，端的味重！」好。賊秃道：「前日一個施主，家傳得此法，做了三五石米，明日送幾瓶來與令婿吃。」老兒道：「甚麽道理！」賊秃又勸道：「無物相酬，賢妹娘子，「賢妹」下忽添「娘子」字，好。胡亂告飲一杯。」兩個小師哥兒輪番篩酒，迎兒也吃勸了幾杯。好。那淫婦道：「酒住，有心。吃不去了。」賊秃道：「難得娘子竟稱「娘子」矣，好。到此，再告飲一杯。」潘公叫轎夫入來，各人與他一杯酒吃。賊秃道：「乾爺不必記挂，小僧都分付了。已着道人邀在外面，自有坐處吃酒麵。好。乾爺放心，且請開懷多飲幾杯。好。」

原來這賊秃爲這個婦人，特地對付下這等有力氣的好酒。潘公吃央不過，多吃了兩杯，當不住醉了。和尚道：「且扶乾爺去床上睡一睡。」和尚叫兩個師哥，只一扶，把這老兒攙在一個冷浄房裏去睡了。這裏和尚自勸道：「娘子，開懷再飲一杯。」那淫婦一者有心，二乃酒入情懷，便覺有些朦朦朧朧上來，口裏嘈道：「師兄，你只顧央我吃酒做甚麽？」活畫。賊秃低低告道：「只是敬愛娘子。」活畫。淫婦便道：「我酒是罷了——」活畫。〇其言未畢，願更詳之。賊秃道：「請娘子去小僧房裏看佛牙。」活畫。〇罪過。淫婦便道：「我正要看佛牙了來。」活畫。〇却又説還血盆願心。這賊秃把那淫婦一引引到一處樓上，五「引」。却是那賊秃的卧房，鋪設得十分整齊。淫婦看了，先自五分歡喜，今之妖僧，所以必營卧房也。便道：「你端的好個卧房，乾乾浄浄。」賊秃笑道：「只是少一個娘子。」賊秃賊甚。〇看他逐漸入港。那淫婦也笑道：「你便討一個不得？」淫婦淫極。〇看他針針相接，梭梭相逐。賊秃道：「那裏得這般施主？」淫婦道：「你且教我看佛牙則個。」賊秃道：「你叫迎兒下去了，我便取出來。」賊秃賊甚。淫婦便道：「迎兒，你且下去，看老爺醒也未？」淫婦淫甚。迎兒自下得樓來，去看潘公。賊秃把樓門關上，淫婦笑道：「師兄，你關我在這裏怎的？」便是不知怎的，卿試猜之。這賊秃淫心蕩漾，向前摟住那淫婦説道：「我把娘子十分愛慕，我爲你下了兩年心路。今日難得娘子到此，這個機會作成小僧則個！」淫婦道：「我的老公不是好惹的，你却要騙我？倘若他得知，却不饒你！」賊秃跪下道：「只是娘子可憐見小僧則個！」那淫婦張着手，説道：「賊秃家，倒會纏人！我老大耳刮子打你！」淫甚。賊秃「嘻嘻」的笑着，説道：「任從娘子打，只怕娘子閃了手。」賊甚。那淫婦淫心飛動，便摟起賊秃道：「我終不成當真打你？」淫甚。賊秃便抱住這淫婦，向床前卸衣解帶，了其心願。佛牙遂入血盆，一時心願都畢。

好半日，只三字，寫得極其不堪。今之人家，必欲縱其妻女登山入廟者，亦未思其「好半日」之不堪也。兩個雲雨方罷。那賊秃摟住這淫婦，説道：「你既有心于我，我身死而無怨。只是今日雖然虧你作成了我，只得一霎時的恩愛快活，不能够終夜歡娱，久後必然害殺小僧！」那淫婦便道：「你且不要慌。我已尋思一條計了：我家的人，一個月倒有二十來日當牢上宿。我自買了迎兒，教他每日在後門裏伺候。若是夜晚，他一不在家時，便掇一個香桌兒出來，燒夜香爲號，你便入來不妨。只怕五更睡着了，不知省覺。却那裏尋得一個報曉的頭陀，買他來後門頭大敲木魚，高聲叫佛，便好出去。若買得這等一個時，一者得他外面策望，二乃不叫你失了曉。」賊秃聽了這話，大喜道：「妙哉！你只顧如此行。我這裏自有個頭陀胡道人，我自分付他來策望便了。」淫婦道：「我不敢留戀長久，恐這厮們疑忌。我快回去是得，你只不要誤約。」那淫婦連忙再整雲鬟，重匀粉面，開了樓門，便下樓來。教迎兒叫起潘公，慌忙便出僧房來。轎夫吃了酒麵，已在寺門前伺候。那賊秃直送那淫婦到山門外，那淫婦作别了上轎，自和潘公、迎兒歸家，不在話下。

却説這賊秃自來尋報曉頭陀。本房原有個胡道，今在寺後退居裏小庵中過活，諸人都叫他做胡頭陀。每日只是起五更，來敲木魚報曉，勸人念佛，天明時，收掠齋飯。賊秃唤他來房中，安排三杯好酒相待了他，又取些銀子送與胡道。胡道起身説道：「弟子無功，怎敢受禄？日常又承師父的恩惠。」賊秃道：「我自看你是個志誠的人，我早晚出些錢，貼買道度牒剃你爲僧。這些銀子，權且將去，買些衣服穿着。」原來這賊秃日常時，只是教師哥不時送些午齋與胡道，待節下又帶挈他去誦經，得些齋䞋錢。補一層，便襯起心感。胡道感恩不淺，尋思道：「他今日又與我銀兩，必有用我處，何必等他開口？」胡道便道：「師父但有使令小道處，即當向前。」賊秃道：「胡道，你既如此好心説時，我不瞞你：所有潘公的女兒要和我來往，不説「我要和」，却説「要和我」，口角如活。約定後門首但有香桌兒在外時，便是教我來。我却難去那裏踅，若得你先去看探有無，我纔可去。又要煩你五更起來，叫人念佛時，可就來那裏後門頭，看没人，便把木魚大敲報曉，高聲叫佛，我便好出來。」胡道便道：「這個，句。○略頓一頓，口角如活。有何難哉！」當時應允了。

其日，先來潘公後門首討齋飯。先來一次，針綫之極。只見迎兒出來説道：「你這道人，如何不來前門討齋飯，却在後門裏來？」那胡道便念起佛來。裏面這淫婦聽得了，便出來後門問道：「你這道人，莫不是五更報曉的頭陀？」胡道應道：「小道便是五更報曉的頭陀，教人省睡，妙。晚間宜燒些香，妙。佛天歡喜。妙。」那淫婦聽了大喜，便叫迎兒去樓上取一串銅錢來布施他。名曰布施。這頭陀張得迎兒轉背，便對淫婦説道：「小道便是海師父心腹之人，特地使我先來探路。」淫婦道：「我已知道了。今夜晚間你可來看，如有香桌兒在外，你可便報與他則個。」胡道把頭來點着。迎兒取將銅錢來，與胡道去了。那淫婦來到樓上，却把心腹之事對迎兒説。奴才但得些小便宜，如何不隨順了！省筆。

却説楊雄此日正該當牢，未到晚，先來取了鋪蓋去監裏上宿。這一日，倒是迎兒巴不到晚，早去安排了香桌兒，黄昏時掇在後門外。寫小兒女不知人事情性如活，寫奴才獻勤如活。○俗本誤。那婦人却閃在傍邊伺候。初更左側，一個人戴頂頭巾閃將入來，迎兒吃一嚇，奇絶妙絶之文。○「迎兒吃一嚇」，妙絶。俗本皆失，可笑。道：「誰？」只一個字，寫出吃嚇來，令小兒女情性如活。那人也不答應。如活。這淫婦在側邊，伸手便扯去他頭巾，露出光頂來，輕輕地罵一聲：「賊禿！倒好見識！」奇絶妙絶之文，俗本皆誤。○淫婦倒好見識。兩個厮摟厮抱着，上樓去了。迎兒自來掇過了香桌兒，關上了後門，也自去睡了。

他兩個當夜如膠似漆，如糖似蜜，如酥似髓，如魚似水，極寫不堪，却極其雅馴也。快活淫戲了五七遍。只三字，寫得極其不堪。正好睡哩，只聽得「咯咯」地木魚響，奇絶，妙絶。高聲念佛，賊禿和淫婦一齊驚覺。「一齊」二字，奇妙如活，俗本盡誤。那賊禿披衣起來道：「我去也，今晚再相會。」淫婦道：「今後但有香桌兒在後門外，你便不可負約；如無香桌兒在後門，你便切不可來。」賊禿下床，淫婦替他戴上頭巾，淫極妙絶之文，俗本誤。迎兒開了後門，簌只一字，妙絶如活。去了。自此爲始，但是楊雄出去當牢上宿，那賊禿便來家中。只有這個老兒，未晚先自要睡；迎兒這個丫頭，已自做一床了。極寫不堪。只要瞞着石秀一個，那淫婦淫發起來，那裏管顧？這賊禿又知了婦人的滋味，便似攝了魂魄的一般。這賊禿只待頭陀報了，便離寺來；那淫婦專得迎兒做脚，放他出入。因此快活往來戲耍，將近一月有餘。又省，又落錯。

且說石秀每日收拾了店時，自在坊裏歇宿。常有這件事挂心，每日委决不下，却又不曾見這賊禿往來。先反跌一句，妙。每日五更睡覺，不時跳將起來，料度這件事。鬥笋合縫，又緊又密。只聽得報曉頭陀直來巷裏敲木魚，高聲叫佛。石秀是個乖覺的人，早瞧了九分，「九分」了。

冷地裏思量道：「這條巷是條死巷，如何有這頭陀，連日來這裏敲木魚叫佛？事有可疑！」寫石秀又作三番：第一番聽得，第二番張見，第三番方是殺。今第一番。當是十一月中旬之日，五更時分，石秀正睡不着。只聽得木魚敲響，頭陀直敲入巷裏來，到後門口，高聲叫道：「普度衆生，救苦救難，諸佛菩薩！」奇妙無比。石秀聽得叫的蹺蹊，便跳將起來，去門縫裏張時，第二番張見。只見一個人，戴頂頭巾，從黑影裏閃將出來，和頭陀去了，隨後便是迎兒關門。妙筆。石秀瞧到十分，「十分」了。○此「十分」瞧科之文，作者乃特特與「十分砑光」相對。俗本悉行改失，何也？○設不遇古本，豈不惜哉！恨道：「哥哥如此豪傑，却討了這個淫婦。倒被這婆娘瞞過了，做成這等勾當！」巴得天明，把猪出去門前挂了，賣個早市。偏有此閑細之筆。飯罷，討了一遭賒錢。偏有此閑細之筆。日中前後，看他寫出天明、飯罷、日中前後次序，閑婉之甚。徑到州衙前來尋楊雄。

却好行至州橋邊，正迎見楊雄。楊雄便問道：「兄弟那裏去來？」石秀道：「因討賒錢，就來尋哥哥。」楊雄道：「我常爲官事忙，並不曾和兄弟快活吃三杯。且來這裏坐一坐。」楊雄把這石秀引到州橋下一個酒樓上，揀一處僻净閣兒裏，兩個坐下。叫酒保取瓶好酒來，安排盤饌海鮮案酒。二人飲過三杯，楊雄見石秀只低了頭尋思，是石秀。楊雄是個性急的人，便問道：是楊雄。「兄弟，你心中有些不樂，莫不家裏有甚言語傷觸你處？」石秀道：「家中也無有甚話。兄弟感承哥哥，把做親骨肉一般看待，有句話敢説麽？」是石秀。楊雄道：「兄弟何故今日見外？有的話，但説不妨。」是楊雄。石秀道：「哥哥每日出來，只顧承當官府，却不知背後之事。這個嫂嫂不是良人，兄弟已看在眼裏多遍了，且未敢説。今日見得仔細，忍不住來尋哥哥，直言休怪。」楊雄道：「我自無背後眼，你且説是誰？」石秀道：「前者家裏做道場，請那個賊秃海闍黎來，嫂嫂便和他眉來眼去，兄弟都看見。第三日又去寺裏還血盆懺願心，兩個都帶酒歸來。我近日只聽得一個頭陀，直來巷内敲木魚叫佛，那厮敲得作怪。今日五更，被我起來張時，看見果然是這賊秃，戴頂頭巾，從家裏出去。似這等淫婦，要他何用？」四字問得妙。

楊雄聽了，大怒道：「這賤人，怎敢如此！」石秀道：「哥哥且息怒，今晚都不要提，是石秀。只和每日一般。明日只推做上宿，三更後，却再來敲門，那厮必然從後門先走。兄弟一把拿來，從哥哥發落。」楊雄道：「兄弟見得是。」石秀又分付道：「哥哥，今晚且不可胡發説話。」是石秀。楊雄道：「我明日約你便是。」兩個再飲了幾杯，算還了酒錢，一同下樓來，出得酒肆，各散了。只見四五個虞候叫楊雄道：偏生出别樣事頭，故妙。「那裏不尋節級！知府相公在花園裏坐地，教尋節級來和我們使棒。快走，快走！」楊雄便分付石秀道：「本官唤我，只得去應答。兄弟，你先回家去。」石秀當下自歸家裏來，收拾了店面，自去作坊裏歇息。

且説楊雄被知府唤去，到後花園中使了幾回棒。知府看了大喜，叫取酒來，一連賞了十大賞鍾。楊雄吃了，都各散了。衆人又請楊雄去吃酒，至晚，吃得大醉，扶將歸來。那淫婦見丈夫醉了，謝了衆人，却自和迎兒攙上樓梯去，明晃晃地點着燈盞。楊雄坐在床上，迎兒去脱翰鞋；先作一陪。淫婦與他除頭巾，解巾幘。奇絶妙絶之文。楊雄見他來除巾幘，一時驀上心來，奇絶妙絶之文。○因除巾幘，忽然提着賊秃戴巾也。俗本悉改失。自古道：「醉是醒時言。」指着那淫婦罵道：「你這賤人！句。這賊妮子！句。好歹我要結果了你！句。」○無頭無腦，寫得活是醉人。那淫婦吃了一驚，不敢回話，且伏侍楊雄睡了。楊雄一頭上床睡，一頭口裏恨恨的罵道：「你這賤人！一「你這」。你這淫婦！二「你這」。你這、你這……大蟲口裏倒涎！三「你這」，四「你這」。你這、你這……我手裏不到得輕輕地放了你！五「你這」，六「你這」。」○支離佶屈，寫得活是醉人。那淫婦那裏敢喘氣，直待楊雄睡着。

看看到五更，楊雄酒醒了，討水吃。那淫婦起來，舀碗水，遞與楊雄吃了，桌上殘燈尚明。是酒醒時景物。楊雄吃了水，便問道：「大嫂，你夜來不曾脱衣裳睡？」活是酒醒人。那淫婦道：「你吃得爛醉了，只怕你要吐，那裏敢脱衣裳？只在脚後倒了一夜。」楊雄道：「我不曾説甚麽言語？」活是酒醒人。淫婦道：「你往常酒性好，但吃醉了便睡。我夜來只有些兒放不下。」楊雄又問道：「石秀兄弟這幾日，不曾和他快活吃得三杯，絶妙酒醒遮頭蓋脚語。你家裏也自安排些請他。」那淫婦便不應，自坐在踏床上眼淚汪汪，口裏歎氣。寫淫婦機變可畏。楊雄又説道：「大嫂，我夜來醉了，又不曾惱你，做甚麽了煩惱？」那淫婦掩着淚眼只不應。如活。楊雄連問了幾聲，那淫婦掩着臉假哭。如活。楊雄就踏床上，扯起他在床上，務要問道：「爲何煩惱？」

那淫婦一頭哭，一面口裏説道：如活。「我爹娘當初把我嫁王押司，只指望一竹竿打倒底，聲口如活。○看他説出自家貞節。誰想半路相抛！今日只爲你十分豪傑，却嫁得個好漢，誰想你不與我做主！」聲口如活。○看他如此説入去，便令楊雄不覺入其玄中。婦人可畏都如此。楊雄道：「又作怪！誰敢欺負你，我不做主？」那淫婦道：「我本待不説，如活，又恩愛軟順之極。却又怕你着他道兒；欲待說來，如活。又怕你忍氣。」楊雄聽了，便道：「你且說怎麽地來？」那淫婦道：「我說與你，你不要氣苦。看他恩愛之至，安得不入玄中。自從你認義了這個石秀家來，初時也好。頓一句。向後看看放出刺來，奇語。見你不歸時，時常看了我說道：『哥哥今日又不來，嫂嫂自睡，也好冷落。』却便宛然。我只不睬他，貞節。不是一日了，妙妙。這個且休說。又頓一句，聲聲如活。昨日早晨，我在厨房洗脖項，這厮從後走出來，看見没人，從背後伸隻手，來摸我胸前道：『嫂嫂，你有孕也無？』却又宛然。被我打脱了手。貞節。本待要聲張起來，何等貞節。又怕鄰舍得知笑話，裝你的幌子。何等恩愛。巴得你歸來，却又濫泥也似醉了，又不敢說。寫得恩愛軟順之極，安得不入玄中。我恨不得吃了他，你兀自來問『石秀兄弟』怎的！」聲聲如活。楊雄聽了，心中火起，便罵道：是楊雄。「畫虎畫皮難畫骨，知人知面不知心。這厮倒來我面前又說海闍黎許多事，說得個没巴鼻！眼見得那厮慌了，便先來說破，使個見識！」和盤托出，是個楊雄。口裏恨恨地道：「他又不是我親兄弟，趕了出去便罷！」是楊雄。

楊雄到天明，下樓來對潘公說道：「宰了的牲口醃了罷，絶倒。○活寫出性急人。從今日便休要做買賣！」一霎時，把櫃子和肉案都拆了。石秀天明，正將了肉出來門前開店，只見肉案並櫃子都拆翻了。又要做周年耶？石秀是個乖覺的人，如何不省得？笑道：「是了。四字寫出精細乖覺。因楊雄醉後出言，走透了消息，倒吃這婆娘使個見識攛掇，定反說我無禮，他教丈夫收了肉店。我若便和他分辯，教楊雄出醜。我且退一步了，却別作計較。」石秀可畏，我惡其人。石秀便去作坊裏收拾了包裹。第二番也。楊雄怕他羞恥，也自去了。決撒得好笑。石秀提了包裹，跨了解腕尖刀，妙筆。○便不單是去。來辭潘公道：「小人在宅上打攪了許多時，今日哥哥既是收了鋪面，小人告回。帳目已自明明白白，並無分文來去。如有毫釐昧心，天誅地滅！」石秀可畏，我惡其人。潘公被女婿分付了，也不敢留他，由他自去了。

這石秀却只在近巷内又一條巷。尋個客店安歇，賃了一間房住下。石秀却自尋思道：「楊雄與我結義，我若不明白得此事，枉送了他的性命。他雖一時聽信了這婦人説，心中怪我，我也分别不得，務要與他明白了此一事。我如今且去探聽他幾時當牢上宿，起個四更，便見分曉。」在店裏住了兩日，却去楊雄門前探聽。當晚只見小牢子取了鋪蓋出去，石秀道：「今晚必然當牢，我且做些工夫看便了。」當晚回店裏，睡到四更起來，跨了這口防身解腕尖刀，悄悄地開了店門，徑踅到楊雄後門頭巷内。伏在黑影裏張時，却好交五更時候，只見那個頭陀，挾着木魚，來巷口探頭探腦。石秀一閃，閃在頭陀背後，駭疾。一隻手扯住頭陀，一隻手把刀去脖子上閣着，駭疾。低聲喝道：「低聲喝」妙。「你不要挣扎！若高做聲，便殺了你！妙妙。你只好好實説，海和尚叫你來怎地？」那頭陀道：「好漢，你饒我便説！」石秀道：「你快説，我不殺你！」頭陀道：「海闍黎和潘公女兒有染，每夜來往。教我只看後門頭有香桌兒爲號，唤他『入鈸』；奇文。五更裏，却教我來敲木魚叫佛，唤他『出鈸』。奇文。」石秀道：「他如今在那裏？」精細之至。頭陀道：「他還在他家裏睡着。我如今敲得木魚響，他便出來。」石秀道：「你且借你衣服、木魚與我。」奇極。頭陀手裏先奪了木魚，頭陀把衣服正脱下來，被石秀將刀就頸上一勒，駭疾。○「一勒」妙，真已有成竹于胸中。殺倒在地，頭陀已死了。石秀却穿上直裰、護膝，妙。一邊插了尖刀，妙。把木魚直敲入巷裏來。奇極之文。

那賊禿在床上，却好聽得木魚「咯咯」地響，連忙起來，披衣下樓。迎兒先來開門，賊禿隨後從後門裏閃將出來。石秀也不應他，讓他走到巷口，一交放翻，駭疾。按住喝道：「不要高做聲，高做聲便殺了你！妙妙。只等我剥了衣服便罷！」奇極。那賊禿知道石秀，那裏敢掙扎做聲？被石秀都剥了衣裳，赤條條不着一絲。妙絶奇極之文。悄悄去屈膝邊，拔出刀來，三四刀搠死了，「三四刀」又妙，石秀可畏之極。却把刀來放在頭陀身邊。殺人是極忙遽事，看他何等閑逸脱套。將了兩個衣服捲做一捆包了，精細之極，石秀可畏。再回客店裏，輕輕地妙。開了門進去，悄悄地妙。關上了，自去睡，不在話下。

却説本處城中一個賣糕粥的王公，其日五更，挑着擔糕粥，點着個燈籠，一個小猴子跟着，出來趕早市。正來到死尸邊過，却被絆一交，把那老子一擔糕粥傾潑在地下。只見小猴子叫道：「苦也！一個和尚醉倒在這裏！」絶倒。老子摸得起來，摸了兩手腥血，叫聲「苦」，不知高低。幾家鄰舍聽得，都開了門出來，把火照時，只見遍地都是血粥，奇文。兩個尸首躺在地上[一]。衆鄰舍一把拖住老子，要去官司陳告。正是：禍從天降，災向地生。畢竟王公怎地脱身，且聽下回分解。

[一]「躺」，金評各本均作「擋」，據明容與堂本改。

第五才子書施耐庵水滸傳卷之五十

聖歎外書

第四十五回 病關索大鬧翠屏山 拚命三火燒祝家店

前有武松殺奸夫淫婦一篇，此又有石秀殺奸夫淫婦一篇，若是者班乎？曰：不同也。夫金蓮之淫，乃敢至于殺武大，此其惡貫盈矣。不破胸取心，實不足以蔽厥辜也。若巧雲，淫誠有之，未必至于殺楊雄也。坐巧雲以他日必殺楊雄之罪，此自石秀之言，而未必遂服巧雲之心也。且武松之于金蓮也，武大已死，則武松不得不問，此實武松萬不得已而出于此。若武大固在，武松不得而殺金蓮者，法也。今石秀之于巧雲，既去則亦已矣。以姓石之人，而殺姓楊之人之妻，此何法也？總之，武松之殺二人，全是爲兄報仇，而已曾不與焉；若石秀之殺四人，不過爲己明寃而已，並與楊雄無與也。觀巧雲所以污石秀者，亦即前日金蓮所以污武松者。乃武松以親嫂之嫌疑，而落落然受之，曾不置辯，而天下後世，亦無不共明其如冰如玉也者。若石秀，則務必辯之：背後辯之，又必當面辯之，迎兒辯之，又必巧雲辯之，務令楊雄深有以信其如冰如玉而後已。嗚呼！豈真天下之大，另又有此一種巉刻狠毒之惡物歟？吾獨怪耐庵以一手搦一筆，而既寫一武松，又寫一石秀。嗚呼，又何奇也！

話說當下衆鄰舍結住王公，直到薊州府裏首告。知府却纔陞廳，一行人跪下告道：「這老子挑着一擔糕粥，潑翻在地下。看時，却有兩個死尸在粥裏：先説潑粥，次説死尸，妙絶。○「在粥裏」妙。一個是和尚，一個是頭陀。俱各身上無一絲，頭陀身邊有刀一把。」老子告道：「老漢每日常賣糕糜營生，只是五更出來趕趁。今朝起得早了些個，和這鐵頭猴子只顧走，不看下面，一交絆翻，碗碟都打碎了。相公可憐！重訴跌碎碗碟，輕帶兩個死尸，妙得經紀老子情性。知此，則聽訟直易易也。只見血淥淥的兩個死尸，又吃一驚！只訴自己吃驚，不管兩人被殺，妙妙。叫起鄰舍來，倒被扯住到官，「倒被」妙，活是不知高低老子。望相公明鏡辯察！」知府隨即取了供詞，行下公文，委當方里甲帶了仵作公人，押了鄰舍、王公一干人等，下來簡驗尸首，明白回報。衆人登場看簡已了，回州禀復知府：「被殺死僧人，係是報恩寺闍黎裴如海；傍邊頭陀，係是寺後胡道。和尚不穿一絲，身上三四道搠傷，致命方死。胡道身邊，見有凶刀一把，只見項上有勒死傷痕一道。係是胡道掣刀搠死和尚，懼罪自行勒死。」益歎石秀胸中精細，做事出人。知府叫拘本寺僧鞫問緣故，俱各不知情由。知府也没個決斷，當案孔目禀道：「眼見得這和尚裸形赤體，必是和那頭陀幹甚不公不法的事，互相殺死，不干王公之事。鄰舍都教召保聽候，尸首着仰本寺住持，即備棺木盛殮，放在別處。立個『互相殺死』的文書便了。」知府道：「也説得是。」隨即發落了一干人等，不在話下。

前頭巷裏又是一條巷。那些好事的子弟，做成一隻曲兒唱道：

堪笑報恩和尚，撞着前生寃障。妙。將善男瞞了，妙。信女勾來，妙。要他喜捨肉身，妙妙。慈悲歡暢。妙。怎極樂觀音方纔接引，妙。早血盆地獄塑來出相？妙。○真是絕妙好辭。想「色空空色，空色色空」，他全不記《多心經》上。妙。到如今，徒弟度生回，妙，絕倒。連長老涅槃街巷。妙，絕倒。若容得頭陀，頭陀容得，和合多僧，妙。○多僧者，上下各二也。同房共住，妙妙。未到得無常勾帳。妙。只道目連救母上西天，從不見這賊禿爲娘身喪！妙絕！

後頭巷裏又是一條巷。也有幾個好事的子弟，聽得前頭巷裏唱着，却不伏氣，便也做隻《臨江仙》唱出來賽他道：

淫戒破時招殺報，妙。因緣不爽分毫。妙。本來面目忒蹊蹺，妙。一絲真不挂，妙妙。立地放屠刀！真正絕妙好辭。大和尚今朝圓寂了，絕倒。小和尚昨夜狂騷。絕倒。頭陀刎頸見相交，妙。爲爭同穴死，妙，「同穴」絕倒。誓願不相饒。妙。

兩隻曲，條條巷又是條條巷。都唱動了。那婦人聽得目瞪口呆，却不敢説，只是肚裏暗暗地叫苦。

楊雄在薊州府裏，有人告道殺死和尚、頭陀，心裏早知了些個，尋思：「此一事準是石秀做出來的，我前日一時間錯怪了他。我今日閑些，且去尋他，問他個真實。」正走過州橋前來，只聽得背後有人叫道：「哥哥，那裏去？」楊雄回過頭來，見是石秀，撞着，略換。便道：「兄弟，我正没尋你處。」石秀道：「哥哥，且來我下處，和你説話。」把楊雄引到客店裏小房内，説道：「哥哥，兄弟不説謊麽？」石秀可畏，筆筆寫出咄咄相逼之勢。楊雄道：「兄弟，你休怪我。是我一時愚蠢，酒後失言，反被那婆娘猜破了，説兄弟許多不是。我今特來尋賢弟，負荆請罪。」石秀道：「哥哥，兄弟雖是個不才小人，却是頂天立地的好漢，如何肯做别樣之事？此語，前武松亦曾説，却覺其闊大；今在石秀文中，便見其尖刻。真乃各極其妙。怕哥哥日後中了奸計，因此來尋哥哥，有表記教哥哥看。」此句直貫下「盡剥在此」，皆石秀語，中間却夾寫一句將出衣裳，越顯石秀咄咄可畏。將出和尚、頭陀的衣裳：「盡剥在此。」將出衣裳了，又説此四字，寫得如活。

楊雄看了，心頭火起，便道：「兄弟，休怪！我今夜碎割了這賤人，出這口惡氣！」是楊雄。石秀笑道：「你又來了！石秀又狠毒，又精細，筆筆寫出。你既是公門中勾當的人，如何不知法度？你又不曾拿得他真奸，如何殺得人？倘或是小弟胡説時[一]，却不錯殺了人？」石秀轉説，轉復可畏。楊雄道：「似此怎生罷休得？」「罷休」二字絶倒。忽然説到「碎割」，忽然説到「罷休」，是楊雄也。石秀道：「哥哥，只依着兄弟的言語，教你做個好男子。」楊雄道：「賢弟，你怎地教我做個好男子？」石秀道：「此間東門外，有一座翠屏山，好生僻静。哥哥到明日，只説

[一]「或」，貫華堂本作「盛」，據葉瑶池本改。

道：『我多時不曾燒香，我今來和大嫂同去。』把那婦人賺將出來，就帶了迎兒，同到山上。精細。小弟先在那裏等候着，當頭對面，把這是非都對得明白了。哥哥那時寫與一紙休書，棄了這婦人，多恐楊雄不肯，且先說是休棄，到得是非對畢，「颼」地遞過刀來。石秀節節精細，節節狠毒，我畏其人。却不是上着？」楊雄道：「兄弟何必說得你身上清潔？我已知了，都是那婦人謊說！」楊雄似不肯。石秀道：「不然，咄咄可畏。我也要哥哥知道他往來真實的事。」寫石秀可畏之極。楊雄道：「既然兄弟如此高見，必然不差。是楊雄。我明日準定和那賤人來，你却休要誤了。」石秀道：「小弟不來時，所言俱是虛謬。」句句生稜，字字出角，轉說轉復可畏。

楊雄當下別了石秀，離了客店，且去府裏辦事，至晚回家，並不提起，亦不說甚，只和每日一般。前夜何不便爾？文情迴合成趣。次日天明起來，對那婦人說道：「我昨夜夢見神人怪我，說有舊願不曾還得。也是還願，絶倒。向日許下東門外岳廟裏那炷香願，未曾還得。今日我閑些，要去還了，須和你同去。」那婦人道：「你便自去還了罷，要我去何用？」同是還願，一肯去，一不肯去，寫來絶倒。楊雄道：「這願心却是當初說親時許下的，必須要和你同去。」那婦人道：「既是恁地，我們早吃些素飯，燒湯洗浴了去。」楊雄道：「我去買香紙、顧轎子。你便洗浴了，梳頭插帶了等我，就叫迎兒也去走一遭。」楊雄又來客店裏相約石秀：「飯罷便來，兄弟休誤。」石秀道：「哥哥，你若擡得來時，只教在半山裏下了轎，你三個步行上來。我自在上面一個僻處等你，不要帶閑人上來。」石秀色色精細，可畏之甚。

楊雄約了石秀，買了紙燭歸來，吃了早飯。那婦人不知有此事，只顧打扮的齊齊整整，迎兒也插帶了。轎夫扛轎子,早在門前伺候。楊雄道:「泰山看家,我和大嫂燒香了便回。」潘公道:「多燒香,早去早回。」宛然前日石秀告潘公語。迴合成趣。那婦人上了轎子,迎兒跟着,楊雄也隨在後面。出得東門來,楊雄低低分付轎夫道:「與我擡上翠屏山去,我自多還你些轎錢。」不到兩個時辰,早來到翠屏山上。原來這座翠屏山,在薊州東門外二十里,都是人家的亂墳。上面一望盡是青草白楊,並無庵舍寺院。當下楊雄把那婦人擡到半山,叫轎夫歇下轎子,拔去葱管,搭起轎簾,微細必悉。叫那婦人出轎來。婦人問道:「却怎地來這山裏?」楊雄道:「你只顧且上去。」轎夫,只在這裏等候,不要來,少刻一發打發你酒錢。」轎夫道:「這個不妨,小人自只在此間伺候便了。」

楊雄引着那婦人並迎兒,三個人上了四五層山坡,只見石秀坐在上面。那婦人道:「香紙如何不將來?」婦人未上轎,楊雄以買香紙誆之;及其既上轎,楊雄便只空身跟來,以免後文收拾也。楊雄道:「我自先使人將上去了。」把婦人一引引到一處古墓裏。前日一引、二引、三引、四引、五引,今日只一引,迴合成趣。石秀便把包裹、腰刀、桿棒都放在樹根前來,精細之極。道:「嫂嫂拜揖!」只四字,亦復咄咄可畏。那婦人連忙應道:「叔叔怎地也在這裏?」一頭説,一面肚裏吃了一驚。活畫。石秀道:「在此專等多時。」咄咄可畏。楊雄道:「你前日對我説道,叔叔多遍把言語調戲你,又將手摸着你胸前,問你有孕也未。今日這裏無人,你兩個對得明白。」那婦人道:「哎呀,過了的事,只顧説甚麽!」妙絶,絶倒。石秀睁着眼道:「嫂嫂,你怎麽説?」活畫石秀。〇只四字妙絶。那婦人道:「叔叔,你没事自把髯兒提,做甚麽?」妙絶,絶倒。〇合前後二語,想婦人此時千難萬難，妙筆能體出也。石秀道：「嫂嫂！嘻！」只一字妙絕。○上只四字，此只一字，而石秀一片精細、滿面狠毒，都活畫出來。俗本妄改許多閑話，失之萬里。便打開包裹，取出海闍黎並頭陀的衣服來，撒放地下，道：「你認得不？」咄咄畏人。那婦人看了，飛紅了臉，無言可對。石秀「颼」地掣出腰刀，石秀狠毒之極，筆筆寫出。便與楊雄説道：「此事只問迎兒[一]！」看他寫翠屏山，全是石秀調遣楊雄。

楊雄便揪過那丫頭，是楊雄。跪在面前，喝道：「你這小賤人，快好好實説！如何在和尚房裏入奸，一「如何」。如何約會把香桌兒爲號，二「如何」。如何教頭陀來敲木魚。三「如何」。○問中三用「如何」。實對我説，饒你這條性命；但瞞了一句，先把你剁做肉泥！」迎兒叫道：「官人，不干我事！不要殺我，我説與你。」如何僧房中吃酒，一「如何」。如何上樓看佛牙，二「如何」。如何趕他下樓看潘公酒醒[二]；三「如何」。第三日如何頭陀來後門化齋飯，四「如何」。如何「教我取銅錢布施與他」；五「如何」。如何「娘子和他約定，但是官人當牢上宿，要我掇香桌兒放出後門外，便是暗號，頭陀來看了，却去報知和尚」；六「如何」。如何「海闍黎扮做俗人，帶頂頭巾入來，娘子扯去了露出光頭來」；七「如何」。如何「五更聽敲木魚響，要我開後門放他出去」；八「如何」。如何「娘子許我一副釧鐲、一套衣裳，所許前略此補。我只得隨順了」；九

[一]「迎」，貫華堂本、葉瑶池本作「銀」，據王望如評本改。

[二]「樓」，貫華堂本、葉瑶池本作「樓下」，據王望如評本删改。

「如何」。如何「往來已不止數十遭，後來便吃殺了」；十「如何」。如何又「與我幾件首飾，教我對官人説石叔叔把言語調戲一節，這個我眼裏不曾見，因此不敢説。十二「如何」。○補前所無，又説得好。只此是實，並無虛謬。」

迎兒説罷，石秀便道：「哥哥得知麽？石秀可畏，語語咄咄來逼。這般言語，須不是兄弟教他如此説。語語咄咄來逼。請哥哥却問嫂嫂備細緣由！」看他又調遣。楊雄揪過那婦人來，是楊雄。喝道：「賊賤人！丫頭已都招了，你便一些兒休賴，再把實情對我説了，饒你這賤人一條性命！」那婦人説道：「我的不是了！你看我舊日夫妻之面，饒恕了我這一遍！」石秀道：「哥哥，含糊不得！石秀狠毒之極，我惡其人。○寫得石秀攔接之間，駭疾不可當。須要問嫂嫂一個從頭備細原由。」楊雄喝道：「賤人，你快説！」那婦人只得把和尚二年前如何起意，一「如何」。如何「來結拜我父做乾爺」；二「如何」。做好事日如何先來下禮，三「如何」。「我遞茶與他，如何只管看我笑」，四「如何」。如何「石叔叔出來，連忙去了」；五「如何」。如何「我出去拈香，只管捱近身來」，六「如何」。半夜如何「到布簾前捏我的手，便教我還了願好」；七「如何」。如何「叫我是娘子，騙我看佛牙」，八「如何」。如何「求我圖個長便」；九「如何」。如何「教我反間你，便撚得石叔叔出去」；十「如何」。如何「定要我把迎兒也與他，説『不時我便不來了』」，十一「如何」。○迎兒説一遍，巧雲又説一遍，却句句不同：迎兒所説皆是事，巧雲所説皆是情也。一一都説了。

石秀道：「你却怎地對哥哥倒説我來調戲你？」上第十句，已明明招出，石秀務要特地再提出來，洗刷清白。咄咄相逼，可畏可恨。那婦人道：「前日他醉了罵我，我見他罵得蹺蹊，我只猜是叔叔看見破綻説與他。也是前兩三夜他先教道我如此説，補文中之所無。這早晨便把來支吾。實是叔叔並不曾恁地。」石秀道：「今日三面説得明白了，任從哥哥心下如何措置。」石秀轉説，轉更可畏。○通篇結束到此一句，寫石秀只爲明白自己，並非若武松之于金蓮，令人可恨。楊雄道：「兄弟，你與我拔了這賤人的頭面，剥了衣裳，然後我自伏侍他！」楊雄好笑。石秀便把那婦人頭面、首飾、衣服都剥了，「便把」二字，寫石秀可畏可恨。楊雄割兩條裙帶，把婦人綁在樹上。石秀徑把迎兒的首飾也去了，「便把」妙，「徑把」又妙，都寫石秀可畏可恨。遞過刀來，寫石秀却在人情之外，天地間固另有此一等狠毒人。説道：「哥哥，這個小賤人留他做甚麽？一發斬草除根！」何至于此，可畏可恨。楊雄應道：「果然。好笑。兄弟把刀來，我自動手！」迎兒見頭勢不好，却待要叫，楊雄手起一刀，揮作兩段。那婦人在樹上叫道：「叔叔，勸一勸！」活畫，絶倒。石秀道：「嫂嫂，不是我。」石秀狠毒，句句都畫出來。○不是你勸的事，又是你幫的事耶？楊雄向前把刀先挖出舌頭，一刀便割了，且教那婦人叫不得。楊雄却指着罵道：「你這賊賤人！我一時誤聽不明，險些被你瞞過了！一者壞了我兄弟情分，二乃久後必然被你害了性命！我想你這婆娘心肝五臟怎地生着？我且看一看！」一刀從心窩裏直割到小肚子下，不堪。取出心肝五臟，掛在松樹上。閑。楊雄又將這婦人七事件分開了，却將釵釧首飾都拴在包裹裏了。好。

楊雄道：「兄弟，你且來，和你商量一個長便。如今一個奸夫，少説了一個。一個淫婦，亦少説一個。都已殺了，只是我和你投那裏去安身？」石秀道：「兄弟自有個所在，請哥哥便行。」寫石秀精細出人。楊雄道：「却是那裏去？」石秀道：「哥哥殺了人，兄弟又殺人，不去投出來衝撞。却聽説去投梁山泊入夥，小人如今在此，只做得些偷鷄盜狗的勾當，幾時是了？哥哥聽禀：小人近日没甚道路，在這山裏掘些古墳，覓兩分東西。因見哥哥在此行事，不敢楊雄救了。人都叫他做「鼓上蚤」。當時楊雄便問時遷：「你如何在這裏？」時遷道：「節級唐州人氏，流落在此，只一地裏做些飛檐走壁、跳籬騙馬的勾當。曾在薊州府裏吃官司，却是時了！」奇文。楊雄、石秀看時，那人納頭便拜。又奇。楊雄却認得這人，姓時，名遷，祖貫是高樹後走出一個人來，叫道：「清平世界，蕩蕩乾坤，把人割了，却去投奔梁山泊入夥，我聽得多石秀便背上包裹，拿了桿棒；楊雄插了腰刀在身邊，提了朴刀。却待要離古墓，只見松來，如何解救？這事少時便發，不可遲滯，我們只好望山後走。」飾，兄弟又有些銀兩，再有人同去也够用了，逗一句引下文，妙筆。何須又去取討？惹起是非道：「哥哥，你也這般搭纏。倘或入城，事發拿住，如何脱身？放着包裹裏見有若干釵釧首包裹，忽然迴合。因此可去投托他。」楊雄道：「既有這條門路，我去收拾了些盤纏便走。」石秀個人，一個是梁山泊神行太保戴宗，一個是錦豹子楊林。他與兄弟十兩一錠銀子，尚兀自在寫得色色出人。我教哥哥一發放心：前者哥哥認義兄弟那一日，先在酒店裏和我吃酒的那兩後患。我却不合是公人，只恐他疑心，不肯安着我們。」石秀笑道：「他不是押司出身？石秀下好漢，誰不知道？放着我和你一身好武藝，愁甚不收留？」楊雄道：「凡事先難後易，免得録我們？」石秀道：「哥哥差矣。如今天下江湖上，皆聞山東及時雨宋公明招賢納士，結識天梁山泊入夥，却投那裏去！」楊雄道：「且住。我和你又不曾認得他那裏一個人，如何便肯收跟隨得一位哥哥上山去，却不好？未知尊意肯帶挈小人麼？」石秀道：「既是好漢中人物，他那裏如今招納壯士，那爭你一個？若如此說時，我們一同去。」時遷道：「小人却認得小路去。」好。當下引了楊雄、石秀，三個人自取小路下後山，投梁山泊去了。

却說這兩個轎夫，在半山裏等到紅日平西，不見三個下來；分付了，又不敢上去。挨不過了，如活。不免信步尋上山來，只見一群老鴉成團打塊在古墓上。奇文。兩個轎夫上去看時，原來却是老鴉奪那肚腸吃，以此聒噪。奇文。轎夫看了，吃着一驚，慌忙回家報與潘公，一同去薊州府裏首告。知府隨即差委一員縣尉，帶了仵作行人，來翠屏山簡驗尸首。已了，回覆知府，稟道：「簡得一口婦人潘巧雲割在松樹邊，使女迎兒殺死在古墓下；墳邊遺下一堆婦人與和尚頭陀衣服。」寫石秀胸中經濟如許。知府聽了，想起前日海和尚、頭陀的事，備細詢問潘公。那老子把這僧房酒醉一節和這石秀出去的緣由，細說了一遍。知府道：「眼見得這婦人與和尚通奸，那女使、頭陀做脚。想石秀那厮路見不平，殺死頭陀、和尚，楊雄這厮今日殺了婦人、女使無疑。定是如此！只拿得楊雄、石秀，便知端的。」當即行移文書，捕獲楊雄、石秀，其餘轎夫人等各放回聽候。潘公自去買棺木，將尸首殯葬，不在話下。

再說楊雄、石秀、時遷離了薊州地面，在路夜宿曉行，不則一日，行到鄆州地面。過得香林洼，早望見一座高山，不覺天色漸漸晚了。看見前面一所靠溪客店，三個人行到門首，店小二却待關門，只見這三個人撞將入來。小二問道：「客人，來路遠，以此晚了？」時遷道：「我們今日走了一百里以上路程，因此到得晚了。」小二哥放他三個入來安歇，問道：「客人，不曾打火麽？」時遷道：「我們自理會。」小二道：「今日没客歇，竈上有兩隻鍋乾浄，客人自用不妨。」時遷問道：「店裏有酒肉賣麽？」小二道：「今日早起有些肉，都被近村人家買了去。只剩得一甕酒在這裏，並無下飯。」時遷道：「也罷，先借五升米來做飯，却理會。」小二哥取出米來與時遷，就淘了，做起一鍋飯來。石秀自在房中安頓行李。叙得清出。楊雄取出一隻釵兒，把與店小二，叙得清出。先回他這甕酒來吃，明日一發算帳。小二哥收了釵兒，便去裏面掇出那甕酒來開了，將一碟兒熟菜放在桌子上。時遷先提一桶湯來，叫楊雄、石秀洗了脚手；寫時遷漸引入事來。一面篩酒來，就來請小二哥一處坐地吃酒。非必要小二同飲，只爲要問起祝家備細也。放下四隻大碗，斟下酒來吃。

石秀看見店中檐下，插着十數把好朴刀，奇。問小二哥道：「你家店裏怎的有這軍器？」小二哥應道：「都是主人家留在這裏。」石秀道：「你家主人是甚麽樣人？」小二道：「客人，你是江湖上走的人，如何不知我這裏的名字？前面那座高山，便唤做獨龍山。山前有一座凛巍巍岡子，便唤做獨龍岡，上面便是主人家住宅。這裏方圓三十里，却唤做祝家莊。莊主太公祝朝奉，有三個兒子，稱爲『祝氏三傑』。莊前莊後有五七百人家，都是佃户，各家分下兩把朴刀與他。這裏唤作祝家店，常有數十個家人來店裏上宿，以此分下朴刀在這裏。」石秀道：「他分軍器在店裏何用？」小二道：「此間離梁山泊不遠，只恐他那裏賊人來借糧，因此準備下。」石秀道：「與你些銀兩，回與我一把朴刀用如何？」生波。小二哥道：「這個却使不得，器械上都編着字號。我小人吃不得主人家的棍棒，我這主人法度不輕。」石秀笑道：「我自取笑你，你却便慌，且只顧吃酒。」小二道：「小人吃不得了，先去歇了。客人自便寬飲幾杯。」小二哥去了。

楊雄、石秀又自吃了一回酒。只見時遷道：「哥哥，要肉吃麽？」楊雄道：「店小二説没了肉賣，你又那裏得來？」時遷「嘻嘻」的笑着，去竈上提出一隻老大公鷄來。都是生發後文，無甚出色。楊雄問道：「那里得這鷄來？」時遷道：「小弟却纔去後面浄手，見這隻鷄在籠裏。尋思没甚吃酒，被我悄悄把去溪邊殺了。提桶湯去後面，就那裏撏得乾净，煮得熟了，把來與二位哥哥吃。」楊雄道：「你這厮還是這等賊手賊脚！」石秀笑道：「還未改本行！」三個笑了一回，把這鷄來手斯開吃了，一面盛飯來吃。

只見那店小二略睡一睡，放心不下，爬將起來，前後去照管。只見厨桌上有些鷄毛和鷄骨頭，却去竈上看時，半鍋肥汁。小二慌忙去後面籠裏看時，不見了鷄，連忙出來問道：「客人，你們好不達道理！如何偷了我店裏報曉的鷄吃？」時遷道：「見鬼了耶耶！如聞其聲。我自路上買得這隻鷄來吃，何曾見你的鷄？」小二道：「我店裏的鷄，却那裏去了？」時遷道：「敢被野猫拖了，黄猩子吃了，鷂鷹撲去了，我却怎地得知？」好，如聞其聲。小二道：「我的鷄纔在籠裏，不是你偷了是誰？」石秀道：「不要爭，直幾錢，陪了你便罷。」店小二道：「我的是報曉鷄，店内少他不得。你便陪我十兩銀子也不濟，只要還我鷄。」石秀大怒道：「你詐哄誰？老爺不陪你，便怎地？」店小二笑道：「客人，你們休要在這裏討野火吃！只我店裏不比别處客店，拿你到莊上，便做梁山泊賊寇解了去。」看他要生出事頭，無可生處，如此曲折寫來。

石秀聽了，大駡道：「便是梁山泊好漢，你怎麼拿了我去請賞？」楊雄也怒道：「好意還你些錢，不陪你，怎地拿我去！」小二叫一聲：「有賊！」只見店裏赤條條地走出三五個大漢來，徑奔楊雄、石秀來。被石秀手起，一拳一個，都打翻了。小二哥正待要叫，被時遷一拳，打腫了臉，做聲不得。這幾個大漢都從後門走了。

楊雄道：「兄弟，這厮們一定去報人來，我們快吃了飯，走了罷。」三個當下吃飽了，把包裹分開背了〔一〕，穿上麻鞋，跨了腰刀，各人去鎗架子上揀了一條好朴刀。好。石秀道：「左右只是左右，不可放過了他！」便去竈前尋了把草，竈裏點個火，望裏面四下焠着。畢竟寫出是石秀。看那草房被風一煽，「刮刮雜雜」火起來。那火頃刻間天也似般大，三個拽開脚步，望大路便走。三個人行了兩個更次，只見前面後面火把不計其數，約有一二百人，發着喊趕將來。石秀道：「且不要慌，我們且揀小路走。」石秀只是乖。楊雄道：【眉批】此處忽然寫楊雄。「且住！一個來，殺一個；兩個來，殺一雙。待天色明朗却走。」此處却寫出楊雄。説猶未了，四下裏合攏來。楊雄當先，石秀在後，時遷在中，獨寫楊雄。三個挺着朴刀來戰莊客。那夥人初時不知，輪着鎗棒趕來，楊雄手起朴刀，早戳翻了五七個。前面的便走，後面的急待要退，石秀趕入去，又戳翻了六七人。四下裏莊客見説殺傷了十數人，都是要性命的，思量不是頭，都退了去。三個得一步趕一步，正走之間，喊聲又起，枯草裏舒出兩把撓鈎，正把時遷一撓鈎搭住，

〔一〕「背」，貫華堂本、葉瑶池本作「腰」，據王望如評本改。

拖入草窩去了。苦一時遷拖去，便令下文住手不得，生出三打祝家莊也。石秀急轉身來救時遷，背後又舒出兩把撓鈎來，却得楊雄眼快，便把朴刀一撥撥開，望草裏便戳；發聲喊，都走了。不可不救，不可定救，只如此好。兩個見捉了時遷，怕深入重地，亦無心戀戰，顧不得時遷了，且四下裏尋路走罷。見遠遠地火把亂明，小路上又無叢林樹木，照得有路便走，畫出。一直望東邊去了。衆莊客四下裏趕不着，自救了帶傷的人去，將時遷背剪綁了，押送祝家莊來。

且説楊雄、石秀走到天明，望見一座村落酒店。石秀道：「哥哥，前頭酒肆裏買碗酒飯吃了去，就問路程。」兩個便入村店裏來，倚了朴刀，坐下，叫酒保取些酒來，就做些飯吃。酒保一面鋪下菜蔬，盪將酒來。方欲待吃，只見外面一個大漢走入來，生得濶臉方腮，眼鮮耳大，貌醜形粗；穿一領茶褐紬衫，戴一頂萬字頭巾，繫一條白絹搭膊，下面穿一雙油膀靴，叫道：「大官人教你們挑擔來莊上納。」店主人連忙應道：「裝了擔，少刻便送到莊上。」那人分付了，便轉身，又説道：「快挑來！」却待出門，正從楊雄、石秀面前過。楊雄却認得他，便叫一聲：「小郎，你如何在這裏？　不看我一看？」那人回轉頭來，看了一看，却也認得，便叫道：「恩人！　如何來到這裏？」望着楊雄便拜。不是楊雄撞見了這個人，有分教：三莊盟誓成虛謬，衆虎咆哮起禍殃。畢竟楊雄、石秀遇見的那人是誰，且聽下回分解。

第五才子書施耐庵水滸傳卷之五十一

聖歎外書

第四十六回　撲天鵰兩修生死書　宋公明一打祝家莊

人亦有言：不遇盤根錯節，不足以見利器。夫不遇難題，亦不足以見奇筆也。此回要寫宋江打祝家莊，夫打祝家莊，亦尋常戰鬥之事耳，烏足以展耐庵之經緯？故未製文，先製題：于祝家莊之東，先立一李家莊；于祝家莊之西，又立一扈家莊。三莊相連，勢如翼虎，打東則中帥西救，打西則中帥東救，打中則東西合救。夫如是而題之難御，遂如六馬亂馳，非一轡所鞚；伏箭亂發，非一牌所隔；野火亂起，非一手所撲矣。耐庵而後迴錦心，舒繡手，弄柔翰，點妙墨，早于楊雄、石秀未至山泊之日，先按下東李，此之謂縶其右臂；入下回，十六虎將浴血苦戰，生擒西扈，此之謂戕其左腋。東西定，而殲厥三祝，曾不如縛一鷄之易者，是皆耐庵相題有眼，捽題有法，擣題有力，故得至是。人徒就篇尾論長數短，謂亦猶夫能事，殊未向篇首一籌量其落筆之萬難也。

看他寫李、祝之戰，只是相當。非不欲作快筆，徒恐因而兩家不得住手，便礙宋江「一打」筆勢。故行文有時占得一筆是多一筆，亦有時留得一筆是多一筆也。

石秀探路一段，描出全副一個精細人。讀之，益想耐庵七竅中，真乃無奇不備。

話説當時楊雄扶起那人來，叫與石秀相見。石秀便問道：「這位兄長是誰？」楊雄道：「這個兄弟，姓杜，名興，祖貫是中山府人氏。因爲面顔生得粗莽，以此人都叫他做『鬼臉兒』。上年間做買賣來到薊州，因一口氣上打死了同夥的客人，吃官司監在薊州府裏。楊雄見他説起拳棒都省得，一力維持救了他。不想今日在此相會。」杜興便問道：「恩人爲何公事來到這裏？」楊雄附耳低言道：「我在薊州殺了人命，欲要投梁山泊去入夥。昨晚在祝家店投宿，因同一個來的火伴時遷，偷了他店裏報曉鷄吃，一時與店小二鬧將起來。性起把他店屋都燒了，我三個連夜逃走。不隄防背後趕來，我弟兄兩個，搠翻了他幾個。不想亂草中間舒出兩把撓鈎，把時遷搭了去。我兩個亂撞到此，正要問路，不想遇見賢弟。」杜興道：「恩人不要慌，我教放時遷還你。」楊雄道：「賢弟少坐，同飲一杯。」

三人坐下，當下飲酒。杜興便道：「小弟自從離了薊州，多得恩人的恩惠。來到這裏，感承此間一個大官人見愛，收録小弟在家中做個主管。每日撥萬論千，盡托付與杜興身上，甚是信任。以此不想回鄉去。」楊雄道：「此間大官人是誰？」杜興道：「此間獨龍岡前面有三座山岡，列着三個村坊：中間是祝家莊，西邊是扈家莊，東邊是李家莊。這三處莊上，三村裏算來，總有一二萬軍馬人家。惟有祝家莊最豪傑，爲頭家長，唤做祝朝奉。有三個兒子，名爲『祝氏三傑』：長子祝龍，次子祝虎，三子祝彪。又有一個教師，唤做『鐵棒』欒廷玉，此人有萬夫不當之勇。可惜此人。莊上自有一二千了得的莊客。西邊那個扈家莊，莊主扈太公，有個兒子唤做『飛天虎』扈成，也十分了得；惟有一個女兒最英雄，名唤『一丈青』扈三娘，使兩口日月雙刀，馬上如法了得。這裏東村莊上，却是杜興的主人，姓李，名應。不説出綽號，留與下楊雄作問，甚好。能使一條渾鐵點鋼鎗，背藏飛刀五口，百步取人，神出鬼没。這三村結下生死誓願，同心共意，但有吉凶，遞相救應。惟恐梁山泊好漢過來借糧，因此三村準備下抵敵他。如今小弟引二位到莊上，見了李大官人，求書去搭救時遷。」

楊雄又問道：「你那李大官人，莫不是江湖上唤『撲天鵰』的李應？」杜興道：「正是他。」石秀道：「江湖上只聽得説，獨龍岡有個撲天鵰李應是好漢，却原來在這裏。好。多聞他真個了得，是好男子，我們去走一遭。」楊雄便唤酒保計算酒錢，杜興那裏肯要他還？便自招了酒錢。三個離了村店，便引楊雄、石秀來到李家莊上。楊雄看時真個好大莊院：外面周迴一遭闊港，粉墻傍岸，有數百株合抱不交的大柳樹，門外一座吊橋，接着莊門。入得門來，到廳前，兩邊有二十餘座鎗架，明晃晃的都插滿軍器。杜興道：「兩位哥哥在此少等，待小弟入去報知，請大官人出來相見。」

杜興入去不多時，只見李應從裏面出來。杜興引楊雄、石秀上廳拜見，李應連忙答禮，便教上廳請坐。楊雄、石秀再三謙讓，方纔坐了。李應便叫取酒來且相待，楊雄、石秀兩個再拜道：「望乞大官人致書與祝家莊，來救時遷性命，生死不敢有忘。」李應教請門館先生來，商議修了一封書緘，看他先用代筆書，便令無層折處生出層折。填寫名諱，使個圖書印記，又細。便差一個副主管賫了，先差副主管，亦于無層折處生層折也。備一匹快馬，星火去祝家莊取這個人來。那副主管領了東人書札，上馬去了。楊雄、石秀拜謝罷，一謝。○寫出許多謝，令下文便于變羞成怒。李應道：「二位壯士放心，小人書去，便當放來。」寫他兩番托意，亦令下文便于變羞成怒也。楊雄、石秀又謝了。又謝。李應道：「且請去後堂，少叙三杯等待。」看他説得便極。兩個隨進裏面，就具早饍相待。飯罷，一。吃了茶。二。李應問些鎗法，見楊雄、石秀説得有理，心中甚喜。三。巳牌時分，四。○叠寫四句，見去得甚久。那個副主管回來，李應喚到後堂問道：「去取的這人在那裏？」看他説得如此便極。主管答道：「小人親見朝奉，下了書，倒有放還之心。後來走出祝氏三傑，反焦躁起來，書也不回，人也不放，定要解上州去。」李應失驚道：「他和我三家村裏結生死之交，書到便當依允，如何恁地起來？必是你説得不好，以致如此。總寫李應非意所料，以便下文變羞成怒也。杜主管，你須自去走一遭，副主管換正主管。○上先寫書，次寫主管；此却先寫主管，次寫書，筆法變換。親見祝朝奉，説個仔細緣由。」杜興道：「小人願去，只求東人親筆書緘，代筆書柬換親筆書柬。到那裏方纔肯放。」李應道：「説得是。」急取一幅花箋紙來，李應親自寫了書札，封皮面上使一個諱字圖書，又細。把與杜興接了。後槽牽過一匹快馬，備上鞍轡，拿了鞭子，便出莊門，上馬加鞭，奔祝家莊去了。李應道：「二位放心，我這封親筆書去，少刻定當放還。」又寫托意。楊雄、石秀深謝了。「深謝」，總令下文李應不堪。留在後堂，飲酒等待。

只是便極。

看看天色待晚，前寫去久用四句，此寫去久只用一句，法都變換。不見杜興回來。李應心中疑惑，再教人去接。只見莊客報道：「杜主管回來了。」李應問道：「幾個人回來？」看他只是非意所料，妙極。莊客道：「只是主管獨自一個跑將回來。」李應摇着頭道：「却又作怪！往常這厮不是這等兜搭，今日緣何恁地？」走出前廳，楊雄、石秀都跟出來。只見杜興下了馬，入得莊門。見他模樣，氣得紫漲了面皮，咨牙露嘴，半晌説不得話。前店中初遇時却不寫，忽于此處畫出一個鬼臉來，妙筆。李應道：「你且言備細緣故，怎麽地來？」杜興氣定了，方纔道：畫出。「小人賫了東人書札，到他那裏第三重門下，却好遇見祝龍、祝虎、祝彪弟兄三個坐在那裏。小人聲了三個喏。杜興盡禮。祝彪喝道：一路雖兼寫三祝，而獨顯祝彪。○甫聲喏[一]，未開口，兜頭便喝，極寫祝彪無禮。『你又來則甚？』小人躬身禀道：盡禮。『東人有書在此拜上。』祝彪那厮變了臉，罵道：極寫祝彪無禮。『你那主人恁地不曉人事！早晌使個潑男女來這裏下書，要討那個梁山泊賊人時遷。如今我正要解上州裏去，又來怎地？』小人説道：『這個時遷，不是梁山泊夥内人數，他自是蓟州來的客人，要投見敝莊東人。不想誤燒了官人店屋，明日東人自當依舊蓋還，極善辭令，不是「説得不好」。萬望俯看薄面，高擡貴手，寬恕寬恕。』祝家三個都叫道：雖獨寫祝彪，亦有時兼寫三祝，便錯落之極。『不還，不還！』小人又道：『官人，請看東人親筆書札在

[一]「甫」，貫華堂本作「兩」，據葉瑶池本改。

此。』祝彪那厮接過書去，也不拆開來看，就手扯得粉碎，極其無禮。喝叫把小人直叉出莊門。極其無禮。祝彪、祝虎發話道：又置祝龍，單兼祝虎，錯落之極。『休要惹老爺們性發，把你那——』言「把你那李應捉來，也解去也」，却不好唐突主人名字，忽然就「把你那」三個字下收住，下又另自盡一句禮，然後重説出來，妙筆出神入化。小人本不敢盡言，實被那三個畜生無禮，盡一句禮，然後重説。説：『把你那李、重説却因氣極，又説不出，只説得一「李」字，筆筆出神入妙。李應捉來，也做梁山泊强寇解了去！』叠一「李」字，便活畫出氣極後，説不出話來時。又喝叫莊客原拿了小人，先説「直叉出」，又説「原拿了」，無禮之極，真不可耐矣。被小人飛馬走了。于路上氣死小人！叵耐那厮，枉與他許多年結生死之交，今日全無此仁義！」又找兩句，激出李應。

李應聽罷，心頭那把無明業火高舉三千丈，按捺不下，大呼：「莊客！快備我那馬來！」楊雄、石秀諫道：「大官人息怒。休爲小人們，壞了貴處義氣。」李應那裏肯聽，便去房中披上一副黄金鎖子甲，前後獸面掩心，穿一領大紅袍，背胯邊插着飛刀五把，拿了點鋼鎗，戴上鳳翅盔，出到莊前，點起三百悍勇莊客。畫出李應。杜興也披一副甲，持把鎗上馬，畫出杜興。帶領二十餘騎馬軍。楊雄、石秀也抓扎起，挺着朴刀，跟着李應的馬，畫出楊雄、石秀。○畫李應是個大官人，畫杜興是個主管，畫楊雄、石秀是個客人，各各不同。徑奔祝家莊來。日漸銜山時分，早到獨龍岡前，便將人馬排開。原來祝家莊又蓋得好，占着這座獨龍山岡，四下一遭闊港。那莊正造在岡上，有三層城墻，都是頑石壘砌的，約高二丈。前後兩座莊門，兩條吊橋。墻裏四邊，都蓋窩鋪，四下裏遍插着鎗刀軍器，門樓上排着戰鼓銅鑼。

李應勒馬在莊前大叫：「祝家三子！怎敢毀謗老爺！」只見莊門開處，擁出五六十騎馬來。當先一騎似火炭赤的馬，上坐着祝朝奉第三子祝彪。李應指着大罵道：「你這厮！口邊奶腥未退，頭上胎髮猶存！你爺與我結生死之交，誓願同心共意保護村坊！你家但有事情，要取人時，早來早放；要取物件，無有不奉。我今一個平人，二次修書來討，你如何扯了我的書札，恥辱我名？是何道理！」祝彪道：「俺家雖和你結生死之交，誓願同心協意，共捉梁山泊反賊，掃清山寨。你如何却結連反賊，意在謀叛？」李應喝道：「你説他是梁山泊甚人？你這厮却寃平人做賊，當得何罪！」祝彪道：「賊人時遷已自招了，你休要在這裏胡説亂道，遮掩不過！你去便去，不去時連你捉了，也做賊人解送！」寫祝彪無禮之極。

李應大怒，拍坐下馬，挺手中鎗，便奔祝彪。祝彪縱馬去戰李應，兩個就獨龍岡前，一來一往，一上一下，鬥了十七八合。祝彪戰李應不過，撥回馬便走，極寫祝彪能。李應縱馬趕將去。祝彪把鎗横擔在馬上，左手拈弓，右手取箭，搭上箭，拽滿弓，覷得較親，背翻身一箭。極寫祝彪能。李應急躲時，臂上早着。李應翻筋斗墜下馬來，祝彪便勒轉馬來搶人。極寫祝彪能。楊雄、石秀見了，大喝一聲，撚兩把朴刀，直奔祝彪馬前殺將來。祝彪抵當不住，急勒回馬便走，極寫祝彪能。○寫祝彪不止是梟勇，直是靈利之極。早被楊雄一朴刀戳在馬後股上。此是特寫楊雄。那馬負疼，壁直立起來，險些兒把祝彪掀在馬下。寫祝、李皆輸贏相當，正好。却得隨從馬上的人，都搭上箭射將來。只須如此，收煞得正好。楊雄、石秀見了，自思又無衣甲遮身，只得退回不趕。只須如此，收煞得正好。杜興早自把李應救起，上馬先去了。等楊雄、石秀退回，然後救李應，幾不成語矣。楊雄、石秀自殺奔祝彪，杜興自救李應。極忙亂事，寫得極清出；極兜搭事，寫得極輕捷。妙筆。祝家莊人馬趕了二三里路，見天色晚來，也自回去了。只須如此。

楊雄、石秀跟了衆莊客也走了。「也走了」上，加「跟了衆莊客」五字，便藏下後文無數奇情。

杜興扶着李應，回到莊前，下了馬，同入後堂坐定。宅眷都出來看視，是個大官人。拔了箭矢，伏侍卸了衣甲，是個大官人。便把金瘡藥敷了瘡口。連夜在後堂商議，楊雄、石秀與杜興説道：「既是大官人被那厮無禮，又中了箭，時遷亦不能够出來，都是我等連累大官人了。我弟兄兩個，只得上梁山泊去，懇告晁、宋二公並衆頭領，來與大官人報讎，就救時遷。」因辭謝了李應。李應道：「非是我不用心，實出無奈，兩位壯士只得休怪。」叫杜興取些金銀相贈。楊雄、石秀那裏肯受？李應道：「江湖之上，二位不必推却。」兩個方纔收受，拜辭了李應。杜興送出村口，指與大路。極似閑筆，却都爲後文藏下奇情。杜興作別了，自回李家莊，不在話下。

且説楊雄、石秀取路投梁山泊來，早望見遠遠一處新造的酒店，映出。○一是新設三座，而一座亦不出現，是猶無設也；一是姓石人來，而不用姓石人接，是爲無文也。那酒旗兒直挑出來。兩個入到店裏，買些酒吃，就問路程。這酒店，却是梁山泊新添設做眼的酒店，正是石勇掌管。兩石相接，文隨手起。兩個一面吃酒，一頭動問酒保上梁山泊路程。石勇見他兩個非常，便來答應道：「你兩位客人從那裏來？要問上山去怎地？」楊雄道：「我們從薊州來。」石勇猛可想起道：「莫非足下是石秀麽？」楊雄道：「我乃是楊雄，問得繡錯，若定向石秀問石秀，即是呆筆死墨，更有何妙。這個兄弟是石秀。大哥如何得知石秀名?」石勇慌忙道:「小子不認得。前者,戴宗哥哥到薊州回來,多曾稱説兄長,繳還戴宗。聞名久矣。今得上山,且喜,且喜!」三個叙禮罷,楊雄、石秀把上件事都對石勇説了。石勇隨即叫酒保置辦分例酒來相待,須知此是第一番分例酒。推開後面水亭上窗子,拽起弓,放了一枝響箭。只見對港蘆葦叢中,早有小嘍囉摇過船來。須知此又另一水亭,另一對港,另一張弓,另一枝箭,另一嘍囉,另一搖船也。石勇便邀二位上船,直送到鴨嘴灘上岸。石勇已自先使人上山去報知,早見戴宗、楊林下山來迎接。迴翔盤舞。俱各叙禮罷,一同上至大寨裏。

衆頭領知道有好漢上山,都來聚會大寨坐下。戴宗、楊林引楊雄、石秀上廳,參見晁蓋、宋江並衆頭領。相見已罷,晁蓋細問兩個踪迹。楊雄、石秀把本身武藝、投托入夥先説了,衆人大喜,讓位而坐。楊雄漸漸説到,有個來投托大寨同入夥的時遷,不合偷了祝家店裏報曉鷄,一時爭鬧起來,石秀放火燒了他店屋,時遷被捉,李應二次修書去討,怎當祝家三子堅執不放,誓要捉山寨裏好漢,且又千般辱駡,叵耐那厮十分無禮。不説萬事皆休,纔然説罷,晁蓋大怒,喝叫:「孩兒們,將這兩個與我斬訖報來!」此等波磔,非爲鋪張山寨忠義,乃所以翻跌出宋江問罪之師也。脱無此一番,而便輕舉妄動,三打祝家恐類兒戲,故不得已而生此也。宋江慌忙道:「哥哥息怒。兩個壯士,不遠千里來此協助,如何却要斬他?」晁蓋道:「俺梁山泊好漢,自從火並王倫之後,便以忠義爲主,全施恩德于民。一個個兄弟下山去,不曾折了鋭氣;新舊上山的弟兄們,各各都有豪傑的光彩。晁蓋語,讀之想出其生平。這厮兩個,把梁山泊好漢的名目去偷雞吃，其類至多。因此連累我等受辱。今日先斬了這兩個，將這厮首級去那裏號令。我親領軍馬去洗蕩了那個村坊，不要輸了銳氣！孩兒們，快斬了報來！」又饒一句，風稜四起。

宋江勸住道：「不然。哥哥不聽這兩位賢弟却纔所說，那個鼓上蚤時遷〔一〕，他原是此等人。以致惹起祝家那厮來，豈是這二位賢弟要玷辱山寨？我也每每聽得有人說，祝家莊那厮要和俺山寨敵對了。自補一句，妙筆。哥哥權且息怒，即目山寨人馬數多，錢糧缺少。非是我等要去尋他，那厮倒來吹毛求疵，因而正好乘勢去拿那厮。若打得此莊，倒有三五年糧食。非是我們生事害他，其實那厮無禮。再三申說此句，妙。只是哥哥山寨之主，豈可輕動？自此以下，凡寫梁山興師建功，宋江悉不許晁蓋下山。小可不才，親領一支軍馬，啓請幾位賢弟們下山，去打祝家莊。若不洗蕩得那個村坊，誓不還山！一是山寨不折了銳氣，好。二乃免此小輩被他恥辱，好，好。三則得許多糧食，以供山寨之用，好，好。四者就請李應上山入夥。好，好。」吳學究道：「公明哥哥之言最好，豈可山寨自斬手足之人？」戴宗便道：「寧乃斬了小弟，不可絕了賢路。」迴翔盤舞。衆頭領力勸，晁蓋方纔免了二人，楊雄、石秀也自謝罪。宋江撫諭道：晁蓋、宋江各寫得好，真乃恩威並著矣。「賢弟休生異心！此是山寨號令，不得不如此。便是宋江倘有過失，妙論。也須斬首，不敢容情。如今新近又立了鐵面孔目裴宣做軍政司，賞功罰罪，已有定例。就上文新立規制中，忽抽出一石勇，忽抽出一裴宣，便表得衆多豪傑，各各用命，非尸位素餐

〔一〕「蚤」，貫華堂本、葉瑤池本作「皂」，據王望如評本改。

而已。○此等插帶，真是才子。賢弟只得恕罪恕罪。」楊雄、石秀拜罷，謝罪已了，晁蓋叫去坐在楊林之下。山寨裏都唤小嘍囉來參賀新頭領已畢，一面殺牛宰馬，且做慶喜筵席。撥定兩所房屋，教楊雄、石秀安歇，每人撥十個小嘍囉伏侍。

當晚席散，次日再備筵席，會衆商量議事。宋江教唤鐵面孔目裴宣計較下山人數，好。啓請諸位頭領同宋江去打祝家莊，定要洗蕩了那個村坊。商量已定：除晁蓋頭領鎮守山寨不動外，一寨之尊，寫得好。留下吴學究、劉唐並阮家三弟兄、吕方、郭盛護持大寨。根本重地，寫得好。原撥定守灘、守關、守店有職事人員，俱各不動。各有專司，舊令不許調遣，寫得好。又撥新到頭領孟康管造船隻，頂替馬麟監督戰船。補署新到頭領，寫得好。○將打祝家莊，却先寫許多不打祝家莊者。如此文字，雖在《史記》，不可多得。寫下告示，將下山打祝家莊頭領，分作兩起：頭一撥宋江、花榮、李俊、穆弘、李逵、楊雄、石秀、黄信、歐鵬、楊林，帶領三千小嘍囉，三百馬軍，披挂已了，下山前進。前軍寫得好。第二撥便是林冲、秦明、戴宗、張横、張順、馬麟、鄧飛、王矮虎、白勝，也帶領三千小嘍囉，三百馬軍，隨後接應。後軍寫得好。再着金沙灘、鴨嘴灘二處小寨，只教宋萬、鄭天壽守把，就行接應糧草。軍行糧接，寫得好。○已上數段，豈真寫山泊號令哉？亦所謂「寓言十九」，意在諷諫也。晁蓋送路已了，自回山寨。

且説宋江並衆頭領徑奔祝家莊來，于路無話，早來到獨龍山前。尚有一里多路，前軍下了寨栅。宋江在中軍帳裏坐下，此一句止爲前軍射定寨脚，後軍猶未到。便和花榮商議道：「我聽得説祝家莊裏路徑甚雜，未可進兵。且先使兩個入去，探聽路途曲折，知得順逆路程，却纔進去與他敵對。」李逵便道：看他並不審己量力，便插一句，絶倒。「哥哥，兄弟閑了多時，不曾殺得一人，我便先去走一遭。」宋江道：「兄弟，你去不得。若是破陣衝敵，用着你先去；這是做細作的勾當，用你不着。」李逵笑道：「量這個鳥莊，何須哥哥費力！只兄弟自帶了二三百個孩兒們殺將去，把這個鳥莊上人都砍了，何須要人先去打聽！」宋江喝道：「你這斯休胡説！且一壁廂去，叫你便來！」李逵走開去了，自説道：「打死幾個蒼蠅，也何須大驚小怪！」宋江便喚石秀來，説道：「兄弟曾到彼處，可和楊林走一遭。」舊頭領都已出色，故令新到者立功。此行文生熟停匀之法。○要知宋江點將，都是耐庵點將，則爲善讀書人矣。石秀便道：「如今哥哥許多人馬到這裏，他莊上如何不隄備？我們扮作甚麽人入去好？」楊林便道：「我自打扮了解魘的法師去，身邊藏了短刀，手裏擎着法環，于路摇將入去。你只聽我法環響，不要離了我前後。」石秀道：「我在薊州原曾賣柴，我只是挑一擔柴進去賣便了。身邊藏了暗器，有些緩急，匾擔也用得着。」楊林道：「好，好！我和你計較了，今夜打點，五更起來便行。」

到得明日，石秀挑着柴擔先入去。行不到二十來里，只見路徑曲折多雜，四下裏灣環相似，樹木叢密，難認路頭，石秀便歇下柴擔不走。是石秀。此等處，一山泊人都不及也。聽得背後法環響得漸近，石秀看時，却見楊林頭帶一個破笠子，身穿一領舊法衣，手裏擎着法環，于路摇將進來。楊林却從石秀眼中看出。○實叙石秀，虚帶楊林，妙筆。石秀見没人，叫住楊林説道：「此處路徑灣雜，不知那裏是我前日跟隨李應來時的路。文情翔舞。天色已晚，他們衆人爛熟奔走，正看不仔細。」又自破解一句。楊林道：「不要管他路徑曲直，只顧揀大路走便了。」錯也。石秀又挑了柴，只顧望大路先走。見前面一村人家，數處酒店肉店，石秀挑着柴，便望酒店門前歇了。只見各店内都把刀鎗插在門前，每人身上穿一領黄背心，寫個大「祝」字，往來的人亦各如此。祝家號令，亦從石秀眼中看出。

石秀見了，便看着一個年老的人唱個喏，是石秀。拜揖道：「丈人，請問此間是何風俗？爲甚都把刀鎗插在當門？」問得好，又精細。那老人道：「你是那裏來的客人？原來不知，只可快走。」石秀道：「小人是山東販棗子的客人，消折了本錢，回鄉不得。因此擔柴來這裏賣，不知此間鄉俗地理[一]。」老人道：「只可快走，别處躲避，這裏早晚要大廝殺也！」石秀道：「此間這等好村坊去處，怎地了大廝殺？」問得好。老人道：「客人，你敢真個不知？我説與你：俺這裏唤做祝家村，岡上便是祝朝奉衙裏。如今惡了梁山泊好漢，見今引領軍馬在村口，要來廝殺。却怕我這村裏路雜，未敢入來，見今駐札在外面。如今祝家莊上，行號令下來：每户人家，要我們精壯後生準備着，但有令傳來，便要去策應。」石秀道：「丈人，村中總有多少人家？」問得精細。老人道：「只我這祝家村，也有一二萬人家，東西還有兩村人接應。東村唤做撲天鵰李應李大官人；西村唤扈太公莊，有個女兒，唤做扈三娘，綽號『一丈青』，十分了得。」石秀道：「似此如何却怕梁山泊做甚麽？」那老人道：「便是我們初來時，不知路的，也要吃捉了。」石秀道：「丈人，怎地初來要吃捉了？」問得緊。老人道：「我這村裏的路，

[一]「理」，貫華堂本作「里」，據葉瑶池本改。

有舊人説道：『好個祝家莊，盡是盤陀路。容易入得來，只是出不去。』」

石秀聽罷，便哭起來，撲翻身便拜，是石秀，機警之極。向那老人道：「小人是個江湖上折了本錢歸鄉不得的人，妙絶。是石秀方説得出，能令老人下淚也。倘或賣了柴出去，撞見厮殺，走不脱，却不是苦！爺爺怎地可憐見，小人情願把這擔柴相送爺爺，只指與小人出去的路罷！妙絶。是石秀方説得出。」那老人道：「我如何白要你的柴？我就買你的。是老人情性。你且入來，請你吃些酒飯。是老人情性。」○寫老人情性，固也，然亦是行文精細入妙處。蓋宋江大軍既已壓境，則祝家巡綽之人，定應絡繹于路，豈可一老翁、一賣柴者，叨叨説路耶？故此兩句，正妙在「你且入來」四字也。石秀拜謝了，挑着柴，跟那老人入到屋裏。那老人篩下兩碗白酒，盛一碗糕糜，叫石秀吃了。石秀再拜謝道：「爺爺，指教出去的路徑。」是石秀，只記本題，寫得機警。那老人道：「你便從村裏走去，只看有白楊樹便可轉灣，便是活路；上一句已明，此又再申「不問闊狹」四字，活是老人聲口。没那樹時，都是死路。但有便是活路，則如無定是死路矣，却偏要再申一句。如有别的樹木轉灣，也不是活路。既説白楊，則别樹定非矣，却偏要再申一句。○看他寫老人説話，只須一句處，便要説十數句，真活畫老人。若還走差了，左來右去，只走不出去。更兼死路裏，地下埋藏着竹簽、鐵蒺藜。若是走差了，踏着飛簽，準定吃捉了，待走那裏去！」活是老人，説得恁細。石秀拜謝了，便問：「爺爺高姓？」是石秀。那老人道：「這村裏姓祝的最多，惟有我覆姓鍾離，土居在此。」石秀道：「酒飯小人都吃够了，改日當厚報。」

正説之間，只聽得外面鬧吵。石秀聽得道：「拿了一個細作！」寫得一波初平，一波疾起，真是妙筆。石秀吃了一驚，跟那老人是石秀，不看不得，自看又不得，「跟那老人」真寫得妙。出來看時，只見七八十個軍人背綁着一個人過來。石秀看時，却是楊林，剥得赤條條的，索子綁着。石秀看了，只暗暗地叫苦，悄悄假問老人道：「這個拿了的是甚麽人？爲甚事綁了他？」此本不必打聽，只爲要寫石秀遮掩自己，又順便帶出楊林被捉事耳。那老人道：「你不見，説他是宋江那裏來的細作？」石秀又問道：「怎地吃他拿了？」那老人道：「説這厮也好大膽，獨自一個來做細作，打扮做個解魇法師，閃入村裏來。却又不認這路，只揀大路走了，左來右去，只走了死路；又不曉的白楊樹轉灣抹角的消息。人見他走得差了，來路蹺蹊，報與莊上官人們來捉他。這厮方纔又掣出刀來，手起傷了四五個人。補出楊林被捉時事。當不住這裏人多，一發上，因此吃拿了。有人認得他，從來是賊，叫做錦豹子楊林……」楊林不必被捉也；必寫楊林被捉者，一以顯石秀之獨能，一以激宋江之進兵也。

説言未了，只聽得前面喝道，説是：「莊上三官人巡綽過來！」寫得一波又平，一波又起，真是妙筆。石秀在壁縫裏張時，看見前面擺着二十對纓鎗，後面四五個人騎着馬，都彎弓插箭；又有三五對青白哨馬，中間擁着一個年少壯士，坐在一匹雪白馬上，全副披挂，跨了弓箭，手執一條銀鎗。石秀自認得他，特地問老人道：「過去相公是誰？」又從石秀眼中極寫祝彪。〇得此一段，遂令石秀入村，神采焕發之極。〇呼「將軍」是「相公」，活是賣柴人口氣。那老人道：「這個人正是祝朝奉第三子，唤做祝彪，定着西村扈家莊一丈青爲妻。弟兄三個，只有他第一了得。」石秀拜謝道：「老爺爺，指點尋路出去！」忽然截住，急提本題。石秀機警，寫來如活。那老人道：「今日晚了，前面倘或厮殺，枉送了你性命。」石秀道：「爺爺，可救一命則個！」那老人道：「你且在我家歇一夜。事莫急于進兵，尤莫急于進兵之有探路也。豈有機警如石秀，而肯于得路之後，再住一夜者？只因作者一心要鋪張祝家號令嚴整，一心又要寫得宋江輕入重地，作一險勢，便暫留石秀一筆，若惟恐爲楊林之續者。此皆文人慘淡經營之處，不可不知也。明日打聽得没事，便可出去。」石秀拜謝了，坐在他家。只聽得門前四五替報馬報將來，排門分付道：「你那百姓，今夜只看紅燈爲號，即花榮所射者也。齊心並力，捉拿梁山泊賊人，解官請賞。」叫過去了。本是後文秘計，却先明放此處，真正才子之筆。○設使不留石秀，如何得聽出來。石秀問道：「這個人是誰？」那老人道：「這個官人是本處捕盜巡簡，今夜約會要捉宋江。」石秀見説，心中自忖了一回，討個火把，叫了安置，自去屋後草窩裏睡了。便不更説閑話。寫石秀機警出人處，筆筆妙絶。

却説宋江軍馬在村口屯駐，不見楊林、石秀出來回報；隨後又使歐鵬去到村口，出來回報道：「聽得那裏講動，説道捉了一個細作。小弟見路徑又雜難認，不敢深入重地。」宋江聽罷，忿怒道：「如何等得回報了進兵？又吃拿了一個細作，必然陷了兩個兄弟。我們今夜只顧進兵殺將入去，也要救他兩個兄弟。宋江不肯輕入重地，則安得文章出奇？然宋江不爲救兩兄弟，即又安肯輕入重地也？筆墨相引而出，每每如此。未知你衆頭領意下如何？」只見李逵便道：「我先殺入去，看是如何！」看他先因要去被喝，至此忽又要去，一似並不記得曾被喝者，真寫得好。宋江聽得，隨即便傳將令，教軍士都披挂了。李逵、楊雄前一隊做先鋒，使李俊等引軍做合後，穆弘居左,黄信居右,宋江、花榮、歐鵬等中軍頭領,摇旗吶喊,擂鼓鳴鑼,大刀闊斧,殺奔祝家莊來。

比及殺到獨龍岡上,是黄昏時分,宋江催趲前軍打莊。先鋒李逵脱得赤條條的,奇人奇情奇景,亦復奇文。揮兩把夾鋼板斧,火拉拉地殺向前來。到得莊前看時,已把吊橋高高地拽起了,莊門裏不見一點火,極寫祝彪能。李逵便要下水過去。奇人奇情,亦復奇文。〇不許他探路,真乃彎破肚皮;何意得做先鋒,又被闊港截住,忽然想出下水過去。真是一片天真爛熳,令我讀之又嚇又笑也。楊雄扯住道:「使不得!關閉莊門,必有計策。待哥哥來,别有商議。」李逵那裏忍得住?拍着雙斧,隔岸大罵戰陣之事,偏寫出天真爛熳來,妙絶。道:「那鳥祝太公老賊!你出來,黑旋風爺爺在這裏!」莊上只是不應。極寫祝彪能。宋江中軍人馬到來,楊雄接着,報説莊上並不見人馬,亦無動静。宋江勒馬看時,莊上不見刀鎗軍馬,心中疑忌,猛省道:「我的不是了!天書上明明戒説:『臨敵休急暴。』此五字何必天書始能言之?有意無意逗此一句,正表宋江天書之詐也。是我一時見不到,只要救兩個兄弟,以此連夜進兵。不期深入重地,直到了他莊前,不見敵軍,他必有計策。」快教三軍且退。李逵叫道:「哥哥,軍馬到這裏了,休要退兵!我與你先殺過去,你們都跟我來。」

説猶未了,莊上早知。只聽得祝家莊裏一個號炮,直飛起半天裏去。極寫祝彪能。那獨龍岡上千百把火把,一齊點着;那門樓上,弩箭如雨點般射將來。宋江急取舊路回軍,只見後軍頭領李俊人馬先發起喊來,説道:「來的舊路都阻塞了,必有埋伏!」寫得紙上岌岌震動。宋江教軍兵四下裏尋路走，李逵揮起雙斧，往來尋人厮殺，不見一個敵軍。極忙中寫李逵三番氣悶事。第一番要做探路，宋江不許；第二番得做先鋒，闘港截住；第三番尋人厮殺，不見一個。思之絶倒。只見獨龍岡上，山頂又放一個炮來。極寫祝彪能。響聲未絶，四下裏喊聲震地，驚得宋公明目睁口呆，罔知所措。你便有文韜武略，怎逃出地網天羅？正是：安排縛虎擒龍計，要捉驚天動地人。畢竟宋公明並衆將軍怎地脱身，且聽下回分解。

第五才子書施耐庵水滸傳卷之五十二

聖歎外書

第四十七回　一丈青單捉王矮虎　宋公明兩打祝家莊

吾幼見陳思鏡背八字，順逆伸縮，皆成二句，歎以爲妙。稍長，讀蘇氏織錦迴文，而後知天下又有如是化工肖物之才也。幼見希夷方圓二圖，參伍錯綜，悉有定象，以爲大奇。稍長，聞諸葛八陣圖法，而後知天下又有如是縱横神變之道也。今觀耐庵二打祝家一篇，亦猶是矣：以墨爲兵，以筆爲馬，以紙爲疆場，以心爲將令。我試讀其文，真乃墨無停兵，筆無住馬，紙幾穿于蹂躪，心已絶于磨旗者也。歐鵬救矮虎，三娘便戰歐鵬；鄧飛助歐鵬奔三娘，祝龍便助三娘取宋江；馬麟爲宋江迎祝龍，鄧飛便棄歐鵬保宋江；宋江呼秦明替馬麟，秦明便舞狼牙取祝龍；馬麟得秦明便奪矮虎，三娘却撇歐鵬戰馬麟；廷玉助祝龍取秦明，歐鵬便撇三娘接廷玉；鄧飛捨宋江救歐鵬，廷玉却撇鄧飛誘秦明；鄧飛救秦明趕廷玉，馬麟便撇三娘保宋江。此是第一陣。此軍落荒正走，忽然添出穆弘、楊雄、石秀、花榮三路人馬;彼軍亦添出小郎君祝彪。雖李俊、張横、張順下水不得,而戴宗、白勝亦在對岸助喊。此是第二陣。第一陣,妙于我以四將戰彼三將,而我四將中前後轉换,必用一將保護宋江,則亦以三將戰三將,而迭躍揮霍寫來,便有千萬軍馬之勢。第二陣妙于借秦明過第一撥中,却借第三撥花榮、穆弘作第二撥前來策救,真寫出一時臨敵應變,不必死守宋江成令。而末又補出戴宗、白勝隔港吶喊,以見不漏一人也。然又有奇之尤奇者:于鳴金收軍之後,忽然變出三娘獨趕宋江,而手足無措之際,却跳出一李逵。吾不怪其至此又作奇峰,正怪其前文如何藏過。乃一之爲甚,而豈意跳出李逵之後,尚藏過一林冲。蓋此第三陣尤爲絶筆矣!如此一篇血戰文字,却以王矮虎做光起頭,遂使讀者胸中只謂兒戲之事,而一變便作轟雷激電之狀,直是驚嚇絶人。矮虎、三娘本夫妻二人,而未入此回,則夫在此,妻在彼;既過此回,即妻在此,夫在彼。一篇以捉其夫去始,以捉其妻來終,皆屬耐庵才子戲筆。

話説當下宋江在馬上看時,四下裏都有埋伏軍馬,且教小嘍囉只往大路殺將去;只聽得三軍屯塞住了,衆人都叫起苦來。宋江問道:「怎麽叫苦?」衆軍都道:「前面都是盤陀路,走了一遭,又轉到這裏。」宋江道:「教軍馬望火把亮處有房屋人家,取路出去。」又走不多時,只見前軍又發起喊來,叫道:「甫能望火把亮處取路,又有苦竹簽、鐵蒺藜,遍地撒滿鹿角,都塞了路口!」宋江道:「莫非天喪我也!」

正在慌急之際,只聽得左軍中間,穆弘隊裏鬧動,寫來令人又吃一嚇,筆法淋漓突兀之極。報來説道:「石秀來了!」只一石秀來,寫得淋漓突兀至此。宋江看時,見石秀撚着口刀,奔到馬前道:「哥哥休慌,兄弟已知路了。暗傳下將令,教三軍只看有白楊樹便轉灣走去,不要管他路闊路狹。」宋江催趲人馬,只看有白楊樹便轉。約走過五六里路,只見前面人馬越添得多了。筆筆寫來,淋漓駭絶。宋江疑忌,便喚石秀問道:「兄弟,怎麽前面賊兵衆廣?」石秀道:「他有燭燈爲號。」花榮在馬上看見,忽然記得將軍神箭,筆筆生龍活虎。把手指與宋江道:「哥哥,你看見那樹影裏這碗燭燈麽? 只看我等投東,他便把那燭燈望東扯;若是我們投西,他便把那燭燈望西扯。只那些兒,想來便是號令。」如此寫出祝彪英靈,真有不煩一刀、不費一矢之略。宋江道:「怎地奈何得他那碗燈?」花榮道:「有何難哉!」便拈弓搭箭,縱馬向前,望着影中只一箭,不端不正,恰好把那碗紅燈射將下來。若寫祝家趕殺,便是俗筆;若寫山寨血戰,亦是俗筆。看他寫祝家只是一碗燈,寫宋江只是一枝箭。戰陣之事,寫來全是仙筆,亦大奇也。四下裏埋伏軍兵,不見了那碗紅燈,便都自亂攛起來。妙。

宋江叫石秀引路,且殺出村口去。只聽得前山喊聲連天,一帶火把縱横撩亂。宋江教前軍扎住,寫來令人又吃一嚇,筆筆淋漓突兀之極。且使石秀領路去探。不多時,回來報道:「是山寨中第二撥軍馬到了,石秀來作一嚇,第二撥到又作一嚇,其用筆之奇至此。接應殺散伏兵。」宋江聽罷,進兵夾攻,奪路奔出村口,祝家莊人馬四散去了。會合着林冲、秦明等衆人軍馬,同在村口駐札，却好天明，去高阜處下了寨柵。整點人馬，數内不見了鎮三山黄信。宋江大驚，詢問緣故。有昨夜跟去的軍人見的，來説道：「黄頭領聽着哥哥將令，前去探路。不隄防蘆葦叢中舒出兩把撓鈎，拖翻馬脚，被五七個人活捉去了，救護不得。」宋江聽罷大怒，要殺隨行軍漢：「如何不早報來？」林冲、花榮勸住宋江。衆人納悶道：「莊又不曾打得，倒折了兩個兄弟，似此怎生奈何？」楊雄道：石秀既有探路之功，便讓楊雄説出李應。「此間有三個村坊結並。所有東村李大官人，前日已被祝彪那厮射了一箭，見今在莊上養病。哥哥何不去與他計議？」宋江道：「我正忘了也，他便知本處地理虚實。」分付教取一對緞匹羊酒，選一騎好馬並鞍轡，親自上門去求見。林冲、秦明權守栅寨，宋江帶同花榮、楊雄、石秀一個護身，兩個介紹。上了馬，隨行三百馬軍，取路投李家莊來。

到得莊前，早見門樓緊閉，吊橋高拽起了，牆裏擺着許多莊兵人馬，門樓上早擂起鼓來。宋江在馬上叫道：「俺是梁山泊義士宋江，特來謁見大官人。别無他意，休要隄備。」莊門上杜興看見有楊雄、石秀在彼，好。慌忙開了莊門，放隻小船過來，與宋江聲喏。宋江慌忙下馬來答禮。楊雄、石秀近前稟道：好。「原來是杜主管。相煩足下對李大官人説：俺梁山泊宋江，久聞大官人大名，無緣不曾拜會。今因祝家莊要和俺們做對頭，經過此間，特獻彩緞名馬的[二]，唤做鬼臉兒杜興。」宋江道：

[二]「投」，金評各本均作「接」，據明容與堂本改。

羊酒薄禮，只求一見，别無他意。」杜興領了言語，再渡過莊來，直到廳前。李應帶傷披被，坐在床上。杜興把宋江要求見的言語説了，李應道：「他是梁山泊造反的人，我如何與他厮見？無私有意。你可回他話道，只説我卧病在床，動止不得，難以相見，改日却得拜會。所賜禮物，不敢祗受。」

杜興再渡過來，見宋江稟道：「俺東人再三拜上頭領，本欲親身迎迓，奈緣中傷，患軀在床，不能相見，容日專當拜會。適蒙所賜厚禮，並不敢受。」宋江道：「我知你東人的意了。我因打祝家莊失利，欲求相見則個。他恐祝家莊見怪，不肯出來相見。」杜興道：「非是如此，委實患病。只一句截住。小人雖是中山人氏，到此多年了，頗知此間虚實事情。何必見李應，見杜興猶見李應矣。中間是祝家莊，東是俺李家莊，西是扈家莊。這三村莊上，誓願結生死之交，有事互相救應。今番惡了俺東人，自不去救應，只一句便放倒一邊，皆耐庵匠心所運也。只恐西村扈家莊上要來相助。他莊上别的不打緊，只有一個女將，唤做一丈青扈三娘，使兩口日月刀，好生了得。詳。○又即引動下文。却是祝家莊第三子祝彪定爲妻室，早晚要娶。若是將軍要打祝家莊時，不須隄備東邊，只要緊防西路。特特折筆寫到李家，只爲要提出此句也。得此一筆，下文便好注意只寫西邊，此所謂耐庵匠心之筆也。祝家莊上，前後有兩座莊門：詳。一座在獨龍岡前，一座在獨龍岡後。若打前門，却不濟事；須是兩面夾攻，方可得破。詳。前門打緊，路雜難認，一遭都是盤陀路徑，闊狹不等。但有白楊樹便可轉灣，方是活路；如無此樹，便是死路。詳。」○此雖石秀已知，然在杜興口中，不得不寫一過。石秀道：「他如今都把白楊樹木斫伐去了，將何爲記？」前並不見此事，忽然口中問出。虛實互用，筆法妙絶。杜興道：「雖然斫伐了樹，如何起得根盡？也須有樹根在彼。作書不過弄筆之事也，乃寫來便若真有其事而親臨其地者。真正才子，誰其匹之？只宜白日進兵去攻打，黑夜不可進去。詳。」

宋江聽罷，謝了杜興，一行人馬却回寨裏來。足矣，此行可謂不虛。林冲等接着，都到大寨裏坐下。宋江把李應不肯相見，並杜興説的話對衆頭領説了。李逵便插口道：「好意送禮與他，那厮不肯出來迎接哥哥。我自引三百人去打開鳥莊，腦揪這厮出來拜見哥哥！」宋江道：「兄弟，你不省的：他是富貴良民，懼怕官府，如何造次肯與我們相見？」李逵笑道：「那厮想是個小孩子，怕見。」衆人一齊都笑起來。宋江道：「雖然如此説了，兩個兄弟陷了，不知性命存亡。你衆兄弟可竭力向前，跟我再去攻打祝家莊。」衆人都起身説道：「哥哥將令，誰敢不聽？不知教誰前去？」黑旋風李逵説道：定是大哥，暗中亦猜得着。「你們怕小孩子，我便前去。」宋江道：「你做先鋒不利，今番用你不着。」此篇每以閑筆寫李逵氣悶，令讀者絶倒。李逵低了頭忍氣。宋江便點馬麟、鄧飛、歐鵬、王矮虎四個，「跟我親自做先鋒去」；第二點戴宗、秦明、楊雄、石秀、李俊、張横、張順、白勝，準備下水路用人；第三點林冲、花榮、穆弘、李逵，分作兩路策應。衆軍標撥已定，都飽食了，披挂上馬。

且説宋江親自要去做先鋒，攻打頭陣。前面打着一面大紅帥字旗，一面紅旗，引出兩面白旗。引着四個頭領，一百五十騎馬軍，一千步軍，殺奔祝家莊來。直到獨龍岡前，宋江勒馬，看那祝家莊上颭起兩面白旗，旗上明明繡着十四個字道：「填平水泊擒晁蓋，踏破梁山捉宋江」。極寫祝彪可人。當下宋江在馬上，心中大怒，設誓道：「我若打不得祝家莊，永不回梁山泊！」衆頭領看了，一齊都怒起來。宋江聽得後面人馬都到了，留下第二撥頭領攻打前門，寫得明畫。宋江自引了前部人馬，轉過獨龍岡後面，來看祝家莊時，後面都是銅牆鐵壁，把得嚴整。

正看之時，只見直西一彪軍馬，吶着喊[一]，從後殺來。三莊相聯，殊難布筆。先以一段按下李應，次作一番先寫扈家，是皆耐庵匠心運成，非易搆之筆也。宋江留下馬麟、鄧飛，把住祝家莊後門，寫得明畫。自帶了歐鵬、王矮虎，分一半人馬前來迎接。山坡下，來軍約有二三十騎馬軍，當中簇擁着一員女將，正是扈家莊女將一丈青扈三娘。一騎青驄馬上，加一「青」字，便覺青極。輪兩口日月雙刀，引着三五百莊客，前來祝家莊策應。宋江道：「剛説扈家莊有這個女將好生了得，想來正是此人。誰敢與他迎敵？」説猶未了，只見這王矮虎是個好色之徒，親迎則得妻，不親迎則不得妻，必親迎乎？聽得説是個女將，指望一合便捉得過來。當時喊了一聲，驟馬向前，挺手中鎗，便出迎敵。兩軍吶喊，那扈三娘拍馬舞刀來戰王矮虎。一個雙刀的熟閑，一個單鎗的出衆，忽作戲論。兩個鬥敵十數合之上。宋江在馬上看時，見王矮虎鎗法架隔不住。原來王矮虎初見一丈青，恨不得便捉過來，誰想鬥過十合之上，看看的手顫脚麻，鎗法便都亂了。不是兩個性命相撲時，王矮虎却要做光起來。絶倒。那一丈青是個乖覺的人，心中

[一]「吶」，貫華堂本、葉瑤池本作「納」，據王望如評本改。

道：「這廝無理！」便將兩把雙刀直上直下砍將入來。這王矮虎如何敵得過？撥回馬却待要走，被一丈青縱馬趕上，把右手刀挂了，輕舒粉臂，將王矮虎提脱雕鞍。衆莊客齊上，横拖倒拽，活捉去了。

歐鵬見捉了王英，疾接出歐鵬。【眉批】歐鵬。便挺鎗來救。一丈青縱馬跨刀，接着歐鵬，兩個便鬥。原來歐鵬祖是軍班子弟出身，使得好一條鐵鎗。如此忙，又有閑筆寫歐鵬武藝。宋江看了，暗暗的喝采。怎的歐鵬鎗法精熟，也敵不得那女將半點便宜。鄧飛在遠遠處忽插出鄧飛。看見捉了王矮虎，歐鵬又戰那女將不下，跑着馬，舞起一條鐵鍊，大發喊趕將來。鄧飛本欲助歐鵬戰三娘，却因祝龍來取宋江，便疾退轉保護；此發喊趕來，乃在半道，寫得迅疾駭人。祝家莊上已看多時，誠恐一丈青有失，慌忙放下吊橋，開了莊門，祝龍彼軍添出祝龍。親自引了三百餘人，驟馬提鎗來捉宋江。不説助三娘，却説捉宋江，迅疾駭人。馬麟看見，疾接出馬麟。【眉批】馬麟。一騎馬使起雙刀，來迎住祝龍厮殺。亦不説救宋江，却説戰祝龍；馬麟迎住祝龍，而鄧飛疾回保護。筆筆迅疾駭人。鄧飛恐宋江有失，疾掣轉鄧飛。不離左右。看他兩邊厮殺，喊聲迭起。宋江見馬麟鬥祝龍不過，馬麟、祝龍一對。歐鵬鬥一丈青不下，歐鵬、三娘一對。正慌哩，只見一彪軍馬從刺斜裏殺將來。宋江看時大喜，却是霹靂火秦明，忽轉出秦明。【眉批】秦明。聽得莊後厮殺，前來救應。宋江大叫：「秦統制，你可替馬麟！」秦明是個急性的人，更兼祝家莊捉了他徒弟黄信，正没好氣，如此忙，又有閑筆寫秦明心事。拍馬飛起狼牙棍，便來直取祝龍。祝龍也挺鎗來敵秦明，馬麟引了人却奪王矮虎。那一丈青看見了馬麟來奪人，便撇了歐鵬，却來接住馬麟厮殺。兩個都會使雙刀，馬上相迎着，正如風飄玉屑，雪撒瓊花，宋江看得眼也花了。秦明直取祝龍，便已替下馬麟；乃馬麟偏不歸陣，却去救奪矮虎；三娘見來奪人，便反撇了歐鵬，來戰馬麟。一番接換，忽變出四口刀來，迅疾駭人，不獨宋江眼花也。

這邊秦明和祝龍，鬥到十合之上，祝龍如何敵得秦明過？莊門裏面那教師欒廷玉，彼軍添出欒廷玉。帶了鐵錘，上馬挺鎗，殺將出來。歐鵬便來迎住欒廷玉厮殺。三娘方撇歐鵬，歐鵬恰迎廷玉，迅疾駭人。欒廷玉也不來交馬，帶住鎗時，刺斜裏便走。歐鵬趕將去，被欒廷玉一飛錘，正打着，寫廷玉亦極迅疾。翻筋斗攧下馬去[一]。鄧飛大叫：「孩兒們救人！」疾接入鄧飛。舞着鐵鍊，徑奔欒廷玉。宋江急唤小嘍囉，救得歐鵬上馬。鄧飛捨宋江奔廷玉，宋江便得救歐鵬，迅疾駭人之極。那祝龍當敵秦明不住，拍馬便走。欒廷玉也撇了鄧飛，却來戰秦明。鄧飛捨宋江奔廷玉，廷玉却撇鄧飛戰秦明。筆筆迅疾駭人，不曾有點墨少停。兩個鬥了一二十合，不分勝敗。欒廷玉賣個破綻，落荒即走，秦明舞棍徑趕將去。欒廷玉便望荒草之中，跑馬入去。秦明不知是計，也追入去。原來祝家莊那等去處都有人埋伏，見秦明馬到，拽起絆馬索來，連人和馬都絆翻了，發聲喊，捉住了秦明。寫秦明被捉，亦極迅疾。鄧飛見秦明墜馬，疾趕上鄧飛。慌忙來救時，見絆馬索起，却待回身，兩下裏叫聲：「着！」撓鈎似亂麻一般搭來，就馬上活捉了去。寫鄧飛被捉，又極迅疾。○看廷玉撇了鄧飛，却戰秦明；及捉得秦明，便並捉得鄧飛。筆筆跳擲而去，非五指之所得搦

[一]「斗」，貫華堂本作「鬥」，據葉瑤池本改。

定也。宋江看見，只叫得苦，止救得歐鵬上馬。馬麟撇了一丈青，急奔來保護宋江，疾掣回馬麟。〇已上一番血戰，驟讀之，疑謂此以四人戰彼三人。及細讀之，而始知此四人者，段段除出一人，保護宋江，實止三人出戰也。真正才子，真正奇文。望南而走。背後欒廷玉、祝龍、一丈青分投趕將來。看看没路，正待受縛，只見正南上一個好漢飛馬而來，疾。背後隨從約有五百人馬。宋江看時，乃是没遮攔穆弘。忽飛出穆弘。【眉批】穆弘。東南上也有三百餘人，兩個好漢，飛奔前來：疾。一個是病關索楊雄，一個是拚命三郎石秀。又飛出楊雄、石秀。【眉批】楊雄、石秀。東北上又一個好漢，高聲大叫：「留下人着！」疾。宋江看時，乃是小李廣花榮。又飛出花榮。〇行文固有水窮雲起之法，不圖此處水到極窮，雲起極變也。使我讀之，頭目岑岑矣。【眉批】花榮。三路人馬一齊都到，宋江心下大喜，一發並力來戰欒廷玉、祝龍。莊上望見，恐怕兩個吃虧，且教祝虎守把住莊門，如此忙，又有閑筆頓此一句。小郎君祝彪騎一匹劣馬，使一條長鎗，自引五百餘人馬，從莊後殺將出來，彼軍又添出祝彪。一齊混戰。莊前李俊、張橫、張順又回顧到李俊、張橫、張順。下水過來，被莊上亂箭射來，不能下手。戴宗、白勝又補出戴宗、白勝。【眉批】李俊、張橫、張順、戴宗、白勝。只在對岸吶喊[一]。只補寫二段，亦復天搖地震。宋江見天色晚了，急叫馬麟先保護歐鵬出村口去。如此忙，用筆偏如此周折。宋江又教小嘍囉篩鑼，聚攏衆好漢，且戰且走。宋江自拍馬到處尋了看，只恐弟兄們迷了路。上來如此一篇奇文，真是

[一]「吶」，貫華堂本、葉瑶池本作「納」，據王望如評本改。

天崩地塌、山摇海嘯，非復目光所照、心魂所知矣。讀至此句，方圖少得休息，不意下文一轉，忽然興精作怪，重出奇情。才子之筆，千載無兩。

正行之間，只見一丈青飛馬趕來。迅疾駭人。宋江措手不及，便拍馬望東而走。迅疾駭人。背後一丈青緊追着，八個馬蹄翻盞撒鈸相似，迅疾駭人。趕投深村處來。一丈青正趕上宋江，待要下手，迅疾駭人。只聽得山坡上有人大叫道：「那鳥婆娘趕我哥哥那裏去？」宋江看時，却是黑旋風李逵，無數好漢莫不各出死力，血戰至深，乃至戴宗、白勝亦復收拾已畢，却于不意中獨漏一李逵。至此忽然跳出，奇情奇文。不知其先構局、後下筆，先下筆、後變局也。【眉批】李逵。輪兩把板斧，引着七八十個小嘍囉，大踏步趕將來。連日悶悶，此得一吐。一丈青便勒轉馬，望這樹林邊去。宋江也勒住馬看時，只見樹林邊轉出十數騎馬軍來，當先簇擁着一個壯士，正是豹子頭林冲，收拾衆人已畢，忽然漏一李逵，已屬意外之事，不謂還有一林冲也。才子奇情，我直無以測之矣。【眉批】林冲。在馬上大喝道：「兀那婆娘，走那裏去！」一丈青飛刀縱馬，直奔林冲，林冲挺丈八蛇矛迎敵。兩個鬥不到十合，林冲賣個破綻，放一丈青兩口刀砍入來。林冲把蛇矛逼個住，兩口刀逼斜了，趕攏去，輕舒猿臂，款扭狼腰，把一丈青只一拽，活挾過馬來。頭上活捉矮虎過去，尾上活捉三娘過來。是役也，只是夫妻二人交易而退，爲之失笑。宋江看見，喝聲采，不知高低。林冲叫軍士綁了，驟馬向前道：「不曾傷犯哥哥麽？」宋江道：「不曾傷着。」便叫李逵快走村中，接應衆好漢，「且教來村口商議；天色已晚，不可戀戰。」黑旋風領本部人馬去了。林冲保護宋江，押着一丈青在馬上，取路出村口來。當晚衆頭領不得便宜，急急都趕出村口來。祝家莊人馬也收回莊上去了，滿村中殺死的人不計其數。祝龍教把捉到的人都將來陷車囚了，一發拿了宋江，却解上東京去請功。扈家莊已把王矮虎解送到祝家莊去了。

且説宋江收回大隊人馬，到村口下了寨柵，先教將一丈青過來，「先教」妙。喚二十個老成的小嘍囉，「老成」妙。着四個頭目，騎四匹快馬，「快馬」妙。把一丈青拴了雙手，也騎一匹馬，「連夜與我送上梁山泊去，「連夜」妙。交與我父親宋太公收管，交太公妙。便來回話。便回話妙。待我回山寨，自有發落。「待我」妙。」〇字字都成妙語。衆頭領都只道宋江自要這個女子，盡皆小心送去。先把一輛車兒教歐鵬上山去將息。細匝。一行人都領了將令，連夜去了。宋江其夜在帳中納悶，一夜不睡，坐而待旦。妙，絶倒。〇一篇天摇地震文字之後，忽作此風致煞尾。奇筆妙筆，總出常人意外。

次日，只見探事人報來説：「軍師吴學究引將三阮頭領並吕方、郭盛，帶五百人馬到來。」宋江聽了，出寨迎接了軍師吴用，到中軍帳裏坐下。吴學究帶將酒食來，與宋江把盞賀喜，何喜可賀？下文又未及詳，遂令讀者無不疑爲一丈青也。一面犒賞三軍衆將。吴用道：「山寨裏晁頭領多聽得哥哥先次進兵不利，特地使將吴用並五個頭領來助戰。不知近日勝敗如何？」宋江道：「一言難盡。叵耐祝家那廝，他莊門上立兩面白旗，寫道：『填平水泊擒晁蓋』，『踏破梁山捉宋江』。這廝無禮！先一遭進兵攻打，因爲失其地利，折了楊林、黄信；夜來進兵，又被一丈青捉了王矮虎，欒廷玉鎚打傷了歐鵬，絆馬索拖翻捉了秦明、鄧飛。如此失利，若不得林教頭恰活捉得一丈青時，折盡鋭氣！今來似此，如之奈何？若是宋江打不得祝家莊破，救不出這幾個兄弟來，情願自死于此地，也無面目回去見得晁蓋哥哥！」

吳學究笑道:「這個祝家莊也是合當天敗。恰好有這個機會,吳用想來,事在旦夕可破。」宋江聽罷,十分驚喜,連忙問道:「這祝家莊如何旦夕可破?機會自何而來?」吳學究笑着,不慌不忙,叠兩個指頭,説出這個機會來。正是:空中伸出拿雲手,救出天羅地網人。畢竟軍師吳用説出甚麽機會來,且聽下回分解。

第五才子書施耐庵水滸傳卷之五十三

聖歎外書

第四十八回　解珍解寶雙越獄　孫立孫新大劫牢

千軍萬馬後，忽然飈去，别作湍悍娟致之文，令讀者目不暇易。

樂和説：「你有個哥哥。」解珍却説：「我有個姐姐。」樂和所説「哥哥」，乃是娘面上來；解珍所説「姐姐」，却自爺面上起。樂和説起哥哥，樂和却是他的妻舅；解珍説起姐姐，解珍又是他兄弟的妻舅。無端撮弄出一派親戚，却又甜筆浄墨，絶無困蠢彭亨之狀。

昨讀《史記》霍光與去病兄弟一段，歎其妙筆，今日又讀此文也。

「賴」字，出《左傳》；賴人姓毛，出《大藏》。然此族今已蔓延天下矣，如之何！

話説當時吴學究對宋公明説道：「今日有個機會，却是石勇面上來投入夥的人，又與欒廷玉那厮最好，亦是楊林、鄧飛的至愛相識。他知道哥哥打祝家莊不利，特獻這條計策來入夥，以爲進身之禮，隨後便至。五日之内，可行此計，却是好麽？」宋江聽了，大喜道：「妙哉！」方纔笑逐顔開。

原來這段話，正和宋公明初打祝家莊時一同事發。如此風急火急之文，忽然一閣閣起，却去另叙一事，見其才大如海也。○欲賦天台山，却指東海霞，真是奇情恣筆。乃是山東海邊有個州郡，唤做登州。登州城外有一座山，山上多有豺狼虎豹，出來傷人。因此登州知府拘集獵户，當廳委了杖限文書，捉捕登州山上大蟲；又仰山前山後里正之家，也要捕虎文狀；限外不行解官，痛責枷號不恕。

且説登州山下有一家獵户，弟兄兩個：哥哥唤做解珍，兄弟唤做解寶。弟兄兩個都使渾鐵點鋼叉，有一身驚人的武藝，當州裏的獵户們都讓他第一。那解珍一個綽號唤做「兩頭蛇」，這解寶綽號叫做「雙尾蝎」。二人父母俱亡，不曾婚娶。只八個字，寫得二解單兄隻弟，更無一絲半綫。入後忽然因親及親，牽出許多繩索來，又是一樣方法。那哥哥七尺以上身材，紫棠色面皮，腰細膀闊；寫出好漢。這兄弟更是利害，也有七尺以上身材，面圓身黑，兩隻腿上刺着兩個飛天夜叉，有時性起，恨不得拔樹摇山，騰天倒地。寫出好漢。那弟兄兩個當官受了甘限文書，回到家中，整頓窩弓、藥箭、弩子、鎲叉。穿了豹皮袴、虎皮套體，拿了鐵叉，詳悉寫之，以見二解得虎之難，而毛之賴之爲不仁也。○今世之前人心竭力盡，而後人就口便吞者，亦豈少哉！兩個徑奔登州山上。下了窩弓，去樹上等了一日。不濟事了，得虎之難如此。收拾窩弓下去。次日，又帶了乾糧，再上山伺候。看看天晚，弟兄兩個再把窩弓下了，爬上樹去，直等到五更，又没動静。得虎之難如此。兩個移了窩弓，却來西山邊下了，坐到天明，又等不着。得虎之難如此。兩個心焦，説道：「限三日内要納大蟲，遲時須用受責，却是怎地好？」兩個到第三日夜，伏至四更時分，不覺身體困倦，兩個背廝靠着且睡。一路皆極寫得虎之苦。未曾合眼，忽聽得窩弓發響。兩個跳將起來，拿了鋼叉，四下裏看時，只見一個大蟲中了藥箭，在那地上滾。寫大蟲入園，亦不是一筆，妙。兩個撚着鋼叉向前來，那大蟲見了人來，帶着箭便走。第一句是「滾」，第二句是「走」，第三句方是入園裏去，妙。兩個追將向前去，不到半山裏時，藥力透來，那大蟲當不住，吼了一聲，「骨渌渌」滾將下山去了。上得虎不作一筆，此失虎亦不作一筆。可見文無大小，皆無浪筆。解寶道：「好了！我認得這山是毛太公莊後園裏，我和你下去他家取討大蟲。」當時弟兄兩個提了鋼叉，細。徑下山來，投毛太公莊上敲門。此時方纔天明，兩個敲開莊門入去，莊客報與太公知道。○今日此族最盛。

多時，事不佳矣。毛太公出來。解珍、解寶放下鋼叉，細。聲了喏，説道：「伯伯，多時不見，今日特來拜擾。」毛太公道：「賢侄，如何來得這等早？有甚話説？」解珍道：「無事不敢驚動伯伯睡寢。如今小侄因爲官司委了甘限文書，要捕獲大蟲。一連等了三日，今早五更射得一個，不想從後山滾下在伯伯園裏。望煩借一路，取大蟲則個。」毛太公道：「不妨。二字是口頭便語，而小人之奸猾者，尤説之最熟。既是落在我園裏，二位且少坐。敢是肚饑了？吃些早飯去取。」可見早飯不可亂吃。叫莊客且去安排早膳來相待，當時勸二位吃了酒飯。又多時。解珍、解寶起身謝道：「感承伯伯厚意，望煩引去取大蟲還小侄。」毛太公道：「既是在我莊後，却怕怎地？且坐吃茶，吃飯後又吃茶，皆極其挪延。却去取未遲。」解珍、解寶不敢相違，只得又坐下，莊客拿茶來教二位吃了。又多時。毛太公道：「如今和賢侄去取大蟲。」解珍、解寶道：「深謝伯伯。」

毛太公引了二人，入到莊後，方叫莊客把鑰匙來開門，「入到莊後方叫」妙，便活寫出老奸矣。百般開不開。又多時。毛太公道：「這園多時不曾有人來開，敢是鎖鏽了，活寫老奸。○只合應云不是。因此開不得。去取鐵錘來，打開了罷。」莊客身邊取出鐵錘，鑰匙便到了方討，鐵錘便身邊取出，皆極力寫出老奸敗筆。打開了鎖，衆人都入園裏去看時，遍山邊去看尋不見。毛太公道：「賢侄，你兩個莫不錯看了，認不仔細？敢不曾落在我園裏？」看他一路漸漸賴來。解珍道：「怎地得我兩個錯看了？是這裏生長的人，如何不認得？」毛太公道：「你自尋便了，有時自擡去。」上猶作通長商量語，此漸作白眼冷看語矣。毛口毛舌，真是寫來如畫。解寶道：「哥哥，你且來看：如畫。這裏一帶草，滚得平平地都倒了，一證。又有血路在上頭，二證。○看此二句，便知二解不是無端來賴毛家，且令下文苦要還虎，便更無商量也。如何説不在這裏？必是伯伯家莊客擡過了。」先指莊客，後斥太公，討虎亦不作一筆。【眉批】毛、解爭虎，一聲一口，是一篇絶妙小文字。毛太公道：「你休這等説！我家莊上的人如何得知有大蟲在園裏，便又擡得過？你也須看見，方纔當面敲開鎖來，看他説得極乾净，便如活畫。和你兩個一同入園裏來尋。你如何這般説話！」解珍道：「伯伯，你須還我這個大蟲去解官。」上猶云「莊客擡過」，此竟云「你須還我」，其辭漸迫。毛太公道：「你這兩個好無道理！我好意請你吃酒飯，酒飯便作話本。老奸可畏可醜，每每如此。你顛倒賴我大蟲！」解寶道：「有甚麽賴處！你家也見當里正，官府中也委了甘限文書，却没本事去捉。倒來就我見成，真是毒極。你倒將去請功，教我兄弟兩個吃限棒！真是毒極。」毛太公道：「你吃限棒，干我甚事！」老奸可畏，上猶賴，至此竟不復賴矣。解珍、解寶睜起眼來，便道：「你敢教我搜一搜麽？」毛太公道：「我家比你家？寫老奸相凌之語，如畫。各有内外！你看這兩個叫化頭，不知教誰看，活畫老奸聲口。○句句明欺之。倒來無禮！」解寶搶近廳前，尋不見，心中火起，便在廳前打將起來；解珍也就廳前攀折欄杆，打將入去。毛太公叫道：「解珍、解寶白晝搶劫！」看他只叫出八個字，而喝其名字、喝其罪狀，字無虚發，活畫老奸。那兩個打碎了廳前椅桌，見莊上都有準備，兩個便拔步出門，指着莊上罵道：「你賴我大蟲，和你官司裏去理會！」

那兩個正罵之間，只見兩三匹馬投莊上來，引着一夥伴當。解珍認得是毛太公兒子毛仲義，雖姓毛，幸名義，疑尚可訴也。其又孰知雖錫嘉名，實承惡教，父子不義，同惡相濟也哉！甚矣！名之不足以定人，而仁義忠信，徒欺我也。○名之佳者莫如霍去病、辛棄疾、晁无咎、張无垢，皆以改過自勉。其他以好字立名者，我見其人矣！接着説道：「你家莊上莊客，仍舊托辭莊客，寫二解未嘗無禮。捉過了我大蟲；你爹不討還我，顛倒要打我弟兄兩個。」毛仲義道：「這厮村人不省事，我父親必是被他們瞞過了。你兩個不要發怒，隨我到家裏，宛然留吃早飯、鐵鏈打鎖教法。討還你便了。」解珍、解寶謝了毛仲義，叫開莊門，教他兩個進去。待得解珍、解寶入得門來，疾。便叫關上莊門，疾。喝一聲：「下手！」疾。兩廊下走出二三十個莊客，並恰纔馬後帶來的都是做公的。疾。那兄弟兩個措手不及，衆人一發上，把解珍、解寶綁了。疾。○有是父，有是子。毛仲義道：「我家昨夜自射得一個大蟲，看他說。如何來白賴我的！乘勢搶擄我家財，打碎家中什物，當得何罪？解上本州，也與本州除了一害！」

原來毛仲義五更時，先把大蟲解上州裏去了，却帶了若干做公的來捉解珍、解寶。不想他這兩個不識局面，正中了他的計策，注一通，此又一文法也。分説不得。毛太公教把他兩個使的鋼叉一，做一包贜物，二。○贜物上寫一「做」字，令人失笑。扛擡了許多打碎的家火什物，三。將解珍、解寶剥得赤條條地，背剪綁了，解上州裏來。本州有個六案孔目，姓王，名正，又是一個好名字人。却是毛太公的女婿，村中既有毛男，州裏又有毛女。毛頭毛腦既多，而毛手毛脚遂不可當矣。○此篇寫得因親及親，如此句，亦是先襯一筆也。已自先去知府面前禀説了。纔把解珍、解寶押到廳前，不由分説，捆翻便打，定要他兩個招做混賴大蟲，各執鋼叉，因而搶擄財物。解珍、解寶吃拷不過，只得依他招了。知府教取兩面二十五斤的重枷來枷了，釘下大牢裏去。毛太公、毛仲義自回莊上，商議道：「這兩個男女却放他不得！不若一發結果了他，免致後患。」當時子父二人自來州裏，分付孔目王正：「與我一發斬草除根，了此一案。我這裏自行與知府透打關節。」

却説解珍、解寶押到死囚牢裏，引至亭心上來，亭心一見。見這個節級。爲頭的那人姓包，名吉，又是一個好名字人。○極貪鄙人却名「義」，極奸邪人却名「正」，極凶惡人却名「吉」，可歎可笑。已自得了毛太公銀兩，並聽信王孔目之言，教對付他兩個性命，便來亭心裏坐下。亭心。小牢子對他兩個説道：「快過來跪在亭子前！」看他特地將亭子寫一番。包節級喝道：「你兩個便是甚麽兩頭蛇、雙尾蝎，是你麽？」解珍道：「雖然别人叫小人們這等混名，實不曾陷害良善。」其語隱然相刺，亦真有兩頭蛇、雙尾蝎之能。包節級喝道：「你這兩個畜生！今番我手裏，教你兩頭蛇做一頭蛇，雙尾蝎做單尾蝎！且與我押入大牢裏去！」那一個小牢子，把他兩個帶在牢裏來。見没人，那小節級便道：「你兩個認得我麽？我是你哥哥的妻舅。」遥遥賢親，憑空而墜。解珍道：「我只親弟兄兩個，别無那個哥哥。」故作一折，文瀾横溢。○一哥哥不肯認，下却彎環枝蔓，牽出無數親戚，又是一樣文情。那小牢子道：「你兩個須是孫提轄的兄弟？」且置妻舅而辨哥哥，聲聲如話。【眉批】解、樂認親，一聲一口，是一篇絶妙小文字。解珍道：「孫提轄是我姑舅哥哥，第一句認哥哥。我却不曾與你相會。第二句不認哥哥妻舅。足下莫非是樂和舅？」第三句又忽然想出，聲聲如話。那小節級道：「正是。我姓樂，名和，祖貫茅州人氏。先祖挈家到此，將姐姐嫁與孫提轄爲妻。我自在此州裏勾當，做小牢子。人見我唱得好，都叫我做『鐵叫子』樂和。姐夫見我好武藝，也教我學了幾路鎗法在身。」

原來這樂和是一個聰明伶俐的人，諸般樂品學着便會，作事道頭知尾，説起鎗棒武藝，如糖似蜜價愛。好樂和。爲見解珍、解寶是個好漢，有心要救他，只是單絲不綫，孤掌難鳴，只報得他一個信。「只報一個信」句，與下「只央寄個信」句，閑中穿應，甚好。樂和説道：「好教你兩個得知：如今包節級得受了毛太公錢財，必然要害你兩個性命。你兩個却是怎生好？」解珍道：「你不説起孫提轄則休，你既説起他來，只央你寄一個信。」真是行到水窮，坐看雲起。而所起之雲，又止膚寸，不圖後文冉冉而興，騰龍降雨，作此奇觀也。樂和道：「你却教我寄信與誰？」解珍道：「我有個姐姐，樂和説你有個哥哥，解珍却云「我有個姐姐」。東穿西透，絶世文情。是我爺面上的，樂和所說「哥哥」，娘面上來；解珍所說「姐姐」，爺面上出。東穿西透，絶世文情。却與孫提轄兄弟爲妻，樂和算來是孫提轄妻舅，二解算來又是孫提轄兄弟妻舅。東穿西透，絶世文情。○上文先云父母雙亡，不謂父母面上却尋出如此一派親眷，真正絶世奇文。【眉批】親上叙親，極繁曲處偏清出如畫，史公《列傳》多有之。須留眼細讀，始盡其妙，無以小文而忽之也。見在東門外十里牌住。他是我姑娘的女兒，叫做『母大蟲』顧大嫂，開張酒店，家裏又殺牛開賭。我那姐姐，有三二十人近他不得。姐夫孫新這等本事，也輸與他。此本贊姐姐語，却連姐夫都贊出來，妙筆。○又似戲語，樂和妙人，定曾失笑。只有那個姐姐和我弟兄兩個最好。孫新、孫立的姑娘却是我母親，以此，他兩個又是我姑舅哥哥。上云孫提轄是我姑舅哥哥，此又云顧大嫂是我爺面上姐姐。誠恐讀者疑姑舅亦是爺面上親，便令妙文塞斷，故特特又自注一句。央煩得你暗暗地寄個信與他，把我的事說知，姐姐必然自來救我。」

樂和聽罷，分付說：「賢親，你兩個且寬心着。」先去藏些燒餅肉食，來牢裏開了門，把與解珍、解寶吃了；推了事故，鎖了牢門，教別個小節級看守了門，一徑奔到東門外，望十里牌來。早望見一個酒店，門前懸挂着牛羊等肉，後面屋下，一簇人在那裏賭博。如畫。樂和見酒店裏一個婦人坐在櫃上，心知便是顧大嫂，走向前唱個喏，道：「此間姓孫麼？」顧大嫂慌忙答道：「便是。足下却要沽酒？却要買肉？如要賭錢，後面請坐。」接連三句，遂令樂和之來，真乃甚風吹到。樂和道：「小人便是孫提轄妻弟樂和的便是。」顧大嫂笑道：「原來却是樂和舅，可知尊顔和姆姆一般模樣。此句妙，不惟爲樂大娘子作引，亦寫出樂和人物標致也。且請裏面拜茶。」樂和跟進裏面，客位裏坐下。顧大嫂便動問道：「聞知得舅舅在州裏勾當，家下窮忙少閑，不曾相會。是親戚中語。今日甚風吹得到此？」樂和答道：「小人無事，也不敢來相惱。今日廳上偶然發下兩個罪人進來，雖不曾相會，是親戚中語。多聞他的大名：一個是兩頭蛇解珍，一個是雙尾蝎解寶。」顧大嫂道：「這兩個是我的兄弟，不知因甚罪犯，下在牢裏？」樂和道：「他兩個因射得一個大蟲，被本鄉一個財主毛太公賴了，又把他兩個强紐做賊，搶擄家財，解入州裏來。他又上上下下都使了錢物，早晚間要教包節級牢裏做翻他兩個，結果了性命。小人路見不平，獨力難救。只想一者占親，二乃義氣爲重，特地與他通個消息。他説道，只除是姐姐便救得他。若不早早用心着力，難以救拔。」

顧大嫂聽罷，一片聲叫起苦來，一篇寫顧大嫂，全用不着「窈窕淑女」四字。便叫火家：「快去尋得二哥家來説話。」這幾個火家去不多時，尋得孫新歸來，與樂和相見。原來這孫新，祖是瓊州人氏，軍官子孫，因調來登州駐扎，弟兄就此爲家。孫新生得身長力壯，全學得他哥哥的本事，使得幾路好鞭鎗，因此多人把他弟兄兩個比尉遲恭，叫他做「小尉遲」。連哥説弟。顧大嫂把上件事對孫新説了，孫新道：「既然如此，教舅舅先回去。他兩個已下在牢裏，全望舅舅看覷則個。我夫妻商量個長便道理，却徑來相投。」樂和道：「但有用着小人處，儘可出力向前。」顧大嫂置酒相待已了，將出一包碎銀，付與樂和道：「煩舅舅將去牢裏，散與衆人並小牢子們，好生周全他兩個弟兄。」樂和謝了，收了銀兩，自回牢裏來替他使用，不在話下。

且説顧大嫂和孫新商議道：「你有甚麽道理，救我兩個兄弟？」孫新道：「毛太公那廝，有錢有勢。他防你兩個兄弟出來，須不肯干休，定要做翻了他兩個[一]，似此必然死在他手。若不去劫牢，别樣也救他不得。」顧大嫂道：「我和你今夜便去。」「我和你」妙，「今夜便去」妙，真乃目無難事。○亦可號之爲「母旋風」，意思實與李逵無二。孫新笑道：「你好粗鹵！我和你也要算個長便，劫了牢，也要個去向。若不得我那哥哥樂和本説哥哥，解珍忽説姐姐；樂和尋着姐姐，孫新仍挽到哥哥。筆筆盤旋，處處跌打，妙絶妙絶。和這兩個人時，又于許多親戚外，添出兩個人。行不得這件事。」顧大嫂道：「這兩個是誰？」孫新道：「便是那叔侄兩個最好賭的鄒淵、鄒閏，十五字一句，便如兩人在紙背踢跳而出。如今見在登雲山臺峪裏聚衆打劫。他和我最好，若得他兩個相幫，此事便成。」顧大嫂道：「登雲山離這裏不遠，你可連夜去請他叔侄兩個來商議。」孫新道：「我如今便去。你可收拾了酒食肴饌，我去定請得來。」顧大嫂分付火家宰了一口猪，鋪下數盤果品按酒，排下桌子。

天色黄昏時候，只見孫新引了兩籌好漢歸來。那個爲頭的姓鄒，名淵，原是萊州人氏；自小最好賭錢，閑漢出身，爲人忠良慷慨；更兼一身好武藝，性氣高强，不肯容人，江湖上唤他綽號「出林龍」。寫出好漢。第二個好漢，名唤鄒閏，是他侄兒，年紀與叔叔彷彿，二人争差不多；身材長大，天生一等異相，腦後一個肉瘤；往常但和人争鬧，性起來，一頭撞去。忽然一日，一頭撞折了澗邊一株松樹，看的人都驚呆了，因此都唤他做「獨角龍」。寫出好漢。當

[一]「翻」，金評各本均作「番」，據明容與堂本改。

時顧大嫂見了，請入後面屋下坐地，却把上件事告訴與他。次後商量劫牢一節，鄒淵道：「我那裏雖有八九十人，只有二十來個心腹的。明日幹了這件事，便是這裏安身不得了。我却有個去處，我也有心要去多時，只不知你夫婦二人肯去麽？」顧大嫂道：「遮莫甚麽去處，都隨你去，只要救了我兩個兄弟。」寫顧大嫂何等肝腸。鄒淵道：「如今梁山泊十分興旺，宋公明大肯招賢納士。他手下見有我的三個相識在彼，一個是錦豹子楊林，已被祝家捉去。一個是火眼狻猊鄧飛，亦已被祝家捉去。一個是石將軍石勇，此在山泊邊開店。○先一映出。都在那裏入夥了多時。我們救了你兩個兄弟，都一發上梁山泊，投奔入夥去如何？」顧大嫂道：「最好。有一個不去的，我便亂鎗戳死他！」寫顧大嫂，活是黑旋風。鄒閏道：「還有一件：我們倘或得了人，誠恐登州有些軍馬追來，如之奈何？」孫新道：「我的親哥哥，見做本州兵馬提轄。如今登州只有他一個了得，得此一語，後便省手。幾番草寇臨城，都是他殺散了，到處聞名。不惟表出孫立本事，亦遂爲對調張本也。我明日自去請他來，要他依允便了。」鄒淵道：「只怕他不肯落草。」孫新説道：「我自有良法。」

當夜吃了半夜酒，歇到天明，留下兩個好漢在家裏。却使一個火家帶領了一兩個人，推一輛車子：「快去城中營裏，請我哥哥孫提轄並嫂嫂樂大娘子，説道：『家中大嫂害病沉重，便煩來家看覷。』」顧大嫂又分付火家道：「只説我病重臨危，有幾句緊要的話，須是便來，只有一番相見囑付。」大蟲口中又能作此情語，奇妙無比。○我年雖幼，而眷屬凋傷獨爲至多。驟讀此言，不覺淚下。火家推車兒去了。孫新專在門前伺候，等接哥哥。飯罷時分，遠遠望見車兒來了，遠望如畫。載着樂大娘子，近睹如畫。背後孫提轄騎着馬，十數個軍漢跟着，遠望是車，車上是樂大娘子，樂大娘子背後是孫提轄，孫提轄背後是軍漢。寫得一行如畫。○非畫來人，畫望來人者也。望十里牌來。孫新入去，報與顧大嫂得知，說：「哥嫂來了。」顧大嫂分付道：「只依我如此行。」孫新出來，接見哥嫂。且請嫂嫂下了車兒，同到房裏看視弟媳婦病症。

孫提轄下了馬，入門來，端的好條大漢：淡黄面皮，是「病」。落腮鬍鬚，是「尉遲」。八尺以上身材；是「尉遲」。姓孫，名立，綽號「病尉遲」；射得硬弓，騎得劣馬，使一管長鎗，腕上懸一條虎眼竹節鋼鞭，是「尉遲」。海邊人見了望風便跌。寫出好漢。當下病尉遲孫立下馬來，進得門，便問道：「兄弟，嬸子害甚麽病？」孫新答道：「他害的症候甚是蹺蹊，請哥哥到裏面説話。」孫立便入來。孫新分付火家，着這夥跟馬的軍士去對門店裏吃酒。精細。便教火家牽過馬，請孫立入到裏面來坐下。

良久，孫新道：「請哥哥嫂嫂去房裏看病。」孫立同樂大娘子入進房裏，見没有病人。孫立問道：「嬸子病在那裏房内？」只見外面走入顧大嫂來，鄒淵、鄒閏跟在背後。寫得奇絶。孫立道：「嬸子，你正是害甚麽病？」顧大嫂道：「伯伯拜了，萬福一句，亦與尋常婦人不同。我害些救兄弟的病。」四百四病中，未聞有此症。筆勢踢跳之極。孫立道：「却又作怪！救甚麽兄弟？」顧大嫂道：「伯伯，你不要推聾妝啞，口未開，便責之，活是黑旋風意思。你在城中，豈不知道他兩個不出姓名，妙絶。是我兄弟，偏不是你的兄弟！」上文兩番叙親，至此一句忽合，絶世文情。孫立道：「我並不知因由，是那兩個兄弟？」照上不出姓名句。顧大嫂道：「伯伯在上，今日事急，絶妙大嫂，字字讀之快。只得直言拜稟：這解珍、解寶被登雲山下毛太公與同王孔目設計陷害，早晚要謀他兩個性命。我如今和這兩個好漢商量已定，要去城中劫牢，救出他兩個兄弟，都投梁山泊入夥去。恐怕明日事發，先負累伯伯。因此我只推患病，請伯伯、姆姆到此，說個長便。若是伯伯不肯去時，我們自去上梁山泊去了。如今天下有甚分曉：走了的到没事，見在的便吃官司！常言道：『近火先焦』。伯伯便替我們吃官司坐牢，那時又没人送飯來救你，伯伯尊意若何？」孫立道：「我却是登州的軍官，怎地敢做這等事？」顧大嫂道：「既是伯伯不肯，我今日便和伯伯並個你死我活！」絶妙大嫂，佩服其言，可以愈瘧。

顧大嫂身邊便掣出兩把刀來，如火。鄒淵、鄒閏各拔出短刀在手。如火。孫立叫道：「嬸子且住！寫伯伯叫，襯出嬸嬸凶來。休要急速，待我從長計較，慢慢地商量。」樂大娘子驚得半晌做聲不得。閑筆能到。顧大嫂又道：「既是伯伯不肯去時，即便先送姆姆前行，我們自去下手。」孫立道：「雖要如此行時，也待我歸家去收拾包裹行李，看個虚實，方可行事。」顧大嫂道：「伯伯，你的樂阿舅透風與我們了，又牽出他內親，一時妙口妙手。一就去劫牢，一就去取行李不遲。」孫立歎了一口氣，說道：「你衆人既是如此行了，我怎地推却得？終不成日後倒要替你們吃官司！罷、罷、罷！都做一處商議了行！」先叫鄒淵去登雲山寨裏收拾起財物、馬匹，馬匹重。帶了那二十個心腹的人來店裏取齊，鄒淵去了。又使孫新入城裏來，問樂和討信，就約會了，暗通消息解珍、解寶得知。

次日，登雲山寨裏鄒淵收拾金銀已了，自和那起人到來相助；孫新家裏也有七八個知心腹的火家，並孫立帶來的十數個軍漢，共有四十餘人。孫新宰了兩個猪、一腔羊，衆人盡吃了一飽。顧大嫂貼肉藏了尖刀，扮做個送飯的婦人先去。絶妙大嫂，只「先去」二字，活是黑旋風意思。孫新跟着孫立，弟跟兄。鄒淵領了鄒閏，叔領侄。○兩句只十二字，又用一顛一倒，筆端乃妙之極。各帶了火家，分作兩路入去。綫索清出。

却説登州府牢裏，包節級得了毛太公錢物，只要陷害解珍、解寶的性命。當日，樂和拿着水火棍，正立在牢門裏獅子口邊。只聽得拽鈴子響，樂和道：「甚麼人？」顧大嫂應道：「送飯的婦人。」樂和已自瞧科了，便來開門，放顧大嫂入來，再關了門，將過廊下去。包節級正在亭心裏，亭心再見。看見便喝道：「這婦人是甚麽人？敢進牢裏來送飯！自古獄不通風！」樂和道：「這是解珍、解寶的姐姐，自來送飯。」包節級喝道：「休要教他入去，你們自與他送進去便了。」又作一勒。樂和討了飯，却來開了牢門，開了牢門。把與他兩個。解珍、解寶問道：「舅舅，夜來所言的事如何？」補出夜來暗約。樂和道：「你姐姐入來了，只等前後相應。」樂和便把匣床與他兩個開了。開了匣床。只聽的小牢子入來報道：「孫提轄敲門要走入來。」包節級道：「他自是營官，來我牢裏有何事幹？休要開門。」又作一勒。顧大嫂一踅，踅下亭心邊去。疾甚。○亭心。外面又叫道：「孫提轄焦躁了打門。」包節級忿怒，便下亭心來。亭心。顧大嫂大叫一聲：「我的兄弟在那裏？」其勢極凶，其聲極痛。令我嚇，又令我酸。身邊便掣出兩把明晃晃尖刀來。包節級見不是頭，望亭心外便走。亭心。解珍、解寶提起枷，從牢眼裏鑽將出來，疾甚。正迎着包節級。包節級措手不及，被解寶一枷梢打去，把腦蓋擗得粉碎。包吉完。

當時顧大嫂手起，早戳翻了三五個小牢子，一齊發喊，從牢裏打將出來。孫立、孫新兩個把住牢門，見四個從牢裏出來，一發望州衙前便走。想見其夜來定計，寫得疾甚。鄒淵、鄒閏早從州衙裏提出王孔目頭來。王正完，又疾甚。○只勤敘一邊，一邊只一句便足。一行人大喊，步行者在前，孫提轄騎着馬，彎着弓，搭着箭，壓在後面。寫得如火如錦。街上人家都關上門，不敢出來。又襯一句。州裏做公的人認得是孫提轄，誰敢向前攔當？又襯一句。衆人簇擁着孫立，奔出城門去，一直望十里牌來。扶攙樂大娘子上了車兒，「扶攙」二字，人知寫出閨房之秀，不知正反襯女中大蟲也。顧大嫂上了馬，幫着便行。妯娌絶倒。解珍、解寶對衆人道：「叵耐毛太公老賊寃家，如何不報了去！」是。○論事不報不快，論文不報不完。孫立道：「説得是。」便令兄弟孫新與舅舅樂和，先護持車兒前行着，是。「我們隨後趕來。」孫新、樂和簇擁着車兒，先行去了。孫立引着解珍、解寶、鄒淵、鄒閏並火家伴當，一徑奔毛太公莊上來。正值毛仲義與太公在莊上慶壽飲酒，「慶壽」妙絶，隨手成趣。却不隄備，一夥好漢，吶聲喊，殺將入去。就把毛太公、毛仲義並一門老小盡皆殺了，不留一個。毛太公、毛仲義完。○可謂殺得精光。去卧房裏搜簡得十數包金銀財寶，後院裏牽得七八匹好馬，馬匹重。把四匹捎帶馱載。解珍、解寶揀幾件好的衣服穿了，換去囚服，甚細。將莊院一把火齊放起燒了。各人上馬，帶了一行人，趕不到三十里路，早趕上車仗人馬，一處上路行程。于路莊户人家又奪得三五匹好馬，馬匹重。一行星夜奔上梁山泊去。

不一二日，來到石勇酒店裏。那鄒淵與他相見了，問起楊林、鄧飛二人。石勇説起：「宋公明去打祝家莊，二人都跟去，兩次失利。聽得報來説，楊林、鄧飛俱被陷在那裏，不知如何。備聞祝家莊三子豪傑，又有教師鐵棒欒廷玉相助，千丈游絲，忽然飄到。因此二次打不破那莊。」孫立聽罷，大笑道：「我等衆人來投大寨入夥，正没半分功勞。獻此一條計，去打破祝家莊，爲進身之報，如何？」石勇大喜道：「願聞良策。」孫立道：「欒廷玉和我是一個師父教的武藝。我學的鎗刀，他也知道；他學的武藝，我也盡知。我們今日只做登州對調來鄆州守把，經過來此相望，他必然出來迎接。我們進身入去，裏應外合，必成大事。此計如何？」正與石勇説計未了，只見小校報道：「吴學究下山來，前往祝家莊救應去。」鬥笋都緊簇。石勇聽得，便叫小校快去報知軍師，請來這裏相見。

説猶未了，已有軍馬來到店前，乃是吕方、郭盛並阮氏三雄，隨後軍師吴用帶領五百人馬到來。石勇接入店内，引着這一行人都相見了，備説投托入夥，獻計一節。吴用聽了大喜，説道：「既然衆位好漢肯作成山寨，且休上山，便煩疾往祝家莊，行此一事，成全這段功勞，如何？」孫立等衆人皆喜，一齊都依允了。吴用道：「小生如今人馬先去，衆位好漢隨後一發便來。」吴學究商議已了，先來宋江寨中。見宋公明眉頭不展，面帶憂容，吴用置酒與宋江解悶，備説起：石勇、楊林、鄧飛三個的一起相識，是登州兵馬提轄病尉遲孫立，和這祝家莊教師欒廷玉是一個師父教的。今來共有八人，投托大寨入夥，特獻這條計策，以爲進身之報。今已計較定了，裏應外合，如此行事：「隨後便來參見兄長。」宋江聽説罷大喜，把愁悶都撇在九霄雲外。忙叫寨内置酒，安排筵席，等來相待。

却說孫立教自己的伴當人等，跟着車仗人馬投一處歇下，只帶了解珍、解寶、鄒淵、鄒閏、孫新、顧大嫂、樂和，共是八人，來參宋江。都講禮已畢，宋江置酒設席管待，不在話下。吴學究暗傳號令與衆人，教第三日如此行，第五日如此行。分付已了，孫立等衆人領了計策，一行人自來和車仗人馬投祝家莊進身行事。再說吴學究道：「啓動戴院長到山寨裏走一遭，快與我取將這四個頭領來，又奇。〇跨節生枝，又一住法。我自有用他處。」不是教戴宗連夜來取這四個人來，有分教：水泊重添新羽翼，山莊無復舊衣冠。畢竟吴學究取那四個人來，且聽下回分解。

第五才子書施耐庵水滸傳卷之五十四

聖歎外書

第四十九回　吴學究雙掌連環計　宋公明三打祝家莊

三打祝家，變出三樣奇格，知其才大如海；而我之所尤爲歎賞者，如寫欒廷玉竟無下落。嗚呼，豈不怪哉！夫開莊門，放吊橋，三祝一欒一齊出馬，明明在紙，我得而讀之也。如之何三祝有殺之人，廷玉無死之地，從此一别，杳然無迹，而僅據宋江一聲歎惜，遂必斷之爲死也？吾聞昔者英雄，知可爲則爲之，知不可爲則瞥然颺去。譬如鷹隼擊物不中，而高飛遠引，深自滅迹者。如是等輩往往而有，即又惡知廷玉之不出此？如是，則廷玉當亦未死。然吾觀扈成得脱，終成大將，名在中興，不可滅没，彼豈真出廷玉上哉，而顯著若此；彼廷玉非終貧賤者，而獨不爲更出一筆，然則其死是役，信無疑也。所可異者，獨爲當日宋江之軍，林冲、李俊、阮二在東，花榮、張横、張順在西，穆弘、楊雄、李逵在南，而廷玉當先出馬，乃獨衝走正北。夫不取有將之三面，而獨取無將之一面，存此一句之疑，誠不能無未死之議。然吾獨謂三鼓一炮之際，四馬勢如嵎虎，使此時廷玉早有所見，力猶可以疾按三祝全軍不動，其如之何而僅以身遁，計出至下乎？此又其必死之明驗也。曰：「然則獨走正北無將之一面者，何也？」曰：「正北非無將之面也；宋江軍馬四面齊起，而不書正北，當是爲廷玉諱也。」蓋爲書之則必詳之，詳之而廷玉刀不缺、鎗不折，鼓不衰、箭不竭，即廷玉不至于死；廷玉而終亦至于必死，則其刀缺、鎗折、鼓衰、箭竭之狀，有不可言者矣。《春秋》爲賢者諱，故缺之而不書也。曰：「其並不書正北領軍頭領之名，何也？」曰：「爲殺廷玉則惡之也。」嗚呼，一欒廷玉死，而用筆之難至于如此，誰謂稗史易作、稗史易讀乎耶？

史進尋王教頭，到底尋不見，吾讀之胸前彌月不快；又見張青店中麻殺一頭陀，竟不知何人，吾又胸前彌月不快；至此忽然又失一欒廷玉下落，吾胸前又將不快彌月也。豈不知耐庵專故作此鶻突之筆，以使人氣悶。然我今日若使看破寓言，更不氣悶，便是辜負耐庵，故不忍出此也。

第二連環計，何其輕便簡淨之極！三打祝家一篇累墜文字後，不可無此捷如風、明如玉之筆，以揮灑之。

話說當時軍師吴用，啓煩戴宗道：「賢弟可與我回山寨去，取鐵面孔目裴宣、聖手書生蕭讓、通臂猿侯健、玉臂匠金大堅。玄之又玄，幾乎玄殺。可教此四人帶了如此行頭，連夜下山來，我自有用他處。」戴宗去了。

只見寨外軍士來報：「西村扈家莊上扈成，牽牛擔酒，特來求見。」宋江叫請入來。扈成來到中軍帳前，再拜懇告道：「小妹一時粗鹵年幼，不省人事，誤犯威顔。今者被擒，望乞將軍寬恕。奈緣小妹原許祝家莊上，前者不合奮一時之勇，陷于縲紲。如蒙將軍饒放，但用之物，當依命拜奉。」宋江道：「且請坐説話。祝家莊那厮，好生無禮，平白欺負俺山寨。因此行兵報讎，須與你扈家無冤。只是令妹引人捉了我王矮虎，因此還禮，拿了令妹。你把王矮虎放回還我，我便把令妹還你。」扈成答道：「不期已被祝家莊拿了這個好漢去。」吴學究便道：「我這王矮虎今在何處？」扈成道：「如今拘鎖在祝家莊上，小人怎敢去取？」宋江道：「你不去取得王矮虎來還我，如何能够得你令妹回去？」吴學究道：「兄長休如此説，忽然接來，一按按住，遂令祝家西臂亦斷，妙絶。只依小生一言：今後早晚祝家莊上但有些響亮，你的莊上切不可令人來救護。倘或祝家莊上有人投奔你處，你可就縛在彼。若是捉下得人時，那時送還令妹到貴莊。只是如今不在本寨，前日已使人送在山寨，奉養在宋太公處。你且放心回去，我這裏自有個道理。」扈成道：「今番斷然不敢去救應他。若是他莊上果有人來投我時，定縛來奉獻將軍麾下。」西臂已斷，寫得決絶。宋江道：「你若是如此，便强似送我金帛。」扈成拜謝了去。

孫立便把旗號上改换作「登州兵馬提轄孫立」，領了一行人馬，都來到祝家莊後門前。好。莊上墻裏，望見是登州旗號，報入莊裏去。欒廷玉聽得是登州孫提轄到來相望，説與祝氏三傑道：「這孫提轄是我弟兄，自幼與他同師學藝。今日不知如何到此？」帶了二十餘人馬，開了莊門，放下吊橋，開莊門，放吊橋。○此回勤寫莊門、吊橋，以爲一篇節目。出來迎接。孫立一行人都下了馬。衆人講禮已罷，欒廷玉問道：「賢弟在登州守把，如何到此？」孫立答道：「總兵府行下文書，對調我來此間鄆州守把城池，隄防梁山泊強寇。便道經過，聞知仁兄在此祝家莊，特來相探。本待從前門來，因見村口莊前俱屯下許多軍馬，是遠來不知頭路語。不好衝突。特地尋覓村里，從小路問到莊後，入來拜望仁兄。」欒廷玉道：「便是這幾時連日與梁山泊強寇廝殺，已拿得他幾個頭領在莊裏了。只要捉了宋江賊首，一並解官。天幸今得賢弟來此間鎮守，正如錦上添花，旱苗得雨。」孫立笑道：「小弟不才，且看相助捉拿這廝們，成全兄長之功。」欒廷玉大喜，當下都引一行人進莊裏來，再拽起了吊橋，關上了莊門。拽吊橋，關莊門。

孫立一行人安頓車仗人馬，更換衣裳，都在前廳來相見祝朝奉，與祝龍、祝虎、祝彪三傑都相見了，一家兒都在廳前相接。欒廷玉引孫立等上到廳上相見，講禮已罷，便對祝朝奉説道：「我這個賢弟孫立，綽號病尉遲，任登州兵馬提轄。今奉總兵府對調，他來鎮守此間鄆州。」祝朝奉道：「老夫亦是治下。」孫立道：「卑小之職，何足道哉。早晚也要望朝奉提携指教。」祝氏三傑相請衆位尊坐。孫立動問道：「連日相殺，征陣勞神。」祝龍答道：「也未見勝敗。衆位尊兄鞍馬勞神不易。」孫立便叫顧大嫂引了樂大娘子，叔伯姆兩個，去後堂拜見宅眷；好。喚過孫新、解珍、解寶參見了，説道：「這三個是我兄弟。」好。指着樂和便道：「這位是此間鄆州差來的公吏。」好。指着鄒淵、鄒閏道：「這兩個是登州送來的軍官。」好。祝朝奉並三子雖是聰明，却見他又有老小一。並許多行李、車仗、人馬，二。又是欒廷玉教師的兄弟，三。那裏有疑心？只顧殺牛宰馬，做筵席管待衆人飲酒。

過了一兩日，到第三日，提動。莊兵報道：「宋江又調軍馬殺奔莊上來了！」祝彪道：第一日，只寫祝彪出莊。「我自去上馬拿此賊！」便出莊門，放下吊橋，出莊門，放吊橋。引一百餘騎馬軍殺將出來。早迎見一彪軍馬，約有五百來人。當先擁出那個頭領，彎弓插箭，拍馬輪鎗，乃是小李廣花榮。祝彪見了，躍馬挺鎗，向前來鬥。花榮也縱馬來戰祝彪，兩個在獨龍岡前約鬥了十數合，不分勝敗。花榮賣個破綻，撥回馬便走。「賣個破綻，撥馬便走」，當知此日將令，原只要如此。俗本自增「引他趕來」四字，失之千里。祝彪正待要縱馬追去，背後有認得的，説道：「將軍休要去趕，恐防暗器，此人深好弓箭。」祝彪聽罷，便勒轉馬來不趕，領回人馬，投莊上來，拽起吊橋。投莊上，拽吊橋。看花榮時，已引軍馬回去了。可知將令。祝彪直到廳前下馬，進後堂來飲酒。孫立動問道：「小將軍，今日拿得甚賊？」祝彪道：「這厮們夥裏有個甚麼小李廣花榮，鎗法好生了得。鬥了五十餘合，那厮走了。我却待要趕去追他，軍人們道，那厮好弓箭，因此各自收兵回來。」孫立道：「來日看小弟不才，拿他幾個。」當日筵席上叫樂和唱曲，閑中點筆。衆人皆喜。至晚席散，又歇了一夜。

到第四日午牌，提動。忽有莊兵報道：「宋江軍馬又來在莊前了！」堂下祝龍、祝虎、祝彪三子都披挂了，出到莊前門外。第二日，寫三祝出莊。○出莊門。遠遠地聽得鳴鑼擂鼓，吶喊摇旗，對面早擺下陣勢。這裏祝朝奉坐在莊門上，左邊欒廷玉，右邊孫提轄，祝家三傑並孫立帶來的許多人伴，都擺在門邊。早見宋江陣上，豹子頭林冲高聲叫罵。祝龍焦躁，先祝龍。喝叫放下吊橋，放吊橋。綽鎗上馬，引一二百人馬，大喊一聲，直奔林冲陣上。莊門下擂起鼓來，兩邊各把弓弩射住陣脚。林冲挺起丈八蛇矛，和祝龍交戰，連鬥到三十餘合，不分勝敗。兩邊鳴鑼，各回了馬。可知將令。祝虎大怒，次祝虎。提刀上馬，跑到陣前，高聲大叫：「宋江決戰！」說言未了，宋江陣上早有一將出馬，乃是没遮攔穆弘來戰祝虎。兩個鬥了三十餘合，又没勝敗。可知將令。祝彪見了大怒，三祝彪。便綽鎗飛身上馬，引二百餘騎，奔到陣前。宋江隊裏病關索楊雄，一騎馬，一條鎗，飛搶出來戰祝彪。

孫立看見兩隊兒在陣前厮殺，心中忍耐不住，故意作此疑筆。便喚孫新：「取我的鞭鎗來，就將我的衣甲、頭盔、袍襖把來！」披挂了，牽過自己馬來。這騎馬，號「烏騅馬」。是尉遲。○此句乃補寫第四十八回「淡黄面皮」一段文。備上鞍子，扣了三條肚帶，腕上懸了虎眼鋼鞭，綽鎗上馬。祝家莊上一聲鑼響，孫立出馬在陣前。可知將令。宋江陣上，林冲、穆弘、楊雄都勒住馬，立于陣前。可知將令。孫立早跑馬出來，說道：「看小可捉這厮們！」孫立把馬兜住，喝問道：「你那賊兵陣上有好厮殺的，出來與我決戰！」宋江陣内鸞鈴響處，一騎馬跑將出來。衆人看時，乃是拚命三郎石秀來戰孫立。兩馬相交，雙鎗並舉，兩個鬥到五十合，孫立賣個破綻，讓石秀一鎗搠入來，虚閃一個過，把石秀輕輕的從馬上捉過來，直挾到莊前撇下，喝道：「把來縛了！」只如戲事。祝家三子把宋江軍馬一攪，都趕散了。一趕便散，可知將令。三子收軍，回到門樓下，見了孫立，衆皆拱手欽伏。孫立便問道：「共是捉得幾個賊人?」祝朝奉道:「起初先捉得一個時遷,次後拿得一個細作楊林,又捉得一個黄信;扈家莊一丈青捉得一個王矮虎;陣上拿得兩個:秦明、鄧飛;今番將軍又捉得這個石秀,這厮正是燒了我店屋的。共是七個了。」孫立道:「一個也不要壞他。妙,只如戲事。快做七輛囚車裝了,與些酒飯,將養身體。休教餓損了他,不好看。只如戲事,讀之失笑。他日拿了宋江,一並解上東京去,教天下傳名,説這個祝家莊三傑!」真會説,只如戲事。祝朝奉謝道:「多幸得提轄相助,想是這梁山泊當滅了。」邀請孫立到後堂筵宴。石秀自把囚車裝了。

看官聽説:石秀的武藝不低似孫立,要賺祝家莊人,故意教孫立捉了,使他莊上人一發信他。自注一遍。孫立又暗暗地使鄒淵、鄒閏、樂和去後房裏,把門户都看了出入的路數。楊林、鄧飛見了鄒淵、鄒閏,心中暗喜。樂和張看得没人,便透個消息與衆人知了。顧大嫂與樂大娘子在裏面,又看了房户出入的門徑。將寫第五日,却先詳此數筆,甚妙。

至第五日,提動。孫立等衆人都在莊上閑行。當日辰牌時候,早飯已後,只見莊兵報道:「今日宋江分兵做四路,此處説分兵四路,下却只寫三路,奇矣;又正少樂廷玉一路,更奇之奇也。蓋其用筆之妙,都非世人所知矣。來打本莊!」孫立道:「分十路待怎地!你手下人且不要慌,早作準備便了。先安排些撓鈎套索,須要活捉,拿死的也不算!」妙,只如戲筆。○已捉者惟恐餓壞,未捉者又恐失手,處處丁寧詳至。莊上人都披挂了。祝朝奉親自率引着一班兒上門樓來看時,見正東上一彪人馬,當先一個頭領乃是豹子頭林冲,背後便是李俊、阮小二,正東上,先叙頭領。約有五百以上人馬。次叙人馬。正西上又有五百來人馬,正西上,先叙人馬。當先一個頭領乃是小李廣花榮，隨背後是張橫、張順。次叙頭領。正南門樓上望時，也有五百來人馬，當先三個頭領，乃是没遮攔穆弘、病關索楊雄、黑旋風李逵。正南上，頭領總叙。三段三换。四面都是兵馬，戰鼓齊鳴，喊聲大舉。欒廷玉聽了道：「今日這廝們厮殺，不可輕敵。我引了一隊人馬出後門，一個出去了。殺這正西北上的人馬。」此一句便結果欒廷玉矣。不惟不知其如何殺死，亦並不知人馬爲誰也。祝龍道：「我出前門，兩個出去了。殺這正東上的人馬。」祝虎道：「我也出後門，三個出去了。殺那西南上的人馬。」祝彪道：「我自出前門四個都出去了。捉宋江，是要緊的賊首。」祝朝奉大喜，都賞了酒。偏寫細事。各人上馬，盡帶了三百餘騎，奔出莊門，其餘的都守莊院門樓前吶喊。此時，二字妙，又用一法提動。鄒淵、鄒閏已藏了大斧，只守在監門左側；鄒淵、鄒閏在監側。解珍、解寶藏了暗器，不離後門；解珍、解寶在後門。孫新、樂和已守定前門左右；孫新、樂和在前門。顧大嫂先撥軍兵保護樂大娘子，妙。却自拿了兩把雙刀，在堂前踅，只聽風聲，便乃下手。顧大嫂在堂前。〇已上一段，寫人人磨擦，事事齊備。

且説祝家莊上擂了三通戰鼓，放了一個炮，把前後門都開，前後莊門都開了。放下吊橋，放下吊橋了。一齊殺將出來。都殺出去了。四路軍兵出了門，四下裏分投去厮殺。臨後，二字妙，又用一法提動。孫立帶了十數個軍兵立在吊橋上。妙絶，如火如錦。門裏孫新便把原帶來的旗號插起在門樓上，妙絶，如火如錦。〇暗用拔幟立幟事。樂和便提着鎗直唱將入來。妙絶，如火如錦。鄒淵、鄒閏聽得樂和唱，便忽哨了幾聲，輪動大斧，早把守監門的莊兵砍翻了數十個；便開了陷車，放出七隻大蟲來，各各架上拔了鎗。妙絶，如火如錦。一聲喊起，顧大嫂掣出兩把刀，妙絶，如火如錦。直奔入房裏，把應有婦人，一刀一個盡都殺了。祝家一門畢。祝朝奉見頭勢不好了，却待要投井時，早被石秀一刀剁翻，割了首級。祝朝奉畢。那十數個好漢分投來殺莊兵。後門頭解珍、解寶便去馬草堆裏放起把火，黑焰冲天而起。妙絶，如火如錦。○已上一段寫莊内伏兵拉雜四起。

四路人馬見莊上火起，並力向前。祝虎見莊裏火起，先奔回來。祝虎從前門回來。孫立守在吊橋上，妙絶。大喝一聲：「你那厮那裏去！」攔住吊橋。是以通篇勤寫吊橋也。祝虎省口，便撥轉馬頭，再奔宋江陣上來。這裏呂方、郭盛兩戟齊舉，早把祝虎和人連馬搠翻在地，衆軍亂上，剁做肉泥。祝虎畢。前軍四散奔走，孫立、孫新迎接宋公明入莊。百忙中先定主將，真正奇筆，真正大筆。東路祝龍鬥林冲不住，飛馬望莊後而來，祝龍望後門回來。到得吊橋邊，是以勤寫吊橋也。見後門頭解珍、解寶妙絶。把莊客的尸首一個個攛將下來。火燄裏，祝龍急回馬，望北而走。猛然撞着黑旋風，踴身便到，輪動雙斧，早砍翻馬脚。祝龍措手不及，倒撞下來，被李逵只一斧，把頭劈翻在地。祝龍畢。祝彪見莊兵走來報知，不敢回，直望扈家莊投奔。祝彪又變一法，却寫得情勢都活。被扈成叫莊客捉了，綁縛下。正解將來見宋江，恰好遇着李逵，只一斧，砍翻祝彪頭來。祝彪畢。○已上一段，寫祝家兄弟一齊殄滅。莊客都四散走了。李逵再輪起雙斧，便看着扈成砍來。扈成見局面不好，投馬落荒而走，棄家逃命，投延安府去了。後來中興内，也做了個軍官武將。百忙中有此閑筆。且説李逵正殺得手順，直搶入扈家莊裏，把扈太公一門老幼盡數殺了，不留一個。快人，快事，快筆。叫小嘍囉牽了有的馬匹，把莊裏一應有的財賦，捎搭有四五十馱，將莊院門一把火燒了，快人，快事，快筆。却回來獻納。

再説宋江已在祝家莊上正廳坐下，衆頭領都來獻功：生擒得四五百人，奪得好馬五百餘匹，活捉牛羊不計其數。紀功也。宋江見了，大喜道：「只可惜殺了欒廷玉那個好漢！」正嗟歎間，前並不見有一筆寫到欒廷玉相持，以及被殺之事，至此忽然嗟歎其殺了可惜。文法疏奇之甚，皆學史公筆也。○讀此回，至不曾見欒廷玉如何死，與前文史進尋王進不見，張青店中頭陀不知何人，三事俱極悶悶。乃作者固欲人悶悶，以爲娛樂也。聞人報道：「黑旋風燒了扈家莊，砍得頭來獻納。」宋江便道：「前日扈成已來投降，誰教他殺了此人？如何燒了他莊院？」只見黑旋風一身血污，腰裏插着兩把板斧，直到宋江面前唱個大喏，極畫黑旋風。説道：「祝龍是兄弟殺了，祝彪也是兄弟砍了；扈成那廝走了，扈太公一家都殺得乾乾浄浄。兄弟特來請功。」宋江喝道：「祝龍曾有人見你殺了，別的怎地是你殺了？」黑旋風道：「我砍得手順，望扈家莊趕去，正撞見一丈青的哥哥解那祝彪出來，被我一斧砍了，只可惜走了扈成那廝。宋江説「只可惜殺了欒廷玉那漢」，李逵偏道「只可惜走了扈成那廝」，二語天然成對，妙絶。他家莊上，被我殺得一個也没了！」宋江喝道：「你這廝，誰叫你去來？你也須知扈成前日牽牛擔酒，前來投降了。如何不聽得我的言語，擅自去殺他一家，故違了我的將令？」李逵道：「你便忘記了，我須不忘記。那廝前日教那個鳥婆娘趕着哥哥要殺，你今却又做人情。你又不曾和他妹子成親，便又思量阿舅、丈人！」忽然將上文一丈青公案再一勾染，便令下文異樣出色，妙心妙筆。宋江喝道：「你這鐵牛，休得胡説！我如何肯要這婦人？我自有個處置。你這黑廝，拿得活的有幾個？」李逵答道：「誰宋江道：「你這厮違了我的軍令，本合斬首，且把殺祝龍、祝彪的功勞折過了。下次違令，定行不饒！」黑旋風笑道：「雖然没了功勞，也吃我殺得快活！」所謂人生行樂耳，須富貴何時。○三打祝家，通篇以密見奇，中間又夾叙李逵，正復以疏入妙。一文之中，疏密並行，真是奇事。

只見軍師吴學究引着一行人馬，都到莊上來與宋江把盞賀喜。宋江與吴用商議，要把這祝家莊村坊洗蕩了。石秀禀説起這鍾離老人指路之力，「也有此等善心良民在内，亦不可屈壞了好人。」前文極寫石秀狠毒，至此忽然作石秀勸宋江語。作者正深表宋江之狠毒，更過于石秀也。宋江聽罷，叫石秀去尋那老人來。石秀去不多時，引着那個鍾離老人來到莊上，拜見宋江、吴學究。宋江取一包金帛賞與老人，永爲鄉民：「不是你這個老人面上有恩，把你這個村坊盡數洗蕩了，不留一家。因爲你一家爲善，以此饒了你這一境村坊人民。」【眉批】已上吴學究一掌連環計。那鍾離老人只是下拜。宋江又道：極寫宋江奸猾轉變。「我連日在此攪擾你們百姓，今日打破了祝家莊，與你村中除害。所有各家賜糧米一石，以表人心。」忽然相忘，便放出狠毒，直要洗蕩村坊；忽然提着，便裝出仁心，又賜糧米一石。接連二事，絶不相蒙，頃刻之間，做人兩截。寫宋江内小人而外君子，真是筆筆如鏡。就着鍾離老人爲頭給散。老人畢。一面把祝家莊多餘糧米盡數裝載上車，金銀財賦犒賞三軍衆將，其餘牛羊騾馬等物將去山中支用。打破祝家莊，得糧五十萬石，收足出軍本題。宋江大喜。大小頭領將軍馬收拾起身。又得若干新到頭領：孫立、孫新、解珍、解寶、鄒淵、鄒閏、樂和、顧大嫂，並救出七個好漢。孫立等將自己馬也捎帶了自己的財賦，同老小、樂大娘子，跟隨了大隊軍馬上山。當有村坊鄉民，扶老挈幼，香花燈燭，于路拜謝。宋江等衆將一齊上馬，將軍兵分作三隊擺開，連夜便回山寨。

話分兩頭。且說撲天鵰李應恰纔將息得箭瘡平復，閉門在莊上不出。暗地使人常常去探聽祝家莊消息，已知被宋江打破了，驚喜相半。只見莊客入來報說：「有本州知府帶領三五十部漢到莊，突如其來。便問祝家莊事情。」【眉批】篇初先按下李應，而篇後先收完扈成。李應不受宋江羊酒，而終歸山泊；扈成獻宋江以羊酒，而反佐中興：皆作者立篇命格之大略。李應慌忙叫杜興開了莊門，放下吊橋，迎接入莊。李應把條白絹搭膊絡着手，爲避罪計。出來迎迓，邀請進莊裏前廳。知府下了馬，來到廳上，居中坐了。側首坐着孔目，奇。下面一個押番，奇。幾個虞候，奇。階下盡是許多節級牢子。奇。李應拜罷，立在廳前。知府問道：「祝家莊被殺一事如何？」李應答道：「小人因被祝彪射了一箭，有傷左臂，一向閉門，不敢出去，不知其實。」知府道：「胡說！祝家莊見有狀子，告你結連梁山泊强寇，引誘他軍馬，打破了莊；前日又受他鞍馬、羊酒、彩緞、金銀，你如何賴得過？」李應告道：「小人是知法度的人，如何敢受他的東西？」知府道：「難信你說！且提去府裏，你自與他對理明白！」妙。喝教獄卒牢子捉了，帶他州裏去，與祝家分辯。兩下押番、虞候把李應縛了，衆人簇擁知府上了馬。知府又問道：「那個是杜主管杜興？」又突如其來。杜興道：「小人便是。」知府道：「狀上也有你名，一同帶去！」妙。也與他鎖了。

一行人都出莊門，當時拿了李應、杜興，離了李家莊，脚不停地解來。奇絕妙絕。行不過三十餘里，只見林子邊撞出宋江、林冲、花榮、楊雄、石秀一班人馬攔住去路。奇絶妙絶。林冲大喝道：「梁山泊好漢合夥在此！」奇絶妙絶。那知府人等不敢抵敵，撇了李應、杜興逃命去了。奇絶妙絶。宋江喝叫：「趕上！」奇絶妙絶。衆人趕了一程回來，説道：「我們若趕上時，也把這個鳥知府殺了，但已不知去向。」奇絶妙絶。便與李應、杜興解了縛索，開了鎖，便牽兩匹馬過來，與他兩個騎了。奇絶妙絶。宋江便道：「且請大官人上梁山泊躲幾時如何？」奇絶妙絶。○真是不勞而定，却又毫無痕迹。李應道：「却是使不得。知府是你們殺了，不干我事。」宋江笑道：「官司裏怎肯與你如此分辯？我們去了，必然要負累了你。既然大官人不肯落草，且在山寨消停幾日，打聽得没事了時，再下山來不遲。」當下不由李應、杜興不行，大隊軍馬中間如何回得來？筆下戛戛有聲。一行三軍人馬，迤逦回到梁山泊了。

寨裏頭領晁蓋等衆人，擂鼓吹笛，下山來迎接。把了接風酒，都上到大寨裏聚義廳上，扇圈也似坐下。請上李應，與衆頭領都相見了。兩個講禮已罷，李應禀宋江道：「小可兩個已送將軍到大寨了，既與衆頭領亦都相見了，在此趨侍不妨，只不知家中老小如何？可教小人下山則個。」吴學究笑道：「大官人差矣！寶眷已都取到山寨了。貴莊一把火已都燒做白地，大官人却回那裏去？」李應不信，早見車仗人馬隊隊上山來。奇絶妙絶。李應看時，却見是自家的莊客並老小人等。李應連忙來問時，妻子説道：「你被知府捉了來，隨後又有兩個巡簡引着四個都頭，帶領三百來土兵到來，抄扎家私；又補出一番奇事，奇絶妙絶。把我們好好地教上車子，將家裏一應箱籠牛羊馬匹驢騾等項都拿了去，又把莊院放起火來都燒了。」又向妻子口中决絶一句。李應聽罷，只叫得苦。晁蓋、宋江都下廳伏罪道：「我等兄弟們端的久聞大官人好處，因此行出這條計來，萬望大官人情恕。」【眉批】已上吴學究二掌連環計。李應見了如此言語，只得隨順了。宋江道：「且請宅眷後廳耳房中安歇。」李應又見廳前廳後這許多頭領，亦有家眷老小在彼，便與妻子道：「只得依允他過。」

宋江等當時請至廳前，叙説閑話，衆皆大喜。宋江便取笑道：「大官人，你看我叫過兩個巡簡並那知府過來相見。」奇妙。那扮知府的是蕭讓，奇妙。扮巡簡的兩個是戴宗、楊林，奇妙。扮孔目的是裴宣，奇妙。扮虞候的是金大堅、侯健。奇妙。又叫喚那四個都頭，却是李俊、張順、馬麟、白勝。奇妙。李應都看了，目睁口呆，言語不得。宋江喝叫小頭目快殺牛宰馬，與大官人陪話，慶賀新上山的十二位頭領。乃是：李應、孫立、孫新、解珍、解寶、鄒淵、鄒閏、杜興、樂和、時遷；女頭領扈三娘、顧大嫂，同樂大娘子、李應宅眷，另做一席，在後堂飲酒。大小三軍，自有犒賞。正廳上大吹大擂，衆多好漢飲酒至晚方散。新到頭領，俱各撥房安頓。

次日，又作席面會請衆頭領作主張。宋江唤王矮虎來，説道：「我當初在清風山時，許下你一頭親事，文情如瀑布千尺，當頭挂落。懸懸挂在心中，不曾完得此願。今日我父親有個女兒，招你爲婿。」明是一丈青矣，却又作此一閃。真是靈心利筆，處處引人入勝。宋江自去請出宋太公來，引着一丈青扈三娘到筵前。宋江親自與他陪話，説道：「我這兄弟王英，雖有武藝，不及賢妹。是我當初曾許下他一頭親事，一向未曾成得。今日賢妹你認義我父親了，衆頭領都是媒人，今朝是個良辰吉日,賢妹與王英結爲夫婦。」一丈青見宋江義氣深重,推却不得,兩口兒三字驟合,爲之一笑。只得拜謝了。晁蓋等衆人皆喜,都稱頌宋公明真乃有德有義之士。當日盡皆筵宴,飲酒慶賀。

正飲宴間,只見山下有人來報道:「朱貴頭領酒店裏,有個鄆城縣人在那裏,誰耶?要來見頭領。」晁蓋、宋江聽得報了,大喜道:「既是這恩人上山來入夥,足遂平生之願。」正是:恩讎不辨非豪傑,黑白分明是丈夫。畢竟來的是鄆城縣甚麼人,且聽下回分解。

第五才子書施耐庵水滸傳卷之五十五

聖歎外書

第五十回　插翅虎枷打白秀英　美髯公誤失小衙内

此篇爲朱、雷二人合傳。前半忽作香致之調，後半别成跳脱之筆，真是才子腕下，無所不有。

寫雷横孝母，不須繁辭，只落落數筆，便活畫出一個孝子；寫朱仝不肯做强盗，亦不須繁辭，只落落數筆，便直提出一副清白肚腸。笑宋江傳中，越説得真切，越哭得悲痛，越顯其忤逆不肖；越要尊朝廷，守父教，矜名節，愛身體，越見其以做强盗爲性命也。人云：「寧犯武人刀，莫犯文人筆。」信哉！

景之奇幻者，鏡中看鏡；情之奇幻者，夢中圓夢；文之奇幻者，評話中説評話。如豫章城雙漸趕蘇卿，真對妙景，焚妙香，運妙心，伸妙腕，蘸妙墨，落妙紙，成此妙裁也。雖然，不可無一，不可有二。江瑶柱連食，當復口臭。何今之弄筆小兒學之至十百，卒未休也？

豫章城雙漸趕蘇卿，妙絶處正在只標題目，便使後人讀之，如水中花影，簾裏美人。意中早已分明，眼底正自分明不出。若使當時真盡説出，亦復何味耶？

雷横母曰：「老身年紀六旬之上，眼睁睁地只看着這個孩兒！」此一語，字字自説母之愛兒，却字字説出兒之事母。何也？夫人老至六十之際，大都百無一能，惟知仰食其子。子與之食，則得食；子不與之食，則不得食者也。子與之衣服錢物，則可以至人之前；子不與之衣服錢物，則不敢以至人之前者也。其眼睁睁地只看孩兒，政如初生小兒眼睁睁地只看母乳，豈曰求報，亦其勢則然矣。乃天下之老人，吾每見其垂首向壁，不來眼睁睁地看其孩兒者，無他，眼睁睁看一日，而不應，是其心悲可知也；明日又眼睁睁看一日，而又不應，是其心疑可知也；又明日又眼睁睁看一日，而終又不應，是其心夫而後永自決絶，誓于此生不復來看。何者？爲其無益也！今雷横獨令其母眼睁睁地無日不看，然則其日日之承伺顔色、奉接意思爲何如哉！《陳情表》曰：「臣無祖母，無以至今日；祖母無臣，無以終餘年。」雷横之母亦曰：「若是這個孩兒有些好歹，老身性命也便休了！」悲哉！仁孝之聲，讀之如聞夜猿矣！

話説宋江主張一丈青與王英配爲夫婦，衆人都稱贊宋公明仁德，當日又設席慶賀。正飲宴間，只見朱貴酒店裏使人上山來，報道：「林子前大路上一夥客人經過，小嘍囉出去攔截，數内一個稱是鄆城縣都頭雷横。朱頭領邀請住了，見在店裏飲分例酒食，先使小校報知。」

【眉批】前不接，後不續，忽然一現，如阮本之楔子。晁蓋、宋江聽了大喜，隨即同軍師吳用三個下山迎接。異數。朱貴早把船送至金沙灘上岸。宋江見了，慌忙下拜寫宋江獨拜，何以處晁蓋哉？咄咄之色，我不欲讀。道：「久別尊顔，常切思想，今日縁何經過賤處？」雷横連忙答禮道：「小弟蒙本縣差遣，往東昌府公幹回來。經過路口，小嘍囉攔討買路錢。小弟提起賤名，因此朱兄堅意留住。」宋江道：「天與之幸！」請到大寨，教衆頭領都相見了，置酒管待。一連住了五日，每日與宋江閑話。晁蓋動問朱仝消息，晁蓋直性人，至今未見雷横好處，故又獨問朱仝，寫得性情都有。然其實是借此一筆，爲下作引也。雷横答道：「朱仝見今參做本縣當牢節級，先放在此，筆法最好。新任知縣好生歡喜。」宋江宛曲把話來説雷横上山入夥，雷横推辭：「老母年高，不能相從。待小弟送母終年之後，却來相投。」徒以有老母在。○正寫雷横大孝，反顯宋江不端，妙筆。雷横當下拜辭了下山。宋江等再三苦留不住，衆頭領各以金帛相贈，宋江、晁蓋自不必説。雷横得了一大包金銀下山，亦先放此一筆，以見下文构闌中，不是無錢使。俗子不知，遂爲雷横食指跳動也。衆頭領都送至路口辭别，把船渡過大路，自回鄆城縣去了，山泊每添一番人馬，必换一番調遣。此忽將雷横上山插放未及調遣之前，有雲斷月出之妙。不在話下。

且説晁蓋、宋江回至大寨聚義廳上，起請軍師吳學究定議山寨職事。吳用已與宋公明商議已定，何至晁蓋不及與聞？筆筆寫宋江咄咄之色，令我更不欲讀。次日會合衆頭領聽號令。【眉批】此一段又是一篇大排調文字。先撥外面守店頭領。宋江道：上無晁蓋，下無吳用，公然竟是宋江獨説。只三字寫盡咄咄之色。「孫新、顧大嫂原是開酒店之家，着令夫婦二人替回童威、童猛别用。西山新店。〇新人舊職。再令時遷去幫助石勇，北山新店。〇新人添。樂和去幫助朱貴，東山舊店。〇新人添。鄭天壽舊于鴨嘴灘下寨。去幫助李立：南山新店。〇舊人舊職。東、南、西、北四座店内，賣酒賣肉，每店内設兩個頭領，招接四方入夥好漢。酒店爲一山眼目，故番番調遣，必先申之。一丈青、王矮虎後山下寨，監督馬匹。王矮虎舊于鴨嘴灘下寨。〇新職。金沙灘小寨，童威、童猛弟兄兩個守把。二童舊于西山新店。〇舊人舊職。鴨嘴灘小寨，鄒淵、鄒閏叔侄兩個守把。新人舊職。山前大路，黄信、燕順部領馬軍下寨守護。舊人新職。解珍、解寶守把山前第一關。山前三座大關，舊令杜遷總行守把，今分。〇新人新職。杜遷、宋萬守把宛子城第二關。宋萬舊于金沙灘下寨。〇舊人舊職。劉唐、穆弘守把大寨口第三關。舊人新職。阮家三雄守把山南水寨。舊人舊職。孟康仍前監造戰船。新人舊職，未打祝家時替管。李應、杜興、蔣敬總管山寨錢糧金帛。蔣敬舊人舊職，李應、杜興新添。陶宗旺、薛永監築梁山泊内城垣雁臺。陶宗旺舊人舊職，薛永舊人新添。侯健專管監造衣袍、鎧甲、旌旗、戰襖。舊人舊職。朱富、宋清提調筵宴。朱富舊收錢糧。〇舊人舊職。穆春、李雲監造屋宇寨柵。李雲舊人舊職。穆春舊管錢糧。蕭讓、金大堅掌管一應賓客書信公文。舊分今合。裴宣專管軍政，司賞功罰罪。新人新職。其餘吕方、郭盛、孫立、歐鵬、馬麟、鄧飛、楊林、白勝，分調大寨八面安歇。吕方、郭盛舊住忠義耳房，馬麟舊管戰船，白勝金沙灘下寨。晁蓋、宋江、吴用居于山頂寨内。中軍。花榮、秦明居于山左寨内。左軍。〇舊人新職。林冲、戴宗居于山右寨内。右軍。〇舊人新職。李俊、李逵居于山前。前軍。〇舊人新職。張横、張順居于山後。後軍。〇舊人新職。楊雄、石秀守護聚義廳兩側。新人舊職，替吕方、郭盛。一班頭領，分撥已定，每日輪流一位頭領做筵席慶賀。山寨體統，甚是齊整。每每一番大發放後，便有一篇大結束。巨筆如椽，肉眼不識。

再說雷橫離了梁山泊，背了包裹，提了朴刀，取路回到鄆城縣。到家參見老母，一篇提綱。更換些衣服，賫了回文，徑投縣裏來。拜見了知縣，回了話，銷繳公文批帖，且自歸家暫歇。依舊每日縣中書畫卯酉，聽候差使。因一日行到縣衙東首，只聽得背後有人叫道：「都頭，幾時回來？」雷橫回過臉來看時，却是本縣一個幫閑的李小二。引子。【眉批】前來無數雄奇震駭之篇，忽于此卷別作點染掩抑之調。如游太華歸，忽登虎丘也。雷橫答道：「我却纔前日來家。」李小二道：「都頭出去了許多時，不知此處近日有個東京新來打踅的行院，字法。色藝雙絶，叫做白秀英。那妮子來參都頭，反借此句，顯出雷橫已是縣裏出色人物。却值公差出外不在。如今見在构欄裏説唱諸般品調，每日有那一般打散，字法。或是戲舞，一般技藝。或是吹彈，又一般技藝。或是歌唱，又一般技藝，真説得耳熟脚癢。賺得那人山人海價看。稱述一句。都頭如何不去睃一睃？從涌一句。端的是好個粉頭！」又自家賛賞一句，聲聲口口真令雷橫耳熟脚癢。雷橫聽了，又遇心閑，四字，不但寫雷橫肯去之故，亦已先伏後文無錢之故矣。便和那李小二徑到构欄裏來看。只見門首挂着許多金字帳額，旗桿吊着等身靠背。入到裏面，便去青龍頭上字法。第一位坐了。坐得不尷尬，便生出事來。看戲臺上，却做笑樂院本。字法。那李小二人叢裏撇了雷橫，自出外面趕碗頭腦去了。李小二既已引入，便隨手放去，妙。○字法。院本下來，只見一個老兒，章法。裹着磕腦兒頭巾，穿着一領茶褐羅衫，繫一條皂縧，拿把扇子，上來開科字法。○龜形如畫。

道：「老漢是東京人氏白玉喬的便是。如今年邁，只憑女兒秀英歌舞吹彈，普天下伏侍看官。」句法。○七字其實妙語。鑼聲響處，那白秀英早上戲臺，章法。參拜四方。一。○好看。拈起鑼棒，如撒豆般點動。二。○好看。拍下一聲界方，三。○好看。念出四句七言詩道：「新鳥啾啾舊鳥歸，老羊羸瘦小羊肥。定場詩，只是尋常歎世語耳，卻偏直貫入雷横雙耳，真是絶妙之筆。○第一句言子望母，第二句言母念子。天下豈有無母之人哉，讀之能不淚下也？人生衣食真難事，四句並不聯貫，而實聯貫入妙者，彼固以四句聯貫一篇，不在求四句之聯貫也。○第三句七字，説盡世界，又一樣淚下。不及鴛鴦處處飛！」一二句刺入雷横耳，第三句刺入合棚衆人耳；到第四句，忽然轉到自家身上，顯出與知縣相好。只四句詩，便將一回情事，羅撮出來。才子妙筆，有一無兩。○俗本失此一段，可謂食蛑蝤乃棄其螯矣。○此書每每横插詩歌，如五臺亭裏，瓦官寺前，黄泥岡上，鴛鴦樓下，皆妙不可言。雷横聽了，喝聲采。要知雷横喝采，是動心前二句，不是感傷後二句也。○三字中並無一孝子字，而已活寫出孝子來。那白秀英道：「今日秀英招牌上明寫着這場話本，是一段風流藴籍的格範，唤做『豫章城雙漸趕蘇卿』。」我未見其書，只是題目已文妙無雙矣。説了開話又唱，唱了又説，詳處極詳，省處極省。合棚價衆人喝采不絶。

那白秀英唱到務頭，章法、字法。這白玉喬按喝字法。道：「『雖無買馬博金藝，要動聰明鑑事人』。看官喝采是過去了，我兒且下來，聲聲如畫。這一回便是襯交鼓兒的院本。字法。」○笑樂院本既畢，又先許是交鼓院本，便令合棚衆人不得不爲纏頭。如耐庵自己每回住處，必用驚疑之筆，即其法也。白秀英拿起盤子，指着道：「財門上起，利地上住，吉地上過，旺地上行。全副构欄語，句法、字法都妙。手到面前，休教空過。」四字不過口頭便語，乃入下却偏是「空過」，故妙不可言。白玉喬道：「我兒且走一遭，看官都待賞你。」聲聲如畫。白秀英托着盤子，先到雷横面前。青龍頭上第一座，絶倒。雷横便去身邊袋裏摸時，不想並無一文。絶倒。○只「並無一文」四字，費耐庵無數心血。蓋直于山泊下來時，便寫一句「得了一大包金銀」，以表雷横不同貧乞人之並無一文；又于遇李小二時，再寫一句「又值心閑」，以表雷横亦不謂自己身邊並無一文。如此便令上文青龍一座既不夢夢，下文又羞又惱都有因由也。若俗手亦復解寫「並無一文」四字，何曾少缺一點一畫，而彼此相較，遂如金泥。才與不才，豈計道里！雷横道：「今日忘了，不曾帶得些出來，明日一發賞你。」白秀英笑道：一笑不堪。「『頭醋不釅二醋薄』。乃至以合棚之罪歸之，不堪之甚。「頭醋」、「二醋」，字法。官人坐當其位，四字尤其不堪。可出個標首。字法。」雷横通紅了面皮道：「我一時不曾帶得出來，非是我捨不得。」白秀英道：「官人既是來聽唱，如何不記得帶錢出來？」辨折得不堪之甚。雷横道：「我賞你三五兩銀子，也不打緊，却恨今日忘記帶來。」白秀英道：「官人今日眼見一文也無，提甚三五兩銀子！不堪之甚，惡毒之甚。正是教俺望梅止渴，畫餅充饑。」恰好妙對，聲聲院本。○句法。

白玉喬叫道：章法。「我兒，你自没眼！不看城裏人、村裏人，罵女兒，却是罵雷横，妙妙。只顧問他討甚麽？且過去自問曉事的恩官，贊別人，却又是罵雷横，妙妙。告個標首。」雷横道：「我怎地不是曉事的？」白玉喬道：「你若省得這子弟門庭時，字法。狗頭上生角！」不堪之甚，惡毒之甚。○句法。衆人齊和起來。旁襯一句，尤極不堪。○章法。雷横大怒，便罵道：「這忤奴，字法。怎敢辱我！」白玉喬道：「便罵你這三家村使牛的，字法。打甚麽緊！」有認得的喝道：「使不得，這個是本縣雷都頭！」此一襯，却定不可少。白玉喬道：「只怕是驢筋頭！」「雷、驢」「都、筋」「頭」字，隨口相混成句，惡毒不可言。雷横那裏忍耐得住？從坐椅上直跳下戲臺來，揪住白玉喬，一拳一脚，便打得唇綻齒落。衆人見打得凶，都來解拆，又勸雷横自回去了。构欄裏人一哄盡散。

原來這白秀英却和那新任知縣舊在東京兩個來往，今日特地在鄆城縣開构欄。「鴛鴦處處飛」，斯言驗矣。那花娘字法。○李賀詩有「花面丫頭」四字，殊妙。見父親被雷横打了，又帶重傷，叫一乘轎子，徑到知縣衙内，訴告：「雷横毆打父親，攪散构欄，意在欺騙奴家！」好貨。知縣聽了，大怒道：好貨。「快寫狀來！」這個唤做「枕邊靈」。句法。便教白玉喬寫了狀子，驗了傷痕，指定證見。本處縣裏有人都和雷横好的，替他去知縣處打關節。怎當那婆娘守定在衙内，撒嬌撒癡，不由知縣不行。一路都寫花娘有死之道。立等知縣差人把雷横捉拿到官，當廳責打，取了招狀，將具枷來枷了，押出去號令示衆。第一段責枷。○逐段詳寫，以表雷横一枷梢，非陡然性起，其由來者漸也。

那婆娘要逞好手，寫花娘有死之道。又去知縣行説了，定要把雷横號令在构欄門首。第二日，那婆娘再去做場，知縣却教把雷横號令在构欄門首。第二段號令。這一班禁子人等，都是和雷横一般的公人，如何肯絣扒他？這婆娘尋思一會：「既是出名奈何了他，只是一怪！」寫花娘有死之道。走出构欄門，去茶坊裏坐下，叫禁子過去，發話道：「你們都和他有首尾，却放他自在。知縣相公叫你們絣扒他，你到做人情！少刻我對知縣説了，看道奈何得你們也不！」禁子道：「娘子不必發怒，我們自去絣扒他便了。」白秀英道：「恁地時，我自將錢賞你。」禁子們只得來對雷横説道：「兄長，没奈何，且胡亂絣一絣。」把雷横絣扒在街上。第三段絣扒。

人鬧裏，却好雷横的母親正來送飯，「新鳥啾啾」、「老羊羸瘦」之言，又驗矣。【眉批】此篇將雷横、朱仝分作兩段文字，第一段寫雷横孝母是真孝，不比宋江孝父是假孝。看見兒子吃他絣扒在那裏，便哭起來，罵那禁子們道：「你衆人也和我兒一般在衙門裏出入的人，襯出美髯來。錢財直這般好使？誰保得常没事！」禁子答道：「我那老娘聽我説：我們却也要容情，怎禁被原告人監定在這裏要絣，我們也没做道理處。不時，便要去和知縣説，苦害我們，因此上做不得面皮。」那婆婆道：「幾曾見原告人自監着被告號令的道理！」禁子們又低低道：「老娘，他和知縣來往得好，一句話便送了我們，因此兩難。」那婆婆一面自去解索，一頭罵，一頭先解絣扒〔一〕，妙筆，便放活雷横手脚，生出下文情事來也。

一頭口裏罵道：「這個賊賤人，直恁的倚勢！我且解了這索子，看他如今怎的！」

白秀英却在茶房裏聽得，走將過來，便道：「你那老婢子！却纔道甚麽？」那婆婆那裏有好氣？便指着罵道：「你這千人騎、萬人壓、亂人入的賤母狗，做甚麽倒罵我！」白秀英聽得，柳眉倒竪，星眼圓睜，大罵道：「老咬蟲！乞貧婆！賤人怎敢罵我！」第四段大罵。婆婆道：「我罵你，待怎的？你須不是鄆城縣知縣！」白秀英大怒，搶向前，只一掌，把那婆婆打個踉蹌。那婆婆却待掙扎，白秀英再趕入去，老大耳光子只顧打。第五段毒打。○凡用五段文字，

〔一〕「扒」，貫華堂本、葉瑤池本作「扶」，據王望如評本改。

跌出一枷梢來。這雷横已是銜憤在心，又見母親吃打，一時怒從心發，與前喝采句應。○俗本此處增「雷横大孝的人」句。扯起枷來，望着白秀英腦蓋上只一枷梢，打個正着，劈開了腦蓋，「撲」地倒了。衆人看時，腦漿迸流，眼珠突出，動撣不得，情知死了。

衆人見打死了白秀英，就押帶了雷横，一發來縣裏首告，見知縣備訴前事。知縣隨即差人押雷横下來，會集相官，拘唤里正、鄰佑人等，對尸簡驗已了，都押回縣來。雷横一面都招承了，並無難意。徒以有老母在。他娘自保領回家聽候。把雷横枷了，下在牢裏。當牢節級却是美髯公朱仝，忽然轉出髯公。見發下雷横來，也没做奈何處。只得安排些酒食管待，教小牢子打掃一間浄房，安頓了雷横。少間，他娘來牢裏送飯，哭着哀告朱仝道：「老身年紀六旬之上，眼睁睁地只看着這個孩兒！絶世妙文，絶世奇文，讀之乃覺《陳情表》不及其沉痛。天下豈有無母之人哉，讀之其能不淚下也！望煩節級哥哥，看日常間弟兄面上，可憐見我這個孩兒，看覷看覷。」朱仝道：「老娘自請放心歸去。今後飯食不必來送，不是朱仝包辦，亦圖收住老娘也。設無此句，送飯何日是了？小人自管待他。倘有方便處，可以救之。」雷横娘道：「哥哥救得孩兒，却是重生父母！若孩兒有些好歹，老身性命也便休了！」絶世妙文，絶世奇文，《陳情表》不及沉痛。朱仝道：「小人專記在心，美髯生平一片之心。老娘不必挂念。」那婆婆拜謝去了。

朱仝尋思了一日，没做道理救他處；極寫其難，以表朱仝。又自央人去知縣處打關節，上下替他使用人情。那知縣雖然愛朱仝，只是恨這雷横打死了他表子白秀英，也容不得他説了；又怎奈白玉喬那廝催並疊成文案，要知縣斷教雷横償命。因在牢裏六十日限滿斷結，解上濟州。主案押司抱了文卷先行，却教朱仝解送雷横。曲曲折折，生出事情來。

朱仝引了十數個小牢子，監押雷横，離了鄆城縣。約行了十數里地，見個酒店。朱仝道：合三句，是個專記在心者。「我等衆人就此吃兩碗酒去。」衆人都到店裏吃酒。朱仝獨自帶過雷横，只做水火，來後面僻浄處，開了枷，放了雷横，叙得直截爽快。分付道：「賢弟自回，快去家裏取了老母，可謂子與子言孝矣，寫得妙絶。星夜去别處逃難。這裏我自替你吃官司。」髯真絶倫超群，寫來令人感激。雷横道：「小弟走了自不妨，必須要連累了哥哥。」朱仝道：「兄弟，你不知：知縣怪你打死了他表子，把這文案都做死了。解到州裏，必是要你償命。我放了你，我須不該死罪。況兼我又無父母挂念，惟孝子能知孝子，筆筆妙絶。○此語雷横能得之于朱仝，而宋江不能得之于一時萬世者，則真假之别也。家私儘可賠償。你顧前程萬里，快去！」雷横拜謝了，便從後門小路奔回家裏，收拾了細軟包裹，引了老母，雷横傳畢。【眉批】雷横傳畢。星夜自投梁山泊入夥去了，徒以有老母在。不在話下。

却説朱仝拿這空枷攛在草裏，細。却出來對衆小牢子説道：「吃雷横走了，却是怎地好！」衆人道：「我們快趕去他家裏捉！」朱仝故意延遲了半晌，料着雷横去得遠了，却引衆人來縣裏出首。朱仝告道：「小人自不小心，路上被雷横走了，在逃無獲，情願甘罪無辭。」雷横爲母，朱仝爲友，寫得一樣慷慨。○雷横招承，並無難色，徒以有老母在；朱仝情願甘罪無辭，徒以吾友有老母在也。兩句合來，不過十數字，而其勢遂欲與史公《游俠》諸傳，分席爭雄，洵奇事也。知縣本愛朱仝，有心將就出脱他，被白玉喬要赴上司陳告朱仝故意脱放雷横，知縣只得把朱仝所犯情由申將濟州去。朱仝家中自着人去上州裏使錢透了，却解朱仝到濟州來，當廳審録明白，斷了二十脊杖，刺配滄州牢城。朱仝只得帶上行枷，兩個防送公人領了文案，押送朱仝上路。家間自有人送衣服、盤纏，先賫發了兩個公人。當下離了鄆城縣，迤邐望滄州横海郡來，于路無話。到得滄州，入進城中，投州衙裏來，正值知府陞廳。兩個公人押朱仝在廳階下，呈上公文。知府看了，見朱仝一表非俗，貌如重棗，美髯過腹。知府先有八分歡喜，便教：「這個犯人休發下牢城營裏，只留在本府聽候使喚。」當下除了行枷，便與了回文，兩個公人相辭了自回。

只説朱仝自在府中，每日只在廳前伺候呼喚。那滄州府裏押番、虞候、門子、承局、節級、牢子，都送了些人情，又見朱仝和氣，因此上都歡喜他。忽一日，本官知府正在廳上坐堂，朱仝在階侍立。知府唤朱仝上廳，問道：「你緣何放了雷横，自遭配在這裏？」句句寫出愛惜。朱仝禀道：「小人怎敢故放了雷横？只是一時間不小心，被他走了。」知府道：「你也不必得此重罪。」句句寫出愛惜。朱仝道：「被原告人執定要小人如此招做『故放』，以此問得重了。」知府道：「雷横爲何打死了那娼妓？」朱仝却把雷横上項的事備細説了一遍，知府道：「你敢見他孝道，爲義氣上放了他？」句句寫出愛惜之至。朱仝道：「小人怎敢欺公罔上。」

正問之間，只見屏風背後轉出一個小衙内來，年方四歲，生得端嚴美貌，乃是知府親子。知府愛惜，如金似玉。甫寫完母子恩愛，又接出父子恩愛來。奇文妙筆，是聯是斷。○母無不愛之子，而老婦愛子尤劇；父亦無不愛之子，而幼子可愛尤甚。雷横老娘，知府衙内，似斷却連，似連仍斷。作者命意之妙，當于筆墨之外尋之。那小衙内見了朱仝，徑走過來，便要他抱。要抱，是第一段，看他文情漸漸生出來。朱仝只得抱起小衙内在懷裏。那小衙内雙手扯住朱仝長髯，説道：「我只要這鬍子抱。」不要别人抱，只要朱仝抱，是第二段。知府道：「孩兒快放了手，寫知府愛惜朱仝固也，此却寫到知府愛惜朱仝美髯。夫雲長製囊珍護，茂先不復御被，靈運臨刑猶施維摩，此皆自有髯自惜之。而此知府乃獨至于惜人之髯，真寫出名士風流也。休要囉唣。」小衙内又道：「我只要這鬍子抱，和我去耍。」抱了要耍，是第三段。朱仝稟道：「小人抱衙内去府前閑走，耍一回了來。」知府道：「孩兒既是要你抱，你和他去耍一回了來。」知府教抱去耍，是第四段。看他文情漸漸生來。朱仝抱了小衙内，出府衙前來，買些細糖、果子與他吃；轉了一遭，再抱入府裏來。知府看見，問衙内道：「孩兒那裏去來？」小衙内道：「這鬍子和我街上看耍，又買糖和果子請我吃。」知府説道：「你那裏得錢買物事與孩兒吃？」句句寫出愛惜。朱仝稟道：「微表小人孝順之心，何足挂齒。」知府教取酒來與朱仝吃。府裏侍婢捧着銀瓶果盒篩酒，連與朱仝吃了三大賞鍾。此一句不重賞酒，單重侍婢。蓋此處逗出侍婢，便令後文傳送衙内早晚無禁，皆細心安頓之筆也。知府道：「早晚孩兒要你耍時，你可自行去抱他耍去。」知府教可自抱，是第五段。看他文情漸漸生出來。朱仝道：「恩相台旨，怎敢有違！」自此爲始，每日來和小衙内上街閑耍。朱仝囊篋又有，只要本官見喜，小衙内面上儘自倍費。用省筆叙抱耍已慣，是第六段。

時過半月之後，便是七月十五日，盂蘭盆大齋之日。于閑筆點染處，忽然又將雷横大孝一提，蓋盂蘭盆爲報母佛事也。年例各處點放河燈，修設好事。當日天晚，堂裏侍婢奶子叫道：前「銀瓶果盒」一行，專爲此句耳。「朱都頭，小衙内今夜要去看河燈。夫人分付，你可抱他去看一看。」朱仝道：「小人抱去。」那小衙内穿一領緑紗衫兒，頭上角兒拴兩條珠子頭鬚，從裏面走出來。寫來可愛，便活有小兒在紙上也。朱仝抱在肩頭上，轉出府衙門前來，望地藏寺裏去看點放河燈。那時纔交初更時分，朱仝肩背着小衙内繞寺看了一遭，却來水陸堂放生池邊看放河燈。那小衙内爬在欄干上，看了笑耍。只見背後有人拽朱仝袖子道：「哥哥，借一步説話。」朱仝回頭看時，却是雷横，吃了一驚。筆勢亦跳脱而出，讀之吃驚。【眉批】此段另是一樣筆法。便道：「小衙内，且下來，坐在這裏。我去買糖來與你吃，切不要走動。」小衙内道：「你快來，我要去橋上看河燈。」朱仝道：「我便來也。」轉身却與雷横説話。朱仝道：「賢弟因何到此？」雷横扯朱仝到浄處，拜道：「自從哥哥救了性命，和老母無處歸着，只得上梁山泊，投奔了宋公明入夥。小弟説哥哥恩德，宋公明亦甚思想哥哥舊日放他的恩念，晁天王和衆頭領皆感激不淺，因此特地教吴軍師同兄弟前來相探。」朱仝道：「吴先生見在何處？」背後轉過吴學究，道：「吴用在此。」言罷便拜。筆筆跳脱而出，令人吃驚。朱仝慌忙答禮道：「多時不見，先生一向安樂！」吴學究道：「山寨裏衆頭領多多致意，今番教吴用和雷都頭特來相請足下上山，同聚大義。不答寒暄，直説來意。筆勢跳脱，令人吃驚。到此多日了，不敢相見。今夜伺候得着，請仁兄便挪尊步，同赴山寨，以滿晁、宋二公之意。」更不商量，筆勢跳脱之甚。

朱仝聽罷，半晌答應不得，便道：【眉批】這一段言朱仝不肯落草[一]，是真正不肯點污身體，不比

[一]「這一段言」，葉瑶池本作「第二段寫」。

宋江假道學。「先生差矣。看他「半晌答應不得」下，却矢口喝出「先生差矣」四字，妙絶。這話休題，恐被外人聽了不好。雷横兄弟，他自「他自」、「我自」，明畫之極。心直口快，乃有此語，宋江一生亦説不出。犯了該死的罪，我因義氣放了他，他出頭不得，上山入夥，真正説得做强盗是末等事，口齒明畫之極，不是宋江假惺惺語。我自爲他配在這裏。天可憐見，一年半載，挣扎還鄉，復爲良民。我却如何肯做這等的事？明畫之極，不是宋江語。你二位便可請回，休在此間惹口面不好。」「他自」、「我自」兩段下，便急接「請回」句，寫出美髯一片冰心，決決絶絶也。雷横道：「哥哥在此，無非只是在人之下，伏侍他人，非大丈夫男子漢的勾當。不是小弟糾合上山，端的晁、宋二公仰望哥哥久矣，休得遲延有誤。」朱仝道：「兄弟，上一段與吴用説，此一段與雷横説，各妙。你是甚麽言語？寫得駭笑之極，一似蜂蠆入懷者，妙絶。你不想，句。我爲你母老家寒上，説出「母老家寒」四字，真正仁人孝子，遂覺豪傑肝膽，都是亂民。放了你去，今日你倒來陷我爲不義！」斬釘截鐵，天地鑒之，不是宋江假惺惺語。吴學究道：「既然都頭不肯去時，我們自告退，相辭了去休。」突然而來，瞥然便去，筆筆跳脱。朱仝道：「説我賤名，上覆衆位頭領。」只如此，更無半語周旋，妙絶。一同到橋邊。

朱仝回來，不見了小衙内，筆筆跳脱，令人吃驚。叫起苦來。兩頭没路去尋，雷横扯住朱仝道：「哥哥休尋，筆筆跳脱。多管是我帶來的兩個伴當聽得哥哥不肯去，因此倒抱了小衙内去了，我們一同去尋。」朱仝道：「兄弟，不是耍處！若這個小衙内有些好歹，知府相公的性命也便休了。」上文雷横娘云：「若這個孩兒有些好歹，老身的性命也便休了。」此忽云：「若這個小衙内有些好歹，知府相公的性命也便休了。」閑中作一關鎖，兩傳遂成一篇。雷横道：「哥哥，且跟我來。」朱仝幫住雷横、吴用，三個離了地藏寺，徑出城外。筆筆跳脱。朱仝心慌，便問道：「你的伴當抱小衙内在那裏？」雷横道：「哥哥且走到我下處，包還你小衙内。」朱仝道：「遲了時，恐知府相公見怪。」吴用道：「我那帶來的兩個伴當是個没分曉的，一定直抱到我們的下處去了。」朱仝道：「你那伴當姓甚名誰？」雷横答道：「我也不認得，只聽聞叫做黑旋風。」筆筆跳脱，令人吃驚。朱仝失驚道：「莫不是江州殺人的李逵麽？」吴用道：「便是此人。」

朱仝跌脚叫苦，慌忙便趕。離城約走到二十里，只見李逵在前面叫道：「我在這裏。」筆筆作奇鬼攫人之勢，跳脱之極。朱仝搶近前來，問道：「小衙内放在那裏？」李逵唱個喏道：「拜揖節級哥哥，小衙内有在這裏。」只論有無，絶倒。朱仝道：「你好好的抱出來還我。」寫一個慌忙，一個作耍，令我失笑。李逵指着頭上道：「小衙内頭鬚兒却在我頭上。」筆筆不猶人，跳脱之極。○問衙内，却答頭鬚。忙者忙極，頑者頑極，令我失笑不已。朱仝看了，慌問：「小衙内正在何處？」李逵道：「被我拿些麻藥抹在口裏，直拕出城來。如今睡在林子裏，你自請去看。」朱仝乘着月色明朗，徑搶入林子裏尋時，只見小衙内倒在地上。朱仝便把手去扶時，只見頭劈做兩半個，已死在那裏。讀至此句失聲一歎者，癡也。此自耐庵奇文耳，豈真有此事哉。

當時朱仝心下大怒，奔出林子來，早不見了三個人。筆筆作奇鬼之狀。四下裏望時，只見黑旋風遠遠地拍着雙斧叫道：「來，來，來！」筆筆作奇鬼之狀。○俗本此處多一句。朱仝性起，奮不顧身，拽扎起布衫，大踏步趕將來。筆筆作奇鬼之狀。背後朱仝趕來。這李逵却是穿山度嶺慣走的人，朱仝如何趕得上？先自喘做一塊。李逵却在前面又叫：「來，來，來！」筆筆作奇鬼弄人之狀，跳脱不可言。○俗本此處又增一句。朱仝恨不得一口氣吞了他，只是趕他不上。趕來趕去，天色漸明。李逵在前面急趕急走，慢趕慢行，不趕不走。三句寫得墨氣淋漓，却是極省之筆。看看趕入一個大莊院裏去了。竟是奇鬼身分。○讀書須要留心。如此篇，但能留心記得美髯所配州名，則此座大莊院，便不吃他一驚也。朱仝看了道：「那廝既有下落，我和他干休不得！」

朱仝直趕入莊院内廳前去，見裏面兩邊都插着許多軍器。朱仝道：「想必也是個官宦之家。」不止。立住了脚，高聲叫道：「莊裏有人麽？」只見屏風背後，轉出一個人來。鬼没神出，讀之又驚又喜。筆墨之事，遂乃至此。那人是誰？頓一句。正是小旋風柴進，跳脱而出。○此篇另用一樣筆法，讀之有「野樹花爭發，春塘水亂流」之勢，于全書中爲變調也。問道：「兀的是誰？」朱仝見那人趨走如龍，神儀照日，八字妙文。畫出王孫，别處移用不得。慌忙施禮，答道：「小人是鄆城縣當牢節級朱仝，犯罪刺配到此。昨晚因和知府的小衙内出來看放河燈，被黑旋風不説出李逵二字，對下讀之。殺了小衙内。見今走在貴莊，望煩添力捉拿送官。」柴進道：「既是美髯公，且請坐。」朱仝道：「小人不敢拜問官人高姓？」柴進答道：「小可小旋風便是。」亦不説姓柴名進。○不見黑旋風，却見小旋風，無端自成關鎖。朱仝道：「久聞柴大官人。」連忙下拜道：上下句連此五字，乃夾叙也。「不期今日得識尊顔。」柴進説道：「美髯公亦久聞名，且請後堂説話。」

朱仝隨着柴進直到裏面。朱仝道：「黑旋風那廝妙。如何却敢徑入貴莊躲避？」柴進道：「容覆：小可小旋風，妙。○文情只如小鳥鬥口，一接一妙。專愛結識江湖上好漢。爲是家間祖上，有陳橋讓位之功，先朝曾敕賜丹書鐵券。但有做下不是的人，停藏在家，無人敢搜。近間有個愛友，和足下亦是舊交，目今見在梁山泊做頭領，名喚及時雨宋公明，寫一封密書。令吴學究、雷横、黑旋風俱在敝莊安歇，禮請足下上山，同聚大義。因見足下推阻不從，故意教李逵殺害了小衙内，先絶了足下歸路，竟説明，奇絶。○此回都不用婉語。只得上山坐把交椅。吴先生、句。雷兄，句。如何不出來陪話？」此篇真另是一樣機杼，筆筆不猶人。只見吴用、雷横從側首閣子裏出來，寫得真有鬼神出没之狀。望着朱仝便拜，便拜，妙。説道：「兄長，望乞恕罪！皆是宋公明哥哥將令，分付如此。若到山寨，自有分曉。」朱仝道：「是則是你們弟兄好情意，只是忒毒些個！」柴進一力相勸。朱仝道：「我去則去，只教我見黑旋風面罷。」柴進道：「李大哥，你快出來陪話。」李逵也從側首出來，奇妙之極。唱個大喏。却不拜，只唱喏，又妙。

朱仝見了，心頭一把無明業火高三千丈，按納不下，起身搶近前來，要和李逵性命相搏。柴進、雷横、吴用三個苦死勸住。朱仝道：「若要我上山時，依得我一件事，我便去。」奇。吴用道：「休説一件事，遮莫幾十件，也都依你。願聞那一件事？」不爭朱仝説出這件事來，有分教：大鬧高唐州，惹動梁山泊。直教：招賢國戚遭刑法，好客皇親喪土坑。畢竟朱仝説出甚麼事來，且聽下回分解。

第五才子書施耐庵水滸傳卷之五十六

聖歎外書

第五十一回　李逵打死殷天錫　柴進失陷高唐州

此是柴進失陷本傳也。然篇首朱仝欲殺李逵一段，讀者悉誤認爲前回之尾，而不知此已與前了不相涉，只是偶借熱鐺，趁作煎餅，順風吹花，用力至便者也。吾嘗言讀書者切勿爲作書者所瞞，如此一段文字，瞞過世人不爲不久。今日忍俊不禁，就此一處道破，當于處處思過半矣，不得以其稗官也而忽之也！

柴皇城妻寫作繼室者，所以深明柴大官人之不得不親往也。以偌大家私之人，而既已無兒無女，乃其妻又是繼室，以此而遭人亡家破之日，其分崩決裂可勝道哉？繼室則年尚少，年尚少而智略不足以禦强侮，一也；繼室則來未久，來未久而恩威不足以壓衆心，二也；繼室則其志未定，志未定而外有繼嗣未立，内有帷箔可憂，三也，四也。然則柴大官人即使早知禍患，而欲斂足不往，亦不可得也。

嗟乎！吾觀高廉倚仗哥哥高俅勢要，在地方無所不爲，殷直閣又倚仗姐夫高廉勢要，在地方無所不爲，而不禁愀然出涕也。曰：豈不甚哉！夫高俅勢要，則豈獨一高廉倚仗之而已乎？如高廉者，僅其一也。若高俅之勢要，其倚仗之以無所不爲者，方且百高廉正未已也；乃是百高廉，又當莫不各有殷直閣其人；而每一高廉，豈僅僅于一殷直閣而已乎？如殷直閣者，又其一也。若高廉之勢要，其倚仗之以無所不爲者，又將百殷直閣正未已也。夫一高俅，乃有百高廉；而一一高廉，各有百殷直閣，然則少亦不下千殷直閣矣！是千殷直閣也者，每一人又各自養其狐群狗黨二三百人，然則普天之下，其又復有寧宇乎哉！嗚呼！如是者，其初高俅不知也，既而高俅必當知之。夫知之而能痛與戢之，亦可以不至于高俅也；知之而反若縱之甚者，此高俅之所以爲高俅也。

此書極寫宋江權詐，可謂處處敲骨而剔髓矣。其尤妙絶者，如此篇鐵牛不肯爲髯陪話處，寫宋江登時捏撮一片好話，逐句斷續，逐句轉變，風雲在口，鬼蜮生心，不亦怪乎？夫以才如耐庵，即何難爲江擬作一段聯貫通暢之語，而必故爲如是云云者，凡所以深著宋江之窮凶極惡，乃至敢于欺純是赤子之李逵，爲稗史之《檮杌》也。

寫宋江入夥後，每有大事下山，宋江必勸晁蓋：「哥哥山寨之主，不可輕動。」如祝家莊、高唐州，莫不皆然。此作者特表宋江之凶惡，能以權術軟禁晁蓋，而後乃得惟其所欲爲也。何也？蓋晁蓋去，則功歸晁蓋；晁蓋不去，則功歸宋江，一也。晁蓋去，則宋江爲副，衆人悉聽晁蓋之令；晁蓋不去，則宋江爲帥，衆人悉聽宋江之令，二也。夫出則其位至尊，入則其功至高，位尊而功高，咄咄乎取第一座有餘矣！此宋江之所以必軟禁晁蓋，而作者深著其窮凶極惡，爲稗史之《檮杌》也。

劫寨乃兵家一試之事也。用兵而至于必劫寨，甚至一劫不中而又再劫，此皆小兒女投擲之戲耳。而今耐庵偏若不得不出于此者，蓋爲欲破高廉，斯不得不遠取公孫；遠取公孫，斯不得不按住高廉；意在楊林之一箭，斯不得不用學究之料劫也。

此篇本叙柴進失陷，然至柴進既陷而又必盛張高廉之神師者，非爲難于搭救柴進，正以便于收轉公孫。所謂墨酣筆疾，其文便連珠而下，梯接而上，正不知虧公孫救柴進，虧柴進歸公孫也。讀書者切勿爲作書者所瞞，此又其一矣。

玄女而真有天書者，宜無不可破之神師也；玄女之天書而不能破神師者，耐庵亦可不及天書者也。今偏要向此等處提出天書，而天書又曾不足以奈何高廉，然則宋江之所謂玄女可知，而天書可知矣。前曰：「終日看習天書。」此又曰：「用心記了咒語。」豈有終日看習而今始記咒語者？明乎前之看習是詐，而今之記咒又詐也。前曰：「可與天機星同觀。」此忽曰：「軍師放心，我自有法。」豈有終日兩人看習，而今吴用盡忘者？明乎前之未嘗同觀，而今之並非獨記也。著宋江之惡至于如此，真出篝火狐鳴下倍蓰矣。

話説當下朱仝對衆人説道：「若要我上山時，你只殺了黑旋風，與我出了這口氣，我便罷！」奇談駭事。○文章妙處，全在脱卸。脱卸之法，千變萬化，而總以使人讀之，如神鬼搬運，全無踪迹，爲絶技也。只如上回已賺得朱仝，則其文已畢，入此回，正是失陷柴進之正傳。今看他不更别起事端，而便留李逵做一鬭捩，却又更借朱仝怨氣順手帶下，遂令讀者深歎美髯之忠，而竟不知耐庵之巧。真乃文壇中拔趙幟、立赤幟之材也。○每見讀此文者，誤認尚是前回餘文。小説之不能讀，而欲讀天下奇書，其誰欺？欺小衙内乎？李逵聽了大怒道：「教你咬我鳥！晁、宋二位哥哥將令，干我屁事！」「將令」與「屁」合作一句，李大哥妙人有此妙語。朱仝怒發，又要和李逵厮並，三個又勸住了。朱仝道：「若有黑旋風時，我死也不上山去！」奇談駭事。○總之是耐庵立意要脱卸到下文，非美髯立意要死並李逵也。【眉批】看他過接法。柴進道：「恁地也却容易，我自有個道理，只留下李大哥在我這裏便了。看他文章過接奇絶處，如星移電掣，瞥然便去，不令他人留目。你們三個自上山去，以滿晁、宋二公之意。」朱仝道：「如今做下這件事了，知府必然行移文書，去鄆城縣追捉，拿我家小，如之奈何？」吴學究道：「足下放心，此時多敢宋公明已都取寶眷在山上了。」朱仝方纔有些放心。柴進置酒相待，就當日送行。三個臨晚辭了柴大官人便行，柴進叫莊客備三騎馬，送出關外。臨别時，吴用又分付李逵道：「你且小心，只在大官人莊上住幾時，切不可胡亂惹事累人。每于事前先逗一綫，如游絲惹花，將迎復脱，妙不可言。待半年三個月，等他性定，却來取你還山，此一句極似承上文吃緊語，然却是假筆。多管也來請柴大官人入夥。此一句極似無來歷突然語，然却是正筆。」○只此二筆要分正反，洵知文之難作與文之難讀也。三個自上馬去了。

不説柴進和李逵回莊，且只説朱仝隨吴用、雷横來梁山泊入夥。行了一程，出離滄州地界，莊客自騎了馬回去。細。三個取路投梁山泊來，于路無話。早到朱貴酒店裏，先使人上山寨報知。晁蓋、宋江引了大小頭目，打鼓吹笛，直到金沙灘迎接，一行人都相見了。各人乘馬回到山上，大寨前下了馬，都到聚義廳上，叙説舊話。朱仝道：「小弟今蒙呼喚到山，滄州知府必然行移文書，去鄆城縣捉我老小，如之奈何？」宋江大笑道：「我教長兄放心。尊嫂並令郎，已取到這裏多日了。」朱仝便問道：「見在何處？」宋江道：「奉養在家父太公歇處，兄長請自己去問慰便了。」朱仝大喜。宋江着人引朱仝直到宋太公歇所，見了一家老小並一應細軟行李。妻子説道：「近日有人賫書來，説你已在山寨入夥了。因此收拾，星夜到此。」朱仝出來拜謝了衆人。宋江便請朱仝、雷横山頂下寨，陡然將朱、雷一結，令兩龍齊來入穴，看他何等筆力。○閑中忽大書「宋江便請」四字，見宋江之無晁蓋也；又大書「山頂下寨」四字，見宋江之多樹援也。一筆一削，遂擬《春秋》，豈意稗官有此奇事。【眉批】不但結朱仝，並結雷横，謂之兩頭一結法。一面且做筵席，連日慶賀新頭領，不在話下。畢。

却説滄州知府至晚不見朱仝抱小衙内回來，差人四散去尋了半夜。次日，有人見殺死在林子裏，報與知府知道。府尹聽了大驚，親自到林子裏看了，痛哭不已，備辦棺木燒化。次日陞廳，便行開公文，諸處緝捕，捉拿朱仝正身。鄆城縣已自申報朱仝妻子挈家在逃，不知去向。行開各州縣，出給賞錢捕獲，筆墨周緻，又補鄆城縣事。不在話下。畢。

只説李逵在柴進莊上住了一個來月，閑殺鐵牛。忽一日，輕輕三字，生出後回無數大文字。見一個人賫一封書火急奔莊上來。柴大官人却好迎着，接書看了，大驚道：「既是如此，我只得去走一遭！」李逵便問道：須知急插入真是妙筆，不得但贊描畫李逵如活而已。「大官人有甚緊事？」柴進道：「我有個叔叔柴皇城，見在高唐州居住。今被本州知府高廉的老婆兄弟殷天錫那廝來要占花園，嘔了一口氣，卧病在床。早晚性命不保，必有遺囑的言語分付，特來喚我。想叔叔無兒無女，注出必須親往之故。必須親身去走一遭。」李逵道：「既是大官人去時，我也跟大官人去走一遭，如何？」以事論之，謂是旁文；以文論之，却是正事。須看耐庵妙筆，莫只看李逵妙人也。柴進道：「大哥肯去時，就同走一遭。」柴進即便收拾行李，選了十數匹好馬，帶了幾個莊客。次日五更起來，柴進、李逵並從人都上了馬，離了莊院，望高唐州來。

不一日，來到高唐州，入城直至柴皇城宅前下馬。留李逵和從人在外面廳房内，柴進自徑入卧房裏來看視叔叔，坐在榻前，放聲慟哭。皇城的繼室既已無兒無女矣，乃其妻又是繼室，皆所以深明柴進之必親往也。出來，勸柴進道：「大官人鞍馬風塵不易，初到此間，且休煩惱。」家破人亡之時，只有婦人哭、男子勸之理，豈有男子哭、婦人反勸之理哉？分明寫出皇城家中，又無痛癢，又無緩急，此繼室之所以爲繼室，而柴進之不得不親往也。○只「繼室」二字，直從意匠慘淡處經營出來。作文豈是易事，而讀文又烏得不難也！　柴進施禮罷，便問事情。繼室答道：「此間新任知府高廉，兼管本州兵馬，便伏交戰諸文。設無此一語，下直取而殺之可也。是東京高太尉的叔伯兄弟，倚仗他哥哥勢要，在這裏無所不爲。一部書並不正寫高俅一筆，而高俅之惡貫于斯盈矣。「無所不爲」者，一辭不足以盡之之謂也。帶將一個妻舅殷天錫來，人盡稱他做『殷直閣』。那廝年紀却小，又倚仗他姐夫的勢要，又在這裏無所不爲。高俅無所不爲，猶可限也；高俅之伯叔兄弟無所不爲，胡可限也？高俅之伯叔兄弟無所不爲，不可限也；高俅之伯叔兄弟又有親戚，又復無所不爲，胡可限也？高俅之伯叔兄弟又有親戚，又復無所不爲，不可限也；高俅伯叔兄弟之親戚，又當各有其狐狗奔走之徒，又當各各無所不爲，胡可限也！嗟乎！天下者朝廷之天下也，百姓者朝廷之赤子也。今也縱不可限之虎狼，張不可限之饞吻，奪不可限之几肉，填不可限之溪壑，而欲民之不畔、國之不亡，胡可得也！有那等獻勤的賣科，對他說我家宅後有個花園水亭蓋造得好。前書高俅之伯叔兄弟奪人妻女，此書高俅伯叔兄弟之妻舅奪人田宅。蓋高俅之黨愈多，而高俅之勢愈赫矣。前書高俅因伯叔兄弟奪人妻女，而欲誣誅林冲；此書高俅因伯叔兄弟之妻舅奪人田宅，而至禍連甲兵。蓋高俅之勢愈赫，而高俅之惡愈盈矣。那廝帶將許多奸詐不及的三二十人，徑入家裏來宅子後看了，寫得赫赫。便要發遣我們出去，他要來住。寫得赫赫。皇城對他說道：『我家是金枝玉葉，有先朝丹書鐵券在門，諸人不許欺侮。你如何敢奪占我的住宅？趕我老小那裏去？』那廝不容所言，定要我們出屋。皇城去扯他，反被這廝推搶毆打。因此受這口氣，一卧不起，飲食不吃，服藥無效。眼見得上天遠，入地近。今日得大官人來家做個主張，便有些山高水低，也更不憂。」柴進答道：「尊嬸放心，只顧請好醫士調治叔叔。但有門户，小侄自使人回滄州家裏去取丹書鐵券來，和他理會。先頓一句在此者，非表丹書鐵券之即來，正表丹書鐵券之未來也。便告到官府、今上御前，此四字是疊一句法，本言便告到官府也不怕他，却于「官府」二字下，疊出「今上御前」四字，以表丹書鐵券之老大足恃，而不謂後文之殊不然也。也不怕他。」繼室道：「皇城幹事全不濟事，還是大官人理論是得。」

柴進看視了叔叔一回，却出來和李逵並帶來人從說知備細。李逵聽了，跳將起來，說道：「這廝好無道理！忽然提出「道理」二字，令奸臣一嚇。我有大斧在這裏，教他吃我幾斧，却再商量！」柴進道：「李大哥，你且息怒，没來由，和他粗鹵做甚麽？他雖是倚勢欺人，我家放着有護持聖旨。這裏指高廉也。和他理論不得，須是京師也有大似他的，指道君也。必道君皇帝方大似他，然則「他」之爲他，其大何如哉！○只知「這裏」之有高廉，而不知「大似他」的身邊之有高俅，何哉？放着明明的條例，和他打官司！」李逵道：「條例、條例！若還依得，天下不亂了！快論確論。我只是前打後商量！五字是李大哥生平，亦是一大篇題目，不得作一句閑話讀也。那廝若還去告狀，和那鳥官一發都砍了！」亦是下文一大篇題目，不是口頭順便快語而已。柴進笑道：「可知朱仝要和你厮並，見面不得。本爲要留李逵生出事來，故上文寫作朱仝怒發耳。今偏倒搁此筆，以自掩其筆墨之迹。耐庵每每如此。這裏是禁城之内，如何比得你山寨裏横行！」李逵道：「禁城便怎地？江州無爲軍偏我不曾殺人？」妙人妙語，全是嫵媚，毫無粗鹵，令我讀之解頤。柴進道：「等我看了頭勢，用着大哥時，那時相央，無事只在房裏請坐。」又于柴進口中特作按壓之語，以見下文突如其來，非柴進之所料也。

正説之間，裏面侍妾慌忙來請大官人看視皇城。柴進入到裏面卧榻前，只見皇城閤着兩眼淚，對柴進説道：「賢侄志氣軒昂，不辱祖宗。我今日被殷天錫毆死，你可看骨肉之面，親賫書往京師攔駕告狀，與我報讐。九泉之下，也感賢侄親意。保重、保重！再不多囑。」言罷便放了命。柴進痛哭了一場。繼室恐怕昏暈，不惟不哭，反勸人勿哭，極寫「繼室」二字。勸住柴進道：「大官人煩惱有日，只四字，寫盡新死人家相勸人語。且請商量後事。」柴進道：「誓書在我家裏，不曾帶得來；星夜教人去取，須用將往東京告狀。叔叔尊靈，且安排棺槨盛殮；成了孝服，却再商量。」柴進教依官制，備辦内棺外槨，依禮鋪設靈位。一門穿了重孝，大小舉哀。李逵在外面聽得堂裏哭泣，自己磨拳擦掌價氣。妙人，寫得如畫。問從人，都不肯説。一發可惱。宅裏請僧修設好事功果。

至第三日，只見這殷天錫騎着一匹攛行的馬，「攛行」妙。將引閑漢三二十人，手執彈弓、川弩、吹筒、氣球、拈竿、樂器，城外游玩了一遭，帶五七分酒，佯醉假顛，徑來到柴皇城宅前，勒住馬，叫裏面管家的人出來説話。描寫如畫，正與高衙内一樣脚色。柴進聽得説，挂着一身孝服慌忙出來答應。那殷天錫在馬上問道：「你是他家甚麽人？」柴進答道：「小可是柴皇城親侄柴進。」殷天錫道：「我前日分付道，教他家搬出屋去，如何不依我言語？」柴進道：「便是叔叔卧病，不敢移動。夜來已自身故，待斷七了搬出去。」殷天錫道：「放屁！我只限你三日便要出屋。三日外不搬，先把你這厮枷號起，先吃我一百訊棍！」柴進道：「直閣休恁相欺！我家也是龍子龍孫，放着先朝丹書鐵券，誰敢不敬？」殷天錫喝道：「你將出來我看！」好。柴進道：「見在滄州家裏，已使人去取來。」殷天錫大怒道：「這厮正是胡説！便有誓書鐵券，我也不怕！又好。左右，與我打這厮！」

衆人却待動手，原來黑旋風李逵在門縫裏張看，全是嫵媚，毫無粗鹵，妙人。聽得喝打柴進，便拽開房門，大吼一聲，直搶到馬邊，早把殷天錫揪下馬來，一拳打翻。何等快便，何等條直。攔駕告狀，何爲也哉！那二三十人却待搶他，寫得好。被李逵手起，早打倒五六個，一哄都走了。李逵却再拿殷天錫提起來，拳頭脚尖一發上，柴進那裏勸得住？看那殷天錫時，早已打死在地。

只是一頓打，却作兩截寫。○快活。柴進只叫得苦，便教李逵且去後堂商議。柴進道：「眼見得便有人到這裏，你安身不得了。官司我自支吾，你快走回梁山泊去。」李逵道：「我便走了，須連累你。」至性人語。○純是一團道理在胸中，方説得出此八個字來。怪不得他罵人「無道理」也。○必如此人，方能與人同生同死，他人只是閑時好聽語耳。柴進道：「我自有誓書鐵券護身，你便去是，事不宜遲。」李逵取了雙斧，帶了盤纏，出後門，自投梁山泊去了。

不多時，只見二百餘人，各執刀杖鎗棒，圍住柴皇城家。柴進見來捉人，便出來説道：「我同你們府裏分訴去。」衆人先縛了柴進，便入家裏搜捉行凶黑大漢，不見，只把柴進綁到州衙内，當廳跪下。知府高廉聽得打死了他的舅子殷天錫，正在廳上咬牙切齒忿恨，只待拿人來，早把柴進驅翻在廳前階下。高廉喝道：「你怎敢打死了我殷天錫！」柴進告道：「小人是柴世宗嫡派子孫，家門有先朝太祖誓書鐵券，見在滄州居住。爲是叔叔柴皇城病重，特來看視，不幸身故，見今停喪在家。殷直閣將帶三二十人到家，定要趕逐出屋，不容柴進分説，喝令衆人毆打。被莊客李大救護，一時行凶打死。」高廉喝道：「李大見在那裏？」柴進道：「心慌逃走了。」高廉道：「他是個莊客，不得你的言語，如何敢打死人！你又故縱他逃走了，却來瞞昧官府。你這厮，不打如何肯招？牢子下手，加力與我打這厮！」柴進叫道：「莊客李大救主，誤打死人，非干我事！放着先朝太祖誓書，如何便下刑法打我？」高廉道：「誓書有在那裏？」好。柴進道：「已使人回滄州去取來了。」高廉大怒，喝道：「這厮正是抗拒官府！左右，腕頭加力，好生痛打！」衆人下手，把柴進打得皮開肉綻，鮮血迸流，只得招做「使令莊客李大打死殷天錫」。取那二十五斤死因枷釘了，發下牢裏監收。殷天錫屍首簡驗了，自把棺木殯葬，不在話下。這殷夫人要與兄弟報讎，教丈夫高廉抄扎了柴皇城家私，監禁下人口，封占了房屋園院，柴進自在牢中受苦。

却說李逵連夜回梁山泊，到得寨裏來見衆頭領。朱仝一見李逵，怒從心起，掣條朴刀，徑奔李逵。須知此只是周旋前文，蓋既已一時借作波折，便不得不與之收拾完繳。所謂情生文，文又生情，了不得已也。黑旋風拔出雙斧，便鬥朱仝。胸中自有一場大禍，且未及說，而見人要廝殺，便且與之廝殺，妙人之妙如此。【眉批】此是餘文，不入朱仝傳，亦不作李逵傳。晁蓋、宋江並衆頭領，一齊向前勸住。宋江與朱仝陪話道：「前者殺了小衙内，不干李逵之事，却是軍師吴學究因請兄長不肯上山，一時定的計策。今日既到山寨，便休記心。只顧同心協助，共興大義，休教外人恥笑。」便叫李逵：「兄弟，與美髯陪話。」李逵睜着怪眼，叫將起來，有時要他死亦肯，有時要他陪話亦不肯，真是第一妙人。說道：「他直恁般做得起！我也多曾在山寨出氣力，自是李逵心口如一語。他又不曾有半點之功，却怎地倒教我陪話！」宋江道：「兄弟，却是你殺了小衙内，此語與下語不連。雖是軍師嚴令。此語與下語又不連。論齒序，他也是你哥哥。此語與下語又不連。且看我面與他伏個禮，看他句句不連。我却自拜你便了。」灣灣曲曲，一句一换，直换到此句，不得不令李逵心肯，寫盡宋江權術，當面轉變而出。○耐庵何難爲宋江作一片理直氣暢語，足使李逵心服，而必故爲如此屈曲斷續之辭？此蓋所以深明宋江之權術，乃至忍于欺天性一直之李逵，而又敢于李逵面前，明明變換以欺之，所謂深惡痛絶之筆也。李逵吃宋江央及不過，便道：「我不是怕你，爲是哥哥逼我没奈何了，與你陪話。」一

「逼」字,「没奈何了」四字,寫李逵服宋江畢竟不是心服,妙筆。李逵吃宋江逼住了,只得撇了雙斧,拜了朱仝兩拜。朱仝方纔消了這口氣。畢。

山寨裏晁頭領且教安排筵席,與他兩個和解。補寫晁蓋,正是反剔宋江。李逵說起:方纔說起。雖文勢不得不然,亦活寫李逵天趣。「柴大官人因去高唐州看親叔叔柴皇城病症,却被本州高知府妻舅殷天錫要奪屋宇花園,毆罵柴進,吃我打死了殷天錫那厮。」宋江聽罷,失驚道:「你自走了,須連累柴大官人吃官司!」吴學究道:「兄長休驚,等戴宗回山,便有分曉。」未審虛實,輕動大軍,既不可;差人往探,稽延時日,又不可。忽然斜插一句,有意無意,便似恰好湊着者。巧心妙筆,獨我能知之耳。李逵問道:「戴宗哥哥那裏去了?」吴用道:「我怕你在柴大官人莊上惹事不好,特地教他來喚你回山。他到那裏不見你時,必去高唐州尋你。」反作一注注開去,以自掩其筆墨之迹,妙絶。〇每每有一段事,前文不能及,因向後文補叙出者,此自是「補叙」之一例。今此文乃是前文實實本無,而一時不得不生出此一法,以自叙其兩難之筆。謂之「隨手撮出」例,並非「補叙」之一例也。

說言未絶,只見小校來報:「戴院長回來了。」看他何等迅疾。〇看此句,始悟上文之能。宋江便去迎接,到了堂上坐下,便問柴大官人一事。戴宗答道:「去到柴大官人莊上,已知同李逵投高唐州去了。徑奔那裏去打聽,只見滿城人傳說:殷天錫因爭柴皇城莊屋,被一個黑大漢打死了;見今負累了柴大官人陷于縲絏,下在牢裏;柴皇城一家人口家私,盡都抄扎了。柴大官人性命早晚不保。」晁蓋道:「這個黑厮又做出來了!但到處便惹口面!」李逵道:「柴皇城被他打傷,嘔氣死了;又來占他房屋,又喝教打柴大官人,便是活佛也忍不得!」妙人妙語，正以不可解爲奇，並不知活佛又是甚東西也。晁蓋道：「柴大官人自來與山寨有恩，今日他有危難，如何不下山去救他？我親自去走一遭。」宋江道：「哥哥是山寨之主，如何可便輕動？寫宋江自到山寨，便軟禁晁蓋，不許轉動，而又每以好語遮飾之，權詐可畏如畫。小可和柴大官人舊來有恩，情願替哥哥下山。」吴學究道：「高唐州城池雖小，人物稠穰，軍廣糧多，不可輕敵。煩請林冲、第一員便點林冲，陡然提出五岳樓下故事。花榮、秦明、李俊、吕方、郭盛、孫立、歐鵬、楊林、鄧飛、馬麟、白勝十二個頭領，部引馬步軍兵五千，作前隊先鋒；中軍主帥宋公明、吴用，並朱仝、雷横、戴宗、李逵、張横、張順、楊雄、石秀十個頭領，部引馬步軍兵三千策應。」共該二十二位頭領，辭了晁蓋等衆人，離了山寨，望高唐州進發。

梁山泊前軍到得高唐州地界，早有軍卒報知高廉。高廉聽了，冷笑道：「你這夥草賊，在梁山泊窩藏，我兀自要來剿捕你。今日你倒來就縛，此是天教我成功！左右，快傳下號令，整點軍馬，出城迎敵，着那衆百姓上城守護。」這高知府上馬管軍，下馬管民，一聲號令下去，那帳前都統、監軍、統領、統制、提轄軍職一應官員，各各部領軍馬，就教場裏點視已罷，諸將便擺布出城迎敵。高廉手下有三百梯己軍士，號爲「飛天神兵」，輕輕添出四字，便就柴進傳中收出公孫勝來。可謂文心梯接而上，不得認真謂當時真有其人也。【眉批】看他趁勢過接。一個個都是山東、河北、江西、湖南、兩淮、兩浙選來的精壯好漢。知府高廉親自引了，披甲背劍，便奇。上馬出到城外，把部下軍官周迴排成陣勢，却將三百神兵列在中軍，摇旗吶喊，擂鼓鳴金，只等敵軍來到。

却説林冲、花榮、秦明總出三人。引領五千人馬到來，兩軍相迎，旗鼓相望，各把强弓硬弩，射住陣脚。兩軍中吹動畫角，發起擂鼓，花榮、秦明別出二人。○上總出三人，此又別出二人，便單單讓出林冲一個頭來，爲五岳樓下、白虎堂前、山神廟裏無數大書，一齊吐氣也。○作書須學此等筆法。帶同十個頭領都到陣前，把馬勒住。頭領林冲橫丈八蛇矛，躍馬出陣，自岳樓下忍此一口氣，節堂前再忍一口氣，草場外再忍一口氣，乃至水泊裏再忍一口氣，直到此一處，方乃一齊發作，快文亦快事也。厲聲高叫："姓高的賊！快快出來！""姓高的賊"所包甚廣，俗本訛。高廉把馬一縱，引着三十餘個軍官，都出到門旗下，勒住馬，指着林冲罵道："你這夥不知死的叛賊，怎敢直犯俺的城池！"林冲喝道："你這個害民强盜，駡高廉只此一句，下自痛駡高俅，妙絶。我早晚殺到京師，把你那廝欺君賊臣高俅，碎尸萬段，方是願足！"對高廉駡高俅，各人心中自有怨毒，妙絶。○柴進傳中忽爲林冲傳作結，真所謂"借他人酒杯，澆自己壘塊"矣。○此等意思，又確是林武師。宋江不爾，武松不爾，魯達不爾，李逵不爾；石秀近之矣，而猶不爾。

高廉大怒，回頭問道："誰人出馬先捉此賊去？"軍官隊裏轉出一個統制官，姓于，名直，拍馬掄刀，竟出陣前。林冲見了徑奔于直，兩個戰不到五合，于直被林冲心窩裏一蛇矛刺着，翻筋斗攧下馬去。小喜作折。高廉見了大驚，"再有誰人出馬報讎？"軍官隊裏又轉出一個統制官，姓温，雙名文寶，使一條長鎗，騎一匹黄驃馬，鑾鈴響，珂珮鳴，早出到陣前，四隻馬蹄蕩起征塵，直奔林冲。秦明見了，大叫："哥哥稍歇，看我立斬此賊！"林冲勒住馬，收了點鋼矛，讓秦明戰温文寶。兩個約鬥十合之上，秦明放個門户讓他鎗搠進來；手起棍落，把温文寶削去半個天靈蓋，死于馬下。那馬跑回本陣去了。小喜作折。兩陣軍相對，齊吶聲喊。

高廉見連折二將，便去背上掣出那口太阿寶劒來，口中念念有詞，喝聲道：「疾！」「念念有詞，喝聲道：『疾』」八字，耐庵撰之于前，諸小説家用之于後，至今日已成爛熟舊語。乃讀之便似活畫出一位法官，字字有身分，有威勢，有聲響，有稜角，始信前人描畫之工也。只見高廉隊中捲起一道黑氣，那道氣散至半空裏，飛沙走石，撼地摇天，刮起怪風，徑掃過對陣來。林冲、秦明、花榮等衆將對面不能相顧，驚得那坐下馬亂攛咆哮，衆人回身便走。高廉把劍一揮，指點那三百神兵，從陣裏殺將出來。背後官軍協助，一掩過來，趕得林冲等軍馬星落雲散，七斷八續，呼兄唤弟，覓子尋爺。五千軍兵折了一千餘人，直退回五十里下寨。先將兩番小喜作一波折，然後轉出一番大敗來，看他處處不作直筆。高廉見人馬退去，也收了本部軍兵，入高唐州城裏安下。

却説宋江中軍人馬到來，林冲等接着，具説前事。宋江、吴用聽了大驚，與軍師道：「是何神術，如此利害？」吴學究道：「想是妖法。若能回風返火，便可破敵。」宋江聽罷，打開天書看時，第三卷上有「回風返火破陣之法」。忽然又作一折。宋江大喜，用心記了咒語並秘訣。整點人馬，五更造飯吃了，摇旗擂鼓，殺進城下來。有人報入城中，高廉再點了得勝人馬並三百神兵，開放城門，布下吊橋，出來擺成陣勢。宋江帶劍縱馬出陣前，望見高廉軍中一簇皂旗。如畫。吴學究道：「那陣内皂旗便是使『神師計』的軍兵，但恐又使此法，如何迎敵？」宋江道：「軍師放心，我自有破陣之法。諸軍衆將勿得驚疑，只顧向前殺去。」高廉分付大小將較：「不要與他强敵挑鬥，但見牌響，一齊並力擒獲宋江，我自有重賞。」兩軍喊聲起處，高廉馬鞍轎上挂着那面聚獸銅牌，上有龍章鳳篆，先插在前。手裏拿着寶劍，出到陣前。宋江指着高廉罵道：「昨夜我不曾到，兄弟們誤折一陣，今日我必要把你誅盡殺絶！」高廉喝道：「你這夥反賊！快早早下馬受縛，省得我腥手污脚！」言罷，把劍一揮，口中念念有詞，喝聲道：「疾！」黑氣起處，早捲起怪風來。宋江不等那風到，口中也念念有詞，左手揑訣，右手把劍一指，喝聲道：「疾！」那陣風不望宋江陣裏來，倒望高廉神兵隊裏去了。小喜作折。宋江却待招呼人馬，殺將過去。高廉見回了風，急取銅牌，把劍敲動，向那神兵隊裏捲一陣黄沙，就中軍走出一群怪獸毒蟲，直衝過來。又是一番大敗，却于其前亦先作一波折。宋江陣裏，衆多人馬驚呆了。宋江撇了劍，撥回馬先走；可知天書非玄女所授。衆頭領簇捧着，盡都逃命；大小軍校，你我不能相顧，奪路而走。高廉在後面把劍一揮，神兵在前，官軍在後，一齊掩殺將來。宋江人馬，大敗虧輸。高廉趕殺二十餘里，鳴金收軍，城中去了。

宋江來到土坡下，收住人馬，扎下寨栅。雖是損折了些軍卒，却喜衆頭領都有。特特注明。屯住軍馬，便與軍師吴用商議道：「今番打高唐州，連折了兩陣，無計可破神兵，如之奈何？」

【眉批】此一段是爲後回作地法。

吴學究道：「若是這厮會使『神師計』，他必然今夜要來劫寨，須知此非學究妙算，正是耐庵妙筆。○詳見下批。可先用計隄備。此處只可屯扎些少軍馬，我等去舊寨内駐扎。」宋江傳令，只留下楊林、白勝看寨，楊林、白勝于衆中爲下材，然却不可使之無所樹立，故每于此等事便調遣之，耐庵真有宰相之才。其餘人馬，退去舊寨内將息。

且説楊林、白勝引人離寨半里草坡内埋伏。等到一更時分，只見風雷大作。楊林、白勝同三百餘人在草裏看時，只見高廉步走，引領三百神兵吹風唿哨，殺入寨裏來；見是空寨，回身便走。楊林、白勝吶聲喊，高廉只怕中了計，四散便走，三百神兵各自奔逃。楊林、白勝亂放弩箭，只顧射去，一箭正中高廉左肩。妙絶。○上文吴用只合云：「那厮會使『神師計』，必須請將公孫勝來方可。」却忽然又算兩軍並殺方急，若必須請將公孫勝來，則又將如何按住高廉一面耶？左思右想，陡然算到不如射他一箭。然日裏方奪路逃命之際，情勢必所不及，故又左思右想，算出預備劫寨一番。此皆良工心苦，獨我能知之也。○後文又劫寨者，蓋言高廉慣要劫寨，以遮掩此文筆墨之迹。切勿爲古人所瞞，則稱善讀書人矣。衆軍四散，冒雨趕殺。高廉引領了神兵，去得遠了。楊林、白勝人少，不敢深入。只要一箭足矣，不用深入也。少刻，雨過雲收，復見一天星斗。月光之下，草坡前搠翻射倒，拿得神兵二十餘人，如畫。解赴宋公明寨内，具説雷雨風雲之事。宋江、吴用見説，大驚道：「此間只隔得五里遠近，却又無雨無風。」衆人議道：「正是妖法。只在本處，離地只有三四十丈；雲雨氣味，是左近水泊中攝將來的。」便寫得一似真有此事。楊林説：「高廉也自披髮仗劍，殺入寨中，身上中了我一弩箭，回城中去了。爲是人少，不敢去追。」宋江分賞楊林、白勝，把拿來的中傷神兵斬了。分撥衆頭領，下了七八個小寨，圍繞大寨，隄備再來劫寨；豈有再來劫寨之理？正是耐庵自掩之筆也。○後文偏又當真再來劫寨，則耐庵弄奇犯險，每以此等筆法爲能事也。一面使人回山寨，取軍馬協助。于高廉中箭後傳出二令，一備再劫，一取救兵。皆故意避開取公孫勝一句，以自掩其筆墨之迹，妙絶。且説高廉自中了箭，回到城中養病，令軍士：「守護城池，曉夜隄備，且休與他厮殺。待我箭瘡平復起來，捉宋江未遲。」劫寨一段文字，乃正爲此句耳，須知之。

却説宋江見折了人馬，心中憂悶，和軍師吴用商量道：「只這個高廉尚且破不得，倘或别添他處軍馬，並力來助，如之奈何？」吴學究道：「我想要破高廉妖法，只除非依我，如此如此。若不去請這個人來，柴大官人性命也是難救，高唐州城子永不能得。」正是：要除起霧興雲法，須請通天徹地人。畢竟吴學究説這個人是誰，且聽下回分解。

第五才子書施耐庵水滸傳卷之五十七

聖歎外書

第五十二回　戴宗二取公孫勝　李逵獨劈羅真人

此篇純以科諢成文，是傳中另又一樣筆墨。然在讀者，則必須略其科諢，而觀其意思。何則？蓋科諢，文章之惡道也。此傳之間一爲之者，非其未能免俗而聊復爾爾，亦其意思真有甚異于人者也。何也？蓋傳中既有公孫，自不得不又有高廉。夫特生高廉以襯出公孫也，乃今不向此時盛顯其法術，不且虛此一番周折乎哉！然而盛顯法術，固甚難矣。不張皇高廉，斯無以張皇公孫也；顧張皇高廉以張皇公孫，而斯兩人者爭奇鬥異，至于牛蛇神鬼，且將無所不有，斯則與彼《西游》諸書又何以異？此耐庵先生所義不爲也。吾聞文章之家，固有所謂「避實取虛」之法矣。今茲略于破高廉，而詳于取公孫，意者其用此法與？然業已略于高廉而詳于公孫，則何不並略公孫而特詳于公孫之師？蓋所謂「避實取虛」之法，至是乃爲極盡其變，而李大哥特以妙人見借，助成局段者也。

是故凡李大哥插科打諢,皆所以襯出真人;襯出真人,正所以襯出公孫也。若不知作者意思如此,而徒李大哥科諢之是求,此真東坡所謂「士俗不可醫」,吾未如之何也。

此篇又處處用對鎖作章法,乃至一字不换,皆惟恐讀者墮落科諢一道去故也。

此篇如拍桌濺麵一段、不省説甚一段,皆作者嘔心失血而得,不得草草讀過。

話説當下吴學究對宋公明説道:「要破此法,只除非快教人去薊州,尋取公孫勝來,便可破得高廉。」宋江道:「前番戴宗去了幾時,全然打聽不着,却那裏去尋?」吴用道:「只説薊州,句。有管下多少縣治、句。鎮市、句。鄉村,句。他須不曾尋得到。我想公孫勝他是個學道的人,必然在個名山大川、洞天真境居住。爲學道人一錐。○吾聞其語矣,未見其人也。今番教戴宗可去繞薊州管下山川去處,尋覓一遭,不愁不見他。」宋江聽罷,隨即叫請戴院長商議,可往薊州尋取公孫勝。戴宗道:「小可願往。只是得一個做伴的去方好。」非院長怕途中寂寞,正耐庵怕文章寂寞也。吴用道:「你作起神行法來,誰人趕得你上?」戴宗道:「若是同伴的人,我也把甲馬拴在他腿上,教他也便走得快了。」李逵便道:院長真説得快,大哥又接得快。○肉飛眉動之文。「我與戴院長做伴走一遭。」戴宗道:「你若要跟我去,須要一路上吃素,惡。○前並不以此難楊林,今忽偏以此難鐵牛,故惡。○虧得題目惡,方生出妙文來。都聽我的言語。」李逵道:「這個有甚難處,今日不曾難,真是不難;後日難起來,真是不易。鐵牛真是心直口直。我都依你便了!」宋江、吴用分付道:「路上小心在意,休要惹事。若得見了,早早回來。」李逵道:「我打死了殷天錫，却教柴大官人吃官司，我如何不要救他？情理俱到，刳心剔膽之言。聖賢菩薩，只存得此一片心耳。今番並不許惹事了。」不曰「並不敢」，而曰「並不許」，自家分付自家，鐵牛可愛如此。

二人各藏了暗器，拴縛了包裹，拜辭宋江並衆人，離了高唐州，取路投薊州來。走得二三十里，李逵立住脚道：「大哥，買碗酒吃了走也好。」却早來了！妙人。戴宗道：「你要跟我作神行法，須要只吃素酒。」李逵笑道：看他賠一「笑」字，妙人。「便吃些肉也打甚麼緊？」只作先探一句。戴宗道：「你又來了！今日已晚，且向前尋個客店宿了，明日早行。」兩個又走了三十餘里，天色昏黑，尋着一個客店歇了。燒起火來做飯，沽一角酒來吃。李逵搬一碗素飯一碗。並一碗菜湯，一碗。來房裏與戴宗吃。妙絶之筆，並不曾寫李逵如何，而讀者早已爲之失笑矣。戴宗道：「你如何不吃飯？」李逵應道：「我且未要吃飯哩。」看他說謊，鐵牛苦心。戴宗尋思：「這廝必然瞞着我，背地裏吃葷。」

戴宗自把菜飯吃了，悄悄地來後面張時，見李逵討兩角酒、一盤牛肉，立着在那裏亂吃。「兩角酒」、「一盤牛肉」自不必說，妙處乃在「亂吃」字與「立着」字，活寫出鐵牛饑腸饞吻，又心慌智亂也。戴宗道：「我說甚麼！且不要道破他，明日小小地要他耍便了！」惡。戴宗先去房裏睡了。李逵吃了一回酒肉，恐怕戴宗問他，也輕輕的來房裏睡了。「輕輕」妙。李逵亦有「輕輕」之日，真是奇事。俗本作「暗暗」，可笑。到五更時分，戴宗起來，叫李逵打火，做些素飯吃了。各分行李在背上，算還了房宿錢，離了客店。行不到二里多路，戴宗說道：「我們昨日不曾使神行法，今日須要趕程途。你先把包裹拴得牢了，我與你作法，行八百里便住。」戴宗取四個甲馬，去李逵兩隻腿上縛了，分付道：「你前面酒食店裏等我。」惡。戴宗念念有詞，吹口氣在李逵腿上。李逵拽開脚步，渾如駕雲的一般，飛也似去了。戴宗笑道：「且着他忍一日餓！」戴宗也自拴上甲馬，隨後趕來。

李逵不省得這法，只道和他走路一般好耍，是以來也。那當得耳朵邊有如風雨之聲，兩邊房屋、樹木一似連排價倒了的，脚底下如雲催霧趲。神行法奇事，偏有此奇筆描寫之。李逵怕將起來，李逵亦有「怕將起來」之日，奇事。幾遍待要住脚，兩條腿那裏收拾得住？却似有人在下面推的相似，脚不點地只管走去了。看見酒肉飯店連排飛也似過去，又不能够入去買吃。惡，惡極。李逵只得叫：「爺爺，看他口中叫唤，無倫無次。且住一住！」看看走到紅日平西，好筆力。肚裏又饑又渴，越不能够住脚，驚得一身臭汗，氣喘做一團。戴宗從背後趕來，叫道：「李大，怎的不買些點心吃了去？」惡極。李逵應道：「哥哥，再叫「哥哥」，哀切之至，如聞其聲。救我一救，餓殺鐵牛了！」戴宗懷裏摸出幾個炊餅來自吃，惡極。李逵叫道：「我不能够住脚買吃，你與我個充饑。」戴宗道：「兄弟，你立住了，與你吃。」惡極。李逵伸着手，只隔一丈來遠近，只接不着。惡極。李逵叫道：「好哥哥，「哥哥」上，又加「好」字，哀切之至，如聞其聲。且住一住！」戴宗道：「便是今日有些蹺蹊，我的兩條腿也不能够住。」李逵道：「阿也！稚子聲口。我這鳥脚不由我半分，只管自家在下邊奔了去。脚則我之脚也，今曰「不由我」，又曰「只管自家」，便若我自我，脚自脚，各不相及也者。如此妙語，自非李大哥，誰能道之。不要討我性發，把大斧砍了下來！」以大斧唬嚇自家之脚，妙語，非李大哥不能道。戴宗道：「只除是恁的般方好；惡極。不然，直走到明年正月初一日，也不能住。惡極。」李逵道：「好哥哥，又叫「好哥哥」，哀切之至。休使道兒耍我！砍了腿下來，把甚麽走回去？」寫李大哥，偏用又憨又猾之筆，令人絶倒。戴宗道：「你敢是昨夜不依我？今日連我也奔不得住，你自奔去！」李逵叫道：「好爺爺，「哥哥」二字，忽換作「爺爺」，越哀越切，情事如畫。你饒我住一住！」戴宗道：「我的這法不許吃葷，第一戒的是牛肉。若還吃了一塊牛肉，直要奔一世方纔得住！」惡極。○走一世方纔得住，亦是妙語。質言之，正是「走殺」二字耳。○脱猶未死，則何以爲「一世」哉。李逵道：「却是苦也！我昨夜不合瞞着哥哥，其實偷買五七斤牛肉吃了！正是怎麽好！」的妙人。○就此處寫出夜來牛肉多少，妙筆。戴宗道：「怪得今日連我的這腿也收不住，你這鐵牛害殺我也！」惡極。

李逵聽罷，叫起撞天屈來。妙人。戴宗笑道：「你從今已後，只依得我一件事，我便罷得這法。」李逵道：「老爹，看他口中無倫無次，哀切如畫。你快説來，看我依你！」「看我依你」，妙語，非李大哥不能道。戴宗道：「你如今敢再瞞我吃葷麽？」李逵道：「今後但吃時，舌頭上生碗來大疔瘡！奇語。○此語至今日已成爛熟惡賤之句，然在此處讀之，宛然新出于口，何也？我見哥哥會吃素，「吃素」又有會不會，妙語，非李大哥不能道。鐵牛却其實煩難，「煩難」妙，却不道有甚難處。因此上瞞着哥哥試一試。今後並不敢了！」吃葷又有「試一試」，又有「並不敢」，句句妙絶。戴宗道：「既是恁地，饒你這一遍！」趕上一步，把衣袖去李逵腿上只一拂，喝聲：「住！」李逵應聲立定。戴宗道：「我先去，你且慢慢的來。」不便收繳，再作一波。李逵正待擡脚，那裏移得動？拽也拽不起，一似生鐵鑄就了的。惡極。李逵大叫道：「又是苦也！哥便再救我一救！」其辭宛轉哀切，的的畫出妙人。戴宗轉回頭來笑道：「你方纔罰咒真麽？」惡極。李逵道：「你是我親爺，其辭愈哀，其聲愈切。○由哥哥改作好哥哥，由好哥哥改作好爺爺，由好爺爺改作老爹，由老爹改作親爺，可謂無倫無次，無所不叫矣。却如何敢違了你的言語！」戴宗道：「你今番真個依我？」便把手綰了李逵，喝聲：「起！」兩個輕輕地走了去。李逵道：「哥哥，可憐見鐵牛，早歇了罷！」宛轉哀切，的的妙人。○九字中全不訴適來之苦，而苦情一時訴盡，妙筆。見個客店，兩個入來投宿。

戴宗、李逵入到房裏，去腿上卸下甲馬，取出幾陌紙錢燒送了，問李逵道：「今番却如何？」李逵捫着脚歎氣道：「這兩條腿方纔是我的了！」的的畫出妙人，○有不信此脚之意。戴宗便叫李逵安排些素酒素飯吃了，燒湯洗了脚，上床歇息。睡到五更，起來洗漱罷，吃了飯，還了房錢，兩個又上路。行不到三里多路，戴宗取出甲馬道：「兄弟，今日與你只縛兩個，教你慢行些。」李逵道：「親爺，昨入店時，已叫「哥哥」，此處忽然重叫「親爺」，活畫出談虎色變來。我不要縛了！」「不要縛」誠是，然何計與神行者相追逐哉？戴宗道：「你既依我言語，我和你幹大事，如何肯弄你？你若不依我，教你一似夜來，只釘住在這裏。直等我去薊州尋見了公孫勝，回來放你。」李逵慌忙叫道：「你縛！你縛！」誠乃「早知如此，悔不當初」矣。戴宗與李逵當日，各只縛兩個甲馬，作起神行法，扶着李逵同走。原來戴宗的法，要行便行，要住便住。李逵從此那裏敢違他言語？于路上只是買些素酒素飯，吃了便行。

話休絮繁。兩個用神行法，不旬日，迤逞來薊州城外客店裏歇了。次日，一日。兩個入城來，戴宗扮做主人，李逵扮做僕者，繞城中尋了一日。並無一個認得公孫勝的，兩個自回店裏歇了。次日，又一日。又去城中小街狹巷尋了一日，絶無消耗。李逵心焦，罵道：「這個乞丐道人，却鳥躲在那裏？無親無疏，無上無下，但不合意，便大罵之。三代直道而行，我僅見李大哥耳。我若見時，腦揪將去見哥哥！」戴宗瞅道：「你又來了，便不記得吃苦？」妙語。李逵陪笑道：「不敢、不敢！我自這般説一聲兒耍。」的的寫出妙人。○與後對鎖作章法。戴宗又埋怨了一回，李逵不敢回話，妙人。兩個又來店裏歇了。

次日早起，又一日。却去城外近村鎮市尋覓。戴宗但見老人，先逗出「老人」二字，然後轉過麵店老人來，行文亦有步步蓮花之法。便施禮拜問公孫勝先生家在那裏居住，並無一人認得。戴宗也問過數十處。前已空過兩日，到第三日，讀者已料更空不過，却偏要再分上半日作一空也。當日晌午時分，當日晌午。兩個走得肚饑，路傍邊見一個素麵店，兩個直入來，買些點心吃。只見裏面都坐滿，没一個空處，戴宗、李逵立在當路。看他如此做出機會來，曲筆妙筆，非人所能也。過賣問道：「客官要吃麵時，和這老人合坐一坐。」只是輕輕地落出一筆，絶不見斧削之迹。戴宗見個老丈獨自一個占着一副大座頭，便與他施禮，唱個喏，兩個對面坐了。李逵坐在戴宗肩下，分付過賣造四個壯麵來。戴宗道：「我吃一個，你吃三個不少麽？」李逵道：「不濟事，一發做六個來，我都包辦。」本欲便寫拍桌濺汁，鬥出機會，然又恐突然便拍，不惟無此粗糙李逵，亦無此粗糙文章也。今先寫肚餓，作第一段。過賣見了也笑。

等了半日，不見把麵來，寫等久，作第二段。李逵却見都搬入裏面去了，寫都搬進去，作第三段。○其實不堪，不得不拍。心中已有五分焦躁，只見過賣却搬一個熱麵放在合坐老人面前。寫單搬一個，作第四段。○一發不堪，不得不拍。那老人也不謙讓，拿起麵來便吃。寫老人「便吃」，作第五段。○一發不堪，不得不拍。○只李逵一拍，看他曲曲寫來，誓不肯作直筆。那分麵却熱，老兒低着頭伏桌兒吃。上五段爲拍桌作引，此一段爲濺汁作注，看他筆法安頓之妙。李逵性急，叫一聲：「過賣！」罵道：「却教老爺等了這半日！」把那桌子只一拍，先有上五段，便令此句不突。濺那老人一臉熱汁，先有前一注，便令此句不突。○看他如此鬥出機會來，曲筆妙筆，非人所能也。那分麵都潑翻了。老兒焦躁，便來揪住李逵喝道：「你是何道理，打翻我麵？」李逵捻起拳頭，要打老兒。戴宗慌忙喝住，與他陪話道：「丈丈休和他一般見識，小可陪丈丈一分麵。」那老人道：「客官不知，老漢路遠，早要吃了麵回去聽講，反從老人口中陡然出笋，不用戴宗開言訪問，妙絶。遲時誤了程途。」戴宗問道：「丈丈何處人氏？却聽誰人講甚麽？」老兒答道：「老漢是本處薊州管下九宫縣好縣名。二仙山下人氏，好山名。○如七寶村、桃花莊、獅子橋、對影山等，皆與本文關合作致，不是無端指斥。因來這城中買些好香回去，聽山上羅真人講説長生不死之法。」

戴宗尋思：「莫不公孫勝也在那裏？」便問老人道：「丈丈，貴莊曾有個公孫勝麽？」老人道：「客官問别人定不知，多有人不認得他。老漢和他是鄰舍，他只有個老母在堂。着。這個先生一向雲游在外，着。比時唤做公孫一清。着。如今出姓，都只叫他清道人，不叫做公孫勝。此是俗名，無人認得。」爲前一遭及昨二日尋不着注破。戴宗道：「正是踏破鐵鞋無覓處，得來全不費工夫。」又拜問：「丈丈，九宫縣二仙山離此間多少路？清道人在家麽？」老人道：「二仙山只離本縣四十五里便是。清道人他是羅真人上首徒弟，他本師如何放他離左右！」戴宗聽了大喜，連忙催趲麵來吃，和那老人一同吃了。若此處又必分俵戴宗吃一個，李逵吃五個，豈不是呆鳥？算還麵錢，同出店肆，問了路途。戴宗道：「丈丈先行，不令先行，少間如何銷繳？凡作文須切記此法。小可買些香紙，也便來也。」老人作別去了。

戴宗、李逵回到客店裏，取了行李包裹，再拴上甲馬，離了客店，兩個取路投九宮縣二仙山來。戴宗使起神行法，四十五里，片時到了。二人來到縣前問二仙山時，有人指道：「離縣投東，只有五里便是。」兩個又離了縣治，投東而行。果然行不到五里，早來到二仙山下。見個樵夫，戴宗與他施禮，說道：「借問此間清道人家，在何處居住？」樵夫指道：「只過這個山嘴，門外有條小石橋的便是。」山居如畫。○先問居，次問人。文章極小處，都有節次。兩個抹過山嘴來，見有十數間草房，一周圍矮牆，牆外一座小小石橋。山居如畫。兩個來到橋邊，見一個村姑提一籃新果子出來。山居如畫。○詩云：「野鳧眠岸有閒意，老樹着花無醜枝。」一樵夫，一村姑，一石橋，一果籃，寫來真令人想殺山居也。戴宗施禮問道：「娘子從清道人家出來，清道人在家麼？」村姑答道：「在屋後煉丹。」山居如畫。○高唐州厮殺忙殺人，二仙山煉丹閑殺人。乃忙者不知忙到何時方了，閑者又不知閑到何時方了，令我一歎也。戴宗心中暗喜，分付李逵道：「你且去樹多處躲一躲，待我自入去，見了他，却來叫你。」

戴宗自入到裏面看時，一帶三間草房，門上懸挂一個蘆簾。山居如畫。戴宗咳嗽了一聲，只見一個白髮婆婆從裏面出來。戴宗當下施禮道：「告稟老娘：小可欲求清道人相見一面。」婆婆問道：「官人高姓？」戴宗道：「小可姓戴，名宗，從山東到此。」婆婆道：「孩兒出外雲游，不曾還家。」戴宗道：「小可是舊時相識，要説一句緊要的話，無緊要，尚回不在家，安有有緊要，反望其出來耶？戴宗徒知「緊要」之「緊要」，而不知世上之所謂「緊要」，乃山中之所謂「扯淡」。真可笑，亦可哀也。求見一面。」婆婆道：「不在家裏。有甚話説，留下在此不妨。待回家，自來相見。」戴宗道：「小可再來。」就辭了婆婆，却來門外對李逵道：「今番須用着你。是以院長必須得一個做伴同來也。方纔他娘説道不在家裏，如今你可去請他；他若説不在時，你便打將起來，好。却不得傷犯他老母。又好[一]。我來喝住你便罷。又好。」○未放火，先算收火者，待李逵不得不爾也。

李逵先去包裹裏取出雙斧，插在兩胯下，數日悶人，一時鬆顙，寫得活畫。入得門裏，大叫一聲：「着個出來！」四字絶倒。深山學道人家，曾未嘗聞此聲，真非李大哥道不出也。○明知學道之家，定無餘人，而云「着個出來」者，蓋言自出來也得，娘出來也得也。四字中，已畫出火雜雜拔斧之勢矣。○讀之覺紙上有聲甚厲。婆婆慌忙迎着問道：「是誰？」見了李逵睜着雙眼，先有八分怕他，問道：「哥哥有甚話説？」李逵道：「我乃梁山泊黑旋風，我嘗笑世間出將入相之人，其名震天震地，而以告于住山學道之士，方且瞠目不省何物。如黑旋風到處驚人，今日便欲以之驚此老母，可醜也。奉着哥哥將令，教我來請公孫勝。你叫他出來，佛眼相看；若還不肯出來，放一把鳥火，把你家當都燒做白地！」又大叫一聲：「早早出來！」妙人妙絶。婆婆道：「好漢莫要恁地！我這裏不是公孫勝家，自唤做清道人。」李逵道：「你只叫他出來，我自認得他鳥臉！」妙人妙絶。婆婆道：「出外

[一]「好」，貫華堂本、葉瑶池本作「奸」，據王望如評本改。

雲游未歸。」李逵拔出大斧，先砍翻一堵壁。妙人妙絶。婆婆向前攔住，李逵道：「你不叫你兒子出來，我只殺了你！」拿起斧來便砍，妙人妙絶。把那婆婆驚倒在地。只見公孫勝從裏面奔將出來，叫道：「不得無禮！」一個「只見」。只見戴宗便來喝道：「鐵牛如何嚇倒老母！」又一個「只見」。〇看他用兩「只見」，便知都從李逵眼中寫出，筆法之妙如此。戴宗連忙扶起。李逵撇了大斧，便唱個喏道：「阿哥休怪，不恁地你不肯出來！」妙人妙絶。

公孫勝先扶娘入去了，寫公孫勝好。若寫宋江，便要跪問其母不已，埋怨李逵不已矣。却出來拜請戴宗、李逵，邀進一間浄室坐下，寫公孫勝好。問道：「虧二位尋得到此。」戴宗道：「自從哥哥下山之後，小可先來薊州尋了一遍，並無打聽處，只糾合得一夥弟兄上山。今次宋公明哥哥因去高唐州救柴大官人，致被知府高廉兩三陣用妖法贏了。無計奈何，只得教小可和李逵徑來尋請足下。繞遍薊州，並無尋處。偶因素麵店中，得個此間老丈指引到此。却見村姑説足下在家燒煉丹藥，老母只是推却，因此使李逵激出哥哥來。這個太莽了些，望乞恕罪！宋公明哥哥在高唐州界上度日如年，請哥哥便可行程，以見始終成全大義之美。」公孫勝道：「貧道只開口二字，已不肯去矣。幼年飄蕩江湖，多與好漢們相聚。自從梁山泊分別回鄉，非是昧心：一者母親年老，無人奉侍，真孝。二乃本師羅真人留在座前。真悌。恐怕山寨有人尋來，故意改名清道人，隱居在此。」戴宗道：「今者宋公明正在危急之際，哥哥慈悲，只得去走一遭。」公孫勝道：「干碍老母無人養贍，本師羅真人如何肯放？其實去不得了。」戴宗再拜懇告，公孫勝扶起戴宗，説道：「再容商議。」公孫勝留戴宗、李逵在浄室裏坐定，安排些素酒素食相待。三個吃了一回，戴宗又苦苦哀告道：「若是哥哥不肯去時，宋公明必被高廉捉了。山寨大義，從此休矣！」公孫勝道：「且容我去稟問本師真人。若肯容許，便一同去。」戴宗道：「只今便去啓問本師。」公孫勝道：「且寬心住一宵，明日早去。」亦先逗出「一宵」二字。戴宗道：「公明在彼一日，如度一年，煩請哥哥便問一遭。」

公孫勝便起身，引了戴宗、李逵，離了家裏，取路上二仙山來。此時已是秋殘冬初時分，日短夜長，容易得晚。不惟寫景，亦已覷定夜半矣。來到半山裏，却早紅輪西墜。松陰裏面一條小路，山居如畫。直到羅真人觀前，見有硃紅牌額上，寫着「紫虚觀」三個金字。真乃如畫。三人來到觀前着衣亭上，整頓衣服，從廊下入來，徑投殿後松鶴軒裏去。兩個童子童子。看見公孫勝領人入來，報知羅真人，傳法旨，教請三人入來。當下公孫勝引着戴宗、李逵到松鶴軒内，正值真人朝真纔罷，坐在雲床上。公孫勝向前行禮起居，躬身侍立。戴宗當下見了，慌忙下拜。自見宋公明，幾以爲天下之人物至此而止矣。又豈知深山窮谷之處，又有如是之人物乎！寫戴宗慌忙下拜，蓋戴宗于是乎恍然自失矣。李逵只管光着眼看。有戴宗，不可無李逵，寫得各極其妙。

羅真人問公孫勝道：「此二位何來？」公孫勝道：「便是昔日弟子曾告我師，山東義友是也。今爲高唐州知府高廉顯逞異術，有兄宋江，特令二弟來此呼唤弟子。未敢擅便，故來稟問我師。」羅真人道：「吾一清既脱火坑，學煉長生，何得再慕此境？」戴宗再拜道：「容乞暫請公孫先生下山，破了高廉，便送還山。」羅真人道：「二位不知，此非出家人閑管之事。汝等自下山去商議。」不因此一跌，安得生出下文絶奇文字來？看官須感激真人，莫便錯怪真人也。公孫勝只得引了二人，離了松鶴軒，連晚下山來。「連晚」妙，爲下文蛛絲馬迹。李逵問道：「那老仙先生説甚麽？」妙筆、妙筆。設無此一曲，則竟當時發作耳，又安肯待到半夜耶？才子作文，真乃心到手到，非他人之所知也。○「老仙先生」四字，是鐵牛胸中忽然杜撰出來之文，字字出人意外，又字字在人眼前。妙絶妙絶，令我絶倒。戴宗道：「你偏不聽得！」李逵道：「便是不省得這般鳥做聲！」妙人妙絶，令我絶倒。戴宗道：「便是他的師父，説道教他休去！」李逵聽了，叫起來道：「教我兩個走了許多路程，我又吃了若干苦，知其受創之深。尋見了却放出這個屁來！莫要引老爺性發，一隻手捻碎你這道冠兒，一隻手提住腰胯[二]，把那老賊道倒直撞下山去！」于事則先有此語，而後有半夜之事；于文則先有半夜之事，而後有此語：蓋是先襯之法也。○又與前「腦揪」相對作章法。戴宗瞅着道：「你又要釘住了脚！」李逵陪笑道：「不敢，不敢！我自這般説一聲兒耍。」與前對鎖作章法。

三個再到公孫勝家裏，當夜安排些晚飯，戴宗和公孫勝吃了。李逵却只呆想不吃。偷吃牛肉，便吃五七斤；同吃壯麵，便吃五六個；幹事不成，便只呆想不吃。李大哥誠乃無處不是。○俗本訛。公孫勝道：「且權宿一宵，明日再去懇告本師。涉筆成趣。若肯時，便去。」戴宗只得叫了安置，收拾行李，和李逵來浄室裏睡。這李逵那裏睡得着？胸中既有「連累柴大官人」一事，耳中又有「必捉公明哥哥」一句，真是如何睡得着。寫李逵忠孝過人，令人感泣。捱到五更左側，輕輕地爬將起來，李逵又有「輕輕」之日，妙人妙絶。聽那戴宗時，正齁齁的睡熟。妙。自己尋思道：一「尋思」。○李逵又

[二]「手」，貫華堂本、葉瑶池本無，據王望如評本補。

有尋思之日，李逵又有尋思兩遍之日，都是妙人奇事。「却不是干鳥氣麽？你原是山寨裏人，却來問甚麽鳥師父！快論、確論。我本待一斧砍了，出口鳥氣，不爭殺了他，却又請那個去救俺哥哥？」妙。○是李逵尋思語。又尋思道：「設使明朝那厮又不肯，却不誤了哥哥的大事？極快極確。我只是忍不得了，妙妙。○「只是忍不得」，一似李逵又有忍得之日，妙人奇事。莫若殺了那個老賊道，教他没問處，只得和我去！快論、確論。」

李逵當時摸了兩把板斧，輕輕地開了房門，爲了弟兄，便有無數「輕輕」。吾聞其語，未見其人也。乘着星月明朗，一步步摸上山來。到得紫虚觀前，却見兩扇大門關了，傍邊籬墻苦不甚高。李逵「騰」地跳將過去，開了大門，一步步摸入裏面來。直至松鶴軒前，只聽隔窗有人念誦什麽經號之聲。不省得這般鳥做聲，妙絶。○俗本作「玉樞寶經」，誰知之，誰記之乎？甚矣，古本之不可不讀也！李逵爬上來，搠破紙窗張時，李逵又有搠破窗張别人之日，妙人奇事。見羅真人獨自一個坐在日間這件東西上；雲床也。乃自戴宗眼中寫之，則曰雲床，自李逵眼中寫之，則曰「東西」，妙絶。○俗本訛。面前桌兒上烟煨煨地，香也，却從李逵眼中寫成四字，用筆之妙，幾于出入神化矣。○俗本又訛，真乃可恨。兩枝蠟燭點得通亮。李逵道：「這賊道却不是當死！」一踅踅過門邊來，把手只一推，「撲」的兩扇亮槅齊開。李逵搶將入去，提起斧頭，便望羅真人腦門上只一劈，早斫倒在雲床上。奇文。李逵看時，流出白血來，奇文。○一個「看時」。笑道：「眼見得這賊道是童男子身，頤養得元陽真氣，不曾走泄，正没半點的紅。」奇文。○因此文，忽然想到李大哥亦定是童男子身。不爾，教他何處破身也？一笑。李逵再仔細看時，連那道冠兒劈做兩半，一顆頭直砍到項下。兩個「看時」。○再看一遍，以見不曾眼錯，皆特特與明早作照耀也。李逵道：「這個人只可驅除了他，與後真人語對鎖作章法。先不煩惱公孫勝不去！」便轉身出了松鶴軒，從側首廊下奔將出來。只見一個青衣童子攔住李逵，奇文不欲便住，故再蹴起一波。喝道：「你殺了我本師，待走那裏去！」李逵道：「你這個小賊道！也吃我一斧！」手起斧落，把頭早砍下臺基邊去。偏不殺一個，妙筆。李逵笑道：「如今只好撒開！」徑取路出了觀門，飛也似奔下山來。到得公孫勝家裏，閃入來，閉上了門。净室裏聽戴宗時，妙。兀自未覺，李逵依前輕輕地睡了。李逵要他只管「輕輕」，真是奇事。

直到天明，公孫勝起來安排早飯，相待兩個吃了。戴宗道：「再請先生同引我二人上山，懇告真人。」李逵聽了，咬着唇冷笑。「冷笑」如畫。○又好笑，又怕神行法。「咬唇」二字，活畫出妙人。三個依原舊路再上山來，入到紫虛觀裏，松鶴軒中，見兩個童子。依然妙。公孫勝問道：「真人何在？」童子答道：「真人坐在雲床上養性。」李逵聽說，吃了一驚，把舌頭伸將出來，半日縮不入去。妙人妙絶。○此句至今日亦成爛熟套語。乃今在此處讀之，依舊妙不可言，何也？三個揭起簾子入來看時，三個「看時」。見羅真人坐在雲床上中間。奇文。李逵暗暗想道：「昨夜我敢是錯殺了？」妙人妙想。○我敢是錯殺，你敢是錯認，對鎖作章法。羅真人便道：「汝等三人又來何幹？」戴宗道：「特來哀告我師慈悲，救取衆人免難。」羅真人道：「這黑大漢是誰？」此一問，真乃陡然相逼，下文却變出趣事。文情轉變，令人不測。戴宗答道：「是小可義弟，姓李，名逵。」真人笑道：「本待不教公孫勝去，看他的面上，教他去走一遭。」真人無假，只是頑耳。戴宗那廝知道我要殺他，却又鳥説！」偏奸猾，妙人。只見羅真人道：「我教你三人片時便到高唐州，如何？」三個謝了。戴宗尋思：「李逵尋思」、「戴宗尋思」，總寫真人小小狡獪，便令二人無不顛倒。「這羅真人，又强似我的神行法！」涉筆成趣。真人喚道童取三個手帕來。戴宗道：「上告我師：却是怎生教我們便能够到高唐州？」羅真人便起身道：「都跟我來。」三個人隨出觀門外石岩上來，先取一個紅手帕，鋪在石上，道：「一清可登。」公孫勝雙脚踏在上面，羅真人把袖一拂，喝聲道：「起！」那手帕化作一片紅雲，載了公孫勝冉冉騰空便起，離山約有二十餘丈。便爲擒高廉時作影。羅真人喝聲：「住！」那片紅雲不動。却鋪下一個青手帕，教戴宗踏上，喝聲：「起！」那手帕却化作一片青雲，載了戴宗，起在半空裏去了。

那兩片青、紅二雲，如蘆蓆大，起在天上轉，李逵看得呆了。寫得如畫。○愛神行則愛，愛騰雲則愛，妙人妙絶。羅真人却把一個白手帕，鋪在石上，唤李逵踏上。李逵笑道：「你不是耍，若跌下來，好個大疙瘩！」偏奸猾，妙人。○只一「跌」字，亦必先逗。羅真人道：「你見二人麽？」李逵立在手帕上，羅真人喝一聲：「起！」那手帕化作一片白雲，飛將起去。李逵叫道：「阿也！稚子之聲。我的不穩，放我下來！」偏奸猾，妙人。羅真人把右手一招，那青、紅二雲平平墜將下來。戴宗拜謝，侍立在右手，公孫勝侍立在左手。李逵在上面叫道：「我也要撒尿撒屎！你不着我下來，我劈頭便撒下來也！」妙人妙語。○反以劈頭唬嚇人，絶倒。羅真人問道：「我等自是出家人，不曾惱犯了你。你因何夜來越墻而過，入來把斧劈我？若是我無道德，已被殺了，又殺了我一個道童！」李逵道：「不是我，你敢錯認了？」與上文對鎖作章法。羅真人笑道：「雖然只是砍了我兩個葫蘆，直到此處方注出。其心不善，且教你吃些磨難！」把手一招，喝聲：「去！」一陣惡風，把李逵吹入雲端裏。只見兩個黄巾力士，押着李逵，耳朵邊有如風雨之聲，下頭房屋、樹木一似連排曳去的，脚底下如雲催霧趲。正不知去了多少遠，唬得魂不着體，手脚摇戰。與前神行法對鎖作章法。忽聽得「刮剌剌」地響一聲，却從薊州府廳屋上「骨碌碌」滚將下來。奇文。

當日正值府尹馬士弘坐衙，偏撰一名，如真有之者。廳前立着許多公吏人等。看見半天裏落下一個黑大漢來，奇文。○「半天」二字，是誰量定，亦是千古奇文，而人人不覺者，附記于此。衆皆吃驚。馬知府見了，叫道：「且拿這厮過來！」當下十來個牢子獄卒，把李逵驅至當面。馬府尹喝道：「你這厮是那裏妖人？」特來請法師破「妖人」，却反被法師弄做「妖人」。筆顛墨倒，妙不可言。如何從半天裏吊將下來？」李逵吃跌得頭破額裂，半晌説不出話來。絶倒。馬知府道：「必然是個妖人！」教去取些法物來。奇文。牢子、節級將李逵捆翻，驅下廳前草地裏。一個虞候掇一盆狗血，没頭一淋；又一個提一桶尿糞來，望李逵頭上直澆到脚底下。李逵口裏耳朵裏都是狗血尿屎。未見公孫勝作法破高廉，先見馬知府作法破李逵。筆顛墨倒，妙不可言。李逵叫道：「我不是妖人！我是跟羅真人的伴當！」偏奸猾，妙人。親做一遍妖人，便學得許多破妖人之法。明日回去，即以此知府之法，還破彼知府之妖可也。○原來薊州人都知道羅真人是個現世的活神仙，從此便不肯下手傷他。再驅李逵到廳前，早有吏人禀道：「這薊州羅真人，是天下有名的得道活神仙。

若是他的從者，不可加刑。」馬府尹笑道：「我讀千卷之書，每聞今古之事，未見神仙有如此徒弟；醜語。○汝讀千卷之書，每聞古今之事，曾見神仙如何徒弟？即係妖人！牢子，與我加力打那廝！」衆人只得拿翻李逵，打得一佛出世，二佛涅槃。奇語。馬知府喝道：「你那廝快招了妖人，便不打你！」李逵只得招做「妖人李二」。換來換去，只是李大、李二，絶倒。取一面大枷釘了，押下大牢裏去。

李逵來到死囚獄裏，説道：「我是直日神將，如何枷了我？好歹教你這薊州一城人都死！」偏奸猾，妙人。那押牢節級、禁子都知羅真人道德清高，誰不欽服，都來問李逵：「你端的是甚麽人？」李逵道：「我是羅真人親隨直日神將，因一時有失，惡了真人，把我撇在此間，教我受些苦難，三兩日必來取我。你們若不把些酒肉來將息我時，我教你們衆人全家都死！」偏奸猾，妙人。那節級、牢子見了他説，倒都怕他，只得買酒買肉請他吃。戴宗不得而禁之也，絶倒之文。李逵見他們害怕，越説起風話來。牢裏衆人越怕了，又將熱水來與他洗浴了，換些乾淨衣裳。細。李逵道：「若還缺了我酒肉，我便飛了去，教你們受苦！」連日作神行法，真令鐵牛瘦了一半，深感真人，送我樂土。牢裏禁子只得倒陪告他。李逵陷在薊州牢裏不題。

且説羅真人把上項的事一一説與戴宗。戴宗只是苦苦哀告，求救李逵。羅真人留住戴宗在觀裏宿歇，動問山寨裏事務。戴宗訴説晁天王、宋公明仗義疏財，專只替天行道，誓不損害忠臣烈士、孝子賢孫、義夫節婦，許多好處。羅真人聽罷默然。四字寫出真人。俗本作「聽罷甚喜」，真俗本耳！一住五日，戴宗每日磕頭禮拜，求告真人，乞救李逵。羅真人道：「這等人只可驅除了罷，與前對鎖作章法。俗本悉無，真是可恨。休帶回去。」戴宗告道：「真人不知：這李逵雖是愚蠢，不省禮法，也有些小好處：第一，鯁直，分毫不肯苟取于人；第二，不會阿諂于人，雖死其忠不改；第三，並無淫慾邪心、貪財背義，敢勇當先。明明分出第一第二第三，而其文拉雜無辯。一見戴宗心忙口亂，一見李逵贊歎不盡也。因此宋公明甚是愛他。不爭没了這個人回去，教小可難見兄長宋公明之面。」羅真人笑道：「貧道已知這人，是上界天殺星之數。于真人口中輕輕先逗出兩座星辰名字，爲第七十回通氣。爲是下土衆生作業太重，故罰他下來殺戮。吾亦安肯逆天，壞了此人？甚矣，定業可畏，而稗官之勸戒不小也。只是磨他一會，我叫取來還你。」戴宗拜謝。羅真人叫一聲：「力士安在？」就松鶴軒前起一陣風。風過處，一尊黄巾力士出現，躬身禀復：「我師有何法旨？」此回純是此等文字，蓋筆墨亦有氣類也。羅真人道：「先差你押去薊州的那人，罪業已滿。你還去薊州牢裏，取他回來，速去速回。」

力士聲喏去了，約有半個時辰，從虚空裏把李逵撇將下來。戴宗連忙扶住李逵，問道：「兄弟，這兩日在那裏？」李逵看了羅真人，只管磕頭拜説：「親爺爺！鐵牛不敢了也！」忽然移過「親爺爺」三字來，妙人妙不可言。羅真人道：「你從今已後，可以戒性，竭力扶持宋公明，休生歹心。」李逵再拜道：「你是我的親爺，却如何敢違了你的言語！」與前對鎖作章法。戴宗道：「你正去那裏走了這幾日？」戴宗只道是走，妙絶。○半日只寫李逵，可謂冷殺戴宗矣。故如「又强似我神行法」、「你去那裏走幾日」之句，皆迭筆相顧之法也。李逵道：「自那日一陣風，直刮我去薊州府裏，從廳屋脊上直滚下來，被他府裏衆人拿住。那個鳥知府道我是妖人，捉翻我綑了，却教牢子獄卒把狗血和尿屎淋我一頭一身；打得我兩腿肉爛，把我枷了，下在大牢裏去。衆人問我：『是何神將，從天上落下來？』只吃我説道：『羅真人的親隨直日神將。因有些過失，罰受此苦，過三二日，必來取我。』雖是吃了一頓棍棒，却也詐得些酒肉噇。那厮們懼怕真人，却與我洗浴，換了一身衣裳。方纔正在亭心裏詐酒肉吃，真有「此間樂，不思蜀」之意。只見半空裏跳下這個黄巾力士，把枷鎖開了，喝我閉眼，一似睡夢中，直扶到這裏。」

公孫勝道：「師父似這般的黄巾力士，有一千餘員，都是本師真人的伴當。」李逵聽了，叫道：「活佛，自好哥、老爺、親爺以至活佛，不倫不次，信口而出，妙人妙絶。○稱道士是佛，絶倒。你何不早説！免教我做了這般不是！」只顧下拜。反責他人，妙人妙絶。戴宗也再拜懇告道：「小可端的來得多日了，高唐州軍馬甚急。望乞師父慈悲，放公孫先生同弟子去救哥哥宋公明，破了高廉，便送還山。」羅真人道：「我本不教他去，今爲汝大義爲重，權教他去走一遭。我有片言，汝當記取。」公孫勝向前跪聽真人指教。正是：滿還濟世安邦願，來作乘鸞跨鳳人。畢竟羅真人對公孫勝説出甚話來，且聽下回分解。

第五才子書施耐庵水滸傳卷之五十八

聖歎外書

第五十三回　入雲龍鬥法破高廉　黑旋風下井救柴進

請得公孫勝後，三人一同趕回，可也。乃戴宗忽然先去者，所以爲李逵買棗糕地也；李逵特買棗糕者，所以爲結識湯隆地也；李逵結識湯隆者，所以爲打造鈎鐮鎗地也。夫打造鈎鐮鎗，以破連環馬也。連環馬之來，固爲高廉報讎也；高廉之死，則死于公孫勝也。今公孫勝則猶未去也。公孫勝未去，是高廉未死也；高廉未死，則高俅亦不必遣呼延也；高俅不遣呼延，則亦無有所謂連環馬也；無有所謂連環馬，則亦不須所謂鈎鐮鎗也；無有連環馬，不須鈎鐮鎗，則亦不必湯隆也。乃今李逵已預結識也；爲結識故，已預買糕也；爲買糕故，戴宗亦已預去也。夫文心之曲，至于如此，洵鬼神之所不得測也。

寫公孫神功道法，只是一筆兩筆，不肯出力鋪張，是此書特特過人一籌處。

寫公孫破高廉，若使一陣便了，則不顯公孫；然欲再持一日，又太張高廉。趁前篇劫寨一勢，寫作又來劫寨，因而便掃蕩之。不輕不重，深得其宜矣。

前劫寨是乘勝而來，後劫寨是因敗而至。前後兩番劫寨，以此爲其分别。然作者其實以後劫寨自掩前劫寨之筆痕墨迹，如上卷論之詳矣。

此回獨大書林冲戰功者，正是高家清水公案，非浪筆漫書也。太史公曰：「怨毒之于人甚矣哉！」不其然乎。

李逵朴至人，雖極力寫之，亦須寫不出。乃此書但要寫李逵朴至，便倒寫其奸猾；寫得李逵愈奸猾，便愈朴至，真奇事也。

古詩云：「井水知天風。」蓋言水在井中，未必知天風也。今兩旋風都入高唐枯井之底，殆寓言當時宋江擾亂之惡，至于無處不至也。

卷末描畫御賜踢雪烏騅只三四句，却用兩「那馬」句，讀之遂抵一篇妙絶馬賦。

話説當下羅真人道：「弟子，你往日學的法術，却與高廉一般。吾今特授與汝『五雷天心正法』，依此而行，可救宋江，保國安民，替天行道。你的老母，我自使人早晚看視，勿得憂念。獨此母不入山泊，爲一部書之所無。汝本上應天閑星數，略逗。以此暫容汝去一遭。切須專持從前學道之心，休被人欲摇動，誤了自己脚跟下大事。」其言使人讀之生懼，不枉是一代真人。○只此數句，便是五雷天心正法，何處更有别法？ 公孫勝跪受了訣法，便和戴宗、李逵拜辭了羅真人，别了衆道伴下山。歸到家中，收拾了寶劍二口並鐵冠、道衣等物了當，拜辭老母，離山上路。行過了三四十里路程，戴宗道：「小可先去報知哥哥，好，又顯事急，又顯神足。先生和李逵大路上來，却得再來相接。」公孫勝道：「正好。賢弟先往報知，吾亦趲行來也。」戴宗分付李逵道：「于路小心伏侍先生，但有些差池，教你受苦。」李逵答道：「他和羅真人一般的法術，我如何敢輕慢了他！」餘波作笑。戴宗拴上甲馬，作起神行法來，預先去了。

却説公孫勝和李逵兩個離了二仙山、九宫縣，取大路而行，到晚尋店安歇。李逵懼怕羅真人法術，十分小心伏侍公孫勝，那裏敢使性？兩個行了三日，來到一個去處，地名唤做武岡鎮。只見街市人烟輳集，公孫勝道：「這兩日于路走得困倦，買碗素酒素麵吃了行。」李逵道：「也好。」「也好」者，僅好而有所未盡之辭也。却見驛道傍邊一個小酒店，兩個入來店裏坐下。公孫勝坐了上首，李逵解了腰包，單寫李逵解包，便顯待先生如此其敬也。下首坐了。叫過賣一面打酒，就安排些素饌來吃。公孫勝道：「你這裏有甚素點心賣？」過賣道：「我店裏只賣酒肉，没有素點心，市口人家有棗糕賣。」李逵道：「我去買些來。」迤逦生出事來。【眉批】買棗糕忽然生出一段奇文來。便去包内取了銅錢，徑投市鎮上來，買了一包棗糕。欲待回來，只聽得路傍側首，有人喝采道：「好氣力！」奇文駭筆。○李大哥耳邊，忽然有此三字，雖欲不生出事來，不可得也。李逵看時，一夥人圍定一個大漢，把鐵瓜錘在那裏使，衆人看了，喝采他。李逵看那大漢時，先看大漢，看得出色。七尺以上身材，面皮有麻，鼻子上一條大路。就李逵眼中，寫出大漢形狀來。李逵看那鐵錘時，次看鐵錘，看得出色。約有三十來斤。就李逵眼中，寫出鐵錘斤兩來[一]。那漢使得發了，一瓜錘正打在壓街石上，把那石頭打做粉碎，衆人喝采。此一行正爲上文「好氣力」三字作注，非李逵眼見此事也。

李逵忍不住，便把棗糕揣在懷裏，便來拿那鐵錘。妙人。○此一拿，全從「好氣力」三字中生出來。○須知此一拿，全是心服大漢氣力真好，非是要顯自己氣力又好，來比落大漢也。下文只因那漢喝道「甚麼鳥人」，便不免翻出惱來，亦喝道「甚麼鳥好」，其實此時一片都是心服。看他看一看大漢，又看一看鐵錘，一時眼前心上，真有十二分愛惜也。○此一拿，正是端詳鐵錘，不是輕覷大漢。寫李大哥，不肯一筆輕薄，是此書手法。那漢喝道：「你是甚麼鳥人，敢來拿我的錘！」眼光聲口，恰是李逵一流人物。李逵道：「你使得甚麼鳥好，教衆人喝采？看了到污眼！你看老爺使一回，教衆人看！」妙人。○胸中實實愛惜，只因他出口輕薄，便亦接口輕薄之，真乃一片天趣。那漢道：「我借與你；你若使不動時，且吃我一頓脖子拳了去！」眼光聲口，恰是李逵一流人物。李逵接過瓜錘，如弄彈丸一般，使了一回，輕輕放下，面又不紅，心頭不跳，口內不喘。那漢看了，倒身便拜，說道：「願求哥哥大名！」寫大漢意思，恰是李逵一流人物。李逵道：「你家在那裏住？」一邊問名，一邊却問住處。非表李逵精細，不肯人前漏泄；蓋圖便于收捲，不肯延捱筆墨也。那漢道：「只在前面便是。」引了李逵到一個所在，見一把鎖鎖着門。便早寫出無妻小、無家當來，皆圖便于收捲，不肯延捱筆墨耳。那漢把鑰匙開了門，請李逵到裏面坐地。

[一]「出」，貫華堂本、葉瑤池本作「中」，據王望如評本改。

李逵看他屋裏都是鐵砧、鐵鎚、火爐、鉗鑿家伙，尋思道：「這人必是個打鐵匠人，山寨裏正用得着，何不叫他也去入夥？」公孫到，方纔破高廉；高廉死，方纔驚太尉；太尉怒，方纔遣呼延；呼延至，方纔賺徐寧；徐寧來，方纔用湯隆。一路文情本乃如此生去，今却忽然先將湯隆倒插前面，不惟教鈎鐮之文未起，並用鈎鐮之故亦未起，乃至並公孫先生亦尚坐在酒店中間，而鐵匠却已預先整備。其穿插之妙，真不望世人知之矣。李逵又道：「漢子，你通個姓名，教我知道。」那漢道：「小人姓湯，名隆，父親原是延安府知寨官，因爲打鐵上，遭際老种經略相公帳前叙用。近年父親在任亡過，小人貪賭，所好略同，閑中點染。流落在江湖上，因此權在此間打鐵度日。入骨好使鎗棒。字法奇。爲是自家渾身有麻點，人都叫小人做『金錢豹子』。前請公孫，遇一豹子；此請公孫，又遇一豹子：何豹子之多也！敢問哥哥高姓大名？」李逵道：「我便是梁山泊好漢黑旋風李逵。」湯隆聽了，再拜道：「多聞哥哥威名，誰想今日偶然得遇！」李逵道：「你在這裏，幾時得發迹！不如跟我上梁山泊入夥，教你也做個頭領。」湯隆道：「若得哥哥不棄，肯帶携兄弟時，願隨鞭鐙。」就拜李逵爲兄，李逵認湯隆爲弟。一片恩愛，與他人結拜不同。湯隆道：「我又無家人伴當，同哥哥去市鎮上吃三杯淡酒，表結拜之意。今晚歇一夜，明日早行。」故作一折。李逵道：「我有個師父在前面酒店裏，等我買棗糕去吃了便行，擔閣不得，只可如今便行。」湯隆道：「如何這般要緊？」故作一折。○上午街頭弄鎚，下午隨人落草，實是出奇之事，不得不作一折。李逵道：「你不知：宋公明哥哥見今在高唐州界首厮殺，只等我這師父到來救應。」湯隆道：「這個師父是誰？」李逵道：「你且休問，快收拾了去。」來得迅疾，結得迅疾，真正絶奇文字。湯隆急急拴了包裹盤纏銀兩，戴上氈笠兒，跨了口腰刀，提條朴刀，棄了家中破房舊屋、粗重家火，跟了李逵，直到酒店裏來見公孫勝。

公孫勝埋怨道：「你如何去了許多時？再來遲些，我依前回去了！」呼延未到，先備湯隆，可謂亦太早計矣。忽然反襯出一句公孫回去來，夫得一未便用之湯隆，却失一急欲用之公孫。奇情幻筆，非人所知也。李逵不敢做聲回話，引過湯隆拜了公孫勝，備説結義一事。活寫出新得兄弟，分外快活來。公孫勝見説他是打鐵出身，心中也喜。李逵取出棗糕，叫過賣將去整理。三個一同飲了幾杯酒，吃了棗糕，算還了酒錢。李逵、湯隆各背上包裹，單寫李逵、湯隆背包，便顯待先生如此其敬也。與公孫勝離了武岡鎮，迤邐望高唐州來。三個于路，三停中走了兩停多路，那日早却好迎着戴宗來接。是待公孫先生禮。公孫勝見了大喜，連忙問道：「近日相戰如何？」戴宗道：「高廉那廝，近日箭瘡平復，陡然接出，擒縱在手。每日引兵來搦戰。哥哥堅守，不敢出敵，只等先生到來。」公孫勝道：「這個容易。」李逵引着湯隆拜見戴宗，説了備細。活寫出新得兄弟快活來。四人一處奔高唐州來。

離寨五里遠，早有呂方、郭盛引一百餘騎軍馬迎接着。是待公孫先生禮。四人都上了馬，一同到寨，宋江、吴用等出寨迎接。是待公孫先生禮。各施禮罷，擺了接風酒，叙問間濶之情，請入中軍帳内。衆頭領亦來作慶，李逵引過湯隆來，參見宋江、吴用並衆頭領等。活寫出新得兄弟，分外快活來。○看他如此倥偬之際，只知得意自家新有兄弟，全是一派天趣。○然其實描寫李逵得意處，却都是遮掩其倒插之法耳。讀者毋爲作者所瞞也。講禮已罷，寨中且做慶賀筵席。上文與公孫作慶已過，此正是慶李逵之得湯隆也。次日，中軍帳上，宋江、吴用、公孫勝商議破高廉一事。公孫勝道：「主將傳令，且着拔寨都起。看敵軍如何，小弟自有區處。」當日宋江傳令各寨，一齊引軍起身，直抵高唐州城壕，下寨已定。次早五更造飯，軍人都披挂衣甲，宋公明、吴學究、公孫勝三騎馬，直到軍前，摇旗擂鼓，吶喊篩鑼，殺到城下來。

再説知府高廉在城中箭瘡已痊，隔夜小軍來報知宋江軍馬又到。早辰都披挂了衣甲，便開了城門，放下吊橋，將引三百神兵並大小將校出城迎敵。兩軍漸近，旗鼓相望，各擺開陣勢。兩陣裏，花腔鼉鼓擂，雜彩繡旗摇。宋江陣門開處，分出十騎馬來，雁翅般擺開在兩邊。絶妙軍容。【眉批】雁翅般是一樣軍容，紡車般是一樣軍容，十隊破連環是一樣軍容。看他只是灑筆布墨，便有無數陣圖擺出，不似《三國志》處處戰到若干合，一刀斬于馬下而已。左手下五將：花榮、秦明、朱仝、歐鵬、吕方；右手下五將是：林冲、孫立、鄧飛、馬麟、郭盛。中間三個總軍主將，三騎馬出到陣前。絶妙軍容。看對陣金鼓齊鳴，門旗開處，也有二三十個軍官，簇擁着高唐州知府高廉，出在陣前，立馬門旗之下，厲聲喝罵道：「你那水洼草賊，既有心要來厮殺，定要見個輸贏，走的不是好漢！」宋江問一聲：「誰人出馬，立斬此賊？」小李廣花榮挺鎗躍馬，直至垓心。高廉見了，喝問道：「誰與我直取此賊去？」那統制官隊裏轉出一員上將，唤做薛元輝，使兩口雙刀，騎一匹劣馬，飛出垓心，來戰花榮。兩個在陣前鬥了數合，花榮撥回馬，望本陣便走。薛元輝縱馬舞刀，儘力來趕。花榮略帶住了馬，拈弓取箭，紐轉身軀，只一箭，把薛元輝頭重脚輕射下馬去。兩軍齊吶聲喊。

高廉在馬上見了大怒，急去馬鞍轎前取下那面聚獸銅牌，把劍去擊。那裏敲得三下，只見神兵隊裏捲起一陣黄沙來，罩得天昏地暗，日色無光。喊聲起處，豺狼虎豹、怪獸毒蟲就這黄沙内捲將出來。衆軍恰待都起，公孫勝在馬上早掣出那一把松文古定劍來，「松文」好色澤，「古定」好名目。指着敵軍，口中念念有詞，喝聲道：「疾！」只見一道金光射去，那夥怪獸毒蟲都就黄沙中亂紛紛墜于陣前。衆軍人看時，却都是白紙剪的虎豹走獸，黄沙盡皆蕩散不起。此等處，看他只略叙，不肯極力鋪張，皆特避俗筆也。宋江看了，鞭梢一指，大小三軍一齊掩殺過去。但見人亡馬倒，旗鼓交横，高廉急把神兵退走入城。宋江軍馬趕到城下，城上急拽起吊橋，閉上城門，擂木、炮石如雨般打將下來。宋江叫且鳴金，收聚軍馬下寨，整點人數，各獲大勝。回帳稱謝公孫先生神功道德，隨即賞勞三軍。次日，分兵四面圍城，儘力攻打。公孫勝對宋江、吴用道：「昨夜雖是殺敗敵軍大半，眼見得那三百神兵退入城中去了。今日攻擊得緊，那厮夜間必來偷營劫寨。前劫寨，所以爲一箭地也；此又劫寨，所以免明日之再戰也。然兩文對立，亦便借作章法矣。今晚可收軍一處，至夜深，分去四面埋伏。這裏虚札寨栅，教衆將只聽霹靂響，看寨中火起，一齊進兵。」傳令已了，當日攻城至未牌時分，都收四面軍兵還寨，却在營中大吹大擂飲酒。謀定之軍，每每如此。看看天色漸晚，衆頭領暗暗分撥開去，四面埋伏已定。

却説宋江、吴用、公孫勝、花榮、秦明、吕方、郭盛上土坡等候。是夜高廉果然點起三百神兵，背上各帶鐵葫蘆，于内藏着硫黄焰硝、烟火藥料，各人俱執鈎刃鐵掃箒，口内都銜蘆哨。劫寨神兵結束，前略此詳。二更前後，大開城門，放下吊橋。高廉當先，驅領神兵前進，背後却帶三十餘騎，奔殺前來。離寨漸近，高廉在馬上作起妖法，却早黑氣冲天，狂風大作，飛沙走石，播土揚塵。三百神兵各取火種，去那葫蘆口上點着，一聲蘆哨齊響，黑氣中間，火光罩身，大刀濶斧，滚入寨裏來。高埠處公孫勝仗劍作法，就空寨中平地上「刮剌剌」起個霹靂。三百神兵急待退步，只見那空寨中火起，光焰亂飛，上下通紅，無路可出。四面伏兵齊趕，圍定寨柵，黑處偏見。只是略叙，不肯極力鋪張。三百神兵不曾走得一個，都被殺在陣裏。先了神兵。高廉急引了三十餘騎奔走回城。背後一枝軍馬追趕將來，乃是豹子頭林冲。看看趕上，急叫得放下吊橋。高廉只帶得八九騎入城，其餘盡被林冲和人連馬生擒活捉了去。獨寫林冲者，直爲五岳樓下、白虎堂前、山神廟裏吐氣也。高廉進到城中，盡點百姓上城守護。吾聞設兵將以保障城池、以奠安百姓也，未聞兵亡將折，而反驅百姓以守其城池也。千古通弊，爲之浩歎。高廉軍馬神兵，被宋江、林冲殺個盡絶。大書宋江，以明主軍；大書林冲，以志快活。筆法妙絶。

次日，宋江又引軍馬四面圍城甚急。高廉尋思：「我數年學得術法，不想今日被他破了，似此如之奈何？」只得使人去鄰近州府求救。急急修書二封，教去東昌、寇州：「二處離此不遠，這兩個知府都是我哥哥擡舉的人，醜。教星夜起兵來接應。」差了兩個帳前統制官，賫擎書信，放開西門，殺將出來，投西奪路去了。衆將却待去追趕，吴用傳令：「且放他出去，可以將計就計。」宋江問道：「軍師如何作用？」吴學究道：「城中兵微將寡，所以他去求救。我這裏可使兩枝人馬，詐作救應軍兵，于路混戰。高廉必然開門助戰，乘勢一面取城，把高廉引入小路，必然擒獲。」宋江聽了大喜。令戴宗回梁山泊，另取兩枝軍馬，分作兩路而來。

且説高廉每夜在城中空濶處堆積柴草，竟天價放火爲號，城上只望救兵到來。過了數日，守城軍兵望見宋江陣中不戰自亂，好。急忙報知。高廉聽了，連忙披挂上城瞻望，只見兩路人馬，戰塵蔽日，喊殺連天，衝奔前來；四面圍城軍馬，四散奔走。好。高廉知是兩路救軍到了，盡點在城軍馬，大開城門，分頭掩殺出去。

且説高廉撞到宋江陣前，看見宋江引着花榮、秦明三騎馬望小路而走。妙，寫得如錦如火。高廉引了人馬，急去追趕，忽聽得山坡後連珠炮響，心中疑惑，便收轉人馬回來。兩邊鑼響，左手下小温侯，一個古人。右手下賽仁貴，又一個古人。各引五百人馬衝將出來。高廉急奪路走時，部下軍馬折其大半，奔走脱得垓心時，望見城上已都是梁山泊旗號。妙，寫得如錦如火。舉眼再看，無一處是救應軍馬，只得引着些敗卒殘兵，投山僻小路而走。行不到十里之外，山背後撞出一彪人馬，當先擁出病尉遲又一個古人。攔住去路，厲聲高叫：「我等你多時！好好下馬受縛！」高廉引軍便回。背後早有一彪人馬截住去路，當先馬上却是美髯公。又一個古人。○看他四面截住，便撮出四個古人。真乃以文爲戲，讀之令人歎絶。○極小一篇文字，亦必作一章法，真是不得不歎絶也。兩頭夾攻將來，四面截了去路。高廉只得棄了馬，次了馬。却走上山。那四下裏部軍一齊趕上山去，高廉慌忙口中念念有詞，喝聲道：「起！」駕一片黑雲，冉冉騰空，直上山頂。高廉妖術不便住，至此又生出一段。只見山坡邊轉出公孫勝來，見了，便把劍在馬上望空作用，口中也念念有詞，喝聲道：「疾！」將劍望上一指，只見高廉從雲中倒撞下來。只是略叙，不肯極力鋪張。側首搶過插翅虎雷横，一朴刀把高廉揮做兩段。

雷横提了首級，都下山來，前獨詳寫林冲者，所以使沉寃一快也；此必大書雷横者，所以使新來立功也。耐庵筆下調遣衆人，不肯草草如此。先使人去飛報主帥。宋江已知殺了高廉，收軍進高唐州城内。先傳下將令，休得傷害百姓；一面出榜安民，秋毫無犯。如此言，所謂仁義之師也。今强盜而忽用仁義之師，是强盜之權術也。强盜之權術而又書之者，所以深歎當時之官軍反不能然也。彼三家村學究，不知作史筆法，而遽因此等語，過許强盜真有仁義，不亦怪哉！○看他寫宋江此來，本是救柴進，却反將救柴進作第二句，將假仁義陡然翻作第一句。以表江之權術，真有大過人者，爲諸盜之魁也。且去大牢中救出柴大官人來。那時當牢節級、押獄禁子已都走了，止有三五十個罪囚，盡數開了枷鎖釋放，數中只不見柴大官人一個。千曲百折，得破高唐，無不以爲救出柴進，易如探囊也。忽然又作一跌，真正出自意外。【眉批】不見柴進，第一跌。宋江心中憂悶。尋到一處監房内，却監着柴皇城一家老小；又一座牢内，監着滄州提捉到柴進一家老小，同監在彼。補前所無。爲是連日斷殺，未曾取問發落。自注一句。只是没尋柴大官人處。再一跌。○前一跌是初入之時，此一跌是搜遍之後，寫得妙絶。吴學究教唤集高唐州押獄禁子跟問時，數内有一個禀道：「小人是當牢節級藺仁。前日蒙知府高廉所委，專一牢固監守柴進，不得有失。補一。又分付道：『但有凶吉，你可便下手。』補二。三日之前，知府高廉要取柴進出來施刑，小人爲見本人是個好男子，不忍下手，只推道：『本人病至八分，不必下手。』補三。後又催並得緊，小人回稱『柴進已死』。補四。因是連日斷殺，知府不閒[一]。小人却恐他差人下來看視，必見罪責。昨日引柴進去後面枯井邊，

[一]「閒」，貫華堂本作「問」，據葉瑶池本改。

開了枷鎖，推放裏面躲避，如今不知存亡。」真正奇文，出自意外。

宋江聽了，慌忙着藺仁引入。直到後牢枯井邊望時，見裏面黑洞洞地，不知多少深淺。寫枯井。上面叫時，那得人應？寫枯井。把索子放下去探時，約有八九丈深。寫枯井。○先寫枯井，便襯出李逵捨身下探之忠勇，妙筆。宋江道：「柴大官人眼見得都是没了！」宋江垂淚，吴學究道：「主帥且休煩惱，誰人敢下去探看一遭，便見有無。」説猶未了，轉過黑旋風李逵來，大叫道：「等我下去！」妙人。○一半忠勇，一半好奇。一半忠勇，爲「連累你吃官司」句作結；一半好奇，爲神行法、青紅雲作結。宋江道：「正好。當初也是你送了他，今日正宜報本。」掂斤播兩，是宋江語。令人聞之，可惱可畏。我若作李逵，便不復下去。李逵笑道：「我下去不怕，你們莫要割斷了繩索！」自神行法吃虧後，處處小心叮囑，又處處好奇欲試，寫出妙人妙絶。○與上「大疙瘩」句，一樣句法。吴學究道：「你却也忒奸猾！」駡得妙，妙于極不確，却妙于極確，令人忽然失笑。且取一個大篋籮，把索子絡了，接長索頭，扎起一個架子，把索挂在上面。李逵脱得赤條條的，手拿兩把板斧，坐在籮裏，却放下井裏去。索上縛兩個銅鈴，漸漸放到底下。李逵却從籮裏爬將出來，去井底下摸時，摸着一堆，却是骸骨。故作嚇人語，妙筆妙筆。【眉批】摸着骸骨，第二跌。李逵道：「爺娘，甚鳥東西在這裏！」此句寫出井底之黑，畫井底真是井底。又去這邊摸時，底下濕漉漉的没下脚處。此句寫井底濕，畫井底真是井底。李逵把雙斧拔放籮裏，兩手去摸底下，四邊却寬；此句寫井底空洞，畫井底真是井底。一摸摸着一個人，做一堆兒墩在水坑裏。李逵叫一聲：「柴大官人！」那裏見動？又故作嚇人語，妙筆妙筆。○入監不見柴進，是第一跌；下井摸着骸骨，是第二跌；摸着叫喚不應，是第三跌。此書之妙，莫妙于逐步作跌，而俗子偏學其科諢以爲奇也。【眉批】「那裏見動」，第三跌。把手去摸時，只覺口内微微聲喚。李逵道：「謝天地！三個字，直與柴皇城家出後門時兩句説話，正是一副道理。恁地時，還有救性！」隨即爬在籮裏，摇動銅鈴。衆人扯將上來，却只李逵一個，妙人妙絶，絶倒我也。【眉批】只一李逵，第四跌。備細説了下面的事。

宋江道：「你可再下去，先把柴大官人放在籮裏，先發上來，却再放籮下來取你。」李逵道：「哥哥不知：我去薊州着了兩道兒，今番休撞第三遍。」真是奸猾。○兩番寫李逵奸猾，忽翻出下文發喊大叫來，妙文隨手而成，正不知有意得之，無意得之也。宋江笑道：「我如何肯弄你！你快下去。」李逵只得再坐籮裏，又下井去。偏是他下井，偏是他下去兩遍，字字可爲失笑。○寫李逵好奇，故肯下去；又奸猾，故不肯下去。妙人妙絶處，全在「只得」二字。到得底下，李逵爬將出籮去，却把柴大官人抱在籮裏，摇動索上銅鈴。上面聽得，早扯起來到上面，衆人大喜。先喜尋着。及見柴進頭破額裂，兩腿皮肉打爛，眼目略開又閉，衆人甚是悽慘，次悲受苦，寫得有節次。叫請醫士調治。李逵却在井底下發喊大叫，不惟自己要緊，亦急要看柴大官人也。宋江聽得，急叫把籮放將下去，取他上來。李逵到得上面，發作道：「你們也不是好人！妙人妙絶。便不把籮放下來救我！」宋江道：「我們只顧看顧柴大官人，因此忘了你，休怪！」宋江就令衆人把柴進扛扶上車睡了。先把兩家老小並奪轉許多家財，共有二十餘輛車子，叫李逵、雷横先護送上梁山泊去。護送用雷横、李逵，一是新到效勞，一是完連累一案。却把高廉一家老小良賤三四十口，處斬于市。快活。賞謝了藺仁，再把府庫財帛、倉廒糧米並高廉所有家私，盡數裝載上山。

大小將較離了高唐州，得勝回梁山泊。所過州縣，秋毫無犯。特筆之，以愧當時官軍也。在路已經數日，回到大寨。柴進扶病起來，稱謝晁、宋二公並衆頭領。晁蓋教請柴大官人就山頂宋公明歇處，另建一所房子，與柴進並家眷安歇。每一人上山，必特書宋江牢籠作自己心腹。今此獨書出自晁蓋，豈晁蓋至此已悟耶？晁蓋、宋江等衆皆大喜。自高唐州回來，又添得柴進、湯隆兩個頭領，且作慶賀筵席，不在話下。

再説東昌、寇州兩處，順風斜渡，又一過接之法。已知高唐州殺了高廉，失陷了城池，只得寫表差人申奏朝廷。又有高唐州逃難官員，都到京師説知真實。高太尉聽了，知道殺死他兄弟高廉。特書高俅黷皇師，報私怨，以深惡之也。次日五更，在待漏院中專等景陽鐘響。百官各具公服，直臨丹墀，伺候朝見。當日五更三點，道君皇帝陞殿。淨鞭三下響，文武兩班齊。天子駕坐，殿頭官喝道：「有事出班啓奏，無事捲簾退朝。」高太尉出班奏道：「今有濟州梁山泊賊首晁蓋、宋江，累造大惡：打劫城池，搶擄倉廒；聚集凶徒惡黨，見在濟州殺害官軍，鬧了江州、無爲軍；今又將高唐州官民殺戮一空，倉廒庫藏盡被擄去。此是心腹大患，若不早行誅剿，他日養成賊勢，難以制伏。伏乞聖斷。」天子聞奏大驚，隨即降下聖旨，就委高太尉選將調兵，前去剿捕，務要掃清水泊，殺絕種類。高太尉又奏道：「量此草寇，不必興舉大兵。臣保一人，可去收復。」天子道：「卿若舉用，必無差錯。」即令起行，飛捷報功，加官賜賞，高遷任用。」高太尉奏道：「此人乃開國之初河東名將呼延贊嫡派子孫，單名喚個灼字；使兩條銅鞭，有萬夫不當之勇。見受汝寧郡都統制，手下多有精兵勇將。臣舉保此人，可以征剿梁山泊。可授兵馬指揮使，領馬步精鋭軍士，尅日掃清山寨，班師還朝。」天子准奏，降下聖旨：着樞密院即便差人賫敕前往汝寧州，星夜宣取。奉旨調將，是第一段。○一路特詳呼延出軍重大，以明是役之驚天動地，非復前文小小捕盜之比。【眉批】奉旨調將。當日朝罷，高太尉就于帥府着樞密院撥一員軍官，賫擎聖旨，前去宣取。當日起行，限時定日，要呼延灼赴京聽命。

却說呼延灼在汝寧州統軍司坐衙，聽得門人報道：「有聖旨特來宣取將軍赴京，有委用的事。」呼延灼與本州官員出郭迎接，到統軍司開讀已罷，設筵管待使臣。火急收拾了頭盔衣甲、鞍馬器械，帶引三四十從人，一同使命，離了汝寧州，星夜赴京。于路無話，早到京師城內，殿司府前下馬，來見高太尉。未見天子，先見太尉，可歎可笑。當日高俅正在殿帥府坐衙，門吏報道：「汝寧州宣到呼延灼，見在門外。」高太尉大喜，叫喚進來參見。高太尉問慰已畢，與了賞賜。次日早朝，引見道君皇帝。天子看見呼延灼一表非俗，喜動天顔，就賜踢雪烏騅一匹。下文將有連環馬一篇奇文，便先向此處生出踢雪烏騅一匹，裝作頭彩，絶妙章法也。那馬，句。渾身墨錠似黑，四蹄雪練價白，因此名爲「踢雪烏騅」。先畫其毛片。○一段。那馬，句。○二「那馬」句，神彩奕奕。日行千里，次歎其德性。○一段。奉聖旨賜與呼延灼騎坐。兩「那馬」下，又撰一道聖旨，文勢淋漓突兀。【眉批】天子賜馬。

呼延灼謝恩已罷，天子賜馬，是第二段。隨高太尉再到殿帥府，既見天子，又到太尉，可歎可笑。商議起軍剿捕梁山泊一事。呼延灼道：「稟明恩相：小人觀探梁山泊，兵粗將廣，馬劣鎗長，絶妙好辭，遂爲山泊作贊。不可輕敵小覷。乞保二將爲先鋒，同提軍馬到彼，必獲大功。」高太尉聽罷大喜，問道：「將軍所保誰人，可爲前部先鋒？」不爭呼延灼舉保此二將，有分教：宛子城重添良將，梁山泊大破官軍。且教：功名未上凌烟閣，姓字先標聚義廳。畢竟呼延灼對高太尉保出誰來，且聽下回分解。

第五才子書施耐庵水滸傳卷之五十九

聖歎外書

第五十四回　高太尉大興三路兵　呼延灼擺布連環馬

此回凡三段文字。第一段，寫宋江紡車軍；第二段，寫呼延連環軍，皆極精神極變動之文。至第三段，寫計擒凌振，却只如兒戲也。所以然者，蓋作者當提筆未下之時，其胸中原只有連環馬軍一段奇思，却因不肯突然便推出來，故特就「連環」二字上，顛倒生出「紡車」二字。先于文前別作一文，使讀者眼光盤旋跳脱，卓策不定了，然後忽然一變，變出排山倒海異樣陣勢來。今試看其紡車輕，連環重，以輕引重，一也；紡車逐隊，連環一排，以逐隊引一排，二也；紡車人各自戰，連環一齊跑發，以各自引一齊，三也；紡車忽離忽合，連環鐵環連鎖，以離合引連鎖，四也；紡車前軍戰罷，轉作後軍，連環無前無後，直衝過來，以前轉作後引無前無後，五也；紡車有進有退，連環只進無退，以有進有退引只進無退，六也；紡車寫人，連環寫馬，以人引馬，七也。蓋如此一段花團錦簇文字，却只爲連環一陣做得引子，然後入第二段。正寫本題畢，却又不肯霎然一收便住，又特就馬上生出炮來，做一拖尾；然又惟恐兩大番後，又極力寫炮，便令文字累墜不舉，所以只將閑筆餘墨寫得有如兒戲相似也。嗚呼！只爲中間一段，變成前後三段，可謂極盡中間一段之致；乃前後二段，只爲中間一段，而每段又各各極盡其致。世人即欲起而争彼才子之名，吾知有所斷斷不能也。

前後二段，又各各極盡其致者。如前一段寫紡車軍，每一隊欲去時，必先有後隊接住。一接一卸，譬如鵝翎也。耐庵却又忽然算到第五隊欲去時，必須接出押後十將，此處一露痕迹，便令「紡車」二字老大敗闕。故特特于第五隊方接戰時，便寫宋江十將預先已到，以免斷續之咎，固矣。然却又算到何故一篇章法，獨于第五隊中忽然變换？此處仍露痕迹，畢竟鼯鼠技窮。于是特特又于第四隊方接戰時，便寫第五隊預先早到，以爲之襯。真苦心哉，良工也。

又如前一段寫紡車軍五隊，一隊勝如一隊，固矣。又須看他寫到第四隊，忽然陣上飛出三口刀，既而一變，變作兩口刀、兩條鞭，既而又一變，變作三條鞭。越變越奇，越奇越駭，越駭越樂，洵文章之盛觀矣。

後一段，則如晁蓋傳令，且請宋江上山，宋江堅意不肯。讀之只謂意在滅此朝食耳，却不知正爲凌振放炮作襯。此真絶奇筆法，非俗士之所能也。

又如要寫炮，須另有寫炮法。蓋寫炮之法，在遠不在近。今看他于凌振來時，只是稱歎名色，設立炮架；而炮之威勢，則必于宋江棄寨上關後，砰然聞之。真絶奇筆法，非俗士之所能也。

寫接連三個炮後，又特自注云「兩個打在水裏，一個打在小寨上」者，寫兩個以表水泊之闊，寫一個以表炮勢之猛也。

至于此篇之前之後，別有奇情妙筆，則如：將寫連環馬，便先寫一匹御賜烏騅以吊動之；將寫徐寧甲，因先寫若干關領甲仗以吊動之。若干馬則以一匹馬吊動，一副甲則以若干甲吊動，洵非尋常之機杼也。

話説高太尉問呼延灼道：「將軍所保何人，可爲先鋒？」呼延灼稟道：「小人舉保陳州團練使，姓韓，名滔，原是東京人氏，曾應過武舉出身；使一條棗木槊，人呼爲『百勝將軍』，此人可爲正先鋒。又有一人，乃是潁州團練使，姓彭，名玘，亦是東京人氏，乃累代將門之子；使一口三尖兩刃刀，武藝出衆，人呼爲『天目將軍』，此人可爲副先鋒。」高太尉聽了，大喜道：「若是韓、彭二將爲先鋒，何愁狂寇不滅！」當日高太尉就殿帥府押了兩道牒文，着樞密院差人星夜往陳、潁二州，調取韓滔、彭玘火速赴京。保舉將材，是第三段。【眉批】保舉將材。不旬日間，二將已到京師，徑來殿帥府，參見了太尉並呼延灼。

次日，高太尉帶領衆人，都往御教場中操演武藝。看軍了當，太尉看操，是第四段。【眉批】太尉看操。却來殿帥府，會同樞密院官計議軍機重事。高太尉問道：「你等三路，總有多少人馬在此？」呼延灼答道：「三路軍馬計有五千，連步軍數及一萬。」高太尉道：「你三人親自回州，揀選精鋭馬軍三千，步軍五千，約會起程，收剿梁山泊。」呼延灼禀道：「此三路馬步軍兵，都是訓練精熟之士，人强馬壯，不必殿帥憂慮。樞院議兵，是第五段。【眉批】樞院議兵。但恐衣甲未全，以踢雪烏騅吊動連環馬，以關領衣甲吊動徐寧甲，真妙絶之文。○以一匹馬吊動許多馬，以許多甲吊動一副甲，真奇絶之文也。○或有俗士不信此評者，聖歎因願聞特寫呼延之軍衣甲未全之故，何故也？只怕誤了日期，取罪不便，乞恩相寬限。」高太尉道：「既是如此説時，你三人可就京師甲仗庫内，不拘數目，任意選揀衣甲盔刀，關領前去。務要軍馬整齊，好與對敵。出師之日，我自差官來點視。」

呼延灼領了鈞旨，帶人往甲仗庫關支。呼延灼選訖鐵甲三千副，熟皮馬甲五千副，銅鐵頭盔三千頂，長鎗二千根，滾刀一千把，弓箭不計其數，火炮鐵炮五百餘架，都裝載上車。臨辭之日，高太尉又撥與戰馬三千匹。三個將軍各賞了金銀緞匹，三軍盡關了糧賞。關領甲仗，是第六段。【眉批】關領甲仗。呼延灼和韓滔、彭玘，都與了必勝軍狀，辭別了高太尉並樞密院等官，三人上馬，都投汝寧州來。于路無話。到得本州，呼延灼便遣韓滔、彭玘，各往陳、潁二州起軍，前來汝寧會合。不够半月之上，三路兵馬都已完足。呼延灼便把京師關到衣甲盔刀、旗鎗鞍馬，並打造連環鐵鎧、軍器等物，分俵三軍已了，伺候出軍。三路合軍，是第七段。【眉批】三路合軍。高太尉差到殿帥府兩員軍官前來點視。犒賞三軍已罷，呼延灼擺布三路兵馬出城：太尉犒軍，是第八段。【眉批】太尉犒軍。前軍開路韓滔，中軍主將呼延灼，後軍催督彭玘。馬步三軍人等，浩浩蕩蕩，殺奔梁山泊來。「浩浩蕩蕩」四字，寫軍容絶妙好辭，抵過無數「車如流水馬如龍」、「落日照大旗，馬鳴風蕭蕭」語。

却説梁山泊遠探報馬徑到大寨報知此事。聚義廳上，當中晁蓋、宋江，上首軍師吴用，下首法師公孫勝並衆頭領，各與柴進賀喜，終日筵宴。聽知報道：「汝寧州雙鞭呼延灼，引着軍馬到來征進。」衆皆商議迎敵之策，吴用便道：「我聞此人，乃開國功臣河東名將呼延贊之後，武藝精熟，使兩條銅鞭，卒不可近。必用能征敢戰之將，先以力敵，後用智擒。」説言未了，黑旋風李逵便道：「我與你去捉這厮！」不是描寫鐵牛，正是提清題目，言此番大文，尚從打死殷天錫根上起。【眉批】此下凡兩段文字，此一段詳梁山，略呼延；後一段，詳呼延，略梁山。宋江道：「你怎去得？我自有調度。可請霹靂火秦明打頭陣，豹子頭林冲打第二陣，小李廣花榮打第三陣，一丈青扈三娘打第四陣，病尉遲孫立打第五陣。將前面五陣一隊隊戰罷，如紡車般轉作後軍。調撥出奇，真是以兵爲戲，亦是以文爲戲。我親自帶引十個弟兄，引大隊人馬押後。左軍五將：朱仝、雷横、穆弘、黄信、吕方；右軍五將：楊雄、石秀、歐鵬、馬麟、郭盛。好。水路中可請李俊、張横、張順、阮家三弟兄駕船接應。好。却教李逵與楊林引步軍，分作兩路埋伏救應。好。」宋江調撥已定，前軍秦明第一撥。早引人馬下山，向平山曠野之處列成陣勢。【眉批】第一番詳山泊，略呼延，作引文。此時雖是冬天，却喜和暖。偏是百忙時偏有本事作此閑筆。等候了一日，早望見官軍到來。先鋒隊裏，百勝將韓滔領兵札下寨栅，當晚不戰。

次日天曉，兩軍對陣。三通畫鼓，出到陣前。馬上横着狼牙棍，望對陣門旗開處，先鋒將韓滔横槊勒馬,大罵秦明道:「天兵到此,不思早早投降,還敢抗拒,不是討死!我直把你水泊填平,梁山踏碎,生擒活捉你這夥反賊解京,碎尸萬段!」秦明本是性急的人,聽了也不打話,就性格上作省筆。便拍馬舞起狼牙棍,直取韓滔。韓滔挺槊躍馬來戰秦明。兩個鬥到二十餘合,韓滔力怯,只待要走。背後中軍主將呼延灼已到,見韓滔戰秦明不下,便從中軍舞起雙鞭,縱坐下那匹御賜踢雪烏騅,咆哮嘶喊,來到陣前。此一合中,呼延忽來。○此段文字,本以山泊爲主,以呼延爲賓,今看他詳寫山泊諸將紡車般脱换,又插寫呼延將軍擲獅來去。以一筆兼寫兩家健將,遂令兩篇章法一齊俱成,妙絶。

秦明見了,欲待來戰呼延灼,第二撥豹子頭林冲已到,接第二撥。便叫:「秦統制少歇,看我戰三百合却理會!」林冲挺起蛇矛,奔呼延灼,秦明自把軍馬從左邊踅向山坡後去。第一撥紡車般轉去矣。這裏呼延灼自戰林冲,兩個正是對手:鎗來鞭去花一團,鞭去鎗來錦一簇。絶妙好辭,不過兩句七個字,而便令人眼光霍霍不定。兩個鬥到五十合之上,不分勝敗。第三撥小李廣花榮軍到,接第三撥。陣門下大叫道:「林將軍少歇,看我擒捉這斯!」林冲撥轉馬便走。呼延灼因見林冲武藝高强,也回本陣。此一合後,呼延忽去。林冲自把本部軍馬一轉,轉過山坡後去,第二撥紡車般轉去矣。讓花榮挺鎗出馬。呼延灼後軍也到,天目將彭玘横着那三尖兩刃四竅八環刀,驟着五明千里黄花馬,絶妙好辭,三、兩、四、八、五、千,六個字用在一處,遂成異様花色。出陣大罵花榮道:「反國逆賊,何足爲道!與吾並個輸赢!」花榮大怒,也不答話,便與彭玘交馬。兩個戰二十餘合,呼延灼看見彭玘力怯,縱馬舞鞭,直奔花榮。此一合中,呼延忽又來。

門不到三合，第四撥一丈青扈三娘人馬已到，接第四撥。大叫：「花將軍少歇，看我捉這廝！」花榮也引軍望右邊踅轉山坡下去了。第三撥紡車般轉去矣。彭玘來戰一丈青未定，第五撥病尉遲孫立軍馬早到，便入第五撥，法變。勒馬于陣前擺着，看這扈三娘去戰彭玘。此處忽然增出第五撥人馬看戰，便令精彩加倍耀艷，真文章之盛觀也。兩個正在征塵影裏，殺氣陰中，一個使大桿刀，是一樣刀。一個使雙刀。又是一樣刀。○雖兩將一樣使刀，然實是兩樣刀也。忽然兩樣刀，引出一樣鞭來，真文章之盛觀也。兩個鬥到二十餘合，一丈青把雙刀分開，回馬便走。彭玘要逞功勞，縱馬趕來。一丈青便把雙刀挂在馬鞍鞽上，袍底下取出紅綿套索，上有二十四個金鈎，等彭玘馬來得近，紐過身軀，把套索望空一撒，看得親切，彭玘措手不及，早拖下馬來。孫立喝教衆軍一發向前，把彭玘捉了。

呼延灼看見大怒，忿力向前來救，看他忽又來。一丈青便拍馬來迎敵。呼延灼恨不得一口水吞了那一丈青。兩個鬥到十合之上，急切贏不得一丈青。呼延灼心中想道：「這個潑婦人，在我手裏鬥了許多合，倒恁地了得！」心忙意急，賣個破綻，放他入來，却把雙鞭只一蓋，蓋將下來，好呼延灼，真驚死人。那雙刀却在懷裏；又好一丈青，真驚死人。提起右手銅鞭，望一丈青頂門上打下來。好呼延灼，真驚死人。却被一丈青眼明手快，早起刀，只一隔，右手那口刀望上直飛起來。又好一丈青，真驚死人。却好那一鞭打將下來，正在刀口上，錚地一聲響，火光迸散，好呼延灼，又好一丈青，真驚死人。一丈青回馬望本陣便走。呼延灼縱馬趕來，病尉遲孫立見了，接第五撥。便挺鎗縱馬向前，迎住廝殺。背後宋江却好引十對良將都到，列成陣勢。五撥人馬既畢，紡車幾乎停住矣，陡然接出押後大隊來，真文章之盛觀也。一丈青自引了人馬，也投山坡下去了。第四撥紡車般轉去矣。

宋江見活捉得天目將彭玘，心中甚喜，且來陣前看孫立與呼延灼交戰。又是一番看戰，真乃十倍精彩。○文章聲勢，一段勝似一段，使人歎絶。孫立也把鎗帶住手腕上，綽起那條竹節鋼鞭，來迎呼延灼。兩個都使鋼鞭，却更一般打扮：上文三口刀，中間忽然變出兩口刀，兩條鞭，至此又忽然變出三條鞭，真文章之盛觀也。病尉遲孫立是交角鐵幞頭，交角。大紅羅抹額，大紅羅。百花點翠皂羅袍，百花點翠。烏油戧金甲，烏油戧金。騎一匹烏騅馬，烏騅。使一條竹節虎眼鞭，竹節虎眼。賽過尉遲恭；借一古人畫出孫立。這呼延灼却是冲天角鐵幞頭，冲天角。銷金黄羅抹額，銷金黄羅。七星打釘皂羅袍，七星打釘。烏油對嵌鎧甲，烏油對嵌。騎一匹御賜踢雪烏騅，踢雪烏騅。使兩條水磨八稜鋼鞭，水磨八稜。左手的重十二斤，右手的重十三斤，加倍添寫兩句，異樣精彩。真似呼延贊。亦借一古人畫出呼延。兩個在陣前左盤右旋，鬥到三十餘合，不分勝敗。

官軍陣裏韓滔，見説折了彭玘，便去後軍隊裏盡起軍馬，一發向前厮殺。宋江只怕衝將過來，便把鞭梢一指，十個頭領引了大小軍士掩殺過去，背後四路軍兵分作兩路夾攻攏來。所謂轉作後軍也。呼延灼見了，急收轉本部軍馬，各敵個住。爲何不能全勝？忽問一句，筆力奇絶。却被呼延灼陣裏都是「連環馬軍」：至此方表出連環馬。馬帶馬甲，人披鐵鎧。馬帶甲，只露得四蹄懸地；人披鎧，只露着一對眼睛。此回都作絶妙好辭。宋江陣上雖有甲馬，只是紅纓面具、銅鈴雉尾而已。好。這裏射將箭去，那裏甲都護住了。好。那三千馬軍各有弓箭，對面射來，好。因此不敢近前。借答作叙，筆力奇絶。宋江急叫鳴金收軍，呼延灼也退二十餘里下寨。已上第一陣，詳山泊，略官軍。

宋江收軍，退到山西下寨，屯住軍馬，且叫左右群刀手簇擁彭玘過來。宋江望見，便起身喝退軍士，親解其縛，扶入帳中，分賓而坐。宋江便拜。彭玘連忙答拜道：「小子被擒之人，理合就死，何故將軍賓禮相待？」宋江道：「某等衆人，無處容身，暫占水泊，權時避難。今者，朝廷差遣將軍前來收捕，本合延頸就縛。但恐不能存命，因此負罪交鋒，誤犯虎威，敢乞恕罪！」此等悉是宋江權詐之辭，而學究借作續貂之本。彭玘答道：「素知將軍仗義行仁，扶危濟困，不想果然如此義氣。倘蒙存留微命，當以捐軀報效。」宋江當日就將天目將彭玘使人送上大寨，教與晁天王相見，留在寨裏。這裏自一面犒賞三軍，並衆頭領計議軍情。

再説呼延灼收軍下寨，自和韓滔商議如何取勝梁山水泊。韓滔道：「今日這廝們見俺催軍近前，他便慌忙掩擊過來。明日盡數驅馬軍向前，必獲大勝。」呼延灼道：「我已如此安排下了，只要和你商量相通。」要知此一語非計議明日，正注解今日也。不然，何不便驅過來？隨即傳下將令，教三千匹馬軍做一排擺着，好。每三十匹一連，却把鐵環連鎖。好。但遇敵軍，遠用箭射，近則使鎗，直衝入去。好。三千連環馬軍，分作一百隊鎖定，好。五千步軍在後策應。好。「明日休得挑戰，好。我和你押後掠陣。好。但若交鋒，分作三面衝將過去。」好。【眉批】第二番詳呼延，略山泊，爲正文。計策商量已定，次日天曉出戰。

却説宋江次日把軍馬分作五隊在前，後軍十將簇擁，兩路伏兵分于左右。秦明當先，搦呼延灼出馬交戰。只見對陣但只吶喊，並不交鋒。比昨日忽然换出一樣陣勢，便令筆墨都變，真文章之盛觀也。爲頭五軍都一字兒擺在陣前：中是秦明，左是林冲、一丈青，右是花榮、孫立，在後隨即宋江引十將也到，重重叠叠擺着人馬。仍依昨日所撥，而紡車换作一字，便令筆墨盡變。看對陣時，約有一千步軍，只是擂鼓發喊，並無一人出馬交鋒。寫「並無一人」，却寫得異樣精彩。宋江看了，心中疑惑，暗傳號令，教後軍且退。賴此句，便令宋江一軍不至覆没。用筆之妙如此。却縱馬直到花榮隊裏窺望，猛聽對陣裏連珠炮響，異樣精彩。一千步軍忽然分作兩下，異樣精彩。放出三面連環馬軍，直衝將來；異樣精彩。兩邊把弓箭亂射，異樣精彩。中間盡是長鎗。異樣精彩。宋江看了大驚，急令衆軍把弓箭施放，那裏抵敵得住？每一隊三十匹馬，一齊跑發，不容你不向前走。注疏明快，直畫出連環馬聲勢來也。那連環馬軍漫山遍野，横衝直撞將來。前面五隊軍馬望見，便亂攛了，策立不定；後面大隊人馬攔當不住，各自逃生。

宋江慌忙飛馬便走，十將擁護而行。背後早有一隊連環馬軍追將來，却得伏兵李逵、楊林引人從蘆葦中殺出來，救得宋江。始知前文撥伏兵不虛。逃至水邊，却有李俊、張横、張順、三阮六個水軍頭領，擺下戰船接應。始知前文撥水軍不虛。宋江急急上船，便傳將令，教分頭去救應衆頭領下船。周匝。那連環馬直趕到水邊，亂箭射來，異樣聲勢，異樣精彩。船上却有傍牌遮護，不能損傷。慌忙把船棹到鴨嘴灘頭，盡行上岸。就水寨裏整點人馬，折其大半。却喜衆頭領都全，雖然折了些馬匹，都救得性命。少刻，只見石勇、時遷、孫新、顧大嫂都逃命上山，却說：「步軍衝殺將來，把店屋平拆了去。我等若無號船接應，盡被擒捉！」陡然插出奇文，令人出于意外。猶如怪峰飛來，然又却是眼前景色。才子之文，誠絶世無雙矣。○並不寫連環馬，却寫得連環馬異樣聲勢，文亦異樣精彩。宋江一一親自撫慰。計點衆頭領時，中箭者六人：林冲、雷横、李逵、石秀、孫新、黃信。小嘍囉中傷帶箭者，不計其數。晁蓋聞知，同吴用、公孫勝下山來動問。宋江眉頭不展，面帶憂容。吴用勸道：「哥哥休憂，勝敗乃兵家常事，何必挂心？別生良策，可破連環軍馬。」晁蓋便傳號令，分付水軍牢固寨柵，船隻保守灘頭，曉夜隄備，請宋公明上山安歇。宋江不肯上山，只就鴨嘴灘寨内駐札，閑處忽然布此一筆，不知乃爲後文炮手作地。用筆之妙，不望人賞。只教帶傷頭領上山養病。

却説呼延灼大獲全勝，回到本寨，開放連環馬，如此等句，必不肯漏，不爲此書長處；只因必漏此句，乃他書短處，遂令此書獨步也。都次第前來請功。殺死者不計其數，生擒得五百餘人，奪得戰馬三百餘匹。隨即差人前去京師報捷，一面犒賞三軍。却説高太尉正在殿帥府坐衙，門上報道：「呼延灼收捕梁山泊得勝，差人報捷。」心中大喜，次日早朝，越班奏聞天子。天子甚喜，敕賞黃封御酒十瓶、錦袍一領，差官一員，賫錢十萬貫，前去行營賞軍。御賜袍、酒，是第九段。【眉批】御賜袍、酒。高太尉領了聖旨，回到殿帥府[一]，隨即差官賫捧前去。

却説呼延灼已知有天使到，與韓滔出二十里外迎接。接到寨中，謝恩受賞已畢，置酒管待天使，一面令韓先鋒俵錢賞軍。且將捉到五百餘人囚在寨中，待拿得賊首，一並解赴京師，

[一]「回」，金評各本均作「同」，據明容與堂本改。

示衆施行。天使問：「彭團練如何不見？」高太尉不曾奏聞天子，此報捷之通訣也。呼延灼道：「爲因貪捉宋江，深入重地，致被擒捉 。今次群賊必不敢再來。小可分兵攻打，務要肅清山寨，掃盡水洼，擒獲衆賊，拆毁巢穴。但恨四面是水，無路可進。遥觀寨栅，只除非得火炮飛打，以碎賊巢。久聞東京有個炮手凌振，名號『轟天雷』，此人善造火炮，能去十四五里遠近，石炮落處，天崩地陷，山倒石裂。若得此人，可以攻打賊巢。更兼他深通武藝，弓馬熟閑。若得天使回京，于太尉前言知此事，可以急急差遣到來，克日可取賊巢。」天使應允。次日起程，于路無話。回到京師，來見高太尉，備説呼延灼求索炮手凌振，要建大功。高太尉聽罷，傳下鈞旨，教唤甲仗庫副使炮手凌振那人來。原來凌振祖貫燕陵人，是宋朝天下第一個炮手，所以人都號他是轟天雷；更兼武藝精熟。當下凌振來參見了高太尉，就受了行軍統領官文憑，便教收拾鞍馬軍器起身。申請炮手，是第十段。【眉批】申請炮手。

且説凌振把應用的烟火、藥料，就將做下的諸色火炮並一應的炮石、炮架，裝載上車，帶了隨身衣甲、盔刀、行李等件，並三四十個軍漢，離了東京，取路投梁山泊來。到得行營，先來參見主將呼延灼，次見先鋒韓滔。備問水寨遠近路程，製炮要領。山寨嶮峻去處，安排三等炮石攻打：第一是風火炮，名色奇妙。第二是金輪炮，名色奇妙。第三是子母炮。名色奇妙。○便寫出三等名色，異樣精彩。先令軍健整頓炮架，直去水邊竪起，準備放炮。未見放炮，先竪炮架，寫得異樣精彩。

却説宋江正在鴨嘴灘上小寨内，和軍師吴學究商議破陣之法，無計可施。有探細人來報道：「東京新差一個炮手，喚做轟天雷凌振，即日在于水邊竪起架子，安排施放火炮，攻打寨柵。」吴學究道：「這個不妨。我山寨四面都是水泊，港汊甚多，宛子城離水又遠，總有飛天火炮，如何能够打得到城邊？數語先爲讀者作一安慰。且棄了鴨嘴灘小寨，看他怎地設法施放，却做商議。」當下宋江棄了小寨，便都起身，且上關來。上文特寫不肯上關，只謂宋江誓欲滅此朝食耳，不意正爲凌振作渲染也，妙筆。晁蓋、公孫勝接到聚義廳上，問道：「似此如何破敵？」動問未絶，早聽得山下炮響。寫炮又是一樣聲勢，文亦又是一樣精彩。一連放了三個火炮，兩個打在水裏，又是一樣精彩。〇此句特表水泊之闊，不是閑筆。一個直打到鴨嘴灘邊小寨上。此句正表炮勢之大，又是一樣精彩，寫得駭人。〇寫戰必須寫近，寫炮必須寫遠，此故誰當知之？宋江見説，心中展轉憂悶，衆頭領盡皆失色。吴學究道：「若得一人誘引凌振到水邊，先捉了此人，方可商議破敵之法。」晁蓋道：「可着李俊、張横、張順、三阮六人掉船，如此行事，岸上朱仝、雷横如此接應。」

且説六個水軍頭領得了將令，分作兩隊：李俊和張横先帶了四五十個會水的，用兩隻快船從蘆葦深處悄悄過去；背後張順、三阮掉四十餘隻小船接應。再説李俊、張横上到對岸，便去炮架子邊吶聲喊，把炮架推翻。只如兒戲，奇妙之極。軍士慌忙報與凌振知道。凌振便帶了風火二炮，拿鎗上馬，引了一千餘人趕將來。李俊、張横領人便走，只如兒戲。凌振追至蘆葦灘邊，看見一字兒擺開四十餘隻小船，船上共有百十餘個水軍。李俊、張横早跳在船上，故意不把船開。看看人馬到來，吶聲喊，都跳下水裏去了。只如兒戲。凌振人馬已到，便來搶船。朱仝、雷横却在對岸吶喊擂鼓。只如兒戲，奇妙之極。凌振奪得許多船隻，叫軍健盡數上船，便殺過去。船纔行到波心之中，只見岸上朱仝、雷横鳴起鑼來。只如兒戲、奇妙之絶。水底下早鑽起四五十水軍，盡把船尾楔子拔了，只如兒戲。水都滚入船裏來，外邊就勢扳翻船，軍健都撞在水裏。凌振急待回船，船尾舵櫓已自被拽下水底去了。奇妙之極，只如兒戲。兩邊却鑽上兩個頭領來，把船只一扳，奇妙之極，只如兒戲。仰合轉來，凌振却被合下水裏去。水底下却是阮小二一把抱住，直拖到對岸來。連環馬已大難事，忽然又增出一轟天雷來，誠所謂心摇膽落，手足無措之事也。一段只輕輕用五七個人，百十隻船，彼以火攻，此以水勝，用力不多，而大難立解。令人讀之，只如兒戲，真文章之盛觀也。岸上早有頭領接着，便把索子綁了，先解上山來。水中生擒二百餘人，一半水中淹死，些少逃得性命回去。呼延灼得知，急領馬軍趕將來時，船都已過鴨嘴灘去了。絶倒。箭又射不着，絶倒。人都不見了，絶倒。只忍得氣。絶倒。○此一段純用戲筆。呼延灼恨了半晌，只得引了人馬回去。

且説衆頭領捉得轟天雷凌振，解上山寨，先使人報知。宋江便同滿寨頭領，下第二關迎接。見了凌振，連忙親解其縛，便埋怨衆人道：「我教你們禮請統領上山，如何恁地無禮！」凌振拜謝不殺之恩。宋江便與他把盞已了，自執其手，宋江執凌振手。相請上山。到大寨，見了彭玘已做了頭領，凌振閉口無言。彭玘勸道：「晁、宋二頭領替天行道，招納豪傑，專等招安，與國家出力。既然我等到此，只得從命。」宋江却又陪話。凌振答道：「小的在此趨侍不妨，爭奈老母、妻子都在京師。倘或有人知覺，必遭誅戮，如之奈何！」宋江道：「但請放心，限日取還統領。」凌振謝道：「若得頭領如此周全，死亦瞑目。」晁蓋道：「且教做筵席慶賀。」

次日，廳上大聚會衆頭領。飲酒之間，宋江與衆又商議破連環馬之策。正無良法，只見金錢豹子湯隆起身道：讀至此句，始信聖歎前批不謬。○爲造鎗故，先備湯隆；今反借湯隆，生出徐寧。筆法屈曲，其妙無比。「小人不材，願獻一計。除是得這般軍器和我一個哥哥，可以破得連環甲馬。」吳學究便問道：「賢弟，你且說用何等軍器？你這個令親哥哥是誰？」湯隆不慌不忙，叉手向前，説出這般軍器和那個人來。正是：計就玉京擒獬豸，謀成金闕捉狻猊。畢竟湯隆對衆説出那般軍器、甚麽人來，且聽下回分解。

第五才子書施耐庵水滸傳卷之六十

聖歎外書

第五十五回 吴用使時遷偷甲 湯隆賺徐寧上山

蓋耐庵當時之才，吾直無以知其際也。其忽然寫一豪傑，即居然豪傑也；其忽然寫一奸雄，即又居然奸雄也；甚至忽然寫一淫婦，即居然淫婦；今此篇寫一偷兒，即又居然偷兒也。人亦有言：非聖人不知聖人。然則非豪傑不知豪傑，非奸雄不知奸雄也。耐庵寫豪傑，居然豪傑，然則耐庵之爲豪傑可無疑也。獨怪耐庵寫奸雄，又居然奸雄，則是耐庵之爲奸雄又無疑也。雖然，吾疑之矣。夫豪傑必有奸雄之才，奸雄必有豪傑之氣。以豪傑兼奸雄，以奸雄兼豪傑，以擬耐庵，容當有之。若夫耐庵之非淫婦、偷兒，斷斷然也。今觀其寫淫婦居然淫婦，寫偷兒居然偷兒，則又何也？噫嘻，吾知之矣！非淫婦定不知淫婦，非偷兒定不知偷兒也。謂耐庵非淫婦、非偷兒者，此自是未臨文之耐庵耳。夫當其未也，則豈惟耐庵非淫婦，即彼淫婦亦實非淫婦；豈惟耐庵非偷兒，即彼偷兒亦實非偷兒。經曰：「不見可欲，其心不亂。」群天下之族，莫非王者之民也。若夫既動心而爲淫婦，既動心而爲偷兒，則豈惟淫婦偷兒而已。惟耐庵于三寸之筆，一幅之紙之間，實親動心而爲淫婦，親動心而爲偷兒。既已動心，則均矣，又安辨泚筆點墨之非入馬通奸，泚筆點墨之非飛檐走壁耶？經曰：「因緣和合，無法不有。」自古淫婦無印板偷漢法，偷兒無印板做賊法，才子亦無印板做文字法也。因緣生法，一切具足。是故龍樹著書，以破因緣品而弁其篇，蓋深惡因緣；而耐庵作《水滸》一傳，直以因緣生法，爲其文字總持，是深達因緣也。夫深達因緣之人，則豈惟非淫婦也，非偷兒也，亦復非奸雄也，非豪傑也。何也？寫豪傑、奸雄之時，其文亦隨因緣而起，則是耐庵固無與也。或問曰：「然則耐庵何如人也？」曰：「才子也。」「何以謂之才子也？」曰：「彼固宿講于龍樹之學者也。」講于龍樹之學，則菩薩也。菩薩也者，真能格物致知者也。

讀此批也，其于自治也，必能畏因緣。畏因緣者，是學爲聖人之法也，《傳》稱「戒慎不睹，恐懼不聞」是也。其于治人也，必能不念惡。不念惡者，是聖人忠恕之道也。《傳》稱「王道平平」、「王道蕩蕩」是也。天下而不乏聖人之徒，其必有以教我也。

此篇文字變動，又是一樣筆法。如：欲破馬，忽賺鎗；欲賺鎗，忽偷甲。由馬生鎗，由鎗生甲，一也。呼延既有馬，又有炮；徐寧亦便既有鎗，又有甲；呼延馬雖未破，炮先爲山泊所得，徐寧亦便鎗雖未教，甲先爲山泊所得，二也。贊呼延踢雪騅時，凡用兩「那馬」句，贊徐寧賽唐猊時，亦便用兩「那副甲」句，三也。徐家祖傳鎗法，湯家却祖傳鎗樣；二「祖傳」字對起，便忽然從意外另生出一祖傳甲來，四也。于三回之前，遥遥先插鐵匠，已稱奇絶；却不知已又于數十回之前，遥遥先插鐵匠，五也。

寫時遷入徐寧家，已是更餘，而徐寧夫妻偏不便睡；寫徐寧夫妻睡後，已入二更餘，而時遷偏不便偷。所以者何？蓋製題以構文也。不構文而僅求了題，然則何如並不製題之爲愈也？

前文寫朱仝家眷，忽然添出「令郎」二字者，所以反襯知府舐犢之情也。此篇寫徐寧夫妻，忽然又添出一「六七歲孩子」者，所以表徐氏之有後；而先世留下鎮家之甲，定不肯漫然輕棄于人也。作文向閑處設色，惟《毛詩》及史遷有之。耐庵真正才子，故能竊用其法也。

寫時遷一夜所聽説話，是家常語，是恩愛語，是主人語，是使女語，是樓上語，是寒夜語，是當家語，是貪睡語。句句中間有眼，兩頭有稜，不只死寫幾句而已。

寫徐家樓上夫妻兩個説話，却接連寫兩夜，妙絶奇絶！

湯隆、徐寧互説紅羊皮匣子，徐寧忽向内裏增一句云：「裏面又用香綿裹住。」湯隆便忽向外面增一句云：「不是上面有白綫刺着緑雲頭如意，中間有獅子滚繡球的？」只「紅羊皮匣子」五字，何意其中又有此兩番色澤。知此法者，賦海欲得萬言，固不難也。

由東京至山泊，其爲道里不少，便分出三段賺法來，妙不可言。

正賺徐寧時，只用空紅羊皮匣子；及賺過徐寧後，却反兩用雁翎砌就圈金賽唐猊甲。實者虛之，虛者實之，真神掀鬼踢之文也。

話説當時湯隆對衆頭領説道：「小可是祖代打造軍器爲生。先父因此藝上遭際老种經略相公，得做延安知寨。先朝曾用這連環甲馬取勝。欲破陣時，須用鈎鐮鎗可破。湯隆祖傳已有畫樣在此，若要打造，便可下手。未有鎗法，已有鎗樣；未有教鎗人，先有打鎗手：又是一樣出題法。○鎗法祖傳，鎗樣亦祖傳，下因别生出一樣祖傳寶貝來，妙絶。湯隆雖是會打，却不會使。忽然一擒，忽然一縱，筆勢變動。若要會使的人，只除非是我那個姑舅哥哥。不必姑舅哥哥也。先寫是姑舅哥哥者，爲便于得知藏甲之處也。會使這鈎鐮鎗法，只有他一個教頭。他家祖傳習學，不教外人。此三句見非徐寧不可。或是馬上，或是步行，都有法則；此三句見非教使不可。端的使動，神出鬼没！一個人贊。」説言未了，林冲問道：「莫不是見做金鎗班教師徐寧？」湯隆稱歎半日，却忽然换林冲口出其名字。雖爲東京二字關鎖，然文勢亦極變動也。湯隆應道：「正是此人。」林冲道：「你不説起，我也忘了。這徐寧的金鎗法、先襯一句作賓。鈎鐮鎗法，次出主。○湯隆獨贊鈎鐮者，爲破呼延計也；林冲並贊金鎗者，爲識徐寧注也。端的是天下獨步。在京師時，多與我相會，較量武藝，彼此相敬相愛。又一個人贊。○不惟贊徐寧，兼復自贊矣，妙筆。只是如何能够得他上山來？」

湯隆道：「徐寧祖傳一件寶貝，徐既祖傳鎗法，湯又祖傳鎗樣，則破呼延固必用鈎鐮，而教鈎鐮固必賺徐寧矣。今便就兩個「祖傳」上，再生出一個「祖傳」來，成此一篇絶妙奇文，則真正憑空結撰之才也。世上無對，乃是鎮家之寶。湯隆比時，曾隨先父知寨往東京視探姑姑時，多曾見來，是一副雁翎砌就圈金甲。寫得活現。○上是眼見，下是耳聞，妙絕。這副甲，一句「這副甲」。○贊踢雪烏騅時，用兩「那馬」句；贊雁翎金甲時，用兩「這甲」句，各成異樣花色。披在身上，又輕又穩，四字寫出一副妙甲來。○輕是甲之材，穩是甲之德。刀劍箭矢急不能透，此句補贊入上四字內。人都喚做『賽唐猊』。名色奇妙。多有貴公子要求一見，造次不肯與人看。此句既顯徐寧極愛，又顯湯隆獨知。這副甲，又一句「這副甲」。是他的性命。五字寫愛甲入神，然正爲追賊作地也。用一個皮匣子盛着，直挂在卧房中梁上。非姑舅兄弟，何從得知？若是先對付得他這副甲來時，不由他不到這裏。」吴用道：「若是如此，何難之有？放着有高手弟兄在此，耐庵用人之法如此。今次却用着鼓上蚤時遷去走一遭。」時遷隨即應道：「只怕無此一物在彼。若端的有時，好歹定要取了來。」湯隆道：「你若盜得甲來，我便包辦賺他上山。」宋江問道：「你如何去賺他上山？」湯隆去宋江耳邊低低説了數句，宋江笑道：「此計大妙！」

吴學究道：「再用得三個人，同上東京走一遭。一個到京收買烟火藥料並炮内用的藥材，百忙中，忽然插出别事，妙筆。兩個去取凌統領家老小。妙筆。」彭玘見了，便起身禀道：「若得一人到潁州取得小弟家眷上山，實拜成全之德。」上文百忙中忽然插出二事，雖與偷甲無涉，然猶是東京順帶之事。若此句則並不關東京矣，亦就百忙中一齊插出，不惟妙筆，真奇筆也。宋江便道：「團練放心，便請二位修書，小可自教人去。」便唤：「楊林可將金銀書信，帶領伴當，前往潁州取彭玘將軍老小；薛永扮作使鎗棒賣藥的，往東京取凌統領老小；李雲扮作客商，同往東京，收買烟火藥料等物；樂和隨湯隆同行，又挈薛永往來作伴。」一面先送時遷下山去了。看他寫衆人起身，又分作三次，不肯作一率筆。次後且叫湯隆打起一把鈎鐮鎗做樣，入下偷甲文既畢，即徐寧已到山寨矣。打鎗安頓此處，妙絶。却叫雷横提調監督。新鐵匠下又陪出一舊鐵匠，奇不可言。○倒插鐵匠于三回之前，已謂奇不可言，又豈知先已倒插一位于數十回之前耶！再説湯隆打起鈎鐮鎗樣子，教山寨裏打軍器的照着樣子打造，自有雷横提督，不在話下。大寨做個送路筵席，當下楊林、薛永、李雲、樂和、湯隆辭别下山去了。第二番起身。次日，又送戴宗下山，往來探聽事情。第三番起身。這段話，一時難盡。

這裏且説時遷忽然安放看官一句，只謂少間定將逐段説來，却不知其騙我也。離了梁山泊，身邊藏了暗器、諸般行頭，在路迤邐來到東京，投個客店安下了。次日，踅進城來，尋問金鎗班教師徐寧家。有人指點道：「入得班門裏，靠東第五家黑角子門便是。」如畫。時遷轉入班門裏，班門。先看了前門，前門。次後踅來，相了後門。後門。見是一帶高墻，墻。墻裏望見兩間小巧樓屋，樓。側首却是一根戧柱。戧柱。○每欲畫出一篇妙絶文字，必先向前文一一將應用字眼，逐件排出，如棋家先列後着也。時遷看了一回，又去街坊問道：「徐教師在家裏麽？」人應道：「直到晚方歸來，五更便去内裏隨班。」明日五更事，鄰舍隔晚先説，便見不是捏湊之文。時遷叫了「相擾」，且回客店裏來。取了行頭，藏在身邊，分付店小二道：「我今夜多敢是不歸，照管房中則個。」小二道：「但放心自去，這裏禁城地面，並無小人。」劈面注射語，讀之絶倒。○與瓦官寺和尚對魯智深説「那裏似個出家人，只像緑林中强盜一般」，是一樣文法。

時遷再入到城裏，買了些晚飯吃了，却踅到金鎗班徐寧家，左右看時，没一個好安身去處。入手忽作一跌，令人吃驚。看看天色黑了，時遷捵入班門裏面。一層。【眉批】第一節，時遷捵入班門。是夜，寒冬天色，却無月光。不惟點出時景，亦復安放時遷一夜。時遷看見土地廟後一株大柏樹，便把兩隻腿夾定，一節節爬將樹頭頂上去，騎馬兒坐在枝柯上。又一層。【眉批】第二節，時遷上樹。悄悄望時，只見徐寧歸來，望家裏去了。「只見」如畫。只見班裏兩個人提出燈籠出來關門，把一把鎖鎖了，各自歸家去了。「只見」如畫。○第一「只見」是主，第二「只見」是賓，第三「只見」賓主雙亡。只此小小一段，便是妙絶之文。早聽得譙樓禁鼓，却轉初更，初更。雲寒星斗無光，露散霜花漸白。只見班裏静悄悄地，「只見」如畫。「只見」徐寧歸家，「只見」兩人關門，「只見」静悄悄地。前兩「只見」，是有所見；後一「只見」，是無所見：活畫出做賊人眼中節次。却從樹上溜將下來，踅到徐寧後門邊，從墻上下來，不費半點氣力，爬將過去。又一層。【眉批】第三節，時遷下樹，爬過墻，伏廚外。看裏面時，却是個小小院子。

時遷伏在廚房外張時，見廚房下燈明，兩個娅嬛兀自收拾未了。是收拾將了之辭，便省却徐寧夫妻吃晚飯一段也。時遷却從戧柱上盤到膊風板邊，【眉批】第四節，時遷從戧柱上樓檐。伏做一塊兒，張那樓上時，見那金鎗手徐寧和娘子對坐爐邊向火，寫出寒景。懷裏抱着一個六七歲孩兒，偏寫出不是便睡光景，妙絶。○徐寧有兒，妙。前朱仝有兒，所以能推知府愛子之心；此徐寧有兒，所以寶惜幾世留傳之甲也。時遷看那卧房裏時，見梁上果然有個大皮匣拴在上面；指出正經題目。○張見皮匣是主，並張見弓箭、腰刀、衣服是賓。張見皮匣後，又必張見弓箭、腰刀、衣服者，多恐單寫皮匣，便令房中寒儉也。○賊眼中無所不見，寫來如畫。房門口挂着一副弓箭、一口腰刀，衣架上挂着各色衣服。

上張見皮匣是主，此又張見弓箭、腰刀、衣服乃賓也，然亦活襯出內裏隨直裝束來。徐寧口裏叫道：「梅香，你來與我折了衣服。」上寫弓箭、腰刀、衣服，只是陪伴皮匣，使不寂寞耳。此忽然便就三句內抽出衣服一句來，另自細細描寫一通，以見本日真從內裏隨直出來，却又句句恰與匣中金甲先作映襯，別成異樣色澤也。下面一個婭嬛上來，就側首春臺上先折了一領紫綉圓領，一。又折一領官綠襯裏襖子，二。並下面五色花繡踢串，三。一個護項彩色錦帕，四。一條紅綠結子並手帕一包，五。另用一個小黃帕兒，包着一條雙獺尾荔枝金帶，六。○此六句與金甲映襯。共放在包袱內，此一句，與皮匣映襯。把來安在烘籠上。此一句與梁上映襯。時遷都看在眼裏。本為梁上匣中金甲而來，却反看了烘籠上包袱內許多衣服，做賊真有如此苦事。

約至二更以後，二更交三更。徐寧收拾上床。娘子問道：「明日隨直也不？」妮妮如畫。徐寧道：「明日正是天子駕幸龍符宮，須用早起五更去伺候。」不惟說明日出去必早之故，亦並說明日歸來獨遲之故矣。娘子聽了，便分付梅香道：「官人明日要起五更，出去隨班。你們四更起來燒湯，安排點心。」只一五更隨直，街上鄰舍先說，隔夜娘子又先說，妙絕。○向火、弄兒、折衣服後，偏問此一段話，便令匆匆早睡有故。時遷自忖道：「眼見得梁上那個皮匣子，便是盛甲在裏面，我若趕半夜下手便好；倘若鬧將起來，明日出不得城，却不誤了大事？且捱到五更裏下手不遲。」偏寫作不便偷。○此篇是全副賊文章，故上寫賊眼腦，此寫賊心肝，後寫賊手脚也。聽得徐寧夫妻兩口兒上床睡了，一「聽得」字。兩個婭嬛在房門外打鋪。若作一礙，令人吃驚。房裏桌上却點着碗燈，那五個人都睡着了。兩個梅香一日伏侍到晚，精神困倦，齁齁打呵。活畫小兒女。時遷溜下來，去身邊取個蘆管兒，就窗槅眼裏只一吹，把那碗燈早吹滅了。又一層。【眉批】第五節，時遷溜至樓窗外。

看看伏到四更左側，四更。徐寧起來，便喚婭嬛起來燒湯。那兩個使女從睡夢裏起來，活畫小兒女。看房裏没了燈，叫道：「阿呀！今夜却没了燈！」徐寧道：「你不去後面討燈，等幾時！」極似下半句催促梅香，却不知上半句引逗時遷也，妙絶。那個梅香開樓門下胡梯響，時遷聽得，二「聽得」字。却從柱上只一溜，來到後門邊黑影裏伏了。又一層。【眉批】第六節，時遷仍從戧柱溜下，伏後門外。聽得婭嬛正開後門出來便去開墻門，三「聽得」字。○只見他去開墻門，不知他去討火，寫得妙絶。時遷却潛入厨房裏，貼身在厨桌下。又一層。【眉批】第七節，時遷潛入厨房，伏厨桌。梅香討了燈火入來，又去關門，閑細之筆。却來竈前燒火。這個女使也起來生炭火上樓去。一「上去」。○又寫出寒景。多時，湯滚，捧面湯上去。二「上去」。徐寧洗漱了，叫燙些熱酒上來。寫出寒景。婭嬛安排肉食炊餅上去，三「上去」。○炭火上去，面湯上去，肉食上去。三「上去」字，都是厨桌下人分中語。徐寧吃罷，叫把飯與外面當直的吃。又有此閑細之筆。時遷聽得徐寧下來，叫伴當吃了飯，背着包袱，拿了金鎗出門。四「聽得」字。○二十四字句。兩個梅香點着燈，送徐寧出去。不惟時事如畫，亦爲遣開梅香，便于時遷入來耳。時遷却從厨桌下出來，便上樓去，從槅子邊直踅到梁上，却把身軀伏了。又一層。【眉批】第八節，時遷上樓伏梁上。兩個婭嬛又關閉了門户，吹滅了燈火，此是提燈。○細極。上樓來，脱了衣裳，倒頭便睡。活畫小兒女。

時遷聽得兩個梅香睡着了，五「聽得」字。在梁上把那蘆管兒指燈一吹，那燈又早滅了。時遷却從梁上輕輕解了皮匣，又一層。正要下來，徐寧的娘子覺來，聽得響，忽作險筆，令人吃驚。

叫梅香道：「梁上甚麼響？」時遷做老鼠叫。妙。婭嬛道：「娘子不聽得是老鼠叫？因厮打，這般響。」小兒女貪睡怕冷，不肯起來，便隨口附會一句，真乃如畫。時遷就便學老鼠厮打，溜將下來；反借此語而下，奇妙之極。【眉批】第九節，時遷溜下梁來。悄悄地開了樓門，款款地背着皮匣，下得胡梯，從裏面直開到外門。偷甲畢。【眉批】第十節，時遷去了。來到班門口，已自有那隨班的人出門，四更便開了鎖。如此一段奇文，却將兩頭隨班人下鎖、開鎖作章法，奇絕。時遷得了皮匣，從人隊裏趁鬧出去了，一口氣奔出城外，到客店門前。此時天色未曉，敲開店門，去房裏取出行李，拴束做一擔兒挑了。計算還了房錢，出離店肆，投東便走。行到四十里外，方纔去食店裏打火做些飯吃，只見一個人也撞將入來。寫得突兀。時遷看時，不是别人，却是神行太保戴宗。見時遷已得了物，兩個暗暗説了幾句話。戴宗道：「我先將甲投山寨去，妙妙。你與湯隆慢慢地來。」時遷打開皮匣，取出那副雁翎鎖子甲來，做一包袱包了。戴宗拴在身上，出了店門，作起神行法，自投梁山泊去了。

時遷却把空皮匣子明明的拴在擔子上，奇奇妙妙。吃了飯食，還了打火錢，挑上擔兒，出店門便走。到二十里路上，撞見湯隆，兩個便入酒店裏商量。湯隆道：「你只依我從這條路去。妙妙。但過路上酒店、飯店、客店，門上若見有白粉圈兒，奇奇妙妙。你便可就在那店裏買酒買肉吃；客店之中，就便安歇，特地把這皮匣子放在他眼睛頭。奇奇妙妙。離此間一程外等我。奇奇妙妙。」時遷依計去了。湯隆慢慢地吃了一回酒，却投東京城裏來。

且説徐寧家裏，天明兩個婭嬛起來，只見樓門也開了，下面中門、大門都不關。慌忙家裏看時，一應物件都有。寫得變動。兩個婭嬛上樓來，對娘子説道：「不知怎的，門户都開了！却不曾失了物件。」娘子便道：「便道」者，不起身而道也。一寫不曾失物，一寫寒天懶起，的的如畫。「五更裏聽得梁上響，你説是老鼠廝打，你且看那皮匣子没甚事麽？」何遽便及皮匣？故從五更鼠打而入，妙妙。不更作俄延，竟瞥然而入，妙妙。兩個婭嬛看了，只叫得苦：「皮匣子不知那裏去了！」那娘子聽了，慌忙起來聽得不曾失物，且卧而不起；聽得不見皮匣，便慌忙起來。只一娘子起身，亦必挑剔盡妙如此。道：「快央人去龍符宫裏報與官人知道，教他早來跟尋。」婭嬛急急尋人去龍符宫報徐寧，連央了三四替人，寫忙處忙極。都回來説道：「金鎗班直隨駕内苑去了；寫緩處緩極。外面都是親軍護禦守把，誰人能够入去？緩處緩極。直須等他自歸。緩處緩極。」徐寧娘子並兩箇婭嬛如熱鏉子上螞蟻，走頭無路，不茶不飯，慌做一團。寫忙處忙極。

徐寧直到黄昏時候，寫緩處緩極。方纔卸了衣袍服色，着當直的背了，緩處緩極。將着金鎗慢慢家來。緩處緩極。到得班門口，鄰舍説道：偏寫鄰舍説，表出家中嚷做一片。「娘子在家失盜！等候得觀察不見回來。」徐寧吃了一驚，先知失賊，次知失甲，寫吃驚都有輕重。慌忙走到家裏。兩個婭嬛迎門道：先是鄰舍，次是婭嬛，次是娘子，如畫。「官人五更出去，却被賊人閃將入來，單單只把梁上那個皮匣子盜將去了！」徐寧聽罷，只叫那連聲的苦，從丹田底下直滾出口角來。奇語。娘子道：「這賊正不知幾時閃在屋裏！」寫娘子活是娘子。○鄰舍説，婭嬛又説，娘子只應如此矣。徐寧道：不答娘子，妙絶。「别的都不打緊，這副雁翎甲，乃是祖宗留傳四代之寶，不曾有失。花兒王太尉曾還我三萬貫錢，我不曾捨得賣與他，忽然撰出一段事，妙絶。恐怕久後軍前陣後要用。生怕有些差池，因此拴在梁上。多少人要看我的，只推没了。今次聲張起來，枉惹他人恥笑。或問失此寶貝，何得不去緝捕，故作此語解之。○不去緝捕，便單等湯隆矣。今却失去，如之奈何！」徐寧一夜睡不着，思量道：「不知是甚麽人盗了去？自問。也是曾知我這副甲的人！自答。」○活畫出失物人家恍恍惚惚，心口問答來。娘子想道：「敢是夜來滅了燈時，那賊已躲在家裏了？亦自答還自問。○前娘子問，徐寧不答；此徐寧自問自答，娘子不接話頭，亦只是自答。活畫出失物人家，恍恍惚惚、東猜西測來。必然是有人愛你的，將錢問你買不得，因此使這個高手賊來盗了去。此一段與花兒太尉一段對。你可央人慢慢緝訪出來，別作商議，且不要打草驚蛇。此一段與枉惹恥笑一段對。」徐寧聽了，到天明起來，坐在家中納悶。

早飯時分，只聽得有人扣門，當直的出去問了名姓，入來報道：是失物納悶人家氣色。「有個延安府湯知寨兒子湯隆，特來拜望。」徐寧聽罷，教請進客位裏相見。湯隆見了徐寧，納頭拜下，説道：「哥哥一向安樂？」徐寧答道：「聞知舅舅歸天去了，一者官身羈絆，一乃路途遥遠，不能前來吊問。並不知兄弟信息，一向正在何處？今次自何而來？」湯隆道：「言之不盡！自從父親亡故之後，時乖運蹇，一向流落江湖。今從山東徑來京師探望兄長。」徐寧道：「兄弟少坐。」便叫安排酒食相待。湯隆去包袱内取出兩錠蒜條金，重二十兩，送與徐寧，是鈎鐮教師聘禮，爲之一笑。○有此，便見不是爲甲報信而來。説道：「先父臨終之日，留下這些東西，教寄與哥哥做遺念。爲因無心腹之人，不曾捎來。今次兄弟特地到京師，納還哥哥。」徐寧道：「感承舅舅如此挂念，我又不曾有半分孝順處，怎地報答？」湯隆道：「哥哥，休恁地説。

先父在日之時，常是想念哥哥這一身武藝，只恨山遥水遠，不能夠相見一面。因此留這些物，與哥哥做遺念。」徐寧謝了湯隆，交收過了，且安排酒來管待。

湯隆和徐寧飲酒中間，徐寧只是眉頭不展，面帶憂容。湯隆起身道：「哥哥，如何尊顏有些不喜？心中必有憂疑不決之事。」徐寧歎口氣道：「兄弟不知，一言難盡！夜來家間被盜。」湯隆道：「不知失去了多少物事？」妙絶，便剔出「單單」二字來。徐寧道：「單單只盜去了先祖留下那副雁翎鎖子甲，又唤做賽唐猊。昨夜失了這件東西，以此心下不樂。」湯隆道：「哥哥那副甲，兄弟也曾見來，端的無比，先父常常稱贊不盡。説我先人，便剔起彼先人；説我先人猶稱贊不盡，便剔起彼先人着實寶惜：蓋分明勸之必追矣。却是放在何處被盜了去？」若在山泊中並不曾説梁上也者。徐寧道：「我把一個皮匣子盛着，拴縛在卧房中梁上，正不知賊人甚麽時候入來盜了去。」湯隆問道：「却是甚等樣皮匣子盛着？」若在酒店中並不曾見紅羊皮也者。徐寧道：「是個紅羊皮匣子盛着，裏面又用香綿裹住。」忽然在紅羊皮裏，另又添出一樣鋪設，妙不可言。湯隆失驚道：「紅羊皮匣子？」接口説五個字一頓頓住，妙絶。問道：俗本失「問道」二字，便令上文「紅羊皮匣子」五字不得一頓，神色便减多少。「不是上面有白綫刺着緑雲頭如意，中間有獅子滚繡球的？」徐寧在紅羊皮匣裏添出色澤，湯隆在紅羊皮匣外添出色澤。妙文對剔而起，妙不可言。徐寧道：「兄弟，你那裏見來？」湯隆道：「小弟夜來離城四十里，在一個村店裏沽酒吃，見個鮮眼睛黑瘦漢子一百八人，有正出身便畫者，有未出身先畫者；有已出身却不畫，少間别借一人眼中畫出者。奇莫奇于時遷，在四十五回出身，直至此篇方與一畫也。擔兒上挑着。我見了心中也自暗忖道：『這個皮匣子，却是盛甚麼東西的？』只此三行文字，亦分作三段讀，第一段是紅羊皮匣。臨出門時我問道：『你這皮匣子作何用？』那漢子應道：『原是盛甲的，第二段是盛甲紅羊皮匣。如今胡亂放些衣服。』第三段是空紅羊皮匣，妙絕。必是這個人了！我見那廝却似閃朒了腿的，一步步挑着了走。奇奇妙妙，見必可追着。何不我們追趕他去？」徐寧道：「若是趕得着時，却不是天賜其便！」湯隆道：「既是如此，不要擔閣，便趕去罷。」不令再計，行兵如脱兔，此之謂也。【眉批】此第一段望空趕。

徐寧聽了，急急换上麻鞋，帶了腰刀，提條朴刀，便和湯隆兩個出了東郭門，拽開脚步，迤邐趕來。前面見有白圈壁上酒店裏，湯隆道：「我們且吃碗酒了趕，就這裏問一聲。」奇奇妙妙。湯隆入得門坐下，便問道：「主人家，借問一聲，曾有個鮮眼黑瘦漢子，挑個紅羊皮匣子過去麽？」店主人道：「昨夜晚是有這般一個人，挑着個紅羊皮匣子過去了；一似腿上吃跌了的，一步一攧走。」此句不曾問，却答出來，文字變動之極。湯隆道：「哥哥你聽却何如？」一路湯隆語，段段作踢跳之調。徐寧聽了，做聲不得。是氣昏人。兩個連忙還了酒錢，出門便去。前面又見一個客店，壁上有那白圈。湯隆立住了脚，奇奇妙妙。説道：「哥哥，兄弟走不動了，和哥哥且就這客店裏歇了，明日早去趕。」徐寧道：「我却是官身，倘或點名不到，官司必然見責，如之奈何？」湯隆道：「這個不用兄長憂心，嫂嫂必自推個事故。」當晚又在客店裏問時，店小二答道：「昨夜有一個鮮眼黑瘦漢子，此句前在湯隆口中，此在小二口中，文字變動之極。在我店裏歇了一夜。直睡到今日小日中，方纔去了；前店顯説跌朒，此店虛寫跌朒，文字變動之極。口裏只問山東路程。」忽然插出路引，妙絕。湯隆道：「恁地，可以趕了。」段段作踢跳之調。當夜兩個歇了。次日起個四更，離了客店，又迤邐趕來。湯隆但見壁上有白粉圈兒，便做買酒買食，吃了問路，處處皆説得一般。省文。徐寧心中急切要那副甲，只顧跟隨着湯隆趕了去。是氣昏人。〇又好筆力。

看看天色又晚了，望見前面一所古廟。廟前樹下，時遷放着擔兒在那裏坐地。奇奇妙妙。湯隆看見，叫道：「好了！段段作踢跳之調。前面樹下那個，不是哥哥盛甲的紅羊皮匣子？」【眉批】此第二段押賊趕。徐寧見了，搶向前來，一把揪住了時遷，喝道：「你這廝好大膽！如何盜了我這副甲來！」時遷道：「住，住，不要叫！如此接口，匪夷所思。是我盜了你這副甲來，偏不賴，匪夷所思。你如今却要怎地？」反問怎地，匪夷所思。〇奇奇妙妙。徐寧喝道：「畜生無禮！倒問我要怎的！」時遷道：「你且看匣子裏有甲也無？」湯隆便把匣子打開看時，裏面却是空的。奇奇妙妙。〇看他行文何等撇捷，何等潔淨，我一生學不到者。徐寧道：「你這廝把我這副甲那裏去了？」時遷道：「你聽我説：小人姓張，排行第一，泰安州人氏。本州有個財主，要結識老种經略相公，知道你家有這副雁翎鎖子甲，不肯貨賣。特地使我同一個李三，兩人來你家偷盜，許俺們一萬貫。不想我在你家柱子上跌下來，閃肭了腿，因此走不動。先教李三拿了甲去，只留得空匣在此。你若要奈何我時，便到官司，就拚死我也不招；一段作對。若還肯饒我時，我和你去討來還你。」一段作正。徐寧躊躇了半晌，決斷不下。是氣昏人。湯隆便道：「哥哥，不怕他飛了去？只和他去討甲！承他第二段。若無甲時，須有本處官司告理。翻他第一段。」徐寧道：「兄弟也説得是。」三個廝趕着，又投客店裏來歇了。徐寧、湯隆監住時遷一處宿歇。見鬼，絶倒。原來時遷故把些絹帛紮縛了腿，只做閃肭了的。徐寧見他又走不動，因此十分中只有五分防他。三個又歇了一夜，次日早起來再行。時遷一路買酒買肉陪告，一路無事，惟恐寂寞，故特寫此一句，便有多少景色可想。若寫作徐寧、湯隆買酒肉吃，便無多少景色可想也。又行了一日。

次日，徐寧在路上心焦起來，不知畢竟有甲也無。正走之間，只見路傍邊三四個頭口，拽出一輛空車子，背後一個人駕車；傍邊一個客人，看着湯隆，納頭便拜。忽然變幻出來，奇奇妙妙。湯隆問道：「兄弟，因何到此？」那人答道：「鄭州做了買賣，要回泰安州去。」湯隆道：「最好。更不説第二句，陡然便合，何等撇捷，何等潔淨，我一生學不到。我三個要搭車子，也要到泰安州去走一遭。」那人道：「莫説三個上車，再多些也不計較。」湯隆大喜，叫與徐寧相見。徐寧問道：「此人是誰？」湯隆答道：「我去年在泰安州燒香，結識得這個兄弟，姓李，林連切洛。名榮，云元切學。是個有義氣的人。」徐寧道：「既然如此，這張一又走不動，閃腿爲可趕地，今又爲搭車地，妙絶。都上車子坐地。」【眉批】此第三段上車趕。只叫車客駕車子行。四個人坐在車子上，一個賊，一個失主，一個報信人，一個閑人，坐得好笑。徐寧問道：趕甲極急，搭車又極閑，東究西審，便如活畫。「張一，你且説與我那個財主姓名。」時遷推托再三，説道：「他是有名的郭大官人。」徐寧却問李榮道：問一個，又問一個，又畫出急，又畫出閑。「你那泰安州，曾有個郭大官人麽？」李榮答道：「我那本州郭大官人，是個上户財主，是出得一萬貫人。專好結識官宦來往，是要扳老种經略相公人。門下養着多少閑人。是張一、李三主人。」○只三句，而句句合拍[一]，奇奇妙妙。

[一]「合拍」，貫華堂本、葉瑤池本作「恰怕」，據王望如評本改。

徐寧聽罷，心中想道：「既有主坐，必不礙事。」又見李榮一路上説些鎗棒，唱幾個曲兒，不惟引路，亦已明明寫出此客人。不覺又過了一日。

看看到梁山泊只有兩程多路，只見李榮叫車客把葫蘆去沽些酒來，是。買些肉來，就車子上吃三杯[二]。李榮把出一個瓢來，先傾一瓢來勸徐寧，徐寧一飲而盡。李榮再叫傾酒，車客假做手脱，把這一葫蘆酒都翻在地上。李榮喝叫車客再去沽些，只見徐寧口角流涎，「撲」地倒在車子上了。李榮是誰？便是鐵叫子樂和。好筆力。○如脱面具。三個從車上跳將下來，趕着車子，直送到旱地忽律朱貴酒店裏。衆人就把徐寧扛扶下船，都到金沙灘上岸。宋江已有人報知，和衆頭領下山接着。

徐寧此時麻藥已醒，衆人又用解藥解了。徐寧開眼見了衆人，吃了一驚，便問湯隆道：「兄弟，你如何賺我來到這裏？」湯隆道：「哥哥聽我説：小弟今次聞知宋公明招接四方豪傑，因此上在武岡鎮拜黑旋風李逵做哥哥，投托大寨入夥。今被呼延灼用連環甲馬衝陣，無計可破。是小弟獻此鈎鐮鎗法，只除是哥哥會使。由此定這條計：使時遷先來偷了你的甲，却教小弟賺哥哥上路，後使樂和假做李榮，過山時下了蒙汗藥，請哥哥上山來坐把交椅。」徐寧道：「都是兄弟送了我也！」宋江執杯向前陪告道：「見今宋江暫居水泊，專待朝廷招安，盡忠竭力報國，非敢貪財好殺，行不仁不義之事。萬望觀察憐此真情，一同替天行道。」此

[二]「三」，貫華堂本作「二」，據葉瑶池本、王望如評本改。

數語是宋江所以賺人做强盜者，乃村學究遽許其忠義，何哉？只看他處處用，便可知。林冲也來把盞陪話道：「小弟亦在此間，兄長休要推却。」繳還林冲，章法。徐寧道：「湯隆兄弟，你却賺我到此。家中妻子必被官司擒捉，如之奈何！」宋江道：「這個不妨，觀察放心：只在小可身上，早晚便取寶眷到此完聚。」晁蓋、吴用、公孫勝都來與徐寧陪話，安排筵席作慶。一面選揀精壯小嘍囉，學使鈎鐮鎗法；一面使戴宗和湯隆星夜往東京，搬取徐寧老小。

旬日之間，楊林自潁州取到彭玘老小，薛永自東京取到凌振老小，李雲收買到五車烟火藥料回寨。先結餘文。○中間一篇徐家金甲文字，兩頭却插出別家別事許多餘文，章法奇絶。更過數日，戴宗、湯隆取到徐寧老小上山。次結正文。徐寧見了妻子到來，吃了一驚，問：「是如何便得到這裏？」妻子答道：「自你轉背，官司點名不到。我使了些金銀首飾，只推道患病在床，因此不來叫喚。忽見湯叔叔賫着雁翎甲來，仍用甲，奇奇妙妙。説道：『甲便奪得來了，哥哥只是于路染病，將次死在客店裏，叫嫂嫂和孩兒便來看視。』把我賺上車子，我又不知路徑，迤逦來到這裏。」徐寧道：「兄弟，好却好了！只可惜將我這副甲陷在家裏了！」湯隆笑道：「好教哥哥歡喜：餘波更作一曲。打發嫂嫂上車之後，我便復翻身去賺了這甲，甲賺人，人賺甲，一時幾轉，變動之極。誘了這兩個婭嬛，收拾了家中應有細軟，做一擔兒挑在這裏。」徐寧道：「恁地時，我們不能够回東京去了！」湯隆道：「我又教哥哥再知一件事來：餘波之餘，再作一曲。在半路上撞見一夥客人，我把哥哥雁翎甲穿了，仍用甲，奇奇妙妙。搽畫了臉，説哥哥名姓，劫了那夥客人的財物。這早晚，東京已自遍行文書，捉拿哥哥。」徐寧道：「兄弟，你也害得我不淺！」晁蓋、宋江都來陪話道:「若不是如此,觀察如何肯在這裏住?」隨即撥定房屋與徐寧安頓老小,衆頭領且商議破連環馬軍之法。

此時雷横監造鈎鐮鎗已都完備,與前呼應。○得此一呼一應,使知從前偷甲賺人之時,皆打造鈎鐮之時也。宋江、吴用等啓請徐寧,教衆軍健學使鈎鐮鎗法。徐寧道:「小弟今當盡情剖露,訓練衆軍頭目,揀選身材長壯之士。」衆頭領都在聚義廳上看徐寧選軍,説那個鈎鐮鎗法。有分教:三千甲馬登時破,一個英雄指日降。畢竟金鎗徐寧怎的敷演鈎鐮鎗法,且聽下回分解。

第五才子書施耐庵水滸傳卷之六十一

聖歎外書

第五十六回　徐寧教使鈎鐮鎗　宋江大破連環馬

看他當日寫十隊誘軍，不分方面，只是一齊下去；至明日寫三面誘軍，亦不分隊號，只是一齊擁起。雖一時紙上文勢有如山雨欲來、野火亂發之妙，然畢竟使讀者胸中茫不知其首尾乃在何處，亦殊悶悶也。乃悶悶未幾，忽然西北閃出穆弘、穆春，正北閃出解珍、解寶，東北閃出王矮虎、一丈青。七隊雖戰苦雲深，三隊已龍没爪現。有七隊之不測，正顯三隊之出奇；有三隊之分明，轉顯七隊之神變。不寧惟是而已，又于鳴金收軍、各請功賞之後，陡然又閃出劉唐、杜遷一隊來。嗚呼！前乎此者有戰矣，後乎此者有戰矣。其書法也，或先整後變，或先滅後明。奇固莫奇于今日之通篇不得分明，至拖尾忽然一閃、一閃、一閃；三閃之後，已作隔尾，又忽然兩人一閃也。

當日寫某某是十隊，某某是放炮，某某是號帶，調撥已定。至明日，忽然寫十隊，忽然寫放炮，忽然寫號帶。于是讀者正讀十隊，忽然是放炮；正讀放炮，忽然又是十隊；正讀十隊，忽然是號帶；正讀號帶，忽然又是放炮。遂令紙上一時亦復岌岌摇動，不能不令讀者目眩耳聾，而殊不知作者正自心閑手緩也。異哉，技至此乎！

吾讀呼延愛馬之文，而不覺垂淚浩歎。何也？夫呼延愛馬，則非爲其出自殊恩也，亦非爲其神駿可惜也，又非爲其藉此恢復也。夫天下之感，莫深于同患難；而人生之情，莫重于周旋久。蓋同患難，則曾有生死一處之許；而周旋久，則真有性情如一之誼也。是何論親之與疏，是何論人之與畜，是何論有情之與無情！吾有一蒼頭，自幼在鄉塾，便相隨不捨。雖天下之騃，無有更甚于此蒼頭也者；然天下之愛吾，則無有更過于此蒼頭者也，而不虞其死也。吾友有一蒼頭，自與吾友往還，便與之風晨雨夜，同行共住。雖天下之騃，又無有更甚于此蒼頭也者；然天下之知吾，則又無有更過于此蒼頭者也，而不虞其去也。吾有一玉鈎，其質青黑，製作朴略，天下之弄物，無有更賤于此鈎者。自周歲時，吾先王母繫吾帶上，無日不在帶上，猶五官之第六，十指之一枝也。無端渡河墜于中流，至今如缺一官，如隳一指也。然是三者，猶有其物也。吾數歲時，在鄉塾中臨窗誦書，每至薄暮，書完日落，窗光蒼然，如是者幾年如一日也。吾至今暮窗欲暗，猶疑身在舊塾也。夫學道之人，則又何感何情之與有；然而天下之人之言感言情者，則吾得而知之矣。吾蓋深惡天下之人之言感言情，無不有爲爲之，故特于呼延愛馬，表而出之也。

話説晁蓋、宋江、吴用、公孫勝與衆頭領，就聚義廳上啓請徐寧教使鈎鐮鎗法。衆人看徐寧時，果是一表好人物：六尺五六長身體，團團的一個白臉，三牙細黑髭髯，十分腰圍膀闊。就衆人眼中看出。選軍已罷，便下聚義廳來，拿起一把鈎鐮鎗，自使一回，衆人見了喝采。徐寧便教衆軍道：「但凡馬上使這般軍器，就腰胯裏做步上來：上中七路，三鈎四撥，一捌一分，共使九個變法。此一段，是鈎鐮變法，是賓。若是步行使這鈎鐮鎗，亦最得用：先使八步四撥[一]，蕩開門户；十二步一變，十六步大轉身，分鈎鐮搠繳；二十四步，挪上攢下，鈎東撥西；三十六步，渾身蓋護，奪硬鬥强。此是鈎鐮鎗正法。此一段，是鈎鐮正法，是主。有詩訣爲證：『四撥三鈎通七路，共分九變合神機。二十四步挪前後，一十六翻大轉圍。』以詩訣總結上二段。○竟似《考工記》文字。徐寧將正法一路路敷演，教衆頭領看。衆軍漢見了徐寧使鈎鐮鎗，都喜歡。就當日爲始，將選揀精鋭壯健之人，曉夜習學。又教步軍藏林伏草，鈎蹄拽腿下面三路暗法。又補一句。不到半月之間，教成山寨五七百人。宋江並衆頭領看了大喜，準備破敵。

却説呼延灼自從折了彭玘、凌振，每日只把馬軍來水邊搦戰。山寨中只教水軍頭領牢守，各處灘頭水底釘了暗樁。呼延灼雖是在山西山北兩路出哨，決不能够到山寨邊。梁山泊却叫凌振製造了諸般火炮，尅日定時下山對敵；學使鈎鐮鎗軍士已都成熟。宋江道：本是徐寧訓練、吴用調撥，乃反大書宋江者，此篇抗拒王師，罪在不赦，特書畫出宋江之謀，所以深著其惡也。「不才

[一]「八」，金評各本均作「入」，據明容與堂本改。

淺見，未知合衆位心意否？」吴用道：「願聞其略。」宋江道：「明日並不用一騎馬軍，衆頭領都是步戰。是。孫吴兵法却利于山林沮澤。今將步軍下山，分作十隊誘敵。是。但見軍馬衝掩將來，都望蘆葦荆棘林中亂走，却先把鈎鐮鎗軍士埋伏在彼。是。每十個會使鈎鐮鎗的，間着十個撓鈎手。是。但見馬到，一攪鈎翻，便把撓鈎搭將入去捉了。平川窄路也如此埋伏。此法如何？」吴學究道：本是吴用調撥，此反書作吴用答，是《春秋》筆法。「正應如此藏兵捉將。」徐寧道：本是徐寧訓練，此反書作徐寧答，是《春秋》筆法。「鈎鐮鎗並撓鈎，正是此法。」

宋江當日分撥十隊步軍人馬：劉唐、杜遷引一隊，一。穆弘、穆春引一隊，二。楊雄、陶宗旺引一隊，三。朱仝、鄧飛引一隊，四。解珍、解寶引一隊，五。鄒淵、鄒閏引一隊，六。一丈青、王矮虎引一隊，七。薛永、馬麟引一隊，八。燕順、鄭天壽引一隊，九。楊林、李雲引一隊。十。這十隊步軍，先行下山誘引敵軍。再差李俊、張横、張順、三阮、童威、童猛、孟康九個水軍頭領，乘駕戰船接應。十一。再叫花榮、秦明、李應、柴進、孫立、歐鵬六個頭領乘馬引軍，只在山邊搦戰。十二。凌振、杜興專放號炮，十三。却叫徐寧、湯隆總行招引使鈎鐮鎗軍士。十四。中軍宋江、吴用、公孫勝、戴宗、吕方、郭盛總制軍馬，指揮號令，十五。其餘頭領俱各守寨。十六。宋江分撥已定。是夜三更，先載使鈎鐮鎗軍士過渡，四面去分頭埋伏已定。寫得明畫之極。四更，却渡十隊步軍過去。明畫之極。凌振、杜興載過風火炮架，上高埠去處竪起炮架，閣上火炮。明畫之極。徐寧、湯隆各執號帶渡水。明畫之極。○此處寫得明畫，已後便縱横滅没，不復知其首尾何處，又是一樣章法。平明時分，宋江守中軍人馬隔水擂鼓，吶喊摇旗。論調撥，則中軍乃居最後；論挑戰，則中軍獨居最先，又是一樣章法。○極似先用中軍，却獨不用中軍，奇絶。呼延灼正在中軍帳内，聽得探子報知，傳令便差先鋒韓滔先來出哨，隨即鎖上連環甲馬。呼延灼全身披挂，騎了踢雪烏騅馬，仗着雙鞭，大驅軍馬，殺奔梁山泊來。隔水望見宋江引着許多人馬，奇景如畫。呼延灼教擺開馬軍。先鋒韓滔來與呼延灼商議道：「正南上一隊步軍，不知多少的。」呼延灼道：「休問他多少，只顧把連環馬衝將去。」韓滔引着五百馬軍飛哨出去。又見東南上一隊軍兵起來，却欲分兵去哨；只見西南上又有起一隊旗號，招颭吶喊。韓滔再引軍回來，對呼延灼道：「南邊三隊賊兵都是梁山泊旗號。」呼延灼道：「這廝許多時不出來厮殺，必有計策。」第一段南方三隊，逐隊寫出。說猶未了，只聽得北邊一聲炮響。叙十隊誘軍，就便間入炮聲，離奇錯落，筆力奇絶。○十隊擁起之時，即施放號炮之時。既不可單叙十隊，又叙放炮；又不可叙畢十隊，方叙放炮。得此奇横之筆，一齊夾雜寫出，令人耳目震動。呼延灼罵道：「這炮必是凌振從賊教他施放！」寫出懊惱，令人失笑。衆人平南一望，只見北邊又擁起三隊旗號。第二段北方三隊，一句寫出。呼延灼對韓滔道：「此必是賊人奸計！我和你把人馬分爲兩路：我去殺北邊人馬，你去殺南邊人馬。」正欲分兵之際，只見西邊又是四隊人馬起來。第三段西方四隊，亦一句寫出。呼延灼心慌。又聽得正北上連珠炮響，一帶直接到土坡上。那一個母炮周迴接着四十九個子炮，名爲「子母炮」，響處風威大作。又極寫炮聲，紙上皆岌岌震動。○離奇錯落，筆力奇絶。○十隊既是誘軍，便寫不出聲勢，却借放炮寫出十隊聲勢來，妙筆。呼延灼軍兵不戰自亂，急和韓滔各引馬步軍兵四下衝突。這十隊步軍，東趕東走，西趕西走。此十三字是叙徐寧、湯隆號帶之功，非叙十隊也。○看他寫得誘敵者、放炮者、招引者,人人用命,色色精神,妙絶。

呼延灼看了大怒,引兵望北衝將來。望北,第一段。宋江軍兵盡投蘆葦中亂走。呼延灼大驅連環馬,捲地而來。那甲馬一齊跑發,收勒不住,盡望敗葦折蘆之中、枯草荒林之内跑了去。又算注,又算畫。注得明,畫得活。只聽裏面胡哨響處,鈎鐮鎗一齊舉手,先鈎倒兩邊馬脚,中間的甲馬便自咆哮起來。又算注,又算畫。注得明,畫得活。那撓鈎手軍士一齊搭住,蘆葦中只顧縛人。呼延灼見中了鈎鐮鎗計,便勒馬回南邊去趕韓滔,望南,第二段。背後風火炮當頭打將下來。又忽寫炮,離奇錯落,筆力奇絶。這邊那邊,漫山遍野,都是步軍追趕着。韓滔、呼延灼部領的連環甲馬,亂滚滚都攧入荒草蘆葦之中,盡被捉了。二人情知中了計策,縱馬去四面跟尋馬軍奪路奔走時,更兼那幾條路上麻林般擺着梁山泊旗號,不敢投那幾條路走,一直便望西北上來。望西,第三段。

行不到五六里路,早擁出二隊强人,當先兩個好漢攔路:一個是没遮攔穆弘,一個是小遮攔穆春。前叙十隊,不分方面,只是一齊下去。至此忽然在三面閃出六個人來,不必盡見,不必盡不見。政如怒龍行雨,見其一爪兩爪也。【眉批】十隊伏軍,忽然閃出三段,絶妙章法。撚兩條朴刀,大喝道:「敗將休走!」呼延灼忿怒,舞起雙鞭,縱馬直取穆弘、穆春。略鬥四五合,穆春便走。畫出誘敵。呼延灼只怕中了計,不來追趕,不趕妙。望正北大路而走。仍望正北,第四段。山坡下又轉出一隊强人,當先兩個好漢攔路:一個是兩頭蛇解珍,一個是雙尾蝎解寶。又閃出兩個。各挺鋼叉,直奔前來。呼延灼舞起雙鞭,來戰兩個。鬥不到五七合,解珍、解寶拔步便走。畫出誘敵。

○兩隊如此，餘隊可知。呼延灼趕不過半里多路，試趕又妙。○兩段，一段寫不趕，一段寫趕，法變。兩邊鑽出二十四把鈎鐮鎗，着地捲將來。畫出無處不是鈎鐮鎗，離奇錯落，筆力奇絶。呼延灼無心戀戰，撥轉馬頭，望東北上大路便走，望東北，第五段。又撞着王矮虎、一丈青夫妻二人，又閃出兩個。截住去路。呼延灼見路徑不平，四下兼有荆棘遮攔，拍馬舞鞭，殺開條路直衝過去。變一句。○要變一句，便徑變一句，是耐庵筋節處。王矮虎、一丈青趕了一直趕不上，「趕」字亦翻用轉來，奇筆妙筆。呼延灼自投東北上去了。水窮雲盡處，忽留此一綫，妙筆。殺得大敗虧輸，雨零星亂。

宋江鳴金收軍回山，各請功賞。三千連環甲馬，有停半被鈎鐮鎗撥倒，傷損了馬蹄，剥去皮甲，把來做菜馬；字法奇絶。二停多好馬，牽上山去，喂養作坐馬。開注連環甲馬下落，爲前篇結案。帶甲軍士都被生擒上山。又開注甲軍下落。五千步軍，被三面圍得緊急，有望中軍躲的，都被鈎鐮鎗拖翻捉了；望水邊逃命的，盡被水軍頭領圍裹上船去，拽過灘頭，拘捉上山。又開注步軍下落。先前被拿去的馬匹並捉去軍士，盡行復奪回寨。要足。把呼延灼寨柵盡數拆來，水邊泊内搭蓋小寨。再造兩處做眼酒店房屋等項，仍前着孫新、顧大嫂、石勇、時遷兩處開店。劉唐、杜遷拿得韓滔，挽轉第一隊。○上文閃出六個人，此處又閃出六個人，滅没撑陡插閑事，以文爲戲。把來綁縛解到山寨。宋江見了，親解其縛，請上廳來，以禮陪話，相待筵宴，研，極筆墨之變事。令彭玘、凌振説他入夥。説之之辭，則又是「只待招安，安民報國」等句也，而總謂之「説」，蓋不聽其「久假不歸」也。韓滔也是七十二煞之數，自然意氣相投，就梁山泊做了頭領。宋江便教修書，使人往陳州搬取韓滔老小來山寨中完聚。瞥然與前卷凌振、彭玘、徐寧等句作一合相，如孤飛之雁，遥逐前行，妙筆妙筆。宋江喜得破了連環馬、衣甲、盔刀，每日做筵席慶喜。仍舊調撥各路守把，隄防官兵，不在話下。

却說呼延灼折了許多官軍人馬，不敢回京，獨自一個騎着那匹踢雪烏騅馬，自此以下，以踢雪烏騅生波作折，另是一樣章法。把衣甲拴在馬上，活畫出逃敗將官來。于路逃難。却無盤纏，解下束腰金帶，賣來盤纏。活畫出逃敗將官來。在路尋思道：「不想今日閃得我如此！却是去投誰好？」猛然想起：「青州慕容知府，我亦猛然想起。舊與我有一面相識，何不去那裏投奔他？却打慕容貴妃的關節，閑中一筆，早爲慕容正罪。○非寫呼延將軍要關節，正表慕容知府有關節也。那時再引軍來報讎未遲。」

在路行了二日，當晚又饑又渴。見路傍一個村酒店，呼延灼下馬，把馬拴在門前樹上；呼延將軍有敗逃饑渴之時，御賜名馬有拴在野樹之時。人生失意，真常事耳。入來店内，把鞭子放在桌上；都從馬上寫出，細妙之極。坐下了，叫酒保取酒肉來吃。酒保道：「小人這裏只賣酒。要肉時，村裏却纔殺羊；若要，小人去回買。」呼延灼把腰裏料袋解下來，取出些金帶倒換的碎銀兩，把與酒保道：「你可回一脚羊肉，與我煮了；就對付草料，喂養我這匹馬。一路都從馬上着筆，細妙之極。今夜只就你這裏宿一宵，明日自投青州府裏去。」酒保道：「官人，此間宿不妨，只是没好床帳。」呼延灼道：「我是出軍的人，但有歇處便罷。」出色寫村店，亦出色寫失意人。酒保拿了銀子，自去買羊肉。呼延灼把馬背上捎的衣甲取將下來，鬆了肚帶，我常言美人愛青鏡，名士愛古硯，大將愛良馬，此處又一寫出。坐在門前。等了半晌，只見酒保提一脚羊肉歸來。呼延灼便叫煮了，回三斤麵來打餅，打兩角酒來。酒保一面煮肉打餅，一面燒脚湯與呼延灼洗了脚，逃敗人無可形容，忽然寫出「洗脚」二字，情事如畫。便把馬牽放屋後小屋下。一路都從馬上着意。酒保一面切草煮料，呼延灼先討熱酒吃了一回。少刻肉熟，呼延灼叫酒保也與他些酒肉吃了，分付道：「我是朝廷軍官，爲因收捕梁山泊失利，待往青州投慕容知府。你好生與我喂養這匹馬，是今上御賜的，名爲『踢雪烏騅馬』。上文寫大軍覆没之後，更無一物可恃，只愛念得此一匹馬；此文寫大軍覆没之後，更無一長可説，只誇示得此一匹馬。人至失意時，真是活活如此。名士下第歸來，向所親吟其射策，亦猶是也。明日我重重賞你。」

酒保道：「感承相公。却有一件事教相公得知：離此間不遠有座山，喚做桃花山。陡然迴合。山上有一夥强人，爲頭的是打虎將李忠，第二個是小霸王周通，聚集着五七百小嘍囉，打家劫舍，時常來攪惱村坊。官司累次着仰捕盜官軍來，收捕他不得。相公夜間，須用小心醒睡。」呼延灼説道：「我有萬夫不當之勇，便道那厮們全夥都來，也待怎生！只與我好生喂養這匹馬。」别事都不經心，勤勤只囑此馬。不惟章法應爾，亦寫將軍之與戰馬，真有死生知己之感也。吃了一回酒肉餅子，酒保就店裏打了一鋪，畫出村店。安排呼延灼睡了。一者呼延灼連日心悶，二乃又多了幾杯酒，就和衣而卧。便于下文。一覺直睡到三更方醒，只聽得屋後酒保在那裏叫屈起來。呼延灼聽得，連忙跳將起來，提了雙鞭，只四字，寫出英雄無用武之地來，可發一笑。走去屋後問道：「你如何叫屈？」酒保道：「小人起來上草，只見籬笆推翻，被人將相公的馬偷將去了。」前篇寫偷甲，此篇寫偷馬。章法對而不對，不對而對，奇妙之極。遠遠地望見三四里火把尚明，一定是那裏去了！」呼延灼道：「那裏正是何處？」酒保道：「眼見得那條路上，正是桃花山小嘍囉偷得去了！」呼延灼吃了一驚，便叫酒保引路，就田塍上趕了二三里。火把看看不見，正不知投那裏去了。呼延灼説道：「若無了御賜的馬，却怎的是好！」不惜連環三千，却痛御賜一匹者，衆材易集，名士難求也。荀粲「佳人難再得」之歎，亦此意也。酒保道：「相公明日須去州裏告了，差官軍來勦捕，方纔能够這匹馬。」

呼延灼悶悶不已，坐到天明，叫酒保挑了衣甲，徑投青州。第一節先賜一匹馬，第二節布出無數馬，第三節葬送無數馬，第四節並失一匹馬，章法妙絶奇絶。○昨日畫出一幅逃敗將官，畫得好笑；今日又畫出一幅逃敗將官，一發畫得好笑。來到城裏時，天色已晚了，且在客店裏歇了一夜。次日天曉，徑到府堂階下，參拜了慕容知府。知府大驚，問道：「聞知將軍收捕梁山泊草寇，如何却到此間？」呼延灼只得把上項訴説了一遍。慕容知府聽了道：「雖是將軍折了許多人馬，此非慢功之罪，中了賊人奸計，亦無奈何。下官所轄地面，多被草寇侵害。將軍到此，可先掃清桃花山，奪取那匹御賜的馬；緊抱題目，妙筆。却連那二龍山、白虎山又陡然迴合出二處來。兩處强人，一發勦捕了時，下官自當一力保奏，再教將軍引兵復讎如何？」呼延灼再拜道：「深謝恩相主監。若蒙如此，誓當效死報德。」慕容知府教請呼延灼去客房裏暫歇，一面更衣宿食。那挑甲酒保，自叫他回去了。前篇有偷甲好漢，此篇又有挑甲酒保，妙妙。一住三日，呼延灼急欲要這匹御賜馬，緊提題目，妙筆。又來稟復知府，便教點軍。慕容知府便點馬步軍二千，借與呼延灼，又與了一匹青騌馬。又引出一匹馬來。呼延灼謝了恩相，披挂上馬，帶領軍兵前來奪馬，徑往桃花山進發。

且說桃花山上打虎將李忠與小霸王周通，自得了這匹踢雪烏騅馬，每日在山上慶喜飲酒。可見名士所至，望風而靡。當日有伏路小嘍囉報道：「青州軍馬來也！」小霸王周通起身道：「哥哥守寨，兄弟去退官軍。」便點起一百小嘍囉，綽鎗上馬，下山來迎敵官軍。却說呼延灼引起二千兵馬來到山前，擺開陣勢，呼延灼出馬，厲聲高叫：「强賊早來受縛！」小霸王周通將小嘍囉一字擺開，便挺鎗出馬。呼延灼見了，便縱馬向前來戰，周通也躍馬來迎。二馬相交，鬥不到六七合，周通氣力不加，撥轉馬頭，往山上便走。呼延灼趕了一直，怕有計策，急下山來札住寨柵，等候再戰。

却說周通回寨見了李忠，訴說：「呼延灼武藝高强，遮攔不住，只得且退上山。倘或他趕到寨前來，如之奈何？」李忠道：「我算二龍山寶珠寺花和尚魯智深在彼，多有人伴，更兼有個甚麽青面獸楊志，又新有個行者武松，都有萬夫不當之勇。不如寫一封書，使小嘍囉去那裏求救。如此挽合，如扳弶弩。若解得危難，拚得投托他大寨，月終納他些進奉也好。」特避便歸水泊一句也。周通道：「小弟也多知他那裏豪傑，只恐那和尚記當初之事，輕輕四字，提動無數。不肯來救。」李忠笑道：「不然！他是個直性的好人，使人到彼，必然親引軍來救我。」能知魯達，此其所以爲李忠也。俗本略增數字，便不復成語。周通道：「哥哥也說得是。」就寫了一封書，差兩個了事的小嘍囉，從後山滾將下去，妙絶妙絶，數十卷前絶倒之事，此處忽然以閑筆又畫出來。○俗本作「趕將下去」，驟讀之，亦殊不覺其失。及見古本乃是「滾」字，方歎一言之訛，相去無算也。取路投二龍山來。行了兩日，早到山下，那裏小嘍囉問了備細來情。

且說寶珠寺裏大殿上，坐着三個頭領：爲首是花和尚魯智深，第二是青面獸楊志，第三是行者二郎武松。前面山門下，坐着四個小頭領：一個是金眼彪施恩，一齊出現，真挽弶弩。原是孟州牢城施管營的兒子，爲因武松殺了張都監一家人口，官司着落他家追捉凶身，以此連夜挈家逃走在江湖上；後來父母俱亡，打聽得武松在二龍山，連夜投奔入夥。補「血濺鴛鴦」一篇尾。一個是操刀鬼曹正，一齊出現。原是同魯智深、楊志收奪寶珠寺，殺了鄧龍，後來入夥。補「雙奪珠寺」一篇尾。一個是菜園子張青，一個是母夜叉孫二娘，夫妻兩個一齊出現。原是孟州道十字坡賣人肉饅頭的，因魯智深、武松連連寄書招他，亦來投奔入夥。補「人肉饅頭」一篇尾。曹正聽得說桃花山有書，先來問了詳細，直上殿去稟復三個大頭領知道。智深便道：「洒家當初離五臺山時，到一個桃花村投宿，好生打了那撮鳥一頓。那廝却爲認得洒家，倒請上山去吃了一日酒，凡敘舊事，正以約略爲妙耳。俗本止增一二字，便令太詳，不復可讀。○略于敘舊，詳于敘偷，寫出妙人。結識洒家爲兄，却便留俺做個寨主。俺見這厮們慳吝，被俺偷了若干金銀酒器撒開他。真是青天白日心事，烈風雷雨弗迷者也。如今却來求救。且放那小嘍囉上關來，看他說甚麼。」

曹正去不多時，把那小嘍囉引到殿下，唱了喏，說道：「青州慕容知府，近日收得個征進梁山泊失利的雙鞭呼延灼[一]。如今慕容知府先教掃蕩俺這裏桃花山、二龍山、白虎山幾座

[一]「收」，貫華堂本作「取」，據葉瑤池本改。

山寨，却借軍與他收捕梁山泊復讎。俺的頭領今欲啓請大頭領將軍下山相救，明朝無事了時，情願來納進奉。」楊志道：「俺們各守山寨，保護山頭，本不去救應的是。洒家一者怕壞了江湖上豪傑；二者恐那厮得了桃花山，便小覷了洒家這裏。可留下張青、孫二娘、施恩、曹正看守寨柵，俺三個親自走一遭。」隨即點起五百小嘍囉，六十餘騎軍馬，各帶了衣甲軍器，逕往桃花山來。

却說李忠知二龍山消息，自引了三百小嘍囉下山策應。呼延灼聞知，急領所部軍馬攔路列陣，舞鞭出馬，來與李忠相持。原來李忠祖貫濠州定遠人氏，家中祖傳，靠使鎗棒爲生；人見他身材壯健，因此呼他做「打虎將」。前文所略，至此始出。當時下山來與呼延灼交戰，却如何敵得呼延灼過？鬥了十合之上，見不是頭，撥開軍器便走。呼延灼見他本事低微，縱馬趕上山來。小霸王周通正在半山裏看見，便飛下鵝卵石來。呼延灼慌忙回馬下山來，只見官軍迭頭吶喊。呼延灼便問道：「爲何吶喊？」後軍答道：「遠望見一彪軍馬飛奔而來。」

呼延灼聽了，便來後軍隊裏看時，見塵頭起處，當頭一個胖大和尚，騎一匹白馬，正是花和尚魯智深，在馬上大喝道：「那個是梁山泊殺敗的撮鳥，敢來俺這裏唬嚇人！」收捕盜賊，名之爲「唬嚇人」，絶倒。呼延灼道：「先殺你這個禿驢，豁我心中怒氣！」魯智深輪動鐵禪杖，呼延灼舞起雙鞭，二馬相交，兩邊吶喊。鬥至四五十合，不分勝敗。呼延灼暗暗喝采道：章法。「這個和尚倒恁地了得！」又恶知其初之非和尚耶？兩邊鳴金，各自收軍暫歇。呼延灼少停，却耐不得，再縱馬出陣，又活畫出呼延，又急轉出楊志，妙筆。大叫：「賊和尚！再出來！與你定個輸贏，見個勝敗！」魯智深却待正要出馬，楊志叫道：「大哥少歇，看洒家去捉這廝！」舞刀出馬，來與呼延灼交鋒。兩個鬥到四五十合，不分勝敗。呼延灼又暗暗喝采道：章法。「怎的那裏走出這兩個來！恁地了得，不是緑林中手段！」又惡知其無可奈何，始入緑林耶？○借呼延口中一哭。楊志也見呼延灼武藝高强，賣個破綻，撥回馬，跑回本陣。呼延灼也勒轉馬頭，不來追趕，城邊各自收軍。魯智深便和楊志商議道：「俺們初到此處，不宜逼近下寨。且退二十里，明日却再來厮殺。」輕輕一折，折出奇景，讀下啞然一笑。帶領小嘍囉，自過附近山岡下寨去了。

却説呼延灼在帳中納悶，心内想道：「指望到此，勢如破竹，便拿了這夥草寇。怎知却又逢着這般對手，我直如此命薄！」正没擺布處，只見慕容知府使人來唤道：「叫將軍且領兵回來，保守城中。今有白虎山强人孔明、孔亮，白虎山換一法出。引人馬來青州劫牢。怕府庫有失，特令來請將軍回城守備。」呼延灼聽了，就這機會，帶領軍馬連夜回青州去了。作一不了局，妙。次日，魯智深與楊志、武松又引了小嘍囉摇旗吶喊，直到山下來看時，一個軍馬也無了，到吃了一驚。閑處變出奇景，令文字不寂寞。山上李忠、周通引人下來，拜請三位頭領上到山寨裏，殺牛宰馬，筵席相待，一面使人下山探聽前路消息。

且説呼延灼引軍回到城下，却見了一彪軍馬，正來到城邊。爲頭的乃是白虎山下孔太公兒子毛頭星孔明、獨火星孔亮。如挽强弩。兩個因和本鄉一個財主爭競，把他一門良賤盡都殺了，聚集起五七百人，占住白虎山，打家劫舍。亦補「醉打孔亮」一篇尾。因爲青州城裏有他的叔叔孔賓，被慕容知府捉下，監在牢裏，孔明、孔亮特地點起山寨小嘍囉來打青州，要救叔叔出去。撮起一事，令文字成貫。正迎着呼延灼軍馬，兩邊擁着，敵住厮殺。呼延灼便出馬到陣前。慕容知府在城樓上觀看，見孔明當先挺鎗出馬，直取呼延灼。兩馬相交，鬥到二十餘合，呼延灼要在知府跟前顯本事，又值孔明武藝低微，是宋江高弟也。閑中忽置一貶，以表宋江之百無一長，只是一片權詐也。○如此寫宋江，真是皮裏陽秋矣。只辦得架隔遮攔。鬥到間深裏，被呼延灼就馬上把孔明活捉了去。孔亮只得引了小嘍囉便走，慕容知府在敵樓上指着，叫呼延灼引兵去趕。官兵一掩，活捉得百十餘人。孔亮大敗，四散奔走，至晚尋個古廟安歇。

却説呼延灼活捉得孔明，解入城中來，見慕容知府。知府大喜，叫把孔明大枷釘下牢裏，和孔賓一處監收。一面賞勞三軍，一面管待呼延灼，備問桃花山消息。呼延灼道：「本待是甕中捉鼈，手到拿來，無端又被一夥强人前來救應。數内一個和尚，一個青臉大漢，二次交鋒，各無勝敗。這兩個武藝不比尋常，不是緑林中手段，因此未曾拿得。」慕容知府道：「這個和尚，便是延安府老种經略帳前軍官提轄魯達，如此人物，止令做提轄已不可，况並不容做提轄。今次落髮爲僧，唤做花和尚魯智深。這一個青臉大漢，亦是東京殿帥府制使官，唤做青面獸楊志。如此人物，止令做制使已不可，况並不令做制使。再有一個行者，唤做武松，原是景陽岡打虎的武都頭。如此人物，止令做都頭已不可，况並不容做都頭。○三句不是重出之文，正與呼延喝采相對，所謂借太守口中一哭也。這三個占住了二龍山，打家劫舍，累次拒敵官軍，殺了三五個捕盜官。直至如今，未曾捉得。」呼延灼道：「我見這厮們武藝精熟，原來却是楊制使、魯提轄，真名不虛傳！上呼延只贊魯、楊，知府却並及武二；此知府自説三個，呼延却只歎二人：筆下分寸都出。○既已「這廝」，則應削其官矣，仍稱之爲制使、提轄者，所以深許楊志、魯達之爲邊庭有用之才，不得已而至于緑林，而非其自爲緑林也。借呼延口中一哭，令千載讀之，人人彈淚。恩相放心，呼延灼今日在此，少不得一個個活捉了解官！」知府大喜，設筵管待已了，且請客房内歇，不在話下。

却説孔亮引了敗殘人馬，正行之間，猛可裏樹林中撞出一彪人馬，當先一籌好漢，便是行者武松。如此牽合，力挽弶弩。○前用魯、楊門呼延，此用武松遇孔亮。只三個人，筆下調遣之妙如此。若在俗筆，何難昨日再寫一陣，今日總寫撞出耶？孔亮慌忙滾鞍下馬，便拜道：「壯士無恙！」武松連忙答禮[一]，扶起問道：「聞知足下弟兄們占住白虎山聚義，幾次要來拜望。一者不得下山，二乃路途不順，以此難得相見。今日何事到此？」孔亮把救叔叔孔賓陷兄之事，告訴了一遍。武松道：「足下休慌。我有六七個弟兄，見在二龍山聚義。今爲桃花山李忠、周通被青州官軍攻擊得緊，來我山寨求救。魯、楊二頭領引了孩兒們先來與呼延灼交戰，兩個廝並了一日。不知何故，呼延灼忽然夜間去了。桃花山留我弟兄三人筵宴，把這踢雪馬送與我們。連貫三山，以馬爲綫，妙筆。今我部領頭隊人馬回山，他二位隨後便到。我叫他去打青州，救你叔、兄如何？」孔亮拜謝武松。等了半晌，只見魯智深、楊志兩個並馬都到。只三個人，何故兩個却是並馬，一個偏作前軍？明明露出調遣匀停之迹，與讀書之人欣賞也。武松引孔亮拜見二位，備説：「那時我與宋江在他莊上相會，多有相擾。今日俺們可以義氣爲重，聚集三山人馬，攻打青州，殺了

[一]「禮」，金評各本均作「應」，據明容與堂本改。

慕容知府，擒獲呼延灼，各取府庫錢糧，以供山寨之用，如何？」魯智深道：「洒家也是這般思想。便使人去桃花山報知，叫李忠、周通引孩兒們來，俺三處一同去打青州。」

楊志便道：「青州城池堅固，人馬强壯，又有呼延灼那斯英勇。不是俺自滅威風，若要攻打青州時，只除非依我一言，指日可得。」武松道：「哥哥，願聞其略。」那楊志言無數句，話不一席，有分教：青州百姓，家家瓦裂烟飛；水滸英雄，個個磨拳擦掌。畢竟楊志對武松説出怎地打青州，且聽下回分解。

第五才子書施耐庵水滸傳卷之六十二

聖歎外書

第五十七回　三山聚義打青州　衆虎同心歸水泊

打青州，用秦明、花榮爲第一撥，真乃處處不作浪筆。村學先生團泥作腹，鏤炭爲眼，讀《水滸傳》，見宋江口中有許多好語，便遽然以「忠義」兩字過許老賊。甚或弁其書端，定爲題目。此決不得不與之辯，辯曰：宋江有過人之才，是即誠然；若言其有忠義之心，心心圖報朝廷，此實萬萬不然之事也。何也？夫宋江，淮南之强盜也。人欲圖報朝廷，而無進身之策，至不得已而姑出于强盜，此一大不可也。曰：有逼之者也。夫有逼之，則私放晁蓋亦誰逼之？身爲押司，骫法縱賊，此二大不可也。爲農則農，爲吏則吏；農言不出于畔，吏言不出于庭，分也。身在鄆城，而名滿天下，遠近相煽，包納荒穢，此三大不可也。私連大賊以受金，明殺平人以滅口。幸從小懲，便當大戒。乃潯陽題詩，反思報讎，不知誰是其讎，至欲血染江水，此四大不可也。

語云：「求忠臣必于孝子之門。」江以一朝小忿，貽大僇于老父。夫不有于父，何有于他？誠所謂「是可忍孰不可忍」！此五大不可也。燕順、鄭天壽、王英則羅而致之梁山，呂方、郭盛則羅而致之梁山，此猶可恕也；甚乃至于花榮亦羅而致之梁山，黃信、秦明亦羅而致之梁山，是胡可恕也？落草之事雖未遂，營窟之心實已久，此六大不可也。白龍之劫，猶出群力；無爲之燒，豈非獨斷？白龍之劫，猶曰「救死」；無爲之燒，豈非肆毒？此七大不可也。打州掠縣，只如戲事；劫獄開庫，乃爲固然。殺官長則無不坐以污濫之名，買百姓則便借其府藏之物，此八大不可也。官兵則拒殺官兵，王師則拒殺王師，橫行河朔，其鋒莫犯，遂使上無寧食天子，下無生還將軍，此九大不可也。初以水泊避罪，後忽「忠義」名堂，設印信賞罰之專司，製龍虎熊羆之旗號，甚乃至于黃鉞、白旄、朱旛、皂蓋違禁之物，無一不有，此十大不可也。夫宋江之罪，擢髮無窮，論其大者，則有十條。而村學先生猶鰓鰓以「忠義」目之，一若惟恐不得當者，斯其心何心也！

原村學先生之心，則豈非以宋江每得名將，必親爲之釋縛擎盞，流淚縱橫，痛陳忠君報國之志，極訴寢食招安之誠，言言刳胸臆，聲聲瀝熱血哉？乃吾所以斷宋江之爲強盜，而萬萬必無忠義之心者，亦正于此。何也？夫招安，則强盜之變計也。其初父兄失教，喜學拳勇；其既恃其拳勇，不事生産；其既生産乏絶，不免困劇；其既困劇不甘，試爲劫奪；其既劫奪既便，遂成嘯聚；其既嘯聚漸夥，必受討捕；其既至于必受討捕，而强盜因而自思：進有自贖之榮，退有免死之樂，則誠莫如招安之策爲至便也。若夫保障方面，爲王干城，如秦明、呼延等；世受國恩，寵綏未絶，如花榮、徐寧等；奇材異能，莫不畢效，如凌振、索超、董平、張清等；雖在偏裨，大用有日，如彭玘、韓滔、宣贊、郝思文、龔旺、丁得孫等：是皆食宋之禄，爲宋之官，感宋之德，分宋之憂，已無不展之才，已無不吐之氣，已無不竭之忠，已無不報之恩者也。乃吾不知宋江何心，必欲悉擒而致之于山泊。悉擒而致之，而或不可致，則必曲爲之説曰：其暫避此，以需招安。嗟乎！强盗則須招安，將軍胡爲亦須招安？身在水泊，則須招安而歸順朝廷；身在朝廷，胡爲亦須招安而反入水泊？以此語問宋江，而宋江無以應也。故知一心報國，日望招安之言，皆宋江所以誘人入水泊。諺云「餌芳可釣，言美可招」也。宋江以是言誘人入水泊，而人無不信之而甘心入于水泊。《傳》曰：「久假而不歸。」惡知其非有也？彼村學先生不知烏之黑白，猶鰓鰓以「忠義」目之，惟恐不得其當，斯其心何心也！

自第七回寫魯達後，遥遥直隔四十九回而復寫魯達。乃吾讀其文，不惟聲情魯達也，蓋其神理悉魯達也。尤可怪者，四十九回之前，寫魯達以酒爲命；乃四十九回之後，寫魯達涓滴不飲，然而聲情神理無有非魯達者。夫而後知今日之魯達涓滴不飲，與昔日之魯達以酒爲命，正是一副事也。

話説武松引孔亮拜告魯智深、楊志，求救哥哥孔明並叔叔孔賓，魯智深便要聚集三山人馬前去攻打。楊志道：請宋公明，偏出自楊志、魯達二人，脱去武松，此行文避熟之法也。「若要打青州，須用大隊軍馬，方可得濟。俺知梁山泊宋公明大名，江湖上都唤他做及時雨宋江，更兼呼延灼是他那裏讎人。俺們弟兄和孔家弟兄的人馬，都並做一處；孔家人馬，楊志説並做一處，下又交付魯達，都卸出武松，以避俗筆之熟。洒家這裏再等桃花山人馬齊備，一面且去攻打青州。孔亮兄弟，你却親身星夜去梁山泊，請下宋公明來，並力攻城，此爲上計。亦且宋三郎與你至厚，你們弟兄心下如何？」魯智深道：請宋江若單出自楊志口，便是漏失武松；今出楊志口，又出魯達口，便知不是漏失武松也。行文之妙如此。「正是如此。我只見今日也有人説宋三郎好，明日也有人説宋三郎好，可惜洒家不曾相會。衆人説他的名字，聒得洒家耳朵也聾了，想必其人是個真男子，以致天下聞名。一段寫得筆墨淋漓，是蘇舜欽下酒物也。前番和花知寨在清風山時，洒家有心要去和他廝會。及至洒家去時，又聽得説道去了。以此無緣，不得相見。補叙出一段，便令奪珠寺後，救桃花前，作者自無兩番筆墨，魯達並非老大隔斷。罷了，二字是計決抖擻之辭，俗本連上作一句讀，可笑。孔亮兄弟，你要救你哥哥時，快親自去那裏告請他來。洒家等先在這裏和那撮鳥們廝殺！」謂之預補法。孔亮交付小嘍囉與了魯智深，本是楊志説並作一處，此却交付魯達，筆筆周匝。只帶一個伴當，扮做客商，星夜投梁山泊來。

且説魯智深、楊志、武松三人，去山寨裏唤將施恩、曹正，再帶一二百人下山來相助。桃花山李忠、周通得了消息，便帶本山人馬，盡數起點，只留三五十個小嘍囉看守寨柵，其餘都帶下山，來青州城下聚集，一同攻打城池，不在話下。

却説孔亮自離了青州，迤邐來到梁山泊邊催命判官李立酒店裏，買酒吃問路。李立見他兩個來得面生，便請坐地，問道：「客人從那裏來？」孔亮道：「從青州來。」李立問道：「客人要去梁山泊尋誰？」孔亮答道：「有個相識在山上，特來尋他。」李立道：「山上寨中，都是大王住處，你如何去得？」孔亮道：「便是要尋宋大王。」李立道：「既是來尋宋頭領，我這裏有分例。」便叫火家快去安排分例酒來相待。孔亮道：「素不相識，如何見款？」李立道：「客官不知：但是來尋山寨頭領，必然是社火中人、故舊交友，豈敢有失祗應？便當去報。」孔亮道：「小人便是白虎山前莊户孔亮的便是。」李立道：「曾聽得宋公明哥哥說大名來，今日且喜上山。」二人飲罷分例酒，隨即開窗，就水亭上放了一枝響箭。見對港蘆葦深處，早有小嘍囉棹過船來，到水亭下。李立便請孔亮下了船，一同摇到金沙灘上岸，却上關來。

孔亮看見三關雄壯，鎗刀劍戟如林，心下想道：「聽得說梁山泊興旺，不想做下這等大事業！」將白虎之隘陋，只一筆反照出來。已有小嘍囉先去報知，宋江慌忙下來迎接。孔亮見了，連忙下拜。宋江問道：「賢弟緣何到此？」武藝低微，所以到此。孔亮拜罷，放聲大哭。宋江道：「賢弟心中有何危厄不決之難，但請盡說不妨。便當不避水火，一力與汝相助。賢弟且請起來。」孔亮道：「自從師父離別之後，老父亡化。哥哥孔明與本鄉上户爭些閑氣起來，殺了他一家老小。官司來捕捉得緊，因此反上白虎山，聚得五七百人，打家劫舍。青州城裏，却有叔父孔賓，被慕容知府捉了，重枷釘在獄中。因此我弟兄兩個去打城子，指望救取叔叔孔賓。誰想去到城下，正撞了那個使雙鞭的呼延灼。哥哥與他交鋒，致被他捉了，解送青州，下在牢裏，存亡未保。小弟又被他追殺一陣。次日，正撞着武松。他便引我去拜見同伴的：一個是花和尚魯智深，一個是青面獸楊志。他二人一見如故，便商議救兄一事。他道：「他道」者，武松道也。上文本是楊志、魯達道也，此却正云武松道者，洵知上文脱去武松，只是行文避熟，其實楊志、魯達，即武松也。『我請魯、楊二頭領並桃花山李忠、周通，聚集三山人馬，攻打青州；你可連夜快去梁山泊内，告你師父宋公明，來救你叔、兄兩個。』以此今日一徑到此。」宋江道：「此是易爲之事，你且放心。」

宋江便引孔亮參見晁蓋、吴用、公孫勝並衆頭領，備説呼延灼走在青州，投奔慕容知府，今來捉了孔明，以此孔亮來到，懇告求救。晁蓋道：「既然他兩處好漢尚兀自仗義行仁，今者三郎和他至愛交友，如何不去？三郎賢弟，你連次下山多遍，今番權且守寨，愚兄替你走一遭。」宋江道：「哥哥是山寨之主，不可輕動，這個是兄弟的事。既是他遠來相投，小可若自不去，恐他弟兄們心下不安；小可情願請幾位弟兄同走一遭。」又書晁蓋要去，宋江不肯，與後對看。説言未了，廳上廳下一齊都道：「願效犬馬之勞，跟隨同去！」須知此句，正爲三山歸泊，作大呼大應。蓋今日若干人一齊都下去，便引後日若干人一齊都上來也。不善讀書人只謂是宋江面上耳。眼光之大小，豈可以彼此計！宋江大喜。當日設筵管待孔亮。飲筵中間，宋江喚鐵面孔目裴宣定撥下山人數，分作五軍起行：前軍便差花榮、秦明、燕順、王矮虎第一撥便是花榮、秦明，而以燕順、王矮虎副之，爲青州故也。開路作先鋒，第二隊便差穆弘、楊雄、解珍、解寶，第二撥。中軍便是主將宋江、吴用、吕方、郭盛，中軍居中，又是一樣章法。第四隊便是朱仝、柴進、李俊、張横，第三撥。後軍便差孫立、楊林、歐鵬、凌振催軍作合後。第四撥。○以「前軍」、「中軍」、「後軍」字，與「第二隊」、「第四隊」字間雜成文，甚好。

梁山泊點起五軍，共計二十個頭領，馬步軍兵二千人馬。其餘頭領自與晁蓋守把寨柵。當下宋江別了晁蓋，自同孔亮下山前進。所過州縣，秋毫無犯。凡此書每書「所過州縣」四字者，皆特著宋江之惡，見其過都歷國，公然橫行，而又以「秋毫無犯」四字爲之省文也。俗本不知，乃又于二句上另加「于路無事」四字。彼又豈知「所過州縣」之即「于路」，「秋毫無犯」之即「無事」哉！世人不識字，至于如此！已到青州，孔亮先到魯智深等軍中，報知衆好漢安排迎接。宋江中軍到了，武松引魯智深、楊志、李忠、周通、施恩、曹正都來相見了。上文獨脱去武松，此文獨提出武松，筆筆妙筆。宋江讓魯智深坐地，魯智深道：二句連讀，始知其妙。活寫出宋江謙恭，魯達却付之不知也。權詐人到大人面前，一寸一尺都行不去，可笑可醜！「久聞阿哥大名，無緣不曾拜會，今日且喜認得阿哥！」活是魯達語，八字哭笑都有。宋江答道：「不才何足道哉！江湖上義士甚稱吾師清德，宋江醜語。今日得識慈顔，醜語。平生甚幸！」楊志起身再拜道：寫楊志，便有舊家子弟體，便有官體，一發襯出魯達直遂闊大來。「楊志舊日經過梁山泊，多蒙山寨重義相留，爲是洒家愚迷，不曾肯住。今日幸得義士壯觀山寨，此是天下第一好事！」楊志語，又是一樣，八字中贊罵都有。宋江答道：「制使威名，播于江湖，只恨宋江相見太晚！」魯智深便令左右置酒管待，一一都相見了。

次日，宋江問青州一節，近日勝敗如何。楊志道：「自從孔亮去了，前後也交鋒三五次，各無輸贏。只謂是補，不知是省。如今青州只憑呼延灼一個，若是拿得此人，覷此城子，如湯潑雪。」吴學究笑道：「此人不可力敵，可用智擒。」八字極寫呼延，下文以兩扇文字應之，章法嚴整。宋江道：「用何智可獲此人？」吳學究道：「只除如此如此。」宋江大喜道：「此計大妙！」當日分撥了人馬。次早起軍，前到青州城下，四面盡着軍馬圍住，擂鼓摇旗，吶喊搦戰。城裏慕容知府見報，慌忙教請呼延灼商議：「今次群賊又去報知梁山泊宋江到來，似此如之奈何？」呼延灼道：「恩相放心。群賊到來，先失地利。這厮們只好在水泊裏張狂，今却擅離巢穴，說得好，便與前文不犯。一個來捉一個，那厮們如何施展得？請恩相上城，看呼延灼厮殺。」呼延灼連忙披挂衣甲上馬，叫開城門，放下吊橋，領了一千人馬，近城擺開。宋江陣中，一將出馬。那人手捧狼牙棍，厲聲高罵知府：「濫官害民賊！徒把我全家誅戮，今日正好報讎雪恨！」慕容知府認得秦明，寃有頭，債有主，筆有踪，墨有綫，不是孟浪置筆。〇高唐林冲奮威，青州秦明怒發，是一樣文字。便罵道：「你這厮是朝廷命官，國家不曾負你，緣何便敢造反！若拿住你時，碎尸萬段！呼延將軍，可先下手拿這賊！」呼延灼聽了，舞起雙鞭，縱馬直取秦明。秦明也出馬，舞動狼牙大棍來迎呼延灼。二將交馬，正是對手，直鬥到四五十合，不分勝敗。慕容知府見鬥得多時，恐怕呼延灼有失，慌忙鳴金收軍入城。如此救出秦明，深文曲筆，人所不曉。秦明也不追趕，退回本陣。宋江教衆頭領軍校，且退十五里下寨。

却說呼延灼回到城中，下馬來見慕容知府，說道：「小將正要拿那秦明，恩相如何收軍？」知府道：「我見你鬥了許多合，但恐勞困，因此收軍暫歇。秦明那厮原是我這裏統制，與花榮一同背反，這厮亦不可輕敵。」呼延灼道：「恩相放心，小將必要擒此背義之賊！適間和他鬥時，棍法已自亂了。來日教恩相看我立斬此賊！」此一段應前「不可力敵」一句，下一段應前

「只可智擒」一句。知府道：「既是將軍如此英雄，來日若臨敵之時，可殺開條路，送三個人出去：一個教他去東京求救，兩個教他去鄰近府州會合起兵，相助剿捕。」詳于三山之請宋江，而不詳于青州之請救援，此所謂「徐六擔板，只見一邊」也。既寫三山之請宋江，又另自寫青州之請救援，此所謂「一個李白，兩個李黑」也。又不擔板，又不李黑，橫穿斜插，情勢俱備。如此段，真耐庵貫花之才也。呼延灼道：「恩相高見極明。」當日知府寫了求救文書，選了三個軍官，都發放了當。不必明日真有是事，乃隔夜却詳寫如此。譬如花影橫窗，有時真有，無時並無，妙絶。

只說呼延灼回到歇處，卸了衣甲暫歇。天色未明，文書未及發，官軍未及送，寫得好笑。只聽得軍校來報道：【眉批】此一段應「只可智擒」。「城北門外土坡上，有三騎私自在那裏看城：中間一個穿紅袍騎白馬的；兩邊兩個，只認得右邊的是小李廣花榮，左邊那個道妝打扮。」寫三騎，或明或暗，如畫如話。呼延灼道：「那個穿紅的眼見是宋江了，道妝的必是軍師吴用。你們且休驚動了他；便點一百馬軍，跟我捉這三個。」呼延灼連忙披挂上馬，提了雙鞭，帶領一百餘騎馬軍，悄悄地開了北門，放下吊橋，引軍趕上坡來。只見三個正自呆了臉看城，奇事。呼延灼拍馬上坡，三個勒轉馬頭，慢慢走去。奇事。呼延灼奮力趕到，前面幾株枯樹邊廂，只見三個齊齊的勒住馬。奇事。呼延灼方纔趕到枯樹邊，只聽得吶聲喊，奇事。呼延灼正踏着陷坑，人馬都跌將下坑去了。寫得妙絶。輕輕而來，實出意外，令讀者亦復一驚也。兩邊走出五六十個撓鈎手，先把呼延灼鈎將起來，綁縛了去；後面牽着那匹馬。帶馬。其餘馬軍趕來，花榮射倒當頭五七個，後面的勒轉馬，一哄都走了。

宋江回到寨裏，那左右群刀手却把呼延灼推將過來。宋江見了，連忙起身，喝叫快解了繩索，親自扶呼延灼上帳坐定。宋江拜見，呼延灼道：「何故如此？」宋江道：「小可宋江怎敢背負朝廷？蓋爲官吏汚濫，威逼得緊，誤犯大罪。因此權借水泊裏隨時避難，只待朝廷赦罪招安。不想起動將軍，致勞神力。實慕將軍虎威，今者誤有冒犯，切乞恕罪。」處處以此數語説人入夥，正是宋江權詐鐵案。而村竪反因此文續出半部，又哀然加以「忠義」之名，何也？呼延灼道：「被擒之人，萬死尚輕，義士何故重禮陪話？」宋江道：「量宋江怎敢壞得將軍性命？皇天可表寸心。」只是懇告哀求。呼延灼道：「兄長尊意，莫非教呼延灼往東京告請招安，到山赦罪？」忽然借呼延口爲秦宮銅鏡，窣地將宋江一照，妙筆。宋江處處以招安説人入夥，人無有答之者，于是天下後世，遂真以宋江爲日望招安也。此處忽然用呼延反問一句，直令宋江更遮不得。皮裏陽秋，其妙如此。宋江道：「將軍如何去得？」寫宋江只用一句截住，權詐如見，然亦心事如見矣，妙筆。高太尉那廝是個心地匾窄之徒，忘人大恩，記人小過。將軍折了許多軍馬錢糧，他如何不見你罪責？寫宋江巧言如簧，必主于説入夥而後止，皆是皮裏陽秋之筆，不重于罵高俅也。如今韓滔、彭玘、淩振已多在敝山入夥，倘蒙將軍不棄山寨微賤，宋江情願讓位與將軍。數語是宋江正經題目。○「情願讓位」，醜語難堪。等朝廷見用，受了招安，那時盡忠報國，未爲晚矣。」仍作好言，寫宋江權詐可笑。呼延灼沉吟了半晌，一者是宋江禮數甚恭，罵殺宋江。二者見宋江語言有理，罵殺宋江。歎了一口氣，跪下在地道：「非是呼延灼不忠于國，實感兄長義氣過人，不容呼延灼不依。願隨鞭鐙，決無還理。」宋江大喜，請呼延灼和衆頭領相見了，叫問李忠、周通討這匹踢雪烏騅馬，還將軍騎坐。「馬」字至此始結。

衆人再商議救孔明之計。吴用道：「只除非教呼延將軍賺開城門，垂手可得；更兼絶了這呼延將軍念頭。」好，宋江聽了，來與呼延灼陪話道：「非是宋江貪劫城池，實因孔明叔侄陷在縲紲之中，非將軍賺開城門，必不可得。」呼延灼答道：「小弟既蒙兄長收録，理當效力。」當晚點起秦明、花榮、仍點秦明、花榮爲首，好。孫立、燕順、吕方、郭盛、解珍、解寶、歐鵬、王英十個頭領，都扮作軍士衣服模樣，跟了呼延灼，共是十一騎軍馬，來到城邊，直至濠塹上，大呼：「城上開門，我逃得性命回來！」城上人聽得是呼延灼聲音，慌忙報與慕容知府。此時知府爲折了呼延灼，正納悶間，聽得報説呼延灼逃得回來，心中歡喜，連忙上馬，奔到城上。望見呼延灼有十數騎馬跟着，又不見面顔，只認得呼延灼聲音。知府問道：「將軍如何走得回來？」呼延灼道：「我被那廝的陷坑捉了我到寨裏，却有原跟我的頭目暗地盜這匹馬與我騎，就跟我來了。」「馬」尚有餘音。知府只聽得呼延灼説了，便叫軍士開了城門，放下吊橋。十個頭領跟到城門裏，迎着知府，早被秦明一棍，把慕容知府打下馬來。結瓦礫場一案。若寫孔亮打殺，便如嚼蠟。解珍、解寶便放起火來，歐鵬、王矮虎奔上城，把軍士殺散。宋江大隊人馬，見城上火起，一齊擁將入來。宋江急急傳令：「休教殘害百姓，且收倉庫錢糧。」宋江權術如此。就大牢裏救出孔明並他叔叔孔賓一家老小，便教救滅了火。細筆。把慕容知府一家老幼，盡皆斬首，抄扎家私，分俵衆軍。一知府而家私乃至可俵衆軍，則亦不可不抄扎也。天明，計點在城百姓被火燒之家，給散糧米救濟。把府庫金帛、倉廒米糧，裝載五六百車，又得了二百餘匹好馬。就青州府裏，做個慶喜筵席，請三山頭領同歸大寨。如椽之筆，讀之令人壯旺。李忠、周通使人回桃花山，盡數收拾人馬錢糧下山，放火燒毀寨柵。畢。魯智深也使施恩、曹正回二龍山，與張青、孫二娘補出二人。收拾人馬錢糧，也燒了寶珠寺寨柵。畢。

數日之間，三山人馬都皆完備。宋江領了大隊人馬，班師回山。先叫花榮、秦明、呼延灼、朱仝四將開路。所過州縣，分毫不擾。鄉村百姓，扶老挈幼，燒香羅拜迎接。數日之間，已到梁山泊邊，衆多水軍頭領具舟迎接。晁蓋引領山寨馬步頭領，都在金沙灘迎接。直至大寨，向聚義廳上，列位坐定。大排筵席，慶賀新到山寨頭領：呼延灼、魯智深、楊志、武松、施恩、曹正、張青、孫二娘、李忠、周通、孔明、孔亮，共十二位新上山頭領。坐間，林冲說起相謝魯智深相救一事。一段如觀群龍戲海，彼穿此接，東牽西掣，極文章之致也。○無數大段落，不得不作此大綰結，妙極。魯智深動問道：「洒家自與教頭別後，無日不念。阿嫂近來有信息否？」奇語絶倒，令人聞之，又感又笑。○俗本改。林冲道：「自火併王倫之後，使人回家搬取老小，已知拙婦被高太尉逆子所逼，隨即自縊而死；妻父亦爲憂疑，染病而亡。」楊志舉起舊日王倫手内山前相會之事，亦是絶倒事。衆人皆道：「此皆注定，非偶然也。」晁蓋說起黄泥岡劫取生辰綱一事，又是絶倒事。○凡舉三段事，却事事絶倒，不止泛泛叙舊而已。衆皆大笑。次日輪流做筵席，不在話下。

且說宋江見山寨又添了許多人馬，如何不喜？便叫湯隆做鐵匠總管，提督打造諸般軍器並鐵葉連環等甲；侯健管做旌旗袍服總管，添造三才九曜四斗五方二十八宿等旗、飛龍飛虎飛熊飛豹旗、黄鉞白旄、朱纓皂蓋。山邊四面築起墩臺，重造西路、南路二處酒店，招接往來上山好漢，一就探聽飛報軍情。山西路酒店今令張青、孫二娘，夫婦二人原是酒家，前去看守；山南路酒店仍令孫新、顧大嫂夫婦看守；山東路酒店依舊朱貴、樂和；山北路酒店還是李立、時遷。三關上添造寨柵，分調頭領看守。部領已定，各各遵依。又是一番大發放。○中間只作閑叙，寫出「黄鉞白旄、朱纓皂蓋」等字，「探聽飛報軍情」等句，皆深著宋江無君之罪也。不在話下。

忽一日，花和尚魯智深來對宋公明説道：「智深有個相識，是李忠兄弟徒弟，唤做九紋龍史進，又陡然迴合出一人，與上文連類而動。見在華州華陰縣少華山上，和那一個神機軍師朱武，又有一個跳澗虎陳達，一個白花蛇楊春，又迴合出三人。四個在那裏聚義。洒家常常思念他，自從瓦官寺與他别了，無一日不在心上。念阿嫂則念，念少年則念。寫魯達筆筆淋漓，聲聲慷慨。今洒家要去那裏探望他一遭，就取他四個同來入夥，未知尊意如何？」宋江道：「我也曾聞得史進大名。若得吾師去請他來，最好。然雖如此，不可獨自行，可煩武松兄弟相伴走一遭。他是行者，一般出家人，正好同行。」寫景。武松應道：「我和師兄去。」當日便收拾腰包行李，魯智深只做禪和子打扮，武松妝做隨侍行者，兩個相辭了衆頭領下山。過了金沙灘，曉行夜住，不止一日，來到華州華陰縣界，徑投少華山來。且説宋江自魯智深、武松去後，一時容他下山，常自放心不下；便唤神行太保戴宗隨後跟來，探聽消息。布筆都好。

再説魯智深兩個來到少華山下，伏路小嘍囉出來攔住，問道：「你兩個出家人那裏來？」武松便答道：「這山上有史大官人麽？」亦倒脱去魯達，即上文避熟之法。小嘍囉説道：「既是要尋史大王的，且在這裏少等。我上山報知頭領，便下來迎接。」武松道：「你只説魯智深到來相探。」既避俗筆之熟，又免俗筆之淡。小嘍囉去不多時，只見神機軍師朱武並跳澗虎陳達、白花蛇楊春，三個下山來接魯智深、武松，却不見有史進。出奇。○若非此句，便一捲而去，有何生發？魯智深便問道：「史大官人在那裏？却如何不見他？」朱武近前上覆道：「吾師不是延安府魯提轄麽？」魯智深道：「洒家便是。這行者便是景陽岡打虎都頭武松。」三個慌忙剪拂道：「聞名久矣！聽知二位在二龍山了，投托梁山泊宋公明大寨入夥，今者特來尋史大官人。」朱武道：「既是二位到此，且請到山寨中，容小可備細告訴。」魯智深道：「有話便說。史家兄弟又不見，誰鳥耐煩到你山上去！」不惟爽直，兼寫貞烈。○「貞烈」是贊奇女子字，今贊魯達，却用此二字，真奇事也。○忠臣不事二君，烈女不更二夫，好友不交二人。觀于魯達，可以興矣。武松道：「師兄是個急性的人，有話便說甚好。」

朱武道：「小人等三個在此山寨，自從史大官人上山之後，好生興旺。近日史大官人下山，因撞見一個畫匠，原是北京大名府人氏，姓王，名義，因許下西岳華山金天聖帝廟内裝畫影壁，一篇以西岳聖帝爲文字收放。前去還願。因爲帶將一個女兒，名唤玉嬌枝同行，却被本州賀太守——原是蔡太師門人，那厮爲官貪濫，非理害民——先出其罪。一日因來廟裏行香，不想正見了玉嬌枝有些顔色，累次着人來説，要娶他爲妾。王義不從，太守將他女兒强奪了去，却把王義刺配遠惡軍州。路經這裏過，正撞見史大官人，告説這件事。史大官人把王義救在山上，將兩個防送公人殺了，直去府裏要刺賀太守。被人知覺，倒吃拿了，見監在牢裏。又要聚起軍馬，掃蕩山寨，我等正在這裏無計可施！」魯智深聽了道：「這撮鳥敢如此無禮，倒恁麼利害！洒家便去結果了那廝！」爽直是大師天性。朱武道：「且請二位到寨裏商議。」魯智深立意不肯。武松一手挽住禪杖，一手指着道：「哥哥不見日色，已到樹梢盡頭？」畫出活武松，畫也畫不出。魯智深看一看，吼了一聲，憤着氣，只得都到山寨裏坐下。畫出活魯達，畫也畫不出。

朱武便叫王義出來拜見，再訴太守貪酷害民，强占良家女子。三人一面殺牛宰馬，管待魯智深、武松。魯智深道：「史家兄弟不在這裏，酒是一滴不吃！要便睡一夜，明日却去州裏打死那廝罷！」句句使人灑出熱淚，字字使人增長義氣。非魯達，定説不出此語；非此語，定寫不出魯達。妙絶妙絶。武松道：「哥哥不得造次。我和你星夜回梁山泊去，報知宋公明，領大隊人馬來打華州，方可救得史大官人。」寫爽直，便真正爽直；寫精細，又真正精細。一副筆墨，叙出兩副豪傑，又能各極其致，妙絶。魯智深叫道：「等俺們去山寨裏叫得人來，史家兄弟性命不知那裏去了！」句句字字和血和淚寫出來。武松道：「便打殺了太守，也怎地救得史大官人？」武松却決不肯放哥哥去。」寫魯達不顧事之不濟，寫武松必求事之必濟，活提出兩個人。朱武又勸道：「師兄且息怒。武都頭實論得是。」魯智深焦躁起來，便道：「都是你這般性慢直娘賊，罵得奇絶，罵人而人不怨，友道不匱，「永錫爾類」故也。送了俺史家兄弟！二語罵盡千古。只今性命在他人手裏，還要飲酒細商！」和血和淚之墨，帶哭帶罵之筆，讀之紙上岌岌震動，妙絶之文。○俗本皆改去，何也？衆人那裏勸得他呷一杯半盞，鵝項凳邊，鐵匠間壁，正與此處對看。當晚和衣歇宿。明早起個四更，提了禪杖，帶了戒刀，不知那裏去了。使我敬，使我駭，使我哭，使我思。○寫得便與劍俠諸傳相似。武松道：「不聽人説，此去必然有失。」朱武隨即差兩個精細小嘍囉，前去打聽消息。

却説魯智深奔到華州城裏，路傍借問州衙在那裏。人指道：「只過州橋，投東便是。」魯智深却好來到浮橋上，只見人都道：「和尚且躲一躲，太守相公過來！」反作一迎，妙筆。魯智深道：「俺正要尋他，却正好撞在洒家手裏！那厮多敢是當死！」賀太守頭踏一對對擺將過來。看見太守那乘轎子，却是暖轎；轎窗兩邊，各有十個虞候簇擁着，人人手執鞭鎗鐵鍊，守護兩下。忽作一迎，忽又作一閃，妙筆。○只一暖轎家丁，便活襯出史進前日行刺來。魯智深看了尋思道：「不好打那撮鳥；若打不着，倒吃他笑！」賀太守却在轎窗眼裏，看見了魯智深欲進不進。過了渭橋，到府中下了轎，便叫兩個虞候分付道：「你與我去請橋上那個胖大和尚，到府裏赴齋。」虞候領了言語，來到橋上，對魯智深説道：「太守相公請你赴齋。」魯智深想道：「這厮合當死在洒家手裏！俺却纔正要打他，只怕打不着，讓他過去了。俺要尋他，他却來請洒家！」魯智深便隨了虞候逕到府裏。太守已自分付下了，一見魯智深進到廳前，太守叫放了禪杖，去了戒刀，請後堂赴齋。魯智深初時不肯，衆人説道：「你是出家人，好不曉事！府堂深處，如何許你帶刀杖入去？」魯智深想道：「只俺兩個拳頭也打碎了那厮腦袋！」妙解。廊下放了禪杖、戒刀，跟虞候入來。

賀太守正在後堂坐定，把手一招，喝聲：「捉下這秃賊！」兩邊壁衣内走出三四十個做公的來，横拖倒拽，捉了魯智深。你便是那吒太子，怎逃地網天羅；火首金剛，難脱龍潭虎窟！正是：飛蛾投火身傾喪，怒鼈吞鈎命必傷。畢竟魯智深被賀太守拿下，性命如何，且聽下回分解。

第五才子書施耐庵水滸傳卷之六十三

聖歎外書

第五十八回 吴用賺金鈴吊挂 宋江鬧西岳華山

俗本寫魯智深救史進一段，鄙惡至不可讀。每私怪耐庵，胡爲亦有如是敗筆？及得古本，始服原文之妙如此。吾因歎文章生于吾一日之心，而求傳于世人百年之手。夫一日之心，世人未必知；而百年之手，吾又不得奪。當斯之際，文章又不能言，改竄一惟所命。如俗本《水滸》者，真可爲之流涕嗚咽者也！

渭河攔截一段，先寫朱仝、李應執鎗立宋江後，宋江立吴用後，吴用立船頭，作一總提。然後分開兩幅：一幅寫吴用與客帳司問答，一轉，轉出宋江；宋江一轉，轉出朱仝；朱仝一轉，轉出岸上花榮、秦明、徐寧、呼延灼，是一樣聲勢。一幅寫宋江與太尉問答，一轉，轉出吴用；吴用一轉，轉出李應；李應一轉，轉出河裏李俊、張順、楊春，是一樣聲勢。然後又以第三幅宋江、吴用一齊發作，以總結之。章法又齊整，又變化，真非草草之筆。

極寫華州太守狡獪者，所以補寫史進、魯達兩番行刺不成之故也。然讀之殊無補寫之迹，而自令人想見其時其事。蓋以不補爲補，又補寫之一法也。

史進芒碭一歎，亦暗用阮籍「時無英雄」故事，可謂深表大郎之至矣。若夫蠻牌之敗，只是文章交卸之法，不得以此爲大郎惜也。

話説賀太守把魯智深賺到後堂内，喝聲：「拿下！」衆多做公的把魯智深簇擁到廳階下。賀太守正要開言勘問，只見魯智深大怒道：太守不及勘問，魯達反先怒發，文字都有身分。俗本悉改，令人氣盡。【眉批】據古本《水滸》第五十八回如此，不知俗本何故另改作一段奄奄欲死文字，烏焉成馬，令人可恨！「你這害民貪色的直娘賊！八個字罵盡千古。你敢便拿倒洒家！俺死亦與史進兄弟一處死，倒不煩惱！一直奔來，只咬定「史進兄弟」四字，讀之令人心痛，又令人快活。只是洒家死了，宋公明阿哥須不與你干休！俺如今説與你：天下無解不得的寃仇。此語反出其口，思之失笑。你只把史進兄弟還了洒家，亦大難事，奇絶妙絶。玉嬌枝也還了洒家，等洒家自帶去交還王義，還史進已大難事，又要還嬌枝，又是還與和尚去還王義，奇絶妙絶。你却連夜也把華州太守交還朝廷。還嬌枝已奇絶妙絶，又要還太守，一發奇絶妙絶。〇説到還嬌枝、還太守句，回思還史進，真易事耳。量你這等賊頭鼠眼，專一歡喜婦人，也做不得民之父母！千載讀之，無不汗顔。〇此句爲還太守作注也。若依得此三事，便是佛眼相看；若道半個不的，不要懊悔不迭！如今你且先交俺去看看史家兄弟,却回俺話!」不知是墨,不知是淚,不知是血,寫得使人心痛,使人快活。賀太守聽了,氣得做聲不得,與上「正要開言」作一句讀。只道得個:「我心疑是個行刺的賊,原來果然是史進一路!古本如此情文曲折,俗本真是無理可笑。那厮,你看那厮,寫太守氣咽不成語,真是活畫出來。且監下這厮,慢慢處置!這禿驢原來果然是史進一路!」活畫出氣急敗壞,語言重沓;又活畫出自神其智,心口相語,妙絶。也不拷打,取面大枷來釘了,押下死囚牢裏去;一面申聞都省,乞請明降。禪杖、戒刀,封入府堂裏去了。

此時鬧動了華州一府,小嘍囉得了這個消息,飛報上山來。武松大驚道:「我兩個來華州幹事,折了一個,怎地回去見衆頭領!」正没理會處,只見山下小嘍囉報道:「有個梁山泊差來的頭領,唤做神行太保戴宗,見在山下。」便快。武松慌忙下來迎接上山,和朱武等三人都相見了,訴説魯智深不聽勸諫失陷一事。戴宗聽了,大驚道:「我不可久停了!就便回梁山泊,報與哥哥知道,早遣兵將,前來救取!」武松道:「小弟在這裏專等,萬望兄長早去急來。」

戴宗吃了些素食,作起神行法,再回梁山泊來。三日之間,已到山寨。見了晁、宋二頭領,便説魯智深因救史進,要刺賀太守被陷一事。晁蓋聽罷,大驚道:「既然兩個兄弟有難,如何不救!我今不可擔閣,便親去走一遭。」宋江道:「哥哥山寨之主,未可輕動,原只兄弟代哥哥去。」又書宋江不肯。當日點起人馬,作三隊而行:前軍點五員先鋒:林冲、楊志、先撥林冲、楊志妙。花榮、秦明、呼延灼,呼延新到,例應立功,故亦在第一撥。引領一千甲馬、二千步軍先行,逢山開路,遇水疊橋;中軍領兵主將宋公明,軍師吴用,朱仝、徐寧、解珍、解寶,共是六個頭領，馬步軍兵二千；後軍主掌糧草，李應、楊雄、石秀、李俊、張順，共是五個頭領押後，馬步軍兵二千。共計七千人馬，離了梁山泊，直取華州來。在路趲行，不止一日，早過了半路，先使戴宗去報少華山上。朱武等三人，安排下猪羊牛馬，醞造下好酒等候。

再説宋江軍馬三隊都到少華山下。武松引了朱武、陳達、楊春三人，亦用武松引見，筆法。下山拜請宋江、吴用並衆頭領，都到山寨裏坐下。宋江備問城中之事，朱武道：「兩個頭領已被賀太守監在牢裏，只等朝廷明降發落。」宋江與吴用説道：「怎地定計去救取便好？」朱武道：「華州城郭廣闊，濠溝深遠，急切難打。只除非得裏應外合，方可取得。」吴學究道：「明日且去城邊，看那城池如何，却再商量。」宋江飲酒到晚，巴不得天明，要去看城。吴用諫道：「城中監着兩隻大蟲在牢裏，如何不做隄備？白日不可去看。今夜月色必然明朗，申牌前後下山，一更時分可到那裏窺望。」當日捱到午後，宋江、吴用、花榮、秦明、朱仝共是五騎馬下山，迤邐前行。初更時分，已到華州城外。在山坡高處，立馬望華州城裏時，正是二月中旬天氣，月華如晝，天上無一片雲彩。偏向刀鎗劍戟林中，寫得花明月媚，妙筆妙筆。看見華州周圍有數座城門，城高地壯，塹濠深闊。看了半晌，遠遠地也便望見那西岳華山。是王義畫壁、太尉降香之處，不得不映帶出來。

宋江等看見城池厚壯，形勢堅牢，無計可施。吴用道：「且回寨裏去，再作商議。」五騎馬連夜回到少華山上。宋江眉頭不展，面帶憂容。吴學究道：「且差十數個精細小嘍囉下山，去遠近探聽消息。」兩日内，忽有一人上山來報道：「如今朝廷差個殿司太尉，將領御賜金鈴吊挂來西岳降香，從黃河入渭河而來。」其事風馬牛不及，令人不知所謂。吳用聽了便道：「哥哥休擾，計在這裏了。」便叫李俊、張順：「你兩個與我如此如此而行。」李俊道：「只是無人識得地境，得一個引領路道最好。」白花蛇楊春便道：「小弟相幫同去如何？」宋江大喜。三個下山去了。次日，吳學究請宋江、李應、朱仝、呼延灼、花榮、秦明、徐寧，共七個人，悄悄止帶五百餘人下山。到渭河渡口，李俊、張順、楊春已奪下十餘隻大船在彼。吳用便叫花榮、秦明、徐寧、呼延灼四個伏在岸上，第一撥。宋江、吳用、朱仝、李應下在船裏，中軍。李俊、張順、楊春分船都去灘頭藏了。第二撥。衆人等候了一夜。

次日天明，聽得遠遠地鑼鳴鼓響，三隻官船下來，船上插着一面黃旗，上寫「欽奉聖旨西岳降香太尉宿」。朱仝、李應各執長鎗，立在宋江背後。吳用立在船頭。從船尾順寫至船頭，讀之如畫。○正寫之，則應作吳用立宋江前，朱仝、李應立宋江後也。○要知只四個人，便鎖定一篇章法。蓋吳用領第一段，宋江領第二段，朱仝領岸上諸人，李應領水軍諸人也。細讀之，便知其闔闢之妙耳。○俗本略缺。太尉船到，當港截住。四字筆力。船裏走出紫衫銀帶虞候二十餘人，喝道：「你等甚麽船隻，敢當港攔截住大臣！」宋江執着骨朵，躬身聲喏。此第一段宋江不開言，悉是吳用說，妙筆。吳學究立在船頭上，說道：【眉批】第一段，吳用說。「梁山泊義士宋江，謹參祗候。」分明以吳用抵對客帳司，以宋江抵對太尉。賓主正副，筆筆畫然。船上客帳司出來答道：「此是朝廷太尉，奉聖旨去西岳降香。汝等是梁山泊亂寇，何故攔截？」宋江躬身不起。船頭上吳用道：「俺們義士，只要求見太尉尊顏，有告覆的事。」宋江只不開言，段段用吳用說，妙筆。客帳司道：「你等是何等人，敢造次要見太尉！」兩邊虞候喝道：「低聲！」宋江却躬身不起。船頭上吴用道：「暫請太尉到岸上，自有商量的事。」段段用吴用説，宋江只不開口，妙筆。客帳司道：「休胡説！太尉是朝廷命臣，如何與你商量？」宋江立起身來筆勢悚駭。道：「太尉不肯相見，只怕孩兒們驚了太尉。」一路吴用，到此忽换宋江，妙筆。朱仝把鎗上小號旗只一招動，宋江背後一個傳令。○寫得又嚴整，又錯縱，真正妙筆。岸上花榮、秦明、徐寧、呼延灼引出馬軍，一齊搭上弓箭，都到河口，擺列在岸上。奇文駭事[一]，得未曾有。那船上艄公都驚得鑽入梢裏去了。如畫。○此一段用吴用與客帳司問答，忽换宋江傳令作尾，真正一篇奇絶章法。

客帳司人慌了，只得入去稟復。宿太尉只得出到船頭上坐定，宋江又躬身唱喏道：【眉批】第二段，宋江説。「宋江等不敢造次。」已下第二段，吴用不開言，悉是宋江説，妙筆。宿太尉道：「義士何故如此邀截船隻？」宋江道：「某等怎敢邀截太尉！只欲求請太尉上岸，別有稟復。」盡是宋江自説，妙筆。宿太尉道：「我今特奉聖旨[二]，自去西岳降香，與義士有何商議？朝廷大臣，如何輕易登岸！」船頭上吴用道：「太尉不肯時，只怕下面伴當亦不相容。」一路宋江，到此忽换吴用，妙筆。李應把號帶鎗一招，宋江背後又一個傳令。李俊、張順、楊春一齊撐出船來。奇文駭事，得未曾有。宿太尉看見，大驚。此一段寫宋江與太尉問答，忽换吴用傳令作尾，又一篇真正奇絶章

[一]「駭」，貫華堂本、葉瑤池本作「騎」，據王望如評本改。

[二]「特」，貫華堂本、葉瑤池本作「持」，據王望如評本改。

法。李俊、張順明晃晃掣出尖刀在手，早跳過船來，奇文駭事。手起先把兩個虞候攧下水裏去。奇文駭事。宋江連忙喝道：「休得胡做，驚了貴人！」李俊、張順「撲通」也跳下水去，奇文駭事。早把兩個虞候又送上船來，奇文駭事。自已兩個也便「托」地又跳上船來，奇文駭事。〇一段寫李俊、張順跳擲忽霍，讀之目炫。唬得宿太尉魂不着體。宋江、吴用一齊喝道：「孩兒們且退去，休得驚着貴人！俺自慢慢地請太尉登岸。」已下第三段，宋江、吴用一齊説，妙筆。宿太尉道：「義士有甚事，就此説不妨。」宋江、吴用道：【眉批】第三段，宋江、吴用齊説。「這裏不是説話處，謹請太尉到山寨告稟，並無損害之心。若懷此念，西岳神靈誅滅！」宋江、吴用一齊説，妙筆。

到此時候，不容太尉不上岸。宿太尉只得離船上了岸。衆人在樹林裏牽出一匹馬來，扶策太尉上了馬，不得已隨衆同行。宋江、吴用先叫花榮、秦明陪奉太尉上山。宋江、吴用也上了馬，看他于宋江、吴用各寫一幅後，又將宋江、吴用各寫一幅，真正一篇絶奇章法。分付教把船上一應人等，並御香、祭物、金鈴吊挂，齊齊收拾上山，只留下李俊、張順帶領一百餘人看船。此處只説看船，後又忽借作伏兵截殺。真乃筆無定墨，紙非一文。一行衆頭領都到山上，宋江、吴用下馬入寨，把宿太尉扶在聚義廳上當中坐定，兩邊衆頭領拔刀侍立。奇文駭事。真寫得好。宋江獨自下了四拜，跪在面前，告覆道：「宋江原是鄆城縣小吏，爲彼官司所逼，不得已哨聚山林。權借梁山水泊避難，專等朝廷招安，與國家出力。今有兩個兄弟，無事被賀太守生事陷害，下在牢裏。欲借太尉御香、儀從並金鈴吊挂，去賺華州，事畢並還，于太尉身上並無侵犯。乞太尉鈞鑒。」宿太尉道：「不爭你將了御香等物去，明日事露，須連累下官！」宋江道：「太尉回京，都推在宋江身上便了。」宋江之惡如此，閑處寫出。

宿太尉看了那一班人模樣，怎生推托得？只得應允了。宋江執盞擎杯，設筵拜謝。就把太尉帶來的人穿的衣服都借穿了。于小嘍囉數内，選揀一個俊俏的，剃了髭鬚，穿了太尉的衣服，扮做宿元景；妙。宋江、吴用扮做客帳司；妙。解珍、解寶、楊雄、石秀扮做虞候；妙。小嘍囉都是紫衫銀帶，執着旌節、旗旛、儀仗、法物，擎擡了御香、祭禮、金鈴吊挂；花榮、徐寧、朱仝、李應扮做四個衙兵。妙。朱武、陳達、楊春款住太尉並跟隨一應人等，置酒管待。是主人事。却教秦明、呼延灼引一隊人馬，林冲、楊志引一隊人馬，分作兩路取城；妙。教武松預先去西岳門下伺候，只聽號起行事。岳門此處只寫一個，後忽添換一個，皆所謂筆無定墨，紙非一文也。

話休絮繁。且説一行人等，離了山寨，徑到河口下船而行，不去報與華州太守，一徑奔西岳廟來。戴宗先去報知雲臺觀觀主並廟裏職事人等，直至船邊，迎接上岸。香花燈燭，幢旛寶蓋，擺列在前。先請御香上了香亭，廟裏人夫扛擡了，導引金鈴吊挂前行。觀主拜見了太尉，吴學究道：「太尉一路染病不快，且把暖轎來。」只「暖轎」二字，亦復影襯作趣。左右人等扶策太尉上轎，徑到岳廟裏官廳内歇下。「客帳司」吴學究對觀主道：「這是特奉聖旨，賫捧御香、金鈴吊挂，來與聖帝供養。緣何本州官員輕慢，不來迎接？」觀主答道：「已使人去報了，敢是便到。」説猶未了，本州先使一員推官，帶領做公的五七十人，極寫太守狡獪。將着酒果，來見太尉。

原來那小嘍囉雖然模樣相似，却語言發放不得；絶倒。○雖復發放不得，然亦曲蓋鼓吹，身爲王公矣。因此只教妝做染病，把靠褥圍定在床上坐。推官一眼看那來的旌節、門旗、牙仗等物，極寫太守狡獪。都是內府製造出的，如何不信？客帳司匆匆入去稟復了兩遭，寫得好。却引推官入去，遠遠地階下參拜了。見那太尉只把手指，並不聽得說甚麽。絶倒。客帳司直走下來，埋怨推官道：「太尉是天子前近幸大臣，不辭千里之遥，特奉聖旨到此降香。不想于路染病未痊，本州衆官如何不來遠接？」推官答道：「前路官司雖有文書到州，不見近報，因此有失迎迓；不期太尉先到廟裏。本是太守便來，奈緣少華山賊人糾合梁山泊强盜要打城池，客帳司應喝「低聲」。每日在彼隄防，以此不敢擅離。特差小官先來貢獻酒禮，太守隨後便來參見。」客帳司道：「太尉涓滴不飲，只叫太守快來商議行禮。」是要緊題目。推官隨即教取酒來，與客帳司親隨人把盞了。客帳司又入去稟一遭，請了鑰匙出來，引着推官去開了鎖；就香帛袋中取出那御賜金鈴吊挂來，把條竹竿叉起，叫推官仔細自看。寫得好。果然好一對金鈴吊挂，乃是東京內府高手匠人做成的，渾是七寶珍珠嵌造，中間點着碗紅紗燈籠，乃是聖帝殿上正中挂的。不是內府降來，民間如何做得？贊語入拍。客帳司叫推官看了，再收入櫃匣內鎖了；又將出中書省許多公文付與推官，寫得好。便叫太守快來商議揀日祭祀。是要緊題目。推官和衆多做公的都見了許多物件文憑，便辭了客帳司，徑回到華州府裏來報賀太守。

却說宋江暗暗地喝采道：「這廝雖然奸猾，也騙得他眼花心亂了！」此時武松已在廟門下了。筆力矯健，實稱武二。吴學究又使石秀藏了尖刀，也來廟門下相幫武松行事；却又换戴宗扮做虞候。此等事又復當面轉换，寫當時衆人視華州如無物也。雲臺觀主進獻素齋，一面教執事人等安排鋪陳岳廟。宋江閑步看那西岳廟時，果然是蓋造得好，殿宇非凡，真乃人間天上。百忙中又補畫出岳廟來，真是筆有餘武。宋江看了一回，回至官廳前。門上報道：「賀太守來也。」宋江便叫花榮、徐寧、朱仝、李應四個「衙兵」各執着器械，分列在兩邊；解珍、解寶、楊雄、戴宗各藏暗器，侍立在左右。

却説賀太守將領三百餘人，極寫太守狡獪。來到廟前下馬，簇擁入來。極寫太守狡獪。「客帳司」吴學究、宋江見賀太守帶着三百餘人，都是帶刀公吏人等入來。客帳司喝道：「朝廷貴人在此，閑雜人不許近前！」衆人立住了脚，寫得好。賀太守獨自進前來拜見太尉。客帳司道：「太尉教請太守入來厮見。」賀太守入到官廳前，望着小嘍囉便拜。絶倒。客帳司道：「太守，你知罪麽？」太守道：「賀某不知太尉到來，伏乞恕罪。」客帳司道：「太尉奉敕到此西岳降香，如何不來遠接？」太守答道：「不曾有近報到州，有失迎迓。」吴學究喝聲：「拿下！」疾。解珍、解寶弟兄兩個，「颼」地掣出短刀，一脚把賀太守踢翻，便割了頭。疾。○快活。宋江喝道：「兄弟們動手！」早把那跟來的人三百餘個驚得呆了，正走不動。花榮等一齊向前，把那一干人算子般都倒在地下；可謂大算盤，無帳不結矣。有一半搶出廟門下，武松、石秀舞刀殺將入來，小嘍囉四下捍殺，三百餘人不剩一個回去。疾。○快活。續後到廟來的，都被張順、李俊殺了。須知此句是文外之文，筆勢飄忽如此。

宋江急叫收了御香、吊挂下船，都趕到華州時，早見城中兩路火起，一齊殺將入來。先去牢中救了史進、魯智深，就打開庫藏，取了財帛，裝載上車。魯智深徑奔後堂取了戒刀、禪杖。玉嬌枝早已投井而死。此二句俗本失，古本有。衆人離了華州，上船回到少華山上，都來拜見宿太尉，納還了御香、金鈴吊挂、旌節、門旗、儀仗等物，拜謝了太尉恩相。宋江教取一盤金銀相送太尉；隨從人等不分高低，都與了金銀。大書金銀，可謂許伯哭世矣。就山寨裏做了個送路筵席，謝承太尉。衆頭領直送下山，到河口交割了一應什物船隻，一些不少，還了原來的人等。宋江謝別了宿太尉，回到少華山上，便與四籌好漢商議收拾山寨錢糧，放火燒了寨柵。再結一處。一行人等，軍馬糧草，都望梁山泊來。王義自齎發盤纏，投奔別處不題。

且説宿太尉下船來到華州城中，已知被梁山泊賊人殺死軍兵人馬，劫了府庫錢糧；城中殺死軍校一百餘人，馬匹盡皆擄去；西岳廟中又殺了許多人性命。便叫本州推官推官便。動文書申達中書省起奏，都做「宋江先在途中劫了御香、吊挂，因此賺知府到廟，殺害性命。」宿太尉到廟裏焚了御香，把這金鈴吊挂分付與了雲臺觀主，星夜急急自回京師奏知此事。不在話下。

再説宋江救了史進、魯智深，帶了少華山四個好漢，仍舊作三隊分俵人馬，回梁山泊來。所過州縣，秋毫無犯。八字只算「于路無話」四字，作省文耳。先使戴宗前來上山報知。晁蓋並衆頭領下山迎接宋江等，一同到山寨裏聚義廳上，都相見已罷，一面做慶喜筵席。次日，史進、朱武、陳達、楊春各以己財做筵宴，拜謝晁、宋二公。酒席間，晁蓋説道：「我有一事，爲是公明賢弟連日不在山寨，只得權時閣起；昨日又是四位兄弟新到，不好便説出來。三日前，有朱貴上山報說：徐州沛縣芒碭山中，新有一夥强人，聚集着三千人馬。爲頭一個先生，姓樊，名瑞，綽號『混世魔王』，能呼風喚雨，用兵如神。手下兩個副將：一個姓項，名充，綽號『八臂那吒』，能使一面團牌，牌上插飛刀二十四把，百步取人，無有不中；手中仗一條鐵標鎗。又有一個姓李，名衮，綽號『飛天大聖』，也使一面團牌，牌上插標鎗二十四根，亦能百步取人，無有不中；手中使一口寶劍。這三個結爲兄弟，占住芒碭山，打家劫舍。三個商量了，要來吞並俺梁山泊大寨。我聽得說，不由不怒！」宋江聽了，大怒道：「這賊怎敢如此無禮！小弟便再下山走一遭！」只見九紋龍史進便起身道：「小弟等四個初到大寨，無半米之功。情願引本部人馬，前去收捕這夥强人！」久冷應熱，固行文之法也。宋江大喜。當下史進點起本部人馬，與同朱武、陳達、楊春都披挂了，來辭宋江下山。把船渡過金沙灘，上路逕奔芒碭山來。三日之内，早望見那座山。史進歎口氣，問朱武道：「這裏正不知何處是昔日漢高祖斬蛇起義之處！」寫史進。○絶妙之文。朱武等三人也大家歎口氣。寫朱武三人。不一時，來到山下，早有伏路小嘍囉上山報知。

且說史進把少華山帶來的人馬一字擺開，自己全身披挂，騎一匹火炭赤馬，當先出陣，手中横着三尖兩刃刀；背後三個頭領，便是朱武、陳達、楊春。四個好漢，勒馬陣前。好看。望不多時，只見芒碭山上飛下一彪人馬來。當先兩個好漢，爲頭那個便是徐州沛縣人，姓項，名充，果然使一面團牌，背插飛刀二十四把，右手仗條標鎗；後面打着一面認軍旗，上書「八臂那吒」四個大字。另是一樣氣色，讀之正復可畏。次後那個便是邳縣人，姓李，名衮，果然也使一面團牌,背插二十四把標鎗,左手把牌,右手仗劍;後面打着一面認軍旗,上書「飛天大聖」四個大字。另是一樣氣色,讀之真復可畏。當下兩個步行下山,見了對陣史進、朱武、陳達、楊春四騎馬在陣前,並不打話。小嘍囉篩起鑼來,兩個好漢舞動團牌,一齊上,直滾入陣來。人固另是一樣氣色,文亦另是一樣聲勢。史進等攔當不住,後軍先走,寫得好笑。史進前軍抵敵,朱武等中軍吶喊,寫得好笑。○要知此三句,正望下篇公孫八陣,先作反襯也。退三四十里。史進險些兒中了飛刀;寫飛刀,又寫史進。楊春轉身得遲,被一飛刀,戰馬着傷,棄了馬,逃命而走。寫飛刀。史進點軍,折了一半,和朱武等商議,欲要差人回梁山泊求救。正憂疑之間,只見軍士來報:「北邊大路上塵頭起處,約有二千軍馬到來。」史進等上馬望時,却是梁山泊旗號,當先馬上兩員上將:一個是小李廣花榮,一個是金鎗手徐寧。第一撥先寫兵,次寫將。史進接着,備説項充、李衮蠻牌滾動,軍馬遮攔不住。花榮道:「宋公明哥哥見兄長來了,放心不下,好生懊悔,特差我兩個到來幫助。」史進等大喜,合兵一處下寨。

次日天曉,正欲起兵對敵,軍士又報:「北邊大路上又有軍馬到來。」花榮、徐寧、史進一齊上馬望時,却是宋公明親自和軍師吴學究、公孫勝、柴進、朱仝、呼延灼、穆弘、孫立、黄信、吕方、郭盛,帶領三千人馬來到。第二撥先寫將,次寫兵。只小小兩節,亦必變换作章法。○每次援兵,皆從山上明寫調撥。此處忽變爲突如其來之文,不先提出,亦是行文避熟也。史進備説項充、李衮飛刀、標鎗、滾牌難近,折了人馬一事,宋江大驚。吴用道:「且把軍馬札下寨栅,别作商議。」宋江性急,便要起兵剿捕。直到山下,此時天色已晚,望見芒碭山上都是青色燈籠。實寫項充、李衮，虚寫樊瑞，妙筆非人所及。公孫勝看了，便道：「此寨中青色燈籠，便是會行妖法之人在內。我等且把軍馬退去，來日貧道獻一個陣法，要捉此二人。」宋江大喜，傳令教軍馬且退二十里，札住營寨。次日清晨，公孫勝獻出這個陣法。有分教：魔王拱手上梁山，神將傾心歸水泊。畢竟公孫勝獻出甚麽陣法來，且聽下回分解。

第五才子書施耐庵水滸傳卷之六十四

聖歎外書

第五十九回　公孫勝芒碭山降魔　晁天王曾頭市中箭

讀《水滸》俗本至此處，爲之索然意盡；及見古本，始喟然而歎：嗚呼妙哉，文至此乎！夫晁蓋欲打祝家莊，則宋江勸：哥哥山寨之主，不可輕動也。晁蓋欲打高唐州，則宋江又勸：哥哥山寨之主，不可輕動也。晁蓋欲打青州，則又勸：哥哥山寨之主，不可輕動也。欲打華州，則又勸：哥哥山寨之主，不可輕動也。何獨至于打曾頭市，而宋江默未嘗發一言？宋江默未嘗發一言，而晁蓋亦遂死于是役。今我即不能知其事之如何，然而君子觀其書法，推其情狀，引許世子不嘗藥之經，以斷斯獄，蓋宋江弑晁蓋之一筆爲決不可宥也。此非謂史文恭之箭，乃真出于宋江之手也；亦非謂宋江明知曾頭市之五虎能死晁蓋，而坐不救援也。夫今日之晁蓋之死，即誠非宋江所料；然而宋江之以晁蓋之死爲利，則固非一日之心矣。吾于何知之？于晁蓋之每欲下山，宋江必勸知之。夫宋江之必不許晁蓋下山者，不欲令晁蓋能有山寨也，又不欲令衆人尚有晁蓋也。夫不欲令晁蓋能有山寨，則是山寨誠得一旦而無晁蓋，是宋江之所大快也；又不欲令衆人尚有晁蓋，則夫晁蓋雖未死于史文恭之箭，而已死于廳上廳下衆人之心非一日也。如是而晁蓋今日之死于史文恭，是特晁蓋之餘矣；若夫晁蓋之死，固已甚久甚久也。如是而晁蓋至而若驚，晁蓋死而若驚，其惟史文恭之與曾氏五虎有之；若夫宋江之心，固晁蓋去而夷然，晁蓋死而夷然也。故于打祝家則勸，打高唐則勸，打青州則勸，打華州則勸，則可知其打曾頭市之必勸也。然而作者于前之勸則如不勝書，于後之勸則直削之者，書之以著其惡，削之以定其罪也。嗚呼！以稗官而幾欲上與《陽秋》分席，詎不奇絶？然不得古本，吾亦何由得知作者之筆法如是哉！

通篇皆用深文曲筆，以深明宋江之弑晁蓋。如風吹旗折，吴用獨諫，一也；戴宗私探，匿其回報，二也；五將死救，餘各自顧，三也；主軍星殞，衆人不還，四也；守定啼哭，不商療治，五也；晁蓋遺誓，先云「莫怪」，六也；驟攝大位，布令詳明，七也；拘牽喪制，不即報仇，八也；大怨未修，逢僧閑話，九也；置死天王，急生麒麟，十也。

第二回寫少華山，第四回寫桃花山，第十六回寫二龍山，第三十一回寫白虎山，至上篇而一齊挽結，真可謂奇絶之筆。然而吾嫌其同，何謂同？同于前若布棋，後若棋劫也。及讀此篇，而忽然添出混世魔王一段，曾未嘗有。突如其來得此一虚，四實皆活，夫而後知文章真有相救之法也。

話説公孫勝對宋江、吴用獻出那個陣圖，問曰：何不出自吴用？答曰：上金鈴吊挂，既已全出吴用，此處例應獨出公孫。不得吴用太熱，公孫太冷也。道：「是漢末三分，諸葛孔明擺石爲陣之法：四面八方，分八八六十四隊，中間大將居之。其像四頭八尾，左旋右轉，按天地風雲之機，龍虎鳥蛇之狀。待他下山衝入陣來，兩軍齊開，有如伺候。等他一入陣，只看七星號帶起處，把陣變爲長蛇之勢。貧道作起道法，教這三人在陣中，前後無路，左右無門。却于坎地上掘一陷坑[一]，直逼此三人到于那裏。兩邊埋伏下撓鉤手，準備捉將。」宋江聽了大喜，便傳將令，叫大小將較依令而行。再用八員猛將守陣，那八員：呼延灼、朱仝、花榮、徐寧、穆弘、孫立、史進、黄信。却叫柴進、吕方、郭盛權攝中軍；宋江、吴用、公孫勝帶領陳達磨旗，叫朱武指引五個軍士在近山高坡上看對陣報事。

是日巳牌時分，衆軍近山擺開陣勢，摇旗擂鼓搦戰。只見芒碭山上，有三二十面鑼聲震地價響，三個頭領一齊來到山下，便將三千餘人擺開：左右兩邊，項充、李袞；中間擁出那個混世魔王樊瑞，騎一匹黑馬，立于陣前。那樊瑞雖會使些妖法，却不識陣勢。須知此語，正是反顯公孫，非譏樊瑞也。看了宋江軍馬，四面八方，團團密密，心中暗喜道：「你若擺陣，中我計了！」分付項充、李袞：「若見風起，你兩個便引五百滚刀手殺入陣去。」項充、李袞得令，各執定蠻牌，挺着標鎗飛劍，只等樊瑞作用。只見樊瑞立在馬上，左手挽定流星銅錘，右手仗着混世魔王寶劍，口中念念

[一]「坑」，貫華堂本、葉瑶池本作「坎」，據王望如評本改。

有詞，喝聲道：「疾！」却早狂風四起，飛沙走石，天昏地暗，日色無光。項充、李衮吶聲喊，帶了五百滾刀手殺將過去。宋江軍馬見殺將過來，便分開做兩下。寫得八陣圖出，真是妙筆。項充、李衮一攪入陣，兩下裏强弓硬弩射住來人，只帶得四五十人入來，其餘的都回本陣去了。寫得八陣圖出。

宋江望見項充、李衮已入陣裏，便叫陣達把七星號旗只一招，那座陣勢，紛紛滾滾，變作長蛇之陣。寫得八陣圖出。項充、李衮正在陣裏，東趕西走，左盤右轉，尋路不見。高坡上，朱武把小旗在那裏指引：他兩個投東，朱武便望東指；寫得好。若是投西，便望西指。寫得好。原來公孫勝在高處看了，已先拔出那松文古定劍來，口中念動咒語，喝聲道：「疾！」便借着那風，盡隨着項充、李衮脚跟邊亂捲。「便借那風」四字，讀之絕倒。○古有諸葛借風，不如公孫借風之更奇也。○如此寫公孫道法，真乃脱盡牛鬼蛇神，別成幽溪小洞矣。兩個在陣中，只見天昏地暗，日色無光，即前八字，絕倒。四邊並不見一個軍馬，一望都是黑氣，此句寫此軍。後面跟的都不見了。此句寫彼軍。項充、李衮心慌起來，只要奪路出陣，百般地没尋歸路處。寫出八陣圖來。正走之間，忽然雷震一聲，兩個在陣叫苦不迭，一齊蹉了雙脚，翻筋斗攧下陷馬坑裏去。妙絕。○凡前文寫得極難，皆倒襯後文甚易也。《莊子》曰：「每至于族，見其難爲，然後奏刀砉然，如土委地。」蓋行文之樂，正莫樂于此也，豈其揚公孫、抑史進哉！兩邊撓鈎手早把兩個搭將起來，便把麻繩綁縛了，解上山坡請功。宋江把鞭梢一指，三軍一齊掩殺過去。樊瑞引人馬奔走上山，三千人馬折其大半。

宋江收軍，衆頭領都在帳前坐下。軍健早解項充、李衮到于麾下。宋江見了，忙叫解了繩索，親自把盞，説道：「二位壯士，其實休怪：臨敵之際，不如此不得。小可宋江久聞三位壯士大名，欲來禮請上山，同聚大義。蓋因不得其便，因此錯過。倘若不棄，同歸山寨，不勝萬幸！」兩個聽了，拜伏在地道：「久聞及時雨大名，只是小弟等無緣，不曾拜識。原來兄長果有大義！我等兩個不識好人，要與天地相拗；奇崛之句，寫來活是使蠻牌人聲口。今日既被擒獲，萬死尚輕，反以禮待。若蒙不殺，誓當效死，報答大恩。樊瑞那人，無我兩個，如何行得？義士頭領，若肯放我們一個回去，好。就説樊瑞來投拜，不知頭領尊意如何？」宋江便道：「壯士，不必留一人在此爲當。便請二位同回貴寨，宋江來日專候佳音。」寫宋江權術過人處，真是非常之才。兩個拜謝道：「真乃大丈夫！若是樊瑞不從投降，我等擒來，奉獻頭領麾下。」便活是使蠻牌人聲口。宋江聽説大喜，請入中軍，待了酒食，看他盡放回去，又有盡放回去之法，寫得權術非常。○一也。換了兩套新衣，二也。取兩匹好馬，三也。呼小嘍囉拿了鎗牌，四也。親送二人下坡回寨。五也。○便過諸葛七縱一等也。○因明用八陣，便又暗用借風、七縱一事以陪之，耐庵文心之巧如此。

兩個于路，在馬上感恩不盡。來到芒碭山下，小嘍囉見了大驚，接上山寨。樊瑞問兩個來意如何，項充、李衮道：「我等逆天之人，合該萬死！」句句活是使蠻牌人聲口。樊瑞道：「兄弟如何説這話？」兩個便把宋江如此義氣説了一遍。樊瑞道：「既然宋公明如此大義，我等不可逆天，是一家之言。來早都下山投拜。」兩個道：「我們也爲如此而來。」不用項充、李衮相説，竟出樊瑞自家主意，好。當夜把寨内收拾已了。次日天曉，三個一齊下山，直到宋江寨前，拜伏在地。宋江扶起三人，請入帳中坐定。三個見了宋江没半點相疑之意，彼此傾心吐膽，訴説平生之事。極表三人。三人拜請衆頭領都到芒碭山寨中，殺牛宰馬，管待宋公明等衆多頭領，一面賞勞三軍。飲宴已罷，樊瑞就拜公孫勝爲師。宋江立主教公孫勝傳授五雷天心正法與樊瑞，樊瑞大喜。縮結妙絕。只在篇中，又出篇外。才子之才如此。數日之間，牽牛拽馬，捲了山寨錢糧，馱了行李，收聚人馬，燒毀了寨柵，又結一處。○前三處實，此一處虛。有三處實，正不可無一處虛也。跟宋江等班師回梁山泊，于路無話。

宋江同衆好漢軍馬已到梁山泊邊，却欲過渡，只見蘆葦岸邊大路上，一個大漢望着宋江便拜。奇文妙接。宋江慌忙下馬扶住，問道：「足下姓甚名誰？何處人氏？」那漢答道：「小人姓段，雙名景住。人見小弟赤髮黃鬚，都呼小人爲『金毛犬』。祖貫是涿州人氏，平生只靠去北邊地面盜馬。今春去到鎗竿嶺北邊，盜得一匹好馬，雪練也似價白，渾身並無一根雜毛。頭至尾，長一丈；蹄至脊，高八尺。那馬一日能行千里，北方有名，喚做『照夜玉獅子』馬，乃是大金王子騎坐的，文情由前踢雪騅生來，馬名照後玉麒麟立出。前映後帶，絶世奇文。放在鎗竿嶺下，被小人盜得來。江湖上只聞及時雨大名，無路可見，欲將此馬前來進獻與頭領，權表我進身之意。不期來到凌州西南上曾頭市過，被那『曾家五虎』奪了去。小人稱説是梁山泊宋公明的，不想那厮多有污穢的言語，小人不敢盡説。且復收口作一頓跌，文有步驟。逃走得脱，特來告知。」宋江看這人時，雖是黃髮卷鬚，却也一表非俗，心中暗喜。便道：「既然如此，且同到山寨裏商議。」帶了段景住，一同都下船，到金沙灘上岸。晁天王並衆頭領接到聚義廳上，宋江教樊瑞、項充、李衮和衆頭領相見，段景住一同都參拜了。打起聒廳鼓來，且做慶賀筵席。宋江見山寨連添了許多人馬，四方豪傑望風而來，因此叫李雲、陶宗旺監工，添造房屋並四邊寨柵。又作一小發放。段景住又説起那匹馬的好處，宋江叫神行太保戴宗去曾頭市，探聽那馬的下落。戴宗去了四五日回來，對衆頭領説道：「這個曾頭市上，共有三千餘家，內有一家唤做曾家府。這老子原是大金國人，名爲曾長者。生下五個孩兒，號爲曾家五虎：大的兒子唤做曾塗，第二個唤做曾密，第三個唤做曾索，第四個唤做曾魁，第五個唤做曾昇。又有一個教師史文恭，一個副教師蘇定。去那曾頭市上聚集着五七千人馬，札下寨柵，造下五十餘輛陷車，發願要與我們勢不兩立，定要捉盡俺山寨中頭領，做個對頭。那匹千里玉獅子馬，見今與教師史文恭騎坐。更有一般堪恨那廝之處，杜撰幾句言語，教市上小兒們都唱道：『搖動鐵鐶鈴，神鬼盡皆驚。鐵車並鐵鎖，上下有尖釘。掃蕩梁山清水泊，剿除晁蓋上東京！生擒及時雨，活捉智多星。曾家生五虎，天下盡聞名！』沒一個不唱，真是令人忍耐不得！」曾頭市寫得又有一樣出色處，真乃風雲海岳之才。○要知因偷馬引出曾家五虎，亦與上文因偷鷄引出祝氏三雄特特相犯，以顯筆力。晁蓋聽罷，心中大怒道：「這畜生怎敢如此無禮！我須親自走一遭，不捉得這畜生，誓不回山！我只點五千人馬，請啓二十個頭領相助下山，其餘都和宋公明保守山寨。」

當日晁蓋便點林冲、特點林冲第一，章法奇絶人。呼延灼、徐寧、穆弘、張横、楊雄、石秀、孫立、黃信、燕順、鄧飛、歐鵬、楊林、劉唐、阮小二、阮小五、阮小七、白勝、杜遷、宋萬，點至後半，忽然是最初小奪泊人，章法奇絶人。共是二十個頭領，部領三軍人馬下山。宋江與吳用、公孫勝衆頭領，就山下金沙灘餞行。上文若干篇，每動大軍，便書晁蓋要行，宋江力勸。獨此行宋江不勸，而晁蓋亦遂以死。深文曲筆，讀之不寒而栗。○俗本妄添處，古本悉無，故知古本之可寶也。飲酒之間，忽起一陣狂風，正把晁蓋新製的認軍旗半腰吹折。衆人見了，盡皆失色。大書衆人失色，以見宋江不失色也。不然者，何不書「宋江等衆人」五字耶？吴學究諫道：又大書吴用諫，以見宋江不諫。深文曲筆，遂與《陽秋》無異。「哥哥方纔出軍，風吹折認旗，于軍不利。不若停待幾時，却去和那廝理會。」晁蓋道：「天地風雲，何足爲怪！趁此春暖之時，不去拿他，直待養成那廝氣勢，却去進兵，那時遲了。你且休阻我，遮莫怎地，要去走一遭！」吴用一個那裏彆拗得住？句句深著宋江之罪，深文曲筆。晁蓋引兵渡水去了。宋江回到山寨，密叫戴宗下山去探聽消息。此語後無下落，非耐庵漏失，正故爲此深文曲筆，以明曾市之敗，非宋江所不料，而絶不聞有救援之意，以深著其罪也。○驟讀之，極似寫宋江好；細讀之，始知正是寫宋江罪。文章之妙[一]，都在無字句處，安望世人讀而知之！

且說晁蓋領着五千人馬，二十個頭領，來到曾頭市相近，對面下了寨柵。次日，先引衆頭領上馬，去看曾頭市。衆多好漢立馬正看之間，只見柳林中飛出一彪人馬來，約有七八百人。當先一個好漢，便是曾家第四子曾魁，高聲喝道：「你等是梁山泊反國草寇，我正要來拿你解官請賞，原來天賜其便！還不下馬受縛，更待何時！」晁蓋大怒，回頭一看，早有一將出馬去戰曾魁。那人是梁山初結義的好漢豹子頭林冲。特于此處大書林冲本色，以爲一篇眼目。兩個交馬，鬥了二十餘合。曾魁料道鬥林冲不過，掣鎗回馬，便往柳林中走。林冲勒住馬不趕，此篇于戰處只略寫，意只重在晁、宋之間耳。晁蓋領轉軍馬回寨，商議打曾頭市之策。林冲道：「來日

[一]「章」，貫華堂本作「草」，據葉瑶池本改。

直去市口搦戰，就看虛實如何，再作商議。」

次日平明，引領五千人馬向曾頭市口平川曠野之地列成陣勢，擂鼓吶喊。曾頭市上炮聲響處，大隊人馬出來，一字兒擺着七個好漢：中間便是都教師史文恭，上首副教師蘇定，下首便是曾家長子曾塗，左邊曾密、曾魁，右邊曾昇、曾索，都是全身披挂。教師史文恭彎弓插箭，照後箭。坐下那匹便是千里玉獅子馬，照前馬。手裏使一枝方天畫戟。三通鼓罷，只見曾家陣裏推出數輛陷車，放在陣前。曾頭市寫得又有一樣出色。曾塗指着對陣罵道：「反國草賊！見俺陷車麽？我曾家府裏殺你死的，不算好漢！我一個個直要捉你活的，裝載陷車裏解上東京，方顯是五虎手段！你們趁早納降，還有商議！」晁蓋聽了大怒，挺鎗出馬，直奔曾塗。衆將一發掩殺過去，兩軍混戰，曾家軍馬一步步退入村裏。林冲、呼延灼東西趕殺，却見路途不好，急退回來收兵。本日戰處只略寫，却取次日失事先一勾染出來，用筆妙甚。當日兩邊各折了些人馬。晁蓋回到寨中，心中甚憂。一句引。衆將勸道：「哥哥且寬心，休得愁悶，有傷貴體。往常宋公明哥哥出軍，亦曾失利，好歹得勝回寨。今日混戰，各折了些軍馬，又不曾輸了與他，何須憂悶！」晁蓋只是鬱鬱不樂。又一句引。一連三日搦戰，曾頭市上並不曾見一個。

第四日，忽有兩個僧人直到晁蓋寨裏投拜。寫得突兀。軍人引到中軍帳前，兩個僧人跪下告道：「小僧是曾頭市上東邊法華寺裏監寺僧人[一]，今被曾家五虎不時常來本寺作踐囉唣，

[一]「東」，貫華堂本作「束」，據葉瑶池本改。

索要金銀財帛，無所不至。小僧盡知他的備細出沒去處，只今特來拜請頭領入去劫寨。剿除了他時，當坊有幸！」晁蓋見說大喜，便請兩個僧人坐了，置酒相待。獨有林冲諫道：一路詳寫林冲獨諫，以惡宋江之居然不來。深文曲筆，都要細看。「哥哥休得聽信，其中莫非有詐？」晁蓋道：「他兩個出家人，怎肯妄語？輕輕便說出三個原故，明是拒諫之人[二]，每每如此。〇一。我梁山泊久行仁義之道，所過之處，並不擾民。他兩個與我何仇，却來掇賺？二。況兼曾家未必贏得我們大軍，何故相疑？三。兄弟休生疑心，誤了大事。今晚我自去走一遭。」林冲苦諫道：「哥哥必要去時，林冲分一半人馬去劫寨，哥哥只在外面接應。」極寫林冲，總是反刺宋江。妙極。晁蓋道：「我不自去，誰肯向前！前寫宋江下山，一時廳上廳下一齊願去，何至令晁蓋作如許語？深文曲筆，處處有刺。你却留一半軍馬在外接應。」林冲道：「哥哥帶誰人去？」晁蓋道：「點十個頭領，分二千五百人馬入去。」十個頭領是：劉唐、呼延灼、阮小二、歐鵬、阮小五、燕順、阮小七、杜遷、白勝、宋萬。寫十將，亦復間列成文，章法奇絕。

當晚造飯吃了，馬摘鈴，軍銜枚，夜色將黑，便悄悄地跟了兩個僧人直奔法華寺來。晁蓋看時，却是一座古寺。晁蓋下馬入到寺內，見沒僧衆，問那兩個僧人道：「怎地這個大寺院沒一個和尚？」僧人道：「便是曾家畜生薅惱，不得已，各自歸俗去了。只有長老並幾個侍者，自在塔院裏居住。頭領暫且屯住了人馬，等更深些，小僧直引到那廝寨裏。」晁蓋道：「他的

[二]「是」，貫華堂本、葉瑤池本作「足」，據王望如評本改。

寨在那裏？」和尚道：「他有四個寨栅，只是北寨裏便是曾家弟兄屯軍之處。若只打得那個寨子時，這三個寨便罷了。」晁蓋道：「那個時分可去？」和尚道：「如今只是二更天氣，且待三更時分，便無準備。」

晁蓋聽曾頭市上時，整整齊齊打更鼓響，又聽了半個更次，絶不聞更點之聲。只略寫。僧人道：「這廝想是都睡了，如今可去。」僧人當先引路，晁蓋帶同諸將上馬，領兵離了法華寺，跟着便走。行不到五里多路，黑影處不見了兩個僧人。來得突兀，去得突兀。前軍不敢行動，看四邊時，又且路徑甚雜，都不見有人家。軍士却慌起來，報與晁蓋知道。呼延灼便叫急回舊路走，不到百十步，只見四下裏金鼓齊鳴，喊聲震地，一望都是火把。晁蓋衆將引軍奪路而走，纔轉得兩個彎，撞見一彪軍馬，當頭亂箭射將來。「撲」的一箭，正中晁蓋臉上，亦只略寫。倒撞下馬來。却得三阮、劉唐、白勝五個頭領死並將去，救得晁蓋上馬，殺出村中來。十個人入去，却偏是五個初聚義人死救出來。生死患難之際，令人酸淚迸下。○單寫初聚義五人死救晁蓋，便顯出滿山人無不心在宋江，而視晁蓋如無也。深文曲筆[二]，妙不可言。村口林冲等引軍接應，剛纔敵得個住。兩軍混戰，直殺到天明，各自歸寨。

林冲回來點軍時，燕順、歐鵬、宋萬、杜遷只逃得自家性命；只逃自家性命者，蓋言不及顧晁蓋也，妙絶。帶去二千五百人馬，止剩得一千二三百人，虧得跟着呼延灼，都回到帳中。一千二三

[二]「文」，貫華堂本、葉瑤池本作「又」，據王望如評本改。

百人虧呼延者，蓋言晁蓋不虧呼延也，妙筆。衆頭領且來看晁蓋時，那枝箭正射在面頰上；急拔得箭，出血暈倒了。看那箭時，上有「史文恭」字。寫得精神。林冲叫取金鎗藥敷貼上，原來却是一枝藥箭。晁蓋中了箭毒，已自言語不得。林冲叫扶上車子，極寫林冲生死交情，以深惡宋江，又令火並一篇有起有結，章法奇絶人。便差劉唐、三阮、杜遷、宋萬先送回山寨。差六人，章法奇絶人。讀之，令人忽然想到初火併時，不勝「風景不殊」之痛。○古本之妙如此，而俗本盡訛，故知古本可寶也。其餘十四個頭領在寨中商議：「今番晁天王哥哥下山來，不想遭這一場，正應了風折認旗之兆。我等極該收兵，一齊回去。但是必須等公明哥哥將令下來，方可回軍。但知生宋江，不顧死晁蓋。深文曲筆，直寫出宋江平日使衆人視晁蓋如無也。豈可半塗撇了曾頭市自去？」書不撇曾市，以見撇晁蓋也。妙絶。當晚二更時分，天色微明，十四個頭領都在寨中嗟咨不安，進退無措，得此語，便令其罪悉歸宋江，妙絶。忽聽得伏路小較慌急來報：「前面四五路軍馬殺來，火把不計其數！」林冲聽了，一齊上馬。三面山上[二]，火把齊明，照見如同白日，四下裏吶喊到寨前。林冲領了衆頭領，不去抵敵，拔寨都起，回馬便走。上文等宋江將令，只是借此一筆，以著宋江之惡耳。其文既見，便可脱换而去。若必真等將令，又是死板文字也。曾家軍馬背後捲殺將來，兩軍且戰且走。走過了五六十里，方纔得脱。計點人兵，又折了五七百人，大敗虧輸。急取舊路，望梁山泊回來。

衆頭領回到水滸寨上山，都來看視晁頭領時，已自水米不能入口，飲食不進，渾身虛腫。

[二]「上」，貫華堂本、葉瑤池本作「字」，據王望如評本改。

宋江守定在床前啼哭，俗士讀之，便謂宋江好，不知正極寫宋江之詐也。○哭亦何罪？但通長讀之，殊復不堪耳。我生生世世，不願見此等人。衆頭領都守在帳前看視。宋江獨哭，難乎其爲下也；衆人不哭，難乎其爲上也。獨哭，宋江今日之惡也；不哭，宋江平日之惡也。當日夜至三更，晁蓋身體沉重，轉頭看着宋江，囑付道：「賢弟莫怪我説：若那個捉得射死我的，便教他做梁山泊主。」一路寫宋江之于晁蓋一位，可謂虎視眈眈；至是晁蓋將死，却忽然生出一難，筆力險怪不可言。○「莫怪我説」，妙絶。言罷，便瞑目而死。衆頭領都聽了晁蓋遺囑。筆法。宋江見晁蓋已死，字法。○「已死」者，惟日望之之辭。放聲大哭，如喪考妣。獨寫宋江哭，俗士以爲好。○特寫宋江「如喪考妣」四字，以表其哭之不倫，妙絶。衆頭領扶策宋江出去主事，吴用、公孫勝勸道：「哥哥且省煩惱。生死人之分定，何故痛傷？且請理會大事。」宋江哭罷，便教把香湯沐浴了尸首，裝殮衣服巾幘，停在聚義廳上。衆頭領都來舉哀祭祀。一面合造内棺外槨，選了吉時，盛放在正廳上。建起靈幃，中間設個神主，上寫道「梁山泊主天王晁公神主」。山寨中頭領，自宋公明以下都帶重孝，小頭目並衆小嘍囉亦帶孝頭巾。林冲却把那枝誓箭，就供養在靈前。筆法。○山寨定鼎之功，實惟武師始終以之，章法奇絶人。○衆人聽遺囑，林冲供誓箭，皆特寫晁蓋死後宋江又不如意，便生出許多文情來。寨内揚起長旛，請附近寺院僧衆上山做功德，追薦晁天王。雖必有之事，然亦前映法華僧人，後引大圓和尚。宋江每日領衆舉哀，無心管理山寨事務。林冲與吴用、公孫勝並衆頭領商議，立宋公明爲梁山泊主，諸人拱聽號令。首書林冲，筆法。次日清晨，香花燈燭，林冲爲首，筆法。與衆等請出宋公明在聚義廳上坐定。林冲開話道：林冲一段是義。「哥哥聽禀：國一日不可無君，家一日不可無主。晁頭領是歸天去了，山寨中事業豈可無主？四海之内，皆聞哥哥大名。來日吉日良辰，請哥哥爲山寨之主，諸人拱聽號令。」再提此句，以顯下文宋江之有號令也。宋江道：「晁天王臨死時囑付：如有人捉得史文恭者，便立爲梁山泊主，此話衆頭領皆知。一礙。誓箭在彼，一礙。○妙絶之文，讀之令人不願爲惡，受如此苦。○權詐人一生受苦，如宋江其驗也；真率人世界越闊，如李逵其驗也。豈可忘了！又不曾報得讎，雪得恨，如何便居得此位？」吴學究道：吴用一段是智。「晁天王雖是如此説，今日又未曾捉得那人，山寨中豈可一日無主？若哥哥不坐時，其餘便都是哥哥手下之人，誰人敢當此位？鎚心之言。況兼衆人多是哥哥心腹，亦無人敢有他言。又一句鎚心之言。哥哥便可權臨此位坐一坐，善處之言。待日後别有計較。又一句善處之言。」宋江道：「軍師言之極當。今日小可權當此位，心事畢見。待日後報讎雪恨已了，拿住史文恭的，不拘何人，須當此位。」黑旋風李逵在側邊叫道：「哥哥休説做梁山泊主，便做個大宋皇帝你也肯！」每每宋江一番權詐後，便緊接李大哥一番直遂以形擊之，妙不可言。○有眼如電，有舌如刀，逵之所以如虎也；包藏禍心，外施仁義，江之所以如鬼也。宋江大怒道：不得不怒。「這黑厮又來胡説！再若如此亂言，先割了你這厮舌頭！」李逵道：「我又不教哥哥不做；説請哥哥做皇帝，倒要割了我舌頭！」越彈壓，越説出來，妙人妙文。○「不做」字妙，俗本訛。吴學究道：「這厮不識時務的人，語語妙絶。○「識時務者爲俊傑」，又豈知不識時務者爲聖賢耶？衆人不到得和他一般見識？語語妙絶。且請息怒，主張大事。」宋江焚香已罷，林冲、吴用攙到主位居中正面，坐了第一把椅子。又書「林冲、吴用攙」，畫盡宋江權詐。○越權詐,越見醜不可當。○「居中正面」四字,醜不可當。○論來尊宋江,正與尊晁蓋一樣耳,何至又有不同?嗟乎!人自不讀其文耳。無如此許多字句,便可以知晁蓋;有如此許多字句,便可以知宋江。夫文字,人之圖像也。觀其圖像,知其好惡,豈有疑哉?上首軍師吴用,下首公孫勝。左一帶林冲爲頭,右一帶呼延灼居長。衆人參拜了,兩邊坐下。宋江便説道:「便」字字法,言不須擬議也。「小可今日權居此位,全賴衆兄弟扶助,同心合意,共爲股肱,一同替天行道。看他開口第一句,便買住衆心,妙絶。如今山寨人馬數多,非比往日,可請衆兄弟分做六寨駐札。此豈臨時猝辦之言?聚義廳今改爲忠義堂,此豈臨時猝辦之言?前後左右立四個旱寨。後山兩個小寨,前山三座關隘,山下一個水寨,兩灘兩個小寨,今日各請弟兄分投去管。先作一總,次復分説,有章法。忠義堂上是我權居尊位,第二位軍師吴學究,第三位法師公孫勝,第四位花榮,第五位秦明,第六位吕方,第七位郭盛。第一章。左軍寨内:第一位林冲,第二位劉唐,第三位史進,第四位楊雄,第五位石秀,第六位杜遷,第七位宋萬。第二章。右軍寨内:第一位呼延灼,第二位朱仝,第三位戴宗,第四位穆弘,第五位李逵,第六位歐鵬,第七位穆春。第三章。前軍寨内:第一位李應,第二位徐寧,第三位魯智深,第四位武松,第五位楊志,第六位馬麟,第七位施恩。第四章。後軍寨内:第一位柴進,第二位孫立,第三位黄信,第四位韓滔,第五位彭玘,第六位鄧飛,第七位薛永。第五章。水軍寨内:第一位李俊,第二位阮小二,第三位阮小五,第四位阮小七,第五位張横,第六位張順,第七位童威,第八位童猛。第六章。六寨計四十三員頭領。忽作一結,有章法。山前第一關令雷横、樊瑞守把,第二關令解珍、解寶守把,第三關令項充、李衮守把。第七章。金沙灘小寨令燕順、鄭天壽、孔明、孔亮四個守把；鴨嘴灘小寨令李忠、周通、鄒淵、鄒閏四個守把。山後兩個小寨，左一個旱寨令王矮虎、一丈青、曹正，右一個旱寨令朱武、陳達、楊春六人守把。第八章。忠義堂內，左一帶房中：掌文卷，蕭讓；掌賞罰，裴宣；掌印信，金大堅；掌算錢糧，蔣敬。第九章。右一帶房中：管炮，凌振；管造船，孟康；管造衣甲，侯健；管築城垣，陶宗旺。第十章。忠義堂後，兩廂房中管事人員：監造房屋，李雲；鐵匠總管，湯隆；監造酒醋，朱富；監備筵宴，宋清；掌管什物，杜興、白勝。第十一章。山下四路作眼酒店，原撥定：朱貴、樂和、時遷、李立、孫新、顧大嫂、張青、孫二娘。第十二章。管北地收買馬匹：楊林、石勇、段景住。第十三章。○如此十三章，豈是臨時猝辦之言？前書謙讓，後書分撥，以深表宋江之權詐也。分撥已定，各自遵守，毋得違犯。」梁山泊水滸寨內大小頭領，自從宋公明爲寨主，盡皆一心拱聽約束。此亦反表前此之有二心也。二心也者，一心晁蓋，一心宋江也。作者惡宋江之至矣。

明日，宋江聚衆商議：「本要與晁天王報讎，興兵去打曾頭市。却思庶民居喪，尚且不可輕動，我們豈可不待百日之後，然後舉兵？」衆頭領依宋江之言，守在山寨。俗士必將以此爲孝，不知此正大書宋江之緩于報讎也。○俗本亦小訛，今依古本訂正。每日修設好事，只做功果，追薦晁蓋。

一日，請到一僧，法名大圓，乃是北京大名府在城龍華寺法主。只爲游方來到濟寧，經過梁山泊，就請在寨內做道場。因吃齋閑話間，宋江問起北京風土人物。極寫宋江緩于報讎。那大圓和尚説道：「頭領如何不聞河北玉麒麟之名？」宋江聽了，猛然省起，説道：「你看我們未老，却恁地忘事！筆墨飛舞。北京城裏是有個盧大員外，雙名俊義，綽號『玉麒麟』，是河北三絶。祖居北京人氏，一身好武藝，棍棒天下無對。梁山泊寨中若得此人時，小可心上還有甚麽煩惱不釋？」不悲失晁蓋，但願得麒麟。雖復文字轉接，亦是深文曲筆。吴用笑道：「哥哥何故自喪志氣？若要此人上山，有何難哉？」宋江答道：「他是北京大名府第一等長者，如何能够得他來落草？」吴學究道：「吴用也在心多時了，不想一向忘却。小生略施小計，便教本人上山。」宋江便道：「人稱足下爲智多星，端的名不虚傳！敢問軍師用甚計策，賺得本人上山？」吴用不慌不忙説出這段計來。有分教盧俊義：撇却錦簇珠圍，來試龍潭虎穴。正是：只爲一人歸水滸，致令百姓受兵戈。畢竟吴學究怎地賺盧俊義上山，且聽下回分解。

第五才子書施耐庵水滸傳卷之六十五

聖歎外書

第六十回　吴用智賺玉麒麟　張順夜鬧金沙渡

吴用賣卦用李逵同去，是偶借李逵之醜，而不必盡李逵之材也。偶借其醜，則不得不爲之描畫一二；不必盡其材，則得省即省。蓋不過以旁筆相及，而未嘗以正筆專寫也。是故入城以後，是正筆也。正筆則方寫盧員外不暇矣，奚暇再寫李逵？若未入城以前，是旁筆也。旁筆即不惜爲之描畫一二者，一則以存鐵牛本色，一又以作明日喧動之地也。

中間寫小兒白哄李逵，員外自驚「天口」，世人小大相去之際，令我浩然發歎。嗚呼！同讀聖人之書，而或以之弋富貴，或以之崇德業；同游聖人之門，而或以之矜名譽，或以之致精微者，比比矣！于小兒何怪之有？

盧員外本傳中，忽然插出李固、燕青兩篇小傳。李傳極叙恩數，燕傳極叙風流。乃卒之受恩者不惟不報，又反噬焉；風流者篤其忠貞[一]，之死靡忒，而後知古人所歎：狼子野心，養之成害，實惟恩不易施；而以貌取人，失之子羽，實惟人不可忽也。稗官有戒有勸，于斯篇爲極矣。

夫李固之所以爲李固，燕青之所以爲燕青，娘子之所以爲娘子，悉在後篇，此殊未及也。乃讀者之心頭眼底，已早有以猜測之三人之性情行逕者。蓋其叙事雖甚微，而其用筆乃甚著。叙事微，故其首尾未可得而指也；用筆著，故其好惡早可得而辨也。《春秋》于定、哀之間，蓋屢用此法也。

寫盧員外别吴用後，作「書空咄咄」之狀，此正白絹旗、熟麻索之一片雄心、渾身絶藝，無可出脱，而忽然受算命先生之所感觸，因擬一試之于梁山；而又自以鴻鵠之志未可謀之燕雀，不得已望空咄咄，以自决其心也。寫英雄員外，正應作如此筆墨，方有氣勢。俗本乃改作「誤聽吴用」、「寸心如割」等語，一何醜惡至此！

前寫吴用既有卦歌四句，後寫員外便有絹旗四句以配之，已是奇絶之事。不謂讀至最後，却另自有配此卦歌四句者，又且不止于一首而已也。論章法，則如演連珠；論一一四句，各各入妙，則真不減于旗亭畫壁賭記絶句矣。俗本處處改作唐突之語，一何醜惡至此！

[一]「篤」，貫華堂本、葉瑶池本作「篤」，據王望如評本改。

寫許多誘兵忽然而出，忽然而入，番番不同，人人善謔，奇矣。然尤奇者，如李逵、魯智深、武松、劉唐、穆弘、李應入去後，忽然一斷，便接入車仗人夫。讀者至此孰不以爲已作收煞，而殊不知乃正在半幅也。徐徐又是朱仝、雷横，引出宋江、吴用、公孫勝一行六七十人，真所謂愈出愈奇，越轉越妙。此時忽然接入花榮神箭，又作一斷。讀者于是始自驚歎，以爲夫而後方作收煞耳，而殊不知猶在半幅。徐徐又是秦明、林冲、呼延灼、徐寧四將夾攻，夫而後引入卦歌影中。嗚呼！章法之奇，乃令讀者欲迷；安得陣法之奇，不令員外中計也！

話説這龍華寺和尚，説出三絶玉麒麟盧俊義名字與宋江。吴用道：「小生憑三寸不爛之舌，直往北京説盧俊義上山，如探囊取物，手到拈來。只是少一個奇形怪狀的伴當和我同去。」奇語猜不出。説猶未了，只見黑旋風李逵高聲叫道：「軍師哥哥，小弟與你走一遭！」看他出席自薦，便知李逵之奇形怪狀，不惟他人所驚，亦其自家所驚也。○我嘗思天下美人無有不自以爲美者，天下醜人亦無有不自以爲醜者，如之何又有不自以爲醜之人也？宋江喝道：「兄弟，你且住着！若是上風放火，下風殺人，打家劫舍，衝州撞府，合用着你。這是做細作的勾當，你這性子怎去得？」李逵道：「别遭，二字句。你道我生得醜，絶倒語，如有隱恨者。嫌我，二字句。不要我去！絶倒語，如有隱恨者。」○不説下半截，妙不可言，既以醜自薦，又以醜自諱也。宋江道：「不是嫌你。如今大名府做公的極多，倘或被人看破，枉送了你的性命。」李逵叫道：「不妨。我不去，也料無别人中得軍師的意！」只用「不妨」二字答宋江，下却另爲自負之言以鳴得意，妙不可言。〇以「奇形怪狀」獨步一時，奇絶妙絶。吴用道：「你若依得我三件事，便帶你去；若依不得，只在寨中坐地。」既欲用之，又故難之。便令吴用權術、李逵性情，一齊出見。李逵道：「莫説三件，便是三十件也依你！」吴用道：「第一件，你的酒性如烈火，自今日去，便斷了酒，回來你却開；第二件，于路上做道童打扮，隨着我，我但叫你，不要違拗；第三件最難，你從明日爲始，並不要説話，只做啞子一般。依得這三件，便帶你去。」李逵道：「不吃酒，做道童，都依得；閉着這個嘴不説話，却是瘷殺我！」吴用道：「你若開口，便惹出事來。」李逵道：「也容易，我只口裏銜着一文銅錢便了！」閑中忽作調侃世人語，令我一歎。衆頭領都笑。那裏勸得住？當日忠義堂上做筵席送路，至晚各自去歇息。次日清早，吴用收拾了一包行李，教李逵打扮做道童，挑擔下山。宋江與衆頭領都在金沙灘送行，再三分付吴用小心在意，休教李逵有失。吴用、李逵别了衆人下山，宋江等回寨。

且説吴用、李逵二人往北京去，行了四五日路程。每日天晚投店安歇，平明打火上路，于路上吴用被李逵嘔得苦。省。〇此行本欲以李逵之醜喧動員外，若必詳寫一路惹事本末，豈惟顧奴失郎，亦當累紙不盡耳。只用一二段約略點綴，一意徑趨正傳，手法高妙，非稗史所能。行了幾日，趕到北京城外店肆裏歇下。當晚李逵去厨下做飯，一拳打得店小二吐血。小二哥來房裏告訴吴用道：「你家啞道童忒狠，小人燒火遲了些，就打得小人吐血。」吴用慌忙與他陪話，把十數貫錢與他將息，自埋怨李逵，不在話下。豈有李逵而不惹事者？然一惹事而枝節煩蔓，文幾不可了矣。只如此預先安放，有意無意，正自工良心苦。

過了一夜，次日天明起來，安排些飯食吃了。吳用喚李逵入房中，分付道：「你這廝苦死要來，一路上嘔死我也！今日入城，不是耍處，你休送了我的性命！」李逵道：「我難道不省得？」的的妙人，的的妙語，的的妙筆。吳用道：「我再和你打個暗號：若是我把頭來搖時，你便不可動撣。」李逵應承了。只一李逵惹事，既已穿插于前，又復安放于後，工良心苦，始有此文。○如此，方得一片筆墨入盧員外正傳去。兩個就店裏打扮入城：吳用戴一頂烏縐紗抹眉頭巾，穿一領皂沿邊白絹道服，繫一條雜彩呂公縧，着一雙方頭青布履，手裏拿一副滲金熟銅鈴杵；李逵戧幾根鬆鬆黄髮，綰兩枚渾骨丫髻，穿一領粗布短褐袍，勒一條雜色短鬚縧，穿一雙蹬山透土靴，擔一條過頭木拐棒，挑着個紙招兒，上寫着「講命談天，卦金一兩」。兩人如畫。兩個打扮了，鎖上房門，離了店肆，望北京城南門來。此時天下各處盜賊生發，各州府縣俱有軍馬守把。此處北京，是河北第一個去處，更兼又是梁中書統領大軍鎮守，如何不擺得整齊？

且說吳用、李逵兩個，搖搖擺擺，却好來到城門下。守門的約有四五十軍士，簇捧着一個把門的官人在那裏坐定。吳用向前施禮，軍士問道：「秀才那裏來？」吳用答道：「小生姓張，名用。這個道童姓李。江湖上賣卦營生，今來大郡與人講命。」身邊取出假文引，教軍士看了。衆人道：「這個道童的鳥眼，恰像賊一般看人！」寫初到城門，人便驚怪，便襯出一到街市無不喧哄，所以得動盧員外也。吳用要「奇形怪狀」伴當同去，本旨如此。不是閑畫李逵，讀之須知。李逵聽得，正待要發作，吳用慌忙把頭來搖，李逵便低了頭。絶倒。○李逵發作，是此傳閑文，只平平放倒，不用十分描寫，妙。吴用向前，與把門軍士陪話道：「小生一言難盡！這個道童，又聾又啞，只有一分蠻氣力；却是家生的孩兒，没奈何帶他出來。這廝不省人事，望乞恕罪！」辭了便行。李逵跟在背後，脚高步低，又添出四字，不止兩眼像賊而已。凡此皆爲得動盧員外作地，不是閑畫李逵也。望市心裏來。吴用手中摇着鈴杵，口裏念着口號道：「甘羅發早子牙遲，彭祖、顔回壽不齊；范丹貧窮石崇富，八字生來各有時。此乃時也，運也，命也。隱括《子平全書》。知生知死，知貴知賤。若要問前程，先賜銀一兩。」既以醜僕動其耳，又以高價動其心。説罷，又摇鈴杵。北京城内小兒，約有五六十個跟着看了笑。却好轉到盧員外解庫門首，星卜賤伎，何至得動盧員外？故知得「奇形怪狀」伴當氣力不少。一頭摇頭，一頭唱着，去了復又回來，小兒們哄動越多了。寫得便若紙上活有吴用，活有李逵，活有群小兒，妙筆。○不惟活有而已，直寫得紙上吴用是一樣氣色，群小兒是一樣氣色。妙在何處？妙在「一頭摇頭」四字。

盧員外正在解庫廳前坐地，看着那一班主管收解，只聽得街上喧哄，唤當直的問道：「如何街上熱鬧？」當直的報覆：「員外，端的好笑！街上一個别處來的算命先生，在街上賣卦，要銀一兩算一命，誰人捨得？四字正挑着員外，妙筆。○一段先叙先生。後頭一個跟的道童，且是生得滲賴，走又走得没樣範，小的們跟定了笑。」「滲賴」句應前「賊眼」，「樣範」句應前「脚高步低」。一段次叙伴當。盧俊義道：「既出大言，必有廣學。小兒自笑道童醜貌，員外自賞先生大言。人之相去，誠有如此。當直的，與我請他來。」當直的慌忙去叫道：「先生，員外有請。」吴用道：「是那個員外請我？」請則請耳，問甚員外？只圖不像山泊好漢，豈知反不像算命先生。世間固有着意而反失之者，如此正自不少也。當直的道：「盧員外相請。」吳用便與道童跟着轉來，揭起簾子，入到廳前，教李逵只在鵝項椅上坐定等候。用李逵畢。吳用轉過前來，向盧員外施禮。盧俊義欠身答着，問道：「先生貴鄉何處？尊姓高名？」吳用答道：「小生姓張，名用，別號天口；既説假姓矣，却又將真姓拆作隱語，而能恰與算命先生宛合，真正妙才妙筆。祖貫山東人氏，能算皇極先天神數，知人生死貴賤。卦金白銀一兩，方纔排算。」

盧俊義請入後堂小閣兒裏，分賓坐定。茶湯已罷，叫當直的取過白銀一兩，奉作命金，「煩先生看賤造則個。」吳用道：「請貴庚月日下算。」盧俊義道：「先生，君子問災不問福，不必道在下豪富，七字閑殺天下算命人諂口。只求推算目下行藏。在下今年三十二歲，甲子年，乙丑月，丙寅日，丁卯時。」此年無此月，此日無此時。必得八字會合，方有此人，是必無此人也。吳用取出一把鐵算子來，搭了一回，拿起算子一拍，大叫一聲：「怪哉！」動女子小人則用軟語，動豪傑丈夫必用險語。夫性各有所近，政不嫌于突如其來也。盧俊義失驚問道：「賤造主何吉凶？」吳用道：「員外必當見怪，豈可直言！」再用一激，妙絶。○動豪傑員外須作此語，若對紈袴員外則止應云：「若不見怪，當以直言矣。」盧俊義道：「正要先生與迷人指路，但説不妨。」吳用道：「員外這命，目下不出百日之内，必有血光之災；家私不能保守，死于刀劍之下。」盧俊義笑道：「先生差矣！盧某生于北京，長在豪富；祖宗無犯法之男，親族無再婚之女；更兼俊義作事謹慎，非理不爲，非財不取，如何能有血光之災？」

吳用改容變色，急取原銀付還，起身便走，又用一激，妙絶。○待豪傑員外必須如此，若待紈袴員外則止應轉口云：「幸喜某星相救矣。」嗟歎而言：「天下原來都要阿諛諂佞！罷，罷！分明指與平川路，却把忠言當惡言！小生告退。」語語激動豪傑員外，却語語活似算命聲口，妙筆。盧俊義道：「先生息怒。盧某偶然戲言，願得終聽指教。」吳用道：「從來直言原不易信。」盧俊義道：「盧某專聽，願勿隱匿。」吳用道：「員外貴造，一切都行好運。獨今年時犯歲君，正交惡限，恰在百日之內，要見身首異處。此乃生來分定，不可逃也。」先關斷一句，妙。盧俊義道：「可以迴避否？」吳用再把鐵算子搭了一回，沉吟自語道：「只除非去東南方巽地上一千里之外，可以免此大難。東南避難一句，若今日越說得確，便後日越未必來；若今日越說得不甚確，便後日越來得無疑惑。此皆行兵知彼、說法鑒機之秘訣也。然亦還有驚恐，却不得傷大體。」東南避難一句，亦不甚勸，妙絕。蓋不甚勸，斯深于勸矣。盧俊義道：「若是免得此難，當以厚報。」吳用道：「貴造有四句卦歌，小生說與員外，員外寫于壁上。要他親筆，惡極妙極。日後應驗，方知小生妙處。」黄昏渡河，始信其妙。盧俊義叫取筆硯來，便去白粉壁上平頭自寫。吳用口歌四句道：

蘆花灘上有扁舟，
俊傑黄昏獨自游。
義到盡頭原是命，
反躬逃難必無憂。俗本訛。○四句忽然在前，忽然在後，忽然在壁上，忽然在河裏，又是一樣章法。

當時盧俊義寫罷，吳用收拾起算子，作揖便行。寫得捷如脫兔，妙筆。盧俊義留道：「先生少坐，過午了去。」吳用答道：「多蒙員外厚意，小生恐誤賣卦，改日有處拜會。」不必先說，不必不説，妙筆。抽身便起。盧俊義送到門首，李逵拿了拐棒，走出門外。吴學究别了盧俊義，引了李逵，徑出城來。回到店中，算還房宿飯錢，收拾行李包裹，李逵挑出卦牌。出離店肆，對李逵説道：「大事了也！我們星夜趕回山寨，安排迎接盧員外去。他早晚便來也！」數語寫吴用，真有名士風流。

且不説吴用、李逵還寨。却説盧俊義自送吴用出門之後，每日傍晚，便立在廳前，獨自個看着天，忽忽不樂；亦有時自言自語，正不知甚麽意思。寫盧員外，暗用「書空咄咄」事，妙絶。不然而真爲吴用所賺，亦何以爲盧員外也。這一日却耐不得，便叫當直的去唤衆主管商議事務，筆勢突兀，便活襯出盧員外來。俗本皆訛。少刻都到。那一個爲頭管家私的主管，姓李，名固。這李固原是東京人，因來北京投奔相識不着，凍倒在盧員外門前。盧員外救了他性命，其恩如此。養在家中，其恩如此。因見他勤謹，寫得算得，教他管顧家間事務。其恩如此。五年之内，直擡舉他做了都管。其恩如此。一應裏外家私都在他身上，手下管着四五十個行財管幹。其恩如此。一家内外都稱他做李都管。其恩如此。〇盧員外傳中，忽然又入一篇小傳，筆力奇絶。

當日大小管事之人，都隨李固來堂前聲喏。盧員外看了一遭，便道：「怎生不見我那一個人？」説猶未了，階前走過一人，六尺以上身材，二十四五年紀；三牙掩口髭鬚，十分腰細膀闊；帶一頂木瓜心攢頂頭巾，穿一領銀絲紗團領白衫，繫一條蜘蛛斑紅綫壓腰，着一雙土黄皮油膀夾靴，腦後一對挨獸金環，鬢畔斜簪四季花朵。這人是北京土居人氏，自小父母雙亡，盧員外家中養得他大。爲見他一身雪練也似白肉，盧員外叫一個高手匠人，與他刺了這一身遍體花繡，却似玉亭柱上鋪着軟翠。若賽錦體，由你是誰，都輸與他。妙人。不止一身好花繡，更兼吹得，彈得，唱得，舞得，拆白道字、頂真續麻，無有不能，無有不會。妙人。亦是説得諸路鄉談，省得諸行百藝的市語。妙人。更且一身本事，無人比得：拿着一張川弩，只用三枝短箭，郊外落生，並不放空，箭到物落；四字作一篇絶妙射賦讀，政使他人千追萬琢不能到。晚間入城，少殺也有百十個蟲蟻。若賽錦標社，那裏利物管取都是他的。妙人。亦且此人百伶百俐，道頭知尾。妙人。本身姓燕，排行第一，官名單諱個青字。北京城裏人口順，都叫他做「浪子燕青」。原來他却是盧員外一個心腹之人，盧員外傳中忽然又入一段小傳，筆力奇絶。也上廳聲喏了。做兩行立住：李固立在左邊，燕青立在右邊。

盧俊義開言道：「我夜來算了一命，道我有百日血光之災，只除非出去東南上一千里之外躲避。因想東南方有個去處，是泰安州，那裏有東岳泰山天齊仁聖帝金殿，管天下人民生死災厄。連日書空咄咄，實不曾作此想，而忽自云然者，鴻鵠之志，固不可與燕雀道也。我一者去那裏燒炷香，消災滅罪；不是盧員外語。二者躲過這場災悔；亦不是盧員外語。三者做些買賣，一發不是盧員外語。觀看外方景致。亦不是盧員外語。○連舉數言，悉非心語，寫得盧員外智深勇沉，真好人物。李固，你與我覓十輛太平車子，裝十輛山東貨物，你就收拾行李，跟我去走一遭。燕青小乙看管家裏庫房鑰匙，只今日便與李固交割。我三日之内便要起身。」李固道：「主人誤矣。常言道：『賣卜賣卦，轉回説話。』奇語，如古謠諺。休聽那算命的胡言亂語。只在家中，怕做甚麼？」盧俊義道：「我命中注定了，你休逆我。若有災來，悔却晚矣。」燕青道：「主人在上，須聽小乙愚言：這一條路，去山東泰安州，正打從梁山泊邊過。一語便已道着，非道着吴用奇計，正道着員外雄心也。○不枉員外呼之爲「我那人」。近年泊內，是宋江一夥强人在那裏打家劫舍，官兵捕盜，近他不得。主人要去燒香，等太平了去。休信夜來那個算命的胡講，倒敢是梁山泊歹人，假裝做陰陽人，來煽惑主人。只是有意無意之語，却宛然千伶百俐聲口，又令行文波致横生，妙筆。小乙可惜夜來不在家裏，若在家時，三言兩語盤倒那先生，倒敢有場好笑。」絶世妙人，絶世妙語。若真有之，真乃絶世妙事。今即無之，亦是絶世妙文。盧俊義道：「你們不要胡説，誰人敢來賺我！梁山泊那夥賊男女打甚麽緊？我看他如同草芥，兀自要去特地捉他，把日前學成武藝顯揚于天下，也算個男子大丈夫！」説猶未了，不得不説，却又不欲盡説，忽作一頓，妙筆。屏風背後走出娘子賈氏來，也勸道：「丈夫，我聽你説多時了。自古道：『出外一里，不如屋裏。』休聽那算命的胡説，撇下海闊一個家業，躭驚受怕，去虎穴龍潭裏做買賣。你且只在家裏收拾別室，清心寡慾，高居静坐，自然無事。」觀其所以留丈夫者，而知意不在于留丈夫也。讀之令人掩口，却又大雅不露，妙筆。盧俊義道：「你婦人家省得甚麽！却不知省得一件。我既主意定了，你都不得多言多語！」

燕青又道：「小人靠主人福蔭，學得些個棒法在身。不是小乙説嘴，幫着主人去走一遭，路上便有些個草寇出來，小人也敢發落得三五十個開去。留下李都管看家，小人伏侍主人走一遭。」寫一個願去，空中映發。盧俊義道：「便是我買賣上不省得，要帶李固去。他須省得，便替我大半氣力，因此留你在家看守。自有別人管帳，只教你做個椿主。」李固便道：「小人近日有些脚氣的症候，十分走不得多路。」寫一個不願去，空中映發。○讀者初至此處，竟不知其妙在何處，故妙絶也。盧俊義聽了大怒道：「養兵千日，用在一朝。我要你跟去走一遭，你便有許多推故！若是那一個再阻我的，教他知我拳頭的滋味！」李固唬得只看娘子，如畫。娘子便漾漾地走進去，如畫。燕青亦更不再說。如畫。○三句寫三個人，便活畫出三個人神理來，妙筆妙筆。衆人散了。李固只得忍氣吞聲，自去安排行李。討了十輛太平車子，喚了十個脚夫，四五十拽車頭口，把行李裝上車子，行貨拴縛完備。盧俊義自去結束。第三日燒了神福，給散了家中大男小女，一個個都分付了。當晚，先叫李固引兩個當直的盡收拾了出城。李固去了，娘子看了車仗，流淚而入。看他寫娘子流淚乃在今日，不在明日，妙筆。○極猥褻事，寫得極大雅，真正妙筆也。

次日五更，盧俊義起來沐浴罷，更換一身新衣服，吃了早膳，取出器械，到後堂裏辭別了祖先香火。出門景色，一部所無，臨時出門上路，分付娘子：「好生看家。多便三個月，少只四五十日便回。」賈氏道：「丈夫路上小心，頻寄書信回來。」説罷，燕青流淚拜別。寫娘子昨日流淚，今日不流淚也；却恐不甚明顯，又特地緊接燕青流淚，以形擊之，妙筆妙筆。盧俊義分付道：「小乙在家，凡事向前，不可出去三瓦兩舍打哄。」燕青道：「主人如此出行，小乙怎敢怠慢？」只二語情義交至[一]，令我讀之淚下。

盧俊義提了棍棒，出到城外，李固接着。盧俊義道：「你可引兩個伴當先去，但有乾净客

[一]「情」，貫華堂本、葉瑶池本作「精」，據王望如評本改。

店，先做下飯等候。車仗脚夫到來便吃，省得躭閣了路程。」李固也提條桿棒，先和兩個伴當去了。盧俊義和數個當直的，隨後押着車仗行。但見途中山明水秀，路闊坡平，心中歡喜道：「我若是在家，那裏見這般景致！」此第三句之半也，點逗輕妙之甚。行了四十餘里，李固接着主人。吃點心中飯罷，李固又先去了。再行四五十里，到客店裏，李固接着車仗人馬宿食。盧俊義來到店房内，倚了棍棒，挂了氈笠兒，解下腰刀，換了鞋襪宿食，皆不必説。第一日雖無事，亦必詳寫，此《水滸傳》例也。次日清早起來，打火做飯。衆人吃了，收拾車輛頭口，上路又行。第二日獨寫出店上路之時[二]，以引起下文小二報信也。

自此在路夜宿曉行，已經數日，省。○先詳後省，故不見其空缺。今之稗官，真老大空缺耳。來到一個客店裏宿食。天明要行，只見店小二哥對盧俊義説道：「好教官人得知：離小人店不得二十里路，正打梁山泊邊口子前過去。山上宋公明大王雖然不害來往客人，官人須是悄悄過去，休得大驚小怪。」瞥然而出。○每每驚天驚地之事，其來必輕輕冉冉。盧俊義聽了道：「原來如此！」便叫當直的奇絶。取下衣箱，打開鎖，去裏面提出一個包，奇絶。包内取出四面白絹旗；奇絶。問小二哥討了四根竹竿，奇絶。每一根縛起一面旗來，每面栲栳大小七個字，奇絶。寫道：「慷慨北京盧俊義，金裝玉匝來深地。太平車子不空回，收取此山奇貨去。」此回前用卦歌，此用白絹旗，後用三阮唱歌作章法。○絶妙好詩。俗本之訛。真乃可恨。○「奇貨」字，又用得妙。李固、

[二]「上」，貫華堂本作「十」，據葉瑶池本改。

當直的、脚夫、店小二看了，一齊叫起苦來。不曰「李固等」，而必備寫衆人，活畫出一齊叫苦情狀來。

店小二問道：「官人莫不和山上宋大王是親麽？」嚇極說出趣話來。盧俊義道：「我自是北京財主，却和這賊們有甚麽親？我特地要來捉宋江這廝！」小二哥道：「官人低聲些，不要連累小人，不是耍處！你便有一萬人馬，也近他不得。」盧俊義道：「放屁！你這廝們都合那賊人做一路！」店小二掩耳不迭，四字却寫出梁山聲勢。衆車脚夫都癡呆了。李固和當直的跪在地下告道：「主人，可憐見衆人，留了這條性命回鄉去，强似做羅天大醮！」盧俊義喝道：「你省得甚麽！這等燕雀，安敢和鴻鵠厮並？用古不合，是精于用古之法者也。我思量：平生學得一身本事，不曾逢着買主；今日幸然逢此機會，不就這裏發賣，更待何時？我那車子上叉袋裏不是貨物，却是準備下一袋熟麻索。可知連日咄咄，不是爲趨吉避凶之計，寫盧員外精神過人。倘或這賊們當死合亡，撞在我手裏，一朴刀一個砍翻，你們衆人與我便縳。把車子裏貨物撇了不打緊，且收拾車子裝賊；可知此行不爲買賣而來，真乃寫得精神過人。把這賊首解上京師，請功受賞，方表我平生之志！若你們一個不肯去的，只就這裏把你們先殺了！」只此一句，寫盧員外與山泊衆人一鼻孔出氣。

前面擺四輛車子，上插了四把絹旗；後面六輛車子，隨後了行。那李固和衆人哭哭啼啼，只得依他。盧俊義取出朴刀，裝在桿棒上，三個丫兒扣牢了，要出色寫其人，因出色寫其刀，妙筆。趕着車子，奔梁山泊路上來。衆人見了崎嶇山路，行一步，怕一步，盧俊義只顧趕着要行。從清早起來，行到巳牌時分，遠遠地望見一座大林，有千百株合抱不交的大樹。却好行到林子邊，只聽得一聲胡哨響，嚇得李固和兩個當直的没躲處。盧俊義教把車仗押在一邊，車夫衆人都躲在車子底下叫苦。勤勤描寫衆人，皆「染葉襯花」之法。盧俊義喝道：「我若搠翻，你們與我便縛！」説猶未了，只見林子邊走出四五百小嘍囉來；來得閃閃忽忽。聽得後面鑼聲響處，又有四五百小嘍囉截住後路。一發閃閃忽忽。林子裏一聲炮響，「托」地跳出一籌好漢，手搭雙斧，讀之覺紙上亂如麻，雜如火，閃閃忽忽，真正妙絶。厲聲高叫：「盧員外！認得啞道童麼？」趣極。○偏是啞道童，偏厲聲高叫，妙絶。【眉批】自李逵已下，逐個有逐個出來法，逐個有逐個去法，寫得縱横變亂之極。○一路俱作趣語，又是一番妙筆也。盧俊義猛省，喝道：「我時常有心要來拿你這夥强盜，今日特地到此！快教那宋江下山投拜，倘或執迷，我片時間教你人人皆死，個個不留！」

李逵大笑道：「員外，你今日被俺軍師算定了命，趣極。快來坐把交椅！」盧俊義大怒，搭着手中朴刀，來鬥李逵，李逵輪起雙斧來迎。兩個鬥不到三合，李逵「托」地跳出圈子外來，轉過身望林子裏便走。妙。○一路都以三合便走爲章法。盧俊義挺着朴刀，隨後趕去。李逵在林木叢中東閃西躲，妙。引得盧俊義性發，破一步，搶入林來。李逵飛奔亂松林中去了。一個去了。

盧俊義趕過林子這邊，一個人也不見了。閃閃忽忽之極。却待回身，只聽得松林傍邊轉出一夥人來，一個人高聲大叫：「員外不要走！難得到此，認認洒家去！」趣極。盧俊義看時，却是一個胖大和尚，又一樣出來法。身穿皂直裰，倒提鐵禪杖。盧俊義喝道：「你是那裏來的和尚？」魯智深大笑道：「洒家便是花和尚魯智深！今奉軍師將令，着俺來迎接員外避難！」趣極。盧俊義焦躁，大罵：「秃驢敢如此無禮！」挺着朴刀，直取魯智深。魯智深輪起鐵禪杖來迎，兩個鬥不到三合，魯智深撥開朴刀，回身便走。又一個去了。盧俊義趕將去。正趕之間，嘍囉裏走出行者武松，又一樣出來法。輪兩口戒刀直奔將來，叫道：「員外！只隨我去，不到得有血光之分！」句句趣極。盧俊義不趕智深，徑取武松。又不到三合，武松拔步便走。又一個去了。盧俊義哈哈大笑道：「我不趕你！你這廝們何足道哉！」説猶未了，只見山坡下一個人在那裏叫道：「盧員外，你不要誇口，豈不聞『人怕落蕩，鐵怕落爐』？軍師定下計策，猶如落地定了八字。你待走那裏去？」句句趣極。盧俊義喝道：「你這廝是誰？」那人笑道：「小可只是赤髮鬼劉唐。」又一樣出來法。盧俊義罵道：「草賊休走！」挺手中朴刀，直取劉唐。方纔鬥得三合，此處不説便走，文法一變也。刺斜里一個人大叫道：「員外，没遮攔穆弘在此！」又一樣出來法。當時劉唐、穆弘兩個，兩條朴刀，雙鬥盧俊義。正鬥之間，不到三合，亦不説便走，文法一變。只聽得背後脚步響。又一樣出來法。盧俊義喝聲「着！」劉唐、穆弘跳退數步。盧俊義急轉身，看背後那人時，却是撲天鵰李應。一個人有一樣出法，而李應此處尤爲奇筆。三個頭領丁字脚圍定，盧俊義全然不慌，越鬥越健。正好步鬥，只聽得山頂上一聲鑼響，三個頭領各自賣個破綻，一齊拔步去了。又三個去了。〇此又是一樣去法，文亦一變。

盧俊義此時也自一身臭汗，不去趕他。却出林子外，來尋車仗人伴時，十輛車子、人伴、頭口，都不見了。盧俊義便向高阜處，四下裏打一望，只見遠遠地山坡下，一夥小嘍囉把車仗頭口趕在前面，將李固一干人，連連串串縳在後面，鳴鑼擂鼓，解投松樹那邊去。上文無數誘兵，逐遞而出，至此處忽然收到人夫車仗。讀者只謂已作結煞矣，却不知還有一半在後，一遞一遞正要出來。

章法變動之極，非小篇所得侔也。盧俊義望見，心頭火熾，鼻裏烟生，提着朴刀，直趕將去。約莫離山坡不遠，只見兩籌好漢喝一聲道：「那里去！」一個是美髯公朱仝，一個是插翅虎雷橫。先是一個一個，次是接連三個，此是一齊兩個，後是六七十個，後又是並肩四個，末是散散四五個，章法變動之極。○又一樣出來法。盧俊義見了，高聲罵道：「你這夥草賊，好好把車仗人馬還我！」朱仝手撚長髯大笑道：妙。「盧員外，你還恁地不曉事！我常聽得俺軍師説：『一盤星辰，只有飛來，没有飛去。』句句趣極。事已如此，不如坐把交椅。」盧俊義聽了大怒，挺起朴刀，直奔二人。朱仝、雷橫各將兵器相迎，鬥不到三合，兩個回身便走。又兩個去了。

盧俊義尋思道：「須是趕翻一個，却纔討得車仗。」捨着性命，趕轉山坡，兩個好漢都不見了。只聽得山頂上擊鼓吹笛。妙絶之筆。仰面看時，風刮起那面杏黄旗來，上面繡着「替天行道」四字。妙絶之筆。轉過來打一望，望見紅羅銷金傘下，蓋着宋江，妙絶之筆。左有吴用，右有公孫勝。一行部從六七十人，又一樣出來法。○此一段另增出無數色澤，真正妙絶之筆。一齊聲喏道：「員外，且喜無恙！」句句趣極。盧俊義見了越怒，指名叫罵。山上吴用勸道：「員外，且請息怒！宋公明久慕威名，特令吴某親詣門墻，迎員外上山，一同替天行道，請休見外。」盧俊義大罵：「無端草賊，怎敢賺我！」宋江背後，轉過小李廣花榮，拈弓取箭，看着盧俊義喝道：「盧員外，休要逞能，先教你看花榮神箭！」説猶未了，「颼」地一箭，正射落盧俊義頭上氈笠兒的紅纓；吃了一驚，回身便走。「便走」字，上都在此，此忽在彼。筆端變動，真乃才子。○讀至此處，又只謂結煞矣，却不知還有一半在後，章法奇絶妙絶。山上鼓聲震地，只見霹靂火秦明、豹子頭林冲引一彪軍馬，摇旗吶喊，從東山邊殺出來；又見雙鞭將呼延灼、金鎗手徐寧四將又一樣出來法。也領一彪軍馬，摇旗吶喊，從山西邊殺出來。嚇得盧俊義走頭没路。看看天又晚，脚又疼，肚又饑，正是慌不擇路，望山僻小徑只顧走。上文數段悉是誘兵走，此二段悉是員外走。筆力轉變，非人所知。約莫黄昏時分，平烟如水，蠻霧沉山，月少星多，不分叢莽。四句絶妙好辭。看看走到一處，不是天盡頭，須是地盡處。擡頭一望，但見滿目蘆花，浩浩大水。妙絶。盧俊義立住脚，仰天長歎道：「是我不聽人言，今日果有此禍！」

正煩惱間，只見蘆葦裏面一個漁人，摇着一隻小船出來。那漁人倚定小船叫道：「客官好大膽！這是梁山泊出没的去處，半夜三更怎地來到這裏！」又一樣出來法。○又寫得吉凶不定，妙甚。盧俊義道：「便是我迷踪失路，尋不着宿頭，你救我則個。」漁人道：「此間大寬轉有一個市井，却用走三十餘里向開路程；更兼路雜，最是難認。若是水路，去時只有三五里遠近。使其必從。你捨得十貫錢與我，我便把船載你過去。」盧俊義道：「你若渡得我過去，尋得市井客店，我多與你些銀兩。」那漁人摇船傍岸，扶盧俊義下船，把鐵篙撑開。約行三五里水面，只聽得前面蘆葦叢中櫓聲響，一隻小船飛也似來。船上有兩個人：又一樣出來法。前面一個赤條條地拿着一條水篙，後面那個摇着櫓。此段先寫篙，次寫櫓。前面的人横定篙，口裏唱着山歌道：

英雄不會讀詩書，英雄不讀書，千古快論，彼「劉項原來」之詩，真是儒生酸餡耳。○不曰「不曾讀」，而曰「不會讀」，便有睥睨不屑之意。《項羽本紀》起首數行，此只以七字盡之，異哉！只合梁山泊裏居。「只合」二字妙絶。一若安分守己之甚者，而讀之乃覺嘻笑怒駡，色色俱有。才子之筆，真奇事也。○既以讀書人居廊廟，則不讀書人定合居山泊矣，千古通病，可勝歎息。準備窩弓收猛虎，安排香餌釣鰲魚。

盧俊義聽得，吃了一驚，不敢做聲。又聽得左邊蘆葦叢中，也是兩個人摇一隻小船出來：又一個出來。後面的摇着櫓，有「咿啞」之聲；前面横定篙，此段先寫櫓，次寫篙。口裏也唱山歌道：

雖然我是潑皮身，殺賊原來不殺人。分疏奇快，讀之一則以喜，一則以懼。喜者喜其實未嘗殺一人，懼者懼其直將殺盡世間也。○亦暗用藥師療鶴事。手拍胸前青豹子，眼睃船裏玉麒麟。如此妙絶之語，俗本悉行改竄，真乃可恨。○極險之情，極趣之筆，讀之便欲滿引一斗。

盧俊義聽了，只叫得苦。只見當中一隻小船，飛也似摇將來。又一個出來。船頭上立着一個人，倒提鐵鑽木篙，此段單寫篙，省却櫓。○三段凡三樣。口裏亦唱着山歌道：

蘆花灘上有扁舟，俊傑黄昏獨自游。義到盡頭原是命，反躬逃難必無憂。日後驗矣，先生妙哉。○卦歌恰是太歲唱出，奇絶之事，奇絶之文。○三面皆唱卦歌，是何卦歌之多也。

歌罷，三隻船一齊唱喏：中間是阮小二，左邊是阮小五，右邊是阮小七。水軍通姓名，或不自通，或自通，或通而長，或通而短，亦段段各變。那三隻小船一齊撞將來。盧俊義心内自想又不識水性，連聲便叫漁人：「快與我攏船近岸！」那漁人哈哈大笑，對盧俊義説道：「上是青天，下是緑水；我生在潯陽江，來上梁山泊；三更不改名，四更不改姓，綽號混江龍李俊的便是！通姓名却作誓辭，奇妙不可言。○讀至此段，又欲滿引一斗。員外若還不肯降，枉送了你性命！」盧俊義大驚，喝一聲：「不是你，便是我！」拿着朴刀，望李俊心窩裏搠將來。李俊見朴刀搠將來，拿定棹牌，一個背拋筋斗，「撲通」的翻下水去了。又是一樣去法，愈變而愈妙也。那隻船滴溜溜在水面上轉，朴刀又擲將下水去了。寫得妙絶。○先是刀下去，次是人下去。只落水一句，不肯草草着筆。只見船尾一個人從水底鑽出來，叫一聲：「我是浪裏白條張順！」又一個出來。○李俊通姓名，有許多語；張順通姓名，只一語：可謂長短各極其致。○讀至此，又欲滿引一斗。把手挾住船梢，脚踏水浪，把船只一側，船底朝天，英雄落水。八字奇文。正是：鋪排打鳳撈龍計，坑陷驚天動地人。畢竟盧俊義性命如何，且聽下回分解。

第五才子書施耐庵水滸傳卷之六十六

聖歎外書

第六十一回　放冷箭燕青救主　劫法場石秀跳樓

寫盧員外寧死不從數語，語語英雄員外。梁山泊有如此人，庶幾差强人意耳。俗本悉遭改竄，對之使人氣盡。

寫宋江以「忠義」二字網羅員外，却被兜頭一喝；既又以金銀一盤誘之，却又被兜頭一喝。遂令老奸一生權術[一]，此書全部關節，至此一齊都盡也。嗚呼！其才能以權術網羅衆人者，固衆人之魁也；其才能不爲權術之所網羅如彼衆人者，固亦衆人之魁也。盧員外之坐第二把交椅，誠宜也。乃其才能不爲權術之所網羅，而終亦不如能以權術網羅衆人者之更爲奸雄。嗚呼！不雄不奸，不奸不雄。然則盧員外即欲得坐第一交椅，

[一]「奸」，金評各本均作「奴」，據正文中評點改。

又豈可得哉！

讀俗本至小乙求乞，不勝筆墨疏略之疑。竊謂以彼其人，即何至無術自資，乃萬不得已而且出于求乞？既讀古本，而始流涙歎息也。嗟乎！員外不知小乙，小乙自知員外。夫員外不知小乙；員外不知小乙，故不知小乙也。若小乙而既已知員外矣；既已知員外，則更不能不知員外；更不能不知員外，即又以何辭棄員外而之他乎？或曰：人之感恩，爲相知也。「相知」之爲言，我知彼，彼亦知我也。今者小乙自知員外，員外初不能知小乙。然則小乙又何感于員外，而必戀戀不棄此而之他？曰：是何言哉！是何言哉！夫我之知人，是我之生平一片之心也，非將以爲好也；其人而爲我所知，是必其人自有其人之異常耳，而非有所賴于我也。若我知人，而望人亦知我，我將以知爲之釣乎？必人知我，而後我乃知人，我將以知爲之報與？夫釣之與報，是皆市井之道；以市井之道，施于相知之間，此鄉黨自好者之所不爲也。況于小乙知員外者，身爲小乙則其知員外也易；員外不知小乙者，身爲員外則其知小乙也難。然則小乙今日之不忍去員外者，無他，亦以求爲可知而已矣。夫而後小乙知員外，員外亦知小乙。前乎此者爲主僕，後乎此者爲兄弟，誠有以也。夫而後天下後世無不知員外者，即無不知小乙。員外立天罡之首，小乙即居天罡之尾，洵非誣也。不然，而自恃其一身技巧[一]，不難捨此遠去。嗟乎！自員外而

[一]「技」，貫華堂本作「枝」，據葉瑶池本改。

外，茫茫天下，小乙不復知之矣。夫捨我心所最知之員外，而別事一不復可知之人，小乙而豬狗也者，則出于此；小乙而非豬狗也，如之何其不至于求乞也？

自有《水滸傳》至于今日，彼天下之人，又孰不以燕小乙哥爲花拳繡腿、逢場笑樂之人乎哉！自我觀之，僕本恨人，蓋自有《水滸傳》至于今日，殆曾未有人得知燕小乙哥者也。李後主云：「此中日夕只以眼淚洗面。」是燕小乙哥之爲人也。

蔡福出得牢來，接連遇見三人，文勢層見疊出，使人應接不暇，固矣。乃吾讀第一段燕青，不覺爲之一哭失聲。哀哉！奴而受恩于主，所謂主猶父也；奴而深知其主，則是奴猶友也。天下豈有子之于父而忍不然，友之于友而得不然也與？哭竟，不免滿引一大白。又讀第二段李固，不覺爲之怒髮上指。有是哉！昔者主之生之，可謂至矣、盡矣；今之奴之殺之，亦復至矣、盡矣。古稱惡人，名曰「窮奇」，言窮極變態，非心所料，豈非此奴之謂與？我欲唾之而恐污我頰，我欲殺之而恐污我刀。怒甚，又不免滿引一大白。再讀第三段柴進，不覺爲之慷慨悲歌，增長義氣。悲哉！壯哉！盧員外死，三十五人何必獨生；盧員外生，三十五人何妨盡死。蓋不惟黃金千兩，同于草莽，實惟柴進一命，等于鴻毛。所謂不諾我，則請殺我，不能殺我，則請諾我，兩言決也。感激之至，又不免滿引一大白。或曰：然則當子之讀是篇也，亦既大醉矣乎？笑曰：不然，是夜大寒，童子先睡，竟無處索酒，余未嘗引一白也。

最先上梁山者，林武師也；最後上梁山者，盧員外也。林武師，是董超、薛霸之所押解也；盧員外，又是董超、薛霸之所押解也。其押解之文，乃至于不換一字者，非耐庵有江郎才盡之日，蓋特特爲此，以鎖一書之兩頭也。

董超、薛霸押解之文，林、盧兩傳可謂一字不換；獨至于寫燕青之箭，則與昔日寫魯達之杖，遂無纖毫絲粟相似，而又一樣爭奇，各自入妙也。才子之爲才子，信矣！

薛霸手起棍落之時，險絶矣，却得燕青一箭相救；乃相救不及一紙，而滿村發喊，鎗刀圍匝，一二百人，又復擒盧員外而去。當是時，又將如之何？爲小乙者，勢不得不報梁山。乃無端行劫，反幾至于不免。于一幅之中，而一險初平，驟起一險，一險未定，又加一險，真絶世之奇筆也。

必燕青至梁山，而後梁山之救至，不惟慮燕青之遲，亦殊怪梁山之疏也。燕青一路自上梁山，梁山一路自來打聽，則行路之人又多多矣，梁山之人如之何而知此人之爲燕青，燕青如之何而知此人之爲梁山之人也？工良心苦而算至行劫，工良心苦而算至行劫之前倒插射鵲，才子之爲才子，信也！

六日之内而殺宋江，不已險乎？六日之内殺宋江，而終亦得劫法場者，全賴吴用之見之早也。乃今獨于一日之内而殺盧俊義，此其勢于宋江爲急，而又初無一人預爲之地也。嗚呼！生平好奇，奇不望至此；生平好險，險不望至此。奇險至于如此之極，而終又得劫法場，才子之爲才子，信也！

話説這盧俊義雖是了得，却不會水，被浪裏白條張順扳翻小船，倒撞下水去。張順却在水底下攔腰抱住，鑽過對岸來。只見岸上早點起火把，有五六十人在那裏等，一個「只見」。○從水底下鑽上岸來，接連寫此無數「只見」，文勢如滿盤珠迸也。接上岸來，團團圍住，解了腰刀，盡脱下濕衣服，便要將索綁縛。只見神行太保戴宗傳令高叫將來：「不得傷犯了盧員外貴體！」兩個「只見」。只見一人捧出一包袱錦衣繡襖，與盧俊義穿了。三個「只見」。只見八個小嘍囉擡過一乘轎來，推盧員外上轎便行。四個「只見」。只見遠遠地早有一二三十對紅紗燈籠，照着一簇人馬，動着鼓樂，前來迎接。爲頭宋江、吴用、公孫勝，後面都是衆頭領。五個「只見」。只見一齊下馬，六個「只見」。○此六字只是半句，未畢。盧俊義慌忙下轎，宋江先跪，後面衆頭領排排地都跪下。寫得使人心動淚落，雖有金鐵之人，至此不能自持矣。盧俊義亦跪在地下道：「既被擒捉，只求早死！」宋江笑道：「且請員外上轎。」衆人一齊上馬，動着鼓樂，迎上三關。直到忠義堂前下馬，請盧俊義到廳上，明晃晃地點着燈燭。宋江向前陪話道：「小可久聞員外大名，如雷貫耳。今日幸得拜識，大慰平生！却纔衆兄弟甚是冒瀆，萬乞恕罪！」吴用向前道：「昨奉兄長之命，特令吴某親詣門墻，以賣卦爲由，賺員外上山，共聚大義，一同替天行道。」

宋江便請盧員外坐第一把交椅。晁蓋之誓何在？處處故出宋江之惡，不爲少諱也。盧俊義大笑道：「盧某昔日在家，實無死法，此句照破前日吴用。盧某今日到此，並無生望。此句喝破今日宋江。要殺便殺，何得相戲！」數語畫出一位英雄員外，讀之令人起敬起愛，歎名下真無虚士也。俗本草草，一何可笑。○亦暗用嚴將軍語。宋江陪笑道：「豈敢相戲？實慕員外威德，如饑如渴，已非一日。所以定下計策，屈員外作山寨之主，早晚共聽嚴命。」盧俊義道：「住口！盧某要死極易，要從實難！」真正英雄員外，語語讀之，使人壯氣。吴用道：「來日却又商議。」吴用于此不措一語，但主延捱時日而已，蓋其計已久定也。

當時置備酒食管待。盧俊義無計奈何，只得默飲數杯，小嘍囉請去後堂歇了。

次日，次日。宋江殺牛宰馬，大排筵宴。請出盧員外來赴席，再三再四偎留在中間坐了。酒至數巡，宋江起身把盞陪話道：「夜來甚是衝撞，幸望寬恕。雖然山寨窄小，不堪歇馬，員外可看『忠義』二字之面。宋江「忠義」二字，處處網羅豪傑，獨不能網羅盧員外，妙筆。宋江情願讓位，休得推却！」盧俊義道：「咄！只一字，便令談忠説義人驚心奪魄。頭領差矣！宋江開口説「忠義」，員外却接口説「差矣」，妙絶。盧某一身無罪，薄有家私。生爲大宋人，死爲大宋鬼。若不提起『忠義』兩字，今日還胡亂飲此一杯；快絶之談，足令老奸心死。若是説起『忠義』來時，盧某頭頸熱血可以便濺此處！」快絶之談，語語令老奸心死。吴用道：「員外既然不肯，難道逼勒？只留得員外身，留不得員外心。只是衆弟兄難得員外到此，既然不肯入夥，且請小寨略住數日，却送還宅。」吴用只是一意，妙筆。盧俊義道：「頭領既留盧某不住，何不便放下山？英雄員外，語語健旺。俗本盡訛。實恐家中老小，不知這般消息。」吴用道：「這事容易，先教李固送了車仗回去，員外遲去幾日，却何妨？」寫吴用實是妙人。吴用便問：「李都管，你的車仗貨物都有麽？」李固應道：「一些兒不少。」宋江叫取兩個大銀，把與李固，兩個小銀，打發當直的；那十個車脚，共與他白銀十兩。衆人拜謝。盧俊義分付李固道：「我的苦，你都知了，你回家中説與娘子，不要憂心。我若不死，可以回來。」到底是英雄員外語。李固道：「頭領如此錯愛，主人多住兩月，但不妨事。」李固又有李固心事。辭了，便下忠義堂去。吴用隨即起身説道：「員外寬心少坐，小生發送李都管下山便來。」吴用一騎馬，却先到金沙灘等候。

少刻，李固和兩個當直的並車仗、頭口、人伴都下山來。吴用將引五百小嘍囉圍在兩邊，坐在柳陰樹下，寫吴用實是妙人。便唤李固近前説道：「你的主人，已和我們商議定了，今坐第二把交椅。此句非早定員外之座，正陰破宋江之心。蓋知宋江之深者，莫如吴用：吴用口中，並不以第一把予員外，則知宋江心中久不以第一把予晁蓋也。此書處處故出宋江之惡，不爲少諱如此。此乃未曾上山時，預先寫下四句反詩在家裏壁上。四句卦歌，一用之以賺員外出門，再用之以排員外下水，三又用之使員外還家不得，奇絶。我教你們知道：壁上二十八個字，每一句頭上出一個字。自注一遍，奇絶。『蘆花灘上有扁舟』，頭上『蘆』字；奇絶。『俊傑黄昏獨自游』，頭上『俊』字；奇絶。『義士手提三尺劍』，頭上『義』字；奇絶。『反時須斬逆臣頭』，頭上『反』字：奇絶。○四句，後二句忽變，正妙，不必印板寫出三遍也。這四句詩，包藏『盧俊義反』四字。奇絶。○宋江反詩，黄文炳逐句閑評；盧俊義反詩，吴用親口注釋，可謂各極其妙。今日上山，你們怎知？本待把你衆人殺了，顯得我梁山泊行短。今日姑放你們回去，便可布告京城：主人決不回來！」不惟李固反噬，惟吴用亦實教之。李固等只顧下拜。吴用教把船送過渡口，一行人上路奔回北京。

話分兩頭。不説李固等歸家，且説吴用回到忠義堂上，再入筵席，各自默默飲酒，至夜而散。次日，次日。山寨裏再排筵會慶賀。盧俊義説道：「感承衆頭領不殺，但盧某殺了倒好罷休，不殺便是度日如年。今日告辭。」英雄員外，到底不作軟語。宋江道：「小可不才，幸識員外。

來日宋江梯己備一小酌，對面論心一會，望勿推却。」又過了一日。又過一日。次日，宋江請；次日。次日，吳用請；次日。又次日，公孫勝請。又次日。話休絮繁，三十餘個上廳頭領，每日輪一個做筵席。三十餘日可知。光陰荏苒，日月如流，早過一月有餘。過一月有餘。盧俊義性發，又要告別。宋江道：「非是不留員外，爭奈急急要回。來日忠義堂上，安排薄酒送行。」又一日。

次日，宋江又梯己送路。又次日。只見衆頭領都道：「俺哥哥敬員外十分，俺等衆人當敬員外十二分，好話。偏我哥哥餞行便吃！磚兒何厚，瓦兒何薄！」妙妙。李逵在內大叫道：「我受了多少氣悶，直往北京請得你來，却不容我餞行了去？我和你眉尾相結，性命相撲！」更妙更妙。吳學究大笑道：「不曾見這般請客的。我勸員外鑒你衆人薄意，再住幾時。」吳用只是一意，妙筆。便不覺又過四五日。又過四五日。盧俊義堅意要行，只見神機軍師朱武，將引一班頭領直到忠義堂上，開話道：「我等雖是以次弟兄，也曾與哥哥出氣力，偏我們酒中藏着毒藥？盧員外若是見怪，不肯吃我們的，我自不妨；只怕小兄弟們做出事來，老大不便！」又妙又妙。○廳上廳下，寫得參差蓬勃，聲音情狀都有。吳用起身便道：「你們都不要煩惱。我與你央及員外再住幾時，有何不可？常言道：『將酒勸人，本無惡意。』」吳用只是一意，妙筆。

盧俊義抑衆人不過，只得又住了幾日。又幾日。前後却好三五十日。總結一句，筆法老到。自離北京是五月的話，不覺在梁山泊早過了兩個多月。但見金風淅淅，玉露泠泠，早是深秋時分。盧俊義一心要歸，對宋江訴說。宋江笑道：「這個容易，來日金沙灘送行。」又來日。盧俊義大喜。次日，還把舊時衣裳、刀棒送還員外，一行衆頭領都送下山。宋江把一盤金銀相送，又寫宋江銀子，處處網羅豪傑，獨不能網羅盧員外，妙絶。盧俊義笑道：「山寨之物，從何而來，盧某好受？罵得痛快。若無盤纏，如何回去，盧某好却？又算得闊綽。但得度到北京，其餘也是無用。」數語寫得進以禮，退以義。綽綽有餘，真乃英雄員外。宋江等衆頭領直送過金沙灘，作別自回，不在話下。

不説宋江回寨。只説盧俊義拽開脚步，星夜奔波，行了旬日，方到北京。日已薄暮，趕不入城，就在店中歇了一夜。次日早晨，盧俊義離了村店，飛奔入城。尚有一里多路，只見一人頭巾破碎，衣裳襤褸，看着盧俊義，伏地便哭。盧俊義擡眼看時，却是浪子燕青。先出小乙，布筆甚好，亦恐員外歸家後，更插不下也。便問小乙：「你怎地這般模樣？」燕青道：「這裏不是説話處。」盧俊義轉過土墻側首，細問緣故。燕青説道：「自從主人去後，不過半月，李固回來對娘子説：『主人歸順了梁山泊宋江，坐了第二把交椅。』當時便去官司首告了。他已和娘子做了一路，嗔怪燕青違拗，將一房家私盡行封了，趕出城外。更兼分付一應親戚相識：但有人安着燕青在家歇的，他便捨半個家私和他打官司。因此小乙城中安不得身，只得來城外求乞度日。小乙非是飛不得別處去，得此一語，便令千伶百俐人乃復求乞，更不遭駁。只爲深知主人必不落草，故此忍這殘喘，在這裏候見主人一面。只二十餘字，已抵一篇《豫讓列傳》矣。讀此語時，正值寒冬深更，燈昏酒盡，無可如何，因拍桌起立，浩歎一聲，開門視天，雲黑如磐也。若主人果自山泊裏來，可聽小乙言語，再回梁山泊去，別做個商議。若入城中，必中圈套！」盧俊義喝道：「我的娘子不是這般人，你這厮休來放屁！」燕青又道：「主人腦後無眼，怎知就裏？主人平昔只顧打熬氣力，不親女色。倒補員外。娘子舊日和李固原有私情，倒補娘子。今日推門相就，做了夫妻。主人回去，必遭毒手！」

盧俊義大怒，喝罵燕青道：「我家五代在北京住，誰不識得！量李固有幾顆頭，敢做恁般勾當！莫不是你做出歹事來，今日到來反説！前囑付云休去三瓦兩舍，此喝罵云莫不倒來反説，皆寫員外失之燕青，而欲得之李固，皆文家反襯之法也。我到家中問出虛實，必不和你干休！」燕青痛哭，爬倒地下，拖住員外衣服。不惟小乙哭，我亦要哭。非哭員外，哭小乙也。盧俊義一脚踢倒燕青，大踏步便入城來。奔到城内，徑入家中，只見大小主管都吃一驚。李固慌忙前來迎接，請到堂上，納頭便拜。盧俊義便問：「燕青安在？」李固答道：「主人且休問，端的一言難盡！辛苦風霜，待歇息定了却説。」李固語與娘子語不差一字，寫兩人一路，絶倒。賈氏從屏風後哭將出來，盧俊義説道：「娘子見了，且説燕小乙怎地來？」賈氏道：「丈夫且休問，端的一言難盡！辛苦風霜，待歇息定了却説。」娘子語與李固語不差一字，絶倒。盧俊義心中疑慮，定死要問燕青來歷。李固便道：「主人且請換了衣服，拜了祠堂，吃了早膳，那時訴説不遲。」寫李固安排手脚，乃恰與出門時事逐句相應，妙絶之筆。一邊安排飯食與盧員外吃。方纔舉箸，只聽得前門後門喊聲齊起，二三百個做公的搶將入來。盧俊義驚得呆了，就被做公的綁了，一步一棍，直打到留守司來。

其時梁中書正坐公廳，左右兩行，排列狼虎一般公人七八十個，把盧俊義拿到當面，李固和賈氏也跪在側邊。俗本作「賈氏和李固」，古本作「李固和賈氏」。夫「賈氏和李固」者，猶似以尊及卑，是二人之罪不見也；「李固和賈氏」者，彼固儼然如夫婦焉，然則李固之叛與賈氏之淫，不言而自見也。先賈氏，則李固之罪不見；先李固，則賈氏之罪見，此書法也。廳上梁中書大喝道：「你這廝是北京本處良民，如何却去投降梁山泊落草，坐了第二把交椅？如今倒來裏勾外連，要打北京！別又增出八字，便正李固之罪，明更非吳用之教之也。○吳用之教李固也，其計可謂毒甚矣，乃李固只增八字，而其毒遂更甚于吳用百倍。天下負恩之奴，真有如此之奇凶者。今被擒來，有何理説？」盧俊義道：「小人一時愚蠢，被梁山泊吳用，假做賣卜先生來家，口出訛言，煽惑良心，掇賺到梁山泊，軟監了兩個多月。今日幸得脱身歸家，並無歹意。望恩相明鏡。」梁中書喝道：「如何説得過！你在梁山泊中，若不通情，如何住了許多時？見放着你的妻子並李固告狀出首，怎地是虚？」李固道：看他寫「李固道」、「賈氏道」，一遞一口，儼然唱隨，讀之醜不可堪。「主人既到這裏，招伏了罷。家中壁上見寫下藏頭反詩，便是老大的證見，不必多説。」賈氏道：「不是我們要害你，只怕你連累我。常言道：一人造反，九族全誅。」盧俊義跪在廳下，叫起屈來。李固道：「主人不必叫屈。是真難滅，是假易除。早早招了，免致吃苦。」賈氏道：「丈夫，虚事難入公門，實事難以抵對。你若做出事來，送了我的性命。不奈有情皮肉，無情杖子。你便招了，也只吃得有數的官司。」

李固上下都使了錢。張孔目上廳稟道：「這個頑皮賴骨，不打如何肯招！」梁中書道：「説得是！」喝叫一聲：「打！」左右公人把盧俊義捆翻在地，不由分説，打得皮開肉綻，鮮血迸流，昏暈去了三四次。盧俊義打熬不過，伏地歎道：「果然命中合當横死，忽然捎帶算命，可謂隨筆成趣。我今屈招了罷！」張孔目當下取了招狀，討一面一百斤死囚枷釘了，押去大牢裏監禁。府前府後看的人都不忍見。特下此語，以反襯受恩之奴、結髮之妻，不是浪筆。當日推入牢門，押到庭心内，跪在面前。獄子炕上，坐着那個兩院押牢節級兼充行刑劊子，姓蔡，名福，北京土居人氏，因爲他手段高强，人呼他爲「鐵臂膊」。傍邊立着這個嫡親兄弟小押獄，生來愛帶一枝花，河北人順口都叫他做「一枝花」蔡慶。那人拄着一條水火棍，立在哥哥側邊。寫二蔡，便若一幅絶妙白描地獄變相。蔡福道：「你且把這個死囚帶在那一間牢裏，我家去走一遭便來。」蔡慶把盧俊義且帶去了。

蔡福起身，出離牢門來，只見司前墻下轉過一個人來，此下寫「只見一人」，又「只見一人」，令人眼光閃動，應接不及。手裏提着飯罐，滿面挂淚。只四字活畫出屈原、申生、豫讓等一輩人。蔡福認得是浪子燕青。李固之急于殺員外也，應書先遇李固可也；李固急于殺員外，而書先遇燕青，夫然後知燕青之忠事員外，加于常情萬萬也。蔡福問道：「燕小乙哥，你做甚麽？」燕青跪在地下，眼淚如抛珠撒豆，告道：「節級哥哥！可憐見小人的主人盧員外，吃屈官司，又無送飯的錢財！小人城外叫化得這半罐子飯，權與主人充饑！節級哥哥，怎地做個方……」縮一「便」字，妙絶。不惟小乙説不完，雖讀者亦不忍讀完也。説不了，氣早咽住，爬倒在地。真是活畫，畫亦畫不出。讀之，真乃猪狗有心，皆當下淚。蔡福道：「我知此事。你自去送飯把與他吃。」寫二蔡。燕青拜謝了，自進牢裏去送飯。

蔡福行過州橋來，只見一個茶博士，又「只見一人」。叫住唱喏道：「節級，有個客人在小人茶房内樓上，專等節級説話。」蔡福來到樓上看時，正是主管李固。俗本作「却是」，古本作「正是」。「却是」者，出自意外之辭也；「正是」者，不出所料之辭也。只一字，便寫盡叛奴之毒、公人之慣，古本之妙如此。各施禮罷。蔡福道：「主管有何見教？」李固道：「『奸不厮瞞，俏不厮欺』，小人的事，都在節級肚裏。今夜晚間，只要光前絶後。只將「絶」字换過「耀」字，而「光」字亦都换却矣。换古之妙，至此方是出神入化。笑村學先生，取古人語拗曲改直，自稱絶調也。○吾生平所見筆舌之妙，無逾臨川清遠先生者，其《牡丹亭》傳奇杜麗娘入塾詩曰：「酒是先生饌，女爲君子儒」。上句以「是」字换過「食」字，而恰恰字異音同，已爲奇絶。至下句並不换一字，而化板重爲風流，變聖經爲香口，真乃千秋絶唱，一座盡傾也。○然猶未若吾友斵山先生之妙舌也。其他多不可舉，故舉其一。一日會食蛤蜊，有較書在席，問客曰：「不審何故，雀入大水化爲蛤？」先生應口答曰：「卿且莫理會此。我正未解卿家何故雀入大蛤，便化爲水耳。」一座哄然大笑，乃至有翻酒失箸者。其靈唇妙舌，日有千言，言言仿此。蓋其心清如水，故物來畢照，非他人之所得及也。無甚孝順，五十兩蒜條金在此，送與節級。廳上官吏，小人自去打點。」蔡福笑道：「你不見正廳戒石上刻着『下民易虐，上蒼難欺』？你那瞞心昧己勾當，怕我不知？你又占了他家私，謀了他老婆，如今把五十兩金子與我，結果了他性命，日後提刑官下馬，我吃不得這等官司！」李固道：「只是節級嫌少，小人再添五十兩。」蔡福道：「李主管，你『割貓兒尾，拌貓兒飯』！北京有名恁地一個盧員外，只值得這一百兩金子？你若要我倒地他，不是我詐你，只把五百兩金子與我！」非不爲二蔡地，蓋行文欲險，不得不爾。李固便道：「金子有在這裏，便都送與節級，只要今夜完成此事。」蔡福收了金子，藏在身邊，起身道：「明日早來扛尸。」李固拜謝，歡喜去了。

蔡福回到家裏，却纔進門，只見一人揭起蘆簾，跟將入來，叫一聲：「蔡節級相見。」又「只見一人」。○接筆而來，疊墨而起，妙不可言。 蔡福看時，但見那一個人生得十分標緻，且是打扮整齊：身穿鴉翅青圓領，腰繫羊脂玉鬧妝，頭帶鵕鸃冠，足躡珍珠履。那人進得門，看着蔡福便拜。前二人讀之易知，此二人思之難解，奇絕妙絕。 蔡福慌忙答禮。便問道：「官人高姓？有何見教？」那人道：「可借裏面說話。」蔡福便請入來一個商議閣裏，閣名絕倒，不知商議何事？不出與官過贓、替人謀命耳。 分賓坐下。那人開話道：「節級休要吃驚。開語令人吃驚。 在下便是滄州橫海郡人氏，姓柴，名進，大周皇帝嫡派子孫，綽號小旋風的便是。此來用柴進者，何也？富莫富于盧員外，貴莫貴于柴王孫，富貴相襯，一也；高唐救出之後，至今未嘗立功，借此立功，二也。 只因好義疏財，結識天下好漢，不幸犯罪，流落梁山泊。今奉宋公明哥哥將令，差遣前來打聽盧員外消息。誰知被贓官梁中書。 污吏、張孔目。 淫婦賈氏。 奸夫李固。○四物以類相從，寫得好笑。 通情陷害，監在死囚牢裏。一命懸絲，盡在足下之手。妙妙。 不避生死，特來到宅告知：若是留得盧員外性命在世，佛眼相看，不忘大德；但有半米兒差錯，兵臨城下，將至濠邊，無賢無愚，無老無幼，打破城池，盡皆斬首！妙妙。 久聞足下是個仗義全忠的好漢，無物相送，今將一千兩黃金薄禮在此。倘若要捉柴進，就此便請繩索，誓不皺眉。妙妙。」蔡福聽罷，嚇得一身冷汗，半晌答應不得。柴進起身道：「好漢做事，休要躊躇，便請一決！」又妙又妙。 蔡福道：「且請壯士回步，小人自有措置。」柴進便拜道：「既蒙語諾，當報大恩。」又妙又妙。出門喚過從人，取出黃金，遞與蔡福，唱個喏便走。又妙又妙。○以上三段，寫燕青是一樣，寫李固是一樣，寫柴進是一樣。外面從人乃是神行太保戴宗，又是一個不會走的！百忙中忽作趣語，然非此傳正例也。

蔡福得了這個消息，擺撥不下，思量半晌。回到牢中，把上項的事，却對兄弟說了一遍。蔡慶道：「哥哥生平最會斷決，量這些小事，有何難哉！常言道：『殺人須見血，救人須救徹。』既然有一千兩金子在此，我和你替他上下使用。寫二蔡。梁中書、張孔目都是好利之徒，接了賄賂，必然周全盧俊義性命，葫蘆提配將出去。救得救不得，自有他梁山泊好漢，此等語魯達不肯說，此七十二人之所以遜于三十六人也與？俺們幹的事便完了。」蔡福道：「兄弟這一論，正合我意。你且把盧員外安頓好處，早晚把些好酒食將息他，傳個消息與他。」蔡福、蔡慶兩個商議定了，暗地裏把金子買上告下，關節已定。

次日，李固不見動静，前來蔡福家催並。蔡慶回說：「我們正要下手結果他，中書相公不肯，已叫人分付，要留他性命。你自去上面使用，囑付下來，我這裏何難？」妙妙，如聞。李固隨即又央人去上面使用。中間過錢人去囑托，梁中書道：「這是押牢節級的勾當，難道教我下手？過一兩日教他自死。」妙妙，如聞。兩下裏厮推。張孔目已得了金子，只管把文案拖延了日期。蔡福就裏又打關節，教極早發落。張孔目將了文案來禀，梁中書道：「這事如何決斷？」張孔目道：「小吏看來，盧俊義雖有原告，却無實迹；雖是在梁山泊住了許多時，這個是扶同詿誤，難問真犯。只宜脊杖四十，刺配三千里。不知相公心下如何？」梁中書道：「孔目見得極明，正與下官相合。」笑殺。隨喚蔡福牢中取出盧俊義來，就當廳除了長枷，讀了招狀文案，決了四十脊杖。換一具二十斤鐵葉盤頭枷，就廳前釘了，便差董超、薛霸管押前去，直配沙門島。原來這董超、薛霸，自從開封府做公人，押解林冲去滄州，路上害不得林冲，回來被高太尉尋事刺配北京。梁中書因見他兩個能幹，就留在留守司勾當。閑中忽補閑事，筆墨奇逸之甚。今日又差他兩個監押盧俊義。林冲者山泊之始，盧俊義者山泊之終。一始一終，都用董超、薛霸作關鎖，筆墨奇逸之甚。

當下董超、薛霸領了公文，帶了盧員外離了州衙。把盧俊義監在使臣房裏，以下皆特地與林冲文相似[一]。各自歸家收拾行李包裹，即便起程。李固得知，只叫得苦，便叫人來請兩個防送公人説話。董超、薛霸到得那裏酒店内，李固接着，請至閣兒裏坐下，一面鋪排酒食管待。三杯酒罷，李固開言説道：「實不相瞞：盧員外是我讎家。千載受恩深處，必至于此，讀之使人寒心。今配去沙門島，路途遥遠。他又没一文，絶倒之語，爲守財虜寒心。教你兩個空費了盤纏；急待回來，也得三四個月。我没甚的相送，兩錠大銀，權爲壓手。多只兩程，少無數里，就便的去處，結果了他性命。揭取臉上金印回來表證，教我知道，每人再送五十兩蒜條金與你。你們只動得一張文書，留守司房裏，我自理會。」董超、薛霸兩兩相覷，董超道：「只怕行不得！」薛霸便道：「哥哥，這李官人，有名一個好男子。絶倒，世間月旦，大率如此矣。我們也把

[一]「似」，貫華堂本、葉瑶池本作「也」，據王望如評本改。

這件事結識了他，若有急難之處，要他照管。」李固道：「我不是忘恩失義的人，足見高誼，絶倒殺人。慢慢地報答你兩個。」

董超、薛霸收了銀子，相别歸家，收拾包裹，連夜起身。盧俊義道：「小人今日受刑，杖瘡作痛，容在明日上路罷！」薛霸罵道：「你便閉了鳥嘴！老爺自悔氣，撞着你這窮神！沙門島往回六千里有餘，費多少盤纏！你又没一文，教我們如何布擺！」盧俊義訴道：「念小人負屈含寃，上下看覷則個。」董超罵道：「你這財主們，閑常一毛不拔，今日天開眼，報應得快！你不要怨悵，我們相幫你走。」盧俊義忍氣吞聲，只得走動。

行出東門，董超、薛霸把衣包、雨傘都挂在盧員外枷頭上。兩個一路上做好做惡，管押了行。【眉批】一路特地與林冲文一般，耐庵每每偏要如此。看看天色傍晚，約行了十四五里，前面一個村鎮尋覓客店安歇。當時小二哥引到後面房裏，安放了包裹。薛霸説道：「老爺們苦殺是個公人，那裏倒來伏侍罪人？你若要飯吃，快去燒火！」盧俊義只得帶着枷來到厨下，問小二哥討了個草柴，縛做一塊，來竈前燒火。小二哥替他淘米做飯，洗刷碗盞。盧俊義是財主出身，這般事却不會做，草柴火把又濕，又燒不着，一齊滅了，甫能盡力一吹，被灰眯了眼睛。寫得好極。董超又喃喃呐呐地罵。做得飯熟，兩個都盛去了。盧俊義並不敢討吃，兩個自吃了一回，剩下些殘湯冷飯，與盧俊義吃了。薛霸又不住聲罵了一回。吃了晚飯，又叫盧俊義去燒脚湯。等得湯滾，盧俊義方敢去房裏坐地。兩個自洗了脚，掇一盆百煎滚湯，賺盧俊義洗脚。與林冲文倒轉。方纔脱得草鞋，被薛霸扯兩條腿納在滚湯裏，大痛難禁。薛霸道：「老爺伏侍你，顛倒做嘴臉！」兩個公人自去炕上睡了，把一條鐵索，將盧員外鎖在房門背後。聲唤到四更，兩個公人起來，叫小二哥做飯，自吃飽了，收拾包裹要行。盧俊義看脚時，都是潦漿泡，點地不得。當日秋雨紛紛，路上又滑，寫得好極。○「自是斷腸聽不得，非干吹出斷腸聲」，爲此秋雨作一注脚。盧俊義一步一攧，薛霸拿起水火棍，攔腰便打。董超假意去勸，一路上埋寃叫苦。

離了村店，約行了十餘里，到一座大林。盧俊義道：「小人其實走不動了，可憐見權歇一歇。」兩個公人帶入林子來，正是東方漸明，未有人行。薛霸道：「我兩個起得早了，好生困倦；欲要就林子裏睡一睡，只怕你走了。」盧俊義道：「小人插翅也飛不去。」薛霸道：「莫要着你道兒，且等老爺縛一縛！」可謂與林冲傳一字不换矣，筆力之大如此。腰間解下麻索來，兜住盧俊義肚皮，去那松樹上只一勒，反拽過脚來綁在樹上。縛法于林冲文爲加詳。薛霸對董超道：「大哥，你去林子外立着，若有人來撞着，咳嗽爲號。」董超道：「兄弟放手快些個。」薛霸道：「你放心去看着外面。」説罷，拿起水火棍，看着盧員外道：「你休怪我兩個，你家主管李固，教我們路上結果你。便到沙門島也是死，不如及早打發了！你陰司地府，不要怨我們，明年今日是你周年！」盧俊義聽了，淚如雨下，低頭受死。

薛霸兩隻手拿起水火棍，望着盧員外腦門上劈將下來。故作險筆，驚死讀者。董超在外面，只聽得一聲「撲」地響，只道完事了，慌忙走入來看時，盧員外依舊縛在樹上；奇之甚，妙之甚。薛霸倒仰卧在樹下，水火棍撇在一邊。奇之甚，妙之甚。董超道：「却又作怪！莫不你使得力猛，倒吃一交？」又趣甚。用手去扶時，那裏扶得動？只見薛霸口裏出血，心窩裏露出三四寸長一枝小小箭桿。奇之甚，妙之甚。却待要叫，只見東北角樹上坐着一個人。奇之甚，妙之甚。聽得叫聲：「着！」撒手響處，董超脖項上早中了一箭，兩脚蹬空，「撲」地也倒了。奇之甚，妙之甚。

那人「托」地從樹上跳將下來，拔出解腕尖刀，割斷繩索，劈碎盤頭枷，就樹邊抱住盧員外，放聲大哭。盧俊義閃眼看時，認得是浪子燕青，奇之甚，妙之甚。○一路偏要寫得與林冲傳一樣，乃至不差一字；然後轉出燕青救主來，却與魯達救林冲，並無毫釐相犯，所謂「不辭險道，務臻妙境」也。叫道：「小乙，莫不是魂魄和你相見麼？」燕青道：「小乙直從留守司前，跟定這厮兩個到此，不想這厮果然來這林子裏下手。如今被小乙兩弩箭結果了，主人見麼？」盧俊義道：「雖是你强救了我性命，却射死了這兩個公人，這罪越添得重了，待走那裏去的是？」燕青道：「當初都是宋公明苦了主人，今日不上梁山泊時，別無去處。」盧俊義道：「只是我杖瘡發作，脚皮破損，點地不得。」燕青道：「事不宜遲，我背着主人去。」莫伶俐于小乙也，而此時此際，遂宛然李鐵牛身分者，至性所發，固當不謀而合也。○只六字，遂抵一篇陸秀夫、張世傑列傳。心慌手亂，便踢開兩個死尸，帶着弩弓，插了腰刀，拿了水火棍，背着盧俊義，一直望東便走。不得十數里，早馱不動，見一個小小村店，入到裏面尋房安下。叫做飯來，權且充饑，兩個暫時安歇。

這裏却說過往人看見林子裏射死兩個公人在彼，近處社長報與里正得知，却來大名府裏首告。隨即差官下來簡驗，却是留守司公人董超、薛霸。回復梁中書，着落大名府緝捕。觀察限了日期，要捉凶身。做公的人都來看了，「論這弩箭，眼見得是浪子燕青的。事不宜遲！」一二百做公的分頭去一到處貼了告示，説那兩個模樣，曉諭遠近村房道店、市鎮人家，挨捕捉拿。却説盧俊義正在店房將息杖瘡，正走不動，只得在那裏且住。店小二聽得有殺人公事，無有一個不説；又見畫他兩個模樣，小二心疑，却走去告本處社長：「我店裏有兩個人，好生脚叉，不知是也不是。」社長轉報做公的去了。

却説燕青爲無下飯，拿了弩子，去近邊處尋幾個蟲蟻吃。脱得妙絶，又無痕影。却待回來，只聽得滿村裏發喊。燕青躲在樹林裏張時，看見一二百做公的，鎗刀圍匝，把盧俊義縛在車子上，推將過去。燕青要搶出去救時，又無軍器，只叫得苦。方脱一險，又成一險，奇峰怪壑，層見疊出，真欲驚死天下人。尋思道：「若不去梁山泊報與宋公明得知，叫他來救，却不是我誤了主人性命？」當時取路行了半夜，肚裏又饑，身邊又没一文。走到一個土岡子上，叢叢雜雜有些樹木，就林子裏睡到天明。心中憂悶，只聽得樹枝上喜鵲咶咶噪噪，寫至此處，可謂筆慌墨促，急不得了矣，偏有餘力作此奇波，才子洵非恒情可量耳。尋思道：「若是射得下來，村坊人家討些水煮瀑得熟，也得充饑。」只一喜鵲作波，却又寫出燕青絶技，又寫出燕青窮途，妙筆妙筆。走出林子外擡頭看時，那喜鵲朝着燕青噪。百忙中作閑筆，却畫出許多身分。上是聽得鵲噪，此方是走出來看也。燕青輕輕取出弩弓，暗暗問天買卦，望空祈禱，説道：「燕青只有這一枝箭了！特寫燕青神技。若是救得主人性命，箭到，句。靈鵲墜空；若是主人命運合休，箭到，句。靈鵲飛去！」祝辭都妙。搭上箭，叫聲：「如意子，不要誤我！」聞此妙語，如見妙人。弩子響處，正中喜鵲後尾，帶了那枝箭，直飛下岡子去。中鵲而鵲飛去，後知作者之意，固不在于得鵲也。

燕青大踏步趕下岡子去，不見喜鵲，却見兩個人從前面走來：如此交卸過來，文字便無牽合之迹。不然，燕青恰下岡，而兩人恰上岡，天下容或有如是之巧事，而文家固必無如是之率筆也。前頭的帶頂猪嘴頭巾，腦後兩個金裹銀環，上穿香皂羅衫，腰繫銷金搭膊，穿半膝軟襪麻鞋，提一條齊眉棍棒；奇哉，此何人斯？後面的白范陽遮塵笠子，茶褐攢綫袖衫，腰繫緋紅纏袋，脚穿踢土皮鞋，背了衣包，提條短棒，跨口腰刀。奇哉，又何人斯？這兩個來的人，正和燕青打個肩厮拍。燕青轉回身看一看，尋思：「我正没盤纏，何不兩拳打倒他兩個，奪了包裹，却好上梁山泊？」揣了弩弓，抽身回來。這兩個低着頭只顧走，如畫。燕青趕上，把後面帶氈笠兒的後心一拳，「撲」地打倒；却待拽拳再打那前面的，却被那漢手起棒落，正中燕青左腿，打翻在地。後面那漢子爬將起來，踏住燕青，掣出腰刀，劈面門便剁。又蹴出一險事，令人一驚未了，一驚又起，妙絶。燕青大叫道：「好漢！我死不妨，可憐無人報信！」

那漢便不下刀，收住了手，提起燕青，問道：「你這厮報甚麽信？」燕青道：「你問我待怎地！」前面那漢把燕青手一拖，却露出手腕上花繡，慌忙問道：「你不是盧員外家甚麽浪子燕青？」燕青自通姓名既不可，那漢自曉姓名又不可。良工苦心，忽算到花繡上來，奇妙不可言。○一路寫燕青忠勇處，處處寫出妙人，可謂雕青剔緑之文矣。燕青想道：「左右是死，索性説了，教他捉去，和主人陰魂做一處！」便道：「我正是盧員外家浪子燕青！」讀之甚似極曲折者，却不知其極徑直也。○此處固不徑直不得，若其徑直而又似曲折，則非他筆之所能耳。二人見説，一齊看一看道：「早是不殺了你，原來正是燕小乙哥！你認得我兩個麽？我是梁山泊頭領病關索楊雄，他便是拚命三郎石秀。用楊雄、石秀，亦從奸夫、淫婦上映帶而來。楊雄道：「我兩個今奉哥哥將令，差往北京，打聽盧員外消息。軍師與戴院長亦隨後下山，專候通報。」先伏一句。燕青聽得是楊雄、石秀，把上件事都對兩個說了。楊雄道：「既是如此說時，我和小乙哥上山寨報知哥哥，別做個道理。你可自去北京打聽消息，便來回報。」只輕輕颺下一筆，其弱如絲，又豈料其後文變作驚天動地耶！石秀道：「最好！」便取身邊燒餅、乾肉與燕青吃，結射鵲一案。把包裹與燕青背了，跟着楊雄，連夜上梁山泊來。見了宋江，燕青把上項事備細說了一遍。宋江大驚，便會衆頭領商議良策。

且說石秀只帶自已隨身衣服，來到北京城外。天色已晚，入不得城，就城外歇了一宿。次日早飯罷，入得城來，但見人人嗟歎，個個傷情。奇文駭筆。石秀心疑，來到市心裏，問市户人家時，只見一個老丈回言道：「客人，你不知：我這北京有個盧員外，等地財主，因被梁山泊賊人擄掠前去，逃得回來，倒吃了一場屈官司，迭配去沙門島。又不知怎地路上壞了兩個公人，昨夜拿來。今日午時三刻，解來這裏市曹上斬他，客人可看一看。」石秀聽罷，兜頭一杓冰水；六日後斬宋江，已成險絕之筆，此更寫出當日斬盧俊義。令我讀至此處，不敢更望有轉筆處，○真是嚇死人。才子之才如此。急走到市曹，却見一個酒樓。石秀便來酒樓上，臨街占個閤兒坐下。酒保前來問道：「客官，還是請人，還是獨自酌杯？」急殺人時，偏有此消停之語，寫得如畫。石秀睜着怪眼道：「大碗酒，大塊肉，只顧賣來，問甚麼鳥！」酒保倒吃了一驚，打兩角酒，切一大盤牛肉將來。石秀大碗大塊，吃了一回。坐不多時，只聽得樓下街上熱鬧，嚇殺，嚇殺！如之何？如之何？石秀便去樓窗外看時，先將樓窗挑逗一筆。只見家家閉户，鋪鋪關門。酒保上樓來道：「客官醉也？樓下出人公事，快算了酒錢，別處去迴避！」石秀道：「我怕甚麼鳥！你快走下去，莫要討老爺打！」酒保不敢做聲，下樓去了。

不多時，只聽得街上鑼鼓喧天價來。嚇、嚇殺！如之何？如之何？石秀在樓窗外看時，再將樓窗挑逗一句。十字路口，周迴圍住法場，十數對刀棒劊子，前排後擁，把盧俊義綁押到樓前跪下。鐵臂膊蔡福拿着法刀，一枝花蔡慶扶着枷梢，寫二蔡。說道：「盧員外，你自精細着，不是我弟兄兩個救你不得，事做拙了。前面五聖堂裏，我已安排下你的坐位了，你可一魂去那裏領受。」說罷，人叢裏一聲叫道：「午時三刻到了！」嚇、嚇殺！如之何？如之何？一邊開枷。嚇殺！蔡慶早拿住了頭，嚇殺！蔡福早掣出法刀在手。嚇殺！當案孔目高聲讀罷犯由牌，嚇殺！眾人齊和一聲。嚇殺！如之何？如之何？樓上石秀只就那一聲和裏，掣着腰刀在手，應聲大叫：「梁山泊好漢全夥在此！」嚇殺人！樂殺人！奇殺人！妙殺人！蔡福、蔡慶撇了盧員外，扯了繩索先走。兼寫二蔡。石秀從樓上跳將下來，手舉鋼刀，殺人似砍瓜切菜，走不迭的，殺翻十數個，嚇殺！樂殺！奇殺！妙殺！一隻手拖住盧俊義，投南便走。原來這石秀不認得北京的路，只謂救出一個，却是陷入兩個。筆力之奇，如龍攪海，的的才子。更兼盧員外驚得呆了，越走不動。

梁中書聽得報來，大驚，便點帳前頭目，引了人馬，分頭去把城門關上，差前後做公的合將攏來。隨你好漢英雄，怎出高城峻壘？正是：分開陸地無牙爪，飛上青天欠羽毛。畢竟盧員外同石秀當下怎地脫身，且聽下回分解。

第五才子書施耐庵水滸傳卷之六十七

聖歎外書

第六十二回 宋江兵打大名城 關勝議取梁山泊

奴才，古作奴財，始于郭令公之罵其兒，言爲群奴之所用也。乃自今日觀之，而群天之下又何此類之多乎哉！一哄之市，抱布握粟，棼如也。彼棼如者何爲也？爲奴財而已也。山川險阻，舟車翻覆，棼如也。彼棼如者何爲也？爲奴財而已也。甚而至于窮夜咿唔，比年入棘，棼如也。彼棼如者何爲？爲奴財而已也。又甚至于握符綰綬，呵殿出入，棼如也。彼棼如者何爲也？爲奴財而已也。馳戈驟馬，解脰陷腦，棼如也；幸而功成，即無不爲奴財者也。千里行脚，頻年講肆，棼如也；既而來歸，亦無不爲奴財者也。嗚呼！群天下之人，而無不爲奴財。然則君何賴以治？民何賴以安？親何賴以養？子何賴以教？己德何賴以立？後學何賴以仿哉？石秀之罵梁中書曰：「你這與奴才做奴才的奴才！」誠乃耐庵托筆罵世，爲快絶哭絶之文也。

索超先是已從楊志文中出見，至是隔五十餘卷，而乃忽然欲合，恐人謂其無因而至前也。于是先從此處斜見橫出，却又借韓滔一箭再作一頓，然後轉出雪天之擒，其不肯率然置筆如此。

射索超用韓滔者，何也？意在再頓索超，非意在必射索超也。故有時射用花榮，是成乎其爲射也；有時射用韓滔，是不成乎其爲射也。不成乎其爲射，而必用韓滔者，何也？韓滔爲秦明副將，便即借之也。

以堂堂宰相之尊，袞袞樞密院官，三衙太尉之衆，而面面廝覷，則面面廝覷已耳，亦有何策上紓國憂，下弭賊勢乎哉？忽然背後轉出一人；忽然背後轉出之人，又從背後引出一人；忽然背後人所引之背後人，又從背後引出一人。嗚呼！才難未必然乎？是何背後之多人也？然則之三人亦幸而得遇朝廷多事，尚得有以自見；不然者，幾何其不爲堂堂宰相、袞袞樞密院官、三衙太尉之脚底下泥，終亦不見天日之面也。之三人亦不幸而得遇朝廷多事，終亦不免自見；不然者，吾知其閉户高卧，亦足自老，殊不願從堂堂宰相、袞袞樞密院官、三衙太尉之鼻下喉間仰取氣息也。讀竟，爲之三歎。

話説當時石秀和盧俊義兩個，在城内走投没路。四下裏人馬合來，衆做公的把撓鈎套索一齊上，可憐寡不敵衆，兩個當下盡被捉了。解到梁中書面前，叫押過劫法場的賊來。石秀押在廳下，睜圓怪眼，高聲大罵：「你這與奴才做奴才的奴才！「奴才」二字，始于郭令公之罵其兒也，曰是殆爲奴輩之所用耳。今亦暗用其意，撰成奇句，凡十一字，而有三「奴才」字，妙絶快絶。我聽着哥哥將令：早晚便引軍來打你城子，踏爲平地，把你砍做三截！先教老爺來和你們説知！」石秀在廳前千「奴才」、萬「奴才」價罵，廳上衆人都唬呆了。俗本誤作「千賊萬賊」，無謂之甚。梁中書聽了，沉吟半晌，叫取大枷來，且把二人枷了，監放死囚牢裏，分付蔡福在意看管，休教有失。蔡福要結識梁山泊好漢，把他兩個做一處牢裏關着，忙將好酒好肉與他兩個吃，因此不曾吃苦。

安放此句于没頭帖子之前者，表二蔡也。

却説梁中書唤本州新任王太守當廳發落，就城中計點被傷人數。殺死的有七八十個，跌傷頭面、磕折腿脚者，不計其數。此非表梁中書愛民，蓋補寫上文勢頭之猛惡也。報名在官，梁中書支給官錢，醫治燒化了當。次日，城裏城外報説將來：「收得梁山泊没頭帖子數十張，不敢隱瞞，只得呈上。」不會讀書人只謂從天而降，會讀書人却謂前文已有綫了。梁中書接着念道：

梁山泊義士宋江，仰示大名府官吏：員外盧俊義者，天下豪傑之士。好文章，擲地當作金石聲。吾今啓請上山，一同替天行道。如何妄徇奸賄，屈害善良？吾令石秀先來報知，不期反被擒捉。如是存得二人性命，獻出淫婦奸夫，吾無多求；好文章。倘若故傷羽翼，屈壞股肱，便當拔寨興師，同心雪恨。大兵到處，玉石俱焚。剿除奸詐，殄滅愚頑，天地咸扶，鬼神共祐。談笑而來，鼓舞而去。好文章，從來露布之所未有。義夫節婦，孝子順孫，安分良民，清慎官吏，切勿驚惶，各安職業。諭衆知悉。真正絶妙一篇好文章。

當時梁中書看畢，便唤王太守到來商議：「此事如何剖决？」王太守是個善懦之人，聽得說了這話，便稟梁中書道：「梁山泊這一夥，朝廷幾次尚且收捕他不得，何況我這裏一郡之力？倘若這亡命之徒引兵到來，朝廷救兵不迭，那時悔之晚矣！若論小官愚意：且姑存此二人性命，没頭帖子正復何用？只求得此一句耳。一面寫表申奏朝廷，二即奉書呈上蔡太師恩相知道，三者可教本處軍馬出城下寨[二]，隄備不虞。如此可保大名無事，軍民不傷。若將這兩個一時殺壞，誠恐寇兵臨城，一者無兵解救，二者朝廷見怪，三乃百姓驚慌，城中擾亂，深爲未便。」看他做出一正一反兩股文章，知其進士出身也。梁中書聽了道：「知府言之極當。」先喚押牢節級蔡福來，便道：「這兩個賊徒，非同小可。你若是拘束得緊，誠恐喪命；若教你寬鬆，又怕走了。你弟兄兩個，早早晚晚，可緊可慢，在意堅固，管候發落，休得時刻怠慢。」没頭帖子之用如此。蔡福聽了，心中暗喜：如此發放，正中下懷。領了鈞旨，自去牢中安慰兩個，不在話下。

只說梁中書便喚兵馬都監大刀聞達、天王李成兩個，都到廳前商議。梁中書備說梁山泊没頭告示、王太守所言之事。兩個都監聽罷，李成便道：「量這夥草寇，如何敢擅離巢穴？相公何必有勞神思？李某不才，食禄多矣，無功報德，願施犬馬之勞，統領軍卒，離城下寨。草寇不來，別作商議；如若那夥强寇年衰命盡，擅離巢穴，領衆前來，不是小將誇口，定令此賊片甲不回！」梁中書聽了大喜，隨即取金花繡緞賞勞二將。兩個辭謝，別了梁中書，各回營寨安歇。

次日，李成陞帳，喚大小官軍上帳商議。傍邊走過一人，威風凛凛，相貌堂堂，便是急先

[二]「者」，金評各本均作「着」，據明容與堂本改。

鋒索超，又出頭相見。可謂久别。李成傳令道：「宋江草寇，早晚臨城要來打俺大名。你可點本部軍兵，離城三十五里下寨，我隨後却領軍來。」索超得了將令，次日點起本部軍兵，至三十五里，地名飛虎峪，靠山下了寨栅。飛虎峪是一段。次日，李成引領正偏將，離城二十五里，地名槐樹坡，下了寨栅。槐樹坡是一段。周圍密布鎗刀，四下深藏鹿角，三面掘下陷坑。衆軍摩拳擦掌，諸將協力同心，只等梁山泊軍馬到來，便要建功。寫得有聲勢。

話分兩頭。原來這没頭帖子，却是吴學究聞得燕青、楊雄報信，又叫戴宗打聽得盧員外、石秀都被擒捉，因此虚寫告示，向没人處撇下，及橋梁道路上貼放，只要保全盧俊義、石秀二人性命。注明。戴宗回到梁山泊，把上項事備細與衆頭領説知。宋江聽罷大驚，就忠義堂上打鼓集衆，大小頭領各依次序而坐。宋江開話，對吴學究道：「當初軍師好計，啓請盧員外上山。今日不想却教他受苦，又陷了石秀兄弟，再用何計可救[一]？」吴用道：「兄長放心。小生不才，乘此機會，要取大名錢糧，以供山寨之用。明日是個吉辰，請兄長分一半頭領把守山寨，其餘盡隨出去攻打城池。」

宋江當下便唤鐵面孔目裴宣，派撥大小軍兵，來日起程。黑旋風李逵便道：「我這兩把大斧多時不曾發市，聽得打州劫縣，他也在廳邊歡喜！真正妙人，有此靈心妙舌。○説得板斧便似兩個快友，奇妙非他人可及。哥哥撥與我五百小嘍囉，搶到大名，把那鳥城池砍做肉地，救出盧員

[一]「計」，貫華堂本作「話」，據葉瑶池本改。

外、石三郎，也使我啞道童吐口宿氣！又教我做事做徹，却不快活？」說得情理都盡，真正妙人。○一語中有三故焉，高興是一，出氣是一，義憤是一也。宋江道：「兄弟雖然勇猛，這所在非比別處州府。那梁中書又是蔡太師女婿，更兼手下有李成、聞達，都是萬夫不當之勇，不可輕敵。」李逵大叫道：「哥哥，前日曉得我一生口快，便要我去妝做啞子；今日曉得我歡喜殺人，便不教我去做個先鋒。依你這樣用人之時，却不是屈殺了鐵牛！」心直口快，罵得宋江更無可辨。○語語帶定啞道童，便令章法不斷，讀者應知。○俗本訛。吳用道：「既然你要去，便教做先鋒。點與五百好漢相隨，就充頭陣，來日下山。」

當晚宋江和吳用商議撥定了人數，裴宣寫了告示送到各寨，各依撥次施行，不得時刻有誤。此時秋末冬初天氣，征夫容易披挂，戰馬久已肥滿。軍卒久不臨陣，皆生戰鬥之心；正是有事爲榮，無不歡天喜地。收拾鎗刀，拴束鞍馬，吹風唿哨，時刻下山。句句有鼓鼙之聲，絶妙軍中鐃吹曲辭。若杜工部前、後《出塞》，徒亂軍心耳。第一撥：當先哨路黑旋風李逵，部領小嘍囉五百。好。第二撥：兩頭蛇解珍、雙尾蝎解寶、毛頭星孔明、獨火星孔亮，部領小嘍囉一千。好。第三撥：女頭領一丈青扈三娘，副將母夜叉孫二娘、母大蟲顧大嫂，部領小嘍囉一千。好。第四撥：撲天鵰李應，副將九紋龍史進、小尉遲孫新，部領小嘍囉一千。好。○已上是一段。中軍主將都頭領宋江，軍師吳用；好。簇帳頭領四員：小温侯吕方、賽仁貴郭盛、病尉遲孫立、鎮三山黄信。好。○此一段虚。前軍頭領霹靂火秦明，副將百勝將韓滔、天目將彭玘。好。後軍頭領豹子頭林冲，副將鐵笛仙馬麟、火眼狻猊鄧飛。好。左軍頭領雙鞭呼延灼，副將摩雲金翅歐鵬、錦毛虎燕順。好。右軍頭領小李廣花榮，副將跳澗虎陳達、白花蛇楊春。好。並帶炮手轟天雷凌振。好。○前後左右四軍並炮手是一段。○實。接應糧草、探聽軍情頭領一員：神行太保戴宗。好，○只一調撥，文字亦殊易相犯耳，偏能逐番變換，逐番出色，豈非才子之筆？軍兵分撥已定，平明各頭領依次而行，當日進發。只留下副軍師公孫勝並劉唐、朱仝、穆弘四個頭領，統領馬步軍兵，守把山寨。三關水寨中，自有李俊等守把，獨詳此段，爲下關勝用圍魏救趙計作案。不在話下。

却說索超正在飛虎峪寨中坐地，只見流星報馬前來報說：「宋江軍馬大小人兵，不計其數，離寨約有二三十里，將近到來！」索超聽得，飛報李成槐樹坡寨内。李成聽了，一面報馬入城，一面自備了戰馬，直到前寨。索超接着，說了備細。次日，五更造飯，平明拔寨都起，前到庾家疃，列成陣勢，擺開一萬五千人馬。李成、索超全副披挂，門旗下勒住戰馬。平東一望，遠遠地塵土起處，約有五百餘人飛奔前來，當前一員好漢，乃是黑旋風李逵，調撥時，第一段之一。手搦雙斧，高聲大叫：「認得梁山泊好漢黑爺爺麽？」奇稱。李成在馬上看了，與索超大笑道：「每日只說梁山泊好漢，原來只是這等腌臢草寇，何足爲道！真堪一笑。先鋒，你看麽？何不先捉此賊？」索超笑道：「不須小將，有人建功。」李成委索超，索超委偏裨，寫得風流談笑之極。言未絶，索超馬後一員首將，姓王，名定，手撚長鎗，引領部下一百馬軍，飛奔衝將過來。李逵被馬軍一衝，當下四散奔走。索超引軍直趕過庾家疃時，只見山坡背後，鑼鼓喧天，早撞出兩彪軍馬，左有解珍、孔亮，右有孔明、解寶，第一段之二。各領五百小嘍囉，衝殺將來。

索超見他有接應軍馬，方纔吃驚，不來追趕，勒馬便回。李成問道：「如何不拿賊來？」

索超道：「趕過山去，正要拿他，原來這厮們倒有接應人馬，伏兵齊起，難以下手。」李成道：「這等草寇，何足懼哉！」將引前部軍兵，盡數殺過庚家疃來。只見前面摇旗吶喊，擂鼓鳴鑼，另是一彪軍馬，當先一騎馬上，却是一員女將，引軍紅旗上金書大字「美人一丈青」，奇稱。○「黑爺爺」奇，「美人一丈青」又奇。俗本都失之，遂令文章削色不少。左手顧大嫂，右手孫二娘，第一段之三。引一千餘軍馬，盡是七長八短漢，四山五岳人。李成看了道：「這等軍人，作何用處！先鋒與我向前迎敵，我却分兵勒捕四下草寇！」索超領了將令，手搭金蘸斧，拍坐下馬，殺奔前來。一丈青勒馬回頭，望山凹裏便走。李成分開人馬，四下趕殺。忽然當頭一彪人馬，寫得奇變。喊聲動地，却是撲天鵰李應，左有史進，右有孫新，着地捲來。第一段之四。李成急忙退入庚家疃時，左衝出解珍、孔亮，右衝出孔明、解寶，部領人馬，重復殺轉。三員女將撥轉馬頭，隨後殺來，趕得李成等四分五落。將及近寨，黑旋風李逵當先攔住。上只四分五落，至此忽然而合。兵勢奇變，筆勢亦奇變也。李成、索超衝開人馬，奪路而去。比及至寨，大折無數。宋江軍馬也不追趕，一面收兵暫歇，札下營寨。

却說李成、索超慌忙差人，入城報知梁中書。梁中書連夜再差聞達，速領本部軍馬前來助戰。李成接着，就槐樹坡寨内商議退兵之策。聞達笑道：「疥癩之疾，何足挂意！」當夜商議定了：明日四更造飯，五更披挂，平明進兵。戰鼓三通，拔寨都起，前到庚家疃。只見宋江軍馬潑風也似價來，「潑風」奇文。聞達便教將軍馬擺開，强弓硬弩射住陣脚。宋江陣中，早已捧出一員大將，紅旗銀字，大書「霹靂火秦明」，「早已」二字，爲秦明摹神。勒馬陣前，厲聲大叫：「大名濫官污吏聽着！多時要打你這城子，誠恐害了百姓良民。好好將盧俊義、石秀送將出來，淫婦、奸夫一同解出，我便退兵罷戰，誓不相侵。若是執迷不悟，亦須有話早説！」聞達聽了大怒，便問：「誰去力擒此賊？」

説猶未了，索超早已出馬；「早已」二字，爲索超摹神。立在陣前，高聲喝道：「你這廝是朝廷命官，國家有何負你？你好人不做，却落草爲賊！我今拿住你時，碎尸萬段！」秦明聽了這話，一發爐中添炭，火上燒油，寫得如畫。拍馬向前，輪狼牙棍直奔將來。索超縱馬直挺秦明，二匹劣馬相交，兩個急人發憤。秦明、索超真是一雙，妙筆寫出，只須二語[一]。衆軍吶喊，鬥過二十餘合，不分勝敗。前軍隊裏轉過韓滔，就馬上拈弓搭箭，覷得索超較親，「颼」地只一箭，正中索超左臂；此非爲韓滔立功，正是與索超作地。撇了大斧，回馬望本陣便走。宋江鞭梢一指，大小三軍一齊捲殺過去。正是尸横遍野，流血成河，大敗虧輸。直追過庾家疃，隨即奪了槐樹坡小寨。完槐樹坡一寨。當晚聞達直奔飛虎峪，計點軍兵，三停去一。宋江就槐樹坡寨内屯札，吴用道：「軍兵敗走，心中必怯。若不乘勢追趕，誠恐養成勇氣，急忙難得。」宋江道：「軍師之言極當。」隨即傳令：當晚就將精鋭得勝軍將，分作四路，連夜進發，殺奔將來。

再説聞達奔到飛虎峪，方在寨中坐了喘息。如畫。小校來報：「東邊山上一帶火起！」寫得有聲有勢。聞達帶領軍兵上馬，投東看時，只見遍山遍野通紅。西邊山上又是一帶火起，不出來將

[一]「二」，貫華堂本作「一」，據葉瑶池本改。

姓名，先寫兩帶火起，筆下聲勢之甚。聞達便引軍兵急投西時，聽得馬後喊聲震地。當先首將小李廣花榮，引副將楊春、陳達，從東邊火裏直衝出來。聲勢之甚。聞達一時心慌，領兵便回飛虎峪。西邊火裏，「東邊火裏」，「西邊火裏」，聲勢之甚。當先首將雙鞭呼延灼，引副將歐鵬、燕順，直衝出來。聲勢之甚。兩路並力追來，後面喊聲越大，火光越明，聲勢之甚。又是首將霹靂火秦明，引副將韓滔、彭玘，人喊馬嘶，不計其數。聞達軍馬大亂，拔寨都起。只見前面喊聲又發，火光晃耀。聲勢之甚。聞達引軍奪路，只聽得震天震地一聲炮響，又添出凌振，聲勢不可當。却是轟天雷凌振將帶副手，從小路直轉飛虎峪那邊，放起這炮。炮響裏一片火把，妙妙。火光裏一彪軍馬攔路，妙妙，聲勢百倍。乃是首將豹子頭林冲，引副將馬麟、鄧飛，截住歸路。四下裏戰鼓齊鳴，烈火競舉，此是第二段所調撥也。衆軍亂攛，各自逃生。聞達手舞大刀，苦戰奪路，恰好撞着李成，合兵一處，且戰且走。直到天明，方至城下。梁中書聽得這個消息，驚得三魂失二，七魄剩一，奇語。連忙點軍出城，接應敗殘人馬，緊閉城門，堅守不出。次日，宋江軍馬追來，直抵東門下寨，準備攻城。

且說梁中書在留守司聚衆商議，如何解救。李成道：「賊兵臨城，事在告急，若是遲延，必至失陷。相公可修告急家書，差心腹之人，星夜趕上京師，報與蔡太師知道。早奏朝廷，調遣精兵，前來救應，此是上策。第二，作緊行文，關報鄰近府縣，亦教早早調兵接應。第三，北京城內着仰大名府起差民夫上城，同心協助，守護城池，準備擂木炮石，踏弩硬弓，灰瓶金汁，曉夜隄備。如此，可保無虞。」梁中書道：「家書隨便修下，誰人去走一遭？」當日差下首將王定，全副披挂，又差數個馬軍，領了密書，放開城門吊橋，望東京飛報聲息，及關報鄰近府分，發兵救應。先仰王太守起集民夫，上城守護，不在話下。

且說宋江分調衆將，引軍圍城，東西北三面下寨，只空南門不圍。每日引軍攻打，一面向山寨中催取糧草，爲久屯之計，務要打破大名，救取盧員外、石秀二人。爲關勝圍魏救趙之計，反襯一筆。李成、聞達，連日提兵出城交戰，不能取勝；略點以遮其冷。索超箭瘡將息，未得痊可。再頓以留其地。

不說宋江軍兵打城，且說首將王定賫領密書，三騎馬，直到東京太師府前下馬。門吏轉報入去，太師教喚王定進來。直到後堂拜罷，呈上密書。蔡太師拆開封皮，看了大驚，問其備細。王定把盧俊義的事一一說了，「如今宋江領兵圍城，聲勢浩大，不可抵敵。」庾家疃、槐樹坡、飛虎峪，三處廝殺，盡皆說罷。蔡京道：「鞍馬勞困，你且去館驛内安下，待我會官商議。」王定又稟道：「太師恩相：大名危如纍卵，破在旦夕。倘或失陷，河北縣郡如之奈何？望太師恩相，早早遣兵剿除！」蔡京道：「不必多說，你且退去。」王定去了。太師隨即差當日府幹，請樞密院官急來商議軍情重事。

不移時，東廳樞密使童貫引三衙太尉，都到節堂，參見太師。蔡京把大名危急之事，備細說了一遍，「如今將何計策，用何良將，可退賊兵，以保城郭？」說罷，衆官互相廝覷，各有懼色。只見那步軍太尉背後轉出一人，每每非常之人，多在人「背後轉出」。乃是衙門防禦保義使，姓宣，名贊，掌管兵馬。此人生得面如鍋底，鼻孔朝天，卷髮赤鬚，彪形八尺，使口鋼刀，武藝出衆。畫出名士，夫名士豈必鮮衣白面哉？先前在王府曾做郡馬，人呼爲「醜郡馬」；因對連珠箭贏了番將，郡王愛他武藝，招做女婿。誰想郡主嫌他醜陋，懷恨而亡，因此不得重用，只做得個兵馬保義使。叙述履歷，令人悲感。○連珠箭不能償其醜陋，郡王愛不能行于郡主。功名得失之際，使人意氣都盡。當時却忍不住，出班來禀太師道：「小將當初在鄉中，有個相識，此人乃是漢末三分義勇武安王嫡派子孫，姓關，名勝，生得規模與祖上雲長相似，使一口青龍偃月刀，人稱爲『大刀關勝』。見做蒲東巡簡，屈在下僚。又一人背後人，妙妙。○亦與叙述履歷一篇，令人愈增悲感。○醜陋者不得重用，奇偉者又在下僚，然則當時用人，真惟賄賂一途矣。今日求之，不既晚乎！此人幼讀兵書，深通武藝，有萬夫不當之勇。若以禮幣請他，拜爲上將，可以掃清水寨，殄滅狂徒，保國安民。乞取鈞旨。」蔡京聽罷大喜，就差宣贊爲使，賚了文書鞍馬，連夜星火前往蒲東，禮請關勝赴京計議。衆官皆退。

話休絮繁。宣贊領了文書，上馬進發，帶將三五個從人，不則一日，來到蒲東巡簡司前下馬。當日關勝正和郝思文在衙内，論説古今興廢之事。又一人背後人，妙妙。聞説東京有使命至，關勝忙與郝思文出來迎接。各施禮罷，請到廳上坐地。關勝問道：「故人久不相見，今日何事，遠勞親自到此？」宣贊回言：「爲因梁山泊草寇攻打大名，宣某在太師面前，一力保舉兄長有安邦定國之策，降兵斬將之才。特奉朝廷敕旨，太師鈞命，彩幣鞍馬，禮請起行。兄長勿得推却，便請收拾赴京。」關勝聽罷大喜，何遽「大喜」？只四字寫盡英雄可憐。與宣贊説道：「這個兄弟，姓郝，雙名思文，是我拜義弟兄。看他初被人薦，便轉薦人，寫豪傑胸襟真與奸臣天壤。○看他一個背後人引出一個背後人，一個背後人又引出一個背後人，章法便與陽羡鵝籠無二[一]。當初

[一]「陽」，金評各本均作「楊」，據文意改。

他母親夢井木犴投胎，因而有孕，後生此人，因此人唤他做『井木犴』。這兄弟十八般武藝，無有不能，可惜至今屈沉在此。只今同去協力報國，有何不可？」亦與叙述履歷一篇，令人悲感不已。宣贊喜諾，就行催請登程。

當下關勝分付老小，一同郝思文，將引關西漢十數個人，收拾刀馬、盔甲、行李，跟隨宣贊連夜起程。來到東京，徑投太師府前下馬。門吏轉報蔡太師得知，教唤進。宣贊引關勝、郝思文直到節堂，拜見已罷，立在階下。蔡京看了關勝，端的好表人材：堂堂八尺五六身軀，細細三柳髭髯；兩眉入鬢，鳳眼朝天；面如重棗，唇若塗硃。又畫出一名士。太師大喜，便問：「將軍青春多少？」關勝答道：「小將三十有二。」隨手補出年甲。蔡太師道：「梁山泊草寇圍困大名，請問將軍施何妙策，以解其圍？」關勝禀道：「久聞草寇占住水洼，驚群動衆。今擅離巢穴，自取其禍。若救大名，虚勞人力。乞假精兵數萬，先取梁山，後拿賊寇：教他首尾不能相顧。」

太師見説大喜，與宣贊道：「此乃圍魏救趙之計，讀至此計，令人吃驚，且歎名下無虚也。正合吾心。」隨即唤樞密院官，調撥山東、河北精鋭軍兵一萬五千；教郝思文爲先鋒，宣贊爲合後，關勝爲領兵指揮使，步軍太尉段常接應糧草。犒賞三軍，限日下起行。大刀闊斧，殺奔梁山泊來。直教：龍離大海，不能駕霧騰雲；虎到平川[一]，怎辦張牙舞爪？正是：貪觀天上中秋月，失却盤中照殿珠。畢竟宋江軍馬怎地結果，且聽下回分解。

[一]「川」，貫華堂本作「用」，據葉瑶池本改。

第五才子書施耐庵水滸傳卷之六十八

聖歎外書

第六十三回　呼延灼月夜賺關勝　宋公明雪天擒索超

此回寫水軍劫寨，何至草草如此？蓋意在襯出大刀，則餘人總非所惜。所謂「琬琰之藉，無過白茅」者也。

寫大刀處處摹出雲長變相，可謂儒雅之甚，豁達之甚，忠誠之甚，英靈之甚。一百八人中，別有絶群超倫之格，又不得以讀他傳之眼讀之。

寫雪天擒索超，略寫索超而勤寫雪天者，寫得雪天精神，便令索超精神。此畫家所謂「襯染」之法，不可不一用也。

話説蒲東關勝當日辭了太師，統領一萬五千人馬，分爲三隊，離了東京，望梁山泊來。話分兩頭。且説宋江與同衆將每日攻打城池，李成、聞達那裏敢出對陣？索超箭瘡深重，又未平復，更無人出戰。宋江見攻打城子不破，心中納悶，離山已久，不見輸贏。是夜在中軍帳裏悶坐，點上燈燭，取出玄女天書，正看之間，忽小校報說：「軍師來見。」吳用到得中軍帳內，與宋江道：「我等衆軍圍許多時，如何杳無救軍來到，城中又不出戰？向有三騎馬奔出城去，必是梁中書使人去京師告急。他丈人蔡太師必然上緊遣兵，中間必有良將。倘用圍魏救趙之計，且不來解此處之危，反去取我梁山大寨，如之奈何？兄長不可不慮。論事可謂英雄所見略同，論文可謂忽伸忽縮，極奇極變矣。我等先着軍士收拾，未可都退。」又妙。正說之間，只見神行太保戴宗到來報說：「東京蔡太師拜請關菩薩玄孫蒲東郡大刀關勝，引一彪軍馬，飛奔梁山泊來。寨中頭領主張不定，請兄長軍師早早收兵回來，且解梁山之難！」吳用道：「雖然如此，不可急還。今夜晚間，先教步軍前行，留下兩支軍馬，就飛虎峪兩邊埋伏。城中知道我等退軍，必然追趕；若不如此，我兵先亂。」真好。

宋江道：「軍師言之極當。」傳令便差小李廣花榮，引五百軍兵，去飛虎峪左邊埋伏；是。豹子頭林冲，引五百軍兵，去飛虎峪右邊埋伏。是。再叫雙鞭呼延灼，引二十五騎馬軍，帶着凌振，將了風火等炮，離城十數里遠近，但見追兵過來，隨即施放號炮，令其兩下伏兵齊去並殺追兵。是。一面傳令前隊退兵，要如雨散雲行，遇兵勿戰，慢慢退回。是。步軍隊裏，半夜起來，次第而行。直至次日巳牌前後，方纔盡退。看他寫退兵，亦必詳盡如此。

城上望見宋江軍馬，手拖旗旛，肩擔刀斧，紛紛滾滾，拔寨都起，有還山之狀。城上看了仔細，報與梁中書知道：「梁山泊軍馬，今日盡數收兵都回去了。」梁中書聽得，隨即喚李成、聞達商議。聞達道：「想是京師救軍去取他梁山泊，這厮們恐失巢穴，慌忙歸去。可以乘勢追殺，必擒宋江。」説猶未了，城外報馬到來，賚東京文字，約會引兵去取賊巢，「他若退兵，可以速追。」緊簇。梁中書便叫李成、聞達各帶一支軍馬，從東西兩路，追趕宋江軍馬。且説宋江引兵正回，見城中調兵追趕，捨命便走。一邊李成、聞達直趕到飛虎峪那邊，只聽得背後火炮齊響。李成、聞達吃了一驚，勒住戰馬看時，後面旗旛對刺，戰鼓亂鳴，李成、聞達措手不及。左手下撞出小李廣花榮，右手下撞出豹子頭林冲，各引五百軍馬，兩邊殺來。李成、聞達知道中計，火速回軍。前面又撞出呼延灼，引着一支馬軍，死並一陣。殺得李成、聞達頭盔不見，衣甲飄零，退入城中，閉門不出。宋江軍馬次第方回，漸近梁山泊邊，却好迎着醜郡馬宣贊攔路。宋江約住軍兵，權且下寨。若出俗筆，便寫「竟回山寨」，然則一萬五千人馬何在耶？故知此句必不可少。暗地使人從偏僻小路赴水上山報知，約會水陸軍兵，兩下救應。

且説水寨内，船火兒張横與兄弟浪裏白條張順商議道：「我和你弟兄兩個，自來寨中，不曾建功。現今蒲東大刀關勝三路調軍，打我寨栅。不若我和你兩個先去劫了他寨，捉得關勝，立這件大功，衆兄弟面上也好争口氣。」張順道：「哥哥，我和你只管得些水軍。倘或不相救應，枉惹人恥笑。」張横道：「你若這般把細，何年月日能够建功？你不去便罷，我今夜自去。」張順苦諫不聽。當夜張横點了小船五十餘隻，每船上只有三五人，渾身都是軟戰，手執苦竹鎗，各帶蓼葉刀。趁着月光微明，寒露寂静，把小船直抵旱路。此時約有二更時分。

却説關勝正在中軍帳裏點燈看書，有伏路小較悄悄來報：「蘆花蕩裏，約有小船四五十隻，人人各執長鎗，盡去蘆葦裏面兩邊埋伏。不知何意，特來報知。」關勝聽了，微微冷笑，回顧跕旁首將，低低説了一句。已下皆極畫關勝，正不及爲水軍諸人惜也。○絶妙一幅雲長變相。且説張横將引三二百人，從蘆葦中間藏踪躡迹，直到寨邊，拔開鹿角，徑奔中軍。望見帳中燈燭熒煌，關勝手撚髭髯，坐着看書。又一幅絶妙雲長變相。○張横望見燈燭熒煌，關勝看書；三阮望見燈燭熒煌，並無一人。兩「燈燭熒煌」句，相照作章法。俗本訛。張横暗喜，手掿長鎗，搶入帳房裏來。傍邊一聲鑼響，衆軍喊動，如天崩地塌，山倒江翻。唬得張横倒拖長鎗，轉身便走。四下裏伏兵亂起，張横同二三百人不曾走得一個，盡數被縛，推到帳前。關勝看了，笑罵：「無端草賊，安敢張我！」草賊罵曰「無端」，劫寨名爲「張我」，真正英雄，真正闊大，真正儒雅，真正風流。○皆極畫關勝。喝把張横陷車盛了，其餘的盡數監着。直等捉了宋江，一並解上京師。每賴此句，便得不殺。

不説關勝捉了張横。却説水寨内三阮頭領，正在寨中商議，使人去宋江哥哥處聽令，只見張順到來報説：「我哥哥因不聽小弟苦諫，去劫關勝營寨，不料被捉，囚車監了。」阮小七聽了，叫將起來，説道：「我兄弟們同死同生，吉凶相救！你是他嫡親兄弟，却怎地教他獨自去？被人捉了，你不去救，我弟兄三個自去救他！」張順道：「爲不曾得哥哥將令，却不敢輕動。」阮小七道：「若等將令來時，你哥哥吃他剁做泥了！」阮小二、阮小五都道：「説得是。」張順説他三個不過[一]，只得依他。當夜四更，點起大小水寨頭領，各駕船一百餘隻，一齊殺

[一]「説」，貫華堂本、葉瑶池本作「迭」，據王望如評本改。

奔關勝寨來。

岸上小軍望見水面上戰船如螞蟻相似，都傍岸邊，慌忙報知主帥。關勝笑道：「無見識奴！」罵得妙。儒雅人罵人，亦罵得儒雅，真乃妙筆傳出。○俗本于此四字下，添入許多字，反減許多色澤；古本于此四字下，更無許多字，却有許多色澤：不可不知。回顧首將，又低低說了一句。極寫關勝。○此與前同作章法。却說三阮在前，張順在後，吶聲喊，搶入寨來。只見寨內燈燭熒煌，並無一人。此與前變作章法。三阮大驚，轉身便走。帳前一聲鑼響，左右兩邊馬軍步軍，分作八路，簸箕掌、栲栳圈，重重疊疊，圍裹將來。張順見不是頭，「撲通」的先跳下水去。三阮奪路到得水邊，後軍却早趕上，撓鈎齊下，套索飛來，早把活閻羅阮小七橫拖倒拽捉去了。阮小二、阮小五、張順，却得混江龍李俊帶領童威、童猛死救回去。

不說阮小七被捉，因在陷車之中。且說水軍報上梁山泊來，報上去。劉唐便使張順從水路裏直到宋江寨中，報說這個消息。報下來，一絲不錯。宋江便與吴用商議，怎生退得關勝。吴用道：「來日決戰，且看勝敗如何。」正定計間，猛聽得戰鼓亂起，藏過所定之計，下便若出意外。此又一樣筆法，非前文之所有。却是醜郡馬宣贊部領三軍，直到大寨。宋江舉衆出迎，看了宣贊在門旗下勒戰，便問：「兄弟，那個出馬？」只見小李廣花榮妍醜一雙。拍馬持鎗，直取宣贊。宣贊舞刀來迎，一來一往，一上一下，鬥到十合。花榮賣個破綻，回馬便走。宣贊趕來，花榮就了事環帶住鋼鎗，拈弓取箭，側坐雕鞍，輕舒猿臂，翻身一箭。宣贊聽得弓弦響，却好箭來；把刀只一隔，「錚」地一聲響，射在刀面上。不是寫花榮，乃是寫宣贊。○寫宣贊者非止寫宣贊也，寫宣贊所以寫關勝也。古有之云:「欲知其人,先看所使。」但極寫宣贊,便已襯出關勝來也。花榮見一箭不中,再取第二枝箭,看得較近,望宣贊胸膛上射來。宣贊鐙裏藏身,又射個空。極寫宣贊。宣贊見他弓箭高强,不敢追趕,「霍」地勒回馬,跑回本陣。花榮見他不趕,連忙便勒轉馬頭,望宣贊趕來。又取第三枝箭,望得宣贊後心較近,再射一箭;只聽得「鐺」地一聲響,正射在背後護心鏡上。雖意在極寫宣贊,然終亦讓出花榮。蓋天罡之與地煞,固當有其辨耳。宣贊慌忙馳馬入陣,使人報與關勝。

關勝得知,便喚小校:「快牽我那馬來!」「霍」地立起身,綽青龍刀,騎火炭馬,門旗開處,直臨陣前。又一幅絶妙雲長變相。宋江看見關勝天表亭亭,四字絶妙雲長變相。與吴用指指點點喝采,「指指點點」妙,活畫出所定計來。○上文定計,藏過其文,却隱隱約約于一路逗出之,妙妙。回頭又高聲對衆將道:「將軍英雄,名不虛傳!」「回頭」妙,「高聲」妙。只這一句,林冲大怒,叫道:「我等弟兄,自上梁山,大小五七十陣,未嘗挫了鋭氣,今日何故滅自己威風!」説罷挺鎗出馬,直取關勝。怒叫妙。關勝見了,大喝道:「水泊草寇,我不直得便凌逼你!單喚宋江出來,吾要問他何意背反朝廷!」英雄儒雅,儼似其祖。○極寫關勝也。

宋江在門旗下聽了,喝住林冲,縱馬親自出陣,欠身與關勝施禮,説道:「鄆城小吏宋江謹參,一惟將軍問罪。」定計如此,真是妙絶。關勝喝道:「汝爲小吏,安敢背叛朝廷?」宋江答道:「蓋爲朝廷不明,縱容奸臣當道,不許忠良進身;是一段説話,照關勝、宣贊、郝思文説,妙妙。布滿濫官污吏,陷害天下百姓。是一段説話,照梁山泊衆人説,妙妙。宋江等替天行道,並無異心。」關勝大喝道：「分明草賊，替何天，行何道！罵得暢，罵得倒，極畫關勝。天兵在此，還敢巧言令色！四字罵盡宋江一生，真乃絶妙關勝。若不下馬受縛，着你粉骨碎身！」猛可里霹靂火秦明聽得，大叫一聲，舞狼牙棍，縱馬直搶過來；是一個虎將。林冲也大叫一聲，挺鎗出馬，飛搶過來。又一個虎將。兩將雙取關勝，關勝一齊迎住，三騎馬向征塵影裏，轉燈般厮殺。宋江忽然指指點點，便教鳴金收軍。「忽然指指點點」，妙絶妙絶。○忽然放出二將，忽然收轉二將，定計如此，真是妙絶。林冲、秦明回馬，一齊叫道：「正待擒捉這厮，兄長何故收軍罷戰？」「一齊叫」妙。宋江高聲道：「賢弟，我等忠義自守，以兩取一，非所願也。語語錐入其耳，定計妙絶。縱使一時捉他，亦令其心不服。語語錐耳。吾看大刀義勇之將，世本忠臣，乃祖爲神，家家家廟。語語錐耳，安能不入玄中？○三「家」字成句，句法奇絶。若得此人上山，宋江情願讓位。」雖是計賺之言，然此位則豈宋江之所得讓乎？又于閑處逗露宋江心事，以惡之也。林冲、秦明變色各退。「變色」妙。○已上皆所定之計也。俗本盡訛，遂不可讀。當日兩邊各自收兵。

且説關勝回到寨中，下馬卸甲，心中暗忖已入玄中，寫來如畫。道：「我力鬥二將不過，看看輸與他了。宋江倒收了軍馬，不知是何意思？」已入玄中，寫來如畫。便叫小軍推出陷車中張横、阮小七過來，問道：「宋江是個鄆城縣小吏，你這厮們如何伏他？」忽轉到陷車，筆墨超忽之甚。阮小七應道：「俺哥哥山東、河北馳名，叫做及時雨呼保義宋公明。你這厮不知忠義之人，以此六字罵關勝，可謂更罵不着，乃恰與關勝合拍，何也？如何省得！」關勝低頭不語，深入玄中，寫來如畫。且教推過陷車。當晚坐卧不安，走出中軍看月，寒色滿天，霜華遍地，關勝嗟歎不已。

又一幅絶妙雲長變相，精神意思，都畫出來。有伏路小較前來報説：「有個髯鬚將軍，匹馬單鞭，要見元帥。」突如其來，又不是突如其來，筆法可想。關勝道：「你不問他是誰？」小較道：「他又没衣甲、軍器，並不肯説姓名，只言要見元帥。」不便出名好。關勝道：「既是如此，與我唤來。」没多時，來到帳中，拜見關勝。

關勝回顧首將，剔燈再看，又一幅絶妙雲長變相。形貌也略認得，便問那人是誰。那人道：「乞退左右。」關勝大笑道：「大將身居百萬軍中，若還不是一德一心，安能用兵如指？吾帳上帳下，無大無小，盡是機密之人。你有話，但説不妨。」極寫關勝絶倫超群，真是妙絶之論。○此語庶幾惟郭子儀、岳武穆有之，讀之令人起敬起畏。那人道：「小將呼延灼的便是。前日曾與朝廷統領連環馬軍，征進梁山泊。誰想中賊奸計，失陷了軍機，不得還京見駕。昨者聽得將軍到來，真乃不勝之喜。早間陣上，林冲、秦明待捉將軍，宋江火急收軍，誠恐傷犯足下。此人素有歸順之意，獨奈衆賊不從。方纔暗與呼延灼商議，正要驅使衆人歸順。將軍若是聽從，明日夜間，輕弓短箭，騎着快馬，從小路直入賊寨，生擒林冲等寇，解赴京師。不惟將軍建立大功，亦令宋江與小將得贖重罪。」關勝聽了大喜，請入帳中，置酒相待。呼延灼備説宋江專以忠義爲主，不幸陷落賊巢。關勝掀髯飲酒，拍膝嗟歎，又一幅絶妙雲長變相。不題。

却説次日宋江舉兵搦戰。關勝與呼延灼商議：「晚間雖有此計，今日不可不先贏此將。」呼延灼借副衣甲穿了，好。上馬都到陣前。宋江獨自大駡呼延灼道：「山寨不曾虧負你半分，因何夤夜私去！」宋江獨駡妙。呼延灼回道：「無知小吏，成何大事！」獨駡宋江妙。○如此虚虛實實，安得不入玄中。宋江便令鎮三山黃信出馬，直奔呼延灼。兩馬相交，鬥不到十合，呼延灼手起一鞭，把黃信打死馬下。不說真假，竟敘打死，則非黃信可知也。俗本訛。關勝大喜，令大小三軍一齊掩殺。呼延灼道：「不可追掩！吳用那廝廣有神機，若還趕殺，恐賊有計。」從來苦肉計不令創鉅，讀之絕倒。關勝聽了，火急收軍，都回本寨。到中軍帳裏，置酒相待，動問鎮三山黃信如何。極寫關勝忠信過人，不愧乃祖「日在天上，心在人內」二語。呼延灼道：「此人原是朝廷命官，青州都監，與秦明、花榮一時落草，平日多與宋江意思不合。今日要他出馬，正要打殺此賊。」又說得妙，安得不入玄中！關勝大喜，傳下將令，教宣贊、郝思文兩路接應，自引五百馬軍，輕弓短箭，叫呼延灼引路，至夜二更起身，三更前後，直奔宋江寨中，炮響爲號，裏應外合，一齊進兵。

是夜月光如晝。黃昏時候，披挂已了，馬摘鸞鈴，人披軟戰，軍卒銜枚疾走，一齊乘馬。呼延灼當先引路，衆人跟着，轉過山徑，約行了半個更次。前面撞見三五十個小軍，低聲問道：「來的不是呼將軍麽？」如此定計，真正妙絕。呼延灼喝道：「休言語！隨在我馬後走！」真正妙絕。呼延灼縱馬先行，關勝乘馬在後。又轉過一層山嘴，只見呼延灼把鎗尖一指，遠遠地一碗紅燈。遠遠紅燈。○只一紅燈，作三層寫來，便令一行人馬如畫。關勝勒住馬，問道：「有紅燈處是那裏？」呼延灼道：「那裏便是宋公明中軍。」急催動人馬，將近紅燈，將近紅燈。忽聽得一聲炮響。衆軍跟定關勝，殺奔前來。到紅燈之下紅燈之下。看時，不見一個；妙。便喚呼延灼時，亦不見了。妙。關勝大驚，知道中計，慌忙回馬。聽得四邊山上，一齊鼓響鑼鳴。正是慌不擇路，衆軍各自逃生。關勝連忙回馬時，只剩得數騎馬軍跟着。先下此句，便令撓鈎舒出，更無人救，筆法之妙如此。轉出山嘴，又聽得腦後樹林邊一聲炮響，四下裏撓鈎齊出。把關勝拖下雕鞍，奪了刀馬，卸去衣甲，前推後擁，拿投大寨裏來。却説林冲、花榮自引一支軍馬，截住宣贊。月明之下，三馬相交，一幅好畫。鬥無二三十合，宣贊勢力不加，回馬便走。肋後撞出個女將一丈青扈三娘，撒起紅綿套索，把宣贊拖下馬來。獨添女將，爲「醜郡馬」三字渲染。步軍向前，一齊捉住，解投大寨。一段。

話分兩處。這邊秦明、孫立自引一支軍馬去捉郝思文，當路劈面撞住。郝思文拍馬大罵：「草賊匹夫，當吾者死，避我者生！」秦明大怒，躍馬揮狼牙棍，直取郝思文。二馬相交，約鬥數合，孫立側首過來。郝思文慌張，刀法不依古格，被秦明一棍搠下馬來。三軍齊喊一聲，向前捉住。二段。再有撲天鵰李應引領大小軍兵，搶奔關勝寨内來。先救了張横、阮小七並被擒水軍人等，奪去一應糧草馬匹，却去招安四下敗殘人馬。三段。

宋江會衆上山，此時東方漸明。妙。○因此一句，令人想見一夜月下。忠義堂上分開坐次，早把關勝、宣贊、郝思文分投解來。宋江見了，慌忙下堂，喝退軍卒，親解其縛，把關勝扶在正中交椅上，納頭便拜，叩首伏罪，説道：「亡命狂徒，冒犯虎威，望乞恕罪！」好。呼延灼亦向前來伏罪道：「小可既蒙將令，不敢不依，萬望將軍免恕虚誑之罪！」又好。關勝看了一班頭領，義氣深重，回顧宣贊、郝思文道：「我們被擒在此，所事若何？」極畫關勝，精神意思都有。二人答道：「並聽將令。」極畫關勝。○寫得被擒之後，其威令猶行于下如此，又只是四個字，妙妙。關勝道：「無面還京，願賜早死！」宋江道：「何故發此言？將軍倘蒙不棄微賤，可以一同替天行道；若是不肯，不敢苦留，只今便送回京。」語語投其性之所近。定計如此，真是妙絕。○吴用所定計，直至此處方畢。【眉批】直至此語，皆吴用所定計。關勝道：「人稱忠義宋公明，果然有之！人生世上，君知我報君，友知我報友。鑿鑿名論，可爲厥祖義釋曹公注脚。今日既已心動，願在部下爲一小卒[二]。」「今日既已心動」卓然純臣之言，誠哉「日在天上，心在人内」家法也。○説心動，便知其心之難動。彼自言心不動者，正轉轉心動之人耳。宋江大喜。當日一面設筵慶賀，一邊使人招安逃竄敗軍，又得了五七千人馬；軍内有老幼者，隨即給散銀兩，便放回家。一邊差薛永賫書往蒲東，搬取關勝老小，都不在話下。

宋江正飲宴間，默然想起盧員外、石秀陷在北京，潸然淚下。獨不想起晁蓋，何也？吴用道：「兄長不必憂心，吴用自有措置。只過今晚，來日再起軍兵，去打大名，必然成事。」關勝便起身説道：「關某無可報答愛我之恩，人生除君親而外，惟「愛我之恩」不可忘也。只一句，直提出乃祖雲長全副心事來。○「愛我」二字，便檃括上文吴用一篇定計，妙絕。願爲前部。」宋江大喜。次日早晨傳令，就教宣贊、郝思文爲副，撥回舊有軍馬，便爲前部先鋒。其餘原打大名頭領，不缺一個；添差李俊、張順，將帶水戰盔甲隨去，爲安道全也，非爲索超也。若誘索超之用之，則所以自掩其筆迹也。以次再望大名進發。

[二]「在」，貫華堂本、葉瑶池本作「住」，據王望如評本改。

這裏却説梁中書在城中，正與索超起病飲酒。是日，日無晶光，朔風亂吼，三句寫得索超跌頓有法，雪天穿插無痕。只見探馬報道：「關勝、宣贊、郝思文並衆軍馬，俱被宋江捉去，已入夥了！梁山泊軍馬，見今又到！」梁中書聽得，唬得目瞪口呆，杯翻箸落。只見索超禀道：「前者中賊冷箭，今番定復此讎！」梁中書便斟熱酒，立賞索超，便捷之甚。教快引本部人馬出城迎敵，李成、聞達隨後調軍接應。其時正是仲冬天氣，連日大風，天地變色，馬蹄冰合，鐵甲如水。索超出席提斧，直至飛虎峪下寨。寫得竟是一首絶妙《飲馬長城窟行》，真正絶妙好辭。

次日，宋江引前部吕方、郭盛，上高阜處看關勝厮殺。三通戰鼓罷，這裏關勝出陣，對面索超出馬。當時索超見了關勝，却不認得。是新起病人，妙。隨征軍卒説道：「這個來的，便是新背反的大刀關勝。」索超聽了，並不打話，直搶過來，徑奔關勝。關勝也拍馬舞刀來迎。兩個鬥無十合，李成却在中軍看見索超斧法戰關勝不下，自舞雙刀出陣，夾攻關勝。寫關勝。這邊宣贊、郝思文見了，各持兵器，前來助戰。五騎馬攪做一塊。寫宣贊、郝思文。宋江在高阜看見，鞭梢一指，大軍捲殺過去。李成軍馬大敗虧輸，連夜退入城去。宋江催兵直抵城下，札住營寨。

次日彤雲壓城，天慘地裂，索超獨引一支軍馬出城衝突。只雪天二字，一路漸次寫來，真若北風圖，對之欲寒也。○寫索超極其精神。吴用見了，便教軍較迎敵戲戰：他若追來，乘勢便退。因此索超得了一陣，歡喜入城。好。當晚雲勢越重，風色越緊。吴用出帳看時，却早成團打滚，降下一天大雪。凡三寫欲雪之勢，至此方寫出雪來，妙筆。○俗本都訛。吴用便差步軍去大名城外，靠山邊河路狹處，掘成陷坑，上用土蓋。那雪降了一夜，平明看時，約已没過馬膝。寫索超極其精神，寫雪亦極其精神。

却説索超策馬上城，望見宋江軍馬，各有懼色，東西策立不定。當下便點三百軍馬，驀地衝出城來。宋江軍馬四散奔波而走，却教水軍頭領李俊、張順，身披軟戰，勒馬横鎗，前來迎敵。却纔與索超交馬，棄鎗便走，特引索超奔陷坑邊來。索超是個性急的，那裏照顧？那裏一邊是路，一邊是澗。李俊棄馬跳入澗中，向着前面，口裏叫道：「宋公明哥哥快走！」妙絶，真乃戲戰也。索超聽了，不顧身體，飛馬撞過陣來。山背後一聲炮響，索超連人和馬攧將下去。後面伏兵齊起，這索超便有三頭六臂，也須七損八傷。正是：爛銀深蓋藏圈套，碎玉平鋪作陷坑。畢竟急先鋒索超性命如何，且聽下回分解。

第五才子書施耐庵水滸傳卷之六十九

聖歎外書

第六十四回　托塔天王夢中顯聖　浪裏白條水上報寃

蓋至是而宋江成于反矣，大書背瘡以著其罪，蓋亦用韓信相君之背字法也。獨怪耐庵之惡宋江如是，而後世之人猶務欲以「忠義」予之。則豈非耐庵作書，爲君子《春秋》之志；而後人之顛倒肆言，爲小人無忌憚之心哉！有世道人心之責者，于其是非可不察乎？宋江之反，始于私放晁蓋也。晁蓋走而宋江之毒生，晁蓋死而宋江之毒成。至是而大書宋江疽發于背者，殆言宋江反狀至是乃見，而實宋江必反之志不始于今日也。觀晁蓋夢告之言，與宋江私放之言，乃至不差一字。是作者不費一辭，而筆法已極嚴矣。

打大名一來一去，又一來又一去，極文家伸縮變化之妙。

前文一打祝家莊、二打祝家莊，正到苦戰之後，忽然一變，變出解珍、解寶一段文字，可謂奇幻之極。此又一打大名府、二打大名府，正到苦戰之後，忽然一變，變出張旺、孫五一段文字，又復奇幻之極也。世之讀者殊不覺其爲一副爐錘，而不知此實一樣章法也。

寫張順請安道全，忽然橫斜生出截江鬼張旺一段情事，奇矣！　却又于其中間，再生出瘦後生孫五一段情事。文心如江流漩澓，真是通身不定。

梁山泊之金，擬聘安太醫，却送截江鬼，一可駭也。半夜劫金，半夜宿娼，而送金之人與應受金之人同在一室，二可駭也。欲聘太醫而已無金，太醫既來而金如故，截江小船却作寄金之處，三可駭也。江心結冤，江心報復，雖一遇于巧奴房裏，再遇于定六門前，而必不得及，四可駭也。板刀尚在，血迹未乾，而冤頭債脚疾如反掌；前日一條纜索，今日一條纜索，遂至絲毫不爽，五可駭也。孫五發科，孫五解纜，孫五放船；及至事成，孫五吃刀，孫五下水，不知爲誰忙此半日，六可駭也。孫五先起惡心，孫五便先喪命；張旺雖若稍遲，畢竟不能獨免：不知江底相逢，兩人是笑是哭，七可駭也。不過一葉之舟，而忽然張旺、孫五二人，忽然張順、張旺、孫五三人，忽然張旺一人，忽然張順、安道全、王定六、張旺四人，忽然張順、安道全、王定六三人，忽然王定六一人，忽然無人；韋應物詩云：「野渡無人舟自横。」偏于此舟禍福倏忽如此，八可駭也。

却説宋江因這一場大雪，定出計策，擒了索超。其餘軍馬都逃入城去，報説索超被擒。梁中書聽得這個消息，不由他不慌，傳令教衆將只是堅守，不許出戰。意欲便殺盧俊義、石秀，又恐激惱了宋江，朝廷急無兵馬救應，其禍愈速。只得教監守着二人，再行申報京師，聽憑太師處分。先安頓一筆，便令下文寬然有餘，手法老到之極。

且説宋江到寨中軍帳上坐下，早有伏兵解索超到麾下。宋江見了大喜，喝退軍健，親解其縛，請入帳中，置酒相待，用好言撫慰道：「你看我衆兄弟們，一大半都是朝廷軍官。此語不可説關勝，而可説索超。蓋關勝忠義之子，索超位不出李成、聞達上也。若是將軍不棄，願求協助宋江，一同替天行道。」楊志向前另自叙禮，訴説别後相念，兩人執手灑淚。事已到此，不得不服。寫索超服，亦與關勝不同。○生出楊志來作一收綰，妙甚。宋江大喜，再教置酒帳中作賀。

次日商議打城。一連數日，急不得破，宋江悶悶不樂。是夜獨坐帳中。忽然一陣冷風，刮得燈光如豆。風過處，燈影下，閃閃走出一人。宋江擡頭看時，却是天王晁蓋，寫得怕人。欲進不進，叫聲：「兄弟！你在這裏做甚麽？」妙絶妙絶，只一句，便將宋江不爲報仇之罪直提出來。宋江吃了一驚，急起身問道：「哥哥從何而來？寃讎不曾報得，中心日夜不安；宋江不爲晁蓋報仇，偏不用他人聲罪，偏是宋江自責，可謂業鏡臺前，神識自首矣。又因連日有事，一向不曾致祭。不報仇已不可説，乃至不致祭，彼宋江之于晁蓋，殆何如也？寫得深文曲筆，妙不可言。○不報仇無明文，自晁蓋死至此凡四卷，皆其文也。恐人讀而不能明正其罪，故特于此寫其自責，而又别添「不致祭」三字以重之，筆法真正妙絶。今日顯靈，必有見責。」晁蓋道：「兄弟不知，我與你心腹弟兄，我今特來救你。如今背上之事發了，【眉批】「背上之事」，四字定罪分明。[一]只除江南地靈星可免無事。兄弟曾説『三

[一] 此條眉批，貫華堂本無，據葉瑶池本補。

十六計，走爲上計』，今不快走時，更待甚麼！倘有疏失，如之奈何？休怨我不來救你！」句句用宋江私放晁蓋語，乃至不換一句者，所以深明宋江背反之志，實自私放晁蓋之日始也。宋江意欲再問明白，趕向前去説道：「哥哥陰魂到此，望説真實。」晁蓋道：「兄弟，你休要多説，只顧安排回去，不要纏障。我便去也！」句句用私放晁蓋語，不少一句。

宋江撒然覺來，却是南柯一夢，便請吴用來到中軍帳中。宋江備述前夢，吴用道：「既是天王顯聖，不可不信其有。目今天寒地凍，軍馬亦難久住，正宜權且回山。守待冬盡春初，雪消冰解，那時再來打城，亦未爲晚。」亦不全信天王，妙甚。一見宋江、吴用平日初未嘗以天王爲意，一則大軍進退庶不同于兒戲也。宋江道：「軍師之言雖是，只是盧員外和石秀兄弟陷在縲紲，度日如年，只望我等弟兄來救。不爭我們回去，誠恐這厮們害他性命。此事進退兩難，如之奈何？」當夜計議不定。

次日，只見宋江神思疲倦，身體發熱，頭如斧劈，一卧不起。衆頭領都到帳中看視，宋江道：「我只覺背上好生熱疼。」衆人看時，只見鏊子一般紅腫起來。大書背瘡，以明宋江反狀已見，蓋深惡之之筆也。吴用道：「此疾非癰即疽。吾看方書，菉豆粉可以護心，毒氣不能侵犯。快覓此物，安排與哥哥吃。得此一句安放，便令建康往還有餘。只是大軍所壓之地，急切無有醫人！」用一跌法，跌出張順。只見浪裏白條張順説道：「小弟舊在潯陽江時，因母得患背疾，百藥不能得治。後請得建康府安道全，手到病除。自此小弟感他恩德，但得些銀兩，便着人送去謝他。書此一以表張順生平，一以見道全必來，且令殺人不愁出首也。今見兄長如此病症，只除非是此人醫得。只是此去東途路遠,急速不能便到。爲哥哥的事,只得星夜前去。」吴用道:「兄長夢晁天王所言百日之災,則除江南地靈星可治,莫非正應此人?」宋江道:「兄弟,你若有這個人,快與我去。休辭生受,只以義氣爲重,星夜去請此人,救我一命!」極醜之語,可謂平生奸僞,病見真性矣。○晁蓋之仇,獨不以義氣爲重何也?作者下此等句,皆是反襯法,襯出宋江之惡來。吴用教取蒜條金一百兩與醫人,便生出截江鬼一段文字來。再將三二十兩碎銀作盤纏,分付張順:「只今便行,好歹定要和他同來,便生出李巧奴一段文字來。切勿有誤!我今拔寨回山,和他山寨裏相會。分付細到。兄弟,是必作急快來!」

張順別了衆人,背上包裹,望前便去。且説軍師吴用傳令諸將:火速收軍,罷戰回山。車子上載了宋江,只今連夜起發。「大名府内,曾經我伏兵之計,只猜我又誘他,定是不敢來追。」兩番退兵,前以遲,此以速,皆極兵家之用,寫吴用真正妙才。一邊吴用退兵不題。却説梁中書見報宋江兵又去了,正是不知何意。李成、聞達道:「吴用那廝詭計極多,只可堅守,不宜追趕。」不出所料。

話分兩頭,且説張順要救宋江,連夜趲行。時值冬盡,無雨即雪,路上好生艱難。寫景妙,自此一路都是風雪中事。張順冒着風雪,捨命而行。獨自一個奔至揚子江邊,看那渡船時,並無一隻,張順只叫得苦。先作一頓。没奈何,繞着江邊又走,只見敗葦折蘆裏面有些烟起,是寫大江,是寫風雪,是寫渡船,是寫薄暮,是寫趕路人。妙妙。張順叫道:「艄公,快把渡船來載我!」只見蘆葦裏「簌簌」地響,走出一個人來,先響,次人。○忽然生出一個人,文情奇變之極。頭戴箬笠,身披簑衣，問道：「客人要那裏去？」張順道：「我要渡江，去建康府幹事至緊。多與你些船錢，渡我則個。」那艄公道：「載你不妨，只是今日晚了，便過江去，也沒歇處。你只在我船裏歇了，到四更風静雪止，我却渡你過去，只要多出些船錢與我。」張順道：「也説得是。」便與艄公鑽入蘆葦裏來，見灘邊纜着一隻小船，篷底下一個瘦後生在那裏向火。忽然又生出一個人，文情奇變之極。艄公扶張順下船，走入艙裏，把身上濕衣裳脱下來，叫那小後生就火上烘焙。看他兩個，便似世間好兄弟、好朋友相似，何等情義真切。○歎今世間之好兄弟、好朋友，其情義真切，亦只是此兩個。張順自打開衣包，取出綿被，和身一捲，倒在艙裏，叫艄公道：「這裏有酒賣麽？買些來吃也好。」下船便開包，開包便取被，取被便臥倒，臥倒方問酒，活畫風雪，活畫薄暮，活畫辛苦，活畫「船裏歇了」。艄公道：「酒却沒買處，要飯便吃一碗。」張順再坐起來，吃了一碗飯，放倒頭便睡。未吃晚飯，先已睡倒，再坐起來，吃了晚飯，便又睡倒。寫張順連日辛苦如畫，便令下文便于捆縛。一來連日辛苦，一來十分托大，初更左側，不覺睡着。

那瘦後生一頭雙手向着火盆，畫也畫不出。一頭把嘴努着張順，一頭口裏輕輕叫那艄公，畫也畫不出，妙絶。道：「大哥，你見麽？」偏先是瘦後生發科，令我悲歎。艄公盤將來，去頭邊只一捏，覺道是金帛之物，把手摇道：「你去把船放開，去江心裏下手不遲。」反叫他把船放開，不知下手那個，令我悲歎。那後生推開篷，一句一畫。跳上岸，一句一畫。解了纜，一句一畫。跳上船，一句一畫。把竹篙點開，一句一畫。搭上櫓，一句一畫，妙絶。「咿咿啞啞」地摇出江心裏來。不知爲誰出力？不知把誰下手？可歎可歎！艄公在船艙裏取纜船索，「纜船索」妙。○此回皆極寫眼前果報也。

輕輕地把張順捆縛做一塊，便去船梢艎板底下，取出板刀來。讀至此句，令我忽然想着夜鬧潯陽，不覺失笑。○讀至夜鬧潯陽，則替宋江擔憂；讀至此回，又替張順擔憂。人生百年，安得不老哉！張順却好覺來，雙手被縛，挣挫不得。艄公手拿板刀，按在他身上。張順告道：只四字直反襯出夜鬧潯陽一篇文字來。至人有言：「己所不欲，勿施于人。」此四字，遂可爲其注脚也。「好漢！你饒我性命，都把金子與你。」艄公道：「金子也要，你的性命也要！」筆勢奇險，使人吃驚。張順連聲叫道：「你只教我囫圇死，冤魂便不來纏你！」上艄公語險極，此張順語捷極。艄公道：「這個却使得。」又惡知其使不得哉！放下板刀，把張順「撲通」的丢下水去。那艄公便去打開包來看時，見了許多金銀，倒吃一嚇，妙絶妙絶。把眉頭只一皺，妙絶妙絶。便叫那瘦後生道：「五哥進來，和你説話。」妙絶妙絶。○陡然又蹴起一番波瀾，大奇大奇。○寫人險惡真有如此，可畏可恨。那人鑽入艙裏來，被艄公一手揪住，一刀落時，砍得伶仃，推下水去。大奇大奇。○是他發科，是他放船，是他吃刀下水，然則人又何樂而爲惡哉？艄公打並了船中血迹，自摇船去了。

却説張順是個水底下伏得三五夜的人，一時被推下去，就江底咬斷索子，赴水過南岸時，見樹林中隱隱有些燈光。張順爬上岸，水淥淥地轉入林子裏，看時，却是一個村酒店，半夜裏起來醡酒，破壁縫透出火來。如畫。張順叫開門時，見個老丈，納頭便拜。老丈道：「你莫不是江中被人劫了，跳水逃命的麽？」張順道：「實不相瞞老丈：小人從山東下來，要去建康府幹事，晚了隔江覓船。不想撞着兩個歹人，把小子應有衣服、金銀盡都劫了，攛入江中。小人却會赴水，逃得性命。公公救度則個！」老丈見説，領張順入後屋中，把個衲頭與他替下濕衣服來烘，是一番脫換。燙些熱酒與他吃。是一番相待。○寫王家子父，有次第，有輕重。老丈道：「漢子，你姓甚麼？山東人來這裏幹何事？」口口只問山東，有路數人。張順道：「小人姓張。建康府安太醫是我弟兄，特來探望他。」老丈道：「你從山東來，曾經梁山泊過？」由山東問至梁山泊。張順道：「正從那裏經過。」老丈道：「他山上宋頭領，不劫來往客人，又不殺害人性命，只是替天行道？」由梁山泊問至宋頭領。張順道：「宋頭領專以忠義爲主，不害良民，只怪濫官污吏。」老丈道：「老漢聽得說：宋江這夥，端的仁義，只是救貧濟老，那裏似我這裏草賊！若待他來這裏，百姓都快活，不吃這夥濫污官吏薅惱！」一段真乃妙筆妙舌，似有過望草賊之意。○非怪草賊之不能救貧濟老，怪草賊之不能治彼濫官污吏也。

張順聽罷，道：「公公不要吃驚，小人便是浪裏白條張順。因爲俺哥哥宋公明害發背瘡，教我將一百兩黃金，來請安道全。誰想托大，在船中睡着，被這兩個賊男女縛了雙手，攛下江裏；被我咬斷繩索，到得這裏。」老丈道：「你既是那裏好漢，我教兒子出來和你相見。」艄公後忽然添出一人，老丈後亦忽然添出一人，都是出奇之筆。不多時，後面走出一個瘦後生來，又一「瘦後生」，奇極妙極。看着張順便拜道：「小人久聞哥哥大名，只是無緣，不曾拜識。小人姓王，排行第六。因爲走跳得快，人都喚小人做『活閃婆』王定六。平生只好赴水使棒，多曾投師，不得傳受，一拍便合，不費多墨。權在江邊賣酒度日。却纔哥哥被兩個劫了的，小人都認得：一個是『截江鬼』張旺；那一個瘦後生，却是華亭縣人，喚做『油裏鰍』孫五。亦還他名色。這兩個男女，時常在這江裏劫人。哥哥放心，在此住幾日，等這廝來吃酒，我與哥哥報讎。」張順道：「感承哥哥好意。我爲兄長宋公明，恨不得一日奔回寨裏。只等天明，便入城去請了安太醫，回來却相會。」當下王定六將出自己一包新衣裳，都與張順換了，又一番脱換。殺鷄置酒相待，又一番相待。不在話下。

次日，天晴雪消。王定六再把十數兩銀子與張順，且教入建康府來。張順進得城中，徑到槐橋下，看見安道全正在門前貨藥。張順進得門，看着安道全，納頭便拜。安道全看見張順，便問道：「兄弟多年不見，甚風吹得到此？」張順隨至裏面，把這鬧江州、跟宋江上山的事，一一告訴了；後説宋江見患背瘡，特地來請神醫，揚子江中，險些兒送了性命，因此空手而來，都實訴了。安道全道：「若論宋公明，天下義士，去醫好他最是要緊。只一句表出安道全。只是拙婦亡過，四字妙，便已伏巧奴之親熱、出門之便捷也。家中別無親人，離遠不得，以此難出。」張順苦苦求告：「若是兄長推却不去，張順也不回山！」安道全道：「再作商議。」張順百般哀告，安道全方纔應允。原來安道全新和建康府一個烟花娼妓，唤做李巧奴，時常往來，正是打得火熱。無端又生出一段事來，可謂文隨手變。當晚就帶張順同去他家，安排酒吃。李巧奴拜張順爲叔叔。此句不寫巧奴之視張順如親，正寫道全之視巧奴如室也。三杯五盞，酒至半酣，安道全對巧奴説道：「我今晚就你這裏宿歇。明日早，和這兄弟去山東地面走一遭。多只是一個月，少是二十餘日，便回來看你。」醜語。那李巧奴道：「我却不要你去。醜語。你若不依我口，再也休上我門！醜語。」○悉與下有人敲門後一段對讀，安道全道：「我藥囊都已收拾了，只要動身，明日便去。你且寬心，我便去也不到得擔閣。」李巧奴撒嬌撒癡，倒在安道全懷裏説道：「你若還不念我，句。去了，句。我只咒得你肉片片兒飛！」寫得無醜不備。張順聽了這話，恨不得一口水吞了這婆娘。先伏一句。看看天色晚了，安道全大醉倒了，攙去巧奴房裏，睡在床上。巧奴却來發付張順道：「你自歸去，我家又没睡處。」先來發遣，以爲門首小房之地；小房裏歇，以爲張見張旺之地。不然，太醫高親，豈可撇之門首？不在門首，如何却得報仇哉？布筆都是一副心血算出。張順道：「我待哥哥酒醒同去。」巧奴發遣他不動，只得安他在門首小房裏歇。筆墨曲折，情事團湊。

張順心中憂煎，那裏睡得着？睡得着便生出事來，睡不着又生出事來，妙絶。初更時分，有人敲門，奇。○「你若不依我口，再也休上我門」；此人却來敲門，定是依得他口者也。可歎可笑。張順在壁縫裏張時，只見一個人閃將入來，便與虔婆説話。如畫絶倒。那婆子問道：「你許多時不來，却在那裏？今晚太醫醉倒在房裏，却怎生奈何？」那人道：「我有十兩金子，即以太醫金子來與太醫爭光，絶倒。送與姐姐打些釵鐶。老娘怎地做個方便，教他和我厮會則個。」虔婆道：「你只在我房裏，我叫女兒來。」張順在燈影下張時，却正是截江鬼張旺。寫得寃家路窄，蓋真有之。近來這厮，但是江中尋得些財，便來他家使。張順見了，按不住火起；再細聽時，只見虔婆安排酒食在房裏，叫巧奴相伴張旺。真乃無醜不備，寫之污紙，言之污頰。

張順本待要搶入去，却又怕弄壞了事，走了這賊。約莫三更時候，厨下兩個使唤的也醉了；如畫。○偏是此等人無夜不醉，是以君子義不欲醉也。虔婆東倒西歪，却在燈前打醉眼子。如畫。張順悄悄開了房門，踅到厨下，見一把厨刀油晃晃放在竈上，「油晃晃」，只三字，便活寫出娼妓人家厨下。俗本誤作「明晃晃」，便少却多少色澤，且與下文口捲不合也。看這婆婆倒在側首板凳上。張順走將入來，拿起厨刀，先殺了虔婆。要殺使唤的時，原來厨刀不甚快，砍了一個人，刀口早捲了。是厨刀。○亦作一頓。那兩個正待要叫，却好一把劈柴斧正在手邊，便捷。○一頓便起，筆力跳動。綽起來，一斧一個，砍殺了。房中婆娘聽得，慌忙開門，正迎着張順，張順進去，不如婆娘出來，其法可想。手起斧落，劈胸膛砍翻在地。張旺燈影下見砍翻婆娘，推開後窗，跳墻走了。又作一縱，大奇大奇。○瘦後生偏隨手了事，截江鬼偏到此又脱。一快一遲，都妙。

張順懊惱無及，忽然想着武松自述之事，隨即割下衣襟，蘸血去粉墻上寫道：「殺人者，我安道全也！」忽然想着武松舊事，忽然偷用武松文法，而其實與武松一字不同。何則？武松是自認，張順是推人，只是題目不同，便令一篇都變也。一連寫了數十餘處。亦與武松變。○自認只一而已足，陷人多多爲益善也。捱到五更將明，只聽得安道全在房中酒醒。便叫：「我那人……」醜。○只如此稱唤，豈復肯去山東者哉！張順道：「哥哥不要做聲，我教你看你那人！」「我那人」、「你那人」，接口成趣。安道全起來，看見四個死尸，嚇得渾身麻木，顫做一團。張順道：「哥哥，你再看你寫的麽？」「你寫的」三字，妙幻之極。安道全道：「你苦了我也！」張順道：「只有兩條路，從你行：若是聲張起來，我自走了，哥哥却用去償命；若還你要没事，家中取了藥囊，連夜徑上梁山泊，救我哥哥。這兩件隨你行！」安道全道：「兄弟，你忒這般短命見識！」

趁天未明，張順捲了盤纏，同安道全回家，開鎖推門，是無家之人。取了藥囊。出城來，徑到王定六酒店裏。王定六接着，説道：「昨日張旺從這裏走過，可惜不遇見哥哥。」文字忽然穿到「有人敲門」之前，奇妙不可言。張順道：「我也曾遇見那廝，可惜措手不及。正是要幹大事，那裏且報小讎？」寫張順不必殺張旺，所以深表張順也。説言未了，王定六報道：「張旺那廝來也！」惜其去，報其來，門文緊簇，亦寫寃家路窄。張順道：「且不要驚他，看他投那裏去！」妙妙，偏不在巧兒房中，偏不在定六門前。只見張旺去灘頭看船，王定六叫道：「張大哥，你留船來，載我兩個親眷過去。」張旺道：「要趁船，快來！」王定六報與張順。張順道：「安兄，你可借衣服與小弟穿，小弟衣裳却換與兄長穿了，纔去趁船。」寫張順分外細慎，不似張横。安道全道：「此是何意？」張順道：「自有主張，兄長莫問。」安道全脱下衣服，與張順換穿了。張順戴上頭巾，遮塵暖笠影身。妙。王定六背了藥囊。走到船邊，張旺攏船傍岸，三個人上船。張順爬入後梢，揭起艎板，板刀尚在；悄然拿了，再入船艙裏。只「板刀尚在」四字，寫得果報森然，令人不寒而栗。〇不必用板刀也，而亦必拿過，見其細慎之至也。

張旺把船摇開，「咿啞」之聲，又到江心裏面。妙。果報可畏如此。張順脱去上蓋，不欲污道全之服也，寫得色色細慎過人。叫一聲：「艄公快來！你看船艙裏有些血迹。」妙妙。即用前血迹字，然在張順口中只是無意而合。張旺道：「客人休要取笑。」一頭説，一頭鑽入艙裏來。被張順肐膊地揪住，喝一聲：「强賊！認得前日雪天趁船的客人麽？」讀之快活之甚，鬆顙之甚，千古惡人看樣。張旺看了，做聲不得。張順喝道：「你這廝謀了我一百兩黄金，又要害我性命！你那個瘦後生那裏去了？」要問。張旺道：「好漢！小人金子多了，怕他要分，我便少了。妙語絶倒，此即臧文仲竊位注脚。自古至今，無不爾爾，莫單笑截江鬼也。因此殺死，攛入江裏去了。」本領既大，心計轉粗，不至于是不止也。張順道：「你這强賊！老爺生在潯陽江邊，長在小孤山下，做賣魚牙子，天下傳名！只因鬧了江州，占住梁山泊裏，隨從宋公明縱横天下，誰不懼我！雄文駭俗，讀之起舞。你這厮漏我下船，縛住雙手，攛下江心。不是我會識水時，却不送了性命？今日寃讎相見，饒你不得！」就勢只一拖，提在船艙中，取纜船索把手脚四馬攢蹄，捆縛做一塊，亦是纜船索，寫得果報可畏。看着那揚子大江直攛下去，寫得果報可畏。喝一聲道：「也免了你一刀！」寫得果報可畏。王定六看了，十分歎息。四字妙絶。善惡之報，如影隨形，不多一分，不少一寸。「十分歎息」，良有以也。

張順就船内搜出前日金子並零碎銀兩，銀則猶是也，金少十兩矣。都收拾包裹裏，三人棹船到岸，對王定六道：「賢弟恩義，生死難忘。你若不棄，便可同父親收拾起酒店，趕上梁山泊來，一同歸順大義。未知你心下如何？」王定六道：「哥哥所言，正合小弟之心。」説罷分別。張順和安道全換轉衣服，就北岸上路。色色細備，一筆不漏。王定六作辭二人，復上小船，自摇回家，本是山泊金子，欲送安太醫，却送截江鬼，乃未幾而仍歸山泊者，安太醫不得有，截江鬼又不得有也；本是截江鬼小船，乃截江鬼與瘦後生摇却半世，截江鬼又獨摇數日，至是却屬王定六摇歸者，瘦後生不復在，截江鬼亦不復在也。嗟乎！觀于此，而人猶不義命自安，紛紛妄求，不亦大哀也哉！收拾行李趕來。

且説張順與同安道全上得北岸，背了藥囊，移身便走。那安道全是個文墨的人，不會走路，行不得三十餘里，早走不動。行文至此，已屬餘尾，却忽作一頓。張順請入村店，買酒相待。正吃之間，只見外面一個客人，走到面前，叫聲：「兄弟，如何這般遲誤！」張順看時，却是神行太保戴宗，妙絶妙絶，又妙于道全之速去，又妙于定六之遲來。扮做客人趕來。張順慌忙教與安道全相見了，便問宋公明哥哥消息。戴宗道：「目今宋哥哥神思昏迷，水米不進，看看待死。」張順聞言，淚如雨下。寫張順。安道全問道：「皮肉血色如何？」便似醫人聲口。戴宗答道：「肌膚憔悴，終夜叫喚，疼痛不止，性命早晚難保。」安道全道：「若是皮肉身體得知疼痛，便可醫治；只怕誤了日期。」一句趲入。戴宗道：「這個容易。」取兩個甲馬，拴在安道全腿上。戴宗自背了藥囊，妙。○前若便用此法，何以有揚子江心一案？今若不用此法，何以使背瘡不誤日期？故知一筆一畫，皆有其故也。分付張順：「你自慢來，我同太醫前去。」兩個離了村店，作起神行法，先去了。只用一字，忽結太醫，却颺下張順作餘波。

且説這張順在本處村店裏，一連安歇了兩三日。只見王定六背了包裹，同父親果然過來。不更生頭，順筆帶下，妙甚。張順接見，心中大喜，説道：「我專在此等你。」王定六大驚道：「哥哥何由得還在這裏？那安太醫何在？」寫王定六。張順道：「神行太保戴宗接來迎着，已和他先行去了。」王定六却和張順並父親一同起身，投梁山泊來。且説戴宗引着安道全，作起神行法，連夜趕到梁山泊寨中。大小頭領接着，擁到宋江卧榻内，只一「擁」字，直畫出衆人情義來。就床上看時，口内一絲兩氣。安道全先診了脈息，説道：「衆頭領休慌，脈體無事。身軀雖是沉重，大體不妨。不是安某説口，只十日之間，便要復舊。」衆人見説，一齊便拜。安道全先把艾焙引出毒氣，然後用藥：外使敷貼之餌，内用長托之劑。並治法皆詳寫。五日之間，漸漸皮膚紅白，肉體滋潤；不過十日，雖然瘡口未完，却得飲食如舊。只見張順引着王定六父子二人，拜見宋江並衆頭領，訴説江中被劫、水上報寃之事。衆皆稱歎：「險不誤了兄長之患！」

宋江纔得病好，便又對衆灑淚商量要打大名，救取盧員外、石秀。看他「灑淚」二字，可謂醜極。仍不爲晁天王報仇灑淚，故惡之也。安道全諫道：「將軍瘡口未完，不可輕動，動則急難痊可。」吴用道：「不勞兄長挂心，只顧自己將息，調理體中元氣。吴用雖然不才，只就目今春初時候，定要打破大名城池，救取盧員外、石秀二人性命，擒拿淫婦奸夫，以滿兄長報讎之意。」宋江道：「若得軍師真報此讎，宋江雖死瞑目！」大書宋江甘心爲盧員外報仇，以正其弑晁蓋之罪也。吴用便就忠義堂上傳令。有分教：大名城内，變成火窟鎗林；留守司前，翻作尸山血海。正是：談笑鬼神皆喪膽，指揮豪傑盡傾心。畢竟軍師吴用怎地去打大名，且聽下回分解。

第五才子書施耐庵水滸傳卷之七十

聖歎外書

第六十五回　時遷火燒翠雲樓　吴用智取大名府

吾友斵山先生，嘗向吾誇京中口技，言：「是日賓客大會。于廳事之東北角，施八尺屏障，口技人坐屏障中，一桌、一椅、一扇、一撫尺而已。衆賓既團揖坐定，少頃，但聞屏障中撫尺二下，滿堂寂然，無敢譁者。遥遥聞深巷犬吠聲，甚久，忽耳畔鳴金一聲，便有婦人驚覺欠申，摇其夫，語猥褻事。夫囈語，初不甚應，婦摇之不止，則二人語漸間雜，床又從中『戛戛』響。既而兒醒，大啼。夫令婦與兒乳，兒含乳啼，婦拍而嗚之。夫起溺，婦亦抱兒起溺。床上又一大兒醒，狺狺不止。當是時，婦手拍兒聲，口中嗚聲，兒含乳啼聲，大兒初醒聲，床聲，夫叱大兒聲，溺瓶中聲，溺桶中聲，一齊湊發，衆妙畢備。滿座賓客無不伸頸側目，微笑默歎，以爲妙絶也。既而夫上床寢，婦又呼大兒溺畢，都上床寢，小兒亦漸欲睡。夫齁聲起，婦拍兒亦漸拍漸止。微聞有鼠作作索索，盆器傾側，婦夢中咳嗽之聲。賓客意少舒，稍稍正坐。忽一人大呼火起，夫起大呼，婦亦起大呼，兩兒齊哭。俄而百千人大呼，百千兒哭，百千狗吠。中間力拉崩倒之聲，火爆聲，呼呼風聲，百千齊作；又夾百千求救聲，曳屋許許聲，搶奪聲，潑水聲：凡所應有，無所不有。雖人有百手，手有百指，不能指其一端；人有百口，口有百舌，不能名其一處也。于是賓客無不變色離席，奮袖出臂，兩股戰戰，幾欲先走。而忽然撫尺一下，群響畢絶。撤屏視之，一人、一桌、一椅、一扇、一撫尺如故。蓋久之久之，猶滿堂寂然，賓客無敢先嘩者也。」吾當時聞其言，意頗不信，笑謂先生：「此自是卿粲花之論耳，世豈真有是技？」維時先生亦笑謂吾：「豈惟卿不得信，實惟吾猶至今不信耳！」今日讀「火燒翠雲樓」一篇，而深歎先生未嘗吾欺，世固真有是絶異非常之技也。

調撥時，一人一令；及乎動手，却各各變换。不必盡不同，不必盡同。無他，世固無印板廝殺，不但無印板文字也。

調撥作兩半寫，點逗亦作兩半寫，城裏衆人發作亦作兩半寫，城中大軍策應亦作兩半寫，又是一樣絶奇之格。

寫梁山泊調撥劫城一大篇後，却寫梁中書調撥放燈一小篇；寫梁中書兩頭奔走一大篇後，却寫李固、賈氏兩頭奔走一小篇。使人讀之，真欲絶倒。

話説吴用對宋江道：「今日幸喜得兄長無事，又得安太醫在寨中看視貴疾，此是梁山泊萬千之幸。比及兄長卧病之時，小生累累使人去大名探聽消息，補文中之所無，好筆。梁中書晝夜憂驚，只恐俺軍馬臨城。又使人直往大名城裏城外市井去處，遍貼無頭告示，曉諭居民，勿得疑慮，寃各有頭，債各有主，大軍到郡，自有對頭。因此梁中書越懷鬼胎。又補一事。○並告示都補出來。又聞蔡太師見説降了關勝，天子之前更不敢提，只是主張招安，大家無事，因累累寄書與梁中書，教且留盧俊義、石秀二人性命，好做手脚。再補一事，其文愈足。」宋江見説，便要催趲軍馬下山去打大名。吴用道：「即今冬盡春初，早晚元宵節近。大名年例，大張燈火。我欲乘此機會，先令城中埋伏，外面驅兵大進，裏應外合，可以破之。」宋江道：「此計大妙！便請軍師發落。」吴用道：「爲頭最要緊的，是城中放火爲號。你衆弟兄中，誰敢與我先去城中放火？」只見階下走過一人道：「小弟願往。」衆人看時，却是鼓上蚤時遷[一]。時遷道：「小弟幼年間曾到大名。城内有座樓，唤做翠雲樓；樓上樓下，大小有百十個閣子。眼見得元宵之夜，必然喧哄。小弟潛地入城，到得元宵節夜，只盤去翠雲樓上，放起火來爲號，軍師可自調遣人馬入來。」吴用道：「我心正待如此。你明日天曉，先下山去。只在元宵夜一更時候，樓上放起火來，若依將令，放火當在一更；及後叙事，乃入二更有餘，皆極情事之妙。便是你的功勞。」時遷應允，得令去了。第一日只撥一人。【眉批】調撥之前半截。

吴用次日，次日。却調解珍、解寶次日第一調。扮做獵户，去大名城内官員府裏獻納野

[一]「蚤」，貫華堂本、葉瑶池本作「皂」，據王望如評本改。

味；正月十五日夜間，只看火起爲號，便去留守司前截住報事官兵。若依將令，應截報事官兵；及後叙事，乃截中書回馬，都妙。兩個得令去了。兩個、三個去了。再調杜遷、宋萬第二調。扮做糶米客人，推輛車子，去城中宿歇；元宵夜只看號火起時，却來先奪東門。只一東門，凡用兩隊人内外雙奪，妙絶妙絶，真可謂萬全之策矣。○此一隊内奪東門。兩個得令去了。四個、五個去了。再調孔明、孔亮第三調。扮做僕者，去大名城内鬧市裏房檐下宿歇，只看樓前火起，便要往來接應。定不可少，妙妙。○依將令，本是僕者；後叙事，却扮乞丐，都妙。兩個得令去了。六個、七個去了。再調李應、史進第四調。扮做客人，去大名東門外安歇，只看城中號火起時，先斬把門軍士，奪下東門，好做出路。此一隊外奪東門。兩個得令去了。八個、九個去了。再調魯智深、武松第五調。扮做行脚僧，前去大名城外庵院挂搭，只看城中號火起時，便去南門外截住大軍，句。衝擊去路。便料定他去路，妙妙。兩個得令去了。十個、十一個去了。再調鄒淵、鄒閏第六調。扮做賣燈客人，直往大名城中尋客店安歇，只看樓中火起，便去司獄司前策應。第一緊着，妙妙。○司獄司是一篇大書正經題目，却怪其只撥二人；及讀至叙事文中，始知孔明、孔亮、柴進、樂和悉入獄來，方歎行文變化之妙也。○若前幅如此調遣，後幅如此遵依，此所謂畫樣葫蘆，何以謂之兵猶鬼神哉？兩個得令去了。十二個、十三個去了。再調劉唐、楊雄第七調。扮作公人，直去大名州衙前宿歇，只看號火起時，便去截住一應報事人員，令他首尾不能救應。二解截司前兵，此截州前報兵，妙。兩個得令去了。十四個、十五個去了。再請公孫勝先生第八調。扮做雲游道人，却教凌振扮做道童跟着，將帶風火、轟天等炮數百個，直去大名城内浄處守待，只看號火起時施放。定不可少。○有此一撥，又添無數聲勢。兩個得令去了。十六個、十七個去了。再調張順，跟隨燕青第九調。從水門裏入城，徑奔盧員外家，單捉淫婦、奸夫。上調劫城大軍已畢，此二隊獨爲盧家調出。○此隊在盧家後門。再調王矮虎、孫新、張青、扈三娘、顧大嫂、孫二娘，第十調。扮作三對村裏夫妻，入城看燈，尋至盧俊義家中放火。此隊來盧家門前。再調柴進帶同樂和第十一調。扮做軍官，直去蔡節級家中，要保救二人性命。此一隊又獨爲蔡家調出。拉雜之中，極其詳盡，妙絕妙絕。衆頭領俱各得令去了。十八個、十九個、二十個、二十一個、二十二個、二十三個、二十四個、二十五個、二十六個、二十七個去了。一路逐隊結，此二隊總結，章法不板。○第二日撥二十六人。

此是正月初頭。不説梁山泊好漢依次各各下山進發，且説大名梁中書喚過李成、聞達、王太守等一干官員，商議放燈一事。商議，則非欲歇者矣。寇至而憂，寇退而樂。食肉之人，從來如此，可歎可笑。梁中書道：「年例城中大張燈火，慶賞元宵，與民同樂，全似東京體例。須知非學聖人也，學丈人也。如今被梁山泊賊人兩次侵境，只恐放燈，因而惹禍。下官意欲住歇放燈，你衆官心下如何計議？」聞達便道：「想此賊人潛地退去，没頭告示亂貼，此計是窮，必無主意，相公何必多慮？若還今年不放燈時，這廝們細作探知，必然被他恥笑。惜小恥成大辱，從來有此等計算。可以傳下鈞旨，曉示居民：比上年多設花燈，添扮社火，市心中添搭兩座鰲山，照依東京體例，通宵不禁，十三至十七，放燈五夜。教府尹點視居民，勿令缺少，府尹第一節。相公親自行春，務要與民同樂。相公第二節。聞某親領一彪軍馬出城，去飛虎峪駐札，以防賊人奸計；大刀第三節。再着李都監親引鐵騎馬軍，繞城巡邏，勿令居民驚憂。天王第四節。」○議劫城者，一隊一隊調遣出來；議放燈者，亦一隊一隊分撥開去。寫得真是絶倒。梁中書見説大喜。衆官商議已定，隨即出榜曉諭居民。

這北京大名府是河北頭一個大郡，衝要去處。却有諸路買賣，雲屯霧集，只聽放燈，都來趕趁。只此一句，便知二十七人已一齊入得城來，妙筆高筆。在城坊隅巷陌，該管廂官每日點視，只得裝扮社火；豪富之家，催促懸挂花燈。第一段，催放燈火。○「只得」字、「催促」字，寫盡放燈弊政，可笑。遠者三二百里買，近者也過百十里之外。便有客商，年年將燈到城貨賣。第二段，收買花燈。家家門前扎起燈棚，都要賽挂好燈，巧様烟火。户内縛起山棚，擺放五色屏風炮燈，四邊都挂名人書畫並奇異骨董玩器之物。在城大街小巷，家家都要點燈。第三段，扎縛燈棚。大名府留守司州橋邊，搭起一座鰲山，上面盤紅黄大龍兩條，每片鱗甲上點燈一盞，口噴浄水。去州橋河内周圍上下，點燈不計其數。銅佛寺前扎起一座鰲山，上面盤青龍一條，周迴也有千百盞花燈。翠雲樓前也扎起一座鰲山，上面盤着一條白龍，四面點火，不計其數。第四段，總叙三處鰲山。原來這座酒樓，名貫河北，號爲第一。上有三檐滴水，雕梁繡柱，極是造得好；樓上樓下，有百十處閣子。終朝鼓樂喧天，每日笙歌聒耳。第五段，獨詳翠雲樓一處。城中各處宫觀寺院、佛殿法堂中，各設燈火，慶賞豐年。三瓦兩舍，更不必説。第六段，補叙城中無處無燈。

那梁山泊探細人得了這個消息，報上山來。吴用得知大喜，去對宋江説知備細。宋江便要親自領兵去打大名，安道全諫道：「將軍瘡口未完，切不可輕動。稍若怒氣相侵，實難痊可。」吴用道：「小生替哥哥走一遭。」隨即與鐵面孔目裴宣，點撥八路軍馬：第一隊，上文一番分撥，只謂大軍已行，不意隔二紙有餘，重復有此調遣，令人出自意外也。○分作二段，却二段各成大篇，奇絕之格。大刀關勝引領宣贊、郝思文爲前部，鎮三山黄信在後策應，前云黄信打死，此云黄信策應，更不言是假扮，真正高手妙筆。都是馬軍。又是一樣調撥之法，真出奇無窮。○二十八個、二十九個、三十個、三十一個。第二隊，豹子頭林冲引領馬麟、鄧飛爲前部，小李廣花榮在後策應，都是馬軍。三十二個、三十三個、三十四個、三十五個。第三隊，雙鞭呼延灼引領韓滔、彭玘爲前部，病尉遲孫立在後策應，都是馬軍。三十六個、三十七個、三十八個、三十九個。第四隊，霹靂火秦明引領歐鵬、燕順爲前部，跳澗虎陳達在後策應，都是馬軍。四十個、四十一個、四十二個、四十三個。○已上四隊馬軍。第五隊，調步軍頭領没遮攔穆弘將引杜興、鄭天壽。又變一樣調撥之法。○四十四個、四十五個、四十六個。第六隊，步軍頭領黑旋風李逵將引李立、曹正。四十七個、四十八個、四十九個。第七隊，步軍頭領插翅虎雷横將引施恩、穆春。五十個、五十一個、五十二個。第八隊，步軍頭領混世魔王樊瑞將引項充、李衮。五十三個、五十四個、五十五個。○已上四隊步軍。這八路馬步軍兵，各自取路，即今便要起行，毋得時刻有誤。正月十五日二更爲期，都要到大名城下。馬軍步軍一齊進發。那八路人馬依令下山，第一日撥一人，第二日撥二十六人，第三日撥二十八人。前後共撥五十五人，而爲章法忽散忽整、忽聯忽斷，殊不見其累墜也。其餘頭領盡跟宋江保守山寨。如此一番大戰，而楊志、索超二人獨不見調者，爲梁中書受恩深處，不欲以負心教天下也，亦暗用雲長義放曹公事。

且說時遷越墻入城，城中客店内却不着單身客人，斜插出地方緊急。他自白日在街上閑走，到晚來東岳廟神座底下安身。正月十三日，十三日，看他偏能逐日寫。却在城中往來觀看那搭縛燈棚、懸挂燈火。正看之間，只見解珍、解寶挑着野味，在城中往來觀看；看他如此五十餘人，前既調遣一番，後又正叙一番，中間又能點逗一番。○點逗出解珍、解寶。【眉批】點逗之前半截。又撞見杜遷、宋萬兩個，從瓦子裏走將出來。點逗出杜遷、宋萬。○點逗四人作一節。時遷當日，先去翠雲樓上打一個踅，只見孔明披着頭髮，身穿羊皮破衣，右手拄一條杖子，左手拿個碗，腌腌臢臢，在那裏求乞；點逗出孔明。見了時遷，打抹他去背後説話。時遷道：「哥哥，你這般一個漢子，紅紅白白面皮，不像叫化的。城中做公的多，倘或被他看破，須誤了大事。哥哥可以躲閃迴避……」説不了，又見個丐者從墻邊來，看時却是孔亮。點逗出孔亮。時遷道：「哥哥，你又露出雪也似白面來，亦不像忍饑受餓的人；這般模樣，必然決撒！」却纔道罷，背後兩個人劈角兒揪住，喝道：「你們做得好事！」回頭看時，却是楊雄、劉唐。點逗出楊雄、劉唐。時遷道：「你驚殺我也！」楊雄道：「都跟我來。」帶去僻静處埋怨道：「你三個好没分曉，却怎地在那裏説話！倒是我兩個看見，倘若被他眼明手快的公人看破，却不誤了大事？我兩個都已見了，弟兄們不必再上街去。」又從口中虚點餘人。孔明道：「鄒淵、鄒閏昨日街上賣燈，魯智深、武松已在城外庵裏。再不必多説，又虚點出鄒淵、鄒閏、魯智深、武松。只顧臨期各自行事。」點逗四人，又作一節。五個説了，都出到一個寺前，正撞見一個先生從寺裏出來。衆人擡頭看時，却是入雲龍公孫勝，背後凌振扮做道童跟着。七個人都點頭會意，各自去了。點逗出公孫勝、凌振。○點逗二人，又作一節。

看看相近上元。梁中書先令大刀聞達將引軍馬出城，去飛虎峪駐札，以防賊寇。十四日，十四日。却令李天王李成親引鐵騎馬軍五百，全副披挂，繞城巡視。次日，正是正月十五日。是日好生晴明，梁中書滿心歡喜。自十三、十四寫至十五。又自是日、是晚、初更寫至二更，妙極妙極。未到黄昏，一輪明月却湧上來，照得六街三市鎔作金銀一片。燈光月光，只用六字寫盡。士女挨肩叠背，烟火花炮比前越添得盛了。是放燈第三日語。

是晚，晚。節級蔡福分付教兄弟蔡慶看守着大牢，「我自回家看看便來。」方纔進得家門，只見兩個人閃將入來。前面那個軍官打扮，後面僕者模樣。燈光之下妙。看時，蔡福認得是小旋風柴進，後面的却不曉得是鐵叫子樂和。若干人，有從十三日點逗者，有從十五日點逗者，有十三、十五兩日都點逗者。筆法參差，墨氣騰鬱，總非恒手之所得有也。○將令在十五日，則十三、十四日猶閑甚也；將令在十五日之二更，則十五日之黄昏猶閑甚也。因其閑甚，而取若干人點逗一番；又因其閑甚，而取若干人再點逗一番。則其筆力横絶，誠有大過人者故也。○點逗出柴進、樂和。○「不曉得」是樂和，便已點出樂和矣，奇絶妙絶。蔡節級便請入裏面去，見成杯盤，妙。隨即管待。柴進道：「不必賜酒。在下到此，有件緊事相央。盧員外、石秀全得足下相覷，稱謝難盡。今晚小子欲就大牢裏，趕此元宵熱鬧，看望一遭。望你相煩引進，休得推却。」蔡福是個公人，早猜了八分。好。欲待不依，誠恐打破城池，都不見了好處，又陷了老小一家性命。只得擔着血海的干係，便取些舊衣裳教他兩個换了，也扮做公人，换了巾幘，細。○却少不得。帶柴進、樂和徑奔牢中去了。

初更左右，初更。王矮虎、一丈青、孫新、顧大嫂、張青、孫二娘三對兒村裏夫妻，喬喬畫畫，装扮做鄉村人，挨在人叢裏，便入東門去了。點逗出王矮虎、一丈青、孫新、顧大嫂、張青、孫二娘。

【眉批】點逗之後半截。公孫勝帶同凌振，挑着荊簍，去城隍廟裏廊下坐地。公孫勝、凌振再見。這城隍廟只在州衙側邊，鄒淵、鄒閏挑着燈，在城中閑走。鄒淵、鄒閏再見。杜遷、宋萬各推一輛車子，徑到梁中書衙前，閃在人鬧處。杜遷、宋萬再見。原來梁中書衙，只在東門裏大街住。劉唐、楊雄各提着水火棍，身邊都自有暗器，來州橋上兩邊坐定。劉唐、楊雄再見。燕青領了張順，自從水門裏入城，靜處埋伏。點逗出燕青、張順。都不在話下。

不移時，樓上鼓打二更。二更。○看他已寫至二更矣，偏能徐徐而引，不作急腔促板，真乃筆力過人。却説時遷挾着一個籃兒，裏面都是硫黄、焰硝、放火的藥頭，籃兒上插幾朵鬧蛾兒，踅入翠雲樓後，走上樓去。時遷再見。○又寫得如畫。只見閣子內吹笙簫，動鼓板，掀雲鬧社，子弟們鬧鬧嚷嚷，都在樓上打哄賞燈。時遷上到樓上，只做賣鬧蛾兒的，各處閣子裏去看，撞見解珍、解寶拖着鋼叉，叉上挂着兔兒，在閣子前踅。已寫至二更後；尚能以閑筆令解珍、解寶再見，真正筆力過人。時遷便道：「更次到了，怎生不見外面動撣？」偏作一頓。解珍道：「我兩個方纔在樓前，見探馬過去，多管兵馬到了。並不實寫，只從口中漸漸傳出，妙不可言。你只顧去行事。」言猶未了，只見樓前都發起喊來，説道[一]：「梁山泊軍馬到西門外了！」此已算實寫，然亦只是衆人口中傳出，妙不可言。解珍分付時遷：「你自快去，我自去留守司前接應。」奔到留守司前，忽接此句，便卸却時遷，轉去衆人也。不然者，將令老鼠入牛角，更無轉動處矣。行文不可不知此法。只見敗殘軍

[一]「道」，貫華堂本、葉瑤池本作「到」，據王望如評本改。

馬一齊奔入城來，説道：「聞大刀吃劫了寨也！省却一段大文字。梁山泊賊寇引軍都到城下也！」此一發是實寫，然亦只就口中傳來，妙不可言也。〇看他純用虛筆，真是絶世奇文。李成正在城上巡邏，聽見説了，飛馬來到留守司前，教點軍兵，分付閉上城門，守護本州。却説王太守親引隨從百餘人，長枷鐵鎖，在街鎮壓；畫出行春太守，筆法閑婉。聽得報説這話，慌忙回留守司前。

却説梁中書正在衙前醉了閑坐。如畫。〇「醉了閑坐」，是二更已後；梁中書寇警在郊，而「醉了閑坐」，是蔡太師女婿梁中書也。初聽報説，尚自不甚慌；活畫文官行徑。次後没半個更次，流星探馬接連報來，嚇得一言不吐，單叫：「備馬！備馬！」活畫文官行徑。説言未了，只見翠雲樓上烈焰沖天，火光奪月，十分浩大。此是時遷功勞。〇時遷虛寫。【眉批】城中發作之前半截。梁中書見了，急上得馬，却待要去看時，第一段，要去看火。只見兩條大漢推兩輛車子，放在當路，便去取碗挂的燈來，妙。望車子點着，隨即火起。此是杜遷、宋萬功勞。梁中書要出東門時，第二段，要出東門。兩條大漢口稱：「李應、史進在此！」手撚朴刀，大踏步殺來。把門官軍嚇得走了，手邊的傷了十數個。李應、史進自外而入。杜遷、宋萬却好接着出來，杜遷、宋萬自内而出。四個合做一處，把住東門。調時分，此時合，文字變動，妙絶妙絶。梁中書見不是頭勢，帶領隨行伴當，飛奔南門。第三段，要出南門。南門傳説道：妙妙。從東門走南門，而必至南門方知有寇，其于情事豈有當乎？只須傳説便復回馬，不必定至南門，妙絶妙絶。〇下文梁中書實奪南門而去，此却先寫傳説有賊，中路回馬，不惟使倉卒奔波如畫，兼令行文跌頓有法也。「一個胖大和尚，輪動鐵禪杖，一個虎面行者，掣出雙戒刀，發喊殺入城來！」魯智深、武松虛寫。梁中書回馬，再到留守司前，第四段，再回司前。只見解珍、解寶手撚鋼叉，在那裏東衝西撞；本令截住報事人員，却反截住中書回府，文字變化得妙。急待回州衙，不敢近前。第五段，要至州衙。王太守却好過來，劉唐、楊雄兩條水火棍齊下，打得腦漿迸流，眼珠突出，死于街前；虞候押番，各逃殘生去了。本令截住報兵，却反打死太守，文字變化得妙。○若不變化，豈有印板廝殺哉！梁中書急急回馬奔西門，第六段，急奔西門。只聽得城隍廟裏火炮齊響，轟天震地。此是公孫勝、凌振功勞。○公孫勝、凌振亦虛寫。鄒淵、鄒閏手拿竹竿，只顧就房檐下放起火來。鄒淵、鄒閏本令獄中策應，却先各處放火，文字段段變化，妙妙。南瓦子前，王矮虎、一丈青殺將來；孫新、顧大嫂身邊掣出暗器，就那裏協助。銅佛寺前，張青、孫二娘入去，爬上鰲山，放起火來。已上寫得拉雜之極，清出之極，迅疾之極，閑婉之極。絶世奇文，非眼所見。此時大名城内，百姓黎民一個個鼠攛狼奔，一家家神號鬼哭，四下裏十數處火光亘天，四方不辨。

却説梁中書奔到西門，接着李成軍馬，急到南門城上，第七段，再到南門。○看他三寫南門：第一，聞人傳説，半路退轉；第二，奔到樓上，不敢出去；直至後第三，方奪路拚命而走，極文章跌頓之妙也。勒住馬在鼓樓上看時，只見城下兵馬擺滿，旗號寫「大刀關勝」，火焰光中，抖擻精神，施逞驍勇。左有宣贊，右有郝思文，黄信在後催動人馬，雁翅般横殺將來，已到門下。已下數隊，寫得如火如潮，如霆如龍。○馬軍。【眉批】城外策應之前半截。梁中書出不得城去，和李成躲至北門城下，第八段，躲至北門。望見火光明亮，軍馬不知其數，却是豹子頭林冲，躍馬横鎗，左有馬麟，右有鄧飛，花榮在後催動人馬，飛奔將來。馬軍。再轉東門，第九段，再轉東門。一連火把叢中，只見没遮攔穆弘，左有杜興，右有鄭天壽，三籌好漢，當先手撚朴刀，引領一千餘人，殺入城來。步軍。梁中書徑奔南門，捨命奪路而走。第十段，徑奪南門而去。吊橋邊火把齊明，只見黑旋風李逵，左有李立，右有曹正。李逵渾身脱剥，手搭雙斧，從城濠裏飛殺過來；李立、曹正一齊俱到。步軍。李成當先，殺開條血路，奔出城來，護着梁中書便走。只見左手下殺聲震響，火把叢中軍馬無數，却是雙鞭呼延灼，拍動坐下馬，舞動手中鞭，徑搶梁中書。馬軍。李成手舉雙刀，前來迎敵。那時李成無心戀戰，撥馬便走。左有韓滔，右有彭玘，兩肋裏撞來，孫立在後催動人馬，並力殺來。正門間，背後趕上小李廣花榮，拈弓搭箭，射中李成副將，翻身落馬。李成見了，飛馬奔走。未及半箭之地，只見右手下鑼鼓亂鳴，火光奪目，却是霹靂火秦明，躍馬舞棍，引着燕順、歐鵬，背後陳達，又殺將來。李成渾身是血，且走且戰，護着梁中書，衝路而去。不曾寫了，忽然一住，章法奇絶。

話分兩頭，却説城中之事。忽然順筆帶出城，忽然逆筆挽入城。杜遷、宋萬去殺梁中書一門良賤，是一件事。劉唐、楊雄去殺王太守一家老小。是一件事。【眉批】城中發作之後半截。孔明、孔亮已從司獄司後墻爬將入去，二人在牢後，寫得明畫之極。鄒淵、鄒閏却在司獄司前接住往來之人。二人在牢前，寫得明畫之極。大牢裏柴進、樂和看見號火起了，便對蔡福、蔡慶道：「你弟兄兩個見也不見？更待幾時？」二人在牢中，寫得明畫之極。蔡慶在門邊守時，鄒淵、鄒閏早撞開牢門，大叫道：「梁山泊好漢全夥在此！好好送出盧員外、石秀哥哥來！」寫牢前二人入來，迅疾之極。蔡慶慌忙報蔡福時，孔明、孔亮早從牢屋上跳將下來。寫牢後二人入來，迅疾之極。不由他弟兄兩個肯與不肯，柴進身邊取出器械，便去開枷，放了盧俊義、石秀。寫牢中二人發作，迅疾之極。○

牢前人入來時，牢後人已跳下；牢後人跳下時，牢中人已動手。寫得七手八脚，迅疾駭人，而又能清泚如畫也。柴進説與蔡福：「你快跟我去家中保護老小！」一齊都出牢門來。鄒淵、鄒閏接着，合做一處。二鄒入來，牢裏早已出來，只用「接着」二字，寫盡一時駭疾。○已上是一件事。蔡福、蔡慶跟隨柴進，來家中保全老小。是一件事。盧俊義將引石秀、孔明、孔亮、鄒淵、鄒閏五個弟兄，徑奔家中，來捉李固、賈氏。

却説李固聽得梁山泊好漢引軍馬入城，又見四下裏火起，正在家中有些眼跳。絶倒。便和賈氏商量，收拾了一包金珠細軟背了，便出門奔走。先出前門，次出後門，文字處處翻跌。只聽得排門一帶都倒，正不知多少人搶將入來。此是王矮虎、一丈青、孫新、顧大嫂、張青、孫二娘功勞。李固和賈氏慌忙回身，便望裏面開了後門，踅過墻邊，徑投河下，來尋躲避處。寫梁中書兩頭奔走後，忽寫李固、賈氏兩頭奔走，讀之歎其妙絶也。只見岸上張順大叫：「那婆娘走那裏去！」李固心慌，便跳下船中去躲，却待攢入艙裏，又見一個人伸出手來，劈髯兒揪住，喝道：「李固，你認得我麼？」百忙中寫來，畢竟是燕小乙哥，妙人趣事。李固聽得是燕青聲音，慌忙叫道：「小乙哥，我不曾和你有甚冤讎，你休得揪我上岸！」你須與一個人有些冤讎耳。○燕青更不答話，可見駭疾之極。岸上張順早把那婆娘挾在肋下，拖到船邊。張順功勞。燕青拿了李固，燕青功勞。都望東門來了。已上是一件事。再説盧俊義奔到家中，不見了李固和那婆娘，明作一跌，妙妙。且叫衆人把應有家私金銀財寶都搬來，裝在車子上，往梁山泊給散。亦是一件事。

却説柴進和蔡福到家中，收拾家資老小，同上山寨。蔡福道：「大官人可救一城百姓，休教殘害。」表二蔡。柴進見說，便去尋軍師吳用。比及尋着，吳用急傳下號令去時，城中將及損傷一半。此等處却令人想宋江。當時天色大明，吳用、柴進在城内鳴金收軍。衆頭領却接着盧員外並石秀，都到留守司相見，備説牢中多虧了蔡福、蔡慶弟兄兩個看覷，已逃得殘生。燕青、張順早把這李固、賈氏解來。盧俊義見了，且教燕青監下，自行看管，聽候發落，好。不在話下。

再説李成保護梁中書出城逃難，正撞着聞達領着敗殘軍馬回來，合兵一處，聞達頭尾一見，妙筆高筆，非人所能也。【眉批】城外策應之後半截。投南便走。正走之間，前軍發起喊來，却是混世魔王樊瑞，左有項充，右有李衮，三籌步軍好漢，舞動飛刀、飛鎗，直殺將來；背後又是插翅虎雷横，將引施恩、穆春，各引一千步軍前來截住退路。前文不曾寫了，忽然一住，至此重接頭緒，再作混戰，章法奇絶。正是：獄囚遇赦重回禁，病客逢醫又上床。畢竟梁中書一行人馬怎地結煞，且聽下回分解。

第五才子書施耐庵水滸傳卷之七十一

聖歎外書

第六十六回　宋江賞馬步三軍　關勝降水火二將

夫忠義堂第一座，固非宋江之所得據，亦非宋江之所得遜也。非所據而據之，名曰無恥；非所遜而遜之，亦名曰無恥。無恥之人，不惟不自惜，亦不爲人惜。不自惜者，如前日宋江之欲據斯座，爲李逵所不許是也；不惜人者，如今日宋江之欲遜斯座，爲盧員外所不許是也。何也？蓋無恥之人，其機械變詐，大要歸于必得斯座而後已[一]；不惟其前日之據之爲必欲得之，惟今日之遜之亦正其巧于必欲得之。夫其意而既已必欲得之，則是堂堂盧員外乃反爲其所影借，以作自身飛騰之尺木也。此時爲盧員外者，豈能甘之乎哉？或曰：宋江之據之也，意在于得斯座，誠有之矣；獨何意知其遜之之亦欲

[一]「歸」，貫華堂本、葉瑤池本作「歸歸」，據王望如評本删改。

得斯座乎？曰：忠義堂第一座，固非宋江之所得據，亦非宋江之所得遜也。使宋江而誠無意于得之，則夫天王有靈，誓箭在彼，亦聽其人報讎立功自取之而已耳。自宋江有此一遜，而此座遂若已爲宋江所有；此座已爲宋江所有，然則後即有人報讎立功，其不敢與之爭之，斷斷然也。此所謂機械變詐，無所用恥之尤甚者，故李逵番番大罵之也。人即多疑，何至于疑關勝？吴用疑及關勝，則其無所不疑可知也。人即多疑，何至于疑李逵？宋江疑及李逵，則其無所不疑可知也。連書二人各有其疑，以著宋江、吴用之同惡共濟也。

寫李逵遇焦挺，令人讀之油油然有好善之心，有謙抑之心，有不欺人之心，有不自薄之心。真好鐵牛有此風流，真好耐庵有此筆墨矣！

打大名後，復不見有爲天王報讎之心，便接水火二將一篇，然則宋江之弑晁蓋不其信乎？

水火二將文中，亦殊不肯草草，寫來都能變换，不至令人意惡。

寫關勝全是雲長意思，不嫌于刻畫優孟者，泱泱大書，期于無美不備。固不得以群芳競吐，而獨廢牡丹；水陸畢陳，而反缺江瑶也。

話説當下梁中書、李成、聞達，慌速合得敗殘軍馬，投南便走。正行之間，又撞着兩隊伏兵，前後掩殺。李成、聞達護着梁中書，並力死戰，撞透重圍，逃得性命，投西一直去了。樊瑞引項充、李衮追趕不上，自與雷横、施恩、穆春等同回大名府裏聽令。

再説軍師吴用在城中傳下將令，一面出榜安民，一面救滅了火。梁中書、李成、聞達、王太守各家老小，殺的殺了，走的走了，也不來追究。只須如此。便把大名府庫藏打開，應有金銀寶物都裝載上車子；又開倉廒，將糧米俵濟滿城百姓了，餘者亦裝載上車，將回梁山泊貯用。號令衆頭領人馬，都皆完備。把李固、賈氏釘在陷車内，將軍馬摽撥作三隊，回梁山泊來。却叫戴宗先去報宋公明。

宋江會集諸將，下山迎接，都到忠義堂上。宋江見了盧俊義，納頭便拜。盧俊義慌忙答禮，宋江道：「宋江不揣，欲請員外上山同聚大義。不想却陷此難，幾致傾送，寸心如割。皇天垂祐，今日再得相見！」盧俊義拜謝道：「上托兄長虎威，下感衆頭領義氣，齊心並力，救拔賤體。肝腦塗地，難以報答！」便請蔡福、蔡慶拜見宋江，言説：「在下若非此二人，安得殘生到此！」再補寫二蔡。

當下宋江要盧員外坐第一把交椅。第一把交椅既以之自據，又以之媚人，彼晁天王誓箭竟安在哉？盧俊義大驚道：「盧某是何等人，敢爲山寨之主？但得與兄長執鞭墜鐙，做一小卒，報答救命之恩，實爲萬幸！」宋江再三拜請，盧俊義那裏肯坐？只見李逵叫道：「哥哥偏不直性！快人快語，如鏡如刀。前日肯坐，坐了今日，又讓别人；快人快語。這把鳥交椅，便真個是金子做的？只管讓來讓去，快人快語。不要討我殺將起來！一發快人快語。」宋江大喝道：「你這廝！」只三字妙絶，對此快人如鏡、快語如刀，不得不心驚語塞也。盧俊義慌忙拜道：「若是兄長苦苦相讓，着盧某安身不牢。」李逵又叫道：「若是哥哥做個皇帝，盧員外做個丞相，我們今日都住在金殿裏，也直得這般鳥亂！咄咄快絶。○又換出一副議論來，真乃令人聞所未聞。皇帝、丞相等語，前已曾兩言之，至于今日，愈出愈奇，鐵牛真人中之寶也。無過只是水泊子裏做個强盜，不如仍舊了罷！」句句令宋江驚死羞死，妙絶妙絶。宋江氣得説話不出。寫盡宋江。吴用勸道：「且教盧員外東邊耳房安歇，賓客相待。等日後有功，却再讓位。」宋江方纔住了，只將誓箭輕輕一提，妙妙。○此非吴用欲令宋江心死，正是吴用惟恐衆人心動耳，先辯之。就叫燕青一處安歇。好。另撥房屋，叫蔡福、蔡慶安頓老小。好。關勝家眷，薛永已取到山寨。好。宋江便叫大設筵宴，犒賞馬步水三軍，令大小頭目並衆嘍囉軍健，各自成團作隊去吃酒。忠義堂上，設宴慶賀；大小頭領，相謙相讓，飲酒作樂。盧俊義起身道：「淫婦、奸夫，擒捉在此，聽候發落。」宋江笑道：「我正忘了，叫他兩個過來。」衆軍把陷車打開，拖出堂前，李固綁在左邊將軍柱上，賈氏綁在右邊將軍柱上。宋江道：「休問這厮罪惡，請員外自行發落。」盧俊義手拿短刀，自下堂來，大罵「潑婦」、「賊奴」，就將二人割腹剜心，凌遲處死；抛棄尸首，上堂來拜謝衆人。衆頭領盡皆作賀，稱贊不已。妙妙。

且不説梁山泊大設筵宴，犒賞馬步水三軍。却説大名梁中書探聽得梁山泊軍馬退去，再和李成、聞達引領敗殘軍馬，入城來看覷老小時，十損八九，衆皆號哭不已。補梁中書下落。比及鄰近起軍追趕梁山泊人馬時，已自去得遠了，且教各自收軍。補救兵下落。梁中書的夫人躲得在後花園中，逃得性命，補蔡夫人下落。便教丈夫寫表申奏朝廷，寫書教太師知道，早早調兵遣將，剿除賊寇報讎。抄寫民間被殺死者五千餘人，中傷者不計其數；各部軍馬總折却三萬有餘。一夜死傷，又從申奏文中補出。首將賫了奏文密書上路，不則一日，來到東京太師府前下馬。門吏轉報，太師教喚入來。首將直至節堂下拜見了，呈上密書申奏，訴説打破大名，賊寇浩大，不能抵敵。蔡京初意亦欲苟且招安，功歸梁中書身上，自己亦有榮寵；今見事體敗壞，難好遮掩，便欲主戰。因大怒道：「且教首將退去！」

次日五更，景陽鐘響，待漏院中集文武群臣，蔡太師爲首，直臨玉階，面奏道君皇帝。天子覽奏大驚，有諫議大夫趙鼎出班奏道：「前者往往調兵征發，皆折兵將，蓋因失其地利，以致如此。以臣愚意，不若降敕赦罪招安，詔取赴闕[一]，命作良臣，以防邊境之害。」蔡京聽了大怒，喝叱道：「汝爲諫議大夫，反滅朝廷綱紀，猖獗小人，罪合賜死！」天子道：「如此，目下便令出朝。」當下革了趙鼎官爵，罷爲庶人，當朝誰敢再奏？天子又問蔡京道：「似此賊勢猖獗，可遣誰人剿捕？」蔡太師奏道：「臣量這等草賊，安用大軍？臣舉凌州有二將：一人姓單，名廷珪，一人姓魏，名定國，見任本州團練使。伏乞陛下聖旨，星夜差人調此一枝軍馬，克日掃清山泊。」天子大喜，隨即降寫敕符，着樞密院調遣。天子駕起，百官退朝，衆官暗笑。次日，蔡京會省院差官，賫捧聖旨敕符，投凌州來。

再説宋江水滸寨内，將大名所得的府庫金寶錢物，給賞與馬步水三軍。連日殺牛宰馬，大排筵宴，慶賀盧員外[二]，雖無炮鳳烹龍，端的肉山酒海。衆頭領酒至半酣，吴用對宋江等

[一]「闕」，金評各本均作「闕」，據明容與堂本改。
[二]「賀」，金評各本均作「賞」，據明容與堂本改。

説道：「今爲盧員外打破大名，殺損人民，劫掠府庫，趕得梁中書等離城逃奔，他豈不寫表申奏朝廷？況他丈人是當朝太師，怎肯干罷？必然起軍發馬，前來征討。」宋江道：「軍師所慮，最爲得理。何不使人連夜去大名探聽虛實，我這裏好做準備？」【眉批】此處又不聞將爲晁天王報仇，妙絶。吴用笑道：「小弟已差人去了，將次回也。」此非補法，只是便筆耳，須辯。正在筵會之間，商議未了，只見原差探事人到來，説：「大名府梁中書果然申奏朝廷，要調兵征剿。有諫議大夫趙鼎，奏請招安，致被蔡京喝罵，削了趙鼎官職。如今奏過天子，差人往凌州，調遣單廷珪、魏定國兩個團練使，起本州軍馬，前來征討。」宋江便道：「似此如何迎敵？」吴用道：「等他來時，一發捉了。」關勝起身道：「關某自從上山，從不曾出得半分氣力。單廷珪、魏定國，蒲城多曾相會。久知單廷珪那廝，善用決水浸兵之法，人皆稱爲『聖水將軍』；魏定國這廝，精熟火攻之法，上陣專用火器取人，因此呼爲『神火將軍』。水火一雙，奇文。○偶一有之，正復生色。若《西游》純是此等，則風斯下耳。小弟不才，願借五千軍兵，不等他二將起行，先在凌州路上接住。他若肯降時，帶上山來；若不肯降，必當擒來，奉獻兄長。亦不須用衆頭領張弓挾矢，費力勞神。不知尊意若何？」宋江大喜，便叫宣贊、郝思文二將就跟着一同前去。關勝帶了五千軍馬，來日下山。次早，宋江與衆頭領在金沙灘寨前餞行，關勝三人引兵去了。

衆頭領回到忠義堂上，吴用便對宋江説道：「關勝此去，未保其心。可以再差良將，隨後監督，就行接應。」大書吴用純以欺詐待人，全無忠義之心，與宋江正是一流人也。宋江道：「吾觀關勝義氣凜然，始終如一，軍師不必多疑。」吴用道：「只恐他心不似兄長之心。可再叫林冲、楊志領兵，孫立、黄信爲副將，帶領五千人馬，隨即下山。」寫關勝獨行，以表義勇；寫四將接應，以求濟事。却又順便表暴吴用之奸，筆下曲折老到之至。李逵便道：「我也去走一遭。」四將接應後，又有李逵之去，亦是從凌州倒算出來，然實寫得鐵牛可愛。宋江道：「此一去用你不着，自有良將建功。」李逵道：「兄弟若閑，便要生病。偏能作絶世妙語。若不叫我去時，獨自也要去走一遭！」妙妙。宋江喝道：「你若不聽我的軍令，割了你頭！」李逵見説，悶悶不已，下堂去了。不説林冲、楊志領兵下山，接應關勝。次日，只見小軍來報：「黑旋風李逵，昨夜二更拿了兩把板斧，不知那裏去了！」妙人，妙妙。宋江見報，只叫得苦：「是我夜來衝撞了他這幾句言語，多管是投别處去了！」大書宋江純以欺詐待人，全無忠義之心，甚乃至於不信李鐵牛之生平，與吴用正是一流人也。○疑關勝，猶可言也；疑李逵，不可説也。作者書之，以深著宋江之惡，爲更甚于吴用也。吴用道：「兄長，非也！他雖粗鹵，義氣倒重，不到得投别處去。多管是過兩日便來，兄長放心。」宋江心慌，先使戴宗去趕，後着時遷、李雲、樂和、王定六四個首將分四路去尋。吴用疑關勝，遣四將；宋江疑李逵，亦遣四將，作章法。

且説李逵是夜提着兩把板斧下山，抄小路徑投凌州去。可謂目無難事。一路上自尋思道：「這兩個鳥將軍，何消得許多軍馬去征他！我且搶入城中，一斧一個，都砍殺了，也教哥哥吃一驚，也和他們争得一口氣！」走了半日，走得未遠，故知韓伯龍店真是朱貴所開也。走得肚饑，把腰裏摸一摸，原來貪慌下山，不曾帶得盤纏。任意游行，隨緣度日，遍來行脚者政未必有此。尋思道：「多時不曾做這買賣，只得尋個鳥出氣的！」妙，政復無妨。正走之間，看見路傍一個村酒店，李逵便入去裏面坐下。連打了三角酒，二斤肉，吃了起身便走。妙。酒保攔住討錢，李逵道：「待我前頭去尋得些買賣，却把來還你。」説罷，便動身。妙。只見外面走入個彪形大漢來，喝道：「你這黑廝好大膽！誰開的酒店，其語便有倚托。你來白吃，不肯還錢！」李逵睁着眼道：「老爺不揀那裏，只是白吃！」世真有此人，調侃不少。○「不揀那裏」四字，亦便挑撥下「梁山泊」字。那漢道：「我對你説時，驚得你尿流屁滚！老爺是梁山泊好漢韓伯龍的便是！本錢都是宋江哥哥的。」未列門牆，先使勢要。其死于斧，不亦宜乎？○世真有此人，調侃不少。李逵聽了暗笑：「我山寨裏那裏認得這個鳥人！」原來韓伯龍曾在江湖上打家劫舍，要來上梁山泊入夥，却投奔了旱地忽律朱貴，要他引見宋江。因是宋公明生發背瘡，在寨中又調兵遣將，多忙少閑，不曾見得，朱貴權且教他在村中賣酒。補一事。○此所謂不得與于一百八人之數者也。當時李逵在腰間拔出一把板斧，看着韓伯龍道：「把斧頭爲當。」妙。韓伯龍不知是計，舒手來接。被李逵手起，望面門上只一斧，「肐膪」地砍着。可憐韓伯龍不曾上得梁山，死在李逵之手。欲附大人成名而反遭擠逆者，有如此龍矣，讀之一歎。兩三個火家只恨爺娘少生了兩隻脚，望深村裏走了。李逵就地下擄掠了盤纏，放火燒了草屋，望淩州便走。

行不得一日，正走之間，官道傍邊只見走過一條大漢，直上直下相李逵。寫得有意思，有氣色，便知不是韓伯龍之類。李逵見那人看他，便道：「你那廝看老爺怎地？」那漢便答道：「你是誰的『老爺』？」妙語解人頤。○看他開口都有意思，有氣色。李逵便搶將入來。那漢子手起一拳，打個搭墩。奇人奇事。李逵尋思：「這漢子倒使得好拳！」坐在地下，仰着臉問道：「你這漢子姓甚名誰？」被他打，便知他好拳；服他拳，便問他名姓，鐵牛真有宰相胸襟。○服之至，愛之至，便急欲知其名姓，連爬起來，亦有所不及矣。好賢如鐵牛，令人想殺鐵牛也。那漢道：「老爺没姓，要厮打便和你厮打！你敢起來？」奇人奇事。○便活寫出没面目人。李逵大怒，正待跳將起來，被那漢子肋羅裏只一脚，又踢了一交。奇人奇事。李逵叫道：「赢你不得！」爬將起來便走。妙人妙至此，真乃妙不可言。○看他如此服善，世豈真有此人？○赢不得，便告之言赢不得，真是之夷狄不棄忠信人。那漢叫住問道：「這黑漢子你姓甚名誰？那裏人氏？」李逵道：「今日輸與你，不好説出來；妙人妙至此，真乃妙不可言。又可惜你是條好漢，不忍瞞你：妙人妙至此，真乃妙不可言。梁山泊黑旋風李逵的便是我。妙人妙至此，真乃妙不可言。」○看他又惜自己，又惜此人，滿心傾倒，一腔忠直，世豈真有此人哉？那漢道：「你端的是不是？不要説謊。」李逵道：「你不信，只看我這兩把板斧。」人聞李逵，乃至聞其板斧；李逵自信，乃至自信板斧，寫得妙絶。那漢道：「你既是梁山泊好漢，獨自一個投那裏去？」是未信語，未是請問語。李逵道：「我和哥哥彆口氣，要投凌州去，殺那姓單、姓魏的兩個。」那漢道：「我聽得你梁山泊已有軍馬去了，你且説是誰？」是未信語，不是打聽語。○看他問畢，方始下拜，可知也。李逵道：「先是大刀關勝領兵，隨後便是豹子頭林冲、青面獸楊志領軍策應。」那漢聽了，納頭便拜。李逵道：「你便與我説罷，端的姓甚名誰？」不惟不恨其打，亦復不喜其拜，一心只是服其好拳，問其名姓。鐵牛妙人，可愛如許。○看他便有求懇之意。那漢道：「小人原是中山府人氏，祖傳三代，相撲爲生。却纔手脚，父子相傳，不教徒弟。只八字表盡好拳脚。平生最無面目，到處投人不着，山東、河北都叫我做『没面目』焦挺。奇人奇名，世亦復無此人矣。近日打聽得寇州地面有座山，名爲枯樹山，山上有個强人，平生只好殺人，世人把他比做『喪門神』，姓鮑，名旭。迤逦出來。他在那山裏打家劫舍，我如今待要去那裏入夥。」李逵道：「你有這等本事，如何不來投奔俺哥哥宋公明？」焦挺道：「我多時要投奔大寨入夥，却没條門路。今日得遇兄長，願隨哥哥。」李逵道：「我和宋公明哥哥爭口氣了，下山來，要與宋公明賭口氣，獨有大哥一人耳。不殺得一個人，空着雙手，怎地回去？你和我去枯樹山，說了鮑旭同去凌州，殺得單、魏二將，便好回山。」行文取徑奇絶。焦挺道：「凌州一府城池，許多軍馬在彼。我和你只兩個，便有十分本事，也不濟事，枉送了性命。不如單去枯樹山說了鮑旭，且去大寨入夥，此爲上計。」各自說其意中之事，如畫如話。兩個正說之間，背後時遷趕將來，叫道：「哥哥憂得你苦，便請回山。如今分四路去趕你也！」便門入，手法極好。李逵引着焦挺，且教與時遷廝見了。時遷勸李逵回山：「宋公明哥哥等你！」李逵道：「你且住！我和焦挺商量了，先去枯樹山說了鮑旭，方纔回來。」時遷道：「使不得。哥哥等你，即便回寨。」李逵道：「你若不跟我去，你自先回山寨，報與哥哥知道，我便回也。」時遷懼怕李逵，自回山寨去了。焦挺却和李逵自投寇州來，望枯樹山去了。

話分兩頭。却說關勝與同宣贊、郝思文，引領五千軍馬接來，相近凌州。且說凌州太守接得東京調兵的敕旨並蔡太師札付，便請兵馬團練單廷珪、魏定國商議。二將受了札付，隨即選點軍兵，關領器械，拴束鞍馬，整頓糧草，指日起行。忽聞報說：「蒲東大刀關勝引軍到來，侵犯本州。」單廷珪、魏定國聽得大怒，便收拾軍馬，出城迎敵。兩軍相近，旗鼓相望。門旗下關勝出馬。那邊陣内，鼓聲響處，轉出一員將來：戴一頂渾鐵打就四方鐵帽，頂上撒一顆斗來大小黑纓，披一付熊皮砌就嵌縫沿邊烏油鎧甲，穿一領皂羅繡就點翠團花禿袖征袍，着一雙斜皮踢鐙嵌綫雲跟靴，繫一條碧鞓釘就疊勝獅蠻帶；一張弓，一壺箭，騎一匹深烏馬，使一條黑桿鎗；前面打一把引軍按北方皂纛旗，上書七個銀字：「聖水將軍單廷珪」。又見這邊鸞鈴響處，又轉出一員將來：戴一頂朱紅綴嵌點金束髮盔，頂上撒一把掃箒長短赤纓，披一副擺連環吞獸面猭猊鎧，穿一領繡雲霞飛怪獸絳紅袍，着一雙刺麒麟間翡翠雲縫錦跟靴；帶一張描金雀畫寶雕弓，懸一壺鳳翎鑿山狼牙箭；騎坐一匹胭脂馬，手使一口熟鋼刀；前面打一把引軍按南方紅繡旗，上書七個銀字：「神火將軍魏定國」。兩員虎將一齊出到陣前。

關勝見了，在馬上説道：「二位將軍别來久矣！」單廷珪、魏定國大笑，指着關勝罵道：「無才小輩，背反狂夫！上負朝廷之恩，下辱祖宗名目，不知廉恥！引軍到來，有何理説？」關勝答道：「你二將差矣。目今主上昏昧，奸臣弄權，非親不用，非讎不彈。兄長宋公明，仁義忠信，替天行道，特令關某招請二位將軍。倘蒙不棄，便請過來同歸山寨。」單、魏二將聽得大怒，驟馬齊出。一個是遥天一朶烏雲，一個如近處一團烈火，畫。飛出陣前。關勝却待去迎敵[一]，左手下飛出宣贊，右手下奔出郝思文，初寫水火二將文，例不得不作一縱，然關勝則非其所堪也。卸去大刀，替出宣、郝，極爲得法。兩對兒在陣前厮殺。刀對刀，迸萬道寒光；鎗搠

[一]「待」，貫華堂本、葉瑶池本作「侍」，據王望如評本改。

鎗，起一天殺氣。關勝提刀立在陣前，看了良久，「嘖嘖」歎賞不絶。正鬥之間，只見水火二將一齊撥轉馬頭，望本陣便走。寫得好。郝思文、宣贊隨即追趕，衝入陣中。只見魏定國轉入左邊，單廷珪轉過右邊。寫得好。一時宣贊趕着魏定國，郝思文追住單廷珪。説時遲，那時快。却説宣贊正趕之間，只見四五百步軍，都是紅旗紅甲，一字兒圍裹將來，撓鈎套索一齊舉發，和人連馬活捉去了。寫得好。再説郝思文追到右邊，却見五百來步軍，盡是黑旗黑甲，一字兒裹轉來，腦後一發齊上，把郝思文生擒活捉去了。寫得好。一面把人解入淩州，一面仍率五百精兵捲殺過來。關勝倒吃一驚，舉手無措，望後便退。便算關勝一跌也。隨即單廷珪、魏定國拍馬在背後追來。關勝正走之間，只見前面衝出二將。關勝看時，左有林冲，右有楊志，從兩肋窩裏撞將出來，筆法摇動之極。殺散淩州軍馬。關勝收住本部殘兵，與林冲、楊志相見，合兵一處。隨後孫立、黄信一同見了，權且下寨。

却説水火二將捉得宣贊、郝思文，得勝回到城中。張太守接着，置酒作賀；一面教人做造陷車，裝了二人。差一員偏將，帶領三百步軍，連夜解上東京，申達朝廷。作此怪峰，鬥成奇筝。且説偏將帶領三百人馬，監押宣贊、郝思文上東京來，迤邐前行。來到一個去處，只見滿山枯樹，遍地蘆芽。一聲鑼響，撞出一夥强人：當先一個手搭雙斧，聲喝如雷，正是梁山泊黑旋風李逵；後面帶着這個好漢，正是没面目焦挺。結搆大奇。兩個好漢引着小嘍囉，攔住去路，也不打話，便搶陷車。偏將急待要走，背後又撞出一個人來，臉如鍋鐵，雙睛暴露，這個好漢正是喪門神鮑旭，大奇。向前把偏將手起劍落砍下馬來。其餘人等，撇下陷車，盡皆逃命去了。李逵看時，却是宣贊、郝思文，便問了備細來由。宣贊亦問李逵：「你却怎生在此？」李逵説道：「爲是哥哥不肯教我來厮殺，獨自個私走下山來，先殺了韓伯龍，後撞見焦挺，引我到此。多承鮑家兄弟一見如故，便如我山上一般接待。却纔商議，正欲去打凌州，却有小嘍囉山頭上望見這夥人馬監押陷車到來。只道是官兵捕盗，不想却是你二位。」鮑旭邀請到寨内，殺牛置酒相待。郝思文道：「兄弟既然有心上梁山泊入夥，不若將引本部人馬，就同去凌州並力攻打，此爲上策。」鮑旭道：「小可與李兄正如此商議；足下之言，説得最是。我山寨之中，也有三二百匹好馬。」帶領五七百小嘍囉，五籌好漢一齊來打凌州。

却説逃難軍士奔回來，報與張太守説道：「半路裏有强人奪了陷車，殺了偏將。」單廷珪、魏定國聽得大怒，便道：「這番拿着，便在這裏施刑！」趁前餘勢，再翻起一怪峰。只聽得城外關勝引兵搦戰。單廷珪爭先出馬，開城門，放下吊橋，引五百黑甲軍，飛奔出城迎敵。門旗開處，大罵關勝：「辱國敗將，何不就死！」關勝聽了，舞刀拍馬。兩個鬥不到五十餘合，關勝勒轉馬頭，慌忙便走。另是一樣意思。單廷珪隨即趕將來，約趕十餘里，關勝回頭喝道：「你這厮不下馬受降，更待何時！」另是一樣氣色。單廷珪挺鎗直取關勝後心。關勝使出神威，拖起刀背，只一拍，喝一聲：「下去！」另是一樣意思。單廷珪下馬。關勝下馬，向前扶起，叫道：「將軍恕罪！」馬上喝之，馬下扶之，純是儒將意思，寫得真好。○二「下馬」字接連，事捷文捷。單廷珪惶恐伏地，乞命受降。關勝道：「某在宋公明哥哥面前，多曾舉你。特來相招二位將軍，同聚大義。」單廷珪答道：「不才願施犬馬之力，共同替天行道。」兩個説罷，並馬而行。與上二「下馬」

字映襯有情，結綰得法。 林冲接見二人並馬行來，便問其故。 關勝不說輸贏，答道：「山僻之內，訴舊論新，招請歸降。」另是一樣意思。真乃舊家子弟，非餘人之所到也。 林冲等衆皆大喜。 單廷珪回至陣前，大叫一聲，五百黑甲軍兵一哄過來；寫得好。 其餘人馬奔入城中去了，連忙報知太守。

魏定國聽了大怒。 次日，領起軍馬，出城交戰。 單廷珪與同關勝、林冲直臨陣前。 只見門旗開處，神火將軍出馬，見單廷珪順了關勝，大罵：「忘恩背主，不才小人！」關勝微笑，拍馬向前迎敵。另是一樣意思。 二馬相交，軍器並舉。 兩將鬥不到十合，魏定國望本陣便走。 關勝却欲要追，單廷珪大叫道：「將軍不可去趕！」關勝連忙勒住戰馬。 說猶未了，凌州陣內早飛出五百火兵，身穿絳衣，手執火器，前後擁出有五十輛火車，車上都滿裝蘆葦引火之物；軍人背上各拴鐵葫蘆一個，内藏硫黄、焰硝，五色烟藥，一齊點着，飛搶出來。 人近人倒，馬過馬傷。 關勝軍兵四散奔走，退四十餘里扎住。至此又作一跌，方駭爲之奈何，及讀至下一行，真不圖其迅疾至是也。 魏定國收轉軍馬回城，看見本州烘烘火起，烈烈烟生。看官讀至此二句，試掩下文思之，當作如何解？ 原來却是黑旋風李逵與同焦挺、鮑旭，帶領枯樹山人馬，都去凌州背後打破北門，殺入城中，劫擄倉庫錢糧，放起火來。大奇大奇，真乃異樣結構。○以火接火，使讀者出于意外。 魏定國知了，不敢入城，慌速回軍。 被關勝隨後趕上追殺，首尾不能相顧。 凌州已失，魏定國只得退走，奔中陵縣屯駐。 關勝引軍把縣四下圍住，便令諸將調兵攻打。 魏定國閉門不出。

單廷珪便對關勝、林冲等衆位說道：「此人是一勇之夫，攻擊得緊，他寧死，必不辱。特表魏定國。 事寬即完，急難成效。 小弟願往縣中，不避刀斧，用好言招撫此人，束手來降，免動干戈。」關勝見説大喜，隨即叫單廷珪單人匹馬到縣。小較報知，魏定國出來相見了。單廷珪用好言説道：「如今朝廷不明，天下大亂，天子昏昧，奸臣弄權。我等歸順宋公明，且居水泊；久後奸臣退位，那時去邪歸正，未爲晚也。」魏定國聽罷，沉吟半晌，説道：「若是要我歸順，須是關勝親自來請，我便投降；他若是不來，我寧死不辱！」寫關勝之見重如此，所以深表關勝，然魏定國之生平，亦略可見矣。單廷珪即便上馬回來，報與關勝。關勝見説，便道：「關某何足爲重，却承將軍謬愛！」匹馬單刀，別了衆人及單廷珪便去。全是雲長意思。林冲諫道：「兄長，人心難忖，三思而行。」關勝道：「舊時朋友，何妨！」極寫關勝忠信，以反襯宋江、吴用之欺詐也。直到縣衙。魏定國接着大喜，願拜投降，同叙舊情，設筵管待。當日帶領五百火兵，都來大寨。好。與林冲、楊志並衆頭領俱各相見已了，即便收軍回梁山泊來。宋江早使戴宗接着，對李逵説道：「只爲你偷走下山，教衆兄弟趕了許多路。如今時遷、樂和、李雲、王定六四個先回山去了。輕輕完之。我如今先去報知哥哥，免至懸望。」

不説戴宗先去了。且説關勝等軍馬回到金沙灘邊，水軍頭領棹船接濟軍馬，陸續過渡。只見一個人氣急敗壞跑將來，不是宋江想起，偏是景住跑來，深文曲筆。衆人看時，却是金毛犬段景住。林冲便問道：「你和楊林、石勇去北地裏買馬，如何這等慌速跑來？」段景住言無數句，話不一席。有分教：宋江調撥軍兵，來打這個去處，重報舊讎，再雪前恨。正是：情知語是鈎和綫，從頭釣出是非來。畢竟段景住説出甚言語來，且聽下回分解。

第五才子書施耐庵水滸傳卷之七十二

聖歎外書

第六十七回　宋公明夜打曾頭市　盧俊義活捉史文恭

我前書宋江實弒晁蓋，人或猶有疑之。今讀此回，觀彼作者之意，何其反覆曲折，以著宋江不爲晁蓋報讎之罪，如是其深且明也。其一，段景住曰：郁保四「把馬刼奪，解送曾頭市去」。夫「曾頭市」三字，則豈非宋江所當刻肉刻骨，書石書樹，日夜號呼，淚盡出血也者？乃自停喪攝位以來，杳然不聞提起。夫宋江不聞提起，則亦吴用之所不復提起，林冲之所不好提起，廳上廳下衆人之所不敢提起與不知提起者也。乃今無端忽有段景住歸，陡然提起，則是宋江之所不及掩其口也。其二，「段景住備説奪馬之事，宋江聽了大怒」。夫蕞爾曾頭，顧不自量，一則奪其馬，再則奪其馬；一奪之不足，而至于再奪。人各有氣，誰其甘乎？然而擬諸射死天王之讎，則其痛深痛淺必當有其分矣。今也，藥箭之怨，累月不修；奪馬之辱，時刻不待，此其爲心果何如也？其三，晁蓋遺令：「但有活捉史文恭者，便爲梁山泊主。」及宋江調撥諸將，如徐寧、呼延灼、關勝、索超、單廷珪、魏定國、宣贊、郝思文等，悉不得與斯役。夫不共之讎，不及朝食，空群而來，死之可也。宋江而志在報讎也者，尚當懸第一座作重賞，以募勇夫；宋江而志在第一座者，則雖終亦不爲天王報讎，亦誰得而責之？乃今調撥諸將，而獨置數人，豈此數人獨不能捉史文恭乎？抑獨不可坐第一座也？其四，新來人中，獨盧俊義起身願往，宋江便問吴用可否，吴用調之閑處。夫調將之法：第一先鋒，第二左軍，第三右軍，第四中軍，第五合後，第六伏軍。伏軍者計算已定，知其必敗，敗則必由此去，故先設伏以俟之也。今也諸軍未行，計算未定，何用知其必敗？何用知其敗之必由此去？若未能知其必敗，未能知其敗之必由此去，而又獨調員外先行埋伏，則是非所以等候史文恭，殆所以安置盧俊義也。其五，史文恭披挂上馬，那匹馬便是照夜玉獅子馬，「宋江看見好馬，心頭火起」。夫史文恭所坐，則是先前所奪段景住之馬；馬之所馱，則是先前射死晁蓋之史文恭。諺語有之：「好人相見分外眼明，讎人相見分外眼睁。」此言眼之所至，正是心之所至也。宋江而爲馬來者，則應先見馬；宋江而爲晁蓋來者，則應先見史文恭。今史文恭出馬，而大書那馬；宋江心頭火起，而大書看見好馬，然則宋江此來專爲馬也。其六，手書問罪，輕責其殺晁蓋，而重責其還馬；及還二次所奪，又問照夜獅子。夫還二次馬匹，而宋江所失僅一照夜獅子已乎？若還二次馬匹，又還照夜獅子，而宋江遂得班師還山，一無所問已乎？幸也保四内叛，伏窩計成，法華鐘響，五曾盡滅也。不幸而青、凌兩州救兵齊至，和解之約真成變卦，然則宋江殆將日夜哭念此馬不能置也。其七，盧俊義既已建功，宋江乃又椎鼓集衆，商議立主。夫「商議」之爲言，未有成論，則不得不集思廣謀以求其定，如之何如之何不辭反覆連引其語也？今在昔，則晁蓋遺令有箭可憑；在今，則員外報讎有功可據。然則盧俊義爲梁山泊主，蓋一辭而定也。舍此不講，而又多自謙抑，甚至拈鬮借糧，何其巧而多變，一至于如是之極也？嗚呼！作者書宋江之惡，其彰明昭著也如此，而愚之夫猶不正其弑晁蓋之罪，而猶必沾沾以忠義之人目之，豈不大可怪歎也哉！

話説當時段景住跑來，對林冲等説道：「我與楊林、石勇前往北地買馬，到彼選得壯竄有筋力好毛片駿馬，買了二百餘匹。回至青州地面，被一夥强人，爲頭一個唤做『險道神』郁保四，橫添一人，而不見其迹，妙妙。聚集二百餘人，盡數把馬劫奪，解送曾頭市去了。「曾頭市」三字，却從段景住口中提起，皆深表宋江之不爲晁蓋報讎也。○仍從馬上提起，以下彼此口口都只爲馬[一]，則其不爲晁蓋甚明也，妙筆妙筆。石勇、楊林不知去向，小弟連夜逃來，報知此事。」林冲見説，叫且回山寨與哥哥相見了，却商議此事。衆人且過渡來，都到忠義堂上見了宋江。關勝引單廷珪、魏定國，與大小頭領俱各相見了。李逵把下山殺了韓伯龍，遇見焦挺、鮑旭，同去打破凌州之事，説了一遍。宋江聽罷，又添四個好漢，正在歡喜。段景住備説奪馬一事，宋江聽了大怒

[一]「口口」，貫華堂本作「四口」，據葉瑶池本改。

道：「前者奪我馬匹，至今不曾報讎，晁天王又反遭他射死，看他「報讎」二字放在奪馬下，天王射死放在「報讎」下，妙筆。今又如此無禮！若不去剿這厮，惹人耻笑不小！」吴用道：「即日春暖無事，正好厮殺取樂。天下豈有不共戴天之事，而需「春暖」、而需「無事」，而言「取樂」者哉？寫宋江、吴用全無報讎之心，妙筆。前者天王失其地利，如今必用智取。且教時遷，他會飛簷走壁，可去探聽消息一遭，回來却作商量。」時遷聽命去了。無三二日，只見楊林、石勇逃得回寨，備説曾頭市史文恭口出大言，要與梁山泊勢不兩立。宋江見説，便要起兵。吴用道：「再得時遷回報，却去未遲。」宋江怒氣填胸，要報此讎，片時忍耐不住，妙妙。〇天王之讎一向不提，奪馬之讎片時不忍，挑剔妙絶。又使戴宗飛去打聽，立等回報。

不過數日，却是戴宗先回來寫戴宗、時遷，參差疏密可喜。〇天王死後，久矣杳不聞有曾頭市也。忽然再被奪馬，便爾戴宗、時遷奔走旁午，筆筆皆極著宋江之惡也。説：「這曾頭市要與凌州報讎，欲起軍馬。見今曾頭市口扎下大寨，略。又在法華寺内做中軍帳，數百里遍插旌旗，不知何路可進。」略。次日，時遷回寨報説：「小弟直到曾頭市裏面，探知備細。與戴宗參差疏密互見。見今扎下五個寨栅。曾頭市前面，二千餘人守住村口。總寨内是教師史文恭執掌，詳。北寨是曾塗與副教師蘇定，詳。南寨是次子曾密，詳。西寨是三子曾索，詳。東寨是四子曾魁，詳。中寨是第五子曾昇與父親曾弄守把。詳。這個青州郁保四，身長一丈，腰闊數圍，綽號『險道神』，詳。將這奪的許多馬匹都喂養在法華寺内。詳。」〇馬亦還他下落，則後文易于收拾也。吴用聽罷，便教會集諸將，一同商議：「既然他設五個寨栅，我這裏分調五支軍將，可作五路去打。」盧俊義便起身道：宋江吃驚之事。○員外若不自家起身，則亦與徐寧、關勝、呼延灼、索超、單廷珪、魏定國等，同不見調矣。「盧某得蒙救命上山，未能報效。今願盡命向前，未知尊意若何？」宋江便問吳用道：「員外如肯下山，可屈爲前部否？」調撥則調撥耳，前部則前部耳，目顧吳用而口咨嗟之，其不欲員外之蝥弧先登，蓋灼如也。吳用道：「員外初到山寨，未經戰陣，山嶺崎嶇，乘馬不便，不可爲前部先鋒；別引一支軍馬，前去平川埋伏，只聽中軍炮響，便來接應。」獨調員外于無可用武之地，可謂極盡心機，又豈料冷處埋伏之適遇史文恭哉？奇情曲筆，寫得妙絕。

宋江大喜，叫盧員外帶同燕青，引領五百步軍，平川小路聽號。「宋江大喜」四字，書法。○于大軍未調之先[一]，先撥置盧員外者，蓋舊日衆人久已肯服，所慮獨盧員外一人故也。○僅領步軍五百，筆中有眼。再分調五路軍馬：曾頭市正南大寨，看他調撥，又變出一樣章法，奇才大筆。差馬軍頭領霹靂火秦明、小李廣花榮，副將馬麟、鄧飛，引軍三千攻打；三千。曾頭市正東大寨，差步軍頭領花和尚魯智深、行者武松，副將孔明、孔亮引軍三千攻打；三千。曾頭市正北大寨，差馬軍頭領青面獸楊志、九紋龍史進，副將楊春、陳達引軍三千攻打；三千。曾頭市正西大寨，差步軍頭領美髯公朱仝、插翅虎雷橫，副將鄒淵、鄒閏引軍三千攻打；三千。曾頭市正中總寨，都頭領宋公明，軍師吳用、公孫勝，前書調開盧員外，又調開衆將，此又大書宋公明自打總寨者，見其志在親捉史文恭，以必得第一座也，妙筆。隨行副將呂方、郭盛、解珍、解寶、戴宗、時遷，領軍五千攻打。五

[一]「調」，貫華堂本作「謂」，據葉瑤池本改。

千。○看他領軍獨多，而盧俊義則極少，皆是筆中有眼。合後步軍頭領黑旋風李逵、混世魔王樊瑞，副將項充、李衮，引馬步軍兵五千。分明宋江獨領一萬。其餘頭領各守山寨。處處有此一句，獨此句中屈殺許多大將，妙筆可想。

不説宋江部領五軍兵將大進。且説曾頭市探事人探知備細，報入寨中。曾長官聽了，便請教師史文恭、蘇定商議軍情重事。史文恭道：「梁山泊軍馬來時，只是多使陷坑，方纔捉得他强兵猛將。這夥草寇須是這條計，以爲上策。」曾長官便差莊客人等，將了鋤頭、鐵鍬，去村口掘下陷坑數十處。上面虛浮土蓋，四下裏埋伏了軍兵，只等敵軍到來。又去曾頭市北路，也掘下十數處陷坑。比及宋江軍馬起行時，吴用預先暗使時遷又去打聽。此等段落，悉與第五十九回晁蓋輕入重地照耀。○有吴用，又必得時遷。歎前者之並無吴用也，誰實爲之，而謂宋江非弑晁蓋者乎？過數日之間，時遷回來報説：「曾頭市寨南寨北，盡都掘下陷坑，不計其數，只等俺軍馬到來。」吴用見説，大笑道：「不足爲奇！」引軍前進，來到曾頭市相近。此時日午時分，前隊望見一騎馬來，項帶銅鈴，尾拴雉尾，馬上一人青巾白袍，手執短鎗。寫曾頭市正復勍敵。○意思便與小郎君祝彪一樣。前隊望見，便要追趕。吴用止住，便教軍馬就此下寨，所以然者，此青巾白袍馳馬之處，即是掘下陷坑之處故也。○青巾白袍人，竟不知其爲誰。妙妙。四面掘了濠塹，下了鐵蒺藜。傳下令去，教五軍各自分頭下寨，一般掘下濠塹，下了蒺藜。

一住三日，曾頭市不出交戰。彼固以爲以逸待勞也。吴用再使時遷扮作伏路小軍，去曾頭市寨中，探聽他不知何意；所有陷坑，暗暗地記着，一，離寨多少路遠，一。總有幾處。一。○

好。時遷去了一日，都知備細，暗地使了記號，回報軍師。次日，吴用傳令，教前隊步軍各執鐵鋤，分作兩隊；奇極。又把糧車一百有餘，裝載蘆葦乾柴，藏在中軍。奇極。當晚傳下與各寨諸軍頭領：來日巳牌，只聽東西兩路步軍先去打寨；奇極。再教攻打曾頭市北寨的楊志、史進，把馬軍一字兒擺開，只在那邊擂鼓摇旗，虚張聲勢，切不可進。奇極。吴用傳令已了。

再説曾頭市史文恭只要引宋江軍馬打寨，便趕入陷坑。寨前路狹，待走那裏去？次日巳牌，只聽得寨前炮響，軍兵大隊都到南門。寫寨前一炮，却是東西兵起；寨前又一炮，却是背後兵起。吴用之稱智多星，洵非誇也。次後只見東寨邊來報道：妙妙。「一個和尚輪着鐵禪杖，一個行者舞起雙戒刀，攻打前後！」史文恭道：「這兩個必是梁山泊魯智深、武松。」一隊口中猜出，一隊旗上看出，只二隊便有如許變换。○如此匆忙叙事中，又須文字變换，真乃心閑手敏也。却恐有失，便分人去幫助曾魁。分之使弱也。只見西寨邊又來報道：妙妙。「一個長髯大漢，一個虎面大漢，旗號上寫着『美髯公朱仝』、『插翅虎雷横』，前來攻打甚急！」一隊旗上看出。史文恭聽了，又分撥人去幫助曾索。寫分兵，明畫之極。又聽得寨前炮響，寨前炮響，寨前又炮響，絶妙兵法，却成絶妙章法。史文恭按兵不動，只要等他入來，塌了陷坑，山下伏兵齊起，接應捉人。這裏吴用却調馬軍，從山背後兩路抄到寨前，妙妙，令寨前陷坑無用也。○妙妙，正令寨前陷坑有用也。前面步軍只顧看寨，又不敢去；可歎。○此吾所謂印板將令也。兩邊伏兵都擺在寨前；可歎。背後吴用軍馬趕來，盡數逼下坑去。彼掘陷坑，而我用之，妙不可言。史文恭却待出來，吴用鞭梢一指，軍寨中鑼響，一齊排出百餘輛車子來，盡數把火點着。妙妙。上面蘆葦、乾柴、硫黄、焰硝，一齊着起，烟火迷天。比及史文恭軍馬出來，盡被火車横攔當住，只得回避。又令之不得衝突，所謂計必萬全者也。○如此一段，便是絶妙陣法，豈得以其稗官也而忽之。急待退軍。公孫勝早在陣中，揮劍作法，刮起大風，捲那火焰燒入南門，早把敵樓排柵盡行燒毁。妙妙，可謂一打曾頭市矣。【眉批】已上一打曾頭市。已自得勝，鳴金收軍，四下裏入寨，當晚權歇。史文恭連夜修整寨門，兩下當住。寫曾頭市正復勍敵。

次日，曾塗對史文恭計議道：「若不先斬賊首，難以追滅。」囑付教師史文恭牢守寨柵。曾塗率領軍兵，披挂上馬，出陣搦戰。宋江在中軍聞知曾塗搦戰，帶領吕方、郭盛，相隨出到前軍。門旗影裏看見曾塗，心頭怒起，用鞭指道：「誰與我先捉這厮，報往日之讎？」「誰與我」，雖復順口之辭，然亦見宋江功歸一身之意。小温侯吕方拍坐下馬，挺手中方天畫戟，直取曾塗。兩馬交鋒，二器並舉。鬥到三十合以上，郭盛在門旗下，看見兩個中間，將及輸了一個。原來吕方本事敵不得曾塗：三十合已前，兀自抵敵不住；三十合已後，戟法亂了，只辦得遮架躲閃。郭盛只恐吕方有失，便驟坐下馬，撚手中方天畫戟，飛出陣來，夾攻曾塗。三騎馬在陣前絞做一團。原來兩枝戟上都拴着金錢豹尾，吕方、郭盛要捉曾塗，兩枝戟齊舉，寫二戟。曾塗眼明，便用鎗只一撥，寫一鎗。却被兩條豹尾攪住朱纓，奪扯不開。三個各要掣出軍器使用，此即對影山故事也。乃對影山只是兩戟豹尾，此又添出鎗上朱纓，便有加倍好看也。小李廣花榮在陣中看見，恐怕輸了兩個，便縱馬出來，左手拈起雕弓，右手急取鈚箭，搭上箭，拽滿弓，望着曾塗射來。二十九字一句，其事甚疾。○對影山射開豹尾，此竟射殺曾塗，妙妙。這曾塗却好掣出鎗來，那兩枝戟兀自攪做一團。說時遲，那時疾，曾塗掣鎗便望呂方項根搠來，三十七字一句，其事甚疾，令人吃嚇。花榮箭早先到，正中曾塗左臂，其事甚疾。翻身落馬。呂方、郭盛雙戟並施，其事甚疾。曾塗死于非命。曾塗死。十數騎馬軍飛奔回來，報知史文恭；轉報中寨，曾長官聽得大哭。

只見旁邊惱犯了一個壯士曾昇，武藝絶高，使兩口飛刀，人莫敢近。當時聽了大怒，咬牙切齒，喝教：「備我馬來，要與哥哥報讎！」曾長官攔當不住。全身披挂，綽刀上馬，直奔前寨。史文恭接着勸道：「小將軍不可輕敵。宋江軍中，智勇猛將極多。若論史某愚意，只宜堅守五寨，暗地使人前往凌州，便教飛奏朝廷，調兵選將，多撥官軍，分作兩處征剿：一打梁山泊，一保曾頭市。令賊無心戀戰，必欲退兵，急奔回山。那時史某不才，與汝兄弟一同追殺，必獲大功。」說言未了，北寨副教師蘇定到來，見說堅守一節，也道：「梁山泊吴用那廝詭計多謀，不可輕敵，只宜退守；待救兵到來，從長商議。」曾昇叫道：「殺我哥哥，此寃不報，真强盗也！直等養成賊勢，退敵則難！」史文恭、蘇定阻當不住。曾昇上馬，帶領數十騎馬軍，飛奔出寨搦戰。

宋江聞知，傳令前軍迎敵。當時秦明得令，舞起狼牙棍，正要出陣鬥這曾昇，只見黑旋風李逵手掿板斧，直奔軍前，不問事由，搶出垓心。寫得妙，遂更急于霹靂火也。對陣有人認得，説道：「這個是梁山泊黑旋風李逵！」曾昇見了，便叫放箭。原來李逵但是上陣，便要脱膊，妙人，只用八個字活畫出來。全得項充、李衮蠻牌遮護；好。此時獨自搶來，被曾昇一箭，腿上正着，身如泰山，倒在地下。曾昇背後馬軍齊搶過來。宋江陣上，秦明、花榮飛馬向前死救，背後馬麟、鄧飛、吕方、郭盛一齊接應歸陣。亦作一跌者，不欲寫得曾家太易也。曾昇見了宋江陣上人多，不敢再戰，以此領兵還寨。宋江也自收軍駐扎。已上二打曾頭市[一]。【眉批】已上二打曾頭市[二]。

次日，史文恭、蘇定只是主張不要對陣，怎禁得曾昇催並道：「要報兄讎！」史文恭無奈，只得披挂上馬。那匹馬，便是先前奪的段景住的千里龍駒照夜玉獅子馬。此篇寫宋江獨爲馬來，非爲晁蓋來也，故處處將馬出色點染，見是一篇綱領。宋江引諸將擺開陣勢迎敵，對陣史文恭出馬。宋江看見好馬，心頭火起，寫宋江本意只爲馬，妙筆。便令前軍迎敵。秦明得令，飛奔坐下馬來迎。二騎相交，軍器並舉。約鬥二十餘合，秦明力怯，望本陣便走。史文恭奮勇趕來，神鎗到處，秦明後腿股上早着，倒攧下馬來。吕方、郭盛、馬麟、鄧飛四將齊出，死命來救。雖然救得秦明，軍兵折了一陣；再作一跌者，不欲寫得曾家太易也。收回敗軍，離寨十里駐扎。

宋江叫把車子載了秦明，一面使人送回山寨將息；密與吴用商量，教取大刀關勝、金鎗手徐寧，並要單廷珪、魏定國四位下山，同來協助。密與吴用商量，書法妙絶。蓋來則定當成功，歸則難與爭座者，如徐寧、呼延灼、關勝、索超、單廷珪、魏定國諸人是也。乃今敵勢浩大，必須添人協助，而此五六人者，又未深知其心，于是進退兩難，回惑無措。兩人密商，而捨索超、呼延，取關、徐、單、魏，蓋寫宋江心事歷歷如鑑也。宋江又自已焚香祈禱，暗卜一課。吴用看了卦象，便道：「恭喜大事無損，今夜倒

[一]「上」，貫華堂本作「十」，據葉瑶池本改。

[二] 此條眉批，貫華堂本無，據葉瑶池本補。

主有賊兵入寨。」取四人後，又書宋江卜課，寫心上有事人皇惑不定如鑑。○只用「恭喜大事無損」六字答宋江卜課，下却順便接入下文，妙妙。宋江道：「可以早作準備。」吳用道：「請兄長放心。」只顧傳下號令：先去報與三寨頭領，今夜起東西二寨，便教解珍在左，解寶在右；其餘軍馬，各于四下裏埋伏已定。是夜天清月白，風静雲閑。好景。史文恭在寨中對曾昇道：「賊兵今日輸了兩將，必然懼怯，乘虚正好劫寨。」曾昇見説，便教請北寨蘇定、南寨曾密、西寨曾索，引兵前來，一同劫寨。二更左側，潛地出哨，馬摘鸞鈴，人披軟戰。直到宋江中軍寨内，見四下無人，劫着空寨，急叫「中計」，轉身便走。左手下撞出兩頭蛇解珍，右手下撞出雙尾蝎解寶，後面便是小李廣花榮，一發趕上。只三句已足。曾索在黑地裏被解珍一鋼叉搠于馬下。曾索死。放起火來，後寨發喊，東西兩邊，進兵攻打寨栅，混戰了半夜。史文恭奪路得回。可謂三戰曾頭市也。

【眉批】已上三戰曾頭市。

曾長官又見折了曾索，煩惱倍增。次日，要史文恭寫書投降。史文恭也有八分懼怯，隨即寫書，速差一人賫擎，直到宋江大寨。小校報知曾頭市有人下書，宋江傳令，教唤入來。小校將書呈上，宋江拆開看時，寫道：

曾頭市主曾弄頓首再拜宋公明統軍頭領麾下：前者小男無知，倚仗小勇，搶奪馬匹，冒犯虎威。寫曾家亦只重在奪馬；若射死天王，只是輕輕言之。妙筆。向日天王下山，理合就當歸附。無端部卒施放冷箭，只四字，不更深言，妙筆。罪累深重，百口何辭？然竊自原，非本意也。今頑犬已亡，遣使請和。如蒙罷戰休兵，願將原奪馬匹盡數納還；首尾只重奪馬，使人讀其書、知其事，以深著宋江之罪也。更賚金帛犒勞三軍，免致兩傷。謹此奉書，伏乞照察。

宋江看罷來書，目顧吴用，滿面大怒，扯書駡道：寫宋江、吴用同惡共濟，真乃如畫。○扯書而必顧吴用，大怒而只是滿面，活畫出一時如鬼之伎來。「殺吾兄長，焉肯干休！只待洗蕩村坊，是吾本願。」下書人俯伏在地，凛顫不已。吴用慌忙勸道：一個駡，一個勸；一個目顧，一個慌忙，可笑可恨。「兄長差矣！我等相爭，皆爲氣耳。爲氣則不爲晁蓋也。既是曾家差人下書講和，豈爲一時之忿，以失大義？」隨即便寫回書，取銀十兩，賞了來使。回還本寨，將書呈上，曾長官與史文恭拆開看時，上面寫道：

梁山泊主將宋江手書回示曾頭市主曾弄：自古無信之國終必亡，無禮之人終必死，無義之財終必奪，無勇之將終必敗。理之自然，無足奇者。竟是絶妙好議論。○看他發出四句大議論，却是句句爲奪馬，不爲殺天王，寫宋江之罪著矣。梁山泊與曾頭市，自來無讎，各守邊界。總緣爾行一時之惡，遂惹今日之冤。殺天王亦不深言，只作輕輕二語，妙筆。若要講和，便須發還二次原奪馬匹，並要奪馬凶徒郁保四，看他只爲馬。○曾家請罪只説奪馬，猶曰避罪不得不爾也。若宋江問罪亦只説奪馬，然則宋江之不爲天王報讎，又豈有辨哉？犒勞軍士金帛。討馬之後又及犒軍，以見其無所不説，而獨不説報讎也。忠誠既篤，禮數休輕。如或更變，别有定奪。

曾長官與史文恭看了俱各驚憂。次日，曾長官又使人來説：「若要郁保四，亦請一人質當。」

宋江、吴用隨即便差時遷、李逵、樊瑞、項充、李袞五人前去爲信。臨行時，吴用叫過時遷，附耳低言：「倘或有變，如此如此。」不説五人去了。却説關勝、徐寧、單廷珪、魏定國到了，當時見了衆人，就在中軍扎住。

且説時遷引四個好漢來見曾長官。時遷向前説道：「奉哥哥將令，差時遷引李逵等四人前來講和。」史文恭道：「吴用差這五個人來，未必無謀。」李逵大怒，揪住史文恭便打，奇人奇事。曾長官慌忙勸住。時遷道：「李逵雖然粗鹵，却是俺宋公明哥哥心腹之人。特使他來，休得疑惑。」曾長官心中只要講和，不聽史文恭之言，便教置酒相待，請去法華寺寨中安歇，撥五百軍人前後圍住；却使曾昇帶同郁保四，來宋江大寨講和。二人到中軍相見了，隨後將原奪二次馬匹並金帛一車，送到大寨。宋江看罷道：「這馬都是後次奪的，正有先前段景住送來那匹千里白龍駒照夜玉獅子馬，如何不見將來？」寫宋江于馬極其加意，以反映其視晁蓋之讎如棄也。○馬便如此記得，晁蓋便如此不記得，妙筆。曾昇道：「是師父史文恭乘坐着，以此不曾將來。」宋江道：「你疾忙快寫書去，教早早牽那匹馬來還我！」寫宋江諄諄懇懇只爲馬。曾昇便寫書，叫從人還寨，討這匹馬來。史文恭聽得，回道：「别的馬將去不吝，這匹馬却不與他！」從人往復去了幾遭，宋江定死要這匹馬。妙筆。史文恭使人來説道：「若還定要我這匹馬時，着他即便退軍，我便送來還他！」

宋江聽得這話，便與吴用商量，尚然未決，妙筆妙筆。寫宋江便有「即便退軍」之意，以見此來單爲奪馬，更無餘志。忽有人來報道：「青州、凌州兩路有軍馬到來。」宋江道：「那廝們知得，必然變卦。」「變卦」者，不肯還馬也[一]。若果志在報讎，豈憂「變卦」哉！妙筆。暗傳下號令，就差關勝、單廷珪、魏定國去迎青州軍馬，好。○寫青州、淩州兩路救兵，只是借勢層跌，以表宋江意只在馬，未嘗肯爲晁蓋報讎耳。不必又顯戰功，故只如此略略點去。花榮、馬麟、鄧飛去迎淩州軍馬。好。暗地叫出郁保四來，用好言撫恤他，十分恩義相待，説道：「你若肯建這場功勞，山寨裏也教你做個頭領。奪馬之讎，折箭爲誓，一齊都罷。「之讎，折箭爲誓，一齊都罷」十個字上，明明只是「奪馬」二字。妙筆。你若不從，曾頭市破在旦夕。任從你心。」郁保四聽言，情願投拜，從命帳下。吴用授計與郁保四道：「你只做私逃還寨，與史文恭説道：『我和曾昇去宋江寨中講和，打聽得真實了：如今宋江大意，只要賺這匹千里馬，實無心講和。若還與了他，必然翻變。如今聽得青州、淩州兩路救兵到了，十分心慌。正好乘勢用計，不可有誤。』即以己之瑕處作誘敵。妙妙。他若信從了，我自有處置。」

郁保四領了言語，直到史文恭寨裏，把前事具説了一遍。史文恭領了郁保四來見曾長官，備説宋江無心講和，可以乘勢劫他寨柵。曾長官道：「我那曾昇當在那裏，若還翻變，必然被他殺害。」史文恭道：「打破他寨，好歹救了。今晚傳令與各寨，盡數都起，先劫宋江大寨。如斷去蛇首，衆賊無用，回來却殺李逵等五人未遲。」曾長官道：「教師可以善用良計。」當下傳令與北寨蘇定、東寨曾魁、南寨曾密，一同劫寨。郁保四却閃來法華寺大寨内，看了李

[一]「肯」，貫華堂本作「宜」，據葉瑶池本改。

逵等五人，暗與時遷走透這個消息。再説宋江同吴用説道：「未知此計若何？」吴用道：「如是郁保四不回，便是中俺之計。他若今晚來劫我寨，我等退伏兩邊，却叫魯智深、武松引步軍殺入他東寨，朱仝、雷横引步軍殺入他西寨，却令楊志、史進引馬軍截殺北寨：此名『番犬伏窩』之計，百發百中。」劫寨之奇。此爲第一。○名色亦奇絶。

當晚却説史文恭帶了蘇定、曾密、曾魁，盡數起發。是夜月色朦朧，星辰昏暗。史文恭、蘇定當先，曾密、曾魁押後，馬摘鸞鈴，人披軟戰，盡都來到宋江總寨。只見寨門不關，寨内並無一人，又不見些動静。情知中計，即便回身。急望本寨去時，只見曾頭市裏鑼鳴炮響，却是時遷爬去法華寺鐘樓上，撞起鐘來；偏不寫放起火來、篩起鑼來，偏就「法華寺」三字，見景生情，「撞起鐘來」，妙妙。東西兩門，火炮齊響，喊聲大舉，正不知多少軍馬殺將入來。史文恭等急回到寨時，尋路不見。曾長官見寨中大鬧，又聽得梁山泊大軍兩路殺將入來，就在寨里自縊而死。曾弄死。曾密徑奔西寨，被朱仝一朴刀搠死。曾密死。曾魁要奔東寨時，亂軍中馬踏爲泥。曾魁死。蘇定死命奔出北門，却有無數陷坑，寫得便似出于意外，故妙。背後魯智深、武松趕殺將來，前逢楊志、史進，一時亂箭射死。蘇定死。○寫數人草草而死者，意只重史文恭一人也。後頭撞來的人馬都攧入陷坑中去，重重疊疊，陷死不知其數。寫吴用不惟不遭陷坑之失，乃能反得陷坑之用，真不愧智多星矣。

且説史文恭得這千里馬行得快，出色寫馬妙。殺出西門，落荒而走。此時黑霧遮天，不分南北。爲晁蓋陰魂作引。約行了二十餘里，不知何處。特書四字，以見此處非史文恭必走之路，而前文之冷調員外，爲可醜可恨也。只聽得樹林背後一聲鑼響，撞出四五百軍來。當先一將，手提桿棒，望馬脚便打。宋江冷調員外，而史文恭又偏遇着，妙筆妙筆。○寫史文恭遇盧俊義，先暗寫一番，皆極其摇曳也。那匹馬是千里龍駒，見棒來時，從頭上跳過去了。出色寫馬，妙妙。○冷調員外者，斷不欲其得遇史文恭也。冷調之而又偏遇之，可謂奇絶；乃冷調之而又偏遇之，而又偏失之，而又重獲之，一發奇絶也。史文恭正走之間，只見陰雲冉冉，冷氣颼颼，黑霧漫漫，狂風颯颯，虚空之中，四邊都是晁蓋陰魂纏住。見晁蓋之實式憑于盧俊義也。史文恭再回舊路，殺出西門作一縱，頭上跳過再作一縱，然後以一句擒之，筆力奇矯之甚。却撞着浪子燕青；出盧俊義，偏先出燕青，皆極其摇曳。又轉過玉麒麟盧俊義來，妙筆妙筆。○如此千曲百折，無非欲表宋江之奸惡也。喝一聲：「强賊！待走那裏去！」腿股上只一朴刀搠下馬來，便把繩索綁了，解投曾頭市來。燕青牽了那匹千里龍駒，徑到大寨。不惟寫得雠是他家報，並寫得馬亦是他家得，妙妙。宋江看了，心中一喜一惱。「一喜一惱」，只是四字，更不分明，妙不可言。○不善讀史者，疏之曰：喜者喜盧員外建功，怒者怒史文恭雠人也。善讀史者，疏之曰：喜者喜玉獅子歸來，惱者惱玉麒麟有功也。先把曾昇就本處斬首，曾昇死。曾家一門老少盡數不留；抄擄到金銀財寶、米麥糧食，盡行裝載上車，回梁山泊給散各都頭領，犒賞三軍。

且説關勝領軍殺退青州軍馬，花榮領軍殺散凌州軍馬，都回來了。省。大小頭領不缺一個，已得了這匹千里龍駒照夜玉獅子馬，看他一篇之中，大書特書，只是爲馬，以定宋江之罪也。其餘物件盡不必説。陷車内囚了史文恭，便收拾軍馬，回梁山泊來。所過州縣村坊，並無侵擾。

回到山寨忠義堂上，都來參見晁蓋之靈。林沖請宋江傳令，古本有此「林沖請」三字，俗本無，兩本相去如此。教聖手書生蕭讓作了祭文，令大小頭領人人挂孝，個個舉哀，將史文恭剖腹剜心，享祭晁蓋已罷。晁蓋一生，武師實始終之。寫得妙妙。宋江就忠義堂上，與衆弟兄商議立梁山泊之主。晁蓋遺誓，明如畫石。今日之事，有何「商議」？「商議」者，明明不用晁蓋遺誓也。自此以下，皆宋江「商議」之辭，豈復以晁蓋爲念哉！吴用便道：「兄長爲尊，盧員外爲次。其餘衆弟兄，各依舊位。」「吴用便道」四字，書法。宋江道：「向者晁天王遺言：但有人捉得史文恭者，不揀是誰，便爲梁山泊之主。今日盧員外生擒此賊，赴山祭獻晁兄，報讎雪恨，正當爲尊，不必多説。」盧俊義道：「小弟德薄才疏，怎敢承當此位？若得居末，尚自過分。」宋江道：「非宋某多謙，有三件不如員外處：何不一口到底只奉天王遺令，而又別引他辭？第一件，宋江身材黑矮，員外堂堂一表，凛凛一軀，衆人無能得及。贊員外語，却是挑衆人語。第二件，宋江出身小吏，犯罪在逃，感蒙衆弟兄不棄，暫居尊位；員外生于富貴之家，長有豪傑之譽，又非衆人所能得及。挑衆人語。第三件，宋江文不能定邦，武不能附衆，手無縛鷄之力，身無寸箭之功；員外力敵萬人，通今博古，一發衆人無能得及。挑衆人語。○看他説出三件，却偏不及爲天王報讎也。宋江之奸惡無恥，一至于是乎！寫得妙妙。員外有如此才德，正當爲山寨之主。他時歸順朝廷，建功立業，官爵陞遷，能使弟兄們盡生光彩。句句挑衆人語。宋江主張已定，休得推托。」盧俊義拜於地下，説道：「兄長枉自多談，盧某寧死實難從命。」吴用又道：「吴用又道」，書法。「兄長爲尊，盧員外爲次，皆人所伏。兄長若如是再三推讓，恐冷了衆人之心。」

原來吴用已把眼視衆人，故出此語。寫兩人同惡共濟如鏡。只見黑旋風李逵大叫道：「我在江州，捨身拚命，跟將你來。衆人都饒讓你一步，我自天也不怕！妙妙。天生是李大哥語。你只管讓來讓去假甚鳥！妙妙，快絶。我便殺將起來，各自散火！妙妙，是是。」武松見吴用以目示人，也上前叫道：「哥哥手下許多軍官，都是受過朝廷誥命的，他只是讓哥哥，如何肯從別人！」妙妙，天生是武二語。劉唐便道：「我們起初七個上山，那時便有讓哥哥爲尊之意[一]，今日却讓後來人？」妙妙，天生是劉唐語。魯智深大叫道：「若還兄長要這許多禮數，洒家們各自撒開！」妙妙，天生是魯提轄語。

宋江道：「你衆人不必多説，我別有個道理，看天意是如何，方纔可定。」天王之遺令置之不論，而別生出許多「商議」、許多「道理」，寫得可醜可恨之極。吴用道：「有何高見？便請一言。」宋江道：「有兩件事。」正是教：梁山泊内，重添兩個英雄；東平府中，又惹一場災禍。直教：天罡盡數投山寨，地煞空群聚水涯。畢竟宋江説出那兩件事來，且聽下回分解。

[一]「時」，金評各本均作「是」，據明容與堂本改。

第五才子書施耐庵水滸傳卷之七十三

聖歎外書

第六十八回　東平府誤陷九紋龍　宋公明義釋雙鎗將

打東平、東昌二篇，爲一書最後之筆。其文愈深，其事愈隱，讀者不可不察。何以言之？蓋梁山泊，晁蓋之業也；史文恭，晁蓋之仇也；活捉史文恭，便主梁山泊，則晁蓋之令也。遵晁蓋之令，而報晁蓋之仇，承晁蓋之業，誓箭在彼，明明未忘，宋江不得與盧俊義爭，斷斷如也。然而宋江且必有以爭之，如之何宋江且必有以爭之？棄晁蓋遺令，而別鬮東平、東昌二府借糧，則盧俊義更不得與宋江爭也，亦斷斷如矣。或曰：「二城之孰堅孰瑕，宋江未有擇也；是役之勝與不勝，宋江未有必也。何用知其必濟[一]，何用知盧之必不濟？彼俱不濟無論，若幸而俱濟，則是梁山泊主又未定也。今子之言盧俊義

[一]「知」，貫華堂本作「如」，據葉瑤池本改。

必不得與宋江爭也,何故?」噫嘻!聞弦者賞音,讀書者論事,豈其難哉?豈其難哉!觀其分調衆人之時,而令吴用、公孫勝二人悉居盧之部下也,彼豈不曰惟二軍師實左右之,則功必易成;功必易成,是位終及之,庶幾有以不負天王之言,誠爲甚盛心也!乃我獨有以知吴與公孫之在盧之部下,猶其不在盧之部下也;吴與公孫雖不在宋之部下,而實在宋之部下也。蓋吴與公孫之在盧之部下,其外也;若其内,固曾不爲盧設一計也。若吴與公孫雖不在宋之部下,然而尺書可來,匹馬可去,借箸畫計,曾不遺力,則猶在帳中無以異也。且此岸上糧車,水中米船,而不出于吴用耶?陰雲布滿,黑霧遮天,而不出于公孫勝耶?夫誠不出于吴與公孫則已耳,終亦出于吴與公孫,而宋江未來,括囊以待;宋江一至,爭鞭而效,此何意也?迹其前後,推其存心,亦幸而没羽箭難勝耳!不幸而使没羽箭者方且一鼓就擒,則彼吴用、公孫勝之二人者,詎不能從中掣肘,敗乃公事,于以徐俟宋江之來至哉!由斯以言,則是宋固必濟,盧固必不濟,盧俊義之終不得與宋江爭也,斷斷如也。我故曰:打東平、東昌二篇,其文愈深,其事愈隱,讀者不可不察也。

此書每欲作重疊相犯之題,如二解越獄,史進又要越獄,是其類也,忽然以「月盡」二字,翻空造奇。夫然後知極窘蹙題,其中皆有無數異樣文字。人自無才,不能洗發出來也。

刀鎗劍戟如麻似火之中,偏能夾出董將軍求親一事,讀之使人又有一樣眼色。

話説宋江要不負晁蓋遺言,把第一位讓與盧員外,衆人不服。宋江又道:「目今山寨錢糧缺少，梁山泊東有兩個州府，却有錢糧：一處是東平府，一處是東昌府。我們自來不曾攪擾他那裏百姓，今去問他借糧。可寫下兩個鬮兒，我和盧員外各拈一處。如先打破城子的，便做梁山泊主，如何？」天王之遺令曰：如有活捉史文恭者，便做梁山泊主。至此宋江忽別換一令曰，如有先打破城子者，便做梁山泊主。吴用道：「也好。」盧俊義道：「休如此說。只是哥哥爲梁山泊主，某聽從差遣。」此時不由盧俊義，當下便喚鐵面孔目裴宣，寫下兩個鬮兒。焚香對天祈禱已罷，各拈一個。宋江拈着東平府，盧俊義拈着東昌府。衆皆無語。

當日設筵飲酒中間，宋江傳令，調撥人馬。宋江部下：調撥又換出一格。林冲、花榮、劉唐、史進、徐寧、燕順、吕方、郭盛、韓滔、彭玘、孔明、孔亮、解珍、解寶、王矮虎、一丈青、張青、孫二娘、孫新、顧大嫂、石勇、郁保四、王定六、段景住，大小頭領二十五員，馬步軍兵一萬；水軍頭領三員：阮小二、阮小五、阮小七，領水軍駕船接應。盧俊義部下：吴用、公孫勝、將吴用、公孫勝二人悉讓盧俊義，以愚衆人，奇妙之極。夫又安知其不用吴用之掣其肘乎？關勝、呼延灼、朱仝、雷横、索超、楊志、單廷珪、魏定國、宣贊、郝思文、燕青、楊林、歐鵬、凌振、馬麟、鄧飛、施恩、樊瑞、項充、李衮、時遷、白勝，大小頭領二十五員，馬步軍兵一萬；水軍頭領三員：李俊、童威、童猛，引水手駕船接應。其餘頭領並中傷者，看守寨栅，分俵已定。宋江與衆頭領去打東平府，盧俊義與衆頭領去打東昌府。衆多頭領各自下山，此是三月初一日的話，日暖風和，草青沙軟，正好厮殺。寫得好。

却説宋江領兵前到東平府，離城只有四十里路，地名安山鎮，扎駐軍馬。宋江道：「東平府太守程萬里和一個兵馬都監，乃是河東上黨郡人氏。此人姓董，名平，善使雙鎗，人皆稱爲『雙鎗將』，有萬夫不當之勇。雖然去打他城子，也和他通些禮數。差兩個人，賫一封戰書去那裏下。若肯歸降，免致動兵；若不聽從，那時大行殺戮，使人無怨。誰敢與我先去下書？」只見部下走過郁保四道：「小人認得董平，情願賫書去下。」郁保四新到立功，例也。又見部下轉過王定六道：「小弟新來，也並不曾與山寨中出力，今日情願幫他去走一遭。」王定六亦須立功，例也。宋江大喜，隨即寫了戰書，與郁保四、王定六兩個去下。書上只説借糧一事。

且説東平府程太守，聞知宋江起軍馬到了安山鎮駐扎，便請本州兵馬都監雙鎗將董平，商議軍情重事。正坐間，門人報道：「宋江差人下戰書。」程太守教喚至。郁保四、王定六當堂厮見了，將書呈上。程萬里看罷來書，對董都監説道：「要借本府錢糧，此事如何？」董平聽了大怒，叫推出去，即便斬首。程太守説道：「不可。自古兩國相戰，不斬來使，于禮不當。只將二人各打二十訊棍，發回原寨，看他如何？」董平怒氣未息，喝把郁保四、王定六一索捆翻，打得皮開肉綻，推出城去。兩個回到大寨，哭告宋江説：「董平那厮無禮，好生眇視大寨！」宋江見打了兩個，怒氣填胸，便要平吞州郡。先叫郁保四、王定六上車回山將息。只見九紋龍史進起身説道：「小弟舊在東平府時，與院子裏一個娼妓有交，唤做李睡蘭，往來情熟。我如今多將些金銀，潛地入城，借他家裏安歇。約時定日，哥哥可打城池。只待董平出來交戰，我便爬去更鼓樓上放起火來。裏應外合，可成大事。」宋江道：「最好。」史進隨即收拾金銀，安在包袱裏，身邊藏了暗器，拜辭起身。宋江道：「兄弟善覷方便，我且頓兵不動。」

且說史進轉入城中，徑到西瓦子李睡蘭家。大伯見是史進，吃了一驚，接入裏面，叫女兒出來廝見。李睡蘭引去樓上坐了，便問史進道：「一向如何不見你頭影？聽得你在梁山泊做了大王，官司出榜捉你。這兩日街上亂哄哄地，說宋江要來打城借糧，你如何却到這裏？」史進道：「我實不瞞你說：我如今在梁山泊做了頭領，不曾有功。如今哥哥要來打城借糧，我把你家備細說了。我如今特地來做細作，有一包金銀相送與你，切不可走漏了消息。明日事完，一發帶你一家上山快活。」史進醜語。李睡蘭葫蘆提應承，收了金銀，且安排些酒肉相待，却來和大娘商量道：「他往常做客時，是個好人，在我家出入不妨。如今他做了歹人，倘或事發，不是耍處。」大伯說道：「梁山泊宋江這夥好漢，不是好惹的。但打城池，無有不破。若還出了言語，他們有日打破城子入來，和我們不干罷！」虔婆便罵道：「老蠢物！你省得甚麼人事！自古道：『蜂刺入懷，解衣去趕。』天下通例：自首者即免本罪。你快去東平府裏首告，拿了他去，省得日後負累不好。」大伯道：「他把許多金銀與我家，不與他擔些干係，買我們做甚麼？」虔婆罵道：「老畜生！你這般說，却似放屁！我這行院人家，坑陷了千千萬萬的人，豈爭他一個！行院中大本領語，讀之可畏。你若不去首告，我親自去衙前叫屈，和你也說在裏面！」大伯道：「你不要性發，且叫女兒款住他，休得打草驚蛇，吃他走了。待我去報與做公的，先來拿了，却去首官。」

且說史進見這李睡蘭上樓來，覺得面色紅白不定。如畫。史進便問道：「你家莫不有甚事，這般失驚打怪？」李睡蘭道：「却纔上胡梯踏了個空，爭些兒跌了一交，因此心慌撩亂。」

如畫。爭不過一盞茶時，只聽得胡梯邊脚步響，有人奔上來，窗外吶聲喊，數十個做公的搶到樓上，先是大伯上來，次是做公的上來，寫得有光景，有次序。把史進似抱頭獅子畫出史進。○從極狼狽時，畫出極雄健來，奇甚。綁將下樓來，徑解到東平府裏廳上。程太守看了，大罵道：「你這廝膽包身體，怎敢獨自個來做細作！若不是李睡蘭父親首告，誤了我一府良民！快招你的情由，宋江教你來怎地？」史進只不言語。妙，不惟寫史進，亦圖省筆也。董平便道：「這等賊骨頭，不打如何肯招！」程太守喝道：「與我加力打這廝！」兩邊走過獄卒牢子，先將冷水來噴腿上，兩腿各打一百大棍。史進由他拷打，只不言語。妙，寫出史進。董平道：「且把這廝長枷木杻，送在死囚牢裏。等拿了宋江，一並解京施行。」

却説宋江自從史進去了，備細寫書與吴用知道。如此，即何異吴用在帳中？吴用看了宋公明來書，説史進去娼妓李睡蘭家做細作，大驚。急與盧俊義説知，連夜來見宋江，大書吴用之急宋江如此，以表其同惡共濟，妙妙。問道：「誰叫史進去來？」宋江道：「他自願去。説這李行首是他舊日的表子，好生情重，因此前去。」吴用道：「兄長欠些主張，若吴某在此，決不教去。從來娼妓之家，迎新送舊，陷了多少好人。更兼水性無定，總有恩情，也難出虔婆之手。此人今去，必然吃虧！」宋江便問吴用請計，吴用便叫顧大嫂：「勞煩你去走一遭。可扮做貧婆，潛入城中，只做求乞的。若有些動静，火急便回。若是史進陷在牢中，你可去告獄卒，只説：『有舊情恩念，我要與他送一口飯。』捵入牢中，暗與史進説知：『我們月盡夜，三字變出奇文。黄昏前後，必來打城。你可就水火之處，安排脱身之計。』月盡夜，你就城中放火爲號，此間進兵，方好成事。兄長可先打汶上縣，百姓必然都奔東平府，却叫顧大嫂雜在數內，乘勢入城，便無人知覺。」好甚，不然者，寇警戒嚴，如何得入去。 吴用設計已罷，上馬便回東昌府去了。寫吴用不在宋江部下而爲宋江定計，反顯其在盧俊義部下而不爲俊義定計也。深文妙筆，讀之可思。 宋江點起解珍、解寶，引五百餘人，攻打汶上縣。果然百姓扶老携幼，鼠竄狼奔，都奔東平府來。

却説顧大嫂頭髻鬔鬆，衣服藍縷，雜在衆人裏面，挨入城來，繞街求乞。到州衙前，打聽得史進果然陷在牢中。次日，提着飯罐，只在司獄司前往來伺候。見一個年老公人老人好善，庶幾放入也。 從牢裏出來，顧大嫂看着便拜，淚如雨下。那年老公人問道：「你這貧婆，哭做甚麼？」顧大嫂道：「牢中監的史大郎，是我舊的主人。自從離了，又早十年。只説道在江湖上做買賣，不知爲甚事陷在牢裏。眼見得無人送飯，老身叫化得這一口兒飯，特要與他充饑。哥哥怎生可憐見，引進則個，强如造七層寶塔！」那公人道：「他是梁山泊强人，犯着該死的罪，誰敢帶你入去？」顧大嫂道：「便是一刀一剮，自教他瞑目而受。只可憐見，引老身入去，送這口兒飯，也顯得舊日之情！」會説。 説罷又哭。那老公人尋思道：「若是個男子漢，難帶他入去；一個婦人家，有甚利害？」注出特遣大嫂之故。 當時引顧大嫂直入牢中來，看見史進項帶沉枷，腰纏鐵索。史進見了顧大嫂，吃了一驚，做聲不得。顧大嫂一頭假啼哭，一頭喂飯。别的節級便來喝道：「這是該死的歹人！獄不通風，誰放你來送飯？即忙出去，饒你兩棍！」鬥出奇文來。 顧大嫂更住不得，只説得「月盡夜，叫你自掙扎。」鬥出奇文來。 史進再要問時，顧大嫂被小節級打出牢門。史進只聽得「月盡夜」三個字。鬥出奇文來。

原來那個三月，却是大盡。門出奇文來。到二十九，史進在牢中見兩個節級説話，問道：「今朝是幾時？」那個小節級却錯記了，回説道：「今日是月盡夜，晚些買帖孤魂紙來燒。」門出奇文來，奇不可言，駭不可言。史進得了這話，巴不得晚。令我嚇絶，將如之何！一個小節級吃得半醉，帶史進到水火坑邊，史進哄小節級道：「背後的是誰？」賺得他回頭，掙脱了枷，只一枷梢，把那小節級面上正着一下，打倒在地。嚇絶。就拾磚頭敲開了木杻，嚇絶。睁着鶻眼，搶到亭心裏。嚇絶。幾個公人都酒醉了，被史進迎頭打着，死的死了，走的走了。拔開牢門，只等外面救應。嚇絶，如之何？如之何！又把牢中應有罪人，盡數放了，總有五六十人，就在牢内發起喊來。嚇絶。有人報知太守，程萬里驚得面如土色，連忙便請兵馬都監商量。董平道：「城中必有細作，且差多人圍困了這賊！我却乘此機會，領軍出城，去捉宋江。相公便緊守城池，差數十公人圍定牢門，休教走了！」董平上馬，點軍去了。程太守便點起一應節級、虞候、押番，各執鎗棒，去大牢前吶喊。史進在牢裏不敢輕出，外廂的人又不敢進去。顧大嫂只叫得苦。三句寫三面人都盡。

却説都監董平點起兵馬，四更上馬，殺奔宋江寨來。伏路小軍報知宋江。宋江道：「此必是顧大嫂在城中又吃虧了。他既殺來，準備迎敵。」號令一下，諸軍都起。當時天色方明，却好接着董平軍馬。兩下擺開陣勢，董平出馬。原來董平心靈機巧，三教九流，無所不通；品竹調弦，無有不會，山東、河北皆號他爲「風流雙鎗將」。宋江在陣前看了董平這表人品，一見便喜。又見他箭壺中插一面小旗，上寫一聯道：「英雄雙鎗將，風流萬户侯」。大處寫不盡，却向細處描點出來。所謂「頰上三毫」，只是意思所在也。宋江遣韓滔出馬迎敵。韓滔手執鐵搠，直取董平。董平那對鐵鎗，神出鬼没，人不可當。宋江再叫金鎗手徐寧仗鈎鐮鎗前去替回韓滔。徐寧飛馬便出，接住董平厮殺。兩個在戰場上戰到五十餘合，不分勝敗。交戰良久，宋江恐怕徐寧有失，便教鳴金收軍。徐寧勒馬回來，董平手舉雙鎗，直追殺入陣來。宋江乘勢鞭梢一展，四下軍兵一齊圍住。宋江勒馬上高阜處看望，只見董平圍在陣内。他若投東，宋江便把號旗望東指，軍馬向東來圍他；他若投西，號旗便往西指，軍馬便向西來圍他。董平在陣中横衝直撞，兩枝鎗直殺到申牌已後，衝開條路，殺出去了。寫董平。宋江不趕。董平因見交戰不勝，當晚收軍回城去了。宋江連夜起兵，直抵城下，團團調兵圍住。顧大嫂在城中未敢放火，史進又不敢出來，兩下拒住。小盡却舉發，大盡却不動。奇情拗筆，匪夷所及。

原來程太守有個女兒，十分顔色。董平無妻，累累使人去求爲親，程萬里不允。因此，日常間有些言和意不和。忽從「風流」二字，轉出波瀾來。董平當晚領軍入城，其日使個就裏的人，乘勢來問這頭親事。妙妙，真「英雄」，真「風流」，温太真不足齒也。程太守回説：「我是文官，他是武官，相贅爲婿，正當其理。只是如今賊寇臨城，事在危急，若還便許，被人恥笑。待得退了賊兵，保護城池無事，那時議親，亦未爲晚。」那人把這話回復董平。董平雖是口裏應道：「説得是。」只是心中躊躇，不十分歡喜，恐怕他日後不肯。軍馬倥偬，羽書旁午之中，偏有筆力夾寫許多蜂媒蝶使，妙妙。

這裏宋江連夜攻打得緊，太守催請出戰。董平大怒，「大怒」接上文何句？妙不可言。○只門旗下,喝道:「量你這個寡將,怎當我手下雄兵十萬、猛將千員!汝但早來就降,可以免汝一死!」董平大怒,回道:「文面小吏,該死狂徒,怎敢亂言!」説罷,手舉雙鎗,直奔宋江。左有林冲,右有花榮,兩將齊出,各使軍器來戰董平。約鬥數合,兩將便走。吴用計可知。宋江軍馬佯敗,四散而奔。董平要逞驍勇,拍馬趕來。宋江等却好退到壽春縣界。宋江前面走,董平後面追。吴用計可知。離城有十數里,前至一個村鎮,兩邊都是草屋,中間一條驛道。吴用計可知。董平不知是計,只顧縱馬趕來。宋江因見董平了得,隔夜已使王矮虎、一丈青、張青、孫二娘四個帶一百餘人,先在草屋兩邊埋伏,却拴數條絆馬索在路上,又用薄土遮蓋,只等來時鳴鑼爲號,絆馬索齊起,準備捉這董平。吴用計可知。董平正趕之間,來到那裏,只聽得背後孔明、孔亮大叫:「勿傷吾主!」却好到草屋前,一聲鑼響,兩邊門扇齊開,拽起繩索。那馬却待回頭,背後絆馬索齊起,將馬絆倒,董平落馬。吴用計可知。左邊撞出一丈青、王矮虎,右邊走出張青、孫二娘,一齊都上,把董平捉了。頭盔、衣甲、雙鎗、隻馬,盡數奪了。兩個女頭領將董平捉住,擒董平偏用兩女將,爲「風流」二字渲染也。用麻繩背剪綁了。兩個女將,各執鋼刀,監押董平來見宋江。宋江隨即喝退兩個女將:「我教你去相請董將軍,誰教你們綁縛他來!」吴用計可知。二女將諾諾而退。

却説宋江過了草屋,勒住馬,立在緑楊樹下,迎見這兩個女頭領解着董平。宋江隨即喝

「大怒」二字,便活寫出董平「英雄」「風流」四字都有。披挂上馬,帶領三軍,出城交戰。宋江親在陣前

宋江慌忙下馬,自來解其繩索,便脱護甲錦袍,與董平穿着,納頭便拜。已上皆吴用計可知。○寫宋江擒董平,悉出吴用定計者,反顯其不爲盧員外定一計也。董平慌忙答禮,宋江

道：「倘蒙將軍不棄微賤，就爲山寨之主。」欺董平乎？欺盧俊義乎？董平答道：「小將被擒之人，萬死猶輕。若得容恕安身，已爲萬幸！若言山寨爲主，小將受驚不小！」特將「山寨之主」四字作莊語相對，以形擊宋江也。宋江道：「敝寨缺少糧食，特來東平府借糧，别無他意。」董平道：「程萬里那廝，原是童貫門下門館先生，得此美任，安得不害百姓？此語爲是公論？爲是私怨？兩邊閃耀，便成佳致。若是兄長肯容董平回去，賺開城門，殺入城中，共取錢糧，以爲報效。」宋江大喜，便令一行人將過盔甲鎗馬，還了董平，細。披挂上馬。

董平在前，宋江軍馬在後，捲起旗旛，都在東平城下。董平軍馬在前，大叫：「城上快開城門！」把門軍士將火把照時，認得是董都監，隨即大開城門，放下吊橋。董平拍馬先入，砍斷鐵鎖。背後宋江等長驅人馬，殺入城來。都到東平府裏，急傳將令，不許殺害百姓、放火燒人房屋。董平徑奔私衙，殺了程太守一家人口，奪了這女兒。宋江先叫開了大牢，救出史進。寫兩人各急其急，妙甚。便開府庫，盡數取了金銀財帛；大開倉廒，裝載糧米上車，先使人護送上梁山泊金沙灘，交割與三阮頭領接遞上山。完正題。史進自引人去瓦子西裏李睡蘭家，把虔婆老幼一門大小，碎尸萬段。又與董平反襯成色。宋江將太守家私俵散居民，快事。仍給沿街告示，曉諭百姓：「害民州官已自殺戮，汝等良民各安生理。」快事。告示已罷，收拾回軍。

大小將較再到安山鎮，只見白日鼠白勝飛奔前來，報説東昌府交戰之事。宋江聽罷，神眉剔竪，怪眼圓睁，大叫：「衆多兄弟不要回山，且跟我來！」過接有氣勢。正是：重驅水泊英雄將，再奪東昌錦繡城。畢竟宋江復引軍馬怎地救應，且聽下回分解。

第五才子書施耐庵水滸傳卷之七十四

聖歎外書

第六十九回　没羽箭飛石打英雄　宋公明棄糧擒壯士

批詳前一回中。

古亦未聞有以石子臨敵者，自耐庵翻空出奇，忽然撰爲此篇，而遂令讀者之心頭眼底，真覺石子之來，星流電掣，水泊之人，鳥駭獸竄也。此豈耐庵亦以一部大書張皇一百餘人實惟太甚，故于臨絶筆時恣意擊打，以少殺其勢耶？讀一部七十回，篇必謀篇，段必謀段，之後忽然結以如捲如掃、如馳如撒之文，真絶奇之章法也。

叙一百八人，而終之以皇甫相馬。嘻乎，妙哉！此《水滸》之所以作乎？夫支離擁腫之材，未必無舟車之用；而跰𨇤嘶喊之疾，未必非千里之力也。泥其外者，未必不全其裏；竈下之廝養，未必不能還王于異國也。惟賢宰相有破格之識賞，斯百年中有異常之報效。然而世無伯樂，賢愚同死。其尤駁者，乃遂走險，至于勢潰事裂，國家實受其禍，夫而後歎吾真失之于牝牡驪黄之外也。嗟乎！不已晚哉？

話説宋江打了東平府，收軍回到安山鎮。正待要回山寨，只見白勝前來報説：「盧俊義去打東昌府，連輸了兩陣。城中有個猛將，姓張，名清，原是彰德府人，虎騎出身，善會飛石打人，百發百中，人呼爲『没羽箭』。寫出張清。手下兩員副將，一個喚做『花項虎』龔旺，渾身上刺着虎斑，脖項上吞着虎頭，馬上會使飛鎗；寫出龔旺。一個喚做『中箭虎』丁得孫，面頰連項都有疤痕，馬上會使飛叉。寫出丁得孫。盧員外提兵臨境，一連十日，不出厮殺。前日張清出城交鋒，郝思文出馬迎敵，戰無數合，張清便走。郝思文趕去，被他額角上打中一石子，跌下馬來。先就口中虛寫一石子作引。却得燕青一弩箭射中張清戰馬，因此救得郝思文性命，燕青弩箭，亦先虛寫作引。輸了一陣。次日，混世魔王樊瑞，引項充、李衮舞牌去迎，不期被丁得孫從肋窩裏飛出標叉，正中項充，因此又輸了一陣。悉從口中虛寫。二人見在船中養病。軍師特令小弟來請哥哥，早去救應。」不聞爲設一計，而竟請「救應」。二人詭謀，如鏡照面。宋江見説，便對衆人歎道：「盧俊義直如此無緣！特地教吴學究、公孫勝都去幫他，只想要他見陣成功，坐這第一把交椅，誰想又逢敵手！看他無數權詐，無數醜態，遂令人不願卒讀。既然如此，我等衆兄弟引兵都去救應。」當時傳令，便起三軍。諸將上馬，跟隨宋江，直到東昌境界。盧俊義等接着，具説前事，權且下寨。

正商議間，小軍來報：「没羽箭張清搦戰。」宋江領衆便起，向平川曠野擺開陣勢，大小頭領一齊上馬隨到門旗下。三通鼓罷，張清在馬上蕩起征塵，往來馳走。門旗影裏，左邊閃出那個花項虎龔旺，右邊閃出這個中箭虎丁得孫。三騎馬來到陣前，張清手指宋江罵道：「水洼草賊，願決一陣！」宋江問道：「誰可去戰此人？」只是陣裏一個英雄，忿怒躍馬，手舞鈎鐮鎗，出到陣前。宋江看時，乃是金鎗手徐寧。宋江暗喜，便道：「此人正是對手！」或予之，好。徐寧飛馬，直取張清，兩馬相交，雙鎗並舉。鬥不到五合，張清便走，徐寧趕去。張清把左手虛提長鎗，右手便向錦囊中摸出石子，紐回身，覷得徐寧面門較近，只一石子，眉心早中，翻身落馬。寫石子一法。龔旺、丁得孫便來捉人，宋江陣上人多，早有吕方、郭盛兩騎馬，兩枝戟，救回本陣。宋江等大驚，盡皆失色，再問：「那個頭領接着厮殺！」

宋江言未盡，馬後一將飛出，看時，却是錦毛虎燕順。宋江却待阻當，那騎馬已自去了。或奪之，好。燕順接住張清，鬥無數合，遮攔不住，撥回馬便走。張清望後趕來，手取石子，看燕順後心一擲，打在鎧甲護鏡上，「錚」然有聲，伏鞍而走。寫石子又一法。宋江陣上一人大叫：「匹夫何足懼哉！」拍馬提搠飛出陣去。宋江看時，乃是百勝將韓滔，不打話，便戰張清，兩馬方交，喊聲大舉。韓滔要在宋江面前顯能，抖擻精神，大戰張清。不到十合，張清便走。韓滔疑他飛石打來，不去追趕。又好。張清回頭不見趕來，翻身勒馬便轉。韓滔却待挺搠來迎，被張清暗藏石子，手起望韓滔鼻凹裏打中，只見鮮血迸流，逃回本陣。寫石子又一法。彭玘見了大怒，不等宋公明將令，手舞三尖兩刃刀，飛馬直取張清。兩個未曾交馬，又好。被張清暗藏石子在手，手起正中彭玘面頰，丢了三尖兩刃刀，奔馬回陣。寫石子又一法。

宋江見輸了數將，心内驚惶，便要將軍馬收轉。只見盧俊義背後一人大叫：好。「今日將威風折了，來日怎地厮殺？且看石子打得我麽！」宋江看時，乃是醜郡馬宣贊，拍馬舞刀，直奔張清。張清便道：「一個來，一個走！兩個來，兩個逃！你知我飛石手段麽？」宣贊道：「你打得別人，怎近得我！」説言未了，張清手起一石子正中宣贊嘴邊，翻身落馬。寫石子又一法。龔旺、丁得孫却待來捉，怎當宋江陣上人多，衆將救了回陣。宋江見了，怒氣冲天，掣劍在手，割袍爲誓：「我若不拿得此人，誓不回軍！」呼延灼見宋江設誓，便道：「兄長此言要我們弟兄何用！」就拍踢雪烏騅，直臨陣前，大罵張清：「小兒得寵，一力一勇！妙語，如古謠諺。認得大將呼延灼麽？」好。張清便道：「辱國敗將，也遭吾毒手！」言未絶，一石子飛來。呼延灼見石子飛來，急把鞭來隔時，却中在手腕上，早着一下，便使不動鋼鞭，回歸本陣。寫石子又一法。

宋江道：「馬軍頭領，都被損傷。步軍頭領，誰敢捉得這厮？」換一起筆[一]。只見部下劉唐，手撚朴刀，挺身出陣。張清見了大笑，罵道：「你那敗將，馬軍尚且輸了，何況步卒！」劉唐大怒，徑奔張清。張清不戰，跑馬歸陣。劉唐趕去，人馬相迎。劉唐手疾，一朴刀砍去，却砍着張清戰馬。那馬後蹄直踢起來，劉唐面門上掃着馬尾，雙眼生花，早被張清只一石子打倒在地；寫石子又一法。○一路都寫石子，此忽插入馬尾，奇筆。急待掙扎，陣中走出軍來，橫拖倒

[一]「換」，金評各本均作「喚」，據下文「又換一起筆」改。

拽,拿入陣中去了。宋江大叫:「那個去救劉唐?」接上卸下,又换一起筆。只見青面獸楊志便拍馬舞刀,直取張清。張清虚把鎗來迎,楊志一刀砍去。張清鐙裏藏身,楊志却砍了個空。張清手拿石子,喝聲道:「着!」石子從肋窩裏飛將過去。張清又一石子,「錚」的打在盔上,唬得楊志膽喪心寒,伏鞍歸陣。寫石子又一法。

宋江看了,轉轉尋思:「若是今番輸了鋭氣,怎生回梁山泊!誰與我出得這口氣?」朱仝聽得,目視雷横,説道:「一個不濟事,我兩個同去夾攻!」亦换。朱仝居左,雷横居右,兩條朴刀,殺出陣前。張清笑道:「一個不濟,又添一個!由你十個,更待如何!」全無懼色。在馬上藏兩個石子在手。雷横先到,張清手起,勢如招寶七郎,雷横額上早中一石子,撲然倒地。朱仝急來快救,脖項上又一石子打着。寫石子又一法。○上兩石子打不着楊志,此兩石子連打朱仝、雷横。關勝在陣上看見中傷,大挺神威,輪起青龍刀,縱開赤兔馬,來救朱仝、雷横。剛搶得兩個奔走還陣,張清又一石子打來。關勝急把刀一隔,正中着刀口,迸出火光。關勝無心戀戰,勒馬便回。寫石子又一法。○寫關勝短。

雙鎗將董平見了,心中暗忖:「吾今新降宋江,若不顯我些武藝,上山去必無光彩。」手提雙鎗,飛馬出陣。張清看見,大駡董平:「我和你鄰近州府,唇齒之邦,共同滅賊,正當其理!你今緣何反背朝廷?豈不自羞!」董平大怒,直取張清,兩馬相交,軍器並舉。兩條鎗陣上交加,四隻臂環中撩亂。約鬥五七合,張清撥馬便走。董平道:「别人中你石子,怎近得我!」張清帶住鎗桿,去錦袋中摸出一個石子,右手纔起,石子早到。董平眼明手快,撥過了石子。好。張清見打不着，再取第二個石子，又打將去，董平又閃過了。好。兩個石子打不着，張清却早心慌。那馬尾相銜，好。張清走到陣門左側，好。董平望後心刺一鎗來，好。張清一閃，鐙裏藏身，董平却搠了空；好。那條鎗却搠將過來，好。董平的馬和張清的馬兩廝並着，好好。○「馬尾相銜」妙，「兩馬廝並」妙。兩人大戰，精彩却從兩匹馬上活寫出來。張清便撇了鎗，雙手把董平和鎗連臂膊只一拖，好好。却拖不動，兩個攪做一塊。好好。

宋江陣上索超望見，輪動大斧，便來解救。對陣龔旺、丁得孫兩騎馬齊出，截住索超廝殺。好好。○忽添出三人。張清、董平又分拆不開，索超、龔旺、丁得孫三匹馬攪做一團。林冲、花榮、吕方、郭盛四將一齊盡出，兩條鎗、兩枝戟，來救董平、索超。好好。○又添出四人。張清見不是勢頭，棄了董平，跑馬入陣。好。董平不捨，直撞入去，却忘了隄備石子。張清見董平追來，暗藏石子在手，待他馬近，喝聲道：「着！」董平急躲，那石子抹耳根上擦過去了，董平便回。寫石子又一法。○寫董平長。索超撇了龔旺、丁得孫，也趕入陣來。好。張清停住鎗，輕取石子，望索超打來。索超急躲不迭，打在臉上，鮮血迸流，提斧回陣。寫石子又一法。○索超只就董平一段順手帶下。

却說林冲、花榮把龔旺截住在一邊，一邊。吕方、郭盛把丁得孫也截住在一邊。一邊。○兩邊雙起，下分叙之。龔旺心慌，便把飛鎗摽將來，却摽不着花榮、林冲。龔旺先沒了軍器，被林冲、花榮活捉歸陣。龔旺一邊畢。這邊丁得孫舞動飛叉，死命抵敵吕方、郭盛，不隄防浪子燕青在陣門裏看見，暗忖道：「我這裏被他片時連打了一十五員大將，若拿他一個偏將不得，有何面目！」放下桿棒，身邊取出弩弓，搭上弦，放一箭去，一聲響，正中了丁得孫馬蹄。那馬便倒，却被呂方、郭盛捉過陣來。丁得孫一邊畢。張清要來救時，寡不敵衆，只得拿了劉唐，且回東昌府去。太守在城上，看見張清前後打了梁山泊一十五員大將，雖然折了龔旺、丁得孫，也拿得這個劉唐；回到州衙，把盞相賀。先把劉唐長枷送獄，却再商議。

且説宋江收軍回來，把龔旺、丁得孫先送上梁山泊。宋江再與盧俊義、吴用道：「我聞五代時，大梁王彦章，日不移影，連打唐將三十六員。今日張清無一時，連打我一十五員大將，真是不在此人之下，定當是個猛將。」衆人無語。宋江又道：「我看此人，全仗龔旺、丁得孫爲羽翼。如今羽翼被擒，可用良策捉獲此人。」吴用道：「兄長放心，小生見了此將出没，久已安排定了。何不早行？我欲問之。○「久已」，字法。雖然如此，且把中傷頭領，送回山寨，却教魯智深、武松、孫立、黄信、李立，盡數引領水軍，安排車仗船隻。水陸並進，船隻相迎，賺出張清，便成大事。」吴用分撥已定。

再説張清在城内與太守商議道：「雖是贏了兩陣，賊勢根本未除。可使人去探聽虚實，却作道理。」只見探事人來回報：「寨後西北上，不知那裏將許多糧米，有百十輛車子；河内又有糧草船，大小有五百餘隻。水陸並進，船馬同來，沿路有幾個頭領監管。」太守道：「這廝們莫非有計？恐遭他毒手。再差人去打聽，端的果是糧草也不是？」次日，小軍回報説：「車上都是糧草，尚且撒下米來。水中船隻雖是遮蓋着，盡有米布袋露將出來。」説得如畫。張清道：「今晚出城，先截岸上車子，後去取他水中船隻。太守助戰，一鼓而得。」太守道：「此計甚妙，只可善覷方便。」叫軍漢飽餐酒食，盡行披挂，捎馱錦袋。張清手執長鎗，引一千軍兵，悄悄地出城。

是夜月色微明，星光滿天。行不到十里，望見一簇車子，旗上明寫「水滸寨忠義糧」。堂名「忠義」，乃至糧亦名「忠義」。世人可笑，每每有此。張清看了，見魯智深擔着禪杖，皂直裰拽扎起，當頭先走。張清道：「這禿驢腦袋上着我一下石子！」魯智深擔着禪杖，此時自望見了，只做不知，大踏步只顧走，却忘了隄防他石子。正走之間，張清在馬上喝聲：「着！」一石子正飛在魯智深頭上，打得鮮血迸流，望後便倒。又一石子，妙妙。譬如大雨既歇，猶聞餘滴也。張清軍馬一齊吶喊，都搶將來。武松急挺兩口戒刀，死去救回魯智深，撇了糧車便走。張清奪得糧車，見果是糧米，心中歡喜。不來追趕魯智深，且押送糧草，推入城來。太守見了大喜，自行收管。張清要再搶河中米船，太守道：「將軍善覷方便。」張清上馬，轉過南門。此時望見河港内糧船，不計其數。張清便叫開城門，一齊吶喊，搶到河邊，都是陰雲布滿，黑霧遮天。馬步軍兵回頭看時，你我對面不見。此是公孫勝行持道法。何不早行？我欲問之。張清看見，心慌眼暗，却待要回，進退無路。四下裏喊聲亂起，正不知軍兵從那裏來。林冲引鐵騎軍兵，將張清連人和馬都趕下水去了。河内却是李俊、張横、張順、三阮、兩童，八個水軍頭領，一字兒擺在那裏。張清掙扎不脱，被阮氏三雄捉住，繩纏索綁，送入寨中。

水軍頭領飛報宋江，吴用便催大小頭領連夜打城。太守獨自一個怎生支吾得住？聽得城外四面炮響，城門開了，嚇得太守無路可逃。宋江軍馬殺入城中，先救了劉唐，次後便開倉庫。就將錢糧一分發送梁山泊，結完本題。一分給散居民。太守平日清廉，饒了不殺。東平、東昌兩太守，兩樣結果，好。宋江等都在州衙裏聚集衆人會面，只見水軍頭領早把張清解來。衆多兄弟都被他打傷，咬牙切齒，盡要來殺張清。宋江見解將來，親自直下堂階迎接，便陪話道：「誤犯虎威，請勿挂意！」邀上廳來。説言未了，只見階下魯智深，使手帕包着頭，拿着鐵禪杖，徑奔來要打張清。宋江隔住，連聲喝退。張清見宋江如此義氣，叩頭下拜受降。宋江取酒奠地，折箭爲誓：「衆弟兄若要如此報讎，皇天不祐，死于刀劍之下。」衆人聽了，誰敢再言？

宋江設誓已罷，衆人大笑，盡皆歡喜，收拾軍馬，都要回山。只見張清在宋公明面前，舉薦東昌府一個獸醫，覆姓皇甫，名端：「此人善能相馬，知得頭口寒暑病症，下藥用針，無不痊可，真有伯樂之才。原是幽州人氏，爲他碧眼黄鬚，貌若番人，以此人稱爲『紫髯伯』。梁山泊亦有用他處，可喚此人帶引妻小，一同上山。」一百八人而以相馬終之，豈非欲令讀者得之于牝牡驪黄之外耶？宋江聞言大喜：「若是皇甫端肯去相聚，大稱心懷。」張清見宋江相愛甚厚，隨即便去喚到獸醫皇甫端，來拜見宋江並衆頭領。宋江看他一表非俗，碧眼重瞳，虬髯過腹，誇獎不已。皇甫端見了宋江如此義氣，心中甚喜，願從大義。宋江大喜。

撫慰已了，傳下號令，諸多頭領收拾車仗、糧食、金銀，一齊進發，把這兩府錢糧運回山寨。前後諸軍都起，于路無話，早回到梁山泊忠義堂上。宋江叫放出龔旺、丁得孫來，亦用好言撫慰，二人叩頭拜降。又添了皇甫端在山寨，專工醫獸；董平、張清亦爲山寨頭領。宋江歡喜，忙叫排宴慶賀。都在忠義堂上，各依次序而坐。宋江看了衆多頭領，却好一百單八員。大結束語，如椽之筆。宋江開言説道：「我等兄弟，自從上山相聚，但到處，並無疏失，皆是上天護佑，非人之能。今來扶我爲尊，皆托衆弟兄英勇。至此竟一句攬歸自己，更不再用推讓，宋江權術過人如此。我今有句言語，煩你衆兄弟共聽。」吴用便道：「願請兄長約束。」宋江對着衆頭領，開口説這個主意下來。正是有分教：三十六天罡符定數，七十二地煞合玄機。畢竟宋公明説出甚麽主意，且聽下回分解。

第五才子書施耐庵水滸傳卷之七十五

聖歎外書

第七十回　忠義堂石碣受天文　梁山泊英雄驚惡夢

一部書七十回，可謂大鋪排，此一回可謂大結束。讀之正如千里群龍，一齊入海，更無絲毫未了之憾。笑殺羅貫中横添狗尾，徒見其醜也。

或問：石碣天文，爲是真有是事？爲是宋江僞造？此癡人説夢之智也，作者亦只圖叙事既畢，重將一百八人姓名一一排列出來，爲一部七十回書點睛結穴耳。蓋始之以石碣，終之以石碣者，是此書大開闔；爲事則有七十回，爲人則有一百單八者，是此書大眼節。若夫其事其人之爲有爲無，此固從來著書之家之所不計，而奈之何今之讀書者之惟此是求也？

聚一百八人于水泊，而其書以終，不可以訓矣。忽然幻出盧俊義一夢，意蓋引張叔夜收討之一案，以爲卒篇也。嗚呼！古之君子，未有不小心恭慎而後其書得傳者也。

吾觀《水滸》洋洋數十萬言，而必以「天下太平」四字終之，其意可以見矣。後世乃復削去此節，盛誇招安，務令罪歸朝廷而功歸强盜，甚且至于裒然以「忠義」二字而冠其端，抑何其好犯上作亂，至于如是之甚也哉！

天罡、地煞等名，悉與本人不合，豈故爲此不甚了了之文耶？ 吾安得更起耐庵而問之！

話説宋公明一打東平，兩打東昌，回歸山寨，計點大小頭領，共有一百八員，心中大喜。遂對衆兄弟道：「宋江自從鬧了江州，上山之後，皆托賴衆弟兄英雄扶助，立我爲頭。今者，共聚得一百八員頭領，心中甚喜。自從晁蓋哥哥歸天之後，但引兵馬下山，公然保全。此是上天護佑，非人之能。縱有被擄之人，陷于縲紲，或是中傷回來，且都無事。今者一百八人，皆在面前聚會，端的古往今來，實爲罕有。從前兵刃到處，殺害生靈，無可禳謝。我心中欲建一羅天大醮，報答天地神明眷佑之恩：一則祈保衆弟兄身心安樂；二則惟願朝廷早降恩光，赦免逆天大罪，衆當竭力捐軀，盡忠報國，死而後已；假話。三則上薦晁天王早生天界，世世生生，再得相見，假話。就行超度横亡惡死、火燒水溺，一應無辜被害之人，俱得善道。我欲行此一事，未知衆弟兄意下若何？」衆頭領都稱道：「此是善果好事，哥哥主見不差。」吴用便道：「先請公孫勝一清主行醮事，亦須軍師調撥。然後令人下山，四遠邀請得道高士，就帶醮器赴寨。仍使人收取一應香燭、紙馬、花果、祭儀、素饌、浄食，並合用一應物件。」商議選定四月十五日爲始，七晝夜好事。山寨廣施錢財，督並幹辦。日期已近，向那忠義堂前挂起長旛四首，堂上扎縛三層高臺，堂内鋪設七寶三清聖像，兩班設二十八宿，十二宫辰，一切主醮星官真宰，堂外仍設監壇崔、盧、鄧、竇神將。詳寫。擺列已定，設放醮器齊備，請到道衆，連公孫勝共是四十九員。

是日晴明得好，天和氣朗，月白風清。宋江、盧俊義爲首，吴用與衆頭領爲次拈香。公孫勝作高功，主行齋事，關發一應文書符命；與那四十八員道衆，每日三朝，至第七日滿散。宋江要求上天報應，特教公孫勝專拜青詞，奏聞天帝。宋江乃至欲欺上帝，真乃罪通于天矣。每日三朝，却好至第七日三更時分，公孫勝在虚皇壇第一層，衆道士在第二層，宋江等衆頭領在第三層，衆小頭目並將校都在壇下，衆皆懇求上蒼，務要拜求報應。是夜三更時候，只聽得天上一聲響，如裂帛相似，正是西北乾方天門上。衆人看時，直竪金盤，兩頭尖，中間闊，又唤做「天門開」，又唤做「天眼開」，裏面毫光射人眼目，霞彩繚繞，從中間捲出一塊火來，如栲栳之形，直滚下虚皇壇來。那團火繞壇滚了一遭，竟鑽入正南地下去了。寫得出奇，遂與誤走妖魔作一部大書一起一結也。此時天眼已合，衆道士下壇來。宋江隨即叫人將鐵鍬鋤頭，掘開泥土，跟尋火塊。那地下掘不到三尺深淺，只見一個石碣，正面兩側各有天書文字。一部大書以石碣始，以石碣終，章法奇絶。

當下宋江且教化紙滿散。平明，齋衆道士，各贈與金帛之物，以充襯資。方纔取過石碣，看時，上面乃是龍章鳳篆蝌蚪之書，人皆不識。衆道士内，有一人姓何，法諱玄通，對宋江説道：「小道家間祖上留下一册文書，專能辨驗天書。那上面都是自古蝌蚪文字，以此貧道善能辨認。譯將出來，便知端的。」宋江聽了大喜，連忙捧過石碣，教何道士看了。良久，説道：「此石都是義士大名鐫在上面。側首一邊是『替天行道』四字，一邊是『忠義雙全』四字。頂上皆有星辰南北二斗，下面却是尊號。若不見責，當以從頭一一敷宣。」宋江道：「幸得高士指迷，緣分不淺。倘蒙見教，實感大德。唯恐上天見責之言，請勿藏匿。萬望盡情剖露，休遺片言。」宋江喚過聖手書生蕭讓，用黄紙謄寫。不漏。何道士乃言：「前面有天書三十六行，皆是天罡星；背後也有天書七十二行，皆是地煞星。下面注着衆義士的姓名。」

石碣前面書梁山泊天罡星三十六員：【眉批】第一重結束。

天魁星呼保義宋江

天罡星玉麒麟盧俊義三十六天罡，而天罡乃在第二；七十二地煞，而地煞亦在第二：奇筆。

天機星智多星吴用

天閑星入雲龍公孫勝

天勇星大刀關勝

天雄星豹子頭林冲

天猛星霹靂火秦明

天威星雙鞭呼延灼

天英星小李廣花榮
天貴星小旋風柴進
天富星撲天鵰李應
天滿星美髯公朱仝
天孤星花和尚魯智深
天傷星行者武松
天立星雙鎗將董平
天捷星没羽箭張清
天暗星青面獸楊志
天佑星金鎗手徐寧
天空星急先鋒索超
天速星神行太保戴宗
天異星赤髮鬼劉唐
天殺星黑旋風李逵
天微星九紋龍史進
天究星没遮攔穆弘
天退星插翅虎雷横

天壽星混江龍李俊
天劍星立地太歲阮小二
天平星船火兒張横[一]
天罪星短命二郎阮小五
天損星浪裏白條張順
天敗星活閻羅阮小七
天牢星病關索楊雄
天慧星拚命三郎石秀
天暴星兩頭蛇解珍
天哭星雙尾蠍解寶
天巧星浪子燕青

石碣背面書地煞星七十二員：

地魁星神機軍師朱武
地煞星鎮三山黄信
地勇星病尉遲孫立

[一]「火」，金評各本均作「虎」，據明容與堂本改。

地傑星醜郡馬宣贊
地雄星井木犴郝思文
地威星百勝將韓滔
地英星天目將彭玘
地奇星聖水將單廷珪
地猛星神火將魏定國
地文星聖手書生蕭讓
地正星鐵面孔目裴宣
地濶星摩雲金翅歐鵬
地闔星火眼狻猊鄧飛
地强星錦毛虎燕順
地暗星錦豹子楊林
地軸星轟天雷凌振
地會星神算子蔣敬
地佐星小温侯吕方
地佑星賽仁貴郭盛
地靈星神醫安道全

地獸星紫髯伯皇甫端
地微星矮脚虎王英
地彗星一丈青扈三娘俗本作「慧」。
地暴星喪門神鮑旭
地默星混世魔王樊瑞
地猖星毛頭星孔明
地狂星獨火星孔亮
地飛星八臂那吒項充
地走星飛天大聖李衮
地巧星玉臂匠金大堅
地明星鐵笛仙馬麟
地進星出洞蛟童威
地退星翻江蜃童猛
地滿星玉旛竿孟康
地遂星通臂猿侯健
地周星跳澗虎陳達
地隱星白花蛇楊春

地異星白面郎君鄭天壽
地理星九尾龜陶宗旺
地俊星鐵扇子宋清
地樂星鐵叫子樂和
地捷星花項虎龔旺
地速星中箭虎丁得孫
地鎮星小遮攔穆春
地羈星操刀鬼曹正
地魔星雲裏金剛宋萬
地妖星摸着天杜遷
地幽星病大蟲薛永
地伏星金眼彪施恩
地僻星打虎將李忠
地空星小霸王周通
地孤星金錢豹子湯隆
地全星鬼臉兒杜興
地短星出林龍鄒淵

地角星獨角龍鄒閏
地囚星旱地忽律朱貴
地藏星笑面虎朱富
地平星鐵臂膊蔡福
地損星一枝花蔡慶
地奴星催命判官李立
地察星青眼虎李雲
地惡星没面目焦挺
地醜星石將軍石勇
地數星小尉遲孫新
地陰星母大蟲顧大嫂
地刑星菜園子張青
地壯星母藥叉孫二娘
地劣星活閃婆王定六
地健星險道神郁保四
地耗星白日鼠白勝
地賊星鼓上蚤時遷

地狗星金毛犬段景住文字既畢，例有結束，此回固一部七十篇之結束也。一部七十篇，則非一番結束之所得了，故特重重叠叠而結束之，今第一重結束。

當時何道士辨驗天書，教蕭讓寫録出來。讀罷，衆人看了，俱驚訝不已。宋江與衆頭領道：「鄙猥小吏原來上應星魁，衆多弟兄也原來都是一會之人。上天顯應，合當聚義。今已數足，分定次序，衆頭領各守其位，各休爭執，不可逆了天言。」衆人皆道：「天地之意，理數所定，誰敢違拗！」宋江遂取黄金五十兩，酬謝何道士。其餘道衆收得經資，收拾醮器，四散下山去了。

且不説衆道士回家去了。只説宋江與軍師吴學究、朱武等計議：堂上要立一面牌額，大書「忠義堂」三字。斷金亭也换個大牌扁，前面册立三關。忠義堂後建築雁臺一座。頂上正面大廳一所，東西各設兩房：正廳供養晁天王靈位；東邊房内，宋江、吴用、吕方、郭盛；西邊房内，盧俊義、公孫勝、孔明、孔亮。第二坡，左一帶房内：朱武、黄信、孫立、蕭讓、裴宣；右一帶房内，戴宗、燕青、張清、安道全、皇甫端。忠義堂左邊：掌管錢糧倉廒收放，柴進、李應、蔣敬、凌振；右邊：花榮、樊瑞、項充、李袞。山前南路第一關，解珍、解寶守把；第二關，魯智深、武松守把；第三關，朱仝、雷横守把；東山一關，史進、劉唐守把；西山一關，楊雄、石秀守把；北山一關，穆弘、李逵守把。六關之外，置立八寨：有四旱寨，四水寨。正南旱寨：秦明、索超、歐鵬、鄧飛；正東旱寨：關勝、徐寧、宣贊、郝思文；正西旱寨：林冲、董平、單廷珪、魏定國；正北旱寨：呼延灼、楊志、韓滔、彭玘。東南水寨：李俊、阮小二；西南水寨：張橫、張順；東北水寨：阮小五、童威；西北水寨：阮小七、童猛。其餘各有執事。

第二重結束。從新置立旌旗等項。山頂上立一面杏黃旗，上書「替天行道」四字。忠義堂前，繡字紅旗二面：一書「山東呼保義」，一書「河北玉麒麟」。外設飛龍、飛虎旗，飛熊、飛豹旗，青龍、白虎旗，朱雀、玄武旗，黃鉞，白旄，青旛，皂蓋，緋纓，黑纛。中軍器械外，又有四斗五方旗，三才九曜旗，二十八宿旗，六十四卦旗，周天九宮八卦旗，一百二十四面鎮天旗，盡是侯健製造。金大堅鑄造兵符印信。一切完備，選定吉日良時，殺牛宰馬，祭獻天地神明。挂上「忠義堂」、「斷金亭」牌額，立起「替天行道」杏黃旗。宋江當日大設筵宴，親捧兵符印信，頒布號令：

諸多大小兄弟，各各管領，悉宜遵守，毋得違誤，有傷義氣。如有故違不遵者，定依軍法治之，決不輕恕。

計開：

梁山泊總兵都頭領二員：呼保義宋江、玉麒麟盧俊義。

掌管機密軍師二員：智多星吴用、入雲龍公孫勝。一同參贊軍務頭領一員：神機軍師朱武。

掌管錢糧頭領二員：小旋風柴進、撲天鵰李應。

馬軍五虎將五員：大刀關勝、豹子頭林冲、霹靂火秦明、雙鞭呼延灼、雙鎗將董平。

馬軍八驃騎兼先鋒使八員：小李廣花榮、金鎗手徐寧、青面獸楊志、急先鋒索超、没羽箭張清、美髯公朱仝、九紋龍史進、没遮攔穆弘。

馬軍小彪將兼遠探出哨頭領一十六員：鎮三山黄信、病尉遲孫立、醜郡馬宣贊、井木犴郝思文、百勝將軍韓滔、天目將彭玘、聖水將單廷珪、神火將魏定國、摩雲金翅歐鵬、火眼狻猊鄧飛、錦毛虎燕順、鐵笛仙馬麟、跳澗虎陳達、白花蛇楊春、錦豹子楊林、小霸王周通。

步軍頭領一十員：花和尚魯智深、行者武松、赤髮鬼劉唐、插翅虎雷横、黑旋風李逵、浪子燕青、病關索楊雄、拚命三郎石秀、兩頭蛇解珍、雙尾蝎解寶。

步軍將校一十七員：混世魔王樊瑞、喪門神鮑旭、八臂那吒項充、飛天大聖李袞、病大蟲薛永、金眼彪施恩、小遮攔穆春、打虎將李忠、白面郎君鄭天壽、雲裏金剛宋萬、摸着天杜遷、出雲龍鄒淵、獨角龍鄒閏、花項虎龔旺、中箭虎丁得孫、没面目焦挺、石將軍石勇。

四寨水軍頭領八員：混江龍李俊、船火兒張横[一]、浪裏白條張順、立地太歲阮小二、短命二郎阮小五、活閻羅阮小七、出洞蛟童威、翻江蜃童猛。

四店打聽聲息、邀接來賓頭領八員：東山酒店，小尉遲孫新、母大蟲顧大嫂；西山酒店，菜園子張青、母藥叉孫二娘；南山酒店，旱地忽律朱貴、鬼臉兒杜興；北山酒店，

[一]「火」，金評各本均作「虎」，據明容與堂本改。

催命判官李立、活閃婆王定六。

總探聲息頭領一員：神行太保戴宗。

軍中走報機密步軍頭領四員：鐵叫子樂和、鼓上蚤時遷、金毛犬段景住、白日鼠白勝。

守護中軍馬軍驍將二員：小温侯吕方、賽仁貴郭盛。

守護中軍步軍驍將二員：毛頭星孔明、獨火星孔亮。

專管行刑劊子二員：鐵臂膊蔡福、一枝花蔡慶。

專掌三軍内探事馬軍頭領二員：矮脚虎王英、一丈青扈三娘。

掌管監造諸事頭領一十六員：行文走檄調兵遣將一員，聖手書生蕭讓；定功賞罰軍政司一員，鐵面孔目裴宣；考算錢糧支出納入一員，神算子蔣敬；監造大小戰船一員，玉旛竿孟康；專造一應兵符印信一員，玉臂匠金大堅；專造一應旌旗袍襖一員，通臂猿侯健；專攻醫獸一應馬匹一員，紫髯伯皇甫端；專治諸疾内外科醫士一員，神醫安道全；監督打造一應軍器鐵用一員，金錢豹子湯隆；專造一應大小號炮一員，轟天雷凌振；起造修緝房舍一員，青眼虎李雲；屠宰牛馬猪羊牲口一員，操刀鬼曹正；排設筵宴一員，鐵扇子宋清；監造供應一切酒醋一員，笑面虎朱富；監築梁山泊一應城垣一員，九尾龜陶宗旺；專一把捧帥字旗一員，險道神郁保四。

宣和二年四月二十二日，梁山泊大聚會，分調人員告示。第三重結束。

當日梁山泊宋公明傳令已了，分調衆頭領已定，各各領了兵符印信。筵宴已畢，人皆大醉，衆頭領各歸所撥寨分。中間有未定執事者，都于雁臺前後駐札聽調。號令已定，各各遵守。明日，宋江鳴鼓集衆，都到堂上。焚一爐香，又對衆人道：「今非昔比，我有片言：我等既是天星地曜相會，必須對天盟誓，各無異心，生死相托，患難相扶，一同扶助宋江，仰答上天之意。」衆皆大喜，齊聲道：「是。」各人拈香已罷，一齊跪在堂上，宋江爲首誓曰：

維宣和二年四月二十三日，梁山泊義士宋江、盧俊義、吳用、公孫勝、關勝、林冲、秦明、呼延灼、花榮、柴進、李應、朱仝、魯智深、武松、董平、張清、楊志、徐寧、索超、戴宗、劉唐、李逵、史進、穆弘、雷横、李俊、阮小二、張横、阮小五、張順、阮小七、楊雄、石秀、解珍、解寶、燕青、朱武、黄信、孫立、宣贊、郝思文、韓滔、彭玘、單廷珪、魏定國、蕭讓、裴宣、歐鵬、鄧飛、燕順、楊林、凌振、蔣敬、吕方、郭盛、安道全、皇甫端、王英、扈三娘、鮑旭、樊瑞、孔明、孔亮、項充、李衮、金大堅、馬麟、童威、童猛、孟康、侯健、陳達、楊春、鄭天壽、陶宗旺、宋清、樂和、龔旺、丁得孫、穆春、曹正、宋萬、杜遷、薛永、施恩、李忠、周通、湯隆、杜興、鄒淵、鄒閏、朱貴、朱富、蔡福、蔡慶、李立、李雲、焦挺、石勇、孫新、顧大嫂、張青、孫二娘、王定六、郁保四、白勝、時遷、段景住，同秉至誠，共立大誓：竊念江等昔分異國，今聚一堂，準星辰爲弟兄，指天地作父母。一百八人，人無同面，面面崢嶸；一百八人，人合一心，心心皎潔。樂必同樂，憂必同憂，生不同生，死必同死。既列名于天上，無貽笑于人間。一日之聲氣既孚，終身之肝膽無二。倘有存心不仁，削絶大義，外是内非，有始無

金聖歎全集

修訂版

伍

（清）金聖歎 著
陸林 輯校整理

散文雜著卷（上）

唱經堂左傳釋
唱經堂釋孟子四章
天下才子必讀書

鳳凰出版社

散文雜著卷（上）

散文雜著卷　要目

唱經堂左傳釋一卷……一
唱經堂釋孟子四章一卷……三五
天下才子必讀書十五卷……五三
小題才子書六卷……五三七
唱經堂通宗易論一卷……七八九
唱經堂語録纂二卷……八一三
唱經堂隨手通卷……八八三
唱經堂聖人千案一卷……九一五
西城風俗記一卷……九四七
金聖歎文輯佚卷……九五七

附録

一、金聖歎年譜簡編……………………九
二、金聖歎著作序跋……………………九一
三、金聖歎傳記資料……………………一五八
四、「哭廟案」史料……………………二三一

後記……………………………………一

唱經堂左傳釋

此書之整理，以清康熙初年學易堂刻《貫華堂才子書彙稿》本爲底本，宣統二年順德鄧氏《風雨樓叢書》排印、民國四年上海國光書局排印《貫華堂才子書彙稿》本以及民國石印《金聖歎全集》本參校。

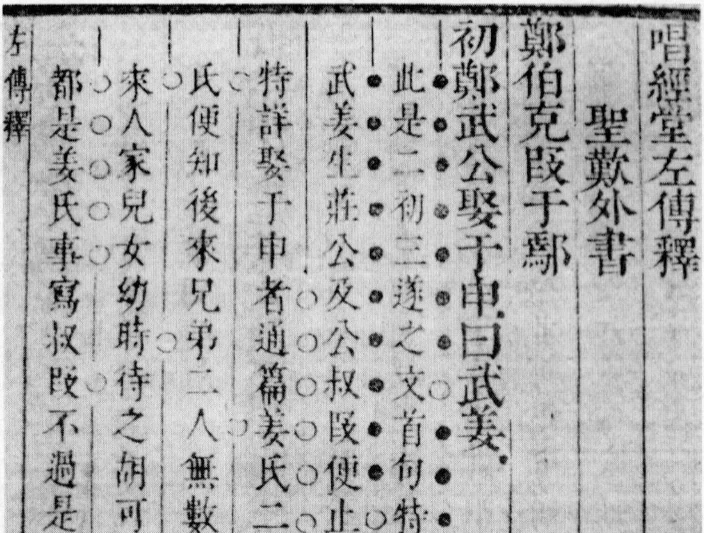
唱經堂左傳釋

聖歎外書

鄭伯克段于鄢

初鄭武公娶于申曰武姜

此是二初三遂之文首句特標初字只貫到娶于申曰武姜生莊公及公叔段便止以下便轉入遂字科內特詳娶于申者通篇姜氏二字之注也 看他先出姜氏便知後來兄弟二人無數乖迕都是姜氏無端生出來人家兒女幼時待之胡可不慎 下寫莊公銜恨處都是姜氏事寫叔段不過是驕縱

左傳釋

康熙刻本《貫華堂才子書彙稿》之《左傳釋》書影一

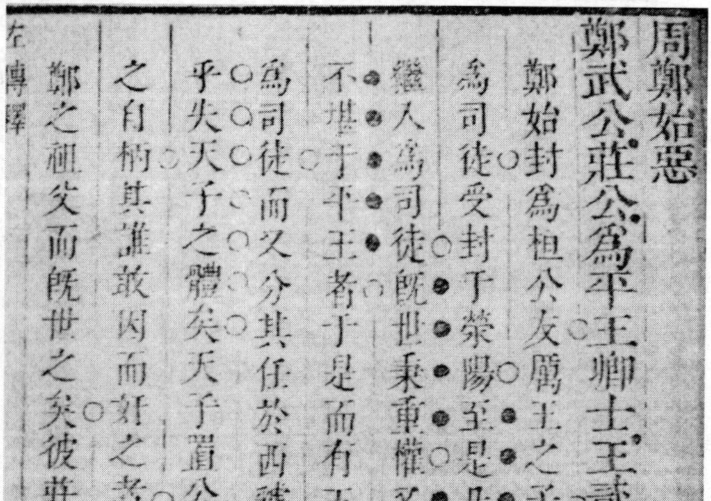
周鄭始惡
鄭武公莊公爲平王卿士王貳于虢
鄭始封爲桓公友厲王之子而宣王之母弟也相宣王
爲司徒受封于滎陽至是凡三世矣而武公莊公猶相
繼入爲司徒既世秉重權又吾跡莊公前後行事必多
不堪于平王者于是而有王貳于虢之事貳副也莊公
爲司徒而又分其任於西虢公也君子以爲平王于是
乎失天子之體矣天子置公孤百執之臣惟進退黜陟
之自柄其誰敢因而奸之者司徒將納民于親遜者也
鄭之祖父而既世之矣彼莊公者無墜厥職則王可以
左傳釋

康熙刻本《貫華堂才子書彙稿》之《左傳釋》書影二

唱經堂左傳釋　目録

鄭伯克段于鄢……七
周鄭始惡……二三
宋公和卒……二七
衛州吁弑其君完……三一
陰飴甥對秦伯……三二

唱經堂左傳釋

聖歎外書

鄭伯克段于鄢

初，鄭武公娶于申，曰武姜。

此是二「初」、三「遂」之文。首句特標「初」字，只貫到「娶于申，曰武姜，生莊公及共叔段」便止，以下便轉入「遂」字科内。特詳「娶于申」者，通篇「姜氏」二字之注也。看他先出姜氏，便知後來兄弟二人無數乖迕，都是姜氏無端生出來。人家兒女幼時，待之胡可不慎？下寫莊公銜恨處，都是姜氏事；寫叔段，不過是驕縱。

生莊公及共叔段。

一母生二子，亦人家恒事耳，何至有此一篇文字。段奔共，終焉，故曰共叔。

莊公寤生，驚姜氏，故名曰「寤生」，遂惡之。

履霜堅冰，只爲爾許。莊公寤生，便名爲寤生；段居京城，便謂之京城太叔。只兩人稱謂相形處，便極其不堪。　有才口婦人，實實有此事。當時亦只是摇弄唇舌，後來便成極大是非，可恨可痛！　莊公聞呼其寤生，那不惱？　後又聞呼段爲京城太叔，那又不惱？　姜氏之爲禍首如此。　一篇文字，凡用三「遂」字作關鎖。　此志姜氏之于莊公也，曰「遂惡之」，惡得急遽無理。　親所生子，何至于此？　後志莊公之于姜氏也，曰「遂置于城」，置得急遽無理。　身實生焉，何至于此？　末結二人曰「遂爲母子如初」，却正就他急遽無理處，一翻翻轉來。　于此可見聖人教人遷善改過，妙用如許。　左氏備書之以勸戒後來，爲一大部書門面，不誣也。

愛共叔段，欲立之。亟請于武公，公弗許。

爲莊公者，「中心藏之，何日忘之」？　須知「愛共叔段，欲立之」七个字，反面便是「廢莊公，而殺之」六个字。　讀書人須要眼光穿出紙背，只爲此等句。　易儲大事，只爲小小愛憎起，婦人胡可復與語！　此姜氏第一案。

及莊公即位，爲之請制。公曰：「制，

兄代有國，弟得食邑，足矣，何必有擇而請？　且兄代有國，弟得食邑，分也，何必代爲之請哉？　姜氏代爲之請者，必欲得制故也。　必欲得制者，據其要害，以便圖莊公也。　咄咄老嫗，那復可堪！　莊公纔即位，姜氏便請制，寫出老嫗眼光射定，刻不能待。　姜氏纔請制，公便接口，將「制」字一頓，寫出孽子機警迅疾，狹路不容。　讀之真使人遍身不樂。

巖邑也，虢叔死焉，

公只急口對副七个字，便似劈面抽刃直戳來。看他急口相接處，不惟姜氏平日處心積計，即莊公平日亦處心積計，知其必請制也。此姜氏第二案。

他邑唯命。」請京，

「他邑唯命」，是滿口相許語，蓋是決不與制之辭耳。又孰料其請制不得，接口便請京哉？請制，莊公所料；請京，非所料也。故下文有「姜氏欲之」一語。本欲請制，是據險以圖鄭也；不得，便請京，是擇其易完聚者，終欲圖鄭也：姜氏心計如許。此姜氏第三案。

使居之，謂之京城太叔。

不曰「公曰諾」，而曰「使居之」，若曰：「而既欲之，則而竟居之，奚問我哉？」蓋驟聞請制，是一重着惱；續又聞請京，是又一重着惱。惱極，忽然將「他邑唯命」四字，變出「使居之」三字來。母子兄弟至此日，真是狼虎相聚。姜氏既得請京，便爲太叔立號，是愛之，是害之？胡可勝歎！「使居之」三字，寫盡莊公面目不善；「謂之京城太叔」六字，寫出姜氏滿心歡喜。母子之仇，至此日而成矣。

祭仲曰：「都城過百雉，國之害也。先王之制，大都，不過參國之一；中，五之一；小，九之一。今京不度，非制也。君將不堪。」公曰：「姜氏欲之，焉辟害？」

看他答祭仲，便一口咬定姜氏。「害」，即祭仲所云「害」也；「焉辟」之爲言，害自外來猶可辟，今自内成胡可辟？非祭仲憂之而莊公不憂，此正極憂之辭也。祭仲徒知外癰，莊公自言内毒。君臣二人，各言所見，全不對針，故下文祭仲又勸。「參國之一」句法，已自千錘百鍊，下「中，五之一；小，九之一」句，却又省去二「都」字、「不過」字、二「國」字，益復奇絶。直呼「姜氏」，全非母子，照下「爲母子如初」句。

對曰：「姜氏何厭之有？不如早爲之所，無使滋蔓。蔓，句。難圖也；蔓，句。草，句。猶不可除，況君之寵弟乎？」公曰：「多行不義，必自斃，子姑待之。」

「無使滋蔓」，「不如蚤爲之所」，自是處寵弟正論。乃莊公則正欲其滋蔓而後斃之，以見殺之有名，曰「彼自斃也」。嗟乎！他日伐諸京，又伐諸鄢，爲是段自斃，爲是公斃段？「自」之一字，何其爲心陰毒磣刻之至于斯也！「姑待之」，非姑待其自斃，姑待其「多行不義」也。讀書如斷獄，務要判得明盡。下文，左氏「譏失教也」四字，便從此處入罪。「姜氏何厭之有？不如蚤爲之所，無使滋蔓」，只三句，其文已了。下忽從「蔓」字，生出「難圖」一句來，可謂盡情極致。文至此，乃更無轉手處，却不謂下又從「蔓」字草頭上，又轉出兩句「蔓，難圖也」來。一句若曰：「蔓不過是草，猶憂其難圖。」又一句曰：「今以君之寵弟而蔓，是豈易圖乎！」只就一個「蔓」字，凡作三層翻跌。試取本文，便依我所句讀之，便見紙上祭仲眉毛都動。一部左氏文字，妙絶千古處，只是這个讀法，便會提筆做出《史記》來。「君之寵弟」四字，正與「草」一字作對仗，長短參差都好。三「蔓」字，雙管「草」與「君之寵弟」字，是小小章法。

既而太叔命西鄙北鄙貳于己。公子呂曰：「國不堪貳，君將若之何？欲與太叔，臣請事之；若弗與，則請除之：無生民心。」公曰：「無庸，將自及。」

一則曰「自斃」，再則曰「自及」，必欲殺之有名，只用一句寫出。曰「姑待」，曰「無庸」，莊公豈無策而處此？外廷少算，固未如君之多算矣[一]。「欲與太叔，臣請事之」，忽故作一折，文態奇甚。後篇「將立州吁，乃定之矣」，便是再用此法，可見是左氏得意之筆。秀才讀至「太叔命西鄙北鄙貳于己」句，便謂太叔驕横至此。我窺左氏命筆之意，殊不爾。只看他于西鄙北鄙不敢便收爲己邑，而姑先使貳之；先使貳之者，貪二鄙，畏國法，二者交動于心，而姑且試之也。此時只須莊公不許，便令一家母子兄弟寬然有以得全。乃莊公則特特不肯出此，但低聲謂公子吕曰「無庸，將自及」云云者，蓋言不要説破，他漸來了。明明排下虎機，等他親身踏入。下文便接書云「太叔又收貳以爲己邑」，可見全是莊公要他如此。只就二鄙，分作兩段寫，便全是莊公心地，不是寫太叔作孽。寫彼人而令此人分外出色，此真千古神奇之筆，非《史記》以下書所得及也。秀才讀至此等處，便罵太叔癡，吾謂卿癡亦不減太叔也！全照「譏失教也」一句寫出來。

太叔又收貳以爲己邑，至于廩延。

子封曰：「可矣。厚將得衆。」公曰：「不義不暱，厚將崩。」太叔完聚，繕甲兵，具卒乘，將襲

必至之勢。「至于廩延」，是將所收界址注一句，謂之自注法。

[一]「未」，《金聖歎全集》作「不」。

鄭。夫人將啓之。公聞其期，曰：「可矣！」

子封，即公子呂也。前「無庸」、「自及」之語，出口入耳之際，封已稔公之計，故至此徑將「可矣」二字直投入來。乃他人愈急，公即愈緩。所以然者，看他「不暱」二字，便明明已有人于太叔之側，風吹草動，無不備悉，不勞又有第二人爲我著急也。下「繕甲兵，具卒乘」，是實有其事者；若「將襲鄭」、「將啓之」，是尚無其形者。只看左氏連用二「將」字，便是天大疑獄也。二「將」字句，下便緊接「公聞其期」句，可見平日已先布置奸細于太叔之側，其事益明。不爾者，如此機密事，公何從便知？且外庭多人不聞，而深宫一人獨聞，真必無之事也。至此際，却寫莊公陡然于口中漏出兩字，曰「可矣」，更無第二句，却宛然天成，便是子封口中之「可矣」兩字。今試思「可矣」竟是何等語？蚩蚩太叔，久爲机上之肉，讀之真令人遍身不樂也！人家骨肉有嫌，動托外人偵伺。夫受托則恒思有功于其間，豈肯復毫不增加哉？「將襲」、「將啓」，特書二「將」字，以明太叔與姜氏之寃，爲萬世之鑒戒也。問曰：「將襲」、「將啓」，則太叔與姜氏誠寃，若「繕甲兵，具卒乘」，此即反形已著，豈復有寃乎？答曰：是亦寃也。夫「繕甲兵，具卒乘」，而有「將襲」、「將啓」之實也者，是即反也；若使無之，則吾烏知其繕且具者之非聊以固吾圉也？他日讀《詩》至兩《叔于田》之章，而後知其甲兵卒乘，亦爲狩獵之事而已，夫而後哀太叔真寃，直是無處可訴。乃孔子于《春秋》，既書鄭伯克段之文；于《詩》，復留國人愛段之詠，然後知聖人之惡鄭伯，蓋有如此之甚。援兩經以明太叔之不反，而太叔之寃大白。

白太叔之寃者，非欲反獄莊公；吾亦深惡姜氏之生二子而不能養，而無端參差，幾殺其一，爲萬世之鑒戒也。孔子之惡鄭伯，惡其無以長一國也；吾之惡姜氏，惡其無以長一家也。要知雖有兩「將」字，乃「公聞其期」，却只是聞「將襲」之期。蓋「襲」之爲名[一]，輕師以掩我不備也。有問彼何從知我是日不備者，則連及姜氏曰，是實啓之。總是苦一弟段，以泄憤于姜氏。通篇鄭伯毒氣，全射姜氏如此。

命子封帥車二百乘以伐京。京叛太叔段。

兄責其弟也，一呼即至，奚以車二百乘爲？莊公于是乎不遺餘力矣！問曰：吾讀二《叔于田》之詩，見京人之愛太叔有如是者也，至此而忽叛，何也？答曰：太叔，可愛也；車二百乘，亦可畏也。莊公者，方將甘心于其母，而又何有于太叔？夫不有于太叔，何有于全京之民？蓋叛太叔者，車二百乘之故也。

段入于鄢。公伐諸鄢。

伐太叔，爲其據京而襲鄭也。既已去京而入鄢矣，公必又伐，是亦不可以少緩乎！「入」者，不復再來之辭。所以深明于京必伐，于鄢不必伐，而公又必伐者，乃今而知公之必殺太叔，爲姜氏不爲京，固非祭仲、子封之所知也。

五月，辛丑，太叔出奔共。

[一]「蓋『襲』」，晚清、民國諸本作「將襲」。

日之者，難之也。難之也者，公以車二百乘，伐諸京，又伐諸鄢，太叔即豈得有奔共之日哉！五月辛丑，幾幾乎不免也！此句，經不書。

書曰：「鄭伯克段于鄢。」

出經。看他叙事正極忙時，忽然折筆走出篇外去，另作訓詁之文，落後却重折入來，再續上叙事。文極忙，筆極閑，千古絶奇之法。

段不弟，故不言弟；如二君，故曰「克」；稱鄭伯，譏失教也；

分釋經。

謂之鄭志，

又總釋經。上文釋經，言段不弟，如二君，譏失教。夫「段不弟」，似謂段志也；「如二君」，似謂祭仲、子封以至全鄭之人之志也；「譏失教」，似謂孔子之志也。左氏復自釋曰：皆非也，蓋此三言也者，「謂之鄭志」。「鄭志」之爲言，鄭莊公之志也。「段不弟」也者，自幼而長而壯，母之愛段愈深者，我之仇段亦愈深，仇之則不復弟之，是「鄭志」也。「如二君」也者，段請京，則聽之；命貳，則聽之；收貳，則聽之。聽之而使段自擬二君，又使祭仲、子封等擬段二君矣。而後起而伐之，則天下萬世莫能謂我何也，是「鄭志」也。「譏失教」也者，夫公，則有爲公也；侯，則有爲侯也；伯，則有爲伯也；子、男，則有爲子、男也。居天子之前，而參天地之化，裁成輔相，以授之于天子者，是公也；居天子之後，候天子之化，而承行之者，是侯也；不能候于天子，須天子頒宣而後知之，然能率衆而順行之者，是伯也；不能候于天子，須天子頒宣之，然又必有率之，而後與衆順而行之者，是子、男也。今鄭莊公，上不至爲公、侯，下亦不至爲子、男，則是率衆而順行之者也。今也，一弟之不能率，何鄭國之能率？于弟于母而全以逆行，何鄭國之順行？稱「鄭伯」以譏之，譏其前，譏其後。譏其前曰：一父一母，而徒生二人。于二人中，若爲之伯，伯則啼笑玩弄，果餌衣帶，奔走撲跌，何事不可以教叔，而並心積計，必不教之。並心積計、必不教之者，母固惡我，我固惡段；母固愛段，我固惡段也。夫姜氏之遂惡鄭伯者，偶也；若姜氏之終惡鄭伯，則是鄭伯自爲之。終惡鄭伯，鄭伯爲之；然則姜氏之甚愛叔段，非即鄭伯之爲之耶？譏其後曰：其初之不教其弟也，畏姜氏故也。方姜氏亟請立段之時，我幾幾乎無言之皆罪，而敢于段所有言乎哉？今日而既得立矣，苟援「夫死從子」之義，爲鄭伯者，力尚可以教姜氏，何一弟之不能教？誠令當日爲之立師傅以訓迪之，陳典常以灌沃之，慎容貌以款接之，和聲音以獎能之，優而柔之，馴而至之，則是段者，尚將可以學而進于聖人，段而後快然歎曰：「嗚呼！吾母當日之欲舍吾君而立我也，豈其然哉！夫得立者，將以爲鄭伯也。段乃今而後知伯之爲伯也，其道也如是。段小人何知，而吾母遽欲及之，我不幾爲吾母誤耶？」如是，則是鄭伯信矣無忝爾職者也。即曰段不必及此，則亦爲之沃地以處之，善人以輔之，禮以坊之，時而見之；更有不率，則猶可以大義責之，夏楚威之，亦何至于身爲千乘之君，而無法以處一匹夫之弟者乎！夫鄭伯之自幼而長而壯，其並心積計必不教段者，志在于必欲殺段故也。鄭伯亦明知段之無罪，而必欲殺之者，殺段猶殺姜氏也。又殺姜氏快，而殺段之快又快于殺姜氏，是鄭伯之志也。殺段快于殺姜氏，而又明知段之無罪，則不妨姑且待之，以俟其有罪。夫人「罪」胡可以俟？則鄭伯之志曰：我但失教，即不憂段無罪。然則我但失教，則不憂段不殺，是「鄭志」也。○前譏，譏伯叔之「伯」字；後譏，譏公侯伯子男之「伯」字。分釋經，前箭猶輕；總釋經，後箭極重。如此行文，真非《史記》以下書所得有，安望秀才知之！

不言出奔，難之也。

別釋經。何故不書奔共？蓋一篇文字，若爲段立，則應書奔共；若爲莊公立，則不應書奔共。蓋殺段是莊公志，脱段非莊公志。莊公之志，已決不令段得脱，而段得脱，難之也。看他一篇莊公文字，便不便寫段事入來，古人謹嚴如此。《史記》以後書，都只是浪筆。

遂置姜氏于城，句。

陡然寫出「遂」字，便與篇初「遂惡之」「遂」字，如叫斯應。大寃得報，何止十年！寫莊公一生心事，灼然如鏡。上文若不連及「夫人將啓」四字，此際安得遂置諸城，作此快意之舉？或人不知，乃疑因叔段累姜氏，殊不知正是因姜氏累叔段。然則上正爲欲立「夫人將啓」一案，故連及叔段有將襲之罪。看他一弟一母，全用鏡花水月手段，兩邊挽作死結。其狠毒陰險，真非人法界中所曾有也。置城之法：築牆如城，四面無門，而如卿幸自無事，那復須讀左氏也！

秀才不識，却將「城」字連下「潁」字共讀，謂之「城潁」，而又自爲注曰：「城潁，鄭地名。」

處罪人于中。蓋是論成棄市，而不便加刑，故不得已變而行此法，以示深惡痛絶之至也。

潁，句。

姜氏爲莊公何人，此際但論城不城，豈論潁不潁。左氏于此，又必自注一「潁」字者，蓋姜氏而終槁死于城中而已，則不須復知城之在潁。若姜氏别有見天之路，則人且將問曰：姜氏已置于城，至此何得復出？即不得不應之曰：惟考叔感激之故。彼即又問曰：鄭人實繁有徒，何爲獨有考叔感激？即不得不又應之曰：惟考叔爲潁谷封人故。彼即又問曰：考叔爲潁谷封人，何故當感激公？則不得不又應之曰：置姜氏之城，適在考叔封口中故。如此問答重複，幾至通幅不了。今不如行文時，但于「城」字下只輕輕注一「潁」字，便省却無數繁聒之筆。不寧惟是，且又圖作落花游絲法，天然巧生過接。吾嘗言作文無秘訣，只著乖便是，此其一驗也。

而誓之曰：「不及黄泉，無相見也。」

誓文極毒。人死而葬，則闕地；闕地深，則有泉；泉從黄土中出，其色混黄，謂之「黄泉」。「及黄泉」者，言葬日也。異日姜氏死，莊公不得不葬，葬之日，我一見汝；即不然，我死，我死誰復禁汝不出？汝出而臨我之葬，汝一見我，謂之「相見」。設使汝既不死，我又不死，則永不願見：蓋深惡痛絶之至也。秀才亦不知其解，遂以黄泉爲鬼國，自漢至今，從來舊矣。　自篇初至「置姜氏于城」句，一篇文字已畢。　至此又注「潁」字，又詳載誓文，是另起一篇文字，别自有波瀾。

既而悔之。

看他上文如許怨毒，到此忽然有「悔之」二字，何意寒谷有此一綫之春？　答曰：此見莊公之處叔段與姜氏，已是二十分快意。　凡人于報復之事，只有一分未暢快，他還二十分都是怨毒。　只須此一分也暢快了，他便陡然有个不安之心，從中直動出來。　須知此際，正是他二十分都滿處。　只看左氏筆下寫出一「既」字，便可見。「既」者，盡也。　盡情盡力了，自然不覺生出懊悔來。　此正是人性極好處，然恰是不好已透頭了。　此「透頭」二字妙絶，世界劫壞更成，地獄盡時反生第三禪天，只是這个道理。　但此處全要一个人扶掖得他正好。　譬如大病後人，初有一點活理，此時全賴有人調養得好。　不惟大驚大惱來不得，即大喜大笑也來不得。　左氏寫此四字[一]，便恰好接著潁考叔一段下文。《傳》云：「惟聖人爲能至誠，惟至誠爲能盡人物之性，惟能盡人物之性者，爲可以贊天地之化育。」只左氏便實有此本事，吾親眼見得。

潁考叔爲潁谷封人，聞之，有獻于公。

「聞之」，聞公悔，非聞公城母也。　「悔」與「城」接連，「聞」與「悔」接連，「獻」與「聞」

[一]「氏」，晚清、民國諸本均作「傳」，下同。

接連，都是一日中事。讀至此，始信上先注一「潁」字之妙。不然，良心之發，其來也至疾，其滅也亦至易。若使城自在一處，悔自在一處，潁考叔自在一處，則欲求莊公之悔，乃如龜毛兔角。即使能悔，然頃刻之間，已如妙喜見阿閦佛國，一見不可再見。到得潁考叔來，更要重理前案，正如鍥舟求劍，劍去已久，豈得又有所濟？秀才不知，只謂置城是一日事，悔是一日事，有獻是一日事。彼食甕齏腸胃，安能知聖賢之事哉！ 隘口曰谷，象形石門對峙，下通車馬。職掌谷口，譏察行李，曰「封人」。故儀封人自通曰：「君子之至于斯，吾未嘗不得見。」譏察之職然矣。潁有口，口有封人。是日，莊公親至潁，置姜氏于城，誓畢而歸，歸未出谷而悔，悔而考叔在側，適乃聞之矣。賢者無時無地不思爲君盡忠補過，然又以事關骨肉，不容直致其辭，則于是進而有獻矣。當獻而獻，是意在獻；不當獻而獻，是意不在獻。意不在獻，則不書獻某物矣，但云「有獻」。設使此處誤書獻某物，則某物之名爲無取矣。

公賜之食。句。食。句。舍肉。

禮：臣有獻，君亦有賜，酬酢之道也。臣有獻，君則受之；君有賜，臣則對君食之既，不敢褻君之餘也。臣有獻，君亦有賜，故考叔之意不在獻，在于釣君之賜也。君有賜，臣即對君食之既，故考叔之意乃並不在賜，在于食之不既，以釣公之問也。《傳》言：「臣事君以忠。」考叔如是，可謂忠矣。夫忠豈犯顔强諫之謂哉！ 方朔懷肉遺細君，便從此處化去。然彼却是寓言禄薄，又有不同。

公問之。

公先開口，故妙。永爲進諫之法矣。

對曰：「小人有母皆，句。

五字，字字妙絶。　五字，便寫盡孺慕之樂。　五字，字字歷入莊公耳根。　五字，在考叔口中，只如一聲小鳥；在莊公耳中，便如百叫清猿，便令寸心一時迸碎。　五字，吾讀之，亦欲灑出淚來，何況當時説者、聽者？　五字，不知左氏何法鍊成，便覺「錦心繡口」四字，亦贊他不著。　五字，吾剔燈思之，三更不能盡其妙，只得且睡，留與世間絶世聰明人，明日共思之。　讀書人都會説《陳情表》「臣無祖母」四句好，却偏不會説者五个字好。一篇《陳情表》，只就者五个字化出來，然而其間繁簡雅俗，真乃不啻河漢，人都不知得。　夫天下豈有無母之人哉！　天下之人，豈有不與母皆之日哉！　封潁谷耳，莫小于此，而得君升斗，與母樂之；此時即使與我全鄭，而欲奪吾母不使得皆，吾寧有負吾母赴東海而死耳，豈能爲狆狗之行，輕置吾母而以得鄭國爲樂！　此是考叔心上口下隱隱含蓄語，然却又不直吐出來，只輕輕説得五字，令他自作橄欖迴想，真是絶代妙人。

嘗小人之食矣，未嘗君之羹，請以遺之。」

特地有獻，特地望賜，特地舍肉，特地被問，費三四周折，只爲要説出上文五個字。

公曰：「爾有母遺緊，句。我獨無！」

至于此三句，便全算餘文，只爲他既問舍肉，便不好不説完耳。

「緊」，古「兮」字，秀才未識也。便作嬰兒呻吟之聲，妙絶！上文：「公曰：『制，巖邑也，虢叔死焉，他邑惟命。』」「公曰：『姜氏欲之，焉辟害？』」「公曰：『子姑待之。』」「公曰：『無庸，將自及。』」「公曰：『厚，將崩。』」「公曰：『不及黄泉，無相見也。』」悉不是此等聲調，純是造化轉作出來，真「哀哀父母」之言。

潁考叔曰：「敢問何謂也？」

只如不知者，如此正好，也只好如此。左氏筆墨停勻，便如從稱等上稱等過來。

公語之故，

無母之故。好句法。

且告之悔。

悔誓不悔城，讀下文自見。句法又好，如此一篇大文，只縮作八个字。

對曰：「君何患焉？若闕地，句。及泉，句。隧，句。而相見，其誰曰不然？」

處事如救火捕賊，正是稍遲不得。看他便連忙設出計策來，安計其事之合禮與不合禮，只圖當時且得湊手。迨及事定之後，便有一群秀才出來説長論短。此譬如「咬人矢橛，非復好狗」，何足惜也！漢雋不疑判僞太子獄，正是一對好手。又妙在自設計，自又先喝破無人説「不然」，不是箝定天下之口，正是縛住莊公之心。看他來得快，捉得辣，一句話裏，却有兩番本事。假如人問：此時説「不然」者是誰？當知正是莊公也。故此句妙絶。若闕地、及泉、穿隧，分明是葬之日光景。寫得處大事只如兒戲，妙妙！蓋惡寤生，愛叔段，只是兒戲事，處之以一群凡夫，便構出天大禍事；弑母殺弟，已成天大禍事，處之以一个聖人，便只以兒戲解之。人生世上，亦何得不學爲聖人也。

公從之。

便藏去迴車重入潁谷、闕地、見泉、穿隧等字，謂之省字法。

公入而賦：句。「大隧之中，其樂也融融。」姜出而賦：句。「大隧之外，其樂也泄泄。」

通篇散叙，至此忽作排體，文勢詭變之極。「入」者，入于隧道，穿至城中，迎姜氏也；「出」者，由隧道而穿出城外也。入則身正在隧道之中，故其賦之首句亦曰「大隧之中」，即事成詩也；出則身已在隧道之外，故其賦之首句亦曰「大隧之外」也。公入而即賦者，無祇于悔矣，中心暢然，更無疑滯，不覺瀏然出之于口也。姜出而後賦者，城我之誓猶在于耳，隧而迎我，豈其夢耶？不則眯與？胡爲而來哉？蓋隨公而出，至于隧道之半，猶未敢全信其果無中變耳。迨其既出，直至于隧道之外矣，而後乃今始敢釋然而答所賦也。「融融」之「融」字，從鬲、從虫，如鬲斯温，如虫斯動也。莊公平生心地，一片冷毒，一塊堅忍，至此日而稍稍和暖，微微蘇動，照通篇下字也。「泄泄」之「泄」字，如山川泄雲，鬱極而得舒也。姜氏一置于城，驚魂已絶，永不望有母子復見之日，今不意之間，忽然穿隧，驚定方驚，未知今之果得出耶？憂疑徬徨，直至出隧而後放下，照「大隧之外」下字也。故寫「融融」，知其寫莊公也；寫「泄泄」，知其亦寫莊公也：此左氏之章法也。何意如此一篇文字，後却見兩「樂」字？此是左氏異樣刷色。

遂爲母子如初。不惟結還「遂」字，乃至直結還「初」字。一篇大文字，「初」字起，「初」字住，奇絶。

君子曰：「潁考叔，純孝也。一篇莊公文字，臨結却歎考叔純孝。如此不堪，那復可耐也。

愛其母，施及莊公。吾聞君之有德，則施及臣民，未聞小人之能施及其君者也。如此不堪，那復可耐也。

詩曰：『孝子不匱，永錫爾類。』其是之謂乎？」考叔，公之「類」也。公反爲考叔之「類」，而無以錫考叔者，而反受錫于考叔，即何以伯于鄭國者乎！如此不堪，那復可耐也。通篇莊公文字，公然取考叔作結，文人之予奪如此！

周鄭始惡

鄭武公、莊公，爲平王卿士，王貳于虢。鄭始封爲桓公友，厲王之子，而宣王之母弟也，相宣王爲司徒，受封于滎陽。至是，凡三世矣，而武公、莊公，猶相繼入爲司徒。既世秉重權，又吾迹莊公前後行事，必多不堪于平王者，于是而有「王貳于虢」之事。「貳」，副也。莊公爲司徒，而又分其任于西虢公也。君子以爲平王于是乎失天子之體矣。天子置公孤百執之臣，惟進退黜陟之自柄，其誰敢因而奸之者？司徒將納民于親遜者也，鄭之祖、父而既世之矣；彼莊公者，無壞厥職，則王可以無貳于虢。鄭伯而將陵于天子，王則直以政畀西虢，而退鄭伯使致其卿，甚且削其封焉，無不可者，如之何私置其副于虢而已也。下左氏一則曰「要之以禮」，一則曰「行之以禮」，全責王之不能進退于鄭莊也。　秀才讀此篇，多遺平王而惡鄭莊；更不文者，乃至並惡周、鄭，皆有之。故中間凡遇「信」字、「明恕」字、「禮」字、「明信」字、「忠信」字，悉不知落處。殊不曉此文乃獨責平王之辭，若鄭莊之惡，則固附見于文外者也。此事全從鄭莊起，又上連武公者，因莊之不堪而疑及世柄國政，則不得不遂連之爲辭也。更不連及桓公者，始受封之人，則必周之所信也。只篇初「武公、莊公」四字，便有如許丘壑，《左氏》何可易讀？　連武公，謂之添一人；因添此一人，又謂之減一人：奇絶之筆。

鄭伯怨王，王曰：「無之。」故周、鄭交質。王子狐，爲質于鄭；鄭公子忽，爲質于周。

迹前後鄭伯之事，其惡從來通天，怨王何足又道。　左氏正責平王之曰「無之」也。只用二字枝梧，全似小兒畏樸光景。通篇「君子曰」，全從此句立斷。「無之」二字，是通篇所罵不信；「王曰：『無之』」四字，是通篇所罵不能要之以禮：故知此句爲通篇之案。

須知當時「王曰：『無之』」，鄭伯便接口曰：「吾亦只願王無之，但自今以往，須與吾質。」故接下便有交質之事。　鄭伯又狠愎，又奸滑，寫得便如明鏡。　然只是不足道，吾獨惡平王之不能要之以禮，而遂與之爲質也。頗有秀才譏「交質」句，平書周、鄭，爲左氏之無辨。殊不知左氏乃特地用如此筆，平書鄭于周，以惡莊公；平書周于鄭，以羞平王也。先書王出質而後書鄭出質者，明是鄭伯偪王立質畢而後聊以公子塞之也。然鄭伯不足道，獨惡平王以天子而反先與人質也。「王子狐」二句，是注「交質」一句。爲但言交質，猶未明周之先行質也，故又詳言之。下文却又因「王子」、「公子」四字，便生出「澗溪沼沚」四句妙文來。吾嘗言行文入妙時，只是溪迴山變，又謂之月來成影。韓昌黎一生作序，只用者个秘訣。歎蘇軾先有成竹于胸，爲極天苦事也。

王崩，周人將畀虢公政。四月，

可以畀鄭，亦可以畀虢，而特書「王崩」下者，王固不敢，周人其未可知也，故書曰「將畀」。蓋是畀不畀未可知之辭。乃鄭伯則固已深察周人之積憤于己，必不復令輔于新王，于是周之畀虢與否，即尚未決。而王以三月崩，祭足以四月寇。書「四月」，言其疾也。

鄭祭足帥師取温之麥。秋，又取成周之禾。

周之四月，夏二月也，麥尚未成。今言「取」，蓋是帥師拔掘踐踏之也。寫鄭莊之惡，不惟無君，直是異樣慘毒，人法界中無此事。又書「温」，書「成周」者，四月猶温，秋則徑入成周，其惡日更肆也。夫徑入成周，則與摘君之袖而抽刃臨之，又何以異？故左氏不概書周之麥、周之禾，而必先別之爲温，而後遂書成周者，所以著鄭莊之窮凶極惡也。「秋」字下，便省「祭仲又帥師」五字。

周、鄭交惡。

敘事畢。看他章法之妙：「交質」句，便先書後注；「交惡」句，便先注後書。先書曰「周、鄭交質」，注之曰「王子狐爲質于鄭，鄭公子忽爲質于周」，便見交質全是平王無禮。先注曰「周人將畀虢公政」，「鄭祭足帥師取麥與禾」，書之曰「周、鄭交惡」，便見交惡全是鄭莊無禮。然鄭莊何足責？痛平王之不能以禮馭臣，而爲禍極烈也。只看一章叙事，以周、鄭交質始，以周、鄭交惡終，可見。

君子曰：「信不由中，質無益也。

已下凡四段：第一段，一口喝倒「質」；第二段，宛轉商量不用「質」；第三段，應上第二段，宛轉商量「質」；第四段，應上第一段，一口喝倒不用「質」，末便輕輕引詩結之。章法極其整練，却又參差駘宕之極。

明恕而行，要之以禮，雖無其質，誰能間之？

此第一段，正喝平王之質非也。明恕，則不疑鄭而貳于虢也。至于疑之而既貳于虢矣，即當要之于禮，辨上下，定物志，彼鄭伯其安敢上陵而至于行怨乎？間，隙也，不與人以隙也。此第二段，正教平王應用禮，不應用質也。

苟有明信，澗溪沼沚之毛，蘋蘩藴藻之菜，筐筥錡釜之器，潢汙行潦之水，可薦于鬼神，可羞于王公，而况君子結二國之信！

一往望之，見許多澗溪、沼沚、蘋蘩、藴藻、筐筥、錡釜、潢汙、行潦字，只道何其癡重，及細尋之，乃知只從上文「王子狐」、「公子忽」字翻剔出來，空靈揮灑，真行文未有之樂也。此猶曰明則信，信則至微賤之人，操至微賤之物，亦可以仰告鬼神而上通王公，而況平王以天子之尊，不過下結二國之信，何至遂用王子爲之質？「二國」者，王國，鄭國，固得同稱「國」也。此第三段，承上第二段，言即用質，亦不至用王子狐也。

行之以禮，又焉用質？

轉筆捷如轉馬。一則曰「要之以禮」，再則曰「行之以禮」，全是氣他不過之辭。此第四段，承上第一段，言畢竟不應用質也。看他四段，凡作四樣身分。第一段用喝，第二段用商，第三段用縱，第四段用擒，真乃無美不備。

《風》有《采蘩》、《采蘋》，《雅》有《行葦》、《泂酌》，昭忠信也。」

引《詩》以結「行之以禮」，則不用質而能好也。左氏引《詩》作結，是他長技，獨此處引法却異。蓋圖蘩、蘋、葦、酌等字，與上十六艷字相映射也。通篇單質平王，不已信乎！瞿齋云：讀《克段于鄢》，見鄭莊公之無親；讀《周鄭交質》，見鄭莊公之無君。無君與親，其無禮孰甚焉？君子于許叔篇「謂鄭莊于是乎有禮」，不過反形其無禮云耳。

宋公和卒

宋穆公疾，召大司馬孔父而屬殤公焉，

左氏每立一傳，必指一人爲主，然後盤舞跌頓，千變而不失其度。若此篇，則固指宋宣爲傳主也。不知者全認是穆公事，負左氏甚矣。如此二句，若作穆公傳讀，則止一行耳；苟作宣公傳讀，便得兩行。而其間虚實影現之妙，乃至不可言喻，且令全傳無數委曲丁寧，字字都有落處。蓋書穆公疾，召大司馬孔父而屬殤公，是賓句；言外便見昔者宣公疾，遺命竟立穆公而不屬殤公，正是主句也。有字處反是閑筆，無字處是正筆，真是鬼在腕中，偷换出來也。

曰："先君舍與夷而立寡人，寡人弗敢忘。

"舍"字妙，"而"字妙，七個字便括盡先君無限曲折。"弗敢忘"，粗秀才講之曰："弗敢忘先君立我之惠也。"可朴也！文秀才講之曰："弗敢忘先君之囑也。"亦可朴也！"弗敢忘"者，穆公于己初得立之日，已深窺先君舍子而立己之故，口雖不言，而心已默許之，今日固不敢忘昔者默許之心也。書不易讀，寄語後賢，慎勿草草。

若以大夫之靈，得返首領以殁，

異樣艷筆，試問從何來？從"大司馬"三字來也。後之爲文者，有艷處不知發，無艷處横塗之，真瘈狗亂嚙也！"立寡人"字，是第一日；"以殁"字，是最後日；"以大夫之靈，得保首領"九字，則中間受托一生履歷也。謙言"得保首領"耳，實則謂我受宋之社稷于先君，今幸獲全以歸與夷，是惟大司馬捍禦之力也。

先君若問與夷，其將何辭以對？

劈空說謊，成此靈幻之筆。看他「舍與夷」、「問與夷」，寫出先君一片戀子至情，真乃老牛千遍舐犢，石人對之揮淚矣！昔之「舍與夷」，亦是先君；今之「問與夷」，亦是先君。全副局面，都推過先君身上，而已無所與于其間，措辭輕妙之極。「若問」字、「其將」字，寫得幽冥路上，亦復娓娓成趣。千古滑稽，此爲始事矣。

請子奉之，以主社稷。寡人雖死，亦無悔焉。」

正語只一句，蓋無辭以對之，謂「悔」也。

對曰：「群臣願奉馮也。」

又有此一請者，簡與宣公異也。昔者宣公有子與夷不立，而立穆公；今穆公亦有馮不立，而屬殤公，將無同乎？故又書此一請，使令穆公重復發揮一通，而意乃暢也。先就孔父口中出「馮」字，便覺「使出居鄭」句「馮」字不突然。

公曰：「不可。先君以寡人爲賢，使主社稷。

能通其意之爲「賢」。

若棄德不讓，是廢先君之舉也，

果能默通先君之意而心許之爲「德」也。「舉」者，不以社稷托衆人而獨托我是也。

豈曰能賢？

注上「廢」字也。先君之舉我也，曰「是夫賢」。今如不讓，則人且曰「烏見其賢？」是廢先君之以我爲賢也。忽代先君問與夷，忽代旁人笑先君，全是滑稽口吻。

光昭先君之令德，可不務乎？

先君舍與夷而立穆公，九年于兹，無人能知，故須「光昭」之也。

吾子其無廢先君之功。」

先君默知我有今日，我又默許先君以今日矣。至今日正先君成功之日，而子乃又有奉馮之請，則是我固不廢先君之舉，而子實廢先君之功也。「功」，即舉穆公之功也。

使公子馮出居于鄭。

寫得妙。不會讀者只是一句，會讀者又得兩句。昔宣公之不使與夷出居他國也，其事可知也。

八月庚辰，宋穆公卒。殤公即位。

所謂「先君之功」也。

君子曰：「宋宣公可謂知人矣。立穆公，其子饗之，命以義夫。《商頌》曰：『殷受命咸宜，百禄是荷。』其是之謂乎？」

看他一篇文字，從穆公寫，從宣公處結，使讀者看朱成碧思紛紛矣。人無不願其子之得國也，而豈知命固出于義哉！宣公若不舍與夷而立穆公，則惡知弑與夷而奪之國者之非即穆公耶？前書叔段，後書州吁，此書與夷，得失並陳，以備規覽。左氏之教天下後世，豈不深切彰明者哉！漢昭烈便竊用此意，謂諸葛曰：「可輔則輔之，如其不才，君可自取。」便亦得亮之死心塌地，然較此便露梟雄之色矣。

衛州吁弑其君完

衛莊公娶于齊,句。東宮得臣之妹,句。曰莊姜,句。美。

書「娶于齊」足矣,又書「東宮得臣之妹」,何也?書名足矣,又書「美」,何也?曰:此篇爲州吁傳也。夫州吁,嬖人之子也。人之爲名,賤之至也,則先書莊姜之貴以反襯之。若曰莊姜而徒齊侯之子,是猶疑有嫡庶;若東宮之妹,則非徒曰子而已,是又齊侯之嫡子也,言貴之至也。如是而衛侯別有所嬖者,何也?意或莊姜不能美與?曰又甚美,此又反襯衛侯之嬖之顛倒也。「逝不古處」,緑絲女治,真可怪也。 此下便應接「衛人所爲賦《碩人》也」句,却又先插「無子」二字入來者,亦圖章法精潔矣。

而無子。句。

言莊姜貴則貴矣,美則美矣,或無子未可知,曰是誠有之。 先插三字于此,下另作解。

衛人所爲賦《碩人》也。

引《詩》是左氏常技,此又一變。蓋又引《詩》以證成莊姜之貴與美爲不誣也。《碩人》之詩曰:「碩人其頎,衣錦褧衣。齊侯之子,衛侯之妻,東宮之妹,邢侯之姨,譚公維私。」則可知莊姜之貴,非嬖人之所得望見也。二章曰:「手如柔荑,膚如凝脂;領如蝤蠐，齒如瓠犀。螓首蛾眉，巧笑倩兮，美目盼兮。」則可知莊姜之美，又非嬖人之可同日語也。三章曰：「碩人敖敖，説于農郊。四牡有驕，朱幩鑣鑣，翟茀以朝。大夫夙退，無使君勞。」則可知莊姜自齊來嫁，成禮以與公醮，非若嬖人之苟且以即事者也。其四章曰：「河水洋洋，北流活活。施罛濊濊，鱣鮪發發，葭菼揭揭。庶姜孽孽，庶士有朅。」則可知莊姜之僕媵之多，至于紛然滿河，曾無一人肯與嬖人齒者。盛述莊姜之貴，以反形嬖人之賤也。

又娶于陳，曰厲嬀，生孝伯，早死。其娣戴嬀，生桓公，莊姜以爲己子。

上文書莊姜既貴且美，獨惜無子，至此忽又補之曰，戴嬀是生桓公，莊姜實育爲子，則又不可言莊姜無子矣。如是，則不知莊公之又嬖于生州吁之人也，何故？看他一路用筆，真是絶世奇文。欲書桓公爲莊姜子，則不得不書爲戴嬀生；欲書桓公爲戴嬀生，則不得不書戴嬀爲厲嬀娣；欲書厲嬀之娣生桓公，則不得不書厲嬀亦曾生孝伯。此一行叙事雖多，要識單重末句，上頭皆閑筆曲折耳。

陰飴甥對秦伯

晉陰飴甥，會秦伯，盟于王城。秦伯曰：「晉國和乎？」對曰：「不和。咄咄奇文。

秦問「晉國和乎」，尋常有機變人，只是權宜且對一「和」字；他偏不然，偏斗然對曰

「不和」，使秦伯反劈面吃一驚。

小人恥失其君而悼喪其親，不憚征繕以立圉也，曰：『必報讎，二十三字句，寫得凜凜然。寧事戎狄。加四字妙。』君子愛其君而知其罪，不憚征繕以待秦命，曰：『必報德，二十一字句，寫得依依然。有死無二。加四字妙。』以此不和。」

疾接「小人」、「君子」二段，言以此不和也。文只是小人「曰必報讎」，君子「曰必報德」二句。看他于二句上，又倒裝小人有小人之心，君子有君子之心；小人有小人之事，君子有君子之事。恥君悼親，小人之心；愛君知罪，君子之心。不憚立圉，小人之事；不憚待命，君子之事。于二句下又加倍四字，云「寧事戎狄」，云「有死無二」，然後接「以此不和」文字，真有貫甲洞胸、滿心滿願之樂。

秦伯曰：「國謂君何？」對曰：「小人慼，謂之不免；一「慼」字，寫盡小人。君子恕，以爲必歸。一「恕」字，寫盡君子。小人曰：『我毒秦，秦豈歸君？』一「毒」字，寫盡小人。君子曰：『我知罪矣，秦必歸君。一「知罪」字，寫盡君子。〇寫盡小人者，欲秦之不爲小人；寫盡君子者，欲秦之必爲君子也。

秦又問「國謂君何」，他亦更不别對，仍只將上文「小人」、「君子」，又接連複寫二遍，以自補其前言之所未盡，真是異樣滿心滿願之筆。無端因一「和」字，輕輕生出小人、君子兩樣名目，却不謂其便借一樣名目來張晉、一樣名目來款秦。于自家口中，自對晉國不和；而于他人耳中，却是晉未可犯、秦未可肆。凜凜然何等凜凜然，依依然却又依依然，使讀者直疑「小人」、「君子」字，乃是天生成兩峰對起，並非無端輕輕生出，真莫測之奇事也！　後對仍將「小人」、「君子」接連複寫二遍，又妙將胸中所不欲秦如此者，盡寫向小人名下；將胸中所深望秦如此者，盡寫向君子名下。天下即安有願爲小人，而不必爲君子者哉？　秦伯此時欲不入玄中，不可得也。

貳而執之，服而舍之，德莫厚焉，刑莫威焉。服者懷德，貳者畏刑。此一役也，秦可以霸。納而不定，廢而不立，以德爲怨，秦不其然。』」異樣跳脱之筆，真弄秦于掌上矣。秦伯曰：「是吾心也。」果然入其玄中。改館晉侯，饋七牢焉。

「貳而執之」，至「秦不其然」，君子自注「秦必歸君」四字也。只算述其國中私語，而轉換秦伯如在掌上。又一路「小人」、「君子」文字，皆板板相對，至此忽然于君子口中，獨多作十餘句，便變成異樣嶙峋跳脱，最爲有好勢矣。　通篇排比而愈見精悍，又通篇無一字曾作伏地可憐之聲，是大奇事。

唱經堂釋孟子四章

此書之整理，以清康熙初年學易堂刻《貫華堂才子書彙稿》本爲底本，宣統二年順德鄧氏《風雨樓叢書》排印、民國四年上海國光書局排印《貫華堂才子書彙稿》本以及民國石印《金聖歎全集》本參校。

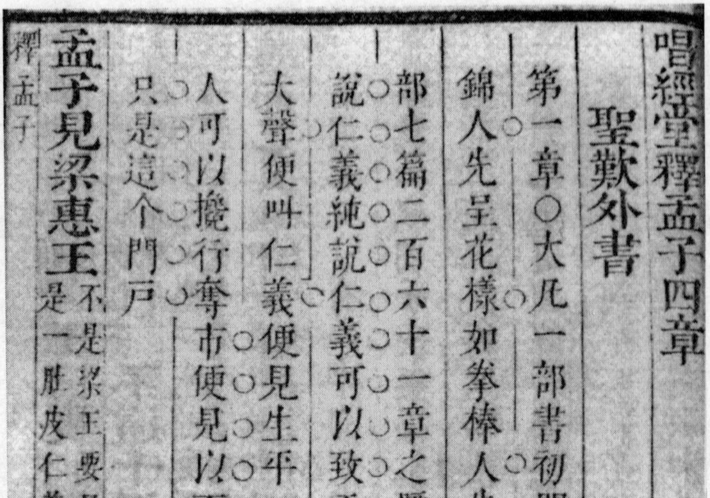

唱經堂釋孟子四章

聖歎外書

第一章○大凡一部書初開卷必有歷面第一章如織錦人先呈花樣如拳棒人先吐門戶今此則正孟子一部七篇二百六十一章之歷面第一章也一部七篇純說仁義純說仁義可以致于王道故此章見梁王劈面大聲便叫仁義便見生平一肚皮真才實學更無第二人可以攙行奪市便見以下作書七篇只是這个花樣只是這个門戶

孟子見梁惠王 不是梁王要見孟子是孟子自見梁王正是一肚皮仁義可以致于王道連夜要發

釋孟子　一

康熙刻本《貫華堂才子書彙稿》之《釋孟子》書影一

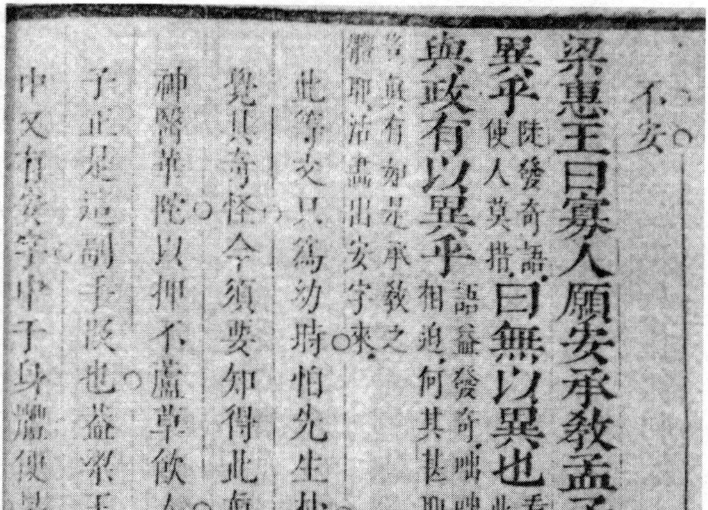
不安。

梁惠王曰：寡人願安承教。孟子對曰：殺人以梃與刃，有以異乎？陡發奇語，使人莫措。曰：無以異也。看他口氣全不在意，如此奇問，亦不驚，亦不怪。以刃與政，有以異乎？語益發奇，咄咄相逼，何其甚耶。曰：無以異也。只是亦不驚亦不怪，世上曾真有如是承教之體耶？蓋盡出安字來。

此等文只爲幼時怕先生朴，不免讀得爛熟，到今便不覺其奇怪。今須要知得此真是極奇怪文字。昔人相傳神醫華陀以押不盧草飲人，便能爲人破腹換腸，今孟子正是這副手段也。蓋梁王既是發願承教，即如何口中又有安字？中于身體，便是麻木不仁；中于心，便是寘

康熙刻本《貫華堂才子書彙稿》之《釋孟子》書影二

唱經堂釋孟子四章 目録

第一章……四一
第二章……四四
第三章……四六
第四章……五〇

唱經堂釋孟子四章

聖歎外書

第一章

大凡一部書初開卷，必有壓面第一章，如織錦人，先呈花樣；如拳棒人，先吐門户。今此則正《孟子》一部七篇二百六十一章之壓面第一章也。一部七篇，純説仁義，純説仁義可以致于王道。故此章見梁王，劈面大聲，便叫「仁義」，便見生平一肚皮真才實學，更無第二人可以攙行奪市，便見以下作書七篇，只是這个花樣，只是這个門户。

孟子見梁惠王。不是梁王要見孟子，是孟子自見梁王，正是一肚皮仁義可以致于王道，連夜要發揮出來，全不顧他抱玉自薦之嫌。王曰：「叟！不是尊敬孟子之詞，亦不是奚落孟子之詞，乃是反借梁王口中，寫出一肚皮仁義人此時已是晚年。不遠千里而來，亦將有以利吾國乎？」孟子對曰：「王！王開口先呼「叟」，孟子便開口亦先呼「王」，應對之禮也。何必曰利？亦有仁義而已矣。接口便截住他「利」字，然後輕輕換出自己胸中「仁義」字，下另開作兩節詳辨之。

看梁王口中有一个「亦」字，孟子口中連忙也下一个「亦」字，真是眼明手疾。蓋梁王「利吾國」三字，全是連日耳中無數游談人説得火熱語。今日忽地多承這叟下顧，少不得也是這副説話，故不知不覺，口裏便溜出這一字來。孟子聞之，却是吃驚：奈何把我放到這一隊裏去？我得得千里遠來，若認我如此，我又那好説話？遂疾忙于「仁義」字上也下他一个「亦」字。只此一个字，早把自己直接在堯、舜、禹、湯、文、武、周公、孔子之後也。看他耳朵裏，箭鋒直射進去，舌尖上，箭鋒直射出來，是何等精靈，何等氣魄！後來經生，只解于「利」字、「仁義」字，赤頸力爭，却全不覷見此二个字。〇梁王口中一个「亦」字，便把孟子看得等閑；孟子口中一个「亦」字，便把自己擡得鄭重。梁王「亦」字，便謂孟子胸中抱負，立談可了；孟子「亦」字，便見自己一生所學，迂遲難盡。只這兩个「亦」字，鋒針不對，便已透露王道不行、發憤著書消息。〇道樹問：「別有書云：『夫仁義固所以利之也。』可見『利』只是『利益』字。如何孟子于下節，却把作『富强』字？只今試代梁王細貼語氣，『利』字畢竟輕輕用來。必若硬要他認作『富强』字，語氣不通，教人如何服？」答：「孟子下節，也並不曾把『利』字當作『富强』字。其所以必欲力爭者，蓋爲仁義心地公，利字心地私；仁義氣候遲，利字朝不待夕。孟子滿肚皮王道，與當時之人水火不謀，只是爭這个道理。」

王曰：『何以利吾國？』牒上王口中語也。大夫曰：『何以利吾家？』看他全不顧王。士庶人曰：『何以利吾身？』也不顧王與大夫。上下交征利而國危矣！「利」字當面變作「危」字。萬乘之國，弒其君者必千乘之家；千乘之國，弒其君者必百乘之家。看他「危」字還不盡興，偏要説出「弒君」二字來，又偏要的確確説出來，恰似親眼見過幾遍。萬取千焉，千取百焉，不爲不多矣。百忙中，又忽作游戲語，筆法飛舞。苟爲後義而先利，不奪不饜。兩「不」字好，算入他心窩裏。

一國中，如王、如大夫、如士庶人，交口説利，而未幾被弒，恰是爲頭曰「何以利吾國」之王。看他文字，便如千把刀一齊戳。〇明明是「利」字，不消一二語，倏忽變作「危」字，一變又竟作「弒其君」字，已又變作「不奪不饜」字。越變越怕，越變越確。

未有仁而遺其親者也，未有義而後其君者也。看他上節作風毛雨血之筆，此節另作祥雲瑞靄之筆。

不正説仁義必有如何好處，却只云「未有」、「未有」。蓋是要王深信其理之必然，而不可驟圖其事之果然也。何則？仁義則王道也，王道無一二年之功。故一入門，口未及開，便先爭「亦」字者，正以此仁義者全是氣候中事。使如梁王口中「亦」字，則必須旦夕之間立有報效，方始快心。夫孟子生平所學，則豈有如是之事哉？親亦君也，自仁視之則爲親，自義視之則爲君；入骨入髓之謂不遺，趨事赴功之謂不後。言利者，其禍疾，故寫之亦用疾筆。看他將兩字又分作兩句，用兩「未有」、兩「者也」，紆遲對立，只此便是化工文字。

王亦曰仁義而已矣，何必曰利？」一節辭氣太利害，一節辭氣太迂遲，于王爲難堪矣，故又呼王一聲。

前一振，後一繳，只用二語，顛倒而成。文字又整齊，又變動，此人所同知也。豈知前先接「何必曰利」，是劈面便搶，此倒找「何必曰利」，是帶口輕拂；前徐稱「亦有仁義」，是特換新題；此緊承「亦有仁義」，是趁熱便趕。前不得不前彼，後不得不後此，總是化工文字也。非錦心繡口人不知，非冰寒水冷人不知。有意無意，又寫一「亦」字，分明引王作一路。

第二章

又大書孟子見梁惠王，可見此章又是一部七篇之壓面章也。云何有兩壓面？蓋孟子既是一肚皮王道，則何故不見試于當時？須知初見梁王，便是這些人物，因將妙筆畫取一幅出來。一部七篇，是蘊得如許一副學問，須一面章壓之；一部七篇，是遭着如此一般人物，又須一面章壓之。

孟子見梁惠王。王立于沼上，顧鴻雁麋鹿，曰：十一字句。「賢者亦樂此乎？」孟子對曰：「賢者而後樂此，不賢者雖有此，不樂也。」

看王口中有一「亦」字，分明不敢以賢者自處矣。何圖孟子劈面接口，鑿鑿分開賢者不賢者，又與作十分險語，云「而後樂此」、「雖有不樂」。真乃抽刀直戳，使人吃驚。如此人，胡可不教吃驚？

前章孟子見王，王曰「叟」。只一「叟」字，便是雙眼注面。此章孟子見王，王「顧鴻雁麋鹿」。只一「顧」字，便是禮貌大衰。且曰「賢者亦樂此乎」，賴是孟子妙口，急將「賢者」

二字接住，又開出下去一篇文字耳。不然者，渠「賢者亦」三字，只是開口閑嗑，意思已全在「樂」字「此」字，一片純是驕稚聲音顔色矣。想見昨日「仁義」二字，大不入耳。前章有頭有結，此章有頭無結；又前章總頭總結，此章總頭分結。

《詩》云：上出語過險，不得不引文。『經始靈臺，經之營之。庶民攻之，不日成之。經始勿亟，庶民子來。王在靈囿，麀鹿攸伏。麀鹿濯濯，白鳥鶴鶴。王在靈沼，于牣魚躍。』引文竟。文王以民力爲臺爲沼，不單説文王有臺沼，又必硬下「以民力」三字，想見用筆之奇矯。而民歡樂之，硬下「歡樂之」三字。謂其臺曰靈臺，謂其沼曰靈沼，此二句，注上「歡樂之」也。言民之歡樂，何以爲證，以此爲證也。樂其有麋鹿魚鼈。又言究竟文何以得此于民，則爲樂其有即我有也。古之人與民偕樂，故能樂也。結賢者。

看他引詩後，筆筆鼓舞而出，寫樂便寫來樂殺人。

《湯誓》曰：引文。『時日害喪，予及女偕亡。』引文竟。民欲與之偕亡，便將引文覆述一句。更不自費筆墨。雖有臺池鳥獸，豈能獨樂哉？」結不賢者。

看他引書後，便作氣盡語。更不別費筆墨，只將「偕亡」重撊一句，寫不樂便寫來不樂殺人，真正化工文字。只看此二章四段文字，便知寫憂危事用快筆，寫精微事用大筆，皆不知文者也。孟子用筆之法則如此。○前一節既有「古之人」三字，則後一節亦當有。今明明兩節對立，並是引古，而一有一無，其法最妙。蓋前節特標「古之人」，是明説不是梁王；後節缺無此字，便是明説梁王，却又如與之諱然。

何意梁王口中，忽有「盡心」二字，正是搔着孟子癢處。通篇更不顧渠是問何等，我只說自己胸中所有「盡心」之法。夫「盡心」者，三王所以得天下之道也。

第三章

梁惠王曰：「寡人之于國也，盡心焉耳矣。河内凶，則移其民于河東，移其粟于河内。詳，有十二字。河東凶，亦然。略，只二字。察鄰國之政，無如寡人之用心者。若又寫作「盡」字，便疑用而未盡，故改寫作「用」字，言尚且不「用」，何況于「盡」也。鄰國之民不加少，寡人之民不加多，何也？」

梁王一意，只圖並吞鄰國之民，却又自揣別無長處，只有頻年移民移粟一事，頗覺自著勤苦，遂輕輕稱述以爲「盡心」。乃孟子纔聞，更不與作理會，只就他說話中間，抽取「盡心」二字去，其餘都以戲答之。除首句「盡心」二字爲孟子所甚喜，作正答外，餘如歲凶、移民、移粟作一段，察鄰、加少、加多作一段。察鄰段，先作笑人敗兵戲答；歲凶段，末作殺人罪兵戲答，又是一樣章法。

孟子對曰：「王好戰，突以戰喻，可謂無因，便隨手加三字作之因。請以戰喻。填然鼓之，兵刃既接，纔鼓纔接，下便書「走」。此句之下，下句之上，並不見書如何戰，喻之奇妙如此。棄甲曳兵而走。或百步而後止，或五十步而後止。以五十步笑百步，則何如？」曰：「不可；直不百步耳，是亦走也。」

四字妙，言非戰也。曰：「王如知此，則無望民之多于鄰國也。」先以戲論，了其「加少」、「加多」一段。

中間自「不違農時」起，至「未之有也」止，方是橫割梁王口中「盡心」二字，快説自己胸中一副盡心方法。今此一段，則只作戲論，以先了其「加少」、「加多」之問也。○此喻之奇絶妙絶，却在無字句處。蓋于國有盡心，于戰亦有盡心。如鼓既作，刃既接，此正戰之「盡心」之時也；乃今並不見其如何浴血苦戰，却只是一樣哄然北走，而顧欲于一樣北走之中間，强分誰優誰劣，因而妄欲笑人。看他于「既接」字下，「棄甲」字上，分明藏一缺文，以喻此處全不盡心，却只以吾之五十步爲「盡心」于百步者，此雖梁王亦不覺啞然一笑，曰「是亦走也」。夫孟子以「戰」喻，豈以「走」喻哉！慧眼人自覷見。觀五十步與百步，均不盡心于戰，則知梁王與鄰國，均不盡心于民。夫盡心之道則何如？

不違農時，穀不可勝食也；數罟不入洿池，魚鱉不可勝食也；斧斤以時入山林，材木不可勝用也。此皆百姓自然之利，猶未經王者之「盡心」也。三「不可」妙。百姓本有如是大利，爲何却致凶年？穀與魚鱉不可勝食，材木不可勝用，是使民養生喪死無憾也。此「使民」「使」字，是「不可勝」三字所使，與王者無干。養生喪死無憾，王道之始也。分明寫出一幅上世耕鑿太平之圖。

將寫王者盡心方法，而必先寫此者，以見王者自必欲盡心于民，而民則又實實不勞王者盡心。看他自家農時，自家洿池，自家山林，自家穀與魚鱉不可勝食，自家材木不可勝用，自家養生喪死無憾。夫民自幼而壯，而老而死，其有何事，曾欲勞上之人之盡心者哉！「養生喪死」四字，是四事，不是二事。蓋「養」是養父母，「生」是生子孫，「喪」是喪他人，「死」是死自己，四字便盡小民一生事務。故養生喪死無憾，猶云一生事事無憾也，不是養其生、送其死。要知此是以字法爲句法，真正大筆如杠，寫成此一幅文字。便想得未有王者以前，民享天地自然大利，原來如此富厚；便想得王者處天地之後，只是略略補救，雖説費盡心力，于民實無增加；便想得民之不望王者盡心之事多，其望王者盡心之事最少；便想得古之王者其一心圖盡于民之時，其一眼先看見民本有如此一段快活；便想得王者及至既已盡心之後，亦只遂得民這一段快活；便想得王者一面正盡心，民一面正不知；便想得王者盡心，只盡心于民之心地，不盡心于民之衣食。夫民之心地，或有參差，是待經紀；若其衣食，本自富厚，何待憂勞耶？故曰衣食富厚者，王道之基也。

五畝之宅，樹之以桑，五十者可以衣帛矣；雞豚狗彘之畜，無失其時，七十者可以食肉矣；百畝之田，勿奪其時，數口之家可以無饑矣；三个「可以」。謹庠序之教，申之以孝悌之義，頒白者不負戴于道路矣。一個「不」。七十者衣帛食肉，黎民不饑不寒，然而不王者未之有也。二十二字句。道樹云：鄰不見其往，我不見其來，遂以爲不王，然而安能不王耶？此句反寫最妙。

此正寫王者之「盡心」也。不知文者，見每句上半，皆爲衣食作計，便錯認「盡心」在此。殊不知王者有功天地，只是于百姓心地上誠極苦心。何謂「心地」？所謂孝弟之義是也。孝弟之義之在百姓之心，雖固其所自有，然而終必待其油然自生，而曾不可得而力致。其間王者惟知其然，于是先悉算民之家中，五十者須衣帛，七十者須食肉，我今代他籌畫，如何便得以衣帛，如何便得以食肉；民之家中，數口不可以饑寒，我今代他籌畫，如何便得以無饑寒。因是悉心悉計，爲之制畝授宅，栽桑養畜，事事完全，色色停當，可以衣帛，可以食肉，可以無饑寒矣。三「可以」字妙，見雖不曾教他孝弟，然已不怕他不孝弟矣。何則？其家中已盡有孝弟之具矣。夫然後升之于庠序，董之以師儒。此時出視道路之間，尚有頒白負戴者乎？無之。一「不」字妙，見孝弟之義已效也。頒白不負戴于路，則在家衣帛食肉可知。問：「倘有老而無子之人，奈何？」道樹曰：「是以王者教民以孝，又必教民以弟也。」此節雖有多句，而其實只是孝弟之義一句。前三句只爲籌畫三「可以」，而三「可以」只爲興庠序也。〇三「可以」句，如布好棋子；興庠序句，如下棋。布好棋子也只爲下棋，下棋也只下這个棋子。此節如更分養分教，則又用上節何爲？七十者必須衣帛食肉，黎民只是不饑不寒。二「不」字妙，寫他何等孝弟，便似孔子門人矣，豈復田中之夫哉！經生不知是事，只道老者要衣帛食肉，黎民要不飢不寒，兩句平敘。〇「七十者衣帛」至「未之有也」，二十二字爲句，作結語。我常于飯過啜茶時，徐步階前，低低哦之，恍然見三代盛王，孝弟之教已成，儼然只在今日此淡黃日色中。渠又何曾起心發念，真要王天下哉！固知孟子反結之妙。〇讀此節，真欲崩角稽首，感謝王者盡心。然到此化行俗美之後，不惟衣食是民自己衣食，連孝弟亦是民自己孝弟。此時王者所盡之心，竟在何處？任是天眼通人，也更指不出來。夫「帝力何有」之歌，豈欺我哉？

狗彘食人食而不知檢，此是常年。塗有餓莩而不知發；此是凶年。人死，則曰：『非我也，歲也。』是何異于刺人而殺之，曰：『非我也，兵也。』王無罪歲，四字妙文。〇王不罪歲，然則罪誰哉？

曰王自罪耳。王之自罪奈何？曰亦學古盛王之盡心耳。斯天下之民至焉。」豈特鄰國之民至哉！

歲凶無策，固也；歲之未凶，亦無策乎？夫常年不知檢，以致凶年無所救。然則凶年正是吾王親手所與，猶如殺人者之兵，正是親手所操也，而猶徒推移于河東河内之間。而曾不知己之倉廩是發，人死則曰歲耳、歲耳。此一段補作戲論，以了其移民移粟之問也。◯何故梁王所問，都是戲答？一者只好把作戲，原不可莊語；二者一作莊語，便嫌與中間文同。

第四章

「承教」則承教也，又加一「安」字，此何説乎？如七十二子，無不承教孔子，而不見加「安」字，則豈有未安心者乎？只此一字，明是縱慢之極。且孟子生平，塞天塞地一副學問，只是致君王道，而王道之有始有卒，只是富庶之後，興起孝弟。然則如上章者，可謂言之詳矣。梁王顧不此之再拜受教，而又自于他日紆遲别請。嗚呼！昨已有教不承，今即又承何教乎！可恨可笑，可憫可痛，莫是爲甚！故孟子通篇亦更無一正説語，純用異樣刳胸挖心之筆，他説「安」，我偏要教他不安。

梁惠王曰：「寡人願安承教。」孟子對曰：「殺人以梃與刃，有以異乎？」陡發奇語，使人莫措。曰：「無以異也。」看他口氣，全不在意。如此奇問，亦不驚，亦不怪。「以刃與政，有以異乎？」語益發奇，咄咄相迫，何其甚耶！曰：「無以異也。」只是亦不驚，亦不怪，世上豈真有如是承教之體耶！活畫出「安」字來。

此等文，只爲幼時怕先生朴，不免讀得爛熟，到今便不覺其奇怪，今須要知得此真是極奇怪文字。昔人相傳神醫華佗，以押不蘆草飲人，便能爲人破腹换腸，今孟子正是這副手段也。蓋梁王既是發願承教，即如何口中又有「安」字？中于身體，便是麻木不仁；中于心，便是冥頑無縫。孟子此時三分是發怒，七分是垂憫，因急用破腹换腸之法。他説要「安」，我便要教他不安，因劈頭問个「殺人」二字。于「殺人」下，分梃分刃，自來也曾無這个問法。且又不但一問而已，接連又問，乃至于「殺人」下，分刃分政。看他一矢摩腹，一矢拂脊，任是土木石頭，也須動心變色，而梁王只安安地説个「無以異也」。○道樹曰：刃所以殺人固也，不聞梃亦以殺人。殺人何事而乃以梃？此以梃殺人之人，何人乎？爲梁王者，便應驚問，今却不然，可知渠不把殺人放在意裏。然此還是影句，若至下以政殺人，則分明道着下官，真可謂駭絶矣。渠亦只是不把來放在意裏，故下文孟子狠下辣語。

曰：「庖有肥肉，廄有肥馬，民有饑色，野有餓莩，此率獸而食人也。再發奇語，只是不醒。獸相食，且人惡之，作此縱送之筆。爲民父母，句。○看他偏插此四字。行政，不免于率獸而食人，惡在其爲民父母也？

王勿推醉中夢中也。王一則曰「無以異也」，再則曰「無以異也」，豈吾今日則與王姑且爲是閑中評論乎！夫以政殺人，則實有其迹與其人。何謂其迹？率獸食人是也；何謂其人？爲民父母者是也；何謂爲民父母而率獸食人？庖有肥肉，廐有肥馬是也。看他筆勢，如飛刀插屏，用力過猛，其靶猶動。梁王于此時，猶得自安否？

仲尼曰：『始作俑者，其無後乎！』引文。爲其象人而用之也。「其」者，作俑之人也。○象人猶不可。如之何其使斯民饑而死也？「其」者，梁王也。王前稱「其」，體之所無，故知此爲孟子自己唧唧怨怒之辭。雖在王前，已不復正告王也，聽王之自聞之。

既下辣語後，忽然想着仲尼惡俑，曾有「無後」之言，于是索性刺其鉅創。若曰作俑象人，猶當無後，今以爲父母之人，而使其子弟饑死，獨不當無後耶！蓋既已父母之心肝爛盡，定應得此無子弟之報。便似不曉其有所愛太子新虜一事。看他通篇「殺人」字起，「無後」字止，句句險仄，字字狠辣，只爲篇初一「安」字。○道樹曰：「如之何其」，妙。通篇辣語，獨至此句，忽作呦呦咽咽之聲，想是「無後」二字，刺心失色過甚，故特變一調收之。

天下才子必讀書

本書之整理，以清康熙二年徐增序《天下才子必讀書》原刻本爲底本，以康熙重刻徐增序本、康熙十六年杭州靈蘭堂刻《增補天下才子必讀書》、康熙二十三年鐵立居刻《評注才子古文》和民國有正書局排印《天下才子必讀書》本參校。原「卷之末·補遺」各篇文字，移入前此相關各卷中。

天下才子必讀書總目

卷之一

左傳

卷之二

左傳

卷之三

國語

卷之四

國策

卷之五

國策　秦文

康熙二年刻本《天下才子必讀書》書影一

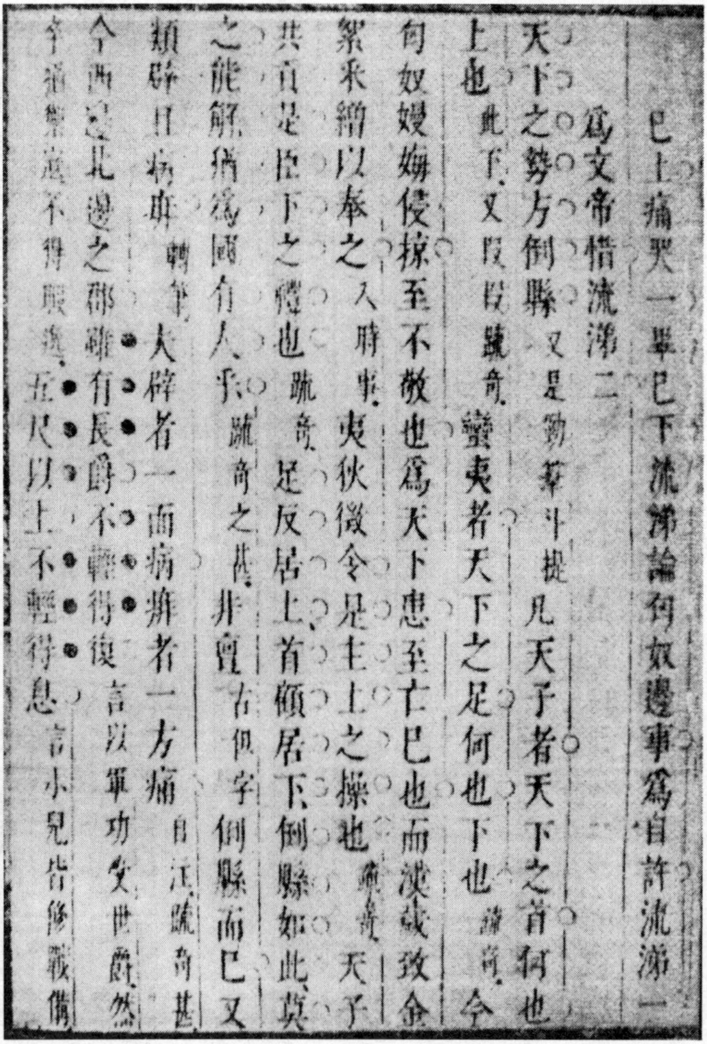

已上痛哭一畢已下流涕論匈奴邊事爲自許流涕一
爲文帝惜流涕二
天下之勢方倒縣 又是勁筆斗提 凡天子者天下之首何也
上也 此下，又段段蹺奇。 蠻夷者天下之足何也下也 蹺奇。今
匈奴嫚侮侵掠至不敬也爲天下患至亡已也而漢歲致金
絮采繒以奉之 入時事。 夷狄徵令是主上之操也 蹺奇。 天子
共貢是臣下之禮也 蹺奇。 足反居上首顧居下倒縣如此莫
之能解猶爲國有人乎 蹺奇之甚。 非亶 音但字 倒縣而已又
類辟且病痱 轉筆。 夫辟者一面病痱者一方痛 自注，蹺奇甚
今西邊北邊之郡雖有長爵不輕得復 言以軍功受世爵，然
亦徭繁遠不得暇逸。 五尺以上不輕得息 言小兒皆修戒備

康熙二年刻本《天下才子必讀書》書影二

天下才子必讀書 目録

卷之一 左傳

鄭伯克段于鄢……八三
莊公戒飭守臣……八五
齊伐楚盟召陵……八七
宮之奇諫假道……八八
齊桓下拜……八九
秦伯不食言……九〇
陰飴甥對秦伯……九一
子魚論戰……九二
重耳歷楚至秦……九三
介之推不言禄……九四
展喜犒師……九五
甯武子保身濟君……九六

燭之武退秦師……九七
蹇叔哭師……九八
晉敗秦師于殽……九八
商臣弑父本末……一〇〇
晉立靈公……一〇一
季文子譏齊侯不免……一〇二
子家與趙宣子書……一〇三
楚子問鼎……一〇五
楚子不築京觀……一〇六
士貞子諫殺林父……一〇七
賓媚人責晉人……一〇八
楚歸晉知罃……一〇九
巫臣憂莒城……一一〇
晉使吕相絶秦……一一一

卷之二　左傳

穆叔重拜鹿鳴……一一四
戎駒支不願與會……一一五

臧武仲不能詰盜……一一六
子産論幣重……一一七
晏子不死君難……一一八
子産戎服獻捷……一一九
季札觀周樂……一二一
子産壞晉館垣……一二三
子産論尹何……一二五
子圍逆女以兵……一二六
張趯智在君子後……一二七
晏嬰叔向相語……一二八
叔向許子皮朝楚……一三〇
司馬侯許楚召晉諸侯……一三一
吴蹶由對楚子……一三三
子革對靈王……一三四
穆子不受鼓降……一三五
子産不與晉玉環……一三七
晏子論梁丘據……一三九

吴許越成……一四〇
郲文公知命……一四一
詹桓伯讓晉爭閻田……一四二

卷之三　國語

召公諫厲王止謗……一四四
周襄王弗許晉文公請隧……一四五
單子知陳必亡……一四七
魯展禽論祀爰居……一四八
里革斷罟匡君……一五〇
季文子儉德……一五一
叔仲勸襄公如楚……一五二
敬姜述先姑……一五三
敬姜以鱉逐文伯……一五三
敬姜弗應……一五四
敬姜教子逸勞……一五五
靡笄之役……一五六
范文子不欲伐鄭……一五八

叔向賀貧……一五八
范獻子自傷不學……一五九
董叔得繫于范……一六〇
魏獻子悟三歎……一六一
郵無正論壘培……一六二
竇犨論人化……一六三
士茁懼室美……一六四
子囊議恭王謚……一六五
王孫圉對簡子……一六五
藍尹亹告子西修德……一六七
諸稽郢行成于吳……一六八
申胥諫許越成……一六九
申胥諫伐齊……一七〇
句踐謀伐吳……一七二
范蠡不許吳成……一七五
卷之四　戰國策
游騰爲周謝楚……一七七

蘇厲說白起勿攻梁……一七八
司馬錯論伐蜀……一七九
甘茂自托于蘇代……一八〇
范雎見秦王……一八二
唐雎不辱使命……一八三
趙良說商君……一八五
鄒忌諫齊威王……一八七
說齊王貴士……一八八
田需論輕重……一八九
田駢不宦……一九〇
孟嘗君使公孫弘觀秦王……一九〇
趙威后問齊使……一九一
觸讋說趙太后……一九三
樓緩虞卿論秦……一九五
或爲齊獻書趙王……一九七
李克論相……一九八
吳起不恃河山……二〇〇

魏益公叔賞田……二〇一
公叔非悖……二〇二
魯共公擇言……二〇三
徐子諫太子自將……二〇四
惠公説文王弛葬期……二〇四
唐雎説信陵君……二〇六
孟嘗君索救燕趙……二〇六

卷之五　戰國策　秦文

郭隗説燕昭王……二〇九
蘇代約燕昭王書……二一〇
樂毅報燕王書……二一二
燕王謝樂間書……二一五
申子請仕從兄……二一七
申子始合昭侯……二一八
美人金……二一八
慎子全東地五百里……二一九
中射士論僞藥……二二一

莊辛謂楚王……二三二
墨子罷楚雲梯……二三三
司馬喜立陰后……二三四
屈原卜居……二三六
宋玉對楚王問……二三七
騶忌鼓琴……二三八
威王臣竇……二二九
李斯諫逐客書……二三〇
韓非初見秦王……二三二
說難韓非……二三五
趙養卒說歸趙王……二三八
張耳陳餘說諸縣豪傑……二三九
張耳陳餘說陳涉……二四〇
蒯通說范陽令及武信君……二四一

卷之六　西漢文

漢文帝

賜尉佗書……二四三

尉佗
上漢文皇帝去帝號書……二四五
賈誼
過秦論……二四六
治安策……二四九
司馬相如
上書諫獵……二六四
難蜀父老……二六五
喻巴蜀檄……二六七
卷之七　西漢文
司馬遷
五帝本紀贊……二七〇
始皇本紀贊……二七一
項羽本紀贊……二七一
高祖本紀贊……二七三
吕后本紀贊……二七三
孝文本紀贊……二七三

孝景本紀贊……二七四
吴泰伯世家贊……二七四
齊太公世家贊……二七五
魯周公世家贊……二七五
燕召公世家贊……二七六
曹世家贊……二七六
陳杞世家贊……二七七
衛康叔世家贊……二七七
宋微子世家贊……二七八
晉世家贊……二七九
楚世家贊……二七九
越王句踐世家贊……二八〇
鄭世家贊……二八〇
趙世家贊……二八一
魏世家贊……二八一
韓世家贊……二八二
田敬仲世家贊……二八二

孔子世家贊……二八三
楚元王世家贊……二八三
荆燕世家贊……二八四
齊悼惠王世家贊……二八四
蕭相國世家贊……二八五
曹相國世家贊……二八五
留侯世家贊……二八六
陳丞相世家贊……二八七
絳侯周勃世家贊……二八七
梁孝王世家贊……二八八
五宗世家贊……二八八
三王世家贊……二八九
司馬穰苴列傳贊……二九〇
孫子吴起列傳贊……二九〇
伍子胥列傳贊……二九一
仲尼弟子列傳贊……二九一
商君列傳贊……二九二

張儀列傳贊……二九二
樗里子甘茂列傳贊……二九三
穰侯列傳贊……二九三
白起王翦列傳贊……二九四
孟嘗君列傳贊……二九四
平原君虞卿列傳贊……二九五
信陵君列傳贊……二九五
春申君列傳贊……二九六
廉頗藺相如列傳贊……二九六
田單列傳贊……二九七
魯仲連鄒陽列傳贊……二九七
刺客列傳贊……二九八
范睢蔡澤列傳贊……二九八
樂毅列傳贊……二九九
屈原賈生列傳贊……三〇〇
李斯列傳贊……三〇〇
蒙恬列傳贊……三〇一

張耳陳餘列傳贊……三〇二
魏豹彭越列傳贊……三〇二
黥布列傳贊……三〇三
淮陰侯列傳贊……三〇四
韓王信盧綰列傳贊……三〇四
田儋列傳贊……三〇五
樊酈滕灌列傳贊……三〇六
傅靳蒯成列傳贊……三〇六
劉敬叔孫通列傳贊……三〇七
季布欒布列傳贊……三〇七
袁盎鼂錯列傳贊……三〇八
張釋之馮唐列傳贊……三〇九
萬石張叔列傳贊……三〇九
扁鵲倉公列傳贊……三一〇
田叔列傳贊……三一〇
吴王濞列傳贊……三一一
魏其武安列傳贊……三一二

韓長孺列傳贊……三一二
李將軍列傳贊……三一三
伯夷列傳……三一三
匈奴列傳贊……三一六
衛將軍列傳贊……三一七
平津侯列傳贊……三一七
東越列傳贊……三一八
司馬相如列傳贊……三一八
淮南衡山列傳贊……三一九
循吏列傳贊……三二〇
汲鄭列傳贊……三二〇
酷吏列傳贊……三二一
大宛列傳贊……三二二
老子韓非列傳贊……三二二
游俠列傳贊……三二二
滑稽列傳贊……三二三
佞幸列傳贊……三二三

三代世表……三二三
卷之八 西漢文
司馬遷
太史公自序……三二五
酷吏傳序……三二八
報任安書……三二九
李陵
答蘇武書……三三四
枚乘
上諫吴王書……三三八
主父偃
諫伐匈奴書……三四〇
楊惲
報孫會宗書……三四二
賈捐之
罷擊珠崖對……三四三

路温舒
上尚德緩刑書……三四六
貢禹
乞歸疏……三四八
杜欽
追訟馮奉世疏……三四九
谷永
諫驗梁王立疏……三五〇
蕭望之
入粟贖罪議……三五二

卷之九　東漢文　後漢文　晉文

班彪
王命論……三五四
班固
漢楚異姓諸侯王表……三五六
朱浮
與彭寵書……三五七

諸葛亮
前出師表……三五九
羊祜
平吴疏……三六一
王濬
自理表……三六三
庾亮
讓中書監表……三六五
杜預
遺令……三六七
王羲之
蘭亭詩序……三六八
潘岳
閑居賦序……三六九
嵇康
琴賦序……三七〇

陶　潛

歸去來辭……三七一

劉　伶

酒德頌……三七三

卷之十　唐文

韓　愈

上宰相書……三七四
後十九日復上宰相書……三七七
後廿九日復上宰相書……三七九
答李翊書……三八一
代張籍與李浙東書……三八三
與于襄陽書……三八四
上張僕射書……三八六
與陳給事書……三八七
答李秀才書……三八九
應科目時與人書……三九〇
諍臣論……三九一

進學解……三九三
獲麟解……三九五
原毀……三九六
諱辯……三九八

卷之十一　唐文

韓　愈

送石處士序……四〇〇
送温處士序……四〇一
送楊少尹序……四〇三
送孟東野序……四〇四
送李愿歸盤谷序……四〇六
送何堅序……四〇七
送董邵南序……四〇八
送浮屠文暢師序……四〇九
送廖道士序……四一一
論薦侯喜狀……四一二
圬者王承福傳……四一三

新修滕王閣記……四一五
祭十二郎文……四一六
祭田横墓文……四一九
殿中少監馬君墓誌……四二〇

卷之十二　唐文

柳宗元

上李夷簡相公書……四二二
上大理崔大卿應制舉啓……四二三
答貢士廖有方論文書……四二六
與韓愈論史官書……四二七
答韋中立論師道書……四二九
送薛存義序……四三二
送僧浩初序……四三三
梓人傳……四三四
種樹郭槖駝傳……四三六
小石城山記……四三八
永州韋使君新堂記……四三九

潭州東池戴氏堂記……四四〇
邕州柳中丞作馬退山茅亭記……四四一
謗譽……四四二
晉文公問守原議……四四四
桐葉封弟辯……四四五
書箕子廟碑陰……四四六
祭十郎文……四四七
祭崔簡旅櫬歸上都文……四四八
李華
弔古戰場文……四四九
杜牧
阿房宮賦……四五一
皮日休
孔子廟碑……四五三
李翺
答進士王載言書……四五四
復性書……四五七

卷之十三　宋文

歐陽修

梁太祖論……四五九
一行傳論……四六〇
宦者論……四六二
伶官傳論……四六三
朋黨論……四六四
縱囚論……四六五
上范司諫書……四六七
代人上王樞密求先集序書……四六九
答吴充秀才書……四七一
送楊置序……四七二
梅聖俞詩集序……四七三
《春秋》或問……四七五
讀李翱文……四七六
秋聲賦……四七八
醉翁亭記……四七九

豐樂亭記……四八〇
真州東園記……四八二
祭石曼卿文……四八三

卷之十四　宋文

蘇　洵

蘇氏族譜亭記……四八五
送石昌言爲北使引……四八七
心術……四八八

蘇　軾

武王論……四九〇
荀卿論……四九二
樂毅論……四九三
戰國任俠論……四九五
范增論……四九七
留侯論……四九八
鼂錯論……五〇〇
乞校正陸贄奏議進札子……五〇二

上梅直講書……五〇四
到惠州謝表……五〇五
潁州謝到任表……五〇六
謝兼侍讀表……五〇七
潮州韓文公廟碑……五〇八

卷之十五　宋文

蘇　軾

前赤壁賦……五一一
後赤壁賦……五一三
喜雨亭記……五一四
超然臺記……五一六
凌虛臺記……五一七
三槐堂銘……五一九

蘇　轍

六國論……五二一
上樞密韓太尉書……五二二

曾　鞏
《戰國策》目録序……五二四
王安石
同學一首別子固……五二五
讀孟嘗君傳……五二六
泰州海陵縣主簿許君墓誌銘……五二七
司馬光
諫院題名石記……五二八
范仲淹
嚴先生祠堂記……五二九
岳陽樓記……五三〇
錢公輔
義田記……五三一
李　覯
袁州州學記……五三三
李文叔
書《洛陽名園記》後……五三四

天下才子必讀書卷之一

左傳

鄭伯克段于鄢

通篇，要分認其前半是一樣音節，後半是一樣音節。前半，獄在莊公，姜氏只是率性偏愛婦人，叔段只是嬌養失教子弟。後半，功在潁考叔，莊公只是惡人，到貫滿後，却有自悔改過之時。

初，鄭武公娶于申，曰武姜。生莊公及共叔段。「初」字起，後仍至「初」字結。莊公寤生，驚姜氏，故名曰「寤生」，遂惡之。一「遂」字，寫惡得無理。愛共叔段，欲立之。亟請于武公，公弗許。婦人率性，往往遂成家國之禍，如此類甚多。及莊公即位，爲之請制。公曰：「制，巖邑也，虢叔死焉，他邑唯命。」一路寫莊公，俱是含毒聲，其辭音節甚短。請京，使居之，謂之京城大叔。誰與作此名，定是莊公自作之。蓋故若尊寵之，以生其驕心。莊公處心積慮殺其弟，此日便早定計。祭仲曰：「都城過百雉，國之害也。先王之制，大都不過參國之一，中省「都」字。五之一，省「國」字。小九之一。今京不度，非制也。君將不堪。」一夢中人。公曰：「姜氏欲之，焉辟害？」子稱母「姜氏」，是含毒聲。對曰：「姜氏何厭之有？不如早爲之所，無使滋蔓。蔓，句。難圖也；句。蔓，句。草，句。猶不可除，百忙中，又入喻。況君之寵弟乎？」夢中。公曰：「多行不義，必自斃，子姑待之。」含毒如此，人自不覺。既而大叔命西鄙北鄙貳于己。不敢便收，故且貳也，只須禁之，便止。公子吕曰：「國不堪貳，君將若之何？欲與大叔，臣請事之；曲折。若弗與，則請除之。無生民心。」又一夢中人。公曰：「無庸，將自及。」曰「自斃」，曰「自及」，含毒如此，人自不覺。大叔又收貳以爲己邑，至于廩延。蓋莊公聽之。子封曰：「可矣。厚，句。將得衆。」夢中。公曰：「不義不暱，厚，句。將崩。」含毒如此，人自不覺。莊公語，段段音節甚短。大叔完聚，繕甲兵，具卒乘，《詩》有兩《叔于田》，則此自爲田獵，未可知。將襲鄭。夫人將啓之。此二「將」字，明明疑獄，連坐姜氏，妙。公聞其期，曰：「可矣！」祭仲不聞，子封不聞，偏是公聞。命子封帥車二百乘，以伐京。京叛大叔段。段入于鄢。公伐諸鄢。經書。五月辛丑，大叔出奔共。經不書。書曰：「鄭伯克段于鄢。」段不弟，故不言弟；依經釋，一。如二君，故曰「克」；依經釋，二。稱鄭伯，譏失教也：依經釋，三。謂之鄭志。謂鄭莊公之志也。「志」，言心之所之也。不言出奔，難之也。釋經不書也。遂置姜氏于城二「遂」字，寫置得無理。潁，「城」，高牆也；「潁」，置城之地在潁，特注明，以爲考叔來因也。而誓之曰：「不及黄泉，無相見也。」含毒聲，至此，始盡暢。既而悔之。天性。○已上一篇地獄文字，已下一篇天堂文字。潁考叔爲潁谷封人，聞之，聞其悔，非聞其城。有獻于公。公賜之食。食，句。舍肉。特挑其問。公問之，對曰：「小人有母，只四字，直刺入耳，從耳直刺入心，下俱美文耳。皆嘗小人之食矣，未嘗君之羹。請以遺之。」公曰：「爾有母遺，繄我獨無！」哀哀之音，宛然孺子失乳而啼，非復已前毒聲短節。潁考叔曰：「敢問何謂也？」公語之故，「故」，所以城之故也。且告之悔。「悔」，又多誓之悔也。對曰：「君何患焉？輕輕便解，更無難事。若闕地及泉，隧，句。而相見，其誰曰不然？」天大難事，到聖賢手中，只如兒戲便解。公從之。公入而賦：入便賦也，樂故也。「大隧之中，賦之首句也。其樂也融融。」融融，則知其前之陰毒也。姜出而賦：出然後賦也。「大隧之外，賦之首句也。其樂也泄泄。」泄泄，則知其前之隱忍也。遂爲母子如初。三「遂」字，「初」字結。君子曰：「潁考叔，純孝也。愛其母，施及莊公。《詩》曰：『孝子不匱，永錫爾類。』其是之謂乎？」一篇鄭莊公文字，却以潁考叔結，是以潁考叔爲孝子，而以鄭莊公爲爾類也。左氏用「君子曰」例如此，嚴矣哉。

莊公戒飭守臣

細細讀，其計又遠，心又孤，極欲瞞人，更瞞不得。于是乎遂成曲曲折折、嬝嬝婷婷之筆。

鄭伯入許，許莊公奔衛。鄭伯使許大夫百里奉許叔以居許東偏，已弟叔段何在，而愛許莊之弟耶？一片純是奸猾[二]，毋爲其妙文所欺也。曰：「天禍許國，鬼神實不逞于許君，而假手于我寡

[二]「奸」，康熙二年刻本作「犴」，據康熙十六年增補本改。

人，自瞞云，非己欲伐許也。一片純是奸猾，文却妙絶。寡人唯是一二父兄不能供億，其敢以許自爲功乎？軍興必有供億，甚言伐許以供億煩父兄，極不得已也。寡人有弟，不能和協，而使糊其口于四方，看他怕人説，便自開口先説。奸極，然的是妙文。其況能久有許乎？吾子其奉許叔以撫柔此民也，吾將使獲也佐吾子。筆筆老奸心事吞吐，然的是妙文。若寡人得没于地，天其以禮悔禍于許，天或佑許也。看他説在自己身後者，明明自己在時，必不使許得悔禍也。筆筆老奸心事吞吐。無寧「無寧」，寧也。三十字爲句。與下「無滋他族」三十三字爲句，心口相商也。兹許公復奉其社稷，唯我鄭國之有請謁焉，如舊婚媾，其能降以相從也。「兹」，此也，言若他族來偪，則不如此許公復國。奸口奸心，不露自露也。無滋他族實偪處此，以與我鄭國爭此土也。吾子孫其覆亡之不暇，而況能禋祀許乎？猶俗言連根俱喪，豈但喪許也。奸口奸心如此。寡人之使吾子處此，不唯許國之爲，亦聊以固吾圉也。」説至此，老奸不免盡露。然計遠者心孤，亦自不得不露矣。乃使公孫獲處許西偏，曰：「凡而器用財賄，無置于許。「而」，汝也。計遠者心孤如此。我死，乃亟去之！只是極憂死後，可見生前更不容許吐氣。吾先君新邑于此，王室而既卑矣，周之子孫日失其序。舊鄭在京兆，新鄭在此河南。○看他心孤語。夫許，太岳之胤也。天而既厭周德矣，吾其能與許爭乎？」看他心孤語。凡老奸至盡頭日，都比常人更怯。君子謂鄭莊公：「于是乎有禮。禮，經國家，定社稷，序民人，利後嗣者也。許，無刑而伐之，服而舍之，度德而處之，量力而行之。相時而動，無累後人，可謂知禮矣。」于是乎有禮者，言鄭莊一生無禮，彼善于此，而姑許之。

齊伐楚盟召陵[一]

此篇寫齊，凡三换聲口；寫楚，只是一意閑閑然，此爲左氏于小白之微詞也。

春，齊侯以諸侯之師侵蔡。蔡潰，遂伐楚。看齊來楚踪迹，便不正大。楚子使與師言，曰：「君處北海，寡人處南海，唯是風馬牛不相及也。不虞君之涉吾地也，何故？」問得閑閑然，絶不以齊爲意，妙。管仲對曰：「昔召康公命我先君太公，曰：『五侯九伯，女實征之，以夾輔周室。』一援王命，破「不相及」句。賜我先君履，東至于海，西至于河，南至于穆陵，北至于無棣。二宣賜履，破「涉吾地」句。爾貢包茅不入，王祭不共，無以縮酒，寡人是徵；昭王南征而不復，寡人是問。」三與楚罪，破「何故」句。對曰：「貢之不入，寡君之罪也，敢不共給？看他承一件。昭王之不復，君其問諸水濱！」推一件。其實與楚無干也。看他只是閑閑然，絶不爲意也，妙妙。師進，次于陘。夏，楚子使屈完如師。師退，次于召陵。齊侯陳諸侯之師，與屈完乘而觀之。寫齊總不正大。齊侯曰：「豈不穀是爲？先君之好是繼，與不穀同好，如何？」最是婉曲好文，然總寫出齊怯處。對曰：「君惠徼福于敝邑之社稷，辱收寡君，寡君之願也。」妙妙，只是閑閑然，絶不爲意。齊侯

[一]「楚」，《天下才子必讀書》本均作「晉」，據《評注才子古文》改。

曰：「以此衆戰，誰能禦之？以此攻城，何城不克？」寫齊更不是。對曰：「君若以德綏諸侯，誰敢不服？君若以力，楚國方城以爲城，漢水以爲池，雖衆，無所用之。」到底只是閑閑然不爲意也。屈完及諸侯盟。「及諸侯盟」，則非與齊盟也，通篇結案在此。

宫之奇諫假道

事險，便作險語。看其段段俱是峭筆健筆，更不下一寬句寬字。古人文，必照事用筆，每每如此。

晉侯復假道于虞以伐虢。下一「復」字，便有一甚可再語也。通篇文字在叙事時，如此。宫之奇諫曰：「虢，虞之表也；虢亡，虞必從之。事急，故斗作險語，峭甚健甚。晉不可啓，寇不可玩。一之爲甚，其可再乎？在昔爲晉，在今爲寇；在昔爲啓，在今爲玩。晉不可啓，故一爲甚；寇不可玩，故不可再也。諺所謂『輔車相依，唇亡齒寒』者，其虞、虢之謂也。」事急，故再作險語。虢存則輔車相依，虢滅則唇亡齒寒。公曰：「晉，吾宗也，豈害我哉？」亦是人情。對曰：「泰伯、虞仲，太王之昭也；太王于周爲穆，穆生昭，故太王之子爲昭。泰伯不從，是以不嗣。此句只説虞固出于太王。虢仲、虢叔，王季之穆也；昭生穆，故王季之子爲穆。爲文王卿士，勛在王室，藏于盟府。此句乃説虢更親于虞仲。將虢是滅，何愛于虞？承上「吾宗」句，破得甚辣。且虞能親于桓、莊乎？其愛之也，句法妙，謂之補注法。若順筆寫之，則將云：「且晉愛虞，能過于桓莊乎？」桓、莊之族何罪？而以爲戮，不唯偪乎？桓叔莊伯，皆晉獻從祖昆弟，惡其偪，盡殺之。親以寵偪，猶尚害之，況以國乎？辣語險語。」公曰：「吾享祀豐潔，神必據我。」寫大愚人到盡頭，如畫。對曰：「臣聞之，鬼神非人實親，唯德是依。通篇悉作峭筆健筆。故《周書》曰：『皇天無親，惟德是輔。』「德」字，引書一。又曰：『黍稷非馨，明德惟馨。』「德」字，引書二。又曰：『民不易物，惟德繄物。』「德」字，引書三。連引三書，「德」字三見，皆是峭健之筆。如是，總三書。則非德，民不和，神不享矣。又作冷語，愈益峭。神所馮依，將在德矣。愈益冷，愈益峭。若晉取虞，而明德以薦馨香，神其吐之乎？」妙語，隨筆轉出，冷峭乃不可言。弗聽，許晉使。宫之奇以其族行，曰：「虞不臘矣，在此行也，晉不更舉矣。」到底作險語，峭甚健甚。言虞不及臘祭，與虢俱滅，晉不必再起兵也。冬，晉滅虢。師還，館于虞，遂襲虞，滅之。執虞公。

齊桓下拜

看他一連寫五個「下拜」。

王使宰孔賜齊侯胙，《周禮》：脤膰以親兄弟，于異姓則獨夏商二王之後有焉，客之也。今以胙賜桓，乃尊之比二王後。曰：「天子有事于文、武，使孔賜伯舅胙。」本與下「以伯舅耋老」句連文，只因齊侯下拜，送隔斷，此古人夾敍法也。齊侯下拜。孔曰：「且有後命。孔本欲一氣宣下，因見齊侯下拜，遂添出此句。天子使孔曰：『以伯舅耋老，加勞，賜一級，無下拜。』」此一段原連上成文。對曰：「天威不違顏咫尺，此句是説平日。小白余敢貪天子之命，無下拜？恐隕越于下，以遺天子羞。敢不下拜？」應云敢貪天子之命，不下拜，句最明健。因自注「天子之命」，即「無下拜」三字，再又注天子所以命無下拜，乃爲恐隕越以遺羞。只爲添此兩重自注，便成孃孃二十六字長句。下，句。拜；句。登，句。受。句。

秦伯不食言

寫秦伯語，又如驕奢，又如戲謔，又如真懇，妙。寫晉群臣語，滿口哀求，又並不曾一字吐實，妙。寫穆姬語，無限慌迫，却只説得一片爪葛何至于此，並不是悍婦要求，妙。

秦獲晉侯以歸。晉大夫反首拔舍從之。極寫。秦伯使辭焉，曰：「二三子三字句。何其慼也？四字句。寡人之從君而西也，亦惟晉之妖夢是踐，十六字句。「從君而西」，辭令妙。豈敢以至？」四字句，如相戲，如相慰，妙妙。晉大夫三拜稽首，曰：「君履后土而戴皇天，先寫此句，生出「皇天后土」字。皇天后土實聞君之言，次將「皇天后土」證實其語。群臣敢在下風。」次方説己，衆人無不一同聞之。○妙于滿口感激，却並不曾吐出一字，渾是鏡花水月之筆。穆姬聞晉侯將至，以太子罃、弘與女簡璧登臺而履薪焉。極寫。使以免服衰絰逆，且告曰：「上天降災，使我兩君不以玉帛相見，而以興戎。十八字句。相其語意，乃正妙于「我兩君」字、「不以玉帛相見」字，全是一片瓜葛至戚，正不以「降災」「興戎」字爲憤感也。若晉君朝以入，則婢子夕以死；夕以入，則朝以死。惟君裁之！」上一句何其纏綿，此四句何其決烈，秦伯雖欲不從，又豈可得。乃舍諸靈臺。

大夫請以入。公曰：「獲晉侯，以厚歸也；既而喪歸，焉用之？大夫其何有焉？承穆姬一段事，辭諸大夫。且晉人慼憂以重我，天地以要我。不圖晉憂，重其怒也；我食我言，背天地也。重怒難任，背天不祥，承晉群臣一段事，辭諸大夫。必歸晉君。」總一句。

陰飴甥對秦伯

看他劈空吐出「不和」二字，却便隨手分作小人、君子。凡我有唐突秦伯語，便都放在小人口中；有哀求秦伯語，便都放在君子口中。于是自己只算述得一遍，既是不曾唐突，又並不曾哀求，真措辭入于甚深三昧者也。

十月，晉陰飴甥會秦伯，盟于王城。秦伯曰：「晉國和乎？」對曰：「不和。對得奇殺人，直是使人吃驚。○後來宋人爭獻納字，豈復有此精彩。小人恥失其君而悼喪其親，不憚征繕以立圉也，曰：『必報讎，寧事戎狄。』君子愛其君而知其罪，不憚征繕以待秦命，曰：『必報德，有死無二。』整整二扇，説出「不和」之故。看他句句挺特，字字精神，妙絶妙絶。○上初讀「不和」二字，只謂盡露其短；今詳讀此，始知正炫其長，煞是奇事。以此不和。」二扇下又用「不和」字結正，筆法精整。○「不和」在「必報讎」、「必報德」二句。看他句上，一樣雙加「不憚征繕」四字，乃是其制縛秦伯之要着也。上再加「君親」，下再加「寧事戎狄」、「有死無二」，真是一字千椎，二字百煉。秦伯曰：「國謂君何？」對曰：「小人慼，謂之不免；君子恕，以爲必歸。小人曰：『我毒秦，秦豈歸君？』君子曰：『我知罪矣，秦必歸君。看他通篇用整整二扇之法，又用接連四扇一氣寫成，奇奇妙妙。貳句。而執之，句。服句。而舍之，句。德句。莫厚焉，句。刑句。莫威焉。句。服者句。懷德，句。貳者句。畏刑，句。此一役也，秦可以霸。明明籠絡。納而不定，廢而不立，以德爲怨，秦不其然。』」明明籠絡。○須知秦伯之受此明明籠絡，全是上文兩「不憚征繕」奪氣。秦伯曰：「是吾心也。」改館晉侯，饋七牢焉。

子魚論戰

筆快，却如剪刀快相似，愈剪愈疾，愈疾愈剪。胸中無數關隔噎欬之病，讀此文便一時頓消。

朔，宋公及楚人戰于泓。先一句，總。宋人既成列，楚人未既濟。司馬曰：「彼衆我寡，及其未既濟也，請擊之。」公曰：「不可。」寫宋公鬼怪。既濟而未成列，又以告。公曰：「未可。」鬼怪。師陳而後擊之[二]，宋師敗績。公傷股，門官殲焉。國人皆咎公，公曰：「君子不重傷，不禽二毛。古之爲軍也，不以阻隘也。寡人雖亡國之餘，不鼓不成列。」鬼怪。子魚曰：「君未知戰。一句斷盡。勍敵之人，隘而不列，天贊我也，阻而鼓之，不亦可乎？快論，又快筆。猶有懼焉。加一句，更透更快。已下一句接一句。一句快一句，如亂刀疾斫相似。且今之勍者，皆吾敵也。雖及胡耇，獲則取之，何有于二毛？快論，又快筆。明恥、教戰，求殺敵也。快快，妙妙，更有何說。傷未及死，如何勿重？快快，妙妙，更有何說。若愛重傷，則如勿傷；快快，妙妙，更有何說。愛其二毛，則如服焉。快快，妙妙，更有何說。三軍以利用也，快快，妙妙。金鼓以聲氣也。快快，妙妙。利而用之，阻隘可也；快快，妙妙，快論，又快筆。聲盛致志，鼓儳可也。」快快，妙妙，快論，又快筆。

重耳歷楚至秦

俊殺。

重耳及楚，楚子饗之，曰：「公子若反晉國，則何以報不穀？」無端引出，妙文。對曰：「子女、玉帛，則君有之；妙。羽毛、齒革，則君地生焉。妙。其波及晉國者，君之餘也；其何以報

[二]「師」，《評注才子古文》作「既」。

君？」妙妙，總是故作好態。曰：「雖然，何以報我？」定要引出妙文。對曰：「若以君之靈，得返晉國。此九字是話頭，決不可少。晉、楚治兵，遇于中原，其辟君三舍。只此。○三十里爲一舍。若不獲命，其左執鞭弭，右屬櫜鞬，以與君周旋。」「辟三舍」只是襯語，此乃報楚之正答也。看他左右二句，分明畫出略不相讓，真是異樣英物。子玉請殺之。楚子曰：「晉公子廣而儉，文而有禮。其從者肅而寬，忠而能力。楚子知人。○公子方作如此語，乃楚子評之，却云文而有禮。想古人眼力，直是超絶後來。晉侯無親，内外惡之。吾聞姬姓唐叔之後，其後衰者也，其將由晉公子乎！天將興之，誰能廢之？違天，必有大咎。」楚子知天。乃送諸秦。

介之推不言禄

最是清絶峭絶文字。寫其母三段話，是三樣文字，細細玩味之。

晉侯賞從亡者，介之推不言禄，禄亦弗及。先正多責推借正言以泄私怨，非也。看此叙事，先書「不言禄」三字，便知推本自過人一等。推曰：「獻公之子九人，唯君在矣。一「非二三子力」。惠、懷無親，外内棄之。二「非二三子力」。天未絶晉，必將有主。三「非二三子力」。主晉祀者，非君而誰？妙妙，説得雪淡。天實置之，而二三子以爲己力，不亦誣乎？斷得倒，二三子更何對？竊人之財，猶謂之盜，況貪天之功以爲己力乎？再痛罵之，本落得罵也。下議其罪，上賞其奸；上下相蒙，難以處矣。」直是斷盡晉國後來，奈何誣其爲怨言耶！其母曰：「盍亦求之？以死誰懟？」母特試之也，爲上「不言禄」也。對曰：「尤而效之，罪又甚焉。且出怨言，不食其食。」「尤」，罪也。既已罪之，又復效之也。看推自亦認有「怨言」字，何勞後人又責其怨。其母曰：「亦使知之，若何？」母特再試之也。對曰：「言，身之文也。妙。身將隱，焉用文之？妙妙。是求顯也。妙妙。」其母曰：「能如是乎？細讀此四字，知母上二番爲試之也。與女偕隱。」奇母。遂隱而死。方信龍蛇之詩非推筆。晉侯求之不獲。以綿上爲之田，曰：「以志吾過，且旌善人。」天理人心，不足爲好。

展喜犒師

只是短幅，却有無數奇妙。如斗按「恃」字作突兀一句，一也；並舉二祖同事先王，二也；賜盟至今在府，三也；忽然感頌桓公，四也；諸侯共望率桓之功，不止魯之望之，五也；自寫無恐，嫋嫋二十五字只作一句，六也。

齊孝公伐我北鄙，公使展喜犒師，人來伐我，却往迎勞之，便妙。使受命于展禽。下皆柳下辭也。聖之和者，其辭侃侃又如此。齊侯未入境，展喜從之，妙，應後「乃還」二字。曰：「寡君聞君親舉玉趾，將辱于敝邑，使下臣犒執事。」此即柳下辭。齊侯曰：「魯人恐乎？」對曰：「小人恐矣，君子則否。」算來說恐又不得，說不恐又不得，忽分君子小人，奇妙無比。齊侯曰：「室如縣罄，野無青草，何恃而不恐？」對曰：「恃先王之命。突兀大奇。昔周公、魯祖。太公齊祖。並舉二祖。股肱周室，夾輔成王。成王勞之，而賜之盟，曰：『世世子孫，無相害也！』盟辭，即先王之命也。載在盟府，大師職之。加此二句妙，言凜凜至今在。桓公是以糾合諸侯，而謀其不協，彌縫其闕，而匡救其災，昭舊職也。「是以」字妙絶。三「其」字，皆指魯也。及君即位，先之以桓公，妙。疾接「及君即位」，更妙。諸侯之望，曰：『其率桓之功！』不獨寫魯，通寫諸侯，妙。我敝邑用不敢保聚，曰：『豈其嗣世九年，而棄命廢職？其若先君何？』二十五字，只成嫋嫋一句，妙絶妙絶。君必不然。再斷一句。恃此以不恐。直結到「恃」字。」齊侯乃還。

甯武子保身濟君

讀起嫋嫋二句，真欲淚落；讀後斬斬數語，直欲血迸。

衛侯出奔楚，晉文公伐衛，衛侯請盟，晉弗許，衛人出其君以説，遂奔。使元咺奉叔武以受盟。攝君事以受盟于踐土。或訴元咺于衛侯曰：「立叔武矣。」其子角從公，公使殺之。咺不廢命，奉夷叔以入守。晉人復衛侯。甯武子與衛人盟于宛濮，曰：「天禍衛國，君臣不協，以及此憂也。十三字句，説往事，句態嫋嫋。今天誘其衷，使皆降心以相從也。十三字句，説今事，句態嫋嫋。不有居者，誰守社稷？句法斬然。不有行者，誰捍牧圉？句法斬然。上二句恰合嫋嫋，此二句恰合斬然。

不協之故，用昭乞盟于爾大神，以誘天衷。乞盟之故。自今日以往，既盟之後，二句叠寫，妙。行者無保其力，血淚交迸之句。居者無懼其罪。血淚之句。有渝此盟，以相及也。明神先君，是糾是殛。」更不煩稱，至今凜凜然。國人聞此盟也，而後不貳。前文，敘起得蒼健；此處，又收煞得蒼健。

燭之武退秦師

分明一段寫舍鄭之無害，一段寫陪晉之有害，而其文皆作連鎖不斷之句，一似讀之急不得斷者。○妙在其辭愈委婉，其説愈曉暢。

晉侯、秦伯圍鄭，以其無禮于晉，且貳于楚也。晉軍函陵，秦軍氾南。佚之狐言于鄭伯，曰：「國危矣，若使燭之武見秦君，師必退。」公從之。辭曰：「臣之壯也，猶不如人；今老矣，無能爲也已。」早是婉曲。公曰：「吾不能早用子，今急而求子，是寡人之過也。然鄭亡，子亦有不利焉。」亦甚婉曲。許之。夜，縋而出，見秦伯曰：「秦、晉圍鄭，鄭既知亡矣。最妙是此一句，使人氣已先平一半。○一折。若亡鄭而有益于君，敢以煩執事。二折。越國以鄙遠，君知其難也，三折。焉用亡鄭以陪鄰？鄰之厚，君之薄也。四折。一段四折。若舍鄭以爲東道主，行李之往來，共其乏困，君亦無所害。又一段。○「亦無所害」，妙。且君嘗爲晉君賜矣，許君焦、瑕，朝濟而夕設版焉，君之所知也。一折。夫晉，何厭之有？既東封鄭，又欲肆其西封。若不闕秦，將焉取之？二折。闕秦以利晉，惟君圖之。三折。」○一段三折。前段寫舍鄭之無害，後段寫陪晉之有害。秦伯説，與鄭人盟，使杞子、逢孫、楊孫戍之，乃還。

蹇叔哭師

一片沉痛，却出之以異樣興會。

秦伯召孟明、西乞、白乙，使出師于東門之外。蹇叔哭之曰：「孟子！先呼，便慘。吾見師之出，而不見其入也！」只一句，情文俱極。公使謂之，曰：「爾何知？中壽，爾墓之木拱矣。」公亦詛，妙。不如此，不與上下文配。蹇叔之子與師，哭而送之曰：「晉人禦師，必于殽。殽有二陵焉：其南陵，夏后皐之墓也；其北陵，文王之所辟風雨也。必死是間，只是「晉人禦師必于殽，余于其間收爾骨」一句，看他忽然生出「殽有二陵」，遂寫得如此異樣穠至，始悟文章有何定態，人自不會搜捕耳。余收爾骨焉！」秦師遂東。

晉敗秦師于殽

讀原軫語，讀欒枝語，讀破欒枝語，讀文嬴語，讀先軫怒語，讀孟明謝陽處父語，讀秦伯哭師語，逐段細細讀，逐段如畫。

秦師滅滑而還。晉原軫曰：「秦違蹇叔，而以貪勤民，天奉我也。「天奉我」，本奇語，然只爲其違蹇叔，則固至理也。後之違先生長者，尚其戒哉。奉不可失，敵不可縱。縱敵患生，違天不祥。雙承之筆。必伐秦師！筆勢健舉之甚。」欒枝曰：「未報秦施，而伐其師，其爲死君乎？」時文公新死，言忘秦施，是死其君。此亦只是文字故作一曲。先軫曰：「秦不哀吾喪，而伐吾同姓，秦則無禮，何施之爲？破「未報」句。吾聞之：『一日縱敵，數世之患』也。謀及子孫，可謂死君乎！」破「其爲」句。遂發命，遽興姜戎。敗秦師于肴，獲百里孟明視、秦帥。西乞術、秦帥。白乙丙，秦帥。以歸。曰「遂」，曰「遽」，曰「以歸」，寫先軫如畫。文嬴請三帥，曰：「彼實構吾二君，妙口。寡君若得而食之，不厭，君何辱討焉？妙口。使歸就戮于秦，以逞寡君之志，若何？」妙口。又毅甚，又婉甚。公許之。先軫朝，問秦囚。公曰：「夫人請之，吾舍之矣。」先軫怒，曰：「武夫力而拘諸原，「力」字妙，千古同恨。婦人暫而免諸國，「暫」字妙，千古同恨，事事如此。墮軍實而長寇仇，此句雙承：「墮軍實」承「武夫」句，「長寇仇」承「暫免」句。亡無日矣！言不及尅日也。」不顧而唾。實是憤，勿謂其無禮也。公使陽處父追之，及諸河，則在舟中矣。寫得釋三人，疾去，如畫。釋左驂，以公命贈孟明。陽處父兒戲，然此時急智，又只得爾。孟明稽首，曰：「君之惠，不以纍臣釁鼓，使歸就戮于秦，寡君之以爲戮，死且不朽。此謝先之見釋也。若從君惠而免之，三年將拜君賜。此謝今之不復轉船也。言三年以後來伐晉，當面謝，今不復被誘轉船矣。讀之令人絕倒。」秦伯素服郊次，鄉師而哭曰：「孤違蹇叔，以辱二三子，孤之罪也。不替孟明，孤之過也。大夫何罪？且吾不以一眚掩大德。」乃結違蹇叔。

商臣弑父本末

寫子上語，是四句，妙于錯落；寫潘崇語，是一句，妙于輕巧；寫江芊語，是三句，一句一字，一句二字，一句十一字，妙于徑露；寫商臣語，是三句，二句二字，一句一字，妙于磣辣。不過五七行文字，其間無變不極。

初，楚子將以商臣爲太子，訪諸令尹子上。子上曰：「君之齒未也，而又多愛，二語，説盡少年輕舉。黜乃亂也。只此，已斷定不可立，下另補二事耳。楚國之舉，恒在少者。言又有此一事。且是人也，蠭目而豺聲，忍人也，不可立也。言又有此一事。」○此「不可立」句，只頂「忍人」，不總承上文。既，又欲立王子職，而黜太子商臣。果應「齒未多愛」之料。商臣聞之，句。而未察，句。告其師潘崇曰：「若之何而察之？」潘崇曰：「享江芊，而勿敬也。」輕巧之至。從之。江芊怒曰：「呼！猶今云「嘎」。役夫！猶今云「奴才」。宜君王之欲殺汝，而立職也！」輕輕畢吐，因更思潘崇之巧也。告潘崇曰：「信矣。」潘崇曰：「能事諸乎？」曰：「不能。」「能行乎？」曰：「不能。」潘崇明知商臣欲行大事，特不便開口，故假作二問，看他連答二「不能」。「能行大事乎？」曰：「能。」二「不能」一「能」，寫得辣甚疾甚，果又應「蜂目豺聲」之料。冬十月，以宫甲圍成王。王請食熊蹯而死，弗聽。熊蹯難熟，冀有外救。丁未，王縊。謚之曰「靈」，不瞑；曰「成」，乃瞑。此記商臣不惟弑父，又爲父作惡名。今謚楚成者，乃目不瞑自爭所得耳。穆王立，以其爲太子之室，與潘崇，異賞，一。使爲太師，二。且掌環列之尹。三。○一筆連寫三賞，總見蜂目人忍于其父也。

晉立靈公

先寫秦康語，次寫穆嬴語，次寫林父語，次寫士會語，都作一樣最峭最健之筆。

秦康公送公子雍于晉，曰：「文公之入也，無衛，故有吕、郤之難[一]。」只半句，最是峭，又最是健，書此爲戊子之敗加色。乃多與之徒衛。去年八月，晉襄公卒，靈公少，晉人欲立長君。趙孟曰：「立公子雍。」「難必紓矣。」晉使先蔑、士會如秦迎之，康公送之。穆嬴日抱太子以啼于朝，曰：「先君何罪？其嗣亦何罪？舍適嗣不立，而外求君，將焉置此？」寫穆嬴出色。○辭最峭，又健。出朝，則抱以適趙氏，頓首于宣子，曰：「先君奉此子也，而屬諸子，十字句。曰：『此子也才，吾受子之賜；不才，吾唯子之怨。』四字句。今君雖終，言猶在耳而棄之，七字句。若何？」寫穆嬴出色。○

[一]「郤」，康熙刻本均作「却」，據《評注才子古文》、有正書局本改。

辭最峭，又健。宣子與諸大夫皆患穆嬴，且畏偪，乃背先蔑，而立靈公，以禦秦師。此皆匆匆軍中變計。箕鄭居守。箕鄭本將上軍，是日居守，止佐獨行，故先書，以明箕鄭不在軍中。趙盾將中軍，先克佐之；荀林父佐上軍，先蔑將下軍，先都佐之。步招御戎，戎津爲右。及堇陰。先蔑、士會，既迎公子雍，先還晉。晉人以迎雍出軍，卒然變計立靈公，故先蔑亦在軍也。宣子曰：「我若受秦，秦則賓也；是，句句峭健。不受，寇也。是，峭健。既不受矣，而復緩師，秦將生心。是，峭健。先人有奪人之心，軍之善謀也。是，峭健。逐寇如追逃，軍之善政也。是，峭健。宣子語止此。」〇宣子語，至此便更不待語畢，竟傳令行下五事。訓卒，一。利兵，二。秣馬，三。蓐食，四。潛師夜起。五。叙事都峭都健。戊子，敗秦師于令狐，至于刳首。戰書日。己丑，先蔑奔秦，士會從之。奔書日。先蔑之使也，荀林父止之，追寫前日。曰：「夫人、太子猶在，而外求君，此必不行。子以疾辭，若何？不然，將及。攝卿以往，可也，何必子？句句峭，句句健。同官爲寮，吾嘗同寮，敢不盡心乎？」寫荀林父好。弗聽。爲賦《板》之三章，又弗聽。追寫前日止此。及亡，接寫今日。荀伯盡送其帑及其器用財賄于秦，曰：「爲同寮故也。」寫荀林父好。一段，寫荀林父。士會在秦，三年不見士伯。寫士會好。士伯，即先蔑。其人曰：「能亡人于國，不能見于此，焉用之？」士季曰：即士會。「吾與之同罪，非義之也，將何見焉？」寫士會好。及歸，遂不見。一段，寫士會。

季文子譏齊侯不免

先作十六字孃孃一長句，次作四字斬斬四短句，後則反引詩，正説之，正引詩，反説之，末又過一層翻跌不免。誠乃短短小幅，無美不備。

齊侯侵我西鄙，謂諸侯不能也。一句，便寫盡無禮人心胸。遂伐曹，入其郛，討其來朝也。寫盡無禮。季文子曰：「齊侯其不免乎？先斷，下釋。己則無禮，而討于有禮者，曰：『女何故行禮？』十六字嬝嬝成句，妙妙。○一句中凡下三「禮」字。禮以順天，一句。天之道也。一句。己則反天，一句。而又以討人，一句。上據事釋，此又據理釋；上從無禮説至禮，此從禮説至無禮。難以免矣。兩釋後，再斷一句。下引《詩》證。《詩》曰：『胡不相畏？不畏于天。』反引《詩》。君子之不虐幼賤，畏于天也。正説《詩》。在《周頌》曰：『畏天之威，于時保之。』正引《詩》。不畏于天，將何以保？反説《詩》。○看他正反、反正，無限錯落，人只是不覺。以亂取國，奉禮以守，猶懼不終；過一層語，妙。多行無禮，弗能在矣。」「在」字妙妙，只一字，耐人數日思。

子家與趙宣子書

前幅，縷述自己事晉惟謹，乃至陳、蔡之事晉，皆出鄭人之力，猶爲戰戰畏大國之言。至後幅，忽然開胸破喉，竟説不復能耐，又別述楚國寬大，以深譏晉之不知恤小，真目眦盡裂之文。

晉侯蒐于黄父，遂復合諸侯于扈，平宋也。公不與會，齊難故也。書曰「諸侯」，無功也。

于是晉侯不見鄭伯，以爲貳于楚也。鄭子家使執訊，而與之書，以告趙宣子，執訊，通問之官也。曰：「寡君即位三年，召蔡侯而與之事君。九月，蔡侯入于敝邑以行。敝邑以侯宣多之難，寡君是以不得與蔡侯偕。十一月，克減侯宣多，而隨蔡侯以朝于執事。一。○鄭穆即位之三年，鄭召蔡莊，與同事晉。其年九月，蔡莊過鄭，適鄭有宣多作亂之事，不能同行，直至十一月，始同朝晉。十二年六月，歸生佐寡君之嫡夷，以請陳侯于楚，而朝諸君。二。○歸生，即子家。言我又輔太子名夷，請陳共朝晉；陳共畏楚不敢來朝，太子夷又爲先請于楚。十四年七月，寡君又朝，以蕆陳事。三。○鄭穆又親朝，以成去年陳共之好。十五年五月，陳侯自敝邑往朝于君。四。○陳靈新即位，又自鄭入朝。往年正月，燭之武往，朝夷也。五。○鄭又遣之武入朝，蓋太子夷往，而之武輔之。八月，寡君又往朝。六。○鄭穆又親朝。以陳、蔡之密邇于楚，而不敢貳焉，則敝邑之故也。妙妙。不惟説自朝，乃至説陳蔡之朝，皆出于鄭。八字一句，十一字一句，勿讀破。雖敝邑之事君，何以不免？一結。在位之中，言鄭穆自即位至今。一朝于襄，而再見于君。夷與孤之二三臣相及于絳[一]。再將上文結算一通，妙妙。雖我小國，則蔑以過之矣。再結。今大國曰：『爾未逞吾志。』敝邑有亡，無以加焉。八字妙妙，如有芒刃。古人有言，曰：『畏首畏尾，身其餘幾？』又曰：『鹿死不擇音。』小國之事大國也，德，則其人也；不德，則其鹿也，言以人視我，我還是人；若以鹿視我，我便是鹿。鋌而走險，急何能擇？筆筆芒刃。命之罔極，亦知亡矣，筆筆芒刃。將悉敝賦以待于鯈。唯執事命之。「鯈」，晉

[一]「孤」，《天下才子必讀書》本均作「君」，據《評注才子古文》改。

鄭之境也。文公二年六月壬申，朝于齊。四年二月壬戌，爲齊侵蔡，亦獲成于楚。貳楚，忽反寫楚之寬大以諷晉，更妙更奇。居大國之間，而從于强令，豈其罪也？開胸放喉，竟自承認，又妙又妙。大國若弗圖，無所逃命。再結。」

楚子問鼎 宣公三年

與國語《不許請隧》篇千載對峙，彼特婉曲，此特勁激。

楚子伐陸渾之戎，遂至于雒。「遂」字，使無禮。觀兵于周疆。無禮。定王使王孫滿勞楚子，楚子問鼎之大小、輕重焉。無禮極矣。對曰：「在德，二字句。不在鼎。三字句。問鼎答德，筆力千鈞。昔夏之方有德也，有德。遠方圖物，貢金九牧，鑄鼎象物，百物而爲之備，使民知神、奸。鑄鼎。故民入川澤、山林，不逢不若。螭魅罔兩，莫能逢之。用能協于上下，以承天休。已上有德有鼎。桀有昏德，無德。鼎遷于商，鼎遷。載祀六百。商紂暴虐，無德。鼎遷于周。鼎遷。○已上無德鼎遷。德之休明，四字句，德。雖小，二字句。重也。二字句，鼎。其奸回昏亂，五字句，德。雖大，二字句。輕也。二字句，鼎。天祚明德，有所厎止。成王定鼎于郟鄏，卜世三十，卜年七百，天所命也。奇語駭激。周德雖衰，天命未改。鼎之輕重，未可問也。」勁極，又能帶曲折。

楚子不築京觀

看他先説「無以示子孫」，次又説不成「武功」，次又説不是「京觀」。總是前幅有幾句幾字，後幅必須句句字字與他發放；若後幅不擬發放者，即前幅不得漫然着一句一字也。

乙卯，晉與楚戰，晉師敗績。楚獲晉知罃。晉射楚連尹襄老，遂載其尸。又獲公子縠臣。丙辰，楚重至于邲，輜重也。遂次于衡雍。潘黨曰：「君盍築武軍，築軍營以誇武功。而收晉尸以爲京觀？京，大也；觀，示也。積尸封土其上，以彰武功之大也。臣聞克敵必示子孫，以無忘武功。」潘黨意在「示子孫」，下通篇皆説「無以示子孫」。楚子曰：「非爾所知也。極不然之辭。夫文，字文。止戈爲武。「武」字之文，左文爲止，右文爲戈。武王克商，作《頌》曰：『載戢干戈，載櫜弓矢。我求懿德，肆于時夏，允王保之。』引「武」字注脚。又作《武》，其卒章曰：『耆定爾功。』其三曰：『鋪時繹思，我徂維求定。』其六曰：『綏萬邦，屢豐年。』引「武」字注脚。夫武，上引文，此自講。禁暴、一。戢兵、二。保大、三。定功、四。安民、五。和衆、六。豐財者也，七。故使子孫無忘其章。言如欲示子孫以無忘，必須如此。今使我二國暴骨，暴矣；無其一，句句變換。觀兵以威諸侯[一]，兵不戢

[一]「威」，康熙二年刻本、有正書局本作「成」，據康熙十六年增補本、《評注才子古本》改。

矣；無其二，句句變換。暴而不戢，安能保大？無其三，句句變換。猶有晉在，焉得定功？無其四，句句變換。所違民欲猶多，民何安焉？無其五，句句變換。無德而彊爭諸侯，何以和衆？無其六，句句變換。利人之幾，而安人之亂，以爲已榮，何以豐財？無其七，句句變換。武有七德，總「夫武」七句。我無一焉，總「今我」七句。何以示子孫？非爾所知。至此一段，正答潘黨「必示」、「無忘」之請。其爲先君宮，告成事而已，祀先君，告戰勝而已。武非吾功也。找此一段，正答潘黨「武功」二字。古者明王伐不敬，取其鯨鯢而封之，以爲大戮，于是乎有京觀以懲淫慝。今罪無所，晉罪無名。而民皆盡忠以死君命，死者皆忠，妙妙。又何以爲京觀乎？」再找一段，正答潘黨「京觀」二字。祀于河，作先君宮，告成事而還。

士貞子諫殺林父

快論，又快文。

秋，晉師歸，桓子請死，晉侯欲許之。一「請」一「許」，亦是恒事，不圖下發此至論。士貞子諫曰：「不可。城濮之役，僖二十八年事。晉師三日穀，晉敗楚，晉兵食楚穀三日。文公猶有憂色。左右曰：『有喜而憂，如有憂而喜乎？』言甚微婉。公曰：『得臣猶在，憂未歇也。「猶在」字法妙，「未歇」字法妙。困獸猶鬥，況國相乎？』不是喻，乃極言「憂」。及楚殺子玉，公喜而後可知也。

曰：敘事，又帶畫文公，又帶寫「曰」字，凡十三字成句，飛舞之色，撲紙而起。『莫余毒也已。』應前未歇。是晉再克，而楚再敗也，前日之喜，直到今日方喜；今日之喜，始連前日都喜。此句只是寫喜之甚，不必與講兩「再」字。楚是以再世不競。上，晉文喜語已畢；此，士貞子斷楚殺子玉之失。今天或者大警晉也，句未盡，應連下讀。而又殺林父以重楚勝，「重」，即再也，平聲字。其無乃久不競乎？辭婉意辣。林父之事君也，進思盡忠，退思補過，社稷之衛也，重寫林父生平。若之何殺之？是。夫其敗也，如日月之食焉，何損于明？」是。晉侯使復其位。輕寫林父敗。

賓媚人責晉人

文帶喜色者，須徹底皆喜色；文帶怒色者，須徹底皆怒色。此文徹頭徹底皆帶怒色，讀之使人戰栗。

晉師從齊師，齊師敗走，晉師追之。入自丘輿，擊馬陘。齊侯使賓媚人賂以紀甗、玉磬與地。不可，則聽客之所爲。好，言欲戰則更戰也。賓媚人致賂，晉人不可，曰：「必以蕭同叔子爲質，而使齊之封内盡東其畝。」對曰：「蕭同叔子非他，只二字，妙絕。寡君之母也。若以匹敵，則亦晉君之母也。又妙絕。吾子布大命于諸侯，而曰必質其母以爲信，十七字句。其若王命何？上不便。且是以不孝令也。下不便。《詩》曰：『孝子不匱，永錫爾類。』此引《詩》，比下略後。若以不孝令于諸侯，其無乃非德類也乎？「其無乃非」，句態。○已上一件，侃侃之甚。先王疆理天下，物土之宜，而布其利。故《詩》曰：『我疆我理，南東其畝。』此引《詩》，比上略前。今吾子疆理諸侯，而曰『盡東其畝』而已，唯吾子戎車是利，無顧土宜，其無乃非先王之命也乎？「其無乃非」，句態。反先王則不義，何以爲盟主？已上一件，侃侃之甚。其晉實有闕。四王之王也，樹德而濟同欲焉；五霸之霸也，勤而撫之，以役王命。今吾子求合諸侯，以逞無疆之欲。《詩》曰：『布政優優，百禄是遒。』又引《詩》。子實不優，而棄百禄，諸侯何害焉？侃侃重説。上分，此總所謂「晉實闕」也。不然，寡君之命使臣，則有辭矣。分責二段後，再總責一段，此忽如鐵鷹撇然一轉。曰：『子以君師辱于敝邑，妙。不腆敝賦，以犒從者。妙。畏君之震，師徒撓敗。妙。吾子惠徼齊國之福，不泯其社稷，使繼舊好，妙。唯是先君之敝器、土地不敢愛。妙。子又不許，請收合餘燼，背城借一。敝邑之幸，亦云從也，況其不幸，敢不唯命是聽？』侃侃，如掬其怒色也。魯、衛諫曰：「齊疾我矣。段。其死亡者，皆親暱也。段。子若不許，讎我必甚。段。唯子，則又何求？段。子得其國寶，我亦得地而紓于難，其榮多矣。段。齊、晉亦唯天所授，豈必晉？段。」此只數語。亦復多段，段段精挺。晉人許之。

楚歸晉知罃

四問，便有四段妙論，一段妙是一段，讀之增添意氣。○逐段細看其起伏轉折，直是四篇文字，四篇又是四樣。

晉人歸楚公子穀臣與連尹襄老之尸于楚，以求知罃。于是荀首佐中軍矣，故楚人許之。王送知罃，曰：「子其怨我乎？」問得妙。對曰：「二國治戎，臣不才，不勝其任，以爲俘馘。執事不以釁鼓，使歸即戮，君之惠也。臣實不才，又誰敢怨？」對得妙。王曰：「然則德我乎？」又問得妙。對曰：「二國圖其社稷，而求紓其民，各懲其忿，以相宥也。兩釋纍囚，以成其好。二國有好，臣不與及，其誰敢德？」對得又妙。王曰：「子歸，何以報我？」問得更妙。對曰：「臣不任受怨，君亦不任受德，無怨無德，不知所報。」對得更妙。王曰：「雖然，必告不穀。」問得愈妙。對曰：「以君之靈，纍臣得歸骨于晉，寡君之以爲戮，死且不朽。賓。若從君之惠而免之，以賜君之外臣首，首其請于寡君，而以戮于宗，亦死且不朽。賓。此雖二賓句，然顯見晉之國法森然，家法森然。若不獲命，而使嗣宗職，次及于事，而帥偏師，以脩封疆。雖遇執事，其弗敢違，其竭力致死，無有二心，以盡臣禮，所以報也。」對得愈妙。妙絶妙絶，此是千古第一等議論，第一篇文字。王曰：「晉未可與爭。」重爲之禮而歸之。

巫臣憂莒城

只是一意，層疊説出四句，一句緊是一句，寫盡機警人目動股栗，而彼筆伯方惛然不知。○明年十一月，渠丘與莒二城俱潰。莒子不足又道，看渠丘公一樣不以爲意。妙絶。

晉侯使申公巫臣如吴，假道于莒。與渠丘公立于池上，牽入一渠丘公，妙妙。曰：「城已惡。」莒子曰：「辟陋在夷，其孰以我爲虞？」訑訑之聲，使人吋耐。對曰：「夫狡焉，思啓疆以利社稷者，何國蔑有？」「夫」，斗然發聲之辭，蓋心驚莒子訑訑之聲。「啓」，開也。「疆」，邊界也。「狡」，目左右窺伺也。「何國蔑有」，言處處時時有此人也。唯然，故多大國矣。又下親切指點，妙妙。唯或思或縱也。又言偶無此事，殆不可恃。○「或思」，即上「狡焉」之思也；「或縱」者，偶不思也。勇夫重閉，況國乎？」又譬。雖有勇夫，卧必重閉。言數重閉門也。

晉使吕相絶秦

飾辭駕罪何足道，止道其文字，章法句法字法，真如千岩競秀，萬壑争流，而又其中細條細理，異樣密緻，讀萬遍不厭也。

晉侯使吕相絶秦，曰：「昔逮我獻公及穆公相好，戮力同心，申之以盟誓，重之以昬姻。從秦晉好説起。天禍晉國，文公如齊，惠公如秦。無禄，獻公即世。穆公不忘舊德，俾我惠公用能奉祀于晉。說秦德。又不能成大勛，而爲韓之師。略曲。亦悔于厥心，用集我文公，是穆之成也。說秦德。文公躬擐甲胄，跋履山川，逾越險阻，征東之諸侯，虞、夏、商、周之胤而朝諸秦，則亦既報舊德矣。說晉報德。鄭人怒君之疆埸，我文公帥諸侯及秦圍鄭，說晉德。秦大夫不詢于我寡君，擅及鄭盟。諸侯疾之，將致命于秦。略曲。文公恐懼，綏静諸侯，秦師克還無害，則是我有大造于西也。說晉德，結住上文。無祿，文公即世，穆爲不弔，蔑死我君，一「我」字。寡我襄公，二「我」字。迭我殽地，三「我」字。奸絶我好，四「我」字。伐我保城，五「我」字。殄滅我費滑，六「我」字。散離我兄弟，七「我」字。撓亂我同盟，八「我」字。傾覆我國家。九「我」字。我襄公未忘君之舊勛，而懼社稷之隕，不忘「俾我惠公」、「集我文公」也。是以有殽之師。「我是以有」一。猶願赦罪于穆公。曲作波。穆公弗聽，而即楚謀我。曲作波。天誘其衷，成王隕命，穆公是以不克逞志于我。曲作波。穆、襄即世，康、靈即位。康公，我之自出。曲作波。又欲闕翦我公室，一「我」字。傾覆我社稷，二「我」字。帥我蝥賊，三「我」字。以來蕩摇我邊疆，四「我」字。我是以有令狐之役。「我是以有」二。康猶不悛，入我河曲，一「我」字。伐我涑川，水。二「我」字。俘我王官，地。三「我」字。翦我羈馬，地。四「我」字。我是以有河曲之戰。「我是以有」三。東道之不通，則是康公絶我好也。就手且結。及君之嗣也，我君景公引領西望，曰：『庶撫我乎！』曲作波。君亦不惠稱盟，利吾有狄難，入我河縣，一「我」字。焚我箕、郜，二「我」字。芟夷我農功，三「我」字。虔劉我邊陲，四「我」字。我是以有輔氏之聚。「我是以有」四。「之師」、「之役」、「之戰」、「之聚」，各換字。君亦悔禍之延，而欲徼福于先君獻、穆，使伯車來命我景公，曰：『吾與女同好棄惡，復修舊德，以追念前勛。』言誓未就，景公即世，我寡君是以有令狐之會。曲作波。君又不祥，背棄盟誓。白狄及君同州，君之仇讎，而我之昏姻也。君來賜命，曰：『吾與女伐狄。』一。○說秦反側。寡君不敢顧昏姻，畏君之威，而受命于使。君有二心于狄，曰『晉將伐女』。狄應且憎，是用告我。二，秦反側。楚人惡君之二三其德也，亦來告我，曰：『秦背令狐之盟，而來求盟于我，昭告昊天上帝、秦三公、楚三王，曰：「余雖與晉出入，余唯利是視。」三，秦反側。○一段，秦與楚誓辭。不穀惡其無成德，是用宣之，以懲不壹。』諸侯備聞此言，斯是用痛心疾首，暱就寡人。一路備說秦惡，歸到此句。寡人帥以聽命，唯好是求。辭令好。身分好。君若惠顧諸侯，矜哀寡人，而賜之盟，則寡人之願也，其承寧諸侯以退，豈敢徼亂？賓句。君若不施大惠，寡人不佞，其不能以諸侯退矣。主句。敢盡布之執事，俾執事實圖利之。」

天下才子必讀書卷之二

左傳

穆叔重拜鹿鳴

此爲無風起波之文。只是穆叔如晉，晉侯享之，何處却有如此一篇文字？某讀之，因悟人今日用平常語言，動静之中，無處無時不有妙文，特是人不會寫出來也。

穆叔如晉，四字，叙。報知武子之聘也。一句，注。晉侯享之。四字，叙。已下寫出奇。金奏《肆夏》之三，不拜。奇。工歌《文王》之三，又不拜。奇。歌《鹿鳴》之三，三拜。奇。後賢讀至此等處，便須作出奇想，不得草草成誦去。韓獻子使行人子員問之，曰：「子以君命，辱于敝邑。先君之禮，藉之以樂，以辱吾子。吾子舍其大，而重拜其細。敢問何禮也？」對曰：「《三夏》，逐件説，如聞其聲。天子所以享元侯也，驚人之句。使臣弗敢與聞。猶言不圖有此。須知此句，乃大不然之辭。《文王》，逐件説。兩君相見之樂也，此句，猶尚驚人。臣不敢及。猶言臣非君也。此句，須是謙，然亦帶不然之色。

《鹿鳴》，逐件説。此又分作三段説。君所以嘉寡君也，一章。敢不拜嘉？拜其嘉我君。《四牡》，君所以勞使臣也，二章。敢不重拜？拜其勞己。《皇皇者華》，君教使臣曰：『必諮于周。』三章。臣聞之：『訪問于善爲諮，諮親爲詢，諮禮爲度，諮事爲諏，咨難爲謀。』臣獲五善，敢不重拜？拜其教己。」

戎駒支不願與會

先讀宣子語，真如拔劍斫案，驟莫可犯。既而讀駒支語，乃如鎗棍家門户相當，逐解開破，更無難處，甚至反有餘勇相貫。斯爲筆墨之出奇也。

十四年會于向。將執戎子駒支，范宣子親數諸朝，曰：「來！姜戎氏！先呼「來」，次補呼「姜戎氏」，便畫出一面相凌之色。昔秦人迫逐乃祖吾離于瓜州，吾離，戎乃祖名。乃祖吾離被苫蓋，蒙荊棘，以來歸我先君，故添「被苫」六字，盡出其醜。我先君惠公有不腆之田，與汝剖分而食之。「剖分而食」，妙。寫加恩于戎，非復常等。今諸侯之事我寡君，不如昔者。蓋言語漏泄，則職汝之由。有何言語漏泄，宣子自納敗缺矣。○「不如昔者」四字，亦蘊藉之至。詰朝之事，爾無與焉。與，將執汝。」一段話，用「昔」字、「今」字、「詰朝」字轉筆。對曰：「昔秦人負恃其衆，貪于土地，逐我諸戎。第一段，先辨戎祖吾離被逐瓜州，則秦人實惡，非戎之醜。惠公蠲其大德，謂我諸戎是四岳之裔胄也，毋是翦棄。第二段，次辨惠公加德于戎，乃因戎本聖裔，禮應存恤，不爲特惠。賜我南鄙之田，狐狸所居，豺狼所嗥。我諸戎除翦其荆棘，驅其狐狸豺狼，以爲先君不侵不畔之臣，至于今不貳。第三段，又辨晉分土田，至爲敝惡，戎自開墾，非受實惠。○亦故添狐狸等字相譏切。昔文公與秦伐鄭，秦人竊與鄭盟，而舍戍焉，于是乎有殽之師。引一事。晉禦其上，戎亢其下，秦師不復，我諸戎實然。第四段，又辨戎有大功于晉，亦足云報矣。譬如捕鹿，晉人角之，諸戎掎之，與晉踣之。戎何以不免？添譬，倍更明暢。○「何以不免」，猶言已足報晉，何爲尚蒙切責不休。自是以來，晉之百役，與我諸戎相繼于時，以從執政，猶殽志也，豈敢離逷？第五段，又辨戎之有功于晉，殽師乃其大者，至于百役，豈可枚舉。今官之師旅，無乃實有所闕，以携諸侯，而罪我諸戎！第六段，終辨諸侯不如昔者，定是晉實有闕，與我戎則何與。○「官之師旅」，妙。竟罵是宣子等之罪，文字乃如劍戟相撞。我諸戎飲食衣服不與華同，贄幣不通，言語不達，何惡之能爲？索性放喉快吐，妙不可言。不與于會，亦無瞢焉。」説得一場扯淡，妙不可言。賦《青蠅》而退。言宣子無信讒言也。宣子辭焉，使即事于會，成愷悌也。《青蠅》有「愷悌君子」也。

臧武仲不能詰盜

此爲刀切斧斫之文，自起筆直至後，只是一樣法。

邾庶其以漆、閭丘來奔，季武子以公姑姊妻之，皆有賜于其從者。于是魯多盜。季孫謂臧武仲曰：「子盍詰盜？」武仲曰：「不可詰也。看他矢口侃侃，説出「不可」二字，奇奇妙妙。紇又不能。」看他又侃侃説出「不能」二字，奇奇妙妙。季孫曰：「我有四封，而詰其盜，何故不可？實是可驚，因而急問。子爲司寇，將盜是務去，何故不能？」雙辭，亦雙問，遣筆最妙。武仲曰：「子召外盜而大禮焉，何以止吾盜？重快説不可。子爲正卿，而來外盜，使紇去之，將何以能？重快説不能。○此已直斥季孫矣，然尚未的指何事。庶其竊邑于邾以來，子以姬氏妻之[一]，而與之邑。其從者皆有賜焉。此方直斥其事。若大盜，禮焉以君之姑姊與其大邑；其次，皁牧輿馬；次盜也，省「以」字。其小者，衣裳劍帶；小盜也，添「者」字。是賞盜也。奇句快句。賞而去之，其或難焉。結上畢，下提筆重起。紇也聞之：在上位者，灑濯其心，壹以待人；八字句。軌度其信，可明徵也，八字句。而後可以治人。六字句，又結。夫上之所爲，民之歸也。再提筆起。上所不爲，而民或爲之，是以加刑罰焉，而莫敢不懲。妙妙快快。若上之所爲，而民亦爲之，乃其所也，又可禁乎？妙妙快快。《夏書》曰：『念茲在茲，釋茲在茲，名言茲在茲，允出茲在茲，惟帝念功。』將謂由己壹也。信由己壹，而後功可念也。」更不加結，妙。

子產論幣重

氣最遒，調最婉。婉與遒本相背，今却又遒又婉，須細尋其婉在何處，遒在何處。又

[一]「妻」，各本均作「娶」，據《左傳》改。

不得云此句道，此句婉，須知其句句道，句句婉也。

范宣子爲政，諸侯之幣重，鄭人病之。二月，鄭伯如晉，子産寓書于子西，以告宣子，曰：「子爲晉國，只此四字，落筆便妙。說甚道理？說道理，便不入耳矣。四鄰諸侯，不聞令德，而聞重幣，僑也惑之。劈插「令德」字入來。僑聞君子長國家者，非無賄之患，而無令名之難。章法不寬不偪，句法既宕又遒。「令名」，即令德之聞于鄰者也。又插「令名」入來。夫諸侯之賄，聚于公室，則諸侯貳。竦然。若吾子賴之，則晉國貳。竦然。諸侯貳，則晉國壞；竦然。晉國貳，則子之家壞。竦然。何没没也！遒甚，又逸宕甚。將焉用賄？四字又妙，不連上，不連下，只自躊躕。夫令名，德之輿也；德，國家之基也。有基無壞，無亦是務乎！從名轉德，從德轉國家，從國家轉到無壞。「是務」，務令名也。有德則樂，樂則能久。《詩》云：『樂只君子，邦家之基』，有令德也夫！引《詩》收令德，又宕又遒。『上帝臨女，無貳爾心』，有令名也夫！引《詩》收令名，又宕又遒。恕思以明德，則令名載而行之，是以遠至邇安。還宜如此乎。毋寧使人謂子『子實生我』，而謂『子浚我以生』乎？還欲如此乎。象有齒以焚其身，賄也。竦然，却又逸宕之甚。」宣子說，乃輕幣。

晏子不死君難

注眼看定「社稷」二字，便于君臣生死之際，處之夷然自如。此本嚴毅之論，而出之以猶夷之調，最是脱俗文字。

崔氏弑莊公。晏子立于崔氏之門外，其人曰：「死乎？」曰：「獨吾君也乎哉，吾死也？」奇語，妙文。曰：「行乎？」曰：「吾罪也乎哉，吾亡也？」愈奇，愈妙。曰：「歸乎？」曰：「君死，安歸？」上三妙語，得此句始定。君民者，豈以陵民，社稷是主。「陵」，居其上也，妙言至言。臣君者，豈爲其口實，社稷是養。「口」，禄也，妙言至言，一眼只注社稷也。故君爲社稷死，則死之；爲社稷亡，則亡之。若爲己死，而爲己亡，非其私暱，誰敢任之？斬斬截截，磊磊落落。此等文字，與日月争光可也。且人有君而弑之，吾焉得死之？而焉得亡之？忽又作滑稽語，妙妙。將庸何歸？但無語可歸耳，滑稽妙妙。門啓而入，枕尸股而哭。興，三踊而出。人謂崔子：「必殺之。」崔子曰：「民之望也，舍之，得民。」

子産戎服獻捷

要先看晉人問辭，氣色甚惡；然後讀下對辭，大悟其全以質勝。末紀仲尼深歎其文，此真所謂質有其文者也。

鄭子展子産伐陳，遂入之。子産獻捷于晉，戎服將事。晉人問陳之罪。大難登對。對曰：「昔虞閼父爲周陶正，以服事我先王。我先王賴其器用也，與其神明之後也，連押「也」字，弄姿。庸以元女大姬配胡公而封諸陳，以備三恪。則我周之自出，至于今是賴。以上叙周之大德。○我之自出，一。桓公之亂，魯桓五年，陳桓疾病，亂作。蔡人欲立其出，陳厲蔡甥，蔡先欲立之。我先君莊公奉五父而立之，陳佗也，殺太子代立，鄭莊就定其位。蔡人殺之，魯桓六年，蔡人殺陳佗。我又與蔡人奉戴厲公。至于莊、宣，皆我之自立。夏氏之亂，魯宣十一年，夏徵舒弑陳靈。成公播蕩，又我之自入，已上叙鄭之大惠。○我之自立，二。我之自入，三。君所知也。一結。今陳忘周之大德，蔑我大惠，棄我姻親，介恃楚衆，以憑陵我敝邑，不可億逞，四字，倒句法，猶言其狂逞，乃至説不盡。我是以有往年之告。未獲成命，則有我東門之役。去年，鄭伯稽首告晋，請伐陳，晋不見許，陳反從楚伐鄭東門也。當陳隧者，井堙木刊。敝邑大懼不競，而恥大姬，直連到周。天誘其衷，啓敝邑心。謂宵突陳城也。陳知其罪，授首于我。正對晋人問陳罪，畢。用敢獻功。此四字另作一句，乃獻捷正文。」晋人曰：「何故侵小？」又是大難登對。對曰：「先王之命，惟罪所在，各致其辟。正對畢，言只論罪否，不論大小。且昔天子之地一圻，千里。列國一同，自是以衰。百里，降至七十、五十里也。今大國多數圻矣，若無侵小，何以至焉？」上已辨過不是侵小，此又以「侵小」捎掠晋人，妙妙。晋人曰：「何故戎服？」又是大難登對。對曰：「我先君武、莊爲平、桓卿士。城濮之役，文公布命，曰：『各修舊職。』命我文公戎服輔王，以授楚捷，不敢廢王命故也。」僖二十八年，晋楚戰于城濮，晋文命諸侯各修舊職，于是鄭文方傅周王，遂戎服以獻楚捷也。恰恰又捎掠着晋人，妙妙。士莊伯不能詰，復于趙文子。文子曰：「其辭順，犯順不祥。」乃受之。「乃」者，難之辭也。若鄭無辭，晋且問罪也。

仲尼曰：「志有之：『言以足志，文以足言。』不言，誰知其志？言之不文，行而不遠。晉爲伯，鄭入陳，非文辭不爲功。慎辭哉！」言晉人實爲伯，而鄭人敢入陳，若非文辭，幾至不救。

季札觀周樂

每一歌，公子皆出神細聽，故能深知其爲何國何風。今讀者于公子每一評論，亦當逐段逐字，出神細思，使亦能粗粗想見其爲是國是風也。不然，雜雜讀之，乃復何益？

吳公子札來聘，請觀于周樂。來魯也，故樂加周字[一]，避嫌細筆也。使工爲之歌《周南》、《召南》，「使工」，使我樂工也；「爲之」，爲吳公子也。已下段段不脱「爲之」字。曰：「美哉！始基之矣，「始」字起，「止」字住，爲一篇大局段。猶未也，然勤而不怨矣。」逐段逐字細細想，何以《周南》、《召南》却如此評。爲之歌《邶》、《鄘》、《衛》，曰：「美哉，淵乎！憂而不困者也，細細想，何以《邶》、《鄘》、《衛》如此評。吾聞衛康叔、武公之德如是，是其《衛風》乎！」添一句妙。○一路或添或減，或明或暗，各自入妙。爲之歌《王》，曰：「美哉！思而不懼，其周之東乎！」細細想，何以《王》如此評。爲之歌

[一]「加」，康熙二年刻本、有正書局本作「如」，據重刻康熙二年序本、康熙十六年增補本、《評注才子古文》改。

《鄭》，曰：「美哉！其細已甚，民弗堪也。是其先亡乎！」細細想，何以《鄭》如此評。「細」，煩瑣也。爲之歌《齊》，曰：「美哉！泱泱乎！大風也哉！」又一調。表東海者，其太公乎！國未可量也。」何以《齊》如此評。爲之歌《豳》，曰：「美哉，蕩乎！樂而不淫，其周公之東乎！」細細想，《豳》如此評。爲之歌《秦》，曰：「此之謂夏聲。又一調。夫能夏則大，大之至也，其周之舊乎！」《秦》如此評。爲之歌《魏》，曰：「美哉，渢渢乎！大而婉，險而易行，以德輔此，則明主也。」又一調。《魏》如此評。爲之歌《唐》，曰：「思深哉！其有陶唐氏之遺風乎！不然，何憂之至也？非令德之後，誰能若是？」《唐》如此評。爲之歌《陳》，曰：「國無主，其能久乎！」《陳》如此評。自《鄶》以下無譏焉。略之何？微也。爲之歌《小雅》，曰：「美哉！思而不貳，怨而不言，其周德之衰乎？猶有先王之遺民焉。「先王」，紂也。若周德盛，則能蕩蕩然，不復見其思與怨也。《小雅》如此評。爲之歌《大雅》，曰：「廣哉，熙熙乎！曲而有直體，其文王之德乎！」《大雅》如此評。爲之歌《頌》，曰：「至矣哉！直而不倨，曲而不屈，邇而不偪，遠而不携，遷而不淫，復而不厭，哀而不愁，樂而不荒，用而不匱，廣而不宣，施而不費，取而不貪，處而不底，行而不流。五聲和，八風平。節有度，守有序。盛德之所同也。」三代同德，奇理奇語，至理至語。二《頌》如此評。見舞《象箾》、《南籥》者，曰：「美哉！猶有憾。」恨不致太平。見舞《大武》者，曰：「美哉！周之盛也，其若此乎！」失望之辭。見舞《韶濩》者，曰：「聖人之弘也，而猶有慚德，聖人之難也。」奇句，能令聖人下淚。見舞《大夏》者，曰：「美哉！勤而不德。非禹，其誰能修之？」「不德」，不自以爲德也。吾讀此語，常欲往視河工。見舞《韶箾》者，曰：「德至矣哉，大矣！如天之無不幬也，如地之無不載也。雖甚盛德，其蔑以加于此矣，公子眼力如許。觀止矣。「始」字起，「止」字住，一篇大局段。○如此長文，只三字收住。若有他樂，吾不敢請已。」戲筆作波。

子産壞晉館垣

子産妙辭，更不必説，須細尋其處處細針密綫，前後不差一黍。又要看前段文伯之悻悻，後段叔向之津津，俱是爲極寫子産而設。

子産相鄭伯以如晉，晉侯未之見也。以魯喪故。子産使盡壞其館之垣，而納車馬焉。奇事。士文伯讓之，曰：「敝邑以政刑之不修，寇盜充斥，「寇盜充斥」，爲客設館垣之故也；「政刑不修」，又寇盜充斥之故也。長句法，纍纍而詳如此。無若諸侯之屬辱在寡君者何，十二字句。是以令吏人完客所館，高其閈閎，厚其牆垣，如此二句，言是特設，以重壞之之罪。以無憂客使。已上，自説一段盛意。今吾子壞之，雖從者能戒，其若異客何？措語最曲折。「異客」，言後來客也。以敝邑之爲盟主，此句帶矜意。繕完葺牆，以待賓客。此句又帶矜意。若皆毀之，其何以共命？言後客又毁，則不堪也，然語意純是矜。寡君使丐請命。」明明問罪聲口。對曰：「以敝邑褊小，介于大國，誅求無時，是以不敢寧居，悉索敝賦，以來會時事。一段，先責晉重幣。逢執事之不閑，而未得見；此句叙魯喪。又不獲聞命，未知見時。一段，次責晉慢客。不敢輸幣，亦不敢暴露。一段，次陳已左難右難，然未暢說，故下又雙承之。其輸之，則君之府實也，非薦陳之，不敢輸也。此句承「不敢輸幣」。其暴露之，則恐燥濕之不時而朽蠹，以重敝邑之罪。此句承「不敢暴露」，左難右難如此。僑聞文公之爲盟主也，宮室卑庳，無觀臺榭，文公自居如此。以崇大諸侯之館，文公待諸侯如此。下，細列此句。館如公寢；一。庫廐繕修，二。司空以時平易道路，三。圬人以時塓館宮室，四。諸侯賓至，甸設庭燎，五。僕人巡宮；六。車馬有所，七。賓從有代，八。巾車脂轄，九。隸人牧圉，各瞻其事；十。百官之屬，各展其物；十一。公不留賓，而亦無廢事；結住。憂樂同之，加一句。事則巡之；再加一句。教其不知，而恤其不足。再加二句。賓至如歸，無寧菑患；不畏寇盜，而亦不患燥濕。再結住。上十一句，是館中事；加此四句，是文公心上事。今銅鞮之宮數里，與「宮室卑庳，無觀臺榭」正反。而諸侯舍于隸人，與十一句正反。門不容車，而不可逾越；盜賊公行，而天癘不戒，與加四句正反。賓見無時，挽「執事不閒」句。命不可知。挽「又不聞命」句。若又勿壞，是無所藏幣，以重罪也。挽「又不敢輸」、「又不敢暴露」句。敢請執事：將何所命之？正對「寡君使丐請命」句，侃侃然可畏也。雖君之有魯喪，亦敝邑之憂也。妙妙，奪其所委之故。若獲薦幣，晉納幣。修垣而行，鄭修垣。妙絶妙絶，一似晉只是惜此垣費也者。君之惠也，敢憚勤勞！修垣之勞也。」文伯復命。趙文子曰：「信。只一字，寫心服如畫。我實不德，而以隸人之垣，以贏諸侯，是吾罪也。」注「信」字。使士文伯謝不敏焉。極寫子產也。晉侯見鄭伯，有加禮，皆極寫子產，非寫晉也。厚其宴，好而歸之。極寫。乃築諸侯之館。極寫。○所謂「諸侯賴之」也。叔向曰：「辭之不可以已也如是夫！津津然不啻口出。子產有辭，諸侯賴之，不止鄭是賴。若之何其釋辭也？寫出津津然。「釋」，棄也。自悔不能如子産之辭，乃是少時棄而不學也。《詩》曰：『辭之輯矣，民之協矣；辭之繹矣，民之莫矣。』其知之矣。」四字妙，言詩人知之，吾初不知，寫出津津然。

子産論尹何

欲作纏綿帖肉之文，須千遍爛讀此文。非貴其文辭，貴其心地也。此文，只是一片心地。

子皮欲使尹何爲邑。子産曰：「少，未知可否。」此篇純作婉愛之調。子皮曰：「願，吾愛之，不吾叛也。使夫往而學焉，夫亦愈知治矣。」婉愛之調。子産曰：「不可。人之愛人，求利之也。段段婉愛。今吾子愛人則以政，猶未能操刀，而使割也，其傷實多。一喻。子之愛人，傷之而已，其誰敢求愛于子？妙語解頤。子于鄭國，棟也。棟折榱崩，僑將厭焉，敢不盡言？二喻。夾入一句，又婉愛。子有美錦，不使人學製焉。三喻。大官、大邑，身之所庇也，而使學者製焉，其爲美錦不亦多乎？純作婉愛之調。僑聞學而後入政，未聞以政學者也。若果行此，必有所害。譬如田獵，射御貫，則能獲禽；若未嘗登車射御，則敗績厭覆是懼，何暇思獲？」四喻。純是婉愛之調。隨手出喻：一喻尹何，二喻自己，三喻子皮，四喻尹何。初無定法，手便即喻。子皮曰：「善哉！虎不敏。吾聞君子務知大者、遠者，小人務知小者、近者。吾，小人也。衣服附在吾身，我知而慎之；大官、大邑，所以庇身也，我遠而慢之。使援前喻。微子之言，吾不知也。純作婉愛之調。他日我曰，『子爲鄭國，妙。四字句。我爲吾家，以庇焉，其可也。』妙。十字句。今而後知不足。妙。六字句。自今請，雖吾家，聽子而行。」妙。十字句。純是婉愛。子產曰：「人心之不同如其面焉，吾豈敢謂子面如吾面乎？抑心所謂危，亦以告也。」妙妙，純是婉愛之調。子皮以爲忠，故委政焉，子產是以能爲鄭國。

子圍逆女以兵

子產從直叫破，妙絶。乃州犂語，亦甚腴甚蒼，甚委甚勁。

楚公子圍聘于鄭，楚將爲虢之會也。且娶于公孫段氏。圍娶子石女也。伍舉爲介。聘之副使爲「介」。此先叙椒舉者，爲後垂橐之請也。將入館，鄭人惡之，使行人子羽與之言，乃館于外。「入館」者，入鄭而館也；「館于外」，則不入鄭也。子羽語不載。既聘，將以衆逆。子羽不使入館，于是楚將以兵逆女。子產患之，使子羽辭，曰：「以敝邑褊小，不足以容從者，請墠聽命。」請于城外除地爲墠，以成婚禮。令尹命大宰伯州犂對曰：「君辱貺寡大夫圍，句。謂圍句。將使豐氏句。子石女也。撫有而室。句。腴之甚。圍布几筵，告于莊、共之廟而來。十二字句。腴之甚。若野賜之，是委君貺于草莽也，一「是」字。是寡大夫不得列于諸卿也。二「是」字。不寧唯是，又轉筆疾撇上二「是」字。

又使圍蒙于先君，將不得爲寡君老，十四字句。言既欺先君，則不得爲今君大夫。其蔑以復矣。唯大夫圖之。言無顔以歸國矣。」子羽曰：「小國無罪，恃實其罪。將恃大國之安靖己，而無乃包藏禍心以圖之？只用一句，直直叫破，妙絶妙絶。更妙于將欲叫破，却先倒裝一「恃」字；將欲倒裝「恃」字，却又先倒裝一「罪」字，又先倒裝一「無罪」字。小國失恃，而懲諸侯，使莫不憾者，距違君命，而有所壅塞不行是懼。上二十六字爲一句，只是「無乃」二字；此二十六字爲一句，只是「是懼」二字。不然，句。敝邑，句。館人之屬也，句。其敢愛豐氏之祧？」句。上兩二十六字爲句，何等氣急；此四短句，何等安閑。伍舉知其有備也，請垂櫜而入。許之。

張趯智在君子後

妙處全在冷峭。峭故愈冷，冷故愈峭。今後欲作冷筆，其務作峭筆哉。

鄭游吉如晉，送少姜之葬。梁丙與張趯見之。梁丙曰：「甚矣哉，子之爲此來也！」不是不滿游吉語，正是不滿少姜語，細細思之。子太叔曰：「將得已乎！四字，用緊筆先接住，下引文襄，寬寬反起。昔文、襄之伯也，其務不煩諸侯，須記「伯也」字、「不煩」字。「不煩諸侯」四字，先總，下細開。令諸侯三歲而聘，不煩。五歲而朝，不煩。有事而會，不煩。不協而盟。不煩。君薨，大夫弔，卿共葬事；不煩。夫人，士弔，大夫送葬。不煩。足以昭禮、命事、謀闕而已，無加命矣。「足以」妙，

「而已」妙。再添「無加命矣」四字，妙。○此既明明説晉將失諸侯，只是反説，故不覺。今嬖寵之喪，不敢擇位，而數于守適，言不敢計擇其是妾媵，而禮數比于夫人。此句乃正對「甚矣此來」語。惟懼獲戾，豈敢憚煩？妙妙，記第二「煩」字。少姜有寵而死，齊必繼室。今茲吾又將來賀，不惟此行也。」偏要再加一倍説，筆情最恣，筆氣最峭，妙真不可言也。張趯曰：「善哉，吾得聞此數也！然自今疾轉筆，妙妙。○「昔」、「今」妙，「今茲」妙，「然自今」妙。子其無事矣。譬如火焉，火中，寒暑乃退。「火」，心星也。季夏，昏中而暑退；季冬，旦中而寒退。此其極也，能無退乎？晉將失諸侯，諸侯求煩不獲。」忽將「煩」字作一餘波，冷峭不可言。二大夫退。子太叔告人，曰：「張趯有知，其猶在君子之後乎！」十二字一句，言張趯直無智耳：雖聞我言而躍然，似爲有智；然我既已明言之矣，彼爲晉臣，胡爲又復言乎？「在君子之後」，猶言不得與于君子之列也。

晏嬰叔向相語

前幅，寫兩家婚媾，作無數珍重之言；後幅，寫兩人憂亂，作無數敗壞之言。前幅珍重，是出色珍重；後幅敗壞，是出色敗壞。古人撰文，最重鬥色，此真鬥出異樣色也。

齊使晏嬰請繼室于晉，是時，晉侯妾少姜死。曰：「寡君使嬰曰：『寡人願事君，朝夕不倦。將奉質幣，以無失時；十七字句。則國家多難，是以不獲。九字句。一段，先叙疏闊，寬寬而起。不腆先君之適，以備內官，焜燿寡人之望，十六字句。則又無祿，早世隕命，寡人失望。十二字句。一段，次叙少姜之戚，漸入話由。君若不忘先君之好，惠顧齊國，辱收寡人。十六字句，叙晉。徼福于太公、丁公，照臨敝邑，鎮撫其社稷，十六字句，叙齊。則猶有先君之適及遺姑姊妹若而人。十五字句。君若不棄敝邑，而辱使董振擇之，以備嬪嬙，十七字句。寡人之望也。』」已上爲是吉禮，故多作珍重之辭。韓宣子使叔向對曰：「寡君之願也。接口先允，妙。寡君不能獨任其社稷之事，妙語。是一句。未有伉儷，又是一句。在縗絰之中，是以未敢請。又是一句。君有辱命，惠莫大焉。若惠顧敝邑，晉一邊説。撫有晉國，齊一邊説。二句只是一句。賜之內主，豈惟寡君，亦作珍重之辭。舉群臣實受其貺，添一層。其自唐叔以下，實寵嘉之。」又添一層。看他寫婚姻，便純用婚姻聲口，妙絕。既成昏，晏子受禮，叔向從之宴，相與語。叙得如畫。叔向曰：「齊其何如？」句下，明有晉已如此。晏子曰：「此季世也，吾弗知二句七字，本不欲言。齊其爲陳氏矣。此爲不能忍，因又言；下去，盡言也。上不欲言，妙；此又言，妙；下盡言，妙。公棄其民，而歸于陳氏。齊句。舊句。四量：句。豆、句。區、句。釜、句。鍾。句。四升爲豆，注豆。各自其四，以登于釜。注區，注釜，句變。釜十則鍾。注鍾，先詳齊之國量。陳氏句。三量皆登一焉，鍾乃大矣。再詳陳之家量。將國量家量先詳，下便甚明。以家量貸，而以公量收之。陳氏事一。山木如市，弗加于山；陳氏事二。魚、鹽、蜃、蛤，弗加于海。陳氏事三。民參其力，假如三分民力。二入于公，而衣食其一。公聚朽蠹，而三老凍餒，齊國事一。國之諸市，屨賤踊貴。齊國事二。民人痛疾，齊。而或燠休之。陳。其愛之如父母，內。而歸之如流水。外。欲無獲民，將焉辟之？細讀「其」字、「而」字、「欲無」字、「將焉」字。二十字乃成一句。箕伯、直柄、虞遂、伯戲，四人，皆舜後陳先。其相胡公、大姬，已在齊矣。」妙妙。上還説人情，此竟説神靈，見陳代齊更無疑。叔向曰：「然。妙，先用一字滿口應過。雖吾公室，今亦季世也。亦不能忍，遂亦盡言也，「雖」字、「亦」字，妙，如聞其聲。戎馬不駕，戎車不復駕馬，一。卿無軍行，卿無所將之軍，二。公乘無人，公車御不得人，三。卒列無長。百人不得其長，四。庶民罷敝，而宮室滋侈。句中有「而」字。道殣相望，而女富溢尤。句中有「而」字。民聞公命，如逃寇讎。上四句，説晉軍政大壞，不能征伐；此六句，説晉不恤民命，叛形已著。欒、郤、胥、原、狐、續、慶、伯，降在皁隸。此一句，説晉大族八姓，盡皆陵替。政在家門，民無所依。此一句，説晉令出多門，莫知禀承。君日不悛，以樂慆憂。此一句，説晉君方乃荒于逸樂，漫不知戒也。公室之卑，其何日之有？總斷上多句。《讒鼎》之銘曰：『昧旦丕顯，後世猶怠。』況日不悛，其能久乎？」添引鼎銘，再申末句，加倍精鍊。晏子曰：「子將若何？」獨晏問向者，前發端本自向，向實有心訴晏，故晏不得不問。並非兩人互訴，此又須互問也。叔向曰：「晉之公族盡矣。先提過他族，下方説己族，好。肸聞之，公室將卑，其宗族枝葉先落，則公從之。句中又插公室。肸之宗十一族，唯羊舌氏在而已。肸又無子，此説己族也。十一字爲句，哀怨之甚，不堪再讀。公室無度，又插公室。幸而得死，豈其獲祀？」言尚未必得死，哀怨一至此。回想前幅無數婚姻珍重之言，真欲一笑出淚。

叔向許子皮朝楚

一片純是至誠，則不須又用周防也，而又句句無不周防；句句純是周防，則未免稍傷至誠也，而又一片純是至誠，妙絶妙絶。後閑中又寫張趯一段，見晉鄭卿大夫，如此開心見誠，更妙。

秋七月，鄭罕虎子皮。如晉，賀夫人，賀齊已繼室于晉也。且告曰：「且」者，賀之外，另告也。「楚人日徵敝邑，以不朝立王之故。時楚靈已篡立。敝邑之往，則畏執事其謂寡君而固有外心；「而」，汝也；「固」，從來也。撰出一語，妙。其不往，則宋之盟云。襄二十七年盟宋，有「晉楚之從交相見也」云云。進退罪也。寡君使虎布之。」實實布出其往其不往兩難之心，妙妙。宣子使叔向對曰：「君若辱有寡君，在楚何害？脩宋盟也。君苟思盟，寡君乃知免于戾矣。看他亦實實説出若有若不有兩猜之心，妙妙。○「君若辱有」，一段。君若不有寡君，雖朝夕辱于敝邑，寡君猜焉。「君若不有」，二段。君實有心，何辱命焉。不必來布，三段。君其往也！苟有寡君，在楚猶在晉也。」君可竟去，四段。○段段真摯，段段鏗鏘，段段縝密，段段疏越，妙。張趯使謂大叔曰：「自子之歸也，小人糞除先人之敝廬，曰：『子其將來。』今子皮實來，小人失望。」一片知己恩愛。風雨連朝，不可多讀。大叔曰：「吉賤，不獲來，畏大國，尊夫人也。正對畢。且孟曰：『而將無事。』吉庶幾焉。」重又捎帶前日「自今子其無事」語，冷峭之甚。

司馬侯許楚召晉諸侯

絶頂見識，絶頂議論，不必又道。今論其通篇段段皆作雙行之文，如前兩「未可知」，兩「若歸」，已自妙絶，至後「三殆」，却將「馬」與「險」作一對先破了，後另將「多難」變出「或多難」、「或無難」，便是到底仍用雙行。此可見古人文字，一篇不换手法，前後只用一手法也。

楚子使椒舉如晉求諸侯，椒舉致命曰：「寡君使舉曰：日君有惠，「日」，往日也。賜盟于宋，曰：『晉、楚之從交相見也。』往日盟辭也，言諸侯從晉者使見于楚，從楚者亦可見晉。以歲之不易，寡君願結驩于二三君，使舉請間。以多難，欲召晉諸侯。君若苟無四方之虞，則願假寵以請于諸侯。」言若不虞意外，則命諸侯見我。辭令好。晉侯欲弗許。司馬侯曰：「不可。楚王方侈，二字斷盡。天或者欲逞其心，以厚其毒，而降之罰，未可知也。妙論，確論。看他「或者欲」字、「以」字、「而」字，一句凡作三四折始成，妙妙。其使能終，亦未可知也。又陪一句，一發妙論。其妙，非淺人粗人所知。晉、楚唯天所相，不可與爭。上平寫兩「未可知」，此定不可不接「惟天」一句。君其許之，而修德以待其歸。句。若歸于德，吾將事之，況諸侯乎？若適淫虐，楚將棄之，吾又誰與爭？」又平寫兩「若」，妙妙。淺人粗人不知。公曰：「晉有三不殆，其何敵之有？國險而多馬，齊、楚多難；有是三者，何鄉而不濟？」對曰：「恃險與馬，而虞鄰國之難，是三殆也。先接口疾翻，下再逐件破。四岳、三塗、陽城、大室、荆山、中南，九州之險也，是不一姓。先破「險」。○看他指出許多險。○言皆滅亡相尋。冀之北土，馬之所生，無興國焉。次破「馬」。○看他指一多馬地。○言不見以馬興。恃險與馬，不可以爲固也，從古以然。十四字句。是以先王務修德音以享神人，不聞其務險與馬也。

三件，先破二件，使先結過，文情若連若斷。鄰國之難，不可虞也。再破「多難」。或多難以固其國，啓其疆土；或無難以喪其國，失其守宇。妙論。看他又平寫「或多難」、「或無難」。若何虞難？結。」○三件事，兩件先結，一件再結，妙。

吴蹶由對楚子

此篇，不是曲折頓挫，不是迴環往復，乃是認得清，咬得定文字。千載忠臣，含笑入地，衹是此篇文字爛熟于胸中。

楚子以諸侯及東夷伐吴，以報棘、櫟、麻之役。吴子使其弟蹶由犒師，楚人執之，將以釁鼓。王使問焉，曰：「女卜來，吉乎？」一妙問，直是無言可對。對曰：「吉。妙妙。與晉國和乎？對曰「不和」，便是一樣妙人。寡君聞君將治兵于敝邑，卜之以守龜，因其問，便撰出此事。曰：『余亟使人犒師，請行以觀王怒之疾徐，而爲之備，尚克知之！』龜兆告吉，並撰出祝辭，妙妙。曰：『克可知也。』一句，總斷吉兆。君若驩焉，好逆使臣，滋敝邑休怠，而忘其死，亡無日矣。賓，妙。今君奮焉，震電馮怒，虐執使臣，將以釁鼓，則吴知所備矣。敝邑雖羸，若早脩完，其可以息師。難易有備，可謂吉矣。主，妙。且吴社稷是卜，豈爲一人？妙論，至論。千載忠臣，視死如歸，只是此意看得透徹。使臣獲釁軍鼓，而敝邑知備，以禦不虞，其爲吉孰大焉？反反覆覆，曰「克可知也」，曰

「可謂吉矣」，曰「其爲吉孰大焉」，只是一句話，却作三遍説，所謂認得清、咬得定也。國之守龜，其何事不卜？一臧一否，其誰能常之？城濮之兆，其報在邲。今此行也，其庸有報志？」更妙。乃弗殺。

子革對靈王

不圖有如此前半篇，有如此前半篇了，不圖又有如此後半篇，真千載奇文。

楚子狩于州來，次于潁尾，寫。使蕩侯、潘子、司馬督、囂尹午、陵尹喜帥師，圍徐以懼吴。寫。楚子次于乾溪，以爲之援。寫。雨雪，寫絶。王皮冠，寫絶。秦復陶，翠被，寫絶。豹舄，寫絶。執鞭以出。寫絶。僕析父從。寫絶。〇寫出必及于難之人如在目。右尹子革夕，王見之，去冠、被，寫。舍鞭，寫。與之語，寫。曰：「昔我先王熊繹與呂伋、齊。王孫牟、衛。燮父、晉。禽父魯。並事康王，四國皆有分，我獨無有，今吾使人于周，求鼎以爲分，王其與我乎？」必及于難人聲口。對曰：「與君王哉！奇妙，便如接口。昔我先王熊繹辟在荆山，篳路藍縷以處草莽，跋涉山林以事天子，唯是桃弧棘矢以共禦王事。「無分」之故。齊，王舅也；晉及魯、衛，王母弟也。「有分」之故。楚是以無分而彼皆有。正論，以「昔」、「今」字分。今周與四國服事君王，奇談。將唯命是從，豈其愛鼎？奇談。」王曰：「昔我皇祖伯父昆吾，遥遥皇祖，隱隱伯父。舊許是宅。今鄭人貪賴其田，而不我與，我若求之，其與我乎？」必及于難人聲口。對曰：「與君王哉！奇妙，便如接口。周不愛鼎，鄭敢愛田？奇談，又趁上文熱鐺，故甚省而加妙。」王曰：「昔諸侯遠我而畏晉，今我大城陳、蔡、不羹，賦皆千乘，子與有勞焉，帶句，生姿。諸侯其畏我乎？」必及于難人聲口。對曰：「畏君王哉！奇妙，便如接口。是四國者，專足畏也。奇談。又加之以楚，敢不畏君王哉！奇談。」工尹路請曰：「君王命剥圭以爲鏚柲，敢請命。」又寫，寫絶。王入視之。寫絶。析父謂子革：「吾子，楚國之望也。今與王言如響，國其若之何？」忽作一波折，大奇大妙。子革曰：「摩厲以須，王出，吾刃將斬矣。」奇談。王出，寫。復語。寫。左史倚相趨過，王曰：「是良史也，子善視之。是能讀三墳、五典、八索、九丘。」恰湊入「摩厲以須」人刃下。對曰：「臣嘗問焉，昔穆王欲肆其心，周行天下，將皆必有車轍馬迹焉。祭公謀父作《祈招》之詩，以止王心，王是以獲没于祗宫。臣問其詩，而不知也。若問遠焉，其焉能知之？」大奇大妙，何處飛來？王曰：「子能乎？」對曰：「能。大奇大妙。其詩曰：『祈招之愔愔，式昭德音。思我王度，式如玉，式如金。形民之力，而無醉飽之心。』」大奇大妙。王揖而入，寫。饋不食，寢不寐，寫。數日，不能自克，以及于難。結。仲尼曰：「古也有志：『克己復禮，仁也。』信善哉！楚靈王若能如是，豈其辱于乾溪？」再結。

穆子不受鼓降

一篇奇妙文字，却是一片平實道理。故先賢每教人，未提筆作文字，必須先將道理講得稀爛于胸中。蓋道理爲文字之準衡，而平實乃奇妙之祖炁也。

晉荀吴中行穆子。帥師伐鮮虞，白狄别種。圍鼓。鮮虞邑。鼓人或請以城叛，畔鮮虞而來。穆子弗許。左右曰：「師徒不勤，而可以獲城，何故不爲？」穆子曰：「吾聞之叔向曰：『好惡不愆，民知所適，事無不濟。』叔向語也，先妙在不没叔向。或以吾城畔，吾所甚惡也；人以城來，吾獨何好焉？妙妙，此自是人心天理至公至平之事，無奈世人總不肯説到此。今被説來，實是通身慚愧。〇唐人《彈琴》詩曰：「人心盡如此，天下自和平。」正可移贊此語。賞所甚惡，若所好何？若其弗賞，是失信也，何以庇民？説到此，已是第二義，不得不説到耳。若力能則進，是，妙妙。否則退，量力而行，是，更妙，更妙。此二句乃正對「左右」。吾不可以欲城而邇奸，所喪滋多。」千古龜鑑，其敬佩之。使鼓人殺叛人而繕守備。奇事，正理，服鼓人已在此矣。圍鼓三月，鼓人或請降，使其民見，曰：「猶有食色，姑修而城。」呼其民覩之，而令更修城，未須降。妙妙，益更奇也。軍吏曰：「獲城而弗取，勤民而頓兵，何以事君？」穆子曰：「吾以事君也。接口甚疾者，只是一片天理爛熟于胸中也。獲一邑而教民怠，將焉用邑？説一遍。邑以賈怠，不如完舊。又説一遍。「完舊」，保守其舊教也。賈怠無卒，棄舊不祥。又説一遍。鼓人能事其君，吾亦能事吾君。又説一遍，愈説愈妙。率義不爽，好惡不愆，城可得而民知義所，有死命而無二心，不亦可乎？」又説一遍，愈説愈妙。此篇文字，只是一片天理爛熟。鼓人告食竭力盡，而後取之。克鼓而反，不戮一人。添此八字，分外姿致。

子産不與晉玉環

看其通篇純作嚴毅之筆，却並無一字使氣，爲千載以小事大之定式。○吾更愛其先襯以太叔子羽低商數語，使令毅者加分出色。

晉韓起聘于鄭。宣子有環，其一在鄭商。妙妙，偏有此鋭事，發起一篇大文。○鋭，小也。今俗呼小物曰「零鋭」，謂其小如針末也。碎，誤。宣子謁諸鄭伯，子産弗與，曰：「非官府之守器也，寡君不知。」初聞，謂其奇；細味，却是確。確故毅，毅故妙。子太叔、子羽謂子産曰：「韓子亦無幾求，此句説小。晉國亦未可以貳。此句説大。晉國韓子不可偷也。總。若屬有讒人交鬥其間，誠有此慮。鬼神而助之，以興其凶怒，誠有此慮。悔之何及？又總。吾子何愛于一環，再説小。其以取憎于大國也？再説大。盍求而與之？」又總。○細看子産何等毅，太叔子羽却何等婉。寫鄭六卿，千載下如畫。子産曰：「吾非偷晉而有二心，將終事之，是以弗與，忠信故也。先將一句提出本心，下乃細説。僑聞君子，非無賄之難，立而無令名之患；一「僑聞」，以處宣子。僑聞爲國，非不能事大字小之難，無禮以定其位之患。又一「僑聞」，以處鄭。○看他平提二「僑聞」，筆態一往只是毅甚。夫大國之人令于小國，而皆獲其求，將何以給之？一共一否，爲罪滋大。大國之求，無禮以斥之，何饜之有？吾且爲鄙邑，則失位矣。此只是四十九字一長句，並不曾轉筆，乃是作三個反覆説成耳。

言：皆給則不能，或給或不給，則終見罪；然則不如據禮斥之，吾豈爲爾屬邑，故受誅求。若韓子奉命以使，而求玉焉，貪淫甚矣，獨非罪乎？細看他用「而」字法、用「焉」字法，便下得「貪淫甚矣」四字。出一玉以起二罪，吾又失位，韓子成貪，將焉用之？此只是「出一玉以起二罪，將焉用之」十一字句，中八字注「二罪」耳，此古文法也。且吾以玉賈罪，不亦鋭乎？」餘文又折出此語，愈益妙，〇看太叔子羽何等婉，子産却只是毅。寫鄭六卿，千載下如畫。韓子買諸賈人，既成賈矣。商人曰：「必告君大夫。」此不是商人又奇，定是子産細到，詳算當知之。韓子請諸子産曰：「日起請夫環，執政弗義，弗敢復也。今買諸商人，商人曰『必以聞』，敢以爲請。」賢讀至此，不應便下，須先代子産細算如何處，實是更難措語。子産對曰：「昔我先君桓公與商人皆出自周，鄭先在西周畿内，桓公東遷，與商俱來。庸次比耦以艾殺此地，斬之蓬蒿、藜藋，而共處之；點綴此句，以遡昔者相盟之故也。並非要語，却政自少不得。世有盟誓，以相信也，曰：『爾無我叛，我無强賈，毋或丐奪，爾有利市寶賄，我勿與知。』如此盟語，不知是真有，不知是臨時撰出。恃此質誓[一]，故能相保以至于今。算來更無可措語，只得一直以盟誓爲據，力争到底。今吾子以好來辱，而謂敝邑强奪商人，是教敝邑背盟誓也，毋乃不可乎？吾子得玉而失諸侯，必不爲也。一直只以盟誓力争到底，妙妙，更不煩第二語矣。若大國令，而共無藝，鄭鄙邑也，亦弗爲也。僑若獻玉，不知所成。敢私布之。」一直只争盟誓，至收時，却仍以失位句繳正，辭令之妙如此。韓子辭玉曰：「起不敏，敢求玉以徼二罪？敢辭之。」

[一]「誓」，各本均作「示」，據《左傳》改。

晏子論梁丘據

至理至論不論，論其筆端，一何清峭疏越。

齊侯至自田，晏子侍于遄臺，子猶梁丘據。馳而造焉。公曰：「唯據與我和夫！」晏子對曰：「據句。亦同也，焉得爲和？」公曰：「和與同異乎？」對曰：「異。空中生出文字。和如羹焉，實論羹，非以羹喻也。水、火、不同性。醯、醢、鹽、梅，不同味。以烹魚肉，燀之以薪，人不知味，謂火在釜下，豈知只薪在釜下，火固在釜中哉。宰夫和之，齊之以味，濟其不及，以泄其過。君子食之，以平其心。至理至論。君臣亦然。斗地過筆。君所謂可，妙。而有否焉，妙。臣獻其否，妙。以成其可；妙。君所謂否，妙。而有可焉，妙。臣獻其可，妙。以去其否。妙。是以政平而不干，民無爭心。至理至論。故《詩》曰：『亦有和羹，既戒既平。鬷假無言，時靡有爭。』引《詩》腴甚。先王之濟五味、和五聲也，以平其心，成其政也。在今人手，即一喻一正便畢，否則兩喻都在前。今看其方作過接，再起。聲亦如味，實論聲，非再以聲喻也。一氣、二體、三類、四物、五聲、六律、七音、八風、九歌，樂以人氣爲主，一也；文武，二也；風雅頌，三也；方物，四也；宫商角徵羽，五也；陽律陰律，六也；五音加變宫變羽，七也；八方八卦之風，八也；六府三事，九也。以相成也；清濁、不同。小大、不同。短長、不同。疾徐、不同。哀樂、不同。剛柔、不同。遲速、不同。高下、不同。出入、不同。周疏，不同。以相濟也。君子聽之，以平其心。心平德和，至理至論。故《詩》曰：『德音不瑕。』引《詩》腴甚。章法變化如此。今據不然。君所謂可，據亦曰可；君所謂否，據亦曰否。若以水濟水，誰能食之？此是喻，收前。若琴瑟之專壹，誰能聽之？此是喻，收後。同之不可也，如是。總收。」飲酒樂。另文。公曰：「古而無死，其樂若何？」晏子對曰：「古而無死，則古之樂也，君何得焉？只作閑閑冷語，却又是至理至論。昔爽鳩氏始居此地，少皞司寇，今何在？季莿因之，虞夏諸侯，今何在？有逢伯陵因之，商諸侯，今何在？蒲姑氏因之，商周間諸侯，今何在？而後太公因之。太公亦何在？古若無死，爽鳩氏之樂，非君之願也。不説太公，偏説爽鳩，妙。」

吴許越成

詳寫少康，便可略寫勾踐。後三段，句句字字精神。

吴王夫差敗越于夫椒，報檇李也。定十四年，越敗吴于檇李，至是三年矣。遂入越。越子以甲楯五千，保于會稽，使大夫種因吴太宰嚭以行成。吴子將許之。伍員曰：「不可。二字斷。臣聞之：『樹德莫如滋，去疾莫如盡。』先引格言。次引古事。昔有過澆，殺斟灌以伐斟鄩，二「斟」，同姓國，相所依。滅夏后相，后緡方娠，緡，相妻。逃出自竇，歸于有仍，母家。生少康焉。爲仍牧正，惎澆能戒之。「惎」音忌，毒也。澆使椒求之，椒，澆臣。逃奔有虞，舜後封國。爲之庖正，以除其害。「除」，免也。虞思于是妻之以二姚，思，虞君名。而邑諸綸，有田一成，方十里。有衆一旅，五百人。能布其德，而兆其謀，以收夏衆，撫其官職；使女艾諜澆，女艾，臣名。使季杼誘豷。杼，少康子；豷，澆之弟。遂滅過、戈，滅澆于過，滅豷于戈。復禹之績，祀夏配天，不失舊物。引少康事畢。今吴不如過，而越大于少康，出語精神之至。或將豐之，不亦難乎？第一段，語語精神之至。勾踐能親而務施，一。施不失人，親不棄勞。與我同壤，二。而世爲仇讎。三。于是乎克而弗取，將又存之，違天而長寇讎，後雖悔之，不可食已。第二段，語語精神之至。食，言也，食今日之許成也。姬之衰也，日可俟也。泛一句。介在蠻夷，而長寇讎，以是求伯，必不行矣。第三段，語語精神之至。」弗聽。退而告人曰：「越十年生聚，而十年教訓，二十年之外，吴其爲沼乎！」精神之至。三月，越及吴平。

邾文公知命[一]

看其動筆，如快刀切物相似。

邾文公卜遷于繹。史曰：「利于民，而不利于君。」邾子曰：「苟利于民，孤之利也。至理

[一] 以下兩篇，康熙二年刻本、有正書局本列爲「卷之末」補遺，現移至此。

至言，又極犀快。○一段只此八字二句，已畢，下乃自解也。天生民而樹之君，以利之也。自解「苟利于民」句。民既利矣，孤必與焉。」自解「孤之利也」句。看他筆筆犀快。左右曰：「命可長也，君胡弗爲？」邾子曰：「命在養民。看他應聲將「命」字，疾接「在養民」字成句。其意已畢。下特筆勢犀快，不覺寫盡耳。死之短長，時也。民苟利矣，遷也，吉莫如之！」筆筆犀快。○「苟利于民」、「民既利矣」、「民苟利矣」，一口只咬定「利民」二字，接連作幾踍跳。遂遷于繹。五月，邾文公卒。君子曰：「知命。」

詹桓伯讓晉爭閻田

看他初入手，便説周有天下，外薄四海，何爭此田，早自占得無數地步。已下只反覆祖宗封植天下，何至反教戎狄相制，却更不説到爭田事，真得立言之大體也。○與《不許請隧》一樣妙文，兩樣妙筆。

周甘人與晉閻嘉爭閻田。晉梁丙、張趯率陰戎伐潁。王使詹桓伯辭于晉曰：「我自夏以后稷，言周始祖當夏之世。魏、駘、芮、岐、畢，吾西土也。先有此五國。及武王克商，及周有天下。蒲姑、商奄，吾東土也；又有此二國。巴、濮、楚、鄧，吾南土也；又有此四國。肅慎、燕、亳，吾北土也。又有此三國。吾何邇封之有？言周封疆，外薄四海，豈止此近郊之田而已。妙妙。○已上先説不爭此田。文、武、成、康之建母弟，以藩屏周，亦其廢墜是爲，豈如弁髦而因以敝之。至情至理，直直說出。妙妙。○已上方說不圖晉乃爲此。先王居檮杌于四裔，以禦魑魅，故允姓之奸，居于瓜州。伯父惠公歸自秦，而誘以來，自此以下説陰戎，此先説陰戎來歷。使偪我諸姬，入我郊甸，則戎焉取之。戎有中國。誰之咎也？「使」，致使也。「焉取」，猶言若不誘來，則何至于此也。此深詰陰戎之來，是何人所致。后稷封植天下，今戎制之，不亦難乎？伯父圖之！此痛責晉來陰戎，大得罪于祖宗。妙妙。我在伯父[一]，猶衣服之有冠冕，木水之有本原，民人之有謀主也。伯父若裂冠毀冕，拔本塞原，專棄謀主，雖戎狄其何有余一人？」此歸重陰戎敢于無王，皆是晉先無王，我直不責陰戎。妙妙。

叔向謂宣子曰：「文之霸也，豈能改物？翼戴天子，而加之以共。自文以來，世有衰德，而暴蔑宗周，以宣示其侈。諸侯之貳，不亦宜乎！且王辭直，子其圖之。」宣子說，致閻田，反潁俘。

[一]「在」，康熙二年刻本爲「王」，康熙十六年增補本爲「于」，據有正書局本改。

天下才子必讀書卷之三

國　語

召公諫厲王止謗

前説民謗不可防，則比之以川；後説民謗必宜敬聽，則比之以山川原隰。凡作兩番比喻，後賢務須逐番細讀之，真乃精奇無比之文，不得止作老生常誦習而已。

厲王虐，國人謗王。召公告王曰：「民不堪命矣。」命虐，故也。王怒，得衛巫，使監謗者，巫有神靈，知誰曾謗也。以告，則殺之；國人莫敢言，道路以目。四字，寫愈不堪，愈益謗。如畫。王喜，告召公曰：「吾能弭謗矣，乃不敢言。」大愚人語。爲此四字，所以必盡「以目」四字。召公曰：「是障之也。一字斷住。防民之口，甚于防川。以民比川。川壅而潰，傷人必多；獨寫川。民亦如之。獨寫民。是故爲川，決之使道；爲民者，宣之使言。雙寫川、民。○數句川、民，本甚明白，所以分注之者，要學其筆下鑿鑿然。故天子聽政，使公卿至于列士獻詩，瞽獻典，史獻書，師箴，瞍賦，矇誦，百工諫，庶人傳語，近臣盡規，親戚補察，瞽、史教誨，耆、艾脩之，而後王斟酌焉，是以事行而不悖。「故」字起，「之」字止，「而後」字轉，「是以」字證，只是一句文字。民之有口也，猶土之有山川也，財用于是乎出；猶其有原隰衍沃也，衣食于是乎生。上曰民口猶川，言謗口也；此曰民口猶山川原隰，言斟酌之口也。不惟不犯重，須知正欲如此用筆，以力辨民口必宜敬聽，不宜怒而監之。口之宣言也，善敗于是乎興，行善而備敗，其所以阜財用衣食者也。上二句，本是精奇之論，故必須特與作釋，此特與作釋也。夫民，慮之于心，而宣之于口，二語，説謗之可寶如此，真是精奇無比。成而行之，胡可壅也？若壅其口，其與能幾何？「其與」，言其教誨我，即上王然後斟酌也，皆精奇語。王弗聽，于是國人莫敢出言。三年[二]，乃流王于彘。

周襄王弗許晉文公請隧

晉文公既定襄王于郟，王勞之以地，辭。請隧焉，王弗許，曰：

其理甚直，其辭甚曲，其態甚婉，其旨甚辣。

「昔我先王之有天下也，「天下」、「大物」，乃先王有之，曾無所利也，止是「服物采章」，稍與公、侯、伯、子、男有輕重之分，然亦實爲臨長百姓不得不爾，此不可以奸也。起得正大明白不難，難在又離奇，又疏快。規

[二] 「三」，康熙刻本均作「二」，據《評注才子古文》、有正書局本改。

方千里，以爲甸服，止于此耳。以供上帝山川百神之祀，以備百姓兆民之用，以待不庭不虞之患。有此許多用處。其餘「甸服」之餘。以均分公、侯、伯、子、男，使各有寧宇，以順及天地，無逢其災害；不惟至公，又見至恩。先王豈有賴焉？完上語。內官不過九御，外官不過九品，足以供給神祇而已；豈敢厭縱其耳目心腹，以亂百度？將寫「服物采章」，先寫「九御」「九品」以爲頓挫。要細看其「不過」字，「足以」字，「而已」字，「豈敢」字。亦惟是死生之服物采章，以臨長百姓，而輕重布之。「亦惟是」妙，始入正題也。隧爲死之服物采章，今帶一「生」字，且爲大概之論也。百忙中又特下「臨長百姓」四字，分明將先王心事都説破。王何異之有？「異之」爲言希罕也。已上先將隧説透畢，已下反覆寫弗許。今天降禍災于周室，余一人僅亦守府，又不佞以勤叔父，叙子帶啓翟入周，襄王出居氾上事。而班先王之大物以賞私德，其叔父實應且憎，以非余一人；反如此説轉來，妙妙。余一人豈敢有愛也？又疾接此句，妙妙。已上寫弗許已畢，已下純是刀斧劍戟之文。先民有言曰：『改玉改行。』叔父若能光裕大德，更姓改物，以創制天下，自顯庸也，而縮取備物，以鎮撫百姓；余一人其流辟于裔土，何辭之與有？直發出如許説話，不顧唬死人。就中最精細又是「更姓」二字，便有「流辟裔土」之句也。若猶是姬姓也，尚將列爲公侯，以復先王之職，大物其未可改也。看他一振一落，是何等筆墨。叔父其懋昭明德，物將自至。余敢以私勞變前之大章，以忝天下，其若先王與百姓何？何政令之爲也？又一振一落，此非重叠之文，蓋上一振落是爲隧，此一振落是爲請。若不然，叔父有地而隧焉，余安能知之？」又直説至此，真盡情盡事之文。

單子知陳必亡

此篇，篇法不論，只細看其字法。

定王使單襄公聘于宋，遂假道于陳，以聘于楚。火朝覿矣，道茀不可行也。一。候不在疆，二。司空不視塗，三。澤不陂，四。川不梁，五。爲下「辰角見」一段案。野有庾積，六。場功未畢，七。道無列樹，八。墾田若藝，九。爲下「周制有之」一段案。膳宰不致餼，十。司里不授館，十一。國無寄寓，十二。縣無施舍，十三。爲下「周之《秩官》」一段案。民將築臺于夏氏。十四。及陳，陳靈公與孔寧、儀行父，南冠以如夏氏，留賓弗見。十五。爲下「先王之令」一段案。單子歸告王曰：「陳侯不有大咎，國必亡。」王曰：「何故？」對曰：「夫辰角見而雨畢，天根見而水涸，本見而草木節解，駟見而隕霜，火見而清風戒寒。故先王之教曰：引古。『雨畢而除道，水涸而成梁，草木節解而備藏，隕霜而冬裘具，清風至而脩城郭宮室。』故夏令曰：再引古。『九月除道，十月成梁。』其時儆曰：『收而場功，偫而畚梮，營室之中，土功其始，火之初見，期于司里。』此先王之所以不用財賄，而廣施德于天下者也。今陳國入今陳。火朝覿矣，而道路若塞，野場若棄，澤不陂障，川無舟梁：是廢先王之教也。一結。周制有之曰：引古。『列樹以表道，立鄙食以守路。國有郊牧，畺有寓望，藪有圃草，囿有林池：所以禦災也。其餘無非穀土。

民無縣耜，野無奥草。不奪民時，不蔑民功。有優無匱，有逸無罷。國有班事，縣有序民。』今陳國入今陳。道路不可知，田在草間，功成而不收，民罷于逸樂：是棄先王之法制者也。二結。周之《秩官》有之曰：引古。『敵國賓至，關尹以告，行理以節逆之，候人爲導，卿出郊勞，門尹除門，宗祝執祀，司理授館，司徒具徒，司空視塗，司寇詰奸，虞人入材，甸人積薪，火師監燎，水師監濯，膳宰致餐，廩人獻餼，司馬陳芻，工人展車；百官各以物至，賓人如歸：是故小大莫不懷愛。其貴國之賓至，則以班加一等，益虔。至于王使，則皆官正涖事，上卿監之。若王巡守，則君親監之。』今雖朝也不才，入今陳。有分族于周，承王命以爲過賓于陳，而司事莫至：是蔑先王之官也。三結。先王之令有之曰：引古。『天道賞善而罰淫。故凡我造國，無從非彝，無即慆淫，各守爾典，以承天休。』今陳侯入今陳。不念胤續之常，棄其伉儷妃嬪，而帥其卿佐，以淫于夏氏，不亦瀆姓矣乎？四結。陳，我大姬之後也。棄衮冕而南冠以出，不亦簡彝乎？是又犯先王之令也。再結。昔先王之教，茂帥其德也，猶恐隕越。若廢其教而棄其制，蔑其官而犯其令，將何以守國？居大國之間，而無此四者，其能久乎？總收。」六年，單子如楚。八年，陳侯殺于夏氏。紀是年，以見其驗之速也。九年，楚子入陳。

魯展禽論祀爰居

海鳥爰居，止于魯東門之外三日。臧文仲使人祭之，柳下惠論之。

看其議論處，敘述處，結束處，凡發出無數典故，直是疏快。

越哉，臧孫之爲政也！不責其祀，直責其政，極大極精議論。下緊接注釋。夫祀，國之大節也；而節，政之所成也；故慎制祀以爲國典。故不責其祀，直責其政也。今無故而加典，入事。非政之宜也。斷畢。下廣引典故。夫聖王之制祀也，法施于民則祀之，五帝，殷契，周文。以死勤事則祀之，夏鯀，殷冥，周棄。以勞定國則祀之，虞幕，夏杼，殷上甲微，周高圉，太王。能禦大災則祀之，夏禹。能扞大患則祀之；殷湯，周武王。非是族也，不在祀典。先虛論一番。昔烈山氏之有天下也，其子曰柱，能植百穀百蔬；夏之興也，周棄繼之，故祀以爲稷。故祀稷。共工氏之伯九有也，其子曰后土，能平九土，故祀以爲社。故祀社。已上社稷。黄帝能成命百物，以明民共財，黄帝。顓頊能修之。顓頊。帝嚳能序三辰以固民，帝嚳。堯能單均刑法以儀民，堯。舜勤民事而野死，舜。鯀鄣鴻水而殛死，鯀。禹能以德修鯀之功，禹。契爲司徒而民輯，契。冥勤其官而水死，冥。湯以寬治民而除其邪，湯。稷勤百穀而山死，稷。文王以文昭，文王。武王去民之穢。武王。看他雜雜敘述，下却一筆結束之，便成極齊整。故有虞氏禘黄帝而祖顓頊，郊堯而宗舜；夏后氏禘黄帝而祖顓頊，郊鯀而宗禹；商人禘嚳而祖契，郊冥而宗湯；周人禘嚳而郊稷，祖文王而宗武王；已上，禘、郊、宗、祖，先總敘功德，後總出祀典。幕，能帥顓頊者也，有虞氏報焉；幕。杼，能帥禹者也，夏后氏報焉；杼。上甲微，能帥契者也，商人報焉；上甲微。高圉、太王，能帥稷者也，周人報焉。已上報。逐句出祀典，與上法變。凡禘、一。郊、二。宗、三。祖、四。報，五。此五者國之典祀也。典祀。〇已下補敘社、稷等祀，法又變。加之以山、川、社、稷之神，皆有功烈于民者也；一。及前哲令德之人，所以爲民質也；二。及天之三辰，民所以瞻仰也；三。及地之五行，所以生殖也；四。及九州名山川澤，所以出財用也：五。非是不在祀典。如此大篇，只用六字結，最嚴峭。今海鳥至，已不知三字妙。而祀之，以爲國典，入事。難以爲仁且知矣。再斷之。夫仁者講功，而知者處物。又與仁、智作注釋。「講功」，譏其祀爰居也；「處物」，譏其不知爰居也。無功而祀之，非仁也；結上。不知而不問，非知也。出下。今茲海其有災乎？夫廣川之鳥獸，恒知而避其災也。說出一笑。

里革斷罟匡君

沉毅而有扶疏之意，板整而有圓滑之能。

宣公夏濫于泗淵，里革斷其罟而棄之，看他下一「其」字，便自毅然。曰：一面斷，一面說，所以下有「公聞之」字。「古者大寒降，土蟄發，水虞于是乎講罛罶，取名魚，登川禽，而嘗之寢廟，行諸國人，助宣氣也。鳥獸孕，水蟲成，獸虞于是乎禁罝羅，矠魚鱉，以爲夏犒，助生阜也。鳥獸成，水蟲孕，水虞于是乎禁罝麗，設穽鄂，以實廟庖，畜功用也。三段，極齊整，却是極參差。如獸虞却「矠魚鱉」，水虞却「設穽鄂」。且夫山不槎蘖，澤不伐夭，魚禁鯤鮞，獸長麑麌，鳥翼鷇卵，蟲舍蚳蝝，蕃庶物也，古之訓也。換筆再寫，極齊整，極參差。今魚方別孕，「別孕」，字法。不教魚長，「不敢」，字法。又行網罟，貪無藝也。」「無藝」，字法。公聞之曰：「吾過，而里革匡我，不亦善乎？

是良罟也，爲我得法。使有司藏之，使吾無忘諗。」公又好。師存侍曰：「藏罟，不如置里革于側之不忘也。」師存又好。

季文子儉德

「吾亦願」，「然吾觀」，「吾是以」，「且吾聞」，只兩行文字，却作此三數折。誦之，婉媚之甚，而更不能知其婉媚乃在何處。某是以論文必原其心地，此只爲直從心地流出，故也。

季文子相宣、成，無衣帛之妾，無食粟之馬。仲孫它諫曰：「子爲魯上卿，相二君矣，妾不衣帛，馬不食粟，人其以子爲愛，且不華國乎？」文子曰：「吾亦願之。先作四字，一頓。然吾觀國人，其父兄之食粗而衣惡者猶多矣，吾是以不敢。世人但傳季氏强臣，豈知其有此藹如之言。○語調甚婉折。人之父兄食粗衣惡，而我美妾與馬，無乃非相人者乎？與上，不知其是複是單，但見婉折之甚。且吾聞以德榮爲國華，不聞以妾與馬。」「德榮爲國華」，自是常語，妙正在「以妾與馬」耳。文子以告孟獻子，獻子囚之七日。自是，子服之妾衣不過七升之布，馬餼不過稂莠。文子聞之曰：「過而能改者，民之上也。」使爲上大夫。又好。

叔仲勸襄公如楚

筆筆快聳,節節扶疏。某如得假十年全力學之,則或亦有其快聳,然終不得其扶疏也。

襄公如楚,及漢,聞康王卒,欲還。康王,楚王也。叔仲昭伯曰:「君之來也,非爲一人也,康王。爲其名與其衆也。言其國大,有盟主之名,略地多,兵甲衆,説得快聳。今王死,其名未改,其衆未敗,何爲還?快聳。」諸大夫皆欲還。子服惠伯曰:「不知所爲,姑從君乎?」庸人無識,往往作此言。叔仲曰:「子之來也,非欲安身也,爲國家之利也,故不憚勤遠而聽于楚,非義楚也,畏其名與衆也。便用上文句法,又增添數句,扶疏之甚,快聳之甚。夫義人者,固慶其喜而弔其憂,況畏而服焉?妙妙,快聳之甚。聞畏而往,聞喪而還,苟芊姓實嗣,其誰代之任喪?王太子又長矣,執政未改,予爲先君來,死而去之,其誰曰不如先君?言畏康王故往,康王死便還。康王豈無後耶?既有厥嗣,便有喪主。彼年已長,執政又仍舊,然則我之來而忽去,豈以嗣君不肖,不復如先君可畏耶?妙妙,快聳之甚也。將爲喪舉,聞喪而還,其誰曰非侮也?言今日在本國,聞其喪,尚須來,豈有到彼國,反去耶?妙妙,快聳之甚也。事其君而任其政,其誰蹊已貳?此段承「執政未改」句,言畏先王,不畏嗣君,便是貳之。我今實執楚政,豈可容人如此?快聳之甚也。求説其侮,而亟于前之人,其讎不滋大平？説侮不懦，執政不貳，帥大讎以憚小國，其誰云待之，「説」脱也。彼執政誓欲自解其受侮，而求幾及先王，則必與我爲大讎也。若從君而走患，則不如違君以避難。又拗一筆，扶疏之甚，快聳之甚。且夫君子計成而後行，二三子計乎？有禦楚之術而有守國之備也，則可也；又拗一筆，扶疏之甚，快聳之甚。若未有，不如往也。」扶疏快聳絶也。乃遂行。

敬姜述先姑

妙處總在問答之外。

季康子問于公父文伯之母，曰：「主亦有以語肥也。」妙句。對曰：「吾能老而已，何以語子？」每讀文伯母語，謂其過嚴，却又作如此諧趣。康子曰：「雖然，肥願有聞于主。」好句。對曰：「吾聞之先姑曰：『君子能勞，後世有繼。』」「能勞」、「有繼」，反是常語，妙在述其先姑。子夏聞之曰：「善哉！商聞之曰：『古之嫁者，不及舅、姑，謂之不幸。』夫婦學于舅、姑者也。」後世爲婦者，胡可不聞此言？

敬姜以鷩逐文伯

瑣事瑣言，却特妙絶。

公父文伯飲南宮敬叔酒，以露睹父爲客。羞鱉焉，句。小。句。睹父怒，相延食鱉，辭曰：「將使鱉長而後食之。」妙語，不意古人乃有此，政復後人不及。遂出。文伯之母聞之，怒曰：「吾聞之先子曰：必稱「先子」，妙妙。『祭養尸，饗養上賓。』重二「養」字，言順適其志也。鱉于何有而使夫人怒也？」十字妙句，千載至言。○言鱉何難，而致開罪于人。遂逐之。五日，魯大夫辭而復之。

敬姜弗應

前添天子及諸侯一段，是筆力大處；中插「寢門之内，婦人治焉」一段，又是筆力大處；後分外朝、内朝，特地總一「皆」字，又是筆力大處。若漢以後人，便更寫不到。

公父文伯之母如季氏，康子在其朝，季氏外朝也，下「從之，及寢門」，則穿過内朝也。與之言，弗應；從之，及寢門，弗應，句。兩「弗應」好，只是弗應也。而入。上寫兩「弗應」，好；次寫兩「而入」，好。康子辭于朝，而入句。見曰：「肥也不得聞命，無乃罪乎？」曰：「子弗聞乎？四字毅甚。天子及諸侯合民事于外朝，合神事于内朝；段，賓。自卿以下，合官職于外朝，合家事于内朝，段，主。寢門之内，婦人治其業焉，段，别插婦人。上下同之。天子、諸侯，自卿以下，同之也。夫外朝，句。子將業君之官職焉；「子將」字妙，「焉」字妙。内朝，句。子將庀季氏之政焉；「子將」字妙，「焉」字妙。皆非吾所敢言也。」「皆」字妙。不惟官職不敢言，雖家政亦不敢言。後世太后臨朝，豈知前古先有如此龜鑑。

敬姜教子逸勞

極參差，極嚴整，極徑直，極曲折。讀其參差，須學其嚴整；讀其徑直，須學其曲折。

公父文伯退朝，朝其母，其母方績。奇。文伯曰：「以歜之家，只四字，便寫盡淫心。而主猶績，懼干季孫之怒也，其以歜爲不能事主乎？」無多句，却有三四折，便要細讀，不止讀下文也。其母歎曰：「魯其亡乎！使僮子備官而未之聞邪？通篇議論，看他如此起筆，讀之瞿然失驚，妙妙。居，吾語女：昔聖王之處民也，擇瘠土而處之，勞其民而用之，故長王天下。頭。○「瘠土」「勞民」「長王天下」，千載至言。夫民勞則思，思則善心生；逸則淫，淫則忘善，忘善則惡心生。雙釋「勞民」。「思」字，妙理；「忘」字，妙理。沃土之民不材，淫也；瘠土之民莫不嚮義，勞也。雙釋「瘠土」。「不材」，妙理；「莫不嚮義」，妙理。是故天子大采朝日，與三公九卿祖識地德；春分，朝日。日中考政，與百官之政事，師尹惟旅、牧、相，宣序民事；日中。少采夕月，與太史、司載，糾虔天刑；秋分，夕月。日入監九御，使潔奉禘、郊之粢盛，日入。而後即安。第一段，天子勞。諸侯朝，修天子之業命，朝。晝考其國職，晝。夕省其典刑，夕。夜儆百工，使無慆淫，夜。而後即安。第二段，諸侯勞。卿大夫朝考其職，朝。晝講其庶政，晝。夕序其業，夕。夜庀其家事，夜。而後即安。第三段，卿大夫勞。士朝而受業，朝。晝而講貫，晝。夕而習復，夕。夜而計過，無憾，夜。而後即安。

第四段，士勞。自庶人以下，明而動，明。晦而休，晦。無日以怠。第五段，庶人勞。王后親織玄紞，王后績，一。公侯之夫人加之以弦、綖，公侯夫人績，二。卿之内子爲大帶。卿内子績，三。命婦成祭服，命婦績，四。大夫妻也。列士之妻加之以朝服，士妻績，五。自庶士以下，皆衣其夫。庶民妻績，六。社而賦事，烝而獻功，二句總上女工。男女效績，愆則有辟，二句總前男女。古之制也。總住。君子勞心，小人勞力，先王之訓也。自上以下，誰敢淫心舍力？重申心力必勞。今我寡也，爾又在下位，曲折。朝夕處事，猶恐忘先人之業。曲折。況又怠惰，其何以避辟！曲折。吾冀而朝夕修我曰：『必無廢先人。』曲折。爾今曰：『胡不自安？』曲折。以是承君之官，余懼穆伯之絶祀也。」曲折，看他十數曲折。仲尼聞之曰：「弟子志之，季氏之婦不淫矣。」「季氏之婦」，季氏合族諸婦也；「不淫」，皆勉于勞也。

此是六段文字，段段妙絶。

靡笄之役[一]

郤獻子聘于齊，齊頃公使婦人觀而笑之。郤獻子怒，歸，請伐齊。范武子退自朝，

[一]「笄」，康熙二年刻本作「箕」，據重刻康熙二年序本等改。

曰：「燮乎，武子子文子名。吾聞之，干人之怒，必獲毒焉。奇理，至理。夫郤子之怒甚矣，不逞于齊，必發諸晉國。奇理，至理。不得政，何以逞怒？奇理，至理。余將致政焉，以成其怒，奇理，至理。無以内易外也。爾勉從二三子，以承君命，唯敬。奇理，至理。」乃老。已上范武子一節事。范文子莫退于朝。武子曰：「何莫也？」對曰：「有秦客廋辭于朝，作隱語也。大夫莫之能對也，吾知三焉。」武子怒曰：「大夫非不能也，讓父兄也。妙妙，聞之凛然。爾童子，何知而三掩人于朝？吾不在晉國，亡無日矣。」妙妙，聞之凛然。擊之以杖，折委笄。已上范武子又一節事。靡笄之役，韓獻子將斬人。郤獻子駕，速駕也。將救之，速駕之意也。至，句。則既斬之矣。讀至此，試掩卷思其下將如何，便益意智。郤獻子請以狥。大奇。其僕曰：「子不將救之乎？」要發明。獻子曰：「敢不分謗乎？」已上郤獻子又一節事。靡笄之役，郤獻子傷，曰：「余病喙。」張侯御，曰：「三軍之心，在此車矣。其耳目，在于旗鼓。奇文，妙理。車無退表，鼓無退聲，軍事集焉。奇文，妙理。吾子忍之，不可以言病。奇文，妙理。受命于廟，受脤于社，甲胄而效死，戎之政也。奇文，妙理。病未若死，奇文，妙理。祇以懈志。」奇文，妙理。乃左並轡，右援枹而鼓之，馬逸不能止，三軍從之。齊師大敗，逐之，三周華不注之山。已上又一節事。靡笄之役，郤獻子師勝而反。范文子後入。武子曰：「燮乎，女亦知吾望爾也乎？」哀音刺耳，使人墮淚。對曰：「夫師，郤子之師也，其事臧。若先，則恐國人之屬耳目于我也，妙。故不敢。」武子曰：「吾知免矣。」已上范文子又一節事。靡笄之役，郤獻子見，公曰：「子之力也夫！」對曰：「克也以君命命三軍之士，三軍之士用命，克也何力之有焉？」妙。范文子見，公曰：「子之力也夫！」對曰：「燮也受命于中軍，以命上軍之士，上軍之士用命，𤫊也何力之有焉？」妙。欒武子見，公曰：「子之力也夫！」對曰：「書也受命于上軍，以命下軍之士，下軍之士用命，書也何力之有焉？」妙，如此安得不集事。已上又一節事。

范文子不欲伐鄭

侵伐武事，忽然寫得鬱伊悱惻之甚，古人之多奇如此。

厲公將伐鄭，鄭從楚，故也。范文子不欲，曰：「若以吾意，四字便妙絶。諸侯皆畔，則晉可爲也。奇語，妙語。唯有諸侯，故擾擾焉。奇語，妙語。凡諸侯，難之本也。得鄭憂滋長，安用鄭？奇語，妙語。」郤至曰：「然則王者多憂乎？」文子曰：「我王者也乎哉？劈口直接「王者」，先破此二字。夫王者成其德，而遠人以其方賄歸之，故無憂。莊語「王者」如彼。今我「夫王者」，三字提；「今我」，二字提。「故無憂」、「故多憂」，一樣三字結。寡德而求王者之功，故多憂。子見無土而欲富者，樂乎哉？奇語，妙語。」

叔向賀貧

讀柳子厚賀失火，不如先讀此。看他寫欒家三世，有許多轉折；寫郤家，却又是一直：極盡人事天道。

叔向見韓宣子，宣子憂貧，叔向賀之。奇文。宣子曰：「吾有卿之名，而無其實，無以從二三子，吾是以憂。子賀我何故？」好。對曰：「昔欒武子更不説是甚道理，竟直舉一家。無一卒之田，其官不備其宗器，貧。宣其德行，順其憲則，使越于諸侯。德。諸侯親之，戎、狄懷之，以正晉國。行刑不疚，以免于難。豈非可賀。○舉驗貧之宜賀已畢，下又曲折詳寫其子孫。妙妙。及桓子驕泰奢侈，貪欲無藝，略則行志，假貸居賄，不貧，又無德。宜及于難；而賴武之德，以没其身。遍寫其事之反。及懷子改桓子之行，而修武之德，「改桓」是貧，「修武」是德。可以免于難；而離桓之罪，以亡于楚。桓之免難，是貧之可賀，乃又及其子孫。懷之離罪，是不貧之可弔，若不于其身，又必于其子孫也。已上舉一家，以驗貧之宜賀。夫郤昭子，又直舉一家。其富半公室，其家半三軍，富。恃其富寵，以泰于國；無德。其身尸于朝，其宗滅于絳。豈非可弔？舉驗富之宜弔已畢，下亦作曲折。不然，夫八郤：五大夫、三卿，五大夫、三卿，爲「八」也。其寵大矣；一朝而滅，莫之哀也，唯無德也。已上再舉一家，以驗富之宜弔。今吾子入正文。有欒武子之貧，吾以爲能其德矣，是以賀。若不憂德之不建，而患貨之不足，將弔不暇，何賀之有？反，又奇文。」

范獻子自傷不學

曰「人不可不學」，曰「唯不學」，曰「人之有學」，曰「而況君子之學」，一剪一截，筆墨整齊。讀之，始不敢以文爲戲。

范獻子聘于魯，問具山、敖山，一犯「具」、「敖」字。魯人以其鄉對。別以鄉名對，不正對二山也。獻子曰：「不爲具、敖乎？」妙妙，又一犯「具」、「敖」字，此爲故作之筆。對曰：「先君獻、武之諱也。」獻公諱「具」，武公諱「敖」也。獻子歸，徧戒其所知。苦切勸學也。曰：「人不可不學。一句作一段，真正創鉅痛深語，不是口中常談。吾適魯而名其二諱，爲笑焉，唯不學也。二句作一段，看他上述「吾適魯」，下述「爲笑」，句法孃孃。人之有學也，猶木之有枝葉也。二句作一段。木有枝葉，猶庇廕人，而況君子之學乎？三句作一段。」

董叔得繫于范

「求」字妙妙，「既」字妙妙，「矣」字妙妙，分作兩句妙妙，「欲而得之」妙妙，「又何請焉」妙妙。不知文者謂是佳謔，却不知是一片眼淚。〇讀此，忽然又想着虞翻「遠求小姓，足使生子」語。

董叔將取于范氏，叔向曰：「范氏富，盍已乎！」求昏至言，千載敬佩之。曰：「欲爲繫援焉。」千載求昏富室人同心。他日，董祁愬于范獻子曰：「不吾敬也。」董祁，即董叔所取于范氏之妻，獻子之妹也。○富女，那可不敬？一笑。獻子執而紡之庭之槐，妙妙。叔向過之，亦是特地「過之」。曰：「子盍爲我請乎？」叔向曰：「求繫，既繫矣；求援，既援矣。欲而得之，又何請焉？」妙妙，不是謔，正是痛札。

魏獻子悟三歎

初歎，是惟恐不足；再歎，是豈主而有不足；三歎，是已足。輕輕只將「不足」二字翻剔，而已令其主心動于內，意悅于外。有臣如此，主欲不名聞諸侯，不可得也。

梗陽人有獄，將不勝，請納賂于魏獻子，獻子將許之。閻沒謂叔寬曰：「與子諫乎？只四字，忠愛悱惻之甚。吾主以不賄聞于諸侯，可惜許。今以梗陽之賄殃之，下一「殃」字，妙。不可。只二字，義形于色之甚。」○初商，用一「乎」字；熟商，用一「不可」字：如聞二人之聲，如見二人之心。二人朝，而不退。好。獻子將食，問誰在廷。好。曰：「閻明、叔褒在。」好。召之，好。使佐食。寫獻子之視二人如此，是以忠愛形色也。比已食，三歎。妙于不諫，此人子事父母幾諫之法，而二人以之。既飽，獻子問焉，曰：「人有言曰：『唯食可以忘憂。』吾子一食之間，而三歎，何也？」同辭對曰：「吾小人也，一稱「小人」。貪饋之始至，懼其不足，故歎。忽然無中生有，想出「不足」二字，又恣意變作三句。妙妙。中食而自咎也，曰：『豈主之食而有不足？』是以再歎。「懼其不足」妙，「豈主有不足」更妙，分明直札心窩裏。既食，願以小人之腹，爲君子之心，屬饜而已，是以三歎。再稱「小人」。」〇插此二句，法奇。〇猶言小人之腹，屬厭而已，願君子亦以是爲心也。輕輕已諫畢。獻子曰：「善。」乃辭梗陽人。獻子又妙。君臣如此，直父子也，魚水不足喻矣。

郵無正論壘培

不惟不墮壘培，反又增之，此是通篇正論之所由發也。妙又在前之加意寫一必墮之命，後之加意寫一如故之怨，特爲通篇添無數氣色。

趙簡子使尹鐸爲晉陽，曰：「必墮其壘培。荀寅、士吉射，圍趙氏時所作也。吾將往焉，後日或將至晉陽也。若見壘培，是見寅與吉射也。」自是錚錚語。尹鐸往而增之。出奇。〇每每出奇，寫到下，却是一片至理。簡子如晉陽，見壘怒曰：「必殺鐸也而後入。」句色勁甚。大夫辭之，不可，曰：「是昭余讎也。」必殺之故。郵無正進曰：「昔先王文子簡子之祖趙武也。少釁于難，從姬氏于公宫，已成幽微。有孝德以出在公族，孝，德之基也。有公德以升在位，公，德之成也。有武德以羞爲正卿，武，德之用也。有温德以成其名譽。温，德之藏也。四「德」，有次序，有分寸。失趙氏之典刑，而去其師保[一]，其

[一]「去其」，康熙二年刻本、康熙十六年增補本、有正書局本作「其去」，據重刻康熙二年序本、《評注才子古文》本改。

先。基于其身，以克復其所。其身。○「基」，始也；「其身」。文子身也。克復典刑師保，爲其所也。及景子長于公宫，文子子，簡子父趙成，從王母在宫。未及教訓，句。而嗣立矣，句。「矣」字寫出不幸意。亦能纂修其身以受先業，無謗于國，上言「名譽」，此言「無謗」，德成固惟人言是凛凛。順德以學子，擇言以教子，擇師保以相子。三「子」字，正指簡子。今吾子嗣位，有文之典刑，一。有景之教訓，二。重之以師保，三。加之以父兄，四。子皆疏之，以及此難。荀士壘培之難。夫尹鐸曰：『思樂而喜，思難而懼，人之道也。至理，妙言。委土可以爲師保，奇句，奇字。「委土」，言委棄之土也。吾何爲不增？』至理妙言。「何爲不」，妙妙。是以修之，庶曰可以鑑而鳩趙宗乎！疊疊代尹鐸說出。若罰之，是罰善也。句色勁甚。罰善必賞惡。句色勁甚。臣何望矣！句色勁甚。」簡子說，曰：「微子，吾幾不爲人矣！」無語不作錚錚聲。以免難之賞賞尹鐸。軍賞也，引例而賞也。初，伯樂無正字。與尹鐸有怨，下又奇，此先爲下注一句，不在敘事例。以其賞如伯樂氏，曰：「子免吾死，敢不歸禄。」「禄」，所得賞也。亦必然之情。辭曰：「吾爲主圖，非爲子也。妙妙。奇怪甚，却是一片至理。怨自若焉。添寫四字，出色。」

竇犨論人化[一]

可謂所對非所問矣，然實是志得意滿人兜頭一痛札。

[一]「犨」，康熙二年刻本作「讐」，據重刻康熙二年序本等改。

趙簡子歎曰：「雀句。入于海句。爲蛤，句。雉句。入于淮句。爲蜃。句。詳二。黿鼉魚鱉，莫不能化，略四。唯人不能。哀夫！」求仙之說，乃始于此，不獨秦皇、漢武矣。奇奇。竇犨侍曰：「臣聞之：君子哀無人，不哀無賄；哀無德，不哀無寵；不接「化」字，却接「哀」字，妙妙。二句，賓。哀名之不令，不哀年之不登。此句，主。夫中行范氏不恤庶難，而欲擅晉國。今其子孫將耕于齊，上云「哀年不登」，明明知其「化」字如此，却偏作爾語。宗廟之犧爲畎畝之勤。腴句，笑憫都有。人之化也，何日之有！胡可勝歎。」

士茁懼室美

看他不用多筆，而寫盡驕奢，固知善寫者皆不用多筆也。

知襄子爲室美，士茁夕焉。「夕」，暮見也。知伯曰：「室美夫！」一「夫」字，寫盡驕奢，用「夫」字法。對曰：「美則美矣，抑臣亦有懼也。」只二語，又婉又警。用「則」字法，用「矣」字法，用「抑」字法，用「亦」字法。知伯曰：「何懼？」驕奢。對曰：「臣以秉筆事君。先陪此一語，自言是書生。志有之曰：『高山峻原，不生草木。松柏之地，其土不肥。』此秉筆人所常誦。今土木勝，臣懼其不安人也。」上曰「何懼」，正懼此也。知伯更無語。可知不爲意。室成三年而知氏亡。

子囊議恭王謚

只短短數句，却有斷制，有頓挫，有精彩，有氣力，可稱大國大事、大老大文。

恭王有疾，召大夫曰：召大夫。「不穀不德，失先君之業，覆楚國之師，不穀之罪也。若得保其首領以没，唯是春秋所以從先君者，請爲『靈』若『厲』。」恭王好。大夫許諾。大夫諾。王卒，及葬，子囊議謚。大夫曰：「君王有命矣。」大夫曰。子囊曰：「不可。夫事君者，先其善，不從其過。先斷。赫赫楚國，而君臨之，撫征南海，訓及諸夏，其寵大矣。賓句。有是寵也，而知其過，可不謂『恭』乎？主句。若先君善，則請爲『恭』。再斷。」大夫從之。大夫從。一篇以大夫爲章法。

王孫圉對簡子

以二賢人爲寶，固是正論，然已被後人盜襲，至成爛腐。其又以雲連徒洲爲寶，即後人至今未見臨摹也。可見後人只是口頭依樣亂説，古人則盡是真實見識、真實本事。看他三樣寶串作一片，便可信。

王孫圉聘于晉，定公饗之。趙簡子鳴玉以相，問于王孫圉曰：「楚之白珩猶在乎？」對曰：「然。」簡子曰：「其爲寶也，幾何矣？」幾何世也。曰：「未嘗爲寶。一句答，最辣手。楚之所寶者，曰觀射父，奇妙，又無腐狀。能作訓辭，以行事于諸侯，使無以寡君爲口實。最要此句，所以無腐狀。又有左史倚相，能道訓典，以叙百物，以朝夕獻善敗于寡君，使寡君無忘先王之業；最要此句。又能上下説乎鬼神，順道其欲惡，使神無有怨痛于楚國。最要此句。上一「使」字，此二「使」字，參差。又有藪曰雲連徒洲，宋人能作上二語，不能作此一語。是以有腐狀也。金、木、竹、箭之所生也，句法參差。龜、珠、齒、角、皮、革、羽、毛，所以備賦用，以戒不虞者也；句法參差。所以共幣帛，以賓享于諸侯者也。句法參差。若諸侯之好幣具，雲連徒洲。而導之以訓辭；觀射父。有不虞之備，而皇神相之；左史倚相。又將三段串作一片。寡君其可以免罪于諸侯[一]，而國民保焉：此楚國之寶也。奇妙。收。若夫白珩，先王之玩也，何寶焉？再答白珩畢。圉聞國之寶六而已：重起奇文，以刺其鳴玉，與白珩無復干。聖能制議百物，以輔相國家，則寶之；玉足以庇陰嘉穀，使無水旱之災，則寶之；龜足以憲臧否，則寶之；珠足以禦火災，則寶之；金足以禦兵亂，則寶之；山林藪澤足以備財用，則寶之。若夫譁囂之美，鳴玉聲也。楚雖蠻夷，不能寶也。」

[一]「免」，康熙二年刻本作「危」，據重刻康熙二年序本、康熙十六年增補本、《評注才子古文》改。

藍尹亹告子西修德

歎是何等沉憂，看他只用二「矣」字解之，曰「無患吳矣」，曰「吳將斃矣」。此是用「矣」字法也。選此文，只爲此二「矣」字寫得入神。

子西歎于朝，藍尹亹曰：「吾聞君子，唯獨居思念前世之崇替，長句。與哀殯喪[一]，短句。于是有歎，有歎。其餘則否。下四句，即「其餘則不」，先總，下細列耳。君子臨政思義，飲食思禮，同宴思樂，在樂思善，無有歎焉。無歎。今吾子臨政而歎，何也？」特致問，非譏也。子西曰：「闔閭能敗吾師。闔閭即世，吾聞其嗣又甚焉。吾是以歎。」自是應歎事，說來誠悶人。對曰：「子患政德之不修，無患吳矣。至言不必又道。看其語態，何飄然以逸也。夫闔閭高提闔閭。口不貪嘉味，耳不樂逸聲，目不淫于色，身不懷于安，朝夕勤志，恤民之羸，聞一善若驚，得一士若賞，有過必悛，有不善必懼，是故得民以濟其志。言吳前日也如彼。今吾聞夫差，順落夫差。「今吾聞」三字，奚落多少。好罷民力以成私，好縱過而翳諫，一夕之宿，臺榭陂池必成，六畜玩好必從。言吳今日也如此。夫先自敗也已，焉能敗人？子修德以敗吳，「自敗」、「敗人」、「敗吳」，連用三「敗」字弄姿。

[一]「殯」，《天下才子必讀書》各本均作「賓」，據《評注才子古文》改。

吴將斃矣。」此「矣」字，與前「無患吴矣」「矣」字，是一口氣語，寫出不必爲意，一片飄然逸態。

諸稽郢行成于吴

言大甘者，其中必大苦。古之辭命，未有更卑更甘于此者。

吴王夫差起師伐越，越王勾踐起師逆之江，大夫種乃獻謀，曰：「夫吴之與越，唯天所授，奇情。王其無庸戰。「庸」，用也。夫申胥、華登吴二臣。簡服吴國之士于甲兵，而未嘗有所挫也。十六字句，嫋嫋而勁甚。夫一人善射，言吴二臣。百夫決拾，言吴餘臣。勝未可成。觀此四字，悟古今説越事者，皆差一倍。夫謀，必素見成事焉，而後履之，「素」，豫也；「履」，蹈也。不可以授命。勝不可必，則戰焉必死，是授命也。王不如設戎約辭，設兵以自備，卑辭以甘之。行成，以喜其民，以廣侈吴王之心。十三字句。吾以卜之于天，奇情。天若棄吴，必許吾成；而不吾足也，將必寬然有伯諸侯之心焉；不以吾爲足慮也。二十四字句，嫋嫋而勁甚。既罷弊其民，而天奪之食；奇情。安受其燼，乃無有命矣。」「燼」，餘也。天之所棄，吾取者，乃天之餘也。「乃無有命」，言吴更無天命也。越王許諾，乃命諸稽郢行成于吴，曰：「寡君勾踐，使下臣郢，不敢顯然布幣行禮，敢私告于下執事，曰：『昔者越國見禍，得罪于天王。傷闔閭足曰「得罪天王」，得罪于吴曰妙辭。所謂侈其心也如此。「越國見禍」。「見禍」，猶言禍見也。天王親趨玉趾，句。以心孤勾踐，而又宥赦之。十字句，「心孤」，屬下句佳。君王之于越也，繄起死人而肉白骨也。妙辭。侈其心。孤不敢忘天災，其敢忘君王之大賜乎？妙辭。侈其心。今勾踐申禍無良，草鄙之人，八字，只是自罪之辭。敢忘天王之大德，而思邊垂之小怨，以重得罪于下執事？二十二字句。勾踐用帥二三之老，親委重罪，頓顙于邊。今君王不察，盛怒屬兵，將殘伐越國。越國固貢賦之邑也，君王不以鞭箠使之，而辱軍士，使寇令焉。妙妙。侈其心。勾踐請盟：一介嫡女，執箕箒以晐姓于王宮；一介嫡男，奉槃匜以隨諸御；春秋貢獻，不解于王府。天王豈辱裁之？亦征諸侯之禮也。夫妙妙。侈其心。諺曰「狐埋之而狐搰之」，是以無成功。此等喻，今人必避，在古不論。今天王既封殖越國，以明聞于天下，而又刈亡之，是天王之無成勞也。雖四方之諸侯，則何實以事吳？』妙妙。侈其心。敢使下臣盡辭，唯天王秉利度義焉！」

申胥諫許越成

多作長句，而句法又最遒最逸。他文長句皆不能遒逸，遒者逸者率非長句也。又要看其字法新異，前後凡有無數字法，俱極新異。

吳王夫差乃告諸大夫曰：「孤將有大志于齊，吾將許越成，而無拂吾慮。若越既改，吾又何求？若其不改，反行，吾振旅焉。」辭調遒逸。申胥諫曰：「不可許也。先一句，斷。夫越，非實忠心好吴也，又非懾畏吾甲兵之彊也。論越，最道逸。大夫種勇而善謀，將還玩吴國于股掌之上，以得其志。「還玩」，轉弄也。十四字句，最道逸。夫固知君王之蓋威以好勝也，轉折，筆筆道逸。故婉約其辭，以縱逸王志，使淫樂于諸夏之國，以自傷也。二十二字句，道逸之至。使吾甲兵鈍弊，民人離落，而日以憔悴，十五字句，道逸之至。然後安受吾燼。已上論大夫種。夫越王好信以愛民，四方歸之。年穀時熟，日長炎炎。論越王。及吾猶可以戰也，爲虺弗摧，爲蛇將若何？自論吴。筆筆道逸之至。」吴王曰：「大夫奚隆于越，「隆」，尊也。妙語，寫出吴王如見。越曾足以爲大虞乎？妙語，吴王如見。若無越，則吾何以春秋曜吾軍士？」妙語，寫吴王如見。乃許之成。將盟，越王又使諸稽郢辭曰：「以盟爲有益乎？前盟口血未乾，足以結信矣。妙妙，逸甚，道甚。以盟爲無益乎？君王命甲兵之威以臨使之，而胡重于鬼神而自輕也？」妙妙，早已還玩于股掌之上矣。吴王乃許之，荒成不盟。

申胥諫伐齊

筆下最曲折，最細瑣，而誦之純是忠烈之氣。侃侃一直，如並不用曲折，不用細瑣者。

吴王夫差既許越成，乃大戒師徒，將以伐齊。申胥進諫曰：「昔天以越賜吴，而王弗受。

只一句，下更不接，筆態巉岩。夫天命有反，又只一句，巉岩甚也。今越王勾踐恐懼而改其謀：舍其愆令，輕其征賦，施民所善，去民所惡，身自約也，裕其衆庶，其民殷衆，以多甲兵。譬越之在吴也，猶人之有腹心之疾也。譬，句法。夫越王之不忘敗吴，于其心也戚然，服士以伺吾閑。筆巉岩之甚。今王非越是圖，而齊、魯以爲憂。夫齊、魯譬諸疾疥癬也，譬，句法。豈能涉江、淮而與我爭此地哉？將必越實有吴土。筆筆巉岩之甚。王盍亦鑑于人，無鑑于水。一路看他筆態，一味只是巉岩。昔楚靈王不君，其臣箴諫以不入。前總。乃築臺于章華之上，闕爲石郭，陂漢，以象帝舜。一。罷弊楚國，以間陳、蔡。二。不修方城之内，逾諸夏而圖東國。三。三歲于沮、汾，以服吴、越。四。其民不忍飢勞之殃，後總。三軍叛王于乾溪。王親獨行，屏營傍偟于山林之中，細寫。三日乃見其涓人疇。中涓，名疇。王呼之曰：『余不食三日矣。』細寫。疇趨而進，王枕其股，以寢于地。王寐，疇枕王以墣而去之。細寫。王覺而無見也，乃匍匐將入棘闈，細寫。棘闈不納，乃入芋尹申亥氏焉。細寫。王縊，申亥負王以歸，而土埋之其室。細寫。此志也，豈遽忘于諸侯之耳乎？看他筆態。今王既變鯀、禹之功，而高高下下，以罷民于姑蘇。四字，只是二字，却寫盡姑蘇之臺。天奪吾食，都鄙薦飢。今王將狠天而伐齊。「狠天」，奇。夫吴民離矣，體有所傾，譬如群獸然，一個負矢，將百群皆奔，王其無方收也。奇譬，妙譬。人必來襲我，王雖悔之，其猶有及乎？」王弗聽。

句踐謀伐吳

此文凡寫數十段，段段異樣神彩，段段讀之，使人跳舞。

越王句踐栖于會稽之上，乃號令于三軍曰：「凡我父兄昆弟及國子姓，有能助寡人謀而退吳者，吾與之共知越國之政。」一路筆歌墨舞，無一單寒軟弱句。大夫種進對曰：「臣聞之賈人，夏則資衣，冬則資絺，旱則資舟，水則資車，以待乏也。夫雖無四方之憂，然謀臣與爪牙之士，不可不養而擇也。譬如簑笠，時雨既至必求之。今君王既栖于會稽之上，然後乃求謀臣，無乃後乎？」真正筆歌墨舞。句踐曰：「苟得聞子大夫之言，何後之有？」筆筆歌舞而起。已上一段。執其手而與之謀。遂使之行成于吳，曰：「寡君句踐，乏無所使，另添四字。使其下臣種。不敢徹聲聞于天王，另添八字。私于下執事，曰：『寡君之師徒不足以辱君矣，筆筆歌舞。願以金玉、子女，賂君之辱。請句踐女女于王，大夫女女于大夫，士女女于士。越國之寶器畢從。寡君帥越國之衆，以從君之師徒，唯君左右之。若以越國之罪爲不可赦也，將焚宗廟，係妻孥，沉金玉于江，有帶甲五千人將以致死；乃必有偶。是以帶甲萬人以事君也，無乃即傷君王之所愛乎？與其殺是人也，寧其得此國也，其孰利乎？』筆筆歌舞。」○已上一段。夫差將欲聽，與之成。子胥諫曰：「不可。夫吳之與越也，仇讎敵戰之國也。三江環之，民無所移，有吳則無越，有越則無吳，將不可改于是矣。筆筆歌舞。員聞之，陸人居陸，水人居水。夫上黨之國，我攻而勝之，吾不能居其地，不能乘其車。夫越國，吾攻而勝之，吾能居其地，吾能乘其舟。此利也，不可失也已，君必滅之。失此利也，雖悔之，必無及已。筆筆歌舞。」〇已上一段。越人飾美女八人，納之太宰嚭，曰：「子苟赦越國之罪，又有美于此者將進之。」太宰嚭諫曰：「嚭聞古之伐國者，服之而已。今已服矣，又何求焉。」夫差與之成而去之。已上一段。句踐説于國人曰：「寡人不知其力之不足也，而又與大國執讎，以暴露百姓之骨于中原，此則寡人之罪也。寡人請更。」筆筆歌舞。于是葬死者，問傷者，養生者；弔有憂，賀有喜；送往者，迎來者；去民之所惡，補民之不足。然後卑事夫差，宧士三百人于吳[一]，其身親爲夫差前馬。筆筆歌舞。〇已上一段。句踐之地，南至于句無，北至于禦兒，東至于鄞，西至于姑蔑，廣運百里。乃致其父兄昆弟而誓之，曰：「寡人聞，古之賢君，四方之民歸之，若水之歸下也。今寡人不能，將帥二三子夫婦以蕃。」令壯者無取老婦，令老者無取壯妻。女子十七不嫁，其父母有罪；丈夫二十不取，其父母有罪。將免者以告，公令醫守之。生丈夫，二壺酒，一犬；生女子，二壺酒，一豚。生三人，公與之母；生二人，公與之餼。筆筆歌舞。當室者死，三年釋其政，支子死，三月釋其政；必哭泣葬埋之，如其子。令孤子、寡婦、疾疹、貧病者，納宧其子。筆筆歌舞。其達士，潔其居，美其服，飽其食，而摩厲之于義。四方之士來者，必廟禮之。筆筆歌舞。句踐載稻與脂

[一]「宧」，《天下才子必讀書》各本均作「官」，據《評注才子古文》改。

于舟以行，國之孺子之游者，無不餔也，無不歠也，必問其名。筆筆歌舞。非其身之所種則不食，非其夫人之所織則不衣。筆筆歌舞。十年不收于國，民居有三年之食。筆筆歌舞。○已上一段。國之父兄請曰：「昔者夫差恥吾君于諸侯之國，今吾國亦節矣，請報之。」句踐辭曰：「昔者之戰也，非二三子之罪也，寡人之罪也。如寡人者，安與知恥？請姑無庸戰。」筆筆歌舞。父兄又請曰：「越四封之内，親吾君也，猶父母也。子而思報父母之仇，臣而思報君之讎，其有敢不盡力者乎？請復戰。」筆筆歌舞。○已上一段。句踐既許之，乃致其衆而誓之，曰：「寡人聞古之賢君，不患其衆之不足也，而患其志行之少恥也。今夫差衣水犀之甲者億有三千，不患其志行之少恥也，而患其衆之不足也。今寡人將助天滅之。吾不欲匹夫之勇也，欲其旅進旅退也。進則思賞，退則思刑，如此則有常賞；進不用命，退則無恥，如此則有常刑。」筆筆歌舞。○已上一段。果行，國人皆勸，父勉其子，兄勉其弟，婦勉其夫，曰：「孰是君也，而可無死乎？」筆筆歌舞。○已上一段。是故敗吴于囿，又敗之于没，又郊敗之。筆筆歌舞。○已上一段。夫差行成，曰：「寡人之師徒，不足以辱君矣。請以金玉、子女賂君之辱。」妙，便用前語。筆筆歌舞。句踐對曰：「昔天以越與吴，而吴不受命；今天以吴予越，越可以無聽天之命，而聽君之令乎？吾請達王甬句東，吾與君爲二君乎？」筆筆歌舞。夫差對曰：「寡人禮先一飯矣，君若不忘周室，而爲弊邑宸宇，亦寡人之願也。君若曰：『吾將殘女社稷，滅女宗廟。』寡人請死，余何面目以視于天下乎！」越君其次也，遂滅吴。筆筆歌舞。○已上一段。

范蠡不許吴成

通篇皆寫范蠡，其眼辣、心辣、口辣、手辣處，即其所以候時轉物者也。既是寫范蠡，使不是寫勾踐，毋便謂勾踐不忍于吴、不忘于蠡也。

吴王帥其賢良，與其重禄，以上姑蘇。吴賢良，猶越君子也；重禄，大臣也。使王孫雄行成于越，曰：「昔者上天降禍于吴，得罪于會稽。今君王其圖不穀，不穀請復會稽之和。」辭甘甚。王弗忍，欲許之。范蠡進諫曰：「臣聞之，聖人之功，時爲之庸。二句叶。得時弗成，天有還刑。二句叶。天節不遠，五年復反；小凶則近，大凶則遠。四句叶。先人有言曰：『伐柯者其則不遠。』今君王不斷，其忘會稽之事乎？」范蠡辣。王曰：「諾。」不許。「諾」是諾范蠡，「不許」是辭使者。使者往而復來，辭俞卑，禮俞尊，王又欲許之。范蠡諫曰：「孰使我早朝而晏罷者，非吴乎？與我爭三江、五湖之利者，非吴耶？夫十年謀之，一朝而棄之，其可乎？上説天時，已辣；此説人事，益辣。王姑勿許，其事將易冀已。」「姑勿」，妙；「將易」，妙。猶言但少忍，只在一刻完事。加此二語，更益辣也。王曰：「吾欲勿許，而難對其使者，子其對之？」范蠡乃左提鼓，右援枹，以應使者。須知此文，乃是出像寫范蠡，非真鳥喙人有良心也。曰：「昔者上天降禍于越，委制于吴，而吴不受。今將反此義以報此禍，吾王敢無聽天之命，而聽君王之命乎？」奇語。王孫雄曰：「子范子，不知是宿望，是舊交，三字便如聞聲。先人有言曰：『無助天爲虐，助天爲虐者不祥。』今吾稻蟹不遺種，子將助天爲虐，不忌其不祥乎？」哀音徹耳。范蠡曰：「王孫子，亦呼之，如聞聲。昔吾先君固周室之不成子也，故濱于東海之陂，黿鼉魚鱉之與處，而鼃黽之與同陼。余雖靦然而人面哉，吾猶禽獸也，又安知是諓諓者哉？」妙絶妙絶，奇情奇文，一味只是辣。王孫雄曰：「子范子將助天爲虐，助天爲虐不祥。雄請反辭于王。」范不接此語，妙；王又重理此語，妙。范蠡曰：「君王已委制于執事之人矣。子往矣，無使執事之人得罪于子。」妙絶妙絶，一味純是辣。使者辭反，范蠡不報于王，擊鼓興師，以隨使者，至于姑蘇之宫，不傷越民，遂滅吴。一段畢。曰，另又一段。反，句。至五湖，范蠡辭于王曰：「君王勉之，臣不復入于越國矣。」千古高見。王曰：「不穀疑子之所謂者何也？」實是斗然。對曰：「臣聞之，爲人臣者，君憂臣勞，君辱臣死。昔者君王辱于會稽，臣所以不死者，爲此事也。今事已濟矣，蠡請從會稽之罰。」飾辭，妙。王曰：「所不掩子之惡，揚子之美者，使其身無終没于越國。子聽吾言，與子分國；不聽吾言，身死，妻子爲戮。」連烏喙人都好。范蠡對曰：「臣聞命矣。只四字，妙。君行制，臣行意。」轉筆又只六字，妙妙。更不多贅一字，妙妙。遂乘輕舟以浮于五湖，莫知其所終極。千古高見。○細讀此六字，即范蠡傳已畢。别如耕海居陶，皆後人蛇足也。王命工以良金寫范蠡之狀，而朝禮之，浹日而令大夫朝之。環會稽三百里者，以爲范蠡地。曰：連烏喙人都好。「後世子孫，有敢侵蠡之地者，使無終没于越國，皇天后土四鄉地主正之。」誓文奇峭。

天下才子必讀書卷之四

戰國策

游騰爲周謝楚

前引智伯桓公事，健舉之甚；中訴秦有吞周意，又健舉之甚；次陳卒迎只是防其不然，又健舉之甚；後謝楚，又健舉之甚：更無一拖筆沓字。

秦令樗里疾以車百乘入周，周君迎之以卒，甚敬。楚王怒，讓周，以其重秦。客游騰謂楚王曰：「昔智伯欲伐厹由，厹，音求。遺之大鐘，載以廣車，因隨入以兵，厹由卒亡，引一舊事。無備故也。此處入此句，下却省，文態便健舉。桓公伐蔡也，號言伐楚，其實襲蔡。又引一舊事。今秦，虎狼之國也，兼有吞周之意；使樗里疾以車百乘入周，周君懼焉，以蔡、厹由戒之，故使長兵在前，彊弩在後，名曰衛疾，而實囚之。妙妙。周君豈無能愛國哉？恐一日之亡國，而憂大王。」又妙又妙。楚王乃説。

蘇厲説白起勿攻梁

前後只複寫白起兵功二遍，却于中間描畫善射者「百發百中」、「一發不中」，而意已盡出，此爲最善用筆也。

蘇厲謂周君曰：「敗韓、魏，殺犀武，攻趙，取藺、離石、祁者，皆白起。是工用兵，又有天命也。寫一遍。○「工用兵」外，再加「有天命」，筆最穠至。今攻梁，梁必破，破則周危，君不若止之。」謂白起曰：看他斗説「射」。「楚有養由基者，句。善射；句。去柳葉者百步句。而射之，句。百發百中。句。左右皆曰善。句。有一人過，句。曰：『善射，句。可教射也矣。』句。必如此分句，若漫然連讀，都不見好。養由基曰：『人皆善，子乃曰可教射，子何不代我射之也？』妙語。客曰：『我不能教子支左屈右。妙語。夫射柳葉者，百發百中；句。而不以善息，句。少焉句。氣力倦，句。弓撥句。矢鉤，句。一發不中，句。前功盡矣。』句。必如此分句。今公破韓、魏，殺犀武，而北攻趙，取藺、離石、祁者，公也。公之功甚多。又寫一遍。今公又以秦兵出塞，過兩周，踐韓而以攻梁，十七字句。一攻而不得，前功盡滅，公不若稱病不出也。」

讀此，始知諸葛公乃有粉本。後賢信諸葛公亦爛讀《國策》，則其爛讀，可無俟再勸也。

司馬錯論伐蜀

司馬錯與張儀爭論于秦惠王前。此句是通篇總案，下乃更叙起也。司馬錯欲伐蜀，張儀曰：「不如伐韓。」王曰：「請聞其説。」對曰：「親魏，二字句。善楚，二字句。下兵三川，塞轘轅、緱氏之口，當屯留之道，十六字句。魏絶南陽，承「親魏」。楚臨南鄭，承「善楚」。秦攻新城、宜陽，以臨二周之郊，誅周主之罪，侵楚、魏之地。承「下兵」。周自知不救，九鼎寶器必出。一利。據九鼎，按圖籍，挾天子以令天下，天下莫敢不聽，又利。此王業也。此段，先陳己所以欲伐韓之利。今夫蜀，西僻之國，而戎狄之長也，弊名勞衆，不足以成名；得其地，不足以爲利。此段，次破司馬錯欲伐蜀之失。臣聞：『爭名者于朝，爭利者于市。』今三川、周室，天下之市朝也；而王不爭焉，顧爭于戎狄，去王業遠矣。」總斷伐韓伐蜀相去。司馬錯曰：「不然。只二字推倒張儀，甚辣。臣聞之：欲富國者，務廣其地；欲强兵者，務富其民；欲王者，務博其德。三資者備，而王隨之矣。先發正大之論，下入今事。今王之地小民貧，故臣願從事于易。妙妙，識時務名俊傑，錯爲首稱矣。夫蜀，西僻之國也，句抑。而戎狄之長也，句揚。而有桀、紂之亂。加一句。以秦攻之，辟如使豺狼逐群羊也。斜插一喻，爲下「未必利」作反照也。取其地，足以廣國也；得其財，足以富民繕兵。此二句，説實。有「也」字，無「也」字，文法參差。不傷衆，而彼已服矣。故拔一國，而天下不以爲暴；利盡四海，諸侯不以爲貪。此三句，説名。是我一舉而名實兩附，其利如此。而又有禁暴正亂之名。加一句，應上「桀、紂」句也。○自陳伐蜀畢。今攻韓，句。劫天子。名雖「攻韓」，實「劫天子」。劫天子，大惡也；特與注明，下又極論之。劫天子，惡名也；儀出此語，實是喪心，故特擒住痛罵。下雖轉筆，猶反覆不已。而未必利也，又有不義之名，而攻天下之所不欲，句止此，下「危」乃一字句耳。危！句。臣請謁其故：鄭重再説。周，天下之宗室也；本心語。韓，周之與國也。本心語。二語，使張儀無地生活。下更論利害。周自知失九鼎，韓自知亡三川，則必將二國並力合謀，以因于齊、趙，而求解乎楚、魏。「則必將」貫下，成二十字句。以鼎與楚，以地與魏，王不能禁。論事又絶明暢。○破儀伐韓畢。此臣所謂『危』，不如伐蜀之完也。又下一語，總斷。」惠王曰：「善！寡人聽子。」四字亦如劉先主聲口，大奇大奇。卒起兵伐蜀。十月取之，遂定蜀。蜀王更號爲侯，而使陳莊相蜀。蜀既屬，秦益强，富厚輕諸侯。

甘茂自托于蘇代

托喻處女，便真如處女聲口。連瑣中，甚明劃；明劃中，仍甚連瑣。誦之，如聞香口也。

甘茂亡秦，且之齊。出關，遇蘇子，曰：「君聞夫江上之處女乎？」隨口所撰事也，却問人聞否，可謂憨絶，文章正于此等處討姿致也。蘇子曰：「不聞。」實實對「不聞」，文字憨絶。曰：「夫江上之處女，有家貧而無燭者，處女相與語，欲去之。家貧無燭者將去矣，謂處女曰：頓筆，純是姿致。『妾以無燭，故常先至，掃室布席，何愛于餘明之照四壁者？凡説三遍，一遍是「何愛」。○加「之照四壁」字，好好。幸以賜妾，何妨于處女？一遍是「何妨」。妾自以爲有益于處女，何爲去我？』一遍「是何爲」。○三遍，懇懇侃侃，總是憨絶姿致。處女相語，以爲然，而留之。不惟自意盡，並人意亦盡。今臣不肖，棄逐于秦，而出關。願爲足下掃室布席，幸無我逐也。」托喻既婉，自致不妨便直，妙妙。蘇子曰：「善。請重公于齊。」過望之答。乃西説秦王曰：「甘茂，句。賢人，句。非恒士也。句。其居秦，句。累世重矣。句。自殽塞、溪谷，地形險易盡知之。句。彼若以齊約韓、魏，反以謀秦，是非秦之利也。」處天下事，皆有窾會。如下棋高手，則動有窾會。看其重甘于齊，而反先説秦，即窾會也。妙妙。秦王曰：「然則奈何？」蘇代曰：「不如重其贄，厚其禄，以迎之。彼來則置之槐谷，終身勿出，天下何從圖秦？」妙妙，誰不謂爲至計。秦王曰：「善。」與之上卿，以相迎之齊。甘茂辭不往，兩心照。蘇子謂齊王曰：「甘茂，賢人也。今秦與之上卿，以相迎之。茂德王之賜，句。故不往，句。願爲王臣。句。此四字，注「不往」二字。今王何以禮之？正説一番。王若不留，必不德王。彼以甘茂之賢，得擅用强秦之衆，則難圖也！又説一番。」齊王曰：「善。」賜之上卿，命而處之。

范雎見秦王

最是寬衍之調，選之者，欲後賢學其曉暢，學其蕭疏耳。曉暢、蕭疏，乃初發筆時之至寶也。

秦昭王見范雎于離宮，敬執賓主之禮，范雎辭讓。秦王屏左右，宮中虚無人。寫此爲深言地也。秦王跪而進曰：「先生何以幸教寡人？」范雎曰：「唯唯。」好寫。有間，秦王復請，范雎曰：「唯唯。」好寫。若是者三。秦王跽曰：「先生卒不幸教寡人耶？」三句凡三换。范雎謝曰：「非敢然也。好寫。〇下方啓齒。臣聞昔者，吕尚之遇文王也，身爲漁父，而釣于渭濱耳。若是者，交疏也。「交疏」作半句寫。已説而立爲太師，載與俱歸者，其言深也。「已」，已而也。「言深」，作半句寫。故文王遂收功于吕尚，而卒王天下。「交疏」、「言深」，其利如此。向使文王疏吕尚而不與深言，是周無天子之德，而文、武無與成其王業也。反覆最快。此是筆下賓句，却是意中主句。今臣羈旅之臣也，交疏于王；因上先引入自意，便見婉貼之甚。而所願陳者，皆匡君之事；處人骨肉之間，願效愚忠，而未知王之心也：此所以王三問而不敢對者也。措辭婉貼之甚。臣非有畏而不敢言也，上意已盡，此句忽然颺開，遂成曼衍之篇。臣知今日言之于前，而明日伏誅于後，然臣不敢避也。緊緊翻過，下别生「患」、「憂」、「恥」三字，開下三段。大王信行臣之言，死不足以爲臣患，不足患。亡不足以爲臣憂；不足憂。漆身爲厲，被髮爲狂，不足以爲臣恥。不足恥。下逐段應。且以五帝之聖焉而死，三王之仁焉而死，五霸之賢焉而死，烏獲任鄙之力焉而死，成荆、孟賁、王慶忌、夏育之勇焉而死。死者，人之所必不免也。處必然之勢，可以少補于秦，此臣之所大願也，臣又何患哉？應「不足患」。伍子胥橐載而出昭關，夜行晝伏，至于溧水，無以糊其口，膝行蒲伏，鼓腹吹篪，乞食于吴市，卒興吴國，闔閭爲霸。使臣得盡謀如伍子胥，加之以幽囚，終身不復見，是臣之説行也，臣又何憂？應「不足憂」。箕子、接輿，漆身爲厲，被髮爲狂，無益于主。使臣得同行于箕子、接輿，可以有補所賢之主，是臣之大榮也，臣又何恥？應「不足恥」。臣之所恐者，獨恐臣死之後，天下見臣之盡忠而身死，因是以杜口裹足，莫肯鄉秦耳。正説一段，「臣之所恐」提在上。足下上畏太后之嚴，下惑奸臣之態；居深宫之中，不離阿保之手[一]；終身闇惑，無與照奸。大者宗廟滅覆，小者身以孤危，此臣之所恐耳。再正説一段，「臣之所恐」押在下。若夫窮辱之事，死亡之患，臣弗敢畏也。臣死而秦治，是臣死賢于生。又繳。

唐雎不辱使命

俊絶、宕絶、峭絶、快絶之文。

[一]「手」，康熙二年刻本作「乎」，據康熙十六年增補本、有正書局本改。

秦王使人謂安陵君曰：「寡人欲以五百里之地易安陵，安陵君其許寡人！」看他用筆，另是一樣調。安陵君曰：「大王加惠，以大易小，甚善。一折。雖然，受地于先王，願終守之，弗敢易。一正。」○一折一正，真另是一樣調。秦王不説。安陵君因使唐雎使于秦。秦王謂唐雎曰：「寡人以五百里之地易安陵，安陵君不聽寡人，何也？以「何也」押過上句，下再細説，真另是一樣調。且秦滅韓、亡魏，而君以五十里之地存者，以君爲長者，故不錯意也。今吾以十倍之地，請廣于君，而君逆寡人者，輕寡人與？另是樣調。」唐雎對曰：「否，一字直撇。非若是也。再用三字輕撇。安陵君受地于先王，而守之，雖千里不敢易也，豈直五百里哉？」故增一句，妙，真另是一樣調。秦王怫然怒，謂唐雎曰：「公亦嘗聞天子之怒乎？」斗來。唐雎對曰：「臣未嘗聞也。」緩接。秦王曰：「天子之怒，伏尸百萬，流血千里。」八字自寫「天子之怒」，醜甚。唐雎曰：「大王嘗聞布衣之怒乎？」妙妙，最突兀之語，却又最調笑之筆也。秦王曰：「布衣之怒，亦免冠徒跣，以頭搶地耳。」八字寫他「布衣之怒」，又加「亦」字、「耳」字，醜甚。唐雎曰：「此庸夫之怒也，非士之怒也。駁去「免冠」八字。夫專諸之刺王僚也，彗星襲月；舉一駭人事。聶政之刺韓傀也，白虹貫日；再舉一駭人事。要離之刺慶忌也，蒼鷹擊于殿上。再舉三駭人事。此三子者，皆布衣之士也，將三上半句束一筆。懷怒未發，休祲降于天，將三下半句束一筆。與臣而將四矣。疾接，駭殺人。若王必怒，伏尸二人，流血五步，天下縞素，今日是也。」又將「伏尸」、「流血」二句翻作一笑。加「天下」八字二句，駭殺人。挺劍而起。秦王色撓，長跽而謝之曰：「先生坐，妙，活寫。何至于此，妙，活寫。寡人諭矣。妙，活寫。夫韓、魏滅亡，而安陵以五十里之地存者，徒以有先生也。妙，活寫。」

趙良說商君

只承「孰與五羖大夫賢」句，劈作兩大段、兩小段，更不用零筆碎墨，而其中間如整齊，如不整齊，浩浩落落，扶扶疏疏，真奇筆也。

商君相秦十年，宗室貴戚多怨望者。先寫此句作案，與下不連也。趙良見商君，商君曰：「鞅之得見也，從孟蘭皋，今鞅請得交，可乎？」趙良曰：「僕弗敢願也。」商君曰：「子不說吾治秦與？」子觀我治秦也，孰與五羖大夫賢？」次寫趙良來見，卻是一段故舊情深，趙良曰：「千羊之皮，不如一狐之腋；千人之諾諾，不如一士之諤諤。僕請終日正言而無誅，可乎？」妙妙，只爲故舊，便得作此言。商君曰：「語有之矣，貌言華也，至言實也，苦言藥也，甘言疾也。夫子果肯終日正言，鞅之藥也。鞅將事子，子又何辭焉？」妙妙，聲聲口口，皆故舊情深，故下乃得作此言。設無前文如此一段，而忽然進其危苦之說，豈非孟浪。趙良曰：「夫五羖大夫，荆之鄙人也。先陳五羖之賢如彼。聞秦繆公之賢，而願望見。行而無資，自鬻于秦客，被褐食牛。五羖如彼。期年，繆公知之，舉之牛口之下，而加之百姓之上，秦國莫敢望焉。五羖如彼。相秦六七年，而東伐鄭，三置晉國之君，一救荆國之禍。發教封内，而巴人致貢；施德諸侯，而八戎來服。由余聞之，款關請見。五羖如彼。五羖大夫之相秦也,勞不坐乘,暑不張蓋,行于國中,不從車乘,不操干戈;五羖如彼。功名藏于府庫,德行施于後世。五羖如彼。五羖大夫死,秦國男女流涕,童子不歌謡,舂者不相杵。五羖如彼。又齊整,又扶疏,最好筆。此五羖大夫之德也。一段,結過五羖之賢如彼。今君之見秦王也,次陳君之于秦如此。因嬖人景監以爲主,非所以爲名也;照繆公知之。相秦不以百姓爲事,而大築冀闕,非所以爲功也。照置晉救荆。刑黥太子之師傅,殘傷民以駿刑,是積怨畜禍也。照施德。教之化民也,深于命;民之效上也,捷于令。插二句,筆最扶疏。今君又左建外易,非所以爲教也。照發教。君又南面而稱寡人,日繩秦之貴公子。《詩》曰:『相鼠有體,人而無禮,人而無禮,何不遄死。』以《詩》觀之,非所以爲壽也。照男女歌思。公子虔杜門不出已八年矣,君又殺祝懽而黥公孫賈。《詩》曰:『得人者興,失人者崩。』此數事者,非所以得人也。照由余請見。此于四非所以爲中,獨添四字,筆最扶疏。君之出也,後車十數,從車戴甲,多力而駢脅者爲驂乘,持矛而操闟戟者,旁車而趨,此一物不具,君固不出。照不從車乘。《書》曰:『恃德者昌,恃力者亡。』君之危若朝露,一段,結過君之危如此,下始轉筆。尚將欲延年益壽乎?則何不歸十五都,灌園于鄙,勸秦王顯岩穴之士,養老存孤,敬父兄,序有功,尊有德,可以少安。一「尚將」,筆勢扶疏之甚,下再轉筆。君尚將貪商、于之富,寵秦國之政,畜百姓之怨,秦王一旦捐賓客而不立朝,秦國之所以收君者,豈其微哉?亡可翹足而待。二「尚將」,筆勢扶疏之甚。」商君弗從。後五日而難作。

鄒忌諫齊威王

一段問答孰美，一段暮寢自思，一段入朝自述，一段諷王蔽甚，一段下令受諫，一段進諫漸稀：段段簡峭之甚。

鄒忌修八尺有餘，而形貌昳麗，朝服衣冠，「朝」，晨也；「服」，着也。窺鏡，謂其妻曰：「我孰與城北徐公美？」問法一。其妻曰：「君美甚，徐公何能及君也。」答法一。城北徐公，齊國之美麗者也。疾忙下一閑筆，妙。忌不自信，而復問其妾，曰：「吾孰與徐公美？」問法二，省「城北」字。妾曰：「徐公何能及君也。」答法二，省「君美甚」字。旦日，客從外來，與坐談。問之：「吾與徐公孰美？」問法三。客曰：「徐公不若君之美也。」答法三。明日，徐公來，熟視之，自以爲不如。窺鏡而自視，又弗如遠甚。暮寢而思之，曰：「吾妻之美我者，私我也；妾之美我者，畏我也；客之美我者，欲有求于我也。」直直三句，更無枝蔓，最是簡峭。于是入朝見威王，曰：「臣誠知不如徐公美，臣之妻私臣，臣之妾畏臣，臣之客欲有求于臣，皆以美于徐公。更無枝蔓，最是簡峭。今齊地方千里，百二十城，宫婦左右，莫不私王；朝廷之臣，莫不畏王；四境之内，莫不有求于王。由此觀之，王之蔽甚矣！」更無枝蔓，最是簡峭。王曰：「善。」乃下令：「群臣吏民，能面刺寡人之過者，受上賞；上書諫寡人者，受中賞；能謗議于市朝，聞寡人之耳者，受下賞。」簡峭。令初下，群臣進諫，門庭若市；數月之後，時時而間進；期年之後，雖欲言，無可進者。簡峭。燕、趙、韓、魏聞之，皆朝于齊：此之謂戰勝于朝廷。只爲有此一結于胸中，便憑空撰起此一篇文字。

説齊王貴士

筆之犀利，如刺客一寸之匕，所擿必中要害，血濡縷，即立死。

齊宣王見顔斶，曰：「斶前！」寫驕倨，只得二字，奇妙。斶亦曰：「王前！」寫高貴，亦只得二字，奇妙。宣王不説。左右曰：「王，人君也；斶，人臣也。王曰『斶前』，斶亦曰『王前』，可乎？」「斶前」、「王前」，兩二字句，本煞奇妙，因再寫一遍，更奇妙也。斶對曰：「夫斶前爲慕勢，王前爲趨士。與使斶爲慕勢，不如使王爲趨士。」四語，又峭又健，又省又暢，真是妙筆。王忿然作色，曰：「王者貴乎？士貴乎？」對曰：「士貴耳，奇快。王者不貴。添寫一句，更奇快。」王曰：「有説乎？」斶曰：「有。一字，接得快甚，最是峭筆。昔者秦攻齊，令有敢去柳下季壟五十步而樵採者，死不赦。令曰：『有能得齊王頭者，封萬户侯，賜金千鎰。』由是觀之，生王之頭，曾不若死士之壟也。」快甚，峭甚，讀之失驚。○「生王」字奇，「之頭」字更奇。宣王曰：「嗟乎！君子焉可侮哉，寡人自取病耳。願請受爲弟子。結前半篇。且顔先生與寡人游，食必太牢，出必乘車，妻子衣服麗都。」「且」字下，起後半篇。斶辭曰：「夫玉生于山，妙妙。制則破焉；妙妙。非弗寶貴矣，妙妙。然大璞不完。妙妙。士生乎鄙野，妙妙。推選則祿焉；妙妙。非不尊遂也，妙妙。然而形神不全。妙妙。斶願得歸，晚食以當肉[一]，妙言，千載猶共享之。安步以當車，妙言。無罪以當貴，妙言。清淨貞正以自娱。妙言。」則再拜辭去。看用「則」字法。君子曰：「斶知足矣。歸真反璞，則終身不辱。」結後半篇。

田需論輕重

絶頂透情透理之文，却只用得「輕」、「重」二字。

管燕得罪齊王，謂其左右曰：「子孰而與我赴諸侯乎？」左右默然莫對。管燕連然流涕曰：「悲夫！士何其易得而難用也？」田需對曰：「士三食不得饜，而君鵝鶩有餘食；下宫糅羅紈、曳綺縠，而士不得以爲緣。二句，倒對法，妙。唐人「裙拖六幅湘江水，髻挽巫山一段雲」，用此法。且財者，君之所輕；死者，士之所重。忽生出「輕」、「重」二字，妙。君不肯以所輕與士，而責士以所重事君，只「輕」、「重」二字，説得透情透理，使流涕人愕然大悟。非士易得而難用也。」

[一]「歸，晚食」，康熙二年刻本作「競晚食」，據康熙十六年增補本、《評注才子古文》、有正書局本改。

田駢不宦

口頭便語，成此快文。

齊人見田駢，曰：「聞先生高義，設爲不宦，而願爲役。」便是惡謔。田駢曰：「子何聞之？」醜。對曰：「臣聞之鄰人之女。」大奇，使人失驚。田駢曰：「何謂也？」對曰：「臣鄰人之女，設爲不嫁，行年三十而有七子；不嫁則不嫁，然嫁過畢矣。妙妙。今先生設爲不宦，貲養千鍾，徒百人；不宦則然矣，而宦過畢矣。妙妙，句法又徽變。」

孟嘗君使公孫弘觀秦王

通篇奇秀，奇在秀，秀又在奇。〇使人先觀奇，昭王先聞奇，欲愧以辭奇，好三等人奇，笑謝奇，連說無數「客」字、「寡人」字奇。

孟嘗君爲從，公孫弘謂孟嘗君曰：「君不如使人先觀秦王。意者秦王帝王之主也，君恐不得爲臣，奚暇從以難之？意者秦王不肖之主也，君從以難之，未晚。」兩「意者」，疏秀不可言。孟嘗君曰：「善。願因請公往矣。」公孫弘敬諾。兩頭安「敬諾」字作章法。以車十乘之秦。昭王聞之，而欲愧之以辭。昭王先聞，奇。祇欲愧之，奇。愧之而以辭，奇。公孫弘見，昭王曰：「薛公之地，大小幾何？」公孫弘對曰：「百里。」昭王笑而曰：昭王笑，又奇。「寡人地數千里，猶未敢以有難也。今孟嘗君之地方百里，而因欲以難寡人，猶可乎？」筆筆疏秀。公孫弘對曰：「孟嘗君好人，大王不好人。」來得捷。昭王曰：「孟嘗君之好人也，奚如？」入玄中矣。公孫弘曰：「義，不臣乎天子，不友乎諸侯，得志不慚爲人主，不得志不肯爲人臣，如此者三人。大言欺之也，然只是借來作賓句，其妙絶，乃在下第三等。治，可爲管、商之師，説義聽行，能致其主霸王，如此者五人。此猶屬賓句。萬乘之嚴主也，辱其使者，退而自刎，必以其血洿其衣，如臣者十人。方是主句，駭殺人。上兩「如此者」，此忽換「如臣者」，妙妙。」昭王笑而謝之，賴前先笑，不然，此笑幾爲天下人笑殺。曰：「客胡爲若此？一句一妙。寡人直與客論耳。一句一妙。寡人善孟嘗君，一句一妙。欲客之必論寡人之志也。一句一妙。」可謂一連説出四句，然句句斷續，急狀如畫。公孫弘敬諾。兩頭安「敬諾」字作章法。公孫弘可謂不侵矣。一結。昭王，大國也；孟嘗，千乘也。立千乘之義而不可陵，可謂足使矣。再結。

趙威后問齊使

前一氣連出三「無恙耶」，中又三次散出三「無恙耶」，後又特變作一「尚存乎」，又兩結「何以至今不」，兩結「何爲至今不」。又逐段各結「是養其民者也」，「是息其民者也」，

「是率其民出于孝情者也」，「是率其民出于無用者也」。章法越整齊、越參差，越參差、越整齊，真爲奇絶之文。

齊王使使者問趙威后。書未發，三字，使作勢。威后問使者曰：「歲亦無恙耶？民亦無恙耶？王亦無恙耶？」斗問三語，如空隕石，其法大奇。使者不説，曰：「臣奉使使威后，今不問王，而先問歲與民，豈先賤而後尊貴者乎？」洗發。威后曰：「不然。一句，二字句。苟無歲，何有民？苟無民，何有君？四句，三字句。峭甚，又鍊。故有問，「故」，舊例也。舍本而問末者耶？純用「耶」字，成峭勢。」乃進而問之曰：「齊有處士曰鍾離子，無恙耶？又一「無恙耶」。是其爲人也，有糧者亦食，無糧者亦食；有衣者亦衣，無衣者亦衣。是助王養其民者也，何以至今不業也？一「何以至今不」。葉陽子無恙耶？又一「無恙耶」。是其爲人，哀鰥寡，恤孤獨，振困窮，補不足。是助王息其民者也，何以至今不業也？二「何以至今不」。北宫之女嬰兒子無恙耶？又一「無恙耶」。徹其環瑱，至老不嫁，以養父母。是其率民而出于孝情者也，胡爲至今不朝也？三「何以至今不」。此二士弗業、一女不朝，何以王齊國、子萬民乎？忽作一收。于陵子仲尚存乎？六「無恙耶」後，忽變出一「尚存乎」，真是奇情奇筆。是其爲人也，上不臣于王，下不治其家，中不索交諸侯。此率民而出于無用者，何爲至今不殺乎？四「何以至今不」。〇通篇用「耶」字，末忽變用三「乎」字[二]，益成峭勢。

[二]「三」，各本均作「二」，據重刻康熙二年序本改。

觸讋說趙太后

此篇瑣筆碎墨，于文中最爲小樣；然某特神會其自首至尾，寸寸節節，俱是妙避「長安君」三字。如「太后盛氣而揖之」，「太后之色稍解」，「太后曰：『諾。恣君之所傅之』」，其間苦甘淺深，一一俱有至理。其文乃都在筆墨之外，政未易于瑣碎處盡之也。

趙太后新用事，叙一事。秦急攻之。叙一事。趙氏求救于齊。叙一事。齊曰：「必以長安君爲質，兵乃出。」叙一事。一句各叙一事，不得連作一事讀過。太后不肯，大臣强諫。太后明謂左右：「有復言令長安君爲質者，老婦必唾其面。」此始叙今事也。左師觸讋願見。「見」上，加「願」字，畫。太后盛氣而揖之。「揖」上，加「盛氣」字，畫。入而徐趨，「趨」上加「徐」字，畫。至而自謝，曰：「自謝」上，加「至」字，畫。「老臣病足，曾不能疾走，先謝足病。不得見久矣。竊自恕，次謝因不見久，故自恕足病。恐太后玉體之有所郄也，故願望見。三謝願見。」〇看他全不提長安君。太后曰：「老婦恃輦而行。」言亦病足。曰：「日食飲得無衰乎？」看他恣意只説老態，更不提長安君。曰：「恃鬻耳。」粥也。曰：「老臣今者殊不欲食，先説不食。乃自强步，日三四里，次説調身。〇繞室中行，可三四里也。少益嗜食，和于身。次説能食。看他終不提長安君。」曰：「老婦不能也。」太后之色少解。老婦老臣喃喃既久，老婦入老臣玄中矣。左師公曰：「老臣賤息舒祺，看他漸漸來。最少，妙。不肖。妙。而臣衰，妙。

竊愛憐之。又「少」，又「不肖」，又自「衰」，妙妙。願令補黑衣之數，以衛王宮，没死以聞。」看他只不提長安君，却又漸漸來。加四字，奏疏體。太后曰：「敬諾。年幾何矣？」先諾請，後問年，日入玄中故也。對曰：「十五歲矣。雖少，願及未填溝壑而托之。」既答年，再勤請，看他明是漸漸來逼，却只不提。太后曰：「丈夫亦愛憐其少子乎？」妙妙，訢然而合。對曰：「甚于婦人。」妙妙，加一倍法。太后曰：「婦人異甚。」妙妙。老婦此時，已無不罄倒矣。對曰：「老臣竊以爲媪之愛燕后，賢于長安君。」妙妙，已擒矣，又故縱之。○此時「長安君」三字，誰敢輕出諸口，看他輕輕出口。曰：「君過矣，不若長安君之甚。」老婦罄倒。左師公曰：「父母之愛子，則爲之計深遠。媪之送燕后也，持其踵，爲之泣，念悲其遠也，亦哀之矣。已行，非弗思也，祭祀必祝之。祝曰：『必勿使反！』豈非計久長，有子孫相繼爲王也哉？」忽捨長安君，别説一燕后，文又曲折淋漓滿志。太后曰：「然。」只是捨長安説燕后，便藹然心開。甚矣，進説之勿犯其所逆也。左師公曰：「今三世以前，至于趙之爲趙，趙王之子孫侯者，其繼有在者乎？」曰：「無有。」曰：「微獨趙，諸侯有在者乎？」曰：「老婦不聞也。」「此其近者禍及身，遠者及其子孫。豈人主之子孫，則必不善哉？位尊而無功，奉厚而無勞，而挾重器多也。捨燕后，又只説趙；捨趙，又别説諸侯：終不犯長安君。然而苦切之言，已畢得入。今媪尊長安之位，而封以膏腴之地，多予之重器，而不及今令有功于國。一旦山陵崩，長安君何以自托于趙？老臣以媪爲長安君計短也，故以爲其愛不若燕后。」苦切之言，已畢得入，却反找到燕后，如終未嘗提及長安君者。太后曰：「諾。恣君之所傳之。」「諾」字快，「恣君」字更快。豈易得此于老婦哉！于是爲長安君約車百乘，質于齊，齊兵乃出。子義聞之，曰：「人主之子也，骨肉之親也，猶不能恃無功之尊、無勞之奉，以守金玉之重也，而況人臣乎？」通篇瑣屑之筆，臨了忽作曼聲收之：此文章相救法也。

樓緩虞卿論秦

虞卿赤心爲趙，不比樓緩狙詐，自然看事決，説理透，所不待言。乃樓緩當虞卿如此又決又透之下，亦復滔滔凡作三四反覆，真文字之雄也。

秦攻趙于長平，大破之，引兵而歸。因使人索六城于趙而講。趙計未定。敘事。樓緩新從秦來，趙王與樓緩計之，曰：「與秦城句。何如？句。不與句。何如？句。」雙寫「何如」，欲詳計之。樓緩辭讓曰：「此非臣之所能知也。」王曰：「雖然，試言公之私。」通篇一段寫樓緩，一段寫虞卿，又段段夾王語，最好看。樓緩曰：「王亦聞夫公甫文伯母乎？公甫文伯官于魯，病死。婦人爲之自殺于房中者二八。其母聞之，不肯哭也。相室曰：『焉有子死而不哭者乎？』其母曰：『孔子，賢人也，逐于魯，是人不隨。今死，而婦人爲死者十六人。若是者，于其長者薄，而于婦人厚。』故從母言之，爲賢母也；從婦言之，必不免爲妒婦也。故其言一也，言者異，則人心變矣。今臣新從秦來，而言勿與，則非計也；言與之，則恐王以臣之爲秦也。故不敢對。好。引古自飾，長。使臣得爲王計之，不如予之。好，正，只四字。」王曰：「諾。」段段夾王語。虞卿聞之，入見王，王以樓緩言告之。虞卿曰：「此飾説也。」王曰：「何謂也？」段段夾王語。虞卿曰：「秦之攻趙也，倦而歸乎？王以其力尚能進，愛王而不攻乎？」明甚，快甚，妙妙，讀之欲失笑。王曰：「秦之攻我也，不遺餘力矣，必以倦而歸也。」段段夾王語。虞卿曰：「秦以其力攻其所不能取，倦而歸。王又以其力之所不能攻而資之，是助秦自攻也。明甚，快甚，妙妙。來年秦復攻王，王無以救矣。明甚，快甚，妙妙。」王又以虞卿之言告樓緩。樓緩曰：「虞卿能盡知秦力之所至乎？好。誠不知秦力之所不至，此彈丸之地，猶不予也，好。令秦來年復攻王，得無割其內而講乎？好。」王曰：「誠聽子割矣，子能必來年秦之不復攻我乎？」段段夾王語。○王又好。樓緩對曰：「此非臣之所敢任也。此句敗矣。昔者三晉之交與秦，相善也。好。今秦釋韓、魏，而獨攻王，王之所以事秦，必不如韓、魏也。好。今臣爲足下解負親之攻，啓關通幣，齊交韓、魏。好。至來年而王獨不取于秦，王之所以事秦者，必在韓、魏之後也。好。此非臣之所敢任也。好。」王以樓緩之言告虞卿。虞卿曰：「樓緩言不講，來年秦復攻王，得無更割其內而講。一。今講，樓緩又不能必秦之不復攻也，一。雖割何益？來年復攻，又割其力之所不能取而講也，此自盡之術也。明甚，快甚，妙妙。不如無割。秦雖善攻，不能取六城；明甚，快甚，妙妙。趙雖不能守，亦不至失六城。明甚，快甚，妙妙。秦倦而歸，兵必罷。我以六城收天下以攻罷秦，是我失之于天下，而取償于秦也。吾國尚利，明甚，快甚，妙妙。孰與坐而割地，自弱以强秦？明甚，快甚，妙妙。今樓緩曰：『秦善韓、魏而攻趙者，必王之事秦不如韓、魏也。』是使王歲以六城事秦也，即坐而地盡矣。明甚，快甚。來年秦復求割地，王將予之乎？不予，則是棄前資而挑秦禍也；明甚，快甚，妙妙。與之，則無地而給之。明甚，快甚，妙妙。語曰：『强者善攻，而弱者不能自守。』今坐而聽秦，秦兵不敝而多得地，是强秦而弱趙也。以益强之秦，而割愈弱之趙，其計固不止矣。明甚，快甚，妙妙。且秦，虎狼之國也，無禮義之心。其求無已，而王之地有盡。以有盡之地，給無已之求，其勢必無趙矣。故曰『此飾説也』，王必勿與。明甚，快甚，妙妙。」王曰：「諾。」段段夾王語。樓緩聞之，又見于王，王又以虞卿之言告之。樓緩曰：「不然。虞卿得其一，未知其二也。樓緩甚不弱。夫秦趙搆難，而天下皆説，何也？曰『我將因强而乘弱』。今趙兵困于秦，天下之賀戰勝者，則必在于秦矣。故不若亟割地求和，以疑天下，慰秦心。奇，好好。不然，天下將因秦之怒，乘趙之弊而瓜分之。趙且亡，何秦之圖？好好。王以此斷之，勿復計也。四字更好。」虞卿聞之，又入見王，曰：「危矣，趙危。樓子之爲秦也！夫趙兵困于秦，又割地爲和，是愈疑天下，而何慰秦心哉？明甚，快甚，妙妙。不亦大示天下弱乎？明甚，快甚，妙妙。且臣曰勿予者，非固勿予而已也。妙妙。秦索六城于王，王以六城賂齊。妙妙。齊，秦之深讐也。得王六城，並力而西擊秦也。齊之聽王，不待辭之畢也。是王失于齊，而取償于秦；明甚，快甚，妙妙。一舉結三國之親，而與秦易道也。妙妙。」趙王曰：「善。」到底段段夾王語。因發虞卿東見齊王，與之謀秦。虞卿未反，秦之使者已在趙矣。樓緩聞之，逃去。

或爲齊獻書趙王

筆勢横斜迅速，如夏月風雨，不知其若爲來，若爲去。

臣一見，而能令王坐而天下致名實。一名，二實。而臣竊怪王之不試見臣，句。而窮臣也。句。言困于不得見也。〇能。群臣必多以臣爲不能者，故王重見臣也。用「不能」翻。已下看他憑空神駿，何處生起。以臣爲不能者非他，欲用王之兵成其私者也。一。非然，則交有所偏者也；二。非然，則智不足者也；三。非然，則欲以天下之重恐王，而取行于王者也。四。臣以齊循事王，王能亡燕，能。能亡韓、魏，能。能攻秦，能。能孤秦。能。筆勢蓬勃。臣以齊致尊名于王，天下孰敢不致尊名于王？臣以齊。臣以齊致地于王，天下孰敢不致地于王？臣以齊。臣以齊爲王求名于燕及韓、魏，孰敢辭之？臣以齊。臣之能也，其前可見已。用「能」結。不必致效之後，于事前已可見。齊先重王，故天下盡重王；再起。只一句。看他凡作三四反覆。王無齊，天下必盡輕王也。一反覆。秦之强，以無齊故重王，二反覆。燕、韓、魏自以無齊故重王。三反覆。今王無齊，獨安能無重天下？四反覆。故勸王無齊者，非智不足，則不忠者也。將謂重寫前文，却又大半改换，奇妙。非然，則欲用王之兵成其私者也；非然，則欲輕王以天下之重，取行于王者也；非然，則位尊而能卑者也。願王之熟慮無齊之利害也。

李克論相

異樣作態之文，段段作態。

魏文侯謂李克曰：「先生嘗教寡人，曰：『家貧，則思良妻；國亂，則思良相。』今所置，非成則璜，二子何如？」擇相也，作此娓娓之起，分外姿媚。李克對曰：「臣聞之，卑不謀尊，疏不謀戚。臣在闕門之外，不敢當命。」言尊而戚無如相，真至言也。文侯曰：「先生臨事勿讓。」四字又妙。李克曰：「君不察故也。先下此語，妙妙。居，視其所親；富，視其所與；達，視其所舉；窮，視其所不爲；貧，視其所不取。五者足以定之矣，何待克哉？」妙于明明説，却不説出。文侯曰：「先生就舍，寡人之相定矣。」妙于也不説出。李克趨而出，過翟璜之家。翟璜曰：「今者聞君召先生而卜相，果誰爲之？」李克曰：「魏成子爲相矣。」文侯前，妙于不説出，妙于此又説出。翟璜忿然作色，曰：「以耳目之所睹記，臣何負于魏成子？先唱一句。次數五句，後又唱一句。西河之守，臣之所進也。君内以鄴爲憂，臣進西門豹。君謀欲伐中山，臣進樂羊。中山已拔，無使守之，臣進先生。君之子無傅，臣進屈侯鮒。臣何以負于魏成子？此句必兩説者，寫憤甚也。」李克曰：「且子之言克于子之君者，豈將比周以求大官哉？先折此句，妙絶妙絶。君問而置相，『非成則璜，二子何如？』克對曰：『君不察故也。居，視其所親；富，視其所與；達，視其所舉；窮，視其所不爲；貧，視其所不取。五者足以定之矣，何待克哉？』重述一遍，不換一字，妙妙。是以知魏成子之爲相也。此自明我未嘗薦，妙妙。且子安得與魏成子比乎？再重折。魏成子以食禄千鍾，什九在外，什一在内；是以東得卜子夏、田子方、段干木。此三人者，君皆師之；辣句。子之所進五人者，君皆臣之。辣句。子惡得與魏成子比也。此句亦兩説者，寫重折也。」翟璜逡巡再拜，曰：「璜，鄙人也，失對，二字妙。願卒爲弟子。」

吴起不恃河山

此篇專看其添字法、減字法。

魏武侯與諸大夫浮于西河，稱曰：「河山之險，不亦信固哉！」「不亦固哉」，是初驚語；加「信」字，是久傳語。王鍾侍坐，曰：「此晉國之所以强也。若善修之，則霸王之業具矣。」吴起對曰：「吾君之言，危國之道也；喝斷武侯。而子又附之，是重危也。喝斷王鍾。」武侯忿然曰：「子之言有説乎？」吴起對曰：「河山之險，信不足保也；再喝武侯。是霸王之業，不從此也。再喝王鍾。昔者，三苗之居，左有彭蠡之波，右有洞庭之水，雙句。汶水在其南，而衡山在其北。下一「而」字，成隻句。恃此險也，爲政不善，而禹放逐之。一段。夏桀之國，左天門之陰，而右天溪之陽，「左」、「右」下，省二「有」字，增一「而」字，成隻句。盧、睪在其北，伊、洛出其南[一]。去「而」字，成雙句。有此險也，然爲政不善，而湯伐之。一段。殷紂之國，左孟門，而右漳、釜，隻句，比上短。前帶河，後被山。雙句，比上亦短。有此險也，然爲政不善，而武王伐之。一段。且君親從臣而勝降城。「親從臣」，字法。城非不高，人民非不衆也，然而可得並者，政惡故也。從是觀

[一]「洛」，康熙二年刻本作「落」，據康熙十六年增補本、《評注才子古文》、有正書局本改。

之，地形險阻，奚足以霸王矣？」上三段引古，此一段證今。「矣」字押。武侯曰：「善。吾乃今日聞聖人之言也。西河之政，專委之子矣。」一結，最搖曳。

魏益公叔賞田

辭田而反益田，非必真有其事，乃文人加倍渲染法耳。古人作文，每每如此。

魏公叔痤爲魏將，而與韓、趙戰澮北，禽樂祚。魏王説，郊迎，以賞田百萬禄之。據功行賞，極平常事，忽然生出妙文來。公叔痤反走，再拜辭曰：九字句。「夫使士卒不崩，直而不倚，橈而不辟者，此吴起餘教也，臣不能爲也。此段，加「直而」二句，「吴起」上多一「此」字，「餘教」上省一「之」字，下又添「臣不」一句，是一樣文法。前脈地形之險阻，決利害之備，使三軍之士不迷惑者，巴寧、爨襄之力也。此段，「前脈」二句在「使」字前，「巴寧」上省一「此」字，「力」上多一「之」字，無「臣不」一句，是一樣文法。縣賞罰于前，使民昭然信之于後者，王之明法也。此段，「使」字居中，以「于前」、「于後」字，如對不對，是一樣文法。見敵之可也，鼓之不敢怠倦者，臣也。此段，無「使」字，却兩用「也」字押脚。「臣也」二字比上最省，是一樣文法。王特爲臣之右手不倦，賞臣可也；「右手不倦」，奇妙奇妙。若以臣之有功，臣何力之有乎？」賞之曰「功」，自稱曰「力」。王曰：「善。」于是索吴起之後，賜之田二十萬，巴寧、爨襄田各十萬。王曰：「公叔豈非長者哉！一句提。既爲寡人勝强敵矣，戰澮北，擒樂祚。又不遺賢者之後，不忘吴起。不掩能士之迹，不奪巴、爨。公叔何可無益乎？一句缴，下便就此句作結。」故又與田四十萬，加之百萬之上，使百四十萬。故作拙句，妙妙。故《老子》曰：「聖人無積，盡以爲人，己愈有；既以與人，己愈多。」公叔當之矣。

公叔非悖

古人非吃自己飯，管别人事，故費此等筆墨也。實爲佳時、妙地、閑身、寬心，忽然相遭，油乎自動，因而借世間雜事，抒滿胸天機。如此篇，固只爲末上悖者「以不悖者爲悖」一句動情也。

魏公叔痤病，惠王往問之。曰：「公叔病，即有不諱，將奈社稷何？」臨終致問，此亦常事，何意下文弄筆成妙。公叔痤對曰：「痤有御庶子公孫鞅，願王以國事聽之也。爲弗能聽，勿使出境。」「聽」是一句，「弗聽」是兩句。然一句反覺長，兩句反覺短，其妙可想。王弗應，出而謂左右寫。曰：「豈不悲哉！「哉」字押。以公痤之賢，而謂寡人必以國事聽鞅，十五字句。不亦悖乎！「乎」字押。」寫王忽視公叔語，頭上加一「豈不悲哉」句，尾後加一「不亦悖乎」句，如聞其聲甫脱于口也。公叔痤死，一。公孫鞅聞之，二。已葬，三。西之秦，四。孝公受而用之。五。叙事精緊，要反覆細看。

秦果日以强，魏日以削，此非公叔之悖也，惠王之悖也。悖者之患，固以不悖者爲悖。弄筆成妙，只爲有此一弄于胸中，故特叙前文。後來一國皆狂語，便從此處脱去。

魯共公擇言

整鍊之文，却是疏越之文；嚴重之文，却是點染之文。

梁王魏嬰觴諸侯于范臺。酒酣，請魯君舉觴。魯君興，避席擇言，曰：「昔者，「昔者」，領下四事。帝女令儀狄作酒。句。而美，進之禹，禹飲句。而甘之；遂疏儀狄，絶旨酒。曰：『後世必有以酒亡其國者。』一。齊桓公夜半不嗛，易牙乃煎熬燔炙，和調五味而進之，桓公食之句。而飽，至旦不覺也。句。曰：『後世必有以味亡其國者。』二。晉文公得南之威，三日不聽朝；遂推南之威而遠之。曰：『後世必有以色亡其國者。』三。楚王登强臺而望崩山，左江而右湖，以臨彷徨，其樂忘死；遂盟强臺而弗登。曰：『後世必有以高臺陂池亡其國者。』四。今「今」，領下四句。主君之尊，儀狄之酒也；主君之味，易牙之調也；左白台而右閭須，南威之美也；前夾林而後蘭臺，强臺之樂也。疏疏舉起四事，不意歷歷皆應，章法甚整而絶奇。有一于此，足以亡其國。今主君兼此四者，可無戒與！再翻一句。」梁王稱善相屬。

徐子諫太子自將

中生傳，如彼無數反覆，却又別出如此一段妙論。筆墨之事，出奇無窮，有何底止。

魏太子自將，過宋外黃。外黃徐子曰：「臣有百戰百勝之術，太子能聽臣乎？」題目奇。太子曰：「願聞之。」客曰：「固願效之。先加此句又好。人進苦言，必先有此句矣。今太子自將攻齊，大勝並莒，則富不過有魏，而貴不益爲王。至計、至言。若戰不勝，則萬世無魏。至計、至言。此臣之百戰百勝之術也。繳明一句又妙。題目奇，文章果奇。」太子曰：「諾。請必從公之言而還。」下半篇又奇。客曰：「太子雖欲還，不得矣。下半篇題目又奇。彼利太子之戰攻，而欲滿其意者衆，太子雖欲還，恐不得矣。」只添得一「恐」字，句態便變。太子上車請還。其御曰：「將出而還，與北同，不如遂行。」遂行。與齊人戰而死，題目又奇，文字果又奇。卒不得魏。此四字加得憨甚。不憨，文便不得暢也。

惠公說文王弛葬期

此篇寫事最詳悉，最密緻，最委婉頓折，不必更論。至于讀之覺其娉婷婀娜，另饒別樣意態者，則以多用「矣」「也」字押脚也。

魏惠王死，葬有日矣。先寫此句頓定。○一。天大雨雪，至于牛目，壞城郭，且爲棧道而葬。群臣多諫太子者，曰：「雪甚如此而喪行，民必甚病之。先民。官費又恐不給。次費。請弛期更日。」「弛期」即「更日」。「弛期」者，弛今日；「更日」者，更他日。乃疊寫也。此事定不得不疊寫，故下文番番疊寫。太子曰：「爲人子，而以民勞與官費用之故，而不行先王之喪，二十字句，嬝嬝然。不義也。子勿復言。」不作拒諫聲口，太子方居憂，如畫。群臣皆不敢言，而以告犀首。犀首曰：「吾未有以言之也。是其唯惠公乎，請告惠公。」惠公曰：「諾。」何不徑告惠公，又多犀首一曲？此非寫犀首推重惠公，乃寫惠公真非犀首所及，謂之先賛法也。駕而見太子，曰：「葬有日矣。」開口只四字，妙絶。○二。太子曰：「然。」接口只一字，妙絶。惠公曰：「昔王季歷葬于楚山之尾，「尾」，字法。欒水齧其墓，「齧」，字法。見棺之前和。「前和」，字法。文王曰：『嘻！先王必欲一見群臣百姓也夫，故使欒水見之。奇文。』于是出而爲之張朝，奇。百姓皆見之。奇。三日句。而後更葬。此文王之義也。妙妙。不知有此事、無此事，憑空撰出，使人心歡。今葬有日矣，三。而雪甚，句。及牛目，句。難以行。句。太子爲及日之故，得毋嫌于欲亟葬乎？願太子更日。妙妙，此句是實理。先王必欲少留而扶社稷，安黔首也，故使雪甚。妙妙，此句是虚猜。因弛期而更爲日，此文王之義也。妙妙，此句是扶進。若此而弗爲，意者其羞法文王乎？妙妙，此句是防退。」太子曰：「甚善。「善」上添一「甚」字，妙甚。敬弛期，「弛」今日。更擇日。「更」他日。」惠子非徒行其説也，又令太子未葬其先王，而又因説文王之義。説文王之義以示天下，豈小功也哉！句法粘蟬而下，妙妙。〇結向題外去，妙妙。〇一「不義」引出兩句「文王之義」爲章法。顧掌丸補批。

唐雎説信陵君

少年眼見此等文，始能駕出如杠大筆。

信陵君殺晉鄙，救邯鄲，破秦人，存趙國。我有德案。趙王自郊迎。人德我案。唐雎謂信陵君曰：「臣聞之曰：『事有不可知者，有不可不知者；有不可忘者，有不可不忘者。』」斗下四句，無頭無尾，大奇大奇。信陵君曰：「何謂也？」對曰：「人之憎我也，不可不知也；不作波折，竟逐句注。吾憎人也，不可得而知也。不作波折，竟逐句注。此二句是賓。人之有德于我也，不可忘也；不作波折，竟逐句注。吾有德于人也，不可不忘也。不作波折，竟逐句注。此二句是主。今君殺晉鄙，救邯鄲，破秦人，存趙國，此大德也。上虛注，此又實注，終竟不作波折，大奇。今趙王自郊迎，卒然見趙王，願君之忘之也。上虛注，此又實注。」信陵君曰：「無忌謹受教。」

孟嘗君索救燕趙

疏奇之文，通篇以連用字爲筆法。

秦將伐魏，魏王聞之，夜見孟嘗君，告之曰：「秦且攻魏，子爲寡人謀，奈何？」只添「夜見」二字，便寫盡急。孟嘗君曰：「有諸侯之救，則國可存也。」王曰：「寡人願子之行也。」重爲之約車百乘。孟嘗君之趙，謂趙王曰：「文願借兵以救魏。」徑直好。趙王曰：「寡人不能。」徑直好。孟嘗君曰：「夫敢借兵者，以忠王也。」立一句。王曰：「可得聞乎？」孟嘗君曰：「夫趙之兵，非能强于魏之兵；魏之兵，非能弱于趙也。看他連用三「之兵」字，第四句却省一「之兵」字。然而趙之地不歲危，而民不歲死；而魏之地歲危，而民歲死者，何也？以其西爲趙蔽也。今趙不救魏，魏插盟于秦，是趙與强秦爲界也，地亦且歲危，民亦且歲死矣。看他連用三「歲危」、「歲死」成文，最是扶疏歷落。此文之所以忠于大王也。應前立之一句。」趙王許諾。爲起兵十萬，車三百乘。又北見燕王，曰：「先日公子嘗約兩主之交矣。着此閑句，又不徑直，好好。今秦且攻魏，願大王之救之。」燕王曰：「吾歲不熟二年矣，今又行數千里而以助魏，且奈何？」亦着閑句，不作徑直，好好。田文曰：「夫行數千里而救人者，此國之利也。今魏王出國門而望見軍，雖欲行數千里而助人，可得乎？」便借「行數千里」，連用「之」，成妙文。燕王尚未許也。田文曰：「臣效便計于王，王不用臣之忠計，文請行矣。恐天下之將有大變也。」王曰：「大變，可得聞乎？」前後兩「可得聞乎」，成章法。曰：「秦攻魏未能克之也，而臺已燔，游已奪矣。而燕不救魏，二十一句字，寫出他日恨。燕王折節割地，以國之半與秦，秦必去矣。扶疏歷落之甚。秦已去魏，魏王悉韓、魏之兵，又西借秦兵，以因趙之衆，以四國攻燕，王且何利？扶疏歷落之甚。利行數千里而助人乎？利出燕南門而望見軍乎？連用三「利」字成文。○又一「行數千里」，又一「出門望見軍」，總是扶疏歷落之甚。則道里近而輸又易矣，王何利？又一「利」字，看他極急中作戲語，好好。」燕王曰：「子行矣，寡人聽子。」乃爲之起兵八萬，車三百乘，以從文。

天下才子必讀書卷之五

戰國策 秦文

郭隗説燕昭王

一片奇氣，浮出紙上，不可以尋行數墨之法相之。

燕昭王收破燕後即位，卑身厚幣，以招賢者，欲將報讎。故往見郭隗先生，曰：此叙事，最疏奇。「齊因孤國之亂而襲破燕，先叙讎。孤極知燕小力少，不足以報。次致謙。然得賢士與共國，以雪先王之恥，孤之願也。次伸願。敢問以國報讎者，奈何？次請教。」看他詞令曲折。郭隗先生對曰：「帝者與師處，王者與友處，霸者與臣處，亡國與役處。斗説四樣「與處」，筆態拉雜之甚。詘指而事之，北面而受學，則百己者至。先趨而後息，先問而後默，則什己者至。人趨己趨，則若己者至。馮几據杖，眄視指使，則厮役之人至。若恣睢奮擊，呴籍叱咄，則徒隸之人至矣。又斗説五樣「人至」，筆態拉雜之甚。此古服道致士之法也。斗與一結。王誠博選國中之賢者，而朝其門下，天下聞王朝其賢臣，天下之士必趨于燕矣。」昭王曰：「寡人將誰朝而可？」問得遒逸，只是七字一句，純是奇氣。郭隗先生曰：「臣聞古之君人，有以千金求千里馬者，三年不能得。看他「三年」字。涓人言于君曰：『請求之。』君遣之。三月得千里馬。馬已死，買其骨五百金，反以報君。看他「三月」字。君大怒，曰：『所求者生馬，安事死馬而捐五百金？』涓人對曰：『死馬且買之五百金，況生馬乎？天下必以王爲能市馬，馬今至矣。』于是不能期年，千里之馬至者三。看他「期年」、「馬至者三」字。今王誠欲致士，先從隗始；隗且見事，況賢于隗者乎？豈遠千里哉？」妙妙，又疏奇，又遒逸。千古美談，其本文乃如此。于是昭王爲隗築宮而師之。此叙事最疏奇。樂毅自魏往，鄒衍自齊往，劇辛自趙往，士爭湊燕。又連寫三「自往」，總是拉雜之筆也。燕王吊死問生，與百姓同其甘苦。二十八年，國殷富，士卒樂佚輕戰。叙事最疏奇。于是遂以樂毅爲上將軍，與秦、楚、三晉合謀以伐齊。叙事最疏奇。齊兵敗，閔王出走于外。燕兵獨追北，入至臨淄，盡取齊寶，燒其宮室宗廟。叙事最疏奇。○「燕兵獨追」，「獨」字神彩。齊城之不下者，唯獨莒、即墨。反寫不下二城，叙事最疏奇也。

蘇代約燕昭王書

秦召燕王，燕王欲往，蘇代約之，王乃不行。

此文，看他三「正告」，三「欲攻」，三「困于」，五「謫曰」，五「之戰」，筆態猶如群龍戲于空中，一一鱗爪中間，皆有大風大雨大雷大電應時而集。初學一氣千遍讀之，可以平增無數才氣。

楚得枳而國亡，齊得宋而國亡，突然起。齊、楚不得以有枳、宋而事秦者，何也？則以有功者，秦之深讎也。只此一句是正意，蓋是時燕新克齊，秦方忌之故也。已下俱寫秦。秦取天下，非行義也，暴也。一句，頭。秦之行暴，正告天下，告楚曰：「蜀地之甲，輕舟浮于汶，乘夏水而下江，五日而至郢。漢中之甲，輕舟出于巴，乘夏水而下漢，四日而至五渚。寡人積甲宛，東下隨，智者不及謀，勇者不及怒，寡人如射隼矣。王乃待天下之攻函谷，不亦遠乎？」看他一樣文法。楚王爲是之故，十七年事秦。秦正告韓曰：「我起乎少曲，一日而斷太行。我起乎宜陽而觸平陽，二日而莫不盡由。我離兩周而觸鄭，五日而國舉。」看他又一樣文法。韓氏以爲然，故事秦。秦正告魏曰：「我舉安邑，塞女戟、韓氏、太原卷，下軹道，道南陽、封、冀，兼包兩周，乘夏水浮輕舟，强弩在前，銛戟在後。決滎口，魏無大梁；決白馬之口，魏無濟陽；決宿胥之口，魏無虛、頓丘。陸攻則擊河内，水攻則滅大梁。」看他又一樣文法。三段，凡作三樣文法，段段精彩。魏氏以爲然，故事秦。已上三「正告」。秦欲攻安邑，恐齊救之，則以宋委于齊，曰：「宋王無道，爲木人以象寡人，射其面。寡人地絶兵遠，不能攻也。王苟能破宋有之，寡人如自得之。」看他一樣文法。已得安邑，塞女戟，因以破宋爲齊罪。秦欲攻韓，恐天下救之，則以齊委于天下，曰：「齊王四與寡人約，四欺寡人，必率天下以攻寡人者三。有齊無秦，有秦無齊，必伐之，必亡之。」看他又一樣文法。已得宜陽、少曲，致藺、石，因以破齊爲天下罪。秦欲攻魏，重楚，則以南陽委于楚，曰：「寡人固與韓且絶矣。殘均陵，塞黽隘，苟利于楚，寡人如自有之。」看他又一樣文法。三段，又作三樣文法，段段精彩。魏棄與國而合于秦，因以塞黽隘爲楚罪。已上三「欲攻」。兵困于林中，重燕、趙，以膠東委于燕，以濟西委于趙。已得講于魏，質公子延，因犀首屬行而攻趙。看他比上省。兵傷于譙石，遇敗于馬陵，而重魏，則以葉、蔡委于魏。已得講于趙，則劫魏，又省。魏不爲割。困則使太后、穰侯爲和，嬴則兼欺舅與母。更省。已上三「困于」。適燕者，曰「以膠東」；適趙者，曰「以濟西」；適魏者，曰「以葉、蔡」；適楚者，曰「以黽隘」；適齊者，曰「以宋」。此必令其言如循環，用兵如刺蜚，母不能制，舅不能約。已上五「適曰」。看他又將上文覆寫一遍，倍加精彩。龍賈之戰，岸門之戰，封陵之戰，高商之戰，趙莊之戰，秦之所殺三晉之民數百萬。今其生者，皆死秦之孤也。已上五「之戰」。看他再將上文覆寫一遍，倍加精彩。西河之外，上雒之地，三川，晉國之禍，三晉之半，秦禍如此其大也。一句結秦。而燕、趙之秦者，皆以爭事秦說其主，此臣之所大患也。只此一句是正意，直與上文「有功者秦之深讎」也，接連作一句讀。

樂毅報燕王書

善讀此文者，必能知其爲諸葛《出師》之藍本也。其起首、結尾，比《出師》更自勝無數倍。

昌國君樂毅，爲燕昭王合五國之兵而攻齊，下七十餘城，盡郡縣之以屬燕。叙事次第。三城未下，而燕昭王死。叙事次第。惠王即位，用齊人反間，疑樂毅，而使騎劫代之將。叙事次第。樂毅奔趙，趙封以爲望諸君。叙事次第。齊田單詐騎劫，卒敗燕軍，復收七十餘城以復齊。燕王悔，叙事次第。懼趙用樂毅，乘燕之敝以伐燕。燕王乃使人讓樂毅，且謝之叙事次第。曰：「先王舉國而委將軍，將軍爲燕破齊，報先王之讎，天下莫不振動。寡人豈敢一日而忘將軍之功哉？辭令好。會先王棄群臣，寡人新即位，左右誤寡人。辭令好。寡人之使騎劫代將軍，爲將軍久暴露于外，故召將軍，且休計事。辭令好。將軍過聽，以與寡人有隙，遂捐燕而歸趙。辭令好。將軍自爲計則可矣，而亦何以報先王之所以遇將軍之意乎？」只此一段，辭令先自妙絶。望諸君乃使人獻書報燕王，曰：「臣不佞，不能奉承先王之教，以順左右之心，恐抵斧質之罪，以傷先王之明，而又害于足下之義，故遁逃走趙。叙得甚婉，甚峭，甚詳，甚省。自負以不肖之罪，故不敢爲辭説。今王使使者數之罪，臣恐侍御者之不察先王之所以畜幸臣之理[一]，而又不白于臣之所以事先王之心，故敢以書對。叙得甚婉，甚峭，甚詳，甚省。臣聞聖賢之君，不以禄私其親，功多者授之；不以官隨其愛，能當者處之。故察能而授官者，成功之君也；論行而結交者，立名之士也。「成功」、「立名」，通篇主意。臣以所學者觀之：先王之舉錯，有高世之心，遥識先王，一。已下，一路看他陳叙。故假節于魏王，而以身得察于燕。自魏來燕，二。先王過

[一]「侍」，康熙二年刻本作「待」，據康熙十六年增補本、有正書局本改。

臣自以爲奉令承教，可以幸無罪矣，故受命而不辭。量力受命，四。先王命之，曰：『我有積怨深怒于齊，不量輕弱，而欲以齊爲事。』深談肝鬲，五。臣對曰：『夫齊霸國之餘教，而驟勝之遺事也；閑于兵甲，習于戰攻。王若欲伐之，必舉天下而圖之。舉天下而圖之，莫徑于結趙矣。且又淮北宋地，楚、魏之所同願也。趙若許，約楚、趙、宋盡力，四國攻之，齊可大破也。』定謀結趙，六。先王曰「善。」言聽計從，七。臣乃口受令，具符節，南使臣于趙。顧反命，起兵隨而攻齊。受令使趙，八。以天之道，先王之靈，河北之地，隨先王舉而有之于濟上。濟上之軍，奉令擊齊，大勝之。輕卒鋭兵，長驅至國。齊王逃遁走莒，僅以身免。大破齊國，九。珠玉財寶、車甲珍器，盡收入燕。大吕陳于元英，故鼎反乎曆室，齊器設于寧臺，薊丘之植，植于汶篁。盡有齊器，十。自五霸以來，功未有及先王者也。結歸大功，十一[一]。先王以爲順于其志，以臣爲不頓命，故裂地而封之，使之得比乎小國諸侯。受封昌國，十二。臣不佞，自以爲奉令承教，可以幸無罪矣，故受命而不辭。量功受命，十三。有意無意，如應非應，妙。已上一路陳叙，感慨淋漓。臣聞：賢明之君，功立而不廢，故著于春秋；早知之士，名成而不毁，故稱于後世。又提功立名成。若先王之報怨雪恥，夷萬乘之强國，收八百歲之蓄積，先王功立。及至棄群臣之日，餘令詔後嗣之遺義，執政任事之臣，所以能循法令、順庶孽者，施及萌隸，皆可以教後世。先王名成。○已上，自述

[一]「十一」，康熙二年刻本作「十二」，據康熙十六年增補本、有正書局本改。

已與先王功立名成。臣聞善作者不必善成，善始者不必善終。謂是調笑可，謂是慟哭可，謂是憤辭可，謂是至理可。妙妙，妙妙。昔者伍子胥説聽乎闔閭，而吴王遠迹至于郢。善作善始。夫差弗是也，賜之鴟夷，而浮之江。不必善成善終。故吴王夫差不悟，先論之可以立功，故沉子胥而弗悔。燕王有之也。子胥不早見主之不同量，故入江而不改。自言幾不免也。夫免身全功，以明先王之迹者，臣之上計也；功。離毀辱之非，墮先王之名者，臣之所大恐也[二]。名。臨不測之罪，以幸爲利者，義之所不敢出也。反明之。已上，自述所以奔趙。臣聞古之君子，交絶不出惡聲；忠臣之去也，不潔其名。臣雖不佞，數奉教于君子矣。恐侍御者之親左右之説，而不察疏遠之行也。故敢以書報，惟君之留意焉。」收得甚婉，甚峭，甚詳，甚省。

燕王謝樂間書

層層折折，反反覆覆，只是一意説上説下，更不别換意。後賢千遍讀之，能長異樣姿態。

寡人不佞，不能奉順君意，故君捐國而去，叙往事。則寡人之不肖明矣。妙妙，今人不肯寫，

[二]「恐」，康熙二年刻本作「怒」，據重刻康熙二年序本等改。

亦寫不出。敢端其願，而君不肯聽，叙今事。故使使者陳愚意，君試論之。妙妙，今人不肯寫，亦寫不出。○只此二語，今人便寫不出。語曰：「仁不輕絶，智不輕怨。」君之于先王也，世之所明知也。牽先王，妙妙。寡君望有非，則君掩蓋之，妙。不虞君之明罪之也；妙。望有過，則君教誨之，妙。不虞君之明棄之也。妙妙，已上一層。且寡人之罪，國人莫不知，天下莫不聞；妙。君微出明怨以棄寡人，寡人必有罪矣。妙。雖然，恐君之未盡厚也。妙妙，已上又一層。諺曰：「厚者，不毁人以自益也；仁者，不危人以要名也。」故掩人之邪者，厚人之行也；救人之過者，仁者之道也。世有掩寡人之邪，救寡人之過，非君孰望之？妙。今君厚受位于先王以成尊，妙，又牽先王。輕棄寡人以快心，妙。則掩邪救過，難得于君矣。妙妙，已上又一層。且世有薄而故厚施，行有失而故惠用。今使寡人任不肖之罪，妙。而君有失厚之累，妙。于爲君擇之也，無所取之。妙妙，已上又一層。國之有封疆，家之有垣牆，所以合好掩惡也。妙。室不能相和，出語鄰家，未爲通計也。妙。怨惡未見而明棄之，未爲盡厚也。妙妙，已上又一層。寡人雖不肖乎，未如殷紂之亂也；妙。君雖不得意乎，未如商容、箕子之累也。妙。然則不内蓋寡人，而明怨于外，恐其適足以傷于高而薄于行也。妙妙，已上又一層。非然也，苟以明君之義，成君之高，雖任惡名，不難受也。妙。本欲以爲明寡人之薄，妙。而君不得厚；妙。揚寡人之辱，妙。而君不得榮：妙。此一舉而兩失也。妙妙，已上又一層。義者不虧人以自益，妙。況傷人以自損乎？妙。君無以寡人不肖，妙。累往事之美。妙妙，已上又一層。昔者，柳下惠吏于魯，三黜而不去。或謂之曰：「可以去。」柳下惠曰：「苟與人之異，惡往而不黜乎？猶且黜乎，寧于故國爾。」

柳下惠不以三黜自累，故前業不忘；不以去爲心，故遠近無議。妙妙，已上又一層。今寡人之罪，國人未知，而議寡人者遍天下。上曰：「國人莫不知，天下莫不聞。」此又曰：「國人未知。」語曰：「論不修心，議不累物，仁不輕絶，智不簡功。」簡棄大功者，輟也；輕絶厚利者，怨也。輟而棄之，怨而累之，宜在遠者，妙。不望之乎君也。妙妙，已上又一層。今以寡人無罪，君豈怨之乎？願君捐怨，追惟先王，復以教寡人。又牽先王，妙妙。已上又一層。意君曰，妙。余且慝心以成而過，妙。不顧先王以明而惡，妙，又牽先王。使寡人進不得修功，妙。退不得改過，妙。君之所揣也，唯君圖之。妙妙，已上又一層。如此無數層，却只是一意。此寡人之愚意也。敬以書謁之。

申子請仕從兄

申不害乃是如此，不足又道。看昭侯只是一句話，却説三遍：第一遍，斗然謝絶；第二遍，故作兩難；第三遍，細與注破。凡説三遍，而後此一句始暢也。

申子請仕其從兄官，昭侯不許也。申子有怨色，昭侯曰：「非所謂學于子者也。妙妙，妙于斗然便謝。○此句妙于略。聽子之謁，而廢子之道乎？又亡其行子之術，而廢子之請乎？此兩「乎」，即下「奚」字也。子嘗教寡人循功勞，視次第；今有所求，此我將奚聽乎？」妙妙。此句妙于詳。申子乃避舍請罪曰：「君真其人也！」羞羞。

申子始合昭侯

此最底下醜態。不意申不害乃是此一輩人物，寫得秀絶不可言。

魏之圍邯鄲也，申不害始合于韓王，然未知王之所欲也，恐言而未必中于王也。寫申子醜態，乃用如此秀筆。王問申子曰：「吾誰與而可？」與魏耶？與趙耶？對曰：「此安危之要，國家之大事也。臣請深惟而苦思之。」寫申子醜態，用如此秀筆。乃微謂趙卓、韓鼂曰：「子皆國之辯士也。夫爲人臣者，言可必用，「可」，豈可也。盡忠而已矣。」二人各進議于王以事。或進與魏，或進與趙。句法未鍊，不如去「以事」二字。申子微視王之所説，以行于王。寫申子醜態，用如此秀筆。王大説之。

美人金

自來短文，無更短于此者。短句，短段，或一字二字爲一句，或一句二句爲一段。而描邈人世苦事[一]，乃至四面轉側不得。真奇筆也。

[一]「邈」，重刻康熙二年序本作「摹」，康熙十六年增補本、《評注才子古文》作「貌」。

秦，句。大國也。句。韓，句。小國也。句。第一段。韓句。甚疏秦，句。而見親秦。句。大是苦事，第二段。韓計之，句。非金句。無以也，句。苦苦，第三段。故句。賣美人。苦苦，第四段。美人之賈貴，諸侯不能買，苦苦，第五段。故句。秦買之句。三千金。第六段。韓句。因以其金事秦。苦苦，第七段。秦反得其金與韓之美人。第八段。韓之美人因言于秦，曰：「韓甚疏秦。」妙妙奇奇，天地間固甚多此事矣。第九段。從是觀之，韓之美人與金，其疏秦乃始益明。務要寫到透骨，大苦。第十段。故客有説韓者，已下乃反覆敲擿之也。曰：「不如止淫用，以是爲金，而事秦，是金必行，而韓之疏秦不明。美人知内行者也，故善爲計者，不見内行。」

慎子全東地五百里

學他複寫處，使人不厭重沓。

楚襄王爲太子之時，質于齊。懷王薨，太子辭于齊王而歸。齊王隘之：「予我東地五百里，乃歸子；子不予我，不得歸。」一「東地五百里」。太子曰：「臣有傅，請退而問傅。」傅慎子曰：「獻之地，所以爲身也。愛地不送死父，不義；臣故曰，獻之便。」太子入，致命齊王，曰：「敬獻地五百里。」齊王歸楚太子。太子歸，即位爲王。齊使車五十乘，來取東地于楚。楚王告慎子，曰：「齊使來求東地，爲之奈何？」慎子曰：「王明日朝群臣，皆令獻其計。」通篇文字成竹，具在此句中。上柱國子良入見。王曰：「寡人之得求反，主墳墓，歸社稷也，以東地五百里許齊；齊令使來求地，爲之奈何？」一段詳。○二「東地五百里」。○一「爲之奈何」。子良曰：「王不可不與也。王身出玉聲，許強萬乘之齊而不與，則不信，後不可以約結諸侯。請與而復攻之。與之信，攻之武。臣故曰與之。」自是好議論。子良出，昭常入見。王曰：「齊使來求東地五百里，爲之奈何？」一段略。○三「東地五百里」。○二「爲之奈何」。昭常曰：「不可與也。萬乘者，以地大爲萬乘。今去東地五百里，四「東地五百里」。是去戰國之半也，有萬乘之號而無千乘之用也，不可。臣故曰勿與。常請守之。」又是好議論。昭常出，景鯉入見。寫三「入見」，皆用整整之筆。王曰：「齊使來求東地五百里，爲之奈何？」一段略。○五「東地五百里」。○三「爲之奈何」。景鯉曰：「不可與也。雖然，楚不能獨守。王身出玉聲，許萬乘之強齊也，而不與，前「強萬乘之齊」，此「萬乘之強齊」，略變。負不義于天下。楚亦不能獨守，臣請西索救于秦。」又是好議論。可謂愈出愈奇矣，却不料下文更奇。景鯉出，慎子入。王以三大夫計告慎子，曰：「子良見寡人，曰：一「見寡人曰」。『不可不與也，與而復攻之。』隱括前長文，成短文。常見寡人，曰：二「見寡人曰」。『不可與也，常請守之。』長文成短文。鯉見寡人，曰：三「見寡人曰」。『不可與也。雖然，楚不能獨守也，臣請索救于秦。』長文成短文。看他特地重寫三段，不肯省。寡人誰用于三子之計？」慎子對曰：「王皆用之。」此是皆獻其計之初志也。王怫然作色曰：「何謂也？」實是奇。慎子曰：「臣請效其說，而王且見其誠然也。」先頓一筆，好。王發上柱國子良車五十乘，而北獻地五百里于齊。齊索地，發車五十乘；楚獻地，發車亦五十乘：俱是重沓之筆。發子良之明日，一「之明日」。遣昭常爲大司馬，令往守東地。遣昭常之明日，二「之明日」。遣景鯉車五十乘，又「車五十乘」。西索救于秦。」真是奇策[一]。王曰：「善。」了「怫然作色」。乃遣子良北獻地于齊。遣子良之明日，又一「之明日」。立昭常爲大司馬，使守東地。又遣景鯉西索救于秦。看他整整然接連寫二遍。子良至齊，齊使人以甲受地。妙。昭常見齊使曰：「我典主東地，且與死生。悉五尺至六十，三十餘萬敝甲鈍兵，願承下塵。」妙。「悉五尺至六十，三十餘萬敝甲鈍兵」，妙句妙字。齊王謂子良曰：「大夫來獻地，今常守之，何如？」子良曰：「臣身受命敝邑之主，是常矯也。王攻之。」妙。齊王大興兵攻東地，伐昭常。未涉疆，三字好。秦以五十萬臨齊右壤，曰：「夫隘楚太子弗出，不仁；又欲奪之東地五百里，不義。其縮甲則可，不然，則願待戰。」妙。六「東地五百里」。齊王恐焉。乃請子良南道楚，西使秦，解齊患。反請子良，妙妙。十三字句。士卒不用，東地復全。凡有十三「東地」字。

中射士論僞藥

此即東方先生一生藍本也，因悟後人奇筆，定是前人先有；且前人所先有，定又高于後人之所有。即如此「中射士」主句前，必先作一賓，此固東方之所不復到也。

[一]「真是奇策」，有正書局本作「句」。

有獻不死之藥于荆王者，謁者操以入。中射之士問曰：「可食乎？」曰：「可。」因奪而食之。王怒，使人殺中射之士。無中生有，幻此奇文。中射之士使人説王，曰：「臣問謁者，謁者曰可食，臣故食之。是臣無罪，而罪在謁者也。先作一賓，妙。且客獻不死之藥，臣食之而王殺之，是死藥也。王殺無罪之臣，而明人之欺王。此段方是主句，妙妙。」○看他作不了語。王乃不殺。

莊辛謂楚王

只起手一二行，極言「未遲」、「未晚」，是正文。已下一路層層遞接而去，俱寫遲者晚者，事有如此。妙在閑説蜻蛉起，後來却劈面直取君王，使人讀之駭然。

臣聞鄙語曰：「見兔而顧犬，未爲晚也；亡羊而補牢，未爲遲也。」臣聞昔湯、武以百里昌，桀、紂以天下亡。今楚國雖小，絶長補短，猶以數千里，豈特百里哉？襄王既不受莊辛之言，後五月果爲秦所破，因發騶徵莊辛與計事。莊辛謂「未遲」、「未晚」，語盡此，下去皆言遲、晚也。王獨不見夫蜻蛉乎？客，六足四翼，飛翔乎天地之間，俯啄蚊虻而食之，仰承甘露而飲之，自以爲無患，與人無爭也。不知夫五尺童子，方將調飴膠絲，加己乎四仞之上，而下爲螻蟻食也。遲矣，晚矣，不可及矣。夫蜻蛉其小者也，過接，層注而下。黄雀客。因是以。俯噣白粒，仰栖茂樹，鼓翅奮翼，自以爲無患，與人無爭也。不知夫公子王孫，左挾彈，右攝丸，將加己乎十仞之上，以其類爲招，晝游乎茂樹，夕調乎酸鹹，倏忽之間，墜于公子之手。遲矣，晚矣，不可及矣。夫黄雀其小者也，層注而下。黄鵠客。因是以。游乎江湖，淹乎大沼，俯噣鱔鯉，仰囓菱蘅，奮其六翮而陵清風，飄摇乎高翔，自以爲無患，與人無爭也。不知夫射者，方將修其碆盧，治其矰繳，將加己乎百仞之上，被礛磻，引微繳，折清風而抎矣，故晝游乎江湖，夕調乎鼎鼐。遲矣，晚矣，不可及矣。夫黄鵠其小者也，層注而下。蔡靈侯之事客，漸漸逼來。因是以。南游乎高陂，北陵乎巫山，飲茹溪之流，食湘波之魚，左抱幼妾，右擁嬖女，與之馳騁乎高蔡之中，而不以國家爲事。不知夫子發方受命乎靈王，繫己以朱絲而見之也。遲矣，晚矣，不可及矣。蔡靈侯之事其小者也，層注而下，至此已到。君王之事主。一路寬寬逼來，至此，不圖當面直取。讀之，至今駭然。因是以。左州侯，右夏侯，輦從鄢陵君與壽陵君，飯封禄之粟，而載方府之金，與之馳騁乎雲夢之中，而不以天下國家爲事。而不知夫穰侯方受命乎秦王，填黽塞之内，而投己乎黽塞之外。至此，則遲矣、晚矣，不可及矣；今正未遲也，未晚也。妙在説至此，竟住筆，更不再措一句。

墨子罷楚雲梯

前幅奇峭，後幅奇快。

公輸般爲楚設機，將以攻宋。墨子聞之，百舍重繭，往見公輸般，四字添色。百里一宿，經歷百宿，約千里也。足底腫起，如繭，止非一層也。謂之曰：「吾自宋聞子，吾欲藉子殺王。」峭甚，斗甚。公輸般曰：「吾義，句。固不殺王。」亦峭甚。墨子曰：「聞公爲雲梯，將以攻宋。宋何罪之有？義不殺王句。而攻國，句。是不殺少而殺衆。奇峭之至。敢問攻宋何義也？」便借他「義」字，奇峭之至。公輸般服焉，請見之王。墨子見楚王，曰：「今有人于此，又斗又峭，舍其文軒，鄰有敝輿而欲竊之；舍其錦繡，鄰有裋褐而欲竊之；舍其粱肉，鄰有糟糠而欲竊之。此爲何若人也？」般爲雲梯攻宋，如此文字，翟亦爲雲梯救宋也。王曰：「必爲有竊疾矣。」墨子曰：「荆之地方五千里，宋方五百里，此猶文軒之與敝輿也。荆有雲夢，犀兕麋鹿盈之，江、漢魚鱉黿鼉爲天下饒，宋所謂無雉兔鮒魚者也，此猶粱肉之與糟糠也。荆有長松、文梓、楩、楠、豫樟，宋無長木，此猶錦繡之與裋褐也。臣以王吏之攻宋，爲與此同類也。」便如瀑水倒懸直下，文之奇快一至于此。王曰：「善哉！請無攻宋。」四字亦峭。

司馬喜立陰后

節節奇，節節妙，節節腴。誠若驚其奇，服其妙，必須細察其腴。蓋學得其腴時，便不難有其奇，而自然到其妙也。

陰姬與江姬爭爲后。事端。司馬喜謂陰姬公曰：「事成，則有土得民；不成，則恐無身。欲成之，何不見臣乎？」憑空生出文字來。陰姬公稽首曰：「誠如君言，事何可豫道者？」此句妙，並不求計。司馬喜即奏書中山君，曰：「臣能弱趙强中山[一]。」奇文突兀。細思之，與陰姬何與乎？後賢掩卷，試揣摹之。中山王説而見之，曰：「願聞弱趙强中山之説。」司馬喜曰：「臣願之趙，觀其地形險阻，人民貧富，君臣賢不肖，商敵爲資，未可豫陳也。」奇文，又筆姿腴甚。中山王遣之。見趙王，曰：「臣聞趙，天下善爲音，奇文。佳麗人之所出也。奇文。今者，臣來至境，入都邑，觀人民謡俗，容貌顔色，殊無佳麗好美者。奇文。以臣所行多矣，周流無所不至，未嘗見人如中山陰姬者也。奇文。不知者，特以爲神，人言不能及也。奇文，筆甚腴淰。其容貌顔色，固已過絶人矣[二]。若其眉目準頞權衡，犀角偃月。彼乃帝王之后，非諸侯之姬也。」奇文，腴之甚，姿之甚。趙王意移，入二字，妙。大説曰：「吾願請之，何如？」司馬喜曰：「臣竊見其佳麗，口不能無道爾。精絶。細思如此文，真是何等心胸寫得出來。即欲請之，是非臣所敢議，願王無泄也。」精絶。司馬喜辭去，歸報中山王曰：「趙王非賢王也。不好道德，而好聲色；不好仁義，而好勇力。陪一「而好勇力」，如有意，如無意，妙妙。臣聞其乃欲請所謂陰姬者。」添「所謂」二字，如全不認陰公者，妙妙。中山王作色不説。司馬喜曰：「趙强國也，其請之必矣。奇文，奇得險絶。王如不與，

[一]「能」，康熙十六年增補本、《評注才子古文》作「欲」。

[二]「已」，康熙二年刻本作「以」，據康熙十六年增補本、《評注才子古文》改。

即社稷危矣;險絶。與之,即爲諸侯笑。險絶。」中山王曰:「爲將奈何?」司馬喜曰:「王立爲后,以絶趙王之意。何曾費半點力,妙哉,妙哉。世無請后者。自注,妙妙。雖欲得請之,鄰國不與也。再自注,妙妙。」中山王遂立以爲后。趙王亦無請言也。又多寫此一句,真令通篇頓時化作鏡花水月。若無此一句。便是實實有此一篇文字也。

屈原卜居

忽然端策而請,忽然釋策而謝,正如空中雲舒雲卷。文人從無生有,自來如此矣,癡人便謂屈平真正曾往問卜。

屈平既放,三年不得復見。竭智盡忠,而蔽障于讒。心煩慮亂,不知所從。乃往見太卜鄭詹尹,「竭智盡忠」,竭智以盡忠也,「心煩」二句,所謂「竭智」也。乃往見太卜,亦「竭智」後始出此也。曰:「余有所疑,願因先生決之。」詹尹乃端策拂龜,四字畫。曰:「君將何以教之?」寫肯卜,妙。

屈原曰:「吾寧悃悃款款,朴以忠乎?將送往勞來,斯無窮乎?寧誅鋤草茆,以力耕乎?將游大人,以成名乎?寧正言不諱,以危身乎?將從俗富貴,以媮生乎?寧超然高舉,以保真乎?將哫訾慄斯,喔咿嚅唲,以事婦人乎?寧廉潔正直,以自清乎?將突梯滑稽,如脂如韋,以絜楹乎?寧昂昂若千里之駒乎?將氾氾若水中之鳧,與波上下偷以全吾軀乎?

多一句，參差入妙。寧與騏驥亢軛乎？將隨駑馬之迹乎？寧與黃鵠比翼乎？將與鷄鶩爭食乎？已上，須細察並無一句重沓。此孰吉孰凶？何去何從？祝文畢。下是訴詹尹，別爲一篇。世溷溷而不清：蟬翼爲重，千鈞爲輕；黃鍾毀棄，瓦釜雷鳴；讒人高張，賢士無名。吁嗟！默默兮，誰知吾之廉貞？」寫得又似要卜，又似不要卜，心煩意亂，不知所從，如畫。詹尹乃釋策而謝，曰：寫不肯卜，又妙。「夫尺有所短，寸有所長；物有所不足，智有所不明；數有所不逮，神有所不通。用君之心，行君之意。六「有所」字，本接末句，橫插此二句八字，文特奇峭之甚。龜策誠不能知此事！妙妙。」

宋玉對楚王問

此文腴之甚，人亦知；鍊之甚，人亦知；却是不知其意思之傲睨，神態之閑暢。凡古人文字，最重隨事變筆。如此文，固必當以傲睨閑暢出之也。

楚襄王問宋玉，曰：「先生其有遺行與？先標。何士民衆庶不譽之甚也？後補。」○「羽豈其苗裔耶？何興之暴也？」一樣法。宋玉對曰：「唯，一應。然，再應。有之。三應。接連下三應，便摹神。願大王寬其罪，使得畢其辭。入二語，便委婉。客有歌于郢中者，其始曰《下里》、《巴人》，國中屬而和者，數千人；數千人。其爲《陽阿》、《薤露》，國中屬而和者，數百人；數百人。其爲國中屬而和者，不過數十人；數十人。上加「不過」字。引商刻羽，雜以流徵，國中屬而和者，不過數人而已。數人。上加「不過」字，下又加「而已」字。是一字句。總上四段也。其曲彌高，其和彌寡。其曲其和，彌高彌寡，結束上文，最腴最鍊。故鳥有鳳而魚有鯤。上是譬，此又譬。上先開後總，此先總後開，法變。鳳凰上擊九千里，絶雲霓，負蒼天，足亂浮雲，翱翔乎杳冥之上；寫鳳凰，下如許語，腴甚。夫藩籬之鷃，豈能與之料天地之高哉！寫鷃，只下「藩籬」二字。鯤魚朝發崑崙之墟，暴鬐于碣石，暮宿于孟諸；寫鯤魚，下如許語，腴甚。夫尺澤之鯢，豈能與之量江海之大哉！寫鯢，只下「尺澤」二字。故非獨鳥有鳳而魚有鯤也，上用一「故」字過，此再用一「故」字過。士亦有之。夫聖人瑰意琦行，超然獨處，八字，腴之至，鍊之至。世俗之民，又安知臣之所爲哉？」與上一樣落句。

騶忌鼓琴

文亦有一彈再鼓之態。

騶忌子以鼓琴見威王，威王説而舍之右室。須臾，王鼓琴，騶忌子推户入，曰：「善哉，鼓琴！」王勃然不説，去琴按劍，曰：「夫子見容未察，何以知其善也？」騶忌子曰：「夫大弦濁以春温者，君也；妙。一樣句法。小弦廉折以清者，相也；妙。又一樣句法。攫之深、醳之愉者，政令也；妙。又一樣句法。「醳」音釋，「愉」音舒。鈞諧以鳴，大小相益，回邪而不相害者，四時也。妙。又一樣句法。吾是以知其善也。」王曰：「善語音。」文已畢，不謂下又生。騶忌子曰：「何獨語音，夫治國家而弭人民，皆在其中。」王又勃然不說，曰：「若夫語五音之紀，信未有如夫子者也。若夫治國家而弭人民，又何爲乎絲桐之間？」佳句。騶忌子曰：「夫大弦濁以春温者，君也；小弦廉折以清者，相也；攫之深而醳之愉者，政令也；鈞諧以鳴，大小相益，回邪而不相害者，四時也。重理前文，不省一字，妙妙。夫復而不亂者，所以治昌也；連而徑者，所以存亡也。故曰琴音調而天下治。夫治國家而弭人民，無若乎五音者。」妙文，妙旨。此二句，不知是前文所留，不知是後文所補，妙。王曰：「善。」

威王臣寶

更不剪截，信筆所書，自成奇絶。

威王與魏王會田于郊。魏王問曰：「王亦有寶乎！」威王曰：「無有。」只二字，便不凡。梁王曰：「若寡人，小國也，尚有徑寸之珠，照車前後各十二乘者，句。十枚。奈何以萬乘之國而無寶乎？」威王曰：「寡人之所以爲寶，與王異。一句，頭。吾臣有檀子者，整齊。使守南城，則楚人不敢爲寇，東取泗上，十二諸侯皆來朝。錯落。吾臣有肦子者，整齊。使守高唐，則趙人不敢東漁于河。錯落。吾臣有黔夫者，整齊。使守徐州，則燕人祭北門，趙人祭西門，徙而從者七千餘家。錯落。吾臣有種首者，整齊。使備盜賊，則道不拾遺。錯落。此四臣者，將以照千里，豈特十二乘哉？一句，結。」寫威王通體不凡。梁惠王慚，不懌而去。

李斯諫逐客書

自首至尾，落落只寫大意。初並無意爲文，看他起便一直徑起，住便一直徑住，轉便徑轉，接便徑接。後來文人無數筆法，對此一毫俱用不着，然正是後來無數筆法之祖也。

臣聞吏議逐客，竊以爲過矣。劈手叙事，劈口斷之。昔者繆公求士，西取由余于戎，東得百里奚于宛，迎蹇叔于宋，求邳豹、公孫支于晉。此五子者，不産于秦，而繆公用之，並國二十，遂霸西戎。繆公，一。孝公用商鞅之法，移風易俗，民以殷盛，國以富强，百姓樂用，諸侯親服，獲楚、魏之師，舉地千里，至今治彊。孝公，二。惠王用張儀之計，拔三川之地〔一〕，西並巴、蜀，北收上郡，南取漢中，包九夷，制鄢、郢，東舉成皋之險，割膏腴之壤，遂散六國之從，使之西面事秦，功施到今。惠王，三。昭王得范睢，廢穰侯，逐華陽，彊公室，杜私門，蠶食諸侯，使秦成

〔一〕「三」，康熙刻本均作「山」，據《評注才子古文》、有正書局本改。

帝業。昭王，四。○劈手下斷後，接此四段，略不裁剪，落落只寫大意。此四君者，皆以客之功。由此觀之，客何負于秦哉？莽莽大筆，落落大意，忽然結，忽然轉，全不以文爲意。向使四君却客而不內，疏士而不用，是使國無富利之實，而秦無彊大之名也。所謂忽然結、忽然轉，不以文爲意也。今陛下致崑山之玉，有隋、和之寶，垂明月之珠，服太阿之劍，乘纖離之馬，建翠鳳之旗，樹靈鼉之鼓，此數寶者，秦不生一焉，而陛下説之，何也？莽莽大筆，忽説别事。看他下去，如連如斷，凡提兩「必秦而後可」，却又不整，又不散，總是先秦筆墨如此。必秦國之所生然後可，則是夜光之璧不飾朝廷，犀象之器不爲玩好，而趙國之女不充後宮，而駿馬駃騠不實外廐，江南金錫不爲用，西蜀丹青不爲采。所以飾後宮，充下陳，娱心意，悦耳目者，必出于秦然後可，則是宛珠之簪、傅璣之珥、阿縞之衣、錦繡之飾，不進于前。而隨俗雅化，佳冶窈窕，趙女不立于側也。如此文字，不知其爲順、爲倒，爲連、爲斷，爲正、爲喻，爲整、爲散，總是先秦筆墨如此。夫擊甕、叩缶、彈箏、搏髀，而歌呼嗚嗚，快耳目者，真秦之聲也；鄭、衛《桑間》、《韶》、《虞》、《象》、《武》者，異國之樂也。今棄擊甕而就鄭、衛，退彈箏而取《韶》、《虞》，若是者何也？快意當前，適觀而已矣。總是落落自寫大意，何暇分色分聲。今取人則不然：忽然轉。不問可否，不論曲直，非秦者去，爲客者逐。然則是所重者在乎色樂珠玉，而所輕者在乎人民也。此非所以跨海內、制諸侯之術也。忽然結。臣聞地廣者粟多，國大者人衆，兵强則士勇。是以泰山不讓土壤，故能成其大；河海不擇細流，故能就其深；王者不却衆庶，故能明其德。是以地無四方，人無異國，四時充美，鬼神降福，此五帝三王之所以無敵也。落落大意。今乃棄黔首以資敵國，却賓客以業諸侯，使天下之士退而不敢西向,裹足不入秦,此所謂藉寇兵而賫盗糧者也。忽然又結,下忽然又轉。夫物不產于秦,可寶者多;結喻。士不產于秦,而願忠者衆。結客。今卻客以資敵國,損民以益讎,内自虚而外樹怨于諸侯,求國無危,不可得也。忽然結,便住。

韓非初見秦王

筆下峭刻,是其天性。又要看其開闔之大、描摹之細,是古今最雄奇文字。

臣聞不知而言,不智;陪。知而不言,不忠。主。爲人臣不忠當死,言而不當亦當死。雖然,臣願悉言所聞,惟大王裁其罪。出手峭刻,便是韓非。臣聞天下陰燕陽魏,連荆固齊,收韓而成從,將西面以與秦强爲難,臣竊笑之。一段,先言從之難成,作翻。世有三亡,而天下得之,其此之謂乎?臣聞之曰:「以亂攻治者亡,以邪攻正者亡,以逆攻順者亡。」證從之難成。今天下之府庫不盈,囷倉空虚,悉其士民,張軍數十百萬。其頓首戴羽爲將軍,斷死于前,不至千人,皆以言死。畫出可笑。白刃在前,斧鑕在後,而卻走不能死也。畫出可笑。非其士民不能死也,上不能故也。言賞則不與,言罰則不行,賞罰不信,故士民不死也。已上,反覆極論從之必難成如此,下則反覆極論謀臣不忠,從且不難成。今秦出號令而行賞罰,有不攻無相攻事也。出其父母懷衽之中,生未嘗見寇耳。聞戰,頓足徒裼,犯白刃,蹈爐炭,斷死于前者,皆是也。極畫秦人。夫斷死與斷生也不同，而民爲之者，是貴奮死也。夫一人奮死可以對十，十可以對百，百可以對千，千可以對萬，萬可以尅天下矣。一「今秦」，言號令勝六國。今秦地折長補短，方數千里，名師數百萬。二「今秦」，言地形勝六國。秦之號令賞罰、地形利害，天下莫若也。以此與天下，天下不足兼而有也。忽然總上，曲折而下。翻出「謀臣不忠」。是故秦戰未嘗不尅，攻未嘗不取，所當未嘗不破，開地數千里，此其大功也。然而兵甲頓，士民病，蓄積索，田疇荒，囷倉虛，四鄰諸侯不服，霸王之名不成。此無異故，其謀臣皆不盡其忠也。一篇主意，在力排「謀臣不忠」，而欲自進其説。臣敢言之，提。○已下，反覆皆從不難成。往者齊南破荆，東破宋，西服秦，北破燕，中使韓、魏，土地廣而兵强，戰尅攻取，詔令天下。齊之清濟濁河，足以爲限；長城巨防，足以爲塞。看他先自説齊事，不便説秦事。齊五戰之國也，一戰不尅而不齊。由此觀之，夫戰者，萬乘之存亡也。從齊，看看卸到秦。且聞之曰：「削迹無遺根，無與禍鄰，禍乃不存。」再找一句，以明利害。已下，細細説秦爲謀臣所誤，不止一端。秦與荆人戰，大破荆，襲郢，取洞庭、五湖、江南，荆王君臣亡走，東服于陳。當此時也，隨荆以兵，則荆可舉；荆可舉，則民足貪也，地足利也，東以弱齊、燕，中以凌三晉。然則是一舉而霸王之名可成也，四鄰諸侯可朝也。説得如可唾手。而謀臣不爲，引軍而退，復與荆人爲和，令荆人得收亡國，聚散民，立社稷，主置宗廟，令率天下西面以與秦爲難，此固以失霸王之道一矣。謀臣不忠，因而誤秦，此是一端。天下又比周而軍華下，大王以詔破之。兵至梁郭下，圍梁數旬，則梁可拔；拔梁，則魏可舉；舉魏，則荆、趙之意絶；荆、趙之意絶，則趙危；趙危，而荆狐疑，東以弱齊、燕，中以凌三晉。然則是一舉，而霸王之名可成也，四鄰諸侯可朝也。又如可唾手。而謀臣不爲，引軍而退，復與魏氏爲和，令魏氏反收亡國，聚散民，立社稷，主置宗廟，令此固以失霸王之道二矣。謀臣不忠，因而誤秦，此又一端。前者穰侯之治秦也，用一國之兵，而欲以成兩國之功。是故兵終身暴露于外，士民疲病于内，霸王之名不成，此固以失霸王之道三矣。謀臣不忠，誤秦又一端。趙氏，中央之國也；雜民所居，其民輕而難用也。號令不治，賞罰不信，地形不便，下不能盡其民力，彼固亡國之形也。看他是何等筆勢。而不憂民萌，悉其士民，軍于長平之下，以爭韓上黨。大王以詔破之，拔武安。當是時也，趙氏上下不相親也，貴賤不相信也，然則邯鄲不守。拔邯鄲，筦山東河間，引軍而去，西攻修武，逾華、絳，上黨。代四十六縣，上黨七十縣，不用一領甲，不苦一士民，此皆秦有也。代、上黨不戰而畢爲秦矣，東陽、河外不戰而畢反爲齊矣，中山、呼沲以北不戰而畢爲燕矣。然則是趙舉，趙舉則韓亡；韓亡，則荆、魏不能獨立；荆、魏不能獨立，則是一舉而壞韓、蠹魏、拔荆，東以弱齊强燕。決白馬之口以沃魏氏，是一舉而三晉亡，從者敗也。大王垂拱以須之，天下徧隨而服矣，霸王之名可成。是何筆勢，蓬蓬勃勃，不啻如口出。○又如可唾手。而謀臣不爲，引軍而退，復與趙氏爲和。夫以大王之明，秦兵之强，棄霸王之業，地曾不可得，乃取欺于亡國，是謀臣之拙也。謀臣不忠，誤秦又一端。○此一端下，又疊疊覆説者，秦戰，最雄是長平之勝，最悔是不曾乘勝取趙，致後有王陵王齕之敗，故從其心病痛切言之。且夫趙當亡而不亡，秦當霸而不霸，天下固以量秦之謀臣一矣。又作一段。乃復悉士卒以攻邯鄲，不能拔也，棄甲負弩，戰竦而却，天下固已量秦力二矣。又作一段。軍乃引退，并于李下，大王又並軍而致，與戰不能尅之也，又不能反，交罷而去，天下固量秦力三矣。又作一段。内者量吾謀臣，外者極吾兵力，由是觀之，臣以爲天下之從，幾不難矣。緊緊收轉從不難。内者，吾甲兵頓，士民病，蓄積索，田疇荒，囷倉虛；内者。外者，天下皆比意甚固。外者。願大王有以慮之也。緊緊再收。且臣聞之曰：「戰戰栗栗，日甚一日，苟慎其道，天下可有。」何以知其然也？又寬寬引古起。昔者紂爲天子，將率天下甲兵百萬，左飲于淇溪，右飲于洹溪，淇水竭而洹水不流，以與周武王爲難。武王將素甲三千，戰一夜而破紂之國。禽其身，據其地，而有其民，天下莫傷。極意寫。知伯率三國之衆，以攻趙襄主于晉陽，決水而灌之，三月，城且拔矣。襄主鑽龜筮占兆，以視利害，何國可降。乃使其臣張孟談，于是乃潛行而出，反知伯之約，得兩國之衆，以攻知伯，禽其身，以成襄主之功。極意寫。今秦地折長補短，方數千里，名師數十百萬，秦國之號令賞罰，地形利害，天下莫如也。以此與天下，天下可兼有也。應前總。臣昧死，願望見大王，言所以破天下之從。舉趙，亡韓，臣荆、魏，親齊、燕，以成霸王之名，朝四鄰諸侯之道。已上，排盡謀臣，此欲獨進其説。大王誠聽其説，一舉而天下之從不破，趙不舉，韓不亡，荆、魏不臣，齊、燕不親，霸王之名不成，四鄰諸侯不朝，大王斬臣以狥國，以爲王謀不忠者也。反覆明己，與秦謀臣不同。

説難 韓非

盡事盡情之文，然而公子竟死于此。故學者只宜寶其文，不宜寶其術也。

凡説之難：提。非吾知之有以説之難也，十字句。又非吾辯之難，能明吾意之難也，十三字句。又非吾敢横失能盡之難也。十一字句。忽然接三句非難，如奇峰嶙峋而起，矶硉而落，最是奇情奇筆。凡説之難：在知所説之心，可以吾説當之。又提。所説出于爲名高者也，而説之以厚利，則見下節而遇卑賤，必棄遠矣。一難。所説出于厚利者也，而説之以名高，則見無心而遠事情，必不收矣。二難。所説實爲厚利，而顯爲名高者也，而説之以名高，則陽收其身而實疏之；三難。若説之以厚利，則陰用其言，而顯棄其身。四難。前二分，後二並，筆態疏奇之甚。此之不可不知也。先一結過，下再起。夫事以密成，語以泄敗，未必其身泄之也，而語及其所匿之事，如是者身危。一難。貴人有過端，而説者明言善議，以推其惡者，則身危。二難。周澤未渥也，而語極知，説行而有功則德亡，説不行而有敗則見疑，如是者身危。三難。夫貴人得計，而欲自以爲功，説者與知焉，則身危。四難。彼顯有所出事，乃自以爲它故，説者與知焉，則身危。五難。彊之以其所必不爲，止之以其所不能已者，身危。六難。作一段過，下再起。故曰：與之論大人，則以爲間己；一難。與之論細人，則以爲鬻權。二難。論其所愛，則以爲借資；三難。論其所憎，則以爲嘗己。四難。徑省其辭，則不知而屈之；五難。汎濫博文，則多而久之。六難。順事陳意，則曰怯懦而不盡；七難。慮事廣肆，則曰草野而倨侮。八難。此説之難，不可不知也。又一結過，下再起。凡説之務：又提。在知飾所説之所敬，而滅其所醜。一。彼自知其計，則無以其失窮之；二。自勇其斷，則無以其敵怒之；三。自多其力，則無以其難概之。四。規異事與同計，譽異人與同行者，則以飾之無傷也。五。有與同失者，則明飾其無失也。六。大忠無所拂辭，七。悟言無所擊排，八。乃後申其辯知焉。此所以親近不疑。再一結過，下再起。知盡之難也：再提。得曠日彌久，而周澤既渥，精深之文。深計而不疑，交爭而不罪，精深之文。乃明計利害以致其功，直指是非以飾其身，精深之文。以此相持，四字更精更深。此說之成也。結完。伊尹爲庖，百里奚爲虜，皆所由干其上也。引證。故此二子者，皆聖人也，猶不能無役身而涉世如此其污也，十四字句。則非能仕之所恥也。痛語，讀之淚落。結上引證。宋有富人，天雨牆壞。其子曰：「不築，且有盜。」其鄰人之父亦云。二字，省法。暮而果大亡其財。其家甚知其子，而疑鄰人之父。又引證。昔者鄭武公欲伐胡，乃以其子妻之。因問群臣曰：「吾欲用兵，誰可伐者？」關其思曰：「胡可伐。」乃戮關其思，曰：「胡，兄弟之國也。子言伐之，何也？」胡君聞之，以鄭爲親己，而不備鄭。鄭人襲胡，取之。又引證。此二說者，其知皆當矣，然而甚者爲戮，薄者見疑。非知之難也，處知則難矣。總結二證。昔者彌子瑕見愛于衛君。衛國之法，竊駕君車者罪至刖。既而彌子之母病，人聞，往夜告之，彌子矯駕君車而出。君聞之而賢之，曰：「孝哉，爲母之故而犯刖罪！」與君游果園，彌子食桃而甘，不盡而奉君。君曰：「愛我哉，忘其口而念我！」及彌子色衰而愛弛，得罪于君。君曰：「是嘗矯駕吾車，又嘗食我以其餘桃。」又引證。故彌子之行未變于初也，前見賢而後獲罪者，愛憎之至變也。又結上證。故有愛于主，則知當而加親；見憎于主，則罪當而加疏。故諫說之士，不可不察愛憎之主，而後說之矣。此連上「愛憎」轉筆，極寫臣主相遭之難。下再以「龍喉逆鱗」喻之，最峭拔、最婉折之筆也。夫龍之爲蟲也，可擾狎而騎也。然其喉下有逆鱗徑尺，人有嬰之，則必殺人。人主亦有逆鱗，說之者能無嬰人主之逆鱗，則幾矣。

趙養卒説歸趙王

文字無有不從筆墨生者。此文字却是生龍活虎，殆非筆墨所能效力。直令人親見倏忽從舍中去，倏忽已與王御而歸也。

趙王與張耳、陳餘，北略地燕界。趙王間出，爲燕軍所得，燕將囚之。欲與分趙地半，乃歸王。使者往，燕輒殺之以求地。張耳、陳餘患之。事乃如此，先敘過，下忽出奇。有厮養卒謝其舍中，曰：「吾爲公説燕，與趙王載歸。」「吾爲公」，妙。吾之爲吾，更不自計，奈何許人。加「與王載歸」句，更妙。舍中皆笑曰：「使者往十餘輩，輒死。若何以能得王？」只寫舍中一笑，並不曾通張、陳。乃走燕壁。敘得疏奇。燕將見之，敘得疏奇。問燕將曰：「知臣何欲？」一問。如高手棋，斗下一子，了無可揣摸。燕將曰：「若欲得趙王耳。」曰：「君知張耳、陳餘何如人也？」再問。如高手棋，又斗下一子。燕將曰：「賢人也。」曰：「知其志何欲？」又一問。如高手棋，又斗下一子。凡下三子，略不連接，而已盡得大勢，已下如破竹也。曰：「欲得其王耳。」趙養卒乃笑曰：「君未知此兩人所欲也。劈手奪一句。夫武臣、張耳、陳餘，杖馬箠，三字句，腴甚。下趙數十城，此亦各欲南面而王，豈欲爲卿相終已邪？妙妙，快快。其説云何，我急欲聞。夫臣與主，豈可同日而道哉！又陪講一句，使意絶暢。顧其勢初定，未敢參分而王。妙妙，是是。且以少長，先立武臣爲王，以持趙心，妙妙，是是。今趙地已服，此兩人亦欲分趙而王，時未可耳。妙妙，是是。今君乃囚趙王。六字句。此兩人名爲求趙王，八字句。實欲燕殺之，此兩人分趙自立。十二字句。夫以一趙尚易燕，況以兩賢王左提右挈，而責殺王之罪，二十二字句。滅燕易矣。四字句。」燕將以爲然，乃歸趙王。養卒爲御而歸。六字寫絶，固曰「與王載歸」也。

張耳陳餘説諸縣豪傑

一段極寫秦毒之深，一段極寫陳王倡義之響應，然後一段鼓勵諸縣豪傑。其筆一低一昂，使讀者至今尚欲推案大呼而起。

秦爲亂政虐刑以殘賊天下，數十年矣。北有長城之役，南有五嶺之戍，外内騷動，百姓罷敝，頭會箕斂，以供軍費，財匱力盡，民不聊生。重之以苛法峻刑，使天下父子不相安。已上數秦。陳王奮臂爲天下倡始，王楚之地，方二千里，莫不響應，家自爲怒，人自爲鬥，各報其怨而攻其讎，縣殺其令丞，郡殺其守尉。今已張大楚，王陳，使吳廣、周文將卒百萬西擊秦。已上叙陳王。于此時而不成封侯之業者，非人豪也。諸君試相與計之：夫天下同心而苦秦久矣，因天下之力而攻無道之君，報父兄之怨，而成割地有土之業，此士之一時也。承上二段，緊接「于此時」，又緊收「此士之一時」，筆態頓挫激昂，蚤有前歌後舞之樂。

張耳陳餘説陳涉

又峻潔，又逸宕，先秦筆墨如此。

張耳、陳餘上謁陳涉。涉及左右，生平數聞張耳、陳餘賢，未嘗見，見即大喜。陳中豪傑父老乃説陳涉，曰：「將軍身被堅執鋭，率士卒以誅暴秦，復立楚社稷，存亡繼絶，二十三字句，頌。功德宜爲王。論理。且夫監臨天下諸將，不爲王不可，論勢。願將軍立爲楚王也。八字句，結。」陳涉問此兩人，兩人對曰：「夫秦爲無道，破人國家，滅人社稷，絶人後世，罷百姓之力，盡百姓之財。看他住筆法。將軍瞋目張膽，出萬死不顧一生之計，爲天下除殘也。看他住筆法。今始至陳而王之，示天下私。看他住筆法。願將軍毋王，急引兵而西，遣人立六國後，自爲樹黨，爲秦益敵也。看他住筆法。敵多則力分，與衆則兵彊。如此，野無交兵，縣無守城，誅暴秦，據咸陽，以令諸侯。諸侯亡而得立，以德服之[一]。如此，則帝業成矣。今獨王陳，恐天下解也。」看他住筆法。

[一]「以德服之」，康熙二年刻本之上空一格，康熙十六年增補本爲小字批語「句」。

蒯通説范陽令及武信君

真似師子落地，接連純是踔跳，奇妙絶世之文。

竊聞公之將死，故吊。大奇大奇。雖然，賀公得通而生。又大奇，又大奇。落筆如師子落地，接連兩踔跳。范陽令曰：「何以吊之？」對曰：「秦法重，三字句。足下爲范陽令十年矣，殺人之父，孤人之子，斷人之足，黥人之首，不可勝數。二十九字句。然而慈父孝子莫敢倳刃公之腹中者，畏秦法耳。十九字句。今天下大亂，秦法不施，九字句。然則慈父孝子且倳刃公之腹中，以成其名。十七字句。此臣之所以吊公也。結過「吊」。今諸侯畔秦矣，一句。武信君兵且至，二句。而君堅守范陽，三句。少年皆爭殺君，下武信君。四句。君急遣臣見武信君，五句。可轉禍爲福，在今矣。再結「賀」。看他入「在今」二字。」范陽令乃使蒯通見武信君，曰：「足下必將戰勝然後略地，攻得然後下城，臣竊以爲過矣。又大奇，又大奇。落筆總如師子落地，純是踔跳。誠聽臣之計，可不攻而降城，不戰而略地，傳檄而千里定，可乎？」「可乎」，二字句。妙妙，視大事只如戲。武信君曰：「何謂也？」蒯通曰：「今范陽令宜整頓其士卒以守戰者也，反如此説，奇奇。怯而畏死，貪而重富貴，故欲先天下降，反如此説，奇奇。畏君二字句。以爲秦所置吏，誅殺如前十城也。自注「畏君」二字也。然今范陽少年亦方殺其令，自以城拒君。反如此説，奇奇。筆筆大奇，匪夷所思。

君何不賫臣侯印，拜范陽令？范陽令則以城下君，少年亦不敢殺其令。說得疏快不可言。令范陽令乘朱輪華轂，使驅馳燕、趙郊。燕、趙郊見之，皆曰此范陽令，先下者也，即喜矣。燕、趙城可毋戰而降也。大奇大奇，真是大計，却又只如兒戲。此臣之所謂傳檄而千里定者也。」「此臣之所謂」，答上「何謂」句，非自束上文也。

天下才子必讀書卷之六

西漢文

賜尉佗書[一]

漢文帝

文字只要從一片心地流出，便正看、側看、横看、竪看，具有種種無數美妙。任憑後來何等才人。含毫沉思，直是臨模一筆不得也。○通篇家人父子語，只臨了「王亦受之，毋爲寇災矣」，一「亦」字，一「矣」字，是稍露皇帝風力。

皇帝謹問南粤王，甚苦心勞意。五字先存問。朕，高皇帝側室之子，棄外，奉北藩于代，道里遼遠，壅蔽樸愚，未嘗致書[二]。爲皇帝賜璽書，却先致謝未爲皇帝時，疏失書候，便是一片家人父子，

[一] 以下兩篇，康熙二年刻本、有正書局本列爲「卷之末」補遺，現移至此。

[二] 「未嘗致書」，康熙二年刻本等均無，據有正書局本補。

更不見帝號之可貴。妙絶,妙絶。高皇帝棄群臣,孝惠皇帝即世,高后自臨事。三筆叙過三朝,何等省。不幸有疾,日進不衰,以故誖暴乎治。引罪,妙。引罪止此,妙妙。諸吕爲變,故亂法,不能獨制。乃取他姓子,爲孝惠皇帝嗣。賴宗廟之靈,功臣之力,誅之已畢。何等省。朕以王侯吏不釋之故,不得不立,今即位。説得即皇帝位並不足爲意,此是孝文一片至誠之言。初不以此制勝,而制勝乃專在此。乃者聞王遺將軍隆慮侯書,求親昆弟,請罷長沙兩將軍。一叙佗。朕以王書,罷將軍博陽侯,親昆弟在真定者,已遣人存問,修治先人冢。一叙待佗。前日聞王發兵于邊,爲寇災不止。當其時,長沙苦之,南郡尤甚。再叙佗。雖王之國,庸獨利乎？必多殺士卒,傷良將吏,寡人之妻,孤人之子,獨人父母,得一亡十,朕不忍爲也。再叙待佗。○何等婉款。朕欲定地,犬牙相入者,上文已恕佗畢,此又明説二意,毫髮不用相瞞。待遠人無過誠信,此是孝文天性合道處。以問吏。吏曰:「高皇帝所以介長沙土也。」朕不能擅變焉。此是一意不相瞞也。吏曰:「得王之地,不足以爲大;得王之財,不足以爲富。服領以南,王自治之。」此又一意不相瞞也。○既不用欺,亦不示恩。三王以後,如孝文,豈非聖主。雖然,王之號爲帝,兩帝並立,亡一乘之使以通其道,是爭也;爭而不讓,仁者不爲也。雖然一轉,實不悦其號爲帝,却不與之略爭,只一順仍呼之爲王,而能令彼汗然中慚,妙絶,妙絶。願與王分棄前患,終今以來,通使如故。故使賈馳諭告王朕意,王亦受之,毋爲寇患矣。上褚五十衣,中褚三十衣,下褚二十衣,遺王。願王聽樂娱憂,存問鄰國。字字句句,一片家人父子。

上漢文皇帝去帝號書

尉佗

心地是一片，便文字風格亦都是一片。不然，帝起代北，佗處粤南，其間遼遠，何啻萬里？何得二書便如一筆所出。○此二書，便是《前出師》、《祭十二郎》等文之所從出也。

蠻夷大長老夫臣佗，更不必讀至下，只此八字，已去帝號矣。蓋誠信感人之疾如此。昧死再拜，上書皇帝陛下：老夫故粤吏也，孝文自爲早封代北[一]，有失書候，故倒寫至「高帝側室之子」句耳。今看其亦自倒寫是「故粤吏」，言爲王尚是逾分，胡敢自稱帝號，便如響應然。高皇帝幸賜臣佗璽，以爲南越王，使爲外臣，時内貢職。此言爲王尚是漢恩。孝惠皇帝即位，義不忍絶，所以賜老夫者厚甚。此却不是順寫漢恩，乃入起下高后一段也。文字必須逐段逐句分别看如此。高后自臨用事，近細士，信讒臣，別異蠻夷。出令曰：「毋予蠻夷外粤金鐵田器。馬牛羊即予，予牡，毋與牝。」叙漢失一。老夫處辟，馬牛羊齒已長，自以祭祀不修，有死罪。使内史藩、中尉高、御史平，凡三輩上書謝過，皆不反。叙漢失二。又風聞老夫父母墳墓已壞削，叙漢失三。兄弟宗族已誅論。叙漢失四。吏相

[一]「文」，康熙二年刻本作「夫」，據重刻康熙二年序本等改。

與議曰：「今内不得振于漢，外亡以自高異。」故更號爲帝，孝文委言吏，看他亦委言吏。委言吏，事便輕，妙妙。自帝其國，非大有害于天下也。輕輕辨過，筆舌之妙如此，南中自古有人。高皇后聞之大怒，削去南粤之籍，使使不通。叙漢失五。老夫竊疑長沙王讒臣，故敢發兵，以伐其邊。一「故敢」。○輕輕辨過。下「大怒」字，正與孝文温語相對。且南方卑濕，蠻夷中西有西甌，其衆半羸，南面稱王；東有閩粤，其衆數千人，亦稱王；西北有長沙，其半蠻夷，亦稱王。老夫故敢妄竊帝號，聊以自娱。二「故敢」。上先有一「故」字、一「非敢」字，下又有一「不敢」字，俱是輕輕之筆。老夫身定百邑之地，東西南北，數千萬里，帶甲百萬有餘，然北面而臣事漢，何也？不敢背先人之故。亦是通篇小心語，只此一行稍露鱗甲，細細分别看之。老夫處粤四十九年，于今抱孫焉。然夙興夜寐，寢不安席，食不甘味，目不視靡曼之色，耳不聽鐘鼓之音者，以不得事漢也。兩「老夫」提頭，俱是妙筆，然俱是小心實心語。今陛下幸哀憐，復故號，通使漢如故，老夫死骨不腐，改號不敢爲帝矣。又一「不敢」字。此一「不敢」字，是今日生出。謹北面，因使者，獻白璧一雙，翠鳥千，犀角十，紫貝五百，桂蠹一器，生翠四十雙，孔雀二雙。昧死再拜以聞，皇帝陛下。

過秦論

賈　誼

「過秦論」者，論秦之過也。秦過只是末句「仁義不施」一語便斷盡。此通篇文字，只看得中間「然而」二字一轉。未轉以前，重叠只是論秦如此之强；既轉以後，重叠只是論陳涉如此之微。通篇只得二句文字：一句只是以秦如此之强，一句只是以陳涉如此之微。至于前半有説六國時，此只是反襯秦；後半有説秦時，此只是反襯陳涉：最是疏奇之筆。

秦孝公據崤函之固，擁雍州之地，君臣固守，以窺周室，有席卷天下、包舉宇宙、囊括四海之意，並吞八荒之心。意思只要論始皇之過，此是追敘其積强之所由始，非歷論秦世世有過也。○「天下」、「宇宙」、「四海」、「八荒」，只是一樣字，所以必疊疊寫之者，乃爲「席卷」、「包舉」、「囊括」、「並吞」，却是四樣字。蓋極寫秦先虎狼之心，非一辭而足也。當是時也，商君佐之，内立法度，務耕織，修守戰之具；外連衡而鬥諸侯，于是秦人拱手而取西河之外。秦之始强如此。孝公既没，惠文、武、昭、襄蒙故業，因遺策，南取漢中，西舉巴、蜀，東割膏腴之地，收要害之郡。秦之又强如此。諸侯恐懼，會盟而謀弱秦，不愛珍器重寶、肥饒之地，以致天下之士，合從締交，相與爲一。忽用閑筆寫諸侯，作反襯。當此之時，齊有孟嘗，趙有平原，楚有春申，魏有信陵。此四君者，皆明智而忠信，寬厚而愛人，尊賢而重士，不是贊四君，是説如此四君曾無所加于秦。約從離横，兼韓[一]、魏、燕、趙、宋、衛、中山之衆。于是六國之士，有寧越、徐尚、蘇秦、杜赫之屬爲之謀，齊明、周最、陳軫、召滑、樓緩、翟景、蘇厲、樂毅之徒通其意，吴起、孫臏、兒良[二]、王廖、田忌、廉頗、趙奢之倫制其兵。

[一]「韓」，有正書局本上有「齊、楚」字。

[二]「兒良」，《評注才子古文》及有正書局本上有「帶佗」字。

此段只是詳寫「以致天下之士」一句。嘗以十倍之地，百萬之衆，叩關而攻秦。此正接前「合從締交，相與爲一」句成文，只因中間詳寫「天下之士」一段夾斷耳。○不是誇諸侯，是説諸侯如此，曾無所加于秦。秦人開關而延敵，上寫諸侯何等忙，此寫秦人何等閑。九國之師遁逃而不敢進。秦無亡矢遺鏃之費，而天下諸侯已困矣。于是從散約解，爭割地而賂秦。秦有餘力而制其弊，追亡逐北，伏尸百萬，流血漂櫓。因利乘便，宰割天下，分裂河山，彊國請伏，弱國入朝。不是笑諸侯，只是説秦之强如此。施及孝文王、莊襄王，享國日淺，國家無事。不好空過，故筆帶之。及至始皇，奮六世之餘烈，振長策而御宇内，吞二周而亡諸侯，履至尊而制六合，執敲朴以鞭笞天下，威震四海。其强至于如此。南取百越之地，以爲桂林、象郡。百越之君，俯首係頸，委命下吏。其强至于如此。乃使蒙恬北築長城而守藩籬，却匈奴七百餘里。胡人不敢南下而牧馬，士不敢彎弓而報怨。其强至于如此。于是廢先王之道，燔百家之言，以愚黔首；隳名城，殺豪俊，收天下之兵，聚之咸陽，銷鋒鑄鐻，以爲金人十二，以弱天下之民。先寫「以愚」、「以弱」。然後踐華爲城，因河爲津，據億丈之城，臨不測之溪以爲固。良將勁弩，守要害之處；信臣精卒，陳利兵而誰何。「誰何」，言人無可奈何也。○次寫「以爲固」、「而誰何」。天下已定，始皇之心，自以爲關中之固，金城千里，子孫帝王萬世之業也。次寫「自以爲」。只此一段共一百十六字，真秦之過也。看來秦過，亦只是一味大愚，更無别説。始皇既没，餘威震于殊俗。下文「然而陳涉」四字，筆勢且作大轉，此是再帶一句。然而，陳涉，甕牖繩樞之子，甿隸之人，而遷徙之徒也。材能不及中庸。非有仲尼、墨翟之賢，陶朱、猗頓之富。極寫陳涉既非其人，又無其資。躡足行伍之間，俯起阡陌之中，率罷弊之卒，將數百之衆，不成軍旅。轉而攻秦。斬木爲兵，揭竿爲旗，不成器仗。天下雲集而響應，贏糧而景從，山東豪傑遂並起而亡秦族矣。前寫諸侯如彼難，此寫陳涉如此易，真是可發一笑。且夫天下非小弱也，雍州之地，崤函之固自若也。陳涉之位，不尊于齊、楚、燕、趙、韓、魏、宋、衛、中山之君也；鋤耰棘矜，不銛于鈎戟長鎩也；謫戍之衆，非抗于九國之師也；深謀遠慮，行軍用兵之道，非及曩時之士也。然而成敗異變，功業相反！試使山東之國，與陳涉度長絜大，比權量力，則不可同年而語矣。再將今日之秦與前日之秦，今日之陳涉與前日之陳涉，比對一番，文字最是精神。然秦以區區之地，致萬乘之權，招八州而朝同列，百有餘年矣。收前半。然後以六合爲家，崤函爲宫，一夫作難而七廟隳，身死人手，爲天下笑者，收後半。何也？仁義不施，而攻守之勢異也。只用一句便論盡。○上一百十六字一段，是一論之案；此「仁義不施」四字，是一論之斷；其餘前寫秦之强，後寫陳涉之微，悉是論之波瀾。

治安策

賈　誼

幼聞人説：韓昌黎如海，蘇東坡如潮。便尋二公文章反覆再讀，深信海之與潮，果有如此也。既而忽見《賈生列傳》，讀其《治安》全策，乃始咋舌怪歎。夫此則真謂之海矣：千奇萬怪，千態萬狀，無般不有，無般不起；則真謂之潮矣：來不知其如何忽來，去不知其如何忽去。總之，韓、蘇二公文章，縱極汪洋排蕩時，還有牆壁可依、路徑可覓；至于此文，更無牆壁可依、路徑可覓。少年初見古文，便先教讀一萬遍，定能分外生出天授神筆。

臣竊惟事勢，可爲痛哭者一，可爲流涕者二，可爲長太息者六，若其他背理而傷道者，難遍以疏舉。先自出其目。進言者皆曰天下已安已治矣，斗翻時論，不作婉曲之筆。臣獨以爲未也。曰安且治者，非愚妙罵。則諛，妙罵。皆非實事知治亂之體者也。妙罵，不作婉曲之筆。夫抱火厝之積薪之下，而寢其上，火未及然，因謂之安。方今之勢，何以異此！入喻，最醒最健。本末舛逆，首尾衡決，國制搶攘，疊下此三句，即後無數可「痛哭」、「流涕」、「長太息」事。非甚有紀，胡爲可治？陛下何不一令臣得熟數之于前，因陳治安之策，試詳擇焉。此已上，爲序。夫射獵之娱，與安危之機孰急？恭儉如文帝，乃不免射獵。然此非諫獵，乃是請得射獵之少間，以自畢其説也。使爲治，勞智慮，苦身體，乏鐘鼓之樂，勿爲可也。筆勢軒翥而起。樂與今同，四字妙，一何軒翥。而加之諸侯軌道，一。兵革不動，二。民保首領，三。匈奴賓服，四。四荒鄉風，五。百姓素朴，六。獄訟衰息，七。大數既得，則天下順治，八。海内之氣清和咸理，九。生爲明帝，没爲明神，十。名譽之美，垂于無窮。十一。禮，祖有功而宗有德，使顧成之廟稱爲太宗，上配太祖，與漢亡極。十二。此十二句，皆承「樂與今同」而加之，成一句。建久安之勢，成長治之業，以承祖廟，以奉六親，至孝也；重將十二句結束作三段。此一段。以幸天下，以育群生，至仁也；此二段。立綱陳紀，輕重同得，後可以爲萬世法程，雖有愚幼不肖之嗣，猶得蒙業而安，至明也。此三段。以陛下之明達，此句許陛下。因使少知治體者，得佐下風，致此非難也。此句自許。其具可素陳于前，願幸無忽。序已畢，下特恐忽之，故再高自許。臣謹稽之天地，驗之往古，按之當今之務，日夜念此至熟也，雖使禹、舜復生，爲陛下計，亡以易此。

已上，只如先自作序。已下，第一段，痛哭論諸侯王僭擬。

夫樹國固必相疑之勢，「固必相疑」，言建國太大，其勢自然不得不疑。下數被其殃，上數爽其憂，甚非所以安上而全下也。勁筆斗提。今或親弟謀爲東帝，謂淮南王，一樣句法。親兄之子西鄉而擊，謂濟北王，一樣句法。今吴又見告矣。謂吴王，一樣句法。作三樣句法，便寫得諸王反形雜雜。天子春秋鼎盛，一。行義未過，二。德澤有加焉，三。猶尚如是，隨筆曲折，寫得可畏。況莫大諸侯，權力且十此者乎！隨筆曲折，寫得可畏。然而天下少安，何也？大國之王幼弱未壯，漢之所置傅相，方握其事。如此曲折，如此可畏，使人樂其曲折，又凜其可畏。數年之後，諸侯之王大抵皆冠，血氣方剛，鑿然。漢之傅相稱病而賜罷，鑿然。彼自丞尉以上遍置私人。鑿然。如此，有異淮南、濟北之爲耶？鑿然。此時而欲爲治安，雖堯、舜不治。每于煞筆處最峭勁，後人更無有。黄帝曰：「日中必熭，操刀必割。」今令此道順而全安甚易，勁筆自許，只欲及今速圖。不肯早爲，已乃墮骨肉之屬，而抗剄之，豈有異秦之季世虖？筆帶痛哭之聲。○煞住，下掀翻而起。夫以天子之位，乘今之時，因天之助，尚憚以危爲安，以亂爲治，掀翻而起。下「不能」數段，如千丈瀑布，飛流濺沫而下。假設陛下居齊桓之處，將不合諸侯而匡天下乎？臣又知陛下有所必不能矣。一「不能」。如此抗論，文帝優納固奇，然實亦更無抵辨。假設天下如曩時，淮陰侯尚王楚，黥布王淮南，彭越王梁，韓信王韓，張敖王趙，貫高爲相，盧綰王燕，陳豨在代，令此六七公者皆無恙。當是時而陛下即天子位，十字，冷句。能自安乎？臣有以知陛下之不能也。二「不能」。天下淆亂，高皇帝與諸公並起，忽論高帝，亦無過文。非有仄室之勢，以豫席之也。一「也」押句。諸公幸者，乃爲中涓，其次厪得舍人，材之不逮至遠也。二「也」押句。高皇帝以明聖威武，即天子位，割膏腴之地，以王諸公，多者百餘城，少者乃三四十縣，德至渥也。三「也」押句。然其後十年之間，反者九起。引高帝畢。陛下之與諸公，非親角材而臣之也，又非身封王之也。自高帝不能以是一歲爲安，故臣知陛下之不能也。三「不能」。然尚有可諉者曰疏，臣請試言其親者。此又忽作過文。假令悼惠王王齊，元王王楚，中子王趙，幽王王淮陽，共王王梁，靈王王燕，厲王王淮南，六七貴人皆亡恙。當是時陛下即位，能爲治乎？有意無意，謂與前同亦得，謂不與前同亦得。臣又知陛下之不能也。四「不能」。煞住，下掀翻再起。若此諸王，雖名爲臣，實皆有布衣昆弟之心，句。說諸王心事，可畏也。慮亡不帝制而天子自爲者。句。說諸王所爲，可畏也。擅爵人，細細寫。一。赦死辠，二。甚者或戴黄屋，三。漢法令非行也。雖行，不軌如厲王者，令之不肯聽，召之安可致乎？四。幸而來至，法安可得加？五。動一親戚，天下圜視而起。陛下之臣，雖有悍如馮敬者，適啓其口，匕首已陷其胸矣。五句，細寫「天子自爲」句。此又細寫第五句。陛下雖賢，誰與領此？故疏者必危，親者必亂，已然之效也。再煞住，下掀翻再起。其異姓負彊而動者，漢已幸勝之矣；隨筆曲折。又不易其所以然。同姓襲是迹而動，既有徵矣，隨筆曲折。其勢盡又復然。殃禍之變，未知所移，隨筆曲折。明帝處之，尚不能以安，後世將如之何？隨筆曲折。屠牛坦一朝解十二牛，而芒刃不頓者，所排擊剥割，皆衆理解也；喻天子用仁厚。至于髖髀之所，非斤則斧。喻天子用法制。百忙中忽然入喻。夫仁義恩厚，人主之芒刃也；權勢法制，人主之斤斧也。今諸侯王皆衆髖髀也，釋斤斧之用，而欲嬰以芒刃，臣以爲不缺則折。一手議，一手喻，筆筆峭勁。何不用之淮南、濟北？勢不可也。當面搶白，言胡不終用仁厚也。已上又煞住，下掀翻又起。臣竊迹前事，大抵强者先反。淮陰王楚，最强，則最先反；細數反國，一。韓信倚胡，則又反；二。貫高因趙資，則又反；三。陳豨兵精，則又反；四。彭越用梁，則又反；五。黥布用淮南，則又反；六。盧綰最弱，最後反。七。筆態拉拉雜雜。長沙乃在二萬五千户耳，功少而最完，勢疏而最忠，非獨性異人也，亦形勢然也。細數反國，忽帶寫一不反者。反覆，乃益明。曩令樊、酈、絳、灌，據數十城而王，今雖已殘亡可也。承上七國，反覆甚明。令信、越之倫，列爲徹侯而居，雖至今存可也。此承長沙，反覆甚明。然則天下之大計可知已。勁筆一總。欲諸王之皆忠附，則莫若令如長沙王；欲臣子之勿菹醢，則莫若令如樊、酈等；再煞住，下掀翻再起。欲天下之治安，莫若衆建諸侯而少其力。勁筆斗起。力少，則易使以義；國小，則亡邪心。令海内之勢，如身之使臂，臂之使指，莫不制從。諸侯之君，不敢有異心，輻輳並進，而歸命天子。雖在細民，且知其安，故天下咸知陛下之明。「天下咸知明」，一。割地定制，令齊、趙、楚各爲若干國；使悼惠王、幽王、元王之子孫，畢以次各受祖之分地，地盡而止；及燕、梁它國皆然。其分地衆而子孫少者，建以爲國，空而置之，須其子孫生者，舉使君之。諸侯之地，其削頗入漢者，爲徙其侯國，及封其子孫也，所以數償之。一寸之地，一人之衆，天子亡所利焉，誠以定治而已，故天下咸知陛下之廉。「天下咸知廉」,二。地制一定,宗室子孫,莫慮不王,下無倍畔之心,上無誅伐之志,故天下咸知陛下之仁。「天下咸知仁」,三。法立而不犯,令行而不逆,貫高、利幾之謀不生,柴奇、開章之計不萌,二人,與淮南反者。細民鄉善,大臣致順,故天下咸知陛下之義。「天下咸知義」,四。卧赤子天下之上而安,植遺腹,朝委裘,而天下不亂。當時大治,後世誦聖。「後世誦聖」,五。一動而五業附,陛下誰憚而久不爲此?又煞住。天下之勢,方病大瘇,一脛之大幾如要,一指之大幾如股,平居不可屈信,一二指搐,身慮亡聊。失今不治,必爲錮疾,後雖有扁鵲,不能爲已。又喻,作餘波。病非徒瘇也,又苦䟴盭。元王之子,帝之從弟也;今之王者,從弟之子也。惠王之子,親兄子也;今之王者,兄子之子也。親者或亡分地以安天下,疏者或制大權以逼天子。臣故曰:「非徒病瘇也,又苦䟴盭。」又喻,再作餘波。可痛哭者,此病是也。後世五等《諸侯論》及《封建》諸論,俱從此翻出,然皆有其議論,無其筆墨。信乎無牆壁可依,無路徑可覓。

已上,痛哭一畢。已下,流涕論匈奴邊事,爲自許流涕一,爲文帝惜流涕二。

天下之勢方倒縣。又是勁筆斗提。凡天子者,天下之首,何也?上也;此下,又段段疏奇。蠻夷者,天下之足,何也?下也。疏奇。今匈奴嫚侮侵掠,至不敬也,爲天下患,至亡已也,而漢歲致金絮采繒以奉之。入時事。夷狄徵令,是主上之操也;疏奇。天子共貢,是臣下之禮也。疏奇。足反居上,首顧居下,倒縣如此,莫之能解,猶爲國有人乎?疏奇之甚!非亶古「但」字。倒縣而已,又類辟,且病痱。轉筆。夫辟者一面病,痱者一方痛。自注。疏奇甚。今西邊北邊之郡,雖有長爵不輕得復,言以軍功受世爵,然卒猶禦寇,不得暇逸。五尺以上不輕得息,言小兒皆修戰備。斥候望烽燧不得臥，言虜至望火相告。將吏被介冑而睡，言聞寇至，即上馬疾馳。臣故曰一方病矣。數句寫備邊之苦。醫能治之，而上不使，自許。可爲流涕者此也。一「流涕」，爲自流涕也。陛下何忍以帝皇之號爲戎人諸侯，勢既卑辱而旤不息，只是筆筆疏奇。長此安窮！加此四字，流涕不止。進謀者率以爲是，固不可解也，十二字句。亡具甚矣。只是筆筆疏奇。臣竊料匈奴之衆，不過漢一大縣。以天下之大，困于一縣之衆，甚爲執事者羞之。陛下何不試以臣爲屬國之官，以主匈奴？賈生自許如此。不知當時若實試之，定如何？然行文何其疏奇之甚也！行臣之計，請必繫單于之頸而制其命，伏中行説而笞其背，「伏」，伏之于地而笞之也；「中行説」，奄人也，使送公主，不肯行，强之，因盡以漢情泄于匈奴。今不獵猛敵而獵田彘，不搏反寇而搏畜菟，翫細娛而不圖大患，非所以爲安也。德可遠施，威可遠加，而直數百里外威令不信，可爲流涕者此也。筆筆疏奇。二「流涕」，爲文帝流涕也。

已上「流涕」二，畢。已下一「長太息」，論民間服用奢僭。

今民賣僮者，爲之繡衣絲履偏諸緣，内之閑中，又是勁筆斗起。是古天子后服，所以廟而不宴者也，而庶人得以衣婢妾。一舉。白縠之衣，薄紈之裏，緁以偏諸，美者黼繡，是古天子之服，今富人大賈，嘉會召客者以被牆。再舉。古者以奉一帝一后而節適，今庶人屋壁得爲帝服，倡優下賤得爲后飾。三舉。只是一句，凡三番舉。然而天下不屈者，殆未有也。筆一落。且帝之身，自衣皂綈，而富民牆屋被文繡；天子之后，以緣其領，庶人孽妾緣其履，筆既落，却又再舉，只是心甚不然，故也。此臣所謂舛也。筆又落。夫百人作之，不能衣一人，欲天下亡寒，胡可得也？疏奇筆。一人耕之，十人聚而食之，欲天下亡飢，不可得也。疏奇筆。飢寒切于民之肌膚，欲其亡爲奸邪，不可得也。疏奇之甚，不必多筆。國已屈矣，盜賊直須時耳，妙。然而獻計者曰：「毋動，真有此一輩人，此一輩語。爲大耳。此特大言耳。」夫俗至大不敬也，至亡等也，至冒上也。進計者猶曰「毋爲」，可爲長太息者此也。

已上，一「長太息」畢。已下，二「長太息」，論俗吏不知大體，漢又經制不定。〇此當是兩「長太息」，一不結，一結耳。

商君遺禮義，棄仁恩，並心于進取，又是勁筆斗起。行之二歲，秦俗日敗。下細寫敗俗。故秦人家富子壯則出分，極可怪笑，今通然。家貧子壯則出贅。極可怪笑。借父耰耝，慮有德色；極可怪笑。毋取箕箒，立而誶語。極可怪笑，今又通然。抱哺其子，與公並倨；極可怪笑。婦姑不相說，則反唇而相稽。極可怪笑，今又通然。其慈子「慈」，不教也。耆利，不同禽獸者亡幾耳。然並心而赴時，猶曰蹶六國，兼天下。勁筆作曲折，最曲折，却最勁。功成求得矣，終不知反廉愧之節、仁義之厚。句。信並兼之法，遂進取之業，天下大敗。句。下五句，注此「大敗」二字。衆掩寡，智欺愚，勇威怯，壯陵衰，其亂至矣。「天下大敗」也。是以大賢起之，威震海内，德從天下。煞上秦俗之敗，已下轉筆，言不意漢終仍之。曩之爲秦者，今轉而爲漢矣。然其遺風餘俗，猶尚未改。轉筆只是勁。今世以侈靡相競，而上亡制度，棄禮誼，捐廉恥日甚，可謂月異而歲不同矣。「月異歲不同」，只是寫「日甚」。逐利不耳，慮非顧行也，只計利與否耳，其念慮不顧行之善惡也。寫極，下皆細細寫極。今其甚者殺父兄矣。一。盜者剟寢户之簾，二。搴兩廟之器，三。白晝大都之中，剽吏而奪之金。四。矯僞者出幾十萬石粟，五。「幾」，將及也。賦六百餘萬錢，乘傳而行郡國，六。此其亡行義之尤至者也。一句煞。而大臣特以簿書不報，期會之間，以爲大故。以細故爲大故，千古同笑。至于俗流失，世壞敗，因恬而不知怪，慮不動于耳目，以爲是適然耳。千古同笑。夫移風易俗，使天下回心而鄉道，類非俗吏之所能爲也。竟罵大臣是俗吏。俗吏之所務，在于刀筆筐篋，而不知大體。確，確。何足罵！何足殺！陛下又不自憂，竊爲陛下惜之。獨責文帝，妙。便隱隱是自許，想此已是一太息。

已上，一「長太息」，不結。〇此一「長太息」，是論俗吏不知大體，陛下又不自憂。已下，是論立國以定經制爲至急。

夫立君臣，等上下，使父子有禮，六親有紀，此非天之所爲，人之所設也。看他偏到難説處，偏有此疏奇之筆。夫人之所設，不爲不立，不植則僵，不修則壞。「夫立君臣」起，至此，勁筆又斗提。《筦子》曰：「禮義廉恥，是爲四維；四維不張，國乃滅亡。」使筦子愚人也則可，隨手曲折。筦子而少知治體，則是豈可不爲寒心哉？筆態一何勁捷。秦滅四維而不張，故君臣乖亂，六親殃戮，奸人並起，萬民離叛，凡十三歲而社稷爲墟。又承秦説下。今四維猶未備也，故奸人幾幸，而衆心疑惑。太息在一「猶」字。豈如今定經制，令君君臣臣，上下有差，父子六親，各得其宜；奸人亡所幾幸，而群臣衆信，上不疑惑。此業壹定，世世常安，而後有所持循矣。及今早定，其利如此。若夫經制不定，是猶度江河，亡維楫，中流而遇風波，船必覆矣。喻不及今早定。可爲長太息者此也。

已上，二「長太息」，論經制宜定。已下，論教太子。

夏爲天子，十有餘世而殷受之。殷爲天子，二十餘世而周受之。周爲天子，三十餘世而秦受之。秦爲天子，二世而亡。又是勁筆斗提。人性不甚相遠也，何三代之君有道之長，而秦無道之暴也？其故可知也。如建瓴直注而下，又如迴風墜羽飄舞而下。此篇又是一樣筆態。古之王者，太子乃生，「乃」始也。固舉以禮，使士負之，有司齊肅端冕，見之南郊，見于天也。過闕則下，過廟則趨，孝子之道也。故自爲赤子而教固已行矣。疏朗中又帶翔舞之態，又是一樣筆。昔者成王幼，在襁抱之中，召公爲太保，周公爲太傅，太公爲太師。保，保其身體；傅，傅之德義；師，道之教訓：此三公之職也。筆筆疏朗。于是爲置三少，皆上大夫也：曰少保、少傅、少師，是與太子宴者也。筆筆疏朗，如隨手自注然。故乃孩提有識，三少、三公因明孝仁禮義以道習之，逐去邪人，不使見惡行。于是皆選天下之端士孝悌博聞有道術者，以衛翼之，使與太子居處出入，故太子乃生而見正事，聞正言，行正道，左右前後皆正人也。夫習與正人居之，不能毋正，猶生長于齊，不能不齊言也；習與不正人居之，不能毋不正，猶生長于楚之地，不能不楚言也。一何疏朗之至，意所欲説，筆隨自到。後賢多讀如此文，豈復有關膈之病耶？故擇其所耆，必先受業，乃得嘗之；擇其所樂，必先有習，乃得爲之。孔子曰：「少成若天性，習貫如自然。」此一段，太子少時。及太子少長，知妃色，則入于學。學者，所學之官也。隨手自注。《學禮》曰：「帝入東學，上親而貴仁，則親疏有序，而恩相及矣；帝入南學，上齒而貴信，則長幼有差，而民不誣矣；帝入西學，上賢而貴德，則聖智在位，而功不遺矣；帝入北學，上貴而尊爵，則貴賤有等，而下不隃矣；帝入太學，承師問道，退習而考于太傅，太傅罰其不則，而匡其不及，則德智長而治道得矣。此五學者，既成于上，則百姓黎民化輯于下矣。」只是疏朗。此一段，太子少長時。及太子既冠成人，免于保傅之嚴，則有記過之史，徹膳之宰，進善之旌，誹謗之木，敢諫之鼓。瞽史誦詩，工誦箴諫，大夫進謀，士傳民語。習與智長，故切而不愧；化與心成，故中道若性。只是疏朗。此一段，太子既冠成人。三代之禮：春朝朝日，秋暮夕月，所以明有敬也；春秋入學，坐國老，執醬而餽之，所以明有孝也；行以鸞和，步中《采齊》，趣中《肆夏》，所以明有度也；其于禽獸，見其生不食其死，聞其聲不食其肉，故遠庖廚，所以長恩，且明有仁也。夫三代之所以長久者，以其輔翼太子有此具也。煞住三代，下轉出秦。及秦而不然。其俗固非貴辭讓也，所上者告訐也；固非貴禮義也，所上者刑罰也。使趙高傅胡亥而教之獄，所習者，非斬劓人，則夷人之三族也。故胡亥今日即位而明日射人，筆筆疏朗。忠諫者謂之誹謗，深計者謂之妖言，其視殺人，若艾草菅然。豈惟胡亥之性惡哉？彼其所以道之者，非其理故也。煞住秦。〇特原胡亥，實是至理。鄙諺曰：「不習爲吏，視已成事。」又曰：「前車覆，後車誡。」夫三代之所以長久者，其已事可知也；然而不能從者，是不法聖智也。筆筆疏朗，使人慨然。秦世之所以亟絶者，其轍迹可見也；然而不避，是後車又將覆也。使人慨然。夫存亡之變，治亂之機，其要在是矣。天下之命，縣于太子；太子之善，在于早諭教與選左右。其筆力如有萬鈞。夫心未濫而先諭教，則化易成也；只是説來絶疏朗。開于道術智誼之指，則教之力也。絶疏朗。若其服習積貫，則左右而已。絶疏朗。夫胡、粤之人，生而同聲，耆欲不異，及其長而成俗，累數譯而不能相通，行有雖死而不相爲者，則教習然也。又喻。臣故曰：選左右，早諭教最急。夫教得而左右正，則太子正矣；太子正，而天下定矣。筆筆有萬鈞力。《書》曰：「一人有慶，兆民賴之。」此時務也。

已上，三「長太息」畢。已下，論當審定取舍。

凡人之智，能見已然，不能見將然。又是勁筆斗提。夫禮者禁于將然之前，而法者禁于已然之後。是故法之所用易見，而禮之所爲至難知也。此篇又作最曉暢、最斬截之筆。若夫慶賀以勸善，刑罰以懲惡，先王執此之政，堅似金石，行此之令，信如四時，據此之功，無私如天地耳，豈顧不用哉？隨手作如許大折。然而曰禮云禮云者，貴絶惡于未萌，而起教于微眇，使民日遷善遠辠而不自知也。大折大落，筆力斬然。孔子曰：「聽訟，吾猶人也，必也使無訟乎！」爲人主計者，莫如先審取舍。取舍之極，定于內；而安危之萌，應于外矣。一路行文，如已完，如又未完，滚滚隨手而出。安者非一日而安也，危者非一日而危也，皆以積漸，然不可不察也。上言取舍定而安危應，今先承安危，下又承取舍，總皆隨手滚滚而出之文。人主之所積，在其取舍。以禮義治之者，積禮義；以刑罰治之者，積刑罰。刑罰積而民怨背，禮義積而民和親。斬斬截截，最爲曉暢。故世主欲民之善同，而所以使民善者或異。或道之以德教，或毆之以法令。道之以德教者，德教洽而民氣樂；毆之以法令者，法令極而民風哀。哀樂之感，禍福之應也。斬斬截截，最爲曉暢。秦王之欲尊宗廟而安子孫，與湯、武同。然而湯、武廣大其德，行六七百歲而不失；秦王治天下，十餘歲則大敗。此亡它故矣，湯、武之定取舍審，而秦王之定取舍不審矣。只是「不審」，妙妙。夫天下，大器也。今人之置器，置諸安處則安，置諸危處則危。天下之情，與器亡以異，在天子之所置之。湯、武置天下于仁義禮樂，而德澤洽，禽獸草木廣裕，德被蠻貊四夷，累子孫數十世，此天下所共聞也。「共聞」妙。秦王置天下于法令刑罰，德澤亡一有，而怨毒盈于世，下憎惡之如仇讎，禍幾及身，子孫誅絶，此天下之所共見也。「共見」妙。最曉暢，最斬截。是非其明效大驗耶？已結過，下更切囑，作餘波。人之言曰：「聽言之道，必以其事觀之，則言者莫敢妄言。」今或言禮誼之不如法令，教化之不如刑罰，人主胡不引殷、周、秦事以觀之也？

已上，四「長太息」畢。已下論優禮大臣。

人主之尊譬如堂，群臣如陛，衆庶如地。故陛九級上，廉遠地，則堂高；陛亡級，廉近地，則堂卑。高者難攀，卑者易陵，理勢然也。又是勁筆斗提。故古者聖王制爲等列，内有公、卿、大夫、士，外有公、侯、伯、子、男，然後有官師、小吏，延及庶人，等級分明，而天子加焉，故其尊不可及也。此篇又多作重叠周折之筆，却如逐段逐段並不可少。里諺曰：「欲投鼠而忌器。」此善諭也。鼠近于器，尚憚不投，恐傷其器，況于貴臣之近主乎？隨手入喻。廉恥節禮以治君子，故有賜死而無戮辱。是以黥劓之罪不及大夫，以其離主上不遠也。逐段如了如不了。禮，不敢齒君之路馬，蹴其芻者有罰；見君之几杖則起，遭君之乘車則下，入正門則趨；君之寵臣雖或有過，刑戮之辠不加其身者，尊君之故也。此所以爲主上豫遠不敬也，所以體貌大臣而厲其節也。逐段如了不了，皆作重叠周折之文。○連用「所以」字作態。今自王、侯、三公之貴，皆天子之所改容而禮之也，古天子之所謂伯父、伯舅也，而今與衆庶同黥、劓、髡、刖、笞、傌、棄市之法。然則堂不亡陛乎？被戮辱者不泰迫乎？ 廉恥不行，大臣無乃握重權，大官而有徒隸亡恥之心乎？ 連用「乎」字作態，筆筆如了不了。 夫望夷之事，二世見當以重法者，投鼠而不忌器之習也。隨手忽入秦二世。 臣聞之，履雖鮮，不加于枕；冠雖敝，不以苴履。 夫嘗已在貴寵之位，天子改容而體貌之矣，吏民嘗俯伏以敬畏之矣。 今而有過，帝令廢之可也，退之可也，賜之死可也，滅之可也。 若夫束縛之，繫緤之，輸之司寇，編之徒官，司寇小吏詈駡而榜笞之，殆非所以令衆庶見也。 筆筆如了不了。 連用「矣」字，連用「可也」字，連用「之」字，作態。 夫卑賤者習知尊貴者之一旦吾亦乃可以加此也，非所以習天下也，非尊尊貴貴之化也。 夫天子之所嘗敬，衆庶之所嘗寵，死即死耳，賤人安宜得如此而頓辱之哉[一]？ 如了不了，連用「非」字作態。 豫讓事中行之君，智伯伐而滅之，移事智伯。 及趙滅智伯，豫讓釁面吞炭，必報襄子，五起而不中。 人問豫子，豫子曰：「中行衆人畜我，我故衆人事之；智伯國士遇我，我故國士報之。」故此一豫讓也，反君事讎，行若狗彘，已而抗節致忠，行出乎列士，人主使然也。 隨手忽入豫讓。 故主上遇其大臣如遇犬馬，彼將以犬馬自爲也；如遇官徒，彼將官徒自爲也。 頑頓亡恥，奊詬音歇後。 亡節，廉恥不立，且不自好。 苟若而可，故見利則逝，見便則奪。 主上有敗，則因而挻之矣；主上有患，則吾苟免而已，立而觀之耳；有便我身者，則欺賣而利之耳。 人主將何便于此？ 爲人臣

[一]「宜」，康熙二年刻本空缺，據重刻康熙二年序本等補。

豈宜有此？然描寫盡情，最是聳聽。群下至衆，而主上至少也，所托財器職業者，粹于群下也。俱亡恥，俱苟妄，則主上最病。重重疊疊，周周折折，只是「刑不至大夫」一句，却說出如許多情事。故古者禮不及庶人，刑不至大夫，所以厲寵臣之節也。古者大臣有坐不廉而廢者，不謂不廉，曰「簠簋不飾」；坐污穢淫亂男女亡別者，不曰污穢，曰「帷薄不修」；坐罷軟不勝任者，不謂罷軟，曰「下官不職」。故貴大臣定有其罪矣，猶未斥然正以譁之也，尚遷就而爲之諱也。周周折折，寫得最盡。故其在大譴大呵之域者，聞譴呵則白冠氂纓，盤水加劍，造請室而請辠耳，上不執縛係引而行也。其有中辠者，聞命而自弛，上不使人頸盭而加也。其有大辠者，聞命則北面再拜，跪而自裁，上不使捽抑而刑之也，曰：「子大夫自有過耳！吾遇子有禮矣。」周周折折，寫得最盡。遇之有禮，故群臣自憙；嬰以廉恥，故人矜節行。上設廉恥禮義以遇其臣，而臣不以節行報其上者，則非人類也。故化成俗定，則爲人臣者，主耳忘身，國耳忘家，公耳忘私，利不苟就，害不苟去，唯義所在，上之化也。故父兄之臣誠死宗廟，法度之臣誠死社稷，輔翼之臣誠死君上，守國扞敵之臣誠死城郭封疆。故曰「聖人有金城」者，此物此志也。彼且爲我死，故吾得與之俱生；彼且爲我亡，故吾得與之俱存；夫將爲我危，故我得與之皆安。顧行而忘利，守節而仗義，故可以托不御之權，可以寄六尺之孤。此厲廉恥、行禮誼之所致也，主上何喪焉？前曰「主上最病」，此曰「主上何喪焉」，使自決擇也。此之不爲，而顧彼之久行，故曰可爲長太息者，此也。

已上五「長太息」畢。不知當時何故却少一段。

上書諫獵

司馬相如

一段出色寫獸之駭發，一段出色寫人之不意，並不作一儒生蒙腐之語，後始反覆切勸之。

臣聞物有同類而殊能者，故力稱烏獲，捷言慶忌，勇期賁、育。臣之愚暗，竊以爲人誠有之，獸亦宜然。不作款曲，奮迅直入，陳説于英主之前，此爲聳聽。今陛下好陵阻險，射猛獸，入事。卒然遇軼材之獸，駭不存之地，犯屬車之清塵，輿不及還轅，人不暇施巧；雖有烏獲、逢蒙之技，力不得用，枯木朽株盡爲難矣。是胡、越起于轂下，而羌、夷接軫也，豈不殆哉？一筆所寫，如有數層，最是精神。〇一段寫獸之駭發。雖萬全無患，然本非天子之所宜近也。轉落而下。且夫清道而後行，中路而後馳，猶時有銜橛之變；而況涉乎蓬蒿，馳乎丘墳，前有利獸之樂，而內無存變之意，其爲禍也，不亦難矣！一段寫人之不意。夫輕萬乘之重，不以爲安，而樂出于萬有一危之塗以爲娱，臣竊爲陛下不取也。蓋明者遠見于未萌，而智者避危于無形，禍固多藏于隱微，而發于人之所忽者也。故鄙諺曰：「家累千金，坐不垂堂。」此言雖小，可以喻大。臣願陛下之留意。反覆明切，到底無一蒙腐語。

難蜀父老

司馬相如

其文汪洋浩蕩，不能知其涯涘所在。但覺觸手所動，觸筆所點，無非朱碧陸離，千態萬狀，洵文章之極觀也。○純是切諷天子，更于言外尋之。

漢興七十有八載，先數其載。德茂存乎六世，再數其世。○此非言漢興既久，應以全力開邊；蓋是言外隱然諷言，祖宗曾未嘗有事于此。細玩自知。威武紛紜，湛恩汪濊，此二句，寫上。○威德如此，却不開邊。群生沾濡，洋溢乎方外。此二句，寫下。○不須開邊，已自賓服。于是乃命使西征，隨流而攘，風之所被，罔不披靡。看他寫今日開邊，一曰「隨流」，一曰「風被」，皆是先世威德。因朝冉，一。從駹，二。定筰，三。存邛，四。略斯榆，五。舉苞蒲，六。結軌還轅，東鄉將報，至于蜀都。此文却寫開邊已半，諷諫最妙。耆老大夫縉紳先生之徒二十有七人，儼然造焉。辭畢，進曰：「蓋聞天子之于夷狄也，其義羈縻勿絕而已。言如絡馬頭、紖牛鼻，使不得搪抵百姓即已，非欲臣屬之也。今罷三郡之士，通夜郎之塗，三年于茲，而功不竟，士卒勞倦，萬民不贍，已前。今又接之以西夷，百姓力屈，恐不能卒業，已後。此亦使者之累也，竊爲左右患之。不敢斥言天子，故只坐使者，辭最委婉。且夫邛、筰、西僰之與中國並也，歷年茲多，不可記已。仁者不以德來，强者不以力並，意者殆不可乎！猶言如可，則早已開邊，不待今日。辭最委婉。今割齊民以附夷狄，弊所恃以事無用，此句即沓寫上句。「所恃」即「齊民」，「無用」即「夷狄」，特爲一沓寫，便痛快耳。鄙人固陋，不識所謂。」輕輕只是「不識所謂」四字，却説得開邊全無道理。使者曰：「烏，謂此乎？「烏」，一字句，驚怪之聲；「謂此乎」，三字句，猶言大夫儼來，乃爲此耶？必若所云，則是蜀不變服，而巴不化俗也。余尚惡聞若説？先劈。此非逢君之説，文字固須爾耳。然斯事體大，固非觀者之所覯也。猶言本不足與語，然亦須一語。余之行急，其詳不可得聞已，請爲大夫粗陳其略：本不足與語，然亦須一語，又不能詳語。百忙中，作此許多曲折。蓋世必有非常之人，然後有非常之事；有非常之事，然後有非常之功。非常者，固常人之所異也。故曰非常之原，黎民懼焉；及臻厥成，天下晏如也。先寬説。昔者，洪水沸出，氾濫衍溢，民人升降移徙，崎嶇而不安。夏后氏戚之，乃堙洪一。塞源，一。決江一。疏河，一。灑沈一。澹災，一。東歸之于海，一。而天下永寧。一。當斯之勤，豈惟民哉？心煩于慮，而身親其勞，躬腠胼胝無胈，膚不生毛。故休烈顯乎無窮，聲稱浹乎于兹。又引證。且夫賢君之踐位也，豈特委瑣喔嚙，拘文牽俗，循誦習傳，當世取説云爾哉！必將崇論谹議，創業垂統，爲萬世規，故馳騖乎兼容並包，而勤思乎參天貳地。再寬説。且《詩》不云乎：『普天之下，莫非王土；率土之濱，莫非王臣。』是以六合之内，八方之外，浸淫衍溢，懷生之物，有不浸潤于澤者，賢君恥之。再引證。已下方入今上事。今封疆之内，冠帶之倫，咸獲嘉祉，靡有闕遺矣。一頓。而夷狄殊俗之國，遼絶異黨之域，舟車不通，人迹罕至，政教未加，流風猶微。内之，則犯義侵禮于邊境；外之，則邪行横作，放殺其上。君臣易位，尊卑失序，父兄不辜，幼孤爲奴虜，係纍號泣，内鄉而怨，曰：『蓋聞中國有至仁焉，德洋恩普，物靡不得其所，今獨曷爲遺己。』舉踵思慕，若枯旱之望雨。看他無中生有，只是《尚書》「徯我後」三字，化成如此段文字。盭夫爲之垂涕，「戾夫」，言忍人也。況乎上聖又烏能已？曲折頓挫，極盡文態。故北出師以討强胡，南馳使以誚勁越。四面風德，二方之君，鱗集仰流，願得受號者以億計。已上，數已開之邊。故乃關沫、若，徼牂牁，鏤靈山，梁孫原。此數今開之邊。創道德之塗，垂仁義之統。將博恩廣施，遠撫長駕，細讀「將」字。使疏逖不閉，曶爽闇昧得耀乎光明，細讀「使」字。以偃甲兵于此，而息討伐于彼。細讀「以」字、「而」字。遐邇一體，中外禔福，不亦康乎？曲折頓挫，極盡文態。夫拯民于沉溺，奉至尊之休德，反衰世之陵夷，繼周氏之絶業，天子之急務也。百姓雖勞，又烏可以已哉？一結，下再起。且夫王者，固未有不始于憂勤，而終于佚樂者也。下再結。然則受命之符，合在于此。方將增太山之封，加梁父之事，鳴和鸞，揚樂頌，上咸五，下登三。所謂「非常之事」、「非常之功」也。觀者未睹指，聽者未聞音，猶鷦鵬已翔乎寥廓，而羅者猶視乎藪澤，悲夫！」結畢。于是諸大夫茫然喪其所懷來，失厥所以進，喟然並稱曰：「允哉，漢德！此鄙人之所願聞也。百姓雖勞，請以身先之。」敞罔靡徙，遷延而辭避。前寫「儼然」，此寫「茫然」、「喟然」，分明如畫。

喻巴蜀檄

司馬相如

妙在自出大意，使蜀民與使者兩分其罪，最得宣慰遠人之體。

告巴蜀太守：不告唐蒙，却告太守，便有分罪蜀民意。蠻夷自擅，不討之日久矣，時侵犯邊境，勞士大夫。須細算其如此起筆，最是得勢，除此更無別筆可起。陛下即位，第二筆，方寫陛下即位。存撫天下，安集中國。八字，先補寫陛下文德。然後興師出兵，北征匈奴，單于怖駭，交臂受事，屈膝請和。康居西域，重譯納貢，稽顙來享。移師東指，閩越相誅。右吊番禺，太子入朝。然後寫陛下武威。○先定餘夷，下獨接西南夷。南夷之君，西僰之長，常效貢職，不敢惰怠，延頸舉踵，喁喁然皆嚮風慕義，欲爲臣妾。道里遼遠，山川阻深，不能自致。説他本好，只爲遠難自致，便已安慰之。夫不順者已誅，餘夷。而爲善者未賞，西南夷。故遣中郎將往賓之，念其遠難自致也。發巴、蜀之士各五百人，以奉幣帛，衛使者不然，靡有兵革之事，戰鬥之患。只是奉幣帛、衛不然，説得絶乾凈。今聞其乃發軍興制，驚懼子弟，憂患父老，責唐蒙。郡又擅爲轉粟運輸，責太守。皆非陛下之意也。先結過陛下無此意，下獨反覆切責巴、蜀人。當行者或亡逃自賊殺，亦非人臣之節也。分責兩邊，最好。然使者與太守，上只略責；巴、蜀人，下却反覆切責。夫邊郡之士，聞烽舉燧燔，皆攝弓而馳，荷兵而走，流汗相屬，惟恐居後，觸白刃，冒流矢，議不反顧，計不旋踵，人懷怒心，如報私仇。寫别處邊郡忠勇之狀，以反形巴、蜀。彼豈樂死惡生，非編列之民，而與巴、蜀異主哉？計深慮遠，急國家之難，而樂盡人臣之道也。故有剖符之封，折圭而爵，位爲通侯，處列東第，終則遺顯號于後世，傳土地于子孫，行事甚忠敬，居位甚安逸，名聲施于後世，功烈著而不滅。是以賢人君子，肝腦塗中原，膏液潤野草，而不辭也。一段反覆切論，爲臣民者決宜忠勇。今奉幣役至南夷，即自賊殺，或亡逃抵誅，身死無名，謚爲至愚，恥及父母，爲天下笑。人之度量相越，豈不遠哉！看他問罪之辭，只作閑閑評斷卸過，總是安慰之，使更不生意外事。後世爲朝廷宣示反側，宜精學此。然此又輕。非獨行者之罪也，父母之教不先，子弟之率不謹；寡廉鮮恥，而俗不長厚也。其被刑戮，不亦宜乎！又並責其父老，立言又高一步。陛下患使者有司之若彼，收唐蒙與太守。悼不肖愚民之如此，收巴、蜀人。看他將「彼」字放「使者有司」下，「此」字放「不肖愚民」下，身分先占得好。古人文字，一筆不苟如此。故遣信使，曉諭百姓以發卒之事，因數之以不忠死亡之罪，讓三老子弟以不教誨之過。至此，竟獨罪巴、蜀之子弟並父老；至于使者，竟遞過不更提起：妙妙。方今田時，重煩百姓，八字妙甚、高甚。意言不然者，定宜發兵嚴誅之也。已親見近縣，恐遠所溪谷山澤之民不遍聞，故有此檄。檄到，亟下縣道，使咸喻陛下之意，無忽。輕輕而畢。

天下才子必讀書卷之七

西漢文

五帝本紀贊　司馬遷

此爲史贊之首，最古勁，最簡質，而意義最多，頓挫最大。讀之，生出通身筆力。

學者多稱五帝，尚矣。此一句，提。然《尚書》獨載堯以來，《尚書》又少。而百家言黄帝，其文不雅馴，薦紳先生難言之。百家又不雅。孔子所傳宰予問《五帝德》及《帝繫姓》，儒者或不傳。《大戴》、《家語》又可疑。○已上三段，首一句畢，下重起。余嘗西至空峒，北過涿鹿，東漸于海，南浮江、淮矣。此四句，又提。至，長老皆各往往稱黄帝、堯、舜之處，風教固殊焉，總之不離古文者近是。此以自身親歷爲斷，言長老所稱，只採其不背古文。予觀《春秋》、《國語》，其發明《五帝德》、《帝繫姓》章矣，顧第弗深考，其所表見皆不虚。所嫌諸書，但不深考，以今親歷驗之，乃皆誠有。《書》闕有間矣，其軼乃時時見于他説。自堯已前，《尚書》雖缺，他説仍傳。已上三段，乃從親歷中來。非好學深思，心知其意，固難爲淺見寡聞道也。結得氣力。余並論次，擇其言尤雅者，故著爲本紀書首。

始皇本紀贊

司馬遷

此便借賈生《過秦》三篇爲斷，而自己出手，只檃括得「而羞與之侔」五字，寄與千載一笑。

秦之先伯翳，嘗有勛于唐、虞之際，受土賜姓。秦初。及殷、夏之間微散。秦中。至周之衰，秦興，邑于西垂。自繆公以來，稍蠶食諸侯，竟成始皇。秦後。始皇自以爲功過五帝，地廣三王，而羞與之侔。更不置斷，只代寫其自家意思，以爲一笑。善哉乎，賈生推言之也！曰：下接《過秦論》成文。

項羽本紀贊

司馬遷

此斷項羽全不師古，其亡固宜。只是起手暴興，却是何故？凡作一揚三抑，注意正在豪傑「不可勝數」句，言除却重瞳，更不可解。

吾聞之周生曰:「舜目蓋重瞳子。」又聞項羽亦重瞳子,羽豈其苗裔耶? 何興之暴也! 《項羽本紀》通篇何等聲勢,至作贊,却斗然只説其目重瞳。猶言除非重瞳上,若論才略,乃一無足取。夫秦失其政,陳涉首難,豪傑蠭起,相與並爭,不可勝數。然羽非有尺寸乘勢,起隴畝之中,三年,遂將五諸侯滅秦,分裂天下,而封王侯,政由羽出,號爲「霸王」。位雖不終,近古以來未嘗有也。一段,承寫其興之暴。揚。及羽背關懷楚,放逐義帝而自立,怨王侯叛己,難矣。抑。自矜功伐,奮其私智,而不師古,謂霸王之業,欲以力征經營天下。五年,卒亡其國,身死東城,尚不覺寤,而不自責,過矣。再抑。乃引「天亡我,非用兵之罪也」,豈不謬哉! 又抑。凡作一揚三抑。

高祖本紀贊

司馬遷

推崇漢家,其學甚醇。謂史公不知道,豈其然哉。

夏之政忠。忠之敝,小人以野,故殷人承之以敬。殷所以得統。敬之敝,小人以鬼,故周人承之以文。周所以得統。文之敝,小人以僿,故救僿莫若以忠。三王之道若循環,終而復始。言此本自然之理。〇已上,通論古今帝王統緒有定。周秦之間,可謂文敝矣。周之必有或繼之者,宣聖所以不諱也。秦政不改,反酷刑法,豈不謬乎? 秦不得承統也。故漢興,承敝易變,使人不倦,二句,八字,明是「忠」字,却不説出,好好。得天統矣。推崇昭代之意,只四字便盡,豈後來紛紛符讖之云乎!

呂后本紀贊

司馬遷

此是三段文字，却是倒裝筆法。若順寫之，應云：孝惠高后之時，刑罰希，民滋殖。彼不出房戶，而致此晏然者，以黎民新離戰苦，甚欲休息也。言外，便見已前數十年，生靈塗炭。

孝惠皇帝高后之時，提。黎民得離戰國之苦，君臣俱欲休息乎無爲，一段。故惠帝垂拱，高后女主稱制，政不出房戶，天下晏然。一段。刑罰罕用，罪人是希。民務稼穡，衣食滋殖。一段。

孝文本紀贊

司馬遷

此贊，歎孝文深仁厚澤，惜孝文未興禮樂。須知難在深仁，不難在禮樂。此惜禮樂未成，正是深仁已成也。故快接末句，再極歎之。

孔子言：「必世然後仁。善人之治國百年，亦可以勝殘去殺。」誠哉是言！先引。漢興，至孝文四十有餘載，德至盛也。贊孝文，最蘊藉。俗筆尚欲多寫。廩廩鄉改正服封禪矣，謙讓未成于今。此是深歎孝文，非又致惜也。細思之。嗚呼，豈不仁哉！

孝景本紀贊

司馬遷

前先寫孝文，後續寫主父偃。吾于智囊，能無浩歎！

漢興，孝文施大德，天下懷安。至孝景，不復憂異姓，異姓不復憂，乃自施大德來，則七國之事不言可知，真正妙筆。而晁錯刻削諸侯，「而」字，微文，用「而」字法。遂使七國俱起，合從而西鄉，孝景事，無大于此，故只舉一事。以諸侯太盛，而錯爲之不以漸也。斷盡晁錯。下「太盛」字，可見錯原不差。及主父偃言之，而諸侯以弱，卒以安。安危之機，豈不以謀哉？「謀」，即「漸」也。後世舉大事者，「漸」之一字，可不講哉？

吴泰伯世家贊

司馬遷

此贊，惜吴世家越在蠻夷，却前以泰伯，後以季札，因而列之于中國。

孔子言：「泰伯可謂至德矣，三以天下讓，民無得而稱焉。」此非引文，乃疑孔子所稱誰泰伯也？下便接云。余讀《春秋》古文，乃知中國之虞與荆蠻、勾吴，兄弟也。《春秋》古文，《春秋》又有本，乃是古篆文也。其文，「虞」與「吴」，乃一字也。延陵季子之仁心，慕義無窮，見微而知清濁。嗚呼，又何其閎覽博物君子也！「閎覽博物君子」，言閎覽則博物，博物則君子。此非獨歎公子觀樂，並歎公子慕義無窮。蓋人誠閎覽博物，未有不慕義無窮者也。

齊太公世家贊

司馬遷

贊齊，便作臨碣石、觀滄海之態。史公筆下，無所不有如此。

吾適齊，三字，起得慨慷。自泰山屬之瑯邪，北被于海，膏壤二千里，其民闊達多匿知，其天性也。先略其地，慨慷之甚。以太公之聖，建國本；桓公之盛，修善政。次誦其君，慨慷之甚。以爲諸侯會盟，稱伯不亦宜乎？先結二公。洋洋哉，固大國之風也！次結三千里。

魯周公世家贊

司馬遷

只用兩「何其」字，參差成文。

余聞孔子稱曰:「甚矣,魯道之衰也! 洙、泗之間,齗齗如也。」先是魯之民涉渡,幼者扶其老者。至後俗薄,幼者諸讓,老者不安,因共爭于渡所。觀慶父及叔牙、閔公之際,何其亂也? 一「何其」。隱、桓之事,襄仲殺適立庶,三家北面爲臣,親攻昭公,昭公以奔。至其揖讓之禮則從,略縱。而行事何其戾也? 二「何其」。

燕召公世家贊

司馬遷

只贊召公,用筆只是一頓一起。

召公奭可謂仁矣! 甘棠且思之,況其人乎? 只贊召公。○又別作輕妙之筆。燕北迫蠻貉,內措齊、晉,崎嶇彊國之間,最爲弱小,幾滅者數矣。一頓。然社稷血食者八九百歲,于姬姓獨後亡,一起。豈非召公之烈耶! 只贊召公。

曹世家贊

司馬遷

只書二事,而曹已盡,爲之痛悼。

余尋曹共公之不用僖負羈，乃乘軒者三百人，十八字句。知唯德之不建。言曹之應亡也。「尋」，尋思也。一士不用，而美女乘軒者三百，則知其不建德也。「尋」字、「知」字，呼應。乃振鐸之夢，豈不欲引曹之祀者哉？如公孫彊不修厥政，叔鐸之祀忽諸。「豈不欲」句，寫盡祖宗冥冥之中，無數眼淚。「如」，其如也。「忽諸」，言歘然就盡也。一云「曹之祀」，再云「叔鐸之祀」，無限感傷。

陳杞世家贊

司馬遷

寫舜、禹，却似軒輊。

舜之德，可謂至矣！舜、禹也，忽然獨贊舜，又奇。禪位于夏，而後世血食者歷三代。作兩截寫，愈見。及楚滅陳，而田常得政于齊，卒爲建國，百世不絕，苗裔茲茲，有土者不乏焉。說舜處，津津。至禹，于周則杞，微甚，不足數也。說禹處，却似不滿。楚惠王滅杞，其後越王句踐興。亦作兩截寫，只是不滿。

衛康叔世家贊

司馬遷

衛世家贊，却只舉伋壽爭死一事，寫出無限惋痛。及至末句，忽然又噦罵「或」「獨何哉」。「或」者，豈非指出公耶？

余讀世家言，至于宣公之太子，以婦見誅；四字，一何蘊藉。弟壽爭死，句。以相讓，此與晉太子申生不敢明驪姬之過同，俱惡傷父之志。連出一事，愈益惋痛。然卒死亡，何其悲也！深痛之，不復能多其辭。或父子相殺，兄弟相滅，亦獨何哉？忽然掉筆别去，有指無指，自然妙絶。

宋微子世家贊

司馬遷

閑閑直寫四段。

孔子稱：「微子去之，箕子爲之奴，比干諫而死，殷有三仁焉。」一段。《春秋》譏宋之亂自宣公廢太子而立弟，國以不寧者十世。二段。襄公之時，修行仁義，欲爲盟主。其大夫正考父美之，故追道契、湯、高宗，殷所以興，作《商頌》。三段。襄公既敗于泓，而君子或以爲多，傷中國闕禮義，褒之也，宋襄之有禮讓也。四段。第四段有態。

晉世家贊

司馬遷

此只是借晉深深致慨。

晉文公，古所謂明君也。一曲。亡居外十九年，至困約。再曲。及即位而行賞，尚忘介之推，三曲。況驕主乎？晉贊，却意不在晉。又是一樣筆法。靈公既弑，其後成、景致嚴，至厲大刻，大夫懼誅，禍作。悼公以後日衰，六卿專權。故君道之御其臣下，固不易哉！歷叙靈公、成公、景公、厲公、悼公，却只是意不在晉。

楚世家贊

司馬遷

只致歎靈、平二王，而爲戒乃復不淺，筆態最是淋漓盡致。

楚靈王方會諸侯于申，一。誅齊慶封，二。作章華臺，三。求周九鼎之時，四。悉舉楚靈之事。志小天下；總上四句，筆勢一起。及餓死于申亥之家，爲天下笑。筆勢一跌。操行之不得，悲夫！致歎。勢之于人也，可不慎與？再致歎。棄疾以亂立，言應知戒。嬖淫秦女，乃又爲此。甚乎哉，三字，妙。幾再亡國！四字，又妙。此三字一句，四字一句，不知是單歎楚平，不知是兼歎楚靈。

越王句踐世家贊　司馬遷

極贊句踐，是史公專心喜此一輩人物。

禹之功大矣，漸九川，定九州，至于今，諸夏艾安。世家，不應又頌禹。先起此筆，爲「遺烈」句地耳。及苗裔句踐，苦身焦思，終滅彊吴，北觀兵中國，以尊周室，號稱霸王。句踐可不謂賢哉！蓋有禹之遺烈焉。可謂與之至。何與乎句踐？與其能隱忍以就功名，爲史公一生之心。范蠡三遷，皆有榮名，名垂後世。句踐世家，不應又稱范蠡。横入此筆，爲「臣主若此」句地。古人文字，固必分别觀也。臣主若此，欲毋顯得乎！

鄭世家贊　司馬遷

前有里克，何意後有甫瑕，此所謂變所從來也。史公深于世故如此。

語有之，「以權利合者，權利盡而交疏。」甫瑕是也。炯戒可畏。甫瑕雖以劫殺鄭子，「以」，以此四字也。内厲公，以此四字，内厲公也。厲公終背而殺之，此與晉之里克何異？厲公如里克矣，甫瑕何得如荀息。守節如荀息，身死而不能存奚齊。變所從來，亦多故矣！有說不盡之歎。

趙世家贊

司馬遷

史公深惡遷之信讒殺李牧，故特地暴揚其母之醜，以當痛棒苦治也。又恐後人不信，故又特地牽引馮王孫作證。

吾聞馮王孫曰：「趙王遷，其母倡也，嬖于悼襄王。悼襄王廢適子嘉，而立遷。遷如賢，如此事豈不相蓋？甚矣，古人用筆之嚴切！而爲人子孫者，不可不知自振拔也。遷素無行，信讒，故誅其良將李牧，用郭開。」豈不謬哉！書「信讒」，足矣，又加書「素無行」三字；書「誅李牧」，足矣，又加書一「故」字、「其良將」三字，又再加書「用郭開」三字：皆惡之至也。秦既虜遷，趙之亡大夫共立嘉爲王。王代六歲，秦進兵破嘉，遂滅趙，以爲郡。李牧已誅，夫又何望？

魏世家贊

司馬遷

此明明高推漢受天命，非過許虎狼之秦也：細讀「其業未成」句。

吾適故大梁之墟，墟中人曰：「秦之破梁，引河溝而灌大梁，三月城壞，王請降，遂滅魏。」先寫親眼熟睹其事如此。說者皆曰：「魏以不用信陵君故，國削弱至于亡。」次引一腐生言。余以爲不然。快劈。天方令秦平海内，其業未成，隱言秦爲漢前驅。魏雖得阿衡之佐，曷益乎？至論，定論，快論。腐生不許開口。

韓世家贊

司馬遷

此贊又高推陰德，想見史公心地醇厚。夫陰德，豈可忽乎哉！

韓厥之感晉景公，紹趙孤之子武，以成程嬰、公孫杵臼之義，此天下之陰德也。「陰德」，不是陰行善，史公心中筆底甚明。韓氏之功，于晉未睹其大者也。曲折慷慨。然與趙、魏終爲諸侯十餘世，宜乎哉！說陰德，口中津津然。

田敬仲世家贊

司馬遷

史公又深信卜筮，看他筆下極力推獎出來。人憎《左傳》之失也誣，殆是少見多怪耳。

蓋孔子晚而喜《易》。借重孔子。〇下文接筆便只寫《易》，惜重孔子止此一句，最是疏奇之筆。《易》之爲術，幽明遠矣，非通人達才，孰能注意焉！看他極贊《易》，從來是大聰明人，具大信心。小儒兩眼如豆，彼何所知？故周太史之卦田敬仲完，占至十世之後；一卜。及完奔齊，懿仲卜之亦云。又卜。田乞及常所以比犯二君，專齊國之政，驗。非必事勢之漸然也，蓋若遵厭兆祥云。曲折寫出信《易》。

孔子世家贊

司馬遷

贊孔子，又别作異様淋漓之筆，一若想之不盡、説之不盡也者，所謂觀海難言也。

《詩》有之：「高山仰止，景行行止。」雖不能至，然心鄉往之。先引《詩》，筆態便淋漓無限。余讀孔氏書，想見其爲人。讀書，一。適魯，觀仲尼廟堂車服禮器，觀廟堂車服禮器，二。諸生以時習禮其家，觀習禮諸生，三。余低回留之，不能去云。總上又吐下，筆態淋漓無限。天下君王至于賢人衆矣，當時則榮，没則已焉。筆態淋漓無限。孔子布衣，傳十餘世，學者宗之。自天子王侯，中國言六藝者，折中于夫子，筆態淋漓無限。可謂至聖矣！

楚元王世家贊

司馬遷

説賢人難，用賢人更難。發人無數感慨，亦平人無數感慨。

國之將興，必有禎祥，君子用而小人退；國之將亡，賢人隱，亂臣貴。先引。使楚王戊毋刑申公，遵其言，申公名培，楚王胥時人[一]。趙任防與先生，豈有簒殺之謀，爲天下僇哉？慨然。賢人乎，賢人乎！非質有其内，惡能用之哉？不説有賢不用，反説用賢本難，便别是一樣感慨。甚矣，「安危在出令，存亡在所任。」誠哉，是言也！又似又一層感慨也。

荆燕世家贊

司馬遷

「事發相重」四字，想見史公于功名之會，乃最精能。

荆王，王也。由漢初定，天下未集，故劉賈雖屬疏，然以策爲王，填江、淮之閒。「填」即鎮字。已上，荆王。劉澤之王，權激吕氏[二]，然劉澤卒南面稱孤者三世。事發相重，豈不爲偉乎！已上，燕王。

齊悼惠王世家贊

司馬遷

一贊，寫盡高帝大才大略，前顧後盼。

[一]「時人」，康熙二年刻本作「時之」，康熙十六年增補本、《評注才子古文》作「靡之」，據重刻康熙二年序本改。

[二]「吕」，各本均作「李」，據《史記》改。

諸侯大國無過齊悼惠王。提。以海内初定，子弟少，覷破高帝大才大略。激秦之無尺土封，故大封同姓，以填萬民之心。覷破高帝大才大略。及後分裂，固其理也。覷破大才大略。

蕭相國世家贊

司馬遷

「謹守管籥」四句，是相國一生真才實學。史公已不多歎，史公自歎其秦末何等時，却只是録録無奇節。

蕭相國何于秦時爲刀筆吏，録録未有奇節。抑。及漢興，依日月之末光，何謹守管籥，因民之疾，奉法順流，與之更始。此四句十六字，便是「録録未有奇節」人也。有奇節人，正不能爾。淮陰、黥布等皆以誅滅，此皆奇節人也，可勝歎息！而何之勛爛焉。位冠群臣，聲施後世，與閎天、散宜生等爭烈矣。揚。

曹相國世家贊

司馬遷

此贊，一半寫戰功，一半寫相業，俱不甚許曹參。

曹相國參攻城野戰之功，所以能多若此者，以與淮陰侯俱。忽然爲淮陰灑淚，大奇。須知此是史公故作之筆。及信已滅，此四字，却于曹相國贊中，寄慨無窮。而列侯成功，惟獨參擅其名。十一句字。○參清淨固勝，只是回想淮陰，淚落多少。○已上寫戰功，已下寫相業。參爲漢相國，清淨極言合道。此六字，非便是寫參相業，乃寫參生平性之所近。然百姓離秦之酷後，參與休息無爲，「休息無爲」，莫便是「清淨合道」耶？上句下一「然」字，下句下一「故」字，史公筆墨斟酌，固自有其分寸矣。故天下俱稱其美矣。

留侯世家贊　司馬遷

留侯脚色奇，此贊亦寫得恍惚甚奇。前叙老父予書，不信又信；後叙狀如婦女，信又不信：總是照此一人脚色。

學者多言無鬼神，然言有物。疑信先不定。至如留侯所見老父予書，亦可怪矣。不信也。高祖離困者數矣，而留侯常有功力焉，豈可謂非天乎？又信也。○已上寫鬼物疑信，畢。上曰：「夫運籌策帷帳之中，決勝千里外，吾不如子房。」余以爲其人計魁梧奇偉，又一疑。至見其圖，狀貌如婦人好女。又一疑。蓋孔子曰：「以貌取人，失之子羽。」留侯亦云。總是不能定留侯人物，意在筆外。

陳丞相世家贊

司馬遷

陳平「少時本好黃老」，此一句，斷得最定。却是史公何處看將出來？豈便以「割肉俎上」爲驗耶？史公眼色，比他人煞是奇絶，莫謂《史記》容易作也。

陳丞相平少時，本好黃帝、老子之術。一句先斷定。方其割肉俎上之時，其意固已遠矣。極許平。傾側擾攘楚、魏之間，卒歸高帝。極許平。常出奇計，救紛糾之難，振國家之患。極許平。及呂后時，事多故矣；然平竟自脱，極許平。定宗廟，以榮名終，稱賢相，極許平。〇節節極許平，却總在「割肉」、「已遠」句中，早自看透。史公眼力如許！豈不善始善終哉！非知謀，孰能當此者乎？贊歎不盡。

絳侯周勃世家贊

司馬遷

周勃，先抑後揚；亞夫，先揚後抑。

絳侯周勃始爲布衣時，鄙樸人也，才能不過凡庸。大才胡能小試，言之慨然。及從高祖定天下，在將相位，諸呂欲作亂，勃匡國家難，復之乎正。雖伊尹、周公，何以加哉！作此頓挫大筆，爲鄙朴布衣時一歎也。亞夫之用兵，持威重，執堅刃，穰苴曷有加焉！亦作頓挫大筆。足已而不學，守節不遜，爲足已，便不學；爲不學，便守節，便不遜：寫盡武人本色。終以窮困。悲夫！又是一歎。

梁孝王世家贊

司馬遷

輕輕着筆，却爲女主及愛子痛鑒。

梁孝王雖以親愛之故，王膏腴之地，親愛是一，腴地是二。然會漢家隆盛，百姓殷富，漢隆是三，民富是四。故能植其財貨，廣宫室，車服擬于天子。「故能」，承上四句。然人只謂承一、二，史公却謂承三、四也。然亦僭矣。輕輕只用四字諷。

五宗世家贊

司馬遷

此贊只寫五宗，不及前世諸侯。

高祖時諸侯皆賦，國所出有，皆入于王也。得自除内史以下，漢獨爲置丞相，黄金印。增三字，便見腴。諸侯自除御史、廷尉正、博士，擬于天子。上，諸侯自除止内史，是漢制；此，諸侯自除至有御史、廷尉等，乃僭擬也。○已上，高祖時諸侯。自吴楚反後，五宗王世，漢爲置二千石，去「丞相」曰「相」，銀印。二字增入，畢竟腴。諸侯獨得食租税，奪之權。已上，吴楚反後諸侯。其後諸侯貧者或乘牛車也。結得諸侯悲甚，却反見峭。已上，其後。

三王世家贊

司馬遷

三王世家，更無事可書，只載其受封三策文，往後多有明驗，以見孝武意指過人。

古人有言曰：「愛之欲其富，親之欲其貴。」故王者壃土建國[一]，封立子弟，所以褒親親，序骨肉，尊先祖，貴支體，廣同姓于天下也。是以形勢彊而王室安。自古至今，所由來久矣，故弗論著也。置却多少。燕、齊之事，無足采者。史公筆下已明。褚先生求其世家，終不能得語，不亦贅乎。然封立三王，天子恭讓，群臣守義，文辭爛然，甚可觀也，是以附之世家。言策三王文，後俱驗，此皆天子群臣聖智過人。

[一]「土」，康熙二年序刻本作「上」，據有正書局本改。

司馬穰苴列傳贊

司馬遷

何至三代不能竟其義、如其文？立言貴切近事情，遂爲史公道破。

余讀《司馬兵法》，閎廓深遠，雖三代征伐，未能竟其義，如其文也，亦少褒矣。先論其兵法，若有言過其實之疑。若夫穰苴，區區爲小國行師，何暇及《司馬兵法》之揖讓乎？次方論穰苴。看「區區」字、「何暇」字，笑在言外。〇穰苴本好，只嫌其所挾持者太高。蓋迂遠不切事情，自古多其人矣。世既多《司馬兵法》，以故不論，了兵法。著穰苴之列傳焉。了穰苴。

孫子吴起列傳贊

司馬遷

説盡千古著書人。

世俗所稱師旅，皆道《孫武子》十三篇，吴起《兵法》，先出二人著書。世多有，故弗論，論其行事所施設者。次出一人行事。語曰：「能行之者未必能言，能言之者未必能行。」引語。孫子籌策，龐涓明矣，揚。然不能蚤救患于被刑；抑。吴起説武侯以形勢不如德，揚。然行之于楚，以刻暴少恩亡其軀，抑。悲夫！

伍子胥列傳贊

司馬遷

無頭無尾，凡作十數歎，逐歎逐歎俱宜沉思。

怨毒之于人甚矣哉！王者尚不能行之于臣下，況同列乎！一歎怨毒于人最甚。向令伍子胥從奢俱死，何異螻蟻。棄小義，雪大恥，名垂于後世。悲夫！再歎棄小義之可悲。方子胥窘于江上，道乞食，志豈嘗須臾忘郢邪？再歎乞食人有心事。故隱忍就功名，非烈丈夫，孰能致此哉？再歎隱忍是烈丈夫。白公如不自立爲君者，其功謀亦不可勝道者哉！再歎不隱忍人無用。

仲尼弟子列傳贊

司馬遷

此是史公恐後世學者以訛傳訛，愈益失真，故就古文抄撮爲篇，以彰信也。

學者多稱七十子之徒，譽者或過其實，毁者或損其真，鈞之未睹厥容貌，則論言二十一史均然矣，胡足深考。弟子籍，出孔氏古文，近是。不取學者所稱也。余以弟子名姓文字，悉取《論語》

弟子問,並次爲篇,是。疑者闕焉。是。

商君列傳贊

司馬遷

史公恨商君,並恨其書如此。而謂史公書,過喜游俠、貨殖,豈理也哉!

商君,其天資刻薄人也。四字斷盡。迹其欲干孝公以帝王術,挾持浮説,非其質矣。且所因由嬖臣,「迹其」字,「欲干」字,「帝王術」字,「挾持」字,「浮説」字,「非其質」字,史公眼光,誰能瞞之?○「且所因,由嬖臣」,又帶此六字句,史公眼光如許。及得用,刑公子虔,欺魏將卬,不師趙良之言,亦足發明商君之少恩矣。「亦足發明」,妙。猶言胸中有「帝王」二字人,乃如此耶?余嘗讀商君開塞耕戰書,與其人行事相類。不惟恨其人,又恨其書。卒受惡名于秦,有以也夫!看史公恨甚語。

張儀列傳贊

司馬遷

只説明世所以痛罵蘇秦之故,而痛罵張儀,已極暢大快,用筆最爲奇詭。○罵張儀,並罵三晉之人,史公之惡權變彊秦之士至矣。

三晉多權變之士，夫言從衡彊秦者，大抵皆三晉之人也。惡張儀之甚，于是遂盡惡三晉之人。筆大如杠，後更無有。夫張儀之行事，甚于蘇秦；本如此。然世惡蘇秦者，然甚蘇秦者。以其先死，而儀振暴其短，以扶其說，成其衡道。十八字句。史公筆尖，真有照妖鏡。要之，此兩人真傾危之士哉！痛罵張儀，然亦不恕蘇秦。

樗里子甘茂列傳贊

司馬遷

斷三人畢，忽然發歎。歎秦時尤趨謀詐。只一「尤」字，便是罵盡天下盡趨謀詐也。

樗里子以骨肉重，固其理；平心之筆。而秦人稱其智，故頗采焉。秦人稱樗里爲智囊，晁錯已在第二。甘茂起下蔡閭閻，顯名諸侯，重彊齊楚。重于强齊强楚也。甘羅年少，然出一奇計，聲稱後世。平平叙過三人，下總斷。雖非篤行之君子，抑。然亦戰國之策士也。揚。方秦之彊時，天下尤趨謀詐哉。筆有餘歎，其歎不盡。

穰侯列傳贊

司馬遷

注意只爲末句，並不爲穰侯作贊。

穰侯，昭王親舅也。親舅是一。○短句。而秦所以東益地、弱諸侯、常稱帝于天下、天下皆西鄉稽首者，二十四字句。穰侯之功也。大功是一。○長句。及其貴極富溢，看「極」字、「溢」字。一夫開説，身折勢奪，而以憂死，親舅大功，而尚不可貴極富溢。況于羈旅之臣乎！爲戒不淺。

白起王翦列傳贊

司馬遷

要明史公判二人，長處只是寸。

鄙語云：「尺有所短，寸有所長。」要記短是尺、長是寸，不得倒轉。白起料敵合變，出奇無窮，聲震天下，長。然不能救患于應侯。短。王翦爲秦將，夷六國。當是時，翦爲秦將，始皇師之；長。然不能輔秦建德，固其根本，偷合取容，以至圽身。及孫王離爲項羽所虜，不亦宜乎！短。彼各有所短也。總結。

孟嘗君列傳贊

司馬遷

只據眼見，只據耳聞，更不自出口罵，妙筆。

吾嘗過薛，其俗閭里，率多暴桀子弟，與鄒、魯殊。「多暴桀子弟」，已寫盡，又加「與鄒、魯殊」四字，形擊之。問其故，曰：「孟嘗君招致天下任俠、奸人入薛中，蓋六萬餘家矣。」招致奸人六萬餘，其罪爲何如乎！世之傳孟嘗君好客自喜，名不虛矣。妙妙，更不罵，却已罵絕。

平原君虞卿列傳贊

司馬遷

揚處，實是喜他二人；抑處，實是惜他二人。末窮愁著書，另宕一句，乃寫自家意思。

平原君，翩翩只二字，寫平原如畫。濁世之佳公子也，揚。然未睹大體。連忙便抑。鄙語曰：「利令智昏。」引。平原君貪馮亭邪說，使趙陷長平兵四十餘萬衆，邯鄲幾亡。陷兵四十餘萬，却只說其不睹大體。史公見處，真是過人。虞卿料事揣情，爲趙畫策，何其工也！揚。及不忍魏、齊，卒困于大梁，庸夫且知其不可，況賢人乎？亦連忙便抑。然虞卿非窮愁，亦不能著書，以自見于後世云。另出一筆，爲自家吐氣耳。

信陵君列傳贊

司馬遷

獨津津。

吾過大梁之墟，求問其所謂夷門。夷門者，城之東門也。愛公子，因愛侯生；愛侯生，因愛到夷門。已妙。今並不寫公子與侯生，而單寫夷門，更妙不可言。天下諸公子，亦有喜士者矣；捎着三公子。然信陵君之接岩穴隱者，不恥下交，有以也。獨津津。名冠諸侯，不虛耳。獨津津。高祖每過之，而令民奉祀不絶也。獨津津。

春申君列傳贊　　司馬遷

史公于春申，亦是喜而惜之。獨孟嘗一贊是不喜。

吾適楚，觀春申君故城宫室，盛矣哉！可見史公著書，不獨是筆法到，直是處處足迹到，事事眼力到。初，春申君之説秦昭王，及出身遣太子歸，何其智之明也！亦先揚。後制于李園，旄矣。語曰：「當斷不斷，反受其亂。」春申君失朱英之謂邪？抑。

廉頗藺相如列傳贊　　司馬遷

「勢不過誅」四字，千載無人道破，遂壞無數人品。

知死必勇，四字奇妙，千古賢豪秘訣。非死者難也，處死者難。注上四字又奇妙，千古賢豪分寸都出也。方藺相如引璧睨柱，及叱秦王左右，勢不過誅；輕輕只用四字，寫盡相如心事。然士或怯懦而不敢發。然然。相如一奮其氣，威信敵國，退而讓頗，名重太山。此四句，連讀益妙。其處智勇，可謂兼之矣。應勇處是勇，不應勇處便是智。

田單列傳贊

司馬遷

此是史公自己談兵，然與田單亦極矣。

兵以正合，正。以奇勝。奇。善之者，出奇無窮。奇正還相生，如環之無端。奇正、正奇，無窮。夫始如處女，適人開户，後如脱兔，適不及距，其田單之謂邪！深與之。

魯仲連鄒陽列傳贊

司馬遷

多魯連，悲鄒陽，是史公本色。然又必先抑之，可見其是非不詭于聖人。

魯連其指意雖不合大義，先抑。然余多其在布衣之位，蕩然肆志，不詘于諸侯，談説于當世,折卿相之權。史公本喜如此人。鄒陽辭雖不遜,先抑。然其比物連類,有足悲者,亦可謂抗直不撓矣。史公本憐如此人。吾是以附之列傳焉。可見史公筆墨極自矜貴。

刺客列傳贊

司馬遷

「或成或不成」,筆意蓋注「或不成」也。五人中,獨惜荆軻甚哉。

世言荆軻,其稱太子丹之命,「天雨粟,馬生角」也,太過;于此可見《史記》不誣。又言荆軻傷秦王,皆非也。吾正恨軻何故必欲生劫秦皇?乃古人亦已先惜之耶,史公却不欲附會。始公孫季功、董生與夏無且游,具知其事,爲余道之如是。傳中入夏無且,不意乃爲傳信。自曹沫至荆軻五人,此其義或成或不成;然其立意較然,不欺其志,只重立意不欺,不重成不成,妙妙。名垂後世,豈妄也哉!

范睢蔡澤列傳贊

司馬遷

「説」,又有「力」;「説力」,又論多少。何況學力不論多少乎?後賢讀此,宜發深省。

韓子稱：「長袖善舞，多錢善賈。」信哉，是言也！引。范睢、蔡澤，此四字，只是虛提二人，下並不接。世所謂一切辨士，然游説諸侯至白首無所遇者，非計策之拙，所爲説力少也。袖短錢少也，此是論其常。此「然」字，與下「及」字，俱不照常用。「然」，乃從一切辨士轉，不從二人轉；「及」，亦從一切辨士及，不從無遇及。及二人羈旅入秦，繼踵取卿相，垂功于天下者，固彊弱之勢異也。只此句，是正贊二人。然士亦有偶合，賢者多如此二子，不得盡意，豈可勝道哉！此又是論其變，不勝太息。然二子不困戹，惡能激乎？因太息他人，重又太息二子。筆法出入離合，盡態。

樂毅列傳贊

司馬遷

贊樂毅，而詳述樂臣公授受。言樂毅忠孝之家，而又有學術，固宜省視其後世也。

始齊之蒯通及主父偃，讀樂毅之報燕王書，未嘗不廢書而泣也。只寫蒯通、主父偃，泣其報書，更不再寫樂毅，而已寫盡樂毅。樂臣公學黄帝、老子，其本師號曰河上丈人，不知其所出。「本師」者，師所從出之本也。本師以上，則更不知其所出也。河上丈人教安期生，安期生教毛翕公，毛翕公教樂瑕公，樂瑕公教樂臣公，然則河上丈人乃樂臣公四世師，是故稱曰「本師」。「本師」字出史公手，却是如此用也。樂臣公教蓋公。蓋公教于齊高密、膠西，爲曹相國師。此直寫到樂家門生曹相國，又以樂臣公爲本師也。

屈原賈生列傳贊

司馬遷

先是傾倒其文章，次是痛悼其遭遇，次是歎詫其執拗，末是拜服其邈曠。凡作四折文字，折折都是幽窅、蕭瑟、挺動、扶疏。所謂化他二人生平，作我一片眼淚，更不可分何句是贊屈，何句是贊賈。

余讀《離騷》、《天問》、《招魂》、《哀郢》，悲其志。一折。〇想見史公用心讀書。適長沙，觀屈原所自沉淵，未嘗不垂涕，想見其爲人。一折。〇想見史公異樣高情。及見賈生吊之，又怪屈原，以彼其材游諸侯，何國不容，而自令若是。一折。〇想見史公透骨憐才。讀《鵩鳥賦》，同死生，輕去就，又爽然自失矣。一折。〇此則不知史公乃直說到何處矣，想已立地大悟也。

李斯列傳贊

司馬遷

李斯學出荀卿，荀卿出子夏，其知六藝之歸，非虛也。乃既爲三公，一意持爵禄，爲阿順，聽高邪説，馴致亡秦。傳中純寫趙高事，妙妙。言高之所爲，皆李斯聽之也。末言「不然」，「且與周、召列」，豈非爲子夏門牆致痛耶！

李斯以閭閻歷諸侯，入事秦。因以瑕釁，以輔始皇，卒成帝業。斯爲三公，可謂尊用矣。特下「以閭閻」字、「歷諸侯」字、「入事秦」字，皆寫其少時游學艱苦，爲此「三公」「尊用」一句，致惜致恨也。斯知六藝之歸，不務明政，以補主上之缺，真是可惜，真是可恨。持爵祿之重，阿順苟合，嚴威酷刑，聽高邪說，廢適立庶。諸侯已畔，斯乃欲諫諍，不亦末乎！可見是知六藝、能補缺人。人皆以斯極忠，而被五刑死。察其本，乃與俗議之異。此句，即臚寫趙高事盡入其傳中，爲史公透頂眼力也。不然，斯之功且與周、召列矣。不是浪筆過許，蓋其學所從來，實有如此。胡可勝惜勝恨！

蒙恬列傳贊

司馬遷

史公之痛恨輕百姓力如此，又是得之目擊，故尤切齒。

吾適北邊，自直道歸。史公足迹，無處不到如此。行觀蒙恬所爲秦築長城亭障，塹山堙谷，通直道，固輕百姓力矣。直據親眼所見斷之。夫秦之初滅諸侯，句。○逐句看其筆勢矯矯然。天下之心未定，痍傷者未瘳，句。而恬爲名將，句。不以此時彊諫，振百姓之急，養老存孤，務修衆庶之和，而阿意興功。句。此其兄弟遇誅，不亦宜乎！何乃罪地脈哉？筆有餘恨。

張耳陳餘列傳贊

司馬遷

寫張耳、陳餘，直寫至其賓客，乃至其廝役，尚皆是俊傑卿相。然則張耳、陳餘爲何如人哉？而一旦以利，遂至大隙。甚矣，利之不可輕交！此是史公放聲哭世文。

張耳、陳餘，世傳所稱賢者；其賓客廝役，莫非天下俊傑，所居國無不取卿相者。此非欲抑先揚，乃是説明二人實是豪俊；然一至利，便俱不復免：可見利上真大難。然張耳、陳餘始居約時，相然信以死，豈顧問哉。此方是頓挫。及據國爭雄，卒相滅亡，何鄉者相慕用之誠？後相倍之戾也，豈非以利哉？可大笑，可大哭。寫得最曲折盡意。名譽雖高，賓客雖盛，所由殆與太伯、延陵季子異矣。何遽污太伯、季子？然二人世盛稱其賢者，不請得太伯、季子，亦不伏。

魏豹彭越列傳贊

司馬遷

「智略絶人，獨患無身」，哀哉！如此痛聲，便是史公自己生平，不曾告人之至深裏言也。故寫得特地加倍曲折穠至。

魏豹、彭越雖故賤，然已席卷千里，南面稱孤，喋血乘勝，日有聞矣。此亦非欲抑先揚，乃是説魏、彭二人，其先時體面如此，決是不能更忍囚辱。懷畔逆之意，及敗，不死而虜囚，身被刑戮，何哉？中材已上，且羞其行，況王者乎！此方是頓挫。彼無異故，智略絶人，獨患無身耳。得攝尺寸之柄，其雲蒸龍變，欲有所會其度，以故幽囚而不辭云。「彼無異故」、「以故……不辭」，兩「故」字，真乃深深體帖出來。

黥布列傳贊

司馬遷

看史公痛信因果，因深果熟，隨處便發，故特綴「愛姬」四語。

英布者，其先豈《春秋》所見楚滅英、六，皋陶之後哉[一]？身被刑法，何其拔興之暴也！史公于凡暴興者，必欲曲推其故，正是切戒人不得動心暴興。項氏之所坑殺人以千萬數，而布常爲首虐。功冠諸侯，用此得王，亦不免于身爲世大僇。史公最信因果語。禍之興自愛姬殖，妒冒生患，竟以滅國。千載炯戒。

[一]「皋」，康熙二年刻本作「年」，據康熙十六年增補本改。

淮陰侯列傳贊

司馬遷

史公極貴學道，如此判淮陰不學道，我欲淚下。

吾如淮陰，未作《史記》時，無處不留意如此。《史記》豈是漫作？淮陰人爲余言：韓信雖爲布衣時，其志與衆異。其母死，貧無以葬，然乃行營高敞地，令其旁可置萬家。余視其母冢，良然。贊淮陰，却如補紀淮陰一事。殊不知乃是寫傲岸不能謙讓，自是淮陰天性。故特加「學道」二字。言學道則可變化氣質，而惜淮陰不能。假令韓信學道謙讓，不伐己功，不矜其能，則庶幾哉。于漢家勛可以比周、召、太公之徒，後世血食矣。實是異樣人物，只痛惜其不學道。不學道，便不肯謙讓，便要伐功矜能，便于禍害不旋踵。不務出此，而天下已集，乃謀畔逆，夷滅宗族，不亦宜乎？「不亦宜乎」，只是判其不學道。

韓王信盧綰列傳贊

司馬遷

功名不難，處功名則難。三人之不能熟計，豈獨三人之謂哉。

韓信、盧綰非素積德累善之世，與他細算。徼一時權變，以詐力成功，與他細算。遭漢初定，故得列地，南面稱孤。與他細算。內見疑彊大，外倚蠻貊以爲援，是以日疏自危，與他細算。事窮智困，卒赴匈奴，與他細算。豈不哀哉！只用四字一句，斷盡二人。陳豨，梁人，其少時數稱慕魏公子。與他細算。及將軍守邊，招致賓客而下士，名聲過實。與他細算。周昌疑之，疵瑕頗起，與他細算。懼禍及身，邪人進說，遂陷無道。與他細算。於戲，悲夫！亦只用四字一句，斷盡陳豨。夫計之生熟，句。成敗于人也，深矣！總斷三人。○計熟則成，生則敗。痛此三人皆曾不熟計也。

田儋列傳贊

司馬遷

一贊大半罵蒯通，乃言外不無亦恨淮陰。

甚矣，蒯通之謀，亂齊，驕淮陰，其卒亡此兩人。「兩人」，田横、韓信也。並是異樣人物，却並亡于蒯通一人。故此奮筆只恨蒯通。蒯通者，善爲長短說，論戰國之權變，爲八十一首。書名雋永。通善齊人安期生。安期生嘗干項羽，項羽不能用其策。已而項羽欲封此兩人，兩人終不肯受，亡去。恨蒯通，因爲通小小論著，却又牽出一極無謂之安期生。生即海上食巨棗者也，史公意言並是此輩而已。世上恶有神仙，却乃露意于此。田横之高節，賓客慕義而從横死，豈非至賢？余因而列焉。始贊田横。無不善畫者，莫能圖，何哉？至欲圖其像，寫出十二分景仰。

樊酈滕灌列傳贊

司馬遷

此是三段文字,然三段文字,亦只是中間一段文字也。前是聞此一段文字,後是言此一段文字也。何故如此寫?亦只是心中津津然。

吾適豐、沛,問其遺老,觀故蕭、曹、樊噲、滕公之家,及其素,異哉所聞。聞。○聞下一段話也。○連蕭、曹。方其鼓刀屠狗賣繒之時,豈自知附驥之尾,垂名漢庭,德流子孫哉?無限思量。余與他廣通,爲言高祖功臣之興時,若此云。言。○言上一段話也。○反覆叙述,只爲心中津津然。

傅靳蒯成列傳贊

司馬遷

漢功臣傳中,又有如此筆墨。從來成敗顯没何限,正是史公懊恨處。

陽陵侯傅寬、信武侯靳歙,皆高爵。從高祖起山東,攻項籍,誅殺名將,破軍降城以十數,未嘗困辱,此亦天授也。叙。起山東,至成功,未嘗困辱,而曰「亦天授」,便是不甚相許。蒯成侯周緤操心堅正，身不見疑，此八字是許。上欲有所之，未嘗不垂涕，此有傷心者，「傷心」一句。是許是不許？看下用「然」字轉筆，想爲未大許耳。然可謂篤厚君子矣。

劉敬叔孫通列傳贊

司馬遷

贊劉敬，是贊大漢；贊叔孫，是贊自家。

語曰：「千金之裘，非一狐之腋也；臺榭之榱，非一木之枝也；三代之際，非一士之智也。」信哉！如此起，爲漢作贊，非爲二人作贊也。夫高祖起微細，定海内，謀計用兵，可謂盡之矣。然而劉敬脱輓輅一説，建萬世之安，智豈可專邪？爲漢著語，不爲婁生也。○劉敬，本姓婁。叔孫通希世度務制禮，進退與時變化，卒爲漢家儒宗。「大直若詘，道固委蛇」，蓋謂是乎？此又爲自己哭。

季布欒布列傳贊

司馬遷

二布合傳，不可得其故。及讀至贊，始知是史公快寫胸臆，只是賢者必自「重其死」，又有時「不自重其死」，二意也。

以項羽之氣，加此五字，止爲欲寫成「壯士」一句也。可悟措筆之法矣。而季布以勇顯于楚，身屨典軍搴旗者數矣，可謂壯士。如此寫成季布壯士，却止欲寫其不死也。可悟措筆之法矣。然被刑戮，爲人奴而不死，何其下也。故作罵筆。下更屈曲與之申白。彼必自負其材，故受辱而不羞，欲有所用其未足也，故終爲漢名將。賢者，誠重其死。其言重重沓沓，不啻若自口出。夫婢妾賤人感慨而自殺者，非能勇也，其計畫無復之耳。又反言之，乃愈益明。○想史公作此贊時，最快意。欒布哭彭越，趣湯如歸者，彼誠知所處，不自重其死。又寫一不重其死人，大奇。雖往古烈士，何以加哉！史公凡于人隱忍不死時，必留連不置口。却從不曾説到死又實不足重一意。故知此贊，是其得意煞時。

袁盎鼂錯列傳贊　司馬遷

須知此純是恨袁盎、痛鼂錯。蓋爲袁盎立如此一傳，至贊，却只以「傅會」「變易」四字盡之：總爲極痛鼂錯也。

袁盎雖不好學，亦善傅會，二字盡情。仁心爲質，引義慷慨。此八字二句，即是「傅會」。言其仁義皆傅會也，遂令全傳盡情。遭孝文初立，資適逢世。時以變易，「資」，傅會之資也；「世」，傅會之世也；「變易」，傅會之法也。史公毒眼毒手如此，誰其能逃之者。及吴楚一説，説雖行哉，然復不遂。好聲矜賢，竟以名敗。傳會終有技窮時，此可信天道。〇若好學，必無此也。鼂錯爲家令時，數言事不用；後擅權，多所變更。痛惜語。諸侯發難，不急匡救，欲報私讎，反以亡軀。痛惜語。語曰：「變古亂常，不死則亡。」豈錯等謂邪！到底只是痛惜語。

張釋之馮唐列傳贊

司馬遷

此二傳，本不合。所以爲一傳者，獨爲文帝視臣如友，握手相商，略無間隔也。故引知人視友之語，又歎王道不偏黨。

張季之言長者，「言」，即論也。守法不阿意；不聽帝拜嗇夫爲上林令。馮公之論將率，有味哉，有味哉！論將帥誠無逾馮者，故嗟歎之，又重言之。語曰：「不知其人，視其友。」言豈復君臣，直是好友。看他竟寫作「友」。二君之所稱誦，可著廊廟。《書》曰：「不偏不黨，王道蕩蕩；不黨不偏，王道便便。」張季、馮公近之矣。雖曰張、馮近之，然「蕩蕩」、「便便」語，豈張、馮所當耶？蓋歎漢文也。

萬石張叔列傳贊

司馬遷

讀此贊，想見史公厚道。史公乃心重厚道人，于此大可見。從來人只説史公喜歡豪俠。

仲尼有言:「君子欲訥于言,而敏于行。」其萬石、建陵、張叔之謂邪?是以其教不肅而成,不嚴而治。已是滿足贊過。塞侯微巧,當時有此言。而周文處諂,當時有此言。君子譏之,爲其近于佞也。總上二言。然斯可謂篤行君子矣。仍與贊正。

扁鵲倉公列傳贊

司馬遷

何意讀神醫傳贊,果得度世良方。

女無美惡,居宫見妒;士無賢不肖,入朝見疑。故扁鵲以其伎見殃,神醫傳,却作如此贊,可見此世界不可一朝居。倉公乃匿迹自隱而當刑。緹縈通尺牘,父得以後寧。意思不重「緹縈」,意思全重一「乃」字,細察之。故老子曰:「美好者,不祥之器。」豈謂扁鵲等邪?可歎可畏。若倉公者,可謂近之矣。言倉公如不「匿迹自隱」,雖百緹縈安得生?細思之。

田叔列傳贊

司馬遷

田叔本不足立傳,只爲救孟舒一節,略與史公救李陵同。故特地借來自吐壘塊,其漏泄在「仁與余善」四字也。「故並論之」之爲言,不然亦不必定論也。

孔子稱曰:「居是國也,必聞其政。」田叔之謂乎? 不問,即胡敢言;問而非所宿聞,亦胡可浪言;既蒙問及,宿又稔聞,即又胡敢不言。而何意史公則竟以此觸罪乎? 今文帝忽問長者,而田叔却稔聞孟舒,因而雲中免守,復見召用,事固各有幸不幸也。義不忘賢,明主之美以救過。加一「義」字,言雖獲罪,亦必言也。「明」,明之也;「美」,救過之美也。言主上不知孟舒爲長者誠過,然一聞叔言,即令復守雲中,此救過之美也。仁與余善,余故並論之。筆絲墨綫,直牽動李陵與史公善。○仁,田叔名。

吴王濞列傳贊

司馬遷

由父封吴,自子發難。雖似天意,然自古有格論,斷不可不遵。

吴王之王,由父省也。濞父仲從代王減封郃陽侯,故濞倉卒改封于吴也。能薄賦斂,使其衆,聚亡命。以擅山海利。鑄錢煮鹽也。逆亂之萌,自其子興。爭技發難,卒亡其本;吴太子入侍,與太子飲博爭道,太子引博局提殺之。遂開釁也。親越謀宗,竟以夷隕。結連東越,謀宗國,竟自滅也。○已上再論吴王。鼂錯爲國遠慮,禍反近身。袁盎權說,初寵後辱。已上再論鼂錯。○袁盎只是帶得。故古者諸侯,地不過百里,山海不以封。「毋親夷狄,以疏其屬」,蓋謂吴邪? 悼吴王。「毋爲權首,反受其咎」,豈盎、錯邪? 悼鼂錯。

魏其武安列傳贊

司馬遷

傳雖三人，皆以賓客相傾然。

魏其、武安皆以外戚重，灌夫用一時決策而名顯。魏其之舉以吴楚，武安之貴在日月之際。三人以賓客相傾合傳，此先提過，其功名不論也。然魏其誠不知時變，灌夫無術而不遜，兩人相翼，乃成禍亂。説二人，只是憐惜之。武安負貴而好權，杯酒責望，陷彼兩賢。獨痛責武安。嗚呼哀哉！遷怒及人，命亦不延。衆庶不載，竟被惡言。史公深信因果如此，加「嗚呼哀哉」句，身毛俱竪。嗚呼哀哉！禍所從來矣！再加「嗚呼哀哉」句，言如此事，人世多有，亦不止是武安矣。

韓長孺列傳贊

司馬遷

天子欲相長孺，而竟不得，豈非天命耶？此是一傳結穴處也。贊却又言長孺，又薦壺遂，天子又欲相之而又不得。于是一意只痛惜壺遂，豈不奇甚。

余與壺遂定律曆，觀韓長孺之義，言己與遂同事時，親見韓之薦遂，真高義也。壺遂之深中隱厚。世之言梁多長者，不虛哉。壺遂官至詹事，天子方倚以爲漢相，會遂卒。不然，壺遂之内廉行脩，斯鞠躬君子也。通首只贊壺遂，豈非奇文？

李將軍列傳贊

司馬遷

更不説到才略意氣及數奇不封等事，一意只反覆其死之日，士大夫與百姓知與不知皆哭，妙妙。蓋更説其才略意氣與數奇不封，便止是一人，説亦有限也。

《傳》曰：「其身正，不令而行；其身不正，雖令不從。」其李將軍之謂也。喻意也，不以文害辭。余睹李將軍悛悛如鄙人，口不能道辭。及死之日，天下知與不知，皆爲盡哀。彼其忠實，句。心誠信于士大夫也。言之慨然。諺曰：「桃李不言，下自成蹊。」此言雖小，可以諭大也。言之慨然。

伯夷列傳[一]

司馬遷

每見從來論此文者，多將怨不怨字，説天道無準，以爲史公自抒其憤，此乃大謬。不

[一] 以下十六篇，康熙二年刻本、有正書局本列爲「卷之末」補遺，現移至此。

知此文雖以伯夷名篇，其實乃言自古至今，如伯夷其人，正不知有千千萬萬，只爲不曾經孔子大聖之所表章，便老死于水邊林下，竟以湮没不傳。如此等輩，真可歎息。今伯夷，則又幸而獨遭孔子三翻四覆，説不置口，因而史公亦遂搜拾軼詩，與之立傳也。他如許由，明明有塚，而止爲不經孔子論列，便到底不辨其人有無。何况卞隨、務光而外，連姓名皆不傳者，知有何限、何限。至于後幅，則又特地與此一輩人洗發心地，言世間往往見盜跖以壽終，顔回卒短命，天之爲天，從來顛倒。然則彼其積仁潔行，何曾是有意徼天，實則各人禀性不同，立志又別，固有寧甘枵腹槁項以死，而斷斷不肯少損其潔白者。此自是各人意思所至，並非他人所得而强，故又有「道不同」一段議論。只是此一輩人，便湮没無人傳説者多矣，真是可惜。

夫學者載籍極博，猶考信于六藝。《詩》、《書》雖缺，然虞、夏之文可知也。堯將遜位，讓于虞舜，舜、禹之間，岳牧咸薦，乃試之于位。一難。典職數十年，功用既興，然後授政。二難。示天下重器，王者大統，傳天下若斯之難也。先述《詩》、《書》之難如此，作賓。而説者曰：「堯讓天下于許由，許由不受，恥之逃隱。次述説者之易如此，作主。及夏之時，有卞隨、務光者，又不止一許由。此何以稱焉？」與《詩》、《書》之文大反。何耶？豈世本無許由，而説者妄稱耶？作翻。太史公曰：「余登箕山，其上蓋有許由冢。」云。又真有許由，作正。孔子序列古之仁聖賢人，如吴泰伯、伯夷之倫，詳矣。余以所聞由、光義至高，其文辭不少概見，何哉？此乃正文，非疑辭，乃是深痛由、光不曾被孔子論列。孔子曰：「伯夷、叔齊，不念舊惡，怨是用希」；「求仁得仁，又何怨乎？」此是深幸伯夷却受孔子論列。余悲伯夷之意，睹軼詩可異焉。其《傳》曰：「軼詩」，即采薇之詩也；「其《傳》」，即詩傳也。「伯夷、叔齊，孤竹君之二子也。父欲立叔齊，及父卒，叔齊讓伯夷。伯夷曰：『父命也。』遂逃去。叔齊亦不肯立而逃之。國人立其中子。于是伯夷、叔齊，聞西伯昌善養老，盍往歸焉。及至，西伯卒，武王載木主，號爲文王，東伐紂。伯夷、叔齊叩馬而諫曰：『父死不葬，爰及干戈，可謂孝乎？以臣弑君，可謂仁乎？』左右欲兵之。太公曰：『此義人也。』扶而去之。武王已平殷亂，天下宗周，而伯夷、叔齊恥之，義不食周粟，隱于首陽山，采薇而食之。及餓且死，作歌。其辭曰：『登彼西山兮，采其薇矣。以暴易暴兮，不知其非矣。神農、虞、夏，忽焉没兮，我安適歸矣？吁嗟徂兮，命之衰矣！』遂餓死于首陽山。」詩與傳畢。由此觀之，怨耶，非耶？此特作滑稽之筆，言孔子亦不必論得伯夷果然確，只是名姓却是虧他傳了。或曰：「天道無親，常與善人。」若伯夷、叔齊，可謂善人者非耶？積仁潔行如此，而餓死。已上是説幸而傳，不幸而不傳。已下是説此一輩人立志屹然，不同流俗，雖天道亦不爲動。且七十子之徒，仲尼獨薦顔淵爲好學。然回也屢空，糟糠不厭，而卒早夭。陪一許由，又陪一卞隨、務光，此又陪一顔回。天之報施善人，其何如哉？只是言立志屹然，天亦不能動之，非詈天之辭也。盜跖日殺不辜，肝人之肉，暴戾恣睢，聚黨數千人，横行天下，竟以壽終。是遵何德哉？言盜跖所遵何德。此其尤大彰明較著者也。此句意，言只應從跖，不應如夷、淵所行。若至近世，操行不軌，專犯忌諱，而終身逸樂，富厚累世不絶。或擇地而蹈之，時然後出言，行不由徑，非公正不發憤，而遇禍災者，不可勝數也。余甚惑焉，儻所謂天道，是耶，非耶？只此一段，帶入自己怨憤。然只是説人生世上，有何天道，惟有富貴壽考，當盡力取之耳，如何乃有夷、淵一輩人。子曰：「道不同，不相爲謀。」亦各從其志也。故曰：「富貴如可求，雖執鞭之士，吾亦爲之。如不可求，從吾所好」。「歲寒，然後知松柏之後凋」。舉世混濁，清士乃見。至此方正言，無奈志士仁人立志屹然，必出于此。豈以其重若彼，其輕若此哉？「其重」，求仁也；「其輕」，天下也。「君子疾没世而名不稱焉。」賈子曰：「貪夫殉財，烈士殉名，夸者死權，衆庶馮生」；「同明相照，同類相求」；「雲從龍，風從虎，聖人作而萬物睹」。又概論人各其志，言志士仁人只貴名存天壤也。伯夷、叔齊雖賢，得夫子而名益彰。顔淵雖篤學，附驥尾而行益顯。岩穴之士，趨舍有時若此，類名湮滅而不稱，悲夫！此特深痛操行如伯夷而不遇孔子論列，遂終不傳，乃一篇之正文也。閭巷之人，欲砥行立名者，非附青雲之士，惡能施于後世哉？此又略作怨憤，爲餘波。

匈奴列傳贊

司馬遷

史公不喜武帝窮兵匈奴，然又不敢深論，故特地一筆出，一筆入。

孔氏著《春秋》，隱、桓之間則章，至定、哀之際則微，爲其切當世之文而罔褒，忌諱之辭也。「罔褒」者，言不得不褒，則不如微之也。贊《匈奴傳》，先著此一行，最有意。世俗之言匈奴者，患其徼一時之權，而務謟納其說，以便偏指，不參彼己；將率席中國廣大，氣奮，人主因以決策，是以建功不深。此數十語，逐句含吐。堯雖賢，興事業不成，得禹而九州寧。忽然又撇筆外去。且欲興聖統，唯在擇任將相哉！唯在擇任將相哉！不唯擇將，兼宜擇相，有味哉，有味哉。

衛將軍列傳贊

司馬遷

全傳寫大將軍戰功，至贊忽補寫蘇建語，便使人看大將軍是另一樣氣色。○全首蘇建語，史公只下得「其爲將如此」五字。

蘇建語余曰：「吾嘗責大將軍至尊重，而天下之賢大夫毋稱焉，願將軍觀古名將所招選，擇賢者勉之哉。大將軍謝曰：『自魏其、武安之厚賓客，天子常切齒。彼親附士大夫，招賢絀不肖者，人主之柄也。人臣奉法遵職而已，何與招士！』」驃騎亦放此意，其爲將如此。二將軍之以功名終也，不亦宜乎。

平津侯列傳贊

司馬遷

讀公孫一歎，讀主父又一歎。人生世上，真是業報。

公孫弘行義雖修，然亦遇時。八字胡可勝慨。漢興八十餘年矣，上方鄉文學，招俊乂，以廣儒、墨，弘爲舉首。此只是注上「遇時」句，蓋贊公孫，上八字已盡矣。主父偃當路，諸公皆譽之；及名敗身誅，士爭言其惡。妙妙，只二語寫盡世情。悲夫！「悲」得妙，不特悲爭言其惡，亦悲諸公皆譽也；非悲主父，正悲諸公也。

東越列傳贊

司馬遷

看他突兀提起，看他歷落數去，看他匠心兜轉，只得十數語，却是一篇最酣暢文字。

越雖蠻夷，其先豈嘗有大功德于民哉，何其久也？筆態突兀曲折。○先提，下逐句數去。歷數代常爲君王，數出。句踐一稱伯。數出。然餘善至大逆，滅國遷衆，其先苗裔繇王居股等，猶尚封爲萬户侯，數出。由此知越世世爲公侯矣。先提，次數，此一句鎖住也。蓋禹之餘烈也。上文只了「越雖蠻夷」、「何其久也」，此句又補出其先世大功德也，真正精神酣足之筆。

司馬相如列傳贊

司馬遷

史公極許相如如此，古來文人互相引重，真可敬仰。

《春秋》推見至隱，《易》本隱之以顯；《大雅》言王公大人，而德逮黎庶，《小雅》譏小己之得失，其流及上：所以言雖外殊，其合德一也。高引諸經，殆重許相如矣。相如雖多虚辭濫説，略抑。然其要歸，引之節儉，此與《詩》之風諫何異？極揚。○本有揚雄二十八字，系漢贊，是後人混入，今削去。余采其語可論者，著于篇。明明説「余採而著」，《史通》乃云相如自作，何耶？誠自作，胡不少諱文君事？

淮南衡山列傳贊

司馬遷

通首説淮南、衡山，臨了忽一筆颺開，別説荆楚剽悍。蓋有道後服，無道先彊，史公慮之非一遍矣。

《詩》之所謂：「戎狄是膺，荆舒是懲。」信哉是也。先引文歎。淮南、衡山親爲骨肉，疆土千里，列爲諸侯，一筆。不務遵蕃臣職，以承輔天子，二筆。而專挾邪僻之計，謀爲畔逆，三筆。仍父子再亡國，各不終其身，爲天下笑。四筆[一]。此非獨王過也，亦其俗薄，臣下漸靡使然也。五筆。○楚地剽悍，史公便亦作此剽悍之筆，大奇大奇。夫荆楚剽勇輕悍，好作亂，乃自古記之矣。此

[一]「四筆」，各本皆脱，據上下批語擬補。

句在傳外自結，史公無限深意。

循吏列傳贊

司馬遷

史公真是本論，便與孔子意旨一樣。

法令所以道民也，刑罰所以禁奸也。文武不備，良民懼；略予，下便疾轉筆。然身修者，官未曾亂也。妙語，耐人十日思，乃至終身思。奉職循理，亦可以爲治，何必威嚴哉？仁人之言，真乃藹如。○史公最是出奇，贊荆楚剽悍，便作剽悍之筆；贊循吏婉藹，便作婉藹之筆。其手腕中，直是無所不有。

孫叔敖出一言，郢市復。子産病死，鄭民號哭。公儀子見好布，而家婦逐。石奢縱父而死，楚昭名立。李離過殺而伏劍，晉文以正國法。叶韵，而句法如斷鐵。

汲鄭列傳贊

司馬遷

汲、鄭傳中，並不説及賓客勢利，不過贊尾略帶一語，而全贊乃獨發此。恐嫌未盡情事，故特攙入下邽翟公，補寫教暢。

夫以汲、鄭之賢，筆有層折。有勢則賓客十倍，無勢則否，況衆人乎！筆有層折。○下忽無端另入一下邽翟公，疏奇之甚。下邽翟公有言，始翟公爲廷尉，賓客闐門；及廢，門外可設雀羅。翟公復爲廷尉，賓客欲往，翟公乃大署其門曰：「一死一生，乃知交情。一貧一富，乃知交態。一貴一賤，交情乃見。」分明翟公小傳。汲、鄭亦云，蘇長公純寫東方朔贊，贊李太白，其法却出于此。悲夫！「悲夫」妙，非悲汲、鄭，悲賓客也。

酷吏列傳贊

司馬遷

酷吏何足又數，然史公既于叙起時，引孔子、老氏發端，言德薄刑苛，吏必不可爲矣。至于贊，則又表其各亦有長。此真所謂不隱惡，不没善，爲良史之遺法也。

自郅都、杜周十人者，此皆以酷烈爲聲。先一句總其酷。然郅都伉直，引是非，爭天下大體。張湯以知陰陽，人主與俱上下，時數辨當否，國家賴其便。趙禹時據法守正，杜周從諛，以少言爲重。自張湯死後，網密，多詆嚴，官事浸以耗廢。九卿碌碌奉其官，救過不贍，何暇論繩墨之外乎！然此十人中，其廉者足以爲儀表，其污者足以爲戒。方略教導，禁奸止邪，一切亦皆彬彬質有其文武焉。雖慘酷，斯稱其位矣。史公不没人善如此，其斯爲良史者也。至若蜀守馮當暴挫，廣漢李貞擅磔人，東郡彌僕鋸項，天水駱璧推減，河東褚廣妄殺，京兆無忌、馮翊殷周蝮鷙，水衡閹奉朴擊賣請：何足數哉！何足數哉！既不足數，又留其名與後人罵。

大宛列傳贊

司馬遷

《禹本紀》言：「河出崑崙。崑崙其高二千五百餘里，日月所相隱避爲光明也。其上有醴泉、瑶池。」今自張騫使大夏之後也，窮河源，惡睹本紀所謂崑崙者乎！故言九州山川，《尚書》近之矣。至《禹本紀》、《山海經》所有怪物，余不敢言之也。

老子韓非列傳贊

司馬遷

老子所貴道，虚無，因應變化于無爲。故著書辭，稱微妙難識。莊子散道德，放論，要亦歸之自然。申子卑卑，施之于名實。韓子引繩墨，切事情，明是非，其極慘礉少恩。皆原于道德之意，而老子深遠矣。

游俠列傳贊

司馬遷

吾觀郭解，狀貌不及中人，言語不足採者。然天下無賢與不肖，知與不知，皆慕其聲，言俠者皆引以爲名。諺曰：「人貌榮名，豈有既乎！」於戲，惜哉！

滑稽列傳贊

司馬遷

天道恢恢，豈不大哉！談言微中，亦可以解紛。○淳于髡仰天大笑，齊威王横行。優孟摇頭而歌，負薪者以封。優旃臨檻疾呼，陛楯得以半更。豈不亦偉哉！

佞幸列傳贊

司馬遷

諺曰：「力田不如逢年，善仕不如遇合。」固無虚言。非獨女以色媚，而仕宦亦有之。昔以色幸者多矣。至漢興，高祖至暴抗也，然籍孺以佞幸；孝惠時有閎孺。此兩人非有材能，徒以婉佞貴幸，與上卧起，公卿皆因關説。故孝惠時，郎侍中皆冠鵕鸃貝帶，傅脂粉，化閎、籍之屬也。太史公曰：「甚哉，愛憎之時，彌子瑕之行，足以觀後人佞幸矣。雖百世可知也。」

三代世表

司馬遷

五帝、三代之記，尚矣。自殷以前，諸侯不可得而譜；周以來，乃頗可著。孔子因史文次

《春秋》，紀元年，正時日月，蓋其詳哉。至于序《尚書》則略，無年月；或頗有，然多缺，不可録。故疑則傳疑，蓋其慎也。余讀牒記，黄帝以來，皆有年數。稽其歷，譜牒終始，五帝之傳，古文咸不同，乖異。夫子之弗論次其年月，豈虚哉？于是以《五帝繫牒》、《尚書》集世，紀黄帝以來，訖共和爲《世表》。

天下才子必讀書卷之八

西漢文

太史公自序

司馬遷

此篇于《史記》爲序，于太史公，便是自己列傳也。故其大旨，只須前兩行已盡，後與壺遂兩番往復畢，却又忽然叙事者，正是其列傳體也。

太史公曰：「先人有言：『自周公卒，五百歲而有孔子。推尊孔子，却從周公起者，孔子空言，周公實事。空言本即實事也。孔子卒後，至于今五百歲，有能紹明世，正《易傳》，繼《春秋》，本《詩》、《書》、《禮》、《樂》之際？』意在斯乎！意在斯乎！小子何敢讓焉。」妙妙。只得一句話，矢口吐出，便是一篇文字已畢。下乃與壺大夫反覆耳。上大夫壺遂曰：「昔孔子何爲而作《春秋》哉？」太史公曰：「余聞董生曰：又必本之董生，猶孔子之必連左氏爲辭。『周道衰廢，孔子爲魯司寇，諸侯害之，大夫壅之。孔子知言之不用、道之不行也，是非二百四十二年之中，以爲天下儀表，貶天子，退諸侯，討大夫，以達王事而已矣。』一句，斷盡《春秋》。已下，極歎《春秋》一書之大。子曰：『我欲載之空言，不如見之于行事之深切著明也。』夫《春秋》，上明三王之道，下辨人事之紀，別嫌疑，明是非，定猶豫，善善惡惡，賢賢賤不肖，存亡國，繼絶世，補敝起廢，王道之大者也。極歎《春秋》一書之大。《易》著天地、陰陽、四時、五行，故長于變；陪説《易》。《禮》經紀人倫，故長于行；陪説《禮》。《書》記先王之事，故長于政；陪説《書》。《詩》記山川、溪谷、禽獸、草木、牝牡、雌雄，故長于風；陪説《詩》。《樂》樂所以立，故長于和；陪説《樂》。《春秋》辨是非，故長于治人。正説到《春秋》。是故《禮》以節人，《樂》以發和，《書》以道事，《詩》以達意，《易》以道化，《春秋》以道義。再將衆經，與《春秋》結束一通。撥亂世，反之正，莫近于《春秋》。已下獨説《春秋》。《春秋》文成數萬，其指數千，萬物之散聚，皆在《春秋》。隱括《春秋》全部文字。《春秋》之中，弑君三十六，亡國五十二，諸侯奔走不得保其社稷者，不可勝數。察其所以，皆失其本已。故《易》曰：『失之毫釐，差以千里。』故曰：『臣弑君，子弑父，非一旦一夕之故也，其漸久矣。』隱括《春秋》全部事迹。故有國者不可以不知《春秋》，前有讒而弗見，後有賊而不知。極歎《春秋》。爲人臣者不可以不知《春秋》，守經事而不知其宜，遭變事而不知其權。極歎《春秋》。爲人君父而不通于《春秋》之義者，必蒙首惡之名。爲人臣子而不通于《春秋》之義者，必陷篡弑之誅，死罪之名。添四字，句法更健。其實皆以爲善，妙。爲之不知其義，被之空言而不敢辭。妙。猶言實本爲善，而不知其義則陷于咎也。夫不通禮義之旨，至于君不君，臣不臣，父不父，子不子。君不君則犯，臣不臣則誅，父不父則無道，子不子則不孝。此四行者，天下之大過也。以天下之大過予之，則受而弗敢辭。故《春秋》者，禮義之大宗也。妙妙。極歎《春秋》至此，方是宣尼心事。夫禮，禁未然之前；法，施已然之後。法之所爲用者，易見；而禮之所爲禁者，難知。」讀此，方悟周公制禮，乃《春秋》粉本。妙哉，妙哉！壺遂曰：「孔子之時，上無明君，下不得任用，故作《春秋》，垂空文以斷禮義，當一王之法。今夫子上遇明天子，下得守職，萬事既具，咸各序其宜，夫子所論，欲以何明？」再反覆。○必須反覆，不然，後來終是被人點檢。太史公曰：「唯唯，否否，不然。疊用「唯唯，否否，不然」，妙。「唯唯」，姑應之也；「否否」，略折之也；「不然」，重特伸明之也。余聞之先人曰：『伏羲至純厚，作《易》八卦；堯、舜之盛，《尚書》載之，禮樂作焉；湯、武之隆，詩人歌之。《春秋》采善貶惡，推三代之德，褒周室，非獨刺譏而已也。』此言《春秋》與衆經一體，俱爲至純厚、至隆盛之書，先非刺譏之文。漢興以來，至明天子，獲符瑞，封禪，改正朔，易服色，受命于穆清，澤流罔極。海外殊俗，重譯款塞，請來獻見者，不可勝道。臣下百官力誦聖德，猶不能宣盡其意。言不可不載。且士賢能而不用，有國者之恥；此句賓。主上明聖而德不布聞，有司之過也。此句主。且余嘗掌其官，廢明聖盛德不載，一。滅功臣世家賢大夫之業不述，二。墮先人所言，三。罪莫大焉。余所謂述故事，整齊其世傳，非所謂作也，而君比之于《春秋》，謬矣。」自言《史記》純厚。于是論次其文，七年而太史公遭李陵之禍，可見太史公未遭禍前，已作《史記》，特未卒業。幽于縲紲。忽叙事。乃喟然而歎曰：「是余之罪也夫！是余之罪也夫！身毀不用矣。」至此只三四行，叙得却最曲折。退而深惟曰：「夫《詩》、《書》隱約者，欲遂其志之思也。昔西伯拘羑里，演《周易》；孔子厄陳、蔡，作《春秋》；屈原放逐，著《離騷》；左丘失明，厥有《國語》；孫子臏脚，而論兵法；不韋遷蜀，世傳《吕覽》；韓非囚秦，《説難》《孤憤》；《詩》三百篇，大抵賢聖發憤之所爲作也。此人皆意有所鬱結，不得通其道也，故述往事，思來者。」于是卒述陶唐以來，至于麟止，自黄帝始。何等筆力。

酷吏傳序

司馬遷

短幅，却作三段文字。第一段，引孔、老本論，以「信哉是言」結；第二段，痛亡秦密網，以「非虚言也」結；第三段，頌漢興尚寬，以「由是觀之」結：筆態奇特之甚。

孔子曰：「道之以政，齊之以刑，民免而無恥；道之以德，齊之以禮，有恥且格。」引孔本論。老氏稱：「上德不德，是以有德；下德不失德，是以無德。法令滋章，盜賊多有。」引老本論。太史公曰：「信哉，是言也！法令者，治之具，而非制治清濁之源也。總贊孔、老本論，慨然有味其言。昔天下之網嘗密矣，「昔天下」，秦天下也。自此至「非虚言也」，乃是一氣轉落成句，並無正反曲折。然奸僞萌起，其極也，上下相遁，至于不振。驗「網密」之禍如此。當是之時，「當是之時」，秦時也。吏治若救火揚沸，秦吏治也。非武健嚴酷，惡能勝其任而愉快乎？下「勝任」字，已可恨；又下「愉快」字，寫盡秦吏治之慘酷。言道德者，溺其職矣。言當秦時，孔、老之言，豈復信哉。故曰：『聽訟，吾猶人也，必也，使無訟乎。』『下士聞道，大笑之。』非虚言也。雜引二聖人語合作一句，妙。

猶言若説無訟便大笑之也。蓋當秦時真有如此。漢興，破觚而爲圜，斲雕而爲朴，此言「道之以德」，「上德不德」。網漏于吞舟之魚，而吏治烝烝，不至于奸，黎民乂安。妙妙。言寧漏大奸，此漢之寬，然終馴至于無奸。由是觀之，在彼不在此也。」妙妙，言有盡而味無窮。孔、老本論，胡可忽耶？

報任安書

司馬遷

學其疏暢，再學其鬱勃；學其紆迴，再學其直注；學其闊略，再學其細瑣；學其徑遂，再學其重複。一篇文字，凡作十來番學之，恐未能盡也。

太史公牛馬走司馬遷再拜言。看他自稱，必本其父，便是作《史記》之本。少卿足下：任安字。曩者辱賜書，教以慎于接物，推賢進士爲務。二句，任安來書。意氣懃懃懇懇，若望僕不相師，而用流俗人之言。「望」，怨也。二句，任安書中意。僕非敢如此也。一句辨過，下更詳辨。僕雖罷駑，「雖」，一曲。亦嘗側聞長者之遺風矣。「亦嘗」，一曲。顧自以爲身殘處穢，動而見尤，欲益反損，「顧自以爲」，一曲。是以獨抑鬱而誰與語。「是以」，一曲。諺曰：「誰爲爲之？孰令聽之？」蓋鍾之期死，伯牙終身不復鼓琴。「諺曰」，一曲。何則？士爲知己者用，女爲説己者容。「何則」，一曲。若僕大質已虧缺矣，雖材懷隨、和，行若由、夷，終不可以爲榮，適足以見笑而自點耳。「若僕」，一曲。看他先作如許多曲。書辭宜答，會東從上來，又迫賤事，相見日淺，卒卒無須臾之間，得竭志意。說前所以不答之故。今少卿抱不測之罪，涉旬月，迫季冬，安爲戾太子事，更旬月後便當就刑。「季冬」，言刑日也。僕又薄從上雍，恐卒然不可爲諱，是僕終已不得舒憤懣以曉左右，則長逝者魂魄，私恨無窮。說今所以答之故。請略陳固陋。今答。闕然久不報，前不答。幸勿爲過。已上先作如許多曲，妙。看他一片心事更無處明，而欲明向將死之友。此等處，可以想見古人交情。僕聞之：修身者，智之符也；愛施者，仁之端也；取予者，義之表也；恥辱者，勇之決也；立名者，行之極也。士有此五者，然後可以托于世，而列于君子之林矣。先特標「五者」，言有此，始得列于士林，以反已之無復有此。是爲大辱極憤，發筆最是有勢。故禍莫憯于欲利，悲莫痛于傷心，行莫醜于辱先，詬莫大于宮刑。急承此四語，與上五者正極反。刑餘之人，無所比數，非一世也，所從來遠矣。獨縷縷切恨宮刑。昔衛靈公與雍渠同載，孔子適陳；商鞅因景監見，趙良寒心；同子參乘，袁絲變色：自古而恥之。縷縷切恨宮刑。夫中材之人，事有關于宦豎，莫不傷氣，而況于慷慨之士乎？縷縷切恨宮刑。如今朝廷雖乏人，奈何令刀鋸之餘，薦天下之豪俊哉！縷縷切恨宮刑。○此非辭來書「推賢進士」一語，正借書語，以發其心中切恨宮刑耳。僕賴先人緒業，得待罪輦轂下，二十餘年矣。所以自惟，上之不能納忠效信，有奇策材力之譽，自結明主；「上之」。次之又不能拾遺補闕，招賢進能，顯岩穴之士；「次之」。外之不能備行伍，攻城野戰，有斬將搴旗之功；「外之」。下之不能積日累勞，取尊官厚祿，以爲宗族交游光寵。「下之」。四者無一遂，苟合取容，無所短長之效，可見于此矣。鄉者，僕亦嘗厠下大夫之列，陪奉外廷末議，不以此時引綱維，盡思慮，此一段，是自咎未被宮刑前。今已虧形爲掃除之隸，在闒茸之中，乃欲仰首伸眉，論列是非，不亦輕朝廷，羞當世之士耶？此一段，仍是切恨宫刑。因切恨，故言之縷縷，非反覆辭「推賢進士」也。嗟乎！嗟乎！如僕尚何言哉！尚何言哉！加此一筆，切恨之至。且事本末未易明也。重發筆起。僕少負不羈之行，長無鄉曲之譽。主上幸以先人之故，使得奏薄伎，出入周衛之中。僕以爲戴盆何以望天，故絶賓客之知，忘室家之業，日夜思竭其不肖之才力，務一心營職，以求親媚于主上。自明初意如許。而事乃有大謬不然者！落。夫僕與李陵，俱居門下，素非能相善也。趣舍異路，未嘗銜杯酒，接殷勤之餘歡，先明與陵無舊好。然僕觀其爲人，自守奇士：事親孝，與士信，臨財廉，取與義，分别有讓，恭儉下人，常思奮不顧身，以殉國家之急。其素所蓄積也，僕以爲有國士之風。次明于陵有獨賞。夫人臣出萬死不顧一生之計，赴公家之難，斯已奇矣。一振。今舉事一不當，而全軀保妻子之臣，隨而媒蘖其短。僕誠私心痛之。一落。此先略叙，下更詳叙。且李陵又振。提步卒不滿五千，詳。深踐戎馬之地，足歷王庭，垂餌虎口，横挑彊胡，仰億萬之師，與單于連戰十有餘日，所殺過當。虜救死扶傷不給，詳。旃裘之君長咸震怖，乃悉徵其左右賢王，舉引弓之人，一國共攻而圍之。詳。轉鬥千里，矢盡道窮，救兵不至，士卒死傷如積。詳。然陵一呼勞軍，士無不起，躬自流涕，沫血飲泣，更張空拳，冒白刃，北嚮爭死敵者。詳。陵未没時，使有來報，漢公卿王侯皆奉觴上壽。詳。故意寫出公卿王侯醜狀。後數日，陵敗書聞，主上爲之食不甘味，聽朝不怡，大臣憂懼，不知所出。詳。故意寫出。已上詳叙李陵。僕竊不自料其卑賤，見主上慘愴怛悼，誠欲效其款款之愚。以爲李陵素與士大夫絶甘分少，能得人之死力，雖古之名將，不能過也。身雖陷敗，彼觀其意，且欲得其當而報于漢。事已無可奈何，其所摧敗，功亦足以暴于天下矣。詳。僕懷欲陳之，而未有路，適會召問，即以此指，推言陵之功。欲以廣主上之意，塞睚眦之辭。詳。未能盡明，明主不曉，以爲僕沮貳師，而爲李陵游説，遂下于理。詳。拳拳之忠，終不能自列，因爲誣上，卒從吏議。詳。家貧，貨賂不足以自贖；交游莫救，視左右親近不爲一言。詳。悉是故意寫出。身非木石，獨與法吏爲伍，深幽囹圄之中，誰可告訴者！詳。○已上詳叙自己。此真少卿所親見，僕行事豈不然乎？又落。李陵既生降，頹其家聲，而僕又佴之蠶室，重爲天下觀笑。悲夫！悲夫！事未易一二爲俗人言也。雙寫陵與己一樣不能與俗人説，結盡上許多詳叙之文。僕之先，非有剖符丹書之功；文史星曆，近乎卜祝之間，固主上所戲弄，倡優所畜，流俗之所輕也。此非自謙，乃再發筆起，明所以不自引決有故。假令僕伏法受誅，若九牛亡一毛，與螻蟻何以異？而世俗又不與能死節者次比，特以爲智窮罪極，不能自免，卒就死耳。何也？素所自樹立使然也。假令引決，則人不過云云。人固有一死，死或重于泰山，或輕于鴻毛，用之所趣異也。結過不肯引決。下重叙被辱，説終不引決。太上不辱先，其次不辱身，其次不辱理色，其次不辱辭令，其次詘體受辱，其次易服受辱，其次關木索、被箠楚受辱，其次剔毛髮、嬰金鐵受辱，其次毀肌膚、斷肢體受辱，最下腐刑極矣！層次而下，説已被辱爲極。《傳》曰：「刑不上大夫。」此言士節不可不勉勵也。曲一筆，言此是太師之言，乃非今日之謂。猛虎在深山，百獸震恐；本是常理。及在檻穽之中，摇尾而求食，積威約之漸也。無奈至此。故士有劃地爲牢，勢不可入，削木爲吏，議不可對，定計于鮮也。本是常理。今交手足，受木索，暴肌膚，受榜箠，幽于圜牆之中。當此之時，見獄吏則頭搶地，視徒隸則心惕息。何者？積威約之勢也。無奈至此。及以至是，言不辱者，所謂强顔耳，曷足貴乎？結上，言引決亦無及。且西伯，伯也，拘于羑里；李斯，相也，具于五刑；淮陰，王也，受械于陳；彭越、張敖，南面稱孤，繫獄抵罪；絳侯誅諸吕，權傾五伯，囚于請室；魏其，大將也，衣赭衣，關三木；季布爲朱家鉗奴；灌夫受辱于居室。此人皆身至王侯將相，聲聞鄰國，及罪至罔加，不能引決自裁，在塵埃之中。古今一體，安在其不辱也？歷引被辱古人自證。由此言之，勇怯，勢也；强弱，形也。審矣，何足怪乎？夫人不能早裁繩墨之外，以稍陵遲，至于鞭箠之間，乃欲引節，斯不亦遠乎！古人所以重施刑于大夫者，殆爲此也。何貴引決。○已上言不必引決，其文止此。下再發筆起，説不引決，乃更有所欲爲。夫人情，莫不貪生惡死，念父母，顧妻子。至激于義理者不然，乃有所不得已也。此特表引決，人能如此。今僕不幸，早失父母，無兄弟之親，獨身孤立，少卿視僕于妻子何如哉？且勇者不必死節，怯夫慕義，何處不勉焉？僕雖怯懦欲苟活，亦頗識去就之分矣，何至沉溺縲紲之辱哉！且夫臧獲婢妾，猶能引決，況僕之不得已乎？此特表己亦非不能引決者。所以隱忍苟活，幽于糞土之中而不辭者，恨私心有所未盡，鄙陋没世，而文采不表于後世也。説出作《史記》一段意思。古者富貴而名磨滅，不可勝紀，唯倜儻非常人之稱焉。先虚提一筆。蓋文王拘而演《周易》；仲尼厄，而作《春秋》；屈原放逐，乃賦《離騷》；左丘失明，厥有《國語》；孫子臏脚，兵法修列；不韋遷蜀，世傳《吕覽》；韓非囚秦，《説難》《孤憤》；《詩》三百篇，大抵聖賢發憤之所爲作也。此人皆意有所鬱結，不得通其道，故述往事，思來者。廣引被辱著書之人。乃如左丘無目，孫子斷足，終不可用，退而論書策，以舒其憤，思垂空文以自見。又獨舉左氏、孫子者，上是廣引，此是特因其廢疾與己同，因遂言著書宜與之一例也。僕竊不遜，近自托于無能之辭，網羅天下放失舊聞，略考其行事，總其終始，稽其成敗興壞之紀，上計軒轅，下至于兹。爲十表，本紀十二，書八章，世家三十，列傳七十，凡百三十篇。亦欲以究天地之際，通古今之變，成一家之言。草創未就，會遭此禍，惜其不成，是以就極刑而無愠色。説出不肯引決，本心如此。僕誠已著此書，藏之名山，傳之其人，通邑大都，則僕償前辱之責，雖萬被戮，豈有悔哉！快意語，言之自豪。然此可爲智者道，難爲俗人言也。再加一句，總是罵盡俗人。且負下未易居，下流多謗議。再發筆起。僕以口語，會遭此禍，重爲鄉黨所戮笑，以污辱先人，亦何面目復上父母之丘墓乎？雖累百世，垢彌甚耳！是以腸一日而九迴，居則忽忽若有所亡，出則不知其所往。每念斯恥，汗未嘗不發背沾衣也！言如此，便應逃遁遠去。身直爲閨閤之臣，寧得自引深藏岩穴耶？故且從容浮沉，與時俯仰，以通其狂惑。言不得逃遁遠去者，只因久係閨閤之臣，故不能自主耳，豈真得位行道于斯。今少卿乃教以推賢進士，無乃與僕私心刺謬乎？答任安畢。今雖欲自雕琢，曼辭以自飾，句。無益，句。于俗不信，適足取辱耳。自注「無益」。要之，死日然後是非乃定。仍是自豪語。書不能悉意，略陳固陋。胸中鬱勃多，故如此反覆明暢，尚自謂略陳不悉。謹再拜。

答蘇武書

李　陵

相其筆墨之際，真是蓋世英傑之士。身被至痛，銜之甚深，一旦更不能自含忍，于是開喉放聲，平吐一場。看其段段精神，筆筆飛舞，除少卿自己，實乃更無餘人可以代筆。昔人或疑其僞作，此大非也。

子卿足下：勤宣令德，策名清時，榮問休暢，幸甚！幸甚！先勞子卿，畢。遠托異國，昔人所悲；望風懷想，能不依依？昔者不遺，遠辱還答，慰誨勤勤，有逾骨肉；陵雖不敏[一]，能不慨然？次謝遺書，畢。自從初降，以至今日，身之窮困，獨坐愁苦。終日無睹，但見異類。韋韝毳幕，以禦風雨；羶肉酪漿，以充飢渴。舉目言笑，誰與爲歡？胡地玄冰，邊土慘裂，但聞悲風蕭條之聲。涼秋九月，塞外草衰。夜不能寐，側耳遠聽，胡笳互動，牧馬悲鳴，吟嘯成群，邊聲四起。晨坐聽之，不覺淚下。嗟乎，子卿！陵獨何心，能不悲哉！次寫自初降至今日，景況之慘。與子別後，益復無聊。上念老母，臨年被戮；妻子無辜，並爲鯨鯢；身負國恩，爲世所悲。子歸受榮，我留受辱。命也，如何？身出禮義之鄉，而入無知之俗；違棄君親之恩，長爲蠻夷之域。傷已！令先君之嗣，更成戎狄之族，又自悲矣！次寫無數冤毒在心。功大罪小，不蒙明察，孤負陵心區區之意。每一念至，忽然忘生。陵不難刺心以自明，刎頸以見志；顧國家于我已矣，殺身無益，適足增羞。故每攘臂忍辱，輒復苟活。次明不自引決之故。左右之人，見陵如此，以爲不入耳之歡，來相勸勉。異方之樂，祇令人悲，增

[一]「雖」，康熙二年刻本作「誰」，據《評注才子古文》、有正書局本改。

忉怛耳。次寫忽忽之狀，非人所得解勸。嗟乎，子卿！人之相知，貴相知心。前書倉卒，未盡所懷，故復略而言之。自此以下，重叙戰敗降胡之事，段段精神。昔先帝授陵步卒五千，出征絶域；少卒。五將失道，陵獨遇戰。失援。而裹萬里之糧，帥徒步之師；出天漢之外，入彊胡之域；以五千之衆，對十萬之軍；策疲乏之兵，當新羈之馬。寫得何等精神。然猶斬將搴旗，追奔逐北；滅迹掃塵，斬其梟帥。三軍之士，視死如歸。陵也不才，希當大任。意謂此時，功難堪矣。特作此飛舞之筆。匈奴既敗，舉國興師，更練精兵，强逾十萬。單于臨陣，親自合圍。客主之形，既不相如；步馬之勢，又甚懸絶。疲兵再戰，一以當千，然猶扶乘創痛，決命爭首。寫得何等精神。死傷積野，餘不滿百；而皆扶病，不任干戈。段段特作此飛舞之筆。然陵振臂一呼，創病皆起，舉刃指虜，胡馬奔走。兵盡矢窮，人無尺鐵，猶復徒首奮呼，爭爲先登。當此時也，天地爲陵震怒，戰士爲陵飲血。單于謂陵不可復得，便欲引還。寫得何等精神。而賊臣教之，遂便復戰，故陵不免耳。叙敗。皆是飛舞之筆。昔高皇帝以三十萬衆，困于平城。當此之時，猛將如雲，謀臣如雨，然猶七日不食，僅乃得免，況當陵者，豈易爲力哉？引高帝，正是自寫，精神之極。而執事者云云，苟怨陵以不死。然陵不死，罪也。隨手曲折。子卿視陵，豈偷生之士，而惜死之人哉？最精神之筆。寧有背君親、捐妻子，而反爲利者乎？最精神之筆。然陵不死，有所爲也。故欲如前書之言，報恩于國主耳。誠以虚死不如立節，滅名不如報德也。寫得何等精神。昔范蠡不殉會稽之恥，曹沫不死三敗之辱，卒復勾踐之仇，報魯君之羞。區區之心，竊慕此耳。何圖志未立，而怨已成；計未從，而骨肉受刑。此陵所以仰天椎心而泣血也。寫得何等精神。足下又云：「漢與功臣不薄。」子爲漢臣，安得不云爾乎？隨手曲折。昔蕭、樊囚縶，蕭何、樊噲。韓、彭葅醢，韓信、彭越。鼂錯受戮，周、魏見辜。周勃、魏其。其餘佐命立功之士，賈誼、亞夫之徒，皆信命世之才，抱將相之具，而受小人之讒，並受禍敗之辱，卒使懷才受謗，能不得展。彼二子之遐舉，誰不爲之痛心哉？筆筆作飛舞之勢。陵先將軍，功略蓋天地，義勇冠三軍，徒失貴臣之意，剄身絕域之表。此功臣義士所以負戟而長歎者也，何謂「不薄」哉？上泛舉諸臣，此又忽入李廣，筆筆作飛舞之勢。且足下昔以單車之使，適萬乘之虜。遭時不遇，至于伏劍不顧，流離辛苦，幾死漠北之野。丁年奉使，皓首而歸；老母終堂，生妻去帷。此天下所希聞，古今所未有也。隨手曲折。蠻貊之人，尚猶嘉子之節，況爲天下之主乎？隨手曲折。陵謂足下當享茅土之薦，受千乘之賞。隨手曲折。聞子之歸，賜不過二百萬，位不過典屬國，無尺土之封，加子之勤。而妨功害能之臣，盡爲萬户侯；親戚貪佞之類，悉爲廊廟宰。又另添二語。子尚如此，陵復何望哉？此又忽入子卿自己，筆筆作飛舞之勢。且漢厚誅陵以不死，薄賞子以守節；欲使遠聽之臣望風馳命，此實難矣。所以每顧而不悔者也。何等精神。陵雖孤恩，漢亦負德。八字何等精神。昔人有言：「雖忠不烈，視死如歸。」陵誠能安，而主豈復能眷眷乎？男兒生以不成名，死則葬蠻夷中，誰復能屈身稽顙，還向北闕，使刀筆之吏，弄其文墨耶？何等精神，筆筆飛舞而起。願足下勿復望陵。嗟乎，子卿！夫復何言？相去萬里，人絕路殊。生爲別世之人，死爲異域之鬼。長與足下，生死辭矣。何等精神。幸謝故人，勉事聖君。「故人」，謂在朝諸臣，如任立政、霍光、上官桀等。足下胤子無恙，勿以爲念。武在匈奴娶胡婦，生子，名通國。努力自愛[一]。時因北風，復惠德音。望後書也。李陵頓首。

上諫吴王書

枚　乘

此文並不提起吴王何事，只是心急瞀亂，連瑣自説。亦不見其頭，亦不見其尾，亦不見其轉遞過接，却自是渾然元氣之筆。

臣聞：「得全者全昌，失全者全亡。」「得全」，全得也；「失全」，全失也。此段憑空起筆。舜無立錐之地，以有天下；禹無十户之聚，以王諸侯。湯武之地不過百里，上不絶三光之明，下不傷百姓之心者，有王術也。此段突然引古。看他「湯武」句不配「舜」、「禹」句，却自成渾然一片。故父子之道，天性也；忠臣不避重誅以直諫，則事無遺策，功流萬世。臣乘願披腹心而效愚忠，惟大王少加意，念惻怛之心于臣乘言。此段入己切諫。看他斜插「父子天性」句，意言君臣理同，却不甚明白，然誦之又自成渾然。夫以一縷之任，繫千鈞之重，上懸無極之高，下垂不測之淵，雖甚愚之人，猶知哀其將絶也。馬方駭，鼓而驚之；繫方絶，又重鎮之。繫絶于天，不可復結；隊入深淵，難以復出。其出不出，間不容髪。此段以繫絶爲喻，中忽插馬驚二句，却不照顧。能聽忠臣之言，百舉

[一]「努」，康熙二年刻本等作「弩」，據有正書局本改。

必脱。必若所欲爲，危于累卵，難于上天；變所欲爲，易于反掌，安于泰山。今欲極天命之壽，敝無窮之樂，救萬乘之勢[二]，不出反掌之易；以居泰山之安，而欲乘累卵之危，走上天之難：此愚臣之所以大惑也。此段忽又欲作排調。人性有畏其景而惡其迹者，却背而走，迹愈多，景愈疾，不如就陰而止，景滅迹絶。欲人勿聞，莫若勿言；欲人勿知，莫若勿爲。此段忽然入喻，忽接正意。欲湯之凉，一人炊之，百人揚之，無益也，不如絶薪止火而已。不絶之于彼，而救之于此，譬猶抱薪而救火也。此段忽又入喻，忽又接正意，句脚又帶一喻，却非復上喻，衹是字面同。養由基，楚之善射者也，去楊葉百步，百發百中。楊葉之大，加百中焉，可謂善射矣。然其所止，乃百步之内耳。比于臣乘，未知操弓持矢也。福生有基，禍生有胎；納其基，絶其胎，禍何自來哉？此段又喻己之早知，非由基之比。泰山之霤穿石，單汲之綆斷幹。水非石之鑽，索非木之鋸，漸靡使之然也。此段又喻辨之不早，積成大禍。夫銖銖而稱之，至石必差；寸寸而度之，至丈必過。石稱丈量，徑而寡失。此段又喻己早知，乃是據理直斷。夫十圍之木，始生而蘖，足可搔而絶，手可擢而拔。據其未生，先其未形也。此段又喻誠能早辨，防之甚易。磨礱砥礪，不見其損，有時而盡；種樹畜養，不見其益，有時而大；積德累行，不知其善，有時而用；棄義背理，不知其惡，有時而亡。此段再雙喻修省與放恣，至後存亡各異。臣願大王熟計而身行之，此百世不易之道也。一句結。

[二]「救」，《評注才子古文》作「究」。

諫伐匈奴書

主父偃

不作曲折，一往疏暢，中間又細細指畫如畫，此豈東京以來所有？

臣聞明主不惡切諫以博觀，忠臣不敢避重誅以直諫。大筆對插，凌空而起，誦之蚤自使人慨然。是故事無遺策，而功流萬世。一承。今臣不敢隱忠避死，以效愚計，願陛下幸赦而少察之。又一承。看他下筆，如此起，如此落，何亢爽也。《司馬法》曰：「國雖大，好戰必亡；天下雖平，忘戰必危。」諫武帝好戰，却連引「忘戰」句。古人筆力雄大，不爲拘拘如此。天下既平，天子大凱，春蒐秋獮。諸侯春振旅，秋治兵，所以不忘戰也。言只是「不忘」而已，非輕用之也。且夫怒者，逆德也；妙。兵者，凶器也；妙。爭者，末節也。妙。平平三句，一句妙似一句。古之人君一怒必伏尸流血，故聖王重行之。「重」，難也。夫務戰勝，窮武事者，未有不悔者也。只提出一「悔」字，漢武末年，遂早爲此一字提破。○看他筆筆空行，轉又轉得快，煞又煞得快。昔秦皇帝任戰勝之威，蠶食天下，並吞戰國，海内爲一，功齊三代。務勝不休，欲攻匈奴。更不切論，只引秦事。李斯諫曰：「不可。夫匈奴無城郭之居，委積之守，遷徙鳥舉，難得而制也。論絶。輕兵深入，糧食必絶；踵糧以行，重不及事。論絶。得其地，不足以爲利；得其民，不可調而守也。論絶。勝必棄之，非民父母。靡敝中國，甘心匈奴，非完計也。」論絶。秦皇帝不聽，遂使蒙恬將兵而攻胡，郤地千里，以河爲境。地固澤鹵，不生五穀。寫出好笑。然後發天下丁男，以守北河。暴兵露師，十有餘年，死者不可勝數，終不能逾河而北。寫出好笑。是豈人衆之不足，兵革之不備哉？其勢不可也。帶叙帶論，最好筆勢。又使天下蜚芻輓粟，起于東陲、瑯邪負海之郡，轉輸北河，率三十鍾而致一石。寫出好笑。男子疾耕，不足于糧饟；女子紡績，不足于帷幕。百姓靡敝，孤寡老弱不能相養，道死者相望。寫出好笑。豈惟好笑，真是可恨可痛。蓋天下始叛秦也。只用一句煞住，最好筆勢。及至高皇帝定天下，略地于邊，聞匈奴聚于代谷之外，而欲擊之。再引漢事。御史成進諫曰：「不可。夫匈奴，獸聚而鳥散，從之如搏景。三喻各自入妙。○不圖一句中入三喻，妙妙。今以陛下盛德，攻匈奴，臣竊危之。」高帝不聽，遂至代谷，果有平城之圍。高帝悔之，乃使劉敬往結和親之約，然後天下亡干戈之事。秦皇不悔，高帝悔之。煞住上文，下再總論。故兵法曰：「興師十萬，日費千金。」夫秦常積衆暴兵數十萬人，雖有覆軍殺將、係虜單于之功，適足以結怨深讎，不足以償天下之費。此段總論伐匈奴之費。夫匈奴難得而制，非一世也。行盗侵敺，所以爲業也，天性固然。上自虞、夏、殷、周，固不程督，禽獸畜之，不比爲人。此段總論匈奴之不足伐，參差拉雜，却最絛暢，真好筆勢。夫上不觀虞、夏、殷、周之統，而下修近世之失；此臣之所以大恐，百姓之所疾苦也。結一篇已畢，下别出餘論。且夫兵久則變生，此句料外。事苦則慮易。此句料中。乃使邊境之民，靡敝愁苦，而有離心；承「慮易」句。將吏相疑而外市，承「變生」句。故尉陀、章邯得成其私也。夫秦政之所以不行者，權分于二子，此得失之效也。又獨承「變生」句，極言以動之。故《周書》曰：「安危在出令，存亡在所用。」願陛下詳察之，少加意焉。

報孫會宗書

楊惲

憤口放言，不必又道，道其蕭森歷落，真爲太史公妙竍。

惲材朽行穢，文質無所底。幸賴先人餘業，得備宿衛。遭遇時變，以獲爵位。終非其任，卒與禍會。足下乃哀其愚矇，賜書教督以所不及，殷勤甚厚。此段先謝。然竊恨足下不深惟其終始，而猥隨俗之毁譽也。此段次恨。言鄙陋之愚心，若逆指而文過。好。默而息乎，恐違孔氏「各言爾志」之義。好。俱作輕輕之筆。故敢略陳其愚，惟君子察焉。此段入答報意。惲家方隆盛時，乘朱輪者十人，位在列卿，爵爲通侯，總領從官，與聞政事。此句下，本接「懷禄貪勢」云云成文。看他用筆奇怪，却忽然插入三句自責，意言會宗若欲相責，則宜于此時。曾不能以此時有所建明，以宣德化，又不能與群僚同心並力，陪輔朝廷之遺忘，已負竊位素餐之責久矣。此三語是横筆插入，要知下文乃接「與聞政事」句成文。懷禄貪勢，不能自退。遭遇變故，横被口語。身幽北闕，妻子滿獄。此段自叙畢。當此之時，自以夷滅不足以塞責，豈意得全首領，復奉先人之丘墓乎？此非幸語，政復恨語。伏惟聖主之恩，不可勝量。君子游道，樂以忘憂；小人全軀，説以忘罪。看他急頂「聖主之恩」句，却亦不甚感激。竊自念過已大矣，行已虧矣，長爲農夫以没世矣。是故身率妻子，戮力耕桑，灌園治産，以給公上，「竊自念」至此，爲一句。不意當復用此爲譏議也。「不意」爲一句。此段致恨也。夫人情所不能止者，聖人弗禁。故君父至尊親，追其終也，有時而既。借喻不倫，然憤口時有此等語。臣之得罪，已三年矣。田家作苦，四字頓。歲時伏臘，烹羊炰羔，斗酒自勞。十二字起。○下更承此十二字放言之。家本秦也，能爲秦聲。婦，趙女也，雅善鼓瑟。奴婢歌者數人。酒後耳熱，仰天嗚缶，而呼嗚嗚。其《詩》曰：「田彼南山，蕪穢不治。種一頃豆，落而爲萁。」人生行樂耳，須富貴何時？是日也，拂衣而喜，奮袖低昂，頓足起舞，誠淫荒無度，不知其不可也。憤口放言，意色甚惡，然自是妙文。惲幸有餘禄，再起，五字頓。方糴賤販貴，逐什一之利。此賈豎之事，汙辱之處，惲親行之。二十三字起。下流之人，衆毀所歸，不寒而慄。雖雅知惲者，猶隨風而靡，尚何稱譽之有？憤口放言，意色甚惡。猶言知我者猶毀，我亦要誰稱譽也？董生不云乎：「明明求仁義，常恐不能化民者，卿大夫之意也；明明求財利，常恐困乏者，庶人之事也。」故「道不同，不相爲謀」。今子尚安得以卿大夫之制而責僕哉？盡是憤口放言。○自「夫人情」至此一段，皆放言胸臆也。夫西河魏土，文侯所興。有段干木、田子方之遺風，凛然皆有節概，知去就之分。贊孫舊土。頃者，足下離舊土，臨安定。安定山谷之間，昆夷舊壤，子弟貪鄙，豈習俗之移人哉？于今乃睹子之志矣。譏孫新遷，純是憤口放言。方當盛漢之隆，願勉旃，無多談。一發憤絶。○此末一段，切譏會宗。

罷擊珠崖對

賈捐之

其落筆甚寬，而局最緊；其措語甚恭，而氣最勁。漢人之文，所以非他可及。

臣幸得遭明盛之朝，蒙危言之策，無忌諱之患，敢昧死竭卷卷。先謝。臣聞堯、舜，聖之盛也；禹，入聖域而不優。故孔子稱堯曰「大哉」，《韶》曰「盡善」，禹曰「無間」。以三聖之德，地方不過數千里，「西被流沙，東漸于海，朔南暨，聲教迄于四海。」欲與聲教則治之，不欲與者，不彊治也。故君臣歌德，含氣之物，各得其宜。先引三大聖。武丁、成王，殷、周之大仁也，然地東不過江、黄，西不過氐、羌，南不過蠻荆，北不過朔方。是以頌聲並作，視聽之類，咸樂其生，越裳氏重九譯而獻，此非兵革之所能致。次引二仁王。及其衰也，南征不還，齊桓救其難，孔子定其文。「南征」差。以至乎秦，興兵遠攻，貪外虚内，務欲廣地，不慮其害。然地南不過閩越，北不過太原，而天下潰畔，禍卒在于二世之末，《長城之歌》至今未絶。「興兵遠攻」差。賴聖漢初興，爲百姓請命，平定天下。述聖漢。至孝文皇帝，閔中國未安，偃武行文，則斷獄數百，民賦四十，丁男三年而一事。時有獻千里馬者，詔曰：「鸞旗在前，屬車在後，吉行日五十里，師行三十里。朕乘千里之馬，獨先安之？」于是還馬，與道里費，而下詔曰：「朕不受獻也，其令四方毋求來獻。」當此之時，逸游之樂絶，奇麗之賂塞，鄭、衛之倡微矣。夫後宫盛色，則賢者隱處；佞人用事，則諍臣杜口；而文帝不行，故謚爲孝文，廟稱太宗。述孝文。○「後宫」四句，于上下無屬，漢人文多有此。至孝武皇帝元狩六年，太倉之粟，紅腐而不可食；都内之錢，貫朽而不可校。恃其强富。乃探平城之事，録冒頓以來，數爲邊害，籍兵厲馬，因富民以攘服之。看他下一「乃」字。西連諸國，至于安息；東過碣石，以玄菟、樂浪爲郡；北郤匈奴萬里，更起營塞；制南海以爲八郡。則天下斷獄萬數，民賦數百，造鹽鐵酒榷之利，以佐用度，猶不能足。

看他下一「則」字。當此之時，寇賊並起，軍旅數發，父戰死于前，子鬥傷于後，女子乘亭鄣，孤兒號于道，老母寡婦飲泣巷哭，遥設虚祭，想魂乎萬里之外。淮南王盜寫虎符，陰聘名士，關東公孫勇等，詐爲使者。是皆廓地泰大，征伐不休之故也。《弔古戰場文》本于此。看他下「是皆」字、「之故」字，筆有切玉如泥之狀。今天下獨有關東，關東大者獨有齊、楚。民衆久困，連年流離，離其城郭，相枕席于道路。人情莫親父母，莫樂夫婦；至嫁妻賣子，法不能禁，義不能止，此社稷之憂也。忽然寫關東可憂，筆有切玉如泥之狀。今陛下不忍悁悁之忿，欲驅士衆，擠之大海之中，快心幽冥之地，非所以救助飢饉，保全元元也。「今天下」、「今陛下」，筆筆有切玉如泥之狀。《詩》云：「蠢爾蠻荆，大邦爲讎。」言聖人起則後服，中國衰則先畔。動爲國家難，自古而患之久矣，何況乃復其南方萬里之蠻乎？故縮筆寫蠻荆，再伸筆寫南方萬里，便大明快。駱越之人，父子同川而浴，相習以鼻飲，與禽獸無異，本不足郡縣置也。顓顓獨居一海之中，霧露氣溼，多毒草蟲蛇水土之害，人未見虜，戰士自死。又非獨珠厓有珠犀瑇瑁也，棄之不足惜，不擊不損威。其民譬猶魚鱉，何足貪也？「不足」、「何足」，筆筆切玉如泥之狀。臣竊以往者羌軍言之，暴師曾未一年，兵出不逾千里，費四十餘萬萬，大司農錢盡，乃以少府禁錢續之。夫一隅爲不善，費尚如此，況于勞師遠攻，亡士毋功乎！故縮筆寫「一隅」，再伸筆寫「勞師遠攻」，便大明快。求之往古則不合，收前幅。施之當今又不便。收後幅。臣愚以爲非冠帶之國，《禹貢》所及，《春秋》所治，皆可且無以爲。願遂棄珠厓，專用恤關東爲憂。總收，勢完力足。

上尚德緩刑書

路温舒

前幅，用反覆感勸之筆，極説廢興之際，以故應天意；後幅，用層層快便之筆，極説獄吏之毒，宜加意民命。

臣聞齊有無知之禍，而桓公以興；晉有驪姬之難，而文公用霸。近世趙王不終，諸呂作亂，而孝文爲太宗。由是觀之，禍亂之作，將以開聖人也。主意要宣帝緩刑。緩刑，即尚德也。看他却不直説，却反覆極寫廢興之際，以深動之。故桓、文扶微興壞，尊文、武之業，澤加百姓，功潤諸侯；雖不及三王，承寫桓、文。天下歸仁焉。尚德如此。文帝永思至德，以承天心，存仁義，省刑罰，通關梁，一遠近，敬賢如大賓，愛民如赤子，内恕情之所安，而施之于海内。是以囹圄空虚，天下太平。承寫文帝尚德如此。夫繼變化之後，必有異舊之恩，此聖賢所以昭天命也。總上必須尚德，方合天意。然筆勢却只是極寫廢興之際，以深動之。往者，昭帝即世而無嗣，大臣憂戚，焦心合謀，皆以昌邑尊親，援而主之。然天不授命，淫亂其心，遂以自亡。寫昌邑不尚德。深察禍變之故，乃皇天之所以開至聖也。故大將軍受命武帝，股肱漢國，披肝膽，決大計，出亡義，立有德，輔天而行，然後宗廟以安，天下咸寧。寫一廢一興，天命可畏。臣聞《春秋》正即位，大一統而慎始也。再提筆寫廢興之際。陛下初登至尊，與天合符，宜改前世之失，正始受命之統，滌煩文，除民疾，存亡繼絶，以應天意。至此始入正寫。已上只寫尚德，已下方寫緩刑。臣聞秦有十失，其一尚存，治獄之吏是也。先總出「其一」，下細列十失。秦之時，羞文學，一失。好武勇，二失。賤仁義之士，三失。貴治獄之吏，四失。正言者謂之誹謗，五失。遏過者謂之妖言。六失。故盛服先王，不用于世，七失。忠良切言，皆鬱于胸，八失。譽諛之聲，日滿于耳，九失。虚美熏心，實禍蔽塞：十失。此乃秦之所以亡天下也。結過秦。方今天下，賴陛下恩厚，亡金革之危、饑寒之患，父子夫妻，勠力安家。略縱。然太平未洽者，獄亂之也。急擒。夫獄者，緊接。天下之大命也[一]；一層。○一層一層不作反覆，只要深切痛快。死者不可復生，斷者不可復屬。《書》曰：「與其殺不辜，寧失不經。」二層。今治獄吏則不然：上下相毆，以刻爲明，深者獲公名，平者多後患。三層。「深者」、「平者」二語，最痛快。故治獄之吏，皆欲人死；非憎人也，自安之道，在人之死。痛快。是以死人之血，流離于市；被刑之徒，比肩而立；大辟之數，歲以萬計：此仁聖之所以傷也。四層。太平之未洽，凡以此也。五層。接上最緊峭，最痛快。夫人情安則樂生，痛則思死。棰楚之下，何求而不得？故囚人不勝痛，則飾辭以視之；深切之至。吏治者利其然，則指道以明之；深切。上奏畏却，則鍛鍊而周内之。深切。蓋奏當之成，雖咎繇聽之，猶以爲死有餘辜。痛快絶。何則？成練者衆，文致之罪明也。六層。深切之至。是以獄吏專爲深刻，殘賊而無極，媮爲一切，不顧國患，此世之大賊也。七層。故俗語曰：「畫地爲獄，議不入；刻木爲吏，期不

[一]「大」，康熙二年刻本等作「治」，據《評注才子古文》、有正書局本改。

對。」此皆疾吏之風，悲痛之辭也。八層。痛快絶。故天下之患，莫深于獄；敗法亂正，離親塞道，莫深乎治獄之吏。九層。此所謂一尚存者也。結上十層。筆最緊峭也。臣聞烏鳶之卵不毁，而後鳳凰集；誹謗之罪不誅，而後良言進。故古人有言：「山藪藏疾，川澤納污，瑾瑜匿惡，國君含垢。」以上，連「臣聞」成句。惟陛下除誹謗，以招切言，開天下之口，廣箴諫之路，掃亡秦之失，尊文、武之德，省法制，寬刑罰，以廢治獄。以上，連「陛下」成一句。則太平之風，可興于世，永履和樂，與天亡極。天下幸甚！以上，連「則太平」云云成句。用三長句結。

乞歸疏[一]　貢禹

極似疏略之筆，看其中間，異樣縝密精緻。漢人文字，胡可易到？

臣禹年老貧窮，家貲不滿萬錢。如此寫起，大奇。○更不奇，乃全爲下兩拜大夫、受禄過饒反襯也。妻子糠豆不贍，裋褐不完。此二句，只是細寫上句。有田百三十畝，陛下過意徵臣，臣賣田百畝，以供車馬。再細寫，却是寫得閑甚瑣甚。○餘三十畝留家。至，句。拜爲諫大夫，秩八百石，奉錢月九千二百，廩食大官。忽富。又蒙賞賜四時雜繒緜絮衣服酒肉諸果物，德厚甚深。加倍一筆。

[一]　以下四篇，康熙二年刻本、有正書局本列爲「卷之末」補遺，現移至此。

疾病侍醫臨治，賴陛下神靈，不死而活。再加倍一筆。又拜爲光禄大夫，秩二千石，奉錢月萬二千。愈富。禄賜愈多，家日以益富，身日以益尊，又將二段自比論一筆。誠非草茅愚臣所當蒙也。一句忽然結住。伏自念終亡以報厚德，日夜慚愧而已。真心實意語。〇只因此語，便消得上二段高官大禄；不然，豈非叨冒盜竊之徒。臣禹犬馬之齒八十一，血氣衰竭，耳目不明，非復能有補益，所謂素飡尸禄，洿朝之臣也。真心實意語。自痛去家三千里，凡有一子，年十二，非有在家爲臣具棺椁者也。真心實意語。〇只此二語，須看其前一爲國家之大，後一爲骸骨之細。不得混混俱謂老病語也。誠恐一旦顛仆氣竭，不復自還，洿席薦于宫室，骸骨棄捐，孤魂不歸。不勝私願，願乞骸骨，及身生歸鄉里，死亡所恨。

都是實事，然都是他人不肯説者，從實商量。君臣之間，有如家人，何其長者之行也。

追訟馮奉世疏

杜欽

文章家有曼筆，有悍筆。欲人徐思，貴用曼筆；欲人疾悟，貴用悍筆：切須知之。

前莎車王殺漢使者，約諸國背畔。左將軍奉世，以衛侯便宜，發兵誅莎車王，策定城郭，功施邊境。議者以奉世奉使有指，《春秋》之義亡遂事，漢家之法有矯制，故不得侯。一案。〇

「奉使有指」，言奉使自有本指，擅興軍誅莎車，却非其指也。今匈奴郅支單于殺漢使者，亡保康居。都護延壽，發城郭兵屯田吏士四萬餘人，以誅斬之，封爲列侯。一案。○看他叙兩案，筆下輕重。臣愚以爲：比罪則郅支薄，量敵則莎車衆，用師則奉世寡，計勝則奉世爲功于邊境安，慮敗則延壽爲禍于國家深。其違命而擅生事同，筆如暑月驟雨，不過數十百點，而勢甚猛。延壽割地封，援今。而奉世獨不録。追前。臣聞：功同賞異，則勞臣疑；罪均刑殊，則百姓惑。疑生無常，惑生不知所從。亡常，則節趨不立；不知所從，則百姓無所措手足。上段「臣愚以爲」，此段「臣聞」，總是悍筆，此老泉先生之所從出也。奉世圖難忘死，信命殊俗，威功白著，爲世使表。獨抑厭而不揚，非聖主所以塞疑厲節之意也。信手隱括四字，好。願下有司議。

先是宣帝時，奉世矯制斬莎車王，上下議封。少府蕭望之獨以奉世奉使有指，而擅矯制違命，發諸國兵，雖有功效，不可以爲後法。爭逐發兵，要功萬里之外，爲國家生事于夷狄，漸不可長，奉世不宜受封。上善望之議。至奉世死二年後，甘延壽斬郅支單于，封爲列侯。時丞相匡衡，亦用望之前議，以爲不當封，而議者咸美其功，上從衆侯之。于是杜欽上疏追訟奉世功，上以先帝時事，不復録。

諫驗梁王立疏

谷　永

經以大體，緯以至言。如此文字，後學胡可不爛熟于胸中。

臣聞：「禮，天子外屏，不欲見外也。」引《禮》。是故帝王之意，不窺人閨門之私，聽聞中冓之言。引「帝王之意」。○「意」字，妙妙。《詩》云：「戚戚兄弟，莫遠具爾。」引《詩》。○雜引畢。今梁王年少，頗有狂病，「年少」、「狂病」四字，斷梁王畢，的是好手。始以惡言按驗，「惡言」，怨望之言也。始劾乃爲此。○一。既亡事實，而發閨門之私，非本章所指。二。王辭又不服，三。猥强劾立，傳致難明之事，獨以偏辭，成辜斷獄，四。○叙得最明白。亡益于治道。妙妙。只此一語，便足悟上。污衊宗室以内亂之惡，披布宣揚于天下，非所以爲公族隱諱，增朝廷之榮華，昭聖德之風化也。又妙。○上一句公言之，此數句私計之也。臣愚以爲王少，句。而父同産長，句。年齒不倫；又與細辨。○一辨。梁國之富，足以厚聘美女，招致妖麗；二辨。父同産，亦有恥辱之心；案事者乃驗問惡言，何故猥自發舒？三辨。○言自驗問怨望，何故猥自别伏。以三者揆之，殆非人情，結住。○三辨皆精絶。疑有所迫切，過誤失言，文吏躡尋，不得轉移。此四句十六字，乃即句頭之一「疑」字也，精絶確確。萌芽之時，加恩勿治，上也。妙妙。○所不及已然，必先寫。既已案驗舉憲，一句。宜及王辭不服，二句。詔廷尉，三句。選上德通理之吏，四句。○「上德」，妙；「通理」，妙。更審考清問，五句。著不然之效，六句。定失誤之法，七句。而反命于下吏，八句。以廣公族附疏之德，爲宗室刷污亂之恥，甚得治親之誼[一]。

[一] 以上二十字，康熙二年刻本等無，據有正書局本補。

入粟贖罪議

蕭望之

不惟通達治體，又最通達人情。此即東坡先生之所從出矣。

民函陰陽之氣，有仁義欲利之心，在教化之所助。民陽，故有仁義之心；民陰，故有欲利之心。二者並函于心，全賴上之教化。如此説，方是聖賢語，不是頭巾語。堯在上，不能去民欲利之心，而能令其欲利，不勝其好義也；雖桀在上，不能去民好義之心，而能令其好義，不勝其欲利也。説堯、桀不能有加于民，真是十成透語。○看他分明是對偶體。故堯、桀之分，在于義利而已，道民不可不慎也。結過。今欲令民量粟以贖罪[一]，入事。如此則富者得生，貧者獨死，是貧富異形而法不一也。一句斷畢，下詳列。人情貧窮，父兄囚執，聞出財得以生活，爲人子弟者，將不顧死亡之患、敗亂之行，以赴財利，求救親戚。細寫必至之情之勢。一人得生，十人以喪。如此，伯夷之行壞，公綽之名滅。政教一傾，雖有周、召之佐，恐不能復。至言也，痛言也，誰能信之。古者藏于民，不足則取，有餘則與。《詩》曰：「爰及矜人，哀此鰥寡。」上惠下也。又曰：「雨我公田，遂及我私。」下急上也。雙引古。今有西邊之役，民失作業，雖户賦口斂，以贍其困乏，古之通義，百姓

[一]「罪」，康熙二年刻本作「粟」，據重刻康熙二年序本等改。

莫以爲非。以死救生，恐未可也。此亦何語急則先救，且作此言耳。○味上引古，乃反重「下急上」句，正連此段成文也。陛下布德施教，教化既成，堯、舜亡以加也。始予。今議開利路，以傷既成之化，臣竊痛之。四字至言、痛言，不是通套激語。

天下才子必讀書卷之九

東漢文　後漢文　晉文

王命論

班　彪

大起大落，大轉大折，最軒昂之文。

昔在帝堯之禪，曰：「咨，爾舜！天之曆數在爾躬。」舜亦以命禹，暨于稷、契，咸佐唐虞，光濟四海，奕世載德，至于湯武，而有天下。先歷稽古帝王。雖其遭遇異時，禪代不同，頓挫。至于應天順人，其揆一焉。先煞住上引帝王，皆有天命。是故劉氏承堯之祚，氏族之世，著于《春秋》。唐據火德而漢紹之[一]，始起沛澤，則神母夜號，以彰赤帝之符。隨轉入漢。由是言之，帝王之祚，必有明聖顯懿之德，豐功厚利積纍之業，然後精誠通于神明，流澤加于生民，故能爲

[一]「火」，《天下才子必讀書》本皆作「大」，據《評注才子古文》改。

鬼神所福饗，天下所歸往。未見運世無本，功德不紀，而得崛起在此位者也。總斷堯、舜、禹、湯、武，以至漢興。〇以下即單承漢。世俗見高祖興于布衣，不達其故，以爲適遭暴亂，得奮其劍，游説之士至比天下于「逐鹿」，幸捷而得之，世之亂民，每有此言。不知神器有命，不可以智力求。緊斷。悲夫！此世之所以多亂臣賊子者也。再斷。若然者，豈徒闇于天道哉？又不睹之于人事矣。再斷，轉下。夫餓饉流隸，饑寒道路，思有裋褐之襲，擔石之蓄，所願不過一金，終于轉死溝壑。何則？貧窮亦有命也。精切之論，所謂睹之于人事也。況乎天子之貴，四海之富，神明之祚，可得而妄處哉？精切之論，筆勢又極軒舉。故雖遭罹厄會，竊其權柄，勇如信、布，彊如梁、籍，威如王莽，然卒潤鑊伏鑕，烹醢分裂，引事證。又況幺麼不及數子，而欲闇奸天位者乎！筆勢極軒舉。是故駑蹇之乘，不騁千里之塗；燕雀之疇，不奮六翮之用；楶棁之材，不荷棟梁之任；斗筲之子，不秉帝王之重。《易》曰：「鼎折足，覆公餗。」不勝其任也。忽作數喻，收過上文，總是軒舉之筆。當秦之末，豪傑共推陳嬰而王之。嬰母止之，曰：「自我爲子家婦，而世貧賤，卒富貴不祥；不如以兵屬人，事成少受其利，不成禍有所歸。」嬰從其言，而陳氏以寧。一婦人。王陵之母亦見項氏之必亡，而劉氏之將興也。是時陵爲漢將，而母獲于楚，有漢使來，陵母見之，謂曰：「願告吾子，漢王長者，必得天下，子謹事之，無有二心。」遂對漢使伏劍而死，以固勉陵。其後果定于漢，陵爲宰相封侯。又一婦人。夫以匹婦之明，猶能推事理之致，探禍福之機，全宗祀于無窮，垂策書于春秋，而況大丈夫之事乎？忽借二婦人作證，筆筆軒舉。是故窮達有命，吉凶由人。嬰母知廢，陵母知興，審此二者，帝王之分決矣。又收過上文。蓋在高祖,其興也有五:忽極寫高祖,筆筆軒舉。一曰帝堯之苗裔,二曰體貌多奇異,三曰神武有徵應,四曰寬明而仁恕,五曰知人善任使。加之以信誠好謀,達于聽受,見善如不及,用人如由己,從諫如順流,趨時如嚮赴。當食吐哺,納子房之策;拔足揮洗,揖酈生之説;悟戍卒之言,斷懷土之情;高四皓之名,割肌膚之愛;舉韓信于行陣,收陳平于亡命。英雄陳力,群策畢舉。此高祖之大略,所以成帝業也。此段極寫高祖,所謂「必有明聖顯懿之德、豐功厚利積累之業」也。若乃靈瑞符應,又可略聞矣。初劉媪妊高祖,而夢與神遇,震電晦冥,有龍蛇之怪。及長而多靈,有異于衆。是以王、武感物而折契,吕公睹形而進女,秦王東游以厭其氣,吕后望雲而知所處,始受命則白蛇分,西入關則五星聚。故淮陰、留侯謂之天授,非人力也。此段再極寫高祖,所謂「故能爲鬼神所福享、天下所歸往」也。歷古今之得失,驗行事之成敗,稽帝王之世運,考五者之所謂,大力總上。取舍不厭斯位,符瑞不同斯度,而苟昧權利,越次妄據,外不量力,内不知命,則必喪保家之主,失天年之壽,遇折足之凶,伏斧鉞之誅。大力總上。英雄誠知覺悟,畏若禍戒,超然遠覽,淵然深識,收嬰、陵之明分,絶信、布之覬覦,距逐鹿之瞽説,審神器之有授,毋貪不可幾,爲二母之所笑,大力總上。○如此三總,何等筆力。則福祚留于子孫,天禄其永終矣。

漢楚異姓諸侯王表　班固

爲欲寫漢興之易,因先寫前興之難。一篇筆勢,只是一伏一起。

昔《詩》、《書》述虞、夏之際，舜、禹受禪，一考舜、禹。積德累功，洽于百姓，攝位行政，考之于天，經數十年，然後在位。舜、禹艱難。殷、周之王，二考殷、周。乃由契、稷，修行仁義，歷十餘世，至于湯、武，然後放殺。殷、周艱難。秦起襄公，三考秦。章文、繆、獻，起于襄，章于文、繆、獻。孝、昭、嚴，稍蠶食六國，百有餘載，至始皇，乃並天下。秦艱難。以德若彼，用力如此，其囏難也。一句總上三段，作伏筆。秦既稱帝，此非論秦，乃原漢之所以獨易。患周之敗，以爲起于處士橫議，一。諸侯力爭，二。四夷交侵，三。以弱見奪。總上三。于是削去五等，墮城銷刃，箝語燒書，内鋤雄俊，外攘胡粵，用一威權，爲萬世安。一笑。然十餘年間，猛敵横發乎不虞，轉筆悍甚。謫戍彊于五伯，削去五等所不虞。閭閻逼于戎狄，外攘胡粵所不虞。響應瘠于謗議，箝語燒書所不虞。奮臂威于甲兵。墮城銷刃所不虞。四語忽作精鍊之文。鄉秦之禁，適足以資豪桀而速自斃也。結筆悍甚。是以漢亡尺土之階，由一劍之任，五載而成帝業。書傳所記，未嘗有焉。「是以」，承上一段作起筆，通篇只是一伏一起也。何則？古世相革，皆承聖王之烈，今漢獨收孤秦之弊。鐫金石者難爲功，摧枯朽者易爲力，其勢然也。雙結，皆作精鍊之文。故據漢初受命，譜十八王，月而列之，天下一統，乃以年數。訖于孝文，異姓盡矣。八字冷語。

與彭寵書

朱浮

自來文字，此爲曉暢第一。其所争，乃在落筆法與提筆法耳。

蓋聞智者順時而謀，愚者逆理而動，「順」「逆」字對起，只用二語，何其亢爽。常竊悲京城太叔以不知足而無賢輔，卒自棄于鄭也。「順」「逆」字對起，下乃作此一接，妙。○朝廷厚恩，嬌婦失計，言盡于此。伯通以名字典郡，有佐命之功，臨民親職，愛惜倉庫，平提寵。而浮秉征伐之任，欲權時救急，平提自。二者皆爲國耳。一句平斷過，妙妙。即疑浮相譖，何不詣闕自陳，而爲族滅之計乎？看他反覆，最是亢爽之筆。朝廷之于伯通，恩亦厚矣：委以大郡，任以威武，事有柱石之寄，情同子孫之親。推出朝廷。匹夫媵母，尚能致命一飡，曲。豈有身帶三綬，職典大邦，而不顧恩義，生心外叛者乎？最是亢爽之筆。伯通與吏民語，何以爲顔？行步拜起，何以爲容？坐卧念之，何以爲心？引鏡窺影，何以舒眉目？舉措建功，何以爲人？惜乎！棄休令之嘉名，造梟鴟之逆謀，捐傳葉之慶祚，招破敗之重災，高論堯、舜之道，不忍桀、紂之性，生爲世笑，死爲愚鬼，不亦哀乎？五「何以」字，六「之」字，二「爲」字，建瓴倒注而下，最是亢爽之筆。伯通與耿俠游，俱起佐命，同被國恩。上與己平提，此又與耿俠游平提。俠游謙讓，屢有降挹之言；而伯通自伐，以爲功高天下。往時遼東有豕，生子白頭，異而獻之。行至河東，見群豕皆白，懷慚而還。若以子之功論于朝廷，則爲遼東豕也。最是亢爽之筆。今乃愚妄，自比六國。六國之時，其勢各盛，廓土數千里，勝兵將百萬，故能據國相持，多歷年所。今天下幾里？列郡幾城？只問二語，妙妙。奈何以區區漁陽而結怨天子，此猶河濱之人捧土以塞孟津，多見其不知量也。最是亢爽之筆。方今天下適定，海内願安，士無賢不肖，皆樂立名于世，而伯通獨中風狂走，自捐盛時，内聽嬌婦之失計，外信讒邪之諛言，長爲群后惡法，永爲功臣鑒戒，豈不誤哉？最是亢爽之筆。定海內者無私讎，勿以前事自疑，妙妙，真正奸雄之言。願留意顧老母少弟。凡舉事，無爲親厚者所痛，而爲見讎者所快。臨了尚作如此餘勁。後來柳子厚引伸爲李睦州書，便成滔滔大篇。今在此，只是二句耳。

前出師表

諸葛亮

此文，自來讀者皆歎其矢死伐魏，以爲精忠，殊不知此便是了没交涉也。看先生自云：「臨表涕泣。」夫伐魏即伐魏耳，何用涕泣爲哉？正惟此日國事，實當危急存亡之際；而此日嗣主，方在醉生夢死之中。「知子莫如父」，惟不才之目，固已驗矣；豈「知臣莫如君」，而自取之語，乃遂敢真蹈也。于是而身提重師，萬萬不可不去；心牽鈍物，又萬萬不能少寬。因而切切開導，勤勤叮嚀，一回如嚴父，一回如慈嫗。蓋先生此日此表之涕泣，固自有甚難甚難于嗣主者，而非爲漢賊之不兩立也。後日杜工部有詩云：「幹排雷雨猶力爭，根斷泉源豈天意。」正是此一副眼淚矣。哀哉哀哉！

臣亮言：先帝創業未半，而中道崩殂。落筆更不着半句閑言語，只用八字慟哭先帝，早使讀者精誠發越。今天下三分，益州疲敝，此誠危急存亡之秋也。筆態一伏。然侍衛之臣，不懈于內，忠志之士，忘身于外者，蓋追先帝之殊遇，欲報之于陛下也。筆態一起。一面讀其妙文，一面記其□□

「先帝」。誠宜開張聖聽，以光先帝遺德，恢弘志士之氣；宜。不宜妄自菲薄，引喻失義，以塞忠諫之路也。不宜。「宜」、「不宜」二語，發起一篇。○「妄自菲薄」，是子弟大病；「引喻失義」，又是子弟大病：此特説盡。宮中府中，俱爲一體；陟罰臧否，不宜異同。若有作奸犯科，及爲忠善者，宜付有司，論其刑賞，以昭陛下平明之治；不宜偏私，使内外異法也。宮中暱，府中疏，出師進表，全爲此一段可知。侍中、侍郎郭攸之、費禕、董允等，此皆良實，志慮忠純，是以先帝簡拔以遺陛下。重之以先帝，句句不脱先帝。愚以爲宮中之事，事無大小，悉以咨之，然後施行，必能裨補闕漏，有所廣益。切囑宮中。將軍向寵，性行淑均，曉暢軍事，試用于昔日，先帝稱之曰能，重之以先帝。是以衆議舉寵以爲督。看此處入「衆議」二字，嫌疑不小。愚以爲營中之事，事無大小，悉以咨之，必能使行陣和穆，優劣得所也。切囑府中。親賢臣，遠小人，此先漢所以興隆也；親小人，遠賢臣，此後漢所以傾頽也。先帝在時，每與臣論此事，未嘗不歎息痛恨于桓、靈也。明明龜鑑之言，亦必重以先帝，哀哉。侍中、尚書、陳震。長史、參軍，蔣琬。此悉貞亮死節之臣也。願陛下親之信之，則漢室之隆，可計日而待也。此二臣先生所進，恐出師後未必用，故又另囑。臣本布衣，躬耕南陽，苟全性命于亂世，不求聞達于諸侯。自叙最悲苦。先帝不以臣卑鄙，猥自枉屈，三顧臣于草廬之中，諮臣以當世之事。由是感激，遂許先帝以驅馳。自叙最悲苦。後直傾覆，受任于敗軍之際，奉命于危難之間，爾來二十有一年矣。先帝知臣謹慎，故臨崩寄臣以大事也。自叙最悲苦。受命以來，夙夜憂慮，恐付托不效，以傷先帝之明。故五月渡瀘，深入不毛。自叙最悲苦。今南方已定，甲兵已足，當獎帥三軍，北定中原，庶竭駑鈍，攘除奸凶，興復漢室，還于舊都。此臣所以報先帝而忠陛下之職分也。至于斟酌損益，進盡忠言，則攸之、禕、允之任也。願陛下托臣以討賊興復之效；不效，則治臣之罪，以告先帝之靈。若無興復之言，則責攸之、禕、允之咎，以彰其慢。說自叙最悲苦。○此非以師保推三臣，蓋自既解任，去而出師，則必使之自代耳。自出師，必連三臣禆補者，此表所憂，不在外賊，而在内蠱也。哀哉。陛下亦宜自謀，以諮諏善道，察納雅言，深追先帝遺詔。要其納言，亦必重之以先帝。臣不勝受恩感激。今當遠離，臨表涕泣，不知所云。

平吴疏

羊祜

既慷慨，又條直，目無全吴，胸有寸心，其斯爲羊叔子之妙筆乎。

先帝順天應時，西平巴蜀，南和吴會，海内得以休息，兆庶有樂安之心。略帶先帝起。而吴復背信，使邊事更興。言釁起于吴。夫期運雖天所授，而功業必由人而成，不一大舉掃滅，則衆役無時得安，亦所以隆先帝之勛，成無爲之化也。故堯有丹朱之伐，舜有三苗之征，咸以寧静宇宙，戢兵和衆者也。神觀焕發，音辭激昂，讀之使人壯旺。蜀平之時，天下皆謂吴當並亡。自此來十三年，是謂一周。平定之期，復在今日矣。議者常言吴、楚有道後服，無禮先强，此乃諸侯之時耳。當今一統，不得與古同論。夫適道之論，皆未應權，是故謀之雖多，而決之欲獨。

一段，決言今日必當平吴，更不應與衆人遷延計議。凡以險阻得存者，謂所敵者同，力足自固。已下論險阻。苟其輕重不齊，强弱異勢，則智士不能謀，而險阻不可保也。此言有險阻尚不保，下言吴本無險阻可保。蜀之爲國，非不險也，高山尋雲霓，深谷肆無景，束馬懸車，然後得濟，皆言一夫荷戟，千人莫當。借論昔日蜀之險阻如此，作比喻。及進兵之日，曾無藩籬之限，斬將搴旗，伏尸數萬，乘勝席捲，徑至成都。漢中諸城，皆鳥栖而不敢出。蜀之險阻何在？非皆無戰心，誠力不足相抗。可見强弱既異，非險阻可保。至劉禪降服，諸營堡者索然俱散。今江淮之難，不過劍閣；山川之險，不過岷漢。孫皓之暴，侈于劉禪；吴人之困，甚于巴蜀。今吴乃如彼。而大晉兵衆，多于前世；資儲器械，盛于往時。今晉又如此。今不于此平吴，看其筆力。而更阻兵相守，征夫苦役，日尋干戈，經歷盛衰，不可長久，宜當時定，以一四海。再言決不應與衆人遷延計議，結上險阻語。今若引梁、益之兵，水陸俱下，寫大晉之强，一。荆、楚之衆，進臨江陵，二。平南豫州，直指夏口，三。徐、揚、青、兖，並向秣陵，四。鼓旆以疑之，多方以誤之。加二句，更腴暢。以一隅之吴，當天下之衆，勢分形散，所備皆急。寫孱吴之弱，只八字便極盡。巴漢奇兵，出其空虚，又寫晉。一處傾壞，則上下震蕩。又寫吴，此所謂夾寫法也。吴緣江爲國，無有内外，東西數千里，以藩籬自持，所敵者大，無有寧息。提筆，再寫吴地形。孫皓恣情任意，與下多忌，名臣重將不復自信，是以孫秀之徒皆畏逼而至。將疑于朝，士困于野，無有保世之計，一定之心。再寫吴君臣。平常之日，猶懷去就，兵臨之際，必有應者，終不能齊力致死，已可知也。寫來如睹手掌文。其俗急速，不能持久，提筆，再寫吴習俗。弓弩戟楯不如中國，再寫吴兵仗。唯有水戰是其所便。一入其境，則長江非復所固，還保城池，則去長入短。再寫吴長江，總是更不欲與衆人遷延計議。而官軍懸進，人有致節之志，吴人戰于其内，有憑城之心。如此軍不逾時，尅可必矣。如睹手掌文也。

自理表

王　濬

其妙乃在不作起筆，只將從前事情逐一逐一直述，早令專擅自由之謗，不辨而明。已下又得放開筆，只顧快説其胸膈也。若起處略涉筆先作周遮，便有無數干礙不得徑行處矣。〇此表段段皆作湍悍之筆，讀之如夜半驚聞錢塘潮至，最爲非常之觀。

臣前被庚戌詔書，曰：「軍人乘勝，猛氣益壯，便當順流長騖，直造秣陵。」臣被詔之日，即便東下。直述一段，妙。又前被詔書云：「太尉賈充總統諸方，自鎮東大將軍伷，及渾、濬、彬等，皆受充節度。」無令臣别受渾節度之文。又直述一段，妙。臣自達巴丘，所向風靡。知孫皓窮蹙，勢無所至。十四日至牛渚，去秣陵二百里，宿設部分，爲攻取節度。又直述一段，妙。前至三山，見渾在北岸，遣書與臣，可暫來過，共有所議，亦不語臣當受節度之意。又直述一段，妙。臣水軍風發，乘勢造賊城，加宿設部分，行有次第，無緣得于長流之中，迴船過渾，令首尾斷絶。又直述一段，妙。須臾之間，皓遣使歸命。臣即報渾書，並寫皓牋，具以示渾，使速來，當于石頭相待。軍以日中至秣陵，暮乃被渾所下當受節度之符，欲令臣明十六日悉將所領，還圍石頭，備皓越逸。又索蜀兵及鎮南諸軍人名定見。臣以爲皓已來首都亭，無緣共合空圍。又兵人定見，不可倉卒，皆非當今之急，不可承用。又直述一段，妙。○如此直述數段，並不用連貫，而已連貫作一片。中詔謂臣忽棄明制，專擅自由。一一理畢，方入自理，奇筆妙筆。伏讀嚴詔，驚怖悚慄，不知軀命當所投厝。豈惟老臣獨懷戰灼，三軍上下咸盡喪氣。寫得精神。臣受國恩，任重事大，常恐托付不效，孤負聖朝；故投身死地，轉戰萬里。被蒙寬恕之恩，得從臨履之宜。是以憑賴威靈，幸而能濟，是皆陛下神策廟算，臣承指授，效鷹犬之用耳。有何勛勞而恃功肆意，寧敢昧利而違聖詔？理得激昂盡意。臣以十五日至秣陵，而詔書以十二日起洛陽，其間懸闊，不相赴接，則臣之罪責宜蒙察恕。理得又激昂盡意。假令孫皓猶有螳蜋舉斧之勢，而臣輕車單人，有所虧喪，罪之可也。臣所統八萬餘人，乘勝席卷。皓以衆叛親離，無復羽翼，匹夫獨立，不能庇其妻子，雀鼠貪生，苟乞一活耳。理得又激昂盡意。而江北諸軍不知其虚實，不早縛取，自爲小誤。臣至便得，更見怨恚，並云守賊百日，而令他人得之，言語噂喈，不可聽聞。「江北諸軍」，有不足復説之意，今亦聊試説之，而其醜態如此。案《春秋》之義，大夫出疆，獨有專輒。臣雖愚蠢，以爲事君之道，唯當竭節盡忠，奮不顧身，量力受任，臨事制宜，苟利社稷，死生以之。若其顧護嫌疑，以避咎責，此是人臣不忠之利，實非明主社稷之福也。妙妙。此又自言不得已故自理，實本不欲理、不應理、不足理也。筆勢矯悍如許。臣不自料，忘其鄙劣，披布丹心，輸寫肝腦，欲竭股肱之力，加之以忠貞，庶必掃除凶逆，清一宇宙，願令聖世與唐虞比隆。又重白從前赤心。

陛下粗察臣之愚款，而識其欲自效之誠，是以授臣以方牧之任，委臣以征討之事。雖燕王之信樂毅，漢祖之任蕭何，無以加焉。受恩深重，死且不報，又重白從前恩眷。而以頑疏，舉措失宜。陛下弘恩，財加切讓，惶怖怔營，無地自厝。略結。願陛下明臣赤心而已。只是不願理，其筆矯悍如許。○只一句，矯矯而止，妙絶妙絶。

讓中書監表

庾亮

並是信筆寫來，而曲折淋漓，盡情盡事，良由吐于肝膈至誠，固非敷華剡藻之所得而比並也。○筆筆直，却筆筆婉；筆筆婉，却筆筆直。凡欲作疏記，胡可無如此好手。

臣亮言：臣凡庸固陋，少無檢操。一。○一路看其段段剴直，又段段曲折。昔以中州多故，舊邦喪亂，隨侍先臣，遠庇有道，爰客逃難，求食而已。二。不悟邀時之福，遭遇嘉運。先帝龍興，垂異常之顧，眷同國士。又申之以婚姻，遂階親寵，累忝非服。弱冠濯纓，沐浴玄風，頻繁省闥，出總六軍。十餘年間，位超先達，無勞被遇，無與臣比。三。小人禄薄，福過災生。止足之分，臣所宜守。四。○此是一曲。而偷榮昧進，日爾一日，謗讟既集，上塵聖朝。五。始欲自聞，而先帝登遐，區區微誠，竟未上達。六。○又一曲。陛下踐祚，聖政維新，宰輔賢明，遮寮咸允。「康哉」之歌，實在至公。而國恩不已，復以臣領中書，則示天下以私矣。七。○已下則皆反覆極論此一「私」字也。何者？臣于陛下，后之兄也。姻婭之嫌，實與骨肉中表不同。雖太上至公，聖德無私，一曲。然世之喪道，有自來矣。悠悠六合，皆私其姻者也。人皆有私，則謂天下無公矣。妙語，妙筆。是以前後二漢，咸以抑后黨安，進婚族危。向使西京七族，東京六姓，皆非姻黨，各以平進，縱不悉全，決不盡敗。今之盡敗，更由姻昵。筆筆曲。臣歷覿庶姓在世，無黨于朝，無援于時，植根之本，輕也薄也。苟無大瑕，猶或見容。看他忽開二比。至于外戚，憑托天地，勢連四時，根援扶疏，重矣大矣。而纔居權寵，四海側目。事有不允，罪不容誅。身既招殃，國爲之弊。二比最爲真切，看他下結，益更真切。其故何耶？直由婚媾之私，群情之所不能免，故率其所嫌，而嫌之于國，是以疏附則信，姻進則疑。疑積于百姓之心，則禍成重闈之内矣。此皆往代成鑒，可爲寒心者也。結過。夫萬物之所不通，聖賢因而不奪。提筆重起。冒親以求一才之用，未若防嫌以明公道。今以臣之才，兼如此之嫌，而使内處心膂，外總兵權，以此求治，未之聞也；以此招禍，可立待也。此等雙筆，却是晉文。雖陛下二相，明其愚款，朝士百寮，頗識其情，又曲。天下之人，何可門到户説，使皆坦然耶！最真切。夫富貴寵榮，臣所不能忘也；刑罰貧賤，臣所不能甘也。今恭命則愈，違命則苦。臣雖不達，何事背時違上，自貽患責耶？又曲。○段段句句真切。實仰覽殷鑒，量已知弊，身不足惜，爲國取悔；是以悾悾，屢陳丹款，而微誠淺薄，未垂察諒，憂惶屏營，不知所厝。真可謂淋漓盡致之文。以臣今地，不可以進明矣；且違命已久，臣之罪又積矣。歸骸私門，以待刑書。願陛下垂天地之鑒，察臣之愚，誠則雖死之日，猶生之年也。

遺令

杜預

臨終訣語，讀之乃復一似經解，一似游記。我更不能測其心光眼光在于何處矣。從來祇歎其薄葬爲達，豈足以知先生者哉？〇東坡超然臺，某意其出于習鑿齒，不意習又出于此也。然總是出于蹇叔哭師。

古不合葬，明于終始之理，同于無有也。第一義。中古聖人改而合之，蓋以別合無在，更緣生以示教也。又是第一義。自此以來，大人君子或合或否，未能知生，安能知死，故各以己意所欲也。又是第一義。看其略涉筆，便是三義，而三俱是第一義，妙絶妙絶。吾往爲臺郎，嘗以公事使過密縣之邢山。山上有冢，問耕父，云是鄭大夫祭仲，或云子産之冢也。是何心眼，是何筆墨。遂率從者祭而觀焉。其造冢居山之頂，四望周達。連山體南北之正而邪東北，向新鄭城，意不忘本也。隨寫隨注，我意既爾，古人定不復遠，妙妙。其隧道，唯塞其後，而空其前，不填之，示藏無珍寶，不取于重深也。隨寫隨注。山多美石不用，必集洧水自然之石，以爲冢藏，貴不勞功巧，而此石不入世用也。隨寫隨注。君子尚其有情，結「不忘本」一段。小人無利可動，結次二段。歷千載無毁，儉之致也。隨手結過。吾去春入朝，因郭氏喪亡，細述感所由生。緣陪陵舊義，自表營洛陽城東首陽之南，爲將來兆域。細述未能免俗。而所得地，中有小山，上無舊冢。八字好。其高顯雖未足比邢山，然東奉二陵，西瞻宮闕，南觀伊、洛，北望夷、齊，曠然遠覽，情之所安也。故遂表樹開道，爲一定之制。卜兆，乃寫到如此興會。不知死後有知無知，正復超然著勝。至時皆用洛水圓石，開隧道南向。儀制取法于鄭大夫，欲以儉自完耳。但得地，未營造，故有「至時」二字。「至時」者，至我死之時也。棺器小斂之事，皆當稱此。兼囑棺斂，妙妙。

蘭亭詩序

王羲之

此文一意反覆生死之事甚疾，現前好景可念，更不許順口説有妙理妙悟，真古今第一情種也。

永和九年，歲在癸丑，暮春之初，會于會稽山陰之蘭亭，敘事。修禊事也。自注。群賢畢至，少長咸集。通篇眼光，在此八字。此地有崇山峻嶺，茂林修竹；又有清流激湍，映帶左右；寫妙地。引以爲流觴曲水，列坐其間。雖無絲竹管弦之盛，一觴一詠，亦足以暢敘幽情。承妙地寫樂。是日也，天朗氣清，惠風和暢。寫妙天。仰觀宇宙之大，俯察品類之盛，所以游目騁懷，足以極視聽之娱，信可樂也。承妙天寫樂。○寫妙地，以「此地」二字領；寫妙天，以「是日」二字領：最明整。夫人之相與，俯仰一世，始發胸前之感。或取諸懷抱，晤言一室之内，一種人。或因寄所托，放浪形骸之外。一種人。雖取舍萬殊，靜躁不同，不必分别。當其欣于所遇，暫得于己，快然自足，曾不知老之將至。賢愚小大，一樣得意。及其所之既倦，情隨事遷，感慨係之矣。至此又一樣興盡。○此只就一時一事論。向之所欣，俯仰之間，已爲陳迹，猶不能不以之興懷。再牒上，方轉下。況修短隨化，終期于盡。古人云：「生死亦大矣！」豈不痛哉？此所謂胸前之感，方是一篇正文也。每覽昔人興感之由，若合一契，古人亦只畏生死。未嘗不臨文嗟悼，不能喻之于懷。無數古人，既合一契；吾獨何人，又能超然。固知一死生爲虛誕，妙，齊彭殤爲妄作。佛説也。道説也。妙，撤去二種閑話。後之視今，亦猶今之視昔。悲夫！言瞥眼吾已杳無踪影，猶如今日之古人杳無踪影也。此只將今日古人身後，譬即日吾身後，非言後人視我也。故列敍時人，録其所述。此是通篇眼光，與前八字正應。雖世殊事異，所以興懷，其致一也。後之覽者，亦將有感于斯文。「覽」，即前「每覽」之「覽」字；「文」，即前「臨文」之「文」字。言後人獨不畏生死哉，然則覽我斯文，亦當同我斯感。因此一結，遂令直至今日，我亦欲哭。

閑居賦序

潘岳

並不多費筆墨，而隨手皆起層折。名士風流，固無虛目矣。

岳讀《汲黯傳》，至司馬安，四至九卿，而良史書之，題以巧宦之目，未曾不慨然廢書而歎也。曰:「嗟乎?巧誠有之,拙亦宜然。」孫月峰曰:「正欲説拙,却乃從巧轉來。」顧常以爲士之生也,非至聖無軌,微妙玄通者,推過一輩。則必立功立事,效當年之用。是以資忠履信以進德,修辭立誠以居業。又推過一輩。○只欲推過此一輩,却先推過上一輩,只是筆尖善爲層折。僕少竊鄉曲之譽,忝司空太尉之命,所奉之主,即太宰魯武公其人也。舉秀才爲郎,逮事世祖武皇帝,爲河陽、懷令,尚書郎,廷尉評。今天子諒闇之際,領太傅主簿。府誅,除名爲民。俄而復官,除長安令。遷博士,未召拜。親疾,輒去官免。歷叙官迹。自弱冠涉于知命之年,八徙官而一進階,再免,一除名,一不拜職,遷者三而已矣。雖通塞有遇,抑亦拙之效也。帶總帶結,俱是筆尖善爲層折。昔通人和長輿之論余也,固曰「拙于用多」。稱多者,吾豈敢;言拙,則信而有徵。長輿一評,殆非泛引,正復深感斯言,方始發筆耳,然位置一何閑帖也。方今俊乂在官,百工惟時,拙者可以絶意乎寵榮之事矣。看他措言有體。太夫人在堂,有羸老之疾,尚何能違膝下色養,而屑屑從斗筲之役?看他措言有體。于是覽止足之分,庶浮雲之志,築室種樹,逍遥自得,池沼足以漁釣,春税足以代耕;灌園鬻蔬,供朝夕之膳;牧羊酤酪,俟伏臘之費。「孝乎惟孝,友于兄弟。」此亦拙者之爲政也。于是下劉然信筆,却又作此一挽,真是最善爲層折也。乃作《閑居賦》,以歌事遂情焉。

琴賦序

嵇　康

賦特是琴,序乃不止是琴;不止是琴,而又特賦琴,此始爲深于琴理者也。細看其涉筆淺深，悉具狂簡之態。

余少好音聲，長而玩之。以爲物有盛衰，而此無變；滋味有厭，而此不倦。可以導養神氣，宣和情志，處窮獨而不悶者，莫近于音聲也。先作淺淺說。○此說音聲。是故復之而不足，則吟詠以肆志；吟詠之不足，則寄言以廣意。亦先作淺淺說。○此說文字。然八音之器，歌舞之象，歷世才士，並爲之賦頌。看他轉筆。其體制風流，莫不相襲。稱其材幹，則以危苦爲上；賦其聲音，則以悲哀爲主；美其感化，則以垂涕爲貴。麗則麗矣，然未盡其理也。始作深深說。○此說文字。推其所由，似元不解音聲；覽其旨趣，亦未達禮樂之情也。始作深深說。○此說音聲。衆器之中，琴德最優。賦是琴，序不止是琴，妙解無人知。故綴叙所懷，以爲之賦。

歸去來辭

陶　潛

凡看古人長文，莫以其汪洋一篇便閣過。古人長文，皆積短文所成耳。即如此辭本不長，然皆是四句一段。試只逐段讀之，便知其逐段各自入妙。古人自來無長文能妙者，長文之妙，正妙于中間逐段逐段純作短文耳。

歸去來兮，田園將蕪，胡不歸？既自以心爲形役，奚惆悵而獨悲？一解，歸計初決。看他「胡」字、「奚」字，一片自怨自艾，固知古來高人，亦無縱心之事。悟已往之不諫，知來者之可追。實迷途其未遠，覺今是而昨非。二解，歸心一暢。舟搖搖以輕颺，風飄飄而吹衣。問征夫以前路，恨晨光之熹微。三解，離彼。乃瞻衡宇，載欣載奔。僮僕歡迎，稚子候門。四解，到此。三徑就荒，松菊猶存。攜幼入室，有酒盈樽。五解，所需裕如。有松有菊，有幼有室，有酒有樽，如此大足矣。引壺觴以自酌，眄庭柯以怡顔。倚南窗以寄傲，審容膝之易安。六解，受用寬然。園日涉以成趣，門雖設而常關。策扶老以流憩，時矯首而遐觀。七解，莫往莫來。雲無心以出岫，鳥倦飛而知還。景翳翳以將入，撫孤松而盤桓。八解，隨時不違。歸去來兮，請息交以絶游。世與我而相遺，復駕言兮焉求？九解，與世永絶。重提「歸去來」者，既已歸來，又不絶交游，即不如不歸之愈也。悦親戚之情話，樂琴書以消憂。農人告余以春及，將有事于西疇。十解，静侣自携。或命巾車，或棹孤舟。既窈窕以尋壑，亦崎嶇而經丘。十一解，縱心自在。木欣欣以向榮，泉涓涓而始流。善萬物之得時，感吾生之行休。十二解，指物呈悟。已矣乎！寓形宇内復幾時，曷不委心任去留？胡爲遑遑，句。欲何之？句。十三解，委命受正。○若七字爲句，乃不成句。富貴非吾願，帝鄉不可期。此二句，本與末二句成解，看他恣意插入四句。後來杜工部每每學之。懷良辰以孤往，或植杖而耘耔。登東皋以舒嘯，臨清流而賦詩。聊乘化以歸盡，樂夫天命復奚疑？十四、十五解，既不爲官，亦不爲仙，得日過日，快然自足也。

酒德頌

劉伶

從來只説伯倫沉醉，又豈知其得意乃在醒時耶？看其「天地一朝」等，乃是未飲以前，「静聽不聞」，乃是既醒以後，則信乎衆人皆醉，伯倫獨醒耳。

有大人先生，先標酒人。以天地爲一朝，萬期爲須臾，日月爲扃牖，八荒爲庭衢。行無轍迹，居無室廬，幕天席地，縱意所如。止則操卮執觚，動則挈榼提壺，惟酒是務，焉知其餘。方寫飲酒。○已上，自寫酒德已畢，下掀翻。次陳酒意。有貴介公子、縉紳處士，聞吾風聲，議其所以，乃奮袂攘襟，怒目切齒，陳説禮法，是非蜂起。公等何足污先生筆端，寫之亦以掀翻出下二段妙理也。先生于是方捧甖承糟，銜杯漱醪，奮髯箕踞，枕麯藉糟，無思無慮，其樂陶陶。一段，先説付之不見不聞。兀然而醉，恍爾而醒。静聽不聞雷霆之聲，熟視不睹泰山之形，不覺寒暑之切肌、利欲之感情。俯觀萬物擾擾焉，若江海之載浮萍；二豪侍側焉，如蜾蠃之與螟蛉。一段，又説雖便見之聞之，亦復奚有？妙絶妙絶。遂覺山鬼伎倆有盡語，所遜不啻千里也。○須知此段，有五「尚」字，一「何况」字，乃是最空靈之筆，不是一味大言。

天下才子必讀書卷之十

唐　文

上宰相書

韓　愈

此文前後六段，逐段各自讀之。讀第一段了，再讀第二段，便見只是輕輕短筆也。

正月二十七日，前鄉貢進士韓愈，謹伏光範門下，再拜獻書相公閣下：《詩》之序曰：「菁菁者莪，樂育材也。君子能長育人材，則天下喜樂之矣。」並不自着一句一字，忽引《詩序》起，大奇。其詩曰：「菁菁者莪，在彼中阿。既見君子，樂且有儀。」説者曰：「菁菁者，盛也；莪，微草也；阿，大陵也。言君子之長育人材，若大陵之長育微草，能使之菁菁然茂盛也。『既見君子，樂且有儀』云者，天下美之之辭也。」引《詩》一章並注，大奇。其三章曰：「既見君子，錫我百朋。」説者曰：「百朋，多之之辭也。言君子既長育人材，又當爵命之，賜之厚禄，以寵貴之云爾。」又引《詩》之三章並注，大奇。其卒章曰：「汎汎楊舟，載沉載浮。既見君子，我心則休。」説者曰：「載，載也。沉浮者，物也。言君子之于人材，無所不取，若舟之于物，浮沉皆載之云爾。『既見君子，我心則休』云者，言若此則天下之心美之也。君子之于人也，既長育之，又當爵命寵貴之，而于其才無所遺焉。」又引《詩》之卒章並注，大奇。○不出一句一字，突然引《詩》已奇，又引者纚纚然一序、三詩，又並注，豈不大奇。《孟子》曰：「君子有三樂，王天下不與存焉。」其一曰：「樂得天下之英才而教育之。」引《詩》不已，又引《孟子》，大奇。此皆聖人賢士之所極言至論，古今之所宜法者也。大筆一總。○引如許舊文，只用一總便盡住。然則孰能長育天下之人才，將非吾君與吾相乎？從引《詩》入正文。孰能教育天下之英材，將非吾君與吾相乎？從引《孟子》入。幸今天下無事，一暇。大小之官各守其職，二暇。錢穀甲兵之問不至于廟堂，三暇。論道經邦之暇，捨此宜無大者焉。妙妙。已上第一段畢。今有人斗接自己，細細具述，爲第二段。生二十八年矣，一。名不著于農工商賈之版，二。其業則讀書著文，歌頌堯舜之道。鷄鳴而起，孜孜焉亦不爲利。三。其所讀，皆聖人之書；楊、墨、釋、老之學，無所入于其心。四。其所著，皆約六經之旨而成文，抑邪與正，辨時俗之所惑，居窮守約，亦時有感激怨懟奇怪之辭，以求知于天下，亦不悖于教化；妖淫諛佞調張之説，無所出于其中。五。四舉于禮部，乃一得；三選于吏部，卒無成；六。九品之位其可望，一畝之宫其可懷。遑遑乎四海無所歸，恤恤乎飢不得食，寒不得衣，七。濱于死而益固。八。得其所者爭笑之，忽將棄其舊而新是圖，求老農老圃而爲師。九。悼本志之變化，中夜涕泗交頤。雖不足當詩人孟子之謂，抑長育之使成材，其亦可矣；教育之使成才，其亦可矣。妙妙，第二段畢。抑又聞：一「抑又聞」，爲第三段。古之君子，相其君也，一夫不獲其所，若己推而內之溝中。斷章取義引。今有人生七年而學聖人之道，以修其身，積二十年，不得已一朝而毁之，是亦不獲其所矣。妙妙。讀之心悲。伏念今有仁人在上位，若不往告而遂行，是果于自棄，而不以古之君子之道待吾相也，其可乎？寧往告焉，若不得志，則命也，其亦行矣。妙妙，第三段畢。《洪範》曰：「凡厥庶民，有猷有爲有守，汝則念之；不協于極，不罹于咎，皇則受之；而康而色，曰予攸好德，汝則錫之福。」是皆與善之辭也。抑又聞：二「抑又聞」，爲第四段。古之人有自進者，而君子不逆之矣，曰「予攸好德，汝則錫之福」之謂也，第四段畢。抑又聞：三「抑又聞」，爲第五段。上之設官制禄，必求其人而受之者，非苟慕其才而富貴其身也。曲折。蓋將用其能理不能，用其明理不明者耳。妙。下之修己立誠，必求其位而居之者，非苟没于利而榮于名也。曲折。蓋將推己之所餘，以濟其不足者耳。妙。然則上之于求人，下之于求位，交相求妙。而一其致焉耳。妙。苟以是而爲心，則上之道不必難其下，妙。下之道不必難其上。妙。可舉而舉焉，不必讓其自舉也；妙。可進而進焉，不必廉于自進也。妙。第五段畢。抑又聞：四「抑又聞」，爲第六段。上之化下得其道，則勸賞不必遍加乎天下，而天下從焉；提。因人之所欲爲而遂推之之謂也。再提。今天下不由吏部而仕進者幾希矣，曲折一。主上感傷山林之士有逸遺者，屢詔內外之臣，旁求于四海，而其至者蓋闕焉，曲折二。豈其無人乎哉？曲折三。亦見國家不以非常之道禮之而不來耳。曲折四。彼之處隱就閑者亦人耳，其耳目鼻口之所欲，其心之所樂，其體之所安，豈有異于人乎哉？曲折五。今所以惡衣食，窮體膚，麋鹿之與處，猨狖之與居，固自以其身不能與時從順俯仰，故甘心自絶而不悔焉。

曲折六。而方聞國家之仕進者，必舉于州縣，然後升于禮部。吏部試之以繡繪雕琢之文，考之以聲勢之逆順、章句之短長。中其程式者，然後得從下士之列。雖有化俗之方，安邊之策，不由是而稍進，萬不一有得焉。彼惟恐入山之不深，入林之不密，其影響昧昧，惟恐聞于人也。曲折七。今若聞有以書進宰相而求仕者，而宰相不辱焉，而薦之天子，而爵命之，而布其書于四方，曲折八。枯槁沉溺魁閎博通之士，必且洋洋焉動其心，峨峨焉動其冠[一]，于于焉而來矣。曲折始竟。此所謂勸賞不必遍加乎天下，而天下從焉者也，因人之所欲爲而遂推之之謂者也。第六段畢。伏惟覽《詩》、《書》、《孟子》之所指，念「育才」、「錫福」之所以，考古之君子相其君之道，而忘自進自舉之罪。思設官制禄之故，以誘致山林逸遺之士，庶天下之行道者知所歸焉。小子不敢自幸，一氣總收已上六段，氣力最大。其嘗所著文，輒采其可者若干首，録在異卷，冀辱賜觀焉。干瀆尊嚴，伏地待罪，愈再拜。

後十九日復上宰相書

韓　愈

氣最條達，筆最曲折。他人條達者最難曲折，曲折者不復條達矣。

[一]「動」，有正書局本作「纓」。

二月十六日,前鄉貢進士韓愈,謹再拜言相公閣下:向上書及所著文後,待命凡十有九日,不得命。恐懼不敢逃遁,不知所爲。乃復敢自納于不測之誅,以求畢其說,而請命于左右。述前起。愈聞之:蹈水火者之求免于人也,不惟其父兄子弟之慈愛,然後呼而望之也。將有介于其側者,雖有所憎怨,苟不至乎欲其死者,則將大其聲疾呼,而望其仁之也。又曲折,又條達,最要熟讀。彼介于其側者,聞其聲而見其事,不惟其父兄子弟之慈愛,然後往而全之也。雖有所憎怨,苟不至乎欲其死者,則將狂奔盡氣,濡手足,焦毛髮,救之而不辭也。又曲折,又條達。看他複寫上文,不換一字。若是者何哉?其勢誠急,而其情誠可悲也。總。勢急是總前一段,情悲是總次一段。愈之强學力行有年矣。一「矣」字。九字句。愚不惟道之險夷,行且不息,以蹈于窮餓之水火,其既危且亟矣,二「矣」字。二十五字句。大其聲而疾呼矣,三「矣」字。七字句。閣下其亦聞而見之矣。四「矣」字。九字句。四句四「矣」字生姿。其將往而全之歟,抑將安而不救歟?閣下有來言于閣下者,曰:「有觀溺于水而爇于火者,有可救之道,而終莫之救也。」閣下且以爲仁人乎哉?不然,若愈者,亦君子之所宜動心者也。兩「將歟」字、一「乎哉」字,趕出此句。凡二行半,作一氣讀,最條達,又曲折。或謂愈:「子言則然矣,宰相則知子矣,如時不可何?」愈竊謂之不知言者,另出反覆。誠其材能不足當吾賢相之舉耳;折。若所謂時者,固在上位者之爲耳,非天之所爲也。又條達,又曲折,讀之快意。前五六年時,宰相薦聞,尚有自布衣蒙抽擢者,與今豈異時哉?一段「哉」字押。且今節度、觀察使,及防禦、營田諸小使等,尚得自舉判官,無間于已仕未仕者,況在宰相,吾君所尊敬者,而曰不可乎?一段「乎」字押。「哉」、「乎」字生姿。古之進人者，或取于盜，或舉于管庫，今布衣雖賤，猶足以方于此。到底曲折，無一直筆。情隘辭蹙，不知所裁，亦惟少垂憐焉。

後廿九日復上宰相書

韓　愈

意所欲言而不便得言者，忽然托筆周公，便乃無所不言。故通篇雖有兩大幅，而只是周公一大幅也。後寫復上宰相之萬萬不獲已，又是古今絶妙。

三月十六日，前鄉貢進士韓愈，謹再拜言相公閣下：愈聞周公之爲輔相，其急于見賢也，方一食三吐其哺，方一沐三捉其髮。述周公爲相。下轉筆。當是時，天下之賢才，皆已舉用。一「皆已」。九字句。奸邪讒佞欺負之徒，皆已除去。二「皆已」。十二字句。四海皆已無虞。三「皆已」。六字句。九夷八蠻之在荒服之外者，皆已賓貢。四「皆已」。十五字句。天災、時變，昆蟲草木之妖，皆已銷息。五「皆已」。十四字句。天下之所謂禮樂刑政教化之具，皆已修理。六「皆已」。十七字句。風俗皆已敦厚。七「皆已」。六字句。動植之物，風雨霜露之所霑被者，皆已得宜。八「皆已」。十七字句。休徵嘉瑞，麟鳳龜龍之屬，皆已備至。九「皆已」。十四字句。〇下再轉筆。而周公以聖人之才，憑叔父之親，其所輔理承化之功，又盡章章如是。下再轉筆。其所求進見之士，豈復有賢于周公哉？一「豈復有哉」。不惟不賢于周公而已，豈復有賢于時百執事者哉？豈復有所計議，能補于周公之化者哉？二「豈復有哉」，三「豈復有哉」。○下再轉筆。然而周公求之如此其急，惟恐耳目有所不聞見，思慮有所不及，以負成王托周公之意，不得于天下之心。下再轉筆。如周公之心，設使其時輔理承化之功，未盡章章如是，而非聖人之才，而無叔父之親，則將不暇食與沐矣，豈特吐哺捉髮爲勤而止哉？下再轉筆。維其如是，故于今頌成王之德，而稱周公之功不衰。凡費無數轉筆，説周公畢。今閤下爲輔相亦近耳。述閣下爲相，下轉筆。天下之賢才，豈盡舉用？一「豈盡」。九字句。奸邪讒佞欺負之徒，豈盡除去？二「豈盡」。十二字句。四海豈盡無虞？三「豈盡」。六字句。九夷八蠻之在荒服之外者，豈盡賓貢？四「豈盡」。十五字句。天災、時變，昆蟲草木之妖，豈盡銷息？五「豈盡」。十四字句。天下之所謂禮樂刑政教化之具，豈盡修理？六「豈盡」。十七字句。風俗豈盡敦厚？七「豈盡」。六字句。動植之物，風雨霜露之所霑被者，豈盡得宜？八「豈盡」。十七字句。休徵嘉瑞，麟鳳龜龍之屬，豈盡備至，九「豈盡」。十四字句。其所求見進之士，雖不足以希望盛德，至比于百執事，豈盡出其下哉？其所稱説，豈盡無所補哉？十「豈盡」、十一「豈盡」，二十七字句、十字句。上九「豈盡」，皆與前句字整對，獨添此兩「豈盡」，句與前異也。○此兩「豈盡」亦非分外添出，即上三「豈復有哉」變文耳。今雖不能如周公之吐哺捉髮[一]，亦宜引而進之，察其所以而去就之，不宜默默而已也。此又不十分用轉筆。○説閣下畢，下始

[一]「今雖不能如周公之」，康熙二年刻本、康熙十六年增補本均作「公」，據《評注才子古文》、有正書局本補。

入自復上書意。愈之待命四十餘日矣，書再上而志不得通，足三及門而閽人辭焉。惟其昏愚不知逃遁，故復有周公之説焉，閣下其亦察之。畢。下另作餘文，自解復上書之無可奈何。古之士，三月不仕則相吊，故出疆必載質。然所以重于自進者，以其于周不可，則去之魯；于魯不可，則去之齊；于齊不可，則去之宋，之鄭，之秦，之楚也。猶言故不必復上書也。今天下一君，四海一國，舍乎此則夷狄矣，妙妙。去父母之邦矣。妙妙，安得不復上？故士之行道者，不得于朝，則山林而已矣。山林者，士之所善自養[一]，而不憂天下者之所能安也。妙妙。如有憂天下之心，則不能矣。妙妙，又安得不復上？故愈每自進而不知愧焉，書亟上，足數及門，而不知止焉。寧獨如此而已，惴惴焉惟不得出大賢之門下是懼，又另一句。亦惟少垂察焉。瀆冒威尊，惶恐無已。愈再拜。

答李翊書

韓　愈

中間自説爲文之甘苦淺深，其妙更不必論。只如前起之曲折之妙，後收之蕩漾之妙，皆筆墨之罕事也。

六月二十六日，愈白李生足下：生之書辭甚高，而其問何下而恭也。能如是，誰不欲告

[一]「所」，康熙十六年增補本、《評注才子古文》作「獨」。

生以其道？曲折。道德之歸也有日矣，況其外之文乎？曲折。已上贊李。抑愈所謂望孔子之門牆而不入于其宮者，焉足以知是且非耶？曲折。雖然，不可不爲生言之。曲折。已上自謙。生所謂立言者，是也。生所謂者，與所期者，甚似而幾矣。曲折。抑不知生之志，蘄勝于人而取于人耶？將蘄至于古之立言者耶？詳問之。蘄勝于人而取于人，則固勝于人而可取于人矣。輕。將蘄至于古之立言者，則無望其速成，無誘于勢利，養其根而竢其實，加其膏而希其光；根之茂者其實遂，膏之沃者其光曄；仁義之人，其言藹如也。重。抑又有難者，愈之所爲，不自知其至猶未也。曲折。雖然，學之二十餘年矣。曲折。始者，非三代兩漢之書不敢觀，非聖人之志不敢存。處若忘，行若遺，儼乎其若思，茫乎其若迷。當其取于心而注于手也，惟陳言之務去，戛戛乎其難哉。其觀于人，不知其非笑之爲非笑也。第一層。如是者亦有年，看他鉤連而下。猶不改。然後識古書之正僞，與雖正而不至焉者，昭昭然白黑分矣，而務去之，乃徐有得也。當其取于心而注于手也，汩汩然來矣。其觀于人也，笑之則以爲喜，譽之則以爲憂，以其猶有人之説者存也。第二層。如是者亦有年，看他又鉤連而下。然後浩乎其沛然矣。吾又懼其雜也，迎而距之，平心而察之，其皆醇也，然後肆焉。第三層。雖然，不可以不養也。行之乎仁義之途，游之乎《詩》、《書》之源；無迷其途，無絶其源，終吾身而已矣。第四層，畢。下乃快然自足之言也。氣，水也；言，浮物也。水大，而物之浮者大小畢浮。氣之與言猶是也，氣盛，則言之短長與聲之高下者皆宜。然後快然自足也。下又轉。雖如是，其敢自謂幾于成乎？下又轉。雖幾于成，其用于人也，奚取焉？下又轉。雖然，待用于人者，其肖于器耶？用與舍屬諸人。句。君子則不然，處心有道，行己有方，用則施諸人，舍則傳諸其徒，垂諸文而爲後世法。如是者，其亦足樂乎？其無足樂也。論文至此，不羡靈運生天矣。有志乎古者希矣，曲折。志乎古，必遺乎今，妙妙。吾誠樂而悲之。妙妙。亟稱其人，所以勸之，非敢褒其可褒而貶其可貶也。妙妙。問于愈者多矣。曲折。念生之言，不志乎利，聊相爲言之。妙妙。愈白。

代張籍與李浙東書

韓　愈

逐層曲折盡意，又最輕舉。

籍聞議論者皆云，方今居古方伯連帥之職，坐一方得專制于其境内者，惟閣下心事犖犖，于俗輩不同。籍固以藏之胸中矣。一層。此一層先説李公心事犖犖，超出俗輩。近者閣下從事李協律翺到京師。籍于李君友也，不見六七年，聞其至，馳往省之。問無恙外，不暇出一言，且先賀其得賢主人。李君曰：「子豈盡知之乎？吾將盡言之。」數日，籍益聞所不聞。籍私獨喜，常以爲自今已後，不復有如古人者，于今忽有之。二層。此一層忽借故人李協律作波瀾。退自悲不幸，兩目不見物，無用于天下；胸中雖有知識，家無財錢，寸步不能自致。今去李中丞五千里，何由致其身于其人之側，開口一吐出胸中之奇乎！因飲泣不能語。三層。此一層又借目盲作波瀾。既數日，復自奮曰：「無所能人，乃宜以盲廢；有所能人，雖盲，當廢于俗輩，不當廢于行古人之道者。」浙水東七州，户不下數十萬，不盲者何限？李中丞取人，固當問其賢不賢，不當計其盲與不盲也。當今盲于心者皆是，若籍自謂獨盲于目爾，其心則能别是非。若賜之坐而問之，其口固能言也。幸未死，實欲一吐出心中平生所知見，閣下能信而致之于門耶。四層。此一層又借目盲，與天下人比對作波瀾。籍又善于古詩，使其心不以憂衣食亂，閣下無事時，一致之座側，使跪進其所有，閣下憑几而聽之，未必不如聽吹竹、彈絲、敲金、擊石也。夫盲者業專，于藝必精，故樂工皆盲。籍儻可與此輩比並乎？五層。此一層自叙能詩。已上皆叙李公，此始自叙也。使籍誠不以蓄妻子憂飢寒亂心，有錢財以濟醫藥，其盲未甚，庶幾其復見天地日月，因得不廢；則自今至死之年，皆閣下之賜。閣下濟之以已絶之年，賜之以既盲之視，其恩輕重大小，籍宜如何報也！六層。此一層感謝。

與于襄陽書

韓　愈

前半幅只是閑閑説成一段議論，或整或散，或對不對，任筆自爲起盡。至「側聞閣下」後，方是兩段正文：一段先揚後抑，一段先抑後揚。因前幅既有議論，于是輕輕着筆便休也。

七月三日，將仕郎、守國子四門博士韓愈，謹奉書尚書閣下：士之能享大名、顯當世者，莫不有先達之士，負天下之望者，爲之前焉；言下之人必如此，一扇。士之能垂休光、照後世者，亦莫不有後進之士，負天下之望者，爲之後焉。言上之人必如此，一扇。莫爲之前，雖美而不彰；翻前扇。莫爲之後，雖盛而不傳。翻後扇。是二人者，未始不相須也。筆筆曲折，凡作無數曲折。然而千百載乃一相遇焉。曲折。豈上之人無可援，下之人無可推歟？曲折。何其相須之殷，而相遇之疏也？曲折。其故在下之人負其能，不肯諂其上；上之人負其位，不肯顧其下。曲折。故高材多戚戚之窮，盛位無赫赫之光。曲折。是二人者之所爲，皆過也。一句斷定，下更作一曲折，其論始畢。未嘗干之，不可謂上無其人；未嘗求之，不可謂下無其人。自起至此，只是一句話，却作如許多曲折。愈之誦此言久矣，未嘗敢以聞于人。妙，將上文半篇文字，只作閑話遁過[一]。側聞閣下方入閣下，是第一段。抱不世之材，特立而獨行，道方而事實，卷舒不隨乎時，文武惟其所用，豈愈所謂其人哉？先揚。抑未聞後進之士，有遇知于左右，獲禮于門下者，後抑。豈求之而未得耶？將志存乎立功，而事專乎報主，雖遇其人，未暇禮耶？何其宜聞而久不聞也？問得委婉，疑得風刺，只是從《史記》項羽贊脱出。愈雖不才，方入自己，是第二段。先抑。其自處不肯後于恒人，後揚。閣下將求之而未得歟？古人有言：「請自隗始。」愈今者惟朝夕芻米僕賃之資是急，不過費閣下一朝之享而足也。應「求之」「未得」，好。如曰「吾志存乎立功，而事專乎報主，雖遇其人，未暇禮焉」，則非愈之所敢知也。應「吾志」「未暇」，好。世之齪齪者，既不足以語之，

[一]「遁」，重刻康熙二年序本等作「遞」。

賓。磊落奇偉之人，又不能聽焉，主。則信乎命之窮也。此一行收得甚悲壯，最與通篇稱。謹獻舊所爲文一十八首，如賜覽觀，亦足知其志之所存。

上張僕射書

韓　愈

前幅條暢，後幅酣恣。

九月一日，愈再拜。通名。受牒之明日，在使院中，有小吏持院中故事節目十餘事，來示愈。吏示故事十餘。其中不可者，有自九月至明年二月之終，皆晨入夜歸，非有疾病事故，輒不許出。其中此一事不可。當時以初受命，不敢言。「不敢言」，先作小曲。古人有言曰：「人各有能有不能。」若此者，非愈之所能也；抑而行之，必發狂疾。上無以承事于公，忘其將所以報德者；下無以自立，喪失其所以爲心。夫如是，則安得而不言？不得不言。下去，皆暢言之也。凡執事之擇于愈者，非爲其能晨入夜歸也，必將有以取之。苟有以取之，雖不晨入而夜歸，其所取者猶在也。筆勢反覆，却又甚徑直。下之事上，不一其事；上之使下，不一其事。量力而任之，度才而處之，其所不能，不强使焉。是故爲下者不獲罪于上，爲上者不得怨于下矣。筆勢反覆，却又甚徑直。孟子有云：「今之諸侯無大相過者，以其皆好臣其所教，而不好臣其所受教。」今之時與孟子之時，又加遠矣，皆好其聞命而奔走者，不好其直己而行道者。聞命而奔走者，好利者也；直己而行道者，好義者也。未有好利而愛其君者，未有好義而忘其君者。筆勢反覆，却又甚徑直。今之王公大人，惟執事可以聞此言，推愈于執事也，可以此言進。且作結束，下去再説。愈蒙幸于執事，其所從舊矣，若寬假之，使不失其性；加待之，使足以爲名。寅而入，盡辰而退；申而入，終酉而退。率以爲常，亦不廢事。申己意。天下之人，聞執事之于愈如是也，必皆曰：「執事之好士也如此，執事之待士以禮如此，執事之使人不枉其性而能有容如此，執事之欲成人之名如此，執事之厚于故舊如此。」五「執事」「如此」，筆酣墨恣，目中無人。又將曰：「韓愈之識其所依歸也如此，韓愈之不諂屈于富貴之人如此，韓愈之賢能使其主待之以禮如此。」三「韓愈」「如此」，筆酣墨恣。則死于執事之門無悔也。一落。○此一，是正落。若使隨行而入，逐隊而趨，言不敢盡其誠，道有所屈于己，天下之人聞執事之于愈如此，皆曰：「執事之用韓愈，哀其窮，收之而已耳；韓愈之事執事，不以道利之而已耳。」一執事云云而已耳，一韓愈云云而已耳，筆酣墨恣。苟如是，雖日受千金之賜，一歲九遷其官，感恩則有之矣；將以稱于天下曰知己知己，則未也。又一落。此一，是反落。伏惟哀其所不足，矜其愚，不録其罪，察其辭而垂仁採納焉。收。又連下四「其」字，總是筆酣墨恣。

與陳給事書

韓　愈

此等文字，何曾是有意必作如此章法，只是起手一行，偶然寫得見與不見，後遂因風帶火，不自覺筆筆入妙也。作文，固以心空爲第一矣。

愈再拜：愈之獲見于閣下有年矣。始者亦嘗辱一言之譽。先叙相見。貧賤也，衣食于奔走，不得朝夕繼見。叙不相見，只平平而起。其後閣下位益尊，伺候于門牆者日益進。夫位益尊，則賤者日隔；伺候于門牆者日益進，則愛博而情不專。忽開突兀二扇，每扇中有二小扇。○一扇閣下。愈也道不加修，而文日益有名。夫道不加修，則賢者不與；文日益有名，則同進者忌。一扇愈。始之以日隔之疏，一。加之以不專之望，二。以不與者之心，三。聽忌者之説，四。由是閣下之庭，無愈之迹矣。總上兩大扇中四小扇，繳過起一行所謂平平者。去年春，亦嘗一進謁于左右矣。温乎其容，若加其新也；屬乎其言，若閔其窮也。退而喜也，以告于人。重起二扇。一扇退而喜，輕，下不承。其後如東京取妻子，又不得朝夕繼見。及其還也，亦嘗一進謁于左右矣。邈乎其容，若不察其愚也；悄乎其言，若不接其情也。退而懼也，不敢復進。一扇退而懼，重，下獨承。今則釋然悟，翻然悔，曰：「其邈也，乃所以怒其來之不繼也；其悄也，乃所以示其意也。」忽將後扇翻出陳給事意思來，真是奇絶。不敏之誅，無所逃避。不敢遂進，輒自疏其所以。只此四語特莊甚，上俱以文爲如戲也。並獻近所爲《復志賦》已下十首，爲一卷，卷有標軸。《送孟郊序》一首，生紙寫，不加裝飾，皆有楷字注字處。急于自解而謝，不能竢更寫。閣下取其意，而略其禮可也。

答李秀才書

韓 愈

來書中意，與答意，只後一行便了。看他前幅，憑空請一李元賓作叙述寒暄，可見文字曾無定態，意之所擬，筆即隨之。

愈白：故友李觀元賓，十年之前，示愈别吴中故人詩六章。其首章，則吾子也，盛有所稱引。一寫粗知。元賓行峻潔清，其中狹隘，不能包容，于尋常人不肯苟有論説。因究其所以，于是知吾子非庸衆人。一寫細知。時吾子在吴中，其後愈出在外，無因緣相見。三寫未見。元賓既殁，其文益可貴重。思元賓而不見，見元賓之所與者，則如元賓焉。四寫急見。今者辱惠書及文章，叙來書。觀其姓名，元賓之聲容，怳若相接；粗觀。讀其文辭，見元賓之知人，交道之不污。細觀。已下方答來書中意也。甚矣，子之心有似于吾元賓也！子之言，以愈所爲，不違孔子，不以琢雕爲工，將相從于此。來書中意。愈敢自愛其道，而以辭讓爲事乎？然愈之所志于古者，不惟其辭之好，好其道焉爾。答。讀吾子之辭，而得其所用心，將復有深于是者，與吾子樂之，況其外之文乎？婉曲接引，言不盡意。妙妙。愈頓首。

應科目時與人書

韓　愈

亦無頭，亦無尾，竟斗然寫一怪物。一氣直注而下，而其文愈曲。細分之，中間却果有無數曲折，而其勢愈直。此真奇筆怪墨也。

月、日，愈再拜：天池之濱，大江之濆，曰有怪物焉，蓋非常鱗凡介之品彙匹儔也。突然寫一怪物，第一段。其得水，變化風雨，上下于天，不難也。「得水」，第二段。其不及水，蓋尋常尺寸之間耳。無高山大陵、曠途絶險爲之關隔也。「不及水」，第三段。然其窮困不能自致乎水，爲獱獺之笑者，蓋十八九矣。「不能自致乎水」，第四段。如有力者，哀其窮而運轉之，蓋一舉手一投足之勞也。「有力者」，第五段。然是物也，負其異于衆也，且曰：「爛死于沙泥，吾寧樂之。若俯首帖耳，摇尾而乞憐者，非我之志也。」「不肯乞憐」，第六段。是以有力者遇之，熟視之若無睹也。其死其生，固不可知也。有力者不知，第七段。今又有有力者當其前矣。聊試仰首一鳴號焉，庸詎知有力者不哀其窮，而忘一舉手一投足之勞，而轉之清波乎？又一「有力者」，第八段。奇奇怪怪，灣灣曲曲，歷歷落落，緊緊簇簇。其哀之，命也；其不哀之，命也；知其在命，而且鳴號之者，亦命也。又加此一段自作數落，更妙。愈今者，實有類于是。只用一句，結歸自己。是以忘其疏愚之罪，而有是説焉。閣下其亦憐察之。

諍臣論

韓　愈

反覆辨駁之文，最貴是腴。腴者，理足故也；不腴，則是徒逞口説也。此文不必多看其反覆辨駁處，須多看其腴處。

或問諫議大夫陽城于愈：「可以爲有道之士乎哉？學廣而聞多，不求聞于人也；行古人之道，居于晉之鄙。晉之鄙人，薰其德而善良者幾千人。大臣聞而薦之，天子以爲諫議大夫。人皆以爲華，陽子不色喜。居于位五年矣，視其德如在草野。彼豈以富貴移易其心哉！」此數端，實是陽城好處，必要先提出了。不然，後來必是費筆周旋。非真或有是言也。愈應之曰：「是《易》所謂『恒其德，貞』而『夫子凶』者也。惡得爲有道之士乎哉？接口一句斷住。在《易·蠱》之上九云：『不事王侯，高尚其事。』《蹇》之六二則曰：『王臣蹇蹇，匪躬之故。』夫不以所居之時不一，而所蹈之德不同也。若《蠱》之上九，居無用之地，而致匪躬之節，以《蹇》之六二，在王臣之位，而高不事之心，則冒進之患生，無用而匪躬者。曠官之刺興。王臣而不事者。志不可則，而尤之不終無也。《蠱》上九曰：「志可則也。」《蹇》六二曰：「終無尤也。」上接口一句，用經斷住，便再引經反覆。今陽子實一匹夫，入事。在位不爲不久矣；聞天下之得失，不爲不熟矣；天子待之，不爲不加矣。一折。而未嘗一言及于政，視政之得失，若越人視秦人之肥瘠，忽焉不加喜戚于其心。一折。問其官，則曰：『諫議也。』問其祿，則曰：『下大夫之秩也。』問其政，則曰：『我不知也。』一折。有道之士，固如是乎哉？第一斷。且吾聞之：更端再起。『有官守者，不得其職則去；有言責者，不得其言則去。』引。今陽子以爲得其言乎哉？省一句。得其言而不言，與不得其言而不去，無一可者也。一折。陽子將爲祿仕乎？此即前所省之一句也。古之人有云：『仕不爲貧，而有時乎爲貧。』謂祿仕者也。宜乎辭尊而居卑，辭富而居貧，若抱關擊柝者可也。孔子嘗爲委吏矣，嘗爲乘田矣，亦不敢曠其職，必曰會計當而已矣，必曰牛羊遂而已矣。引。看他添減《孟子》文字，成自己文字。若陽子之秩祿，不爲卑且貧，章章明矣。而如此可乎哉？」一折。第二斷。或曰：「否，非若此也。夫陽子惡訕上者，惡爲人臣昭其君之過，而以爲名者。故雖諫且議，使人不得而知焉。《書》曰：『爾有嘉謀嘉猷，則入告爾后于内，爾乃順之于外。』曰：『斯謀斯猷，惟我后之德。』亦引《書》。夫陽子之用心，亦若此者。」更端再起。愈曰：「若陽子之用心如此，滋所謂惑者矣。接口一句斷住。入則諫其君，出則不使人知者，大臣宰相之事，非陽子之所宜行也。大聲如霹靂，使讀者耳聾數日。夫陽子，本以布衣隱于蓬蒿之下，一折。主上嘉其行誼，擢在此位，官以諫爲名，一折。誠宜有以奉其職，使四方後代，知朝廷有直言骨鯁之臣，天子有不僭賞從諫如流之美。一折。庶岩穴之士，聞而慕之，束帶結髮，願進于闕下而伸其辭説，致吾君于堯舜，熙鴻號于無窮也。一折。若《書》所謂，則大臣宰相之事，非陽子所宜行也。且陽子之心，將使君人者惡聞其過乎？是啓之也。」第三斷。或曰：「陽子不求聞而人聞之，不求用而君用之，不得已而仕，守其道而不變，何子過之深也？」更端再起。

愈曰：「自古聖人賢士，皆非有心求于聞用也。接口一句斷住。閔其時之不平，人之不得其道，不敢獨善其身，而必以兼濟天下也。孜孜矻矻，死而後已。故禹過家門不入，孔席不暇暖，而墨突不得黔。彼二聖一賢者，豈不知自安逸之爲樂哉？誠畏天命而悲人窮也。一折。夫天授人以賢聖才能，豈使自有餘而已，試欲以補其不足者也。耳目之于身也，耳司聞而目司見；聽其是非，視其險易，然後得安焉。聖賢，時人之耳目；時人，聖賢之身也。一折。且陽子之不賢，則將役于賢以奉其上矣；若果賢，則固畏天命而閔人窮也。惡得以自暇逸乎哉？一折。」第四斷。或曰：「吾聞君子不欲加諸人，而惡訐以爲直者。亦引經。若吾子之論，直則直矣，無乃傷于德，而費于辭乎？好盡言以昭人過，國武子之所以見殺于齊也。又引。吾子其亦聞乎？」更端再起。愈曰：「君子居其位，則思死其官；未得位，則思修其辭，以明其道。我將以明道也，非以爲直而加人也。接口斷住，且國武子不能得善人，而好盡言于亂國，是以見殺。一折。傳曰：『惟善人能受盡言。』謂其聞而能改之也。一折。子告我曰：『陽子可以爲有道之士也。』今雖不能及已，陽子將不得爲善人乎哉？」第五斷。

進學解

韓　愈

其雄奇高渾，似較《客難》、《賓戲》爲過之。逐句逐段細細讀。

國子先生晨入太學，招諸生立館下，誨之曰：斗起奇文。業精于勤，荒于嬉；行成于思，毁于隨。方今聖賢相逢，治具畢張。拔去凶邪，登崇俊良。占小善者率以録，名一藝者無不庸。爬羅剔抉，刮垢磨光，蓋有幸而獲選，孰云多而不揚？諸生業患不能精，無患有司之不明；行患不能成，無患有司之不公。」言未既，妙。斗轉奇文。有笑于列者曰：「先生欺予哉！弟子事先生，于兹有年矣。頭。先生口不絶吟于六藝之文，手不停披于百家之編。記事者必提其要，纂言者必鈎其玄。貪多務得，細大不捐。焚膏油以繼晷，恒兀兀以窮年。先生之業，可謂勤矣。一段。段段雄奇俊偉。觝排異端，攘黜佛老[一]，補苴罅漏，張皇幽眇；尋墜緒之茫茫，獨旁搜而遠紹；障百川而東之，迴狂瀾于既倒。先生之于儒，可謂有勞矣。二段。沉浸醲郁，含英咀華，作爲文章，其書滿家。上窺姚姒，渾渾無涯。周《誥》殷《盤》，佶屈聱牙。《春秋》謹嚴，《左氏》浮誇。《易》奇而法，《詩》正而葩。下逮《莊》《騷》，太史所録，子雲、相如，同工異曲。先生之于文，可謂閎其中，而肆其外矣。三段。少始知學，勇于敢爲；長通于方，左右具宜。先生之于爲人，可謂成矣。四段。然而公不見信于人，私不見助于友。跋前躓後，動輒得咎。暫爲御史，遂竄南夷。三年博士，冗不見治。命與仇謀，取敗幾時。冬暖而兒號寒，年豐而妻啼飢。頭童齒豁，竟死何裨？不知慮此，而反教人爲！」尾。先生曰：「吁！子來前。又斗轉。夫大木爲宗，細木爲桷，欂櫨、侏儒，椳、闑、扂、楔，各得其宜，施以成室者，匠氏

[一]「黜」，康熙十六年增補本、《評注才子古文》作「斥」。

之工也。一喻。玉札、丹砂，赤箭、青芝，牛溲、馬勃，敗鼓之皮，俱收並蓄，待用無遺者，醫師之良也。二喻。登明選公，雜進巧拙，紆餘爲妍，卓犖爲傑，較短量長，惟器是適者，宰相之方也。三結。昔者孟軻好辯，孔道以明；轍環天下，卒老于行。一引。荀卿守正，大論是弘；逃讒于楚，廢死蘭陵。二引。是二儒者，吐辭爲經，舉足爲法，絶類離倫，優入聖域。其遇于世何如也？三結。下轉正文。今先生學雖勤而不由其統，言雖多而不要其中，文雖奇而不濟于用，行雖修而不顯于衆。再轉。猶且月費俸錢，歲縻廩粟。子不知耕，婦不知織。乘馬從徒，安坐而食。踵常途之促促，窺陳編以盜竊。再轉。然而聖主不加誅，宰臣不見斥。茲非其幸歟！再轉。動而得謗，名亦隨之。投閑置散，乃分之宜。已上，「進學」正文畢；下二行，「解」也。若夫商財賄之有亡，計班資之崇庳，忘己量之所稱，指前人之瑕疵，是所謂詰匠氏之不以杙爲楹，而訾醫師以昌陽引年，欲進其豨苓也。」

獲麟解

韓愈

一篇只是一正一反，再一正，再一反。每段又自作曲折。

麟之爲靈，昭昭也。詠于《詩》，書于《春秋》，雜出于傳記百家之書。雖婦人小子，皆知其爲祥也。祥。然麟之爲物，不畜于家，不恒有于天下。其爲形也不類，非若馬、牛、犬、豕、豺、狼、麋、鹿然。然則雖有麟,不可知其爲麟也。角者,吾知其爲牛;鬣者,吾知其爲馬;犬、豕、豺、狼、麋、鹿,吾知其爲犬、豕、豺、狼、麋、鹿。惟麟也,不可知。不可知,則其謂之不祥也亦宜。不祥。此是第一正反。○此不祥,是天下不知麟也。非麟之咎也。雖然,麟之出,必有聖人在乎位,麟爲聖人出也。聖人者,必知麟。麟之果不爲不祥也。祥。又曰:麟之所以爲麟者,以德不以形。若麟之出,不待聖人,則其謂之不祥也亦宜。不祥。此是第二正反,○此不祥,真麟之罪也,非天下之咎也。嗚呼,先生于出處之際,爲戒深矣!

原毁

韓　愈

「原毁」,乃始于責己者。不責己則怠,怠則忌,忌則毁,故原之必于此焉始,並非寬套之論也。此文段段成扇,又寬轉,又緊峭,又平易,又古勁,最是學不得到之筆,而不知者乃謂易學。

古之君子,其責己也重以周,其待人也輕以約。劈空先寫古之君子一大扇,作賓。重以周,故不怠;輕以約,故人樂爲善。段段成扇。聞古之人有舜者,其爲人也,仁義人也。求其所以爲舜者,責于己曰:「彼,人也;予,人也。彼能是,而我乃不能是。」早夜以思,去其不如舜者,就其如舜者。聞古之人有周公者,其爲人也,多才與藝人也。求其所以爲周公者,責于己曰：「彼，人也。予，人也。彼能是，而我乃不能是。」早夜以思，去其不如周公者，就其如周公者。一扇中又成二扇。舜，大聖人也，後世無及焉；周公，大聖人也，後世無及焉。段段成扇。是人也，乃曰：「不如舜，不如周公，吾之病也。」是不亦責于身者，重以周乎？已上一小扇。其于人也，曰：「彼人也，能有是，是足爲良人矣。能善是，是足爲藝人矣。」取其一，不責其二；即其新，不究其舊。恐恐然惟懼其人之不得爲善之利。一善，易修也；一藝，易能也。其于人也，乃曰：「能有是，是亦足矣。」曰：「能善是，是亦足矣。」不亦待于人者，輕以約乎？已上一小扇。今之君子則不然，其責人也詳，其待己也廉。再寫今之君子一大扇，作主。詳，故人難于爲善；廉，故自取也少。段段成扇。己未有善，曰：「我善是，是亦足矣。」己未有能，曰：「我能是，是亦足矣。」外以欺于人，内以欺于心，未少有得而止矣。不亦待其身者已廉乎？一扇中又成二扇。已上一小扇。其于人也，曰：「彼雖能是，其人不足稱也；彼雖善是，其用不足稱也。」舉其一，不計其十；究其舊，不圖其新。恐恐然惟懼其人之有聞也。是不亦責于人者已詳乎？已上一小扇。夫是之謂不以衆人待其身，而以聖人望于人，吾未見其尊己也。獨承後一扇。雖然，急轉。爲是者，有本有原：怠與忌之謂也。怠者不能修，忌者畏人修。方到本題，此爲「毀」之根也。吾嘗試之矣。又將筆端颺開。嘗試語于衆曰：「某良士，某良士。」其應者，必其人之與也；不然，則其所疏遠，不與同其利者也；不然，則其畏也。不若是，强者必怒于言，懦者必怒于色矣。又一扇，作賓。〇文法從《戰國策》或爲齊獻書趙王倫來。又嘗語于衆曰：「某非良士，某非良士。」其不應者，必其人之與也；不然，則其所疏遠，不與同其利者也；不然，則其畏也。不若是，强者必説于言，懦者必説于色矣。一扇，作主。是故事修而謗興，德高而毁來。嗚呼，士之處此世，而望名譽之光、道德之行，難已！收住。將有作于上者，得吾説而存之，其國家可幾而理歟！再收，使通篇有加倍力。

諱辯

韓愈

前幅，看其層疊扶疏而起；後幅，看其連環鈎股而下：只是以文爲戲，以文爲樂。

愈與李賀書，勸賀舉進士。既自欲作辨，便從自承認起。賀舉進士有名，與賀爭名者毁之，爭名。曰：「賀父名晉肅，賀不得舉進士爲是，勸之舉者爲非。」聽者不察也，和而唱之，同然一辭。「不察」，輕輕只下四字，便早定此案。下辨，固餘文也。○和者轉更唱之也。皇甫湜曰：「若不明白，子與賀且得罪。」作辨之由。看「子與賀」句，「子」字在「賀」字上，又賀不作辨、公作辨之由。愈曰：「然。先用一「然」字接住，下方起。律曰：『二名不偏諱。』釋之者曰：『謂若言徵不稱在，言在不稱徵釋畢。是也。』言釋者「是也」。律曰：『不諱嫌名。』釋之者曰：『謂若禹與雨、丘與蓲之類釋畢。是也。』釋者「是也」。今賀父名晉肅，賀舉進士，上引律文，此入叙事。爲犯二名律乎？爲犯嫌名律乎？賀父名進肅，律尚不偏諱；今賀父自名晉肅，律豈諱嫌名乎？只此是正辨畢，已下俱以文爲戲，以文爲樂。父名晉，子不得舉進士；若父名仁，子不得爲人乎？其辭甚戲，其旨甚辣。夫諱始于何時？

提筆更端起。作法制以教天下者，非周公、孔子歟？周公作詩不諱，孔子不偏諱二名，《春秋》不譏不諱嫌名。康王釗之孫，實爲昭王；曾參之父名晳，曾子不諱昔。此引周公、孔子，最似拉雜不整。不知其周公只是一句，孔子却是四句。蓋《春秋》爲孔子之書，曾子爲孔子之徒也。「康王釗」句，又只在《春秋》句中，所謂文章虛實繁省之法也。周之時有騏期，漢之時有杜度，此其子宜如何諱？將諱其嫌，遂諱其姓乎？將不諱其嫌者乎？又一様辨，妙辨雲興。漢諱武帝名徹爲通，不聞又諱車轍之轍爲某字也；諱吕后名雉爲野鷄，不聞又諱治天下之治爲某字也。今上章及詔，不聞諱滸、勢、秉、機也。又一様辨。惟宦官宫妾，特指出一項人。乃不敢言諭及機，以爲觸犯。還他不察唱和緣故。士君子立言行事，宜何所法守也？要不察者，細察也。已上拉雜輥擲而下，至此又毅然反覆之。今考之于經，質之于律，稽之以國家之典，賀舉進士爲可耶？爲不可耶？辭甚婉，旨甚辣。凡事父母，得如曾參，可以無譏矣；作人得如周公、孔子，亦可以止矣。忽作嬝嬝餘文。今世之士，唱和人。不務行周公、孔子之行，而諱親之名，則務勝于周公、孔子，亦見其惑也。以文爲戲，以文爲樂。夫周公、孔子、曾參，卒不可勝。忽然忘曾參，忽然帶曾參。勝周公、孔子、曾參，乃比于宦官宫妾，以文爲戲，以文爲樂。則是宦官宫妾之孝于其親，賢于周公、孔子、曾參者耶？」以文爲戲，以文爲樂。不圖篇終又作如此嬝嬝數轉。

天下才子必讀書卷之十一

唐文

送石處士序

韓愈[一]

一篇純用傳體爲序，序之變也。

河陽軍節度、御史大夫烏公，爲節度之三月，求士于從事之賢者。有薦石先生者，公曰：「先生何如？」因此一問，下遂一路盡成傳體。曰：「先生居嵩邙、瀍穀之間。句法一，居。冬一裘，句。夏一葛。句法二，衣。食，句。朝夕句。飯一盂，蔬一盤。句法三，食。人與之錢，句。則辭。句。請與出游，句。未嘗以事免。句法四，與人。勸之仕，句。不應。句。坐一室，句。左右圖書。句。與之語道理，句，三字。辯古今事當否，句，六字。論人高下，事後當成敗，句，九字。若

[一]「韓愈」，康熙二年刻本缺，據康熙十六年增補本等補。

河決下流而東注，八字句。若駟馬駕輕車就熟路，而王良、造父爲之先後也，十九字句。若燭照，數計而龜卜也。九字句。句法五，語默。」大夫曰：「先生有以自老，無求于人，其肯爲某來耶？」再問。從事曰：「大夫文武忠孝，求士爲國，不私于家。方今寇聚于垣，師環其疆，農不耕收，財粟殫亡。吾所處地，歸輸之塗，治法征謀，宜有所出。借從事口，備寫大夫。先生仁且勇，若以義請而强委重焉，其何説之辭？」備寫處士。于是譔書詞，具馬幣，卜日以授使者，求先生之廬而請焉。竟入傳體。先生不告于妻子，不謀于朋友，畫。冠帶出見客，畫。拜受書禮于門内。畫。宵則沐浴，戒行李，載書册，問道所由，告行于常所來往。畫。晨則畢至，張上東門外。畫。酒三行，且起。又畫又叙，隨手變出。有執爵而言者曰：「大夫真能以義取人，先生真能以道自任，決去就，爲先生别。」第一祝，並贊二人。又酌而祝曰：「凡去就出處何常？惟義之歸。遂以爲先生壽。」第二祝，獨壽處士。又酌而祝曰：「使大夫恒無變其初，無務富其家而飢其師，無甘受佞人而外敬正士，無昧于諂言，惟先生是聽，以能有成功，保天子之寵命。」第三祝，規大夫。又祝曰：「使先生無圖利于大夫，而私便其身圖。」第四祝，規先生。先生起拜祝辭曰：「敢不敬早夜以求從祝規。」又加倍寫一答祝，隨手變出無窮。于是東都之人士，咸知大夫與先生，果能相與以有成也。忽作一結，有氣力。遂各爲歌詩六韻，退，愈爲之序云。

送温處士序

韓愈

前憑空以冀北馬空起，中憑空撰出無數人嗟怨，後又憑空結以自己嗟怨，俱是憑空文字。

伯樂一過冀北之野，而馬群遂空。憑空忽掉奇語。夫冀北馬多天下，伯樂雖善知馬，安能空其群耶？接手便難。解之者曰：「吾所謂空，非無馬也，無良馬也。伯樂知馬，遇其良，輒取之，群無留良焉。苟無良，雖謂無馬，不爲虚語矣。」接手便釋。〇已上以喻爲起，不獨爲送温起，並送石亦連及。東都，固士大夫之冀北也。妙文。恃才能，深藏而不市者，洛之北涯曰石生，連石。其南涯曰温生。出温。大夫烏公，以鈇鉞鎮河陽之三月，以石生爲才，以禮爲羅，羅而致之幕下。連石。未數月也，以温生爲才，于是以石生爲媒，以禮爲羅，又羅而致之幕下。出温，中自見所以連石之故。東都雖信多才士，朝取一人焉，拔其尤；暮取一人焉，拔其尤。自居守河南尹，以及百司之執事，與吾輩二縣之大夫，政有所不通，事有所可疑，奚所諮而處焉？生姿。各句各樣句法。士大夫之去位而巷處者，誰與嬉游？生姿。句法。小子後生，于何考德而問業焉？生姿。句法。縉紳之東西行，過是都者，無所禮于其廬。生姿。句法。若是而稱曰：「大夫烏公一鎮河陽，而東都處士之廬無人焉，豈不可也？」妙文。〇文固已畢，却必下一段始足。夫南面而聽天下，其所托重而恃力者，惟相與將耳。陪一相。相爲天子得人于朝廷，陪。將爲天子得文武士于幕下，正。求内外無治，不可得也。其文始足。愈縻于兹，不能自引去，資二生以待老；今皆爲有力者奪之，其何能無介然于懷耶？本以致頌，反更生怨，絶妙文情。生既至，拜公于軍門，其爲吾以前所稱，爲天下賀；結前一長段。以後所稱，爲吾致私怨于盡取也。結後一短段。留守相公，首爲四韵詩，歌其事。愈因推其意而序之。

送楊少尹序

韓　愈

送楊少尹，却劈空忽請出二疏，又偷筆先寫自己病不能送，便生出無數波瀾。

昔疏廣、受二子，以年老一朝辭位而去。于時公卿設供帳，祖道都門外，車數百兩。道旁觀者，多歎息泣下，共言其賢。漢史既傳其事，而後世工畫者，又圖其迹，至今照人耳目，赫赫若前日事。叙二疏事畢。國子司業楊君臣源，方以能詩訓後進。五字補寫楊君在官時事，必不可少。一旦以年滿七十，亦白丞相去歸其鄉。叙楊君事亦畢，已下發論。世常説古今人不相及，今楊與二疏豈異也？隨手先作一總。余忝在公卿後，遇病不能出，借「病不能出」，生出「不知」二字。不知楊侯去時，城門外送者幾人，車幾兩、馬幾匹？三「幾」字。道旁觀者，亦有歎息知其爲賢與否？而太史氏又能張大其事，爲傳繼二疏蹤迹否？不落莫否？三「否」字。見今世無工畫者，而畫與不畫，固不論也。變。然吾聞楊侯之去，丞相有愛而惜之者，白以爲其都少尹，不絶其禄。疏事外，添出一楊事。又爲歌詩以勸之；京師之長于詩者，亦屬而和之。疏事外，又添出一楊事。又不知當時二疏之去，有是事否？前云「不知楊侯去時」，此云「又不知當時二疏之去」，其筆勢如疾風之左趯右趯。古今人同不同，未疏之去，有是事否？前云「不知楊侯去時」，此云「又不知當時二疏之去」，其筆勢如疾風之左趯右趯。古今人同不同，未可知也。隨手再作一總。中世士大夫，以官爲家，罷則無所于歸。不是罵人，是反襯下文。楊侯始冠，舉于其鄉，歌《鹿鳴》而來也。賓句。今之歸，主句。指其樹曰：「某樹，吾先人之所種也，某水、某丘，吾童子時所釣游也。」畫七十老人，却畫作童子時，奇情妙筆。鄉人莫不加敬，誡子孫以楊侯不去其鄉爲法。又添出二疏未有事。古之所謂鄉先生殁而可祭于社者，其在斯人歟？其在斯人歟？感歎不盡。

送孟東野序

韓　愈

拉雜散漫，不作起，不作落，不作主，不作賓，只用一「鳴」字跳躍到底。如龍之變化，屈伸于天，更不能以逐鱗逐爪觀之。

大凡物不得其平則鳴。突然發筆，似爲一篇頭，又不爲一篇頭，直是恣意蕩漾，不顧世人。草木之無聲，風撓之鳴。「草木」，一。水之無聲，風蕩之鳴。「水」，二。其躍也，或激之；其趨也，或梗之；其沸也，或炙之。「水」段，獨加三句，恣心恣手之文哉。金石之無聲，或擊之鳴。「金石」，三。人之于言也亦然：突然收到「人」，又不收到「人」，下又放開。有不得已者而後言，其歌也有思，其哭也有懷。凡出乎口而爲聲者，其皆有弗平者乎！人言，四。樂也者，鬱于中而泄于外者也，突然說「樂」。擇其善鳴者而假之鳴；金、石、絲、竹、匏、土、革、木八者，物之善鳴者也。樂，五。維天之于時也亦然：突然説「天時」。擇其善鳴者而假之鳴，是故以鳥鳴春，以雷鳴夏，以蟲鳴秋，以風鳴冬。四時之相推敚，其必有不得其平者乎！天「四時」，六。其于人也亦然：突然又收到「人」，始真收到「人」矣。下又放開。人聲之精者爲言，文辭之于言，又其精也，尤擇其善鳴者而假之鳴，文辭，提。○已下始説人。其在唐、虞，咎陶、禹其善鳴者也，而假以鳴。咎陶、禹，一。夔弗能以文辭鳴，又自假于《韶》以鳴。夔，二。夏之時，五子以其歌鳴。五子，三。伊尹鳴殷。伊尹，四。周公鳴周。周公，五。凡載于《詩》、《書》六藝，皆鳴之善者也。略結。周之衰，孔子之徒鳴之，其聲大而遠。傳曰：「天將以夫子爲木鐸。」其弗信矣乎？孔子之徒，六。其末也，莊周以其荒唐之辭鳴。莊周，七。楚，大國也；其亡也，以屈原鳴。屈原，八。臧孫辰、孟軻、荀卿，以道鳴者也。臧孫辰、孟軻、荀卿，九。楊朱、墨翟、管夷吾、晏嬰、老聃、申不害、韓非、昚到、田駢、鄒衍、尸佼、孫武、張儀、蘇秦之屬，皆以其術鳴。楊朱十四人，十。秦之興，李斯鳴之。李斯，十一。漢之時，司馬遷、相如、楊雄，最其善鳴者也。二司馬、楊雄，十二。其下魏、晉氏，鳴者不及于古，然亦未嘗絶也。就其善者，其聲清以浮，其節數以急，其辭淫以哀，其志弛以肆；其爲言也，亂雜而無章。將天醜其德，莫之顧耶？何爲乎不鳴其善鳴者也？魏、晉，十三。唐之有天下，唐，提。已下始説唐人。陳子昂、一。蘇源明、二。元結、三。李白、四。杜甫、五。李觀，六。皆以其所能鳴。其存而在下者，孟郊東野，孟東野，一篇之主，七。○妙在縱横汗漫，賓主不辨。始以其詩鳴。其高出魏、晉，不懈而及于古，其他浸淫乎漢氏矣。從吾游者，李翺、張籍其尤也。李翺八，張籍九。又添二人于後，縱横汗漫極矣。三子者之鳴，信善矣。抑不知天將和其聲而使鳴國家之盛耶？抑將窮餓其身，思愁其心腸，而使自鳴其不幸耶？三子者之命，則懸乎天矣。其在上也，奚以喜？其在下也，奚以悲？只此一段正文。東野之役于江南也，有若不釋然者，故吾道其命于天者以解之。

送李愿歸盤谷序

韓　愈

前只數語寫盤谷，後只一歌詠盤谷。至于李之歸此谷，只用李自己兩段説話。自言欲爲第一段人不得，故甘爲第二段人。便見歸盤谷者，乃是世上第一豪華無比人，非朽爛不堪人也。

太行之陽有盤谷。盤谷之間，泉甘而土肥，草木藂茂，居民鮮少。下筆先寫盤谷。或曰謂其環兩山之間，故曰盤。忽講「盤」字。一「或曰」。或曰是谷也，宅幽而勢阻，隱者之所盤旋。二「或曰」。友人李愿居之。只六字，題盡了。已下全憑愿之言代行文。愿之言曰：「人之稱大丈夫者，我知之矣：先總提「大丈夫」，下分二段。利澤施于人，名聲昭于時，坐于廟朝，進退百官，而佐天子出令。其在外，則樹旗旄，羅弓矢，武夫前呵，從者塞途，供給之人，各執其物，夾道而疾馳。喜有賞，怒有刑。才俊滿前，道古今而譽盛德，入耳而不煩。曲眉豐頰，清聲而便體，秀外而惠中，飄輕裾，翳長袖，粉白黛緑者，列屋而閑居，妒寵而負恃，爭妍而取憐。大丈夫之遇知于天子，用力于當世者之所爲也。吾非惡此而逃之，是有命焉，不可幸而致也。極寫世上有此一輩「大丈夫」。結以「不可幸致」。窮居而閑處，升高而望遠，坐茂樹以終日，濯清泉以自潔。採于山，美可茹；釣于水，鮮可食。起居無時，惟適之安。與其有譽于前，孰若無毀于其後？與其有樂于身，孰若無憂于其心？車服不維，刀鋸不加，理亂不知，黜陟不聞。大丈夫不遇于時者之所爲也，我則行之。極寫世上又有此一輩「大丈夫」，結以「我則行之」。伺候于公卿之門，奔走于形勢之途，足將進而趦趄，口將言而囁嚅；處穢污而不羞，觸刑辟而誅戮。徼倖于萬一，老死而後止者，其于爲人賢不肖何如也？」不能爲前一輩大丈夫，又不肯爲後一輩大丈夫者也。昌黎韓愈聞其言而壯之，與之酒而爲之歌曰：愿之言畢，即是代行文畢。自只作歌，歌盤谷。「盤之中，維子之宫。盤之土，可以稼。盤之泉，可濯可沿。盤之阻，誰爭子所？窈而深，廓其有容。繚而曲，如往而復。嗟盤之樂兮，樂且無殃。虎豹遠迹兮，蛟龍遁藏。鬼神守護兮，呵禁不祥。飲且食兮壽而康，無不足兮奚所望？膏吾車兮秣吾馬，從子于盤兮，終吾生以徜徉。」

送李，却説到自亦欲往，何等興會。

送何堅序

韓　愈

只是心頭深愛堅，欲其歸，不以不得願爲悁憤，而加意親近賢師友。却並不作前輩板折腐語，只輕輕點筆，寫與堅有如許恩誼，胡得無言，因而擡出道州、湖南兩前輩。其文態便如牆角疏花，一枝二枝却正，三枝四枝却斜。到後亦是意足便休，正如不曾動筆也。

何于韓，同姓爲近。只是輕輕點筆，若細思之，真乃從何説起。堅以進士舉，于吾爲同業。輕輕點筆。其在太學也，吾爲博士，堅爲生。生、博士爲同道。輕輕點筆。其識堅也十年，爲故人。輕輕點筆。同姓而近也，同業也，同道也，故人也，于其不得願而歸，其可以無言耶？如此行文，紙上何曾有一點墨。堅，道州人。道之守陽公，賢也。此即所謂不可以無之言也。道于湖南爲屬州。湖南楊公，又賢也。仍是輕輕之筆。堅爲民，堅又賢也。輕輕。湖南得道爲屬，道得堅爲民。堅歸，唱其州之父老子弟服陽公之令，道亦唱其縣與其比州服楊公之令。紙上何曾有一點墨。吾聞鳥有鳳者，恒出于有道之國；當漢時黄霸爲潁川，是鳥實集而鳴焉。若史可信，堅歸，吾將賀其見鳳而聞其鳴也已。送何堅，通篇却贊陽、楊二公者，欲其歸，從之游而受其學也。故以見鳳聞鳳鳴作結。有意無意，使其自悟。

送董邵南序

韓　愈

送董邵南往燕、趙，却反托董邵南諭燕、趙歸朝廷。命意既自沉痛，用筆又極頓折。看他只是百數十餘字，凡作幾反幾覆。

燕、趙，古稱多感慨悲歌之士。橫將燕、趙先斷一句，下更不承，亦不轉，最是奇筆。董生舉進士，連不得志于有司。懷抱利器，鬱鬱適兹土，吾知其必有合也。董生勉乎哉！「吾知其」，妙。○正寫送一遍，却是作者心頭賓意。

董生忽接寫董生。夫以子之不遇時，苟慕義强仁者，皆愛惜焉。極寫董生。矧燕、趙之士出乎其性者哉！極寫燕、趙。此將上文再作一曲折，讀之不勝激昂。然吾聞風俗與化移易，吾惡知其今不異于古所云耶？聊以吾子之行卜之也。董生勉乎哉！「吾惡知其」，妙。○反寫送一遍，却是作者心頭主意。吾因子有所感矣。忽轉。○上一正一反，俱送董生；此下特諭燕、趙。爲我吊望諸君之墓，而觀于其市，復有昔時屠狗者乎？爲我謝曰：「明天子在上，可以出而仕矣。」字字花，字字火，字字淚，字字血。

送浮屠文暢師序

韓　愈

昌黎一生闢浮屠，此又欲爲浮屠作文字，最是不便措筆。看他一起得力，下便更不犯手。

人固有儒名而墨行者，問其名則是，校其行則非，可以與之游乎？振筆爽然。○賓，一句。如有墨名而儒行者，問其名則非，校其行則是，可以與之游乎？振筆爽然。○主，一句。揚子雲稱在門牆則揮之，在夷狄則進之，吾取以爲法焉。昌黎作送浮屠文，得此兩言，最占便宜。浮屠師文暢，喜文章。其周游天下，凡有行，必請于縉紳先生，以求詠歌其所志。先寫文暢。貞元十九年春，將行東南，柳君宗元爲之請，解其裝，得所得叙詩，累百餘篇。非至篤好，其何能致多如是耶？先寫文暢求序。惜其無以聖人之道告之者，而徒舉浮屠之説贈焉。責吾徒。夫文暢，浮屠也。如欲聞浮屠之説，當自就其師而問之，何故謁吾徒而來請也？原文暢。彼見吾君臣父子之懿，文物事爲之盛，其心有慕焉。拘其法而未能入，故樂聞其説而請之。再原文暢。如吾徒者，宜當告之以二帝三王之道，日月星辰之行，天地之所以著，鬼神之所以幽，人物之所以蕃，江河之所以流而語之，不當又爲浮屠之説，而瀆告之也。再責吾徒。責一通，原一通；再原一通，再責一通。將解裝所得累百餘篇盡推倒了，然後自出議論。民之初生，固若禽獸夷狄然。一。聖人者立，然後知宫居而粒食，親親而尊尊，生者養而死者藏。二。是故道莫大乎仁義，教莫正乎禮樂刑政。三。施之于天下，萬物得其宜；措之于其躬，體安而氣平。四。堯是以傳之舜，舜是以傳之禹，禹是以傳之湯，湯是以傳之文武，文武是以傳之周公、孔子。五。書之于册，中國之人世守之。六。堂堂正正之言，孰得而更干犯之耶？今浮屠者，孰爲而孰傳之耶？問得辣，喝得倒。説聖人處詳，説浮屠處甚略，以爲不足説也。夫鳥，俯而啄，仰而四顧；夫獸，深居而簡出。懼物之爲己害也，猶且不脱焉。又推感聖人之功，先喻。弱之肉，彊之食。今吾與文暢安居而暇食，優游以生死，與禽獸異者，寧可不知其所自耶？上説聖人之大者，此説其小者，欲未入門人易知耳。夫不知者，非其人之罪也。恕其前。知而不爲者，惑也；勵其今。悦乎故，不能即乎新者，弱也；防其後。知而不以告人者，不仁也；收累百篇。告而不以實者，不信也。自收。〇看他叠下五收句。余既重柳請，又嘉浮屠能喜文辭，于是乎言。

送廖道士序

韓愈

胸中愛廖，只是怪其爲道士；又恐爲道士者不止一廖，要因廖而徧招之。看他却不直説，却忽然劈插一衡山最靈，又劈插一郴州最鬱積。如是，必有非常奇人如廖者，只怕都爲道士，真是可惜。○不意其一篇文字，摶來只成得一句。此是通身氣力寫得，不止爭指力腕力之與臂力也。

五岳于中州，衡山最遠。劈插而起。○一句。南方之山，巍然高而大者以百數，獨衡爲宗。一句。最遠而獨爲宗，其神必靈。忽將上二句，並作一句。○暫頓住。衡之南，八九百里，地益高，山益峻，水清而益駛。其最高而横絶南北者嶺。郴之爲州，在嶺之上，測其高下，得三之二焉。中州清淑之氣，于是焉窮。又劈插而起。○一句。氣之所窮，盛而不過，必蜿蜒扶輿，磅礴而鬱積。又將上一句，忽轉换一句。○又頓住。衡山之神既靈。看其大氣力，承前頓住之一句。而郴之爲州，又當中州清淑之氣，蜿蜒扶輿，磅礴而鬱積。承後頓住之一句，看他轉下。其水土之所生，神氣之所感，白金、水銀、丹砂、石英、鍾乳，橘柚之包，竹箭之美，千尋之名材，不能獨當也。筆行至此，如江河之浩汗，如雷霆之急疾，而中間又自弄姿。意必有魁奇忠信材德之民生其間,自起至此,只搏成一句文字,真是奇駭絶人。而吾又未見也。其無乃迷惑溺没于老佛之學,而不出耶?上文如此費氣力寫來,却又如此脱卸而去,真非尋常筆墨舊徑也。廖師郴民,細。而學于衡山,細。氣專而容寂,多藝而善游,豈吾所謂魁奇而迷溺者耶!只此一句正文,〇「魁奇」一句,「迷溺」一句。廖師善知人,若不在其身,必在其所與游,訪之而不吾告,何也?上文如此費氣力曲折寫來,纔得一句正文;却又如此脱卸去,真無一句筆墨舊徑也。于其别,申以問之。費氣力起,不費氣力結,大奇大奇。

論薦侯喜狀

韓　愈

文作三段:一段叙與侯喜素知,一段叙侯喜來述,一段叙答侯喜:皆是短短輕輕之筆。

喜其人爲文甚古,寫喜,一。立志甚堅,行止取捨,有士君子之操。寫喜,二。家貧親老,無援于朝。寫喜,三。在舉場十餘年,竟無知遇。寫喜,四。愈常慕其才而恨其屈。自寫,一。與之還往,歲月已多。自寫,二。嘗欲薦之于主司,言之于上位,自寫,三。名卑官賤,其路無由。觀其所爲文,未嘗不掩卷長歎。自寫,四。去年愈從調選,本欲携持同行,自寫,五。適遇其人自有家事,迍邅坎坷,又廢一年。自寫,六。寫喜四,自寫六,最爲纏綿刺促。及春末,自京還,怪其久絶消息。曲折。五月初至此，自言爲閣下所知。辭氣激揚，面有矜色，曰：「侯喜死不恨矣。一曲。喜辭親入關，羈旅道路，見王公數百，二曲。未嘗有如盧公之知我也。三曲。比者分將委棄泥塗，老死草野，四曲。今胸中之氣，勃勃然復有仕進之路矣。」五曲。○叙喜言，甚曲折，妙絶。愈感其言，賀之以酒。謂之曰：「盧公，天下之賢刺史也。一曲。未嘗有所推引，蓋難其人，而重其事。二曲。今子鬱爲選首，三曲。其言死不恨，固宜也。四曲。古所謂知己者，正如此耳。五曲。身在貧賤，爲天下所不知，獨見遇于大賢，乃可貴耳。六曲。若自有名聲，又托形勢，此乃市道之事，又何足貴乎？七曲。子之遇知于盧公，真所謂知己者也。八曲。士之修身立節，而竟不遇知己，前古已來，不可勝數。九曲。或日接膝而不相知，或異世而相慕，以其遭逢之難。故曰：『士爲知己者死。』不其然乎！不其然乎！」十曲。叙自言，甚曲折，妙絶。閣下既已知侯生，而愈復以侯生言于閣下者，非爲侯生謀也。又跌。感知己之難遇，一結。大閣下之德，二結。而憐侯生之心，三結。故因其行而獻于左右焉。再總結。謹狀。

圬者王承福傳

韓愈

逐段發出人生世間無數至理，却又無叫罵嬉笑之態：細細玩其句法。

圬之爲技，賤且勞者也。抑。有業之，其色若自得者。聽其言，約而盡。揚。問之，王其姓，承福其名，世爲京兆長安農夫。天寶之亂，發人爲兵。持弓矢十三年，有官勛，棄之來歸。喪其土田，手鏝衣食，餘三十年，舍于市之主人，而歸其屋食之當焉。視時屋食之貴賤，而上下其圬之傭以償之。有餘，則以與道路之廢疾餓者焉。第一段，寫其自叙。○自叙，是第一等人品。又曰：「粟，稼而生者也；若布與帛，必蠶績而後成者也。其他所以養生之具，皆待人力，而後完者也。吾皆賴之。然人不可遍爲，宜乎各致其能以相生也。已上，彼此各致其能。故君者，理我所以生者也；而百官者，承君之化者也。任有小大，惟其所能，若器皿焉。食焉而怠其事，必有天殃，故吾不敢一日捨鏝以嬉。已上，小大不怠其事。夫鏝，易能，可力焉，又誠有功；取其直，雖勞無愧，吾心安焉。夫力，易强而有功也；心，難强而有智也。用力者使于人，用心者使人，亦其宜也。吾特擇其易爲，而無愧者取焉。已上，難易自擇其宜。嘻！吾操鏝以入貴富之家有年矣。有一至者焉，又往過之，則爲墟矣；有再至、三至者焉，而往過之，則爲墟矣。問之其鄰，或曰：『噫！刑戮也。』或曰：『身既死，而其子孫不能有也。』或曰：『死而歸之官也。』吾以是觀之，非所謂食焉怠其事，而得天殃者耶？應。非强心以智而不足，不擇其才之稱否，而冒之者耶？應。非多行可愧，知其不可，而强爲之者耶？應。將貴富難守，薄功而厚饗之者耶？不應。抑豐悴有時，一去一來，而不可常者耶？不應。吾之心憫焉，是故擇其力之可能者行焉。已上，聞見久悟其理。○便將前文如應不應，錯落寫成。樂富貴而悲貧賤，我豈異于人哉？」找此一筆又妙。第二段，寫其議論。○議論，是第一等名理。又曰：「功大者，其所以自奉也博。句。妻與子，皆養于我者也；句。吾能薄而功小，句。不有之可也。句。又吾句。所謂勞力者，句。若立吾家而力不足，句。則心又勞也。句。一身而二任焉，雖聖者不可能也。」第三段，寫其守分。○守分，是第一等見識。愈始聞而惑之，又從而思之，蓋賢者也，蓋所謂「獨善其身」者也。曲折。然吾有譏焉：謂其自爲也過多，其爲人也過少。其學楊朱之道者耶？楊之道，不肯拔我一毛而利天下。而夫人以有家爲勞心，不肯一動其心以畜其妻子，其肯勞其心以爲人乎哉？曲折。雖然，其賢于世之患不得之而患失之者，以濟其生之欲，貪邪而亡道，以喪其身者，其亦遠矣！曲折。三十六字成句。又其言有可以警余者，故余爲之傳而自鑒焉。以自結，妙妙。

新修滕王閣記

韓　愈

只是承命作記，看其憑空先撰出三段。不得見滕王閣，便見今日作記，真大快活。

愈少時，則聞江南多臨觀之美，而滕王閣獨爲第一，有瑰偉絶特之稱。先叙聞。及得三王所爲序、賦、記等，壯其文辭，益欲往一觀而讀之，以忘吾憂。次叙見其文辭。繫官于朝，願莫之遂。一不得見滕王閣。十四年，以言事斥守揭陽，便道取疾，以至海上，又不得過南昌，而觀所謂滕王閣者。二不得見滕王閣。其冬，以天子進大號，加恩區内，移刺袁州。袁于南昌爲屬邑，私喜幸自語，以爲當得躬詣大府，受約束于下執事；先自添色。及其無事且還，儻得一至其處，竊寄目，償所願焉。一何曲折多態。至州之七月，詔以中書舍人太原王公爲御史中丞，觀察江南西道，洪、江、饒、虔、吉、信、撫、袁，悉屬治所。八州之人，前所不便，及所願欲而不得者，公至之日，皆罷行之。大者驛聞，小者立變，春生秋殺，陽開陰閉，令修于庭户數日之間，而人自得于湖山千里之外。吾雖欲出意見，論利害，聽命于幕下，而吾州乃無一事可假而行者，又安得捨己所事以勤館人，則滕王閣又無因而至焉矣。三不得見滕王閣。○粗覽之，若只爲自己行文章法，却不知其已將王公政迹無不悉書。文章虚實賓主之妙，乃不可以一筆定之矣。其歲九月，人吏浹和，公與監軍使燕于此閣，文武賓士，皆與在席。酒半，合辭言曰：「此屋不修，且壞。」請修。前公爲從事此邦，適理新之。公所爲文，實書在壁。曲折多態。今三十年而公來爲邦伯，適及期月，公又來燕于此，公烏得無情哉！」公應曰：「諾。」辭令蘊藉之甚。于是棟楹梁桷板檻之腐黑撓折者，蓋瓦級甎之破缺者，赤白之漫漶不鮮者，治之則已。無侈前人，無廢後觀。叙修閣事。又詳，又省。妙妙。工既訖功，公以衆飲，而以書命愈曰：「子其爲我記之。」愈既以未得造觀爲歎，竊喜載名其上，詞列三王之次，有榮耀焉。乃不辭而承公命。前三不得見，寫來正獨爲此段愉快也。其江山之好，登望之樂，雖老矣，如獲從公游，尚能爲公賦之。再添一筆，餘勇可賈，在他人更無此。

祭十二郎文

韓　愈

情辭痛惻，何必又説？須要看其通篇凡作無數文法，忽然烟波窅緲，忽然山徑盤紆。論情事，只是一直説話，却偏有如許多文法者，由其平日戛戛乎難，汩汩乎來，實自有其素也。

年、月、日，季父愈聞汝喪之七日，乃能銜哀致誠，使建中遠具時羞之奠，告汝十二郎之靈：序。嗚呼！吾少孤，從自説起。及長，不省所怙，惟兄嫂是依。「兄嫂」，即十二郎父母。公于郎，雖叔侄，猶兄弟，其情誼盡在此。中年，兄殁南方，吾與汝俱幼，始入十二郎。「俱幼」，只二字讀之，早酸從中動。從嫂歸葬河陽。既又與汝就食江南，零丁孤苦，未嘗一日相離也。叔侄猶兄弟也。吾上有三兄，皆不幸早世。承先人後者，在孫惟汝，在子惟吾。只是直話，却甚精鍊。兩世一身，形單影隻，嫂常撫汝酸。指吾酸。而言曰：「韓氏兩世，惟此而已！」畫盡零丁孤苦。汝時尤小，當不復記憶；上説「俱幼」，此又略分。吾時雖能記憶，亦未知其言之悲也！雖略分，又不甚分。妙妙。吾年十九，始來京城。與郎别。其後四年，而歸視汝。與郎會。又四年，吾往河陽省墳墓，與郎别。遇汝從嫂喪來葬。與郎會。又二年，吾佐董丞相于汴州，與郎别。汝來省吾。與郎會。止一歲，請歸取其孥。與郎别。明年，丞相薨，吾去汴州，汝不果來。與郎不復會。是年，吾佐戍徐州[二]，與郎别。使取汝者始行，吾又罷去，汝又不果來。與郎不復會。吾念汝從于東，東亦客也，不可以久；圖久遠者，莫如西歸，將成家而致汝。圖與郎長會。嗚呼！孰謂汝遽去吾而殁

[二]「戍」，康熙二年刻本作「戎」，據康熙十六年增補本等改。

乎！與郎永别不會。吾與汝俱年少，以爲雖暫相别，終當久與相處，故捨汝而旅食京師，以求斗斛之禄。曲折寫出。誠知其如此，雖萬乘之公相，吾不以一日輟汝而就也。曲折寫出。去年，孟東野往，吾書與汝曰：「吾年未四十，而視茫茫，而髮蒼蒼，而齒牙動摇。念諸父與諸兄，皆康彊而早世；如今之衰者，其能久存乎？吾不可去，汝不肯來，恐旦暮死，而汝抱無涯之戚也。」反寫作波瀾，俱是至情直話，却又妙文。孰謂少者殁而長者存，强者夭而病者全乎？跌，正。嗚呼！其信然邪？其夢邪？其傳之非其真邪？漢武《李夫人歌》，變作無限烟波。信也，吾兄之盛德，而夭其嗣乎？汝之純明，而不克蒙其澤乎？少者强者而夭殁，長者衰者而存全乎？純是烟波，筆無停姿。未可以爲信也，夢也，傳之非其真也。東野之書，耿蘭之報，何爲而在吾側也？純是烟波，筆無停姿。嗚呼，其信然矣。吾兄之盛德，而夭其嗣矣；汝之純明，宜業其家者，不克蒙其澤矣。所謂天者誠難測，而神者誠難明矣；所謂理者不可推，而壽者不可知矣。純是烟波，筆無停姿。凡作三四翻，下方轉。雖然，吾自今年來，蒼蒼者或化而爲白矣，動摇者或脱而落矣；毛血日益衰，志氣日益微；幾何不從汝而死也。又將前反寫作正寫，筆筆無停姿。死而有知，其幾何離？妙。其無知，悲不幾時，妙。而不悲者無窮期矣。妙妙。汝之子始十歲，吾之子始五歲。少而强者不可保，如此孩提者，又可冀其成立耶？嗚呼哀哉！嗚呼哀哉！忽然于郎前，寫自家不保；忽然又于郎後，寫二子不保：筆筆無停姿。汝去年書云：「比得軟脚病，往往而劇。」吾曰：「是疾也，江南之人常常有之。」未始以爲憂也。又作一樣曲折。嗚呼，其竟以此而殞其生乎？曲折。抑别有疾而至斯乎？曲折。汝之書，六月十七日也。又作一樣曲折。東野云，汝殁以六月二日；耿蘭之報，無月日。曲折。蓋東野之使者，不知問家人以月日；如耿蘭之報，不知當言月日。曲折。東野與吾書，乃問使者，使者妄稱以應之耳。其然乎？其不然乎？曲折。今吾使建中祭汝，吊汝之孤，與汝之乳母。彼有食可守，以待終喪，則待終喪而取以來；如不能守以終喪，則遂取以來。其餘奴婢，並令守汝喪。吾力能改葬，終葬汝于先人之兆，然後惟其所願。一段叙家事。嗚呼！自此以下，一往慟哭而盡。汝病吾不知時，汝殁吾不知日。生不能相養以共居，殁不能撫汝以盡哀，斂不憑其棺，窆不臨其穴。吾行負神明，而使汝夭。不孝不慈，而不得與汝相養以生，相守以死。一在天之涯，一在地之角，生而影不與吾形相依，死而魂不與吾夢相接。吾實爲之，其又何尤？彼蒼者天，曷其有極？更不能分句，何況分段分守，直是一慟而盡。自今已往，吾其無意于人世矣。當求數頃之田，于伊、潁之上，以待餘年。再叙自家。教吾子與汝子，幸其成；長吾女與汝女，待其嫁：如此而已。再叙後人。嗚呼！言有窮而情不可終。結。汝其知也邪？其不知也邪？再結。嗚呼哀哉！尚饗。

祭田横墓文

韓　愈

以沉鬱之氣，發悲涼之音。逐二句抗聲吟之，真有天崩海立之勢。

貞元十一年九月，愈如東京，道出田横墓下。感横義高能得士，因取酒以祭，爲文而吊之。其辭曰：事有曠百世而相感者，余不自知其何心。非今世之所稀，孰爲使余歔欷而不可禁。余既博觀乎天下，曷有庶幾乎夫子之所爲。死者不可復生，嗟余去此其從誰？當秦氏之敗亂，得一士而可王，何五百人之擾擾，而不能脱夫子于劍鋩？抑所寶之非賢，亦天命之有常。昔闕里之多士，孔聖亦云其遑遑。苟余行之不迷，雖顛沛其何傷。自古死者非一，夫子至今有耿光。跽陳辭而薦酒，魂髣髴而來饗。

殿中少監馬君墓誌

韓　愈

殿中君生平事迹，略無可書，却無端忽牽連其祖子孫三世，寫出一段情事婉約、悲歎淋漓，真無中生有之筆。

君諱繼祖，司徒贈太師北平莊武王之孫，少府監贈太子少傅諱暘之子。生四歲，以門功拜太子舍人。積二十四年，五轉而至殿中少監。省却多少。年三十七以卒。有男八人，女二人。誌殿中君已畢，已下並是無中生有。始余初冠，應進士，貢在京師，窮不能自存。以故人稚弟，拜北平王于馬前。王問而憐之，因得見于安邑里第。王軫其寒飢，賜食與衣，召二子使爲之主。自應舉入京，拜王馬前，接見邸第，軫賜衣食，命子爲主，一路皆是漸漸攏到題來。其季遇我特厚，少府監贈太子少傅者也。姆抱幼子立側，眉眼如畫，髮漆黑，肌肉玉雪可念，殿中君也。將他三世寫一遍。當是時，見王于北亭，猶高山深林，龍虎變化不測，傑魁人也。退見少傅，翠竹碧梧，鸞停鵠峙，能守其業者也。幼子娟好靜秀，瑶環瑜珥，蘭茁其芽，稱其家兒也。將他三世又寫一遍。後四年，吾成進士，去而東游，哭北平王于客舍。後十五年，吾爲尚書都官郎，分司東都，而分府少傅卒，哭之。又二十餘年至今，哭少監焉。將他三世再寫一遍。看他第一遍用「始」字，第二遍用「當是時」字，第三遍用「後四年」、「後十五年」、「又二十餘年至今」字。嗚呼，吾未耋，自始至今，未四十年，而哭其祖子孫三世，結馬君。于人世何如也？結自家。人欲久不死，而觀居此世者何也？又于通篇文字之外另結。

天下才子必讀書卷之十二

唐文

上李夷簡相公書

柳宗元

沉困既久，其言至悲。與昌黎應科目時書絶不同。蓋彼段段、句句、字字負氣傲岸，此段段、句句、字字迫蹙掩抑，則所處之地不同也。

月、日，使持節柳州諸軍事，守柳州刺史柳宗元，謹獻書于相公閤下：具官。宗元聞有行三塗之艱，而墜十仞之下者，仰望于道，號以求出。過之者日十百人，皆去而不顧。一層筆。就令哀而顧之者，不過攀木俯首，深矉太息，良久而去耳，其卒無可奈何。又一層筆。凡用兩層筆。然其人猶望而不止也。一頓。俄而有若烏獲者，持長綆千尋，徐而過焉。其力足爲也，其器足施也；號之而不顧，一層筆。顧而曰不能力，又一層筆。又用兩層筆。則其人知必死于大壑矣。何也？是時不可遇，而幸遇焉，而又不逮乎己，然後知命之窮，勢之極，其卒呼憤自斃，不復望于上矣。又一頓。○下始入意。宗元曩者齒少一。心銳，二。徑行三。高步，四。不知道之艱，五。以陷乎大阨，二十二字句。自訴，甚明甚詳。窮躓殞墜，廢爲孤囚。日號而望者十四年矣，號望。其不顧而去，與顧而深矉者，俱不乏焉，「不顧而去」者，「顧而深矉」者。然猶仰首伸吭，張目而視，曰：「庶幾乎，其有異俗之心，非常之力，當路而垂仁者耶！」猶望不止。○下始入李。及今閣下，以仁義正直，入居相位。宗元實竊拊心自慶，以爲獲其所望，故敢致其詞，以聲其哀。正求一通。若又捨而不顧，則知沉埋踣斃，無復振矣，伏惟動心焉。反求一通。宗元得罪之由，致謗之自，以閣下之明，其知之久矣。繁言蔓詞，祇益爲黷。又自明，又不自明；並不自明，却已自明：妙筆，高筆。伏惟念墜者之至窮，錫烏獲之餘力，舒千尋之綆，垂千仞之艱，致其不可遇之遇，以卒成其幸，庶號而望者，得畢其誠。無使呼憤自斃，沒有餘恨，則士之死于門下者，宜無先焉。看他拉拉雜雜，將「墜者」字、「烏獲」字、「千尋之綆」字、「千仞之艱」字、「不可遇」字、「幸遇」字、「號」字、「望」字、「呼憤自斃」字，如桃花紅雨，一齊亂落，便成絶妙收煞。生之通塞，決在此舉，無任戰汗隕越之至。

上大理崔大卿應制舉啓

柳宗元

通篇斜風斜雨，枝幹離披文字，乃細細分之，却是兩扇對寫到底。于極嚴整中故作恣意，于極恣意中故就嚴整，真乃翰墨之奇觀也。

古之知己者，不待來求而後施德，舉能而已。何等議論。其受德者，不待成身而後拜賜，感知而已。何等議論。突然奮筆，寫此兩句。已後汪洋紆折，到底只是此兩句。故不叩而響，不介而合，則其舉必至，而其感亦甚。斯道遁去，遼闊千祀，何爲乎今之世哉！忽入感慨，筆態鬱勃淋漓。若宗元者，斗入自。智不能經大務、斷大事，非有恢傑之才；一。學不能探奥義、窮章句，爲腐爛之儒。二。雖或置力于文章，勤勤懇懇于歲時，然而未能極聖人之規矩，恢作者之聞見。勞費翰墨，徒爾拖逢掖、曳大帶，游于朋齒，且有愧色，三。豈有能乎哉？閣下何見待之厚也。斗出「閣下」。○此三四行作一頭，已下凡兩扇文字，分應起兩句。始者自謂抱無用之文，戴不肖之容，雖振身泥塵，仰晞雲霄，何由而能哉？遂用收視内顧，頫首絶望，甘以没没也。看他叙「始者」，筆行寬寬然。今者果不自意，他日瑣瑣之著述，幸得流于衽席，接在視聽，閣下乃謂可以蹈遠大之途，及制作之門，決然而不疑，介然而獨得，是何收採之特達，而顧念之勤備乎？看他叙「今者」，筆行寬寬然。且閣下知其爲人何如哉？妙妙。提筆在手，如此揮灑，真是樂哉。其貌之美陋，質之細大，心之賢不肖，閣下固未知也。妙妙。而一遇文字，志在濟拔，妙妙。寫得閣下如許。斯蓋古之知己者已。故曰：「古之知己者，不待來求而後施德者也。」然則亟來而求者，誠下科也。此一扇，先結「古之知己者」一句。看他完處，又倒找一句，自矜不可言。宗元向以應博學宏辭之舉，會閣下，辱臨考第，司其升降。當此之時，意謂運合事並，適丁厥時，其私心日以自負也。一頓。無何，閣下以鯤鱗之勢，不容尺澤，悠爾而自放，廓然而高邁。一跌。其不我知者，遂排逐而委之。委之，誠當也。使古之知己猶在，豈若是求多乎哉！妙妙。提筆在手，如此揮灑，真是樂哉。

夫仕進之路，昔者竊聞于師矣。看他縱筆恣行。太上有專達之能，乘時得君，不由乎表著之列，而取將相，行其政焉。一等。其次，有文行之美，積能累勞，不由乎舉甲乙、歷科第，登乎表著之列，顯其名焉。二等。又其次，則曰吾未嘗舉甲乙也，未嘗歷科第也，彼朝廷之位，吾何修而可以登之乎？必求舉是科也，然後得而登之。三等。其下，不能知其利，又不能務其往，則曰舉天下而好之，吾何爲獨不然？四等。由是觀之，只是縱筆恣行。有愛錐刀者，以舉是科爲悦者也；四等也。有爭尋常者，以登乎朝廷爲悦者也；三等也。有慕權貴之位者，以將相爲悦者也；二等也。有樂行其政者，以理天下爲悦者也。一等也。然則舉甲乙、歷科第，固爲末而已矣。妙妙。是何胸懷，是何氣色，是何議論，是何筆墨。得之不加榮，喪之不加憂，苟成其名，于遠大者何補焉？真是。妙妙。然而至于感知之道，則細大一矣，成敗亦一矣。更妙更妙。看他已上發如許多筆墨，却又作如此跌下。故曰：「其受德者，不待成身而後拜賜。」然則幸成其身者，固末節也。此一扇，次結「其受德者」一句。看他完處，又倒找一句，自矜不可言也。蓋不知來求之下者，不足以收特達之士；而不知成身之末者，不足以承賢達之遇，審矣。又將兩扇完處所倒找之二句，再申明，便成通篇結束。伏以閣下再出「閣下」。德足以儀世，才足以輔聖，文足以當宗師之位，學足以冠儒術之首，誠爲賢達之表也。顧視下輩，豈容易而收哉？又找此筆，愈自矜不可言。而宗元再入自。樸野昧劣，進不知退，不可以言乎德；不能植志于義，而必以文字求達，不可以言乎才；秉翰執簡，敗北而歸，不可以言乎文；登場應對，刺繆經旨，不可以言乎學：固非特達之器也。忖省陋質，豈容易而承之哉！又找此筆，愈自矜不可言也。切冒大遇，穢累高鑒，喜懼交爭，不克寧居。竊感苟嵾如實出己之德，敢希豫讓國士遇我之報。伏候門屏，敢俟招納。謹奉啓以代投刺之禮，伏惟以知己之道，終柄薦焉。不宣。宗元謹啓。

答貢士廖有方論文書　　柳宗元

吾細讀其通篇筆態，並不是寫自家不肯輕易爲人作序，亦不是寫今日獨肯爲廖秀才作序，乃是刻寫當時無一人不要其作序，今則更無一人要其作序，以爲痛憤。

三日，宗元白：得秀才書，知欲僕爲序。然吾爲文，非苟然易也。于秀才，則吾不敢愛。看他先說自己筆墨異樣矜貴，不是並無人要者。吾在京都時，好以文寵後輩，後輩由吾文知名者不少焉。自叙向時，豈曰自豪，蓋當日實有如千人賴其筆札。自遭斥逐禁錮，益爲輕薄小兒譁囂，群朋增飾無狀[一]，當途人率謂僕垢汚重厚，舉將去而遠之。自叙近來，豈真有餘污及人？直是齊聲群吠。雖受吾寵者，烏知不亦在其中。今不自料而叙秀才，筆態是緊緊承上二段，一味自寫痛憤，並非爲秀才計。秀才無乃未得嚮時之益，而受後事之累，吾是以懼。潔然盛服，而與負塗者處，而又何賴焉？「吾懼」句已結過，又沓此一句者。惟《左傳》中時有此法。乃痛憤之至，並非爲秀才計。然觀秀才勤

［一］「群」，《天下才子必讀書》本均作「詳」，據《評注才子古文》本改。

懇，意甚久遠，不爲頃刻私利，欲以就文雅，則吾曷敢讓？當爲秀才言之。通篇只此一段，是正答秀才語。○「則吾不敢愛」，是自説心頭語；「則吾曷敢讓」，是正答秀才語。然而無顯出于今之世，視不爲流俗所扇動者，乃以示之；既無以累秀才，亦不增僕之詬罵也。寫不欲示人，又欲示人，純是痛憤不能自平。計無宜于此，若果能是，則吾之荒言出矣。文已畢，再加此三句，斷斷續續，寫痛憤不能自平。妙妙。宗元白。

與韓愈論史官書

柳宗元

句句雷霆，字字風霜。柳州人物，高出昌黎上一等，于此書可見。

正月二十一日，某頓首十八丈退之侍者：前獲書言史事，云具與劉秀才書，及今乃見書稿，私心甚不喜，與退之往年言史事甚大謬。若書中言，退之不宜一日在館下，驀頭下札，使韓色變。安有探宰相意，以爲苟以史榮一韓退之耶？先總括韓書。若果爾，退之豈宜虚受宰相榮已，而冒居館下，近密地，食奉養，役使掌故，利紙筆爲私書，取以供子弟費？古之志于道者，不宜若是。先總判韓非。且退之以爲紀録者有刑禍，避不肯就，次條舉韓書。尤非也。史以名爲褒貶，猶且恐懼不敢爲；設使退之爲御史中丞大夫，其褒貶成敗人愈益顯，其宜恐懼尤大也，則又將揚揚入臺府，美食安坐，行呼唱于朝廷而已耶。在御史猶爾，設使退之爲宰相，生殺出入，升黜天下士，其敵益衆，則又將揚揚入政事堂，美食安坐，行呼唱于内庭外衢而已耶。何以異不爲史而榮其號、利其禄者也？次細責韓非。又言「不有人禍，則有天刑」。若以罪夫前古之爲史者，條舉韓書。然亦甚惑。凡居其位，思直其道。道苟直，雖死不可回也；如回之，莫若亟去其位。孔子之困于魯、衛、陳、宋、蔡、齊、楚者，其時暗，諸侯不能以也。其不遇而死，不以作《春秋》故也。當其時，雖不作《春秋》，孔子猶不遇而死也。若周公、史佚，雖紀言書事，猶遇且顯也。又不得以《春秋》爲孔子累。范曄悖亂，雖不爲史，其宗族亦赤。司馬遷觸天子喜怒，班固不檢下，崔浩沽其直，以鬥暴虜，皆非中道。左丘明以疾盲，出于不幸。子夏不爲史亦盲，不可以是爲戒。其餘皆不出此。是退之宜守中道，不忘其直，無以他事自恐。退之之恐，唯在不直、不得中道，刑禍非所恐也。細責韓非。凡言二百年文武事，多有誠如此者。今退之曰：「我一人也，何能明？」條舉韓書。則同職者，又所云若是；後來繼今者，又所云若是；人人皆曰我一人，則卒誰能紀傳之耶？如退之但以所聞知，孜孜不敢怠，同職者、後來繼今者，亦各以所聞知，孜孜不敢怠，則庶幾不墜，使卒有明也。不然，徒信人口語，每每異辭，日以滋久，則所云「磊磊軒天地」者，決必沉没[一]。且亂雜無可考，非有志者所忍恣也。果有志，豈當待人督責迫蹙，然後爲官守耶。細責韓非。又凡鬼神事，眇茫荒惑無可準，明者所不道。退之之智，而猶懼于此。條舉韓書。今學如退之，辭如退之，好言論如退之，慷慨自爲正

[一]「沉没」，康熙二年刻本等上均衍「不」字。

直、行行焉如退之，猶所云若是，則唐之史述，其卒無可托乎？明天子、賢宰相，得史才如此，而又不果，甚可痛哉！細責韓非。退之宜更思，可爲速爲。一收。果卒以爲恐懼不敢，則一日可引去，又何以云「行且謀」也？又一收。今當爲而不爲，又誘館中他人及後生者，又補舉。此大惑已。不勉己而欲勉人，難矣哉！又痛責。

答韋中立論師道書

柳宗元

此爲恣意恣筆之文。恣意恣筆之文最忌直，今看其筆筆中間皆作一折。後賢若欲學其恣，必須學其折也。

二十一日，宗元白：辱書云，欲相師。僕道不篤，業甚淺近，環顧其中，未見可師者。雖嘗好言論，爲文章，甚不自是也。自謙。看他中間，作一折句。不意吾子自京師來蠻夷間，乃幸見取。僕自卜固無取，假令有取，亦不敢爲人師；爲衆人師且不敢，況敢爲吾子師乎？再謙。上是自家謙，此是對韋謙。看他中間，又作兩折句。孟子稱：「人之患在好爲人師。」由魏、晉氏以下，人益不事師。今之世，不聞有師；有，輒譁笑之，以爲狂人。摘「師」字，論世久不爲此言。獨韓愈奮不顧流俗，犯笑侮，收召後學，作《師説》，因抗顏而爲師。世果群怪聚罵，指目牽引，而增與爲言詞。愈是以得狂名，居長安，炊不暇熟，又挈挈而東。如是者數矣。借韓愈，論爲此言者，必遭訕罵。屈子賦曰：「邑犬群吠，吠所怪也。」僕往聞庸蜀之南，恒雨少日，日出則犬吠，予以爲過言。前六七年，僕來南，二年冬，幸大雪，逾嶺，被南越中數州。數州之犬，皆蒼黄吠噬，狂走者累日，至無雪乃已。然後始信前所聞者。意欲作喻，乃恣寫至兩三行。如此文字，直是目空世人。今韓愈已自以爲蜀之日，而吾子又欲使吾爲越之雪，不以病乎？非獨見病，亦以病吾子。又作折句。然雪與日，豈有過哉？顧吠者犬耳。度今天下不吠者幾人，而誰敢衒怪于群目，以召鬧取怒乎？罵得最暢。有冬烘先生，説此段是子厚薄處。不知行文至此，真如矢在弦上，不得不發，有何厚薄之云[一]。僕自謫過以來，益少志慮。居南中九年，增脚氣病，漸不喜鬧；豈可使呶呶者早暮咈吾耳，騷吾心，則固僵仆煩憒，愈不可過矣。上是罵人，此又自寫怕罵，下是又找一句。平居望外遭齒舌不少，獨欠爲人師耳。又找一句也。妙妙。抑又聞之，古者重冠禮，將以責成人之道，是聖人所尤用心也。數百年來，人不復行。近有孫昌胤者，獨發憤行之。既成禮，明日造朝，至外廷，薦笏，言于卿士曰：「某子冠畢。」應之者咸憮然。京兆尹鄭叔則，怫然曳笏却立，曰：「何預我耶？」廷中皆大笑。天下不以非鄭尹，而怪孫子，何哉？獨爲所不爲也。今之命師者，大類此。忽又作喻，又恣寫此至兩三行，目空世人哉。吾子行厚而辭深，凡所作，皆恢恢然有古人形貌；雖僕敢爲師，亦何所增加也？始贊韋。亦作折句。假而以僕年先吾子，聞道著書之日不後，誠欲往來言所聞，則僕固願悉陳中所得者。吾子苟自擇之，取某事，去某事，則可

[一]「何」，康熙二年刻本作「無」，據康熙十六年增補本等改。

矣。若定是非，以教吾子，僕材不足，而又畏前所陳者，其爲不敢也決矣。妙妙。此真師長之言。得如此人爲師，真是快活。段段都作折句。吾子前所欲見吾文，既悉以陳之，非以耀明于子，聊欲以觀子氣色，誠好惡何如也。今書來，言者皆大過。吾子誠非佞譽誣諛之徒，直見愛甚，故然耳。只此是答其來書，已前只是論師，已下只是論文。○段段都作折句。始吾幼且少，爲文章，以辭爲主。及長，乃知文者以明道，是固不苟爲炳炳烺烺，務采色，夸聲音，而以爲能也。凡吾所陳，皆自謂近道，而不知道之果近乎、遠乎。吾子好道，而可吾文，或者其于道不遠矣。從文中抽出道來，作如此言，居然師也，特不受其名耳。○段段作折句。故吾每爲文章，未嘗敢以輕心掉之，懼其剽而不留也；未嘗敢以怠心易之，懼其弛而不嚴也；未嘗敢以昏氣出之，懼其昧没而雜也；未嘗敢以矜氣作之，懼其偃蹇而驕也。自此至盡，皆自論文心。四「未嘗敢」。抑之欲其奥，揚之欲其明，疏之欲其通，廉之欲其節；激而發之欲其清，固而存之欲其重：六「欲其」。此吾所以羽翼夫道也。一結。本之《書》，以求其質；本之《詩》，以求其恒；本之《禮》，以求其宜；本之《春秋》，以求其斷；本之《易》，以求其動：五「本之」「以求其」。此吾所以取道之原也。一結。參之穀梁氏，以厲其氣；參之《孟》、《荀》，以暢其支；參之《莊》、《老》，以肆其端；參之《國語》，以博其趣；參之《離騷》，以致其幽；參之太史，以著其潔：六「參之」。此吾所以旁推交通，而以之爲文也。一結。凡若此者，果是耶、非耶？有取乎？抑其無取乎？又總作一結。上三結過于自信，此總結便更謙。吾子幸觀焉，一。擇焉，二。有餘以告焉。三。苟亟來以廣是道，子不有得焉，則我得矣，又何以師云爾哉？妙妙。反作爾説，真師長之言也。得如此人爲師，真快活。

取其實而去其名，無招越、蜀吠怪，而爲外庭所笑，則幸矣。又找應二喻，一何閑到。宗元復白。

送薛存義序

柳宗元

無多十數句，看其筆勢，如蛇夭矯不就捕。

河東薛存義將行，柳子載肉于俎，崇酒于觴，追而送之江之滸。飲食之，且告曰：「凡吏于土者，若知其職乎？蓋民之役，非以役民而已也。極奇極正，極徑極曲。凡民之食于土者，出其十一傭乎吏，使司平于我也。古初設官之故，説出慨然。今或受其直，怠其事者，天下皆然。豈惟怠之，又從而盜之。只是直説，不是痛罵。向使傭一夫于家，受若直，怠若事，又盜若貨器，則必甚怒，而黜罰之矣。斗然插喻。下又斗收轉。以今天下多類此，而民莫敢肆其怒與黜罰，何哉？十九字句。勢不同也。慨然。勢不同，句。而理同，筆勢甚疾。如吾民何？筆勢甚疾。有達于理者，得不恐而畏乎！」筆勢甚疾。存義假令零陵二年矣。早作而夜思，勤力而勞心，訟者平，賦者均，老弱無懷詐暴憎。其爲不虛取直也的矣，收前段。其知恐而畏也審矣。收後段。吾賤且辱，不得與考績幽明之説。只是直説，不是痛罵。于其往也，故賞以酒肉，而重之以辭。

「賞」字妙，使一篇文字，便如孔子之一部《春秋》。

送僧浩初序

柳宗元

通篇如與退之辨難，殊不知都是憑空起波。前「嗜浮屠言」、「與浮屠游」二句，如棋之勢子；中二大幅，如下棋；後入浩初，如棋劫也。

儒者韓退之與余善，「儒者」二字冠篇端，便是意思。嘗病余嗜浮圖言，「嗜浮圖言」一。訾余與浮圖游。「與浮屠游」一。三句，提一篇。近隴西李生礎自東都來，退之又寓書罪余，且曰：「見《送元生序》，不斥浮圖。」一曲。浮圖誠有不可斥者，往往與《易》、《論語》合，誠樂之，其于性情奭然，不與孔子異道。二曲。退之好儒未能過楊子，楊子之書，于莊、墨、申、韓皆有取焉。三曲。浮圖者，反不及莊、墨、申、韓之怪僻險賊耶？四曲。曰：「以其夷也。」五曲。果不信道而斥焉以夷，則將友惡來、盜跖，而賤季札、繇余乎？非所謂「去名求實」者矣。六曲。吾之所取者，與《易》、《論語》合，雖聖人復生，不可得而斥也。七曲。退之所罪者，其迹也，曰：「髡而緇，無夫婦父子，不爲耕農蠶桑而活乎人。」八曲。若是，雖吾亦不樂也。九曲。退之忿其外而遺其中，是知石而不知韞玉也。十曲。吾之所以嗜浮圖之言以此。已上，辨所以「嗜浮屠言」。與其人游者，未必能通其言也。帶上，妙甚。且凡爲其道者，不愛官，不爭能，樂山水而嗜閑安者爲多，吾病世之逐逐然，唯印組爲務，以相軋也，則舍是其焉從？吾之好與浮圖游以此。已上，辨所以「與浮屠游」。下方入浩初。今浩初閑其性，安其情，應。讀其書，通《易》、《論語》，應。唯山水之樂，有文而文之，應。又父子咸爲其道，應。以養而居，泊焉而無求，應。則其賢于爲莊、墨、申、韓之言，應。而逐逐然唯印組爲務以相軋者，應。其亦遠矣。應。李生礎與浩初又善，今之往也，以吾言示之。應到李生，大奇。因北人寓退之，視何如也[一]。應到退之，大奇。

梓人傳

柳宗元

前幅，細寫梓人；後幅，細合相道。段段、句句、字字精鍊，無一懈字、懈句、懈段。

裴封叔之弟，在光德里。有梓人款其門，原傭隟宇而處焉。所職尋引、規矩、繩墨，家不居礱斲之器。問其能，曰：「吾善度材，見棟宇之制，高深、圓方、短長之宜，吾指使而群工役焉。捨我，衆莫能就一宇，故食于官府，吾受禄三倍；作于私家，吾收其直大半焉。」細瑣叙事起。他日，入其室，其床闕足而不能理，曰：「將求他工。」生波。余甚笑之，謂其無能而貪禄嗜貨者。其後京兆尹將飾官署，余往過焉。委群材，會衆工，寫梓人，一。或執斧斤，或執刀鋸，皆

[一]「何」，康熙刻本均作「可」，據《評注才子古文》、有正書局本改。

環立嚮之。梓人左持右引，執杖而中處焉。寫梓人，二。量棟宇之任，視木之能舉。揮其杖曰：「斧。」彼執斧者奔而右；顧而指曰：「鋸。」彼執鋸者趨而左。寫梓人，三。俄而斤者斲，刀者削，皆視其色，俟其言，莫敢自斷者。寫梓人，四。其不勝任者，怒而退之，亦莫敢慍焉。寫梓人，五。畫宮于堵，盈尺而曲盡其制，計其毫釐而構大厦，無進退焉。寫梓人，六。既成，書于上棟，曰「某年某月某日某建」，則其姓字也，凡執用之工不在列。寫梓人，七。余圜視大駭，然後知其術之工大矣。繼而歎曰：轉筆。彼將捨其手藝，專其心智，而能知體要者歟？一「者歟」。吾聞勞心者役人，勞力者役于人，彼其勞心者歟？二「者歟」。能者用而智者謀，彼其智者歟？三「者歟」。是之爲佐天子、相天下法矣，物莫近乎此也。因此一歎，下便開爲大篇。彼爲天下者本于人。其執役者，爲徒隸，爲鄉師、里胥；其上，爲下士；又其上，爲中士，爲上士；又其上，爲大夫，爲卿，爲公。離而爲六職，判而爲百役。外薄四海，有方伯、連帥，郡有守，邑有宰，皆有佐政。其下，有胥吏；又其下，皆有嗇夫、版尹，以就役焉：猶衆工之各有執伎以食力也。一「猶」。彼佐天子相天下者，舉而加焉，指而使焉，條其綱紀而盈縮焉，齊其法制而整頓焉，猶梓人之有規矩、繩墨以定制也。二「猶」。擇天下之士，使稱其職；居天下之人，使安其業。視都知野，視野知國，視國知天下，其遠邇細大，可手據其圖而究焉，猶梓人畫宮于堵而績于成也。三「猶」。能者進而由之，使無所德；不能者退而休之，亦莫敢慍。不衒能，不矜名，不親小勞，不侵衆官，日與天下之英才，討論其大經，猶梓人之善運衆工而不伐藝也，四「猶」。夫然後相道得而萬國理矣。相道既得，萬國既理，天下舉首而望曰：「吾相之功也。」後之人循迹而慕曰:「彼相之才也。」士或談殷、周之理者,曰伊、傅、周、召,其百執事之勤勞,而不得紀焉,猶梓人自名其功,而執用者不列也。五「猶」。大哉相乎!四字總。有氣力,恐尚總不住,故下又反覆之。通是道者,所謂相而已矣。「通是道者」,一正。其不知體要者反此,以恪勤爲公,以簿書爲尊,衒能矜名,親小勞,侵衆官,竊取六職百役之事,聽聽于府庭,而遺其大者遠者焉。所謂不通是道者也,猶梓人而不知繩墨之曲直,規矩之方圓,尋引之短長,姑奪衆工之斧斤刀鋸以佐其藝,又不能備其工,以至敗績用而無所成也。不亦謬歟?「不通是道者」,一反。已上通篇已畢,下另發議。或曰:「彼主爲室者,儻或發其私智,牽制梓人之慮,奪其世守,而道謀是用,雖不能成功,豈其罪耶?亦在任之而已。」此論最要補出。余曰不然。夫繩墨誠陳,規矩誠設,高者不可抑而下也,狹者不可張而廣也。由我則固,不由我則圮。彼將樂去固而就圮也,則卷其術,默其智,悠爾而去,不屈吾道,是誠良梓人耳。其或嗜其貨利,忍而不能捨也,喪其制量,屈而不能守也。棟撓屋壞,則曰:「非我罪也。」可乎哉?可乎哉?妙妙,通篇是相體,此又相德也。余謂梓人之道類于相,故書而藏之。「藏之」,妙。梓人,蓋古之審曲、面、勢者,今謂之都料匠云。余所遇者,楊氏,潛其名。細瑣敘事結。

種樹郭橐駝傳

柳宗元

純是上聖至理,而以寓言出之,頗疑昌黎未必有此。

郭橐駝，不知始何名。纔入手，便將「橐駝」二字一翻。病僂，隆然伏行，有類橐駝者，故鄉人號曰「橐駝」。駝聞之曰：「甚善，名我固當。」因捨其名，亦自謂橐駝云。于一篇之首，先將閑文寫作一笑。其鄉曰豐樂鄉，在長安西。何爲書其鄉，只爲欲寫其在長安，長安人爭迎也。駝業種樹，凡長安豪家一色人。富人，一色人。爲觀游豪家。及賣果者，富人。皆爭迎取養。「迎取」字連，上加「爭」字，下加「養」字，成句。視駝所種樹，或遷徙，無不活，「視」，人視之也；「無不」字，雙承種與遷。且碩茂早實以蕃。「活」外，又添寫此五字。他植者，雖窺伺傚慕，莫能如也。必得此一句反襯之。有問之，對曰：生發。「橐駝非能使木壽且孳也。作一曲折。以能順木之天，以致其性焉爾。先作一句提。凡植木之性：承「其性」字。其本欲舒，其培欲平，其土欲故，其築欲密。此四「欲」字，本性欲也。既然已，勿動勿慮，去不復顧。其蒔也若子，其置也若棄。妙妙。便與存心、養性、事天、立命何異，豈直下文官理而已。則其天者全，而其性得矣。結過。〇此段是暢講「無不活」三字理。故吾不助其長而已，非有能碩而茂之也；不抑耗其實而已，非有能早而蕃之也，此段又反覆「碩」字、「茂」字、「早」字、「蕃」字理。他植者則不然：亦先作一句提。根拳而土易；一。其培之也，若不過焉，則不及焉；二。苟有能反是者，則又愛之太殷，憂之太勤，旦視而暮撫，已去而復顧；三。甚者，爪其膚以驗其生枯，搖其本以觀其疏密。四。寫盡。而木之性日以離矣。亦結過。雖曰愛之，其實害之；雖曰憂之，其實讎之。故不我若也。吾又何能爲哉！亦作反覆。」問者曰：「以子之道，移之官理可乎？」駝曰：「我知種樹而已，官理非吾業也。又生發。然吾居鄉，上先辭謝過，此又輕輕諷說，最爲得體。見長人者，好煩其令，若甚憐焉，而卒以禍。先略寫，下更詳寫。旦暮吏來而呼曰：『官命促爾耕，勗爾植，督爾穫，早繅而緒，早織而縷，字而幼孩，遂而鷄豚。』句句字字，豈不民之父母？鳴鼓而聚之，擊木而召之。吾小人輟餐饔以勞吏者，且不得暇，又何以蕃吾生而安吾性耶？故病且怠。言之慨然，此帝力何有之爲上理也。若是，則與吾業者，其亦有類乎？」只是輕輕諷説。最爲得體。問者喜曰：「不亦善夫！吾問養樹，得養人術。」學《莊子》文惠君感庖丁言。傳其事，以爲官戒也。冷峭。

小石城山記

柳宗元

筆筆眼前小景，筆筆天外奇情。

自西山道口徑北[一]，逾黄茅嶺而下，有二道。特故寫二道，至下却閣起一道，便是異樣文心、異樣高手。其一西出，尋之無所得；誰人肯作此筆？肯作此筆人，便是世上第一文人。其一少北而東，不過四十丈，偏又不必得之艱難。○如此一筆，非高手必寫不到。土斷而川分。有積石横當其垠，其上爲睥睨梁欐之形。寫得好。其旁出堡塢，有若門焉，窺之正黑。寫得好。投以小石，洞然有水聲，其響之激越，良久乃已。寫得好。○此一行須知不是寫水，只極寫「窺之正黑」四字，此我所謂高手也。

[一]「西」，康熙二年刻本作「酉」，據康熙十六年增補本等改。

環之可上，望甚遠。寫得好。無土壤而生嘉樹美箭，益奇而堅。其疏數偃仰，類智者所施設也。寫得好。〇「無土壤」三字妙。噫！吾疑造物者之有無久矣，及是愈以爲誠有。何曾有此疑？正是臨文隨手詭説，以相馳騁其妙筆耳。〇一段，疑有。又怪其不爲之于中州，而列是夷狄，更千百年不得一售其伎。是故勞而無用，神者儻不宜如是，則其果無乎？一段，又疑無。或曰以慰夫賢而辱于此者，或曰其氣之靈，不爲偉人而獨爲是物。故楚之南，少人而多石。錯落自説，半哭半罵，胸中憤氣，隨筆蓬勃。是二者，余未信之。妙妙。高手爲文乃如是，低者便必要説煞。

永州韋使君新堂記

柳宗元

逐段寫地，寫人，寫起工，寫畢工，乃至寫筵客起賀，皆一定自然之法度。奇亦特在起筆，斗地作二反一落，如槎枒怪樹，不是常觀也。

將爲穹谷嵁岩淵池于郊邑之中，則必輂山石，溝澗壑，凌絶險阻，疲極人力，乃可以有爲也。斗地反起。然而求天作地生之狀，咸無得焉。斗地反起。逸其人，因其地，全其天，昔之所難，今于是乎在。斗地連作二反，却成如此筆法，豈不大奇。永州實惟九疑之麓，其始度土者，環山爲城。此句追原城中所以有自然泉石之故。有石焉，翳于奧草；有泉焉，伏于土塗。蛇虺之所蟠，狸鼠之所游。茂樹、惡木，嘉葩、毒卉，亂雜而爭植，號爲穢墟。必須寫此，乃見開闢之功。韋公之來,既逾月,理甚無事。此七字,通篇張本。後賢切切記之,凡古人立言,都必如此。望其地,且異之。始命芟其蕪,行其塗。「望」字、「且異」字、「始命」字,寫出「理甚無事」人閑心妙眼。積之丘如,蠲之瀏如。既焚既釃,奇勢迭出,清濁辨質,美惡異位。此記始事。視其植,則清秀敷舒;視其蓄,則溶漾紆餘。怪石森然,周于四隅;或列或跪,或立或仆,竅穴逶邃,堆阜突怒。此記畢工。乃作棟宇,以爲觀游。凡其物類,無不合形輔勢,效伎于堂廡之下。此記新堂。外之連山高原,林麓之崖,間厠隱顯,邇延野緑,遠混天碧,咸會于譙門之外。此記堂外。已乃延客入觀,繼以宴娱。或贊且賀,忽然生姿。曰:「見公之作,知公之志。提。公之因土而得勝,豈不欲因俗以成化?妙。公之擇惡而取美,豈不欲除殘而佑仁?妙。公之蠲濁而流清,豈不欲廢貪而立廉?妙。公之居高以望遠,豈不欲家撫而户曉?妙。夫然,則是堂也,豈獨草木土石水泉之適歟?山原林麓之觀歟?將使繼公之理者,視其細,知其大也。束。」宗元請志諸石,措諸屋漏,以爲二千石楷法。

潭州東池戴氏堂記

柳宗元

細察其中間,有無數脱卸,無數層折,無數渲染,無數照應,節節連絡,處處合沓,真妙文也。

弘農公刺潭三年。先叙弘農公刺潭。因東泉爲池,環之九里。丘陵林麓距其涯,坻島洲渚交其中。其岸之突而出者，水縈之若玦焉。池之勝，于是爲最。次叙弘農公爲池。公曰：「是非離世樂道者，不宜有此。」卒授賓客之選者，譙國戴氏曰簡，次叙弘農公以池授戴。○「離世樂道」，後開二段。爲堂而居之，堂成而勝益奇。爲池是弘農公，爲堂是醮國氏，故必須重與極寫。望之若連艫縻艦，與波上下；就之顛倒萬物，遼廓眇忽。「望之」、「就之」。樹之松柏杉櫧，被之菱芡芙蕖，「樹之」、「被之」。鬱然而陰，粲然而陽。「而陰」、「而陽」。凡觀望浮游之美，專于戴氏矣。且與一結。○專于戴氏者，更不屬楊氏也。戴氏嘗以文行，累爲連率所賓禮，貢之澤宮，而志不願仕。與人交，取其退讓；受諸侯之寵，不以自大。其離世歟？應上「離世」。好孔氏書，旁及莊、文，莫不總統。以至虛爲極，得受益之道，其樂道歟？應上「樂道」。賢者之舉也必以類。重作總提。當弘農公之選，而專茲地之勝，豈易而得哉！再歎弘農公爲池。地雖勝，得人焉而居之，則山若增而高，水若闢而廣，堂不待飾而已奐矣。再歎戴氏爲堂。戴氏以泉池爲宅居，以雲物爲朋徒，攄幽發粹，日與之娛，則行宜益高，文宜益峻，道宜益懋，交相贊者也。再歎學道。既碩其内，又揚于時，吾懼其離世之志不果矣。再歎離世。君子以弘農公刺潭得其政，結歸刺潭。爲東池得其勝，結歸爲池。授之得其人，結歸以池授戴。豈非動而時中者歟！于戴氏堂也，見公之德，不可以不記。

邕州柳中丞作馬退山茅亭記

柳宗元

奇在起筆斗地先寫茅亭，以後逐段寫山，寫人，寫作亭，寫作記，皆一定自然之法度也。

冬十月，作新亭于馬退山之陽。因高丘之阻以面勢，無欂櫨節棁之華。不斲椽，不列牆，以白雲爲藩籬，碧山爲屏風，昭其儉也。直直起筆，先寫茅亭。是山崒然起于莽蒼之中，馳奔雲矗，亘數十百里。尾蟠荒陬，首注大溪，諸山來朝，勢若星拱，蒼翠詭狀，綺繪繡錯。蓋天鍾秀于是，不限于遐裔也。轉筆，方寫馬退山。然以壤接荒服，俗參夷徼，周王之馬迹不至，謝公之屐齒不及，巖徑蕭條，登探者以爲歎。再轉筆，又寫馬退山自來無亭。歲在辛卯，我仲兄以方牧之命，試于是邦。夫其德及故信孚，信孚故人和，人和故政多暇，由是嘗徘徊此山，以寄勝概。重提筆，寫柳中丞。○天子命來作方牧，不曾命來游山也，故必補寫政暇、人和、信孚、德及。乃塈乃塗，作我攸宇，于是不崇朝而木工告成。每風止雨收，烟霞澄鮮，輒角巾鹿裘，率昆弟友生，冠者五六人，步山椒而登焉。于是手揮絲桐，目送還雲，西山爽氣，在我襟袖，以極萬類，攬不盈掌。此暢寫作亭後一段勝事也。夫美不自美，因人而彰。蘭亭也，不遭右軍，則清湍修竹，蕪没空山矣。是亭也，僻介閩嶺，佳境罕到，不書所作，使盛迹鬱堙，是貽林澗之愧。是志之。此寫所以作記也。

謗譽　柳宗元

不過只是「鄉人之善者好之」二句意，看他無端變出如許層折，如許轉接，如許幽秀歷落。

凡人之獲謗譽于人者，亦各有道。虚喝。君子在下位，則多謗；在上位，則多譽。君子謗譽。小人在下位，則多譽；在上位，則多謗。小人謗譽。何也？虚徵。君子宜于上，不宜于下；君子。小人宜于下，不宜于上。小人。得其宜，則譽至；不得其宜，則謗亦至。此其凡也。先虚判其大凡必如此。然而君子遭亂世，不得已而在于上位，則道必咈于君，而利必及于人。由是謗行于上，而不及于下，故可殺可辱，而人猶譽之。如許妙論，其妙刻骨。小人遭亂世，而後得居于上位，則道必合于君，而害必及于人。由是譽行于上，而不及于下，故可寵可富，而人猶謗之。妙論刻骨。君子之譽，非所謂譽也，其善顯焉爾。妙論刻骨。小人之謗，非所謂謗也，其不善彰焉爾。妙論刻骨。然則在下而多謗者，豈盡愚而狡也哉？此句憑空大力搏拔。在上而多譽者，豈盡仁而智也哉？此句承上二行搏拔。其謗且譽者，豈盡明而善褒貶也哉？再總一句，搏拔。然而世之人聞而大惑，出一庸人之口，則群而郵之，且置于遠邇，莫不以爲信也。豈惟不能褒貶而已，則又蔽于好惡，奪于利害，吾又何從而得之耶？轉手而下。孔子曰：「不如鄉人之善者好之，其不善者惡之。」引此爲一篇之本。善惡者之難見也，則其謗君子者，爲不少矣；其謗孔子者，亦爲不少矣。慨然。○如此轉折，特爲柳文風味。○看他有意無意，帶一孔子。傳之記者，叔孫武叔，時之顯貴者也。其不可記者，又不少矣，是以在下而必困也。記一貴人[一]，不記何限，言之慨然。及乎遭時得君，而處乎人上，功利及于天下，天下之人皆歡而戴之，向之謗之

[一]「貴」，康熙二年刻本作「責」，據重刻康熙二年序本等改。

者,今從而譽之矣,是以在上而必彰也。天下皆戴,謗者亦譽,言之慨然。○二段言謗譽只如此。或曰:「然則聞謗譽于上者,反而求之,可乎?」曰:「是惡可,無亦徵其所自而已矣。」便是「鄉人善者」、「不善者」二句意,看他寫得幽折秀妙。其所自善人也,則信之;不善人也,則勿信之矣。苟吾不能分于善不善也,則已耳。增一句,柳文風味也。如其謗譽乎人者,吾必徵其所自,未敢以其言之多,而舉且信之也;其有及乎我者,未敢以其言之多,而榮且懼也。苟不知我,而謂我盜跖,吾又安取懼焉?苟不知我,而謂我仲尼,又安取榮焉?「及乎人」、「及乎我」,只是一樣兩句。「及乎我」句,却又增此四句。柳文風味如此。知我者之善不善,非吾果能明之也,要必自善而已矣。何等幽折秀妙。質而論之,却只是「鄉人之善者」云云。

晉文公問守原議

柳宗元

不遺餘力之文。全篇中多作倒注之筆,最難學;若學得,最是好看。

晉文公既受原于王,難其守。問寺人教鞮,以畀趙衰。先出其事。余謂守原,政之大者也,一句提。所以承天子,樹霸功,致命諸侯。此倒注上「政之大」句。不宜謀及媟近,以忝王命。一句斷。○此句還是寬處斷,下始擒晉君切斷。而晉君擇大任,不公議于朝,而私議于宮;不博謀于卿相,而獨謀于寺人,擒晉君切斷。雖或衰之賢足以守,國之政不爲敗,一曲。而賊賢失政之端,由是滋矣，斷盡。況當其時不乏謀議之臣乎？狐偃爲謀臣，先軫將中軍。此又横生一斷，筆態縱横盡變。○亦是倒注法。晉君疏而不咨，外而不求，乃卒定于内豎，其可以爲法乎？看他下再横生一斷，筆態縱横盡變。且晉君將襲齊桓之業，以翼天子，乃大志也。然而齊桓任管仲以興，進豎刁以敗。引齊桓。則獲原啓疆，適其始政，所以觀視諸侯也，筆筆倒注。而乃背其所以興，迹其所以敗。筆力勁甚。看他不甚作了語者，意已在下疾轉。然而能霸諸侯者，以土則大，以力則彊，以義則天子之册也。誠畏之矣，烏能得其心服哉！純是横生出來。其後景監得以相衛鞅，後來一内豎禍。弘、石得以殺望之。後來又一内豎禍。誤之者，晉文公也。斷盡。嗚呼！得賢臣以守大邑，則問非失問，舉非失舉也。略縱。○看他結時，猶用全力如此。然猶羞當時，陷後代如此，疾擒。況問與舉又兩失者，其何以救之哉？意原爲此一輩發，却直至篇終始見。余故著晉君之罪，以附《春秋》許世子止、晉趙盾之義。到底筆筆勁甚。

桐葉封弟辯

柳宗元

裁幅甚短，而爲義弘深，斟酌不盡。不惟文字頓挫入妙，惟處人倫之至道，亦全于此。

古人之傳者有言：成王以桐葉與小弱弟戲，曰：「以封汝。」周公入賀，王曰：「戲也。」周公曰：「天子不可戲。」乃封小弱弟于唐。引文。吾意不然：一句劈。王之弟當封耶？周公宜以時言于王，不待其戲而賀以成之也；一駁。不當封耶？周公乃成其不中之戲，以地以人，與小弱者爲之主，其得爲聖乎？二駁。且周公以王之言，不可苟焉而已[一]，必從而成之耶？設有不幸，王以桐葉戲婦寺，亦將舉而從之乎？三駁。○三駁，三様文法。凡王者之德，在行之何若。設未得其當，雖十易之不爲病；要于其當，不可使易也，而況以其戲乎？不惟至言，實是妙道。若戲而必行之，是周公教王遂過也。吾意周公輔成王，宜以道，從容優樂，要歸之大中而已，必不逢其失而爲之辭。至言妙道。又不當束縛之，馳驟之，使若牛馬然，急則敗矣。至言妙道，伊川不知。且家人父子，尚不能以此自克，況號爲君臣者耶？至言妙道。是直小丈夫缺缺者之事，非周公所宜用，故不可信。一句結。或曰：「封唐叔，史佚成之。」餘波。○亦無此事，《左傳》自有明文。

書箕子廟碑陰

柳宗元

一篇文字，真如天外三峰，卓然峭峙。末忽换筆，變作天風海濤，可謂大奇已。

凡大人之道有三：一曰正蒙難，二曰法授聖，三曰化及民。一行，先立論。殷有仁人曰箕子，實具兹道，以立于世。故孔子述六經之旨，尤殷勤焉。一行，出箕子。當紂之時，大道悖亂，

[一]「焉」，《天下才子必讀書》本均作「言」，據《評注才子古文》改。

天威之動不能戒，聖人之言無所用。總起。進死以並命，誠仁矣，無益吾祀，故不爲；闞過比干。委身以存祀，誠仁矣，與亡吾國，故不忍。闞過微子。具是二道，有行之者矣。看他方將正寫箕子。又先入此一段。斡旋多少。是用保其明哲，與之俯仰。晦是謨範，辱于囚奴。昏而無邪，隤而不息。寫箕子入微。故在《易》曰：「箕子之明夷。」正蒙難也。應前「一曰」。及天命既改，生人以正，乃出大法，用爲聖師。周人得以序彝倫，而立大典。寫箕子入微。故在《書》曰：「以箕子歸，作《洪範》。」法授聖也。應前「二曰」。及封朝鮮，推道訓俗，惟德無陋，惟人無遠，用廣殷祀，俾夷爲華，寫箕子入微。化及民也。應前「三曰」。率是大道，藂于厥躬，寫箕子入微。天地變化，我得其正，寫箕子入微。其大人歟！應前「大人」第一句也。于虖！當其周時未至，殷祀未殄，比干已死，微子已去，向使紂惡未稔而自斃，武庚念亂以圖存，國無其人，誰與共理？是固人事之或然者也。然則先生隱忍而爲此，其有志于斯乎？上三段，正文已畢，忽然別起波浪，使人失聲長慟。唐某年，作廟汲郡，歲時致祀，嘉先生獨列于《易》象，作是頌云。頌不載。

祭十郎文

柳宗元

《祭十二郎》，摇曳；《祭十郎》，荒促。其摇曳也，蓋爲得之訃聞；若其荒促也，乃爲萬里炎荒，躬親撫殮。蓋彼自有不得不摇曳之情，此又有更摇曳不得之情也。若其痛毒，直是一種。

維年、月、日，八哥以清酌之奠，祭于亡弟十郎之靈。吾門彫喪，歲月已久，但見禍謫，未聞昌延，使爾有志，不得存立。第一段，先總哭吾門。其辭怨毒之極，乃不止爲十郎。延陵已上，四房子姓，各有單緒。總寫四房。慥慥早天，一房。汝又繼終，一房。兩房祭祀，今已無主。結過兩房。吾又未有男子，一房。爾曹則雖有如無。一房。一門嗣續，不絶如綫。補寫兩房。仁義正直，天竟不知，理極道乖，無所告訴。第二段，分哭四房。汝生有志氣，好善嫉邪，勤學成癖，攻文致病，年纔三十，不禄命盡。蒼天蒼天，豈有真宰？第三段，正哭十郎。如汝德業，尚早合出身，由吾被謗年深，使汝負才自棄。志願不就，罪非他人，死喪之中，益復爲愧。第四段，帶哭自己。總是怨毒，不止爲十郎。汝墨法絶代，知音尚稀，及所著文，不令沉没，吾皆收録，以授知音。《文類》之功，更亦廣布，使傳于世人，以慰汝靈。第五段，于正哭外，又零星補寫其所書墨法、所遺文稿及所選《文類》，見十郎的是出群好學人。知在永州，私有孕婦，吾專優恤，以俟其期。男爲小宗，女亦當愛，延之長大，必使有歸。撫育教視，使如己子，吾身未死，如汝存焉。第六段，收恤其私孕。炎荒萬里，毒瘴充塞，汝已久病，來此伴吾。到未數日，自云小差，雷塘靈泉，言笑如故，一寐不覺，便爲古人。茫茫上天，豈知此痛！第七段，叙其扶病來伴，一段兄弟至恩。郡城之隅，佛寺之北，飾以殯紖，寄于高原。死生同歸，誓不相棄，庶幾有靈，知我哀懇。第八段，告以僑厝。

祭崔簡旅櫬歸上都文

柳宗元

一篇短短招魂文字，妙在對崔簡柩，滴自己淚。

嘻乎，崔公之柩；告其柩也，故先呼柩；告柩，告崔公之神魂也，故重呼崔公。如此音節，最似斷續不能成文，乃始謂之真文也。嘻乎，崔公！楚之南，其土不可以室：或坋而頽，或確而崒；陰流泄漏，瀸没渝溢；碩鼠大蟻，傍穿側出；虧疏脆薄，久乃自窒。不如君之鄉，式堅且密。告崔乎？自告乎？○明罵柳州城。嘻乎，崔公！楚之南，其鬼不可與友：躁厲佻險，睒呻欺苟；脞賤暗留，輕嚚妄走；不思己類，好是群醜。不如君之鄉，式和且偶。告崔乎？自告乎？○明罵柳州人。日月甚良，子姓甚勤。具是舟轝，寧君之神。去爾夷方，返爾故隣。奕奕其歸，宜樂且欣。快送崔歸。君死而還，我生而留。遠矣殊世，曷從之游。酹觴于座，與涕俱流。痛哭自留。

吊古戰場文[一]

李華

人但驚其字句組練，不知其只是極寫亭長口中「嘗覆三軍」一句。先寫未覆時，次補寫欲覆未覆時，次寫已覆之後。

浩浩乎，平沙無垠，夐不見人。河水縈帶，群山糾紛。黯兮慘悴，風悲日曛。蓬斷草枯，凛若霜晨。鳥飛不下，獸挺亡群。先寫空場。亭長告余曰：「此古戰場也。嘗覆三軍，往往鬼

[一] 此篇康熙二年刻本、有正書局本列爲「卷之末」補遺，現移至此。

哭，天陰則聞。」亭長語，止此。傷心哉！秦歟？漢歟？將近代歟？只用「傷心哉」三字一接，却以秦漢連問，下即緊問近代，妙。吾聞夫齊、魏徭戍，荆、韓召募。萬里奔走，連年暴露。沙草晨牧，河冰夜渡。地闊天長，不知歸路。寄身鋒刃，腷臆誰訴？此一段寫三軍初合未覆時，字字酸苦。秦、漢而還，多事四夷。中州耗斁，無世無之。上云「秦歟？漢歟？」此仍從秦、漢嗟怨起。古稱戎夏，不抗王師。文教失宣，武臣用奇。奇兵有異于仁義，王道迂闊而莫爲。嗚呼噫嘻！胡可勝怨。吾想夫北風振漠，胡兵伺便。主將驕敵，期門受戰。野豎旄旗，川迴組練。法重心駭，威尊命賤。利鏃穿骨，驚沙入面。主客相搏，山川震眩。聲析江河，勢崩雷電。此寫初戰未覆時，字字酸苦。至若窮陰凝閉，凜冽海隅；積雪没脛，堅冰在鬚；鷙鳥休巢，征馬踟躕；繒纊無温，墮指裂膚。當此苦寒，天假强胡。憑陵殺氣，以相剪屠。加寫苦寒。徑截輜重，横攻士卒。都尉新降，將軍覆没。尸填巨港之岸，血滿長城之窟。無貴無賤，同爲枯骨，可勝言哉！此寫三軍正覆時也。鼓衰兮力盡，矢竭兮弦絶，白刃交兮寶刀折，兩軍蹙兮生死決。降矣哉，終身夷狄；戰矣哉，骨暴沙礫。此重寫三軍欲覆未覆時。鳥無聲兮山寂寂，夜正長兮風淅淅。魂魄結兮天沉，鬼神聚兮雲冪冪。日光寒兮草短，月色苦兮霜白[一]。傷心慘目，有如是耶！此寫三軍已覆之後也。吾聞之：牧用趙卒，大破林胡，開地千里，遁逃匈奴。趙。漢傾天下，財殫力痛[二]。

[一]「白」，康熙二年刻本作「曰」，據重刻康熙二年序本等改。
[二]「痛」，《評注才子古文》作「痡」。

任人而已，其在多乎？漢，重怨。趙，即秦也。周逐獫狁，北至太原，既成朔方，全師而還。飲至策勛，和樂且閑。穆穆棣棣，君臣之間。歎周。秦起長城，竟海爲關。荼毒生靈，萬里朱殷。秦。漢擊匈奴，雖得陰山。枕骸遍野，功不補患。漢。再怨秦、漢。看他疊疊只怨秦、漢，即近代不言可知。蒼蒼烝民，誰無父母。提攜捧負，畏其不壽。誰無兄弟，如足如手。誰無夫婦，如賓如友。「父母」，作四句押韵，一解；「兄弟」、「夫婦」，各作二句押韵，亦一解。生也何恩？殺之何咎？以至情至理斷之。其存其歿，家莫聞知。人或有言，將信將疑。悁悁心目，寢寐見之。布奠傾觴，哭望天涯。天地爲愁，草木凄悲。吊祭不至，精魂何依？寫其家中，字字酸苦。必有凶年，人其流離。嗚呼噫嘻！時耶？命耶？從古如斯。怨之至，怒之至，不嫌出于詛矣。爲之奈何，一問。守在四夷。一答。忽作一問一答，文便寂然而住，奇極！

阿房宫賦　　杜牧

窮奇極麗，至矣盡矣，却是一篇最清出文字。○文章至此，心枯血竭矣。逐字細細讀之。

六王畢，四海一。蜀山兀，阿房出。起筆四句，每句三字，共只四三一十二字耳。早寫盡秦始混一已後，縱心肆志至于如此，真乃突兀大筆。覆壓三百餘里，隔離天日。一大總。驪山北構而西折，直走咸陽。二川溶溶，流入宫牆。承上一大總，再縱横四面寫之。已上總寫其大，下乃細寫。五步一樓，十步一閣。廊腰縵迴，簷牙高啄，各抱地勢，鈎心鬥角。盤盤焉，囷囷焉，蜂房水渦，矗不知其幾千萬落。寫其多如此。看其「腰」字、「牙」字、「心」字、「角」字，及「縵迴」字、「高啄」字、「蜂房水渦」字，皆是細細畫。長橋卧波，未雲句。何龍？句。言疑橋爲龍，然龍必有雲；今無雲，知非龍。複道行空，不霽句。何虹？句。又言疑閣爲虹，然虹必待霽；今不霽，知非虹。高低冥迷，不分高低。不知西東。不分西東。句法變化。歌臺暖響，春光融融；歌響則暖，立地如春也。舞殿冷袖，風雨凄凄。舞止則冷，立地如秋也。一日之内，一宫之間，而氣候不齊。又承上極寫，言非一日暖、一日冷，或一宫暖、一宫冷也。只就一日一宫，其頃刻變候如此。已上寫宫殿。嬪妃媵嬙，王子皇孫，辭樓辭六王之樓。下殿，下六王之殿。已下寫美人。輦來于秦。朝歌夜弦，爲秦宫人。明星熒熒，開妝鏡也；疑其星。言鏡之多。緑雲擾擾，梳曉鬟也。疑其雲。言鬟之多。渭流漲膩，棄脂水也；言脂之多。烟斜霧横，焚椒蘭也。言香之多。雷霆乍驚，宫車過也；轆轆遠聽，杳不知其所之也。言車之多。比上增一句作參差。凡整齊文，最是喜參差。一肌句。一容，句。盡態句。極妍，句。縵立句。遠視，句。而望幸焉，有不得見者三十六年。寫美人之多如此，入神之筆也。已上寫美人，已下寫珍奇。燕、趙之收藏，韓、魏之經營，齊、楚之精英，横寫六國珍奇。幾世幾年，取掠其人，倚疊如山。竪寫六國珍奇。一旦不能有，輸來其間。此非嗟歎六國，只是寫秦之多耳。鼎句。鐺句。玉句。石，句。金句。塊句。珠句。礫，句。棄擲句。邐迤。句。言鼎如鐺，玉如石，金如塊，珠如礫，即用厖涼冬殺金寒玦離法也。「棄擲」，言其多，不能盡庋閣于几席也。「邐迤」，言棄擲不止一處也。秦人視之，亦不甚惜。又言不惟秦皇，惟秦民亦侈甚也。已上寫珍奇。嗟乎！一人之心，千萬人之心也。秦愛紛奢，人亦念其家。奈何取之盡錙銖，用之如泥沙？使負棟之柱，多于南畝之農夫；架梁之椽，多于機上之工女；釘頭磷磷，多于在庾之粟粒；瓦縫參差，多于周身之帛縷；直欄横檻，多于九土之城郭；管弦嘔啞，多于市人之言語。總上極寫。使天下之人，不敢言而敢怒。獨夫之心，日益驕固。寫秦止此。戍卒叫，陳勝。函谷舉，漢高。楚人一炬，項羽。可憐焦土！一篇何等巨麗，只以四字了之。嗚呼！滅六國者，六國也，非秦也；妙。族秦者，秦也，非天下也。妙。嗟夫！使六國各愛其人，則足以拒秦；妙。秦復愛六國之人，則遞三世，可至萬世而爲君，誰得而族滅也？妙。秦人不暇自哀，而後人哀之。妙。後人哀之而不鑑之，亦使後人而復哀後人也！妙。言盡而意無窮。

孔子廟碑

皮日休

不作頭，不作尾，不作過接，並無開闔擒縱等法，而凡文章所有一切法，無不備是。

天地，吾知其至廣也，以其無所不覆載；日月，吾知其至明也，以其無所不照臨；江海，吾知其至大也，以其無所不容納。平起三大筆。料廣以寸管，測景以尺圭，航大以一葦。平翻三大筆。廣不能逃其數，明不能私其質，大不能亡其險。平接三大筆。看他下文直過。偉哉！夫子後天地而生，知天地之始；先天地而没，知天地之終。應第一筆。非日非月，光之所被者遠；應第二筆。不江不海，浸之所及者博。應第三筆。筆勢並不用變，而其中已暗變。三代禮樂，吾知其損益；百王憲章，吾知其消息。一樣贊法。君臣以位，父子以親，家國以肥，鬼神以享。一樣贊法。道未可詮其有物，釋未可證其無生。一以貫之，我先師夫子聖人也。一樣贊法。帝之聖者曰堯，王之聖者曰禹，師之聖者曰夫子。忽然又起一論。下又忽然以韵押。堯之德有時而息，禹之功有時而窮，夫子之道久而彌芳，遠而彌光，用之者昌，舍之則亡。昔否于周，今泰于唐。不然，何被衮而垂裳，冕旒而王者哉！

答進士王載言書

李翱

一看其數説古人文章，如數説家中鹽醬；二看其心中有所欲言，手中浩浩然更不留筆。特表出之，欲後賢恣心放筆爲文也。

翱頓首：足下不以翱卑賤無所可，乃陳詞屈慮，先我以書。且曰：「余之藝及心，不能棄于時，將求知者，問誰則可，皆告曰，李君乎！」述叙王書。告足下者過也。斷。足下因而信之，又過也。斷。果若來陳，雖道備德具，且猶不足辱厚命；曲折。況如翱者，多病少學，其能以此堪足下所望博大而深閎者耶？曲折。雖然，意盛不可以不答，故敢略陳其所聞。曲折。○已下入正論。蓋行己莫如恭，自貴莫如厚，接衆莫如弘，用心莫如直，進德莫如勇，受益莫如擇友，好學莫如改過：此聞之于師者也。一「此」、「也」。○一路以「此」字、「也」字爲章段。相人之術有三：迫之以利而審其邪正，設之以事而察其厚薄，問之以謀而觀其智與不材，賢不肖分矣：此聞之于友者也。二「此」、「也」。列天地，立君臣，親父子，別夫婦，明長幼，浹朋友，六經之旨也。「也」。浩乎若江海，高乎若丘山，赫乎若日火，包乎若天地，掇章稱詠，津潤怪麗，六經之詞也。「也」。創意造言，皆不相師，故其讀《春秋》也，如未嘗有《詩》；其讀《詩》也，如未嘗有《易》；其讀《易》也，如未嘗有《書》。其讀屈原、莊周也，如未嘗有六經。故義深則意遠，意遠則理辯，理辯則氣厚，氣厚則詞盛，詞盛則文工。如山有恒、華焉，如瀆有濟、淮、河、江焉。其同者，出源到海也；其曲直淺深，其色黄白，不必均也。「也」。如百品之雜焉，其同者，飽于腸；其味鹹酸苦辛，不必均也。「也」。因學而知者也，「也」。此創意之大歸也。三「此」、「也」。天下之語文章有六説焉，其尚異者則曰，文章辭句奇險而已；其好理者則曰，文章叙意苟通而已；其溺于時者則曰，文章必當對；其病于是者則曰，文章不對；其愛難者則曰，文章宜深不當易；其變易者則曰，文章宜通不當難。此皆情有所偏，滯而不流，未識文章之所生也。「此」、「也」。義不主于理，言不在于教勸，而詞句怪麗者有之矣：《劇秦美新》、王褒《僮約》是也；「也」。其理往往有是者，而辭章不能工有之矣：劉氏《人物志》、王氏《中説》、俗傳《太公家教》是也。「也」。古之人能極于工而已，不知其辭之對與否、易與難也。《詩》曰：「憂心悄悄，愠于群小。」此非對也。「此」、「也」。又曰：「遘憫既多，受侮不少。」此非不對也。「此」、「也」。《書》曰：「朕疾讒説殄行，震驚朕師。」《詩》曰：「菀彼桑、柔[一]，其下侯旬；捋采其劉[二]，瘼此下人。」此非易也。「此」、「也」。《書》曰：「允恭克讓，光被四表，格于上下。」《詩》曰：「十畝之閑兮，桑者閑閑兮，與子旋兮，」此非難也。「此」、「也」。學者不知其方，而稱説云云，如前所陳者，非吾之所敢聞也。「也」。六經之後，百家之言興；老聃、列禦寇、莊周、田穰苴、孫武、屈原、宋玉、孟軻、吴起、商鞅、墨翟、荀況、韓非、李斯、賈誼、枚乘、司馬遷、相如、劉向、楊雄，皆足以自成一家之文，學者之所歸也。「也」。故義雖深，理雖當，辭不工者，不成爲文，且不能傳也。「也」。文、理、義三者兼並，乃能獨立乎一時，而不泯滅于後代，能必傳也。「也」。仲尼曰：「言之無文，行之不遠。」子貢曰：「文猶質也，質猶文也；虎豹之鞟，猶犬羊之鞟。」此之謂也。「此」、「也」。陸機曰：「怵他人之我先。」韓退之曰：「唯陳言之務去。」假令述笑哂之狀，曰「莞爾」，則《論語》言之矣；曰「啞啞」，則《易》言之矣；曰「粲然」，則穀梁子言之矣；曰「攸爾」，則班固言之矣；曰「囅然」，則左思言之矣。吾復言之，與前文何以異也？「也」。此造言之大歸也。四「此」、「也」。已上論文。已下論行。論文，是答其來書；論行，是責其來書中有不是。吾所以不協于

[一]「菀彼桑、柔」，康熙二年刻本、有正書局本作「花彼柔、桑」，據康熙十六年增補本、《評注才子古文》改。

[二]「捋」，各本均作「將」，據康熙十六年增補本改。

時而學古文者，悦古人之行，愛古人之道也。故學其言，不可以不行其行；行其行，不可以不重其道；重其道，不可以不知其禮。古之人相接有等，此其義列于經傳，皆可詳別。如師之于門人，則名之；于朋友，則字而不名；稱之于師，雖朋友亦名之。子曰：「吾與回言。」又曰：「參，吾道一以貫之。」又曰：「若由也，不得其死然。」是師之名門人，驗也。一驗。夫子于鄭，兄事子産；于齊，兄事晏平仲。傳曰：「子謂子産有君子之道四焉。」又曰：「晏平仲善與人交。」子夏曰：「言游過也。」子張曰：「子夏云何。」曾子曰：「堂堂乎張也。」是朋友字而不名[二]，驗也。二驗。子貢曰：「賜也，何敢望回？」又曰：「師與商也孰賢？」子游曰：「有澹臺滅明者，行不由徑。」是稱于師，雖朋友亦名，驗也。三驗。孟子曰：「天下有達尊三，曰德、爵、年。」惡得有一而慢其二？」足下之書曰韋君詞、楊君潛。足下之德，與二君未知前後也；而足下齒幼而位卑，而皆名之。傳曰：「吾見其與先生並行。」竊懼足下不思，乃陷于此。抑之。韋踐之與翱書，亟叙足下之善，故敢盡詞以復足下之厚意，計必不以爲犯。仍揚之。李翱頓首。

復性書

李　翱

説理學，如厨下説鹽醬，何其真率；如閨中説兒女，何其婉轉：妙絶之筆。

[二]「名」，康熙二年刻本作「明」，據康熙十六年增補本等改。

晝而作，夕而休者，凡人也。作乎非作者也，與物皆作；休乎非休者也，與物皆休。先寫一種不知學道之人。吾則不類于凡人，晝無所作，夕無所休。作非吾作也，作有物；休非吾休也，休有物。作耶，休耶，二皆離而不存。予之所存者，終不亡且離矣。次寫一種學道人。人之不力于道也，昏不思也。振筆慨然。天地之間，萬物生焉。妙言至言。逐句詳思之。人之于萬物一物也。妙言至言。其所以異于鳥獸蟲魚者，豈非道德之性全乎哉？妙言至言。受一氣而成形，一爲物，而一爲人，得之甚難也。妙言至言。生乎世，又非深長之年也。妙言至言。以非深長之年，行甚難得之身，而不專專于大道，肆其心之所爲，其所以自異于鳥獸蟲魚者，無幾矣。妙言至言。昏而不思，其昏也終不明矣。妙言至言，句句須詳思之。已上應不學道第一段。吾之生二十有九年矣，又振筆，又慨然。思十九年時，如朝日也；思九年時，亦如朝日也。妙言至言。人之受命，其長者不過七十、八十年，九十、百年者則稀矣。妙言至言。當百年之時，而眡乎九十年時也，與吾此日之思于前也，遠近其能相懸耶？妙言至言。其又能遠于朝日之時耶？妙言至言。然則人之生也，雖享百年，若雷電之驚相激也，若風之飄而旋也，可知矣。妙言至言。況千百人而無一及百年之年者哉！妙言至言。故吾之終日志于道德，猶懼未及也；已上應學道第二段。彼肆其心之所爲者，獨何人耶！另宕一句，無限痛惜。

天下才子必讀書卷之十三

宋文

梁太祖論

歐陽修

用筆如俠客飛刀插屏，用力過猛，刀已透屏，其靶猶連動不已。

嗚呼，天下之惡梁久矣！自後唐以來，皆以爲僞也。至予論次五代，獨不僞梁。斗奮，奇筆。議者或譏予大失《春秋》之旨，以謂：「梁負大惡，當加誅絶，而反進之，是奬簒也，非《春秋》之志也。」予應之曰：「是《春秋》之志爾。斗接，奇筆。魯桓公，弑隱公而自立者；宣公，弑子赤而自立者；鄭厲公，逐世子忽而自立者；衛公孫，剽逐其君衎而自立者。聖人于《春秋》，皆不絶其爲君。此予所以不僞梁者，用《春秋》之法也。」斗奮斗接，只謂大奇；及至説來，却甚平正：真是史局大手。「然則《春秋》亦奬簒乎？」曰：「惟不絶四者之爲君，于此見《春秋》之意也。筆筆奇，筆筆確，筆筆斗，筆筆辣。聖人之于《春秋》，用意深，故能勸戒切；爲言信，然後善惡明。忽提筆。夫欲著其罪于後世，在乎不没其實。筆硬如鐵。其實嘗爲君矣，書其爲君；其實篡也，書其篡。筆硬如鐵。各傳其實，而使後世信之，則四君之罪不可得而掩。筆硬如鐵。必使爲君者，不得掩其惡；然後人知惡名不可逃，則爲惡者庶乎其息矣。筆硬如鐵。○看他硬筆，疾斫而入，有何堅韌不斷？是謂用意深，而勸戒切；爲言信，而善惡明也。忽頓筆。○一論已畢，下爲餘波也。桀、紂不待貶其王，而萬世所共惡者也。《春秋》于大惡之君不誅絶之者，不害其褒善貶惡之旨也，辣筆硬筆後，又作軟筆閑筆[一]，妙極文致。惟不没其實以著其罪，而信乎後世；與其爲君而不掩其惡，以息人之爲惡。能知《春秋》之此意，然後知予不僞梁之旨也。」前奮筆奇，此結筆又奇。奇在其氣，不在其字句。細細讀之。

一行傳論

歐陽修

史公《伯夷傳》低昂屈曲，自是千古絶調。此論低昂屈曲，乃遂欲與抗行，斯爲翰林之一奇也。○《伯夷傳》低昂屈曲，妙于孤憤，此又妙于悲涼，又各自極其致矣。

嗚呼，五代之亂，極矣！下弑君弑父，已盡此二字。《傳》所謂「天地閉、賢人隱」之時歟！當

[一]「軟」，康熙二年刻本作「飲」，據重刻康熙二年序本、有正書局本改，康熙十六年增補本作「歇」。

此之時，臣弒其君，子弒其父，而縉紳之士，安其禄而立其朝，充然無復廉耻之色者，自「當此之時」至此，凡用三十三字成句，不得讀斷。一讀斷，便通篇文態都尋不出。皆是也。只下三字一掃。吾以謂自古忠臣義士，多出于亂世，而怪當時可道者何少也，豈果無其人哉？一路低徊尋思，乍信乍疑，妙絶文態。○此段先疑其何以無，下段再又尋思。雖曰干戈興，學校廢，而禮義衰，風俗隳壞，至于如此，然自古天下未嘗無人也。吾意必有潔身自負之士，嫉世遠去而不可見者。此段又信其必然有，下段再又尋思。自古材賢，有韞于中而不見于外，或窮居陋巷，委身草莽，雖顔子之行，不遇仲尼而名不彰。此段尋思古人尚然不彰。況世變多故而君子道消之時乎？吾又以謂必有負材能，修節義，而沉淪于下，泯没而無聞者。此段尋思必是泯没，不是無人。求之傳記，而亂世崩離，文字殘缺，不可復得，此段尋思傳記又多散落，是何等文態。然僅得者四五人而已。處乎山林而群麋鹿，雖不足以爲中道，然與其食人之禄，俯首而包羞，孰若無愧于心，放身而自得？吾得二人焉，曰鄭遨、張薦明。何止鄭君、張君，悲哉！勢利不屈其心，去就不違其義，吾得一人焉，曰石昂。何止石君，悲哉！苟利于君，以忠獲罪，何必自明？有至死而不言者，此古之義士也，吾得一人焉，曰程福贇。何止程君，悲哉！五代之亂，君不君，臣不臣，父不父，子不子，至于兄弟夫婦，人倫之際無不大壞，而天理幾乎其滅！于此之時，能以孝悌自修于一鄉，而風行于天下者，猶或有之。然其事迹不著，而無可紀次，獨其名氏，或因見于書者，吾亦不敢没。而其略可録者，吾得一人焉，曰李自倫。何止李君，悲哉！作《一行傳》。

宦者論

歐陽修

看他只是一筆，猶如引繩環環而轉。

自古宦者亂人之國，其源深于女禍。女，色而已；宦者之害，非一端也。自來婦與寺只是並提，此特與極力分出。蓋其用事也，近而習；其爲心也，專而忍。此先總挈二句，下轉寫轉入。能以小善中人之意，小信固人之心，使人主必信而親之。此第一筆，下再轉入。待其已信，然後懼以禍福而把持之。此第二筆，下再轉入。雖有忠臣碩士列于朝廷，而人主以爲去己疏遠，不若起居飲食前後左右之親爲可恃也。故前後左右者日益親，則忠臣碩士日益疏，而人主之勢日益孤。此第三筆，下再轉入。勢孤，則懼禍之心日益切，此第四筆，下再轉入。而把持者日益牢，此第五筆，下再轉入。安危出其喜怒，禍患伏于帷闥，則嚮之所謂可恃者，乃所以爲患也。此第六筆，下再轉入。患已深而覺之，欲與疏遠之臣圖左右之親近。緩之則養禍而益深，急之則挾人主以爲質。雖有聖智，不能與謀；此第七筆，下再轉入。謀之而不可爲，爲之而不可成。至其甚，則俱傷而兩敗。此第八筆，下再轉入。故其大者亡國，其次亡身，而使奸豪得借以爲資而起，至抉其種類，盡殺以快天下之心而後已。此第九筆。自前「蓋其」二字起至此，只是一筆轉寫轉入而成。此前史所載宦者之禍常如此者，非一世也。此方總兜一句也。夫爲人主者，重提筆。非欲養禍于內，而疏忠臣碩士于外，蓋其漸積而勢使之然也。特原之，正復切戒之。夫女色之惑，又提筆申前「深于女色」一句。不幸而不悟，則禍斯及矣；使其一悟，捽之而去可也。宦者之爲禍，雖欲悔悟，而勢有不得而去也，最深切著明，可爲痛戒。唐昭宗之事是已。故曰「深于女禍」者，謂此也，可不戒哉！

伶官傳論

歐陽修

只是一低一昂法，妙于前幅點綴又穠至。

嗚呼！盛衰之理，雖曰天命，豈非人事哉？原莊宗之所以得天下，與其所以失之者，可以知之矣。如此筆態，何遽遜子長？世言晉王之將終也，以三矢賜莊宗，而告之曰：「梁，吾仇也；燕王，吾所立；契丹，與吾約爲兄弟，而皆背晉以歸梁。此三者，吾遺恨也。與爾三矢，爾其無忘乃父之志！」莊宗受而藏之于廟。其後用兵，則遣從事，以一少牢告廟，請其矢，盛以錦囊，負而前驅，及凱旋而納之。先綴一事。方其係燕父子以組，函梁君臣之首，入于太廟，還矢先王，而告以成功，其意氣之盛，可謂壯哉！一昂，妙妙。及仇讎已滅，天下已定，一夫夜呼，亂者四應。倉皇東出，未及見賊而士卒離散，君臣相顧，不知所歸。至于誓天斷髮，泣下沾襟，何其衰也！一低，妙妙。豈得之難，而失之易歟？一頓。抑本其成敗之迹，而皆自于人歟！又一頓。《書》曰：「滿招損，謙得益。」憂勞可以興國，逸豫可以亡身，自然之理也。始出手斷定之。故方其盛也，舉天下之豪傑莫能與之爭；再昂。仍用「方其」字，妙妙。及其衰也，數十伶人困之而身死國滅，爲天下笑。再低，仍用「及其」字，妙妙。夫禍患常積于忽微，而智勇多困于所溺，豈獨伶人也哉！再出手，嗟歎不盡。

朋黨論

歐陽修

最明暢之文，却甚幽細；最條直之文，却甚鬱勃；最平夷之文，却甚跳躍鼓舞。

臣聞朋黨之説，自古有之，惟幸人君辨其君子小人而已。不怪朋黨，只與提出人君。大識力、大筆力！大凡君子與君子，以同道爲朋；小人與小人，以同利爲朋：此自然之理也。先平寫，下忽然側寫，筆如鷹隼撇捩。然臣謂小人無朋，惟君子則有之。側寫撇捩。其故何哉？小人所好者，利禄也；所貪者，貨財也。當其同利之時，暫相黨引以爲朋者，僞也。及其見利而爭先，或利盡而交疏，則反相賊害，雖其兄弟親戚，不能自保。故臣謂小人無朋，其暫爲朋者，僞也。説盡。君子則不然，疾轉。所守者道義，所行者忠信，所惜者名節。以之修身，則同道而相益；以之事國，則同心而共濟。終始如一，此君子之朋也。亦説盡。故爲人君者，但當退小人之僞朋，用君子之真朋，則天下治矣。只與提出人君。堯之時，小人共工、驩兜等，四人爲一朋；君子八元、八凱，十六人爲一朋。舜佐堯，退四凶小人之朋，而進元、凱君子之朋，堯之天下大治。證一，大奇文。及舜自爲天子，而皋、夔、稷、契等二十二人，並列于朝，更相稱美，更相稱讓。凡二十二人爲一朋，而舜皆用之，天下亦大治。證二，大奇文。《書》曰：「紂有臣億萬，惟億萬心；周有臣三千，惟一心。」紂之時，億萬人各異心，可謂不爲朋矣，然紂以亡國；證三，大奇文。周武王之臣，三千人爲一大朋，而周用以興。證四，大奇文。後漢獻帝時，盡取天下名士囚禁之，目爲黨人。及黄巾賊起，漢室大亂，後方悔悟，盡解黨人而釋之，然已無救矣。證五，大奇文。唐之晚年，漸起朋黨之論。及昭宗時，盡殺朝之名士，或投之黄河，曰：「此輩清流，可投濁流。」而唐遂亡矣。證六，大奇文。連引數證，一段奇是一段。夫前世之主，能使人人異心不爲朋，莫如紂；能禁絶善人爲朋，莫如漢獻帝；能誅戮清流之朋，莫如唐昭宗之世：然皆亂亡其國。奇奇，看他忽然作倒捲之筆。更相稱美推讓而不自疑，莫如舜之二十二臣，舜亦不疑而皆用之。然而後世不誚舜爲二十二人朋黨所欺，而稱舜爲聰明之主者，以能辨君子與小人也。周武之世，舉其國之臣三千人共爲一朋。自古爲朋之多且大，莫如周。然周用此以興者，蓋人雖多而不厭也。奇奇，看他倒捲，又參差變化，不作一樣筆。夫興亡治亂之迹，爲人君者可以鑒矣！只與提出人君。

縱囚論

歐陽修

此論有刀斧氣，横斫竪斫，略無少恕，讀之增人氣力。

信義行于君子，而刑戮加于小人。先立二句，如二壁對插。刑入于死者，乃罪大惡極，此又小人之尤甚者也。懸指所縱之囚。寧以義死，不苟幸生，而視死如歸，此又君子之尤難者也。懸指囚之自歸。○再立二句，又如二壁對插。○看他更不作一餘筆相繚繞，只此四句，如四壁對插。方唐太宗之六年，録大辟囚三百餘人，縱使還家，約其自歸以就死。入事。是以君子之難能，責其小人之尤者以必能也。下一斷。其囚及期而卒自歸，無後者。是君子之所難，而小人之所易也。下一斷。此豈近于人情哉？兩斷，大刀一收。或曰：「罪大惡極，誠小人矣；及施恩德以臨之，可使變而爲君子。蓋恩德入人之深，而移人之速，有如是者矣。」腐生必有之論，不與駁出，必不得暢。曰：「太宗之爲此，所以求此名也。妙妙。不用駁語，却反與劈手一接，最奇筆。○言太宗爲此，正求恩德入人之名也。然安知夫縱之去也，不意其必來以冀免，所以縱之乎？寫盡醜。又安知夫被縱而去也，不意其自歸而必獲免，所以復來乎？寫盡醜。夫意其必來而縱之，是上賊下之情也。快筆，辣之甚，駭之甚。意其必免而復來，是下賊上之心也。快筆，辣之甚，駭之甚。吾見上下交相賊以成此名也，快筆，辣之甚，駭之甚。烏有所謂施恩德上。與夫知信義下。者哉！斷盡，更無人可得戲翻。不然，太宗施恩德于天下，于兹六年矣，不能使小人不爲極惡大罪，妙妙。而一日之恩，能使視死如歸而存信義，妙妙。此又不通之論也。反覆再斷，更無人可得戲翻。然則何爲而可？曰：『縱而來歸，殺之無赦；而又縱之，句。而又來，句。則可知爲恩德之致爾。』此只是戲論，然與腐生語，不可不如此。然此必無之事也。急斷正。若夫縱而來歸而赦之，可偶一爲之爾；若屢爲之，則殺人者皆不死，是可爲天下常法乎？不可爲常者，其聖人之法乎？聖人復起不易此。是以堯、舜、三王之治，必本于人情，不立異以爲高，不逆情以干譽。」另筆結出正論，却判盡太宗。

上范司諫書

歐陽修

嚴意，行以寬筆。嚴，故聽者竦仄；寬，故讀者愉樂。如起手借寫「賀」字，因輕提「七品官」字，已而忽然陪入「宰相」字；中幅點綴「洛中士大夫」字，後暢發「陽城有待」字；末又迴護「當今無事」字：皆是一意要他聽者竦仄。而不謂今日讀者，乃反大得愉樂，則只爲其行筆處處寬寬然也。

前月中得進奏吏報云，自陳州召至闕，拜司諫，即欲爲一書以賀，多事卒卒未能也。輕輕起。司諫，七品官耳，「七品官」三字提頭。于執事得之不爲喜。而獨區區欲一賀者，誠以諫官者，天下之得失、一時之公議繫焉。便借上輕輕所起一「賀」字，只管跌入。今世之官，自九卿百執事，外至一郡縣吏，非無貴官大職，可以行其道也。然縣越其封，郡逾其境，雖賢守長不得行，以其有守也；吏部之官，不得理兵部，鴻臚之卿，不得理光禄，以其有司也。若天下之失得，生民之利害，社稷之大計，惟所見聞，而不繫職司者，獨宰相可行之，諫官可言之耳。故士學古懷道者，仕于時，不得爲宰相，必爲諫官。諫官雖卑，與宰相等。輕輕將「七品官」三字提頭，却斗陪入一「宰相」，發出如許暢論。天子曰不可，宰相曰可；天子曰然，宰相曰不然。坐于廟堂之上，與天子相可否者，宰相也。先寫宰相，只是陪。天子曰是，諫官曰非；天子曰必行，諫官曰必不可行。立殿陛之前，與天子爭是非者，諫官也。正寫諫官，何等榮耀。宰相尊行其道，諫官卑行其言。束。言行，道亦行也。再束。○暢極矣，不可不束。九卿、百司、郡縣之吏，守一職者，任一職之責；宰相、諫官，繫天下之事，亦任天下之責。此是轉筆發下「甚可懼」一句，乃另起，不承上。然宰相、九卿而下，失職者受責于有司；妙妙。諫官之失職也，取譏于君子。妙妙。有司之法，行乎一時；妙妙。君子之譏，著之簡册而昭明，垂之百世而不泯，妙妙。○其斯爲規切之言，豈真相贊賀耶！甚可懼也！四字束。夫七品之官，任天下之責，懼百世之譏，豈不重耶？非材且賢者，不能爲也。再束。○本意在此處，不可不束。○完「七品官」三字。近執事始被召于陳州，洛之士大夫相與語曰：「我識范君，知其材也。其來不爲御史，必爲諫官。」及命下，果然。始入范君。看他無中生有，不局促。則又相與語曰：「我識范君，知其賢也。他日聞有立天子陛下，直辭正色，面爭庭論者，非他人，必范君也。」無中生有，爲下作勢。拜命以來，翹首企足，竚乎有聞，而卒未也，竊惑之。豈洛之士大夫能料于前，而不能料于後耶？將執事有待而爲也？曲折申意，筆意矯矯。已下只破「有待而爲」一句。昔韓退之作《爭臣論》，以譏陽城不能極諫，卒以諫顯。人皆謂城之不諫，蓋有待而然，退之不識其意而妄譏。修獨以爲不然：又引韓譏陽城，發暢論。當退之作論時，城爲諫議大夫已五年，後又二年，始庭論陸贄，及沮裴延齡作相，欲裂其麻，纔兩事耳。陽城事。當德宗時，可謂多事矣，授受失宜，一。叛將强臣，羅列天下，二。又多猜忌，三。進任小人。四。于此之時，豈無一事可言，而須七年耶？當時之事，豈無急于沮延齡、論陸贄兩事也？文態低昂宛轉，想見先生走筆甚喜。謂宜朝拜官而夕奏疏也。幸而城爲諫官七年，適遇延齡、陸贄事，一諫而罷，以塞其責。筆筆低昂宛轉。向使止五年、六年而遂遷司業，是終無一言而去也，何所取哉！筆筆低昂宛轉。今之居官者，率三歲而一遷，或一二歲，甚者半歲而遷也，此又非可以待乎七年也。筆筆低昂宛轉，想見先生甚喜。今天子躬親庶政，化理清明，雖爲無事，又迴護當今，何等細到。然自千里詔執事而拜是官者，豈不欲聞正議而樂讜言乎？然今未聞有所言説，使天下知朝廷有正士，而彰吾君有納諫之明也。筆筆低昂宛轉。夫布衣韋帶之士，窮居草茅，坐誦書史，常恨不見用。一折。及用也，又曰彼非我職，不敢言；或曰我位猶卑，不得言；一折。得言矣，又曰我有待。一折。是終無一人言也，可不惜哉！嬝嬝然，凡六十字作一句，此是何等筆墨？伏惟執事，思天子所以見用之意，收後幅。懼君子百世之譏，收前幅。一陳昌言，以塞重望，且解洛士大夫之惑，收中段。則幸甚幸甚！

代人上王樞密求先集序書

歐陽修

此即昌黎《送孟東野序》藍本所出也。雖遜其逸宕，然起伏整散之法，乃全似矣。

某聞《傳》曰：「言之無文，行而不遠。」君子之所學也，言以載事，而文以飾言。事信言文，乃能表見于後世。先發論。《詩》、《書》、《易》、《春秋》，皆善載事而尤文者，故其傳尤遠。次以《詩》、《書》、《易》、《春秋》爲證。荀卿、孟軻之徒，亦善爲言，然其道有至有不至，故其書或傳或不傳，猶繫于時之好惡而興廢之。又以荀、孟爲證。其次楚有屈大夫者善文，其謳歌以傳。又以屈原爲證。漢之盛時，有賈誼、董仲舒、司馬相如、揚雄，能文其文辭以傳。又以賈、董、司、揚爲證。由此以來，去聖益遠，世益薄或衰。下迄周、隋，其間亦時時有善文其言以傳者，然皆紛雜滅裂不純信，故百不傳一；幸而一傳，傳亦不顯，不能若前數家之焯然暴見而大行也。又以諸不傳者爲證。甚矣，言之難行也！事信矣，須文；文至矣，又繫其所恃之大小，以見其行遠不遠也。中間忽作結束。《書》載堯、舜，《詩》載商、周，《易》載先聖，《春秋》載文、武之法，《荀》、《孟》二家，載《詩》、《書》、《易》、《春秋》者，楚之辭載風雅，漢之徒各載其時王聲名、文物之盛以爲辭。後之學者，蕩然無所載，則其言之不純信，其傳之不久遠，勢使然也。又忽作評斷。至唐之興，若太宗之政，開元之治，憲宗之功，其臣下又爭載之以文其詞，或播樂歌，或刻金石。故其間鉅人碩士，閎言高論，流鑠前後者，恃其所載之在文也。又以唐諸文臣爲證。若斷若續，最弄筆態。故其言之所載者大且文，則其傳也章；言之所載者不文而又小，則其傳也不章。又作結束評斷。某不佞，守先人之緒餘。先人在太宗時，以文辭爲名進士，以對策爲賢良方正，既而守道純正，爲賢待制，逢時太平，奮身揚名，入正意。宜其言之所載、文之所行，大而可恃以傳也。曲折自喜之甚。然未能甚行于世者，豈其嗣續不肖，不能繼守而泯没之，曲折自喜。抑有由也？曲折自喜。夫文之行，雖繫其所載，猶有待焉。重發論。前發論是一「傳」字，此重發論是一「待」字。

《詩》、《書》、《易》、《春秋》，待仲尼之删正；《詩》、《書》、《易》、《春秋》待。荀、孟、屈原無所待，猶待其弟子而傳焉。荀、孟、屈待。漢之徒，亦得其史臣之書。其始出也，或待其時之有名者而後發；其既殁也，或待其後之紀次者而傳。漢之徒待。○看他筆墨，段段變换。其爲之紀次也，非其門人故吏，則其親戚朋友，如夢得之序子厚，李漢之序退之也。此行卸到王樞密也。伏惟閣下，學老文鉅，爲時雄人，出入三朝，其能望光輝、接步武者，惟先君爲舊，則亦先君之所待也，豈小子之敢有請焉？收得精神之甚。謹以家集若干卷數，寫獻門下，惟哀其誠而幸賜之序。

答吴充秀才書

歐陽修

卓然有主于胸中，而筆底又能行之以清折。看他筆筆清深，筆筆曲折。

修頓首白先輩吴君足下：前辱示書，及文三篇，發而讀之，浩浩若千萬言之多；及少定而視焉，纔數百言耳。寫得奇妙，惟司馬子長寫來有此奇妙。非夫辭豐意雄，霈然有不可禦之勢，何以至此？然猶自患倀倀莫有開之使前者，此好學之謙言也。先曲折贊之。修材不足用于時，仕不足榮于世，其毁譽不足輕重，氣力不足動人。世之欲假譽以爲重，借力而後進者，奚取于修焉？次曲折自叙。先輩學精文雄，其施于時，又非待假譽而爲重，借力而後進者也。然而惠然見臨，若有所責，得非急于謀道，不擇其人而問焉者歟？次曲折謝之。○下方發論。夫學者未始不爲道，而至者鮮焉；非道之于人遠也，學者有所溺焉耳。先論道。蓋文之爲言，難工而可喜，易悦而自足。世之學者往往溺之，一有工焉，則曰：「吾學足矣。」甚者至棄百事不關于心，曰：「吾文士也，職于文而已。」此其所以至之鮮也。次論文。昔孔子老而歸魯，六經之作，數年之頃耳。妙妙。然讀《易》者如無《春秋》，讀《書》者如無《詩》，何其用功少而至于至也！妙妙。聖人之文雖不可及，然大抵道勝者文不難而自至也。論道與文，必歸孔子，所以折衷也。故孟子皇皇不暇著書，荀卿蓋亦晚而有作。帶孟、荀，妙妙。只求道足，未嘗求文。若子雲、仲淹，方勉焉以模言語；此道未足而彊言者也。楊、王，道不足也，非文不足。後之惑者，徒見前世之文傳，以爲學者文而已，故愈勤而愈不至。此足下所謂「終日不出于軒序，不能縱橫高下皆如意」者，道未足也。若道之充焉，雖行乎天地，入于淵泉，無不之也。反覆只是勉其求道。足下之文，浩乎霈然，可謂善矣；而又志于爲道，猶自以爲未廣。若不止焉，孟、荀可至而不難也。再贊之。修學道而不至者，然幸不甘于所悦而溺于所止。再自叙。因吾子之能不自止，又以勵修之少進焉，幸甚。再謝之。

送楊寘序　歐陽修

此文全然學韓昌黎《送王含秀才序》，看其結法便知。

予嘗有幽憂之疾，退而閑居，不能治也。飄然落筆，如不欲爲文者。既而學琴于友人孫道滋，受宫聲數引。久而樂之，不知疾之在其體也。隨筆自記往事，而文油油乎如山之出雲。夫琴之爲技小矣，頓挫。及其至也，大者爲宫，細者爲羽。此二句是琴之本音。操弦驟作，忽然變之，此二句是彈者手法。急者悽然以促，緩者舒然以和。如崩崖裂石，高山出泉，而風雨夜至也；如怨夫寡婦之歎息，雌雄雍雍之相鳴也。其憂深思遠，則舜與文王、孔子之遺音也；悲愁感憤，則伯奇孤子、屈原忠臣之所歎也。一段寫琴極盡。喜怒哀樂，動人必深。二句爲下轉筆，又作頓挫。而純古淡泊，與夫堯、舜三代之言語，孔子之文章，《易》之憂患，《詩》之怨刺，無以異。妙妙。必如此寫，方不是琵琶與箏。其能聽之以耳，應之以手，取其和者，道其湮鬱，寫其幽思，則感人之際，亦有至者焉。寫琴至此，妙妙。予友楊君，好學有文，始入正事，一。累以進士舉，不得志。二。及從蔭調，爲尉于劍浦，區區在東南數千里外，是其心固有不平者。三。且少又多疾，四。而南方少醫藥，五。風俗飲食異宜。六。以多疾之體，有不平之心，居異宜之俗，結束好。其能鬱鬱以久乎？作序本懷只一句。然欲平其心，以養其疾，于琴亦將有得焉。故予作《琴説》以贈其行，且邀道滋酌酒進琴以爲别。一結冷然。

梅聖俞詩集序

歐陽修

不知是論、是記、是傳、是序，隨手所到，皆成低昂曲折。少年偷見此等文字，便思伸手泚筆，自作古文。

予聞世謂詩人少達而多窮，斗引一語。夫豈然哉？劈手推倒。蓋世所傳詩者，多出于古窮人之辭也。自出妙論，先以一句判倒，下接手詳寫之。凡士之藴其所有，而不得施于世者，多喜自放于山巔水涯之外，見蟲魚草木風雲鳥獸之狀類，往往探其奇怪；內有憂思感憤之鬱積，其興于怨刺，以道羈臣寡婦之所歎，而寫人情之難言，蓋愈窮則愈工。詳寫古今詩人，真被寫絶。然則非詩之能窮人，殆窮者而後工也。妙論至論，結束上文。予友梅聖俞，先出人。少以蔭補爲吏，累舉進士，輒抑于有司，困于州縣凡十餘年。年今五十，猶從辟書爲人之佐。鬱其所蓄，不得奮見于事業。次出遭遇。其家宛陵，幼習于詩。自爲童子，出語已驚其長老。既長，學乎六經仁義之説。其爲文章，簡古純粹，不求苟説于世，世之人徒知其詩而已。次出文章。然時無賢愚，語詩者必求之聖俞；聖俞亦自以其不得志者，樂于詩而發之。故其平生所作，于詩尤多。方出詩。世既知之矣，而未有薦于上者。昔文康公嘗見而歎曰[一]：「二百年無此作矣！」雖知之深，亦不果薦也。若使其幸得見于朝廷，作爲雅頌以歌詠大宋之功德，薦之清廟而追商周魯頌之作者，豈不偉歟？奈何使其老不得志，而爲窮者之詩，乃徒發于蟲魚物類、羈愁感歎之言？世徒喜其工，不知其窮之久而將老也。可不惜哉！

[一]「文康」，《評注才子古文》本上有「王」字。

如敘事，如發論，曲折低昂，離合轉换，備極文情。聖俞詩既多，不自收拾。七字爲盡真正詩人。其妻之兄子謝景初，懼其多而易失也，取其自洛陽至于吴興以來所作，次爲十卷。真正詩人，其室中必定有此一人。予嘗嗜聖俞詩，而患不能盡，得之遽喜謝氏之能類次也，輒序而藏之。其後十五年，聖俞以疾卒于京師，余既哭而銘之，因索于其家，得其遺稿千餘篇，並書所藏，掇其尤者六百七十七篇，爲一十五卷。曲折低昂，離合轉换，節節入妙。嗚呼！吾于聖俞詩，論之詳矣，故不復云。惘然不盡。

《春秋》或問

歐陽修

行筆似最蕭散，却是最精細文字。其中有惜墨如金之法，逐段逐句逐字細細讀，當自得之○《春秋》始終，設果無義，則游夏二子，何至一辭莫贊？其事甚大甚深，且姑存而俟之。

或問：「《春秋》何爲始于隱公，而終于獲麟？」曰：「吾不知也。」妙妙。讀書第一高眼，著論第一高手。問者曰：「此學者之所盡心焉，不知，何也？」曰：「《春秋》之起止，吾所知也；子所問者始終之義，吾不知也。吾無所用心乎此也。妙妙。真正第一眼、第一手。昔者孔子仕于魯，不用；去之諸侯，又不用；困而歸，且老，始著書。得《詩》，自《關雎》至于《魯頌》；得

《書》，自《堯典》至于《費誓》；得魯《史記》，自隱公至于獲麟：遂删修之。說得雪淡平常，妙絶妙絶。其前遠矣，聖人著書足以法世而已，不窮遠之難明也，故據其所得而修之。是以始于隱公，說得雪淡平常。孔子非史官，不嘗職乎史，故盡其所得，修之而止耳。魯之《史記》，則未嘗止也，今左氏《經》可以見矣。是以終于獲麟，說得雪淡平常。」曰：「然則始終無義乎？」曰：「義在《春秋》，不在起止。妙妙。真正第一眼、第一手。《春秋》，謹一言而信萬世者也；予，厭衆說之亂《春秋》者也。」再結二語，意態岸然。或問予：「于隱之攝，盾、止之弑，據經而廢傳。經簡矣，待傳而詳，可廢乎？」上文已畢，此又起一問。曰：「吾豈盡廢之乎！夫傳之于經勤矣。最爲平心之言。其述經之事，時有賴其詳焉；至其失傳，則不勝其戾也。其述經之意，亦時有得焉；及其失也，欲大聖人而反小之，欲尊經而反卑之。承「傳之于經勤矣」，寫得又整齊，又參差。取其詳而得者，廢其失者，可也；嘉其尊大之心，可也；信其卑小之説，不可也。」承「吾豈盡廢之乎」，寫得又整齊，又參差。問者曰：「傳有所廢，則經有所不通，奈何？」此却只是補問。曰：「經不待傳而通者十七八，因傳而惑者十五六。最爲平心之言。日月，萬物皆仰，一色人。然不爲盲者明；又一色人。而有物蔽之者，亦不得見也。又一色人。聖人之意，皎然乎經，正如萬物皆仰。惟明者見之，不爲他説蔽者見之也。」句上一「惟」句，句下一「也」字，中間雙寫兩「見之」，法極奇。

讀李翺文

歐陽修

說李文處，備極頓挫鬱勃之妙；至後幅，竟純訴自己胸前眼前，有如許可恨事，至于不啻口出。此真大臣憂時之言，非率爾信筆題署也。

予始讀翱《復性書》三篇，曰此《中庸》之義疏爾。智者識其性，當復《中庸》；愚者雖讀此，不曉也，不作可焉。頓挫。又讀《與韓侍郎薦賢書》，以謂翱特窮，時憤世無薦己者，故丁寧如此。使其得志，亦未必然。以翱爲秦漢間好俠行義之一豪雋，亦善論人者也。頓挫。最後讀《幽懷賦》，然後置書而歎；寫得鬱勃淋漓之甚。歎已，復讀不自休。鬱勃淋漓之甚。恨翱不生于今，不得與之交；又恨予不得生翱時，與翱上下其論也。鬱勃淋漓之甚。爲有如此鬱勃淋漓，故前先作兩頓挫也。況乃翱一時人，有道而能文者，莫若韓愈。愈嘗有賦矣，不過羨二鳥之光榮，歎一飽之無時耳。推是心，使光榮而飽，則不復云矣。意思欲撞李，却不顧捺韓至此。若翱獨不然，其賦曰：「衆囂囂而雜處兮，咸歎老而嗟卑；視予心之不然兮，慮行道之猶非。」又怪神堯以一旅取天下，後世子孫不能以天下守河北，以爲憂。舉李文畢。嗚呼！使當時君子，皆易其歎老嗟悲之心，爲翱所憂之心，則唐之天下豈有亂且亡哉！助李慟哭。然翱幸不生今時，見今之事，則其憂又甚矣。已上全説李，至此忽然轉筆説今日，奇怪奇怪。奈何今之人不憂也？竟撇過李，竟自説心頭事，奇怪。予行天下，見人多矣。脱有一人能如翱憂者，又皆疏遠，與翱無異。實實有之。先生豈虚虚弄筆作文而已，然文實已入妙。其餘光榮而飽者，一聞憂世之言，不以爲狂人，則以爲病癡，苟不怒則笑之矣。實實有之，被先生不顧面皮，都與寫出。嗚呼！在位而不肯自憂，又禁他人使皆不得憂，可歎也夫！胡可勝歎。重言以結，只説自己心頭事，竟不復顧李文，奇怪。

秋聲賦

歐陽修

賦每傷于徘儷。如此又簡峭，又精練，又徑直，又波折，真是後學作文之點金神丹也。

歐陽子方夜讀書，一句，只如賦序。聞有聲自西南來者，聲。悚然而聽之，曰：「異哉！」初淅瀝以瀟颯，忽奔騰而砰湃。如波濤夜驚，風雨驟至，其觸于物也，鏦鏦錚錚，金鐵皆鳴；又如赴敵之兵，銜枚疾走，不聞號令，但聞人馬之行聲。先賦聲，極意描寫，筆又參差。予謂童子：「此何聲也？汝出視之。」借視陪聞，作波。童子曰：「星月皎潔，明河在天。四無人聲，聲在樹間。」漸入。予曰：「噫嘻，悲哉！此秋聲也，胡爲乎來哉？」次賦秋聲。先咨嗟，次怪歎，總與秋聲相副。蓋夫秋之爲狀也，其色慘淡，烟霏雲斂；其色，賓。其容清明，天高日晶；其容，賓。其氣慄冽，砭人肌骨；其氣，賓。其意蕭條，山川寂寥。其意，賓。只要如此生發，雖作萬言賦，亦無難。故其爲聲也，凄凄切切，呼號奮發。連用其色、其容、其氣、其意，引其聲，便瀏然而下。豐草緑縟而爭茂，佳木葱蘢而可悦。二句未秋。草拂之而色變，木遭之而葉脱。其所以摧敗零落者，乃一氣之餘烈。賦秋聲止此。夫秋，刑官也，于時爲陰；又兵象也，于行爲金。次賦秋。是謂天地之義氣，常以肅殺而爲心。再賦秋。天之于物，春生秋實。再賦秋。故其在樂也，商聲主西方之音，夷則爲七月之律。商，傷也，物既老而悲傷；夷，戮也，物過盛而當殺。再賦秋。看其帶賦帶注，帶注又帶賦。嗟夫！草木無情，有時飄零。人爲動物，惟物之靈。此段始是作賦正意，言草木無情，尚飄零；何況人有情，又能永年。百憂感其心，萬事勞其形，有動乎中，必摇其精。此是人所宜憂，萬不能免者。而況思其力之所不及，憂其智之所不能，此是人所不必憂，而故自犯者。宜其渥然丹者爲稿木，黟然黑者爲星星。此賦之所以作也。奈何非金石之質，欲與草木而爭榮？念誰爲之戕賊，亦何恨乎秋聲！譏世不必憂而故自憂人。童子莫對，垂頭而睡。但聞四壁蟲聲唧唧，如助予之歎息。妙妙。于大聲外更添一小聲：臨了又作波。

醉翁亭記

歐陽修

一路逐筆緩寫，略不使氣之文。

環滁皆山也，寬起。○此「也」字，獨與下若干「也」字不類，乃半句歇後字也。其西南諸峰林壑尤美。連上五字成句。望之蔚然而深秀者，瑯琊也。記亭在此山中。山行六七里，漸聞水聲潺潺，而瀉出于兩峰之間者，釀泉也。記山中先有此泉。峰回路轉，有亭翼然臨于泉上者，醉翁亭也。記泉上今有此亭。作亭者誰？山之僧智仙也。記作亭人。名之者誰？太守自謂也。記名亭人。法只應云「太守也」，今多「自謂」二字，因有下注也。太守與客來飲于此，飲少輒醉，而年又最高，故自號曰醉翁也。接手自注：注「醉」一句，注「翁」一句。醉翁之意不在酒，在乎山水之間也。山水之樂，得之心而寓之酒也。接手又自破，亦二句：一句不在酒，一句亦在酒，筆最圓溜。若夫日出而林霏開，朝。雲歸而巖穴暝，暮。晦明變化者，山間之朝暮也。記亭之朝暮。野芳發而幽香，春。佳木秀而繁陰，夏。風霜高潔，秋。水落而石出者，冬。山間之四時也。記亭之四時。朝而往，暮而歸，四時之景不同，而樂亦無窮也。隨手將朝暮四時又收，却收得參差任筆。至于負者歌于塗，行者休于樹，前者呼，後者應，傴僂提携，往來而不絶者，滁人游也。臨溪而漁，溪深而魚肥；釀泉爲酒，泉清而酒洌；山肴野蔌，雜然而前陳者，太守宴也。「至于」二字，貫此二段。先記「滁人游」，次記「太守宴」。妙。宴酣之樂，非絲非竹，射者中，弈者勝，觥籌交錯，坐起而喧譁者，衆賓歡也。蒼顔白髮，頽乎其中者，太守醉也。「宴酣之樂，非絲非竹」二句，貫此二段。記衆賓自歡、太守自醉。妙。已而夕陽在山，人影散亂，太守歸而賓客從也。樹林陰翳，鳴聲上下，游人去而禽鳥樂也。「已而」二字，貫此二段。記太守去，賓客亦去，滁人亦去，却意外忽添出禽鳥，妙。見太守仁民而愛物，而文態又蕭散。然而禽鳥知山林之樂，而不知人之樂；人知從太守游而樂，而不知太守之樂其樂也。便從禽鳥倒捲轉來，作結。醉能同其樂，醒能述以文者，太守也。記撰文。太守謂誰？廬陵歐陽修也。記名姓。一路皆是記也，有人説似賦者，誤也。

豐樂亭記

歐陽修

記山水，却純述聖宋功德；記功德，却又純寫徘徊山水，尋之不得其迹。曰：只是不把聖宋功德看得奇怪，不把徘徊山水看得游戲。○此所謂心地淳厚、學問真到文字也。

修既治滁之明年夏，始飲滁水而甘。「始飲而甘」，言初至滁，殊勞苦，至明年夏，始知水甘也。只此起句，早已用意。問諸滁人，得于州南百步之外。出其處。其上則豐山，聳然而特立；陪一「上」。下則幽谷，窈然而深藏；陪一「下」。中有清泉，滃然而仰出。出泉。俯仰左右，顧而樂之。再陪「左右」。于是疏泉鑿石，闢地以爲亭，而與滁人往游其間。出亭。○看他必帶「與滁人」字。滁于五代干戈之際，用武之地也。重提筆，特叙滁事。昔太祖皇帝，嘗以周師破李景兵五十萬于清流山下，生擒其將皇甫暉、姚鳳于滁東門之外，遂以平滁。特叙滁事。修嘗考其山川，按其圖記，升高以望清流之關，欲求暉、鳳就擒之所，而故老皆無在者，蓋天下之平久矣。開胸淋漓，放聲叫嘯。文字之雄，無逾此者。自唐失其政，海内分裂，豪傑並起而爭，所在爲敵國者，何可勝數？又重提筆，不特叙滁事。及宋受天命，聖人出而四海一。向之憑恃險阻，剗削消磨。百年之間，漠然徒見山高而水清。欲問其事，則遺老盡矣。不特叙滁事。今滁落筆獨接「今滁」，介江、淮之間，舟車商賈四方賓客之所不至。民生不見外事，而安于畎畝衣食[一]，以樂生送死，而孰知上之功德，休養生息，涵煦于百年之深也。言他處皆知皇宋之休養，而滁獨不知，則不可以不記也。修之來此，樂其地僻而事簡，又愛其俗之安閑。先説治滁。既得斯泉于山谷之間，乃日與滁人仰而望

[一]「畝」，康熙二年刻本作「畂」，據康熙十六年增補本、有正書局本改。

山，俯而聽泉。次粗説游。掇幽芳春。而蔭喬木，夏。風霜冰雪，刻露清秀。秋、冬。四時之景，無不可愛。次細説游。又幸其民樂其歲物之豐而喜與游也。因爲本其山川，道其風俗之美，使民知所以安其豐年之樂者，民生無事之時也。次説撰記。夫宣上恩德，以與民共樂，刺史之事也，遂書以名其亭焉。結得端莊鄭重，妙絶妙絶。

真州東園記

歐陽修

何曾故作離奇曲折，然而自然離奇、自然曲折，又且異樣離奇、異樣曲折。如先生，真足爲東坡座師也。〇手下若無如此文，眼中亦安能識得東坡？

真爲州，當東南之水會，故爲江淮、兩浙、荆湖發運使之治所。先寫真州。龍圖閣直學士施君正臣、侍御史許君子春之爲使也，得監察御史裏行馬君仲塗爲其判官。三人者，樂其相得之歡，而因其暇日，得州之監軍廢營，以作東園，次寫東園。而日往游焉。次寫三人舊游。歲秋八月，子春以其職事徙京師，圖其所謂「東園」者，來以示予，次寫子春新圖。曰：「園之廣百畝，句總起。而流水横其前，水。清池浸其右，池。高臺起其北。臺。臺，吾望以拂雲之亭；從臺出亭。池，吾俯以澄虛之閣；從池出閣。水，吾泛以畫舫之舟。從水出舟。敞其中以爲清宴之堂，又有堂。闢其後以爲射賓之圃。又有圃。〇看他出水與池臺一樣，出亭與閣舟一樣，出堂與圖一樣。芙蓉芰荷之的歷，幽蘭白芷之芬芳，與夫桂花美木，列植而交陰，此今日。此前日之蒼烟白露而荆棘也。此前日。高甍巨桷，水光日景，動摇而下上，其寬閑深靚，可以答遠響而生清風，此今日。此前日之頹垣斷塹而荒墟也。此前日。嘉時令節，州人士女嘯歌而管弦，此今日。此前日之晦冥風雨、鼪鼯鳥獸之嗥音也。此前日。寫一通，唱一通，異樣文情。吾于是信有力焉。句總結。凡圖之所載，皆其一二之略也。又作開拓之筆。若乃升于高，以望江山之遠近，嬉于水，而逐魚鳥之浮沉。其物象意趣，登臨之樂，覽者各自得焉。凡工之所不能畫者，吾亦不能言也。」畫家有意到而筆不到之法，此又筆意俱到。妙絶妙絶。其爲我書其大概焉。真不能不作記。又曰：「真，天下之衝也。四方之賓客往來者，吾與之共樂于此，豈獨私吾三人者哉？上于畫圖外添出意，此又于三人外添出意，妙絶妙絶。然而池臺日益以新，草樹日益以茂。四方之士無日而不來，而吾三人者有時而皆去也，豈不眷眷于是哉！不爲之記，則後孰知其自吾三人者始也。」真不能不作記。予以爲三君子之材，纔出手，好好。賢足以相濟，一。而又協于其職，二。知所後先，使上下給足，而東南六路之人無辛苦愁怨之聲，然後休其餘閑；三。又與四方之賢士大夫共樂于此。四。是皆可嘉也，總上四。乃爲之書。出手只如此，好好。廬陵歐陽修記。

祭石曼卿文

歐陽修

胸中自有透頂解脱，意中却是透骨相思。于是一筆已自透頂寫出去，不覺一筆又自透骨寫入來。不知者乃驚其文字一何跌蕩，不知非跌蕩也。

維治平四年七月日，具官歐陽修，謹遣尚書都省令史李敭，至于太清，以清酌庶羞之奠，致祭于亡友曼卿之墓下，而吊之以文曰：「嗚呼曼卿！生而爲英，死而爲靈。其同乎萬物生死，而復歸于無物者，暫聚之形；不與萬物共盡，而卓然其不朽者，後世之名。此自古聖賢莫不皆然，而著在簡册者昭如日星。此十九字只是一句。勿讀斷。○名言也，然妙在下幅，不在此處。嗚呼曼卿！吾不見子久矣，猶能髣髴子之平生。其軒昂磊落、突兀峥嶸，而埋藏于地下者，十六字一句。意其不化爲朽壤，而爲金玉之精。不然，生長松之千尺，産靈芝而九莖。奇情奇文。看他句中間，又下「不然」字，作一折。奈何荒烟野蔓，荆棘縱横，風凄露下，走燐飛螢。但見牧童樵叟，歌吟而上下；與夫驚禽駭獸，悲鳴躑躅而咿嚶。今固如此，更千秋而萬歲兮，安知其不穴藏狐貉與鼯鼪？此自古聖賢亦皆然兮，獨不見夫纍纍乎曠野與荒城？妙妙，索性説到盡情。○又牽「自古聖賢皆然」，妙妙，文情一何酣恣。嗚呼曼卿！盛衰之理，吾固知其如此，而感念疇昔，悲涼凄愴，不覺臨風而隕涕者，有愧夫太上之忘情。」臨了又下「固知如此」句，作一折。

天下才子必讀書卷之十四

宋文

蘇氏族譜亭記

蘇洵

文更不曾用力，只是輕輕畫成。不但老人坐亭中一段話，是輕輕畫成，只起手劈空所起，便是輕輕畫成也。

匹夫而化鄉人者，吾聞其語矣。劈空起筆。國有君，邑有大夫，而爭訟者訴于其門；鄉有庠，里有學，而學道者赴于其家。鄉人有爲不善于室者，父兄輒相與恐曰：「吾夫子無乃聞之？嗚呼！彼獨何修而得此哉？」意者其積之有本末，而施之有次第耶？即起筆所稱「匹夫而化鄉人者」也，早已寫得如活。○看他帶描寫，帶唱歎，真好筆墨。今吾族人，猶有服者，不過百人，而歲時蜡社，不能相與盡其歡欣愛洽。稍遠者至不相往來，是無以示吾鄉黨鄰里也。乃作《蘇氏族譜》，立亭于高祖墓塋之西南，而刻石焉。徑入題，更不連帶上段，恰如說過一遍便休。既而告之曰：「凡在此者，「此」，譜也。死必赴，冠、娶妻必告。少而孤，則老者字之；貧而無歸，則富者收之。而不然者，族人之所共誚讓也。」歲正月，相與拜奠于墓下，只是族人申約數段，却將末一段放長，遂成一篇文字。既奠，則坐于亭。其老者顧少者而歎，曰：「是不及見吾鄉鄰風俗之美矣。寫得如聞之。自吾少時，見有爲不義者，則衆相與疾之，如見怪物焉，慄焉而不寧。如聞之。其後少衰也，猶相與笑之。如聞之。今也，則相與安之耳，是起于某人也。如聞之。○將風俗升降，只用兩三語在口中閑閑説出。妙甚。夫某人者，是鄉之望人也，而大亂吾俗焉。是故其誘人也速，其爲害也深。重提「某」是「望人」，如有所指。○先總恨，下細開。自斯人之逐其兄之遺孤子而不邮也，而骨肉之恩薄；一。自斯人之多取其先人之貲田而欺其諸孤子也，而孝悌之行缺；二。自斯人之爲其諸孤子之所訟也，而禮義之節廢；三。自斯人之以妾加其妻也，而嫡庶之别混；四。自斯人之篤于聲色而父子雜處、歡譁不嚴也，而閨門之政亂；五。自斯人之瀆財無厭、惟富者之爲賢也，而廉恥之路塞。六。此六行者，總束一句而後下。吾往時所謂大慚而不容者也。今無知之人，皆曰：「其人何人也，猶且爲之。」真有之，可痛可恨。其輿馬赫奕，婢妾靚麗，足以蕩惑里巷之小人；一。其官爵貨力，足以揺動府縣；二。其矯作修飾言語，足以欺罔君子：三。看他六段後，又寫三段。是州里之大盜也。亦總束一句而後下。吾不敢以告鄉人，而私以戒族人焉。髫髴于斯人之一節者，願無過吾門也。」看他如此折筆，挽到族中來。予聞之，懼而請書焉。老人曰：「書其事而闕其姓名，使他人觀之，則不知其爲誰；而夫人之觀之，則面熱内慚，汗出而食不下也。且無彰之，庶其有悔乎！」予曰：「然。」乃記之。「而夫人觀之」句以下，轉筆偶誤，只應云：而吾之族人觀之，則怵惕戰悼，惟恐或有其一，以大累我同譜云云。

送石昌言爲北使引

蘇洵

今日送昌言，却寫自幼狎昌言，凡作四番情事，而後寫到此使；後幅自欲贈言，却寫往年彭任爲我言，因而借意便收，真奇筆也。

昌言舉進士時，吾始數歲，未學也。憶與群兒戲先府君側，昌言從旁取棗栗啖我。家居相近，又以親戚故，甚狎。一番情事。昌言舉進士，日有名。吾後漸長，亦稍知讀書，學句讀、屬對、聲律，未成而廢。昌言聞吾廢學，雖不言，察其意，甚恨。又一番情事。後十餘年，昌言及第第四人，守官四方，不相聞。吾日以壯大，乃能感悟，摧折復學。又一番情事。又數年游京師，見昌言長安，相與勞問如平生歡。出文十數首，昌言甚喜稱善。吾晚學無師，雖日爲文，中心自慚；又聞昌言説，乃頗自喜。又一番情事。今十餘年，又來京師，而昌言官兩制，乃爲天子出使萬里外彊悍不屈之虜，建大旆，從騎數百，送車千乘，出都門，意氣慨然。自思爲兒時，見昌言先府君旁，安知其至此？富貴不足怪，吾于昌言獨有感也！直至此，始寫昌言北使。妙在接手便收上，又接手便落下。此等文字，謂之神助。大丈夫生不爲將，得爲使，折衝口舌之間，足矣。往年彭任從富公使還，爲我言曰：「既出境，宿驛亭。聞介馬數萬騎馳過，劍槊相摩，終夜有聲，從者怛然失色。及明，視道上馬迹，尚心掉不自禁。上幅寫自幼與昌言狎。凡四段，段段出像寫。此後幅，不意又出像寫。辭，以爲夷狄笑。嗚呼！凡虜所以誇耀中國者，多此類也。中國之人不測也，故或至于震懼而失辭，以爲夷狄笑。嗚呼！何其不思之甚也！老泉識膽如此。昔者昌春君使冒頓，壯士健馬皆匿不見，是以有平城之役。妙。今之匈奴，吾知其無能爲也。妙。孟子曰：『說大人，則藐之。』況于夷狄？」妙。請以爲贈。

心術[一]　　蘇洵

此全學孫子文字，逐節自爲段落，最爲蒼勁之筆。

爲將之道，當先治心。泰山崩于前而色不變，麋鹿興于左而目不瞬，然後可以制利害，可以待敵。自作一段。凡兵上義不義，雖利勿動。非一動之爲利害，而他日將有所不可措手足也。夫惟義，可以怒士，士以義怒，可與百戰。自作一段。凡戰之道，未戰養其財，將戰養其力，既戰養其氣，既勝養其心。謹烽燧，嚴斥堠，使耕者無所顧忌，所以養其財；豐犒而優游之，所以養其力；小勝益急，小挫益厲，所以養其氣；用人不盡其所欲爲，所以養其心。故士常

[一]　此篇康熙二年刻本、有正書局本列於「卷之末」補遺，現移至此。

蓄其怒，懷其欲而不盡。怒不盡則有餘勇，欲不盡則有餘貪。故雖並天下，而士不厭兵，此黄帝之所以七十戰而兵不殆也[一]。不養其心，一戰而勝，不可用矣。自作一段。此段特長。凡將欲智而嚴，凡士欲愚。智則不可測，嚴則不可犯，故士皆委己而聽命，夫安得不愚？夫惟士愚而後可與之皆死。自作一段。凡兵之動，知敵之主[二]，知敵之將，而後可以動于險。鄧艾縋兵于蜀中，非劉禪之庸，則百萬之師可以坐縛，彼固有所侮而動也。故古之賢將，能以兵嘗敵，而又以敵自嘗，故去就可以決。自作一段。凡主將之道，知理而後可以舉兵，知勢而後可以加兵，知節而後可以用兵。知理則不屈，知勢則不沮，知節則不窮。自作一段。見小利不動，見小患不避。小利小患，不足以辱吾技也，夫然後有以支大利大患。自作一段。夫惟養技而自愛者，無敵于天下。故一忍可以支百勇，一静可以制百動。自作一段。兵有長短，敵我一也。敢問：「吾之所長，吾出而用之，彼將不與我校；吾之所短，吾蔽而置之，彼將彊與吾角：奈何？」曰：「吾之所短，吾抗而暴之，使之疑而却；吾之所長，吾陰而養之，使之狎而墮其中：此用長短之術也。」自作一段。此段特變。善用兵者，使之無所顧，有所恃。無所顧，則知死之不足惜；有所恃，則知不至于必敗。尺棰當猛虎，奮呼而操擊；徒手遇蜥蜴，變色而却步：人之情也。知此者，可以將矣。自作一段。此段特作譬。袒裼而按劍，則烏獲不敢逼；冠胄

[一]「戰」，康熙二年刻本等作「載」，據《評注才子古文》改。

[二]「敵」，康熙二年刻本空缺，據重刻康熙二年序本等補。

衣甲，據兵而寢，則童子彎弓殺之矣。故善用兵者，以形固。夫能以形固，則力有餘矣。自作一段。此段又作譬。

武王論

蘇軾

驚人之論，無奈出于戒懼之心，便占得世間第一等道理。于是其言反覆而愈不窮，恣肆而更悦其純粹也。

武王，非聖人也。劈空落大筆，發怪論，不怕天雷，不怕王法。妙妙。昔者孔子蓋罪湯、武。上只大書六字一句，下便忙請孔子自解。妙妙。顧自以爲殷之子孫，而周人也，故不敢。略曲，始下。然數致意焉，曰「大哉，巍巍乎堯、舜也」；「禹，吾無間然」。證。其不足于湯、武也，亦明矣。證孔子罪湯、武。曰：「武盡美矣，未盡善也。」又證。又曰：「三分天下有其二，以服事殷。周之德，其可謂至德也已矣。」又證。伯夷、叔齊之于武王也，蓋謂之弒君，至恥之不食其粟，而孔子予之。又證。其罪武王也甚矣，證已罵武王，不背于孔子。此孔氏之家法也。世之君子，苟自孔氏，必守此法。國之存亡，民之死生，將于是乎在，其孰敢不嚴？妙論，正論。而孟軻乃亂之曰：「吾聞武王誅獨夫紂，未聞弒君也。」自是學者以湯、武爲聖人之正，若當然者，皆孔氏之罪人也。妙論，正論。使當時有良史如董狐者，南巢之事，必以叛書；牧野之事，必以弒書；而湯、武仁人也，必將爲法受惡。又無中生有爲證。周公作《無逸》，曰：「殷王中宗，及高宗，及祖甲，及我周文王，兹四人迪哲。」上不及湯，下不及武王，亦以是哉。又無中生有作證。文王之時，諸侯不求而自至，是以受命稱王，行天子之事。周之王不王，不計紂之存亡也。出正論。使文王在，必不伐紂；紂不見伐，而以考終，或死于亂；殷人立君，以事周，命爲二王後以祀殷，君臣之道，豈不兩全也哉？出正論。武王觀兵于孟津而歸，紂若不改過，則殷人改立君。武王之待殷，亦若是而已矣。出正論。天下無王，有聖人者出而天下歸之，聖人所不得辭也。出正論。而以兵取之，而放之，而殺之，可乎？出武王案。漢末大亂，豪傑並起。荀文若，聖人之徒也；罵武王，忽頌荀文若，大奇大奇。然是作論正意，以爲非曹操莫與定海内，故起而佐之。所以與操謀者，皆王者之事也，文若豈教操反者哉？頌荀文若，大奇，却是正意。以仁義救天下，天下既平，神器自至，將不得已而受之。不至，不取也。此文王之道，文若之心也。頌荀文若，大奇，却是正意。及操謀九錫，則文若死之。故吾嘗以文若爲聖人之徒者，以其才似張子房，而道似伯夷也。頌荀文若，大奇，却是正意。殺其父，封其子。其子非人也，則可；使其子而果人也，則必死之。再出正論。楚人將殺令尹子南，子南之子棄疾，爲王馭士，王泣而告之。既而殺子南，其徒曰：「行乎？」曰：「吾與殺吾父，行將焉入？」「然則臣王乎？」曰：「棄父事讎，吾弗忍也。」遂縊而死。入喻。武王親以黄鉞斬紂，使武庚受封而不叛，豈復人也哉？故武庚之必叛，不待智者而後知也。武王之封武庚，蓋亦不得已焉耳。悉是正論。殷有天下六百年，賢聖之君六七作。紂雖無道，其故家遺俗未盡滅也。三分天下有其二，殷不伐周而周伐之，大奇。誅其君，夷其社稷，諸侯必有不悦者，故封武庚以慰之。此豈武王之意哉？悉是正論，曲折暢快之至。故曰武王非聖人也。

荀卿論

蘇　軾

迅如秋江，峭如秋山，皎如秋日，曠如秋空。後賢精切讀之，脱肉胎，换仙骨，真文家之寶符也。

嘗讀《孔子世家》，觀其言語文章，循循莫不有規矩，不敢放言高論，言必稱先王，折衷孔子起。看他下連作數歎。然後知聖人憂天下之深也。一歎。茫乎不知其畔岸，而非遠也；二歎。浩乎不知其津涯，而非深也。三歎。其所言者，匹夫匹婦之所共知；而所行者，聖人有所不能盡也。四歎。嗚呼！是亦足矣。使後世有能盡吾説者，雖爲聖人無難；五歎。而不能者，不失爲寡過而已矣。六歎。真是天下妙筆。子路之勇、子貢之辯、冉有之智，此三者，皆天下之所謂難能而可貴者也。然三子者，每不爲夫子之所悦。顔淵默然不見其所能，若無以異于衆人者，而夫子亟稱之。閑置一段，如連似斷。又妙。○看他下文又斗發筆。且夫學聖人者，豈必其言之云爾哉？亦觀其意之所嚮而已。夫子以爲後世必有不足行其説者矣，必有竊其説而爲不義者矣。是故其言平易正直，而不敢爲非常可喜之論，要在于不可易也。反覆再歎。昔者，嘗怪李斯事荀卿，既而焚滅其書，大變古先聖王之法，于其師之道，不啻若寇讎。及今觀荀卿之書，然後知李斯之所以事秦者，皆出于荀卿，而不足怪也。昔怪今悟，提。荀卿者，喜爲異説而不讓，一斷。敢爲高論而不顧者也。二斷。其言愚人之所驚，小人之所喜也。三斷。子思、孟軻，世之所謂賢人君子也。荀卿獨曰：「亂天下者，子思、孟軻也。」一證。天下之人，如此其衆也；仁人義士，如此其多也。荀卿獨曰：「人性惡，桀、紂性也，堯、舜僞也。」二證。文態又整齊，又參差。由是觀之，意其爲人，必也剛愎不遜，而自許太過；彼李斯者，又特甚者耳。輕輕且結，下再起。今夫小人之爲不善，猶必有所顧忌。是以夏、商之亡，桀、紂之殘暴，而先王之法度禮樂刑政，猶未至于絶滅而不可考者，是桀、紂猶有所存，而不敢盡廢也。奇文快文，真是天下妙筆。彼李斯者，獨能奮而不顧，焚燒夫子之六經，烹滅三代之諸侯，破壞周公之井田，此亦必有所恃者矣。彼見其師歷詆天下之賢人，自是其愚，以爲古先聖王皆無足法者；分斷李斯。不知荀卿特以快一時之論，而荀卿亦不知其禍之至于此也。分斷荀卿。其父殺人報仇，其子必且行劫。荀卿明王道，述禮樂，而李斯以其學亂天下，其高談異論有以激之也。總斷二人。孔、孟之論，未嘗異也，而天下卒無有及者。苟天下果無有及者，則尚安以求異爲哉？仍折衷于孔子。

樂毅論

蘇軾

説王説霸，乃如説家常事者，直是心地光明，眼光洞越，手腕迅疾，筆墨恬淨，故能至此。蓋四者之中，若少一件，亦不得也。

自知其可以王而王者，三王也；自知其不可以王而霸者，五霸也。或者之論曰，圖王不成，其弊猶可以霸。嗚呼！使齊桓、晉文而行湯、武之事，將求亡之不暇，雖欲霸可得乎？夫王道者，不可以小用也，大用則王，小用則亡。昔者徐偃王、宋襄公，嘗行仁義矣，然終以亡其身、喪其國者，何哉？其所施者，未足以充其所求也。故夫有可以得天下之道，而無取天下之心，乃可與言王矣。開胸暢論，不顧世有冬烘老生與黄口小兒。○自起至此，只是一句話。范蠡、留侯，雖非湯武之佐，然亦可謂剛毅果敢，卓然不惑，而能有所必爲者也。欲出樂毅，却突然出范蠡、留侯，先反説教暢。觀吴王困于姑蘇之上，而求哀請命于勾踐，勾踐欲赦之。彼范蠡者，獨以爲不可，援桴進兵，卒刎其頸。范如此。項籍之解而東，高帝亦欲罷兵歸國。留侯諫曰：「此天亡也，急擊勿失！」留如此。此二人者，以爲區區之仁義，不足以易吾之大計也。反説甚暢。嗟夫樂毅，戰國之雄，未知大道，而竊嘗聞之，則足以亡其身而已矣。出樂毅，隨出隨斷。論者以爲燕惠王不肖，用反間，以騎劫代將，卒走樂生。此其所以無成者，出于不幸，而非用兵之罪。上只泛斷，下方細翻細斷。此先細翻。然當時使昭王尚在，反間不得行，樂毅終亦必敗。細斷。何者？燕之並齊，非秦、楚、三晉之利。洞悉。○言霸者如此，便應速下殘城。今以百萬之師，攻兩城之殘寇，而數歲不決，師老于外，此必有乘其虚者矣。諸侯乘之于内，齊擊之于外，當此時，雖太公、穰苴不能無敗。此是斷其必敗。然所以至于必敗者，下文轉出。然樂毅以百倍之衆，數歲而不能下兩城者，非其智力不足，蓋欲以仁義服齊之民，故不忍急攻而至于此也。確確，樂生又有何辨。夫以齊人苦湣王之彊暴，樂毅苟退而休兵，治其政令，寬其賦役，反其田里，安其老幼，使齊人無復鬥志，則田單者獨誰與戰哉？言如范如留，可也。奈何以百萬之師，相持而不決，此固所以使齊人得徐而爲之謀也。確確，樂生又有何辨。當戰國時，兵彊相吞者，豈獨在我？以燕、齊之衆，壓其城而急攻之，可滅此而後食，其誰曰不可？讀此，想見先生用軍最精。嗚呼！欲王則王，不王則審所處，無使兩失焉，而爲天下笑也。收完起一段話。

戰國任俠論

蘇軾

如颶風之蓬蓬起于大海，如黄河之滔滔下于龍門，豈復蘸筆點墨之恒事乎。

春秋之末，至于戰國，諸侯卿相，皆爭養士。養士。○先提。自謀夫説客、談天雕龍、堅白同異之流，下至擊劍扛鼎、鷄鳴狗盜之徒，莫不賓禮，靡衣玉食，以館于上者，何可勝數。所養士。○先提。越王勾踐，有君子六千人。魏無忌、齊田文、趙勝、黄歇、吕不韋，皆有客三千人。而田文招致任俠奸人六萬家于薛，齊稷下談者亦千人。魏文侯、燕昭王、太子丹，皆致客無數。下至秦、漢之間，張耳、陳餘號多士，賓客厮養，皆天下豪傑。而田横亦有士五百人。其略見于傳記者，如此。其見者有此。度其餘，當倍官吏而半農夫也。其未見者何限。此皆奸民蠹國者，民何以支，而國何以堪乎？一句收過，下突兀發論。蘇子曰：此先王之所不能免也。大奇大奇。○趁此一筆而下，勢如黄河倒注矣。國之有奸也，猶鳥獸之有猛鷙，昆蟲之有毒螫也。區處條理，使各安其處，則有之矣；鋤而盡去之，則無是道也。一斷，下突兀重發論。吾考之世變，知六國之所以久存，而秦之所以速亡者，蓋出于此，不可以不察也。斷定，下快説。夫智、勇、辯、力，此四者皆天民之秀傑者也；類不能惡衣食以養人，皆役人以自養者也。看他兩皆「者也」句，參差槎枒，是何筆態，最要善學。故先王分天下之富貴，與此四者共之。此四者不失職，則民靖矣。一斷。四者雖異，先王因俗設法，使出于一。三代以上，出于學；戰國至秦，出于客；漢以後，出于郡縣吏；魏晉以來，出于九品中正；隋、唐至今，出于科舉：雖不盡然，取其多者論之。看他忽然住筆，大奇事。六國之君，虐用其民，不減始皇、二世。然當是時，百姓無一人叛者，以凡民之秀傑者，多以客養之，不失職也。其力耕以奉上，皆椎魯無能爲者，雖欲怨叛而莫爲之先，此其所以少安而不即亡也。妙絶妙絶，誰有此識？即有此識，誰有此膽？即有此膽，誰有此筆？真是大奇大奇。始皇初欲逐客，用李斯之言而止；既並天下，則以客爲無用，于是任法而不任人，謂民可以恃法而治，謂吏不必才，取能守吾法而已。故墮名城，殺豪傑，民之秀異者散而歸田畝。向之食于四公子、吕不韋之徒者，皆安歸哉？不知其能槁項黄馘，以老死于布褐乎？抑將輟耕太息以俟時也？妙絶妙絶，大奇大奇。○又故作摇曳筆，愈見突兀，愈見槎枒。秦之亂，雖成于二世，然使始皇知畏此四人者，有以處之，使不失職，秦之亡不至若是速也。妙絶妙絶，大奇大奇。縱百萬虎狼于山林，而飢渴之，不知其將噬人。世以始皇爲智，吾不信也。再找一筆，是何氣勢，切切學之。楚漢之禍，生民盡矣，豪傑宜無幾；妙。而代相陳豨，從車千乘，蕭、曹爲政，莫之禁也。妙。○餘勇未息，猶湍悍如此。至文、景、武之世，法令至密，然吴濞、淮南、梁王、魏其、武安之流，皆爭致賓客，世主不問也。妙。豈懲秦之禍，以爲爵禄不能盡縻天下士，故少寬之，使得或出于此也耶？妙妙，足足，奇奇，大奇大奇。若夫先王之政則不然，曰：「君子學道則愛人，小人學道則易使也。」嗚呼！此豈秦、漢之所及也哉！通篇如百萬笳鼓競奏，臨了忽以雅歌落之。

范增論

蘇　軾

不過知幾早去一句，却寫出許多議論、許多曲折。及至細尋，亦更無議論與曲折，只是一味换筆法耳。

增之去，善矣；不去，羽必殺增。略許。獨恨其不早耳。劈下斷語，此謂筆快如風。然則當以何事去？故作問。增勸羽殺沛公，羽不聽，終以此失天下，當于是去耶？故作商。曰：「否。」增之欲殺沛公，人臣之分也；羽之不殺，猶有君人之度也，增曷爲以此去哉？故作答。○故作問答，小弄波折。《易》曰：「知幾其神乎！」《詩》曰：「相彼雨雪，先集維霰。」增之去，當于羽殺卿子冠軍時也。通篇只此一句斷盡，下换無數筆，更不出此。陳涉之得民也，以項燕、扶蘇；項氏之興也，以立楚懷王孫心；而諸侯叛之也，以弑義帝。逐段看其下文换筆。且義帝之立，增爲謀主矣。又换筆。義帝之存亡，豈獨爲楚之盛衰，亦增之所與同禍福也。未有義帝亡，而增獨能久存者也。又换筆。羽之殺卿子冠軍也，是弑義帝之兆也；其弑義帝，則疑增之本也。豈必待陳平哉？又换筆。物必先腐也，而後蟲生之；人必先疑也，而後讒入之。陳平雖智，安能間無疑之主也。又换筆。吾嘗論義帝，天下之賢主也。獨遣沛公入關，而不遣項羽；識卿子冠軍于稠人之中，而擢以爲上將：不賢而能如是乎？羽既矯殺卿子冠軍，義帝必不能堪。非羽弑帝，則帝殺羽：不待智者而後知也。又换筆。增始勸項梁立義帝，諸侯以此服從。中道而弑之，非增之意也。又换筆。夫豈獨非其意，將必力爭而不聽也。不用其言，而殺其所立，羽之疑增，必自是始矣。又换筆。方羽殺卿子冠軍，增與羽比肩而事義帝，君臣之分未定也。爲增計者，力能誅羽，則誅之；不能，則去之：豈不毅然大丈夫也哉？增年已七十，合則留，不合則去。不以此時明去就之分，而欲依羽以成功，陋矣！又换筆。雖然，增，高帝之所畏也。增不去，項羽不亡。嗚呼！增亦人傑也哉！尾乃得此一振。

留侯論

蘇　軾

此文得意，在「且其意不在書」一句起，掀翻盡變，如廣陵秋濤之排空而起也。

古之所謂豪傑之士，必有過人之節。人情有所不能忍者，一句，巉然立論。匹夫見辱，拔劍而起，挺身而鬥[一]，此不足爲勇也。天下有大勇者，卒然臨之而不驚，無故加之而不怒，此其所挾持者甚大，而其志甚遠也。上論巉然，得此一落始暢。夫子房受書于圯上之老人也，其事甚怪。入事。然亦安知其非秦之世，有隱君子者，出而試之？先作淺筆，略斷。觀其所以微見其意者，皆聖賢相與警戒之意。先作淺筆，就事略證。而世不察，以爲鬼物，亦已過矣。先作淺筆，略駁。且其意不在書。至此別作深筆發議。此一句，乃一篇之頭也。當韓之亡，秦之將盛也，以刀鋸鼎鑊待天下之士，其平居無事夷滅者，不可勝數。雖有賁、育，無所獲施。筆力勁甚。夫持法大急者，其鋒不可犯，而其勢未可乘。筆力勁甚。子房不忍忿忿之心，以匹夫之力，而逞于一擊之間。當此之時，子房之不死者，其間不能容髮，蓋亦危矣。筆力勁甚。千金之子，不死于盜賊，何者？其身可愛，而盜賊之不足以死也。上文筆力甚勁，此略作抒緩。子房以蓋世之才，不爲伊尹、太公之謀，而特出于荆軻、聶政之計，以僥倖于不死，妙論，可感。此圯上老人所爲深惜者也。抒緩。是故倨傲鮮腆而深折之，彼其能有所忍也，然後可以就大事。故曰：「孺子可教也。」妙論，可感。○看他連作三起筆，皆勁甚；連作三落，又皆抒緩。楚莊王伐鄭，鄭伯肉袒牽羊以迎。莊王曰：「其主能下人，必能信用其民矣。」遂舍之。一證。勾踐之困于會稽，而歸臣妾于吳者，三年而不倦。又一證。二證不甚相倫，却是行文到此時，更少不得。且夫有報人之志，而不能下

[一]「鬥」，康熙二年刻本作「鬭」，據重刻康熙二年序本等改。

人者，是匹夫之剛也。夫老人者，以爲子房才有餘，而憂其度量之不足，故深折其少年剛鋭之氣，使之忍小忿而就大謀。此先生自己無中生有之論，却説得極透徹。看他下文緊接「何則」二字。何則？非有平生之素，卒然相遇于草野之間，而命以僕妾之役，油然而不怪者，此固秦皇之所不能驚，而項籍之所不能怒也。妙妙，可感可念。○至此一論已畢，下乃餘勇成文。觀夫高帝之所以勝、項籍之所以敗者，在能忍與不能忍之間而已矣。忽推説到高帝、項籍。項籍唯不能忍，是以百戰百勝，而輕用其鋒。高祖忍之，養其全鋒而待其弊，此子房教之也。此段本已推開子房，却仍歸功子房，真乃恣情恣筆之文。當淮陰破齊，而欲自王，高祖發怒，見于詞色。由是觀之，猶有剛强不能忍之氣，非子房其誰全之？只爲欲暢忍、不忍二論，故推開子房，再説高帝；又偶因手便，仍結歸子房耳。看他却又還一證佐，恣情恣筆，一至于此哉！太史公疑子房，以爲魁梧奇偉，而其狀貌乃如婦人女子，不稱其志氣。嗚呼，此其所以爲子房歟！餘波，更復勝。

此是先生破盡身見，獨存義勇，而乃抒爲妙文。後賢且只學其刀刀見血。

晁錯論

蘇軾

天下之患，最不可爲者，名爲治平無事，而其實有不測之憂。暗説漢景時七國强大。坐觀其變，而不爲之所，則恐至于不可救。起而强爲之，則天下狃于治平之安，而不吾信。暗説晁錯建言之難。惟仁人君子豪傑之士，爲能出身爲天下犯大難，以求成大功。此固非勉强期月之間，而苟以求名之所能也。暗説鼂錯非其人。一段先論鼂錯之計，本盡忠于漢家。天下治平，暗説漢景時。無故而發大難之端；暗説建言削七國。吾發之，吾能收之，然後有辭于天下。暗説七國反。事至，而循循焉欲去之，使它人任其責，暗説鼂錯欲自居守，而使天子自將。則天下之禍，必集于我。暗説袁盎斬錯之舉。一段再論鼂錯之意是，而其計則非。昔者鼂錯盡忠爲漢，謀弱山東之諸侯。山東諸侯並起，以誅錯爲名。而天子不之察，以錯爲之説。入叙事。天下悲錯之以忠而受禍，縱一筆。不知錯有以取之也。一筆擒。已下全篇俱發此句。古之立大事者，脱却題目，寬寬起筆。不惟有超世之才，鼂有。亦必有堅忍不拔之志。鼂無。昔禹之治水，鑿龍門，決大河，而放之海。引證妙。方其功之未成也，蓋亦有潰冒衝突可畏之患。入骨之情，入骨之文。惟能前知其當然，事至不懼，而徐爲之圖，是以得至于成功。讀此等文，歎先生是何等學術，何等經濟。夫以七國之强，而驟削之，其爲變豈足怪哉？妙，自是意中事，振筆爽快。錯不于此時捐其身，爲天下當大難之衝[一]，而削吴楚之命，先生見危授命，于此言可信。乃爲自全之計，欲使天子自將，而己居守。提刀直入，抉鼂要害。且夫發七國之難者，誰乎？妙，無辨。己欲求其名，安所逃其患？妙，無辨。以自將之至危，妙。與居守之至安；妙，行文刀刀見血。己爲難首，擇其至安，妙，無辨。而遺天子以其至危，妙，無辨。此忠臣義士所以憤怨而不平者也。斷盡鼂錯，與袁盎何與耶？上文已畢。

[一]「天」，康熙二年刻本、有正書局本作「君」，據康熙十六年增補本、《評注才子古文》改。

當此之時，雖無袁盎，錯亦未免于禍。此又再進一層。何者？已欲居守，而使人主自將。以情而言，天子固已難之矣。妙。而重違其議，妙。是以袁盎之説，得行于其間。妙。一正。使吴楚反，錯以身任其危，妙。日夜淬礪，東向而待之，妙。使不至于累其君，妙。則天子將恃之以爲無恐。雖有百盎，可得而間哉！妙，一翻，加此一層翻駁，更快。嗟夫！世之君子，寬寬收筆。欲求非常之功，則無務爲自全之計。世間則聖賢豪傑，出世間則佛菩薩，盡于此二言矣。使錯自將而討吴楚，未必無功。必有功，古之人有行之者，如伊尹放太甲、周公征東山，皆是也。惟其欲自固其身，而天子不悦，奸臣得以乘其隙。錯之所以自全者，乃錯所以自禍歟！説盡千古書生做事通病，晁在九原，無不心服。

乞校正陸贄奏議進札子

蘇　軾

進宣公奏議，便剴切一如宣公，此是先生天才獨擅。然而筆墨之外，畢竟别有一種風流委折，此又是先生本色，不能自掩也。

臣等猥以空疏，備員講讀。聖明天縱，學問日新。臣等才有限而道無窮，心欲言而口不逮。以此自愧，莫知所爲。不寬不迫，恰如此起，人只謂平平，豈知必須作過千文，始有此文哉。竊謂人臣之納忠，譬如醫者之用藥。藥雖進于醫手，方多傳于古人；若已經效于世間，不必皆從于已出。精論，至論；精喻，至喻。又復于題不寬不迫。此等處，俱可想見先生心地、先生氣候。伏見唐宰相陸贄，才本王佐，學爲帝師。論深切于事情，言不離于道德。智如子房，而文則過；辨如賈誼，而術不疏。上以格君心之非，下以通天下之志。贊宣公，字字精切。但其不幸，仕不遇時。轉筆。人知多少感慨，不知多少斡旋。德宗以苛刻爲能，而贄諫之以忠厚；切。德宗以猜忌爲術，而贄勸之以推誠；切。德宗好用兵，而贄以消兵爲先；切。德宗好聚財，而贄以散財爲急。切。至于用人聽言之法，治邊御將之方，辠己以收人心，改過以應天道，去小人以除民患，惜名器以待有功。如此之流，未易悉數。可謂進苦口之藥石，針害身之膏肓。使德宗盡用其言，則貞觀可得而復。上四句，逐句寫不遇；此數句，一總寫不遇：筆法變化。臣等每退自西閣，即私相告語，以陛下聖明，必喜贄議論。寫朝廷，如寫閨房。此皆先生一片忠孝心地，流而爲至文妙文也。但使聖賢之相契，即如臣主之同時。豈惟無彼我，乃至無古今，此是何等心地。昔馮唐論頗、牧之賢，則漢文爲之太息。魏相條晁、董之對，則孝宣以致中興。若陛下能自得師，則莫若近取諸贄。並無彼我、古今封畛于胸，一片只是忠孝心地。又要看他隨手成對，蹴踏四六惡態盡淨。夫六經三史、諸子百家，非無可觀，皆足爲治。忽然自起一難。但陳言幽遠，末學支離，譬如山海之崇深，難以一二而推擇。自難自解。如贄之論，開卷了然。聚古今之精英，實治亂之龜鑑。上文忽難忽解，正爲此句作波折也。臣等欲取其奏議，稍加校正，繕寫進呈。願陛下置之坐隅，如見贄面；妙。反覆熟讀，如聞贄言。妙。必能發聖性之高明，成治功于歲月。臣等不勝區區之意，取進止。

上梅直講書

蘇　軾

文態如天際白雲，飄然從風，自成卷舒。人固不知其胡爲而然，雲亦不自知其所以然。

某官執事，每讀《詩》至《鴟鴞》，讀《書》至《君奭》，常竊悲周公之不遇。無因無由，忽歎周公，此爲大奇。及見孔子厄于陳、蔡之間，而弦歌之聲不絕。顔淵、仲由之徒，相與問答。夫子曰：「『匪兕匪虎，率彼曠野。』吾道非邪，又何爲至此？」顔淵曰：「夫子之道至大，故天下莫能容。雖然，不容何病？不容，然後見君子。」夫子油然而笑曰：「回，使爾多財，吾爲爾宰。」夫天下雖不能容，而其徒自足以相樂如此。乃今知周公之富貴，有不如夫子之貧賤。空中忽然縱臆而談，劣周公，優孔子，豈不大奇。夫以召公之賢，以管、蔡之親，而不知其心，則周公誰與樂其富貴？真是妙論，使我慨然[一]。而夫子之所與共貧賤者，皆天下之賢才，則亦足以樂乎此矣。妙論，使我慨然。〇劣周公，優孔子，得此遂大暢。軾七八歲時，始知讀書，聞今天下有歐陽公者，其爲人如古孟軻、韓愈之徒。而又有梅公者從之游，而與之上下其議論。聞有此二公，是第

[一]「使」，康熙刻本等均無，據有正書局本補。

一段。其後益壯，始能讀其文詞，想見其爲人。意其飄然脱去世俗之樂，而自樂其樂也。方學爲對偶聲律之文，求升斗之禄，自度無以進見于諸公之間。來京師逾年，未嘗窺其門。讀其文，未及其門，是第二段。○寫得甚恣甚腴。今年春，天下之士，群聚于禮部，執事與歐陽公實親試之。軾不自意，獲在第二。獲受二公取中第二，是第三段。既而聞之人，執事愛其文，以爲有孟軻之風；而歐陽公亦以其能不爲世俗之文也而取。十七字句。是以在此。此四字，總上二公。非左右爲之先容，非親舊爲之請屬，而向之十餘年間，聞其名而不得見者，一朝爲知己。人傳實以文字見知，是第四段。退而思之，人不可以苟富貴，亦不可以徒貧賤。有大賢而爲其徒，則亦足恃矣！苟其僥一時之倖，從車騎數十人，使閭巷小民聚觀而贊歎之，亦何以易此樂也？傳曰：「不怨天，不尤人。」蓋優哉游哉，可以卒歲。一篇文字，只此數行是正文，已前皆自叙也。先生一生，光明俊偉，風流瀟灑，至誠惻怛，盡于此數行矣。執事名滿天下，而位不過五品，其容色温而不怒，其文章寬厚敦朴而無怨言。此必有所樂乎斯道也，軾願與聞焉。贊梅公亦只是一「樂」字，又寫得甚輕脱。

到惠州謝表

蘇軾

純是意，却絶不見作意之態。

仁聖曲全，本欲畀之民社；群言交擊，必將致之死亡。尚荷寬恩，止投荒服。無數曲折，如吮出。伏念臣性資褊淺，學術荒唐，但信不移之愚，遂成難赦之咎。迹其狂妄，久合誅夷，方尚口乃窮之時，蓋擢髮莫數其罪。豈謂天幸，得存此生？無數曲折，如吮出。○看其安插筆法。此蓋伏遇皇帝陛下，以大有爲之資，行不忍人之政，湯網開其三面，舜干舞于兩階。念臣奉事有年，少加憐愍；妙。知臣老死無日，不足誅鋤：妙。明降德音，許全餘息。故使떖殰之馬，猶獲蓋帷；觳觫之牛，得違刀几。妙妙。臣敢不服膺嚴訓，托命至仁，洗心自新，没齒無怨。無數曲折，如吮出，但以瘴癘之地，魑魅爲憐，衰疾交攻，無復首丘之望；精誠未泯，空餘結草之忠。豈不乞憐，然是何等筆墨。

潁州謝到任表

蘇軾

總是絶不作意。

支郡責輕，未即滿盈于小器；豐年事簡，非徒飽暖于一家。覽几席之溪湖，雜簿書于魚鳥。平生所樂，臨老獲從。妙妙，吮亦吮不出矣。伏以汝、潁爲州，邦畿稱首，土風備于南北，人物推于古今。賓主俱賢，蓋宗資、范孟博之舊治；文獻相續，有晏殊、歐陽修之遺風。將「人物」句細開一聯，妙妙，顧臣何人，亦與兹選。吮出也。此蓋伏遇皇帝陛下，丕承六聖，總攬群英，生知仁孝之全，學識文武之大。謂臣簪纓之舊物，嘗忝帷幄之近臣，奉事七年，崎嶇一節。吮出也。意其忠義許國，故暫召還；察其老病畏人，復許補外。置之安地，養此散材，吮出也。更少勉于桑榆，誓不忘于畎畝。

謝兼侍讀表

蘇軾

絶不作意，却純是意。○分明胸前一段幽憤，而出以安和之音。

伏念臣志大而才短，論迂而性剛；以自用不回之心，處衆人必爭之地；不早退縮，安能保全？如吮而出。是以三年翰墨之林，屢遭飛語；再歲江湖之上，粗免煩言。豈此身愚智之殊，蓋所居閑劇之致。臣之自處，何者爲宜？如吮而出。而況講讀之私，帷幄最近。分章摘句，則何以報非常之知；因事獻言，又必貽前日之患。妙。雖仰恃天日之照，實常負冰淵之虞。如吮而出。恭惟皇帝陛下，大德庇民，小心順帝。雖天覆地載，以聖不可知爲神；而日就月將，以學而不厭爲智。曲收舊物，以廣多聞。妙。○如吮而出。臣敢不職思其憂，本無分于中外。欲報之德，誓不易于死生。

潮州韓文公廟碑

蘇　軾

此文于先生生平,另是一手。大約凡作三段:一段冒起,一段正叙,一段辨廟,段段如有神助。

匹夫而爲百世師,一言而爲天下法。是皆有以參天地之化,關盛衰之運。其生也有自來,其逝也有所爲。大筆如杠,自天而落,更不用起承轉合,直是浩然之氣,蕩蕩自行。故申吕自岳降,傅説爲列星,古今所傳,不可誣也。略證。孟子曰:「我善養吾浩然之氣。」筆筆如杠。是氣也,寓于尋常之中,而塞乎天地之間。卒然遇之,則王公失其貴,晉楚失其富,良、平失其智,賁、育失其勇,儀、秦失其辯。一氣連寫五「失其」字。是孰使之然哉?其必有不依形而立,不恃力而行,不待生而存,不隨死而亡者矣。一氣連寫四「不」字。故在天爲星辰,在地爲河岳;幽則爲鬼神,而明則復爲人。又一氣連寫四「爲」字。自起至此,只是一氣蕩蕩自行。此理之常,無足怪者。自東漢以來,道喪文弊,異端並起,轉筆作提筆,大力大人勢。歷唐貞觀、開元之盛,輔以房、杜、姚、宋而不能救,曲折入題。獨韓文公起布衣,談笑而麾之,天下靡然從公,復歸于正,正叙韓公。蓋三百年于此矣。歎句得神。文起八代之衰,而道濟天下之溺;忠犯人主之怒,而勇奪三軍之帥。忽作對峙之文,全是一氣所行。此豈非參天地,關盛衰,浩然而獨存者乎？結住，下提筆再起。蓋嘗論天人之辨：以謂人無所不至，惟天不容僞；智可以欺王公，不可以欺豚魚；力可以得天下，不可以得匹夫匹婦之心。大筆如杠，自天重落，蕩蕩一氣自行。故公之精誠，能開衡山之雲，而不能回憲宗之惑；能馴鱷魚之暴，而不能弭皇甫鎛、李逢吉之謗；能信于南海之民，廟食百世，而不能使其身一日安于朝廷之上。筆筆如杠，一氣所行。蓋公之所能者天也，所不能者人也。再結住。始潮人未知學，公命進士趙德爲之師。自是，潮之士皆篤于文行，延及齊民，至于今號稱易治。信乎孔子之言：「君子學道則愛人，而小人學道則易使也。」紀公于潮。潮人之事公也，飲食必祭，水旱疾疫，凡有求必禱焉。紀潮于公。而廟在刺史公堂之後，民以出入爲艱。前守欲請諸朝作新廟，不果。元祐五年，朝散郎王君滌來守是邦，凡所以養士治民者，一以公爲師。民既悅服，凡爲人作紀，最不可少是此一句。則出令曰：「願新公廟者，聽。」民歡趨之。卜地于州城之南七里，期年而廟成。紀新廟。或曰：「公去國萬里而謫于潮，不能一歲而歸。沒而有知，其不眷戀于潮也審矣。」軾曰：「不然！公之神在天下者，如水之在地中，無所往而不在也。而潮人獨信之深，思之至，焄蒿悽愴，若或見之。辟如鑿井得泉，而曰水專在是，豈理也哉？」下忽作辨難，筆筆如杠，全是一氣所行。是何等名理，是何等妙論。孟子「浩然之氣」被一群小儒講壞，得先生大筆，庶幾正之。元豐七年，詔封公昌黎伯，故榜曰：「昌黎伯韓文公之廟」。又補廟門上額。潮人請書其事于石，因作詩以遺之，使歌以祀公。其詞曰：「公昔騎龍白雲鄉，手扶雲漢分天章，天孫爲織雲錦裳。飄然乘風來帝旁，下與濁世掃粃糠，西游咸池略扶桑。草木衣被昭回光，追逐李杜參翱翔，汗流籍湜走且僵。滅没倒景不可望，作書詆佛譏君王，要觀南海窺衡湘。歷舜九嶷吊英皇，祝融先驅海若藏，約束鮫鱷如驅羊。鈞天無人帝悲傷，謳吟下招遣巫陽，犦牲鷄卜羞我觴。于粲荔丹與蕉黄，公不少留我涕滂，翩然被髮下大荒。」

天下才子必讀書卷之十五

宋文

前赤壁賦

蘇軾

游赤壁，受用現今無邊風月，乃是此老一生本領。却因平平寫不出來，故特借洞簫嗚咽，忽然從曹公發議，然後接口一句喝倒，痛陳其胸前一片空闊了悟，妙甚。

壬戌之秋，七月既望，蘇子與客泛舟，游于赤壁之下。此如賦序。清風徐來，水波不興。先賦風。〇此賦通篇只説風月。誦明月之詩[一]，歌窈窕之章。少焉，月出于東山之上，徘徊于斗牛之間。次賦月。白露横江，水光接天。縱一葦之所如，凌萬頃之茫然。浩浩乎如馮虚御風，而不知其所止；飄飄乎如遺世獨立，羽化而登仙。賦領受此風此月者。于是飲酒樂甚，扣舷而歌

[一] 此句上，蘇文原有「舉酒屬客」四字一句，《天下才子必讀書》各本均無。

之。歌曰：「桂棹兮蘭槳，擊空明兮泝流光。渺渺兮予懷，望美人兮天一方。」美人，君恩，此先生眷眷不忘朝廷之心也。若言與末段意思不類者，須知末段正即曾點暮春一副心期。自來真正經綸大手，未有不從此處流出者。客有吹洞簫者，倚歌而和之。其聲嗚嗚然，如怨，如慕，如泣，如訴，餘音嫋嫋，不絶如縷。舞幽壑之潛蛟，泣孤舟之嫠婦。忽然賦洞簫，爲生起下文也。不因此一縱，幾無行文處矣。蘇子愀然，正襟危坐，而問客曰：「何爲其然也？」生起。客曰：「月明星稀，烏鵲南飛。此非曹孟德之詩乎？先引昔所讀詩。西望夏口，東望武昌，山川相繆，鬱乎蒼蒼，此非孟德之困于周郎者乎？現指今所遭境。方其破荆州，下江陵，順流而東也，舳艫千里，旌旗蔽空，釃酒臨江，横槊賦詩，固一世之雄也，細讀「方其」二字，言曹公之爲曹公也如此。而今只二字寫盡黯然。安在哉？一段，借曹公發端；其傷心，却在下一段。況吾與子漁樵于江渚之上，侣魚蝦而友麋鹿，駕一葉之扁舟，舉匏樽以相屬，寄蜉蝣于天地，渺滄海之一粟。無有曹公「舳艫千里，旌旗蔽空」也。哀吾生之須臾，羡長江之無窮。承上「而今安在」。挾飛仙以遨游，抱明月而長終。遐想此事。知不可乎驟得，托遺響于悲風。」終無奈何也，傷心哉！〇已上擬客發議，以抒下文。蘇子曰：「客亦知夫水與月乎？逝者如斯，客所知。而未嘗往也；客所未知。盈虚者如彼，客所知。而卒莫消長也。客所未知。蓋將自其變者而觀之，則天地曾不能以一瞬；客所知也。自其不變者而觀之，則物與我皆無盡也。而又何羡乎？客所未知也。已上先破客之傷心。且夫天地之間，物各有主，苟非吾之所有，雖一毫而莫取。先生此言，豈惟賦赤壁，直賦一生矣。惟江上之清風，風。與山間之明月，月。耳得之而爲聲，目遇之而成色，深思此二句，豈復止是風月哉。取之無禁，用之不竭。是造物者之無盡藏也，而吾與子之所共適。」深思此是何等境界，先生所到如此，又何人間世之足云。○妙在説來又只是淺淺，不墮宋人五里霧中。○客曰「況吾與子」，此曰「而吾與子」，一酬一對之間，差却境界多少。客喜而笑，洗盞更酌。肴核既盡，杯盤狼藉。相與枕籍乎舟中，不知東方之既白。結出大自在。

後赤壁賦

蘇軾

前賦，是特地發明胸前一段真實了悟；後賦，是承上文從現身現境，一一指示此一段真實了悟，便是真實受用也。本不應作文字觀，而文字特奇妙。

是歲明承上文。十月之望，步自雪堂，將歸于臨皋。寫不必定游赤壁。二客從予，過黄泥之坂。寫不必定約某客。霜露既降，木葉盡脱。賦十月。人影在地，仰見明月。賦望。顧而樂之，行歌相答。賦自本欲歸，客亦偶從。已而歎曰：「已而」妙，何必定爾，何必定不爾。「有客無酒，有酒無肴。月白風清，如此良夜何？」一片光明空闊。客曰：「今者薄暮，舉網得魚，巨口細鱗，狀如松江之鱸。此魚，須知出于「無盡藏」中，如不悟，便爲負此二賦。顧安所得酒乎？」歸而謀諸婦。婦曰：「我有斗酒，藏之久矣，以待子不時之需。」此酒，又出「無盡藏」中。○若無後賦，前賦不明；若無前賦，後賦無謂。于是携酒與魚，復游于赤壁之下。赤壁亦在「無盡藏」中，故得復游也。江流有聲，斷岸千尺，山高月小，水落石出。曾日月之幾何，而江山不可復識矣！賦赤壁，人間世大抵如此矣。予乃攝衣而上，履巉巖，披蒙茸，踞虎豹，登虬龍，攀栖鶻之危巢，俯馮夷之幽宫；蓋二客不能從焉。賦自。先生于人間世大抵如此。劃然長嘯，草木震動，山鳴谷應，風起水湧。人間世時時有此。予亦悄然而悲，肅然而恐，凛乎其不可留也。先生亦不能不知難而退也。反而登舟，放乎中流，聽其所止而休焉。賦人人大自在處。時夜將半，四顧寂寥。適有孤鶴，横江東來，翅如車輪，玄裳縞衣，戛然長鳴，掠予舟而西也。明明是鶴。賦鶴乎？自賦乎？必有悟者。須臾客去，予亦就睡。夢一道士，羽衣蹁躚，過臨皋之下，揖予而言曰：「赤壁之游樂乎？」問其姓名，俯而不答。明明是道士。賦道士乎？自賦乎？「嗚呼，噫嘻！我知之矣，疇昔之夜，飛鳴而過我者，非子也耶？」道士顧笑，予亦驚寤。然則道士化鶴耶？鶴化道士耶？鶴與道士，則必有分矣，此之謂「無盡藏」也。開户視之，不見其處。豈惟無鶴無道士，並無魚，並無酒，並無客，並無赤壁，只有一片光明空闊。

喜雨亭記

蘇　軾

亭與雨何與，而得以爲名？然太守天子造物既俱不與，則即以名亭固宜。此是特特算出以「雨」名亭妙理，非姑涉筆爲戲論也。

亭以雨名，志喜也。「喜雨」二字，折開寫。古者有喜，則以名物，示不忘也。釋「志喜」二字。

周公得禾，以名其書；漢武得鼎，以名其年；叔孫勝敵，以名其子：其喜之大小不齊，其示不忘一也。引古爲證。予至扶風之明年，始治官舍。爲亭于堂之北，而鑿池其南，引流種樹，以爲休息之所。先記作亭。是歲之春，雨麥于岐山之陽，其占爲有年。縱一筆爲波，便使下文有「既而」字。既而彌月不雨，民方以爲憂。「彌月」。越三月，乙卯乃雨，「越三月」。甲子又雨，又距八日。民以爲未足。詳書以見下雨之可喜也。丁卯大雨，三日乃止。次記雨。官吏相與慶于庭，商賈相與歌于市，農夫相與忭于野，憂者以喜，病者以愈，次記喜。而吾亭適成。緊接此五字，妙。雨更不可不喜，喜更不可不志，志喜更不可不以名亭，在此。于是舉酒于亭上，以屬客而告之，開出波瀾。曰：「五日不雨可乎？」更五日也。曰：「五日不雨，則無麥。」「十日不雨，可乎？」曰：「十日不雨，則無禾。」「無麥無禾，歲且洊饑，獄訟繁興，而盜賊滋熾。則吾與二三子，雖欲優游以樂于此亭，其可得耶？先寫憂一段，作翻。今天不遺斯民，始旱而賜之以雨，使吾與二三子得相與優游，以樂于此亭者，皆雨之賜也。其又可忘耶？」方寫喜一段，作正。既以名亭，又從而歌之，曰：歌非餘文。蓋喜雨固必志，而志喜雨何故却于亭？此理還未説出，因借歌以發之。「使天而雨珠，寒者不得以爲襦；使天而雨玉，饑者不得以爲粟。口頭常語，天外妙文。一雨三日，伊誰之力？一眼注看亭，却不肯一筆便寫亭。民曰太守，太守不有。妙。歸之天子，天子曰不然；妙。歸之造物，造物不自以爲功；妙。此即暗用「諸侯讓善于天子，天子讓善于天」舊語，却運化得全然不覺。歸之太空，太空冥冥。不可得而名，吾以名吾亭。」妙妙，恰恰。

超然臺記

蘇軾

臺名超然，看他下筆便直取「凡物」二字。只是此二字已中題之要害，便以下橫説、竪説，説自、説他，無不縱心如意也。須知此文手法超妙，全從莊子《達生》、《至樂》等篇取氣來。

凡物臺名「超然」，故以「凡物」二字起。皆有可觀。四字，大智慧眼。苟有可觀，皆有可樂，四字，大解脱心。非必怪奇瑋麗者也。餔糟啜醨，皆可以醉；果蔬草木，皆可以飽。推此類也，吾安往而不樂！用此一翻洗。「凡物」二字始大暢。夫所爲求福而辭禍者，以福可喜而禍可悲也。輕筆散行，逸宕可喜。人之所欲無窮，而物之可以足吾欲者有盡。美惡之辨戰于中，而去取之擇交乎前，則可樂者常少，而可悲者常多，是謂求禍而辭福。一片純是慈悲眼淚，却以輕筆散行出之。夫求禍而辭福，豈人之情也哉？物有以蓋之矣。彼游于物之内，而不游于物之外。物非有大小也，自其内而觀之，未有不高且大者也。彼挾其高大以臨我，則我常眩亂反覆，如隙中之觀鬥，又烏知勝負之所在？是以美惡横生，而憂樂生焉，可不大哀乎？只用輕筆散行，却説得恁透快。予自錢塘移守膠西，入題。釋舟楫之安，而服車馬之勞；去雕牆之美，而蔽采椽之居；背湖山之觀，而行桑麻之野。反言安得超然。○此段始至膠西。始至之日，歲比不登，盜賊滿野，獄訟充斥；而齋厨索然，日食杞菊。人固疑予之不樂也。反言安得超然。○此段在膠西以來。處之期年，而貌加豐，髮之白者，日以反黑。予既樂其風俗之淳，而其吏民亦安予之拙也。于是治其園圃，潔其庭宇，伐安丘、高密之木，以修補破敗，爲苟完之計。不便寫臺，最有委次。而園之北，因城以爲臺者舊矣，稍葺而新之。時相與登覽，放意肆志焉。方寫臺。南望馬耳、常山，出没隱見，若近若遠，庶幾有隱君子乎？南。而其東則盧山，秦人盧敖之所從遁也。東。西望穆陵，隱然如城郭，師尚父、齊威公之遺烈，猶有存者。西。北俯濰水，慨然太息，思淮陰之功，而吊其不終。北。雖出習家藍本，而青實過十倍矣。臺高而安，深而明，夏涼而冬温。十一字，寫臺。雨雪之朝，風月之夕，予未嘗不在，客未嘗不從。十八字，寫人。擷園蔬，取池魚，釀秫酒，瀹脱粟，而食之曰：「樂哉，游乎！」二十字，寫人與臺之日用平常。予弟子由，適在濟南，聞而賦之，且名其臺曰「超然」，十九字，寫臺名字。以見予之無所往而不樂者，蓋游于物之外也。前幅特筆提出二句：「彼游于物之内，而不游于物之外。」至此忽然結其一句，如應不應，有意無意，天然妙筆。

凌虚臺記

蘇　軾

讀之如有多許層節，却只是興成、廢毁二段，一寫再寫耳。

國于南山之下，宜若起居飲食與山接也。筆亦凌虚而起。四方之山，莫高于終南；而都邑之麗山者，莫近于扶風。以至近求最高，其勢必得。而太守之居，未嘗知有山焉。雖非事之所以損益，而物理有不當然者，此凌虛之所爲築也。筆筆凌虛而起，世間烟火小兒胸膈間，豈能知有如此想路哉。方其未築也，太守陳公，杖履逍遥于其下。見山之出于林木之上者，纍纍如人之旅行于牆外而見其髻也。曰：「是必有異。」好好。○筆筆凌虛。使工鑿其前爲方池，以其土築臺，高出于屋之檐而止。然後，人之至于其上者，怳然不知臺之高，而以爲山之踊躍奮起而出也[一]。好好。○筆筆凌虛。公曰：「是宜名凌虛。」以告其從事蘇軾，而求文以爲記。軾復于公曰：「物之廢興成毁，不可得而知也。提。昔者荒草野田，霜露之所蒙翳，狐虺之所竄伏。方是時，豈知有凌虛臺耶？興成。廢興成毁，相尋于無窮，則臺之復爲荒草野田，皆不可知也。廢毁。○先分過。嘗試與公登臺而望：其東則秦穆之祈年槖泉也，其南則漢武之長楊、五柞，而其北則隋之仁壽、唐之九成也。又用習鑿齒。計其一時之盛，宏傑詭麗，堅固而不可動者，豈特百倍于臺而已哉！例興成。然而數世之後，欲求其髣髴，而破瓦頽垣，無復存者；既已化爲禾黍荆棘、丘墟壠畝矣，而況于此臺歟！例廢毁。夫臺猶不足恃以長久，而況于人事之得喪，忽往而忽來者歟？而或者欲以夸世而自足，則過矣。此是「凌虛」之「虛」字。蓋世有足恃者，而不在乎臺之存亡也[二]。」此是「凌虛」之「凌」字。高手人作文，無閑句字也。既以言于公，退而爲之記。

[一]「起」，《評注才子古文》作「迅」。

[二]「在」，康熙二年刻本作「仕」，據重刻康熙二年序本等改。

三槐堂銘

蘇軾

此等題最難是脱俗，今先生世世皆與極力表章稱歎，却無一句一字不脱俗。我嘗細細察之，祇爲其起手時，寫得「天可必」、「天不可必」二端，便更無有俗氣得到其筆尖也。

天可必乎？賢者不必貴，仁者不必壽。天不可必乎？仁者必有後。二者將安取衷哉？一入手便作如許摇動，出出姿態。吾聞之申包胥曰：「人衆者勝天，天定亦能勝人。」世之論天者[一]，皆不待其定而求之，故以天爲茫茫。善者以怠，惡者以肆。看先生作此言，是何等心地。盗跖之壽，孔、顔之厄，此皆天之未定者也。未定。松柏生于山林，其始也，困于蓬蒿，厄于牛羊；而其終也，貫四時，閲千歲而不改者，其天定也。定。善惡之報，至于子孫，則其定也久矣。獨承「定」。吾以所見所聞考之，其可必也審矣。獨承「定」。此句便是入題筆勢。國之將興，必有世德之臣，厚施而不食其報；指晉國也。然後其子孫，能與守文太平之主，共天下之福。指魏國也。看他先虚起。故兵部侍郎晉國王公，諱祐。顯于漢、周之際，歷事太祖、太宗，文武忠孝，天下望以爲相，而公卒以直道不容于時。此三句極力表晉國。蓋嘗手植三槐于庭，曰：「吾子孫

[一]「天」，康熙二年刻本等均作「定」，據《評注才子古文》改。

必有爲三公者。」「三槐」之名始此。已而魏國文正公，諱旦。相真宗皇帝于景德、祥符之間，朝廷清明，天下無事之時，享其榮名者十有八年。此四句極力表魏國。○「必爲三公」之言果驗也。今夫寓物于人，明日而取之，有得有否。忽然作寬筆。而晉公修德于身，責報于天，取必于數十年之後，如持左契，交相手付，吾是以知天之果可必也。忽然仍作緊筆。○結過。吾不及見魏公，而見其子懿敏公。諱素。○看他寫世德子孫，故又添出一世。以直諫事仁宗皇帝，出入侍從將帥三十餘年，位不滿其德。此三句極力表懿敏公。天將復興王氏也歟？何其子孫之多賢也？唱歎不盡，筆底津津然，妙甚。世有以晉公比李栖筠者，不是蛇足李栖筠，亦不是驥附李栖筠，正是請出一相近人，再襯出色。其雄才直氣，不相上下。且說同。而栖筠之子吉甫、其孫德裕，功名富貴略與王氏等；且說同。而忠恕仁厚，不及魏公父子。請李栖筠，乃只爲此句也。夫忠恕仁厚，後世固必爲三公也。由此觀之，王氏之福，蓋未艾也。再結過。懿敏公之子鞏，與吾游，看他又添出一世。好德而文，以世其家，此二句是極力表鞏。吾是以爲之銘曰：「嗚呼休哉！魏公之業，與槐俱萌。好。封植之勤，必世乃成。好。既相真宗[一]，四方砥平。好。歸視其家，槐陰滿庭。好。吾儕小人，朝不及夕，相時射利，皇恤厥德。庶幾僥倖，不種而穫。好。不有君子，其何能國？好。王城之東，晉公所廬，鬱鬱三槐，惟德之符。好。嗚呼休哉！」

[一]「真」，康熙二年刻本、有正書局本作「貞」，據康熙十六年增補本、《評注才子古文》改。

六國論

蘇轍

看得透，寫得快。筆如駿馬下坂，雲騰風捲而下，只爲留足不住故也。此文在阿兄手中，猶是得意之作。「三蘇」之稱，豈曰虛語。

嘗讀六國世家，竊怪天下之諸侯，以五倍之地，十倍之衆，發憤西向，以攻山西千里之秦，而不免于滅亡。先竊怪。常爲之深思遠慮，以爲必有可以自安之計。次爲之代思。蓋未嘗不咎其當時之士，慮患之疏，而見利之淺，且不知天下之勢也。次深咎當時策士，下方發議。夫秦之所與諸侯爭天下者，不在齊、楚、燕、趙也，而在韓、魏之郊；諸侯之所與秦爭天下者，不在齊、楚、燕、趙也，而在韓、魏之野。秦之有韓、魏，譬如人之有腹心之疾也。韓、魏塞秦之衝，而蔽山東之諸侯，故夫天下之所重者，莫如韓、魏也。一眼注定韓魏。○筆又切玉如泥。昔者范雎用于秦而收韓，商鞅用于秦而收魏。昭王未得韓、魏之心，而出兵以攻齊之剛、壽，而范雎以爲憂，然則秦之所忌者可見矣。引證。秦之用兵于燕、趙，秦之危事也。越韓過魏，而攻人之國都，燕、趙拒之于前，而韓、魏乘之于後，此危道也。曲折。凡三十九字，只得是上半句。而秦之攻燕、趙，未嘗有韓、魏之憂，曲折，此是下半句。則韓、魏之附秦故也。夫韓、魏，諸侯之障，而使秦人得出入于其間，此豈知天下之勢邪？此切責韓、魏。委區區之韓、魏，以當彊虎狼之秦，彼安得不折而入于秦哉？韓、魏折而入于秦，然後秦人得通其兵于東諸侯，而使天下遍受其禍。此切責東諸侯。夫韓、魏不能獨當秦，妙妙。而天下之諸侯，藉之以蔽其西，妙妙。故莫如厚韓親魏以擯秦。一句，連下未絶。秦人不敢逾韓、魏，以窺齊、楚、燕、趙之國；二句，又連下未絶。而齊、楚、燕、趙之國，因得以自完于其間矣。三句，又連下未絶。以四無事之國，佐當寇之韓、魏，四句，又連下未絶。使韓、魏無東顧之憂，而爲天下出身，以當秦兵。五句，又連下未絶。以二國委秦，而四國休息于内，以陰助其急，六句，又連下未絶。若此，可以應夫無窮，彼秦者將何爲哉？直至此第七句，始得絶。胸中眼中，如鏡如水，而筆乃更作此環鎖之狀，大奇大奇。不知出此，而乃貪疆埸尺寸之利，背盟敗約，以自相屠滅。真可恨可笑。秦兵未出，而天下諸侯已自困矣，至使秦人得伺其隙，以取其國，可不悲哉？文住時，恰似驟雨住時。

上樞密韓太尉書

蘇　轍

上書大人先生，更不作喁喁細語，一落筆便純是一片奇氣。此一片奇氣最難得，若落筆時寫不得着，即此文通篇都無有。

太尉執事：轍生好爲文，思之至深，以爲文者氣之所形；然文不可以學而能，氣可以養而致。高論，至論。○一振，文勢突兀。孟子曰：「我善養吾浩然之氣。」今觀其文章，寬厚宏博，充乎天地之間，稱其氣之小大，一證。太史公行天下，周覽四海名山大川，與燕、趙間豪俊交游，故其文疏蕩，頗有奇氣。二證。此二子者，豈嘗執筆學爲如此之文哉？其氣充乎其中，而溢乎其貌，動乎其言，而見乎其文，而不自知也。一落，文勢突兀。轍生十有九年矣。看其意思甚疏宕。其居家所與游者，不過其鄰里鄉黨之人。一。所見不過數百里之間，無高山大野，可登覽以自廣。二。百氏之書，雖無所不讀，然皆古人之陳迹，不足以激發其志氣。三。恐遂汩没，故決然捨去，求天下奇聞壯觀，以知天地之廣大。空提，以起下四段。過秦漢之故都，恣觀終南、嵩、華之高；妙。北顧黄河之奔流，慨然想見古之豪傑。妙。至京師，仰觀天子宫闕之壯，與倉廪府庫、城池苑囿之富且大也，而後知天下之巨麗。妙。見翰林歐陽公，聽其議論之宏辨，觀其容貌之秀偉，與其門人賢士大夫游，而後知天下之文章聚乎此也。妙。本學習鑿齒，而疏宕過其十倍。看他上書韓太尉，却先引一歐陽公，妙妙。太尉以才略冠天下，天下之所恃以無憂，四夷之所憚以不敢發；入則周公、召公，出則方叔、召虎。而轍也未之見焉。至此，更不得不入太尉，然筆勢疏宕，絶非尋常徑路。且夫人之學也，不志其大，雖多而何爲？轍之來也，于山見終南、嵩、華之高，于水見黄河之大且深，于人見歐陽公，而猶以爲未見太尉也。故願得觀賢人之光耀，聞一言以自壯，然後可以盡天下之大觀，而無憾者矣。寫求見，又重叙上文一遍，總是筆勢疏宕之極。轍年少，未能通習吏事。嚮之來，非有取于斗升之禄；偶然得之，非其所樂。又自明志氣，只是筆勢疏宕。然幸得賜歸待選，使得優游數年之間，將歸益治其文，且學爲政。太尉苟以爲可教而辱教之，又幸矣。

《戰國策》目録序

曾鞏

精整不懈散之文。

劉向所定《戰國策》三十三篇，《崇文總目》稱十一篇者闕，臣訪之士大夫家，始盡得其書，正其誤謬，而疑其不可考者，然後《戰國策》三十三篇復完。敘曰：向敘此書，言周之先，明教化，修法度，所以大治。及其後，謀詐用而仁義之路塞，所以大亂。引向言。其説既美矣。與向。卒又謂此書戰國之謀士，度時君之所能行，不得不然。又引向言。則所謂惑于流俗，而不篤于自信者也。譏向。夫孔、孟之時，去周之初，已數百歲，其舊法已亡，舊俗已熄久矣。二子乃獨明先王以爲不可改者，斗然提筆，折衷二子。豈將强天下之主，以後世之不可爲哉？亦將因其所遇之時、所遭之變，而爲當世之法，使不失乎先王之意而已。説二子，最精切。二帝三王之治，其變固殊，其法固異，而其爲國家天下之意，本末先後，未嘗不同也。斗然再提筆。二子之道，如是而已。蓋法者，所以適變也，不必盡同；道者，所以立本也，不可不一。此理之不易者也。故二子者守此，豈好爲異論哉？能勿苟而已矣。可謂不惑乎流俗，而篤于自信者也。説二子，最精切。戰國之游士則不然，一句判定。不知道之可信，而樂于説之易合，其設心注意，偷爲一切之計而已。先通判。故論詐之便，而諱其敗；言戰之善，而蔽其患。其相率而爲之者，莫不有利焉，而不勝其害也；有得焉，而不勝其失也。再細判。卒至蘇秦、商鞅、孫臏、吳起、李斯之徒，以亡其身；而諸侯及秦，有用之者，亦滅其國，其爲世之大禍明矣，而俗猶莫之寤也。判畢。惟先王之道，因時適變，爲法不同，而考之無疵，用之無弊。故古之聖賢，未有以此而易彼也。再繳歸二子所守先王之道。或曰：「邪説之害正也，宜放而絶之。則此書之不泯，其可乎？」此難不可少，不然，便不應又與校完。對曰：「君子之禁邪説也，固將明其説于天下，使當世之人，皆知其説之不可從，然後以禁則齊，使後世之人[一]，皆知其説之不可爲，然後以戒則明，豈必滅其籍哉？放而絶之，莫善于是。是以孟子之書，有爲神農之言者，有爲墨子之言者，皆著而非之。解難畢，是以與之校完也。至于此書之作，則上繼《春秋》，下至楚、漢之起，二百四十五年之間，載其行事，固不可得而廢也。」又説出一不可不與校完之故。此書有高誘注者二十一篇，或曰三十三篇，《崇文總目》存者八篇，今存者十篇。

同學一首別子固　王安石

此爲瘦筆，而中甚腴。學文必當由瘦以入腴，如先學腴，即更無由得瘦也。

[一] 以上三句，各本均脱，據《元豐類稿》補。

江之南有賢人焉，字子固；非今所謂賢人者，予慕而友之。淮之南有賢人焉，字正之；非今所謂賢人者，予慕而友之。劈起二比，如離如合，奇情奇筆。二賢人者，足未嘗相過也，口未嘗相語也，辭幣未嘗相接也。其師若友，豈盡同哉？予考其言行，其不相似者何其少也。曰：學聖人而已矣。劈起二比，接手忽作頓折，折出此一句。學聖人，則其師若友，必學聖人者。聖人之言行，豈有二哉？其相似也適然。奇筆劈起，直至此始全落下。予在淮南，爲正之道子固，又起，真乃奇情奇筆。正之不予疑也。寫正之妙。還江南，爲子固道正之，子固亦以爲然。寫子固妙。比法整，句法又不整，妙，予又知所謂賢人者，既相似，又相信不疑也。筆又落下。子固作《懷友》一首遺予，其大略欲相扳，以至乎中庸而後已。又起，又寫子固詳，正之蓋亦嘗云爾。又寫正之略。一詳一略，參差入妙。夫安驅徐行，轥中庸之廷，而造于其室，舍二賢人者而誰哉？總二賢。予昔非敢自必其有至也，亦願從事于左右焉爾。輔而進之，其可也。入自己。噫！官有守，私有繫，會合不可以常也。同學兄弟，每每若此，言之慨然。作《同學》一首別子固，以相警，且相慰云。正文只此一二言。

讀孟嘗君傳

王安石

鑿鑿只是四筆，筆筆如一寸之鐵，不可得而屈也。讀之可以想見先生生平執拗，乃是一段氣力。

世皆稱孟嘗君能得士，士以故歸之，而卒賴其力，以脱于虎豹之秦。斗然舉起。嗟乎！孟嘗君特鷄鳴狗盗之雄耳，豈足以言得士？斗然劈落。不然，擅齊之强，得一士焉，宜可以南面而制秦，尚何取鷄鳴狗盗之力哉？斗然轉變。鷄鳴狗盗之出其門，此士之所以不至也。斗然斷定。

泰州海陵縣主簿許君墓誌銘

王安石

如崩崖，如斷岸，如欲墮不墮危石，如仄路合沓，走出仍是前溪：此爲王介甫先生之筆。

君諱平，字秉之，姓許氏。余嘗譜其世家，所謂今泰州海陵縣主簿者也。纔動手，忽作此拗折之筆，此爲介甫先生文字。君既與兄元相友愛，稱天下，而自少卓犖不羈，善辯説。與其兄俱以智略，爲當世大人所器。寶元時，朝廷開方略之選，以招天下異能之士。而陝西大帥范文正公、鄭文肅公，爭以君所爲書以薦。于是得召試，爲太廟齋郎，已而選泰州海陵縣主簿。叙事至多，而用筆甚少，細細察之。貴人多薦君，有大才，可試以事，不宜棄之州縣。君亦常慨然自許，欲有所爲，然終不得一用其智能以卒。噫！其可哀也已！一句斷，下發議。士固有離世異俗，獨行其意，罵譏笑侮，困辱而不悔。彼皆無衆人之求，而有所待于後世者也，其齟齬固宜。百忙中忽然插出另一樣人，總是天姿拗折過人。若夫智謀功名之士，窺時俯仰，以赴勢物之會，而輒不遇者，乃亦不可勝數。辯足以移萬物，而窮于用説之時；謀足以奪三軍，而辱于右武之國：此又何説哉？「若夫」妙，「乃亦」妙，「此又何」妙。筆之拗折，全賴清出，此數字總是清出過人也。嗟乎！彼有所待而不悔者，其知之矣。百忙中又拗折去。君年五十九，以嘉祐某年某月某甲子，葬真州之揚子縣甘露鄉某所之原。夫人李氏。子男瓌，不仕；璋，真州司户參軍；琦，太廟齋郎；琳，進士。女子五人，已嫁二人：進士周奉先、泰州泰興縣令陶舜元。銘曰：「有拔而起之，莫擠而止之。嗚呼許君！而已于斯，誰或使之？」純是拗折，却甚淋漓，真奇絶之筆也。

諫院題名石記

司馬光

最短幅，止百餘字。看其曲折萬狀，爲子長之妙筆。

古者諫無官，自公卿大夫至于工商，無不得諫者。乃作如此起，豈非巉岩之筆？漢興以來，始置官。先生爲歷代《通鑒》，如此筆，真有子長之能。夫以天下之政、四海之衆，得失利病，萃于一官，使言之，其爲任亦重矣！一段。先説諫官如此之重。居是官者，當志其大、捨其細，先其急、後其緩，專利國家，而不爲身謀。一段。接説爲諫官者不宜輕忽。彼汲汲于名者，猶汲汲于利也。其間相去，何遠哉！諫官本無利，然最易犯名。二語精切，可當千金。天禧初，真宗詔置諫官六員，責其職事。先記「諫院」。慶曆中，錢君始書其名于版。次記「題名」。光恐久而漫滅，嘉祐八年刻著于石。次記易版爲石。後之人將歷指其名而議之曰：某也忠，某也詐，某也直，某也曲。嗚呼，可不懼哉！巉岩之筆。忽然起，忽然畢，而又峰巒合沓，波瀾浩汗，真子長得意筆也。

嚴先生祠堂記

范仲淹

一起一結，中間整整相對。有發揮，有證佐，有詠歎，有交互，此今日制義之所自出也。

先生，光武之故人也。總出先生、光武。相尚以道。總贊。○先用四字總贊，下逐對反覆分贊。及帝握赤符，乘六龍，得聖人之時，臣妾億兆，天下孰加焉，贊光武。上半句賓[一]。惟先生以節高之。贊先生。下半句主。既而動星象，歸江湖，得聖人之清，泥塗軒冕，天下孰加焉，贊先生。上半句賓。惟光武以禮下之。贊光武。下半句主。在《蠱》之「上九」，衆方有爲，而獨「不事王侯，高尚其事」，先生以之。引經，證先生。在《屯》之「初九」，陽德方亨，而能「以貴下賤，大得民也」，光武以之。引經，證光武。蓋先生之心，出乎日月之上；再贊先生。光武之量，包乎天地之外。再贊光武。微先生，不能成光武之大；互贊先生、光武。微光武，豈能遂先生之高哉？互贊光武、先生。而使貪夫廉，懦夫立，是大有功于名教也。獨歸到先生，一句結住。仲淹來守是邦，始構堂而奠焉。乃復爲其後者四家，以奉祠事，又從而歌曰：「雲山蒼蒼，江水泱泱。先生之風，山高

[一]「上半句賓」，康熙刻本原作「賓上半句」，據有正書局本改。

水長。」祠堂記，後應有歌，即如迎神送神曲例也。

岳陽樓記

范仲淹

中間悲喜二大段，只是借來翻出後文憂樂耳。不然，便是賦體矣。○一肚皮聖賢心地、聖賢學問，發而爲才子文章。

慶曆四年春，滕子京謫守巴陵郡。越明年，政通人和，百廢俱興。最要先書此句。乃重修岳陽樓，增其舊制，刻唐賢、今人詩賦于其上，屬予作文以記之。叙事畢，下斗然放筆。予觀夫巴陵勝狀，在洞庭一湖。好手段，先以一筆提起。銜遠山，吞長江，浩浩湯湯，横無際涯，朝暉夕陰，氣象萬千。畢寫。此則岳陽樓之大觀也，前人之述備矣。次以一筆結住。然則北通巫峽，南極瀟、湘，遷客騷人，多會于此。覽物之情，得無異乎？不知是過接，是排蕩，文態酣恣之甚。若夫霪雨霏霏，連月不開，陰風怒號，濁浪排空，日星隱曜，山岳潛形，商旅不行，檣傾檝摧[一]，薄暮冥冥，虎嘯猿啼。登斯樓也，則有去國懷鄉，憂讒畏譏，滿目蕭然，感極而悲者矣。一段，寫衆人悲。至若春和景明，波瀾不驚，上下天光，一碧萬頃，沙鷗翔集，錦鱗游泳，岸芷汀蘭，郁郁青

[一]「傾」，康熙二年刻本等均作「頃」，據有正書局本改。

青，而或長烟一空，皓月千里，浮光耀金，静影沉璧，漁歌互答，此樂何極！登斯樓也，則有心曠神怡，寵辱皆忘，把酒臨風，其喜洋洋者矣。一段。寫衆人喜。嗟夫！予嘗求古仁人之心，或異二者之爲，何哉？上二段寫衆人悲喜，只是生起「古仁人」此一段正論。不以物喜，不以己悲。居廟堂之高，則憂其民；憂。處江湖之遠，則憂其君。憂。是進亦憂，退亦憂。○豈復岳陽樓記耶？然則何時而樂耶？其必曰：先天下之憂而憂，後天下之樂而樂歟！從悲喜引出憂樂，見登樓之人品心地，相去無算如此。噫！微斯人，吾誰與歸！獨立樓頭，舉目慨然。

義田記

錢公輔

最有法度之文，宋人中難得。

范文正公，蘇人也。一段，先記人。平生好施與，擇其親而貧、疏而賢者，咸施之。一段，次記公之天性，是時未有田。方貴顯時，置負郭常稔之田千畝，號曰「義田」，以養濟群族之人。日有食，歲有衣，嫁娶凶葬皆有贍，擇族之長而賢者主其計，而時其出納焉。一段，次記置田。日食，人一升；歲衣，人一縑[一]。嫁女者五十千，再嫁者三十千。娶婦者三十千，再娶者十五千。

[一]「縑」，《天下才子必讀書》本均作「綀」，據《評注才子古文》改。

葬者如再嫁之數，葬幼者十千。族之聚者九十口，歲入給稻八百斛。以其所入，給其所聚，沛然有餘而無窮。分給之法已畢，下又別詳二語。屏而家居，俟代者與焉；仕而居官者，罷莫給。加此二語，最詳。此其大較也。一段，次記分給之法。初，公之未貴顯也，嘗有志于是矣，而力未逮者二十年。重記公未得志時，言此田豈不難。既而爲西帥，及參大政，于是始有祿賜之入，而終其志。重記公得志，始有此田。公既歿，後世子孫修其業，承其志，如公之存也。再記公没後，此田永永不廢。公雖位充祿厚，而貧終其身。歿之日，身無以爲斂，子無以爲喪，惟以施貧活族之義，遺其子而已。一段，再記公天性，以收完前數段。昔晏平仲，敝車羸馬。桓子曰：「是隱君之賜也。」晏子曰：「自臣之貴，父之族，無不乘車者；母之族，無不足于衣食者；妻之族，無凍餒者。齊國之士，待臣而舉火者三百餘人。如此，而爲隱君之賜乎？彰君之賜乎？」于是齊侯以晏子之觴，而觴桓子。引[二]。予嘗愛晏子好仁，齊侯知賢，而桓子服義也。先粗發議。又愛晏子之仁有等級，而言有次第也：先父族，次母族，次妻族，而後及其疏遠之賢。孟子曰：「親親而仁民，仁民而愛物。」晏子爲近之。又精發議。今觀文正公之義田，賢于平仲；其規模遠舉，又疑過之。結到文正公。嗚呼！世之都三公位，享萬鍾祿，其邸第之雄，車輿之飾，聲色之多，妻孥之富，止乎一己而已。而族之人不得其門者，豈少也哉？況于施賢乎？其下爲卿、爲大夫、爲士，廩稍之充，奉養之厚，止乎一己而已。而族之人，操壺瓢爲溝中瘠者，又豈少哉？

[二]「引」，康熙二年刻本此處爲墨釘，據《評注才子古文》補。

況于它人乎？是皆公之罪人也。罵人。落得罵，該罵，該殺！公之忠義滿朝廷，事業滿邊隅，功名滿天下，後世必有史官書之者，予可無録也。後人作此記，必以此一段起。今只略帶，是其立言高人一等處。獨高其義，因以遺其世云。

袁州州學記

李　覯

學記多，自來無過此篇者。因其初動筆，便欲學秦石刻，遂使通篇俱古勁簡峭，不復認其爲宋人筆墨也。

皇帝二十有三年，制詔州縣立學。起筆意思，便欲擬李斯秦石刻。惟時守令，有哲有愚。有屈力殫慮，祇順德意；或亦間有。有假官借師，苟具文書。比比是也。或連數城，亡誦弦聲。倡而不和，教尼不行。一段，先記祖君未來以前。三十有二年，范陽祖君無澤知袁州。始至，進諸生，知學宫闕狀。敘事古甚。大懼人才放失，儒效闊疏，亡以稱上意旨。寫得闊大。通判潁川陳君侁，聞而是之，議以克合。先書祖君，次書陳君。相舊夫子廟，陋隘不足改爲，輕過。乃營治之東。厥土燥剛，厥位面陽，厥材孔良。詳記。殿堂門廡，黝堊丹漆，舉以法。詳記。故生師有舍，庖廩有次，百爾器備。並手偕作，工善吏勤，晨夜展力。越明年成。詳記。舍菜且有日，盱江李覯，諗于衆曰：「惟四代之學，考諸經可見已。作學記，不説虞夏商周，自是欠事。今只以一句道破,筆力高古。秦以山西鏖六國,欲帝萬世。劉氏一呼,而關門不守,武夫健將,賣降恐後。何邪?詩書之道廢,人惟見利而不聞義焉耳。引古廢學之禍。孝武乘豐富,世祖出戎行,皆孳孳學術。俗化之厚,延于靈獻。草茅危言者,折首而不悔;功烈震主者,聞命而釋兵。群雄相視,不敢去臣位,尚數十年。教道之結人心如此。引古興學之效。今代遭聖神,句寬。爾袁得聖君,句切。俾爾由庠序,踐古人之迹。建學也。天下治,則譚禮樂以陶吾民。此句,人及。一有不幸,尤當仗大節,爲臣死忠,爲子死孝。使人有所賴,且有所法。此句,人所不及。妙妙。是惟朝家教學之意。一句收。若其弄筆墨以徼利達而已,豈徒二三子之羞,抑亦爲國者之憂?」又反收,言之慨然。

書《洛陽名園記》後

李文叔

幺麽小題,發出如許大論。大儒眼中,固無細事;大儒胸中,固無小計;大儒手中,固無瑣筆:定當如此。

洛陽先寫洛陽。處天下之中,挾肴黽之阻,當秦隴之襟喉,而趙魏之走集,蓋四方必爭之地也。天下當無事則已,有事則洛陽必先受兵。予故嘗曰:「洛陽之盛衰,天下治亂之候也。」忽落大筆。唐貞觀、開元之間,公卿貴戚,開館列第于東都者,號千有餘邸。次寫名園。及其亂離，繼以五季之酷，其池塘竹樹，兵車蹂蹴，廢而爲丘墟；高亭大榭，烟火焚燎，化而爲灰燼。與唐共滅而俱亡，無餘處矣。予故嘗曰：「園圃之興廢，洛陽盛衰之候也。」再落大筆。且天下之治亂，候于洛陽之盛衰而知；洛陽之盛衰，候于園圃之興廢而得，則《名園記》之作，予豈徒然哉？忽將上二大筆一總，便寫出記來。嗚呼！公卿大夫，方進于朝，放乎一己之私，自爲之，而忘天下之治忽，欲退享此，得乎？唐之末路是已。感歎欷歔以收之。